Ce volume contient :

Le Père prudent et
   équitable
L'Amour et la Vérité
Arlequin poli par l'amour
Annibal
La Surprise de l'amour
La Double Inconstance
Le Prince travesti
La Fausse Suivante ou
   Le Fourbe puni
Le Dénouement imprévu
L'Île des esclaves
L'Héritier de village
L'Île de la Raison ou
   Les Petits Hommes
La Seconde Surprise de
   l'amour
Le Triomphe de Plutus
La Nouvelle Colonie ou
   La Ligue des femmes
Le Jeu de l'amour et
   du hasard

La Réunion des Amours
Le Triomphe de l'amour
Les Serments indiscrets
L'École des mères
L'Heureux Stratagème
La Méprise
Le Petit-Maître corrigé
La Mère confidente
Le Legs
Les Fausses Confidences
La Joie imprévue
Les Sincères
L'Épreuve
La Commère
La Dispute
Le Préjugé vaincu
La Colonie
La Femme fidèle
Félicie
Les Acteurs de bonne foi
La Provinciale
Mahomet second

CLASSIQUES MODERNES

MARIVAUX

THÉÂTRE COMPLET

Édition établie par Frédéric Deloffre et Françoise Rubellin

La Pochothèque
LE LIVRE DE POCHE / CLASSIQUES GARNIER

AVERTISSEMENT

Ce volume constitue une reprise de l'édition du *Théâtre complet* de Marivaux par Frédéric Deloffre en Classiques Garnier (1968), qui avait été révisée avec la collaboration de Françoise Rubellin en 1989 et 1996 (tome 1), en 1992 et 1999 (tome 2).

La nouvelle édition en Pochothèque comporte de nombreuses modifications dans l'établissement du texte, ainsi qu'une mise à jour des références bibliographiques et théâtrales.

F. D. et F. R.

INTRODUCTION

La réputation de Marivaux, que Grimm croyait en 1763 « balayée par le souffle puissant de la philosophie », est aujourd'hui plus brillante que jamais ; et rien ne contribue davantage à son éclat que ces pièces de théâtre auxquelles les contemporains préféraient *Zaïre* ou les comédies larmoyantes de La Chaussée. Non seulement les plus célèbres d'entre elles sont au répertoire courant de la Comédie-Française, mais de nouvelles y entrent presque tous les ans ; à l'étranger, Marivaux est en train de devenir, auprès de Racine, le grand peintre français du cœur humain. On doit même ajouter que cette vogue croissante n'est pas affaire de mode : ce qui le prouve, c'est, plus encore que l'attention apportée à ce théâtre par les metteurs en scène d'avant-garde, le franc succès qu'il obtient, tant à la scène qu'à la télévision, auprès d'un public que rien, apparemment, n'a préparé à l'accueillir. Si Marivaux s'est ainsi imposé, malgré l'indifférence dédaigneuse de maint critique, c'est autant par la souplesse de son génie dramatique en général que par une originalité profonde et consciente que l'on doit d'abord tenter de définir.

Tandis que le théâtre en France tournait, depuis la mort de Molière, autour des différents types institués par le maître, comédies d'intrigue, comédies de mœurs, comédies de caractère, Marivaux inaugure un genre nouveau auquel il reviendra avec prédilection, et que l'on peut appeler comédie de sentiment — ce qui ne signifie nullement comédie sentimentale. Il n'est plus ici question, comme chez Molière, Regnard ou Dancourt, d'un cadre réaliste, de personnages définis par leur état social ou par leur caractère, mais d'un univers où la seule réalité est celle du sentiment, où l'on naît à l'existence en naissant à l'amour. La conception même d'un tel théâtre n'a été rendue possible que par un concours de circonstances particulier.

La première de ces circonstances est d'ordre social. Dans la société de 1660, où l'on peut dire que les unions matrimoniales sont réglées uniquement d'après des raisons de convenance, le thème du mariage d'amour conclu par un libre choix des parties est une pure hypothèse romanesque. Comme les conventions du temps ne permettent pas de porter à la scène des amours illégitimes, la peinture de l'amour pour lui-même se trouve pratiquement exclue. Sans que la situation soit absolument changée soixante ans plus tard, les tentatives d'émancipation de la femme, auxquelles ont travaillé celles qu'on appelle communément les « précieuses », commencent à porter leurs fruits. À peu près au moment où Marivaux aborde la carrière littéraire, Robert Challe, qui fonde la plupart des histoires de ses *Illustres Françaises* (1713) sur des mésalliances justifiées par une passion véritable, observe que, si les pères de famille peuvent bien encore empêcher leurs enfants de se choisir un parti à leur fantaisie, on les blâmerait de les « contraindre à embrasser un état malgré eux ». C'est exactement dans ces termes que se pose désormais le problème du mariage d'inclination. Il devient alors possible de porter à la scène un sujet consistant dans la décision même que prendront deux jeunes gens plutôt que dans la façon dont le choix de leurs cœurs pourra trouver l'accord de la société.

Il y aurait encore bien des façons de concevoir les choses dans cette perspective. Ce qui intéresse Marivaux, c'est la phase initiale de l'amour, lorsqu'il émerge à la conscience dans une atmosphère « de trouble, de plaisir et de peur », comme le dit Marianne. Du moment où, l'âme saisie de vertige, le personnage se dit « je ne sais où j'en suis », jusqu'au moment où, enfin éclairé, il murmure « je vois clair dans mon cœur », depuis la découverte encore inconsciente de l'amour jusqu'à l'acquiescement à l'amour, tel est le cheminement que l'auteur prétend suivre et restituer. Mais, pour en faire une matière dramatique, des incidents sont nécessaires, et un mode d'expression doit être inventé. Sur ces deux points, Marivaux témoigne d'une profonde originalité.

Sans doute ne renonce-t-il pas aux obstacles traditionnels de la comédie. Dans quelques pièces, les volontés des parents, les conventions sociales, un empêchement juridique pourront être invoqués pour nourrir l'action. Mais on notera qu'ils sont chaque fois comme « intériorisés ». Par exemple, les deux cent mille francs que le marquis doit verser s'il épouse la comtesse dans *Le Legs* sont davantage le prétexte de ses hésitations que leur véritable raison. De même, Araminte doit plutôt surmonter ses répugnances à sortir d'un « état tranquille » que vaincre des obstacles d'ordre social dans *Les Fausses Confidences*. Au reste, Marivaux recourt volontiers à une barrière aussi légère que possible, celle de « serments indiscrets » dans la pièce de ce nom, ou celle de la forme à donner à une déclaration d'amour dans *Le Petit-Maître corrigé*. Mieux encore, l'obstacle reste purement subjectif (souvenir d'une infidélité dans la première *Surprise*), ou même se trouve arbitrairement imposé sous la forme d'une épreuve (*Le Jeu de l'amour et du hasard*, *L'Épreuve*). À la limite, le jeu des obstacles se confond avec une psychologie raffinée où la souffrance que l'on éprouve, autant que celle que l'on impose, devient la pierre de touche du véritable amour.

Cette conception dramatique suppose un mode d'expression particulier. Il n'est plus question pour Marivaux, par exemple, d'utiliser le monologue pour révéler les sentiments de ses personnages. Dans la mesure où ses pièces sont des *surprises de l'amour*, c'est-à-dire, et nous citons d'Alembert, « la situation de deux personnes qui, s'aimant et ne s'en doutant pas, laissent échapper par tous leurs discours ce sentiment ignoré d'eux seuls, mais très visible pour l'indifférent qui les observe [1] », il faut, et cette fois nous citons Marivaux lui-même, d'après d'Alembert, « que les acteurs ne paraissent jamais sentir la valeur de ce qu'ils disent », et qu'en même temps les spectateurs la sentent à travers des paroles qui disent apparemment autre chose. Pour obtenir de ses interprètes la simplicité, le naturel qui, paradoxalement, sont si nécessaires à son théâtre, Marivaux ne pouvait guère compter, lorsqu'il fit ses débuts littéraires à Paris, vers 1712 ou 1713, sur la troupe des comédiens français, formés à la tragédie, à la grande comédie en vers, et accessoirement aux petites pochades de mœurs appelées *dancourades*. Or, nous rencontrons ici la seconde circonstance qui rendit possible le miracle de cette œuvre dramatique. En 1716, le Régent appela à Paris une nouvelle troupe italienne, destinée à remplacer les anciens comédiens italiens chassés en 1697 par ordre de Louis XIV. Ignorante du répertoire et même de la langue française, la compagnie dirigée par Luigi Riccoboni n'en possédait pas moins, aux yeux de Marivaux, outre une docilité peu coutumière aux comédiens-français, un fonds de qua-

---

1. D'Alembert, *Éloge de Marivaux*.

lités inappréciables : naturel du jeu, perfection du geste, sens de l'improvisation. On verra plus en détail, à propos de chacune des premières pièces jouées par eux, ce que les acteurs ont pu apporter à l'auteur dans le domaine de l'expression des sentiments. Mais il faut déjà signaler un des fruits les plus singuliers de leur collaboration. Dans le jeu à l'impromptu tel qu'on le pratique dans la *commedia dell'arte*, le dialogue s'enchaîne autour de mots-repères apparaissant à la fin des répliques. En exploitant au maximum ce procédé, le *marivaudage* innove sur le dialogue de la comédie classique, dans lequel les tirades ou les répliques sont ordinairement juxtaposées ou alignées plutôt qu'enchaînées. Chez Marivaux, c'est avant tout sur le mot qu'on réplique, et non plus sur la chose. Mais chaque reprise de mots signifie différence d'interprétation, chicane, discussion, rebondissement imprévu, progression dramatique enfin. Le langage n'est plus le signe de l'action, il en devient la substance même. Organisme complexe dans une société qui lui accorde une grande place, il vit d'une vie propre ; d'abord intermédiaire nécessaire entre les êtres humains, il finit par opposer une résistance à leur communication. Aussi, au fur et à mesure que la pièce progresse vers une « transparence de soi-même à soi-même et de soi-même à l'autre », comme le dit Gabriel Marcel, sa fonction est-elle de plus en plus précaire, et le moment vient soudain où il cède la place à d'autres modes d'expression, geste ou regard, intermédiaires plus directs de l'âme qui, pour sa part, « ne prend jamais un mot pour un autre ».

Ce système dramatique que nous venons de définir à l'aide de réflexions semées par Marivaux dans d'autres œuvres, notamment *Le Voyage au monde vrai* raconté dans *Le Cabinet du philosophe*[1], n'est pas apparu à Marivaux tout formé dès ses premières œuvres. Il l'a élaboré progressivement, quoique assez vite ; il ne s'y est pas tenu constamment. C'est même un des partis pris les plus irritants de la critique, que, depuis d'Argenson, elle ne consente à trouver comme « sujet unique des comédies de Marivaux[2] » que « l'éternelle surprise de l'amour ». Plutôt que de réduire une œuvre dramatique aussi vaste que celle de Corneille à un dénominateur unique, il importe d'en montrer la diversité. Différents modes de classement ont été tentés. Entre la présentation chronologique — inutile,

---

1. Voir l'édition des *Journaux et Œuvres diverses*, p. 389-437. **2.** Mots de d'Alembert, dans son *Éloge de Marivaux*.

puisque les notices qui vont suivre en tiendront lieu — et le classement traditionnel, avec ses classes (comédies de caractère, de mœurs, etc.) et ses sous-classes, nous chercherons à montrer comment Marivaux, avec l'extrême goût du renouvellement qui le caractérise, a successivement abordé une douzaine de genres, ou davantage, s'y essayant, y revenant, sans que ni l'échec ni le succès ne puissent ni l'en détourner ni l'y fixer définitivement. Ces « genres » se définissent, tantôt par rapport à une tradition, tantôt par rapport à une préoccupation originale et propre à l'auteur. Couramment, on remarquera qu'un type de sujet entraîne une forme, comédie en un acte, par exemple. Bien entendu, des hybridations se produiront aussi, surtout lorsque les genres se seront multiplies, et telle pièce pourra être considérée sous deux aspects différents. Au risque de durcir un peu la réalité, nous éviterons autant que possible de le faire, pour manifester à quel point il est faux de prétendre que Marivaux tourne sans cesse dans le même cercle d'idées.

Voici donc les types de pièces qu'on peut reconnaître dans son œuvre dramatique, suivant l'ordre dans lequel ils apparaissent :

1. *Thèmes et formes traditionnelles.*

Ce sont ceux qu'un auteur inexpérimenté tente d'abord. C'est le cas pour *Le Père prudent et équitable*, la première comédie de Marivaux, composée au plus tard en 1712. Les influences de Regnard et de Molière y sont prépondérantes, et le vers alexandrin y est employé. Par la suite, Marivaux ne revient qu'exceptionnellement à ces formes traditionnelles, et renonce au vers. *La Méprise* (1734) est une variation sur le thème des *Ménechmes*, tandis que *La Joie imprévue* (1738) repose sur les heureux effets du hasard. L'une et l'autre sont des œuvres de circonstance, composées sans doute assez vite. Ces trois pièces sont en un acte.

2. *Tragédies.*

Le jeune écrivain qui veut faire ses preuves au xviiie siècle doit écrire une tragédie. C'est ce que fit Marivaux avec *Annibal*. L'auteur, en juin 1720, hésitait encore à la faire représenter. Elle le fut pourtant en décembre, après deux pièces jouées aux Italiens. Ce fut un échec que Marivaux, sûr désormais de sa vocation comique, ne tenta pas de réparer, à l'exception de sa tragédie en prose inachevée, et récemment découverte, *Mahomet second* (voir p. 2125 *sq.*).

3. *Pièces allégoriques.*

Ayant utilisé le procédé commode de l'allégorie dans le petit ouvrage intitulé *Le Bilboquet*, Marivaux songea à s'en servir pour traiter au théâtre les problèmes moraux qui l'intéressaient. *L'Amour et la Vérité*, en trois actes, échoua totalement (mars 1720). L'écrivain devait pourtant revenir à ce genre quand il se sentit plus sûr de son talent et de son public, d'abord avec *Le Triomphe de Plutus* (avril 1728), chez les comédiens italiens, puis avec *La Réunion des Amours*, au Théâtre-Français (novembre 1731). Les trois pièces de cette classe, dont les deux dernières n'ont qu'un acte, traitent des rapports de l'amour avec la vérité, la richesse, la sensualité.

4. *La naissance de l'amour.*

Six mois après l'échec de *L'Amour et la Vérité*, Marivaux compose une pièce dans laquelle il donne au spectacle toute la part qu'il avait donnée dans la précédente à l'abstraction. Le sujet est la naissance de l'amour dans le cœur de deux êtres neufs ; le genre, la comédie féerique en un acte dans un décor pastoral. C'est *Arlequin poli par l'amour*, qui obtient un succès sans fracas, mais durable. Bien plus tard, Marivaux essaiera de revenir à ce genre dans deux pièces destinées aux comédiens-français, *La Dispute* (1744) et *Félicie* (1757). Ces trois pièces sont en un acte.

5. *La surprise de l'amour.*

Ce genre procède du précédent : il s'agit de montrer comment des êtres, non plus neufs, mais avertis, et même expressément en garde contre les pièges de l'amour, se laissent pourtant surprendre par lui. Marivaux l'inaugura avec *La Surprise de l'amour* (mai 1722), son premier « classique » au Théâtre-Italien. Il y revint quelques années plus tard dans *La Seconde Surprise de l'amour*, destinée au Théâtre-Français, où elle fut reçue en janvier 1727 et jouée seulement le 31 décembre de la même année. *Les Serments indiscrets* (reçus au Théâtre-Français en mars 1731, joués en juin 1732) appartiennent aussi fondamentalement à ce type. À des personnages plus complexes que ceux du genre précédent correspondent aussi des pièces plus longues : trois ou même cinq actes. Les trois pièces que nous avons citées figurent toutes parmi les sept que, selon le témoignage de Lesbros de la Versane, Marivaux disait le plus estimer dans son œuvre. Cette prédilection est significative. Si la surprise de l'amour n'est pas le sujet éternel chez Marivaux, c'est du moins son sujet favori. Plusieurs autres pièces appartenant à d'autres types traitent, accessoirement, de ce problème : c'est sur quoi s'appuie la généralisation abusive d'Argenson et de d'Alembert.

6. *L'inconstance : la formule du chassé-croisé.*

À peine inventé le type « surprise de l'amour », Marivaux complète son système dramatique par l'étude complémentaire de la « mort de l'amour » en faveur d'un nouvel amour, c'est-à-dire de l'inconstance. C'est le genre que fonde brillamment *La Double Inconstance* (avril 1723). Il comporte ici la séparation d'un couple et la formation de deux nouveaux couples. Simplifiée, dans une pièce en un acte de type plus traditionnel, la formule donne, un peu plus tard, *Le Dénouement imprévu* (décembre 1724). Sous sa forme parfaite, elle comporte le chassé-croisé : deux couples se séparent, forment deux nouveaux couples ; nouvel échange, et l'on revient au point de départ. C'est ce qui se passe dans *L'Heureux Stratagème* (juin 1733), et, sous une forme moins complète, dans *Les Sincères* (janvier 1739) — car ici deux personnages seulement changent de partenaires, tandis que les deux autres se contentent d'attendre leur retour. Tant par leur structure que par la psychologie qui y est développée, les grandes pièces de cette série sont aussi caractéristiques de la manière de Marivaux que celles de la série précédente. Deux d'entre elles, *La Double Inconstance* et *Les Sincères*, furent mises par lui au nombre de ses pièces préférées.

7. *Comédies d'intrigue.*

Le succès de *La Double Inconstance* n'était pas épuisé que Marivaux manifestait encore une fois la variété de son inspiration. En la même année 1724, il donne d'abord une comédie héroïque à l'espagnole, *Le Prince travesti* (février), puis une comédie d'intrigue où l'on reconnaît un vieux fonds issu sans doute de Bandello, *La Fausse Suivante*, mêlé à une assez vive satire de mœurs (juillet). Par la suite, Marivaux revient une fois au genre de la comédie d'intrigue, en lui conférant cette fois un tour plus romanesque : c'est *Le Triomphe de l'amour* (mars 1732). Ces trois pièces ont plusieurs traits communs. Toutes sont assez longues (en trois actes, et même en cinq pour une version du *Prince travesti*), toutes comportent des travestissements, toutes ont été destinées au Théâtre-Italien et spécialement à l'actrice Silvia.

8. *Utopies sociales.*

Nouvelle formule encore avec l'année 1725. Après les problèmes psychologiques, moraux, politiques, parfois littéraires, Marivaux aborde le problème social. À l'époque, ce genre de sujet implique souvent la forme de l'utopie. C'est ainsi que Marivaux composa *L'Île des esclaves*, comédie italienne en un acte, qui eut un très vif succès, et qu'il met au nombre de ses pièces préférées. Deux tentatives du même genre échouèrent, la première avec *L'Île de la Raison*, en trois actes, au Théâtre-Français, en septembre 1727, et la seconde avec *La Nouvelle Colonie*, en trois actes aussi, au Théâtre-Italien, en juin 1729. Marivaux ne reviendra plus à ce type de pièces, sauf pour donner de *La Nouvelle Colonie* un remaniement en un acte, *La Colonie*, destiné à un théâtre de société (1750).

9. *Comédies de mœurs.*

Si Marivaux n'a jamais pratiqué la comédie de mœurs à la façon d'un Dancourt, d'un Lesage ou d'un Boissy, un problème l'a toujours intéressé. C'est celui des rapports entre la personne et le personnage, ou, en d'autres termes, celui du masque que certains hommes se contraignent à porter pour jouer leur rôle dans la comédie sociale. Vue sous l'angle du naturel et de l'affectation, cette question est d'ordre moral : mais dans la mesure où elle est liée aux rapports entre les classes, elle est aussi d'ordre social. Dans *L'Indigent philosophe* (1727), Marivaux la considère avec une ampleur de vue et un accent qui font déjà songer à la célèbre pantomime des gueux. Avec un précédent tel que *Le Bourgeois gentilhomme*, il ne pouvait pas ne pas penser à la poser au théâtre. C'est ce qu'il fit dès août 1725 avec *L'Héritier de village* en montrant un paysan enrichi par un héritage, qui se dispose à changer de mœurs pour devenir un homme de qualité. Après cette esquisse italienne qui n'eut pas de succès, Marivaux conçut un projet plus ambitieux sous la forme d'une comédie en trois actes destinée au Théâtre-Français, *Le Petit-Maître corrigé* (reçue en septembre, jouée en novembre 1734). Un échec cuisant le tint quelque temps à l'écart de la comédie de mœurs. Il s'y essaya de nouveau en 1741 avec *La Commère*, pièce en un acte, destinée cette fois aux Italiens. Ceux-ci ne l'ayant pas acceptée, Marivaux ne revint à ce genre qu'avec *La Provinciale*, comédie en un acte écrite pour un théâtre de société (1757). Les ressemblances entre ces quatre pièces trop négligées, car ce sont elles qui jettent un pont entre le talent du romancier et le talent de l'auteur dramatique, sont frappantes. Par exemple, toutes traitent en quelque façon des rapports entre Parisiens et provinciaux ou villageois. On y trouve aussi de curieuses similitudes d'expression.

10. *Les épreuves.*

Quoique Marivaux se fût toujours montré soucieux de savoir comment on peut éprouver la sincérité d'un amour (voir l'histoire de Mirski et d'Éléonore dans la onzième feuille du *Spectateur français*), c'est seulement le sujet du *Jeu de l'amour et du hasard* (janvier 1730) qui lui donna l'occasion, ainsi qu'on le verra dans la notice de cette pièce, de faire de l'épreuve imposée un ressort dramatique. Par la suite, il reprit cette idée deux fois : dans *L'Épreuve* (novembre 1740), dont le titre est caractéristique, et dans *La Femme fidèle* (août 1755). Elle joue aussi un certain rôle dans la conception de *La Dispute*. Les trois pièces dont l'épreuve fait le sujet principal ont des points communs notables : l'élément dramatique y est important ; par contrepoids, les personnages secondaires y ont un rôle franchement comique[1].

11. *Les écoles, ou pièces d'éducation.*

Les pièces de cette série sont reliées chez Marivaux à une ancienne réflexion sur l'éducation des enfants (voir la seizième feuille du *Spectateur français*). Le succès inespéré de *L'École des mères* (juillet 1732), petite pièce où les considérations sérieuses sur les rapports entre mère et fille étaient balancées par des éléments traditionnels empruntés à Dancourt, amena Marivaux à approfondir le sujet sous la forme d'une comédie en trois actes, *La Mère confidente* (mai 1735), qui n'eut pas moins de succès, et qu'il compte au nombre de ses pièces préférées. La matière étant épuisée, l'auteur ne la reprit pas, mais, à certains égards, *Félicie* le montre encore préoccupé par le problème de l'éducation des filles.

12. *Comédies de caractère.*

L'idée d'écrire une comédie de caractère, *Le Legs* (juin 1736), n'a sans doute pas procédé chez Marivaux d'une intention délibérée. Il

---

1. *L'Épreuve* ne figure pas dans les sept pièces préférées de Marivaux, selon Lesbros (*L'Esprit de Marivaux*, Paris, 1769). Mais certains indices pourraient faire penser que ce choix remonte à 1740, c'est-à-dire avant que cette pièce fût composée.

se méfiait au contraire d'un genre qui, après la mort de Molière, avait produit des œuvres innombrables, et, à part quelques-unes, comme *Le Méchant*, souvent médiocres. Il s'est, du reste, refusé à placer sa pièce sous le titre d'un caractère comme *L'Indécis* ou *Le Timide*. On ne peut pourtant la classer dans un autre genre, quoique l'intrigue « financière », suggérée par une pièce de Fontenelle, y tienne une large place. Peu après *Le Legs*, Marivaux donna une autre pièce en un acte, *Les Sincères* (janvier 1739), que son titre présente comme une comédie de caractère. C'en est une, dans une certaine mesure. Nous l'avons déjà rencontrée et classée, d'un autre point de vue, comme une pièce de l'inconstance et du chassé-croisé.

13. *Amour et préjugé.*

C'est un sujet apparemment rebattu que celui des obstacles opposés à l'amour par la société. Il n'appartient pas au fonds original de Marivaux, et on ne le trouve parfois chez lui que dans des pièces largement tributaires de la tradition, comme *Le Père prudent et équitable* ou *La Joie imprévue*. Pourtant, dans la mesure où l'obstacle social est ressenti par le personnage lui-même, il peut, dans une pièce de Marivaux, jouer un rôle retardateur au même titre que l'amour-propre. Dans *Le Jeu de l'amour et du hasard*, dans *Les Serments indiscrets*, les répugnances de Silvia ou de Lucile à l'égard du mariage s'expliquent par le risque d'aliénation qu'il implique pour une femme à l'époque. Dans la première de ces pièces, Silvia se trouve placée un moment devant le drame de la mésalliance, et Dorante doit l'affronter à son tour. Il n'est pas jusqu'au *Petit-Maître corrigé* où une forme de préjugé ne s'oppose à l'amour. Cependant, ce n'est qu'avec *Les Fausses Confidences* (mars 1737) que le problème fait le fond de la pièce, sous une forme qui sera précisée. Enfin, *Le Préjugé vaincu* (août 1746) répond exactement à la formule qui définit le genre.

14. *La fiction dans la fiction.*

Ayant épuisé mainte formule dramatique, Marivaux finit par faire du problème des rapports entre la fiction théâtrale et la réalité le principe d'une nouvelle pièce. Ce fut *Les Acteurs de bonne foi*, comédie en un acte, destinée sans doute à un théâtre de société, ce qui la rendait plus piquante encore. Elle parut dans le *Mercure* de novembre 1757.

Entre la première formule que nous avons évoquée, dans laquelle un excellent élève de rhétorique pouvait s'exercer en 1710, et la dernière, à propos de laquelle on évoque couramment Pirandello, le chemin parcouru est saisissant. Le nombre même des rubriques auxquelles il a fallu recourir prouve la variété fondamentale de ce théâtre. Jusque vers 1727 surtout, Marivaux n'a pas cherché seulement à renouveler le sujet de ses pièces, mais leur genre même. Il reste à montrer, et ce sera le rôle des notices qui précéderont chacune d'entre elles, la richesse de la culture dramatique de l'écrivain, la fécondité de ses intuitions, l'accueil souvent incompréhensif, hélas ! que ses tentatives reçurent du public.

LE TEXTE

Le premier devoir d'un éditeur est de présenter à ses lecteurs un texte dont il puisse leur garantir l'exactitude. Cela suppose le choix d'un texte de référence convenable, puis la conformité entre cette version et celle qui est effectivement publiée. Un progrès important, dans le cas de Marivaux, a été fait lorsque MM. Bastide et Fournier ont publié un texte basé, non sur l'édition Duviquet (1825-1830), dont on connaît les effarantes libertés avec les écrits de Marivaux, mais sur l'édition Duchesne, de 1758, du *Théâtre de M. de Marivaux*, la dernière parue du vivant de l'auteur. Malheureusement, le texte fourni à l'imprimeur par ces éditeurs était, au départ, celui de Duviquet, et le collationnement de l'édition de 1758 n'a pas été fait avec un soin tel que les corrections de Duviquet ne réapparaissent pas, parfois, dans la version publiée.

En outre, le choix de l'édition de 1758 est sujet à discussion. Ce recueil n'est pas homogène. Il comprend, suivant les pièces, tantôt l'édition originale, tantôt une réédition intermédiaire, tantôt un texte réimprimé pour la circonstance. D'un exemplaire à l'autre, la même pièce peut se présenter sous l'une des trois formes que l'on vient de dire. Ensuite, il est à peu près certain que Marivaux n'a pas relu, la plupart du temps, les pièces réimprimées en 1758. En tout cas, il n'a jamais procédé à des corrections d'auteur. Ainsi, le « dernier texte revu par l'auteur » est, suivant les pièces, tantôt l'édition originale, tantôt une réédition antérieure à 1758. Dans ces conditions, la seule solution rigoureuse consistait à présenter au lecteur le texte de l'édition originale. C'est ce que nous avons presque toujours fait. En aucun cas nous ne nous sommes écarté de ce texte sans en avertir, sans donner nos raisons et préciser d'où provient la correction proposée. Quant aux variantes de l'édition de 1758 (ou plus exactement des éditions diverses rassemblées sous ce titre et composées spécialement pour cette publication collective), nous les avons recueillies et signalées en note, sauf lorsqu'elles ne touchaient qu'à l'orthographe et à la ponctuation : l'une et l'autre sont en effet modernisées dans notre édition [1]. Quant aux variantes des éditions modernes, nous n'en avons donné que quelques échantillons. Leur seul intérêt est de montrer comment le texte d'un écrivain peut s'altérer si chaque éditeur ajoute des erreurs à celles de son prédécesseur sans jamais retourner aux textes originaux.

Il existe aussi des manuscrits pour certaines pièces de Marivaux. MM. Bastide et Fournier en avaient déjà collationné un certain nombre, ceux d'*Annibal*, de *La Réunion des Amours*, du *Legs*, plus des manuscrits partiels : rôles de Lucile dans *Les Serments indiscrets*, de la comtesse dans *Le Legs*, du marquis, de la marquise et de deux autres personnages dans *La Femme fidèle*. Nous avons repris le collationnement de ces divers manuscrits, et nous en avons ajouté d'autres portant sur des manuscrits connus ou inconnus jusque-là : ceux de *La Méprise* et du *Petit-Maître corrigé*, conservés à la Bibliothèque nationale, ceux de *La Mère confidente* et du *Préjugé vaincu*, retrouvés à la bibliothèque du Théâtre-Français, sans compter, bien entendu, celui de *La Commère*, qui constitue notre seule base pour l'établissement du texte de cette comédie. Enfin, grâce à un excellent mémoire de diplôme d'études supérieures de Mlle Pierrette Priolet, l'étude critique du *Legs* a pu être poussée beaucoup plus loin qu'elle ne l'avait été jusque-là.

Certaines œuvres de Marivaux étaient considérées comme perdues. Nous sommes heureux de présenter pour la première fois dans une édition du Théâtre complet *La Commère*, dont le manus-

---

1. Conformément aux règles que nous nous sommes déjà fixées à propos de *La Vie de Marianne* et du *Paysan parvenu*, nous laissons subsister les graphies de Marivaux qui touchent à la prononciation, ainsi que celles qui témoignent de son usage grammatical (accord des participes passés, de *tout* adverbe, etc.). Pour la ponctuation, nous la modifions le moins possible, et seulement dans deux types principaux de circonstances : lorsque la ponctuation originale n'est plus admise (par exemple, une virgule après le sujet, devant le verbe ; une virgule devant la proposition complétive) ; lorsque les besoins du sens exigent une ponctuation plus claire que celle des éditions les plus anciennes. Nous n'utilisons pas non plus, en principe, les signes de ponctuation inconnus de Marivaux, comme le tiret ou les guillemets.

crit a été retrouvé à la Comédie-Française par Mme Sylvie Chevalley. On lira dans la notice consacrée à cette pièce les raisons qui en rendent l'attribution à Marivaux incontestable. Il en est de même pour *La Provinciale*, connue depuis plus de quatre-vingts ans, mais que les éditeurs antérieurs n'osaient attribuer franchement à Marivaux, alors qu'aucun doute ne doit plus exister à ce sujet. Laissons de côté *L'Amour et la Vérité*, *La Nouvelle Colonie* et *La Femme fidèle*, dont il reste, soit une version remaniée (pour la seconde), soit des fragments (pour les deux autres), et que l'on trouvera à leur place. Trois autres pièces posent encore un problème.

La première est *L'Heureuse Surprise*. M. de Soleinne en possédait un manuscrit qui, dans le catalogue de sa bibliothèque, est dit de Marivaux[1]. N'y aurait-il pas là une erreur du rédacteur qui aurait attribué à Marivaux, par quelque confusion avec *Les Surprises de l'amour*, cette comédie italienne qui fut la pièce avec laquelle Lélio ouvrit son théâtre en 1716 ? On peut au moins se le demander[2].

La seconde pièce dont on regrette la disparition est *L'Auberge provinciale*. Après avoir rendu compte dans une lettre au marquis de Caumont d'une pièce de Boissy intitulée *Les Amours anonymes*, jouée par les Italiens, le commissaire Dubuisson ajoute : « Après cette pièce, on donnera, dit-on, *L'Auberge provinciale*, petite comédie de M. de Marivaux, et ensuite *Le Comte de Neuilly*, comédie héroïque de M. de Boissy[3]... » Si *Le Comte de Neuilly* fut représenté, le 18 janvier 1736, *L'Auberge provinciale* ne le fut pas[4], et l'on ne sait ce qu'elle est devenue. Si l'information de Dubuisson est exacte, et il est généralement bien renseigné, on comprend mal pourquoi les Italiens, à l'affût de toutes les nouveautés[5], n'éprouvèrent pas le succès de celle-ci. Une explication serait que Marivaux eût repris sa pièce pour la remaner, ou pour toute autre raison. Et s'il en était ainsi, on pourrait songer à la reconnaître dans *La Provinciale*, qui

---

1. Tome II, n° 1657.   2. Une autre hypothèse ferait de *L'Heureuse Surprise* la même pièce que *La Joie imprévue*, sous un autre titre. Cette erreur de titre serait difficilement explicable, tandis qu'une erreur d'attribution peut être faite plus aisément à propos d'une pièce anonyme.   3. Lettre non datée, postérieure au 5 décembre 1735, date de représentation des *Amours anonymes*.   4. Entre *Les Amours anonymes* et *Le Comte de Neuilly*, les Italiens donnèrent une pièce nouvelle, *Le Retour de Mars* (20 décembre), qui se maintint tant bien que mal jusqu'au début de février. C'était la première pièce de La Noue.   5. Ils avaient fait des avantages exceptionnels à Boissy pour obtenir de lui *Le Comte de Neuilly* (Dubuisson, lettre au marquis de Caumont citée plus haut, édit. Rouxel, p. 149).

fut publiée plus tard, après avoir été jouée sur une scène privée[1]. Le cas serait alors assez semblable à celui de *La Nouvelle Colonie*, retirée après une seule représentation, et dont on ne connaît qu'une version remaniée destinée à une scène de société.

La dernière pièce dont on regrette la perte a certainement existé. C'est *L'Amante frivole*, qui fut reçue au Théâtre-Français le 5 mai 1757 et mise en répétition, en janvier 1761[2]. Plusieurs témoignages anciens attestent qu'ils en gardèrent le manuscrit, et qu'ils l'avaient entre leurs mains à la mort de l'auteur. On ne sait ce qu'il est devenu depuis, et l'on suppose qu'il a été perdu pendant la très longue période d'incurie qui régna dans la conservation des archives du Théâtre-Français. Comme Marivaux en avait un double, qu'il céda au libraire Duchesne le 30 novembre 1761[3], il reste quelque espoir que *L'Amante frivole* soit un jour retrouvée.

En attendant ces hypothétiques découvertes, on trouvera dans la présente édition divers autres compléments à l'ensemble déjà connu des textes se rapportant directement au Théâtre de Marivaux. Ce sont notamment les partitions de plusieurs pièces qui viennent s'ajouter à celles que MM. Bastide et Fournier avaient déjà retrouvées et publiées.

Ces éditeurs ont inclus dans leur édition du Théâtre de Marivaux les scènes détachées du *Chemin de la fortune*, parues à l'origine dans *Le Cabinet du philosophe*, au milieu de réflexions morales auxquelles elles s'apparentaient. Nous ne les avons pas suivis. Le lecteur trouvera *Le Chemin de la fortune* à sa place naturelle, dans la quatrième section du volume de la même collection rassemblant les journaux et œuvres diverses.

En revanche, on a présenté ici séparément, à leur date respective, les deux versions de *La Colonie*, ou du moins ce qu'il en reste pour la première. Elles ont été composées à vingt ans de distance, et il n'a pas paru possible de les confondre. Nous donnons aussi, pour la première fois, en Appendice, le texte du *Legs* remanié par Marivaux lui-même en vue des représentations, ainsi que les scènes retrouvées de la tragédie *Mahomet second*.

---

1. Voir la notice de cette pièce, p. 1970 *sq.* **2.** Il était question de la représenter à la cour ; voyez l'article de Mme Sylvie Chevalley, *Revue d'Histoire du théâtre*, 1967, pp. 74-75. **3.** Voir ci-après, p. 1913.

LE COMMENTAIRE

Le commentaire se présente sous plusieurs formes. Chaque pièce est pourvue d'une notice de caractère surtout historique. Il nous a paru que le lecteur a davantage besoin des données de fait qu'il ne peut découvrir lui-même que des interprétations personnelles, toujours variables et toujours discutables, des commentateurs. C'est pourquoi nous avons donné sur les sources des indications détaillées, comprenant dans certains cas les textes dont a pu s'inspirer Marivaux. En outre, on a cité systématiquement les jugements contemporains. Ils n'aident pas seulement à comprendre chaque pièce selon l'esprit du temps ; ils permettent aussi de voir à quelles influences Marivaux a pu obéir, ou a dû résister. Parmi ces jugements, ceux du *Mercure*, quoique très longs, ont été reproduits *in extenso*. Leur intérêt est en effet multiple. À tout le moins, ils livrent les impressions d'un témoin averti, habitué à s'exprimer, en contact avec l'élément actif du public des premières représentations. Dans certains cas, ils enregistrent des versions du texte antérieures au texte imprimé qui nous est resté. Enfin, et c'est peut-être le plus intéressant, ces « extraits » étaient couramment rédigés avec la collaboration de l'auteur, que le rédacteur du *Mercure* n'hésitait pas à réclamer dans ses colonnes. On a donc dans certains de ces articles la bonne fortune de trouver un résumé des pièces les plus complexes par l'auteur lui-même : c'est ce qui s'est apparemment passé pour *Le Triomphe de l'amour* ou *Les Serments indiscrets*.

Outre les notices, chaque pièce est pourvue d'un commentaire sous forme de notes portant à la fois sur le texte (variantes) et sur son interprétation. Suivant le cas, tel ou tel aspect du commentaire est plus ou moins développé. Il est évident qu'une pièce comme *Le Legs*, pour laquelle on dispose de plusieurs états remontant à Marivaux, exige un commentaire critique plus étendu que la plupart des pièces, à propos desquelles on n'a à enregistrer que de menues variantes entre des éditions qui, probablement, n'ont pas été revues par l'auteur.

Conformément à l'usage adopté pour les autres volumes des œuvres de Marivaux, on a groupé dans un Glossaire toutes les explications portant sur le vocabulaire. L'appel se fait, dans ce cas, par un astérisque placé devant le mot figurant en tête de l'article du Glossaire. De même, les remarques sur la grammaire de Marivaux, qui n'est pas toujours conforme à la norme du temps, sont rejetées dans une Note grammaticale. Il en est de même pour les particularités du langage des paysans.

Outre ces compléments au commentaire du texte, on trouvera encore dans l'Appendice les jugements d'ensemble sur le théâtre de Marivaux, qui ne pouvaient trouver place dans les notices particulières, un tableau des représentations des pièces au xviiie siècle, tant à la Comédie-Italienne qu'à la Comédie-Française, la musique des pièces, une bibliographie, une table des noms propres figurant dans les notices et dans les notes. Il a paru bon de faire figurer immédiatement après cette introduction une chronologie de la vie et de l'œuvre de Marivaux, dans laquelle on a traité des pièces de théâtre avec un détail particulier.

Frédéric DELOFFRE.

CHRONOLOGIE [1]

1688. Le 4 février, date probable de la naissance à Paris de Pierre Carlet, fils de Nicolas Carlet, fonctionnaire de l'administration de la marine, et de Marie Bullet.

1698. Nicolas Carlet obtient, le 1er décembre, la charge de contrôleur-contre-garde de la Monnaie de Riom, comportant la résidence et valant 8 800 livres.

1704. Nicolas Carlet est nommé, le 21 juin 1704, directeur de la Monnaie de Riom, rouverte le 1er juin de cette année après une fermeture de deux ans. Pendant cette période, son fils fait probablement ses études au collège des Oratoriens de Riom.

1710. Le 30 novembre, Marivaux prend sa première inscription à l'École de droit de Paris.

1711. Seconde inscription à l'École de droit le 25 avril. L'inscription de janvier n'a pas été prise, celles de juillet et d'octobre ne le seront pas davantage. Il ne semble donc pas que le jeune homme réside à Paris.

1712. Publication du *Père prudent et équitable* à Limoges et à Paris, avec une approbation du 22 mars 1712, donnée à Limoges.

Le 14 avril, Marivaux présente en personne à Paris le manuscrit des deux premiers livres d'un roman, *Les Effets surprenants de la sympathie*, en vue d'une approbation, qui sera accordée le 10 juillet [2].

---

1. Les justifications de cette chronologie se trouvent notamment dans les travaux de Mme M.-J. Durry, dans les nôtres, dans ceux de M. Giovanni Bonaccorso, et de M. Michel Gilot. On notera que, dans cette Chronologie, la première représentation des pièces de Marivaux est marquée par l'emploi des petites capitales. Les abréviations T.-F. et T.-I. signifient respectivement Théâtre-Français et Théâtre-Italien.   2. Les dates de composition des différentes parties du roman sont assez controversées ; voir F. Rubellin, *Les Techniques narratives de Marivaux* dans *Les Effets surprenants de la sympathie*

Le 30 avril, troisième inscription à l'École de droit de « Pierre Decarlet, Parisien ».

Le 30 juin, il « supplie » en vue de passer le baccalauréat, qu'il n'obtiendra pas.

Le 8 décembre, le manuscrit (partiel ?) du _Pharsamon_ est présenté en vue d'une approbation. Plusieurs fois annoncé, ce roman ne paraîtra qu'en 1737, quoiqu'une première approbation soit accordée en janvier 1713.

1713. Janvier ou février, publication des deux premiers livres des _Effets surprenants de la sympathie_, qui font l'objet d'un compte rendu du _Journal des savants_ (numéro du 3 avril 1713).

Le 30 avril, Marivaux prend sa dernière inscription à l'École de droit. Il n'y reviendra qu'en 1721.

Le 11 mai, le manuscrit de _La Voiture embourbée_ est présenté en vue d'une approbation, qui sera accordée le 31 août.

Le 24 août, _Le Bilboquet_ est présenté en vue d'un privilège, mais n'obtient qu'une permission simple (26 octobre).

Le 22 octobre, privilège pour _La Voiture embourbée_ et le _Pharsamon_.

Le 21 décembre, une approbation est accordée pour les derniers livres des _Effets surprenants de la sympathie_.

1714. Vers janvier, publication de _La Voiture embourbée_, puis des livres III, IV et V des _Effets surprenants de la sympathie_. Publication du _Bilboquet_.

Composition du _Télémaque travesti_ et de _L'Iliade travestie_.

1715. Janvier. Annonce prématurée de la publication du _Télémaque travesti_, qui ne paraîtra qu'en 1736. Marivaux continue à travailler à ces deux œuvres burlesques.

Pendant l'année, réimpression en Hollande de _La Voiture embourbée_ et des _Effets surprenants de la sympathie_.

Marivaux prend probablement part à la Querelle des Anciens et des Modernes.

20 novembre. _L'Iliade travestie_ est présentée en vue d'une approbation.

1716. _L'Iliade travestie_ est « approuvée » le 10 juin par Fontenelle. Elle paraît dans les derniers jours de 1716 ou au début de 1717.

1717. Comptes rendus importants de l'ouvrage précédent dans le _Mercure_ de février 1717 et dans _Les Nouvelles littéraires_ (paraissant en Hollande) du 1er mai.

---

et _La Voiture embourbée_, Thèse de troisième cycle, Université Paris IV-Sorbonne, juin 1986, p. 24-55.

7 juillet. Signature à Paris du contrat de mariage de Marivaux avec Colombe Bollogne, née à Sens en 1683.

Août. Première *Lettre sur les habitants de Paris*, publiée dans le *Mercure*.

Septembre. Suite de cet ouvrage. Le même numéro du *Mercure* publie *Le Portrait de Climène, ode anacréontique*.

Octobre. Lettre de Marivaux au *Mercure* pour protester contre le nom de « Théophraste moderne » qui lui a été donné. Suite des *Caractères* sur les habitants de Paris.

1718. 24 janvier : naissance de Colombe, fille de Marivaux.

Mars. Le *Mercure* présente la suite des *Caractères de M. de Marivaux*, relative aux femmes de qualité.

Mai. Suite des *Caractères* (sur les beaux esprits).

Juin. Suite des *Caractères* (sur les auteurs).

Août. Suite de ces *Caractères*. Le même numéro du *Mercure* contient la *Lettre à une dame sur la perte d'un perroquet*.

1719. Dans le *Mercure* de mars : *Pensées sur la clarté du discours et sur le sublime*.

14 avril. Décès de Nicolas Carlet, à Riom.

Juin-juillet. Placet de Marivaux pour succéder à son père dans sa charge de directeur de la Monnaie de Riom. Sa requête n'est pas agréée.

5 août 1719. *La Mort d'Annibal*, tragédie, est reçue à la Comédie-Française.

Le *Mercure* de novembre publie le début des *Lettres contenant une aventure*.

Décembre. Suite de cet ouvrage.

1720. Février. Suite des *Lettres contenant une aventure*.

3 mars. L'Amour et la Vérité, comédie en trois actes (T.-I.), une seule représentation.

Le Mercure de mars insère un *Dialogue entre l'Amour et la Vérité*, tiré de cette pièce. Le même *Mercure* publie la suite des *Lettres contenant une aventure*.

Avril. Suite de ces *Lettres* dans le *Mercure*. C'est le dernier morceau qui paraît de l'ouvrage, laissé inachevé.

Les Nouvelles littéraires de juin annoncent : « M. de Marivaux est incertain s'il fera représenter sa nouvelle tragédie de *La Mort d'Annibal*. »

17 octobre. Arlequin poli par l'amour, comédie en un acte (T.-I.). Sans doute une douzaine de représentations.

16 décembre. Annibal, tragédie en cinq actes (T.-F.). Trois représentations seulement.

1721. 29 mai. Approbation pour la première feuille du *Spectateur français*, qui paraît en juin ou juillet.

4 septembre. Marivaux est admis à la licence en droit.

1722. 12 janvier. Approbation pour la seconde feuille du *Spectateur français*.

27 janvier. Approbation pour la troisième feuille.

28 février. Approbation pour la quatrième feuille.

10 avril. Approbation pour la cinquième feuille.

27 avril. Approbation pour la sixième feuille.

3 mai. LA SURPRISE DE L'AMOUR, comédie en trois actes (T.-I.), seize représentations pour la première série.

21 août. Approbation pour la septième feuille du *Spectateur français*.

8 septembre. Approbation pour la huitième feuille.

27 septembre. Approbation pour la neuvième feuille.

16 octobre. Approbation pour la dixième feuille.

10 novembre. Approbation pour la onzième feuille.

6 décembre. Approbation pour la douzième feuille.

30 décembre. Approbation pour la treizième feuille (numérotée première de 1723).

1723. 2 janvier. Approbation pour la quatorzième feuille (numérotée seconde, etc.).

Février. Reprise de *La Surprise de l'amour* au Théâtre-Italien.

14 mars. Approbation pour la quinzième feuille du *Spectateur français*.

27 mars. Approbation pour la seizième feuille.

6 avril. LA DOUBLE INCONSTANCE, comédie en trois actes (T.-I.), quinze représentations.

12 mai. Approbation pour la dix-septième feuille du *Spectateur français*.

8 juin. Approbation pour la dix-huitième feuille.

16 juillet. Approbation pour la dix-neuvième feuille.

18 août. Approbation pour la vingtième feuille.

Août. *La Surprise de l'amour*, comédie..., à Paris, chez la veuve Guillaume. Approbation du 19 mars 1723.

5 octobre. Approbation pour la vingt et unième feuille du *Spectateur français*.

8 novembre. Approbation pour la vingt-deuxième feuille du *Spectateur français*.

13 novembre. Reprise de *La Double Inconstance*.

Novembre. Publication d'*Arlequin poli par l'amour*, chez la veuve Guillaume, avec une approbation du 2 juin 1723.

Sans doute en 1723. Mort de Mme de Marivaux.

1724. 3 janvier. Approbation pour la vingt-troisième feuille du *Spectateur français*.

5 février. Le Prince travesti, comédie en trois actes (T.-I.), dix-sept représentations.

8 juillet 1724. La Fausse Suivante, comédie en trois actes (T.-I.), treize représentations.

22 juillet. Approbation pour la vingt-quatrième feuille du *Spectateur français*.

3 octobre (?). *Le Dénouement imprévu* est reçu au Théâtre-Français. Le même jour, *La Double Inconstance* est jouée à Fontainebleau devant la cour.

Octobre. Publication de la vingt-cinquième (et dernière) feuille du *Spectateur français*, imprimée à Sens.

24 octobre. Représentation à Fontainebleau de *La Fausse Suivante*.

18 novembre. Représentation à Fontainebleau de *La Surprise de l'amour*.

2 décembre. Le Dénouement imprévu, comédie en un acte (T.-F.), six représentations.

1725. 5 mars. L'Île des esclaves, comédie en un acte (T.-I.), vingt et une représentations à la ville.

13 mars. *L'Île des esclaves* est jouée devant la cour à Versailles.

Avril. Compte rendu dans le *Mercure* : « M. de Marivaux, qui en est l'auteur, est accoutumé à de pareils succès, et tout ce qui part de sa plume lui acquiert une nouvelle gloire. »

13 avril. Romagnesi fait ses débuts au Théâtre-Italien dans le rôle de Lélio de *La Surprise de l'amour*.

Vers avril, *L'Île des esclaves*, à Paris, chez Pissot, avec approbation du 28 mars.

19 août. L'Héritier de village, comédie en un acte (T.-I.), dix représentations au moins.

12 septembre. À Fontainebleau, représentation d'*Arlequin poli par l'amour*.

18 septembre. Au même lieu, représentation de *La Surprise de l'amour*.

1er octobre. Dans les mêmes conditions, *La Double Inconstance*.

15 décembre. *La Surprise de l'amour* relaie *L'Italienne française*, que le public du Théâtre-Italien n'écoute pas.

1726. 10 janvier. Riccoboni fils fait ses débuts dans *La Surprise de l'amour*.

8 février. Le même joue le rôle de Lélio dans une reprise de *La Fausse Suivante*.

14 mars. À la cour, représentation de *La Surprise de l'amour*.

28 mars. À la cour, représentation de *L'Île des esclaves* et de *La Double Inconstance*.

1727. 30 janvier. La seconde *Surprise de l'amour* est reçue au Théâtre-Français.

16 février. La veuve Coutelier demande un privilège général pour *La Vie de Marianne*. Un manuscrit est déposé. On ne sait ce qu'il advient de cette demande.

19 mars. Approbation pour la première feuille de *L'Indigent philosophe*.

11 avril. Approbation pour la seconde feuille de *L'Indigent philosophe*.

22 avril. Approbation pour la troisième feuille de *L'Indigent philosophe*.

8 mai. Approbation pour la quatrième feuille de *L'Indigent philosophe*. Le même jour, un privilège est accordé pour *Le Prince travesti, Le Dénouement imprévu, Annibal*, qui paraissent peu de temps après chez Pissot.

25 mai. Approbation pour la cinquième feuille de *L'Indigent philosophe*.

13 juin. Approbation pour la sixième feuille de *L'Indigent philosophe*.

5 juillet. Approbation pour la septième (et dernière) feuille de *L'Indigent philosophe*.

Vers juillet. *La Bibliothèque française* donne, d'après *L'Almanach du Parnasse*, une brève notice sur Marivaux : « Son nom est Carlet. Les connaisseurs ne font pas beaucoup de cas de ses comédies, qui sont pleines de cette métaphysique répandue dans son *Spectateur français* et dans son *Indigent philosophe*. Il y a cependant beaucoup d'esprit dans *La Surprise de l'amour* et dans *La Double Inconstance*. »

3 août. *L'Île de la Raison* est reçue à la Comédie-Française.

11 septembre. Les Petits Hommes ou L'Île de la Raison, comédie en trois actes (T.-F.), quatre représentations.

Septembre. Compte rendu du *Mercure* : « Quoique pleine d'esprit, [elle] ne parut pas être goûtée du public. »

Octobre. Publication de *L'Île de la Raison* chez Prault, avec privilège du 26 septembre.

Novembre. Le *Mercure* annonce que les comédiens-français « doivent donner incessamment » *La Surprise de l'amour*.

Décembre. Le premier tome du *Mercure* de décembre réitère que les Comédiens « donneront incessamment » cette pièce.

31 décembre. La Surprise de l'amour, comédie en trois actes (T.-F.), quatorze représentations.

1728. Vers le 15 janvier. Compte rendu de cette pièce dans le *Mercure*, qui estime que « la demoiselle Lecouvreur et le sieur Quinault excellent dans leurs rôles ».

27 février. Reprise de *La Surprise de l'amour* au Théâtre-Français.

1er mars. Au Théâtre-Italien, première représentation d'*Arlequin Hulla*, attribué ordinairement à Dominique et Romagnesi, « mais que l'on croit de Marivaux », suivant la *Correspondance de Grimm* (tome IX, p. 397).

Avril. Première édition collective véritable du *Spectateur français*, avec une approbation du 3 janvier. Le tome II contient des pièces détachées, tirées du *Mercure*, dont Marivaux a corrigé le texte, *L'Indigent philosophe* et dans certains exemplaires *L'Île de la Raison*.

22 avril. Le Triomphe de Plutus, comédie en un acte (T.-I.), treize représentations dans la première série, et six de plus dans l'année. L'auteur ne s'est pas fait connaître, et la musique de Mouret a contribué au succès de la pièce.

27 avril. Une approbation, dont la demande avait été présentée dès la fin de l'année précédente, est accordée pour le premier livre de *La Vie de Marianne*.

1729. Février. Publication de *La Fausse Suivante*, chez Briasson, avec une approbation du 6 août 1724.

7 mai. Reprise du *Prince travesti* en cinq actes.

11 mai. Sticotti fait ses débuts au Théâtre-Italien dans *La Surprise de l'amour*.

18 juin. La Nouvelle Colonie ou La Ligue des femmes, comédie en trois actes (T.-I.), une représentation. Résumé de cette pièce dans le *Mercure* de juin.

3 décembre. Représentation à la cour de *La Double Inconstance* et d'*Arlequin Hulla*.

1730. 23 janvier. Le Jeu de l'amour et du hasard, comédie en trois actes (T.-I.), quatorze représentations.

28 janvier. Représentation à la cour du *Jeu de l'amour et du hasard*, qui y est « très goûté ».

21 février. Représentation à la cour d'*Arlequin poli par l'amour* avec *Arlequin sauvage*.

Avril. Publication du *Jeu de l'amour et du hasard* dans le recueil du Nouveau Théâtre-Italien de Briasson.

Composition probable de *Mahomet second*.

1731. 10 février. Nouvelle représentation à la cour du *Jeu de l'amour et du hasard*, avec *Arlequin Hulla*.

9 mars. *Les Serments indiscrets* sont reçus au Théâtre-Français.

10 mars. Représentation à la cour de *La Surprise de l'amour*.

3 avril. Réouverture du Théâtre-Italien avec *Timon le Misanthrope* et *L'Île des esclaves*.

7 avril. Représentation à la cour de *La Double Inconstance* et d'*Arlequin poli par l'amour*.

Printemps. Publication du premier livre de *La Vie de Marianne*, avec un privilège du 13 mai 1728.

7 juillet. Nouvelle représentation à la cour du *Jeu de l'amour et du hasard*.

4 octobre. *La Réunion des Amours* est reçue au Théâtre-Français.

5 novembre. LA RÉUNION DES AMOURS, comédie en un acte (T.-F.). Dix représentations avant la fin de l'année.

1732. Janvier. Publication de cette pièce chez Chaubert.

12 mars. LE TRIOMPHE DE L'AMOUR, comédie en trois actes (T.-I.), six représentations.

15 mars. Représentation du *Triomphe de l'amour* à la cour, avec un vif succès.

Vers mars. Billet de Marivaux à l'acteur Quinault-Dufresne : « Enfin, Monsieur, la résolution de jouer *Les Serments indiscrets* est donc prise... »

Juin. Publication du *Triomphe de l'amour*, chez Prault.

8 juin. LES SERMENTS INDISCRETS, comédie en cinq actes (T.-F.), qui est sifflée et n'a que huit représentations.

25 juillet. L'ÉCOLE DES MÈRES, comédie en un acte (T.-I.), quinze représentations.

Octobre-novembre. Publication des *Serments indiscrets* et de *L'École des mères*, avec approbations du 28 juin et du 7 août, chez Prault.

Décembre. Le nom de Marivaux est prononcé à l'occasion d'une élection à l'Académie, mais c'est Moncrif qui est élu.

1733. 4 février. Une approbation est accordée pour *Le Petit-Maître corrigé*.

Printemps. Voltaire attaque Marivaux dans *Le Temple du goût*. Désigné comme un auteur qui « venait de composer une comédie métaphysique », il est laissé à la porte du temple.

6 juin. L'HEUREUX STRATAGÈME, comédie en trois actes (T.-I.), dix-huit représentations.

Juin-juillet. Publication de *L'Heureux Stratagème*, chez Prault, avec approbation du 20 juin.

17 septembre. Une approbation est accordée pour *Le Cabinet du philosophe*. Cette approbation couvre sans doute les premières feuilles de cet ouvrage, qui en compte onze.

12 octobre. « Marivaux est sur le point de donner la suite d'une petite brochure intitulée *La Vie de Marianne*, qui parut et eut un grand succès il y a environ deux ans. On l'a mis au rang de ceux qui prétendent à la place vacante de l'Académie française. Cet auteur aurait bien de l'esprit s'il ne songeait pas tant à en avoir, ou pour parler encore plus juste, s'il parlait un langage à se faire entendre. » *(Journal de la Cour et de Paris.)*

1734. Janvier. Début de la publication du *Cabinet du philosophe*, qui se poursuit pendant six mois environ.

Fin janvier. Publication de la seconde partie de *La Vie de Marianne*, avec approbation du 15 janvier 1734.

Compte rendu méprisant de Desfontaines dans le *Pour et Contre*, nombre XXX.

30 janvier. Représentation à la cour d'*Arlequin poli par l'amour*, avec *Arlequin sauvage*.

18 mars. Approbation pour le premier livre du *Paysan parvenu*, qui paraît en mai.

20 mai. Approbation pour la seconde partie du *Paysan parvenu*, qui paraît en juin.

5 juillet. Approbation pour la troisième partie du *Paysan parvenu*, qui paraît vers le mois d'août.

16 août. LA MÉPRISE, comédie en un acte (T.-I.). Destinée à soutenir une reprise de *L'Heureux Stratagème*, cette comédie n'eut que trois représentations.

21 septembre. *Le Petit-Maître corrigé* est reçu au Théâtre-Français.

30 septembre. Approbation pour le quatrième livre du *Paysan parvenu*, qui paraît en octobre.

6 novembre. LE PETIT-MAÎTRE CORRIGÉ, comédie en trois actes (T.-F.), qui est sifflé et n'a que deux représentations.

1735. 1er avril. Approbation pour la cinquième partie du *Paysan parvenu*, qui paraît en avril-mai.

9 mai. LA MÈRE CONFIDENTE, comédie en trois actes (T.-I.), dix-neuf représentations.

Juin. Publication de *La Mère confidente*, chez Prault, avec une approbation du 23 mai 1735.

Approbation pour la troisième partie de *La Vie de Marianne*, qui paraît en novembre.

8 novembre. *La Gazette d'Amsterdam* annonce que le libraire hollandais Ryckhoff imprime *Le Télémaque travesti*. Marivaux rejette la paternité de cet ouvrage, qui est pourtant de lui.

Fin novembre-début décembre. Dubuisson note dans son *Journal* qu'il est question de donner au Théâtre-Italien, après *Les Amours anonymes* de Boissy (créée le 5 décembre), « *L'Auberge provinciale*, petite comédie de M. de Marivaux ».

18 décembre. Reprise de *La Double Inconstance*.

1736. 8 janvier. Mlle Clairon fait ses débuts au Théâtre-Italien dans le rôle de Cléanthis de *L'Île des esclaves*, reprise à cette occasion.

Février. Publication de la première moitié du tome I du *Télémaque travesti*, à Amsterdam.

Mars. Publication de la seconde moitié de ce premier tome.

19 mars. Approbation pour le quatrième livre de *La Vie de Marianne*, qui paraît en mars-avril.

20 avril. *Le Legs* est reçu au Théâtre-Français.

11 juin. Le Legs, comédie en un acte (T.-F.), sept représentations.

Juillet. Publication de la première partie du tome II du *Télémaque travesti*.

4 septembre. Approbation pour la cinquième partie de *La Vie de Marianne*, qui paraît en septembre.

13 octobre. *La Gazette d'Amsterdam* annonce que « B. Gibert, libraire à La Haye, débitera dans quelques jours *Le Legs*, comédie en un acte ». Cette édition n'a pas été retrouvée.

27 octobre. Approbation pour le sixième livre de *La Vie de Marianne*, qui paraît en novembre.

31 octobre. Débuts de Catolini dans le rôle d'Arlequin de *La Surprise de l'amour*.

Décembre. Publication de la seconde partie du tome IV du *Télémaque travesti*, qui se vend complet en Hollande, mais dont le premier quart seulement est connu en France.

Décembre. Publication du *Legs*, chez Prault. C'est la plus ancienne édition conservée.

21 décembre. Le libraire Ryckhoff annonce qu'il imprime *Pharsamon*.

1737. Janvier. Publication du premier tome du *Pharsamon* chez Prault, à Paris, avec une approbation du 1er décembre 1736.

27 janvier. Approbation pour la septième partie de *La Vie de Marianne*, qui paraît en février.

16 mars. Les Fausses Confidences, comédie en trois actes (T.-I.) ; au moins six représentations, mais succès médiocre, dû apparemment au jeu des acteurs.

21 mai. Dans *La Gazette d'Amsterdam*, le libraire Neaulme annonce l'édition hollandaise de la septième partie de *La Vie de Marianne*, et annonce qu'il a sous presse la huitième partie.

Juin. Prault met en vente le second tome du *Pharsamon*.

6 septembre. Dans *La Gazette d'Amsterdam*, le libraire de Hondt annonce à son tour qu'il débite le *Pharsamon*.

1738. 31 janvier. Gosse et Neaulme, libraires à La Haye, annoncent qu'ils vendent la huitième partie de *La Vie de Marianne*.

7 mars. Reprise des *Serments indiscrets*, « aujourd'hui, [cette pièce] est infiniment plus goûtée ».

7 juillet. La Joie imprévue, comédie en un acte (T.-I.). Destinée à soutenir une reprise des *Fausses Confidences*, cette pièce eut assez de succès (nombre de représentations inconnu). Quant aux *Fausses Confidences*, « représentée dans la plus grande perfection », elle est cette fois « généralement applaudie ».

Octobre. Publication des *Fausses Confidences*, avec une approbation du 15 septembre.

Novembre. Publication de *La Joie imprévue*, avec une approbation du 26 octobre.

1739. 13 janvier. LES SINCÈRES, comédie en un acte (T.-I.) « Fort applaudie » à la première représentation, elle n'a ensuite qu'un succès médiocre. Nombre de représentations inconnu.

Février. Publication des *Sincères*, avec une approbation du 28 janvier.

Mai. Publication de *La Méprise*, avec une approbation du 26 avril 1739.

15 juin. Débuts de Sticotti, fils cadet dans le rôle de Lélio de *La Surprise de l'amour*

19 août. Mort de l'Arlequin Thomassin (l'Arlequin de toutes les pièces de Marivaux) après une longue maladie. Mois inconnu. Publication du *Petit-Maître corrigé*, avec un privilège du 16 mars 1736.

1740. 22 mars. Reprise de *L'Heureux Stratagème* et de *L'École des mères*.

24 mai. Le sieur Gasparini, Vénitien, fait ses débuts dans le rôle de Dorante du *Jeu de l'amour et du hasard*.

20 octobre. Les comédiens-français représentent à Fontainebleau *La Surprise de l'amour*.

19 novembre. L'ÉPREUVE, comédie en un acte (T.-I.), « très bien reçue du public » ; dix-sept représentations.

Décembre. Publication de *L'Épreuve*, chez Mérigot, avec une approbation du 29 novembre 1740.

Fin de l'année. Publication des livres IX, X et XI de *La Vie de Marianne*, à La Haye, chez Neaulme. Ils sont datés de 1741.

1741. 2 septembre. Reprise de *La Fausse Suivante*, que Silvia joue « avec beaucoup d'applaudissement ». Intermède dansé à la fin du second acte par la demoiselle Roland et le sieur Poirier.

7 octobre. Reprise des *Fausses Confidences*. Dans les entractes, les mêmes acteurs interprètent de nouveaux divertissements, « très goûtés du public ».

Mois inconnu. *La Commère*, destinée au Théâtre-Italien, non représentée.

1742. Nouvelle reprise de *La Fausse Suivante*. Silvia y joue « d'une manière à ne rien laisser désirer ».

16 octobre. « On mande de Berlin que le roi de Prusse a vu représenter, le soir, sur le nouveau théâtre du Palais, la seconde des comédies françaises intitulées *La Surprise de l'amour*. » (*Mercure* de novembre.)

10 novembre. Marivaux est élu à l'Académie.

1743. 20 janvier. Mort du cardinal Fleury.

4 février. Marivaux, reçu à l'Académie, fait son éloge. Son discours est publié le même mois.

Avril. Pour sa réouverture annuelle, le Théâtre-Italien reprend *La Double Inconstance.*

27 juillet. Reprise de *L'Épreuve.*

1744. 24 avril. Location d'un corps de logis de l'Hôtel d'Auvergne par Mlle de Saint-Jean, qui y habite peut-être dès cette époque avec Marivaux.

25 août. Lecture à l'Académie de *Réflexions sur le progrès de l'esprit humain* [1].

22 septembre. *La Dispute* est reçue au Théâtre-Français « tout d'une voix, pour être jouée avant toute autre ».

19 octobre. LA DISPUTE, comédie en un acte (T.-F.), une seule représentation.

29 décembre. Lecture à l'Académie de *Réflexions sur les différentes sortes de gloire*, dont le texte semble perdu.

1745. Mois inconnu. Colombe-Prospère de Marivaux, fille de l'écrivain, entre au noviciat de l'abbaye du Trésor, près de Bus-Saint-Rémy (Eure).

1746. Mois inconnu. Un contrat de cent dix livres de rente est passé par le duc d'Orléans en faveur de « Mme de Marivaux, religieuse ».

6 août. LE PRÉJUGÉ VAINCU, comédie en un acte (T.-F.), sept représentations.

1747. Mars. Publication, chez Jacques Clousieur, de *La Dispute* et du *Préjugé vaincu*, ces deux pièces pourvues d'une approbation du 25 octobre 1746.

27 mai. Marivaux remercie l'Académie « des compliments que MM. de La Chaussée et Duclos lui avaient faits sur sa maladie ».

27 octobre. Reprise d'*Annibal* au Théâtre-Français. Accueil favorable, cinq représentations.

En 1747, paraît en Allemagne, à Hanovre, un recueil de pièces de Marivaux traduites en allemand (première partie).

1748. 4 avril. Lecture à l'Académie de *Réflexions en forme de lettre sur l'esprit*, dont le texte semble perdu.

1749. 24 août. Lecture à l'Académie du début d'un ouvrage intitulé *Réflexions sur Corneille et Racine.*

24 septembre. Suite de cette lecture.

14 décembre. Lettre de Marivaux à la comtesse de Verteillac :

---

1. On trouvera le texte de ces lectures académiques dans le volume des *Journaux et Œuvres diverses*, cinquième section.

« Mme de Tencin n'est plus. La longue habitude de la voir qui m'avait lié à elle n'a pu se rompre sans beaucoup de sensibilité de ma part. » Marivaux fréquente désormais le salon de Mme Geoffrin.

1750. Lecture à l'Académie de la suite des *Réflexions sur Corneille et Racine*, qui, d'après Raynal, n'est pas écoutée.

Décembre. Le *Mercure* publie *La Colonie* (remaniement de *La Nouvelle Colonie*), en un acte, « qui a été jouée dans une société ».

1751. Mars. Le *Mercure* publie deux compliments faits par Marivaux au nom de l'Académie, l'un à Lamoignon, nommé chancelier (27 décembre 1750), l'autre au garde des Sceaux (8 janvier 1751). Ils sont suivis de *Réflexions de M. de Marivaux*.

25 août. Marivaux lit à l'Académie des *Réflexions sur les Romains et les anciens Perses*.

Octobre. Le *Mercure* publie les *Réflexions* précédentes.

21 octobre. Mort de Mme de Verteillac.

1752. Réédition du *Spectateur français* et des autres œuvres morales de Marivaux, chez Prault, en deux volumes.

Juin. L'ouvrage intitulé *Le Quart d'heure d'une jolie femme, ou les Amusements de la toilette* contient un jugement intéressant sur Marivaux : « J'ai toujours considéré M. de Marivaux comme le Racine du théâtre comique, habile à saisir les situations imperceptibles de l'âme, heureux à les développer ; personne n'a mieux connu la métaphysique du cœur, ni mieux peint l'humanité. »

1753. 7 juillet. Marivaux s'acquitte de 900 livres envers Mlle de Saint-Jean, à qui il en doit 20 900, et lui fait une donation générale de ses biens.

25 août. Le portrait de Marivaux par L.-M. Van Loo est exposé au salon de l'Académie royale de peinture et de sculpture.

1754. Décembre. Le *Mercure* publie *L'Éducation d'un prince, dialogue*, composé sans doute à l'occasion de la naissance du futur Louis XVI (le 27 août).

1755. Janvier. Publication du *Miroir*, dans le *Mercure de France*.

Avril. Le *Mercure* publie un *Fragment d'un ouvrage de M. de Marivaux qui a pour titre : « Réflexions sur l'esprit humain, à l'occasion de Corneille et de Racine. »* Il s'agit du morceau lu à l'Académie le 24 août 1749.

Juin. Le *Mercure* publie des *Réflexions de M. de Marivaux*, qui sont probablement les *Réflexions sur le progrès de l'esprit humain* lues à l'Académie le 25 août 1744.

24 août. LA FEMME FIDÈLE, comédie en un acte, représentée au théâtre de Berny. Une seconde représentation le lendemain.

1757. 5 mars. Lecture au Théâtre-Français de *Félicie* qui est reçue pour être jouée « à son tour ».

Mars. Le *Mercure* publie *Félicie*, que Marivaux n'espère pas voir représenter.

5 mai. *L'Amante frivole* est reçue au Théâtre-Français « pour être jouée à son tour et dans le temps où on le jugera convenable pour le bien de la troupe ». Le texte de cette pièce, que les comédiens avaient entre leurs mains à la mort de Marivaux, sera perdu par eux.

10 octobre. Presque certainement avec le fruit d'un contrat passé avec Duchesne (voir ci-après), Marivaux solde tout compte avec Mlle de Saint-Jean.

15 octobre. Marivaux et Mlle de Saint-Jean se constituent une rente annuelle de 2 800 livres, 2 000 pour elle, 800 pour lui, dont la totalité reviendra au survivant.

Novembre. *Le Conservateur* publie sans nom d'auteur *Les Acteurs de bonne foi* et annonce qu'il publiera une autre pièce reçue en même temps, *La Provinciale*, si la première « ne déplaît pas ».

Décembre. Le *Mercure* donne la suite de l'ouvrage qu'il avait commencé à publier en juin 1755, sous le titre de *Suite des Réflexions sur l'esprit humain, à l'occasion de Corneille et de Racine* [1].

1758. 20 janvier. Marivaux, malade, fait son testament.

2 mars. Marivaux reprend sa place aux séances de l'Académie, auxquelles il n'avait pas assisté depuis le 14 janvier.

19 juin. Marivaux remercie l'Académie du « compliment qu'elle lui a fait pendant sa maladie ».

Sans doute vers la fin de l'année, Duchesne publie en sept volumes les *Œuvres de Théâtre de M. de Marivaux*, avec une approbation du 1er novembre et un privilège du 30 décembre 1757. Cette édition contient pour la première fois *Félicie, Les Acteurs de bonne foi* [2], et diverses partitions jusque-là inédites.

1759. 1er octobre. Le sort désigne Marivaux comme directeur de l'Académie française.

1761. Janvier. Il est question de représenter à la cour *L'Amante frivole*.

Avril. La Place, ancien directeur du *Conservateur*, disparu, publie, dans le *Mercure, La Provinciale*, précédée d'une notice l'attri-

---

1. On trouvera cette importante *Suite* réimprimée pour la première fois dans le volume des *Journaux et Œuvres diverses*, pp. 478-492.   2. Il faut préciser que ces deux pièces n'apparaissent que dans certains exemplaires : sans doute ceux qui ont été constitués après novembre 1761 (voir à cette date).

buant à « un auteur connu par plusieurs pièces justement applaudies ».

30 novembre. Reçu de 500 livres à Duchesne pour trois pièces, *Félicie, L'Amante frivole* et *Les Acteurs de bonne foi*.

1762. 8 mars. Marivaux, absent des séances de l'Académie depuis le 16 janvier, remercie ses collègues de l'« inquiétude » qu'ils lui ont marquée durant sa maladie.

1763. 12 février. Mort de Marivaux à Paris, rue de Richelieu.

1781. *Œuvres complètes de M. de Marivaux* (éditées par l'abbé La Porte), Paris, veuve Duchesne, en 12 volumes in-8, Approbation du 12 avril 1781, privilège du 21 août 1781.

LE PÈRE PRUDENT
ET
ÉQUITABLE

NOTICE

Malgré l'influence sensible du genre romanesque sur Marivaux à ses débuts, l'œuvre par laquelle il est entré dans la carrière littéraire n'est pas un roman, mais une pièce de théâtre. C'est peut-être que le théâtre, plus que le roman, est intégré à la tradition pédagogique du temps, surtout grâce aux collèges jésuites. En outre, dès la fin du XVIIᵉ siècle, le théâtre de société devient une distraction raffinée, aussi appréciée en province qu'à Paris. L'héroïne d'un roman de Marivaux, composé vers cette époque, raconte qu'« au nombre des parties qu'on faisait tous les jours », dans la société de châteaux à laquelle elle appartient, « [ses] amants proposèrent de représenter une tragédie, où [elle ferait] le premier rôle de femme[1] ». Si l'on en croit l'avis de l'« Imprimeur » (certainement inspiré par l'auteur) au Lecteur, en tête de la pièce, c'est à la suite d'une gageure, conclue dans une « compagnie », qu'elle aurait été composée. On ne saura sans doute jamais si la pièce fut représentée dans la même compagnie. Mais il importe au moins de préciser la date de sa composition.

Celle que l'on donne généralement, 1706, est en effet inadmissible. Il est aisé de montrer comment elle s'accrédita. Dès 1759, La Porte, futur éditeur des *Œuvres diverses*, interprétant la phrase suivant laquelle l'auteur « parlait en jeune homme », avait dit que Marivaux avait composé sa pièce « à peine sorti du collège[2] ». Lesbros, en 1769, suivi par d'Alembert, traduisait cette formule par une autre, « à l'âge de dix-huit ans », qui n'avait pas à ses yeux de valeur exacte. On en déduisit, au XIXᵉ siècle, la date de 1706, pieusement conservée ensuite au nom de la tradition. On observera pourtant qu'il est absurde d'admettre à la fois, comme on le fait, que la pièce fut composée à Limoges en 1706 et que Marivaux, étudiant à Paris six

---

1. *Pharsamon*, édit. des *Œuvres de jeunesse*, p. 468. **2.** *L'Observateur littéraire*, 1759, tome I, p. 74.

ans plus tard [1], y revint spécialement pour l'y faire imprimer. En fait, si Marivaux, en mars 1712, sollicite du sieur Rogier, seigneur du Buisson, lieutenant général du roi de Limoges, une permission pour sa pièce et la place sous la protection de ce personnage [2], c'est sans doute qu'il vient de jouer quelque rôle dans une représentation privée, lors d'un séjour à Limoges où ses parents, quoi qu'on en ait dit, n'ont jamais demeuré [3]. Il est, du reste, une preuve formelle que *Le Père prudent et équitable* n'a pu être composé avant 1708 : c'est que Marivaux s'y inspire, de toute évidence, du *Légataire universel* de Regnard, joué au début de 1708 et imprimé la même année. Il faut insister sur cette imitation, non pour l'établir, car elle n'est pas douteuse, mais pour montrer où en est alors le créateur du marivaudage.

Une jeune fille qui aime un jeune homme, et à qui on veut imposer d'autres prétendants, la donnée est assez banale pour qu'on ne puisse lui assigner aucun modèle particulier. Mais les moyens employés pour la débarrasser des prétendants importuns sont facilement identifiables. Ils viennent pour l'essentiel du *Légataire universel*. De même que le Crispin de Regnard prenait successivement l'habit d'un neveu de Normandie et d'une nièce du Maine pour dégoûter Géronte de ces personnages, de même Crispin joue tour à tour les rôles de Démocrite, d'Ariste et de la Boursinière pour dégoûter les uns des autres beau-père et gendres éventuels. Le choix même du type de Crispin [4] est significatif. Créé par Raymond Poisson vers 1660, repris par son fils en 1686, ce rôle de valet, qui n'existe

---

1. Il prend ses inscriptions semestrielles à l'École de droit de Paris le 30 novembre 1710, le 25 avril 1711, le 30 avril 1712, et enfin le 30 avril 1713. Les deux dernières fois, il se dit, non plus *riomensis* ou *arvernus*, mais *parisiensis* (M.-J. Durry, *À propos de Marivaux*, p. 25, note 2).   **2.** Ce personnage n'a pas laissé un grand souvenir dans l'histoire locale. Les registres consulaires, obligeamment consultés pour nous par M. J. Decanter, archiviste départemental, permettent seulement de savoir que Rogier du Buisson exerçait sa charge le 10 décembre 1708 au plus tard (tome IV, p. 189), et que son neveu Jean Rogier des Essarts lui succéda dans sa double charge de lieutenant général civil et de police en la sénéchaussée et siège présidial du Haut-Limousin en vertu de lettres de nomination du 8 août 1718.   **3.** Contrairement à ce qu'on a dit parfois, précisément à partir des circonstances de la publication du *Père prudent*, abusivement interprétées, le père de Marivaux, Nicolas Carlet, n'a jamais été directeur de la Monnaie de Limoges. C'est à Riom qu'il a exercé ces fonctions, de 1699 à sa mort, survenue en 1719.   **4.** C'est celui d'un « personnage plaisant, flatteur éternel, complaisant à gages, conseiller importun, qui se mêle de tout, s'empresse pour rien, et fait l'homme nécessaire dans les choses qui le sont le moins » (*Anecdotes dramatiques*, tome III, p. 400).

pas chez Molière, est habituel chez Regnard. Au reste, les imitations de cet auteur par Marivaux ne se limitent pas au *Légataire*. Le nom du père, Démocrite, pourrait venir du *Démocrite amoureux* (1700). La Minardinière, tel que le décrit Crispin[1], ressemble au chevalier Ménechme, dans la comédie imitée de Plaute par Regnard. Enfin, l'idée de la folie de la jeune fille, ou plutôt ici de la soubrette qui tient sa place, a dû être suggérée à Marivaux par *Les Folies amoureuses* (1704), dont il tirera encore parti dans *Le Dénouement imprévu*.

L'influence de Molière est aussi très sensible, tant dans le choix de certains noms propres, Toinette, maître Jacques, Ariste, que dans plusieurs imitations. La troisième scène, de dépit amoureux, la huitième, où la servante cherche à détourner son maître du projet de mariage qu'il a formé pour sa fille, sont classiques chez Molière. D'autres scènes sont copiées de *Monsieur de Pourceaugnac* : la sixième (Toinette, dans le rôle de sa maîtresse, dégoûte de sa personne le prétendant Ariste ; comparer, dans la pièce de Molière, acte II, sc. VI), la quinzième (Crispin donne au financier l'avis d'une maladie horrible qui frappe la famille de Démocrite ; voir chez Molière, acte II, sc. II et IV), la vingt et unième (le même Crispin, déguisé en femme, vient accuser de bigamie le chevalier de la Minardinière, comme dans *Monsieur de Pourceaugnac*, acte II, sc. VIII et IX). Mais si Molière fournit à Marivaux des idées de scènes, le style du *Père prudent* lui doit beaucoup moins qu'à Regnard. Outre l'emploi de l'alexandrin, qui dans une pièce de ce genre fait penser davantage au second, les réminiscences d'expression sont nombreuses. Ainsi, le vers *Je te fonde, Crispin, une sûre cuisine*[2] n'est qu'un écho d'un vers du *Légataire : Si c'est sur mon bien seul qu'il fonde sa cuisine*. Un passage entier est même démarqué de Regnard[3]. Au contraire, les rencontres d'expression avec Molière sont rares, même dans les scènes directement imitées. À plus forte raison ne trouve-t-on jamais chez Marivaux le rythme caractéristique de la phrase de Molière. À côté des tirades amples et cadencées de *L'Étourdi*, par exemple, celles du *Père prudent* paraissent essoufflées, avec leurs phrases de deux vers coïncidant avec les paires de rimes[4]. Par la suite, Marivaux accueillera volontiers les réminis-

---

1. « Ce sont de nos cadets brouillés avec l'argent :/ Chez les vieilles beautés est leur bureau d'adresse. » (Sc. III.)   **2.** Sc. IV.   **3.** Sc. III. Voir ci-après, p. 57, note 1.   **4.** Voir sc. I, tirade de Démocrite ; sc. II, première et seconde tirades de Cléandre ; sc. XXIV, tirade de maître Jacques, etc.

cences de Regnard, surtout celles de son théâtre italien ; mais il écartera celles de Molière, comme pour préserver son originalité.

Mises à part ces imitations de Molière et de Regnard, *Le Père prudent* se réduit à peu de choses. Le personnage le plus amusant, celui de maître Jacques, qui prend sur lui les intérêts de son maître, fait à sa place la demande en mariage, et appelle *beau-père* le père de la future, peut avoir pour original le Lucas de *L'Esprit de contradiction* de Dufresny, pièce souvent jouée sur les scènes de châteaux. Marivaux se souviendra plus tard de ce fermier bavard et raisonneur, qui deviendra le maître Pierre du *Dénouement imprévu* et le maître Blaise de *L'Épreuve*.

Si l'on observe encore que les vers démarqués de Corneille et de Racine, non sans habileté parfois, fournissent une bonne partie des tirades de Cléandre et de Philine, on avouera que la part de l'imitation est primordiale dans ce premier essai de Marivaux. À défaut d'originalité, peut-on pourtant lui reconnaître quelque mérite ? Pour La Porte, qui la jugea du vivant même de Marivaux[1], celui-ci aurait seulement prouvé, en la faisant, « qu'une mauvaise comédie est une chose aisée pour un homme d'esprit ». En effet, continue La Porte, *Le Père prudent* « ... pèche [...] par l'intrigue, qui est usée... ». Ceci est vrai, sans doute, mais n'a pas trop d'importance pour une pièce de ce genre. On peut aussi reconnaître que les situations y sont assez habilement renouvelées, que les vers, non exempts de faiblesses, ne sont pourtant pas si faux qu'on veut bien le dire, et même ne manquent pas toujours d'aisance. Enfin, la verve rustique de maître Pierre, affaiblie dans les rééditions[2], donne à cette pièce quelque chose de la saveur provinciale et rustique du *Pharsamon* ou du *Télémaque travesti*[3]. En la faisant figurer dans le recueil de son Théâtre publié en 1758, Marivaux n'obéissait pas seulement, comme le disait

---

1. *L'Observateur littéraire*, 1759, tome I, pp. 74-75. **2.** Un exemple significatif. Parlant de Toinette, maître Jacques fait son éloge par les termes : *L'agriable camarde !* L'édition de 1758 corrige platement : *L'aimable camarade !* Voir ci-après, p. 45. **3.** Bien entendu, le langage de maître Jacques, pas plus que celui des héros de ces romans, n'a aucun caractère proprement auvergnat ou limousin. C'est celui des paysans de théâtre, lui-même inspiré par le véritable patois parlé par les paysans de la région parisienne. Recueilli à l'époque de la Fronde dans les *Agréables Conférences de deux paysans de Saint-Ouen et de Montmorency* (1649-1651, réédition les Belles-Lettres, 1961) et dans *Le Pédant joué* de Cyrano de Bergerac, il passa de là chez Molière, puis chez Dancourt, Dufresny, etc. Voir la *Note sur le patois des paysans de Marivaux*, p. 2271.

La Porte, à l'«amour paternel» : il laissait un témoignage, presque une confidence, sur ses débuts dans la carrière dramatique.

Une telle raison ne pouvait faire trouver grâce au *Père prudent* auprès de la critique du temps. Seul, La Porte lui consacra la notice suivante, dont on a déjà cité quelques formules :

« À peine sorti du collège, M. de Marivaux s'était avisé de dire qu'une comédie n'était pas un ouvrage difficile : pour le prouver il composa son *Père prudent*, et fit voir, en effet, qu'une mauvaise comédie est une chose aisée pour un homme d'esprit. Celle-ci se ressent de la jeunesse de l'auteur, et du peu de temps qu'il y employa. Elle pèche également, et par l'intrigue, qui est usée, et par le titre, qui ne lui convient nullement : car où sont la prudence et l'équité d'un père qui refuse de donner sa fille à un mari qu'elle aimerait, et lui laisse le choix entre trois autres qu'elle ne connaît pas ? La fourberie de Crispin, découverte, rend également faux le second titre de la pièce [1]. »

Mises à part les remarques sur les faiblesses de la versification, fondées du reste presque toujours sur des erreurs de texte, tel est aussi le fond de tous les jugements portés sur *Le Père prudent*, de Duviquet jusqu'aux plus récents éditeurs. Une exception honorable est constituée par M. Bonaccorso, qui, dans son livre *Gli Anni difficili di Marivaux*, a pris la peine de montrer que Marivaux n'imite pas servilement ses modèles, et que sa pièce est une des premières *comédies sérieuses* ou *moralisantes*.

LE TEXTE

À défaut de manuscrit, voici comment se présente l'édition originale :

LE / PÈRE PRUDENT / ET ÉQUITABLE, / *ou* / CRISPIN L'HEUREUX / FOURBE. / *COMÉDIE* / [sphère] / *A Limoges.* / À PARIS AU PALAIS. / *Et en la Boutique de la Veuve Barbin.* / Chez Pierre Huet, sur le second Per-/ron de la Sainte Chapelle. / M. DCC. XII. / *AVEC PER-MISSION.*

Un volume de VI + 42 pages. La permission se trouve à la page VI, en dessous de la liste des acteurs.

« Je n'empêche pour le Roi que la Comédie intitulée *le Père prudent et équitable ou Crispin l'Heureux Fourbe*, ne soit imprimé

---

1. *L'Observateur littéraire*, 1759, tome I, pp. 74-75.

[*sic*]. Fait à Limoges le 22 mars 1712. *Signé* Constant, Procureur du Roy de police[1]. »

« Soit fait suivant les conclusions du Procureur du Roy de police. A Limoges, le vingt-deuxième mars mil sept cent douze. *Signé* Rogier, *lieutenant général de police*[2]. »

On a vu que *Le Père prudent et équitable* fut incorporé en 1758 à l'édition Duchesne des *Œuvres de théâtre de M. de Marivaux*. Le texte fut alors revu et corrigé. Comme on hésite à croire que Marivaux ait été étranger à cette révision, on pourrait en conclure que le texte de 1758 doit être adopté par l'éditeur. Il en est en effet ainsi dans la plupart des cas, et il n'y a aucun inconvénient à admettre de menues corrections visant, par exemple, à éviter un hiatus. Mais dans d'autres cas, le texte de 1758 est inadmissible. À la fin de la scène XIII, par exemple, un *Dieu vous garde* au lieu de la forme traditionnelle *Dieu vous gard* rend le vers faux. Il n'y a sans doute là qu'une erreur typographique, qui ne permet pas de mettre en doute la valeur des corrections de 1758. Cependant, une autre fois au moins, une correction de quelque importance est suspecte. C'est à la scène V, où le texte primitif, *L'agriable camarde !* placé dans la bouche de maître Jacques, rimait avec *regarde*. La correction *L'aimable camarade !*, qui ne fournit plus de rime, est à rejeter. Devant cette difficulté, nous avons adopté le parti suivant : nous donnons le texte de l'original en signalant en note certaines corrections des éditions ultérieures.

---

1. En tant que procureur du roi, Constant du Masdubos, *alias* Dumasdubos, assiste le lieutenant général dans l'exercice de ses fonctions (Archives de la Haute-Vienne, C 55 et C 56).   **2.** Sur ce personnage, voir plus bas la Dédicace (p. 48).

Le Père prudent
et
équitable

À MONSIEUR ROGIER

Seigneur du Buisson, Conseiller du Roi, Lieutenant général civil et de police en la sénéchaussée et siège présidial de Limoges.

Monsieur,

Le hasard m'ayant fait tomber entre les mains cette petite pièce comique, je prends la liberté de vous la présenter, dans l'espérance qu'elle pourra, pour quelques moments, vous délasser des grands soins qui vous occupent, et qui font l'avantage du public.

Je pourrais ici trouver matière à un éloge sincère et sans flatterie ; mais tant d'autres l'ont déjà fait et le font encore tous les jours qu'il est inutile de mêler mes faibles expressions aux nobles et justes idées que tout le monde a de vous ; pour moi, content de vous admirer, je borne ma hardiesse à vous demander l'honneur de votre protection et de me dire, avec un très profond respect,

Monsieur,

le très humble et très obéissant serviteur.

M***

L'IMPRIMEUR AU LECTEUR

Le hasard seul a fait tomber cette pièce entre mes mains ; l'auteur, s'étant trouvé dans une compagnie, dit assez imprudemment qu'une pièce comique n'était pas un ouvrage absolument si difficile ; quelqu'un lui répondit qu'il parlait en jeune homme. L'auteur, piqué de ce reproche, s'engagea à faire une intrigue de comédie. Il y travailla quelque jour après et en montra ce qu'il avait fait à un ami qui l'exhorta de continuer : il finit la pièce et la confia au même ami, qui me la fit voir aussi, à l'insu de l'auteur. Il me parut qu'elle pourrait faire plaisir et j'ai cru ne devoir pas en priver le public.

ACTEURS

DÉMOCRITE, père de Philine.
PHILINE, fille de Démocrite.
TOINETTE, servante de Philine.
CLÉANDRE, amant de Philine.
CRISPIN, valet de Cléandre.
ARISTE, bourgeois campagnard [1].
MAÎTRE JACQUES, paysan suivant Ariste.
LE CHEVALIER.
LE FINANCIER.
FRONTIN, fourbe employé par Crispin.

*La scène est sur une place publique,
d'où l'on aperçoit la maison de Démocrite* [2].

---

1. Les *bourgeois de campagne* ou *de village* forment, en dehors des villes, une classe intermédiaire composée, soit de marchands ou d'artisans enrichis, soit de praticiens, employés des tailles, officiers du roi, etc. Il en est souvent question dans le *Télémaque travesti* (*Œuvres de jeunesse*, pp. 722, 920, etc.). Dans une pièce jouée à Limoges, ils tiennent le rôle que tiendraient des provinciaux dans une pièce jouée à Paris.   **2.** Cette mention du lieu de scène n'existe pas dans les éditions de 1712 et 1758. Elle a été ajoutée par Duviquet, et l'on peut la conserver.

Scène première

DÉMOCRITE, PHILINE, TOINETTE

DÉMOCRITE

Je veux être obéi ; votre jeune cervelle
Pour l'utile[1], aujourd'hui, choisit la bagatelle.
Cléandre, ce mignon, à vos yeux est charmant :
Mais il faut l'oublier, je vous le dis tout franc.
Vous rechignez, je crois, petite créature !
Ces morveuses, à peine ont-elles pris figure
Qu'elles sentent déjà ce que c'est que l'amour.
Hé bien donc ! vous serez mariée en ce jour !
Il s'offre trois partis : un homme de finance,
Un jeune Chevalier, le plus noble de France,
Et Ariste, qui doit arriver aujourd'hui.
Je le souhaiterais, que vous fussiez à lui.
Il a de très grands biens, il est près du village ;
Il est vrai que l'on dit qu'il n'est pas de votre âge :
Mais qu'importe après tout ? La jeune de Faubon
En est-elle moins bien pour avoir un barbon ?
Non. Sans aller plus loin, voyez votre cousine ;
Avec son vieux époux sans cesse elle badine ;
Elle saute, elle rit, elle danse toujours.
Ma fille, les voilà les plus charmants amours.
Nous verrons aujourd'hui ce que c'est que cet homme.
Pour les autres, je sais aussi comme on les nomme :
Ils doivent, sur le soir, me parler tous les deux.
Ma fille, en voilà trois ; choisissez l'un d'entre eux,
Je le veux bien encor ; mais oubliez Cléandre ;
C'est un *colifichet qui voudrait nous surprendre,
Dont les biens, embrouillés dans de très grands procès,
Peut-être ne viendront qu'après votre décès.

---

1. C'est-à-dire : au lieu de l'utile.

PHILINE

SI mon cœur...

DÉMOCRITE
Taisez-vous, je veux qu'on m'obéisse.
Vous suivez sottement votre amoureux caprice ;
C'est faire votre bien que de vous résister,
Et je ne prétends point ici vous consulter.
Adieu.

Scène II

PHILINE, TOINETTE

PHILINE
Dis-moi, que faire après ce coup terrible ?
Tout autre que Cléandre à mes yeux est horrible.
Quel malheur !

TOINETTE
Il est vrai.

PHILINE
Dans un tel embarras,
Plutôt que de choisir, je prendrais le trépas.

Scène III

PHILINE, TOINETTE, CLÉANDRE, CRISPIN

CLÉANDRE
N'avez-vous pu, Madame, adoucir votre père ?
À nous unir tous deux est-il toujours contraire ?

PHILINE
Oui, Cléandre.

CLÉANDRE
À quoi donc vous déterminez-vous ?

PHILINE

À rien [1].

CLÉANDRE

Je l'avouerai, le compliment est doux.
Vous m'aimez cependant ; au péril qui nous presse,
Quand je tremble d'effroi, rien ne vous intéresse.
Nous sommes menacés du plus affreux malheur :
Sans alarme pourtant...

PHILINE

Doutez-vous que mon cœur,
Cher Cléandre, avec vous ne partage vos craintes ?
De nos communs chagrins je ressens les atteintes ;
Mais quel remède, enfin, y pourrai-je apporter ?
Mon père me contraint, puis-je lui résister ?
De trois maris offerts il faut que je choisisse,
Et ce choix à mon cœur est un cruel supplice.
Mais à quoi me résoudre en cette extrémité,
Si de ces trois partis mon père est entêté ?
Qu'exigez-vous de moi ?

CLÉANDRE

À quoi bon vous le dire,
Philine, si l'amour n'a pu vous en instruire ?
Il est des moyens sûrs, et quand on aime bien...

PHILINE

Arrêtez, je comprends, mais je n'en ferai rien.
Si mon amour m'est cher, ma vertu m'est plus chère.
Non, n'attendez de moi rien qui lui soit contraire ;
De ces moyens si sûrs ne me parlez jamais.

CLÉANDRE

Quoi !

PHILINE

Si vous m'en parlez, je vous fuis désormais.

---

1. Cette réplique introduit une scène imitée de deux scènes connues de Molière, l'une du *Dépit amoureux* (acte IV, sc. III), l'autre de *Tartuffe* (acte II, sc. IV).

CLÉANDRE

Hé bien ! fuyez, ingrate, et riez de ma perte.
Votre injuste froideur est enfin découverte.
N'attendez point de moi de marques de douleur ;
On ne perd presque rien à perdre un mauvais cœur ;
Et ce serait montrer une faiblesse extrême,
Par de lâches transports de prouver qu'on vous aime,
Vous qui n'avez pour moi qu'insensibilité.
Doit-on par des soupirs payer la cruauté ?
C'en est fait, je vous laisse à votre indifférence ;
Je vais mettre à vous fuir mon unique constance ;
Et si vous m'accablez d'un si cruel destin,
Vous ne jouirez pas du moins de mon chagrin.

PHILINE

Je ne vous retiens pas, devenez infidèle ;
Donnez-moi tous les noms d'ingrate et de cruelle ;
Je ne regrette point un amant tel que vous,
Puisque de ma vertu vous n'êtes point jaloux[1].

CLÉANDRE

Finissons là-dessus ; quand on est sans tendresse
On peut faire aisément des leçons de sagesse,
Philine, et quand un cœur chérit comme le mien...
Mais quoi ! vous le vanter ne servirait de rien.
Je vous ai mille fois montré toute mon âme,
Et vous n'ignorez pas combien elle eut de flamme ;
Mon crime est d'avoir eu le cœur trop enflammé ;
Vous m'aimeriez encor, si j'avais moins aimé[2].
Mais, dussé-je, Philine, être accablé de haine,
Je sens que je ne puis renoncer à ma chaîne.
Adieu, Philine, adieu ; vous êtes sans pitié,
Et je n'exciterais que votre inimitié.

---

1. L'accent de cette tirade rappelle Corneille, de même que certains vers de la réplique de Philine qui l'avait précédée de peu. *(Si mon amour m'est cher, ma vertu m'est plus chère.)* Mais la tirade de Cléandre qui vient entre lesdites répliques de Philine est plutôt de ton racinien. On sent que Marivaux utilise presque inconsciemment les réminiscences d'auteurs dont il est nourri.
2. Voici de nouveau un vers tout racinien dans le rôle de Cléandre, mais racinien de ton seulement, car l'idée se rencontre aussi dans le *Polyeucte* de Corneille (acte I, sc. III) comme dans les *Lettres portugaises* de Guilleragues, que Marivaux a lues vers cette époque.

Rien ne vous attendrit : quel cœur ! qu'il est barbare !
Le mien dans les soupirs s'abandonne et s'égare.
Ha ! qu'il m'eût été doux de conserver mes feux !
Plus content mille fois... Que je suis malheureux !
Adieu, chère Philine... (*Il s'en va et il revient*[1].) Avant que je vous
De quelques feints regrets du moins plaignez ma fuite.   [quitte...

PHILINE, *s'en allant aussi et soupirant.*

Ah !

CLÉANDRE *l'arrête.*

Mais où fuyez-vous ? arrêtez donc vos pas.
Je suis prêt d'obéir ; eh ![2] ne me fuyez pas.

TOINETTE

Votre père pourrait, Madame, vous surprendre ;
Vous savez qu'il n'est pas fort prudent de l'attendre ;
Finissez vos débats, et calmez le chagrin...

CRISPIN

Oui, croyez-en, Madame, et Toinette et Crispin ;
Faites la paix tous deux.

TOINETTE

Quoi ! toujours triste mine !

CRISPIN

Parbleu ! qu'avez-vous donc, Monsieur, qui vous chagrine ?
Je suis de vos amis, ouvrez-moi votre cœur :
À raconter sa peine on sent de la douceur[3].
Chassez de votre esprit toute triste pensée.
Votre bourse, Monsieur, serait-elle épuisée ?
C'est, il faut l'avouer, un destin bien fatal ;
Mais en revanche, aussi, c'est un destin banal.
Nombre de gens, atteints de la même faiblesse,
Dans leur triste gousset logent la sécheresse :
Mais Crispin fut toujours un généreux garçon ;
Je vous offre ma bourse, usez-en sans façon.

---

1. Ce jeu de scène est traditionnel dans les scènes de dépit amoureux, mais Marivaux en étendra l'usage. Voyez en particulier *La Surprise de l'amour* (acte II, sc. VII), et surtout *Le Jeu de l'amour et du hasard* (acte III, sc. VIII). Les « feints regrets » qui suivent rappellent encore les *Lettres portugaises*. **2.** Édition originale : *et*. **3.** Stratonice disait à Pauline : « À raconter ses maux souvent on les soulage. » (*Polyeucte*, acte I, sc. III.)

TOINETTE

Ha ! que vous m'ennuyez ! pour finir vos alarmes,
C'est un fort bon moyen que de verser des larmes !
Retournez au logis passer votre chagrin.

CRISPIN

Et retournons au nôtre y prendre un doigt de vin.

TOINETTE

Que vous êtes enfants !

CRISPIN

                    Leur douloureux martyre,
En les faisant pleurer, me fait crever de rire.

TOINETTE

Qu'un air triste et mourant vous sied bien à tous deux !

CRISPIN

Qu'il est beau de pleurer, quand on est amoureux !

TOINETTE

Hé bien ! finissez-vous ? toi, Crispin, tiens ton maître.
Hélas ! que vous avez de peine à vous connaître !

CRISPIN

Ils ne se disent mot, Toinette ; sifflons-les.
On siffle bien aussi messieurs les perroquets.

CLÉANDRE

Promettez-moi, Philine, une vive tendresse.

PHILINE

Je n'aurai pas de peine à tenir ma promesse.

CRISPIN

Quel aimable jargon ! je me sens attendrir ;
Si vous continuez, je vais m'évanouir [1].

TOINETTE

Hélas ! beau Cupidon ! le douillet personnage !
Mais, Madame, en un mot, cessez ce badinage.
Votre père viendra.

---

1. Texte de 1758. L'édition originale porte : *je vais évanouir*.

CLÉANDRE

Non, il ne suffit pas
D'avoir pour à présent terminé nos débats.
Voyons encore ici quel biais l'on pourrait prendre,
Pour nous unir enfin, ce qu'on peut entreprendre.

PHILINE, *à Toinette.*

De mon père tu sais quelle est l'intention.
Il m'offre trois partis : Ariste, un vieux barbon ;
L'autre est un chevalier, l'autre homme de finance ;
Mais Ariste, ce vieux, aurait la préférence :
Il a de très grands biens, et mon père aujourd'hui
Pourrait le préférer à tout autre parti.
Il arrive en ce jour.

TOINETTE

Je le sais, mais que faire ?
Je ne vois rien ici qui ne vous soit contraire.
Dans ta tête, Crispin, cherche, invente un moyen.
Pour moi, je suis à bout, et je ne trouve rien.
Remue un peu, Crispin, ton imaginative[1].

CRISPIN

En fait de tours d'esprit, la femelle est plus vive.

TOINETTE

Pour moi, je doute fort qu'on puisse rien trouver.

---

1. Ces vers et tout le passage qui suit sont imités du *Légataire universel*, de Regnard (acte IV, sc. II), et fourmillent de réminiscences textuelles. Voici le passage correspondant chez Regnard : « CRISPIN. Attendez... Il me vient... Le dessein est bizarre :/ Il pourrait par hasard... J'entrevois... Je m'égare/ Et je ne vois plus rien que par confusion./ LISETTE. Peste soit l'animal, avec sa vision !/ ÉRASTE. Fais-nous part du dessein que ton cœur se propose./ LISETTE. Allons, mon cher Crispin, tâche à voir quelque chose./ CRISPIN. Laisse-moi donc rêver... Oui-dà... Non... Si pourtant.../ Pourquoi non ? On pourrait... LISETTE. Ne rêve donc point tant ;/ Les notaires là-bas sont dans l'impatience :/ Tout ici ne dépend que de ta diligence./ CRISPIN. Il est vrai ; mais enfin *j'accouche d'un dessein*/ Qui passera l'effort de tout l'esprit humain./ Toi qui parais dans tout si légère et si vive,/ *Exerce à ce sujet ton imaginative :*/ Voyons ton bel esprit. LISETTE. Je t'en laisse l'emploi./ Qui peut en fourberie être si fort que toi ?/ L'amour doit ranimer ton adresse passée./ CRISPIN. Paix... *Silence*... Il me vient un surcroît de pensée./ J'y suis, ventrebleu ! LISETTE. Bon. CRISPIN. Dans un fauteuil assis./ LISETTE. Fort bien. CRISPIN. *Ne troublez pas l'enthousiasme où je suis.* »

CRISPIN, *tout d'un coup en enthousiasme.*
Silence ! par mes soins je prétends vous sauver.

TOINETTE
Dieux ! quel enthousiasme !

CRISPIN
                Halte là ! mon génie
Va des fureurs du sort affranchir votre vie.
Ne redoutez plus rien ; je vais tarir vos pleurs,
Et vous allez par moi voir finir vos malheurs.
Oui, quoique le destin vous livre ici la guerre,
Si Crispin est pour vous...

TOINETTE
                Quel bruit pour ne rien faire !

CRISPIN
Osez-vous me troubler, dans l'état où je suis ?
Si ma main... Mais, plutôt, rappelons nos esprits.
J'enfante...

TOINETTE
        Un avorton.

CRISPIN
                Le dessein d'une [1] intrigue.

TOINETTE
Hé ! ne dirait-on pas qu'il médite une ligue ?
Venons, venons au fait.

CRISPIN
                Enfin je l'ai trouvé.

TOINETTE
Ha ! votre enthousiasme est enfin achevé.

CRISPIN, *parlant à Philine.*
D'Ariste vous craignez la subite arrivée.

PHILINE
Peut-être qu'à ce vieux je me verrais livrée.

---

1. Texte de 1758. L'édition originale porte : *le dessein d'un intrigue.* Sur cette hésitation sur le genre, fréquente chez Marivaux, voir la Note grammaticale, article *genre*, p. 2267.

CRISPIN, *à Cléandre.*

Vaines terreurs, chansons. Vous, vous êtes certain
De ne pouvoir jamais lui donner votre main ?

CLÉANDRE

Oui vraiment.

CRISPIN

Avec moi, tout ceci bagatelle.

CLÉANDRE

Hé que faire ?

CRISPIN

Ha ! parbleu, ménagez ma cervelle.

TOINETTE

Benêt !

CRISPIN

Sans compliment : c'est dans cette journée,
Qu'Ariste doit venir pour tenter hyménée ?

TOINETTE

Sans doute.

CRISPIN

Du voyage il perdra tous les frais.
Je saurai de ces lieux l'éloigner pour jamais.
Quand il sera parti, je prendrai sa figure :
D'un campagnard grossier imitant la posture,
J'irai trouver ce père, et vous verrez enfin
Et quel trésor je suis, et ce que vaut Crispin.

TOINETTE

Mais enfin, lui parti, cet homme de finance,
De La Boursinière, est rival d'importance[1].

CRISPIN

Nous pourvoirons à tout.

---

1. Texte de l'édition originale, dans lequel il faut prononcer Boursinière avec diérèse. L'édition de 1758 corrige : « *La Boursinière est un rival, et d'importance.* » Mais il est sans exemple à l'époque que la césure d'un alexandrin tombe sur un article *(est un / rival)*, malgré les audaces dont Regnard et Dufresny ont parfois fait preuve en cette matière.

TOINETTE

Ce chevalier charmant ?...

CRISPIN

Ce sont de nos cadets brouillés avec l'argent :
Chez les vieilles beautés est leur *bureau d'adresse.
Qu'il y cherche fortune.

TOINETTE

Hé oui, mais le temps presse.
Ne t'amuse donc pas, Crispin ; il faut pourvoir
À chasser tous les trois, et même dès ce soir.
Ariste étant parti, dis-nous par quelle *adresse,
Des deux autres messieurs...

CRISPIN

J'ai des tours de *souplesse
Dont l'effet sera sûr[1]... À propos, j'ai besoin
De quelque habit de femme.

CLÉANDRE

Hé bien ! j'en aurai soin :
Va, je t'en donnerai.

CRISPIN

Je connais certain drôle,
Que je dois employer, et qui jouera son rôle.

Se tournant vers Cléandre et Philine, il dit :

Vous, ne paraissez pas ; et vous, ne craignez rien :
Tout doit vous réussir, cet oracle est certain.
Je ne m'éloigne pas. Avertis-moi, Toinette,
Si l'un des trois arrive, afin que je l'arrête.

CLÉANDRE

Adieu, chère Philine.

PHILINE

Adieu.

---

1. Texte de l'édition originale : *Dont l'effet sera suivi.*

Scène IV

CLÉANDRE, CRISPIN

CLÉANDRE
Mais dis, Crispin,
Pour tromper Démocrite es-tu bien assez fin ?

CRISPIN
Reposez-vous sur moi, dormez en assurance,
Et méritez mes soins par votre confiance.
De ce que j'entreprends je sors avec honneur,
Ou j'en sors, pour le moins, toujours avec bonheur.

CLÉANDRE
Que tu me rends content ! Si j'épouse Philine,
Je te fonde, Crispin, une sûre cuisine[1].

CRISPIN
Je savais autrefois quelques mots de latin :
Mais depuis qu'à vos pas m'attache le destin,
De tous les temps, celui que garde ma mémoire.
C'est le futur, soit dit sans *taxer votre gloire,
Vous dites au futur : Ça, tu seras payé ;
Pour de présent[2], *caret*[3] : vous l'avez oublié.

CLÉANDRE
Va, tu ne perdras rien ; ne te mets point en peine.

CRISPIN
Quand vous vous marierez, j'aurai bien mon étrenne.
Sortons ; mais quel serait ce grand original ?
Ma foi, ce pourrait bien être notre animal.
Allez chez vous m'attendre.

---

1. Nouvelle réminiscence du *Légataire universel : Si c'est sur mon bien seul qu'il fonde sa cuisine* (acte II, sc. III).   **2.** Et non *Pour le présent*, comme l'écrivent les éditeurs modernes. *Pour de* au sens de *en fait de* est normal chez Marivaux. Comparer *Pour du mal, il n'y en a pas* (*Surprise de l'Amour*, acte II, sc. I), *pour de réponse* (*Serments indiscrets*, acte V, sc. II), etc.   **3.** Mot latin utilisé dans les grammaires à l'occasion des verbes défectifs : il manque.

Scène V

CRISPIN, ARISTE, MAÎTRE JACQUES, *suivant Ariste*

MAÎTRE JACQUES
C'est là, monsieur Ariste :
Velà[1] bian la maison, je le sens à la piste ;
Mais l'homme que voici nous instruira de ça.

CRISPIN, *s'entortillant le nez dans son manteau.*
Que cherchez-vous, Messieurs ?

ARISTE
Ne serait-ce pas là
La maison d'un nommé le Seigneur Démocrite ?

MAÎTRE JACQUES
Je sons partis tous deux pour lui rendre visite.

CRISPIN
Oui, que demandez-vous ?

ARISTE
J'arrive ici pour lui.

MAÎTRE JACQUES
C'est que ce Démocrite avertit celui-ci
Qu'il lui baillait sa fille, et ça m'a fait envie ;
Je venions assister à la çarimonie.
Je devons épouser la fille de Jacquet,
Et je veinions un peu voir comment ça se fait.

CRISPIN
Est-ce Ariste ?

ARISTE
C'est moi.

MAÎTRE JACQUES
Velà sa portraiture,
Tout comme l'a bâti notre mère Nature.

CRISPIN
Moi, je suis Démocrite.

---

1. Texte de 1758. L'édition originale porte *Ula bien la mairron.*

ARISTE

Ha ! quel heureux hasard !
Démocrite, pardon si j'arrive un peu tard.

CRISPIN

Vous vous moquez de moi.

MAÎTRE JACQUES

Velà donc le biau-père ?
Oh ! bian, pisque c'est vous, souffrez donc sans mystère
Que je vous *dégauchisse un petit compliment,
En vous remarcissant de votre traitement.

CRISPIN

Vous me comblez d'honneur ; je voudrais que ma fille
Pût, dans la suite, Ariste, unir notre famille.
On nous a fait de vous un si sage récit.

ARISTE

Je ne mérite pas tout ce qu'on en a dit.

MAÎTRE JACQUES

Palsangué ! qu'ils feront tous deux un beau *carrage
Je ne sais pas au vrai si la fille est bian sage ;
Mais, margué ! je m'en doute.

CRISPIN

Il ne me sied pas bien
De la louer moi-même et d'en dire du bien.
Vous en pourrez juger, elle est très vertueuse.

MAÎTRE JACQUES

Biau-père, dites-moi, n'est-elle pas rêveuse ?

CRISPIN

Monsieur sera content s'il devient son époux.

ARISTE

C'est, je l'ose assurer, mon souhait le plus doux ;
Et quoique dans ces lieux j'aie [1] fait ma retraite...

MAÎTRE JACQUES, *vite*.

C'est qu'en ville autrefois sa fortune était faite.
Il était emplouyé dans un très grand emploi ;

---

1. Il faut prononcer ce mot en deux syllabes *(j'ai-ye)*, conformément à un usage proscrit en vers par Malherbe.

Mais on le *recherche de par Monsieur le Roi.
Il avait un biau *train ; quelques farmiers venirent ;
Ah ! les méchants bourriaux ! les farmiers le forcirent
À compter. Ils disiont que Monsieur avait pris
Plus d'argent qu'il ne faut et qu'il n'était permis ;
Enfin, tout ci, tout ça, ces gens, pour son salaire,
Vouliont, ce disaient-ils [1], lui faire *pardre terre.
Ceti-ci prit la mouche ; il leur plantit tout là,
Et de ci les valets, et les cheviaux [2] de là ;
Et Monsieur, bien fâché d'une telle avanie,
S'en venit dans les champs vivre en mélancoulie.

ARISTE

Le fait est seulement que, lassé du fracas,
Le séjour du village a pour moi plus d'appas.

MAÎTRE JACQUES, *apercevant Toinette à une fenêtre.*
Ha ! le friand minois que je vois qui regarde !

TOINETTE, *à la fenêtre.*
Hé ! qui sont donc ces gens [3] ?

MAÎTRE JACQUES
        L'agriable *camarde [4] !
Biau-père, c'est l'enfant dont vous voulez parler ?

CRISPIN
Il est vrai, c'est ma fille ; et je vais l'appeler.
Ma fille, descendez. *(Il fait signe à Toinette.)*

MAÎTRE JACQUES
        Morgué, qu'elle est gentille !

---

1. Écrit par erreur *se disaient-ils* dans les éditions de 1712, 1758, etc. Il s'agit du tour bien connu *ce dit-il*, très répandu dans la langue paysanne de la région parisienne.   2. Cette forme, inventée par Marivaux, n'appartient pas au véritable patois de la région parisienne, qui fait le fond traditionnel de la langue des paysans de théâtre, et de celle de ce personnage en particulier.   3. L'édition de 1758 porte : *Eh ! qui sont ces gens-là ?*   4. Texte de l'édition originale. L'édition de 1758 porte *l'aimable camarade*, ce qui supprime la rime.

Scène VI

ARISTE, MAÎTRE JACQUES, CRISPIN, TOINETTE

CRISPIN, *allant au-devant de Toinette, et lui disant bas.*
Fais ton rôle, entends-tu ? je te nomme ma fille,
Et cet homme est Ariste. Approchez-vous de nous,
Ma fille, et saluez votre futur époux.

MAÎTRE JACQUES
*Jarnigué, la friponne ! elle aurait ma tendresse.

ARISTE
Je serais trop heureux, Monsieur, je le confesse.
Madame a des appas dont on est si charmé,
Qu'en la voyant d'abord on se sent enflammé.

TOINETTE
Est-il vrai, trouvez-vous que je sois bien aimable[1] ?
On ne voit, me dit-on, rien de plus agréable ;
En gros je suis parfaite, et charmante en détail :
Mes yeux sont tout de feu, mes lèvres de corail,
Le nez le plus friand, la taille la plus fine.
Mais mon esprit encor vaut bien mieux que ma mine.
Gageons que votre cœur ne tient pas d'un *filet ?
Fripon, vous soupirez, avouez-le tout net.
Il est tout interdit.

CRISPIN, *bas* [2]
Tu réponds à merveilles ;
Courage sur ce ton.

MAÎTRE JACQUES
Ça ravit mes oreilles.

ARISTE
Que veut dire ceci ? veut-elle badiner ?
Cet air et ses discours ont droit de m'étonner.

---

1. L'idée de faire jouer à la prétendue Philine le rôle d'une franche coquette pour dégoûter le prétendant vient à Marivaux de *Monsieur de Pourceaugnac*, acte II, sc. VI. Mais chez Molière le rôle de la fausse coquette est tenu par la jeune fille elle-même, tandis que Marivaux le confie à la suivante.
2. L'indication *bas* est omise dans l'originale.

TOINETTE

Je vois que le pauvre homme a perdu la parole :
S'il devenait muet, papa, je deviens folle.
Parlez donc, cher amant, petit mari futur ;
Sied-il bien aux amants d'avoir le cœur si dur ?
Allez, petit ingrat, vous méritez ma haine.
Je ferai désormais la fière et l'inhumaine.

ARISTE

Je n'y comprends plus rien.

TOINETTE

               Tourne vers moi les yeux,
Et vois combien les miens sont tendres amoureux.
Ha ! que pour toi déjà j'ai conçu de tendresse !
Ô trop heureux mortel de m'avoir pour maîtresse !

ARISTE

Dans quel égarement...

TOINETTE

               Vous ne me dites mot !
Je vous croyais poli, mais vous n'êtes qu'un sot.
Moi devenir sa femme ! ha, ha, quelle figure !
Marier un objet, chef-d'œuvre de nature,
Fi donc ! avec un singe aussi vilain que lui !

ARISTE, *bas.*

La guenon !

TOINETTE

            Cher papa, non, j'en mourrais d'ennui.
Je suis, vous le savez, sujette à la migraine ;
L'aspect de ce *magot la rendrait quotidienne.
Que je le hais déjà ! je ne le puis souffrir.
S'il devient mon époux, ma vertu va finir ;
Je ne réponds de rien.

ARISTE

            Quelle étrange folie !

CRISPIN

Son humeur est contraire à la mélancolie.

ARISTE

À l'autre !

CRISPIN

Expliquez-vous, ne vous plaît-elle pas ?

ARISTE

Sans son *extravagance elle aurait des appas.
Retirons-nous d'ici, laissons ces imbéciles :
Ils auraient de l'argent, à courir dans les villes.
Nous venons de bien loin pour ne voir que des fous.

MAÎTRE JACQUES

Adieu, biauté quinteuse ; adieu donc, sans courroux.
La peste les étouffe.

CRISPIN

Mon humeur est *mutine :
Point de bruit, s'il vous plaît, ou bien sur votre échine
J'apostrophe un *ergo* qu'on nomme *in barbara*[1].

MAÎTRE JACQUES

Ha ! morgué, le biau nid que j'avions trouvé là !

Scène VII

CRISPIN, TOINETTE

CRISPIN

Il est congédié.

TOINETTE

*Grâces à mon adresse.

CRISPIN

Je te trouve en effet digne de ma tendresse.

TOINETTE

Est-il vrai, sieur Crispin ? ha ! vous vous *ravalez.

CRISPIN

Vous ne savez donc pas tout ce que vous valez ?

TOINETTE

C'est trop se prodiguer.

---

1. Termes de logique scolastique. *Ergo* introduit la conclusion d'un syllogisme. *Barbara* est un terme forgé désignant une forme de syllogisme.

CRISPIN

Je ne puis m'en défendre :
Les grands hommes, souvent, se plaisent à descendre.

TOINETTE

Démocrite paraît : adieu, songe au projet.

CRISPIN

Ne t'embarrasse pas : va, je sais mon sujet.
Je vais me dire Ariste, et trouver Démocrite,
Et je saurai chasser les autres dans la suite.
Mais prends garde, l'un d'eux pourrait bien arriver :
Je ne m'écarte point, viens vite me trouver.

TOINETTE

Ils ne viendront qu'au soir rendre visite au père.

CRISPIN

Je pourrai donc les voir et terminer l'affaire.

Scène VIII

DÉMOCRITE, TOINETTE

DÉMOCRITE

Toinette !

TOINETTE

Hé bien ! Monsieur ?

DÉMOCRITE

Puisque c'est aujourd'hui
Qu'Ariste doit venir, ayez soin que pour lui
L'on prépare un régal : ma fille est prévenue...

TOINETTE

Je sais fort bien, Monsieur, qu'elle attend sa venue ;
Mais, pour être sa femme, il est un peu trop vieux.

DÉMOCRITE

Il a plus de raison.

TOINETTE

En sera-t-elle mieux ?
La raison, à son âge, est, ma foi, bagatelle,
Et la raison n'est pas le *charme d'une belle.

DÉMOCRITE

Mais elle doit suffire.

TOINETTE

Oui, pour de vieux époux ;
Mais les jeunes, Monsieur, n'en sont pas si jaloux.
Un peu moins de raison, plus de *galanterie ;
Et voilà ce qui fait le plaisir de la vie.

DÉMOCRITE

C'en est fait, taisez-vous, je lui laisse le choix :
Qu'elle prenne celui qui lui plaira des trois.

TOINETTE

Mais...

DÉMOCRITE

Mais retirez-vous, et gardez le silence !
Parbleu, c'est bien à vous à *taxer ma prudence !

Scène IX

DÉMOCRITE, *seul*

En effet, est-il rien de plus avantageux ?
Quoi ! je préférerais, pour je ne sais quels feux,
Un jeune homme sans biens à trois partis sortables !
Que faire, sans le bien, des figures aimables ?
S'il gagnait son procès, cet amant si chéri,
En ce cas, il pourrait devenir son mari :
Mais vider des procès, c'est une mer à boire.

Scène X

DÉMOCRITE, LE CHEVALIER DE LA MINARDINIÈRE

LE CHEVALIER

C'est ici.

DÉMOCRITE, *ne voyant pas le Chevalier.*
C'est moi seul, enfin, que j'en veux croire.

LE CHEVALIER

Le seigneur Démocrite est-il pas logé là ?

DÉMOCRITE

Voulez-vous lui parler ?

LE CHEVALIER

Oui, Monsieur.

DÉMOCRITE

Le voilà.

LE CHEVALIER

La rencontre est heureuse, et ma joie est extrême,
En arrivant d'abord, de vous trouver vous-même.
Philine est le sujet qui m'amène vers vous :
Mon bonheur sera grand si je suis son époux.
Je suis le chevalier de la Minardinière.

DÉMOCRITE

Ha ! je comprends, Monsieur, et la chose est fort claire ;
Je suis instruit de tout ; j'espérais de vous voir,
Comme on me l'avait dit, aujourd'hui sur le soir.

LE CHEVALIER

Puis-je croire, Monsieur, que votre aimable fille
Voudra bien consentir d'unir notre famille ?

DÉMOCRITE

Je suis persuadé que vous lui plairez fort.
Si vous ne lui plaisiez, elle aurait un grand tort ;
Mais comme vous avez pressé votre visite,
Et qu'on n'espérait pas que vous vinssiez si vite,
Elle est chez un parent, même assez loin d'ici.
Si vous vouliez, Monsieur, revenir aujourd'hui,
Vous vous verriez tous deux, et l'on prendrait mesure.

LE CHEVALIER

Vous pouvez ordonner, et c'est me faire injure
Que de penser, Monsieur, que je plaignis [1] mes pas,
Et l'espoir qui me flatte a pour moi trop d'appas.
Je reviens sur le soir.

---

1. Voir note 1, p. 77.

Scène XI

DÉMOCRITE, *seul*

Je fais avec prudence
De ne l'avoir trompé par aucune assurance.
Il est bon de choisir ; j'en dois voir encor deux,
Et ma fille à son gré choisira l'un d'entre eux.
Ariste et l'autre ici doivent bientôt se rendre,
Et j'aurai dans ce jour l'un des trois pour mon gendre.
Quelque mérite enfin qu'ait notre chevalier,
Il faut attendre Ariste et notre financier.
L'heure approche, et bientôt...

Scène XII

DÉMOCRITE, CRISPIN, *contrefaisant Ariste*

CRISPIN

Morbleu de Démocrite !
Je pense qu'à mes yeux sa maison prend la fuite.
Depuis longtemps ici que je la cherche en vain,
J'aurais, je gage, bu dix chopines de vin.

DÉMOCRITE

Quel ivrogne ! parlez, auriez-vous quelque affaire
Avec lui ?

CRISPIN

Babillard, vous plaît-il de vous taire ?
Vous interroge-t-on ?

DÉMOCRITE

Mais c'est moi qui le suis.

CRISPIN

Ha ! ha ! je me reprends, si je me suis mépris.
Comment vous portez-vous ? Je me porte à merveille,
Et je suis toujours frais, grâce[1] au jus de la treille.

DÉMOCRITE

Votre nom, s'il vous plaît ?

___

1. Édition originale : *grâces*.

CRISPIN

Et mon *surnom aussi.
Je suis Antoine Ariste, arrivé d'aujourd'hui.
Exprès pour épouser votre fille, je pense :
Car le doute est fondé dessus l'expérience.

DÉMOCRITE

Vous êtes goguenard ; je suis pourtant charmé
De vous voir.

CRISPIN

Dites-moi, pourrai-je en être aimé ?
Voyons-la.

DÉMOCRITE

Je le veux : qu'on appelle ma fille.

CRISPIN

Je me promets de faire une grande famille ;
J'aime fort à *peupler.

Scène XIII

DÉMOCRITE, CRISPIN, PHILINE

DÉMOCRITE

La voilà.

CRISPIN

Je la vois.
Mon humeur lui plaira, j'en juge à son minois.

DÉMOCRITE

Ma fille, c'est Ariste.

CRISPIN

Ho ! ho ! que de *fontange !
Il faut quitter cela, ma mignonne, mon ange.

PHILINE

Hé ! pourquoi les quitter ?

DÉMOCRITE

Quelles sont vos raisons ?

CRISPIN

Oui, oui, parmi les bœufs, les vaches, les dindons,
Il vous fera beau voir de rubans tout ornée !
Dans huit jours vous serez couleur de cheminée.
Tous mes biens sont ruraux, il faut beaucoup de soin :
Tantôt c'est au grenier, pour descendre du foin ;
Veiller sur les valets, leur préparer la soupe ;
Filer tantôt du lin, et tantôt de l'étoupe ;
À *faute de valets, souvent laver les plats,
Éplucher la salade, et refaire les draps ;
Se lever avant jour, en jupe ou camisole ;
Pour éveiller ses gens, crier comme une folle :
Voilà, ma chère enfant, désormais votre emploi,
Et de ce que je veux faites-vous une loi.

PHILINE

Dieux ! quel original ! je n'en veux point, mon père !

DÉMOCRITE

Ce rustique bourgeois commence à me déplaire.

CRISPIN

Ses souliers, pour les champs, sont un peu trop mignons :
Dans une basse-cour, des sabots seront bons.

PHILINE

Des sabots !

DÉMOCRITE

Des sabots !

CRISPIN

Oui, des sabots, ma fille.
Sachez qu'on en porta toujours dans ma famille ;
Et j'ai même un cousin, à présent financier,
Qui jadis, sans reproche, était un sabotier.
Croyez-moi, vous serez mille fois plus charmante,
Quand, au lieu de damas, habillée en servante,
Et devenue enfin une grosse dondon,
De ma maison des champs vous prendrez le timon.

DÉMOCRITE

Le prenne qui voudra : mais je vous remercie.
Non, je n'en vis jamais, de si sot, en ma vie.
Adieu, sieur campagnard : je vous donne un bonsoir.

Pour ma fille, jamais n'espérez de l'avoir.
Laissons-le.

CRISPIN

Dieu vous gard[1]. Parbleu ! qu'elle choisisse ;
Qu'elle prenne un garçon, normand, breton ou suisse ;
Et que m'importe à moi !

Scène XIV

CRISPIN, *seul*

Pour la subtilité,
Je pense qu'ici-bas mon pareil n'est pas né.
Que d'adresse, morbleu ! De Paris jusqu'à Rome
On ne trouverait pas un aussi galant homme.
Oui, je suis, dans mon genre, un grand original ;
Les autres, après moi, n'ont qu'un talent *banal.
En fait d'esprit, de ton, les Anciens ont la gloire ;
Qu'ils viennent avec moi disputer la victoire.
Un modèle pareil va tous les effacer.
Il est vrai que de soi c'est un peu trop penser ;
Mais quoi ! je ne mens pas, et je me rends justice ;
Un peu de vanité n'est pas un si grand vice.
Ce n'est pourtant pas tout : reste deux, et partant
Il faut les écarter ; le cas est important.
Ces deux autres messieurs n'ont point vu Démocrite ;
Aucun d'eux n'est venu pour lui rendre visite.
Toinette m'en assure ; elle veille au logis :
Si quelqu'un arrivait, elle en aurait avis.
Je connais nos rivaux : même, par aventure,
À tous les deux jadis je servis de Mercure.
Je vais donc les trouver, et par de faux discours,
Pour jamais dans leurs cœurs éteindre leurs amours.
J'ai déjà prudemment prévenu certain drôle,
Qui d'un faux financier jouera fort bien le rôle.
Mais le voilà qui vient, notre vrai financier.
Courage, il faut ici faire un tour du métier.
Il arrive à propos.

---

1. L'édition de 1758 écrit *Dieu vous garde*, qui rend le vers faux. L'expression *Dieu gard* est bien connue. *Gard* est une ancienne forme de subjonctif.

Scène XV

CRISPIN, LE FINANCIER

LE FINANCIER, *arrivant sans voir Crispin.*
Oui, voilà sa demeure ;
Sans doute je pourrai le trouver à cette heure.
Mais, est-ce toi, Crispin ?

CRISPIN
C'est votre serviteur.
Et quel hasard, Monsieur, ou plutôt quel bonheur
Fait qu'on vous trouve ici ?

LE FINANCIER
J'y fais un mariage.

CRISPIN
Vous mariez quelqu'un dans ce petit village ?

LE FINANCIER
Connais-tu Démocrite ?

CRISPIN
Hé ! je loge chez lui.

LE FINANCIER
Quoi ! tu loges chez lui ? j'y viens moi-même aussi.

CRISPIN
Hé qu'y faire ?

LE FINANCIER
J'y viens pour épouser sa fille.

CRISPIN
Quoi ! vous vous alliez avec cette famille [1] !

LE FINANCIER
Hé, ne fais-je pas bien ?

CRISPIN
Je suis de la maison,
Et je ne puis parler.

---

1. L'idée de l'expédient dont se sert Crispin vient encore de Molière : voyez *Monsieur de Pourceaugnac*, acte II, sc. IV.

LE FINANCIER

Tu me donnes soupçon :
De grâce, explique-toi.

CRISPIN

Je n'ose vous rien dire.

LE FINANCIER

Quoi ! tu me cacherais ?...

CRISPIN

Je n'aime point à nuire.

LE FINANCIER

Crispin, encore un coup...

CRISPIN

Ha ! si l'on m'entendait,
Je serais mort, Monsieur, et l'on m'assommerait.

LE FINANCIER

Quoi ! Crispin autrefois qui fut à mon service !...

CRISPIN

Enfin, vous voulez donc, Monsieur, que je périsse ?

LE FINANCIER

Ne t'embarrasse pas.

CRISPIN

Gardez donc le secret.
Je suis perdu, Monsieur, si vous n'êtes discret.
Je tremble.

LE FINANCIER

Parle donc.

CRISPIN

Hé bien donc ! cette fille,
Son père et ses parents et toute la famille,
Tombent d'un certain mal que je n'ose nommer[1].

LE FINANCIER

Ha Crispin, quelle horreur ! tu me fais frissonner.
Je venais de ce pas rendre visite au père,

---

1. Le *haut mal*, ou épilepsie.

Et peut-être, sans toi, j'eus terminé [1] l'affaire.
À présent, c'en est fait, je ne veux plus le voir,
Je m'en retourne enfin à Paris dès ce soir.

CRISPIN

Je m'enfuis, mais sur tout gardez bien le silence.

LE FINANCIER

Tiens !

CRISPIN

Je n'exige pas, Monsieur, de récompense.

LE FINANCIER

Tiens donc.

CRISPIN

Vous le voulez, il faut vous obéir.
Adieu, Monsieur : *motus !*

Scène XVI

LE FINANCIER, *seul*

Qu'allais-je devenir ?
J'aurais, sans son avis, fait un beau mariage !
Elle m'eût apporté belle dot en partage !
Je serais bien fâché d'être époux à ce prix ;
Je ne suis point assez de ses appas épris.
Retirons-nous... Pourtant un peu de bienséance,
À vrai dire, n'est pas de si grande importance.
Démocrite m'attend : avant que de quitter,
Il est bon de le voir et de me rétracter.

---

1. On attend *que j'eusse terminé*. Dans ses premières œuvres, Marivaux confond couramment les formes d'imparfait et de plus-que-parfait du sub-jonctif, d'une part, de passé simple et de passé antérieur, d'autre part. Voir *Œuvres de jeunesse* ; Note grammaticale, p. 2269.

Scène XVII

LE FINANCIER, TOINETTE, DÉMOCRITE

Le Financier frappe.

TOINETTE, *à la porte*.
Que voulez-vous, Monsieur ?

LE FINANCIER
Le seigneur Démocrite
Est-il là ? je venais pour lui rendre visite.

TOINETTE
Non.

DÉMOCRITE, *à une fenêtre*.
Qui frappe là-bas ? à qui donc en veut-on ?

LE FINANCIER *répond*.
Le seigneur Démocrite est-il en sa maison ?

DÉMOCRITE
J'y suis et je descends [1].

LE FINANCIER
Vous vous trompiez, la belle.

TOINETTE
D'accord. (*Et à part.*) C'est bien en vain que j'ai fait sentinelle.
Tout ceci va fort mal : les desseins de Crispin,
Autant qu'on peut juger, n'auront pas bonne fin.
Je ne m'en mêle plus.

Scène XVIII

LE FINANCIER, DÉMOCRITE

LE FINANCIER
J'étais dans l'espérance
De pouvoir avec vous contracter alliance.
Un accident, Monsieur, m'oblige de partir :
J'ai cru de mon devoir de vous en avertir.

---

1. Texte de 1758. L'édition originale porte : *C'est moi et je descends*, qui comporte un hiatus proscrit.

DÉMOCRITE

Vous êtes donc Monsieur de la Boursinière ?
Et quel malheur, Monsieur, quelle subite affaire
Peut, en si peu de temps, causer votre départ ?
À cet éloignement ma fille a-t-elle part ?

LE FINANCIER

Non, Monsieur.

DÉMOCRITE

Permettez pourtant que je soupçonne ;
Et dans l'étonnement qu'un tel départ me donne,
J'entrevois que peut-être ici quelque jaloux
Pourrait, en ce moment, vous éloigner de nous.
Vous ne répondez rien, avouez-moi la chose ;
D'un changement si grand apprenez-moi la cause.
J'y suis intéressé ; car si des envieux
Vous avaient fait, Monsieur, des rapports odieux,
Je ne vous retiens pas, mais daignez m'en instruire.
Il faut vous détromper.

LE FINANCIER

Que pourrais-je vous dire ?

DÉMOCRITE

Non, non, il n'est plus temps de vouloir le celer.
Je vois trop ce que c'est, et vous pouvez parler.

LE FINANCIER

N'avez-vous pas chez vous un valet que l'on nomme
Crispin ?

DÉMOCRITE

Moi ? de ce nom je ne connais personne.

LE FINANCIER

Le fourbe ! il m'a trompé.

DÉMOCRITE

Hé bien donc ? ce Crispin ?

LE FINANCIER

Il s'est dit de chez vous.

DÉMOCRITE

Il ment, c'est un coquin.

LE FINANCIER

Un mal affreux, dit-il, attaquait votre fille.
Il en a dit autant de toute la famille.

DÉMOCRITE

D'un rapport si mauvais je ne puis me fâcher.

LE FINANCIER

Mais il faut le punir, et je vais le chercher.

DÉMOCRITE

Allez, je vous attends.

LE FINANCIER

Au reste, je vous prie,
Que je ne souffre point de cette calomnie.

DÉMOCRITE

J'ai le cœur mieux placé.

Scène XIX

DÉMOCRITE, FRONTIN *arrive, contrefaisant le Financier*

DÉMOCRITE, *sans le voir.*
Quelle méchanceté !
Qui peut être l'auteur de cette fausseté ?

FRONTIN, *contrefaisant le Financier.*
Le rôle que Crispin ici me donne à faire
N'est pas des plus aisés, et veut bien du mystère.

DÉMOCRITE, *sans le voir.*
Souvent, sans le savoir, on a des ennemis
Cachés sous le beau nom de nos meilleurs amis.

FRONTIN

Connaissez-vous ici le seigneur Démocrite ?
Je viens exprès ici pour lui rendre visite.

DÉMOCRITE

C'est moi.

FRONTIN

J'en suis ravi : ce que j'ai de crédit
Est à votre service.

DÉMOCRITE

Eh ! mais [1], dans quel esprit
Me l'offrez-vous, à moi ? votre nom, que je sache,
M'est inconnu ; qu'importe ?... On dirait qu'il se fâche.
Est-on turc avec ceux que l'on ne connaît pas ?
Je ne suis pas de ceux qui font tant de fracas.

FRONTIN

En buvant tous les deux, nous saurons qui nous sommes.

DÉMOCRITE, *bas.*

Il est, je l'avouerai, de ridicules hommes.

FRONTIN

Je suis de vos amis, je vous dirai mon nom.

DÉMOCRITE

Il ne s'agit ici de nom ni de surnom.

FRONTIN

Vous êtes aujourd'hui d'une humeur chagrinante :
Mon amitié pourtant n'est pas indifférente.

DÉMOCRITE

Finissons, s'il vous plaît.

FRONTIN

Je le veux. Dites-moi
Comment va notre [2] enfant ? Elle est belle, ma foi ;
Je veux dès aujourd'hui lui donner sérénade.

DÉMOCRITE

Qu'elle se porte bien, ou qu'elle soit malade,
Que vous importe à vous ?

FRONTIN

Je la connais fort bien ;
Elle est riche, papa : mais vous n'en dites rien ;
Il ne tiendra qu'à vous de terminer l'affaire.

DÉMOCRITE

Je n'entends rien, Monsieur, à tout ce beau mystère.

FRONTIN

Vous le dites.

---

1. Texte de 1758. L'édition originale porte : *Monsieur, dans quel esprit.*
2. L'édition de 1758 corrige en *votre.*

DÉMOCRITE

J'en jure.

FRONTIN

Ha, point de jurement.
Je ne vous en crois pas, même à votre serment.
Démocrite, entre nous, point tant de modestie.
Venons au fait.

DÉMOCRITE

Monsieur, avez-vous fait *partie
De vous moquer de moi ?

FRONTIN

Morbleu ! point de détours.
Faites venir ici l'objet de mes amours.
La friponne, je crois qu'elle en sera bien aise ;
Et vous l'êtes aussi, papa, ne vous déplaise.
J'en suis ravi de même, et nous serons tous trois
En même temps, ici, plus contents que des rois.
Savez-vous qui je suis ?

DÉMOCRITE

Il ne m'importe guère.

FRONTIN

Ha ! si vous le saviez, vous diriez le contraire.

DÉMOCRITE

Moi !

FRONTIN

Je gage que si. Je suis, pour abréger...

DÉMOCRITE

Je n'y prends nulle part, et ne veux point gager.

FRONTIN

C'est qu'il a peur de perdre.

DÉMOCRITE

Hé bien ! soit : je me lasse
De ce galimatias ; expliquez-vous de grâce.

FRONTIN

Je suis le financier qui devais sur le soir,
Pour ce que vous savez, vous parler et vous voir.

DÉMOCRITE, *étonné.*

Quelle est donc cette énigme ?

FRONTIN

Un peu de patience ;
J'adoucirai bientôt votre aigre révérence.
J'ai mille francs et plus de revenu par jour :
Dites, avec cela peut-on faire *l'amour ?
Grand nombre de chevaux, de laquais, d'équipages.
Quand je me marierai, ma femme aura des pages.
Voyez-vous cet habit ? il est beau, somptueux ;
Un autre avec cela ferait le glorieux :
Fi ! c'est un guenillon que je porte en campagne :
Vous croiriez ma maison un pays de cocagne.
Voulez-vous voir mon *train ? il est fort près d'ici.

DÉMOCRITE

Je m'y perds.

FRONTIN

Ma livrée est magnifique aussi.
Papa, savez-vous bien qu'un excès de tendresse
Va rendre votre enfant de tant de biens maîtresse ?
Vous avez, m'a-t-on dit, en rente, vingt mil francs.
Partagez-nous en dix, et nous serons contents.
Après cela, mourez pour nous laisser le reste.
Dites, en vérité, puis-je être plus modeste ?

DÉMOCRITE

Non, je n'y connais rien ; Monsieur le financier [1],
Ou qui que vous soyez, il faudrait vous lier ;
Je ne puis démêler si c'est la fourberie,
Ou si ce n'est enfin que pure frénésie
Qui vous conduit ici : mais n'y revenez plus.

FRONTIN

Adieu, je mangerai tout seul mes revenus.
Vinssiez-vous à présent prier pour votre fille,
J'abandonne à jamais votre ingrate famille.

Frontin sort en riant.

---

1. Le mot est écrit par erreur *finacier* dans l'édition originale.

Scène XX

DÉMOCRITE, *seul*

Je ne puis débrouiller tout ce galimatias,
Et tout ceci me met dans un grand embarras.

Scène XXI

DÉMOCRITE, CRISPIN, *déguisé en femme*[1]

CRISPIN

N'est-ce pas vous, Monsieur, qu'on nomme Démocrite ?

DÉMOCRITE

Oui.

CRISPIN

    Vous êtes, dit-on, un homme de mérite ;
Et j'espère, Monsieur, de votre probité,
Que vous écouterez mon infélicité :
Mais puis-je dans ces lieux me découvrir sans crainte ?

DÉMOCRITE

Ne craignez rien.

CRISPIN

    Ô ciel ! sois touché de ma plainte !
Vous me voyez, Monsieur, réduite au désespoir,
Causé par un ingrat qui m'a su décevoir.

DÉMOCRITE

Dans un malheur si grand, pourrais-je quelque chose ?

CRISPIN

Oui, Monsieur, vous allez en apprendre la cause :
Mais la force me manque, et, dans un tel récit,
Mon cœur respire à peine, et ma douleur s'aigrit.

---

1. Nous adoptons une correction nécessaire de 1781. Les éditions de 1712 et de 1758 portent : DÉMOCRITE, CRISPIN *contrefaisant le financier*. Le déguisement de Crispin en une femme qui a été séduite est encore inspiré par Molière. Dans *Monsieur de Pourceaugnac*, acte II, sc. VIII, ce sont Nérine et Lucette, contrefaisant, l'une une Languedocienne, l'autre une Picarde, qui viennent ainsi reprocher à Pourceaugnac son infidélité.

DÉMOCRITE

Calmez les mouvements dont votre âme agitée[1]...

CRISPIN

Hélas ! par les sanglots ma voix est arrêtée :
Mais enfin, il est temps d'avouer mon malheur.
Daigne le juste ciel terminer ma douleur !
J'aime depuis longtemps un Chevalier parjure,
Qui sut de ses serments déguiser l'imposture,
Le cruel ! J'eus pitié[2] de tous ses feints tourments.
Hélas ! de son bonheur je hâtai les moments.
Je l'épousai, Monsieur : mais notre mariage,
À l'insu des parents, se fit dans un village ;
Et croyant avoir mis ma conscience en repos,
Je me livrai, Monsieur. Pour comble de tous maux,
Il différa toujours de m'avouer pour femme.
Je répandis des pleurs pour attendrir son âme.
Hélas ! épargnez-moi ce triste[3] souvenir,
Et ne remédions qu'aux maux de l'avenir.
Cet ingrat chevalier épouse votre fille.

DÉMOCRITE

Quoi ! c'est celui qui veut entrer dans ma famille ?

CRISPIN

Lui-même ! vous voyez la noire trahison.

DÉMOCRITE

Cette action est noire.

CRISPIN

Hélas ! c'est un fripon.
Cet ingrat m'a séduite : Ha Monsieur[4], quel dommage
De tromper lâchement une fille à mon âge !

DÉMOCRITE

Il vient bien à propos, nous pourrons lui parler.

---

1. Texte de 1758. L'édition originale portait : *dont vous êtes agitée*, ce qui ne faisait un vers qu'au prix d'une élision que l'on ne se permettait plus depuis l'époque de Mathurin Régnier.   2. Texte de 1758. L'édition originale portait : *en pitié...*   3. Texte de 1758. L'édition originale portait : *épargnez-moi un triste...*   4. Texte de 1712. L'édition de 1758 porte : *Hé !*

CRISPIN *veut s'en aller.*

Non, non, je vais sortir.

DÉMOCRITE

Pourquoi vous en aller ?

CRISPIN

Ha ! c'est un furieux.

DÉMOCRITE

Tenez-vous donc derrière ;

Il ne vous verra pas.

CRISPIN

J'ai peur.

DÉMOCRITE

Laissez-moi faire.

Scène XXII

DÉMOCRITE, LE CHEVALIER *et* CRISPIN, *qui, pendant cette scène, fait tous les signes d'un homme qui veut s'en aller*

LE CHEVALIER

Quoique j'eus [1] résolu de ne plus vous revoir
Et que je dus partir de ces lieux dès ce soir [2],
J'ai cru devoir encor rétracter ma parole,
Résolu de ne point épouser une folle.
Je suis fâché, Monsieur, de vous parler si franc ;
Mais vous méritez bien un pareil compliment,
Puisque vous me trompiez, sans un avis fidèle.
Votre fille est fort riche, elle est jeune, elle est belle ;
Mais les fréquents accès qui troublent son esprit
Ne sont pas de mon goût.

DÉMOCRITE

Hé, qui vous l'a donc dit

---

1. Texte des éditions de 1712 et de 1758, avec deux formes de plus-que-parfait du subjonctif confondues avec le passé antérieur *(j'eus* et *je dus)*. Pour éviter cette faute, La Porte, éditeur de 1781, corrige comme suit : «*Je m'étais bien promis de ne plus vous revoir,/ Et je devais partir de ces lieux dès ce soir./ Je veux pourtant encor rétracter ma parole.* » **2.** Texte de 1758. L'édition de 1712 portait : *de ce soir*.

Qu'elle eût de ces accès ?

LE CHEVALIER

J'ai promis de me taire.
Celui de qui je tiens cet avis salutaire,
Je le connais fort bien, et vous le connaissez.
Cet homme est de chez vous, c'est vous en dire assez.

DÉMOCRITE

Cet homme a déjà fait une autre menterie :
C'est un nommé Crispin, insigne en fourberie ;
Je n'en sais que le nom, il n'est point de chez moi.
Mais vous, n'avez-vous point engagé votre foi ?
Vous êtes interdit ! que prétendiez-vous [1] faire ?
Vous marier deux fois ?

LE CHEVALIER

Quel est donc ce mystère ?

DÉMOCRITE

Vous devriez rougir d'une telle action :
C'est du Ciel s'attirer la malédiction.
Et ne savez-vous pas que la polygamie
Est ici cas pendable et qui coûte la vie [2] ?

LE CHEVALIER

Moi, je suis marié ! qui vous fait ce rapport ?

DÉMOCRITE

Oui, voilà mon *auteur, regardez si j'ai tort.

LE CHEVALIER

Hé bien ?

DÉMOCRITE

C'est votre femme.

LE CHEVALIER

Ha ! le plaisant visage,
Le ragoûtant objet que j'avais en partage !
Mais je crois la connaître. Ha parbleu ! c'est Crispin,
Lui-même.

---

1. Texte de l'édition originale. Celui de l'édition de 1758, *que prétendez-vous*, paraît moins satisfaisant.   **2.** Texte en 1758 : *Est cas pendable ici, qu'elle coûte la vie*.

DÉMOCRITE, *étonné.*
Ce fripon, cet insigne coquin ?

LE CHEVALIER
Malheureux, tu m'as dit que Philine était folle,
Réponds donc !

CRISPIN
Ha, Monsieur, j'ai perdu la parole.

DÉMOCRITE
Arrêtons ce maraud.

CRISPIN
Oui, je suis un fripon :
Ayez pitié de moi.

LE CHEVALIER
Mille coups de bâton,
Fourbe, vont te payer.

Scène XXIII

LE FINANCIER *arrive ;*
DÉMOCRITE, CRISPIN, LE CHEVALIER

LE FINANCIER
Ma peine est inutile,
Je crois que notre fourbe a regagné la ville,
Je n'ai pu le trouver.

DÉMOCRITE
Regardez ce minois ;
Le reconnaissez-vous ?

LE FINANCIER
Hé ! c'est Crispin, je crois.

DÉMOCRITE
C'est lui-même.

LE FINANCIER
Voleur !

CRISPIN, *en tremblant.*
Ha ! je suis prêt à rendre
L'argent que j'ai reçu... vous me l'avez fait prendre.

DÉMOCRITE, *au Financier.*

Qui m'aurait envoyé tantôt certain fripon ?
Il s'est dit financier, et prenait votre nom.

LE FINANCIER

Le mien ?

DÉMOCRITE

Oui, le coquin ne disait que sottises.

LE FINANCIER, *à Crispin.*

N'était-ce pas de toi qu'il les avait apprises ?
Parle.

CRISPIN

Vous l'avez dit, oui, j'ai fait tout le mal ;
Mais à mon crime, hélas ! mon regret est égal.

LE FINANCIER

Ha ! monsieur l'hypocrite !

Scène XXIV

LE CHEVALIER, LE FINANCIER, DÉMOCRITE, CRISPIN, ARISTE[1], *suivi de* MAÎTRE JACQUES

ARISTE

Il faut nous en instruire.

MAÎTRE JACQUES

Pargué, ces biaux messieurs pourront bian[2] nous le dire.

ARISTE

Démocrite, Messieurs, est-il connu de vous ?

MAÎTRE JACQUES

C'est que j'en savons un qui s'est moqué de nous.
Velà, Monsieur, Ariste[3].

DÉMOCRITE, *avec précipitation.*

Ariste ?

---

1. Texte de 1758. L'édition originale porte : ... CRISPIN ET ARISTE.
2. Texte de l'édition originale. Celle de 1758 perd la graphie patoise : *bien*.
3. Texte de 1758. L'édition originale ponctue : *Velà Monsieur Ariste*.

MAÎTRE JACQUES
Oui, lui-même.

DÉMOCRITE

Mais cela ne se peut, ma surprise est extrême.

ARISTE

C'est cependant mon nom.

MAÎTRE JACQUES
J'étions venus tantôt

Pour le voir : mais j'avons trouvé queuque maraud,
Qui disait comme ça qu'il était Démocrite.
Mais le drôle a bian mal payé notre visite.
Il avait avec lui queuque friponne itou,
Qui tournait son esprit tout sens dessus dessous :
Alle faisait la folle, et se disait la fille
De ce biau Démocrite ; elle était bian habile.
Enfin ils ont tant fait, qu'Ariste que velà,
Qui venait pour les voir, les a tous plantés là.
Or j'avons vu tantôt passer ce méchant drôle ;
J'ons tous deux en ce temps lâché quelque parole,
Montrant ce Démocrite. « Hé bon ! ce n'est pas li »,
A dit un paysan de ce village-ci.
Dame ! ça nous a fait sopçonner queuque chose.
Monsieur, je sons trompé, j'en avons une *dose,
Ai-je dit, moi. Pargué ! pour être plus certain,
Je venons en tout ça savoir encor la fin.

ARISTE

La chose est comme il dit.

DÉMOCRITE
C'est encor ton ouvrage,

Dis, coquin ?

CRISPIN

Il est vrai.

MAÎTRE JACQUES
Quel est donc ce *visage ?

C'est notre homme !

DÉMOCRITE, *à Ariste.*
C'est lui, mais le fourbe a plus fait,

Il m'a trompé de même, et vous a contrefait.

CRISPIN

Hélas !

DÉMOCRITE

Vous étiez trois qui demandiez ma fille,
Et qui vouliez, Messieurs, entrer dans ma famille,
Ma fille aimait déjà, elle avait fait son choix,
Et refusait toujours d'épouser l'un des trois.
Je vous ménageai tous, dans la douce espérance
Avec un de vous trois d'entrer en alliance ;
J'ignore les raisons qui poussent ce coquin.

CRISPIN

Je vais tout avouer : je m'appelle Crispin,
Écoutez-moi sans bruit, quatre mots font l'affaire.

DÉMOCRITE *frappe.*

Un laquais paraît qui fait venir Philine.

Qu'on appelle ma fille. À tout ce beau mystère
A-t-elle quelque part ?

CRISPIN

Vous allez le savoir :
Ces trois messieurs devaient vous parler sur le soir,
Et l'un des trois allait devenir votre gendre.
Cléandre, au désespoir, voulait aller se pendre ;
Il aime votre fille, il en est fort aimé.
Or, étant son valet, dans cette extrémité,
Je m'offris sur-le-champ de détourner l'orage,
Et Toinette avec moi joua son personnage.
De tout ce qui s'est fait, enfin, je suis l'auteur ;
Mais je me repens bien d'être né trop bon cœur :
Sans cela...

DÉMOCRITE

Franc coquin !

Et puis à sa fille qui entre.

Vous voilà donc, ma fille !
En fait de tours d'esprit, vous êtes fort habile,
Mais votre habileté[1] ne servira de rien :

---

1. Le mot est écrit *habilité* dans l'édition originale.

Vous n'épouserez point un jeune homme sans bien.
Déterminez-vous donc.

PHILINE

Mettez-vous à ma place,
Mon père, et dites-moi ce qu'il faut que je fasse.

DÉMOCRITE, *à Crispin.*

Toi, sors d'ici, maraud[1], et ne parais jamais.

CRISPIN, *s'en allant.*

Je puis dire avoir vu le bâton de bien près.

Il dit le vers suivant à Cléandre qui entre.

Vous venez à propos : quoi ! vous osez paraître !

Scène dernière[2]

DÉMOCRITE, CLÉANDRE[3], PHILINE, TOINETTE, CRISPIN,
LE CHEVALIER, LE FINANCIER, ARISTE, MAÎTRE JACQUES

CLÉANDRE

De mon destin, Monsieur, je viens vous rendre maître ;
Pardonnez aux effets d'un violent amour,
Et vous-même dictez[4] notre arrêt en ce jour.
Je me suis, il est vrai, servi de stratagème ;
Mais que ne fait-on pas, pour avoir ce qu'on aime ?
On m'enlevait l'objet de mes plus tendres feux,
Et, pour tout avouer, nous nous aimons tous deux.
Vous connaissez, Monsieur, mon sort et ma famille ;
Mon procès est gagné[5], j'adore votre fille :
Prononcez, et s'il faut embrasser vos genoux...

_____

1. Texte de l'édition de 1758. L'édition de 1712 porte : *Toi, maraud, sors d'ici* (hiatus après *ici*).   **2.** Édition originale : *Scène dernière.*   **3.** Ce nom est omis par les deux éditions de 1712 et 1758.   **4.** L'édition originale porte *dites* pour *dictez.* Marivaux avait sans doute écrit *dictés* ou plutôt *dités*, conformément à la prononciation du temps pour ce verbe.   **5.** Le dénouement par le procès gagné est fréquent dans le théâtre comique du temps. On le trouve, par exemple, dans *L'Usurier gentilhomme*, de Legrand (1711). Voir aussi *Le Préjugé vaincu*, sc. v.

ARISTE

De vos liens, pour moi, je ne suis point jaloux.

LE CHEVALIER

À vos désirs aussi je suis prêt à souscrire.

LE FINANCIER

Je me *dépars de tout, je ne puis pas plus dire.

PHILINE

Mon père, faites-moi grâce, et mon cœur est tout prêt
S'il faut à mon amant renoncer pour jamais [1].

CRISPIN

Hélas ! que de douceur !

TOINETTE

Monsieur, soyez sensible.

DÉMOCRITE

C'en est fait, et mon cœur cesse d'être inflexible.
Levez-vous, finissez tous vos remerciements :
Je ne sépare plus de si tendres amants.
Ces messieurs resteront pour la cérémonie.
Soyez contents tous deux, votre peine est finie.

CRISPIN, *à Toinette.*

Finis la mienne aussi, marions-nous tous deux.
Je suis pressé, Toinette.

TOINETTE

Es-tu bien amoureux ?

CRISPIN

Ha ! l'on ne vit jamais pareille impatience,
Et l'amour dans mon cœur épuise sa puissance ;
Objet de mes désirs [2].

----

1. Notre texte est celui de 1712. Il faut élider l'*e* de *pèr(e)*, ce qui est évidemment une très forte licence. La correction de 1758 n'est pas meilleure : « *Ah ! mon père, pardon : oui, et mon cœur est tout prêt./ Quel que soit votre arrêt, ordonnez, j'obéis.* » Non seulement le premier vers est faux, mais le second ne rime pas ! Il faudrait corriger ainsi la correction : « *Ah ! mon père, pardon ; oui, mon cœur est tout prêt./ Ordonnez, j'obéis, quel que soit votre arrêt.* » L'éditeur de 1781 corrige pour sa part : « *Ah ! mon père, pardon, et mon cœur est tout prêt/ S'il faut à mon amant renoncer pour jamais.* »
2. L'éditeur Duviquet, choqué par la succession des deux rimes féminines, a ajouté ici en 1825 deux vers à rime masculine : « *Viens, ne retarde point*

TOINETTE

Quelle est donc ta folie ?

Que fais-tu ?

CRISPIN

Moi, je *plote en attendant partie [1].

CLÉANDRE

Puisque vous vous aimez, je veux vous marier.

CRISPIN

Le veux-tu ?

TOINETTE

J'y consens.

CRISPIN

Tu te fais bien prier !

---

l'instant de nos plaisirs :/ Prends ce baiser pour gage, objet de mes désirs/ Un seul ne suffit pas. »

1. Texte de 1758 : « TOINETTE. *Quelle est donc ta folie ?/ Que fais-tu ?* CRISPIN. *Je pelote en attendant partie.* »

L'AMOUR ET LA VÉRITÉ

Comédie en trois actes et en prose
représentée pour la première fois
par les Comédiens-Italiens
le 3 mars 1720

NOTICE

Avec *L'Amour et la Vérité*, comédie en trois actes, représentée pour la première fois le 3 mars 1720 par la troupe italienne, Marivaux, déjà connu comme romancier et moraliste, éprouve enfin ses forces dans le genre dramatique. Il avait disposé, dit l'auteur de la *Bibliothèque des Théâtres* [1], du concours du chevalier de Saint-Jorry, qui avait déjà fait jouer, sur le même théâtre, deux pièces en trois actes et en prose, inspirées de canevas de Luigi Riccoboni [2]. Mais ce que nous avons conservé de la pièce, prologue ou première scène, ne porte aucune marque de cette collaboration. Quoique ce genre de moralité mythologique ne soit pas inconnu de la tradition théâtrale, les personnages, leurs rapports, rappellent en effet de la façon la plus précise une œuvre de jeunesse, *Le Bilboquet*, où l'Amour se trouvait aux prises avec la Fausse Galanterie, la Raison avec la Bêtise et l'Ignorance, etc. Rien n'est plus caractéristique de Marivaux que cette reprise d'un thème ou d'un procédé à travers les époques et les genres les plus divers. Cette fois encore, du reste, l'opposition allégorique

---

1. Beauchamps, qui dit à propos de *L'Amour et la Vérité* : « Comédie en trois actes de MM. de S. Jorry et ***. » (Prault, 1733, p. 20.)   **2.** Sur L. Rustaing de Saint-Jorry, historien, romancier et auteur dramatique, mort en 1752, voir Quérard, *La France littéraire*. Ses *Œuvres mêlées*, parues à Amsterdam en 1735 (compte rendu dans le *Journal des Sçavans*, juillet 1735, p. 311), contiennent trois comédies jouées au Théâtre-Italien, *Le Philosophe trompé par la Nature* (5 novembre 1719), *Arlequin camarade du diable* (4 mars 1721), *Arlequin en deuil de lui-même* (20 mars 1721), dont la première au moins est intéressante, dans la mesure où elle préfigure le thème d'une sagesse vitale préférée à une sagesse livresque, que Marivaux reprendra de la seconde *Surprise* au *Triomphe de l'amour*, en passant par *L'Île de la Raison*. Sur le rôle de Saint-Jorry dans l'histoire du nouveau Théâtre-Italien, voir X. de Courville, *Luigi Riccoboni*, tome II, pp. 171-174. Sur ses rapports avec Mme de Lambert, cf. F. Deloffre, *Marivaux et le Marivaudage*, deuxième édition (A. Colin, 1967), p. 522.

des deux amours se retrouvera dans *La Réunion des Amours*[1], et celle de l'Amour et de Plutus dans *Le Triomphe de Plutus*[2].

Mais l'idée la plus importante aux yeux de Marivaux est celle de cette eau du puits de vérité qui rend sincères, malgré eux, ceux qui en boivent. Déjà, dans *La Fontaine de Sapience*, comédie jouée au Théâtre-Italien en 1694, Brugière de Barante avait imaginé de porter à la scène une donnée de ce genre, mais il n'en avait guère tiré parti. Une historiette de Dufresny, *Le Puits de la Vérité*[3], a pu nourrir davantage encore la réflexion morale de Marivaux. On y voit, dans un banquet, les différents convives invités à boire de l'eau tirée de ce puits. Un vieux procureur, se fiant à l'habitude qu'il a de dire des mensonges, en boit hardiment, et meurt étouffé plutôt que de dire la vérité, à propos d'une question délicate qu'on lui pose. Divers assistants formulent les souhaits les plus naïfs. Des jeunes filles demandent à se marier pour être riches, une autre pour être appelée madame, une pour danser à la noce, et la dernière « pour être mariée ». Une femme souhaite que son mari eût été roi, et qu'elle-même fût veuve. Enfin, un paysan, « qui avait mêlé quelque pinte de vin à l'eau de la Vérité », se réjouit de voir le prince qui préside le repas aimer sa femme, « car c'est signe que peut-être il se contentera d'elle toute seule ». Sur quoi ce paysan, malgré les signes qu'on lui fait de se taire, chante la chanson paysanne que voici :

> Voulez-vous, disait Lucas,
> Au seigneur de son village,
> Que de vous on fasse cas ?
> Point de gloire, et soyez sage.
>
> Choquez souvent le verre avec vos habitants,
>   Sans songer à leurs ménagères ;
>   Soyez toujours notre père,
> Mais ne soyez jamais celui de nos enfants[4].

---

1. Pièce jouée en 1730, voir ci-après, p. 951 *sq*.   **2.** Joué en 1728, voir ci-après, p. 817 *sq*.   **3.** *Œuvres de M. Dufresny*, Briasson, 1731, tome V, pp. 109-270. Le passage le plus intéressant se trouve aux pages 169-180.   **4.** *Op. cit.*, p. 177. La présence d'un *air paysan* dans le divertissement de *L'Amour et la Vérité* indique probablement l'existence d'un rôle de paysan dans la pièce.

Ces quelques échantillons donnent peut-être une idée des scènes dont Marivaux aurait pu faire usage pour remplir une pièce « à tiroirs », comme devait l'être la sienne. Mais ce n'est peut-être pas là l'essentiel. Ce qui compte davantage pour lui, c'est le problème que pose la contradiction entre les nécessités de la vie sociale, qui invitent à la dissimulation, et les exigences d'un cœur assoiffé de sincérité. Dans cette perspective, on rapprochera *L'Amour et la Vérité* d'une pièce comme *Les Sincères*[1] qui se rattache à toute une tradition dramatique et morale. Mais les conceptions les plus originales de Marivaux sont exprimées, non pas dans une pièce de théâtre, mais dans une curieuse fiction racontée dans *Le Cabinet du philosophe* et intitulée *Voyage au monde vrai*. Un gentilhomme, désabusé de ses illusions par la fausseté d'un ami et la trahison d'une maîtresse, quitte sa patrie, fait la connaissance d'un étrange compagnon de voyage, et parvient, sous sa conduite, dans un monde tout semblable au nôtre, mais dont les habitants sont vrais, en dépit d'eux-mêmes. Ce monde est en réalité le nôtre, vu seulement par un observateur dont les yeux sont enfin dessillés. La naïveté des habitants n'est pas dans leurs paroles, « elle est dans la tournure de leurs discours, dans l'air qu'ils ont en parlant, dans leur ton, dans leur geste, même dans leurs regards ; mais par tous ces signes, leurs pensées se trouvent si nettement, si ingénument exprimées, que des paroles prononcées ne seraient pas plus claires. Tout cela forme un langage à part qu'il faut entendre [...] langue d'ailleurs qui n'admet point d'équivoque ; l'âme qui la parle ne prend jamais un mot pour un autre[2] ».

Rapproché de ce mythe du Monde vrai, *L'Amour et la Vérité* prend tout son sens, et l'on en voit l'importance dans la pensée de Marivaux. Mais ce n'était pas là de quoi la sauver aux yeux des spectateurs, alors qu'il lui manquait probablement l'intérêt dramatique. Les deux premiers actes, nous dit-on[3], « furent écoutés avec plaisir », mais le troisième « excita de fréquents murmures ». Suivant la même source, l'auteur, qui en avait vu la représentation incognito, dit en sortant « qu'elle l'avait plus ennuyé qu'un autre, attendu qu'elle venait de lui ». Pour en sauver du moins ce qui comptait à ses yeux,

---

1. 1739, voir ci-après, p. 1629 *sq.*　　**2.** Voir l'édition Garnier des *Journaux et Œuvres diverses*, p. 402.　　**3.** D'Origny, *Annales du Théâtre-Italien*, Paris, veuve Duchesne, 1781, pp. 58-59. L'anecdote qui suit est déjà dans les *Anecdotes dramatiques* de Clément et La Porte.

il s'adressa au *Mercure*, auquel il collaborait régulièrement, et c'est ainsi que parut, dans le numéro de mars 1720, la scène qui nous est conservée[1]. D'autre part, le *Recueil des Divertissements* de Mouret pour le Théâtre-Italien contient celui de *L'Amour et la Vérité*. Les paroles, qui sont sûrement de Marivaux, ne sont pas moins dignes d'attention que la scène dont il a été parlé. Sept ans auparavant, l'auteur encore inconnu des *Effets surprenants de la sympathie* avait exprimé l'idée que l'amour, « heureux état qui plonge le cœur dans toute la douceur dont il est capable », représente pour chaque être une seconde naissance, par l'éveil de la conscience sensible :

« Qui n'a point aimé a vécu sans le sentir [...], il ne connaît point tout l'avantage qu'il y a d'être, il ignore la plus noble partie de lui même ; le cœur, ce présent des dieux, est un trésor dont la valeur lui échappe, il est comme au milieu des biens sans en profiter, parce qu'il ne sait pas qu'il les possède, mortel vraiment infortuné, qui meurt sans avoir senti ce qu'il était[2]... »

Cette valeur initiatoire de l'amour est célébrée ici en des vers d'une poésie douteuse, mais d'une grande signification :

> Heureux l'amant bien enflammé !
> Celui qui n'a jamais aimé
> Ne vit pas ou du moins l'ignore ;
> Sans le plaisir d'être charmé
> D'un aimable objet qu'on adore
> S'apercevrait-on d'être né ?

Dans une étude célèbre[3], Georges Poulet a montré que la conscience, chez les personnages de Marivaux, naît, dans un état de vacance, d'inertie, par l'expérience privilégiée de l'amour. C'est dire l'importance de ces textes, jusqu'ici négligés par la critique, pour l'histoire de la pensée de Marivaux. On verra, du reste, qu'il ne perdit pas de temps pour donner à ces idées forme dramatique : *Arlequin poli par l'amour*, joué avant la fin de la même année 1720, prouve chez Marivaux une continuité dans la réflexion qu'on est loin de lui accorder d'ordinaire.

---

1. Elle fut retrouvée dans le *Mercure* par Édouard Fournier. **2.** Avertissement de la seconde livraison des *Effets surprenants de la sympathie, Œuvres de jeunesse*, éd. cit., p. 144. **3.** *Études sur le temps humain*, II, *La Distance intérieure* (Plon, 1952), pp. 1-34.

Dialogue entre l'Amour
et la Vérité [1]

L'AMOUR. Voici une dame que je prendrais pour la Vérité, si elle n'était si ajustée.

LA VÉRITÉ. Si ce jeune enfant n'avait l'air un peu trop hardi, je le croirais l'Amour.

L'AMOUR. Elle me regarde.

LA VÉRITÉ. Il m'examine.

L'AMOUR. Je soupçonne à peu près ce que ce peut être ; mais soyons-en sûr. Madame, à ce que je vois, nous avons une curiosité mutuelle de savoir qui nous sommes ; ne faisons point de façon de nous le dire.

LA VÉRITÉ. J'y consens, et je commence. Ne seriez-vous pas le petit libertin d'Amour, qui depuis si longtemps tient ici-bas la place de l'Amour tendre ? Enfin n'êtes-vous pas l'Amour à la mode ?

L'AMOUR. Non, Madame, je ne suis ni libertin, ni par conséquent à la mode, et cependant je suis l'Amour.

LA VÉRITÉ. Vous, l'Amour !

L'AMOUR. Oui, le voilà. Mais vous, Madame, ne tiendriez-vous pas lieu de la Vérité parmi les hommes ? N'êtes-vous pas l'Erreur, ou la Flatterie ?

LA VÉRITÉ. Non, charmant Amour, je suis la Vérité même ; je ne suis que cela.

L'AMOUR. Bon ! Nous voilà deux divinités de grand crédit ! Je vous demande pardon de vous avoir scandalisée, vous, dont l'honneur est de ne le pas être.

LA VÉRITÉ. Ce reproche me fait rougir ; mais je vous rendrai raison de l'équipage où vous me voyez, quand vous m'aurez rendu raison de l'air libertin et cavalier répandu sur vos habits et sur votre physio-

---

1. Le texte qui suit est donné d'après le *Mercure* de mars 1720, pp. 32-41.

nomie même. Qu'est devenu cet air de vivacité tendre et modeste ? Que sont devenus ces yeux qui apprivoisaient la vertu même, qui ne demandaient que le cœur ? Si ces yeux-là n'attendrissent point, ils débauchent.

L'Amour. Tels que vous les voyez cependant, ils ont déplu par leur sagesse ; on leur en trouvait tant, qu'ils en étaient ridicules.

La Vérité. Et dans quel pays cela vous est-il arrivé ?

L'Amour. Dans le pays du monde entier. Vous ne vous ressouvenez peut-être pas de l'origine de ce petit effronté d'Amour, pour qui vous m'avez pris. Hélas ! C'est moi qui suis cause qu'il est né.

La Vérité. Comment cela ?

L'Amour. J'eus querelle un jour avec l'Avarice et la Débauche. Vous savez combien j'ai d'aversion pour ces deux divinités ; je leur donnai tant de marques de mépris, qu'elles résolurent de s'en venger.

La Vérité. Les méchantes ! eh ! que firent-elles ?

L'Amour. Voici le tour qu'elles me jouèrent. La Débauche s'en alla chez Plutus, le dieu des richesses ; le mit de bonne humeur, fit tomber la conversation sur Vénus, lui vanta ses beautés, sa blancheur, son embonpoint, etc. Plutus [1], à ce récit, prit un goût de conclusions, l'appétit vint au gourmand, il n'aima pas Vénus : il la désira.

La Vérité. Le malhonnête !

L'Amour. Mais, comme il craignait d'être rebuté, la Débauche l'enhardit, en lui promettant son secours et celui de *l'Avarice auprès de Vénus : Vous êtes riche, lui dit-elle, ouvrez vos trésors à Vénus, tandis que mon amie l'Avarice appuiera vos offres auprès d'elle, et lui conseillera d'en profiter. Je vous aiderai de mon côté, moi.

La Vérité. Je commence à me remettre votre aventure.

L'Amour. Vous n'avez pas un grand génie, dit la Débauche à Plutus, mais vous êtes un gros garçon [2] assez *ragoûtant. Je ferai faire à Vénus une attention là-dessus, qui peut-être lui tiendra lieu de tendresse ; vous serez *magnifique, elle est femme. L'Avarice et moi, nous vous servirons bien, et il est des moments où il n'est pas besoin d'être aimé pour être heureux.

---

1. Le mot *Plutus*, qui manque dans le *Mercure*, a dû être restitué.
2. Voici le type du « gros garçon » qui, du *Pharsamon* et du *Télémaque travesti* au *Paysan parvenu*, apparaît constamment dans l'œuvre de Marivaux lorsqu'il est question de peindre un genre d'homme qui touche les femmes par la sensualité plus que par le cœur.

LA VÉRITÉ. La plupart des amants doivent à ces moments-là toute leur fortune.

L'AMOUR. Après ce discours, Plutus impatient courut tenter l'aventure. Or, argent, bijoux, présents de toute sorte, soutenus de quelques *bredouilleries, furent auprès de Vénus les truchements de sa belle passion. Que vous dirai-je enfin, ma chère ? un moment de fragilité me donna pour frère ce vilain enfant qui m'usurpe aujourd'hui mon empire ! ce petit dieu plus laid qu'un diable, et que Messieurs les hommes appellent *Amour*.

LA VÉRITÉ. Hé bien ! Est-ce en lui ressemblant que vous avez voulu vous venger de lui ?

L'AMOUR. Laissez-moi achever ; le petit fripon ne fut pas plutôt né, qu'il demanda son *apanage. Cet apanage, c'était le droit d'agir sur les cœurs. Je ne daignai pas m'opposer à sa demande ; je lui voyais des airs si grossiers, je lui remarquais un caractère si brutal, que je ne m'imaginai pas qu'il pût me nuire. Je comptais qu'il ferait peur en se présentant, et que ce monstre serait obligé de *rabattre sur les animaux.

LA VÉRITÉ. En effet, il n'était bon que pour eux.

L'AMOUR. Ses premiers coups d'essai ne furent pas heureux. Il insultait, bien loin de plaire ; mais ma foi, le cœur de l'homme ne vaut pas grand-chose[1] ; ce maudit Amour fut insensiblement *souffert ; bientôt on le trouva plus badin que moi ; moins gênant, moins formaliste, plus expéditif. Les goûts se partagèrent entre nous deux ; il m'enleva de mes créatures.

LA VÉRITÉ. Eh ! que devîntes-vous alors ?

L'AMOUR. Quelques bonnes gens crièrent contre la corruption ; mais ces bonnes gens n'étaient que des invalides, de vieux personnages, qui, disait-on, avaient leurs raisons pour haïr la réforme ; gens à qui la lenteur de mes démarches convenait, et qui prêchaient le respect, faute, en le perdant, de pouvoir réparer l'injure[2].

LA VÉRITÉ. Il en pouvait bien être quelque chose.

L'AMOUR. Enfin, Madame, ces tendres et tremblants aveux d'une passion, ces dépits *délicats, ces transports d'amour d'après les plus innocentes faveurs, d'après mille petits riens précieux, tout cela disparut. L'un ouvrit sa bourse, l'autre gesticulait insolemment auprès d'une femme, et cela s'appelait une *déclaration*.

---

1. Cette phrase est déjà typiquement marivaudienne. Comparer : *Le cœur de l'homme est un grand fripon*, dans *La Fausse Suivante*, acte I, sc. I.
2. Ici, Marivaux inaugure le ton des romans libertins du XVIIIe siècle.

LA VÉRITÉ. Ah ! l'horreur !

L'AMOUR. À mon égard, j'ennuyais, je glaçais ; on me regardait comme un innocent qui manquait d'expérience, et je ne fus plus célébré que par les poètes et les romanciers.

LA VÉRITÉ. Cela vous rebuta ?

L'AMOUR. Oui, je me retirai, ne laissant de moi que mon nom dont on abusait. Or, il y a quelque temps, que rêvant à ma triste aventure, il me vint dans l'esprit d'essayer si je pourrais me rétablir en *mitigeant mon air tendre et modeste ; peut-être, disais-je en moi-même, qu'à la faveur d'un air plus libre et plus hardi, plus conforme au goût où sont à présent les hommes, peut-être pourrais-je me glisser dans ces cœurs[1] ? Ils ne me trouveront pas si singulier, et je détruirai mon ennemi par ses propres armes. Ce dessein pris, je partis, et je parus dans la mascarade où vous me voyez.

LA VÉRITÉ. Je gage que vous n'y gagnâtes rien.

L'AMOUR. Ho vraiment ! Je me trouvai bien loin de mon compte ; tout grenadier que je pensais être, dès que je me montrai, on me prit pour l'Amour le plus *gothique qui ait jamais paru ; je fus sifflé dans les Gaules comme une mauvaise comédie, et vous me voyez de retour de cette expédition. Voilà mon histoire.

LA VÉRITÉ. Hélas ! Je n'ai pas été plus heureuse que vous ; on m'a chassée du monde.

L'AMOUR. Hé ! qui ? les *chimistes, les devins, les faiseurs d'almanachs, les philosophes ?

LA VÉRITÉ. Non, ces gens-là me m'ont jamais nui. On sait bien qu'ils mentent, ou qu'ils sont livrés à l'erreur, et je ne leur en veux aucun mal, car je ne suis point faite pour eux[2].

L'AMOUR. Vous avez raison.

LA VÉRITÉ. Mais, que voulez-vous que les hommes fassent de moi ?

---

1. On a là comme une conciliation des deux amours, que l'on retrouvera au dénouement de *La Réunion des Amours*. Mais ici, la solution s'avère finalement irréalisable.   **2.** Il est curieux de voir Marivaux mettre les philosophes au rang des faiseurs d'almanachs, des devins et des alchimistes. Mais c'est chez lui une conviction constante, que la philosophie ne peut parvenir à la vérité, sauf par hasard. Voyez ce passage de *La Vie de Marianne* : « Je ne sais point philosopher, et je ne m'en soucie guère, car je crois que cela n'apprend rien qu'à discourir ; les gens que j'ai entendu raisonner là-dessus ont bien de l'esprit assurément ; mais je crois que sur certaine matière ils ressemblent à ces nouvellistes qui font des nouvelles quand ils n'en ont point, ou qui corrigent celles qu'ils reçoivent quand elles ne leur plaisent pas. » (Classiques Garnier, p. 22.)

Le mensonge et la flatterie sont en si grand crédit parmi eux, qu'on est perdu dès qu'on se pique de m'honorer. Je ne suis bonne qu'à ruiner ceux qui me sont fidèles ; par exemple, la flatterie rajeunit les vieux et les vieilles. Moi, je leur donne l'âge qu'ils ont. Cette femme dont les cheveux blanchissent à son insu, singe maladroit de l'étourderie folâtre des jeunes femmes, qui provoque la médisance par des galanteries qu'elle ne peut faire aboutir, qui se lève avec un visage de cinquante ans, et qui voudrait que ce visage n'en eût que trente, quand elle est *ajustée, ira-t-on lui dire : Madame, vous vous trompez dans votre calcul ; votre somme est de vingt ans plus forte ? non, sans doute ; ses amis souscrivent à la soustraction. Telle a la physionomie d'une guenon, qui se croit du moins jolie ; irez-vous mériter sa haine, en lui confiant à quoi elle ressemble pendant que, pour être un honnête homme auprès d'elle, il suffit de lui dire qu'elle est piquante ? Cet homme s'imagine être un esprit supérieur ; il se croit indispensablement obligé d'avoir raison partout ; il décide, il redresse les autres ; cependant ce n'est qu'un brouillon qui jouit d'une imagination déréglée. Ses amis feignent de l'admirer ; pourquoi ? Ils en attendent, ou lui doivent, leur fortune.

L'Amour. Il faut bien prendre patience.

La Vérité. Ainsi je n'ai plus que faire au monde. Cependant, comme la Flatterie est ma plus redoutable ennemie, et qu'en triomphant d'elle, je pourrais insensiblement rentrer dans tous mes honneurs, j'ai voulu m'humaniser : je me suis déguisée, comme vous voyez, mais j'ai perdu mon *étalage : l'amour-propre des hommes est devenu d'une complexion si délicate, qu'il n'y a pas moyen de traiter avec lui ; il a fallu m'en revenir encore. Pour vous, mon bel enfant, il me semble que vous aviez un asile et le mariage [1].

L'Amour. Le mariage ! Y songez-vous ? Ne savez-vous pas que le devoir des gens mariés est de s'aimer ?

La Vérité. Hé bien ! c'est à cause de cela que vous régnerez plus aisément parmi eux.

L'Amour. Soit ; mais des gens obligés de s'aimer ne me conviennent point. Belle occupation pour un espiègle comme moi, que de faire les volontés d'un contrat ; achevons de nous conter tout. Que venez-vous faire ici ?

---

1. Tel est le texte du *Mercure*, qui n'est pas très satisfaisant. Il faut supposer qu'il y a là un hendiadyin et comprendre : un asile dans le mariage.

LA VÉRITÉ. J'y viens exécuter un projet de vengeance ; voyez-vous ce puits ? Voilà le lieu de ma retraite ; je vais m'enfermer dedans.

L'AMOUR. Ah ! Ah ! Le proverbe sera donc vrai, qui dit que *la Vérité est au fond du puits*. Et comment entendez-vous vous venger, là ?

LA VÉRITÉ. Le voici. L'eau de ce puits va, par moi, recevoir une telle vertu, que quiconque en boira sera forcé de dire tout ce qu'il pense et de découvrir son cœur en toute occasion ; nous sommes près de Rome, on vient souvent se promener ici ; on y chasse ; le chasseur se désaltère ; et à succession de temps, je garnirai cette grande ville de gens naïfs, qui troubleront par leur franchise le commerce indigne de complaisance et de tromperie que la Flatterie y a introduit plus qu'ailleurs [1].

L'AMOUR. Nous allons donc être voisins ; car, pendant que votre rancune s'exercera dans ce puits, la mienne agira dans cet arbre. Je vais y entrer ; les fruits en sont beaux et bons, et me serviront à une petite malice qui sera tout à fait plaisante. Celui qui en mangera tombera subitement amoureux du premier objet qu'il apercevra. Que dites-vous de ce guet-apens ?

LA VÉRITÉ. Il est un peu fou.

L'AMOUR. Bon, il est digne de vous ; mais adieu, je vais dans mon arbre.

LA VÉRITÉ. Et moi, dans mon puits.

DIVERTISSEMENT [2]

1er air : *gracieusement*.

D'un doux regard elle vous jure
Que vous êtes son favori,

---

1. La comédie allégorique semble devoir se transformer ici en une comédie à tiroirs. Les deux genres sont d'ailleurs ordinairement unis, et Boissy donne à ces pièces le nom de *pièces allégori-épisodiques* (*L'auteur au libraire*, en tête des *Œuvres de Monsieur de Boissy*, Neaulme, Amsterdam, 1758, tome I, p. IV).   **2.** Ce divertissement est donné par MM. Bastide et Fournier d'après le *Recueil des Divertissements du Nouveau Théâtre-Italien*, de J.-J. Mouret. Nous l'avons complété par diverses indications tirées de l'original. On notera la beauté, surprenante chez Marivaux, des paroles du premier air.

Mais c'est peut-être une imposture
Puisqu'en faveur d'un autre elle a déjà souri.

2e air : *louré*.

Dans le même instant que son âme
Dédaigneuse d'une autre flamme
Semble se déclarer pour vous,
Le motif de la préférence
Empoisonne la jouissance
D'un bien qui paraissait si doux.
La coquette ne vous caresse
Que pour alarmer la paresse
D'un rival qui n'est point jaloux [1].

3e air : *menuet*.

L'amant trahi par ce qu'il aime
Veut-il guérir presque en un jour ?
Qu'il aime ailleurs ; l'amour lui-même
Est le remède de l'amour.

4e air : *piqué*.

Vous qui croyez d'une inhumaine
Ne vaincre jamais la rigueur,
Pressez, la victoire est certaine,
Vous ne connaissez pas son cœur ;
Il prend un masque qui le gêne ;
Son visage, c'est la douceur [2].

5e air : *gracieusement*.

Heureux, l'amant bien enflammé.
Celui qui n'a jamais aimé
Ne vit pas ou du moins l'ignore ;
Sans le plaisir d'être charmé

---

1. Thème marivaudien s'il en est, développé dans les *Lettres au « Mercure »*. Voir les *Journaux et Œuvres diverses*, première section.   **2.** L'opposition du *masque* et du *visage* se retrouvera souvent chez Marivaux. Voyez en particulier *Le Jeu de l'amour et du hasard*, acte I, sc. I, ci-après, p. 887.

D'un aimable objet qu'on adore
S'apercevrait-on d'être né[1] ?

6ᵉ air : **piqué*.

Tel qui devant nous nous admire,
S'en rit peut-être à quatre pas.
Quand à son tour il nous fait rire
C'est un secret qu'il ne sait pas ;
Oh ! l'utile et charmante ruse
Qui nous unit tous ici-bas ;
Qui de nous croit en pareil cas
Être la dupe qu'on abuse[2] ?

7ᵉ air : *gracieusement*

La raison veut que la sagesse
Ait un empire sur l'amour ;
Ô vous, amants, dont la tendresse
Nous attaque cent fois le jour,
Quand il nous prend une faiblesse
Ne pouvez-vous à votre tour
Avoir un instant de sagesse[3] ?

Arlequin désenchanté par la Raison chante le couplet suivant :

J'aimais Arlequin[4] et ma foi,
Je crois ma guérison complète ;
Mais, Messieurs, entre nous, j'en vois
Qui peut-être, aussi bien que moi,
Ont besoin d'un coup de baguette.

---

1. Sur ce couplet capital, voir la notice, p. 99.   **2.** Ici se plaçait un *air de paysan*, non chanté.   **3.** Confier aux hommes, qui se prétendent les plus forts et les plus sages, la responsabilité de la vertu des femmes est une idée que Marivaux reprendra à diverses reprises, et notamment dans *L'Île de la Raison*. Voir ci-après, p. 661.   **4.** Faut-il comprendre qu'Arlequin, venant à se regarder dans un miroir ou dans un ruisseau après avoir mangé un fruit de l'arbre d'amour, est devenu amoureux de lui-même ? Sinon, il faut admettre une faute d'impression.

ARLEQUIN POLI
PAR L'AMOUR

COMÉDIE EN UN ACTE, EN PROSE,
REPRÉSENTÉE POUR LA PREMIÈRE FOIS
PAR LES COMÉDIENS-ITALIENS,
LE 17 OCTOBRE 1720

NOTICE

Plus qu'aucune des pièces précédentes, *Arlequin poli par l'amour*, comédie en un acte et en prose, sans doute composée après la tragédie d'*Annibal*, mais représentée avant, le 17 octobre 1720, a dans l'œuvre de Marivaux la valeur d'un prélude. C'est d'abord son premier succès : malgré la disparition des registres du Théâtre-Italien pour cette période et le silence du *Mercure*, on a toutes raisons de penser que l'accueil du public fut nettement favorable[1]. Techniquement, cette comédie révèle, chez son auteur, une maîtrise parfaite des ressources de la scène, dialogue, mimique, danse et musique même. Pour le sujet enfin, Marivaux aborde, avec *Arlequin poli par l'amour*, le thème caractéristique du marivaudage, sous une forme certes encore sommaire, mais parfaitement reconnaissable : la prise de conscience d'un amour naissant, ici chez deux êtres qui en ignorent même le nom. Il est instructif de voir comment s'est élaboré ce miracle de grâce et d'originalité.

C'est pourtant presque un lieu commun que de proclamer vaine toute recherche de sources dans le cas de Marivaux, tant ses pièces, et celle-ci plus qu'aucune autre, donnent l'impression de créations miraculeuses, sans causes médiates ou immédiates autres que le génie de l'auteur. L'absence de documents anciens, journal ou correspondance, tend à renforcer cette opinion. Dans le cas présent, quand on a dit que la pièce traite un thème commun à la sagesse des nations, l'éveil d'un être à la vie à la faveur de l'amour, quand on en a rapproché le sujet de celui de *L'École des femmes*, on pense ordinairement ne pouvoir guère aller plus loin. Or, si le motif *comment l'esprit vient aux garçons* résume la signification d'*Arlequin poli par l'amour*, il n'en explique ni l'intrigue ni l'atmosphère, qui en font toute l'originalité.

---

1. Voir ci-après, p. 120.

Pour qui connaît le processus naturel de la création dramatique chez Marivaux, il est peu vraisemblable qu'il soit parti d'une idée abstraite pour en tirer une pièce qui fait tant de part à l'imagination sensible. Il paraît au contraire probable que, rencontrant une situation propre à frapper son « cœur », il l'ait enrichie de toutes les ressources de son génie dramatique pour en tirer sa pièce. De ce qui n'était qu'une hypothèse, Shirley E. Jones a fait une certitude en découvrant la véritable source d'*Arlequin poli par l'amour*[1].

Il s'agit d'un conte de fées de Mme Durand, qui exploite à sa façon la veine ouverte par Perrault. Ce conte, *Le Prodige d'amour*[2], met en scène le roi de Paraminofara. Veuf, il n'a qu'un fils, dont les traits sont « charmants », la taille « parfaite », mais dont le caractère est « toujours pesant, assoupi, sombre ». En vain, tous les maîtres qu'on lui donne s'efforcent de « défricher un naturel si sauvage ». Sa seule occupation est la chasse, que même il pratique en « niaisant ». On désespère à ce point de son esprit qu'on lui donne le nom de *Brutalis* et que tous les rois voisins refusent de lui accorder leur fille. Un jour, à la chasse, il s'endort au pied d'un arbre, où un seigneur de sa suite l'attache par manière de plaisanterie. Là, « n'étant plus maître de son attitude », il paraît « de fort bonne grâce » : « de grands cheveux blonds qu'il avait lui couvraient toutes les épaules... » Rien d'étonnant qu'il séduise les yeux et le cœur d'une fée de passage, d'autant plus que celle-ci, Mlle Coquette, est « assez jeune, fort jolie, sujette aux passions, peu sévère sur les mœurs, et fort alerte sur les beaux garçons ». À son réveil, elle l'interroge, « se flattant en ce moment que ses appas pourraient lui donner, sinon de l'esprit, au moins quelques sentiments ». Devant le peu de succès de cette première tentative, elle le laisse retourner avec les chasseurs. Mais quelque temps après, elle se rend à Paraminofara sous le nom de la princesse Azindara, et flatte le père de Brutalis de l'espoir qu'elle

---

1. « A probable source of Marivaux's *Arlequin poli par l'amour* », article paru dans *French Studies*, 1965, pp. 385-391. Le titre est trop modeste. Il s'agit d'une source, non seulement essentielle, mais aussi incontestable qu'on puisse en découvrir. **2.** Inclus dans un recueil intitulé *Les Petits Soupers de l'été 1699*, Paris, 1702, 2 vol. in-12. Les citations que nous donnons sont empruntées à cette édition (tome I, pp. 161 et suiv.), tandis que Miss Jones donne les siennes d'après l'édition des *Œuvres* de Mme Durand (Catherine Bédacier), 1737, vol. IV. Le texte de ces deux éditions, ainsi que d'une réédition de la première en un volume, ne comporte d'ailleurs aucune différence notable.

pourra adoucir le cœur de son fils et l'épouser. On lui amène Brutalis, « mais il marchait pesamment, sa tête était penchée, et ses
regards toujours fixés à terre ». La fée lui offre un carrousel, dans
lequel il se conduit de façon ridicule, puis un feu d'artifice où une
fusée déroule à ses yeux ces paroles :

> Le destin a fixé le sort de Brutalis :
> Il aura de l'esprit, il aura du courage,
> Vous le verrez briller entre les plus polis,
> Mais l'amour seul peut faire cet ouvrage,

enfin un bal, qui donne aussi peu de résultat que le reste.

Rentrée chez elle, la fée imagine un autre plan d'action. Elle fait
amener dans ses domaines le jeune Brutalis, et lui fait le plus clairement du monde une tendre déclaration : pendant ce temps, il ne
détourne pas les yeux d'une pie qui s'est posée sur l'arbre en dessous duquel est assise la fée. Pour attendrir le cœur de Brutalis, elle
utilise encore successivement le charme de la solitude champêtre,
puis les séductions voluptueuses de petits appartements « faits pour
inspirer l'amour » : peines perdues, puisque Brutalis, qui s'est jeté
dans un fauteuil sans regarder la fée, lui siffle au nez. Ce n'est qu'à
ses repas qu'il porte quelque intérêt. Coquette, après avoir fait procéder à sa toilette et l'avoir rendu « beau comme l'amour », fait
encore représenter devant lui un spectacle composé d'un « ballet de
femmes mores », au son de « symphonies tendres », dont « tous les
pas et tous les mouvements auraient ébranlé les rochers », mais
n'ébranlent pas Brutalis.

On en est là lorsqu'un jour Brutalis, promenant ses « yeux hébé-
tés » sur une belle prairie, y aperçoit une bergère, et l'appelle
comme il appellerait ses chiens. Il la trouve bien fière, et cherche
pourtant à la revoir. Le lendemain, il « lui fait une révérence d'assez
bon air ». Les jeunes gens se parlent, et dès lors Brutalis est en état
d'« user de l'esprit que l'amour lui avait donné pour cacher à la fée
le plaisir qu'il venait de goûter ». Il est même capable de feindre
avec la fée sa sottise coutumière. Cependant, l'amour lui permet de
« débrouiller tout à coup le chaos de ses pensées », le rend même
éloquent :

« Rien n'ouvre tant l'esprit que l'amour, tout le monde en
convient, il polit même les plus brutaux, et le cœur, quelque brut

qu'il soit, quand il est entre les mains d'un aussi excellent ouvrier, ne tarde guère à se polir [1]. »

Par un billet fixé à la pointe d'une flèche, Brutalis propose un rendez-vous à la bergère dans une caverne de la forêt. Il s'y rend à l'occasion d'une chasse en compagnie de la fée. Il échappe à celle-ci et va trouver sa belle. Mais la fée, inquiète de son manège, le suit et le découvre aux pieds de Brillante ; elle se précipite vers les jeunes gens et, « d'une voix tonnante », demande au jeune prince « qui lui en avait tant appris ». Brillante, « qui avait été élevée dans la crainte de ces femmes terribles, dont les vices même étaient respectés », demande pardon à la fée. Mais Brutalis, que l'on appelle désormais *Polidamour* — ce nom seul démontre la parenté avec la pièce de Marivaux — proteste qu'on ne le fera pas renoncer à son amour : il tire son épée, et la fée doit employer les forces de la magie pour l'empêcher de se donner la mort.

Le dénouement n'est plus très éloigné. La fée séquestre Brillante dans la caverne et a ramené Polidamour dans son palais. Un jour, le jeune homme s'avise de reprendre sa contenance stupide. Craignant de le voir retomber dans sa bêtise, la fée se décide à lui faire revoir Brillante, mais n'a pas le courage d'assister à la scène. Les deux silphes qui, sous forme de tigres, sont chargés de surveiller les jeunes gens, se mettent de leur parti et leur permettent de retourner à la cour de Paraminofara. La bergère apprend à Polidamour qu'elle est une princesse et qu'elle a quitté la cour de son père, souverain de l'île Galante, à cause des mœurs dissolues qui y régnaient. Les jeunes gens s'épousent, et, protégés par leur mariage, ne craignent plus rien de la fée Coquette.

Quoique la comédie soit à certains égards très proche de ce conte de fées, un examen attentif révèle le très important travail d'enrichissement et d'adaptation accompli par Marivaux. La modification la plus immédiatement évidente concerne la concentration des temps et des lieux. Ceux-ci sont réduits à deux (jardin du palais de la fée, prairie), alors que le conte en comportait un bien plus grand nombre, notamment la cour de Paraminofara. La première rencontre de Coquette et de Brutalis ne figure plus que sous la forme d'un récit de Trivelin. Le voyage inutile de la fée à la cour est supprimé. Le dénouement se passe en quelques heures dans la comédie, alors qu'il prenait plusieurs semaines dans le conte, etc. Un exemple

---

1. Durand, *op. cit.*, pp. 201-202.

significatif de resserrement est fourni par la manière dont Marivaux regroupe en une seule scène tous les moyens employés, soit par le roi, soit par Coquette pour adoucir Brutalis : leçons de danse, chants et danses, atmosphère voluptueuse, etc.

Le dénouement est sensiblement modifié. Chez Marivaux, c'est Arlequin qui provoque l'issue favorable en obtenant de la fée le serment sur le Styx, alors que chez Mme Durand, Coquette ne manquait d'assister à l'entretien des jeunes gens que par une faiblesse peu compréhensible. Dans la scène finale même, une péripétie dramatique est ménagée par la conquête de la baguette magique : ici encore, l'initiative d'Arlequin est nécessaire, tandis que chez Mme Durand le hasard seul fait tout — il se trouve que le silphe-tigre gardien des jeunes gens connaît Brillante depuis longtemps. Ainsi, au lieu de dépeindre par des mots, comme Mme Durand, les progrès intellectuels du jeune homme poli par l'amour, Marivaux en donne des exemples de fait infiniment convaincants. Le dénouement est, par là même, étroitement lié au thème moral de la pièce.

L'idée de porter à la scène un conte de fées n'est pas, en 1720 spécialement originale. Déjà, le Théâtre de la Foire, héritier de l'ancien Théâtre-Italien, disparu en 1697, avait représenté des pièces de goût exotique, comme *Arlequin, roi de Serendib* (1713), et même de véritables féeries, telles que *Le Château des lutins*, de Lesage (1718), ou *L'Île du Gougou*, du même Lesage et d'Orneval (3 février 1720). Mais la manière de procéder de Marivaux n'en est pas moins très intéressante. On peut même avancer, non sans paradoxe, qu'il a davantage le sens du merveilleux que ses rivaux, et spécialement que Mme Durand. Il est vrai que dans une conception dramatique si radicalement étrangère à l'histoire, l'emploi du merveilleux n'est pas plus surprenant que l'idée de placer une triple surprise de l'amour dans le cadre de la Sparte antique. Dans un monde où les sentiments composent la seule réalité pour les personnages, peu importe que les ressorts de l'action soient des coups de baguette magique plutôt que des actes notariés.

On observera pourtant encore que le recours au surnaturel est mieux en accord avec les personnages de Marivaux qu'avec ceux de Mme Durand. La fée de cette dernière, et le nom même l'indique, n'est qu'une coquette. Elle se sert plutôt de ses prodiges pour se parer, pour se faire un magnifique cortège ou pour donner des fêtes surprenantes que pour satisfaire directement ses appétits. La fée de Marivaux est davantage une magicienne à la façon de la Zénocie de Cervantes[1] ou de la Médée de Corneille ou de Quinault. Chez Mme Durand, la jeune fille qu'aime Brutalis n'est pas une vraie bergère, c'est une fille de roi égarée aux champs : c'est même à peine une vraie naïve, et Miss Jones a raison de signaler le passage où, interpellée pour la troisième fois par Brutalis, elle concilie la coquetterie avec la décence nécessaire : « feignant de caresser son chien, elle fit voir au jeune prince un visage où les ris et les grâces se jouaient... » Silvia, vraie bergère et non princesse, est plus proche de la « nature » : or, un être fruste admet plus aisément la magie qu'un être évolué. C'est ce qui fait, davantage encore, la supériorité d'Arlequin sur Brutalis ; outre que sa rusticité innée donne à son cas une portée plus générale qu'à celui de son modèle, dont on peut croire que l'intelligence est accidentellement et momentanément obscurcie.

On peut se demander ce qui a donné l'idée à Marivaux de cette transformation importante. Les influences littéraires doivent avoir joué un rôle, car, en dehors des contes de fées[2], ce sont bien de véritables rustres qui sont ainsi transformés par l'amour. Leur prototype commun, ainsi qu'avait déjà su le voir l'excellent critique des *Lettres sérieuses et badines*[3], est le Chimon d'une des nouvelles de Boccace[4]. Marivaux n'eût-il pas lu Boccace qu'il aurait pu entendre parler de Chimon chez La Fontaine. Une première fois, celui-ci raconte la rencontre que fait Chimon d'une bergère auprès du Scamandre, rivière de Troade :

> Cimon, le héros de ces vers,
> Se promenait près du Scamandre.
> Une jeune ingénue en ce lieu se vient rendre,
> Et goûter la fraîcheur sur ces bords toujours verts.
> Son voile au gré des vents va flottant dans les airs ;

---

1. Dans les *Aventures de Persiles et Sigismonde*. Lors du séjour des héros dans l'« île Barbare », on assiste à la tentative de séduction du jeune sauvage Antoine par la magicienne Zénocie. Au lieu de ne recevoir les avances de la fée qu'avec indifférence, comme Brutalis, Antoine y répond avec une pudeur farouche : il prend son arc et tire sur Zénocie, qui lui échappe à grand-peine. 2. Les contes de fées de *Riquet à la houppe* et de *La Belle et la Bête* dont le sujet n'est pas sans rapport avec celui du *Prodige d'amour* mettent en scène des princes. 3. Sans doute La Barre de Beaumarchais. Voir son article plus loin, p. 120. 4. C'est la première de la cinquième journée du *Décaméron*.

Sa parure est sans art, elle a l'air de bergère,
Une beauté naïve, une taille légère.
Cimon en est surpris, et croit que sur ces bords
Vénus vient étaler ses plus rares trésors [1].

Une seconde fois, pour montrer la transformation que produit l'amour, La Fontaine évoque encore l'exemple de

... Chimon jeune homme tout sauvage,
Bien fait de corps, mais ours quant à l'esprit,
Amour le lèche, et tant qu'il le polit.
Chimon devint un galant personnage.
Qui fit cela ? deux beaux yeux seulement.
Pour les avoir aperçus un moment,
Encore à peine, et voilés par le somme,
Chimon aima, puis devint honnête homme [2].

Intéressé comme il l'avait toujours été par les rapports entre un jeune garçon rustaud et une femme mûre sensible à sa fraîcheur [3], Marivaux avait assurément trouvé, dans les sources principales ou secondaires que nous avons mentionnées, de quoi élaborer les données essentielles de sa comédie. Il lui restait à en orchestrer les thèmes, et ici encore, directement ou indirectement, c'est de la tradition romanesque et pastorale qu'il tira ses idées. Ainsi, le berger qui parle d'amour à Silvia, la préparant ainsi à y être sensible, doit provenir d'une fable de La Fontaine, *Tircis et Amarante* [4]. Tircis essaie d'intéresser la bergère Amarante à l'amour. Elle lui demande :

---

1. *Le Fleuve Scamandre*, dans les *Contes* de La Fontaine, éd. G. Couton, Garnier, p. 360.   2. *La Courtisane amoureuse, ibid.*, p. 192. Mme Lucette Desvignes a aussi suggéré que Marivaux, qui ne semble emprunter directement aucun élément à Boccace, aurait pu lire, dans le n° 71 du *Spectator*, daté du 21 mai 1711, une fable de Dryden, *Cymon and Iphigenia*, qui traite le même sujet avec certains détails nouveaux. La découverte de Sh. Jones rend cette hypothèse moins probable, sans l'exclure absolument. Une des difficultés est que ce numéro n'a pas été traduit en français.   3. Voir, dans *Le Télémaque travesti*, la scène entre Brideron et Mélicerte (*Œuvres de jeunesse*, p. 769), que Marivaux transposera dans *Le Paysan parvenu* sous la forme d'une scène entre Jacob et Mme de Fécourt.   4. Livre VIII, fable XIII.

... Ce mot est beau : dites-moi quelque marque
À quoi je le pourrai connaître : que sent-on ?

Tircis explique alors ce que l'on ressent quand on aime :

Amarante dit à l'instant :
Oh ! oh ! c'est là ce mal que vous me prêchez tant ?

Tircis pense toucher au but, quand la belle ajoute :

Voilà tout justement
Ce que je sens pour Clidamant.

Marivaux dut être d'autant plus attentif à cette « leçon d'amour
perdue » qu'elle avait été portée à la scène, avant lui, par Regnard.
Celui-ci montrait la jeune Criséis interrogeant le philosophe Démocrite sur les symptômes qu'elle ressentait :

CRISÉIS
Quoi ! c'est là ce qu'on nomme amour ?

DÉMOCRITE
Vraiment oui.

STRABON
Pour moi je suis surpris
Comme aux filles l'esprit vient vite en ce pays [1].

Au lieu d'insister, comme Mme Durand, sur la transformation pro-
gressive du jeune homme devenu amoureux, Marivaux présente les
effets de l'amour comme immédiats et radicaux : ce qui, on en
conviendra, s'accorde fort bien avec l'atmosphère d'une pièce où
règnent les enchantements. Il montre, en revanche, les jeunes gens
embarrassés de leur merveilleuse découverte de l'amour. Silvia doit
demander à une cousine comment traiter Arlequin, et cette idée renvoie aux pièces rustiques de Dancourt ou de Dufresny. Dans *L'Opéra
de village*, de Dancourt, Louison, qui s'informe auprès de Martine,
reçoit d'elle le conseil de traiter son amant avec sévérité : « Tant pis,
lui répond-elle, c'est que tu ne m'aimes pas autant que je t'aime [2]. »
Mais c'est surtout Autreau qui, dans ses *Amants ignorants* [3], inspirés

---

1. *Démocrite amoureux*, acte III, sc. v. **2.** Sc. II. **3.** Représentés au
Théâtre-Italien le 14 avril 1720, quelques mois avant la pièce de Marivaux.

de *Daphnis et Chloé*, avait montré de naïfs amants ne sachant que faire de leur amour. En transposant avec une grande délicatesse le thème de l'initiation amoureuse, traité par Autreau dans le ton assez libre du roman grec, Marivaux complétait heureusement le tableau des progrès de l'amour chez ses jeunes amants.

Si l'on ajoute qu'il emprunte encore des idées à la tradition de la tragédie ou de l'opéra [1], voire à ses propres romans de jeunesse [2], on voit quelle somme de réminiscences Marivaux met en œuvre pour créer une pièce en apparence si simple et si limpide. Si la comédie d'*Arlequin poli par l'amour* donne finalement une telle impression de spontanéité, c'est que toute la composition a été subordonnée à une intuition géniale du rôle des interprètes. En voyant l'Arlequin de la nouvelle troupe italienne, une sorte de petit nègre sous son masque de cuir noir, plus fin, plus gracieux que l'ancien Arlequin, mais encore tout proche du primitif par ses sautes d'humeur, sa souplesse plus animale qu'humaine, Marivaux est frappé de la parenté entre ce personnage et le Brutalis de Mme Durand. Mais au lieu de demander à l'acteur de se conformer au rôle légué par le roman, il identifie son personnage avec l'acteur, suivant la grande tradition de la *commedia dell'arte*. Il n'en faut pas davantage pour débarrasser ce rôle de tout ce qu'il peut avoir de puéril dans le conte de fées.

Il en est de même pour la bergère de Boccace ou de Mme Durand, incarnée par Silvia, nom de scène de la gracieuse Gianetta Benozzi, âgée de vingt ans, célèbre par la vivacité de son jeu, par le naturel avec lequel elle « entre dans les passions ». Le rôle de la fée lui-même n'est pas sans être influencé par la personnalité de l'actrice Flaminia, femme du directeur Luigi Riccoboni. Membre de « plusieurs académies » italiennes, femme d'esprit plus que coquette, elle donne à la fée de Marivaux plus de sérieux, plus de poids que n'en avait celle de Mme Durand. On observera enfin que le personnage assez peu convaincant du « silphe-tigre » qui servait de ministre à la fée de Mme Durand est radicalement transformé. Ici encore, Marivaux a

---

1. Lorsque Marivaux montre la fée contraignant Silvia à déclarer à son amant qu'elle ne l'aime pas, en la menaçant d'être invisible auprès d'elle, il s'inspire, non pas de *Britannicus*, comme on le dit couramment, mais de *Thésée*, de Quinault, où l'enchanteresse Médée, personnage proche de la fée, menace de la même façon Æglé (acte V, sc. v).   2. Voir sc. v, p. 136, note 1, à propos de l'épisode du mouchoir de Silvia. Il s'agit d'une idée utilisée déjà dans *Les Effets surprenants de la sympathie*.

préféré conserver à l'acteur Biancolelli son nom et son costume de Trivelin. C'est le seul acteur de l'ancienne troupe italienne admise dans la nouvelle, à laquelle il apporte, comme le dit Xavier de Courville, sa « contribution d'esprit parisien ». Voilà qui explique pourquoi Marivaux lui confère dans *Arlequin poli par l'amour* le rôle de commentateur ironique des actes de la fée.

Si Marivaux sait préserver le naturel de ses interprètes en leur faisant jouer leur propre personnage, sa compréhension de leurs moyens d'expression n'est pas moins remarquable. Le texte qu'il leur fait dire est généralement très simple, comme il convient à des acteurs pour qui le français est encore une langue étrangère. C'est à Trivelin, né en France, qu'est confiée l'exposition. Arlequin, dont les progrès en français ont été moins rapides que ceux de Silvia et de Flaminia [1], n'a en général que des répliques courtes. En revanche, on est frappé de l'étendue et de la précision des indications scéniques qui lui sont destinées. Tout se passe comme si Marivaux avait voulu donner à son interprète la possibilité de suppléer par la mimique à ce qui, dans le théâtre traditionnel, est exprimé par le langage. Ainsi, à la scène v, Arlequin, entre le moment où il se tient baissé pour ramasser son volant et celui où il s'est complètement redressé, doit traduire la transformation qui s'est produite en lui : il avait fallu plusieurs pages à Mme Durand pour décrire cette transformation. C'est dire l'importance des jeux de scène notés par Marivaux. Il est fâcheux que les interprètes modernes les ignorent trop souvent, faute de disposer d'une édition correcte, et se trouvent ainsi en peine pour comprendre le véritable jeu dramatique conçu par l'écrivain [2].

Une pièce faisant tant de place au spectacle, si peu à la peinture des mœurs et des caractères, ne pouvait prétendre au xviiie siècle qu'à un succès d'un certain genre. On ne se préoccupa guère, par exemple, d'en rechercher l'auteur, qui ne s'était pas fait connaître. Mais cela n'empêcha pas le public de faire bon accueil à une comédie si divertissante. Les mots de Desboulmiers selon lesquels « elle

---

1. *Arlequin poli par l'amour* fut une des premières pièces jouées entièrement en français par les Italiens. Même dans *Les Amants ignorants* d'Autreau, il est possible que plusieurs tirades imprimées en français aient été dites en italien, ou du moins en jargon mi-français mi-italien. **2.** C'est ainsi que le manège — d'ailleurs très comique — par lequel Arlequin s'empare de la baguette de la fée (sc. xxi) échappe aux acteurs de la Comédie-Française.

réussit beaucoup[1] » sont certainement exacts, quoique la perte des registres du Théâtre-Italien pour l'année 1720 et l'absence d'une chronique théâtrale dans le *Mercure* ne permette pas de donner de précisions sur la première série de représentations. Le registre existe de nouveau à partir de la rentrée de Pâques 1721 (21 avril), et dès le 16 août on voit réapparaître *Arlequin poli par l'amour*. Cette fois encore, Desboulmiers a raison de dire que la pièce « fut toujours revue avec plaisir », puisque cent vingt représentations sont attestées jusqu'en 1751, malgré les lacunes des registres[2]. Du reste, l'article de douze pages consacré par le *Mercure* à un « extrait » de l'ouvrage, lorsqu'il fut imprimé à la fin de 1723, est une nouvelle preuve de son succès à cette époque. Il est vrai que cet article ne contient aucun jugement critique[3]. Mais Desboulmiers affirme qu'« on admira la vérité des caractères et la finesse du dialogue[4] » ; Gueullette, ami des comédiens italiens, tient *Arlequin poli par l'amour* pour une « fort jolie pièce française[5] » ; enfin, La Barre de Beaumarchais, qui, vivant en Hollande, ne partage pas le parti pris habituel contre « le néologue Marivaux », fait de cette œuvre un éloge significatif :

« Les scènes cinquième, treizième et dix-huitième sont des morceaux enchantés. J'attendais moins de naturel et de touchant d'un homme qui a mis tant d'esprit dans ses autres ouvrages[6]. »

Le *naturel*, au sens où l'entendait le critique, était une qualité propre à frapper la génération postérieure. La Porte, pour une fois favorable à une pièce de Marivaux, parle de *naïf* et d'*ingénuité* :

« *Arlequin poli par l'amour* offre un tableau naïf de ce qui se passe entre deux jeunes personnes qui s'aiment et se le disent avec ingénuité. Ce sujet n'est pas neuf, mais il est traité agréablement[7]. »

La Harpe lui-même, dont le mépris pour Marivaux n'a d'égal que celui de Voltaire, veut bien faire grâce à l'*Arlequin poli par l'amour*. Critiquant les *arlequinades* jouées au Théâtre-Italien, il assure que

---

1. *Histoire anecdotique du Théâtre-Italien*, tome I, p. 450.   2. Voir à l'Appendice le tableau complet des représentations au XVIIIe siècle.   3. *Mercure* de novembre, pp. 927-938. Le rédacteur dit seulement : « Il y a trois ou quatre ans que cette pièce fut représentée pour la première fois. Elle est du même auteur qui nous a donné depuis *La Surprise de l'amour* et *La Double Inconstance*. »   4. *Loc. cit.*   5. *Notes et Souvenirs sur le Théâtre-Italien*, Droz, 1938, p. 95.   6. *Lettres sérieuses et badines*, tome III, seconde partie, p. 249, à l'occasion de la publication du *Nouveau Théâtre-Italien* chez Briasson, en 1730.   7. *L'Observateur littéraire*, 1759, tome I, p. 86.

« pour la première fois Marivaux rendit Arlequin intéressant en le rendant amoureux » — ce qui est bien entendu inexact — mais il ajoute qu'« ici du moins tout est naturel et le naturel a de la grâce [1] ». Le dernier mot est important, et pour citer exceptionnellement un moderne, on sait que le philosophe Marcel Bayer a pris spécialement en considération *Arlequin poli par l'amour* dans un ouvrage fondamental sur *L'Esthétique de la grâce* [2].

Chose curieuse, un homme bien informé du théâtre, mais d'esprit conservateur en littérature, le marquis d'Argenson, émet ici le jugement, non pas faux, mais étroit que l'on attendait plutôt des ennemis de Marivaux :

« *Arlequin poli par l'amour*, com. ital., I acte, par..., représentée pour première fois le ..... 1723 (*sic*).

« Le petit Arlequin (Thomassin [3]) étant très joli sous le masque pétri de grâces et charmant par ses manières et par sa naïveté, l'on composa plusieurs pièces pour lui seul ; celle-ci est une des plus destinée à ses grâces, de l'espèce dont elles étaient ; elle eut grand succès et le titre en a passé en proverbe pour des idiots qui le deviennent moins étant amoureux. Ce n'est qu'une farce, un sujet de féerie sans intrigue et sans caractère vraisemblable, elle ne va qu'aux sens et ne s'adresse point à l'esprit, comme quantité de pièces italiennes [4]. »

« Farce », sans doute, et c'est la part de vérité que recèlent les formules dédaigneuses de la dernière phrase. La comédie de Marivaux est bien une farce, non certes par la grossièreté du comique, mais par le sens du geste et l'entente de la scène dont elle témoigne ; farce encore par le caractère irréaliste du sujet, mais pleine de promesses et de signification. De signification, car elle enseigne, au-delà des prestiges du divertissement, une grande loi psychologique : à savoir que seule l'épreuve d'un sentiment dominateur révèle à l'homme le sens de son existence et la mesure de ses possibilités. Riche de promesses aussi : le thème de l'amour naissant est déjà traité ici avec un mélange de finesse et de sérieux inhabituels dans

---

1. *Lycée*, tome XII, pp. 548-549.   2. Paris, Alcan, 1933.   3. Lorsque d'Argenson écrit, l'Arlequin du Théâtre-Italien n'est plus Thomassin, mais sans doute Carlin.   4. *Notices sur les pièces de théâtre*, manuscrit de l'Arsenal, n° 3454, f° 198. L'absence du nom de l'auteur (il a été rajouté après coup) et l'erreur sur la date de la première représentation s'expliquent par le fait que d'Argenson a sous les yeux l'édition originale de 1723, qui ne comporte pas ces deux indications.

la tradition comique. Qu'on imagine des personnages plus complexes, plus raffinés, ou déjà mis en garde par une première surprise ; qu'on suppose des acteurs aussi spontanés, mais mieux formés au dialogue le plus subtil qui ait existé ; qu'on ne garde de la féerie que la conception d'un univers où les événements n'ont de sens que s'ils appartiennent à l'ordre du cœur : et l'acquiescement à l'amour qui constitue le vrai sujet du théâtre de Marivaux fournira la matière des grands chefs-d'œuvre qui suivront. Telle qu'elle est, la comédie d'*Arlequin poli par l'amour*, brusquement consacrée, après deux siècles d'oubli, par une tournée triomphale en Amérique [1] et par plus de cent représentations à la Comédie-Française en quelques années [2], est une des seules pièces que le répertoire français puisse opposer à la féerie shakespearienne du *Songe d'une nuit d'été*.

LE TEXTE

Il n'y a pas lieu d'« hésiter », comme le font tous les éditeurs, sur l'édition originale d'*Arlequin poli par l'amour*. Le *Mercure* de novembre 1723, parlant de l'édition que nous allons décrire, dit que « l'impression qu'on vient de faire de la pièce donne lieu d'en faire un extrait » : il ne peut donc s'agir que de la première édition. Celle qu'on lui oppose (Briasson, sans date, dont un exemplaire est conservé au fonds Douai, à l'Arsenal) n'a aucun titre à cette qualité. Aucune autre édition originale de Marivaux n'a du reste paru sans date. Voici donc comment se présente la véritable originale :

ARLEQUIN / POLI / PAR L'AMOUR, / *COMÉDIE.* / *REPRESENTÉE PAR LES* / *Comediens Italiens de Son Altesse Royale,* / *Monseigneur* LE DUC D'ORLÉANS. / Le prix est de 25. sols. (fleuron). / À PARIS, / Chez la Veuve GUILLAUME, Quai des / Augustins, au coin de la ruë Pavée, / au Nom de Jésus. / (filet) / M. DCC. XXIII. / *Avec Approbation & Privilege du Roy.*

Un vol. in-12 de 54 pages, plus un feuillet comportant simplement

---

1. Tournée de la Comédie-Française en novembre 1955. Sur l'accueil de la critique américaine, voir Kenneth McKee, *The Theater of Marivaux*, pp. 24-25.   **2.** Le 17 octobre 1892, sous la direction de J. Claretie, la Comédie-Française avait monté pour la première fois *Arlequin poli par l'amour*. Jules Truffier, qui jouait Arlequin et avait assuré la mise en scène, n'avait pu s'empêcher de pratiquer dans le texte d'étranges coupures. Il y eut neuf représentations. En 2000, le nombre total des représentations s'élevait à 115.

l'approbation au recto. Le privilège (qui a été accordé à la fois pour *La Surprise de l'amour* et pour la présente pièce, voir page 232) ne figure pas ici.

Approbation : « J'ai lu par l'ordre de Monseigneur le Chancelier une Comédie qui a pour titre : *Arlequin poli par l'amour* ; et j'ai cru que l'impression en serait agréable au Public. À Paris, ce 2. Juin 1723. *Signé* DANCHET. »

Une réimpression Briasson, 1730, comporte en plus de la première une seconde approbation de Danchet, du 3 novembre 1728, pour le *Nouveau Théâtre-Italien*. Dans l'édition de 1758, *Arlequin poli par l'amour* est représenté en général par des exemplaires d'une édition Briasson, sans date (mais postérieure à 1745, comme le prouve un catalogue au verso de la liste des acteurs), sous le titre général « *Les Comédies de Monsieur de Marivaux*. Jouées sur le Théâtre de l'Hôtel de Bourgogne, par les Comédiens Italiens ordinaires du Roi. Tome premier, M. DCC. XXXII ». Nous la désignerons sous le nom de Briasson 1732/58.

Nous suivons le texte de l'édition originale, qui n'est guère modifié dans les rééditions que nous venons de décrire, sauf parfois en ce qui concerne la formulation des indications scéniques. À la suite de Duviquet surtout, les éditeurs modernes, jusqu'à MM. Bastide et Fournier, pratiquent de larges coupures dans ces indications. Nous les conservons intégralement, dans la forme même — parfois un peu gauche — qu'elles ont dans l'édition originale.

Arlequin poli par l'amour

ACTEURS DE LA COMÉDIE [1]

LA FÉE.
TRIVELIN, domestique de la Fée.
ARLEQUIN, jeune homme enlevé par la Fée.
SILVIA, bergère, *amante d'Arlequin.
Un BERGER, *amoureux de Silvia.
Autre BERGÈRE, cousine de Silvia.
Troupe de danseurs et chanteurs.
Troupe de lutins.

---

1. Les rôles devaient être distribués de la manière suivante, outre ceux d'Arlequin et de Silvia : Flaminia était la Fée ; Dominique, fils du grand Dominique de l'ancien Théâtre-Italien, avait adopté le personnage de Trivelin pour ne pas faire concurrence à Arlequin ; Joseph Balletti, dit Mario, futur mari de Silvia, devait jouer le rôle du berger, et Margarita Rusca, dite Violette, femme de Thomassin, celui de la cousine de Silvia.

Scène première

LA FÉE, TRIVELIN
Le jardin de la Fée est représenté

TRIVELIN, *à la Fée qui soupire.* Vous soupirez, Madame, et malheureusement pour vous, vous risquez de soupirer longtemps si votre raison n'y met ordre ; me permettrez-vous de vous dire ici mon petit [1] sentiment ?

LA FÉE. Parle.

TRIVELIN. Le jeune homme que vous avez enlevé à ses parents est un beau brun, bien fait ; c'est la figure la plus charmante du monde ; il dormait dans un bois quand vous le vîtes, et c'était assurément voir l'Amour endormi [2] ; je ne suis donc point surpris du penchant subit qui vous a pris pour lui.

LA FÉE. Est-il rien de plus naturel que d'aimer ce qui est aimable ?

TRIVELIN. Oh sans doute ; cependant avant cette aventure, vous aimiez assez le grand enchanteur Merlin.

LA FÉE. Eh bien, l'un me fait oublier l'autre : cela est encore fort naturel [3].

---

1. Ce mot *petit*, jugé sans doute trop familier, disparaît dans l'édition N.T.I. de 1730 et dans les éditions suivantes. **2.** Sans doute y a-t-il ici une ironie qui fait rire les spectateurs, puisque Arlequin joue avec un masque noir et son habit traditionnel. Mais Marivaux n'est-il pas aussi conscient de la beauté animale du nouvel Arlequin ? Dans *Les Amants ignorants*, Fatima relève avec une sorte de convoitise son « innocence », ses « manières ingénues », mais aussi sa « petite taille fine et assez polie » (acte III, sc. I). **3.** Marivaux développera deux fois cette apologie de l'infidélité. D'abord dans *La Double Inconstance* : « *Silvia* : J'aimais Arlequin, n'est-ce pas ? *Flaminia* : Il me le semblait. *Silvia* : Eh bien, je crois que je ne l'aime plus. *Flaminia* : Ce n'est pas un si grand malheur. *Silvia* : Quand ce serait un malheur, qu'y ferais-je ? Lorsque je l'ai aimé, c'était un amour qui m'était venu ; à cette heure que je ne l'aime plus, c'est un amour qui s'en est allé ; il est venu sans mon avis, il s'en retourne de même ; je ne crois pas être blâmable. » (Acte III, sc. VIII, ci-après, p. 372.) Plus tard, l'idée est reprise dans *L'Heureux Stratagème* : « Eh bien, ce cœur qui manque à sa parole, quand il en donne mille, il fait sa charge ; quand il en trahit mille, il la fait encore : il va comme ses mouvements le mènent, et ne saurait aller autrement. [...] Bien loin que l'infidélité soit un crime, c'est que je soutiens qu'il n'y a pas un moment à hésiter d'en faire une, quand on en est tentée, à moins que de vouloir trom-

Trivelin. C'est la pure nature ; mais il reste une petite observation à faire : c'est que vous enlevez le jeune homme endormi, quand peu de jours après vous allez épouser le même Merlin qui en a votre parole. Oh ! cela devient sérieux ; et entre nous, c'est prendre la nature un peu trop à la lettre ; cependant passe encore ; le pis qu'il en pouvait arriver, c'était d'être infidèle ; cela serait très vilain dans un homme, mais dans une femme, cela est plus supportable : quand une femme est fidèle, on l'admire ; mais il y a des femmes modestes qui n'ont pas la vanité de vouloir être admirées ; vous êtes de celles-là, moins de gloire, et plus de plaisir, à la bonne heure.

La Fée. De la gloire à la place où je suis, je serais une grande dupe de me gêner pour si peu de chose.

Trivelin. C'est bien dit, poursuivons : vous portez le jeune homme endormi dans votre palais, et vous voilà à guetter le moment de son réveil ; vous êtes en habit de conquête, et dans un attirail digne du mépris généreux que vous avez pour la gloire, vous attendiez de la part du beau garçon à la surprise la plus amoureuse ; il s'éveille, et vous salue du regard le plus imbécile que jamais nigaud ait porté ; vous vous approchez, il bâille deux ou trois fois de toutes ses forces, s'allonge, se retourne et se rendort : voilà l'histoire curieuse d'un réveil qui promettait une scène si intéressante. Vous sortez en soupirant de dépit, et peut-être chassée par un ronflement de basse-taille, aussi nourri qu'il en soit ; une heure se passe, il se réveille encore, et ne voyant personne auprès de lui, il crie : Eh ! À ce cri galant, vous rentrez ; l'Amour se frottait les yeux : Que voulez-vous, beau jeune homme, lui dites-vous ? Je veux goûter[1], moi, répond-il. Mais n'êtes-vous point surpris de me voir, ajoutez-vous ? Eh ! mais oui, repart-il. Depuis quinze jours qu'il est ici, sa conversation a toujours été de la même force ; cependant vous l'aimez, et qui pis

---

per les gens, ce qu'il faut éviter, à quelque prix que ce soit. » (Acte I, sc. IV, voir ci-après, p. 1191.)

1. La gourmandise est un trait traditionnel d'Arlequin. « J'ai toujours bien vu qu'il était enclin au vin et à la gourmandise », dira de lui Silvia dans *La Double Inconstance* (acte II, sc. XI, voir ci-après, p. 354). Voir aussi *Les Amants ignorants* où l'un des arguments qui décident Arlequin en faveur du *matrimonio* est de « mettre le premier la main au plat » et d'« avoir la clé de la cave » (acte III, sc. II). Un dessin de Gillot (reproduit par Xavier de Courville, dans son *Luigi Riccoboni*, dit *Lélio*, tome II, p. 230) donne une image saisissante de l'*Arlequin glouton*.

est, vous laissez penser à Merlin qu'il va vous épouser, et votre dessein, m'avez-vous dit, est, s'il est possible, d'épouser le jeune homme ; franchement, si vous les prenez tous deux, suivant toutes les règles, le second mari doit gâter le premier !

LA FÉE. Je vais te répondre en deux mots : la figure du jeune homme en question m'enchante ; j'ignorais qu'il eût si peu d'esprit quand je l'ai enlevé. Pour moi, sa bêtise ne me rebute point : j'aime, avec les grâces qu'il a déjà, celles que lui prêtera l'esprit quand il en aura. Quelle volupté de voir un homme aussi charmant me dire à mes pieds : Je vous aime ! Il est déjà le plus beau brun du monde : mais sa bouche, ses yeux, tous ses traits seront adorables, quand un peu d'amour les aura retouchés, mes soins réussiront peut-être à lui en inspirer. Souvent il me regarde ; et tous les jours je touche au moment où il peut me *sentir et se sentir lui-même : si cela lui arrive, sur-le-champ j'en fais mon mari ; cette qualité le mettra alors à l'abri des fureurs de Merlin ; mais avant cela, je n'ose mécontenter cet enchanteur, aussi puissant que moi, et avec qui je différerai le plus longtemps que je pourrai [1].

TRIVELIN. Mais si le jeune homme n'est jamais, ni plus *amoureux, ni plus spirituel, si l'éducation que vous tâchez de lui donner ne réussit pas, vous épouserez donc Merlin ?

LA FÉE. Non ; car en l'épousant même je ne pourrais me déterminer à perdre de vue l'autre : et si jamais il venait à m'aimer, toute mariée que je serais, je veux bien te l'avouer, je ne me fierais pas à moi.

TRIVELIN. Oh, je m'en serais bien douté, sans que vous me l'eussiez dit : Femme tentée, et femme vaincue, c'est tout un. Mais je vois notre bel imbécile qui vient avec son maître à danser.

---

1. On trouve un dialogue comparable à celui-ci dans *Les Amants ignorants* d'Autreau, lorsque Fatime expose à Trivelin qu'elle veut se choisir « un mari à sa fantaisie », mais qu'en attendant de l'avoir trouvé, elle « flattera autant qu'elle le pourra » la passion que Mario a pour elle (acte I, sc. III). On notera que Fatime a un peu plus tard sur Arlequin les mêmes visées que la Fée de Marivaux. Pour l'actrice, Helena Riccoboni, dite Flaminia, le rôle de Fatime a dû être comme une sorte de répétition du rôle qu'elle allait jouer dans le personnage de la Fée.

Scène II

ARLEQUIN *entre, la tête dans l'estomac, ou de la façon niaise dont il voudra*[1], SON MAÎTRE À DANSER, LA FÉE, TRIVELIN

LA FÉE. Eh bien, aimable enfant, vous me paraissez triste : y a-t-il quelque chose ici qui vous déplaise ?

ARLEQUIN. Moi, je n'en sais rien.

Trivelin rit.

LA FÉE, *à Trivelin.* Oh ! je vous prie, ne riez pas, cela me fait injure, je l'aime, cela vous suffit pour le respecter. *(Pendant ce temps Arlequin prend des mouches*[2], *la Fée continuant à parler à Arlequin.)* Voulez-vous bien prendre votre leçon, mon cher enfant ?

ARLEQUIN, *comme n'ayant pas entendu.* Hem.

LA FÉE. Voulez-vous prendre votre leçon, pour l'amour de moi ?

ARLEQUIN. Non.

LA FÉE. Quoi ! vous me refusez si peu de chose, à moi qui vous aime ?

Alors Arlequin lui voit une grosse bague au doigt, il lui va prendre la main, regarde la bague, et lève la tête en se mettant à rire niaisement.

LA FÉE. Voulez-vous que je vous la donne ?

ARLEQUIN. Oui-da.

LA FÉE *tire la bague de son doigt, et lui*[3] *présente. Comme il la prend grossièrement, elle lui dit.* Mon cher Arlequin, un beau garçon comme vous, quand une dame lui présente quelque chose, doit baiser la main*[4] en le recevant.

Arlequin alors prend goulûment la main de la Fée qu'il baise.

---

1. Tout en laissant à Arlequin le choix de son attitude, Marivaux lui en suggère une typique, conservée par un tableau du musée Carnavalet, reproduit par X. de Courville, *op. cit.*, p. 41, *Arlequin présenté par Lélio.* Arlequin, la tête dans les épaules, les pieds écartes, serre de la main droite son chapeau contre lui, tandis que sa main gauche repose sur la poignée de sa batte. **2.** Autre lazzi célèbre des arlequins anciens et modernes.   **3.** Sur la réduction de *le lui, la lui,* etc., à *lui, leur,* voir la Note grammaticale, article *pronom,* p. 2268.   **4.** *Baiser la main.* Porter sa main par respect près de la bouche quand on veut présenter ou recevoir quelque chose ou quand on veut saluer quelqu'un (Littré). Ignorant cet usage, Arlequin baise la main de la Fée, et la baise goulûment, comme il mange, au lieu de sa propre main.

LA Fée *dit.* Il ne m'entend pas, mais du moins sa méprise m'a fait plaisir. *(Elle ajoute :)* Baisez la vôtre à présent. *(Arlequin alors baise le dessus de sa main ; la Fée soupire, et lui donnant sa bague, lui dit :)* La voilà, en revanche, recevez votre leçon.

Alors le maître à danser apprend à Arlequin à faire la révérence. Arlequin égaie cette scène de tout ce que son génie peut lui fournir de propre au sujet.

ARLEQUIN. Je m'ennuie.

LA Fée. En voilà donc assez : nous allons tâcher de vous divertir.

ARLEQUIN *alors saute de joie du divertissement proposé, et dit en riant.* Divertir, divertir.

Scène III

LA FÉE, ARLEQUIN, TRIVELIN
Une troupe de chanteurs et danseurs [1]

La Fée fait asseoir Arlequin alors auprès d'elle sur un banc de gazon qui sera auprès de la grille du théâtre. Pendant qu'on danse, Arlequin siffle.

UN CHANTEUR, *à Arlequin.*

      Beau brunet, l'Amour vous appelle.

ARLEQUIN, *à ce vers, se lève niaisement et dit.* Je ne l'entends pas, où est-il ? *(Il l'appelle :)* Hé ! hé !

LE CHANTEUR *continue.*

      Beau brunet, l'Amour vous appelle.

ARLEQUIN, *en se rasseyant, dit.* Qu'il crie donc plus haut.

LE CHANTEUR *continue en lui montrant la Fée.*

---

1. Ces danseurs et ces chanteurs exécutent un premier divertissement, composé sur une musique de Jean-Joseph Mouret, et qui, selon le *Recueil des Divertissements du Nouveau Théâtre-Italien* de Briasson, qui ne donne que les airs du divertissement final, se composait d'une entrée de bergers, d'un air chanté par une bergère : « Beau berger *(sic)*, l'amour vous appelle,/ Regardez cet objet charmant./ Ses yeux, dont l'ardeur étincelle,/ Vous répètent à tout moment/ Beau berger, l'amour vous appelle », d'une danse de polichinelle, d'un second air de la même bergère : « Aimez, aimez, rien n'est si doux, etc. », enfin d'un air de paysans.

Voyez-vous cet objet charmant,
Ces yeux dont l'ardeur étincelle,
Vous répètent à tout moment :
Beau brunet, l'Amour vous appelle.

ARLEQUIN, *alors en regardant les yeux de la Fée, dit.* Dame, cela est drôle !

UNE CHANTEUSE BERGÈRE *vient, et dit à Arlequin.*
          Aimez, aimez, rien n'est si doux.

ARLEQUIN, *là-dessus, répond.* Apprenez, apprenez-moi cela.

LA CHANTEUSE *continue en le regardant.*

          Ah ! que je plains votre ignorance.
          Quel bonheur pour moi, quand j'y pense,

Elle montre le chanteur.

          Qu'Atys en sache plus que vous !

LA FÉE, *alors en se levant, dit à Arlequin.* Cher Arlequin, ces tendres chansons ne vous inspirent-elles rien ? Que sentez-vous ?

ARLEQUIN. Je sens un grand appétit.

TRIVELIN. C'est-à-dire qu'il soupire après sa collation ; mais voici un paysan qui veut vous donner le plaisir d'une danse de village, après quoi nous irons manger.

Un paysan danse.

LA FÉE *se rassied* [1], *et fait asseoir Arlequin qui s'endort. Quand la danse finit, la Fée le tire par le bras, et lui dit en se levant.* Vous vous endormez, que faut-il donc faire pour vous amuser ?

ARLEQUIN, *en se réveillant, pleure* [2]. Hi, hi, hi, mon père, eh ! je ne vois point ma mère !

---

1. Ce mot figure sous la forme *rassit* dans l'édition originale et dans l'édition N.T.I. de 1730. La correction *(rassied)* est faite dans l'édition Briasson à la date (fausse) de 1732.   **2.** À elle seule, la façon de pleurer des arlequins constitue un lazzi : « Cela vise à une sorte de mugissement qui, répété de temps en temps au milieu des sanglots, fait toujours rire, puisqu'on dirait qu'il a le cœur bien serré, et tout d'un coup on l'entend hurler de toutes ses forces... » (Témoignage du prince de Ligne, cité par G. Attinger, *L'Esprit de la commedia dell'arte*, p. 380.)

La Fée, *à Trivelin.* Emmenez-le, il se distraira peut-être, en mangeant, du chagrin qui le prend ; je sors d'ici pour quelques moments ; quand il aura fait collation, laissez-le se promener où il voudra.

Ils sortent tous.

Scène IV

SILVIA, LE BERGER

La scène change et représente au loin quelques moutons qui paissent. Silvia entre sur la scène en habit de bergère, une houlette à la main, un berger la suit

Le Berger. Vous me fuyez, belle Silvia ?

Silvia. Que voulez-vous que je fasse, vous m'entretenez d'une chose qui m'ennuie, vous me parlez toujours d'amour.

Le Berger. Je vous parle de ce que je sens.

Silvia. Oui, mais je ne sens rien, moi.

Le Berger. Voilà ce qui me désespère.

Silvia. Ce n'est pas ma faute, je sais bien que toutes nos bergères ont chacune un berger qui ne les quitte point ; elles me disent qu'elles aiment, qu'elles soupirent ; elles y trouvent leur plaisir. Pour moi, je suis bien malheureuse : depuis que vous dites que vous soupirez pour moi, j'ai fait ce que j'ai pu pour soupirer aussi, car j'aimerais autant qu'une autre à être bien aise ; s'il y avait quelque secret pour cela, tenez, je vous rendrais heureux tout d'un coup, car je suis naturellement bonne.

Le Berger. Hélas ! *pour de secret, je n'en sais point d'autre que celui de vous aimer moi-même.

Silvia. Apparemment que ce secret-là ne vaut rien ; car je ne vous aime point encore, et j'en suis bien fâchée ; comment avez-vous fait pour m'aimer, vous ?

Le Berger. Moi, je vous ai vue : voilà tout.

Silvia. Voyez quelle différence ; et moi, plus je vous vois et moins je vous aime. N'importe, allez, allez, cela viendra peut-être, mais ne me gênez point. Par exemple, à présent, je vous haïrais si vous restiez ici.

Le Berger. Je me retirerai donc, puisque c'est vous plaire, mais pour me consoler, donnez-moi votre main, que je la baise.

Silvia. Oh non ! on dit que c'est une faveur, et qu'il n'est pas *honnête d'en faire, et cela est vrai, car je sais bien que les bergères se cachent de cela.

Le Berger. Personne ne nous voit.

Silvia. Oui ; mais puisque c'est une faute, je ne veux point la faire qu'elle ne me donne du plaisir comme aux autres.

Le Berger. Adieu donc, belle Silvia, songez quelquefois à moi.

Silvia. Oui, oui.

Scène V

SILVIA, ARLEQUIN,
mais il ne vient qu'un moment après que Silvia a été seule

Silvia. Que ce berger me déplaît avec son amour ! Toutes les fois qu'il me parle, je suis toute de méchante humeur. *(Et puis voyant Arlequin.)* Mais qui est-ce qui vient là ? Ah mon Dieu le beau garçon !

Arlequin *entre en jouant au volant, il vient de cette façon jusqu'aux pieds de Silvia, là il laisse en jouant tomber le volant, et, en se baissant pour le ramasser, il voit Silvia ; il demeure étonné et courbé ; petit à petit et par secousses il se redresse le corps : quand il s'est entièrement redressé, il la regarde* [1], *elle, honteuse, feint de se retirer dans son embarras, il l'arrête, et dit.* Vous êtes bien pressée ?

Silvia. Je me retire, car je ne vous connais pas.

Arlequin. Vous ne me connaissez pas ? tant pis ; faisons connaissance, voulez-vous ?

Silvia, *encore honteuse.* Je le veux bien.

Arlequin, *alors, s'approche d'elle et lui marque sa joie par de petits ris, et dit.* Que vous êtes jolie !

Silvia. Vous êtes bien obligeant.

Arlequin. Oh point, je dis la vérité.

Silvia, *en riant un peu à son tour.* Vous êtes bien joli aussi, vous.

Arlequin. Tant mieux : où demeurez-vous ? je vous irai voir.

Silvia. Je demeure tout près ; mais il ne faut pas venir ; il vaut

---

1. Jeu de scène remarquable, très différent de la banale mimique de l'étonnement ou de l'admiration. Comme le remarque M. Attinger (*op. cit.*, p. 381), Arlequin bute contre l'obstacle, comme une bête en arrêt. Puis, les fonctions motrices se réveillent. Ce n'est que lorsqu'il a retrouvé un port humain que la conscience lui revient, et qu'il se décide à regarder Silvia. Il est alors transfiguré.

mieux nous voir toujours ici, parce qu'il y a un berger qui m'aime ; il serait jaloux, et il nous suivrait.

ARLEQUIN. Ce berger-là vous aime ?

SILVIA. Oui.

ARLEQUIN. Voyez donc cet impertinent ! je ne le veux pas, moi. Est-ce que vous l'aimez, vous ?

SILVIA. Non, je n'en ai jamais pu venir à bout.

ARLEQUIN. C'est bien fait, il faut n'aimer personne que nous deux ; voyez si vous le pouvez ?

SILVIA. Oh ! de reste, je ne trouve rien de si aisé.

ARLEQUIN. Tout de bon ?

SILVIA. Oh ! je ne mens jamais, mais où demeurez-vous aussi ?

ARLEQUIN, *lui montrant du doigt.* Dans cette grande maison.

SILVIA. Quoi ! chez la Fée ?

ARLEQUIN. Oui.

SILVIA, *tristement.* J'ai toujours eu du malheur.

ARLEQUIN, *tristement aussi.* Qu'est-ce que vous avez, ma chère amie ?

SILVIA. C'est que cette Fée est plus belle que moi, et j'ai peur que notre amitié ne tienne pas.

ARLEQUIN, *impatiemment.* J'aimerais mieux mourir. *(Et puis tendrement.)* Allez, ne vous affligez pas, mon petit cœur.

SILVIA. Vous m'aimerez donc toujours ?

ARLEQUIN. Tant que je serai en vie.

SILVIA. Ce serait bien dommage de me tromper, car je suis si simple. Mais mes moutons s'écartent, on me gronderait s'il s'en perdait quelqu'un : il faut que je m'en aille. Quand reviendrez-vous ?

ARLEQUIN, *avec chagrin*[1]. Oh ! que ces moutons me fâchent !

SILVIA. Et moi aussi, mais que faire ? Serez-vous ici sur le soir ?

ARLEQUIN. Sans faute. *(En disant cela il lui prend la main et il ajoute :)* Oh les jolis petits doigts ! *(Il lui baise la main et dit :)* Je n'ai jamais eu de bonbon si bon que cela[2].

---

1. Marivaux transpose ici l'instabilité d'humeur propre au type d'Arlequin, mais le détail a encore une autre signification. À partir du moment où ils aiment, les personnages de Marivaux perdent le sentiment de la continuité de leur existence, presque de leur identité, au profit de la conscience exclusive de l'instant vécu. **2.** Rappel de la gourmandise traditionnelle du personnage. Dans *Le Port-à-l'Anglais* d'Autreau, Arlequin comparait Violette à « une belle treille, une vigne délicieuse, chargée d'un fruit qui [le] tente » (acte I, sc. II), et dans *Les Amants ignorants*, il lui disait : « Moi, j'aime mieux te voir qu'un plat de macarons. » (Acte I, sc. VIII.)

Silvia *rit et dit.* Adieu donc. *(Et puis à part.)* Voilà que je soupire, et je n'ai point eu de secret pour cela.

Elle laisse tomber son mouchoir[1] en s'en allant. Arlequin le ramasse et la rappelle pour lui[2] donner.

Arlequin. Mon amie !

Silvia. Que voulez-vous, mon *amant ? (Et puis voyant son mouchoir entre les mains d'Arlequin.)* Ah ! c'est mon mouchoir, donnez.

Arlequin *le tend, et puis retire la main ; il hésite, et enfin il le garde, et dit :* Non, je veux le garder, il me tiendra compagnie : qu'est-ce que vous en faites ?

Silvia. Je me lave quelquefois le visage, et je m'essuie avec.

Arlequin, *en le déployant.* Et par où vous sert-il, afin que je le baise par là ?

Silvia, *en s'en allant.* Partout, mais j'ai hâte, je ne vois plus mes moutons ; adieu, jusqu'à tantôt.

Arlequin la salue en faisant des singeries, et se retire aussi.

Scène VI

LA FÉE, TRIVELIN
La scène change, et représente le jardin de la Fée

La Fée. Eh bien ! notre jeune homme, a-t-il goûté ?

Trivelin. Oui, goûté comme quatre : il excelle en fait d'appétit.

La Fée. Où est-il à présent ?

Trivelin. Je crois qu'il joue au volant dans les prairies ; mais j'ai une nouvelle à vous apprendre.

La Fée. Quoi, qu'est-ce que c'est ?

Trivelin. Merlin est venu pour vous voir.

---

1. Le thème du mouchoir qui commence à être développé ici a déjà été traité par Marivaux dans un de ses romans de jeunesse, *Les Effets surprenants de la sympathie* (1713). L'héroïne Parménie voit son mouchoir entre les mains du fils de Merville, qui « le baise avec une ardeur la plus passionnée ». « Je jugeai, ajoute-t-elle, que c'était un mouchoir que j'avais perdu le jour d'auparavant [...] ce jeune homme l'avait ramassé, et son cœur lui apprit l'usage que l'amour en pouvait faire. » Ce rapprochement est intéressant parce qu'il montre comment Marivaux reprend dans son théâtre des thèmes romanesques.   2. Sur *lui* pour *le lui,* voir la Note grammaticale, article *pronom*, p. 2268.

La Fée. Je suis ravie de ne m'y être point rencontrée ; car c'est une grande peine que de feindre de l'amour pour qui l'on n'en sent plus.

Trivelin. En vérité, Madame, c'est bien dommage que ce petit innocent l'ait chassé de votre cœur ! Merlin est au comble de la joie, il croit vous épouser incessamment. Imagines-tu quelque chose d'aussi beau qu'elle ? me disait-il tantôt, en regardant votre portrait. Ah ! Trivelin, que de plaisirs m'attendent ! Mais je vois bien que de ces plaisirs-là il n'en tâtera qu'en idée, et cela est d'une triste ressource, quand on s'en est promis la belle et bonne réalité [1]. Il reviendra, comment vous tirerez-vous d'affaire avec lui ?

La Fée. Jusqu'ici je n'ai point encore d'autre parti à prendre que de le tromper.

Trivelin. Eh ! n'en sentez-vous pas quelque remords de conscience ?

La Fée. Oh ! j'ai bien d'autres choses en tête, qu'à m'amuser à consulter ma conscience sur une bagatelle [2].

Trivelin, *à part*. Voilà ce qui s'appelle un cœur de femme complet.

La Fée. Je m'ennuie de ne point voir Arlequin ; je vais le chercher ; mais le voilà qui vient à nous : qu'en dis-tu, Trivelin ? il me semble qu'il se tient mieux qu'à l'ordinaire ?

Scène VII

LA FÉE, TRIVELIN ARLEQUIN [3]
Arlequin arrive tenant en main le mouchoir de Silvia qu'il regarde, et dont il se frotte tout doucement le visage

La Fée, *continuant de parler à Trivelin*. Je suis curieuse de voir ce qu'il fera tout seul, mets-toi à côté de moi, je vais tourner mon anneau qui nous rendra invisibles.

Arlequin arrive au bord du théâtre, et il saute en tenant le mou-

---

1. Sur l'esprit du personnage, plus français qu'italien, voir l'Introduction. 2. L'infidélité ne s'accompagne pas de remords ou de scrupule chez les personnages féminins de Marivaux. Voir ci-après *La Double Inconstance, L'Heureux Stratagème*, cités pp. 127-128, note 3, et *Les Sincères* (voir ci-après, p. 1646). 3. Le nom d'Arlequin manque dans les éditions contemporaines de Marivaux.

*choir de Silvia, il le met dans son sein, il se couche et se roule
dessus ; et tout cela gaiement* [1].

La Fée, *à Trivelin.* Qu'est-ce que cela veut dire ? Cela me paraît
singulier. Où a-t-il pris ce mouchoir ? Ne serait-ce pas un des miens
qu'il aurait trouvé ? Ah ! si cela était, Trivelin, toutes ces postures-là
seraient peut-être de bon augure.

Trivelin. Je gagerais moi que c'est un linge qui sent le musc.

La Fée. Oh non ! Je veux lui parler, mais éloignons-nous un peu
pour feindre que nous arrivons. *(Elle s'éloigne de quelques pas, pendant qu'Arlequin se promène en long en chantant.)* Ter li ta ta li ta.

La Fée. Bonjour, Arlequin.

Arlequin, *en tirant le *pied, et mettant le mouchoir sous son bras.*
Je suis votre très humble serviteur.

La Fée, *à part à Trivelin.* Comment ! voilà des manières ! il ne
m'en a jamais tant dit depuis qu'il est ici.

Arlequin, *à la Fée.* Madame, voulez-vous avoir la bonté de vouloir
bien me dire comment on est quand on aime bien une personne [2] ?

La Fée, *charmée à Trivelin.* Trivelin, entends-tu ? *(Et puis à Arlequin.)* Quand on aime, mon cher enfant, on souhaite toujours de
voir les gens, on ne peut se séparer d'eux, on les perd de vue avec
chagrin : enfin on sent des transports, des impatiences et souvent
des désirs.

Arlequin, *en sautant d'aise et comme à part.* M'y voilà.

La Fée. Est-ce que vous sentez tout ce que je dis là ?

Arlequin, *d'un air indifférent.* Non, c'est une curiosité que j'ai.

Trivelin. Il *jase vraiment !

La Fée. Il jase, il est vrai, mais sa réponse ne me plaît pas : mon
cher Arlequin, ce n'est donc pas de moi que vous parlez ?

Arlequin. Oh ! je ne suis pas un niais, je ne dis pas ce que je
pense.

La Fée, *avec feu, et d'un ton brusque.* Qu'est-ce que cela signifie ?
Où avez-vous pris ce mouchoir ?

Arlequin, *la regardant avec crainte.* Je l'ai pris à terre.

---

1. Cette indication est destinée à préserver le jeu de l'acteur de tout caractère équivoque, à la différence de certains lazzi propres à la scène du « sommeil d'Arlequin » dans l'ancien théâtre italien.   2. Transposition discrète
de l'initiation de l'« amant ignorant » telle qu'on la trouve dans *Daphnis et
Chloé* ou dans la comédie d'Autreau déjà citée. Ce dont a besoin ici Arlequin,
c'est du nom qui cristallisera ses sentiments.

LA FÉE. À qui est-il ?

ARLEQUIN. Il est à... *(Et puis s'arrêtant.)* Je n'en sais rien.

LA FÉE. Il y a quelque mystère désolant là-dessous ! Donnez-moi ce mouchoir ! *(Elle lui*[1] *arrache, et après l'avoir regardé avec *chagrin, et à part.)* Il n'est pas à moi et il le baisait ; n'importe, cachons-lui mes soupçons, et ne l'intimidons pas ; car il ne me découvrirait rien.

ARLEQUIN, *alors va, le chapeau bas et humblement, lui redemander le mouchoir.* Ayez la charité de me rendre le mouchoir.

LA FÉE, *en soupirant en secret.* Tenez, Arlequin, je ne veux pas vous l'ôter, puisqu'il vous fait plaisir.

Arlequin en le recevant baise la main, la salue, et s'en va.

LA FÉE, *le regardant.* Vous me quittez ; où allez-vous ?

ARLEQUIN. Dormir sous un arbre.

LA FÉE, *doucement.* Allez, allez.

Scène VIII

LA FÉE, TRIVELIN

LA FÉE. Ah ! Trivelin, je suis perdue.

TRIVELIN. Je vous avoue, Madame, que voici une aventure où je ne comprends rien, que serait-il donc arrivé à ce petit[2] peste-là ?

LA FÉE, *au désespoir et avec feu.* Il a de l'esprit, Trivelin, il en a, et je n'en suis pas mieux, je suis plus folle que jamais. Ah ! quel coup pour moi, que le petit ingrat vient de me paraître aimable ! As-tu vu comme il est changé ? As-tu remarqué de quel air il me parlait ? combien sa physionomie était devenue fine ? Et ce n'est pas de moi qu'il tient toutes ces grâces-là ! Il a déjà de la délicatesse de sentiment, il s'est retenu, il n'ose me dire à qui appartient le mouchoir, il devine que j'en serais jalouse ; ah ! qu'il faut qu'il ait pris d'amour pour avoir déjà tant d'esprit ! Que je suis malheureuse ! Une autre[3] lui entendra dire ce *je vous aime* que j'ai tant désiré, et je sens qu'il

---

1. Sur *lui* = *le lui*, voir la Note grammaticale, article *pronom*, p. 2268.
2. Accord suivant le sens, fréquent à l'époque dans les tours de ce genre.
3. Tel est le texte de l'édition originale. La plupart des éditions du XVIIIe siècle ont : *un autre*. Voir la Note grammaticale. Pour l'idée, comparer la Phèdre de Racine s'écriant : « Hippolyte est sensible, et ne sent rien pour moi ! » (Acte IV, sc. v.)

méritera d'être adoré ; je suis au désespoir. Sortons, Trivelin ; il s'agit ici de découvrir ma rivale, je vais le suivre et parcourir tous les lieux où ils pourront se voir. Cherche de ton côté, va vite, je me meurs.

Scène IX

SILVIA, UNE DE SES COUSINES
La scène change et représente une prairie où de loin paissent des moutons [1]

SILVIA. Arrête-toi un moment, ma cousine ; je t'aurai bientôt conté mon histoire, et tu me donneras quelque avis. Tiens, j'étais ici quand il est venu ; dès qu'il s'est approché, le cœur m'a dit que je l'aimais ; cela est admirable [2] ! Il s'est approché aussi, il m'a parlé ; sais-tu ce qu'il m'a dit ? Qu'il m'aimait aussi. J'étais plus contente que si on m'avait donné tous les moutons du hameau : vraiment je ne m'étonne pas si toutes nos bergères sont si aises d'aimer ; je voudrais n'avoir fait que cela depuis que je suis au monde, tant je *le trouve charmant ; mais ce n'est pas tout, il doit revenir ici bientôt ; il m'a déjà baisé la main, et je vois bien qu'il voudra me la baiser encore. Donne-moi conseil, toi qui as eu tant d'amants ; dois-je le laisser faire ?

LA COUSINE. Garde-t'en bien, ma cousine, sois bien sévère, cela entretient l'amour d'un amant [3].

SILVIA. Quoi, il n'y a point de moyen plus aisé que cela pour l'entretenir ?

LA COUSINE. Non ; il ne faut point aussi lui dire tant que tu l'aimes.

SILVIA. Eh ! comment s'en empêcher ? Je suis encore trop jeune pour pouvoir me gêner.

---

1. L'indication scénique manque dans l'édition originale.   **2.** Comme le remarque Georges Poulet, par l'amour l'être marivaudien surgit à l'existence dans un étonnement indescriptible. *Je ne sais où j'en suis, je ne sais ce qui m'arrive* sont les expressions courantes de cet étonnement. Chez Silvia, moins expérimentée que les autres personnages de Marivaux, il se traduit par le besoin de se renseigner auprès de celle qui a cette expérience.   **3.** Ce thème de la leçon de coquetterie à l'ingénue, qui vient peut-être de Dufresny (*La Coquette de village*, acte I, sc. I et III, 1715), se trouve déjà chez Marivaux dans la première des *Lettres contenant une aventure* (1719). Voyez le volume des *Journaux et Œuvres diverses*, première section.

LA COUSINE. Fais comme tu pourras, mais on m'attend, je ne puis rester plus longtemps, adieu, ma cousine[1].

Scène X

SILVIA, *un moment après.* Que je suis inquiète ! j'aimerais autant ne point aimer que d'être obligée d'être sévère ; cependant elle dit que cela entretient l'amour, voilà qui est étrange ; on devrait bien changer une manière si incommode ; ceux qui l'ont inventée n'aimaient pas tant que moi.

Scène XI
SILVIA, ARLEQUIN
Arlequin arrive

SILVIA, *en le voyant.* Voici mon *amant ; que j'aurai de peine à me retenir !

Dès qu'Arlequin l'aperçoit, il vient à elle en sautant de joie ; il lui fait des caresses avec son chapeau, auquel il a attaché le mouchoir, il tourne autour de Silvia, tantôt il baise le mouchoir, tantôt il caresse Silvia.

ARLEQUIN. Vous voilà donc, mon petit cœur ?
SILVIA, *en riant.* Oui, mon amant.
ARLEQUIN. Êtes-vous bien aise de me voir ?
SILVIA. Assez.
ARLEQUIN, *en répétant ce mot[2].* Assez, ce n'est pas assez.
SILVIA. Oh si fait, il n'en faut pas davantage.

Arlequin ici lui prend la main, Silvia paraît embarrassée.

---

1. Le ton de cette consultation et le personnage même de la cousine rappellent certaines pièces de Dancourt, par exemple *Les Trois Cousines.* Voir aussi dans *L'Opéra de village*, sc. IX : « *Louison :* [...] Il est ici depuis une heure, et il veut m'emmener avec lui ; conseillez-moi, que faut-il que je fasse ? *Martine :* Garde-toi bien d'y consentir. *Louison :* J'aurais pourtant bien du penchant pour cela, ma cousine. *Martine :* Je ne te conseille pas de le faire. *Louison :* Tant pis, c'est que tu ne m'aimes pas autant que je t'aime. »
2. Cette indication manque à partir de l'édition Briasson (1732-1758).

ARLEQUIN, *en la tenant, dit.* Et moi, je ne veux pas que vous disiez comme cela.

Il veut alors lui baiser la main, en disant ces derniers mots.

SILVIA, *retirant sa main.* Ne me baisez pas la main au moins.

ARLEQUIN, *fâché.* Ne voilà-t-il pas encore ? Allez, vous êtes une trompeuse.

Il pleure.

SILVIA, *tendrement, en lui prenant le menton.* Hélas ! mon petit amant, ne pleurez pas.

ARLEQUIN, *continuant de gémir.* Vous m'aviez promis votre amitié.

SILVIA. Eh ! je vous l'ai donnée.

ARLEQUIN. Non : quand on aime les gens, on ne les empêche pas de baiser sa main. *(En lui offrant la sienne.)* Tenez, voilà la mienne ; voyez si je ferai comme vous.

SILVIA, *en se ressouvenant des conseils de sa cousine*[1]. Oh ! ma cousine dira ce qu'elle voudra, mais je ne puis y tenir. Là, là, consolez-vous, mon amant, et baisez ma main puisque vous en avez envie ; baisez, mais écoutez, n'allez pas me demander combien je vous aime, car je vous en dirais toujours la moitié moins qu'il n'y en a. Cela n'empêchera pas que, dans le fond, je ne vous aime de tout mon cœur ; mais vous ne devez pas le savoir, parce que cela vous ôterait votre amitié, on me l'a dit.

ARLEQUIN, *d'une voix plaintive.* Tous ceux qui vous ont dit cela ont fait un mensonge : ce sont des causeurs qui n'entendent rien à notre affaire. Le cœur me bat quand je baise votre main[2] et que vous dites que vous m'aimez, et c'est marque que ces choses-là sont bonnes à mon amitié.

SILVIA. Cela se peut bien, car la mienne en va de mieux en mieux aussi ; mais n'importe, puisqu'on dit que cela ne vaut rien, faisons un marché de peur d'accident : toutes les fois que vous me demanderez si j'ai beaucoup d'amitié pour vous, je vous répondrai que je n'en ai guère, et cela ne sera pourtant pas vrai ; et quand vous voudrez me baiser la main, je ne le voudrai pas, et pourtant j'en aurai envie.

---

1. L'édition N.T.I. de 1730 ajoute : *et comme à part.* **2.** Idée empruntée aux *Amants ignorants*, acte I, sc. VIII. « *Arlequin*, mettant sa main sur sa poitrine : toc, toc, toc ; ouais, glia la queuque chose que je n'entends pas. Quand ta main me donne un soufflet ou un coup de poing, je n'en sens rien, ça ne me fait point de mal, et quand je la baise ça me donne la fièvre. »

ARLEQUIN, *en riant*. Eh ! eh ! cela sera drôle ! je le veux bien ; mais avant ce marché-là, laissez-moi baiser votre main à mon aise, cela ne sera pas du jeu.

SILVIA. Baisez, cela est juste.

ARLEQUIN *lui baise et rebaise la main, et après, faisant réflexion au plaisir qu'il vient d'avoir, il dit*. Oh ! mais, mon amie, peut-être que le marché nous fâchera tous deux.

SILVIA. Eh ! quand cela nous fâchera tout de bon, ne sommes-nous pas les maîtres ?

ARLEQUIN. Il est vrai, mon amie ; cela est donc arrêté ?

SILVIA. Oui.

ARLEQUIN. Cela sera tout divertissant . voyons pour voir. *(Arlequin ici badine, et l'interroge pour rire.)* M'aimez-vous beaucoup ?

SILVIA. Pas beaucoup.

ARLEQUIN, *sérieusement*. Ce n'est que pour rire au moins, autrement...

SILVIA, *riant*. Eh ! sans doute.

ARLEQUIN, *poursuivant toujours la badinerie, et riant*. Ah ! ah ! ah ! *(Et puis pour badiner encore.)* Donnez-moi votre main, ma mignonne.

SILVIA. Je ne le veux pas.

ARLEQUIN, *souriant*. Je sais pourtant que vous le voudriez bien.

SILVIA. Plus que vous ; mais je ne veux pas le dire.

ARLEQUIN, *souriant encore ici, et puis changeant de façon, et tristement*. Je veux la baiser, ou je serai fâché.

SILVIA. Vous badinez, mon *amant ?

ARLEQUIN, *comme tristement toujours*. Non.

SILVIA. Quoi ! c'est tout de bon ?

ARLEQUIN. Tout de bon.

SILVIA, *en lui tendant la main*. Tenez donc.

Scène XII [1]

LA FÉE, ARLEQUIN, SILVIA

Ici la Fée qui les cherchait arrive, et dit à part en retournant son anneau. Ah ! je vois mon malheur !

---

1. On a dit que cette scène est numérotée par erreur XI dans les éditions Veuve Guillaume et Briasson. En conséquence, la pièce a une scène de moins.

ARLEQUIN, *après avoir baisé la main de Silvia.* Dame ! je badinais.

SILVIA. Je vois bien que vous m'avez attrapée, mais j'en profite aussi.

ARLEQUIN, *qui lui tient toujours la main.* Voilà un petit mot qui me plaît comme tout.

LA FÉE, *à part.* Ah ! juste ciel, quel langage ! Paraissons. *(Elle retourne son anneau.)*

SILVIA, *effrayée de la voir, fait un cri.* Ah !

ARLEQUIN, *de son côté.* Ouf !

LA FÉE, *à Arlequin avec *altération.* Vous en savez déjà beaucoup !

ARLEQUIN, *embarrassé.* Eh ! eh ! je ne savais pourtant pas que vous étiez là.

LA FÉE, *en le regardant fixement.* Ingrat ! *(Et puis le touchant de sa baguette.)* Suivez-moi.

Après ce dernier mot, elle touche aussi Silvia sans lui rien dire.

SILVIA, *touchée, dit.* Miséricorde !

*La Fée alors part avec Arlequin, qui marche devant en silence et comme par *compas [1].*

Scène XIII

SILVIA, *seule, tremblante, et sans bouger.* Ah ! la méchante femme, je tremble encore de peur. Hélas ! peut-être qu'elle va tuer mon amant, elle ne lui pardonnera jamais de m'aimer, mais je sais bien comment je ferai ; je m'en vais assembler tous les bergers du hameau, et les mener chez elle : allons. *(Silvia là-dessus veut marcher, mais elle ne peut avancer un pas, elle dit :)* Qu'est-ce que j'ai donc ? Je ne puis me remuer. *(Elle fait des efforts et ajoute :)* Ah ! cette magicienne m'a jeté un sortilège aux jambes.

À ces mots, deux ou trois Lutins viennent pour l'enlever.

SILVIA, *tremblante.* Ahi ! Ahi ! Messieurs, ayez pitié de moi, au secours, au secours !

---

1. Ce pas mécanique (voir le Glossaire, p. 2159) marque l'annihilation de la volonté d'Arlequin. Ici encore, la mimique traduit très directement les sentiments du personnage.

UN DES LUTINS. Suivez-nous, suivez-nous.

SILVIA. Je ne veux pas, je veux retourner au logis.

UN AUTRE LUTIN. Marchons.

Ils l'enlèvent en criant.

Scène XIV

La scène change et représente le jardin de la Fée

LA FÉE *paraît avec Arlequin, qui marche devant elle dans la même posture qu'il a fait ci-devant, et la tête baissée.* Fourbe que tu es ! je n'ai pu paraître aimable à tes yeux, je n'ai pu t'inspirer le moindre sentiment, malgré tous les soins et toute la tendresse que tu m'as vue ; et ton changement est l'ouvrage d'une misérable bergère ! Réponds, ingrat, que lui trouves-tu de si charmant ? Parle.

ARLEQUIN, *feignant d'être retombé dans sa bêtise.* Qu'est-ce que vous voulez ?

LA FÉE. Je ne te conseille pas d'affecter une stupidité que tu n'as plus, et si tu ne te montres tel que tu es, tu vas me voir poignarder l'indigne objet de ton choix.

ARLEQUIN, *vite et avec crainte.* Eh ! non, non ; je vous promets que j'aurai de l'esprit autant que vous le voudrez.

LA FÉE. Tu trembles pour elle ?

ARLEQUIN. C'est que je n'aime à voir mourir personne.

LA FÉE. Tu me verras mourir, moi, si tu ne m'aimes.

ARLEQUIN, *en la flattant.* Ne soyez donc point en colère contre nous.

LA FÉE, *en s'attendrissant.* Ah ! mon cher Arlequin, regarde-moi, repens-toi de m'avoir désespérée, j'oublierai de quelle part t'est venu ton esprit ; mais puisque tu en as, qu'il te serve à connaître les avantages que je t'offre.

ARLEQUIN. Tenez, dans le fond, je vois bien que j'ai tort ; vous êtes belle et *brave cent fois plus que l'autre, mais [1] j'enrage.

LA FÉE. Eh ! de quoi ?

ARLEQUIN. C'est que j'ai laissé prendre mon cœur par cette petite friponne qui est plus laide que vous.

LA FÉE *soupire en secret et dit.* Arlequin, voudrais-tu aimer une personne qui te trompe, qui a voulu badiner avec toi, et qui ne t'aime pas ?

---

1. Ce mot *mais* disparaît des éditions N.T.I. 1730 et suivantes.

ARLEQUIN. Oh ! pour cela si fait, elle m'aime à la folie.

LA FÉE. Elle t'abusait, je le sais bien, puisqu'elle doit épouser un berger du village qui est son amant : si tu veux, je m'en vais l'envoyer chercher, et elle te le dira elle-même.

ARLEQUIN, *en se mettant la main sur la poitrine ou sur son cœur.* Tic, tac, tic, tac, ouf voilà des paroles qui me rendent malade. *(Et puis vite.)* Allons, allons, je veux savoir cela ; car si elle me trompe, jarni, je vous caresserai, je vous épouserai devant ses deux yeux pour la punir.

LA FÉE. Eh bien ! je vais donc l'envoyer chercher.

ARLEQUIN, *encore ému.* Oui ; mais vous êtes bien fine, si vous êtes là quand elle me parlera, vous lui ferez la *grimace, elle vous craindra, et elle n'osera me dire rondement sa pensée.

LA FÉE. Je me retirerai.

ARLEQUIN. La peste ! vous êtes une sorcière, vous nous jouerez un tour comme tantôt, et elle s'en doutera : vous êtes au milieu du monde, et on ne voit rien. Oh ! je ne veux point que vous trichiez ; faites un serment que vous n'y serez pas en cachette.

LA FÉE. Je te le jure, foi de Fée.

ARLEQUIN. Je ne sais point si ce juron-là est bon ; mais je me souviens à cette heure, quand on me lisait des histoires, d'avoir vu qu'on jurait par le six, le tix, oui, le Styx[1].

LA FÉE. C'est la même chose.

ARLEQUIN. N'importe, jurez toujours ; dame, puisque vous craignez, c'est que c'est le meilleur.

LA FÉE, *après avoir rêvé.* Eh bien ! je n'y serai point, je t'en jure par le Styx, et je vais donner ordre qu'on l'amène ici.

ARLEQUIN. Et moi en attendant je m'en vais gémir en me promenant. *(Il sort).*

Scène XV

LA FÉE, *seule.* Mon serment me lie, mais je n'en sais pas moins le moyen d'épouvanter la bergère sans être présente, et il me reste une ressource ; je donnerai mon anneau à Trivelin qui les écoutera invisible, et qui me rapportera ce qu'ils auront dit : Appelons-le : Trivelin ! Trivelin !

---

1. Ce détail paraît inspiré plutôt par l'opéra que par les contes de fées. Voir plus loin, p. 147, note 2, une autre réminiscence certaine de l'opéra.

Scène XVI

LA FÉE, TRIVELIN

TRIVELIN *vient*. Que voulez-vous, Madame ?

LA FÉE. Faites venir ici cette bergère, je veux lui parler ; et vous, prenez cette bague. Quand j'aurai quitté cette fille, vous avertirez Arlequin de lui venir parler, et vous le suivrez sans qu'il le sache pour venir écouter leur entretien, avec la précaution de retourner la bague, pour n'être point vu d'eux ; après quoi, vous me redirez leurs discours : entendez-vous ? Soyez exact, je vous prie.

TRIVELIN. Oui, Madame. *(Il sort pour aller chercher Silvia)*.

Scène XVII

LA FÉE, SILVIA

LA FÉE, *un moment seule*. Est-il d'aventure plus triste que la mienne ? Je n'ai lieu d'aimer plus que je n'aimais, que pour en souffrir davantage ; cependant il me reste encore quelque espérance ; mais voici ma rivale. *(Silvia entre. La Fée en colère.)* Approchez, approchez.

SILVIA. Madame, est-ce que vous voulez toujours me retenir de force ici ? Si ce beau garçon m'aime, est-ce ma faute ? Il dit que je suis belle, dame, je ne puis pas m'empêcher de l'être.

LA FÉE, *avec un sentiment de fureur*[1]. Oh ! si je ne craignais de tout perdre, je la déchirerais. *(Haut.)* Écoutez-moi, petite fille, mille tourments vous sont préparés, si vous ne m'obéissez.

SILVIA, *en tremblant*. Hélas ! vous n'avez qu'à dire.

LA FÉE. Arlequin va paraître ici : je vous ordonne de lui dire que vous n'avez voulu que vous divertir avec lui, que vous ne l'aimez point, et qu'on va vous marier avec un berger du village ; je ne paraîtrai point dans votre conversation, mais je serai à vos côtés sans que vous me voyiez[2], et si vous n'observez mes ordres avec la dernière rigueur, s'il vous échappe le moindre mot qui lui fasse deviner que je vous aie forcée à lui parler comme je le veux, tout est prêt pour votre supplice.

SILVIA. Moi, lui dire que j'ai voulu me moquer de lui ? Cela est-il

---

1. L'édition N.T.I. de 1730 ajoute : *à part*. **2.** Le procédé de la fée avec Silvia rappelle celui de Néron avec Julie dans *Britannicus*, mais de bien plus près encore celui de Médée avec Æglé à l'acte IV, sc. v, de *Thésée* opéra de Quinault. Voir la notice, p. 118, note 1.

raisonnable ? Il se mettra à pleurer, et je me mettrai à pleurer aussi : vous savez bien que cela est immanquable.

La Fée, *en colère*. Vous osez me résister ! Paraissez, esprits infernaux, enchaînez-la, et n'oubliez rien pour la tourmenter.

Des esprits entrent.

Silvia, *pleurant, dit*. N'avez-vous pas de conscience de me demander une chose impossible ?

La Fée, *aux esprits*. Ce n'est pas tout ; allez prendre l'ingrat qu'elle aime, et donnez-lui la mort à ses yeux.

Silvia, *avec exclamation*. La mort ! Ah ! Madame la Fée, vous n'avez qu'à le faire venir ; je m'en vais lui dire que je le hais, et je vous promets de ne point pleurer du tout ; je l'aime trop pour cela.

La Fée. Si vous versez une larme, si vous ne paraissez tranquille, il est perdu, et vous aussi. *(Aux esprits.)* Ôtez-lui ses fers. *(À Silvia.)* Quand vous lui aurez parlé, je vous ferai reconduire chez vous, si j'ai lieu d'être contente : il va venir, attendez ici. *(La Fée sort et les Diables aussi.)*

Scène XVIII

SILVIA, ARLEQUIN, TRIVELIN [1]

Silvia, *un moment seule*. Achevons vite de pleurer, afin que mon amant ne croie pas que je l'aime, le pauvre enfant, ce serait le tuer moi-même. Ah ! maudite Fée ! Mais essuyons mes yeux, le voilà qui vient.

Arlequin entre alors triste et la tête penchée, il ne dit mot jusqu'auprès de Silvia, il se présente à elle, la regarde un moment sans parler ; et après, Trivelin invisible entre.

Arlequin. Mon amie !
Silvia, *d'un air libre*. Eh bien ?
Arlequin. Regardez-moi [2].

---

1. La liste des acteurs en scène manque dans les éditions contemporaines de Marivaux. **2.** Nous corrigeons le texte de l'édition originale et des autres éditions, *regarde-moi*, qui s'explique mal, puisque Arlequin ne tutoie jamais Silvia. L'erreur s'explique par une fausse lecture du manuscrit de Marivaux, qui écrit *regardes* à l'impératif singulier, et *regardés* à l'impératif pluriel. Voir des erreurs analogues dans le texte du *Père prudent et équitable* (note 4, p. 92), du *Petit-Maître corrigé*, acte I, sc. v, etc.

Silvia, *embarrassée.* À quoi sert tout cela ? On m'a fait venir ici pour vous parler ; j'ai hâte, qu'est-ce que vous voulez ?

Arlequin, *tendrement.* Est-ce vrai que vous m'avez fourbé ?

Silvia. Oui, tout ce que j'ai fait, ce n'était que pour me donner du plaisir.

Arlequin *s'approche d'elle tendrement et lui dit.* Mon amie, dites franchement, cette coquine de Fée n'est point ici, car elle en a juré. *(Et puis en flattant Silvia.)* Là, là, remettez-vous, mon petit cœur : dites, êtes-vous une perfide ? Allez-vous être la femme d'un vilain berger[1] ?

Silvia. Oui, encore une fois, tout cela est vrai.

Arlequin, *là-dessus, pleure de toute sa force.* Hi, hi, hi.

Silvia, *à part.* Le courage me manque.

Arlequin, en pleurant sans rien dire, cherche dans ses poches ; il en tire un petit couteau qu'il aiguise sur sa manche.

Silvia, *le voyant faire.* Qu'allez-vous donc faire ?

Alors Arlequin sans répondre allonge le bras comme pour prendre sa *secousse, et ouvre un peu son estomac.

Silvia, *effrayée.* Ah ! il va se tuer ; arrêtez-vous, mon amant ! j'ai été obligée de vous dire des menteries. *(Et puis en parlant à la Fée qu'elle croit à côté d'elle.)* Madame la Fée, pardonnez-moi en quelque endroit que vous soyez ici, vous voyez bien ce qui en est.

Arlequin, *à ces mots cessant son désespoir, lui prend vite la main et dit.* Ah ! quel plaisir ! soutenez-moi, mamour, je m'évanouis d'aise.

Silvia le soutient.
Trivelin, alors, paraît tout d'un coup à leurs yeux.

Silvia, *dans la surprise, dit.* Ah ! voilà la Fée.

Trivelin. Non, mes enfants, ce n'est pas la Fée ; mais elle m'a donné son anneau, afin que je vous écoutasse sans être vu. Ce serait bien dommage d'abandonner de si tendres amants à sa fureur : aussi bien ne mérite-t-elle pas qu'on la serve, puisqu'elle est infidèle au plus généreux magicien du monde, à qui je suis dévoué : soyez en repos, je vais vous donner un moyen d'assurer votre bonheur. Il faut

---

1. Texte de l'édition originale : *Allez, vous êtes la femme d'un vilain berger.*

qu'Arlequin paraisse mécontent de vous, Silvia ; et que de votre côté vous feigniez de le quitter en le raillant. Je vais chercher la Fée qui m'attend, à qui je dirai que vous vous êtes parfaitement acquittée de ce qu'elle vous avait ordonné : elle sera témoin de votre *retraite. Pour vous, Arlequin, quand Silvia sera sortie, vous resterez avec la Fée, et alors en l'assurant que vous ne songez plus à Silvia infidèle, vous jurerez de vous attacher à elle, et tâcherez par quelque tour d'adresse, et comme en badinant, de lui prendre sa baguette ; je vous avertis que dès qu'elle sera dans vos mains, la Fée n'aura plus aucun pouvoir sur vous deux ; et qu'en la touchant elle-même d'un coup de la baguette, vous en serez absolument le maître. Pour lors, vous pourrez sortir d'ici et vous faire telle destinée qu'il vous plaira.

Silvia. Je prie le Ciel qu'il vous récompense.

Arlequin. Oh ! quel honnête homme ! Quand j'aurai la baguette, je vous donnerai votre plein chapeau de liards.

Trivelin. Préparez-vous, je vais amener[1] ici la Fée.

Scène XIX

ARLEQUIN, SILVIA

Arlequin. Ma chère amie, la joie me court dans le corps ; il faut que je vous baise, nous avons[2] bien le temps de cela.

Silvia, *en l'arrêtant*. Taisez-vous donc, mon ami, ne nous caressons pas à cette heure, afin de pouvoir nous caresser toujours : on vient, dites-moi bien des injures, pour avoir la baguette. *(La Fée entre.)*

Arlequin, *comme en colère*. Allons, petite coquine.

Scène XX

LA FÉE, TRIVELIN, SILVIA, ARLEQUIN

Trivelin, *à la Fée en entrant*. Je crois, Madame, que vous aurez lieu d'être contente.

Arlequin, *continuant à gronder Silvia*. Sortez d'ici, friponne ; voyez cette petite effrontée ! sortez d'ici, mort de ma vie !

---

1. Ce mot est écrit *emmener* dans l'édition originale, sans doute par suite d'une confusion phonétique entre *amener* et *emmener*.   **2.** Texte de l'édition originale : *nous aurons bien le temps de cela*.

Silvia, *se retirant en riant.* Ah ! ah ! qu'il est drôle ! Adieu, adieu, je m'en vais épouser mon *amant : une autre fois ne croyez pas tout ce qu'on vous dit, petit garçon. *(Et puis Silvia dit à la Fée :)* Madame, voulez-vous que je m'en aille ?

La Fée, *à Trivelin.* Faites-la sortir, Trivelin.

Elle sort avec Trivelin.

Scène XXI
LA FÉE, ARLEQUIN

La Fée. Je vous avais dit la vérité, comme vous voyez.

Arlequin, *comme indifférent.* Oh ! je me soucie bien de cela : c'est une petite laide qui ne vous vaut pas. Allez, allez, à présent je vois bien que vous êtes une bonne personne. Fi ! que j'étais sot ; laissez faire, nous l'attraperons bien, quand nous serons mari et femme.

La Fée. Quoi ! mon cher Arlequin, vous m'aimerez donc ?

Arlequin. Eh ! qui donc ? J'avais assurément la vue trouble. Tenez, cela m'avait fâché d'abord, mais à présent je donnerais toutes les bergères des champs pour une mauvaise épingle. *Et puis doucement.* Mais vous n'avez peut-être plus envie de moi, à cause que j'ai été si bête ?

La Fée, *charmée.* Mon cher Arlequin, je te fais mon maître, mon mari ; oui, je t'épouse ; je te donne mon cœur, mes richesses, ma puissance. Es-tu content ?

Arlequin, *en la regardant sur cela tendrement.* Ah ! ma mie, que vous me plaisez ! *(Et lui prenant la main.)* Moi, je vous donne ma personne, et puis cela encore. *(C'est son chapeau.)* Et puis encore cela. *(C'est son épée[1].)*

Là-dessus, en badinant, il lui met son épée au côté[2], et dit en lui prenant sa baguette :

---

1. Il ne s'agit naturellement que d'une épée de bois, la batte traditionnelle.
2. Toutes les indications scéniques ayant disparu des éditions courantes, les comédiens-français ont perdu ce joli jeu de scène, ainsi que le suivant. *(Arlequin, se reculant aux approches de la Fée...)* et beaucoup d'autres. En revanche, ils en ont introduit de leur cru qui alourdissent inutilement le mouvement de la pièce et ne répondent certainement pas aux intentions de l'écrivain. Un retour au texte serait à tous égards souhaitable, ne serait-ce que pour préciser les changements de lieu.

Et je m'en vais mettre ce bâton à mon côté.

Quand il tient la baguette, LA FÉE, *inquiète, lui dit :*

Donnez, donnez-moi cette baguette, mon fils ; vous la casserez.

ARLEQUIN, *se reculant aux approches de la Fée, tournant autour du théâtre, et d'une façon reposée.* Tout doucement, tout doucement !

LA FÉE, *encore plus alarmée.* Donnez donc vite, j'en ai besoin.

ARLEQUIN, *alors, la touche de la baguette adroitement et lui dit.* Tout beau, asseyez-vous là ; et soyez sage.

LA FÉE *tombe sur le siège de gazon mis auprès de la grille du théâtre et dit.* Ah ! je suis perdue, je suis trahie.

ARLEQUIN, *en riant.* Et moi, je suis on ne peut pas mieux. Oh ! oh ! vous me grondiez tantôt parce que je n'avais pas d'esprit ; j'en ai pourtant plus que vous. *(Arlequin alors fait des sauts de joie ; il rit, il danse, il siffle, et de temps en temps va autour de la Fée, et lui montrant la baguette.)* Soyez bien sage, madame la sorcière, car voyez bien cela [1] ! *(Alors il appelle tout le monde.)* Allons, qu'on m'apporte ici mon petit cœur. Trivelin, où sont mes valets et tous les diables aussi ? Vite, j'ordonne, je commande, ou par la sambleu...

Tout accourt à sa voix.

Scène dernière

SILVIA *conduite par* TRIVELIN, LES DANSEURS, LES CHANTEURS *et* LES ESPRITS

ARLEQUIN, *courant au-devant de Silvia, et lui montrant la baguette.* Ma chère amie, voilà la *machine [2] ; je suis sorcier à cette heure ; tenez, prenez, prenez ; il faut que vous soyez sorcière aussi.

Il lui donne la baguette.

SILVIA *prend la baguette en sautant d'aise et dit.* Oh ! mon amant, nous n'aurons plus d'envieux.

---

1. Les éditions modernes portent à tort : *voyez-vous bien cela ?*   **2.** Allusion aux machines de théâtre produisant des effets qui, selon Furetière « surprennent et divertissent le spectateur » (vol d'animaux, apparitions de démons, etc.). Mais il semble que le mot s'achemine vers un sens presque moderne, comme *truc* dans la langue actuelle.

À peine Silvia a-t-elle dit ces mots, que quelques esprits s'avancent, et l'un d'eux dit :

Vous êtes notre maîtresse, que voulez-vous de nous ?

Silvia, *surprise de leur approche, se retire et a peur, et dit.* Voilà encore ces vilains hommes qui me font peur.

Arlequin, *fâché.* *Jarni, je vous apprendrai à vivre. *(À Silvia.)* Donnez-moi ce bâton, afin que je les rosse.

Il prend la baguette, et ensuite bat les esprits avec son épée ; il bat après les danseurs, les chanteurs, et jusqu'à Trivelin même.

Silvia *lui dit, en l'arrêtant.* En voilà assez, mon ami.

Arlequin menace toujours tout le monde, et va à la Fée qui est sur le banc, et la menace aussi.

Silvia, *alors, s'approche à son tour de la Fée et lui dit en la saluant.* Bonjour, Madame, comment vous portez-vous ? Vous n'êtes donc plus si méchante ?

La Fée retourne la tête en jetant des regards de fureur sur eux.

Silvia. Oh ! qu'elle est en colère.

Arlequin, *alors à la Fée.* Tout doux, je suis le maître ; allons, qu'on nous regarde tout à l'heure agréablement.

Silvia. Laissons-la [1], mon ami [2], soyons généreux : la compassion est une belle chose.

Arlequin. Je lui pardonne, mais je veux qu'on chante, qu'on danse, et puis après nous irons nous faire roi quelque part [3].

---

1. Les éditions N.T.I. 1730 et suivantes portent : *laissons-la là*.   **2.** Orthographié par erreur *amie* dans l'édition originale. La correction est faite dans l'édition N.T.I. de 1730.   **3.** La pièce se termine par un divertissement symétrique de celui de la scène III, également sur une musique de Mouret. Il comporte une entrée de bergers sur un air de bourrée, une entrée de lutins, un chant par un lutin : « Mère qui voyez votre fille/ Et si brillante et si gentille,/ Ne vous en applaudissez pas./ Le blondin qui lui rend visite/ A fait éclore le mérite/ Qui met le prix à ses appas./ Belles méprisez la constance/ Qui ne vit que de l'abstinence/ Du plaisir qu'on s'est épargné./ Quand l'amant heureux se dégage,/ Le plaisir d'en faire un volage/ Est toujours autant de gagné. » et finalement un cotillon.

ANNIBAL

Tragédie en cinq actes et en vers
représentée pour la première fois
par les Comédiens-Français
le 16 décembre 1720

NOTICE

Trois mois après l'échec de *L'Amour et la Vérité* au Théâtre-Italien, le journal *Les Nouvelles littéraires* annonçait, en juillet 1720 : « M. de Marivaux est incertain s'il fera représenter sa nouvelle tragédie de *La Mort d'Annibal*. » Il s'agissait d'une pièce destinée au Théâtre-Français, reçue depuis le 5 août 1719[1], et qui ne fut jouée pour la première fois, comme on le verra plus loin, que le 16 décembre 1720. L'idée de traiter ce sujet pouvait venir à Marivaux de Corneille. On trouve en effet dans *Nicomède* trois noms, ceux de Prusias, Flaminius et Laodice, dont Marivaux se souviendra. En outre, dans son Examen de *Nicomède*, Corneille lui-même rapproche la mort d'Annibal du sujet qu'il a traité :

« J'ai approché de cette histoire celle de la mort d'Annibal, qui arriva un peu auparavant chez ce même roi, et dont le nom n'est pas un petit ornement à mon ouvrage. J'en ai fait Nicomède disciple, pour lui prêter plus de valeur et plus de fierté contre les Romains ; et, prenant l'occasion de l'ambassade où Flaminius fut envoyé par eux vers ce roi, leur allié, pour demander qu'on remît entre leurs mains ce vieil ennemi de leur grandeur, je l'ai chargé d'une commis-

---

1. Le *Livre des feuilles d'assemblée pour les années 1719...*, registre 359, f° 19, de la Comédie-Française, que Mme Sylvie Chevalley a bien voulu consulter pour nous, contient le procès-verbal suivant : « Aujourd'hui samedi 5ᵉ août 1719, la troupe s'est assemblée extraordinairement pour entendre *La Mort d'Annibal*, et les présents ont signé avant dix heures pour ne pas payer l'amende. Et après lecture faite, elle a été acceptée. » *Signé*, QUINAULT, QUINAULT, LE COUVREUR, GAUTIER, DE FONTENAY, DUFRESNE, JOUVENET, QUINAULT-DEFRESNE, DUBOCCAGE, DANGEVILLE, DUCLOS, LAVOY. Ce document règle la question de l'antériorité relative d'*Annibal* et d'*Arlequin poli par l'amour*. Le succès d'*Arlequin* a sans doute encouragé Marivaux à hasarder sa tragédie, mais ne l'a pas incité — ce qui aurait été étrange — à abandonner le genre comique pour le genre tragique.

sion secrète de traverser ce mariage, qui leur devait donner de la jalousie[1]... »

S'il désirait traiter ce sujet, Marivaux disposait de deux sources très proches l'une de l'autre, et assez sommaires l'une et l'autre. Tite-Live raconte ainsi la mort d'Annibal à la cour de Bithynie :

« T. Quinctius Flaminius fut envoyé en ambassade près du roi Prusias, devenu suspect aux Romains pour avoir accueilli Annibal après la défaite d'Antiochus, et entrepris la guerre contre Eumène. Peut-être Flaminius reprocha-t-il à Prusias, entre autres griefs, d'avoir donné asile à l'ennemi le plus acharné de Rome, à un homme qui avait soulevé contre Rome sa patrie d'abord ; puis, sa patrie épuisée, le roi Antiochus : peut être encore, de lui même, et pour se rendre agréable aux Romains, Prusias conçut-il la pensée de tuer son hôte ou de le livrer à l'ambassadeur : toujours est-il qu'après le premier entretien avec Flaminius, Prusias envoya des soldats investir la demeure d'Annibal. Celui-ci avait depuis longtemps pressenti ce dénouement ; il connaissait trop la haine implacable de Rome, et ne se fiait pas à la parole des rois. Il avait d'ailleurs éprouvé l'inconstance de Prusias, et il avait vu dans l'arrivée de Flaminius le signal de sa mort. Se sentant entouré de périls, il avait voulu un chemin toujours ouvert à la fuite, et avait pratiqué dans sa demeure sept issues, dont quelques-unes secrètes afin qu'on n'y pût mettre des gardes. Mais l'ombrageuse tyrannie des rois parvient toujours à savoir ce qu'elle a intérêt à connaître. Tous les abords de la maison furent si étroitement cernés que toute évasion devenait impossible. Annibal, apprenant que les satellites du roi étaient parvenus dans le vestibule, essaya de fuir par une porte dérobée qu'il croyait ignorée de tous ; mais il s'aperçut aussitôt qu'elle était gardée par des sentinelles, et de même toutes les autres issues. Alors il demanda du poison qu'il tenait depuis longtemps en réserve pour une semblable circonstance. "Délivrons, dit-il, les Romains de cette inquiétude, puisqu'il leur semble long d'attendre la mort d'un vieillard ! Triste et peu mémorable victoire pour Flaminius, que celle qu'il remporte sur un ennemi désarmé et trahi ! Ce jour suffira à prouver combien les mœurs des Romains ont dégénéré. Leurs pères, menacés par Pyrrhus, qui avait les armes à la main et couvrait l'Italie entière de ses

---

1. Examen de *Nicomède*, deuxième paragraphe. Le rapprochement est fait par Mme L. Desvignes, dans l'article « Plutarque et Marivaux », *Revue des Sciences Humaines*, 1966, p. 359, note 15.

armées, l'avertirent de se tenir en garde contre le poison ; eux, ils ont envoyé un consulaire en ambassade, pour engager Prusias à se défaire de son hôte par un crime." Ensuite, ayant prononcé des imprécations contre Prusias et son royaume, et invoqué les dieux vengeurs de l'hospitalité trahie, il but le poison. Ainsi finit Annibal[1]. »

Le récit de Plutarque est très semblable à celui de Tite-Live, auquel il renvoie d'ailleurs explicitement. L'auteur grec attribue cependant à Flaminius l'initiative de la demande qu'il présente à Prusias qu'Annibal soit livré aux Romains. Son ambition, selon Plutarque, aurait été « la seule cause qui l'incitât à procurer la mort d'Annibal, ce qui lui apporta la malveillance, et le mit en mauvaise opinion de plusieurs » :

« Parce qu'Annibal, s'en étant enfui de son pays, se retira premièrement devers le roi Antiochus, lequel, après la bataille qu'il perdit en la Phrygie, se contenta fort bien que les Romains lui octroyassent la paix à telles conditions qu'ils voulurent ; pourquoi Annibal s'enfuit encore d'avec lui, et après avoir été longtemps errant çà et là, finalement s'arrêta au royaume de la Bithynie auprès du roi Prusias, au su et à la vue de tous les Romains, qui ne s'en souciaient plus, parce qu'il était vieil et cassé, sans force ni puissance aucune, comme un homme que la fortune avait de tout point ruiné et foulé aux pieds.

« Mais Titus, envoyé par le sénat en ambassadeur à ce roi Prusias pour quelqu'autre affaire, trouva Annibal qui faisait sa résidence en Bithynie, et fut marri de le voir vivre, tellement que, combien que Prusias lui fît de très grandes prières qu'il voulût avoir pitié de ce pauvre vieillard, son familier, qui s'était venu jeter comme en franchise entre ses bras, jamais ne le voulut laisser vivre[2]. »

Loin d'attribuer à Flaminius une responsabilité personnelle dans la mort d'Annibal, Marivaux l'excuse dans toute la mesure du possible. Il confère, au contraire, un rôle peu flatteur à Prusias, que Plutarque s'efforce d'excuser. Sur ces deux points, comme à propos de la guerre contre Eumène[3], Marivaux s'inspire plutôt de Tite-Live que de Plutarque. Du reste, son apport essentiel concerne un per-

---

1. *Histoires*, XXXIX, LI.   2. *Vie des Hommes illustres*, XXXIX, XL, trad. Amyot, éd. de la Pléiade, tome I, pp. 857-858. Le rapprochement entre Plutarque et Marivaux est proposé par Mme Desvignes, art. cité.   3. Marivaux le nomme Artamène (acte II, sc. I).

sonnage auquel ni Plutarque ni Tite-Live n'avaient fait allusion, pas plus qu'aucun des auteurs dramatiques ayant traité avant lui le même sujet [1]. Si le nom de Laodice doit avoir été suggéré à Marivaux par *Nicomède*, le caractère de la jeune fille est original. La façon dont elle s'éprend de Flaminius est déjà celle des héroïnes des comédies postérieures. Fille de roi, Laodice considérait avec mépris un citoyen romain, et s'indignait des honneurs que lui rendait son père :

> J'eus peine à voir un roi qui me donna le jour,
> Dépouillé de ses droits, courtisan dans sa cour,
> Et d'un front couronné perdant toute l'audace,
> Devant Flaminius n'oser prendre sa place.
> J'en rougis, et jetai sur ce hardi Romain
> Des regards qui marquaient un généreux dédain.

Mais l'amour entre en jeu, et Laodice se laisse surprendre :

> Mes dédaigneux regards rencontrèrent les siens,
> Et les siens, sans effort, confondirent les miens [2].

Ce qui fait la différence entre Araminte ou Silvia et Laodice, c'est que la dernière se confie à sa suivante, tandis que les premières ne

---

1. La liste en est moins nombreuse qu'on ne le dit parfois. Une pièce comme l'*Annibal* du P. Colonia n'a de commun avec celle de Marivaux que le titre : elle roule sur un épisode bien antérieur, consécutif à la bataille de Cannes. La seule pièce traitant de la mort d'Annibal que Marivaux ait probablement connue est celle de Thomas Corneille, qui avait échoué en 1669. Encore ne lui a-t-elle guère servi, comme en témoigne l'analyse suivante. Annibal s'est réfugié à la cour de Prusias, roi de Bithynie, en compagnie de sa fille Élise. Celle-ci est aimée, non seulement de Prusias et de son fils Nicomède, mais aussi d'Attale, roi de Pergame, qui, après sa défaite par Annibal, et la mort supposée de son frère Eumène, a été restauré sur son trône par Prusias, de l'aveu des Romains. Élise aime Nicomède, mais a juré de n'épouser qu'un prince décidé à attaquer Rome. Après différentes combinaisons politiques de Prusias, Flaminius et Annibal, ce dernier, sur le point d'être livré par Prusias, s'empoisonne. Nicomède et Attale viennent à son aide trop tard pour lui sauver la vie. Attale, dont le frère Eumène a été retrouvé, est capturé par les Romains, et c'est Nicomède qui reçoit Élise des mains de son père lorsque ce dernier meurt en maudissant ses ennemis (d'après Carrington Lancaster, *A History of the French Dramatic Literature in the 17th. Century*, III. part., vol. II, p. 598).   2. Acte I, sc. I.

se confieraient pas à elles-mêmes. Or, c'est précisément ce refus initial d'avouer des sentiments involontaires qui provoque les chemine-
ments auxquels on a donné le nom de marivaudage. Car il serait
aisé de montrer que Laodice, aussi éloignée des « adorables furies »
de Corneille que des belles passionnées de Racine — à l'exception,
chez l'un de Pauline, et chez l'autre, de Monime —, ressemble par
ses qualités éminentes, dignité, délicatesse, pudeur, pitié, aux Angé-
liques ou aux Silvias du théâtre comique, à l'Hortense du *Prince
travesti* ou à l'Araminte des *Fausses Confidences*[1].

Auprès de Laodice, les autres caractères pâlissent. Flaminius rappelle Sévère, mais n'a que de médiocres façons de montrer sa générosité. Prusias est un Félix moins trouble et moins profond. Seul
Annibal, parmi les personnages masculins, est digne d'intérêt, moins
parce qu'il est un héros — ce héros parle bien, mais n'a pas l'occasion d'agir — que dans la mesure où, lui aussi, ressemble aux Lélios
et aux Dorantes. Quand il soupçonne que Laodice ne l'épouse que
par devoir[2], il a, pour lui rendre sa liberté, la même dignité que le
comte des *Fausses Confidences*. Misanthrope amer, a-t-on dit justement ; honnête homme plein de scrupules délicats sur le chapitre
de l'amour : assez peu héros de l'histoire romaine, et bien plus
éloigné encore du « chef borgne monté sur l'éléphant gétule » que
découvrira le siècle suivant.

ACCUEIL ET JUGEMENTS CONTEMPORAINS

De la première représentation de *La Mort d'Annibal*, le
16 décembre 1720, aucun écho contemporain ne nous est parvenu :
le *Mercure* n'a pas encore à cette date de chronique régulière des
spectacles[3]. Les quelques renseignements que l'on possède proviennent du registre du Théâtre-Français, et ne sont du reste pas dépour-
vus d'intérêt. Outre les recettes des trois représentations[4], on y

---

1. Voir les rapprochements faits en note.　　**2.** Acte IV, sc. II.　　**3.** Pour
les mois de décembre 1720 et janvier 1721, par exemple, il ne mentionne
que les représentations spéciales de *Cardénio* et d'*Endymion* (22 décembre),
auxquelles collaboraient l'Opéra et la Comédie-Française : elles comprenaient un ballet où dansa le roi.　　**4.** Le 16 décembre, 1732 livres 6 sols
pour 710 spectateurs. Le 19, 833 livres 15 sols pour 404 spectateurs. Le 23,
693 livres 10 sols pour 314 spectateurs. Les parts d'auteur furent respectivement de 128 livres, 42 livres 2 sols et 30 livres 10 sols.

apprend en effet le nom des interprètes de la pièce[1]. La Desmares, qui avait remplacé la Champmeslé dans ses rôles, jouait Laodice. Peut-être son âge[2] et son jeu surtout tragique ne convenaient-ils pas parfaitement à un personnage qu'on a pu rapprocher de Silvia. Le jeune Dufresne, entré dans la troupe en 1712, devait être un séduisant Flaminius, et Legrand un très convenable Prusias. Mais le point curieux est qu'Annibal fut joué par le vieux Baron, qui venait, en cette année 1720 même, de faire sa rentrée au théâtre à l'âge de soixante-huit ans, après une longue absence. Malgré les critiques de Piron ou de Lesage sur ce qu'était alors devenu le « Roscius français[3] », on peut être sûr que l'incarnation qu'il fit d'Annibal ne desservit pas la pièce : les causes de son échec doivent être cherchées ailleurs, dans l'œuvre elle-même.

Son principal défaut, aux yeux des contemporains, fut sans doute l'absence de tout trait saillant. Traitant un sujet historique, Marivaux n'a ni le goût de la politique ni le sens dramatique du vieux Corneille. Conscient, comme Racine, de la fragilité humaine, il ne réussit pas à créer par la vertu du style une atmosphère de fatalité tragique. Enfin, à une époque où le public est avide d'émotions nouvelles, Marivaux ne fait jouer aucun de ces ressorts destinés à provoquer, soit l'horreur des spectateurs, comme le faisait Crébillon, soit leur attendrissement, comme allait le faire La Motte. Aussi fut-il sacrifié même à ce dernier, dont les succès dans le tragique furent pourtant contestés. Avec la licence que lui permet le genre, Piron laisse, dans *Arlequin Deucalion*, joué à la Foire Saint-Germain le 25 février 1722, un cruel témoignage de cette préférence. On y assiste à une entrée d'Arlequin monté sur un Pégase « qui a des oreilles d'âne et des ailes de dindon ». Le cheval est caparaçonné d'affiches de pièces nouvelles « jouées cette année » :

---

1. Ceux de la Desmares, de Baron et de Dufresne sont donnés par les frères Parfaict. Les registres citent encore la Gautier (Égine), Legrand le père (Prusias), Fontenay, Duchemin et Duclos, qui jouaient les confidents. **2.** Elle se retira quelques mois après, en 1721. **3.** On sait que Lesage, dans son *Gil Blas* (III, xii), ironise sur la suffisance et la coquetterie de Baron, qui se teignait cheveux et sourcils pour continuer à jouer les rôles d'amoureux. Dans *L'Endriague* (1723), de Piron, Arlequin a peur d'un génie qu'il entend sans le voir : « Je me souviens d'avoir vu quelquefois la même chose arriver sur nos théâtres. » Une note précise : « Le vieux Baron, qui jouait alors, manquait absolument de mémoire, et le souffleur se faisait plus entendre que l'acteur » (éd. Rigoley de Juvisy, 1776, tome IV, p. 130). L'année où Baron fit sa rentrée, le prix des places fut doublé entre le 9 avril et le 7 octobre 1720 pour les spectacles où il jouait.

« *Romulus* [1] est sur le poitrail, et *La Mort d'Annibal* au cul ; le cavalier, dans son style polisson, plaisante sur cette *Mort* au cul. Puis, reprenant son style de théâtre :

> Enfin, le voilà donc, ce cheval admirable,
> Si fameux, si vanté dans l'histoire et la fable [2] ! »

Il y avait de quoi dégoûter de la tragédie un écrivain moins susceptible que Marivaux. Par la suite, il est vrai, le ton de la critique se rasséréna. La Barre de Beaumarchais, l'un des rares contemporains qui sut juger avec impartialité Marivaux et Prévost [3], apprécia la pièce avec justice à l'occasion d'une réédition hollandaise [4]. Après en avoir donné un bon résumé, il fait l'éloge des « caractères brillants » qu'elle contient :

« ... Annibal, toujours fidèle à sa haine pour Rome, plein d'espérance de la vaincre encore une fois et de venger les souverains qu'elle insulte, amoureux d'ailleurs avec dignité ; Laodice, amoureuse des vertus d'Annibal et ne montrant que des sentiments dignes de l'estime de ce fameux Carthaginois. Et enfin Flaminius, qui, pour tout dire, est Romain et parle en Romain. »

Et le critique ajoute « qu'il y a de très beaux sentiments et des vers très bien frappés dans cette tragédie », mais que, lui semble-t-il, « avec moins de harangues et plus d'action, elle aurait été encore meilleure [5] ».

En 1747, le Théâtre-Français songea à rendre hommage à l'écrivain qui, depuis son élection à l'Académie, lui donnait toutes ses pièces nouvelles, et dont les anciennes, souvent reprises, avaient un succès dont il ne profitait plus. Peut-être aussi voulut-on l'aider à l'occasion d'une longue maladie [6]. Toujours est-il que la pièce fut remise en scène sous le titre d'*Annibal*, et eut un succès d'estime, dont le *Mercure* d'octobre rend compte en ces termes :

---

1. Joué le 8 janvier 1722. L'idée d'associer à cette pièce le souvenir de *La Mort d'Annibal* (tel est en effet le titre primitif), retirée de l'affiche depuis un an, marque sans doute que l'échec de cette pièce avait fait quelque bruit. **2.** Acte II, sc. IV, éd. cit., tome IV, p. 27.   **3.** Cf. ci-dessus, p. 120, et ci-après, pp. 301, 385, etc.   **4.** *Le Nouveau Théâtre français*, tome IV, à Utrecht, chez Étienne Neaulme, 1732, in-12.   **5.** *Lettres sérieuses et badines*, tome VIII, lettre XV, pp. 224-228 (1733).   **6.** Il dut garder la chambre du 23 mars au 10 juin. Voir notre *Marivaux et le marivaudage*, seconde édition, p. 555.

« Le mercredi 27[1], les Comédiens-Français remirent au théâtre la tragédie intitulée *Annibal* ; elle avait été représentée il y a vingt-cinq ans ; c'est un des premiers ouvrages d'un académicien célèbre (M. de Marivaux), accoutumé à mériter les suffrages du public. Au reste, ce n'est que par la date que l'on peut s'apercevoir que c'est un ouvrage de la jeunesse de l'auteur, et les beautés dont cette tragédie est pleine nous feraient regretter qu'il ne se fût pas attaché à ce genre, si les excellentes productions qu'il a laissées en plusieurs autres pouvaient laisser quelque chose à désirer sur l'emploi de ses talents supérieurs. La pièce a été reçue avec beaucoup d'applaudissements, et elle les mérite[2]. »

Malgré une interprétation honorable, groupant Mlle Clairon dans le rôle de Laodice, Mlle Gautier dans celui d'Égine, La Noue et Roselli dans ceux d'Annibal et de Flaminius[3], les recettes ne furent pas très élevées[4], et les représentations ne dépassèrent pas le nombre de cinq. Du moins la pièce y gagna-t-elle quelque considération auprès de la critique. Le marquis d'Argenson en loue la simplicité d'action :

« Marivaux a fait cette pièce à vingt-deux ans ; c'est la seule qu'il ait jamais faite en vers, ce fut une espèce de défi. Il a réussi, les vers sont meilleurs que pires, l'enthousiasme et l'épopée en sont cependant bannis, comme dans les pièces de Voltaire et dans quelques-unes de Racine. La pièce est bien conduite, l'auteur a eu à se reformer sur pareil sujet qu'a traité Thomas Corneille. Celui-ci l'a trop compliqué de concurrence d'amour déraisonnable et d'intérêts inexplicables. Marivaux a rendu le sujet simple à l'imitation des Anciens, qualité que je regrette tant dans les Modernes. On vient de rejouer cette pièce en octobre 1747. La demoiselle Clairon et le sieur de La Noue y ont joué à merveille[5]. »

La Porte consent à y voir un « ouvrage estimable à quelques

---

1. En fait, le 25.   **2.** *Mercure* d'octobre 1747, p. 128.   **3.** Frères Parfaict, *Histoire du Théâtre français*, tome XV, pp. 378 et 385. Le registre permet d'ajouter le nom de la Clairon.   **4.** 25 octobre, 1085 livres pour 594 spectateurs (avec *La Comtesse d'Escarbagnas*) ; 28 octobre, 1952 livres pour 1034 spectateurs (avec *Attendez-moi sous l'orme*) ; 30 octobre, 596 livres 10 sols pour 355 spectateurs (avec *La Comtesse d'Escarbagnas*) ; 2 novembre, 770 livres pour 490 spectateurs (avec *La Sérénade*) ; 4 novembre, 948 livres 10 sols, pour 522 spectateurs (avec *Le Tuteur*). Parts d'auteur, 70, 134, 26, 39 et 56 livres, soit au total 325 livres.   **5.** Manuscrit 3450 de la bibliothèque de l'Arsenal, f° 81. Suit un résumé de la pièce.

égards », et auquel « on ne rendit pas d'abord toute la justice qu'il
méritait » :

« Il parut en 1720, et fut joué sans succès. Il se releva en 1747, et
l'on y remarqua des beautés que l'on n'avait point saisies aux premières représentations. Annibal y soutient parfaitement le caractère
d'un héros dont les disgrâces n'ont pu abattre la fierté et le courage.
La politique des Romains y est développée avec art, et la passion de
l'amour ne s'y montre qu'avec une sorte de dignité et de noblesse.
Mais la poésie, sans chaleur et sans force, prouve en général que le
génie de l'auteur ne le portait point au genre tragique [1]. »

Sans avoir pris la peine de corriger sa pièce, Marivaux se trouvait
bénéficier, pour une fois, de l'évolution du goût vers la régularité et
le prétendu bon ton, alors qu'au même moment il en était la victime
pour quelques-unes de ses meilleures comédies [2].

LE TEXTE

L'édition originale, dont en principe nous suivrons le texte, est
annoncée par le *Mercure* de juin 1727. En voici la description :
ANNIBAL / TRAGÉDIE / EN CINQ ACTES. / (fleuron) / À PARIS, / Chez
Noël Pissot, Quay de Conty, / à la descente du Pont-Neuf, au coin /
de la rue de Nevers, à la Croix d'or. / (filet) / M.DCC.XXVII. / *Avec
approbation & Privilege du Roy*.

IV pages (titre, Acteurs au verso, privilège aux pages III et IV, manquant dans certains exemplaires) + 72 pages (approbation au bas
de la dernière).

Approbation : « J'ai lu par l'ordre de Monseigneur le Garde des
Sceaux, la Tragédie d'Annibal, où je n'ai rien trouvé qui puisse en
empêcher l'impression. À Paris le 4 mars 1727. Blanchard. »

Privilège à Noël Pissot pour *Le Prince travesti, L'Héritier de village, Annibal, Le Dénouement imprévu*, du 8 mai 1727, « registré »
le 9 mai 1727.

Il existe à la Comédie-Française (carton I, n° 18) un manuscrit
d'*Annibal*. Il comprend le texte complet de l'ouvrage, plus une
seconde copie des actes III et IV. La première copie est de la main de
Marivaux, sauf pour le dernier acte. Toutes les corrections paraissent

---

1. *L'Observateur littéraire*, 1759, tome I, pp. 75-76.　　2. Voir les notices
du marquis d'Argenson, rédigées à peu près à la même époque, pour *Arlequin poli par l'amour* ou *Le Jeu de l'amour et du hasard*.

également de lui, sauf quelques erreurs corrigées immédiatement par le copiste. Le texte primitif du manuscrit représente un état ancien de la pièce, peut-être même antérieur à la première représentation. Un autre état du texte est représenté par un nombre appréciable de corrections. Larroumet avait supposé qu'elles pouvaient avoir été faites par Marivaux en vue de la seconde série de représentations en 1747. En fait, il n'en est rien, car elles ont toutes passé dans l'édition originale de 1727. La chronologie de ces versions est donc :

1° premier état du manuscrit,

2° deuxième état du manuscrit (corrections),

3° édition originale (état précédent du manuscrit, plus une nouvelle série de corrections), suivie de la réédition Prault, 1740, etc.

L'édition de 1758, qui suit fidèlement l'édition originale, ne pose pas de problèmes particuliers. On trouvera ci-après dans les notes toutes les variantes du manuscrit. Quand il sera précisé qu'il s'agit d'une variante du premier état, il faudra entendre que le texte a été ensuite surchargé, ordinairement après avoir été biffé, et que la correction a abouti au texte de l'édition originale.

Annibal

ACTEURS [1]

PRUSIAS.

LAODICE, fille de Prusias.

ANNIBAL.

FLAMINIUS, ambassadeur romain.

HIÉRON, confident de Prusias.

AMILCAR, confident d'Annibal.

FLAVIUS, confident de Flaminius.

ÉGINE, confidente de Laodice.

La scène est dans le palais de Prusias.

---

1. Sur les acteurs ayant joué dans les deux séries de représentations, voir plus haut, p. 161, note 1, et p. 163.

ACTE PREMIER

Scène première
LAODICE, ÉGINE

ÉGINE

Je ne puis plus longtemps vous taire mes alarmes,
Madame ; de vos yeux j'ai vu couler des larmes.
Quel important sujet a pu donc aujourd'hui
Verser dans votre cœur la tristesse et l'ennui ?

LAODICE

Sais-tu quel est celui que Rome nous envoie ?

ÉGINE

Flaminius.

LAODICE

Pourquoi faut-il que je le voie ?
Sans lui j'allais, sans trouble, épouser Annibal.
Ô Rome ! que ton choix à mon cœur est fatal !
Écoute, je veux bien t'apprendre, chère Égine,
Des pleurs que je versais la secrète origine :
Trois ans se sont passés, depuis qu'en ces États
Le même ambassadeur vint trouver Prusias.
Je n'avais jamais vu de Romain chez mon père ;
Je pensais que d'un roi l'auguste caractère
L'élevait au-dessus du reste des humains :
Mais je vis qu'il fallait excepter les Romains.
Je vis du moins mon père, orné du diadème,
Honorer ce Romain, le respecter lui-même ;
Et, s'il te faut ici dire la vérité,
Ce Romain n'en parut ni surpris, ni flatté.
Cependant ces respects et cette déférence
Blessèrent en secret l'orgueil de ma naissance.
J'eus peine à voir un roi qui me donna le jour,

Dépouillé de ses droits, courtisan dans sa cour,
Et d'un front couronné perdant toute l'audace,
Devant Flaminius n'oser prendre sa place.
J'en rougis, et jetai sur ce hardi Romain
Des regards qui marquaient un généreux dédain[1].
Mais du destin sans doute un injuste caprice
Veut devant les Romains que tout orgueil fléchisse :
Mes dédaigneux regards rencontrèrent les siens,
Et les siens, sans effort, confondirent les miens.
Jusques au fond du cœur je me sentis émue ;
Je ne pouvais ni fuir, ni soutenir sa vue.
Je perdis sans regret un impuissant courroux ;
Mon propre abaissement, Égine, me fut doux.
J'oubliai ces respects qui m'avaient offensée ;
Mon père même alors sortit de ma pensée :
Je m'oubliai moi-même, et ne m'occupai plus
Qu'à voir et n'oser voir le seul Flaminius.
Égine, ce récit, que j'ai honte de faire,
De tous mes *mouvements t'explique le mystère.

ÉGINE

De ce Romain si fier, qui fut votre vainqueur.
Sans doute, à votre tour, vous surprîtes le cœur.

LAODICE

J'ignore jusqu'ici si je touchai son âme :
J'examinai pourtant s'il partageait ma flamme ;
J'observai si ses yeux ne m'en apprendraient rien :
Mais je le voulais trop pour m'en instruire bien.
Je le crus cependant, et si sur l'apparence
Il est permis de prendre un peu de confiance,
Égine, il me sembla que, pendant son séjour,
Dans son silence même éclatait son amour.
Mille indices pressants me le faisaient comprendre :
Quand je te les dirais, tu ne pourrais m'entendre ;
Moi-même, que l'amour sut peut-être tromper,

---

1. Cette tirade, qui n'est pas sans mérite, comprend des éléments complexes. Le spectacle de l'abaissement des rois devant les Romains est rendu sensible par l'évocation du festin. Quant aux sentiments de Laodice, on a déjà dit qu'ils évoquent ceux de plusieurs héroïnes de Marivaux. On songe ici surtout à l'Angélique du *Préjugé vaincu*.

Je les sens, et ne puis te les *développer[1].
Flaminius partit, Égine, et je veux croire
Qu'il ignora toujours ma honte et sa victoire.
Hélas ! pour revenir à ma tranquillité,
Que de maux à mon cœur n'en a-t-il pas coûté !
J'appelai vainement la raison à mon aide :
Elle irrite l'amour, loin d'y porter remède.
Quand sur ma folle ardeur elle m'ouvrait les yeux,
En rougissant d'aimer, je n'en aimais que mieux.
Je ne me servis plus d'un secours inutile ;
J'attendis que le temps vînt me rendre tranquille :
Je le devins, Égine, et j'ai cru l'être enfin,
Quand j'ai su le retour de ce même Romain.
Que ferai-je, dis-moi, si ce retour funeste
D'un malheureux amour trouve en moi quelque reste ?
Quoi ! j'aimerais encore ! Ah ! puisque je le crains,
Pourrais-je me flatter que mes feux sont éteints ?
D'où naîtraient dans mon cœur de si promptes alarmes ?
Et si je n'aime plus, pourquoi verser des larmes ?
Cependant, chère Égine, Annibal a ma foi,
Et je suis destinée à vivre sous sa loi.
Sans amour, il est vrai, j'allais être asservie ;
Mais j'allais partager la gloire de sa vie.
Mon âme, que flattait un partage si grand,
Se disait qu'un héros valait bien un amant.
Hélas ! si dans ce jour mon amour se ranime,
Je deviendrai bien moins épouse que victime.
N'importe, quelque sort qui m'attende aujourd'hui,
J'achèverai l'hymen qui doit m'unir à lui,
Et dût mon cœur brûler d'une ardeur éternelle,
Égine, il a ma foi ; je lui serai fidèle[2].

ÉGINE

Madame, le voici.

---

1. Cette impuissance à développer le langage des expressions et des signes muets se rattache à toute une conception de la psychologie chez Marivaux, dont on trouve l'exemple le plus frappant dans *La Vie de Marianne*.
2. On ne peut s'empêcher de comparer la situation de Laodice avec celle de Pauline dans *Polyeucte*. Les sentiments sont presque semblables, et il en résulte quelques similitudes d'expression.

Scène II

LAODICE, ANNIBAL, ÉGINE, AMILCAR[1]

ANNIBAL

Puis-je, sans me flatter,
Espérer qu'un moment vous voudrez m'écouter ?
Je ne viens point, trop fier de l'espoir qui m'engage,
De mes tristes soupirs vous présenter l'hommage :
C'est un secret qu'il faut renfermer dans son cœur,
Quand on n'a plus de grâce à vanter son ardeur.
Un soin qui me sied mieux, mais moins cher à mon âme,
M'invite en ce moment à vous parler, Madame.
On attend dans ces lieux un agent des Romains,
Et le roi votre père ignore ses desseins ;
Mais je crois les savoir. Rome me persécute.
Par moi, Rome autrefois se vit près de sa chute ;
Ce qu'elle en ressentit et de trouble et d'effroi
Dure encor, et lui tient les yeux ouverts sur moi.
Son pouvoir est peu sûr tant qu'il respire un homme
Qui peut apprendre aux rois à marcher jusqu'à Rome.
À peine ils m'ont reçu, que sa juste frayeur
M'en écarte aussitôt par un ambassadeur ;
Je puis porter trop loin le succès de leurs armes,
Voilà ce qui nourrit ses prudentes alarmes :
Et de l'ambassadeur, peut-être, tout l'emploi
Est de n'oublier rien pour m'éloigner du roi.
Il va même essayer l'impérieux langage
Dont à ses envoyés Rome prescrit l'usage ;
Et ce piège grossier, que tend sa vanité,
Souvent de plus d'un roi surprit la fermeté.
Quoi qu'il en soit, enfin, trop aimable Princesse[2],
Vous possédez du roi l'estime et la tendresse :
Et moi, qui vous connais, je puis avec honneur
En demander ici l'usage en ma faveur.
Se soustraire au bienfait d'une âme vertueuse[3],

---

1. Le nom d'*Amilcar* manque dans le manuscrit.   2. Dans le premier
état du manuscrit, l'hémistiche était : *généreuse Princesse*. Une correction
donne le texte de l'imprimé.   3. Le premier état du manuscrit portait *généreuse* au lieu de *vertueuse*. Il s'agissait ici d'une simple erreur de copie.

C'est soi-même souvent l'avoir peu généreuse.
Annibal, destiné pour être votre époux,
N'aura point à rougir d'avoir compté sur vous :
Et votre cœur, enfin, est assez grand pour croire
Qu'il est de son devoir d'avoir soin de ma gloire.

LAODICE

Oui, je la soutiendrai ; n'en doutez point, Seigneur,
L'espoir que vous formez rend justice à mon cœur.
L'inviolable foi que je vous ai donnée
M'associe aux hasards de votre destinée.
Mais aujourd'hui, Seigneur, je n'en ferais pas moins,
Quand vous n'auriez point droit de demander mes soins.
Croyez à votre tour que j'ai l'âme trop fière
Pour qu'Annibal en vain m'eût fait une prière.
Mais, Seigneur, Prusias, dont vous vous défiez,
Sera plus vertueux que vous ne le croyez :
Et puisque avec ma foi vous reçûtes la sienne,
Vos intérêts n'ont pas besoin qu'on les soutienne.

ANNIBAL

Non, je m'occupe ici de plus nobles projets,
Et ne vous parle point de mes seuls intérêts.
Mon nom m'honore assez, Madame, et j'ose dire
Qu'au plus avide orgueil ma gloire peut suffire.
Tout vaincu que je suis, je suis craint du vainqueur :
Le triomphe n'est pas plus beau que mon malheur.
Quand je serais réduit au plus obscur asile,
J'y serais respectable, et j'y vivrais tranquille,
Si d'un roi généreux les soins et l'amitié,
Le nœud dont avec vous je dois être lié,
N'avaient rempli mon cœur de la douce espérance
Que ce bras fera foi de ma reconnaissance ;
Et que l'heureux époux dont vous avez fait choix,
Sur de nouveaux sujets établissant vos lois,
Justifiera l'honneur que me fait Laodice,
En souffrant que ma main à la sienne s'unisse.
Oui, je voudrais encor par des faits éclatants
Réparer entre nous la distance des ans,
Et de tant de lauriers orner cette vieillesse,
Qu'elle effaçât[1] l'éclat que donne la jeunesse.

---

1. Écrit *effaça* dans le manuscrit.

Mais mon courage en vain médite ces desseins,
Madame, si le roi ne résiste aux Romains :
Je ne vous dirai point que le Sénat, peut-être,
Deviendra par degrés son tyran et son maître ;
Et que, si votre père obéit aujourd'hui,
Ce maître ordonnera de vous comme de lui ;
Qu'on verra quelque jour sa politique injuste
Disposer de la main d'une princesse auguste,
L'accorder quelquefois, la refuser après,
Au gré de son caprice ou de ses intérêts,
Et d'un lâche allié trop payer le service,
En lui livrant enfin la main de Laodice.

LAODICE

Seigneur, quand Annibal arriva dans ces lieux,
Mon père le reçut comme un présent des dieux,
Et sans doute il connut quel était l'avantage
De pouvoir acquérir des droits sur son courage,
De se l'approprier en se liant à vous,
En vous donnant enfin le nom de mon époux.
Sans la guerre, il aurait conclu notre hyménée ;
Mais il n'est pas moins sûr, et j'y suis destinée.
Qu'Annibal juge donc, sur les desseins du roi,
Si jamais les Romains disposeront de moi ;
Si jamais leur Sénat peut à présent s'attendre
Que de son fier pouvoir le roi veuille dépendre.
Mais je vous laisse. Il vient. Vous pourrez avec lui
Juger si vous aurez besoin de mon appui.

Scène III

PRUSIAS, ANNIBAL, AMILCAR [1]

PRUSIAS

Enfin, Flaminius va bientôt nous instruire
Des motifs importants qui peuvent le conduire.
Avant la fin du jour, Seigneur, nous l'allons voir,
Et déjà je m'apprête à l'aller recevoir.

---

1. *Amilcar* manque dans le manuscrit.

ANNIBAL

Qu'entends-je ? vous, Seigneur !

PRUSIAS

D'où vient cette surprise ?

Je lui fais un honneur que l'usage autorise :
J'imite mes pareils.

ANNIBAL

Et n'êtes-vous pas roi ?

PRUSIAS

Seigneur, ceux dont je parle ont même rang que moi.

ANNIBAL

Eh quoi ! pour vos pareils voulez-vous reconnaître
Des hommes, par abus appelés rois sans l'être ;
Des esclaves de Rome, et dont la dignité
Est l'ouvrage insolent de son autorité ;
Qui, du trône héritiers, n'osent y prendre place,
Si Rome auparavant n'en a permis l'audace ;
Qui, sur ce trône assis, et le sceptre à la main,
S'abaissent à l'aspect d'un citoyen romain ;
Des rois qui, soupçonnés de désobéissance,
Prouvent à force d'or leur honteuse innocence,
Et que d'un fier Sénat l'ordre souvent fatal
Expose en criminels devant son tribunal ;
Méprisés des Romains autant que méprisables [1] ?
Voilà ceux qu'un monarque appelle ses semblables !
Ces rois dont le Sénat, sans armer de soldats,
À de vils concurrents adjuge les États ;
Ces clients, en un mot, qu'il punit et protège,
Peuvent de ses agents augmenter le cortège.
Mais vous, examinez, en voyant ce qu'ils sont,
Si vous devez encor imiter ce qu'ils font.

PRUSIAS

Si ceux dont nous parlons vivent dans l'infamie,
S'ils livrent aux Romains et leur sceptre et leur vie,
Ce lâche oubli du rang qu'ils ont reçu des dieux,
Autant qu'à vous, Seigneur, me paraît odieux :

---

1. Il y a d'assez beaux vers dans cette tirade, à côté de quelques faiblesses.
Si Rome auparavant n'en a permis l'audace est une construction louche.

Mais donner au Sénat quelque marque d'estime,
Rendre à ses envoyés un honneur légitime,
Je l'avouerai, Seigneur, j'aurais peine à penser
Qu'à de honteux égards ce fût se dispenser[1] ;
Je crois pouvoir enfin les imiter moi-même,
Et n'en garder pas moins les droits du rang suprême.

ANNIBAL

Quoi ! Seigneur, votre rang n'est pas sacrifié,
En courant au-devant des pas d'un envoyé !
C'est montrer votre estime, en produire des marques
Que vous ne croyez pas indignes des monarques !
L'ai-je bien entendu ? De quel œil, dites-moi,
Voyez-vous le Sénat ? et qu'est-ce donc qu'un roi ?
Quel discours ! juste ciel ! de quelle fantaisie
L'âme aujourd'hui des rois est-elle donc saisie ?
Et quel est donc enfin le charme ou le poison
Dont Rome semble avoir altéré leur raison ?
Cet orgueil, que leur cœur respire sur le trône,
Au seul nom de Romain, fuit et les abandonne ;
Et d'un commun accord, ces maîtres des humains,
Sans s'en apercevoir, respectent les Romains !
Ô rois ! et ce respect, vous l'appelez estime !
Je ne m'étonne plus si Rome vous opprime.
Seigneur, connaissez-vous ; rompez l'enchantement
Qui vous fait un devoir de votre abaissement.
Vous régnez, et ce n'est qu'un agent qui s'avance.
Au trône, votre place, attendez sa présence.
Sans vous embarrasser s'il est scythe ou romain,
Laissez-le jusqu'à vous poursuivre son chemin.
De quel droit le Sénat pourrait-il donc prétendre
Des respects[2] qu'à vous-même il ne voudrait pas rendre ?
Mais que vous dis-je ? à Rome, à peine un sénateur
Daignerait d'un regard vous accorder l'honneur,
Et vous apercevant dans une foule obscure,
Vous ferait un accueil plus choquant qu'une injure.

---

1. L'édition de 1758 corrige *se dispenser* en *se rabaisser*.   **2.** Le texte primitif du manuscrit était *honneurs*, surchargé en *respects* pour éviter une répétition deux vers plus loin.

De combien cependant êtes-vous au-dessus
De chaque sénateur !...

PRUSIAS

Seigneur, n'en parlons plus.
J'avais cru faire un pas d'une moindre importance :
Mais pendant qu'en ces lieux l'ambassadeur s'avance,
Souffrez que je vous quitte, et qu'au moins aujourd'hui
Des soins moins éclatants m'excusent envers lui.

Scène IV

ANNIBAL, AMILCAR

AMILCAR

Seigneur, nous sommes seuls : oserais-je vous dire
Ce que le ciel peut-être en ce moment m'inspire ?
Je connais peu le roi ; mais sa timidité
Semble vous présager quelque infidélité.
Non qu'à présent son cœur manque pour vous de zèle ;
Sans doute il a dessein de vous être fidèle :
Mais un prince à qui Rome imprime du respect,
De peu de fermeté doit vous être suspect.
Ces timides égards vous annoncent un homme
Assez faible, Seigneur, pour vous livrer à Rome.
Qui sait si l'envoyé qu'on attend aujourd'hui
Ne vient pas, de sa part, vous demander à lui ?
Pendant que de ces lieux la retraite est facile,
M'en croirez-vous ? fuyez un dangereux asile ;
Et sans attendre ici...

ANNIBAL

Nomme-moi des États
Plus sûrs pour Annibal que ceux de Prusias.
Enseigne-moi des rois qui ne soient point timides ;
Je les ai trouvés tous ou lâches ou perfides [1].

---

1. Texte du manuscrit : « *Enseigne-moi des rois que Rome se repente/
D'avoir osé chez eux tenter par l'épouvante.* »

AMILCAR

Il en serait peut-être encor de généreux :
Mais une autre raison fait vos dégoûts pour eux :
Et si vous n'espériez d'épouser Laodice,
Peut-être à quelqu'un d'eux rendriez-vous justice.
Vous voudrez bien, Seigneur, excuser un discours
Que me dicte mon zèle et le soin de vos jours[1].

ANNIBAL

Crois-tu que l'intérêt d'une amoureuse flamme
Dans cet égarement pût entraîner mon âme ?
Penses-tu que ce soit seulement de ce jour
Que mon cœur ait appris à surmonter l'amour ?
De ses emportements j'ai sauvé ma jeunesse ;
J'en pourrai bien encor défendre ma vieillesse.
Nous tenterions en vain d'empêcher que nos cœurs
D'un amour imprévu ne sentent les douceurs.
Ce sont là des hasards à qui l'âme est soumise,
Et dont on peut sans honte éprouver la surprise :
Mais, quel qu'en soit l'attrait, ces douceurs ne sont rien,
Et ne font de progrès qu'autant qu'on le veut bien.
Ce feu, dont on nous dit la violence extrême,
Ne brûle que le cœur qui l'allume lui-même[2].
Laodice est aimable, et je ne pense pas
Qu'avec indifférence on pût voir ses appas.
L'hymen doit me donner une épouse si belle ;
Mais la gloire, Amilcar, est plus aimable qu'elle :
Et jamais Annibal ne pourra s'égarer
Jusqu'au trouble honteux d'oser les comparer.
Mais je suis las d'aller mendier un asile,
D'affliger mon orgueil d'un opprobre stérile.
Où conduire mes pas ? Va, crois-moi, mon destin
Doit changer dans ces lieux ou doit y prendre fin.
Prusias ne peut plus m'abandonner sans crime :
Il est faible, il est vrai ; mais il veut qu'on l'estime.

---

1. Ces deux vers sont, dans le manuscrit, ajoutés entre les lignes.   **2.** Il
y a dans ces huit vers, où semble s'ébaucher l'expression *surprise de l'amour*,
une vague réminiscence de *Polyeucte*, acte II, sc. II et IV, en particulier du
passage : « *Hélas ! cette vertu, quoique enfin invincible,/ Ne laisse que trop
voir une âme trop sensible...* »

Je feins qu'il le mérite ; et malgré sa frayeur,
Sa vanité du moins lui tiendra lieu d'honneur[1].
S'il en croit les Romains, si le Ciel veut qu'il cède,
Des crimes de son cœur le mien sait le remède.
Sois tranquille, Amilcar, et ne crains rien pour moi.
Mais sortons. Hâtons-nous de rejoindre le roi ;
Ne l'abandonnons point ; il faut même sans cesse,
Par de nouveaux efforts, combattre[2] sa faiblesse,
L'irriter contre Rome ; et mon unique soin
Est de me rendre ici son assidu témoin.

ACTE II

Scène première
FLAMINIUS, FLAVIUS

FLAVIUS
Le roi ne paraît point, et j'ai peine à comprendre,
Seigneur, comment ce prince ose se faire attendre.
Et depuis quand les rois font-ils si peu d'état
Des ministres chargés des ordres du Sénat ?
Malgré la dignité dont Rome vous honore,
Prusias à vos yeux ne s'offre point encore ?

FLAMINIUS
N'accuse point le roi de ce superbe accueil ;
Un roi n'en peut avoir imaginé l'orgueil.
J'y reconnais l'audace et les conseils d'un homme
Ennemi déclaré des respects dus à Rome.
Le roi de son devoir ne serait point sorti ;
C'est du seul Annibal que ce trait est parti.
Prusias, sur la foi des leçons qu'on lui donne,
Ne croit plus le respect d'usage sur le trône.
Annibal, de son rang exagérant l'honneur,
Sème avec la fierté la révolte en son cœur.
Quel que soit le succès qu'Annibal en attende,

---

1. Texte du manuscrit : « *Sa vanité craindra de me tirer d'erreur.* »
2. Le manuscrit porte *dissiper* au lieu de *combattre*.

Les rois résistent peu quand le Sénat commande.
Déjà ce fugitif a dû s'apercevoir
Combien ses volontés ont sur eux de pouvoir.

FLAVIUS

Seigneur, à ce discours souffrez que je comprenne [1]
Que vous ne venez pas pour le seul Artamène,
Et que la guerre enfin que lui fait Prusias
Est le moindre intérêt qui guide ici vos pas.
En vous suivant, j'en ai soupçonné le mystère ;
Mais, Seigneur, jusqu'ici j'ai cru devoir me taire.

FLAMINIUS

Déjà mon amitié te l'eût *développé,
Sans les soins inquiets dont je suis occupé [2].
Je t'apprends donc qu'à Rome Annibal doit me suivre,
Et qu'en mes mains il faut que Prusias le livre.
Voilà quel est ici mon véritable emploi,
Sans d'autres intérêts qui ne touchent que moi.

FLAVIUS

Quoi ! vous ?

FLAMINIUS

      Nous sommes seuls, nous pouvons ne rien feindre.
Annibal n'a que trop montré qu'il est à craindre.
Il fuit, il est vaincu, mais vaincu par des coups
Que nous devons encor plus au hasard qu'à nous.
Et s'il n'eût, autrefois, ralenti son courage,
Rome était en danger d'obéir à Carthage.
Quoique vaincu, les rois dont il cherche l'appui
Pourraient bien essayer de se servir de lui ;
Et sur ce qu'il a fait fondant leur espérance
Avec moins de frayeur tenter l'indépendance :
Et Rome à les punir aurait un embarras
Qu'il serait imprudent de ne s'épargner pas.
Nos aigles, en un mot, trop fréquemment défaites
Par ce même ennemi qui trouve des retraites,
Qui n'a jamais craint Rome, et qui même la voit

---

1. Manuscrit : *permettez qui j'apprenne*. **2.** Il était nécessaire, pour les besoins dramaturgiques, que cette confidence fût retardée jusqu'ici mais l'excuse invoquée par Flaminius est faible.

Seulement ce qu'elle est et non ce qu'on la croit ;
Son audace, son nom et sa haine implacable,
Tout, jusqu'à sa défaite, est en lui formidable[1],
Et depuis quelque temps un bruit court parmi nous
Qu'il va de Laodice être bientôt l'époux.
Ce coup est important : Rome en est alarmée.
Pour le rompre elle a fait avancer son armée ;
Elle exige Annibal, et malgré le mépris
Que pour les rois tu sais que le Sénat a pris,
Son orgueil inquiet en fait un sacrifice,
Et livre à mon espoir la main de Laodice.
Le roi, flatté par là, peut en oublier mieux
La valeur d'un dépôt trop suspect en ces lieux.
Pour effacer l'affront d'un pareil hyménée,
Si contraire à la loi que Rome s'est donnée,
Et je te l'avouerai, d'un hymen dont mon cœur
N'aurait peut-être pu sentir le déshonneur,
Cette Rome facile accorde à la princesse
Le titre qui pouvait excuser ma tendresse,
La fait romaine enfin. Cependant ne crois pas
Qu'en faveur de mes feux j'épargne Prusias.
Rome emprunte ma voix, et m'ordonne elle-même
D'user ici pour lui d'une rigueur extrême.
Il le faut en effet.

FLAVIUS

Mais depuis quand, Seigneur,
Brûlez-vous en secret d'une si tendre ardeur ?
L'aimable Laodice a-t-elle fait connaître
Qu'elle-même à son tour...

FLAMINIUS

Prusias va paraître ;
Cessons ; mais souviens-toi que l'on doit ignorer
Ce que ma confiance ose te déclarer.

---

1. Texte de ces deux vers dans le manuscrit : « *Son audace, son nom, sa valeur trop connue,/ De Rome qui l'observe inquiètent la vue.* » La correction vise à reprendre par *tout* les mots *Nos aigles...*, que développent les quatre vers précédents.

Scène II

PRUSIAS, ANNIBAL, FLAMINIUS, FLAVIUS, *suite du roi*

FLAMINIUS

Rome, qui vous observe, et de qui la clémence
Vous a fait jusqu'ici grâce de sa vengeance,
A commandé, Seigneur, que je vinsse vers vous
Vous dire le danger où vous met son courroux.
Vos armes chaque jour, et sur mer et sur terre,
Entre Artamène et vous renouvellent la guerre.
Rome la désapprouve, et déjà le Sénat
Vous en avait, Seigneur, averti sans éclat.
Un Romain, de sa part, a dû vous faire entendre
Quel parti là-dessus vous feriez bien de prendre ;
Qu'il souhaitait enfin qu'on eût, en pareil cas,
Recours à sa justice[1], et non à des combats.
Cet auguste Sénat, qui peut parler en maître,
Mais qui donne à regret des preuves qu'il peut l'être,
Crut que, vous épargnant des ordres rigoureux,
Vous n'attendriez pas qu'il vous dît : je le veux.
Il le dit aujourd'hui ; c'est moi qui vous l'annonce.
Vous allez vous juger en me faisant réponse.
Ainsi, quand le pardon vous est encor offert,
N'oubliez pas qu'un mot vous absout ou vous perd.
Pour écarter de vous tout dessein téméraire,
Empruntez le secours d'un effroi salutaire :
Voyez en quel état Rome a mis tous ces rois
Qui d'un coupable orgueil ont écouté la voix[2].
Présentez à vos yeux cette foule de princes,
Dont les uns vagabonds, chassés de leurs provinces,
Les autres gémissants, abandonnés aux fers,
De son devoir, Seigneur, instruisent l'univers.
Voilà, pour imposer silence à votre audace,
Le spectacle qu'il faut que votre esprit se fasse.
Vous vaincrez Artamène, et vos heureux destins

---

1. Manuscrit : *Recours à la justice*.   **2.** Manuscrit : *Qui de la résistance osèrent faire choix*.

Vont mettre[1], je le veux, son sceptre dans vos mains.
Mais quand vous le tiendrez, ce sceptre qui vous tente,
Qu'en ferez-vous, Seigneur, si Rome est mécontente ?
Que ferez-vous du vôtre, et qui vous sauvera
Des traits vengeurs dont Rome alors vous poursuivra ?
Restez en paix, régnez, gardez votre couronne :
Le Sénat vous la laisse, ou plutôt vous la donne.
Obtenez sa faveur, faites ce qu'il lui plaît ;
Je ne vous connais point de plus grand intérêt.
Consultez nos amis : ce qu'ils ont de puissance
N'est que le prix heureux de leur obéissance.
Quoi qu'il en soit, enfin, que votre ambition
Respecte un roi qui vit sous sa protection.

PRUSIAS

Seigneur, quand le Sénat s'abstiendrait d'un langage
Qui fait à tous les rois un si sensible outrage ;
Que, sans me conseiller le secours de l'effroi,
Il dirait simplement ce qu'il attend de moi ;
Quand le Sénat, enfin, honorerait lui-même
Ce front, qu'avec éclat distingue un diadème,
Croyez-moi, le Sénat et son ambassadeur
N'en parleraient[2] tous deux qu'avec plus de grandeur.
Vous ne m'*étonnez point, Seigneur, et la menace
Fait rarement trembler ceux qui sont à ma place.
Un roi, sans s'alarmer d'un procédé si haut,
Refuse s'il le peut, accorde s'il le faut.
C'est de ses actions la raison qui décide,
Et l'outrage jamais ne le rend plus timide.
Artamène avec moi, Seigneur, fit un traité
Qui de sa part encor n'est pas exécuté :
Et quand je l'en pressais, j'appris que son armée
Pour venir me surprendre était déjà formée.
Son perfide dessein alors m'étant connu,
J'ai rassemblé la mienne, et je l'ai prévenu.
Le Sénat pourrait-il approuver l'injustice,

---

1. Texte du manuscrit et de l'édition de 1727. L'édition de 1758 porte *Vous mettront* au lieu de *Vont mettre*. Il faudrait alors remplacer dans le même vers *dans vos mains* par *dans les mains*, ce qui n'est pas fait.   2. Et non *parleront*, comme le portent les éditions modernes.

Et d'une lâcheté veut-il être complice ?
Son pouvoir n'est-il pas guidé par la raison ?
Vos alliés ont-ils le droit de trahison ?
Et lorsque je suis prêt d'en être la victime,
M'en défendre, Seigneur, est-ce commettre un crime ?

FLAMINIUS

Pourquoi nous déguiser ce que vous avez fait ?
À ce traité vous-même avez-vous satisfait ?
Et pourquoi d'Artamène accuser la conduite,
Seigneur, si de la vôtre elle n'est que la suite ?
Vous aviez fait la paix : pourquoi dans vos États
Avez-vous conservé, même accru vos soldats ?
Prétendiez-vous, malgré cette paix solennelle,
Lui laisser soupçonner qu'elle était infidèle,
Et l'engager à prendre une précaution
Qui servît de prétexte à votre ambition ?
Mais le Sénat a vu votre coupable ruse,
Et ne recevra point une frivole excuse.
Quels que soient vos motifs, je ne viens en ces lieux
Que pour vous avertir qu'ils lui sont odieux.
Songez-y ; mais surtout tâchez de vous défendre
Du poison des conseils dont on veut vous surprendre [1].

ANNIBAL

S'il écoute les miens, ou s'il prend les meilleurs,
Rome ira proposer son esclavage ailleurs.
Prusias indigné poursuivra la conquête
Qu'à lui livrer bientôt la victoire s'apprête.
Ces conseils ne sont pas plus dangereux pour lui
Que pour ce fier Sénat qui l'insulte aujourd'hui.
Si le roi contre lui veut en faire l'épreuve,
Moi, qui vous parle, moi, je m'engage à la preuve.

FLAMINIUS

Le projet est hardi. Cependant votre état
Promet déjà beaucoup en faveur du Sénat [2] ;

----

1. Texte du manuscrit pour ces quatre derniers vers : « *Vous ne satisferez à son ressentiment/ Que par l'obéissance ou par le châtiment./ Choisissez et surtout tâchez de vous défendre/ Du poison des conseils dont on veut vous surprendre.* »   2. Le premier état du manuscrit porte *des Romains*, corrigé en *du Sénat*.

Et votre orgueil, réduit à chercher un asile,
Fournit à Prusias un espoir bien fragile.

ANNIBAL

Non, non, Flaminius, vous vous entendez mal
À vanter le Sénat aux dépens d'Annibal.
Cet état [1] où je suis rappelle une matière
Dont votre Rome aurait à rougir la première.
Ne vous souvient-il plus du temps où dans mes mains
La victoire avait mis le destin des Romains ?
Retracez-vous ce temps où par moi l'Italie
D'épouvante, d'horreur et de sang fut remplie.
Laissons de vains discours, dont le faste menteur
De ma chute aux Romains semble donner l'honneur.
Dites, Flaminius, quelle fut leur ressource ?
Parlez, quelqu'un de vous arrêta-t-il ma course ?
Sans l'imprudent repos que mon bras s'est permis,
Romains, vous n'auriez plus d'amis ni d'ennemis.
De ce peuple insolent, qui veut qu'on obéisse,
Le fer et l'esclavage allaient faire justice ;
Et les rois, que soumet sa superbe amitié,
En verraient à présent le reste avec pitié.
Ô Rome ! tes destins ont pris une autre face.
Ma lenteur, ou plutôt mon mépris te fit grâce
Négligeant des progrès qui me semblaient trop sûrs,
Je laissai respirer ton peuple dans tes murs.
Il échappa depuis, et ma seule imprudence
Des Romains abattus releva l'espérance.
Mais ces fiers citoyens, que je n'accablai pas,
Ne sont point assez vains pour mépriser mon bras ;
Et si Flaminius voulait parler sans feindre,
Il dirait qu'on m'honore encor jusqu'à me craindre [2].
En effet, si le roi profite du séjour
Que les dieux ont permis que je fisse en sa cour,
S'il ose pour lui-même employer mon courage,
Je n'en demande pas à ces dieux davantage.
Le Sénat, qui d'un autre est aujourd'hui l'appui,

---

1. Manuscrit : *Et l'état*.   **2.** Texte de 1758 et de l'édition originale (celle-ci portant par erreur *disait* au lieu de *dirait*). Le manuscrit a un autre texte : « *Il avouerait qu'à Rome on daigne encor le craindre.* »

Pourra voir arriver le danger jusqu'à lui.
Je sais me corriger ; il sera difficile
De me réduire alors à chercher un asile.

FLAMINIUS

Ce qu'Annibal appelle imprudence et lenteur,
S'appellerait effroi, s'il nous ouvrait son cœur.
Du moins, cette lenteur et cette négligence
Eurent avec l'effroi beaucoup de ressemblance ;
Et l'aspect de nos murs si remplis de héros
Put bien vous conseiller le parti du repos.
Vous vous corrigerez ? Et pourquoi dans l'Afrique
N'avez-vous donc pas mis tout votre art en pratique ?
Serait-ce qu'il manquait à votre instruction
La honte d'être encor vaincu par Scipion ?
Rome, il est vrai, vous vit gagner quelque victoire,
Et vous avez raison quand vous en faites gloire.
Mais ce sont vos exploits[1] qui doivent effrayer
Tous les rois dont l'audace osera s'y fier.
Rome, vous le savez, en cent lieux de la terre
Avait à soutenir le fardeau de la guerre.
L'univers attentif crut la voir en danger,
Douta que ses efforts pussent l'en dégager.
L'univers se trompait. Le Ciel, pour le convaincre
Qu'on ne devait jamais espérer de la vaincre,
Voulut jusqu'à ses murs vous ouvrir un chemin,
Pour qu'on la crût encor plus proche de sa fin,
Et que la terre après, détrompée et surprise,
Apprît à l'avenir à nous être soumise.

ANNIBAL

À tant de vains discours[2], je vois votre embarras ;
Et si vous m'en croyez, vous ne poursuivrez pas.
Rome allait succomber : son vainqueur la néglige ;
Elle en a profité ; voilà tout le prodige.
Tout le reste est chimère ou pure vanité,
Qui déshonore Rome et toute sa fierté[3].

---

1. Le manuscrit porte *progrès* au lieu d'*exploits*.   **2.** Texte du manuscrit : *À tant d'illusions*.   **3.** Ces deux vers remplacent avec bonheur deux vers du manuscrit : «*J'expose ce qu'ici vos superbes discours/ S'efforcent d'égarer dans de faibles détours.*»

FLAMINIUS

Rome de vos mépris aurait tort de se plaindre :
Tout est indifférent de qui n'est plus à craindre[1].

ANNIBAL

Arrêtez, et cessez d'insulter au malheur
D'un homme qu'autrefois Rome a vu son vainqueur ;
Et quoique sa fortune ait surmonté la mienne,
Les grands coups qu'Annibal a portés à la sienne
Doivent du moins apprendre aux Romains généreux
Qu'il a bien mérité d'être respecté d'eux.
Je sors ; je ne pourrais m'empêcher de répondre
À des discours qu'il est trop aisé de confondre.

Scène III

PRUSIAS, FLAMINIUS, HIÉRON[2]

FLAMINIUS

Seigneur, il me paraît qu'il n'était pas besoin
Que de notre entretien Annibal fût témoin,
Et vous pouviez, sans lui, faire votre réponse
Aux ordres que par moi le Sénat vous annonce.
J'en ai qui de si près touchent cet ennemi,
Que je n'ai pu, Seigneur, m'expliquer qu'à demi.

PRUSIAS

Lui ! vous me surprenez, Seigneur : de quelle crainte
Rome, qui vous envoie, est-elle donc atteinte ?

FLAMINIUS

Rome ne le craint point, Seigneur ; mais sa pitié
Travaille à vous sauver de son inimitié.
Rome ne le craint point, vous dis-je ; mais l'audace
Ne lui plaît point dans ceux qui tiennent votre place.
Elle veut que les rois soient soumis au devoir
Que leur a dès longtemps imposé son pouvoir.
Ce devoir est, Seigneur, de n'oser entreprendre

---

1. La première version du manuscrit, remplacée ensuite par le texte de l'imprimé, portait : « *Vous êtes trop puni pour pouvoir les contraindre.* »
2. Le nom *Hiéron* manque dans le manuscrit.

Ce qu'ils n'ignorent pas qu'elle pourrait défendre ;
De n'oublier jamais que ses intentions
Doivent à la *rigueur régler leurs actions ;
Et de se regarder comme dépositaires
D'un pouvoir qu'ils n'ont plus dès qu'ils sont téméraires.
Voilà votre devoir, et vous l'observez mal,
Quand vous osez chez vous recevoir Annibal.
Rome, qui tient ici ce sévère langage,
N'a point dessein, Seigneur, de vous faire un outrage ;
Et si les[1] fiers avis offensent votre cœur,
Vous pouvez lui répondre avec plus de hauteur.
Cette Rome s'explique en maîtresse du monde.
Si sur un titre égal votre audace se fonde,
Si vous êtes enfin à l'abri de ses coups,
Vous pouvez lui parler comme elle parle à vous.
Mais s'il est vrai, Seigneur, que vous dépendiez d'elle,
Si, lorsqu'elle voudra, votre trône chancelle,
Et pour dire encor plus, si ce que Rome veut,
Cette Rome absolue en même temps le peut,
Que son droit soit injuste ou qu'il soit équitable,
Qu'importe ? c'est aux dieux que Rome en est *comptable.
Le faible, s'il était le juge du plus fort,
Aurait toujours raison, et l'autre toujours tort.
Annibal est chez vous, Rome en est courroucée :
Pouvez-vous là-dessus ignorer sa pensée ?
Est-ce donc imprudence[2], ou n'avez-vous point su
Ce qu'elle envoya dire aux rois qui l'ont reçu ?

PRUSIAS

Seigneur, de vos discours l'excessive licence
Semble vouloir ici tenter ma patience.
Je sens des *mouvements qui vous sont des conseils
De ne jamais chez eux mépriser mes pareils.
Les rois, dans le haut rang où le ciel les fait naître,
Ont souvent des vainqueurs et n'ont jamais de maître ;
Et sans en appeler à l'équité des dieux[3],
Leur courroux peut juger de vos droits odieux.
J'honore le Sénat ; mais, malgré sa menace,

---

1. Manuscrit : *ses*.   **2.** Première version du manuscrit : *Est-ce orgueil, imprudence*.   **3.** Première version du manuscrit : *à la foudre des dieux.*

Je me dispenserai d'excuser mon audace [1].
Je crois pouvoir enfin recevoir qui me plaît,
Et pouvoir ignorer quel est votre intérêt.
J'avouerai cependant, puisque Rome est puissante,
Qu'il est avantageux de la rendre contente.
Expliquez-vous, Seigneur, et voyons si je puis
Faire ce qu'elle exige, étant ce que je suis.
Mais retranchez ces mots d'ordre, de dépendance,
Qui ne m'invitent pas à plus d'obéissance.

FLAMINIUS

Eh bien ! daignez souffrir [2] un avis important :
Je demande Annibal, et le Sénat l'attend.

PRUSIAS

Annibal ?

FLAMINIUS

      Oui, ma charge est de vous en instruire ;
Mais, Seigneur, écoutez ce qui me reste à dire [3].
Rome pour Laodice a fait choix d'un époux,
Et c'est un choix, Seigneur, avantageux pour vous.

PRUSIAS

Lui nommer un époux ! Je puis l'avoir promise.

FLAMINIUS

En ce cas, du Sénat avouez l'entremise.
Après un tel aveu, je pense qu'aucun roi
Ne vous reprochera d'avoir manqué de foi.
Mais agréez, Seigneur, que l'aimable princesse [4]
Sache par moi que Rome à son sort s'intéresse,
Que sur ce même choix interrogeant son cœur,
Moi-même...

PRUSIAS

      Vous pouvez l'en avertir, Seigneur,
J'admire ici les soins que Rome prend pour elle,

---

1. Première version du manuscrit : «*Je me crois dispensé d'excuser votre audace.*» **2.** Première version du manuscrit : *daignez entendre* (dans tous ces cas, une surcharge donne le texte de l'imprimé). **3.** Texte du début de la réplique dans le manuscrit : «*Écoutez ce qu'un refus entraîne :/ Si vous n'obéissez, votre perte est certaine.*» **4.** Manuscrit : «*Agréez cependant que l'aimable princesse*».

Et de son amitié l'entreprise est nouvelle ;
Ma fille en peut résoudre, et je vais consulter
Ce que pour Annibal je dois exécuter.

Scène IV

PRUSIAS, HIÉRON

HIÉRON

Rome de vos desseins est sans doute informée ?

PRUSIAS

Et tu peux ajouter qu'elle en est alarmée.

HIÉRON

Observez donc aussi, Seigneur, que son courroux[1]
En est en même temps plus terrible pour vous.

PRUSIAS

Mais as-tu bien conçu quelle est la perfidie
Dont cette Rome veut que je souille ma vie ?
Ce guerrier, qu'il faudrait lui livrer en ce jour,
Ne souhaitait de moi qu'un asile en ma cour.
Ces serments que j'ai faits de lui donner ma fille,
De rendre sa valeur l'appui de ma famille,
De confondre à jamais son sort avec le mien,
Je suis l'auteur de tout, il ne demandait rien.
Ce héros, qui se fie à ces marques d'estime,
S'attend-il que mon cœur achève par un crime ?
Le Sénat qui travaille à séduire ce cœur,
En profitant du coup, il en aurait horreur[2].

HIÉRON

Non : de trop de vertu votre esprit le soupçonne,
Et ce n'est pas ainsi que ce Sénat raisonne.
Ne vous y trompez pas : sa superbe fierté
Vous presse d'un devoir, non d'une lâcheté.

---

1. Première version du manuscrit : « *Mais, Seigneur, observez aussi que son courroux* ». Seconde version : « *Ajoutez donc aussi, Seigneur, que son courroux* ». **2.** Pour les contemporains, la situation de Prusias devait évoquer celle de Louis XIV au moment où la coalition tentait de l'amener à prendre lui-même les armes contre Philippe V d'Espagne.

Vous vous croiriez perfide ; il vous croirait fidèle,
Puisque lui résister c'est se montrer rebelle.
D'ailleurs, cette action dont vous avez horreur,
Le péril du refus en ôte la noirceur.
Pensez-vous, en effet, que vous devez en croire
Les dangereux conseils d'une fatale gloire ?
Et ces princes, Seigneur, sont-ils donc généreux,
Qui le sont en risquant tout un peuple avec eux ?
Qui, sacrifiant tout à l'affreuse faiblesse
D'accomplir sans égard une injuste promesse [1],
Égorgent par scrupule un monde de sujets,
Et ne gardent leur foi qu'à force de forfaits ?

PRUSIAS

Ah ! lorsqu'à ce héros j'ai promis Laodice,
J'ai cru qu'à mes sujets c'était rendre un service.
Tu sais que souvent Rome a contraint nos États
De servir ses desseins, de fournir des soldats :
J'ai donc cru qu'en donnant retraite à ce grand homme,
Sa valeur gênerait l'insolence de Rome ;
Que ce guerrier chez moi pourrait l'épouvanter,
Que ce qu'elle en connaît m'en ferait respecter ;
Je me trompais ; et c'est son épouvante même
Qui me plonge aujourd'hui dans un péril extrême.
Mais n'importe, Hiéron : Rome a beau menacer,
À rompre mes serments rien ne doit me forcer ;
Et du moins essayons ce qu'en cette occurrence
Peut produire pour moi la ferme résistance.
La menace n'est rien, ce n'est pas ce qui nuit ;
Mais pour prendre un parti, voyons ce qui la suit.

---

1. Texte du manuscrit pour ces deux vers : « *Qui, n'osant abjurer l'orgueilleuse faiblesse / Qui leur fait un devoir de tenir leur promesse.* » L'écrivain, par la correction introduite dans le texte imprimé, a voulu éviter l'avalanche de *qui*.

ACTE III

Scène première
LAODICE, ÉGINE

LAODICE

Oui, ce Flaminius dont je crus être aimée,
Et dont je me repens d'avoir été charmée,
Égine, il doit me voir pour me faire accepter
Je ne sais quel époux qu'il vient me présenter[1].
L'ingrat ! je le craignais ; à présent, quand j'y pense,
Je ne sais point encor si c'est indifférence ;
Mais enfin, le penchant qui me surprit pour lui
Me semble, grâce au ciel, expirer aujourd'hui.

ÉGINE

Quand il vous aimerait, eh ! quel espoir, Madame,
Oserait en ce jour se permettre votre âme ?
Il faudrait l'oublier.

LAODICE

Hélas ! depuis le jour
Que pour Flaminius je sentis de l'amour,
Mon cœur tâcha du moins de se rendre le maître
De cet amour qu'il plut au sort d'y faire naître.
Mais d'un tel ennemi penses-tu que le cœur
Puisse avec fermeté vouloir être vainqueur ?
Il croit qu'autant qu'il peut il combat, il s'efforce :
Mais il a peur de vaincre, et veut manquer de force ;
Et souvent sa défaite a pour lui tant d'appas,
Que, pour aimer sans trouble, il feint de n'aimer pas.
Ce cœur, à la faveur de sa propre imposture,
Se délivre du soin de guérir sa blessure.
C'est ainsi que le mien nourrissait un amour
Qui s'accrut sur la foi d'un apparent retour.
Oh ! d'un retour trompeur apparence flatteuse !

---

1. La situation de Laodice, et sa colère, préfigurent celles d'Angélique dans *L'Épreuve*, quand elle apprend que le prétendant présenté par Lucidor n'est pas Lucidor lui-même.

Ce fut toi qui nourris une flamme honteuse.
Mais que dis-je ? ah ! plutôt ne la rappelons plus :
Sans crainte et sans espoir voyons Flaminius.

ÉGINE

Contraignez-vous [1] : il vient.

Scène II

LAODICE, FLAMINIUS, ÉGINE

FLAMINIUS, *à part* [2].
Quelle grâce nouvelle
À mes regards surpris la rend encor plus belle !
Madame, le Sénat, en m'envoyant au roi,
N'a point à lui parler limité mon emploi.
Rome, à qui la vertu fut toujours respectable,
Envers vous aujourd'hui croit la sienne *comptable
D'un témoignage ardent dont l'éclat mette au jour
Ce qu'elle a pour la vôtre et d'estime et d'amour.
Je n'ose ici mêler mes respects ni mon zèle
Avec les sentiments que j'explique pour elle.
Non, c'est Rome qui parle, et malgré la grandeur
Que me prête le nom de son ambassadeur,
Quoique enfin le Sénat n'ait consacré ce titre
Qu'à s'annoncer des rois et le juge et l'arbitre,
Il a cru que le soin d'honorer la vertu
Ornait la dignité dont il m'a revêtu.
Madame, en sa faveur, que votre âme indulgente
Fasse grâce à l'époux que sa main vous présente.
Celui qu'il a choisi...

LAODICE
Non, n'allez pas plus loin ;
Ne dites pas son nom : il n'en est pas besoin [3].
Je dois beaucoup aux soins où le Sénat s'engage ;
Mais je n'ai pas, Seigneur, dessein [4] d'en faire usage.
Cependant vous dirai-je ici mon sentiment

---

1. Manuscrit : *Arrêtez-vous.*   **2.** La première phrase seulement.
3. Manuscrit : *je n'en ai pas besoin.*   **4.** Manuscrit : *Mais je n'ai pas dessein, Seigneur.*

Sur l'estime de Rome et son empressement ?
Par où, s'il ne s'y mêle un peu de politique,
Ai-je l'honneur de plaire à votre république ?
Mes paisibles vertus ne valent pas, Seigneur,
Que le Sénat s'emporte à cet excès d'honneur.
Je n'aurais jamais cru qu'il vît comme un prodige
Des vertus où mon rang, où mon sexe m'oblige.
Quoi ! le Ciel, de ses dons prodigue aux seuls Romains,
En prive-t-il le cœur du reste des humains ?
Et nous a-t-il fait naître avec tant d'infortune,
Qu'il faille nous louer d'une vertu commune ?
Si tel est notre sort, du moins épargnez-nous
L'honneur humiliant d'être admirés de vous.
Quoi qu'il en soit enfin, dans la peur d'être ingrate,
Je rends grâce au Sénat, et son zèle me flatte.
Bien plus, Seigneur, je vois d'un œil reconnaissant
Le choix de cet époux dont il me fait présent.
C'est en dire beaucoup : une telle entreprise
De trop de liberté pourrait être reprise ;
Mais je me rends justice, et ne puis soupçonner
Qu'il ait de mon destin cru pouvoir ordonner.
Non, son zèle a tout fait, et ce zèle l'excuse ;
Mais, Seigneur, il en prend un espoir qui l'abuse ;
Et c'est trop, entre nous, présumer des effets
Que produiront sur moi ses soins et ses bienfaits,
S'il pense que mon cœur, par un excès de joie,
Va se sacrifier aux honneurs qu'il m'envoie.
Non, aux droits de mon rang ce cœur accoutumé
Est trop fait aux honneurs pour en être charmé.
D'ailleurs, je deviendrais le partage d'un homme
Qui va, pour m'obtenir, me demander à Rome ;
Ou qui, choisi par elle, a le cœur assez bas
Pour n'oser déclarer qu'il ne me choisit pas ;
Qui n'a ni mon aveu ni celui de mon père !
Non : il est, quel qu'il soit, indigne de me plaire.

FLAMINIUS

Qui n'a point votre aveu, Madame ! Ah ! cet époux
Vous aime, et ne veut être agréé que de vous.
Quand les dieux, le Sénat, et le roi votre père,

Hâteraient en ce jour une union si chère,
Si vous ne confirmiez leurs favorables vœux,
Il vous aimerait trop pour vouloir être heureux.
Un feu moins généreux serait-il votre ouvrage ?
Pensez-vous qu'un *amant que Laodice engage
Pût à tant de révolte encourager son cœur,
Qu'il voulût malgré vous usurper son bonheur ?
Ah ! dans celui que Rome aujourd'hui vous présente,
Ne voyez qu'une ardeur timide, obéissante,
Fidèle, et qui, bravant l'injure des refus,
Durera, mais, s'il faut, ne se produira plus.
Perdez donc les soupçons qui vous avaient aigrie.
Arbitre de l'amant dont vous êtes chérie,
Que le courroux du moins n'ait, dans ce même instant,
Nulle part dangereuse à l'arrêt qu'il attend.
Je vous ai tu son nom ; mais mon récit peut-être,
Et le vif intérêt que j'ai laissé paraître,
Sans en expliquer plus, vous instruisent assez.

LAODICE

Quoi ! Seigneur, vous seriez [1]... Mais que dis-je ? cessez,
Et n'éclaircissez point ce que j'ignore encore.
J'entends qu'on me recherche, et que Rome m'honore.
Le reste est un secret où je ne dois rien voir.

FLAMINIUS

Vous m'entendez assez pour m'ôter tout espoir ;
Il faut vous l'avouer : je vous ai trop aimée,
Et pour dire encor plus, toujours trop estimée,
Pour me laisser surprendre à la crédule erreur
De supposer quelqu'un digne de votre cœur.
Il est vrai qu'à nos vœux le Ciel souvent propice
Pouvait en ma faveur disposer Laodice :
Mais après vos refus, qui ne m'ont point surpris,
Je ne m'attendais pas encor à des mépris,
Ni que vous feignissiez de ne point reconnaître
L'infortuné penchant que vous avez vu naître.

---

1. Manuscrit : *Quoi, Seigneur, c'est donc vous...*

LAODICE

Un pareil entretien a duré trop longtemps,
Seigneur ; je plains des feux si tendres, si constants ;
Je voudrais que pour eux le sort plus favorable
Eût destiné mon cœur à leur être équitable.
Mais je ne puis, Seigneur ; et des liens si doux,
Quand je les aimerais, ne sont point faits pour nous [1].
Oubliez-vous quel rang nous tenons l'un et l'autre ?
Vous rougiriez du mien, je rougirais du vôtre.

FLAMINIUS

Qu'entends-je ! moi, Madame, oser m'estimer plus !
N'êtes-vous pas romaine avec tant de vertus [2] ?
Ah ! pourvu que ce cœur partageât ma tendresse...

LAODICE

Non, Seigneur ; c'est en vain que le vôtre m'en presse ;
Et quand même l'amour nous unirait tous deux...

FLAMINIUS

Achevez ; qui pourrait m'empêcher d'être heureux ?
Vous aurait-on promise ? et le roi votre père
Aurait-il ?...

LAODICE

N'accusez nulle cause étrangère.
Je ne puis vous aimer, Seigneur, et vos soupçons
Ne doivent point ailleurs en chercher des raisons.

Scène III

FLAMINIUS, *seul*

Enfin, elle me fuit, et Rome méprisée
À permettre mes feux s'est en vain abaissée.
Et moi, je l'aime encor, après tant de refus,
Ou plutôt je sens bien que je l'aime encor plus.
Mais cependant, pourquoi s'est-elle interrompue ?

---

1. Texte de ces deux vers dans le manuscrit : « *Mais je ne puis, Seigneur ; un stérile chagrin / Est tout ce que pour vous me permet le destin.* » Marivaux a reculé devant la figure qu'aurait constituée l'emploi de *stérile*.   2. Il y a ici une réminiscence textuelle de *Polyeucte*, acte IV, sc. III : « *Elle a trop de vertus pour n'être pas chrétienne.* »

Quel secret allait-elle exposer à ma vue ?
Et quand un même amour nous unirait tous deux...
Où tendait ce discours qu'elle a laissé douteux ?
Aurait-on fait à Rome un rapport trop fidèle ?
Serait-ce qu'Annibal est destiné pour elle,
Et que, sans cet hymen, je pourrais espérer... ?
Mais à quel piège ici vais-je encor me livrer ?
N'importe, instruisons-nous ; le cœur plein de tendresse,
M'appartient-il d'oser combattre une faiblesse ?
Le roi vient ; et je vois Annibal avec lui.
Sachons ce que je puis en attendre aujourd'hui.

Scène IV

PRUSIAS, ANNIBAL, FLAMINIUS

PRUSIAS

J'ignorais qu'en ces lieux...

FLAMINIUS

Non : avant que j'écoute,
Répondez-moi, de grâce, et tirez-moi d'un doute.
L'hymen de votre fille est aujourd'hui certain.
À quel heureux époux destinez-vous sa main ?

PRUSIAS

Que dites-vous, Seigneur ?

FLAMINIUS

Est-ce donc un mystère ?

PRUSIAS

Ce que vous exigez ne regarde qu'un père.

FLAMINIUS

Rome y prend intérêt, je vous l'ai déjà dit ;
Et je crois qu'avec vous cet intérêt suffit.

PRUSIAS

Quelque intérêt, Seigneur, que votre Rome y prenne,
Est-il juste, après tout, que sa bonté me *gêne ?

FLAMINIUS

Abrégeons ces discours. Répondez, Prusias :
Quel est donc cet époux que vous ne nommez pas ?

PRUSIAS

Plus d'un prince, Seigneur, demande Laodice ;
Mais qu'importe au Sénat que je l'en avertisse,
Puisque avec aucun d'eux je ne suis engagé ?

ANNIBAL

De qui dépendez-vous, pour être interrogé ?

FLAMINIUS

Et vous qui répondez, instruisez-moi, de grâce :
Est-ce à vous qu'on m'envoie ? Est-ce ici votre place ?
Qu'y faites-vous enfin ?

ANNIBAL

                    J'y viens défendre un roi [1]
Dont le cœur généreux s'est signalé pour moi ;
D'un roi dont Annibal embrasse la fortune,
Et qu'avec trop d'excès votre orgueil importune.
Je blesse ici vos yeux, dites-vous : je le croi ;
Mais j'y suis à bon titre, et comme ami du roi.
Si ce n'est pas assez pour y pouvoir paraître,
Je suis donc son ministre, et je le fais mon maître.

FLAMINIUS

Dût-il de votre fille être bientôt l'époux,
Pourrait-il de son sort se montrer plus jaloux ?
Qu'en dites-vous, Seigneur ?

PRUSIAS

                    Il me [2] marque son zèle,
Et vous dit ce qu'inspire une amitié fidèle.

ANNIBAL

Instruisez le Sénat, rendez-lui la frayeur
Que son agent voudrait jeter dans votre cœur [3]
Déclarez avec qui votre foi vous engage :
J'en réponds, cet aveu vaudra bien un outrage.

_____

1. Texte du manuscrit pour ces trois vers : «*Vous de qui jusqu'ici j'ai
souffert la présence, / De votre audace au moins arrêtez la licence. / Quel
parti prenez-vous ?* ANNIBAL : *Je prends celui d'un roi...* »   2. Premier état
du manuscrit : *Il vous (vous* est surchargé au crayon en *me).*   3. Après ce
vers, l'édition originale comporte ici un hémistiche isolé *Qu'y faites-vous
enfin ?* qui n'existe ni dans le manuscrit ni dans l'édition de 1758, et qui
manquait 15 vers plus haut.

FLAMINIUS

Qui doit donc épouser Laodice ?

ANNIBAL
                C'est moi.

FLAMINIUS

Annibal ?

ANNIBAL
        Oui, c'est lui qui défendra le roi ;
Et puisque sa bonté m'accorde Laodice,
Puisque de sa révolte Annibal est complice,
Le parti le meilleur pour Rome est désormais
De laisser ce rebelle et son complice en paix.

À Prusias.

Seigneur, vous avez vu qu'il était nécessaire
De finir par l'aveu que je viens de lui faire,
Et vous devez juger, par son empressement,
Que Rome a des soupçons de notre engagement.
J'ose dire encór plus : l'intérêt d'Artamène
Ne sert que de prétexte au motif qui l'amène ;
Et sans m'estimer trop, j'assurerai, Seigneur,
Que vous n'eussiez point vu sans moi d'ambassadeur ;
Que Rome craint de voir conclure un hyménée
Qui m'attache à jamais à votre destinée,
Qui me remet encor les armes à la main,
Qui de Rome peut-être expose le destin,
Qui contre elle du moins fait revivre un courage
Dont jamais son orgueil n'oubliera le ravage [1].
Cette Rome, il est vrai, ne parle point de moi ;
Mais ses précautions trahissent son effroi.
Oui, les soins qu'elle prend du sort de Laodice
D'un orgueil alarmé vous montrent l'artifice.
Son Sénat en bienfaits serait moins libéral,
S'il ne s'agissait pas d'écarter Annibal.
En vous *développant sa timide prudence,
Ce n'est pas que, saisi de quelque défiance,

---

1. Texte du manuscrit pour ce vers : « *Dont elle eut autrefois un formidable gage.* »

Je veuille encourager votre honneur étonné
À confirmer l'espoir que vous m'avez donné.
Non, je mériterais une amitié parjure,
Si j'osais un moment vous faire cette injure.
Et que pourriez-vous craindre en gardant votre foi ?
Est-ce d'être vaincu, de cesser d'être roi ?
Si vous n'exercez pas les droits du rang suprême,
Si vous portez des fers avec un diadème,
Et si de vos enfants vous ne disposez pas,
Vous ne pouvez rien perdre en perdant vos États.
Mais vous les défendrez : et j'ose encor vous dire
Qu'un prince à qui le Ciel a commis un empire,
Pour qui cent mille bras peuvent se réunir,
Doit braver les Romains, les vaincre et les punir.

FLAMINIUS

Annibal est vaincu ; je laisse à sa colère
Le faible amusement d'une vaine chimère.
Épuisez votre adresse à tromper Prusias ;
Pressez ; Rome commande et ne dispute pas ;
Et ce n'est qu'en faisant éclater sa vengeance,
Qu'il lui sied de donner des preuves de puissance.
Le refus d'obéir à ses augustes lois
N'intéresse point Rome, et n'est fatal qu'aux rois.
C'est donc à Prusias à qui seul il importe
De se rendre docile aux ordres que j'apporte.
Poursuivez vos discours, je n'y répondrai rien ;
Mais laissez-nous après un moment d'entretien.
Je vous cède l'honneur d'une vaine querelle,
Et je dois de mon temps un compte plus fidèle.

ANNIBAL

Oui, je vais m'éloigner : mais prouvez-lui, Seigneur,
Qu'il ne rend pas ici justice à votre cœur.

Scène V

FLAMINIUS, PRUSIAS

FLAMINIUS

Gardez-vous d'écouter une audace frivole,
Par qui son désespoir follement se console.

Ne vous y trompez pas, Seigneur ; Rome aujourd'hui
Vous demande Annibal, sans en vouloir à lui.
Elle avait défendu qu'on lui donnât retraite ;
Non qu'elle eût, comme il dit, une frayeur secrète :
Mais il ne convient pas qu'aucun roi parmi vous
Fasse grâce aux vaincus que proscrit son courroux.
Apaisez-la, Seigneur : une nombreuse armée
Pour venir vous surprendre a dû s'être formée ;
Elle attend vos refus pour fondre en vos États ;
L'orgueilleux Annibal ne les sauvera pas.
Vous, de son désespoir instrument et ministre,
Qui n'en pénétrez pas le mystère sinistre,
Vous, qu'il abuse enfin, vous par qui son orgueil
Se cherche, en vous perdant, un éclatant écueil,
Vous périrez, Seigneur ; et bientôt Artamène,
Aidé de son côté des troupes qu'on lui mène,
Dépouillera ce front de ce bandeau royal,
Confié sans prudence aux fureurs d'Annibal.
Annonçant du Sénat la volonté suprême,
J'ai parlé jusqu'ici comme il parle lui-même ;
J'ai dû de son langage observer la rigueur :
Je l'ai fait ; mais jugez s'il en coûte à mon cœur.
Connaissez-le, Seigneur : Laodice m'est chère ;
Il doit m'être bien dur de menacer son père.
Oui, vous voyez l'époux proposé dans ce jour,
Et dont Rome n'a pas désapprouvé l'amour.
Je ne vous dirai point ce que pourrait attendre
Un roi qui choisirait Flaminius pour gendre.
Pensez-y, mon amour ne vous fait point de loi,
Et vous ne risquez rien ne refusant que moi.
Mon âme à vous servir n'en sera pas moins prête ;
Mais, par reconnaissance, épargnez votre tête.
Oui, malgré vos refus et malgré ma douleur,
Je vous promets des soins d'une éternelle ardeur.
À présent trop frappé des malheurs que j'annonce,
Peut-être auriez-vous peine à me faire réponse ;
Songez-y ; mais sachez qu'après cet entretien,
Je pars, si dans ce jour vous ne résolvez rien.

Scène VI

PRUSIAS, *seul*

Il aime Laodice ! Imprudente promesse,
Ah ! sans toi, quel appui m'assurait sa tendresse[1] !
Dois-je vous immoler le sang de mes sujets,
Serments qui l'exposez, et que l'orgueil a faits ?
Toi, dont j'admirai trop la fortune passée,
Sauras-tu vaincre mieux ceux qui l'ont renversée ?
Abattu sous le faix de l'âge et du malheur,
Quel fruit espères-tu d'une infirme[2] valeur ?
Tristes réflexions, qu'il n'est plus temps de faire !
Quand je me suis perdu, la sagesse m'éclaire :
Sa lumière importune, en ce fatal moment,
N'est plus une ressource, et n'est qu'un châtiment.
En vain s'ouvre à mes yeux un affreux précipice ;
Si je ne suis un traître, il faut que j'y périsse.
Oui, deux partis encor à mon choix sont offerts :
Je puis vivre en infâme, ou mourir dans les fers.
Choisis, mon cœur. Mais quoi ! tu crains la servitude ?
Tu n'es déjà qu'un lâche à ton incertitude !
Mais ne puis-je, après tout, balancer[3] sur le choix ?
Impitoyable honneur, examinons tes droits.
Annibal a ma foi ; faut-il que je la tienne,
Assuré de ma perte, et certain de la sienne ?
Quel projet insensé ! La raison et les dieux
Me font-ils un devoir d'un transport furieux ?
Ô ciel ! j'aurais peut-être, au gré d'une chimère
Sacrifié mon peuple et conclu sa misère.
Non, ridicule honneur, tu m'as en vain pressé :
Non, ce peuple t'échappe, et ton charme a cessé.
Le parti que je prends, dût-il même être infâme,
Sujets, pour vous sauver j'en accepte le blâme.
Il faudra donc, grands dieux ! que mes serments soient vains,
Et je vais donc livrer Annibal aux Romains,
L'exposer aux affronts que Rome lui destine !

---

1. La similitude de la situation et des réflexions de Prusias avec celles de Félix dans *Polyeucte* est aussi évidente que les ressemblances entre Flaminius et Sévère. **2.** Manuscrit : *d'une lente*. **3.** Manuscrit : *hésiter*.

Ah ! ne vaut-il pas mieux résoudre ma ruine ?
Que dis-je ? mon malheur est-il donc sans retour ?
Non, de Flaminius sollicitons l'amour.
Mais Annibal revient, et son âme inquiète
Peut-être a pressenti ce que Rome projette.
Dissimulons.

Scène VII

PRUSIAS, ANNIBAL

ANNIBAL

　　　J'ai vu sortir l'ambassadeur.
De quels ordres encor s'agissait-il, Seigneur ?
Sans doute il aura fait des menaces nouvelles ?
Son Sénat...

PRUSIAS

　　　Il voulait terminer vos querelles :
Mais il ne m'a tenu que les mêmes discours,
Dont vos longs différends interrompaient le cours.
Il demande la paix, et m'a parlé sans cesse
De l'intérêt que Rome a pris à la princesse.
Il la verra peut-être, et je vais, de ce pas,
D'un pareil entretien prévenir l'embarras.

Scène VIII

ANNIBAL, *seul*

Il fuit ; je l'ai surpris dans une inquiétude
Dont il ne me dit rien, qu'il cache avec étude.
Observons tout : la mort n'est pas ce que je crains ;
Mais j'avais espéré de punir les Romains.
Le succès était sûr, si ce prince timide
Prend mon expérience ou ma haine pour guide.
Rome, quoi qu'il en soit, j'attendrai que les dieux
Sur ton sort et le mien s'expliquent encor mieux.

ACTE IV

Scène première

LAODICE, *seule*

Quel agréable espoir vient me luire en ce jour !
Le roi, de mon amant, approuve donc l'amour !
Auteur de mes serments, il les romprait lui-même,
Et je pourrais sans crime épouser ce que j'aime.
Sans crime ! Ah ! c'en est un, que d'avoir souhaité
Que mon pèrc m'ordonne une infidélité.
Abjure tes souhaits, mon cœur ; qu'il te souvienne
Que c'est faire des vœux pour sa honte et la mienne.
Mais que vois-je ? Annibal !

Scène II

LAODICE, ANNIBAL

ANNIBAL
Enfin voici l'instant
Où tout semble annoncer qu'un outrage m'attend.
Un outrage, grands dieux ! À ce seul mot, Madame,
Souffrez qu'un juste orgueil s'empare de mon âme.
Dans un pareil danger, il doit m'être permis,
Sans craindre d'être vain, d'exposer qui je suis.
J'ai besoin, en un mot, qu'ici votre mémoire
D'un malheureux guerrier se rappelle la gloire ;
Et qu'à ce souvenir votre cœur excité,
Redouble encor pour moi sa générosité.
Je ne vous dirai plus de presser votre père
De tenir les serments qu'il a voulu me faire.
Ces serments me flattaient du bonheur d'être à vous ;
Voilà ce que mon cœur y trouvait de plus doux.
Je vois que c'en est fait, et que Rome l'emporte ;
Mais j'ignore où s'étend le coup qu'elle me porte.
Instruisez Annibal ; il n'a que vous ici
Par qui de ses projets il puisse être éclairci.
Des devoirs où pour moi votre foi vous oblige,

Un aveu qui me sauve est tout ce que j'exige.
Songez que votre cœur est pour moi dans ces lieux
L'incorruptible ami que me laissent les dieux.
On vous offre un époux, sans doute ; mais j'ignore
Tout ce qu'à Prusias Rome demande encore.
Il craint de me parler, et je vois aujourd'hui
Que la foi qui le lie est un fardeau pour lui,
Et je vous l'avouerai, mon courage s'*étonne
Des desseins où l'effroi peut-être l'abandonne.
Sans quelque tendre espoir qui retarde ma main,
Sans Rome que je hais, j'assurais mon destin.
Parlez, ne craignez point que ma bouche trahisse
La faveur que ma gloire attend de Laodice.
Quel est donc cet époux que l'on vient vous offrir ?
Puis-je vivre, ou faut-il me hâter de mourir ?

LAODICE

Vivez, Seigneur, vivez ; j'estime trop moi-même
Et la gloire et le cœur de ce héros qui m'aime
Pour ne l'instruire pas, si jamais dans ces lieux
Quelqu'un lui réservait un sort injurieux.
Oui, puisque c'est à moi que ce héros se livre,
Et qu'enfin c'est pour lui que j'ai juré de vivre,
Vous devez être sûr qu'un cœur tel que le mien
Prendra les sentiments qui conviennent au sien ;
Et que, me conformant à votre grand courage,
Si vous deviez, Seigneur, essuyer un outrage,
Et que la seule mort pût vous en garantir,
Mes larmes couleraient pour vous en avertir.
Mais votre honneur ici n'aura pas besoin d'elles :
Les dieux m'épargneront des larmes si cruelles ;
Mon père est vertueux ; et si le sort jaloux
S'opposait aux desseins qu'il a formés [1] pour nous,
Si par de fiers tyrans sa vertu traversée
À faillir envers vous est aujourd'hui forcée,
Gardez-vous cependant de penser que son cœur
Pût d'une trahison méditer la noirceur.

---

1. Le manuscrit porte *méditait*, qui n'est pas biffé, mais au-dessus duquel Marivaux a écrit *a formés*.

ANNIBAL

Je vous entends : la main qui me fut accordée,
Pour un nouvel époux Rome l'a demandée,
Voilà quel est le soin que Rome prend de vous.
Mais, dites-moi, de grâce, aimez-vous cet époux ?
Vous faites-vous pour moi la moindre violence ?
Madame, honorez-moi de cette confidence.
Parlez-moi sans détour : content d'être estimé,
Je me connais trop bien pour vouloir être aimé.

LAODICE

C'est à vous cependant que je dois ma tendresse.

ANNIBAL

Et moi, je la refuse, adorable Princesse,
Et je n'exige point qu'un cœur si vertueux
S'immole en remplissant un devoir rigoureux ;
Que d'un si noble effort le prix soit un supplice.
Non, non, je vous dégage, et je me fais justice ;
Et je rends à ce cœur, dont l'amour me fut dû,
Le pénible présent que me fait sa vertu.
Ce cœur est prévenu, je m'aperçois qu'il aime.
Qu'il suive son penchant, qu'il se donne lui-même.
Si je le méritais, et que l'offre du mien
Pût plaire à Laodice et me valoir[1] le sien,
Je n'aurais consacré mon courage et ma vie
Qu'à m'acquérir ce bien que je lui sacrifie.
Il n'est plus temps, Madame, et dans ce triste jour,
Je serais un ingrat d'en croire mon amour.
Je verrai Prusias, résolu de lui dire
Qu'aux désirs du Sénat son effroi peut souscrire,
Et je vais le presser d'éclaircir un soupçon
Que mon âme inquiète a pris avec raison.
Peut-être cependant ma crainte est-elle vaine ;
Peut-être notre hymen est tout ce qui le gêne :
Quoi qu'il en soit enfin, je remets en vos mains
Un sort livré peut-être aux fureurs des Romains.
Quand même je fuirais, la retraite est peu sûre.
Fuir, c'est en pareil cas donner jour à l'injure ;

---

1. Manuscrit : *et me valût*.

C'est enhardir le crime ; et pour l'épouvanter,
Le parti le plus sûr c'est de m'y présenter.
Il ne m'importe plus d'être informé, Madame,
Du reste des secrets que j'ai lus[1] dans votre âme ;
Et ce serait ici fatiguer votre cœur
Que de lui demander le nom de son vainqueur.
Non, vous m'avez tout dit en gardant le silence,
Et je n'ai pas besoin de cette confidence.
Je sors : si dans ces lieux on n'en veut qu'à mes jours,
Laissez mes ennemis en terminer le cours.
Ce[2] malheur ne vaut pas que vous veniez me faire
Un trop pénible aveu des faiblesses d'un père.
S'il ne faut que mourir, il vaut mieux que mon bras
Cède à mes ennemis le soin de mon trépas,
Et que, de leur effroi victime glorieuse,
J'en assure, en mourant, la mémoire honteuse[3],
Et qu'on sache à jamais que Rome et son Sénat
Ont porté cet effroi jusqu'à l'assassinat[4].
Mais je vous quitte[5], on vient.

LAODICE

Seigneur, le temps me presse.
Mais, quoique vous ayez pénétré ma faiblesse,
Vous m'estimez assez pour ne présumer pas
Qu'on puisse m'obtenir après votre trépas.

Scène III

LAODICE, FLAMINIUS

LAODICE

J'ai cru trouver en vous une âme bienfaisante ;
De mon estime ici remplirez-vous l'attente ?

---

1. Texte du manuscrit. Les éditions de 1727 et 1758 ne font pas l'accord *(lu)*. **2.** Le manuscrit porte par erreur : *Le.* **3.** C'est-à-dire, que « ma mort soit un témoignage de leur honte ». **4.** Ces deux vers manquaient d'abord dans le manuscrit. Différentes tentatives sur la rime *Sénat / assassinat* aboutissent au texte. **5.** Première version du manuscrit : *Adieu, Madame.*

FLAMINIUS

Oui, commandez, Madame. Oserais-je douter
De l'équité des lois que vous m'allez dicter ?

LAODICE

On vous a dit à qui ma main fut destinée ?

FLAMINIUS

Ah ! de ce triste coup ma tendresse *étonnée...

LAODICE

Eh bien ! le roi, jaloux de ramener la paix
Dont trop longtemps la guerre a privé ses sujets,
En faveur de son peuple a bien voulu se rendre
Aux désirs que par vous Rome lui fait entendre.
Notre hymen est rompu.

FLAMINIUS

                    Ah ! je rends grâce aux dieux,
Qui détournent le roi d'un dessein[1] odieux.
Annibal me suivra sans doute ? Mais, Madame,
Le roi ne fait-il rien en faveur de ma flamme ?

LAODICE

Oui, Seigneur, vous serez content à votre tour,
Si vous ne trahissez vous-même votre amour.

FLAMINIUS

Moi, le trahir ! ô Ciel !

LAODICE

                    Écoutez ce qui reste.
Votre emploi dans ces lieux à ma gloire est funeste.
Ce héros qu'aujourd'hui vous demandez au roi,
Songez, Flaminius, songez qu'il eut ma foi ;
Que de sa sûreté cette foi fut le gage ;
Que vous m'insulteriez en lui faisant outrage.
Les droits qu'il eut sur moi sont transportés à vous ;
Mais enfin ce guerrier dut être mon époux.
Il porte un caractère à mes yeux respectable,
Dont je lui vois toujours la marque ineffaçable.
Sauvez donc ce héros : ma main est à ce prix.

---

1. Manuscrit : *d'un hymen*.

FLAMINIUS

Mais, songez-vous, Madame, à l'emploi que j'ai pris ?
Pourquoi proposez-vous un crime à ma tendresse ?
Est-ce de votre haine une fatale adresse ?
Cherchez-vous un refus, et votre cruauté
Veut-elle ici m'en faire une nécessité ?
Votre main est pour moi d'un prix inestimable,
Et vous me la donnez si je deviens coupable !
Ah ! vous ne m'offrez rien.

LAODICE

                    Vous vous trompez, Seigneur ;
Et j'en ai cru le don plus cher à votre cœur.
Mais à me refuser quel motif vous engage ?

FLAMINIUS

Mon devoir.

LAODICE

                    Suivez-vous un devoir si sauvage
Qui vous inspire ici des sentiments outrés,
Qu'un tyrannique orgueil[1] ose rendre sacrés ?
Annibal, chargé d'ans, va terminer sa vie.
S'il ne meurt outragé, Rome est-elle trahie ?
Quel devoir !

FLAMINIUS

                    Vous savez la grandeur des Romains,
Et jusqu'où sont portés leurs augustes destins.
De l'univers entier et la crainte et l'hommage
Sont moins de leur valeur le formidable ouvrage
Qu'un effet glorieux de l'amour du devoir,
Qui sur Flaminius borne votre pouvoir.
Je pourrais tromper Rome ; un rapport peu sincère
En surprendrait sans doute un ordre moins sévère :
Mais je lui ravirais, si j'osais la trahir,
L'avantage important de se faire obéir.
Lui déguiser des rois et l'audace[2] et l'offense,
C'est conjurer sa perte et saper sa puissance.
Rome doit sa durée aux châtiments vengeurs

---

1. Premier état du manuscrit : *Qu'un orgueil monstrueux.*   **2.** Premier
état du manuscrit : *et l'orgueil.*

Des crimes révélés par ses ambassadeurs ;
Et par là nos avis sont la source féconde
De l'effroi que sa foudre entretient dans le monde ;
Et lorsqu'elle poursuit sur un roi révolté
Le mépris imprudent de son autorité,
La valeur seulement achève la victoire
Dont un rapport fidèle a ménagé la gloire.
Nos austères vertus ont mérité des dieux...

LAODICE

Ah ! les consultez-vous, Romains ambitieux ?
Ces dieux, Flaminius, auraient cessé de l'être
S'ils voulaient ce que veut le Sénat, votre maître.
Son orgueil, ses succès sur de malheureux rois,
Voilà les dieux dont Rome emprunte tous ses droits ;
Voilà les dieux cruels à qui ce cœur austère
Immole son amour [1], un héros et mon père,
Et pour qui l'on répond que l'offre de ma main
N'est pas un bien que puisse accepter un Romain.
Cependant cet hymen que votre cœur rejette,
Méritez-vous, ingrat, que le mien le regrette ?
Vous ne répondez rien ?

FLAMINIUS
C'est avec désespoir

Que je vais m'acquitter de mon triste devoir.
Né Romain, je gémis de ce noble avantage,
Qui force à des vertus d'un si cruel usage.
Voyez l'égarement où m'emportent mes feux ;
Je gémis d'être né pour être vertueux.
Je n'en suis point [2] confus : ce que je sacrifie
Excuse mes regrets, ou plutôt les expie ;
Et ce serait peut-être une férocité
Que d'oser aspirer à plus de fermeté.
Mais enfin, pardonnez à ce cœur qui vous aime
Des refus dont il est si déchiré [3] lui-même.
Ne rougiriez-vous pas de régner sur un cœur
Qui vous aimerait plus que sa foi, son honneur ?

---

1. Premier état du manuscrit : *mon amour.*   **2.** Texte de l'édition originale et du manuscrit. L'édition de 1758 porte : *pas.*   **3.** Premier état,
raturé, du manuscrit : *désespéré.*

LAODICE

Ah ! Seigneur, oubliez cet honneur chimérique,
Crime que d'un beau nom couvre la politique.
Songez qu'un sentiment et plus juste et plus doux
D'un lien éternel va m'attacher à vous.
Ce n'est pas tout encor : songez que votre *amante
Va trouver avec vous cette union charmante,
Et que je souhaitais de vous avoir donné
Cet amour dont le mien vous avait soupçonné.
Vous devez aujourd'hui l'aveu de ma tendresse
Aux périls du héros pour qui je m'intéresse :
Mais, Seigneur, qu'avec vous mon cœur s'est écarté
Des bornes de l'aveu qu'il avait projeté !
N'importe ; plus je cède à l'amour qui m'inspire,
Et plus sur vous peut-être obtiendrai-je d'empire.
Me trompé-je, Seigneur ? Ai-je trop présumé ?
Et vous aurais-je en vain si tendrement aimé ?
Vous soupirez ! Grands dieux ! c'est vous qui dans nos âmes
Voulûtes allumer de mutuelles flammes ;
Contre mon propre amour en vain j'ai combattu ;
Justes dieux ! dans mon cœur vous l'avez défendu.
Qu'il soit donc un bienfait et non pas un supplice.
Oui, Seigneur, qu'avec soin votre âme y réfléchisse.
Vous ne prévoyez pas, si vous me refusez,
Jusqu'où vont les tourments où vous vous exposez.
Vous ne sentez encor que la perte éternelle
Du bonheur où l'amour aujourd'hui nous appelle ;
Mais l'état douloureux où vous laissez mon cœur,
Vous n'en connaissez pas le souvenir vengeur.

FLAMINIUS

Quelle épreuve !

LAODICE

Ah ! Seigneur, ma tendresse l'emporte !

FLAMINIUS

Dieux ! que ne peut-elle être aujourd'hui la plus forte !
Mais Rome...

LAODICE

Ingrat ! cessez d'excuser vos refus :
Mon cœur vous garde un prix digne de vos vertus[1].

Scène IV

FLAMINIUS, *seul*

Elle fuit ; je soupire, et mon âme abattue
A presque perdu Rome et son devoir de vue.
Vil Romain, homme né pour les soins amoureux,
Rome est donc le jouet de tes transports honteux !

Scène V

PRUSIAS, FLAMINIUS

FLAMINIUS

Prince, vous seriez-vous flatté de l'espérance
De pouvoir par l'amour vaincre ma résistance ?
Quand vous la combattez par des efforts si vains,
Savez-vous bien quel sang anime les Romains ?
Savez-vous que ce sang instruit ceux qu'il anime,
Non à fuir, c'est trop peu, mais à haïr le crime ;
Qu'à l'honneur de ce sang je n'ai point satisfait,
S'il s'est joint un soupir au refus que j'ai fait ?
Ce sont là nos devoirs : avec nous, dans la suite,
Sur ces instructions réglez votre conduite.
À quoi donc à présent êtes-vous résolu ?
J'ai donné tout le temps que vous avez voulu
Pour juger du parti que vous aviez à prendre...
Mais quoi ! sans Annibal ne pouvez-vous m'entendre ?

---

1. Texte du manuscrit : « *Si j'ai pu vous aimer, je ne m'en souviens plus.* »
(Le manuscrit *bis* des actes III et IV porte le même texte, dans une première
version ; puis il est biffé et remplacé par le texte de l'imprimé.)

Scène VI

PRUSIAS, ANNIBAL, FLAMINIUS

ANNIBAL

J'interromps vos secrets ; mais ne vous troublez pas :
Je sors, et n'ai qu'un mot à dire à Prusias [1].
Restez, de grâce ; il m'est d'une importance extrême
Que ce qu'il répondra vous l'entendiez vous-même.

À Prusias.

Laodice est à moi, si vous êtes jaloux
De tenir le serment que j'ai reçu de vous.
Mais enfin ce serment pèse à votre courage,
Et je vois qu'il est temps que je vous en dégage.
Jamais je n'exigeai de vous cette faveur,
Et si vous aviez su connaître votre cœur,
Sans doute vous n'auriez osé me la [2] promettre
Et ne rougiriez pas de vous la voir remettre.
Mais il vous reste encore un autre engagement,
Qui doit m'importer plus que ce premier serment.
Vous jurâtes alors d'avoir soin de ma gloire,
Et quelque juste orgueil m'aida même à vous croire,
Puisque après tout, Seigneur, pour tenir votre foi,
Je vis que vous n'aviez qu'à vous servir de moi.
Comment penser, d'ailleurs, que vous seriez parjure,
Vous, qu'Annibal pouvait payer avec usure ;
Vous qui, si le sort même eût trahi votre appui,
Vous assuriez l'honneur de tomber avec lui ?
Vous me fuyez pourtant ; le Sénat vous menace,
Et de vos procédés la raison m'embarrasse.
Seigneur, je suis chez vous : y suis-je en sûreté ?
Ou bien y dois-je craindre une infidélité ?

PRUSIAS

Ici ? n'y craignez rien, Seigneur.

_____

1. Les deux vers qui suivent s'adressent à Flaminius. **2.** L'édition de 1727 porte : *me le promettre.* Pour ces trois derniers vers, le manuscrit a un texte différent : « *Je n'ai point demandé cette grande faveur, / Et si vous eussiez su mieux sonder votre cœur, / Vous n'auriez point sans doute osé me la promettre.* »

ANNIBAL

Je me retire.

C'en est assez ; voilà ce que j'avais à dire.

Scène VII

FLAMINIUS, PRUSIAS

FLAMINIUS

Ce que dans ce moment vous avez répondu,
M'apprend trop qu'il est temps...

PRUSIAS

J'ai dit ce que j'ai dû.

Arrêtez. Le Sénat n'aura point à se plaindre.

FLAMINIUS

Eh ! comment Annibal n'a-t-il plus rien à craindre ?
Que pensez-vous ?

PRUSIAS

Seigneur, je ne m'explique pas ;
Mais vous serez bientôt content de Prusias.
Vous devrez l'être, au moins.

Scène VIII

FLAMINIUS, *seul*

Quel est donc ce mystère
Dont à m'instruire ici sa prudence diffère ?
Quoi qu'il en soit, ô Rome ! approuve que mon cœur
Souhaite que ce prince échappe à son malheur.

ACTE V

Scène première

PRUSIAS, HIÉRON

PRUSIAS

Je vais donc rétracter la foi que j'ai donnée,
Peut-être d'Annibal trancher la destinée.

Dieux[1] ! quel coup va frapper ce héros malheureux !

HIÉRON

Non, Seigneur, Annibal a le cœur généreux.
Du courroux du Sénat la nouvelle est semée ;
On sait que l'ennemi forme une double armée.
Le peuple épouvanté murmure, et ce héros
Doit, en se retirant, faire notre repos ;
Et vous verrez, Seigneur, Flaminius souscrire
Aux doux tempéraments que le Ciel vous inspire.

PRUSIAS

Mais si l'ambassadeur le poursuit, Hiéron ?

HIÉRON

Eh ! Seigneur, éloignez ce scrupuleux soupçon :
Des fautes du hasard êtes-vous responsable ?
Mais le voici.

PRUSIAS

       Grands dieux ! sa présence m'accable.
Je me sens pénétré[2] de honte et de douleur.

HIÉRON

C'est la faute du sort, et non de votre cœur[3].

Scène II

PRUSIAS, ANNIBAL, HIÉRON

PRUSIAS

Enfin voici le temps de rompre le silence.
Qui porte votre esprit à tant de méfiance ?
Depuis que dans ces lieux vous êtes arrivé,
Seigneur, tous mes serments vous ont assez prouvé
L'amitié dont pour vous mon âme était remplie,
Et que je garderai le reste de ma vie.
Mais un coup imprévu retarde les effets
De ces mêmes serments que mon cœur vous a faits.

---

1. Manuscrit : *Ah !* (Rappelons que, pour le cinquième acte, le manuscrit n'est plus de la main de Marivaux.) 2. Manuscrit : *Et je me sens saisi.*
3. Dans le manuscrit, ce vers fait partie de la tirade de Prusias, sous la forme : « *Ah ! pouvais-je tomber dans un plus grand malheur ?* »

De toutes parts sur moi mes ennemis vont fondre ;
Le sort même avec eux travaille à me confondre,
Et semble leur avoir indiqué le moment
Où leurs armes pourront triompher sûrement.
Artamène est vaincu, sa défaite est entière ;
Mais la gloire, Seigneur, en est si meurtrière,
Tant de sang fut versé dans nos derniers combats,
Que la victoire même affaiblit mes États.
À mes propres malheurs je serais peu sensible ;
Mais de mon peuple entier la perte est infaillible
Je suis son roi ; les dieux qui me l'ont confié
Veulent qu'à ses périls cède notre amitié.
De ces périls, Seigneur, vous seul êtes la cause.
Je ne vous dirai point ce que Rome propose.
Mon cœur en a frémi d'horreur et de courroux ;
Mais enfin nos tyrans sont plus puissants que nous.
Fuyez pour quelque temps, et conjurons l'orage :
Essayons ce moyen pour ralentir leur rage :
Attendons que le ciel, plus propice à nos vœux,
Nous mette en liberté de nous revoir tous deux.
Sans doute qu'à vos yeux Prusias excusable
N'aura point...

ANNIBAL

          Oui, Seigneur, vous êtes pardonnable.
Pour surmonter l'effroi dont il est abattu,
Sans doute votre cœur a fait ce qu'il a pu.
Si, malgré ses efforts, tant d'épouvante y règne,
C'est de moi, non de vous, qu'il faut que je me plaigne.
J'ai tort, et j'aurais dû prévoir que mon destin
Dépendrait avec vous de l'aspect d'un Romain.
Mais je suis libre encor, et ma folle espérance
N'avait pas mérité de vous tant d'indulgence.

PRUSIAS

Seigneur, je le vois bien, trop coupable à vos yeux...

ANNIBAL

Voilà ce que je puis vous répondre de mieux :
Mais voulez-vous m'en croire ? oublions l'un et l'autre
Ces serments que mon cœur dut refuser du vôtre,
Je me suis cru prudent ; vous présumiez de vous,

Et ces mêmes serments déposent contre nous.
Ainsi n'y pensons plus. Si Rome vous menace,
Je pars, et ma retraite obtiendra votre grâce.
En violant les droits de l'hospitalité,
Vous allez du Sénat rappeler la bonté.

PRUSIAS

Que sur nos ennemis votre âme, moins émue,
Avec attention daigne jeter la vue.

ANNIBAL

Je changerai beaucoup, si quelque légion,
Qui loin d'ici s'assemble avec confusion,
Si quelques escadrons déjà mis en déroute
Me paraissent jamais dignes qu'on les redoute.
Mais, Seigneur, finissons cet entretien fâcheux,
Nous voyons ces objets différemment tous deux.
Je pars ; pour quelque temps cachez-en la nouvelle.

PRUSIAS

Oui, Seigneur ; mais un jour vous connaîtrez mon zèle.

Scène III

ANNIBAL, *seul*

Ton zèle ! homme sans cœur, esclave couronné !
À quels rois l'univers est-il abandonné !
Tu les charges de fer, ô Rome ! et, je l'avoue,
Leur bassesse en effet mérite qu'on t'en loue.
Mais tu pars, Annibal. Imprudent ! où vas-tu ?
Cet infidèle roi ne t'a-t-il pas vendu ?
Il n'en faut point douter, il médite ce crime ;
Mais le lâche, qui craint les yeux de sa victime,
Qui n'ose s'exposer à mes regards vengeurs,
M'écarte avec dessein de me livrer ailleurs.
Mais qui vient ?

Scène IV

LAODICE, *avec un mouchoir dont elle essuie ses pleurs* [1],
ANNIBAL

ANNIBAL

Ah ! c'est vous, généreuse Princesse.
Vous pleurez : votre cœur accomplit sa promesse.
Les voilà donc ces pleurs, mon unique secours,
Qui devaient m'avertir du péril que je cours !

LAODICE

Oui, je vous rends enfin ce funeste service ;
Mais de la trahison le roi n'est point complice.
Fidèle à votre gloire, il veut la garantir :
Et cependant, Seigneur, gardez-vous de partir.
Quelques avis certains m'ont découvert qu'un traître
Qui pense qu'un forfait obligera son maître,
Qu'Hiéron en secret informe les Romains ;
Qu'en un mot vous risquez de tomber en leurs mains.

ANNIBAL

Je dois beaucoup aux dieux : ils m'ont comblé de gloire,
Et j'en laisse après moi l'éclatante mémoire.
Mais de tous leurs bienfaits, le plus grand, le plus doux,
C'est ce dernier secours qu'ils me laissaient en vous.
Je vous aimais, Madame, et je vous aime encore,
Et je fais vanité d'un aveu qui m'honore.
Je ne pouvais jamais espérer de retour,
Mais votre cœur me donne autant que son amour.
Eh ! que dis-je ? l'amour vaut-il donc mon partage ?
Non, ce cœur généreux m'a donné davantage :
J'ai pour moi sa vertu, dont la fidélité
Voulut même immoler le feu qui l'a flatté.
Eh quoi ! vous gémissez, vous répandez des larmes !
Ah ! que pour mon orgueil vos regrets ont de charmes !
Que d'estime pour moi me découvrent vos pleurs !
Est-il pour Annibal de plus dignes faveurs ?
Cessez pourtant, cessez d'en verser, Laodice ;
Que l'amour de ma gloire à présent les tarisse.

---

1. Cette indication scénique manque dans le manuscrit.

Puisque la mort m'arrache aux injures du sort,
Puisque vous m'estimez, ne pleurez pas ma mort.

LAODICE

Ah ! Seigneur, cet aveu me glace d'épouvante.
Ne me présentez point cette image sanglante.
Sans doute que le Ciel m'a dérobé l'horreur
De ce funeste soin que vous devait mon cœur.
Si le terrible effet en eût frappé ma vue,
Ah ! jamais jusqu'ici je ne serais venue.

ANNIBAL

Non, je vous connais mieux, et vous vous faites tort.

LAODICE

Mais, Seigneur, permettez que je fasse un effort,
Qu'auprès du roi...

ANNIBAL

      Madame, il serait inutile ;
Les moments me sont chers, je cours à mon asile.

LAODICE

À votre asile ! ô ciel ! Seigneur où courez-vous ?

ANNIBAL

Mériter tous vos soins.

LAODICE

      Quelle honte pour nous !

ANNIBAL

Je ne vous dis plus rien ; la vertu, quand on l'aime,
Porte de nos bienfaits le salaire elle-même.
Mon admiration, mon respect, mon amour,
Voilà ce que je puis vous offrir en ce jour ;
Mais vous les méritez. Je fuis, quelqu'un s'avance.
Adieu, chère Princesse.

Scène V

LAODICE, *seule*

      Ô ciel ! quelle constance !
Tes devoirs tant vantés, ministre des Romains,
Étaient donc d'outrager le plus grand des humains !

De quel indigne amant mon âme possédée
Avec tant de plaisir gardait-elle l'idée ?

Scène VI

LAODICE, FLAMINIUS, FLAVIUS

FLAMINIUS

Eh quoi ! vous me fuyez, Madame ?

LAODICE

Laissez-moi.

Hâtez-vous d'achever votre barbare emploi :
Portez les derniers coups à l'honneur de mon père ;
Des dieux que vous bravez méritez la colère.
Mes pleurs vont les presser d'accorder à mon cœur
Le pardon d'un penchant qui doit leur faire horreur.

Scène VII

FLAMINIUS, FLAVIUS

FLAMINIUS

Il me serait heureux de l'ignorer encore,
Cet aveu d'un penchant [1] que votre cœur abhorre.
Poursuivons mon dessein. Flavius, va savoir
Si sans aucun témoin Annibal veut me voir.

Scène VIII

FLAMINIUS, *seul* [2]

J'ai satisfait aux soins que m'imposait ta cause ;
Souffre ceux qu'à son tour la vertu me propose,
Rome ! Laisse mon cœur favoriser ses feux,
Quand sans crime il peut être et tendre et généreux.
Je puis, sans t'offenser, prouver à Laodice
Que, s'il m'est défendu de lui rendre un service,

---

1. Un premier état du manuscrit porte *penchant* au lieu de *aveu*.
2. L'indication scénique manque dans le manuscrit.

Sensible cependant à sa juste douleur,
Du soin de l'adoucir j'occupe encor mon cœur.
Annibal vient : ô ciel ! ce que je sacrifie
Vaut bien qu'à me céder ta bonté le convie.
Le motif qui m'engage à le persuader
Est digne du succès que j'ose demander.

Scène IX

ANNIBAL, FLAMINIUS

FLAMINIUS

Seigneur, puis-je espérer qu'oubliant l'un et l'autre
Tout ce qui peut[1] aigrir mon esprit et le vôtre,
Et que nous confiant, en hommes généreux,
L'estime qu'après tout nous méritons tous deux,
Vous voudrez bien ici que je vous entretienne
D'un projet que pour vous vient de former la mienne ?

ANNIBAL

Seigneur, si votre estime a conçu ce projet,
Fût-il vain, je le tiens déjà pour un bienfait.

FLAMINIUS

Ce que Rome en ces lieux m'a commandé de faire,
Pour Annibal peut-être est encore un mystère.
Seigneur, je viens ici vous demander au roi ;
Vous n'en devez pas être irrité contre moi.
Tel était mon devoir ; je l'ai fait avec zèle,
Et vous m'approuverez d'avoir été fidèle.
Prusias, retenu par son engagement,
A cru qu'il suffirait de votre éloignement.
Il a pensé que Rome en serait satisfaite,
Et n'exigerait rien après votre retraite.
Je pouvais l'accepter, et vous ne doutez pas
Qu'il ne me fût aisé d'envoyer sur vos pas ;
D'autant plus qu'Hiéron aux Romains de ma suite
Promet de révéler le jour de votre fuite.
Mais, Seigneur, le Sénat veut bien moins vous avoir

---

1. Manuscrit : *Tout ce qui put.*

Qu'il ne veut que le roi fasse ici son devoir :
Et l'univers jaloux, de qui l'œil nous contemple,
De sa soumission aurait perdu l'exemple.
J'ai donc refusé tout, et Prusias, alors,
Après avoir tenté d'inutiles efforts,
Pour me donner enfin sa réponse précise,
Ne m'a plus demandé qu'une heure de remise.
Seigneur, je suis certain du parti qu'il prendra,
Et ce prince, en un mot, vous abandonnera.
S'il demande du temps, ce n'est pas qu'il hésite ;
Mais de son embarras il se fait un mérite [1].
Il croit que vous serez content de sa vertu,
Quand vous saurez combien il aura combattu.
Et vous, que jusque-là le destin persécute,
Tombez, mais d'un héros ménagez-vous la chute.
Vous l'êtes, Annibal, et l'aveu m'en est doux.
Pratiquez les vertus que ce nom veut de vous.
Voudriez-vous attendre ici la violence ?
Non, non ; qu'une superbe et pleine confiance,
Digne de l'ennemi que vous vous êtes fait,
Que vous honorerez par ce généreux trait,
Vous invitant à fuir des retraites peu sûres,
Où vous deviez, Seigneur, présager vos injures,
Vous guide jusqu'à Rome, et vous jette en des bras
Plus fidèles pour vous que ceux de Prusias.
Voilà, Seigneur, voilà la chute la plus fière
Que puisse se choisir votre audace guerrière.
À votre place enfin, voilà le seul écueil
Où, même en se brisant, se maintient votre orgueil.
N'hésitez point, venez ; achevez de connaître
Ces vainqueurs que déjà vous estimez peut-être.
Puisque autrefois, Seigneur, vous les avez vaincus,
C'est pour vous honorer une raison de plus.
Montrez-leur Annibal ; qu'il vienne les convaincre
Qu'un si noble vaincu mérita de les vaincre.
Partons sans différer ; venez les rendre tous
D'une action si noble admirateurs jaloux.

---

1. Cette réflexion désabusée sur les prétendus scrupules de conscience rappelle un thème de réflexion fréquent dans *La Vie de Marianne*.

ANNIBAL

Oui, le parti sans doute est glorieux à prendre,
Et c'est avec plaisir que je viens de l'entendre.
Il m'oblige. Annibal porte en effet un cœur
Capable de donner ces marques de grandeur,
Et je crois vos Romains, même après ma défaite,
Dignes que de [1] leurs murs je fisse ma retraite.
Il ne me restait plus, persécuté du sort,
D'autre asile à choisir que Rome ou que la mort.
Mais enfin c'en est fait, j'ai cru que la dernière
Avec assez d'honneur finissait ma carrière.
Le secours du poison...

FLAMINIUS

                    Je l'avais pressenti :
Du héros désarme c'est le dernier parti.
Ah ! souffrez qu'un Romain, dont l'estime est sincère [2],
Regrette ici l'honneur que vous pouviez nous faire.
Le roi s'avance ; ô ciel ! sa fille en pleurs le suit.

Scène X et dernière
TOUS LES ACTEURS

PRUSIAS, *à Annibal.*

Seigneur, serait-il vrai ce qu'Amilcar nous dit ?

ANNIBAL

Prusias (car enfin je ne crois pas qu'un homme
Lâche [3] assez pour n'oser désobéir à Rome,
Infidèle à son rang, à sa parole, à moi,
Espère qu'Annibal daigne en lui voir un roi),
Prusias, pensez-vous que ma mort vous délivre
Des hasards qu'avec moi vous avez craint de suivre ?
Quand même vous m'eussiez remis entre ses mains,
Quel fruit en pouviez-vous attendre des Romains ?

---

1. Le manuscrit porte *dans* au lieu de *de.*   **2.** Texte de l'édition originale : « *Souffrez qu'un Romain, dont l'estime est sincère* ». Le vers est faux,
mais son début rappelle le texte du manuscrit : « *J'approuve malgré moi ce
généreux parti. / Souffrez qu'un ennemi dont l'estime est sincère...* »
3. Manuscrit : *Faible.*

La paix ? Vous vous trompiez. Rome va vous apprendre
Qu'il faut la mériter [1] pour oser y prétendre.
Non, non ; de l'épouvante esclave déclaré,
À des malheurs sans fin vous vous êtes livré.
Que je vous plains ! Je meurs, et ne perds que la vie.

À *la Princesse.*

Du plus grand des malheurs vous l'avez garantie,
Et j'expire honoré des soins de la vertu.
Adieu, chère Princesse.

LAODICE, *à Flaminius.*
Enfin Rome a vaincu.

Il meurt, et vous avez consommé l'injustice,
Barbare ! et vous osiez demander Laodice !

FLAMINIUS

Malgré tout le courroux qui trouble votre cœur,
Plus équitable un jour, vous plaindrez mon malheur.
Quoique de vos refus ma tendresse soupire,
Ils ont droit de paraître, et je dois y souscrire [2].
Hélas ! un doux espoir m'amena dans ces lieux ;
Je ne suis point coupable, et j'en sors odieux [3].

---

1. Manuscrit : *conquérir.* **2.** Ces vers ont été jugés du « galimatias » par Larroumet (p. 43). Ils sont évidemment peu heureux. La construction consiste à donner à un substantif abstrait *(tendresse)* un rôle qui devrait être normalement tenu par un pronom représentant une personne. Elle est constante dans Marivaux dans tous les tons et contribue à donner à son style une sorte de virtuosité abstraite. Voir notre *Marivaux et le Marivaudage*, pp. 325-330. **3.** Le manuscrit comportait encore deux vers, que Marivaux a eu le bon goût de rayer : « *Seigneur, je vais à Rome, où vous pouvez attendre / De mon zèle pour vous les services d'un gendre.* »

LA SURPRISE
DE
L'AMOUR

COMÉDIE EN TROIS ACTES ET EN PROSE
REPRÉSENTÉE POUR LA PREMIÈRE FOIS
PAR LES COMÉDIENS-ITALIENS
LE 3 MAI 1722.

NOTICE

Jouée pour la première fois par les comédiens italiens le 3 mai 1722, *La Surprise de l'amour* n'est pas infidèle au genre créé avec *Arlequin poli par l'amour*, mais l'infléchit dans un sens plus littéraire. Le spectacle est ici plutôt pour l'esprit que pour les yeux. Sans disparaître totalement, la féerie s'est réduite à une figuration symbolique : le cercle magique dans lequel le baron enferme les deux amants qui s'ignorent. Si les personnages ne connaissent toujours pas d'autre réalité que celle des sentiments, ces sentiments sont plus complexes. C'est la part des progrès réalisés par l'auteur, toujours à l'affût des démarches secrètes de l'amour. Quant au dialogue, il a gagné infiniment en subtilité, et en brillant. C'est que les interprètes commencent maintenant à s'exprimer par la parole avec autant de facilité qu'ils le faisaient précédemment par la mimique ou les jeux de physionomie.

Marivaux étudie ici l'amour triomphant d'un obstacle qui, pour être tout intérieur, n'en est pas moins très grave. Sous les noms de Lélio et de la Comtesse, ce sont les deux sexes qui s'affrontent, la femme reprochant à l'homme sa vanité et son injustice, et l'homme accusant la femme de coquetterie et de trahison. Sans doute, aucune de ces attitudes respectives ne constitue une nouveauté sur la scène comique. Celle de la Comtesse apparaît plusieurs fois dans les premières pièces du nouveau Théâtre-Italien, par exemple chez la Diane de *Rebut pour Rebut*, canevas italien de Luigi Riccoboni issu d'une tradition espagnole, joué en 1717, ou chez la Silvia de *L'Amante romanesque* d'Autreau (1718). Celle-ci, par exemple, prétend ne souffrir des amants « que pour les rendre malheureux et se venger par là sur tous les hommes [...] de la barbarie avec laquelle [son] époux [l]'a traitée [1] ». Quant aux plaintes de Lélio contre la femme

---

1. Cité par X. de Courville, *Luigi Riccoboni, dit Lélio*, tome II, pp. 184-185.

trompeuse et coquette, on sait qu'on les trouve souvent chez Molière, du *Dépit amoureux* au *Bourgeois gentilhomme*. Mais l'idée nouvelle de Marivaux est de mettre face à face des personnages animés de cette haine réciproque. Suivant une loi finement observée, ils chercheront à se faire aimer l'un de l'autre. Car de qui dans la vie veut-on se faire aimer ? De ceux qui ne se soucient pas de nous[1]. Victimes de leur propre piège, ils succomberont eux-mêmes à l'amour qu'ils ont voulu inspirer, dans une atmosphère de dépit qui touchera par instants au désespoir.

Au reste, les sentiments des personnages vont singulièrement plus loin chez Marivaux que chez ses devanciers. Dans les plaintes de la femme, on reconnaît une thèse qui sera développée avec éloquence dans *Le Cabinet du philosophe* : pourquoi la société punit-elle avec sévérité les fautes de la femme, alors qu'elle se montre pleine d'indulgence pour celles de l'homme ? Que les hommes s'expliquent, dit une femme qu'approuve l'auteur :

« Nous abandonnent-ils l'exercice de la vertu comme une chose aisée, et qui ne passe pas nos forces ? ou bien cette vertu est-elle si pénible, qu'elle ne puisse appartenir qu'à nous ? Nous seules, à cause de l'excellence de notre sexe, méritons-nous d'en avoir, de la suivre, et d'être punies quand nous en manquons ? Les hommes au contraire ne sont-ils pas dignes d'être vertueux ? leur indignité est-elle sans conséquence ? si cela est, qu'ils le déclarent, et nous ne dirons mot, nous serons les premières à trouver justes ces punitions dont on nous accable, quand nous nous égarons, et qui seront alors des titres de grandeur. Mais que les hommes aient l'audace de nous mépriser comme faibles, pendant qu'ils prennent pour eux toute la commodité des vices, et qu'ils nous laissent toute la difficulté des vertus, en vérité cela n'est-il pas absurde[2] ? »

Si on reconnaît dans le rôle de la Comtesse l'esprit d'un moraliste sérieux, celui de Lélio rappelle le ton des élégiaques anciens, en

---

1. « J'ai une fois en ma vie aimé une femme avec passion, parce qu'à l'occasion de quelque chose, elle avait dit qu'elle ne pouvait me souffrir, et qu'elle ne me verrait jamais [...]. De qui dans la vie veut-on se faire aimer ? de ceux qui ne se soucient pas de nous [...]. Dire du mal de quelqu'un n'est souvent qu'une manière de se plaindre de son indifférence pour nous. » (*L'Indigent philosophe*, septième feuille.)   **2.** Cinquième feuille, *Des femmes mariées*. Comparer ici : « Oh ! l'admirable engeance qui a trouvé la raison et la vertu des fardeaux trop pesants pour elle, et qui nous a chargées du soin de les porter » (I, 7).

même temps qu'il annonce de façon frappante certains poèmes romantiques. Ce serait un curieux spectacle que celui qui unirait *La Nuit d'octobre*, par exemple, et *La Surprise de l'amour*. Au désespoir près, les sentiments de Lélio, souffrance après une infidélité, peur en même temps que désir de l'amour, sont ceux du poème de Musset, tandis que toute la pièce illustre ces vers de *La Nuit d'août* :

> Après avoir souffert, il faut souffrir encore ;
> Il faut aimer sans cesse, après avoir aimé.

Comme pour *Arlequin poli par l'amour*, l'espèce de perfection atteinte dans *La Surprise de l'amour* s'explique par un accord intime entre l'auteur et ses interprètes. Ne revenons pas sur Arlequin, qui s'est encore affiné depuis que Marivaux a songé à le montrer « poli par l'amour ». Sa niaiserie n'est plus qu'une balourdise qui n'exclut pas les grâces naïves. Flaminia joue Colombine avec une vivacité que loua la critique[1]. La familiarité dont elle fait preuve envers la Comtesse s'explique, comme le remarque Xavier de Courville, par l'ancienneté de la *prima donna* envers la seconde amoureuse qu'est encore théoriquement Silvia. Admirons en tout cas la bonne grâce, rare sur notre scène nationale, avec laquelle elle s'efface devant sa jeune rivale. Luigi Riccoboni, qui joue ici sous son nom de théâtre, a certainement marqué le rôle de Lélio. Tragédien venu au comique malgré lui, il avait naturellement un « air sombre » que les contemporains disaient « très propre à peindre les passions tristes », mais « n'exprimant pas si bien la joie ». « Réussissant à merveille dans les passions outrées[2] », il devait rendre très vraisemblable le personnage de l'amoureux déçu, qui tantôt adore et tantôt maudit.

On avait fait à Silvia, lors de ses débuts, des compliments mêlés d'une réserve : « Pour être une excellente actrice, il ne lui manque que le dialogue de Flaminia[3]. » Elle avait alors seize ans, et on reconnaissait déjà que son jeu était « très noble », qu'elle « entrait vivement dans les passions ». Parvenue, une des premières de la troupe, à une bonne connaissance du français, elle accède avec *La Surprise*

---

1. Voir le compte rendu du *Mercure* de mai 1722 que nous citerons, p. 233 *sq.*, *in extenso*.   **2.** Toutes ces citations sont tirées des *Lettres historiques à M. D*** sur la Nouvelle Comédie italienne* (1717-1719), attribuées à Nicolas Boindin, citées par X. de Courville, *Luigi Riccoboni, dit Lélio*, t. II, pp. 44-45.   **3.** *Ibid.*

de l'amour à un rôle exigeant un art consommé du dialogue. Une anecdote curieuse raconte comment Marivaux l'aida :

« Mlle Silvia, qui avait beaucoup de talents, sentait que son rôle était susceptible d'une nuance d'esprit et de sentiment qu'elle n'y mettait point, que sa pénétration et sa sensibilité ne pouvaient atteindre. Elle en était désespérée, et disait continuellement à un de ses amis, qui l'était de M. de Marivaux : Je donnerais tout au monde pour connaître l'auteur de cette pièce. Celui-ci, sans rien promettre à Mlle Silvia, fit enfin tous ses efforts pour l'engager à lui rendre une visite. Il y consentit enfin, mais à condition qu'il garderait l'incognito.

« Ils se rendirent donc chez elle, ils la trouvèrent à sa toilette ; elle leur fit politesse. M. de Marivaux la pria de ne point se déranger, et lui dit qu'il venait pour l'admirer chez elle, comme il l'admirait au théâtre ; apercevant ensuite une brochure, il demanda si on pouvait sans indiscrétion en voir le titre. C'est *La Surprise de l'amour*, reprit Mlle Silvia, c'est une comédie charmante ; mais j'en veux à l'auteur : c'est un méchant de ne pas se faire connaître, nous la jouerions cent fois mieux s'il avait seulement daigné nous la lire. M. de Marivaux prit alors son ouvrage, et y lut quelque chose du rôle de Mlle Silvia. Elle fut ravie de l'entendre : la précision, la finesse, la vérité avec laquelle il lisait furent de nouveaux traits de lumière pour elle. Ah ! Monsieur, s'écria-t-elle avec chaleur, vous me faites sentir toutes les beautés de mon rôle ; vous éclairez mon âme. Vous lisez comme je voulais, comme je sentais qu'il fallait jouer : vous êtes le diable ou l'auteur de la pièce. M. de Marivaux sourit de cette saillie et répondit simplement qu'il n'était pas le diable [1]. »

D'Alembert, qui rapporte la même anecdote, dit ailleurs que Marivaux parlait de Silvia « avec une espèce d'enthousiasme ». « Il est vrai, ajoute-t-il, qu'en faisant l'éloge de cette actrice, il faisait aussi le sien sans y penser, car il avait beaucoup contribué à la rendre aussi parfaite qu'elle était devenue [2]. » Pour l'un comme pour l'autre, la collaboration s'avéra fructueuse, et pendant plus de vingt ans, de 1720 à 1740, Silvia créa presque toutes les grandes pièces de Marivaux.

Au Théâtre-Italien, après un accueil, sinon enthousiaste du moins

---

1. Lesbros de La Versane, *L'Esprit de Marivaux*, p. 15.   **2.** *Éloge de Marivaux*, p. 581.

très favorable [1], *La Surprise de l'amour* fut souvent reprise, en un moment où Marivaux, suivant un mot de Lesbros, soutenait presque seul la fortune chancelante du théâtre. En janvier 1726, c'est *La Surprise* « une des meilleures pièces de Marivaux », dit le *Mercure*, qui est choisie pour les débuts de Riccoboni dans le rôle de « l'Amoureux » déjà illustré par son père. Il en avait déjà été ainsi pour les débuts de Romagnesi, le 13 avril 1725, et il en sera encore de même pour Sticotti en mai 1729. Le 14 juillet de la même année, la pièce des *Débuts* [2] montre que la tradition est constituée ; c'est dans une tirade du rôle de Lélio que le candidat-acteur doit faire la preuve de son talent devant la troupe assemblée. Avant *Le Jeu de l'amour et du hasard*, *La Surprise* est la première pièce de Marivaux devenue classique. Pourtant, après vingt et un ans, si l'on en croit Desboulmiers [3], elle disparut de la scène italienne pour une raison « qui n'est pas difficile à trouver », entendons sans doute la retraite de Silvia et le déclin de la troupe.

Auprès de la critique du temps, *La Surprise de l'amour* passa sans doute pour une excellente pièce, mais l'on ne se soucia guère de le dire expressément [4]. Du moins voulut-on en lier les mérites à ceux de Silvia. Cette attitude apparaît dans la notice de Gueulette :

---

1. Le *Mercure* dit qu'elle a été « fort bien reçue par la simplicité de l'intrigue » (cette simplicité était en effet inhabituelle au Théâtre-Italien). Les registres du théâtre indiquent qu'elle eut seize représentations pour la première série (mai-juin), avec des recettes supérieures à celles du répertoire courant (entre 60 et 160 livres), mais inférieures à celles des grands succès que furent *Samson* et *Agnès de Chaillot*, parodie d'*Inès de Castro*, soit pour le mois de mai, le 3, 627 livres ; le 6, 433 livres ; le 8, 348 livres ; le 10, 849 livres ; le 12, 444 livres ; le 15, 645 livres ; le 17, 981 livres ; le 19, 494 livres ; le 21, 318 livres ; le 26, 398 livres ; le 28, 213 livres ; le 31, 381 livres ; pour juin, le 6, 697 livres ; le 7, 230 livres ; le 13, 239 livres. Reprise en septembre, la pièce eut cinq représentations : le 5, 513 livres ; le 9, 654 livres ; le 7, 453 livres ; le 10, 344 livres ; le 14, 380 livres ; le 15, 158 livres. Elle fut aussi jouée à la cour, à Versailles, à l'automne 1723, ainsi qu'*Arlequin poli par l'amour* et *La Double Inconstance*.   **2.** De Dominique et Romagnesi.   **3.** Il semble qu'il faille comprendre au sens strict la phrase de Desboulmiers, qui oppose le destin des deux *Surprise* : « Quoiqu'elle (la *Surprise* française) parût avoir moins de succès, elle est encore jouée souvent et vue avec plaisir ; et celle-ci (la *Surprise* italienne), qui eut vingt-une représentations et qui a été jouée pendant autant d'années, a disparu de la scène italienne. La raison n'est pas difficile à trouver. » (*Histoire anecdotique et raisonnée du Théâtre italien*, tome II, p. 93.) En effet, entre 1742 et 1749, *La Surprise* ne fut donnée qu'une fois (2 août 1745). Voir à l'Appendice, pp. 2156-2157.   **4.** Sauf dans le jugement du *Mercure*, qui sera cité plus loin.

« *La Surprise de l'amour*. En trois actes de M. de Marivaux, Mlle Silvia (Baletti) qui dans *Les Amants ignorants, Arlequin poli par l'amour* et autres pièces, était déjà reconnue pour une excellente actrice, fit sentir dans cette comédie qu'il n'y avait personne qui pût la surpasser, et même l'égaler, dans les caractères vrais et naïfs[1]. »

Elle est plus nette encore dans celle que le marquis d'Argenson consacra à la même pièce :

« *La Surprise de l'amour* [...] Marivaux est un grand homme dans les petites choses, il a étudié profondément tous les caprices des femmes et surtout des femmelettes et des bourgeoises, il a donné de grandes preuves de son savoir, de ses études et de son grand talent pour les mettre en œuvre, ainsi l'on doit respect à de pareils chefs-d'œuvre dans un art de peu de mérite aujourd'hui, car ce n'est pas l'amour qu'il traite comme Racine, ce sont les caprices de l'amour et ses accidents infinis. La conduite de cette pièce est d'un grand art et bien combinée. Avec cela elle a besoin du grand jeu de la Comtesse par Silvia pour réussir ; elle est froide à la lecture, ce qui ne se prête pas à toute l'approbation qu'elle mérite[2]. »

Pourtant, à la seule lecture, La Barre de Beaumarchais en avait bien remarqué l'originalité, cette combinaison du comique et de la sensibilité qui, à quelque degré, se retrouvera dans toutes les comédies de Marivaux :

« Les deux héros de *La Surprise de l'amour* sont Lélio et une Comtesse. Tous deux ennemis de l'amour en conçoivent l'un pour l'autre sans s'en apercevoir. Arlequin et Colombine, qui le remarquent, s'efforcent de le faire remarquer à eux-mêmes. Mais ces deux amants s'obstinent à se cacher une passion qui éclate à chaque instant malgré eux. La honte de changer ainsi de sentiments est d'abord le motif qui les engage, et la crainte de n'être pas aimés s'y mêle ensuite. Enfin une aventure qui est ménagée avec beaucoup d'adresse les force de s'avouer leur secret, et par là finit la comédie. On peut dire que les caractères y sont conservés et soutenus jusqu'à la fin avec un art extraordinaire, et que peu de comédies sont aussi divertissantes et aussi tendres, malgré la froideur affectée des deux principaux personnages[3]. »

---

1. Thomas-Simon Gueulette, *Notes et Souvenirs sur le Théâtre-Italien*, éd. J.-E. Gueullette, Droz, 1938, p. 99.   **2.** *Notices sur les pièces de théâtre*, ms. de l'Arsenal, n° 3450, f° 100.   **3.** *Lettres sérieuses et badines*, tome III, seconde partie, p. 261, 1730, à l'occasion de la publication du *Nouveau Théâtre Italien* de Briasson, 1729.

Après avoir été jouée sur plusieurs théâtres sous la Révolution [1], la première *Surprise de l'amour* fut boudée pendant tout le XIXᵉ siècle, quoique Gautier y vît le chef-d'œuvre de Marivaux : la concurrence de la seconde *Surprise*, dite *La Surprise française*, explique cet ostracisme. En 1911 pourtant, la Comédie-Française se décida à la monter, mais dans une version mutilée, et réduite en un acte. En 1922, ce fut au tour de l'Odéon et du Vieux-Colombier de présenter *La Surprise de l'amour*, à l'occasion de son deux centième anniversaire. Enfin, le 22 novembre 1938, la pièce fut créée au Théâtre-Français dans sa version originale. Le succès paraît avoir été plus grand auprès de la critique qu'auprès du public. En 2000, elle n'avait atteint que le nombre de 40 représentations, la dernière datant de 1947. Servie par une troupe qui saura la faire valoir, *La Surprise de l'amour* sera tôt ou tard consacrée comme une œuvre capitale de Marivaux.

LE TEXTE

L'édition originale, annoncée par le *Mercure* d'août 1723 [2], est la suivante :

LA SURPRISE / DE / L'AMOUR, / *COMEDIE.* / *REPRESENTEE PAR LES* / *Comédiens Italiens de Son Altesse Royale* / *Monseigneur* LE DUC D'ORLEANS. / Le prix est de 25. sols. / (Fleuron) / À PARIS / Chez la Veuve GUILLAUME, Quay des / Augustins, au coin de la ruë Pavée, / au nom de Jesus. / M. DCC. XXIII. / *Avec Approbation & Privilege du Roy.* /

In-12. VI pages non numérotées pour le titre, le privilège à Riccoboni dit Lélio, pour six ans, en date du 24 novembre 1716, signé Fouquet, pour le Nouveau Théâtre-Italien (pp. III-V), et une cession à Coutellier (p. VI) : « J'ai cédé le présent privilège à Coûtellier, libraire de Son Altesse Royale, pour en jouir suivant les conventions faites entre nous, ce 28 novembre mil sept cent seize. »

110 pages pour le texte, et, en bas de la page 110, l'approbation : « J'ai lu par l'ordre de Monseigneur le Garde des Sceaux une Comédie qui a pour titre *La Surprise de l'amour*, et j'ai cru que cette pièce ferait autant de plaisir à la lecture qu'elle en a faite *(sic)* à la représentation. À Paris, ce 19. Mars 1723. *Signé*, DANCHET. »

---

1. Voir sur ce point Kenneth McKee, *The Theater of Marivaux*, p. 37.   **2.** P. 312.

Le même texte en 110 pages, avec les mêmes signatures et la même approbation, se trouve aussi avec une autre page de titre dans le *Nouveau Théâtre-Italien*, chez François Flahaut, 1723 :

LA SURPRISE / DE / L'AMOUR, / *COMEDIE.* / *REPRESENTEE PAR LES* / *Comédiens Italiens de* S. A. R. MONSEI- / GNEUR LE DUC D'ORLEANS, *le* / 1722. / (Fleuron) / A PARIS, / Chez ANTOINE GANDOUIN, Quai / des Augustins, au coin de la rue / Pavée, à la Bible d'Or. / (Filet) / M. DCC. XXIII. / *Avec Approbation, & Privilege du Roy.*

Les VI pages pour le privilège et la liste des acteurs manquent dans l'exemplaire de la Bibliothèque nationale, mais l'approbation figure, puisqu'elle est composée, ainsi qu'on l'a dit, à la fin du texte de la pièce, page 110.

Nous avons suivi le texte de cette édition originale, qui a été en général fidèlement reproduit par les éditions publiées du vivant de Marivaux, Briasson 1730, Briasson 1733[1], Briasson, sans date, sous le titre général Nouveau Théâtre-Italien, 1732, symétrique de l'édition d'*Arlequin poli par l'amour* incluse dans le recueil de 1758, et déjà décrite à ce titre[2].

COMPTES RENDUS DU *MERCURE DE FRANCE*.

Le *Mercure de France* consacra à *La Surprise de l'amour* deux longs articles, le premier lors de la première série de représentations, le second lors de la publication de la pièce. Voici le texte du premier :

---

1. Cette édition pose un problème. La pièce y est en effet pourvue de l'approbation suivante : «*Approbation.* J'ai lu par ordre de Monseigneur le Garde des Sceaux *La Surprise de l'amour*, et j'ai cru que cette pièce serait agréable au public. Fait à Paris ce 29 mai 1717. Houdart de La Motte. » — Il est difficile d'admettre que *La Surprise de l'amour* puisse remonter à cette date. La première pièce française des Italiens est *Le Naufrage*, d'Autreau (25 avril 1718). En outre, le registre des œuvres déposées pour examen du censeur, conservé à la Bibliothèque nationale, ne conserve aucune trace d'une demande d'approbation pour la pièce en 1717. Il nous paraît probable que cette approbation avait été en fait accordée pour *L'Heureuse Surprise*, dont le titre italien est *L'Inganno fortunato*, pièce jouée pour l'ouverture du Théâtre-Italien en 1716. Elle a été ensuite utilisée par erreur du libraire pour la pièce de Marivaux. Par une erreur moins excusable, Larroumet classe une *Heureuse Surprise* parmi les ouvrages « inédits ou perdus » de Marivaux (*op. cit.*, p. 615), en se fondant sur une attribution hasardeuse du catalogue de la Bibliothèque Soleinne (n° 1657) : il s'agit toujours ici de la pièce italienne de 1716. **2.** Voir p. 123.

« Les comédiens-italiens ont représenté le 3 de ce mois *La Surprise de l'amour*, pièce nouvelle française en trois actes, avec un divertissement à la fin de la comédie, dont voici l'extrait.

« Lélio est trahi par une maîtresse ; il en est si piqué qu'il l'abandonne de dépit, et se retire à une maison de campagne, avec une ferme résolution, non seulement de ne plus fréquenter des femmes, pour ne pas exposer son cœur au danger d'aimer, mais encore de les mépriser, et de publier leurs défauts toutes les fois qu'il en trouvera l'occasion. Arlequin son valet, qui aimait de son côté la suivante de la dame infidèle, et qui n'en a pas été mieux traité que son maître, prend la même résolution et les mêmes sentiments, et accompagne son maître à cette campagne. Après y avoir passé quelque temps, il y arrive une dame inconnue à Lélio, et cette dame (qu'on appelle la Comtesse) n'a jamais vu ni connu Lélio. Mme la Comtesse est fort opposée à tout ce qu'on appelle amour ou galanterie ; le dérèglement de conduite et de raison qu'elle a remarqué dans plusieurs amants lui ont donné de l'aversion pour tout ce qui s'appelle tendre engagement, et l'ont persuadée qu'un homme ne méritait pas d'être aimé comme amant, et qu'une femme s'avilissait toujours quand elle s'avisait d'aimer quelqu'un, etc. Sur ce principe, il n'y avait pas beaucoup d'apparence que Lélio et la Comtesse pussent lier quelque conversation ensemble, et encore moins de contracter quelque amitié entre eux. Cependant c'est l'amour, contre lequel ces deux personnes se déchaînent, qui donne sujet à leur première entrevue. Le fermier de la Comtesse, amoureux de la fermière de Lélio, et voulant l'épouser, s'avise de prier la Comtesse de faire trouver bon à Lélio d'épouser sa fermière ; la Comtesse promet de faire cette prière, et d'engager même Lélio de faire quelque présent à sa fermière en faveur de ce mariage.

« La Comtesse n'est pas longtemps à rencontrer Lélio, elle le trouve à la promenade. Lélio veut s'éloigner d'abord qu'il l'aperçoit, mais la Comtesse le fait appeler pour lui dire qu'elle a quelque chose à lui faire savoir. Lélio, en l'abordant, lui fait ses excuses sur ce qu'il s'était d'abord éloigné d'elle, etc. Qu'elle ne doit attribuer cette démarche qu'à une forte résolution qu'il a prise de fuir désormais toutes les femmes, à cause d'une infidélité qu'une maîtresse lui a faite autrefois, etc. La Comtesse est fort piquée des idées que Lélio fait paraître au sujet des femmes ; elle ne contredit pas d'abord ses sentiments, elle blâme même l'infidélité de cette maîtresse, qui n'est causée, dit-elle, quelquefois, que par le ridicule des hommes[1], et qu'elle pourrait bien lui donner des preuves convaincantes de ce ridicule, si elle voulait s'en donner la peine, en le rendant, lui Lélio, aussi amoureux qu'il l'a été de cette première maîtresse : Lélio défie la Comtesse d'une pareille tentative, etc. Cette conversation, jointe au défi, jette dans l'âme de ces deux personnages je ne sais quelle révolte d'amour-propre l'un contre l'autre qu'on voit naître dans l'instant, et qui éclate dans la suite par un billet que la Comtesse écrit à Lélio au sujet du fermier et de la fermière, par lequel elle lui mande qu'il est inutile de se voir davantage pour une affaire de si peu de conséquence, etc. Cette lettre, qui ne décide rien sur l'affaire du fermier, ne fait qu'augmenter l'envie et l'empressement de Lélio de revoir la Comtesse, laquelle ne souhaite pas moins de son côté de revoir Lélio.

« Cependant le fermier de la Comtesse, à qui la mauvaise humeur de Lélio contre les femmes a donné le mauvais exemple, s'avise de vouloir faire l'épreuve de la fidélité de la fermière, mais celle-ci en est si irritée, qu'elle vient demander son congé à Lélio pour sortir du village, afin de n'être plus à portée de pardonner à son amant, etc.

« La Comtesse arrive un moment après, cherchant un portrait qu'elle a perdu. Lélio fait semblant de ne pas l'apercevoir et de se promener, mais la Comtesse, en cherchant le portrait, s'approche si fort de lui, qu'il ne peut plus éviter de lui parler. Cette scène est fort plaisante par le jeu de théâtre, de voir deux personnes qui font semblant de ne vouloir pas se trouver, et qui ne demandent pas mieux que de se joindre, et de lier conversation : ce qui ne manque pas d'arriver dans l'instant. Cependant, quelque remords qui prend à Lélio l'oblige de quitter la Comtesse assez brusquement ; mais sa fermeté l'abandonne à quatre pas de là, il se ravise, et revient sur ses pas pour rejoindre la Comtesse, laquelle de son côté, étant fort fâchée du départ de Lélio, trouve un prétexte de le faire rappeler ; ils se trouvent tous les deux un instant après presque face à face, comme des gens qui se cherchent avec empressement, ce qui produit sur la scène un jeu assez plaisant. La Comtesse demande enfin

---

1. L'ironie de la Comtesse, dans cette scène VII de l'acte I, va même plus loin, et elle blâme la personne en question, non pas d'avoir cessé d'aimer Lélio, mais d'en avoir aimé un autre. Ou le résumé est incomplet, ou Marivaux a retouché ce passage.

à Lélio d'une manière assez vive ce qu'il a encore à lui dire. Lélio répond que sa fermière ne veut plus épouser le fermier, etc. Ce discours occasionne entre eux une querelle bizarre, dans laquelle ils se disent à tout moment qu'ils s'aiment, en voulant s'efforcer de se persuader le contraire. Ils finissent cette conversation par l'assurance que Lélio donne à la Comtesse de finir le mariage du fermier, etc. Enfin la Comtesse et Lélio, moins en état que jamais de cacher le penchant qu'ils ont l'un pour l'autre, ouvrent enfin les yeux, et se développent réciproquement ce qu'ils ont de plus caché dans le cœur, etc. Le portrait de la Comtesse, qu'elle a égaré, trouvé par Arlequin et gardé par Lélio, sous prétexte qu'il ressemble à une parente qu'il aimait beaucoup, est une preuve convaincante de l'amour que Lélio a pour la Comtesse. Cette preuve est suivie de l'aveu que Lélio lui en fait. La Comtesse ne peut pas s'empêcher de lui en faire un semblable. C'est par où la comédie finit avec le mariage du fermier et de la fermière, qui forme [1] le divertissement de la pièce. Arlequin, valet de Lélio, et Colombine, suivante de la Comtesse, font dans la pièce un jeu tout à fait divertissant : nous n'en dirons rien pour ne pas entrer dans un trop grand détail.

« La pièce a été fort bien reçue du public par la simplicité de l'intrigue, qui ne roule que sur les mouvements des deux principaux personnages [2]. La Dlle Silvia joue le sien d'une manière qui ne laisse rien à souhaiter. La Dlle Flaminia n'a pas été moins applaudie dans son rôle de suivante, qu'elle a joué avec autant de feu qu'elle en fait paraître dans les scènes qu'elle compose ; le sieur Lélio, à qui la langue française ne devrait pas naturellement être familière, a joué son rôle qui est tout français en perfection, et Arlequin a joué le sien à son ordinaire, c'est-à-dire à la satisfaction de tout le public [3]. »

Le second compte rendu a moins d'intérêt, dans la mesure où il est fondé sur le texte imprimé que nous possédons. Nous en citerons ici seulement l'introduction et la conclusion, en renvoyant dans les notes du texte les appréciations relatives aux différentes scènes résumées.

« *La Surprise de l'amour*, comédie en trois actes, à Paris, chez la Veuve Guillaume, quay des Augustins [...] 1723. [...] Quoiqu'elle ait

---

1. Le *Mercure* porte par erreur *ferme* au lieu de *forme*.   2. Cette phrase est reprise textuellement par Desboulmiers dans son *Histoire anecdotique et raisonnée du Théâtre italien*, tome II, p. 93.   3. *Mercure* de mai 1722, pp. 146-150.

réussi dans sa naissance, tout le monde convient que son succès le plus brillant a été la reprise [liste des personnages]. On a trouvé le titre de cette pièce un peu équivoque. On ne sait si le nom de *Surprise* est actif ou passif, c'est-à-dire si c'est l'amour qui surprend, ou qui est surpris. À cela près, on peut dire que c'est une des plus jolies comédies qui aient paru sur le théâtre de Bourgogne. [Résumé acte par acte et scène par scène.]

« Pardon si nous sommes un peu prolixes dans ces sortes d'extraits ; nous pourrions les abréger ; mais quand les pièces sont aussi jolies que celle-ci, l'auteur y perdrait de sa gloire et le lecteur de son plaisir [extrait du divertissement] [1]. »

1. *Mercure* d'août 1723, pp. 312-337.

La Surprise de l'amour

ACTEURS DE LA COMÉDIE [1]

LA COMTESSE
LÉLIO
LE BARON, ami de Lélio
COLOMBINE, suivante de la Comtesse
ARLEQUIN, valet de Lélio
JACQUELINE, servante de Lélio
PIERRE, jardinier de la Comtesse

La scène est dans une maison de campagne.

---

1. Le rôle de Pierre devait être joué par Mario, celui de Jacqueline par Violette, et celui du Baron probablement par Pierre Alborghetti, le Pantalon de la troupe.

ACTE PREMIER

Scène première
PIERRE, JACQUELINE

PIERRE. Tiens, Jacquelaine, t'as une himeur qui me fâche. Pargué, encore faut-il dire queuque parole d'amiquié aux gens[1].

JACQUELINE. Mais, qu'est-ce qu'il te faut donc ? Tu me veux pour ta femme : eh bian, est-ce que je recule à cela ?

PIERRE. Bon, qu'est-ce que ça dit ! Est-ce que toutes les filles n'aimont pas à devenir la femme d'un homme ?

JACQUELINE. Tredame ! c'est donc un oisiau bien rare qu'un homme, pour en être si envieuse[2] ?

PIERRE. Hé là, là, je parle en discourant, je savons bian que l'oisiau n'est pas rare ; mais quand une fille est grande, alle a la fantaisie d'en avoir un, et il n'y a pas de mal à ça, Jacquelaine, car ça est vrai, et tu n'iras pas là contre.

---

1. Le patois de Pierre et de Jacqueline est le patois traditionnel de la scène française, celui qu'on trouve chez Cyrano de Bergerac dans *Le Pédant joué*, chez Molière, Dancourt, Dufresny et bien d'autres. C'est à l'origine le patois des paysans de la région parisienne, mais naturellement simplifié et stylisé par une longue tradition. Du reste, le couple de paysans lui-même est traditionnel. On trouve une Jacqueline et un Pierrot à côté d'une Colombine et d'un Arlequin dans une pièce dont Marivaux s'est inspiré ici pour plusieurs détails, *Attendez-moi sous l'orme*, de Dufresny. Voir ci-après, note 2, p. 261.   2. Avant de citer le passage qui précède, depuis le début, le *Mercure* d'août 1723 observe que cette première scène est « moitié en action et moitié en exposition ». « Le jargon du paysan y est employé d'une manière très naturelle, et la naïveté rustique ne règne pas moins dans les pensées que dans les expressions. » Après la citation, le rédacteur poursuit : « Ce jargon se soutient dans toute cette scène, et ne se dément point dans les autres qui se passent entre Pierre et Jacqueline. » (*Loc. cit.*, pp. 313-314.) Ce jugement d'un des premiers spectateurs infirme ceux de La Porte, d'Alembert, La Harpe et autres, qui prétendent que tous les personnages de Marivaux parlent la même langue et font preuve du même esprit. Noter, dans la réplique suivante, l'équivoque probable sur le mot *oisiau*, attestée par de nombreuses chansons populaires.

JACQUELINE. Acoute, n'ons-je pas d'autre amoureux que toi ? Est-ce que Blaise et le gros Colas ne sont pas affolés de moi tous deux ? Est-ce qu'ils ne sont pas des hommes aussi bian que toi ?

PIERRE. Eh mais, je pense qu'oui.

JACQUELINE. Eh bian, butor, je te baille la parfarence, qu'as-tu à dire à ça ?

PIERRE. C'est que tu m'aimes mieux qu'eux *tant seulement ; mais si je ne te prenais pas, moi, ça te fâcherait-il ?

JACQUELINE. Oh dame, t'en veux trop.

PIERRE. Eh morguenne, voilà le *tu autem* ; je veux de l'amiquié pour la parsonne de moi tout seul. Quand tout le village vianrait te dire : Jacqueleine, épouse-moi ; je voudrais que tu fis bravement la grimace à tout le village, et que tu lui disi : Nennin-da, je veux être la femme de Piarre, et pis c'est tout. Pour ce qui est d'en cas de moi, si j'allais être un parfide, je voudrais que ça te fâchit[1] rudement, et que t'en pleurisse tout ton soûl ; et velà margué ce qu'en appelle aimer le monde. Tians, moi qui te parle, si t'allais me changer, il n'y aurait pu de çarvelle cheux moi, c'est de l'amiquié que ça. Tatigué que je serais content si tu pouvais itou devenir folle ! Ah ! que ça serait touchant ! Ma pauvre Jacqueleine, dis-moi queuque mot qui me fasse comprendre que tu pardrais un petit brin l'esprit.

JACQUELINE. Va, va, Piarre, je ne dis rian mais je n'en pense pas moins.

PIERRE. Eh, penses-tu que tu m'aimes, par hasard ? Dis-moi oui ou non.

JACQUELINE. Devine lequel.

PIERRE. Regarde-moi entre deux yeux. Tu ris tout comme si tu disais oui ; hé, hé, hé, qu'en dis-tu ?

JACQUELINE. Eh, je dis franchement que je serais bian empêchée de ne pas t'aimer, car t'es bien agriable.

PIERRE. Eh, jarni, velà dire les mots et les paroles.

JACQUELINE. Je t'ai toujours trouvé une bonne philosomie d'homme : tu m'as fait *l'amour, et franchement ça m'a fait plaisir ; mais l'honneur des filles les empêche de parler : après ça, ma tante disait toujours qu'un amant, c'est comme un homme qui a faim : pu

---

1. Tel est le texte de l'édition originale. Celle de 1733 (Briasson) porte *que tu te fâchis*, et ce texte comportant un barbarisme est passé dans toutes les éditions ultérieures.

il a faim, et pu il a envie de manger ; pu un homme a de peine après une fille, et pu il l'aime[1].

PIERRE. Parsanguenne, il faut que ta tante ait dit vrai ; car je meurs de faim, je t'en avertis, Jacqueleine.

JACQUELINE. Tant mieux, je t'aime de cette himeur-là, pourvu qu'alle dure ; mais j'ai bian peur que monsieur Lélio, mon maître, ne consente à noute mariage, et qu'il ne me boute hors de chez li, quand il saura que je t'aime ; car il nous a dit qu'il ne voulait point voir d'amourette parmi nous.

PIERRE. Eh pourquoi donc ça, est-ce qu'il y a du mal à aimer son prochain ? Et morgué je m'en vas lui gager, moi, que ça se pratique chez les Turcs, *et si ils sont bian méchants.

JACQUELINE. Oh, c'est pis qu'un Turc, à cause d'une dame de Paris qui l'aimait biaucoup, et qui li a tourné casaque pour un autre galant plus mal bâti que li : noute monsieur a fait du tapage ; il li a dit qu'alle devait être honteuse ; alle lui a dit qu'alle ne voulait pas l'être. Et voilà bian de quoi ! ç'a-t-elle fait. Et pis des injures : ous êtes cun[2] indeigne. Et voyez donc cet impertinent ! Et je me vengerai. Et moi, je m'en gausse. Tant y a qu'à la parfin alle li a farmé la porte sur le nez : li qui est glorieux a pris ça en mal, et il est venu ici pour vivre en harmite, en phisolophe, car velà comme il dit. Et depuis ce temps, quand il entend parler d'amour, il semble qu'en l'écorche comme une anguille. Son valet Arlequin fait itou le dégoûté : quand il voit une fille à droite, ce drôle de corps se baille les airs d'aller à gauche, à cause de queuque mijaurée de chambrière qui li a, à ce qu'il dit, *vendu du noir.

PIERRE. Quiens, véritablement c'est une piquié[3] que ça, il n'y a pas de police ; an punit tous les jours de pauvres voleurs, et an laisse aller et venir les parfides. Mais velà ton maître, parle-li.

---

1. Marivaux semble se souvenir ici de *L'École des femmes*, acte II, sc. III, où Alain explique à Georgette ce que peut être la jalousie : « Je m'en vais te bailler une comparaison,/ Afin de concevoir la chose davantage./ Dis-moi, n'est-il pas vrai, quand tu tiens ton potage,/ Que si quelque affamé venait pour en manger,/ Tu serais en colère, et voudrais le charger ?/ GEORGETTE : Oui, je comprends cela. ALAIN : C'est justement tout comme./ La femme est en effet le potage de l'homme. » **2.** Texte de l'édition originale. L'article indéfini hésite souvent chez Marivaux entre *un* et *une* devant les mots commençant par une voyelle. Ici, la graphie traduit sans doute une prononciation nasalisée, transcrite de nos jours par *eune*. **3.** *Pitié*. Un peu plus loin, les mots *pauvres voleurs* font sans doute allusion à Cartouche et à ses complices, exécutés l'année précédente (1721).

JACQUELINE. Non, il a la face triste, c'est peut-être qu'il rêve aux femmes ; je sis d'avis que j'attende que ça soit passé : va, va, il y a bonne espérance, pisque ta maîtresse est arrivée, et qu'alle a dit qu'alle lui en parlerait.

Scène II

LÉLIO, ARLEQUIN, *tous deux d'un air triste*

LÉLIO. Le temps est sombre aujourd'hui.

ARLEQUIN. Ma foi oui, il est aussi mélancolique que nous.

LÉLIO. Oh, on n'est pas toujours dans la même disposition, l'esprit aussi bien que le temps est sujet à des nuages.

ARLEQUIN. Pour moi, quand mon esprit va bien, je ne m'embarrasse guère du brouillard.

LÉLIO. Tout le monde en est assez de même.

ARLEQUIN. Mais je trouve toujours le temps vilain, quand je suis triste.

LÉLIO. C'est que tu as quelque chose qui te chagrine.

ARLEQUIN. Non.

LÉLIO. Tu n'as donc point de tristesse ?

ARLEQUIN. Si fait.

LÉLIO. Dis donc pourquoi ?

ARLEQUIN. Pourquoi ? En vérité je n'en sais rien ; c'est peut-être que je suis triste de ce que je ne suis pas gai.

LÉLIO. Va, tu ne sais ce que tu dis.

ARLEQUIN. Avec cela, il me semble que je ne me porte pas bien.

LÉLIO. Ah, si tu es malade, c'est une autre affaire.

ARLEQUIN. Je ne suis pas malade, non plus.

LÉLIO. Es-tu fou ? Si tu n'es pas malade, comment trouves-tu donc que tu ne te portes pas bien ?

ARLEQUIN. Tenez, Monsieur, je bois à merveille, je mange de même, je dors comme une marmotte, voilà ma santé.

LÉLIO. C'est une santé de *crocheteur, un *honnête homme serait heureux de l'avoir.

ARLEQUIN. Cependant je me sens pesant et lourd, j'ai une fainéantise dans les membres, je bâille sans sujet, je n'ai du courage qu'à mes repas, tout me déplaît ; je ne vis pas, je traîne ; quand le jour est venu, je voudrais qu'il fût nuit ; quand il est nuit, je voudrais qu'il fût jour : voilà ma maladie ; voilà comment je me porte bien et mal.

LÉLIO. Je t'entends, c'est un peu d'ennui qui t'a pris ; cela se passera. As-tu sur toi ce livre qu'on m'a envoyé de Paris... ? Réponds donc !

ARLEQUIN. Monsieur, avec votre permission, que je passe de l'autre côté.

LÉLIO. Que veux-tu donc ? Qu'est-ce que cette cérémonie ?

ARLEQUIN. C'est pour ne pas voir sur cet arbre deux petits oiseaux qui sont amoureux ; cela me tracasse, j'ai juré de ne plus faire l'*amour ; mais quand je le vois faire, j'ai presque envie de manquer de parole à mon serment : cela me raccommode avec ces pestes de femmes, et puis c'est le diable de me refâcher contre elles.

LÉLIO. Eh, mon cher Arlequin, me crois-tu plus exempt que toi de ces petites inquiétudes-là ? Je me ressouviens qu'il y a des femmes au monde, qu'elles sont aimables, et ce ressouvenir-là ne va pas sans quelques émotions de cœur ; mais ce sont ces émotions-là qui me rendent inébranlable dans la résolution de ne plus voir de femmes.

ARLEQUIN. Pardi, cela me fait tout le contraire, à moi ; quand ces émotions-là me prennent, c'est alors que ma résolution branle. Enseignez-moi donc à en faire mon profit comme vous.

LÉLIO. Oui-da, mon ami : je t'aime ; tu as du bon sens, quoique un peu grossier[1]. L'infidélité de ta maîtresse t'a rebuté de l'amour, la trahison de la mienne m'en a rebuté de même ; tu m'as suivi avec courage dans ma retraite, et tu m'es devenu cher par la conformité de ton *génie avec le mien, et par la ressemblance de nos aventures.

ARLEQUIN. Et moi, Monsieur, je vous assure que je vous aime cent fois plus aussi que de coutume, à cause que vous avez la bonté de m'aimer tant. Je ne veux plus voir de femmes, non plus que vous, cela n'a point de conscience ; j'ai pensé crever de l'infidélité de Margot : les passe-temps de la campagne, votre conversation et la bonne nourriture m'ont un peu remis. Je n'aime plus cette Margot, seulement quelquefois son petit nez me trotte encore dans la tête ; mais quand je ne songe point à elle, je n'y gagne rien ; car je pense à toutes les femmes en gros, et alors les émotions de cœur que vous dites viennent me tourmenter : je cours, je saute, je chante, je danse, je n'ai point d'autre secret pour me chasser cela ; mais ce secret-là n'est que de l'*onguent miton-mitaine : je suis dans un grand dan-

---

1. Il faut sans doute comprendre : quoique (du bon sens) un peu grossier. Cf. : « ... j'aurai bien de la peine à m'accoutumer à vos usages, quoique sensés » (ci-après, p. 702).

ger ; et puisque vous m'aimez tant, ayez la charité de me dire comment je ferai pour devenir fort, quand je suis faible.

Lélio. Ce pauvre garçon me fait pitié. Ah ! sexe trompeur, tourmente ceux qui t'approchent, mais laisse en repos ceux qui te fuient !

Arlequin. Cela est tout raisonnable, pourquoi faire du mal à ceux qui ne te font rien ?

Lélio. Quand quelqu'un me vante une femme aimable et l'amour qu'il a pour elle, je crois voir un frénétique qui me fait l'éloge d'une vipère, qui me dit qu'elle est charmante, et qu'il a le bonheur d'en être mordu.

Arlequin. Fi donc, cela fait mourir.

Lélio. Eh, mon cher enfant, la vipère n'ôte que la vie. Femmes, vous nous ravissez notre raison, notre liberté, notre repos ; vous nous ravissez à nous-mêmes, et vous nous laissez vivre. Ne voilà-t-il pas des hommes en bel état après ? Des pauvres fous, des hommes troublés, ivres de douleur ou de joie, toujours en convulsions, des esclaves [1]. Et à qui appartiennent ces esclaves ? à des femmes ! Et qu'est-ce que c'est qu'une femme ? Pour la définir il faudrait la connaître : nous pouvons aujourd'hui en commencer la définition, mais je soutiens qu'on n'en verra le bout qu'à la fin du monde.

Arlequin. En vérité, c'est pourtant un joli petit animal que cette femme, un joli petit chat, c'est dommage qu'il ait tant de griffes.

Lélio. Tu as raison, c'est dommage ; car enfin, est-il dans l'univers de figure plus charmante ? Que de grâces, et que de variété dans ces grâces [2] !

---

1. Marivaux retrouvera les termes de cette tirade quand il décrira plus tard (1733) le manège d'une coquette avec l'homme qui l'aime : « Elle n'a point de transports, elle est de sang froid, elle joue toutes les tendresses qu'elle lui montre, et ne sent rien que le plaisir de voir un fou, un homme troublé, dont la démence, l'ivresse et la dégradation font honneur à ses charmes. Voyons, dit-elle, jusqu'où ira sa folie ; contemplons ce que je vaux dans les égarements où je le jette. [...] Allons, ma vanité doit être bien contente ; il faut que je sois prodigieusement aimable, car il est prodigieusement fou. » (*Le Cabinet du philosophe*, cinquième feuille, dans les *Journaux et Œuvres diverses*, éd. Garnier, quatrième section.)   2. Dans les *Lettres au Mercure* (octobre 1717), Marivaux s'est amusé à définir ces « grâces », et notamment celles des femmes de qualité : « Dans la femme de qualité, l'habillement, la marche, le geste et le ton, tout est formé par les grâces ; mais ces grâces-là, la nature ne les a point faites ; ce ne sont point de ces grâces qui font partie nécessaire de la figure, que l'on a sans y penser, qui nous suivent partout, qui sont en nous, qui sont nous-mêmes : ce sont des grâces de hasard,

ARLEQUIN. C'est une créature à manger.

LÉLIO. Voyez ces ajustements, jupes étroites, jupes en lanterne, coiffure en clocher, coiffure sur le nez, capuchon sur la tête, et toutes les modes les plus extravagantes : mettez-les sur une femme, dès qu'elles auront touché sa figure enchanteresse, c'est l'Amour et les Grâces qui l'ont habillée, c'est de l'esprit qui lui vient jusques au bout des doigts. Cela n'est-il pas bien singulier ?

ARLEQUIN. Oh, cela est vrai ; il n'y a *mardi ! pas de livre qui ait tant d'esprit qu'une femme, quand elle est en corset et en petites pantoufles[1].

LÉLIO. Quel aimable désordre d'idées dans la tête ! que de vivacité ! quelles expressions ! que de naïveté ! L'homme a le bon sens en partage, mais ma foi l'esprit n'appartient qu'à la femme. À l'égard de son cœur, ah ! si les plaisirs qu'il nous donne étaient durables, ce serait un séjour délicieux que la terre. Nous autres hommes, la plupart, nous sommes *jolis en amour : nous nous répandons en petits sentiments doucereux ; nous avons la marotte d'être délicats, parce que cela donne un air plus tendre ; nous faisons l'amour réglément, tout comme on fait une charge[2] ; nous nous faisons des méthodes de tendresse ; nous allons chez une femme, pourquoi ? Pour l'aimer, parce que c'est le devoir de notre emploi. Quelle pitoyable façon de faire ! Une femme ne veut être ni tendre ni délicate, ni fâchée ni bien aise ; elle est tout cela sans le savoir, et cela est charmant. Regardez-la quand elle aime, et qu'elle ne veut pas le dire, morbleu, nos tendresses les plus babillardes approchent-elles de l'amour qui passe à travers son silence ?

ARLEQUIN. Ah ! Monsieur, je m'en souviens, Margot avait si bonne grâce à faire comme cela la nigaude !

LÉLIO. Sans l'aiguillon de la jalousie et du plaisir, notre cœur à nous autres est un vrai paralytique : nous restons là comme des eaux

---

d'après coup, que la vanité des parents a commencées, que l'exemple et le commerce aisé des autres femmes ont avancées, et qu'une étude de vanité personnelle a finies. » Voir les *Journaux et Œuvres diverses*, première section, pp. 26-27.

1. Le corset et les petites pantoufles, comparables à nos *bustiers* et *souliers ballerine* étaient caractéristiques du *négligé* qui fut très en vogue, même dans les promenades élégantes, à la belle saison de 1719 et des années suivantes. On aurait tort de voir dans ce passage une « atmosphère d'alcôve », selon un mot malheureux de Paul Gazagne.   **2.** Cette expression est expliquée par ce qui suit : *parce que c'est le devoir de notre emploi.*

dormantes, qui attendent qu'on les remue pour se remuer [1]. Le cœur
d'une femme se donne sa *secousse à lui-même ; il part sur un mot
qu'on dit, sur un mot qu'on ne dit pas, sur une contenance. Elle a
beau vous avoir dit qu'elle aime ; le répète-t-elle, vous l'apprenez
toujours, vous ne le saviez pas encore : ici par une impatience, par
une froideur, par une imprudence, par une distraction, en baissant
les yeux, en les relevant, en sortant de sa place, en y restant ; enfin
c'est de la jalousie, du calme, de l'inquiétude, de la joie, du babil et
du silence de toutes couleurs. Et le moyen de ne pas s'enivrer du
plaisir que cela donne ? Le moyen de se voir adorer sans que la tête
vous tourne ? Pour moi, j'étais tout aussi sot que les autres amants ;
je me croyais un petit prodige, mon mérite m'étonnait : ah ! qu'il est
mortifiant d'en rabattre ! C'est aujourd'hui ma bêtise qui m'étonne ;
l'homme prodigieux a disparu, et je n'ai trouvé qu'une dupe à la
place.

ARLEQUIN. Eh bien, Monsieur, *queussi, queumi, voilà mon histoire ; j'étais tout aussi sot que vous : vous faites pourtant un portrait
qui fait venir l'envie de l'original.

LÉLIO. Butor que tu es ! Ne t'ai-je pas dit que la femme était
aimable, qu'elle avait le cœur tendre, et beaucoup d'esprit ?

ARLEQUIN. Oui, est-ce que tout cela n'est pas bien joli ?

LÉLIO. Non, tout cela est affreux.

ARLEQUIN. Bon, bon, c'est que vous voulez m'attraper peut-être.

LÉLIO. Non, ce sont là les instruments de notre supplice. Dis-moi,
mon pauvre garçon, si tu trouvais sur ton chemin de l'argent
d'abord, un peu plus loin de l'or, un peu plus loin des perles, et
que cela te conduisît à la caverne d'un monstre, d'un tigre, si tu
veux, est-ce que tu ne haïrais pas cet argent, cet or et ces perles ?

ARLEQUIN. Je ne suis pas si dégoûté, je trouverais cela fort bon ; il
n'y aurait que le vilain tigre dont je ne voudrais pas, mais je pren-

---

1. Quoique cette formule ne s'applique ici qu'aux hommes, par opposition aux femmes, on peut, comme le fait Georges Poulet (*Études sur le temps
humain*, II, *La Distance intérieure*, pp. 2 et suiv.), y voir sans trop d'abus le
tableau de « l'état de néant psychologique, semblable à la paralysie et au
sommeil » qu'est celui de l'homme, de cette « permanence de l'inertie »
qu'est le temps humain avant que les personnages aient pris conscience de
leur existence en faisant l'épreuve de l'amour. Cette idée est en effet clairement exprimée dès 1720 par Marivaux dans le divertissement de *L'Amour et
la Vérité*, déjà rencontré (p. 107) : « Heureux, l'amant bien enflammé. / Celui
qui n'a jamais aimé / Ne vit pas ou du moins l'ignore ; / Sans le plaisir d'être
charmé / D'un aimable objet qu'on adore, / S'apercevrait-on d'être né ? »

drais vitement quelques milliers d'écus dans mes poches, je laisserais là le reste, et je décamperais bravement après.

LÉLIO. Oui, mais tu ne saurais point qu'il y a un tigre au bout, et tu n'auras pas plutôt ramassé un écu, que tu ne pourras t'empêcher de vouloir le reste.

ARLEQUIN. Fi, par la morbleu, c'est bien dommage : voilà un sot trésor, de se trouver sur ce chemin-là. Pardi, qu'il aille au diable, et l'animal avec.

LÉLIO. Mon enfant, cet argent que tu trouves d'abord sur ton chemin, c'est la beauté, ce sont les agréments d'une femme qui t'arrêtent ; cet or que tu rencontres encore, ce sont les espérances qu'elle te donne ; enfin ces perles, c'est son cœur qu'elle t'abandonne avec tous ses transports.

ARLEQUIN. Ahi ! ahi ! gare l'animal.

LÉLIO. Le tigre enfin paraît après les perles, et ce tigre, c'est un caractère perfide retranché dans l'âme de ta maîtresse ; il se montre, il t'arrache son cœur, il déchire le tien ; adieu tes plaisirs, il te laisse aussi misérable que tu croyais être heureux.

ARLEQUIN. Ah, c'est justement la bête que Margot a lâchée sur moi, pour avoir aimé son argent, son or et ses perles.

LÉLIO. Les aimeras-tu encore ?

ARLEQUIN. Hélas, Monsieur, je ne songeais pas à ce diable qui m'attendait au bout. Quand on n'a pas étudié, on ne voit pas plus loin que son nez.

LÉLIO. Quand tu seras tenté de revoir des femmes, souviens-toi toujours du tigre, et regarde tes émotions de cœur comme une envie fatale d'aller sur sa route, et de te perdre.

ARLEQUIN. Oh, voilà qui est fait ; je renonce à toutes les femmes, et à tous les trésors du monde, et je m'en vais boire un petit coup pour me fortifier dans cette bonne pensée.

Scène III

LÉLIO, JACQUELINE, PIERRE

LÉLIO. Que me veux-tu, Jacqueline ?

JACQUELINE. Monsieur, c'est que je voulions vous parler d'une petite affaire.

LÉLIO. De quoi s'agit-il ?

JACQUELINE. C'est que, ne vous déplaise... mais vous vous fâcherez.

LÉLIO. Voyons.

JACQUELINE. Monsieur, vous avez dit, il y a queuque temps, que vous ne vouliez pas que j'eussions de galants.

LÉLIO. Non, je ne veux point voir d'amour dans ma maison.

JACQUELINE. Je vians pourtant vous demander un petit previlège[1].

LÉLIO. Quel est-il ?

JACQUELINE. C'est que, révérence parler, j'avons le cœur tendre[2].

LÉLIO. Tu as le cœur tendre ? voilà un plaisant aveu ; et qui est le nigaud qui est amoureux de toi ?

PIERRE. Eh, eh, eh, c'est moi, Monsieur.

LÉLIO. Ah, c'est toi, maître Pierre, je t'aurais cru plus raisonnable. Eh bien, Jacqueline, c'est donc pour lui que tu as le cœur tendre ?

JACQUELINE. Oui, Monsieur, il y a bien deux ans en ça que ça m'est venu... mais, dis toi-même, je ne sis pas assez effrontée de mon naturel.

PIERRE. Monsieur, franchement, c'est qu'à me trouve gentil ; et si ce n'était qu'alle fait la difficile, il y aurait longtemps que je serions ennocés.

LÉLIO. Tu es fou, maître Pierre, ta Jacqueline au premier jour te plantera là : crois-moi, ne t'attache point à elle ; laisse-la là, tu cherches malheur.

JACQUELINE. Bon, voilà de biaux contes qu'ous li faites-là, Monsieur. Est-ce que vous croyez que je sommes comme vos girouettes de Paris, qui tournent à tout vent ? Allez, allez, si queuqu'un de nous deux se plante là, ce sera li qui me plantera, et non pas moi. À tout hasard, notre monsieur, donnez-moi *tant seulement une petite parmission de mariage, c'est pour ça que j'avons prins la liberté de vous attaquer.

PIERRE. Oui, Monsieur, voilà tout fin dret ce que c'est, et Jacquelaine a itou queuque doutance que vous vourez bian de votre grâce, et pour l'amour de son sarvice, et de sti-là de son père et de sa mère, qui vous ont tant sarvi quand ils n'étient[3] pas encore défunts, tant y

---

1. L'édition collective de 1732 corrige ce mot en *parvilège* conformément aux habitudes du patois de Marivaux, tandis que l'édition Briasson (1733) a la forme française, *privilège*.   2. Expression plaisante plus que paysanne. Cf. par exemple : « Quoi, Gabrion, tu as l'âme tendre ? » (Fatouville, *Colombine, femme vengée*, acte II, sc. I, dans le recueil de Gherardi.)   3. Sur cette forme d'imparfait, qui est attestée au sud de Paris et dans l'Orléanais, voir la Note sur le patois, p. 2271. Les éditions modernes corrigent arbitrairement en *étiont*.

a, Monsieur excusez l'importunance, c'est que je sommes pauvres, et tout franchement, pour vous le couper court...

LÉLIO. Achève donc, il y a une heure que tu traînes.

JACQUELINE. Parguenne, aussi tu t'embarbouilles dans je ne sais combien de paroles qui ne sarvont de rian, et Monsieur pard la patience. C'est donc, ne vous en déplaise, que je voulons nous marier ; et, comme ce dit l'autre, ce n'est pas le tout qu'un pourpoint, s'il n'y a des manches ; c'est ce qui fait, si vous parmettez que je vous le disions en bref...

LÉLIO. Eh non, Jacqueline, dis-moi-le en long, tu auras plus tôt fait.

JACQUELINE. C'est que j'avons queuque espérance que vous nous baillerez queuque chose en entrée de ménage.

LÉLIO. Soit, je le veux ; nous verrons cela une autre fois, et je ferai ce que je pourrai, pourvu que le parti te convienne. Laissez-moi.

Scène IV

ARLEQUIN, LÉLIO, PIERRE, JACQUELINE

PIERRE, *prenant Arlequin à l'écart*. Arlequin, par charité, recommandez-nous à Monsieur : c'est que je nous aimons, Jacqueleine et moi ; je n'avons pas de grands moyens, et...

ARLEQUIN. Tout beau, maître Pierre ; dis-moi, as-tu son cœur ?

PIERRE. Parguienne oui, à la parfin alle m'a lâché son amiquié.

ARLEQUIN. Ah malheureux, que je te plains ! voilà le caractère perfide qui va venir ; je t'expliquerai cela plus au long une autre fois, mais tu le sentiras bien : adieu, pauvre homme, je n'ai plus rien à te dire, ton mal est sans remède.

JACQUELINE. Queu tripotage est-ce qu'il fait donc là, avec ce remède et ce caractère ?

PIERRE. Marguié, tous ces discours me chiffonnont *malheur : je varrons ce qui en est par un petit tour d'adresse. Allons-nous-en, Jacqueleine, madame la Comtesse fera mieux que nous.

Scène V

LÉLIO, ARLEQUIN

ARLEQUIN, *revenant à son maître*. Monsieur, mon cher maître, il y a une mauvaise nouvelle.

LÉLIO. Qu'est-ce que c'est ?

ARLEQUIN. Vous avez entendu parler de cette Comtesse qui a acheté depuis un an cette belle maison près de la vôtre ?

LÉLIO. Oui.

ARLEQUIN. Eh bien, on m'a dit que cette Comtesse est ici, et qu'elle veut vous parler : j'ai mauvaise opinion de cela.

LÉLIO. Eh morbleu, toujours des femmes ! Eh que me veut-elle ?

ARLEQUIN. Je n'en sais rien ; mais on dit qu'elle est belle et veuve, et je gage qu'elle est encline à faire du mal.

LÉLIO. Et moi enclin à l'éviter : je ne me soucie ni de sa beauté, ni de son veuvage.

ARLEQUIN. Que le ciel vous maintienne dans cette bonne disposition. Ouf !

LÉLIO. Qu'as-tu ?

ARLEQUIN. C'est qu'on dit qu'il y a aussi une fille de chambre avec elle, et voilà mes émotions de cœur qui me prennent.

LÉLIO. Benêt ! une femme te fait peur ?

ARLEQUIN. Hélas, Monsieur, j'espère en vous et en votre assistance.

LÉLIO. Je crois que les voilà qui se promènent, retirons-nous.

Ils se retirent.

Scène VI

LA COMTESSE, COLOMBINE, ARLEQUIN

LA COMTESSE, *parlant de Lélio*. Voilà un jeune homme bien sauvage.

COLOMBINE, *arrêtant Arlequin*. Un petit mot, s'il vous plaît. Oserait-on vous demander d'où vient cette férocité qui vous prend à vous et à votre maître ?

ARLEQUIN. À cause d'un proverbe qui dit, que chat échaudé craint l'eau froide.

LA COMTESSE. Parle plus clairement. Pourquoi nous fuit-il ?

ARLEQUIN. C'est que nous savons ce qu'en vaut l'aune.

COLOMBINE. Remarquez-vous qu'il n'ose nous regarder, Madame ? Allons, allons, levez la tête, et rendez-nous compte de la sottise que vous venez de faire.

ARLEQUIN, *la regardant doucement*. Par la *jarni, qu'elle est jolie !

LA COMTESSE. Laisse-le là, je crois qu'il est imbécile.

COLOMBINE. Et moi je crois que c'est malice. Parleras-tu ?

ARLEQUIN. C'est que mon maître a fait vœu de fuir les femmes, parce qu'elles ne valent rien.

COLOMBINE. Impertinent !

ARLEQUIN. Ce n'est pas votre faute, c'est la nature qui vous a bâties comme cela, et moi j'ai fait vœu aussi. Nous avons souffert comme des misérables à cause de votre bel esprit, de vos jolis charmes, et de votre tendre cœur.

COLOMBINE. Hélas ! quelle lamentable histoire ! Et comment te tire-ras-tu d'affaire avec moi ? Je suis une espiègle, et j'ai envie de te rendre un peu misérable de ma façon.

ARLEQUIN. Prrr ! il n'y a pas pied.

LA COMTESSE. Va, mon ami, va dire à ton maître que je me soucie fort peu des hommes, mais que je souhaiterais lui parler.

ARLEQUIN. Je le vois là qui m'attend, je m'en vais l'appeler. Monsieur, Madame dit qu'elle ne se soucie point de vous : vous n'avez qu'à venir, elle veut vous dire un mot. Ah ! comme cela m'accroche-rait, si je me laissais faire [1].

Scène VII

LA COMTESSE, LÉLIO, COLOMBINE

LÉLIO. Madame, puis-je vous rendre quelque service ?

LA COMTESSE. Monsieur, je vous demande pardon de la liberté que j'ai prise ; mais il y a le neveu de mon fermier qui cherche en mariage une jeune paysanne de chez vous. Ils ont peur que vous ne consentiez pas à ce mariage : ils m'ont priée de vous engager à les aider de quelque libéralité, comme de mon côté j'ai dessein de le faire. Voilà, Monsieur, tout ce que j'avais à vous dire quand vous vous êtes retiré.

LÉLIO. Madame, j'aurai tous les égards que mérite votre recom-mandation, et je vous prie de m'excuser si j'ai fui ; mais je vous avoue que vous êtes d'un sexe avec qui j'ai cru devoir rompre pour toute ma vie : cela vous paraîtra bien bizarre ; je ne chercherai point à me justifier ; car il me reste un peu de politesse, et je craindrais d'entamer une matière qui me met toujours de mauvaise humeur ;

---

1. À partir de l'édition de 1732, ces mots d'Arlequin, depuis *Monsieur, Madame dit*..., sont transportés au début de la scène suivante sous la forme d'une réplique d'Arlequin.

et si je parlais, il pourrait, malgré moi, m'échapper des traits d'une incivilité qui vous déplairait, et que mon respect vous épargne.

COLOMBINE. Mort de ma vie, Madame, est-ce que ce discours-là ne vous remue pas la bile ? Allez, Monsieur, tous les renégats font mauvaise fin : vous viendrez quelque jour crier miséricorde et ramper aux pieds de vos maîtres, et ils vous écraseront comme un serpent. Il faut bien que justice se fasse [1].

LÉLIO. Si Madame n'était pas présente, je vous dirais franchement que je ne vous crains ni ne vous aime.

LA COMTESSE. Ne vous gênez point, Monsieur. Tout ce que nous disons ici ne s'adresse point à vous ; regardons-nous comme hors d'intérêt. Et sur ce pied-là, peut-on vous demander ce qui vous fâche si fort contre les femmes ?

LÉLIO. Ah ! Madame, dispensez-moi de vous le dire ; c'est un récit que j'accompagne ordinairement de réflexions où votre sexe ne trouve pas son compte.

LA COMTESSE. Je vous devine, c'est une infidélité qui vous a donné tant de colère.

LÉLIO. Oui, Madame, c'est une infidélité ; mais affreuse, mais détestable.

LA COMTESSE. N'allons point si vite [2]. Votre maîtresse cessa-t-elle de vous aimer pour en aimer un autre ?

---

1. C'est là un thème des partisans des femmes, dans la fameuse *Querelle des femmes*. La suivante Marton, dans *Les Dames vengées* de Donneau de Visé (1695), dit de même à Lisandre, qui fait profession de mépriser les femmes : « Vous croyez être né pour abaisser les femmes, et nous verrons peut-être le contraire. Que j'aurai de joie à vous voir soupirer, abjurer vos erreurs et demander grâce. [...] Il est dangereux d'offenser le Sexe, l'Amour le venge tôt ou tard. » Le texte que nous donnons est celui de l'édition originale. L'édition Briasson (1733) corrige *maîtres* en *maîtresses*.　　2. Le rédacteur du *Mercure* d'août remarque à propos de cette scène qu'elle « a paru une des plus ingénieuses de la pièce ». Il ajoute que « la tournure en est tout à fait singulière » et s'explique comme suit : « La Comtesse, après lui avoir exposé qu'elle ne veut lui parler que pour faire plaisir à Pierre, son fermier, qui veut épouser Jacqueline, lui demande pourquoi il a si brusquement pris la fuite en la voyant paraître ; Lélio lui répond que c'est parce qu'elle est d'un sexe à qui il a voué une haine éternelle et la raison qu'il en donne, c'est que sa maîtresse l'a trahi. La Comtesse lui demande froidement si elle l'a trahi pour en aimer un autre. Lélio lui répond qu'oui : *La simple infidélité*, ajoute-t-il, *serait insipide, et ne tenterait pas une femme, sans l'assaisonnement de la perfidie*. La Comtesse, feignant d'entrer dans ses vues, lui répond : *Oui, votre maîtresse est une indigne, et l'on ne saurait trop la mépriser*. Lélio croit d'abord que la Comtesse est dans les mêmes

LÉLIO. En doutez-vous, Madame ? La simple infidélité serait insipide et ne tenterait pas une femme sans l'assaisonnement de la perfidie.

LA COMTESSE. Quoi ! vous eûtes un successeur ? Elle en aima un autre ?

LÉLIO. Oui, Madame. Comment, cela vous étonne ? Voilà pourtant les femmes, et ces actions doivent vous mettre en pays de connaissance.

COLOMBINE. Le petit blasphémateur !

LA COMTESSE. Oui, votre maîtresse est une indigne, et l'on ne saurait trop la mépriser.

COLOMBINE. D'accord, qu'il la méprise, il n'y a pas à *tortiller : c'est une coquine celle-là.

LA COMTESSE. J'ai cru d'abord, moi, qu'elle n'avait fait que se dégoûter de vous, et de l'amour, et je lui pardonnais en faveur de cela la sottise qu'elle avait eue de vous aimer. Quand je dis vous, je parle des hommes en général.

COLOMBINE. Prenez, prenez toujours cela en attendant mieux.

LÉLIO. Comment, Madame, ce n'est donc rien, à votre compte, que de cesser sans raison d'avoir de la tendresse pour un homme ?

LA COMTESSE. C'est beaucoup, au contraire ; cesser d'avoir de l'amour pour un homme, c'est à mon compte connaître sa faute, s'en repentir, en avoir honte, sentir la misère de l'idole qu'on adorait, et rentrer dans le respect qu'une femme se doit à elle-même. J'ai bien vu que nous ne nous entendions point : si votre maîtresse n'avait fait que renoncer à son attachement ridicule, eh ! il n'y aurait rien de plus louable ; mais ne faire que changer d'objet, ne guérir d'une folie que par une extravagance, eh fi ! Je suis de votre sentiment, cette femme-là est tout à fait méprisable. Amant pour amant, il valait autant que vous déshonorassiez sa raison qu'un autre [1].

---

sentiments que lui sur le chapitre des femmes ; mais elle lui fait bientôt connaître qu'il a pris le change, et qu'elle ne blâme la maîtresse dont il se plaint que de lui avoir donné un successeur... »

1. Après avoir cité cette tirade tout entière, le rédacteur du *Mercure* d'août 1723 ajoute : « Lélio paraît déferré à cette réponse ; mais la Comtesse lui porte le dernier coup par un portrait qu'elle fait des hommes aussi déshonorant que celui qu'il a fait des femmes. Que l'on nous pardonne cette seconde tirade. [En fait, elle n'est pas citée.] Nous l'avons crue nécessaire pour faire connaître au lecteur quel est le caractère de l'héroïne de la pièce, et pour relever le triomphe de l'Amour, en montrant quels cœurs il a à surprendre dans le reste de la pièce. »

LÉLIO. Je vous avoue que je ne m'attendais pas à cette chute-là.

COLOMBINE. Ah, ah, ah, il faudrait bien des conversations comme celle-là pour en faire une raisonnable. Courage, Monsieur, vous voilà tout *déferré : décochez-lui moi quelque trait bien *hétéroclite, qui sente bien l'original. Eh ! vous avez fait des merveilles d'abord.

LÉLIO. C'est assurément mettre les hommes bien bas, que de les juger indignes de la tendresse d'une femme : l'idée est neuve.

COLOMBINE. Elle ne fera pas fortune chez vous.

LÉLIO. On voit bien que vous êtes fâchée, Madame.

LA COMTESSE. Moi, Monsieur ! Je n'ai point à me plaindre des hommes ; je ne les hais point non plus. Hélas, la pauvre espèce ! elle est, pour qui l'examine, encore plus comique que haïssable.

COLOMBINE. Oui-da, je crois que nous trouverons plus de ressource à nous en divertir, qu'à nous fâcher contre elle.

LÉLIO. Mais, qu'a-t-elle donc de si comique ?

LA COMTESSE. Ce qu'elle a de comique ? Mais y songez-vous, Monsieur ? Vous êtes bien curieux d'être humilié dans vos confrères. Si je parlais, vous seriez tout étonné de vous trouver de cent piques au-dessous de nous. Vous demandez ce que votre espèce a de comique, qui, pour se mettre à son aise, a eu besoin de se réserver un privilège d'indiscrétion, d'impertinence et de fatuité ; qui suffoquerait si elle n'était babillarde, si sa misérable vanité n'avait pas ses coudées franches ; s'il ne lui était pas permis de déshonorer un sexe qu'elle ose mépriser pour les mêmes choses dont l'indigne qu'elle est fait sa gloire. Oh ! l'admirable engeance qui a trouvé la raison et la vertu des fardeaux trop pesants pour elle, et qui nous a chargées du soin de les porter [1] : ne voilà-t-il pas de beaux titres de supériorité sur nous ? et de pareilles gens ne sont-ils pas risibles ! Fiez-vous à moi, Monsieur, vous ne connaissez pas votre misère, j'oserai vous le dire : vous voilà bien irrité contre les femmes ; je suis peut-être, moi, la moins aimable de toutes. Tout hérissé de rancune que vous croyez être, moyennant deux ou trois coups d'œil flatteurs qu'il m'en coûterait, grâce à la tournure grotesque de l'esprit de l'homme, vous m'allez donner la comédie.

LÉLIO. Oh ! je vous défie de me faire payer ce tribut de folie-là [2].

---

1. Sur cette idée, qui sera développée dans *Le Cabinet du philosophe*, voir la présentation de la pièce, p. 227. 2. Dans les éditions anciennes, cette phrase est rattachée à la tirade de la comtesse. Mais le sens général, et surtout l'allusion que fait plus bas Colombine à ce défi, la font attribuer de façon sûre au rôle de Lélio.

COLOMBINE. Ma foi, Madame, cette expérience-là vous porterait malheur.

LÉLIO. Ah, ah, cela est plaisant ! Madame, peu de femmes sont aussi aimables que vous, vous l'êtes tout autant que je suis sûr que vous croyez l'être ; mais s'il n'y a que la comédie dont vous parlez qui puisse vous réjouir, en ma conscience, vous ne rirez de votre vie.

COLOMBINE. En ma conscience, vous me la donnez tous les deux, la comédie. Cependant, si j'étais à la place de Madame, le défi me *piquerait, et je ne voudrais pas en avoir le démenti.

LA COMTESSE. Non, la partie ne me pique point, je la tiens gagnée. Mais comme à la campagne il faut voir quelqu'un, soyons amis pendant que nous y resterons ; je vous promets sûreté : nous nous divertirons, vous à médire des femmes, et moi à mépriser les hommes.

LÉLIO. Volontiers.

COLOMBINE. Le joli commerce ! on n'a qu'à vous en croire ; les hommes tireront à l'orient, les femmes à l'occident ; cela fera de belles productions, et nos petits-neveux auront bon air. Eh morbleu ! pourquoi prêcher la fin du monde ? Cela coupe la gorge à tout : soyons raisonnables ; condamnez les amants déloyaux, les conteurs de sornettes, à être jetés dans la rivière une pierre au col ; à merveille. Enfermez les coquettes entre quatre murailles, fort bien. Mais les amants fidèles, dressez-leur de belles et bonnes statues pour encourager le public. Vous riez ! Adieu, pauvres brebis égarées ; pour moi, je vais travailler à la conversion d'Arlequin. À votre égard, que le Ciel vous assiste, mais il serait curieux de vous voir chanter la *palinodie, je vous y attends.

LA COMTESSE. La folle ! Je vous quitte, Monsieur ; j'ai quelques ordres à donner : n'oubliez pas, de grâce, ma recommandation pour ces paysans.

Scène VIII

LE BARON, *ami de Lélio*, LA COMTESSE, LÉLIO

LE BARON. Ne me trompé-je point ? Est-ce vous que je vois, madame la Comtesse ?

LA COMTESSE. Oui, Monsieur, c'est moi-même.

LE BARON. Quoi ! avec notre ami Lélio ! Cela se peut-il ?

LA COMTESSE. Que trouvez-vous donc là de si étrange ?

LÉLIO. Je n'ai l'honneur de connaître Madame que depuis un instant. Et d'où vient ta[1] surprise ?

LE BARON. Comment, ma surprise ! voici peut-être le coup de hasard le plus bizarre qui soit arrivé.

LÉLIO. En quoi ?

LE BARON. En quoi ? Morbleu, je n'en saurais revenir ; c'est le fait le plus curieux qu'on puisse imaginer : dès que je serai à Paris, où je vais, je le ferai mettre dans la gazette[2].

LÉLIO. Mais, que veux-tu dire ?

LE BARON. Songez-vous à tous les millions de femmes qu'il y a dans le monde, au couchant, au levant, au septentrion, au midi, Européennes, Asiatiques, Africaines, Américaines, blanches, noires, basanées, de toutes les couleurs ? Nos propres expériences, et les relations de nos voyageurs, nous apprennent que partout la femme est amie de l'homme, que la nature l'a pourvue de bonne volonté pour lui ; la nature n'a manqué que Madame, le soleil n'éclaire qu'elle chez qui notre espèce n'ait point rencontré grâce, et cette seule exception de la loi générale se rencontre avec un personnage unique, je te le dis en ami ; avec un homme qui nous a donné l'exemple d'un fanatisme tout neuf ; qui seul de tous les hommes n'a pu s'accoutumer aux coquettes qui fourmillent sur la terre, et qui sont aussi anciennes que le monde ; enfin qui s'est condamné à venir ici languir de chagrin de ne plus voir de femmes, en expiation du crime qu'il a fait quand il en a vu. Oh ! je ne sache point d'aventure qui aille de pair avec la vôtre.

LÉLIO, *riant.* Ah ! ah ! je te pardonne toutes tes injures en faveur de ces coquettes qui fourmillent sur la terre, et qui sont aussi anciennes que le monde.

LA COMTESSE, *riant.* Pour moi, je me sais bon gré que la nature m'ait manquée, et je me passerai bien de la *façon qu'elle aurait pu me donner de plus ; c'est autant de sauvé, c'est un ridicule de moins.

LE BARON, *sérieusement.* Madame, n'appelez point cette faiblesse-là ridicule ; ménageons les termes : il peut venir un jour où vous serez bien aise de lui trouver une épithète plus *honnête.

---

1. Les éditions anciennes (1723, 1732, 1733) portent : *Et d'où vient la surprise ?* La correction est nécessaire, puisque le Baron répond : *Comment, ma surprise !*   2. C'est ordinairement dans la célèbre *Gazette d'Amsterdam* que paraissent les faits divers et les anecdotes curieuses.

LA Comtesse. Oui, si l'esprit me tourne.

LE Baron. Eh bien, il vous tournera : c'est si peu de chose que l'esprit ! Après tout, il n'est pas encore sûr que la nature vous ait absolument manquée. Hélas ! peut-être jouez-vous de votre reste aujourd'hui. Combien voyons-nous de choses qui sont d'abord merveilleuses, et qui finissent par faire rire ! Je suis un homme à pronostic : voulez-vous que je vous dise ; tenez, je crois que votre merveilleux est à fin de terme.

LÉLIO. Cela se peut bien, Madame, cela se peut bien ; les fous sont quelquefois inspirés.

LA Comtesse. Vous vous trompez, Monsieur, vous vous trompez.

LE Baron. Mais, toi qui raisonnes, as-tu lu l'histoire romaine ?

LÉLIO. Oui, qu'en veux-tu faire, de ton histoire romaine ?

LE Baron. Te souviens-tu qu'un ambassadeur romain enferma Antiochus dans un cercle qu'il traça autour de lui, et lui déclara la guerre s'il en sortait avant qu'il eût répondu à sa demande [1] ?

LÉLIO. Oui, je m'en ressouviens.

LE Baron. Tiens, mon enfant, moi indigne, je te fais un cercle à l'imitation de ce Romain, et sous peine des vengeances de l'Amour, qui vaut bien la république de Rome, je t'ordonne de n'en sortir que soupirant pour les beautés de Madame ; voyons si tu oseras broncher.

LÉLIO *passe le cercle*. Tiens, je suis hors du cercle, voilà ma réponse : va-t'en la porter à ton benêt d'Amour.

LA Comtesse. Monsieur le Baron, je vous prie, badinez tant qu'il vous plaira, mais ne me mettez point en jeu.

LE Baron. Je ne badine point, Madame, je vous le cautionne garrotté à votre char ; il vous aime de ce moment-ci, il a obéi. La peste, vous ne le verriez pas hors du cercle ; il avait plus de peur qu'Antiochus.

LÉLIO, *riant*. Madame, vous pouvez me donner des rivaux tant qu'il vous plaira, mon amour n'est point jaloux.

LA Comtesse, *embarrassée*. Messieurs, j'entends volontiers raillerie, mais finissons-la pourtant.

---

1. Marivaux connaît bien l'histoire d'Antiochus : elle préfigure celle de Prusias, qu'il vient de traiter sans sa tragédie d'*Annibal*. L'ambassadeur de Rome, Popilius Laenas, l'avait sommé de rendre à Ptolémée Épiphane les terres qu'il lui avait prises. Antiochus, se fiant sur l'appui d'Annibal qui était chez lui, rejeta cette demande et fut vaincu.

LE BARON. Vous montrez là certaine impatience qui pourra venir à bien : faisons-la profiter par un petit tour de cercle.

Il l'enferme aussi.

LA COMTESSE, *sortant du cercle.* Laissez-moi, qu'est-ce que cela signifie ? Baron, ne lisez jamais d'histoire, puisqu'elle ne vous apprend que des polissonneries.

Lélio rit.

LE BARON. Je vous demande pardon, mais vous aimerez, s'il vous plaît, Madame. Lélio est mon ami, et je ne veux point lui donner de maîtresse insensible.

LA COMTESSE, *sérieusement.* Cherchez-lui donc une maîtresse ailleurs, car il trouverait fort mal son compte ici.

LÉLIO. Madame, je sais le peu que je vaux, on peut se dispenser de me l'apprendre ; après tout, votre antipathie ne me fait point trembler.

LE BARON. Bon, voilà de l'amour qui prélude par du dépit.

LA COMTESSE, *à Lélio.* Vous seriez fort à plaindre, Monsieur, si mes sentiments ne vous étaient indifférents.

LE BARON. Ah le beau duo ! Vous ne savez pas encore combien il est tendre.

LA COMTESSE, *s'en allant doucement.* En vérité, vos folies me poussent à bout, Baron.

LE BARON. Oh, Madame, nous aurons l'honneur, Lélio et moi, de vous reconduire jusque chez vous.

Scène IX

LE BARON, LA COMTESSE, LÉLIO, COLOMBINE

COLOMBINE, *arrivant.* Bonjour, Monsieur le Baron. Comme vous voilà rouge, Madame. Monsieur Lélio est tout je ne sais comment aussi : il a l'air d'un homme qui veut être fier, et qui ne peut pas l'être. Qu'avez-vous donc tous deux ?

LA COMTESSE, *sortant.* L'étourdie !

LE BARON. Laissez-les là, Colombine, ils sont de méchante humeur ; ils viennent de se faire une déclaration d'amour l'un à l'autre, et le tout en se fâchant.

Scène X

COLOMBINE, ARLEQUIN, *avec un équipage de chasseur* [1]

COLOMBINE, *qui a écouté un peu leur conversation.* Je vois bien qu'ils nous apprêteront à rire. Mais où est Arlequin ? Je veux qu'il m'amuse ici. J'entends quelqu'un, ne serait-ce pas lui ?

ARLEQUIN, *la voyant.* Ouf, ce gibier-là mène un chasseur trop loin : je me perdrais, tournons d'un autre côté... Allons donc... Euh ! me voilà justement sur le chemin du tigre, maudits soient l'argent, l'or et les perles !

COLOMBINE. Quelle heure est-il, Arlequin [2] ?

ARLEQUIN. Ah ! la fine mouche : je vois bien que tu cherches midi à quatorze heures. Passez, passez votre chemin, ma mie.

COLOMBINE. Il ne me plaît pas, moi : passe-le toi-même.

ARLEQUIN. Oh pardi, à bon chat bon rat, je veux rester ici.

COLOMBINE. Hé le fou, qui perd l'esprit en voyant une femme !

ARLEQUIN. Va-t'en, va-t'en demander ton portrait à mon maître, il te le donnera pour rien : tu verras si tu n'es pas une vipère.

---

1. Cet équipage de chasseur est-il simplement destiné à fournir l'occasion d'un mot d'esprit ? C'est l'explication que donne le rédacteur du *Mercure* d'août 1723 : « On voit bien par le reste de la scène que ce n'est que le mot de *gibier* qui a porté l'auteur à faire habiller Arlequin en chasseur. » On notera du reste qu'Arlequin apparaît parfois en chasseur, aussi bien dans l'ancienne comédie italienne (*Les Chinois*, de Regnard, acte I, sc. VII) que dans la nouvelle (*Les Amours à la chasse*, d'Autreau, canevas italien, 1718). Il devait porter un attirail de chasseur complet, tout en conservant le pantalon bariolé et le masque traditionnel.   **2.** Marivaux paraît s'être souvenu dans cette scène et dans la scène III de l'acte II d'une pièce de l'ancien Théâtre-Italien, *Attendez-moi sous l'orme*, de Dufresny (voir ci-dessus, acte I, sc. I, note 1, p. 241). Voici le passage : « *Arlequin :* Mais à qui en veut cette fille-là ? *(À part.)* Il faut qu'elle soit Parisienne, car elle s'entend fort bien à tournevirer un homme. Jamais nymphe des Tuileries ne fit mieux le manège au clair de lune. Elle est sans doute amoureuse de moi. Il faut lui laisser faire toutes les avances, c'est la mode. *(Colombine fait une révérence à droite.)* *Arlequin, chantant, sans regarder Colombine :* La, la, la. *(Colombine fait une révérence à gauche, et Arlequin se met à siffler.)* *Colombine :* Je vois bien qu'on ne s'attire que du mépris en se jetant à la tête des hommes. Je vais faire la fière. *Arlequin, à part :* Serait-elle assez sotte pour se rebuter ? Je ne serai pas assez sot pour la laisser aller. *(Haut.)* Madame, pourrait-on... Quel temps fait-il aujourd'hui ? Ne savez-vous point quelle heure il est ? *Colombine :* Ma montre n'est pas montée. *Arlequin :* Les femmes sont des horloges charmantes qui sonnent quelquefois l'heure du berger. *Colombine :* Cette heure-là ne sonnera pas si tôt pour vous, etc. » (Sc. I et II.)

COLOMBINE. Ton maître est un visionnaire, qui te fait faire pénitence de ses sottises. Dans le fond tu me fais pitié ; c'est dommage qu'un jeune homme comme toi, assez bien fait et bon enfant, car tu es sans malice...

ARLEQUIN. Je n'en ai non plus qu'un poulet.

COLOMBINE. C'est dommage qu'il consume sa jeunesse dans la langueur et la souffrance ; car, dis la vérité, tu t'ennuies ici, tu *pâtis[1] ?

ARLEQUIN. Oh ! cela n'est pas croyable.

COLOMBINE. Hé pourquoi, nigaud, mener une pareille vie ?

ARLEQUIN. Pour ne point tomber dans vos pattes, race de chats que vous êtes ; si vous étiez de bonnes gens, nous ne serions pas venus nous rendre ermites. Il n'y a plus de bon temps pour moi, et c'est vous qui en êtes la cause ; et malgré tout cela, il ne s'en faut de rien que je ne t'aime. La sotte chose que le cœur de l'homme !

COLOMBINE. Cet original qui dispute contre son cœur comme un *honnête homme[2].

ARLEQUIN. N'as-tu pas de honte d'être si jolie et si traîtresse ?

COLOMBINE. Comme si on devait rougir de ses bonnes qualités ! Au revoir, nigaud ; tu me fuis, mais cela ne durera pas.

ACTE II

Scène première

COLOMBINE, LA COMTESSE

COLOMBINE, *en regardant sa montre*. Cela est singulier !

LA COMTESSE. Quoi ?

COLOMBINE. Je trouve qu'il y a un quart d'heure que nous nous promenons sans rien dire : entre deux femmes, cela ne laisse pas d'être fort. Sommes-nous bien dans notre état naturel ?

LA COMTESSE. Je ne sache rien d'extraordinaire en moi.

COLOMBINE. Vous voilà pourtant bien rêveuse.

LA COMTESSE. C'est que je songe à une chose.

---

1. *Tu pâtis*, et non *pâlis*, comme le portent les éditions du XIXe siècle. L'édition originale porte *consomme* au lieu de *consume*. **2.** Réplique significative. Seuls, les personnages suffisamment évolués résistent à l'amour. Et comme « l'amour vit souvent de la résistance qu'on lui fait », c'est chez eux seulement qu'il constitue un digne sujet d'étude pour l'observateur.

COLOMBINE. Voyons ce que c'est ; suivant l'espèce de la chose, je ferai l'estime de votre silence.

LA COMTESSE. C'est que je songe qu'il n'est pas nécessaire que je voie si souvent Lélio.

COLOMBINE. Hum, il y a du Lélio : votre taciturnité n'est pas si belle que je le pensais. La mienne, à vous dire le vrai, n'est pas plus méritoire. Je me taisais à peu près dans le même goût ; je ne rêve pas à Lélio, mais je suis autour de cela, je rêve au valet.

LA COMTESSE. Mais que veux-tu dire ? Quel mal y a-t-il à penser à ce que je pense ?

COLOMBINE. Oh ! *pour du mal, il n'y en a pas ; mais je croyais que vous ne disiez mot par pure paresse de langue, et je trouvais cela beau dans une femme ; car on prétend que cela est rare. Mais pourquoi jugez-vous qu'il n'est pas nécessaire que vous voyiez si souvent Lélio ?

LA COMTESSE. Je n'ai d'autres raisons pour lui parler que le mariage de ces jeunes gens : il ne m'a point dit ce qu'il veut donner à la fille ; je suis bien aise que le neveu de mon fermier trouve quelque avantage ; mais sans nous parler, Lélio peut me faire savoir ses intentions, et je puis le faire informer des miennes.

COLOMBINE. L'imagination de cela est tout à fait plaisante.

LA COMTESSE. Ne vas-tu pas faire un commentaire là-dessus ?

COLOMBINE. Comment ? il n'y a pas de commentaire à cela. Malepeste, c'est un joli trait d'esprit que cette invention-là. Le chemin de tout le monde, quand on a affaire aux gens, c'est d'aller leur parler ; mais cela n'est pas commode. Le plus court est de l'entretenir de loin ; vraiment on s'entend bien mieux : lui parlerez-vous avec une sarbacane, ou par procureur ?

LA COMTESSE. Mademoiselle Colombine, vos fades railleries ne me plaisent point du tout ; je vois bien les petites idées que vous avez dans l'esprit.

COLOMBINE. Je me doute, moi, que vous ne vous doutez pas des vôtres, mais cela viendra.

LA COMTESSE. Taisez-vous.

COLOMBINE. Mais aussi de quoi vous avisez-vous, de prendre un si grand tour pour parler à un homme ? Monsieur, soyons amis tant que nous resterons ici ; nous nous amuserons, vous à médire des femmes, moi à mépriser les hommes, (voilà ce que vous lui avez dit tantôt). Est-ce que l'amusement que vous avez choisi ne vous plaît plus ?

LA COMTESSE. Il me plaira toujours ; mais j'ai songé que je mettrai Lélio plus à son aise en ne le voyant plus. D'ailleurs la conversation que nous avons eue tantôt ensemble, jointe aux plaisanteries que le Baron a continué de faire chez moi, pourraient donner matière à de nouvelles scènes que je suis bien aise d'éviter : tiens, prends ce billet.

COLOMBINE. Pour qui ?

LA COMTESSE. Pour Lélio. C'est de cette paysanne dont il s'agit ; je lui demande réponse.

COLOMBINE. Un billet à monsieur Lélio, exprès pour ne point donner matière à la plaisanterie ! Mais voilà des précautions d'un jugement !...

LA COMTESSE. Fais ce que je te dis.

COLOMBINE. Madame, c'est une maladie qui commence : votre cœur en est à son premier accès de fièvre. Tenez, le billet n'est plus nécessaire, je vois Lélio qui s'approche.

LA COMTESSE. Je me retire, faites votre commission.

Scène II

LÉLIO, ARLEQUIN, COLOMBINE

LÉLIO. Pourquoi donc madame la Comtesse se retire-t-elle en me voyant ?

COLOMBINE, *présentant le billet.* Monsieur... ma maîtresse a jugé à propos de réduire sa conversation dans ce billet. À la campagne on a l'esprit ingénieux.

LÉLIO. Je ne vois pas la finesse qu'il peut y avoir à me laisser là, quand j'arrive, pour m'entretenir dans des papiers. J'allais prendre des mesures avec elle pour nos paysans ; mais voyons ses raisons.

ARLEQUIN. Je vous conseille de lui répondre sur une carte, cela sera bien aussi drôle.

LÉLIO *lit. Monsieur, depuis que nous nous sommes quittés, j'ai fait réflexion qu'il était assez inutile de nous voir.* Oh ! très inutile ; je l'ai pensé de même. *Je prévois que cela vous gênerait ; et moi, à qui il n'ennuie pas d'être seule, je serais fâchée de vous contraindre.* Vous avez raison, Madame ; je vous remercie de votre attention. *Vous savez la prière que je vous ai faite tantôt au sujet du mariage de nos jeunes gens ; je vous prie de vouloir bien me marquer là-*

dessus quelque chose de positif. Volontiers, Madame, vous n'attendrez point. Voilà la femme du caractère le plus passable que j'aie vue de ma vie ; si j'étais capable d'en aimer quelqu'une, ce serait elle.

Arlequin. Par la morbleu, j'ai peur que ce tour-là ne vous *joue d'un mauvais tour.

Lélio. Oh non ; l'éloignement qu'elle a pour moi me donne en vérité beaucoup d'estime pour elle ; cela est dans mon goût : je suis ravi que la proposition vienne d'elle, elle m'épargne, à moi, la peine de la lui faire.

Arlequin. Pour cela oui, notre dessein était de lui dire que nous ne voulions plus d'elle.

Colombine. Quoi ! ni de moi non plus ?

Arlequin. Oh ! je suis *honnête ; je ne veux point dire aux gens des injures à leur nez.

Colombine. Eh bien, Monsieur, faites-vous réponse ?

Lélio. Oui, ma chère enfant, j'y cours ; vous pouvez lui dire, puisqu'elle choisit le papier pour le champ de bataille de nos conversations, que j'en ai près d'une rame chez moi, et que le terrain ne me manquera de longtemps.

Arlequin. Hé ! hé ! hé ! nous verrons à qui aura le *dernier.

Colombine. Vous êtes distrait, Monsieur, vous me dites que vous courez faire réponse, et vous voilà encore.

Lélio. J'ai tort, j'oublie les choses d'un moment à l'autre. Attendez là un moment.

Colombine, *l'arrêtant.* C'est-à-dire que vous êtes bien charmé du parti que prend ma maîtresse ?

Arlequin. Pardi, cela est admirable !

Lélio. Oui, assurément cela me fera plaisir.

Colombine. Cela se passera, allez.

Lélio. Il faut bien que cela se passe.

Arlequin. Emmenez-moi avec vous ; car je ne me fie point à elle.

Colombine. Oh ! je n'attendrai point, si je suis seule : je veux causer.

Lélio. Fais-lui l'*honnêteté de rester avec elle, je vais revenir.

Scène III

ARLEQUIN, COLOMBINE

ARLEQUIN. J'ai bien affaire, moi, d'être *honnête à mes dépens.

COLOMBINE. Et que crains-tu ? Tu ne m'aimes point, tu ne veux point m'aimer.

ARLEQUIN. Non, je ne veux point t'aimer ; mais je n'ai que faire de prendre la peine de m'empêcher de le vouloir.

COLOMBINE. Tu m'aimerais donc, si tu ne t'en empêchais ?

ARLEQUIN. Laissez-moi en repos, mademoiselle Colombine ; promenez-vous d'un côté, et moi d'un autre ; sinon, je m'enfuirai, car je réponds tout de travers.

COLOMBINE. Puisqu'on ne peut avoir l'honneur de ta compagnie qu'à ce prix-là, je le veux bien, promenons-nous. *(Et puis à part et en se promenant, comme Arlequin fait de son côté.)* Tout en badinant cependant, me voilà dans la fantaisie d'être aimée de ce petit corps-là.

ARLEQUIN, *déconcerté, et se promenant de son côté.* C'est une malédiction que cet amour : il m'a tourmenté quand j'en avais, et il me fait encore du mal à cette heure que je n'en veux point. Il faut prendre patience et faire bonne mine. *(Il chante.)* Turlu, turluton [1].

COLOMBINE, *le rencontrant sur le théâtre, et s'arrêtant* [2]. Mais vraiment, tu as la voix belle : sais-tu la musique ?

ARLEQUIN, *s'arrêtant aussi.* Oui, je commence à lire les paroles. *(Il chante.)* Tourleroutoutou.

COLOMBINE, *continuant de se promener.* Peste soit du petit coquin ! Sérieusement je crois qu'il me *pique.

ARLEQUIN, *de son côté.* Elle me regarde, elle voit bien que je fais semblant de ne pas songer à elle.

COLOMBINE. Arlequin ?

ARLEQUIN. Hom.

COLOMBINE. Je commence à me lasser de la promenade.

ARLEQUIN. Cela se peut bien.

COLOMBINE. Comment te va le cœur ?

ARLEQUIN. Ah ! je ne prends pas garde à cela.

---

1. Sur une réminiscence probable de Dufresny dans cette scène, voir note 2 page 261.   **2.** Les éditions anciennes, par suite d'une confusion entre *l* et *s* long, portent *l'arrêtant*. La correction est justifiée par l'indication scénique suivante : *s'arrêtant aussi.*

COLOMBINE. Gageons que tu m'aimes ?

ARLEQUIN. Je ne gage jamais, je suis trop malheureux, je perds toujours.

COLOMBINE, *allant à lui*. Oh ! tu m'ennuies, je veux que tu me dises franchement que tu m'aimes.

ARLEQUIN. Encore un petit tour de promenade.

COLOMBINE. Non, parle, ou je te hais.

ARLEQUIN. Et que t'ai-je fait pour me haïr ?

COLOMBINE. Savez-vous bien, monsieur le butor, que je vous trouve à mon gré, et qu'il faut que vous soupiriez pour moi ?

ARLEQUIN. Je te plais donc ?

COLOMBINE. Oui ; ta petite figure me revient assez.

ARLEQUIN. Je suis perdu, j'étouffe, adieu ma mie, sauve qui peut... Ah ! Monsieur, vous voilà ?

Scène IV

LÉLIO, ARLEQUIN, COLOMBINE

LÉLIO. Qu'as-tu donc ?

ARLEQUIN. Hélas ! c'est ce lutin-là qui me prend à la gorge : elle veut que je l'aime.

LÉLIO. Et ne saurais-tu lui dire que tu ne veux pas ?

ARLEQUIN. Vous en parlez bien à votre aise : elle a la malice de me dire qu'elle me haïra.

COLOMBINE. J'ai entrepris la guérison de sa folie, il faut que j'en vienne à bout. Va, va, c'est partie à remettre.

ARLEQUIN. Voyez la belle guérison ; je suis de la moitié plus fou que je n'étais.

LÉLIO. Bon courage, Arlequin. Tenez, Colombine, voilà la réponse au billet de votre maîtresse.

COLOMBINE. Monsieur, ne l'avez-vous pas faite un peu trop fière ?

LÉLIO. Eh ! pourquoi la ferais-je fière ? Je la fais indifférente. Ai-je quelque intérêt de la faire autrement ?

COLOMBINE. Écoutez, je vous parle en amie. Les plus courtes folies sont les meilleures : l'homme est faible ; tous les philosophes du temps passé nous l'ont dit, et je m'en fie bien à eux. Vous vous croyez leste et gaillard, vous n'êtes point cela ; ce que vous êtes est caché derrière tout cela : si j'avais besoin d'indifférence et qu'on en vendît, je ne ferais pas emplette de la vôtre, j'ai bien peur que ce ne soit une drogue de charlatan, car on dit que l'Amour en est un, et franchement vous m'avez tout l'air d'avoir pris de son *mithridate. Vous vous agitez, vous allez et venez, vous riez du bout des dents, vous êtes sérieux tout de bon ; tout autant de symptômes d'une indifférence amoureuse.

LÉLIO. Et laissez-moi, Colombine, ce discours-là m'ennuie.

COLOMBINE. Je pars ; mais mon avis est que vous avez la vue trouble : attendez qu'elle s'éclaircisse, vous verrez mieux votre chemin ; n'allez pas vous jeter dans quelque ornière, vous embourber dans quelque pas. Quand vous soupirerez, vous serez bien aise de trouver un écho qui vous réponde : n'en dites rien, ma maîtresse est *étourdie du bateau ; la bonne dame bataille, et c'est *autant de battu. *Motus*, Monsieur. Je suis votre servante. *(Elle s'en va.)*

Scène V

LÉLIO, ARLEQUIN

LÉLIO. Ah ! ah ! ah ! cela ne te fait-il pas rire ?

ARLEQUIN. Non.

LÉLIO. Cette folle, qui me vient dire qu'elle croit que sa maîtresse s'humanise, elle qui me fuit, et qui me fuit moi présent ! Oh ! parbleu, madame la Comtesse, vos manières sont tout à fait de mon goût, je les trouve pourtant un peu sauvages ; car enfin, l'on n'écrit pas à un homme de qui l'on n'a pas à se plaindre : Je ne veux plus vous voir, vous me fatiguez, vous m'êtes insupportable. Et voilà le sens du billet, tout *mitigé qu'il est. Oh ! la vérité est que je ne croyais pas être si haïssable. Qu'en dis-tu, Arlequin ?

ARLEQUIN. Eh ! Monsieur, chacun a son goût.

LÉLIO. Parbleu, je suis content de la réponse que j'ai faite au billet et de l'air dont je l'ai reçu : mais très content[1].

ARLEQUIN. Cela ne vaut pas la peine d'être si content, à moins qu'on ne soit fâché. Tenez-vous ferme, mon cher maître ; car si vous tombez, me voilà à bas.

LÉLIO. Moi, tomber ? Je pars dès demain pour Paris : voilà comme je tombe.

---

1. Cette scène entre Lélio et Arlequin est « très plaisante », remarque le rédacteur du *Mercure* d'août 1723 : « Plus Lélio proteste qu'il ne veut pas aimer, plus il fait connaître qu'il aime. »

ARLEQUIN. Ce voyage-là pourrait bien être une culbute à gauche, au lieu d'une culbute à droite.

LÉLIO. Point du tout, cette femme croirait peut-être que je serais sensible à son amour, et je veux la laisser là pour lui prouver que non.

ARLEQUIN. Que ferai-je donc, moi ?

LÉLIO. Tu me suivras.

ARLEQUIN. Mais je n'ai rien à prouver à Colombine.

LÉLIO. Bon, ta Colombine ! il s'agit bien de Colombine : Veux-tu encore aimer, dis ? Ne te souvient-il plus de ce que c'est qu'une femme ?

ARLEQUIN. Je n'ai non plus de mémoire qu'un lièvre, quand je vois cette fille-là.

LÉLIO, *avec distraction*. Il faut avouer que les bizarreries de l'esprit d'une femme sont des pièges bien finement dressés contre nous !

ARLEQUIN. Dites-moi, Monsieur, j'ai fait un gros serment de n'être plus amoureux ; mais si Colombine m'ensorcelle, je n'ai pas mis cet article dans mon marché : mon serment ne vaudra rien, n'est-ce pas ?

LÉLIO, *distrait*. Nous verrons. Ce qui m'arrive avec la Comtesse ne suffirait-il pas pour jeter des étincelles de passion dans le cœur d'un autre ? Oh ! sans l'inimitié que j'ai vouée à l'amour, j'extravaguerais actuellement, peut-être : je sens bien qu'il ne m'en faudrait pas davantage, je serais *piqué, j'aimerais : Cela irait tout de suite.

ARLEQUIN. J'ai toujours entendu dire : Il a du cœur comme un César ; mais si ce César était à ma place, il serait bien sot.

LÉLIO, *continuant*. Le hasard me fait connaître une femme qui hait l'amour ; nous lions cependant commerce d'amitié, qui doit durer pendant notre séjour ici : je la conduis chez elle, nous nous quittons en bonne intelligence ; nous avons à nous revoir ; je viens la trouver indifféremment ; je ne songe non plus à l'amour qu'à m'aller noyer, j'ai vu sans danger les charmes de sa personne : voilà qui est fini, ce semble. Point du tout, cela n'est pas fini ; j'ai maintenant affaire à des caprices, à des fantaisies ; *équipages d'esprit que toute femme apporte en naissant : madame la Comtesse se met à rêver, et l'idée qu'elle imagine en se jouant serait la ruine de mon repos, si j'étais capable d'y être sensible.

ARLEQUIN. Mon cher maître, je crois qu'il faudra que je *saute le bâton.

LÉLIO. Un billet m'arrête en chemin, billet diabolique, empoi-

sonné, où l'on écrit que l'on ne veut plus me voir, que ce n'est pas
la peine. M'écrire cela à moi, qui suis en pleine sécurité, qui n'ai
rien fait à cette femme : s'attend-on à cela ? Si je ne prends garde à
moi, si je raisonne à l'ordinaire, qu'en arrivera-t-il ? Je serai étonné,
déconcerté ; premier degré de folie, car je vois cela tout comme si
j'y étais. Après quoi, l'amour-propre s'en mêle ; je me croirais
méprisé, parce qu'on s'estime un peu ; je m'aviserai d'être choqué ;
me voilà fou complet. Deux jours après, c'est de l'amour qui se
déclare ; d'où vient-il ? pourquoi vient-il ? D'une petite fantaisie
magique qui prend à une femme ; et qui plus est, ce n'est pas sa
faute à elle : la nature a mis du poison pour nous dans toutes ses
idées ; son esprit ne peut se retourner qu'à notre dommage, sa vocation est de nous mettre en démence : elle fait sa *charge involontairement. Ah ! que je suis heureux, dans cette occasion-ci, d'être à
l'abri de tous ces périls ! Le voilà, ce billet insultant, *malhonnête ;
mais cette réflexion-là me met de mauvaise humeur ; les mauvais
procédés m'ont toujours déplu, et le vôtre est un des plus déplai-
sants, madame la Comtesse ; je suis bien fâché de ne l'avoir pas
rendu à Colombine.

ARLEQUIN, *entendant nommer sa maîtresse.* Monsieur, ne me parlez plus d'elle ; car, voyez-vous, j'ai dans mon esprit qu'elle est
amoureuse, et j'enrage.

LÉLIO. Amoureuse ? elle amoureuse !

ARLEQUIN. Oui, je la voyais tantôt qui badinait, qui ne savait que
dire ; elle tournait autour du pot, je crois même qu'elle a tapé du
pied ; tout cela est signe d'amour, tout cela mène un homme à mal.

LÉLIO. Si je m'imaginais que ce que tu dis fût vrai, nous partirions
tout à l'heure pour Constantinople.

ARLEQUIN. Eh ! mon maître, ce n'est pas la peine que vous fassiez [1]
ce chemin-là pour moi ; je ne mérite pas cela, et il vaut mieux que
j'aime que de vous coûter tant de dépense.

LÉLIO. Plus j'y rêve, et plus je vois qu'il faut que tu sois fou pour
me dire que je lui plais, après son billet et son procédé.

ARLEQUIN. Son billet ! De qui parlez-vous ?

LÉLIO. D'elle.

ARLEQUIN. Eh bien, ce billet n'est pas d'elle.

LÉLIO. Il ne vient pas d'elle ?

ARLEQUIN. Pardi non, c'est de la Comtesse.

---

1. L'édition originale porte : *que vous faisiez.*

LÉLIO. Eh ! de qui diantre me parles-tu donc, butor ?

ARLEQUIN. Moi ? de Colombine : ce n'était donc pas à cause d'elle que vous vouliez me mener à Constantinople ?

LÉLIO. Peste soit de l'animal, avec son galimatias !

ARLEQUIN. Je croyais que c'était pour moi que vous vouliez voyager.

LÉLIO. Oh ! qu'il ne t'arrive plus de faire de ces méprises-là ; car j'étais certain que tu n'avais rien remarqué pour moi dans la Comtesse.

ARLEQUIN. Si fait, j'ai remarqué qu'elle vous aimera bientôt.

LÉLIO. Tu rêves.

ARLEQUIN. Et je remarque que vous l'aimerez aussi.

LÉLIO. Moi, l'aimer ! moi, l'aimer ! Tiens, tu me feras plaisir de savoir adroitement de Colombine les dispositions où elle se trouve ; car je veux savoir à quoi m'en tenir : et si, contre toute apparence, il se trouvait dans son cœur une ombre de penchant pour moi, vite à cheval : je pars.

ARLEQUIN. Bon ! et [1] vous partez demain pour Paris !

LÉLIO. Qu'est-ce qui t'a dit cela ?

ARLEQUIN. Vous, il n'y a qu'un moment ; mais c'est que la mémoire vous *faille, comme à moi. Voulez-vous que je vous dise, il est bien aisé de voir que le cœur vous démange ; vous parlez tout seul, vous faites des discours qui ont dix lieues de long ; vous voulez vous en aller en Turquie, vous mettez vos bottes, vous les ôtez, vous partez, vous restez, et puis du noir, et puis du blanc. Pardi, quand on ne sait ni ce qu'on dit ni ce qu'on fait, ce n'est pas pour des prunes. Et moi, que ferai-je après ? Quand je vois mon maître qui perd l'esprit, le mien s'en va de compagnie.

LÉLIO. Je te dis qu'il ne me reste plus qu'une simple curiosité, c'est de savoir s'il ne se passerait pas quelque chose dans le cœur de la Comtesse, et je donnerais *tout à l'heure cent écus pour avoir soupçonné juste. Tâchons de le savoir.

ARLEQUIN. Mais encore une fois, je vous dis que Colombine m'attrapera, je le sens bien.

LÉLIO. Écoute ; après tout, mon pauvre Arlequin, si tu te fais tant de violence pour ne pas aimer cette fille-là, je ne t'ai jamais conseillé l'impossible.

ARLEQUIN. Par la *mardi, vous parlez d'or, vous m'ôtez plus de cent

---

1. Peut-être faudrait-il lire : *Eh ! vous partez...* (Marivaux ne ponctue pas d'ordinaire après *eh*, et confond souvent *eh* et *et*.)

pesant[1] de dessus le corps, et vous prenez bien la chose. Franchement, Monsieur, la femme est un peu vaurienne, mais elle a du bon :
entre nous, je la crois plus *ratière que *malicieuse. Je m'en vais
tâcher de rencontrer Colombine, et je ferai votre affaire : je ne veux
pas l'aimer ; mais si j'ai tant de peine à me retenir, adieu *panier, je
me laisserai aller. Si vous m'en croyez, vous ferez de même. Être
amoureux et ne l'être pas, ma foi, je donnerai le choix pour un liard.
C'est misère : j'aime mieux la misère gaillarde que la misère triste.
Adieu, je vais travailler pour vous.

LÉLIO. Attends : tiens, ce n'est pas la peine que tu y ailles.

ARLEQUIN. Pourquoi ?

LÉLIO. C'est que ce que je pourrais apprendre ne me servirait de
rien. Si elle m'aime, que m'importe ? Si elle ne m'aime pas, je n'ai
pas besoin de le savoir ; ainsi, je ferai mieux de rester comme je suis.

ARLEQUIN. Monsieur, si je deviens amoureux, je veux avoir la
consolation que vous le soyez aussi, afin qu'on dise toujours : tel
valet, tel maître. Je ne m'embarrasse pas d'être un ridicule, pourvu
que je vous ressemble. Si la Comtesse vous aime, je viendrai vitement vous le dire, afin que cela vous achève : par bonheur que vous
êtes déjà bien avancé, et cela me fait un grand plaisir. Je m'en vais
voir l'air du *bureau.

Scène VI

LÉLIO, JACQUELINE

LÉLIO. Je ne le querelle point, car il est déjà tout égaré.

JACQUELINE. Monsieur ?

LÉLIO, *distrait*. Je prierai pourtant la Comtesse d'ordonner à
Colombine de laisser ce malheureux en repos ; mais peut-être elle
est bien aise elle-même que l'autre travaille à lui détraquer la cervelle, car madame la Comtesse n'est pas dans le goût de m'obliger.

JACQUELINE. Monsieur ?

LÉLIO, *d'un air fâché et agité*. Eh bien, que veux-tu ?

JACQUELINE. Je vians vous demander mon congé.

LÉLIO, *sans l'entendre*. Morbleu, je n'entends parler que d'amour.

---

1. Cette expression doit être comprise comme une abréviation de *cent
livres pesant*, où *pesant*, selon le *Dictionnaire de l'Académie*, est adverbial.
En fait, *pesant* recouvre un ancien *besant*.

Eh, laissez-moi respirer, vous autres ! Vous me lassez, faites comme il vous plaira ; j'ai la tête remplie de femmes et de tendresses : Ces maudites idées-là me suivent partout, elles m'assiègent ; Arlequin d'un côté, les folies de la Comtesse de l'autre, et toi aussi.

JACQUELINE. Monsieur, c'est que je vians vous dire que je veux m'en aller.

LÉLIO. Pourquoi ?

JACQUELINE. C'est que Piarre ne m'aime plus, ce mésérable-là s'est amouraché de la fille à Thomas : tenez, Monsieur, ce que c'est que la cruauté des hommes, je l'ai vu qui batifolait avec elle ; moi, pour le faire venir, je lui ai fait comme ça avec le bras : Et y allons donc [1], et le vilain qu'il est m'a fait comme cela un geste du coude ; cela voulait dire : Va te promener. Oh que les hommes sont traîtres ! Voilà qui est fait, j'en suis si soûle, si soûle, que je n'en veux plus entendre parler ; et je vians pour cet effet vous demander mon congé [2].

LÉLIO. De quoi s'avise ce coquin-là d'être infidèle ?

JACQUELINE. Je ne comprends pas cela, il m'est avis que c'est un rêve.

LÉLIO. Tu ne le comprends pas ? C'est pourtant un vice dont il a plu aux femmes d'enrichir l'humanité.

JACQUELINE. Qui que ce soit, voilà de belles richesses qu'on a boutées là dans le monde.

LÉLIO. Va, va, Jacqueline, il ne faut pas que tu t'en ailles.

JACQUELINE. Oh, Monsieur, je ne veux pas rester dans le village, car on est si faible : Si ce garçon-là me recharchait, je ne sis pas rancuneuse, il y aurait du *rapatriage, et je prétends être brouillée.

LÉLIO. Ne te presse pas, nous verrons ce que dira la Comtesse.

JACQUELINE. Hom ! la voilà, cette Comtesse. Je m'en vas, Piarre est son valet, et ça me fâche itou contre elle.

---

1. Forme ancienne de l'expression *et allons-y* avec le pronom placé avant le verbe comme dans : Va, cours vole *et nous venge*. Faute de la comprendre, les éditeurs modernes ont écrit parfois : *hé ! hi ! allons (sic)*.   2. Noter que, dans ce passage où elle s'adresse à Lélio, Jacqueline parle mieux que lorsqu'elle est avec Pierre. Il en est de même des paysannes de Molière, qui parlent mieux quand elles sont avec Don Juan qu'avec leurs amoureux.

Scène VII

LÉLIO, LA COMTESSE, *qui cherche à terre avec application*

LÉLIO, *la voyant chercher.* Elle m'a fui tantôt : si je me retire, elle croira que je prends ma revanche, et que j'ai remarqué son procédé ; comme il n'en est rien, il est bon de lui paraître tout aussi indifférent que je le suis. Continuons de rêver, je n'ai qu'à ne lui point parler pour remplir les conditions du billet [1].

LA COMTESSE, *cherchant toujours.* Je ne trouve rien.

LÉLIO. Ce voisinage-là me déplaît, je crois que je ferai fort bien de m'en aller, dût-elle en penser ce qu'elle voudra. *(Et puis la voyant approcher.)* Oh parbleu, c'en est trop, Madame, vous m'avez fait l'honneur de m'écrire qu'il était inutile de nous revoir, et j'ai trouvé que vous pensiez juste ; mais je prendrai la liberté de vous représenter que vous me mettez hors d'état de vous obéir. Le moyen de ne vous point voir ? Je me trouve près de vous, Madame, vous venez jusqu'à moi ; je me trouve irrégulier sans avoir tort !

LA COMTESSE. Hélas, Monsieur, je ne vous voyais pas. Après cela, quand je vous aurais vu, je ne me ferais pas un grand scrupule d'approcher de l'endroit où vous êtes, et je ne me détournerais pas de mon chemin à cause de vous. Je vous dirai cependant que vous outrez les termes de mon billet ; il ne signifiait pas : Haïssons-nous, soyons-nous odieux. Si vos dispositions de haine ou pour toutes les femmes ou pour moi vous l'ont fait expliquer comme cela, et si vous le pratiquez comme vous l'entendez, ce n'est pas ma faute. Je vous plains beaucoup de m'avoir vue ; vous souffrez apparemment, et j'en suis fâchée ; mais vous avez le champ libre, voilà de la place pour fuir, délivrez-vous de ma vue. Quant à moi, Monsieur, qui ne vous hais ni ne vous aime, qui n'ai ni chagrin ni plaisir à vous voir, vous trouverez bon que j'aille mon train ; que vous me soyez un objet

---

1. Scène « très ingénieuse », dit le *Mercure* d'août 1723. Voici comment, dans le premier compte rendu, antérieur à la publication, le chroniqueur du *Mercure*, témoin des premières représentations, explique le jeu de scène : « La Comtesse arrive un moment après, cherchant un portrait qu'elle a perdu ; Lélio fait semblant de ne pas l'apercevoir, et de se promener ; mais la Comtesse, en cherchant le portrait, s'approche si fort de lui qu'il ne peut plus éviter de lui parler. Cette scène est fort plaisante par le jeu de théâtre, de voir deux personnes qui font semblant de ne vouloir pas se trouver, et qui ne demandent pas mieux que de se joindre et de lier conversation, ce qui ne manque pas d'arriver à l'instant. » (*Mercure* de mai 1722, p. 148.) Voir plus loin le commentaire sur le jeu de scène suivant.

parfaitement indifférent, et que j'agisse tout comme si vous n'étiez pas là. Je cherche mon portrait, j'ai besoin de quelques petits diamants qui en ornent la boîte ; je l'ai prise pour les envoyer démonter à Paris, et Colombine, à qui je l'ai donné pour le remettre à un de mes gens qui part exprès, l'a perdu ; voilà ce qui m'occupe. Et si je vous avais aperçu là, il ne m'en aurait coûté que de vous prier très froidement et très poliment de vous détourner ; peut-être même m'aurait-il pris fantaisie de vous prier de chercher avec moi, puisque vous vous trouvez là ; car je n'aurais pas deviné que ma présence vous affligeait ; à présent que je le sais, je n'userai point d'une prière incivile : fuyez vite, Monsieur, car je continue.

Lélio. Madame, je ne veux point être incivil non plus ; et je reste, puisque je puis vous rendre service, je vais chercher avec vous.

La Comtesse. Ah non, Monsieur, ne vous contraignez pas ; allez-vous-en, je vous dis que vous me haïssez, je vous l'ai dit, vous n'en disconvenez point. Allez-vous-en donc, ou je m'en vais.

Lélio. Parbleu, Madame, c'est trop souffrir de rebuts en un jour ; et billet et discours, tout se ressemble. Adieu, donc, Madame, je suis votre serviteur[1].

La Comtesse. Monsieur, je suis votre servante. *(Quand il est parti, elle dit :)* Mais à propos, cet étourdi qui s'en va, et qui n'a point marqué positivement dans son billet ce qu'il voulait donner à sa fermière : il me dit simplement qu'il verra ce qu'il doit faire. Ah ! je ne suis pas d'humeur à mettre toujours la main à la plume. Je me moque de sa haine, il faut qu'il me parle. *(Dans l'instant elle part pour le rappeler, quand il revient lui-même.)* Quoi ! vous revenez, Monsieur ?

Lélio, *d'un air agité.* Oui, Madame, je reviens, j'ai quelque chose à vous dire ; et puisque vous voilà, ce sera un billet d'épargné et pour vous et pour moi.

La Comtesse. À la bonne heure, de quoi s'agit-il ?

Lélio. C'est que le neveu de votre fermier ne doit plus compter

---

1. Et voici la suite du récit du rédacteur du *Mercure* : « Cependant, quelque remords qui prend à Lélio l'oblige à quitter la Comtesse assez brusquement ; mais sa fermeté l'abandonne à quatre pas de là, il se ravise et revient sur ses pas pour rejoindre la Comtesse, laquelle de son côté, étant fort fâchée du départ de Lélio, trouve un prétexte de le faire rappeler. Ils se trouvent tous les deux un instant après presque face à face, comme des gens qui se cherchent avec empressement, ce qui produit sur la scène un jeu assez plaisant. » *(Ibid.*, pp. 148-149.)

sur Jacqueline. Madame, cela doit vous faire plaisir ; car cela finit le peu de commerce forcé que nous avons ensemble.

LA COMTESSE. Le commerce forcé ? Vous êtes bien difficile, Monsieur, et vos expressions sont bien *naïves ! Mais passons. Pourquoi donc, s'il vous plaît, Jacqueline ne veut-elle pas de ce jeune homme ? Que signifie ce caprice-là ?

LÉLIO. Ce que signifie un caprice ? Je vous le demande, Madame ; cela n'est point à mon usage, et vous le définiriez mieux que moi.

LA COMTESSE. Vous pourriez cependant me rendre un bon compte de celui-ci, si vous vouliez : il est de votre ouvrage apparemment ; je me mêlais de leur mariage, cela vous fatiguait, vous avez tout arrêté. Je vous suis obligée de vos égards.

LÉLIO. Moi, Madame !

LA COMTESSE. Oui, Monsieur, il n'était pas nécessaire de vous y prendre de cette façon-là ; cependant je ne trouve point mauvais que le peu d'intérêt que j'avais à vous voir fût à charge : je ne condamne point dans les autres ce qui est en moi ; et sans le hasard qui nous *rejoint ici, vous ne m'auriez vue de votre vie, si j'avais pu.

LÉLIO. Eh, je n'en doute pas, Madame, je n'en doute pas.

LA COMTESSE. Non, Monsieur, de votre vie ; et pourquoi en douteriez-vous ? En vérité, je ne vous comprends pas ! Vous avez rompu avec les femmes, moi avec les hommes : vous n'avez pas changé de sentiments, n'est-il pas vrai ? d'où vient donc que j'en changerais ? Sur quoi en changerais-je ? Y songez-vous ? Oh ! mettez-vous dans l'esprit que mon opiniâtreté vaut bien la vôtre, et que je n'en démordrai point.

LÉLIO. Eh Madame, vous m'en avez accablé, de preuves d'opiniâtreté ; ne m'en donnez plus, voilà qui est fini. Je ne songe à rien, je vous assure.

LA COMTESSE. Qu'appelez-vous, Monsieur, vous ne songez à rien ? mais du ton dont vous le dites, il semble que vous vous imaginez m'annoncer une mauvaise nouvelle ? Eh bien, Monsieur, vous ne m'aimerez jamais, cela est-il si triste ? Oh ! je le vois bien, je vous ai écrit qu'il ne fallait plus nous voir, et je veux mourir si vous n'avez pris cela pour quelque agitation de cœur ; assurément vous me soupçonnez de penchant pour vous. Vous m'assurez que vous n'en aurez jamais pour moi : vous croyez me mortifier, vous le croyez, monsieur Lélio, vous le croyez, vous dis-je, ne vous en défendez point. J'espérais que vous me divertiriez en m'aimant : vous avez pris un autre tour, je ne perds point au change, et je vous trouve très divertissant comme vous êtes.

Lélio, *d'un air riant et piqué*. Ma foi, Madame, nous ne nous ennuierons donc point ensemble ; si je vous réjouis, vous n'êtes point ingrate : Vous espériez que je vous divertirais, mais vous ne m'aviez pas dit que je serais diverti. Quoi qu'il en soit, brisons là-dessus ; la comédie ne me plaît pas longtemps, et je ne veux être ni acteur ni spectateur.

La Comtesse, *d'un ton badin*. Écoutez, Monsieur, vous m'avouerez qu'un homme à votre place, qui se croit aimé, surtout quand il n'aime pas, se met en *prise ?

Lélio. Je ne pense point que vous m'aimez, Madame ; vous me traitez mal, mais vous y trouvez du goût. N'usez point de prétexte, je vous ai déplu d'abord ; moi spécialement, je l'ai remarqué : et si je vous aimais, de tous les hommes qui pourraient vous aimer, je serais peut-être le plus humilié, le plus raillé, et le plus à plaindre.

La Comtesse. D'où vous vient cette idée-là ? Vous vous trompez, je serais fâchée que vous m'aimassiez, parce que j'ai résolu de ne point aimer : Mais quelque chose que j'aie dit, je croirais du moins devoir vous estimer.

Lélio. J'ai bien de la peine à le croire.

La Comtesse. Vous êtes injuste, je ne suis pas sans discernement : Mais à quoi bon faire cette supposition, que si vous m'aimiez je vous traiterais plus mal qu'un autre ? La supposition est inutile, puisque vous n'avez point envie de faire l'essai de mes manières ; que vous importe ce qui en arriverait ? Cela vous doit être indifférent ; vous ne m'aimez pas ? car enfin, si je le pensais...

Lélio. Eh ! je vous prie, point de menace, Madame : vous m'avez tantôt offert votre amitié, je ne vous demande que cela, je n'ai besoin que de cela : Ainsi vous n'avez rien à craindre.

La Comtesse, *d'un air froid*. Puisque vous n'avez besoin que de cela, Monsieur, j'en suis ravie ; je vous l'accorde, j'en serai moins gênée avec vous.

Lélio. Moins gênée ? Ma foi, Madame, il ne faut pas que vous la soyez du tout ; et tout bien pesé, je crois que nous ferons mieux de suivre les termes de votre billet.

La Comtesse. Oh, de tout mon cœur : allons, Monsieur, ne nous voyons plus. Je fais présent de cent *pistoles au neveu de mon fermier ; vous me ferez savoir ce que vous voulez donner à la fille, et je verrai si je souscrirai à ce mariage, dont notre rupture va lever l'obstacle que vous y avez mis[1]. Soyons-nous inconnus l'un à l'autre ; j'oublie que je vous ai vu ; je ne vous reconnaîtrai pas demain.

LÉLIO. Et moi, Madame, je vous reconnaîtrai toute ma vie ; je ne vous oublierai point : vos façons avec moi vous ont gravé[2] pour jamais dans ma mémoire.

LA COMTESSE. Vous m'y donnerez la place qu'il vous plaira, je n'ai rien à me reprocher ; mes façons ont été celles d'une femme raisonnable.

LÉLIO. Morbleu, Madame, vous êtes une dame raisonnable, à la bonne heure. Mais accordez donc cette lettre avec vos premières *honnêtetés et avec vos offres d'amitié ; cela est inconcevable, aujourd'hui votre ami, demain rien. Pour moi, Madame, je ne vous ressemble pas, et j'ai le cœur aussi jaloux en amitié qu'en amour : ainsi nous ne nous convenons point.

LA COMTESSE. Adieu, Monsieur, vous parlez d'un air bien *dégagé et presque offensant, si j'étais vaine : cependant, et si j'en crois Colombine, je vaux quelque chose, à vos yeux mêmes.

LÉLIO. Un moment ; vous êtes de toutes les dames que j'ai vues celle qui vaut le mieux ; je sens même que j'ai du plaisir à vous rendre cette justice-là. Colombine vous en a dit davantage ; c'est une visionnaire, non seulement sur mon chapitre, mais encore sur le vôtre, Madame, je vous en avertis. Ainsi n'en croyez jamais au rapport de vos domestiques.

LA COMTESSE. Comment ! Que dites-vous, Monsieur ? Colombine vous aurait fait entendre... Ah l'impertinente ! je la vois qui passe. Colombine, venez ici.

Scène VIII

LA COMTESSE, LÉLIO, COLOMBINE

COLOMBINE *arrive*. Que me voulez-vous, Madame ?

LA COMTESSE. Ce que je veux ?

COLOMBINE. Si vous ne voulez rien, je m'en retourne.

LA COMTESSE. Parlez, quels discours avez-vous tenus à Monsieur sur mon compte ?

---

1. La phrase n'est évidemment pas très correcte, mais rien ne permet de corriger le texte, comme l'ont fait les éditeurs du XIXe siècle.   **2.** Pas d'accord du participe dans l'édition originale. Voir la Note grammaticale, article *participe*, p. 2265.

COLOMBINE. Des discours très sensés, à mon ordinaire.

LA COMTESSE. Je vous trouve bien hardie d'oser, suivant votre petite cervelle, tirer de folles conjectures de mes sentiments, et je voudrais bien vous demander sur quoi vous avez compris que j'aime Monsieur, à qui vous l'avez dit.

COLOMBINE. N'est-ce que cela ? Je vous jure que je l'ai cru comme je l'ai dit, et je l'ai dit pour le bien de la chose ; c'était pour abréger votre chemin à l'un et à l'autre, car vous y viendrez tous deux. Cela ira là, et si la chose arrive, je n'aurai fait aucun mal. À votre égard, Madame, je vais vous expliquer sur quoi j'ai pensé que vous aimiez...

LA COMTESSE, *lui coupant la parole*. Je vous défends de parler.

LÉLIO, *d'un air doux et modeste*. Je suis honteux d'être la cause de cette explication-là, mais vous pouvez être persuadée que ce qu'elle a pu me dire ne m'a fait aucune impression. Non, Madame, vous ne m'aimez point, et j'en suis convaincu ; et je vous avouerai même, dans le moment où je suis, que cette conviction m'est nécessaire[1]. Je vous laisse. Si nos paysans se raccommodent, je verrai ce que je puis faire pour eux : puisque vous vous intéressez à leur mariage, je me ferai un plaisir de le hâter ; et j'aurai l'honneur de vous porter tantôt ma réponse, si vous me le permettez.

LA COMTESSE, *quand il est parti*. Juste ciel ! que vient-il de me dire ? Et d'où vient que je suis émue de ce que je viens d'entendre ? *Cette conviction m'est absolument nécessaire*. Non, cela ne signifie rien, et je n'y veux rien comprendre.

COLOMBINE, *à part*. Oh, notre amour se fait grand ! il parlera bientôt bon français.

---

1. D'après la répétition de cette phrase sous la forme *Cette conviction m'est absolument nécessaire* à la réplique suivante, les éditeurs du XIXᵉ siècle ont cru devoir ajouter ici l'adverbe *absolument*. — Suivant le *Mercure*, déjà cité, Lélio dit cette phrase « d'un ton de tendre dépit » et quitte la comtesse « à demi rendu ». Ces indications sont intéressantes dans la mesure où elles éclairent une réplique de la comtesse, acte III, sc. II : « *mais, Colombine, l'air affectueux et tendre qu'il a joint à cela ?...* »

ACTE III

Scène première

ARLEQUIN, COLOMBINE

COLOMBINE, *à part les premiers mots.* Battons-lui toujours froid. Tous les diamants y sont, rien n'y manque, hors le portrait que monsieur Lélio a gardé. C'est un grand bonheur que vous ayez trouvé cela ; je vous rends la boîte, il est juste que vous la donniez vous-même à madame la Comtesse : adieu, je suis pressée.

ARLEQUIN *l'arrête.* Eh là, là, ne vous en allez pas si vite, je suis de si bonne humeur.

COLOMBINE. Je vous ai dit ce que je pensais de ma maîtresse à l'égard de votre maître : Bonjour.

ARLEQUIN. Eh bien, dites à cette heure ce que vous pensez de moi, hé, hé, hé.

COLOMBINE. Je pense de vous que vous m'ennuieriez si je restais plus longtemps.

ARLEQUIN. Fi, la mauvaise pensée ! Causons pour chasser cela, c'est une migraine.

COLOMBINE. Je n'ai pas le temps, monsieur Arlequin.

ARLEQUIN. Et allons donc, faut-il avoir des manières comme cela avec moi ? Vous me traitez de Monsieur, cela est-il *honnête ?

COLOMBINE. Très honnête ; mais vous m'*amusez, laissez-moi. Que voulez-vous que je fasse ici ?

ARLEQUIN. Me dire comment je me porte, par exemple ; me faire de petites questions : Arlequin par-ci, Arlequin par-là ; me demander comme tantôt si je vous aime : que sait-on ? peut-être je vous répondrai que oui.

COLOMBINE. Oh ! je ne m'y fie plus.

ARLEQUIN. Si fait, si fait ; fiez-vous-y pour voir.

COLOMBINE. Non, vous haïssez trop les femmes.

ARLEQUIN. Cela m'a passé, je leur pardonne.

COLOMBINE. Et moi, à compter d'aujourd'hui, je me brouille avec les hommes ; dans un an ou deux, je me raccommoderai peut-être avec ces nigauds-là.

ARLEQUIN. Il faudra donc que je me tienne pendant ce temps-là les bras croisés à vous voir venir, moi ?

COLOMBINE. Voyez-moi venir dans la posture qu'il vous plaira ; que m'importe que vos bras soient croisés ou ne le soient pas ?

ARLEQUIN. Par la *sambille, j'enrage. Maudit esprit lunatique, que je te donnerais de grand cœur un bon coup de poing, si tu ne portais pas une *cornette !

COLOMBINE, *riant*. Ah, je vous entends ! Vous m'aimez ; j'en suis fâchée, mon ami ; le Ciel vous assiste !

ARLEQUIN. Mardi oui, je t'aime. Mais laisse-moi faire ; tiens, mon chien d'amour s'en ira, je m'étranglerais plutôt : je m'en vais être ivrogne, je jouerai à la boule toute la journée, je prierai mon maître de m'apprendre le piquet ; je jouerai avec lui ou avec moi, je dormirai plutôt que de rester sans rien faire. Tu verras, va ; je cours tirer bouteille, pour commencer [1].

COLOMBINE. Tu mériterais que je te fisse expirer de pur chagrin, mais je suis généreuse. Tu as méprisé toutes les suivantes de France en ma personne, je les représente. Il faut une réparation à cette insulte ; à mon égard, je t'en *quitterais volontiers ; mais je ne puis trahir les intérêts et l'honneur d'un corps si respectable pour toi ; fais-lui donc satisfaction. Demande-lui à genoux pardon de toutes tes impertinences, et la grâce t'est accordée.

ARLEQUIN. M'aimeras-tu après cette autre impertinence-là ?

COLOMBINE. Humilie-toi, et tu seras instruit.

ARLEQUIN, *se mettant à genoux*. Pardi, je le veux bien : je demande pardon à ce drôle de corps pour qui tu parles.

COLOMBINE. En diras-tu du bien ?

ARLEQUIN. C'est une autre affaire. Il est défendu de mentir.

COLOMBINE. Point de grâce.

ARLEQUIN. *Accommodons-nous. Je n'en dirai ni bien ni mal. Est-ce fait ?

COLOMBINE. Hé ! la réparation est un peu cavalière ; mais le corps n'est pas formaliste. Baise-moi la main en signe de paix, et lève-toi. Tu me parais vraiment repentant, cela me fait plaisir.

ARLEQUIN, *relevé*. Tu m'aimeras, au moins ?

COLOMBINE. Je l'espère.

ARLEQUIN, *sautant*. Je me sens plus léger qu'une plume.

---

1. Tirade tout à fait conforme à la tradition du rôle d'Arlequin sur la scène du Nouveau Théâtre Italien. Voir par exemple *Le Port à l'Anglais*, d'Autreau (1718), acte III, sc, II, ou *Les Amants ignorants*, du même (1720), acte I, SC. VI.

COLOMBINE. Écoute, nous avons intérêt de hâter l'amour de nos maîtres, il faut qu'ils se marient ensemble.

ARLEQUIN. Oui, afin que je t'épouse par-dessus le marché.

COLOMBINE. Tu l'as dit : n'oublions rien pour les conduire à s'avouer qu'ils s'aiment. Quand tu rendras la boîte à la Comtesse, ne manque pas de lui dire pourquoi ton maître en garde le portrait. Je la vois qui rêve, retire-toi, et reviens dans un moment, de peur qu'en nous voyant ensemble, elle ne nous soupçonne d'intelligence. J'ai dessein de la faire parler ; je veux qu'elle sache qu'elle aime, son amour en ira mieux, quand elle se l'avouera.

Scène II

LA COMTESSE, COLOMBINE

LA COMTESSE, *d'un air de méchante humeur*. Ah ! vous voilà : a-t-on trouvé mon portrait [1] ?

COLOMBINE. Je n'en sais rien, Madame, je le fais chercher.

LA COMTESSE. Je viens de rencontrer Arlequin, ne vous a-t-il point parlé ? n'a-t-il rien à me dire de la part de son maître ?

COLOMBINE. Je ne l'ai pas vu.

LA COMTESSE. Vous ne l'avez pas vu ?

COLOMBINE. Non, Madame.

LA COMTESSE. Vous êtes donc aveugle ? Avez-vous dit au cocher de mettre les chevaux au carrosse ?

COLOMBINE. Moi ? non, vraiment.

LA COMTESSE. Et pourquoi, s'il vous plaît ?

COLOMBINE. Faute de savoir deviner.

LA COMTESSE. Comment, deviner ? Faut-il tant de fois vous répéter les choses ?

COLOMBINE. Ce qui n'a jamais été dit n'a pas été répété, Madame, cela est clair : demandez cela à tout le monde.

---

1. Voici le début du résumé de cette scène dans le *Mercure* d'août 1723 : « La Comtesse d'un air de méchante humeur demande à Colombine si l'on a trouvé son portrait. Colombine lui répond qu'elle n'en sait rien. Cette scène a paru la plus belle de toute la pièce. Colombine change de batterie, et n'ayant pu parvenir à faire déclarer sa maîtresse en lui disant que Lélio l'aimait, elle prend un chemin tout contraire, et cherche à la faire parler en lui assurant qu'il ne l'aime plus. Cette dernière ruse lui réussit parfaitement. Le lecteur ne nous saura pas mauvais gré de lui donner quelques traits de cette conversation aussi ingénieuse que naturelle... »

LA COMTESSE. Vous êtes une grande raisonneuse !

COLOMBINE. Qui diantre savait que vous voulussiez partir pour aller quelque part ? Mais je m'en vais avertir le cocher.

LA COMTESSE. Il n'est plus temps.

COLOMBINE. Il ne faut qu'un instant.

LA COMTESSE. Je vous dis qu'il est trop tard.

COLOMBINE. Peut-on vous demander où vous vouliez aller, Madame ?

LA COMTESSE. Chez ma sœur, qui est à sa terre : J'avais dessein d'y passer quelques jours.

COLOMBINE. Et la raison de ce dessein-là ?

LA COMTESSE. Pour quitter Lélio, qui s'avise de m'aimer, je pense.

COLOMBINE. Oh ! rassurez-vous, Madame, je crois maintenant qu'il n'en est rien.

LA COMTESSE. Il n'en est rien ? Je vous trouve plaisante de me venir dire qu'il n'en est rien, vous de qui je sais la chose en partie.

COLOMBINE. Cela est vrai, je l'avais cru ; mais je vois que je me suis trompée.

LA COMTESSE. Vous êtes faite aujourd'hui pour m'impatienter.

COLOMBINE. Ce n'est pas mon intention.

LA COMTESSE. Non, d'aujourd'hui vous ne m'avez répondu que des impertinences.

COLOMBINE. Mais, Madame, tout le monde se peut tromper.

LA COMTESSE. Je vous dis encore une fois que cet homme-là m'aime, et que je vous trouve ridicule de me disputer cela. Prenez-y garde, vous me répondrez de cet amour-là, *au moins ?

COLOMBINE. Moi, Madame, m'a-t-il donné son cœur en garde ? Eh, que vous importe qu'il vous aime ?

LA COMTESSE. Ce n'est pas son amour qui m'importe, je ne m'en soucie guère ; mais il m'importe de ne point prendre de fausses idées des gens, et de n'être pas la dupe éternelle de vos étourderies !

COLOMBINE. Voilà un sujet de querelle furieusement tiré par les cheveux : cela est bien subtil !

LA COMTESSE. En vérité, je vous admire dans vos récits ! Monsieur Lélio vous aime, Madame, j'en suis certaine, votre billet l'a *piqué, il l'a reçu en colère, il l'a lu de même, il a pâli, il a rougi. Dites-moi, sur un pareil rapport, qui est-ce qui ne croira pas qu'un homme est amoureux ? Cependant il n'en est rien, il ne plaît plus à mademoiselle que cela soit, elle s'est trompée. Moi, je compte là-dessus, je prends des mesures pour me retirer. Mesures perdues.

COLOMBINE. Quelles si grandes mesures avez-vous donc prises, Madame ? Si vos ballots sont faits, ce n'est encore qu'en idée, et cela ne dérange rien. Au bout du compte, tant mieux s'il ne vous aime point.

LA COMTESSE. Oh ! vous croyez que cela va comme votre tête, avec votre tant mieux ! Il serait à souhaiter qu'il m'aimât, pour justifier le reproche que je lui en ai fait. Je suis désolée d'avoir accusé un homme d'un amour qu'il n'a pas. Mais si vous vous êtes trompée, pourquoi Lélio m'a-t-il fait presque entendre qu'il m'aimait ? Parlez donc, me prenez-vous pour une bête ?

COLOMBINE. Le ciel m'en préserve !

LA COMTESSE. Que signifie le discours qu'il m'a tenu en me quittant ? Madame, vous ne m'aimez point, j'en suis convaincu, et je vous avouerai que cette conviction m'est absolument nécessaire ; n'est-ce pas tout comme s'il m'avait dit : Je serais en danger de vous aimer, si je croyais que vous puissiez m'aimer vous-même ? Allez, allez, vous ne savez ce que vous dites, c'est de l'amour que ce sentiment-là.

COLOMBINE. Cela est plaisant ! Je donnerais à ces paroles-là, moi, toute une autre interprétation, tant je les trouve équivoques !

LA COMTESSE. Oh, je vous prie, gardez votre belle interprétation, je n'en suis point curieuse, je vois d'ici qu'elle ne vaut rien.

COLOMBINE. Je la crois pourtant aussi naturelle que la vôtre, Madame.

LA COMTESSE. Pour la rareté du fait, voyons donc.

COLOMBINE. Vous savez que monsieur Lélio fuit les femmes ; cela posé, examinons ce qu'il vous dit : Vous ne m'aimez pas, Madame, j'en suis convaincu, et je vous avouerai que cette conviction m'est absolument nécessaire ; c'est-à-dire : Pour rester où vous êtes, j'ai besoin d'être certain que vous ne m'aimez pas, sans quoi je décamperais. C'est une pensée désobligeante, entortillée dans un tour *honnête : cela me paraît assez net.

LA COMTESSE, *après avoir rêvé*. Cette fille-là n'a jamais eu d'esprit que contre moi ; mais, Colombine, l'air affectueux et tendre qu'il a joint à cela ?...

COLOMBINE. Cet air-là, Madame, peut ne signifier encore qu'un homme honteux de dire une impertinence, et qui l'adoucit le plus qu'il peut [1].

---

1. L'édition originale porte : *et qu'il l'adoucit le plus qu'il peut*, qui pourrait se comprendre comme une proposition complétive dépendant de *signifier*.

LA COMTESSE. Non, Colombine, cela ne se peut pas ; tu n'y étais point, tu ne lui as pas vu prononcer ces paroles-là : je t'assure qu'il les a dites d'un ton de cœur attendri[1]. Par quel esprit de contradiction veux-tu penser autrement ? J'y étais, je m'y connais, ou bien Lélio est le plus fourbe de tous les hommes ; et s'il ne m'aime pas, je fais vœu de détester son caractère. Oui, son honneur y est engagé, il faut qu'il m'aime, ou qu'il soit un malhonnête homme ; car il a donc voulu me faire prendre le change ?

COLOMBINE. Il vous aimait peut-être, et je lui avais dit que vous pourriez l'aimer ; mais vous vous êtes fâchée, et j'ai détruit mon ouvrage. J'ai dit tantôt à Arlequin que vous ne songiez nullement à lui ; que j'avais voulu flatter son maître pour me divertir, et qu'enfin monsieur Lélio était l'homme du monde que vous aimeriez le moins.

LA COMTESSE. Et cela n'est pas vrai ! de quoi vous mêlez-vous, Colombine ? Si monsieur Lélio a du penchant pour moi, de quoi vous avisez-vous d'aller mortifier un homme à qui je ne veux point de mal, que j'estime ? Il faut avoir le cœur bien dur pour donner du chagrin aux gens sans nécessité ! En vérité, vous avez juré de me désobliger.

COLOMBINE. Tenez, Madame, dussiez-vous me quereller, vous aimez cet homme à qui vous ne voulez point de mal ! Oui, vous l'aimez.

LA COMTESSE, *d'un ton froid*. Retirez-vous.

COLOMBINE. Je vous demande pardon.

LA COMTESSE. Retirez-vous, vous dis-je, j'aurai soin demain de vous payer et de vous renvoyer à Paris.

COLOMBINE. Madame, il n'y a que l'intention de punissable, et je fais serment que je n'ai eu nul dessein de vous fâcher ; je vous respecte et je vous aime, vous le savez.

LA COMTESSE. Colombine, je vous passe encore cette sottise-là : observez-vous bien dorénavant.

COLOMBINE, *à part les premiers mots*. Voyons la fin de cela. Je vous l'avoue, une seule chose me chagrine : c'est de m'apercevoir que vous manquez de confiance pour moi, qui ne veux savoir vos secrets que pour vous servir. De grâce, ma chère maîtresse, ne me donnez

---

1. Un passage comme celui-ci montre que, pour la connaissance d'autrui, le ton a souvent chez Marivaux une valeur significative aussi grande que les paroles mêmes. Cette idée est longuement développée dans *L'Histoire du Voyage au monde vrai*, aux feuilles VII-XI du *Cabinet du philosophe* (*Journaux et Œuvres diverses*, éd. Garnier, quatrième section).

plus ce chagrin-là, récompensez mon zèle pour vous, ouvrez-moi votre cœur, vous n'en serez point fâchée. *(Colombine approchant de sa maîtresse et la caressant.)*

LA COMTESSE. Ah !

COLOMBINE. Eh bien ! voilà un soupir : c'est un commencement de franchise ; achevez donc !

LA COMTESSE. Colombine !

COLOMBINE. Madame ?

LA COMTESSE. Après tout, aurais-tu raison ? Est-ce que j'aimerais ?

COLOMBINE. Je crois que oui : mais *d'où vient vous faire un si grand *monstre de cela ? Eh bien, vous aimez, voilà qui est bien rare !

LA COMTESSE. Non, je n'aime point encore.

COLOMBINE. Vous avez l'équivalent de cela.

LA COMTESSE. Quoi ! je pourrais tomber dans ces malheureuses situations, si pleines de troubles, d'inquiétudes, de chagrins ? moi, moi ! Non, Colombine, cela n'est pas fait encore, je serais au désespoir. Quand je suis venue ici, j'étais triste ; tu me demandais ce que j'avais : ah Colombine ! c'était un pressentiment du malheur qui devait m'arriver.

COLOMBINE. Voici Arlequin qui vient à nous, renfermez vos regrets.

Scène III

ARLEQUIN, LA COMTESSE, COLOMBINE

ARLEQUIN. Madame, mon maître m'a dit que vous avez perdu une boîte de portrait ; je sais un homme qui l'a trouvée ; de quelle couleur est-elle ? combien y-a-t-il de diamants ? sont-ils gros ou petits ?

COLOMBINE. Montre, nigaud ! te méfies-tu de Madame ? Tu fais là d'impertinentes questions !

ARLEQUIN. Mais c'est la coutume d'interroger le monde pour plus grande sûreté : je n'y pense point à mal.

LA COMTESSE. Où est-elle, cette boîte ?

ARLEQUIN, *la montrant*. La voilà, Madame : un autre que vous ne la verrait pas, mais vous êtes une femme de bien.

LA COMTESSE. C'est la même : tiens, prends cela en revanche.

ARLEQUIN. Vivent les revanches ! le Ciel vous soit en aide !

LA COMTESSE. Le portrait n'y est pas !

ARLEQUIN. Chut, il n'est pas perdu, c'est mon maître qui le garde.

LA COMTESSE. Il me garde mon portrait ! Qu'en veut-il faire ?

ARLEQUIN. C'est pour vous *mirer quand il ne vous voit plus ; il dit que ce portrait ressemble à une cousine qui est morte, et qu'il aimait beaucoup. Il m'a défendu d'en rien dire, et de vous faire accroire qu'il est perdu ; mais il faut bien vous donner de la marchandise pour votre argent. *Motus*, le pauvre homme en tient.

COLOMBINE. Madame, la cousine dont il parle peut être morte, mais la cousine qu'il ne dit pas se porte bien, et votre cousin n'est pas votre parent.

ARLEQUIN. Hé, hé, hé !

LA COMTESSE. De quoi ris-tu ?

ARLEQUIN. De ce drôle de cousin : mon maître croit *bonnement qu'il garde le portrait à cause de la cousine ; et il ne sait pas que c'est à cause de vous, cela est risible, il fait des *quiproquos d'apothicaire.

LA COMTESSE. Eh ! que sais-tu si c'est à cause de moi ?

ARLEQUIN. Je vous dis que la cousine est un conte à dormir debout. Est-ce qu'on dit des injures à la copie d'une cousine qui est morte ?

COLOMBINE. Comment, des injures ?

ARLEQUIN. Oui, je l'ai laissé là-bas qui se fâche contre le visage de Madame ; il le querelle tant qu'il peut de ce qu'il aime. Il y a à mourir de rire de le voir faire. Quelquefois il met de bons gros soupirs au bout des mots qu'il dit : Oh ! de ces soupirs-là, la cousine défunte n'en tâte que d'une dent.

LA COMTESSE. Colombine, il faut absolument qu'il me rende mon portrait, cela est de conséquence pour moi : je vais lui[1] demander. Je ne souffrirai pas mon portrait entre les mains d'un homme. Où se promène-t-il ?

ARLEQUIN. De ce côté-là ; vous le trouverez sans faute[2] à droite ou à gauche.

Scène IV

LÉLIO, COLOMBINE, ARLEQUIN

ARLEQUIN. Son cœur va-t-il bien ?

COLOMBINE. Oh, je te réponds qu'il va grand train. Mais voici ton maître, laisse-moi faire.

---

1. Texte original, conforme aux habitudes de Marivaux (voir la Note grammaticale, p. 2268). Les éditions modernes corrigent : *je vais le lui.*   **2.** Et non *sans doute*, comme on lit dans toutes les éditions à partir de celle de 1732-1758. *(Après la réponse d'Arlequin, la Comtesse sort.)*

Lélio *arrive*. Colombine, où est madame la Comtesse ? je souhaiterais lui parler.

COLOMBINE. Madame la Comtesse va, je pense, partir tout à l'heure pour Paris.

LÉLIO. Quoi, sans me voir ? sans me l'avoir dit ?

COLOMBINE. C'est bien à vous à vous apercevoir de cela ; n'avez-vous pas dessein de vivre en sauvage ? de quoi vous plaignez-vous ?

LÉLIO. De quoi je me plains ? La question est singulière, mademoiselle Colombine : voilà donc le penchant que vous lui connaissiez pour moi. Partir sans me dire adieu, et vous voulez que je sois un homme de bon sens, et que je m'accommode de cela, moi ! Non, les procédés bizarres me révolteront toujours.

COLOMBINE. Si elle ne vous a pas dit adieu, c'est qu'entre amis on en agit sans façon.

LÉLIO. Amis ! oh doucement, je veux du vrai dans mes amis, des manières franches et stables, et je n'en trouve point là ; dorénavant je ferai mieux de n'être ami de personne, car je vois bien qu'il n'y a que du faux partout.

COLOMBINE. Lui ferai-je vos compliments ?

ARLEQUIN. Cela sera *honnête.

LÉLIO. Et moi, je ne suis point aujourd'hui dans le goût d'être honnête, je suis las de la bagatelle.

COLOMBINE. Je vois bien que je ne ferai rien par la feinte, il vaut mieux vous parler franchement. Monsieur, madame la Comtesse ne part pas ; elle attend, pour se déterminer, qu'elle sache si vous l'aimez ou non ; mais dites-moi *naturellement vous-même ce qui en est ; c'est le plus court.

LÉLIO. C'est le plus court, il est vrai ; mais j'y trouve pourtant de la difficulté : car enfin, dirai-je que je ne l'aime pas ?

COLOMBINE. Oui, si vous le pensez.

LÉLIO. Mais, madame la Comtesse est aimable, et ce serait une grossièreté.

ARLEQUIN. Tirez votre réponse à la courte paille.

COLOMBINE. Eh bien, dites que vous l'aimez.

LÉLIO. Mais en vérité, c'est une tyrannie que cette alternative-là ; si je vais dire que je l'aime, cela dérangera peut-être madame la Comtesse, cela la fera partir. Si je dis que je ne l'aime point...

COLOMBINE. Peut-être aussi partira-t-elle ?

LÉLIO. Vous voyez donc bien que cela est embarrassant.

COLOMBINE. Adieu, je vous entends ; je lui rendrai compte de votre indifférence, n'est-ce pas ?

LÉLIO. Mon indifférence, voilà un beau rapport, et cela me ferait un *joli cavalier ! Vous décidez bien cela à la légère ; en savez-vous plus que moi ?

COLOMBINE. Déterminez-vous donc.

LÉLIO. Vous me mettez dans une désagréable situation. Dites-lui que je suis plein d'estime, de considération et de respect pour elle.

ARLEQUIN. Discours de Normand que tout cela.

COLOMBINE. Vous me faites pitié.

LÉLIO. Qui, moi ?

COLOMBINE. Oui, et vous êtes un étrange homme, de ne m'avoir pas confié que vous l'aimiez.

LÉLIO. Eh, Colombine, le savais-je ?

ARLEQUIN. Ce n'est pas ma faute, je vous en avais averti.

LÉLIO. Je ne sais où je suis [1].

COLOMBINE. Ah ! vous voilà dans le ton : songez à dire toujours de même, entendez-vous, Monsieur de l'ermitage ?

LÉLIO. Que signifie cela ?

COLOMBINE. Rien, sinon que je vous ai donné la question, et que vous avez *jasé dans vos souffrances. Tenez-vous gai, l'homme indifférent, tout ira bien. Arlequin, je te le recommande, instruis-le plus amplement, je vais chercher l'autre.

Scène V

LÉLIO, ARLEQUIN

ARLEQUIN. Ah çà, Monsieur, voilà qui est donc fait ! c'est maintenant qu'il faut dire : va comme je te pousse ! Vive l'amour, mon cher maître, et faites chorus, car il n'y a pas deux chemins : il faut passer par là, ou par la fenêtre.

LÉLIO. Ah ! je suis un homme sans jugement.

ARLEQUIN. Je ne vous dispute point cela.

LÉLIO. Arlequin, je ne devais jamais revoir de femmes.

ARLEQUIN. Monsieur, il fallait donc devenir aveugle.

---

1. Telle est souvent la forme de l'expression chez Marivaux. Il emploie aussi dans le même sens *je ne sais où j'en suis.*

LÉLIO. Il me prend envie de m'enfermer chez moi, et de n'en sortir de six mois. *(Arlequin siffle.)* De quoi t'avises-tu de siffler ?

ARLEQUIN. Vous dites une *chanson, et je l'accompagne. Ne vous fâchez pas, j'ai de bonnes nouvelles à vous apprendre : cette Comtesse vous aime, et la voilà qui vient vous donner le dernier coup à vous.

LÉLIO, *à part.* Cachons-lui ma faiblesse ; peut-être ne la sait-elle pas encore.

Scène VI

LA COMTESSE, LÉLIO, ARLEQUIN [1]

LA COMTESSE. Monsieur, vous devez savoir ce qui m'amène ?

LÉLIO. Madame, je m'en doute du moins, et je consens à tout. Nos paysans se sont raccommodés, et je donne à Jacqueline autant que vous donnez à son amant : C'est de quoi j'allais prendre la liberté de vous informer.

LA COMTESSE. Je vous suis obligée de finir cela, Monsieur, mais j'avais quelque autre chose à vous dire ; bagatelle pour vous, et assez importante pour moi.

LÉLIO. Que serait-ce donc ?

LA COMTESSE. C'est mon portrait, qu'on m'a dit que vous avez, et je viens vous prier de me le rendre, rien ne vous est plus inutile.

LÉLIO. Madame, il est vrai qu'Arlequin a trouvé une boîte de portrait que vous cherchiez ; je vous l'ai fait remettre sur-le-champ ; s'il vous a dit autre chose, c'est un étourdi, et je voudrais bien lui demander où est le portrait dont il parle ?

ARLEQUIN, *timidement.* Eh, Monsieur !

LÉLIO. Quoi ?

ARLEQUIN. Il est dans votre poche.

LÉLIO. Vous ne savez ce que vous dites.

ARLEQUIN. Si fait, Monsieur, vous vous souvenez bien que vous lui avez parlé tantôt, je vous l'ai vu mettre après dans la poche du côté gauche.

LÉLIO. Quelle impertinence !

---

1. Outre ces personnages, Pierre et Colombine accompagnent la Comtesse ou apparaissent au cours de la scène.

La Comtesse. Cherchez, Monsieur, peut-être avez-vous oublié que vous l'avez tenu ?

Lélio. Ah, Madame, vous pouvez m'en croire.

Arlequin. Tenez, Monsieur ; tâtez, Madame, le voilà.

La Comtesse, *touchant à la poche de la veste*. Cela est vrai, il me paraît que c'est lui.

Lélio, *mettant la main dans sa poche, et honteux d'y trouver le portrait*. Voyons donc, il a raison ! Le voulez-vous, Madame ?

La Comtesse, *un peu confuse*. Il le faut bien, Monsieur.

Lélio. Comment donc cela s'est-il fait ?

Arlequin. Eh ! c'est que vous vouliez le garder, à cause, disiez-vous, qu'il ressemblait à une cousine qui est morte ; et moi, qui suis fin, je vous disais que c'était à cause qu'il ressemblait à Madame, et cela était vrai.

La Comtesse. Je ne vois point d'apparence à cela.

Lélio. En vérité, Madame, je ne comprends pas ce coquin-là. *(À part.)* Tu me la paieras.

Arlequin. Madame la Comtesse ! voilà Monsieur qui me menace derrière vous.

Lélio. Moi !

Arlequin. Oui, parce que je dis la vérité. Madame, vous me feriez bien du plaisir de l'obliger à vous dire qu'il vous aime ; il n'aura pas plus tôt avoué cela, qu'il me pardonnera.

La Comtesse. Va, mon ami, tu n'as pas besoin de mon intercession.

Lélio. Eh, Madame, je vous assure que je ne lui veux aucun mal ; il faut qu'il ait l'esprit troublé. Retire-toi et ne nous romps plus la tête de tes sots discours. *(Arlequin s'en va, et un moment après Lélio continue)*. Je vous prie, Madame, de n'être point fâchée de ce que j'avais votre portrait, j'étais dans l'ignorance.

La Comtesse, *d'un air embarrassé*. Ce n'est rien que cela, Monsieur.

Lélio. C'est une aventure qui ne laisse pas que d'avoir un air singulier.

La Comtesse. Effectivement.

Lélio. Il n'y a personne qui ne se persuade là-dessus que je vous aime.

La Comtesse. Je l'aurais cru moi-même, si je ne vous connaissais pas.

Lélio. Quand vous le croiriez encore, je ne vous estimerais guère moins clairvoyante.

LA COMTESSE. On n'est pas clairvoyante quand on se trompe, et je me tromperais.

LÉLIO. Ce n'est presque pas une erreur que cela, la chose est si naturelle à penser !

LA COMTESSE. Mais voudriez-vous que j'eusse cette erreur-là ?

LÉLIO. Moi, Madame ! vous êtes la maîtresse.

LA COMTESSE. Et vous le maître, Monsieur.

LÉLIO. De quoi le suis-je [1] ?

LA COMTESSE. D'aimer ou de n'aimer pas.

LÉLIO. Je vous reconnais : l'alternative est bien de vous, Madame.

LA COMTESSE. Eh ! pas trop.

LÉLIO. Pas trop... si j'osais interpréter ce mot-là !

LA COMTESSE. Et que trouvez-vous donc qu'il signifie ?

LÉLIO. Ce qu'apparemment vous n'avez pas pensé.

LA COMTESSE. Voyons.

LÉLIO. Vous ne me le pardonneriez jamais.

LA COMTESSE. Je ne suis pas vindicative.

LÉLIO, *à part*. Ah ! je ne sais ce que je dois faire.

LA COMTESSE, *d'un air impatient*. Monsieur Lélio, expliquez-vous, et ne vous attendez pas que je vous devine.

LÉLIO [2]. Eh bien, Madame ! me voilà expliqué, m'entendez-vous ? Vous ne répondez rien, vous avez raison : mes extravagances ont combattu trop longtemps contre vous, et j'ai mérité votre haine.

LA COMTESSE. Levez-vous, Monsieur.

LÉLIO. Non, Madame, condamnez-moi, ou faites-moi grâce.

LA COMTESSE, *confuse*. Ne me demandez rien à présent : reprenez le portrait de votre parente, et laissez-moi respirer.

ARLEQUIN. *Vivat !* Enfin, voilà la fin.

COLOMBINE. Je suis contente de vous, monsieur Lélio.

PIERRE. Parguenne, ça me boute la joie au cœur.

LÉLIO. Ne vous mettez en peine de rien, mes enfants, j'aurai soin de votre noce.

PIERRE. Grand marci ; mais morgué, pisque je sommes en joie, j'allons faire venir les ménétriers que j'avons retenus.

ARLEQUIN. Colombine, pour nous, allons nous marier sans cérémonie.

---

1. Preuve que les mots n'ont plus qu'une importance secondaire en ces moments de crise : on finit par ne plus savoir très bien ce qu'ils représentent. Au reste, le langage des gestes et des regards va bientôt relayer le langage des mots.   **2.** *(Il se jette aux genoux de la Comtesse.)*

COLOMBINE. Avant le mariage, il en faut un peu ; après le mariage, je t'en dispense.

DIVERTISSEMENT [1]

LE CHANTEUR

Je ne crains point que Mathurine
S'amuse à me manquer de foi ;
Car drés que je vois dans sa mine
Queuque indifférence envars moi,
Sans li demander le pourquoi,
Je laisse aller la *pèlerine ;
Je ne dis mot, je me tiens coi ;
Je batifole avec Claudine.
En voyant ça, la Mathurine
Prend du souci, rêve à part soi ;
Et pis tout d'un coup la mutine
Me dit : J'enrage contre toi [2].

LA CHANTEUSE

Colas me disait l'autre jour :
Margot, donne-moi ton amour.
Je répondis : Je te le donne,
Mais ne va le dire à personne ;
Colas ne m'entendit pas bien,
Car l'innocent ne reçut rien.

ARLEQUIN

Femmes, nous étions de grands fous
D'être aux champs [3] pour l'amour de vous.

---

1. « Le divertissement de cette pièce est amené par Pierre, qui, prêt à épouser Jacqueline, avec qui il s'est rapatrié, fait venir les ménestriers du village. Voici ce qu'on chante... » (Le *Mercure* d'août 1723, p. 336.) Le divertissement, tel qu'on le trouve dans le *Recueil des Divertissements du Nouveau Théâtre-Italien*, comprenait une entrée de paysans, l'air chanté par un paysan, deux menuets, l'air chanté par la paysanne, avec une reprise des deux menuets, une danse de paysans, et finalement l'air chanté par un paysan.   **2.** Ce couplet annonce le sujet de *L'Heureux Stratagème*.   **3.** Jeu de mots. *Être aux champs*, comme *battre la campagne*, signifie ne pas avoir sa raison.

Si de chaque femme volage
L'amant allait planter des choux,
Par la *ventrebille ! je gage
Que nous serions condamnés tous
À travailler au jardinage [1].

---

1. Nous avons donné les trois couplets tels qu'ils se présentent dans les éditions de la pièce. Dans le *Recueil des Divertissements*, ils sont attribués successivement, comme on l'a vu, à un paysan, une paysanne, un paysan. Le texte est le même, sauf le dernier vers du second couplet qui est dans le *Recueil : Car il ne put remporter rien.*

LA DOUBLE INCONSTANCE

COMÉDIE EN TROIS ACTES
REPRÉSENTÉE POUR LA PREMIÈRE FOIS
PAR LES COMÉDIENS-ITALIENS,
LE MARDI 6 AVRIL 1723

NOTICE

Si la prédilection d'un écrivain pour une de ses œuvres ne désigne pas forcément son chef-d'œuvre, elle révèle souvent celle où il est allé le plus loin dans sa voie propre. Corneille avoue sa tendresse pour *Rodogune* parce que cette pièce lui appartient plus qu'aucune autre. La préférence accordée par Marivaux à *La Double Inconstance* [1] procède de motifs analogues : aucune de ses pièces si denses et si dépouillées n'est plus riche ni d'une plus abstraite perfection que celle-ci. Analyste de l'amour, il le montre ordinairement naissant, parfois en sommeil et renaissant, parfois déclinant et mourant. Ici, l'étude est complète : l'amour n'est pas seulement suivi de sa naissance, dans la surprise et le trouble, à l'enchantement d'un bref épanouissement, puis au déclin dont le menacent la négligence et l'habitude ; mais ce processus est doublé en contrepoint par la naissance et l'épanouissement d'un nouvel amour. Plus qu'en aucune autre pièce, la peinture des sentiments est dynamique, car le phénomène à saisir se modifie sans cesse, et les paroles prononcées sujettes à interprétation, dans la mesure où la réalité psychologique devance l'idée que s'en font les personnages. La construction dramatique, pour sa part, combine avec une surprenante maîtrise la progression implacable de l'action avec l'imprévu d'un dénouement présenté d'abord comme doublement impossible. Mais l'intérêt de *La Double Inconstance*, aux yeux de la critique moderne, est encore moins dans cette perfection technique que dans l'attitude énigmatique de l'auteur. Quel jugement porte-t-il en fin de compte, sur ses personnages, sur l'inconstance et sur l'amour lui-même ?

Il existe une interprétation optimiste de *La Double Inconstance*. Comme le remarque Gabriel Marcel, « il n'est aucune des grandes

---

1. *Cf.* Lesbros de La Versane, *L'Esprit de Marivaux*, Éloge historique de l'auteur.

pièces de Marivaux qui ne progresse vers une clarté intérieure, vers une transparence de soi-même à soi-même et de soi-même à l'autre[1] ». La formule de Silvia dans *Le Jeu de l'amour et du hasard*, « je vois clair dans mon cœur », ne s'applique pas seulement aux jeunes gens surpris par un premier amour, mais aussi à ceux qui accèdent à un amour véritable après que les mirages d'un faux amour se sont dissipés (voir *Le Dénouement imprévu, L'Heureux Stratagème, Les Sincères*). Pourquoi ne conviendrait-elle pas à Silvia dont l'inconstance apparente n'est que la marque d'un tâtonnement, qu'un acte de fidélité à la nature profonde, en même temps qu'un refus de l'hypocrisie ? « Bien loin que l'infidélité soit un crime, dit la comtesse de *L'Heureux Stratagème*[2], c'est que je soutiens qu'il ne faut pas hésiter d'en faire une, quand on en est tentée, à moins que de vouloir tromper les gens. » Dégoûté des coquettes, le prince s'éprend de Silvia parce que son amour est « le seul qui soit véritablement de l'amour » : de là vient qu'il prend tant de soin à se faire aimer pour lui-même. Quant à Silvia, elle avait besoin de rencontrer le prince pour s'épanouir pleinement, comme l'Angélique du *Dénouement imprévu* attendait sans le savoir un Éraste. Avec la même indulgence que Marivaux, dont il se souvient, Musset dans *La Nuit vénitienne* excusera Laurette de trahir Razetta en faveur d'un prince aussi séduisant que celui de Silvia. En un mot, si la fidélité a son prix, le bonheur trouvé dans l'harmonie générale n'a-t-il pas le sien aussi ? L'amour est mort, il est vrai, mais pour renaître plus jeune et plus fort en un nouvel amour.

À cette interprétation romantique de *La Double Inconstance*, notre époque en a substitué une autre tout opposée. Sous l'influence des idées des Goncourt sur l'amour au XVIIIe siècle, elle ne voit plus dans la comédie de Marivaux une « pièce rose », mais une « pièce noire ». Marcel Arland en fait l'« histoire d'une exaction » : « Un prince enlève et séduit la fiancée d'un de ses manants. Il faut toute l'adresse de Marivaux, qui entend faire une comédie, non pas un drame, pour que la pièce ne prenne pas une amertume intolérable[3]. » C'est aussi le point de vue de Jean Anouilh. Tirant le parti que l'on sait de *La Double Inconstance* dans sa pièce intitulée *La Répétition ou l'Amour puni*, il la fait définir à son porte-parole

---

1. *Théâtre choisi de Marivaux*, Édition des Loisirs, 1947, Préface.
2. Acte I, sc. IV.   **3.** *Marivaux*, N.R.F., s. d. (1950), p. 144.

comme une « pièce terrible », l'« histoire élégante et gracieuse d'un crime [1] ».

En fait, on doit observer que *La Double Inconstance*, à laquelle on n'a pu jusqu'ici trouver de source, se rattache du moins significativement chez Marivaux à un thème de rapt. On lit dans *La Voiture embourbée*, l'un de ses romans de jeunesse dont l'analyse psychanalytique vaudrait d'être faite, l'histoire d'un prince ou « sophi » de Perse qui, ayant rencontré une jeune fille à la chasse et s'étant épris d'elle, l'enlève à son fiancé pour en faire sa sultane favorite. Comme dans *La Double Inconstance*, la belle Bastille, héroïne de l'aventure, dont les propos marquent un esprit « sinon cultivé, du moins disposé à recevoir les impressions les plus fines et les plus polies [2] », ne tarde pas plus que Silvia à répondre à la tendresse du prince « par les sentiments les plus vifs [3] » : elle vit bientôt heureuse avec lui sans plus songer à celui auquel elle avait d'abord été fiancée.

Cette interprétation pessimiste de *La Double Inconstance* a l'intérêt de mettre en lumière la signification sociologique de la pièce. « Il était réservé au xviiie siècle, disent les Goncourt, de mettre dans l'amour le blasphème, la déloyauté, les plaisirs et les satisfactions sacrilèges d'une comédie. Il fallait que l'amour devînt une tactique, la passion un art, l'attendrissement un piège, le désir lui-même un masque [4]. » Le crime dont parlait Anouilh consiste moins, de la part du prince et de ses gens, à enlever Silvia à Arlequin qu'à détruire l'amour d'Arlequin et de Silvia. Pour la première fois, l'amour n'est plus considéré comme un effet de cette « sympathie » mystérieuse à laquelle la dernière génération du xviie siècle avait cru, mais comme l'aboutissement immanquable d'un plan stratégique conçu et exécuté de sang-froid. Un homme qui ne croit plus à l'innocence détourne à son profit l'innocence. Pis encore, les manœuvres dont dépend l'amour ne sont pas entre les mains des seuls bénéficiaires, mais les membres d'une société désœuvrée les exécutent par un pur jeu pervers. Ainsi Marivaux aurait fait une critique discrète, mais sévère, de la corruption à la mode sous la Régence. Dans cette perspective, d'autres aspects de la pièce s'éclaireraient. Les attaques contre les grands, contre leur oisiveté et leur culte du point d'honneur, toute la satire sociale qui dans le troisième acte notamment

---

1. *Pièces brillantes*, la Table Ronde, s. d., p. 375.   2. *Œuvres de jeunesse*, p. 360.   3. *Ibid.*, p. 361.   4. *La Femme au xviiie siècle*, p. 185.

avait été jugée hors-d'œuvre par les contemporains[1], s'expliqueraient comme un complément naturel de la satire morale. En un
mot Marivaux pourrait dire, avant Laclos : « J'ai vu les mœurs du
siècle et j'ai écrit ce livre. »

Quoique ces deux interprétations opposées ne trahissent pas
absolument la pensée de Marivaux, il est certain qu'elles la forcent,
et qu'aucune en tout cas ne correspond à ses intentions conscientes.
Comment croire, par exemple, que Marivaux ait pu condamner « la
débauche éhontée du duc d'Orléans et de ses courtisans[2] » dans une
pièce qu'il dédie, lui qui ne fait que peu de dédicaces[3], à la marquise
de Prie ! Sur le plan moral même, son attitude est plutôt celle d'un
spectateur que celle d'un juge : Marivaux a toujours été trop sincère
pour condamner chez les autres des faiblesses dont il ne se sentait
pas exempt. Si pourtant une leçon s'ajoute à la constatation des faits,
elle est du domaine de la morale pratique. L'amour n'est pas pour
Marivaux une source intarissable de joie et de beaux sentiments :
c'est à ses yeux, comme l'énergie pour Balzac, un fonds limité que
l'on peut à volonté dissiper ou ménager. Que ce soit l'amour qu'on
éprouve ou celui qu'on inspire, on le perd par la négligence ou par
la satiété, mais il existe aussi des moyens pour le « filer », selon une
métaphore pleine de sens. De ces techniques, dont il est souvent
question dans *Le Spectateur français* ou dans *Le Cabinet du philosophe*[4], *La Double Inconstance* présente comme un manuel en action.
Mais des techniques ne sont en elles-mêmes ni bonnes ni mauvaises.
Comme Dorante dans *Les Fausses Confidences*, le prince est excusé,
autant parce qu'il est sincère, que parce qu'il réussit. Quant à Silvia
et à Arlequin, leur inconstance est de la pure nature. C'est Marivaux
lui-même qui le remarque dans des réflexions philosophiques sur
l'amour : « Si l'amour se menait bien, on n'aurait qu'un amant, ou
qu'une maîtresse en dix ans ; il est de l'intérêt de la nature qu'on

---

1. Voir le compte rendu du *Mercure* cité ci-après.   **2.** Le mot est tiré de
l'édition de M. Pierre-Bernard Marquet (Classiques Larousse). On notera que
pour M. Marquet, le Prince de *La Double Inconstance* est « l'antithèse » du
prince de Bourbon. Sans vouloir aller trop loin dans cette voie, nous trouve-
rions plutôt dans la pièce une allusion flatteuse aux amours de la marquise
de Prie avec le duc de Bourbon.   **3.** Seule autre exception, la dédicace de
la seconde *Surprise de l'amour* à la duchesse du Maine, si on néglige deux
œuvres de jeunesse, *Le Père prudent et équitable* et *L'Iliade travestie*.
4. Voir *Le Spectateur français*, seizième feuille, et *Le Cabinet du philosophe*,
seconde feuille.

en ait vingt, et davantage[1]. » *La Double Inconstance* n'est pas une moralité, et ne prétend pas révéler les leçons d'une sagesse. C'est un examen curieux et comme impartial de la condition de l'amour, lorsque, tiré désormais du monde clos où il se trouvait préservé dans *Arlequin poli par l'amour* ou *La Surprise de l'amour*, il se trouve enfin confronté avec les réalités de la société moderne.

*
* *

L'histoire de *La Double Inconstance* ressemble à celle des deux premières pièces de Marivaux. Quoique représentée pour la première fois dans une saison « peu avantageuse pour les spectacles », et le même jour qu'*Inés de Castro* au Théâtre-Français, le 6 avril 1723, elle reçut du public un accueil favorable et eut quinze représentations à la ville. Elle fut reprise dès le 13 novembre de la même année[2] et on la joua devant la cour en plusieurs occasions en 1724, 1725[3], etc. Les acteurs principaux nous sont déjà connus. Tous, sauf Lélio, qui fut le prince, jouèrent sous leur nom de théâtre. Mario Baletti, mari de Silvia, représenta sans doute le seigneur, et Violette, femme d'Arlequin, Lisette. Selon un contemporain, seule Silvia donna pleinement satisfaction aux spectateurs : « Mlle Silvia fit applaudir l'auteur, malgré le mauvais jeu des autres acteurs », écrivit en effet Maltot[4], qui, il est vrai, n'était pas très favorable à la troupe de Lélio.

Une particularité intéressante réside dans les remaniements que Marivaux apporta dans la conduite de sa pièce. Le rédacteur du *Mercure* avait critiqué le fait que le prince eût découvert sa qualité à

---

1. *Le Cabinet du philosophe*, seconde feuille, *Journaux et Œuvres diverses*, p. 344.   **2.** *Mercure* de novembre 1723, p. 963. Pendant toute la saison d'hiver, *La Double Inconstance* resta une valeur sûre. Voyez par exemple cette note du *Mercure* de janvier 1724 (pp. 120-121) : « Le 19 de ce mois, les comédiens italiens donnèrent une pièce nouvelle [...] intitulée *Le Mariage d'Arlequin avec Silvia, ou Thétis et Pélée déguisé (sic)*. Cette pièce ne fut point goûtée du public, qui trouva cependant à se dédommager à *La Double Inconstance* qu'on représenta d'abord ; c'est une des meilleures comédies de M. de Marivaux. » Voir le tableau des représentations à la Comédie-Italienne, p. 2148.   **3.** Le 3 octobre 1724 à Fontainebleau, le 1er octobre 1725 au même lieu. Voir le *Mercure*.   **4.** E. de Barthélemy, *Les Correspondants de la marquise de Balleroy*, tome II, p. 532. La lettre de Maltot rend aussi compte de la représentation d'*Inès de Castro*.

Silvia dès le second acte, ce qui diminuait l'intérêt du troisième acte et obligeait l'auteur à y introduire des « scènes postiches[1] ». À un moment que nous ignorons, en tout cas avant l'impression de la comédie, Marivaux tint compte de l'observation en retardant jusqu'à la scène ix de l'acte III l'aveu du prince. Cette modification est sans doute heureuse, mais il faut remarquer que la scène v de l'acte III a moins naturellement sa place dans la seconde version que dans la première, où le prince était alors sûr du consentement de Silvia.

La pièce ainsi remaniée parut l'année suivante, en septembre 1724, et le *Mercure* marqua l'événement par un article. « Cette pièce n'a guère moins réussi que *La Surprise de l'amour* du même auteur. Le public en attend un extrait dans notre *Mercure* ; nous nous y sommes engagés, nous allons remplir notre promesse. » Suivait une analyse, scène par scène, des deux premiers actes. « Nous sommes toujours plus longs que nous ne voudrions dans les extraits des pièces, surtout de celles qui ont réussi », constatait alors le rédacteur, qui n'en donnait pas moins un résumé assez détaillé du troisième acte[2].

Ce fut désormais la version imprimée qui s'offrit aux jugements de la critique, mais ceux-ci furent rares. Souvent, on se contente de mentionner *La Double Inconstance* à côté de *La Surprise de l'amour* comme un classique du Théâtre-Italien ou comme un chef-d'œuvre auquel on sacrifiait les autres œuvres de Marivaux. À l'occasion de la publication du *Nouveau Théâtre-Italien* (1729-1730), chez Brias-son, La Barre de Beaumarchais lui consacra pourtant quelques lignes où l'éloge n'est pas gâté par les pointes empoisonnées des Desfon-taines et des Granet :

« *La Double Inconstance* doit avoir part aussi[3] à mes louanges. Vous serez charmé de la tendresse innocente que Silvia et Arlequin ont l'un pour l'autre, de la vivacité avec laquelle ils l'expriment, de la fidélité qu'ils se gardent sans être touchés des avantages qu'on leur offre, de l'art avec lequel Flaminia débauche peu à peu le cœur d'Arlequin, et de la manière ingénieuse dont M. de Marivaux dispose par degrés la jeune Silvia à changer en faveur du prince qu'elle prend pour un simple officier. Il faut avoir bien étudié la nature pour la peindre aussi bien[4]. »

---

1. Voir le compte rendu de représentation donné intégralement p. 304.
2. *Mercure* de septembre 1724, pp. 1991-2005.   **3.** À côté de *La Surprise de l'amour*.   **4.** *Lettres sérieuses et badines*, 1730, tome III, seconde par-tie, p. 262.

Le marquis d'Argenson, qui a le tort d'appliquer à une comédie de ce genre des critères de vraisemblance qui s'y appliquent mal, met au moins *La Double Inconstance* au premier rang des pièces qu'il a vu représenter chez les Italiens :

« *La Double Inconstance*, par Marivaux, je crois. [...] C'est une des plus jolies pièces de Marivaux et même de celles qu'on joue en français sur ce théâtre. Il y a du naïf, des sentiments, et beaucoup d'esprit ; le rôle de Silvia est fait pour elle, celui d'Arlequin est farci de traits propres à notre petit Arlequin. Au reste, il n'y faut pas regarder de près pour la régularité, pour les mœurs, et pour le vraisemblable ; par exemple le caractère de Flaminia est bas et choquant pour une femme de qualité qu'on suppose ici épouser un jeune paysan[1]. »

Restée longtemps au répertoire courant du Théâtre-Italien, comme les pièces précédentes, *La Double Inconstance* disparut de l'affiche quand celui-ci fusionna avec la troupe des Boulevards pour former l'Opéra-Comique. Elle ne fut reprise au Théâtre-Français qu'en 1934, et encore n'y fut-elle jouée que vingt-cinq fois jusqu'en 1945. À partir de 1950, les reprises furent plus heureuses, et en 2000 le nombre total des représentations s'élevait à 276. Marcel Bluwal fit un téléfilm de *La Double Inconstance* (1968). Une mise en scène de Jacques Rosner (1976) au Théâtre des Bouffes du Nord commençait par un extrait de Sade et se terminait par le meurtre de Lisette et de Trivelin. En 1980 Jean-Luc Boutté proposa *L'Éducation d'un Prince* comme prélude à *La Double Inconstance*, soulignant ainsi le sens social et politique de la pièce. Par ailleurs en 1988-1989 une mise en scène de Bernard Murat, au Théâtre de l'Atelier, avec Emmanuelle Béart et Daniel Auteuil assura à la pièce un très large public. L'usage qu'a fait Jean Anouilh de *La Double Inconstance* dans *La Répétition ou l'Amour puni*, témoigne aussi de son actualité[2].

---

1. Manuscrits de l'Arsenal, n° 3454, f⁰ˢ 245-246. La notice continue par un résumé de la pièce, et s'achève par ces mots : « Les derniers mots du Prince promettent un divertissement qu'on ne voit pas. »   **2.** Pour une synthèse des interprétations et une étude dramaturgique détaillée, voir F. Rubellin, *Marivaux dramaturge*. « *La Double Inconstance* », « *Le Jeu de l'amour et du hasard* », Paris, Champion, 1996.

LE TEXTE

L'édition originale de *La Double Inconstance* ne parut qu'en septembre 1724, ainsi que nous l'apprend le *Mercure* de ce mois, qui, à cette occasion, en donna un long extrait[1]. Exceptionnellement, l'ouvrage se présente sous la forme d'un *in-octavo*, dont voici la description :

LA DOUBLE / INCONSTANCE / *COMÉDIE* / *en trois Actes*. / Representée pour la première fois par / les Comediens Italiens du Roi le / Mardi 6. Avril 1723. / (Fleuron) / A PARIS, / Chez FRANCOIS FLAHAUT, Quai / des Augustins, au coin de la rue Pavée, / au Roi de Portugal. / (Filet) / M. DCC. XXIV. / *Avec Approbation & Privilège du Roi.* — Un volume de VI (titre, dédicace, Acteurs) + 133 (texte) + III (approbation et privilège) pages.

Approbation : « J'ai lu par l'ordre de Monseigneur le Garde des Sceaux *la double inconstance, Comédie*, et j'ai cru que le public en verrait l'impression avec le même plaisir qu'il en a vu les représentations. Fait à Paris ce premier Mai 1724. DANCHET. »

Privilège du 30 juin 1724 à François Flahaut, pour six ans, pour *la double Inconstance, comédie*.

Les rééditions ont été nombreuses, à commencer par celle du *Nouveau Théâtre-Italien*, chez Briasson, 1730. Si le texte demeure inchangé, à d'infimes détails près, la numérotation des scènes est modifiée à partir de l'édition de 1758. Tout en respectant le texte de l'édition originale, nous avons adopté cette nouvelle numérotation, pour ne pas rendre caduques les références données à la pièce dans toutes les études modernes. Voici le tableau de concordance entre les deux systèmes :

Édition de 1724 et édition Briasson de 1730 *(Nouveau Théâtre-Italien)*.	Édition sous le titre général Briasson, 1732-58, et éditions postérieures.
Acte I	Acte I
Scènes I à IV.	Scènes I à IV (sans changement).
Scène V.	Scènes V, VI et VII.
Scène VI.	Scène VIII.
Scène VII.	Scènes IX et X.
Scène VIII.	Scènes XI, XII et XIII.

---

1. L'extrait occupe les pages 1991 à 2005.

Acte II	Acte II
Scènes I et II.	Scènes I et II (sans changement).
Scène III.	Scènes III et IV.
Scène IV.	Scènes V et VI.
Scène V.	Scènes VII et VIII.
Scène VI.	Scène IX.
Scène VII.	Scène X.
Scène VIII.	Scène XI.
Scène IX.	Scène XII.

Acte III	Acte III
Scènes I à IV.	Scènes I à IV (sans changement).
Scène V.	Scènes V et VI.
Scène VI.	Scène VII.
Scène VII.	Scène VIII.
Scène VIII.	Scène IX.
Scène IX.	Scène X.

COMPTE RENDU DE REPRÉSENTATION
(*Mercure* d'avril 1723)

« Le 6 de ce mois, les comédiens-italiens ont aussi fait l'ouverture de leur théâtre par une comédie nouvelle[1], qui a pour titre *La Double Inconstance*. Cette pièce n'a pas paru indigne de *La Surprise de l'amour*, comédie du même auteur, qui a si bien concouru avec *Le Serdeau des Théâtres*[2] à attirer de nombreuses assemblées avant la clôture. On a trouvé beaucoup d'esprit dans cette dernière, de même que dans la première[3] ; ce qu'on appelle métaphysique du cœur y règne un peu trop, et peut-être n'est-il pas à la portée de tout le monde ; mais les connaisseurs y ont trouvé de quoi nourrir l'esprit ; nous n'en dirons ici que ce que nous pouvons avoir retenu dans une représentation.

ACTEURS

LÉLIO, roi ou prince de ..., amant de Silvia.
SILVIA, villageoise, amoureuse d'Arlequin.

---

1. Comme les comédiens français, qui avaient donné le même jour une pièce destinée à connaître un grand succès, *Inés de Castro*, de La Motte. **2.** Pièce de Fuzelier, jouée à partir du 17 février 1723. **3.** C'est-à-dire la

ARLEQUIN, villageois, amoureux de Silvia.
FLAMINIA, dame de la cour de Lélio, etc.

ACTE I

« Un officier du palais de Lélio parle à Silvia en faveur de son
maître, et n'oublie rien pour flatter son cœur de la gloire de régner
sur un grand prince ; elle ne pense qu'à son cher Arlequin à qui on
l'a injustement arrachée, pour la conduire dans une cour qu'elle
regarde comme une affreuse prison. Elle est si vive dans sa passion,
qu'elle proteste qu'elle se donnera la mort si on ne lui rend son
fidèle amant, pour qui seul elle est capable de brûler d'un amour
qui durera autant que sa vie. On fait entendre dans une des scènes
d'exposition que Lélio a déjà vu Silvia dans son village, qu'il lui a
parlé de son amour, sans lui avoir découvert son rang, ne voulant
être aimé que par rapport à sa personne, et qu'il n'a paru à ses yeux
que comme un simple particulier depuis le jour qu'il l'a fait enlever.
Le désespoir de Silvia oblige Lélio de consentir qu'on lui amène
Arlequin. Flaminia, dame de la cour, et confidente du prince, lui
promet de tout tenter pour ébranler la constance de son indigne
rival, se flattant que si Arlequin peut lui devenir infidèle, le dépit
pourra porter Silvia à lui rendre le change. Arlequin est amené à la
cour du prince ; il demande d'abord où est sa chère Silvia ; une
jeune coquette gagnée par Flaminia se présente à lui, et tâche de lui
inspirer de l'amour ; mais il la méprise à cause qu'elle fait les
avances. La coquette se retire assez mécontente de lui, et d'elle-
même. Silvia arrive pleine d'impatience de voir son amant, la scène
est tendre et naïve de part et d'autre, ils jurent de s'aimer éternellement. On vient avertir Silvia que sa mère vient d'arriver par l'ordre
du prince, elle quitte Arlequin avec regret, quoique ce soit pour sa
mère. Arlequin, qui paraît inconsolable de quelques moments d'absence, s'en trouve bientôt dédommagé par le récit d'un succulent
repas qui l'attend. Il avoue qu'après l'amour la gourmandise est sa
passion favorite, et c'est par là qu'on entreprend de lui faire insensiblement oublier Silvia. Voilà à peu près ce qui se passe dans le premier acte, nous ne répondons pas qu'il n'y ait de notre part

---

Surprise, et non pas, comme on l'a dit après une lecture trop rapide du texte,
Le Serdeau des Théâtres.

quelques transpositions dans l'arrangement des scènes, mais ce défaut de mémoire ne doit pas tirer à conséquence.

ACTE II

« Dans ce second acte, Arlequin et Silvia paraissent d'abord un peu moins occupés l'un de l'autre ; Arlequin ne parle presque que de la bonne chère qu'on lui a faite, et Silvia ne s'entretient à son tour que des beaux habits dont elle est parée. Flaminia les vient trouver, et faisant l'officieuse leur conseille de s'aimer toujours, quoi qu'on ose entreprendre pour les détacher l'un de l'autre ; Arlequin est charmé de la bonne volonté de cette dame, il lui promet son amitié, et la première place dans son cœur après Silvia. Flaminia, qui commence à aimer Arlequin, lui dit que ce qui l'a mise de ses intérêts, c'est une parfaite ressemblance qu'il a avec un amant ou époux qu'elle a tendrement aimé, et dont elle conserve la mémoire jusqu'au tombeau. Lélio de son côté s'insinue dans l'esprit de Silvia, lui offrant tout son crédit auprès du Roy pour lui faire faire des réparations par une dame de la cour qui l'a insultée en l'appelant innocente et bête. Voilà de part et d'autre les premiers pas vers l'inconstance qui fait le sujet de la pièce. On n'a pas trouvé toutes les gradations exactement filées ; mais il y en a assez pour constituer un bon second acte. L'action a paru un peu trop avancée avant que d'arriver au troisième. Lélio, profitant des bonnes dispositions où il a trouvé Silvia, lui a déjà découvert son rang, elle a capitulé de manière à faire voir que la place était déjà rendue, et l'auteur l'a bien senti, puisqu'il a été obligé de mettre quelques scènes postiches dans le troisième acte, comme nous l'allons voir. »

ACTE III

« Arlequin, ayant besoin de dresser un placet pour un conseiller d'État, le dicte à un officier du palais qui lui sert de valet et de secrétaire. Il prend ici son caractère de balourd. Le premier mot qu'il dicte est *virgule*. Il ne comprend rien au titre de Votre Grandeur, et demande si c'est à la taille qu'on mesure les honneurs qu'on veut rendre aux gens à qui on écrit. L'auteur n'aurait pas eu recours à ces *ex proposito* s'il avait eu assez de matière pour remplir son troisième acte. Lélio, que Silvia a chargé de faire consentir Arlequin à son mariage, vient lui déclarer le dessein qu'il a d'épouser Silvia.

Arlequin, qui tient encore un peu à sa chère villageoise, parle en homme qui y tient encore beaucoup. Lélio a beau se faire connaître pour le roi, il le traite d'injuste et lui redemande Silvia avec tout le pathétique d'un cœur qui n'est nullement partagé. Cette scène aurait fait un plus grand effet sur les spectateurs, si Arlequin leur eût paru uniquement occupé de Silvia. Le roi en est si attendri, que peu s'en faut qu'il ne lui cède sa maîtresse. Cela n'empêche pas qu'Arlequin n'ait une scène assez tendre avec Flaminia qui lui déclare son amour. Il ne lui répond pas en amant tout à fait déterminé à rompre sa première chaîne, mais il n'est pas bien éloigné des dispositions que Flaminia lui souhaite. Il va chercher Silvia par manière d'acquit, il la surprend enfin parlant d'amour au prince, il lui en fait des reproches en lui disant qu'il a tout entendu ; elle lui répond qu'elle est délivrée par là de l'embarras de le lui dire. Cette scène se termine par un consentement réciproque de rompre leur première chaîne, et d'en prendre une nouvelle. Lélio épouse Silvia, et Arlequin se marie avec Flaminia ; cette double inconstance est célébrée par une fête qui finit la pièce au gré des spectateurs. Le divertissement est composé d'un air italien, et de quelques danses, d'un pas de deux entre autres dansé par les demoiselles Flaminia et Silvia, qui a fait grand plaisir. »

La Double Inconstance

À MADAME LA MARQUISE DE PRIE[1]

Madame,

On ne verra point ici ce tas d'éloges dont les épîtres dédicatoires sont ordinairement chargées ; à quoi servent-ils ? Le peu de cas que le public en fait devrait en corriger ceux qui les donnent, et en dégoûter ceux qui les reçoivent. Je serais pourtant bien tenté de vous louer d'une chose, Madame ; et c'est d'avoir véritablement craint que je ne vous louasse ; mais ce seul éloge que je vous donnerais, il est si distingué, qu'il aurait ici tout l'air d'un présent de flatteur, surtout s'adressant à une dame de votre âge, à qui la nature n'a rien épargné de tout ce qui peut inviter l'amour-propre à n'être point modeste. J'en reviens donc, Madame, au seul motif que j'ai en vous offrant ce petit ouvrage ; c'est de vous remercier du plaisir que vous y avez pris, ou plutôt de la vanité que vous m'avez donnée, quand vous m'avez dit qu'il vous avait plu. Vous dirai-je tout ? Je suis charmé d'apprendre à toutes les personnes de goût qu'il a votre suffrage ; en vous disant cela, je vous proteste que je n'ai nul dessein de louer votre esprit ; c'est seulement vous avouer que je pense aux intérêts du mien. Je suis avec un profond respect,

Madame,

votre très humble et très obéissant serviteur.

D. M.

---

1. Les raisons pour lesquelles Marivaux dédie sa pièce à la marquise de Prie sont très probablement celles qu'il expose plus bas. Mais il faut se souvenir de ce que représente à l'époque la marquise. Jeanne-Agnès Berthelot de Pléneuf, fille d'un des grands financiers de la fin du règne de Louis XIV, avait épousé le marquis de Prie, qui devint ambassadeur à Turin. Rentrée en France, elle fut la maîtresse du duc de Bourbon. Or, celui-ci, après la mort du duc d'Orléans, était devenu Premier ministre (décembre 1723). C'est donc à la femme la plus puissante de l'État que s'adressait Marivaux.

ACTEURS [1]

LE PRINCE.
UN SEIGNEUR.
FLAMINIA.
LISETTE.
SILVIA.
ARLEQUIN.
TRIVELIN.
Des laquais.
Des filles de chambre.

La scène est dans le palais du Prince.

ACTE PREMIER

Scène première

SILVIA, TRIVELIN *et quelques femmes à la suite de Silvia.*
Silvia paraît sortir comme fâchée

TRIVELIN. Mais, Madame, écoutez-moi.

SILVIA. Vous m'ennuyez.

TRIVELIN. Ne faut-il pas être raisonnable ?

SILVIA, *impatiente.* Non, il ne faut pas l'être, et je ne le serai point.

TRIVELIN. Cependant...

SILVIA, *avec colère.* Cependant, je ne veux point avoir de raison : et quand vous recommenceriez cinquante fois votre cependant, je n'en veux point avoir : que ferez-vous là ?

TRIVELIN. Vous avez soupé hier si légèrement, que vous serez malade, si vous ne prenez rien ce matin.

SILVIA. Et moi, je hais la santé, et je suis bien aise d'être malade ; ainsi, vous n'avez qu'à renvoyer tout ce qu'on m'apporte, car je ne veux aujourd'hui ni déjeuner, ni dîner, ni souper ; demain la même chose. Je ne veux qu'être fâchée, vous haïr tous tant que vous êtes, jusqu'à tant que [1] j'aie vu Arlequin, dont on m'a séparée : voilà mes petites résolutions, et si vous voulez que je devienne folle, vous n'avez qu'à me prêcher d'être plus raisonnable, cela sera bientôt fait.

TRIVELIN. Ma foi, je ne m'y jouerai pas, je vois bien que vous me tiendriez parole ; si j'osais cependant...

SILVIA, *plus en colère.* Eh bien ! ne voilà-t-il pas encore un cependant ?

TRIVELIN. En vérité, je vous demande pardon, celui-là m'est échappé, mais je n'en dirai plus, je me corrigerai. Je vous prierai seulement de considérer...

---

1. La conjonction *jusqu'à tant que*, signalée comme familière par Féraud, a été arbitrairement remplacée par *jusqu'à ce que* dans la plupart des éditions modernes. Il faut la conserver, si l'on veut conserver le ton que Marivaux a voulu donner au langage de Silvia.

SILVIA. Oh ! vous ne vous corrigez pas, voilà des considérations qui ne me conviennent point non plus.

TRIVELIN, *continuant*. ... que c'est votre souverain qui vous aime.

SILVIA. Je ne l'en empêche pas, il est le maître : mais faut-il que je l'aime, moi ? Non, et il ne le faut pas, parce que je ne le puis pas ; cela va tout seul, un enfant le verrait, et vous ne le voyez pas.

TRIVELIN. Songez que c'est sur vous qu'il fait tomber le choix qu'il doit faire d'une épouse entre ses sujettes.

SILVIA. Qui est-ce qui lui a dit de me choisir ? M'a-t-il demandé mon avis ? S'il m'avait dit : Me voulez-vous, Silvia ? je lui aurais répondu : Non, Seigneur, il faut qu'une honnête femme aime son mari, et je ne pourrais pas vous aimer. Voilà la pure raison, cela ; mais point du tout, il m'aime, crac, il m'enlève, sans me demander si je le trouverai bon.

TRIVELIN. Il ne vous enlève que pour vous donner la *main.

SILVIA. Eh ! que veut-il que je fasse de cette main, si je n'ai pas envie d'avancer la mienne pour la prendre ? Force-t-on les gens à recevoir des présents malgré eux ?

TRIVELIN. Voyez, depuis deux jours que vous êtes ici, comment il vous traite ; n'êtes-vous pas déjà servie comme si vous étiez sa femme ? Voyez les honneurs qu'il vous fait rendre, le nombre de femmes qui sont à votre suite, les amusements qu'on tâche de vous procurer par ses ordres. Qu'est-ce qu'Arlequin au prix d'un Prince plein d'égards, qui ne veut pas même se montrer qu'on ne vous ait disposée à le voir ? d'un prince jeune, aimable et rempli d'amour, car vous le trouverez tel. Eh ! Madame, ouvrez les yeux, voyez votre fortune, et profitez de ses faveurs.

SILVIA. Dites-moi, vous et toutes celles qui me parlent, vous a-t-on mis avec moi, vous a-t-on payés pour m'impatienter, pour me tenir des discours qui n'ont pas le sens commun, qui me font pitié ?

TRIVELIN. Oh parbleu ! je n'en sais pas davantage, voilà tout l'esprit que j'ai.

SILVIA. Sur ce *pied-là, vous seriez tout aussi avancé de n'en point avoir du tout.

TRIVELIN. Mais encore, daignez, s'il vous plaît, me dire en quoi je me trompe.

SILVIA, *en se tournant vivement de son côté*. Oui, je vais vous dire, en quoi, oui...

TRIVELIN. Eh ! doucement, Madame, mon dessein n'est pas de vous fâcher.

SILVIA. Vous êtes donc bien maladroit.

TRIVELIN. Je suis votre serviteur.

SILVIA. Eh bien ! mon serviteur, qui me vantez tant les honneurs que j'ai ici, qu'ai-je affaire de ces quatre ou cinq fainéantes qui m'espionnent toujours ? On m'ôte mon amant, et on me rend des femmes à la place ; ne voilà-t-il pas un beau dédommagement ? Et on veut que je sois heureuse avec cela ! Que m'importe toute cette musique, ces concerts et cette danse dont on croit me régaler ? Arlequin chantait mieux que tout cela, et j'aime mieux danser moi-même que de voir danser les autres, entendez-vous ? Une bourgeoise contente dans un petit village[1] vaut mieux qu'une princesse qui pleure dans un bel appartement. Si le Prince est si tendre, ce n'est pas ma faute, je n'ai pas été le chercher ; pourquoi m'a-t-il vue ? S'il est jeune et aimable, tant mieux pour lui, j'en suis bien aise : qu'il garde tout cela pour ses pareils, et qu'il me laisse mon pauvre Arlequin, qui n'est pas plus gros monsieur que je suis grosse dame, pas plus riche que moi, pas plus glorieux que moi, pas mieux logé, qui m'aime sans façon, que j'aime de même, et que je mourrai de chagrin de ne pas voir. Hélas, le pauvre enfant ! qu'en aura-t-on fait ? qu'est-il devenu ? Il se désespère quelque part, j'en suis sûre, car il a le cœur si bon ! Peut-être aussi qu'on le maltraite... *(Elle se dérange de sa place.)* Je suis outrée. Tenez, voulez-vous me faire un plaisir ? Ôtez-vous de là, je ne puis vous souffrir, laissez-moi m'affliger en repos.

TRIVELIN. Le compliment est court, mais il est net. Tranquillisez-vous pourtant, Madame.

SILVIA. Sortez sans me répondre, cela vaudra mieux.

TRIVELIN. Encore une fois, calmez-vous, vous voulez Arlequin, il viendra incessamment, on est allé le chercher.

SILVIA, *avec un soupir*. Je le verrai donc ?

---

1. Les deux termes *bourgeois* et *village* ne sont pas contradictoires. Ils sont souvent associés par Marivaux dans *Le Télémaque travesti* (*Œuvres de jeunesse*, p. 722). Les *bourgeois de village*, ou *bourgeois de campagne*, formaient une classe intermédiaire composée, soit de fermiers, artisans, petits commerçants enrichis, soit de praticiens subalternes (employés des tailles, procureurs fiscaux, officiers du roi). Les auteurs comiques du temps (Montfleury et Dancourt, par exemple) distinguent couramment dans la même pièce les paysans, qui patoisent, et d'autres villageois, baillis, fermiers, concierges de château, etc., qui parlent un langage de couleur rustique, mais sans patoiser.

TRIVELIN. Et vous lui parlerez aussi.

SILVIA, *s'en allant*. Je vais l'attendre : mais si vous me trompez, je ne veux plus ni voir ni entendre personne. *(Pendant qu'elle sort, le Prince et Flaminia entrent d'un autre côté et la regardent sortir.)*

Scène II

LE PRINCE, FLAMINIA, TRIVELIN

LE PRINCE, *à Trivelin*. Eh bien, as-tu quelque espérance à me donner ? Que dit-elle ?

TRIVELIN. Ce qu'elle dit, Seigneur, ma foi, ce n'est pas la peine de le répéter, il n'y a rien encore qui mérite votre curiosité.

LE PRINCE. N'importe, dis toujours.

TRIVELIN. Eh non, Seigneur, ce sont de petites bagatelles dont le récit vous ennuierait, tendresse pour Arlequin, impatience de le rejoindre, nulle envie de vous connaître, désir violent de ne vous point voir, et force haine pour nous ; voilà l'abrégé de ses dispositions, vous voyez bien que cela n'est point réjouissant ; et franchement, si j'osais dire ma pensée, le meilleur serait de la remettre où on l'a prise.

Le Prince rêve tristement.

FLAMINIA. J'ai déjà dit la même chose au Prince, mais cela est inutile. Ainsi continuons, et ne songeons qu'à détruire l'amour de Silvia pour Arlequin.

TRIVELIN. Mon sentiment à moi est qu'il y a quelque chose d'extraordinaire dans cette fille-là ; refuser ce qu'elle refuse, cela n'est point naturel, ce n'est point là une femme, voyez-vous, c'est quelque créature d'une espèce à nous inconnue. Avec une femme, nous irions notre train ; celle-ci nous arrête, cela nous avertit d'un prodige, n'allons pas plus loin.

LE PRINCE. Et c'est ce prodige qui augmente encore l'amour que j'ai conçu pour elle.

FLAMINIA, *en riant*. Eh, Seigneur, ne l'écoutez pas avec son prodige, cela est bon dans un conte de fée. Je connais mon sexe, il n'a rien de prodigieux que sa coquetterie. Du côté de l'ambition, Silvia n'est point en *prise, mais elle a un cœur, et par conséquent de la vanité ; avec cela, je saurai bien la ranger à son devoir de femme. Est-on allé chercher Arlequin ?

TRIVELIN. Oui ; je l'attends.

LE PRINCE, *d'un air inquiet*. Je vous avoue, Flaminia, que nous risquons beaucoup à lui montrer son amant, sa tendresse pour lui n'en deviendra que plus forte.

TRIVELIN. Oui ; mais si elle ne le voit, l'esprit lui tournera, j'en ai sa parole.

FLAMINIA. Seigneur, je vous ai déjà dit qu'Arlequin nous était nécessaire.

LE PRINCE. Oui, qu'on l'*arrête autant qu'on pourra ; vous pouvez lui promettre que je le comblerai de biens et de faveurs, s'il veut en épouser une autre que sa *maîtresse.

TRIVELIN. Il n'y a qu'à réduire ce drôle-là, s'il ne veut pas.

LE PRINCE. Non, la loi qui veut que j'épouse une de mes sujettes me défend d'user de violence contre qui que ce soit.

FLAMINIA. Vous avez raison ; soyez tranquille, j'espère que tout se fera à l'amiable. Silvia vous connaît déjà sans savoir que vous êtes le Prince, n'est-il pas vrai ?

LE PRINCE. Je vous ai dit qu'un jour à la chasse, écarté de ma troupe, je la rencontrai près de sa maison ; j'avais soif, elle alla me chercher à boire : je fus enchanté de sa beauté et de sa simplicité, et je lui en fis l'aveu [1]. Je l'ai vue cinq ou six fois de la même manière, comme simple officier du palais : mais quoiqu'elle m'ait traité avec beaucoup de douceur, je n'ai pu la faire renoncer à Arlequin, qui m'a surpris deux fois avec elle.

FLAMINIA. Il faudra mettre à profit l'ignorance où elle est de votre rang ; on l'a déjà prévenue que vous ne la verriez pas sitôt ; je me charge du reste, pourvu que vous vouliez bien agir comme je voudrai.

LE PRINCE, *en s'en allant* [2]. J'y consens. Si vous m'acquérez le cœur de Silvia, il n'est rien que vous ne deviez attendre de ma reconnaissance.

FLAMINIA. Toi, Trivelin, va-t'en dire à ma sœur qu'elle tarde trop à venir.

TRIVELIN. Il n'est pas besoin, la voilà qui entre ; adieu, je vais au-devant d'Arlequin.

---

1. On a vu dans la présentation de cette pièce, p. 298, que Marivaux, dans *La Voiture embourbée* (1714), a déjà traité ce thème du prince rencontrant une jeune fille à la chasse et en devenant amoureux.   2. Cette indication scénique disparaît dès l'édition N.T.I. de Briasson (1730) et sera toujours omise ensuite.

Scène III

LISETTE, FLAMINIA

LISETTE. Je viens recevoir tes ordres, que me veux-tu ?

FLAMINIA. Approche un peu que je te regarde.

LISETTE. Tiens, vois à ton aise.

FLAMINIA, *après l'avoir regardée*. Oui-da, tu es jolie aujourd'hui.

LISETTE, *en riant*. Je le sais bien ; mais qu'est-ce que cela te fait ?

FLAMINIA. Ôte cette mouche galante[1] que tu as là.

LISETTE, *refusant*. Je ne saurais, mon miroir me l'a recommandée.

FLAMINIA. Il le faut, te dis-je.

LISETTE, *en tirant sa boîte à miroir, et ôtant la mouche*. Quel meurtre ! Pourquoi persécutes-tu ma mouche ?

FLAMINIA. J'ai mes raisons pour cela. Or çà, Lisette, tu es grande et bien faite.

LISETTE. C'est le sentiment de bien des gens.

FLAMINIA. Tu aimes à plaire ?

LISETTE. C'est mon faible.

FLAMINIA. Saurais-tu avec une adresse naïve et modeste inspirer un tendre penchant à quelqu'un, en lui témoignant d'en avoir pour lui, et le tout pour une bonne fin ?

LISETTE. Mais j'en reviens à ma mouche, elle me paraît nécessaire à l'expédition que tu me proposes[2].

FLAMINIA. N'oublieras-tu jamais ta mouche ? non, elle n'est pas nécessaire : il s'agit ici d'un homme simple, d'un villageois sans expérience, qui s'imagine que nous autres femmes d'ici sommes obligées d'être aussi modestes que les femmes de son village ; oh ! la modestie de ces femmes-là n'est pas faite comme la nôtre ; nous avons des dispenses qui le scandaliseraient ; ainsi ne regrette plus tes mouches, et mets-en la valeur dans tes manières ; c'est de ces manières dont je te parle ; je te demande si tu sauras les avoir comme il faut ? Voyons, que lui diras-tu ?

---

1. Les mouches changeaient de nom suivant l'endroit où elles étaient placées, et, conséquemment, suivant l'effet qu'elles étaient censées produire. La *passionnée* se collait près de l'œil ; la *baiseuse*, au coin de la bouche ; la *coquette*, sur les lèvres ; l'*effrontée*, sur le nez ; la *majestueuse*, sur le front ; la *galante*, au milieu de la joue (d'Èze et Marcel, *La Coiffure des femmes en France*, Paris, 1886). **2.** Dans *Le Démocrite amoureux* de Regnard, le premier soin de Criséis, lorsque, comme Silvia, elle est amenée du village à la cour et veut plaire, est de mettre des mouches.

LISETTE. Mais, je lui dirai... Que lui dirais-tu, toi ?

FLAMINIA. Écoute-moi, point d'air coquet d'abord. Par exemple, on voit dans ta petite contenance un dessein de plaire, oh ! il faut en effacer cela ; tu mets je ne sais quoi d'étourdi et de vif dans ton geste, quelquefois c'est du nonchalant, du tendre, du mignard ; tes yeux veulent être fripons, veulent attendrir, veulent frapper, font mille singeries ; ta tête est légère ; ton menton porte au vent ; tu cours après un air jeune, galant et dissipé ; parles-tu aux gens, leur réponds-tu ? tu prends de certains tons, tu te sers d'un certain lan- gage, et le tout finement relevé de saillies folles ; oh ! toutes ces petites impertinences-là sont très jolies dans une fille du monde, il est décidé que ce sont des grâces, le cœur des hommes s'est tourné comme cela, voilà qui est fini : mais ici il faut, s'il te plaît, faire *main basse sur tous ces agréments-là ; le petit homme en question ne les approuverait point, il n'a pas le goût si fort, lui. Tiens, c'est tout comme un homme qui n'aurait jamais bu que de belle eau bien claire, le vin ou l'eau-de-vie ne lui plairaient pas.

LISETTE, *étonnée*. Mais de la façon dont tu arranges mes agréments, je ne les trouve pas si jolis que tu dis.

FLAMINIA, *d'un air naïf*. Bon ! c'est que je les examine, moi, voilà pourquoi ils deviennent ridicules : mais tu es en sûreté de la part des hommes.

LISETTE. Que mettrai-je donc à la place de ces impertinences que j'ai ?

FLAMINIA. Rien : tu laisseras aller tes regards comme ils iraient si ta coquetterie les laissait en repos ; ta tête comme elle se tiendrait, si tu ne songeais pas à lui donner des airs évaporés ; et ta contenance tout comme elle est quand personne ne te regarde. Pour essayer, donne-moi quelque échantillon de ton savoir-faire ; regarde-moi d'un air ingénu [1].

LISETTE, *se tournant*. Tiens, ce regard-là est-il bon ?

FLAMINIA. Hum ! il a encore besoin de quelque correction.

LISETTE. Oh dame, veux-tu que je te dise ? Tu n'es qu'une femme, est-ce que cela anime ? Laissons cela, car tu m'emporterais la fleur de mon rôle. C'est pour Arlequin, n'est-ce pas ?

---

1. Cette étude de naïveté devant un miroir est, pour Marivaux, le comble de la coquetterie. Cette idée l'a beaucoup frappé, comme on peut en juger par le célèbre récit que l'on trouve dans la première feuille du *Spectateur français* (*Journaux et Œuvres diverses*, p. 117).

FLAMINIA. Pour lui-même.

LISETTE. Mais le pauvre garçon, si je ne l'aime pas, je le tromperai ; je suis fille d'honneur, et je m'en fais un scrupule.

FLAMINIA. S'il vient à t'aimer, tu l'épouseras, et cela te fera ta fortune ; as-tu encore des scrupules ? Tu n'es, non plus que moi, que la fille d'un domestique du Prince, et tu deviendras grande dame.

LISETTE. Oh ! voilà ma conscience en repos, et en ce cas-là, si je l'épouse, il n'est pas nécessaire que je l'aime. Adieu, tu n'as qu'à m'avertir quand il sera temps de commencer.

FLAMINIA. Je me retire aussi ; car voilà Arlequin qu'on amène.

Scène IV

ARLEQUIN, TRIVELIN
Arlequin regarde Trivelin et tout l'appartement
avec étonnement

TRIVELIN. Eh bien, seigneur Arlequin, comment vous trouvez-vous ici ? *(Arlequin ne dit mot.)* N'est-il pas vrai que voilà une belle maison ?

ARLEQUIN. Que diantre, qu'est-ce que cette maison-là et moi avons affaire ensemble ? qu'est-ce que c'est que vous ? que me voulez-vous ? où allons-nous ?

TRIVELIN. Je suis un honnête homme, à présent votre domestique : je ne veux que vous servir, et nous n'allons pas plus loin.

ARLEQUIN. Honnête homme ou fripon, je n'ai que faire de vous, je vous donne votre congé, et je m'en retourne.

TRIVELIN, *l'arrêtant*. Doucement.

ARLEQUIN. *Parlez donc, hé ! vous êtes bien impertinent d'arrêter votre maître ?

TRIVELIN. C'est un plus grand maître que vous qui vous a fait le mien.

ARLEQUIN. Qui est donc cet original-là, qui me donne des valets malgré moi ?

TRIVELIN. Quand vous le connaîtrez, vous parlerez autrement. Expliquons-nous à présent.

ARLEQUIN. Est-ce que nous avons quelque chose à nous dire ?

TRIVELIN. Oui, sur Silvia.

ARLEQUIN, *charmé et vivement*. Ah ! Silvia ! hélas, je vous demande pardon, voyez ce que c'est, je ne savais pas que j'avais à vous parler.

TRIVELIN. Vous l'avez perdue depuis deux jours ?

ARLEQUIN. Oui, des voleurs me l'ont dérobée.

TRIVELIN. Ce ne sont pas des voleurs.

ARLEQUIN. Enfin, si ce ne sont pas des voleurs, ce sont toujours des fripons.

TRIVELIN. Je sais où elle est.

ARLEQUIN, *charmé et le caressant.* Vous savez où elle est, mon ami, mon valet, mon maître, mon tout ce qu'il vous plaira ? Que je suis fâché de n'être pas riche, je vous donnerais tous mes revenus pour gages. Dites, l'honnête homme, de quel côté faut-il tourner ? Est-ce à droite [1], à gauche, ou tout devant moi ?

TRIVELIN. Vous la verrez ici.

ARLEQUIN, *charmé et d'un air doux.* Mais quand j'y songe, il faut que vous soyez bien bon, bien obligeant pour m'amener ici comme vous faites ? Ô Silvia ! chère enfant de mon âme, ma mie, je pleure de joie.

TRIVELIN, *à part les premiers mots.* De la façon dont ce drôle-là prélude, il ne nous promet rien de bon. Écoutez, j'ai bien autre chose à vous dire.

ARLEQUIN, *le pressant.* Allons d'abord voir Silvia, prenez pitié de mon impatience.

TRIVELIN. Je vous dis que vous la verrez : mais il faut que je vous entretienne auparavant. Vous souvenez-vous d'un certain cavalier, qui a rendu cinq ou six visites à Silvia, et que vous avez vu avec elle ?

ARLEQUIN, *triste.* Oui : il avait la mine d'un hypocrite.

TRIVELIN. Cet homme-là a trouvé votre *maîtresse fort aimable.

ARLEQUIN. Pardi, il n'a rien trouvé de nouveau.

TRIVELIN. Et il en a fait au Prince un récit qui l'a enchanté.

ARLEQUIN. Le babillard !

TRIVELIN. Le Prince a voulu la voir, et a donné ordre qu'on l'amenât ici.

ARLEQUIN. Mais il me la rendra, comme cela est juste ?

TRIVELIN. Hum ! il y a une petite difficulté : il en est devenu amoureux, et souhaiterait d'en être aimé à son tour.

ARLEQUIN. Son tour ne peut pas venir, c'est moi qu'elle aime.

TRIVELIN. Vous n'allez point au fait, écoutez jusqu'au bout.

ARLEQUIN, *haussant le ton.* Mais le voilà, le bout. Est-ce qu'on veut me chicaner mon bon droit ?

---

1. Édition originale : *à droit.* Voir note 2, p. 431.

TRIVELIN. Vous savez que le Prince doit se choisir une femme dans ses États ?

ARLEQUIN, *brusquement*. Je ne sais point cela : cela m'est inutile.

TRIVELIN. Je vous l'apprends.

ARLEQUIN, *brusquement*. Je ne me soucie pas de nouvelles.

TRIVELIN. Silvia plaît donc au Prince, et il voudrait lui plaire avant que de l'épouser. L'amour qu'elle a pour vous fait obstacle à celui qu'il tâche de lui donner pour lui.

ARLEQUIN. Qu'il fasse donc l'*amour ailleurs ; car il n'aurait que la femme, moi, j'aurais le cœur, il nous manquerait quelque chose à l'un et à l'autre, et nous serions tous trois mal à notre aise.

TRIVELIN. Vous avez raison : mais ne voyez-vous pas que si vous épousez Silvia, le Prince resterait malheureux ?

ARLEQUIN, *après avoir rêvé*. À la vérité il sera d'abord un peu triste, mais il aura fait le devoir d'un brave homme, et cela console ; au lieu que s'il l'épouse, il fera pleurer ce pauvre enfant, je pleurerai aussi, moi, il n'y aura que lui qui rira, et il n'y a pas de plaisir à rire tout seul.

TRIVELIN. Seigneur Arlequin, croyez-moi, faites quelque chose pour votre maître. Il ne peut se résoudre à quitter Silvia, je vous dirai même qu'on lui a prédit l'aventure qui la lui a fait connaître, et qu'elle doit être sa femme ; il faut que cela arrive, cela est écrit là-haut.

ARLEQUIN. Là-haut on n'écrit pas de telles impertinences : pour marque de cela, si on avait prédit que je dois vous assommer, vous tuer par derrière, trouveriez-vous bon que j'accomplisse la prédiction ?

TRIVELIN. Non vraiment, il ne faut jamais faire de mal à personne.

ARLEQUIN. Eh bien, c'est ma mort qu'on a prédite ; ainsi c'est prédire rien qui vaille, et dans tout cela il n'y a que l'astrologue à pendre.

TRIVELIN. Eh morbleu, on ne prétend pas vous faire du mal ; nous avons ici d'aimables filles, épousez-en une, vous y trouverez votre avantage.

ARLEQUIN. Oui-da, que je me marie à une autre, afin de mettre Silvia en colère et qu'elle porte son amitié ailleurs ! Oh, oh, mon mignon, combien vous a-t-on donné pour m'attraper ? Allez, mon fils, vous n'êtes qu'un butor, gardez vos filles, nous ne nous accommoderons pas, vous êtes trop cher.

TRIVELIN. Savez-vous bien que le mariage que je vous propose vous acquerra l'amitié du Prince ?

ARLEQUIN. Bon ! mon ami ne serait pas seulement mon camarade.

TRIVELIN. Mais les richesses que vous promet cette amitié ?

ARLEQUIN. On n'a que faire de toutes ces babioles-là, quand on se porte bien, qu'on a bon appétit et de quoi vivre.

TRIVELIN. Vous ignorez le prix de ce que vous refusez.

ARLEQUIN, *d'un air négligent.* C'est à cause de cela que je n'y perds rien.

TRIVELIN. Maison à la ville, maison à la campagne.

ARLEQUIN. Ah, que cela est beau ! il n'y a qu'une chose qui m'embarrasse, qui est-ce qui habitera ma maison de ville, quand je serai à ma maison de campagne ?

TRIVELIN. Parbleu, vos valets !

ARLEQUIN. Mes valets ? Qu'ai-je besoin de faire fortune pour ces canailles-là ? Je ne pourrai donc pas les habiter toutes à la fois ?

TRIVELIN, *riant.* Non, que je pense ; vous ne serez pas en deux endroits en même temps.

ARLEQUIN. Eh bien, innocent que vous êtes, si je n'ai pas ce secret-là, il est inutile d'avoir deux maisons.

TRIVELIN. Quand il vous plaira, vous irez de l'une à l'autre.

ARLEQUIN. À ce compte, je donnerai donc ma maîtresse pour avoir le plaisir de déménager souvent ?

TRIVELIN. Mais rien ne vous touche, vous êtes bien étrange ! Cependant tout le monde est charmé d'avoir de grands appartements, nombre de domestiques...

ARLEQUIN. Il ne me faut qu'une chambre, je n'aime point à nourrir des fainéants, et je ne trouverai point de valet plus fidèle, plus affectionné à mon service que moi[1].

TRIVELIN. Je conviens que vous ne serez point en danger de mettre ce domestique-là dehors : mais ne seriez-vous pas sensible au plaisir d'avoir un bon équipage, un bon carrosse, sans parler de l'agrément d'être meublé superbement ?

ARLEQUIN. Vous êtes un grand nigaud, mon ami, de faire entrer Silvia en comparaison avec des meubles, un carrosse et des chevaux qui le traînent ; dites-moi, fait-on autre chose dans sa maison que

---

1. De même, dans *Le Démocrite amoureux*, déjà cité note 2, p. 318, le philosophe Démocrite, transplanté à la cour, refuse les services de l'intendant et du maître d'hôtel qu'on veut lui donner.

s'asseoir, prendre ses repas et se coucher ? Eh bien, avec un bon lit, une bonne table, une douzaine de chaises de paille, ne suis-je pas bien meublé ? N'ai-je pas toutes mes commodités ? Oh, mais je n'ai pas de carrosse ? Eh bien *(en montrant ses jambes)*, je ne verserai point. Ne voilà-t-il pas un équipage que ma mère m'a donné ? N'est-ce pas de bonnes jambes ? Eh morbleu, il n'y a pas de raison à vous d'avoir une autre *voiture que la mienne. Alerte, alerte, paresseux, laissez vos chevaux à tant d'honnêtes laboureurs qui n'en ont point, cela nous fera du pain ; vous marcherez, et vous n'aurez pas les gouttes [1].

TRIVELIN. Têtubleu ! vous êtes vif : si l'on vous en croyait, on ne pourrait fournir les hommes de souliers.

ARLEQUIN, *brusquement*. Ils porteraient des sabots. Mais je commence à m'ennuyer de tous vos comptes [2]. Vous m'avez promis de me montrer Silvia, et un honnête homme n'a que sa parole.

TRIVELIN. Un moment : vous ne vous souciez ni d'honneurs, ni de richesses, ni de belles maisons, ni de magnificence, ni de crédit, ni d'équipages.

ARLEQUIN. Il n'y a pas là pour un sol de bonne marchandise.

TRIVELIN. La bonne chère vous tenterait-elle ? Une cave remplie de vin exquis vous plairait-elle ? Seriez-vous bien aise d'avoir un cuisinier qui vous apprêtât délicatement à manger, et en abondance ? Imaginez-vous ce qu'il y a de meilleur, de plus friand en viande et en poisson : vous l'aurez, et pour toute votre vie. *(Arlequin est quelque temps à répondre.)* Vous ne répondez rien ?

ARLEQUIN. Ce que vous dites là serait plus de mon goût que tout le reste ; car je suis gourmand, je l'avoue : mais j'ai encore plus d'amour que de gourmandise.

TRIVELIN. Allons, seigneur Arlequin, faites-vous un sort heureux ; il ne s'agira seulement que de quitter une fille pour en prendre une autre.

ARLEQUIN. Non, non, je m'en tiens au bœuf, et au vin de mon cru [3].

---

1. Cette critique du luxe est à la mode, à l'époque où écrit Marivaux. Elle constitue un des thèmes importants d'*Arlequin sauvage*, de Delisle de la Drévetière, pièce représentée au Théâtre-Italien le 17 juin 1721. Voir notamment la scène III de l'acte II.   **2.** Confusion avec *contes*, sans doute volontaire.   **3.** Pour les spectateurs du temps, cette remarque a une signification précise : à une époque où les vins ne se transportaient guère, sauf s'ils sont de haute qualité, le « vin du cru » était à Paris celui des coteaux d'Asnières et de Suresnes, dont la réputation était médiocre.

TRIVELIN. Que vous auriez bu de bon vin ! Que vous auriez mangé de bons morceaux !

ARLEQUIN. J'en suis fâché, mais il n'y a rien à faire ; le cœur de Silvia est un morceau encore plus friand que tout cela : voulez-vous me la montrer, ou ne le voulez-vous pas ?

TRIVELIN. Vous l'entretiendrez, soyez-en sûr, mais il est encore un peu matin.

Scène V

LISETTE, ARLEQUIN, TRIVELIN

LISETTE, *à Trivelin*. Je vous cherche partout, monsieur Trivelin, le Prince vous demande.

TRIVELIN. Le Prince me demande, j'y cours : mais tenez donc compagnie au seigneur Arlequin pendant mon absence.

ARLEQUIN. Oh ! ce n'est pas la peine ; quand je suis seul, moi, je me fais compagnie.

TRIVELIN. Non, non, vous pourriez vous ennuyer. Adieu, je vous rejoindrai bientôt. *(Trivelin sort.)*

Scène VI

ARLEQUIN, LISETTE

ARLEQUIN, *se retirant au coin du théâtre*. Je gage que voilà une éveillée qui vient pour m'affriander d'elle. Néant.

LISETTE, *doucement*. C'est donc vous, Monsieur, qui êtes l'*amant de mademoiselle Silvia ?

ARLEQUIN, *froidement*. Oui.

LISETTE. C'est une très jolie fille.

ARLEQUIN, *du même ton*. Oui.

LISETTE. Tout le monde l'aime.

ARLEQUIN, *brusquement*. Tout le monde a tort.

LISETTE. Pourquoi cela, puisqu'elle le mérite ?

ARLEQUIN, *brusquement*. C'est qu'elle n'aimera personne que moi.

LISETTE. Je n'en doute pas, et je lui pardonne son attachement pour vous.

ARLEQUIN. À quoi cela sert-il, ce pardon-là ?

LISETTE. Je veux dire que je ne suis plus si surprise que je l'étais de son obstination à vous aimer.

ARLEQUIN. Et en vertu de quoi étiez-vous surprise ?

LISETTE. C'est qu'elle refuse un Prince aimable.

ARLEQUIN. Et quand il serait aimable, cela empêche-t-il que je ne le sois aussi, moi ?

LISETTE, *d'un air doux*. Non, mais enfin c'est un Prince.

ARLEQUIN. Qu'importe ? en fait de fille, ce Prince n'est pas plus avancé que moi.

LISETTE, *doucement*. À la bonne heure ; j'entends seulement qu'il a des sujets et des États, et que, tout aimable que vous êtes, vous n'en avez point.

ARLEQUIN. Vous me la baillez belle avec vos sujets et vos États ; si je n'ai pas de sujets, je n'ai charge de personne ; et si tout va bien, je m'en réjouis, si tout va mal, ce n'est pas ma faute. Pour des États, qu'on en ait ou qu'on n'en ait point, on n'en tient pas plus de place, et cela ne rend ni plus beau ni plus laid : ainsi, de toutes façons, vous étiez surprise à propos de rien.

LISETTE, *à part*. Voilà un vilain petit homme, je lui fais des compliments, et il me querelle.

ARLEQUIN, *comme lui demandant ce qu'elle dit*. Hem ?

LISETTE. J'ai du malheur dans ce que je vous dis ; et j'avoue qu'à vous voir seulement, je me serais promis une conversation plus douce.

ARLEQUIN. Dame, Mademoiselle, il n'y a rien de si trompeur que la mine des gens.

LISETTE. Il est vrai que la vôtre m'a trompée, et voilà comme on a souvent tort de se prévenir en faveur de quelqu'un.

ARLEQUIN. Oh très tort[1] : mais que voulez-vous ? je n'ai pas choisi ma physionomie.

LISETTE, *en le regardant comme étonnée*. Non, je n'en saurais revenir quand je vous regarde.

ARLEQUIN. Me voilà pourtant, et il n'y a point de remède, je serai toujours comme cela.

LISETTE, *d'un air un peu fâché*. Oh j'en suis persuadée.

ARLEQUIN. Par bonheur vous ne vous en souciez guère ?

LISETTE. Pourquoi me demandez-vous cela ?

ARLEQUIN. Eh pour le savoir.

---

1. Notre texte résulte d'une correction. Les éditions de 1724, 1730 et 1732-1758 portent *très-fort* au lieu de *très-tort*.

LISETTE, *d'un air naturel.* Je serais bien sotte de vous dire la vérité là-dessus, et une fille doit se taire.

ARLEQUIN, *à part les premiers mots.* Comme elle y va ! Tenez, dans le fond, c'est dommage que vous soyez une si grande coquette.

LISETTE. Moi ?

ARLEQUIN. Vous-même.

LISETTE. Savez-vous bien qu'on n'a jamais dit pareille chose à une femme, et que vous m'insultez ?

ARLEQUIN, *d'un air *naïf.* Point du tout : il n'y a point de mal à voir ce que les gens nous montrent ; ce n'est point moi qui ai tort de vous trouver coquette, c'est vous qui avez tort de l'être, Mademoiselle.

LISETTE, *d'un air un peu vif.* Mais par où voyez-vous donc que je le suis [1] ?

ARLEQUIN. Parce qu'il y a une heure que vous me dites des douceurs, et que vous prenez le tour pour me dire que vous m'aimez. Écoutez, si vous m'aimez tout de bon, retirez-vous vite, afin que cela s'en aille ; car je suis pris, et *naturellement je ne veux pas qu'une fille me fasse l'*amour la première, c'est moi qui veux commencer à le faire à la fille, cela est bien meilleur [2]. Et si vous ne m'aimez pas, eh fi ! Mademoiselle, fi ! fi !

LISETTE. Allez, allez, vous n'êtes qu'un visionnaire.

ARLEQUIN. Comment est-ce que les garçons à la Cour peuvent souffrir ces manières-là dans leurs maîtresses ? Par la morbleu ! qu'une femme est laide quand elle est coquette.

LISETTE. Mais, mon pauvre garçon, vous extravaguez.

ARLEQUIN. Vous parlez de Silvia, c'est cela qui est aimable ; si je vous contais notre amour, vous tomberiez dans l'admiration de sa modestie. Les premiers jours, il fallait voir comme elle se reculait d'auprès de moi, et puis elle reculait plus doucement, et puis petit à petit elle ne reculait plus, ensuite elle me regardait en cachette, et puis elle avait honte quand je l'avais vu faire, et puis moi j'avais un plaisir de roi à voir sa honte ; ensuite j'attrapais sa main, qu'elle me laissait prendre, et puis elle était encore toute confuse ; et puis je lui parlais ; ensuite elle ne me répondait rien, mais n'en pensait pas

---

1. Texte de l'édition originale. Celles de 1730 et 1732-1758 corrigent *que je le suis* en *que je la suis.* Voir la Note grammaticale, article *pronom,* p. 2268. **2.** Paradoxalement, Marivaux s'amusera à faire soutenir la thèse contraire à ses insulaires dans *L'Île de la Raison,* acte II, sc. III.

moins ; ensuite elle me donnait des regards pour des paroles, et puis des paroles qu'elle laissait aller sans y songer, parce que son cœur allait plus vite qu'elle : enfin c'était un charme, aussi j'étais comme un fou. Et voilà ce qui s'appelle une fille ; mais vous ne ressemblez point à Silvia.

LISETTE. En vérité vous me divertissez, vous me faites rire.

ARLEQUIN, *en s'en allant*. Oh ! pour moi, je m'ennuie de vous faire rire à vos dépens : adieu, si tout le monde était comme moi, vous trouveriez plus tôt un merle blanc qu'un amoureux.

Trivelin arrive quand il sort.

Scène VII

ARLEQUIN, LISETTE, TRIVELIN

TRIVELIN, *à Arlequin*. Vous sortez ?

ARLEQUIN. Oui ; cette demoiselle veut que je l'aime, mais il n'y a pas moyen.

TRIVELIN. Allons, allons faire un tour en attendant le dîner, cela vous désennuiera.

Scène VIII

LE PRINCE, FLAMINIA, LISETTE

FLAMINIA, *à Lisette*. Eh bien, nos affaires avancent-elles ? Comment va le cœur d'Arlequin ?

LISETTE, *d'un air fâché*. Il va très brutalement pour moi.

FLAMINIA. Il t'a donc mal reçue ?

LISETTE. Eh fi ! Mademoiselle, vous êtes une coquette : voilà de son style.

LE PRINCE. J'en suis fâché, Lisette : mais il ne faut pas que cela vous chagrine, vous n'en valez pas moins.

LISETTE. Je vous avoue, Seigneur, que si j'étais vaine, je n'aurais pas mon compte ; j'ai des preuves que je puis déplaire, et nous autres femmes nous nous passons bien de ces preuves-là.

FLAMINIA. Allons, allons, c'est maintenant à moi à tenter l'aventure.

LE PRINCE. Puisqu'on ne peut gagner Arlequin, Silvia ne m'aimera jamais.

FLAMINIA. Et moi je vous dis, Seigneur, que j'ai vu Arlequin, qu'il me plaît à moi, que je me suis mise[1] dans la tête de vous rendre content ; que je vous ai promis que vous le seriez ; que je vous tiendrai parole, et que de tout ce que je vous dis là, je n'en rabattrais pas la valeur d'un mot. Oh ! vous ne me connaissez pas. Quoi, Seigneur, Arlequin et Silvia me résisteraient ? Je ne gouvernerais pas deux cœurs de cette espèce-là, moi qui l'ai entrepris, moi qui suis opiniâtre, moi qui suis femme ? c'est tout dire. Eh mais j'irais me cacher, mon sexe me renoncerait. Seigneur, vous pouvez en toute sûreté ordonner les apprêts de votre mariage, vous arranger pour cela ; je vous garantis aimé, je vous garantis marié, Silvia va vous donner son cœur, ensuite sa main ; je l'entends d'ici vous dire : Je vous aime ; je vois vos noces, elles se font ; Arlequin m'épouse, vous nous honorez de vos bienfaits, et voilà qui est fini.

Lisette, *d'un air incrédule*. Tout est fini, rien n'est commencé.

Flaminia. Tais-toi, esprit court.

Le Prince. Vous m'encouragez à espérer ; mais je vous avoue que je ne vois d'apparence à rien.

Flaminia. Je les ferai bien venir, ces apparences, j'ai de bons moyens pour cela ; je vais commencer par aller chercher Silvia, il est temps qu'elle voie Arlequin.

Lisette. Quand ils se seront vus, j'ai bien peur que tes moyens n'aillent mal.

Le Prince. Je pense de même.

Flaminia, *d'un air indifférent*. Eh ! nous ne différons que du oui et du non, ce n'est qu'une bagatelle. Pour moi, j'ai résolu qu'ils se voient librement : sur la liste des mauvais tours que je veux jouer à leur amour, c'est ce tour-là que j'ai mis à la tête.

Le Prince. Faites donc à votre fantaisie.

Flaminia. Retirons-nous, voici Arlequin qui vient.

Scène IX

ARLEQUIN, TRIVELIN *et une suite de valets*

Arlequin. Par parenthèse, dites-moi une chose : il y a une heure que je rêve à quoi servent ces grands drôles bariolés qui nous accompagnent partout. Ces gens-là sont bien curieux !

---

1. Suivant l'usage de Marivaux, toutes les éditions publiées de son vivant (1724, 1730, 1732-1758) portent *mise* pour *mis*. Voir la Note grammaticale, article *participe passé*, p. 2265.

TRIVELIN. Le Prince, qui vous aime, commence par là à vous donner des témoignages de sa bienveillance ; il veut que ces gens-là vous suivent pour vous faire honneur.

ARLEQUIN. Oh ! oh ! c'est donc une marque d'honneur ?

TRIVELIN. Oui sans doute.

ARLEQUIN. Et dites-moi, ces gens-là qui me suivent, qui est-ce qui les suit, eux ?

TRIVELIN. Personne.

ARLEQUIN. Eh vous, n'avez-vous personne aussi ?

TRIVELIN. Non.

ARLEQUIN. On ne vous honore donc pas, vous autres ?

TRIVELIN. Nous ne méritons pas cela.

ARLEQUIN, *en colère et prenant son bâton.* Allons, cela étant, hors d'ici, tournez-moi les talons avec toutes ces canailles-là.

TRIVELIN. D'où vient donc cela ?

ARLEQUIN. Détalez, je n'aime point les gens sans honneur et qui ne méritent pas qu'on les honore [1].

TRIVELIN. Vous ne m'entendez pas.

ARLEQUIN, *en le frappant.* Je m'en vais donc vous parler plus clairement.

TRIVELIN, *en s'enfuyant.* Arrêtez, arrêtez, que faites-vous ?

Arlequin court aussi après les autres valets qu'il chasse, et Trivelin se réfugie dans une coulisse.

Scène X

ARLEQUIN, TRIVELIN

ARLEQUIN *revient sur le théâtre.* Ces maurauds-là ! j'ai eu toutes les peines du monde à les congédier. Voilà une drôle de façon d'honorer un honnête homme, que de mettre une troupe de coquins après lui : c'est se moquer du monde.

Il se retourne et voit Trivelin qui revient.

Mon ami, est-ce que je ne me suis pas bien expliqué ?

---

1. C'est le genre de raisonnement que tient l'Arlequin sauvage de Delisle de la Drévetière. Ainsi : « Si vous avez besoin de lois pour être sages et honnêtes gens, vous êtes fous et coquins naturellement : cela est clair. » (*Arlequin sauvage*, acte I, sc. III.)

TRIVELIN, *de loin*. Écoutez, vous m'avez battu : mais je vous le pardonne, je vous crois un garçon raisonnable.

ARLEQUIN. Vous le voyez bien.

TRIVELIN, *de loin*. Quand je vous dis que nous ne méritons pas d'avoir des gens à notre suite, ce n'est pas que nous manquions d'honneur ; c'est qu'il n'y a que les personnes considérables, les seigneurs, les gens riches, qu'on honore de cette manière-là : s'il suffisait d'être honnête homme, moi qui vous parle, j'aurais après moi une armée de valets.

ARLEQUIN, *remettant sa latte*. Oh ! à présent je vous comprends ; que diantre ! que ne dites-vous les choses[1] comme il faut ? Je n'aurais pas le bras démis, et vos épaules s'en porteraient mieux.

TRIVELIN. Vous m'avez fait mal.

ARLEQUIN. Je le crois bien, c'était mon intention ; par bonheur ce n'est qu'un malentendu, et vous devez être bien aise d'avoir reçu innocemment les coups de bâton que je vous ai donnés. Je vois bien à présent que c'est qu'on fait ici tout l'honneur aux gens considérables, riches, et à celui qui n'est qu'honnête homme, rien.

TRIVELIN. C'est cela même.

ARLEQUIN, *d'un air dégoûté*. Sur ce *pied-là ce n'est pas grand-chose que d'être honoré, puisque cela ne signifie pas qu'on soit honorable.

TRIVELIN. Mais on peut être honorable avec cela.

ARLEQUIN. Ma foi, tout bien compté, vous me ferez plaisir de me laisser là sans compagnie ; ceux qui me verront tout seul me prendront tout d'un coup pour un honnête homme, j'aime autant cela que d'être pris pour un grand seigneur.

TRIVELIN. Nous avons ordre de rester auprès de vous.

ARLEQUIN. Menez-moi donc voir Silvia.

TRIVELIN. Vous serez satisfait, elle va venir... Parbleu je ne vous trompe pas, car la voilà qui entre : adieu, je me retire.

Scène XI

SILVIA, FLAMINIA, ARLEQUIN

SILVIA, *en entrant, accourt avec joie*. Ah le voici ! Eh ! mon cher Arlequin, c'est donc vous ! Je vous revois donc ! Le pauvre enfant ! que je suis aise !

---

1. *Les choses* est corrigé en *la chose* à partir de l'édition de 1730.

ARLEQUIN, *tout étouffé de joie*. Et moi aussi. *(Il prend respiration.)* Oh ! oh ! je me meurs de joie.

SILVIA. Là, là, mon fils, doucement ; comme il m'aime, quel plaisir d'être aimée comme cela !

FLAMINIA, *en les regardant tous deux*. Vous me ravissez tous deux, mes chers enfants, et vous êtes bien aimables de vous être si fidèles. *(Et comme tout bas.)* Si quelqu'un m'entendait dire cela, je serais perdue : mais dans le fond du cœur je vous estime, et je vous plains.

SILVIA, *lui répondant*. Hélas ! c'est que vous êtes un bon cœur. J'ai bien soupiré, mon cher Arlequin.

ARLEQUIN, *tendrement et lui prenant la main*. M'aimez-vous toujours ?

SILVIA. Si je vous aime ! Cela se demande-t-il ? est-ce une question à faire ?

FLAMINIA, *d'un air naturel à Arlequin*. Oh ! pour cela, je puis vous certifier sa tendresse. Je l'ai vue au désespoir, je l'ai vue pleurer [1] de votre absence ; elle m'a touchée moi-même, je mourais d'envie de vous voir ensemble ; vous voilà : adieu, mes amis, je m'en vais, car vous m'attendrissez ; vous me faites tristement ressouvenir d'un *amant que j'avais, et qui est mort ; il avait de l'air d'Arlequin, et je ne l'oublierai jamais. Adieu, Silvia, on m'a mise auprès de vous, mais je ne vous desservirai point. Aimez toujours Arlequin, il le mérite ; et vous, Arlequin, quelque chose qu'il arrive, regardez-moi comme une amie, comme une personne qui voudrait pouvoir vous obliger, je ne négligerai rien pour cela.

ARLEQUIN, *doucement*. Allez, Mademoiselle, vous êtes une fille de bien ; je suis votre ami aussi, moi ; je suis fâché de la mort de votre amant, c'est bien dommage que vous soyez affligée, et nous aussi.

Flaminia sort.

Scène XII

ARLEQUIN, SILVIA

SILVIA, *d'un air plaintif*. Eh bien, mon cher Arlequin ?
ARLEQUIN. Eh bien, mon âme ?

---

1. L'accord du participe passé est ici fait par analogie avec le membre de phrase précédent *(je l'ai vue au désespoir)*. Voir la Note grammaticale, article *participe passé*, p. 2265.

SILVIA. Nous sommes bien malheureux.

ARLEQUIN. Aimons-nous toujours ; cela nous aidera à prendre patience.

SILVIA. Oui, mais notre amitié, que deviendra-t-elle ? Cela m'inquiète.

ARLEQUIN. Hélas ! mamour, je vous dis de prendre patience, mais je n'ai pas plus de courage que vous. *(Il lui prend la main.)* Pauvre petit trésor à moi, ma mie ; il y a trois jours que je n'ai vu ces beaux yeux-là, regardez-moi toujours pour me récompenser.

SILVIA, *d'un air inquiet.* Ah ! j'ai bien des choses à vous dire ! j'ai peur de vous perdre ; j'ai peur qu'on ne vous fasse quelque mal par méchanceté de jalousie ; j'ai peur que vous ne soyez trop longtemps sans me voir, et que vous ne vous y accoutumiez.

ARLEQUIN. Petit cœur, est-ce que je m'accoutumerais à être malheureux ?

SILVIA. Je ne veux point que vous m'oubliiez ; je ne veux point non plus que vous enduriez rien à cause de moi ; je ne sais point dire ce que je veux, je vous aime trop, c'est une pitié que mon embarras, tout me chagrine.

ARLEQUIN *pleure.* Hi ! hi ! hi ! hi !

SILVIA, *tristement.* Oh bien, Arlequin, je m'en vais donc pleurer aussi, moi.

ARLEQUIN. Comment voulez-vous que je m'empêche de pleurer, puisque vous voulez être si triste ? si vous aviez un peu de compassion pour moi, est-ce que vous seriez si affligée ?

SILVIA. Demeurez donc en repos, je ne vous dirai plus que je suis chagrine.

ARLEQUIN. Oui ; mais je devinerai que vous l'êtes ; il faut me promettre que vous ne le serez plus.

SILVIA. Oui, mon fils : mais promettez-moi aussi que vous m'aimerez toujours.

ARLEQUIN, *en s'arrêtant tout court pour la regarder.* Silvia, je suis votre *amant, vous êtes ma *maîtresse, retenez-le bien, car cela est vrai, et tant que je serai en vie, cela ira toujours le même train, cela ne branlera pas, je mourrai de compagnie avec cela. Ah çà, dites-moi le serment que vous voulez que je vous fasse ?

SILVIA, *bonnement* [1]. Voilà qui va bien, je ne sais point de ser-

---

1. Cette indication, disparue de l'édition Briasson (1732-1758), n'avait jamais été rétablie. Elle est importante, car par ce mot de *bonnement* (« de bonne foi », selon Richelet), Marivaux insiste auprès des interprètes pour qu'ils ne mettent aucune arrière-pensée dans le propos de Silvia.

ments ; vous êtes un garçon d'honneur, j'ai votre amitié, vous avez la mienne, je ne la reprendrai pas. À qui est-ce que je la porterais ? N'êtes-vous pas le plus joli garçon qu'il y ait ? Y a-t-il quelque fille qui puisse vous aimer autant que moi ? Eh bien, n'est-ce pas assez ? Nous en faut-il davantage ? Il n'y a qu'à rester comme nous sommes, il n'y aura pas besoin de serments.

ARLEQUIN. Dans cent ans d'ici, nous serons tout de même.

SILVIA. Sans doute.

ARLEQUIN. Il n'y a donc rien à craindre, ma mie, tenons-nous joyeux.

SILVIA. Nous souffrirons peut-être un peu, voilà tout.

ARLEQUIN. C'est une bagatelle ; quand on a un peu *pâti, le plaisir en semble meilleur.

SILVIA. Oh ! pourtant, je n'aurais que faire de pâtir pour être bien aise, moi.

ARLEQUIN. Il n'y aura qu'à ne pas songer que nous *pâtissons.

SILVIA, *en le regardant tendrement*. Ce cher petit homme, comme il m'encourage !

ARLEQUIN, *tendrement*. Je ne m'embarrasse que de vous.

SILVIA, *en le regardant*. Où est-ce qu'il prend tout ce qu'il me dit ? Il n'y a que lui au monde comme cela ; mais aussi il n'y a que moi pour vous aimer, Arlequin.

ARLEQUIN *saute d'aise*. C'est comme du miel, ces paroles-là.

En même temps viennent [1] *Flaminia et Trivelin.*

Scène XIII

ARLEQUIN, SILVIA, FLAMINIA, TRIVELIN

TRIVELIN, *à Silvia*. Je suis au désespoir de vous interrompre : mais votre mère vient d'arriver, mademoiselle Silvia, et elle demande instamment à vous parler.

SILVIA, *regardant Arlequin*. Arlequin, ne me quittez pas, je n'ai rien de secret pour vous.

ARLEQUIN, *la prenant sous le bras*. Marchons, ma petite.

FLAMINIA, *d'un air de confiance, et s'approchant d'eux*. Ne craignez rien, mes enfants ; allez toute seule trouver votre mère, ma

---

1. L'édition originale porte *vient*.

chère Silvia ; cela sera plus séant. Vous êtes libres de vous voir autant qu'il vous plaira, c'est moi qui vous en assure, vous savez bien que je ne voudrais pas vous tromper.

ARLEQUIN. Oh non ; vous êtes de notre parti, vous.

SILVIA. Adieu donc, mon fils, je vous rejoindrai bientôt.

Elle sort.

ARLEQUIN, *à Flaminia qui veut s'en aller, et qu'il arrête.* Notre amie, pendant qu'elle sera là, restez avec moi, pour empêcher que je ne m'ennuie ; il n'y a ici que votre compagnie que je puisse endurer.

FLAMINIA, *comme en secret.* Mon cher Arlequin, la vôtre me fait bien du plaisir aussi : mais j'ai peur qu'on ne s'aperçoive de l'amitié que j'ai pour vous.

TRIVELIN. Seigneur Arlequin, le dîner est prêt.

ARLEQUIN, *tristement.* Je n'ai point de faim.

FLAMINIA, *d'un air d'amitié.* Je veux que vous mangiez, vous en avez besoin.

ARLEQUIN, *doucement.* Croyez-vous ?

FLAMINIA. Oui.

ARLEQUIN. Je ne saurais. *(À Trivelin.)* La soupe est-elle bonne ?

TRIVELIN. Exquise.

ARLEQUIN. Hum, il faut attendre Silvia ; elle aime le potage.

FLAMINIA. Je crois qu'elle dînera avec sa mère ; vous êtes le maître pourtant : mais je vous conseille de les laisser ensemble, n'est-il pas vrai ? Après dîner vous la verrez.

ARLEQUIN. Je veux bien : mais mon appétit n'est pas encore ouvert.

TRIVELIN. Le vin est au frais, et le rôt tout prêt.

ARLEQUIN. Je suis si triste... Ce rôt est donc friand ?

TRIVELIN. C'est du gibier qui a une mine...

ARLEQUIN. Que de chagrins ! Allons donc ; quand la viande est froide, elle ne vaut rien.

FLAMINIA. N'oubliez pas de boire à ma santé.

ARLEQUIN. Venez boire à la mienne, à cause de la connaissance.

FLAMINIA. Oui-da, de tout mon cœur, j'ai une demi-heure à vous donner.

ARLEQUIN. Bon, je suis content de vous [1].

---

1. Ici se plaçait la première partie d'un divertissement disparu sans doute très tôt, puisqu'il n'en est question dans aucune édition. Nous le reproduisons d'après le *Recueil des Divertissements du Nouveau Théâtre-Italien.* Un traiteur, qui conduit une troupe de valets portant des plats, chante les paroles

ACTE II

Scène première

FLAMINIA, SILVIA

SILVIA. Oui, je vous crois, vous paraissez me vouloir du bien ; aussi vous voyez que je ne souffre que vous, je regarde tous les autres comme mes ennemis. Mais où est Arlequin ?

FLAMINIA. Il va venir, il dîne encore.

SILVIA. C'est quelque chose d'épouvantable que ce pays-ci ! Je n'ai jamais vu de femmes si civiles, des hommes si *honnêtes, ce sont des manières si douces, tant de révérences, tant de compliments, tant de signes d'amitié, vous diriez que ce sont les meilleures gens du monde, qu'ils sont pleins de cœur et de conscience ; point du tout, de tous ces gens-là, il n'y en a pas un qui ne vienne me dire d'un air prudent : Mademoiselle, croyez-moi, je vous conseille d'abandonner Arlequin, et d'épouser le Prince. Mais ils me conseillent cela tout naturellement, sans avoir honte, non plus que s'ils m'exhortaient à quelque bonne action. Mais, leur dis-je, j'ai promis à Arlequin ; où est la fidélité, la probité, la bonne foi ? Ils ne m'entendent pas ; ils ne savent ce que c'est que tout cela, c'est tout comme si je leur parlais grec ; ils me rient au nez, me disent que je fais l'enfant, qu'une grande fille doit avoir de la raison : Eh ! cela n'est-il pas joli ? Ne valoir rien, tromper son prochain, lui manquer de parole, être fourbe et mensonger, voilà le devoir des grandes personnes de ce maudit endroit-ci. Qu'est-ce que c'est que ces gens-là ? D'où sortent-ils ? De quelle pâte sont-ils ?

FLAMINIA. De la pâte des autres hommes, ma chère Silvia ; que cela ne vous étonne pas, ils s'imaginent que ce serait votre bonheur que le mariage du Prince.

SILVIA. Mais ne suis-je pas obligée d'être fidèle ? N'est-ce pas mon

suivantes : « Par le fumet de ces chapons, / Par ces gigots, par ma poularde, / Par la liqueur de ces flacons, / Par nos ragoûts à la moutarde, / Par la vertu de ces jambons / Je te conjure, âme gourmande, / De venir avaler la viande / Que dévorent tes yeux gloutons. / Ami tu ne peux plus attendre, / Viens, ce rôt a charmé ton cœur, / Je reconnois à ton air tendre *(bis)* / L'excès de ta friande ardeur. / Suis-nous, il est temps de te rendre. / Viens goûter la douceur / De *gruger ton vainqueur. / Il est temps de te rendre. / Viens goûter la douceur / De gruger ton vainqueur. »

devoir d'honnête fille ? et quand on ne fait pas son devoir, est-on heureuse ? Par-dessus le marché, cette fidélité n'est-elle pas mon charme[1] ? Et on a le courage de me dire : Là, fais un mauvais tour, qui ne te rapportera que du mal, perds ton plaisir et ta bonne foi. Et parce que je ne veux pas, moi, on me trouve dégoûtée.

FLAMINIA. Que voulez-vous ? ces gens-là pensent à leur façon, et souhaiteraient que le Prince fût content.

SILVIA. Mais ce Prince, que ne prend-il une fille qui se rende à lui de bonne volonté ? Quelle fantaisie d'en vouloir une qui ne veut pas de lui ? Quel goût trouve-t-il à cela ? Car c'est un abus que tout ce qu'il fait, tous ces concerts, ces comédies, ces grands repas qui ressemblent à des noces, ces bijoux qu'il m'envoie , tout cela lui coûte un argent infini, c'est un abîme, il se ruine ; demandez-moi ce qu'il y gagne ? Quand il me donnerait toute la boutique d'un mercier, cela ne me ferait pas tant de plaisir qu'un petit peloton qu'Arlequin m'a donné.

FLAMINIA. Je n'en doute pas, voilà ce que c'est que l'amour ; j'ai aimé de même, et je me reconnais au petit peloton[2].

SILVIA. Tenez, si j'avais eu à changer Arlequin contre un autre, ç'aurait été contre un officier du palais, qui m'a vue cinq ou six fois, et qui est d'aussi bonne *façon qu'on puisse être : il y a bien à *tirer si le Prince le vaut ; c'est dommage que je n'aie pu l'aimer dans le fond, et je le plains plus que le Prince.

FLAMINIA, *souriant en cachette*. Oh ! Silvia, je vous assure que vous plaindrez le Prince autant que lui quand vous le connaîtrez.

SILVIA. Eh bien, qu'il tâche de m'oublier, qu'il me renvoie, qu'il voie d'autres filles ; il y en a ici qui ont leur *amant tout comme moi : mais cela ne les empêche pas d'aimer tout le monde, j'ai bien vu que cela ne leur coûte rien : mais pour moi, cela m'est impossible.

FLAMINIA. Eh ma chère enfant, avons-nous rien ici qui vous vaille, rien qui approche de vous ?

SILVIA, *d'un air modeste*. Oh que si, il y en a de plus jolies que moi ; et quand elles seraient la moitié moins jolies, cela leur fait plus

---

1. Ces mots de Silvia sont à peser. En somme, elle reste fidèle à Arlequin par devoir, pour la satisfaction que ce devoir accompli lui apporte, et parce que cette fidélité fait une partie de son charme.   2. Flaminia commence à s'insinuer dans l'esprit de Silvia au nom de cette complicité des femmes à laquelle elle aura encore plusieurs fois recours, et notamment acte II, scène XI.

de profit qu'à moi d'être tout à fait belle : j'en vois ici de laides qui font si bien aller leur visage, qu'on y est trompé.

FLAMINIA. Oui, mais le vôtre va tout seul, et cela est charmant.

SILVIA. Bon, moi, je ne parais rien, je suis toute d'une pièce auprès d'elles, je demeure là, je ne vais ni ne viens ; au lieu qu'elles, elles sont[1] d'une humeur joyeuse, elles ont des yeux qui caressent tout le monde, elles ont une mine hardie, une beauté libre qui ne se gêne point, qui est sans façon ; cela plaît davantage que non pas[2] une honteuse comme moi, qui n'ose regarder les gens et qui est[3] confuse qu'on la trouve belle.

FLAMINIA. Eh ! voilà justement ce qui touche le Prince, voilà ce qu'il estime ; c'cst cette ingénuité, cette beauté simple, ce sont ces grâces naturelles : Eh ! croyez-moi, ne louez pas tant les femmes d'ici, car elles ne vous louent guère.

SILVIA. Qu'est-ce donc qu'elles disent ?

FLAMINIA. Des impertinences ; elles se moquent de vous, raillent le Prince, lui demandent comment se porte sa beauté rustique. Y a-t-il de visage plus commun disaient l'autre jour ces jalouses entre elles ; de taille plus gauche ? Là-dessus l'une vous prenait par les yeux, l'autre par la bouche ; il n'y avait pas jusqu'aux hommes qui ne vous trouvaient pas trop jolie ; j'étais dans une colère...

SILVIA, *fâchée*. Pardi, voilà de vilains hommes, de trahir comme cela leur pensée pour plaire à ces sottes-là.

FLAMINIA. Sans difficulté.

SILVIA. Que je les[4] hais, ces femmes-là ! Mais puisque je suis si peu agréable à leur compte, pourquoi donc est-ce que le Prince m'aime et qu'il les laisse là ?

FLAMINIA. Oh ! elles sont persuadées qu'il ne vous aimera pas long-temps, que c'est un caprice qui lui passera, et qu'il en rira tout le premier.

SILVIA, *piquée, et après avoir un peu regardé Flaminia*. Hum ! elles sont bien heureuses que j'aime Arlequin, sans cela j'aurais grand plaisir à les faire mentir, ces babillardes-là.

---

1. *Elles sont* est corrigé à tort en *je les vois* dans les éditions modernes. **2.** L'emploi de la négation pleine après un comparatif, que l'on ne trouve plus de nos jours que dans le Centre et le Midi, appartenait au XVIIe siècle à la langue populaire de la région parisienne. On le rencontre plusieurs fois dans le recueil de Gherardi. C'est encore un des traits significatifs de la langue de Silvia.   **3.** Pour l'accord en personne, voir la Note grammaticale, article *accord*, p. 2267.   **4.** Le mot *les* est supprimé à partir de l'édition de 1730.

FLAMINIA. Ah ! qu'elles mériteraient bien d'être punies ! Je leur ai dit : Vous faites ce que vous pouvez pour faire renvoyer Silvia et pour plaire au Prince ; et si elle voulait, il ne daignerait pas vous regarder.

SILVIA. Pardi, vous voyez bien ce qu'il en est, il ne tient qu'à moi de les confondre.

FLAMINIA. Voilà de la compagnie qui vous vient.

SILVIA. Eh ! je crois que c'est cet officier dont je vous ai parlé, c'est lui-même. Voyez la belle physionomie d'homme !

Scène II

LE PRINCE, *sous le nom d'officier du palais, et* LISETTE, *sous le nom de dame de la Cour, et les acteurs précédents*

Le Prince, en voyant Silvia, salue avec beaucoup de soumission.

SILVIA. Comment, vous voilà, Monsieur ? Vous saviez donc bien que j'étais ici ?

LE PRINCE. Oui, Mademoiselle, je le savais ; mais vous m'aviez dit de ne plus vous voir, et je n'aurais osé paraître sans Madame, qui a souhaité que je l'accompagnasse, et qui a obtenu du Prince l'honneur de vous faire la révérence.

La dame ne dit mot, et regarde seulement Silvia avec attention ; Flaminia et elle se font des mines.

SILVIA, *doucement*. Je ne suis pas fâchée de vous revoir, et vous me retrouvez bien triste. À l'égard de cette dame, je la remercie de la volonté qu'elle a de me faire une révérence, je ne mérite pas cela ; mais qu'elle me la fasse, puisque c'est son désir, je lui en rendrai une comme je pourrai, elle excusera si je la fais mal.

LISETTE. Oui, ma mie, je vous excuserai de bon cœur, je ne vous demande pas l'impossible.

SILVIA, *répétant d'un air fâché, et à part, et faisant une révérence*. Je ne vous demande pas l'impossible, quelle manière de parler !

LISETTE. Quel âge avez-vous, ma fille ?

SILVIA. Je l'ai oublié, ma mère.

FLAMINIA, *à Silvia*. Bon.

Le Prince paraît [1], *et affecte d'être surpris.*

LISETTE. Elle se fâche, je pense ?

LE PRINCE. Mais, Madame, que signifient ces discours-là ? Sous prétexte de venir saluer Silvia, vous lui faites une insulte !

LISETTE. Ce n'est pas mon dessein ; j'avais la curiosité de voir cette petite fille qu'on aime tant, qui fait naître une si forte passion ; et je cherche ce qu'elle a de si aimable. On dit qu'elle est *naïve, c'est un agrément campagnard qui doit la rendre amusante, priez-la de nous donner quelques traits de naïveté ; voyons son esprit.

SILVIA. Eh non, Madame, ce n'est pas la peine, il n'est pas si plaisant [2] que le vôtre.

LISETTE, *riant*. Ah ! ah ! vous demandiez du *naïf, en voilà.

LE PRINCE. Allez-vous-en, Madame.

SILVIA. Cela m'impatiente à la fin, et si elle ne s'en va, je me fâcherai tout de bon.

LE PRINCE, *à Lisette*. Vous vous repentirez de votre procédé.

LISETTE, *en se retirant d'un air dédaigneux*. Adieu ; un pareil objet me venge assez de celui qui en a fait choix.

Scène III

LE PRINCE, FLAMINIA, SILVIA

FLAMINIA. Voilà une créature bien effrontée !

SILVIA. Je suis outrée, j'ai bien affaire qu'on m'enlève pour se moquer de moi ; chacun a son prix, ne semble-t-il pas que je ne vaille pas bien ces femmes-là ? je ne voudrais pas être changée contre elles.

FLAMINIA. Bon, ce sont des compliments que les injures de cette jalouse-là.

LE PRINCE. Belle Silvia, cette femme-là nous a trompés, le Prince et moi ; vous m'en voyez au désespoir, n'en doutez pas. Vous savez que je suis pénétré de respect pour vous ; vous connaissez mon cœur, je venais ici pour me donner la satisfaction de vous voir, pour jeter encore une fois les yeux sur une personne si chère, et recon-

---

1. Il était donc retiré dans un coin du théâtre, peut-être avec Flaminia, qui prête attention la première à la façon dont tourne la conversation de Silvia et de Lisette.   **2.** On retrouvera le même jeu sur *plaisant* dans la bouche de la Silvia du *Jeu de l'amour et du hasard*, acte I, scène VIII, p. 900.

naître notre souveraine ; mais je ne prends pas garde que je me découvre, que Flaminia m'écoute, et que je vous importune encore.

FLAMINIA, *d'un air naturel*. Quel mal faites-vous ? ne sais-je pas bien qu'on ne peut la voir sans l'aimer ?

SILVIA. Et moi, je voudrais qu'il ne m'aimât pas, car j'ai du chagrin de ne pouvoir lui rendre le change ; encore si c'était un homme comme tant d'autres, à qui on dit ce qu'on veut ; mais il est trop agréable pour qu'on le maltraite, lui, et il a toujours été comme vous le voyez.

LE PRINCE. Ah ! que vous êtes obligeante, Silvia ! Que puis-je faire pour mériter ce que vous venez de me dire, si ce n'est de vous aimer toujours !

SILVIA. Eh bien ! aimez-moi, à la bonne heure, j'y aurai du plaisir, pourvu que vous promettiez de prendre votre mal en patience ; car je ne saurais mieux faire, en vérité : Arlequin est venu le premier, voilà tout ce qui vous nuit. Si j'avais deviné que vous viendriez après lui, en bonne foi je vous aurais attendu ; mais vous avez du malheur, et moi je ne suis pas *heureuse.

LE PRINCE. Flaminia, je vous en fais juge, pourrait-on cesser d'aimer Silvia ? Connaissez-vous de cœur plus compatissant, plus généreux que le sien ? Non, la tendresse d'une autre me toucherait moins que la seule bonté qu'elle a de me plaindre.

SILVIA, *à Flaminia*. Et moi, je vous en fais juge aussi ; là, vous l'entendez, comment se comporter avec un homme qui me remercie toujours, qui prend tout ce qu'on lui dit en bien ?

FLAMINIA. Franchement, il a raison, Silvia, vous êtes charmante, et à sa place je serais tout comme il est.

SILVIA. Ah çà ! n'allez-vous pas l'attendrir encore, il n'a pas besoin qu'on lui dise tant que je suis jolie, il le croit assez. *(À Lélio.)* Croyez-moi, tâchez de m'aimer tranquillement, et vengez-moi de cette femme qui m'a injuriée.

LE PRINCE. Oui, ma chère Silvia, j'y cours ; à mon égard, de quelque façon que vous me traitiez, mon parti est pris, j'aurai du moins le plaisir de vous aimer toute ma vie.

SILVIA. Oh ! je m'en doutais bien, je vous connais.

FLAMINIA. Allez, Monsieur, hâtez-vous d'informer le Prince du mauvais procédé de la dame en question ; il faut que tout le monde sache ici le respect qui est dû à Silvia.

LE PRINCE. Vous aurez bientôt de mes nouvelles.

Il sort.

Scène IV

FLAMINIA, SILVIA

FLAMINIA. Vous, ma chère, pendant que je vais chercher Arlequin, qu'on retient peut-être un peu trop longtemps à table, allez essayer l'habit qu'on vous a fait, il me tarde de vous le voir.

SILVIA. Tenez, l'étoffe est belle, elle m'ira bien ; mais je ne veux point de tous ces habits-là, car le Prince me veut en troc, et jamais nous ne finirons ce marché-là.

FLAMINIA. Vous vous trompez ; quand il vous quitterait, vous emporteriez tout ; vraiment, vous ne le connaissez pas.

SILVIA. Je m'en vais donc sur votre parole ; pourvu qu'il ne me dise pas après : Pourquoi as-tu pris mes présents ?

FLAMINIA. Il vous dira : Pourquoi n'en avoir pas pris davantage ?

SILVIA. En ce cas-là, j'en prendrai tant qu'il voudra, afin qu'il n'ait rien à me dire.

FLAMINIA. Allez, je réponds de tout.

Scène V

FLAMINIA ; ARLEQUIN, *tout éclatant de rire,*
entre avec TRIVELIN

FLAMINIA, *à part*. Il me semble que les choses commencent à prendre forme ; voici Arlequin. En vérité, je ne sais, mais si ce petit homme venait à m'aimer, j'en profiterais de bon cœur.

ARLEQUIN, *riant*. Ah ! ah ! ah ! Bonjour, mon amie.

FLAMINIA, *en souriant*. Bonjour, Arlequin ; dites-moi donc de quoi vous riez, afin que j'en rie aussi ?

ARLEQUIN. C'est que mon valet Trivelin, que je ne paye point, m'a mené par toutes les chambres de la maison, où l'on trotte comme dans les rues, où l'on jase comme dans notre halle, sans que le maître de la maison s'embarrasse de tous ces *visages-là, et qui viennent chez lui sans lui donner le bonjour, qui vont le voir manger, sans qu'il leur dise : Voulez-vous boire un coup ? Je me divertissais de ces originaux-là en revenant, quand j'ai vu un grand coquin qui a levé l'habit d'une dame par-derrière. Moi, j'ai cru qu'il lui faisait quelque niche, et je lui ai dit *bonnement : Arrêtez-vous, polisson, vous badinez *malhonnêtement. Elle, qui m'a entendu, s'est retournée et m'a dit : Ne voyez-vous pas bien qu'il me porte la queue ? Et pourquoi vous la laissez-vous porter, cette queue ? ai-je repris. Sur cela le polisson s'est mis à rire, la dame riait, Trivelin riait, tout le monde riait : par compagnie je me suis mis à rire aussi. À cette heure je vous demande pourquoi nous avons ri, tous [1] ?

FLAMINIA. D'une bagatelle : c'est que vous ne savez pas que ce que vous avez vu faire à ce laquais est un usage pour les dames.

ARLEQUIN. C'est donc encore un honneur ?

FLAMINIA. Oui, vraiment.

ARLEQUIN. Pardi, j'ai donc bien fait d'en rire ; car cet honneur-là est bouffon et à bon marché.

FLAMINIA. Vous êtes gai, j'aime à vous voir comme cela ; avez-vous bien mangé depuis que je vous ai quitté ?

ARLEQUIN. Ah ! morbleu, qu'on a apporté de friandes *drogues ! Que le cuisinier d'ici fait de bonnes fricassées ! Il n'y a pas moyen de tenir contre sa cuisine ; j'ai tant bu à la santé de Silvia et de vous, que si vous êtes malades, ce ne sera pas ma faute.

FLAMINIA. Quoi ! vous vous êtes encore ressouvenu de moi ?

ARLEQUIN. Quand j'ai donné mon amitié à quelqu'un, jamais je ne l'oublie, surtout à table. Mais à propos de Silvia, est-elle encore avec sa mère ?

TRIVELIN. Mais, seigneur Arlequin, songerez-vous toujours à Silvia ?

ARLEQUIN. Taisez-vous quand je parle.

FLAMINIA. Vous avez tort, Trivelin.

TRIVELIN. Comment, j'ai tort !

FLAMINIA. Oui ; pourquoi l'empêchez-vous de parler de ce qu'il aime ?

TRIVELIN. À ce que je vois, Flaminia, vous vous souciez beaucoup des intérêts du Prince !

FLAMINIA, *comme épouvantée*. Arlequin, cet homme-là me fera des affaires à cause de vous.

ARLEQUIN, *en colère*. Non, ma bonne. (*À Trivelin.*) Écoute, je suis ton maître, car tu me l'as dit ; je n'en savais rien, fainéant que tu es ! S'il t'arrive de faire le rapporteur, et qu'à cause de toi on fasse seulement la moue à cette honnête fille-là, c'est deux oreilles que tu auras de moins : je te les garantis dans ma poche.

---

1. Cette scène est dans le genre d'*Arlequin sauvage*. Elle exprime l'étonnement de l'être selon la nature devant les coutumes qu'il ne comprend pas. Dans la pièce de Delisle, le sauvage, prêt à scalper un marchand qui lui a déplu, se trouve tout surpris de ne tenir dans sa main qu'une perruque.

TRIVELIN. Je ne suis pas à cela près, et je veux faire mon devoir.

ARLEQUIN. Deux oreilles, entends-tu bien à présent ? Va-t'en.

TRIVELIN. Je vous pardonne tout à vous, car enfin il le faut : mais vous me le paierez, Flaminia [1].

Arlequin veut retourner sur lui, et Flaminia l'arrête ; quand il est revenu, il dit.

Scène VI

ARLEQUIN, FLAMINIA

ARLEQUIN. Cela est terrible ! Je n'ai trouvé ici qu'une personne qui entende la raison, et l'on vient chicaner ma conversation avec elle. Ma chère Flaminia, à présent, parlons de Silvia à notre aise ; quand je ne la vois point, il n'y a qu'avec vous que je m'en passe.

FLAMINIA, *d'un air simple.* Je ne suis point ingrate, il n'y a rien que je ne fisse pour vous rendre contents tous deux ; et d'ailleurs vous êtes si estimable, Arlequin, quand je vois qu'on vous chagrine, je souffre autant que vous.

ARLEQUIN. La bonne sorte de fille ! Toutes les fois que vous me plaignez, cela m'apaise, je suis la moitié moins fâché d'être triste.

FLAMINIA. Pardi, qui est-ce qui ne vous plaindrait pas ? Qui est-ce qui ne s'intéresserait pas à vous ? Vous ne connaissez pas ce que vous valez, Arlequin.

ARLEQUIN. Cela se peut bien, je n'y ai jamais regardé de si près.

FLAMINIA. Si vous saviez combien il m'est cruel de n'avoir point de pouvoir ! si vous lisiez dans mon cœur !

ARLEQUIN. Hélas ! je ne sais point lire, mais vous me l'expliqueriez [2]. Par la *mardi, je voudrais n'être plus affligé, quand ce ne serait que pour l'amour [3] du souci que cela vous donne ; mais cela viendra.

---

1. *(Il sort.)* Rappelons qu'il n'y a pas ici de changement de scène dans les éditions de 1724 et 1730.   **2.** Type de plaisanterie traditionnel dans les rôles d'Arlequin, et dans lequel une expression figurée est reprise au sens propre. Comparer, dans *La Cause des femmes*, de Delosme de Monchenai : « *Isabelle :* Sur quel pied prétendez-vous entrer chez moi ? *Arlequin :* Ma foi, sur l'un et sur l'autre. » Noter que l'édition de 1730 change *hélas !* en *hé !* En outre, celle de 1732-1758 et les éditions suivantes transforment *expliqueriez* en *expliquerez.*   **3.** Dans l'ancienne langue, *pour l'amour de* signifie simplement *à cause de.* S'il n'y a donc pas ici à proprement parler impropriété, il reste que l'expression est sans doute plaisante aux yeux de Marivaux.

FLAMINIA, *d'un ton triste*. Non, je ne serai jamais témoin de votre contentement, voilà qui est fini ; Trivelin causera, l'on me séparera d'avec vous, et que sais-je, moi, où l'on m'emmènera ? Arlequin, je vous parle peut-être pour la dernière fois, et il n'y a plus de plaisir pour moi dans le monde.

ARLEQUIN, *triste*. Pour la dernière fois ! J'ai donc bien du guignon ! Je n'ai qu'une pauvre maîtresse, ils me l'ont emportée, vous emporteraient-ils encore ? et où est-ce que je prendrai du courage pour endurer tout cela ? Ces gens-là croient-ils que j'ai un cœur de fer ? ont-ils entrepris mon trépas ? seront-ils si barbares ?

FLAMINIA. En tout cas, j'espère que vous n'oublierez jamais Flaminia, qui n'a rien tant souhaité que votre bonheur.

ARLEQUIN. Ma mie, vous me gagnez le cœur ; conseillez-moi dans ma peine, *avisons-nous, quelle est votre pensée ? Car je n'ai point d'esprit, moi, quand je suis fâché ; il faut que j'aime Silvia, il faut que je vous garde, il ne faut pas que mon amour *pâtisse de notre amitié, ni notre amitié de mon amour, et me voilà bien embarrassé.

FLAMINIA. Et moi bien malheureuse. Depuis que j'ai perdu mon *amant, je n'ai eu de repos qu'en votre compagnie, je respire avec vous ; vous lui ressemblez tant, que je crois quelquefois lui parler ; je n'ai vu dans le monde que vous et lui de si aimables.

ARLEQUIN. Pauvre fille ! il est fâcheux que j'aime Silvia, sans cela je vous donnerais de bon cœur la ressemblance de votre amant. C'était donc un joli garçon ?

FLAMINIA. Ne vous ai-je pas dit qu'il était fait comme vous, que vous êtes son portrait ?

ARLEQUIN. Eh vous l'aimiez donc beaucoup ?

FLAMINIA. Regardez-vous, Arlequin, voyez combien vous méritez d'être aimé, et vous verrez combien je l'aimais.

ARLEQUIN. Je n'ai vu personne répondre si doucement que vous, votre amitié se met partout ; je n'aurais jamais cru être si joli que vous le dites ; mais puisque vous aimiez tant ma copie, il faut bien croire que l'original mérite quelque chose.

FLAMINIA. Je crois que vous m'auriez encore plu davantage ; mais je n'aurais pas été assez belle pour vous.

ARLEQUIN, *avec feu*. Par la *sambille, je vous trouve charmante avec cette pensée-là.

FLAMINIA. Vous me troublez, il faut que je vous quitte ; je n'ai que trop de peine à m'arracher d'auprès de vous : mais où cela nous conduirait-il ? Adieu, Arlequin, je vous verrai toujours, si on me le permet ; je ne sais où je suis[1].

ARLEQUIN. Je suis tout de même.

FLAMINIA. J'ai trop de plaisir à vous voir.

ARLEQUIN. Je ne vous refuse pas ce plaisir-là, moi, regardez-moi à votre aise, je vous rendrai la pareille.

FLAMINIA, *s'en allant*. Je n'oserais : adieu.

ARLEQUIN, *seul*. Ce pays-ci n'est pas digne d'avoir cette fille-là ; si par quelque malheur Silvia venait à manquer, dans mon désespoir je crois que je me retirerais avec elle.

Scène VII

TRIVELIN *arrive avec* UN SEIGNEUR *qui vient derrière lui.* ARLEQUIN

TRIVELIN. Seigneur Arlequin, n'y a-t-il point de risque à reparaître ? N'est-ce point compromettre mes épaules ? Car vous jouez merveilleusement de votre épée de bois.

ARLEQUIN. Je serai bon, quand vous serez sage.

TRIVELIN. Voilà un seigneur qui demande à vous parler.

Le Seigneur approche, et fait des révérences, qu'Arlequin lui rend[2].

ARLEQUIN, *à part*. J'ai vu cet homme-là quelque part.

LE SEIGNEUR. Je viens vous demander une grâce ; mais ne vous incommodé-je point, monsieur Arlequin ?

ARLEQUIN. Non, Monsieur, vous ne me faites ni bien ni mal, en vérité. *(Et voyant le Seigneur qui se couvre.)* Vous n'avez seulement qu'à me dire si je dois aussi mettre mon chapeau.

LE SEIGNEUR. De quelque façon que vous soyez, vous me ferez honneur.

ARLEQUIN, *se couvrant*. Je vous crois, puisque vous le dites. Que souhaite de moi Votre Seigneurie ? Mais ne me faites point de compliments, ce serait *autant de perdu, car je n'en sais point rendre.

---

1. Marivaux dit indifféremment *je ne sais où je suis* et *je ne sais où j'en suis*. Les éditeurs, depuis le XIXᵉ siècle, ont généralisé la seconde tournure. Cf. p. 289, note 1, etc. **2.** On imagine quels lazzi Arlequin peut tirer de ces révérences.

LE SEIGNEUR. Ce ne sont point des compliments, mais des témoignages d'estime.

ARLEQUIN. *Galbanum que tout cela ! Votre visage ne m'est point nouveau, Monsieur ; je vous ai vu quelque part à la chasse, où vous jouiez de la trompette ; je vous ai ôté mon chapeau en passant, et vous me devez ce coup de chapeau-là.

LE SEIGNEUR. Quoi ! je ne vous saluai point ?

ARLEQUIN. Pas un brin.

LE SEIGNEUR. Je ne m'aperçus donc pas de votre *honnêteté ?

ARLEQUIN. Oh que si ; mais vous n'aviez pas de grâce à me demander, voilà pourquoi je perdis mon *étalage.

LE SEIGNEUR. Je ne me reconnais point à cela.

ARLEQUIN. Ma foi, vous n'y perdez rien. Mais que vous plaît-il ?

LE SEIGNEUR. Je compte sur votre bon cœur ; voici ce que c'est : j'ai eu le malheur de parler cavalièrement de vous devant le Prince.

ARLEQUIN. Vous n'avez encore qu'à ne vous pas reconnaître à cela.

LE SEIGNEUR. Oui ; mais le Prince s'est fâché contre moi.

ARLEQUIN. Il n'aime donc pas les médisants ?

LE SEIGNEUR. Vous le voyez bien.

ARLEQUIN. Oh ! oh ! voilà qui me plaît ; c'est un honnête homme ; s'il ne me retenait pas ma maîtresse, je serais fort content de lui. Et que vous a-t-il dit ? Que vous étiez un malappris ?

LE SEIGNEUR. Oui.

ARLEQUIN. Cela est très raisonnable : de quoi vous plaignez-vous ?

LE SEIGNEUR. Ce n'est pas là tout : Arlequin, m'a-t-il répondu, est un garçon d'honneur ; je veux qu'on l'honore, puisque je l'estime ; la franchise et la simplicité de son caractère sont des qualités que je voudrais que vous eussiez tous. Je nuis à son amour, et je suis au désespoir que le mien m'y force.

ARLEQUIN, *attendri*. Par la morbleu, je suis son serviteur ; franchement, je fais cas de lui, et je croyais être plus en colère contre lui que je ne le suis.

LE SEIGNEUR. Ensuite il m'a dit de me retirer ; mes amis là-dessus ont tâché de le fléchir pour moi.

ARLEQUIN. Quand ces amis-là s'en iraient aussi avec vous, il n'y aurait pas grand mal ; car dis-moi qui tu hantes, et je te dirai qui tu es.

LE SEIGNEUR. Il s'est aussi fâché contre eux.

ARLEQUIN. Que le Ciel bénisse cet homme de bien, il a vidé là sa maison d'une mauvaise graine de gens.

LE SEIGNEUR. Et nous ne pouvons reparaître tous qu'à condition que vous demandiez notre grâce.

ARLEQUIN. Par ma foi, Messieurs, allez où il vous plaira ; je vous souhaite un bon voyage.

LE SEIGNEUR. Quoi ! vous refuserez de prier pour moi ? Si vous n'y consentiez pas, ma fortune serait ruinée ; à présent qu'il ne m'est plus permis de voir le Prince, que ferais-je à la Cour ? Il faudra que je m'en aille dans mes terres ; car je suis comme exilé.

ARLEQUIN. Comment, être exilé, ce n'est donc point vous faire d'autre mal que de vous envoyer manger votre bien chez vous ?

LE SEIGNEUR. Vraiment non ; voilà ce que c'est.

ARLEQUIN. Et vous vivrez là *paix et aise, vous ferez vos quatre repas comme à l'ordinaire ?

LE SEIGNEUR. Sans doute, qu'y a-t-il d'étrange à cela ?

ARLEQUIN. Ne me trompez-vous pas ? Est-il sûr qu'on est exilé quand on médit ?

LE SEIGNEUR. Cela arrive assez souvent.

ARLEQUIN *saute d'aise*. Allons, voilà qui est fait, je m'en vais médire du premier venu, et j'avertirai Silvia et Flaminia d'en faire autant.

LE SEIGNEUR. Eh la raison de cela ?

ARLEQUIN. Parce que je veux aller en exil, moi ; de la manière dont on punit les gens ici, je vais gager qu'il y a plus de gain à être puni que récompensé.

LE SEIGNEUR. Quoi qu'il en soit, épargnez-moi cette punition-là, je vous prie ; d'ailleurs, ce que j'ai dit de vous n'est pas grande [1] chose.

ARLEQUIN. Qu'est-ce que c'est ?

LE SEIGNEUR. Une bagatelle, vous dis-je.

ARLEQUIN. Mais voyons.

LE SEIGNEUR. J'ai dit que vous aviez l'air d'un homme ingénu, sans malice, là, d'un garçon de bonne foi.

ARLEQUIN *rit de tout son cœur*. L'air d'un innocent, pour parler à la *franquette ; mais qu'est-ce que cela fait ? Moi, j'ai l'air d'un innocent ; vous, vous avez l'air d'un homme d'esprit ; eh bien, à cause de cela, faut-il s'en fier à notre air ? N'avez-vous rien dit que cela ?

LE SEIGNEUR. Non ; j'ai ajouté seulement que vous donniez la comédie à ceux qui vous parlaient.

---

1. *Grande*, donné par les éditions de 1724 et 1730, est corrigé en *grand* dans celle de 1732-1758.

ARLEQUIN. Pardi, il faut bien vous donner votre revanche à vous autres. Voilà donc toute votre faute ?

LE SEIGNEUR. Oui.

ARLEQUIN. C'est se moquer, vous ne méritez pas d'être exilé, vous avez cette bonne fortune-là pour rien.

LE SEIGNEUR. N'importe, empêchez que je ne le sois ; un homme comme moi ne peut demeurer qu'à la Cour : il n'est en considération, il n'est en état de pouvoir se venger de ses envieux qu'autant qu'il se rend agréable au Prince, et qu'il cultive l'amitié de ceux qui gouvernent les affaires.

ARLEQUIN. J'aimerais mieux cultiver un bon champ, cela rapporte toujours peu ou prou, et je me doute que l'amitié de ces gens-là n'est pas aisée à avoir ni à garder.

LE SEIGNEUR. Vous avez raison dans le fond : ils ont quelquefois des caprices fâcheux, mais on n'oserait s'en *ressentir, on les ménage, on est souple avec eux, parce que c'est par leur moyen que vous vous vengez des autres.

ARLEQUIN. Quel trafic ! C'est justement recevoir des coups de bâton d'un côté, pour avoir le privilège d'en donner d'un autre ; voilà une drôle de vanité ! À vous voir si humbles, vous autres, on ne croirait jamais que vous êtes si *glorieux.

LE SEIGNEUR. Nous sommes élevés là-dedans. Mais écoutez, vous n'aurez point de peine à me remettre en faveur, car vous connaissez bien Flaminia ?

ARLEQUIN. Oui, c'est mon intime.

LE SEIGNEUR. Le Prince a beaucoup de bienveillance pour elle ; elle est la fille d'un de ses officiers ; et je me suis imaginé de lui faire sa fortune en la mariant à un petit cousin que j'ai à la campagne, que je *gouverne, et qui est riche. Dites-le au Prince, mon dessein me conciliera ses bonnes grâces.

ARLEQUIN. Oui, mais ce n'est pas là le chemin des miennes ; car je n'aime point qu'on épouse mes amies, moi, et vous n'imaginez rien qui vaille avec votre petit cousin.

LE SEIGNEUR. Je croyais...

ARLEQUIN. Ne croyez plus.

LE SEIGNEUR. Je renonce à mon projet.

ARLEQUIN. N'y manquez pas ; je vous promets mon intercession, sans que le petit cousin s'en mêle.

LE SEIGNEUR. Je vous aurai beaucoup d'obligation ; j'attends l'effet de vos promesses : adieu, monsieur Arlequin.

Arlequin. Je suis votre serviteur. Diantre, je suis en crédit, car on fait ce que je veux. Il ne faut rien dire à Flaminia du cousin.

Scène VIII

ARLEQUIN, FLAMINIA *arrive*

Flaminia. Mon cher, je vous amène Silvia ; elle me suit.

Arlequin. Mon amie, vous deviez bien venir m'avertir plus tôt, nous l'aurions attendue en causant ensemble.

Silvia arrive.

Scène IX

ARLEQUIN, FLAMINIA, SILVIA

Silvia. Bonjour, Arlequin. Ah ! que je viens d'essayer un bel habit ! Si vous me voyiez, en vérité, vous me trouveriez jolie ; demandez à Flaminia. Ah ! ah ! si je portais ces habits-là, les femmes d'ici seraient bien attrapées, elles ne diraient pas que j'ai l'air gauche. Oh ! que les ouvrières d'ici sont habiles !

Arlequin. Ah, mamour, elles ne sont pas si habiles que vous êtes bien faite.

Silvia. Si je suis bien faite, Arlequin, vous n'êtes pas moins *honnête.

Flaminia. Du moins ai-je le plaisir de vous voir un peu plus contents à présent.

Silvia. Eh dame, puisqu'on ne nous gêne plus, j'aime autant être ici qu'ailleurs ; qu'est-ce que cela fait d'être là ou là ? On s'aime partout.

Arlequin. Comment, nous gêner ! On envoie les gens me demander pardon pour la moindre impertinence qu'ils disent de moi.

Silvia, *d'un air content*. J'attends une dame aussi, moi, qui viendra devant moi se repentir de ne m'avoir pas trouvée belle.

Flaminia. Si quelqu'un vous fâche dorénavant, vous n'avez qu'à m'en avertir.

Arlequin. Pour cela, Flaminia nous aime comme si nous étions frères et sœurs. *(Il dit cela à Flaminia.)* Aussi, de notre part, c'est *queussi queumi.

SILVIA. Devinez, Arlequin, qui j'ai encore rencontré ici ? Mon *amoureux qui venait me voir chez nous, ce grand monsieur si bien tourné ; je veux que vous soyez amis ensemble, car il a bon cœur aussi.

ARLEQUIN, *d'un air négligent*. À la bonne heure, je suis de tous bons accords.

SILVIA. Après tout, quel mal y a-t-il qu'il me trouve à son gré ? *Prix pour prix, les gens qui nous aiment sont de meilleure compagnie que ceux qui ne se soucient pas de nous, n'est-il pas vrai ?

FLAMINIA. Sans doute.

ARLEQUIN, *gaiement*. Mettons encore Flaminia, elle se soucie de nous, et nous serons partie carrée.

FLAMINIA. Arlequin, vous me donnez là une marque d'amitié que je n'oublierai point.

ARLEQUIN. Ah çà, puisque nous voilà ensemble, allons faire collation, cela *amuse.

SILVIA. Allez, allez, Arlequin ; à cette heure que nous nous voyons quand nous voulons, ce n'est pas la peine de nous ôter notre liberté à nous-mêmes ; ne vous gênez point.

Arlequin fait signe à Flaminia de venir.

FLAMINIA, *sur son geste, dit*. Je m'en vais avec vous ; aussi bien voilà quelqu'un qui entre et qui tiendra compagnie à Silvia.

Scène X

LISETTE *entre avec quelques femmes pour témoins
de ce qu'elle va faire, et qui restent derrière.* SILVIA.
Lisette fait de grandes révérences

SILVIA, *d'un air un peu piqué*. Ne faites point tant de révérences, Madame, cela m'exemptera de vous en faire ; je m'y prends de si mauvaise grâce, à votre fantaisie !

LISETTE, *d'un ton triste*. On ne vous trouve que trop de mérite.

SILVIA. Cela se passera. Ce n'est pas moi qui ai envie de plaire, telle que vous me voyez ; il me fâche assez d'être si jolie, et que vous ne soyez pas assez belle.

LISETTE. Ah, quelle situation !

SILVIA. Vous soupirez à cause d'une petite villageoise, vous êtes bien de *loisir ; et où avez-vous mis votre langue de tantôt, Madame ? Est-ce que vous n'avez plus de caquet quand il faut bien dire ?

LISETTE. Je ne puis me résoudre à parler.

SILVIA. Gardez donc le silence ; car quand vous vous lamenteriez jusqu'à demain, mon visage n'empirera pas : beau ou laid, il restera comme il est. Qu'est-ce que vous me voulez ? Est-ce que vous ne m'avez pas assez querellée ? Eh bien, achevez, prenez-en votre suffisance.

LISETTE. Épargnez-moi, Mademoiselle ; l'emportement que j'ai eu contre vous a mis toute ma famille dans l'embarras : le Prince m'oblige à venir vous faire une réparation, et je vous prie de la recevoir sans me railler.

SILVIA. Voilà qui est fini, je ne me moquerai plus de vous ; je sais bien que l'humilité n'accommode pas les *glorieux, mais la rancune donne de la malice [1]. Cependant je plains votre peine, et je vous pardonne. De quoi aussi vous avisiez-vous de me mépriser ?

LISETTE. J'avais cru m'apercevoir que le Prince avait quelque inclination pour moi, et je ne croyais pas en être indigne : mais je vois bien que ce n'est pas toujours aux agréments qu'on se rend.

SILVIA, *d'un ton vif*. Vous verrez que c'est à la laideur et à la mauvaise *façon, à cause qu'on se rend à moi. Comme ces jalouses ont l'esprit tourné !

LISETTE. Eh bien oui, je suis jalouse, il est vrai ; mais puisque vous n'aimez pas le Prince, aidez-moi à le remettre dans les dispositions où j'ai cru qu'il était pour moi : il est sûr que je ne lui déplaisais pas, et je le guérirai de l'inclination qu'il a pour vous, si vous me laissez faire.

SILVIA, *d'un air piqué*. Croyez-moi, vous ne le guérirez de rien ; mon avis est que cela vous passe.

LISETTE. Cependant cela me paraît possible ; car enfin je ne suis ni si maladroite, ni si désagréable.

SILVIA. Tenez, tenez, parlons d'autre chose ; vos bonnes qualités m'ennuient.

LISETTE. Vous me répondez d'une étrange manière ! Quoi qu'il en soit, avant qu'il soit quelques jours, nous verrons si j'ai si peu de pouvoir.

SILVIA, *vivement*. Oui, nous verrons des balivernes. Pardi, je parlerai au Prince ; il n'a pas encore osé me parler, lui, à cause que je

---

1. *Je sais bien que l'humilité n'accommode pas les glorieux* s'applique à Lisette, et le reste de la phrase, *mais la rancune donne de la malice*, s'applique à Silvia, qui par là s'excuse elle-même.

suis trop fâchée : mais je lui ferai dire qu'il s'enhardisse, seulement pour voir.

LISETTE. Adieu, Mademoiselle, chacune de nous fera ce qu'elle pourra. J'ai satisfait à ce qu'on exigeait de moi à votre égard, et je vous prie d'oublier tout ce qui s'est passé entre nous.

SILVIA, *brusquement*. Marchez, marchez, je ne sais pas seulement si vous êtes au monde.

Scène XI

SILVIA, FLAMINIA *arrive*

FLAMINIA. Qu'avez-vous, Silvia ? Vous êtes bien émue !

SILVIA. J'ai, que je suis en colère ; cette impertinente femme de tantôt est venue pour me demander pardon, et sans faire semblant de rien, voyez la méchanceté, elle m'a encore fâchée, m'a dit que c'était à ma laideur qu'on se rendait, qu'elle était plus agréable, plus adroite que moi, qu'elle ferait bien passer l'amour du Prince ; qu'elle allait travailler pour cela ; que je verrais, pati, pata ; que sais-je, moi, tout ce qu'elle a mis en avant contre mon visage ! Est-ce que je n'ai pas raison d'être piquée ?

FLAMINIA, *d'un air vif et d'intérêt*. Écoutez, si vous ne faites taire tous ces gens-là, il faut vous cacher pour toute votre vie.

SILVIA. Je ne manque pas de bonne volonté ; mais c'est Arlequin qui m'embarrasse.

FLAMINIA. Eh ! je vous entends ; voilà un amour aussi mal placé, qui se rencontre là aussi mal à propos qu'on le puisse.

SILVIA. Oh ! j'ai toujours eu du guignon dans les rencontres.

FLAMINIA. Mais si Arlequin vous voit sortir de la Cour et méprisée, pensez-vous que cela le réjouisse ?

SILVIA. Il ne m'aimera pas tant, voulez-vous dire ?

FLAMINIA. Il y a tout à craindre.

SILVIA. Vous me faites rêver à une chose, ne trouvez-vous pas qu'il est un peu négligent depuis que nous sommes ici, Arlequin [1] ? il m'a quittée tantôt pour aller goûter ; voilà une belle excuse !

FLAMINIA. Je l'ai remarqué comme vous ; mais ne me trahissez pas

---

1. Le mot *Arlequin* disparaît dès l'édition de 1730. Il s'agit d'une simple omission, comme le montre le fait que cette édition comporte encore et la virgule et le point d'exclamation qui encadraient ce mot.

au moins ; nous nous parlons de fille à fille [1] : dites-moi, après tout, l'aimez-vous tant, ce garçon ?

SILVIA, *d'un air indifférent*. Mais vraiment oui, je l'aime, il le faut bien.

FLAMINIA. Voulez-vous que je vous dise ? Vous me paraissez mal assortis ensemble. Vous avez du goût, de l'esprit, l'air fin et distingué ; lui il a l'air pesant, les manières grossières ; cela ne cadre point, et je ne comprends pas comment vous l'avez aimé ; je vous dirai même que cela vous fait tort.

SILVIA. Mettez-vous à ma place. C'était le garçon le plus passable de nos cantons, il demeurait dans mon village, il était mon voisin, il est assez facétieux, je suis de bonne humeur, il me faisait quelquefois rire, il me suivait partout, il m'aimait, j'avais coutume de le voir, et de coutume en coutume je l'ai aimé aussi, faute de mieux : mais j'ai toujours bien vu qu'il était enclin au vin et à la gourmandise.

FLAMINIA. Voilà de jolies vertus, surtout dans l'*amant de l'aimable et tendre Silvia ! Mais à quoi vous déterminez-vous donc ?

SILVIA. Je ne puis que dire ; il me passe tant de oui et de non par la tête, que je ne sais auquel *entendre. D'un côté, Arlequin est un petit négligent qui ne songe ici qu'à manger ; d'un autre côté, si on me renvoie, ces *glorieuses de femmes feront accroire partout qu'on m'aura dit : Va-t'en, tu n'es pas assez jolie. D'un autre côté, ce monsieur que j'ai retrouvé ici...

FLAMINIA. Quoi ?

SILVIA. Je vous le dis en secret ; je ne sais ce qu'il m'a fait depuis que je l'ai revu ; mais il m'a toujours paru si doux, il m'a dit des choses si tendres, m'a conté son amour d'un air si poli, si humble, que j'en ai une véritable pitié, et cette pitié-là m'empêche encore d'être la maîtresse de moi.

FLAMINIA. L'aimez-vous ?

SILVIA. Je ne crois pas ; car je dois aimer Arlequin.

---

1. Ces confidences « de fille à fille » sont très fréquentes sur la scène comique à la fin du XVIIe siècle et au début du XVIIIe. C'est souvent le tour que prennent les conversations entre maîtresse et suivante, tant dans l'ancien Théâtre-Italien (scènes d'Isabelle et de Colombine) que dans le nouveau (scènes de Silvia et de Colombine, ou de Silvia et Lisette). On a vu que Flaminia avait déjà cherché à adopter cette attitude de confidente à la scène première de l'acte II (note 2, p. 337).

Flaminia. C'est un homme aimable[1].

Silvia. Je le sens bien[2].

Flaminia. Si vous négligiez de vous venger pour l'épouser, je vous le pardonnerais[3], voilà la vérité.

Silvia. Si Arlequin se mariait à une autre fille que moi, à la bonne heure ; je serais en droit de lui dire : Tu m'as quittée, je te quitte, je prends ma revanche : mais il n'y a rien à faire ; qui est-ce qui voudrait d'Arlequin ici, rude et *bourru comme il est ?

Flaminia. Il n'y a pas presse, entre nous : pour moi, j'ai toujours eu dessein de passer ma vie aux champs ; Arlequin est grossier, je ne l'aime point, mais je ne le hais pas ; et dans les sentiments où je suis, s'il voulait, je vous en débarrasserais volontiers pour vous faire plaisir.

Silvia. Mais mon plaisir, où est-il ? il n'est ni là, ni là ; je le cherche.

Flaminia. Vous verrez le Prince aujourd'hui. Voici ce cavalier qui vous plaît, tâchez de prendre votre parti. Adieu, nous nous retrouverons tantôt.

Scène XII

SILVIA, LE PRINCE, *qui entre*

Silvia. Vous venez ? vous allez encore me dire que vous m'aimez, pour me mettre davantage en peine.

Le Prince. Je venais voir si la dame qui vous a fait insulte s'était bien acquittée de son devoir. Quant à moi, belle Silvia, quand mon amour vous fatiguera, quand je vous déplairai moi-même, vous n'avez qu'à m'ordonner de me taire et de me retirer ; je me tairai, j'irai où vous voudrez, et je souffrirai sans me plaindre, résolu de vous obéir en tout.

---

1. Texte des éditions anciennes (1724, 1730, 1732-1758). Duviquet ayant bizarrement corrigé, au nom d'un principe de clarté mal compris, *C'est* en *Ce monsieur est*, ce texte a passé dans toutes les éditions modernes, et c'est celui qu'on entend à la scène.   **2.** Le choix du verbe *sentir*, plutôt que *savoir*, est lourd de signification. « *Sentir*, Madame, c'est le style du cœur, dit avec reproche Lélio à la Comtesse dans *La Fausse Suivante*, et ce n'est pas dans ce style-là que vous devez parler du Chevalier. » (Acte II, sc. ii.) La comtesse aurait dû dire qu'elle *connaissait* le mérite du chevalier, non qu'elle le *sentait*. Voir le Glossaire, p. 2197.   **3.** C'est-à-dire, naturellement : Si, pour l'épouser, vous négligiez de vous venger de ces femmes en épousant le Prince, je vous le pardonnerais.

Silvia. Ne voilà-t-il pas ? ne l'ai-je pas bien dit ? Comment voulez-vous que je vous renvoie ? Vous vous tairez, s'il me plaît ; vous vous en irez, s'il me plaît ; vous n'oserez pas vous plaindre, vous m'obéirez en tout. C'est bien là le moyen de faire que je vous commande quelque chose !

Le Prince. Mais que puis-je mieux que de vous rendre maîtresse de mon sort ?

Silvia. Qu'est-ce que cela avance ? Vous rendrai-je malheureux ? en aurai-je le courage ? Si je vous dis : Allez-vous-en, vous croirez que je vous hais ; si je vous dis de vous taire, vous croirez que je ne me soucie pas de vous ; et toutes ces croyances-là ne seront pas vraies ; elles vous affligeront ; en serai-je plus à mon aise après ?

Le Prince. Que voulez-vous donc que je devienne, belle Silvia ?

Silvia. Oh ! ce que je veux ! j'attends qu'on me le dise ; j'en suis encore plus ignorante que vous ; voilà Arlequin qui m'aime, voilà le Prince qui demande mon cœur, voilà vous qui mériteriez de l'avoir, voilà ces femmes qui m'injurient, et que je voudrais punir, voilà que j'aurai un affront, si je n'épouse pas le Prince : Arlequin m'inquiète, vous me donnez du souci, vous m'aimez trop, je voudrais ne vous avoir jamais connu, et je suis bien malheureuse d'avoir tout ce tracas-là dans la tête.

Le Prince. Vos discours me pénètrent, Silvia, vous êtes trop touchée de ma douleur ; ma tendresse, toute grande qu'elle est, ne vaut pas le chagrin que vous avez de ne pouvoir m'aimer.

Silvia. Je pourrais bien vous aimer, cela ne serait pas difficile, si je voulais.

Le Prince. Souffrez donc que je m'afflige, et ne m'empêchez pas de vous regretter toujours.

Silvia, *comme impatiente*. Je vous en avertis, je ne saurais supporter de vous voir si tendre ; il semble que vous le fassiez exprès. Y a-t-il de la raison à cela ? Pardi, j'aurais moins de mal à vous aimer tout à fait qu'à être comme je suis ; pour moi, je laisserai tout là ; voilà ce que vous gagnerez.

Le Prince. Je ne veux donc plus vous être à charge ; vous souhaitez que je vous quitte et je ne dois pas résister aux volontés d'une personne si chère. Adieu, Silvia.

Silvia, *vivement*. Adieu, Silvia ! Je vous querellerais volontiers ; où allez-vous ? Restez-là, c'est ma volonté ; je la sais mieux que vous, peut-être.

Le Prince. J'ai cru vous obliger.

SILVIA. Quel train que tout cela ! Que faire d'Arlequin ? Encore si c'était vous qui fût[1] le Prince !

LE PRINCE, *d'un air ému.* Eh quand je le serais ?

SILVIA. Cela serait différent, parce que je dirais à Arlequin que vous prétendriez être le maître, ce serait mon excuse : mais il n'y a que pour vous que je voudrais prendre cette excuse-là.

LE PRINCE, *à part les premiers mots.* Qu'elle est aimable ! il est temps de dire qui je suis.

SILVIA. Qu'avez-vous ? est-ce que je vous fâche ? Ce n'est pas à cause de la principauté que je voudrais que vous fussiez prince, c'est seulement à cause de vous tout seul ; et si vous l'étiez, Arlequin ne saurait pas que je vous prendrais par amour ; voilà ma raison. Mais non, après tout, il vaut mieux que vous ne soyez pas le maître ; cela me tenterait trop[2]. Et quand vous le seriez, tenez, je ne pourrais me résoudre à être une infidèle, voilà qui est fini.

LE PRINCE, *à part les premiers mots.* Différons encore de l'instruire[3]. Silvia, conservez-moi seulement les bontés que vous avez pour moi : le Prince vous a fait préparer un spectacle[4], permettez que je vous y accompagne, et que je profite de toutes les occasions d'être avec vous. Après la fête, vous verrez le Prince, et je suis chargé de vous dire que vous serez libre de vous retirer, si votre cœur ne vous dit rien pour lui.

SILVIA. Oh ! il ne me dira pas un mot, c'est tout comme si j'étais partie ; mais quand je serai chez nous, vous y viendrez ; eh, que sait-on ce qui peut arriver ? peut-être que vous m'aurez. Allons-nous-en toujours, de peur qu'Arlequin ne vienne.

---

1. Cet accord à la troisième personne est celui des éditions anciennes. L'éditeur de 1781, La Porte, corrige le premier *fût* en *fussiez*, suivi par les éditeurs du XIXe siècle. Voir la Note grammaticale, article *accord*, p. 2267, et cf. aussi ci-dessus, note 3, p. 338, où le cas est un peu moins net, car la relative se rattache, pour le sens, à un substantif.   2. Sur ce revirement de Silvia, voir la note suivante.   3. Dans la version primitive, Lélio découvrait ici son rang à Silvia, laquelle « capitulait de manière à lui faire voir que la place était rendue ». L'action était alors trop avancée, au gré des critiques, pour laisser une matière suffisante pour le dernier acte. Voir le compte rendu du *Mercure* en tête de la pièce.   4. Ces paroles font attendre un divertissement, mais on en cherche vainement la trace dans le *Recueil des Divertissements du Nouveau Théâtre-Italien* (à moins que *l'Entrée de plaisirs* du dernier divertissement que nous citons à la fin de la pièce n'en ait fait partie ?) et le *Mercure* n'en parle pas expressément.

ACTE III

Scène première

LE PRINCE, FLAMINIA

FLAMINIA. Oui, Seigneur, vous avez fort bien fait de ne pas vous découvrir tantôt, malgré tout ce que Silvia vous a dit de tendre ; ce retardement ne gâte rien, et lui laisse le temps de se confirmer dans le penchant qu'elle a pour vous. Grâces au Ciel, vous voilà presque arrivé où vous le [1] souhaitiez.

LE PRINCE. Ah ! Flaminia, qu'elle est aimable !

FLAMINIA. Elle l'est infiniment.

LE PRINCE. Je ne connais rien comme elle parmi les gens du monde. Quand une *maîtresse, à force d'amour, nous dit clairement : Je vous aime, cela fait assurément un grand plaisir. Eh bien, Flaminia, ce plaisir-là, imaginez-vous qu'il n'est que fadeur, qu'il n'est qu'ennui, en comparaison du plaisir que m'ont donné les discours de Silvia, qui ne m'a pourtant point dit : Je vous aime.

FLAMINIA. Mais, Seigneur, oserais-je vous prier de m'en répéter quelque chose ?

LE PRINCE. Cela est impossible : je suis ravi, je suis enchanté, je ne peux pas vous répéter cela autrement.

FLAMINIA. Je présume beaucoup du rapport singulier que vous m'en faites.

LE PRINCE. Si vous saviez combien, dit-elle, elle est affligée de ne pouvoir m'aimer, parce que cela me rend malheureux et qu'elle doit être fidèle à Arlequin... J'ai vu le moment où elle allait me dire : Ne m'aimez plus, je vous prie, parce que vous seriez cause que je vous aimerais aussi.

FLAMINIA. Bon, cela vaut mieux qu'un aveu.

LE PRINCE. Non, je le dis encore, il n'y a que l'amour de Silvia qui soit véritablement de l'amour ; les autres femmes qui aiment ont l'esprit cultivé, elles ont une certaine éducation, un certain usage, et tout cela chez elles falsifie la nature ; ici c'est le cœur tout pur qui me parle ; comme ses sentiments viennent, il les montre ; sa naïveté en fait tout l'art, et sa pudeur toute la décence. Vous m'avouerez que cela est charmant. Tout ce qui la retient à présent, c'est qu'elle

---

1. Ce mot *le* disparaît par erreur dès la seconde édition (1730).

se fait un scrupule de m'aimer sans l'aveu d'Arlequin. Ainsi, Flaminia, hâtez-vous ; sera-t-il bientôt gagné, Arlequin ? Vous savez que je ne dois ni ne veux le traiter avec violence. Que dit-il ?

FLAMINIA. À vous dire le vrai, Seigneur, je le crois tout à fait amoureux de moi, mais il n'en sait rien ; comme il ne m'appelle encore que sa chère amie, il vit sur la bonne foi de ce nom qu'il me donne, et prend toujours de l'amour à bon compte.

LE PRINCE. Fort bien.

FLAMINIA. Oh ! dans la première conversation, je l'instruirai de l'état de ses petites affaires avec moi, et ce penchant qui est *incognito* chez lui, et que je lui ferai sentir par un autre stratagème, la douceur avec laquelle vous lui parlerez, comme nous en sommes convenus, tout cela, je pense, va vous tirer d'inquiétude, et terminer mes travaux dont je sortirai, Seigneur, victorieuse et vaincue.

LE PRINCE. Comment donc ?

FLAMINIA. C'est une petite bagatelle qui ne mérite pas de vous être dite ; c'est que j'ai pris du *goût pour Arlequin, seulement pour me désennuyer dans le cours de notre intrigue. Mais retirons-nous, et rejoignez Silvia ; il ne faut pas qu'Arlequin vous voie encore, et je le vois qui vient.

Ils se retirent tous deux.

Scène II

TRIVELIN, ARLEQUIN *entre d'un air un peu sombre*

TRIVELIN, *après quelque temps*. Eh bien, que voulez-vous que je fasse de l'écritoire et du papier que vous m'avez fait prendre ?

ARLEQUIN. Donnez-vous patience, mon domestique.

TRIVELIN. Tant qu'il vous plaira.

ARLEQUIN. Dites-moi, qui est-ce qui me nourrit ici ?

TRIVELIN. C'est le Prince.

ARLEQUIN. Par la *sambille ! la bonne chère que je fais me donne des scrupules.

TRIVELIN. D'où vient donc ?

ARLEQUIN. *Mardi, j'ai peur d'être en pension sans le savoir.

TRIVELIN, *riant*. Ha, ha, ha, ha.

ARLEQUIN. De quoi riez-vous, grand benêt ?

TRIVELIN. Je ris de votre idée, qui est plaisante. Allez, allez, seigneur Arlequin, mangez en toute sûreté de conscience, et buvez de même.

ARLEQUIN. Dame, je prends mes repas dans la bonne foi ; il me serait bien rude de me voir un jour apporter le mémoire de ma dépense ; mais je vous crois. Dites-moi, à présent, comment s'appelle celui qui rend compte au Prince de ses affaires ?

TRIVELIN. Son secrétaire d'État, voulez-vous dire ?

ARLEQUIN. Oui ; j'ai dessein de de lui faire un écrit pour le prier d'avertir le Prince que je m'ennuie, et de lui demander quand il veut finir avec nous ; car mon père est tout seul.

TRIVELIN. Eh bien ?

ARLEQUIN. Si on veut me garder, il faut lui envoyer une carriole afin qu'il vienne.

TRIVELIN. Vous n'avez qu'à parler, la carriole partira sur-le-champ.

ARLEQUIN. Il faut, après cela, qu'on nous marie Silvia et moi, et qu'on m'ouvre la porte de la maison ; car j'ai accoutumé de trotter partout, et d'avoir la clef des champs, moi. Ensuite nous tiendrons ici ménage avec l'amie Flaminia, qui ne veut pas nous quitter à cause de son affection pour nous ; et si le Prince a toujours bonne envie de nous régaler, ce que je mangerai me profitera davantage.

TRIVELIN. Mais, seigneur Arlequin, il n'est pas besoin de mêler Flaminia là-dedans.

ARLEQUIN. Cela me plaît, à moi.

TRIVELIN, *d'un air mécontent.* Hum !

ARLEQUIN, *le contrefaisant.* Hum ! Le mauvais valet ! Allons vite, tirez votre plume, et griffonnez-moi mon écriture.

TRIVELIN, *se mettant en état.* Dictez.

ARLEQUIN. *Monsieur*[1].

TRIVELIN. *Halte-là, dites* Monseigneur.

ARLEQUIN. Mettez les deux, afin qu'il choisisse.

TRIVELIN. Fort bien.

ARLEQUIN. *Vous saurez que je m'appelle Arlequin.*

TRIVELIN. Doucement. Vous devez dire : Votre Grandeur saura.

ARLEQUIN. Votre Grandeur saura. C'est donc un géant, ce secrétaire d'État ?

TRIVELIN. Non, mais n'importe.

---

1. Comme on l'a vu par le compte rendu du *Mercure*, cette scène, lors des premières représentations, était traitée de façon plus bouffonne : Arlequin commençait par dicter « virgule ». Mais on ne peut savoir si Marivaux a modifié son texte ou s'il s'agissait là d'un lazzi improvisé par l'acteur. La seconde hypothèse nous paraît plus vraisemblable.

ARLEQUIN. Quel diantre de galimatias ! Qui jamais a entendu dire qu'on s'adresse à la taille d'un homme quand on a affaire à lui ?

TRIVELIN, *écrivant*. Je mettrai comme il vous plaira. Vous saurez que je m'appelle Arlequin. Après ?

ARLEQUIN. Que j'ai une *maîtresse qui s'appelle Silvia, bourgeoise de mon village et fille d'honneur.

TRIVELIN, *écrivant*. Courage !

ARLEQUIN. Avec une bonne amie que j'ai faite depuis peu, qui ne saurait se passer de nous, ni nous d'elle : ainsi, aussitôt la présente reçue...

TRIVELIN, *s'arrêtant comme affligé*. Flaminia ne saurait se passer de vous ? Ahi ! la plume me tombe des mains.

ARLEQUIN. Oh, oh ! que signifie donc cette impertinente pâmoison-là ?

TRIVELIN. Il y a deux ans, seigneur Arlequin, il y a deux ans que je soupire en secret pour elle.

ARLEQUIN, *tirant sa latte*. Cela est fâcheux, mon mignon ; mais en attendant qu'elle en soit informée, je vais toujours vous en faire quelques remerciements pour elle.

TRIVELIN. Des remerciements à coups de bâton ! je ne suis pas friand de ces compliments-là. Eh que vous importe que je l'aime ? Vous n'avez que de l'amitié pour elle, et l'amitié ne rend point jaloux.

ARLEQUIN. Vous vous trompez, mon amitié fait tout comme l'amour, en voilà des preuves.

Il le bat.

TRIVELIN *s'enfuit en disant*. Oh ! diable soit de l'amitié !

Scène III

FLAMINIA *arrive*, TRIVELIN *sort*

FLAMINIA, *à Arlequin*. Qu'est-ce que c'est ? Qu'avez-vous, Arlequin ?

ARLEQUIN. Bonjour, ma mie ; c'est ce faquin qui dit qu'il vous aime depuis deux ans.

FLAMINIA. Cela se peut bien.

ARLEQUIN. Et vous, ma mie, que dites-vous de cela ?

FLAMINIA. Que c'est tant pis pour lui.

ARLEQUIN. Tout de bon ?

FLAMINIA. Sans doute : mais est-ce que vous seriez fâché que l'on m'aimât ?

ARLEQUIN. Hélas ! vous êtes votre maîtresse : mais si vous aviez un amant, vous l'aimeriez peut-être ; cela gâterait la bonne amitié que vous me portez, et vous m'en feriez ma part plus petite : Oh ! de cette part-là, je n'en voudrais rien perdre.

FLAMINIA, *d'un air doux.* Arlequin, savez-vous bien que vous ne ménagez pas mon cœur ?

ARLEQUIN. Moi ! eh, quel mal lui fais-je donc ?

FLAMINIA. Si vous continuez de me parler toujours de même, je ne saurai plus bientôt de quelle espèce seront mes sentiments pour vous : en vérité je n'ose m'examiner là-dessus, j'ai peur de trouver plus que je ne veux.

ARLEQUIN. C'est bien fait, n'examinez jamais, Flaminia, cela sera ce que cela pourra ; au reste, croyez-moi, ne prenez point d'*amant : j'ai une *maîtresse, je la garde ; si je n'en avais point, je n'en cher-cherais pas. Qu'en ferais-je avec vous ? elle m'ennuierait.

FLAMINIA. Elle vous ennuierait ! Le moyen, après tout ce que vous dites, de rester votre amie ?

ARLEQUIN. Eh ! que serez-vous donc ?

FLAMINIA. Ne me le demandez pas, je n'en veux rien savoir ; ce qui est de sûr, c'est que dans le monde je n'aime plus que vous. Vous n'en pouvez pas dire autant ; Silvia va devant moi, comme de raison.

ARLEQUIN. Chut : vous allez de compagnie ensemble.

FLAMINIA. Je vais vous l'envoyer si je la trouve, Silvia ; en serez-vous bien aise ?

ARLEQUIN. Comme vous voudrez : mais il ne faut pas l'envoyer, il faut venir toutes deux.

FLAMINIA. Je ne pourrai pas ; car le Prince m'a mandée, et je vais voir ce qu'il me veut. Adieu, Arlequin, je serai bientôt de retour.

En sortant, elle sourit à celui qui entre.

Scène IV

ARLEQUIN, LE SEIGNEUR *du deuxième acte*
entre avec des lettres de noblesse

ARLEQUIN, *le voyant.* Voilà mon homme de tantôt ; ma foi, mon-sieur le médisant, car je ne sais point votre autre nom, je n'ai rien dit de vous au Prince, par la raison que je ne l'ai point vu.

LE SEIGNEUR. Je vous suis obligé de votre bonne volonté, seigneur Arlequin : mais je suis sorti d'embarras et rentré dans les bonnes grâces du Prince, sur l'assurance que je lui ai donnée que vous lui parleriez pour moi : j'espère qu'à votre tour vous me tiendrez parole.

ARLEQUIN. Oh ! quoique je paraisse un innocent, je suis homme d'honneur.

LE SEIGNEUR. De grâce, ne vous ressouvenez plus de rien, et réconciliez-vous avec moi, en faveur du présent que je vous apporte de la part du Prince ; c'est de tous les présents le plus grand qu'on puisse vous faire.

ARLEQUIN. Est-ce Silvia que vous m'apportez ?

LE SEIGNEUR. Non, le présent dont il s'agit est dans ma poche ; ce sont des lettres de noblesse dont le Prince vous gratifie comme parent de Silvia, car on dit que vous l'êtes un peu.

ARLEQUIN. Pas un brin, remportez cela, car si je le prenais, ce serait friponner la gratification.

LE SEIGNEUR. Acceptez toujours, qu'importe ? Vous ferez plaisir au Prince ; refuseriez-vous ce qui fait l'ambition de tous les gens de cœur ?

ARLEQUIN. J'ai pourtant bon cœur aussi ; pour de l'ambition, j'en ai bien entendu parler, mais je ne l'ai jamais vue, et j'en ai peut-être sans le savoir.

LE SEIGNEUR. Si vous n'en avez pas, cela vous en donnera.

ARLEQUIN. Qu'est-ce que c'est donc ?

LE SEIGNEUR, *à part les premiers mots*. En voilà bien d'un autre ! L'ambition, c'est un noble orgueil de s'élever.

ARLEQUIN. Un orgueil qui est noble ! donnez-vous comme cela de jolis noms à toutes les sottises, vous autres [1] ?

LE SEIGNEUR. Vous ne me comprenez pas ; cet orgueil ne signifie là qu'un désir de gloire.

ARLEQUIN. Par ma foi, sa signification ne vaut pas mieux que lui, c'est bonnet blanc, et blanc bonnet.

LE SEIGNEUR. Prenez, vous dis-je : ne serez-vous pas bien aise d'être gentilhomme ?

---

1. Cette scène de satire de mœurs est tout à fait dans l'esprit du temps. Dans *Timon le Misanthrope*, comédie en cinq actes de Delisle de la Drévetière, dont on a parlé (notes 1, p. 324, 1, p. 330, 1, p. 343), on se moque de la même manière des généalogies, du point d'honneur et des autres attributs de la noblesse. Voir notamment les scènes v et vi de l'acte II.

ARLEQUIN. Eh ! je n'en serais ni bien aise ni fâché ; c'est suivant la fantaisie qu'on a.

LE SEIGNEUR. Vous y trouverez de l'avantage, vous en serez plus respecté et plus craint de vos voisins.

ARLEQUIN. J'ai opinion que cela les empêcherait de m'aimer de bon cœur ; car quand je respecte les gens, moi, et que je les crains, je ne les aime pas de si bon *courage ; je ne saurais faire tant de choses à la fois.

LE SEIGNEUR. Vous m'étonnez.

ARLEQUIN. Voilà comme je suis *bâti ; d'ailleurs voyez-vous, je suis le meilleur enfant du monde, je ne fais de mal à personne : mais quand je voudrais nuire, je n'en ai pas le pouvoir. Eh bien, si j'avais ce pouvoir, si j'étais noble, diable emporte si je voudrais gager d'être toujours brave homme : je ferais parfois comme le gentilhomme de chez nous, qui n'épargne pas les coups de bâton à cause qu'on n'oserait lui rendre [1].

LE SEIGNEUR. Et si on vous donnait ces coups de bâton, ne souhaiteriez-vous pas être en état de les rendre ?

ARLEQUIN. Pour cela, je voudrais payer cette dette-là sur-le-champ.

LE SEIGNEUR. Oh ! comme les hommes sont quelquefois méchants, mettez-vous en état de faire du mal, seulement afin qu'on n'ose pas vous en faire, et pour cet effet prenez vos lettres de noblesse.

ARLEQUIN *prend les lettres*. Têtubleu, vous avez raison, je ne suis qu'une bête : allons, me voilà noble, je garde le parchemin, je ne crains plus que les rats, qui pourraient bien *gruger ma noblesse ; mais j'y mettrai bon ordre. Je vous remercie, et le Prince aussi ; car il est bien obligeant dans le fond.

LE SEIGNEUR. Je suis charmé de vous voir content ; adieu.

ARLEQUIN. Je suis votre serviteur. *(Quand le Seigneur a fait dix ou douze pas, Arlequin le rappelle.)* Monsieur ! Monsieur !

LE SEIGNEUR. Que me voulez-vous ?

ARLEQUIN. Ma noblesse m'oblige-t-elle [2] à rien ? car il faut faire son devoir dans une charge.

LE SEIGNEUR. Elle oblige à être honnête homme.

ARLEQUIN, *très sérieusement*. Vous aviez donc des exemptions, vous, quand vous avez dit du mal de moi ?

---

1. Et non *les lui rendre*, comme le portent les éditions modernes.
2. Cela est encore le texte des trois éditions anciennes. Les éditeurs modernes corrigent : *Ma noblesse ne m'oblige-t-elle*. Le texte de Marivaux peut s'expliquer par la valeur ancienne de *rien* (quelque chose).

LE Seigneur. N'y songez plus, un gentilhomme doit être généreux.

Arlequin. Généreux et honnête homme ! *Vertuchou, ces devoirs-là sont bons ! je les trouve encore plus nobles que mes lettres de noblesse. Et quand on ne s'en acquitte pas, est-on encore gentilhomme ?

LE Seigneur. Nullement.

Arlequin. Diantre ! il y a donc bien des nobles qui payent la taille [1] ?

LE Seigneur. Je n'en sais point le nombre.

Arlequin. Est-ce là tout ? N'y a-t-il plus d'autre devoir ?

LE Seigneur. Non ; cependant, vous qui, suivant toute apparence, serez favori du Prince, vous aurez un devoir de plus . ce sera de mériter cette faveur par toute la soumission, tout le respect et toute la complaisance possible. À l'égard du reste, comme je vous ai dit, ayez de la vertu, aimez l'honneur plus que la vie, et vous serez dans l'ordre.

Arlequin. Tout doucement : ces dernières obligations-là ne me plaisent pas tant que les autres. Premièrement, il est bon d'expliquer ce que c'est que cet honneur qu'on doit aimer plus que la vie. *Malapeste, quel honneur !

LE Seigneur. Vous approuverez ce que cela veut dire ; c'est qu'il faut se venger d'une injure, ou périr plutôt que de la souffrir.

Arlequin. Tout ce que vous m'avez dit n'est donc qu'un coq-à-l'âne ; car si je suis obligé d'être généreux, il faut que je pardonne aux gens ; si je suis obligé d'être méchant, il faut que je les assomme. Comment donc faire pour tuer le monde et le laisser vivre ?

LE Seigneur. Vous serez généreux et bon, quand on ne vous insultera pas.

Arlequin. Je vous entends, il m'est défendu d'être meilleur que les autres ; et si je rends le bien pour le mal, je serai donc un homme sans honneur ? Par la *mardi ! la méchanceté n'est pas rare ; ce n'était pas la peine de la recommander tant. Voilà une vilaine invention ! Tenez, accommodons-nous plutôt ; quand on me dira une grosse injure, j'en répondrai une autre si je suis le plus fort. Voulez-vous me laisser votre marchandise à ce prix-là ? dites-moi votre dernier mot.

LE Seigneur. Une injure répondue à une injure ne suffit point ;

---

1. On sait que les nobles étaient dispensés de payer la taille, mais ceux qui dérogeaient ou « faisaient trafic » y étaient soumis.

cela ne peut se laver, s'effacer que par le sang de votre ennemi ou le vôtre.

ARLEQUIN. Que la tache y reste ! vous parlez du sang comme si c'était de l'eau de la rivière. Je vous rends votre paquet de noblesse, mon honneur n'est pas fait pour être noble, il est trop raisonnable pour cela. Bonjour.

LE SEIGNEUR. Vous n'y songez pas.

ARLEQUIN. Sans compliment, reprenez votre affaire.

LE SEIGNEUR. Gardez-la toujours, vous vous ajusterez avec le Prince, on n'y regardera pas de si près avec vous.

ARLEQUIN, *les reprenant*. Il faudra donc qu'il me signe un contrat comme quoi je serai exempt de me faire tuer par mon prochain, pour le faire repentir de son impertinence avec moi.

LE SEIGNEUR. À la bonne heure, vous ferez vos conventions. Adieu, je suis votre serviteur.

ARLEQUIN. Et moi le vôtre.

Scène V

LE PRINCE *arrive*, ARLEQUIN

ARLEQUIN, *le voyant*. Qui diantre vient encore me rendre visite ? Ah ! c'est celui-là qui est cause qu'on m'a pris Silvia ! Vous voilà donc, monsieur le babillard, qui allez dire partout que la maîtresse des gens est belle ; ce qui fait qu'on m'a escamoté la mienne.

LE PRINCE. Point d'injure, Arlequin.

ARLEQUIN. Êtes-vous gentilhomme, vous ?

LE PRINCE. Assurément.

ARLEQUIN. *Mardi, vous êtes bien heureux ; sans cela je vous dirais de bon cœur ce que vous méritez : mais votre honneur voudrait peut-être faire son devoir, et après cela, il faudrait vous tuer pour vous venger de moi.

LE PRINCE. Calmez-vous, je vous prie, Arlequin, le Prince m'a donné ordre de vous entretenir [1].

ARLEQUIN. Parlez, il vous est libre : mais je n'ai pas ordre de vous écouter, moi.

---

1. Cette scène s'expliquait mieux dans la première version de la pièce, où Silvia avait « chargé (Lélio) de faire consentir Arlequin à son mariage (avec le Prince) ». Voir plus haut le compte rendu du *Mercure*, p. 306.

LE PRINCE. Eh bien, prends un esprit plus doux, connais-moi, puisqu'il le faut. C'est ton Prince lui-même qui te parle, et non pas un officier du palais, comme tu l'as cru jusqu'ici aussi bien que Silvia.

ARLEQUIN. Votre foi ?

LE PRINCE. Tu dois m'en croire.

ARLEQUIN, *humblement*. Excusez, Monseigneur, c'est donc moi qui suis un sot d'avoir été un impertinent avec vous ?

LE PRINCE. Je te pardonne volontiers.

ARLEQUIN, *tristement*. Puisque vous n'avez pas de rancune contre moi, ne permettez pas que j'en aie contre vous ; je ne suis pas digne d'être fâché contre un Prince, je suis trop petit pour cela : si vous m'affligez, je pleurerai de toute ma force, et puis c'est tout ; cela doit faire compassion à votre puissance, vous ne voudriez pas avoir une principauté pour le contentement de vous tout seul.

LE PRINCE. Tu te plains donc bien de moi, Arlequin ?

ARLEQUIN. Que voulez-vous, Monseigneur, j'ai une fille qui m'aime ; vous, vous en avez plein votre maison, et nonobstant vous m'ôtez la mienne. Prenez que je suis pauvre, et que tout mon bien est un liard ; vous qui êtes riche de plus de mille écus, vous vous jetez sur ma pauvreté et vous m'arrachez mon liard ; cela n'est-il pas bien triste [1] ?

LE PRINCE, *à part*. Il a raison, et ses plaintes me touchent.

ARLEQUIN. Je sais bien que vous êtes un bon prince, tout le monde le dit dans le pays, il n'y aura que moi qui n'aurai pas le plaisir de le dire comme les autres.

LE PRINCE. Je te prive de Silvia, il est vrai : mais demande-moi ce que tu voudras, je t'offre tous les biens que tu pourras souhaiter, et laisse-moi cette seule personne que j'aime.

ARLEQUIN. Ne parlons point de ce marché-là, vous gagneriez trop sur moi ; disons en conscience : si un autre que vous me l'avait prise, est-ce que vous ne me la feriez pas remettre ? Eh bien, personne ne me l'a prise que vous ; voyez la belle occasion de montrer que la justice est pour tout le monde.

LE PRINCE. Que lui répondre ?

ARLEQUIN. Allons, Monseigneur, dites-vous comme cela : Faut-il que je retienne le bonheur de ce petit homme parce que j'ai le pouvoir de le garder ? N'est-ce pas à moi à être son protecteur, puisque

---

1. Sur l'effet produit par cette scène sur les spectateurs, voir le compte rendu du *Mercure*, pp. 306-307.

je suis son maître ? S'en ira-t-il sans avoir justice ? n'en aurai-je pas
du regret ? Qui est-ce qui fera mon office de prince, si je ne le fais
pas ? J'ordonne donc que je lui rendrai Silvia.

Le Prince. Ne changeras-tu jamais de langage ? Regarde comme
j'en agis avec toi. Je pourrais te renvoyer, et garder Silvia sans t'écouter ; cependant, malgré l'inclination que j'ai pour elle, malgré ton
obstination et le peu de respect que tu me montres, je m'intéresse
à ta douleur, je cherche à la calmer par mes faveurs, je descends
jusqu'à te prier de me céder Silvia de bonne volonté ; tout le monde
t'y exhorte, tout le monde te blâme, et te donne un exemple de
l'ardeur qu'on a de me plaire, tu es le seul qui résiste ; tu dis que je
suis ton prince : marque-le-moi donc par un peu de docilité.

Arlequin, *toujours triste*. Eh ! Monseigneur, ne vous fiez pas à ces
gens qui vous disent que vous avez raison avec moi, car ils vous
trompent. Vous prenez cela pour argent comptant ; et puis vous avez
beau être bon, vous avez beau être brave homme, c'est autant de
perdu, cela ne vous fait point de profit ; sans ces gens-là, vous ne me
chercheriez point chicane, vous ne diriez pas que je vous manque de
respect parce que je vous représente mon bon droit : allez, vous
êtes mon prince, et je vous aime bien ; mais je suis votre sujet, et
cela mérite quelque chose.

Le Prince. Va, tu me désespères.

Arlequin. Que je suis à plaindre !

Le Prince. Faudra-t-il donc que je renonce à Silvia ? Le moyen d'en
être jamais aimé, si tu ne veux pas m'aider ? Arlequin, je t'ai causé
du chagrin, mais celui que tu me laisses est plus cruel que le tien.

Arlequin. Prenez quelque consolation, Monseigneur, promenez-
vous, voyagez quelque part, votre douleur se passera dans les
chemins.

Le Prince. Non, mon enfant, j'espérais quelque chose de ton cœur
pour moi, je t'aurais eu plus d'obligation que je n'en aurai jamais à
personne : mais tu me fais tout le mal qu'on peut me faire ; va,
n'importe, mes bienfaits t'étaient réservés, et ta dureté n'empêchera
pas que tu n'en jouisses.

Arlequin. Ahi ! qu'on a de mal dans la vie !

Le Prince. Il est vrai que j'ai tort à ton égard ; je me reproche
l'action que j'ai faite, c'est une injustice : mais tu n'en es que trop
vengé.

Arlequin. Il faut que je m'en aille, vous êtes trop fâché d'avoir
tort, j'aurais peur de vous donner raison.

LE PRINCE. Non, il est juste que tu sois content ; tu souhaites que je te rende justice ; sois heureux aux dépens de tout mon repos.

ARLEQUIN. Vous avez tant de charité pour moi, n'en aurais-je donc pas pour vous ?

LE PRINCE, *triste*. Ne t'embarrasse pas de moi.

ARLEQUIN. Que j'ai de souci ! le voilà désolé.

LE PRINCE, *en caressant Arlequin*. Je te sais bon gré de la sensibilité où je te vois. Adieu, Arlequin, je t'estime malgré tes refus.

ARLEQUIN *laisse faire un ou deux pas au Prince*. Monseigneur !

LE PRINCE. Que me veux-tu ? me demandes-tu quelque grâce ?

ARLEQUIN. Non, je ne suis qu'en peine de savoir si je vous accorderai celle que vous voulez.

LE PRINCE. Il faut avouer que tu as le cœur excellent !

ARLEQUIN. Et vous aussi, voilà ce qui m'ôte le courage : hélas ! que les bonnes gens sont faibles !

LE PRINCE. J'admire tes sentiments.

ARLEQUIN. Je le crois bien ; je ne vous promets pourtant rien, il y a trop d'embarras dans ma volonté : mais à tout hasard, si je vous donnais Silvia, avez-vous dessein que je sois votre favori ?

LE PRINCE. Eh qui le serait donc ?

ARLEQUIN. C'est qu'on m'a dit que vous aviez coutume d'être flatté ; moi, j'ai coutume de dire vrai, et une bonne coutume comme celle-là ne s'accorde pas avec une mauvaise ; jamais votre amitié ne sera assez forte pour endurer la mienne.

LE PRINCE. Nous nous brouillerons ensemble si tu ne me réponds toujours ce que tu penses. Il ne me reste qu'une chose à te dire, Arlequin : souviens-toi que je t'aime ; c'est tout ce que je te recommande.

ARLEQUIN. Flaminia sera-t-elle sa maîtresse ?

LE PRINCE. Ah ne me parle point de Flaminia ; tu n'étais pas capable de me donner tant de chagrins sans elle.

Il s'en va[1].

ARLEQUIN. Point du tout ; c'est la meilleure fille du monde ; vous ne devez point lui vouloir de mal.

---

1. L'édition de 1732-1758 supprime cette indication, et la remplace par *au Prince qui sort* au début de la réplique d'Arlequin. Rappelons en outre qu'elle est la première à faire de la suite de la réplique d'Arlequin une scène séparée.

Scène VI

ARLEQUIN, *seul*

ARLEQUIN. Apparemment que mon coquin de valet aura médit de ma bonne amie ; par la *mardi, il faut que j'aille voir où elle est. Mais moi, que ferai-je à cette heure ? Est-ce que je quitterai Silvia là ? cela se pourra-t-il ? y aura-t-il moyen ? ma foi non, non assurément. J'ai un peu fait le nigaud avec le Prince, parce que je suis tendre à la peine d'autrui ; mais le Prince est tendre aussi lui, et il ne dira mot.

Scène VII

FLAMINIA *arrive d'un air triste* ; ARLEQUIN

ARLEQUIN. Bonjour, Flaminia, j'allais vous chercher.

FLAMINIA, *en soupirant*. Adieu, Arlequin.

ARLEQUIN. Qu'est-ce que cela veut dire, adieu ?

FLAMINIA. Trivelin nous a trahis ; le Prince a su l'intelligence qui est entre nous ; il vient de m'ordonner de sortir d'ici, et m'a défendu de vous voir jamais. Malgré cela, je n'ai pu m'empêcher de venir vous parler encore une fois ; ensuite j'irai où je pourrai pour éviter sa colère.

ARLEQUIN, *étonné et déconcerté*. Ah me voilà un joli garçon à présent !

FLAMINIA. Je suis au désespoir, moi ! me voir séparée pour jamais d'avec vous, de tout ce que j'avais de plus cher au monde ! Le temps me presse, je suis forcée de vous quitter : mais avant que de partir, il faut que je vous ouvre mon cœur.

ARLEQUIN, *en reprenant son haleine*. Ahi, qu'est-ce, ma mie ? qu'a-t-il, ce cher cœur ?

FLAMINIA. Ce n'est point de l'amitié que j'avais pour vous, Arlequin, je m'étais trompée.

ARLEQUIN, *d'un ton essoufflé*. C'est donc de l'amour ?

FLAMINIA. Et du plus tendre. Adieu.

ARLEQUIN, *la retenant*. Attendez... Je me suis peut-être trompé, aussi, moi, sur mon compte.

FLAMINIA. Comment, vous vous seriez mépris ? vous m'aimeriez, et nous ne nous verrons plus ? Arlequin, ne m'en dites pas davantage, je m'enfuis.

Elle fait un ou deux pas.

ARLEQUIN. Restez.

FLAMINIA. Laissez-moi aller, que ferons-nous ?

ARLEQUIN. Parlons raison.

FLAMINIA. Que vous dirai-je ?

ARLEQUIN. C'est que mon amitié est aussi loin que la vôtre ; elle est partie : voilà que je vous aime, cela est décidé, et je n'y comprends rien. Ouf !

FLAMINIA. Quelle aventure !

ARLEQUIN. Je ne suis point marié, par bonheur.

FLAMINIA. Il est vrai.

ARLEQUIN. Silvia se mariera avec le Prince, et il sera content.

FLAMINIA. Je n'en doute point.

ARLEQUIN. Ensuite, puisque notre cœur s'est mécompté et que nous nous aimons par mégarde, nous prendrons patience et nous nous accommoderons à l'avenant.

FLAMINIA, *d'un ton doux.* J'entends bien, vous voulez dire que nous nous marierons ensemble.

ARLEQUIN. Vraiment oui ; est-ce ma faute, à moi ? Pourquoi ne m'avertissiez-vous pas que vous m'attraperiez et que vous seriez ma maîtresse ?

FLAMINIA. M'avez-vous avertie que vous deviendriez mon *amant ?

ARLEQUIN. Morbleu ! le devinais-je ?

FLAMINIA. Vous étiez assez aimable pour le deviner.

ARLEQUIN. Ne nous reprochons rien ; s'il ne tient qu'à être aimable, vous avez plus de tort que moi.

FLAMINIA. Épousez-moi, j'y consens : mais il n'y a point de temps à perdre, et je crains qu'on ne vienne m'ordonner de sortir.

ARLEQUIN, *en soupirant.* Ah ! je pars pour parler au Prince ; ne dites pas à Silvia que je vous aime, elle croirait que je suis dans mon tort, et vous savez que je suis innocent ; je ne ferai semblant de rien avec elle, je lui dirai que c'est pour sa fortune que je la laisse là.

FLAMINIA. Fort bien ; j'allais vous le conseiller.

ARLEQUIN. Attendez, et donnez-moi votre main que je la baise... *(Après avoir baisé sa main.)* Qui est-ce qui aurait cru que j'y prendrais tant de plaisir ? Cela me confond[1].

---

1. *(Il sort.)*

Scène VIII

FLAMINIA, SILVIA

FLAMINIA. En vérité, le Prince a raison ; ces petites personnes-là font *l'*amour d'une manière à ne pouvoir y résister. Voici l'autre [1]. À quoi rêvez-vous, belle Silvia ?

SILVIA. Je rêve à moi, et je n'y entends rien.

FLAMINIA. Que trouvez-vous donc en vous de si incompréhensible ?

SILVIA. Je voulais me venger de ces femmes, vous savez bien, cela s'est passé.

FLAMINIA. Vous n'êtes guère vindicative.

SILVIA. J'aimais Arlequin, n'est-ce pas ?

FLAMINIA. Il me le semblait.

SILVIA. Eh bien, je crois que je ne l'aime plus.

FLAMINIA. Ce n'est pas un si grand malheur.

SILVIA. Quand ce serait un malheur, qu'y ferais-je ? Lorsque je l'ai aimé, c'était un amour qui m'était venu ; à cette heure que je ne l'aime plus, c'est un amour qui s'en est allé ; il est venu sans mon avis, il s'en retourne de même, je ne crois pas être blâmable [2].

FLAMINIA, *les premiers mots à part.* Rions un moment. Je le pense à peu près de même.

SILVIA, *vivement.* Qu'appelez-vous à peu près ? Il faut le penser tout à fait comme moi, parce que cela est : voilà de mes gens qui disent tantôt oui, tantôt non.

FLAMINIA. Sur quoi vous emportez-vous donc ?

SILVIA. Je m'emporte à propos [3] ; je vous consulte *bonnement, et vous allez me répondre des à-peu-près qui me chicanent.

FLAMINIA. Ne voyez-vous pas bien que je badine, et que vous n'êtes que louable ? Mais n'est-ce pas cet officier que vous aimez ?

SILVIA. Eh, qui donc [4] ? Pourtant je n'y consens pas encore, à l'aimer : mais à la fin il faudra bien y venir ; car dire toujours non à un

---

1. L'édition de 1732-1758 ajoute l'indication *à part* en tête de la réplique de Flaminia et *À Silvia qui entre* ici. **2.** Par la qualité du style, ces répliques de Silvia sont parmi les plus remarquables de la pièce, et même du théâtre de Marivaux. **3.** La mauvaise humeur de Silvia est caractéristique de cette période de crise où l'amour éprouvé par le personnage commence à surgir dans la zone de la conscience claire. On la trouve dans toutes les grandes pièces, les deux *Surprises, Le Jeu de l'amour et du hasard, Les Serments indiscrets, Les Fausses Confidences,* etc. **4.** C'est-à-dire : « Qui d'autre ? » L'expression est courante à l'époque et chez Marivaux.

homme qui demande toujours oui, le voir triste, toujours se lamen-
tant, toujours le consoler de la peine qu'on lui fait, dame, cela lasse ;
il vaut mieux ne lui en plus faire.

FLAMINIA. Oh ! vous allez le charmer ; il mourra de joie.

SILVIA. Il mourrait de tristesse, et c'est encore pis.

FLAMINIA. Il n'y a pas de comparaison.

SILVIA. Je l'attends ; nous avons été plus de deux heures ensemble,
et il va revenir pour être avec moi quand le Prince me parlera.
Cependant j'ai peur qu'Arlequin ne s'afflige trop, qu'en dites-vous ?
Mais ne me rendez pas scrupuleuse.

FLAMINIA. Ne vous inquiétez pas, on trouvera aisément moyen de
l'apaiser.

SILVIA, *avec un petit air d'inquiétude*. De l'apaiser ! Diantre, il est
donc bien facile de m'oublier, à ce compte[1] ? Est-ce qu'il a fait
quelque maîtresse ici ?

FLAMINIA. Lui, vous oublier ! J'aurais donc perdu l'esprit si je vous
le disais ; vous serez trop heureuse s'il ne se désespère pas.

SILVIA. Vous avez bien affaire de me dire cela ; vous êtes cause que
je redeviens incertaine, avec votre désespoir.

FLAMINIA. Et s'il ne vous aime plus, que diriez-vous ?

SILVIA. S'il ne m'aime plus, vous n'avez qu'à garder votre nouvelle.

FLAMINIA. Eh bien, il vous aime encore, et vous en êtes fâchée ; que
vous faut-il donc ?

SILVIA. Hom ! vous qui riez, je voudrais bien vous voir à ma place.

FLAMINIA. Votre amant vous cherche ; croyez-moi, finissez avec lui
sans vous inquiéter du reste[2].

Scène IX

SILVIA, LE PRINCE

LE PRINCE. Eh quoi ! Silvia, vous ne me regardez pas ? Vous devenez
triste toutes les fois que je vous aborde ; j'ai toujours le chagrin de
penser que je vous suis importun.

SILVIA. Bon, importun ! je parlais de lui tout à l'heure.

LE PRINCE. Vous parliez de moi ? et qu'en disiez-vous, belle Silvia ?

---

1. C'est la peur que l'amant qu'elle a abandonné ne l'oublie qui ramène
la comtesse à Dorante dans *L'Heureux Stratagème*. Ce sentiment est le seul
qui puisse encore faire hésiter Silvia. Celui qui lui succède dans son esprit,
de pitié à l'égard d'Arlequin, est bien moins à craindre.   **2.** *(Elle sort.)*

SILVIA. Oh je disais bien des choses ; je disais que vous ne saviez pas encore ce que je pensais.

LE PRINCE. Je sais que vous êtes résolue à me refuser votre cœur, et c'est là savoir ce que vous pensez.

SILVIA. Hom, vous n'êtes pas si savant que vous le croyez, ne vous vantez pas tant. Mais, dites-moi, vous êtes un honnête homme, et je suis sûre que vous me direz la vérité : vous savez comme je suis avec Arlequin ; à présent, prenez que j'aie envie de vous aimer : si je contentais mon envie, ferais-je bien ? ferais-je mal ? Là, conseillez-moi dans la bonne foi.

LE PRINCE. Comme on n'est pas le maître de son cœur, si vous aviez envie de m'aimer, vous seriez en droit de vous satisfaire ; voilà mon sentiment.

SILVIA. Me parlez-vous en ami ?

LE PRINCE. Oui, Silvia, en homme sincère.

SILVIA. C'est mon avis aussi ; j'ai décidé de même, et je crois que nous avons raison tous deux ; ainsi je vous aimerai, s'il me plaît, sans qu'il y[1] ait le petit mot à dire.

LE PRINCE. Je n'y gagne rien, car il ne vous plaît point.

SILVIA. Ne vous mêlez point de deviner, car je n'ai point de foi à vous. Mais enfin ce Prince, puisqu'il faut que je le voie, quand viendra-t-il ? S'il veut, je l'en *quitte.

LE PRINCE. Il ne viendra que trop tôt pour moi ; lorsque vous le connaîtrez, vous ne voudrez peut-être plus de moi.

SILVIA. Courage, vous voilà dans la crainte à cette heure ; je crois qu'il a juré de n'avoir jamais un moment de bon temps.

LE PRINCE. Je vous avoue que j'ai peur.

SILVIA. Quel homme ! il faut bien que je lui remette l'esprit. Ne tremblez plus, je n'aimerai jamais le Prince, je vous en fais un serment par...

LE PRINCE. Arrêtez, Silvia, n'achevez pas votre serment, je vous en conjure.

SILVIA. Vous m'empêchez de jurer : cela est joli ! j'en suis bien aise.

LE PRINCE. Voulez-vous que je vous laisse jurer contre moi ?

SILVIA. Contre vous ! est-ce que vous êtes le Prince ?

LE PRINCE. Oui, Silvia ; je vous ai jusqu'ici caché mon rang, pour

---

1. Le mot *y* est omis dans l'édition de 1732-1758 et dans les éditions modernes, rendant ainsi la phrase obscure. Noter que, dans la réplique du prince qui suit, *il* (dans *il ne vous plaît point*) est un neutre.

essayer de ne devoir votre tendresse qu'à la mienne : je ne voulais rien perdre du plaisir qu'elle pouvait me faire. À présent que vous me connaissez, vous êtes libre d'accepter ma main et mon cœur, ou de refuser l'un et l'autre. Parlez, Silvia.

SILVIA. Ah, mon cher Prince ! j'allais faire un beau serment ; si vous avez cherché le plaisir d'être aimé de moi, vous avez bien trouvé ce que vous cherchiez[1] ; vous savez que je dis la vérité, voilà ce qui m'en plaît[2].

LE PRINCE. Notre union est donc assurée.

Scène X et dernière

ARLEQUIN, FLAMINIA, SILVIA, LE PRINCE

ARLEQUIN. J'ai tout entendu, Silvia.

SILVIA. Eh bien, Arlequin, je n'aurai donc pas la peine de vous le dire ; consolez-vous comme vous pourrez de vous-même ; le Prince vous parlera, j'ai le cœur tout *entrepris : voyez, accommodez-vous, il n'y a plus de raison à moi, c'est la vérité. Qu'est-ce que vous me diriez ? que je vous quitte. Qu'est-ce que vous me répondrais ? que je le sais bien. Prenez que vous l'avez dit, prenez que j'ai répondu, laissez-moi après, et voilà qui sera fini.

LE PRINCE. Flaminia, c'est à vous que je remets Arlequin ; je l'estime et je vais le combler de biens. Toi, Arlequin, accepte de ma main Flaminia pour épouse, et sois pour jamais assuré de la bienveillance de ton prince. Belle Silvia, souffrez que des fêtes qui vous sont préparées annoncent ma joie à des sujets dont vous allez être la souveraine[3].

---

1. La formule n'est pas sans ressembler à celle qui constitue tout l'aveu d'amour de Lucile dans *Les Serments indiscrets :* « Hum ! si elle [Lisette] a soupçonné que vous m'aimiez, je suis sûre qu'elle se sera doutée que j'y suis sensible. » (Acte V, sc. VII.) Même pudeur de part et d'autre, avec en plus ici la charmante naïveté de Silvia.   **2.** Même idée chez Dorante, dans *Le Jeu de l'amour et du hasard* : « Je ne saurais vous exprimer mon bonheur, Madame ; mais ce qui m'enchante le plus, ce sont les preuves que je vous ai données de ma tendresse. » (Ci-après, p. 937.)   **3.** Ces paroles annoncent un divertissement que le *Mercure* décrit comme se composant « d'un air italien et de quelques danses ; d'un pas de deux entre autres, dansé par les demoiselles Flaminia et Silvia, qui a fait plaisir ». Le *Recueil des Divertissements du Nouveau Théâtre-Italien* contient en effet la musique d'une *Entrée de plaisirs* (légèrement), un chant (gracieusement) :

ARLEQUIN. À présent, je me moque du tour que notre amitié nous a joué ; patience, tantôt nous lui en *jouerons d'un autre.

« Ô vous que la nature / Orne de tant d'attraits / Puissiez-vous à jamais / De tous les soins coquets / Ignorer l'imposture. / Si vous voulez qu'avec ardeur / Ce Prince toujours vous chérisse / Gardez-lui pour tout artifice *(bis)* / L'innocence de votre cœur. » La musique d'un passe-pied et un dernier chant : « Achevons cette comédie / Par un trait de moralité. / Tout cœur de femme en cette vie / Est sujet à légèreté. / Mais s'il faut vous le dire en somme / En revanche aussi tout cœur d'homme *(bis)* / Ne vaut pas mieux en vérité. »

Comme le note le marquis d'Argenson dans sa notice (voir p. 302, note 1), ce divertissement ne se donnait plus de son temps (1740 ou 1750 environ). Voir F. Rubellin, « Les divertissements de *La Double Inconstance* », *L'École des Lettres*, fév. 1997, n° 8, p. 114-125.

LE PRINCE TRAVESTI

COMÉDIE EN TROIS ACTES ET EN PROSE
REPRÉSENTÉE POUR LA PREMIÈRE FOIS
LE 5 FÉVRIER 1724
PAR LES COMÉDIENS-ITALIENS

NOTICE

On ne peut trouver de meilleur exemple que *Le Prince travesti* pour illustrer la diversité de la production dramatique de Marivaux. Non seulement l'écrivain s'y écarte du thème de la surprise de l'amour, qu'il avait plus ou moins traité dans les trois pièces précédentes, pour aborder un sujet fondé sur le jeu de passions déclarées et ouvertes, mais il pourvoit cette œuvre nouvelle d'une telle variété de tons, qu'elle est comme un défi à la notion de genre en vigueur à l'époque. Les critiques, comme on peut s'y attendre, n'en ont été que plus ardents à la classer. Une pièce qui « tirait des larmes » au public dès le premier acte[1] pouvait difficilement être considérée, comme le faisait l'auteur, comme une simple « comédie[2] ». Aussi le premier compte rendu du *Mercure* préférait-il en faire une « comédie héroïque ». Mais ce genre, solidement constitué par l'*Amphitryon* de Molière, comporte des personnages supérieurs à l'humanité moyenne, dieux ou héros, c'est-à-dire demi-dieux. Or les personnages du *Prince travesti* n'ont rien de surhumain dans leurs actes, ni de légendaire dans leurs origines. Une analyse plus exacte devait donc dépasser ce point de vue. En fait, dès 1730, le rédacteur des *Lettres sérieuses et badines* faisait de l'œuvre de Marivaux une pièce *di cappa e spada*, en précisant qu'on appelle ainsi « certaines comédies napolitaines, parce qu'il y entre des princes et des gens de basse condition[3] ». Pourtant, quoique cette définition savante convienne en effet au *Prince travesti*, le déroulement feutré de l'action ne correspond plus à l'idée que l'on se fait ordinairement des

---

1. Selon le compte rendu du *Mercure*, à propos de la première entrevue entre Hortense et Lélio : « Cette scène a paru très tendre, elle a tiré des larmes. » Voir ci-après, p. 388.　　**2.** Tel est le sous-titre de la pièce, dans l'édition originale, dont on trouvera la description plus loin, p. 391.　　**3.** Voir ci-après, p. 385, note 3.

ouvrages de ce type. Les noms de comédie ou de tragédie historique ne s'appliquant pas, malgré le goût certain de l'auteur pour la haute politique, à une pièce plus indifférente encore que celle de Shakespeare aux temps et aux lieux réels [1] — et le rapprochement avec le drame romantique ne faisant qu'éclairer les origines de ce dernier genre sans rendre compte de la pièce de Marivaux —, il ne resterait plus à voir dans *Le Prince travesti*, comme l'avait déjà fait un contemporain [2], qu'une tragi-comédie, mise certes au goût de 1720, c'est-à-dire réduite aux trois unités, allégée quant à l'intrigue et épurée pour les mœurs, mais conservant, avec le dénouement heureux, le mélange d'émotion et de bouffonnerie caractéristique du genre.

Faut-il aller plus loin et penser que la pièce de Marivaux tire son origine d'une tragi-comédie précise, en l'espèce, comme l'a suggéré Félix Hémon [3], des *Occasions perdues*, de Rotrou ? Un résumé de cette tragi-comédie permettra de mesurer les ressemblances et les différences avec la pièce de Marivaux. Alphonse, roi de Sicile, irrité de l'amour que Clorimand, son favori, a inspiré à l'infante, sa sœur, l'envoie en ambassade à Naples en ordonnant secrètement aux gentilshommes qui l'accompagnent de le tuer. Au moment où ils vont accomplir leur mission, la présence fortuite d'Hélène, reine de Naples, arrache Clorimand à la mort. La reine, touchée de ses infortunes, tombe amoureuse de lui. Elle charge sa suivante, Isabelle, aimée d'Adraste, de feindre de l'amour pour Clorimand et de lui donner un rendez-vous : la maîtresse y prend, bien entendu, la place de la suivante. Sur ces entrefaites, Alphonse arrive à la cour sous le titre d'ambassadeur afin de demander, pour le compte du roi de Sicile, c'est-à-dire lui-même, la main de la reine de Naples, dont il

---

1. Il est douteux que, comme le suggère Larroumet (*Marivaux, sa vie et ses œuvres*, pp. 289-290), l'auteur « ait voulu indiquer dans le caractère de la princesse, souveraine absolue, femme impérieuse et violente, l'étrange et redoutable aspect sous lequel se montre l'amour au Moyen Âge et au XVIᵉ siècle, dans ces petites cours d'Espagne et d'Italie, où l'intrigue tournait vite au drame, et où la passion s'aiguisait de cruauté ». Ces traits font partie de la tradition romanesque. Si l'on veut chercher quelle réalité ils représentent pour Marivaux, il faut essayer de le faire là où on les trouve constitués dans son œuvre pour la première fois : dans *Les Effets surprenants de la sympathie*. Et l'on serait alors conduit peut-être davantage vers l'Allemagne que vers l'Espagne ou l'Italie.   **2.** Gueullette, dans ses *Notes et Souvenirs sur le Théâtre-Italien*, Paris, éd. Droz, 1938, p. 103.   **3.** « Études nouvelles sur Rotrou », article paru dans la *Revue politique et littéraire* du 15 juillet 1882.

est amoureux. La reine fait donner un second rendez-vous à Clorimand, et lui promet de lui accorder ses faveurs comme un gage de leur mariage. Mais le messager remet par erreur le billet à Alphonse : fou de joie, celui-ci se précipite au rendez-vous. Clorimand, de son côté, vient au rendez-vous donné par Isabelle, qui, à force de feindre de l'amour pour lui, en est venue à l'aimer réellement. Mais il y est devancé par Adraste, amoureux jaloux d'Isabelle : celle-ci, le prenant pour Clorimand, le traite en amant favorisé. Pendant ce temps, la reine, ne reconnaissant pas Clorimand dans l'homme qui se présente à elle, veut le faire arrêter et punir. Mais Clorimand vient au secours de son roi et repousse les gardes d'Hélène. Quand celle-ci apprend qu'elle a affaire à Alphonse lui-même, et non à son ambassadeur, elle se résigne à lui accorder sa main. Isabelle, de son côté, pour soutenir son attitude, est bien obligée d'épouser Adraste, à qui elle n'a plus rien à refuser... Si bien que Clorimand, aimé de deux femmes décidées à se donner à lui, reste « ... mari sans femme et prince sans couronne » : ce qui justifie le titre de la pièce. Il obtient d'ailleurs, à titre de consolation, la main de l'infante de Sicile. Un quatrième mariage est même encore conclu, celui de Cléonte, qui aimait secrètement la reine, avec une cousine de cette princesse.

Cette analyse fait apparaître quelques rapprochements avec *Le Prince travesti*. Clorimand, comme Lélio, est aimé de la reine et de sa dame d'honneur. La reine épouse chez Rotrou, comme chez Marivaux, un roi étranger qui a fait sa demande déguisé en ambassadeur. Chez Rotrou, la reine, sollicitée par lui de lui accorder sa main, consulte Cléonte, qui, trompé par certaines équivoques, l'encourage à préférer le gentilhomme au roi : Marivaux s'est peut-être souvenu à deux reprises de cette scène, quand Hortense donne le même conseil à la princesse, et quand celle-ci charge Lélio de répondre, en son nom, à l'ambassadeur qui demande sa main. Enfin, le burlesque personnage de Lysis, qui, par un sommeil inopportun, laisse surprendre son maître, n'est pas sans faire penser au balourd Arlequin. Mais les différences sont aussi considérables. Ainsi, le couple Lélio-Hortense, qui concentre tout l'intérêt chez Marivaux, n'a guère de précédent chez Rotrou. Clorimand est un homme d'honneur, mais un amant indigne : ce n'est que faute d'une occasion de l'oublier entre les bras d'une autre femme — peu importe laquelle — qu'il reste fidèle à l'infante. Isabelle peut encore moins rivaliser avec Hortense. Seules les circonstances l'amènent à prendre de l'amour pour Clorimand, et elle se résigne à le perdre sans chagrin excessif.

Comme c'est l'exceptionnelle gravité de cet amour entre Hortense et Lélio qui marque *Le Prince travesti* d'une empreinte originale, on ne doit accorder aux rapprochements faits plus haut qu'une importance relative. Ils attestent sans doute que Marivaux a lu la pièce de Rotrou et en a retenu quelques idées, mais ils ne prouvent pas qu'il y ait pris la conception fondamentale de son sujet.

D'autres rapprochements ont été proposés. *Le Prince travesti*, avec *Arlequin poli par l'amour* et *La Fausse Suivante*, est une des pièces les plus shakespeariennes de Marivaux : que faut-il penser des analogies qu'elle offre avec *La Nuit des rois*[1] ? Jusqu'à preuve du contraire, il faut sans doute s'en tenir à la conclusion que les deux pièces s'inspirent l'une et l'autre d'une tradition commune, sans doute espagnole. Car, outre les difficultés qu'aurait eues Marivaux à cette époque de connaître Shakespeare[2], les parentés entre la pièce de Marivaux et celle de Shakespeare sont bien vagues. L'atmosphère, le brillant du dialogue les rapprochent sans doute, mais ce sont là des éléments qui ne s'expliquent pas nécessairement par une filiation directe. En revanche, les intrigues sont très différentes. La pièce de Shakespeare est bâtie sur des procédés conventionnels (ressemblance parfaite d'un frère et d'une sœur, travestissement de celle-ci en homme, etc.) qui n'ont aucun équivalent dans *Le Prince travesti*. Enfin, et c'est l'essentiel, il faut observer que Marivaux a déjà traité à deux reprises, dans un roman de jeunesse, *Les Effets surprenants de la sympathie*, à une époque où il ne connaissait sûrement pas Shakespeare, le thème d'un grand amour persécuté par la jalousie d'une reine.

Ces deux histoires sont liées, puisque la reine est la même dans les deux cas, ainsi que sa rivale, qui est une fille de sa suite et sa confidente. Les voici dans l'ordre où elles se présentent au lecteur, c'est-à-dire, en raison du procédé traditionnel du récit à tiroirs, dans l'ordre inverse de l'ordre chronologique.

Frédelingue, jeune homme d'une illustre maison d'Allemagne, est envoyé par ses parents, après ses études, dans les cours étrangères,

---

1. Ce rapprochement avec la pièce de Shakespeare intitulée *Twelfth Night* a été fait par X. de Courville, dans son Introduction au *Prince travesti* de l'édition du *Théâtre choisi de Marivaux*, à la Cité des Livres. **2.** On mentionne parfois les liens d'amitié entre Marivaux et La Place, premier traducteur de Shakespeare, qui aurait pu communiquer à son ami, avant la publication, la traduction de certains morceaux. Mais La Place, qui publiera son *Théâtre anglais* en 1745-1748, n'avait en 1724 qu'à peine dix-sept ans !

« afin que les voyages hâtassent cette sage expérience de la vie, qui seule lui manquait ». Il parcourt la France, l'Angleterre, l'Espagne, jusqu'à ce qu'il arrive dans une « province » gouvernée par une princesse. Celle-ci le « distingue », lui donne « des marques en public de l'estime la plus obligeante ». Un jour, Frédelingue apprend la mort de son père, et se prépare à aller consoler sa mère. La princesse lui déclare à cette occasion qu'il n'est « point d'emploi à sa cour » qu'elle ne soit prête à lui offrir pour se l'attacher. Le soir, on apporte un billet à Frédelingue. On lui fixe un rendez-vous nocturne dans une allée du château. La veille de ce rendez-vous, il se rend en visite chez un ami, comptant rentrer à temps pour ce rendez-vous. Surpris par un orage, il entre dans un jardin, puis dans un pavillon, et y trouve une belle endormie, dont il tombe amoureux. Des lettres placées à côté d'elle excitent sa jalousie. Elle s'éveille, le voit sans colère, mais lui ordonne de fuir : « N'augmentez point mes malheurs, lui dit-elle, en me rendant témoin du sort qui vous attend. » Frédelingue lui demande de revenir au même endroit à minuit, pour qu'il puisse la soulager de ses malheurs.

Entre-temps, il se rend au rendez-vous qui lui a été fixé. Il a la surprise d'y trouver la princesse. Celle-ci lui laisse voir son amour, que Frédelingue, embarrassé, feint de ne pas comprendre. La princesse n'hésite pas à lui déclarer que le respect qu'il prétend avoir montré jusqu'ici « n'est qu'une grimace dont [elle] n'[a] pas besoin ».

Après s'être tiré avec peine de cette situation délicate, Frédelingue va retrouver Parménie, et la trouve en butte aux brutales avances d'un jeune homme. Il le blesse et en débarrasse Parménie. Celle-ci l'accueille en libérateur et lui raconte son histoire. Nous n'en retiendrons qu'un épisode. Alors qu'elle était à la cour de la même princesse qui a déclaré son amour à Frédelingue, la princesse a cru, à tort, qu'elle était sa rivale auprès d'un certain Mériante. Il n'en était rien, mais cette jalousie a eu des suites funestes. La princesse l'avait fait exiler dans un château et avait essayé de la marier contre sa volonté. Mériante lui-même était mort dans des circonstances tragiques. Finalement, Parménie avait été enlevée et séquestrée par le frère de la princesse, qui était aussi devenu amoureux d'elle. Ainsi, Frédelingue et Parménie ont à redouter, l'un la vengeance de la princesse, l'autre la jalousie du frère de celle-ci, au cas où leur amour éclaterait. C'est ce qui arrive, malgré les mesures qu'ils essaient de

prendre, et ils n'ont d'autre ressource que de fuir cette cour dangereuse et de se réfugier en France [1].

Dans cette histoire romanesque, on retrouve les trois personnages
principaux du *Prince travesti*, une princesse passionnée et jalouse,
quoique accessible au remords, quand elle considère les malheurs
qu'elle provoque [2], une jeune fille de sa suite, qu'elle aime d'ailleurs
et traite comme sa confidente, un noble étranger qui conquiert le
cœur des deux femmes. L'intrigue de la pièce est aussi presque
entièrement contenue dans *Les Effets surprenants de la sympathie*.
Marivaux doit surtout procéder à un travail de concentration. Des
deux intrigues qui mettent aux prises la reine et son amie, il n'en
retient qu'une, éliminant la moins dramatique [3]. Il renforce les liens
entre la princesse et sa rivale, en faisant de celle-ci une parente et
une amie très chère : c'est elle qui sera chargée aussi du rôle d'intermédiaire entre la princesse et l'homme qu'elle aime [4]. Sans oublier
l'idée du secours providentiel apporté par le héros à la jeune fille
en péril, Marivaux le rejette dans le passé pour respecter l'unité de
temps et de lieu, et obéir à l'esthétique qui proscrit de la scène les
actions physiques.

En contrepartie, le théâtre de l'âge classique fournit quelques éléments d'intrigue. Le roi de Castille caché sous le nom d'ambassadeur
pourrait venir de Rotrou ; Lélio est un prince déguisé comme Don
Sanche d'Aragon, chez Molière : ce double déguisement permet un
dénouement plus satisfaisant, quoique moins vraisemblable, que la
fuite des deux amoureux dans le roman. Frédéric rappelle aussi les

---

1. *Les Effets surprenants de la sympathie*, *Œuvres de jeunesse*, p. 114 et
suiv. ; le récit de Parménie commence p. 131. **2.** À cet égard, les revire-
ments de la princesse dans *Les Effets surprenants de la sympathie* éclairent
le changement d'attitude final de la princesse dans la pièce de théâtre, qui a
parfois été jugé trop brusque. **3.** Celle où la princesse était jalouse de
Mériante, qui aimait Parménie sans être payé de retour. **4.** Ici encore,
Marivaux reprend partiellement un thème qu'il avait traité avec beaucoup de
délicatesse dans *Les Effets surprenants de la sympathie*. Dans une histoire
intercalée dans celle de Parménie, on voyait le héros, Merville, aimé d'une
dame turque, Halila. Celle-ci, ignorant le français, chargeait de son message
amoureux une esclave, Frosie, qui était elle-même en secret éprise de Merville. L'embarras de Frosie était donc celui d'Hortense. Néanmoins, l'éclairage
des deux intrigues est tout différent. Favorable aux dames turques, comme
son confrère l'abbé Prévost, Marivaux donne le beau rôle à Halila, et fait de
Frosie une dangereuse intrigante. Nous n'avons donc ici qu'une source très
secondaire du *Prince travesti*.

mauvais conseillers comme il en existe dans le théâtre de Corneille, mais bénéficie aussi de méditations antérieures dans *Le Spectateur français*[1]. Enfin, l'atmosphère de la pièce doit peut-être quelque chose au *Bajazet* de Racine. Mais la plupart de ces traits, on le notera, remontent finalement aussi à la tradition romanesque. Et puisque l'on parle de la tragédie classique, il ne faut pas oublier non plus le rôle de la tradition italienne. C'est elle qui, avec la volonté de l'auteur d'alterner les moments de tension et de détente, explique l'introduction dans la pièce du personnage d'Arlequin.

Quelle que soit la maîtrise avec laquelle Marivaux a su réduire les données complexes de ses sources au cadre d'une pièce régulière, ce sont surtout les rôles « magnifiques » d'Hortense et de Lélio, le premier surtout, qui ont assuré le succès du *Prince travesti* et qui l'assurent encore. Aussi brillantes que les plus brillantes qui soient sorties de sa plume, les scènes VI et VIII de l'acte premier sont en même temps d'une gravité de ton qui les met hors de pair dans toute son œuvre. La dernière scène du second acte transcende encore davantage l'image conventionnelle du marivaudage. Jamais encore chez Marivaux une héroïne n'avait renoncé à toutes les conventions au point de *ne plus se gêner* et de *dire tout*. L'admirable cri de passion d'Hortense se poursuit en une tirade frémissante, aux phrases entrecoupées[2], qui est une véritable révélation sur la scène comique française : Dona Elvire avait à peine eu de tels accents de tendresse inquiète pour Don Juan, et seule Pauline s'était adressée à Polyeucte en des termes plus émouvants.

Préparé à un théâtre plus libre que celui des « Français », le public du Théâtre-Italien sut apprécier les qualités du *Prince travesti*, qui fut représenté pour la première fois le 5 février 1724. Dix-sept représentations se succédèrent jusqu'à la clôture de Pâques[3]. Le *Mercure* souligna la « vivacité » des scènes entre Hortense et Lélio : le seul

---

1. Voir ci-après, acte I, sc. XIII, p. 419, note 2. **2.** Voir ci-après le jugement de La Barre de Beaumarchais. **3.** La recette fut de 1 324 livres le premier soir ; puis de 1 889 le 8 février ; de 1 472 le 11 février ; de 2 518 le 13 février ; de 1 054 le 15 février ; de 1 091 le 17 février ; de 1 565 le 28 février ; de 816 le 1ᵉʳ mars ; de 548 le 3 ; de 1 445 le 5 ; de 694 le 7 (avec *Le Fleuve d'oubli*) ; de 1 253 le 12 ; de 2 488 le 14 (avec deux nouveautés) ; de 724 le 18 ; de 471 le 20 ; de 652 le 30, enfin de 1 143 livres le 1ᵉʳ avril. Total des recettes : 21 157 livres (comprenant, il est vrai, une recette exceptionnelle le 14 mars).

défaut que le rédacteur trouvât à la pièce était l'excès d'esprit[1]. Les auteurs rivaux furent moins indulgents. Selon *Les Vacances des théâtres*, comédie de Fuzelier jouée le 1er avril 1724 à la foire Saint-Laurent, on reprocha au *Prince travesti* d'être « des plus obscurs » à cause des « idées métaphysiques dont il [était] assaisonné ». Quoique cette obscurité ne nous apparaisse plus guère, elle nuisit peut-être au succès de l'ouvrage, qui fut pourtant repris dès l'année suivante, puis au plus tard le 7 mai 1729, dans sa version en cinq actes[2]. C'est vers cette époque que La Barre de Beaumarchais, à l'occasion d'une réédition hollandaise du *Prince travesti*, en fit un compte rendu où, à son habitude, il allait à l'essentiel :

« *Le Prince travesti* et *La Fausse Suivante* [...] sont toutes deux de Marivaux, et toutes deux lui font honneur. Cependant, je crois devoir mettre une grande différence entre elles. Voulez-vous que je vous le dise ? J'oserais presque assurer que la seconde fut mieux reçue que la première. Non que celle-ci me paraisse méprisable. Bien loin de là, le faux Lélio et Hortense y jouent un rôle magnifique. Mais enfin cette pièce *di cappa e spada*[3] serait triste sans Arlequin et Lisette[4]. »

En revanche, le marquis d'Argenson, qui du reste ignore l'auteur de la pièce[5], est à l'égard du *Prince travesti* d'une grande injustice. Non que ses critiques ne soient parfois fondées, mais elles portent sur des points mineurs, et ne sont compensées par aucun éloge.

« *Le Prince travesti* [...] c'est une véritable pièce héroïque italienne, je la crois traduite de l'italien ou peut-être de l'espagnol, je l'ignore. Nuls caractères variés ni soutenus ; Hortense n'a qu'un

---

1. Voir ci-après le texte intégral de ce compte rendu. **2.** Voir le *Mercure* de mai 1729, p. 991. Les registres du Théâtre-Italien indiquent cinq représentations en février-mars 1725, puis manquent jusqu'au 6 avril 1728. Voir à l'Appendice le tableau des représentations, p. 2148. **3.** Une note précise comme suit le sens de cette expression : « On appelle ainsi certaines comédies napolitaines, parce qu'il y entre des princes et des gens de basse condition. Les Romains donnaient à ces pièces les noms de *praetextatae* et de *trabeatae*. Ces dernières étaient ainsi nommées parce qu'il y entrait des rois et des triomphateurs. » **4.** *Lettres sérieuses et badines*, tome III, seconde partie, p. 265. **5.** La pièce fut jouée sans que le nom de l'auteur fût annoncé. L'édition originale est anonyme, et celle de Briasson, 1733, l'est également. Mais la page de titre y est suivie d'une *liste des pièces de théâtre de M. de Marivaux*. L'exemplaire du *Nouveau Théâtre-Italien* que possédait le marquis d'Argenson devait comprendre *Le Prince travesti* en édition originale.

bavardage long et insupportable[1], on ne sait ce que devient le
ministre Frédéric ; le roi de Castille n'est pas délicat dans les amours
ni dans son hymen, il épouse les restes d'un autre amant pour qui
la princesse brûle encore quand il l'épouse. Les événements n'y sont
pas assez marqués ni assez amenés, il y a quantité de contradictions
dans l'intrigue[2]. »

La sévérité excessive de ce jugement s'explique très probablement
par le fait que d'Argenson ne connaît déjà plus *Le Prince travesti*
que par la lecture. C'est aussi pourquoi cette pièce, qui n'était plus
jouée au XIXe siècle, fut négligée des critiques jusqu'au moment où
Larroumet tenta de la réhabiliter. Sous son influence peut-être, elle
fut montée à l'Odéon en 1897. Une autre reprise, à la Petite Scène,
en 1922, trouva bon accueil auprès de la critique. Ce n'est pourtant
qu'en 1949 que *Le Prince travesti* fut inscrit au répertoire de la
Comédie-Française. Il fut repris avec succès en 1966 ; en 1988 le
nombre total des représentations s'élevait à 80. Cette pièce semble
depuis quelques années intéresser de plus en plus les metteurs en
scène, qui se penchent sur le problème de son unité et évoquent
son aspect shakespearien : Daniel Mesguish en 1975 (Théâtre de la
Roquette), Antoine Vitez en 1983 (Théâtre National de Chaillot),
Jean-Louis Martinelli en 1989 (Théâtre de Lyon).

COMPTE RENDU DU *MERCURE DE FRANCE*

« Le 5. de février, les Comédiens-Italiens donnèrent sur leur
théâtre la première représentation d'une comédie héroïque, qui a
pour titre *L'Illustre Aventurier, ou le Prince travesti*. Cette pièce
n'avait pas été annoncée pour le jour qu'elle fut donnée : nouvelle
manière de frauder les droits de la critique dont l'invention a paru
très sensée. Jamais le déchaînement ne fut si grand contre les nouveautés qu'il l'est depuis quelques années ; et les meilleurs ouvrages
sont exposés tous les jours à être décriés, et à tomber avant que
d'être connus. La seconde représentation de cette pièce a été des
plus complètes, elle s'est passée sans tumulte, les beaux endroits
ont été raisonnablement applaudis, et tout le reproche qu'on a fait
à l'auteur, c'est d'avoir mis trop d'esprit dans les dialogues. Ce

---

1. D'Argenson pense apparemment à la première scène entre Hortense et
la princesse.   2. Suit un résumé de la pièce (bibliothèque de l'Arsenal,
manuscrit n° 3454, f° 373).

défaut a quelque chose de si brillant qu'on ne peut guère se résoudre à s'en corriger. Nous allons rendre compte au public de ce que nous avons retenu dans cette seconde représentation, et nous espérons qu'on nous fera grâce sur quelques particularités qui pourraient nous avoir échappé.

ACTEURS

La Princesse de ... La demoiselle Flaminia.

Le Fils du Roi de Léon, sous le nom de Lélio, illustre aventurier. Le sieur Lélio.

Hortense, amie et confidente de la princesse. La demoiselle Silvia.

Frédéric, ministre de la princesse. Le sieur Dominique.

Arlequin, valet de Lélio.

Lisette, maîtresse d'Arlequin.

Le Roi de Castille, sous le nom d'ambassadeur. Le sieur Mario.

Un exempt et des gardes.

ACTE I

« Dans la première scène, la Princesse fait entendre à Hortense qu'elle aime Lélio, et que si elle en croyait son cœur elle le préférerait au roi de Castille qui demande sa main par son ambassadeur. Hortense lui dit que la vertu doit l'emporter sur la naissance, et que Lélio ayant toutes les qualités qui peuvent faire un grand roi, indépendamment de l'éclat que d'illustres aïeux pourraient lui prêter, elle ne doit pas balancer à le choisir pour époux. Pour moi, ajoute-t-elle, je n'ai jamais vu ce Lélio, mais s'il est tel que vous me le dépeignez, je le préférerais à tous les amants du monde. Je n'en excepte qu'un, poursuit-elle ; c'est un inconnu qui me secourut généreusement dans le plus grand danger que j'aie couru de ma vie. Il me parut si tendre et si passionné, que je n'aurais pas hésité à lui donner mon cœur, s'il eût été à moi ; mais je le devais à mon époux, qui depuis a payé le tribut à la nature ; je ne sais ce que cet amant est devenu ; mais je sais bien qu'il n'eut pas moins de regret à s'éloigner de moi, que je n'en eus à le congédier. Cette exposition a mis d'abord les spectateurs au fait, ils n'ont pas douté que Lélio ne fût le libérateur d'Hortense, et les a préparés aux événements que la suite de la pièce leur promettait. Arlequin vient dans la seconde scène, la Princesse et Hortense ont beau l'interroger sur la naissance de Lélio, il n'en est pas plus instruit qu'elles. La Princesse et Hortense se retirent. Lélio et Arlequin ont une scène qui ne rend pas les spectateurs plus savants ; Lélio n'estime pas assez Arlequin pour lui déclarer qu'il est fils du roi de Léon. Il ne se fait connaître pour tel que dans un monologue, où après avoir dit quelque chose de sa passion secrète pour une aimable personne à qui il a sauvé la vie, il se détermine à épouser la Princesse, n'espérant plus revoir l'inconnue dont il conserve un souvenir si tendre. Mais quelle est sa surprise dans la scène suivante ? Hortense vient, il reconnaît en elle son adorable inconnue, elle reconnaît en lui son aimable libérateur. Mais elle est plus réservée que lui à lui ouvrir son cœur ; elle lui reproche même l'ambitieux dessein qu'il forme sur l'hymen de la Princesse. Cette scène a paru très tendre, elle a tiré des larmes, et les traits d'esprit qui y sont semés partout ont produit leur effet sur ceux qui aiment cette manière d'écrire : il faut avouer que, si elle n'est pas tout à fait naturelle, elle a quelque chose d'éblouissant qui va jusqu'à la séduction. Lélio reste seul sur la scène ; il est abordé par Frédéric. Ce Frédéric est un esclave de la Fortune qui sacrifie tout à cette inconstante divinité. Il tâche de se ménager la protection de Lélio, pour un poste de secrétaire d'État ; Lélio ne lui témoigne que du mépris. Ce mépris ne le rebute pas, il offre sa fille en mariage à ce favori de sa reine. Cette offre n'est pas mieux reçue que son humble requête. Lélio le quitte après lui avoir confirmé le peu de cas qu'il fait de son mérite. Frédéric jure sa perte, et voyant venir Arlequin, il n'oublie rien pour corrompre sa fidélité. Il lui donne de l'argent, il lui fait espérer cent écus de pension, et une jolie fille pour épouse. Arlequin résiste quelque temps, mais enfin l'offre de la jolie fille le détermine à servir Frédéric aux dépens de Lélio, et à dire à ce ministre tout ce qu'il saura de son maître.

ACTES II ET III

« Arlequin et Lisette ouvrent le second acte. Lisette est cette fille que Frédéric lui a promise pour prix de sa trahison envers son maître. Elle exhorte Arlequin à tenir parole à Frédéric, qui est en état de faire leur fortune, quand ils seront mariés. Elle joint à l'empire que ses yeux ont déjà pris sur son cœur une dose de superstition. Elle lui fait croire qu'un célèbre enchanteur lui a prédit autrefois qu'elle épouserait un beau brunet avec qui elle serait très heureuse. Arlequin se livre à son étoile, et croirait faire un crime horrible de la faire mentir. Il se détermine donc à trahir son maître, en faveur de Lisette et de l'Étoile qui lui annonce tant de bonheur avec elle. Lélio vient, Arlequin se cache pour l'écouter. Il entend que son maître parle de la Princesse, et qu'il craint qu'elle n'ait surpris quelques regards que la violence de son amour lui a fait jeter sur Hortense. Il veut mettre à profit cette nouvelle découverte ; il lui reste cependant un scrupule à combattre ; il ne peut se résoudre à trahir un si bon maître sans son aveu. Le trait est digne d'Arlequin ; mais on doute qu'il convienne à Lélio de lui permettre de dire à Frédéric tout ce qu'il découvrira, pour mériter la fortune que ce lâche courtisan lui a promise. Cependant il le fait, et cette imprudente permission met le Prince travesti et Hortense dans un danger très pressant. Lélio se retire pour aller chercher sa chère Hortense. Arlequin se détermine à dire à Frédéric tout ce qu'il sait, et sort un moment après pour céder la place à la Princesse et à Hortense. La Princesse témoigne son chagrin à Hortense. Elle craint que Lélio ne l'aime pas ; elle demande à Hortense qu'elle avait chargée d'apprendre à Lélio les sentiments qu'elle a pour lui, ce qu'il lui a répondu. Hortense lui dit que Lélio a reçu ses bontés avec beaucoup de reconnaissance et de respect. La Princesse, peu satisfaite d'une si froide réponse, commence à soupçonner Hortense d'être sa rivale ; elle se rappelle de tendres regards qu'elle a surpris entre ces deux amants. Hortense, poussée à bout, demande à la Princesse la permission de se retirer dans ses États. Il y a apparence qu'elle est princesse, mais d'un rang inférieur à celui de sa jalouse rivale[1]. La Princesse ne consent pas à sa retraite, elle va plus loin ; elle lui dit qu'elle donnera de bons ordres pour l'empêcher de la quitter. C'est lui déclarer qu'elle est sa prisonnière, quoiqu'elle ne soit pas sa sujette. La Princesse se retire voyant venir Lélio ; elle charge Hortense de lui parler encore en sa faveur. Cela produit une de ces situations assez ordinaires dans la plupart des tragédies ; mais qui ne laissent pas d'être intéressantes. La scène entre les deux amants est très vive, surtout de la part d'Hortense. Lélio lui conseille la fuite, elle lui fait entendre qu'elle est impossible, et que la Princesse les fait observer, et peut-être écouter. Lélio lui apprend qu'il est d'un rang à ne rien craindre, et veut s'aller faire connaître à la Princesse. Hortense lui dit que ce serait avancer leur perte, que de mettre la

---

1. Voyez ci-après, p. 399 : « Vous et moi nous restons seules de la famille de nos maîtres », dit Hortense à la Princesse.

Princesse au désespoir : Voilà le nœud de la pièce. On voit bien à peu près ce qui en doit faire le dénouement. C'est la générosité de la Princesse, qui, ayant appris par Arlequin que Lélio aime Hortense, et qu'il en est tendrement aimé, renonce à la poursuite d'un cœur qui s'est déjà donné à un *(sic)* autre. Elle épouse le roi de Castille, et consent qu'Hortense soit à Lélio. On pardonne à Arlequin, qui peut-être épouse Lisette ; nous prions encore nos lecteurs de nous pardonner quelque défaut de mémoire sur l'ordre des scènes. Il est souvent nécessaire de l'observer exactement pour rendre les situations plus chaudes ; par exemple nous en avons oublié une qui doit jeter plus d'intérêt dans celle qui se fait entre la Princesse et Hortense ; c'est qu'Arlequin vient dire à la Princesse qu'il croit que Lélio l'a trahi *(sic)*, et qu'il en aime une autre ; c'est là une suite de l'imprudence de son maître qui lui a permis de le trahir pour faire sa fortune. Nous passons sous silence d'autres scènes qui ne sauraient être d'un grand intérêt, quoiqu'elles soient nécessaires. Telle est celle qui se passe entre le roi de Castille, sous le titre d'ambassadeur, Lélio et Frédéric. On y parle du mariage de la Princesse avec ce roi qui la fait demander. Quoique Lélio ait un très grand intérêt à cet hymen, il ne laisse pas de s'y opposer, ou du moins de demander du temps pour examiner une alliance dont la félicité des deux peuples dépend. Ce n'est pas à nous à nous prononcer là-dessus ; nous attendons le jugement du public, pour en faire part à nos lecteurs. C'est une règle que nous nous sommes prescrite, et que nous promettons d'observer inviolablement.

« Cette pièce a été mise depuis en cinq actes [1]. »

LE TEXTE

D'après Gueullette, chroniqueur du Théâtre-Italien de Luigi Ricco-boni, le troisième acte du *Prince travesti* ayant déplu, Marivaux en aurait fait un « tout nouveau [2] ». La valeur de cette indication a été mise en doute d'après les renseignements donnés par le *Mercure* [3], copié par les frères Parfaict, qui parle d'une division de la pièce en cinq actes au lieu de trois. En fait, il semble bien que la mise en cinq

---

1. Février 1724, pp. 346-354.   **2.** Voici sa note sur *Le Prince travesti* : « Tragi-comédie de M. de Marivaux. Le troisième acte ayant déplu, il en fit un tout nouveau. Il y a bien du bon. » (T.-S. Gueulette, *Notes et Souvenirs sur le Théâtre-Italien*, édit. J.-E. Gueulette, Droz, 1938, p. 103.)   **3.** Voir ci-dessus le compte rendu du *Mercure, in fine*.

actes a été faite en un second temps, tandis que, dans un premier temps, Marivaux aurait seulement remanié le troisième acte. C'est ce qui ressort d'une lettre de Maltot écrite à la marquise de Balleroy presque au lendemain de la première représentation :

« Le 5 (février), les Comédiens-Italiens ont joué *Le Prince travesti*, de Marivaux. Les deux premiers actes sont excellents, et l'auteur a promis de corriger le troisième [1]. »

On ne possède malheureusement aucun état de la pièce antérieur à celui de l'édition originale, qui ne suivit les premières représentations qu'après un long intervalle, et qui est en trois actes. Cette édition, annoncée par le *Mercure* de juin 1727 [2], se présente comme suit :

LE PRINCE / TRAVESTI. / ou / L'ILLUSTRE / AVANTURIER *(sic)* / *COMEDIE*. / A PARIS, / chez Noel Pissot, Quay de Conty, / à la descente du Pont-Neuf, au coin / de la ruë de Nevers, à la Croix d'or. / (*Filet*) / M. DCC. XXVII. / *Avec approbation & Privilege du Roy*. / IV (titre, Acteurs, privilège) + 132 pages (approbation au bas de la page 132).

Approbation : « J'ai lu par l'ordre de Monseigneur le Garde des Sceaux, la Comédie intitulée *le Prince travesti*, ou *l'Illustre Avanturier (sic)*, qui peut être imprimée. À Paris, le 2. mars 1727. Blanchard. »

Privilège du 8 mai 1727 à Noël Pissot pour *Le Prince travesti*, *L'Héritier du (sic) Village*, *Annibal*, *Le Dénouement imprévu*.

Deux rééditions, entre autres, peuvent être signalées : celle de Briasson, *Nouveau Théâtre-Italien*, 1733, en 142 + II pages (l'une pour l'approbation de Blanchard, déjà citée, pour *Le Prince travesti*, l'autre pour une approbation de Danchet pour le *Nouveau Théâtre-Italien*, du 3 novembre 1728) ; une édition sans date de Briasson, qui comprend, comme la précédente, à la page 3, une *liste des pièces du Théâtre Italien de M. de Marivaux* allant jusqu'au *Jeu de l'amour et du hasard*, mais qui ajoute à cette liste un catalogue d'autres collections de théâtre vendues par le même libraire allant jusqu'à la date de 1747. C'est cette dernière édition qui figure, sous le titre *Les Comédies de Monsieur de Marivaux, Jouées sur le Théâtre de l'Hôtel de Bourgogne, par les Comédiens-Italiens ordinaires du Roy*, Tome Premier, dans la collection Duchesne de 1758, dont les tomes VI et VII sont

---

1. E. de Barthélemy, *Les Correspondants de la marquise de Balleroy*, lettre du 8 février 1724.   **2.** Juin 1727, p. 1416.

ainsi constitués par les tomes I et II de Briasson. Nous la désignerons conventionnellement par la date de 1758.

Ces deux rééditions ont pratiquement le même texte que l'édition originale, que nous suivons en principe. La seule différence importante est constituée par la numérotation des scènes. Dans la dernière édition décrite, les scènes sont plus nombreuses, conformément à un usage plus moderne. C'est cette numérotation que nous avons adoptée, pour ne pas rendre caducs tous les renvois faits à la pièce dans les ouvrages existants. Le tableau de concordance suivant permettra de passer aisément d'un système à l'autre :

Édition originale et édition de 1732.	Édition Briasson sans date figurant dans l'édition de 1758, éditions modernes.
Acte I	**Acte I**
Scène I.	Scènes I et II.
Scène II.	Scène III.
Scène III.	Scène IV.
Scène IV.	Scène V.
Scène V.	Scènes VI, VII et VIII.
Scène VI.	Scène IX.
Scène VII.	Scène X.
Scène VIII.	Scène XI.
Scène IX.	Scène XII.
Scène X.	Scène XIII.
Acte II	**Acte II**
Scène I.	Scène I.
Scène II.	Scènes II et III.
Scène III.	Scène IV.
Scène IV.	Scène V.
Scène V.	Scène VI.
Scène VI.	Scène VII.
Scène VII.	Scène VIII.
Scène VIII.	Scène IX.
Scène IX.	Scène X.
Scène X.	Scène XI.
Scène XI.	Scène XII.

Scène XII.   Scène XIII.
Scène XIII.   Scène XIV.

              Acte III   Acte III
Scènes I et II.   Scènes I et II.
Scène III.   Scènes III et IV.
Scène IV.   Scène V.
Scène V.   Scène VI.
Scène VI.   Scène VII.
Scène VII.   Scène VIII.
Scène VIII.   Scène IX.
Scène IX.   Scène X.
Scène X.   Scène XI.

On notera que les éditions modernes, notamment celle de MM. Fournier et Bastide, et celles qui en dérivent, conservent par erreur pour cette pièce un nombre assez important de corrections arbitraires dues au zèle intempestif de l'éditeur Duviquet. Cependant, une édition critique du *Prince travesti*, joint au *Triomphe de l'amour*, a récemment été établie par Henri Coulet et Michel Gilot en 1983, aux éditions H. Champion.

Le Prince travesti

ACTEURS

La Princesse de Barcelone.

Hortense.

Le Prince de Léon, sous le nom de Lélio.

Frédéric, ministre de la Princesse.

Arlequin, valet de Lélio.

Lisette, maîtresse d'Arlequin.

Le Roi de Castille, sous le nom d'ambassadeur [1].

Un garde de la Princesse.

Femmes de la Princesse.

La scène est à Barcelone.

---

1. Nous restituons ce personnage d'après le *Mercure*. Il est omis dans la liste des acteurs des trois éditions décrites ci-dessus, 1727, 1732 et 1738. Le *Mercure*, on l'a vu, permet aussi de connaître les acteurs ayant joué à la première représentation. Il suffit d'ajouter que Lisette était la femme d'Arlequin, ordinairement appelée Violette.

ACTE PREMIER

Scène première

LA PRINCESSE *et sa suite* [1], HORTENSE

La scène représente une salle où la Princesse entre rêveuse,
accompagnée de quelques femmes qui s'arrêtent
au milieu du théâtre.

LA PRINCESSE, *se retournant vers ses femmes.* Hortense ne vient point [2], qu'on aille lui dire encore que je l'attends avec impatience. *(Hortense entre [3].)* Je vous demandais, Hortense.

HORTENSE. Vous me paraissez bien agitée, Madame.

LA PRINCESSE, *à ses femmes.* Laissez-nous [4].

Scène II

LA PRINCESSE, HORTENSE

LA PRINCESSE. Ma chère Hortense, depuis un an que vous êtes absente, il m'est arrivé une grande aventure.

HORTENSE. Hier au soir en arrivant, quand j'eus l'honneur de vous revoir, vous me parûtes aussi tranquille que vous l'étiez avant mon départ.

LA PRINCESSE. Cela est bien différent, et je vous parus hier ce que je n'étais pas ; mais nous avions des témoins, et d'ailleurs vous aviez besoin de repos.

---

1. Les mots *et sa suite* sont introduits dans l'édition de 1758. Nous avons dû les reproduire, dans la mesure où nous sommes fidèles à la numérotation de cette édition. C'est en effet le départ de ces femmes qui marque le début de la scène II (rattachée à la scène I dans les éditions de 1727 et 1732). **2.** Le ton racinien de ce début (voir le début de *Bérénice*) indique immédiatement que l'on se trouve ici dans un monde différent de celui de la comédie traditionnelle. **3.** Cette indication scénique disparaît par erreur à partir de l'édition de 1758. **4.** Les éditions de 1727 et 1732 portent ici l'indication *à Hortense* qui devient ici inutile en raison du changement de scène.

HORTENSE. Que vous est-il donc arrivé, Madame ? Car je compte que mon absence n'aura rien diminué des bontés et de la confiance que vous aviez pour moi.

LA PRINCESSE. Non, sans doute. Le sang nous unit ; je sais votre attachement pour moi, et vous me serez toujours chère ; mais j'ai peur que vous ne condamniez mes faiblesses.

HORTENSE. Moi, Madame, les condamner ! Eh n'est-ce pas un défaut que de n'avoir point de faiblesse ? Que ferions-nous d'une personne parfaite ? À quoi nous serait-elle bonne ? Entendrait-elle quelque chose à nous, à notre cœur, à ses petits besoins ? quel service pourrait-elle nous rendre avec sa raison ferme et sans *quartier, qui ferait *main basse sur tous nos *mouvements ? Croyez-moi Madame ; il faut vivre avec les autres, et avoir du moins moitié raison et moitié folie, pour lier commerce ; avec cela vous nous ressemblerez un peu ; car pour nous ressembler tout à fait, il ne faudrait presque que de la folie ; mais je ne vous en demande pas tant. Venons au fait. Quel est le sujet de votre inquiétude ?

LA PRINCESSE. J'aime, voilà ma peine.

HORTENSE. Que ne dites-vous pas : J'aime, voilà mon plaisir ? car elle est faite comme un plaisir, cette peine que vous dites.

LA PRINCESSE. Non, je vous assure ; elle m'embarrasse beaucoup.

HORTENSE. Mais vous êtes aimée, sans doute ?

LA PRINCESSE. Je crois voir qu'on n'est pas ingrat.

HORTENSE. Comment, vous croyez voir ! Celui qui vous aime met-il son amour en énigme ? Oh ! Madame, il faut que l'amour parle bien clairement et qu'il répète toujours, encore avec cela ne parle-t-il pas assez.

LA PRINCESSE. Je règne ; celui dont il s'agit ne pense pas sans doute qu'il lui soit permis de s'expliquer autrement que par ses respects.

HORTENSE. Eh bien ! Madame, que ne lui donnez-vous un pouvoir plus ample ? Car qu'est-ce que c'est que du respect ? L'amour est bien *enveloppé là-dedans. Sans lui dire précisément : Expliquez-vous mieux, ne pouvez-vous lui glisser la valeur de cela dans quelque regard ? Avec deux yeux ne dit-on pas ce que l'on veut ?

LA PRINCESSE. Je n'ose, Hortense, un reste de fierté me retient.

HORTENSE. Il faudra pourtant bien que ce reste-là s'en aille avec le reste, si vous voulez vous éclaircir. Mais quelle est la personne en question ?

LA PRINCESSE. Vous avez entendu parler de Lélio ?

HORTENSE. Oui, comme d'un illustre étranger qui, ayant rencontré notre armée, y servit volontaire il y a six ou sept mois, et à qui nous dûmes le gain de la dernière bataille.

LA PRINCESSE. Celui qui commandait l'armée l'engagea par mon ordre à venir ici ; et depuis qu'il y est, ses sages conseils dans mes affaires ne m'ont pas été moins avantageux que sa valeur ; c'est d'ailleurs l'âme la plus généreuse...

HORTENSE. Est-il jeune ?

LA PRINCESSE. Il est dans la fleur de son âge.

HORTENSE. De bonne mine ?

LA PRINCESSE. Il me le paraît.

HORTENSE. Jeune, aimable, vaillant, généreux et sage, cet homme-là vous a donné son cœur ; vous lui avez rendu le vôtre en revanche, c'est cœur pour cœur, le troc est sans reproche, et je trouve que vous avez fait là un fort bon marché. Comptons ; dans cet homme-là vous avez d'abord un *amant, ensuite un ministre, ensuite un général d'armée, ensuite un mari, s'il le faut, et le tout pour vous ; voilà donc quatre hommes pour un, et le tout en un seul, Madame ; ce calcul-là mérite attention.

LA PRINCESSE. Vous êtes toujours badine. Mais cet homme qui en vaut quatre, et que vous voulez que j'épouse, savez-vous qu'il n'est, à ce qu'il dit, qu'un simple gentilhomme, et qu'il me faut un prince ? Il est vrai que dans nos États le privilège des princesses qui règnent est d'épouser qui elles veulent ; mais il ne sied pas toujours de se servir de ses privilèges.

HORTENSE. Madame, il vous faut un prince ou un homme qui mérite de l'être, c'est la même chose ; un peu d'attention, s'il vous plaît. Jeune, aimable, vaillant, généreux et sage, Madame, avec cela, fût-il né dans une chaumière, sa naissance est royale, et voilà mon prince ; je vous défie d'en trouver un meilleur. Croyez-moi, je parle quelquefois sérieusement ; vous et moi nous restons seules de la famille de nos maîtres ; donnez à vos sujets un souverain vertueux ; ils se consoleront avec sa vertu du défaut de sa naissance.

LA PRINCESSE. Vous avez raison, et vous m'encouragez ; mais, ma chère Hortense, il vient d'arriver ici un ambassadeur de Castille, dont je sais que la commission est de demander ma main pour son maître ; aurais-je [1] bonne *grâce de refuser un prince pour n'épouser qu'un particulier ?

---

1. Texte des éditions de 1727, 1732 et 1758. On a parfois corrigé *aurais-je* en *aurai-je* d'après la réplique d'Hortense. La correction est inutile et même suspecte. Hortense peut fort bien présenter l'hypothèse sous une forme plus positive que la princesse.

HORTENSE. Si vous aurez bonne grâce ? Eh ! qui en empêchera ? Quand on refuse les gens bien poliment, ne les refuse-t-on pas de bonne grâce[1] ?

LA PRINCESSE. Eh bien ! Hortense, je vous en croirai ; mais j'attends un service de vous. Je ne saurais me résoudre à montrer clairement mes dispositions à Lélio ; souffrez que je vous charge de ce soin-là, et acquittez-vous-en adroitement dès que vous le verrez.

HORTENSE. Avec plaisir, Madame ; car j'aime à faire de bonnes actions. À la charge que, quand vous aurez épousé cet honnête homme-là, il y aura dans votre histoire un petit article que je dresserai moi-même, et qui dira précisément : « Ce fut la sage Hortense qui procura cette bonne fortune au peuple ; la Princesse craignait de n'avoir pas bonne grâce en épousant Lélio ; Hortense lui leva ce vain scrupule, qui eût peut-être privé la république de cette longue suite de bons princes qui ressemblèrent à leur père. » Voilà ce qu'il faudra mettre pour la gloire de mes descendants, qui, par ce moyen, auront en moi une aïeule d'heureuse mémoire.

LA PRINCESSE. Quel fonds de gaieté !... Mais, ma chère Hortense, vous parlez de vos descendants ; vous n'avez été qu'un an avec votre mari, qui[2] ne vous a pas laissé d'enfants, et toute jeune que vous êtes, vous ne voulez pas vous remarier ; où prendrez-vous votre postérité ?

HORTENSE. Cela est vrai, je n'y songeais pas, et voilà tout d'un coup ma postérité anéantie... Mais trouvez-moi quelqu'un qui ait à peu près le mérite de Lélio, et le goût du mariage me reviendra peut-être ; car je l'ai tout à fait perdu, et je n'ai point tort. Avant que le comte Rodrigue m'épousât, il n'y avait amour ancien ni moderne qui pût figurer auprès du sien. Les autres amants auprès de lui rampaient comme de mauvaises copies d'un excellent original, c'était une chose admirable, c'était une passion formée de tout ce qu'on peut imaginer en sentiments, langueurs, soupirs, transports, délicatesses, douce impatience, et le tout ensemble ; pleurs de joie au moindre regard favorable, torrent de larmes au moindre coup d'œil un peu froid ; m'adorant aujourd'hui, m'idolâtrant demain ; plus

---

1. Jeu de mots. *Aurais-je bonne grâce de* signifiait pour la princesse *serait-il décent que je...* Pour Hortense, *de bonne grâce*, comme elle dit, signifie *poliment*. Voir le Glossaire, p. 2197.   **2.** Duviquet, ennemi des relatives, remplace ici *qui* par *et il*. Il est suivi à tort par MM. Bastide et Fournier, imités, bien entendu, par les autres éditeurs.

qu'idolâtre ensuite, se livrant à des hommages toujours nouveaux ; enfin, si l'on avait partagé sa passion entre un million de cœurs, la part de chacun d'eux aurait été fort raisonnable. J'étais enchantée. Deux siècles, si nous les passions ensemble, n'épuiseraient pas cette tendresse-là, disais-je en moi-même ; en voilà pour plus que je n'en userai. Je ne craignais qu'une chose, c'est qu'il ne mourût de tant d'amour avant que d'arriver au jour de notre union. Quand nous fûmes mariés, j'eus peur qu'il n'expirât de joie. Hélas ! Madame, il ne mourut ni avant ni après, il soutint fort bien sa joie. Le premier mois elle fut violente ; le second elle devint plus calme, à l'aide d'une de mes femmes qu'il trouva jolie ; le troisième elle baissa à vue d'œil, et le quatrième il n'y en avait plus. Ah ! c'était un triste personnage après cela que le mien.

LA PRINCESSE. J'avoue que cela est affligeant.

HORTENSE. Affligeant, Madame, affligeant ! Imaginez-vous ce que c'est que d'être humiliée, rebutée, abandonnée, et vous aurez quelque légère idée de tout ce qui compose la douleur d'une jeune femme alors. Être aimée d'un homme autant que je l'étais, c'est faire son bonheur et ses délices ; c'est être l'objet de toutes ses complaisances, c'est régner sur lui, disposer de son âme ; c'est voir sa vie consacrée à vos désirs, à vos caprices, c'est passer la vôtre dans la flatteuse conviction de vos charmes ; c'est voir sans cesse qu'on est aimable : ah ! que cela est doux à voir ! le charmant point de vue pour une femme ! En vérité, tout est perdu quand vous perdez cela. Eh bien ! Madame, cet homme dont vous étiez l'idole, concevez qu'il ne vous aime plus ; et mettez-vous vis-à-vis de lui ; la jolie figure que vous y ferez ! Quel opprobre ! Lui parlez-vous, toutes ses réponses sont des monosyllabes, oui, non ; car le dégoût est laconique. L'approchez-vous, il fuit ; vous plaignez-vous, il querelle ; quelle vie ! quelle chute ! quelle fin tragique ! Cela fait frémir l'amour-propre [1]. Voilà pourtant mes aventures ; et si je me rembarquais, j'ai du malheur, je ferais encore naufrage, à moins que de trouver un autre Lélio.

LA PRINCESSE. Vous ne tiendrez pas votre colère, et je chercherai de quoi vous réconcilier avec les hommes.

---

1. Ce tableau du mariage en deux volets est tout à fait dans la manière de Marivaux. Il se rattache à certaines réflexions du *Spectateur français* (onzième et seizième feuilles) et annonce en outre une scène célèbre du *Jeu de l'amour et du hasard* (acte I, sc. I).

HORTENSE. Cela est inutile ; je ne sache qu'un homme dans le monde qui pût me convertir là-dessus, homme que je ne connais point, que je n'ai jamais vu que deux jours. Je revenais de mon château pour retourner dans la province dont mon mari était gouverneur, quand ma chaise fut attaquée par des voleurs qui avaient déjà fait plier le peu de gens que j'avais avec moi. L'homme dont je vous parle, accompagné de trois autres, vint à mes cris, et fondit sur mes voleurs, qu'il contraignit à prendre la fuite. J'étais presque évanouie ; il vint à moi, s'empressa à me faire revenir, et me parut le plus aimable et le plus galant homme que j'aie encore vu. Si je n'avais pas été mariée, je ne sais ce que mon cœur serait devenu, je ne sais pas trop même ce qu'il devint alors ; mais il ne s'agissait plus de cela, je priai mon libérateur de se retirer. Il insista à me suivre près de deux jours ; à la fin je lui marquai que cela m'embarrassait ; j'ajoutai que j'allais joindre mon mari, et je tirai un diamant de mon doigt que je le pressai de prendre ; mais sans le regarder il s'éloigna très vite [1], et avec quelque sorte de douleur. Mon mari mourut deux mois après, et je ne sais par quelle fatalité l'homme que j'ai vu m'est toujours resté dans l'esprit. Mais il y a apparence que nous ne nous reverrons jamais ; ainsi mon cœur est en sûreté. Mais qui est-ce qui vient à nous ?

LA PRINCESSE. C'est un homme à Lélio.

HORTENSE. Il me vient une idée pour vous ; ne saurait-il pas qui est son maître ?

LA PRINCESSE. Il n'y a pas d'apparence ; car Lélio perdit ses gens à la dernière bataille, et il n'a que de nouveaux domestiques.

HORTENSE. N'importe, faisons-lui toujours quelque question.

---

1. La ponctuation, et avec elle le sens, sont ici incertains. L'édition de 1727 porte : *que je le pressai de prendre, mais sans le regarder il s'éloigna*. C'est le texte que nous adoptons, en renforçant la virgule en point-virgule. L'édition de 1732 donne : *que je le pressai de prendre, mais sans le regarder, il s'éloigna*. Celle de 1758, enfin, suivie par les éditions modernes, porte : *que je le pressai de prendre, mais sans le regarder ; il s'éloigna*. Il nous paraît clair que Lélio a refusé le présent que lui offrait Hortense, et que, dans ces conditions, il était naturel qu'il en détournât les yeux. Ce point est caractéristique de beaucoup de fausses corrections d'auteur, qui sont en fait de simples retouches de typographes ou de correcteurs, parfois justifiées, et parfois contestables. C'est pourquoi nous n'adoptons pas systématiquement le texte de 1758.

Scène III

LA PRINCESSE, HORTENSE, ARLEQUIN

Arlequin arrive d'un air désœuvré en regardant de tous côtés.
Il voit la Princesse et Hortense, et veut s'en aller.

LA PRINCESSE. Que cherches-tu, Arlequin ? ton maître est-il dans le palais ?

ARLEQUIN. Madame, je supplie Votre Principauté de pardonner l'impertinence de mon étourderie ; si j'avais su que votre présence eût été ici, je n'aurais pas été assez nigaud pour y venir apporter ma personne.

LA PRINCESSE. Tu n'as point fait de mal. Mais, dis-moi, cherches-tu ton maître ?

ARLEQUIN. Tout juste, vous l'avez deviné, Madame. Depuis qu'il vous a parlé tantôt, je l'ai perdu de vue dans cette peste de maison, et, ne vous déplaise, je me suis aussi perdu, moi. Si vous vouliez bien m'enseigner mon chemin, vous me feriez plaisir ; il y a ici un si grand tas de chambres, que j'y voyage depuis une heure sans en trouver le bout. Par la *mardi ! si vous louez tout cela, cela vous doit rapporter bien de l'argent, pourtant. Que de fatras de meubles, de drôleries, de colifichets ! Tout un village vivrait un an de ce que cela vaut[1]. Depuis six mois que nous sommes ici, je n'avais point encore vu cela. Cela est si beau, si beau, qu'on n'ose pas le regarder ; cela fait peur à un pauvre homme comme moi. Que vous êtes riches, vous autres princes ! et moi, qu'est-ce que je suis en comparaison de cela ? Mais n'est-ce pas encore une autre impertinence que je fais, de raisonner avec vous comme avec ma pareille ? *(Hortense rit.)* Voilà votre camarade qui rit ; j'aurai dit quelque sottise. Adieu, Madame ; je salue Votre Grandeur.

LA PRINCESSE. Arrête, arrête...

---

1. On trouve dans ce passage un certain nombre d'idées chères à Marivaux. Celles qui suivent immédiatement ont déjà été présentées dans *La Double Inconstance*, et, antérieurement encore, sous une forme plus sévère, dans la vingt-cinquième feuille du *Spectateur français* (voir le volume des *Journaux et Œuvres diverses*, seconde section). De même, l'idée exprimée dans la réplique suivante d'Arlequin, suivant laquelle chaque adulte se comporte dans la vie comme un enfant, fait le fond de la première feuille de *L'Indigent philosophe*, qui sera rédigée trois ans plus tard (voir encore le volume des *Journaux*, troisième section).

HORTENSE. Tu n'as point dit de sottise ; au contraire, tu me parais de bonne humeur.

ARLEQUIN. Pardi ! je ris toujours ; que voulez-vous ? je n'ai rien à perdre. Vous vous amusez à être riches, vous autres, et moi je m'amuse à être *gaillard ; il faut bien que chacun ait son amusette en ce monde.

HORTENSE. Ta condition est-elle bonne ? Es-tu bien avec Lélio ?

ARLEQUIN. Fort bien : nous vivons ensemble de bonne amitié ; je n'aime pas le bruit, ni lui non plus ; je suis drôle, et cela l'amuse. Il me paie bien, me nourrit bien, m'habille bien *honnêtement et de belle étoffe, comme vous voyez ; me donne par-ci par-là quelques petits profits, sans ceux qu'il veut bien que je prenne, et qu'il ne sait pas ; et, comme cela, je passe tout bellement ma vie.

LA PRINCESSE, *à part*. Il est aussi babillard que joyeux.

ARLEQUIN. Est-ce que vous savez une meilleure condition pour moi, Madame ?

HORTENSE. Non, je n'en sache point de meilleure que celle de ton maître ; car on dit qu'il est grand seigneur.

ARLEQUIN. Il a l'air d'un garçon de famille.

HORTENSE. Tu me réponds comme si tu ne savais pas qui il est.

ARLEQUIN. Non, je n'en sais rien, de bonne vérité. Je l'ai rencontré comme il sortait d'une bataille ; je lui fis un petit plaisir ; il me dit grand merci. Il disait que son monde avait été tué ; je lui répondis : Tant pis. Il me dit : Tu me plais, veux-tu venir avec moi ? Je lui dis : Tope, je le veux bien. Ce qui fut dit, fut fait ; il prit encore d'autre monde ; et puis le voilà qui part pour venir ici, et puis moi je pars de même, et puis nous voilà en voyage, en courant la poste [1], qui est le train du diable ; car parlant par respect, j'ai été près d'un mois sans pouvoir m'asseoir. Ah ! les mauvaises *mazettes !

LA PRINCESSE, *en riant*. Tu es un *historien bien exact.

ARLEQUIN. Oh ! quand je compte quelque chose, je n'oublie rien [2] ; bref, tant y a que nous arrivâmes ici, mon maître et moi. La Grandeur

---

1. Des relais de poste, établis de deux lieues en deux lieues environ, permettaient à un bon cavalier qui *courait la poste* de parcourir six postes en une nuit. Inutile de dire que les chevaux, appelés *mazettes* par Arlequin en colère, étaient choisis pour leur vitesse et leur endurance. **2.** Sorte de quolibet reposant sur un jeu de mots, ici sur *conter* et *compter*. Dans la septième partie du *Pharsamon*, Cliton excusait ainsi les longs préambules d'une histoire : « Quand on conte quelque chose, il faut y mettre la paille et le blé, et dire tout. » (p. 598).

de Madame l'a trouvé brave homme, elle l'a favorisé de sa faveur ; car on l'appelle favori ; il n'en est pas plus impertinent qu'il l'était pour cela, ni moi non plus. Il est courtisé, et moi aussi ; car tout le monde me respecte, tout le monde est ici en peine de ma santé, et me demande mon amitié ; moi, je la donne à tout hasard, cela ne me coûte rien, ils en feront ce qu'ils pourront, ils n'en feront pas grand-chose. C'est un drôle de métier que d'avoir un maître ici qui a fait fortune ; tous les courtisans veulent être les serviteurs de son valet.

La Princesse. Nous n'en apprendrons rien ; allons-nous-en. Adieu, Arlequin.

Arlequin. Ah ! Madame, sans compliment, je ne suis pas digne d'avoir cet adieu-là... *(Quand elles sont parties.)* Cette Princesse est une bonne femme ; elle n'a pas voulu me tourner le dos sans me faire une civilité. Bon ! voilà mon maître.

Scène IV

LÉLIO, ARLEQUIN

Lélio. Qu'est-ce que tu fais ici ?

Arlequin. J'y fais connaissance avec la Princesse, et j'y reçois ses compliments.

Lélio. Que veux-tu dire avec ta connaissance et tes compliments ? Est-ce que tu l'as vue, la Princesse ? Où est-elle ?

Arlequin. Nous venons de nous quitter.

Lélio. Explique-toi donc ; que t'a-t-elle dit ?

Arlequin. Bien des choses. Elle me demandait si nous nous trouvions bien ensemble, comment s'appelaient votre père et votre mère, de quel métier ils étaient, s'ils vivaient de leurs rentes ou de celles d'autrui. Moi, je lui ai dit : Que le diable emporte celui qui les connaît ! je ne sais pas quelle mine ils ont, s'ils sont nobles ou vilains, gentilshommes ou laboureurs : mais[1] que vous aviez l'air d'un enfant d'honnêtes gens. Après cela elle m'a dit : je vous salue. Et moi je lui ai dit : Vous me faites trop de grâces. Et puis c'est tout.

Lélio, *à part.* Quel galimatias ! Tout ce que j'en puis comprendre, c'est que la Princesse s'est informée de lui s'il me connaissait. Enfin tu lui as donc dit que tu ne savais pas qui je suis ?

---

1. Duviquet, suivi par les autres éditeurs, est effrayé de l'audace de la construction, et corrige : *mais j'ai ajouté que...*

ARLEQUIN. Oui ; cependant je voudrais bien le savoir ; car quelquefois cela me chicane. Dans la vie il y a tant de fripons, tant de vauriens qui courent par le monde pour *fourber l'un, pour attraper l'autre, et qui ont bonne mine comme vous. Je vous crois un honnête garçon, moi.

LÉLIO, *en riant*. Va, va, ne t'embarrasse pas, Arlequin ; tu as bon maître, je t'en assure.

ARLEQUIN. Vous me payez bien, je n'ai pas besoin d'autre caution ; et au cas que vous soyez quelque bohémien, pardi ! au moins vous êtes un bohémien de bon *compte[1].

LÉLIO. En voilà assez, ne sors point du respect que tu me dois.

ARLEQUIN. Tenez, d'un autre côté, je m'imagine quelquefois que vous êtes quelque grand seigneur ; car j'ai entendu dire qu'il y a eu des princes qui ont couru la prétantaine pour s'ébaudir, et peut-être que c'est un *vertigo qui vous a pris aussi.

LÉLIO, *à part*. Ce benêt-là se serait-il aperçu de ce que je suis... Et par où juges-tu que je pourrais être un prince ? Voilà une plaisante idée ! Est-ce par le nombre des équipages que j'avais quand je t'ai pris ? par ma magnificence ?

ARLEQUIN. Bon ! belles bagatelles ! tout le monde a de cela ; mais, par la *mardi ! personne n'a si bon cœur que vous, et il m'est avis que c'est là la marque d'un prince.

LÉLIO. On peut avoir le cœur bon sans être prince, et pour l'avoir tel, un prince a plus à travailler qu'un autre ; mais comme tu es attaché à moi, je veux bien te confier que je suis un homme de condition qui me divertis à voyager inconnu pour étudier les hommes, et voir ce qu'ils sont dans tous les États[2]. Je suis jeune, c'est une étude qui me sera nécessaire un jour ; voilà mon secret, mon enfant.

ARLEQUIN. Ma foi ! cette étude-là ne vous apprendra que misère ; ce n'était pas la peine de courir la *poste pour aller étudier toute cette racaille. Qu'est-ce que vous ferez de cette connaissance des hommes ? Vous n'apprendrez rien que des pauvretés.

LÉLIO. C'est qu'ils ne me tromperont plus[3].

ARLEQUIN. Cela vous gâtera.

---

1. Qui compte bien avec ses serviteurs, c'est-à-dire qui les paie bien. **2.** Malgré la majuscule, que nous avons conservée, il faut presque certainement comprendre ce mot au sens de « conditions ». **3.** Le but que se propose Lélio dans ses voyages est celui que Marivaux fixera aussi au voyageur du *monde vrai*, dans *Le Cabinet du philosophe* (sixième, septième, huitième et neuvième feuilles).

LÉLIO. *D'où vient ?

ARLEQUIN. Vous ne serez plus si bon enfant quand vous serez bien savant sur cette race-là. En voyant tant de canailles, par dépit canaille vous deviendrez.

LÉLIO [1], *à part les premiers mots*. Il ne raisonne pas mal. Adieu, te voilà instruit, garde-moi le secret ; je vais retrouver la Princesse.

ARLEQUIN. De quel côté tournerai-je pour retrouver notre cuisine ?

LÉLIO. Ne sais-tu pas ton chemin ? Tu n'as qu'à traverser cette galerie-là.

Scène V
LÉLIO, *seul*

LÉLIO. La Princesse cherche à me connaître, et me confirme dans mes soupçons ; les services que je lui ai rendu ont disposé son cœur à me vouloir du bien, et mes respects empressés l'ont persuadée que je l'aimais sans oser le dire. Depuis que j'ai quitté les États de mon père, et que je voyage sous ce déguisement pour hâter l'expérience dont j'aurai besoin si je règne un jour, je n'ai fait nulle part un séjour si long qu'ici ; à quoi donc aboutira-t-il ? Mon père souhaite que je me marie, et me laisse le choix d'une épouse. Ne dois-je pas m'en tenir à cette Princesse ? Elle est aimable ; et si je lui plais, rien n'est plus flatteur pour moi que son inclination, car [2] elle ne me connaît pas. N'en cherchons donc point d'autre qu'elle ; déclarons-lui qui je suis, enlevons-la au prince de Castille, qui envoie la demander. Elle ne m'est pas indifférente ; mais que je l'aimerais sans le souvenir inutile que je garde encore de cette belle personne que je sauvai des mains des voleurs !

Scène VI
LÉLIO, HORTENSE, *à qui* UN GARDE *dit en montrant Lélio*

UN GARDE. Le voilà, Madame.

LÉLIO, *surpris*. Je connais cette dame-là.

---

1. L'édition originale porte : *Le Prince*. Négligence de l'auteur dans une scène qui concerne justement l'identité inconnue de Lélio ?   **2.** Le mot *car* disparaît sans raison de l'édition de 1758 et des éditions suivantes. Il est absolument nécessaire.

HORTENSE, *étonnée*. Que vois-je ?

LÉLIO, *s'approchant*. Me reconnaissez-vous, Madame ?

HORTENSE. Je crois que oui, Monsieur.

LÉLIO. Me fuirez-vous encore ?

HORTENSE. Il le faudra peut-être bien.

LÉLIO. Eh pourquoi donc le faudra-t-il ? Vous déplais-je tant, que vous ne puissiez au moins supporter ma vue ?

HORTENSE. Monsieur, la conversation commence d'une manière qui m'embarrasse ; je ne sais que vous répondre ; je ne saurais vous dire que vous me plaisez.

LÉLIO. Non, Madame, je ne l'exige point non plus ; ce bonheur-là n'est pas fait pour moi, et je ne mérite sans doute que votre indifférence.

HORTENSE. Je ne serais pas assez modeste si je vous disais que vous l'êtes trop[1], mais de quoi s'agit-il ? Je vous estime, je vous ai une grande obligation ; nous nous retrouvons ici, nous nous reconnaissons ; vous n'avez pas besoin de moi, vous avez la Princesse ; que pourriez-vous me vouloir encore ?

LÉLIO. Vous demander la seule consolation de vous ouvrir mon cœur.

HORTENSE. Oh ! je vous consolerais mal ; je n'ai point de talents pour être confidente.

LÉLIO. Vous, confidente, Madame ! Ah ! vous ne voulez pas m'entendre.

HORTENSE. Non, je suis *naturelle ; et pour preuve de cela, vous pouvez vous expliquez mieux, je ne vous en empêche point, cela est sans conséquence.

LÉLIO. Eh quoi ! Madame, le chagrin que j'eus en vous quittant, il y a sept ou huit mois, ne vous a point appris mes sentiments ?

HORTENSE. Le chagrin que vous eûtes en me quittant ? et à propos de quoi ? Qu'est-ce que c'était que votre tristesse ? Rappelez-m'en le sujet, voyons, car[2] je ne m'en souviens plus.

LÉLIO. Que ne m'en coûta-t-il pas pour vous quitter, vous que j'aurais voulu ne quitter jamais, et dont il faudra pourtant que je me sépare ?

---

1. Jeu de mots sur deux sens de l'adjectif *modeste*, qui signifie d'abord « qui a de la pudeur », puis est employé avec son sens moderne.   **2.** Ici encore, *car* disparaît des éditions modernes, quoiqu'il soit maintenu dans les éditions de 1727, 1732 et 1758.

HORTENSE. Quoi ! c'est là ce que vous entendiez ? En vérité, je suis confuse de vous avoir demandé cette explication-là, je vous prie de croire que j'étais dans la meilleure foi du monde.

LÉLIO. Je vois bien que vous ne voudrez jamais en apprendre davantage.

HORTENSE, *le regardant de côté*. Vous ne m'avez donc point oubliée ?

LÉLIO. Non, Madame, je ne l'ai jamais pu ; et puisque je vous revois, je ne le pourrai jamais... Mais quelle était mon erreur quand je vous quittai ! Je crus recevoir de vous un regard dont la douceur me pénétra ; mais je vois bien que je me suis trompé.

HORTENSE. Je me souviens de ce regard-là, par exemple.

LÉLIO. Et que pensiez-vous, Madame, en me regardant ainsi ?

HORTENSE. Je pensais apparemment que je vous devais la vie.

LÉLIO. C'était donc une pure reconnaissance ?

HORTENSE. J'aurais de la peine à vous rendre compte de cela ; j'étais pénétrée du service que vous m'aviez rendu, de votre générosité ; vous alliez me quitter, je vous voyais triste, je l'étais peut-être moi-même ; je vous regardai comme je pus, sans savoir comment, sans me gêner ; il y a des moments où des regards signifient ce qu'ils peuvent, on ne répond de rien, on ne sait point trop ce qu'on y met ; il y entre trop de choses, et peut-être de tout. Tout ce que je sais, c'est que je me serais bien passée de savoir votre secret.

LÉLIO. Eh que vous importe de le savoir, puisque j'en souffrirai tout seul ?

HORTENSE. Tout seul ! ôtez-moi donc mon cœur, ôtez-moi ma reconnaissance, ôtez-vous vous-même... Que vous dirai-je ? je me méfie de tout.

LÉLIO. Il est vrai que votre pitié m'est bien due ; j'ai plus d'un chagrin ; vous ne m'aimerez jamais, et vous m'avez dit que vous étiez mariée.

HORTENSE. Hé bien, je suis veuve ; perdez du moins la moitié de vos chagrins ; à l'égard de celui de n'être point aimé...

LÉLIO. Achevez, Madame : à l'égard de celui-là ?...

HORTENSE. Faites comme vous pourrez, je ne suis pas mal intentionnée... Mais supposons que je vous aime, n'y a-t-il pas une princesse qui croit que vous l'aimez, qui vous aime peut-être elle-même, qui est la maîtresse ici, qui est vive, qui peut disposer de vous et de moi ? À quoi donc mon amour aboutirait-il ?

LÉLIO. Il n'aboutira à rien, dès lors qu'il n'est qu'une supposition.

HORTENSE. J'avais oublié que je le supposais.

LÉLIO. Ne deviendra-t-il jamais réel ?

HORTENSE, *s'en allant*. Je ne vous dirai plus rien ; vous m'avez demandé la consolation de m'ouvrir votre cœur, et vous me trompez ; au lieu de cela, vous prenez la consolation de voir dans le mien. Je sais votre secret, en voilà assez ; laissez-moi garder le mien, si je l'ai encore. *(Elle part.)*

Scène VII

LÉLIO, *un moment seul* [1]

LÉLIO. Voici un coup de hasard qui change mes desseins ; il ne s'agit plus maintenant d'épouser la Princesse ; tâchons de m'assurer parfaitement du cœur de la personne que j'aime, et s'il est vrai qu'il soit sensible pour moi.

Scène VIII

LÉLIO, HORTENSE

HORTENSE *revient* [2]. J'oubliais à vous informer d'une chose : la Princesse vous aime, vous pouvez aspirer à tout ; je vous l'apprends de sa part, il en arrivera ce qu'il pourra. Adieu.

LÉLIO, *l'arrêtant avec un air et un ton de surprise*. Hé ! de grâce, Madame, arrêtez-vous un instant. Quoi ! la Princesse elle-même vous aurait chargée de me dire...

HORTENSE. Voilà de grands transports ; mais je n'ai pas charge de les rapporter ; j'ai dit ce que j'avais à vous dire, vous m'avez entendue ; je n'ai pas le temps de le répéter, et je n'ai rien à savoir de vous. *(Elle s'en va ; Lélio, piqué, l'arrête.)*

LÉLIO. Et moi, Madame, ma réponse à cela est que je vous adore, et je vais de ce pas la porter à la Princesse.

HORTENSE, *l'arrêtant*. Y songez-vous ? Si elle sait que vous m'aimez, vous ne pourrez plus me le dire, je vous en avertis.

LÉLIO. Cette réflexion m'arrête ; mais il est cruel de se voir soupçonné de joie, quand on n'a que du trouble.

---

1. Cette indication scénique disparaît de l'édition de 1758, quand une nouvelle scène est marquée ici.   **2.** Même remarque qu'à la note précédente. L'indication *revient* est supprimée dans l'édition de 1758.

HORTENSE, *d'un air de dépit*. Oh fort cruel ! Vous avez raison de vous fâcher ! La vivacité qui vient de me prendre vous fait beaucoup de tort ! Il doit vous rester de violents chagrins !

LÉLIO, *lui baisant la main*. Il ne me reste que des sentiments de tendresse qui ne finiront qu'avec ma vie.

HORTENSE. Que voulez-vous que je fasse de ces sentiments-là ?

LÉLIO. Que vous les honoriez d'un peu de retour.

HORTENSE. Je ne veux point, car je n'oserais.

LÉLIO. Je réponds de tout ; nous prendrons nos mesures, et je suis d'un rang...

HORTENSE. Votre rang est d'être un homme aimable et vertueux, et c'est là le plus beau rang du monde ; mais je vous dis encore une fois que cela est résolu ; je ne vous aimerai point, je n'en conviendrai jamais. Qui ? moi, vous aimer... vous accorder mon amour pour vous empêcher de régner, pour causer la perte de votre liberté, peut-être pis [1] ! mon cœur vous ferait là [2] de beaux présents ! Non, Lélio, n'en parlons plus, donnez-vous tout entier à la Princesse, je vous le pardonne ; cachez votre tendresse pour moi, ne me demandez plus la mienne, vous vous exposeriez à l'obtenir [3], je ne veux point vous l'accorder, je vous aime trop pour vous perdre, je ne peux pas vous mieux dire. Adieu, je crois que quelqu'un vient.

LÉLIO *l'arrête*. J'obéirai, je me conduirai comme vous voudrez ; je ne vous demande plus qu'une grâce ; c'est de vouloir bien, quand l'occasion s'en présentera, que j'aie encore une conversation avec vous.

HORTENSE. Prenez-y garde ; une conversation en amènera une autre, et cela ne finira point, je le sens bien.

LÉLIO. Ne me refusez pas.

HORTENSE. N'abusez point de l'envie que j'ai d'y consentir.

LÉLIO. Je vous en conjure.

HORTENSE, *en s'en allant*. Soit ; perdez-vous donc, puisque vous le voulez.

---

1. À partir de l'édition de 1732, *pis* est remplacé par *plus*.   **2.** Le mot *là*, caractéristique du style de Marivaux, est supprimé par Duviquet et les éditeurs suivants.   **3.** Ce mot est souvent cité par les contemporains comme un exemple de *marivaudage*. Sous une forme si ramassée qu'il peut paraître un trait d'esprit, il n'exprime pourtant qu'un sentiment simple et vrai.

Scène IX

LÉLIO, *seul*

LÉLIO. Je suis au comble de la joie ; j'ai retrouvé ce que j'aimais, j'ai touché le seul cœur qui pouvait rendre le mien heureux ; il ne s'agit plus que de convenir avec cette aimable personne de la manière dont je m'y prendrai pour m'assurer sa main.

Scène X

FRÉDÉRIC, LÉLIO

FRÉDÉRIC. Puis-je avoir l'honneur de vous dire un mot ?

LÉLIO. Volontiers, Monsieur.

FRÉDÉRIC. Je me flatte d'être de vos amis.

LÉLIO. Vous me faites honneur.

FRÉDÉRIC. Sur ce pied-là, je prendrai la liberté de vous prier d'une chose. Vous savez que le premier secrétaire d'État de la Princesse vient de mourir, et je vous avoue que j'aspire à sa place ; dans le rang où je suis, je n'ai plus qu'un pas à faire pour la remplir ; *naturellement elle me paraît due ; il y a vingt-cinq ans que je sers l'État en qualité de conseiller de la Princesse ; je sais combien elle vous estime et défère à vos avis, je vous prie de faire en sorte qu'elle pense à moi ; vous ne pouvez obliger personne qui soit plus votre serviteur que je le suis. On sait à la Cour en quels termes je parle de vous.

LÉLIO, *le regardant d'un air aisé*. Vous y dites donc beaucoup de bien de moi ?

FRÉDÉRIC. Assurément.

LÉLIO. Ayez la bonté de me regarder un peu fixement en me disant cela.

FRÉDÉRIC. Je vous le répète encore. D'où vient que vous me tenez ce discours ?

LÉLIO, *après l'avoir examiné*. Oui, vous soutenez cela à merveille ; l'admirable homme de Cour que vous êtes !

FRÉDÉRIC. Je ne vous comprends pas.

LÉLIO. Je vais m'expliquer mieux. C'est que le service que vous me demandez ne vaut pas qu'un honnête homme, pour l'obtenir, s'abaisse jusqu'à trahir ses sentiments.

FRÉDÉRIC. Jusqu'à trahir mes sentiments ! Et par où jugez-vous que l'amitié dont je vous parle ne soit pas vraie ?

LÉLIO. Vous me haïssez, vous dis-je, je le sais, et ne vous en veux aucun mal ; il n'y a que l'artifice dont vous vous servez que je condamne.

FRÉDÉRIC. Je vois bien que quelqu'un de mes ennemis vous aura indisposé contre moi.

LÉLIO. C'est de la Princesse elle-même que je tiens ce que je vous dis ; et quoiqu'elle ne m'en ait fait aucun mystère, vous ne le sauriez pas sans vos compliments. J'ignore si vous avez craint la confiance dont elle m'honore ; mais depuis que je suis ici, vous n'avez rien oublié pour lui donner de moi des idées désavantageuses, et vous tremblez tous les jours, dites-vous, que je ne sois un espion gagé de quelque puissance, ou quelque aventurier qui s'enfuira au premier jour avec de grandes sommes, si on le met en état d'en prendre. Oh ! si vous appelez cela de l'amitié, vous en avez beaucoup pour moi ; mais vous aurez de la peine à faire passer votre définition.

FRÉDÉRIC, *d'un ton sérieux.* Puisque vous êtes si bien instruit, je vous avouerai franchement que mon zèle pour l'État m'a fait tenir ces discours-là, et que je craignais qu'on ne se repentît de vous *avancer trop ; je vous ai cru suspect et dangereux ; voilà la vérité.

LÉLIO. Parbleu ! vous me charmez de me parler ainsi ! Vous ne vouliez me perdre que parce que vous me soupçonniez d'être dangereux pour l'État ? Vous êtes louable, Monsieur, et votre zèle est digne de récompense ; il me servira d'exemple. Oui, je le trouve si beau que je veux l'imiter, moi qui dois tant à la Princesse. Vous avez craint qu'on ne m'*avançât, parce que vous me croyez un espion ; et moi je craindrais qu'on ne vous fît ministre, parce que je ne crois pas que l'État y gagnât ; ainsi je ne parlerai point pour vous... Ne m'en louez-vous pas aussi ?

FRÉDÉRIC. Vous êtes fâché.

LÉLIO. Non, en homme d'honneur, je ne suis pas *fait pour me venger de vous.

FRÉDÉRIC. Rapprochons-nous. Vous êtes jeune, la Princesse vous estime, et j'ai une fille aimable, qui est un assez bon parti. Unissons nos intérêts, et devenez mon gendre.

LÉLIO. Vous n'y pensez pas, mon cher Monsieur. Ce mariage-là serait une conspiration contre l'État, il faudrait travailler à vous faire ministre.

FRÉDÉRIC. Vous refusez l'offre que je vous fais !

LÉLIO. Un espion devenir votre gendre ! Votre fille devenir la femme d'un aventurier ! Ah ! je vous demande grâce pour elle ; j'ai pitié de la victime que vous voulez sacrifier à votre ambition ; c'est trop aimer la fortune.

FRÉDÉRIC. Je crois offrir ma fille à un homme d'honneur ; et d'ailleurs vous m'accusez d'un plaisant crime, d'aimer la fortune ! Qui est-ce qui n'aimerait pas à gouverner ?

LÉLIO. Celui qui en serait digne [1].

FRÉDÉRIC. Celui qui en serait digne ?

LÉLIO. Oui, et c'est l'homme qui aurait plus de vertu que d'ambition et d'*avarice. Oh cet homme-là n'y verrait que de la peine.

FRÉDÉRIC. Vous avez bien de la fierté.

LÉLIO. Point du tout, ce n'est que du zèle.

FRÉDÉRIC. Ne vous flattez pas tant ; on peut tomber de plus haut que vous n'êtes, et la Princesse verra clair un jour.

LÉLIO. Ah vous voilà dans votre figure naturelle, je vous vois le visage à présent ; il n'est pas joli, mais cela vaut toujours mieux que le masque que vous portiez tout à l'heure [2].

Scène XI

LÉLIO, FRÉDÉRIC, LA PRINCESSE

LA PRINCESSE. Je vous cherchais, Lélio. Vous êtes de ces personnes que les souverains doivent s'attacher ; il ne tiendra pas à moi que vous ne vous fixiez ici, et j'espère que vous accepterez l'emploi de mon premier secrétaire d'État, que je vous offre.

LÉLIO. Vos bontés sont infinies, Madame ; mais mon métier est la guerre.

LA PRINCESSE. Vous faites mieux qu'un autre tout ce que vous voulez faire ; et quand votre présence sera nécessaire à l'armée, vous choisirez pour exercer vos fonctions ici ceux que vous en jugerez les plus capables : ce que vous ferez n'est pas sans exemple dans cet État.

LÉLIO. Madame, vous avez d'habiles gens ici, d'anciens serviteurs, à qui cet emploi convient mieux qu'à moi.

---

1. La pensée et le tour rappellent La Bruyère : « Je ne mets au-dessus d'un grand politique que celui qui néglige de le devenir, et qui se persuade de plus en plus que le monde ne mérite point qu'on s'en occupe. » (*Des Jugements*, 75.) **2.** Première variation sur un thème cher à Marivaux, l'opposition du masque et du visage. Voir ci-après *Le Jeu de l'amour et du hasard*, acte I, sc. I, p. 887, ainsi que *Le Voyage au monde vrai*, cité plus haut.

LA PRINCESSE. La supériorité de mérite doit l'emporter en pareil cas sur l'ancienneté de services ; et d'ailleurs Frédéric est le seul que cette fonction pouvait regarder, si vous n'y étiez pas ; mais il m'est affectionné, et je suis sûre qu'il se soumet de bon cœur au choix qui m'a paru le meilleur. Frédéric, soyez ami de Lélio ; je vous le recommande. *(Frédéric fait une profonde révérence ; la Princesse continue.)* C'est aujourd'hui le jour de ma naissance, et ma Cour, suivant l'usage, me donne aujourd'hui [1] une fête que je vais voir. Lélio, donnez-moi la main pour m'y conduire ; vous y verra-t-on, Frédéric ?

FRÉDÉRIC. Madame, les fêtes ne me conviennent plus.

Scène XII

FRÉDÉRIC, *seul*

FRÉDÉRIC. Si je ne viens à bout de perdre cet homme-là, ma chute est sûre... Un homme sans nom, sans parents, sans patrie, car on ne sait d'où il vient, m'arrache le ministère, le fruit de trente années de travail !... Quel coup de malheur ! je ne puis digérer une aussi bizarre aventure [2]. Et je n'en saurais douter, c'est l'amour qui a nommé ce ministre-là : oui, la Princesse a du penchant pour lui... Ne pourrait-on savoir l'histoire de sa vie errante, et prendre ensuite quelques mesures avec l'Ambassadeur du roi de Castille, dont j'ai la confiance ? Voici le valet de cet aventurier ; tâchons à quelque prix que ce soit de le mettre dans mes intérêts, il pourra m'être utile.

Scène XIII

FRÉDÉRIC, ARLEQUIN

Il entre en comptant de l'argent dans son chapeau

FRÉDÉRIC. Bonjour, Arlequin. Es-tu bien riche ?

ARLEQUIN. Chut ! Vingt-quatre, vingt-cinq, vingt-six et vingt-sept

---

1. Le mot *aujourd'hui* a été ici supprimé par Duviquet, car il a déjà été employé une ligne plus haut.   **2.** Pour compléter ce premier tableau du courtisan, où l'on a vu Frédéric mendier la faveur d'un homme qu'il hait et lui offrir sa fille, Marivaux recourt ici, ce qui est exceptionnel chez lui, à un monologue. On notera que le ton et jusqu'à certains tours de phrase font penser au fameux monologue de Figaro, à l'acte V, scène III, du *Mariage de Figaro*.

sols. J'en avais trente. Comptez, vous, monseigneur le Conseiller ; n'est-ce pas trois sols que je perds ?

FRÉDÉRIC. Cela est juste.

ARLEQUIN. Eh bien, que le diable emporte le jeu et les fripons avec !

FRÉDÉRIC. Quoi ! tu jures pour trois sols de perte ! Oh je veux te rendre la joie. Tiens, voilà une *pistole.

ARLEQUIN. Le brave conseiller que vous êtes ! (*Il saute.*) Hi ! hi ! Vous méritez bien une cabriole.

FRÉDÉRIC. Te voilà de meilleure humeur.

ARLEQUIN. Quand j'ai dit que le diable emporte les fripons, je ne vous comptais pas, au moins.

FRÉDÉRIC. J'en suis persuadé.

ARLEQUIN, *recomptant son argent*. Mais il me manque toujours trois sols.

FRÉDÉRIC. Non, car il y a bien des trois sols dans une pistole.

ARLEQUIN. Il y a bien des trois sols dans une pistole ! mais cela ne fait rien aux trois sols qui manquent dans mon chapeau.

FRÉDÉRIC. Je vois bien qu'il t'en faut encore une autre.

ARLEQUIN. Ho ho deux cabrioles.

FRÉDÉRIC. Aimes-tu l'argent ?

ARLEQUIN. Beaucoup.

FRÉDÉRIC. Tu serais donc bien aise de faire une petite fortune ?

ARLEQUIN. Quand elle serait grosse, je la prendrais en patience.

FRÉDÉRIC. Écoute ; j'ai bien peur que la faveur de ton maître ne soit pas longue ; elle est un grand coup de hasard.

ARLEQUIN. C'est comme s'il avait gagné aux cartes.

FRÉDÉRIC. Le connais-tu ?

ARLEQUIN. Non, je crois que c'est quelque enfant trouvé.

FRÉDÉRIC. Je te conseillerais de t'attacher à quelqu'un de stable ; à moi, par exemple.

ARLEQUIN. Ah ! vous avez l'air d'un bon homme ; mais vous êtes trop vieux.

FRÉDÉRIC. Comment, trop vieux !

ARLEQUIN. Oui, vous mourrez bientôt, et vous me laisseriez orphelin de votre amitié.

FRÉDÉRIC. J'espère que tu ne seras pas bon prophète ; mais je puis te faire beaucoup de bien en très peu de temps.

ARLEQUIN. Tenez, vous avez raison ; mais on sait bien ce qu'on quitte, et l'on ne sait pas ce que l'on prend. Je n'ai point d'esprit ; mais de la prudence, j'en ai que c'est une merveille ; et voilà comme je dis : Un homme qui se trouve bien assis, qu'a-t-il besoin de se mettre debout ? J'ai bon pain, bon vin, bonne fricassée et bon visage[1], cent écus par an, et les étrennes au bout ; cela n'est-il pas magnifique ?

FRÉDÉRIC. Tu me cites là de beaux avantages ! Je ne prétends pas que tu t'attaches à moi pour être mon domestique ; je veux te donner des emplois qui t'enrichiront, et par-dessus le marché te marier avec une jolie fille qui a du bien.

ARLEQUIN. Oh ! dame ! ma prudence dit que vous avez raison ; je suis debout, et vous me faites asseoir ; cela vaut mieux.

FRÉDÉRIC. Il n'y a point de comparaison.

ARLEQUIN. Pardi ! vous me traitez comme votre enfant ; il n'y a pas à *tortiller à cela. Du bien, des emplois et une jolie fille ! voilà une pleine boutique de vivres, d'argent et de friandises ; par la *sanguienne, vous m'aimez beaucoup, pourtant !

FRÉDÉRIC. Oui, ta physionomie me plaît, je te trouve un bon garçon.

ARLEQUIN. Oh ! pour cela, je suis drôle comme un *coffre ; laissez faire, nous rirons comme des fous ensemble ; mais allons faire venir ce bien, ces emplois, et cette jolie fille, car j'ai hâte d'être riche et bien aise.

FRÉDÉRIC. Ils te sont assurés, te dis-je ; mais il faut que tu me rendes un petit service ; puisque tu te donnes à moi, tu n'en dois pas faire de difficulté.

ARLEQUIN. Je vous regarde comme mon père.

FRÉDÉRIC. Je ne veux de toi qu'une bagatelle. Tu es chez le seigneur Lélio ; je serais curieux de savoir qui il est. Je souhaiterais donc que tu y restasses encore trois semaines ou un mois, pour me rapporter tout ce que tu lui entendras dire en particulier, et tout ce que tu lui verras faire. Il peut arriver que, dans des moments, un homme chez lui dise de certaines choses et en fasse d'autres qui le décèlent, et dont on peut tirer des conjectures. Observe tout soigneusement ; et en attendant que je te récompense entièrement voilà par avance de l'argent que je te donne encore.

ARLEQUIN. Avancez-moi encore la fille ; nous la rabattrons sur le reste.

---

1. C'est-à-dire que son maître lui fait bon visage, le traite familièrement et avec bonté.

FRÉDÉRIC. On ne paie un service qu'après qu'il est rendu, mon enfant ; c'est la coutume.

ARLEQUIN. Coutume de vilain que cela !

FRÉDÉRIC. Tu n'attendras que trois semaines.

ARLEQUIN. J'aime mieux vous faire mon billet comme quoi j'aurai reçu cette fille à compte ; je ne plaiderai pas contre mon écrit.

FRÉDÉRIC. Tu me serviras de meilleur courage en l'attendant. Acquitte-toi d'abord de ce que je te dis ; pourquoi hésites-tu ?

ARLEQUIN. Tout franc, c'est que la commission me chiffonne.

FRÉDÉRIC. Quoi tu mets mon argent dans ta poche, et tu refuses de me servir !

ARLEQUIN. Ne parlons point de votre argent, il est fort bon, je n'ai rien à lui dire ; mais, tenez, j'ai opinion que vous voulez me donner un office de fripon ; car qu'est-ce que vous voulez faire des paroles du seigneur Lélio, mon maître, là ?

FRÉDÉRIC. C'est une simple curiosité qui me prend.

ARLEQUIN. Hom... il y a de la malice là-dessous ; vous avez l'air d'un sournois ; je m'en vais gager dix sols contre vous, que vous ne valez rien.

FRÉDÉRIC. Que te mets-tu donc dans l'esprit ? Tu n'y songes pas, Arlequin.

ARLEQUIN, *d'un ton triste*. Allez, vous ne devriez pas tenter un pauvre garçon, qui n'a pas plus d'honneur qu'il lui en faut, et qui aime les filles. J'ai bien de la peine à m'empêcher d'être un coquin ; faut-il que l'honneur me ruine, qu'il m'ôte mon bien, mes emplois et une jolie fille ? Par la *mardi, vous êtes bien méchant, d'avoir été trouver l'invention de cette fille.

FRÉDÉRIC, *à part*. Ce butor-là[1] m'inquiète avec ses réflexions. Encore une fois, es-tu fou d'être si longtemps à prendre ton parti ? D'où vient ton scrupule ? De quoi s'agit-il ? de me donner quelques instructions innocentes sur le chapitre d'un homme inconnu, qui demain tombera peut-être, et qui te laissera sur le pavé. Songes-tu bien que je t'offre la fortune, et que tu la perds ?

ARLEQUIN. Je songe que cette commission-là sent le *tricot tout pur ; et par bonheur que ce tricot fortifie mon pauvre honneur, qui a pensé barguigner. Tenez, votre jolie fille, ce n'est qu'une guenon ; vos emplois, de la marchandise de chien ; voilà mon dernier mot, et

---

1. Ici encore, Duviquet et ses successeurs suppriment la particule *là* dans *Ce butor-là*.

je m'en vais tout droit trouver la Princesse et mon maître ; peut-être récompenseront-ils le dommage que je souffre pour l'amour de ma bonne conscience.

FRÉDÉRIC. Comment ! tu vas trouver la Princesse et ton maître ! Et d'où vient ?

ARLEQUIN. Pour leur compter[1] mon *désastre, et toute votre *marchandise.

FRÉDÉRIC. Misérable ! as-tu donc résolu de me perdre, de me déshonorer[2] ?

ARLEQUIN. Bon, quand on n'a point d'honneur, est-ce qu'il faut avoir de la réputation ?

FRÉDÉRIC. Si tu parles, malheureux que tu es, je prendrai de toi une vengeance terrible. Ta vie me répondra de ce que tu feras ; m'entends-tu bien ?

ARLEQUIN, *se moquant*. Brrr ! ma vie n'a jamais servi de caution ; je boirai encore bouteille trente ans après votre trépassement. Vous êtes vieux comme le père à *trétous, et moi je m'appelle le cadet Arlequin. Adieu.

FRÉDÉRIC, *outré*. Arrête, Arlequin ; tu me mets au désespoir, tu ne sais pas la conséquence de ce que tu vas faire, mon enfant, tu me fais trembler ; c'est toi-même que je te conjure d'épargner, en te priant de sauver mon honneur ; encore une fois, arrête, la situation d'esprit où tu me mets ne me punit que trop de mon imprudence.

ARLEQUIN, *comme transporté*. Comment ! cela est épouvantable. Je passe mon chemin sans penser à mal, et puis vous venez à l'encontre

---

1. Marivaux confond *compter* et *conter*, tantôt volontairement (voir note 2, p. 404), tantôt involontairement.   2. L'aventure de Frédéric est une illustration des fortes réflexions de Marivaux sur les courtisans et les politiques dans *Le Spectateur français*, dont la vingt-deuxième feuille, qui les contient, est presque contemporaine de la rédaction du *Prince travesti* (novembre 1723). En voici un passage : « ... je ne comprends rien à eux, ni à la passion qu'ils ont pour le rang, pour le crédit, pour les honneurs, car cette passion-là suppose des cœurs orgueilleux, avides de gloire, furieux de vanité ; cependant ces gens si superbes et si vains ont la force de fléchir sous mille opprobres qu'il leur faut souvent essuyer ; le droit d'être fier et de primer sur les autres, ils ne l'acquièrent, ils ne le conservent, ils ne le cimentent qu'au moyen d'une infinité d'humiliations dont ils veulent bien avaler l'amertume : quelle misérable espèce d'orgueil ! Aussi se sent-il presque toujours de la lâcheté qui le fait subsister, aussi n'est-il bon qu'à donner la comédie aux gens raisonnables qui le voient. » (*Journaux et Œuvres diverses*, Classiques Garnier, seconde section, p. 243.)

de moi pour m'offrir des filles, et puis vous me donnez une pistole
pour trois sols : est-ce que cela se fait ? Moi, je prends cela, parce
que je suis *honnête, et puis vous me *fourbez encore avec je ne
sais combien d'autres pistoles que j'ai dans ma poche, et que je ferai
venir en témoignage contre vous, comme quoi vous avez *mitonné
le cœur d'un innocent, qui a eu sa conscience et la crainte du bâton
devant les yeux, et qui sans cela aurait trahi son bon maître, qui est
le plus brave et le plus gentil garçon, le meilleur corps qu'on puisse
trouver dans tous les corps du monde, et le factotum de la Princesse ; cela se peut-il souffrir ?

FRÉDÉRIC. Doucement, Arlequin ; quelqu'un peut venir ; j'ai tort
mais finissons ; j'achèterai ton silence de tout ce que tu voudras ;
parle, que me demandes-tu ?

ARLEQUIN. Je ne vous ferai pas bon marché, prenez-y garde.

FRÉDÉRIC. Dis ce que tu veux ; tes longueurs me tuent.

ARLEQUIN, *réfléchissant*. Pourtant, ce que c'est que d'être honnête
homme ! Je n'ai que cela pour tout potage, moi. Voyez comme je
me *carre avec vous ! Allons, présentez-moi votre requête, appelez-
moi un peu Monseigneur, pour voir comment cela fait ; je suis Frédéric à cette heure, et vous, vous êtes Arlequin.

FRÉDÉRIC, *à part*. Je ne sais où j'en suis. Quand je nierais le fait,
c'est un homme simple qu'on n'en croira que trop sur une infinité
d'autres présomptions, et la quantité d'argent que je lui ai donnée
prouve encore[1] contre moi. *(À Arlequin.)* Finissons, mon enfant,
que te faut-il ?

ARLEQUIN. Oh tout bellement ; pendant que je suis Frédéric, je
veux profiter un petit brin de ma Seigneurie. Quand j'étais Arlequin,
vous faisiez le gros* dos avec moi ; à cette heure que c'est vous qui
l'êtes, je veux prendre ma revanche.

FRÉDÉRIC *soupire*. Ah je suis perdu !

ARLEQUIN, *à part*. Il me fait pitié. Allons, consolez-vous ; je suis las
de faire le *glorieux, cela est trop sot ; il n'y a que vous autres qui
puissiez vous accoutumer à cela. Ajustons-nous.

FRÉDÉRIC. Tu n'as qu'à dire.

ARLEQUIN. Avez-vous encore de cet argent jaune ? J'aime cette cou-
leur-là ; elle dure plus longtemps qu'une autre.

FRÉDÉRIC. Voilà tout ce qui m'en reste.

ARLEQUIN. Bon ; ces *pistoles-là, c'est pour votre pénitence de

---

1. Le mot *encore* est omis à partir de l'édition de 1758.

m'avoir donné les autres pistoles. Venons au reste de la boutique, parlons des emplois.

FRÉDÉRIC. Mais, ces emplois, tu ne peux les exercer qu'en quittant ton maître.

ARLEQUIN. J'aurai un commis ; et pour l'argent qu'il m'en coûtera, vous me donnerez une bonne pension de cent écus par an.

FRÉDÉRIC. Soit, tu seras content ; mais me promets-tu de te taire ?

ARLEQUIN. Touchez là ; c'est marché fait.

FRÉDÉRIC. Tu ne te repentiras pas de m'avoir tenu parole. Adieu, Arlequin, je m'en vais tranquille.

ARLEQUIN, *le rappelant*. St st st st st...

FRÉDÉRIC, *revenant*. Que me veux-tu ?

ARLEQUIN. Et à propos, nous oublions cette jolie fille.

FRÉDÉRIC. Tu dis que c'est une guenon.

ARLEQUIN. Oh j'aime assez les guenons.

FRÉDÉRIC. Hé bien ! je tâcherai de te la faire avoir.

ARLEQUIN. Et moi, je tâcherai de me taire.

FRÉDÉRIC. Puisqu'il te la faut absolument[1], reviens me trouver tantôt ; tu la verras. *(À part.)* Peut-être me le débauchera-t-elle mieux que je n'ai su[2] faire.

ARLEQUIN. Je veux avoir son cœur sans tricherie.

FRÉDÉRIC. Sans doute ; sortons d'ici.

ARLEQUIN. Dans un quart d'heure je suis à vous. Tenez-moi la fille prête.

ACTE II

Scène première

LISETTE, ARLEQUIN

ARLEQUIN. Mon bijou, j'ai fait une offense envers vos grâces, et je suis d'avis de vous en demander pardon, pendant que j'en ai la repentance.

---

1. L'édition originale comporte un *ou* difficile à expliquer : « [...] *absolument, ou reviens me trouver* [...]. » **2.** Par faute typographique, *su* est transformé en *pu* dans l'édition de 1732, et ce texte passe dans les éditions suivantes.

LISETTE. Quoi ! un si [1] joli garçon que vous est-il capable d'offenser quelqu'un ?

ARLEQUIN. Un aussi joli garçon que moi ! Oh ! cela me confond ; je ne mérite pas le pain que je mange.

LISETTE. Pourquoi donc ? Qu'avez-vous fait ?

ARLEQUIN. J'ai fait une insolence ; donnez-moi conseil. Voulez-vous que je m'en accuse à genoux, ou bien sur mes deux jambes ? dites-moi sans façon ; faites-moi bien de la honte, ne m'épargnez pas.

LISETTE. Je ne veux ni vous battre ni vous voir à genoux ; je me contenterai de savoir ce que vous avez dit.

ARLEQUIN, *s'agenouillant*. Ma mie, vous n'êtes point assez rude, mais je sais mon devoir.

LISETTE. Levez-vous donc, mon cher ; je vous ai déjà pardonné.

ARLEQUIN. Écoutez-moi ; j'ai dit, en parlant de votre inimitable personne, j'ai dit... le reste est si gros qu'il m'étrangle.

LISETTE. Vous avez dit ?...

ARLEQUIN. J'ai dit que vous n'étiez qu'une guenon.

LISETTE, *fâchée*. Pourquoi donc m'aimez-vous, si vous me trouvez telle ?

ARLEQUIN, *pleurant*. Je confesse que j'en ai menti.

LISETTE. Je me croyais plus supportable ; voilà la vérité.

ARLEQUIN. Ne vous ai-je pas dit que j'étais un misérable ? Mais, mamour, je n'avais pas encore vu votre gentil minois... ois... ois... ois...

LISETTE. Comment ! vous ne me connaissiez pas dans ce temps-là ? Vous ne m'aviez jamais vue ?

ARLEQUIN. Pas seulement le bout de votre nez.

LISETTE. Eh ! mon cher Arlequin, je ne suis plus fâchée. Ne me trouvez-vous pas de votre goût à présent ?

ARLEQUIN. Vous êtes délicieuse.

LISETTE. Hé bien ! vous ne m'avez pas insultée ; et, quand cela serait, y a-t-il de meilleure réparation que l'amour que vous avez pour moi ? Allez, mon ami, ne songez plus à cela.

ARLEQUIN. Quand je vous regarde, je me trouve si sot !

LISETTE. Tant mieux, je suis bien aise que vous m'aimiez ; car vous me plaisez beaucoup, vous.

ARLEQUIN, *charmé*. Oh ! oh ! oh ! vous me faites mourir d'aise.

---

1. À partir de l'édition de 1732, *si* est corrigé en *aussi*, peut-être d'après les termes de la réplique d'Arlequin.

LISETTE. Mais, est-il bien vrai que vous m'aimiez ?

ARLEQUIN. Tenez, je vous aime... Mais qui diantre peut dire cela, combien je vous aime ?... Cela est si gros, que je n'en sais pas le compte.

LISETTE. Vous voulez m'épouser ?

ARLEQUIN. Oh ! je ne badine point ; je vous recherche honnête-ment, par-devant notaire.

LISETTE. Vous êtes tout à moi ?

ARLEQUIN. Comme un quarteron d'épingles que vous auriez acheté chez le marchand.

LISETTE. Vous avez envie que je sois heureuse ?

ARLEQUIN. Je voudrais pouvoir vous entretenir fainéante toute votre vie : manger, boire et dormir, voilà l'ouvrage que je vous sou-haite.

LISETTE. Hé bien ! mon ami, il faut que je vous avoue une chose ; j'ai fait tirer mon horoscope il n'y a pas plus de huit jours.

ARLEQUIN. Ho ! ho !

LISETTE. Vous passâtes dans ce moment-là, et on me dit : Voyez-vous ce joli brunet qui passe ? il s'appelle Arlequin.

ARLEQUIN. Tout juste.

LISETTE. Il vous aimera.

ARLEQUIN. Ah ! l'habile homme !

LISETTE. Le seigneur Frédéric lui proposera de le servir contre un inconnu ; il refusera d'abord de le faire, parce qu'il s'imaginera que cela ne serait pas bien ; mais vous obtiendrez de lui ce qu'il aura refusé au seigneur Frédéric ; et de là, s'ensuivra pour vous deux une grosse fortune, dont vous jouirez mariés ensemble. Voilà ce qu'on m'a prédit. Vous m'aimez déjà, vous voulez m'épouser ; la prédic-tion est bien avancée ; à l'égard de la proposition du seigneur Frédé-ric, je ne sais ce que c'est ; mais vous savez bien ce qu'il vous a dit ; quant à moi, il m'a seulement recommandé de vous aimer, et je suis en bon train de cela[1], comme vous voyez.

ARLEQUIN, *étonné.* Cela est admirable ! je vous aime, cela est vrai ; je veux vous épouser, cela est encore vrai, et véritablement le sei-gneur Frédéric m'a proposé d'être un fripon ; je n'ai pas voulu l'être, et pourtant vous verrez qu'il faudra que j'en passe par là ; car quand une chose est prédite, elle ne manque pas d'arriver.

---

1. Les mots *de cela*, donnés par toutes les éditions contemporaines de Marivaux, 1727, 1732 et 1758, disparaissent des éditions modernes à la suite d'une correction de Duviquet.

LISETTE. Prenez garde : on ne m'a pas prédit que le seigneur Frédéric vous proposerait une friponnerie ; on m'a seulement prédit que vous croiriez que c'en serait une.

ARLEQUIN. Je l'ai cru, et apparemment je me suis trompé.

LISETTE. Cela va tout seul.

ARLEQUIN. Je suis un grand nigaud ; mais, au bout du compte, cela avait la mine d'une friponnerie, comme j'ai la mine d'Arlequin ; je suis fâché d'avoir vilipendé ce bon seigneur Frédéric ; je lui ai fait donner tout son argent ; par bonheur je ne suis pas obligé à restitution ; je ne devinais pas qu'il y avait une prédiction qui me donnait le tort.

LISETTE. Sans doute.

ARLEQUIN. Avec cela, cette prédiction doit avoir prédit que je lui viderais sa bourse.

LISETTE. Oh ! gardez ce que vous avez reçu.

ARLEQUIN. Cet argent-là m'était dû comme une lettre de change ; si j'allais le rendre, cela gâterait l'horoscope, et il ne faut pas aller à l'encontre d'un astrologue.

LISETTE. Vous avez raison. Il ne s'agit plus à présent que d'obéir à ce qui est prédit, en faisant ce que souhaite le seigneur Frédéric, afin de gagner pour nous cette grosse fortune qui nous est promise.

ARLEQUIN. Gagnons, ma mie, gagnons, cela est juste, Arlequin est à vous, tournez-le, virez-le à votre fantaisie, je ne m'embarrasse plus de lui, la prédiction m'a transporté à vous, elle sait bien ce qu'elle fait, il ne m'appartient pas de contredire à son ordonnance, je vous aime, je vous épouserai, je tromperai monsieur Lélio, et je m'en gausse, le vent me pousse, il faut que j'aille, il me pousse à baiser votre menotte, il faut que je la baise.

LISETTE, *riant*. L'astrologue n'a pas parlé de cet article-là.

ARLEQUIN. Il l'aura peut-être oublié.

LISETTE. Apparemment ; mais allons trouver le seigneur Frédéric, pour vous réconcilier avec lui.

ARLEQUIN. Voilà mon maître ; je dois être encore trois semaines avec lui pour guetter ce qu'il fera, et je vais voir s'il n'a pas besoin de moi. Allez, mes amours, allez m'attendre chez le seigneur Frédéric.

LISETTE. Ne tardez pas.

Scène II

LÉLIO, ARLEQUIN

Lélio arrive rêveur, sans voir Arlequin qui se retire à *quartier.
Lélio s'arrête sur le bord du théâtre en rêvant.

Arlequin, *à part*. Il ne me voit pas. Voyons sa pensée.

Lélio. Me voilà dans un embarras dont je ne sais comment me tirer.

Arlequin, *à part*. Il est embarrassé.

Lélio. Je tremble que la Princesse, pendant la fête, n'ait surpris mes regards sur la personne que j'aime.

Arlequin, *à part*. Il tremble à cause de la Princesse... tubleu !... ce frisson-là est une affaire d'État... *vertuchou !

Lélio. Si la Princesse vient à soupçonner mon penchant pour son amie, sa jalousie me la dérobera, et peut-être fera-t-elle pis.

Arlequin, *à part*. Oh ! oh !... la dérobera... Il traite la Princesse de friponne. Parla*sambille ! Monsieur le conseiller fera bien ses *orges de ces bribes-là que je ramasse, et je vois bien que cela me vaudra pignon sur rue.

Lélio. J'aurais besoin d'une entrevue.

Arlequin, *à part*. Qu'est-ce que c'est qu'une entrevue ? Je crois qu'il parle latin... Le pauvre homme ! il me fait pitié pourtant ; car peut-être qu'il en mourra ; mais l'horoscope le veut. Cependant si j'avais un peu sa permission... Voyons, je vais lui parler. *(Il retourne dans le fond du théâtre et de là il accourt comme s'il arrivait, et dit :)* Ah ! mon cher maître !

Lélio. Que me veux-tu ?

Arlequin. Je viens vous demander ma petite fortune.

Lélio. Qu'est-ce que c'est que cette [1] fortune ?

Arlequin. C'est que le seigneur Frédéric m'a promis tout plein mes poches d'argent, si je lui contais un peu ce que vous êtes, et tout ce que je sais de vous ; il m'a bien recommandé le secret, et je suis obligé de le garder en conscience ; ce que j'en dis, ce n'est que par manière de parler [2]. Voulez-vous que je lui rapporte toutes les

---

1. L'édition de 1758 réduit, sans doute par erreur, *Qu'est-ce que c'est que* à *Qu'est-ce que*.   **2.** Cette curieuse espèce de discrétion distinguait déjà le Brideron du *Télémaque travesti* ; voir aussi *La Fausse Suivante*, ci-après, p. 527, note 3, et surtout le personnage de Mme d'Alain, dans *La Commère*.

babioles qu'il demande ? Vous savez que je suis pauvre ; l'argent qui m'en viendra, je le mettrai en rente ou je le prêterai à usure.

LÉLIO. Que Frédéric est lâche ! Mon enfant, je pardonne à ta *simplicité le compliment que tu me fais. Tu as de l'honneur à ta manière, et je ne vois nul inconvénient pour moi à te laisser profiter de la bassesse de Frédéric. Oui, reçois son argent ; je veux bien que tu lui rapportes ce que je t'ai dit que j'étais, et ce que tu sais.

ARLEQUIN. Votre foi ?

LÉLIO. Fais ; j'y consens.

ARLEQUIN. Ne vous gênez point, parlez-moi sans façon ; je vous laisse la liberté ; rien de force.

LÉLIO. Va ton chemin, et n'oublie pas surtout de lui marquer le souverain mépris que j'ai pour lui.

ARLEQUIN. Je ferai votre commission.

LÉLIO. J'aperçois la Princesse. Adieu, Arlequin, va gagner ton argent.

Scène III

ARLEQUIN, *seul*[1]

ARLEQUIN. Quand on a un peu d'esprit, on accommode tout. Un butor aurait été chagriner son maître sans lui en demander *honnêtement le privilège. À cette heure, si je lui cause du chagrin, ce sera de bonne amitié, au moins... Mais voilà cette Princesse avec sa camarade.

Scène IV

LA PRINCESSE, HORTENSE, ARLEQUIN

LA PRINCESSE, *à Arlequin*. Il me semble avoir vu de loin ton maître avec toi.

ARLEQUIN. Il vous a semblé la vérité, Madame ; et quand cela ne serait pas, je ne suis pas là pour vous dédire.

LA PRINCESSE. Va le chercher, et dis-lui que j'ai à lui parler.

---

1. Cette indication scénique disparaît de l'édition de 1758, lorsque cette réplique d'Arlequin, qui était jusque-là rattachée à la scène II, est érigée en une scène III indépendante.

ARLEQUIN. J'y cours, Madame. *(Il va et revient.)* Si je ne le trouve pas, qu'est-ce que je lui dirai ?

LA PRINCESSE. Il ne peut pas encore être loin, tu le trouveras sans doute.

ARLEQUIN, *à part*. Bon, je vais tout d'un coup [1] chercher le seigneur Frédéric.

Scène V

LA PRINCESSE, HORTENSE

LA PRINCESSE. Ma chère Hortense, apparemment que ma rêverie est contagieuse ; car vous devenez rêveuse aussi bien que moi.

HORTENSE. Que voulez-vous, Madame ? Je vous vois rêver, et cela me donne un air pensif ; je vous copie de figure.

LA PRINCESSE. Vous copiez si bien, qu'on s'y méprendrait. Quant à moi, je ne suis point tranquille ; le rapport que vous me faites de Lélio ne me satisfait pas. Un homme à qui vous avez fait apercevoir que je l'aime, un homme à qui j'ai cru voir du penchant pour moi, devrait, à votre discours, donner malgré lui quelques marques de joie, et vous ne me parlez que de son profond respect ; cela est bien froid.

HORTENSE. Mais, Madame, ordinairement le respect n'est ni chaud ni froid ; je ne lui ai pas dit crûment : La Princesse vous aime ; il ne m'a pas répondu crûment : J'en suis charmé ; il ne lui a pas pris des transports ; mais il m'a paru pénétré d'un profond respect. J'en reviens toujours à ce respect, et je le trouve en sa place.

LA PRINCESSE. Vous êtes femme d'*esprit ; lui avez-vous senti quelque surprise agréable ?

HORTENSE. De la surprise ? Oui, il en a montré ; à l'égard de savoir si elle était agréable ou non, quand un homme sent du plaisir, et qu'il ne le dit point, il en aurait un jour entier sans qu'on le devinât ; mais enfin, pour moi, je suis fort contente de lui.

LA PRINCESSE, *souriant d'un air forcé*. Vous êtes fort contente de lui, Hortense ; N'y aurait-il rien d'équivoque là-dessous ? Qu'est-ce que cela signifie ?

---

1. Duviquet, suivi par tous les éditeurs modernes, remplace *tout d'un coup*, qu'il ne comprend pas (cela signifie *en même temps*), par *de ce pas*, qui, stylistiquement, est déplacé dans la bouche d'Arlequin.

HORTENSE. Ce que signifie Je suis contente de lui ? Cela veut dire...
En vérité, Madame, cela veut dire que je suis contente de lui ; on ne
saurait expliquer cela qu'en le répétant. Comment feriez-vous pour
dire autrement ? Je suis satisfaite de ce qu'il m'a répondu sur votre
chapitre ; l'aimez-vous mieux de cette façon-là ?

LA PRINCESSE. Cela est plus clair.

HORTENSE. C'est pourtant la même chose.

LA PRINCESSE. Ne vous fâchez point ; je suis dans une situation d'esprit qui mérite un peu d'indulgence. Il me vient des idées fâcheuses,
déraisonnables. Je crains tout, je soupçonne tout ; je crois que j'ai
été jalouse de vous, oui de vous-même, qui êtes la meilleure de mes
amies, qui méritez ma confiance, et qui l'avez. Vous êtes aimable,
Lélio l'est aussi ; vous vous êtes vu tous deux ; vous m'avez fait un
rapport de lui qui n'a pas rempli mes espérances ; je me suis égarée
là-dessus, j'ai vu mille chimères ; vous étiez déjà ma rivale. Qu'est-
ce que c'est que l'amour, ma chère Hortense ! Où est l'estime que
j'ai pour vous, la justice que je dois vous rendre ? Me reconnaissez-
vous ? Ne sont-ce pas là les faiblesses d'un enfant que je rapporte ?

HORTENSE. Oui ; mais les faiblesses d'un enfant de votre âge sont
dangereuses, et je voudrais bien n'avoir rien à démêler avec elles.

LA PRINCESSE. Écoutez ; je n'ai pas tant de tort ; tantôt pendant que
nous étions à cette fête, Lélio n'a presque regardé que vous, vous le
savez bien.

HORTENSE. Moi, Madame ?

LA PRINCESSE. Hé bien, vous n'en convenez pas ; cela est mal
entendu, par exemple ; il semblerait qu'il y a du mystère ; n'ai-je pas
remarqué que les regards de Lélio vous embarrassaient, et que vous
n'osiez pas le regarder, par considération pour moi sans doute ?...
Vous ne me répondez pas ?

HORTENSE. C'est que je vous vois en train de remarquer, et si je
réponds, j'ai peur que vous ne remarquiez encore quelque chose
dans ma réponse ; cependant je n'y gagne rien, car vous faites une
remarque sur mon silence. Je ne sais plus comment me conduire ;
si je me tais, c'est du mystère ; si je parle, autre mystère ; enfin je
suis mystère depuis les pieds jusqu'à la tête. En vérité, je n'ose pas
me remuer ; j'ai peur que vous n'y trouviez un équivoque [1]. Quel

---

1. Les trois éditions contemporaines, 1727, 1732 et 1758, portent *un équivoque. Équivoque*, masculin au xvie siècle, est encore des deux genres au xviie.
Voir la Note grammaticale, article *genre*, p. 2267.

étrange amour que le vôtre, Madame ! Je n'en ai jamais vu de cette humeur-là.

La Princesse. Encore une fois, je me condamne ; mais vous n'êtes pas mon amie pour rien ; vous êtes obligée de me supporter ; j'ai de l'amour, en un mot, voilà mon excuse.

Hortense. Mais, Madame, c'est plus mon amour que le vôtre ; de la manière dont vous le prenez, il me fatigue plus que vous ; ne pourriez-vous me dispenser de votre confidence ? Je me trouve une passion sur les bras qui ne m'appartient pas ; peut-on de fardeau plus ingrat ?

La Princesse, *d'un air sérieux*. Hortense, je vous croyais plus d'attachement pour moi ; et je ne sais que penser, après tout, du dégoût que vous témoignez. Quand je répare mes soupçons à votre égard par l'aveu franc que je vous en fais, mon amour vous déplaît trop ; je n'y comprends rien ; on dirait presque que vous en avez peur.

Hortense. Ah la désagréable situation ! Que je suis malheureuse de ne pouvoir ouvrir ni fermer la bouche en sûreté ! Que faudra-t-il donc que je devienne ? Les remarques me suivent, je n'y saurais tenir ; vous me désespérez, je vous tourmente, toujours je vous fâcherai en parlant, toujours je vous fâcherai en ne disant mot : je ne saurais donc me corriger ; voilà une querelle fondée pour l'éternité ; le moyen de vivre ensemble, j'aimerais mieux mourir. Vous me trouvez rêveuse ; après cela il faut que je m'explique. Lélio m'a regardée, vous ne savez que penser, vous ne me comprenez pas, vous m'estimez, vous me croyez fourbe ; haine, amitié, soupçon, confiance, le calme, l'orage, vous mettez tout ensemble, je m'y perds, la tête me tourne, je ne sais où je suis ; je quitte la partie, je me sauve, je m'en retourne ; dussiez-vous prendre encore mon voyage pour une *finesse [1].

La Princesse, *la caressant*. Non, ma chère Hortense, vous ne me quitterez point ; je ne veux point vous perdre, je veux vous aimer, je veux que vous m'aimiez ; j'abjure toutes mes faiblesses ; vous êtes mon amie, je suis la vôtre, et cela durera toujours.

Hortense. Madame, cet amour-là nous brouillera ensemble, vous le verrez ; laissez-moi partir ; comptez que je fais [2] pour le mieux.

La Princesse. Non, ma chère ; je vais faire arrêter tous vos équi-

---

1. Le ton d'Hortense n'est pas sans faire penser déjà à celui de Silvia dans certaines scènes du *Jeu de l'amour et du hasard* (acte II, sc. x, par exemple).
2. L'édition originale porte : *je le fais* [...].

pages, vous ne vous servirez que des miens ; et, pour plus de sûreté, à toutes les portes de la ville vous trouverez des gardes qui ne vous laisseront passer qu'avec moi. Nous irons quelquefois nous promener ensemble ; voilà tous les voyages que vous ferez ; point de *mutinerie ; je n'en rabattrai rien. À l'égard de Lélio, vous continuerez de le voir avec moi ou sans moi, quand votre amie vous en priera.

HORTENSE. Moi, voir Lélio, Madame ! Et si Lélio me regarde ? il a des yeux. Et si je le regarde ? j'en ai aussi. Ou bien si je ne le regarde pas ? car tout est égal avec vous. Que voulez-vous que je fasse dans la compagnie d'un homme avec qui toute fonction de mes deux yeux est interdite ? les fermerai-je ? les détournerai-je ? Voilà tout ce qu'on en peut faire, et rien de tout cela ne vous convient. D'ailleurs, s'il a toujours ce profond respect qui n'est pas de votre goût, vous vous en prendrez à moi, vous me direz encore : Cela est bien froid ; comme si je n'avais qu'à lui dire : Monsieur, soyez plus tendre. Ainsi son respect, ses yeux et les miens, voilà trois choses que vous ne me passerez jamais. Je ne sais si, pour vous accommoder, il me suffirait d'être aveugle, sourde et muette ; je ne serais peut-être pas encore à l'abri de votre chicane.

LA PRINCESSE. Toute cette vivacité-là ne me fait point de peur ; je vous connais : vous êtes bonne, mais impatiente ; et quelque jour, vous et moi, nous rirons de ce qui nous arrive aujourd'hui.

HORTENSE. Souffrez que je m'éloigne pendant que vous aimez. Au lieu de rire de mon séjour, nous rirons de mon absence ; n'est-ce pas la même chose ?

LA PRINCESSE. Ne m'en parlez plus, vous m'affligez. Voici Lélio, qu'apparemment Arlequin aura averti de ma part ; prenez, de grâce, un air moins triste ; je n'ai qu'un mot à lui dire ; après l'instruction que vous lui avez donnée, nous jugerons bientôt de ses sentiments, par la manière dont il se comportera dans la suite. Le don de ma main lui fait un beau rang ; mais il peut avoir le cœur pris.

Scène VI

LÉLIO, HORTENSE, LA PRINCESSE

LÉLIO. Je me rends à vos ordres, Madame. Arlequin m'a dit que vous souhaitiez me parler.

LA PRINCESSE. Je vous attendais, Lélio ; vous savez quelle est la commission de l'Ambassadeur du roi de Castille, qu'on est convenu d'en délibérer aujourd'hui. Frédéric s'y trouvera ; mais c'est à vous seul à décider. Il s'agit de ma main que le roi de Castille demande ; vous pouvez l'accorder ou la refuser. Je ne vous dirai point quelles seraient mes intentions là-dessus ; je m'en tiens à souhaiter que vous les deviniez[1]. J'ai quelques ordres à donner ; je vous laisse un moment avec Hortense, à peine vous connaissez-vous encore, elle est mon amie, et je suis bien aise que l'estime que j'ai pour vous ait son aveu.

Elle sort.

Scène VII
LÉLIO, HORTENSE

LÉLIO. Enfin, Madame, il est temps que vous décidiez de mon sort, il n'y a point de moments à perdre. Vous venez d'entendre la Princesse ; elle veut que je prononce sur le mariage qu'on lui propose. Si je refuse de le conclure, c'est entrer dans ses vues, et lui dire que je l'aime ; si je le conclus, c'est lui donner des preuves d'une indifférence dont elle cherchera les raisons. La conjoncture est pressante ; que résolvez-vous en ma faveur ? Il faut que je me dérobe d'ici incessamment ; mais vous, Madame, y resterez-vous ? Je puis vous offrir un asile où vous ne craindrez personne. Oserai-je espérer que vous consentirez aux mesures promptes et nécessaires ?...

HORTENSE. Non, Monsieur, n'espérez rien, je vous prie ; ne parlons plus de votre cœur, et laissez le mien en repos ; vous le troublez, je ne sais ce qu'il est devenu ; je n'entends parler que d'amour à droite[2] et à gauche, il m'environne, il m'obsède, et le vôtre, au bout du compte, est celui qui me presse le plus.

LÉLIO. Quoi ! Madame, c'en est donc fait, mon amour vous *fatigue, et vous me *rebutez ?

HORTENSE. Si vous cherchez à m'attendrir, je vous avertis que je vous quitte ; je n'aime point qu'on exerce mon courage.

LÉLIO. Ah ! Madame, il ne vous en faut pas beaucoup pour résister à ma douleur.

---

1. On a signalé dans la notice (p. 379) que l'idée de cet épisode pourrait avoir été suggérée à Marivaux par un passage des *Occasions perdues* de Rotrou. 2. Ici, comme habituellement chez Marivaux et souvent à l'époque, on lit *à droit* dans les éditions anciennes.

HORTENSE. Eh ! Monsieur, je ne sais point ce qu'il m'en faut, et ne trouve point à propos de le savoir. Laissez-moi me gouverner, chacun se *sent ; brisons là-dessus.

LÉLIO. Il n'est que trop vrai que vous pouvez m'écouter sans aucun risque.

HORTENSE. Il n'est que trop vrai ! Oh ! je suis plus difficile en vérités que vous ; et ce qui est trop vrai pour vous ne l'est pas assez pour moi. Je crois que j'irais loin avec vos sûretés, surtout avec un garant comme vous ! En vérité, Monsieur, vous n'y songez pas : il n'est que trop vrai ! Si cela était si vrai, j'en saurais quelque chose ; car vous me forcez à vous dire plus que je ne veux, et je ne vous le pardonnerai pas.

LÉLIO. Si vous sentez quelque heureuse disposition pour moi, qu'ai-je fait depuis tantôt qui puisse mériter que vous la combattiez ?

HORTENSE. Ce que vous avez fait ? Pourquoi me rencontrez-vous ici ? Qu'y venez-vous chercher ? Vous êtes arrivé à la Cour ; vous avez plu à la Princesse, elle vous aime ; vous dépendez d'elle, j'en dépends de même ; elle est jalouse de moi : voilà ce que vous avez fait, Monsieur, et il n'y a point de remède à cela, puisque je n'en trouve point.

LÉLIO, *étonné.* La Princesse est jalouse de vous ?

HORTENSE. Oui, très jalouse : peut-être actuellement sommes-nous observés l'un et l'autre ; et après cela vous venez me parler de votre passion, vous voulez que je vous aime ; vous le voulez, et je tremble de ce qui en peut arriver : car enfin on se lasse. J'ai beau vous dire que cela ne se peut pas, que mon cœur vous serait inutile ; vous ne m'écoutez point, vous vous plaisez à me pousser à bout. Eh ! Lélio, qu'est-ce que c'est que votre amour ? Vous ne me ménagez point ; aime-t-on les gens quand on les persécute, quand ils sont plus à plaindre que nous, quand ils ont leurs chagrins et les nôtres, quand ils ne nous font un peu de mal que pour éviter de nous en faire davantage ? Je refuse de vous aimer : qu'est-ce que j'y gagne ? Vous imaginez-vous que j'y prends plaisir ? Non, Lélio, non ; le plaisir n'est pas grand. Vous êtes un ingrat ; vous devriez me remercier de mes refus, vous ne les méritez pas. Dites-moi, qu'est-ce qui m'empêche de vous aimer ? cela est-il si difficile ? n'ai-je pas le cœur libre ? n'êtes-vous pas aimable ? ne m'aimez-vous pas assez ? que vous manque-t-il ? vous n'êtes pas raisonnable. Je vous refuse mon cœur avec le péril qu'il y a de l'avoir ; mon amour vous perdrait. Voilà pourquoi vous ne l'aurez point ; voilà d'où me vient ce courage que vous me reprochez. Et vous vous plaignez de moi, et vous me demandez encore que je vous aime, expliquez-vous donc, que me demandez-vous ? Que vous faut-il ? Qu'appelez-vous aimer ? Je n'y comprends rien.

LÉLIO, *vivement*. C'est votre main qui manque à mon bonheur.

HORTENSE, *tendrement*. Ma main !... Ah ! je ne périrais pas seule, et le don que je vous en ferais me coûterait mon époux ; et je ne veux pas mourir, en perdant un homme comme vous. Non, si je faisais jamais votre bonheur, je voudrais qu'il durât longtemps.

LÉLIO, *animé*. Mon cœur ne peut suffire à toute ma tendresse. Madame, prêtez-moi, de grâce, un moment d'attention, je vais vous instruire.

HORTENSE. Arrêtez, Lélio ; j'envisage un malheur qui me fait frémir ; je ne sache rien de si cruel que votre obstination ; il me semble que tout ce que vous me dites m'entretient de votre mort. Je vous avais prié de laisser mon cœur en repos, vous n'en faites rien ; voilà qui est fini ; poursuivez, je ne vous crains plus. Je me suis d'abord contentée de vous dire que je ne pouvais pas vous aimer, cela ne vous a pas épouvanté ; mais je sais des façons de parler plus positives, plus intelligibles, et qui assurément vous guériront de toute espérance. Voici donc, à la lettre, ce que je pense, et ce que je penserai toujours : c'est que je ne vous aime point, et que je ne vous aimerai jamais [1]. Ce discours est net, je le crois sans réplique ; il ne reste plus de question à faire. Je ne sortirai point de là ; je ne vous aime point, vous ne me plaisez point. Si je savais une manière de m'expliquer plus dure, je m'en servirais pour vous punir de la douleur que je souffre à vous en faire. Je ne pense pas qu'à présent vous ayez envie de parler de votre amour ; ainsi changeons de sujet.

LÉLIO. Oui, Madame, je vois bien que votre résolution est prise. La seule espérance d'être uni pour jamais avec vous m'arrêtait encore ici ; je m'étais flatté, je l'avoue ; mais c'est bien peu de chose que l'intérêt que l'on prend à un homme à qui l'on peut parler comme vous le faites. Quand je vous apprendrais qui je suis, cela ne servirait de rien ; vos refus n'en seraient que plus affligeants. Adieu,

---

1. On pense encore ici au *Jeu de l'amour et du hasard* (acte II, sc. IX). Dans cette dernière pièce, c'est la distance sociale qui sépare les deux jeunes gens (ou ce qu'ils croient qu'elle est). Ici, c'est une circonstance romanesque. Mais le fond des sentiments est du même ordre, et c'est ce qui explique qu'Hortense et Silvia recourent à des procédés et même à des tournures analogues.

Madame ; il n'y a plus de séjour ici pour moi ; je pars dans l'instant, et je ne vous oublierai jamais.

Il s'éloigne.

HORTENSE, *pendant qu'il s'en va.* Oh ! je ne sais plus où j'en suis ; je n'avais pas prévu ce coup-là. *(Elle l'appelle.)* Lélio !

LÉLIO, *revenant* [1]. Que me voulez-vous, Madame ?

HORTENSE. Je n'en sais rien ; vous êtes au désespoir, vous m'y mettez, je ne sais encore que cela.

LÉLIO. Vous me haïrez si je ne vous quitte.

HORTENSE. Je ne vous hais plus quand vous me quittez.

LÉLIO. Daignez donc consulter votre cœur.

HORTENSE. Vous voyez bien les conseils qu'il me donne ; vous partez, je vous rappelle ; je vous rappellerai, si je vous renvoie ; mon cœur ne finira rien.

LÉLIO. Eh ! Madame, ne me renvoyez plus ; nous échapperons aisément à tous les malheurs que vous craignez ; laissez-moi vous expliquer mes mesures, et vous dire que ma naissance...

HORTENSE, *vivement.* Non, je me retrouve enfin, je ne veux plus rien entendre. Échapper à nos malheurs ! Ne s'agit-il pas de sortir d'ici ? le pourrons-nous ? n'a-t-on pas les yeux sur nous ? ne serez-vous pas arrêté ? Adieu ; je vous dois la vie ; je ne vous devrai rien, si vous ne sauvez la vôtre. Vous dites que vous m'aimez ; non, je n'en crois rien, si vous ne partez. Partez donc, ou soyez mon ennemi mortel ; partez, ma tendresse vous l'ordonne ; ou restez ici l'homme du monde le plus haï de moi, et le plus haïssable que je connaisse.

Elle s'en va comme en colère.

LÉLIO, *d'un ton de dépit.* Je partirai donc, puisque vous le voulez ; mais vous prétendez me sauver la vie, et vous n'y réussirez pas.

HORTENSE, *se retournant de loin.* Vous me rappelez donc à votre tour ?

LÉLIO. J'aime autant mourir que de ne vous plus voir.

HORTENSE. Ah ! voyons donc les mesures que vous voulez prendre.

LÉLIO, *transporté de joie.* Quel bonheur ! je ne saurais retenir mes transports.

---

1. Comme très souvent chez Marivaux, ces mouvements de dépit amoureux trouvent une traduction dans le mouvement scénique. Voir déjà la première *Surprise de l'amour*, acte II, sc. VII, p. 274, note 1, et p. 275, note 1.

HORTENSE, *nonchalamment*. Vous m'aimez beaucoup, je le sais bien ; passons votre reconnaissance, nous dirons cela une autre fois. Venons aux mesures...

LÉLIO. Que n'ai-je, au lieu d'une couronne qui m'attend, l'empire de la terre à vous offrir ?

HORTENSE, *avec une surprise modeste*. Vous êtes né prince ? Mais vous n'avez qu'à me garder votre cœur, vous ne me donnerez rien qui le vaille ; achevons.

LÉLIO. J'attends demain incognito un courrier du roi de Léon, mon père.

HORTENSE. Arrêtez, Prince ; Frédéric vient, l'Ambassadeur le suit sans doute. Vous m'informerez tantôt de vos résolutions.

LÉLIO. Je crains encore vos inquiétudes.

HORTENSE. Et moi, je ne crains plus rien ; je me sens l'imprudence la plus tranquille du monde ; vous me l'avez donnée, je m'en trouve bien ; c'est à vous à me la garantir [1], faites comme vous pourrez.

LÉLIO. Tout ira bien, Madame ; je ne conclurai rien avec l'Ambassadeur pour gagner du temps ; je vous reverrai tantôt.

Scène VIII

L'AMBASSADEUR, LÉLIO, FRÉDÉRIC

FRÉDÉRIC, *à part à l'Ambassadeur*. Vous sentirez, j'en suis sûr, jusqu'où va l'audace de ses espérances.

L'AMBASSADEUR, *à Lélio*. Vous savez, Monsieur, ce qui m'amène ici, et votre habileté me répond du succès de ma commission. Il s'agit d'un mariage entre votre Princesse et le roi de Castille, mon maître. Tout invite à le conclure ; jamais union ne fut peut-être plus nécessaire. Vous n'ignorez pas les justes droits que les rois de Castille prétendent avoir sur une partie de cet État, par les alliances...

LÉLIO. Laissons là ces droits historiques, Monsieur ; je sais ce que c'est ; et quand on voudra, la Princesse en produira de même valeur sur les États du roi votre maître. Nous n'avons qu'à relire aussi les alliances passées, vous verrez qu'il y aura quelqu'une de vos provinces qui nous appartiendra.

FRÉDÉRIC. Effectivement vos droits ne sont pas fondés, et il n'est pas besoin d'en appuyer le mariage dont il s'agit.

---

1. Texte de 1732 et 1758. L'édition originale porte : *à me le garantir*.

L'AMBASSADEUR. Laissons-les donc pour le présent, j'y consens ; mais la trop grande proximité des deux États entretient depuis vingt ans des guerres qui ne finissent que pour des instants [1], et qui recommenceront bientôt entre deux nations voisines, et dont les intérêts se croiseront toujours. Vos peuples sont fatigués ; mille occasions vous ont prouvé que vos ressources sont inégales aux nôtres. La paix que nous venons de faire avec vous, vous la devez à des circonstances qui ne se rencontreront pas toujours. Si la Castille n'avait été occupée ailleurs, les choses auraient bien changé de face.

LÉLIO. Point du tout ; il en aurait été de cette guerre comme de toutes les autres. Depuis tant de siècles que cet État se défend contre le vôtre, où sont vos progrès ? Je n'en vois point qui puissent justifier cette grande inégalité de forces dont vous parlez.

L'AMBASSADEUR. Vous ne vous êtes soutenus que par des secours étrangers.

LÉLIO. Ces mêmes secours dans bien des occasions vous ont aussi rendu de grands services ; et voilà comment subsistent les États : la politique de l'un arrête l'ambition de l'autre.

FRÉDÉRIC. Retranchons-nous sur des choses plus effectives, sur la tranquillité durable que ce mariage assurerait aux deux peuples qui ne seraient plus qu'un, et qui n'auraient plus qu'un même maître.

LÉLIO. Fort bien ; mais nos peuples n'ont-ils pas leurs lois particulières ? Êtes-vous sûr, Monsieur, qu'ils voudront bien passer sous une domination étrangère, et peut-être se soumettre aux coutumes d'une nation qui leur est antipathique ?

L'AMBASSADEUR. Désobéiront-ils à leur souveraine ?

LÉLIO. Ils lui désobéiront par amour pour elle.

FRÉDÉRIC. En ce cas-là, il ne sera pas difficile de les réduire.

LÉLIO. Y pensez-vous, Monsieur ? S'il faut les opprimer pour les rendre tranquilles, comme vous l'entendez, ce n'est pas de leur souveraine que doit leur venir un pareil repos ; il n'appartient qu'à la fureur d'un ennemi de leur faire un présent si funeste.

FRÉDÉRIC, *à part, à l'Ambassadeur.* Vous voyez des preuves de ce que je vous ai dit.

L'AMBASSADEUR, *à Lélio.* Votre avis est donc de rejeter le mariage que je propose ?

LÉLIO. Je ne le rejette point ; mais il mérite réflexion. Il faut exami-

---

1. Duviquet et les éditeurs modernes donnent arbitrairement *pour peu de temps* au lieu de *pour des instants*.

ner mûrement les choses ; après quoi, je conseillerai à la Princesse ce que je jugerai de mieux pour sa gloire et pour le bien de ses peuples ; le seigneur Frédéric dira ses raisons, et moi les miennes.

FRÉDÉRIC. On décidera sur les vôtres.

L'AMBASSADEUR, *à Lélio*[1]. Me permettez-vous de vous parler à cœur ouvert ?

LÉLIO. Vous êtes le maître.

L'AMBASSADEUR. Vous êtes ici dans une belle situation, et vous craignez d'en sortir, si la Princesse se marie ; mais le roi mon maître est assez grand seigneur pour vous dédommager, et j'en réponds pour lui.

LÉLIO, *froidement*. Ah ! de grâce, ne citez point ici le roi votre maître ; soupçonnez-moi tant que vous voudrez de manquer de droiture, mais ne l'associez point à vos soupçons. Quand nous faisons parler les princes, Monsieur, que ce soit toujours d'une manière noble et digne d'eux ; c'est un respect que nous leur devons, et vous me faites rougir pour le roi de Castille.

L'AMBASSADEUR. Arrêtons là. Une discussion là-dessus nous mènerait trop loin ; il ne me reste qu'un mot à vous dire ; et ce n'est plus le roi de Castille, c'est moi qui vous parle à présent. On m'a averti que je vous trouverais contraire au mariage dont il s'agit, tout convenable, tout nécessaire qu'il est, si jamais la Princesse veut épouser un prince. On a prévu les difficultés que vous faites, et l'on prétend que vous avez vos raisons pour les faire, raisons si hardies que je n'ai pu les croire, et qui sont fondées, dit-on, sur la confiance dont la Princesse vous honore.

LÉLIO. Vous m'allez encore parler à cœur ouvert, Monsieur, et si vous m'en croyez, vous n'en ferez rien ; la franchise ne vous réussit pas ; le roi votre maître s'en est mal trouvé tout à l'heure, et vous m'inquiétez pour la Princesse.

L'AMBASSADEUR. Ne craignez rien ; loin de manquer moi-même à ce que je lui dois, je ne veux que l'apprendre à ceux qui l'oublient.

LÉLIO. Voyons ; j'en sais tant là-dessus, que je suis en état de corriger vos leçons mêmes. Que dit-on de moi ?

L'AMBASSADEUR. Des choses hors de toute vraisemblance.

FRÉDÉRIC. Ne les expliquez point ; je crois savoir ce que c'est ; on me les a dites aussi, et j'en ai ri comme d'une chimère.

LÉLIO, *regardant Frédéric*. N'importe ; je serai bien aise de voir

---

1. Cette indication scénique est donnée à partir de 1732.

jusqu'où va la lâche inimitié de ceux dont je blesse ici les yeux, que vous connaissez comme moi, et à qui j'aurais fait bien du mal si j'avais voulu, mais qui ne valent pas la peine qu'un honnête homme se venge. Revenons.

L'AMBASSADEUR. Non, le seigneur Frédéric a raison ; n'expliquons rien ; ce sont des illusions. Un homme d'*esprit comme vous, dont la fortune est déjà si prodigieuse, et qui la mérite, ne saurait avoir des sentiments aussi périlleux que ceux qu'on vous attribue. La Princesse n'est sans doute que l'objet de vos respects ; mais le bruit qui court sur votre compte vous expose, et pour le détruire, je vous conseillerais de porter la Princesse à un mariage avantageux à l'État.

LÉLIO. Je vous suis très obligé de vos conseils, Monsieur ; mais j'ai regret à la peine que vous prenez de m'en donner. Jusqu'ici les ambassadeurs n'ont jamais été les précepteurs des ministres chez qui ils vont, et je n'ose renverser l'ordre. Quand je verrai votre nouvelle méthode bien établie, je vous promets de la suivre.

L'AMBASSADEUR. Je n'ai pas tout dit. Le roi de Castille a pris de l'inclination pour la Princesse sur un portrait qu'il en a vu ; c'est en amant que ce jeune prince souhaite un mariage que la raison, l'égalité d'âge et la politique doivent presser de part et d'autre. S'il ne s'achève pas, si vous en détournez la Princesse par des motifs qu'elle ne sait pas, faites du moins qu'à son tour ce prince ignore les secrètes raisons qui s'opposent en vous à ce qu'il souhaite ; la vengeance des princes peut porter loin ; souvenez-vous-en.

LÉLIO. Encore une fois, je ne rejette point votre proposition, nous l'examinerons plus à loisir ; mais si les raisons secrètes que vous voulez dire étaient réelles, Monsieur, je ne laisserais pas que d'embarrasser le ressentiment de votre prince. Il serait plus difficile de se venger de moi que vous ne pensez.

L'AMBASSADEUR, *outré*. De vous ?

LÉLIO, *froidement*. Oui, de moi.

L'AMBASSADEUR. Doucement ; vous ne savez pas à qui vous parlez.

LÉLIO. Je sais qui je suis, en voilà assez.

L'AMBASSADEUR. Laissez là ce que vous êtes, et soyez sûr que vous me devez respect.

LÉLIO. Soit ; et moi je n'ai, si vous le voulez, que mon cœur pour tout avantage ; mais les égards que l'on doit à la seule vertu sont aussi légitimes que les respects que l'on doit aux princes ; et fussiez-vous le roi de Castille même, si vous êtes généreux, vous ne sauriez penser autrement. Je ne vous ai point manqué de respect, supposé que je vous en doive ; mais les sentiments que je vous montre depuis que je vous parle méritaient de votre part plus d'attention que vous ne leur en avez donné. Cependant je continuerai à vous respecter, puisque vous dites qu'il le faut, sans pourtant en examiner moins si le mariage dont il s'agit est vraiment convenable.

Il sort fièrement.

Scène IX

FRÉDÉRIC, L'AMBASSADEUR

FRÉDÉRIC. La manière dont vous venez de lui parler me fait présumer bien des choses ; peut-être sous le titre d'Ambassadeur nous cachez-vous...

L'AMBASSADEUR. Non, Monsieur, il n'y a rien à présumer ; c'est un ton que j'ai cru pouvoir prendre avec un aventurier que le sort a élevé.

FRÉDÉRIC. Eh bien ! que dites-vous de cet homme-là ?

L'AMBASSADEUR. Je dis que je l'estime.

FRÉDÉRIC. Cependant, si nous ne le renversons, vous ne pouvez réussir ; ne joindrez-vous pas vos efforts aux nôtres ?

L'AMBASSADEUR. J'y consens, à condition que nous ne tenterons rien qui soit indigne de nous ; je veux le combattre *généreusement, comme il le mérite.

FRÉDÉRIC. Toutes actions sont *généreuses, quand elles tendent au bien général.

L'AMBASSADEUR. Ne vous en fiez pas à vous : vous haïssez Lélio, et la haine entend mal à faire des maximes d'honneur. Je tâcherai de voir aujourd'hui la Princesse. Je vous quitte, j'ai quelques dépêches à faire, nous nous reverrons tantôt.

Scène X

FRÉDÉRIC, ARLEQUIN, *arrivant tout essoufflé*

FRÉDÉRIC, *à part.* Monsieur l'Ambassadeur me paraît bien scrupuleux ! Mais voici Arlequin qui accourt à moi.

ARLEQUIN. Par la *mardi ! Monsieur le conseiller, il y a longtemps que je galope après vous ; vous êtes plus difficile à trouver qu'une botte de foin dans une aiguille[1].

FRÉDÉRIC. Je ne me suis pourtant pas écarté ; as-tu quelque chose à me dire ?

ARLEQUIN. Attendez, je crois que j'ai laissé ma respiration par les chemins ; ouf...

FRÉDÉRIC. Reprends haleine.

ARLEQUIN. Oh dame, cela ne se prend pas avec la main. Ohi ! ohi[2] ! Je vous ai été chercher au palais, dans les salles, dans les cuisines ; je trottais par-ci, je trottais par-là, je trottais partout ; et *y allons vite, et boute et gare[3]. N'avez-vous pas vu le seigneur Frédéric ? Hé non, mon ami ! Où diable est-il donc ? que la peste l'étouffe ! Et puis je cours encore, patati, patata ; je jure, je rencontre un porteur d'eau, je renverse son eau : N'avez-vous pas vu le seigneur Frédéric ? Attends, attends, je vais te donner du seigneur Frédéric par les oreilles. Moi, je m'enfuis. Par la *samblou, morbleu, ne serait-il pas au cabaret ? J'y entre, je trouve du vin, je bois chopine, je m'apaise, et puis je reviens ; et puis vous voilà.

FRÉDÉRIC. Achève ; sais-tu quelque chose ? Tu me donnes bien de l'impatience.

ARLEQUIN. Cent mille écus ne seraient pas dignes de me payer ma peine ; pourtant j'en rabattrai beaucoup.

FRÉDÉRIC. Je n'ai point d'argent sur moi, mais je t'en promets au sortir d'ici.

ARLEQUIN. Pourquoi est-ce que vous laissez votre bourse à la maison ? Si j'avais su cela, je ne vous aurais pas trouvé ; car, pendant que j'y suis, il faut que je vous tienne.

FRÉDÉRIC. Tu n'y perdras rien ; parle, que sais-tu ?

ARLEQUIN. De bonnes choses, c'est du *nanan.

FRÉDÉRIC. Voyons.

ARLEQUIN. Cet argent promis m'envoie des scrupules ; si vous pouviez me donner des gages ; ce petit diamant qui est à votre doigt, par exemple ? quand cela promet de l'argent, cela tient parole.

---

1. Nouvel exemple du procédé qui consiste à renverser les termes d'une locution proverbiale.   **2.** Cette exclamation est propre à l'Arlequin italien. On la trouve aussi sous la forme *oïme !*   **3.** Le caractère complexe du langage des Arlequins est marqué ici par des traits nouveaux. *Et y allons* est populaire, ou du moins très familier, tandis que *et boute et gare* est paysan. Sur l'expression *et y allons*, voir le Glossaire, article *y*, p. 2262.

FRÉDÉRIC. Prends ; le voilà pour garant de la mienne ; ne me fais plus languir.

ARLEQUIN. Vous êtes honnête homme, et votre bague aussi. Or donc, tantôt, monsieur Lélio, qui vous méprise que c'est une bénédiction, il parlait à lui tout seul...

FRÉDÉRIC. Bon !

ARLEQUIN. Oui, bon !... Voilà la Princesse qui vient. Dirai-je tout devant elle ?

FRÉDÉRIC, *après avoir rêvé.* Tu m'en fais venir l'idée. Oui ; mais ne dis rien de tes engagements avec moi. Je vais parler le premier ; conforme-toi à ce que tu m'entendras dire.

Scène XI

LA PRINCESSE, HORTENSE, FRÉDÉRIC, ARLEQUIN

LA PRINCESSE. Eh bien ! Frédéric, qu'a-t-on conclu avec l'Ambassadeur ?

FRÉDÉRIC. Madame, monsieur Lélio penche à croire que sa proposition est recevable.

LA PRINCESSE. Lui, son sentiment est que j'épouse le roi de Castille ?

FRÉDÉRIC. Il n'a demandé que le temps d'examiner un peu la chose.

LA PRINCESSE. Je n'aurais pas cru qu'il dût penser comme vous le dites.

ARLEQUIN, *derrière elle.* Il en pense, ma foi, bien d'autres !

LA PRINCESSE. Ah ! te voilà ? *(À Frédéric.)* Que faites-vous de son valet ici ?

FRÉDÉRIC. Quand vous êtes arrivée, Madame, il venait, disait-il, me déclarer quelque chose qui vous concerne, et que le zèle qu'il a pour vous l'oblige de découvrir. Monsieur Lélio y est mêlé ; mais je n'ai pas eu encore le temps de savoir ce que c'est.

LA PRINCESSE. Sachons-le ; de quoi s'agit-il ?

ARLEQUIN. C'est que, voyez-vous, Madame, il n'y a *mardi point de *chanson à cela, je suis bon serviteur de Votre Principauté.

HORTENSE. Eh quoi Madame, pouvez-vous prêter l'oreille aux discours de pareilles gens ?

LA PRINCESSE. On s'amuse de tout. Continue.

ARLEQUIN. Je n'entends ni à dia ni à huau [1], quand on ne vous rend pas la révérence qui vous appartient.

LA PRINCESSE. À merveille. Mais viens au fait sans compliment.

ARLEQUIN. Oh ! dame, quand on vous parle, à vous autres, ce n'est pas le tout que d'ôter son chapeau, il faut bien mettre en avant quelque petite faribole au bout. À cette heure voilà mon histoire. Vous saurez donc, avec votre permission, que tantôt j'écoutais monsieur Lélio, qui faisait la conversation des fous, car il parlait tout seul. Il était devant moi, et moi derrière. Or, ne vous déplaise, il ne savait pas que j'étais là ; il se virait, je me virais ; c'était une farce. Tout d'un coup il ne s'est plus viré, et puis s'est mis à dire comme cela : Ouf je suis diablement embarrassé. Moi j'ai deviné qu'il avait de l'embarras. Quand il a eu dit cela, il n'a rien dit davantage, il s'est promené ; ensuite il y [2] a pris un grand frisson.

HORTENSE. En vérité, Madame, vous m'étonnez.

LA PRINCESSE. Que veux-tu dire : un frisson ?

ARLEQUIN. Oui, il a dit : Je tremble. Et ce n'était pas pour des prunes, le gaillard ! Car, a-t-il repris, j'ai lorgné ma gentille maîtresse pendant cette belle fête ; et si cette Princesse, qui est plus fine qu'un merle, a vu trotter ma prunelle, mon affaire va mal, j'en dis du *mirlirot. Là-dessus autre promenade, ensuite autre conversation. Par la ventrebleu ! a-t-il dit, j'ai du guignon : je suis amoureux de cette gracieuse personne, et si la Princesse vient à le savoir, et *y allons donc, nous verrons beau train, je serai un joli mignon ; elle sera capable de me friponner ma mie. Jour de Dieu ! ai-je dit en moi-même, friponner, c'est le fait des larrons, et non pas d'une Princesse qui est fidèle comme l'or. *Vertuchou ! qu'est-ce que c'est que tout ce tripotage-là ? toutes ces paroles-là ont mauvaise mine ; mon patron songe à la malice [3], et il faut avertir cette pauvre Princesse à qui on en ferait passer quinze pour quatorze. Je suis donc venu comme un honnête garçon, et voilà que je vous découvre le pot aux

---

1. *Dia et huau* (ou *hureau, huriau*) sont les mots qu'emploie le conducteur d'une voiture pour arrêter ou faire avancer un cheval. Arlequin, lorsqu'on ne traite pas la princesse comme il le faut, est donc comme un cheval que l'on ne pourrait faire avancer ni arrêter.   2. *Y :* forme populaire pour *lui.*   3. Texte de l'édition originale. À partir de 1732, l'expression perd l'article *(songe à malice),* ce qui lui donne une allure moins populaire.

roses : peut-être que je ne vous dis pas les mots [1], mais je vous dis la signification du discours, et le tout gratis, si cela vous plaît.

HORTENSE, *à part*. Quelle aventure !

FRÉDÉRIC, *à la Princesse*. Madame, vous m'avez dit quelquefois que je présumais mal de Lélio ; voyez l'abus qu'il fait de votre estime.

LA PRINCESSE. Taisez-vous ; je n'ai que faire de vos réflexions. *(À Arlequin.)* Pour toi, je vais t'apprendre à trahir ton maître, à te mêler de choses que tu ne devais pas entendre et à me compromettre dans l'impertinente répétition que tu en fais ; une étroite prison me répondra de ton silence.

ARLEQUIN, *se mettant à genoux*. Ah ! ma bonne dame, ayez pitié de moi ; arrachez-moi la langue, et laissez-moi la clef des champs. Miséricorde, ma reine ! je ne suis qu'un butor, et c'est ce misérable conseiller de malheur qui m'a brouillé avec votre charitable personne.

LA PRINCESSE. Comment cela ?

FRÉDÉRIC. Madame, c'est un valet qui vous parle, et qui cherche à se sauver ; je ne sais ce qu'il veut dire.

HORTENSE. Laissez, laissez-le parler, Monsieur.

ARLEQUIN, *à Frédéric*. Allez, je vous ai bien dit que vous ne valiez rien, et vous ne m'avez pas voulu croire. Je ne suis qu'un *chétif valet, *et si pourtant, je voulais être homme de bien ; et lui, qui est riche et grand seigneur, il n'a jamais eu le cœur d'être honnête homme.

FRÉDÉRIC. Il va vous en *imposer, Madame.

LA PRINCESSE. Taisez-vous, vous dis-je ; je veux qu'il parle.

ARLEQUIN. Tenez, Madame, voilà comme cela est venu. Il m'a trouvé comme j'allais tout droit devant moi... Veux-tu me faire un plaisir ? m'a-t-il dit. — Hélas ! de toute mon âme [2], car je suis bon et serviable de mon naturel. — Tiens, voilà une pistole. — Grand merci. — En voilà encore une autre. — Donnez, mon brave homme. — Prends encore cette poignée de pistoles. — Et oui-da, mon bon Monsieur. — Veux-tu me rapporter ce que tu entendras dire à ton maître ? — Et pourquoi cela ? — Pour rien, par curiosité. — Oh !

---

1. Depuis la seconde édition (1732), le membre de phrase *peut-être que je ne vous dis pas les mots* a disparu par une erreur typographique connue sous le nom de « bourdon », sans que l'on se soit jamais avisé de recourir au texte original pour le restituer.   **2.** On se demande pourquoi Duviquet, suivi par tous les éditeurs modernes, a remplacé ici *de toute mon âme*, qui est naïf et comique, par *de tout mon cœur*.

non, mon compère, non. — Mais je te donnerai tant de bonnes
*drogues ; je te ferai ci, je te ferai cela ; je sais une fille qui est jolie,
qui est dans ses meubles ; je la tiens dans ma manche ; je te la garde.
— Oh ! oh ! montrez-la pour voir. — Je l'ai laissée au logis ; mais,
suis-moi, tu l'auras. — Non, non, brocanteur, non. — Quoi ! tu ne
veux pas d'une jolie fille[1] ?... À la vérité, Madame, cette fille-là me
trottait dans l'âme ; il me semblait que je la voyais, qu'elle était
blanche, potelée. Quelle satisfaction ! Je trouvais cela bien *friand.
Je bataillais comme un César ; vous m'auriez mangé de plaisir en
voyant mon courage ; à la fin je suis chu. Il me doit encore une
pension de cent écus par an, et j'ai déjà reçu la fillette, que je ne
puis pas vous montrer, parce qu'elle n'est pas là ; sans compter une
prophétie qui a parlé, à ce qu'ils disent, de mon argent, de ma fortune et de ma friponnerie.

La Princesse. Comment s'appelle-t-elle, cette fille ?

Arlequin. Lisette. Ah ! Madame, si vous voyiez[2] sa face, vous seriez
ravie ; avec cette créature-là, il faut que l'honneur d'un homme plie
bagage, il n'y a pas moyen.

Frédéric. Un misérable comme celui-là peut-il imaginer tant d'impostures ?

Arlequin. Tenez, Madame, voilà encore sa bague qu'il m'a mise
en gage pour de l'argent qu'il me doit donner tantôt. Regardez mon
innocence. Vous qui êtes une Princesse, si on vous donnait tant d'argent, de pensions, de bagues, et un joli garçon, est-ce que vous y
pourriez tenir ? Mettez la main sur la conscience. Je n'ai rien inventé ; j'ai dit ce que monsieur Lélio a dit.

Hortense, *à part*. Juste Ciel !

La Princesse, *à Frédéric en s'en allant*. Je verrai ce que je dois
faire de vous, Frédéric ; mais vous êtes le plus indigne et le plus
lâche de tous les hommes.

Arlequin. Hélas ! délivrez-moi de la prison.

La Princesse. Laisse-moi.

Hortense, *déconcertée*. Voulez-vous que je vous suive, Madame ?

La Princesse. Non, Madame, restez, je suis bien aise d'être seule ;
mais ne vous écartez point.

---

1. On a dans tout ce début de réplique un procédé comique dont Marivaux
se sert pour la première fois, mais qu'il reprendra dès la pièce suivante (voir
ci-après, pp. 437-438). Il consiste à faire rapporter les propos de deux interlocuteurs par un seul personnage comique qui mime l'un et l'autre à tour de
rôle.   2. Texte de l'édition originale : *si vous voyez*.

Scène XII

FRÉDÉRIC, HORTENSE, ARLEQUIN

ARLEQUIN. Me voilà bien accommodé ! je suis un bel oiseau ! j'aurai bon air en cage ! Et puis après cela fiez-vous aux prophéties ! prenez des pensions, et aimez les filles ! Pauvre Arlequin ! adieu la joie ; je n'userai plus de souliers, on va m'enfermer dans un étui, à cause de ce Sarrasin-là *(en montrant Frédéric)*.

FRÉDÉRIC. Que je suis malheureux, Madame ! Vous n'avez jamais paru me vouloir du mal ; dans la situation où m'a mis un zèle imprudent pour les intérêts de la Princesse, puis-je espérer de vous une grâce ?

HORTENSE, *outrée.* Oui-da, Monsieur, faut-il demander qu'on vous ôte la vie, pour vous délivrer du malheur d'être détesté de tous les hommes ? Voilà, je pense, tout le service qu'on peut vous rendre, et vous pouvez compter sur moi.

Scène XIII

LÉLIO *arrive*, HORTENSE, FRÉDÉRIC, ARLEQUIN

FRÉDÉRIC. Que vous ai-je fait, Madame [1] ?

ARLEQUIN, *voyant Lélio.* Ah ! mon maître bien-aimé, venez que je vous baise les pieds, je ne suis pas digne de vous baiser les mains. Vous savez bien le privilège que vous m'avez donné tantôt ; eh bien ce privilège est ma perdition : pour deux ou trois petites miettes de paroles que j'ai lâchées de vous à la Princesse, elle veut que je garde la chambre ; et j'allais faire mes fiançailles.

LÉLIO. Que signifient les paroles qu'il a dites [2], Madame ? Je m'aperçois qu'il se passe quelque chose d'extraordinaire dans le palais ; les gardes m'ont reçu avec une froideur qui m'a surpris ; qu'est-il arrivé ?

HORTENSE. Votre valet, payé par Frédéric, a rapporté à la Princesse ce qu'il vous a entendu dire dans un moment où vous vous croyiez seul.

LÉLIO. Eh qu'a-t-il rapporté ?

---

1. Cette réplique est rattachée par Duviquet et ses successeurs à la scène précédente.   **2.** Duviquet et ses successeurs remplacent *les paroles qu'il a dites* par *ces paroles*. Le texte de Marivaux est de ton plus simple et de sens plus clair.

HORTENSE. Que vous aimiez certaine dame ; que vous aviez peur que la Princesse ne vous l'eût vu regarder pendant la fête, et ne vous l'ôtât, si elle savait que vous l'aimiez.

LÉLIO. Et cette dame, l'a-t-on nommée ?

HORTENSE. Non ; mais apparemment on la connaît bien ; et voilà l'obligation que vous avez à Frédéric, dont les présents ont corrompu votre valet.

ARLEQUIN. Oui, c'est fort bien dit ; il m'a corrompu ; j'avais le cœur plus net qu'une perle ; j'étais tout à fait gentil ; mais depuis que je l'ai fréquenté, je vaux moins d'écus que je ne valais de mailles[1].

FRÉDÉRIC, *se retirant de son *abstraction*. Oui, Monsieur, je vous l'avouerai encore une fois, j'ai cru bien servir l'État et la Princesse en tâchant d'arrêter votre fortune ; suivez ma conduite, elle me justifie. Je vous ai prié de travailler à me faire premier ministre, il est vrai ; mais quel pouvait être mon dessein ? Suis-je dans un âge à souhaiter un emploi si fatigant ? Non, Monsieur ; trente années d'exercice m'ont rassasié d'emplois et d'honneurs, il ne me faut que du repos ; mais je voulais m'assurer de vos idées, et voir si vous aspiriez vous-même au rang que je feignais de souhaiter. J'allais dans ce cas parler à la Princesse, et la détourner, autant que j'aurais pu, de remettre tant de pouvoir entre des mains dangereuses et tout à fait inconnues. Pour achever de vous pénétrer, je vous ai offert ma fille ; vous l'avez refusée ; je l'avais prévu, et j'ai tremblé du projet dont je vous ai soupçonné sur ce refus, et du succès que pouvait avoir ce projet même. Car enfin, vous avez la faveur de la Princesse, vous êtes jeune et aimable, tranchons le mot, vous pouvez lui plaire, et jeter dans son cœur de quoi lui faire oublier ses véritables intérêts et les nôtres, qui étaient qu'elle épousât le roi de Castille. Voilà ce que j'appréhendais, et la raison de tous les efforts que j'ai fait[2] contre vous. Vous m'avez cru jaloux de vous, quand je n'étais inquiet que pour le bien public. Je ne vous le reproche pas : les vues jalouses et ambitieuses ne sont que trop ordinaires à mes pareils ; et ne me connaissant pas, il vous était permis de me confondre avec eux, de méconnaître un zèle assez rare, et qui d'ailleurs se montrait par des actions équivoques. Quoi qu'il en soit,

---

1. Encore un proverbe retourné. On disait *valoir moins de mailles qu'on ne valait d'écus*, la maille étant la plus petite pièce de monnaie, et l'écu ayant la valeur considérable de trois francs.   2. Participe passé invariable, parce qu'il ne se trouve pas en fin de groupe de mots. L'accord est fait en 1758. Voir la Note grammaticale, p. 2265.

tout louable qu'il est, ce zèle, je me vois près d'en être la victime. J'ai combattu vos desseins, parce qu'ils m'ont paru dangereux. Peut-être êtes-vous digne qu'ils réussissent, et la manière dont vous en userez avec moi dans l'état où je suis, l'usage que vous ferez de votre crédit auprès de la Princesse, enfin la destinée que j'éprouverai, décidera de l'opinion que je dois avoir de vous. Si je péris après d'aussi louables intentions que les miennes, je ne me serai point trompé sur votre compte ; je périrai du moins avec la consolation d'avoir été l'ennemi d'un homme qui, en effet, n'était pas vertueux. Si je ne péris pas, au contraire, mon estime, ma reconnaissance et mes *satisfactions vous attendent.

ARLEQUIN. Il n'y aura donc que moi qui resterai un fripon, faute de savoir faire une harangue.

LÉLIO, *à Frédéric*. Je vous sauverai si je puis, Frédéric ; vous me faites du tort ; mais l'honnête homme n'est pas méchant, et je ne saurais refuser ma pitié aux opprobres dont vous couvre votre caractère.

FRÉDÉRIC. Votre pitié !... Adieu, Lélio ; peut-être à votre tour aurez-vous besoin de la mienne.

Il s'en va.

LÉLIO, *à Arlequin*. Va m'attendre.

Arlequin sort en pleurant.

Scène XIV

LÉLIO, HORTENSE

LÉLIO. Vous l'avez prévu, Madame, mon amour vous met dans le péril, et je n'ose presque vous regarder.

HORTENSE. Quoi ! l'on va peut-être me séparer d'avec vous, et vous ne voulez pas me regarder, ni voir combien je vous aime ! Montrez-moi du moins combien vous m'aimez, je veux vous voir.

LÉLIO, *lui baisant la main*. Je vous adore.

HORTENSE. J'en dirai autant que vous, si vous le voulez ; cela ne tient à rien ; je ne vous verrai plus, je ne me *gêne point, je dis tout [1].

---

1. Marivaux avait déjà donné à Parménie, l'héroïne des *Effets surprenants de la sympathie* dont on a parlé dans la notice (p. 381), un mouvement de

LÉLIO. Quel bonheur ! mais qu'il est traversé ; cependant, Madame, ne vous alarmez point, je vais déclarer qui je suis à la Princesse, et lui avouer...

HORTENSE. Lui dire qui vous êtes !... Je vous le défends ; c'est une âme violente, elle vous aime, elle se flattait que vous l'aimiez, elle vous aurait épousé, tout inconnu que vous lui êtes ; elle verrait à présent que vous lui convenez. Vous êtes dans son palais sans secours, vous m'avez donné votre cœur, tout cela serait affreux pour elle ; vous péririez, j'en suis sûre ; elle est déjà jalouse, elle deviendrait furieuse, elle en perdrait l'esprit ; elle aurait raison de le perdre, je le perdrais comme elle, et toute la terre le perdrait. Je sens cela ; mon amour le dit ; fiez-vous à lui, il vous connaît bien. Se voir enlever un homme comme vous ! vous ne savez pas ce que c'est ; j'en frémis, n'en parlons plus. Laissez-vous gouverner ; réglons-nous sur les événements, je le veux. Peut-être allez-vous être arrêté ; ne restons point ici, retirons-nous[1] ; je suis mourante de frayeur pour vous ; mon cher Prince, que vous m'avez donné d'amour ! N'importe, je vous le pardonne, sauvez-vous, je vous en promets encore davantage. Adieu ; ne restons point à présent ensemble, peut-être nous verrons-nous libres[2].

LÉLIO. Je vous obéis ; mais si l'on s'en prend à vous, vous devez me laisser faire.

ACTE III

Scène première

HORTENSE, *seule*

HORTENSE. La Princesse m'envoie chercher : que je crains la conversation que nous aurons ensemble ! Que me veut-elle ? aurait-elle encore découvert quelque chose ? Il a fallu me servir d'Arlequin, qui m'a paru fidèle. On n'a permis qu'à lui de voir Lélio. M'aurait-il

---

tendresse comparable : « Il n'est plus temps de vous cacher ici mes sentiments, je n'ai pu les déguiser. Aimez-moi toujours, Seigneur, ne me quittez point, vous ne serez plus contraint », etc. (p. 130). Mais l'effet est ici très supérieur, en raison de la menace qui plane sur les deux amants.

1. Les mots *retirons-nous* sont omis à partir de l'édition de 1732.
2. À partir de 1732, cette phrase devient : *nous verrons-nous plus libres*.

trahi[1] ? l'aurait-on surpris ? Voici quelqu'un, retirons-nous, c'est peut-être la Princesse, et je ne veux pas qu'elle me voie dans ce moment-ci.

Scène II

ARLEQUIN, LISETTE

LISETTE. Il semble que vous vous défiez de moi, Arlequin ; vous ne m'apprenez rien de ce qui vous regarde. La Princesse vous a tantôt[2] envoyé chercher ; est-elle encore fâchée contre nous ? Qu'a-t-elle dit ?

ARLEQUIN. D'abord, elle ne m'a rien dit, elle m'a regardé d'un air *suffisant ; moi, la peur m'a pris ; je me tenais comme cela tout dans un *tas ; ensuite elle m'a dit : approche. J'ai donc avancé un pied, et puis un autre pied, et puis un troisième pied, et de pied en pied je me suis trouvé vers[3] elle, mon chapeau sur mes deux mains.

LISETTE. Après ?...

ARLEQUIN. Après, nous sommes entrés en conversation ; elle m'a dit : veux-tu que je te pardonne ce que tu as fait ? Tout comme il vous plaira, ai-je dit, je n'ai rien à vous commander, ma bonne dame. Elle a répondu : Va-t'en dire à Hortense que ton maître, à qui on t'a permis de parler, t'a donné en secret ce billet pour elle. Tu me rapporteras sa réponse. Madame, dormez en repos, et tenez-vous *gaillarde ; vous voyez le premier homme du monde pour donner une bourde, vous ne la donneriez pas mieux que moi ; car je mens à faire plaisir, foi de garçon d'honneur.

LISETTE. Vous avez pris le billet ?

ARLEQUIN. Oui, bien proprement.

LISETTE. Et vous l'avez porté à Hortense ?

ARLEQUIN. Oui, mais la[4] prudence m'a pris, et j'ai fait une réflexion ; j'ai dit : Par la *mardi, c'est que cette Princesse avec Hortense veut éprouver si je serai encore un coquin.

---

1. Sur le non-accord du participe garanti par les trois éditions de 1727, 1732 et 1758, voir la Note grammaticale, p. 2265.   **2.** L'édition de 1732 et les éditions suivantes donnent : *vous a envoyé tantôt chercher*, qui est moins bon que le texte original.   **3.** Duviquet et les éditeurs suivants corrigent abusivement *vers* en *près*.   **4.** Une correction de Duviquet, qui a passé dans toutes les éditions suivantes, témoigne de son pédantisme. Il remplace *la prudence* par *un accès de prudence* !

LISETTE. Hé bien, à quoi vous a conduit cette réflexion-là ? Avez-vous dit à Hortense que ce billet venait de la Princesse, et non pas de monsieur Lélio ?

ARLEQUIN. Vous l'avez deviné, ma mie.

LISETTE. Et vous croyez qu'Hortense est de concert avec la Princesse, et qu'elle lui rendra compte de votre sincérité ?

ARLEQUIN. Eh quoi donc ? elle ne l'a pas dit ; mais plus fin que moi n'est pas bête.

LISETTE. Qu'a-t-elle répondu à votre message ?

ARLEQUIN. Oh, elle a voulu m'enjôler, en me disant que j'étais un honnête garçon ; ensuite elle a fait semblant de griffonner un papier pour monsieur Lélio.

LISETTE. Qu'elle vous a recommandé de lui rendre ?

ARLEQUIN. Oui ; mais il n'aura pas besoin de lunettes pour le lire ; c'est encore une attrape qu'on me fait.

LISETTE. Et qu'en ferez-vous donc ?

ARLEQUIN. Je n'en sais rien ; mon honneur[1] est dans l'embarras là-dessus.

LISETTE. Il faut absolument le remettre à la Princesse, Arlequin, n'y manquez pas ; son intention n'était pas que vous avouassiez que ce billet venait d'elle ; par *bonheur que votre aveu n'a servi qu'à persuader à Hortense qu'elle pouvait se fier à vous ; peut-être même ne vous aurait-elle pas donné un billet pour Lélio sans cela ; votre imprudence a réussi ; mais encore une fois, remettez la réponse à la Princesse, elle ne vous pardonnera qu'à ce prix.

ARLEQUIN. Votre foi ?

LISETTE. J'entends du bruit, c'est peut-être elle qui vient pour vous le demander. Adieu ; vous me direz ce qui en sera arrivé.

Scène III

ARLEQUIN, LA PRINCESSE

ARLEQUIN, *seul un moment*. Tantôt on voulait m'emprisonner pour une fourberie ; et à cette heure, pour une fourberie, on me pardonne. Quel galimatias que l'honneur de ce pays-ci !

LA PRINCESSE. As-tu vu Hortense ?

---

1. L'édition de 1758 remplace *mon honneur* par *mon cœur*, qui est moins drôle. L'erreur est conservée dans les éditions modernes.

ARLEQUIN. Oui, Madame, je lui ai menti, suivant votre ordonnance.

LA PRINCESSE. A-t-elle fait réponse ?

ARLEQUIN. Notre tromperie va à merveille ; j'ai un billet doux pour monsieur Lélio.

LA PRINCESSE. Juste Ciel ! donne vite et retire-toi.

ARLEQUIN, *après avoir fouillé dans toutes ses poches, les vide, et en tire toutes sortes de brimborions* [1]. Ah ! le maudit tailleur, qui m'a fait des poches percées ! Vous verrez que la lettre aura passé par ce trou-là. Attendez, attendez, j'oubliais une poche ; la voilà. Non ; peut-être que je l'aurai oubliée à l'office, où j'ai été pour me rafraîchir.

LA PRINCESSE. Va la chercher, et me l'apporte sur-le-champ...

Arlequin s'en va... Elle continue [2].

Scène IV

LA PRINCESSE

LA PRINCESSE. Indigne amie, tu lui fais réponse, et me voici convaincue de ta trahison, tu ne l'aurais jamais avouée sans ce malheureux stratagème, qui ne m'instruit que trop ; allons, poursuivons mon projet, privons l'ingrat de ses honneurs, qu'il ait la douleur de voir son ennemi en sa place, promettons ma main au roi de Castille, et punissons après les deux perfides de la honte dont ils me couvrent. La voici ; contraignons-nous, en attendant le billet qui doit la convaincre.

Scène V

LA PRINCESSE, HORTENSE

HORTENSE. Je me rends à vos ordres, Madame, on m'a dit que vous vouliez me parler.

---

1. Lazzi classique d'Arlequin, que l'on trouve déjà dans *Arlequin poli par l'amour*, et qui survit dans la tradition clownesque (voyez par exemple le rôle de Harpo dans *Love happy*). **2.** Cette indication scénique disparaît de l'édition de 1758, qui fait ici commencer la scène IV, alors que l'édition originale inclut le soliloque de la princesse dans la scène III. Voir le tableau de concordance des scènes, à la fin de la notice.

LA PRINCESSE. Vous jugez bien que, dans l'état où je suis, j'ai besoin de consolation, Hortense ; et ce n'est qu'à vous seule à qui je puis[1] ouvrir mon cœur.

HORTENSE. Hélas ! Madame, j'ose vous assurer que vos chagrins sont les miens.

LA PRINCESSE, *à part*. Je le sais bien, perfide[2]... Je vous ai confié mon secret comme à la seule amie que j'aie au monde ; Lélio ne m'aime point, vous le savez.

HORTENSE. On aurait de la peine à se l'imaginer ; et à votre place, je voudrais encore m'éclaircir. Il entre peut-être dans son cœur plus de timidité que d'indifférence.

LA PRINCESSE. De la timidité, madame ! Votre amitié pour moi vous fournit des motifs de consolation bien faibles, ou vous êtes bien distraite !

HORTENSE. On ne peut être plus attentive que je le suis, Madame.

LA PRINCESSE. Vous oubliez pourtant les obligations que je vous ai ; lui, n'oser me dire qu'il m'aime ! eh ! ne l'avez-vous pas informé de ma part des sentiments que j'avais pour lui ?

HORTENSE. J'y pensais tout à l'heure, Madame ; mais je crains de l'en avoir mal informé. Je parlais pour une princesse ; la matière était délicate, je vous aurai peut-être un peu trop ménagée, je me serai expliquée d'une manière obscure, Lélio ne m'aura pas entendue et ce sera ma faute.

LA PRINCESSE. Je crains, à mon tour, que votre ménagement pour moi n'ait été plus loin que vous ne dites ; peut-être ne l'avez-vous pas entretenu de mes sentiments ; peut-être l'avez-vous trouvé prévenu pour une autre[3] ; et vous, qui prenez à mon cœur un intérêt si tendre, si généreux, vous m'avez fait un mystère de tout ce qui s'est passé ; c'est une discrétion prudente, dont je vous crois très capable.

HORTENSE. Je lui ai dit que vous l'aimiez, Madame, soyez-en persuadée.

LA PRINCESSE. Vous lui avez dit que je l'aimais, et il ne vous a pas

---

1. Texte de 1727 et 1732. L'édition de 1758 porte *à qui je puisse*, et les éditions modernes corrigent arbitrairement *c'est à vous seule que je peux*. **2.** L'édition de 1758 ajoute ici l'indication *(Haut.)*. De même plus loin après : « Arlequin ne vient point... » **3.** Texte de 1758. L'édition originale porte *un autre*, conformément à l'usage de Marivaux, qui semble donner à cette expression une valeur générale (« quelqu'un d'autre »). Noter du reste que la prononciation du temps facilite la confusion.

entendue, dites-vous ? Ce n'est pourtant pas s'expliquer d'une manière énigmatique ; je suis outrée, je suis [1] trahie, méprisée, et par qui, Hortense ?

HORTENSE. Madame, je puis vous être importune en ce moment-ci ; je me retirerai, si vous voulez.

LA PRINCESSE. C'est moi qui vous suis à charge ; notre conversation vous *fatigue, je le sens bien ; mais cependant restez, vous me devez un peu de complaisance.

HORTENSE. Hélas ! Madame, si vous lisiez dans mon cœur, vous verriez combien vous m'inquiétez.

LA PRINCESSE, *à part*. Ah ! je n'en doute pas... Arlequin ne vient point... Calmez cependant vos inquiétudes sur mon compte ; ma situation est triste, à la vérité ; j'ai été le jouet de l'ingratitude et de la perfidie ; mais j'ai pris mon parti. Il ne me reste plus qu'à découvrir ma rivale, et cela va être fait ; vous auriez pu me la faire connaître, sans doute ; mais vous la trouvez trop coupable, et vous avez raison.

HORTENSE. Votre rivale ! mais en avez-vous une, ma chère Princesse ? Ne serait-ce pas moi que vous soupçonneriez encore ? parlez-moi franchement, c'est moi, vos soupçons continuent. Lélio, disiez-vous tantôt, m'a regardée pendant la fête, Arlequin en dit autant, vous me condamnez là-dessus, vous n'envisagez que moi : voilà comment l'amour juge. Mais mettez-vous l'esprit en repos ; souffrez que je me retire, comme je le voulais. Je suis prête à partir tout à l'heure, indiquez-moi l'endroit où vous voulez que j'aille, ôtez-moi la liberté, s'il est nécessaire, rendez-la ensuite à Lélio, faites-lui un accueil obligeant, rejetez sa détention sur quelques faux avis ; montrez-lui dès aujourd'hui plus d'estime, plus d'amitié que jamais, et de cette amitié qui le frappe, qui l'avertisse de vous étudier ; et [2] dans trois jours, dans vingt-quatre heures, peut-être saurez-vous à quoi vous en tenir avec lui. Vous voyez comment je m'y prends avec vous ; voilà, de mon côté, tout ce que je puis faire. Je vous offre tout ce qui dépend de moi pour vous calmer, bien mortifiée de n'en pouvoir faire davantage.

LA PRINCESSE. Non, Madame, la vérité même ne peut s'expliquer d'une manière plus *naïve. Et que serait-ce donc que votre cœur, si vous étiez coupable après cela ? Calmez-vous, j'attends des preuves

---

1. Les éditions modernes omettent ici *je suis*.   **2.** Le mot *et* est omis dans les éditions modernes.

incontestables de votre innocence. À l'égard de Lélio, je donne la [1] place à Frédéric, qui n'a péché, j'en suis sûre, que par excès de zèle. Je l'ai envoyé chercher, et je veux le charger du soin de mettre Lélio en [2] lieu où il ne pourra me nuire ; il m'échapperait s'il était libre, et me rendrait la fable de toute la terre.

HORTENSE. Ah ! voilà d'étranges résolutions, Madame.

LA PRINCESSE. Elles sont judicieuses.

Scène VI

LA PRINCESSE, HORTENSE, ARLEQUIN

ARLEQUIN. Madame, c'est là le billet que madame Hortense m'a donné... la voilà pour le dire elle-même.

HORTENSE. Oh Ciel !

LA PRINCESSE. Va-t'en.

Il s'en va.

HORTENSE. Souvenez-vous que vous êtes généreuse.

LA PRINCESSE *lit*. Arlequin est le seul par qui je puisse vous avertir de ce que j'ai à vous dire, tout dangereux qu'il est peut-être de s'y fier ; il vient de me donner une preuve de fidélité, sur laquelle je crois pouvoir hasarder ce billet pour vous, dans le péril où vous êtes. Demandez à parler à la Princesse, plaignez-vous avec douleur de votre situation, calmez son cœur, et n'oubliez rien de ce qui pourra lui faire espérer qu'elle touchera le vôtre... Devenez libre, si vous voulez que je vive ; fuyez après, et laissez à mon amour le soin d'assurer mon bonheur et le vôtre. Je ne sais où j'en suis.

HORTENSE. C'est lui qui m'a sauvé la vie.

LA PRINCESSE. Et c'est vous qui m'arrachez la mienne. Adieu ; je vais me résoudre à ce que [3] je dois faire.

HORTENSE. Arrêtez un moment, Madame, je suis moins coupable que vous ne pensez... Elle fuit... elle ne m'écoute point ; cher Prince, qu'allez-vous devenir... je me meurs, c'est moi, c'est mon amour qui

---

1. Texte de l'édition originale. Les autres éditions portent *sa* pour *la*.
2. Texte de 1727 et 1732. L'édition de 1758 corrige : *de mettre Lélio où*... Enfin, Duviquet et les éditeurs suivants écrivent : *de mettre Lélio dans un lieu où*...　　3. Et non *je vais résoudre ce que*, comme le donnent Duviquet et les éditeurs qui l'ont suivi.

vous perd ! Mon amour ! ah ! juste Ciel ! mon sort sera-t-il de vous faire périr ? Cherchons-lui partout du secours. Voici Frédéric ; essayons de le gagner lui-même.

Scène VII

FRÉDÉRIC, HORTENSE

HORTENSE. Seigneur, je vous demande un moment d'entretien [1].

FRÉDÉRIC. J'ai ordre d'aller trouver la Princesse, Madame.

HORTENSE. Je le sais, et je n'ai qu'un mot à vous dire. Je vous apprends que vous allez remplir la place de Lélio

FRÉDÉRIC. Je l'ignorais ; mais si la Princesse le veut, il faudra bien obéir.

HORTENSE. Vous haïssez Lélio, il ne mérite plus votre haine, il est à plaindre aujourd'hui.

FRÉDÉRIC. J'en suis fâché, mais son malheur ne me surprend point ; il devait même lui arriver plus tôt : sa conduite était si hardie...

HORTENSE. Moins que vous ne croyez, seigneur ; c'est un homme estimable, plein d'honneur.

FRÉDÉRIC. À l'égard de l'honneur, je n'y touche pas ; j'attends toujours à la dernière extrémité pour décider contre les gens là-dessus.

HORTENSE. Vous ne le connaissez pas, soyez persuadé qu'il n'avait nulle intention de vous nuire.

FRÉDÉRIC. J'aurais besoin pour cet article-là d'un peu plus de crédulité que je n'en ai, Madame.

HORTENSE. Laissons donc cela, seigneur ; mais me croyez-vous sincère ?

FRÉDÉRIC. Oui, Madame, très sincère, c'est un titre que je ne pourrais vous disputer sans injustice ; tantôt, quand je vous ai demandé votre protection, vous m'avez donné des preuves de franchise qui ne souffrent pas un mot de réplique.

HORTENSE. Je vous regardais alors comme l'auteur d'une intrigue qui m'était fâcheuse ; mais achevons. La Princesse a des desseins contre Lélio, dont elle doit [2] vous charger ; détournez-la de ces des-

---

1. Comme Frédéric va le remarquer un peu plus loin, on assiste ici à un retournement de la situation de la scène XII de l'acte II, où Frédéric avait demandé en vain l'appui d'Hortense. **2.** Duviquet et ses successeurs corrigent lourdement : *des desseins contre Lélio, de l'exécution desquels elle doit...*

seins ; obtenez d'elle que Lélio sorte dès à présent de ses États ; vous n'obligerez point un ingrat. Ce service que vous lui rendrez, que vous me rendrez à moi-même, le fruit n'en sera pas borné pour vous au seul plaisir d'avoir fait une bonne action, je vous en garantis des récompenses au-dessus de ce que vous pourriez vous imaginer, et telles enfin que je n'ose vous le dire.

FRÉDÉRIC. Des récompenses, Madame ! Quand j'aurais l'âme intéressée, que pourrais-je attendre de Lélio ? Mais, grâces au Ciel, je n'envie ni ses biens ni ses emplois ; ses emplois, j'en accepterai l'embarras, s'il le faut, par dévouement aux intérêts de la Princesse. À l'égard de ses biens, l'acquisition en a été trop [1] rapide et trop aisée à faire ; je n'en voudrais pas, quand il ne tiendrait qu'à moi de m'en saisir ; je rougirais de les mêler avec les miens ; c'est à l'État à qui ils appartiennent, et c'est à l'État à [2] les reprendre.

HORTENSE. Ha seigneur ! Que l'État s'en saisisse, de ces biens dont vous parlez, si on les lui trouve.

FRÉDÉRIC. Si on les lui trouve ? C'est fort bien dit, Madame ; car les aventuriers prennent leurs mesures ; il est vrai que, lorsqu'on les tient, on peut les engager à révéler leur secret.

HORTENSE. Si vous saviez de qui vous parlez, vous changeriez bien de langage ; je n'ose en dire plus, je jetterais peut-être Lélio dans un nouveau péril. Quoi qu'il en soit, les avantages que vous trouveriez à le servir n'ont point de rapport à sa fortune présente ; ceux dont je vous entretiens sont d'une autre sorte, et bien supérieurs. Je vous le répète : vous ne ferez jamais rien qui puisse vous en apporter de si grands, je vous en donne ma parole ; croyez-moi, vous m'en remercierez.

FRÉDÉRIC. Madame, modérez l'intérêt que vous prenez à lui ; supprimez des promesses dont vous ne remarquez pas l'excès, et qui se décréditent d'elles-mêmes. La Princesse a fait arrêter Lélio, et elle ne pouvait se déterminer à rien de plus sage. Si, avant que d'en venir là, elle m'avait demandé mon avis, ce qu'elle a fait, j'aurais cru, je vous jure, être obligé en conscience de lui conseiller de le faire ; cela posé, vous voyez quel est mon devoir dans cette occasion-ci, Madame, la conséquence est aisée à tirer.

HORTENSE. Très aisée, seigneur Frédéric ; vous avez raison ; dès

---

1. Le mot *trop* est omis par les éditions modernes.   2. La préposition *à* est remplacée par *de* dans les éditions modernes.

que vous me renvoyez à votre conscience, tout est dit ; je sais quelle espèce de devoirs sa délicatesse peut vous dicter.

FRÉDÉRIC. Sur ce *pied-là, Madame, loin de conseiller à la Princesse de laisser échapper un homme aussi dangereux que Lélio, et qui pourrait le devenir encore, vous approuverez que je lui montre la nécessité qu'il y a de m'en laisser disposer d'une manière qui sera douce pour Lélio, et qui pourtant remédiera à tout.

HORTENSE. Qui remédiera à tout !... *(À part.)* Le scélérat [1] ! Je serais curieuse, seigneur Frédéric, de savoir par quelles voies vous rendriez Lélio suspect ; voyons, de grâce, jusqu'où l'*industrie de votre iniquité pourrait tromper la Princesse sur un homme aussi ennemi du mal que vous l'êtes du bien ; car voilà son portrait et le vôtre.

FRÉDÉRIC. Vous vous emportez sans sujet, Madame ; encore une fois, cachez vos chagrins sur le sort de cet inconnu ; ils vous feraient tort, et je ne voudrais pas que la Princesse en fût informée. Vous êtes du sang de nos souverains ; Lélio travaillait à se rendre maître de l'État ; son malheur vous consterne : tout cela amènerait des réflexions qui pourraient vous embarrasser.

HORTENSE. Allez, Frédéric, je ne vous demande plus rien ; vous êtes trop méchant pour être à craindre ; votre méchanceté vous met hors d'état de nuire à d'autres qu'à vous-même ; à l'égard de Lélio, sa destinée, non plus que la mienne, ne relèvera jamais de la lâcheté de vos pareils.

FRÉDÉRIC. Madame, je crois que vous voudrez bien me dispenser d'en écouter davantage ; je puis me passer de vous entendre achever mon éloge. Voici monsieur l'Ambassadeur, et vous me permettrez de le joindre.

Scène VIII

L'AMBASSADEUR, HORTENSE, FRÉDÉRIC

HORTENSE. [2] Il me fera raison de vos refus. [3] Seigneur, daignez m'accorder une grâce ; je vous la demande avec la confiance que l'ambassadeur d'un roi si vanté me paraît mériter. La Princesse est irritée contre Lélio ; elle a dessein de le mettre entre les mains du plus grand ennemi qu'il ait ici, c'est Frédéric. Je réponds cependant de

---

1. L'édition de 1758 ajoute ici l'indication *(Haut.)*.   **2.** *(À Frédéric.)*
3. *(À l'Ambassadeur.)*

son innocence. Vous en dirai-je encore plus, seigneur ? Lélio m'est cher, c'est un aveu que je donne au péril où il est ; le temps vous prouvera que j'ai pu le faire. Sauvez Lélio, seigneur, engagez la Princesse à vous le confier ; vous serez charmé de l'avoir servi, quand vous le connaîtrez, et le roi de Castille même vous saura gré du service que vous lui rendrez.

FRÉDÉRIC. Dès que Lélio est désagréable à la Princesse, et qu'elle l'a jugé coupable, monsieur l'Ambassadeur n'ira point lui faire une prière qui lui déplairait.

L'AMBASSADEUR. J'ai meilleure opinion de la Princesse ; elle ne désapprouvera pas une action qui d'elle-même est louable. Oui, Madame, la confiance que vous avez en moi me fait honneur, je ferai tous mes efforts pour la rendre heureuse [1].

HORTENSE. Je vois la Princesse qui arrive, et je me retire, sûre de vos bontés.

Scène IX

LA PRINCESSE, FRÉDÉRIC, L'AMBASSADEUR

LA PRINCESSE. Qu'on dise à Hortense de venir, et qu'on amène Lélio.

L'AMBASSADEUR. Madame, puis-je espérer que vous voudrez bien obliger le roi de Castille ? Ce prince, en me chargeant des intérêts de son cœur auprès de vous, m'a recommandé encore d'être secourable à tout le monde ; c'est donc en son nom que je vous prie de pardonner à Lélio les sujets de colère que vous pouvez avoir contre lui. Quoiqu'il ait mis quelque obstacle aux désirs de mon maître, il faut que je lui rende justice ; il m'a paru très estimable, et je saisis avec plaisir l'occasion qui s'offre de lui être utile.

FRÉDÉRIC. Rien de plus beau que ce que fait monsieur l'Ambassadeur pour Lélio, Madame ; mais je m'expose encore à vous dire qu'il y a du risque à le rendre libre.

L'AMBASSADEUR. Je le crois incapable de rien de criminel.

LA PRINCESSE. Laissez-nous, Frédéric.

FRÉDÉRIC. Souhaitez-vous que je revienne, Madame ?

LA PRINCESSE. Il n'est pas nécessaire [2].

---

1. Duviquet et ses successeurs remplacent *pour la rendre heureuse* par *pour la justifier.* **2.** *(Frédéric sort.)*

Scène X

L'AMBASSADEUR, LA PRINCESSE

LA PRINCESSE. La prière que vous me faites aurait suffi, Monsieur, pour m'engager à rendre la liberté à Lélio, quand même je n'y aurais pas été déterminée ; mais votre recommandation doit hâter mes résolutions, et je ne l'envoie chercher que pour vous satisfaire.

Scène XI

LÉLIO, HORTENSE *entrent* [1]

LA PRINCESSE. Lélio, je croyais avoir à me plaindre de vous ; mais je suis détrompée. Pour vous faire oublier le chagrin que je vous ai donné, vous aimez Hortense, elle vous aime, et je vous unis ensemble. Pour vous, Monsieur, qui m'avez priée [2] si *généreuse-ment de pardonner à Lélio, vous pouvez informer le roi votre maître que je suis prête à recevoir sa main et à lui donner la mienne. J'ai grande idée d'un prince qui sait se choisir des ministres aussi esti-mables que vous l'êtes, et son cœur...

L'AMBASSADEUR. Madame, il ne me siérait pas d'en entendre davan-tage ; c'est le roi de Castille lui-même qui reçoit le bonheur dont vous le comblez.

LA PRINCESSE. Vous, seigneur ! Ma main est bien due à un prince qui la demande d'une manière si galante et si peu attendue.

LÉLIO. Pour moi, Madame, il ne me reste plus qu'à vous jurer une reconnaissance éternelle. Vous trouverez dans le prince de Léon tout le zèle qu'il eut pour vous en qualité de ministre ; je me flatte qu'à son tour le roi de Castille voudra bien accepter mes remercie-ments.

LE ROI DE CASTILLE. Prince, votre rang ne me surprend point : il répond aux sentiments que vous m'avez montrés [3].

---

1. Tel est le texte des éditions de 1727, 1732 et 1758, dans lequel Arlequin est oublié. Il est probable que celui-ci ne fait pas son entrée en même temps que Lélio et Hortense. Ce n'est que lorsqu'il comprend que tout est arrangé qu'il apparaît. Naturellement, l'ambassadeur et la princesse restent en scène. **2.** Non-accord du participe dans les éditions de 1727, 1732 et 1758. Voir la Note grammaticale, p. 2265.   **3.** Ici, l'accord du participe, omis en 1727, est rétabli dès 1732 : il s'agit d'un cas différent, puisque le participe est en fin de groupe.

LA PRINCESSE, *à Hortense*[1]. Allons, Madame, de si grands événements méritent bien qu'on se hâte de les terminer.

ARLEQUIN. Pourtant, sans moi, il y aurait eu encore du tapage.

LÉLIO. Suis-moi, j'aurai soin de toi.

---

1. L'indication scénique est donnée à partir de 1732.

LA FAUSSE SUIVANTE

OU

LE FOURBE PUNI

COMÉDIE EN TROIS ACTES ET EN PROSE
REPRÉSENTÉE POUR LA PREMIÈRE FOIS
PAR LES COMÉDIENS-ITALIENS
LE 8 JUILLET 1724

NOTICE

Quoique *La Fausse Suivante* ne soit pas un grand chef-d'œuvre, c'est une pièce spirituelle, bien écrite, et surtout fort intéressante pour l'histoire des mœurs. Il serait curieux d'en connaître les sources, car chez un écrivain d'humeur comme Marivaux le point de départ d'une œuvre en détermine souvent toute l'atmosphère. Jusqu'ici, il a été malheureusement impossible de donner des précisions indubitables. Ce que l'on devine est pourtant significatif.

Quel est en effet le sujet ? L'héroïne, jeune fille riche et bien faite, a rencontré, par une aventure de carnaval, l'homme qui lui est destiné pour époux et qu'elle ne connaissait pas. Elle profite de son travestissement masculin pour lier amitié avec lui et le suivre, afin de le mieux connaître. Le caractère très risqué de cette équipée fait songer immédiatement à l'ancien Théâtre-Italien. Dans *Les Filles errantes*, de Regnard, une jeune fille se déguise en servante d'auberge pour s'en aller à la recherche de son amant Cinthio et lui reprocher son infidélité. Mais c'est surtout le travestissement d'une jeune fille en homme qui rappelle le style italien. C'est ainsi que Colombine, déguisée en cavalier dans la « scène de la toilette » du *Banqueroutier*, fait à sa maîtresse une cour si pressante que celle-ci se laisse troubler, quoiqu'elle n'ignore pas à qui elle a affaire. La ressemblance va même plus loin dans *Le Phénix*, puisque Colombine, également sous l'habit d'un cavalier, est chargée par le prince d'éprouver le cœur de sa maîtresse, qu'elle ne manque pas d'attraper [1].

On verra plus loin ce que le rôle de Trivelin doit à l'ancienne tradition italienne, mais il faut examiner le second élément constitutif de l'intrigue, à savoir l'histoire du dédit que la comtesse et Lélio

---

1. La situation est, bien entendue, exploitée de façon à ménager de nombreuses équivoques dans le dialogue, comme dans *La Fausse Suivante*.

se sont engagés réciproquement à se verser au cas où ils ne s'épouseraient pas. Ici, nous sommes évidemment très loin de la *commedia dell'arte*, et c'est dans une autre direction qu'il faut chercher une source. On peut alors songer à la comédie d'intrigue en général, ou, si l'on veut une indication plus précise, à une idée que Dufresny, l'un des rares écrivains dont Marivaux acceptât le patronage, mit deux fois en œuvre. Dans *Les Dédits*, historiette publiée d'abord dans le *Mercure*, puis reprise dans le recueil de ses *Œuvres*[1], Dufresny illustre comme suit le précepte que « comme il ne faut jurer de rien, aussi ne doit-on jamais faire de dédit considérable ». Il s'agit d'une veuve qui désire se marier avec un jeune homme charmant, mais sans argent. Pour en trouver, elle imagine de lier amitié avec une autre veuve, nommée Bélise, et fait en sorte qu'elles s'engagent toutes deux par un dédit de trente mille francs à ne pas se remarier. Puis elle produit le jeune homme auprès de Bélise. Bélise s'éprend de lui, il feint de vouloir l'épouser, et Bélise est trop heureuse de racheter pour trente mille francs le dédit qu'elle avait fait à la veuve. Mais celle-ci ne s'en tient pas là. Comme le prétendu de Bélise doit partir pour un voyage avant de l'épouser, la veuve persuade les futurs époux de s'engager au mariage par un nouveau dédit de trente mille francs. Pendant le voyage du jeune homme, elle présente à Bélise un autre jeune homme, un conseiller, dont Bélise, par une inconstance qui lui est propre, s'éprend rapidement. Elle est alors trop heureuse que la veuve la « débarrasse » de son premier prétendant, et, comme elle est généreuse, elle fait cadeau à ce dernier des trente mille francs du second dédit. Du reste, son mariage avec le conseiller est si heureux, qu'« elle ne regretta jamais les soixante mille francs qu'il lui coûta, pour avoir le plaisir de se dédire deux fois ».

De cette petite histoire, Dufresny lui-même tira une pièce, intitulée *Le Dédit*, que Marivaux vit certainement jouer, car elle resta au répertoire, malgré le mauvais accueil fait à la première représentation le 12 mai 1719. Il s'agit d'un jeune homme, nommé Valère, qui ne peut épouser Isabelle, car le père de celle-ci ne veut la donner qu'à un homme ayant quelque argent comptant, et Valère n'a que des espérances. Ses tantes, Araminte et Bélise, qui sont riches, ne lui ont accordé chacune qu'un dédit de cent mille francs au cas où elles se marieraient. Or, elles n'y songent pas, et nul ne se présente

---

1. Édition Briasson, Paris, 1731, tome V, pp. 20-33.

pour leur donner l'occasion de payer le dédit. Mais Frontin, valet
de Valère, qui depuis quelque temps emprunte clandestinement les
habits de son maître, a fait la connaissance des deux vieilles filles. Il
a plu à l'extravagante Araminte en se faisant passer pour un petit-
maître, le chevalier Clique, et à la prude Bélise sous le personnage
de l'austère sénéchal Groux. Toutes deux sont prêtes à l'épouser.
Pour se libérer de leur dédit, elles transigent avec Valère, qui accepte
de les dégager pour la moitié de la somme. Elles y consentent, et
Valère peut épouser Isabelle, tandis que les deux femmes apprennent ce qui leur est arrivé.

Avec cette double inspiration, celle de Dufresny et celle de l'ancien Théâtre-Italien, on conçoit que l'on doive s'attendre à trouver
dans *La Fausse Suivante* plus de réalisme que de beaux sentiments.
En fait, sous le voile d'une intrigue apparemment conventionnelle,
c'est une des pièces les plus audacieuses de Marivaux, qui se révèle
ici un peintre de mœurs original et profond.

Cette audace apparaît déjà dans la façon dont est utilisé le travestissement. Sans doute peut-on en expliquer l'emploi par le succès
que remporte habituellement Silvia dans ce genre de rôles[1]. Mais il
donne ici lieu à trop d'équivoques pour ne pas correspondre à une
tendance profonde de la sensibilité du temps, confirmée d'ailleurs
par une foule de mémoires et de romans. Que la comtesse soit
davantage séduite par les grâces plus ou moins féminines du chevalier que par celles, plus viriles, de Lélio, est déjà remarquable. Le
faux chevalier ne manque pas de le souligner aux yeux du spectateur[2]. Mais les scènes où Trivelin et même Arlequin font une cour
pressante au même chevalier, qu'ils savent être une femme, mais qui
n'en est pas moins vêtue en homme, sont plus troubles encore. Sans
la gaieté des protagonistes, le spectateur ne serait pas éloigné de
ressentir une sorte de malaise.

Si le chevalier était ce que Lélio pense qu'il est, il faut avouer que
les deux personnages formeraient un inquiétant *duo*. Lélio, sous le
nom traditionnel, cache une sorte d'homme à bonnes fortunes analogue au héros de Dancourt. La façon dont il envisage de traiter sa

---

1. On lit dans les *Lettres historiques sur les spectacles de Paris*, à propos
de la pièce intitulée *L'Amant caché et la Dame voilée*, jouée le 3 novembre
1716, que « Silvia déguisée en jeune homme y plaît infiniment ». Le chroniqueur ajoute : « Elle a des grâces dans ce déguisement qu'il n'est pas permis
à toutes les femmes d'avoir. » (Troisième lettre, p. 46.)   2. Voir surtout
acte III, scène VI.

femme après le mariage est d'un cynisme réjouissant. Sans doute Marivaux le pousse-t-il au noir pour faire passer la punition qui lui est réservée. Le chevalier — tel qu'il apparaît sous le rôle qu'il assume — correspond à une espèce sociale différente. Au XVIIe et au XVIIIe siècle, le chevalier est un cadet de famille réduit à une « légitime », part d'héritage dont on ne peut le priver, mais qui ne dépasse pas le douzième du total, ce qui est généralement insuffisant pour lui permettre de soutenir son nom, et quelquefois de vivre. Sans responsabilités d'honneur ou de famille, réduit, s'il ne veut ni devenir ecclésiastique ni déroger, à vivre d'expédients, il est le héros favori d'aventures douteuses : Des Grieux et Faublas dans la littérature[1], dans la réalité Ravanne, d'Éon, Saint-Germain sont ou se disent chevaliers. Une position sociale difficile n'empêche pas, du reste, le chevalier de passer pour connaisseur de la littérature, aussi bien que des modes, et cela explique son rôle dans les prologues[2]. Mais il brille davantage par l'esprit que par la sagesse des mœurs. Sa vocation véritable est celle d'un aventurier du sentiment.

Le personnage le plus important pour l'histoire des mœurs et du théâtre n'est pourtant, dans *La Fausse Suivante*, ni le chevalier ni Lélio. C'est Trivelin. En tant que valet de comédie, il n'est pas sans précédents littéraires. Le plus évident est le Crispin « rival de son maître » de Lesage (1707)[3]. Mais si Crispin n'a pas moins d'audace que Trivelin, il est loin d'avoir autant d'éloquence. C'est par sa hardiesse de parole, ses revendications crues en faveur du mérite qu'il compte dans l'histoire. Le Mascarille, le Scapin, le Sbrigani de Molière ne s'élevaient pas jusqu'à réclamer les droits de leur classe. Mais Trivelin, qui a du moins l'instruction d'un autodidacte, au point de pouvoir distinguer les Anciens des Modernes, sait formuler ses griefs en philosophe. Mieux, il le fait de propos délibéré, dans un véritable hors-d'œuvre qui en acquiert une grande efficacité polémique. Ses deux tirades de la première scène — on est tenté de dire ses deux monologues — annoncent si évidemment Beaumarchais

---

1. Noter que Marivaux a déjà esquissé un personnage traditionnel de chevalier dans sa première pièce, *Le Père prudent et équitable*.   **2.** Voir plus loin le Prologue de *L'Île de la Raison* (p. 670) et la discussion de société relative à la seconde *Surprise* (p. 742 *sq.*).   **3.** Chez Marivaux lui-même, Trivelin est à cet égard annoncé par l'Arlequin de *La Double Inconstance*, et celui de *L'Île des esclaves* est dans la même ligne. Mais c'est surtout *L'Indigent philosophe* qui développera ce type du gueux raisonneur, juge sévère d'une société qui ne lui a pas fait sa place.

qu'on est surpris que ceux qui ont étudié les aïeux de Figaro l'aient omis ou si peu cité[1]. Beaumarchais lui-même semble avoir renoncé à masquer un emprunt trop flagrant, à une époque surtout où la critique avait déjà souligné le caractère exceptionnel du rôle de Trivelin[2].

En faisant représenter sa *Fausse Suivante* six mois après *Le Prince travesti*, d'un ton si différent, Marivaux donnait une preuve de sa fécondité dramatique. Les spectateurs qui avaient applaudi la pièce de cape et d'épée firent presque aussi bon accueil à la comédie d'intrigue : jouée pour la première fois le 8 juillet 1724, elle eut treize représentations dans sa nouveauté[3], et le *Mercure* de juillet annonça qu'elle avait été « très bien reçue du public[4] ». Le 24 novembre, les comédiens-italiens la donnèrent devant la cour, à Fontainebleau[5]. Le 8 février 1726, elle fut reprise avec Riccoboni fils dans le rôle de Lélio, qu'avait joué son père[6]. Une autre série importante de représentations commença le 2 septembre 1741[7], suivie d'une autre le 2 août 1742, toujours avec, dans le principal rôle, l'actrice Silvia, qui, dit le *Mercure*, le joua « d'une manière à ne rien laisser désirer[8] ». Mais elle disparut de la scène avec le déclin de la troupe italienne. Une reprise de la pièce par le Théâtre national populaire, en 1964, semble avoir été fort bien accueillie. Patrice Chéreau, après avoir monté *La Finta Serva* en 1971 au Festival de Spolète, a réalisé une mise en scène célèbre de *La Fausse Suivante* en 1985 au théâtre des Amandiers ; Michel Piccoli y tenait le rôle de Trivelin, Jane Birkin celui de la comtesse. En 1991, la pièce est entrée au

---

1. Marc Monnier l'omet dans ses *Aïeux de Figaro* (Paris, 1868), et P. Toldo le cite à peine dans son *Figaro et ses origines* (Milan, 1893). 2. Voir plus loin, p. 468. 3. La première représentation rapporta 1 029 livres. Les recettes furent ensuite les suivantes : 10 juillet, 814 livres ; 12 juillet, 1 476 livres ; 15 juillet, 1 041 livres ; 17 juillet, 965 livres ; 19 juillet, 1 142 livres ; 22 juillet, 783 livres ; 26 juillet, 748 livres ; 29 juillet, 526 livres ; 31 juillet, 594 livres ; 2 août, 512 livres ; 5 août, 281 livres ; 10 août, 566 livres. Total des recettes pour cette série : 10 477 livres. 4. « Cette pièce a été très bien reçue du public. Nous avons cru qu'on aurait plaisir à en trouver un extrait dans notre *Mercure*. » Suit une longue analyse et un extrait du premier vaudeville, pp. 1588-1597. On trouvera cet extrait *in extenso*, p. 468 *sq*. 5. *Mercure* de novembre 1726. 6. *Mercure* de février 1726, p. 363. 7. Voir le *Mercure* de septembre 1741, p. 2074. Silvia a joué le rôle principal avec « beaucoup d'applaudissement ». La pièce, « remise et exécutée au mieux », n'a pas fait moins de plaisir qu'aux premières représentations. Au second acte « la demoiselle Roland et le sieur Poirier dansent une entrée avec pantomime ». 8. *Mercure* d'avril, p. 1858.

répertoire de la Comédie-Française, dans une mise en scène de Jacques Lassalle.

L'accueil de la critique immédiatement contemporaine, à une époque où le *Mercure* était le seul journal en France à s'occuper de littérature, ne nous est guère connu. Du reste, les pièces jouées au Théâtre-Italien étaient assez rarement jugées dignes des honneurs faits à la plus détestable tragédie « française ». Cependant, lorsque l'éditeur hollandais Van Duren publia en 1730 un choix de pièces du Théâtre-Italien, le rédacteur des *Lettres sérieuses et badines* consacra, ainsi qu'on l'a dit à propos du *Prince travesti*, une notice très favorable à *La Fausse Suivante* :

« *La Fausse Suivante*, au contraire [du *Prince travesti*], est vive, animée, pleine de jeu. L'héroïne, demoiselle bien faite et riche, s'habille en chevalier pour faire connaissance avec Lélio, qu'elle veut sonder avant de l'épouser. Celui-ci, trompé par ce déguisement, s'ouvre sans façon à elle, et lui raconte qu'il aimait une certaine comtesse. Mais qu'il a résolu de lui préférer un meilleur parti qui se présente à Paris, et qui est justement le faux Chevalier. Qu'il n'est plus arrêté que par un dédit de dix mille écus que la Comtesse et lui ont fait entre eux, et par un billet de pareille somme qu'elle lui a prêtée. Mais le Chevalier n'a qu'à faire l'amour à la Comtesse. Qu'elle l'aimera bientôt, qu'elle aimera mieux payer le dédit en rendant le billet de dix mille écus, que d'épouser Lélio. Le Chevalier, instruit par cet aveu de la perfidie de son amant, aurait pu s'en tenir à cette utile découverte, et abandonner pour jamais un homme qui lui a fait voir un caractère aussi odieux. Mais il demeure pour se venger de lui et pour en débarrasser la Comtesse, et il y réussit en faisant tout ce que Lélio lui demande. La pièce finit par la rupture des deux mariages. Les caractères ne s'y démentent jamais. Lélio paraît fourbe et dupe d'un bout à l'autre. Trivelin, autre fourbe, est toujours dupe. La tendresse et la légèreté font le caractère de la Comtesse. Enfin le Chevalier joue partout le rôle d'un petit-maître aimable, et le soutient à merveille [1]. »

D'Argenson donne de *La Fausse Suivante*, comme de beaucoup d'autres pièces, un jugement discutable, mais qui a au moins le mérite d'être original :

« *La Fausse Suivante ou le Fourbe puni* [...] L'intrigue de cette pièce est conduite avec esprit et jugement, il n'y a de défauts que

---

1. Tome III, 2ᵉ partie, pp. 265-266.

celui de vraisemblance de prendre si longtemps une fille pour un garçon, à la Comtesse de l'aimer sérieusement, et à Lélio de la craindre. Les fourbes sont légers en bien des occasions, et se démasquent plus aisément qu'on ne devrait croire. La comédie du *Méchant* par Gresset a pu prendre de celle-ci. Elle est dialoguée avec esprit, dialogue coupé comme ceux de Dancourt, des tirades spirituelles et bourgeoises comme Marivaux, mais souvent il y a du faible, du bas et du monotone, comme dans le rôle de Trivelin [1]. »

En revanche, La Porte réduirait la pièce à la tirade de Trivelin :

« Tout le mérite de *La Fausse Suivante* est presque dans la première scène, et même dans ce morceau de Trivelin [2]. [...] Le reste de la pièce ne répond point à ce début. Il y a des scènes extrêmement ennuyeuses par leur excessive longueur ; et Lélio, qu'on donne pour un fourbe de qualité, y joue le rôle d'un bas fripon [3]. »

On voit par ce jugement ce que Marivaux pouvait espérer de la critique de son temps.

COMPTE RENDU DU *MERCURE DE FRANCE* [4]

« Les Comédiens-Italiens ordinaires du roi ont donné le 8 juillet une comédie en trois actes, qui a pour titre *La Fausse Suivante, ou le Fourbe puni*. Cette pièce a été très bien reçue du public. Nous avons cru qu'on aurait plaisir à en trouver un extrait dans notre *Mercure*.

ACTEURS

FLAMINIA, comtesse promise à Lélio.
LÉLIO.
LE CHEVALIER, dame de Paris travestie. *La demoiselle Silvia*.
TRIVELIN, valet du faux chevalier.
ARLEQUIN, valet de Lélio.
FRONTIN, ancien camarade de Trivelin.

La scène est dans un village auprès de Paris.

---

1. Manuscrit de la bibliothèque de l'Arsenal, n° 3454, f° 268. **2.** Suit une citation du passage qui va de *Depuis quinze ans que je roule* jusqu'à *ne valent pas une pistole*. **3.** *L'Observateur littéraire*, 1759, tome I, pp. 88-90. **4.** Juillet 1724, pp. 1588-1597.

« Une dame de Paris proposée à Lélio pour épouse veut le connaître avant que de s'unir à lui. Elle se travestit en cavalier, sans avoir mis personne dans son secret, hors un vieux domestique qui s'appelle Frontin. Ce Frontin, ayant retrouvé un ancien ami dans le village où la scène se passe, ne croit pouvoir mieux faire que de le mettre au service de la dame travestie. Il ne lui déclare que la moitié de son secret, c'est-à-dire son sexe, il lui fait mystère de sa qualité, et la donne seulement pour une suivante. Ce nom de suivante n'imposant pas beaucoup de respect à Trivelin, il en agit un peu cavalièrement avec le prétendu chevalier qui, le voyant instruit de son sexe, lui ferme la bouche par quelques louis d'or qu'il lui donne, lui en faisant attendre davantage, pour prix de sa fidélité. Le faux chevalier est supposé avoir déjà lié une amitié assez étroite avec Lélio, et avoir donné dans les yeux à la comtesse. Les choses étant sur ce pied-là, Lélio sonde la probité du chevalier, et ne le croyant pas trop favorisé de la fortune, il lui demande s'il ne serait pas homme à profiter d'une occasion que le sort lui présenterait de s'établir, et de se mettre en possession d'une aimable personne et de six mille livres de rente. Le chevalier se montre de si bonne composition, que Lélio achève de lui ouvrir son cœur. Il lui apprend que, malgré l'engagement qu'il a avec la comtesse, il prête l'oreille à des propositions qu'on lui fait d'un autre mariage avec une dame de Paris qui a deux fois autant de bien. Le chevalier lui demande d'où vient qu'il fait cette infidélité à la comtesse, et veut savoir de lui adroitement si ce sont les charmes de la dame de Paris qui lui ont donné dans la vue : point du tout, répond Lélio, je ne connais pas cette dernière, mais je prétends épouser son bien plutôt que sa personne. Il en dit assez pour faire entendre au chevalier qu'il n'a ni probité ni honneur ; et que ce parti ne lui convient nullement, étant comme nous l'avons déjà dit, cette même dame de Paris dont il parle avec tant de mépris. Le chevalier dissimule son ressentiment, et pour parvenir à la vengeance qu'il en veut prendre, il feint d'approuver les indignes maximes que Lélio lui débite au sujet du mariage. Lélio le trouve si disposé à le servir, qu'il lui propose de faire l'amour à la comtesse, et de l'engager si bien qu'elle rompe ses premiers engagements. Il ajoute que la comtesse lui a prêté dix mille écus, dont elle a son billet, et que d'ailleurs ils ont fait un dédit de pareille somme, que celui qui manquerait le premier à sa parole serait obligé de payer à l'autre. Ce marché étant conclu entre le faux chevalier et Lélio, le chevalier fait le soupirant auprès de la comtesse, et le progrès qu'elle fait dans son cœur est si grand, qu'elle ne regarde plus Lélio que comme un obstacle à son bonheur. Lélio, charmé d'un si prompt succès, feint d'être jaloux, il accable la comtesse de reproche (*sic*) ; elle n'en va pas moins son train, et il n'y a que le dédit et les dix mille écus qu'elle a prêtés à Lélio qui l'empêchent de rompre absolument avec lui. Cependant le secret du sexe du chevalier commence à percer, il a passé de Frontin à Trivelin, et de Trivelin à Arlequin. La balourdise de ce dernier le lui fait déclarer à demi. Lélio commence à s'en douter, et veut s'en éclaircir ; voici comment il s'y prend. Il fait une querelle d'Allemand au chevalier, et lui propose de se couper la gorge avec lui, persuadé qu'il refusera le défi s'il n'est qu'une femme. Mais le chevalier, qui se doute à son tour qu'on veut par là lui arracher son secret, fait si bonne contenance et montre tant de fermeté, que Lélio cesse de soupçonner son sexe ; Trivelin qu'il a déjà voulu obliger à parler en le menaçant du bâton et de la mort a bravé l'un et l'autre, et s'en est tiré avec beaucoup de résolution et d'esprit ; mais par malheur Arlequin revient à la charge, et fait connaître si positivement que le chevalier est une fille, que ce dernier est obligé d'en convenir. C'est de ce seul moment que le titre de fausse suivante est rempli. Le chevalier ne se donne pas pour la dame de Paris, mais pour une fille qui est à son service, et qu'elle a chargé (*sic*) de se travestir, pour connaître à fond le cœur de Lélio. Cette qualité d'espion de la dame de Paris fait trembler Lélio. Il n'a que trop fait connaître ce qu'il a dans l'âme au faux chevalier ; il craint de perdre en même temps et les six mille livres de rente et les douze mille. Le faux chevalier le confirme dans sa crainte ; de sorte que pour se tirer d'embarras il a recours à de nouvelles propositions de fortune, et promet deux mille écus à la fausse suivante, pourvu qu'elle fasse un rapport favorable de lui à sa maîtresse à qui elle sert d'espion. La fausse suivante feint de consentir à tout, mais elle veut être payée d'avance. Lélio lui donne un diamant de mille écus et lui offre de lui faire son billet pour les autres mille qu'il n'a pas. La fausse suivante veut être nantie de quelque chose de meilleur, et lui dit de lui remettre entre les mains le dédit qu'il a fait avec la comtesse, qu'elle lui rendra en touchant les mille écus restants. Lélio y consent et lui remet le dédit en question. Alors la fausse suivante lui conseille de presser la comtesse de conclure le mariage. Elle refusera, lui dit-elle, car elle m'aime trop pour consentir à en épouser un autre que moi, et par là elle perdra le dédit de dix mille écus, qui vous tiendra lieu de pareille somme que vous lui devez ; après quoi, continue-t-elle, je ferai de vous un rapport si avantageux à ma maîtresse, quand je serai de retour à Paris, qu'elle se croira trop heureuse d'avoir un époux tel que vous. Le piège est si bien tendu que Lélio y donne ; mais il est bien surpris de voir que la comtesse, à qui le faux chevalier a donné une leçon secrète qui sert de contrebatterie à la fourbe de Lélio, accepte le parti, et est toute prête à épouser Lélio. Ce dernier, très surpris d'un consentement auquel il ne s'attendait point du tout, regarde le faux chevalier qui feint de son côté d'être déconcerté par ce dernier contretemps. Lélio, ne sachant comment parer le coup du mariage ou du dédit, avoue enfin à la comtesse qu'il sent qu'il ne l'aime pas assez pour être heureux avec elle. C'est-à-dire, lui répond-elle, que vous aimez mieux perdre le dédit que de m'épouser. Non, lui dit-il, je ne laisserai pas de vous épouser. Quoi ! réplique-t-elle, vous m'épouserez pour me rendre malheureuse ? Et où est la probité ? Vous voilà bien embarrassé, dit alors la fausse suivante, pour un misérable dédit ; le voici, poursuit-elle en le tirant de sa poche, il n'y a qu'à le déchirer. L'effet suit la parole. Lélio voyant déchirer ce dédit qui devait le dédommager des dix mille écus qu'il avait empruntés de la comtesse, et dont elle avait une reconnaissance en forme de sa main, voit bien que la fausse suivante le trahit. Cette dernière achève de lever le masque, et se faisant connaître à lui pour la dame de Paris aux douze mille livres de rente, elle le met dans le dernier désespoir. Elle fait excuse à la comtesse de la tromperie qu'elle lui a faite, et qu'elle a un peu méritée par son inconstance. Il y a deux fêtes dans cette pièce ; savoir, une à la fin du premier acte, et une à la fin de la pièce ; elles n'ont presque pas de rapport au sujet. Voici quelques couplets de la première. On en trouvera l'air noté, page 1595 [1]. »

LE TEXTE

L'édition originale de *La Fausse Suivante* est, non pas, comme le croyait Quérard, une édition Briasson, sans date, qui aurait été d'après lui publiée en 1724, mais, comme le prouve une annonce du *Mercure* de février 1729 [2], l'édition du même éditeur au millésime de 1729, de 142 pages numérotées, plus deux pour l'approbation et le privilège :

---

1. Nous ne donnons pas le texte de ces quatre couplets, qui est le même que celui des éditions, à l'exception d'un mot sauté dans le *Mercure*.
2. P. 331.

LA FAUSSE / SUIVANTE, / *ou* / LE FOURBE PUNY. / COMÉDIE / EN TROIS ACTES. / *Représentée pour la première fois, / par les Comédiens Italiens ordinaires du Roy, le Samedi 8. / Juillet 1724.* / (fleuron) / À PARIS, / Chez BRIASSON, rue saint Jacques, / à la Science. / M. DCC. XXIX. / Avec Approbation & Privilege du Roy. / 142 + II pages.

Approbation : « J'ai lu par ordre de Monseigneur le Garde des Sceaux une Comédie, qui a pour titre *La Fausse Suivante ou le Traître puni*, et j'ai cru que l'impression en serait agréable au public. Fait à Paris, ce 6 août 1724. DANCHET. »

Privilège du 3 septembre 1728 à Gissey pour *Arlequin Pluton* [de Gueulette], le *Dédain affecté* [de Mlle Monicaux], et *La Fausse Suivante*. Gissey cède son privilège à Briasson le 14 septembre 1728.

L'histoire du texte de *La Fausse Suivante* est très semblable à celle du texte du *Prince travesti*. La pièce est rééditée presque sans modification en 1732 pour la collection du *Nouveau Théâtre-Italien* de Briasson. Enfin, elle fait partie du second tome des *Comédies de Monsieur de Marivaux. Jouées sur le Théâtre de l'Hôtel de Bourgogne par les Comédiens-Italiens ordinaires du Roy* dont les deux volumes, datés de 1732 et mis sous le nom du libraire Briasson, complètent les cinq volumes des *Œuvres de théâtre* de 1758. Dans cette collection, *La Fausse Suivante*, comme *Le Prince travesti*, a une page de titre spéciale, Nouveau Théâtre-Italien, sans date. Comme celle du *Prince travesti*, cette édition est très postérieure à 1732 puisque le catalogue imprimé au verso de la liste des acteurs mentionne, notamment, un Théâtre de Brueys et Palaprat en cinq volumes daté de 1754. Comme pour *Le Prince travesti*, enfin, le nombre des scènes a été augmenté par la division de certaines scènes des premières éditions. Nous avons suivi cette nouvelle numérotation, qui a été depuis adoptée très généralement. La table de concordance suivante permettra du reste très aisément de passer d'une numérotation à l'autre.

Édition originale (1729) et édition Briasson de 1736.	Édition Briasson sans date figurant dans le recueil de 1758 et éditions modernes.
Acte I	**Acte I**
Scène i.	Scène i.
Scène ii.	Scènes ii, iii et iv.
Scène iii.	Scène v.
Scène iv.	Scène vi.
Scène v.	Scènes vii, viii et ix.
Scène vi.	Scène x.
Scène vii.	Scène xi.
Acte II	**Acte II**
Scènes i et ii.	Scènes i et ii (sans changement).
Scène iii.	Scène iii (début).
Scène iv.	Scènes iii et iv.
Scène v.	Scène v.
Scène vi.	Scène vi.
Scène vii.	Scène vii.
Scène viii.	Scène viii.
Scène ix.	Scène ix.
Scène x.	Scène x.
Acte III	**Acte III**
Scènes i, ii, iii, iv, v et vi.	Scènes i, ii, iii, iv, v et vi (sans changement).
Scène vii.	Scènes vii, viii et ix.

Dernière ressemblance entre l'histoire du texte de *La Fausse Suivante* et celle du texte du *Prince travesti* : pour cette pièce encore, de nombreuses éditions modernes, à la suite de MM. Bastide et Fournier, reproduisent sans raison un grand nombre de corrections arbitraires de Duviquet.

La Fausse Suivante
ou
Le Fourbe puni

ACTEURS [1]

La Comtesse.
Lélio.
Le Chevalier.
Trivelin, valet du Chevalier.
Arlequin, valet de Lélio.
Frontin, autre valet du Chevalier.
Paysans et paysannes.
Danseurs et danseuses.

La scène est devant le château de la Comtesse.

---

1. Lors des premières représentations, outre Flaminia, dans le rôle de la Comtesse, Silvia dans celui du Chevalier, Lélio, Arlequin et Trivelin sous leur nom, la distribution comprenait un autre acteur qu'une phrase du *Mercure* (« un vieux domestique ») pourrait désigner comme Paghetti (âgé de cinquante ans), beau-frère de Dominique (c'est-à-dire Trivelin), reçu en 1720 pour jouer les pères dans les pièces françaises.

ACTE PREMIER

Scène première

FRONTIN, TRIVELIN

FRONTIN. Je pense que voilà le seigneur Trivelin ; c'est lui-même. Eh ! comment te portes-tu, mon cher ami[1] ?

TRIVELIN. À merveille, mon cher Frontin, à merveille. Je n'ai rien perdu des vrais biens que tu me connaissais, santé admirable et grand appétit. Mais toi, que fais-tu à présent ? Je t'ai vu dans un petit négoce qui t'allait bientôt rendre citoyen de Paris ; l'as-tu quitté ?

FRONTIN. Je suis culbuté, mon enfant ; mais toi-même, comment la fortune t'a-t-elle traité depuis que je ne t'ai vu ?

TRIVELIN. Comme tu sais qu'elle traite tous les gens de mérite.

FRONTIN. Cela veut dire très mal ?

TRIVELIN. Oui. Je lui ai pourtant une obligation : c'est qu'elle m'a mis dans l'habitude de me passer d'elle. Je ne sens plus ses disgrâces, je n'envie point ses faveurs, et cela me suffit ; un homme raisonnable n'en doit pas demander davantage. Je ne suis pas heureux, mais je ne me soucie pas de l'être. Voilà ma façon de penser.

---

1. La rencontre de deux personnages de ce genre, dont l'un raconte à l'autre ses récentes aventures, est un sujet de scènes bien connu de l'ancien Théâtre-Italien. Regnard l'a traité deux fois, d'abord dans *Le Divorce*, où Arlequin raconte à Mezzetin (joué par le même acteur, Angelo Constantini, qui interprète ici Trivelin) ses aventures, notamment sa condamnation à mort pour fausse monnaie, puis dans *Arlequin homme à bonnes fortunes* (scène de la fièvre, dans l'édition dite furtive de 1697 du Théâtre-Italien). Dans les deux cas, le sujet est pour Regnard l'occasion de bouffonneries énormes. Ainsi, dans la scène du *Divorce*, Arlequin raconte qu'ayant prié les archers qui le conduisent de le laisser boire à une fontaine avant son exécution, il s'est élancé dans le tuyau la tête la première, et est passé de là jusqu'à la Seine et à la nage jusqu'au Havre. Mezzetin s'étonnant de cette histoire, il le tranquillise en lui disant : « Va, va, mon ami, quand on est sur le point d'être pendu, on est diablement mince », ce qui satisfait Mezzetin. — Noter que Beaumarchais, qui a tiré un grand parti de *La Fausse Suivante*, reprend l'idée de la scène de rencontre au début du *Barbier de Séville* (acte I, sc. II).

FRONTIN. Diantre ! je t'ai toujours connu pour un garçon d'esprit et d'une *intrigue admirable ; mais je n'aurais jamais soupçonné que tu deviendrais philosophe. Malepeste ! que tu es avancé ! Tu méprises déjà les biens de ce monde !

TRIVELIN. Doucement, mon ami, doucement, ton admiration me fait rougir, j'ai peur de ne la pas mériter. Le mépris que je crois avoir pour les biens n'est peut-être qu'un beau verbiage ; et, à te parler confidemment, je ne conseillerais encore à personne de laisser les siens à la discrétion de ma philosophie. J'en prendrais, Frontin, je le sens bien ; j'en prendrais, à la *honte de mes réflexions. Le cœur de l'homme est un grand fripon !

FRONTIN. Hélas ! je ne saurais nier cette vérité-là, sans blesser ma conscience.

TRIVELIN. Je ne la dirais pas à tout le monde ; mais je sais bien que je ne parle pas à un profane.

FRONTIN. Eh ! dis-moi, mon ami : qu'est-ce que c'est que ce paquet-là que tu portes ?

TRIVELIN. C'est le triste bagage de ton serviteur ; ce paquet enferme toutes mes possessions.

FRONTIN. On ne peut pas les accuser d'occuper trop de terrain.

TRIVELIN. Depuis quinze ans que je roule dans le monde, tu sais combien je me suis tourmenté, combien j'ai fait d'efforts pour arriver à un état fixe. J'avais entendu dire que les scrupules nuisaient à la fortune ; je fis trêve avec les miens, pour n'avoir rien à me reprocher. Était-il question d'avoir de l'honneur ? j'en avais. Fallait-il être fourbe ? j'en soupirais, mais j'allais mon train. Je me suis vu quelquefois à mon aise ; mais le moyen d'y rester avec le jeu, le vin et les femmes ? Comment se mettre à l'abri de ces fléaux-là ?

FRONTIN. Cela est vrai.

TRIVELIN. Que te dirai-je enfin ? Tantôt maître, tantôt valet ; toujours prudent, toujours industrieux [1], ami des fripons par intérêt, ami des honnêtes gens par goût ; traité poliment sous une figure, menacé d'étrivières sous une autre ; changeant à propos de métier, d'habits, de caractères, de mœurs ; risquant beaucoup, réussissant [2]

---

1. Le style du monologue de Figaro dans *Le Mariage de Figaro* est déjà trouvé. Cf. « Maître ici, valet là, selon qu'il plaît à la fortune ! ambitieux par vanité, laborieux par nécessité... » (Acte V, sc. III.) De même, comparer, un peu plus loin : *j'ai tâté de tout* à *j'ai tout vu, tout fait, tout usé* dans le même monologue.   **2.** Texte de l'édition originale. Les éditions suivantes (1732, etc.) donnent *résistant* pour *réussissant*.

peu ; libertin dans le fond, réglé dans la forme ; démasqué par les uns, soupçonné par les autres, à la fin équivoque à tout le monde, j'ai tâté de tout ; je dois partout[1] ; mes créanciers sont de deux espèces : les uns ne savent pas que je leur dois ; les autres le savent et le sauront longtemps. J'ai logé partout, sur le pavé, chez l'aubergiste, au cabaret, chez le bourgeois, chez l'homme de qualité, chez moi, chez la justice, qui m'a souvent recueilli dans mes malheurs ; mais ses appartements sont trop tristes, et je n'y faisais que des retraites[2] ; enfin, mon ami, après quinze ans de soins, de travaux et de peines, ce malheureux paquet est tout ce qui me reste ; voilà ce que le monde m'a laissé, l'ingrat ! après ce que j'ai fait pour lui ! tous ses présents ne valent pas une pistole[3] !

FRONTIN. Ne t'afflige point, mon ami. L'article de ton récit qui m'a paru le plus désagréable, ce sont les retraites chez la justice ; mais ne parlons plus de cela. Tu arrives à propos ; j'ai un parti à te proposer. Cependant qu'as-tu fait depuis deux ans que je ne t'ai vu, et d'où sors-tu à présent ?

TRIVELIN. *Primo,* depuis que je ne t'ai vu, je me suis jeté dans le service.

FRONTIN. Je t'entends, tu t'es fait soldat ; ne serais-tu pas déserteur par hasard ?

TRIVELIN. Non, mon habit d'ordonnance était une livrée.

FRONTIN. Fort bien.

TRIVELIN. Avant que de me réduire tout à fait à cet état humiliant, je commençai par vendre ma garde-robe.

FRONTIN. Toi, une garde-robe ?

TRIVELIN. Oui, c'était trois ou quatre habits que j'avais trouvés convenables à ma taille chez les fripiers, et qui m'avaient servi à figurer en *honnête homme. Je crus devoir m'en défaire, pour perdre de vue tout ce qui pouvait me rappeler ma grandeur passée. Quand on renonce à la vanité, il n'en faut pas faire à deux fois ; qu'est-ce que c'est que se ménager des ressources ? Point de quartier, je vendis tout ; ce n'est pas assez, j'allai tout boire.

FRONTIN. Fort bien.

---

1. Cf. dans *Le Barbier de Séville*, cette fois : « Fatigué d'écrire, ennuyé de moi, dégoûté des autres, abîmé de dettes et léger d'argent... » (Acte I, sc. II.)
2. On pense cette fois aux *retraites économiques* de Figaro.   3. L'édition de 1732 porte par erreur : *tous ses parents*, ce que l'édition sans date (1758) corrige, de façon claire mais peu élégante, du fait de la répétition de *paquet* : *tout ce paquet ne vaut pas une pistole.*

TRIVELIN. Oui, mon ami ; j'eus le courage de faire deux ou trois débauches salutaires, qui me vidèrent ma bourse, et me garantirent ma persévérance dans la condition que j'allais embrasser ; de sorte que j'avais le plaisir de penser, en m'enivrant, que c'était la raison qui me versait à boire. Quel nectar ! Ensuite, un beau matin, je me trouvai sans un sol. Comme j'avais besoin d'un prompt secours, et qu'il n'y avait point de temps à perdre, un de mes amis que je rencontrai me proposa de me mener chez un honnête particulier qui était marié, et qui passait sa vie à étudier des langues mortes ; cela me convenait assez, car j'ai de l'étude : je restai donc chez lui. Là, je n'entendis parler que de sciences, et je remarquai que mon maître était épris de passion pour certains quidams, qu'il appelait des anciens, et qu'il avait une souveraine antipathie pour d'autres, qu'il appelait des modernes ; je me fis expliquer tout cela.

FRONTIN. Et qu'est-ce que c'est que les anciens et les modernes ?

TRIVELIN. Des anciens..., attends, il y en a un dont je sais le nom, et qui est le capitaine de la bande ; c'est comme qui te dirait un Homère. Connais-tu cela ?

FRONTIN. Non.

TRIVELIN. C'est dommage ; car c'était un homme qui parlait bien grec.

FRONTIN. Il n'était donc pas français cet homme-là ?

TRIVELIN. Oh ! que non ; je pense qu'il était de Québec, quelque part dans cette Égypte, et qu'il vivait du temps du déluge. Nous avons encore de lui de fort belles satires ; et mon maître l'aimait beaucoup, lui et tous les honnêtes gens de son temps, comme Virgile, Néron, Plutarque, Ulysse et Diogène.

FRONTIN. Je n'ai jamais entendu parler de cette race-là, mais voilà de vilains noms.

TRIVELIN. De vilains noms ! c'est que tu n'y es pas accoutumé. Sais-tu bien qu'il y a plus d'esprit dans ces noms-là que dans le royaume de France [1] ?

FRONTIN. Je le crois. Et que veulent dire : les modernes ?

TRIVELIN. Tu m'écartes de mon sujet ; mais n'importe. Les modernes, c'est comme qui dirait... toi, par exemple.

---

1. En présentant caricaturalement le point de vue des Anciens, Marivaux manifeste sa sympathie pour les idées des Modernes. Le mot *esprit*, dans ce passage, est ambigu. Dans la seconde *Surprise*, Hortensius l'emploie, au sens moderne et comme une critique, en parlant des Modernes. Il le reprend dans un sens favorable en l'appliquant aux Anciens (acte II, sc. IV).

FRONTIN. Ho, ho ! je suis un moderne, moi !

TRIVELIN. Oui, vraiment, tu es un moderne, et des plus modernes ; il n'y a que l'enfant qui vient de naître qui l'est plus que toi, car il ne fait que d'arriver.

FRONTIN. Eh ! pourquoi ton maître nous haïssait-il ?

TRIVELIN. Parce qu'il voulait qu'on eût quatre mille ans sur la tête pour valoir quelque chose. Oh ! moi, pour gagner son amitié, je me mis à admirer tout ce qui me paraissait ancien ; j'aimais les vieux meubles, je louais les vieilles modes, les vieilles espèces [1], les médailles, les lunettes ; je me coiffais chez les crieuses de vieux chapeaux ; je n'avais commerce qu'avec des vieillards : il était charmé de mes inclinations ; j'avais la clef de la cave, où logeait un certain vin vieux qu'il appelait son vin grec ; il m'en donnait quelquefois, et j'en détournais aussi quelques bouteilles, par amour louable pour tout ce qui était vieux. Non que je négligeasse le vin nouveau ; je n'en demandais point d'autre à sa femme, qui vraiment estimait bien autrement les modernes que les anciens [2], et, par complaisance pour son goût, j'en emplissais aussi quelques bouteilles, sans lui en faire ma cour.

FRONTIN. À merveille !

TRIVELIN. Qui n'aurait pas cru que cette conduite aurait dû me concilier ces deux esprits ? Point du tout ; ils s'aperçurent du ménagement judicieux que j'avais pour chacun d'eux ; ils m'en firent un crime. Le mari crut les anciens insultés par la quantité de vin nouveau que j'avais bu ; il m'en fit mauvaise mine. La femme me chicana sur le vin vieux ; j'eus beau m'excuser, les gens de partis n'entendent point raison ; il fallut les quitter, pour avoir voulu me partager entre les anciens et les modernes. Avais-je tort ?

FRONTIN. Non ; tu avais observé toutes les règles de la prudence humaine. Mais je ne puis en écouter davantage. Je dois aller coucher ce soir à Paris, où l'on m'envoie, et je cherchais quelqu'un qui tînt ma place auprès de mon maître pendant mon absence ; veux-tu que je te présente ?

TRIVELIN. Oui-da. Et qu'est-ce que c'est que ton maître ? Fait-il

---

1. Espèces sonnantes et trébuchantes. Il s'agit des monnaies frappées par le *décri*, c'est-à-dire n'ayant plus cours.   2. Dans la querelle, les femmes étaient traditionnellement du côté des Modernes, ainsi Mme de Lambert ou la duchesse du Maine, qui protégeaient Fontenelle et La Motte, amis de Marivaux.

bonne chère ? Car, dans l'état où je suis, j'ai besoin d'une bonne cuisine.

FRONTIN. Tu seras content ; tu serviras la meilleure fille...

TRIVELIN. Pourquoi donc l'appelles-tu ton maître ?

FRONTIN. Ah, foin de moi, je ne sais ce que je dis, je rêve à autre chose.

TRIVELIN. Tu me trompes, Frontin.

FRONTIN. Ma foi, oui, Trivelin. C'est une fille habillée en homme dont il s'agit. Je voulais te le cacher ; mais la vérité m'est échappée, et je me suis *blousé comme un sot. Sois discret, je te prie.

TRIVELIN. Je le suis dès le berceau. C'est donc une intrigue que vous conduisez tous deux ici, cette fille-là et toi ?

FRONTIN. Oui. *(À part.)* Cachons-lui son rang... Mais la voilà qui vient ; retire-toi à l'écart, afin que je lui parle.

Trivelin se retire et s'éloigne.

Scène II

LE CHEVALIER, FRONTIN

LE CHEVALIER. Eh bien, m'avez-vous trouvé un domestique ?

FRONTIN. Oui, Mademoiselle ; j'ai rencontré...

LE CHEVALIER. Vous m'impatientez avec votre *Demoiselle* ; ne sauriez-vous m'appeler *Monsieur* ?

FRONTIN. Je vous demande pardon, Mademoiselle... je veux dire Monsieur. J'ai trouvé un de mes amis, qui est fort brave garçon ; il sort actuellement de chez un bourgeois de campagne[1] qui vient de mourir, et il est là qui attend que je l'appelle pour offrir ses respects.

LE CHEVALIER. Vous n'avez peut-être pas eu l'imprudence de lui dire qui j'étais ?

FRONTIN. Ah ! Monsieur, mettez-vous l'esprit en repos : je sais garder un secret *(bas)*, pourvu qu'il ne m'échappe pas... Souhaitez-vous que mon ami s'approche ?

LE CHEVALIER. Je le veux bien ; mais partez sur-le-champ pour Paris.

FRONTIN. Je n'attends que vos dépêches.

LE CHEVALIER. Je ne trouve point à propos de vous en donner, vous

---

1. Les « bourgeois de campagne » ont déjà été rencontrés ; voyez p. 50, note 1, et p. 315, note 1.

pourriez les perdre. Ma sœur, à qui je les adresserais[1], pourrait les égarer aussi ; et il n'est pas besoin que mon aventure soit sue de tout le monde. Voici votre commission, écoutez-moi : Vous direz à ma sœur qu'elle ne soit point en peine de moi ; qu'à la dernière partie de bal où mes amies m'amenèrent dans le déguisement où me voilà[2], le hasard me fit connaître le gentilhomme que je n'avais jamais vu, qu'on disait être encore en province, et qui est ce Lélio avec qui, par lettres, le mari de ma sœur a presque arrêté mon mariage ; que, surprise de le trouver à Paris sans que nous le sussions, et le voyant avec une dame, je résolus sur-le-champ de profiter de mon déguisement pour me mettre au fait de l'état de son cœur et de son caractère, qu'enfin nous liâmes amitié ensemble aussi promptement que des cavaliers peuvent le faire, et qu'il m'engagea à le suivre le lendemain à une partie de campagne chez la dame avec qui il était, et qu'un de ses parents accompagnait ; que nous y sommes actuellement, que j'ai déjà découvert des choses qui méritent que je les suive avant que de me déterminer à épouser Lélio ; que je n'aurai jamais d'intérêt plus sérieux. Partez ; ne perdez point de temps. Faites venir ce domestique que vous avez arrêté ; dans un instant j'irai voir si vous êtes parti.

Scène III

LE CHEVALIER, *seul*[3]

LE CHEVALIER. Je regarde le moment où j'ai connu Lélio, comme une faveur du ciel dont je veux profiter, puisque je suis ma maîtresse, et que je ne dépends plus de personne. L'aventure où je me suis mise ne surprendra point ma sœur ; elle sait la singularité de mes sentiments. J'ai du bien ; il s'agit de le donner avec ma main et

---

1. Ce texte des éditions anciennes (1729, 1732, 1758) est malencontreusement transformé en *adressais* dans les éditions modernes.   2. Tout a donc commencé par hasard, dans un bal masqué où ces *aventures de carnaval* étaient fréquentes. Cela suppose, du reste, que la jeune fille jouit d'une assez large indépendance.   3. Rappelons que dans les éditions les plus anciennes, 1729 et 1732, il n'y a pas ici changement de scène. L'indication *seule* [*sic*] marque seulement que Frontin est sorti. Il n'y a pas non plus de changement de scène lorsque Frontin revient, amenant Trivelin. La scène v de notre édition (et de celle de 1758, qui introduit ces modifications) est donc la scène III de l'originale.

mon cœur ; ce sont de grands présents, et je veux savoir à qui je les donne.

Scène IV

LE CHEVALIER, TRIVELIN, FRONTIN

FRONTIN, *au Chevalier*. Le voilà, Monsieur. *(Bas à Trivelin[1].)* Garde-moi le secret.

TRIVELIN. Je te le rendrai mot pour mot, comme tu me l'as donné, quand tu voudras.

Scène V

LE CHEVALIER, TRIVELIN

LE CHEVALIER. Approchez ; comment vous appelez-vous ?

TRIVELIN. Comme vous voudrez, Monsieur ; Bourguignon, Champagne, Poitevin, Picard, tout cela m'est indifférent : le nom sous lequel j'aurai l'honneur de vous servir sera toujours le plus beau nom du monde.

LE CHEVALIER. Sans compliment, quel est le tien, à toi ?

TRIVELIN. Je vous avoue que je ferais quelque difficulté de le dire, parce que dans ma famille je suis le premier du nom qui n'ait pas disposé de la couleur de son habit[2], mais peut-on porter rien de plus *galant que vos couleurs ? Il me tarde d'en être chamarré sur toutes les coutures.

LE CHEVALIER, *à part*. Qu'est-ce que c'est que ce langage-là ? Il m'inquiète.

TRIVELIN. Cependant, Monsieur, j'aurai l'honneur de vous dire que je m'appelle Trivelin. C'est un nom que j'ai reçu de père en fils très correctement, et dans la dernière fidélité ; et de tous les Trivelins qui furent jamais, votre serviteur en ce moment s'estime le plus heureux de tous.

LE CHEVALIER. Laissez là vos politesses. Un maître ne demande à son valet que l'attention dans ce à quoi il l'emploie[3].

---

1. Cette indication scénique apparaît en 1758. L'édition originale indique par erreur *À Trivelin* juste après FRONTIN. **2.** On sait que l'habit de livrée, qui est gris, porte un liséré d'une couleur différente suivant les familles. Voyez ci-après, p. 931, *l'habit d'ordonnance* de l'Arlequin du *Jeu de l'amour et du hasard*. **3.** Texte de l'édition originale : *dans ce qu'il l'emploie.*

TRIVELIN. Son valet ! le terme est dur ; il frappe mes oreilles d'un son disgracieux ; ne purgera-t-on jamais le discours de tous ces noms odieux[1] ?

LE CHEVALIER. La délicatesse est singulière !

TRIVELIN. De grâce, *ajustons-nous ; convenons d'une formule plus douce.

LE CHEVALIER, *à part.* Il se moque de moi. Vous riez, je pense ?

TRIVELIN. C'est la joie que j'ai d'être à vous qui l'emporte sur la petite mortification que je viens d'essuyer.

LE CHEVALIER. Je vous avertis, moi, que je vous renvoie, et que vous ne m'êtes bon à rien.

TRIVELIN. Je ne vous suis bon à rien ! Ah ! ce que vous dites là ne peut pas être sérieux[2].

LE CHEVALIER, *à part.* Cet homme-là est un extravagant. *(À Trivelin.)* Retirez-vous.

TRIVELIN. Non, vous m'avez piqué ; je ne vous quitterai point, que vous ne soyez convenu avec moi que je vous suis bon à quelque chose.

LE CHEVALIER. Retirez-vous, vous dis-je.

TRIVELIN. Où vous attendrai-je ?

LE CHEVALIER. Nulle part.

TRIVELIN. Ne badinons point ; le temps se passe, et nous ne décidons rien.

LE CHEVALIER. Savez-vous bien, mon ami, que vous risquez beaucoup ?

TRIVELIN. Je n'ai pourtant qu'un écu à perdre.

LE CHEVALIER[3]. Ce coquin-là m'embarrasse. *(Il fait comme s'il s'en allait.)* Il faut que je m'en aille. *(À Trivelin.)* Tu me suis ?

TRIVELIN. Vraiment oui, je soutiens mon caractère : ne vous ai-je pas dit que j'étais opiniâtre ?

LE CHEVALIER. Insolent !

TRIVELIN. Cruel !

LE CHEVALIER. Comment, cruel !

TRIVELIN. Oui, cruel ; c'est un reproche tendre que je vous fais.

---

1. Le valet juge son état. Pour la première fois au théâtre, il devient aussi nettement un témoin de l'inégalité sociale. **2.** Première équivoque de la pièce, qui en contient un grand nombre. **3.** Les deux phrases qui suivent sont dites en aparté. L'édition de 1758, qui n'ajoute pas cette indication absente des éditions précédentes, transforme *À Trivelin* en *haut*.

Continuez, vous n'y êtes pas ; j'en viendrai jusqu'aux soupirs ; vos rigueurs me l'annoncent.

LE CHEVALIER [1]. Je ne sais plus que penser de tout ce qu'il me dit.

TRIVELIN. Ah ! ah ! ah ! vous rêvez, mon cavalier, vous délibérez ; votre ton baisse, vous devenez traitable, et nous nous accommoderons, je le vois bien. La passion que j'ai de vous servir est sans quartier ; premièrement cela est dans mon sang, je ne saurais me corriger.

LE CHEVALIER, *mettant la main sur la garde de son épée*. Il me prend envie de te traiter comme tu le mérites.

TRIVELIN. Fi ! ne gesticulez point de cette manière-là ; ce geste-là n'est point de votre compétence ; laissez là cette arme qui vous est étrangère : votre œil est plus redoutable que ce fer inutile qui vous pend au côté.

LE CHEVALIER. Ah ! je suis trahie !

TRIVELIN. Masque [2], venons au fait ; je vous connais.

LE CHEVALIER. Toi ?

TRIVELIN. Oui ; Frontin vous connaissait pour nous deux.

LE CHEVALIER. Le coquin ! Et t'a-t-il dit qui j'étais ?

TRIVELIN. Il m'a dit que vous étiez une fille, et voilà tout ; et moi je l'ai cru ; car je ne chicane sur la qualité de personne.

LE CHEVALIER. Puisqu'il m'a trahie, il vaut autant que je t'instruise du reste.

TRIVELIN. Voyons ; pourquoi êtes-vous dans cet équipage-là ?

LE CHEVALIER. Ce n'est point pour faire du mal.

TRIVELIN. Je le crois bien ; si c'était pour cela, vous ne déguiseriez pas votre sexe ; ce serait perdre vos commodités.

LE CHEVALIER, *à part*. Il faut le tromper. *(À Trivelin.)* Je t'avoue que j'avais envie de te cacher la vérité, parce que mon déguisement regarde une dame de condition, ma maîtresse, qui a des vues sur un monsieur Lélio, que tu verras, et qu'elle voudrait détacher d'une inclination qu'il a pour une comtesse à qui appartient ce château.

TRIVELIN. Eh ! quelle espèce de commission vous donne-t-elle auprès de ce Lélio ? L'emploi me paraît *gaillard, soubrette de mon âme.

LE CHEVALIER. Point du tout. Ma charge, sous cet habit-ci, est d'atta-

---

1. *(À part.)*   2. Ce terme de *masque* est appliqué traditionnellement aux personnes à qui on s'adresse dans les bals masqués. Ici, l'emploi est métaphorique.

quer le cœur de la Comtesse ; je puis passer, comme tu vois, pour un assez joli cavalier, et j'ai déjà vu les yeux de la Comtesse s'arrêter plus d'une fois sur moi ; si elle vient à m'aimer, je la ferai rompre avec Lélio ; il reviendra à Paris, on lui proposera ma maîtresse qui y est ; elle est aimable, il la connaît, et les noces seront bientôt faites.

TRIVELIN. Parlons à présent à rez-de-chaussée[1] : as-tu le cœur libre ?

LE CHEVALIER. Oui.

TRIVELIN. Et moi aussi. Ainsi, de compte arrêté, cela fait deux cœurs libres, n'est-ce pas ?

LE CHEVALIER. Sans doute.

TRIVELIN. *Ergo*, je conclus que nos deux cœurs soient désormais camarades.

LE CHEVALIER. Bon.

TRIVELIN. Et je conclus encore, toujours aussi judicieusement, que, deux amis devant s'obliger en tout ce qu'ils peuvent, tu m'avances deux mois de récompense sur l'exacte discrétion que je promets d'avoir. Je ne parle point du service domestique que je te rendrai ; sur cet article, c'est à l'amour à me payer mes gages.

LE CHEVALIER, *lui donnant de l'argent*. Tiens, voilà déjà six louis d'or d'avance pour ta discrétion, et en voilà déjà trois pour tes services.

TRIVELIN, *d'un air indifférent*. J'ai assez de *cœur pour refuser ces trois derniers louis-là ; mais donne ; la main qui me les présente étourdit ma *générosité.

LE CHEVALIER. Voici Monsieur Lélio ; retire-toi, et va-t'en m'attendre à la porte de ce château où nous logeons.

TRIVELIN. Souviens-toi, ma friponne, à ton tour, que je suis ton valet sur la scène, et ton *amant dans les coulisses. Tu me donneras des ordres en public, et des sentiments dans le tête-à-tête. *(Il se retire en arrière, quand Lélio entre avec Arlequin. Les valets se rencontrant se saluent.)*

Scène VI

LÉLIO, LE CHEVALIER,
ARLEQUIN, TRIVELIN,
derrière leurs maîtres

Lélio vient d'un air rêveur.

Le Chevalier. Le voilà plongé dans une grande rêverie.

Arlequin, *à Trivelin derrière eux.* Vous m'avez l'air d'un bon vivant.

Trivelin. Mon air ne vous ment pas d'un mot, et vous êtes fort bon physionomiste.

Lélio, *se retournant vers Arlequin, et apercevant le Chevalier.* Arlequin !... Ah ! Chevalier, je vous cherchais.

Le Chevalier. Qu'avez-vous, Lélio ? Je vous vois enveloppé dans une distraction qui m'inquiète.

Lélio. Je vous dirai ce que c'est. *(À Arlequin.)* Arlequin, n'oublie pas d'avertir les musiciens de se rendre ici tantôt.

Arlequin. Oui, Monsieur. *(À Trivelin.)* Allons boire, pour faire aller notre amitié plus vite.

Trivelin. Allons, la recette est bonne ; j'aime assez votre manière de hâter le cœur.

Scène VII

LÉLIO, LE CHEVALIER

Le Chevalier. Eh bien ! mon cher, de quoi s'agit-il ? Qu'avez-vous ? Puis-je vous être utile à quelque chose ?

Lélio. Très utile.

Le Chevalier. Parlez.

Lélio. Êtes-vous mon ami ?

Le Chevalier. Vous méritez que je vous dise non, puisque vous me faites cette question-là.

Lélio. Ne te fâche point, Chevalier ; ta vivacité m'oblige ; mais passe-moi cette question-là, j'en ai encore une à te faire.

Le Chevalier. Voyons.

Lélio. Es-tu scrupuleux ?

Le Chevalier. Je le suis raisonnablement.

Lélio. Voilà ce qu'il me faut ; tu n'as pas un honneur mal entendu sur une infinité de bagatelles qui arrêtent les sots ?

LE CHEVALIER, *à part*. Fi ! voilà un vilain début.

LÉLIO. Par exemple, un *amant qui dupe sa *maîtresse pour se débarrasser d'elle en est-il moins honnête homme à ton gré ?

LE CHEVALIER. Quoi ! il ne s'agit que de tromper une femme ?

LÉLIO. Non, vraiment[1].

LE CHEVALIER. De lui faire une perfidie ?

LÉLIO. Rien que cela.

LE CHEVALIER. Je croyais pour le moins que tu voulais mettre le feu à une ville. Eh ! comment donc ! trahir une femme, c'est avoir une action glorieuse par-devers soi !

LÉLIO, *gai*. Oh ! parbleu, puisque tu le prends sur ce ton-là, je te dirai que je n'ai rien à me reprocher ; et, sans vanité, tu vois un homme couvert de gloire.

LE CHEVALIER, *étonné et comme charmé*. Toi, mon ami ? Ah ! je te prie, donne-moi le plaisir de te regarder à mon aise ; laisse-moi contempler un homme chargé de crimes si honorables. Ah ! petit traître, vous êtes bien heureux d'avoir de si brillantes indignités sur votre compte.

LÉLIO, *riant*. Tu me charmes de penser ainsi ; viens que je t'embrasse. Ma foi, à ton tour, tu m'as tout l'air d'avoir été l'écueil de bien des cœurs. Fripon, combien de réputations as-tu blessé[2] à mort dans ta vie ? Combien as-tu désespéré d'Arianes ? Dis.

LE CHEVALIER. Hélas ! tu te trompes ; je ne connais point d'aventures plus communes que les miennes ; j'ai toujours eu le malheur de ne trouver que des femmes très sages.

LÉLIO. Tu n'as trouvé que des femmes très sages ? Où diantre t'es-tu donc fourré ? Tu as fait là des découvertes bien singulières ! Après cela, qu'est-ce que ces femmes-là gagnent à être si sages ? Il n'en est ni plus ni moins. Sommes-nous heureux, nous le disons ; ne le sommes-nous pas, nous mentons ; cela revient au même pour elles. Quant à moi, j'ai toujours dit plus de vérités que de mensonges.

LE CHEVALIER. Tu traites ces matières-là avec une légèreté qui m'enchante.

LÉLIO. Revenons à mes affaires. Quelque jour je te dirai de mes

---

1. Réponse suivant le sens, fréquente à l'époque, et spécialement chez Marivaux. Comprendre : de rien d'autre.   **2.** Non-accord du participe, suivant l'usage de Marivaux. Voir la Note grammaticale, article *participe passé*, p. 2265. Noter qu'ici l'accord est fait dans l'édition de 1758 (*blessées*), sans doute par les soins de l'imprimeur.

*espiègleries qui te feront rire. Tu es un cadet de maison, et, par conséquent, tu n'es pas extrêmement riche.

Le Chevalier. C'est raisonner juste.

Lélio. Tu es beau et bien fait ; devine à quel dessein je t'ai engagé à nous suivre avec tous tes agréments ? c'est pour te prier de vouloir bien faire ta fortune.

Le Chevalier. J'exauce ta prière. À présent, dis-moi la fortune que je vais faire.

Lélio. Il s'agit de te faire aimer de la Comtesse, et d'arriver à la conquête de sa main par celle de son cœur.

Le Chevalier. Tu badines : ne sais-je pas que tu l'aimes, la Comtesse ?

Lélio. Non ; je l'aimais ces jours passés, mais j'ai trouvé à propos de ne plus l'aimer.

Le Chevalier. Quoi ! lorsque tu as pris de l'amour, et que tu n'en veux plus, il s'en retourne comme cela sans plus de façon ? Tu lui dis : Va-t'en, et il s'en va ? Mais, mon ami, tu as un cœur *impayable.

Lélio. En fait d'amour, j'en fais assez ce que je veux. J'aimais la Comtesse, parce qu'elle est aimable ; je devais l'épouser, parce qu'elle est riche, et que je n'avais rien de mieux à faire ; mais dernièrement, pendant que j'étais à ma terre, on m'a proposé en mariage une demoiselle de Paris, que je ne connais point, et qui me donne douze mille livres de rente ; la Comtesse n'en a que six. J'ai donc calculé que six valaient moins que douze. Oh ! l'amour que j'avais pour elle pouvait-il honnêtement tenir bon contre un calcul si raisonnable ? Cela aurait été ridicule. Six doivent reculer devant douze ; n'est-il pas vrai ? Tu ne me réponds rien !

Le Chevalier. Eh ! que diantre veux-tu que je réponde à une règle d'arithmétique ? Il n'y a qu'à savoir compter pour voir que tu as raison.

Lélio. C'est cela même.

Le Chevalier. Mais qu'est-ce qui t'embarrasse là-dedans ? Faut-il tant de cérémonie pour quitter la Comtesse ? Il s'agit d'être infidèle, d'aller la trouver, de lui porter ton calcul, de lui dire : Madame, comptez vous-même, voyez si je me trompe. Voilà tout. Peut-être qu'elle pleurera, qu'elle maudira l'arithmétique, qu'elle te traitera d'indigne, de perfide : cela pourrait arrêter un poltron ; mais un brave homme comme toi, au-dessus des bagatelles de l'honneur, ce bruit-là l'amuse ; il écoute, s'excuse négligemment, et se retire en faisant une révérence très profonde, en cavalier poli, qui sait avec quel respect il doit recevoir, en pareil cas, les titres de fourbe et d'ingrat.

LÉLIO. Oh ! parbleu ! de ces titres-là, j'en suis fourni, et je sais faire la révérence. Madame la Comtesse aurait déjà reçu la mienne, s'il ne tenait plus qu'à cette politesse-là ; mais il y a une petite épine qui m'arrête : c'est que, pour achever l'achat que j'ai fait d'une nouvelle terre il y a quelque temps, Madame la Comtesse m'a prêté dix mille écus, dont elle a mon billet.

LE CHEVALIER. Ah ! tu as raison, c'est une autre affaire. Je ne sache point de révérence qui puisse acquitter ce billet-là ; le titre de débiteur est bien sérieux, vois-tu ! celui d'infidèle n'expose qu'à des reproches, l'autre à des *assignations ; cela est différent, et je n'ai point de recette pour ton mal.

LÉLIO. Patience ! Madame la Comtesse croit qu'elle va m'épouser ; elle n'attend plus que l'arrivée de son frère ; et, outre la somme de dix mille *écus dont elle a mon billet, nous avons encore fait, antérieurement à cela, un dédit entre elle et moi de la même somme. Si c'est moi qui romps avec elle, je lui devrai le billet et le dédit, et je voudrais bien ne payer ni l'un ni l'autre ; m'entends-tu ?

LE CHEVALIER, *à part*[1]. Ah ! l'honnête homme ! *(Haut.)* Oui, je commence à te comprendre. Voici ce que c'est : si je donne de l'amour à la Comtesse, tu crois qu'elle aimera mieux payer le dédit, en te rendant ton billet de dix mille écus, que de t'épouser ; de façon que tu gagneras dix mille écus avec elle ; n'est-ce pas cela ?

LÉLIO. Tu entres on ne peut pas mieux dans mes idées.

LE CHEVALIER. Elles sont très ingénieuses, très lucratives, et dignes de couronner ce que tu appelles tes espiègleries. En effet, l'honneur que tu as fait à la Comtesse, en soupirant pour elle, vaut dix mille écus comme un sol.

LÉLIO. Elle n'en donnerait pas cela, si je m'en fiais à son estimation.

LE CHEVALIER. Mais crois-tu que je puisse surprendre le cœur de la Comtesse ?

LÉLIO. Je n'en doute pas.

LE CHEVALIER, *à part*. Je n'ai pas lieu d'en douter non plus.

LÉLIO. Je me suis aperçu qu'elle aime ta compagnie ; elle te loue souvent, te trouve de l'esprit ; il n'y a qu'à suivre cela.

---

1. Cette indication est introduite en 1758, ainsi que *Haut* un peu plus loin.

LE CHEVALIER. Je n'ai pas une grande vocation pour ce mariage-là.

LÉLIO. Pourquoi ?

LE CHEVALIER. Par mille raisons... parce que je ne pourrai jamais avoir de l'amour pour la Comtesse ; si elle ne voulait que de l'amitié, je serais à son service ; mais n'importe.

LÉLIO. Eh ! qui est-ce qui te prie d'avoir de l'amour pour elle ? Est-il besoin d'aimer sa femme ? Si tu ne l'aimes pas, tant pis pour elle ; ce sont ses affaires et non pas les tiennes.

LE CHEVALIER. Bon ! mais je croyais qu'il fallait aimer sa femme, *fondé sur ce qu'on vivait mal avec elle quand on ne l'aimait pas.

LÉLIO. Eh ! tant mieux quand on vit mal avec elle ; cela vous dispense de la voir, c'est autant de gagné.

LE CHEVALIER. Voilà qui est fait ; me voilà prêt à exécuter ce que tu souhaites. Si j'épouse la Comtesse, j'irai me fortifier avec le brave Lélio dans le dédain qu'on doit à son épouse[1].

LÉLIO. Je t'en donnerai un vigoureux exemple, je t'en assure ; crois-tu, par exemple, que j'aimerai la demoiselle de Paris, moi ? Une quinzaine de jours tout au plus ; après quoi, je crois que j'en serai bien las.

LE CHEVALIER. Eh ! donne-lui le mois entier à cette pauvre femme, à cause de ses douze mille livres de rente.

LÉLIO. Tant que le cœur m'en dira.

LE CHEVALIER. T'a-t-on dit qu'elle fût jolie ?

LÉLIO. On m'écrit qu'elle est belle ; mais, de l'humeur dont je suis, cela ne l'avance pas de beaucoup. Si elle n'est pas laide, elle le deviendra, puisqu'elle sera ma femme ; cela ne peut pas lui manquer.

LE CHEVALIER. Mais, dis-moi, une femme se dépite quelquefois.

LÉLIO. En ce cas-là, j'ai une terre écartée qui est le plus beau désert du monde, où Madame irait calmer son esprit de vengeance.

LE CHEVALIER. Oh ! dès que tu as un *désert, à la bonne heure ; voilà son affaire. Diantre ! l'âme se tranquillise beaucoup dans une solitude : on y jouit d'une certaine mélancolie, d'une douce tristesse, d'un repos de toutes les couleurs ; elle n'aura qu'à choisir.

LÉLIO. Elle sera la maîtresse.

---

1. On a dans ce passage une première ébauche du « mariage à la mode » dont Destouches, dans *Le Philosophe marié* (1727), Marivaux lui-même dans *Le Petit-Maître corrigé* et surtout La Chaussée dans *Le Préjugé à la mode* (1735) reprendront et achèveront le tableau.

LE CHEVALIER. L'heureux tempérament ! Mais j'aperçois la Comtesse. Je te recommande une chose : feins toujours de l'aimer. Si tu te montrais inconstant, cela intéresserait sa vanité ; elle courrait après toi, et me laisserait là.

LÉLIO *dit*. Je me gouvernerai bien ; je vais au-devant d'elle. *(Il va au-devant de la Comtesse qui ne paraît pas encore, et pendant qu'il y va.)*

Scène VIII

LE CHEVALIER

LE CHEVALIER *dit*. Si j'avais épousé le seigneur Lélio, je serais tombée en de bonnes mains ! Donner douze mille livres de rente pour acheter le séjour d'un désert ! Oh ! vous êtes trop cher, Monsieur Lélio, et j'aurai mieux que cela au même prix. Mais puisque je suis en train, continuons pour me divertir et punir ce fourbe-là, et pour en débarrasser la Comtesse.

Scène IX

LA COMTESSE, LÉLIO, LE CHEVALIER

LÉLIO, *à la Comtesse, en entrant*. J'attendais nos musiciens, Madame, et je cours les presser moi-même. Je vous laisse avec[1] le Chevalier, il veut nous quitter ; son séjour ici l'embarrasse ; je crois qu'il vous craint ; cela est de bon sens, et je ne m'en inquiète point : je vous connais ; mais il est mon ami ; notre amitié doit durer plus d'un jour, et il faut bien qu'il se fasse au danger de vous voir ; je vous prie de le rendre plus raisonnable. Je reviens dans l'instant.

Scène X

LA COMTESSE, LE CHEVALIER

LA COMTESSE. Quoi ! Chevalier, vous prenez de pareils prétextes pour nous quitter ? Si vous nous disiez les véritables raisons qui pressent votre retour à Paris, on ne vous retiendrait peut-être pas.

---

1. Et non *Je vous laisse le Chevalier*, comme le donnent les éditions modernes.

LE CHEVALIER. Mes véritables raisons, Comtesse ? Ma foi, Lélio vous les a dites.

LA COMTESSE. Comment ! que vous vous défiez de votre cœur auprès de moi ?

LE CHEVALIER. Moi, m'en défier ! je m'y prendrais un peu tard ; est-ce que vous m'en avez donné le temps ? Non, Madame, le mal est fait ; il ne s'agit plus que d'en arrêter le progrès.

LA COMTESSE, *riant*. En vérité, Chevalier, vous êtes bien à plaindre, et je ne savais pas que j'étais si dangereuse.

LE CHEVALIER. Oh ! que si ; je ne vous dis rien là dont tous les jours votre miroir ne vous accuse d'être capable ; il doit vous avoir dit que vous aviez des yeux qui violeraient l'hospitalité avec moi, si vous m'ameniez ici.

LA COMTESSE. Mon miroir ne me flatte pas, Chevalier.

LE CHEVALIER. Parbleu ! je l'en défie ; il ne vous prêtera jamais rien. La nature y a mis bon ordre, et c'est elle qui vous a flattée.

LA COMTESSE. Je ne vois point que ce soit avec tant d'excès.

LE CHEVALIER. Comtesse, vous m'obligeriez beaucoup de me donner votre façon de voir ; car, avec la mienne, il n'y a pas moyen de vous rendre justice.

LA COMTESSE, *riant*. Vous êtes bien galant.

LE CHEVALIER. Ah ! je suis mieux que cela ; ce ne serait là qu'une bagatelle.

LA COMTESSE. Cependant ne vous gênez point, Chevalier : quelque inclination, sans doute, vous rappelle à Paris, et vous vous ennuieriez avec nous.

LE CHEVALIER. Non, je n'ai point d'inclination à Paris, si vous n'y venez pas. *(Il lui prend la main.)* À l'égard de l'ennui, si vous saviez l'art de m'en donner auprès de vous, ne me l'épargnez pas, Comtesse ; c'est un vrai présent que vous me ferez ; ce sera même une bonté ; mais cela vous passe, et vous ne donnez que de l'amour ; voilà tout ce que vous savez faire.

LA COMTESSE. Je le fais assez mal[1].

---

1. Tout ce dialogue entre la comtesse et le chevalier est un exemple typique de ce qu'on désigne traditionnellement par le mot de *marivaudage*. Pour reprendre l'expression de Marmontel, « c'est sur le mot qu'on réplique, et non sur la chose ». (*Éléments de littérature*, article *dialogue*.) Plus exactement, celui des deux interlocuteurs qui a l'initiative reprend chaque fois un mot de l'autre dans un nouveau contexte : ici le chevalier reprend un ou plusieurs mots de la comtesse, avec ou sans changement, pour en tirer une nouvelle flatterie. Voir, sur les différents modes de ce procédé, notre *Mari-*

Scène XI

LA COMTESSE, LE CHEVALIER, LÉLIO, *etc.*

LÉLIO. Nous ne pouvons avoir notre divertissement que tantôt, Madame ; mais en revanche, voici une noce de village, dont tous les acteurs viennent pour vous divertir. *(Au Chevalier.)* Ton valet et le mien sont à la tête, et mènent le branle.

DIVERTISSEMENT [1]

LE CHANTEUR

Chantons tous l'agriable emplette
Que Lucas a fait de Colette.
Qu'il est heureux, ce garçon-là !
J'aimerais bien le mariage,
Sans un petit défaut qu'il a :
Par lui la fille la plus sage,
Zeste, vous vient entre les bras.
Et boute, et gare, allons courage :
Rien n'est si biau que le *tracas
Des fins premiers jours du ménage.
Mais, morgué ! ça ne dure pas ;
Le cœur vous faille, et c'est dommage.

UN PAYSAN [2]

Que dis-tu, gente Mathurine,
De cette noce que tu vois ?
T'agace-t-elle un peu pour moi ?
Il me semble voir à ta mine

---

vaux et le Marivaudage*, pp. 197-207. Ici, noter en outre l'équivoque sur le passage *avec* [*ma façon de voir*], *il n'y a pas moyen de vous rendre justice.*
   1. Comme le montre le *Recueil des Divertissements du Nouveau Théâtre-Italien*, le divertissement consiste en une noce de village, qui défile sur un air de marche.   **2.** Le *Recueil des Divertissements* précise que ce couplet est chanté *pesamment.*

Que tu sens un je ne sais quoi.
L'ami Lucas et la cousine
Riront tant qu'ils pourront tous deux,
En se gaussant des médiseux ;
Dis la vérité, Mathurine,
Ne ferais-tu pas bien comme eux ?

MATHURINE

Voyez le biau discours à faire,
De demander en pareil cas :
Que fais-tu ? que ne fais-tu pas ?
Eh ! Colin sans tant de mystère,
Marions-nous ; tu le sauras.
À présent si j'étais sincère,
Je vais souvent dans le vallon,
Tu m'y suivrais, malin garçon :
On n'y trouve point de notaire,
Mais on y trouve du gazon.

On danse.

BRANLE [1]

Que l'on dise ce qu'on voudra,
    Tout ci, tout ça,
Je veux tâter du mariage.
En arrive ce qui pourra,
    Tout ci, tout ça ;
Par la *sangué ! j'ons bon *courage.
Ce courage, dit-on, s'en va,
    Tout ci, tout ça ;
Morguenne ! il nous faut voir cela.
Ma Claudine un jour me conta
    Tout ci, tout ça,
Que sa mère en courroux contre elle

---

1. Le branle est une danse paysanne qui se danse en rond, chaque danseur se tenant par la main.

Lui défendait qu'elle m'aimât,
  Tout ci, tout ça ;
Mais aussitôt, me dit la belle :
Entrons dans ce bocage-là,
  Tout ci, tout ça ;
Nous verrons ce qu'il en sera.

Quand elle y fut, elle chanta
  Tout ci, tout ça :
Berger, dis-moi que ton cœur m'aime ;
Et le mien aussi te dira
  Tout ci, tout ça,
Combien son amour est extrême.
Après, elle me regarda,
  Tout ci, tout ça,
D'un doux regard qui m'acheva.

Mon cœur, à son tour, lui chanta,
  Tout ci, tout ça,
Une chanson qui fut si tendre,
Que cent fois elle soupira,
  Tout ci, tout ça,
Du plaisir qu'elle eut de m'entendre ;
Ma chanson tant recommença,
  Tout ci, tout ça,
Tant qu'enfin la voix me manqua[1].

---

1. On reconnaît ici le thème de plusieurs chansons populaires, dans lesquelles l'oiseau, le rossignol par exemple, ainsi que son chant, prennent un sens symbolique. On a vu que le texte de ce divertissement figure déjà dans le *Mercure* de 1724. La seule différence est l'omission du mot *enfin*, au dernier vers, dans le texte du *Mercure*.

ACTE II

Scène première

TRIVELIN, *seul*

TRIVELIN. Me voici comme de moitié dans une intrigue assez douce et d'un assez bon rapport, car il m'en revient déjà de l'argent et une maîtresse ; ce beau commencement-là promet encore une plus belle fin. Or, moi qui suis un habile homme, est-il naturel que je reste ici les bras croisés ? ne ferai-je rien qui hâte le succès du projet de ma chère suivante ? Si je disais au seigneur Lélio que le cœur de la Comtesse commence à capituler pour le Chevalier, il se dépiterait plus vite, et partirait pour Paris où on l'attend. Je lui ai déjà témoigné que je souhaiterais avoir l'honneur de lui parler ; mais le voilà qui s'entretient avec la Comtesse ; attendons qu'il ait fait avec elle.

Scène II

LÉLIO, LA COMTESSE

Ils entrent tous deux comme continuant de se parler.

LA COMTESSE. Non, Monsieur, je ne vous comprends point. Vous liez amitié avec le Chevalier, vous me l'amenez ; et vous voulez ensuite que je lui fasse mauvaise mine ! Qu'est-ce que c'est que cette idée-là ? Vous m'avez dit vous-même que c'était un homme aimable, amusant, et effectivement j'ai jugé que vous aviez raison.

LÉLIO, *répétant un mot*. Effectivement ! Cela est donc bien effectif ? eh bien ! je ne sais que vous dire ; mais voilà un *effectivement* qui ne devrait pas se trouver là, par exemple.

LA COMTESSE. Par malheur, il s'y trouve.

LÉLIO. Vous me raillez, Madame.

LA COMTESSE. Voulez-vous que je respecte votre antipathie pour *effectivement* ? Est-ce qu'il n'est pas bon français ? L'a-t-on proscrit de la langue ?

LÉLIO. Non, Madame ; mais il marque que vous êtes un peu trop persuadée du mérite du Chevalier.

LA COMTESSE. Il marque cela ? Oh il a tort, et le procès que vous lui faites est raisonnable, mais vous m'avouerez qu'il n'y a pas de mal à sentir suffisamment le mérite d'un homme, quand le mérite est réel ; et c'est comme j'en use avec le Chevalier.

LÉLIO. Tenez, *sentir* est encore une expression qui ne vaut pas mieux ; *sentir* est trop, c'est *connaître* qu'il faudrait dire.

LA COMTESSE. Je suis d'avis de ne dire plus mot, et d'attendre que vous m'ayez donné la liste des termes sans reproches que je dois employer, je crois que c'est le plus court ; il n'y a que ce moyen-là qui puisse me mettre en état de m'entretenir avec vous.

LÉLIO. Eh ! Madame, faites grâce à mon amour.

LA COMTESSE. Supportez donc mon ignorance ; je ne savais pas la différence qu'il y avait entre *connaître* et *sentir*.

LÉLIO. *Sentir*, Madame, c'est le style du cœur[1], et ce n'est pas dans ce style-là que vous devez parler du Chevalier.

LA COMTESSE. Écoutez ; le vôtre ne m'amuse point ; il est froid, il me glace ; et, si vous voulez même, il me rebute.

LÉLIO, *à part*. Bon ! je retirerai mon billet.

LA COMTESSE. Quittons-nous, croyez-moi ; je parle mal, vous ne me répondez pas mieux ; cela ne fait pas une conversation amusante.

LÉLIO. Allez-vous rejoindre le Chevalier ?

LA COMTESSE. Lélio, pour prix des leçons que vous venez de me donner, je vous avertis, moi, qu'il y a des moments où vous feriez bien de ne pas vous montrer ; entendez-vous ?

LÉLIO. Vous me trouvez donc bien insupportable ?

LA COMTESSE. Épargnez-vous ma réponse ; vous auriez à vous plaindre de la valeur de mes termes, je le sens bien.

LÉLIO. Et moi, je sens que vous vous retenez ; vous me diriez de bon cœur que vous me haïssez.

LA COMTESSE. Non ; mais je vous le dirai bientôt, si cela continue, et cela continuera sans doute.

LÉLIO. Il semble que vous le souhaitez.

LA COMTESSE. Hum ! vous ne feriez pas languir mes souhaits.

LÉLIO, *d'un air fâché et vif*. Vous me désolez, Madame.

LA COMTESSE. Je me retiens, Monsieur ; je me retiens.

Elle veut s'en aller.

LÉLIO. Arrêtez, Comtesse ; vous m'avez fait l'honneur d'accorder quelque retour à ma tendresse.

---

1. Cette remarque aura plus d'une application chez Marivaux. Voir le Glossaire, au mot *sentir*.

LA COMTESSE. Ah ! le beau détail où vous entrez là !

LÉLIO. Le dédit même qui est entre nous...

LA COMTESSE, *fâchée*. Eh bien ! ce dédit vous chagrine ? il n'y a qu'à le rompre. Que ne me disiez-vous cela sur-le-champ ? Il y a une heure que vous biaisez pour arriver là.

LÉLIO. Le rompre ! J'aimerais mieux mourir ; ne m'assure-t-il pas votre main ?

LA COMTESSE. Et qu'est-ce que c'est que ma main sans mon cœur ?

LÉLIO. J'espère avoir l'un et l'autre.

LA COMTESSE. Pourquoi me déplaisez-vous donc ?

LÉLIO. En quoi ai-je pu vous déplaire ? Vous auriez de la peine à le dire vous-même.

LA COMTESSE. Vous êtes jaloux, premièrement.

LÉLIO. Eh ! morbleu ! Madame, quand on aime...

LA COMTESSE. Ah ! quel emportement !

LÉLIO. Peut-on s'empêcher d'être jaloux ? Autrefois vous me reprochiez que je ne l'étais pas assez ; vous me trouviez trop tranquille ; me voici inquiet, et je vous déplais.

LA COMTESSE. Achevez, Monsieur, concluez que je suis une capricieuse ; voilà ce que vous voulez dire, je vous entends bien. Le compliment que vous me faites est digne de l'entretien dont vous me régalez depuis une heure ; et après cela vous me demanderez [1] en quoi vous me déplaisez ! Ah ! l'étrange caractère !

LÉLIO. Mais je ne vous appelle pas capricieuse, Madame ; je dis seulement que vous vouliez que je fusse jaloux ; aujourd'hui je le suis ; pourquoi le trouvez-vous mauvais ?

LA COMTESSE. Eh bien ! vous direz encore que vous ne m'appelez pas *fantasque !

LÉLIO. De grâce, répondez.

LA COMTESSE. Non, Monsieur, on n'a jamais dit à une femme ce que vous me dites là ; et je n'ai vu que vous dans la vie qui m'ayez trouvé si ridicule.

LÉLIO, *regardant autour de lui*. Je chercherais volontiers à qui vous parlez, Madame ; car ce discours-là ne peut pas s'adresser à moi.

LA COMTESSE. Fort bien ! me voilà devenue *visionnaire à présent ;

---

1. Sans doute par inadvertance, l'édition de 1758 transforme *demanderez* en *demandez*.

continuez, Monsieur, continuez ; vous ne voulez pas rompre le dédit ; cependant c'est moi qui ne veux plus ; n'est-il pas vrai ?

LÉLIO. Que d'*industrie pour vous sauver d'une question fort simple, à laquelle vous ne pouvez répondre !

LA COMTESSE. Oh ! je n'y saurais tenir, capricieuse, ridicule, visionnaire et de mauvaise foi ! le portrait est flatteur ! Je ne vous connaissais pas, Monsieur Lélio, je ne vous connaissais pas ; vous m'avez trompée. Je vous *passerais de la jalousie ; je ne parle pas de la vôtre, elle n'est pas supportable ; c'est une jalousie terrible, odieuse, qui vient du fond du tempérament, du vice de votre esprit. Ce n'est pas délicatesse chez vous ; c'est mauvaise humeur naturelle, c'est précisément caractère. Oh ! ce n'est pas là la jalousie que je vous demandais ; je voulais une inquiétude douce, qui a sa source dans un cœur timide et bien touché, et qui n'est qu'une louable méfiance de soi-même ; avec cette jalousie-là, Monsieur, on ne dit point d'invectives aux personnes que l'on aime ; on ne les trouve ni ridicules, ni fourbes, ni *fantasques ; on craint seulement de n'être pas toujours aimé, parce qu'on ne croit pas être digne de l'être. Mais cela vous *passe ; ces sentiments-là ne sont pas du ressort d'une âme comme la vôtre. Chez vous, c'est des emportements, des fureurs, ou pur artifice ; vous soupçonnez injurieusement ; vous manquez d'estime, de respect, de soumission ; vous vous appuyez sur un dédit ; vous fondez vos droits sur des raisons de contrainte. Un dédit, Monsieur Lélio ! Des soupçons ! Et vous appelez cela de l'amour ! C'est un amour à faire peur. Adieu.

LÉLIO. Encore un mot. Vous êtes en colère, mais vous reviendrez, car vous m'estimez dans le fond.

LA COMTESSE. Soit ; j'en estime tant d'autres ! Je ne regarde pas cela comme un grand mérite d'être estimable ; on n'est que ce qu'on doit être.

LÉLIO. Pour nous *accommoder, accordez-moi une grâce. Vous m'êtes chère ; le Chevalier vous aime ; ayez pour lui un peu plus de froideur ; insinuez-lui qu'il nous laisse, qu'il s'en retourne à Paris.

LA COMTESSE. Lui insinuer qu'il nous laisse, c'est-à-dire lui glisser tout doucement une impertinence qui me fera tout doucement passer dans son esprit pour une femme qui ne sait pas vivre ! Non, Monsieur ; vous m'en dispenserez, s'il vous plaît. Toute la subtilité possible n'empêchera pas un compliment d'être ridicule, quand il l'est, vous me le prouvez par le vôtre ; c'est un avis que je vous

insinue tout doucement, pour vous donner un petit essai de ce que
vous appelez manière insinuante.

Elle se retire.

Scène III
LÉLIO, TRIVELIN [1]

LÉLIO, *un moment seul et en riant.* Allons, allons, cela va très rondement ; j'épouserai les douze mille livres de rente. Mais voilà le
valet du Chevalier. *(À Trivelin.)* Il m'a paru tantôt que tu avais
quelque chose à me dire ?

TRIVELIN. Oui, Monsieur ; pardonnez à la liberté que je prends.
L'*équipage où je suis ne prévient pas en ma faveur ; cependant, tel
que vous me voyez, il y a là-dedans le cœur d'un honnête homme,
avec une extrême inclination pour les honnêtes gens.

LÉLIO. Je le crois.

TRIVELIN. Moi-même, et je le dis avec un souvenir modeste, moi-
même autrefois, j'ai été du nombre de ces *honnêtes gens ; mais
vous savez, Monsieur, à combien d'accidents nous sommes sujets
dans la vie. Le sort m'a joué ; il en a joué bien d'autres ; l'histoire
est remplie du récit de ses mauvais tours : princes, héros, il a tout
malmené, et je me console de mes malheurs avec de tels confrères.

LÉLIO. Tu m'obligerais de retrancher tes réflexions et de venir au
fait.

TRIVELIN. Les infortunés sont un peu babillards, Monsieur ; ils s'attendrissent aisément sur leurs aventures. Mais je coupe court ; ce
petit préambule me servira, s'il vous plaît, à m'attirer un peu d'estime, et donnera du poids à ce que je vais vous dire.

LÉLIO. Soit.

TRIVELIN. Vous savez que je fais la fonction de domestique auprès
de Monsieur le Chevalier.

LÉLIO. Oui.

TRIVELIN. Je ne demeurerai pas longtemps avec lui, Monsieur ; son
caractère donne trop de scandale au mien.

LÉLIO. Eh, que lui trouves-tu de mauvais ?

TRIVELIN. Que vous êtes différent de lui ! À peine vous ai-je vu,

---

1. Le nom de TRIVELIN manque dans l'édition originale.

vous ai-je entendu parler, que j'ai dit en moi-même : Ah quelle âme franche ! que de netteté dans ce cœur-là !

LÉLIO. Tu vas encore t'amuser à mon éloge, et tu ne finiras point.

TRIVELIN. Monsieur, la vertu vaut bien une petite parenthèse en sa faveur.

LÉLIO. Venons donc au reste à présent.

TRIVELIN. De grâce, souffrez qu'auparavant nous convenions d'un petit article.

LÉLIO. Parle.

TRIVELIN. Je suis fier, mais je suis pauvre, qualités, comme vous jugez bien, très difficiles à accorder l'une avec l'autre, et qui pourtant ont la rage de se trouver presque toujours ensemble ; voilà ce qui me *passe.

LÉLIO. Poursuis ; à quoi nous mènent ta fierté et ta pauvreté ?

TRIVELIN. Elles nous mènent à un combat qui se passe entre elles ; la fierté se défend d'abord à merveille, mais son ennemie est bien pressante ; bientôt la fierté plie, recule, fuit, et laisse le champ de bataille à la pauvreté, qui ne rougit de rien, et qui sollicite en ce moment votre libéralité.

LÉLIO. Je t'entends ; tu me demandes quelque argent pour récompense de l'avis que tu vas me donner.

TRIVELIN. Vous y êtes ; les âmes généreuses ont cela de bon, qu'elles devinent ce qu'il vous faut et vous épargnent la honte d'expliquer vos besoins[1] ; que cela est beau !

LÉLIO. Je consens à ce que tu demandes, à une condition à mon tour : c'est que le secret que tu m'apprendras vaudra la peine d'être payé ; et je serai de bonne foi là-dessus. Dis à présent.

TRIVELIN. Pourquoi faut-il que la rareté de l'argent ait ruiné la générosité de vos pareils ? Quelle misère ! mais n'importe ; votre équité me rendra ce que votre économie me retranche, et je commence. Vous croyez le Chevalier votre intime et fidèle ami, n'est-ce pas ?

LÉLIO. Oui, sans doute.

TRIVELIN. Erreur.

LÉLIO. En quoi donc ?

TRIVELIN. Vous croyez que la Comtesse vous aime toujours ?

LÉLIO. J'en suis persuadé.

TRIVELIN. Erreur, trois fois erreur !

---

1. L'idée est chère à Marivaux et serait digne de Marianne, si le ton n'était aussi ironique.

LÉLIO. Comment ?

TRIVELIN. Oui, Monsieur ; vous n'avez ni ami ni maîtresse. Quel brigandage dans ce monde ! La Comtesse ne vous aime plus, le Chevalier vous a escamoté son cœur : il l'aime, il en est aimé, c'est un fait ; je le sais, je l'ai vu, je vous en avertis ; faites-en votre profit et le mien.

LÉLIO. Eh ! dis-moi, as-tu remarqué quelque chose qui te rende sûr de cela ?

TRIVELIN. Monsieur, on peut se fier à mes observations. Tenez, je n'ai qu'à regarder une femme entre deux yeux, je vous dirai ce qu'elle sent et ce qu'elle sentira, le tout à une virgule près. Tout ce qui se passe dans son cœur s'écrit sur son visage, et j'ai tant étudié cette écriture-là, que je la lis tout aussi couramment que la mienne. Par exemple, tantôt, pendant que vous vous amusiez dans le jardin à cueillir des fleurs pour la Comtesse, je raccommodais près d'elle une *palissade, et je voyais le Chevalier, sautillant, rire et folâtrer avec elle. Que vous êtes badin ! lui disait-elle, en souriant négligemment à ses enjouements. Tout autre que moi n'aurait rien remarqué dans ce sourire-là ; c'était un *chiffre. Savez-vous ce qu'il signifiait ? Que vous m'amusez agréablement, Chevalier ! Que vous êtes aimable dans vos façons ! Ne sentez-vous pas que vous me plaisez ?

LÉLIO. Cela est bon ; mais rapporte-moi quelque chose que je puisse expliquer, moi, qui ne suis pas si savant que toi.

TRIVELIN. En voici qui ne demande nulle condition [1]. Le Chevalier continuait, lui volait quelques baisers, dont on se fâchait, et qu'on n'esquivait pas. Laissez-moi donc, disait-elle avec un visage indolent, qui ne faisait rien pour se tirer d'affaires, qui avait la paresse de rester exposé à l'injure ; mais, en vérité, vous n'y songez pas, ajoutait-elle ensuite. Et moi, tout en raccommodant ma palissade, j'expliquais ce *vous n'y songez pas*, et ce *laissez-moi donc* ; et je voyais que cela voulait dire : Courage, Chevalier, encore un baiser sur le même ton ; surprenez-moi toujours, afin de sauver les bienséances ; je ne dois consentir à rien ; mais si vous êtes adroit, je n'y saurais que faire ; ce ne sera pas ma faute [2].

---

1. Trivelin reprend l'idée implicite du chevalier : Je comprendrais, si j'étais aussi savant que toi.   2. C'est un procédé fréquent chez Marivaux que de mettre en récit, dans la bouche d'un valet ou d'un Arlequin, ce genre de scènes galantes. On en verra d'autres exemples dans *Le Dénouement imprévu* (ci-après, p. 560), dans *L'Heureux Stratagème* (p. 1197), dans *Le Petit-Maître corrigé* (p. 1331), etc. Ainsi, l'auteur obéit à des raisons de décence ou de

LÉLIO. Oui-da ; c'est quelque chose que des baisers.

TRIVELIN. Voici le plus touchant. Ah ! la belle main ! s'écria-t-il ensuite ; souffrez que je l'admire. Il n'est pas nécessaire. De grâce. Je ne veux point... Ce nonobstant, la main est prise, admirée, caressée ; cela va *tout de suite... Arrêtez-vous... Point de nouvelles. Un coup d'éventail par là-dessus, coup galant qui signifie : Ne lâchez point ; l'éventail est saisi ; nouvelles pirateries sur la main qu'on tient ; l'autre vient à son secours ; autant de pris encore par l'ennemi : Mais je ne vous comprends point ; finissez donc. Vous en parlez bien à votre aise, Madame. Alors la Comtesse de s'embarrasser, le Chevalier de la regarder tendrement ; elle de rougir ; lui de s'animer ; elle de se fâcher sans colère ; lui de se jeter à ses genoux sans repentance ; elle de pousser honteusement un demi-soupir ; lui de riposter effrontément par un tout entier [1] ; et puis vient du silence ; et puis des regards qui sont bien tendres ; et puis d'autres qui n'osent pas l'être ; et puis [2]... Qu'est-ce que cela signifie, Monsieur ? Vous le voyez bien, Madame. Levez-vous donc. Me pardonnez-vous ? Ah je ne sais. Le procès en était là quand vous êtes venu, mais je crois maintenant les parties d'accord : Qu'en dites-vous ?

LÉLIO. Je dis que ta découverte commence à prendre forme.

TRIVELIN. Commence à prendre forme ! Et jusqu'où prétendez-vous donc que je la conduise pour vous persuader ? Je désespère de la pousser jamais plus loin ; j'ai vu l'amour naissant ; quand il sera grand garçon, j'aurai beau l'attendre auprès de la palissade, au diable s'il y vient badiner ; or, il grandira, *au moins [3], s'il n'est déjà grandi ; car il m'a paru aller bon train, le gaillard.

LÉLIO. Fort bon train, ma foi.

TRIVELIN. Que dites-vous de la Comtesse ? Ne l'auriez-vous pas épousé sans moi ? Si vous aviez vu de quel air elle abandonnait sa main blanche au Chevalier !...

LÉLIO. En vérité, te paraissait-il qu'elle y prît goût ?

---

commodité dramaturgique (gain de temps, maintien de l'unité de lieu...). En outre, grâce au jeu de l'acteur qui mime tour à tour les deux personnages, il obtient un effet comique assuré. **1.** Duviquet et les éditeurs modernes corrigent arbitrairement *un tout entier* en *un soupir tout entier*. **2.** Le mouvement n'est pas sans rappeler le récit fait par Arlequin, dans *La Double Inconstance*, de ses amours avec Silvia (ci-dessus, pp. 327-328). Mais la défense de la comtesse n'est qu'une parodie de celle de Silvia. **3.** Les mots *au moins* sont omis à partir de l'édition de 1758.

TRIVELIN. Oui, Monsieur. *(À part.)* On dirait qu'il en prend aussi, lui. *(À Lélio.)* Eh bien, trouvez-vous que mon avis mérite salaire ?

LÉLIO. Sans difficulté. Tu es un coquin.

TRIVELIN. Sans difficulté, tu es un coquin : voilà un prélude de reconnaissance bien bizarre.

LÉLIO. Le Chevalier te donnerait cent coups de bâton, si je lui disais que tu le trahis. Oh ces coups de bâton que tu mérites, ma bonté te les épargne ; je ne dirai mot. Adieu ; tu dois être content ; te voilà payé.

Il s'en va.

Scène IV

TRIVELIN [1]

TRIVELIN. Je n'avais jamais vu de monnaie frappée à ce coin-là. Adieu, Monsieur, je suis votre serviteur ; que le ciel veuille vous combler des faveurs que je mérite ! De toutes les grimaces que m'a fait [2] la fortune, voilà certes la plus comique ; me payer en exemption de coups de bâton ! c'est ce qu'on appelle faire argent de tout. Je n'y comprends rien : je lui dis que sa maîtresse le plante là ; il me demande si elle y prend goût. Est-ce que notre faux Chevalier m'en ferait accroire ? Et seraient-ils tous deux meilleurs amis que je ne pense ?

Scène V

ARLEQUIN, TRIVELIN

TRIVELIN, *à part*. Interrogeons un peu Arlequin là-dessus. *(Haut.)* Ah ! te voilà ! où vas-tu ?

ARLEQUIN. Voir s'il y a des lettres pour mon maître.

---

1. Rappelons que cette réplique de Trivelin ne constitue une scène séparée que depuis l'édition de 1758.   2. Non-accord du participe passé, ce qui est parfaitement correct à l'époque quand le sujet suit le verbe. De nos jours encore, l'accord (effectué à partir de l'édition Duviquet : *faites*) serait une affectation contraire au meilleur usage spontané. Voir la Note grammaticale, p. 2265.

TRIVELIN. Tu me parais occupé ; à quoi est-ce que tu rêves [1] ?

ARLEQUIN. À des louis d'or.

TRIVELIN. Diantre ! tes réflexions sont de riche étoffe.

ARLEQUIN. Et je te cherchais aussi pour te parler.

TRIVELIN. Et que veux-tu de moi ?

ARLEQUIN. T'entretenir de louis d'or.

TRIVELIN. Encore des louis d'or ! Mais tu as une mine d'or dans ta tête [2].

ARLEQUIN. Dis-moi, mon ami, où as-tu pris toutes ces *pistoles que je t'ai vu tantôt tirer de ta poche pour payer la bouteille de vin que nous avons bu [3] au cabaret du bourg ? Je voudrais bien savoir le secret que tu as pour en faire.

TRIVELIN. Mon ami, je ne pourrais guère te donner le secret d'en faire ; je n'ai jamais possédé que le secret de le [4] dépenser.

ARLEQUIN. Oh ! j'ai aussi un secret qui est bon pour cela, moi ; je l'ai appris au cabaret en perfection.

TRIVELIN. Oui-da, on fait son affaire avec du vin, quoique lentement ; mais en y joignant une pincée d'inclination pour le beau sexe, on réussit bien autrement.

ARLEQUIN. Ah le beau sexe, on ne trouve point de cet ingrédient-là ici.

TRIVELIN. Tu n'y demeureras pas toujours. Mais de grâce, instruis-moi d'une chose à ton tour : ton maître et Monsieur le Chevalier s'aiment-ils beaucoup ?

ARLEQUIN. Oui.

TRIVELIN. Fi ! Se témoignent-ils de grands empressements ? Se font-ils beaucoup d'amitiés [5] ?

ARLEQUIN. Ils se disent : Comment te portes-tu ? À ton service. Et moi aussi. J'en suis bien aise... Après cela ils dînent et soupent ensemble ; et puis : Bonsoir ; je te souhaite une bonne nuit, et puis ils se couchent, et puis ils dorment, et puis le jour vient. Est-ce que tu veux qu'ils se disent des injures ?

TRIVELIN. Non, mon ami ; c'est que j'avais quelque petite raison de te demander cela, par rapport à quelque aventure qui m'est arrivée ici.

---

1. Texte de 1758. Les éditions de 1729 et 1732 ponctuent : *Tu me parais occupé, à quoi : est-ce que tu rêves.* C'est la réponse d'Arlequin qui justifie le texte adopté.   **2.** Le purisme de Duviquet amène la correction *la tête* pour *ta tête* qui passe dans les éditions modernes.   **3.** Sur le non-accord du participe, voir la Note grammaticale. L'édition de 1758 corrige *bu* en *bue*.   **4.** Le mot *le* est corrigé en *les* en 1758.   **5.** Éd. originale : *amitié.*

ARLEQUIN. Toi ?

TRIVELIN. Oui, j'ai touché le cœur d'une aimable personne, et l'amitié de nos maîtres prolongera notre séjour ici.

ARLEQUIN. Et où est-ce que cette rare personne-là habite avec son cœur ?

TRIVELIN. Ici, te dis-je. Malpeste, c'est une affaire qui m'est de conséquence.

ARLEQUIN. Quel plaisir ! Elle est jeune ?

TRIVELIN. Je lui crois dix-neuf à vingt ans.

ARLEQUIN. Ah ! le tendron ! Elle est jolie ?

TRIVELIN. Jolie ! quelle maigre épithète ! Vous lui manquez de respect ; sachez qu'elle est charmante, adorable, digne de moi.

ARLEQUIN, *touché*. Ah ! m'amour ! friandise de mon âme !

TRIVELIN. Et c'est de sa main mignonne que je tiens ces louis d'or dont tu parles, et que le don qu'elle m'en a fait me rend si précieux.

ARLEQUIN, *à ce mot, laisse aller ses bras*. Je n'en puis plus.

TRIVELIN, *à part*. Il me divertit ; je veux le pousser jusqu'à l'évanouissement. Ce n'est pas le tout, mon ami : ses discours ont charmé mon cœur ; de la manière dont elle m'a peint, j'avais honte de me trouver si aimable. M'aimerez-vous ? me disait-elle ; puis-je compter sur votre cœur ?

ARLEQUIN, *transporté*. Oui, ma reine.

TRIVELIN. À qui parles-tu ?

ARLEQUIN. À elle ; j'ai cru qu'elle m'interrogeait.

TRIVELIN, *riant*. Ah ! ah ! ah ! Pendant qu'elle me parlait, ingénieuse à me prouver sa tendresse, elle fouillait dans sa poche pour en tirer cet or qui fait mes délices. Prenez, m'a-t-elle dit en me le glissant dans la main ; et comme poliment j'ouvrais ma main avec lenteur : prenez donc, s'est-elle écriée, ce n'est là qu'un échantillon du coffre-fort que je vous destine ; alors je me suis rendu ; car un échantillon ne se refuse point.

ARLEQUIN *jette sa *batte et sa ceinture à terre, et se jetant à genoux, il dit*. Ah ! mon ami, je tombe à tes pieds pour te supplier, en toute humilité, de me montrer seulement la face royale de cette incomparable fille, qui donne un cœur et des louis d'or du Pérou avec ; peut-être me fera-t-elle aussi présent de quelque échantillon ; je ne veux que la voir, l'admirer, et puis mourir content[1].

---

1. La présence de deux hémistiches encadrant les mots *l'admirer*, jointe naturellement au ton, crée un effet de parodie légère du style tragique.

TRIVELIN. Cela ne se peut pas, mon enfant ; il ne faut pas régler tes espérances sur mes aventures ; vois-tu bien, entre le baudet et le cheval d'Espagne, il y a quelque différence.

ARLEQUIN. Hélas ! je te regarde comme le premier cheval du monde.

TRIVELIN. Tu abuses de mes comparaisons ; je te permets de m'estimer, Arlequin, mais ne me loue jamais.

ARLEQUIN. Montre-moi donc cette fille...

TRIVELIN. Cela ne se peut pas ; mais je t'aime, et tu te sentiras de ma bonne fortune : dès aujourd'hui je te fonde une bouteille de Bourgogne pour autant de jours que nous serons ici.

ARLEQUIN, *demi-pleurant.* Une bouteille par jour, cela fait trente bouteilles par mois ; pour me consoler dans ma douleur, donne-moi en argent la fondation du premier mois.

TRIVELIN. Mon fils, je suis bien aise d'assister à chaque paiement.

ARLEQUIN, *en s'en allant et pleurant.* Je ne verrai donc point ma reine ? Où êtes-vous donc, petit louis d'or de mon âme ? Hélas ! je m'en vais vous chercher partout : Hi ! hi ! hi ! hi !... *(Et puis d'un ton net.)* Veux-tu aller boire le premier mois de fondation ?

TRIVELIN. Voilà mon maître, je ne saurais ; mais va m'attendre.

Arlequin s'en va en recommençant : Hi ! hi ! hi ! hi !

Scène VI

LE CHEVALIER, TRIVELIN

TRIVELIN, *un moment seul.* Je lui ai renversé l'esprit ; ah ! ah ! ah ! ah ! le pauvre garçon ! Il n'est pas digne d'être associé à notre intrigue. *(Le Chevalier vient, et Trivelin dit.)* Ah ! vous voilà, Chevalier sans pareil. Eh bien ! notre affaire va-t-elle bien ?

LE CHEVALIER, *comme en colère.* Fort bien, *Mons Trivelin ; mais je vous cherchais pour vous dire que vous ne valez rien.

TRIVELIN. C'est bien peu de chose que rien : et vous me cherchiez tout exprès pour me dire cela ?

LE CHEVALIER. En un mot, tu es un coquin.

TRIVELIN. Vous voilà dans l'erreur de tout le monde.

LE CHEVALIER. Un fourbe, de qui je me vengerai.

TRIVELIN. Mes vertus ont cela de malheureux, qu'elles n'ont jamais été connues de personne.

Le Chevalier. Je voudrais bien savoir de quoi vous vous mêlez, d'aller dire à Monsieur Lélio que j'aime la Comtesse ?

Trivelin. Comment ! il vous a rapporté ce que je lui ai dit ?

Le Chevalier. Sans doute.

Trivelin. Vous me faites plaisir de m'en avertir ; pour payer mon avis, il avait promis de se taire ; il a parlé, la dette subsiste.

Le Chevalier. Fort bien ! c'était donc pour tirer de l'argent de lui, Monsieur le faquin ?

Trivelin. Monsieur le faquin ! retranchez ces petits agréments-là de votre discours ; ce sont des fleurs de rhétorique qui m'entêtent ; je voulais avoir de l'argent, cela est vrai.

Le Chevalier. Eh ! ne t'en avais-je pas donné ?

Trivelin. Ne l'avais-je pas pris de bonne grâce ? De quoi vous plaigniez-vous ? Votre argent est-il insociable ? Ne pouvait-il pas s'accommoder avec celui de Monsieur Lélio ?

Le Chevalier. Prends-y garde ; si tu retombes encore dans la moindre impertinence, j'ai une maîtresse qui aura soin de toi, je t'en assure.

Trivelin. Arrêtez ; ma discrétion s'affaiblit, je l'avoue ; je la sens infirme ; il sera bon de la rétablir par un baiser ou deux.

Le Chevalier. Non.

Trivelin. Convertissons donc cela en autre chose.

Le Chevalier. Je ne saurais.

Trivelin. Vous ne m'entendez point ; je ne puis me résoudre à vous dire le mot de l'énigme. *(Le Chevalier tire sa montre.)* Ah ! ah ! tu la devineras ; tu n'y es plus ; le mot n'est pas une montre ; la montre en approche pourtant, à cause du métal.

Le Chevalier. Eh ! je vous entends à merveille ; qu'à cela ne tienne.

Trivelin. J'aime pourtant mieux un baiser.

Le Chevalier. Tiens [1] ; mais observe ta conduite.

Trivelin. Ah ! friponne, tu triches ma flamme ; tu t'esquives, mais avec tant de grâce, qu'il faut me rendre.

---

1. Il donne de l'argent à Trivelin.

Scène VII

LE CHEVALIER, TRIVELIN, ARLEQUIN

Arlequin, qui vient, a écouté la fin de la scène par-derrière. Dans le temps que le Chevalier donne de l'argent à Trivelin, d'une main il prend l'argent, et de l'autre il embrasse le Chevalier[1].

ARLEQUIN. Ah ! je la tiens ! ah ! m'amour, je me meurs ! cher petit lingot d'or, je n'en puis plus. Ah ! Trivelin ! je suis heureux !

TRIVELIN. Et moi volé.

LE CHEVALIER. Je suis au désespoir ; mon secret est découvert.

ARLEQUIN. Laissez-moi vous contempler, cassette de mon âme : qu'elle est jolie ! Mignarde, mon cœur s'en va, je me trouve mal. Vite un échantillon pour me remettre ; ah ! ah ! ah ! ah !

LE CHEVALIER, *à Trivelin*. Débarrasse-moi de lui ; que veut-il dire avec son échantillon ?

TRIVELIN. Bon ! bon ! c'est de l'argent qu'il demande.

LE CHEVALIER. S'il ne tient qu'à cela pour venir à bout du dessein que je poursuis, emmène-le, et engage-le au secret, voilà de quoi le faire taire. *(À Arlequin.)* Mon cher Arlequin, ne me découvre point ; je te promets des échantillons tant que tu voudras. Trivelin va t'en donner ; suis-le, et ne dis mot ; tu n'aurais rien si tu parlais.

ARLEQUIN. Malepeste ! je serai sage. M'aimerez-vous, petit homme ?

LE CHEVALIER. Sans doute.

TRIVELIN. Allons, mon fils, tu te souviens bien de la bouteille de fondation ; allons la boire.

ARLEQUIN, *sans bouger*. Allons.

TRIVELIN. Viens donc. *(Au Chevalier.)* Allez votre chemin, et ne vous embarrassez de rien.

ARLEQUIN, *en s'en allant*. Ah ! la belle trouvaille ! la belle trouvaille !

Scène VIII

LA COMTESSE, LE CHEVALIER

LE CHEVALIER, *seul un moment*. À tout hasard, continuons ce que j'ai commencé. Je prends trop de plaisir à mon projet pour l'aban-

---

1. Lazzi très caractéristique de la manière italienne.

donner ; dût-il m'en coûter encore vingt *pistoles, je veux tâcher d'en venir à bout. Voici la Comtesse ; je la crois dans de bonnes dispositions pour moi ; achevons de la déterminer[1]. Vous me paraissez bien triste, Madame ; qu'avez-vous ?

LA COMTESSE, *à part.* Éprouvons ce qu'il pense. *(Au Chevalier.)* Je viens vous faire un compliment qui me déplaît ; mais je ne saurais m'en dispenser.

LE CHEVALIER. Ahi, notre conversation débute mal, Madame.

LA COMTESSE. Vous avez pu remarquer que je vous voyais ici avec plaisir ; et s'il ne tenait qu'à moi, j'en aurais encore beaucoup à vous y voir.

LE CHEVALIER. J'entends ; je vous épargne le reste, et je vais coucher à Paris.

LA COMTESSE. Ne vous en prenez pas à moi, je vous le demande en grâce.

LE CHEVALIER. Je n'examine rien ; vous ordonnez, j'obéis.

LA COMTESSE. Ne dites point que j'ordonne.

LE CHEVALIER. Eh ! Madame, je ne vaux pas la peine que vous vous excusiez, et vous êtes trop bonne.

LA COMTESSE. Non, vous dis-je ; et si vous voulez rester, en vérité vous êtes le maître.

LE CHEVALIER. Vous ne risquez rien à me donner carte blanche ; je sais le respect que je dois à vos véritables intentions.

LA COMTESSE. Mais, Chevalier, il ne faut pas respecter des chimères.

LE CHEVALIER. Il n'y a rien de plus poli que ce discours-là.

LA COMTESSE. Il n'y a rien de plus désagréable que votre obstination à me croire polie ; car il faudra, malgré moi, que je la sois. Je suis d'un sexe un peu fier. Je vous dis de rester, je ne saurais aller plus loin ; aidez-vous.

LE CHEVALIER, *à part.* Sa fierté se meurt, je veux l'achever. *(Haut.)* Adieu, Madame ; je craindrais de prendre le change, je suis tenté de demeurer, et je fuis le danger de mal interpréter vos *honnêtetés. Adieu ; vous renvoyez mon cœur dans un terrible état.

LA COMTESSE. Vit-on jamais un pareil esprit, avec son cœur qui n'a pas le sens commun ?

LE CHEVALIER, *se retournant.* Du moins, Madame, attendez que je sois parti, pour marquer un dégoût[2] à mon égard.

---

1. *(Haut.)*   **2.** Et non *du dégoût*, comme le portent bien des éditions modernes.

La Comtesse. Allez, Monsieur ; je ne saurais attendre ; allez à Paris chercher des femmes qui s'expliquent plus précisément que moi, qui vous prient de rester en termes formels, qui ne rougissent de rien. Pour moi, je me ménage, je sais ce que je me dois ; et vous partirez, puisque vous avez la fureur de prendre tout de travers.

Le Chevalier. Vous ferai-je plaisir de rester ?

La Comtesse. Peut-on mettre une femme entre le oui et le non ? Quelle brusque alternative ! Y a-t-il rien de plus haïssable qu'un homme qui ne saurait deviner ? Mais allez-vous-en, je suis lasse de tout faire.

Le Chevalier, *faisant semblant de s'en aller*. Je devine donc ; je me sauve.

La Comtesse. Il devine, dit-il , il devine, et s'en va ; la belle pénétration ! Je ne sais pourquoi cet homme m'a plu. Lélio n'a qu'à le suivre, je le congédie ; je ne veux plus de ces importuns-là chez moi. Ah ! que je hais les hommes à présent ! Qu'ils sont insupportables ! J'y renonce de bon cœur.

Le Chevalier, *comme revenant sur ses pas*[1]. Je ne songeais pas, Madame, que je vais dans un pays où je puis vous rendre quelques services ; n'avez-vous rien à m'y commander ?

La Comtesse. Oui-da ; oubliez que je souhaitais que vous restassiez ici ; voilà tout.

Le Chevalier. Voilà une commission qui m'en donne une autre, c'est celle de rester, et je m'en tiens à la dernière.

La Comtesse. Comment ! vous comprenez cela ? Quel prodige ! En vérité, il n'y a pas moyen de s'étourdir sur les bontés qu'on a pour vous ; il faut se résoudre à les sentir, ou nous[2] laisser là.

Le Chevalier. Je vous aime, et ne présume rien en ma faveur.

La Comtesse. Je n'entends pas que vous présumiez rien non plus.

Le Chevalier. Il est donc inutile de me retenir, Madame.

La Comtesse. Inutile ! Comme il prend tout ! mais il faut bien observer ce qu'on vous dit.

Le Chevalier. Mais aussi, que ne vous expliquez-vous franchement ? Je pars, vous me retenez ; je crois que c'est pour quelque chose qui en vaudra la peine, point du tout ; c'est pour me dire : Je n'entends pas que vous présumiez rien non plus. N'est-ce pas là

---

1. On sait l'importance que prendra ce jeu de scène dans *Le Jeu de l'amour et du hasard* (ci-après, p. 933). **2.** Ce *nous* se comprend s'il signifie « moi ». De nombreuses éditions corrigent en *vous*.

quelque chose de bien tentant ? Et moi, Madame, je n'entends point vivre comme cela ; je ne saurais, je vous aime trop.

LA COMTESSE. Vous avez là un amour bien *mutin, il est bien pressé.

LE CHEVALIER. Ce n'est pas ma faute, il est comme vous me l'avez donné [1].

LA COMTESSE. Voyons donc ; que voulez-vous ?

LE CHEVALIER. Vous plaire.

LA COMTESSE. Hé bien, il faut espérer que cela viendra.

LE CHEVALIER. Moi ! me jeter dans l'espérance ! Oh ! que non ; je ne donne point dans un pays perdu, je ne saurais où je marche.

LA COMTESSE. Marchez, marchez ; on ne vous égarera pas.

LE CHEVALIER. Donnez-moi votre cœur pour compagnon de voyage, et je m'embarque [2].

LA COMTESSE. Hum ! nous n'irons peut-être pas loin ensemble.

LE CHEVALIER. Hé par où devinez-vous cela ?

LA COMTESSE. C'est que je vous crois volage.

LE CHEVALIER. Vous m'avez fait peur ; j'ai cru votre soupçon plus grave [3] ; mais pour volage, s'il n'y a que cela qui vous retienne, partons ; quand vous me connaîtrez mieux, vous ne me reprocherez pas ce défaut-là.

LA COMTESSE. Parlons raisonnablement : vous pourrez me plaire, je n'en disconviens pas ; mais est-il naturel que vous plaisiez tout d'un coup ?

LE CHEVALIER. Non ; mais si vous vous réglez avec moi sur ce qui est naturel, je ne tiens rien ; je ne saurais obtenir votre cœur que *gratis*. Si j'attends que je l'aie gagné, nous n'aurons jamais fait ; je connais ce que vous valez et ce que je vaux.

LA COMTESSE. Fiez-vous à moi ; je suis généreuse, je vous ferai peut-être grâce.

LE CHEVALIER. Rayez le *peut-être* ; ce que vous dites en sera plus doux.

LA COMTESSE. Laissons-le ; il ne peut être là que par bienséance.

LE CHEVALIER. Le voilà un peu mieux placé, par exemple.

---

1. Ici encore, l'idée sera reprise, dans un ton burlesque, à l'acte II, scène III, du *Jeu de l'amour et du hasard* : « Un amour de votre façon... » **2.** Quoique l'emploi figuré du verbe *s'embarquer* soit usuel dès le XVIIᵉ siècle, on peut remarquer que *Les Trois Cousines*, de Dancourt (1715), et *L'Embarquement pour l'île de Cythère*, de Watteau, ont dû contribuer à rendre à la métaphore une vie nouvelle, qui apparaît bien ici. **3.** Début d'une série d'équivoques, qui se poursuivra dans la réplique suivante, et reprendra plus loin (voir surtout : *Je ne finirai jamais*).

La Comtesse. C'est que j'ai voulu vous raccommoder avec lui.

Le Chevalier. Venons au fait ; m'aimerez-vous ?

La Comtesse. Mais, au bout du compte, m'aimez-vous, vous-même ?

Le Chevalier. Oui, Madame ; j'ai fait ce grand effort-là.

La Comtesse. Il y a si peu de temps que vous me connaissez, que je ne laisse pas que d'en être surprise.

Le Chevalier. Vous, surprise ! Il fait jour, le soleil nous luit ; cela ne vous surprend-il pas aussi ? Car je ne sais que répondre à de pareils discours, moi. Eh ! Madame, faut-il vous voir plus d'un moment pour apprendre à vous adorer ?

La Comtesse. Je vous crois, ne vous fâchez point ; ne me chicanez pas davantage.

Le Chevalier. Oui, Comtesse, je vous aime ; et de tous les hommes qui peuvent aimer, il n'y en a pas un dont l'amour soit si pur, si raisonnable, je vous en fais serment sur cette belle main, qui veut bien se livrer à mes caresses ; regardez-moi, Madame ; tournez vos beaux yeux sur moi, ne me volez point le doux embarras que j'y fais naître. Ha quels regards ! Qu'ils sont charmants ! Qui est-ce qui aurait jamais dit qu'ils tomberaient sur moi ?

La Comtesse. En voilà assez ; rendez-moi ma main ; elle n'a que faire là ; vous parlerez bien sans elle.

Le Chevalier. Vous me l'avez laissé prendre, laissez-moi la garder.

La Comtesse. Courage ; j'attends que vous ayez fini.

Le Chevalier. Je ne finirai jamais.

La Comtesse. Vous me faites oublier ce que j'avais à vous dire ; je suis venue tout exprès, et vous m'amusez toujours. Revenons ; vous m'aimez, voilà qui va fort bien, mais comment ferons-nous ? Lélio est jaloux de vous.

Le Chevalier. Moi, je le suis de lui ; nous voilà quittes.

La Comtesse. Il a peur que vous ne m'aimiez.

Le Chevalier. C'est un nigaud d'en avoir peur ; il devrait en être sûr.

La Comtesse. Il craint que je ne vous aime.

Le Chevalier. Hé pourquoi ne m'aimeriez-vous pas ? Je le trouve plaisant[1]. Il fallait lui dire que vous m'aimiez, pour le guérir de sa crainte.

---

1. C'est une phrase comme celle-ci qui fait dire au rédacteur des *Lettres sérieuses et badines* (ci-dessus, p. 467) que le chevalier est un petit-maître. On trouvera des expressions analogues dans *Le Petit-Maître corrigé* (voir acte I, sc. vi, p. 1307).

LA COMTESSE. Mais, Chevalier, il faut le penser pour le dire.

LE CHEVALIER. Comment ! ne m'avez-vous pas dit tout à l'heure que vous me ferez grâce ?

LA COMTESSE. Je vous ai dit : Peut-être.

LE CHEVALIER. Ne savais-je pas bien que le maudit *peut-être* me jouerait un mauvais tour ? Hé que faites-vous donc de mieux, si vous ne m'aimez pas ? Est-ce encore Lélio qui triomphe ?

LA COMTESSE. Lélio commence bien à me déplaire.

LE CHEVALIER. Qu'il achève donc, et nous laisse en repos.

LA COMTESSE. C'est le caractère le plus singulier.

LE CHEVALIER. L'homme le plus ennuyant.

LA COMTESSE. Et brusque avec cela, toujours inquiet. Je ne sais quel parti prendre avec lui.

LE CHEVALIER. Le parti de la raison.

LA COMTESSE. La raison ne plaide plus pour lui, non plus que mon cœur.

LE CHEVALIER. Il faut qu'il perde son procès.

LA COMTESSE. Me le conseillez-vous ? Je crois qu'effectivement il en faut venir là.

LE CHEVALIER. Oui ; mais de votre cœur, qu'en ferez-vous après ?

LA COMTESSE. De quoi vous mêlez-vous ?

LE CHEVALIER. Parbleu ! de mes affaires.

LA COMTESSE. Vous le saurez[1] trop tôt.

LE CHEVALIER. Morbleu !

LA COMTESSE. Qu'avez-vous ?

LE CHEVALIER. C'est que vous avez des longueurs qui me désespèrent.

LA COMTESSE. Mais vous êtes bien impatient, Chevalier ! Personne n'est comme vous.

LE CHEVALIER. Ma foi ! Madame, on est ce que l'on peut quand on vous aime.

LA COMTESSE. Attendez ; je veux vous connaître mieux.

LE CHEVALIER. Je suis vif, et je vous adore, me voilà tout entier ; mais trouvons un expédient qui vous mette à votre aise : si je vous déplais, dites-moi de partir, et je pars, il n'en sera plus parlé ; si[2] je puis espérer quelque chose, ne me dites rien, je vous dispense de

---

1. Texte de 1732, 1758 et des éditions suivantes. Celle de 1729 porte : *Vous le sauriez.*   **2.** Ce *si* est omis dans l'édition originale.

me répondre ; votre silence fera ma joie, et il ne vous en coûtera pas une syllabe. Vous ne sauriez prononcer à moins de frais.

LA COMTESSE. Ah !

LE CHEVALIER. Je suis content.

LA COMTESSE. J'étais pourtant venue pour vous dire de nous quitter ; Lélio m'en avait prié.

LE CHEVALIER. Laissons là Lélio ; sa cause ne vaut rien.

Scène IX

LE CHEVALIER, LA COMTESSE, LÉLIO

Lélio arrive en faisant au Chevalier des signes de joie.

LÉLIO. Tout beau, Monsieur le Chevalier, tout beau ; laissons là Lélio, dites-vous ! Vous le méprisez bien ! Ah ! grâces au ciel et à la bonté de Madame, il n'en sera rien, s'il vous plaît. Lélio, qui vaut mieux que vous, restera, et vous vous en irez. Comment, morbleu ! que dites-vous de lui, Madame ? Ne suis-je pas entre les mains d'un ami bien scrupuleux ? Son procédé n'est-il pas édifiant ?

LE CHEVALIER. Eh ! Que trouvez-vous de si étrange à mon procédé, Monsieur ? Quand je suis devenu votre ami, ai-je fait vœu de rompre avec la beauté, les grâces et tout ce qu'il y a de plus aimable dans le monde ? Non, parbleu ! Votre amitié est belle et bonne, mais je m'en passerai mieux que d'amour pour Madame. Vous trouvez un rival ; hé bien ! prenez patience. En êtes-vous étonné, si Madame n'a pas la complaisance de s'enfermer pour vous ; vos étonnements ont tout l'air d'être fréquents, et il faudra bien que vous vous y accoutumiez.

LÉLIO. Je n'ai rien à vous répondre ; Madame aura soin de me venger de vos louables entreprises. *(À la Comtesse.)* Voulez-vous bien que je vous donne la main, Madame ? car je ne vous crois pas extrêmement amusée des discours de Monsieur.

LA COMTESSE, *sérieuse et se retirant.* Où voulez-vous que j'aille ? Nous pouvons nous promener ensemble ; je ne me plains pas du Chevalier : s'il m'aime, je ne saurais me fâcher de la manière dont il le dit, et je n'aurais tout au plus à lui reprocher que la médiocrité de son goût.

LE CHEVALIER. Ah ! j'aurai plus de partisans de mon goût que vous n'en aurez de vos reproches, Madame.

LÉLIO, *en colère.* Cela va le mieux du monde, et je joue ici un fort aimable personnage ! Je ne sais quelles sont vos vues, Madame ; mais...

LA COMTESSE. Ah ! je n'aime pas les emportés ; je vous reverrai quand vous serez plus calme.

Elle sort.

Scène X

LE CHEVALIER, LÉLIO

LÉLIO *regarde aller la Comtesse. Quand elle ne paraît plus, il se met à éclater de rire.* Ah ! ah ! ah ! ah ! voilà une femme bien dupe ! Qu'en dis-tu ? ai-je bonne grâce à faire le jaloux ? *(La Comtesse reparaît seulement*[1] *pour voir ce qui se passe. Lélio dit bas.)* Elle revient pour nous observer. *(Haut.)* Nous verrons ce qu'il en sera, Chevalier ; nous verrons.

LE CHEVALIER, *bas.* Ah ! l'excellent fourbe ! *(Haut.)* Adieu, Lélio ! Vous le prendrez sur le ton qu'il vous plaira ; je vous en donne ma parole. Adieu[2].

Ils s'en vont chacun de leur côté.

ACTE III

Scène première

LÉLIO, ARLEQUIN

ARLEQUIN *entre pleurant.* Hi ! hi ! hi ! hi !

LÉLIO. Dis-moi donc pourquoi tu pleures ; je veux le savoir absolument.

ARLEQUIN, *plus fort.* Hi ! hi ! hi ! hi !

---

1. Le mot *seulement* est omis dans les éditions modernes.   **2.** D'après le *Mercure*, lors de la reprise de 1741, le second acte était suivi d'une « entrée avec pantomime » jouée par la demoiselle Roland et le sieur Poirier (septembre 1741, p. 2074). Les danses étaient une des principales attractions de la troupe italienne en déclin. Lesage y fait déjà allusion dans *Les Désespérés* (1732).

LÉLIO. Mais quel est le sujet de ton affliction ?

ARLEQUIN. Ah ! Monsieur, voilà qui est fini ; je ne serai plus *gaillard.

LÉLIO. Pourquoi ?

ARLEQUIN. Faute d'avoir envie de rire.

LÉLIO. Et d'où vient que tu n'as plus envie de rire, imbécile ?

ARLEQUIN. À cause de ma tristesse.

LÉLIO. Je te demande ce qui te rend triste.

ARLEQUIN. C'est un grand chagrin, Monsieur.

LÉLIO. Il ne rira plus parce qu'il est triste, et il est triste à cause d'un grand chagrin. Te plaira-t-il de t'expliquer mieux ? Sais-tu bien que je me fâcherai à la fin ?

ARLEQUIN. Hélas ! je vous dis la vérité.

Il soupire.

LÉLIO. Tu me la dis si sottement, que je n'y comprends rien ; t'a-t-on fait du mal ?

ARLEQUIN. Beaucoup de mal.

LÉLIO. Est-ce qu'on t'a battu ?

ARLEQUIN. Pû ![1] bien pis que tout cela, ma foi.

LÉLIO. Bien pis que tout cela ?

ARLEQUIN. Oui ; quand un pauvre homme perd de l'or, il faut qu'il meure ; et je mourrai aussi, je n'y manquerai pas.

LÉLIO. Que veut dire : de l'or ?

ARLEQUIN. De l'or du Pérou ; voilà comme on dit qu'il s'appelle.

LÉLIO. Est-ce que tu en avais ?

ARLEQUIN. Eh ! vraiment oui ; voilà mon affaire. Je n'en ai plus, je pleure ; quand j'en avais, j'étais bien aise.

LÉLIO. Qui est-ce qui te l'avait donné, cet or ?

ARLEQUIN. C'est Monsieur le Chevalier qui m'avait fait présent de cet échantillon-là.

LÉLIO. De quel échantillon ?

ARLEQUIN. Eh ! je vous le dis.

LÉLIO. Quelle patience il faut avoir avec ce nigaud-là ! Sachons pourtant ce que c'est. Arlequin, fais trêve à tes larmes. Si tu te plains de quelqu'un, j'y mettrai ordre ; mais éclaircis-moi la chose. Tu me parles d'un or du Pérou, après cela d'un échantillon : je ne t'en-

---

1. *Pû !* est corrigé en *Bah !* par Duviquet et les autres éditeurs modernes.

tends[1] point ; réponds-moi précisément ; le Chevalier t'a-t-il donné de l'or ?

ARLEQUIN. Pas à moi ; mais il l'avait donné devant moi à Trivelin pour me le rendre en main propre ; mais cette main propre n'en a point tâté ; le fripon a tout gardé dans la sienne, qui n'était pas plus propre que la mienne.

LÉLIO. Cet or était-il en quantité ? Combien de *louis y avait-il ?

ARLEQUIN. Peut-être quarante ou cinquante ; je ne les ai pas comptés.

LÉLIO. Quarante ou cinquante ! Et pourquoi le Chevalier te faisait-il ce présent-là ?

ARLEQUIN. Parce que jc lui avais demandé un échantillon.

LÉLIO. Encore ton échantillon !

ARLEQUIN. Eh ! vraiment oui ; Monsieur le Chevalier en avait aussi donné à Trivelin.

LÉLIO. Je ne saurais débrouiller ce qu'il veut dire ; il y a cependant quelque chose là-dedans qui peut me regarder. Réponds-moi : avais-tu rendu au Chevalier quelque service qui l'engageât à te récompenser ?

ARLEQUIN. Non ; mais j'étais jaloux de ce qu'il aimait Trivelin, de ce qu'il avait charmé son cœur et mis de l'or dans sa bourse ; et moi, je voulais aussi avoir le cœur charmé et la bourse pleine.

LÉLIO. Quel étrange galimatias me fais-tu là ?

ARLEQUIN. Il n'y a pourtant rien de plus vrai que tout cela.

LÉLIO. Quel rapport y a-t-il entre le cœur de Trivelin et le Chevalier ? Le Chevalier a-t-il de si grands charmes ? Tu parles de lui comme d'une femme.

ARLEQUIN. Tant y a qu'il est ravissant, et qu'il fera aussi *rafle de votre cœur, quand vous le connaîtrez. Allez, pour voir, lui dire : Je vous connais et je garderai le secret. Vous verrez si ce n'est pas un échantillon qui vous viendra sur-le-champ, et vous me direz si je suis fou.

LÉLIO. Je n'y comprends rien. Mais qui est-il, le[2] Chevalier ?

ARLEQUIN. Voilà justement le secret qui fait avoir un présent, quand on le garde.

---

1. L'édition de 1732 écrivant par erreur *je t'entends* pour *je ne t'entends*, ce texte devient *je n'entends* dans l'édition de 1758 et toutes les éditions ultérieures. Ici, l'examen de la tradition imprimée montre clairement que le seul bon texte est celui de l'édition originale.   2. Et non *ce Chevalier*, texte de Duviquet et autres.

LÉLIO. Je prétends que tu me le dises, moi.

ARLEQUIN. Vous me ruineriez [1], Monsieur, il ne me donnerait plus rien, ce charmant petit semblant d'homme, et je l'aime trop pour le fâcher.

LÉLIO. Ce petit semblant d'homme ! Que veut-il dire ? et que signifie son transport ? En quoi le trouves-tu donc plus charmant qu'un autre ?

ARLEQUIN. Ah ! Monsieur, on ne voit point d'hommes comme lui ; il n'y en a point dans le monde ; c'est folie que d'en chercher ; mais sa mascarade empêche de voir cela.

LÉLIO. Sa mascarade ! Ce qu'il me dit là me fait naître une pensée que toutes mes réflexions fortifient ; le Chevalier a de certains traits, un certain minois. Mais voici Trivelin ; je veux le forcer à me dire la vérité, s'il la sait ; j'en tirerai meilleure raison que de ce butor-là. *(À Arlequin.)* Va-t'en ; je tâcherai de te faire ravoir ton argent.

Arlequin part en lui baisant la main et se plaignant.

Scène II

LÉLIO, TRIVELIN

TRIVELIN *entre en rêvant, et, voyant Lélio, il dit*. Voici ma mauvaise *payé ; la physionomie de cet homme-là m'est devenue fâcheuse ; promenons-nous d'un autre côté.

LÉLIO *l'appelle*. Trivelin, je voudrais bien te parler.

TRIVELIN. À moi, Monsieur ? Ne pourriez-vous pas remettre cela ? J'ai actuellement un mal de tête qui ne me permet de conversation avec personne.

LÉLIO. Bon, bon ! c'est bien à toi à prendre garde à un petit mal de tête, approche.

TRIVELIN. Je n'ai, ma foi, rien de nouveau à vous apprendre, au moins.

LÉLIO *va à lui, et le prenant par le bras*. Viens donc.

TRIVELIN. Eh bien, de quoi s'agit-il ? Vous reprocheriez-vous la récompense que vous m'avez donnée tantôt ? Je n'ai jamais vu de bienfait dans ce goût-là ; voulez-vous rayer ce petit trait-là de votre vie ? tenez, ce n'est qu'une vétille, mais les vétilles gâtent tout.

LÉLIO. Écoute, ton verbiage me déplaît.

---

1. Texte de 1732 et 1758. L'édition de 1729 porte : *ruinerez*.

TRIVELIN. Je vous disais bien que je n'étais pas en état de paraître en compagnie.

LÉLIO. Et je veux que tu répondes positivement à ce que je te demanderai ; je réglerai mon procédé sur le tien.

TRIVELIN. Le vôtre sera donc court ; car le mien sera bref. Je n'ai vaillant qu'une réplique, qui est que je ne sais rien ; vous voyez bien que je ne vous ruinerai pas en interrogations.

LÉLIO. Si tu me dis la vérité, tu n'en seras pas fâché.

TRIVELIN. Sauriez-vous encore quelques coups de bâton à m'épargner ?

LÉLIO, *fièrement*. Finissons.

TRIVELIN, *s'en allant*. J'obéis.

LÉLIO. Où vas-tu ?

TRIVELIN. Pour finir une conversation, il n'y a rien de mieux que de la laisser là ; c'est le plus court, ce me semble.

LÉLIO. Tu m'impatientes, et je commence à me fâcher ; tiens-toi là ; écoute, et me réponds.

TRIVELIN, *à part*. À qui en a ce diable d'homme-là ?

LÉLIO. Je crois que tu jures entre tes dents ?

TRIVELIN. Cela m'arrive quelquefois par distraction.

LÉLIO. Crois-moi, traitons avec douceur ensemble, Trivelin, je t'en prie.

TRIVELIN. Oui-da, comme il convient à d'honnêtes gens.

LÉLIO. Y a-t-il longtemps que tu connais le Chevalier ?

TRIVELIN. Non, c'est une nouvelle connaissance ; la vôtre et la mienne sont de la même date.

LÉLIO. Sais-tu qui il est ?

TRIVELIN. Il se dit cadet d'un aîné gentilhomme ; mais les titres de cet aîné, je ne les ai point vus ; si je les vois jamais, je vous en promets copie.

LÉLIO. Parle-moi à cœur ouvert.

TRIVELIN. Je vous la promets, vous dis-je, je vous en donne ma parole ; il n'y a point de *sûreté de cette force-là nulle part.

LÉLIO. Tu me caches la vérité ; le nom de Chevalier qu'il porte n'est qu'un faux nom.

TRIVELIN. Serait-il l'aîné de sa famille ? Je l'ai cru réduit à une *légitime ; voyez ce que c'est !

LÉLIO. Tu bats la campagne ; ce Chevalier mal nommé, avoue-moi que tu l'aimes.

TRIVELIN. Eh ! je l'aime par la règle générale qu'il faut aimer tout le monde ; voilà ce qui le tire d'affaire auprès de moi.

LÉLIO. Tu t'y ranges avec plaisir, à cette règle-là.

TRIVELIN. Ma foi, Monsieur, vous vous trompez, rien ne me coûte tant que mes devoirs ; plein de courage pour les vertus inutiles, je suis d'une tiédeur pour les nécessaires[1] qui passe l'imagination ; qu'est-ce que c'est que nous ! N'êtes-vous pas comme moi, Monsieur ?

LÉLIO, *avec dépit*. Fourbe ! tu as de l'amour pour ce faux Chevalier.

TRIVELIN. Doucement, Monsieur ; diantre ! ceci est sérieux.

LÉLIO. Tu sais quel est son sexe.

TRIVELIN. Expliquons-nous. De sexe, je n'en connais que deux : l'un qui se dit raisonnable, l'autre qui nous prouve que cela n'est pas vrai ; duquel des deux le Chevalier est-il ?

LÉLIO, *le prenant par le *bouton*. Puisque tu m'y forces, ne perds rien de ce que je vais te dire. Je te ferai périr sous le bâton si tu me joues davantage ; m'entends-tu ?

TRIVELIN. Vous êtes clair.

LÉLIO. Ne m'irrite point ; j'ai dans cette affaire-ci un intérêt de la dernière conséquence ; il y va de ma fortune ; et tu parleras, ou je te tue.

TRIVELIN. Vous me tuerez si je ne parle ? Hélas ! Monsieur, si les *babillards ne mouraient point, je serais éternel, ou personne ne le serait.

LÉLIO. Parle donc.

TRIVELIN. Donnez-moi un sujet ; quelque petit qu'il soit, je m'en contente, et j'entre en matière.

LÉLIO, *tirant son épée*. Ah ! tu ne veux pas ! Voici qui te rendra plus docile.

TRIVELIN, *faisant l'effrayé*. Fi donc ! Savez-vous bien que vous me feriez peur, sans votre physionomie d'honnête homme ?

LÉLIO, *le regardant*. Coquin que tu es !

TRIVELIN. C'est mon habit qui est un coquin[2] ; pour moi, je suis un brave homme, mais avec cet *équipage-là, on a de la probité en pure perte ; cela ne fait ni honneur ni profit.

---

1. Les éditions modernes intervertissent à tort les termes et donnent : *je suis pour les nécessaires d'une tiédeur*.   **2.** La distinction établie par Trivelin fait déjà songer à celle que Figaro fera entre lui-même et sa réputation.

LÉLIO, *remettant son épée*. Va, je tâcherai de me passer de l'aveu que je te demandais ; mais je te retrouverai, et tu me répondras de ce qui m'arrivera de fâcheux.

TRIVELIN. En quelque endroit que nous nous rencontrions, Monsieur, je sais ôter mon chapeau de bonne grâce, je vous en garantis la preuve, et vous serez content de moi.

LÉLIO, *en colère*. Retire-toi.

TRIVELIN, *s'en allant*. Il y a une heure que je vous l'ai proposé.

Scène III

LE CHEVALIER, LÉLIO, *rêveur*

LE CHEVALIER. Eh bien ! mon ami, la Comtesse écrit actuellement des lettres pour Paris ; elle descendra bientôt, et veut se promener avec moi, m'a-t-elle dit. Sur cela, je viens t'avertir de ne nous pas interrompre quand nous serons ensemble, et d'aller bouder d'un autre côté, comme il appartient à un jaloux. Dans cette conversation-ci, je vais mettre la dernière main à notre grand œuvre, et achever de la résoudre. Mais je voudrais que toutes tes espérances fussent remplies, et j'ai songé à une chose : le dédit que tu as d'elle est-il bon ? Il y a des dédits mal conçus et qui ne servent de rien ; montre-moi le tien, je m'y connais [1], en cas qu'il y manquât quelque chose, on pourrait prendre des mesures.

LÉLIO, *à part*. Tâchons de le démasquer si mes soupçons sont justes.

LE CHEVALIER. Réponds-moi donc ; à qui en as-tu ?

LÉLIO. Je n'ai point le dédit sur moi ; mais parlons d'autre chose.

LE CHEVALIER. Qu'y a-t-il de nouveau ? Songes-tu encore à me faire épouser quelque autre femme avec la Comtesse ?

LÉLIO. Non ; je pense à quelque chose de plus sérieux ; je veux me couper la gorge.

LE CHEVALIER. Diantre ! quand tu te mêles du sérieux, tu le traites à fond ; et que t'a fait ta gorge pour la couper [2] ?

---

1. Les éditions modernes omettent les mots : *montre-moi le tien, je m'y connais*. **2.** Dans *La Fausse Coquette*, de Barante, comme Mezzetin disait : « Qu'on lui coupe la gorge ! » Arlequin protestait : « Je n'ai point de gorge à couper. » (*Théâtre Italien* de Gherardi, éd. Witte, 1717, p. 294.) La

LÉLIO. Point de plaisanterie.

LE CHEVALIER, *à part*. Arlequin aurait-il parlé ! *(À Lélio.)* Si ta résolution tient, tu me feras ton légataire, peut-être ?

LÉLIO. Vous serez de la partie dont je parle.

LE CHEVALIER. Moi ! je n'ai rien à reprocher à ma gorge, et sans vanité je suis content d'elle.

LÉLIO. Et moi, je ne suis point content de vous, et c'est avec vous que je veux m'égorger.

LE CHEVALIER. Avec moi ?

LÉLIO. Vous-même.

LE CHEVALIER, *riant et le poussant de la main*. Ah ! ah ! ah ! ah ! Va te mettre au lit et te faire saigner, tu es malade.

LÉLIO. Suivez-moi.

LE CHEVALIER, *lui tâtant le pouls*. Voilà un pouls qui dénote un transport au cerveau ; il faut que tu aies reçu un coup de soleil.

LÉLIO. Point tant de raisons ; suivez-moi, vous dis-je.

LE CHEVALIER. Encore un coup, va te coucher, mon ami.

LÉLIO. Je vous regarde comme un lâche si vous ne marchez.

LE CHEVALIER, *avec pitié*. Pauvre homme ! après ce que tu me dis là, tu es du moins heureux de n'avoir plus le bon sens [1].

LÉLIO. Oui, vous êtes aussi poltron qu'une femme.

LE CHEVALIER, *à part*. Tenons ferme. *(À Lélio.)* Lélio, je vous crois malade ; tant pis pour vous si vous ne l'êtes pas.

LÉLIO, *avec dédain*. Je vous dis que vous manquez de cœur, et qu'une quenouille siérait mieux à votre côté qu'une épée.

LE CHEVALIER. Avec une quenouille, mes pareils vous battraient encore.

LÉLIO. Oui, dans une ruelle.

LE CHEVALIER. Partout. Mais ma tête s'échauffe ; vérifions un peu votre état. Regardez-moi entre deux yeux ; je crains encore que ce ne soit un accès de fièvre, voyons. *(Lélio le regarde.)* Oui, vous avez quelque chose de fou dans le regard, et j'ai pu m'y tromper [2]. Allons,

---

réplique était traditionnelle lorsqu'on déclinait un duel. Ici, elle est rendue plus piquante par l'équivoque. Voir plus loin : « Moi ! je n'ai rien à reprocher à ma gorge, et sans vanité je suis content d'elle », formule peu vraisemblable de la part du chevalier, s'il était vraiment un homme, mais des plus comiques.

1. Et non *plus de bon sens*, texte des éditions modernes.   **2.** Texte de l'édition originale. Les éditions suivantes corrigent : *et je n'ai pu m'y tromper*. Ce texte est moins bon. Le chevalier a cru un moment à la folie de Lélio, à cause de ce « quelque chose de fou » qu'il avait dans le regard. Après lui

allons ; mais que je sache du moins en vertu de quoi je vais vous rendre sage.

LÉLIO. Nous passons dans ce petit bois, je vous le dirai là.

LE CHEVALIER. Hâtons-nous donc. *(À part.)* S'il me voit résolue, il sera peut-être poltron.

Ils marchent tous deux, quand ils sont tout près de sortir du théâtre.

LÉLIO *se retourne, regarde le Chevalier, et dit.* Vous me suivez donc ?

LE CHEVALIER. Qu'appelez-vous, je vous suis ? qu'est-ce que cette réflexion-là ? Est-ce qu'il vous plairait à présent de prendre le transport au cerveau pour excuse ? Oh ! il n'est plus temps ; raisonnable ou fou, malade ou sain, marchez ; je veux filer ma quenouille. Je vous arracherais, morbleu, d'entre les mains des médecins, voyez-vous ! Poursuivons.

LÉLIO *le regarde avec attention.* C'est donc tout de bon ?

LE CHEVALIER. Ne nous amusons point, vous dis-je, vous devriez être expédié.

LÉLIO, *revenant au théâtre.* Doucement, mon ami ; expliquons-nous à présent.

LE CHEVALIER, *lui serrant la main.* Je vous regarde comme un lâche [1] si vous hésitez davantage.

LÉLIO, *à part.* Je me suis, ma foi, trompé ; c'est un cavalier, et des plus résolus.

LE CHEVALIER, *mutin.* Vous êtes plus poltron qu'une femme.

LÉLIO. Parbleu ! Chevalier, je t'en ai cru une ; voilà la vérité. De quoi t'avises-tu aussi d'avoir un visage à *toilette ? Il n'y a point de femme à qui ce visage-là n'allât comme un charme ; tu es masqué en coquette.

LE CHEVALIER. *Masque vous-même ; vite au bois !

LÉLIO. Non ; je ne voulais faire qu'une épreuve. Tu as chargé Trivelin de donner de l'argent à Arlequin, je ne sais pourquoi.

LE CHEVALIER, *sérieusement.* Parce qu'étant seul [2], il m'avait entendu dire quelque chose de notre projet, qu'il pouvait rapporter à la Comtesse ; voilà pourquoi, Monsieur.

---

avoir tâté le pouls, il est détrompé. S'il croyait encore que la conduite de Lélio procédât d'un accès de fièvre, il n'aurait pas de raison de se battre avec lui.

1. L'édition originale porte : *comme un ladre* que l'on pourrait conserver avec le sens figuré d'*insensible*.   2. Comprendre : comme j'étais seul.

LÉLIO. Je ne devinais pas. Arlequin m'a tenu aussi des discours qui signifiaient que tu étais fille ; ta beauté me l'a fait d'abord soupçonner ; mais je me rends. Tu es beau, et encore plus brave ; embrassons-nous et reprenons notre intrigue.

LE CHEVALIER. Quand un homme comme moi est en train, il a de la peine à s'arrêter.

LÉLIO. Tu as encore cela de commun avec la femme.

LE CHEVALIER. Quoi qu'il en soit, je ne suis *curieux de tuer personne ; je vous passe votre méprise ; mais elle vaut bien une excuse.

LÉLIO. Je suis ton serviteur, Chevalier, et je te prie d'oublier mon incartade.

LE CHEVALIER. Je l'oublie, et suis ravi que notre réconciliation m'épargne une affaire épineuse, et sans doute un homicide. Notre duel était *positif ; et si j'en fais jamais un, il n'aura rien [1] à démêler avec les ordonnances.

LÉLIO. Ce ne sera pas avec moi, je t'en assure.

LE CHEVALIER. Non, je te le promets [2].

LÉLIO, *lui donnant la main*. Touche là ; je t'en garantis autant.

Arlequin arrive et se trouve là.

Scène IV

LE CHEVALIER, LÉLIO, ARLEQUIN

ARLEQUIN. Je vous demande pardon si je vous suis importun, Monsieur le Chevalier ; mais ce larron de Trivelin ne veut pas me rendre l'argent que vous lui avez donné pour moi. J'ai pourtant été bien discret. Vous m'avez ordonné de ne pas dire que vous étiez fille ; demandez à Monsieur Lélio si je lui en ai dit un mot ; il n'en sait rien, et je ne lui apprendrai jamais.

LE CHEVALIER, *étonné*. Peste soit du faquin ! je n'y saurais plus tenir [3].

---

1. Plusieurs éditions modernes portent : *il n'aura jamais rien*. Il s'agit d'une faute typographique qui consiste dans la répétition abusive d'un mot (*jamais* figure déjà dans cette phrase). — Les ordonnances en question sont celles que Louis XIII avait édictées contre le duel, et dont Louis XIV avait renforcé la sévérité.   **2.** Nouvelle équivoque, que Lélio ne peut comprendre.   **3.** Marivaux recourra à une péripétie analogue dans *Le Triomphe de l'amour* ; voir ci-après, p. 1008. On notera que la bévue d'Arlequin est d'un type très caractéristique. Marivaux en prête du même genre à son Brideron

ARLEQUIN, *tristement*. Comment, faquin ! C'est donc comme cela que vous m'aimez ? *(À Lélio.)* Tenez, Monsieur, écoutez mes raisons ; je suis venu tantôt, que[1] Trivelin lui disait : Que tu es charmante, ma poule ! Baise-moi. Non. Donne-moi donc de l'argent. Ensuite il a avancé la main pour prendre cet argent ; mais la mienne était là, et il[2] est tombé dedans. Quand le Chevalier a vu que j'étais là : Mon fils, m'a-t-il dit, n'apprends pas au monde que je suis une fillette. Non, mamour ; mais donnez-moi votre cœur. Prends, a-t-elle repris[3]. Ensuite elle a dit à Trivelin de me donner de l'or. Nous avons été boire ensemble, le cabaret en est témoin et je reviens exprès pour avoir l'or et le cœur ; et voilà qu'on m'appelle un faquin ! *(Le Chevalier rêve.)*

LÉLIO. Va-t'en, laisse-nous, et ne dis mot à personne.

ARLEQUIN *sort*[4]. Ayez donc soin de mon bien. Hé, hé, hé.

Scène V

LE CHEVALIER, LÉLIO

LÉLIO. Eh bien, Monsieur le duelliste, qui se battra sans blesser les ordonnances, je vous crois, mais qu'avez-vous à répondre ?

LE CHEVALIER. Rien ; il ne ment pas d'un mot.

LÉLIO. Vous voilà bien déconcertée, ma mie.

LE CHEVALIER. Moi déconcertée ! pas un petit brin ; grâces au Ciel ! je suis une femme, et je soutiendrai mon caractère.

LÉLIO. Ah, ha ! il s'agit de savoir à qui vous en voulez ici.

LE CHEVALIER. Avouez que j'ai du guignon. J'avais bien conduit tout cela ; rendez-moi justice ; je vous ai fait peur avec mon minois de coquette ; c'est le plus plaisant.

---

dans *Le Télémaque travesti*, ainsi qu'il a déjà été signalé à propos du *Prince travesti* (voir p. 425, note 1). On sait, du reste, la place que tiendra cette espèce d'indiscrétion dans *La Commère*.

1. Cette fin de scène est caractéristique des libertés prises par Duviquet avec le texte de Marivaux, et adoptées sans contrôle par les éditeurs modernes, MM. Bastide et Fournier, Marcel Arland et Bernard Dort. Le texte original, garanti par l'accord de toutes les éditions contemporaines de Marivaux, est ici modifié comme suit : *je suis venu tantôt, que Trivelin lui disait*, devient *je suis venu tantôt, au moment où...* Voir les notes suivantes. **2.** Comme on l'a dit, *et il* est corrigé en *et l'argent* : modification détestable, qui aboutit à répéter le mot *argent* une troisième fois ! **3.** Ici, *repris* est remplacé par *répondu*. **4.** Dernière correction, ou erreur, la plus inexcusable : *sort* est transformé en *fort* !

LÉLIO. Venons au fait ; j'ai eu l'imprudence de vous ouvrir mon cœur.

LE CHEVALIER. Qu'importe ? je n'ai rien vu dedans qui me fasse envie.

LÉLIO. Vous savez mes projets.

LE CHEVALIER. Qui n'avaient pas besoin d'un confident comme moi ; n'est-il pas vrai ?

LÉLIO. Je l'avoue.

LE CHEVALIER. Ils sont pourtant beaux ! J'aime surtout cet ermitage et cette laideur immanquable dont vous gratifierez votre épouse quinze jours après votre mariage ; il n'y a rien de tel.

LÉLIO. Votre mémoire est fidèle ; mais passons. Qui êtes-vous ?

LE CHEVALIER. Je suis fille, assez jolie, comme vous voyez, et dont les agréments seront de quelque durée, si je trouve un mari qui me sauve le *désert et le terme des quinze jours ; voilà ce que je suis, et, par-dessus le marché, presque aussi méchante que vous.

LÉLIO. Oh ! pour celui-là, je vous le cède.

LE CHEVALIER. Vous avez tort ; vous méconnaissez vos forces.

LÉLIO. Qu'êtes-vous venu[1] faire ici ?

LE CHEVALIER. Tirer votre portrait, afin de le porter à certaine dame qui l'attend pour savoir ce qu'elle fera de l'original.

LÉLIO. Belle mission !

LE CHEVALIER. Pas trop laide. Par cette mission-là, c'est une tendre brebis qui échappe au loup, et douze mille livres de rente de sauvées, qui prendront *parti ailleurs ; petites bagatelles qui valaient bien la peine d'un déguisement.

LÉLIO, *intrigué*. Qu'est-ce que c'est que tout cela signifie ?

LE CHEVALIER. Je m'explique : la brebis, c'est ma maîtresse ; les douze mille livres de rente, c'est son bien, qui produit ce calcul si raisonnable de tantôt ; et le loup qui eût dévoré tout cela, c'est vous, Monsieur.

LÉLIO. Ah ! je suis perdu.

LE CHEVALIER. Non ; vous manquez votre proie, voilà tout ; il est vrai qu'elle était assez bonne ; mais aussi pourquoi êtes-vous loup ? Ce n'est pas ma faute. On a su que vous étiez à Paris *incognito* ; on s'est défié de votre conduite. Là-dessus on vous suit, on sait que vous êtes au bal ; j'ai de l'*esprit et de la malice, on m'y envoie ; on m'équipe comme vous me voyez, pour me mettre à portée de vous

---

1. L'accord du participe passé pouvait ne pas se faire.

connaître ; j'arrive, je fais ma *charge, je deviens votre ami, je vous connais, je trouve que vous ne valez rien ; j'en rendrai compte ; il n'y a pas un mot à redire.

LÉLIO. Vous êtes donc la femme de chambre de la demoiselle en question ?

LE CHEVALIER. Et votre très humble servante.

LÉLIO. Il faut avouer que je suis bien malheureux !

LE CHEVALIER. Et moi bien adroite ! Mais, dites-moi, vous repentez-vous du mal que vous vouliez faire, ou de celui que vous n'avez pas fait ?

LÉLIO. Laissons cela. Pourquoi votre malice m'a-t-elle encore ôté le cœur de la Comtesse ? Pourquoi consentir à jouer auprès d'elle le personnage que vous y faites ?

LE CHEVALIER. Pour d'excellentes raisons. Vous cherchiez à gagner dix mille écus avec elle, n'est-ce pas ? Pour cet effet, vous réclamiez mon *industrie ; et quand j'aurais conduit l'affaire près de sa fin, avant de terminer je comptais de[1] vous rançonner un peu, et d'avoir ma part au pillage ; ou bien de tirer[2] finement le dédit d'entre vos mains, sous prétexte de le voir, pour vous le revendre une centaine de *pistoles payées comptant, ou en billets payables au porteur, sans quoi j'aurais menacé de vous perdre auprès des douze mille livres de rente, et de réduire votre calcul à zéro. Oh mon projet était fort[3] bien entendu ; moi payée, crac, je décampais avec mon petit[4] gain, et le portrait qui m'aurait encore valu quelque petit *revenant-bon auprès de ma maîtresse ; tout cela joint à mes petites économies, tant sur mon voyage que sur mes gages, je devenais, avec mes agré-ments, un petit[5] parti d'assez bonne *défaite sauf le loup. J'ai manqué mon coup, j'en suis bien fâchée ; cependant vous me faites pitié, vous.

LÉLIO. Ah ! si tu voulais...

LE CHEVALIER. Vous vient-il quelque idée ? Cherchez.

LÉLIO. Tu gagnerais encore plus que tu n'espérais.

LE CHEVALIER. Tenez, je ne fais point l'hypocrite ici ; je ne suis pas,

---

1. Cette réplique du chevalier est encore traitée avec la plus grande désin-volture par Duviquet, dont MM. Bastide et Fournier, Marcel Arland et Bernard Dort reproduisent à tort le texte. Ici, la préposition *de* est supprimée. **2.** Seconde « correction » des mêmes éditeurs : *ou bien de tirer* devient *ou bien retirer*. **3.** Troisième correction arbitraire : *fort* est supprimé. **4.** Quatrième correction, *petit* disparaît. **5.** Cinquième retouche, *petit* est encore une fois supprimé.

non plus que vous, à un tour de fourberie près. Je vous ouvre aussi mon cœur ; je ne crains pas de scandaliser le vôtre, et nous ne nous soucierons pas de nous estimer ; ce n'est pas la peine entre gens de notre caractère ; pour conclusion, faites ma fortune, et je dirai que vous êtes un honnête homme ; mais convenons de prix pour l'honneur que je vous fournirai ; il vous en faut beaucoup.

LÉLIO. Eh ! demande-moi ce qu'il te plaira, je te l'accorde.

LE CHEVALIER. *Motus* au moins ! gardez-moi un secret éternel. Je veux deux mille *écus, je n'en rabattrai pas un sou ; moyennant quoi, je vous laisse ma maîtresse, et j'achève avec la Comtesse. Si nous nous *accommodons, dès ce soir j'écris une lettre à Paris, que vous dicterez vous-même ; vous vous y ferez tout aussi beau qu'il vous plaira, je vous mettrai à *même. Quand le mariage sera fait, devenez ce que vous pourrez, je serai nantie, et vous aussi ; les autres prendront patience.

LÉLIO. Je te donne les deux mille écus, avec mon amitié.

LE CHEVALIER. Oh ! pour cette nippe-là, je vous la troquerai contre cinquante pistoles, si vous voulez.

LÉLIO. Contre cent, ma chère fille.

LE CHEVALIER. C'est encore mieux ; j'avoue même qu'elle ne les vaut pas.

LÉLIO. Allons, ce soir nous écrirons.

LE CHEVALIER. Oui. Mais mon argent, quand me le donnerez-vous ?

LÉLIO, *tirant une bague*. Voici une bague pour les cent pistoles du troc, d'abord.

LE CHEVALIER. Bon ! Venons aux deux mille écus.

LÉLIO. Je te ferai mon *billet tantôt.

LE CHEVALIER. Oui, tantôt ! Madame la Comtesse va venir, et je ne veux point finir avec elle que je n'aie toutes mes sûretés. Mettez-moi le dédit en main ; je vous le rendrai tantôt pour votre billet.

LÉLIO, *le tirant*. Tiens, le voilà.

LE CHEVALIER. Ne me trahissez jamais.

LÉLIO. Tu es folle.

LE CHEVALIER. Voici la Comtesse. Quand j'aurai été quelque temps avec elle, revenez en colère la presser de décider hautement entre vous et moi ; et allez-vous-en, de peur qu'elle ne nous voie ensemble.

Lélio sort.

Scène VI

LA COMTESSE, LE CHEVALIER

LE CHEVALIER. J'allais vous trouver, Comtesse.

LA COMTESSE. Vous m'avez inquiétée, Chevalier. J'ai vu de loin Lélio vous parler ; c'est un homme emporté ; n'ayez point d'affaire avec lui, je vous prie.

LE CHEVALIER. Ma foi, c'est un original. Savez-vous qu'il se vante de vous obliger à me donner mon congé ?

LA COMTESSE. Lui ? S'il se vantait d'avoir le sien, cela serait plus raisonnable.

LE CHEVALIER. Je lui ai promis qu'il l'aurait, et vous dégagerez ma parole. Il est encore de bonne heure ; il peut gagner Paris, et y arriver au soleil couchant ; expédions-le, ma chère âme.

LA COMTESSE. Vous n'êtes qu'un étourdi, Chevalier ; vous n'avez pas de raison.

LE CHEVALIER. De la raison ! que voulez-vous que j'en fasse avec de l'amour ? Il va trop son train pour elle. Est-ce qu'il vous en reste encore de la raison, Comtesse ? Me feriez-vous ce chagrin-là ? Vous ne m'aimeriez guère.

LA COMTESSE. Vous voilà dans vos petites folies ; vous savez qu'elles sont aimables, et c'est ce qui vous rassure ; il est vrai que vous m'amusez. Quelle différence de vous à Lélio, dans le fond !

LE CHEVALIER. Oh ! vous ne voyez rien [1]. Mais revenons à Lélio ; je vous disais de le renvoyer aujourd'hui ; l'amour vous y condamne ; il parle, il faut obéir.

LA COMTESSE. Eh bien je me révolte ; qu'en arrivera-t-il ?

LE CHEVALIER. Non ; vous n'oseriez.

LA COMTESSE. Je n'oserais ! Mais voyez avec quelle hardiesse il me dit cela !

LE CHEVALIER. Non, vous dis-je, je suis sûr de mon fait ; car vous m'aimez, votre cœur est à moi. J'en ferai ce que je voudrai, comme vous ferez du mien ce qu'il vous plaira ; c'est la règle, et vous l'observerez, c'est moi qui vous le dis.

LA COMTESSE. Il faut avouer que voilà un fripon bien sûr de ce qu'il vaut. Je l'aime ! mon cœur est à lui ! il nous dit cela avec une aisance admirable ; on ne peut pas être plus persuadé qu'il est.

LE CHEVALIER. Je n'ai pas le moindre petit doute ; c'est une

---

1. Nouvelle équivoque, et des plus piquantes.

confiance que vous m'avez donnée ; j'en use sans façon, comme vous voyez, et je conclus toujours que Lélio partira.

La Comtesse. Et vous n'y songez pas. Dire à un homme qu'il s'en aille !

Le Chevalier. Me refuser son congé à moi qui le demande, comme s'il ne m'était pas dû !

La Comtesse. Badin !

Le Chevalier. Tiède amante !

La Comtesse. Petit tyran !

Le Chevalier. Cœur révolté, vous rendrez-vous ?

La Comtesse. Je ne saurais, mon cher Chevalier ; j'ai quelques raisons pour en agir plus *honnêtement avec lui.

Le Chevalier. Des raisons, Madame, des raisons ! et qu'est-ce que c'est que cela ?

La Comtesse. Ne vous alarmez point ; c'est que je lui ai prêté de l'argent.

Le Chevalier. Eh bien ! vous en aurait-il fait une reconnaissance qu'on n'ose produire en justice ?

La Comtesse. Point du tout ; j'en ai son *billet.

Le Chevalier. Joignez-y un *sergent ; vous voilà payée.

La Comtesse. Il est vrai ; mais...

Le Chevalier. Hé, hé, voilà un *mais* qui a l'air honteux.

La Comtesse. Que voulez-vous donc que je vous dise ? Pour m'assurer cet argent-là, j'ai consenti que nous fissions lui et moi un dédit de la somme.

Le Chevalier. Un dédit, Madame ! Ha c'est un vrai transport d'amour que ce dédit-là, c'est une faveur. Il me pénètre, il me trouble, je ne suis pas le maître.

La Comtesse. Ce misérable dédit ! pourquoi faut-il que je l'aie fait ? Voilà ce que c'est que ma facilité pour un homme haïssable, que j'ai toujours deviné que je haïrais ; j'ai toujours eu certaine antipathie pour lui, et je n'ai jamais eu l'*esprit d'y prendre garde.

Le Chevalier. Ah ! Madame, il s'est bien accommodé de cette antipathie-là ; il en a fait un amour bien tendre ! Tenez, Madame, il me semble que je le vois à vos genoux, que vous l'écoutez avec un plaisir [1], qu'il vous jure de vous adorer toujours, que vous le payez du même serment, que sa bouche cherche la vôtre, et que la vôtre se laisse trouver ; car voilà ce qui arrive ; enfin je vous vois soupirer ;

---

1. Il faut supposer ici une intonation suspensive marquant le superlatif.

je vois vos yeux s'arrêter sur lui, tantôt vifs, tantôt languissants, toujours pénétrés d'amour, et d'un amour qui croît toujours. Et moi je me meurs ; ces objets-là me tuent ; comment ferai-je pour le perdre de vue ? Cruel dédit, te verrai-je toujours ? Qu'il va me coûter de chagrins ! Et qu'il me fait dire de folies !

La Comtesse. Courage, Monsieur ; rendez-nous tous deux la victime de vos chimères ; que je suis malheureuse d'avoir parlé de ce maudit[1] dédit ! Pourquoi faut-il que je vous aie cru raisonnable ? Pourquoi vous ai-je vu ? Est-ce que je mérite tout ce que vous me dites ? Pouvez-vous vous plaindre de moi ? Ne vous aimé-je pas assez ? Lélio doit-il vous chagriner ? L'ai-je aimé autant que je vous aime ? Où est l'homme plus chéri que vous l'êtes ? plus sûr, plus digne de l'être toujours ? Et rien ne vous persuade ; et vous vous chagrinez ; vous n'entendez rien ; vous me désolez. Que voulez-vous que nous devenions ? Comment vivre avec cela, dites-moi donc ?

Le Chevalier. Le succès de mes impertinences me surprend[2]. C'en est fait, Comtesse ; votre douleur me rend mon repos et ma joie. Combien de choses tendres ne venez-vous pas de me dire ! Cela est inconcevable ; je suis charmé. Reprenons notre humeur gaie ; allons, oublions tout ce qui s'est passé.

La Comtesse. Mais pourquoi est-ce que je vous aime tant ? Qu'avez-vous fait pour cela ?

Le Chevalier. Hélas ! moins que rien ; tout vient de votre bonté[3].

La Comtesse. C'est que vous êtes plus aimable qu'un autre, apparemment.

Le Chevalier. Pour tout ce qui n'est pas comme vous, je le serais peut-être assez ; mais je ne suis rien pour ce qui vous ressemble. Non, je ne pourrai jamais payer votre amour ; en vérité, je n'en suis pas digne.

La Comtesse. Comment donc faut-il être fait pour le mériter ?

Le Chevalier. Oh ! voilà ce que je ne vous dirai pas.

La Comtesse. Aimez-moi toujours, et je suis contente.

Le Chevalier. Pourrez-vous soutenir un goût si sobre ?

La Comtesse. Ne m'affligez plus et tout ira bien.

Le Chevalier. Je vous le promets ; mais que Lélio s'en aille.

La Comtesse. J'aurais souhaité qu'il prît son parti de lui-même, à

---

1. Le mot *maudit* est omis dans de nombreuses éditions modernes. **2.** L'édition de 1758 ajoute ici l'indication *(Haut.)*. **3.** Une nouvelle série d'équivoques commence ici et va se développer sous le masque de la galanterie.

cause du dédit ; ce serait dix mille écus que je vous sauverais, Chevalier ; car enfin, c'est votre bien que je ménage.

Le Chevalier. Périssent tous les biens du monde, et qu'il parte ; rompez avec lui la première, voilà mon bien.

La Comtesse. Faites-y réflexion.

Le Chevalier. Vous hésitez encore, vous avez peine à me le sacrifier ! Est-ce là comme on aime [1] ? Oh ! qu'il vous manque encore de choses pour ne laisser rien à souhaiter à un homme comme moi.

La Comtesse. Eh bien ! il ne me manquera plus rien, consolez-vous.

Le Chevalier. Il vous manquera toujours pour moi.

La Comtesse. Non ; je me rends ; je renverrai Lélio, et vous dicterez son congé.

Le Chevalier. Lui direz-vous qu'il se retire sans cérémonie ?

La Comtesse. Oui.

Le Chevalier. Non, ma chère Comtesse, vous ne le renverrez pas. Il me suffit que vous y consentiez ; votre amour est à toute épreuve, et je dispense votre politesse d'aller plus loin ; c'en serait trop ; c'est à moi à avoir soin de vous, quand vous vous oubliez pour moi.

La Comtesse. Je vous aime ; cela veut tout dire.

Le Chevalier. M'aimer, cela n'est pas assez, Comtesse ; distinguez-moi un peu de Lélio, à qui vous l'avez dit peut-être aussi.

La Comtesse. Que voulez-vous donc que je vous dise ?

Le Chevalier. Un *je vous adore* ; aussi bien il vous échappera demain ; avancez-le-moi d'un jour ; contentez ma petite fantaisie, dites.

La Comtesse. Je veux mourir, s'il ne me donne envie de le dire. Vous devriez être honteux d'exiger cela, au moins.

Le Chevalier. Quand vous me l'aurez dit, je vous en demanderai pardon.

La Comtesse. Je crois qu'il me persuadera.

Le Chevalier. Allons, mon cher amour, régalez ma tendresse de ce petit trait-là ; vous ne risquez rien avec moi ; laissez sortir ce mot-là de votre belle bouche ; voulez-vous que je lui donne un baiser pour l'encourager [2] ?

---

1. Cet hémistiche de *Polyeucte* rend l'équivoque qui suit encore plus piquante.   **2.** Le chevalier a mené toute cette scène de séduction en petit-maître. C'était pour Marivaux le moyen de la rendre supportable : la comtesse se laisse séduire par les manières du chevalier plus que par des sentiments sincères. On trouvera une situation semblable dans *L'Heureux Stratagème*, où une autre comtesse sera aussi séduite par un autre chevalier badin (acte I, sc. XII).

LA COMTESSE. Ah çà ! laissez-moi ; ne serez-vous jamais content ? Je ne vous plaindrai rien, quand il en sera temps.

LE CHEVALIER. Vous êtes attendrie, profitez de l'instant ; je ne veux qu'un mot ; voulez-vous que je vous aide ? dites comme moi : Chevalier, je vous adore.

LA COMTESSE. Chevalier, je vous adore. Il me fait faire tout ce qu'il veut.

LE CHEVALIER, *à part*. Mon sexe n'est pas mal faible. *(Haut [1].)* Ah ! que j'ai de plaisir, mon cher amour ! Encore une fois.

LA COMTESSE. Soit ; mais ne me demandez plus rien après.

LE CHEVALIER. Hé que craignez-vous que je vous demande ?

LA COMTESSE. Que sais-je, moi ? Vous ne finissez point. Taisez-vous.

LE CHEVALIER. J'obéis ; je suis de bonne composition, et j'ai pour vous un respect que je ne saurais violer.

LA COMTESSE. Je vous épouse ; en est-ce assez ?

LE CHEVALIER. Bien plus qu'il ne me faut, si vous me rendez justice.

LA COMTESSE. Je suis prête à vous jurer une fidélité éternelle, et je perds les dix mille *écus de bon cœur.

LE CHEVALIER. Non, vous ne les perdrez point, si vous faites ce que je vais vous dire. Lélio viendra certainement vous presser d'opter entre lui et moi ; ne manquez pas de lui dire que vous consentez à l'épouser. Je veux que vous le connaissiez à fond ; laissez-moi vous conduire, et sauvons le dédit ; vous verrez ce que c'est que cet homme-là. Le voici, je n'ai pas le temps de m'expliquer davantage.

LA COMTESSE. J'agirai comme vous le souhaitez.

Scène VII

LÉLIO, LA COMTESSE, LE CHEVALIER

LÉLIO. Permettez, Madame, que j'interrompe pour un moment votre entretien avec Monsieur. Je ne viens point me plaindre, et je n'ai qu'un mot à vous dire. J'aurais cependant un assez beau sujet de parler, et l'indifférence avec laquelle vous vivez avec moi, depuis que Monsieur, qui ne me vaut pas...

LE CHEVALIER. Il a raison.

LÉLIO. Finissons. Mes reproches sont raisonnables, mais je vous déplais ; je me suis promis de me taire, et je me tais, quoi qu'il m'en

---

1. Certaines éditions ne comportent pas cette indication.

coûte. Que ne pourrais-je pas vous dire ? Pourquoi me trouvez-vous haïssable ? Pourquoi me fuyez-vous ? Que vous ai-je fait ? Je suis au désespoir.

LE CHEVALIER. Ah, ah, ah, ah, ah.

LÉLIO. Vous riez, Monsieur le Chevalier ; mais vous prenez mal votre temps, et je prendrai le mien pour vous répondre.

LE CHEVALIER. Ne te fâche point, Lélio. Tu n'avais qu'un mot à dire, qu'un petit mot ; et en voilà plus de cent de bon compte, et rien ne s'avance ; cela me réjouit.

LA COMTESSE. Remettez-vous, Lélio, et dites-moi tranquillement ce que vous voulez.

LÉLIO. Vous prier de m'apprendre qui de nous deux il vous plaît de conserver, de Monsieur ou de moi. Prononcez, Madame ; mon cœur ne peut plus souffrir d'incertitude.

LA COMTESSE. Vous êtes vif, Lélio ; mais la cause de votre vivacité est pardonnable, et je vous veux plus de bien que vous ne pensez. Chevalier, nous avons jusqu'ici plaisanté ensemble, il est temps que cela finisse ; vous m'avez parlé de votre amour, je serais fâchée qu'il fût sérieux ; je dois ma main à Lélio, et je suis prête à recevoir la sienne. Vous plaindrez-vous encore ?

LÉLIO. Non, Madame, vos réflexions sont à mon avantage ; et si j'osais...

LA COMTESSE. Je vous dispense de me remercier, Lélio ; je suis sûre de la joie que je vous donne. *(À part.)* Sa contenance est plaisante.

UN VALET. Voilà une lettre qu'on vient d'apporter de la poste, Madame.

LA COMTESSE. Donnez. Voulez-vous bien que je me retire un moment pour la lire ? C'est de mon frère [1].

Scène VIII

LÉLIO, LE CHEVALIER

LÉLIO. Que diantre signifie cela ? elle me prend au mot ; que dites-vous de ce qui se passe là ?

---

1. Dans l'édition originale, il n'y a pas ici changement de scène. On pourrait même se demander si la comtesse quitte complètement la scène ou se retire seulement dans un coin. Il semble pourtant qu'elle fasse sa rentrée en même temps que Trivelin et Arlequin, au début de la scène IX, qui n'est pas davantage numérotée à part dans l'édition originale. Sur cette question de numérotation, voir la notice, p. 473.

LE CHEVALIER. Ce que j'en dis ? rien ; je crois que je rêve, et je tâche de me réveiller.

LÉLIO. Me voilà en belle posture, avec sa main qu'elle m'offre, que je lui demande avec fracas, et dont je ne me soucie point ! Mais ne me trompez-vous point ?

LE CHEVALIER. Ah, que dites-vous là ! Je vous sers loyalement, ou je ne suis pas soubrette. Ce que nous voyons là peut venir d'une chose : pendant que nous nous parlions, elle me soupçonnait d'avoir quelque inclination à Paris ; je me suis contenté de lui répondre *galamment là-dessus ; elle a tout d'un coup pris son sérieux ; vous êtes entré sur-le-champ, et ce qu'elle en fait n'est sans doute qu'un reste de dépit, qui va se passer ; car elle m'aime.

LÉLIO. Me voilà fort embarrassé.

LE CHEVALIER. Si elle continue à vous offrir sa main, tout le remède que j'y trouve, c'est de lui dire que vous l'épouserez, quoique vous ne l'aimiez[1] plus. Tournez-lui cette impertinence-là d'une manière polie ; ajoutez que, si elle ne veut pas[2], le dédit sera son affaire.

LÉLIO. Il y a bien du bizarre dans ce que tu me proposes là.

LE CHEVALIER. Du bizarre ! Depuis quand êtes-vous si délicat ? Est-ce que vous reculez pour un mauvais procédé de plus qui vous sauve dix mille *écus ? Je ne vous aime plus, Madame, cependant je veux vous épouser ; ne le voulez-vous pas ? payez le dédit ; donnez-moi votre main ou de l'argent. Voilà tout.

Scène IX

LÉLIO, LA COMTESSE, LE CHEVALIER[3]

LA COMTESSE. Lélio, mon frère ne viendra pas si tôt. Ainsi, il n'est plus question de l'attendre, et nous finirons quand vous voudrez.

LE CHEVALIER, *bas à Lélio*. Courage ; encore une impertinence, et puis c'est tout.

LÉLIO. Ma foi, Madame, oserais-je vous parler franchement ? Je ne trouve plus mon cœur dans sa situation ordinaire.

---

1. Texte de 1732 et 1758. L'édition originale porte par erreur *l'aimez*.
2. Texte de 1729 et 1732. L'édition de 1758 porte : *si elle ne le veut pas*.
3. Rappelons que les deux premières éditions ne font pas ici une nouvelle scène, ni n'indiquent même le retour de la comtesse. Celle de 1758 (que nous suivons sur ce point, pour les raisons que l'on a dites) ne mentionne pas les personnages de Trivelin et d'Arlequin. Ils font sans doute une entrée discrète, pour ne prendre la parole que tout à la fin de la pièce.

La Comtesse. Comment donc ! expliquez-vous ; ne m'aimez-vous plus ?

Lélio. Je ne dis pas cela tout à fait ; mais mes inquiétudes ont un peu rebuté mon cœur.

La Comtesse. Et que signifie donc ce grand étalage de transports que vous venez de me faire ? Qu'est devenu votre désespoir ? N'était-ce qu'une passion de théâtre ? Il semblait que vous alliez mourir, si je n'y avais mis ordre. *Expliquez-vous, Madame ; je n'en puis plus, je souffre* [1]...

Lélio. Ma foi, Madame, c'est que je croyais que je ne risquerais rien, et que vous me refuseriez.

La Comtesse. Vous êtes un excellent comédien ; et le dédit, qu'en ferons-nous, Monsieur ?

Lélio. Nous le tiendrons, Madame ; j'aurai l'honneur de vous épouser.

La Comtesse. Quoi donc ! vous m'épouserez, et vous ne m'aimez plus !

Lélio. Cela n'y fait de rien, Madame ; cela ne doit pas vous arrêter.

La Comtesse. Allez, je vous méprise, et ne veux point de vous.

Lélio. Et le dédit, Madame, vous voulez donc bien l'acquitter ?

La Comtesse. Qu'entends-je, Lélio ? Où est la probité ?

Le Chevalier. Monsieur ne pourra guère vous en dire des nouvelles ; je ne crois pas qu'elle soit de sa connaissance. Mais il n'est pas juste qu'un misérable dédit vous brouille ensemble ; tenez, ne vous *gênez plus ni l'un ni l'autre ; le voilà rompu [2].

Lélio. Ah, fourbe !

Le Chevalier, *riant*. Ha, ha, ha, consolez-vous, Lélio ; il vous reste une demoiselle de douze mille livres de rente ; ha, ha ! On vous a écrit qu'elle était belle ; on vous a trompé, car la voilà ; mon visage est l'original du sien.

La Comtesse. Ah juste ciel !

Le Chevalier. Ma métamorphose n'est pas du goût de vos tendres sentiments, ma chère Comtesse. Je vous aurais mené assez loin, si j'avais pu vous tenir compagnie ; voilà bien de l'amour de perdu ; mais, en revanche, voilà une bonne somme de sauvée ; je vous conterai le joli petit tour qu'on voulait vous jouer.

---

1. La comtesse cite approximativement les paroles de Lélio, acte III, scène VII.   **2.** *(Elle déchire le dédit.)*

La Comtesse. Je n'en connais point de plus triste que celui que vous me jouez vous-même.

Le Chevalier. Consolez-vous : vous perdez d'aimables espérances, je ne vous les avais données que pour votre bien. Regardez le chagrin qui vous arrive comme une petite punition de votre inconstance ; vous avez quitté Lélio moins par raison que par légèreté, et cela mérite un peu de correction. À votre égard, seigneur Lélio, voici votre bague. Vous me l'avez donnée de bon cœur, et j'en dispose en faveur de Trivelin et d'Arlequin. Tenez, mes enfants, vendez cela, et partagez-en l'argent.

Trivelin et Arlequin. Grand merci !

Trivelin. Voici les musiciens qui viennent vous donner la fête qu'ils ont promise.

Le Chevalier. Voyez-la, puisque vous êtes ici. Vous partirez après ; ce sera toujours autant de pris.

DIVERTISSEMENT

Cet amour dont nos cœurs se laissent enflammer,
Ce charme si touchant, ce doux plaisir d'aimer,
Est le plus grand des biens que le ciel nous dispense.
    Livrons-nous donc sans résistance
    À l'objet qui vient nous charmer.
Au milieu des transports dont il remplit notre âme,
Jurons-lui mille fois une éternelle flamme.
Mais n'inspire-t-il plus ces aimables transports ?
Trahissons aussitôt nos serments sans remords.
Ce n'est plus à l'objet qui cesse de nous plaire
Que doivent s'adresser les serments qu'on a faits,
    C'est à l'Amour qu'on les fit faire,
C'est lui qu'on a juré de ne quitter jamais.

Premier couplet.

Jurer d'aimer toute sa vie,
N'est pas un rigoureux tourment.
Savez-vous ce qu'il signifie ?

Ce n'est ni Philis, ni Silvie,
Que l'on doit aimer constamment ;
C'est l'objet qui nous fait envie [1].

DEUXIÈME COUPLET.

*Amants, si votre caractère,
Tel qu'il est, se montrait à nous,
Quel parti prendre, et comment faire ?
Le célibat est bien austère ;
Faudrait-il se passer d'époux ?
Mais il nous est trop nécessaire [2]

TROISIÈME COUPLET.

Mesdames, vous allez conclure
Que tous les hommes sont maudits ;
Mais doucement et point d'injure ;
Quand nous ferons votre peinture,
Elle est, je vous en avertis,
Cent fois plus drôle, je vous jure.

---

1. Curieux éloge de l'inconstance, à rapprocher de *La Double Inconstance* (acte III, sc. VIII) et de *L'Heureux Stratagème* (acte I, sc. IV). Voir aussi *Le Spectateur français*, seizième feuille, *Journaux et Œuvres diverses*, p. 201. Ce divertissement a été attribué par Desboulmiers à l'aîné des frères Parfaict (*Histoire anecdotique et raisonnée du Théâtre-Italien*, t. II, p. 293). Les paroles diffèrent légèrement dans le *Recueil des Divertissements du Nouveau Théâtre-Italien* de J.-J. Mouret (par ex. *serment* au lieu de *tourment*, premier couplet, ou encore *Ce serait une autre misère*, deuxième couplet, dernier vers).   2. Texte de 1758. Les éditions de 1729 et 1732 portent : *Il nous est trop nécessaire*, où une syllabe manque.

LE DÉNOUEMENT IMPRÉVU

COMÉDIE EN UN ACTE, EN PROSE,
REPRÉSENTÉE POUR LA PREMIÈRE FOIS
PAR LES COMÉDIENS-FRANÇAIS
LE 2 DÉCEMBRE 1724

NOTICE

Après l'échec d'*Annibal* à la Comédie-Française, Marivaux s'était
tenu pendant quelques années à l'écart de ce théâtre. Suivant une
tradition plus ou moins sûre, le succès des pièces jouées par les
Italiens aurait incité les Comédiens-Français à demander une pièce
à leur auteur, et Marivaux, pressé par le temps [1], en aurait composé
une en un acte seulement, avec la collaboration de l'aîné des frères
Parfaict : *Le Dénouement imprévu*. Disons tout de suite que la part
de François Parfaict semble négligeable : il n'est rien dans la pièce
qui ne puisse être signé de Marivaux seul. Le rôle de ce collaborateur
dut se réduire au divertissement, qui du reste n'a pas été imprimé [2].
Peut-être aussi suggéra-t-il quelques développements ou quelques
retouches.

Mais si *Le Dénouement imprévu* est bien de Marivaux, il n'est pas
du Marivaux le plus original. On n'y trouve plus trace de l'élément
romanesque si remarquable dans les pièces antérieures. À l'inverse,
comme si le fait d'être joué au Théâtre-Français l'obligeait à se chercher des garants, l'auteur s'inspire plus qu'ailleurs de ses illustres
devanciers, Molière, Regnard, Dancourt et Dufresny. Le personnage
de maître Pierre est à cet égard significatif. Le caractère du fermier

---

1. Quand *Le Dénouement imprévu* fut-il reçu à la Comédie-Française ? On
ne le sait pas. Le registre 361, qui comporte des *Feuilles d'assemblée*, semble
incomplet de plusieurs feuilles. Mme Sylvie Chevalley a relevé le procès-verbal de la séance du 3 octobre 1724, où il est dit : « La troupe assemblée a
attendu (*sic*) la lecture d'une petite pièce intitulée   et après la lecture
on a résolu de la jouer au plus tôt. » Mais il pourrait s'agir du *Triomphe du
temps*, de Legrand, joué le 18 octobre 1724.   **2.** Nous en avons trouvé
quelques couplets dans le *Mercure* : on les lira plus loin, dans le compte
rendu de ce journal. Il sera aisé de voir que même les paroles de ce Divertissement sont assez dans la manière de Marivaux, les deux premiers vers
notamment.

raisonneur qui prétend gouverner son maître, déjà esquissé dans *Le Père prudent et équitable*, remonte à *L'Esprit de contradiction*, jolie comédie en un acte de Dufresny (1700). Mais la façon dont il prend le parti des jeunes gens rappelle une pièce de Dancourt, *Les Vendanges de Suresnes*, à laquelle fait aussi penser, outre le cadre rustique, le thème de la rivalité entre le prétendant campagnard et l'amant urbain. Le souvenir de Molière est sensible, moins dans le fait de donner à Argante un préjugé nobiliaire (ce qui fait songer fugitivement au *Bourgeois gentilhomme*) que dans la façon dont est menée la scène IV : pour raviver chez sa maîtresse la résolution de n'appartenir qu'à Dorante, Lisette cherche à la dégoûter, comme Dorine le faisait avec Mariane [1], de la vie étroite qu'elle devra mener en province si elle épouse l'autre prétendant. Quant à Regnard, ses *Folies amoureuses* avaient déjà suggéré à Marivaux la scène VI du *Père prudent et équitable* où Toinette jouait, pour le compte de sa maîtresse, un rôle de folle destiné à détourner la recherche d'un prétendant fâcheux. Ici, sans négliger cette première esquisse, à laquelle il emprunte plusieurs détails [2], Marivaux se rapproche encore davantage de Regnard dans la mesure où il reprend à la suivante, pour le rendre à la jeune fille elle-même, la tâche délicate de simuler la folie.

Mais si les ressorts de l'intrigue n'ont rien d'original, l'idée même de la pièce, exprimée par le titre, l'est davantage. Alors que, d'ordinaire, les ruses employées pour vaincre la volonté des parents réussissent pleinement, elles n'aboutissent pas ici, pour la raison très simple que la jeune fille s'attache d'elle-même, lorsqu'elle le connaît, au jeune homme qui lui est destiné. Cela signifie que Marivaux substitue au dénouement conventionnel un dénouement fondé sur une surprise de l'amour. Que Mlle Argante soit inconstante n'est pas une nouveauté dans le théâtre de Marivaux, après *La Double Inconstance*. Ce qui est curieux, c'est que ce nouvel amour ne se heurte à aucun obstacle. « L'amour vit souvent de la résistance qui lui est faite » : celui de Mlle Argante ne se heurte ici à aucune résistance, ni intérieure ni extérieure. Elle n'a qu'à se livrer à son penchant, et elle le fait avec une désarmante absence de scrupule. Il y a peut-être là une faiblesse

---

1. *Tartuffe*, acte II, sc. III.   2. On a déjà vu que maître Pierre se rattache au maître Jacques du *Père prudent*. Le personnage de Crispin, presque unique chez Marivaux, a aussi un précédent dans la même pièce. Voir encore d'autres rapprochements pp. 562, note 1 et 569, note 2.

dramatique : la pièce tourne un peu court. Mais du point de vue psychologique, l'effet est frappant. Il n'a pas échappé à Musset, dont la première pièce, *La Nuit vénitienne*, est un *Dénouement imprévu* romantique, dans lequel l'auteur s'est aussi intéressé, ce que ne fait guère Marivaux, au sort de l'amoureux délaissé.

Représentée pour la première fois, sans doute sans nom d'auteur, le 2 décembre 1724, pour compléter les cinq actes du *Jaloux désabusé*, de Campistron, *Le Dénouement imprévu* ne semble pas avoir été mal accueilli du public : du moins les recettes furent-elles honorables [1]. Pour six représentations, les parts d'auteur semblent avoir atteint deux cent trente-huit livres et dix-huit sols, à peine moins que pour *La Surprise de l'amour* et *Les Serments indiscrets* sur le même théâtre. Pourtant, la pièce fut retirée et ne reparut pas avant la fin du siècle [2]. À part la chronique du *Mercure*, qu'on trouvera plus loin, *Le Dénouement imprévu* n'éveilla guère d'écho. Seul, Piron en dit un mot dans le Prologue des *Chimères*, opéra-comique en deux actes joué à la foire Saint-Germain le 3 février 1725. La comédie de Marivaux figure avec d'autres pièces [3] parmi les ouvrages vendus à la criée par un colporteur à la porte de l'Opéra-Comique. La vente languit, et le colporteur s'écrie :

> « Hélas, je m'égosille en vain,
> Je ne vends pas un livre.

---

1. 1 386 livres 10 sols à la première, pour 666 spectateurs ; 626 livres 10 sols, le 5 décembre, pour 349 spectateurs ; 1 844 livres 10 sols le 7 décembre, pour 937 spectateurs ; 1 082 livres 10 sols le 12 décembre, pour 564 spectateurs ; 1 761 livres le 13, pour 894 spectateurs, et 1 181 livres 10 sols le 1er janvier 1725 pour 715 spectateurs. La part d'auteur fut respectivement de 26 livres 9 sols, 11 livres 17 sols, 62 livres 2 sols, 30 livres 5 sols, 58 livres 13 sols et 34 livres 12 sols, soit au total, pour les six représentations, 228 livres 18 sols.   **2.** Elle eut trois représentations en 1789. À l'époque moderne, une reprise à l'Odéon le 1er février 1894 n'éveilla aucun écho. Il s'agissait, il est vrai, d'un « jeudi classique ».   **3.** « *La Bibliothèque des théâtres...*, *La Bibliothèque des gens de cour...*, *Le Triomphe...*, *Le Dénouement imprévu...*, etc. (nombre d'autres brochures et pièces nouvelles, qui n'avaient pas eu plus de succès sur les théâtres que dans les boutiques des libraires) » (*Œuvres complètes de Piron*, éd. Rigolley de Juvisy, petit in-12, tome V, p. 197). *Le Triomphe* peut désigner plusieurs pièces. La plus probable nous paraît être *Le Triomphe du temps*, de Legrand, jouée, non, comme on le dit, le 18 octobre 1725, mais le 18 octobre 1724. Voir plus loin les comptes rendus de représentation.

Il faudra que je donne enfin
Tout à six liards la livre [1]. »

L'un des rares comptes rendus critiques sur *Le Dénouement imprévu* paru du vivant de Marivaux est celui de La Porte, dans *L'Observateur littéraire* :

« *Le Dénouement imprévu* est la première comédie que M. de Marivaux ait donnée au Théâtre-Français. Le sujet est bien imaginé, mais n'est pas rempli. Le dénouement est prévu dès les premières scènes ; et l'on devine que Mlle Argante n'épousera pas celui pour lequel elle semblait d'abord avoir de l'inclination ; qu'elle se déterminera en faveur d'un autre. On lui conseille de contrefaire la folle, pour empêcher un mariage qu'on lui propose ; et au lieu de folies, elle ne débite que des impertinences [2]. »

Il est vrai que le sujet du *Dénouement imprévu* n'est pas tout à fait « rempli » : Musset devra ajouter plusieurs idées à celles de Marivaux pour en tirer une pièce en trois actes. Pour le reste, la critique de La Porte est, comme d'ordinaire, bien trop sévère. Piquante et animée, toute proche de la réalité quotidienne du temps, la comédie tiendrait parfaitement la scène de nos jours. Le succès qu'elle eut en Allemagne au XVIIIᵉ siècle [3] témoigne précisément de ses qualités scéniques. Il faut espérer que le metteur en scène qui se donnera pour tâche de la monter ne négligera pas d'y joindre le Divertissement retrouvé [4].

LE TEXTE

L'édition originale du *Dénouement imprévu* est la suivante :
LE / DÉNOUEMENT / IMPRÉVU / COMÉDIE / D'UN ACTE. / À PARIS, / Chez Noël Pissot, Quay de Conty, / à la descente du Pont-Neuf, au coin de / la rüe de Nevers, à la Croix d'or. / M. DCC. XXVII.

---

1. *Œuvres de Piron, ibid.* Ce couplet se chantait sur l'air : *Amis, sans regretter Paris.* **2.** Année 1759, tome I, p. 76. **3.** Elle fut montée notamment sur le théâtre de Hambourg en 1768, et Lessing lui consacre à ce titre deux pages de sa *Dramaturgie* (traduction Suckau, revue par Crouslé, Didier, 1869, pp. 338-340). Il s'attache surtout à en justifier le titre : « Qu'on donne à la pièce un autre titre : lecteurs et spectateurs s'écrieront : "Voilà un dénouement bien inattendu ! Un nœud qu'on a si péniblement formé en dix scènes, le trancher de la sorte en une seule !" Mais ce défaut se trouve indiqué dans le titre même, et en quelque sorte justifié par cet avertissement. Car si réellement un cas de ce genre s'est présenté, pourquoi ne le mettrait-on pas sur la scène ? » **4.** Voir ci-après, pp. 550-551.

/ Avec Approbation & Privilege du Roy. — Une brochure de II + 49 + III pages.

L'Approbation est conçue dans les termes suivants :

« J'ai lu par ordre de Monseigneur le Garde des Sceaux *Le Dénouement imprévu*, Comédie d'un acte, qui peut être imprimée. À Paris, le 3. Mars 1727. BLANCHARD. »

Privilège du 8 mai 1727 à Noël Pissot pour *Le Prince travesti, L'Héritier du* (sic) *Village, Annibal* et *Le Dénouement imprévu*.

Nous reproduisons en principe le texte de l'édition originale. Les variantes de l'édition de 1758, peu nombreuses et sans importance, seront signalées en note.

COMPTE RENDU DU *MERCURE DE FRANCE*

Le *Mercure* de décembre 1724, première partie, annonce que les « Comédiens-Français qui étaient restés à Paris pendant le voyage de Fontainebleau, que quelques-uns se licencient à appeler les petits comédiens, et dont le public cependant fait plus de cas que des plus grands [1] » ont représenté à Versailles, devant le roi, le 4 décembre *Le Triomphe du temps*, de Legrand, et « sur la fin de l'autre mois » — en fait le 2 décembre — « une pièce nouvelle d'un acte en prose, avec divertissement à la fin, dont nous pourrons parler dans le second volume de ce mois [2] ».

Voici le compte rendu promis, qui parut dans le second numéro de décembre [3]. Il est d'un intérêt exceptionnel, notamment par la liste des acteurs qu'il détaille et par les couplets du Divertissement qu'il donne et qui étaient restés inconnus jusqu'ici.

« Les mêmes comédiens jouèrent pour la première fois, le 2 de ce mois, comme nous l'avons déjà dit, la petite pièce du *Dénouement imprévu*. Cette comédie n'a pas eu beaucoup de succès ; on convient pourtant qu'elle est pleine d'esprit et fort bien écrite ; en voici un petit extrait.

ACTEURS

M. ARGANTE, père de Mlle Argante. Le sieur de Lavoy.
MLLE ARGANTE, fille de M. Argante. La demoiselle Dufresne.

---

1. Ces *plus grands* comprenaient Baron, Quinault-Dufresne, la demoiselle Duclos, qui, de retour à Paris, jouent le 8 décembre dans *Mithridate*. 2. P. 2627. 3. *Mercure*, pp. 2861-2867.

DORANTE. Le sieur le Grand, le fils.

ÉRASTE, amant de Mlle Argante. Le sieur Dubreuil.

LISETTE, suivante de Mlle Argante. La demoiselle du Bocage.

MAÎTRE PIERRE, fermier de M. Argante. Le sieur Armand.

CRISPIN, valet d'Éraste. Le sieur Poisson.

Un domestique de M. Argante [1].

« Maître Pierre et Dorante ouvrent la scène. Dorante, qui, par une promesse de cinquante pistoles, a mis dans les intérêts de son amour Maître Pierre, fermier de M. Argante, le prie de déterminer Mlle Argante à contrefaire la folle, pour détourner un mariage arrêté entre Éraste et Mlle Argante, qui ne donne la préférence à ce dernier qu'à cause qu'il est gentilhomme, et que Dorante ne l'est pas. Ce mariage est arrêté à l'insu de Mlle Argante, Maître Pierre promet à Dorante de le servir au gré de ses désirs. C'est un ancien domestique qui s'est acquis le droit de parler librement à son maître, et de le contrecarrer en tout. Il a une scène avec M. Argante, dans laquelle il lui dit d'un ton absolu qu'il ne prétend pas qu'il achève mariage sur lequel il n'a pris soin de le consulter. M. Argante rit de son impertinence, et persiste dans le dessein de donner sa fille à Éraste, pour la grande raison qu'il est gentilhomme, outre qu'il est aussi riche que Dorante pour qui Maître Pierre s'intéresse. Dans une autre scène, Mlle Argante, parlant à Lisette sa suivante, lui déclare qu'elle ne veut point d'un homme qui lui fera passer sa vie à la campagne ; elle ne sait si elle aime Dorante, mais comme c'est le seul homme qu'elle ait encore vu, elle le préfère à tout autre, sans le moindre engagement de cœur ; cependant elle n'est point du tout résolue à faire ce que Dorante exige d'elle, qui est de faire la folle. On suppose que Maître Pierre lui en a déjà fait la proposition. Dorante vient enfin, et la détermine à ce qu'il souhaite. Elle fait un premier essai de folie dans une scène qu'elle a avec son père. Cette scène a paru très jolie, et la demoiselle Du Fresne l'a jouée avec sa vivacité ordinaire. Jusque-là, le dénouement de la pièce était facile à prévoir, mais l'auteur n'a pas voulu que sa pièce ressemblât à tant d'autres du même ton, telles que *Pourceaugnac* ou *Les Vendanges de Suresnes*, où il ne s'agit que de dégoûter un épouseur qu'on n'aime pas ; c'est donc en prenant une route nouvelle que l'auteur a trouvé le moyen de donner à sa comédie le titre du *Dénouement imprévu*. Le voici en peu de mots : Éraste

---

1. Cette distribution des rôles est confirmée par le registre 75 de la Comédie-Française, qui contient tous ces noms, plus ceux de La Thorillière fils et de Mlles La Motte et Labatte, qui jouaient dans *Le Jaloux désabusé*.

arrive. Comme il est galant homme, il ne veut pas épouser Mlle Argante malgré elle. Il vient en qualité d'ami d'Éraste, il demande à voir la prétendue de son ami ; Mlle Argante se prépare à bien jouer son rôle de folle ; cependant elle n'a pas plutôt jeté les yeux sur celui qui lui vient parler de la part d'Éraste, qu'elle souhaite qu'Éraste soit aussi bien fait et aussi aimable. Elle ne parle plus en folle, mais en personne qui ne veut point d'un homme qu'elle ne connaît pas. Éraste en paraît si affligé, qu'elle commence à se douter de la vérité ; elle apprend enfin que c'est Éraste même qui lui parle, elle lui avoue qu'elle obéira à son père sans répugnance. M. Argante est ravi de trouver sa fille si sage. Il n'est plus question pour elle de Dorante qu'elle n'aimait ni ne haïssait. La pièce finit par une fête que M. Argante a déjà ordonné (*sic*). La musique est du sieur Quinault, elle a paru très jolie comme toutes celles qu'on a vu (*sic*) de sa façon. On a surtout paru très content d'un air de musette, dansé par le sieur Armand et la demoiselle Labbatte (*sic*) ; cette dernière y a mis toutes les grâces qu'on peut attendre d'une très habile danseuse. Voici quelques couplets de ce divertissement :

> « L'amour vient je ne sais comment
> Et nous quitte comme il nous prend :
> De ma constance ou de la vôtre,
> Je ne répondrais pas d'un jour ;
> On aime un objet, puis un autre :
> On va comme il plaît à l'amour.

*

> « Je soupire après le plaisir
> D'inspirer un tendre désir ;
> Et dans mon cœur je sens d'avance
> Que, si j'ai des amants un jour,
> Je prouverai sans répugnance
> Qu'on va comme il plaît à l'amour

*

> « Je [1] ne connaissais d'autre train
> Que d'aller comme il plaît au vin.
> Mais hélas, cher ami Grégoire,

---

1. Ce couplet est évidemment chanté par maître Pierre. Pour les autres, on ne peut faire que des hypothèses. Le premier peut revenir à Éraste, le second à Mlle Argante, le dernier à Crispin.

Plains mon aventure en ce jour :
J'ai perdu la raison sans boire,
Je vais comme il plaît à l'amour.

*

« Chacun a son faible ici-bas :
L'un au vin trouve mille appas ;
L'un est joueur, l'autre est avare :
Et l'autre est esclave à la cour ;
Mais puisqu'il faut que l'on s'égare,
Allons comme il plaît à l'amour [1]. »

---

1. Selon les *Anecdotes dramatiques* de La Porte et Clément (1775), l'aîné des frères Parfaict « a eu part au *Dénouement imprévu* et à *La Fausse Suivante* » (t. III, p. 380). Il est possible qu'il soit l'auteur du divertissement.

Le Dénouement imprévu

ACTEURS [1]

MONSIEUR ARGANTE.

MADEMOISELLE ARGANTE, fille de Monsieur Argante.

DORANTE
ÉRASTE [2] } amants de Mademoiselle Argante.

MAÎTRE PIERRE, fermier de Monsieur Argante [3].

LISETTE, suivante de Mademoiselle Argante.

CRISPIN, valet d'Éraste.

Un domestique de Monsieur Argante.

La scène est à [4]

---

1. On trouvera la distribution des rôles lors de la première représentation, ainsi que les raisons qui en firent charger les interprètes, dans le compte rendu du *Mercure* reproduit plus haut, p. 548 et suiv. **2.** L'édition de 1758, ici et quelques lignes plus bas, porte par erreur *Ergaste* au lieu d'*Éraste*. **3.** Édition de 1758 : *fermier de Mlle Argante*. **4.** *Sic* dans les éditions du temps. Duviquet complète : La scène est *dans la maison de campagne de M. Argante, aux environs de Paris*.

Scène première
DORANTE, MAÎTRE PIERRE

DORANTE, *d'un air désolé*. Je suis au désespoir, mon pauvre maître Pierre : je ne sais que devenir.

MAÎTRE PIERRE. Eh ! *marguenne, arrêtez-vous donc ! Voute lamentation me corrompt toute ma balle humeur.

DORANTE. Que veux tu ? J'aime Mademoiselle Argante plus qu'on n'a jamais aimé : je me vois à la veille de la perdre, et tu ne veux pas que je m'afflige ?

MAÎTRE PIERRE. En sait bian qu'il faut parfois s'affliger ; mais faut y aller pus *bellement que ça ; car moi, j'aime itou Lisette, voyez-vous ! en dit que stila qui veut épouser Mademoiselle Argante a un valet ; si le maître épouse notre demoiselle, il l'emmènera à son châtiau ; Lisette suivra : la velà emballée pour le voyage, et c'est autant de pardu pour moi que ce ballot-là ; ce guiable de valet en fera son proufit. Je vois tout ça *fixiblement clair : *stanpendant, je me tians l'esprit farme, je bataille contre le chagrin ; je me dis que tout ça n'est rian, que ça n'arrivera pas ; mais, morgué ! quand je vous entends geindre, ça me gâte le courage. Je me dis : Piarre, tu ne prends point de souci, mon ami, et c'est que tu t'*enjôles ; si tu faisais bian, tu en prenrais : j'en prends donc. Tenez, tout en parlant de chouse et d'autre, velà-t-il pas qu'il me prend envie de pleurer ! et c'est vous qui en êtes cause.

DORANTE. Hélas ! mon enfant, rien n'est plus sûr que notre malheur : l'époux qu'on destine à Mademoiselle Argante doit arriver aujourd'hui, et c'en est fait ; Monsieur Argante, pour marier sa fille, ne voudra pas seulement attendre qu'il soit de retour à Paris.

MAÎTRE PIERRE. C'en est donc fait ? queu piquié que noute vie, Monsieur Dorante ! Mais pourquoi est-ce que Monsieur Argante, noute maître, ne veut pas vous bailler sa fille ? Vous avez une bonne métairie ici ; vous êtes un joli garçon, une bonne pâte d'homme, d'une belle et bonne profession ; vous plaidez pour le monde [1]. Il est bian

---

1. Dorante est donc un avocat qui possède une métairie dans la campagne aux environs de Paris. Il est à noter qu'une grande partie des terres, par

vrai quou n'êtes pas chanceux, vous pardez vos causes ; mais que faire à ça ? Un autre les gagne ; tant pis pour ceti-ci, tant mieux pour ceti-là ; tant pis et tant mieux font aller le monde : à cause de ça faut-il refuser sa fille aux gens ? Est-ce que le futur est plus riche que vous ?

DORANTE. Non : mais il est gentilhomme, et je ne le suis pas.

MAÎTRE PIERRE. Pargué, je vous trouve pourtant fort gentil, moi.

DORANTE. Tu ne m'entends point : je veux dire qu'il n'y a point de noblesse dans ma famille.

MAÎTRE PIERRE. Eh bian ! boutez-y-en ; ça est-il si char pour s'en faire faute ?

DORANTE. Ce n'cst point cela ; il faut être d'un sang noble[1].

MAÎTRE PIERRE. D'un sang noble ? Queu guiable d'invention d'avoir fait comme ça du sang de deux façons, pendant qu'il viant du même ruissiau !

DORANTE. Laissons cet article-là ; j'ai besoin de toi. Je n'oserais voir Mademoiselle Argante aussi souvent que je le voudrais, et tu me feras plaisir de la prier, de ma part, de consentir à l'expédient que je lui ai donné.

MAÎTRE PIERRE. Oh ! *vartigué, laissez-moi faire ; je parlerons au père itou : il n'a qu'à venir avec son sang noble, comme je vous le rembarrerai ! Je nous traitons tous deux sans çarimonie ; je sis[2] son farmier, et en cette qualité, j'ons le parvilège de l'assister de mes avis ; je sis accoutumé à ça : il me conte ses affaires, je le gouvarne, je le réprimande : il est bavard et têtu ; moi je suis roide et prudent ; je li dis : Il faut que ça soit, le bon sens le veut ; là-dessus il se démène, je hoche la tête, il se fâche, je m'emporte, il me repart, je li repars : Tais-toi ! Non, morgué ! Morgué, si ! Morgué, non ! et pis il jure, et pis je li rends ; ça li établit une bonne opinion de mon çarviau, qui l'empêche d'aller à l'encontre de mes volontés : et il a

exemple les vignobles d'Asnières et de Suresnes, appartenaient ainsi aux praticiens, notaires, procureurs, avocats, parlementaires, qui, n'étant pas obligés, comme les marchands, d'employer leurs fonds pour alimenter leur commerce, pratiquaient largement les investissements fonciers.

1. Strictement parlant, on peut acquérir un titre nobiliaire ; mais pour être gentilhomme, il faut être noble d'extraction. La réponse de maître Pierre se rattache aux idées de Marivaux, telles qu'il les a exprimées dès l'époque du *Télémaque travesti* (rédigé vers 1714), et telles qu'il va les affirmer dans *L'Île des esclaves*. Voir la fin de la notice de cette pièce, p. 583.   **2.** Édition de 1758 : *suis*.

raison de m'obéir ; car en vérité, je sis fort judicieux de mon naturel, sans que ça paraisse [1] : ainsi je varrons ce qu'il en sera.

DORANTE. Si tu me rends service là-dedans, maître Pierre, et que Mademoiselle Argante n'épouse pas l'homme en question, je te promets d'honneur cinquante pistoles en te mariant avec Lisette.

MAÎTRE PIERRE. Monsieur Dorante, vous avez du sang noble, c'est moi qui vous le dis ; ça se connaît aux pistoles que vous me pourmettez, et ça se prouvera tout à fait quand je les recevrons.

DORANTE. La preuve t'en est sûre ; mais n'oublie pas de presser Mademoiselle Argante sur ce que je t'ai dit.

MAÎTRE PIERRE. *Tatiguienne ! dormez en repos et n'en pardez pas un coup de dent : si alle bronchait, je li revaudrais. Sa bonne femme de mère, alle est défunte, et cette fille-ci qu'alle a eu [2], alle est par conséquent la fille de Monsieur Argante, n'est-ce pas ?

DORANTE. Sans doute.

MAÎTRE PIERRE. Sans doute. Je le veux bian itou, je n'empêche rian, je sis de [3] tout bon accord ; mais si je voulions souffler une petite bredouille dans l'oreille du papa, il varrait bien [4] que Mademoiselle Argante est la fille de sa mère ; mais velà tout [5].

DORANTE. Cela n'aboutit à rien ; songe seulement à ce que je te promets.

MAÎTRE PIERRE. Oui, je songerons toujours à cinquante pistoles ; mais touchez-moi un petit mot de l'expédient quou dites.

DORANTE. Il est bizarre, je l'avoue ; mais c'est l'unique ressource

---

1. C'est dans cette tirade que maître Pierre se rapproche le plus du Lucas de *L'Esprit de contradiction* de Dufresny, qui s'exprime ainsi : « Tené, Monsieu, l'i a des paysans qui ont la philosophie d'avoir de l'esprit en argent ; ma philosophie à moi, c'est de gouverner la vie du monde par mon méquié de jardinier. » (SC. I.)   2. Sur le non-accord du participe, voir la Note grammaticale, p. 2265. L'édition de 1758 porte *eue*.   3. Les éditions modernes, à la suite de l'édition de 1758, omettent ce *de*. C'est une grave erreur. *Être de tout bon accord* est une locution courante chez Marivaux.   4. Le mot *bien* est omis en 1758.   5. Les insinuations à demi-mot de maître Pierre concernant la paternité des enfants du patron sont tout à fait dans la tradition du paysan de la région parisienne. Le Piarot des *Agréables Conférences* raconte ainsi la visite du procureur dont il est le fermier ou le métayer : « Jarnigué, je m'épouffe de rize (= rire) sou mon capiau, quand je lé va (= vois) veni poigé lé mouas (= payer les mois, la pension) de leu fieux, qui boutton cheu nou en norice, y le feson sautillé su leur giron en disan : ou esty papa ? le vla, sdy (= dit) le noriçon en montran le Clar (= le clerc) du bou du doa, é stanpandan j'attrapon leu carolu (carolus, ancienne monnaie). » (Éd. Les Belles-Lettres, p. 96.)

qui nous reste. Je voudrais donc que, pour dégoûter le futur, elle affectât une sorte de maladie, un dérangement, comme qui dirait des vapeurs.

MAÎTRE PIERRE. Dites à la *franquette quou voudriais qu'alle fît la folle. Velà bien de quoi ! Ça ne coûte rian aux femmes : par bonheur alles ont un esprit d'un marveilleux *acabit pour ça, et Mademoiselle Argante nous fournira de la folie tant que j'en voudrons ; son çarviau la met à même. Mais velà son père : ôtez-vous de par ici ; tantôt je vous rendrons réponse.

Scène II

MONSIEUR ARGANTE, MAÎTRE PIERRE

MONSIEUR ARGANTE. Avec qui étais-tu là ?

MAÎTRE PIERRE. Eh voire, j'étais avec queuqu'un.

MONSIEUR ARGANTE. Eh ! qui est-il ce quelqu'un ?

MAÎTRE PIERRE. *Aga donc ! Il faut bian que ce soit une parsonne.

MONSIEUR ARGANTE. Mais je veux savoir qui c'était, car je me doute que c'est Dorante.

MAÎTRE PIERRE. Oh bian ! cette doutance-là, prenez que c'est une çartitude, vous n'y pardrez rian.

MONSIEUR ARGANTE. Que vient-il faire ici ?

MAÎTRE PIERRE. M'y voir.

MONSIEUR ARGANTE. Je lui ai pourtant dit qu'il me ferait plaisir de ne plus venir chez moi.

MAÎTRE PIERRE. Et si ce n'est pas son envie de vous faire plaisir, est-ce que les volontés ne sont pas libres ?

MONSIEUR ARGANTE. Non, elles ne le sont pas ; car je lui défendrai d'y venir davantage.

MAÎTRE PIERRE. Bon, je li défendrai ! Il vous dira qu'il ne dépend de parsonne.

MONSIEUR ARGANTE. Mais vous dépendez de moi, vous autres, et je vous défends de le voir et de lui parler.

MAÎTRE PIERRE. Quand je serons aveugles et muets, je ferons voute commission, Monsieur Argante.

MONSIEUR ARGANTE. Il faut toujours que tu raisonnes.

MAÎTRE PIERRE. Que voulez-vous ? J'ons une langue, et je m'en sars ; tant que je l'aurai, je m'en sarvirai ; vous me chicanez avec la voute, peut-être que je vous *lantarne avec la mienne.

MONSIEUR ARGANTE. Ah ! je vous chicane ! c'est-à-dire, maître Pierre, que vous n'êtes pas content de ce que j'ai congédié Dorante ?

MAÎTRE PIERRE. Je n'approuve rian que de bon, moi.

MONSIEUR ARGANTE. Je vous dis ! il faudra que je dispose de ma fille à sa fantaisie !

MAÎTRE PIERRE. Acoutez, peut-être que la raison le voudrait ; mais voute avis est bian pus raisonnable que le sian.

MONSIEUR ARGANTE. Comment donc ! est-ce que je ne la marie pas à un *honnête homme ?

MAÎTRE PIERRE. Bon ! le velà bian avancé d'être honnête homme ! Il n'y a que les couquins qui ne sont pas honnêtes gens.

MONSIEUR ARGANTE. Tais-toi, je ne suis pas raisonnable de t'écouter ; laisse-moi en repos, et va-t'en dire aux musiciens que j'ai fait venir de Paris qu'ils se tiennent prêts pour ce soir.

MAÎTRE PIERRE. Qu'est-ce quou en voulez faire, de leur musicle ?

MONSIEUR ARGANTE. Ce qu'il me plaît.

MAÎTRE PIERRE. Est-ce quou voulez danser la bourrée avec ces violoneux ? Ça n'est pas parmis à un maître de maison.

MONSIEUR ARGANTE. Ah ! tu m'impatientes.

MAÎTRE PIERRE. Parguenne, et vous itou : tenez, j'use trop mon esprit après vous. Par la *mardi ! voute farme, et tous les animaux qui en dépendont, me baillont moins de peine à gouvarner que vous tout seul ; par ainsi, prenez un autre farmier : je varrons un peu ce qu'il en sera, quand vous ne serez pus à ma charge.

MONSIEUR ARGANTE. Fort bien ! me quitter tout d'un coup dans l'embarras où je suis, et le jour même que je marie ma fille ; vous prenez bien votre temps, après toutes les bontés que j'ai eues pour vous !

MAÎTRE PIERRE. Voirement, des bontés ! Si je comptions ensemble, vous m'en deveriez pus de deux douzaines : mais gardez-les, et grand bian vous fasse.

MONSIEUR ARGANTE. Mais enfin, pourquoi me quitter ?

MAÎTRE PIERRE. C'est que mes bonnes qualités sont entarrées avec vous ; c'est qu'ou voulez marier voute fille à voute tête, en lieu de la marier à la mienne ; et *drès qu'ou ne voulez pas me complaire en ça, drès que ma raison ne vous sart de rian, et qu'ou prétendez être le maître par-dessus moi qui sis prudent, drès qu'ou allez toujours voute chemin maugré que je vous retienne par la bride, je pards mon temps cheux vous.

MONSIEUR ARGANTE. Me retenir par la bride ! belle façon de s'exprimer !

MAÎTRE PIERRE. C'est une petite similitude qui viant fort à propos.

MONSIEUR ARGANTE. C'est ma fille qui vous fait parler, je le vois bien ; mais il n'en sera pourtant que ce que j'ai résolu ; elle épousera aujourd'hui celui que j'attends. Je lui fais un grand tort, en vérité, de lui donner un homme pour le moins aussi riche que ce fainéant de Dorante, et qui avec cela est gentilhomme !

MAÎTRE PIERRE. Ah ! nous y velà donc, à la gentilhommerie ! Eh fi, noute Monsieur ! ça est vilain à voute âge de bailler comme ça dans la bagatelle ; en vous amuse comme un enfant avec un joujou[1]. Jamais je n'endurerai ça ; voyez-vous, Monsieur Dorante est amoureux de voute fille, alle est amoureuse de li ; il faut qu'ils voyont le bout de ça. Hier encore, sous le barciau de noute jardin je les entendais. *(À part.)* Sarvons-li d'une bourde. *(Haut.)* Ma mie, ce li disait-il, voute père veut donc vous bailler un autre homme que moi ? Eh ! vraiment oui ! ce faisait-elle. Eh ! que dites-vous de ça ? ce faisait-il. Eh ! qu'en pourrais-je dire ? ce faisait-elle. Mais si vous m'aimez bian, vous lui dirais qu'ou ne le voulez pas. Hélas ! mon grand ami, je lui[2] ai tant dit ! Mais bref, à la parfin que ferez-vous ? Eh ! je n'en sais rian. J'en mourrai, ce dit-il. Et moi itou, ce dit-elle... Quoi, je mourrons donc ? Voute père est bian tarrible... Que voulez-vous ? comme on me l'a baillé, je l'ai prins[3]...

MONSIEUR ARGANTE, *en colère et s'en allant.* L'impertinente, avec son amant ! et toi encore plus impertinent de me rapporter de pareils discours ; mais mon gendre va venir, et nous verrons qui sera le maître.

Scène III
MADEMOISELLE ARGANTE, LISETTE, MAÎTRE PIERRE

MADEMOISELLE ARGANTE. Il me semble que mon père sort fâché d'avec toi. De quoi parliez-vous ?

---

1. Cette comparaison vient spontanément à l'esprit de Marivaux quand il évoque les divers aspects de la vanité. Voir notamment *L'Île de la Raison*, acte III, sc. II.   **2.** Sur *lui = le lui*, voir la Note grammaticale, article *pronom*, p. 2268.   **3.** Ici encore, Marivaux remplace par un récit, mis dans la bouche d'un personnage plaisant, une scène de tendresse qui pourrait paraître fade. Voir par exemple *La Fausse Suivante*, acte II, sc. III (p. 504, note 2).

Maître Pierre. De voute noce avec le fils de ce gentilhomme.

Lisette. Eh bien ?

Maître Pierre. Eh bian ! je ne sais qui l'a enhardi ; mais il n'est pas si timide que de coutume [1] avec moi : il m'a bravement injurié et baillé le sobriquet d'impartinent, et m'a enchargé de dire à Mademoiselle Argante qu'alle est une sotte ; et pisque la velà, je li fais ma commission.

Lisette, *à Mademoiselle Argante.* Là-dessus, à quoi vous déterminez-vous ?

Mademoiselle Argante. Je ne sais ; mais je suis au désespoir de me voir en danger d'épouser un homme que je n'ai jamais vu ; et seulement parce qu'il est le fils de l'ami de mon père.

Maître Pierre. Tenez, tenez, il n'y a point de détarmination à ça. J'avons arrêté, Monsieur Dorante et moi, ce qu'ou devez faire, et velà cen [2] que c'est. Il faut qu'ou deveniais folle ; ça est conclu entre nous ; il n'y a pus à dire non : faut parachever. Allons, avancez-nous, en attendant, queuque petit échantillon d'extravagance pour voir comment ça fait : en dit que les vapeurs sont bonnes pour ça, montrez-m'en une.

Mademoiselle Argante. Oh ! laisse-moi, je n'ai point envie de rire.

Lisette. Va, ne t'embarrasse pas ; nous autres femmes, pour faire les folles avons-nous besoin d'étudier notre rôle ?

Maître Pierre. Non ; je savons bian vos facultés ; mais n'iamporte, il s'agit d'avoir l'esprit pus torné que de coutume. Lisette, sarmonne-la un peu là-dessus, et songe toujours à noute amiquié : ça ne fait que croître et embellir cheux moi, quand je te regarde.

Lisette. Je t'en fais mes compliments.

Maître Pierre. Adieu ; noute maître est sourti, je pense. Je vas revenir, si je puis, avec Monsieur Dorante.

Scène IV

MADEMOISELLE ARGANTE, LISETTE

Lisette. Çà, faites vos réflexions. Consentez-vous à ce qu'on vous propose ?

---

1. À partir de 1758, ce mot est patoisé sous la forme *couteume*. Il en est de même pour des mots tels que *notre*, *humeur*, qui deviennent *noute*, *himeur*, etc. **2.** Sur la forme *cen* (équivalent de *ce*, avec l'influence de mots comme *tant*), voir la Note sur le patois, p. 2271.

MADEMOISELLE ARGANTE. Je ne saurais m'y résoudre. Jouer un rôle de folle ! Cela est bien laid.

LISETTE. Eh, *mort de ma vie ! trouvez-moi quelqu'un qui ne joue pas ce rôle-là dans le monde ? Qu'est-ce que c'est que la société entre nous autres honnêtes gens, s'il vous plaît ? N'est-ce pas une assemblée de fous paisibles qui rient de se voir faire, et qui pourtant s'accordent ? Eh bien ! mettez-vous pour quelques instants de la coterie des fous revêches, et nous dirons nous autres : la tête lui a tourné.

MADEMOISELLE ARGANTE. Tu as beau dire ; cela me répugne.

LISETTE. Je crois qu'effectivement vous avez raison. Il vaut mieux que vous épousiez ce jeune rustre que nous attendons. Que de repos vous allez avoir à la campagne ! Plus de toilette, plus de miroir, plus de boîte à mouches ; cela ne rapporte rien. Ce n'est pas comme à Paris, où il faut tous les matins recommencer son visage, et le travailler sur nouveaux frais. C'est un embarras que tout cela, et on ne l'a pas à la campagne : il n'y a là que de bons gros cœurs, qui sont francs, sans façon, et de bon appétit. La manière de les prendre est très aisée ; une face large, massive, en fait l'affaire ; et en moins d'un an vous aurez toutes ces mignardises convenables.

MADEMOISELLE ARGANTE. Voilà de fort jolies mignardises !

LISETTE. J'oubliais le meilleur. Vous aurez parfois des galants *houbereaux qui viendront vous rendre hommage, qui boiront du vin pur à votre santé ; mais avec des contorsions !... Vous irez vous promener avec eux, la petite canne à la main, le manteau troussé de peur des crottes : ils vous aideront à sauter le fossé, vous diront que vous êtes adroite, remplie de charmes et d'esprit, avec tout plein d'équivoques spirituelles, qui brocheront sur le tout. Qu'en dites-vous ? Prenez votre parti, sinon je recommence, et je vous nomme tous les animaux de votre ferme, jusqu'à votre mari[1].

MADEMOISELLE ARGANTE. Ah ! le vilain homme !

---

1. La parenté de ce passage avec la scène III, acte II, du *Tartuffe*, est évidente. Mais tandis que Dorine présente à Mariane un tableau ridicule de la petite ville, il est ici question de la vie de château à la campagne, telle que Marivaux l'a souvent dépeinte dans ses œuvres de jeunesse, *Pharsamon*, *Le Télémaque travesti* (p. 730 et suiv.), les *Lettres au Mercure* (édition des *Journaux et Œuvres diverses*, première section), et déjà dans *Le Père prudent et équitable* : « Oui, oui, parmi les bœufs, les vaches, les dindons, / Il vous fera beau voir de rubans tout ornée ! / Dans huit jours vous serez couleur de cheminée... » (Voir plus haut, p. 73.)

LISETTE. Allons, vite, choisissez de quel genre de folie vous voulez le dégoûter ; il va venir, comme vous savez, et vous aimez Dorante, sans doute ?

MADEMOISELLE ARGANTE. Mais oui, je l'aime ; car je ne connais que lui depuis quatre ans.

LISETTE. Mais oui, je l'aime ! Qu'est-ce que c'est qu'un amour qui commence par *mais*, et qui finit par *car* ?

MADEMOISELLE ARGANTE. Je m'explique comme je sens. Il y a si long-temps que nous nous voyons ; c'est toujours la même personne, les mêmes sentiments : cela ne *pique pas beaucoup ; mais au bout du compte, c'est un bon garçon ; je l'aime quelquefois plus, quelquefois moins, quelquefois point du tout ; c'est suivant : quand il y a long temps que je ne l'ai vu, je le trouve bien aimable ; quand je le vois tous les jours, il m'ennuie un peu, mais cela se passe, et je m'y accoutume : s'il y avait un peu plus de *mouvement dans mon cœur, cela ne gâterait rien pourtant.

LISETTE. Mais n'y a-t-il pas un peu d'inconstance là-dedans ?

MADEMOISELLE ARGANTE. Peut-être bien ; mais on ne met rien dans son cœur, on y prend ce qu'on y trouve [1].

LISETTE. Chemin faisant je rencontre de certains visages qui me remuent, et celui de Pierrot ne me remue point ; n'êtes-vous pas comme moi ?

MADEMOISELLE ARGANTE. Voilà où j'en suis. Il y a des physionomies qui font que Dorante me devient si insipide ! Et malheureusement, dans ce moment-là, il a la fureur de m'aimer plus qu'à l'ordinaire : moi, je voudrais qu'il ne me dît rien ; mais les hommes savent-ils se *gouverner avec nous ? Ils sont si maladroits ! Ils viennent quelque-fois vous accabler d'un tas de sentiments langoureux qui ne font que vous affadir le cœur ; on n'oserait leur dire : Allez-vous-en, lais-sez-moi en repos, vous vous perdez. Ce serait même une charité de leur dire cela ; mais point, il faut les écouter, n'en pouvoir plus, étouffer, mourir d'ennui et de satiété pour eux ; le beau profit qu'ils font là ! Qu'est-ce que c'est qu'un homme toujours tendre, toujours disant : Je vous adore ; toujours vous regardant avec passion ; tou-jours exigeant que vous le regardiez de même ? Le moyen de *soute-

---

1. C'est là une théorie de l'amour et de l'inconstance qui ressemble beau-coup à celle qu'exposait Silvia à la fin de *La Double Inconstance* (voir ci-dessus, p. 372). Voir aussi, dans le cas présent, le *Divertissement* : « L'amour vient je ne sais comment / Et nous quitte comme il nous prend », etc. (p. 550).

nir cela ? Peut-on sans cesse dire : Je vous aime ? On en a quelquefois envie, et on le dit ; après cela l'envie se passc, il faut attendre qu'elle revienne.

LISETTE. Mais enfin, épouserez-vous le campagnard ?

MADEMOISELLE ARGANTE. Non, je ne saurais souffrir la campagne, et j'aime mieux Dorante, qui ne quittera jamais Paris. Après tout, il ne m'ennuie pas toujours, et je serais fâchée de le perdre.

LISETTE. Je vois Pierrot qui revient bien *intrigué.

Scène V

MADEMOISELLE ARGANTE, LISETTE, MAÎTRE PIERRE

LISETTE. Où est Dorante ?

MAÎTRE PIERRE. Hélas ! il est en chemin pour venir ici ; et moi, Mademoiselle Argante, je vians pour vous dire que ce garçon-là n'a pas encore trois jours à vivre.

MADEMOISELLE ARGANTE. Comment donc ?

MAÎTRE PIERRE. Oui, et s'il m'en veut croire, il fera son testament *drès ce soir ; car s'il allait trapasser sans le dire au tabellion, j'aimerais autant qu'il ne mourît[1] pas : ce ne serait pas la peine, et ça me fâcherait trop ; en lieu que, s'il me laissait queuque chouse, ça ferait que je me lamenterais plus agriablement sur li.

LISETTE. Dis donc ce qui lui est arrivé.

MADEMOISELLE ARGANTE. Est-il malade, empoisonné, blessé ? Parle.

MAÎTRE PIERRE. Attendez que je reprenne vigueur ; car moi qui veux hériter de li, je sis si découragé, si déconfit, que je sis d'avis itou de coucher mes darnières volontés sur de l'écriture, afin de laisser mes nippes à Lisette.

LISETTE. Allons, allons, nigaud, avec ton testament et tes nippes : il n'y a rien que je haïsse tant que des dernières volontés.

MADEMOISELLE ARGANTE. Eh ! ne l'interromps pas. J'attends qu'il nous dise l'état où est Dorante.

MAÎTRE PIERRE. Ah ! le pauvre homme ! la diète le pardra.

LISETTE. Eh ! depuis quand fait-il diète ?

MAÎTRE PIERRE. De ce matin.

---

1. L'édition de 1758 et les éditions dérivées corrigent malencontreusement *mourît*, forme authentique et amusante d'imparfait du subjonctif, en *mourût*.

LISETTE. Peste du benêt !

MAÎTRE PIERRE. Tenez, le velà. Voyez queu mine il a ! Comme il est blafard !

Scène VI

MADEMOISELLE ARGANTE, DORANTE, LISETTE, MAÎTRE PIERRE

DORANTE, *d'un air affligé.* Je suis au désespoir, Madame ; votre fermier m'a fait un récit qui m'a fait trembler. Il dit que vous refusez de me conserver votre main, et que vous ne voulez pas en venir à la seule ressource qui nous reste.

MADEMOISELLE ARGANTE. Eh bien ! remettez-vous, j'extravaguerai ; la comédie va commencer ; êtes-vous content ?

MAÎTRE PIERRE. Alle extravaguera, Monsieur Dorante, alle extravaguera. Queu plaisir ! Je varrons la comédie ; alle fera le[1] Poulichinelle, queu contentement ! Je rirons comme des fous. Il faut extravaguer *tretous au moins.

DORANTE. Vous me rendez la vie, Madame ; mais de grâce l'amour seul a-t-il part à ce que vous allez faire ?

MADEMOISELLE ARGANTE. Eh ! ne savez-vous pas bien que je vous aime, quoique j'oublie quelquefois de vous le dire ?

DORANTE. Eh ! pourquoi l'oubliez-vous ?

MADEMOISELLE ARGANTE. C'est que cela est fini ; je n'y songe plus.

LISETTE. Eh ! oui, cela va sans dire : retirons-nous ; je crois que votre père est revenu, vous pouvez l'attendre : mais il n'est pas à propos qu'il nous voie, nous autres.

DORANTE. Adieu, Madame ; songez que mon bonheur dépend de vous.

MADEMOISELLE ARGANTE. J'y penserai, j'y penserai ; allez-vous-en. *(Seule.)* Nous verrons un peu ce que dira mon père, quand il me verra folle. Je crois qu'il va faire de belles exclamations ! Heureusement, sur le sujet dont il s'agit, il m'a déjà vue dans quelques écarts, et je crois que la chose ira bien ; car il s'agit d'une malice, et je suis femme : c'est de quoi réussir. Le voilà, prenons une contenance qui prépare les voies.

---

1. Par erreur typographique, *le* devient *la* dans l'édition de 1758, et ce texte passe dans presque toutes les éditions ultérieures.

Scène VII

MONSIEUR ARGANTE, MADEMOISELLE ARGANTE,
battant la mesure de son pied

MONSIEUR ARGANTE. Que faites-vous là, Mademoiselle ?

MADEMOISELLE ARGANTE. Rien.

MONSIEUR ARGANTE. Rien ? belle occupation !

MADEMOISELLE ARGANTE. Je vous défie pourtant de critiquer rien [1].

MONSIEUR ARGANTE. Quelle étourdie ! comme vous voilà faite !

MADEMOISELLE ARGANTE. Faite au tour, à ce qu'on dit.

MONSIEUR ARGANTE. Hé ! je crois que vous plaisantez ?

MADEMOISELLE ARGANTE. Non, je suis de mauvaise humeur ; car je n'ai pu jouer du clavecin ce matin.

MONSIEUR ARGANTE. Laissez là votre clavecin ; mon gendre arrive, et vous ne devez pas le recevoir dans un ajustement aussi négligé.

MADEMOISELLE ARGANTE. Ah ! laissez-moi faire ; le négligé va au cœur... Si j'étais ajustée, on ne verrait que ma parure ; dans mon négligé, on ne verra que moi, et on n'y perdra rien [2].

MONSIEUR ARGANTE. Oh ! oh ! que signifie donc ce discours-là ?

MADEMOISELLE ARGANTE. Vous haussez les épaules, vous ne me croyez pas : je vous convaincrai, papa.

MONSIEUR ARGANTE. Je n'y comprends rien. Ma fille ?

MADEMOISELLE ARGANTE. Me voilà, mon père.

MONSIEUR ARGANTE. Avez-vous dessein de me jouer ?

MADEMOISELLE ARGANTE. Qu'avez-vous donc ? Vous m'appelez, je vous réponds ; vous vous fâchez, je vous laisse faire. De quoi s'agit-il ? expliquez-vous. Je suis là, vous me voyez, je vous entends, que vous plaît-il ?

MONSIEUR ARGANTE. En vérité, sais-tu bien que si on t'écoutait, on te prendrait pour une folle ?

MADEMOISELLE ARGANTE. Eh ! eh ! eh !...

---

1. Cette réplique évoque assez curieusement Shakespeare, par exemple dans les scènes de folie d'Hamlet. Il en est de même pour la réplique suivante de Mlle Argante, avec le jeu de mots sur *faite* (qui, dans la bouche de M. Argante, faisait allusion au désordre des vêtements ou de la coiffure de sa fille : voir la fin de la scène précédente).   2. Marivaux a souvent analysé les principes régissant l'emploi du négligé, « honnête équivalent de la nudité », « abjuration simulée de la coquetterie, mais en même temps le chef-d'œuvre de l'envie de plaire ». (*Lettres au Mercure*, éd. des *Journaux et Œuvres diverses*, première section, p. 28.)

MONSIEUR ARGANTE. Eh ! Eh ! il n'est pas question d'en rire, cela est vrai.

MADEMOISELLE ARGANTE. J'en pleurerai, si vous le jugez à propos. Je croyais qu'il en fallait rire, je suis dans la bonne foi.

MONSIEUR ARGANTE. Non : il faut m'écouter.

MADEMOISELLE ARGANTE *le salue*. C'est bien de l'honneur à moi, mon père.

MONSIEUR ARGANTE. Qu'on a de peines avec les enfants !

MADEMOISELLE ARGANTE. Eh ! vous ne vous vantez de rien ; mais je crois que vous n'en avez pas mal donné à mon grand-père : vous étiez bien sémillant.

MONSIEUR ARGANTE. Taisez-vous, petite fille.

MADEMOISELLE ARGANTE. Les petites filles n'obéissent point, mon père ; et puisque j'en suis une, je ferai ma *charge, et me *gouvernerai, s'il vous plaît, suivant l'épithète que vous me donnez.

MONSIEUR ARGANTE. La patience m'échappera...

MADEMOISELLE ARGANTE. Calmez-vous, je me tais : voilà l'agrément qu'il y a d'avoir affaire à une personne raisonnable !

MONSIEUR ARGANTE. Je ne sais où j'en suis, ni où elle prend tant d'impertinences : quoi qu'il en soit, finissons ; je n'ai qu'un mot à vous dire : préparez-vous à recevoir celui qui vient ici vous épouser.

MADEMOISELLE ARGANTE. Ce discours-là me fait ressouvenir d'une chanson qui dit : *Préparons-nous à la fête nouvelle.*

MONSIEUR ARGANTE, *étonné longtemps*. J'attends que vous ayez achevé votre chanson.

MADEMOISELLE ARGANTE. Oh ! voilà qui est fait ; ce n'était qu'une citation que je voulais faire.

MONSIEUR ARGANTE. Vous sortez du respect que vous me devez, ma fille.

MADEMOISELLE ARGANTE. Serait-il possible ! moi, sortir du respect ! il me semble qu'en effet je dis des choses extraordinaires ; je crois que je viens de chanter. Remettez-moi, mon père ; où en étions-nous ? Je me retrouve : vous m'avez proposé, il y a quelques jours, un mariage qui m'a bouleversé la tête à force d'y penser : tout rompu qu'il est, je n'en saurais revenir, et il faut que j'en pleure.

MONSIEUR ARGANTE. Oh ! oh ! cela serait-il de bonne foi, ma fille ? D'où vient tant de répugnance pour un mariage qui t'est avantageux ?

MADEMOISELLE ARGANTE. Eh ! me le proposeriez-vous s'il n'était pas avantageux ?

MONSIEUR ARGANTE. Je fais le tout pour ton bien.

MADEMOISELLE ARGANTE, *pleurant.* Et cependant je vous paie d'ingratitude.

MONSIEUR ARGANTE. Va, je te le pardonne ; c'est un petit travers qui t'a pris.

MADEMOISELLE ARGANTE. Continuez, allez votre train, mon père ; continuez, n'écoutez pas mes dégoûts, tenez ferme, point de quartier, courage ; dites : je veux ; grondez, menacez, punissez, ne m'abandonnez pas dans l'état où je suis : je vous charge de tout ce qui m'arrivera.

MONSIEUR ARGANTE, *attendri.* Va, mon enfant, je suis content de tes dispositions, et tu peux t'en fier à moi ; je te donne à un homme avec qui tu seras heureuse ; et la campagne, au bout du compte, a ses charmes aussi bien que la ville.

MADEMOISELLE ARGANTE. Par ma foi, vous avez raison.

MONSIEUR ARGANTE. Par ma foi ? de quel terme te sers-tu là ? je ne te l'ai jamais entendu dire, et je serais fâché que tu t'en servisses devant mon gendre futur.

MADEMOISELLE ARGANTE. Ma foi, je l'ai cru bon, parce que c'est votre mot favori.

MONSIEUR ARGANTE. Il ne sied point dans la bouche d'une fille[1].

MADEMOISELLE ARGANTE. Je ne le dirai plus ; mais revenons ; contezmoi un peu ce que c'est que votre gendre : n'est-ce pas cet homme des champs ?

MONSIEUR ARGANTE. Encore ! Est-il question d'un autre ?

MADEMOISELLE ARGANTE. Je m'imagine qu'il accourt à nous comme un satyre[2].

MONSIEUR ARGANTE. Oh ! je n'y saurais tenir. Vous êtes une impertinente ; il vous épousera, je le veux, et vous obéirez.

MADEMOISELLE ARGANTE. Doucement, mon père ; discutons froidement les choses. Vous aimez la raison, j'en ai de la plus rare.

MONSIEUR ARGANTE. Je vous montrerai que je suis votre père.

MADEMOISELLE ARGANTE. Je n'en ai jamais douté ; je vous dispense de la preuve, tranquillisez-vous. Vous me direz peut-être que je n'ai

---

1. On voit que certains jurons sont malséants dans la bouche des femmes. Seules, dans le théâtre de Marivaux, les suivantes en utilisent quelques-uns, comme *vertuchoux, pardi*, etc.   **2.** Pour traiter cette scène de folie, Marivaux se souvient-il des *Bacchantes* d'Euripide ? Le mot peut aussi avoir été amené par *homme des champs*, auquel il est associé chez La Fontaine.

que vingt ans, et que vous en avez soixante. Soit, vous êtes plus vieux que moi ; je ne chicane point là-dessus ; j'aurai votre âge un jour ; car nous vieillissons tous dans notre famille. Écoutez-moi, je me sers d'une supposition. Je suis Monsieur Argante, et vous êtes ma fille. Vous êtes jeune, étourdie, vive, charmante, comme moi. Et moi, je suis grave, sérieux, triste et sombre comme vous.

MONSIEUR ARGANTE. Où suis-je ? et qu'est-ce que c'est que cela ?

MADEMOISELLE ARGANTE. Je vous ai donné des maîtres de clavecin, vous avez un gosier de rossignol, vous dansez comme à l'Opéra, vous avez du goût, de la délicatesse ; moi du souci et de l'*avarice ; vous lisez des romans, des historiettes et des contes de fées ; moi des édits, des registres et des mémoires. Qu'arrive-t-il ? Un vilain faune, un ours mal léché sort de sa tanière, se présente à moi, et vous demande en mariage. Vous croyez que je vais lui crier : va-t'en. Point du tout. Je caresse la créature maussade. Je lui fais des compliments, et je lui accorde ma fille. L'accord fait, je viens vous trouver et nous avons là-dessus une conversation ensemble assez curieuse. La voici. Je vous dis : Ma fille ? Que vous plaît-il, mon père ? me répondez-vous (car vous êtes civile et bien élevée). Je vous marie, ma fille. À qui donc, mon père ? À un honnête *magot, un habitant des forêts. Un magot, mon père ! Je n'en veux point. Me prenez-vous pour une guenuche ? Je chante, j'ai des appas, et je n'aurais qu'un magot, qu'un sauvage ! Eh ! fi donc ! Mais il est gentilhomme. Eh bien ! qu'on lui coupe le cou [1]. Ma fille, je veux que vous le preniez. Mon père, je ne suis point de cet avis-là. Oh ! oh ! friponne ! ne suis-je pas le maître ?... À cette épithète de friponne, vous prenez votre sérieux, vous vous armez de fermeté, et vous me dites : Vous êtes le maître, *distinguo* : pour les choses raisonnables, oui ; pour celles qui ne le sont pas, non. On ne force point les cœurs. Loi établie. Vous voulez forcer le mien : vous transgressez la loi. J'ai de la vertu, je la veux garder. Si j'épousais votre magot, que deviendrait-elle ? Je n'en sais rien [2].

---

1. Jeu de mots curieux, qui n'a jamais été expliqué. Au lieu de « qu'il aille se faire pendre », qui serait la réponse banale, Mlle Argante demande que l'on coupe la tête à Éraste : c'est qu'il est gentilhomme, et les gentilshommes condamnés à mort ont droit à ce traitement de faveur, au lieu d'être pendus. C'est ainsi que le comte de Horn venait d'être décapité en place de Grève quelques années auparavant. On trouvera une autre allusion, restée long-temps obscure, à cette prérogative dans *Manon Lescaut* (éd. Deloffre-Picard, Classiques Garnier, p. 153, note 1).   2. Marivaux reprend ici, avec infini-ment plus de fantaisie, quelques idées déjà mises en œuvre, dans *Le Père prudent et équitable*, pour suggérer la folie de Toinette-Philine : « Moi deve-

MONSIEUR ARGANTE. Vous mériteriez que je vous misse dans un couvent. Je pénètre vos desseins à présent, fille ingrate ; et vous vous imaginez que je serai la dupe de vos artifices ? Mais si tantôt j'ai lieu de me plaindre de votre conduite, vous vous en repentirez toute votre vie. Voilà ma réponse : retirez-vous.

MADEMOISELLE ARGANTE, *le saluant*. Donnez-moi le temps de vous faire la révérence, comme vous me l'auriez faite, si vous aviez été à ma place.

MONSIEUR ARGANTE. Marchez, vous dis-je.

Scène VIII

MONSIEUR ARGANTE, CRISPIN, UN DOMESTIQUE

LE DOMESTIQUE. Monsieur, il y a là-bas un valet qui demande à parler après vous.

MONSIEUR ARGANTE. Qu'il entre.

CRISPIN *paraît*. Monsieur, je viens de dix lieues d'ici, vous dire que je suis votre serviteur.

MONSIEUR ARGANTE. Cela n'en valait pas la peine.

CRISPIN. Oh ! je vous fais excuse ! Vous d'un côté, et Mademoiselle votre fille d'un autre, vous méritez fort bien vos dix lieues ; ce n'est que chacun cinq.

MONSIEUR ARGANTE. Qu'appelez-vous ma fille ? Quelle part a-t-elle à cela ?

CRISPIN. Ventrebleu ! quelle part, Monsieur ! sa part est meilleure que la vôtre [1], car nous venons pour l'épouser.

MONSIEUR ARGANTE. Pour l'épouser !

CRISPIN. Oui. Le seigneur Éraste, mon maître, l'épousera pour femme, et moi pour maîtresse.

---

nir sa femme ! ha ! ha ! quelle figure ! / Marier un objet, chef-d'œuvre de nature, / Fi donc ! avec un singe aussi vilain que lui ! / (...) Cher papa, non, j'en mourrais d'ennui. / Je suis, vous le savez, sujette à la migraine ; / L'aspect de ce magot la rendrait quotidienne. / Que je le hais déjà ! je ne le puis souffrir. / S'il devient mon époux, ma vertu va finir ; / Je ne réponds de rien... » (Voir ci-dessus, p. 66.)

1. *La vôtre*, et non *la nôtre*, comme le portent les éditions dérivées de celle de 1758. Crispin reprend les deux termes *Vous d'un côté* et *Mademoiselle votre fille d'un autre*. Le texte de 1758 constituerait une insolence inadmissible, et la plaisanterie perdrait même de son sel.

MONSIEUR ARGANTE. Ah, ah ! tu appartiens à Éraste ? Tu es apparemment le garçon plaisant dont il m'a parlé [1] ?

CRISPIN. J'ai l'honneur d'être son associé. C'est lui qui ordonne, c'est moi qui exécute.

MONSIEUR ARGANTE. Je t'entends. Eh ! où est-il donc ? Est-ce qu'il n'est pas venu ?

CRISPIN. Oh ! que si, Monsieur ; mais par galanterie il a jugé à propos de se faire précéder par une espèce d'ambassade : il m'a donné même quelques petits intérêts à traiter avec vous.

MONSIEUR ARGANTE. De quoi s'agit-il donc ?

CRISPIN. N'y a-t-il personne qui nous écoute ?

MONSIEUR ARGANTE. Tu le vois bien.

CRISPIN. C'est que... N'y a-t-il point de femmes dans la chambre prochaine ?

MONSIEUR ARGANTE. Quand il y en aurait, peuvent-elles nous entendre ?

CRISPIN. *Vertuchou, Monsieur ! vous ne savez pas ce que c'est que l'oreille d'une femme. Cette oreille-là, voyez-vous, d'une demi-lieue entend ce qu'on dit, et d'un quart de lieue ce qu'on va dire.

MONSIEUR ARGANTE. Oh bien ! je n'ai ici que des femmes sourdes. Parle.

CRISPIN. Oh ! la surdité lève tout scrupule ; et cela étant, je vous dirai sans façon que Monsieur Éraste va venir ; mais qu'il vous prie de ne point dire à sa future que c'est lui, parce qu'il se fait un petit *ragoût de la voir sous le nom seulement d'un ami dudit Monsieur Éraste ; ainsi ce n'est point lui qui va venir, et c'est pourtant lui ; mais lui sous la figure d'un autre que lui : ce que je dis là n'est-il pas obscur [2] ?

MONSIEUR ARGANTE. Pas mal ; mais je te comprends, et je veux bien lui donner cette satisfaction-là : qu'il vienne.

CRISPIN. Je crois que le voilà ; c'est lui-même. À présent je vais chercher mes ballots et les siens ; mais de grâce, avant que de partir, souffrez, Monsieur, que je vous recommande mon cœur ; il est sans *condition, daignez lui en trouver une.

MONSIEUR ARGANTE. Va, va, nous verrons.

---

1. Sur ce personnage de Crispin (joué ici par l'acteur Poisson), voir la notice du *Père prudent et équitable*, p. 41, et note 1.   2. On a sans doute ici une réminiscence d'un passage de l'*Amphitryon* de Molière (acte II, sc. I), où Sosie joue de la même façon avec les pronoms personnels en faisant une commission pour le compte de son maître.

Scène IX

MONSIEUR ARGANTE, ÉRASTE, MAÎTRE PIERRE, LISETTE

MONSIEUR ARGANTE. Je vous attendais ici avec impatience, mon cher enfant.

ÉRASTE. Je m'y rends avec un grand plaisir, Monsieur. Crispin vous aura dit sans doute ce que je souhaite que vous m'accordiez ?

MONSIEUR ARGANTE. Oui, je le sais, et j'y consens ; mais pourquoi cette façon ?

ÉRASTE. Monsieur, tout le monde me dit que Mademoiselle Argante est charmante, et tout le monde apparemment ne se trompe pas ; ainsi quand je demande à la voir sous cet habit-ci, ce n'est pas pour vérifier si ce que l'on m'a dit est vrai ; mais peut-être, en m'épousant, ne fait-elle que vous obéir ; cela m'inquiète ; et je ne viens sous un autre nom l'assurer de mes respects, que pour tâcher d'entrevoir ce qu'elle pense de notre mariage.

MONSIEUR ARGANTE. Hé bien ! je vais [1] la chercher.

ÉRASTE. Eh ! de grâce, n'y allez point ; je ne pourrais m'empêcher de soupçonner que vous l'auriez avertie. J'ai trouvé là-bas des ouvriers qui demandent à vous parler ; si vous vouliez bien vous y rendre pour quelque temps.

MONSIEUR ARGANTE. Mais...

ÉRASTE. Je vous en supplie.

MONSIEUR ARGANTE, *à part.* Je ne saurais croire que ma fille ose m'offenser jusqu'à certain point. (*À Éraste.*) Je me rends.

ÉRASTE. Il me suffira que vous disiez à un domestique qu'un de mes amis, qui m'a précédé, souhaiterait avoir l'honneur de lui parler.

MONSIEUR ARGANTE. Holà ! Pierrot, Lisette !

Maître Pierre et Lisette paraissent tous deux.

MAÎTRE PIERRE. Qu'est-ce quou nous voulez donc ?

MONSIEUR ARGANTE. Que quelqu'un de vous deux aille dire à ma fille que voici un des amis d'Éraste, et qu'elle descende.

MAÎTRE PIERRE. Ça ne peut pas, alle a mal à son estomac et à sa tête.

LISETTE. Oui, Monsieur ; elle repose.

ÉRASTE. Je vous assure que je n'ai qu'un mot à lui dire.

---

1. Certaines éditions portent *vas* et non *vais*.

MAÎTRE PIERRE, *à part*. Hélas ! comme il est douçoureux.

MONSIEUR ARGANTE. Je viens de la quitter, et je veux qu'elle descende. Allez-y, Lisette. *(À maître Pierre.)* Et toi, va-t'en. *(À Éraste.)* Je vous laisse pour vous satisfaire.

Il sort.

ÉRASTE. Je vous ai une véritable obligation. *(Seul.)* Ce commencement me paraît triste. J'ai bien peur que Mademoiselle Argante ne se donne pas de bon cœur.

Scène X

ÉRASTE, MAÎTRE PIERRE

MAÎTRE PIERRE, *revenant et regardant, à part*. Le sieur Argante n'y est plus. *(Haut.)* Avec votre parmission, Monsieur l'ami de Monsieur le futur, en attendant que noute Demoiselle se *requinque, agriez ma convarsation pour vous aider à passer un petit bout de temps.

ÉRASTE. Oui-da, tu me parais amusant.

MAÎTRE PIERRE. Je ne sons pas tout à fait bête ; le monde prend parfois de mes petits avis, et s'en trouve bian.

ÉRASTE. Je n'en doute pas.

MAÎTRE PIERRE, *riant*. Tenez, vous avez une philosomie de bonne apparence : j'esteme qu'ou êtes un bon compère ; velà ma pensée, parmettez la liberté[1].

ÉRASTE. Tu me fais plaisir.

MAÎTRE PIERRE. De queu vacation êtes-vous avec cet habit noir ? Est-ce *praticien ou médecin ? Tâtez-vous le pouls ou bian la bourse ? Dépêchez-vous le corps ou les bians ?

ÉRASTE. Je guéris du mal qu'on n'a pas.

MAÎTRE PIERRE. Vous êtes donc médecin[2] ? Tant mieux pour vous, tant pis pour les autres ; et moi je sis le farmier d'ici, et ce n'est tant pis pour parsonne.

ÉRASTE. Comment ! mais tu as de l'esprit. Tu dis qu'on te consulte. Parbleu, dans l'occasion je te consulterais volontiers aussi.

---

1. L'édition originale de 1727 portant par erreur *a liberté* (*sic*), celle de 1758 corrige en *ma liberté*. Le texte que nous adoptons correspond à la forme habituelle de l'expression.   2. On a vu qu'Éraste est gentilhomme : par conséquent il n'exerce aucune profession. Mais il est venu sous un costume et un nom d'emprunt.

MAÎTRE PIERRE. Consultez-moi, pour voir, sur Monsieur Éraste.

ÉRASTE. Que veux-tu que je dise ? Il épouse la fille de Monsieur Argante.

MAÎTRE PIERRE. Acoutez : êtes-vous bian son ami à cet épouseux de fille ?

ÉRASTE. Mais je ne suis pas toujours fort content de lui dans le fond, et souvent il m'ennuie.

MAÎTRE PIERRE. Fi ! c'est de la malice à lui.

ÉRASTE. J'ai idée qu'on ne l'épousera pas d'un trop bon cœur ici, et c'est bien fait.

MAÎTRE PIERRE. Tout franc, je ne voulons point de ce butor-là ; laissez venir le nigaud : je li gardons des *rats.

ÉRASTE. Qu'appelles-tu des rats ?

MAÎTRE PIERRE. C'est que la fille de cians a eu l'avisement de devenir *ratière : alle a mis par exprès son esprit sens dessus dessous, sens devant darrière, à celle fin, quand il la varra, qu'il s'en retorne avec son sac et ses quilles.

ÉRASTE. C'est-à-dire qu'elle feindra d'être folle ?

MAÎTRE PIERRE. Velà *cen que c'est : et si, maugré la folie, il la prend pour femme, n'y aura pus de rats ; mais ce qu'an mettra en lieu et place, les vaura bian.

ÉRASTE. Sans difficulté.

MAÎTRE PIERRE. *Stapendant la fille est sage ; mais quand on a bouté son amiquié ailleurs, et qu'en a un mari en avarsion, sage tant qu'ou vourez, il faut que sagesse dégarpisse ; et pis après, toute voute medeçaine ne garira pas Monsieur Éraste du mal qui li sera fait, le pauve niais ! Mais adieu ; veci voute ratière qui viant ; ça va bian vous divartir.

Scène XI

MADEMOISELLE ARGANTE, ÉRASTE

ÉRASTE, *à part*. Ah ! l'aimable personne ! pourquoi l'ai-je vue, puisque je la dois [1] perdre ?

MADEMOISELLE ARGANTE, *à part, en entrant*. Voilà un joli homme ! Si Éraste lui ressemblait, je ne ferais pas la folle.

---

1. Texte de 1727 et 1758. Les éditions modernes portent par erreur : *je dois la perdre.*

ÉRASTE, *à part*. Feignons d'ignorer ses dispositions. *(À Mademoiselle Argante.)* Mademoiselle, Éraste m'a chargé d'une commission dont je ne saurais que le louer. Vous savez qu'on vous a destinés l'un à l'autre : mais il ne veut jouir du bonheur qu'on lui assure, qu'autant que votre cœur y souscrira : c'est un respect que le sien vous doit, et que vous méritez plus que personne : daignez donc, Madame, me confier ce que vous pensez là-dessus, afin qu'il se conforme à vos volontés.

MADEMOISELLE ARGANTE. Ce que je pense, Monsieur, ce que je pense !

ÉRASTE. Oui, Madame.

MADEMOISELLE ARGANTE. Je n'en sais rien, je vous jure ; et malheureusement j'ai résolu de n'y penser que dans deux ans, parce que je veux me reposer. Dites-lui qu'il ait la bonté d'attendre : dans deux ans je lui rendrai réponse, s'il ne m'arrive pas d'accident.

ÉRASTE. Vous lui donnez un terme bien long.

MADEMOISELLE ARGANTE. Hélas ! je me trompais, c'est dans quatre ans que je voulais dire. Qu'il ne s'impatiente pas, au moins ; car je lui veux du bien, pourvu qu'il se tienne tranquille : s'il était pressé, je lui en donnerais pour un siècle. Qu'il me ménage, et qu'il soit docile, entendez-vous, Monsieur ? Ne manquez pas aussi de l'assurer de mon estime. Sait-il aimer ? a-t-il des *sentiments, de la figure ? est-il grand, est-il petit ? On dit qu'il est chasseur ; mais sait-il l'histoire ? Il verrait que la chasse est dangereuse. Actéon y périt pour avoir troublé le repos de Diane [1]. Hélas ! si l'on troublait le mien, je ne saurais que mourir. Mais à propos d'Éraste, me ferez-vous son portrait ? J'en suis curieuse.

ÉRASTE, *triste et soupirant*. Ce n'est pas la peine, Madame, il me ressemble trait pour trait.

MADEMOISELLE ARGANTE, *le regardant*. Il vous ressemble ! Bon cela, Monsieur.

ÉRASTE. Ma commission est faite, Madame ; je sais vos sentiments, dispensez-vous du désordre d'esprit que vous affectez ; un cœur comme le vôtre doit être libre, et mon ami sera au désespoir de l'extrémité où la crainte d'être à lui vous a réduite. On ne saurait désapprouver le parti que vous avez pris : l'autorité d'un père ne

---

1. Allusion à l'une des légendes mythologiques les plus célèbres à l'époque en raison de la grande diffusion des *Métamorphoses* d'Ovide, tant dans les versions sérieuses que dans les versions burlesques.

vous a laissé que cette ressource, et tout est permis pour se sauver du danger où vous étiez : mais c'en est fait ; livrez-vous au penchant qui vous est cher, et pardonnez à mon ami les frayeurs qu'il vous a données ; je vais l'en punir en lui disant ce qu'il perd.

Il veut s'en aller.

MADEMOISELLE ARGANTE, *à part*. Oh, oh ! c'est assurément là Éraste. *(Elle le rappelle.)* Monsieur ?

ÉRASTE. Avez-vous quelque chose à m'ordonner, Madame ?

MADEMOISELLE ARGANTE. Vous m'embarrassez. N'avez-vous que cela à me dire ? Voyez ; je vous écouterai volontiers, je n'ai plus de peur, vous m'avez rassurée.

ÉRASTE. Il me semble que je n'ai plus rien à dire après ce que je viens d'entendre.

MADEMOISELLE ARGANTE. Je ne devais dire ce que je pense sur Éraste que dans un certain temps ; et si vous voulez, j'abrégerai le terme.

ÉRASTE. Vous le haïssez trop.

MADEMOISELLE ARGANTE. Mais pourquoi en êtes-vous si fâché ?

ÉRASTE. C'est que je prends part à ce qui le regarde.

MADEMOISELLE ARGANTE. Est-il vrai qu'il vous ressemble ?

ÉRASTE. Il n'est que trop vrai.

MADEMOISELLE ARGANTE. Consolez-vous donc.

ÉRASTE. Eh ! *d'où vient me consolerais-je, Madame ? Daignez m'expliquer ce discours.

MADEMOISELLE ARGANTE. Comment vous l'expliquer ?... Dites à Éraste que je l'attends, si vous n'avez pas besoin de sortir pour cela.

ÉRASTE. Il n'est pas bien loin.

MADEMOISELLE ARGANTE. Je le crois de même.

ÉRASTE. Que d'amour il aura pour vous, Madame, s'il ose se flatter d'être bien reçu !

MADEMOISELLE ARGANTE. Ne tardez pas plus longtemps à voir ce qu'il en sera.

ÉRASTE. Puis-je espérer que vous me ferez grâce ?

MADEMOISELLE ARGANTE. J'en ai peut-être trop dit : mais vous serez mon époux. Que ne vous ai-je connu plus tôt ?

ÉRASTE. Avec quel chagrin ne m'en retourné-je pas !

MADEMOISELLE ARGANTE. Est-il possible que je vous aie haï ? À quoi songiez-vous de ne pas vous montrer ?

ÉRASTE. Au milieu de mon bonheur il me reste une inquiétude.

MADEMOISELLE ARGANTE. Dites ce que c'est, et vous ne l'aurez plus.

ÉRASTE. Vous vous gardiez, dit-on, pour un autre que moi.

MADEMOISELLE ARGANTE. Vous demeurez à la campagne, et je ne l'aimais pas avant que je vous eusse connu ; il y a quatre ans que je connais Dorante ; l'habitude de le voir me l'avait rendu plus supportable que les autres hommes ; il me convenait, il aspirait à m'épouser, et dans tout ce que j'ai fait, je me gardais moins à lui, que je ne me sauvais du malheur imaginaire d'être à vous : voilà tout, êtes-vous content ?

ÉRASTE, *à genoux*. Je vous adore ; et puisque vous haïssez la campagne, je ne saurais plus la souffrir.

Scène XII

MONSIEUR ARGANTE, MADEMOISELLE ARGANTE, ÉRASTE, MAÎTRE PIERRE [1]

MONSIEUR ARGANTE, *à maître Pierre*. Oh, oh ! ils sont, ce me semble, d'assez bonne intelligence.

MAÎTRE PIERRE. Qu'est-ce que c'est donc que tout ça ? Ils se disont des douceurs.

MONSIEUR ARGANTE. Eh bien ! ma fille, connais-tu Monsieur ?

MADEMOISELLE ARGANTE. Oui, mon père.

MONSIEUR ARGANTE. Et tu es contente ?

MADEMOISELLE ARGANTE. Oui, mon père.

MONSIEUR ARGANTE. J'en [2] suis charmé. Ne songeons donc plus qu'à nous réjouir ; et que, pour marquer notre joie, nos musiciens viennent ici commencer la fête.

MAÎTRE PIERRE. Voilà qui va fort ben. Ou êtes contente. Voute père, voute amant, tout ça est content ; mais de tous ces biaux contentements-là, moi et Monsieur Dorante, je n'y avons ni part ni portion.

MONSIEUR ARGANTE. Laisse là Dorante.

MADEMOISELLE ARGANTE. Si vous vouliez bien [3] lui parler, mon père ; on lui doit un peu d'égard, et cela me tirerait d'embarras avec lui.

MAÎTRE PIERRE. Il m'avait pourmis cinquante pistoles, si vous deve-

---

1. Noter que Lisette est absente de la scène finale. La question que se posait maître Pierre à son sujet dans la première scène n'est donc pas résolue. **2.** Plusieurs éditions modernes portent par erreur *Je* pour *J'en*. **3.** Le mot *bien* est souvent omis dans les éditions modernes.

niez sa femme : baillez-m'en tant seulement soixante, et je li ferai vos excuses. Je ne vous surfais pas.

ÉRASTE. Je te les donne de bon cœur, moi.

MAÎTRE PIERRE. C'est marché fait : chantez et dansez à votre aise[1], à cette heure, je n'y mets pus d'empêchement[2].

_____

1. Ces mots annoncent le divertissement. On en trouvera plus haut quatre couplets retrouvés dans le *Mercure* (pp. 550-551).   **2.** Par ce dernier mot, maître Pierre soutient jusqu'au bout son caractère.

L'ÎLE DES ESCLAVES

COMÉDIE EN UN ACTE ET EN PROSE
REPRÉSENTÉE POUR LA PREMIÈRE FOIS
PAR LES COMÉDIENS-ITALIENS
LE 5 MARS 1725

NOTICE

L'intérêt de Marivaux pour les questions politiques et sociales, déjà sensible dans *La Double Inconstance*, *Le Prince travesti* et *La Fausse Suivante*, s'affirme encore dans *L'Île des esclaves*, comédie en un acte, représentée pour la première fois par les Comédiens-Italiens le 5 mars 1725. De peu postérieure aux pièces sociales de Delisle de La Drevetière, que le public appréciait particulièrement, cette comédie frappe par l'audace avec laquelle y sont proclamées sur la scène des idées réservées jusque-là aux traités de morale et aux prédications.

Le cadre choisi pour les présenter est celui de l'utopie. Maint romancier s'en était servi depuis Thomas More, et parmi eux Marivaux a certainement connu Gomberville et son *Polexandre* : avec l'aide d'ouvrages plus récents, comme les *Voyages et Aventures de Jacques Massé* (1710), il s'en est en effet inspiré pour présenter dans son premier roman, *Les Effets surprenants de la sympathie* (1713-1714), les aventures d'Émander, naufragé dans une île dont il civilise les habitants. La société idéale qu'il réalise avec eux est toute semblable à celle dont Fénelon traçait le portrait dans sa Bétique : on a pu faire[1] des rapprochements précis entre la législation proposée par l'un et par l'autre auteur, notamment dans le domaine du droit social (une sorte de communisme agraire) et du droit familial. Ainsi, Marivaux a déjà pratiqué la robinsonnade utopique et morale dans le roman. Il ne lui restait plus qu'à la transporter au théâtre : la scène italienne comportait assez de scènes de naufrages, depuis le *Rudens* de Plaute, pour lui en donner l'idée[2].

---

1. Mario Matucci, *L'Opera narrativa di Marivaux*, Pironti, Napoli, 1962, pp. 35-38. **2.** Noter pourtant que *Le Naufrage*, tiré par Flaminia du *Mercator* et du *Rudens*, ne fut joué que le 14 février 1726. Les Comédiens-Italiens avaient déjà joué *Le Naufrage du Port-à-l'Anglais* (1718), mais il s'y agissait d'un naufrage plaisant.

Une particularité de la pièce est qu'à un côté romanesque, normal pour ce sujet, s'ajoute une transposition d'époque. L'action de *L'Île des esclaves* se passe dans une Antiquité de convention mêlant quelques noms ou lieux grecs, des détails de mœurs propres au xviiie siècle, comme le portrait du petit-maître et de la coquette, enfin des personnages traditionnels du Théâtre-Italien, Arlequin, fidèle à son personnage, et Trivelin, qui s'écarte quelque peu du sien pour jouer un rôle à manteau. L'effet de dépaysement ainsi obtenu est dans la tradition de l'*Amphitryon* de Molière et du *Démocrite amoureux* de Regnard, pièces avec lesquelles celle de Marivaux présente d'ailleurs des analogies de fond : ainsi, le problème des rapports entre maîtres et valets est déjà abordé dans *Amphitryon*. Quoique le travestissement antique réponde à la nécessité de ne pas inquiéter une censure chatouilleuse, il produit un effet de parodie légère qui n'est ni sans saveur ni sans grâce.

Pas sans audace non plus, si l'on veut bien y songer. Il en fallait pour désigner sous le nom d'esclaves les valets et les servantes du temps. N'était-ce pas faire songer à leur statut, inférieur en réalité, sinon en droit, à celui des hommes libres ? Qu'on se souvienne, par exemple, que les laquais n'étaient pas admis à la Comédie, fût-ce en payant leur place. Même appliqué aux problèmes domestiques, le mot d'*esclave* restait lourd de menaces. Nous n'imaginons plus de nos jours cet état social où les grands seigneurs avaient un personnel de plusieurs centaines de personnes, où deux petites rentières sans charges familiales, comme le sont les demoiselles Habert dans *Le Paysan parvenu*, ne pouvaient faire avec moins qu'une cuisinière et un valet. Marivaux, qui avait déjà traité avec bonne humeur, dans *Le Télémaque travesti*, des rapports entre maîtres et valets [1], reprend ici la question dans un ton tout différent. Considérant « cette espèce de créatures dont les meilleures ont bien de la peine à nous pardonner leur servitude, nos aises et nos défauts ; qui, même en nous servant bien, ne nous aiment ni ne nous haïssent, et avec qui nous

---

1. Après différents conseils pratiques, y compris les actes de charité nécessaires envers les domestiques vieux et malades, Mentor-Phocion recommande à Oménée de « ne point parler comme un fier dogue » à ceux qui le servent. Conclusion du passage : « Pour récapituler, cela signifie qu'il faut qu'un maître en agisse avec ses domestiques tout comme avec des frères cadets, et se regarde seulement comme un aîné qui a soin d'eux » (*Œuvres de jeunesse*, p. 860-861).

pouvons tout au plus nous réconcilier par nos bonnes façons[1] », il procède à une véritable analyse de cette condition d'« esclave ».

Le premier point consiste à noter que l'esclave se sent victime d'une aliénation. Arlequin commence par se plaindre d'avoir perdu son nom[2], et ceci est capital. La volonté de puissance du maître se fonde sur le sentiment qu'il a d'être le plus fort — juridiquement ou socialement, peu importe. Le nom même d'Iphicrate signifie « qui règne par la violence ». Et comme toute passion mauvaise, si elle est livrée à elle-même, tend à s'exaspérer, l'exercice de la domination sur un autre être crée peu à peu le besoin de le priver de tout ce qui ferait de lui un égal, sa liberté, sa fierté, jusqu'à son nom. La livrée d'uniforme imposée aux laquais ne répond pas moins à cette tendance que le changement arbitraire que faisaient certains maîtres du nom de leurs valets, appelés Champagne parce que leur prédécesseur s'appelait ainsi, ou Flamand parce qu'ils étaient gascons[3].

La réponse naturelle de l'esclave à ce traitement est le *ressentiment* : le mot est prononcé dès la seconde scène. Mais l'esclavage marque aussi plus largement son âme : la paresse, l'hypocrisie, l'indifférence, qui est pire encore, sont les conséquences de cette dépersonnalisation recherchée et obtenue. Pour que l'esclave redevienne un homme, il faudra qu'il redécouvre, après sa personne, après sa responsabilité, la sensibilité qui s'était flétrie en lui et dont Marivaux fait, avant Rousseau, le principe vivant de l'action morale.

Mais la réforme des maîtres est la plus urgente, car elle conditionne celle des serviteurs. Dans un premier stade, elle s'opère par une cure d'humiliation : Iphicrate et Euphrosine ont d'abord à entendre le portrait satirique qui est fait d'eux par leurs valets et à y souscrire. Comme les domestiques sont les mieux placés pour observer et les moins portés à l'indulgence pour juger, cette peinture du théâtre du grand monde, vu des coulisses, est d'une ressemblance cruelle. Après la satire verbale vient la caricature, plus efficace encore du point de vue pédagogique : les maîtres se regardent dans le miroir déformant de leurs serviteurs qui tiennent leur place et tournent en ridicule leurs affectations. On imagine au reste les effets frappants que des acteurs comme Thomassin et Silvia devaient tirer

---

1. *La Vie de Marianne*, éd. Classiques Garnier, p. 229.   **2.** Sc. II.   **3.** Voir au théâtre comment Valère, le « Joueur » de Regnard, transforme le nom de son valet en celui d'Hector, le valet de carreau.

de ces rôles de petit-maître et de coquette. De même que la pénitence suit la contrition, de même, après l'humiliation ainsi ménagée, un second stade de la guérison des maîtres consiste dans l'épreuve de la souffrance morale. La scène où Arlequin fait la cour à Euphrosine marque ainsi un sommet de la pièce. Pendant un moment, le comique y cède la place à un véritable pathétique, auquel correspond, comme c'est ordinairement le cas chez Marivaux, une extrême simplicité d'expression. Certes, ce paroxysme ne dure pas, mais il a suffi, sinon pour purifier définitivement l'âme des maîtres, du moins pour toucher celle des esclaves. Ces derniers, voyant souffrir les premiers, retrouvent avec eux le contact humain que les mauvais traitements leur avaient fait perdre. Chacun découvre en l'autre un prochain. Dès lors, Iphicrate et Euphrosine d'une part, Arlequin et Cléanthis de l'autre pourront retrouver leur rang : leurs rapports respectifs seront établis dans un esprit et sur un plan nouveaux.

Cette solution a été diversement jugée. Il est certain que, quelles que soient les raisons de sa prudence, Marivaux ne réclame ni un bouleversement des institutions, ni l'instauration d'une société sans classe[1], ni, à plus forte raison, l'établissement d'une dictature des humbles. Les formules relatives à son « socialisme » ou à son « esprit révolutionnaire » ne sont pas exactes. Son point de vue est moral, et sa thèse plus proche de celles du *Télémaque* que de celles du *Contrat social*. Si Marivaux annonce Rousseau, c'est plutôt par l'importance qu'il attache à la sensibilité dans les relations humaines que par une doctrine précise. Mais il ne faut pas oublier que, suivant un mot de Paul Janet, c'est toujours la morale qui commence la ruine des institutions. Du reste, on notera que ces revendications limitées en faveur d'un traitement plus humain des domestiques sont fondées en droit sur la croyance affirmée en l'égalité foncière des hommes. Comme Marivaux le disait dès *Le Télémaque travesti* avec une parfaite netteté, dans un passage relatif, précisément, aux rapports entre maîtres et serviteurs[2] : « Il n'y a qu'une peau chez les hommes : le portier d'un ministre lui-même[3], quand ils sont tous deux dans l'eau, se ressemblent comme des jumeaux. »

---

1. Voir comment il s'explique sur ce point dans *Le Spectateur français*, vingt-cinquième feuille, *Journaux et Œuvres diverses*, p. 266, note 555. **2.** *Le Télémaque travesti*, *Œuvres de jeunesse*, p. 860.   **3.** *Sic.* S'il n'y a pas là une construction elliptique, il faut sans doute corriger : *le portier d'un ministre [et le ministre] lui-même*. Ce genre de faute par saut du même au même est d'un type courant.

Représentée pour la première fois le 5 mars 1725 par la troupe italienne, *L'Île des esclaves* n'eut pas un accueil triomphal. Gueullette, qui la juge « très jolie », note qu'« elle ne plut pas à la cour [1] ». Ce fut pourtant, avec vingt représentations de suite à la ville, et une à Versailles, le 13 mars, l'une des pièces de Marivaux les plus suivies dans sa nouveauté [2]. Le *Mercure* d'avril, en rendant compte de ce succès, consacra à *L'Île des esclaves* un compte rendu très favorable qu'on trouvera intégralement un peu plus loin. Pendant que la comédie continuait sur le Théâtre-Italien une brillante carrière [3], quelques critiques vinrent s'ajouter à celle du *Mercure*. Ainsi, La Barre de Beaumarchais retint *L'Île des esclaves* parmi toutes celles que contenaient les tomes V, VI et VII d'une collection de théâtre français paru en Hollande en 1730-1731 pour en faire l'éloge suivant :

« Cette comédie me paraît un petit bijou. Iphicrate, petit-maître, et Euphrosine, coquette, sont jetés par la tempête dans une île gouvernée par des esclaves fugitifs. Selon les lois de la colonie, on ôte la liberté à ces deux malheureux, et on affranchit au contraire Arlequin et Cléanthis, leurs domestiques. Ceux-ci, devenus les maîtres de leurs anciens maîtres, en font par ordre du magistrat des portraits ridicules, et il faut qu'Iphicrate et Euphrosine conviennent que ces portraits sont ressemblants. Voilà déjà des mortifications bien dures. Mais, comme en les leur faisant essuyer, on ne se propose que de les corriger de leurs défauts, et surtout de leur inhumanité envers ceux qui les servent, ils n'en sont pas quittes pour ces premières épreuves. Ils ont encore la douleur de voir Arlequin et Cléanthis les contrefaire et leur donner des ordres extravagants. Pour le coup

---

1. *Notes et Souvenirs...*, éd. cit., p. 105. Elle y fut pourtant reprise dès le 28 mars de l'année suivante (*Mercure* de mars 1726).   2. Les chiffres de recettes et de spectateurs sont respectivement : 5 mars, 748 livres, 434 personnes ; 7 mars, 1 381, 676 ; 10 mars, 1 663, 810 ; 11 mars, 2 145, 1 121 ; 12 mars, 1 087, 536 ; 13 mars, représentation à Versailles ; 14 mars, 1 424, 657 ; 15 mars, 646, 291 ; 16 mars, 1 387, 682 ; 17 mars, 1 349, 705. Ces chiffres sont très satisfaisants. On ne les connaît plus ensuite, car les registres manquent pour la période qui va du 18 mars 1725 au 5 avril 1728. 3. D'après les registres du Théâtre-Italien, qui comportent des lacunes, notamment du 18 mars 1725 au 10 mai 1729, on peut établir l'existence de représentations en 1729 (3), 1730 (4), 1731 (8), 1732 (8), 1733 (2), etc. Voir à l'Appendice le tableau des représentations, p. 2148. C'est dans le rôle de Cléanthis que Mlle Clairon fit ses débuts le 8 janvier 1736 (voir le *Mercure* de janvier, p. 142).

Iphicrate succombe à son malheur. Arlequin s'attendrit, il demande pardon à son maître, Cléanthis en fait autant de son côté, enfin on les renvoie libres tous les quatre. Si je vous connais bien, mon cher Monsieur, les huit premières scènes auront beau vous divertir, vous aimerez encore mieux les pleurs délicieuses que vous arracheront les sentiments généreux qui brillent dans les trois dernières scènes[1]. »

Le marquis d'Argenson exprime sur *L'Île des esclaves* un avis original, à son habitude :

« *L'Île des esclaves* [...] Je crois cette pièce de Marivaux. Elle réussit beaucoup dans son temps et on la rejoue souvent. Le jeu de Silvia y était admirable au personnage de Cléanthis. Au reste, rien de plus *moral*, rien de plus *sermonnaire* que cette pièce ; c'est le véritable *castigat ridendo mores*[2]. Les maîtres corrigés par les valets et ceux-ci éprouvés par leur bon cœur quand les maîtres savent le toucher à propos. La fête des Saturnales avait cet effet à Rome, mais elle devait peu réussir, ne durant qu'un seul jour par an, les mauvaises habitudes étaient difficiles à perdre pour si peu de temps [résumé de la pièce, dans lequel on parle de "Trivelin, qui fait ici la fonction d'un véritable directeur des consciences"]. Il y avait un divertissement qui n'est pas imprimé ici[3]. »

Quant à La Porte enfin, sa notice, superficielle tant qu'elle reste critique, devient inexistante quand elle se veut historique :

« *L'Île des esclaves*, petite comédie dont l'invention est heureuse, annonçait un tableau plus étendu et plus varié. On ne voit ici qu'un petit-maître et une coquette qu'il s'agit de corriger en les soumettant à l'autorité de leurs esclaves. On pouvait y introduire encore d'autres personnages qui auraient fourni matière à une critique plus générale[4]. Cette pièce fort supérieure à *L'Île de la Raison* paraît avoir été faite sur le même modèle[5]. »

---

1. *Lettres sérieuses et badines*, tome III, seconde partie, pp. 267-268 (année 1730). **2.** C'était la devise du Théâtre-Italien. **3.** Manuscrit de la bibliothèque de l'Arsenal, n° 3450, f° 308. Sur le *Divertissement* dont il est ici question, voir pp. 588 et 617, note 2. **4.** Si Marivaux en avait agi ainsi, sa pièce aurait été du genre de *L'Île de la Raison*, que La Porte juge inférieure ! **5.** *L'Observateur littéraire*, 1759, tome I, pp. 90-91. — Noter que La Porte, trompé par la disposition de l'édition de 1758, croit *L'Île des esclaves* postérieure à *L'Île de la Raison*. Un peu plus loin, il dira du *Jeu de l'amour et du hasard* que c'est la « dernière des productions dramatiques » de Marivaux parce qu'elle figure à la fin du dernier tome. C'est dire avec quel soin est fait son travail : il ne songe pas à consulter la date de représentation, indiquée pourtant chaque fois dans l'édition de 1758.

Entrée au répertoire de la Comédie-Française en 1939, *L'Île des esclaves* n'avait eu, à la date du 31 juillet 1962, que 26 représentations. Mais grâce à de nouvelles reprises (en 1965 et en 1973 notamment), le nombre total des représentations s'élevait en 2000 à 110. Certains reprochent à cette pièce, paradoxalement, une certaine timidité.

LE TEXTE

L'édition originale de *L'Île des esclaves*, annoncée par le *Mercure*, est la suivante :

L'ISLE / DES ESCLAVES, / *COMÉDIE* / *en un Acte*, / REPRÉSENTÉE POUR LA PREMIÈRE / fois par les Comédiens Italiens ordinaires du Roy, / le Lundy 5. Mars 1725. / (fleuron) / A PARIS, / chez NOËL PISSOT, Quay des Augustins, à la / descente du Pont-neuf, à la Croix d'or. / PIERRE DELORMEL, ruë du Foin, / à Sainte Géneviéve. / FRANÇOIS FLAHAUT, Quay des Augustins, / au coin de la ruë Pavée, au Roy de Portugal. / (filet) / M. DCC. XXV. / *Avec Approbation & Privilege du Roy*. /

Un volume in-12 de 67 + V pages (pour l'Approbation et le Privilège à Delormel, pour trois ans, pour « l'impression d'un manuscrit qui a pour titre *l'Isle des Esclaves...* », accordé le 26 avril 1725, enregistré le 3 mai 1725).

Approbation : « J'ai lû par ordre de Monseigneur le Garde des Sceaux *l'Île des Esclaves, Comédie*, dont j'ai cru que la lecture soutiendrait l'idée qu'en a donnée la représentation. Fait à Paris ce 28. Mars 1725. HOUDAR DE LA MOTTE. »

Rééditions : 1726, du Sauzet, à Amsterdam ; 1729, Briasson (*Nouveau Théâtre-Italien*, tome V, 68 pages in-12) ; sans date, Briasson, *Nouveau Théâtre-Italien* (66 pages ; cette édition fait partie des Comédies de M. de Marivaux jouées sur le Théâtre de l'Hôtel de Bourgogne, deux volumes complétant la collection de 1758, mis artificiellement sous la date de 1733).

Le texte que nous donnons est celui de l'édition originale (1725) ; nous enregistrons également les variantes de 1729 (peu nombreuses et peu importantes : quelques indications scéniques manquent) et de 1758 (qui procède de l'édition de 1725).

COMPTE RENDU DU *MERCURE DE FRANCE*

Spectacles.

« Les Comédiens Italiens ont donné le mois passé une petite pièce, qui a pour titre *L'Isle des esclaves*. Le public l'a reçue avec beaucoup d'applaudissements. M. de Marivaux, qui en est l'auteur, est accoutumé à de pareils succès, et tout ce qui part de sa plume lui acquiert une nouvelle gloire. Voici les noms des acteurs de la comédie en question :

IPHICRATE, maître d'Arlequin. *Le sieur Mario.*
ARLEQUIN, esclave d'Iphicrate. *Le sieur Thomassin.*
EUPHROSINE. *La demoiselle La Lande.*
CLÉANTHIS, esclave d'Euphrosine. *La demoiselle Silvia.*
Un des chefs de l'Isle des esclaves. *Le sieur Dominique.*

« Iphicrate ayant fait naufrage avec Arlequin reconnaît qu'il est dans l'Isle des esclaves, et invite Arlequin à se sauver, s'il est possible, d'un rivage si dangereux ; parce que tous les maîtres y sont traités avec la dernière rigueur, la sévérité de cette loi n'étant que pour les maîtres, et non pour les esclaves. Arlequin ne veut pas sortir d'un heureux séjour, où il va être maître à son tour ; il se fait par avance un plaisir d'avoir sa revanche des mauvais traitements qu'Iphicrate lui a fait essuyer. Son maître le veut punir de son insolence ; mais Arlequin le menace de le faire punir lui-même des menaces qu'il ose lui faire. Pendant leur contestation, un des chefs de cette nouvelle république arrive, il prend le parti d'Arlequin, il les fait changer de noms, de sort et d'habits ; il exhorte Iphicrate à se corriger de son orgueil, s'il veut recouvrer sa liberté ; il commence par l'obliger à faire l'aveu de ses fautes passées, ce qu'Iphicrate ne fait qu'avec peine ; mais Arlequin lui en épargne le soin, par un récit qu'il fait des sottises de son maître devant ce chef des nouveaux républicains. Ce chef fait connaître comment, et sur quoi leur république a été fondée. Des esclaves maltraités de leurs maîtres se sauvèrent de quelques villes de Grèce, formèrent une colonie et à la faveur de quelques vaisseaux qu'ils armèrent, ils vinrent aborder l'Isle où se passe l'action théâtrale. Dans les premières années de leur fondation ils firent périr tous les maîtres que

les vents et leur mauvais sort poussèrent sur leurs côtes ; mais devenus enfin plus traitables, ils se contentèrent de les condamner au
même esclavage qu'ils avaient fait subir aux autres, avec cette différence qu'ils pourraient mériter leur liberté par leur amendement.

« Euphrosine et Cléanthis, qui ont fait naufrage avec Iphicrate et
Arlequin, jouent à peu près le même rôle dont on vient de parler ;
mais Silvia s'en acquitte avec des grâces qui la mettent au rang des
meilleures actrices qui aient encore paru sur nos théâtres.

« Arlequin et Cléanthis s'oublient à tel point dans leur nouvelle
fortune, qu'ils projettent un double mariage : savoir du valet avec la
maîtresse, et du maître avec la servante. Cette dernière dureté afflige
tellement Iphicrate et Euphrosine qu'ils en versent des larmes. Arlequin et Cléanthis en sont pénétrés jusqu'au fond du cœur ; ils se
jettent aux pieds de leurs premiers maîtres, et leur demandent pardon de s'être oubliés jusqu'à les mépriser. Cette double scène est
très touchante. Le chef des républicains en est touché lui-même ; et
sollicité par les anciens esclaves de rendre la liberté à leurs maîtres,
il y consent, et leur promet de les renvoyer incessamment à Athènes,
d'où ils sont partis. Arlequin et Cléanthis veulent être du voyage,
persuadés que leurs maîtres en useront mieux à l'avenir. La pièce
finit sur une petite fête dont on aurait pu se passer ; elle est composée d'esclaves qui se réjouissent de ce qu'on a brisé leurs chaînes [1]. »

---

1. *Mercure de France*, avril 1725, pp. 784-787.

L'Île des esclaves

ACTEURS [1]

IPHICRATE.
ARLEQUIN.
EUPHROSINE.
CLÉANTHIS.
TRIVELIN.
Des habitants de l'île.

La scène est dans l'île des Esclaves.

---

1. Pour la distribution des rôles lors de la première représentation, voir plus haut, p. 587.

*Le théâtre représente une mer et des rochers d'un côté,
et de l'autre quelques arbres et des maisons.*

Scène première

IPHICRATE *s'avance tristement sur le théâtre
avec* ARLEQUIN

IPHICRATE, *après avoir soupiré.* Arlequin !

ARLEQUIN, *avec une bouteille de vin qu'il a à sa ceinture.* Mon
patron !

IPHICRATE. Que deviendrons-nous dans cette île ?

ARLEQUIN. Nous deviendrons maigres, étiques, et puis morts de
faim ; voilà mon sentiment et notre histoire.

IPHICRATE. Nous sommes seuls échappés du naufrage ; tous nos
camarades ont péri, et j'envie maintenant leur sort.

ARLEQUIN. Hélas ! ils sont noyés dans la mer, et nous avons la
même commodité.

IPHICRATE. Dis-moi : quand notre vaisseau s'est brisé contre le
rocher, quelques-uns des nôtres ont eu le temps de se jeter dans la
chaloupe ; il est vrai que les vagues l'ont enveloppée : je ne sais ce
qu'elle est devenue ; mais peut-être auront-ils eu le bonheur d'aborder en quelque endroit de l'île, et je suis d'avis que nous les cher-
chions.

ARLEQUIN. Cherchons, il n'y a pas[1] de mal à cela ; mais reposons-
nous auparavant pour boire un petit coup d'eau-de-vie : j'ai sauvé
ma pauvre bouteille, la voilà ; j'en boirai les deux tiers, comme de
raison, et puis je vous donnerai le reste.

IPHICRATE. Eh ! ne perdons point de temps ; suis-moi : ne négligeons rien pour nous tirer d'ici. Si je ne me sauve, je suis perdu ; je
ne reverrai jamais Athènes, car nous sommes dans l'île des Esclaves.

ARLEQUIN. Oh ! oh ! qu'est-ce que c'est que cette race-là ?

IPHICRATE. Ce sont des esclaves de la Grèce révoltés contre leurs
maîtres, et qui depuis cent ans sont venus s'établir dans une île, et
je crois que c'est ici : tiens, voici sans doute quelques-unes de leurs

---

1. Texte de 1725, 1729 et 1758. Les éditeurs modernes donnent *point*
pour *pas*.

cases ; et leur coutume, mon cher Arlequin, est de tuer tous les maîtres qu'ils rencontrent, ou de les jeter dans l'esclavage.

ARLEQUIN. Eh ! chaque pays a sa coutume ; ils tuent les maîtres, à la bonne heure ; je l'ai entendu dire aussi, mais on dit qu'ils ne font rien aux esclaves comme moi.

IPHICRATE. Cela est vrai.

ARLEQUIN. Eh ! encore vit-on.

IPHICRATE. Mais je suis en danger de perdre la liberté, et peut-être la vie : Arlequin, cela ne te suffit-il pas pour me plaindre ?

ARLEQUIN, *prenant sa bouteille pour boire*. Ah ! je vous plains de tout mon cœur, cela est juste.

IPHICRATE. Suis-moi donc.

ARLEQUIN *siffle*. Hu, hu, hu.

IPHICRATE. Comment donc ! que veux-tu dire ?

ARLEQUIN, *distrait, chante*. Tala ta lara.

IPHICRATE. Parle donc, as-tu perdu l'esprit ? à quoi penses-tu ?

ARLEQUIN, *riant*. Ah, ah, ah, Monsieur Iphicrate, la drôle d'aventure ! je vous plains, par ma foi, mais je ne saurais m'empêcher d'en rire.

IPHICRATE, *à part les premiers mots*. (Le coquin abuse de ma situation ; j'ai mal fait de lui dire où nous sommes.) Arlequin, ta gaieté ne vient pas à propos ; marchons de ce côté.

ARLEQUIN. J'ai les jambes si engourdies.

IPHICRATE. Avançons, je t'en prie.

ARLEQUIN. Je t'en prie, je t'en prie ; comme vous êtes civil et poli ; c'est l'air du pays qui fait cela.

IPHICRATE. Allons, hâtons-nous, faisons seulement une demi-lieue sur la côte pour chercher notre chaloupe, que nous trouverons peut-être avec une partie de nos gens ; et en ce cas-là, nous nous rembarquerons avec eux.

ARLEQUIN, *en badinant*. Badin, comme vous tournez cela !

Il chante :

> L'embarquement est divin
> Quand on vogue, vogue, vogue,
> L'embarquement est divin,
> Quand on vogue avec Catin [1].

---

1. La chanson n'est pas autrement connue. Elle rappelle le thème fameux de l'embarquement pour Cythère, rendu populaire par le théâtre (Dancourt, *Les Trois Cousines*) et la gravure inspirée du tableau de Watteau.

IPHICRATE, *retenant sa colère*. Mais je ne te comprends point, mon cher Arlequin.

ARLEQUIN. Mon cher patron, vos compliments me charment ; vous avez coutume de m'en faire à coups de gourdin qui ne valent pas ceux-là ; et le gourdin est dans la chaloupe.

IPHICRATE. Eh ! ne sais-tu pas que je t'aime ?

ARLEQUIN. Oui ; mais les marques de votre amitié tombent toujours sur mes épaules, et cela est mal placé [1]. Ainsi, tenez, pour ce qui est de nos gens, que le Ciel les bénisse ! s'ils sont morts, en voilà pour longtemps ; s'ils sont en vie, cela se passera, et je m'en *goberge.

IPHICRATE, *un peu ému*. Mais j'ai besoin d'eux, moi.

ARLEQUIN, *indifféremment* Oh ! cela se peut bien, chacun a ses affaires : que je ne vous dérange pas !

IPHICRATE. Esclave insolent !

ARLEQUIN, *riant*. Ah ! ah ! vous parlez la langue d'Athènes ; mauvais jargon que je n'entends plus.

IPHICRATE. *Méconnais-tu ton maître, et n'es-tu plus mon esclave ?

ARLEQUIN, *se reculant d'un air sérieux*. Je l'ai été, je le confesse à ta honte ; mais va, je te le pardonne ; les hommes ne valent rien. Dans le pays d'Athènes j'étais ton esclave, tu me traitais comme un pauvre animal, et tu disais que cela était juste, parce que tu étais le plus fort [2]. Eh bien ! Iphicrate, tu vas trouver ici plus fort que toi ; on va te faire esclave à ton tour ; on te dira aussi que cela est juste, et nous verrons ce que tu penseras de cette justice-là ; tu m'en diras ton sentiment, je t'attends là. Quand tu auras souffert, tu seras plus raisonnable ; tu sauras mieux ce qu'il est permis de faire souffrir aux autres. Tout en irait mieux dans le monde, si ceux qui te ressemblent recevaient la même leçon que toi. Adieu, mon ami ; je vais trouver mes camarades et tes maîtres. *(Il s'éloigne.)*

IPHICRATE, *au désespoir, courant après lui l'épée à la main*. Juste Ciel ! peut-on être plus malheureux et plus outragé que je le suis ? Misérable ! tu ne mérites pas de vivre.

ARLEQUIN. Doucement, tes forces sont bien diminuées, car je ne t'obéis plus, prends-y garde.

---

1. Il y a ici une sorte de jeu de mots, *mal placé* s'employant à peu près à l'époque comme *déplacé*.　　**2.** La force engendre la volonté de puissance, la volonté de puissance engendre l'injustice. Voir la notice, p. 582.

Scène II

TRIVELIN, *avec cinq ou six insulaires, arrive conduisant
une Dame et la suivante, et ils accourent à* IPHICRATE
qu'ils voient l'épée à la main

TRIVELIN, *faisant saisir et désarmer Iphicrate par ses gens.* Arrêtez,
que voulez-vous faire ?

IPHICRATE. Punir l'insolence de mon esclave.

TRIVELIN. Votre esclave ? vous vous trompez, et l'on vous apprendra à corriger vos termes. *(Il prend l'épée d'Iphicrate et la donne à Arlequin.)* Prenez cette épée, mon camarade[1], elle est à vous.

ARLEQUIN. Que le Ciel vous tienne *gaillard, brave camarade que vous êtes !

TRIVELIN. Comment vous appelez-vous ?

ARLEQUIN. Est-ce mon nom que vous demandez ?

TRIVELIN. Oui vraiment.

ARLEQUIN. Je n'en ai point, mon camarade.

TRIVELIN. Quoi donc, vous n'en avez pas ?

ARLEQUIN. Non, mon camarade ; je n'ai que des sobriquets qu'il m'a donnés ; il m'appelle quelquefois Arlequin, quelquefois Hé[2].

TRIVELIN. Hé ! le terme est sans façon ; je reconnais ces Messieurs à de pareilles licences. Et lui, comment s'appelle-t-il ?

ARLEQUIN. Oh, diantre ! il s'appelle par un nom, lui ; c'est le seigneur Iphicrate.

TRIVELIN. Eh bien ! changez de nom à présent ; soyez le seigneur Iphicrate à votre tour ; et vous, Iphicrate, appelez-vous Arlequin, ou bien Hé.

ARLEQUIN, *sautant de joie, à son maître.* Oh ! Oh ! que nous allons rire, seigneur Hé !

TRIVELIN, *à Arlequin.* Souvenez-vous en prenant son nom, mon cher ami, qu'on vous le donne bien moins pour réjouir votre vanité, que pour le corriger de son orgueil.

ARLEQUIN. Oui, oui, corrigeons, corrigeons !

IPHICRATE, *regardant Arlequin.* Maraud !

ARLEQUIN. Parlez donc, mon bon ami, voilà encore une licence qui lui prend ; cela est-il du jeu ?

---

1. On peut songer à l'emploi de ce mot dans certaines sociétés égalitaires. Il reviendra souvent dans *L'Indigent philosophe*, composé peu après *L'Île des esclaves*. Voir la Chronologie, p. 28.   2. L'aliénation vise d'abord le nom, support de la personnalité. Voir encore la notice, p. 582.

TRIVELIN, *à Arlequin*. Dans ce moment-ci, il peut vous dire tout ce qu'il voudra. *(À Iphicrate.)* Arlequin, votre aventure vous afflige, et vous êtes outré contre Iphicrate et contre nous. Ne vous gênez point, soulagez-vous par l'emportement le plus vif ; traitez-le de misérable, et nous aussi ; tout vous est permis à présent ; mais ce moment-ci passé, n'oubliez pas que vous êtes Arlequin, que voici Iphicrate, et que vous êtes auprès de lui ce qu'il était auprès de vous : ce sont là nos lois, et ma charge dans la République est de les faire observer en ce canton-ci.

ARLEQUIN. Ah ! la belle charge !

IPHICRATE. Moi, l'esclave de ce misérable !

TRIVELIN. Il a bien été le vôtre.

ARLEQUIN. Hélas ! il n'a qu'à être bien obéissant, j'aurai mille bontés pour lui.

IPHICRATE. Vous me donnez la liberté de lui dire ce qu'il me plaira ; ce n'est pas assez : qu'on m'accorde encore un bâton.

ARLEQUIN. Camarade, il demande à parler à mon dos, et[1] je le mets sous la protection de la République, au moins.

TRIVELIN. Ne craignez rien.

CLÉANTHIS, *à Trivelin*. Monsieur, je suis esclave aussi, moi, et du même vaisseau ; ne m'oubliez pas, s'il vous plaît.

TRIVELIN. Non, ma belle enfant ; j'ai bien *connu votre condition à votre habit, et j'allais vous parler de ce qui vous regarde, quand je l'ai vu l'épée à la main. Laissez-moi achever ce que j'avais à dire. Arlequin !

ARLEQUIN, *croyant qu'on l'appelle*. Eh !... À propos, je m'appelle Iphicrate.

TRIVELIN, *continuant*. Tâchez de vous calmer ; vous savez qui nous sommes, sans doute ?

ARLEQUIN. Oh ! morbleu ! d'aimables gens.

CLÉANTHIS. Et raisonnables.

TRIVELIN. Ne m'interrompez point, mes enfants. Je pense donc que vous savez qui nous sommes. Quand nos pères, irrités de la cruauté de leurs maîtres, quittèrent la Grèce et vinrent s'établir ici, dans le *ressentiment des outrages qu'ils avaient reçus de leurs patrons, la première loi qu'ils y firent fut d'ôter la vie à tous les maîtres que le hasard ou le naufrage conduirait dans leur île, et conséquemment de rendre la liberté à tous les esclaves : la vengeance avait dicté cette

---

1. Le mot *et* disparaît des éditions de 1729 et 1758.

loi ; vingt ans après, la raison l'abolit, et en dicta une plus douce. Nous ne nous vengeons plus de vous, nous vous corrigeons ; ce n'est plus votre vie que nous poursuivons, c'est la barbarie de vos cœurs que nous voulons détruire ; nous vous jetons dans l'esclavage pour vous rendre sensibles aux maux qu'on y éprouve ; nous vous humilions, afin que, nous trouvant *superbes, vous vous reprochiez de l'avoir été[1]. Votre esclavage, ou plutôt votre cours d'humanité, dure trois ans, au bout desquels on vous renvoie, si vos maîtres sont contents de vos progrès ; et si vous ne devenez pas meilleurs, nous vous retenons par charité pour les nouveaux malheureux que vous iriez faire encore ailleurs, et par bonté pour vous, nous vous marions avec une de nos citoyennes. Ce sont là nos lois à cet égard ; mettez à profit leur rigueur salutaire, remerciez le sort qui vous conduit ici, il vous remet en nos mains, durs, injustes et superbes ; vous voilà en mauvais état, nous entreprenons de vous guérir ; vous êtes moins nos esclaves que nos malades, et nous ne prenons que trois ans pour vous rendre sains, c'est-à-dire humains, raisonnables et généreux pour toute votre vie.

ARLEQUIN. Et le tout *gratis*, sans purgation ni saignée. Peut-on[2] de la santé à meilleur compte ?

TRIVELIN. Au reste, ne cherchez point à vous sauver de ces lieux, vous le tenteriez sans succès, et vous feriez votre fortune plus mauvaise : commencez votre nouveau régime de vie par la patience.

ARLEQUIN. Dès que c'est pour son bien, qu'y a-t-il à dire ?

TRIVELIN, *aux esclaves.* Quant à vous, mes enfants, qui devenez libres et citoyens, Iphicrate habitera cette case avec le nouvel Arlequin, et cette belle fille demeurera dans l'autre ; vous aurez soin de changer d'habit ensemble, c'est l'ordre. (*À Arlequin.*) Passez maintenant dans une maison qui est à côté, où l'on vous donnera à manger si vous en avez besoin. Je vous apprends, au reste, que vous avez huit jours à vous réjouir du changement de votre état ; après quoi l'on vous donnera, comme à tout le monde, une occupation convenable. Allez, je vous attends ici. (*Aux insulaires.*) Qu'on les conduise. (*Aux femmes.*) Et vous autres, restez.

Arlequin, en s'en allant, fait de grandes révérences à Cléanthis.

---

1. Le ressentiment a d'abord provoqué un désir de vengeance. Par la suite, la vengeance se transforme en une entreprise de rééducation, dans laquelle l'humiliation joue un rôle essentiel. Si la pensée n'est pas directement chrétienne, l'inspiration générale l'est sensiblement.　　**2.** Texte de toutes les éditions anciennes. Duviquet corrige très inutilement : *Peut-on avoir...*

Scène III

TRIVELIN, CLÉANTHIS, *esclave*, EUPHROSINE, *sa maîtresse*

TRIVELIN. Ah ça ! ma compatriote, car je regarde désormais notre île comme votre patrie, dites-moi aussi votre nom.

CLÉANTHIS, *saluant*. Je m'appelle Cléanthis [1], et elle, Euphrosine.

TRIVELIN. Cléanthis ? passe pour cela.

CLÉANTHIS. J'ai aussi des surnoms ; vous plaît-il de les savoir ?

TRIVELIN. Oui-da. Et quels sont-ils ?

CLÉANTHIS. J'en ai une liste : Sotte, Ridicule, Bête, Butorde, Imbécile, *et cætera*.

EUPHROSINE, *en soupirant*. Impertinente que vous êtes !

CLÉANTHIS. Tenez, tenez, en voilà encore un que j'oubliais.

TRIVELIN. Effectivement, elle vous prend sur le fait. Dans votre pays, Euphrosine, on a bientôt dit des injures à ceux à qui l'on en peut dire impunément.

EUPHROSINE. Hélas ! que voulez-vous que je lui réponde, dans l'étrange aventure où je me trouve ?

CLÉANTHIS. Oh ! dame, il n'est plus si aisé de me répondre. Autrefois il n'y avait rien de si commode ; on n'avait affaire qu'à de pauvres gens : fallait-il tant de cérémonies ? Faites cela, je le veux, taisez-vous, sotte ! Voilà qui était fini. Mais à présent il faut parler raison ; c'est un langage étranger pour Madame ; elle l'apprendra avec le temps ; il faut se donner patience : je ferai de mon mieux pour l'avancer.

TRIVELIN, *à Cléanthis*. Modérez-vous, Euphrosine. (*À Euphrosine.*) Et vous, Cléanthis, ne vous abandonnez point à votre douleur. Je ne puis changer nos lois, ni vous en affranchir : je vous ai montré combien elles étaient louables et salutaires pour vous.

CLÉANTHIS. Hum ! Elle me trompera bien si elle amende.

TRIVELIN. Mais comme vous êtes d'un sexe naturellement assez faible, et que par là vous avez dû céder plus facilement qu'un homme aux exemples de hauteur, de mépris et de dureté qu'on vous a donnés chez vous contre leurs pareils, tout ce que je puis faire pour vous, c'est de prier Euphrosine de peser avec bonté les torts que vous avez avec elle, afin de les peser avec justice.

---

1. Sur ce nom de Cléanthis, qui remonte à l'Antiquité (c'est celui de la femme de Socrate), et que Marivaux peut avoir repris de Molière ou de Regnard, voir la notice.

CLÉANTHIS. Oh ! tenez, tout cela est trop savant pour moi, je n'y comprends rien ; j'irai le grand *chemin, je pèserai comme elle pesait ; ce qui viendra, nous le prendrons.

TRIVELIN. Doucement, point de vengeance.

CLÉANTHIS. Mais, notre bon ami, au bout du compte, vous parlez de son sexe ; elle a le défaut d'être faible, je lui en offre autant ; je n'ai pas la vertu d'être forte. S'il faut que j'excuse toutes ses mauvaises manières à mon égard, il faudra donc qu'elle excuse aussi la rancune que j'en ai contre elle ; car je suis femme autant qu'elle, moi. Voyons, qui est-ce qui décidera ? Ne suis-je pas la maîtresse une *fois ? Eh bien, qu'elle commence toujours par excuser ma rancune ; et puis, moi, je lui pardonnerai, quand je pourrai, ce qu'elle m'a fait : qu'elle attende !

EUPHROSINE, *à Trivelin*. Quels discours ! Faut-il que vous m'exposiez à les entendre ?

CLÉANTHIS. Souffrez-les, Madame, c'est le fruit de vos œuvres.

TRIVELIN. Allons, Euphrosine, modérez-vous.

CLÉANTHIS. Que voulez-vous que je vous dise ? quand on a de la colère, il n'y a rien de tel pour la passer, que de la contenter un peu, voyez-vous ; quand je l'aurai querellée à mon aise une douzaine de fois seulement, elle en sera quitte ; mais il me faut cela.

TRIVELIN, *à part, à Euphrosine*. Il faut que ceci ait son cours ; mais consolez-vous, cela finira plus tôt que vous ne pensez. *(À Cléanthis.)* J'espère, Euphrosine, que vous perdrez votre ressentiment, et je vous y exhorte en ami. Venons maintenant à l'examen de son caractère : il est nécessaire que vous m'en donniez un portrait, qui se doit faire devant la personne qu'on peint, afin qu'elle se connaisse, qu'elle rougisse de ses ridicules, si elle en a, et qu'elle se corrige[1]. Nous avons là de bonnes intentions, comme vous voyez. Allons, commençons.

CLÉANTHIS. Oh que cela est bien inventé ! Allons, me voilà prête ; interrogez-moi, je suis dans mon fort.

EUPHROSINE, *doucement*. Je vous prie, Monsieur, que je me retire, et que je n'entende point ce qu'elle va dire.

TRIVELIN. Hélas ! ma chère Dame, cela n'est *fait que pour vous ; il faut que vous soyez présente.

---

1. Cette technique de guérison spirituelle est, dans une certaine mesure, comparable à celle de la confession dans la religion catholique. Voir aussi le processus dit de l'autocritique.

CLÉANTHIS. Restez, restez ; un peu de honte est bientôt passée.

TRIVELIN. Vaine minaudière et coquette, voilà d'abord à peu près sur quoi je vais vous interroger au hasard. Cela la regarde-t-il ?

CLÉANTHIS. Vaine minaudière et coquette, si cela la regarde ? Eh voilà ma chère maîtresse ; cela lui ressemble comme son visage.

EUPHROSINE. N'en voilà-t-il pas assez, Monsieur ?

TRIVELIN. Ah ! je vous félicite du petit embarras que cela vous donne ; vous sentez, c'est bon signe, et j'en augure bien pour l'avenir : mais ce ne sont encore là que les grands traits ; détaillons un peu cela. En quoi donc, par exemple, lui trouvez-vous les défauts dont nous parlons ?

CLÉANTHIS. En quoi ? partout, à toute heure, en tous lieux ; je vous ai dit de m'interroger ; mais par où commencer ? je n'en sais rien, je m'y perds. Il y a tant de choses, j'en ai tant vu, tant remarqué de toutes les espèces, que cela me brouille. Madame se tait, Madame parle ; elle regarde, elle est triste, elle est gaie : silence, discours, regards, tristesse et joie, c'est tout un, il n'y a que la couleur de différente ; c'est vanité muette, contente ou fâchée ; c'est coquetterie babillarde, jalouse ou curieuse ; c'est Madame, toujours vaine ou coquette, l'un après l'autre, ou tous les deux à la fois : voilà ce que c'est, voilà par où je débute, rien que cela.

EUPHROSINE. Je n'y saurais tenir.

TRIVELIN. Attendez donc, ce n'est qu'un début.

CLÉANTHIS. Madame se lève ; a-t-elle bien dormi, le sommeil l'a-t-il rendu [1] belle, se sent-elle du vif, du sémillant dans les yeux ? vite sur les armes ; la journée sera glorieuse. Qu'on m'habille ! Madame verra du monde aujourd'hui ; elle ira aux spectacles, aux promenades, aux assemblées ; son visage peut se manifester, peut *soutenir le grand jour, il fera plaisir à voir, il n'y a qu'à le promener hardiment, il est en état, il n'y a rien à craindre.

TRIVELIN, *à Euphrosine*. Elle développe assez bien cela.

CLÉANTHIS. Madame, au contraire, a-t-elle mal reposé ? Ah ! qu'on m'apporte un miroir ; comme me voilà faite ! que je suis mal *bâtie ! Cependant on se mire, on éprouve son visage de toutes les façons, rien ne réussit ; des yeux battus, un teint fatigué ; voilà qui est fini,

---

1. Non-accord du participe passé, parce qu'il n'est pas en fin de groupe. Voir la Note grammaticale, p. 2265.

il faut envelopper ce visage-là[1], nous n'aurons que du négligé, Madame ne verra personne aujourd'hui, pas même le jour, si elle peut ; du moins fera-t-il sombre dans la chambre[2]. Cependant il vient compagnie, on entre : que va-t-on penser du visage de Madame ? on croira qu'elle enlaidit : donnera-t-elle ce plaisir-là à ses bonnes amies ? Non, il y a remède à tout : vous allez voir. Comment vous portez-vous, Madame ? Très mal, Madame ; j'ai perdu le sommeil ; il y a huit jours que je n'ai fermé l'œil ; je n'ose pas me montrer, je fais peur. Et cela veut dire : Messieurs, figurez-vous que ce n'est point moi, au moins ; ne me regardez pas, remettez à me voir ; ne me jugez pas aujourd'hui ; attendez que j'aie dormi. J'entendais tout cela, moi, car nous autres esclaves, nous sommes doués contre nos maîtres d'une pénétration !... Oh ! ce sont de pauvres gens pour nous.

TRIVELIN, *à Euphrosine*. Courage, Madame ; profitez de cette peinture-là, car elle me paraît fidèle.

EUPHROSINE. Je ne sais où j'en suis.

CLÉANTHIS. Vous en êtes aux deux tiers ; et j'achèverai, pourvu que cela ne vous ennuie pas.

TRIVELIN. Achevez, achevez ; Madame soutiendra bien le reste.

CLÉANTHIS. Vous souvenez-vous d'un soir où vous étiez avec ce cavalier si bien fait ? j'étais dans la chambre ; vous vous entreteniez bas ; mais j'ai l'oreille fine : vous vouliez lui plaire sans faire semblant de rien ; vous parliez d'une femme qu'il voyait souvent. Cette femme-là est aimable, disiez-vous ; elle a les yeux petits, mais très doux ; et là-dessus vous ouvriez les vôtres, vous vous donniez des tons, des gestes de tête, de petites contorsions, des vivacités. Je riais. Vous réussîtes pourtant, le cavalier s'y prit ; il vous offrit son cœur. À moi ? lui dites-vous. Oui, Madame, à vous-même, à tout ce qu'il y a de plus aimable au monde. Continuez, folâtre, continuez, dites-vous, en ôtant vos gants sous prétexte de m'en demander d'autres. Mais vous avez la main belle ; il la vit, il la prit, il la baisa ; cela anima sa déclaration ; et c'était là les gants que vous demandiez[3]. Eh bien ! y suis-je ?

---

1. C'est-à-dire que la dame va porter une cornette, « coiffe de toile que les femmes mettent la nuit sur leur tête ou quand elles sont en déshabillé », qui couvre les cheveux et une partie du visage.   **2.** La chambre où l'on reçoit les intimes, par opposition au salon d'apparat.   **3.** On a déjà vu, notamment à propos de *La Fausse Suivante*, acte II, sc. III, que Marivaux aime mettre dans la bouche d'un valet ou d'une suivante ces scènes de coquetterie.

TRIVELIN, *à Euphrosine.* En vérité, elle a raison.

CLÉANTHIS. Écoutez, écoutez, voici le plus plaisant. Un jour qu'elle pouvait m'entendre, et qu'elle croyait que je ne m'en doutais pas, je parlais d'elle, et je dis : Oh ! pour cela il faut l'avouer, Madame est une des plus belles femmes du monde. Que de bontés, pendant huit jours, ce petit mot-là ne me valut-il pas ! J'essayai en pareille occasion de dire que Madame était une femme très raisonnable : oh ! je n'eus rien, cela ne prit point ; et c'était bien fait, car je la flattais.

EUPHROSINE. Monsieur, je ne resterai point, ou l'on me fera rester par force ; je ne puis en souffrir davantage.

TRIVELIN. En voilà donc assez pour à présent.

CLÉANTHIS. J'allais parler des vapeurs de *mignardise auxquelles Madame est sujette à la moindre odeur. Elle ne sait pas qu'un jour je mis à son insu des fleurs dans la ruelle de son lit pour voir ce qu'il en serait. J'attendais une vapeur, elle est encore à venir. Le lendemain, en compagnie, une rose parut ; crac ! la vapeur arrive.

TRIVELIN. Cela suffit, Euphrosine ; promenez-vous un moment à quelques pas de nous, parce que j'ai quelque chose à lui dire ; elle ira vous rejoindre ensuite.

CLÉANTHIS, *s'en allant.* Recommandez-lui d'être docile au moins. Adieu, notre bon ami ; je vous ai diverti, j'en suis bien aise. Une autre fois je vous dirai *comme quoi Madame s'abstient souvent de mettre de beaux habits, pour en mettre un négligé qui lui marque tendrement la taille [1]. C'est encore une finesse que cet habit-là ; on dirait qu'une femme qui le met ne se soucie pas de paraître, mais à d'autres ! on s'y ramasse dans un corset appétissant, on y montre sa bonne façon naturelle ; on y dit aux gens : Regardez mes grâces, elles sont à moi, celles-là [2] ; et d'un autre côté on veut leur dire aussi : Voyez comme je m'habille, quelle simplicité ! il n'y a point de coquetterie dans mon fait.

TRIVELIN. Mais je vous ai prié [3] de nous laisser.

CLÉANTHIS. Je sors, et tantôt nous reprendrons le discours, qui sera fort divertissant ; car vous verrez aussi *comme quoi Madame entre

---

1. Sur la signification du négligé aux yeux de Marivaux, voir les *Lettres au Mercure* (*Journaux et Œuvres diverses*, éd. Garnier, première section, p. 28). **2.** Par opposition aux « grâces d'emprunt » également définies dans les *Lettres au Mercure*, et qui sont « le fruit de la vanité de plaire » (*ibid.*, pp. 32-33). **3.** Non-accord du participe (1725, 1729, 1758), voir la Note grammaticale, p. 2265.

dans une loge au spectacle, avec quelle emphase, avec quel air imposant, quoique d'un air distrait et sans y penser ; car c'est la belle
éducation qui donne cet orgueil-là. Vous verrez comme dans la loge
on y jette un regard indifférent et dédaigneux sur des femmes qui
sont à côté, et qu'on ne connaît pas[1]. Bonjour, notre bon ami, je
vais à notre auberge.

Scène IV

TRIVELIN, EUPHROSINE

TRIVELIN. Cette scène-ci vous a un peu *fatiguée ; mais cela ne vous
nuira pas.

EUPHROSINE. Vous êtes des barbares.

TRIVELIN. Nous sommes d'honnêtes gens qui vous instruisons ;
voilà tout. Il vous reste encore à satisfaire à une petite formalité.

EUPHROSINE. Encore des formalités !

TRIVELIN. Celle-ci est moins que rien ; je dois faire rapport de tout
ce que je viens d'entendre, et de tout ce que vous m'allez répondre.
Convenez-vous de tous les sentiments coquets, de toutes les singeries d'amour-propre qu'elle vient de vous attribuer ?

EUPHROSINE. Moi, j'en conviendrais ! Quoi ! de pareilles faussetés
sont-elles croyables ?

TRIVELIN. Oh ! très croyables, prenez-y garde. Si vous en convenez,
cela contribuera à rendre votre condition meilleure ; je ne vous en
dis pas davantage... On espérera que, vous étant reconnue, vous
abjurerez un jour toutes ces folies qui font qu'on n'aime que soi, et
qui ont distrait votre bon cœur d'une infinité d'attentions plus
louables. Si au contraire vous ne convenez pas de ce qu'elle a dit, on
vous regardera comme incorrigible, et cela reculera votre délivrance.
Voyez, consultez-vous.

EUPHROSINE. Ma délivrance ! Eh ! puis-je l'espérer ?

TRIVELIN. Oui, je vous la garantis aux conditions que je vous dis.

EUPHROSINE. Bientôt ?

TRIVELIN. Sans doute.

EUPHROSINE. Monsieur, faites donc comme si j'étais convenue de
tout.

---

1. Voir encore, sur l'attitude adoptée dans une loge par une coquette à
l'égard de ses rivales, les *Lettres contenant une aventure* (*Journaux et
Œuvres diverses*, première section, pp. 94-95).

TRIVELIN. Quoi ! vous me conseillez de mentir !

EUPHROSINE. En vérité, voilà d'étranges conditions ! cela révolte !

TRIVELIN. Elles humilient un peu ; mais cela est fort bon. Déterminez-vous ; une liberté très prochaine est le prix de la vérité. Allons, ne ressemblez-vous pas au portrait qu'on a fait ?

EUPHROSINE. Mais...

TRIVELIN. Quoi ?

EUPHROSINE. Il y a du vrai, par-ci, par-là.

TRIVELIN. Par-ci, par-là, n'est point votre compte ; avouez-vous tous les faits ? En a-t-elle trop dit ? n'a-t-elle dit que ce qu'il faut ? Hâtez-vous, j'ai autre chose à faire.

EUPHROSINE. Vous faut-il une réponse si exacte ?

TRIVELIN. Eh oui, Madame, et le tout pour votre bien.

EUPHROSINE. Eh bien...

TRIVELIN. Après ?

EUPHROSINE. Je suis jeune...

TRIVELIN. Je ne vous demande pas votre âge.

EUPHROSINE. On est d'un certain rang, on aime à plaire.

TRIVELIN. Et c'est ce qui fait que le portrait vous ressemble.

EUPHROSINE. Je crois qu'oui.

TRIVELIN. Eh ! voilà ce qu'il nous fallait. Vous trouvez aussi le portrait un peu risible, n'est-ce pas ?

EUPHROSINE. Il faut bien l'avouer.

TRIVELIN. À merveille ! Je suis content, ma chère dame. Allez rejoindre Cléanthis ; je lui rends déjà son véritable nom, pour vous donner encore des gages de ma parole. Ne vous impatientez point ; montrez un peu de docilité, et le moment espéré arrivera.

EUPHROSINE. Je m'en fie à vous.

Scène V

ARLEQUIN, IPHICRATE, *qui ont changé d'habit*, TRIVELIN

ARLEQUIN. Tirlan, tirlan, tirlantaine ! tirlanton ! Gai, camarade ! le vin de la République est merveilleux. J'en ai bu bravement ma *pinte, car je suis si altéré depuis que je suis maître, tantôt j'aurai encore soif pour *pinte. Que le Ciel conserve la vigne, le vigneron, la vendange et les caves de notre admirable République !

TRIVELIN. Bon ! réjouissez-vous, mon camarade. Êtes-vous content d'Arlequin ?

ARLEQUIN. Oui, c'est un bon enfant ; j'en ferai quelque chose. Il soupire parfois, et je lui ai défendu cela, sous peine de désobéissance, et je [1] lui ordonne de la joie. *(Il prend son maître par la main et danse.)* Tala rara la la...

TRIVELIN. Vous me réjouissez moi-même.

ARLEQUIN. Oh ! quand je suis gai, je suis de bonne humeur [2].

TRIVELIN. Fort bien. Je suis charmé de vous voir satisfait d'Arlequin. Vous n'aviez pas beaucoup à vous plaindre de lui dans son pays apparemment ?

ARLEQUIN. Hé ! là-bas ? Je lui voulais souvent un mal de diable ; car il était quelquefois insupportable ; mais à cette heure que je suis heureux, tout est payé ; je lui ai donné quittance.

TRIVELIN. Je vous aime de ce caractère, et vous me touchez. C'est-à-dire que vous jouirez modestement de votre bonne fortune, et que vous ne lui ferez point de peine ?

ARLEQUIN. De la peine ! Ah ! le pauvre homme ! Peut-être que je serai un petit brin insolent, à cause que je suis le maître : voilà tout.

TRIVELIN. À cause que je suis le maître ; vous avez raison [3].

ARLEQUIN. Oui, car quand on est le maître, on y va tout rondement, sans façon, et si peu de façon mène quelquefois un honnête homme à des impertinences.

TRIVELIN. Oh ! n'importe ; je vois bien que vous n'êtes point méchant.

ARLEQUIN. Hélas ! je ne suis que *mutin.

TRIVELIN, *à Iphicrate.* Ne vous épouvantez point de ce que je vais dire. *(À Arlequin.)* Instruisez-moi d'une chose. Comment se *gouvernait-il là-bas, avait-il quelque défaut d'humeur, de caractère ?

ARLEQUIN, *riant.* Ah ! mon camarade, vous avez de la malice ; vous demandez la comédie.

TRIVELIN. Ce caractère-là est donc bien plaisant ?

ARLEQUIN. Ma foi, c'est une farce.

---

1. Texte de 1725 et 1729. Le pronom *je* disparaît par erreur de l'édition de 1758 et de toutes les éditions suivantes.　　**2.** Plaisanterie traditionnelle aux Arlequins. Ainsi : « *Arlequin :* Ah ! Monsieur, je ne serai jamais plus gaillard. *Lélio :* Pourquoi ? *Arlequin :* Faute d'avoir envie de rire. » (*La Surprise de l'amour.*) Marivaux l'avait déjà prêtée au Brideron du *Télémaque travesti.*　　**3.** Inutile de souligner l'importance de cette remarque : c'est le système, plus que les individus, qui est en cause. Mais le système exerce ses ravages par l'entremise des individus, et ce sont les individus qu'il y a d'abord lieu de guérir.

TRIVELIN. N'importe, nous en rirons.

ARLEQUIN, *à Iphicrate*. Arlequin, me promets-tu d'en rire aussi ?

IPHICRATE, *bas*. Veux-tu achever de me désespérer ? que vas-tu lui dire ?

ARLEQUIN. Laisse-moi faire ; quand je t'aurai offensé, je te demanderai pardon après.

TRIVELIN. Il ne s'agit que d'une bagatelle ; j'en ai demandé autant à la jeune fille que vous avez vue, sur le chapitre de sa maîtresse.

ARLEQUIN. Eh bien, tout ce qu'elle vous a dit, c'était des folies qui faisaient pitié, des misères, gageons ?

TRIVELIN. Cela est encore vrai.

ARLEQUIN. Eh bien, je vous en offre autant ; ce pauvre jeune garçon n'en fournira pas davantage ; extravagance et misère, voilà son paquet ; n'est-ce pas là de belles guenilles pour les étaler ? *Étourdi par nature, étourdi par singerie, parce que les femmes les aiment comme cela, un dissipe-tout ; *vilain quand il faut être libéral, libéral quand il faut être vilain ; bon emprunteur, mauvais payeur ; honteux d'être sage, glorieux d'être fou ; un petit brin moqueur des bonnes gens ; un petit brin hâbleur ; avec tout plein de maîtresses qu'il ne connaît pas ; voilà mon homme[1]. Est-ce la peine d'en tirer le portrait ? *(À Iphicrate.)* Non, je n'en ferai rien, mon ami, ne crains rien.

TRIVELIN. Cette ébauche me suffit. *(À Iphicrate.)* Vous n'avez plus maintenant qu'à certifier pour véritable ce qu'il vient de dire.

IPHICRATE. Moi ?

TRIVELIN. Vous-même ; la dame de tantôt en a fait autant ; elle vous dira ce qui l'y a déterminée. Croyez-moi, il y va du plus grand bien que vous puissiez souhaiter.

IPHICRATE. Du plus grand bien ? Si cela est, il y a là quelque chose qui pourrait assez me convenir d'une certaine façon.

ARLEQUIN. Prends tout ; c'est un habit fait sur ta taille.

TRIVELIN. Il me faut tout ou rien.

IPHICRATE. Voulez-vous que je m'avoue un *ridicule ?

ARLEQUIN. Qu'importe ; quand on l'a été ?

TRIVELIN. N'avez-vous que cela à me dire ?

IPHICRATE. Va donc pour la moitié, pour me tirer d'affaire.

---

1. Première esquisse d'un portrait de petit-maître que Marivaux reprendra dans *Le Petit-Maître corrigé*. Noter la responsabilité des femmes dans ses ridicules (« étourdi… parce que les femmes les aiment comme cela »). C'est une idée que Rousseau ne manquera pas de reprendre.

TRIVELIN. Va du tout.

IPHICRATE. Soit.

Arlequin rit de toute sa force.

TRIVELIN. Vous avez fort bien fait, vous n'y perdrez rien. Adieu, vous saurez bientôt de mes nouvelles.

Scène VI

CLÉANTHIS, IPHICRATE, ARLEQUIN, EUPHROSINE

CLÉANTHIS. Seigneur Iphicrate, peut-on vous demander de quoi vous riez ?

ARLEQUIN. Je ris de mon Arlequin qui a confessé qu'il était un ridicule.

CLÉANTHIS. Cela me surprend, car il a la mine d'un homme raisonnable. Si vous voulez voir une coquette de son propre aveu, regardez ma suivante.

ARLEQUIN, *la regardant*. Malepeste ! quand ce visage-là fait le fripon, c'est bien son métier. Mais parlons d'autres choses, ma belle damoiselle[1], qu'est-ce que nous ferons à cette heure que nous sommes *gaillards ?

CLÉANTHIS. Eh ! mais la belle conversation.

ARLEQUIN. Je crains que cela ne vous fasse bâiller, j'en bâille déjà. Si je devenais amoureux de vous, cela amuserait davantage.

CLÉANTHIS. Eh bien, faites. Soupirez pour moi ; poursuivez mon cœur, prenez-le si vous pouvez[2], je ne vous en empêche pas ; c'est à vous à faire vos *diligences ; me voilà, je vous attends ; mais traitons l'amour à la grande manière, puisque nous sommes devenus maîtres ; allons-y *poliment, et comme le grand monde.

ARLEQUIN. Oui-da ; nous n'en irons que meilleur train.

CLÉANTHIS. Je suis d'avis d'une chose, que nous disions qu'on nous apporte des sièges pour prendre l'air assis[3], et pour écouter les discours galants que vous m'allez tenir ; il faut bien jouir de notre état, en goûter le plaisir.

---

1. Texte de 1725, 1729 et 1758. Les éditeurs du XIXᵉ siècle corrigent *damoiselle* en *demoiselle*.   **2.** Texte de 1725, 1729 et 1758. Ici encore, les éditeurs modernes corrigent arbitrairement : *si vous le pouvez*.   **3.** Il faut comprendre apparemment : « pour prendre l'air étant assis ». Il y a sans doute un jeu de mots involontaire de la part de Cléanthis.

ARLEQUIN. Votre volonté vaut une ordonnance. *(À Iphicrate.)* Arlequin, vite des sièges pour moi, et des fauteuils pour Madame.

IPHICRATE. Peux-tu m'employer à cela ?

ARLEQUIN. La République le veut.

CLÉANTHIS. Tenez, tenez, promenons-nous plutôt de cette manière-là, et tout en conversant vous ferez adroitement tomber l'entretien sur le penchant que mes yeux vous ont inspiré pour moi. Car encore une fois nous sommes d'*honnêtes gens à cette heure, il faut songer à cela ; il n'est plus question de familiarité domestique. Allons, procédons noblement ; n'épargnez ni compliments ni révérences.

ARLEQUIN. Et vous, n'épargnez point les mines. Courage ! quand ce ne serait que pour nous moquer de nos patrons. Garderons-nous nos gens ?

CLÉANTHIS. Sans difficulté ; pouvons-nous être sans eux ? c'est notre suite ; qu'ils s'éloignent seulement.

ARLEQUIN, *à Iphicrate*. Qu'on se retire à dix pas.

Iphicrate et Euphrosine s'éloignent en faisant des gestes d'étonnement et de douleur. Cléanthis regarde aller Iphicrate, et Arlequin, Euphrosine.

ARLEQUIN, *se promenant sur le théâtre avec Cléanthis*. Remarquez-vous, Madame, la clarté du jour ?

CLÉANTHIS. Il fait le plus beau temps du monde ; on appelle cela un jour tendre.

ARLEQUIN. Un jour tendre ? Je ressemble donc au jour, Madame.

CLÉANTHIS. Comment, vous lui ressemblez ?

ARLEQUIN. Eh palsambleu ! le moyen de n'être pas tendre, quand on se trouve tête à tête avec vos grâces ? *(À ce mot il saute de joie.)* Oh ! oh ! oh ! oh !

CLÉANTHIS. Qu'avez-vous donc, vous défigurez notre conversation ?

ARLEQUIN. Oh ! ce n'est rien ; c'est que je m'applaudis.

CLÉANTHIS. Rayez ces applaudissements, ils nous dérangent. *(Continuant.)* Je savais bien que mes grâces entreraient pour quelque chose ici. Monsieur, vous êtes galant, vous vous promenez avec moi, vous me dites des douceurs ; mais finissons, en voilà assez, je vous dispense des compliments.

ARLEQUIN. Et moi, je vous remercie de vos dispenses.

CLÉANTHIS. Vous m'allez dire que vous m'aimez, je le vois bien ; dites, Monsieur, dites ; heureusement on n'en croira rien. Vous êtes aimable, mais *coquet, et vous ne persuaderez pas.

ARLEQUIN, *l'arrêtant par le bras, et se mettant à genoux.* Faut-il m'agenouiller, Madame, pour vous convaincre de mes flammes, et de la sincérité de mes feux ?

CLÉANTHIS. Mais ceci devient sérieux. Laissez-moi, je ne veux point d'*affaire ; levez-vous. Quelle vivacité ! Faut-il vous dire qu'on vous aime ? Ne peut-on en être quitte à moins ? Cela est étrange !

ARLEQUIN, *riant à genoux.* Ah ! ah ! ah ! que cela va bien ! Nous sommes aussi bouffons que nos patrons, mais nous sommes plus sages.

CLÉANTHIS. Oh ! vous riez, vous gâtez tout.

ARLEQUIN. Ah ! ah ! par ma foi, vous êtes bien aimable et moi aussi. Savez-vous bien ce que je pense ?

CLÉANTHIS. Quoi ?

ARLEQUIN. Premièrement, vous ne m'aimez pas, sinon par coquetterie, comme le grand monde.

CLÉANTHIS. Pas encore, mais il ne s'en fallait plus que d'un mot, quand vous m'avez interrompue. Et vous, m'aimez-vous ?

ARLEQUIN. J'y allais aussi, quand il m'est venu une pensée. Comment trouvez-vous mon Arlequin ?

CLÉANTHIS. Fort à mon gré. Mais que dites-vous de ma suivante ?

ARLEQUIN. Qu'elle est friponne !

CLÉANTHIS. J'entrevois votre pensée.

ARLEQUIN. Voilà ce que c'est, tombez amoureuse d'Arlequin, et moi de votre suivante. Nous sommes assez forts pour *soutenir cela.

CLÉANTHIS. Cette imagination-là me rit assez. Ils ne sauraient mieux faire que de nous aimer, dans le fond.

ARLEQUIN. Ils n'ont jamais rien aimé de si raisonnable, et nous sommes d'excellents partis pour eux.

CLÉANTHIS. Soit. Inspirez à Arlequin de s'attacher à moi ; faites-lui sentir l'avantage qu'il y trouvera dans la situation où il est ; qu'il m'épouse, il sortira tout d'un coup d'esclavage ; cela est bien aisé, au bout du compte. Je n'étais ces jours passés qu'une esclave ; mais enfin me voilà dame et maîtresse d'aussi bon *jeu qu'une autre ; je la suis par hasard ; n'est-ce pas le hasard qui fait tout ? Qu'y a-t-il à dire à cela ? J'ai même un visage de *condition ; tout le monde me l'a dit.

ARLEQUIN. Pardi ! je vous prendrais bien, moi, si je n'aimais pas votre suivante un petit brin plus que vous. Conseillez-lui aussi de l'amour pour ma petite personne, qui, comme vous voyez, n'est pas désagréable.

CLÉANTHIS. Vous allez être content ; je vais appeler Cléanthis, je n'ai qu'un mot à lui dire : éloignez-vous un instant, et revenez. Vous parlerez ensuite à Arlequin pour moi ; car il faut qu'il commence ; mon sexe, la bienséance et ma dignité le veulent.

ARLEQUIN. Oh ! ils le veulent, si vous voulez ; car dans le grand monde on n'est pas si façonnier ; et sans faire semblant de rien, vous pourriez lui jeter quelque petit mot bien clair à l'*aventure pour lui donner courage, à cause que vous êtes plus que lui, c'est l'ordre.

CLÉANTHIS. C'est assez bien raisonner. Effectivement, dans le cas où je suis, il pourrait y avoir de la petitesse à m'assujettir à de certaines formalités qui ne me regardent plus ; je comprends cela à merveille ; mais parlez-lui toujours, je vais dire un mot à Cléanthis ; tirez-vous à *quartier pour un moment.

ARLEQUIN. Vantez mon mérite ; prêtez-m'en un peu, à charge de revanche.

CLÉANTHIS. Laissez-moi faire. *(Elle appelle Euphrosine.)* Cléanthis !

Scène VII

CLÉANTHIS *et* EUPHROSINE, *qui vient doucement*

CLÉANTHIS. Approchez, et accoutumez-vous à aller plus vite, car je ne saurais attendre.

EUPHROSINE. De quoi s'agit-il ?

CLÉANTHIS. Venez çà, écoutez-moi. Un honnête homme vient de me témoigner qu'il vous aime ; c'est Iphicrate.

EUPHROSINE. Lequel ?

CLÉANTHIS. Lequel ? Y en a-t-il deux ici ? c'est celui qui vient de me quitter.

EUPHROSINE. Eh que veut-il que je fasse de son amour ?

CLÉANTHIS. Eh qu'avez-vous fait de l'amour de ceux qui vous aimaient ? vous voilà bien étourdie ! est-ce le mot d'amour qui vous effarouche ? Vous le connaissez tant cet amour ! vous n'avez jusqu'ici regardé les gens que pour leur en donner ; vos beaux yeux n'ont fait que cela ; dédaignent-ils la conquête du seigneur Iphicrate ? Il ne vous fera pas de révérences penchées ; vous ne lui trouverez point de contenance ridicule, d'airs évaporés : ce n'est point une tête légère, un petit badin, un petit perfide, un joli volage, un aimable indiscret ; ce n'est point tout cela ; ces grâces-là lui manquent à la vérité ; ce n'est qu'un homme franc, qu'un homme simple dans ses manières, qui n'a pas *l'esprit de se donner des airs ; qui vous dira qu'il vous aime, seulement parce que cela sera vrai ; enfin ce n'est qu'un bon cœur, voilà tout ; et cela est fâcheux, cela ne *pique point. Mais vous avez l'esprit raisonnable ; je vous destine à lui, il fera votre fortune ici, et vous aurez la bonté d'estimer son amour, et vous y serez sensible, entendez-vous ? Vous vous conformerez à mes intentions, je l'espère ; imaginez-vous même que je le veux.

EUPHROSINE. Où suis-je ! et quand cela finira-t-il ?

Elle rêve.

Scène VIII
ARLEQUIN, EUPHROSINE

Arlequin arrive en saluant Cléanthis qui sort. Il va tirer Euphrosine par la manche.

EUPHROSINE. Que me voulez-vous ?

ARLEQUIN, *riant*. Eh ! eh ! eh ! ne vous a-t-on pas parlé de moi ?

EUPHROSINE. Laissez-moi, je vous prie.

ARLEQUIN. Eh ! là, là, regardez-moi dans l'œil pour deviner ma pensée.

EUPHROSINE. Eh ! pensez ce qu'il vous plaira.

ARLEQUIN. M'entendez-vous un peu ?

EUPHROSINE. Non.

ARLEQUIN. C'est que je n'ai encore rien dit.

EUPHROSINE, *impatiente*. Ahi [1] !

ARLEQUIN. Ne mentez point ; on vous a communiqué les sentiments de mon âme ; rien n'est plus obligeant pour vous.

EUPHROSINE. Quel état !

ARLEQUIN. Vous me trouvez un peu nigaud, n'est-il pas vrai ? Mais cela se passera ; c'est que je vous aime, et que je ne sais comment vous le dire.

EUPHROSINE. Vous ?

ARLEQUIN. Eh pardi ! oui ; qu'est-ce qu'on peut faire de mieux ? Vous êtes si belle ! il faut bien vous donner son cœur, aussi bien vous le prendriez de vous-même.

---

1. Jugée trop familière, l'exclamation *ahi !* (1725, 1729, 1758) est corrigée en *ah !* au XIXᵉ siècle.

EUPHROSINE. Voici le comble de mon infortune.

ARLEQUIN, *lui regardant les mains.* Quelles mains ravissantes ! les jolis petits doigts ! que je serais heureux avec cela ! mon petit cœur en ferait bien son profit. Reine, je suis bien tendre, mais vous ne voyez rien. Si vous aviez la charité d'être tendre aussi, oh ! je deviendrais fou tout à fait.

EUPHROSINE. Tu ne l'es déjà que trop.

ARLEQUIN. Je ne le serai jamais tant que vous en êtes digne.

EUPHROSINE. Je ne suis digne que de pitié, mon enfant [1].

ARLEQUIN. Bon, bon ! à qui est-ce que vous contez cela ? vous êtes digne de toutes les dignités imaginables ; un empereur ne vous vaut pas, ni moi non plus ; mais me voilà, moi, et un empereur n'y est pas ; et un rien qu'on voit vaut mieux que quelque chose qu'on ne voit pas. Qu'en dites-vous ?

EUPHROSINE. Arlequin, il me semble que tu n'as point le cœur mauvais.

ARLEQUIN. Oh ! il ne s'en fait plus de cette pâte-là ; je suis un mouton.

EUPHROSINE. Respecte donc le malheur que j'éprouve.

ARLEQUIN. Hélas ! je me mettrais à genoux devant lui.

EUPHROSINE. Ne persécute point une infortunée, parce que tu peux la persécuter impunément. Vois l'extrémité où je suis réduite ; et si tu n'as point d'égard au rang que je tenais dans le monde, à ma naissance, à mon éducation, du moins que mes *disgrâces, que mon esclavage, que ma douleur t'attendrissent [2]. Tu peux ici m'outrager autant que tu le voudras ; je suis sans asile et sans défense, je n'ai que mon désespoir pour tout secours, j'ai besoin de la compassion de tout le monde, de la tienne même, Arlequin ; voilà l'état où je suis ; ne le trouves-tu pas assez misérable ? Tu es devenu libre et heureux, cela doit-il te rendre méchant ? Je n'ai pas la force de t'en dire davantage : je ne t'ai jamais fait de mal ; n'ajoute rien à celui que je souffre.

ARLEQUIN, *abattu et les bras abaissés, et comme immobile.* J'ai perdu la parole.

---

1. Noter l'extrême simplicité du ton dans un moment pathétique. Il en est ordinairement ainsi chez Marivaux.   **2.** Texte de l'édition originale : *t'attendrisse.*

Scène IX

IPHICRATE, ARLEQUIN

IPHICRATE. Cléanthis m'a dit que tu voulais t'entretenir avec moi ; que me veux-tu ? as-tu encore quelques nouvelles insultes à me faire ?

ARLEQUIN. Autre personnage qui va me demander encore ma compassion. Je n'ai rien à te dire, mon ami, sinon que je voulais te faire commandement d'aimer la nouvelle Euphrosine ; voilà tout. À qui diantre en as-tu ?

IPHICRATE. Peux-tu me le demander, Arlequin ?

ARLEQUIN. Eh ! pardi, oui, je le peux, puisque je le fais.

IPHICRATE. On m'avait promis que mon esclavage finirait bientôt, mais on me trompe, et c'en est fait, je succombe ; je me meurs, Arlequin, et tu perdras bientôt ce malheureux maître qui ne te croyait pas capable des indignités qu'il a souffertes de toi.

ARLEQUIN. Ah ! il ne nous manquait plus que cela, et nos amours auront bonne mine. Écoute, je te défends de mourir par malice ; par maladie, passe, je te le permets.

IPHICRATE. Les dieux te puniront, Arlequin.

ARLEQUIN. Eh ! de quoi veux-tu qu'ils me punissent ? d'avoir eu du mal toute ma vie ?

IPHICRATE. De ton audace et de tes mépris envers ton maître ; rien ne m'a été si[1] sensible, je l'avoue. Tu es né, tu as été élevé avec moi dans la maison de mon père ; le tien y est encore ; il t'avait recommandé ton devoir en partant ; moi-même je t'avais choisi par un sentiment d'amitié pour m'accompagner dans mon voyage ; je croyais que tu m'aimais, et cela m'attachait à toi.

ARLEQUIN, *pleurant*[2]. Et qui est-ce qui te dit que je ne t'aime plus ?

IPHICRATE. Tu m'aimes, et tu me fais mille injures ?

ARLEQUIN. Parce que je me moque un petit brin de toi, cela empêche-t-il que je ne t'aime ? Tu disais bien que tu m'aimais, toi, quand tu me faisais battre ; est-ce que les *étrivières sont plus *honnêtes que les moqueries ?

IPHICRATE. Je conviens que j'ai pu quelquefois te maltraiter sans trop de sujet.

---

1. Le mot *si* (1725, 1729, 1758) est corrigé en *aussi* par Duviquet et ses successeurs.   **2.** L'indication figure dans l'édition originale. Elle disparaît malencontreusement de celles de 1729 et 1758.

ARLEQUIN. C'est la vérité.

IPHICRATE. Mais par combien de bontés n'ai-je pas réparé cela !

ARLEQUIN. Cela n'est pas de ma connaissance.

IPHICRATE. D'ailleurs, ne fallait-il pas te corriger de tes défauts ?

ARLEQUIN. J'ai plus *pâti des tiens que des miens ; mes plus grands défauts, c'était ta mauvaise humeur, ton autorité, et le peu de cas que tu faisais de ton pauvre esclave [1].

IPHICRATE. Va, tu n'es qu'un ingrat ; au lieu de me secourir ici, de partager mon affliction, de montrer à tes camarades l'exemple d'un attachement qui les eût touchés, qui les eût engagés peut-être à renoncer à leur coutume ou à m'en affranchir, et qui m'eût pénétré moi même de la plus vive reconnaissance !

ARLEQUIN. Tu as raison, mon ami ; tu me remontres bien mon devoir ici pour toi ; mais tu n'as jamais su le tien pour moi, quand nous étions dans Athènes. Tu veux que je partage ton affliction, et jamais tu n'as partagé la mienne. Eh bien va, je dois avoir le cœur meilleur que toi ; car il y a plus longtemps que je souffre, et que je sais ce que c'est que de la peine. Tu m'as battu par amitié : puisque tu le dis, je te le pardonne ; je t'ai raillé par bonne humeur, prends-le en bonne part, et fais-en ton profit. Je parlerai en ta faveur à mes camarades, je les prierai de te renvoyer, et s'ils ne le veulent pas, je te garderai comme mon ami ; car je ne te ressemble pas, moi ; je n'aurais point le courage d'être heureux à tes dépens.

IPHICRATE, *s'approchant d'Arlequin*. Mon cher Arlequin, fasse le Ciel, après ce que je viens d'entendre, que j'aie la joie de te montrer un jour les sentiments que tu me donnes pour toi ! Va, mon cher enfant, oublie que tu fus mon esclave, et je me ressouviendrai toujours que je ne méritais pas d'être ton maître.

ARLEQUIN. Ne dites donc point comme cela, mon cher patron : si j'avais été votre pareil, je n'aurais peut-être pas mieux valu que vous [2]. C'est à moi à vous demander pardon du mauvais service que je vous ai toujours rendu. Quand vous n'étiez pas raisonnable, c'était ma faute.

IPHICRATE, *l'embrassant*. Ta générosité me couvre de confusion.

---

1. La responsabilité des maîtres dans les défauts des serviteurs est ainsi clairement établie. On ne peut plus fonder l'inégalité sur une prétendue supériorité des uns opposée à l'infériorité des autres.   2. Remarque importante, qui corrige et complète la précédente. De même qu'il rejette toute supériorité des maîtres, Marivaux n'accorde pas, *a priori*, une valeur supérieure à l'esclave en tant que tel.

ARLEQUIN. Mon pauvre patron, qu'il y a de plaisir à bien faire ! *(Après quoi, il déshabille son maître.)*

IPHICRATE. Que fais-tu, mon cher ami ?

ARLEQUIN. Rendez-moi mon habit, et reprenez le vôtre ; je ne suis pas digne de le porter.

IPHICRATE. Je ne saurais retenir mes larmes. Fais ce que tu voudras.

Scène X

CLÉANTHIS, EUPHROSINE, IPHICRATE, ARLEQUIN

CLÉANTHIS, *en entrant avec Euphrosine qui pleure*. Laissez-moi, je n'ai que faire de vous entendre gémir. *(Et plus près d'Arlequin.)* Qu'est-ce que cela signifie, seigneur Iphicrate ? Pourquoi avez-vous repris votre habit ?

ARLEQUIN, *tendrement*. C'est qu'il est trop petit pour mon cher ami, et que le sien est trop grand pour moi. *(Il embrasse les genoux de son maître.)*

CLÉANTHIS. Expliquez-moi donc ce que je vois ; il semble que vous lui demandiez pardon ?

ARLEQUIN. C'est pour me châtier de mes insolences.

CLÉANTHIS. Mais enfin, notre projet ?

ARLEQUIN. Mais enfin, je veux être un homme de bien ; n'est-ce pas là un beau projet ? Je me repens de mes sottises, lui des siennes ; repentez-vous des vôtres, Madame Euphrosine se repentira aussi ; et vive l'honneur après ! cela fera quatre beaux repentirs, qui nous feront pleurer tant que nous voudrons.

EUPHROSINE. Ah ! ma chère Cléanthis, quel exemple pour vous !

IPHICRATE. Dites plutôt : quel exemple pour nous, Madame, vous m'en voyez pénétré.

CLÉANTHIS. Ah ! vraiment, nous y voilà, avec vos beaux exemples. Voilà de nos gens qui nous méprisent dans le monde, qui font les fiers, qui nous maltraitent, qui[1] nous regardent comme des vers de terre, et puis, qui sont trop heureux dans l'occasion de nous trouver cent fois plus honnêtes gens qu'eux. Fi ! que cela est vilain, de n'avoir eu pour tout mérite que de l'or, de l'argent et des dignités ! C'était bien la peine de faire tant les *glorieux ! Où en seriez-vous

---

1. Certaines éditions modernes portent par erreur *et qui*.

aujourd'hui, si nous n'avions pas[1] d'autre mérite que cela pour vous ? Voyons, ne seriez-vous pas bien attrapés ? Il s'agit de vous pardonner, et pour avoir cette bonté-là, que faut-il être, s'il vous plaît ? Riche ? non ; noble ? non ; grand seigneur ? point du tout. Vous étiez tout cela ; en valiez-vous mieux ? Et que faut-il donc ? Ah ! nous y voici. Il faut avoir le cœur bon, de la vertu et de la raison ; voilà ce qu'il faut, voilà ce qui est estimable, ce qui distingue, ce qui fait qu'un homme est plus qu'un autre[2]. Entendez-vous, Messieurs les *honnêtes gens du monde ? Voilà avec quoi l'on donne les beaux exemples que vous demandez, et qui vous *passent : Et à qui les demandez-vous ? À de pauvres gens que vous avez toujours offensés, maltraités, accablés, tout riches que vous êtes, et qui ont aujourd'hui pitié de vous, tout pauvres qu'ils sont. Estimez-vous à cette heure, faites les *superbes, vous aurez bonne grâce ! Allez, vous devriez rougir de honte.

ARLEQUIN. Allons, ma mie, soyons bonnes gens sans le reprocher, faisons du bien sans dire d'injures. Ils sont contrits d'avoir été méchants, cela fait qu'ils nous valent bien ; car quand on se repent, on est bon ; et quand on est bon, on est aussi avancé que nous. Approchez, Madame Euphrosine ; elle vous pardonne ; voici qu'elle pleure ; la rancune s'en va, et votre affaire est faite.

CLÉANTHIS. Il est vrai que je pleure, ce n'est pas le bon cœur qui me manque.

EUPHROSINE, *tristement*. Ma chère Cléanthis, j'ai abusé de l'autorité que j'avais sur toi, je l'avoue.

CLÉANTHIS. Hélas ! comment en aviez-vous le courage ? Mais voilà qui est fait, je veux bien oublier tout ; faites comme vous voudrez. Si vous m'avez fait souffrir, tant pis pour vous ; je ne veux pas avoir à me reprocher la même chose, je vous rends la liberté ; et s'il y avait un vaisseau, je partirais tout à l'heure avec vous : voilà tout le mal que je vous veux ; si vous m'en faites encore, ce ne sera pas ma faute.

ARLEQUIN, *pleurant*[3]. Ah ! la brave fille ! ah ! le charitable naturel !

IPHICRATE. Êtes-vous contente, Madame ?

EUPHROSINE, *avec attendrissement*. Viens que je t'embrasse, ma chère Cléanthis.

---

1. Et non *point*, texte des éditions du xixe et du xxe siècle. **2.** On reconnaît déjà ici le thème de *L'Île de la Raison*. **3.** L'indication *pleurant* disparaît des éditions de 1729 et 1758.

ARLEQUIN, *à Cléanthis*[1]. Mettez-vous à genoux pour être encore meilleure qu'elle.

EUPHROSINE. La reconnaissance me laisse à peine la force de te répondre. Ne parle plus de ton esclavage, et ne songe plus désormais qu'à partager avec moi tous les biens que les dieux m'ont donné[2], si nous retournons à Athènes.

Scène XI

TRIVELIN *et les acteurs précédents*

TRIVELIN. Que vois-je ? vous pleurez, mes enfants, vous vous embrassez !

ARLEQUIN. Ah ! vous ne voyez rien, nous sommes admirables ; nous sommes des rois et des reines. En fin finale, la paix est conclue, la vertu a arrangé tout cela ; il ne nous faut plus qu'un bateau et un batelier pour nous en aller : et si vous nous les donnez, vous serez presque aussi honnêtes gens que nous.

TRIVELIN. Et vous, Cléanthis, êtes-vous du même sentiment ?

CLÉANTHIS, *baisant la main de sa maîtresse*. Je n'ai que faire de vous en dire davantage, vous voyez ce qu'il en est.

ARLEQUIN, *prenant aussi la main de son maître pour la baiser*[3]. Voilà aussi mon dernier mot, qui vaut bien des paroles.

TRIVELIN. Vous me charmez. Embrassez-moi aussi, mes chers enfants ; c'est là ce que j'attendais. Si cela n'était pas arrivé, nous aurions puni vos vengeances, comme nous avons puni leurs duretés. Et vous, Iphicrate, vous, Euphrosine, je vous vois attendris ; je n'ai rien à ajouter aux leçons que vous donne cette aventure. Vous avez été leurs maîtres, et vous en avez mal agi ; ils sont devenus les vôtres, et ils vous pardonnent ; faites vos réflexions là-dessus. La différence des conditions n'est qu'une épreuve que les dieux font sur nous : je

---

1. L'indication *à Cléanthis* disparaît des éditions de 1729 et 1758.   **2.** Il s'agit d'une communauté de biens à l'intérieur de la famille, à laquelle appartient désormais l'ex-esclave, plutôt que d'une communauté générale. L'indication n'en est pas moins à retenir et à rapprocher d'autres protestations de Marivaux contre l'extrême inégalité des richesses (voir *Le Spectateur*, vingt-cinquième feuille, *Journaux et Œuvres diverses*, pp. 265-266, et *La Double Inconstance*, acte I, sc. IV, p. 321). — Noter le non-accord du participe (*donné*).   **3.** Cette indication disparaît des éditions de 1729 et 1758.

ne vous en dis pas davantage[1]. Vous partirez dans deux jours, et vous reverrez Athènes. Que la joie à présent, et que les plaisirs succèdent aux chagrins que vous avez sentis, et célèbrent le jour de votre vie le plus profitable[2].

---

1. Cette phrase peut être interprétée diversement. De toute façon, elle reflète la prudence de Marivaux. Il se refuse à envisager les conclusions pratiques que l'on pourrait songer à tirer des propositions précédentes. **2.** Cette phrase amène un divertissement où, comme le dit le *Mercure*, des « esclaves [...] se réjouissent de ce qu'on a brisé leurs chaînes ». Il débute par un *Air pour les esclaves* (dans le troisième *Recueil des Divertissements du Nouveau Théâtre-Italien*, Paris, s. d.) dont voici les paroles, très significatives des idées de Marivaux : on y remarquera l'image du *nain* devenu *géant* par la force du préjugé social, et contrairement à la vraie nature des choses. Ce thème jouera un rôle primordial dans *L'Île de la Raison* : « Un esclave : Quand un homme est fier de son rang / Et qu'il me vante sa naissance, / Je ris, je ris de son impertinence, / Qui de ce nain fait un géant. / Mais a-t-il l'âme respectable, / Est-il né tendre et généreux, / Je voudrais forger une fable / Qui le fît descendre des dieux. / Je voudrais... (*bis*) » Premier couplet : « Point de liberté dans la vie ; / Quand le plaisir veut nous guider, / Tout aussitôt la raison crie. / Moi, ne pouvant les accorder, / Je n'en fais qu'à ma fantaisie. » Deuxième couplet : « La vertu seule a droit de plaire, / Dit le philosophe ici-bas, / C'est bien dit mais ce pauvre hère / Aime l'argent et n'en a pas / Il en médit dans sa colère. » Troisième couplet : « Arlequin au parterre : J'avais cru, patron de la case / Et digne objet de notre amour / Qu'ici comme en campagne rase / L'herbe croîtrait au premier jour / Je vous vois je suis en extase. » Voir E. Mortgat : « Deux couplet retrouvés : quelques questions sur le divertissement de *L'Île des esclaves* », *Revue Marivaux*, n° 2, 1992, pp. 34-37.

L'HÉRITIER DE VILLAGE

COMÉDIE EN UN ACTE, EN PROSE,
REPRÉSENTÉE POUR LA PREMIÈRE FOIS
PAR LES COMÉDIENS-ITALIENS
LE 19 AOÛT 1725

NOTICE

Représentée pour la première fois au Théâtre-Italien, le 19 août 1725, la comédie en un acte, *L'Héritier de village*, passa presque inaperçue. Le *Mercure* ne lui accorda même pas le compte rendu qu'il ne refusait pas aux pièces qui n'étaient pas injurieusement sifflées[1]. Le marquis d'Argenson, quand il lui consacra une notice, ne savait pas qui en était l'auteur et ne s'en souciait guère[2]. Il s'agit pourtant d'une des pièces les plus originales, ou du moins les plus ambiguës de Marivaux.

La donnée n'en est pas nouvelle. Le thème du paysan devenu riche peut faire penser, si on le veut, soit au *George Dandin*, si l'on considère l'aspect social du problème, soit au *Bourgeois gentilhomme*, si l'on pense aux ridicules du parvenu. Mais les rapports entre ces deux pièces de Molière et celle de Marivaux demeurent très lointains. Aussi a-t-on cherché des rapprochements plus précis. Le marquis d'Argenson, déjà cité, pense à *L'Embarras des richesses*, comédie en trois actes de Dallainval jouée au Théâtre-Italien six semaines avant celle de Marivaux et insérée juste avant elle dans le recueil des pièces de ce théâtre[3]. Mais, à part l'idée générale suggérée par le titre, il n'y a guère de point commun entre *L'Héritier de village* et cette pièce dans laquelle Dallainval met au théâtre la fable *Le Savetier et le Financier*. Dans son *Histoire anecdotique et raisonnée du Théâtre-Italien*, Desboulmiers y voit[4] pour sa part « une mau-

---

1. Le *Mercure* d'août porte seulement, page 1869, l'annonce suivante : « Les Comédiens-Italiens donnèrent le 19 [août] sans l'annoncer une petite comédie nouvelle sous le titre de *L'Héritier de village*. Nous en parlerons quand nous l'aurons vue. » Cette promesse ne fut pas tenue. **2.** Voir ci-après, pp. 623-624. **3.** *L'Embarras des richesses*, comédie, représentée pour la première fois [...] le 9 juillet 1725. *Nouveau Théâtre-Italien*, chez Briasson, tome V, 1729. **4.** *Histoire... du Théâtre-Italien*, Paris, Lacombe, 1769, tome II, p. 413. Voir ci-après.

vaise copie de *L'Usurier gentilhomme* ». Il suffit de lire la pièce de Legrand pour voir combien cette critique est absurde. Non seulement la copie serait très supérieure à l'original, mais celui-ci n'a guère de rapport avec *L'Héritier de village*. Legrand met en scène un gentilhomme, Fontaubin, qui, après avoir semblé promettre sa fille Henriette à un officier, Licaste, s'est ravisé et s'est engagé par un dédit à la donner en mariage à un baron de la Gruaudière, fils d'un paysan parvenu par la maltôte, Mananville. Mais Mananville, que Fontaubin lui-même donne pour un homme « magnifique » et même « assez poli », a une femme et un frère qui se ressentent encore de leur ancien état de paysans de Charonne. De plus, son fils le baron est un niais fieffé. La très mince intrigue de la pièce consiste pour Fontaubin à dégager sa parole et à donner sa fille à Licaste l'officier. Sans doute, *L'Usurier gentilhomme* n'est-il pas sans quelque mérite. La scène où Mananville fait passer son frère, venu sans qu'on l'invite de son village, pour « un capitaine de vaisseau assez rude », et qui « ne se pique pas beaucoup de politesse », est déjà dans le genre de Labiche [1] : mais Marivaux ne s'en inspire nullement. En réalité, *L'Usurier gentilhomme*, qui est de 1713, s'inscrit dans la tradition des pièces relatives aux traitants, dont le prototype est *Turcaret*. *L'Héritier de village* ne doit presque rien à cette tradition.

En réalité, la véritable source de Marivaux, qui n'avait pas été aperçue jusqu'ici, se trouve chez un des écrivains qu'il a le plus admirés. C'est dans *La Coquette de village, ou le Lot supposé*, de Dufresny [2], que l'on a la situation suivante. Un paysan, Lucas, se trouve inopinément à la tête de cent mille francs qu'il croit avoir gagnés à la loterie. Cette fortune subite le gonfle de vanité. Il ne se découvre plus devant le seigneur du village et songe plutôt à lui racheter son château qu'à lui accorder sa fille en mariage. Mais le soir même, on apprend que la nouvelle de son gain à la loterie était fausse, et il se trouve trop heureux de consentir au mariage de sa fille avec un simple receveur. On reconnaît aisément la donnée fondamentale de *L'Héritier de village* [3]. Si la fortune vient à Blaise par un héritage,

---

1. On pense par exemple à l'oncle Robert de *La Poudre aux yeux*.
2. Comédie en trois actes et en vers, représentée pour la première fois au Théâtre-Français le 27 mai 1715.   **3.** Nous n'insistons pas sur certaines adaptations dont Marivaux est coutumier. On peut remarquer, par exemple, que la veuve de Dufresny est conservée sous le nom de Mme Damis, avec un rôle un peu différent, et que le clerc de procureur Griffet provient peut-être du receveur Girard. Des rapprochements textuels seront signalés en note.

plutôt que par la loterie, le montant même de cette fortune demeure inchangé. Cela n'enlève rien, du reste, à l'originalité dc Marivaux, car le sujet qu'il traite au fond est tout différent de celui de Dufresny. Chez ce dernier écrivain, c'est la fille du paysan, Lisette, la « coquette de village », qui est au premier plan. Ses manœuvres pour se ménager trois prétendants, dont un qu'elle enlève à la veuve, sa maîtresse en coquetterie, occupent la moitié de la pièce. Marivaux ne retient que l'idée du paysan subitement enrichi : tous les événements qui découleront de là seront vus, en quelque sorte, par les yeux de Blaise.

Ce ne sont pourtant pas les rapports du paysan avec son seigneur qui sont ici au premier plan. Si la scène où il en est question n'est pas esquivée, elle procède directement de Dufresny, âpreté de fond et de ton en moins : *L'Héritier de village*, à la différence de *L'Île des esclaves*, ne fait guère de place au ressentiment. En revanche, Marivaux ne doit qu'à lui-même l'idée qui commande tout le développement de sa pièce : Blaise, conscient du changement social que la fortune opère en lui, juge bon de s'y préparer par une véritable « école du monde », à laquelle il se soumet et soumet sa famille. Dès lors, l'apprentissage du nouveau rôle qu'ils vont avoir à jouer occupe davantage les personnages que l'exécution même de ce rôle. Ainsi, Claudine apprend le sien de son mari dans une scène très longue, et le joue avec Mme Damis et le chevalier en une scène très courte ; ses enfants mettent deux fois plus de temps à répéter le leur avec Arlequin qu'à l'exécuter avec les mêmes partenaires. On a prononcé le nom de Pirandello [1] à propos de l'usage que Marivaux fait ainsi d'une fiction dans la fiction, et certes on n'a pas eu tort. Mais il faut aussi voir que ce procédé existe dans toute tradition théâtrale, et qu'en France même, on le verra plus loin, Molière et les auteurs de l'ancien Théâtre-Italien n'avaient pas manqué d'y recourir.

Ce qui caractérise davantage Marivaux, c'est que l'école du monde selon *L'Héritier de village* est l'inverse de l'école de la nature ou du simple bon sens. Blaise refuse de payer l'argent qu'il doit, mais n'hésite pas à en prêter inconsidérément : tel est en effet l'usage du monde, ainsi que Marivaux l'a fait observer dans *Le Spectateur français* [2]. Colin et Colette, qui ont d'abord appris à appeler leur père

---

1. Voir la notice des *Acteurs de bonne foi*. **2.** Quatorzième feuille. Voir l'édition des *Journaux et Œuvres diverses*, seconde section, pp. 191-192.

Monsieur au lieu de *papa*, reçoivent d'Arlequin une leçon d'amour qui rappelle celle que la cousine donnait à Silvia dans *Arlequin poli par l'amour*. L'idée la plus comique, en même temps que la plus nouvelle chez Marivaux, est celle de Blaise enseignant à sa femme à avoir une « vertu négligente », mais ne se résolvant pas finalement à lui voir un « galant à demeure ». Le conflit entre la passion et le préjugé, qui sera repris dans *Le Petit-Maître corrigé*, est ainsi déjà esquissé.

On a vu que *L'Héritier de village* fut un échec. Les circonstances défavorables de la première représentation — la pièce fut présentée un dimanche d'août, à un moment où l'attention du public se portait sur le mariage de Louis XV avec Marie Leczinska — n'expliquent pas seules cet insuccès. La pièce aurait pu se relever pendant la première série de représentations qui alla jusqu'au 2 septembre, ou pendant la seconde série en octobre, ou encore à la cour, où *L'Héritier de village* fut également représenté [1]. La notice du marquis d'Argenson montre assez que le public du temps n'était pas prêt à goûter une pièce où il ne trouvait ni une leçon très claire ni surtout le ton de sensibilité qui avait fait le succès de *L'Île des esclaves* :

« *L'Héritier de Village*. Comédie aux Italiens, un acte, par... représentée pour la première fois le 19 août 1725.

« Véritable *farce*, sans intrigue ni mariage. Il y a cependant un dénouement qui est la faillite du banquier. Nos auteurs français se sont facilement accommodés au goût du Théâtre-Italien, qui demande des parades plutôt que de véritables comédies. Il y a ici jeu de théâtre, comique ridicule, et avec cela un fond de morale ; la précédente pièce est l'Embarras des richesses, celle-ci devrait avoir

---

1. Voir le *Mercure* de décembre, p. 2895. À Fontainebleau, le 13 décembre 1725, on joue « *La Dame invisible*, suivie de *L'Héritier de village*, pièce en un acte ». Voici comment Desboulmiers présente les faits : « Cette pièce, qui n'est qu'une mauvaise copie de *L'Usurier gentilhomme*, n'était pas digne de la plume de M. de Marivaux, aussi n'eut-elle qu'un succès très médiocre. Elle fut jouée neuf fois avant le voyage de Fontainebleau, pour lequel les comédiens partirent le 2 septembre, et d'où ils revinrent le 24 octobre. Ils essayèrent alors de la remettre, mais inutilement. La première représentation ne fut point annoncée. Cette modestie de la part de l'auteur annonce assez le peu d'espérance qu'il en avait conçu, et le sauve du reproche qu'aurait pu mériter une plus grande prétention. » (*Histoire... du Théâtre-Italien*, tome II, pp. 414-415.)

pour titre le ridicule des richesses : Elle a eu peu de chance et je ne vois pas qu'on la rejoue souvent[1]... »

On a vu que Desboulmiers ne trouvait pas *L'Héritier de village* « digne de la plume de M. de Marivaux ». La Porte se contente à son égard d'une phrase insignifiante[2]. On a cru trouver, depuis Duviquet, une imitation de la pièce de Marivaux chez Dallainval, dans le deuxième acte de son *École des bourgeois* (1728). Il est vrai que Moncade y fait à Benjamine, qu'il doit épouser, une leçon sur les usages du mariage qui rejoint celle de Blaise à Claudine. Mais cette scène appartient à toute une tradition à laquelle *L'Héritier de village* ne se rattache qu'accessoirement[3]. Aussi ne peut-on même pas dire que la pièce de Marivaux a inspiré, comme *Le Petit-Maître corrigé*[4], une œuvre célèbre. Pourtant une compensation inattendue lui est venue d'Allemagne. Elle fut choisie par Lessing pour être jouée sur le théâtre de Hambourg, et l'auteur de *La Dramaturgie de Hambourg* lui consacre une notice très favorable, qui atteste au moins qu'elle est parfaitement jouable :

« Le trente-troisième soir[5], on a joué de nouveau *Nanine*, et la représentation s'est terminée par *L'Héritier de village*, d'après le français de Marivaux. Cette petite pièce est ici marchandise pour la place, et fait toujours beaucoup de plaisir. [Résumé de l'action.] Tout le monde aurait pu imaginer cette fable ; mais peu d'auteurs auraient pu y introduire autant d'intérêt que Marivaux. C'est la gaieté la plus comique, l'esprit le plus drôle, la satire la plus malicieuse : on rit à ne pouvoir reprendre haleine ; et la naïveté du langage des paysans assaisonne le tout de la façon la plus piquante. La traduction est de Kriegern, qui a su admirablement traduire le "patois" français en dialecte vulgaire de ce pays-ci[6]. »

---

1. Manuscrit de l'Arsenal, n° 3454, f° 299. D'Argenson dit que « la précédente pièce est *L'Embarras des richesses* » car cette pièce précède effectivement *L'Héritier de village* dans la collection du *Nouveau Théâtre-Italien* (tome V).   **2.** « Qu'un paysan grossier, qui n'a pu se défaire du jargon de son village, connaisse cependant tous les usages du grand monde, voilà, Monsieur, ce qui choque le plus dans *L'Héritier du village* (*sic*) ; car l'on n'est pas étonné qu'un gentilhomme gascon consente à épouser une jeune paysanne qui joint à une jolie figure une dot de cinquante mille francs. » (*L'Observateur littéraire*, 1759, tome I, p. 91.)   **3.** Sur cette tradition, voir notre édition du *Petit-Maître corrigé* (Droz-Giard, 1955).   **4.** Voir ci-après la notice de cette pièce.   **5.** 12 juin 1767.   **6.** Trente-troisième soirée, n° XXVIII, 4 août 1767. Suivent quelques critiques sur des erreurs de la traduction (traduction Suckau, revue par Crouslé, Paris, Didier, 1869, pp. 137-139).

En France, Patrice Chéreau a été l'un des premiers à mettre en scène cette pièce, en 1965, au Festival de Nancy.

LE TEXTE

Il est difficile de dire avec certitude quelle est l'édition originale de *L'Héritier de village*. Deux éditions sont datées de 1729. Voici la description de celle dont nous adoptons le texte [1], et que nous désignons dans les notes par « édition originale » :

L'HÉRITIER / DE / VILLAGE / COMÉDIE. / EN UN ACTE. / *Représentée pour la première fois par les / Comédiens Italiens Ordinaires du Roy / le 19 Août 1725*. / (fleuron) / A PARIS, / Chez BRIASSON, ruë S. Jacques à la / Science. / (filet) / M. DCC. XXIX. / *Avec approbation et Privilege du Roy*.

Un vol. de II (page de titre et Acteurs) + 59 + III (approbation et privilège).

Mais il existe aussi deux autres éditions pratiquement identiques pour le texte, le nombre de pages et les approbations ; elles ne diffèrent que parce que l'une est sans date et l'autre datée de 1729. Voici la description de l'édition datée, que nous désignons dans les notes par N.T.I. 1729 :

NOUVEAU THEATRE ITALIEN. (ces trois mots entre deux filets) *L'HÉRITIER / DE / VILLAGE, / COMÉDIE / EN UN ACTE. / Représentée pour la première fois par les / Comédiens-Italiens Ordinaires du Roy / le 19. Aoust 1725* / (fleuron comportant une double corne d'abondance) / A PARIS, / Chez Briasson ruë S. Jacques à / la Science. / (filet) / M. DCC. XXIX. / *Avec Approbation et Privilege du Roy*. Un vol. de II + 62 pages. L'approbation est au bas de cette dernière page.

Approbation : « J'ai lu par ordre de Monseigneur le Garde des Sceaux *L'Héritier de Village*, comédie d'un Acte, qui peut être imprimée. À Paris le 3 Mars 1727. BLANCHARD »

« J'ai lu par ordre de Monseigneur le Garde des Sceaux le nouveau Théâtre Italien : j'ai examiné en particulier les différentes pièces qui le composent, et je n'y ai rien trouvé qui puisse en empêcher l'impression. Fait à Paris ce 3. novembre 1728. DANCHET. »

Le Privilège manque dans l'exemplaire, mais a été donné collecti-

---

1. Cote B.N. Yf 7331.

vement à Noël Pissot le 8 mai 1727 pour *Le Prince travesti, L'Héritier du Village* (*sic*), *Annibal* et *Le Dénouement imprévu*.

Comme pour les pièces précédentes, *L'Héritier de village* a été réimprimé sous le titre général *Les Comédies de Monsieur de Marivaux jouées sur le Théâtre de l'Hôtel de Bourgogne*, tome second, dans les deux volumes destinés à servir de complément (tomes VI et VII) à la collection de 1758. Cette édition a 64 pages numérotées et comporte les mêmes approbations que précédemment. Nous la désignons sous la dénomination éd. s.d. (1758).

L'Héritier de village

ACTEURS DE LA COMÉDIE [1]

Madame Damis.

Le Chevalier.

Blaise, paysan.

Claudine, femme de Blaise.

Colin, fils de Blaise.

Arlequin, valet de Blaise.

Griffet, clerc de procureur.

Colette, fille de Blaise.

La scène est dans un village.

---

1. La distribution des rôles lors de la création de la pièce au Théâtre-Italien n'est pas connue, et les hypothèses seraient assez hasardeuses.

Scène première

BLAISE, CLAUDINE, ARLEQUIN

Blaise entre, suivi d'Arlequin en guêtres et portant un paquet.
Claudine entre d'un autre côté.

CLAUDINE. Eh je pense que velà Blaise !

BLAISE. Eh oui, note femme ; c'est li-même en parsonne.

CLAUDINE. *Voirement ! noute homme, vous prenez bian de la
peine de revenir ; queu libertinage ! être quatre jours à Paris, demandez-moi à quoi faire !

BLAISE. Eh ! à voir mourir mon frère, et je n'y allais que pour ça.

CLAUDINE. Eh bian ! que ne finit-il donc, sans nous coûter tant
d'allées et de venues ? Toujours il meurt, et jamais ça n'est fait : voilà
deux ou trois fois qu'il *lantarne.

BLAISE. Oh bian ! il ne lantarnera plus. *(Il pleure.)* Le pauvre
homme a pris sa *secousse.

CLAUDINE. Hélas ! il est donc trépassé ce coup-ci ?

BLAISE. Oh il est encore pis que ça.

CLAUDINE. Comment, pis ?

BLAISE. Il est entarré.

CLAUDINE. Eh ! il n'y a rian de nouveau à ça ; ce sera *queussi,
queumi. Il faut considérer qu'il était bian vieux, qu'il avait beaucoup
travaillé, bian épargné, bian *chipoté sa pauvre vie [1].

BLAISE. T'as raison, femme ; il aimait trop l'usure et l'avarice ; il se
plaignait trop le vivre, et j'ons opinion que cela l'a tué.

CLAUDINE. Bref ! enfin le velà défunt. Parlons des vivants. T'es son
unique hériquier ; qu'as-tu trouvé ?

BLAISE, *riant.* Eh, eh, eh ! baille-moi cinq sols de monnaie, je n'ons
que de grosses pièces.

CLAUDINE, *le contrefaisant.* Eh eh eh ; dis donc, Nicaise, avec tes
cinq sols de monnaie ! qu'est-ce que t'en veux faire ?

BLAISE. Eh eh eh ; baille-moi cinq sols de monnaie, te dis-je.

---

1. On a peut-être ici une réminiscence textuelle de *La Coquette de village*,
où Lucas déclare : « Je sis si las, si las de labourer ma vie » (acte I, sc. II).

CLAUDINE. Pourquoi donc, Nicodème [1] ?

BLAISE. Pour ce garçon qui apporte mon paquet depuis la voiture jusqu'à cheux nous, pendant que je marchais tout bellement et à mon aise.

CLAUDINE. T'es venu dans la voiture [2] ?

BLAISE. Oui, parce que cela est plus commode.

CLAUDINE. T'as baillé un *écu ?

BLAISE. Oh ! bian noblement. Combien faut-il ? ai-je fait. Un écu, ce m'a-t-on fait. Tenez, le velà, prenez. Tout comme ça.

CLAUDINE. Et tu dépenses cinq sols en porteux de paquets ?

BLAISE. Oui, par manière de récréation.

ARLEQUIN. Est-ce pour moi les cinq sols, Monsieur Blaise ?

BLAISE. Oui, mon ami.

ARLEQUIN. Cinq sols ! un héritier, cinq sols ! un homme de votre étoffe ! et où est la grandeur d'âme ?

BLAISE. Oh ! qu'à ça ne tienne, il n'y a qu'à dire. Allons, femme, boute un sol de plus, comme s'il en pleuvait.

Arlequin prend et fait la révérence.

CLAUDINE. Ah ! mon homme est devenu fou.

BLAISE, *à part.* Morgué, queu plaisir ! alle enrage, alle ne sait pas le *tu autem. (Haut.)* Femme, cent mille francs !

CLAUDINE. Queu coq-à-l'âne ! velà cent mille francs avec cinq sols à cette heure !

ARLEQUIN. C'est que Monsieur Blaise m'a dit, par les chemins, qu'il avait hérité d'autant de son frère le mercier.

CLAUDINE. Eh que dites-vous ? Le défunt a laissé cent mille francs, maître Blaise ? es-tu dans ton bon sens, ça est-il vrai ?

BLAISE. Oui, Madame, ça est çartain.

CLAUDINE, *joyeuse.* Ça est çartain ? mais ne rêves-tu pas ? n'as-tu pas le çarviau renvarsé ?

BLAISE. Doucement, soyons civils envers nos parsonnes.

CLAUDINE. Mais les as-tu vus ?

BLAISE. Je leur ons quasiment parlé ; j'ons été chez le *maltôtier

---

1. *Nicodème*, comme plus haut *Nicaise* étaient rapprochés par étymologie populaire de *nigaud*. *Nicolas* et le diminutif *Colas* ont eu aussi la même valeur.   **2.** Par le coche, ou voiture publique. D'après le montant de la somme payée par Blaise, un écu ou trois francs, on peut conjecturer que le village où il habite est à une vingtaine de kilomètres de Paris.

qui les avait de mon frère, et qui les fait aller et venir pour notre profit, et je les ons laissés là : car, par le moyen de son *tricotage, ils rapportont encore d'autres écus ; et ces autres écus, qui venont de la manigance, engendront d'autres petits magots d'argent qu'il boutra avec le grand magot, qui, par ce moyen, devianra ancore pus grand ; et j'apportons le papier comme quoi ce monciau du petit et du grand m'appartiant, et comme quoi il me fera délivrance, à ma volonté, du principal et de la rente de tout ça, dont il a été parlé dans le papier qui en rend témoignage en la présence de mon procureur, qui m'assistait pour agencer l'affaire.

CLAUDINE. Ah mon homme, tu me ravis l'âme : ça m'attendrit. Ce pauvre biau-frère ! je le pleurons de bon cœur.

BLAISE. Hélas ! je l'ons tant pleuré d'abord, que j'en ons prins ma suffisance.

CLAUDINE. Cent mille francs, sans compter le *tricotage ! mais où boutrons-je tout ça ?

ARLEQUIN, *contrefaisant leur langage.* Voilà déjà six sols que vous boutez dans ma poche, et j'attends que vous les boutiez[1].

BLAISE. Boute, boute donc, femme.

CLAUDINE. Oh ! cela est juste ; tenez, mon bel ami, faites itou manigancer cela par un *maltôtier.

ARLEQUIN. Aussi ferai-je ; je le manigancerai au cabaret. Je vous rends grâces, Madame.

BLAISE. Madame ! vois-tu comme il te porte respect !

CLAUDINE. Ça est bien agriable.

ARLEQUIN. N'avez-vous plus rien à m'ordonner, Monsieur ?

BLAISE. Monsieur ! ce garçon-là sait vivre avec les gens de note sorte. J'aurons besoin de laquais, retenons d'abord ceti-là ; je bariolerons nos *casaques de la couleur de son habit[2].

CLAUDINE. Prenons, retenons, bariolons, c'est fort bian fait, mon poulet.

BLAISE. Voulez-vous me sarvir, mon ami, et avez-vous sarvi de gros seigneurs ?

ARLEQUIN. Bon, il y a huit ans que je suis à la cour.

---

1. Texte des trois éditions Briasson. Il semble, malgré une indication précédente *(Arlequin prend et fait la révérence)*, que Claudine n'ait pas encore donné les six sols. À partir de 1781, les éditeurs corrigent arbitrairement le texte : *j'attends que vous en boutiez encore.* **2.** Réflexion burlesque. Ordinairement, ce sont les laquais qui adoptent pour le liséré de leurs habits la couleur de leur maître.

BLAISE. À la cour ! velà bian note affaire : je li baillerons ma fille pour apprentie, il la fera courtisane.

ARLEQUIN, *à part.* Ils sont encore plus bêtes que moi, profitons-en. *(Tout haut.)* Oh ! laissez-moi faire, Monsieur ; je suis admirable pour élever une fille ; je sais lire et écrire dans le latin, dans le français, je chante gros comme un orgue[1], je fais des compliments ; d'ailleurs, je verse à boire comme un robinet de fontaine, j'ai des perfections charmantes. J'allais à mon village voir ma sœur ; mais si vous me prenez, je lui ferai mes excuses par lettre.

BLAISE. Je vous prends, velà qui est fait. Je sis votre maître, et ous êtes mon sarviteur.

ARLEQUIN. Serviteur très humble, très obéissant et très *gaillard Arlequin ; c'est le nom du personnage.

CLAUDINE. Le nom est drôle. Parlons des gages à présent. Combian voulez-vous gagner ?

ARLEQUIN. Oh peu de chose, une bagatelle ; cent écus pour avoir des épingles[2].

CLAUDINE. Diantre ! ous en voulez donc lever une boutique ?

BLAISE. Eh morgué ! souvians-toi de la nichée des cent mille francs ; n'avons-je pas des écus qui nous font des petits ? c'est comme un colombier ; çà, allons, mon ami, c'est marché fait ; tenez, velà noute maison, allez-vous-en dire à nos enfants de venir. Si vous ne les trouvez pas, vous irez les charcher là où ils sont, *stapendant que je convarserons moi et noute femme.

ARLEQUIN. Conversez, Monsieur ; j'obéis, et j'y cours.

---

1. À travers ce rapprochement burlesque entre la capacité de lire et celle de chanter fort, on reconnaît une opinion répandue à l'époque dans les campagnes, et selon laquelle le fait de chanter fort était un indice de capacité intellectuelle. Dans les *Agréables Conférences de deux paysans de Saint-Ouen et de Montmorency*, Piarot fait l'éloge de Colin qui « lui [lit] queme un ange, quer (car) y chante l'Eupitre queme un enragé ». (Éd. Les Belles-Lettres, pp. 126-127.) Jusqu'à la fin du XVIIIe siècle, un mode de sélection des instituteurs par les « fabriques » de village consistait à les faire chanter devant un lutrin. **2.** Nouvelle plaisanterie burlesque. C'est aux femmes que l'on faisait un présent « pour les épingles » par-dessus un marché, comme on offrait aux hommes le traditionnel « pot-de-vin ».

Scène II

BLAISE, CLAUDINE

BLAISE. Ah çà, Claudine, j'ons passé dix ans à Paris, moi. Je connaissons le monde, je vais te l'apprendre. Nous velà riches, faut prendre garde à ça.

CLAUDINE. C'est bian dit, mon homme, faut jouir.

BLAISE. Ce n'est pas le tout que de jouir, femme : faut avoir de belles manières.

CLAUDINE. Certainement, et il n'y a d'abord qu'à m'habiller de brocard, acheter des jouyaux et un collier de parles : tu feras pour toi à l'avenant.

BLAISE. Le brocard, les parles et les jouyaux ne font rian à mon dire, t'en auras à *bauge, j'aurons itou du *d'or sur mon habit. J'avons déjà acheté un *castor avec un casaquin de *friperie [1], que je boutrons en attendant que j'ayons tout mon équipage à forfait [2]. Je dis *tant seulement que c'est le marchand et le tailleur qui baillont tout cela ; mais c'est l'honneur, la fiarté et l'esprit qui baillont le reste.

CLAUDINE. De l'honneur ! j'en avons à revendre d'abord.

BLAISE. Ça se peut bian ; *stapendant de cette marchandise-là, il ne s'en vend point, mais il s'en pard biaucoup.

CLAUDINE. Oh bian donc, je n'en vendrai ni n'en pardrai.

BLAISE. Ça suffit ; mais je ne parle point de cet honneur de conscience, et ceti-là, tu te contenteras de l'avoir en secret dans l'âme ; là, t'en auras biaucoup sans en montrer tant.

CLAUDINE. Comment, sans en montrer tant ! je ne montrerai pas mon honneur !

BLAISE. Eh morgué, tu ne m'entends point : c'est que je veux dire qu'il ne faut faire semblant de rian, qu'il faut se conduire à l'aise, avoir une vartu négligente, se parmettre un maintien commode, qui ne soit point *malhonnête, qui ne soit point *honnête non plus, de

---

1. Les fripiers ne vendaient pas seulement de vieux habits, ils en faisaient aussi de neufs. Mais, à la différence des tailleurs, ils les fournissaient « prêts à porter ». 2. Comparer la transformation de Jacob, au troisième livre du *Paysan parvenu*. L'*équipage d'homme* qu'il demande comporte d'abord une épée avec son ceinturon « pour être M. de la Vallée à forfait ». (Éd. Classiques Garnier, p. 165.) La réminiscence de *L'Héritier de village* aboutit à un trait de satire.

ça qui va comme il peut ; entendre tout, repartir à tout, badiner de tout.

CLAUDINE. Savoir queu badinage on me fera.

BLAISE. Tians, par exemple, prends que je ne sois pas ton homme [1], et que t'es la femme d'un autre ; je te connais, je vians à toi, et je batifole dans le discours ; je te dis que t'es agriable, que je veux être ton amoureux, que je te conseille de m'aimer, que c'est le plaisir, que c'est la mode : Madame par-ci, Madame par-là ; ou êtes trop belle ; qu'est-ce qu'ou en voulez faire ? prenez avis, vos yeux me tracassent, je vous le dis ; qu'en sera-t-il ? qu'en fera-t-on ? Et pis des petits mots charmants, des pointes d'esprit, de la malice dans l'œil, des singeries de visage, des transportements ; et pis : Madame, il n'y a, morgué, pas moyen de durer ! boutez ordre à ça. Et pis je m'avance, et pis je plante mes yeux sur ta face, je te prends une main, queuquefois deux, je te sarre, je m'agenouille ; que repars-tu à ça ?

CLAUDINE. Ce que je repars [2], Blaise ? mais vraiment, je te repousse dans l'estomac, d'abord.

BLAISE. Bon.

CLAUDINE. Puis après, je vais à reculons.

BLAISE. Courage.

CLAUDINE. Ensuite je devians rouge, et je te dis pour qui tu me prends ; je t'appelle un impartinant, un vaurian : Ne m'attaque jamais, ce fais-je, en te montrant les poings, ne vians pas *envars moi, car je ne sis pas *aisiée, vois-tu bian, n'y a rien à faire ici pour toi, va-t'en, tu n'es qu'un bélître.

BLAISE. Nous velà tout juste ; velà comme ça se pratique dans noute village ; cet honneur-là qui est tout d'une pièce est fait pour les champs [3] ; mais à la ville, ça ne vaut pas le diable, tu passerais pour un je ne sais qui.

CLAUDINE. Le drôle de trafic ! mais pourtant je sis mariée : que dirai-je en réponse ?

BLAISE. Oh je vais te bailler le *régime de tout ça. Quian, quand

---

1. Premier exemple d'une de ces situations fictives qui vont se multiplier dans toute la pièce, y créant une sorte de fiction dans la fiction.   **2.** L'édition N.T.I. 1729 porte : *ce que je repartis*.   **3.** Dans *Le Petit-Maître corrigé*, même opposition entre la fidélité de province qui est « sotte, revêche et tout d'une pièce », et la « fidélité galante, badine, qui entend raillerie, et qui se permet toutes les petites commodités du savoir-vivre », telle qu'on la pratique à Paris suivant Frontin (acte I, sc. III).

quelqu'un te dira : Je vous aime bian, Madame *(il rit)*, ha ha ha !
velà comme tu feras, ou bian[1], *joliment : Ça vous plaît à dire. Il te
repartira : Je ne raille point. Tu repartiras : Eh bian ! tope, aimez-
moi. S'il te prenait les mains, tu l'appelleras badin ; s'il te les baise :
eh bian ! soit ; il n'y a rian de gâté ; ce n'est que des mains, au bout
du compte ! s'il t'attrape queuque baiser sur le chignon, voire sur la
face, il n'y aura point de mal à ça ; attrape qui peut, c'est autant de
pris, ça ne te regarde point ; ça viant jusqu'à toi, mais ça te *passe ;
qu'il te lorgne tant qu'il voudra, ça aide à passer le temps ; car,
comme je te dis, la vartu du biau monde n'est point hargneuse ;
c'est une vartu douce que la politesse a bouté à se faire à tout ; alle
est *folichonne, alle a le mot pour rire, sans façon, point considé-
rante ; alle ne donne rian, mais ce qu'on li vole, alle ne court pas
après. Velà l'arrangement de tout ça, velà ton devoir de Madame,
quand tu le seras.

CLAUDINE. Et *drès que c'est la mode pour être *honnête, je varrons ; cette vartu-là n'est pas plus difficile que la nôtre. Mais mon
homme, que dira-t-il ?

BLAISE. Moi ? rian. Je te varrions un régiment de galants à l'entour
de toi, que je sis obligé de passer mon chemin[2], c'est mon savoir-
vivre que ça, li aura trop de froidure entre nous.

CLAUDINE. Blaise, cette froidure me chiffonne ; ça ne vaut rian en
ménage ; je sis d'avis que je nous aimions bian au contraire.

BLAISE. Nous aimer, femme ! morgué ! il faut bian s'en garder ;
vraiment, ça jetterait un biau *coton dans le monde[3] !

CLAUDINE. Hélas ! Blaise, comme tu fais ! et qui est-ce qui m'aimera
donc moi ?

BLAISE. Pargué ! ce ne sera pas moi, je ne sis pas si sot ni si ridicule.

---

1. Les éditions modernes portent ici par erreur *Oh ! bian* au lieu de *ou
bian*.   **2.** L'idée est reprise et développée par Dallainval dans *L'École des
bourgeois*, lorsque Moncade expose à sa future femme les mœurs de la cour :
« On n'y est ni jaloux, ni inconstant. Un mari rencontre-t-il l'amant de sa
femme ? "Eh ! mon cher comte, où diable te fourres-tu donc ? je viens de chez
toi, il y a un siècle que je te cherche. Va au logis, va ; on t'y attend. Madame
est de mauvaise humeur ; il n'y a que toi, fripon, qui saches la remettre en
joie..." » (Acte I, sc. XII.)   **3.** On peut encore citer *L'École des bourgeois* :
« *Benjamine* : Est-ce qu'il y a du mal à aimer son mari ? *Moncade* : Du moins
il y a du ridicule. À la cour, un homme se marie pour avoir des héritiers ;
une femme pour avoir un nom, et c'est tout ce qu'elle a de commun avec
son mari. » (*Ibid.*)

CLAUDINE. Mais quand je ne serons que tous deux, est-ce que tu me haïras ?

BLAISE. Oh ! non ; je pense qu'il n'y a pas d'obligation à ça ; *stapendant je nous en informerons pour être pus sûrs ; mais il y a une autre bagatelle qui est encore pour le bon air ; c'est que j'aurons une maîtresse qui sera queuque chiffon de femme, qui sera bian laide et bian sotte, qui ne m'aimera point, que je n'aimerai point non pus ; qui me fera des niches, mais qui me coûtera biaucoup, et qui ne vaura guère, et c'est là le plaisir.

CLAUDINE. Et moi, combian me coûtera un galant ? car c'est mon devoir d'*honnête madame d'en avoir un itou, n'est-ce pas ?

BLAISE. T'en auras trente, et non pas un.

CLAUDINE. Oui, trente à l'entour de moi, à cause de ma vartu commode ; mais ne me faut-il pas un galant à demeure ?

BLAISE. T'as raison, femme ; je pense itou que c'est de la belle manière, ça se pratique ; mais ce chapitre-là ne me reviant pas.

CLAUDINE. Mon homme, si je n'ons pas un amoureux, ça nous fera tort, mon ami.

BLAISE. Je le vois bian, mais, morgué ! je n'avons pas l'esprit assez farme pour te parmettre ça, je ne sommes pas encore assez naturisé gros monsieur ; tian, passe-toi de galant, je me passerai d'amoureuse.

CLAUDINE. Faut espérer que le bon exemple t'enhardira.

BLAISE. Ça se peut bian, mais tout le reste est bon, et je m'y tians ; mais nos enfants ne venont point ; c'est que noute laquais les charche, je m'en vais voir ça. Velà noute Dame et son cousin le Chevalier qui se promènent ; je vais quitter la farme de sa cousine ; s'ils t'accostent, tians ton rang, fais-toi rendre la révérence qui t'appartient, je vais revenir. Si le *fiscal à qui je devais de l'argent arrive, dis-li qu'il me parle [1].

Scène III

CLAUDINE, LE CHEVALIER, MADAME DAMIS

CLAUDINE, *à part*. Promenons-nous itou, pour voir ce qu'ils me diront.

---

1. *(Il sort.)*

Le Chevalier. Je suis de votre goût, Madame ; j'aime Paris, c'est le salut du galant homme ; mais il fait cher vivre à l'auberge.

Madame Damis. Feu Monsieur Damis ne m'a laissé qu'un bien assez en désordre ; j'ai besoin de beaucoup d'économie, et le séjour de Paris me ruinerait ; mais je ne le regrette pas beaucoup, car je ne le connais guère. Ah ! vous voilà ; Claudine, votre mari est-il revenu, a-t-il fait nos commissions ?

Claudine. Avec votre parmission, à qui parlez-vous donc, Madame [1] ?

Madame Damis. À qui je parle ? à vous, ma mie.

Claudine. Oh bian ! il n'y a ici ni maître ni maîtresse.

Madame Damis. Comment me répondez-vous ? Que dites vous de ce discours, Chevalier ?

Le Chevalier, *riant*. Qu'il est rustique, et qu'il sent le terroir. Eh eh eh...

Claudine, *le contrefaisant*. Eh eh eh, comme il ricane !

Le Chevalier. Cousine, pensez-vous qu'elle me raille ?

Madame Damis. Vous n'en pouvez pas douter.

Le Chevalier. Eh donc je conclus qu'elle est folle.

Claudine. Tenez, je vous parle à tous deux, car vous ne savez pas ce que vous dites, vous ne savez pas le *tu autem*. Boutez-vous à votre devoir, honorez ma parsonne, traitez-moi de Madame, demandez-moi comment se porte ma santé, mettez au bout queuque coup de chapiau, et pis vous varrais. Allons, commencez.

Le Chevalier. Ce genre de folie est divertissant. Voulez-vous que je la complimente ?

Madame Damis. Vous n'y songez pas, Chevalier, c'est une impertinente qui perd le respect, et vous devriez la faire taire.

Le Chevalier. Moi, la faire taire ? arrêter la langue d'une femme ? un bataillon, encore passe !

Claudine. Ah ah ah par ma *fiqué ! ça est trop drôle.

---

1. Cette scène et la suivante développent, en la transposant, la scène de *La Coquette de village* où Lucas, devenu riche, rencontre le baron, son maître. Il remet son chapeau le premier, lui frappe sur l'épaule, car, dit-il, il n'est pas « glorieux », fait des façons avant de s'asseoir le premier dans un fauteuil, parle d'un air important, etc. (Acte III, sc. III.) La comparaison des deux textes fait apparaître chez Dufresny un plus grand souci de réalisme, tandis que Marivaux fait la part plus belle aux jeux de théâtre en supposant que le chevalier et Mme Damis ignorent encore la nouvelle fortune de Blaise et de Claudine.

MADAME DAMIS. Son mari me fera raison de son insolence.

CLAUDINE. Bon, mon mari ! est-ce que je nous soucions l'un de l'autre ? J'avons le bel air, nous, de ne nous voir [1] quasiment pas. Vous qui n'avez jamais quitté votre châtiau, cela vous passe, aussi bian que la vartu *folichonne.

LE CHEVALIER. Cette vertu folichonne m'enchante, son extravagance pétille d'invention. Va, ma poule, va, *sandis ! je t'aime mieux folle que raisonnable.

CLAUDINE. Oh ! ceti-là vaut trop ; ils font envars moi ce que j'ons fait envars mon homme, ils me croyont le çarviau parclus ; ne leur disons rian ; velà Blaise qui viant.

Scène IV

BLAISE, COLETTE, COLIN, ARLEQUIN,
et les acteurs précédents

MADAME DAMIS. Voilà son mari. Maître Blaise, expliquez-nous un peu le procédé de votre femme. A-t-elle perdu l'esprit ? elle ne me répond que des impertinences.

BLAISE, *après les avoir tous regardés.* Parsonne ne salue. *(À Claudine.)* Leur as-tu dit l'héritage du biau-frère ?

CLAUDINE. Non, mais j'ai bian tenu mon rang.

MADAME DAMIS. Mais, Blaise, faites donc réflexion que je vous parle.

BLAISE. Prenez un brin de patience, Madame, comportez-vous doucement.

LE CHEVALIER, *d'un air sérieux.* J'examine Blaise ; sa femme est folle, je le crois à l'unisson.

BLAISE, *à Arlequin.* Noute laquais, dites à ces enfants qu'ils se *carrint.

ARLEQUIN. *Carrez-vous, enfants.

COLIN, *riant.* Oh ! oh ! oh !

MADAME DAMIS. En vérité, voilà l'aventure la plus singulière que je connaisse.

BLAISE. Ah ! çà, vous dites comme ça, Madame, que Madame vous a dit des impartinences. Pour réponse à ça, je vous dirai d'abord que ça se peut bian ; mais je ne m'en embarrasse point ; car je n'y prends

---

1. L'édition originale porte par erreur : *air de nous ne nous voir.*

ni n'y mets ; je ne nous mêlons point du *tracas de Madame. C'est peut-être que le respect vous a manqué. En fin finale, accommodez-vous, Mesdames.

Le Chevalier. Eh bien ! cousine, le *vertigo n'est-il pas double ? Voyons les enfants ; je les crois uniformes. Qu'en dites-vous, petite folle ?

Arlequin. Parlez ferme.

Colette. Allez-y voir ; vous n'avez rien à me commander.

Le Chevalier, *à Colin*. À vous la balle, mon fils ; ne dérogez-vous point ?

Arlequin. Courage !

Colin. Laissez-moi en repos, malappris

Le Chevalier. Partout le même *timbre ! *(À Arlequin.)* Et toi, bélître ?

Arlequin, *contrefaisant le Gascon*. Je chante de même ; c'est moi qui suis le précepteur de la famille.

Blaise, *à part*. Les velà bian ébaubis ; je m'en vais ranger tout ça. Madame Damis, acoutez-moi ; tout ceci vous renverse la çarvelle, c'est pis qu'une égnime pour vous et voute cousin. Oh bian ! de cette égnime en veci la clef et la sarrure. J'avions un frère, n'est-ce pas ?

Le Chevalier. Nouvelle vision. Eh bien ce frère ?

Blaise. Il est parti.

Le Chevalier. Dans quelle *voiture ?

Blaise. Dans la voiture de l'autre monde.

Le Chevalier. Eh bien bon voyage ; mais changez-nous de *vertigo, celui-ci est triste.

Blaise. La fin en est plus drôle. C'est que, ne vous en déplaise, j'en avons hérité de cent mille francs, sans compter les broutilles ; et voilà la preuve de mon dire, *signé* : Rapin.

Colin, *riant*. Oh oh oh je serons Chevalier itou, moi.

Colette. J'allons porter le taffetas.

Claudine. Et an nous portera la queue.

Arlequin. Pour moi, je ne veux que la clef de la cave.

Le Chevalier, *après avoir lu, à Madame Damis*. *Sandis ! le galant homme dit vrai, cousine ; je connais ce Rapin et sa signature ; voilà cent mille francs, c'est comme s'il en tenait le coffre ; je les honore beaucoup, et cela change la thèse.

Madame Damis. Cent mille francs !

Le Chevalier. Il ne s'en faut pas d'un sou. *(À Blaise.)* Monsieur, je suis votre serviteur, je vous fais réparation ; vous êtes sage, judicieux et respectable. Quant à Messieurs vos enfants, je les aime ; le joli cavalier ! la charmante damoiselle ! que d'éducation ! que de grâces et de gentillesses !

CLAUDINE et BLAISE. Ah ! vous nous flattez par trop.

BLAISE. Cela vous plaît à dire, et à nous de l'entendre. Allons, enfants, tirez le *pied, faites voute révérence avec un petit compliment de *rencontre.

COLETTE, *faisant la révérence.* Monsieur, vos grâces l'emportent sur les nôtres, et j'avons encore plus de reconnaissance que de mérite.

Le Chevalier salue.

ARLEQUIN. Et vous, Colin ?

COLIN, *saluant.* Monsieur, je sis de l'opinion de ma sœur ; ce qu'elle a dit, je le dis.

ARLEQUIN. Colin fait *bis*.

LE CHEVALIER. On ne peut de répétitions plus spirituelles, vous m'enchantez, je n'en ai point assez dit : cent mille francs, *capdebious ! vous vous moquez, vous êtes trop modestes, et si vous me fâchez, je vous compare aux astres tous tant que vous êtes.

BLAISE. Femme, entends-tu ? les astres !

LE CHEVALIER. Quant à Madame, je la supplie seulement de me recevoir au nombre de ses amis, tout dangereux qu'il est d'obtenir cette grâce ; car je n'en fais point le fin, elle possède un embonpoint, une majesté, un *massif d'agréments, qu'il est difficile de voir innocemment. Mais baste, il m'arrivera ce qu'il pourra, je suis accoutumé au feu ; mais je lui demande à son tour une grâce. Me l'accorderez-vous, belle personne ? *(Il lui prend la main qu'il fait semblant de vouloir baiser.)*

CLAUDINE. Allons, vous n'êtes qu'un badin.

LE CHEVALIER. Ne me refusez pas, je vous prie.

CLAUDINE. Eh bian ! baisez ; ce n'est que des mains au bout du compte.

LE CHEVALIER, *la menant vers Madame Damis.* Raccommodez-vous avec la cousine. Allons, Madame Damis, avancez ; j'ai mesuré le terrain [1] : à vous le reste. *(Tout bas ce qui suit.)* Ne résistez point, j'ai mon dessein ; lâchez-lui le titre de Madame.

---

1. Si le sens général de cette expression n'est pas obscur, on ne voit pas exactement à quoi elle fait allusion. Il ne s'agit pas de mesurer le terrain en vue d'un duel ; le chevalier songe plutôt au travail préliminaire à la construction d'un bâtiment, à l'établissement d'un jardin, etc.

CLAUDINE, *présentant la main à Madame Damis.* Boutez dedans, Madame, boutez ; je ne sis point fâchée.

MADAME DAMIS. Ni moi non plus, Madame Claudine ; je suis ravie de votre fortune, et je vous accorde mon amitié.

CLAUDINE. Je vous gratifions de la même, et je vous désirons bonne chance.

LE CHEVALIER. Mettez une accolade brochant sur le tout, je vous prie. Bon ! voilà qui est bien ; halte là maintenant ; je requiers la permission de dire un mot à l'oreille de la cousine.

BLAISE. Je vous parmettons de le dire tout haut.

ARLEQUIN. Et moi itou ; mais, Monsieur le Chevalier, où est mon compliment à moi, qui suis le docteur de la maison ?

LE CHEVALIER. Le docteur a raison, je l'oubliais. Eh bien ! va, je te trouve *bouffon ; vante-toi de ma bienveillance, je t'en honore, et ta fortune est faite.

ARLEQUIN. Grand merci de la gasconnade.

LE CHEVALIER *tire à part Madame Damis pour lui dire ce qui suit.* Cousine, *sentez-vous mon projet ? Cette canaille a cent mille francs ; vous êtes veuve, je suis garçon ; voici un fils, voilà une fille ; vous n'êtes pas riche, mes finances sont modestes : les *légitimes de la Garonne, vous les connaissez ; proposons d'épouser. Ce sont des villageois : mais qu'est-ce que cela fait ? Regardons le tout comme une intrigue pastorale ; le mariage sera la fin d'une églogue. Il est vrai que vous êtes noble ; moi, je le suis depuis le premier homme ; mais les premiers hommes étaient pasteurs ; prenez donc le pastoureau[1], et moi la pastourelle. Ils ont cinquante mille francs chacun, cousine, cela fait de belles houlettes. En voulez-vous votre part ? Hé donc ! Colin est jeune, et sa jeunesse ne vous messiéra pas.

MADAME DAMIS. Chevalier, l'idée me paraît assez sensée ; mais la démarche est humiliante.

LE CHEVALIER. Cousine, savez-vous souvent de quoi vit l'orgueil de la noblesse ? de ces petites hontes qui vous arrêtent. La belle gloire, c'est la raison, *cadédis ; ainsi j'achève. *(À Blaise et à sa femme.)* Monsieur et Madame Blaise, si ces aimables enfants voulaient se promener un petit tour à l'écart, je vous ouvrirais une pensée qui me paraît piquante.

BLAISE. Holà ! précepteur, boutez de la *marge entre nous ; convarsez à dix pas.

---

1. Texte de l'édition s.d. (1758). L'édition originale porte : *le pastoreau.*

Les enfants se retirent après avoir salué la compagnie qui les salue aussi.

Scène V

LE CHEVALIER, MADAME DAMIS, BLAISE, CLAUDINE

LE CHEVALIER. Revenons à nos moutons ; vous savez qui je suis, vous me connaissez depuis longtemps.

BLAISE. Oh qu'oui ! vous ne teniez pas trop de compte de nous dans ce temps-là.

LE CHEVALIER. Oh ! des sottises, j'en ai fait dans ma vie tant et plus ; oublions celle-là[1]. Vous savez donc qui je suis : le cousin Damis avait épousé la cousine. J'ai l'honneur d'être gentilhomme, estimé, personne n'en doute ; je suis dans les troupes, je ferai mon chemin, *sandis ! et rapidement, cela s'ensuit. Je n'ai qu'un aîné, le baron de Lydas, un seigneur languissant, un casanier incommodé du poumon ; il faut qu'il meure, et point de lignée ; j'aurai son bien, cela est net. D'un autre côté, voilà Madame Damis, veuve de qualité, jeune et charmante ; ses *facultés, vous les savez ; bonne seigneurie, grand château, ancien comme le temps, un peu délabré, mais on le maçonne. Or, elle vient de jeter sur Monsieur Colin un regard, que si le défunt en avait vu la friponnerie, je lui en donnais pour dix ans de tremblement de cœur ; ce regard, vous l'entendez, camarade ?

BLAISE. Oh dame ! noute fils, c'est une petite face aussi bien troussée qu'il y en ait.

LE CHEVALIER. Vous y êtes, et la cousine rougit.

MADAME DAMIS. En vérité, Chevalier, vous êtes un indiscret.

BLAISE. Oh ! il n'y a pas de mal à ça, Madame, ça est grandement naturel.

CLAUDINE. Oh ! pour ça, faut avouer que Colin est biau ; n'en dit partout qu'il me ressemble.

MADAME DAMIS. Beaucoup.

LE CHEVALIER. Je le garantis beau, je vous soutiens plus belle.

BLAISE. Oui, oui, Madame est *prou gentille, mais je ne voyons rian de ça, moi, car ce n'est que ma femme ; poursuivez.

LE CHEVALIER. Je vous disais donc que Madame a regardé Monsieur Colin, qu'elle le parcourait en le regardant, et semblait dire : Que

---

1. Texte de l'édition originale. L'édition s.d. (1758) porte : *oublions cela*.

n'êtes-vous à moi, le petit homme ; que vous seriez bien mon fait !
Là-dessus je me suis mis à regarder Mademoiselle Colette ; la demoiselle en même temps a tourné les yeux dessus moi ; tourner les yeux
dessus quelqu'un, rien n'est plus simple, ce semble ; cependant du
tournement d'yeux dont je parle, de la beauté dont ils étaient, de
ses charmes et de sa douceur, de l'émotion que j'ai sentie [1], ne m'en
demandez point de nouvelles, voyez-vous, l'expression me manque,
je n'y comprends rien. Est-ce votre fille, est-ce l'Amour qui m'a regardé ? je n'en sais rien ; ce sera ce que l'on voudra ; je parle d'un
prodige, je l'ai vu, j'en ai fait l'épreuve, et n'en réchapperai point.
Voilà toute la connaissance que j'en ai.

BLAISE. Par la *jarnigué ! ça est merveilleux ; mais voyez donc cette
petite masque !

CLAUDINE. Ah ! Monsieur Blaise, alle a deux *pruniaux bian malins.

BLAISE. Que faire à ça ? ce sont les mians tout *brandis.

MADAME DAMIS. De beaux yeux sont un grand avantage.

LE CHEVALIER. Oui, pour qui les porte, j'en conviens ; mais qui les
voit en paie la *façon, et je me serais bien passé que Monsieur Blaise
eût donné copie des siens à sa fille.

BLAISE. Pardi tenez, j'avons quasi regret d'avoir comme ça baillé
note mine à nos enfants, pisque ça vous tracasse.

LE CHEVALIER. Homme d'honneur, ce que vous dites est touchant ;
mais il est un moyen.

CLAUDINE. Lequeul ?

LE CHEVALIER. Le titre de votre gendre me sortirait d'embarras, par
exemple ; et moyennant le nom de bru, la cousine guérirait. Je vous
ai dit le mal, je vous montre le remède.

BLAISE. Madame, êtes-vous d'avis que nous les guarissions ?

LE CHEVALIER. Belle-mère, ne bronchez pas ; je me retiens pour
votre fille. Ne rebutez pas les descendants que je vous offre, prenez
place dans l'histoire.

CLAUDINE, *à part.* Queu plaisir ! Oh bian je nous accordons à tout,
pourveu que Madame n'aille pas dire que ce mariage n'est pas de
niviau avec elle.

---

1. Texte de l'édition s.d. (1758). L'édition originale porte : *que j'ai senti.*
La correction est acceptable, car Marivaux accorde normalement le participe
passé lorsqu'il est placé en fin de groupe, devant une ponctuation.

BLAISE. Oh, morguenne ! tout va de plain-pied ici, il n'y a ni à monter ni à descendre, voyez-vous [1].

LE CHEVALIER. Cousine, répondez ; faites voir la modestie de vos sentiments.

MADAME DAMIS. Puisque vous avez découvert ce que je pensais, je n'en ferai plus de mystère ; je souscris à tout ce que vous ferez, on sera content de mes manières. Je suis née simple et sans fierté, et votre fils m'a plu ; voilà la vérité.

LE CHEVALIER. Repartez, beau-père.

BLAISE. Touchez là, mon gendre ; allons, ma bru, ça vaut fait ; j'achèterons de la noblesse, alle sera toute neuve, alle en durera pus longtemps, et soutianra la vôtre qui est un peu usée. Pour ce qui est d'en cas d'à présent, allez prendre un doigt de collation. Madame Claudine, menez-les boire [2] cheux nous, et dites à noute laquais qu'il arrive pour me parler ; je l'attends ici. Faites itou avartir les violoneux, car je veux de la joie [3].

Le Chevalier donne la main aux dames, après avoir salué Blaise.

Scène VI

BLAISE *se promène en se *carrant*

BLAISE. Parlons un peu seul ; car à cette heure que je sis du biau monde, faut avoir de grandes réflexions à cause de mes grandes affaires. Allons, rêvons donc, tout en nous promenant. *(Il rêve.)* Un père de famille a bian du souci, et c'est une mauvaise graine que des enfants. *Drès que ça est grand, ça veut tâter de la noce. Stapendant on a un rang qui brille, des équipages qui clochont [4] toujours, des laquais qui grugeont tout, et sans ce tintamarre-là, on ne saurait

---

1. Cette métaphore a été reprise et longuement développée par Jacob au troisième livre du *Paysan parvenu* lorsque Mlle Habert l'aînée lui objecte la différence sociale qui le sépare de sa sœur : « Mais cette boutique, si je la prends, mon fils dira : Mon père l'avait ; et par là mon fils sera au niveau de vous [...] ce n'est qu'un étage que vous avez de plus que moi », etc. (Éd. Classiques Garnier, p. 131.) **2.** L'édition N.T.I. 1729 porte par erreur : *menez les voir.* **3.** Cette phrase annonce un divertissement qui n'est pas donné. **4.** L'édition N.T.I. 1729 porte par erreur : *qui alochont.*

vivre. Les petites gens sont bianheureux[1]. Mais il y a une bonne coutume ; an emprunte aux marchands et an ne les paie point ; ça soutient un ménage. Stapendant il m'est avis que je faisons un métier de fous, nous autres *honnêtes gens... Mais velà noute[2] fiscal qui viant ; je li devons de l'argent ; mais il n'y a rian à faire, je savons mon devoir.

Scène VII

LE FISCAL, BLAISE

Le *Fiscal. Bonjour, maître Blaise.

Blaise. Serviteur, noute fiscal. Mais appelez-moi Monsieur Blaise ; ça m'appartiant.

Le Fiscal, *riant*. Ah ! ah ! ah ! j'entends ; votre fortune a haussé vos qualités. Soit, Monsieur Blaise, je me réjouis de votre aventure ; vos enfants viennent de me l'apprendre ; je vous en fais compliment, et je vous prie en même temps de me donner les cinquante francs que vous me devez depuis un mois.

Blaise. Ça est vrai, je reconnais la dette ; mais je ne saurais la payer, ça me serait reproché.

Le Fiscal. Comment ! vous ne sauriez me payer ? Pourquoi ?

Blaise. Parce que ça n'est pas daigne d'une parsonne de ma compétence ; ça me tournerait à confusion.

Le Fiscal. Qu'appelez-vous confusion ? Ne vous ai-je pas donné mon argent ?

Blaise. Eh bian oui, je ne vais pas à l'encontre ; vous me l'avez baillé, je l'ons reçu, je vous le dois ; je vous ai baillé mon écrit, vous n'avez qu'à le garder ; venez de jour à autre me demander votre dû, je ne l'empêche point ; je vous remettrons, et pis vous revianrez, et pis je vous remettrons, et par ainsi de remise en remise le temps se passera *honnêtement ; velà comme ça se fait.

Le Fiscal. Mais est-ce que vous vous moquez de moi ?

Blaise. Mais, morgué ! boutez-vous à ma place. Voulez-vous que je

---

1. La réflexion est amusante dans la bouche de Blaise. Quelques années plus tard, Marivaux la prêtera à l'ami de son Indigent philosophe : « Vive la pauvreté, mon camarade, les gueux sont les enfants gâtés de la nature, elle n'est que la marâtre des gens riches, elle ne produit presque rien qui les accommode. » (Seconde feuille, *Journaux et Œuvres diverses*, p. 282.)
2. L'édition N.T.I. 1729 donne *notre* au lieu de *noute*.

me parde de réputation pour cinquante chétifs francs ? ça vaut-il la
peine de passer pour un je ne sais qui en payant ? Pargué encore
faut-il acouter la raison. Si ça se pouvait sans torner au préjudice de
mon état, je le ferions de bon cœur ; j'ons de l'argent, tenez, en velà.
Il m'est bian parmis d'en bailler en emprunt, ça se pratique ; mais
en paiement, ça ne se peut pas.

Le Fiscal, *à part*. Oh oh, voici mon affaire. Il vous est permis d'en
prêter, dites-vous ?

Blaise. Oh tout à fait parmis.

Le Fiscal. Effectivement le privilège est noble, et d'ailleurs il vous
convient mieux qu'à un autre ; car j'ai toujours remarqué que vous
êtes naturellement généreux.

Blaise, *riant et se rengorgeant*. Eh eh, oui, pas mal, vous tornez
bian ça. Faut nous cajoler, nous autres gros monsieurs ; j'avons en
effet de grands mérites, et des mérites bian commodes ; car ça ne
nous coûte rian ; an nous les baille, et pis je les avons sans les montrer ; velà toute la çarimonie.

Le Fiscal. Je prévois que vous aurez beaucoup de ces vertus-là,
Monsieur Blaise.

Blaise, *lui donnant un petit coup sur l'épaule*[1]. Ça est vrai,
Monsieur le fiscal, ça est vrai. Mais, morgué ! vous me plaisez.

Le Fiscal. Bien de l'honneur à moi.

Blaise. Je ne dis pas que non.

Le Fiscal. Je ne vous parlerai plus de ce que vous me devez.

Blaise. Si fait da, je voulons que vous nous en parliez ; faut-il pas
que je vous *amusions ?

Le Fiscal. Comme vous voudrez ; je satisferai là-dessus à la dignité
de votre nouvelle condition ; et vous me paierez quand il vous
plaira.

Blaise. *Chiquet à chiquet, dans quelques dizaines d'années.

Le Fiscal. Bon bon, dans cent ans ; laissons cela. Mais vous avez
l'âme belle, et j'ai une grâce à vous demander, laquelle est de vouloir
bien me prêter cinquante francs.

Blaise. Tenez, fiscal, je sis ravi de vous sarvir ; prenez.

Le Fiscal. Je suis honnête homme ; voici votre billet que je
déchire, me voilà payé[2].

___

1. Même geste protecteur chez le Lucas de Dufresny, mais avec son maître
le baron.   **2.** Marivaux a déjà raconté une histoire toute semblable dans la
quatorzième feuille du *Spectateur français*. La seule différence est que le
créancier incapable de se faire payer s'adresse à un ami commun qui

BLAISE. Vous velà payé, fiscal ? jarnigué ! ça est bian *malhonnête à vous. Morgué ! ce n'est pas comme ça qu'on triche l'honneur des gens de ma sorte ; c'est un affront.

LE FISCAL, *riant*. Ah, ah, ah, l'original homme, avec ses mérites qui ne lui coûteront rien !

Scène VIII

BLAISE, ARLEQUIN, ET SES ENFANTS

BLAISE. Par la *sanguienne ! il m'a vilainement attrapé là ; mais je li revaudrai.

ARLEQUIN. Monsieur, que vous plaît-il de moi ?

BLAISE. Il me plaît que vous bailliez une petite leçon de bonne manière à nos enfants : dressez-les un petit brin selon leur qualité, à celle fin qu'ils puissent tantôt batifoler à la grandeur [1], suivant les balivarnes du biau monde ; vous ferez bian ça ?

ARLEQUIN. Eh qu'oui ! j'ai sifflé plus de vingt linottes en ma vie, et vos enfants auront bien autant de mémoire.

COLIN. Papa, je n'irons donc pas trouver la compagnie ?

ARLEQUIN. Dites : Monsieur, et non papa.

COLIN. Monsieur ! est-ce que ce n'est pas mon père ?

BLAISE. N'importe, petit garçon, faites ce qu'on vous dit.

COLETTE. Et moi, papa... dis-je, Monsieur..., irons-je ?...

BLAISE. Écoutez tous deux ce qu'il vous dira auparavant, et pis venez, quand vous saurez la politesse ; car je vous marie tous deux, voyez-vous !

COLIN. Oh oh velà qui est bon ; j'aime le mariage, moi ; et je serai l'homme de qui ?

BLAISE. De Madame Damis.

COLIN, *en se frottant les mains*. Tatigué ! que j'allons rire !

ARLEQUIN. Ce transport est bon, je l'approuve ; mais le geste n'en vaut rien, je le *casse.

COLETTE, *à Arlequin*. Et moi, mon bon Monsieur, qui est-ce qui me prend ?

---

emprunte la somme au débiteur. L'historiette se termine comme suit : « J'ai été chez mon débiteur lui rendre son billet, en lui apprenant ma petite intrigue, et je l'ai laissé tout consterné de n'avoir fait qu'une restitution, au lieu d'avoir rendu un service gratuit : le pauvre homme ! »

1. L'expression semble synonyme de *jouer à la grandeur*, par substitution de *batifoler* à *jouer*.

BLAISE. Monsieur le Chevalier.

COLETTE. Eh bian tant mieux, je serai Chevalière.

BLAISE. Je vais toujours devant. Commencez la leçon [1] et faites vite.

ARLEQUIN. Allons, étudions.

Scène IX

ARLEQUIN, [COLIN], COLETTE

ARLEQUIN. Laissez-moi me recueillir un moment. *(À part.)* Qu'est-ce que je leur dirai ? je n'en sais rien, car pour du beau monde, je n'en ai vu que dans les rues, en passant ; voilà tout le monde que je sais. N'importe, je me souviens d'avoir vu faire l'*amour, j'entendis quelques paroles, en voilà assez. *(Tout haut.)* Ah çà, approchez. Comme ainsi soit qu'il n'est rien de si beau que les similitudes, commençons doctement par là. Prenez, Monsieur Colin, que vous êtes l'amant de Mademoiselle Colette ; parlez-lui d'amour, et elle vous répondra ; voyons.

COLIN *saute de joie.* Parlez donc, Mademoiselle, vous velà donc ?

COLETTE. Oui, Monsieur, me voilà ! De quoi s'agit-il ?

COLIN. Il s'agit, Mademoiselle, qu'il y a bian des nouvelles.

COLETTE. Et queulles, Monsieur ?

COLIN. C'est que la biauté de votre parsonne... car il ne faut pas tant de priambule ; et c'est ce qui fait d'abord que je vous veux pour femme. Qu'est-ce qu'ou dites à ça ?

COLETTE. Je dis qu'il en arrivera ce qu'il pourra ; mais que voute discours me hausse la couleur, parce que je n'avons pas la coutume d'entendre prononcer les choses que vous mettez en avant.

ARLEQUIN. Ah ! cela va couci-couci.

COLIN. Ça est vrai, Mademoiselle ; mais vous serez pus accoutumée à la seconde fois qu'à la première, et de fois en fois vous vous y accoutumerez tout à fait. *(À Arlequin.)* Fais-je bien ?

ARLEQUIN. J'aperçois quelque chose de rustique dans les dernières lignes de votre compliment.

COLETTE. Mais oui ; il m'est avis qu'il a d'abord galopé de l'amour au mariage.

COLIN. C'est que je suis hâtif ; mais j'irai le pas. Je ne dirai pas que

---

1. Texte de l'édition originale : *Je vais toujours devant commencer la leçon, et faites vite.*

vous serez ma femme ; mais ça n'empêchera pas que je ne sois votre homme.

COLETTE. Eh bian ! le vlà encore embarbouillé dans les épousailles.

COLIN. Morgué ! c'est que cette noce est *friande, et mon esprit va toujours trottant enver elle.

ARLEQUIN. Vous avez le goût d'une épaisseur !...

COLIN. Bon, bon ! laissons tout cela ; tenez je m'en vas, je n'aime pas à être à l'école ; je parlerai à l'*aventure ; laissez venir Madame Damis ; pisqu'alle est veuve, alle me fera mieux ma leçon que vous. Adieu, mijaurée ; je vous salue, noute magister.

Scène X

ARLEQUIN, COLETTE

ARLEQUIN, *à part*. Velà[1] une éducation qui m'a coûté bien de la peine ; achevons la vôtre, Mademoiselle. Premièrement, je crois qu'il a raison, quand il vous appelle une mijaurée.

COLETTE. Eh pardi ! il n'y a qu'à dire, je serai pus hardie ; car je me retians à cette heure-ci. Tenez, ce n'était que mon frère qui m'en contait, dame ! ça n'affriole pas. Mais, Monsieur le Chevalier, c'est une autre histoire ; sa mine me plaît ; vous varrez, vous varrez comme ça me démène le cœur. Voulez-vous que je lui dise que je l'aime ? ça me fera biaucoup de plaisir.

ARLEQUIN. Prrrr... comme elle y va ! tout le sang de la famille court la poste ; patience, mon écolière ; je vous disais donc quelque chose..., où en étions-nous ?

COLETTE. À l'endroit où j'étais une mijaurée.

ARLEQUIN. Tout juste, et je concluais... mais je ne conclus plus rien ; j'ajouterai seulement ce qui s'ensuit. Quand les révérences seront faites, vous aurez une certaine modestie, qui sera relevée d'une certaine coquetterie...

COLETTE. Je boutrai une pincée de chaque sorte, n'est-ce pas ?

ARLEQUIN. Fort bien. Vous serez... timide.

COLETTE. Hélas ! pourquoi ?

ARLEQUIN. Timide et *galante.

---

1. *Sic.* Il semble qu'Arlequin contrefasse ici le langage de Colin et Colette, comme il a déjà contrefait celui de leurs parents (sc. I) et du Gascon (sc. IV).

COLETTE. Ah ! j'entends, je boutrai de ça qui ne dit rian et qui n'en pense pas moins.

ARLEQUIN, *à part*. L'aimable enfant ! elle entend ce que je lui dis ; et moi, je n'y comprends rien. *(Tout haut.)* Le Chevalier continuera ; d'abord il ne sera que poli ; petit à petit il deviendra tendre.

COLETTE. Et moi qui le varrai venir, je m'avancerai à l'avenant.

ARLEQUIN. Elle veut toujours avancer.

COLETTE. Je lui baillerai bonne espérance, et je pardrai mon cœur à proportion que j'aurai le sian.

ARLEQUIN. Ma foi, vous y êtes.

COLETTE. Oh ! laissez-moi faire ; je saurai bien petit à petit manquer de courage, et pis en manquer encore davantage, et pis enfin n'en avoir pus.

ARLEQUIN. Il n'y a plus d'enfants ! Mademoiselle, vous dira-t-il en vous abordant, vous voyez le plus humble des vôtres.

COLETTE. Et moi, je vous remarcie de votre humilité, ce li ferai-je.

ARLEQUIN. Que vous êtes aimable ! qu'on a de plaisir à vous contempler ! ajoutera-t-il, en penchant la tête. Qu'il serait heureux de vous plaire, et qu'un cœur qui vous adore goûterait d'admirables félicités ! Ah ! ma chère Demoiselle, quel tas de charmes ! que d'appas ! que d'agréments ! votre personne en fourmille, ils ne savent où se mettre... Souriez mignardement là-dessus. *(Colette sourit.)* Ah, ma déesse ! puis-je espérer que vous aurez pour agréable la tendresse de votre amant ?... Regardez-moi honteusement, du coin de l'œil, à présent.

COLETTE, *l'imitant*. Comme ça ?

ARLEQUIN. Bon ! Ah ! qu'est-ce que c'est que cela[1] ? vous me lorgnez d'une manière qui me transporte. Est-ce que vous m'aimeriez ? Répondez. Je ne veux qu'un pauvre petit mot. Soupirez à présent.

COLETTE. Bian fort ?

ARLEQUIN. Non, d'un soupir étouffé.

COLETTE. Ah !

ARLEQUIN. Oh ! après ce soupir-là il deviendra fou, il ne dira plus que des extravagances ; quand vous verrez cela, vous vous rendrez, vous lui direz : je vous aime.

COLETTE. Tenez, tenez, le velà qui viant ; je parie qu'il va me faire repasser ma leçon. Dame ! je sais où il faut me rendre, à cette heure.

---

1. Texte de l'édition N.T.I. 1729. L'édition originale porte : *qu'est-ce que c'est cela*.

ARLEQUIN. Adieu donc ; je vous mets la bride sur le cou. *(À part.)* Ouf ! je crois que mon cœur a cru que je parlais sérieusement [1].

Scène XI
LE CHEVALIER, COLETTE, ARLEQUIN

LE CHEVALIER, *à Arlequin*. Mon ami, tu fais ici la pluie et le beau temps ; fais durer le dernier, je t'en prie ; je suis né reconnaissant.

ARLEQUIN. Mettez-vous en chemin ; je vous promets le plus beau temps du monde. *(Il se retire.)*

Scène XII
LE CHEVALIER, COLETTE

LE CHEVALIER. J'ai quitté la compagnie, je n'ai pu, Mademoiselle, résister à l'envie de vous voir. J'ai perdu mon cœur, une charmante personne me l'a pris, cela m'inquiète, et je viens lui demander ce qu'elle en veut faire. N'êtes-vous pas la recéleuse ? Donnez-m'en des nouvelles, je vous prie.

COLETTE, *à part*. Oh pisqu'il a perdu son cœur, nous ne bataillerons pas longtemps. *(Haut.)* Monsieur, pour ce qui est de votre cœur, je ne l'avons pas vu ; si vous me disiez la parsonne qui l'a prins, on varrait ça.

LE CHEVALIER. Vous ne la connaissez donc pas ?

COLETTE, *faisant la révérence*. Non, Monsieur ; je n'avons pas cet honneur-là.

LE CHEVALIER. Vous ne la connaissez pas ? Eh ! cadédis, je vous prends sur le fait ; vous portez les yeux de celle qui m'a fait le vol.

COLETTE, *à part*. Je le vois venir le malicieux. *(Haut.)* Monsieur, c'est pourtant mes yeux que je porte, je n'empruntons ceux-là de parsonne.

LE CHEVALIER. Parlez, ne vous voyez-vous jamais dans le cristal de vos fontaines ?

COLETTE. Oh ! si fait, queuquefois en passant.

LE CHEVALIER. Patience, eh qu'y voyez-vous ?

---

1. Cette réflexion sur l'intrusion de la réalité dans la fiction et réciproquement, ainsi du reste que les scènes qui précèdent annoncent le thème des *Acteurs de bonne foi*.

COLETTE. Eh mais, je m'y vois.

LE CHEVALIER. Eh donc, voilà ma friponne.

COLETTE, *à part.* Hélas ! il sera bientôt mon fripon itou.

LE CHEVALIER. Que répondez-vous à ce que je dis ?

COLETTE. Dame ! ce qui est fait est fait. Votre cœur est venu à moi, je ne li dirai pas de s'en aller ; et on ne rend pas cela de la main à la main.

LE CHEVALIER. Me le rendre ! quand vous avez tiré dessus, quand vous l'avez incendié, qu'il se portait bien, et que vous l'avez fait malade ! Non, ma toute belle, je ne veux point d'un incurable.

COLETTE. Queu pitié que tout ça ! comment ferai-je donc ?

LE CHEVALIER. Ne vous effrayez point ; sans crier au meurtre, je trouve un expédient ; vous m'avez maltraité le cœur, faites les frais de sa guérison ; j'attendrai, je suis accommodant, le vôtre me servira de nantissement, je m'en contente [1].

COLETTE. Oui-da ! vous êtes bian fin ! si vous l'aviez une fois, vous le garderiez peut-être.

LE CHEVALIER. Je vous le garderais ! vous sentez donc cela, mignonne ? une légion de cœurs, si je vous les donnais, ne paierait pas cette expression affectueuse ; mais achevez ; vous êtes *naïve, *développez-vous sans façon, dites le vrai ; vous m'aimez ?

COLETTE. Oh ! ça se peut bian ; mais il n'est pas encore temps de le dire.

LE CHEVALIER. Je me mettrais à genoux devant ces paroles, je les savoure, elles fondent comme le miel ; mais donc quand sera-t-il temps de tout dire ?

COLETTE. Allez, allez toujours ; je vous garde ça, quand je vous verrai dans le transport.

LE CHEVALIER. Faites donc vite, car il me prend.

COLETTE. Oh ! je ne le veux pas lors, retournons où nous étions. Vous me demandez mon cœur ; mais il est tout neuf, et le vôtre a peut-être sarvi.

LE CHEVALIER. Le mien, pouponne, savez-vous ce qu'on en dit dans le monde, le nom qu'on lui donne ? on l'appelle l'indomptable.

COLETTE. Il a donc pardu son nom maintenant ?

---

1. Des métaphores militaires, le chevalier passe aux métaphores juridiques. Les unes et les autres sont caractéristiques du marivaudage semi-burlesque propre à ce type de personnage. Voir surtout le chevalier gascon de *L'Heureux Stratagème*.

LE CHEVALIER. Il ne lui en reste pas une syllabe, vos beaux yeux l'ont dépouillé de tout ; je le renonce, et je plaide à présent pour en avoir un autre.

COLETTE. Et moi, qui ne sais pas plaider, vous varrez que je pardrai cette cause-là.

LE CHEVALIER *la regarde*. Gageons, ma poule, que l'affaire est faite.

COLETTE, *à part*. Je crois que voici l'endroit de le regarder tendrement. *(Elle le regarde.)*

LE CHEVALIER. Je vous entends, mon âme, ce regard-là décide ; je triomphe, je suis vainqueur ; mais faites doucement, la victoire m'étourdit, je m'égare, la tête me tourne ; ménagez-moi, je vous prie.

COLETTE, *à part*. Velà qui est fait, il est fou, ça doit me gagner, faut que je parle.

LE CHEVALIER. Le papa vous donne à moi ; signez, paraphez la donation, dites que je vous plais.

COLETTE. Oh ! pour ça, oui, vous me plaisez ; n'y a que faire de patarafe à ça.

LE CHEVALIER. Vous me ravissez sans me surprendre ; mais voici Madame Damis et le beau-frère ; nos affaires sont faites, ils viennent convenir des leurs. Retirons-nous.

Colette sort.

Scène XIII

MADAME DAMIS, COLIN, LE CHEVALIER

LE CHEVALIER. Jusqu'au revoir. Monsieur Colin, vous aime-t-on ?

COLIN. Je sommes ici pour voir ça.

LE CHEVALIER. Achevez donc.

Scène XIV

MADAME DAMIS, COLIN

COLIN, *à part*. Tâchons de bian dire. *(Haut.)* Madame, il est vrai que l'honneur de voir voute biauté est une chose si admirable, que par rapport à noute mariage, dont ce que j'en dis n'est pas que j'en parle car mon amitié dont je ne dis mot ; mais..., morgué tenez, je m'embarbouille dans mon compliment, parlons à la *franquette ; il n'y a que les mots qui faisont les paroles. J'allons être mariés ensemble, ça me réjouit ; ça vous rend-il *gaillarde ?

MADAME DAMIS, *riant*. Il parle un assez mauvais langage, mais il est amusant.

COLIN. Il est vrai que je ne savons pas l'ostographe ; mais morgué ! je sommes tout à fait drôle ; quand je ris, c'est de bon cœur ; quand je chante, c'est pis qu'un marle, et de chansons j'en savons plein un boissiau ; c'est toujours moi qui mène le *branle, et pis je saute comme un cabri ; et *boute et t'en auras, toujours le pied en l'air ; n'y a que moi qui tiant, hors Mathuraine, da, qui est aussi une sauteuse, haute comme une parche. La connaissez-vous ? c'est une bonne criature, et moi aussi ; tenez, je prends le temps comme il viant, et l'argent pour ce qu'il vaut. Parlons de vous. Je sis riche, ous êtes belle, je vous aime bian, tout ça rime ensemble ; comment me trouvez-vous ?

MADAME DAMIS. Il ne vous manque qu'un peu d'éducation, Colin.

COLIN. Morgué ! l'appétit ne me manque pas, toujours ; c'est le principal ; et pis cette éducation, à quoi ça sart-il ? Est-ce qu'on en aime mieux ? Je gage que non. Marions-nous ; vous en varrez la preuve. Velà parler, ça.

MADAME DAMIS. Je crois que vous m'aimerez ; mais écoutez, Colin ; il faudra vous conformer un peu à ce que je vous dirai ; j'ai de l'éducation, moi, et je vous mettrai au fait de bien des choses.

COLIN. Bian entendu ; mais avec la parmission de votre éducation, dites-moi, suis-je pas aimable ?

MADAME DAMIS. Assez.

COLIN. Assez ! c'est comme qui dirait beaucoup [1] ; mais c'est que la confusion vous rend le cœur chiche ; baillez-moi votre main que je la baise ; ça vous mettra pus en train. *(Il lui baise la main.)*

MADAME DAMIS. Doucement, Colin, vous passez les bornes de la bienséance.

COLIN. Dame ! je vas mon train, moi, sans prendre garde aux bornes ; mais morgué ! dites-moi de la douceur.

MADAME DAMIS. Ça ne se doit pas.

COLIN. Eh bian ! ça se prête, et je sis bon pour vous rendre.

MADAME DAMIS. En vérité, l'Amour est un grand maître ! il a déjà rendu ses *simplicités agréables [2].

COLIN. Bon ! velà une belle bagatelle voirement vous en varrez bian d'autres.

---

1. Les éditions modernes portent à tort : *pas beaucoup*. **2.** Les dernières répliques, et notamment la discussion à propos du mot *assez*, faisaient penser à *Arlequin poli par l'amour*. Cette réflexion de Mme Damis rend le rapprochement inévitable.

Scène XV

MADAME DAMIS, COLIN, CLAUDINE, BLAISE, ARLEQUIN, LE CHEVALIER, COLETTE, GRIFFET [1]

On entend les violons.

LE CHEVALIER, *après avoir donné la main à Claudine.* Eh bien mes amis, êtes-vous tous d'accord ?

COLIN. Alle me trouve *gaillard, et alle dit qu'alle est bian contente ; mais velà des violoneux.

BLAISE. Oui, c'est une petite politesse que je faisons à ma bru, comme un reste de collation.

LE CHEVALIER. Et le contrat ? Sandis ! c'est le repos de l'amour honnête ; où se tient le notaire ?

BLAISE. Il va venir ; divartissons-nous en l'attendant ; (allons, violons, courage). *(La fête se fait [2], et dans le milieu de la fête, on apporte une lettre à Blaise qui dit :)* Eh velà le clerc de noute procureux ! Qu'est-ce, Monsieur Griffet ? qu'y a-t-il de nouviau ?

GRIFFET. Lisez, Monsieur.

BLAISE. Tenez, mon gendre, dites-moi l'écriture.

LE CHEVALIER [3]. *J'ai cru devoir vous avertir que Monsieur Rapin fit hier banqueroute, et que l'état dans lequel il laisse ses affaires fait juger qu'il passe en pays étranger ; il doit à plusieurs personnes, et ne laisse pas un sol ; j'ai pris toutes les mesures convenables en pareil cas, j'y suis intéressé moi-même ; mais je ne vois nulle espérance. Mandez-moi cependant ce que vous voulez que je fasse ; j'attends votre réponse, et suis...*

LE CHEVALIER, *pliant la lettre, dit à Blaise.* Blaise, mon ami, il ne me reste plus qu'à vous répéter ce que le procureur a mis au bas de sa missive *(en lui rendant la lettre)* : et suis [4]... Car les articles de notre contrat sont passés en pays étranger ; actuellement ils courent la poste. Adieu, Colette, je vous quitte avec douleur.

COLETTE. Velà donc cet homme qui me voulait bailler tout un régiment de cœurs !

---

1. Les noms de Madame Damis et de Griffet sont omis dans l'édition originale. **2.** C'est donc ici qu'intervenait une sorte de prélude, non chanté, à un divertissement. **3.** *(Il lit.)* **4.** On se souvient que l'expression *je suis votre serviteur* sert, non seulement à prendre congé, mais à refuser une offre ou une proposition. D'où le jeu de mots.

LE CHEVALIER. Le régiment, le banqueroutier le *réforme, il emporte la caisse.

ARLEQUIN. Ma foi ! ce n'est pas grand dommage ; mauvaise *milice que tout cela, qui ne vaut pas le pain d'*amunition [1].

LE CHEVALIER. Je t'entends, faquin.

MADAME DAMIS. Allons, Monsieur le Chevalier, donnez-moi la main ; retirons-nous, car il se fait tard.

ARLEQUIN. Bonsoir, la cousine ; adieu, le cousin ; mes compliments à vos aïeux, à cause du bon sens qu'ils vous ont laissé.

COLIN. Pardi ! c'est une accordée de pardue ; tu me quittes, je te quitte, et vive la joie ! Dansons, papa.

ARLEQUIN. Sieur Blaise, vous m'avez pris sur le pied de cent écus par an ; il y a un jour que je suis ici ; calculons, payez et je pars [2].

BLAISE. Femme, à quoi penses-tu ?

CLAUDINE. Je pense que velà bian des équipages de chus, et des *casaques de reste.

BLAISE. Et moi, je pense qu'il y a encore du vin dans le pot et que j'allons le boire [3]. Allons, enfants, marchez. *(À Arlequin.)* Venez boire itou, vous ; bon voyage après, et pis, adieu le biau monde.

---

1. Arlequin veut dire que l'ordinaire, pour Colin et Colette, c'est-à-dire une union assortie avec des villageois, aurait mieux valu que le mariage qu'ils étaient prêts à contracter. 2. L'édition N.T.I. s.d. porte : *calculons et payez, je pars.* 3. Comme dans *L'Indigent philosophe*, le vin console Blaise et procure à la pièce un divertissement optimiste qui fait défaut à *La Coquette de village*, où tout ce qu'on peut tirer de Lucas est un *ouf !* répété deux fois.

L'ÎLE DE LA RAISON
OU
LES PETITS HOMMES

COMÉDIE EN TROIS ACTES ET EN PROSE
REPRÉSENTÉE POUR LA PREMIÈRE FOIS
PAR LES COMÉDIENS-FRANÇAIS
LE JEUDI 11 SEPTEMBRE 1727

NOTICE

À certains égards, *L'Île de la Raison* se rattache à une des premières tentatives de Marivaux dans le genre dramatique, *L'Amour et
la Vérité* [1]. C'est d'ailleurs à une tradition déjà évoquée à propos de
cette pièce qu'il faut songer pour en trouver la source. Dans *La Fontaine de sapience*, de Brugière de Barante, comédie jouée en 1694
et insérée dans le recueil de Gherardi, la scène se passe en effet,
comme ici, dans une île utopique. Il y existe une fontaine, et qui boit
de l'eau de cette fontaine sent immédiatement s'éveiller sa raison. Il
voit les choses telles qu'elles sont en elles-mêmes, sans se laisser
davantage abuser par « de vaines apparences et de fausses raisons ».
Ce thème de la découverte des vraies valeurs était fait pour intéresser Marivaux à l'époque où il venait précisément de dénoncer, dans
L'Indigent philosophe [2], les vains préjugés de la société concernant
le bonheur et le mérite.

On assigne à *L'Île de la Raison* une source plus précise en la rapprochant des *Voyages de Gulliver*, de Swift, qui, parus en 1726,
venaient d'être traduits en français par Desfontaines en 1727. Il est
vrai que Marivaux les a lus, de son propre aveu, et il est probable
qu'il y a puisé l'imagination pittoresque d'une île dont les habitants
sont des géants par rapport à leurs visiteurs européens. Mais Swift
ne songe pas à établir un parallèle entre la taille de ces hommes et
leur raison, encore moins à faire de ce contraste le point de départ
d'une dissertation morale. Or, cette idée, il est inutile d'en chercher
l'origine fort loin, puisque Marivaux lui-même l'avait eue en écrivant
un roman de jeunesse. Lorsque Brideron, dans *Le Télémaque tra-*

---

1. Voir ci-dessus, p. 96.   **2.** On trouvera plus loin divers rapprochements avec *L'Indigent philosophe*. Marivaux y avait déjà établi un rapport
métaphorique entre la grandeur sociale et la petitesse morale, voir p. 660,
note 2.

vesti (1714), visite en rêve les Enfers, il y voit le châtiment réservé à un philosophe qui « croyait avoir plus d'esprit que tous les hommes de la terre ». Pour sa punition, « on l'attacha à un pilier, et on lui mit devant les yeux un grand miroir, où, quand il se regardait, il se voyait petit comme un ciron, et il reconnaissait par ce miroir aussi, que c'était là la véritable figure qu'il avait eue sur la terre[1] ». La différence est que, dans *L'Île de la Raison*, l'Enfer est devenu un Purgatoire, car les hommes n'y sont pas punis pour l'éternité, pas plus qu'ils y sont, comme dans *La Fontaine de sapience*, corrigés par une opération miraculeuse : c'est peu à peu qu'ils acquièrent la sagesse, par l'aveu de leurs fautes et la reconnaissance de leur petitesse passée. De ce fait, le ressort utilisé permet de conférer à la pièce à tiroirs[2] que produit habituellement ce genre de sujet une certaine progression dramatique.

Le véritable objet de Swift était la satire des mœurs contemporaines, et Marivaux le rejoint sur ce terrain. Les huit personnages européens de sa pièce représentent autant d'échantillons de catégories sociales : le courtisan, vice-roi des Indes, la comtesse sa sœur, le secrétaire gascon et la suivante des précédents, le poète, le philosophe, le médecin et le paysan Blaise. Le conseiller Blectrue — dont le nom pose un curieux problème[3] — leur enseigne la méthode qui

---

1. *Le Télémaque travesti, Œuvres de jeunesse*, p. 917.   2. L'expression même de *pièce à tiroirs* venait d'être créée à cette époque par Boissy. 3. Ce nom de Blectrue semble bien dénoter une influence anglaise. La seconde syllabe, par exemple, rappelle l'adjectif *true*, vrai. Or, Oscar A. Haac nous signale opportunément l'ouvrage du déiste Toland, *Christianity not Mysterious*, section III, chap. IV. Dans un passage où il cherche à établir que la foi doit avoir un caractère rationnel, et après avoir noté que la révélation divine n'est pas d'une nature différente de la révélation humaine, mais qu'elle est toujours véridique (« God speaks always Truth and Certainty »), l'auteur continue : « Now since by *Revelation* Men are not endu'd with new Faculties, it follows that God should lose his end in speaking to them, if what he said did not agree with their common Notions. Could that Person justly value himself upon being wiser than his Neighbours, who having infallible Assurance that something call'd *Blictri* had a Being in Nature, in the mean time knew not what this *Blictri* was ? « (p. 133). Le problème est de savoir comment cette phrase aurait pu venir à la connaissance de Marivaux. L'ouvrage de Toland n'avait pas été l'objet d'un compte rendu du *Journal des savants* lors de sa publication (1696-1697). M. Haac n'a retrouvé ni chez Leibniz, ni chez Bayle, ni chez Niceron d'allusion à ce passage — qui figurera pourtant avec le nom de *Blictri* dans *La Grande Encyclopédie*. Il nous paraît possible que Marivaux ait entendu discuter de ce raisonnement de Toland,

fera d'eux des êtres raisonnables, c'est-à-dire de véritables hommes. Et cette méthode, inspirée de celle qui était déjà appliquée dans *L'Île des esclaves*, consiste dans une prise de conscience, complétée par un aveu ou confession publique. On voit la place que *L'Île de la Raison* tient dans la pensée morale de Marivaux, et pourquoi il l'a publiée en appendice à l'édition de 1728 du *Spectateur français*, de *L'Indigent philosophe* et des *Lettres au « Mercure »*. Quant à la signification proprement sociale de la nouvelle pièce, elle doit être cherchée dans l'ordre et la façon dont s'opèrent les conversions. Malgré ses défauts, le paysan, grâce à son humilité, est le premier à se convertir. Il est suivi de Fontignac et de Spinette. Le courtisan et la comtesse ne parviennent pas si aisément à la lucidité purificatrice, car ils ont respiré l'orgueil depuis leur enfance. Le médecin, qui croit aveuglément dans son art, est un sujet plus difficile encore : on annonce pourtant que sa guérison a été finalement acquise. Seuls, le poète [1] et le philosophe resteront incurables, parce que la vanité fait le fond de leur caractère. Or la vanité, suivant une observation importante, par laquelle s'achevait presque *L'Indigent philosophe*, rend méchant :

« Les hommes, avec leurs façons, ressemblent aux enfants : ces derniers s'imaginent être à cheval, quand ils courent avec un bâton entre les jambes ; de même les hommes : ils s'imaginent, à cause de certaines belles manières qu'ils ont introduites entre eux, pour flatter leur orgueil, ils s'imaginent en être plus considérables, et quelque chose de grand : les voilà à cheval [...] Les hommes sont plus vains que méchants : mais je dis mal ; ils sont tous méchants, parce qu'ils sont tous vains. Y a-t-il rien de si malin, de si peu charitable que la vanité offensée [2] ? »

---

et que le nom de Blictri, dans la bouche d'un Anglais, lui ait semblé correspondre à la graphie qu'il en donne ici. En tout cas, un rapport sémantique existe entre le personnage suprêmement raisonnable que représente Blectrue et le concept d'un dieu raisonnable que peut évoquer le souvenir de *Blictri* dans le passage cité.

1. Divers éditeurs ont suggéré que Marivaux pouvait avoir en vue Voltaire sous le nom du poète. C'est possible, mais Marivaux s'est gardé de toute allusion précise justifiant l'identification.   **2.** Septième feuille, fin (voir les *Journaux et Œuvres diverses*, p. 323). Il est à noter que Marivaux a certainement interrompu *L'Indigent philosophe* pour écrire *L'Île de la Raison*. La feuille que nous venons de citer, la dernière, a été approuvée le 5 juillet 1727, et *L'Île de la Raison* a été lue à la Comédie-Française le 3 août de la même année.

Le poète et le philosophe, gens vains et susceptibles, ne peuvent même demeurer en paix. Comment seraient-ils capables de parvenir à l'humilité rédemptrice ?

Malgré l'effet de variété produit par les différents succès de la cure, la répétition du procédé devient vite lassante. Marivaux chercha à remédier à cet inconvénient de la façon traditionnelle, c'est-à-dire en introduisant l'amour dans sa pièce. Chose inattendue à première vue, mais nullement surprenante dans la pensée de l'auteur, l'amour est considéré comme le sentiment le plus naturel, donc, à bien considérer les choses[1], comme le plus raisonnable. Mais telle est l'audace philosophique de Marivaux qu'il ne s'en tient pas là. Dans le monde de la raison, ce sont les femmes, et non plus les hommes, qui font les premières avances, ce sont elles qui font la cour aux hommes, et non l'inverse. La modestie devient la parure des hommes, comme une noble hardiesse est celle des femmes. On pourrait voir là un pur paradoxe. Mais, comme dans toutes les imaginations de Swift, le paradoxe a un sens. L'homme, étant le plus fort, se voit confier la garde d'un honneur qu'il peut mieux défendre. Il y a là une revendication féministe qui se rattache à un courant de pensée connu[2], et qui annonce les réflexions plus sérieuses du *Cabinet du philosophe* quelques années plus tard. Mais on sent aussi qu'en sollicitant les femmes de se déclarer les premières, Marivaux exprime un désir passionné de pénétrer leurs véritables sentiments, par-delà les tabous du préjugé et les images de la coquetterie. Par cette recherche d'une sincérité toujours inaccessible, *L'Île de la Raison* se rattache au cœur même des réflexions morales de son auteur.

Vite écrite, comme Marivaux nous le dira lui-même, reçue avec enthousiasme par les acteurs, *L'Île de la Raison* imposait pourtant un effort inhabituel au public. Pour l'y préparer, Marivaux joignit à sa pièce un prologue qu'elle ne comportait pas d'abord[3]. Il y recti-

---

1. Ici encore, il faut en revenir à *L'Indigent philosophe* : « La nature [...] a de quoi tromper celui qui la veut voir mal, comme elle a de quoi éclairer celui qui la veut voir bien. » (7ᵉ feuille).   **2.** *Les Réflexions sur les femmes*, de Mme de Lambert, composées peut-être depuis quelque temps, avaient paru précisément en juillet 1727 chez le libraire Le Breton.   **3.** Le registre n'en fait pas mention : « Aujourd'hui dimanche troisième août il a été lue une pièce en trois actes intitulée *L'Île de la Raison ou les Petits Hommes* et les présents ont signé pour la recevoir. » (*Signé* : Armand, Legrand la fille, Le Couvreur, Quinault, Jouvenot, Dangeville, Duboccage, Defontenay, Quinault-Defresne, La Motte, Dubreuil, Delathorillière le fils.) L'allusion au *Mercure* prouve que ce passage au moins a été rédigé à une date postérieure : voir ci-

fiait d'abord une inexactitude du *Mercure*, selon lequel le sujet était tiré des *Voyages de Gulliver*[1] ; puis il essayait d'obtenir que le public se prêtât à ce qu'on exigeait de lui, c'est-à-dire qu'il s'imaginât voir suivant le cas la taille des acteurs augmenter ou diminuer. La précaution fut inutile : *L'Île de la Raison* tomba. La première représentation, le 11 septembre 1727, avait pourtant produit une recette exceptionnelle pour une pièce de Marivaux : 1 915 livres 10 sols, pour 917 spectateurs, et 106 livres de part d'auteur. Les 14, 15 et 17 septembre, les recettes s'écroulèrent respectivement à 415 livres, 261 livres, 211 livres 10 sols, et le nombre des spectateurs passait à 283, 188 et 184, avec chaque fois une part d'auteur de 6 livres seulement. Les Comédiens-Français retirèrent la pièce de l'affiche, pendant que leurs rivaux italiens en préparaient une sorte de parodie, intitulée *L'Île de la Folie*[2], qui se soutint longtemps.

Le *Mercure* de septembre annonça l'échec avec ménagement :

« Les Comédiens-Français donnèrent le 11 septembre la première représentation des *Petits Hommes, ou l'Île de la Raison*, de M. de Marivaux, comédie en trois actes, en prose, avec un prologue et des vaudevilles à la fin, qui, quoique pleine d'esprit, ne parut pas être goûtée du public. Elle a été jouée quatre fois[3]. »

Tandis que Marivaux avouait que sa pièce n'était pas faite pour la représentation en la faisant imprimer sans plus attendre[4], l'anonyme auteur de la *Seconde Lettre d'un rat calotin à Citron Barbet*[5], qui reflétait les idées de Desfontaines, ne cachait pas une joie maligne :

« Je ne puis finir cette lettre sans vous dire quelque chose au sujet de *L'Île de la Raison*, comédie de M. de Marivault, si célèbre dans notre régiment, et capitaine de la brigade des précieux néologues ;

---

après. — On a dit que Marivaux s'était inspiré pour ce prologue de celui du *Double Veuvage* de Dufresny : en fait, la ressemblance tient surtout dans les rôles du chevalier et du marquis, ce qui est peu de chose. **1.** Annonçant que « les Comédiens [avaient] lu le 3 août une comédie en trois actes avec un prologue [le prologue est donc, cette fois, conçu], qu'on doit jouer incessamment, le *Mercure* d'août 1727 ajoutait : « C'est un sujet tiré des *Voyages de Gulliver* qui est traité, dit-on, très ingénieusement et avec beaucoup d'esprit. Nous en parlerons en son temps. » **2.** De Dominique et Romagnesi. Plutôt que d'une parodie, il s'agissait d'un à-propos où étaient passées en revue les nouveautés de la saison, notamment *Le Philosophe marié*, de Destouches, joué avec succès à partir du 15 février 1727. Silvia jouait la Folie. **3.** *Mercure* de septembre 1727, pp. 2086-2087. **4.** Voir ci-après. Le privilège est du 26 septembre. **5.** On cite quelquefois La Clède comme l'auteur de cette brochure. Il est peu connu.

auteur fameux dont l'autorité est d'un si grand poids dans le dictionnaire de l'avocat bas-breton [1]. *Les Voyages de Gulliver*, nouvellement
traduits en français, lui ont donné occasion de feindre une île où
tous les étrangers qui y abordaient devenaient petits sur-le-champ,
et reprenaient leur première grandeur lorsqu'ils s'étaient corrigés
de leurs défauts. Supposition admirable. Quoi qu'il en soit, le public
a vu représenter deux fois [2] cette pièce, et ne s'est point prêté à des
hommes fictivement petits et grands [3] : elle a été magnifiquement
sifflée, et jamais M. de Marivault, *depuis qu'il traite les matières du
bel-esprit*, n'avait eu un affront si marqué. Est-il possible, dit-on, que
l'auteur de *L'Île de la Raison* ait eu le courage de la faire imprimer ?
C'est encore pis sur le papier qu'au théâtre, sur quoi on a fait ce
couplet :

> Pour nous montrer comme
> La seule raison
> Fait croître tout homme,
> Cet ouvrage est bon :
> De plus de six pouces
> Son auteur nain est décru lanturlu, etc.

Un des rares autres morceaux de critique du temps relatif à *L'Île
de la Raison* parut dans *Le Journal littéraire* de La Haye, à l'occasion
de la publication de cette comédie dans le sixième volume du *Nouveau Théâtre-Français* chez Étienne Neaulme en 1735 [4]. Il est favorable, comme la plupart des jugements portés sur Marivaux à
l'étranger, où l'esprit de parti ne régnait pas comme en France :

« *L'Île de la Raison* est une comédie fort divertissante et dont la
morale est fine. Un paysan y dit grossièrement des choses aussi spirituelles que sensées. La folie orgueilleuse et incurable du philosophe

---

1. Le régiment dont il est question dans ce passage est le fameux *régiment
de la calotte*. Le *dictionnaire de l'avocat bas-breton* est le *Dictionnaire néologique* de Desfontaines, auquel les *Lettres d'un rat calotin* sont souvent
jointes.   **2.** En fait, quatre, et non deux.   **3.** « Voir la Préface de cette
comédie imprimée chez Prault. » *(Note du texte.)* — L'auteur se moque de
l'expression *fictivement petit*, dans laquelle *fictivement* est un néologisme.   **4.** Un volume de 477 pages, qui était aussi débité par le libraire Van
Duren, sous la marque duquel on le trouve également. Le même tome contenait encore *L'Heureux Stratagème*, sur lequel *Le Journal littéraire* ne fait pas
de commentaires, non plus que sur les autres pièces du même volume.

est joliment imaginée. C'est dommage seulement que cette pièce manque d'intrigue et d'action, qu'elle n'ait point d'intérêt, que les yeux démentent à chaque instant ce que les acteurs disent de leur prétendue petitesse et de leur croissance prétendue, et enfin qu'on ait, sans bien marquer pourquoi, mis le médecin au nombre des fous [1]. »

Il fallut attendre ensuite les notices de La Porte, à l'occasion de l'édition Duchesne de 1758, pour trouver un nouveau point de vue sur *L'Île de la Raison*. La Porte, apparemment content que Marivaux ait condamné lui-même sa pièce, veut bien lui faire grâce :

« Le roman de *Gulliver* a fourni à M. de M. le sujet d'une comédie intitulée *L'Île de la Raison, ou les Petits Hommes*. L'auteur convient de bonne foi que cette pièce n'était pas bonne à être représentée, et que le public lui avait rendu justice en la condamnant. L'idée en est singulière. On suppose que des Français échappés du naufrage abordent dans une île dont les habitants sont d'une grandeur si prodigieuse [2], que nous ne leur paraissons que des Pygmées. Ils attribuent la petitesse de notre taille aux égarements et à la dégradation de notre âme. Pour agrandir les Français arrivés dans leur île, ils entreprennent de les rendre raisonnables, ne doutant pas qu'ils ne croissent à vue d'œil, à mesure qu'ils le deviendront. Ces insulaires ne sont point trompés dans leur attente ; il n'y a qu'un poète et un philosophe qu'on ne saurait guérir de leur folie. Le premier donne d'abord quelques signes de conversion ; mais sa manie ne tarde point à reprendre le dessus. Malgré les idées philosophiques qu'on trouve dans cette pièce, il est clair qu'elle devait naturellement tomber à la représentation. "Ces petits hommes qui devenaient fictivement grands n'ont point pris, dit M. de M. Les yeux ne se sont point plu à cela ; et dès lors on a senti que cela se répétait toujours. Le dégoût est venu, et voilà la pièce perdue." Parmi plusieurs traits ingénieux qu'elle présente, je n'en citerai qu'un qui regarde les tragédies [...[3]]. Cette comédie est précédée d'un dialogue où l'on crut apercevoir une critique du *Français à Londres*. M. de Marivaux déclare qu'il n'a eu aucun dessein d'attaquer l'ouvrage de M. de

---

1. *Le Journal littéraire*, 1735, pp. 453-454.   **2.** La Porte interprète l'intrigue de façon à la rapprocher de l'épisode des géants dans *Les Voyages de Gulliver*. Ce n'est pas ce qui est dit dans la pièce.   **3.** La Porte cite ici le passage qui va de *[On les] récite en dialogues...* jusqu'à *et pleurer de plaisir* (acte I, sc. x, voir p. 688).

Boissy ; et il doit en être cru sur sa parole. M. de Boissy méritait des égards, et M. de Marivaux est incapable d'en manquer[1]. »

Dédaignée par les metteurs en scène pendant plus de deux cents ans, *L'Île de la Raison* fut finalement portée au théâtre à Paris, en 1950, par l'Équipe, compagnie dramatique de la S.N.C.F., sous la direction de M. Demay. Un dispositif assez simple donnait une certaine illusion de la petitesse des Européens[2]. Cette courageuse tentative fut un succès, salué avec enthousiasme par la critique[3]. Trompant l'attente de son auteur, *L'Île de la Raison* prouvait qu'elle supportait non seulement la lecture, mais même la représentation. Elle fut reprise à la Comédie-Française en 1975 avec un bon succès (ce qui portait le nombre total de représentations, en 2000, à 12). Les « petits hommes » étaient dans de gros paniers à roulettes, figurant des poussettes géantes. Dans la mise en scène de Michel Favory, au Théâtre du Nord, en 1974, les insulaires évoluaient sur un praticable surélevé où les naufragés les rejoignaient quand ils retrouvaient leur raison.

LE TEXTE

Il n'existe pas de manuscrit. Du reste, Marivaux dit lui-même qu'il n'a pas modifié son texte pour l'impression. L'édition originale, annoncée par le *Mercure* d'octobre 1727[4], se présente comme suit :

L'ISLE / DE LA RAISON / *ou* / LES PETITS HOMMES. / *COMEDIE*. / EN TROIS ACTES. / *Le prix est de Vingt-quatre sols.* / (fleuron) / À PARIS / Chez Pierre Prault, à l'entrée / du Quay de Gêvres, au Paradis. / (filet) / M.DCC.XXVII. / *Avec Approbation & Privilege du Roy.* /

Un vol. in-12 de VIII pages (titre, avec en face un frontispice de Bonnard, gravé par J.-B. Scotin, préface, approbation, privilège)

---

1. 1759, tome I, pp. 77-78. **2.** Les Européens se trouvaient sur une avant-scène surbaissée parmi des coquillages aux proportions monstrueuses. **3.** Voir notamment l'article de Gabriel Marcel dans *Les Nouvelles littéraires, artistiques et scientifiques* du 29 juin 1950. **4.** « *L'Isle de la Raison ou les Petits Hommes*, comédie en trois actes. À Paris, chez Pierre Prault, 1727, in-12, de 171 pages, sans la Préface, prix 24 sols. » Suit un long résumé accompagné de citations. Après avoir rapporté comment s'opère la guérison de Blaise, l'auteur ajoute que « la formule n'est variée que par rapport aux différents caractères, que l'auteur a bien traités, surtout celui de la comtesse, à qui sa suivante dévoile tous ses défauts ». Après une citation de ce passage : « Le lecteur jugera par des fragments que cette pièce aurait réussi par les beautés de détail, si le fond y avait un peu répondu » (pp. 226-227).

+ 171 pages numérotées pour le texte, le verso de la dernière blanche.

Approbation : «J'ai lu par l'ordre de Monseigneur le Garde des Sceaux *les Petits Hommes ou l'Isle de la Raison, comédie*, et je n'y ai rien trouvé qui puisse en empêcher l'impression. Ce 23 septembre 1727. *Signé*, Secousse. »

Privilège à Pierre Prault « pour l'impression d'un manuscrit intitulé *les Petits Hommes, comédie* », pour trois ans, donné le 26 septembre 1727, *signé :* Sainson, « registré sur le Registre VI de la Chambre royale des libraires [...] » le 27 septembre 1727. *Signé*, Brunet, syndic.

Une nouvelle approbation collective pour *Le Spectateur, L'Indigent philosophe, Les Pièces écrites dans le goût du «Spectateur français»* et *L'Île de la Raison*, ouvrages qui «ont déjà été imprimés séparément», est accordée par Danchet le 3 janvier 1728. Un privilège pour «Un livre qui a pour titre *Le Spectateur français*» est accordé à Prault le 26 décembre et sert pour l'ensemble du recueil.

Le texte que nous donnons est celui de l'édition originale. Les variantes de l'édition de 1758, dans laquelle *L'Île de la Raison* figure au tome I, numérotée de 121 à 252, ont été consignées en note, à l'exception des variantes purement orthographiques [1].

---

1. Le rôle de Fontignac est systématiquement « gasconnisé » par le passage de *v* à *b* et réciproquement. Ainsi *verbiager* devient *berbiager*, etc.

L'Île de la Raison

PRÉFACE

J'ai eu tort de donner cette comédie-ci au théâtre. Elle n'était pas bonne à être représentée, et le public lui a fait justice en la condamnant. Point d'intrigue, peu d'action, peu d'intérêt ; ce sujet, tel que je l'avais conçu, n'était point susceptible de tout cela : il était d'ailleurs trop singulier ; et c'est sa singularité qui m'a trompé : elle amusait mon imagination. J'allais vite en faisant la pièce, parce que je la faisais aisément.

Quand elle a été faite, ceux à qui je l'ai lue, ceux qui l'ont lue eux-mêmes, tous gens d'esprit, ne finissaient point de la louer. Le beau, l'agréable, tout s'y trouvait, disaient-ils ; jamais, peut-être, lecture de pièce n'a tant fait rire. Je ne me fiais pourtant point à cela : l'ouvrage m'avait trop peu coûté pour l'estimer tant ; j'en connaissais tous les défauts que je viens de dire ; et dans le détail, je voyais bien des choses qui auraient pu être mieux ; mais telles qu'elles étaient, je les trouvais bien. Et, quand la représentation aurait rabattu la moitié du plaisir qu'elles faisaient dans la lecture, ç'aurait toujours été un grand succès.

Mais tout cela a changé sur le théâtre. Ces Petits Hommes, qui devenaient fictivement grands, n'ont point pris. Les yeux ne se sont point plu à cela, et dès lors on a senti que cela se répétait toujours. Le dégoût est venu, et voilà la pièce perdue.

Si on n'avait fait que la lire, peut-être en aurait-on pensé autrement : et par un simple motif de curiosité, je voudrais trouver quelqu'un qui n'en eût point entendu parler, et qui m'en dît son sentiment après l'avoir lue : elle serait pourtant autrement qu'elle n'est, si je n'avais point songé à la faire jouer.

Je l'ai fait imprimer le lendemain de la représentation, parce que mes amis, plus fâchés que moi de sa chute, me l'ont conseillé d'une manière si pressante, que je crois qu'un refus les aurait choqués : ç'aurait été mépriser leur avis que de le rejeter.

Au reste, je n'en ai rien retranché, pas même les endroits que l'on a blâmés [1] *dans le rôle du paysan, parce que je ne les savais pas ; et à présent que je les sais, j'avouerai franchement que je ne sens point ce qu'ils ont de mauvais en eux-mêmes. Je comprends seulement que le dégoût qu'on a eu pour le reste les a gâtés, sans compter qu'ils étaient dans la bouche d'un acteur dont le jeu, naturellement fin et délié, ne s'ajustait peut-être point à ce qu'ils ont de rustique* [2].

Quelques personnes ont cru que, dans mon Prologue, j'attaquais la comédie du Français à Londres [3]. *Je me contente de dire que je n'y ai point pensé, et que cela n'est point de mon caractère. La manière dont j'ai jusqu'ici traité les matières du bel esprit est bien éloignée de ces petites bassesses-là ; ainsi ce n'est pas un reproche dont je me disculpe, c'est une injure dont je me plains.*

---

1. L'édition de 1758 porte : *que l'on en a blâmés.*   **2.** Cet acteur était Quinault, dit Quinault l'aîné. C'est lui en effet qui chante dans le divertissement le couplet dit par Blaise. Les *endroits blâmés* devaient consister dans des répliques telles qu'on en trouve à l'acte II, scène VI, notamment celles qui commencent par *Pargué ! velà une histoire bian récriative* et par *Pargué ! je veux bian. Tenez, un tiers d'aillade...*   **3.** Dans cette comédie en un acte, en prose, de Boissy, jouée avec succès au Théâtre-Français le 3 juillet 1727, une jeune Anglaise, fille d'un lord, hésite entre trois prétendants, un négociant anglais, Jacques Rosbif, un petit-maître français, le marquis de Polinville, et un baron qui représente l'honnête homme traditionnel. Tandis que la peinture des mœurs anglaises assurait à la pièce un vif succès en France (elle eut 23 représentations), on lui reprocha en Angleterre de rendre l'Anglais moyen, Jacques Rosbif, aussi ridicule, à sa façon, qu'un petit-maître français. Une farce anglaise répondit à la pièce de Boissy (voir *Le Pour et Contre*, 1735, tome VI, pp. 107-111). *Le Français à Londres* fut aussi attaqué en France dans la première *Lettre d'un rat calotin*.

ACTEURS DU PROLOGUE

LE MARQUIS.
LE CHEVALIER.
LA COMTESSE.
LE CONSEILLER.
L'ACTEUR.

La scène est dans les foyers de la Comédie-Française.

PROLOGUE

Scène première
LE MARQUIS, LE CHEVALIER

LE MARQUIS, *tenant le Chevalier par la main*. Parbleu, Chevalier, je suis charmé de te trouver ici, nous causerons ensemble, en attendant que la comédie commence.

LE CHEVALIER. De tout mon cœur, Marquis.

LE MARQUIS. La pièce que nous allons voir est sans doute tirée de *Gulliver* ?

LE CHEVALIER. Je l'ignore. Sur quoi le présumes-tu ?

LE MARQUIS. Parbleu, cela s'appelle *Les Petits Hommes* ; et apparemment que ce sont les petits hommes du livre anglais.

LE CHEVALIER. Mais, il ne faut avoir vu qu'un nain pour avoir l'idée des petits hommes, sans le secours de son livre.

LE MARQUIS, *avec précipitation*. Quoi ! sérieusement, tu crois qu'il n'y est pas question de *Gulliver* ?

LE CHEVALIER. Eh ! que nous importe ?

LE MARQUIS. Ce qu'il m'importe ? C'est que, s'il ne s'en agissait pas[1], je m'en irais tout à l'heure.

LE CHEVALIER, *riant*. Écoute. Il est très douteux qu'il s'en agisse ; et franchement, à ta place, je ne voudrais point du tout m'exposer à ce doute-là : je ne m'y fierais pas, car cela est très désagréable, et je partirais sur-le-champ.

LE MARQUIS. Tu plaisantes. Tu le prends sur un ton de railleur. Mais en un mot, l'auteur, sur cette idée-là, m'a accoutumé à des choses pensées, instructives ; et si on ne l'a pas suivi, nous n'aurons rien de tout cela.

LE CHEVALIER, *raillant*. Peut-être bien, d'autant plus qu'en général (et toute comédie à part), nous autres Français, nous ne pensons pas ; nous n'avons pas ce talent-là.

---

1. Le mot *pas* est omis dans l'édition de 1758.

LE MARQUIS. Eh ! mais nous pensons, si tu le veux.

LE CHEVALIER. Tu ne le veux donc pas trop, toi ?

LE MARQUIS. Ma foi, crois-moi, ce n'est pas là notre fort : pour de l'esprit, nous en avons à ne savoir qu'en faire ; nous en mettons partout, mais de jugement, de réflexion, de flegme, de sagesse, en un mot, de cela *(montrant son front)*, n'en parlons pas, mon cher Chevalier ; glissons là-dessus : on ne nous en donne guère ; et entre nous, on n'a pas tout le tort.

LE CHEVALIER, *riant*. Eh, eh, eh ! je t'admire, mon cher Marquis, avec l'air mortifié dont tu parais finir ta période : mais tu ne m'effrayes point ; tu n'es qu'un hypocrite ; et je sais bien que ce n'est que par vanité que tu soupires sur nous.

LE MARQUIS. Ah ! par vanité : celui-là est impayable.

LE CHEVALIER. Oui, vanité pure. Comment donc ! Malpeste ! il faut avoir bien du jugement pour sentir que nous n'en avons point. N'est-ce pas là la réflexion que tu veux qu'on fasse ? Je le gage sur ta conscience.

LE MARQUIS, *riant*. Ah, ah, ah ! parbleu, Chevalier, ta pensée est pourtant plaisante. Sais-tu bien que j'ai envie de dire qu'elle est vraie ?

LE CHEVALIER. Très vraie ; et par-dessus le marché, c'est qu'il n'y a rien de si raisonnable que l'aveu que tu en fais. Je t'accuse d'être vain, tu en conviens ; tu badines de ta propre vanité : il n'y a peut-être que le Français au monde capable de cela.

LE MARQUIS. Ma foi, cela ne me coûte rien, et tu as raison ; un étranger se fâcherait : et je vois bien que nous sommes naturellement philosophes.

LE CHEVALIER. Ainsi, si nous n'avons rien de sensé dans cette pièce-ci, ce ne sera pas à l'esprit de la nation qu'il faudra s'en prendre.

LE MARQUIS. Ce sera au seul Français qui l'aura fait[1].

LE CHEVALIER. Ah ! nous voilà d'accord ; et pour achever de te prouver notre raison, va-t'en, par exemple, chez une autre nation lui exposer ses ridicules, et y donner hautement la préférence à la tienne : elle ne sera pas assez forte pour soutenir cela, on te jettera par les fenêtres. Ici tu verras tout un peuple rire, battre des mains, applaudir à un spectacle où on se moque de lui, en le mettant bien

---

1. Texte de 1727 et 1758. Sur le non-accord du participe, voir la Note grammaticale, p. 2265.

au-dessous d'une autre nation qu'on lui compare[1]. L'étranger qu'on y loue n'y rit pas de si bon cœur que lui, et cela est charmant.

LE MARQUIS. Effectivement cela nous fait honneur, c'est que notre orgueil entend raillerie.

LE CHEVALIER. Il est moins neuf que celui des autres. Dans de certains pays sont-ils savants ? leur science les charge ; ils ne s'y font jamais, ils en sont tout *entrepris. Sont-ils sages ? c'est avec une austérité qui rebute de leur sagesse. Sont-ils fous, ce qu'on appelle étourdis et badins ? leur badinage n'est pas de *commerce ; il y a quelque chose de rude, de violent, d'étranger à la véritable joie ; leur raison est sans complaisance, il lui manque cette douceur que nous avons, et qui invite ceux qui ne sont pas raisonnables à le devenir : chez eux, tout est sérieux, tout y est grave, tout y est pris à la lettre : on dirait qu'il n'y a pas encore assez longtemps qu'ils sont ensemble ; les autres hommes ne sont pas encore leurs frères, ils les regardent comme d'autres créatures. Voient-ils d'autres mœurs que les leurs ? cela les fâche. Et nous, tout cela nous amuse, tout est bien venu parmi nous ; nous sommes les originaires de tous pays : chez nous le fou y divertit le sage, le sage y corrige le fou sans le rebuter. Il n'y a rien ici d'important, rien de grave que ce qui mérite de l'être. Nous sommes les hommes du monde qui avons le plus compté avec l'humanité. L'étranger nous dit-il nos défauts ? nous en convenons, nous l'aidons à les trouver, nous lui en apprenons qu'il ne sait pas ; nous nous critiquons même par galanterie pour lui, ou par égard à sa faiblesse. Parle-t-il des talents ? son pays en a plus que le nôtre ; il *rebute nos livres, et nous admirons les siens. Manque-t-il ici aux égards qu'il nous doit ? nous l'en accablons, en l'excusant. Nous ne sommes plus chez nous quand il y est ; il faut presque échapper à ses yeux, quand nous sommes chez lui. Toute notre indulgence, tous nos éloges, toutes nos admirations, toute notre justice, est pour l'étranger ; enfin notre amour-propre n'en veut qu'à notre nation ; celui de tous les étrangers n'en veut qu'à nous, et le nôtre ne favorise qu'eux[2].

---

1. Quoique Marivaux ne critique pas Boissy, il est difficile d'admettre qu'il ne songe pas au succès du *Français à Londres*.   2. Marivaux semble songer à l'accueil fait aux étrangers, non seulement anglais, mais aussi allemands, italiens ou turcs, dans le salon de Mme de Lambert et dans celui de Mme de Tencin. Voir du reste des réflexions toutes semblables dans *L'Indigent philosophe*, cinquième feuille dans les *Journaux et Œuvres diverses*, éd. Garnier, troisième section, p. 303.

LE MARQUIS. Viens, bon citoyen, viens que je t'embrasse. Morbleu ! le titre excepté, je serais fâché à cette heure que dans la comédie que nous allons voir, on eût pris l'idée de *Gulliver* ; je partirais si cela était. Mais en voilà assez. Saluons la Comtesse, qui arrive avec tous ses agréments.

Scène II

LE MARQUIS, LE CHEVALIER, LA COMTESSE, LE CONSEILLER

LA COMTESSE. Ah ! vous voilà, Marquis ! Bonjour, Chevalier ; êtes-vous venu [1] avec des dames ?

LE MARQUIS. Non, Madame, et nous n'avons fait que nous rencontrer tous deux.

LA COMTESSE. J'ai préféré la comédie à la promenade où l'on voulait m'emmener : et Monsieur a bien voulu me tenir compagnie. Je suis curieuse de toutes les nouveautés : comment appelle-t-on celle qu'on va jouer ?

LE CHEVALIER. *Les Petits Hommes*, Madame.

LA COMTESSE. *Les Petits Hommes !* Ah, le vilain titre ! Qu'est-ce que c'est que des petits hommes ? Que peut-on faire de cela ?

LE MARQUIS. Toutes les dames disent que cela ne promet rien.

LA COMTESSE. Assurément, le titre est rebutant ; qu'en dites-vous, Monsieur le Conseiller ?

LE CONSEILLER. *Les Petits Hommes*, Madame ! Eh ! oui-da ! Pourquoi non ? Je trouve cela plaisant. Ce sera peut-être comme dans *Gulliver* ; ils y sont si jolis ! Il y a là un grand homme qui les met dans sa poche ou sur le bout du doigt, et qui en porte cinquante ou soixante sur lui ; cela me réjouirait fort.

LE MARQUIS, *riant*. Il sera difficile de vous donner ce plaisir-là. Mais voilà un acteur qui passe ; demandons-lui de quoi il s'agit [2].

---

1. Nous respectons le texte des éditions de 1727 et 1758, conformément à notre principe concernant l'accord du participe passé. Il semble pourtant que la comtesse s'adresse aux deux personnages et qu'on puisse corriger *venu* en *venus*. **2.** L'édition de 1758 et, bien entendu, les éditions qui en dérivent remplacent *de quoi il s'agit* par *ce que c'est*. La correction ne s'impose pas.

Scène III

TOUS LES ACTEURS

LA COMTESSE, *à l'acteur*. Monsieur ! Monsieur ! Voulez-vous bien nous dire ce que c'est que vos *Petits Hommes* ? Où les avez-vous pris ?

L'ACTEUR. Dans la fiction, Madame.

LE CONSEILLER. Je me suis bien douté qu'ils n'étaient pas réellement petits.

L'ACTEUR. Cela ne se pouvait pas, Monsieur, à moins que d'aller dans l'île où on les trouve.

LE CHEVALIER. Ah, ce n'est pas la peine : les nôtres sont fort bons pour figurer en petit : la taille n'y fera rien pour moi.

LE MARQUIS. Parbleu ! tous les jours on voit des nains qui ont six pieds de haut[1]. Et d'ailleurs, ne suppose-t-on pas sur le théâtre qu'un homme ou une femme deviennent invisibles par le moyen d'une ceinture[2] ?

L'ACTEUR. Et ici on suppose, pour quelque temps seulement, qu'il y a des hommes plus petits que d'autres.

LA COMTESSE. Mais comment fonder cela ?

LE MARQUIS. Vous deviez changer votre titre à cause des dames.

L'ACTEUR. Nous ne voulions point vous tromper ; nous vous disons ce que c'est, et vous êtes venus sur l'affiche qui vous promet des petits hommes ; d'ailleurs, nous avons mis aussi *L'Île de la Raison*[3].

LA COMTESSE. *L'Île de la Raison* ! Hum ! ce n'est pas là le séjour de la joie.

L'ACTEUR. Madame, vous allez voir de quoi il s'agit. Si cette comédie peut vous faire quelque plaisir, ce serait vous l'ôter que de vous en faire le détail : nous vous prions seulement de vouloir bien vous y prêter. On va commencer dans un moment.

LE MARQUIS. Allons donc prendre nos places. Pour moi, je verrai vos hommes tout aussi petits qu'il vous plaira.

---

1. Pour préparer le public à accepter la donnée de sa pièce, Marivaux le fait réfléchir aux emplois métaphoriques de mots comme *nain*. Dans le *Divertissement* de *L'Île des esclaves*, il était déjà question de ce *nain* dont notre *impertinence* faisait un *géant* (ci-dessus, note 2, p. 617). **2.** Trivelin se rend invisible par le moyen d'un anneau dans *Arlequin poli par l'amour*. Marivaux pense peut-être aussi à *La Ceinture magique*, de J.-B. Rousseau (1701, non imprimée), ou plutôt encore à une pièce de la Foire. **3.** À l'impression, titre et sous-titre furent inversés.

ACTEURS DE LA COMÉDIE [1]

LE GOUVERNEUR.

PARMENÈS, fils du Gouverneur.

FLORIS, fille du Gouverneur.

BLECTRUE, conseiller du Gouverneur.

UN INSULAIRE.

UNE INSULAIRE.

MÉGISTE, domestique insulaire.

Suite du Gouverneur.

LE COURTISAN.

LA COMTESSE, sœur du Courtisan.

FONTIGNAC, Gascon, secrétaire du Courtisan.

SPINETTE, suivante de la Comtesse.

LE POÈTE.

LE PHILOSOPHE.

LE MÉDECIN.

LE PAYSAN BLAISE.

La scène est dans l'île de la Raison.

---

1. Quoique l'on connaisse par le registre le nom des acteurs ayant joué le jour de la première représentation, il est difficile de préciser la distribution des rôles. On a vu que Quinault l'aîné tenait le rôle de Blaise. Mlle Quinault pouvait être la comtesse. Les autres acteurs figurant au registre sont : MM. Dangeville, Dufresne, Duchemin père, Legrand fils, La Thorillière fils, Armand, Dumirail, Poisson, Dubreuil ; Mlles Jouvenot, La Motte, Labatte, Legrand. En outre, « la petite Dangeville » figure dans les frais *extra* pour 4 livres 10 sols. Il faut aussi tenir compte des rôles du Prologue. Voir enfin, pp. 729-733, les noms des acteurs figurant dans le divertissement.

ACTE PREMIER

Scène première

UN INSULAIRE, LES HUIT EUROPÉENS

L'INSULAIRE. Tenez, petites créatures, mettez-vous là en attendant que le gouverneur vienne vous voir : vous n'êtes plus à moi ; je vous ai donné [1] à lui, adieu ; je vous reverrai encore, avant que de m'en retourner chez moi.

Scène II

LES HUIT EUROPÉENS, *consternés*

BLAISE. Morgué, que nous velà jolis garçons !

LE POÈTE. Que signifie tout cela ? quel sort que le nôtre !

LA COMTESSE. Mais, Messieurs, depuis six mois que nous avons été pris par cet insulaire qui vient de nous mettre ici, que vous est-il arrivé ? car il nous avait séparés, quoique nous fussions dans la même maison. Vous a-t-il regardé comme des créatures raisonnables, comme des hommes ?

TOUS, *soupirant*. Ah !

LA COMTESSE. J'*entends cette réponse-là.

BLAISE. Quant à ce qui est de moi, noute geoulier, sa femme et ses enfants, ils me regardiont tous ni plus ni moins comme un animal. Ils m'appeliont noute ami quatre pattes ; ils preniont mes mains pour des pattes de devant, et mes pieds pour celles de darrière [2].

FONTIGNAC, *gascon*. Ils ont essayé dé mé nourrir dé graine.

---

1. Texte de l'édition originale. Sur le non-accord du participe, voir la Note grammaticale. L'édition de 1758 corrige *donné* en *donnés*. C'est un accord suivant le sens. Les éditions postérieures à 1825 écrivent *données*, par accord grammatical avec *créatures*. 2. C'est d'après cette indication que la Compagnie dramatique de l'Équipe représentait les acteurs de cette scène à demi accroupis ou à demi allongés sous des coquillages géants. Cf. un peu plus loin un autre mot de Blaise : *Je vois bian que vous êtes aplatis itou.*

LA COMTESSE. Ils ne me prenaient point non plus pour une fille.

BLAISE. Ah ! c'est la faute de la rareté.

FONTIGNAC. Oui-da, lé douté là-dessus est pardonnavle.

LE COURTISAN. Pour moi, j'ai été entre les mains de deux insulaires qui voulaient d'abord m'apprendre à parler comme on le fait aux perroquets.

FONTIGNAC. Ils ont commencé aussi par mé siffler, moi.

BLAISE. Vous a-t-on à tretous appris la langue du pays ?

TOUS. Oui.

BLAISE. Bon : tout le monde a donc épelé ici ? Mais morgué ! n'avons-je plus rian à nous dire ? Là, tâtez-vous, camarades ; tâtez-vous itou, Mademoiselle.

LA COMTESSE. Quoi ?

BLAISE. N'y a-t-il rian à redire après vous ? N'y a-t-il rian de changé à voute affaire ?

LE PHILOSOPHE. Pourquoi nous dites-vous cela ?

BLAISE. Avant que j'abordissions ici, comment étais-je fait ? N'étais-je pas gros comme un tonniau, et droit comme une parche ?

SPINETTE. Vous avez raison.

BLAISE. Eh bian ! n'y a plus ni tonniau ni parche ; tout ça a pris congé de ma parsonne.

LE MÉDECIN. C'est-à-dire ?

BLAISE. C'est-à-dire que moi qu'on appelait le grand Blaise, moi qui vous parle, il n'y a pus de nouvelles de moi : je ne savons pas ce que je sis devenu ; je ne trouve pus dans mon pourpoint qu'un petit reste de moi, qu'un petit criquet qui ne tiant pas plus de place qu'un éparlan.

TOUS. Eh !

BLAISE. Je me sens d'un rapetissement, d'une *corpusculence si chiche, je sis si diminué, si chu, que je prenrais de bon cœur une lantarne pour me charcher [1]. Je vois bian que vous êtes aplatis itou ; mais me voyez-vous comme je vous vois, vous autres ?

FONTIGNAC. Tu l'as dit, paubre éperlan. Et dé moi, qué t'en semble ?

BLAISE. Vous ? ou êtes de la taille d'un goujon.

FONTIGNAC. Mé boilà.

---

1. Exemple des phrases du rôle de Blaise que l'on a reprochées à Marivaux. *Corpusculence* est un néologisme plaisant, formé à la fois de *corpulence* et de *corpuscule*.

LE COURTISAN. Et moi, Fontignac, suis-je aussi petit qu'il me paraît que je le suis devenu ?

FONTIGNAC. Monsieur, bous êtes mon maîtré, hommé de cour et grand seigneur ; bous mé démandez cé qué bous êtes ; mais jé né bous bois pas ; mettez-bous dans un microscope.

LE PHILOSOPHE. Je ne saurais croire que notre petitesse soit réelle : il faut que l'air de ce pays-ci ait fait une révolution dans nos organes, et qu'il soit arrivé quelque accident à notre rétine, en vertu duquel nous nous croyons petits [1].

LE COURTISAN. La mort vaudrait mieux que l'état où nous sommes.

BLAISE. Ah ! ma foi, ma parsonne est bian diminuée ; mais j'aime encore mieux le petit morceau qui m'en reste, que de n'en avoir rian du tout : mais tenez, velà apparemment le gouverneux d'ici qui nous lorgne avec une leunette.

Scène III

LE GOUVERNEUR, SON FILS, SA FILLE, BLECTRUE, L'INSULAIRE, MÉGISTE, *suite du Gouverneur*, LES HUIT EUROPÉENS

L'INSULAIRE. Les voilà, Seigneur.

LE GOUVERNEUR, *de loin, avec une lunette d'approche*. Vous me montrez là quelque chose de bien extraordinaire : il n'y a assurément rien de pareil dans le monde. Quelle petitesse ! et cependant ces petits animaux ont parfaitement la figure d'homme, et même à peu près nos gestes et notre façon de regarder. En vérité, puisque vous me les donnez, je les accepte avec plaisir. Approchons.

PARMENÈS, *se saisissant de la Comtesse*. Mon père, je me charge de cette petite femelle-ci, car je la crois telle.

FLORIS, *prenant le courtisan*. En voilà un que je serais bien aise d'avoir aussi : je crois que c'est un petit mâle.

LE COURTISAN. Madame, n'abusez point de l'état où je suis.

FLORIS. Ah ! mon père, je crois qu'il me répond ; mais il n'a qu'un petit filet de voix.

L'INSULAIRE. Vraiment, ils parlent ; ils ont des pensées, et je leur ai fait apprendre notre langue.

---

1. Conformément aux conceptions du temps, le philosophe est d'abord un physicien. Quant à l'optique, c'est une des branches les plus avancées de la physique à cette époque.

FLORIS. Que cela va me divertir ! Ah ! mon petit mignon, que vous êtes aimable !

PARMENÈS. Et ma petite femelle, me dira-t-elle quelque chose ?

LA COMTESSE. Vous me paraissez généreux, seigneur ; secourez-moi, indiquez-moi, si vous le pouvez, de quoi reprendre ma figure naturelle.

PARMENÈS. Ma sœur, ma femelle vaut bien votre mâle.

FLORIS. Oh ! j'aime mieux mon mâle que tout le reste ; mais ne mordent-ils pas, au moins ?

BLAISE, *riant*. Ah, ah, ah, ah !...

FLORIS. En voilà un qui rit de ce que je dis.

BLAISE. Morgué ! je ne ris pourtant que du bout des dents.

LE GOUVERNEUR. Et les autres ?

LE PHILOSOPHE. Les autres sont indignés du peu d'égard qu'on a ici pour des créatures raisonnables.

FONTIGNAC, *avec feu*. Sire, réprésentez-bous lé mieux fait dé botré royaume. Boilà ce que jé suis, sans mé soucier qui mé gâte la taille.

BLAISE. Vartigué ! Monsieur le Gouverneux, ou bian Monsieur le Roi, je ne savons lequel c'est ; et vous, Mademoiselle sa fille, et Monsieur son garçon, il n'y a qu'un mot qui sarve. Venez me voir avaler ma pitance, vous varrez s'il y a d'homme qui *débride mieux ; je ne sis pas pus haut que chopaine, mais morgué ! dans cette chopaine vous y varrez tenir pinte [1].

LE GOUVERNEUR. Il me semble qu'ils se fâchent : allons, qu'on les remette en cage, et qu'on leur donne à manger ; cela les adoucira peut-être.

LE COURTISAN, *à Floris, en lui baisant la main*. Aimable dame, ne m'abandonnez pas dans mon malheur.

FLORIS. Eh ! voyez donc, mon père, comme il me baise la main ! Non, mon petit rat ; vous serez à moi, et j'aurai soin de vous. En vérité, il me fait pitié !

LE PHILOSOPHE, *soupirant*. Ah !

BLAISE. *Jarnicoton, queu train !

---

1. Dans le système de mesures de liquides du temps, la chopine contient la moitié d'une pinte. Quelque temps auparavant, Marivaux avait prêté une plaisanterie analogue à son Indigent philosophe : « ... nous entrâmes au cabaret ; il ne m'avait promis que chopine, mais chopine au cabaret tient bien deux pintes. » (Deuxième feuille, *Journaux et Œuvres diverses*, p. 282.)

Scène IV

LES INSULAIRES

Le Gouverneur. Voilà, par exemple, de ces choses qui passent toute vraisemblance ! Nos histoires n'ont-elles jamais parlé de ces animaux-là ?

Blectrue. Seigneur, je me rappelle un fait ; c'est que j'ai lu dans les registres de l'État, qu'il y a près de deux cents ans qu'on en prit de semblables à ceux-là ; ils sont dépeints de même. On crut que c'étaient des animaux, et cependant c'étaient des hommes : car il est dit qu'ils devinrent aussi grands que nous, et qu'on voyait croître leur taille à vue d'œil, à mesure qu'ils goûtaient notre raison et nos idées.

Le Gouverneur. Que me dites-vous là ? qu'ils goûtaient notre raison et nos idées ? Était-ce à cause qu'ils étaient petits de raison que les dieux voulaient qu'ils parussent petits de corps ?

Blectrue. Peut-être bien.

Le Gouverneur. Leur petitesse n'était donc que l'effet d'un *charme, ou bien qu'une punition des égarements et de la dégradation de leur âme ?

Blectrue. Je le croirais volontiers.

Parmenès. D'autant plus qu'ils parlent, qu'ils répondent et qu'ils marchent comme nous.

Le Gouverneur. À l'égard de marcher, nous avons des singes qui en font autant. Il est vrai qu'ils parlent et qu'ils répondent à ce qu'on leur dit : mais nous ne savons pas jusqu'où l'instinct des animaux peut aller.

Floris. S'ils devenaient grands, ce que je ne crois pas, mon petit mâle serait charmant. Ce sont les plus jolis petits traits du monde ; rien de si fin que sa petite taille.

Parmenès. Vous n'avez pas remarqué les grâces de ma femelle.

Le Gouverneur. Quoi qu'il en soit, n'ayons rien à nous reprocher. Si leur petitesse n'est qu'un charme, essayons de le dissiper, en les rendant raisonnables : c'est toujours faire une bonne action que de tenter d'en faire une. Blectrue, c'est à vous à qui je les confie. Je vous charge du soin de les éclairer ; n'y perdez point de temps ; interrogez-les ; voyez ce qu'ils sont et ce qu'ils faisaient ; tâchez de rétablir leur âme dans sa dignité, de retrouver quelques traces de sa grandeur. Si cela ne réussit pas, nous aurons du moins fait notre devoir ; et si ce ne sont que des animaux, qu'on les garde à cause de leur figure semblable à la nôtre. En les voyant faits comme nous,

nous en sentirons encore mieux le prix de la raison, puisqu'elle seule fait la différence de la bête à l'homme.

FLORIS. Et nous reprendrons nos petites marionnettes, s'il n'y a point d'espérances qu'elles changent.

BLECTRUE. Seigneur, dès ce moment je vais travailler à l'emploi que vous me donnez.

Scène V

BLECTRUE, MÉGISTE

BLECTRUE. Mégiste, je vous prie de dire qu'on me les amène ici.

Scène VI

BLECTRUE, *seul*

BLECTRUE. Hélas ! je n'ai pas grande espérance, ils se querellent, ils se fâchent même les uns contre les autres. On dit qu'il y en a deux tantôt qui ont voulu se battre ; et cela ne ressemble point à l'homme.

Scène VII

BLECTRUE, MÉGISTE, *suite*, LES HUIT EUROPÉENS

BLECTRUE. Jolies petites marmottes, écoutez-moi ; nous soupçonnons que vous êtes des hommes.

BLAISE. Voyez ! la belle nouvelle qu'il nous apprend là !

FONTIGNAC. Allez, Monsieur, passez à la certitude ; jé bous la garantis.

BLECTRUE. Soit.

LE PHILOSOPHE. En doutant que nous soyons des hommes, vous nous faites douter si vous en êtes.

BLECTRUE. Point de colère, vous y êtes sujet : ce sont des *mouvements de quadrupèdes que je n'aime point à vous voir.

LE PHILOSOPHE. Nous, quadrupèdes !

LA COMTESSE. Quelle humiliation !

FONTIGNAC. *Sandis ! fortune espiègle, tu mé houspilles rudement.

BLAISE. Par la sangué ! vous qui parlez, savez-vous bian que si vous êtes noute prouchain, que c'est tout le bout du monde ?

SPINETTE. Maudit pays !

BLECTRUE. Doucement, petits singes ; apaisez-vous, je ne demande qu'à sortir d'erreur ; et le parti que je vais prendre pour cela, c'est de vous entretenir chacun en particulier, et je vais vous laisser un moment ensemble pour vous y déterminer : calmez-vous, nous ne vous voulons que du bien ; si vous êtes des hommes, tâchez de devenir raisonnables : on dit que c'est pour vous le moyen de devenir grands.

Scène VIII

LES HUIT EUROPÉENS

FONTIGNAC. Qué beut donc dire cé vouffon, avec son *débénez raisonnavle* ? Peut-on débénir cé qué l'on est ? S'il né fallait qué dé la raison pour être grand dé taillé, jé passérais le chêné en hautur.

BLAISE. Bon, bon ! vous prenez bian voute temps pour des gasconnades ! pensons à noute affaire.

LE POÈTE. Pour moi, je crois que c'est un pays de magie, où notre naufrage nous a fait aborder.

LE PHILOSOPHE. Un pays de magie ! idée poétique que cela, Monsieur le Poète, car vous m'avez dit que vous l'étiez.

LE POÈTE. Ma foi, Monsieur de la philosophie, car vous m'avez dit que vous l'aimiez, une idée de poète vaut bien une vision de philosophe.

BLAISE. Morgué ! si je ne m'y mets, velà de la fourmi qui se va battre : paix donc là, grenaille.

FONTIGNAC. Eh ! Messieurs, un peu dé concordé dans l'état présent dé nos affaires.

BLAISE. Jarnigué, acoutez-moi ; il me viant en pensement queuque chose de bon sur les paroles de ceti-là qui nous a boutés ici. Les gens de ce pays l'appelont l'île de la Raison, n'est-ce pas ? Il faut donc que les habitants s'appelaint les Raisonnables ; car en France il n'y a que des Français, en Allemagne des Allemands, et à Passy des gens de Passy, et pas un Raisonnable parmi ça : ce n'est que des Français, des Allemands, et des gens de Passy [1]. Les Raisonnables, ils sont dans l'île de la Raison ; cela [2] va tout seul.

---

1. Blaise est donc de Passy, qui est « un village aux environs de Paris », comme Chaillot, où vont habiter Manon et des Grieux précisément à cette époque. **2.** L'édition de 1758 remplace *cela* par *ça*. Les deux formes sont bien attestées dans le patois de la région parisienne à cette époque.

LE PHILOSOPHE. Eh finis, mon ami, finis, tu nous ennuies.

BLAISE. Eh bian ! ou avez le temps de vous ennuyer ; patience. Je dis donc que j'ai entendu dire par le seigneur de noute village, qui était un songe-creux, que ceux-là qui n'étiont pas raisonnables, deveniont bian petits en la présence de ceux-là qui étiont raisonnables. Je ne voyions goutte à son idée en ce temps-là : mais morgué ! en véci la vérification dans ce pays. Je ne sommes que des Français, des Gascons, ou autre chose ; je nous trouvons avec des Raisonnables, et velà ce qui nous rapetisse la taille[1].

LE POÈTE. Comme si les Français n'étaient pas raisonnables.

BLAISE. Eh morgué, non : ils ne sont que des Français ; ils ne pourront pas être nés natifs de deux pays.

FONTIGNAC. Cadédis, pour moi, jé troubé l'imagination esselente ; il faut qué cet hommé soit dé race gasconne, en berité ; et j'adopte sa pensée : sauf lé respect qué jé dois à tous, jé prendrai seulément la liberté dé purger son discours dé la broussaillé qui s'y troube. Jé dis donc qué plus jé bous régarde, et plus jé mé fortifie dans l'idée dé cé rustré ; notré pétitessé, sandis, n'est pas uniformé ; rémarquez, Messieurs, qu'ellé va par échélons.

BLAISE. Toujours en *dévalant, toujours de pis en pis.

LE PHILOSOPHE. Eh laissons de pareilles chimères.

BLAISE. Eh morgué, laissez-li bailler du large à ma pensée.

FONTIGNAC. Jé bous parlais d'échélons : eh pourquoi ces échélons, cadédis ?

BLAISE. C'est peut-être parce qu'il y en a de plus fous les uns que les autres.

FONTIGNAC. Cet hommé dit d'or ; jé pense qué c'est lé dégré dé folie qui régle la chose ; et qu'ainsi ne soit[2], regardez cé paysan, cé n'est qu'un rustre.

BLAISE. Eh ! là, là, n'appuyez pas si farme.

FONTIGNAC. Et cépendant cé rustre, il est lé plus grand dé nous tous.

BLAISE. Oui, je sis le pus sage de la bande.

FONTIGNAC. Non pas lé plus sage, mais lé moins frappé dé folie, et jé né m'en étonné pas ; lé champ dé vataillé dé l'extrabagancé, boyez-bous, c'est lé grand monde, et cé paysan né lé connaît pas, la

---

1. On aperçoit ici que l'idée première de *L'Île de la Raison*, celle qui en commande la genèse, est celle de la relativité des tailles aux yeux de la raison.
2. C'est-à-dire : pour preuve qu'il en est ainsi.

folie né l'attrapé qué dé loin ; et boilà cé qui lui rend ici la taillé un peu plus longue.

BLAISE. La foulie vous blesse tout à fait, vous autres ; alle ne fait que m'égratigner, moi : *stapendant, voyez que j'ai bon air avec mes égratignures !

FONTIGNAC. En suivant lé dégré, j'arribe après lui, moi, plus pétit qué lui, mais plus grand qué les autres. Jé né m'en étonne pas non plus ; dans lé monde, jé né suis qué suvalterne, et jé n'ai jamais eu lé moyen d'être aussi fou qué les autres [1].

BLAISE. Oh ! à voir voute taille, ou avez eu des moyans de *reste.

FONTIGNAC. Je continue ma ronde, et Spinette mé suit.

BLAISE. En effet, la chambrière n'est pas si petiote que la maîtresse, faut bian qu'alle ne soit pas si folle.

FONTIGNAC. Ellé né vient pourtant qu'après nous, et c'est qué la raison des femmes est toujours un peu plus dévilé [2] qué la nôtre.

SPINETTE. À quelque impertinence près, tout cela me paraîtrait assez naturel.

LE PHILOSOPHE. Et moi, je le trouve pitoyable.

BLAISE. Morgué ! tenez, philosophe, vous qui parlez, voute taille est la plus malingre de toutes.

FONTIGNAC. Oui, c'est la plus *inapercévable, cellé qui rampe lé plus, et la raison en est bonne [3] ! Monsieur lé philosophe nous a dit dans lé vaisseau, qu'il avait quitté la France, dé peur dé loger à la Vastille [4].

BLAISE. Vous n'êtes pas chanceux en aubarges.

FONTIGNAC. Et qu'actuellement il s'enfuyait pour un petit livre dé science, dé petits mots hardis, dé petits *sentiments ; et franchement tant dé pétitesses pourraient bien nous aboir produit lé petit hommé à qui jé parle. Venons à Monsieur le poète.

BLAISE. Il est, morgué bian écrasé.

---

1. L'idée qu'il y a des états plus propres que d'autres à la « folie » est fortement exprimée dans l'œuvre de Marivaux. Voir notamment, dans la vingt-quatrième feuille du *Spectateur français*, les réflexions sur le courtisan exilé, à l'inquiétude duquel l'auteur oppose le contentement du simple laboureur.   **2.** Débile.   **3.** *Et la raison en est bonne.* L'édition de 1758 porte par erreur : *et la raison qui en est vonne.*   **4.** Il est difficile de ne pas songer ici aux « retraites » de Voltaire à la Bastille, soit en 1717-1718, soit en 1726, juste avant son séjour en Angleterre. Cependant, en 1727, Voltaire est plus connu comme *poète* que comme *philosophe*, et ce n'est pas pour un livre « de science » qu'il a été exilé. C'est donc plutôt sous le personnage du « poète » qu'il figurerait ici. Voir un peu plus loin.

LE POÈTE. Je n'ai pourtant rien à reprocher à ma raison.

FONTIGNAC. Des gens dé botre métier, cependant, lé bon sens n'en est pas célèbre ; n'avez-vous pas dit qué bous étiez en voyage pour une épigramme ?

LE POÈTE. Cela est vrai. Je l'avais fait contre un homme puissant qui m'aimait assez, et qui s'est scandalisé mal à propos d'un pur jeu d'esprit[1].

BLAISE. Pauvre faiseux de vars, il y a comme ça des gens de mauvaise himeur qui n'aimont pas qu'on les vilipende.

FONTIGNAC, *à la Comtesse*. À vous lé dé, Madame.

LA COMTESSE. Taisez-vous, vos raisonnements ne me plaisent pas.

BLAISE. Il n'y a qu'à la voir pour juger du paquet. Et noute médecin ?

FONTIGNAC. Jé l'oubliais, dé la profession dont il est, sa critique est touté faite.

LE MÉDECIN. Bon ! vous nous faites là de beaux contes !

FONTIGNAC, *parlant du Courtisan*. Jé n'interrogé pas Monsieur, dé qui jé suis lé sécrétaire dépuis dix ans, et qué lé hasard a fait naître en France, quoiqué dé famille espagnolé ; il allait vice-roi dans les Indes avec Madamé sa sœur, et Spinette, cette agréablé fille de qui jé suis tombé épris dans lé voyage.

LE COURTISAN. Je ne crois pas, Monsieur de Fontignac, que vous m'ayez vu faire de folies.

FONTIGNAC. Monsieur, lé respect mé fermé la bouche, et jé bous renvoie à votré taille.

BLAISE. En effet, faut que vous ayez de maîtres *vartigos dans voute tête.

FONTIGNAC. Paix, silencé ; voilà notre homme qui revient.

Scène IX

BLECTRUE, UN DOMESTIQUE, LES HUIT EUROPÉENS

BLECTRUE. Allons, mes petits amis, lequel de vous veut lier le premier conversation avec moi ?

LE POÈTE. C'est moi, je serai bien aise de savoir ce dont il s'agit.

BLAISE. Morgué ! je voulais venir, moi ; je vianrai donc après.

---

1. S'il s'agit bien de Voltaire, on peut penser, soit aux couplets contre le Régent en 1717, soit à l'affaire du duc de Rohan en 1726.

BLECTRUE. Allons, soit, qu'on ramène les autres.

LE PHILOSOPHE. Et moi, je ne veux plus paraître ; je suis las de toutes ces façons.

BLECTRUE. J'ai toujours remarqué que ce petit animal-là a plus de férocité que les autres ; qu'on le mette à part, de peur qu'il ne les gâte.

Scène X

BLECTRUE, LE POÈTE

BLECTRUE. Allons, causons ensemble ; j'ai bonne opinion de vous, puisque vous avez déjà eu l'instinct d'apprendre notre langue.

LE POÈTE. Seigneur Blectrue, laissons là l'instinct, il n'est fait que pour les bêtes ; il est vrai que nous sommes petits.

BLECTRUE. Oh ! extrêmement.

LE POÈTE. Ou du moins vous nous croyez tels, et nous aussi ; mais cette petitesse réelle ou fausse ne nous est venue que depuis que nous avons mis le pied sur vos terres.

BLECTRUE. En êtes-vous bien sûr ? *(À part.)* Cela ressemblerait à l'article dont il est fait mention dans nos registres.

LE POÈTE. Je vous dis la vérité.

BLECTRUE, *l'embrassant.* Petit bonhomme, veuille [1] le Ciel que vous ne vous trompiez pas, et que ce soit mon semblable que j'embrasse dans une créature pourtant si méconnaissable ! Vous me pénétrez de compassion pour vous. Quoi ! vous seriez un homme ?

LE POÈTE. Hélas ! oui.

BLECTRUE. Eh ! qui vous a donc mis dans l'état où vous êtes ?

LE POÈTE. Je n'en sais ma foi rien.

BLECTRUE. Ne serait-ce pas que vous seriez déchu de la grandeur d'une créature raisonnable ? Ne porteriez-vous pas la peine de vos égarements ?

LE POÈTE. Mais, seigneur Blectrue, je ne les connais pas ; ne serait-ce pas plutôt un coup de magie ?

BLECTRUE. Je n'y connais point d'autre magie que vos faiblesses.

LE POÈTE. Croyez-vous, mon cher ami ?

BLECTRUE. N'en doutez-point, mon cher : j'ai des raisons pour vous dire cela, et je me sens saisi de joie, puisque vous commencez à le

---

1. Édition originale : *veille le Ciel*.

soupçonner vous-même. Je crois vous reconnaître à travers le déguisement humiliant où vous êtes : oui, la petitesse de votre corps n'est qu'une figure de la petitesse de votre âme.

LE POÈTE. Eh bien ! seigneur Blectrue, charitable insulaire, conduisez-moi, je me remets entre vos mains ; voyez ce qu'il faut que je fasse. Hélas ! je sais que l'homme est bien peu de chose.

BLECTRUE. C'est le disciple des dieux, quand il est raisonnable ; c'est le compagnon des bêtes quand il ne l'est point.

LE POÈTE. Cependant, quand j'y songe, où sont mes folies ?

BLECTRUE. Ah ! vous retombez en arrière.

LE POÈTE. Je ne saurais me voir définir le compagnon des bêtes.

BLECTRUE. Je ne dis pas encore que ma définition vous convienne ; mais voyons : que faisiez-vous dans le pays dont [1] vous êtes ?

LE POÈTE. Vous n'avez point dans votre langue de mot pour définir ce que j'étais.

BLECTRUE. Tant pis. Vous étiez donc quelque chose de bien étrange ?

LE POÈTE. Non, quelque chose de très honorable ; j'étais homme d'esprit et bon poète.

BLECTRUE. Poète ! est-ce comme qui dirait marchand ?

LE POÈTE. Non, des vers ne sont pas une marchandise, et on ne peut pas appeler un poète un marchand de vers. Tenez, je m'amusais dans mon pays à des ouvrages d'esprit, dont le but était, tantôt de faire rire, tantôt de faire pleurer les autres.

BLECTRUE. Des ouvrages qui font pleurer ! cela est bien bizarre.

LE POÈTE. On appelle cela des tragédies, que l'on récite en dialogues, où il y a des héros si tendres, qui ont tour à tour des transports de vertu et de passion si merveilleux ; de nobles coupables qui ont une fierté si étonnante, dont les crimes ont quelque chose de si grand, et les reproches qu'ils s'en font sont si magnanimes ; des hommes enfin qui ont de si respectables faiblesses, qui se tuent quelquefois d'une manière si admirable et si auguste, qu'on ne saurait les voir sans en avoir l'âme émue, et pleurer de plaisir. Vous ne me répondez rien ?

BLECTRUE, *surpris, l'examine sérieusement.* Voilà qui est fini, je n'espère plus rien ; votre espèce me devient plus problématique que

---

1. Sur l'emploi de *dont*, voir la Note grammaticale.

jamais[1]. Quel pot pourri de crimes admirables, de vertus coupables et de faiblesses augustes ! il faut que leur raison ne soit qu'un coq-à-l'âne. Continuez.

Le Poète. Et puis, il y a des comédies où je représentais les vices et les ridicules des hommes.

Blectrue. Ah ! je leur pardonne de pleurer là.

Le Poète. Point du tout ; cela les faisait rire.

Blectrue. Hem ?

Le Poète. Je vous dis qu'ils riaient.

Blectrue. Pleurer où l'on doit rire, et rire où l'on doit pleurer ! les monstrueuses créatures !

Le Poète, *à part*. Ce qu'il dit là est assez plaisant.

Blectrue. Et pourquoi faisiez-vous ces ouvrages ?

Le Poète. Pour être loué, et admiré même, si vous voulez.

Blectrue. Vous aimiez donc bien la louange ?

Le Poète. Eh mais, c'est une chose très gracieuse.

Blectrue. J'aurais cru qu'on ne la méritait plus quand on l'aimait tant.

Le Poète. Ce que vous dites là peut se penser.

Blectrue. Eh ! quand on vous admirait, et que vous croyiez en être digne, alliez-vous dire aux autres : Je suis un homme admirable ?

Le Poète. Non, vraiment ; cela ne se dit point : j'aurais été ridicule.

Blectrue. Ah ! j'entends. Vous cachiez que vous étiez un ridicule, et vous ne l'étiez qu'*incognito*.

Le Poète. Attendez donc, expliquons-nous ; comment l'entendez-vous ? je n'aurais donc été qu'un sot, à votre compte ?

Blectrue. Un sot admiré ; dans l'éclaircissement, voilà tout ce qu'on y trouve.

Le Poète, *étonné*. Il semblerait qu'il dit vrai.

Blectrue. N'êtes-vous pas de mon sentiment ? voyez-vous cela comme moi ?

Le Poète. Oui, assez ; et en même temps je sens un mouvement intérieur que je ne puis expliquer.

Blectrue. Je crois voir aussi quelque changement à votre taille. Courage, petit homme, ouvrez les yeux.

---

1. On peut se souvenir ici de la critique de la tragédie par Molière, à la scène première de *La Critique de l'École des femmes*. Montesquieu a fait aussi passer ses Persans à la Comédie, mais ils s'en tiennent à une vue extérieure de la salle et du spectacle, sans mettre en question le principe même de l'action dramatique (vingt-huitième *Lettre persane*).

Le Poète. Souffrez que je me retire ; je veux réfléchir tout seul sur moi-même : il y a effectivement quelque chose d'extraordinaire qui se passe en moi.

Blectrue. Allez, mon fils, allez ; faites de sérieuses réflexions sur vous ; tâchez de vous mettre au fait de toute votre sottise. Ce n'est pas là tout, sans doute, et nous nous reverrons, s'il le faut.

Scène XI

BLECTRUE

Blectrue. Je suis charmé, mes espérances renaissent, il faut voir les autres. Y a-t-il quelqu'un ?

Scène XII

BLECTRUE, MÉGISTE

Blectrue. Faites-moi voir la plus grande de ces petites créatures.
Mégiste. Vous savez qu'on les a toutes mises chacune dans une cage. Amènerai-je celle que vous demandez dans la sienne ?
Blectrue. Eh bien ! amenez-la comme elle est.

Scène XIII

BLECTRUE *seul*

Blectrue. Je veux voir pourquoi elle n'est pas si petite que les autres ; cela pourra encore m'apprendre quelque chose sur leur espèce. Quelle joie de les voir semblables à nous !

Scène XIV

BLECTRUE, MÉGISTE, *suite*, BLAISE, *en cage*

Blaise. Parlez donc, noute ami Blectrue : eh ! morgué, est-ce qu'on nous prend pour des oisiaux ? avons-je de la pleume pour nous tenir en cage ? Je sis là ! comme une volaille qu'on va mener vendre à la Vallée[1]. Mettez-moi donc plutôt dindon de basse-cour.

BLECTRUE. Ne tient-il qu'à vous ouvrir votre cage pour vous rendre content ? tenez, la voilà ouverte.

BLAISE. Ah ! pargué, faut que vous radotiez, vous autres, pour nous enfarmer. Allons, de quoi s'agit-il ?

BLECTRUE. Vous n'êtes, dit-on, devenus petits qu'en entrant dans notre île. Cela est-il vrai ?

BLAISE. Tenez, velà l'histoire de noute taille. Dès le premier pas ici, je me suis aparçu *dévaler jusqu'à la ceinture ; et pis, en faisant l'autre pas, je n'allais pus qu'à ma jambe ; et pis je me sis trouvé à la cheville du pied.

BLECTRUE. Sur ce *pied-là, il faut que vous sachiez une chose.

BLAISE. Deux, si vous voulez.

BLECTRUE. Il y a deux siècles qu'on prit ici de petites créatures comme vous autres.

BLAISE. Voulez-vous gager que je sommes dans leur cage ?

BLECTRUE. On les traita comme vous ; car ils n'étaient pas plus grands ; mais ensuite ils devinrent tout aussi grands que nous.

BLAISE. Eh ! morgué, depuis six mois j'épions pour en avoir autant : apprenez-moi le secret qu'il faut pour ça. Pargué, si jamais voute chemin s'*adonne jusqu'à Passy, vous varrez un brave homme ; je trinquerons d'importance. Dites-moi ce qu'il faut faire.

BLECTRUE. Mon petit mignon, je vous l'ai déjà dit, rien que devenir raisonnable.

BLAISE. Quoi ! cette marmaille guarit par là ?

BLECTRUE. Oui. Apparemment qu'elle ne l'était pas ; et sans doute vous êtes de même ?

BLAISE. Eh ! palsangué, velà donc mon compte de tantôt avec les échelons du Gascon ; velà ce que c'est ; vous avez raison, je ne sis pas raisonnable.

BLECTRUE. Que cet aveu-là me fait plaisir ! Mon petit ami, vous êtes dans le bon chemin. Poursuivez.

BLAISE. Non, morgué ! je n'ons point de raison, c'est ma pensée. Je ne sis qu'un nigaud, qu'un butor, et je le soutianrons dans le

---

1. *La Vallée* était une halle située près du Pont-Neuf qui servait de marché aux volailles et au gibier, d'où l'expression signalée par Furetière : « À Paris on dit aller à la vallée de misère pour dire aller au marché de volailles. » La Vallée fut démolie en 1870.

carrefour, à son de trompe, afin d'en être pus confus ; car, morgué !
ça est honteux.

BLECTRUE. Fort bien. Vous pensez à merveille. Ne vous lassez point.

BLAISE. Oui, ça va fort bian. Mais *parlez donc : cette taille ne
pousse point.

BLECTRUE. Prenez garde ; l'aveu que vous faites de manquer de
raison n'est peut-être pas comme il faut : peut-être ne le faites-vous
que dans la seule vue de rattraper votre figure ?

BLAISE. Eh ! vrament non [1].

BLECTRUE. Ce n'est pas assez. Ce ne doit pas être là votre objet.

BLAISE. Pargué ! il en vaut pourtant bian la peine.

BLECTRUE. Eh ! mon cher enfant, ne souhaitez la raison que pour
la raison même. Réfléchissez sur vos folies pour en guérir ; soyez-en
honteux de bonne foi : c'est de quoi il s'agit apparemment.

BLAISE. Morgué ! me velà bian embarrassé. Si je saviions écrire, je
vous griffonnerions un petit mémoire de mes fredaines ; ça serait
pus tôt fait. Encore ma raison et mon impartinence sont si embarras-
sées l'une dans l'autre, que tout ça fait un ballot où je ne connais
pus rian. Traitons ça par demande et par réponse.

BLECTRUE. Je ne saurais ; car je n'ai presque point l'idée de ce que
vous êtes. Mais repassez cela vous-même, et excitez-vous à aimer la
raison.

BLAISE. Ah ! jarnigué, c'est une balle chose, si alle n'était pas si
difficile [2] !

BLECTRUE. Voyez la douceur et la tranquillité qui règnent parmi
nous ; n'en êtes-vous pas touché ?

BLAISE. Ça est vrai ; vous m'y faites penser. Vous avez des faces d'une
bonté, des physolomies si innocentes, des cœurs si *gaillards...

BLECTRUE. C'est l'effet de la raison.

BLAISE. C'est l'effet de la raison ? Faut qu'alle soit d'un grand rap-

---

1. Comprendre : seulement dans cette vue, dans aucune autre vue. La
négation est employée suivant le sens de la phrase. Comparer, p. 1326, à
propos d'un passage du *Petit-Maître corrigé* (acte II, sc. IV).   2. « Ôtez la
peine qu'il y a à être bon et vertueux, nous le serons tous », disait l'Indigent
philosophe (cinquième feuille, *Journaux et Œuvres diverses*, p. 306).
Quelques années plus tard (1731), Des Grieux, s'adressant à Tiberge, s'écriait
pour sa part : « Prédicateurs qui voulez me ramener à la vertu, dites-moi
qu'elle est indispensablement nécessaire, mais ne me déguisez pas qu'elle
est sévère et pénible. » (Éd. Deloffre-Picard, Classiques Garnier, pp. 92-93.)
L'ère des *délices de la vertu* n'est pas encore venue. Au plus est-il question
des compensations qu'elle apporte sous la forme de la tranquillité de l'âme.

port ! Ça me ravit d'amiquié pour alle. Allons, mon ami, je ne vous quitte pus. Me velà honteux, me velà enchanté, me velà comme il faut. Baillez-moi cette raison, et gardez ma taille. Oui, mon ami, un homme de six pieds ne vaut pas une marionnette raisonnable ; c'est mon darnier mot et ma darnière parole. Eh ! tenez, tout en vous contant ça, velà que je sis en transport. Ah ! morgué, regardez-moi bian ! lorgnez-moi ; je crois que je hausse. Je ne sis pus à la cheville de voute pied, j'attrape voute jarretière.

BLECTRUE. Oh ! Ciel ! quel prodige ! ceci est sensible.

BLAISE. Ah ! Garnigoi, velà que ça reste là.

BLECTRUE. Courage. Vous n'aimez pas plus tôt la raison, que vous en êtes récompensé.

BLAISE, *étonné et hors d'haleine*. Ça est vrai ; j'en sis tout stupéfait : mais faut bian que je ne l'aime pas encore autant qu'alle en est daigne ; ou bian, c'est que je ne mérite pas qu'alle achève ma délivrance. Acoutez-moi. Je vous dirai que je suis premièrement un ivrogne : parsonne n'a siroté d'aussi bon appétit que moi. J'ons si souvent pardu la raison, que je m'étonne qu'alle puisse me retrouver alle-même.

BLECTRUE. Ah ! que j'ai de joie ! Ce sont des hommes, voilà qui est fini. Achevez, mon cher semblable, achevez ; encore une *secousse.

BLAISE. Hélas ! j'avons un tas de fautes qui est trop grand pour en venir à bout : mais, quant à ce qui est de cette ivrognerie, j'ons toujours fricassé tout mon argent pour elle : et pis, mon ami, quand je vendions nos denrées, combian de chalands n'ons-je pas *fourbé, sans parmettre aux gens de me fourber itou ! ça est bian malin !

BLECTRUE. À merveille.

BLAISE. Et le compère Mathurin, que n'ons-je pas fait pour mettre sa femme à mal ? Par bonheur qu'alle a toujours été *rude ânière envars moi ; ce qui fait que je l'en remarcie : mais, dans la raison, pourquoi vouloir se *ragoûter de l'honneur d'un compère, quand on ne voudrait pas qu'il eût appétit du nôtre ?

BLECTRUE. Comme il change à vue d'œil !

BLAISE. Hélas ! oui, ma taille s'avance ; et c'est bian de la grâce que la raison me fait ; car je sis un pauvre homme. Tenez, mon ami ; j'avais un quarquier de vaigne avec un quarquier de pré ; je vivions sans ennui avec ma sarpe et mon labourage ; le capitaine Duflot viant là-dessus, qui me dit comme ça : Blaise, veux-tu me sarvir dans mon vaissiau ? Veux-tu venir gagner de l'argent [1] ? Ne velà-t-il pas mes oreilles qui se dressent

---

1. Ce genre de racolage fait penser aux procédés employés pour assurer le peuplement du Mississippi, vers 1719-1720.

à ce mot d'argent, comme les oreilles d'une bourrique ? Velà-t-il pas que je quitte, sauf votre respect, bétail, amis, parents ? Ne vas-je pas m'enfarmer dans cette baraque de planches ? Et pis le temps se fâche, velà un orage, l'iau gâte nos vivres ; il n'y a pus ni pâte ni faraine. Eh ! qu'est-ce que c'est que ça ? En pleure, en crie, en jure, en meurt de faim ; la baraque enfonce ; les poissons mangeont Monsieur Duflot, qui les aurait bian mangé li-même. Je nous sauvons une demi-douzaine. Je rapetissons en arrivant. Velà tout l'argent que me vaut mon équipée. Mais morgué j'ons fait connaissance avec cette raison, et j'aime mieux ça que toute la boutique d'un orfèvre. Tenez, tenez, ami Blectrue, considérez ; velà encore une *crue qui me prend : on dirait d'un agioteux [1], je devians grand tout d'un coup ; me velà comme j'étais !

BLECTRUE, *l'embrassant.* Vous ne sauriez croire avec quelle joie je vois votre changement.

BLAISE. *Vartigué ! que je vas me moquer de mes camarades ! que je vas être *glorieux ! que je vas me *carrer !...

BLECTRUE. Ah ! que dites-vous là, mon cher ? Quel sentiment de bête ! Vous redevenez petit.

BLAISE. Eh ! morgué, ça est vrai ; me velà rechuté, je raccourcis. À moi ! à moi ! Je me repens. Je demande pardon. Je fais vœu d'être humble. Jamais pus de vanité, jamais... Ah... ah, ah, ah... je retorne !

BLECTRUE. N'y revenez plus.

BLAISE. Le bon secret que l'humilité pour être grand ! Qui est-ce qui dirait ça ? Que je vous embrasse, camarade. Mon père m'a fait, et vous m'avez refait.

BLECTRUE. Ménagez-vous donc bien désormais.

BLAISE. Oh ! morgué, de l'humilité, vous dis-je. Comme cette *gloire mange la taille ! Oh ! je n'en dépenserai pus en suffisance.

BLECTRUE. Il me tarde d'aller porter cette bonne nouvelle-là au roi.

BLAISE. Mais dites-moi, j'ons piquié de mes pauvres camarades ; je prends de la charité pour eux. Ils valont mieux que moi : je sis le pire de tous ; faut les secourir ; et tantôt, si vous voulez, je leur ferai entendre raison. *Drès qu'ils me varront, ma présence les sarmonnera ; faut qu'ils devenient souples, et qu'ils restient tout parclus d'étonnement.

BLECTRUE. Vous raisonnez fort juste.

BLAISE. Vrament grand marci à vous.

---

1. Allusion au système de Law et à l'agiotage de la rue Quincampoix.

BLECTRUE. Vous vaudrez mieux qu'un autre pour les instruire ; vous sortez du même monde, et vous aurez des lumières que je n'ai point.

BLAISE. Oh ! que vous n'avez point ! ça vous plaît à dire. C'est vous qui êtes le soleil, et je ne sis pas *tant seulement la leune auprès de vous, moi : mais je ferons de mon mieux, à moins qu'ils me rebutiont à cause de ma chétive condition.

BLECTRUE. Comment, chétive condition ? Vous m'avez dit que vous étiez un laboureur.

BLAISE. Et c'est à cause de ça.

BLECTRUE. Et ils vous mépriseraient ! Oh ! raison humaine, peut-on t'avoir abandonné[1] jusque-là ! Eh bien ! tirons parti de leur démence sur votre chapitre ; qu'ils soient humiliés de vous voir plus raisonnable qu'eux, vous dont ils font si peu de cas.

BLAISE. Et qui ne sais ni B, ni A. Morgué ! faudrait se mettre à genoux pour écouter voute bon sens. Mais je pense que velà un de nos camarades qui viant.

Scène XV

BLECTRUE, MÉGISTE, BLAISE, FONTIGNAC

MÉGISTE. Seigneur Blectrue, en voilà un qui veut absolument vous parler.

Scène XVI

BLECTRUE, BLAISE, FONTIGNAC

FONTIGNAC. *Sandis ! maîtré Blaise, n'ai-jé pas la verlue ! Êtés-bous l'éperlan dé tantôt ?

BLAISE. Oui, frère, velà le poulet qui viant de sortir de sa coquille.

BLECTRUE. Il ne tiendra qu'à vous qu'il vous en arrive autant, petit bonhomme.

FONTIGNAC. Eh ! cadédis, jé m'en meurs, et jé vénais en consultation là-dessus.

BLECTRUE. Tenez, il en sait le moyen, lui ; et je vous laisse ensemble.

---

1. L'édition de 1758 introduit l'accord *(abandonnée)*. Voir la Note grammaticale, p. 2265.

Scène XVII

FONTIGNAC, BLAISE

Fontignac. Allons, mon ami, jé rémets lé pétit goujon entré vos mains ; jé vous en récommandé la métamorphose.

Blaise. Il n'y a rian de si aisé[1]. Boutez de la raison là-dedans ; et pis, zeste, tout le corps arrive.

Fontignac. Comment, dé la raison ! Tantôt nous avons donc déviné juste !

Blaise. Oui, j'avions mis le nez dessus. Il n'y a qu'à être bian persuadé qu'ou êtes une bête, et déclarer en quoi.

Fontignac. Uné bêté ? Né pourrait-on changer l'épithéte ? Ce n'est pas que j'y répugne.

Blaise. Nenni, morgué ! c'est la plus balle pensée qu'ou aurez de voute vie.

Fontignac. Écoutez-moi, galant homme ; n'est-cé pas ses imperfétions qu'il faut réconnaîtré ?

Blaise. Fort bian.

Fontignac. Eh donc ! la bêtise n'est pas dé mon lot. Cé n'est pas là qué gît mon mal : c'était lé vôtre ; chacun a lé sien. Jé né prétends pourtant pas mé ménager, car jé né m'estimé plus ; mais dans la réflétion, jé mé trouvé moins imvécile qu'impertinent, moins sot qué fat.

Blaise. Bon, morgué ! c'est ce que je voulons dire : ça va grand train. Il baille appétit de s'accuser, ce garçon-là. Est-ce là tout ?

Fontignac. Non, non : mettez qué jé suis mentur.

Blaise. Sans doute, puisqu'ou êtes Gascon ; mais est-ce par couteume ou par occasion ?

Fontignac. Entré nous, tout mé sert d'occasion ; ainsi comptez pour habitude.

Blaise. Qu'est-ce que c'est que ça ? Un homme qui ment, c'est comme un homme qui a pardu la parole.

Fontignac. Comment ça sé fait-il ? car jé suis mentur et vavillard en même temps.

Blaise. N'importe, maugré qu'ou soyez bavard, mon dire est vrai ; c'est que ceti-là qui ment ne dit jamais la parole qu'il faut, et c'est comme s'il ne sonnait mot.

Fontignac. Jé né hais pas cetté pensée ; elle est *fantasque.

---

1. L'édition de 1758 porte *aisié*, qui est une forme ancienne et bien attestée dans les dialectes.

BLAISE. Revenons à vos misères. Retornez vos poches. Montrez-moi le fond du sac.

FONTIGNAC. Jé mé réproché d'avoir été empoisonnur.

BLAISE, *se reculant*. Oh ! pour de ceti-là, il me faut du conseil ; car faura peut-être vous étouffer pour vous guarir, voyez-vous ! et je sis obligé d'en avartir les habitants.

FONTIGNAC. Cé n'est point lé corps qué j'empoisonnais, jé faisais mieux.

BLAISE. C'est peut-être les rivières ?

FONTIGNAC. Non : pis qué tout céla.

BLAISE. Eh ! morgué, parlez vite.

FONTIGNAC. C'est l'esprit des hommes qué jé corrompais ; jé les rendais avugles ; en un mot, j'étais un flattur.

BLAISE. Ah ! patience ; car d'abord voute poison avait bian mauvaise meine ; mais ça est épouvantable, et je sis tout escandalisé.

FONTIGNAC. Jé mé détesté. Imaginez-vous qué du ridiculé dé mon maîtré, il y en a plus dé moitié dé ma façon.

BLAISE. Faut bian soupirer de cette affaire-là.

FONTIGNAC. J'en respiré à peine.

BLAISE. Vous allez donc hausser.

FONTIGNAC. Jé n'en douté pas à cé qué jé sens. Suivez-moi, jé veux qué lé prodigé éclaté aux yeux de Spinetté et dé mon maîtré. N'attendons pas, courons ; jé suis pressé.

BLAISE. Allons vite, et faisons que tous nos camarades aient leur compte.

ACTE II

Scène première

FONTIGNAC, BLAISE, SPINETTE

Ils entrent comme se caressant.

FONTIGNAC, *à Blaise*. Viens donc, qué je t'embrasse encore, mon cher ami, mon intimé Blaise. Jé suis pressé d'une réconnaissance qui duréra tout autant qué moi : en un mot, jé té dois ma raison et lé rétour dé ma figure.

SPINETTE. Pour moi, Fontignac, je ne te haïssais pas : mais j'avoue qu'aujourd'hui mon cœur est bien disposé pour toi ; je te dois autant que tu dois à Blaise.

FONTIGNAC. Les biens mé pleuvent donc dé tous côtés.

BLAISE. Pargué ! j'ons bian de la satisfaction de tout ça : j'ons guari Monsieu de Fontignac, et pis Monsieu de Fontignac vous a guarie ; et *par ainsi, de guarison en guarison, je me porte bian, il se porte bian, vous vous portez bian : et velà trois malades qui sont devenus médecins ; car vous êtes itou médeceine envars les autres, Mademoiselle Spinette.

SPINETTE. Hélas ! je ne demande pas mieux que de leur rendre service.

FONTIGNAC. Ah ! jé lé crois ; chez quiconque a dé la raison, lé prochain affligé n'a qué faire dé récommandation.

BLAISE. Ça est admirable ! Comme on deviant honnêtes gens avec cette raison !

FONTIGNAC. Jé mé sens une douceur, uné suavité dans l'âmé.

BLAISE. Et la mienne est si bian reposée !

SPINETTE. La raison est un si grand trésor.

BLAISE. Morgué ! ne le[1] pardez pas, vous ; ça est bian *casuel entre les mains d'une fille.

SPINETTE. Je vous suis bien obligée de l'avertissement.

BLAISE. Alle me charme, Monsieu de Fontignac ; alle a de la modestie ; alle est aussi raisonnable que nous autres hommes.

FONTIGNAC. Jé m'estimerais bien fortuné dé l'être autant qu'elle.

BLAISE. Encore ? un Gascon modeste ! oh ! queu convarsion ! Allons, ou êtes purgé à fond.

Scène II

MÉGISTE, FONTIGNAC, BLAISE, SPINETTE, LE MÉDECIN

MÉGISTE. Messieurs, voilà un de vos camarades qui m'a demandé en grâce de vous l'amener pour vous voir.

BLAISE. Eh ! où est-il donc ?

FONTIGNAC. Jé né l'aperçois pas non plus.

LE MÉDECIN. Me voilà.

BLAISE. Ah ! je voyais queuque chose qui se remuait là ; mais je ne savais pas ce que c'était. Je pense que c'est noute médecin ?

---

1. L'édition de 1758 corrige *le* (qui renvoie à *trésor*) en *la* (représentant *raison*).

LE MÉDECIN. Lui-même.

SPINETTE. Allons ! mes amis, il faut tâcher de le tirer d'affaire.

LE MÉDECIN. Eh ! Mademoiselle, je ne demande pas mieux ; car en vérité, c'est quelque chose de bien affreux que de rester comme je suis, moi qui ai du bien, qui suis riche et estimé dans mon pays.

FONTIGNAC. Né comptez pas l'estimé dé ces fous.

LE MÉDECIN. Mais faudra-t-il que je demeure éloigné de chez moi, pauvre, et sans avoir de quoi vivre ?

BLAISE. Taisez-vous donc, gourmand. Est-ce que la pitance vous manque ici ?

LE MÉDECIN. Non ; mais mon bien, que deviendra-t-il ?

BLAISE. Queu pauvreté avec son bian ! c'est comme un enfant qui crie après sa poupée [1]. Tenez, un pourpoint, des vivres et de la raison, quand un homme a ça, le velà garni pour son été et pour son hivar ; le voilà fourré comme un manchon [2]. Vous varrez, vous varrez.

SPINETTE. Dites-lui ce qu'il faut qu'il fasse pour redevenir comme il était.

BLAISE. Voulez-vous que ce soit moi qui le traite ?

FONTIGNAC. Sans douté ; l'honnur vous appartient ; vous êtes lé doyen dé tous.

BLAISE. Eh ! morgué, pus d'honneur, je n'en voulons pus tâter ; et je sais bian que je ne sis qu'un pauvre réchappé des Petites-Maisons.

FONTIGNAC. Rémettons donc cet estropié d'esprit entré les mains dé Mademoisellé Spinetté.

SPINETTE. Moi, Messieurs ! c'est à moi à me taire où vous êtes.

LE MÉDECIN. Eh ! mes amis, voilà des compliments bien longs pour un homme qui souffre.

BLAISE. Oh dame, il faut que l'humilité marche entre nous ; je nous mettons bas pour rester haut. Ça vous passe, mon mignon ; et j'allons, pisque ma *compagnée l'ordonne, vous apprenre à devenir grand garçon, et le *tu autem* de voute petitesse : mais je vas être brutal, je vous en avartis ; faut que j'assomme voute rapetissement avec des injures [3] : demandez putôt aux camarades.

---

1. Première variation de Marivaux sur le thème, qui lui est cher, de l'infantilisme des adultes. Il le développe surtout à propos de la vanité. Voir ci-après, acte III, sc. II, pp. 715-716, et la note 1 de la p. 716.　　**2.** C'est à peu près l'enseignement de l'Indigent philosophe.　　**3.** Blaise veut dire qu'il ne ménagera pas les petitesses de son interlocuteur. De tels tours, dans lesquels un substantif abstrait est employé en fonction de sujet ou de complément, sont fréquents chez Marivaux dans tous les tons, du plaisant au sérieux. Voir notre *Marivaux et le marivaudage*, pp. 325-330.

FONTIGNAC. Oui, votre santé en dépend.

LE MÉDECIN. Quoi ! tout votre secret est de me dire des injures ? Je n'en veux point.

BLAISE. Oh bian ! gardez donc vos quatre pattes.

SPINETTE. Mais essayez, petit homme, essayez.

LE MÉDECIN. Des injures à un docteur de la Faculté !

BLAISE. Il n'y a ni docteur ni doctraine ; quand vous seriez apothicaire.

LE MÉDECIN. Voyons donc ce que c'est.

FONTIGNAC. Bon, jé vous félicité du parti qué vous prénez. Mademoisellé Spinetté, laissons faire maîtré Blaisé, et l'écoutons.

BLAISE. Premièrement, faut commencer par vous dire qu'ou êtes un sot d'être médecin.

LE MÉDECIN. Voilà un paysan bien hardi.

BLAISE. Hardi ! je ne sis pas entre vos mains. Dites-moi, sans vous fâcher, étiez-vous en ménage, aviez-vous femme là-bas ?

LE MÉDECIN. Non, je suis veuf ; ma femme est morte à vingt-cinq ans d'une fluxion de poitrine.

BLAISE. Maugré la doctraine de la Faculté ?

LE MÉDECIN. Il ne me fut pas possible de la réchapper.

BLAISE. Avez-vous des enfants ?

LE MÉDECIN. Non.

BLAISE. Ni en bien ni en mal ?

LE MÉDECIN. Non, vous dis-je. J'en avais trois ; et ils sont morts de la petite vérole, il y a quatre ans.

BLAISE. Peste soit du docteur ! Eh ! de quoi guarissiez-vous donc le monde ?

LE MÉDECIN. Vous avez beau dire, j'étais plus couru qu'un autre.

BLAISE. C'est que c'était pour la darnière fois qu'on courait. Eh ! ne dites-vous pas qu'ou êtes riche ?

LE MÉDECIN. Sans doute.

BLAISE. Eh mais, morgué, pisque vous n'avez pas besoin de gagner voute vie en tuant le monde, ou avez donc tort d'être médecin. Encore est-ce, quand c'est la pauvreté qui oblige à tuer les gens ; mais quand en est riche, ce n'est pas la peine ; et je continue toujours à dire qu'ou êtes un sot, et que, si vous voulez grandir, faut laisser les gens mourir tous seuls.

LE MÉDECIN. Mais enfin...

FONTIGNAC. Cadédis, bous né tuez pas mieux qu'il raisonne.

SPINETTE. Assurément.

LE MÉDECIN, *en colère*. Ah ! je m'en vais. Ces animaux-là se moquent de moi.

SPINETTE. Il n'a pas laissé que d'être frappé, il y reviendra [1].

Scène III

BLECTRUE, FONTIGNAC, BLAISE, SPINETTE

FONTIGNAC. Ah ! voilà l'honnête homme dé qui nous sont vénus les prémiers rayons dé lumières. Vénez, Monsieur Blectrue, approchez dé vos enfants, et récévez-les entre vos bras.

BLAISE. Oh ! je lui ai déjà rendu mes grâces.

BLECTRUE. Et moi, je les rends aux dieux de l'état où vous êtes. Il ne s'agit plus que de vos camarades.

BLAISE. Je venons d'en *rater un tout à l'heure ; et les autres sont bian opiniâtres, surtout le courtisan et le phisolophe.

SPINETTE. Pour moi, j'espère que je ferai entendre raison à ma maîtresse, et que nous demeurerons tous ici ; car on y est si bien !

BLECTRUE. Je me proposais de vous le persuader, mes enfants ; dans votre pays vous retomberiez peut-être.

BLAISE. Pargué ! noute çarvelle serait biantôt fondue. La raison dans le pays des folies, c'est comme une pelote de neige au soleil. Mais à propos de soleil, dites-moi, papa Blectrue : tantôt, en passant, j'ons rencontré une jeune poulette du pays, tout à fait gentille, ma foi, qui m'a pris la main, et qui m'a dit : Vous velà donc grand ! Ça vous va fort bian ; je vous en fais mon compliment. Et pis, en disant ça, les yeux li trottaient sur moi, fallait voir ; et pis : Mon biau garçon, regardez-moi ; parmettez que je vous aime. Ah ! Mademoiselle, vous vous gaussez, ai-je repris ; ce n'est pas moi qui baille les parvilèges, c'est moi qui les demande. Et pis vous êtes venu, et j'en avons resté là. Qu'est-ce que ça signifie ?

BLECTRUE. Cela signifie qu'elle vous aime et qu'elle vous en faisait la déclaration.

BLAISE. Une déclaration d'amour à ma parsonne ! et n'y a-t-il pas de mal à ça ?

BLECTRUE. Nullement. Comment donc ? c'est la loi du pays qui veut qu'on en use ainsi.

---

1. La guérison du médecin sera annoncée plus loin, acte III, sc. I ; mais il ne reviendra pas en scène, pour ne pas détourner l'attention des protagonistes.

BLAISE. Allons, allons, vous êtes un gausseux.

SPINETTE. Monsieur Blectrue aime à rire.

BLECTRUE. Non, certes, je parle sérieusement.

FONTIGNAC. Mais dans lé fond, en France céla commence à s'établir.

BLECTRUE. Vous voudriez que les hommes attaquassent les femmes ! Et la sagesse des femmes y résisterait-elle ?

FONTIGNAC. D'ordinaire effectivément ellé n'est pas robuste.

BLAISE. Morgué ça est vrai, on ne voit partout que des sagesses à la renverse.

BLECTRUE. Que deviendra la faiblesse si la force l'attaque ?

BLAISE. Adieu la *voiture !

BLECTRUE. Que deviendra l'amour, si c'est le sexe le moins fort que vous chargez du soin d'en surmonter les fougues ? Quoi ? vous mettrez la séduction du côté des hommes, et la nécessité de la vaincre du côté des femmes ! Et si elles y succombent, qu'avez-vous à leur dire ? C'est vous en ce cas qu'il faut déshonorer, et non pas elles. Quelles étranges lois que les vôtres en fait d'amour ! Allez, mes enfants, ce n'est pas la raison, c'est le vice qui les a faites ; il a bien entendu ses intérêts. Dans un pays où l'on a réglé que les femmes résisteraient aux hommes, on a voulu que la vertu n'y servît qu'à *ragoûter les passions, et non pas à les soumettre [1].

BLAISE. Morgué ! les femmes n'ont qu'à venir, ma force les attend de pied farme. Alles varront si je ne voulons de la vartu que pour rire.

SPINETTE. Je vous avoue que j'aurai bien de la peine à m'accoutumer à vos usages, quoique sensés.

BLECTRUE. Tant pis, je vous regarde comme retombée.

SPINETTE. Hélas ! Monsieur, actuellement j'en ai peur.

BLAISE. Eh ! morgué, faites donc vite. Venez à repentance ; velà voute taille qui s'en va.

SPINETTE. Oui, je me rends ; je ferai tout ce qu'on voudra ; et pour preuve de mon obéissance, tenez, Fontignac, je vous prie de m'aimer, je vous en prie sérieusement.

FONTIGNAC. Vous êtes bien pressante.

SPINETTE. Je sens que vous avez raison, Monsieur Blectrue ; et je vous promets de me conformer à vos lois. Ce que je viens d'éprouver

---

1. Cette idée se retrouve dans les *Réflexions sur les femmes*, de Mme de Lambert, publiées précisément en 1727.

en ce moment me donne encore plus de respect pour elles. Allons,
ma maîtresse gémit ; permettez que je travaille à la tirer d'affaire ; je
veux lui parler.

BLAISE. Laissez-moi vous aider itou.

BLECTRUE. Je vais de ce pas dire qu'on vous l'amène.

FONTIGNAC. Et moi, dé mon côté, jé vais combattré les vertigés de
mon maître.

Scène IV

BLAISE, SPINETTE

BLAISE. *Tatigué, Mademoiselle Spinette, qu'en dites-vous ? Il y a
de belles maxaimes en ce pays-ci. Cet *amour qu'il faut qu'on nous
fasse, à nous autres hommes, qu'il y a de prudence à ça !

SPINETTE. Tout me charme ici.

BLAISE. Morgué ! tenez, velà cette fille qui m'a tantôt cajolé, qui
viant à nous.

Scène V

SPINETTE, BLAISE, UNE INSULAIRE

L'INSULAIRE. Ah ! mon beau garçon, je vous retrouve ; et vous,
Mademoiselle, je suis bien ravie de vous voir comme vous êtes.

BLAISE. J'en sis fort ravi aussi. Quant à l'égard du biau garçon, il
n'y a point de ça ici.

L'INSULAIRE. Pour moi, vous me paraissez tel.

BLAISE, *à Spinette*. Vous voyez bian qu'alle me conte la fleurette.
Mais [1], Mademoiselle, *parlez-moi, dans queulle intention est-ce que
vous me dites que je sis biau ? Je sis d'avis de savoir ça. Est-ce que
je vous plais ?

L'INSULAIRE. Assurément.

BLAISE. Souvenez-vous bian que je n'y saurais que faire. *(À Spinette* [2].*)* Je sis bian sévère, est-ce pas ?

L'INSULAIRE. Eh quoi ! me trouvez-vous si désagréable ?

---

1. À partir de ce mot, Blaise s'adresse à l'insulaire.   **2.** Dans toutes les
éditions, cette indication se trouve après le nom de Blaise. C'est une erreur.
La première phrase s'adresse évidemment à l'insulaire, et la seconde seulement à Spinette.

BLAISE, *à part*. Vous ! non... Si fait, si fait. C'est que je rêve [1]. Morgué ! queu dommage de rudoyer ça !

SPINETTE. Maître Blaise, la conquête d'une si jolie fille mérite pourtant votre attention.

BLAISE. Oh ! mais il faut que ça vianne ; ça n'est pas encore bian mûr, et je varrons pendant qu'à m'aimera ; qu'alle aille son train.

L'INSULAIRE. Aimer toute seule est bien triste !

BLAISE. Ma sagesse n'a pas encore résolu que ça soit divartissant [2].

L'INSULAIRE. Voici, je pense, quelqu'un de vos camarades qui vient ; je me retire, sans rien attendre de votre cœur.

BLAISE. Là, là, ma mie, vous revianrez. Ne vous découragez pas, entendez-vous ?

L'INSULAIRE. Passe pour cela.

BLAISE. Adieu, adieu. J'avons affaire. Vous gagnez trop de terrain, et j'en ai honte. Adieu.

Scène VI

LA COMTESSE, SPINETTE, BLAISE

LA COMTESSE. Eh bien ! que me veut-on ? Ô ciel ! que vois-je ? par quel enchantement avez-vous repris votre figure naturelle ? Je tombe dans un désespoir dont je ne suis plus la maîtresse.

BLAISE. Allons, ma petiote damoiselle, tout bellement, tout bellement. Il ne s'agit ici que d'un petit raccommodage de çarviau.

SPINETTE. Vous savez, Madame, que tantôt Fontignac et ce paysan croyaient que nous n'étions petits que parce que nous manquions de raison ; et ils croyaient juste : cela s'est vérifié.

LA COMTESSE. Quelles chimères ! est-ce que je suis folle ?

BLAISE. Eh oui ! morgué, velà *cen que c'est [3].

LA COMTESSE. Moi, j'ai perdu l'esprit ! À quelle extrémité suis-je réduite !

BLAISE. Par exemple, j'ons bian avoué que j'étais un ivrogne, moi.

SPINETTE. Ce n'est que par l'aveu de mes folies que j'ai rattrapé ma raison.

BLAISE. Bon, bon, attrapé ! Faut qu'alle oublie sa figure ! Velà un

---

1. C'est-à-dire probablement : « C'est que je suis distrait. » La phrase suivante est dite *à part*.   **2.** Nous corrigeons l'originale qui porte *que ça soit pas*.   **3.** Voilà ce que c'est. Sur *cen* plus souvent écrit *san* dans les textes de ce genre, voir la Note sur le patois.

biau chiffon pour tant courir après ! qu'à pleure sa raison tornée, velà tout.

SPINETTE. Fontignac a eu autant de peine à me persuader que j'en ai après vous, ma chère maîtresse ; mais je me suis rendue.

BLAISE. Pendant qu'un manant comme moi porte l'état d'une criature raisonnable, voulez-vous toujours garder voute état d'animal, une damoiselle de la cour ?

SPINETTE. Ne lui parlez plus de cette malheureuse cour.

LA COMTESSE. Mes larmes m'empêchent de parler.

BLAISE. Velà qui est bel et bon ; mais il n'y a que voute folie qui en varse : voute raison n'en baille pas une goutte, et ça n'avance rian.

SPINETTE. Cela est vrai.

BLAISE. Ne vous fâchez pas, ce n'est que par charité que je vous méprisons.

LA COMTESSE, *à Spinette*. Mais de grâce, apprenez-moi mes folies.

SPINETTE. Eh ! Madame, un peu de réflexion. Ne savez-vous pas que vous êtes jeune, belle, et fille de condition ? Citez-moi une tête de fille qui ait tenu contre ces trois qualités-là, citez-m'en une.

BLAISE. Cette[1] jeunesse, alle est une girouette. Cette qualité rend *glorieuse.

SPINETTE. Et la beauté ?

BLAISE. Ça fait les femmes si sottes...

LA COMTESSE. À votre compte, Spinette, je suis donc une étourdie, une sotte et une glorieuse ?

SPINETTE. Madame, vous comptez si bien, que ce n'est pas la peine que je m'en mêle.

BLAISE. Ce n'est pas pour des preunes qu'ou êtes si petite. Vous voyez bian qu'on vous a baillé de la marchandise pour voute argent.

LA COMTESSE. De l'orgueil, de la sottise et de l'étourderie !

BLAISE. Oui, ruminez, mâchez bian ça en vous-même, à celle fin que ça vous sarve de médeçaine.

LA COMTESSE. Enfin, Spinette, je veux croire que tout ceci est de bonne foi ; mais je ne vois rien en moi qui ressemble à ce que vous dites.

BLAISE. Morgué, pourtant je vous approchons la lantarne assez près du nez. Parlons-li un peu de cette coquetterie. Dans ce vaissiau alle avait la maine d'en avoir une bonne *tapée.

---

1. Dans tout le rôle de Blaise, *cette* doit être lu *ste*, de même que *ceti-ci sti-ci*, etc.

SPINETTE. Aidez-vous, Madame ; songez, par exemple, à ce que c'est qu'une *toilette.

BLAISE. Attendez. Une *toilette ? n'est-ce pas une table qui est si bian dressée, avec tant de brimborions, où il y a des flambiaux, de petits bahuts d'argent et une couvarture sur un miroir[1] ?

SPINETTE. C'est cela même.

BLAISE. Oh ! la dame de cheux nous avait la pareille.

SPINETTE. Vous souvenez-vous, ma chère maîtresse, de cette quantité d'outils pour votre visage qui était sur la vôtre ?

BLAISE. Des outils pour son visage ! Est-ce que sa mère ne li avait pas baillé un visage tout fait ?

SPINETTE. Bon ! est-ce que le visage d'une coquette est jamais fini ? Tous les jours on y travaille : il faut concerter les mines, ajuster les œillades. N'est-il pas vrai qu'à votre miroir, un jour, un regard doux vous a coûté plus de trois heures à attraper ? Encore n'en attrapâtes-vous que la moitié de ce que vous en vouliez ; car, quoique ce fût un regard doux, il s'agissait aussi d'y mêler quelque chose de fier : il fallait qu'un quart de fierté y tempérât trois quarts de douceur ; cela n'est pas aisé. Tantôt le fier prenait trop sur le doux : tantôt le doux étouffait le fier. On n'a pas la balance à la main ; je vous voyais faire, et je ne vous regardais que trop. N'allais-je pas répéter toutes vos contorsions ? Il fallait me voir avec mes yeux chercher des doses de feu, de langueur, d'étourderie et de noblesse dans mes regards. J'en possédais plus d'un mille qui étaient autant de coups de pistolet, moi qui n'avais étudié que sous vous. Vous en aviez un qui était vif et mourant, qui a pensé me faire perdre l'esprit : il faut qu'il m'ait coûté plus de six mois de ma vie, sans compter un torticolis que je me donnai pour le suivre.

LA COMTESSE, *soupirant.* Ah !

BLAISE. Queu tas de balivarnes ! Velà une tarrible condition que d'être les yeux d'une coquette !

SPINETTE. Et notre ajustement ! et l'architecture de notre tête, surtout en France où Madame a demeuré ! et le choix des rubans ! Mettrai-je celui-là ? non, il me rend le visage dur. Essayons de celui-ci ; je crois qu'il me rembrunit. Voyons le jaune, il me pâlit ; le blanc, il

---

1. Les *bahuts* sont probablement des boîtes, et la *couverture sur un miroir* désigne, dans l'esprit de Blaise, les voiles de tulle qui servent à draper le miroir. Voyez le tableau de Pater, *Dame à sa toilette.* L'édition originale porte : *de flambeaux.*

m'affadit le teint. Que mettra-t-on donc ? Les couleurs sont si bor-
nées, toutes variées qu'elles sont ! La coquetterie reste dans la disette ;
elle n'a pas seulement son nécessaire avec elle. Cependant on
essaye, on ôte, on remet, on change, on se fâche ; les bras tombent
de fatigue, il n'y a plus que la vanité qui les soutient. Enfin on
achève : voilà cette tête en état : voilà les yeux armés. L'étourdi à
qui tant de grâces sont destinées arrivera tantôt. Est-ce qu'on l'aime ?
non. Mais toutes les femmes tirent dessus, et toutes le manquent.
Ah ! le beau coup, si on pouvait l'attraper !

BLAISE. Mais de cette manière-là, vous autres femmes dans le
monde qui tirez sur les gens, je comprends qu'ou êtes comme des
fusils.

SPINETTE. À peu près, mon pauvre Blaise.

LA COMTESSE. Ah ciel !

BLAISE. Elle se lamente. C'est la raison qui bataille avec la folie.

SPINETTE. Ne vous troublez point, Madame ; c'est un cœur tout à
vous qui vous parle. Malheureusement je n'ai point de mémoire, et
je ne me ressouviens pas de la moitié de vos folies. Orgueil sur le
chapitre de la naissance : Qui sont-ils ces gens-là ? de quelle maison ?
et cette petite bourgeoise qui fait comparaison avec moi ? Et puis
cette bonté *superbe avec laquelle on salue des inférieurs ; cet air
altier avec lequel on prend sa place ; cette évaluation de ce que l'on
est et de ce que les autres ne sont pas. Reconduira-t-on celle-ci ? Ne
fera-t-on que saluer celle-là[1] ? Sans compter cette rancune contre
tous les jolis visages que l'on va détruisant d'un ton nonchalant et
distrait. Combien en avez-vous trouvé de boursouflés, parce qu'ils
étaient gras ? Vous n'accordiez que la peau sur les os à celui qui était
maigre. Il y avait un nez sur celui-ci qui l'empêchait d'être spirituel.
Des yeux étaient-ils fiers ? ils devenaient hagards. Étaient-ils doux ?
les voilà bêtes. Étaient-ils vifs ? les voilà fous. À vingt-cinq ans, on
approchait de sa quarantaine. Une petite femme avait-elle des grâces ?
ah ! la *bamboche ! Était-elle grande et bien faite ? ah ! la géante !
elle aurait pu se montrer à la foire. Ajoutez à cela cette *finesse avec
laquelle on prend le parti d'une femme sur des médisances que
l'on augmente en les combattant, qu'on ne fait semblant d'arrêter

---

1. Dans ce premier développement, Marivaux exploite une veine ouverte
par lui dans les *Lettres au Mercure (sur les femmes de qualité)*. Voir les
Journaux et Œuvres diverses, pp. 33 et suiv.

que pour les faire courir, et qu'on *développe si bien, qu'on ne saurait plus les détruire [1].

LA COMTESSE. Arrête, Spinette, arrête, je te prie.

BLAISE. Pargué ! velà une histoire bian récriative et bian pitoyable [2] en même temps. Queu bouffon que ce grand monde ! Queu drôle de parfide ! Faudrait, morgué ! le montrer sur le Pont-Neuf, comme la curiosité. Je voudrais bien retenir ce pot-pourri-là. Toutes sortes d'*acabits de rubans, du vart, du gris, du jaune, qui n'ont pas d'amiquié pour une face ; une coquetterie qui n'a pas de quoi vivre avec des couleurs ; des bras qui s'impatientont ; et pis de la vanité qui leur dit : Courage ! et pis du doux dans un regard, qui se détrempe avec du fiar ; et pis une balance pour peser cette marchandise : qu'est-ce que c'est que tout ça ?

SPINETTE. Achevez, maître Blaise ; cela vaut mieux que tout ce que j'ai dit.

BLAISE. Pargué ! je veux bian. Tenez, un tiers d'œillade avec un autre quart ; un visage qu'il faut remonter comme un horloge ; un étourdi qui viant voir ce visage ; des femmes qui vont à la chasse après cet étourdi, pour tirer dessus ; et pis de la poudre et du plomb dans l'œil [3] ; des naissances qui demandont la maison des gens ; des bourgeoises de comparaison saugrenue ; des faces joufflues qui ont de la boursouflure, avec du gras ; un arpent de taille qu'on baille à celle-ci pour un quarquier [4] qu'on ôte à celle-là ; de l'esprit qui ne saurait *compatir avec un nez, et de la médisance de bon cœur. Y en a-t-il encore ? Car je veux tout avoir, pour lui montrer quand alle sera guarie ; ça la fera rire.

SPINETTE. Madame, assurément ce portrait-là a de quoi rappeler la raison.

---

1. Ces manèges de la perfidie féminine ont déjà été décrits par Marivaux, cette fois dans la huitième feuille du *Spectateur français* (*Journaux et Œuvres diverses*, pp. 159-160.)   2. Lorsque, dans *Les Agréables Conférences*, le premier et le meilleur des textes en patois parisien (1649-1652), le paysan Janin se dispose à raconter l'accouchement de sa femme Perrette, il annonce que « l'histoise en est pitiable et recriatible » (éd. les Belles-Lettres, Paris, 1959, p. 148). Ainsi, l'expression employée par Blaise est traditionnelle. 3. Curieuse combinaison par Blaise des différents aspects de la coquetterie féminine évoqués par Spinette, pp. 706-707. Noter pourtant qu'elle n'a pas parlé de *poudre*, au sens propre. Cette phrase est donc purement métaphysique. Elle signifie que les femmes en « jettent plein la vue » de leurs soupirants.   4. L'édition de 1758 francise sans raison *quarquier*, forme normale dans ce patois, en *quartier*.

LA COMTESSE, *confuse*. Spinette, il me dessille les yeux ; il faut se rendre : j'ai vécu comme une folle. Soutiens-moi ; je ne sais ce que je deviens.

BLAISE. Ah ! Spinette, ma mie, velà qui est fait, la marionnette est partie ; velà le pus biau *jet qui se fera jamais.

SPINETTE. Ah ! ma chère maîtresse, que je suis contente !

LA COMTESSE. Que je t'ai d'obligation, Blaise ; et à toi aussi, Spinette !

BLAISE. Morgué, que j'ons de joie ! pus de petitesse ; je l'ons tuée toute roide.

LA COMTESSE. Ah ! mes enfants, ce qu'il y a de plus doux pour moi dans tout cela, c'est le jugement sain et raisonnable que je porte actuellement des choses. Que la raison est délicieuse !

SPINETTE. Je vous l'avais promis, et si vous m'en croyez, nous resterons ici. Il ne faut plus nous exposer ; les rechutes, chez nous autres femmes, sont bien plus faciles que chez les hommes.

BLAISE. Comment, une femme ? alle est toujours à moitié tombée. Une femme marche toujours sur la glace.

LA COMTESSE. Ne craignez rien ; j'ai retrouvé la raison ici ; je n'en sortirai jamais. Que pourrais-je avoir qui la valût ?

BLAISE. Rian que des guenilles. Premièrement, il y a ici le fils du Gouvarneur, qui est un garçon bian torné.

LA COMTESSE. Très aimable, et je l'ai remarqué.

SPINETTE. Il ne vous sera pas difficile d'en être aimée.

BLAISE. Tenez, il viant ici avec sa sœur.

Scène VII

LA COMTESSE, SPINETTE, BLAISE, PARMENÈS, FLORIS

FLORIS. Que vois-je ? Ah, mon frère, la jolie personne !

BLAISE. C'est pourtant cette *bamboche de tantôt.

SPINETTE. C'est ma maîtresse, cette petite femelle que Monsieur avait retenue.

PARMENÈS. Quoi, vous, Madame ?

LA COMTESSE. Oui, Seigneur, c'est moi-même, sur qui la raison a repris son empire.

FLORIS. Et mon petit mâle ?

BLAISE. On travaille à li faire sa taille à ceti-là : le Gascon est après, à ce qu'il nous a dit.

FLORIS, *à la Comtesse*. Je voudrais bien qu'il eût le même bonheur. Et vous, Madame, l'état où vous étiez nous cachait une charmante figure. Je vous demande votre amitié.

LA COMTESSE. J'allais vous demander la vôtre, Madame, avec un asile éternel en ce pays-ci.

FLORIS. Vous ne pouvez, ma chère amie, nous faire un plus grand plaisir ; et si la modestie permettait à mon frère de s'expliquer là-dessus, je crois qu'il en marquerait autant de joie que moi.

PARMENÈS. Doucement, ma sœur.

LA COMTESSE. Non, Prince, votre joie peut paraître ; elle ne risquera point de déplaire.

BLAISE. Eh ! morgué, à propos, ce n'est pas comme ça qu'il faut répondre ; c'est à li à tenir sa morgue, et non pas à vous. C'est les hommes qui font les pimbêches, ici, et non pas les femmes. Amenez voute amour, il varra ce qu'il en fera.

LA COMTESSE. Comment ? je ne l'entends pas.

SPINETTE. Madame, c'est que cela a changé de main. Dans notre pays on nous assiège ; c'est nous qui assiégeons ici parce que la place en est mieux défendue.

BLAISE [1]. L'homme ici, c'est le garde-fou de la femme.

LA COMTESSE. La pratique de cet usage-là m'est bien neuve ; mais j'y ai pensé plus d'une fois en ma vie, quand j'ai vu les hommes se vanter des faiblesses des femmes.

FLORIS. Ainsi, ma chère amie, si vous aimiez mon frère, ne faites point de façon de lui en parler.

SPINETTE. Oui, oui, cela est extrêmement juste.

LA COMTESSE. Cela m'embarrasse un peu.

SPINETTE. Prenez garde, j'ai pensé retomber avec ces petites façons-là.

LA COMTESSE. Comme vous voudrez.

FLORIS. Mon frère, Madame est instruite de nos usages, et elle a un secret à vous confier. Souvenez-vous qu'elle est étrangère, et qu'elle mérite plus d'égards qu'une autre. Pour moi, qui ne veux savoir les secrets de personne, je vous laisse.

BLAISE. Je sis discret itou, moi.

SPINETTE. Et moi aussi, et je sors.

BLAISE. Allons voir si voute petit mâle de tantôt est bian avancé.

---

1. Texte de 1758. L'édition originale porte par erreur LA COMTESSE au lieu de BLAISE.

Floris, *à la Comtesse*. Je le souhaite beaucoup. Adieu, chère belle-sœur.

Scène VIII

LA COMTESSE, PARMENÈS

Parmenès. Je suis charmé, Madame, des noms caressants que ma sœur vous donne, et de l'amitié qui commence si bien entre vous deux.

La Comtesse. Je n'ai rien vu de si aimable qu'elle, et... toute sa famille lui ressemble.

Parmenès. Nous vous sommes obligés de ce sentiment ; mais vous avez, dit-on, un secret à me confier.

La Comtesse *soupire*. Hem ! oui.

Parmenès. De quoi s'agit-il, Madame ? Serait-ce quelque service que je pourrais vous rendre ? Il n'y a personne ici qui ne s'empresse à vous être utile.

La Comtesse. Vous avez bien de la bonté.

Parmenès. Parlez hardiment, Madame.

La Comtesse. Les lois de mon pays sont bien différentes des vôtres.

Parmenès. Sans doute que les nôtres vous paraissent préférables ?

La Comtesse. Je suis pénétrée de leur sagesse ; mais...

Parmenès. Quoi ! Madame ? achevez.

La Comtesse. J'étais accoutumée aux miennes, et l'on perd difficilement de mauvaises habitudes.

Parmenès. Dès que la raison les condamne, on ne saurait y renoncer trop tôt.

La Comtesse. Cela est vrai, et personne ne m'engagerait plus vite à y renoncer que vous.

Parmenès. Voyons, puis-je vous y aider ? Je me prête autant que je puis à cette difficulté qui vous reste encore.

La Comtesse. Vous la nommez bien ; elle est vraiment difficulté. Mais, Prince, ne pensez-vous rien, vous-même ?

Parmenès. Nous autres hommes, ici, nous ne disons point ce que nous pensons.

La Comtesse. Faites pourtant réflexion que je suis étrangère, comme on vous l'a dit. Il y a des choses sur lesquelles je puis n'être pas encore bien affermie.

Parmenès. Hé ! quelles sont-elles ? Donnez-m'en seulement l'idée ; aidez-moi à savoir ce que c'est.

LA COMTESSE. Si j'avais de l'inclination pour quelqu'un, par exemple ?

PARMENÈS. Eh bien ! cela n'est pas défendu : l'amour est un sentiment naturel et nécessaire ; il n'y a que les vivacités qu'il en faut régler.

LA COMTESSE. Mais cette inclination, on m'a dit qu'il faudrait que je l'avouasse à celui pour qui je l'aurais.

PARMENÈS. Nous ne vivons pas autrement ici ; continuez, Madame. Avez-vous du penchant pour quelqu'un ?

LA COMTESSE. Oui, Prince.

PARMENÈS. Il y a toute apparence qu'on n'y sera pas insensible.

LA COMTESSE. Me le promettez-vous ?

PARMENÈS. On ne saurait répondre que de soi.

LA COMTESSE. Je le sais bien.

PARMENÈS. Et j'ignore pour qui votre penchant se déclare.

LA COMTESSE. Vous voyez bien que ce n'est pas pour un autre. Ah [1] !

PARMENÈS. Cessez de rougir, Madame ; vous m'aimez et je vous aime. Que la franchise de mon aveu dissipe la peine que vous a fait [2] le vôtre.

LA COMTESSE. Vous êtes aussi généreux qu'aimable.

PARMENÈS. Et vous, aussi aimée que vous êtes digne de l'être. Je vous réponds d'avance du plaisir que vous ferez à mon père quand vous lui déclarerez vos sentiments. Rien ne lui sera plus précieux que l'état où vous êtes, et que la durée de cet état par votre séjour ici. Je n'ai plus qu'un mot à vous dire, Madame. Vous et les vôtres, vous m'appelez Prince, et je me suis fait expliquer ce que ce mot-là signifie ; ne vous en servez plus. Nous ne connaissons point ce titre-là ici ; mon nom est Parmenès, et l'on ne m'en donne point d'autre. On a bien de la peine à détruire l'orgueil en le combattant. Que deviendrait-il, si on le flattait ? Il serait la source de tous les maux. Surtout que le Ciel en préserve ceux qui sont établis pour commander, eux qui doivent avoir plus de vertus que les autres, parce qu'il n'y a point de justice contre leurs défauts [3].

---

1. L'embarras des deux personnages donne à tout ce dialogue un ton qui annonce plusieurs scènes entre Damis et Lucile dans *Les Serments indiscrets*.
2. Nouveau cas de non-accord du participe passé, garanti par les deux éditions de 1727 et 1758, dans un cas pourtant où la différence est sensible à l'oreille. Voir la Note grammaticale, p. 2265.   **3.** Ces idées, qui annoncent la conception du monarque éclairé, seront développées par Marivaux dans *L'Éducation d'un prince*. Voir les *Journaux et Œuvres diverses*, cinquième section.

Scène IX

PARMENÈS, LA COMTESSE, FONTIGNAC

FONTIGNAC. Ah ! Madame, jé vous réconnais ; mes yeux rétrouvent cé qu'il y avait dé plus charmant dans lé monde ! Voilà la prémiéré fois dé ma vie qué j'ai vu la beauté et la raison ensemble. Permettez, Seigneur, qué j'emmène Madame ; l'esprit dé son frère fait lé mutin, il régimbe ; sa folie est ténace, et j'ai bésoin dé troupes auxiliaires.

PARMENÈS. Allez, Madame, n'épargnez rien pour le tirer d'affaire.

FONTIGNAC. Il y aura dé la vésogne après lui ; car c'est une cervelle [1] dé courtisan.

ACTE III

Scène première

LA COMTESSE, FLORIS, LE COURTISAN, FONTIGNAC, SPINETTE, BLAISE

LA COMTESSE, *au Courtisan*. Oui, mon frère, rendez-vous aux exemples qui vous frappent ; vous nous voyez tous rétablis dans l'état où nous étions ; cela ne doit-il pas vous persuader ? Moi qui vous parle, voyez ce que je suis aujourd'hui ; reconnaissez-vous votre sœur à l'aveu franc qu'elle a fait de ses folies ? M'auriez-vous cru [2] capable de ce courage-là ? Pouvez-vous vous empêcher de l'estimer, et ne me l'enviez-vous pas vous-même ?

BLAISE. Eh ! morgué, il n'y a qu'à ouvrir les yeux pour nous admirer, sans compter que velà Mademoiselle qui est la propre fille du Gouverneur et qui n'attend que la revenue de voute parsonne pour vous entretenir de vos beaux yeux : ce qui vous sera bian agriable à entendre.

---

1. Texte de l'édition originale. Celle de 1758 porte : *un écerbelé de courtisan*. Il s'agit d'une *lectio facilior*. *Cervelle* s'emploie comme *tête*, au sens de *caractère*. L'expression *un écervelé de courtisan* est faible. Elle résulte peut-être d'une première correction dans laquelle des accents auraient été portés (comme il arrive constamment dans cette édition de 1758) sur les *e* sourds : *uné cerbellé*. Le typographe aurait ensuite corrigé : *un écerbelé*.   **2.** Non-accord du participe dans les éditions de 1727 et 1758. Voir la Note grammaticale, p. 2265.

FLORIS. Oui, donnez-moi la joie de vous voir comme je m'imagine que vous serez. Sortez de cet état indigne de vous, où vous êtes comme enseveli.

FONTIGNAC. Si vous saviez le plaisir qui vous attend dans le plus profond de vous-même !

BLAISE. Velà noute médecin de guari ; il en embrasse tout le monde ; il est si joyeux, qu'il a pensé étouffer un passant. Quand est-ce donc que vous nous étoufferez itou ? Il n'y a pus que vous d'ostiné, avec ce faiseur de vars, qui est rechuté, et ce petit glorieux de philosophe, qui est trop sot pour s'amender, et qui raisonne comme une cruche.

LA COMTESSE. Allons, mon frère, n'hésitez plus, je vous en conjure.

SPINETTE. Il en faut venir là, Monsieur. Il n'y a pas moyen de faire autrement.

LE COURTISAN. Quelle situation !

BLAISE. Que faire à ça ? Quand je songe que voute sœur a bian pu endurer l'avanie que je li avons faite ; la velà pour le dire. Demandez-li si je l'avons *marchandée, et tout ce qu'alle a supporté dans son pauvre esprit, et les bêtises dont je l'avons blâmée ; demandez-li le houspillage.

FLORIS. Eh bien ! nous en croirez-vous ?

LE COURTISAN. Ah ! Madame, quel événement ! je vous demande en grâce de vouloir bien me laisser un moment avec Fontignac.

LA COMTESSE. Oui, mon frère, nous allons vous quitter ; mais, au nom de notre amitié, ne résistez plus.

FONTIGNAC, *à Blaise, à part*. Blaise, né vous éloignez pas, pour mé prêter main-forte si j'en ai bésoin.

BLAISE. Non, je rôderons à l'entour d'ici.

Scène II

LE COURTISAN, FONTIGNAC

LE COURTISAN. Je t'avoue, Fontignac, que je me sens ébranlé.

FONTIGNAC. Jé lé crois : la raison et vous, dans lé fond, vous n'êtes vrouillés qué faute dé vous entendre.

LE COURTISAN. Est-il vrai que ma sœur est convenue de toutes les folies dont elle parle ?

FONTIGNAC. L'histoiré rapporte qu'elle en a fait l'aveu d'une manière exemplaire, en vérité.

LE COURTISAN. Elle qui était si *glorieuse, comment a-t-elle souffert cette confusion-là ?

FONTIGNAC. On dit en effet qué son âme d'abord était en travail. Grand nombre d'exclamations : Où en suis-je ? On rougissait. Il est venu des larmes, un peu dé découragement, dé petites colères brochant sur le tout. La vanité défendait le logis ; mais enfin la raison l'a serrée dé si près, qu'elle l'a, comme on dit, jeté par les fenêtres, et jé régarde déjà la vôtre commé sautée.

LE COURTISAN. Mais dis-moi de quoi tu veux que je convienne ; car voilà mon embarras.

FONTIGNAC. Jé vous fais excuse ; vous êtes fourni ; votre emvarras né peut vénir qué dé l'avondancé du sujet.

LE COURTISAN. Moi, je ne me connais point de ces faiblesses, de ces extravagances dont on peut rougir ; je ne m'en connais point.

FONTIGNAC. Eh bien ! jé vous mettrai en pays dé connaissance !

LE COURTISAN. Vous plaisantez, sans doute, Fontignac ?

FONTIGNAC. Moi, plaisanter dans lé ministère qué j'exerce, quand il s'agit dé guérir un avugle [1] ! Vous n'y pensez pas.

LE COURTISAN. Où est-il donc cet aveugle ?

FONTIGNAC. Monsieur, avrégeons ; la vie est courte ; parlons d'affaire.

LE COURTISAN. Ah ! tu m'inquiètes. Que vas-tu me dire ? Je n'aime pas les critiques.

FONTIGNAC. Jé vous prends sur lé fait. Actuellement vous préludez par une petitesse. Il en est dé vous commé dé ces vases trop pleins ; on né peut les remuer qu'ils né répandent.

LE COURTISAN. Voudriez-vous bien me dire quelle est cette faiblesse par laquelle je prélude ?

FONTIGNAC. C'est la peur qué vous avez qué jé né vous épluche. N'avez-vous jamais vu d'enfant entre les bras dé sa nourrice ? Connaissez-vous lé hochet dont elle agite les grelots pour réjouir lé poupon avecqué la chansonnette ? Qué vous ressemvlez bien à cé poupon, vous autres grands seignurs ! Régardez ceux qui vous approchent, ils ont tous lé hochet à la main ; il faut qué lé grélot joue, et qué sa chansonnette marché. Vous mé régardez ? Qué pensez-vous ?

---

1. Ici, comme dans presque tout le rôle de Fontignac, l'édition de 1758 fait passer le *v* à *b* et écrit *abeuglé*. — On sait que cette graphie représente le son appelé *v* bilabial, intermédiaire entre *b* et *v*, propre au gascon et à l'espagnol.

LE COURTISAN. Que vous oubliez entièrement à qui vous parlez.

FONTIGNAC. Eh ! cadédis, quittez la bavette ; il est bien temps qué vous soyez sévré [1].

LE COURTISAN. Voilà un faquin que je ne reconnais pas. Où est donc le respect que tu me dois ?

FONTIGNAC. Lé respect qué vous démandez, voyez-vous, c'est lé sécouement du grélot ; mais j'ai perdu lé hochet.

LE COURTISAN. Misérable !

FONTIGNAC. Plus dé *quartier, *sandis. Quand un homme a lé bras disloqué, né faut-il pas lé rémettre ? Céla s'en va-t-il sans doulur ? et né va-t-on pas son train ? Cé n'est pas le bras à vous, c'est la tête qu'il faut vous remettre ! tête dé coutisan, cadédis, qué jé vous garantis aussi disloquée à sa façon, qu'aucun bras lé peut être. Vous criérez : Mais jé vous aime, et jé vous avertis qué jé suis sourd.

LE COURTISAN. Si j'en croyais ma colère...

FONTIGNAC. Eh ! cadédis, qu'en feriez-vous ? Lé moucheron à présent vous combattrait à force égale.

LE COURTISAN. Retirez-vous, insolent que vous êtes, retirez-vous.

FONTIGNAC. Pour lé moins entamons lé sujet.

LE COURTISAN. Laissez-moi, vous dis-je ; mon plus grand malheur est de vous voir ici.

---

1. Sous la forme d'une comparaison, voici une nouvelle expression de l'infantilisme des adultes (voir plus haut, p. 699). Deux fois, dans *Le Spectateur*, Marivaux a comparé les hommes assoiffés des plaisirs de vanité à des enfants qui pleurent après des jouets ou des bonbons. Soit dans la quinzième feuille : « Cet homme... [qui réclame des éloges] quel inconvénient y aurait-il à flatter sa faiblesse ? tout aussi peu qu'il y en a à apaiser un enfant qui crie, et dont le bruit vous importune [...] j'ai caressé l'enfant, je lui ai donné du sucre et des bonbons : je triomphais de me trouver si supérieur à lui, et l'enfant s'est apaisé. » (*Journaux et Œuvres diverses*, pp. 198-199.) Et dans la vingt-troisième : « Cela me fait songer à un enfant à qui l'on emporte sa poupée : il crie d'abord : une gouvernante vient qui le console [...]. L'homme est de même ; dérobez-lui le moindre petit plaisir de vanité qu'il attendait, c'est sa poupée, c'est son joujou qu'on lui emporte, et l'enfant de cinquante ou soixante ans crie ; la réflexion, qui est alors sa gouvernante, vient et lui dit... » (*Ibid.*, p. 245.)

Scène III

LE COURTISAN, FONTIGNAC, BLAISE

BLAISE. Queu tintamarre est-ce que j'entends là ? En *dirait d'un papillon qui bourdonne. Qu'avez-vous donc qui vous fâche ?

LE COURTISAN. C'est ce coquin que tu vois qui vient de me dire tout ce qu'il y a de plus injurieux au monde.

Fontignac et Blaise se font des mines d'intelligence.

BLAISE. Qui, li ?

FONTIGNAC. Hélas ! maîtré Blaise, vous savez lé dessein qué j'avais. Monsieur a cru qué jé l'avais piqué, quand jé né faisais encore qu'approcher ma lancetté pour lui tirer lé mauvais sang que vous lui connaissez.

BLAISE. C'est qu'ou êtes un maladroit ; il a bian fait de retirer le bras.

LE COURTISAN. La vue de cet impudent-là m'indigne.

BLAISE. Jarnigué ! et moi itou. Il li appartient bian de fâcher un mignard comme ça, à cause qu'il n'est qu'un petit bout d'homme. Eh bian, qu'est-ce ? Moyennant la raison, il devianra grand.

LE COURTISAN. Eh ! je t'assure que ce n'est pas la raison qui me manque.

BLAISE. Eh ! morgué, quand alle vous manquerait, j'en avons pour tous deux, moi ; ne vous embarrassez pas.

LE COURTISAN. Quoi qu'il en soit, je te suis obligé de vouloir bien prendre mon parti.

BLAISE. Tenez, il m'est obligé, ce dit-il. Y a-t-il rian de si *honnête ? Il n'est déjà pus si *glorieux comme dans ce vaissiau où il ne me regardait pas. Morgué, ça me va au cœur : allons, qu'en se mette à genoux tout à l'heure pour li demander pardon, et qu'an se baisse bian bas pour être à son niviau.

LE COURTISAN. Qu'il ne m'approche pas.

BLAISE, *à Fontignac.* Mais, malheureux ; que li avez-vous donc dit, pour le rendre si rancunier ?

FONTIGNAC. Il né m'a pas donné lé temps, vous dis-je. Quand vous êtes vénu, jé né faisais que *peloter ; jé lé préparais.

BLAISE, *au Courtisan.* Faut que j'accommode ça moi-même ; mais comme je ne savons pas voute vie, je le requiens tant seulement pour m'en bailler la copie. Vous le voulez bian ? Je manierons ça tout doucettement, à celle fin que ça ne vous apporte guère de confusion. Allons, Monsieur de Fontignac, s'il y a des bêtises dans son histoire, qu'en les raconte bian *honnêtement. Où en étiez-vous ?

LE COURTISAN. Je ne saurais souffrir qu'il parle davantage.

BLAISE. Je ne prétends pas qu'il vous parle à vous, car il n'en est pas daigne ; ce sera à moi qu'il parlera à l'écart.

FONTIGNAC. J'allais tomber sur les emprunts dé Monsieur.

LE COURTISAN. Et que t'importent mes emprunts, dis ?

BLAISE, *au Courtisan*. Ne faites donc semblant de rian. *(À Fontignac.)* Vous rapportez des emprunts : qu'est-ce que ça fait, pourvu qu'on rende ?

FONTIGNAC. Sans doute ; mais il était trop *généreux pour payer ses dettes.

BLAISE. Tenez, cet étourdi qui reproche aux gens d'être généreux ! *(Au Courtisan.)* *Stapendant je n'entends pas bian cet *acabit de *générosité-là ; alle a la phisolomie un peu friponne.

LE COURTISAN. Je ne sais ce qu'il veut dire.

FONTIGNAC. Jé m'expliqué : c'est qué Monsieur avait lé cœur grand.

BLAISE. Le cœur grand ! Est-ce que tout y tenait ? le bian de son prochain et le sian ?

FONTIGNAC. Tout juste. Les grandes âmes donnent tout, et né restituent rien [1], et la noblessé dé la sienne étouffait sa justice.

BLAISE, *au Courtisan*. Eh ! j'aimerais mieux que ce fût la justice qui eût étouffé la noblesse.

FONTIGNAC. D'autant plus qué cetté noblesse est cause qué l'on rafle la tavlé dé ses créanciers pour entréténir la magnificence dé la sienne.

BLAISE, *au Courtisan*. Qu'est-ce que c'est que cette avaleuse de magnificence ? ça ressemble à un brochet dans un étang. Vous n'avez pas été si méchamment goulu que ça, peut-être ?

LE COURTISAN, *triste*. J'ai fait tout ce que j'ai pu pour éviter cet inconvénient-là.

BLAISE. Hum ! vous varrez qu'ou aurez *grugé queuque poisson.

FONTIGNAC. Là-bas si vous l'aviez vu caresser tout lé monde, et *verbiager des compliments, promettré tout et né ténir rien !

LE COURTISAN. J'entends tout ce qu'il dit.

---

1. Marivaux a déjà utilisé ce travers des courtisans pour en tirer une scène de *L'Héritier de village* (voir ci-dessus, p. 646 note 2).

BLAISE. C'est qu'il parle trop haut. Il me chuchote qu'ou étiez un donneur de *galbanum ; mais il ne sait pas qu'ou l'entendez.

FONTIGNAC. Qué ditès-vous dé ces gens qui n'ont qué des mensonges sur lé visage ?

BLAISE, *au Courtisan*. Morgué ! je vous en prie, ne portez plus comme ça des bourdes sur la face.

FONTIGNAC. Des gens dont les yeux ont pris l'arrangement dé dire à tout lé monde : Jé vous aime ?

BLAISE, *au Courtisan*. Ça est-il vrai que vos yeux ont arrangé de *vendre du noir ?

FONTIGNAC. Des gens enfin qui, tout en emvrassant lé suvalterne, né lé voient seulement pas. Cé sont des caresses machinales, des bras à ressort qui d'eux-mêmes viennent à vous sans savoir cé qu'ils font.

BLAISE, *au Courtisan*. Ahi ! ça me fâche. Il dit qué vos bras ont un ressort avec lequeul ils embrassont les gens sans le faire exprès. Cassez-moi ce ressort-là ; en *dirait d'un torne-broche quand il est monté.

FONTIGNAC. Cé sont des paroles qui leur tombent dé la bouche ; des ritournelles, dont cependant l'inférieur va sé vantant, et qui lui donnent lé plaisir d'en devenir plus sot qu'à l'ordinaire.

BLAISE. Velà de sottes gens que ces sots-là ! Qu'en dites-vous ? A-t-il raison ?

LE COURTISAN. Que veux-tu que je lui réponde, dès qu'il a perdu tout respect pour un homme de ma condition ?

BLAISE. Morgué, Monsieur de Fontignac, ne badinez pas sur la condition.

FONTIGNAC. Jé né parle qué dé l'homme, et non pas du rang.

BLAISE. Ah ! ça est *honnête, et vous devez être content de la diffarence ; car velà, par exemple, un animal chargé de vivres : et bian ! les vivres sont bons, je serais bian fâché d'en médire ; mais de ceti-là qui les porte, il n'y a pas de mal à dire que c'est un animal, n'est-ce pas ?

FONTIGNAC. Si Monsieur lé permettait, jé finirais par lé récit dé son amitié pour ses égaux.

BLAISE, *au Courtisan*. De l'amiquié ? oui-da, baillez-li cette libarté-là, ça vous ravigotera.

FONTIGNAC. Un jour vous vous trouviez avec un dé ces Messieurs. Jé vous entendais vous entréfriponner tous deux. Rien dé plus affétueux qué vos témoignages d'affétion réciproque. Jé tâchai dé rété-

nir vos paroles, et j'en traduisis un pétit lamveau. Sandis ! lui disiez-
vous, jé n'estime à la cour personne autant qué vous ; jé m'en fais
fort, jé lé dis partout, vous devez lé savoir ; cadédis, j'aime l'honnur,
et vous en avez. De ces discours en voici la traduction : Maudit
concurrent dé ma fortune, jé té connais, tu né vaux rien ; tu mé
perdrais si tu pouvais mé perdre, et tu penses qué j'en ferais dé
même. Tu n'as pas tort ; mais né lé crois pas, s'il est possible. Laissé-
toi duper à mes expressions. Jé mé travaille pour en trouver qui té
persuadent, et jé mé montre persuadé des tiennes. Allons, tâche dé
mé croire imvécile, afin dé lé dévenir à ton tour ; donné-moi ta main,
qué la mienne la serre. Ah ! sandis, qué jé t'aime ! Régarde mon
visage et touté la tendressé dont jé lé frelate. Pense qué jé t'affé-
tionne, afin dé né mé plus craindre. Dé grâce, maudit fourbe, un
peu dé crédulité pour ma mascarade. Permets qué jé t'endorme, afin
qué jé t'en égorge plus à mon aise[1].

BLAISE. Tout ça ne voulait donc dire qu'un coup de coutiau ? Ou
avez donc le cœur bien traîtreux, vous autres !

LE COURTISAN. Aujourd'hui il dit du mal de moi ; autrefois il faisait
mon éloge.

FONTIGNAC. Ah ! lé fourbe qué j'étais ! Monsieur, jé les ai pleuré
ces éloges, jé les ai pleuré[2], lé coquin vous louait, et né vous en
estimait pas davantagé.

BLAISE. Ça est vrai, il m'a dit qu'il vous attrapait comme un
innocent.

FONTIGNAC. Jé vous berçais, vous dis-jé. Jé vous voyais affamé dé
dupéries, vous en démandiez à tout le monde : donnez-m'en, donnez-m'en. Jé vous en donnais, jé vous en gonflais, j'étais à même :
la fiction mé fournissait mes matières ; c'était lé moyen dé n'en pas
manquer.

LE COURTISAN. Ah ! que viens-je d'entendre ?

FONTIGNAC, *à Blaise.* Cet emvarras qui lé prend serait-il l'avant-
coureur de la sagesse ?

BLAISE. Faut savoir ça. *(Au Courtisan.)* Voulez-vous à cette heure
qu'il vous demande pardon ? Êtes-vous assez robuste pour ça ?

_____

1. Cette réflexion sur l'hypocrisie mondaine est fondamentale dans la pensée de Marivaux. Il y a consacré plusieurs feuilles du *Cabinet du philosophe*,
sous la forme d'un récit symbolique, le *Voyage au Monde vrai*. On le trouvera
dans le volume des *Journaux et Œuvres diverses*, quatrième section (pp. 389-
437).   **2.** Texte original (sur le non-accord du participe, voir la Note grammaticale, p. 2265). L'édition de 1758 corrige *pleuré* en *pleurés*.

LE COURTISAN. Non, il n'est plus nécessaire. Je ne le trouve plus coupable.

BLAISE. Tout de bon ? *(À Fontignac.)* Chut ! ne dites mot ; regardez aller sa taille, alle court la poste. Ahi ! encore un *chiquet ; courage ! Que ces courtisans ont de peine à s'amender ! Bon ! le velà à point : velà le niviau. *(Il le mesure avec lui.)*

LE COURTISAN, *qui a rêvé, leur tend la main à tous deux.* Fontignac, et toi, mon ami Blaise, je vous remercie tous deux.

BLAISE. Oh ! oh ! vous vous amendiez donc en tapinois ? Morgué ! vous revenez de loin !

FONTIGNAC. *Sandis, j'en suis tout extasié ; il faut qué jé vous quitte, pour en porter la nouvelle à la fille du Gouvernur.

BLAISE, *à Fontignac.* C'est bian dit, courez toujours. *(Au Courtisan.)* Alle vous aimera comme une folle.

Scène IV

LE COURTISAN, BLAISE, BLECTRUE, LE POÈTE, LE PHILOSOPHE [1]

BLECTRUE. Arrête ! arrête !

Le Courtisan se saisit du Philosophe et Blaise du Poète.

BLAISE. D'où viant donc ce tapage-là ?

BLECTRUE. C'est une chose qui mérite une véritable compassion. Il faut que les dieux soient bien ennemis de ces deux petites créatures-là ; car ils ne veulent rien faire pour elles.

LE COURTISAN, *au Philosophe.* Quoi ! vous, Monsieur le Philosophe, vous, plus incapable que nous de devenir raisonnable, pendant qu'un homme de cour, peut-être de tous les hommes le plus frappé d'illusion et de folie, retrouve la raison ? Un philosophe plus égaré qu'un courtisan ! Qu'est-ce que c'est donc qu'une science où l'on puise plus de corruption que dans le commerce du plus grand monde ?

LE PHILOSOPHE. Monsieur, je sais le cas qu'un courtisan en peut faire : mais il ne s'agit pas de cela. Il s'agit de cet impertinent-là qui a l'audace de faire des vers où il me satirise.

BLECTRUE. Si vous appelez cela des vers, il en a fait contre nous

---

1. (*Le Poète et le Philosophe sont en train de se battre*).

tous en forme de requête, qu'il adressait au Gouverneur, en lui demandant sa liberté ; et j'y étais moi-même accommodé on ne peut pas mieux[1].

BLAISE. Misérable petit faiseur de varmine ! C'est un var qui en fait d'autres[2] ; mais morgué ! que vous avais-je fait pour nous mettre dans une requête qui nous blâme ?

LE POÈTE. Moi, je ne vous veux pas de mal.

LE COURTISAN. Pourquoi donc nous en faites-vous ?

LE POÈTE. Point du tout ; ce sont des idées qui viennent et qui sont plaisantes ; il faut que cela sorte ; cela se fait tout seul. Je n'ai fait que les écrire, et cela aurait diverti le Gouverneur, un peu à vos dépens, à la vérité ; mais c'est ce qui en fait tout le sel ; et à cause que j'ai mis quelque épithète un peu maligne contre le Philosophe, cela l'a mis en colère. Voulez-vous que je vous en dise quelques morceaux ? Ils sont heureux.

LE PHILOSOPHE. Poète insolent !

LE POÈTE, *se débattant entre les mains du Courtisan.* Il faut que mon épigramme soit bonne, car il est bien piqué.

LE COURTISAN. Faire des vers en cet état-là ! cela n'est pas concevable.

BLAISE. Faut que ce soit un *acabit d'esprit enragé.

LE COURTISAN. Ils se battront, si on les lâche.

BLECTRUE. Vraiment je suis arrivé comme ils se battaient ; j'ai voulu les prendre, et ils se sont enfui[3] : mais je vais les séparer et les remettre entre les mains de quelqu'un qui les gardera pour toujours. Tout ce qu'on peut faire d'eux, c'est de les nourrir, puisque ce sont des hommes, car il n'est pas permis de les étouffer. Donnez-moi-les, que je les confie à un autre.

LE PHILOSOPHE. Qu'est-ce que cela signifie ? Nous enfermer ? je ne le veux point.

BLAISE. Tenez, ne velà-t-il pas un homme bian peigné pour dire : je veux !

LE PHILOSOPHE. Ah ! tu parles, toi, manant. Comment t'es-tu guéri ?

BLAISE. En devenant sage. *(Aux autres.)* Laissez-nous un peu dire.

---

1. Ces vers satiriques, quoi qu'on en ait dit, évoquent plutôt J.-B. Rousseau que Voltaire.   2. Ce jeu de mots, familier aux burlesques et aux précieuses, est renouvelé par l'emploi métaphorique de *ver*, qui est en rapport avec le sujet même de la pièce.   3. Sur le non-accord du participe, voir la Note grammaticale, p. 2265.

LE PHILOSOPHE. Et qu'est-ce que c'est que cette sagesse ?

BLAISE. C'est de n'être pas fou.

LE PHILOSOPHE. Mais je ne suis pas fou, moi ; et je ne guéris pourtant pas.

LE POÈTE. Ni ne guériras.

BLAISE, *au Poète.* Taisez-vous, petit sarpent. *(Au Philosophe.)* Vous dites que vous n'êtes pas fou, pauvre rêveux : qu'en savez-vous si vous ne l'êtes pas ? Quand un homme est fou, en sait-il queuque chose ?

BLECTRUE. Fort bien.

LE PHILOSOPHE. Fort mal ; car ce manant est donc fou aussi.

BLAISE. Eh ! pourquoi ça ?

LE PHILOSOPHE. C'est que tu ne crois pas l'être.

BLAISE. Eh bian ! morgué, me velà pris ; il a si bian *ravaudé ça que je n'y connais pus rian ; j'ons peur qu'il ne me gâte.

LE COURTISAN. Crois-moi, ne te joue point à lui. Ces gens-là sont dangereux.

BLAISE. C'est pis que la peste. Emmenez ce marchand de çarvelle, et fourrez-moi ça aux Petites-Maisons ou bian aux Incurables.

LE PHILOSOPHE. Comment, on me fera violence ?

BLECTRUE. Allons, suivez-moi tous deux.

LE POÈTE. Un poète aux Petites-Maisons !

BLAISE. Eh ! pargué, c'est vous mener cheux vous.

BLECTRUE. Plus de raisonnement, il faut qu'on vienne.

BLAISE. Ça fait compassion[1]. *(Au Courtisan, à part.)* Tenez-vous

---

1. Le châtiment du philosophe, on s'en souvient, était pronostiqué dès le *Télémaque travesti* (voir la notice, pp. 658-659). Marivaux s'y inspirait de Fénelon, qui faisait condamner le philosophe pour avoir « rapporté à lui-même toute sa vertu ». Mais le passage, dans le *Télémaque travesti*, est beaucoup plus concret : « On amena un philosophe aux trois juges, accusé de n'avoir point cru de Dieu ; les trois juges l'examinèrent, il leur conta des fariboles, et dit que, s'il avait ici ses livres, qu'ils verraient bien qu'il avait eu raison de ne rien croire. Savais-tu que tu viendrais ici ? lui répondit un juge nommé Minos. Non, Monsieur, lui repartit le philosophe. Oh bien, dit le juge, tu vois bien que nous n'avons que faire de tes livres pour te prouver que tu étais un sot, car les auteurs de tes livres n'en savaient pas plus que toi, ainsi ils ont tort de t'enseigner ce qu'ils ne connaissent pas ; je vois au travers de ton cœur que tu étais glorieux, que tu croyais avoir plus d'esprit que tous les hommes de la terre. Belle philosophie de cartes [c'est-à-dire de rien, de néant] qui induit au mépris de son semblable ; housse, tu vas avoir ton paquet. » (*Œuvres de jeunesse*, p. 916.) Suit le passage cité dans la notice.

grave, car j'aparçois la damoiselle d'ici qui vous contemple. Souvenez-vous de voute gloire, et aimez-la bian fiarement.

Scène V

FLORIS, LE COURTISAN, BLAISE

FLORIS. Enfin, le Ciel a donc exaucé nos vœux.

LE COURTISAN. Vous le voyez, Madame.

BLAISE. Ah ! c'était biau à voir !

FLORIS. Que vous êtes aimable de cette façon-là !

LE COURTISAN. Je suis raisonnable, et ce bien-là est sans prix ; mais, après cela, rien ne me flatte tant, dans mon aventure, que le plaisir de pouvoir vous offrir mon cœur.

BLAISE. Ah ! nous y velà avec son cœur qui va bailler [1]... Apprenez-li un peu son devoir de criauté.

LE COURTISAN. De quoi ris-tu donc ?

BLAISE. De rian, de rian ; vous en aurez avis. Dites, Madame ; je m'arrête ici pour voir comment ça fera.

FLORIS. Vous m'offrez votre cœur, et c'est à moi à vous offrir le mien.

LE COURTISAN. Je me rappelle en effet d'avoir entendu parler ma sœur dans ce sens-là. Mais en vérité, Madame, j'aurais bien honte de suivre vos lois là-dessus : quand elles ont été faites, vous n'y étiez pas ; si on vous avait vue, on les aurait changées.

BLAISE. Tarare ! on en aurait vu mille comme elle, que ça n'aurait rian fait. Guarissez de cette autre infirmité-là.

FLORIS. Je vous conjure, par toute la tendresse que je sens pour vous, de ne me plus tenir ce langage-là.

BLAISE. Ça nous ravale trop : je sommes ici la force, et velà la faiblesse.

FLORIS. Souvenez-vous que vous êtes un homme, et qu'il n'y aurait rien de si indécent qu'un abandon si subit à vos *mouvements. Votre cœur ne doit point se donner ; c'est bien assez qu'il se laisse surprendre. Je vous instruis contre moi ; je vous apprends à me résister, mais en même temps à mériter ma tendresse et mon estime. Ménagez-moi donc l'honneur de vous vaincre ; que votre amour soit le prix du mien, et non pas un pur don de votre faiblesse : n'avilissez

---

1. Texte de l'originale. L'édition de 1781 corrige *qui va bailler* en *qu'il va bailler*.

point votre cœur par l'impatience qu'il aurait de se rendre ; et pour vous achever l'idée de ce que vous devez être, n'oubliez pas qu'en nous aimant tous deux, vous devenez, s'il est possible, encore plus *comptable de ma vertu que je ne la suis moi-même.

BLAISE. Pargué ! vélà des lois qui connaissont bian la femme, car ils ne s'y fiont guère.

LE COURTISAN. Il faut donc se rendre à ce qui vous plaît, Madame ?

FLORIS. Oui, si vous voulez que je vous aime.

LE COURTISAN, *avec transport*. Si je le veux, Madame ? mon bonheur...

FLORIS. Arrêtez, de grâce, je sens que je vous mépriserais.

BLAISE. Tout *bellement ; tenez voute amour à deux mains : vous allez comme une brouette.

FLORIS. Vous me forcerez à vous quitter.

LE COURTISAN. J'en serais bien fâché.

BLAISE. Que ne dites-vous que vous en serez bien aise ?

LE COURTISAN. Je ne saurais parler comme cela.

FLORIS. Vous ne sauriez donc vous vaincre ? Adieu, je vous quitte ; mon penchant ne serait plus raisonnable.

BLAISE. Ne vélà-t-il pas encore une taille qui va dégringoler ?

LE COURTISAN, *à Floris qui s'en va*. Madame, écoutez-moi : quoique vous vous en alliez, vous voyez bien que je ne vous arrête point ; et assurément vous devez, ce me semble, être contente de mon indifférence. Quand même vous vous en iriez tout à fait, j'aurais le courage de ne vous point rappeler.

FLORIS. Cette indifférence-là ne me rebute point ; mais je ne veux point la *fatiguer à présent, et je me retire.

Scène VI

LE COURTISAN, BLAISE

LE COURTISAN, *soupirant*. Ah !

BLAISE. Ne bougez pas ; consarvez voute dignité humaine ; aussi bian, je vous tians par le pourpoint.

LE COURTISAN. Mais, mon cher Blaise, elle est pourtant partie.

BLAISE. Qu'alle soit[1] ; alle a d'aussi bonnes jambes pour revenir que pour s'en aller.

---

1. On est tenté de corriger *qu'alle soit* en *qu'al le soit* — mais Marivaux écrit toujours *alle* pour le pronom personnel féminin — ou *qu'alle le soit* :

LE COURTISAN. Si tu savais combien je l'aime !

BLAISE. Oh ! je vous parmets de me conter ça à moi, et il n'y a pas de mal à l'aimer en cachette ; ça est *honnête ; et mêmement ils disont ici que pus en aime sans le dire, et pus ça est biau ; car en souffre biaucoup, et c'est cette souffrance-là qui est daigne de nous, disont-ils. Cheux nous les femmes de bian ne font pas autre chose. N'avons-je pas une maîtresse itou, moi ? une jolie fille, qui me poursuit avec des civilités et de petits mots qui sont si *friands ? Mais, morgué, je me tians coi. Je vous la rabroue, faut voir ! Alle n'aura la consolation de me gagner que tantôt. Morgué ! tenez, je l'aparçois qui viant à moi. Je vas tout à cette heure vous enseigner un bon exemple. Je sis pourtant affollé d'elle. *Stapendant, regardez-moi mener ça. Voyez la *suffisance de mon comportement. Boutez-vous là, sans mot dire.

Scène VII

LE COURTISAN, BLAISE, FONTIGNAC, L'INSULAIRE [1]

FONTIGNAC, *au Courtisan.* Permettez, Monsieur, qué jé parle à Blaise, et lui présente une requête dont voici le sujet. *(En montrant l'insulaire.)*

BLAISE. Ah ! ah ! Monsieur de Fontignac, ou êtes un fin marle, vous voulez me prendre sans *vart. Eh bien ! le sujet de voute requête, à quoi prétend-il !

FONTIGNAC. D'abord à votre cœur, ensuite à votre main.

L'INSULAIRE. Voilà ce que c'est.

BLAISE. C'est *coucher bien gros tout d'une fois. Voilà bian des affaires. Traite-t-on du cœur d'un homme comme de ceti-là d'une femme ? faut bian d'autres çarimonies.

FONTIGNAC. Jé mé suis pourtant fait fort dé votré consentement.

L'INSULAIRE. J'ai compté sur l'amitié que vous avez pour Fontignac.

BLAISE. Oui ; mais voute compte n'est pas le mian : j'avons une autre arusmétique.

---

la faute typographique s'expliquerait en effet aisément par un « bourdon ». Mais cette correction n'est pas absolument indispensable. Des groupes comportant deux liquides de suite (*le li, le lui,* etc.) se réduisent couramment à une seule dans le patois parisien, ainsi d'ailleurs que dans la langue populaire. Il suffit de comprendre *qu'alle le soit* et de prononcer de cette façon, avec un *l* géminé.

1. L'insulaire est la femme qui était déjà apparue acte II, sc. V.

FONTIGNAC. Né vous en défendez point. Il est temps qué votre modestie cède la victoire. Jé sais qu'ellé vous plaît, cette tendre et charmante fille.

BLAISE. Eh ! mais, en vérité, taisez-vous donc, vous n'y songez pas. Il me viant des rougeurs que je ne sais où les mettre.

L'INSULAIRE. Mon dessein n'est pas de vous faire de la peine : et s'il est vrai que vous ne puissiez avoir du retour...

BLAISE. Je ne dis pas ça.

FONTIGNAC. Achévons donc. Qué tant dé mérite vous touche !

BLAISE, *au Courtisan.* En avez-vous assez vu ? Ça commence à me rendre las. Je vais signer la requête [1].

LE COURTISAN. Finis.

FONTIGNAC. L'ami Blaise, j'entends qué Monsieur vous encourage.

BLAISE, *à l'Insulaire.* Morgué ! il n'y a donc pus de répit ; ou êtes bian pressée, ma mie ?

L'INSULAIRE. N'est-ce pas assez disputer ?

BLAISE. Eh bian ! ce cœur, pisque vous le voulez tant, ou avez bian fait de le prendré, car, *jarnicoton ! je ne vous l'aurais pas baillé.

L'INSULAIRE. Me voilà contente.

BLAISE, *voyant Floris.* Tant mieux. Mais ne causons pus ; velà une autre amoureuse qui viant. *(Au Courtisan.)* Préparez-li une bonne moue, et regardez-moi-la par-dessus les épaules.

Scène VIII

LE COURTISAN, BLAISE, FONTIGNAC, L'INSULAIRE, FLORIS

FLORIS. Je reviens. Je n'étais sortie que pour vous éprouver, et vous n'avez que trop bien soutenu cette épreuve. Votre indifférence même commence à m'alarmer.

Le Courtisan la regarde sans rien dire.

BLAISE, *à Floris.* Vous n'êtes pas encore si malade.

FLORIS. Faites-moi la grâce de me répondre.

LE COURTISAN. J'aurais peur de finir vos alarmes, que je ne hais point.

---

1. L'expression en évoque une semblable dans la bouche d'un autre personnage, le chevalier gascon de *L'Heureux Stratagème* : « Ses yeux [...] mé sollicitent lé cœur, ils démandent réponsé : mettrai-je *bon* au bas de la réquête ? » (Acte I, sc. XVI.)

Blaise. Ça est bon ; ça tire *honnêtement à sa fin.

Floris. Mes alarmes que vous ne haïssez point ? Expliquez-vous plus clairement.

Le Courtisan la regarde sans répondre.

Blaise. Morgué ! velà des yeux bian clairs !

Floris. Ils me disent que vous m'aimez.

Blaise. C'est qu'ils disent ce qu'ils savent.

Fontignac. Cé sont des échos.

Floris. Les en avouez-vous ?

Le Courtisan. Vous le voyez bien.

Blaise. Ça est donc *bâclé ?

Floris. Oui, cela est fait : en voilà assez ; et je me charge du reste auprès de mon père.

Fontignac. Vous n'irez pas lé chercher, car il entre.

Scène IX

LE GOUVERNEUR, PARMENÈS, FLORIS, L'INSULAIRE, LE COURTISAN, LA COMTESSE, FONTIGNAC, SPINETTE, LE PAYSAN

La Comtesse. Oui, Seigneur, mettez le comble à vos bienfaits : je vous ai mille obligations ; joignez-y encore la grâce de m'accorder votre fils.

Le Gouverneur. Vous lui faites honneur, et je suis charmé que vous l'aimiez.

La Comtesse. Tendrement.

Blaise. En rirait bian dans noute pays de voir ça.

Le Gouverneur. Mais c'est pourtant à vous à décider, mon fils ; aimez-vous Madame ?

Parmenès, *honteusement.* Oui, mon père.

Floris. J'ai besoin de la même grâce, mon père, et je vous demande Alvarès.

Le Gouverneur. Je consens à tout. *(En montrant Spinette.)* Et cette jolie fille ?

Blaise. Je vas faire son compte. *(À Fontignac.)* Vous m'avez tantôt présenté une requête, Fontignac ; je vous la rends toute *brandie pour noute amie Spinette. Que dites-vous à ça ?

Fontignac. Jé rougis sous lé chapeau.

BLAISE. Ça veut dire : tope. Où est donc le notaire pour tous ces mariages, et pour écrire le contrat ?

LE GOUVERNEUR. Nous n'en avons point d'autre ici que la présence de ceux devant qui on se marie. Quand on a de la raison, toutes les conventions sont faites[1]. Puissent les dieux vous combler de leurs faveurs ! Quelques-uns de vos camarades languissent encore dans leur malheur ; je vous exhorte à ne rien oublier pour les en tirer. L'usage le plus digne qu'on puisse faire de son bonheur, c'est de s'en servir à l'avantage des autres. Que des fêtes à présent annoncent la joie que nous avons de vous voir devenus raisonnables.

DIVERTISSEMENT[2]

M. LEGRAND *chante.*

Livrez-vous, jeunes cœurs, au dieu de la tendresse ;
Vous pouvez, sans faiblesse,
Former d'amoureux sentiments.
La Raison, dont les lois sont prudentes et sages,
Ne vous défend pas d'être amants,
Mais d'être amants volages.

---

1. On a parfois interprété ce passage comme une apologie de l'amour libre. Dans une autre utopie de sa jeunesse, insérée dans les *Effets surprenants de la sympathie*, l'héroïne introduit chez les « sauvages » des formalités très simplifiées, et il en est de même dans l'épisode des Abénaquis du *Cleveland* de l'abbé Prévost. Comme, dans les comédies du temps, la signature du contrat de mariage représente, par convention, le mariage lui-même, on comprend que son abolition puisse faire songer à l'abolition du mariage. Pourtant, il faut observer que la signature d'un contrat n'a rien à voir avec la validité du mariage : elle en fixe seulement les clauses financières. Or, ce problème ne se pose plus dans une île, où, comme dans l'épisode cité des *Effets de la sympathie*, semble régner une sorte de communisme (voir acte II, sc. II, *Blaise* [...] : « Est-ce que la pitance vous manque ici ? »).   **2.** Nathalie Rizzoni a découvert que ce divertissement est dû à Pannard (comme ceux du *Triomphe de Plutus*, de *La Nouvelle Colonie* et de *L'École des mères*). Voir N. Rizzoni, *Charles-François Pannard et l'esthétique du « petit »*, SVEC 2000 : 01, Oxford Voltaire Foundation, 2000, pp. 62-75.

I. Menuet

dansé par Mlles Jouvenot, La Motte et Labatte.
Mlle Legrand *chante.*

Quel plaisir de voir l'Amour,
Dans cet heureux séjour,
À la Raison faire sa cour !
Que ses armes
Ont pour nous de charmes !
Tous nos désirs,
Tous nos soupirs
Sont des plaisirs.

II. Menuet

dansé par Mlles Jouvenot, La Motte et Legrand.
Mlle Labatte *chante.*

Jamais aucun regret ne vient troubler nos cœurs,
Dans cette île charmante,
D'une flamme innocente
Nous y ressentons [1] les ardeurs,
Et la Raison gouverne les faveurs
Que l'Amour nous présente.

Vaudeville

I. *Couplet par M. Dufresne.*

Toi qui fais l'important,
Ta superbe apparence,
Tes grands airs, ta dépense,
Séduisent un peuple ignorant ;
Tu lui parais un colosse, un géant.
Ici, ta grandeur cesse ;
On voit ta petitesse,
Ton néant, ta bassesse ;
Tu n'es enfin, chez la Raison,
Qu'un petit garçon,
Qu'un embryon,
Qu'un myrmidon.

---

1. 1758 : *Nous éprouvons tous.*

II. *Couplet par M. Du Mirail*

Philosophe arrogant,
Qui te moques sans cesse
De l'humaine faiblesse,
Tu t'applaudis d'en être exempt :
Dans l'univers tu te crois un géant.
Par la moindre disgrâce,
Ton courage se passe,
Ta fermeté se lasse.
Tu n'es plus, avec ta raison,
Qu'un petit garçon,
Qu'un embryon,
Qu'un myrmidon.

III. *Couplet par Mlle Jouvenot*

Mortel indifférent,
Qui sans cesse déclames
Contre les douces flammes
Que fait sentir le tendre enfant,
Auprès de lui tu te crois un géant.
Qu'un bel œil se présente,
Sa douceur séduisante
Rend ta force impuissante.
Tu n'es plus, contre Cupidon,
Qu'un petit garçon,
Qu'un embryon,
Qu'un myrmidon.

IV. *Couplet par Mlle Legrand*

Qu'un nain soit opulent,
Malgré son air grotesque
Et sa taille burlesque,
Grâce à Plutus, il paraît grand :
L'or et l'argent de lui font un géant,
Mais sans leur assistance,
La plus belle prestance
Perd son crédit en France ;

Et l'on n'est, quand Plutus dit non,
Qu'un petit garçon,
Qu'un embryon,
Qu'un myrmidon.

V. *Couplet par Mlle Quinault*

Que tu semblais ardent,
Mari, quand tu pris femme !
De l'excès de ta flamme
Tu lui parlais à chaque instant :
Avant l'hymen, tu te croyais géant.
Six mois de mariage
De ce hardi langage
T'ont fait perdre l'usage.
Tu n'es plus, pauvre fanfaron,
Qu'un petit garçon,
Qu'un embryon,
Qu'un myrmidon.

VI. *Couplet par M. Quinault*[1]

Il n'y a pas longtemps
Que j'avais la barlue.
Ma foi, j'étais bian grue !
Chez vous, Messieurs les courtisans,
Je croyais voir les plus grands des géants.
Aujourd'hui la leunette
Que la raison me prête
Rend ma visière nette.
Je vois dans toutes vos façons,
Des petits garçons,
Des embryons,
Des myrmidons.

---

1. L'édition de 1758 précise simplement : *un paysan*. Il semble qu'on ait voulu effacer le souvenir des représentations de 1727.

VII. *Couplet par Mlle Quinault, au parterre*

Partisans du bon sens,
Vous, dont l'heureux génie
Fut formé par Thalie,
Nous en croirons vos jugements.
Chez vous, des nains ne sont point des géants.
Si notre comédie
Par vous est applaudie,
Nous craindrons peu l'envie,
Vous contraindrez[1], par vos leçons,
Les petits garçons,
Les embryons,
Les myrmidons.

---

1. L'édition originale porte : *vous contiendrez*.

LA SECONDE SURPRISE
DE L'AMOUR

Comédie en trois actes, en prose
représentée pour la première fois
par les Comédiens-Français
le 31 décembre 1727

NOTICE

« L'auteur a un fond d'imagination qui produit souvent d'aussi bonnes choses que d'autres fois de très mauvaises, mais toujours du nouveau ; il a étudié à fond les mouvements secrets du cœur et de l'esprit, et y a fait des découvertes pour la morale moderne. Il ne se pique pas de faire des vers, il a presque toujours travaillé pour les Italiens, et ce n'est que depuis quelque temps qu'il a fait connaissance avec la troupe française. Il a fait la première *Surprise de l'amour* pour les Italiens, et celle-ci fut nommée pour cela la seconde. En réchauffant le même sujet, il y a beaucoup corrigé et rectifié d'après la critique ; on a blâmé ici le rôle d'Hortensius, qui n'a pas en effet grand sel. D'abord cette pièce tomba malgré la peine que se donna la d^lle Lecouvreur d'y jouer le rôle de la marquise, où elle faisait merveille ; les gens de bon goût, à force de se récrier, y rappelèrent les succès et le concours du public.

« On peut dire que les trois actes sont trop courts pour le chemin que doivent faire les sentiments dans cette pièce. Le sujet a quelque chose de *La Matrone d'Éphèse*. Celui-ci est plus grossièrement traité, et le tempérament y fait ce que le sentiment fait dans notre pièce. »

En ces quelques lignes, par lesquelles s'ouvre la notice consacrée à la seconde *Surprise de l'amour* par un témoin contemporain, le marquis d'Argenson[1], se trouvent évoqués plusieurs problèmes importants et délicats relatifs à la pièce qui, pendant tout le XVIIIe siècle, représenta le génie de Marivaux sur la scène du Théâtre-Français : sources, genèse et remaniements, rapports avec la première *Surprise*, jeu des acteurs, accueil du public et de la critique.

Mais d'abord, pourquoi « réchauffer » ce sujet de *La Surprise de l'amour* ? S'agissait-il pour Marivaux d'exploiter au profit du Théâtre-Français le succès remporté chez les Italiens par la première

---

1. Bibliothèque de l'Arsenal, manuscrit n° 3450, f° 102.

Surprise ? Ce n'est pas impossible, mais, vue sous cet angle, l'entreprise comportait plus de risques que d'avantages. En fait, en adoptant pour la nouvelle pièce un titre déjà employé, Marivaux va au-
devant des critiques qu'on ne manquera pas de lui faire à propos de
la ressemblance des sujets. Mieux, il affirme sa virtuosité souveraine
en recourant au difficile procédé de la variation sur un thème connu.
Tout le problème est alors de combler et de tromper l'attente du
spectateur par un subtil mélange d'inédit et de déjà connu. Deux
personnes très éloignées, au début de la pièce, de l'idée qu'elles
pourraient un jour aimer ont pris au troisième acte la décision de
s'épouser : voilà pour le connu[1], et il semble qu'avec cela tout soit
dit. Reste pourtant à renouveler cette matière, et c'est où se pose la
question des sources.

La mention par le marquis d'Argenson de *La Matrone d'Éphèse* ne
renvoie pas à proprement parler à une source. Mais on peut au
moins en retenir que, pour nourrir son inspiration, Marivaux a puisé
à une tradition qui remonte aux fables milésiennes, quoique La Fontaine l'ait rajeunie dans *La Jeune Veuve*[2] : selon cette tradition, les
veuves éplorées se consolent plus facilement encore que les autres
dans de nouvelles amours. Mais ce qui est plus important encore,
dans le cas de Marivaux, c'est de voir comment une idée s'incarne
chez lui sous la forme d'une situation romanesque, avant de devenir
matière dramatique. Or, dès son premier roman, *Les Effets surprenants de la sympathie* (1713), il met en scène une confidente, Philine, qui tente de consoler sa maîtresse de la perte de son amant :

« Je ne vous dis pas de vaincre votre amour, il vous est impossible
de le faire encore ; mais enfin efforcez-vous de surmonter vos ennuis
[...]. Vous êtes ingénieuse à vous tourmenter vous-même, répondit
Philine. Dans une douleur récente, on aime à se persuader qu'elle
ne finira jamais ; on craint de se rendre aux raisons qui tendent à
l'adoucir. Mais Madame, si je ne réussis point à diminuer vos peines,
ne les rendez pas du moins plus cruelles qu'elles ne sont[3]. »

Sans doute les conventions romanesques empêchent-elles que la
suivante ne soit écoutée si vite. Mais dès le *Pharsamon*, qui est à
peine postérieur, l'issue est bien différente, et l'on a affaire à une

---

1. Quelques détails sont semblables dans les deux pièces, notamment
celui du jardin commun aux deux personnages. Mais seule la première *Surprise* se déroule dans ce jardin. La seconde se passe chez la marquise.
2. On sait que Voltaire le reprendra aussi dans *Zadig*.   **3.** P. 32.

véritable « surprise de l'amour ». Il s'agit de l'histoire du Solitaire, l'un des plus gracieux épisodes de ce roman trop oublié[1]. Pharsamon, un jeune gentilhomme de campagne, est parti à l'aventure, nouveau Don Quichotte, avec son valet Colin, baptisé Cliton pour la circonstance. Il rencontre d'abord une jeune fille, Cidalise, aussi romanesque que lui, et comme il a l'occasion de lui porter secours, il croit, par point d'honneur, devoir en tomber amoureux. L'intervention des parents met fin à l'équipée. Une nouvelle escapade amène Pharsamon et son écuyer dans une « solitude » au milieu des bois. Ils y sont reçus par un beau jeune homme, qu'accompagne un serviteur du même âge. Il s'agit en réalité de deux jeunes filles. La maîtresse, Clorine, a renoncé au monde et s'est retirée en ce lieu après la fin tragique d'un premier amour : le jeune homme qu'elle aimait a été tué au moment où il tentait de l'enlever. Sa suivante a également perdu son fiancé, tué sur un champ de bataille. Ainsi se trouve exactement réalisée la combinaison de personnages propres à la seconde *Surprise* : un couple de jeunes gens dont l'un, la jeune fille, a perdu son amant ou son mari par la mort, et l'autre, le jeune homme, est privé de sa bien-aimée par une absence qui risque d'être définitive ; un couple de domestiques ayant eu les mêmes malheurs et les pleurant en style burlesque. Les ressemblances ne se limitent pas là. Ainsi, le caractère assez inhabituel de Lubin, dans la comédie, n'est ni celui du valet à la façon des Frontin et des Lépine ni celui du paysan traditionnel, comme les Lucas et les Pierrot. Il s'explique en revanche parfaitement par sa filiation : le Colin dont il procède n'est pas exactement un paysan. Il est le fils d'une paysanne qui servait au château, et il se vante de ressembler au seigneur du village. C'est un « gros garçon » gaillard, au parler rustique, mais qui ne patoise pas. Par lui, Lubin se rattache, fait rare dans les comédies de Marivaux, à la lignée des Brideron et des Jacob.

Cependant, la parenté la plus frappante entre l'épisode romanesque et la comédie réside dans une atmosphère commune. Quoique Marivaux ait abandonné pour la pièce le lieu de scène du roman, cette « solitude » propre à favoriser un état d'âme romanesque chez les protagonistes, le piège tendu par l'amour prend dans les deux cas le même visage. Il n'est pas, comme dans la première *Surprise*, l'envie qu'on éprouve d'être aimé de « qui ne se soucie pas de vous » : piège de vanité en quelque sorte. À plus forte

---

1. P. 463 et suiv.

raison, il n'est pas, comme dans *La Matrone d'Éphèse*, affaire de tempérament : d'Argenson le note fort justement[1]. Ce piège existe pourtant, bien plus subtil que ceux qu'on vient d'évoquer. Il tient au charme insidieux d'une mélancolie où se complaisent les personnages et qui dispose leur cœur à se livrer à tous ses mouvements. Dans la pièce comme dans le roman, c'est d'abord la « conformité de leurs malheurs » qui rapproche les deux jeunes gens. Viennent ensuite les confidences, où ils prennent un dangereux plaisir. La surprise les guette, comme elle a fini de guetter et a fait succomber à moindres frais le couple subalterne. Il est vrai que, dans le récit, Pharsamon n'y succombe pas, par fidélité chimérique à une Cidalise qui ne vaut pas Clorine : mais c'est bien la preuve qu'il est fou, au point que les fumigations d'un empirique seront nécessaires pour le guérir à la fin du roman. Dans la pièce, toutes les manœuvres d'Hortensius et du comte retardent à peine le dénouement escompté.

Le dernier élément de nouveauté dans la seconde *Surprise* est la présence d'un personnage sans équivalent dans le théâtre de Marivaux, le pédant Hortensius. Il sert à l'écrivain, en veine de polémique, ce qui est rare chez lui, à décocher quelques traits contre les partisans des Anciens et contre les traducteurs, dont il avait déjà dénoncé les travers dans les *Lettres au Mercure*[2]. A-t-il songé plus spécialement à l'abbé Desfontaines, qui avait été régent de collège comme le personnage de Sorel dont le nom est utilisé ici[3] ? C'est possible, si l'on songe que l'abbé venait de le maltraiter cruellement dans le *Dictionnaire néologique*. Quelques bonnes raisons que Marivaux ait eu de se venger de lui, il s'est abstenu en tout cas de toute allusion trop personnelle. Du reste, le personnage du pédant répond aussi à une nécessité dramatique. Non seulement il joue par ses maladresses un rôle retardateur et moteur à la fois, mais surtout la lourdeur avec laquelle il parle d'amour fait ressortir la grâce des

---

1. Il n'est pas nécessaire d'en dire plus pour juger le contresens de certains metteurs en scène modernes qui jugent utile la présence sur le théâtre d'un lit de dimensions respectables, dans lequel ils font entrer, selon le cas, soit la marquise et le comte, soit la marquise et le chevalier.   2. *Dernière Lettre sur les habitants de Paris*. Voir les *Journaux et Œuvres diverses*, éd. Garnier, première section, p. 39.   3. L'Hortensius du *Francion*. On pense aussi au *Pédant joué* de Cyrano de Bergerac, qui peut avoir suggéré à Marivaux l'idée du pédant amoureux exprimant son amour en termes d'école. Sur la valeur exacte de ce terme, voir le Glossaire.

autres personnages, même du couple des valets, quand ils expriment le leur. Ainsi se trouve soulignée par un effet de contraste — et non, plus, comme dans la première *Surprise*, par un jeu de reflets — l'exquise spontanéité de l'amour partagé.

Si la genèse de la seconde *Surprise* est ainsi relativement claire, compte tenu des difficultés inhérentes à ce genre de recherches, l'histoire extérieure de la pièce, ordinairement plus facile à saisir, reste assez obscure. N'insistons pas sur les inexactitudes de la notice du marquis d'Argenson concernant les rapports entre Marivaux et les Comédiens-Français, plus anciens qu'il ne le dit puisqu'ils remontent à l'époque d'*Annibal*. Mais que signifie la phrase *il y a beaucoup corrigé et rectifié d'après la critique* ? Il ne doit pas s'agir de la critique écrite : même celle du *Mercure* est trop générale et sans doute trop tardive pour avoir pu être utile. On peut songer, soit à la critique orale des connaisseurs [1], soit à celle des comédiens. Ce qui est certain, c'est que la seconde *Surprise* avait été reçue par les Comédiens-Français dès le 30 janvier 1727. Il était alors question « d'une pièce intitulée *La Surprise de l'amour* en trois actes et un prologue en prose [2] » que les présents recevaient « pour être jouée le plus tôt que faire se pourra ». Mais le 15 février 1728, *Le Philosophe marié* de Destouches était créé avec un succès considérable : les recettes oscillent entre 1 700 et 3 000 livres jusqu'à la fermeture de Pâques. Le 10 mars, une nouvelle délibération des comédiens a réglé « que l'on se tiendra prêt pour l'ouverture du théâtre à *Moïse* et à *La Surprise de l'amour* ». En fait, aucune de ces pièces n'est jouée. Le 3 mai, *L'Envieux ou la Critique du philosophe marié* ne réussit pas à ranimer le succès de la comédie de Destouches. La seule nouveauté, avant *L'Île de la Raison*, est constituée par *Le Français à Londres*, de Boissy (3 juillet), dont le succès est médiocre, et, après l'échec de cette autre pièce de Marivaux, par *Les Amazones modernes* (29 octobre), qui n'a que six représentations. Ainsi,

---

1. Spécialement à celle qui dut suivre la lecture de la pièce lorsque, comme il est probable, elle fut lue chez la duchesse du Maine à Sceaux ou chez Mmes de Lambert ou de Tencin à Paris. Le marquis d'Argenson avait accès à ces salons, et fréquentait même assidûment les derniers. Peut-être suggère-t-il que Marivaux a pu profiter d'une ou de plusieurs de ses propres remarques.   **2.** Ces mots *en prose* semblent avoir été biffés sur le registre. Le prologue en question devait apparemment justifier la composition d'une seconde comédie sur un titre déjà connu. Marivaux y renonça probablement à cause de l'autre prologue dont il dota *L'Île de la Raison*, jouée entre-temps.

quoique le succès de la pièce de Destouches permette de comprendre le premier ajournement jusqu'à Pâques, le second, qui va jusqu'au moment où le *Mercure* de novembre annonce qu'on va jouer « incessamment » la seconde *Surprise* [1], semble résulter des hésitations de l'auteur. Du reste, les termes dans lesquels il s'exprime dans la Dédicace à la duchesse du Maine, comparés à ceux dont il se sert dans la Préface de *L'Île de la Raison*, donnent à entendre que *La Surprise de l'amour* lui a coûté plus de soins et de peine que ses autres pièces.

Malgré cette application de l'auteur et la qualité de l'interprétation [2], la seconde *Surprise* n'eut qu'un succès d'abord incertain, puis seulement honorable [3], très inférieur en tout cas à celui qu'obtin-

---

1. En novembre 1727, on annonce que les Comédiens-Français « doivent donner incessamment *La Surprise de l'amour*, comédie nouvelle en trois actes, de M. de Marivaux » (p. 2512). Le volume suivant annonce qu'ils « donneront incessamment la comédie nouvelle de *La Surprise de l'amour* » (décembre 1727, tome I, p. 2688). **2.** La distribution des rôles est souvent indiquée de façon inexacte. On voit par le *Mercure*, confirmé par le registre à la date du 31 décembre 1727, que Mlle Lecouvreur jouait la marquise, Quinault l'aîné le chevalier, Dubreuil le comte, Quinault la cadette Lisette, Armand le valet Lubin et Duchemin le père le pédant Hortensius. Adrienne Lecouvreur jouait encore le rôle de la marquise quand la seconde *Surprise* fut représentée à la cour en 1730, peu avant son empoisonnement. Dans son *Éloge*, d'Alembert oppose son jeu à celui de Silvia, à l'avantage de la seconde. « On a plusieurs fois entendu dire à l'auteur que dans les premières représentations [Mlle Lecouvreur] prenait assez bien l'esprit de ces rôles déliés et métaphysiques ; que les applaudissements l'encourageaient à faire encore mieux s'il était possible ; et qu'à force de mieux faire elle devenait précieuse et maniérée. » **3.** Voici, pour les premières représentations, le chiffre des spectateurs, la recette et la part d'auteur ; entre parenthèses, la pièce figurant sur le même programme ; mercredi 31 décembre 1727, 954 spectateurs, 2 113 livres 10 sols, 154 livres 8 sols (la pièce a été jouée seule) ; 2 janvier 1728, 398, 692 livres 10 sols, 18 livres 7 sols *(Patelin)* ; 4 janvier, 681, 1 189 livres, 43 livres 2 sols *(L'Aveugle)* ; 6 janvier, 509, 942 livres, 29 livres 11 sols *(Le Bon Soldat)* ; 8 janvier, 333, 587 livres, 14 livres 14 sols ; 10 janvier, 354, 716 livres 10 sols, 17 livres *(Le Bon Soldat)* ; 12 janvier, 295, 561 livres, 13 livres 16 sols *(Les Folies amoureuses)* ; 14 janvier, 551, 885 livres 10 sols, 25 livres 16 sols (la pièce est « tombée dans les règles », il n'y aura plus de part d'auteur ; elle était jouée cette fois avec *Les Bourgeoises de qualité*) ; 21 janvier, 444, 953 livres *(Le Florentin)* ; 27 janvier, 291, 574 livres *(Les Folies amoureuses)* ; 30 janvier, 207, 385 livres *(George Dandin)* ; 31 janvier, 865, 1 820 livres *(Andromaque)*. Le total des parts d'auteur s'était élevé à 316 livres 14 sols. Le *Mercure* de mars annonce (p. 539) une reprise le 27 février. On n'en trouve pas trace dans le registre (cf. Carrington Lancaster) qui signale au contraire des représentations le 7 mai, le 8 juin

rent, un peu plus tard, les pièces de La Chaussée. Un instant boudée par le public, critiquée par les doctes, *La Surprise* française, ou *Surprise de l'amour français*, comme on l'appela aussi, fut sauvée par les gens du monde, parmi lesquels la duchesse du Maine joua sans doute un rôle décisif. Le *Mercure*, dans un long compte rendu, que l'on trouvera plus loin, loua la pièce et les acteurs.

Un autre compte rendu important et favorable parut dans *Le Spectateur littéraire*, périodique éphémère dont l'auteur semble avoir été Camusat[1]. Il se présente sous la forme d'une conversation mondaine, d'après le type bien connu des prologues ou des « critiques ». Le porte-parole du bon goût est un chevalier, à qui s'oppose un « auteur à brochures[2] », nommé Criticonichet :

« Cet homme dont j'ai parlé, cet auteur à brochures, se jeta d'abord sur les pièces de théâtre. Comme, pour briller dans ces sortes de matières, il ne faut qu'une demi-douzaine de réflexions générales, et citer à tout propos Corneille, Molière et Racine, c'est la ressource ordinaire de ceux qui veulent passer pour de beaux-esprits, sans avoir aucun talent pour le devenir. Il nous dit qu'il avait assisté la veille[3] à la première représentation de *La Surprise de l'amour*, et qu'il était étonné que cette pièce n'eût pas *d'abord été sifflée ; que la marquise était trop parée pour une femme inconsolable, que le chevalier n'avait qu'à lui découvrir son amour dans la première scène, qu'ils se seraient

---

(faibles recettes), puis les 12 et 14 février 1729 (belles recettes, avec *Phèdre*), le 21 septembre 1729. Nouvelle série de 12 représentations du 27 septembre 1735 au 27 mai 1736 ; de 3 du 2 janvier au 15 mars 1737 ; une le 5 septembre 1737, une le 8 juin 1738, 3 en juillet-septembre 1740 (le registre est perdu pour la période qui va de mars 1739 à avril 1740), 15 du 9 juillet 1742 au 3 novembre 1744, d'autres en 1745, 1746, 1747, 1748, etc., soit au total 234 jusqu'en 1809 (ce chiffre d'après Mme Sylvie Chevalley). Pendant toute cette période, la pièce resta donc à peu près constamment au répertoire courant. C'est Mme Granval qui reprit et garda longtemps le rôle laissé sans titulaire par la mort d'Adrienne Lecouvreur.

1. Rendant compte de l'ouvrage, *La Bibliothèque française*, bien informée sur ces matières, ajoute : « Attribué à l'abbé Margenat, ce petit ouvrage est constamment de M. Camusat. Peut-être que M. Carlet de Marivaux y a mis la main. » (Année 1728, tome XI, IIᵉ partie, p. 336.)   **2.** Il s'agit, suivant la définition qui nous est donnée, d'un de ces « auteurs infortunés qui, n'ayant aucun fonds de connaissances, vivent d'emprunt, et demandent à tous ceux qu'ils voient ce qu'il pense de tel et tel livre, pour aller, sur leur réponse, faire une brochure critique ».   **3.** La feuille étant datée du jeudi 1ᵉʳ janvier, la veille de ce jour est bien le 31 décembre, date de la première représentation.

mariés dans la seconde, et que ce dénouement si aisé aurait épargné bien des mauvais discours au seigneur Hortensius, des polissonneries à Lubin, de la fadeur au comte, et de l'ennui aux spectateurs. Cependant, ajouta-t-il, je n'envie pas ce petit succès à M. de M***, je suis même transporté que sa pièce ait été goûtée. Voilà une belle occasion de faire voir au public, par une brochure en forme [1], qu'il se trompe quelquefois, et qu'il a besoin de gens comme moi pour redresser ses jugements. Je rendrai pourtant justice à l'auteur, il a si bien fait sentir le ridicule des admirateurs de l'Antiquité, que cela seul mérite beaucoup d'éloges [2].

« Par malheur pour M. *Criticonichet*, le chevalier avait vu *La Surprise de l'amour* de façon qu'il pouvait en dire son sentiment ; il le fit même sans ménager extrêmement le personnage qui venait de parler. J'étais aussi à la Comédie, lui dit-il, et je crus m'apercevoir que ce public que vous méprisez si fort ne prit pas le change. Il faut avouer qu'on ne fut pas content du rôle d'Hortensius, mais en avez-vous pénétré la véritable raison ? Ce n'est pas que ce pédant ne soutînt parfaitement son caractère, qu'il ne dît de fort jolies choses. On a trouvé tout à fait plaisant son "Ô divin Homère, et vous gentil Anacréon, que l'on traite mal vos doctes interprètes ! je possède le grec et le latin, et je ne possède pas dix pistoles !" Mais tout cela n'a pas empêché qu'on ne souhaitât de le voir plus rarement sur la scène, parce qu'on s'est imaginé que chacune de ses paroles en dérobait quelques-unes de la marquise et du chevalier, dont les sentiments fins et délicats émurent, avec raison, toute l'assemblée. Je craignai uniquement que certains traits n'échappassent à la plupart des spectateurs, mais j'ai remarqué avec plaisir que j'avais eu trop de défiance du goût naturel qui se trouve dans la plupart des hommes, et qu'ils sont toujours solidement frappés de ce qui est solidement beau. Enfin, on a connu tout le mérite de cette heureuse fécondité, si rare au temps où nous sommes. Pour moi, je tiens un grand compte à M. de M*** d'avoir osé risquer deux comédies sur un seul et même sentiment. Adieu, Monsieur, je suis, etc. [3] »

---

1. Nous n'avons pas vu signaler de brochure relative à la seconde *Surprise*, pas plus qu'à d'autres pièces de Marivaux. Mais *Inès de Castro*, de La Motte, avait eu cet honneur.   **2.** Ainsi cet « auteur à brochures » est un Moderne, à la différence de Desfontaines, avec qui on pourrait songer à l'identifier.   **3.** *Le Spectateur littéraire*, chez Chaubert, première feuille (approbation et permis d'imprimer du 10 janvier 1728), pp. 17-22 (exemplaire n° 377 496 de la bibliothèque municipale de Lyon, tome IV, à la suite du *Nouvelliste du Parnasse*).

L'observation la plus intéressante de l'auteur de l'article est sans doute celle qui concerne les réactions d'un public, même peu cultivé, à des comédies en apparence si subtiles : on pourrait la reprendre exactement de nos jours. Pour le reste, on voit, comme dans la notice du *Mercure*, que les discussions portaient essentiellement sur deux points, le personnage d'Hortensius et la préférence à accorder à l'une ou à l'autre des deux *Surprise*. Cette dernière question fut même portée à la scène. Dans *La Revue des Théâtres*[1], de Dominique et Romagnesi, les deux *Surprise*, figurées par deux sœurs, l'aînée et la cadette, contestent devant Momus de la préséance qui doit être accordée à l'une ou à l'autre. La cadette, *La Surprise* française, est sur le point de l'emporter, lorsque le personnage d'Hortensius, paraissant, fait pencher la balance en faveur de *La Surprise* italienne[2]. C'est dire, encore une fois, que le rôle avait déplu. Mais pourquoi ? Les spectateurs du temps auraient-ils, comme certains spectateurs modernes, eu pitié du misérable Hortensius ? C'est peu vraisemblable. On peut penser, ou que certains critiques, en blâmant ce personnage, voulurent défendre les Anciens, attaqués à travers lui, ou que le public moyen fut choqué de la lourdeur des propos d'Hortensius, comparés à la délicatesse des autres personnages. Marivaux, tout en recherchant ce contraste, a pourtant ménagé ses effets : son pédant reste loin derrière celui de Cyrano de Bergerac.

Du reste, ces critiques n'empêchèrent pas que la seconde *Surprise* ne fît une très honorable carrière à la Comédie-Française au xviiie siècle. C'est ce que dut constater La Porte en 1759, dans un jugement dont la pointe malveillante est précisément tirée du rôle d'Hortensius :

« *La Surprise de l'amour*, malgré le peu de succès qu'elle eut dans sa nouveauté, est, de toutes les pièces de cet écrivain, celle qui reparaît le plus souvent au théâtre. Bien différent de ces auteurs qui, enivrés des éloges inconsidérés du parterre qu'ils ont ébloui par une espèce de prestige, retombent bientôt dans l'obscurité, M. de M. sortait rarement des premières représentations de ses comédies

---

1. Jouée le 1er mars 1728 au Théâtre-Italien à la suite de *L'Amant à la mode* et d'*Arlequin Hulla*. Les trois scènes concernant les deux *Surprise* ont été publiées par F. Rubellin dans son édition de *La Surprise de l'amour* (LGF, Le Livre de Poche, 1991, pp. 170-174).   **2.** Momus, au moment de rendre son jugement, observe qu'il aurait plutôt pris Hortensius pour un huissier que pour un pédant, et qu'il est « venu bien mal à propos, il a tout gâté ».

content de lui ou du public ; mais le temps et la réflexion lui conci-liaient les suffrages ; et c'est en particulier ce qui est arrivé à *La Surprise de l'amour*. Deux cœurs tendres, après avoir éprouvé les plus vifs sentiments de cette passion, s'y livrent de nouveau, ne croyant pas que leur âme fût encore capable d'en recevoir quelque atteinte. Un pédant, qui joue un assez grand rôle dans la pièce, compare les beaux esprits de ce temps à une coquette habillée en pretintailles : "Au lieu de grâces, je lui vois des mouches ; au lieu de visage, elle a des mines ; elle n'agit point, elle gesticule ; elle ne regarde point, elle lorgne ; elle ne marche point, elle voltige ; elle ne plaît point, elle séduit ; elle n'occupe point, elle amuse ; on la croit belle, et moi je la tiens ridicule." Est-ce là le langage d'un pédant ? N'est-ce pas plutôt une saillie de bel-esprit, où l'auteur défi-nit son style [1] ? »

Inversement, le xixᵉ siècle fut assez peu favorable à la seconde *Surprise de l'amour*, malgré les interprétations de Mlle Brohan vers le milieu du siècle et de Mme Bartet à la fin. Le xxᵉ siècle ne le fut d'abord pas davantage. Avant la Seconde Guerre mondiale, il n'y a à enregistrer que les mises en scène de l'Odéon et de la Petite Scène de Xavier de Courville, l'une et l'autre en 1929. Mais la seconde *Surprise* fut reprise au Théâtre-Français en 1944, puis en 1957, le rôle de la marquise étant interprété respectivement par Mmes Made-leine Renaud et Hélène Perdrière. Au 31 juillet 1962, la pièce avait atteint le chiffre respectable de 78 représentations. En outre, passée au théâtre Marigny, Mme Madeleine Renaud y reprit la seconde *Sur-prise* avec la troupe Renaud-Barrault le 18 février 1949. On sait l'éclatant succès qu'obtint ce spectacle, tant en France qu'en Amé-rique du Sud.

En 1959, Roger Planchon choisit la seconde *Surprise de l'amour* pour en faire, à Villeurbanne, un spectacle surchargé de mise en scène et de changements de décor (il durait une heure de plus qu'au théâtre Marigny), où les répliques, disjointes les unes des autres, prenaient un sens étrange, et dont la particularité la plus frappante était la présence sur la scène d'un lit majestueux : la scène x de l'acte III, séparée de la précédente par un entracte, était interprétée de façon à suggérer que le comte venait d'y recevoir les faveurs de la marquise. Malgré quelques trouvailles de mise en scène et de beaux décors, cette tentative n'eut, on s'en doute, qu'un bref succès de

---

1. *L'Observateur littéraire*, 1759, vol. I, pp. 78-79.

scandale et de parti. Elle a pourtant contribué à faire disparaître définitivement l'image, léguée par le xixᵉ siècle, d'un Marivaux poudré, musqué et affadi.

À la Comédie-Française, des reprises en 1962, 1969 et 1983 (mise en scène de Jean-Pierre Miquel) portèrent le nombre total de représentations en 2000 à 420, attribuant à la pièce le 4ᵉ rang parmi les pièces les plus jouées de Marivaux, après *Le Jeu de l'amour et du hasard*, *L'Épreuve* et *Les Fausses Confidences*. En 1988, au Théâtre des Arènes de Montmartre, la pièce fut mise en scène par Jean Macqueron en plein air et sur gazon. Monique Hervouët (Théâtre de l'Éphémère, Le Mans) mit en scène, en 1992, les deux *Surprise de l'amour* dans un même spectacle : une pyramide recouverte de sable devenait, pour la seconde pièce, une montagne de livres. Daniel Mesguich (La Métaphore, Lille) offrit en 1994 une *Seconde Surprise* axée sur des jeux de reflets.

LE TEXTE

Un manuscrit de *La Surprise de l'amour*, que Duviquet dit avoir vu au Théâtre-Français vers 1825, a aujourd'hui disparu.

L'édition originale est annoncée par le *Mercure* [1], ainsi que par un catalogue de Prault joint à la réédition du *Spectateur français* et autres œuvres, en deux volumes, qui parut en avril 1728. En voici la description.

LA SECONDE / SURPRISE / DE / L'AMOUR, / COMEDIE, / Representée par les Comediens François, / au mois de Decembre 1727. / *Par Monsieur DE MARIVAUX.* / (Fleuron) / À PARIS, / Chez Pierre Prault, Quay de / Gesvres, au Paradis. / (Filet) / M. DCC. XXVIII. / *Avec Approbation & Privilege du Roi.*

Un vol. in-12 de XII pages (faux titre, *fautes essentielles à corriger* — il y en a trois qui seront signalées en leur lieu —, le titre, une Épître dédicatoire à la duchesse du Maine, approbation, privilège — à P. Prault, pour *« Le Spectateur Français par le sieur de Marivaux (sic) »*, du 26 décembre 1727, enregistré le 9 janvier 1728 —, 150 pages de texte, VI pages pour un *Catalogue de livres amusants* vendus par Prault, parmi lesquels *Le Spectateur français*, *L'Indigent philosophe* et *L'Île de la Raison*).

Approbation : « J'ai lu, par ordre de Monseigneur le Garde des

---

1. *Mercure* de mars 1728, p. 539.

Sceaux, une comédie qui a pour titre la *Seconde Surprise de l'Amour*, et j'ai cru que l'impression en serait agréable au public. Fait à Paris ce 20 février 1728. Danchet. »

COMPTE RENDU DU *MERCURE DE FRANCE*[1]

« Les Comédiens Français ont donné le 31 décembre la première représentation d'une comédie en trois actes, qui a pour titre *La Surprise de l'Amour*. M. de Marivaux, qui en est l'auteur, en donna une intitulée de même sur le théâtre de l'Hôtel de Bourgogne, qui eut un grand succès. On ne peut pas dire que celle qu'on joue actuellement sur le Théâtre Français ait été aussi généralement approuvée ; mais on convient que si quelque chose a contribué à en rendre le succès moins éclatant, c'est la nouveauté du genre. Cependant ce même genre, dit-on, a déjà fait fortune sur le Théâtre Italien : d'où vient que les mêmes spectateurs qui lui font un si bon accueil dans un lieu le reçoivent comme étranger dans un autre ? C'est, sans doute, qu'on ne porte pas le même esprit à l'un et à l'autre théâtre. Le genre que Molière a consacré au Théâtre Français est le seul qu'on y cherche ; et s'il était possible qu'on y introduisît un meilleur, les premiers inventeurs risqueraient beaucoup. Ce que nous venons de dire ne nous empêchera pas de rendre à M. de Marivaux la justice que tous les gens d'esprit n'oseraient lui refuser. On ne parle ici que d'après les fins connaisseurs ; et c'est bien plutôt de leurs sentiments que du nôtre que nous rendons compte au public. Toutes les voix se réunissent à dire que la dernière *Surprise de l'Amour* est une pièce parfaitement bien écrite, pleine d'esprit et de sentiments ; que c'est une métaphysique du cœur très délicate, et dans laquelle on est forcé de se reconnaître, quelque prévention qu'on apporte contre le genre. Le sujet est trop simple, dit-on. Soit ; mais c'est de cette même simplicité que l'auteur doit tirer une nouvelle gloire, telle que celle que la tragédie de *Bérénice* a acquise à M. Racine ; voici quel est le fond de cette pièce, qui gagne tous les jours à être représentée.

---

1. Décembre 1727, tome II, pp. 2957-2968.

ACTEURS

LE CHEVALIER, *Le sieur Quinault*.
LA MARQUISE, *La demoiselle le Couvreur*.
LE COMTE, *Le sieur du Breuil*.
LISETTE, *La demoiselle Quinault*.
HORTENSIUS, *Le sieur Duchemin le père*.
LUBIN, *Le sieur Armand*.

La scène est dans la maison de la marquise.

ACTE I

« La marquise et la suivante Lisette ouvrent la scène. Lisette prie sa maîtresse de mettre enfin un terme à la longue tristesse où elle est ensevelie depuis la mort de son mari ; la marquise lui répond que la perte qu'elle a faite étant irréparable, sa douleur doit durer autant que sa vie. Sa fidèle suivante lui dit que cette douleur commence à la rendre méconnaissable, pour l'engager à laisser rapporter sa *toilette, qu'elle a déjà renvoyée sans vouloir se mirer ; l'envie qu'une femme, quelque affligée qu'elle soit, a toujours de paraître belle, engage la marquise à souffrir qu'on lui présente une glace ; elle s'y trouve fort changée ; c'est là une première disposition à se moins affliger, dont Lisette se propose de profiter. Lubin, valet du chevalier, vient dire à la marquise que son maître est accablé d'un chagrin mortel par une perte qu'il vient de faire qui l'oblige à s'aller confiner dans un désert ; il ajoute que le chevalier voudrait bien la voir, et prendre congé d'elle avant que de partir. La marquise consent à le voir, par la conformité de leur situation : elle se retire. Lisette et Lubin font ensemble une conversation qui n'est pas relative à l'action principale, si ce n'est la douleur où Lubin se livre volontairement, pour se conformer à l'humeur de son maître. Le chevalier vient prendre congé de la marquise. Elle lui demande quel malheur l'oblige à partir. Le chevalier lui répond qu'il vient de perdre pour jamais une maîtresse qu'il adore, et qui, par la cruauté de ses parents, ne pouvant être à lui, vient de renoncer au monde par des serments inviolables. La constance du chevalier, et surtout sa délicatesse en amour, rappellent si vivement à la marquise l'image de son époux, qu'elle n'oublie rien pour le retenir ; comme leurs maisons ne sont séparées que par un jardin qui leur est commun, elle se flatte que c'est là le seul ami qui puisse à l'avenir la consoler de la perte de son époux ; le chevalier, de son côté, trouve le cœur de la marquise si ressemblant à celui de la maîtresse qu'il vient de perdre, qu'il commence à laisser ralentir cette grande ardeur qu'il avait de rompre avec tout le genre humain. Le parti que la marquise lui offre de demeurer l'un auprès de l'autre, pour se consoler réciproquement, est bientôt accepté. Hortensius, espèce de philosophe qui vient lire tous les jours chez la marquise pour la consoler, est chargé d'aller choisir des livres dans la bibliothèque du chevalier, pour continuer ses lectures où le chevalier doit assister. Lisette survient avec M. le comte, amant secret de la marquise. Cette suivante n'a pas d'autre but que de chercher quelque amant qui puisse retirer sa chère maîtresse de la profonde mélancolie dans laquelle on la voit plongée depuis six mois que son mari est mort. Le comte ayant appris que le chevalier est ami de la marquise, et persuadé qu'il est le sien, le prie d'appuyer le projet qu'il a formé de l'épouser. Le chevalier, à qui le comte fait entendre que la marquise a d'assez bonnes manières avec lui, commence à sentir quelques mouvements de jalousie, qu'il se cache à lui-même, et qu'il croit n'être qu'un dépit secret de voir la marquise rengagée sous les lois de l'amour, malgré la convention qu'elle vient de faire avec lui d'y renoncer pour toujours, pour se livrer tout entière à l'amitié. Cela l'oblige à répondre froidement au comte qu'il n'a que faire de médiateur, et que, puisqu'il est si bien reçu de la marquise, il n'a qu'à poursuivre de si heureux commencements. L'air dont cela est dit donne des soupçons de la vérité au comte ; il quitte brusquement le chevalier, en le priant de ne point parler pour lui, et en lui disant qu'il ne laissera point d'aller son train. Lisette, à qui il importe peu quel amant consolera sa maîtresse, presse le chevalier de lui ouvrir son cœur sur l'amour qu'elle croit avoir découvert en lui pour la marquise. Le chevalier, piqué de l'engagement dont il soupçonne la marquise pour le comte, proteste à Lisette qu'il n'a que de l'amitié pour elle. Lisette se retire. Le chevalier ordonne à Lubin d'aller chercher Hortensius pour le mener à sa bibliothèque. Hortensius vient, le chevalier lui dit d'aller avec Lubin choisir les livres qui pourront convenir à la marquise. Lubin apprend à Hortensius que la marquise n'aura bientôt plus que faire de la lecture, puisqu'elle doit épouser M. le comte ; il ajoute qu'il n'a tenu qu'à son maître d'avoir la préférence. Hortensius [1] forme le dessein de mettre obstacle à ce projet d'hymen, qui le ferait congédier.

---

1. Le *Mercure* porte par erreur *Lubin* au lieu d'Hortensius.

ACTE II

« Selon la convention faite entre le chevalier et la marquise, Lubin apporte les livres du chevalier. Il prie Lisette de ménager un hymen entre la marquise et son maître, afin qu'ils puissent se marier ensemble à leur exemple. Lisette ne fait que rire de ce beau projet. Elle quitte Lubin. Les livres sont portés à la bibliothèque ; Hortensius dit à la marquise qu'ils ne sont pas bons ; la marquise lui demande quelle lecture il va lui faire. Hortensius lui propose un chapitre sur la patience ; la marquise lui dit que cela est trop triste, et qu'elle aimerait mieux qu'il lui lût quelque chose sur l'amitié ; le philosophe lui répond, qu'il voit bien par ce choix, qu'elle fait contre son sentiment, qu'il va bientôt perdre son écolière, et que son mariage avec M. le comte achèvera de lui donner son congé. La marquise, étonnée de ce langage, lui en demande l'explication ; Hortensius lui raconte tout ce qu'il a appris de Lubin, avec cette cruelle circonstance que le chevalier a refusé sa main que Lisette lui a proposée. La marquise, piquée au vif d'un refus si outrageant, en veut tirer raison, et en avoir un éclaircissement avec le chevalier. Lubin vient lui demander la grâce dont il a parlé un moment auparavant à Lisette ; il la prie de vouloir bien épouser le chevalier, qui véritablement a refusé sa main, mais qui l'accepterait peut-être, si elle voulait bien faire quelques avances ; il ajoute que si elle a cette bonté pour lui, il lui rendra la vie, en lui faisant épouser Lisette dont il est amoureux. Cette nouvelle requête de Lubin, qui ne se rapporte que trop à ce qu'Hortensius vient de dire à la marquise, achève de l'irriter contre le chevalier. Elle ne peut digérer cet affront ; Lisette arrive pour son malheur ; sa maîtresse l'accable de reproches, et lui dit qu'elle est bien impertinente de la marier à son insu à M. le comte, et de la compromettre en offrant sa main au chevalier qui la couvre de honte en la refusant. Lisette lui répond que Lubin est un benêt ; qu'il lui a mal rendu compte de ce qui s'est passé, que le chevalier, malgré le refus qu'il a fait de sa main, ne laisse pas de l'aimer en secret ; et qu'enfin, en la voulant marier, elle n'a agi que par zèle, et n'a eu en vue que de la tirer de sa profonde mélancolie. Tout cela ne calme point la marquise ; le refus qu'on a fait de sa main lui tient au cœur, et elle ne s'aperçoit pas que tout ce qui se passe dans son âme n'est autre chose que de l'amour caché sous le dépit. Le chevalier arrive ; elle fait retirer tout le monde pour avoir un éclaircissement avec lui ; le chevalier, par un mouvement de jalousie dont il ne connaît pas bien la cause, lui fait compliment sur son prochain mariage avec le comte ; la marquise lui répond d'une manière à lui persuader que ses sentiments sont assez favorables au comte ; cependant elle le prie de lui répondre naïvement sur les questions qu'elle va lui faire. Elle lui demande s'il est vrai qu'il ait refusé sa main avec dédain. Le chevalier convient qu'il ne l'a pas acceptée, mais il se récrie contre le terme de dédain, qu'il faut absolument supprimer. Il excuse son refus sur leur convention réciproque, qui est de n'avoir jamais que de l'amitié l'un pour l'autre ; il reproche à la marquise d'avoir été la première à enfreindre le traité par le dessein qu'elle a formé d'épouser le comte ; cette conversation est écrite avec un art infini, et développe ce qui se passe dans le cœur du chevalier et dans celui de la marquise. Elle appelle brusquement Hortensius, pour se distraire, par une lecture, du chagrin secret que lui causent les discours du chevalier ; ce dernier, craignant d'être indiscret, veut se retirer. Elle le fait rappeler par Hortensius. La lecture est interrompue à diverses reprises par le chevalier, qui contredit certaines maximes qui ne conviennent pas à la situation de son cœur ; il porte la contradiction jusqu'à mépriser Sénèque, cité par Hortensius ; ce qui oblige ce dernier à se retirer en colère. La conversation entre le chevalier et la marquise se renoue ; le chevalier s'explique avec elle d'une manière à lui faire entendre qu'il n'a refusé sa main que pour s'en tenir exactement à la convention qu'ils ont faite de fuir tout autre engagement que celui de l'amitié, et lui proteste qu'il n'a pu apprendre sans chagrin qu'elle allait se marier, parce que cet hymen renversait la douce espérance dont il s'était flatté, et lui ôtait la seule consolation qui lui restait après la perte de sa maîtresse. Ces dernières paroles apaisent la marquise ; ils renouent leur amitié en se jurant mutuellement de s'y livrer tout entiers. La marquise promet au chevalier de ne plus voir le comte, et de congédier Hortensius.

ACTE III

« Hortensius commence ce dernier acte ; il déplore les mœurs du siècle, et ne peut comprendre le mépris qu'on a pour la science. Lisette vient lui signifier son congé de la part de la marquise ; Lubin insulte à son malheur. Lisette fait entendre qu'elle a un compliment à faire à peu près semblable à M. le comte. Ce dernier vient, instruit par Lubin. Il reçoit aussi son congé. Il prie Lisette de dire au chevalier qu'il voudrait bien l'entretenir en particulier. Lisette sort pour l'aller chercher. Le comte fait connaître dans un petit monologue qu'il va mettre en usage une ruse qui, quoique très commune, ne laisse pas de réussir quelquefois. Le chevalier arrive. Le comte lui fait entendre que la marquise n'est pas si insensible pour lui qu'il se l'imagine. Le chevalier, trop crédule, donne dans le piège que son rival lui tend ; il fait plus, il accepte la proposition qu'il lui fait de lui donner sa sœur. Le comte va chez le notaire. La marquise vient ; le chevalier, persuadé qu'elle aime le comte, se brouille une seconde fois avec elle et lui dit qu'il va se marier avec la sœur du comte. La marquise, outrée, lui fait entendre que le comte ne lui est pas indifférent ; le comte qui revient entend ces derniers mots ; il se jette à ses pieds, et la prie de le rendre heureux. Elle lui répond avec beaucoup de trouble qu'il peut espérer. Le chevalier, désespéré de ce qu'il vient d'entendre, se retire ; Lisette vient, et trouve sa maîtresse dans un état pitoyable ; elle lui demande d'où naît sa nouvelle tristesse ; la marquise lui répond que le chevalier va épouser la sœur du comte, et qu'elle va elle-même se marier avec le comte. Lisette ne comprend rien à ce double mariage. Lubin vient enfin dénouer la pièce ; il dit à la marquise que son maître est dans un état à faire pitié ; qu'il a écrit une lettre dont il l'a chargé pour elle ; qu'il la lui a reprise vingt fois après la lui avoir remise entre les mains ; et qu'enfin, l'ayant laissée tomber, il l'a ramassée. La marquise prend cette lettre ; mais dans le temps qu'elle va la lire, le chevalier entre, accablé de douleur ; il lui dit qu'il vient prendre congé d'elle pour toujours. La marquise, qui commence à sentir qu'il l'aime, le prie de ne point partir. Le chevalier lui répond qu'il serait trop malheureux s'il restait auprès d'elle. La marquise lui en demande la raison ; le chevalier lui dit que cette raison est renfermée dans un seul mot qu'il n'oserait prononcer devant elle, et qu'il avait hasardé dans un billet qu'il n'a même pas osé lui envoyer. La marquise ne doute pas que ce ne soit le billet que Lubin vient de lui rendre à l'insu de son maître ; elle lit ce billet tout haut. Le grand mot qui coûte si cher à prononcer au chevalier, c'est qu'il part aussi pénétré d'amour pour la marquise, qu'il l'a jamais été pour sa première maîtresse. Il n'en faut pas davantage pour faire une paix souhaitée de part et d'autre ; ils conviennent tous deux que l'amour les a surpris sous le voile de l'amitié.

« Au reste, cette pièce est très bien représentée. La demoiselle le Couvreur et le Sieur Quinault excellent dans leur rôle. »

La Seconde Surprise de l'amour

À SON ALTESSE SÉRÉNISSIME
MADAME LA DUCHESSE DU MAINE[1]

MADAME,

Je ne m'attendais pas que mes ouvrages dussent jamais me procurer l'honneur infini d'en dédier un à Votre Altesse Sérénissime. Rien de tout ce que j'étais capable de faire ne m'aurait paru digne de cette fortune-là. Quelle proportion, aurais-je dit, de mes faibles talents et de ceux qu'il faudrait pour amuser la délicatesse d'esprit de cette Princesse ! Je pense encore de même ; et cependant, aujourd'hui, vous me permettez de vous faire un hommage de *La Surprise de l'amour*. On a même vu Votre Altesse Sérénissime s'y plaire, et en applaudir les représentations. Je ne saurais me refuser de le dire aux lecteurs, et je puis effectivement en tirer vanité ; mais elle doit être modeste, et voici pourquoi : les esprits aussi supérieurs que le vôtre, Madame, n'exigent pas dans un ouvrage toute l'excellence qu'ils y pourraient souhaiter ; plus indulgents que les demi-esprits, ce n'est pas au poids de tout leur goût qu'ils le pèsent pour l'estimer. Ils composent, pour ainsi dire, avec un auteur ; ils observent avec finesse ce qu'il est capable de faire, eu égard à ses forces ; et s'il le

---

1. Anne-Louise-Bénédicte de Bourbon, petite-fille du Grand Condé, née en 1670, mariée en 1692 au duc du Maine, fils de Louis XIV et de Mme de Montespan, emprisonnée avec son mari de 1718 à 1720 après la conspiration de Cellamare. Femme d'esprit, elle réunissait à Sceaux, avec le concours de son maître d'hôtel Malézieu, un grand nombre de poètes, d'artistes et de savants. Marivaux fut très probablement de ce nombre, comme Fontenelle et La Motte, ses amis. Sur le rôle qu'elle put jouer dans l'accueil fait à la seconde *Surprise*, voir la remarque du marquis d'Argenson sur les « gens de bon goût » qui, « à force de se récrier », ramenèrent le public aux représentations (p. 736).

fait, ils sont contents, parce qu'il a été aussi loin qu'il pouvait aller ;
et voilà positivement le cas où se trouve *La Surprise de l'amour*.
Madame, Votre Altesse Sérénissime a jugé qu'elle avait à peu près le
degré de bonté que je pouvais lui donner, et cela vous a suffi pour
approuver, car autrement comment m'auriez-vous fait grâce ? Ne
sait-on pas dans le monde toute l'étendue de vos lumières ?
Combien d'habiles auteurs ne doivent-ils pas la beauté de leurs
ouvrages à la sûreté de votre critique ! La finesse de votre goût n'a
pas moins servi les lettres que votre protection a encouragé ceux
qui les ont cultivées ; et ce que je dis là, Madame, ce n'est ni l'auguste naissance de Votre Altesse Sérénissime, ni le rang qu'Elle tient
qui me le dicte, c'est le public qui me l'apprend, et le public ne
surfait point. Pour moi, il ne me reste là-dessus qu'une réflexion à
faire ; c'est qu'il est bien doux, quand on dédie un livre à une Princesse, et qu'on aime la vérité, de trouver en Elle autant de qualités
réelles que la flatterie oserait en feindre. Je suis, avec un très profond respect,

    MADAME,

      de Votre Altesse Sérénissime,
      le très humble et très obéissant serviteur,

                                   DE MARIVAUX.

ACTEURS [1]

LA MARQUISE, veuve.
LE CHEVALIER.
LE COMTE.
LISETTE, suivante de la Marquise.
LUBIN, valet du Chevalier.
MONSIEUR HORTENSIUS, *pédant.

---

1. Sur la distribution des rôles lors de la première représentation, voir la notice, p. 741, note 2.

ACTE I

Scène première

LA MARQUISE, LISETTE

La Marquise entre tristement sur la scène ; Lisette la suit sans qu'elle le sache.

LA MARQUISE, *s'arrêtant et soupirant*. Ah !

LISETTE, *derrière elle*. Ah !

LA MARQUISE. Qu'est-ce que j'entends là ? Ha ! c'est vous ?

LISETTE. Oui, Madame.

LA MARQUISE. De quoi soupirez-vous ?

LISETTE. Moi ? de rien : vous soupirez, je prends cela pour une parole, et je vous réponds de même [1].

LA MARQUISE. Fort bien ; mais qui est-ce qui vous a dit de me suivre ?

LISETTE. Qui me l'a dit, Madame ? Vous m'appelez, je viens ; vous marchez, je vous suis : j'attends le reste.

LA MARQUISE. Je vous ai appelée, moi ?

LISETTE. Oui, Madame.

LA MARQUISE. Allez, vous rêvez ; retournez-vous-en, je n'ai pas besoin de vous.

LISETTE. Retournez-vous-en ! les personnes affligées ne doivent point rester seules, Madame.

LA MARQUISE. Ce sont mes affaires ; laissez-moi.

LISETTE. Cela ne fait qu'augmenter leur tristesse.

---

1. Ce dialogue de soupirs est une remarquable nouveauté sur la scène comique française : on perçoit l'approche de la comédie larmoyante. Mais en même temps, le second, celui de Lisette, est ironique. La sensibilité excessive de la marquise est donc considérée encore comme un objet de sourire, et non d'attendrissement. C'est par là que Marivaux se distingue, et continuera à se distinguer, d'un Nivelle de la Chaussée ou même d'un Destouches.

LA MARQUISE. Ma tristesse me plaît[1].

LISETTE. Et c'est à ceux qui vous aiment à vous secourir dans cet état-là ; je ne veux pas vous laisser mourir de chagrin.

LA MARQUISE. Ah ! voyons donc où cela ira.

LISETTE. Pardi ! il faut bien se servir de sa raison dans la vie, et ne pas quereller les gens qui sont attachés à nous.

LA MARQUISE. Il est vrai que votre zèle est fort bien entendu ; pour m'empêcher d'être triste, il me met en colère.

LISETTE. Et bien, cela distrait toujours un peu : il vaut mieux quereller que soupirer.

LA MARQUISE. Eh ! laissez-moi, je dois soupirer toute ma vie.

LISETTE. Vous devez, dites-vous ? Oh ! vous ne payerez jamais cette dette-là ; vous êtes trop jeune, elle ne saurait être sérieuse.

LA MARQUISE. Eh ! ce que je dis là n'est que trop vrai : il n'y a plus de consolation pour moi, il n'y en a plus ; après deux ans de l'amour le plus tendre, épouser ce que l'on aime, ce qu'il y avait de plus aimable au monde, l'épouser, et le perdre un mois après !

LISETTE. Un mois ! c'est toujours autant de pris. Je connais une dame qui n'a gardé son mari que deux jours ; c'est cela qui est piquant.

LA MARQUISE. J'ai tout perdu, vous dis-je.

LISETTE. Tout perdu ! Vous me faites trembler : est-ce que tous les hommes sont morts ?

LA MARQUISE. Eh ! que m'importe qu'il reste des hommes ?

LISETTE. Ah ! Madame, que dites-vous là ? Que le Ciel les conserve ! ne méprisons jamais nos ressources.

LA MARQUISE. Mes ressources ! À moi, qui ne veux plus m'occuper que de ma douleur ! moi, qui ne vis presque plus que par un effort de raison !

LISETTE. Comment donc par un effort de raison ? Voilà une pensée qui n'est pas de ce monde ; mais vous êtes bien fraîche pour une personne qui se *fatigue tant.

LA MARQUISE. Je vous prie, Lisette, point de plaisanterie ; vous me divertissez quelquefois, mais je ne suis pas à présent en situation de vous écouter.

LISETTE. Ah çà, Madame, sérieusement, je vous trouve le meilleur visage du monde ; voyez ce que c'est : quand vous aimiez la vie,

---

1. Sur cette formule remarquable, par laquelle la marquise exprime, sans qu'elle s'en aperçoive, le charme morbide qu'elle trouve dans sa mélancolie, voir la notice, p. 739.

peut-être que vous n'étiez pas si belle ; la peine de vivre vous donne un air plus vif et plus mutin dans les yeux, et je vous conseille de batailler toujours contre la vie ; cela vous réussit on ne peut pas mieux.

LA MARQUISE. Que vous êtes folle ! je n'ai pas fermé l'œil de la nuit.

LISETTE. N'auriez-vous pas dormi en rêvant que vous ne dormiez point ? car vous avez le teint bien reposé ; mais vous êtes un peu trop négligée, et je suis d'avis de vous arranger un peu la tête. La Brie, qu'on apporte ici la *toilette de Madame.

LA MARQUISE. Qu'est-ce que tu vas faire ? Je n'en veux point.

LISETTE. Vous n'en voulez point ! vous refusez le miroir, un miroir, Madame ! Savez-vous bien que vous me faites peur ? Cela serait sérieux, pour le coup, et nous allons voir cela : il ne sera pas dit que vous serez charmante impunément ; il faut que vous le voyiez, et que cela vous console, et qu'il vous plaise de vivre. *(On apporte la toilette. Elle prend un siège.)* Allons, Madame, mettez-vous là, que je vous *ajuste : tenez, le savant que vous avez pris chez vous ne vous lira point de livre si consolant que ce que vous allez voir.

LA MARQUISE. Oh ! tu m'ennuies : qu'ai-je besoin d'être mieux que je ne suis ? Je ne veux voir personne.

LISETTE. De grâce, un petit coup d'œil sur la glace, un seul petit coup d'œil ; quand vous ne le donneriez que de côté, tâtez-en seulement.

LA MARQUISE. Si tu voulais bien me laisser en repos.

LISETTE. Quoi ! votre amour-propre ne dit plus mot, et vous n'êtes pas à l'extrémité [1] ! cela n'est pas naturel, et vous trichez. Faut-il vous parler franchement ? je vous disais que vous étiez plus belle qu'à l'ordinaire ; mais la vérité est que vous êtes très changée, et je voulais vous attendrir un peu pour un visage que vous abandonnez bien durement.

LA MARQUISE. Il est vrai que je suis dans un terrible état.

LISETTE. Il n'y a donc qu'à emporter la toilette ? La Brie, remettez cela où vous l'avez pris.

LA MARQUISE. Je ne me pique plus ni d'agrément ni de beauté.

LISETTE. Madame, la toilette s'en va, je vous en avertis.

LA MARQUISE. Mais, Lisette, je suis donc bien épouvantable ?

---

1. Sur la survivance de l'amour-propre, et de la coquetterie qui en dérive, dans le cœur féminin, voir les réflexions de Marivaux dans *La Vie de Marianne*, éd. classiques Garnier, pp. 131 et suiv.

LISETTE. Extrêmement changée.

LA MARQUISE. Voyons donc, car il faut bien que je me débarrasse de toi.

LISETTE. Ah ! je respire, vous voilà sauvée : allons, courage, Madame.

On rapporte le miroir.

LA MARQUISE. Donne le miroir ; tu as raison, je suis bien abattue.

LISETTE, *lui donnant le miroir*. Ne serait-ce pas un meurtre que de laisser dépérir ce teint-là, qui n'est que lys et que rose quand on en a soin ? Rangez-moi ces cheveux qui sont épars, et qui vous cachent les yeux : ah ! les fripons, comme ils ont encore l'œillade assassine ; ils m'auraient déjà brûlé[1], si j'étais de leur compétence ; ils ne demandent qu'à faire du mal.

LA MARQUISE, *rendant le miroir*. Tu rêves ; on ne peut pas les avoir plus battus.

LISETTE. Oui, battus. Ce sont de bons hypocrites : que l'ennemi vienne, il verra beau jeu. Mais voici, je pense, un domestique de Monsieur le Chevalier. C'est ce valet de campagne si naïf, qui vous a tant diverti il y a quelques jours[2].

LA MARQUISE. Que me veut son maître ? je ne vois personne.

LISETTE. Il faut bien l'écouter.

Scène II

LUBIN, LA MARQUISE, LISETTE

LUBIN. Madame, pardonnez l'embarras...

LISETTE. Abrège, abrège, il t'appartient bien d'embarrasser Madame !

LUBIN. Il vous appartient bien de m'interrompre, ma mie ; est-ce qu'il ne m'est pas libre d'être *honnête ?

LA MARQUISE. Finis, de quoi s'agit-il ?

LUBIN. Il s'agit, Madame, que Monsieur le Chevalier m'a dit... ce que votre femme de chambre m'a fait oublier.

LISETTE. Quel original !

---

1. Non-accord du participe passé (1728 et 1758). De même *diverti*, dans la réplique suivante de Lisette. Voir la Note grammaticale, p. 2265.   **2.** L'édition originale porte *quelques tours*. L'erreur est signalée dans l'errata : « quelque tens *(sic)*, lisez quelques jours ».

LUBIN. Cela est vrai ; mais quand la colère me prend, ordinairement la mémoire me quitte.

LA MARQUISE. Retourne donc savoir ce que tu me veux.

LUBIN. Oh ! ce n'est pas la peine, Madame, et je m'en ressouviens à cette heure ; c'est que nous arrivâmes hier tous deux à Paris, Monsieur le Chevalier et moi, et que nous en partons demain pour n'y revenir jamais [1], ce qui fait que Monsieur le Chevalier vous mande, que vous ayez à trouver bon qu'il ne vous voie point cette après-dîné, et qu'il ne vous assure point de ses respects, sinon ce matin, si cela ne vous déplaisait pas, pour vous dire adieu, à cause de l'incommodité de ses embarras.

LISETTE. Tout ce galimatias là signifie que Monsieur le Chevalier souhaiterait vous voir à présent.

LA MARQUISE. Sais-tu ce qu'il a à me dire ? Car je suis dans l'affliction.

LUBIN *d'un ton triste, et à la fin pleurant.* Il a à vous dire que vous ayez la bonté de l'entretenir un quart d'heure ; pour ce qui est d'affliction, ne vous embarrassez pas, Madame, il ne nuira pas à la vôtre ; au contraire, car il est encore plus triste que vous, et moi aussi ; nous faisons compassion à tout le monde.

LISETTE. Mais, en effet, je crois qu'il pleure.

LUBIN. Oh ! vous ne voyez rien, je pleure bien autrement quand je suis seul ; mais je me retiens par *honnêteté [2].

LISETTE. Tais-toi.

LA MARQUISE. Dis à ton maître qu'il peut venir, et que je l'attends [3] ; et vous, Lisette, quand Monsieur Hortensius sera revenu, qu'il vienne sur-le-champ me montrer les livres qu'il a dû m'acheter. *(Elle soupire en s'en allant.)* Ah !

Scène III

LISETTE, LUBIN

LISETTE. La voilà qui soupire, et c'est toi qui en es cause, butor que tu es ; nous avons bien affaire de tes pleurs.

---

1. Le chevalier va « s'enterrer dans sa terre » de province (voir sc. VII).
2. L'*honnêteté* (voir ce mot au Glossaire) ne permet pas encore de pleurer en société. Vingt ou trente ans plus tard, ce sera un signe d'excellence de cœur.   **3.** Et non *que j'attends*, comme le portent toutes les éditions modernes.

LUBIN. Ceux qui n'en veulent pas n'ont qu'à les laisser ; ils ont fait plaisir à Madame, et Monsieur le Chevalier l'*accommodera bien autrement, car il soupire encore bien mieux que moi.

LISETTE. Qu'il s'en garde bien : dis-lui de cacher sa douleur, je ne t'arrête que pour cela ; ma maîtresse n'en a déjà que trop, et je veux tâcher de l'en guérir : entends-tu ?

LUBIN. Pardi ! tu cries assez haut.

LISETTE. Tu es bien brusque. Eh de quoi pleurez-vous donc tous deux, peut-on le savoir ?

LUBIN. Ma foi, de rien : moi, je pleure parce que je le veux bien, car si je voulais, je serais *gaillard.

LISETTE. Le plaisant garçon !

LUBIN. Oui, mon maître soupire parce qu'il a perdu une maîtresse ; et comme je suis le meilleur cœur du monde, moi, je me suis mis à faire comme lui pour l'*amuser ; de sorte que je vais toujours pleurant[1] sans être *fâché, seulement par compliment.

LISETTE *rit*. Ah, ah, ah, ah !

LUBIN*, en riant*. Eh, eh, eh ! tu en ris, j'en ris quelquefois de même, mais rarement, car cela me dérange ; j'ai pourtant perdu aussi une *maîtresse, moi ; mais comme je ne la verrai plus, je l'aime toujours sans en être plus triste. *(Il rit.)* Eh, eh, eh !

LISETTE. Il me divertit. Adieu ; fais ta commission, et ne manque pas d'avertir Monsieur le Chevalier de ce que je t'ai dit.

LUBIN*, riant*. Adieu, adieu.

LISETTE. Comment donc ! tu me lorgnes, je pense ?

LUBIN. Oui-da, je te lorgne.

LISETTE. Tu ne pourras plus te remettre à pleurer.

LUBIN. Gageons que si... Veux-tu voir ?

LISETTE. Va-t'en ; ton maître t'attendra.

LUBIN. Je ne l'en empêche pas.

LISETTE. Je n'ai que faire d'un homme qui part demain : retire-toi.

LUBIN. À propos, tu as raison, et ce n'est pas la peine d'en dire davantage. Adieu donc, la fille.

LISETTE. Bonjour, l'ami.

---

1. Noter que Lubin pleure, tandis que le chevalier se contente de soupirer. Les pleurs de Lubin sont comiques, ceux du chevalier ne le seraient pas, et la distinction entre le rire et les larmes est encore observée par Marivaux à l'intérieur du genre comique.

Scène IV

LISETTE, *seule*

LISETTE. Ce bouffon-là est amusant. Mais voici Monsieur Hortensius aussi chargé de livres qu'une bibliothèque. Que cet homme-là
m'ennuie avec sa *doctrine ignorante ! Quelle fantaisie a[1] Madame,
d'avoir pris ce personnage-là chez elle, pour la conduire dans ses
lectures et *amuser sa douleur ! Que les femmes du monde ont de
travers !

Scène V

HORTENSIUS, LISETTE

LISETTE. Monsieur Hortensius, Madame m'a chargée de vous dire
que vous alliez lui montrer les livres que vous avez achetés pour
elle.

HORTENSIUS. Je serai ponctuel à obéir, Mademoiselle Lisette ; et
Madame la Marquise ne pouvait charger de ses ordres personne qui
me les rendît plus dignes de ma prompte obéissance.

LISETTE. Ah ! le joli tour de phrase ! Comment ! vous me saluez de
la période la plus galante qui se puisse, et l'on sent bien qu'elle part
d'un homme qui sait sa rhétorique.

HORTENSIUS. La rhétorique que je sais là-dessus, Mademoiselle, ce
sont vos beaux yeux qui me l'ont apprise.

LISETTE. Mais ce que vous me dites là est merveilleux ; je ne savais
pas que mes beaux yeux enseignassent la rhétorique.

HORTENSIUS. Ils ont mis mon cœur en état de soutenir thèse, Mademoiselle ; et pour essai de ma science, je vais, si vous l'avez pour
agréable, vous donner un petit argument en forme.

LISETTE. Un argument à moi ! Je ne sais ce que c'est ; je ne veux
point tâter de cela : adieu.

HORTENSIUS. Arrêtez, voyez mon petit syllogisme[2], je vous assure
qu'il est concluant.

---

1. Texte de 1728 et 1758. Les éditions modernes corrigent inutilement *a*
en *à*.   **2.** À côté de la délicatesse du langage de la marquise et du chevalier,
ces mots d'école produisent un effet presque choquant. On songe à Thomas
Diafoirus, mais ce personnage de Molière est trop caricatural pour sentir
même qu'il est bafoué : il n'est que comique, tandis qu'on a vu qu'Hortensius
avait parfois gêné.

LISETTE. Un syllogisme ! Eh ! que voulez-vous que je fasse de cela ?

HORTENSIUS. Écoutez. On doit son cœur à ceux qui vous donnent le leur, je vous donne le mien : *ergo*, vous me devez le vôtre.

LISETTE. Est-ce là tout ? Oh ! je sais la rhétorique aussi, moi. Tenez : on ne doit son cœur qu'à ceux qui le prennent ; assurément vous ne prenez pas le mien : *ergo*, vous ne l'aurez pas. Bonjour.

HORTENSIUS, *l'arrêtant*. La raison répond...

LISETTE. Oh ! pour la raison, je ne m'en mêle point, les filles de mon âge n'ont point de commerce avec elle. Adieu, Monsieur Hortensius ; que le Ciel vous bénisse, vous, votre thèse et votre syllogisme.

HORTENSIUS. J'avais pourtant fait de petits vers latins sur vos beautés.

LISETTE. Eh mais, Monsieur Hortensius, mes beautés n'entendent que le français.

HORTENSIUS. On peut vous les traduire.

LISETTE. Achevez donc, car j'ai hâte.

HORTENSIUS. Je crois les avoir serrés dans un livre.

Pendant qu'il cherche, Lisette voit venir la Marquise et dit.

LISETTE. Voilà Madame, laissons-le chercher son papier. *(Elle sort.)*

HORTENSIUS *continue en feuilletant*. Je vous y donne le nom d'Hélène, de la manière du monde la plus poétique, et j'ai pris la liberté de m'appeler le Pâris de l'aventure : les voilà, cela est *galant.

Scène VI
LA MARQUISE, HORTENSIUS

LA MARQUISE. Que voulez-vous dire, avec cette aventure où vous vous appelez Pâris ? à qui parliez-vous ? Voyons ce papier.

HORTENSIUS. Madame, c'est un trait de l'histoire des Grecs, dont Mademoiselle Lisette me demandait l'explication.

LA MARQUISE. Elle est bien curieuse, et vous bien complaisant : où sont les livres que vous m'avez achetés, Monsieur ?

HORTENSIUS. Je les tiens, Madame, tous bien *conditionnés, et d'un prix fort raisonnable ; souhaitez-vous les voir ?

LA MARQUISE. Montrez.

Un laquais vient.

LE LAQUAIS. Voici Monsieur le Chevalier, Madame.

LA MARQUISE. Faites entrer. *(Et à Hortensius.)* Portez-les chez moi, nous les verrons tantôt.

Scène VII

LA MARQUISE, LE CHEVALIER

LE CHEVALIER. Je vous demande pardon, Madame, d'une visite, sans doute, importune ; surtout dans la situation où je sais que vous êtes.

LA MARQUISE. Ah ! votre visite ne m'est point importune, je la reçois avec plaisir ; puis-je vous rendre quelque service ? De quoi s'agit-il ? Vous me paraissez bien triste.

LE CHEVALIER. Vous voyez, Madame, un homme au désespoir, et qui va se confiner dans le fond de sa province, pour y finir une vie qui lui est à charge.

LA MARQUISE. Que me dites-vous là ! Vous m'inquiétez ; que vous est-il donc arrivé ?

LE CHEVALIER. Le plus grand de tous les malheurs, le plus sensible, le plus irréparable : j'ai perdu Angélique, et je la perds pour jamais.

LA MARQUISE. Comment donc ! Est-ce qu'elle est morte ?

LE CHEVALIER. C'est la même chose pour moi. Vous savez où elle s'était retirée depuis huit mois pour se soustraire au mariage où son père voulait la contraindre ; nous espérions tous deux que sa retraite fléchirait le père : il a continué de la persécuter ; et lasse, apparemment, de ses persécutions, accoutumée à notre absence, désespérant, sans doute, de me voir jamais à elle, elle a cédé, renoncé au monde, et s'est liée par des nœuds qu'elle ne peut plus rompre : il y a deux mois que la chose est faite. Je la vis la veille, je lui parlai, je me désespérai, et ma désolation, mes prières, mon amour, tout m'a été inutile ; j'ai été témoin de mon malheur ; j'ai depuis toujours demeuré dans le lieu, il a fallu m'en arracher, je n'en arrivai qu'avant-hier. Je me meurs, je voudrais mourir, et je ne sais pas comment je vis encore.

LA MARQUISE. En vérité, il semble dans le monde que les afflictions ne soient faites que pour les honnêtes gens.

LE CHEVALIER. Je devrais retenir ma douleur, Madame, vous n'êtes que trop affligée vous-même.

LA MARQUISE. Non, Chevalier, ne vous *gênez point ; votre douleur fait votre éloge, je la regarde comme une vertu ; j'aime à voir un cœur estimable car cela est si rare, hélas ! Il n'y a plus de mœurs, plus de sentiment dans le monde ; moi qui vous parle, on trouve étonnant que je pleure depuis six mois ; vous passerez aussi pour un homme extraordinaire, il n'y aura que moi qui vous plaindrai véritablement, et vous êtes le seul qui rendra justice à mes pleurs ; vous me ressemblez, vous êtes né sensible [1], je le vois bien.

LE CHEVALIER. Il est vrai, Madame, que mes chagrins ne m'empêchent pas d'être touché des vôtres.

LA MARQUISE. J'en suis persuadée ; mais venons au reste : que me voulez-vous ?

LE CHEVALIER. Je ne verrai plus Angélique, elle me l'a défendu, et je veux lui obéir.

LA MARQUISE. Voilà comment pense un honnête homme, par exemple.

LE CHEVALIER. Voici une lettre que je ne saurais lui faire tenir, et qu'elle ne recevrait point de ma part ; vous allez incessamment à votre campagne [2], qui est voisine du lieu où elle est, faites-moi, je vous supplie, le plaisir de la lui donner vous-même ; la lire est la seule grâce que je lui demande ; et si, à mon tour, Madame, je pouvais jamais vous obliger...

LA MARQUISE, *l'interrompant*. Eh ! qui est-ce qui en doute ? Dès que vous êtes capable d'une vraie tendresse, vous êtes né *généreux, cela s'en *va sans dire ; je sais à présent votre caractère comme le mien ; les bons cœurs se ressemblent, Chevalier : mais la lettre n'est point cachetée.

LE CHEVALIER. Je ne sais ce que je fais dans le trouble où je suis : puisqu'elle ne l'est point, lisez-la, Madame, vous en jugerez mieux combien je suis à plaindre ; nous causerons plus longtemps ensemble, et je sens que votre conversation me soulage.

LA MARQUISE. Tenez, sans compliment, depuis six mois je n'ai eu de moment supportable que celui-ci ; et la raison de cela, c'est qu'on aime à soupirer avec ceux qui vous entendent : lisons la lettre. *(Elle lit.) J'avais dessein de vous revoir encore, Angélique ; mais j'ai songé que je vous désobligerais, et je m'en abstiens :·après tout, qu'aurais-je été chercher ? Je ne saurais le dire ; tout ce que je sais, c'est que je vous ai perdue, que je voudrais vous parler pour redoubler la douleur de ma perte, pour m'en pénétrer jusqu'à mourir* [3]. *(Répétant les derniers mots, et s'interrompant.)* Pour m'en

---

1. Mot capital. La sensibilité devient la source d'une nouvelle morale, c'est pourquoi elle est mise en rapport avec les *mœurs*.   **2.** Une maison de campagne où l'on passe quelques mois de la belle saison, ou même quelques jours chaque fois, si elle est toute proche de Paris.   **3.** On pense à la vogue des *Lettres portugaises*, signalée par Marivaux lui-même dans ses *Lettres au*

pénétrer jusqu'à mourir ! Mais cela est étonnant : ce que vous dites là, Chevalier, je l'ai pensé mot pour mot dans mon affliction ; peut-on se rencontrer jusque-là ! En vérité, vous me donnez bien de l'estime pour vous ! Achevons. *(Elle relit.) Mais c'est fait, et je ne vous écris que pour vous demander pardon de ce qui m'échappa contre vous à notre dernière entrevue ; vous me quittiez pour jamais, Angélique, j'étais au désespoir ; et dans ce moment-là, je vous aimais trop pour vous rendre justice ; mes reproches vous coûtèrent des larmes, je ne voulais pas les voir, je voulais que vous fussiez coupable, et que vous crussiez l'être ; et j'avoue que j'offenserais*[1] *la vertu même. Adieu, Angélique, ma tendresse ne finira qu'avec ma vie, et je renonce à tout engagement ; j'ai voulu que vous fussiez contente de mon cœur, afin que l'estime que vous aurez pour lui excuse la tendresse dont vous m'honorâtes. (Après avoir lu, et rendant la lettre.)* Allez, Chevalier, avec cette façon de sentir là, vous n'êtes point à plaindre ; quelle lettre ! Autrefois le Marquis m'en écrivit une à peu près de même, je croyais qu'il n'y avait que lui au monde qui en fût capable ; vous étiez son ami, et je ne m'en étonne pas.

LE CHEVALIER. Vous savez combien son amitié m'était chère.

LA MARQUISE. Il ne la donnait qu'à ceux qui la méritaient.

LE CHEVALIER. Que cette amitié-là me serait d'un grand secours, s'il vivait encore !

LA MARQUISE, *pleurant*. Sur ce pied-là, nous l'avons donc perdu tous deux.

LE CHEVALIER. Je crois que je ne lui survivrai pas longtemps.

LA MARQUISE. Non, Chevalier, vivez pour me donner la satisfaction de voir son ami le regretter avec moi ; à la place de son amitié, je vous donne la mienne.

Mercure (Journaux et Œuvres diverses, p. 98). Mais le ton est ici plus élé-giaque que passionné, signe peut-être d'un certain affadissement de la sensi-bilité.

1. Texte de l'édition originale et de l'édition de 1758. On a proposé de corriger *offenserais* en *offensais*. Mais on peut comprendre, en se reportant au début de la lettre : « J'avais dessein de vous revoir, mais [en insistant pour le faire] j'avoue que j'offenserais la vertu même. » Nous avons seulement remplacé la virgule qui précède ces mots dans l'édition originale, par un point-virgule, pour éviter la succession des deux propositions commençant par *et*.

LE CHEVALIER. Je vous la demande de tout mon cœur, elle sera ma ressource ; je prendrai la liberté de vous écrire, vous voudrez bien me répondre, et c'est une espérance consolante que j'emporte en partant.

LA MARQUISE. En vérité, Chevalier, je souhaiterais que vous restassiez ; il n'y a qu'avec vous que ma douleur se verrait libre.

LE CHEVALIER. Si je restais, je romprais avec tout le monde, et ne voudrais voir que vous.

LA MARQUISE. Mais effectivement, faites-vous bien de partir ? Consultez-vous : il me semble qu'il vous sera plus doux d'être moins éloigné d'Angélique.

LE CHEVALIER. Il est vrai que je pourrais vous en parler quelquefois.

LA MARQUISE. Oui, je vous plaindrais, du moins, et vous me plaindriez aussi, cela rend la douleur plus supportable.

LE CHEVALIER. En vérité, je crois que vous avez raison.

LA MARQUISE. Nous sommes voisins.

LE CHEVALIER. Nous demeurons comme dans la même maison, puisque le même jardin nous est commun.

LA MARQUISE. Nous sommes affligés, nous pensons de même [1].

LE CHEVALIER. L'amitié nous sera d'un grand secours.

LA MARQUISE. Nous n'avons que cette ressource-là dans les afflictions, vous en conviendrez. Aimez-vous la lecture ?

LE CHEVALIER. Beaucoup.

LA MARQUISE. Cela vient encore fort bien ; j'ai pris depuis quinze jours un homme à qui j'ai donné le soin de ma bibliothèque ; je n'ai pas la vanité de devenir savante, mais je suis bien aise de m'occuper : il me lit tous les jours quelque chose, nos lectures sont sérieuses, raisonnables ; il y met un ordre qui m'instruit en m'amusant : voulez-vous être de la partie ?

LE CHEVALIER. Voilà qui est fini, Madame, vous me déterminez ; c'est un bonheur pour moi que de vous avoir vue ; je me sens déjà plus tranquille. Allons, je ne partirai point ; j'ai des livres aussi en assez grande quantité, celui qui a soin des vôtres les mettra tout ensemble, et je vais appeler mon valet pour changer les ordres que je lui ai donnés. Que je vous ai d'obligation ! peut-être que vous me sauvez la raison, mon désespoir se calme, vous avez dans l'esprit une douceur qui m'était nécessaire, et qui me gagne : vous avez

---

1. Voici cette conformité de sentiments que les personnages interprètent implicitement comme une *sympathie*, au plein sens du terme à l'époque (affinité élective, voulue par la destinée).

renoncé à l'amour et moi aussi ; et votre amitié me tiendra lieu de tout, si vous êtes sensible à la mienne.

La Marquise. Sérieusement, je m'y crois presque obligée, pour vous dédommager de celle du Marquis : allez, Chevalier, faites vite vos affaires ; je vais, de mon côté, donner quelque ordre aussi ; nous nous reverrons tantôt. *(Et à part.)* En vérité, ce garçon-là a un fond de probité[1] qui me charme.

Scène VIII

LE CHEVALIER, LUBIN

Le Chevalier, *seul, un moment.* Voilà vraiment de ces esprits propres à consoler une personne affligée ; que cette femme-là a de mérite ! je ne la connaissais pas encore : quelle solidité d'esprit ! quelle bonté de cœur ! C'est un caractère à peu près comme celui d'Angélique, et ce sont des trésors que ces caractères-là ; oui, je la préfère à tous les amis du monde. *(Il appelle Lubin.)* Lubin ! il me semble que je le vois dans le jardin.

Scène IX

LUBIN, LE CHEVALIER

Lubin, *répond derrière le théâtre.* Monsieur... *(Et puis il arrive très triste.)* Que vous plaît-il, Monsieur ?

Le Chevalier. Qu'as-tu donc, avec cet air triste ?

Lubin. Hélas ! Monsieur, quand je suis à rien faire, je m'attriste à cause de votre maîtresse, et un peu à cause de la mienne ; je suis fâché de ce que nous partons ; si nous restions, je serais fâché de même.

Le Chevalier. Nous ne partons point, ainsi ne fais rien de ce que je t'avais ordonné pour notre départ.

Lubin. Nous ne partons point !

Le Chevalier. Non, j'ai changé d'avis.

---

1. Le mot de *probité* est inattendu. Ces impropriétés sont toujours très significatives chez Marivaux : ce sont comme les lapsus de sens, comparables aux lapsus de forme qu'a étudiés Freud. Sur l'orthographe de *fond*, on note que Marivaux, comme ses contemporains, ne distingue pas *fond* de *fonds*. Il est arbitraire de le faire pour lui.

LUBIN. Mais, Monsieur, j'ai fait mon paquet.

LE CHEVALIER. Eh bien tu n'as qu'à le défaire.

LUBIN. J'ai dit adieu à tout le monde, je ne pourrai donc plus voir personne ?

LE CHEVALIER. Eh, tais-toi ; rends-moi mes lettres.

LUBIN. Ce n'est pas la peine, je les porterai tantôt.

LE CHEVALIER. Cela n'est plus nécessaire, puisque je reste ici.

LUBIN. Je n'y comprends rien ; c'est donc encore autant de perdu que ces lettres-là ? Mais, Monsieur, qui est-ce qui vous empêche de partir, est-ce Madame la Marquise ?

LE CHEVALIER. Oui.

LUBIN. Et nous ne changeons point de maison ?

LE CHEVALIER. Et pourquoi en changer ?

LUBIN. Ah ! me voilà perdu.

LE CHEVALIER. Comment donc ?

LUBIN. Vos maisons se communiquent ; de l'une on entre dans l'autre ; je n'ai plus ma maîtresse ; Madame la Marquise a une femme de chambre toute agréable ; de chez vous j'irai chez elle ; crac, me voilà infidèle tout de plain-pied, et cela m'afflige ; pauvre Marton ! faudra-t-il que je t'oublie ?

LE CHEVALIER. Tu serais un bien mauvais cœur.

LUBIN. Ah ! pour cela, oui, cela sera bien vilain, mais cela ne manquera pas d'arriver : car j'y sens déjà du plaisir, et cela me met au désespoir ; encore si vous aviez la bonté de montrer l'exemple[1] : tenez, la voilà qui vient, Lisette.

Scène X

LISETTE, LE COMTE, LE CHEVALIER, LUBIN

LE COMTE. J'allais chez vous, Chevalier, et j'ai su de Lisette que vous étiez ici ; elle m'a dit votre affliction, et je vous assure que j'y prends beaucoup de part ; il faut tâcher de se *dissiper.

LE CHEVALIER. Cela n'est pas aisé, Monsieur le Comte.

---

1. Arlequin, dans la première *Surprise*, adressait une prière analogue à son maître : « Monsieur, si je deviens amoureux, je veux avoir la consolation que vous le soyez aussi, afin qu'on dise toujours : tel valet, tel maître. » (Acte II, sc. v.)

LUBIN, *faisant un sanglot.* Eh !

LE CHEVALIER. Tais-toi.

LE COMTE. Que lui est-il donc arrivé, à ce pauvre garçon ?

LE CHEVALIER. Il a, dit-il, du chagrin de ce que je ne pars point, comme je l'avais résolu.

LUBIN, *riant.* Et pourtant je suis bien aise de rester, à cause de Lisette.

LISETTE. Cela est galant : mais, Monsieur le Chevalier, venons à ce qui nous amène, Monsieur le Comte et moi. J'étais sous le *berceau [1] pendant votre conversation avec Madame la Marquise, et j'en ai entendu une partie sans le vouloir ; votre voyage est rompu, ma maîtresse vous a conseillé de rester, vous êtes tous deux dans la tristesse, et la conformité de vos sentiments fera que vous vous verrez souvent. Je suis attachée à ma maîtresse, plus que je ne saurais vous le dire, et je suis désolée de voir qu'elle ne veut pas se consoler, qu'elle soupire et pleure toujours ; à la fin elle n'y résistera pas : n'entretenez point sa douleur, tâchez même de la tirer de sa mélancolie ; voilà Monsieur le Comte qui l'aime, vous le connaissez, il est de vos amis, Madame la Marquise n'a point de répugnance à le voir ; ce serait un mariage qui conviendrait, je tâche de le faire réussir ; aidez-nous de votre côté, Monsieur le Chevalier, rendez ce service à votre ami, servez ma maîtresse elle-même.

LE CHEVALIER. Mais, Lisette, ne me dites-vous pas que Madame la Marquise voit le Comte sans répugnance ?

LE COMTE. Mais, sans répugnance, cela veut dire qu'elle me souffre ; voilà tout.

LISETTE. Et qu'elle reçoit vos visites.

LE CHEVALIER. Fort bien ; mais s'aperçoit-elle que vous l'aimez ?

LE COMTE. Je crois que oui.

LISETTE. De temps en temps, de mon côté, je glisse de petits mots, afin qu'elle y prenne garde.

LE CHEVALIER. Mais, vraiment, ces petits mots-là doivent faire un grand effet, et vous êtes entre de bonnes mains, Monsieur le Comte. Et que vous dit la Marquise ? Vous répond-elle d'une façon qui promette quelque chose ?

---

1. En termes de jardinier, le berceau est une « couverture en forme de voûte qui règne le long d'une allée de jardin » (abrégé du Richelet). Il est donc à supposer que la scène se passe dans une galerie donnant sur le jardin, et bordée par un berceau.

LE COMTE. Jusqu'ici, elle me traite avec beaucoup de douceur.

LE CHEVALIER. Avec douceur ! Sérieusement ?

LE COMTE. Il me le paraît.

LE CHEVALIER, *brusquement*. Mais sur ce pied-là, vous n'avez donc pas besoin de moi ?

LE COMTE. C'est conclure d'une manière qui m'étonne.

LE CHEVALIER. Point du tout, je dis fort bien ; on voit votre amour, on le souffre, on y fait accueil, apparemment qu'on s'y plaît, et je gâterais peut-être tout si je m'en mêlais : cela va tout seul.

LISETTE. Je vous avoue que voilà un raisonnement auquel je n'entends rien.

LE COMTE. J'en suis aussi surpris que vous.

LE CHEVALIER. Ma foi, Monsieur le Comte, je faisais tout pour le mieux ; mais puisque vous le voulez, je parlerai, il en arrivera ce qu'il pourra : vous le voulez, malgré mes bonnes raisons ; je suis votre serviteur et votre ami.

LE COMTE. Non, Monsieur, je vous suis bien obligé, et vous aurez la bonté de ne rien dire ; j'irai mon chemin. Adieu, Lisette, ne m'oubliez pas ; puisque Madame la Marquise a des affaires, je reviendrai une autre fois.

Scène XI

LE CHEVALIER, LISETTE, LUBIN

LE CHEVALIER. Faites entendre raison aux gens, voilà ce qui en arrive ; assurément, cela est original, il me quitte aussi froidement que s'il quittait un rival.

LUBIN. Eh bien, tout coup vaille, il ne faut jurer de rien dans la vie, cela dépend des fantaisies ; fournissez-vous toujours, et vive les provisions ! n'est-ce pas, Lisette ?

LISETTE. Oserais-je, Monsieur le Chevalier, vous parler à cœur ouvert ?

LE CHEVALIER. Parlez.

LISETTE. Mademoiselle Angélique est perdue pour vous.

LE CHEVALIER. Je ne le sais que trop.

LISETTE. Madame la Marquise est riche, jeune et belle.

LUBIN. Cela est *friand.

LE CHEVALIER. Après ?

LISETTE. Eh bien, Monsieur le Chevalier, tantôt vous l'avez vue soupirer de ses afflictions, n'auriez-vous pas trouvé qu'elle a bonne grâce à soupirer ? je crois que vous m'entendez ?

LUBIN. Courage, Monsieur.

LE CHEVALIER. Expliquez-vous ; qu'est-ce que cela signifie ? que j'ai de l'inclination pour elle ?

LISETTE. Pourquoi non ? je le voudrais de tout mon cœur ; dans l'état où je vois ma maîtresse, que m'importe par qui elle en sorte, pourvu qu'elle épouse un honnête homme ?

LUBIN. C'est ma foi bien dit, il faut être honnête homme pour l'épouser, il n'y a que les malhonnêtes gens qui ne l'épouseront point.

LE CHEVALIER, *froidement*. Finissons, je vous prie, Lisette.

LISETTE. Eh bien, Monsieur, sur ce *pied-là, que n'allez-vous vous ensevelir dans quelque solitude où l'on ne vous voie point ? Si vous saviez combien aujourd'hui votre physionomie est bonne à porter dans un désert, vous aurez le plaisir de n'y trouver rien de si triste qu'elle. Tenez, Monsieur, l'ennui, la langueur, la désolation, le désespoir, avec un air sauvage brochant sur le tout, voilà le noir tableau que représente actuellement votre visage ; et je soutiens que la vue en peut rendre malade, et qu'il y a conscience à la promener par le monde. Ce n'est pas là tout : quand vous parlez aux gens, c'est du ton d'un homme qui va rendre les derniers soupirs ; ce sont des paroles qui traînent, qui vous engourdissent, qui ont un poison froid qui glace l'âme, et dont je sens que la mienne est gelée ; je n'en peux plus, et cela doit vous faire compassion. Je ne vous blâme pas ; vous avez perdu votre maîtresse, vous vous êtes voué aux langueurs, vous avez fait vœu d'en mourir ; c'est fort bien fait, cela édifiera le monde : on parlera de vous dans l'Histoire, vous serez excellent à être cité, mais vous ne valez rien à être vu ; ayez donc la bonté de nous édifier de plus loin.

LE CHEVALIER. Lisette, je pardonne au zèle que vous avez pour votre maîtresse ; mais votre discours ne me plaît point.

LUBIN. Il est incivil.

LE CHEVALIER. Mon voyage est rompu ; on ne change pas à tout moment de résolution, et je ne partirai point ; à l'égard de Monsieur le Comte, je parlerai en sa faveur à votre maîtresse ; et s'il est vrai, comme je le préjuge, qu'elle ait du penchant pour lui, ne vous inquiétez de rien, mes visites ne seront pas fréquentes, et ma tristesse ne gâtera rien ici.

LISETTE. N'avez-vous que cela à me dire, Monsieur ?

LE CHEVALIER. Que pourrais-je vous dire davantage ?

LISETTE. Adieu, Monsieur ; je suis votre servante.

Scène XII

LUBIN, LE CHEVALIER

LE CHEVALIER, *quelque temps sérieux.* Tout ce que j'entends là me rend la perte d'Angélique encore plus sensible.

LUBIN. Ma foi, Angélique me coupe la gorge.

LE CHEVALIER, *comme en se promenant.* Je m'attendais à trouver quelque consolation dans la Marquise, sa *généreuse résolution de ne plus aimer me la rendait respectable ; et la voilà qui va se remarier ; à la bonne heure : je la distinguais, et ce n'est qu'une femme comme une autre.

LUBIN. Mettez-vous à la place d'une veuve qui s'ennuie.

LE CHEVALIER. Ah ! chère Angélique, s'il y a quelque chose au monde qui puisse me consoler, c'est de sentir combien vous êtes au-dessus de votre sexe, c'est de voir combien vous méritez mon amour.

LUBIN. Ah ! Marton, Marton ! je t'oubliais d'un grand *courage ; mais mon maître ne veut pas que j'achève ; je m'en vais donc me remettre à te regretter comme auparavant, et que le Ciel m'assiste !...

LE CHEVALIER, *se promenant.* Je me sens plus que jamais accablé de ma douleur.

LUBIN. Lisette m'avait un peu ragaillardi.

LE CHEVALIER. Je vais m'enfermer chez moi ; je ne verrai que tantôt la Marquise, je n'ai plus que faire ici si elle se marie : suis-je en état de voir des fêtes ? En vérité, la Marquise y songe-t-elle ? Et qu'est devenue la mémoire de son mari ?

LUBIN. Ah ! Monsieur, qu'est-ce que vous voulez qu'elle fasse d'une mémoire ?

LE CHEVALIER. Quoi qu'il en soit, je lui ai dit que je ferais apporter mes livres, et l'*honnêteté veut que je tienne parole. Va me chercher celui qui a soin des siens : ne serait-ce pas lui qui entre ?

Scène XIII

HORTENSIUS, LUBIN, LE CHEVALIER

HORTENSIUS. Je n'ai pas l'honneur d'être connu de vous, Monsieur ; je m'appelle Hortensius. Madame la Marquise, dont j'ai l'avantage de diriger les lectures, et à qui j'enseigne tour à tour les belles-lettres, la morale et la philosophie, sans préjudice des autres sciences que je pourrais lui enseigner encore, m'a fait entendre, Monsieur, le désir que vous avez de me montrer vos livres, lesquels témoigneront, sans doute, l'excellence et sûreté [1] de votre bon goût ; partant, Monsieur, que vous plaît-il qu'il en soit ?

LE CHEVALIER. Lubin va vous mener à ma bibliothèque, Monsieur, et vous pouvez en faire apporter les livres ici.

HORTENSIUS. Soit fait comme vous le commandez.

Scène XIV

LUBIN, HORTENSIUS

HORTENSIUS. Eh bien, mon garçon, je vous attends.

LUBIN. Un petit moment d'audience, Monsieur le docteur Hortus.

HORTENSIUS. Hortensius, Hortensius ; ne défigurez point mon nom.

LUBIN. Qu'il reste comme il est, je n'ai pas envie de lui gâter la taille.

HORTENSIUS, *à part*. Je le crois ; mais que voulez-vous ? il faut gagner la bienveillance de tout le monde [2].

LUBIN. Vous apprenez la morale et la philosophie à la Marquise ?

HORTENSIUS. Oui.

LUBIN. À quoi cela sert-il, ces choses-là ?...

HORTENSIUS. À purger l'âme de toutes ses passions.

LUBIN. Tant mieux ; faites-moi prendre un doigt de cette médecine-là, contre ma mélancolie.

HORTENSIUS. Est-ce que vous avez du chagrin ?

LUBIN. Tant, que j'en mourrais, sans le bon appétit qui me sauve.

HORTENSIUS. Vous avez là un puissant antidote : je vous dirai pour-

---

1. Les mots *et sûreté* sont omis depuis l'édition de 1758.   **2.** Tel est le texte de toutes les éditions. Peut-être quelques mots ont-ils disparu, et une partie de la réplique devait-elle se prononcer haut.

tant, mon ami, que le chagrin est toujours inutile, parce qu'il ne remédie à rien, et que la raison doit être notre règle dans tous les états.

LUBIN. Ne parlons point de raison, je la sais par cœur, celle-là ; purgez-moi plutôt avec de la morale.

HORTENSIUS. Je vous en dis, et de la meilleure.

LUBIN. Elle ne vaut donc rien pour mon tempérament ; servez-moi de la philosophie.

HORTENSIUS. Ce serait à peu près la même chose.

LUBIN. Voyons donc les belles-lettres.

HORTENSIUS. Elles ne vous conviendraient pas : mais quel est votre chagrin ?

LUBIN. C'est l'amour.

HORTENSIUS. Oh ! la philosophie ne veut pas qu'on prenne d'amour.

LUBIN. Oui ; mais quand il est pris, que veut-elle qu'on en fasse ?

HORTENSIUS. Qu'on y renonce, qu'on le laisse là.

LUBIN. Qu'on le laisse là ? Et s'il ne s'y tient pas ? car il court après vous.

HORTENSIUS. Il faut fuir de toutes ses forces.

LUBIN. Bon, quand on a de l'amour, est-ce qu'on a des jambes ? la philosophie en fournit donc ?

HORTENSIUS. Elle nous donne d'excellents conseils.

LUBIN. Des conseils ? Ah ! le triste équipage pour *gagner pays !

HORTENSIUS. Écoutez, voulez-vous un remède infaillible ? vous pleurez une maîtresse, faites-en une autre.

LUBIN. Eh morbleu, que ne parlez-vous ? voilà qui est bon, cela. Gageons que c'est avec cette morale-là que vous traitez la Marquise, qui va se marier avec Monsieur le Comte ?

HORTENSIUS, *étonné*. Elle va se marier, dites-vous ?

LUBIN. Assurément, et si nous avions voulu d'elle, nous l'aurions eu par préférence, car Lisette nous l'a offert.

HORTENSIUS. Êtes-vous bien sûr de ce que vous me dites ?

LUBIN. À telles enseignes, que Lisette nous a ensuite proposé de nous retirer, parce que nous sommes tristes, et que vous êtes un peu pédant, à ce qu'elle dit, et qu'il faut que la Marquise se tienne en joie.

HORTENSIUS, *à part*. *Bene, bene* ; je te rends grâce, ô Fortune ! de m'avoir instruit de cela. Je me trouve bien ici, ce mariage m'en chasserait ; mais je vais soulever un orage qu'on ne pourra vaincre.

LUBIN. Que marmottez-vous là dans vos dents, Docteur ?

HORTENSIUS. Rien, allons toujours chercher les livres, car le temps presse.

ACTE II

Scène première

LUBIN, HORTENSIUS

LUBIN, *chargé d'une *manne de livres, et s'asseyant dessus*. Ah ! je n'aurais jamais cru que la science fût si pesante.

HORTENSIUS. Belle bagatelle ! J'ai bien plus de livres que tout cela dans ma tête.

LUBIN. Vous ?

HORTENSIUS. Moi-même.

LUBIN. Vous êtes donc le libraire et la boutique tout à la fois ? Et qu'est-ce que vous faites de tout cela dans votre tête ?

HORTENSIUS. J'en nourris mon esprit.

LUBIN. Il me semble que cette nourriture-là ne lui profite point ; je l'ai trouvé maigre.

HORTENSIUS. Vous ne vous y connaissez point ; mais reposez-vous un moment, vous viendrez me trouver après dans la bibliothèque, où je vais faire de la place à ces livres.

LUBIN. Allez, allez toujours devant.

Scène II

LUBIN, LISETTE

LUBIN, *un moment seul, et assis*. Ah ! pauvre Lubin ! J'ai bien du tourment dans le cœur ; je ne sais plus à présent si c'est Marton que j'aime ou si c'est Lisette : je crois pourtant que c'est Lisette, à moins que ce ne soit Marton.

Lisette arrive avec quelques laquais qui portent des sièges.

LISETTE. Apportez, apportez-en encore un ou deux, et mettez-les là.

LUBIN, *assis*. Bonjour, ma mour.

LISETTE. Que fais-tu donc ici ?

LUBIN. Je me repose sur un paquet de livres que je viens d'apporter pour nourrir l'esprit de Madame, car le Docteur le dit ainsi.

LISETTE. La sotte nourriture ! Quand verrai-je finir toutes ces folies-là ? Va, va, porte ton impertinent ballot.

LUBIN. C'est de la morale et de la philosophie ; ils disent que cela purge l'âme ; j'en ai pris une petite dose, mais cela ne m'a pas seulement fait éternuer.

LISETTE. Je ne sais ce que tu viens me conter ; laisse-moi en repos, va-t'en.

LUBIN. Eh pardi, ce n'est donc pas pour moi que tu faisais apporter des sièges ?

LISETTE. Le butor ! C'est pour Madame qui va venir ici.

LUBIN. Voudrais-tu, en passant, prendre la peine de t'asseoir un moment, Mademoiselle ? Je t'en prie, j'aurais quelque chose à te communiquer.

LISETTE. Eh bien, que me veux-tu, Monsieur ?

LUBIN. Je te dirai, Lisette, que je viens de regarder ce qui se passe dans mon cœur, et je te confie que j'ai vu la figure de Marton qui en délogeait, et la tienne qui demandait à se nicher dedans ; je lui ai dit que je t'en parlerais, elle attend : veux-tu que je la laisse entrer ?

LISETTE. Non, Lubin, je te conseille de la renvoyer ; car, dis-moi, que ferais-tu ? À quoi cela aboutirait-il ? À quoi nous servirait de nous aimer ?

LUBIN. Ah ! on trouve toujours bien le débit de cela entre deux personnes.

LISETTE. Non, te dis-je, ton maître ne veut point s'attacher à ma maîtresse, et ma *fortune dépend de demeurer avec elle, comme la tienne dépend de rester avec le Chevalier.

LUBIN. Cela est vrai, j'oubliais que j'avais une *fortune qui est d'avis que je ne te regarde pas. Cependant, si tu me trouvais à ton gré, c'est dommage que tu n'aies pas la satisfaction de m'aimer à ton aise ; c'est un hasard qui ne se trouve pas toujours. Serais-tu d'avis que j'en touchasse un petit mot à la Marquise ? Elle a de l'amitié pour le Chevalier, le Chevalier en a pour elle ; ils pourraient fort bien se faire l'amitié de s'épouser par amour, et notre affaire irait *tout de suite.

LISETTE. Tais-toi, voici Madame.

LUBIN. Laisse-moi faire.

Scène III

LA MARQUISE, HORTENSIUS, LISETTE, LUBIN

LA MARQUISE. Lisette, allez dire là-bas qu'on ne laisse entrer personne ; je crois que voilà l'heure de notre lecture, il faudrait avertir le Chevalier. Ah ! te voilà, Lubin ; où est ton maître ?

LUBIN. Je crois, Madame, qu'il est allé soupirer chez lui.

LA MARQUISE. Va lui dire que nous l'attendons.

LUBIN. Oui, Madame ; et j'aurai aussi pour moi une petite bagatelle à vous proposer, dont je prendrai la liberté de vous entretenir en toute humilité, comme cela se doit.

LA MARQUISE. Eh ! de quoi s'agit il ?

LUBIN. Oh ! presque de rien ; nous parlerons de cela tantôt, quand j'aurai fait votre commission.

LA MARQUISE. Je te rendrai service, si je le puis.

Scène IV

HORTENSIUS, LA MARQUISE

LA MARQUISE, *nonchalamment*. Eh bien, Monsieur, vous n'aimez donc pas les livres du Chevalier ?

HORTENSIUS. Non, Madame, le choix ne m'en paraît pas docte ; dans dix tomes, pas la moindre citation de nos auteurs grecs ou latins, lesquels, quand on compose, doivent fournir tout le suc d'un ouvrage ; en un mot, ce ne sont que des livres modernes, remplis de phrases spirituelles ; ce n'est que de l'esprit, toujours de l'esprit, petitesse qui choque le sens commun [1].

LA MARQUISE, *nonchalante*. Mais de l'esprit ! est-ce que les Anciens n'en avaient pas ?

HORTENSIUS. Ah ! Madame, *distinguo* ; ils en avaient d'une manière... oh ! d'une manière que je trouve admirable.

LA MARQUISE. Expliquez-moi cette manière.

HORTENSIUS. Je ne sais pas trop bien quelle image employer pour cet effet, car c'est par les images que les Anciens peignaient les

---

1. Marivaux met dans la bouche d'Hortensius, sous une forme à peine caricaturale, les reproches qui lui avaient été adressés à lui-même à plusieurs reprises de *courir après l'esprit*. Voir notre *Marivaux et le marivaudage*, pp. 34-35 et 233. Noter que, chose rare à l'époque, on ne trouve jamais de citations latines ou grecques sous la plume de Marivaux.

choses. Voici comme parle un auteur dont j'ai retenu les paroles. Représentez-vous, dit-il, une femme coquette : *primo*, son habit est en *pretintailles, au lieu de grâces, je lui vois des mouches ; au lieu de visage, elle a des mines ; elle n'agit point, elle gesticule ; elle ne regarde point, elle lorgne ; elle ne marche pas, elle voltige ; elle ne plaît point, elle séduit ; elle n'occupe point, elle *amuse ; on la croit belle, et moi je la tiens ridicule, et c'est à cette impertinente femme que ressemble l'esprit d'à présent, dit l'auteur.

LA MARQUISE. J'entends bien.

HORTENSIUS. L'esprit des Anciens, au contraire, continue-t-il, ah ! c'est une beauté si mâle, que pour démêler qu'elle est belle, il faut se douter qu'elle l'est : simple dans ses façons, on ne dirait pas qu'elle ait vu le monde ; mais ayez seulement le courage de vouloir l'aimer, et vous parviendrez à la trouver charmante.

LA MARQUISE. En voilà assez, je vous comprends : nous sommes plus affectés, et les Anciens plus grossiers.

HORTENSIUS. Que le Ciel m'en garde, Madame ; jamais Hortensius...

LA MARQUISE. Changeons de discours ; que nous lirez-vous aujourd'hui ?

HORTENSIUS. Je m'étais proposé de vous lire un peu du *Traité de la patience*, chapitre premier, *Du Veuvage* [1].

LA MARQUISE. Oh ! prenez autre chose ; rien ne me donne moins de patience que les traités qui en parlent.

HORTENSIUS. Ce que vous dites est probable [2].

LA MARQUISE. J'aime assez l'*Éloge de l'amitié*, nous en lirons quelque chose.

HORTENSIUS. Je vous supplierai de m'en dispenser, Madame ; ce n'est pas la peine, pour le peu de temps que nous avons à rester ensemble, puisque vous vous mariez avec Monsieur le Comte.

LA MARQUISE. Moi !

HORTENSIUS. Oui, Madame, au moyen duquel mariage je deviens à présent un serviteur superflu, semblable à ces troupes qu'on entretient pendant la guerre, et que l'on *casse à la paix : je combattais vos passions, vous vous *accommodez avec elles, et je me retire avant qu'on me réforme.

LA MARQUISE. Vous tenez là de jolis discours, avec vos passions ; il

---

1. Bien entendu, le nom de cet ouvrage, comme du suivant, est de pure imagination.   **2.** Hortensius entend ce mot en termes d'école ; nous dirions par exemple *soutenable*.

est vrai que vous êtes assez propre à leur faire peur, mais je n'ai que faire de vous pour les combattre. Des passions avec qui je m'accommode ! En vérité, vous êtes burlesque. Et ce mariage, de qui le tenez-vous donc ?

Hortensius. De Mademoiselle Lisette, qui l'a dit à Lubin, lequel me l'a rapporté, avec cette apostille contre moi, qui est que ce mariage m'expulserait d'ici.

La Marquise, *étonnée*. Mais qu'est-ce que cela signifie ? Le Chevalier croira que je suis folle, et je veux savoir ce qu'il a répondu : ne me cachez rien, parlez.

Hortensius. Madame, je ne sais rien, là-dessus, que de très vague.

La Marquise. Du vague, voilà qui est bien instructif ; voyons donc ce vague.

Hortensius. Je pense donc que Lisette ne disait à Monsieur le Chevalier que vous épousiez Monsieur le Comte...

La Marquise. Abrégez les qualités.

Hortensius. Qu'afin de savoir si ledit Chevalier ne voudrait pas vous rechercher lui-même et se substituer au lieu et place dudit Comte ; et même il appert par le récit dudit Lubin, que ladite Lisette vous a offert au sieur Chevalier.

La Marquise. Voilà, par exemple, de ces faits incroyables ; c'est promener la main d'une femme, et dire aux gens : la voulez-vous ? Ah ! ah ! je m'imagine voir le Chevalier reculer de dix pas à la proposition, n'est-il pas vrai ?

Hortensius. Je cherche sa réponse littérale.

La Marquise. Ne vous brouillez point, vous avez la mémoire fort nette, ordinairement.

Hortensius. L'histoire rapporte qu'il s'est d'abord écrié dans sa surprise, et qu'ensuite il a refusé la chose.

La Marquise. Oh ! pour l'exclamation, il pouvait la retrancher, ce me semble, elle me paraît très imprudente et très impolie. J'en approuve l'esprit ; s'il pensait autrement, je ne le verrais de ma vie ; mais se récrier devant les domestiques, m'exposer à leur raillerie, ah ! c'en est un peu trop ; il n'y a point de situation qui dispense d'être *honnête.

Hortensius. La remarque critique [1] est judicieuse.

---

1. L'expression est du style soit des brochures et des journaux, soit des éditions savantes. Dans les deux cas, elle évoque la personnalité de Desfontaines.

LA MARQUISE. Oh ! je vous assure que je mettrai ordre à cela. Comment donc ! cela m'attaque directement, cela va presque au mépris. Oh, Monsieur le Chevalier, aimez votre Angélique tant que vous voudrez ; mais que je n'en souffre pas, s'il vous plaît ! Je ne veux point me marier ; mais je ne veux pas qu'on me refuse.

HORTENSIUS. Ce que vous dites est sans faute. *(À part.)* Ceci va bon train pour moi. *(À la Marquise.)* Mais, Madame, que deviendrai-je ? Puis-je rester ici ? N'ai-je rien à craindre ?

LA MARQUISE. Allez, Monsieur, je vous retiens pour cent ans : vous n'avez ici ni Comte, ni Chevalier à craindre ; c'est moi qui vous en assure, et qui vous protège. Prenez votre livre, et lisons ; je n'attends personne.

Hortensius tire un livre.

Scène V

LUBIN *arrive* ; HORTENSIUS, LA MARQUISE

LUBIN. Madame, Monsieur le Chevalier finit un embarras avec un homme ; il va venir, et il dit qu'on l'attende.

LA MARQUISE. Va, va, quand il viendra nous le prendrons.

LUBIN. Si vous le permettiez à présent, Madame, j'aurais l'honneur de causer un moment avec vous.

LA MARQUISE. Eh bien, que veux-tu ? Achève.

LUBIN. Oh ! mais, je n'oserais, vous me paraissez en colère.

LA MARQUISE, *à Hortensius*. Moi, de la colère ? ai-je cet air-là, Monsieur ?

HORTENSIUS. La paix règne sur votre visage.

LUBIN. C'est donc que cette paix y règne d'un air fâché ?

LA MARQUISE. Finis, finis.

LUBIN. C'est que vous saurez, Madame, que Lisette trouve ma personne assez agréable ; la sienne me revient assez, et ce serait un marché fait, si, par une bonté qui nous rendrait la vie, Madame, qui est à marier, voulait bien prendre un peu d'amour pour mon maître qui a du mérite, et qui, dans cette occasion, se comporterait à l'avenant.

LA MARQUISE, *à Hortensius*. Aha ! écoutons ; voilà qui se rapporte assez à ce que vous m'avez dit.

LUBIN. On parle aussi de Monsieur le Comte, et les comtes sont d'honnêtes gens ; je les considère beaucoup ; mais, si j'étais femme, je ne voudrais que des chevaliers pour mon mari : vive un cadet dans le ménage[1] !

LA MARQUISE. Sa vivacité me divertit : tu as raison, Lubin ; mais malheureusement, dit-on, ton maître ne se soucie point de moi.

LUBIN. Cela est vrai, il ne vous aime pas, et je lui en ai fait la réprimande avec Lisette ; mais si vous commenciez, cela le mettrait en train.

LA MARQUISE, *à Hortensius.* Eh bien, Monsieur, qu'en dites-vous ? Sentez-vous là-dedans le personnage que je joue ? La sottise du Chevalier me donne-t-elle un ridicule assez complet ?

HORTENSIUS. Vous l'avez prévu avec sagacité.

LUBIN. Oh ! je ne *dispute pas qu'il n'ait fait une sottise, assurément ; mais, dans l'occurrence, un honnête homme se reprend.

LA MARQUISE. Tais-toi, en voilà assez.

LUBIN. Hélas ! Madame, je serais bien fâché de vous déplaire ; je vous demande seulement d'y faire réflexion.

Scène VI

LISETTE *arrive ; les acteurs précédents*

LISETTE. Je viens de donner vos ordres, Madame : on dira là-bas que vous n'y êtes pas, et un moment après...

LA MARQUISE. Cela suffit ; il s'agit d'autre chose à présent, approche. *(Et à Lubin.)* Et toi, reste ici, je te prie.

LISETTE. Qu'est-ce que c'est donc que cette cérémonie ?

LUBIN, *à Lisette, bas.* Tu vas entendre parler de ma besogne.

LA MARQUISE. Mon mariage avec le Comte, quand le terminerez-vous, Lisette ?

LISETTE, *regardant Lubin.* Tu es un *étourdi.

LUBIN. Écoute, écoute.

LA MARQUISE. Répondez-moi donc, quand le terminerez-vous ?

Hortensius rit.

LISETTE, *le contrefaisant.* Eh, eh, eh ! Pourquoi me demandez-vous cela, Madame ?

LA MARQUISE. C'est que j'apprends que vous me marierez avec Monsieur le Comte, au défaut du Chevalier, à qui vous m'avez pro-

---

1. Sur le personnage social du chevalier, voir la notice de *La Fausse Suivante*, ci-dessus, pp. 464 *sq.*

posée, et qui ne veut point de moi, malgré tout ce que vous avez pu lui dire avec son valet, qui vient m'exhorter à avoir de l'amour pour son maître, dans l'espérance que cela le touchera.

LISETTE. J'admire le tour que prennent les choses les plus louables, quand un benêt les rapporte !

LUBIN. Je crois qu'on parle de moi !

LA MARQUISE. Vous admirez le tour que prennent les choses ?

LISETTE. Ah ça, Madame, n'allez-vous pas vous fâcher ? N'allez-vous pas croire que j'ai tort ?

LA MARQUISE. Quoi, vous portez la hardiesse jusque-là, Lisette ! Quoi ! prier le Chevalier de me faire la grâce de m'aimer, et tout cela pour pouvoir épouser cet imbécile-là ?

LUBIN. Attrape, attrape toujours.

LA MARQUISE. Qu'est-ce que c'est donc que l'amour du Comte ? Vous êtes donc la confidente des passions qu'on a pour moi, et que je ne connais point ? Et qu'est-ce qui pourrait se l'imaginer ? Je suis dans les pleurs, et l'on promet mon cœur et ma main à tout le monde, même à ceux qui n'en veulent point ; je suis rejetée, j'essuie des affronts, j'ai des amants qui espèrent, et je ne sais rien de tout cela ? Qu'une femme est à plaindre dans la situation où je suis ! Quelle perte j'ai fait ! Et comment me traite-t-on !

LUBIN, *à part.* Voilà notre ménage renversé.

LA MARQUISE, *à Lisette.* Allez, je vous croyais plus de zèle et plus de respect pour votre maîtresse.

LISETTE. Fort bien, Madame, vous parlez de zèle, et je suis payée du mien ; voilà ce que c'est que de s'attacher à ses maîtres ; la reconnaissance n'est point faite pour eux ; si vous réussissez à les servir, ils en profitent ; et quand vous ne réussissez pas, ils vous traitent comme des misérables.

LUBIN. Comme des imbéciles.

HORTENSIUS, *à Lisette.* Il est vrai qu'il vaudrait mieux que cela ne fût point advenu.

LA MARQUISE. Eh ! Monsieur, mon veuvage est éternel ; en vérité, il n'y a point de femme au monde plus éloignée du mariage que moi, et j'ai perdu le seul homme qui pouvait me plaire ; mais, malgré tout cela, il y a de certaines aventures désagréables pour une femme. Le Chevalier m'a refusée, par exemple ; mon amour-propre ne lui en veut aucun mal ; il n'y a là-dedans, comme je vous l'ai déjà dit, que le ton, que la manière que je condamne : car, quand il m'aimerait, cela lui serait inutile ; mais enfin il m'a refusée, cela est constant, il peut se vanter de cela, il le fera peut-être ; qu'en arrive-t-il ? Cela jette un air de rebut sur une femme, les égards et l'attention qu'on a pour elle en diminuent, cela glace tous les esprits pour elle ; je ne parle point des cœurs, car je n'en ai que faire : mais on a besoin de considération dans la vie, elle dépend de l'opinion qu'on prend de vous ; c'est l'opinion qui nous donne tout, qui nous ôte tout, au point qu'après tout ce qui m'arrive, si je voulais me remarier, je le suppose, à peine m'estimerait-on quelque chose, il ne serait plus flatteur de m'aimer ; le Comte, s'il savait ce qui s'est passé, oui, le Comte, je suis persuadée qu'il ne voudrait plus de moi.

LUBIN, *derrière*. Je ne serais pas si dégoûté.

LISETTE. Et moi, Madame, je dis que le Chevalier est un hypocrite ; car, si son refus est si sérieux, pourquoi n'a-t-il pas voulu servir Monsieur le Comte comme je l'en priais ? Pourquoi m'a-t-il refusée durement, d'un air inquiet et piqué ?

LA MARQUISE. Qu'est-ce que c'est que d'un air piqué ? Quoi ? Que voulez-vous dire ? Est-ce qu'il était jaloux ? En voici d'une autre espèce.

LISETTE. Oui, Madame, je l'ai cru jaloux : voilà ce que c'est ; il en avait toute la mine. Monsieur s'informe comment le Comte est auprès de vous, comment vous le recevez ; on lui dit que vous souffrez ses visites, que vous ne le recevez point mal. Point mal ! dit-il avec dépit, ce n'est donc pas la peine que je m'en mêle ? Qui est-ce qui n'aurait pas cru là-dessus qu'il songeait à vous pour lui-même ? Voilà ce qui m'avait fait parler, moi : eh ! que sait-on ce qui se passe dans sa tête ? peut-être qu'il vous aime.

LUBIN, *derrière*. Il en est bien capable.

LA MARQUISE. Me voilà déroutée, je ne sais plus comment régler ma conduite ; car il y en a une à tenir là-dedans : j'ignore laquelle, et cela m'inquiète.

HORTENSIUS. Si vous me le permettez, Madame, je vous apprendrai un petit axiome qui vous sera, sur la chose, d'une merveilleuse instruction ; c'est que le jaloux veut avoir ce qu'il aime : or, étant manifeste que le Chevalier vous refuse...

LA MARQUISE. Il me refuse ! Vous avez des expressions bien grossières ; votre axiome ne sait ce qu'il dit ; il n'est pas encore sûr qu'il me refuse.

LISETTE. Il s'en faut bien ; demandez au Comte ce qu'il en pense.

LA MARQUISE. Comment, est-ce que le Comte était présent ?

LISETTE. Il n'y était plus ; je dis seulement qu'il croit que le Chevalier est son rival.

LA MARQUISE. Ce n'est pas assez qu'il le croie, ce n'est pas assez, il faut que cela soit ; il n'y a que cela qui puisse me venger de l'affront presque public que m'a fait sa réponse ; il n'y a que cela ; j'ai besoin, pour réparations, que son discours n'ait été qu'un dépit amoureux ; dépendre d'un dépit amoureux ! Cela n'est-il pas comique ? Assurément : ce n'est pas que je me soucie de ce qu'on appelle la *gloire d'une femme, gloire sotte, ridicule, mais reçue, mais établie, qu'il faut soutenir, et qui nous pare ; les hommes pensent comme cela, il faut penser comme les hommes, ou ne pas vivre avec eux. Où en suis-je donc, si le Chevalier n'est point jaloux ? L'est-il ? ne l'est-il point ? on n'en sait rien. C'est un peut-être ; mais cette gloire en souffre, toute sotte qu'elle est, et me voilà dans la triste nécessité d'être aimée d'un homme qui me déplaît ; le moyen de tenir à cela ? oh ! je n'en demeurerai pas là, je n'en demeurerai pas là. Qu'en dites-vous, Monsieur ? il faut que la chose s'éclaircisse absolument.

HORTENSIUS. Le mépris serait suffisant, Madame.

LA MARQUISE. Eh ! non, Monsieur, vous me conseillez mal ; vous ne savez parler que de livres.

LUBIN. Il y aura du bâton pour moi dans cette affaire-là.

LISETTE, *pleurant*. Pour moi, Madame, je ne sais pas où vous prenez toutes vos alarmes, on dirait que j'ai renversé le monde entier. On n'a jamais aimé une maîtresse autant que je vous aime ; je m'avise de tout, et puis il se trouve que j'ai fait tous les maux imaginables. Je ne saurais durer comme cela ; j'aime mieux me retirer, du moins je ne verrai point votre tristesse, et l'envie de vous en tirer ne me fera point faire d'impertinence.

LA MARQUISE. Il ne s'agit pas de vos larmes ; je suis compromise, et vous ne savez pas jusqu'où cela va. Voilà le Chevalier qui vient, restez ; j'ai intérêt d'avoir des témoins.

Scène VII

LE CHEVALIER, *les acteurs précédents*

LE CHEVALIER. Vous m'avez peut-être attendu, Madame, et je vous prie de m'excuser ; j'étais en affaire.

LA MARQUISE. Il n'y a pas grand mal, Monsieur le Chevalier ; c'est une lecture retardée, voilà tout.

LE CHEVALIER. J'ai cru d'ailleurs que Monsieur le Comte vous tenait compagnie, et cela me tranquillisait.

LUBIN, *derrière*. Ahi ! ahi ! je m'enfuis.

LA MARQUISE, *examinant le Chevalier*. On m'a dit que vous l'aviez vu, le Comte ?

LE CHEVALIER. Oui, Madame.

LA MARQUISE, *le regardant toujours*. C'est un fort honnête homme.

LE CHEVALIER. Sans doute, et je le crois même d'un esprit très propre à consoler ceux qui ont du chagrin.

LA MARQUISE. Il est fort de mes amis.

LE CHEVALIER. Il est des miens aussi.

LA MARQUISE. Je ne savais pas que vous le connussiez beaucoup ; il vient ici quelquefois, et c'est presque le seul des amis de feu Monsieur le Marquis que je voie encore ; il m'a paru mériter cette distinction-là ; qu'en dites-vous ?

LE CHEVALIER. Oui, Madame, vous avez raison, et je pense comme vous ; il est digne d'être excepté.

LA MARQUISE, *à Lisette, bas*. Trouvez-vous cet homme-là jaloux, Lisette ?

LE CHEVALIER, *à part les premiers mots*. Monsieur le Comte et son mérite m'ennuient [1]. *(À la Marquise.)* Madame, on a parlé d'une lecture, et si je croyais vous déranger je me retirerais.

LA MARQUISE. Puisque la conversation vous ennuie, nous allons lire.

LE CHEVALIER. Vous me faites un étrange compliment.

LA MARQUISE. Point du tout, et vous allez être content. *(À Lisette.)* Retirez-vous, Lisette, vous me déplaisez là. *(À Hortensius.)* Et vous, Monsieur, ne vous écartez point, on va vous rappeler. *(Au Chevalier.)* Pour vous, Chevalier, j'ai encore un mot à vous dire avant notre lecture ; il s'agit d'un petit éclaircissement qui ne vous regarde point, qui ne touche que moi, et je vous demande en grâce de me répondre avec la dernière *naïveté sur la question que je vais vous faire.

LE CHEVALIER. Voyons, Madame, je vous écoute.

LA MARQUISE. Le Comte m'aime, je viens de le savoir, et je l'ignorais.

LE CHEVALIER, *ironiquement*. Vous l'ignorez [2] ?

---

1. L'édition originale porte : *m'ennuye*. **2.** Texte de 1728 et 1758. Certains éditeurs corrigent en *ignoriez*, ce qui ne s'impose pas absolument. On peut comprendre : « Vous dites que vous l'ignorez ? »

La Marquise. Je dis la vérité, ne m'interrompez point.

Le Chevalier. Cette vérité-là est singulière.

La Marquise. Je n'y saurais que faire, elle ne laisse pas que d'être ; il est permis aux gens de mauvaise humeur de la trouver comme ils voudront.

Le Chevalier. Je vous demande pardon d'avoir dit ce que j'en pense : continuons.

La Marquise, *impatiente*. Vous m'impatientez ! Aviez-vous cet esprit-là avec Angélique ? Elle aurait dû ne vous aimer guère.

Le Chevalier. Je n'en avais point d'autre, mais il était de son goût, et il a le malheur de n'être pas du vôtre ; cela fait une grande différence.

La Marquise. Vous l'écoutiez donc quand elle vous parlait ; écoutez-moi aussi. Lisette vous a prié de me parler pour le Comte, vous ne l'avez point voulu.

Le Chevalier. Je n'avais garde ; le Comte est un *amant, vous m'aviez dit que vous ne les aimiez point ; mais vous êtes la maîtresse.

La Marquise. Non, je ne la suis point ; peut-on, à votre avis, répondre à l'amour d'un homme qui ne vous plaît pas ? Vous êtes bien *particulier !

Le Chevalier, *riant*. Hé ! Hé ! Hé ! j'admire la peine que vous prenez pour me cacher vos sentiments ; vous craignez que je ne les critique, après ce que vous m'avez dit : mais non, Madame, ne vous *gênez point ; je sais combien il vaut de compter avec le cœur humain, et je ne vois rien là que de fort ordinaire.

La Marquise, *en colère*. Non, je n'ai de ma vie eu tant d'envie de quereller quelqu'un. Adieu.

Le Chevalier, *la retenant*. Ah ! Marquise, tout ceci n'est que conversation, et je serais au désespoir de vous chagriner ; achevez, de grâce.

La Marquise. Je reviens. Vous êtes l'homme du monde le plus estimable, quand vous voulez ; et je ne sais par quelle fatalité vous sortez aujourd'hui d'un caractère naturellement doux et raisonnable ; laissez-moi finir... Je ne sais plus où j'en suis.

Le Chevalier. Au Comte, qui vous déplaît.

La Marquise. Eh bien, ce Comte qui me déplaît, vous n'avez pas voulu me parler pour lui ; Lisette s'est même imaginé vous voir un air piqué.

Le Chevalier. Il en pouvait être quelque chose.

La Marquise. Passe pour cela, c'est répondre, et je vous reconnais : sur cet air piqué, elle a pensé que je ne vous déplaisais pas.

Le Chevalier *salue en riant*. Cela n'est pas difficile à penser.

La Marquise. Pourquoi ? On ne plaît pas à tout le monde ; or, comme elle a cru que vous me conveniez, elle vous a proposé ma main, comme si cela dépendait d'elle, et il est vrai que souvent je lui laisse assez de pouvoir sur moi ; vous vous êtes, dit-elle, révolté avec dédain contre la proposition.

Le Chevalier. Avec dédain ? voilà ce qu'on appelle du fabuleux, de l'impossible.

La Marquise. Doucement, voici ma question : avez-vous rejeté l'offre de Lisette, comme piqué de l'amour du Comte, ou comme une chose qu'on *rebute ? Était-ce dépit jaloux ? Car enfin, malgré nos conventions, votre cœur aurait pu être tenté du mien : ou bien était-ce vrai dédain ?

Le Chevalier. Commençons par rayer ce dernier, il est incroyable ; pour de la jalousie...

La Marquise. Parlez hardiment.

Le Chevalier, *d'un air embarrassé*. Que diriez-vous, si je m'avisais d'en avoir ?

La Marquise. Je dirais... que vous seriez jaloux.

Le Chevalier. Oui, mais, Madame, me pardonneriez-vous ce que vous haïssez tant ?

La Marquise. Vous ne l'étiez donc point ? *(Elle le regarde.)* Je vous entends, je l'avais bien prévu, et mon injure est avérée.

Le Chevalier. Que parlez-vous d'injure ? Où est-elle ? Est-ce que vous êtes fâchée contre moi ?

La Marquise. Contre vous, Chevalier ? non, certes ; et pourquoi me fâcherais-je ? Vous ne m'entendez point, c'est à l'impertinente Lisette à qui j'en veux : je n'ai point de part à l'offre qu'elle vous a faite, et il a fallu vous l'apprendre, voilà tout ; d'ailleurs, ayez de l'indifférence ou de la haine pour moi, que m'importe ? J'aime bien mieux cela que de l'amour ; au moins, ne vous y trompez pas.

Le Chevalier. Qui ? moi, Madame, m'y tromper ! Eh ! ce sont ces dispositions-là dans lesquelles je vous ai vue, qui m'ont attaché à vous, vous le savez bien ; et depuis que j'ai perdu Angélique, j'oublierais presque qu'on peut aimer, si vous ne m'en parliez pas.

La Marquise. Oh ! pour moi, j'en parle sans m'en ressouvenir. Allons, Monsieur Hortensius, approchez, prenez votre place ; lisez-moi quelque chose de gai, qui m'amuse.

Scène VIII

HORTENSIUS *et les acteurs précédents*

LA MARQUISE. Chevalier, vous êtes le maître de rester si ma lecture vous convient ; mais vous êtes bien triste, et je veux tâcher de me *dissiper.

LE CHEVALIER, *sérieux*. Pour moi, Madame, je n'en suis point encore aux lectures amusantes.

Il s'en va.

LA MARQUISE, *à Hortensius, quand il est parti*. Qu'est-ce que c'est que votre livre ?

HORTENSIUS. Ce ne sont que des réflexions très sérieuses.

LA MARQUISE. Eh bien, que ne parlez-vous donc ? vous êtes bien taciturne ! Pourquoi laisser sortir le Chevalier, puisque ce que vous allez lire lui convient ?

HORTENSIUS *appelle le Chevalier*. Monsieur le Chevalier ! Monsieur le Chevalier !

LE CHEVALIER *reparaît*. Que me voulez-vous ?

HORTENSIUS. Madame vous prie de revenir, je ne lirai rien de récréatif.

LA MARQUISE. Que voulez-vous dire : Madame vous prie ? Je ne prie point : vous avez des réflexions... et vous rappelez Monsieur, voilà tout.

LE CHEVALIER. Je m'aperçois, Madame, que je faisais une impolitesse de me retirer, et je vais rester, si vous le voulez bien.

LA MARQUISE. Comme il vous plaira ; asseyons-nous donc.

Ils prennent des sièges.

HORTENSIUS, *après avoir toussé, craché, lit*. « La raison est d'un prix à qui tout cède ; c'est elle qui fait notre véritable grandeur ; on a nécessairement toutes les vertus avec elle ; enfin le plus respectable de tous les hommes, ce n'est pas le plus puissant, c'est le plus raisonnable [1]. »

---

1. L'idée de cette lecture est probablement inspirée à Marivaux par une scène du *Joueur*, de Regnard (acte IV, sc. XIII), dans laquelle Valère se fait lire un chapitre fictif de Sénèque : « Chapitre VI, Du mépris des richesses. » Regnard y introduit quelques plaisanteries (« L'or est comme une femme, on n'y saurait toucher, / Que le cœur, par amour, ne s'y laisse attacher, / etc. ») que s'interdit Marivaux.

LE CHEVALIER, *s'agitant sur son siège*. Ma foi, sur ce *pied-là, le plus respectable de tous les hommes a tout l'air de n'être qu'une chimère : quand je dis les hommes, j'entends tout le monde.

LA MARQUISE. Mais, du moins, y a-t-il des gens qui sont plus raisonnables les uns que les autres.

LE CHEVALIER. Hum ! disons qui ont moins de folie, cela sera plus sûr.

LA MARQUISE. Eh ! de grâce, laissez-moi un peu de raison, Chevalier ; je ne saurais convenir que je suis folle, par exemple...

LE CHEVALIER. Vous, Madame ? Eh ! n'êtes-vous pas exceptée ? cela s'en *va sans dire et c'est la règle.

LA MARQUISE. Je ne suis point tentée de vous remercier ; poursuivons.

HORTENSIUS *lit*. « Puisque la raison est un si grand bien, n'oublions rien pour la conserver ; fuyons les passions qui nous la dérobent ; l'amour est une de celles... »

LE CHEVALIER. L'amour ! l'amour ôte la raison ? cela n'est pas vrai ; je n'ai jamais été plus raisonnable que depuis que j'en ai pour Angélique, et j'en ai excessivement.

LA MARQUISE. Vous en aurez tant qu'il vous plaira, ce sont vos affaires, et on ne vous en demande pas le compte ; mais l'auteur n'a point tant de tort ; je connais des gens, moi, que l'amour rend bourrus et sauvages, et ces défauts-là n'embellissent personne, je pense.

HORTENSIUS. Si Monsieur me donnait la licence de parachever, peut-être que...

LE CHEVALIER. Petit auteur que cela, esprit superficiel...

HORTENSIUS, *se levant*. Petit auteur, esprit superficiel ! Un homme qui cite Sénèque pour garant de ce qu'il dit, ainsi que vous le verrez plus bas, folio 24, chapitre V !

LE CHEVALIER. Fût-ce chapitre mille, Sénèque ne sait ce qu'il dit.

HORTENSIUS. Cela est impossible.

LA MARQUISE, *riant*. En vérité, cela me divertit plus que ma lecture : mais, Monsieur Hortensius [1], en voilà assez, votre livre ne plaît point au Chevalier, n'en lisons plus ; une autre fois nous serons plus heureux.

LE CHEVALIER. C'est votre goût, Madame, qui doit décider.

LA MARQUISE. Mon goût veut bien avoir cette complaisance-là pour le vôtre.

---

1. Ces trois mots, rétablis d'après l'édition originale, sont omis par les différentes éditions depuis 1758, ce qui donne à la réplique de la marquise une dureté excessive à l'égard d'Hortensius.

HORTENSIUS, *s'en allant*. Sénèque un petit auteur ! Par Jupiter, si je le disais, je croirais faire un blasphème littéraire. Adieu, Monsieur.

LE CHEVALIER. Serviteur, serviteur.

Scène IX

LE CHEVALIER, LA MARQUISE

LA MARQUISE. Vous voilà brouillé avec Hortensius, Chevalier ; de quoi vous avisez-vous aussi de médire de Sénèque ?

LE CHEVALIER. Sénèque et son défenseur ne m'inquiètent pas, pourvu que vous ne preniez pas leur parti, Madame.

LA MARQUISE. Ah ! je demeurerai neutre, si la querelle continue ; car je m'imagine que vous ne voudrez pas la recommencer ; nos occupations vous ennuient, n'est-il pas vrai ?

LE CHEVALIER. Il faut être plus tranquille que je ne suis, pour réussir à s'*amuser.

LA MARQUISE. Ne vous gênez point, Chevalier, vivons sans façon ; vous voulez peut-être être seul : adieu, je vous laisse.

LE CHEVALIER. Il n'y a plus de situation qui ne me soit à charge.

LA MARQUISE. Je voudrais de tout mon cœur pouvoir vous calmer l'esprit. *(Elle part lentement.)*

LE CHEVALIER, *pendant qu'elle marche*. Ah ! je m'attendais à plus de repos quand j'ai rompu mon voyage ; je ne ferai plus de projets, je vois bien que je *rebute tout le monde.

LA MARQUISE, *s'arrêtant au milieu du théâtre*. Ce que je lui entends dire là me touche ; il ne serait pas généreux de le quitter dans cet état-là. *(Elle revient.)* Non, Chevalier, vous ne me rebutez point ; ne cédez point à votre douleur : tantôt vous partagiez mes chagrins, vous étiez sensible à la part que je prenais aux vôtres, pourquoi n'êtes-vous plus de même ? C'est cela qui me rebuterait, par exemple, car la véritable amitié veut qu'on fasse quelque chose pour elle, elle veut consoler.

LE CHEVALIER. Aussi aurait-elle bien du pouvoir sur moi : si je la trouvais, personne au monde n'y serait plus sensible ; j'ai le cœur fait pour elle ; mais où est-elle ? Je m'imaginais l'avoir trouvée, me voilà détrompé, et ce n'est pas sans qu'il en coûte à mon cœur.

LA MARQUISE. Peut-on de reproche plus injuste que celui que vous me faites ? De quoi vous plaignez-vous, voyons ? d'une chose que vous avez rendue nécessaire : une *étourdie vient vous proposer ma main, vous y avez de la répugnance ; à la bonne heure, ce n'est point là ce qui me choque ; un homme qui a aimé Angélique peut trouver les autres femmes bien inférieures, elle a dû vous rendre les yeux très difficiles ; et d'ailleurs tout ce qu'on appelle vanité là-dessus, je n'en suis plus.

Le Chevalier. Ah ! Madame, je regrette Angélique, mais vous m'en auriez consolé, si vous aviez voulu.

La Marquise. Je n'en ai point de preuve ; car cette répugnance dont je ne me plains point, fallait-il la marquer ouvertement ? Représentez-vous cette action-là de sang-froid ; vous êtes galant homme, jugez-vous ; où est l'amitié dont vous parlez ? Car, encore une fois, ce n'est pas de l'amour que je veux, vous le savez bien, mais l'amitié n'a-t-elle pas ses *sentiments, ses délicatesses ? L'amour est bien tendre, Chevalier ; eh bien, croyez qu'elle ménage avec encore plus de scrupule que lui les intérêts de ceux qu'elle unit ensemble. Voilà le portrait que je m'en suis toujours fait, voilà comme je la sens, et comme vous auriez dû la sentir : il me semble que l'on n'en peut rien rabattre, et vous n'en connaissez pas les devoirs comme moi : qu'il vienne quelqu'un me proposer votre main, par exemple, et je vous apprendrai comme on répond là-dessus.

Le Chevalier. Oh ! je suis sûr que vous y seriez plus embarrassée que moi, car enfin, vous n'accepteriez point la proposition.

La Marquise. Nous n'y sommes pas, ce quelqu'un n'est pas venu, et ce n'est que pour vous dire combien je vous ménagerais : cependant vous vous plaignez.

Le Chevalier. Eh morbleu, Madame, vous m'avez parlé de répugnance, et je ne saurais vous souffrir cette idée-là. Tenez, je trancherai tout d'un coup là-dessus : si je n'aimais pas Angélique, qu'il faut bien que j'oublie, vous n'auriez qu'une chose à craindre avec moi, qui est que mon amitié ne devînt amour, et raisonnablement il n'y aurait que cela à craindre non plus ; c'est là toute la répugnance que je me connais.

La Marquise. Ah ! pour cela, c'en serait trop ; il ne faut pas, Chevalier, il ne faut pas.

Le Chevalier. Mais ce serait vous rendre justice ; d'ailleurs, d'où peut venir le refus dont vous m'accusez ? car enfin était-il naturel ? C'est que le Comte vous aimait, c'est que vous le souffriez ; j'étais outré de voir cet amour venir traverser un attachement qui devait faire toute ma consolation ; mon amitié n'est point compatible avec cela, ce n'est point une amitié faite comme les autres.

LA MARQUISE. Eh bien, voilà qui change tout, je ne me plains plus, je suis contente ; ce que vous me dites là, je l'éprouve, je le sens ; c'est là précisément l'amitié que je demande, la voilà, c'est la véritable, elle est délicate, elle est jalouse, elle a droit de l'être ; mais que ne me parliez-vous ? Que n'êtes-vous venu me dire : Qu'est-ce que c'est que le Comte ? Que fait-il chez vous ? Je vous aurais tiré d'inquiétude, et tout cela ne serait point arrivé.

LE CHEVALIER. Vous ne me verrez point faire d'inclination, à moi ; je n'y songe point avec vous [1].

LA MARQUISE. Vraiment je vous le défends bien, ce ne sont pas là nos conditions ; je serais jalouse aussi, moi, jalouse comme nous l'entendons.

LE CHEVALIER. Vous, Madame ?

LA MARQUISE. Est-ce que je ne l'étais pas de cette façon-là tantôt ? votre réponse à Lisette n'avait-elle pas *dû me choquer ?

LE CHEVALIER. Vous m'avez pourtant dit de cruelles choses.

LA MARQUISE. Eh ! à qui en dit-on, si ce n'est aux gens qu'on aime, et qui semblent n'y pas répondre ?

LE CHEVALIER. Dois-je vous en croire ? Que vous me tranquillisez, ma chère Marquise !

LA MARQUISE. Écoutez, je n'avais pas moins besoin de cette explication-là que vous.

LE CHEVALIER. Que vous me charmez ! Que vous me donnez de joie ! *(Il lui baise la main.)*

LA MARQUISE, *riant*. On le prendrait pour mon *amant, de la manière dont il me remercie.

LE CHEVALIER. Ma foi, je défie un amant de vous aimer plus que je fais ; je n'aurais jamais cru que l'amitié allât si loin, cela est surprenant ; l'amour est moins vif.

LA MARQUISE. Et cependant il n'y a rien de trop.

LE CHEVALIER. Non, il n'y a rien de trop ; mais il me reste une grâce à vous demander. Gardez-vous Hortensius ? Je crois qu'il est fâché de me voir ici, et je sais lire aussi bien que lui.

LA MARQUISE. Eh bien, Chevalier, il faut le renvoyer ; voilà toute la façon qu'il faut y faire [2].

---

1. C'est-à-dire, bien entendu : Vous ne me verrez pas contracter, à moi d'inclination (pour une autre femme). Je n'y songe point, étant donné notre amitié. **2.** Texte de l'édition originale. Celle de 1758 omet par erreur le mot *y* : *qu'il faut faire*. Les éditions modernes corrigent arbitrairement : *qu'il y faut faire*. — Noter que le chevalier donne ici la main à la marquise.

LE CHEVALIER. Et le Comte, qu'en ferons-nous ? Il m'inquiète un peu.

LA MARQUISE. On le congédiera aussi ; je veux que vous soyez content, je veux vous mettre en repos. Donnez-moi la main, je serais bien aise de me promener dans le jardin.

LE CHEVALIER. Allons, Marquise[1].

ACTE III

Scène première

HORTENSIUS, *seul*

HORTENSIUS. N'est-ce pas une chose étrange, qu'un homme comme moi n'ait point de fortune ! Posséder le grec et le latin, et ne pas posséder dix pistoles ? Ô divin Homère ! Ô Virgile ! et vous gentil Anacréon ! Vos doctes interprètes ont de la peine à vivre ; bientôt je n'aurai plus d'asile : j'ai vu la Marquise irritée contre le Chevalier ; mais incontinent je l'ai vue dans le jardin discourir avec lui de la manière la plus bénévole. Quels solécismes de conduite[2] ! Est-ce que l'amour m'expulserait d'ici ?

Scène II

HORTENSIUS, LISETTE, LUBIN

LUBIN, *gaillardement*. Tiens, Lisette, le voilà bien à propos pour lui faire nos adieux. *(En riant.)* Ah, ah, ah !

HORTENSIUS. À qui en veut cet étourdi-là, avec son transport de joie ?

LUBIN. Allons, gai, camarade Docteur ; comment va la philosophie ?

---

1. Les personnages ont fait beaucoup de chemin, mais l'équivoque subsiste. Les mots *amant* et *amour* ont été prononcés, mais pour être remplacés par le mot *amitié*. Seul le mot *jalousie* n'a pas été retiré.   **2.** L'expression relève d'une longue tradition qui remonte au moins à Molière (*Femmes savantes*, acte II, sc. VII) et passe par le Théâtre-Italien. Cf. surtout : « Quand il fit ce solécisme en conduite, qu'il souffrit cette éclipse du bon sens, cette léthargie de raison, s'il se fût mis la corde au cou, ou qu'il se fût jeté dans la rivière, il n'aurait jamais tant gagné en un jour. » (*Le Divorce*, acte III, sc. VI.)

HORTENSIUS. Pourquoi me faites-vous cette question-là ?

LUBIN. Ma foi, je n'en sais rien, si ce n'est pour entrer en conversation.

LISETTE. Allons, allons, venons au fait.

LUBIN. Encore un petit mot, Docteur : n'avez-vous jamais couché dans la rue ?

HORTENSIUS. Que signifie ce discours ?

LUBIN. C'est que cette nuit vous en aurez le plaisir ; le vent de bise vous en dira deux mots.

LISETTE. N'amusons point davantage Monsieur Hortensius. Tenez, Monsieur, voilà de l'or que Madame m'a chargé de vous donner, moyennant quoi, comme elle prend congé de vous, vous pouvez prendre congé d'elle. À mon égard, je salue votre érudition, et je suis votre très humble servante. *(Elle lui fait la révérence.)*

LUBIN. Et moi votre serviteur [1].

HORTENSIUS. Quoi, Madame me renvoie ?

LISETTE. Non pas, Monsieur, elle vous prie seulement de vous retirer.

LUBIN. Et vous qui êtes *honnête, vous ne refuserez rien aux prières de Madame.

HORTENSIUS. Savez-vous la raison de cela, Mademoiselle Lisette ?

LISETTE. Non : mais en gros je soupçonne que cela pourrait venir de ce que vous l'ennuyez.

LUBIN. Et en détail, de ce que nous sommes bien aises de nous aimer en paix, en dépit de la philosophie que vous avez dans la tête.

LISETTE. Tais-toi.

HORTENSIUS. J'entends, c'est que Madame la Marquise et Monsieur le Chevalier ont de l'inclination l'un pour l'autre.

LISETTE. Je n'en sais rien, ce ne sont pas mes affaires.

LUBIN. Eh bien ! tout *coup vaille, quand ce serait de l'inclination, quand ce serait des passions, des soupirs, des flammes, et de la noce après : il n'y a rien de si *gaillard ; on a un cœur, on s'en sert, cela est naturel.

---

1. Fait unique, les éditions de 1728 et 1758 portent ici une note critique concernant une première version de cette réplique. La voici textuellement : «*À la première représentation*, Attendez, j'ai de mon côté une petite révérence à vous faire, et la voilà. *Il lui fait la révérence.* Si vous ne me la rendez pas, je vous la donne. » La modification apportée atténue la dureté du congé d'Hortensius. C'est donc qu'elle avait choqué. Voir la notice, pp. 743-744.

LISETTE, *à Lubin*. Finis tes sottises, *(À Hortensius.)* Vous voilà averti, Monsieur ; je crois que cela suffit.

LUBIN. Adieu, touchez là, et partez ferme ; il n'y aura pas de mal à doubler le pas.

HORTENSIUS. Dites à Madame que je me conformerai à ses ordres.

Scène III

LISETTE, LUBIN

LISETTE. Enfin, le voilà congédié ; c'est pourtant un *amant que je perds.

LUBIN. Un amant ! Quoi ! ce vieux radoteur t'aimait ?

LISETTE. Sans doute ; il voulait me faire des arguments.

LUBIN. Hum !

LISETTE. Des arguments, te dis-je ; mais je les ai fort bien repoussés avec d'autres.

LUBIN. Des arguments ! Voudrais-tu bien m'en pousser un, pour voir ce que c'est ?

LISETTE. Il n'y a rien de si aisé. Tiens, en voilà un : tu es un joli garçon, par exemple.

LUBIN. Cela est vrai.

LISETTE. J'aime tout ce qui est joli, ainsi je t'aime : c'est là ce que l'on appelle un argument.

LUBIN. Pardi, tu n'as que faire du Docteur pour cela, je t'en ferai aussi bien qu'un autre. Gageons un petit baiser que je t'en donne une douzaine.

LISETTE. Je gagerai quand nous serons mariés, parce que je serai[1] bien aise de perdre.

LUBIN. Bon ! quand nous serons mariés, j'aurai toujours gagné sans faire de gageure.

LISETTE. Paix ! j'entends quelqu'un qui vient ; je crois que c'est Monsieur le Comte : Madame m'a chargé d'un compliment pour lui, qui ne le réjouira pas.

---

1. Texte de l'édition originale (1728). Les éditions modernes suivent à tort le texte de 1758, *serois* pour *serai*.

Scène IV

LE COMTE, LISETTE, LUBIN

Le Comte, *d'un air ému*. Bonjour, Lisette ; je viens de rencontrer Hortensius, qui m'a dit des choses bien singulières. La Marquise le renvoie, à ce qu'il dit, parce qu'elle aime le Chevalier, et qu'elle l'épouse. Cela est-il vrai ? Je vous prie de m'instruire...

Lisette. Mais, Monsieur le Comte, je ne crois pas que cela soit, et je n'y vois pas encore d'apparence : Hortensius lui déplaît, elle le congédie ; voilà tout ce que j'en puis dire.

Le Comte, *à Lubin*. Et toi, n'en sais-tu pas davantage ?

Lubin. Non, Monsieur le Comte, je ne sais que mon amour pour Lisette : voilà toutes mes nouvelles.

Lisette. Madame la Marquise est si peu disposée à se marier, qu'elle ne veut pas même voir d'*amants : elle m'a dit de vous prier de ne point vous obstiner à l'aimer.

Le Comte. Non plus qu'à la voir, sans doute ?

Lisette. Mais je crois que cela revient au même.

Lubin. Oui, qui dit l'un dit l'autre.

Le Comte. Que les femmes sont inconcevables ! Le Chevalier est ici, apparemment ?

Lisette. Je crois qu'oui.

Lubin. Leurs sentiments d'amitié ne permettent pas qu'ils se séparent.

Le Comte. Ah ! avertissez, je vous prie, le Chevalier, que je voudrais lui dire un mot.

Lisette. J'y vais de ce pas, Monsieur le Comte.

Lubin sort avec Lisette, en saluant le Comte.

Scène V

LE COMTE, *seul*

Le Comte. Qu'est-ce que cela signifie ? Est-ce de l'amour qu'ils ont l'un pour l'autre ? Le Chevalier va venir, interrogeons son cœur pour en tirer la vérité. Je vais me servir d'un stratagème, qui, tout commun qu'il est, ne laisse pas souvent que de réussir.

Scène VI

LE CHEVALIER, LE COMTE

LE CHEVALIER. On m'a dit que vous me demandiez ; puis-je vous rendre quelque service, Monsieur ?

LE COMTE. Oui, Chevalier, vous pouvez véritablement m'obliger.

LE CHEVALIER. Pardi, si je le puis, cela *vaut fait.

LE COMTE. Vous m'avez dit que vous n'aimiez pas la Marquise.

LE CHEVALIER. Que dites-vous là ? je l'aime de tout mon cœur.

LE COMTE. J'entends que vous n'aviez point d'amour pour elle.

LE CHEVALIER. Ah ! c'est une autre affaire, et je me suis expliqué là-dessus.

LE COMTE. Je le sais, mais êtes-vous dans les mêmes sentiments ? Ne s'agit-il point à présent d'amour, absolument ?

LE CHEVALIER, *riant*. Eh ! mais, en vérité, par où jugez-vous qu'il y en ait ? Qu'est-ce que c'est que cette idée-là ?

LE COMTE. Moi, je n'en juge point, je vous le demande.

LE CHEVALIER. Hum ! vous avez pourtant la mine d'un homme qui le croit.

LE COMTE. Eh bien, débarrassez-vous de cela ; dites-moi oui ou non.

LE CHEVALIER, *riant*. Eh, eh ! Monsieur le Comte, un homme d'*esprit comme vous ne doit point faire de chicane sur les mots ; le oui et le non, qui ne se sont point présentés à moi, ne valent pas mieux que le langage que je vous tiens ; c'est la même chose, assurément : il y a entre la Marquise et moi une amitié et des sentiments vraiment respectables. Êtes-vous content ? Cela est-il net ? Voilà du français.

LE COMTE, *à part*. Pas trop... On ne saurait mieux dire, et j'ai tort ; mais il faut pardonner aux *amants, ils se méfient de tout.

LE CHEVALIER. Je sais ce qu'ils sont par mon expérience. Revenons à vous et à vos amours, je m'intéresse beaucoup à ce qui vous regarde ; mais n'allez pas encore *empoisonner ce que je vais vous dire ; ouvrez-moi votre cœur. Est-ce que vous voulez continuer d'aimer la Marquise ?

LE COMTE. Toujours.

LE CHEVALIER. Entre nous, il est étonnant que vous ne vous lassiez point de son indifférence. Parbleu, il faut quelques sentiments dans une femme. Vous hait-elle ? on combat sa haine ; ne lui déplaisez-vous pas ? on espère ; mais une femme qui ne répond rien, comment se conduire avec elle ? par où prendre son cœur ? un cœur qui ne se remue ni pour ni contre, qui n'est ni ami ni ennemi, qui n'est rien, qui est mort, le ressuscite-t-on ? Je n'en crois rien : et c'est pourtant ce que vous voulez faire.

LE COMTE, *finement*. Non, non, Chevalier, je vous parle confidemment, à mon tour. Je n'en suis pas tout à fait réduit à une entreprise si chimérique, et le cœur de la Marquise n'est pas si mort que vous le pensez : m'entendez-vous ? Vous êtes distrait.

LE CHEVALIER. Vous vous trompez, je n'ai jamais eu plus d'attention.

LE COMTE. Elle savait mon amour, je lui en parlais, elle écoutait.

LE CHEVALIER. Elle écoutait ?

LE COMTE. Oui, je lui demandais du retour.

LE CHEVALIER. C'est l'usage ; et à cela quelle réponse ?

LE COMTE. On me disait de l'attendre.

LE CHEVALIER. C'est qu'il était tout venu.

LE COMTE, *à part*. Il l'aime... Cependant aujourd'hui elle ne veut pas me voir, j'attribue cela à ce que j'avais été quelques jours sans paraître, avant que vous arrivassiez : la Marquise est la femme de France la plus fière.

LE CHEVALIER. Ah ! je la trouve passablement humiliée d'avoir cette fierté-là.

LE COMTE. Je vous ai prié tantôt de me raccommoder avec elle, et je vous en prie encore.

LE CHEVALIER. Eh ! vous vous moquez, cette femme-là vous adore.

LE COMTE. Je ne dis pas cela.

LE CHEVALIER. Et moi, qui ne m'en soucie guère, je le dis pour vous.

LE COMTE. Ce qui m'en plaît, c'est que vous le dites sans jalousie.

LE CHEVALIER. Oh ! parbleu, si cela vous plaît, vous êtes servi à souhait ; car je vous dirai que j'en suis charmé, que je vous en félicite, et que je vous embrasserais volontiers.

LE COMTE. Embrassez donc, mon cher.

LE CHEVALIER. Ah ! ce n'est pas la peine ; il me suffit de m'en réjouir sincèrement, et je vais vous en donner des preuves qui ne seront point équivoques.

LE COMTE. Je voudrais bien vous en donner de ma reconnaissance, moi ; et si vous étiez d'humeur à accepter celle que j'imagine, ce serait alors que je serais bien sûr de vous. À l'égard de la Marquise...

LE CHEVALIER. Comte, finissons : vous autres *amants, vous n'avez que votre amour et ses intérêts dans la tête, et toutes ces folies-là n'amusent point les autres. Parlons d'autre chose : de quoi s'agit-il ?

LE COMTE. Dites-moi, mon cher, auriez-vous renoncé au mariage ?

LE CHEVALIER. Oh parbleu ! c'en est trop : faut-il que j'y renonce pour vous mettre en repos ? Non, Monsieur ; je vous demande grâce pour ma postérité, s'il vous plaît. Je n'irai point sur vos brisées, mais qu'on me trouve un parti convenable, et demain je me marie ; et qui plus est, c'est que cette Marquise, qui ne vous sort pas de l'esprit, tenez, je m'engage à la prier de la fête.

LE COMTE. Ma foi, Chevalier, vous me ravissez ; je sens bien que j'ai affaire au plus franc de tous les hommes ; vos dispositions me charment. Mon cher ami, continuons : vous connaissez ma sœur ; que pensez-vous d'elle ?

LE CHEVALIER. Ce que j'en pense ?... Votre question me fait ressouvenir qu'il y a longtemps que je ne l'ai vue, et qu'il faut que vous me présentiez à elle.

LE COMTE. Vous m'avez dit cent fois qu'elle était digne d'être aimée du plus honnête homme : on l'estime, vous connaissez son bien, vous lui plairez, j'en suis sûr ; et si vous ne voulez qu'un parti convenable, en voilà un.

LE CHEVALIER. En voilà un... vous avez raison... oui... votre idée est admirable : elle est amie de la Marquise, n'est-ce pas ?

LE COMTE. Je crois qu'oui.

LE CHEVALIER. Allons, cela est bon, et je veux que ce soit moi qui lui annonce la chose. Je crois que c'est elle qui entre, retirez-vous pour quelques moments dans ce cabinet ; vous allez voir ce qu'un rival de mon espèce est capable de faire, et vous paraîtrez quand je vous appellerai. Partez, point de remerciement, un jaloux n'en mérite point.

Scène VII

LE CHEVALIER, *seul*

LE CHEVALIER. Parbleu, Madame, je suis donc cet ami qui devait vous tenir lieu de tout : vous m'avez joué ; femme que vous êtes ; mais vous allez voir combien je m'en soucie[1].

---

1. Cette réplique, dont le ton fait penser à Musset, amène une scène classique de la tradition hispano-italienne, la scène dite de « dédain pour dédain ». Voir la notice de la première *Surprise*, p. 226.

Scène VIII

LA MARQUISE, LE CHEVALIER

LA MARQUISE. Le Comte, dit-on, était avec vous, Chevalier ? Vous avez été bien longtemps ensemble, de quoi donc [1] était-il question ?

LE CHEVALIER, *sérieusement*. De pures visions de sa part, Marquise ; mais des visions qui m'ont chagriné, parce qu'elles vous intéressent, et dont la première a d'abord été de me demander si je vous aimais.

LA MARQUISE. Mais je crois que cela n'est pas douteux.

LE CHEVALIER. Sans difficulté : mais prenez garde, il parlait d'amour, et non pas d'amitié.

LA MARQUISE. Ah ! il parlait d'amour ? Il est bien curieux : à votre place, je n'aurais pas seulement voulu les distinguer, qu'il devine.

LE CHEVALIER. Non pas, Marquise, il n'y avait pas moyen de jouer là-dessus, car il vous enveloppait dans ses soupçons, et vous faisait pour moi le cœur plus tendre que je ne mérite ; vous voyez bien que cela était sérieux ; il fallait une réponse décisive, aussi l'ai-je faite, et l'ai bien assuré qu'il se trompait et qu'absolument il ne s'agissait point d'amour entre nous deux, absolument.

LA MARQUISE. Mais croyez-vous l'avoir persuadé, et croyez-vous lui avoir dit cela d'un ton bien vrai, du ton d'un homme qui le sent ?

LE CHEVALIER. Oh ! ne craignez rien, je l'ai dit de l'air dont on dit la vérité. Comment donc, je serais très fâché, à cause de vous, que le commerce de notre amitié rendît vos sentiments équivoques ; mon attachement pour vous est trop délicat, pour profiter de l'honneur que cela me ferait ; mais j'y ai mis bon ordre, et cela par une chose tout à fait imprévue : vous connaissez sa sœur, elle est riche, très aimable, et de vos amies, même.

LA MARQUISE. Assez médiocrement.

LE CHEVALIER. Dans la joie qu'il a eu [2] de perdre ses soupçons, le Comte me l'a proposée ; et comme il y a des instants et des réflexions qui nous déterminent tout d'un coup, ma foi j'ai pris mon parti ; nous sommes d'accord, et je dois l'épouser. Ce n'est pas là tout, c'est que je me suis encore chargé de vous parler en faveur du Comte, et je vous en parle du mieux qu'il m'est possible ; vous n'aurez pas le cœur inexorable, et je ne crois pas la proposition fâcheuse.

---

1. Le mot *donc* est omis depuis l'édition de 1758. **2.** Non-accord du participe passé. Voir la Note grammaticale, p. 2265.

La Marquise, *froidement*. Non, Monsieur ; je vous avoue que le Comte ne m'a jamais déplu.

Le Chevalier. Ne vous a jamais déplu ! C'est fort bien fait. Mais pourquoi donc m'avez-vous dit le contraire ?

La Marquise. C'est que je voulais me le cacher à moi-même, et il l'ignore aussi.

Le Chevalier. Point du tout, Madame, car il vous écoute.

La Marquise. Lui ?

Scène IX

LA MARQUISE, LE CHEVALIER, LE COMTE

Le Comte. J'ai suivi les conseils du Chevalier, Madame ; permettez que mes transports vous marquent la joie où je suis.

Il se jette aux genoux de la Marquise.

La Marquise. Levez-vous, Comte, vous pouvez espérer.

Le Comte. Que je suis heureux ! et toi, Chevalier, que ne te dois-je pas ? Mais, Madame, achevez de me rendre le plus content de tous les hommes. Chevalier, joignez vos prières aux miennes.

Le Chevalier, *d'un air agité*. Vous n'en avez pas besoin, Monsieur ; j'avais promis de parler pour vous ; j'ai tenu parole, je vous laisse ensemble, je me retire. *(À part.)* Je me meurs.

Le Comte. J'irai te retrouver chez toi.

Scène X

LA MARQUISE, LE COMTE

Le Comte. Madame, il y a longtemps que mon cœur est à vous ; consentez à mon bonheur ; que cette aventure-ci vous détermine : souvent il n'en faut pas davantage. J'ai ce soir affaire chez mon notaire, je pourrais vous l'amener ici, nous y souperions avec ma sœur qui doit venir vous voir ; le Chevalier s'y trouverait ; vous verriez ce qu'il vous plairait de faire ; des articles sont bientôt passés, et ils n'engagent qu'autant qu'on veut ; ne me refusez pas, je vous en conjure.

La Marquise. Je ne saurais vous répondre, je me sens un peu indisposée ; laissez-moi me reposer, je vous prie.

LE COMTE. Je vais toujours prendre les mesures qui pourront vous engager à m'assurer vos bontés.

Scène XI

LA MARQUISE, *seule*

LA MARQUISE. Ah ! je ne sais où j'en suis ; respirons ; d'où vient que je soupire ? les larmes me coulent des yeux ; je me sens saisie de la tristesse la plus profonde, et je ne sais pourquoi. Qu'ai-je affaire de l'amitié du Chevalier ? L'ingrat qu'il est, il se marie : l'infidélité d'un *amant ne me toucherait point, celle d'un ami me désespère ; le Comte m'aime, j'ai dit qu'il ne me déplaisait pas ; mais où ai-je donc été chercher tout cela ?

Scène XII

LA MARQUISE, LISETTE

LISETTE. Madame, je vous avertis qu'on vient de renvoyer Madame la Comtesse[1], mais elle a dit qu'elle repasserait sur le soir ; voulez-vous y être ?

LA MARQUISE. Non, jamais, Lisette ; je ne saurais.

LISETTE. Êtes-vous indisposée ? Madame, vous avez l'air bien abattue ; qu'avez-vous donc ?

LA MARQUISE. Hélas ! Lisette, on me persécute, on veut que je me marie.

LISETTE. Vous marier ! À qui donc ?

LA MARQUISE. Au plus haïssable de tous les hommes ; à un homme que le hasard a destiné pour me faire du mal, et pour m'arracher, malgré moi, des discours que j'ai tenus, sans savoir ce que je disais.

LISETTE. Mais il n'est venu que le Comte.

LA MARQUISE. Eh ! c'est lui-même.

LISETTE. Et vous l'épousez ?

---

1. S'agit-il de la sœur du comte dont la visite a été annoncée dans la scène x ? La marquise a fait dire qu'elle n'y était pas. Noter alors la légère impropriété qui ferait employer le mot de *comtesse* : la sœur d'un comte n'est pas *ipso facto* comtesse ; elle ne l'est que si elle est femme ou veuve d'un comte, ou dame d'une terre comtale. Mais le terme utilisé permet d'éviter un nom propre.

LA MARQUISE. Je n'en sais rien ; je te dis qu'il le prétend.

LISETTE. Il le prétend ? Mais qu'est-ce que c'est donc que cette aventure-là ? Elle ne ressemble à rien.

LA MARQUISE. Je ne saurais te la mieux dire ; c'est le Chevalier, c'est ce misanthrope-là qui est cause de cela : il m'a fâché [1], le Comte en a profité, je ne sais comment ; ils veulent souper ce soir ici ; ils ont parlé de notaire, d'articles ; je les laissais dire ; le Chevalier est sorti, il se marie aussi ; le Comte lui donne sa sœur ; car il ne manquait qu'une sœur, pour achever de me déplaire, à cet homme-là...

LISETTE. Quand le Chevalier l'épouserait, que vous importe ?

LA MARQUISE. Veux-tu que je sois la belle-sœur d'un homme qui m'est devenu insupportable ?

LISETTE. Hé ! mort de ma vie ! ne la soyez pas, renvoyez le Comte !

LA MARQUISE. Hé ! sur quel prétexte ! Car enfin, quoiqu'il me fâche, je n'ai pourtant rien à lui reprocher.

LISETTE. Oh ! je m'y perds, Madame ; je n'y comprends plus rien.

LA MARQUISE. Ni moi non plus : je ne sais plus où j'en suis, je ne saurais me *démêler, je me meurs ! Qu'est-ce que c'est donc que cet état-là ?

LISETTE. Mais c'est, je crois, ce maudit Chevalier qui est cause de tout cela ; et pour moi je crois que cet homme-là vous aime.

LA MARQUISE. Eh ! non, Lisette ; on voit bien que tu te trompes.

LISETTE. Voulez-vous m'en croire, Madame ? ne le revoyez plus.

LA MARQUISE. Eh ! laisse-moi, Lisette, tu me persécutes aussi ! Ne me laissera-t-on jamais en repos ? En vérité, la situation où je me trouve est bien triste !

LISETTE. Votre situation, je la regarde comme une énigme.

Scène XIII

LA MARQUISE, LISETTE, LUBIN

LUBIN. Madame, Monsieur le Chevalier, qui est dans un état à faire compassion...

LA MARQUISE. Que veut-il dire ? demande-lui ce qu'il a, Lisette.

LUBIN. Hélas ! je crois que son bon sens s'en va : tantôt il marche, tantôt il s'arrête ; il regarde le ciel, comme s'il ne l'avait jamais vu ;

---

1. Non-accord du participe passé. Voir la Note grammaticale, p. 2265.

il dit un mot, il en bredouille un autre, et il m'envoie savoir si vous voulez bien qu'il vous voie.

LA MARQUISE. Ne me conseilles-tu pas de le voir ? Oui, n'est-ce pas ?

LISETTE. Oui, Madame ; du ton dont vous me le demandez, je vous le conseille.

LUBIN. Il avait d'abord fait un billet pour vous, qu'il m'a donné.

LA MARQUISE. Voyons donc.

LUBIN. Tout à l'heure, Madame. Quand j'ai eu ce billet, il a couru après moi : Rends-moi le papier. Je l'ai rendu. Tiens, va le porter. Je l'ai donc repris. Rapporte le papier. Je l'ai rapporté ; ensuite[1], il a laissé tomber le billet en se promenant, et je l'ai ramassé sans qu'il l'ait vu, afin de vous l'apporter comme à sa bonne amie, pour voir ce qu'il a, et s'il y a quelque remède à sa peine.

LA MARQUISE. Montre donc.

LUBIN. Le voici ; et tenez, voilà l'*écrivain qui arrive.

Scène XIV

LA MARQUISE, LE CHEVALIER, LISETTE

LA MARQUISE, *à Lisette*. Sors, il sera peut-être bien aise de n'avoir point de témoins, d'être seul.

Scène XV

LE CHEVALIER, LA MARQUISE

LE CHEVALIER *prend de longs détours*. Je viens prendre congé de vous, et vous dire adieu, Madame.

LA MARQUISE. Vous, Monsieur le Chevalier ? et où allez-vous donc ?

LE CHEVALIER. Où j'allais quand vous m'avez *arrêté.

LA MARQUISE. Mon dessein n'était pas de vous arrêter pour si peu de temps.

LE CHEVALIER. Ni le mien de vous quitter si tôt, assurément.

LA MARQUISE. Pourquoi donc me quittez-vous ?

LE CHEVALIER. Pourquoi je vous quitte ? Eh ! Marquise, que vous importe de me perdre, dès que vous épousez le Comte ?

LA MARQUISE. Tenez, Chevalier, vous verrez qu'il y a encore du

---

1. L'édition originale ponctue par erreur : *Je l'ai rapporté ensuite*. La correction est faite en 1758.

malentendu dans cette querelle-là : ne précipitez rien, je ne veux point que vous partiez, j'aime mieux avoir tort.

LE CHEVALIER. Non, Marquise, c'en est fait ; il ne m'est plus possible de rester, mon cœur ne serait plus content du vôtre.

LA MARQUISE, *avec douleur*. Je crois que vous vous trompez.

LE CHEVALIER. Si vous saviez combien je vous dis vrai ! combien nos sentiments sont différents !...

LA MARQUISE. Pourquoi différents ? Il faudrait donner un peu plus d'étendue à ce que vous dites là, Chevalier ; je ne vous entends pas bien.

LE CHEVALIER. Ce n'est qu'un seul mot qui m'arrête.

LA MARQUISE, *avec un peu d'embarras*. Je ne puis deviner, si vous ne me le dites.

LE CHEVALIER. Tantôt je m'étais expliqué dans un billet que je vous avais écrit.

LA MARQUISE. À propos de billet, vous me faites ressouvenir que l'on m'en a apporté un quand vous êtes venu.

LE CHEVALIER, *intrigué*. Et de qui est-il, Madame ?

LA MARQUISE. Je vous le dirai. *(Elle lit.)* Je devais, Madame, regretter Angélique toute ma vie ; cependant, le croiriez-vous ? je pars aussi pénétré d'amour pour vous que je le fus jamais pour elle.

LE CHEVALIER. Ce que vous lisez là, Madame, me regarde-t-il ?

LA MARQUISE. Tenez, Chevalier, n'est-ce pas là le mot qui vous arrête ?

LE CHEVALIER. C'est mon billet ! Ah ! Marquise, que voulez-vous que je devienne ?

LA MARQUISE. Je rougis, Chevalier, c'est vous répondre [1].

LE CHEVALIER, *lui baisant la main*. Mon amour pour vous durera autant que ma vie.

LA MARQUISE. Je ne vous le pardonne qu'à cette condition-là.

Scène XVI

LA MARQUISE, LE CHEVALIER, LE COMTE

LE COMTE. Que vois-je, Monsieur le Chevalier ? voilà de grands transports !

---

1. Une fois de plus, au moment de l'aveu, les mots s'effacent pour céder la place à des intermédiaires plus directs : le *marivaudage* a pris fin.

LE CHEVALIER. Il est vrai, Monsieur le Comte ; quand vous me disiez que j'aimais Madame, vous connaissiez mieux mon cœur que moi ; mais j'étais dans la bonne foi, et je suis sûr de vous paraître excusable.

LE COMTE. Et vous, Madame ?

LA MARQUISE. Je ne croyais pas l'amitié si dangereuse.

LE COMTE. Ah ! Ciel !

Scène dernière

LA MARQUISE, LE CHEVALIER, LISETTE, LUBIN

LISETTE. Madame, il y a là-bas un notaire que le Comte a amené.

LE CHEVALIER. Le retiendrons-nous, Madame ?

LA MARQUISE. Faites, je ne me mêle plus de rien.

LISETTE, *au Chevalier*. Ah ! je commence à comprendre : le Comte s'en va, le notaire reste, et vous vous mariez.

LUBIN. Et nous aussi, et il faudra que votre contrat fasse la fondation du nôtre : n'est-ce pas, Lisette ? Allons, de la joie [1] !

---

1. Par le mot de *fondation*, Lubin a fait appel à la générosité de la marquise et du chevalier. Quant aux derniers mots, ils annonçaient probablement un divertissement.

LE TRIOMPHE
DE PLUTUS

COMÉDIE EN UN ACTE, EN PROSE,
REPRÉSENTÉE POUR LA PREMIÈRE FOIS
PAR LES COMÉDIENS-ITALIENS
LE 22 AVRIL 1728

NOTICE

Avec *Le Triomphe de Plutus*, comédie en un acte représentée le 22 avril 1728, Marivaux revient au Théâtre-Italien, auquel il n'avait plus donné de pièces depuis *L'Île des esclaves*, en mars 1725. On a mis cette abstention en rapport avec l'absence de Silvia, que des ennuis domestiques éloignaient du théâtre [1]. Il faut pourtant noter que celle-ci ne fera sa rentrée qu'un peu plus tard : « La demoiselle Silvia, qui n'avait pas joué depuis six semaines, reparut au grand contentement du public », note en effet le *Mercure* à la date du 8 mai 1728. Et précisément, *Le Triomphe de Plutus* est la seule pièce « italienne » de Marivaux qui ne soit pas conçue en fonction de cette actrice. Le rôle de l'amoureuse n'y a que peu d'importance, le personnage est dépourvu de toute sensibilité et pourrait presque être conçu, à la façon des rôles de Plutus et d'Apollon, comme une abstraction mythologique. Aminte, courtisée par un homme qui n'est qu'un bel esprit et par un homme qui n'est que riche, préfère le dernier : une jeune fille qui agirait ainsi n'intéresserait pas Marivaux — pas plus d'ailleurs que celle qui préférerait un bel esprit à un honnête homme. Silvia n'aurait aucune aptitude pour un tel rôle, et Marivaux ne l'écrirait pas pour elle. Nouvelle preuve, négative cette fois, de l'importance des rapports de création qui unirent l'auteur à son interprète.

---

1. Silvia a été malade en novembre 1726. Le *Mercure* y fait allusion, et c'est à cette époque qu'on rapporte une lettre de Mlle Aïssé : « La pauvre Silvia a pensé mourir : on prétend qu'elle a un petit amant qu'elle aime beaucoup, que son mari, de jalousie, l'a battue outrément et qu'elle a fait une fausse couche de deux enfants à trois mois : elle a été très mal, elle est mieux à présent. » (*Lettres*, Paris, Lagrange, 1787, pp. 26-27.) Mais elle joue le *Portrait* de Beauchamp, composé pour elle, dès le 9 janvier 1727. Ce n'est donc pas cette absence qui écarte Marivaux du Théâtre-Italien en 1727. En 1728, Silvia n'avait pas fait la rentrée des théâtres, après les fêtes de Pâques : c'est de cela que le *Mercure* parle ici.

Le Triomphe de Plutus ne repose donc pas sur le jeu des senti-ments. Le sujet en est purement allégorique, et Marivaux n'a pas eu à le chercher bien loin. Moins de trois ans auparavant, dans une comédie en trois actes qui obtint un vif succès sur la même scène italienne, *L'Embarras des richesses*, D'Allainval avait mis en scène un Plutus dont le caractère était celui du Richard de Marivaux. Plutus se trouvait en guerre avec Mars et Apollon. Il se plaignait du dernier surtout :

« Apollon fit une satire contre moi, où il disait que j'étais un misé-rable fils de la terre, sans éducation, sans esprit, sans délicatesse [...], notre inimité sera éternelle : Mars ne s'en soucie guère [...], mais Apollon en enrage bien, il a fait plusieurs tentatives pour faire sa paix avec moi, il a composé des vers en mon honneur, mais comme je n'entends rien à tous ces rogatons-là, je l'ai laissé chanter, tant qu'enfin, las de se morfondre dans mon antichambre, il s'est remis de plus belle à déclamer contre moi, jusqu'à dire que j'étais la source de tous les maux[1]. »

Mais si Plutus-Richard ne pose aucun problème, le personnage d'Apollon-Ergaste n'est pas si clair. Il est vrai qu'à la fin de la pièce, il se déclare le dieu du Mérite et fait honte à ceux qui se sont laissé séduire par son adversaire. Mais cette prétention n'est guère fondée sur le rôle qu'il a joué dans la pièce. Le résumé du *Mercure*, qu'on trouvera plus loin, montre que l'impression des spectateurs du temps n'a pas été plus favorable à ce personnage que celle du lec-teur moderne. La constante vanité d'Ergaste, qui comporte même un aspect de vanité nobiliaire[2], se colore volontiers d'un ton de protection insolente quand il parle à son rival. Or, la supériorité dont il se targue est-elle plus réelle aux yeux de Marivaux que celle du poète de *L'Île de la Raison*, ou que celle du même Apollon auquel la vérité reprochera, dans *La Réunion des Amours*, d'être un « corrupteur des âmes » et un « vrai charlatan[3] » ? C'est douteux. Encore a-t-il le vilain défaut d'être ladre, tandis que son rival triomphe moins encore par sa richesse que par sa générosité. Peut-on donner tort, sinon à Aminte, du moins à Arlequin ou à Spinette

---

1. Acte I, sc. VIII. Nous citons d'après l'édition Briasson, 1729, dans *Le Nouveau Théâtre-Italien*.   **2.** Voir la scène IV, p. 823 et la note 1. **3.** Sc. VI, voir ci-après, p. 960. Il faut pourtant noter qu'Apollon est ici assez « homme d'esprit » pour se rendre finalement aux admonestations de la vérité.

de s'attacher à lui plutôt qu'à un maître qui promet toujours ? Par opposition à la sécheresse d'Ergaste, Richard a même cet abord facile, cette rondeur caractéristique de Bono, l'homme au cure-dent du *Paysan parvenu* qui, quoique riche, n'est pas présenté sous un jour antipathique. Aussi Plutus est-il vivant. Son langage, par moments, évoque celui de Jacob [1], et ce rapprochement suffit à marquer que Marivaux a traité son personnage d'une façon infiniment plus nuancée que Lesage son Turcaret.

On verra plus loin, par l'extrait du *Mercure*, que Marivaux ne se nomma point quand les Italiens jouèrent sa pièce. Malgré une interprétation sans éclat, dont la vedette dut être Dominique, l'ancien Trivelin, dans le rôle de Plutus, le succès fut satisfaisant : treize représentations (et non douze, comme on le dit) dans la première série [2], six de septembre 1728 à janvier 1729, douze de mai 1729 à la clôture de Pâques 1730, sept dans la saison suivante (avril 1730-janvier 1731), autant pour l'année suivante, jusqu'à la clôture de mars 1731, puis deux encore en juillet et septembre 1732. Au total, quarante-sept représentations attestées : encore les registres sont-ils assez incomplets. La musique de Mouret, sur un divertissement ingénieux de Pannard, avait contribué au bon accueil fait à la pièce. Pourtant, à part le compte rendu du *Mercure*, la critique resta muette à son sujet. Des deux notices que d'Argenson lui consacra, l'une est un simple résumé, où l'auteur blâme la morale que l'on peut tirer tant du dénouement que du divertissement ; l'autre met *Le Triomphe de Plutus* sous les noms de « MM. P... et T... » [3]. La partie critique est brève, mais non dépourvue d'intérêt :

---

1. Voir sc. x, p. 833 note 2.   **2.** Voici les chiffres de recette et le nombre de spectateurs de chacune des représentations de la première série : 22 avril, avec *Timon le misanthrope*, ainsi que dans les deux séances suivantes, 956 livres, 617 spectateurs ; 24 avril, 509, 290 ; 26 avril, 215, 148 ; 29 avril, avec *Les Amants ignorants*, ainsi que dans les cinq séances suivantes, 173 livres, 138 spectateurs ; 1er mai, 515, 310 ; 2 mai, 416, 287 ; 4 mai, 352, 217 ; 13 mai, 354, 208 ; 18 mai, 161, 106 ; 25 mai, 170, 114 ; 9 juin, 508, 288 ; 12 juin, 944, 486 ; 27 juin, 202, 117.   **3.** L'erreur vient de l'édition de 1729 du *Nouveau Théâtre-Italien*, suivi par Mouhy, dans sa *Bibliothèque des théâtres* (1733), qui attribue la musique à Mouret. Elle est corrigée dans l'édition de 1753 du *N.T.I.*, et Léris, dans son *Dictionnaire portatif des théâtres* (seconde édition, 1763), remarque expressément : « Cette pièce est de M. de Marivaux ; on l'avait annoncée cependant dans quelques catalogues sous les noms de P*** et T***. L'équivoque est sans doute venue de ce que M. Pannard a fait les paroles des divertissements. » À l'article *Pannard*, les *Anecdotes dramatiques* (1775) attribuent encore *Le Triomphe de Plutus* à

« La morale en est bien mauvaise ; elle est écrite et plaît assez. La musique est fort jolie. Plutus, sous la figure de M. Richard, qui rime et cadre bien avec M. Bernard [1]... »

Pour sa part, dans les notices relatives aux pièces qui venaient d'être recueillies dans l'édition Duchesne du *Théâtre de M. de Marivaux* (1758), La Porte se refusa à mettre au nombre des « bonnes pièces » de Marivaux jouées aux Italiens *Le Triomphe de Plutus*, qui n'offrait, selon lui, « que des idées communes présentées sous un point de vue peu amusant [2] ». Mais les auteurs dramatiques ne s'étaient pas montrés si dédaigneux. Boissy s'inspira de Marivaux pour son *Triomphe de l'intérêt* (1730), et plus encore Mlle Hus lorsqu'elle donna en 1756, toujours au Théâtre-Italien, un *Plutus rival de l'amour*. Parmi les pièces du genre allégorique qui fleurirent à l'époque, *Le Triomphe de Plutus*, qui est vivement enlevé, sans prétention et amusant, reste l'une des plus jouables, à condition que l'on n'en néglige pas le divertissement.

LE TEXTE

On ne connaît pas de manuscrit de cette pièce. Elle ne parut que longtemps après la première représentation, en 1739 [3]. En voici la description :

LE / TRIOMPHE / DE PLUTUS, / *COMEDIE*. / Représentée pour la première fois par les / Comédiens Italiens Ordinaires du / Roi le 22. Avril 1728. / (fleuron) / A PARIS, / Chez PRAULT, père, Quay de Gesvres, / au Paradis. / (filet) / M. DDC. XXXIX / Avec Approbation & Privilege du Roy.

Un volume de IV (titre, verso blanc, faux-titre, Acteurs) + 54 (texte + 1 blanche) + II pages (approbation et privilège).

Approbation : « J'ai lu par ordre de Monseigneur le Chancelier, une Comédie en prose et en un acte, intitulée *Le Triomphe de Plutus*. À Paris ce 23. juillet 1739. *Signé :* LA SERRE. »

Pannard « avec MM. M... et T... ». Mais à l'article consacré à cette pièce, l'auteur cité est Marivaux, et le divertissement reste seul attribué à Pannard.

1. Samuel Bernard, le fameux financier. — Manuscrit de l'Arsenal, n° 3454, f° 323.   **2.** *L'Observateur littéraire*, 1759, tome I, p. 83.   **3.** Le tome I du *Nouveau Théâtre-Italien*, Briasson, 1733, contenait, au premier tome, pp. 325-327, un résumé du *Triomphe de Plutus*, suivi, pp. 327-333, des paroles du divertissement. À la fin du volume se trouvait, pp. 76-77 du supplément, la musique du vaudeville.

Privilège à Pierre Prault pour « la Bibliothèque de Campagne ou Recueil d'Aventures choisies, Nouvelles, Histoires, Contes, Bons Mots et autres pièces, tant en prose qu'en vers [...], le Livre des Enfants et le Glaneur Français... » du 16 mars 1736, enregistré le 24 mars de la même année. *Signé :* Sainson.

Le recueil de 1758 comporte deux versions du *Triomphe de Plutus :* LE / TRIOMPHE / DE PLUTUS, / *COMEDIE* / En un Acte, en prose, / PAR M. DE MARIVAUX, / de l'Académie Françoise ; / *Représentée, pour la première fois, par* / *les Comédiens Italiens ordinaires du* / *Roi le 22. Avril 1728.* / NOUVELLE ÉDITION. / (en bas de la page) *Tome III*. G

Cette version est numérotée de [145] à 200 pour le texte, de 201 à 204 pour le divertissement. L'autre version est très semblable, le texte semble le même, mais elle comporte la musique. En voici la description :

LE / TRIOMPHE / DE PLUTUS, / *COMEDIE EN PROSE ;* / Par Monsieur de MARIVAUX, / de l'Académie Françoise ; / *Représentée pour la première fois par* / *les Comédiens Italiens Ordinaires du Roi le 22. Avril 1728.* / NOUVELLE ÉDITION. / (en bas de la page) *Tome III*. G

Numéroté de [145] à 189 pour le texte, de 189 à 198 pour la musique du divertissement et le vaudeville, de 198 à 204 pour les couplets II à VII du vaudeville et la musique. En somme, une composition plus serrée a permis, sans changer la numérotation, d'inclure dans l'édition la musique de Mouret, qui était appréciée.

Le Triomphe de Plutus est une des pièces que Duviquet a corrigées avec le plus de désinvolture. De nombreuses éditions modernes, à la suite de celle de MM. Bastide et Fournier, gardent encore des traces nombreuses, évidemment involontaires, de ces retouches abusives. Nous en signalerons quelques-unes à titre de curiosités.

COMPTES RENDUS DE REPRÉSENTATION

I

« Le 22 [avril] les mêmes Comédiens [Italiens] donnèrent la première représentation d'une petite pièce en un acte, en prose, avec un divertissement de chants et de danses, et un vaudeville. Elle a pour titre *Le Triomphe de Plutus*. La musique est de M. Mouret, qui a fait grand plaisir. L'auteur de ce petit ouvrage ne se nomme point. »

(*Mercure* d'avril 1728, pp. 811-812.)

II

Extrait d'une petite comédie qui a pour titre Le Triomphe de Plutus, *représentée sur le Théâtre-Italien et annoncée dans le* Mercure *d'avril.*

ACTEURS

ORSMIDAS, oncle d'Amynthe. Le sieur Paquety[1].
AMYNTHE, mère (*sic*, pour *nièce*) d'Orsmidas. La demoiselle Thomassin.
APOLLON, sous la figure d'Ergaste. Le sieur Romagnesy.
PLUTUS, sous la figure de M. Richard. Le sieur Dominique.
SPINETTE, suivante d'Amynthe. La demoiselle La Lande.
ARLEQUIN, valet d'Ergaste.

La scène est dans la maison d'Orsmidas.

« Plutus ouvre la scène et expose le sujet de la pièce ; il fait entendre aux spectateurs qu'Apollon, s'étant vanté dans le Ciel qu'il l'emporterait sur lui auprès d'une maîtresse, prétend soutenir la gageure ; et qu'il est déjà descendu de l'Olympe pour prouver ce qu'il a osé avancer. Plutus entreprend de rabattre son orgueil, par des conquêtes qui ne laissent plus douter son téméraire rival de l'avantage que le Dieu des richesses doit avoir sur le Dieu des vers. Après cette courte exposition, Apollon vient, il le prend sur le ton plaisant avec Plutus ; dans la confidence réciproque qu'ils se font de leurs entreprises amoureuses, ils se trouvent rivaux ; Amynthe, nièce d'Orsmidas, est l'objet de leur amour ; mais quoique Apollon soit le premier en date, et qu'il ait déjà fait quelque progrès sur le cœur de sa nouvelle maîtresse, Plutus ne désespère pas de lui arracher une victoire qu'il croit sûre ; Apollon regarde son rival d'un œil de pitié, ce qui l'excite encore plus à ne rien oublier pour triompher d'un concurrent si insultant. Spinette survient, Apollon lui demande des nouvelles de sa chère maîtresse ; Spinette a beau lui faire valoir les soins qu'elle lui rend auprès d'elle, Apollon se contente de lui témoigner sa reconnaissance, mais il ne lui en donne aucune marque sen-

---

1. Nous respectons dans cet extrait la graphie des noms propres. Il s'agit ici de Paghetti.

sible ; il se retire pour aller donner ordre à l'exécution d'une fête qu'il a composée pour Amynthe. Plutus, qui s'cst aperçu du mécontentement de Spinette, au sujet de la reconnaissance stérile de son rival, la met bientôt dans ses intérêts par un riche diamant qu'il lui donne ; Spinette l'avait d'abord trouvé grossier ; mais sa libéralité le lui fait trouver préférable aux amants les plus *polis ; Arlequin, qui arrive et qui se plaint qu'Ergaste (c'est le nom qu'Apollon a pris) ne lui a pas encore donné la première obole de ses gages, en est sur-le-champ consolé par une pluie d'or que M. Richard (c'est ainsi que se nomme Plutus) fait couler dans ses mains ; Orsmidas éprouve à son tour les effets de sa prodigalité ; il est occupé de la vente d'une terre dont il destine le prix à marier sa nièce Amynthe avec le faux Ergaste ; on ne veut pas lui en donner la somme qu'il prétend ; le faux M. Richard le tire d'embarras ; il achète cette terre sans l'avoir vue, et lui en donne tout ce qu'il veut en bons billets, qu'il lui met entre les mains ; il lui demande sa nièce en mariage, après s'être fait connaître à lui pour un riche négociant dont le commerce et la fortune sont immenses ; Orsmidas ne peut résister à des paroles infiniment plus énergiques pour lui que toute l'éloquence de son rival ; il n'y a pas jusqu'à sa nièce Amynthe qui ne rende les armes à un rival si splendide ; elle accepte sans répugnance un riche bracelet dont il orne son bras, et un coffret de pierreries qu'il met entre les mains de sa suivante. Apollon vient faire exécuter le divertissement qu'il a composé pour elle ; la bonne opinion qu'il a de ses talents l'empêche de s'apercevoir du refroidissement de sa chère Amynthe. La fête s'est trouvée très ennuyeuse pour Plutus, Apollon n'en est pas surpris ; mais il tombe dans un grand étonnement quand il voit quel effet produit sur le cœur de l'oncle et de la nièce un cadeau de la façon de son rival. Ce sont des crocheteurs chargés d'étoffes très riches et de sacs d'or qui composent le ballet ; tout, jusqu'à son valet Arlequin, se déclare en faveur des richesses ; Apollon, piqué d'avoir perdu la gageure, se retire dans l'Olympe, après s'être fait reconnaître pour le Dieu du mérite ; Plutus se déclare à son tour le Dieu des richesses, et remonte au Ciel, après avoir fait présent à Amynthe de toutes les richesses qu'il vient d'étaler à ses yeux ; les acteurs qu'il a payés d'avance exécutent une dernière fête qui roule sur la puissance de l'or. »

(*Mercure* de juin 1728, pp. 1227 et suiv.)

Le Triomphe de Plutus

ACTEURS [1]

APOLLON, sous le nom d'Ergaste.
PLUTUS, sous le nom de Richard.
ARMIDAS, oncle d'Aminte.
AMINTE, maîtresse d'Apollon et de Plutus.
ARLEQUIN, valet d'Ergaste.
SPINETTE, suivante d'Aminte.
Un musicien et sa suite.

La scène est dans la maison d'Armidas.

---

1. On a vu plus haut, dans l'extrait du *Mercure*, la liste des acteurs ayant joué la pièce « d'original » au Théâtre-Italien.

Scène première

PLUTUS, *seul*

PLUTUS. J'aperçois Apollon ; il est descendu dans ces lieux pour y faire sa cour à sa nouvelle maîtresse. Je m'avisai l'autre jour de lui dire que je voulais en avoir une ; Monsieur le blondin me railla fort ; il me défia d'en être aimé, me traita comme un imbécile, et je viens ici exprès pour souffler[1] la sienne. Il ne se doute de rien ; nous allons voir beau jeu. Cet aigrefin de dieu qui veut tenir contre Plutus ? contre le dieu des Trésors ! Chut !... le voilà ! ne faisons semblant de rien.

Scène II

PLUTUS, APOLLON

APOLLON. Que vois-je ! je crois que c'est Plutus déguisé en financier. Venez donc que je vous embrasse.

PLUTUS. Bonjour, bonjour, seigneur Apollon.

APOLLON. Peut-on vous demander ce que vous venez faire ici ?

PLUTUS. J'y viens faire l'*amour à une fille.

APOLLON. C'est-à-dire, pour parler d'une façon plus convenable[2], que vous y avez une inclination.

PLUTUS. Une fille ou une inclination, n'est-ce pas la même chose ?

APOLLON. Apparemment que la petite contestation que nous avons eu l'autre jour vous a piqué ; vous n'en voulez pas avoir le démenti, c'est fort bien fait. Eh ! dites-moi, votre maîtresse est-elle aimable ?

PLUTUS. C'est un morceau à croquer ; je l'ai vue l'autre jour en traversant les airs, et je veux lui en dire deux mots.

APOLLON. Écoutez, Seigneur Plutus, si elle a l'esprit délicat, je ne vous conseille pas de vous servir avec elle d'expressions si *mas-

---

1. Édition de 1758 : *pour lui souffler*.   **2.** Non que l'expression *faire l'amour à* soit inconvenante, mais elle n'est pas distinguée : « Faire l'amour à une fille, en style bourgeois, c'est la rechercher en mariage », remarque Mercier dans ses *Tableaux de Paris* (chap. XXVIII). Voir le Glossaire.

sives : *Un morceau à croquer ; lui en dire deux mots ;* ce style de douanier la rebuterait.

PLUTUS. Bon ! bon ! vous voilà toujours avec votre esprit *pindarisé ; je parle net et clair, et outre cela mes ducats ont un style qui vaut bien celui de l'Académie. Entendez-vous ?

APOLLON. Ah ! je ne songeais pas à vos ducats ; ce sont effectivement de grands orateurs.

PLUTUS. Et qui épargnent bien des fleurs de rhétorique.

APOLLON. Je connais pourtant des femmes qu'ils ne persuaderont[1] pas, et je viens, comme vous, voir ici une jolie personne auprès de qui je soupçonne que je ne serais rien, si je n'avais que[2] cette ressource ; votre maîtresse sera peut-être de même.

PLUTUS. Qu'elle soit comme elle voudra, je ne m'embarrasse point ; avec de l'argent j'ai tout ce qu'il me faut ; mais qu'est-ce que votre maîtresse à vous ? Est-elle veuve, fille, *et cætera* ?

APOLLON. C'est une fille.

PLUTUS. La mienne aussi.

APOLLON. La mienne est sous la direction d'un oncle qui cherche à la marier ; elle est assez riche, et il lui veut un bon parti[3].

PLUTUS. Oh ! oh ! c'est là l'histoire de ma petite brune ; elle est aussi chez un oncle qui s'appelle Armidas.

APOLLON. C'est cela même. Nous aimons donc en même lieu, seigneur Plutus ?

PLUTUS. Ma foi, j'en suis fâché pour vous.

APOLLON. Ah ! ah ! ah !

PLUTUS. Vous riez, Monsieur le faiseur de madrigaux ! Déguisé en *muguet, vous vous moquez de moi à cause de votre bel esprit et de vos cheveux blonds.

APOLLON. Franchement, vous n'êtes pas *fait pour me disputer un cœur.

PLUTUS. Parce que je suis fait pour l'emporter d'emblée.

APOLLON. Nous verrons, nous verrons ; j'ai une petite chose à vous dire : c'est que votre belle, je la connais, je lui ai déjà parlé, et, sans vanité, elle est dans d'assez bonnes dispositions pour nous.

PLUTUS. Qu'est-ce que cela me fait à moi ? J'ai un écrin plein de bijoux qui se moque de toutes ces dispositions-là ; laissez-moi faire.

---

1. Texte de 1739 et 1758. Les éditions modernes donnent *persuaderaient*.
2. Texte de 1758. L'édition de 1739 porte : *si je n'avais pas*.   3. Texte de 1739 et 1758. Les éditions modernes corrigent, avec Duviquet : *il veut pour elle un bon parti*.

APOLLON. Je ne vous crains point, mon cher rival ; mais vous savez que voici où loge la belle. J'en vois sortir sa femme de chambre, je vais l'aborder[1], je ne me suis déguisé que pour cela. Vous pouvez ici rester, si vous voulez, et lui parler à votre tour ; vous voyez bien que je suis de bonne composition, quand je ne vois point de danger.

PLUTUS. Bon, je le veux bien, abordez, j'irai mon train, et vous le vôtre.

Scène III

SPINETTE, PLUTUS, APOLLON

APOLLON. Bonjour, ma chère Spinette ; comment se porte ta maîtresse ?

SPINETTE. Je suis charmée de vous voir de retour, Monsieur Ergaste. Pendant votre absence je vous ai rendu auprès de ma maîtresse tous les petits services qui dépendaient de moi.

APOLLON. Je n'en serai point ingrat, et je t'en témoignerai ma reconnaissance.

SPINETTE. J'ai cru que vous disiez que vous alliez me la témoigner.

PLUTUS. Eh ! donnez-lui quelque madrigal.

APOLLON. Tu ne perdras rien pour attendre, Spinette ; je suis né généreux.

SPINETTE. Vous me l'avez toujours dit ; mais, Monsieur, est-ce que vous allez voir Mademoiselle Aminte avec Monsieur que voilà ?

APOLLON. C'est un de mes amis qui m'a suivi, et dont je veux donner la connaissance à Armidas, l'oncle d'Aminte.

PLUTUS. Oui, on m'a dit que c'était un si honnête homme, et j'aime tous les honnêtes gens, moi.

SPINETTE. C'est fort bien fait, Monsieur. *(À Apollon.)* Votre ami a l'air bien épais.

APOLLON. Cela passe l'air[2]. Mais je te quitte, Spinette ; mon impatience ne me permet pas de différer davantage d'entrer. Venez, Monsieur.

---

1. Malgré ce que peuvent laisser supposer ces indications, la scène se passe (voir plus haut), non dans la rue, mais dans une vaste antichambre ou salle basse, dans laquelle des portes répondant aux différents appartements de la maison. **2.** Cette phrase, dite en *a parte* à Spinette, signifie évidemment : « Cela va plus loin que l'air ».

PLUTUS. Allez toujours m'annoncer. Je serais bien aise de causer un moment avec ce joli enfant-ci ; vous viendrez me reprendre.

APOLLON. Soit, vous êtes le maître.

Scène IV

SPINETTE, PLUTUS

SPINETTE. Peut-on vous demander, Monsieur, ce que vous me voulez ?

PLUTUS. Je ne te veux que du bien.

SPINETTE. Tout le monde m'en veut, mais personne ne m'en fait.

PLUTUS. Oh ! ce n'est pas de même[1] ; je ne m'appelle pas Ergaste, moi ; j'ai nom Richard, et je suis bien nommé ; en voici la preuve.

Il lui donne une bourse.

SPINETTE. Ah ! que cette preuve-là est claire ! Elle est d'une force qui m'étourdit.

PLUTUS. Prends, prends ; si ce n'est pas assez d'une preuve, je ne suis pas en peine d'en donner deux, et même trois.

SPINETTE. Vous êtes bien le maître de prouver tant qu'il vous plaira, et s'il ne s'agit que de douter du fait, je douterai de reste.

PLUTUS. Voilà pour le doute qui te prend.

Il lui donne une bague.

SPINETTE. Monsieur, munissez-vous encore pour le doute qui me prendra[2].

PLUTUS. Tu n'as qu'à parler ; mais c'est à condition que tu seras de mes amies.

SPINETTE, *à part*. Quel homme est-ce donc que cela ? *(Haut.)* Monsieur, vous demandez à être de mes amis ; comment l'entendez-vous ? Est-ce amourette que vous voulez dire ? La proposition ne serait point de mon goût, et je suis fille d'honneur.

---

1. Texte de 1739 et 1758. Les éditions du XIXᵉ et du XXᵉ siècle corrigent arbitrairement : *Oh ! avec moi, ce n'est pas de même*. **2.** Dans ce passage, les mots *preuve, prouver, douter* vont servir d'équivalent, par euphémisme, des mots *argent, payer*, etc. Un peu plus loin, Spinette reprendra avec la même valeur les mots *preuve* et *prouver*. Ce procédé est caractéristique du *marivaudage*, au sens traditionnel et quelque peu péjoratif que l'on donnait à ce mot au temps de Marivaux. À la scène suivante, *rêver* donnera matière à un jeu analogue.

PLUTUS. Oh ! garde ton honneur, ce n'est pas là ma fantaisie.

SPINETTE. Ah !... Votre fantaisie serait un assez bon goût. Mais qu'exigez-vous donc ?

PLUTUS. C'est que j'aime ta maîtresse ; je suis un riche, un richissime négociant, à qui l'or et l'argent ne coûtent rien, et je voudrais bien n'aimer pas tout seul.

SPINETTE. Effectivement, ce serait dommage, et vous méritez bien compagnie ; mais la chose est un peu difficile, voyez-vous, ma maîtresse a aussi un honneur à garder.

PLUTUS. Mais cela n'empêche pas qu'on ne s'aime.

SPINETTE. Cela est vrai, quand c'est dans de bonnes vues ; mais les vôtres n'ont pas l'air d'être bien régulières. Si vous demandiez à vous en faire aimer pour l'épouser, riche comme vous êtes, et de la meilleure pâte d'homme qu'il y ait, à ce qu'il me paraît, je ne doute pas que vous ne vinssiez à bout de votre projet, avec mes soins, à condition que les preuves iront leur chemin, quand j'en aurai besoin.

PLUTUS. Tant que tu voudras.

SPINETTE, *à part.* Oh ! quel homme ! *(Haut.)* Oh ça, est-ce que vous voudriez épouser ma maîtresse ?

PLUTUS. Oui-da, je ferai tout ce qu'on voudra, moi.

SPINETTE. Fort bien, je vous sers de bon cœur à ce prix-là ; mais Monsieur Ergaste, votre ami, avec qui vous êtes venu, est amoureux d'Aminte, et je crois même qu'il ne lui déplaît pas ; il parle de mariage aussi, il est d'une figure assez aimable, beaucoup d'esprit, et il faudra lutter contre tout cela.

PLUTUS. Et moi je suis riche ; cela vaut mieux que tout ce qu'il a ; car je t'avertis qu'il n'a pour tout vaillant que sa figure.

SPINETTE. Je le crois comme vous ; car il ne m'a jamais rien prouvé que le talent qu'il a de promettre. Armidas a pourtant de l'amitié pour lui ; mais Armidas est intéressé, et vos richesses pourront l'éblouir. Ergaste, au reste, se dit un gentilhomme[1] à son aise, et sous ce titre, il fait son chemin tant qu'il peut dans le cœur de ma maîtresse, qui est un peu *précieuse, et qui l'écoute à cause de son esprit.

PLUTUS. Aime-t-elle la dépense, ta maîtresse ?

---

1. Noter au passage qu'à l'opposition *poète/homme riche* se superpose l'opposition *gentilhomme/bourgeois*. On est sur la voie qui mène à *L'École des bourgeois*, de Dallainval (20 septembre 1728).

SPINETTE. Beaucoup.

PLUTUS. Nous la tenons, Spinette ; ne t'embarrasse pas. Vante-moi seulement auprès d'elle, je lui donnerai tout ce qu'elle voudra ; elle n'aura qu'à souhaiter ; d'ailleurs je ne me trouve pas si mal fait, moi, on peut *passer avec mon air ; et pour mon visage, il y en a de pires. J'ai l'humeur franche et sans façon. Dis-lui tout cela ; dis-lui encore que mon or et mon argent sont toujours beaux ; cela ne prend point de rides ; un louis d'or de quatre-vingts ans est tout aussi beau qu'un louis d'or d'un jour, et cela est considérable d'être toujours jeune du côté du coffre-fort.

SPINETTE. Malepeste, la belle riante jeunesse ! Allez, allez, je ferai votre cour. Tenez ; moi d'abord, en vous voyant, je vous trouvais la physionomie assez commune, et l'esprit à l'avenant ; mais depuis que je vous connais, vous êtes tout un autre homme, vous me paraissez presque aimable, et dès demain je vous trouverai charmant ; du moins il ne tiendra qu'à vous.

PLUTUS. Oh ! j'aurai des charmes, je t'en assure ; je te ferai ta fortune, mais une fortune qui sera bien nourrie ; tu verras, tu verras.

SPINETTE. Mais, si cela continue, vous allez devenir un Narcisse.

PLUTUS. Quelqu'un vient à nous ; qui est-ce ?

SPINETTE. Ah ! c'est Arlequin, valet de Monsieur Ergaste.

Scène V

ARLEQUIN, SPINETTE, PLUTUS

ARLEQUIN. Bonjour, Spinette, comment te portes-tu ? Je suis bien aise de te revoir. Mon maître est-il arrivé ?

SPINETTE. Oui, il est au logis.

PLUTUS. Bonjour, mon garçon.

ARLEQUIN. Que le Ciel vous le rende ! Voilà un galant homme qui me salue sans me connaître.

SPINETTE. Oh ! le plus galant homme qu'on puisse trouver, je t'en assure.

PLUTUS. Eh bien ! mon fils, tu sers donc Ergaste ?

ARLEQUIN. Hélas ! oui, Monsieur ; je le sers par amitié, faut dire ; car ce n'est pas pour ma fortune.

PLUTUS. Est-ce que tu n'es pas grassement chez lui ?

ARLEQUIN. Non, je suis aussi maigre qu'il était quand il m'a pris.

PLUTUS. Et tes gages sont-ils bons ?

ARLEQUIN. Bons ou mauvais, je ne les ai pas encore vus. Cependant tous les jours je demande à en avoir un petit échantillon ; mais, à vous parler franchement, je crois que mon maître n'a ni l'échantillon ni la pièce [1].

SPINETTE. Je suis de son avis.

PLUTUS. As-tu besoin d'argent ?

ARLEQUIN. Oh ! besoin, depuis que je suis au monde, je n'ai que ce besoin-là.

PLUTUS. Tu me touches, tu as la physionomie d'un bon enfant. Tiens, voilà de quoi boire à ma santé.

ARLEQUIN. Mais, Monsieur, cela me confond ; suis-je bien réveillé [2] ? Dix louis d'or pour boire à votre santé ! Spinette, fait-il jour ? N'est-ce pas un rêve ?

SPINETTE. Non, Monsieur m'a déjà fait rêver de même.

ARLEQUIN. Voilà un rêve qui me mènera réellement au cabaret.

PLUTUS. Je veux que tu sois de mes amis aussi.

ARLEQUIN. Pardi ! quand vous ne le voudriez pas, je ne saurais m'en empêcher.

PLUTUS. J'aime la maîtresse d'Ergaste.

ARLEQUIN. Mademoiselle Aminte ?

PLUTUS. Oui ; Spinette m'a promis de me servir auprès d'elle, et je serai bien aise que tu en sois de moitié.

ARLEQUIN. Ne vous embarrassez pas.

PLUTUS. Si Ergaste ne te paie pas tes gages, je te les paierai, moi.

ARLEQUIN. Vous pouvez en toute sûreté m'en avancer le premier quartier ; aussi bien y a-t-il longtemps qu'il me l'a promis.

SPINETTE. Tu n'es pas honteux, à ce que je vois.

ARLEQUIN. Ce serait bien dommage, Monsieur est si bon !

PLUTUS. Tiens, je ne compte pas avec toi ; je te paie à mon taux.

ARLEQUIN. Et moi, je ne regarde pas après vous ; je suis sûr d'avoir mon compte. Que voilà un honnête gentilhomme ! Oh ! Monsieur, vos manières sont inimitables.

SPINETTE. Doucement, voici l'oncle de Mademoiselle Aminte qui va nous aborder. Monsieur, faites-lui votre compliment.

---

1. Jeu de mots sur *la pièce (de tissu)* et *la pièce (de monnaie).*　**2.** Les éditions modernes portent par erreur *éveillé*, jugé sans doute plus élégant.

Scène VI

ARMIDAS, PLUTUS, SPINETTE, ARLEQUIN

ARMIDAS. Ah ! te voilà, Arlequin ; est-ce que ton maître est arrivé ?

ARLEQUIN. On dit que oui, Monsieur ; car je ne fais que d'arriver moi-même : je m'étais arrêté dans un village pour m'y *rafraîchir ; et comme il fait extrêmement chaud, vous me permettrez d'en aller faire autant dans l'office.

ARMIDAS. Tu es le maître.

PLUTUS. Monsieur, Spinette m'a dit que vous vous appelez Monsieur Armidas.

ARMIDAS. Oui, Monsieur ; que vous plaît-il de moi ?

PLUTUS. C'est que si mon amitié pouvait vous *accommoder, la vôtre me conviendrait on ne peut pas mieux.

ARMIDAS. Monsieur, vous me faites bien de l'honneur ; le compliment est singulier [1].

PLUTUS. J'y vais rondement, comme vous voyez ; mais franchise vaut mieux que *politesse, n'est-ce pas ?

ARMIDAS. Monsieur, mon amitié est due à tous les honnêtes gens ; et quand j'aurai l'honneur de vous connaître...

SPINETTE. Tenez, dans les compliments on s'embrouille, et il y a mille honnêtes gens qui n'en savent point faire. Monsieur me paraît de ce nombre. Voyez de quoi il s'agit : Monsieur est ami du seigneur Ergaste ; ils viennent d'arriver ensemble. Monsieur Ergaste est au logis, je vous laisse. *(Elle s'en va.)*

PLUTUS. Et je m'amusais, en attendant, à demander de vos nouvelles à cet enfant.

ARMIDAS. Monsieur, vous ne pouviez manquer d'être bien venu sous les auspices de Monsieur Ergaste, que j'estime beaucoup. Je suis fâché de n'être pas venu plus tôt ; mais j'ai été occupé d'une affaire que je voulais finir.

PLUTUS. Ah ! pour une affaire, voulez-vous bien me la dire ? C'est que j'ai des expédients pour les affaires, moi.

ARMIDAS. Eh bien ! Monsieur, c'est une terre que j'ai, assez éloignée d'ici, qui n'est pas à ma *bienséance, et que je voudrais vendre. J'ai dessein de marier ma nièce près de moi, et je lui donnerai en mariage le provenu de la vente. Elle est [2] de vingt mille écus ; mais

---

1. Cette dernière phrase est sans doute dite *à part*.   **2.** Duviquet et ses successeurs écrivent arbitrairement : *Cette terre est.*

la personne qui la marchande ne veut m'en donner que quinze, et nous ne saurions nous *accommoder.

PLUTUS. Touchez là, Monsieur Armidas.

ARMIDAS. Comment !

PLUTUS. Touchez là.

ARMIDAS. Que voulez-vous dire ?

PLUTUS. La terre est à moi, et l'argent à vous. Je vais vous la payer.

ARMIDAS. Mais, Monsieur, j'ai peine à vous la vendre de cette manière ; vous ne l'avez pas vue, et vous n'aimeriez peut-être pas le pays où elle est.

PLUTUS. Point du tout, j'aime tous les pays, moi ; n'est-ce pas des arbres et des campagnes partout ?

ARMIDAS. Je vous en donnerai le plan, si vous voulez.

PLUTUS. Je ne m'y connais pas ; il suffit, c'est une terre ; je ne l'ai point vue, mais je vous vois ; vous avez la physionomie d'un honnête homme, et votre terre vous ressemble.

ARMIDAS. Puisque vous le voulez, Monsieur, j'y consens.

PLUTUS. Tenez, connaissez-vous ce *billet-là, et la signature ?

ARMIDAS. Oh ! Monsieur, cela est excellent ; je vous suis entièrement obligé.

PLUTUS. Ah çà ! si le marché ne vous plaît pas demain, je vous la revendrai, moi ; et je vous ferai crédit, afin que cela ne vous incommode point.

ARMIDAS. Vous me comblez d'*honnêtetés, Monsieur, je ne sais comment les reconnaître.

PLUTUS. Oh que si, vous les reconnaîtriez, si vous vouliez.

ARMIDAS. Dites-m'en les moyens.

PLUTUS. Votre nièce est bien jolie, Monsieur Armidas.

ARMIDAS. Eh bien, Monsieur ?

PLUTUS. Eh bien, troquons ; reprenez la terre *gratis*, et je prends la nièce sur le même pied.

ARMIDAS. Vous l'avez donc vue ma nièce, Monsieur ?

PLUTUS. Oui, il y a quelques mois que, passant par ici, j'aperçus une moitié de visage qui me fit grand plaisir. Je m'en suis toujours ressouvenu. J'ai demandé qui c'était. On me dit que c'était Mademoiselle Aminte, nièce d'un homme de bien, nommé Monsieur Armidas. Parbleu ! dis-je en moi-même, ce visage-là tout entier doit être bien aimable. Je fis dessein de l'avoir à moi. Ergaste, mon ami, me dit quelques jours après qu'il venait ici ; je l'ai suivi pour le supplanter ; car il aime aussi votre nièce, et je ne m'en soucie guère, si nous sommes d'accord. C'est mon ami, mais je n'y saurais que faire ; l'amour se moque de l'amitié, et moi aussi ; je suis trop franc pour être scrupuleux.

ARMIDAS. Il est vrai, Monsieur, qu'Ergaste me paraît rechercher ma nièce.

PLUTUS. Bon ! bon ! la voilà bien lotie, la pauvre fille.

ARMIDAS. Il se dit gentilhomme assez *accommodé [1] et il parle de s'établir ici. Il est d'ailleurs homme de mérite.

PLUTUS. Homme de mérite, lui ! Il n'a pas le sou.

ARMIDAS. Si cela est, c'est un grand défaut, et je suis bien aise que vous m'avertissiez. Mais, Monsieur, peut-on vous demander de quelle profession vous êtes ?

PLUTUS. Moi, j'ai des millions de père en fils ; voilà mon principal métier, et par amusement je fais un gros commerce, qui me rapporte des sommes considérables, et tout cela pour me divertir, comme je vous dis. Ce gain-là sera pour les menus plaisirs de ma femme. Au reste, je prouverai sur table, au moins. Voilà ce qu'on appelle avoir du mérite, de l'esprit et de la taille, qui ne me [2] manquent pourtant pas, ni l'un ni l'autre. Est-ce que, si vous étiez fille à marier, ma figure romprait le marché ? On voit bien que je fais bonne chère ; mon embonpoint fait l'éloge de ma table. Vraiment, si j'épouse Mademoiselle Aminte, je prétends bien que dans six mois vous soyez plus en chair que vous n'êtes. Voilà un menton qui triplera, sur ma parole ; et puis du ventre !...

ARMIDAS. Votre humeur me convient à merveille.

PLUTUS. Elle est aussi *commode que ma fortune.

ARMIDAS. Et je parlerai à ma nièce, je vous assure ; je suis sûr [3] qu'elle se conformera à mes volontés.

PLUTUS. Pardi ! un homme comme moi, c'est un trésor.

ARMIDAS. La voilà qui vient : si vous le voulez bien, après le premier compliment, vous nous laisserez un moment ensemble, et vous irez vous *rafraîchir chez moi en attendant.

---

1. Duviquet, imprudemment suivi par tous les éditeurs modernes, remplace *accommodé* (à l'aise) par *commode*, qui fait contresens (on sait ce qu'est une mère *commode*).   2. Texte de 1758. L'édition originale de 1739 porte : *qui ne manquent*.   3. Les éditions postérieures à 1825 portent *garant* au lieu de *sûr*. C'est un nouvel exemple de correction chargée de bonnes intentions (il s'agit d'éviter la répétition *assure... sûr*), mais parfaitement arbitraire.

Scène VII

ARMIDAS, PLUTUS, AMINTE, SPINETTE

ARMIDAS. Ma nièce, où est donc le seigneur Ergaste ?

AMINTE. Il s'est enfermé dans une chambre pour composer un divertissement qu'il veut me donner en musique.

PLUTUS. Oh ! pour de la musique, Mademoiselle, il vous en apprendra tant, que vous pourrez la *montrer vous-même.

AMINTE. Ce n'est pas l'usage que j'en veux faire. Mais Monsieur n'est-il pas la personne qu'Ergaste a amené avec lui ? Il ressemble au portrait qu'il m'en a fait.

ARMIDAS. Oui, ma nièce, Monsieur est un galant homme ; qui, depuis le peu de temps que je le connais, m'a déjà donné pour lui une estime toute particulière.

PLUTUS. Oh ! point du tout, je ne suis qu'un bon homme ; mais j'ai de bons yeux ; je me connais en beautés, et je déclare tout net que Mademoiselle en est une. Voilà mes galanteries, à moi ; je ne sais point chercher mes phrases, Mademoiselle : vous êtes belle comme un astre, et le tout sans compliment.

AMINTE. La comparaison est forte, quoique ordinaire.

PLUTUS. Ma foi, je vous la donne comme elle m'est venue.

ARMIDAS. Passons, passons. Ma nièce, je vous prie de regarder Monsieur comme mon ami, et comme le meilleur que j'aie encore trouvé.

AMINTE. Je vous obéirai, mon cher oncle.

SPINETTE. Allez, allez, quand Mademoiselle connaîtra bien Monsieur, on n'aura que faire de lui recommander.

PLUTUS. Oh ! cela est vrai, on m'aime toujours quand on me connaît bien. Elle n'a pas goûté ma comparaison ; une autre fois, je l'*attraperai mieux [1]. Il ne tient qu'à moi, par exemple, de vous comparer à Vénus. Aimez-vous mieux celle-là ? Vous n'avez qu'à choisir. Je ne serais pas pourtant bien aise que vous lui ressemblassiez tout à fait ; la bonne dame a un mari dont je ne voudrais pas être la copie [2].

ARMIDAS. Monsieur, ma nièce...

---

1. Nouvel exemple des corrections arbitraires imaginées par Duviquet et suivies par tous les éditeurs postérieurs : *une autre fois j'en trouverai une meilleure*. C'est un affaiblissement du style de Plutus, qui est très expressif. Voir le Glossaire.   **2.** L'allusion à Vulcain, naturelle de la part du dieu Plutus, l'est à peine moins de la part de Richard : le Théâtre-Italien et la Foire

PLUTUS. Ce que j'en dis n'est que pour plaisanter. Mais à propos, Ergaste fait des vers à votre louange, et moi il faut bien aussi que je vous imagine quelque chose ; je vous quitte pour y rêver. Notre oncle, je me recommande à vous : allez droit en besogne.

Scène VIII

ARMIDAS, SPINETTE, AMINTE

AMINTE. Voudriez-vous bien, Monsieur, me dire pourquoi cet homme-là vous plaît tant ; ce qui a pu vous le rendre si estimable en un quart d'heure ? Pour moi, je le trouve si ridicule, qu'il m'en paraît original.

SPINETTE. Pour original, vous avez raison, je ne crois pas même qu'il ait de copie.

ARMIDAS. Ma nièce, cet homme que vous trouvez si ridicule, encore une fois, je ne puis l'estimer assez.

SPINETTE. Faut-il vous dire tout ? Il vous a déjà vue en passant par ici, il vous aime ; il n'est revenu que pour vous revoir. Savez-vous bien par où il a débuté avec moi afin de m'intéresser à son amour ? Tenez, que dites-vous de cette bague-là ?

AMINTE. Comment ! elle est fort jolie. D'où cela te vient-il ?

ARMIDAS. Gageons qu'il te l'a donnée ?

SPINETTE. De la meilleure grâce du monde.

AMINTE. Sur ce *pied-là, je l'avoue, on ne saurait lui disputer le titre d'homme généreux et *magnifique.

ARMIDAS. Sais-tu bien, ma nièce, que Monsieur Richard fait un commerce étonnant qui lui procure des biens immenses ? Devine à quoi il destine ce gain ?

AMINTE. Quoi ? à bâtir ?

ARMIDAS. À tes menus plaisirs.

AMINTE. Il faut tomber d'accord que vous me contez là des espèces de fables.

ARMIDAS. Tu ne sais pas ? j'ai vendu cette terre dont je destinais l'argent pour te marier.

AMINTE. Est-ce que vous ne le voulez plus, mon cher oncle ?

ARMIDAS. Bon ! il est bien question de cela ! C'est Monsieur Richard

---

avaient popularisé les malheurs conjugaux de Vulcain, et le verbe *vulcaniser* avait même été mis en circulation avec le sens que l'on devine.

qui a acheté la terre sans l'avoir vue, sur ma parole, au prix que je demandais, sans hésiter. Tenez, m'a-t-il dit, vous voilà payé. En effet, voici des billets que j'en ai reçus.

AMINTE. Ah ! quel dommage qu'un homme d'une si brillante fortune soit si rustique !

ARMIDAS. Lui, rustique !

SPINETTE. Monsieur Richard, rustique !

AMINTE. Ah ! vous conviendrez qu'il n'a pas d'esprit, et qu'il est d'une figure épaisse.

SPINETTE. C'est une épaisseur qui ne vient que d'embonpoint.

ARMIDAS. Allons, allons, Ergaste disparaît au prix de cela ; sans compter qu'il a le caractère un peu gascon.

AMINTE. Mais, mon oncle, le rival que vous lui substituez est bien grossier ; cela m'arrête, car je me pique de quelque délicatesse.

SPINETTE. Et *mort de ma vie, grossier ! Et moi je vous dis qu'il a autant d'esprit qu'un autre, mais qu'il ne veut s'en servir qu'à sa *commodité.

Scène IX
ARMIDAS, SPINETTE, AMINTE, ARLEQUIN

ARMIDAS. Que nous veux-tu, Arlequin ?

ARLEQUIN. Je venais, ne vous en déplaise, Monsieur, m'acquitter d'une petite commission auprès de Mademoiselle Aminte.

AMINTE. Eh bien ! de quoi s'agit-il ?

ARLEQUIN. Oh mais, je n'oserais parler à cause de Monsieur ; cependant, comme je suis hardi de mon naturel, si vous me laissez faire, j'aurai bientôt dit.

ARMIDAS. Parle ; voilà qui est bien mystérieux !

ARLEQUIN. C'est que j'ai des louis d'or dans ma poche à qui j'ai promis de vous recommander Monsieur Richard, ma belle demoiselle.

SPINETTE. Oh vraiment, à propos, ses libéralités se sont aussi étendues sur Arlequin.

ARLEQUIN. Il m'a fait l'honneur de me demander ma protection auprès de vous, et, ma foi, il l'a bien payée ce qu'elle vaut.

ARMIDAS. Cela est étonnant.

ARLEQUIN. C'est lui qui m'a payé les gages que Monsieur Ergaste me doit ; cela est bien *honnête.

SPINETTE. J'étais témoin de tout ce qu'il vous dit là.

ARLEQUIN. Je l'épouse aussi, moi, cela est résolu.

ARMIDAS. Qu'appelles-tu : tu l'épouses ?

ARLEQUIN. Oui, je me donne à lui ; il m'a déjà fait les présents de noce.

ARMIDAS. Ma nièce, il ne faut point que cet homme-là vous échappe.

ARLEQUIN. Il vous aime comme un perdu ; il est drôle, *bouffon, *gaillard. Il dit toujours : Tiens, prends ; et ne dit jamais : Rends. Il a une face de jubilation. Tenez, le voilà lui-même, voyez-le plutôt. Mais il m'a donné une commission, j'y vais.

Scène X
PLUTUS, ARMIDAS, SPINETTE, AMINTE

PLUTUS. Eh bien, sommes-nous en joie, ma reine ? Mais comment faites-vous donc ? Vous êtes encore plus belle que vous n'étiez tout à l'heure. Ergaste vous fait là-haut des vers ; chacun a sa poésie, et voilà la mienne [1].

SPINETTE. Une rime à ces vers-là serait bien riche.

PLUTUS. Oh ! nous rimerons, nous rimerons ; j'ai la rime dans ma poche [2].

AMINTE. Ah ! Monsieur, des vers, une chanson, se reçoivent ; mais pour un bracelet de cette magnificence, ce n'est pas de même.

PLUTUS. Les vers se lisent, et cela se met au bras ; voilà toute la différence. Présentez le bras, ma déesse.

AMINTE. Monsieur, en vérité, ce serait trop...

ARMIDAS. Ma nièce, je vous permets de l'accepter.

PLUTUS. Voilà le premier oncle du monde. Tenez, j'ai donné mon cœur, et quand cela est parti, le reste en coûte plus rien à déménager ; car je vous aime, il n'y a que moi qui puisse aimer comme cela ;

---

1. Il tire un bracelet de sa poche.   **2.** Nouvel exemple, dans cette scène (il y en a aussi dans la précédente) du procédé signalé plus haut (p. 822, note 2). À partir d'une métaphore ou d'un jeu de mots, un terme ou une série de termes sont employés comme des équivalents euphémistiques. Voir encore scène XIII, à propos de la *musique* de Plutus, avec la variation, en fin de scène, sur la *chromatique* et la *fugue*.

et cela ira toujours en augmentant[1]. Quel plaisir ! Goûtez-en un peu, mon adorable ; je suis le meilleur garçon du monde ; j'apprendrai à faire des sornettes, des vaudevilles, des couplets ; j'ai bon esprit[2], mais je n'aime pas à le *gêner, il n'y a que mon cœur que je laisse aller. Il va à vous ; prenez-le, ma charmante, et en attendant, placez ce petit bracelet.

SPINETTE. Peut-on s'expliquer de meilleure grâce ?

AMINTE. En vérité, je vous trouve bien pressant.

PLUTUS. Là, dites-moi comment vous me trouvez.

AMINTE. Mais, je vous trouve bien.

PLUTUS. Tant mieux, je m'en doutais un peu ; m'aimeriez-vous aussi ? Mon humeur vous revient-elle ? On fait de moi ce que l'on veut. Vous serez si heureuse, vous aurez tant de bon temps, que vous n'en saurez que faire. Allons, est-ce *marché fait ? Je suis pressé ; car vos yeux vont si vite en besogne ! Finissons-nous, mon oncle ? Mettons-nous à genoux devant elle. Spinette, à notre secours !

ARMIDAS. Rends-toi, ma nièce ; peux-tu trouver mieux ?

SPINETTE. Ma maîtresse, ma chère maîtresse, ayez pitié de l'amour de cet honnête homme.

PLUTUS. Je vous en conjure avec cent mille écus que j'ai porté[3] sur moi pour échantillon de ma cassette. Tenez, prenez-les, vous les examinerez vous-même.

SPINETTE. Peut-on faire fumer un plus bel encens ?

AMINTE. Mais vous m'accablez. *(À part.)* Je veux mourir si je suis la maîtresse de dire non. Il y a dans ses manières je ne sais quoi d'engageant qui vous entraîne. *(Haut.)* Il est plusieurs sortes de mérites, et vous avez le vôtre, Monsieur ; mais que deviendrait Ergaste ?

PLUTUS. Eh bien ! il partira, et je lui paierai son voyage.

ARMIDAS. Le voilà qui arrive avec sa chanson.

SPINETTE. Ce sont là ses millions, à lui.

ARMIDAS. Que diable, avec sa musique ! on a bien affaire de cela.

---

1. Ces quelques phrases de Plutus annoncent le ton de Jacob faisant la cour à Mlle Habert ou à Mme de Ferval. Voir aussi *La Commère*.　2. L'édition de 1758 corrige : *j'ai un bon esprit.*　3. Sur le non-accord du participe passé, voir la Note grammaticale, p. 2265.

Scène XI

PLUTUS, ARMIDAS, SPINETTE, AMINTE, APOLLON

ERGASTE [1]. Là, là, là ! Je prélude, Madame, et voici des acteurs pour exécuter la pièce. Monsieur Armidas, vous serez bien aise d'entendre cela ; je le crois joli, pas tout à fait si amusant que la conversation de Monsieur Richard, mais n'importe.

SPINETTE. La conversation de Monsieur Richard est *magnifique.

ARMIDAS. Et soutenue d'un bout à l'autre.

PLUTUS. Grand merci, notre oncle, je la soutiendrai toujours de même. Qu'en dites-vous, ma reine ? Êtes-vous de leur avis ?

AMINTE. Assurément.

ERGASTE. Il vous ennuyait, je gage, et je suis venu bien à propos.

AMINTE. Voyons donc votre musique.

APOLLON. Allons, Messieurs, commencez.

Scène XII

PLUTUS, ARMIDAS, SPINETTE, AMINTE, APOLLON,
chanteurs et danseurs

On danse [2].

AIR

Dieu des amants, ne crains plus désormais
    Qu'on puisse échapper à tes armes ;
Je vois dans ce séjour un objet plein de charmes,
    Où tu pourras trouver d'inévitables [3] traits.
      Que de triomphes et d'hommages
      Tu vas devoir à ses beaux yeux !

---

1. À partir d'ici, et jusqu'à la scène XVII incluse, l'édition originale porte *ERGASTE* pour désigner *APOLLON* sauf dans les listes de personnages en tête de certaines scènes.   **2.** Il s'agit ici, comme le montre le *Recueil des Divertissements du Nouveau Théâtre-Italien*, d'une *Entrée pour la suite d'Apollon*, sur un mouvement *légèrement*.   **3.** Le *Recueil des Divertissements* donne *inévitables* au lieu d'*inimitables*. C'est le texte que nous adoptons comme le meilleur.

On ne verra plus en ces lieux
D'indifférents ni de volages [1].

On danse [2].

ERGASTE. Il semble que cela n'ait point été de votre goût, Monsieur Armidas.

ARMIDAS. Oh ! ne prenez point garde à moi ; toute la musique m'ennuie.

SPINETTE. Elle commençait à m'endormir.

ERGASTE. Et vous, Madame, vous a-t-elle déplu ?

AMINTE. Il y a quelque chose de galant, mais l'exécution m'en a paru un peu froide.

PLUTUS. C'est que les musiciens ont la voix enrouée ; il faut un peu graisser ces gosiers-là.

ERGASTE. Doucement ! il n'est pas besoin que vous payiez mes musiciens.

UN MUSICIEN. Comment, Monsieur ! c'est un présent que Monsieur nous fait ; que vous importe ? Vous ne nous en paierez pas moins, et il ne tient qu'à vous de le faire tout à l'heure.

PLUTUS. C'est bien dit ; *contente-les, si tu peux. J'ai aussi une fête à vous donner, moi, et une musique qui se mesure à l'aune ; j'attends ceux qui doivent y danser.

Scène XIII

PLUTUS, ARMIDAS, SPINETTE, AMINTE, APOLLON, ARLEQUIN

ARLEQUIN. Monsieur...

ERGASTE. Que veux-tu ? Y a-t-il quelque chose de nouveau ?

ARLEQUIN. Oui, Monsieur ; mais cela ne vous regarde point. Je

---

1. Ici, comme l'indique le *Recueil des Divertissements*, on reprend les deux derniers vers.   **2.** Cette danse est un menuet, dont voici les paroles, d'après le *Recueil des Divertissements* : « Vole dans ces lieux,/ Doux vainqueur des Dieux./ Lance tes plus beaux feux :/ La beauté qui reçoit notre hommage/ Fuit ton doux esclavage./ Tu l'embellis de mille attraits,/ Viens lui montrer l'usage/ Que l'on doit faire de tes bienfaits.// Suivez l'amour qui vous appelle ; / D'un amant tendre et fidèle/ Que votre cœur/ Récompense l'ardeur :/ C'est être à vous-même inhumaine/ Que de ne pas répondre à son désir./ *(Petite reprise.)*/ En lui causant la plus sensible peine,/ Vous vous privez du plus charmant plaisir. »/ *(On reprend le menuet.)*

viens dirc à Monsieur Richard que les musiciens qu'il a mandés seront ici dans un moment.

ERGASTE. Je voudrais bien savoir de quoi tu te mêles ; sont-ce là tes affaires ?

PLUTUS. Monsieur Armidas, vous allez entendre une drôle de musique.

ARMIDAS. Je la crois curieuse.

PLUTUS. Des sons moelleux, magnifiques, une harmonie qui fait danser tout le monde ; il n'y a personne qui n'ait de l'oreille pour cette musique-là.

ARMIDAS. J'ai grande envie de l'entendre.

SPINETTE. Je m'en meurs d'impatience.

LE MUSICIEN. Cela n'empêchera pas, Monsieur, si vous voulez, que nous ne vous donnions tantôt un petit divertissement à votre honneur et gloire.

PLUTUS. Oui-da, cela ne gâtera rien, et vous vous joindrez à mes danseurs que je vois entrer.

ARMIDAS, *après l'entrée des quatre porte-balles* [1]. Je vous avoue, Monsieur, que je n'ai point encore entendu de symphonie de ce goût-là.

PLUTUS. Ce qu'il y a de commode, c'est que cela se chante à livre ouvert.

ARLEQUIN. Voilà ma chanson, à moi, et je déloge [2].

PLUTUS. Allez porter toutes ces musiques-là chez Monsieur Armidas. Hé bien, Mademoiselle, qu'en dites-vous ?

ERGASTE. Ces airs-là sont-ils aussi de votre goût, Mademoiselle ?

ARMIDAS. Elle serait bien difficile.

ERGASTE. Vous ne dites rien. Ah ! je ne vois que trop ce que ce silence m'annonce. Qui vous aurait cru [3] de ce caractère, ingrate que vous êtes !

PLUTUS. Ah ! ah ! tu te fâches ?

AMINTE. Mais, en effet, je vous trouve admirable, d'en venir avec moi aux invectives ! qu'appelez-vous ingrate ?

ERGASTE. Perfide, est-ce là les fruits de tant de soins ? Méritez-vous tant d'amour ?

---

1. Ces quatre porte-balles, qui portent des sacs d'or, dansent une entrée, dont la musique est donnée par le *Recueil des Divertissements du Nouveau Théâtre-Italien*.   **2.** Arlequin s'est emparé de quelque butin, sans doute des pièces d'or.   **3.** Sur le non-accord du participe passé, voir la Note grammaticale, p. 2265.

PLUTUS. Oh ! que voilà qui est chromatique ! faisons une petite fugue, ma reine ; allons-nous-en [1].

ARMIDAS. Allons, ma nièce, c'est trop s'*amuser ; suis-moi.

PLUTUS. Et allons, séparez-vous bons amis, et ne vous revoyez jamais. Il n'y a rien de si beau que les bienséances ; crois-moi, Ergaste, ne te fâche que dans un sonnet, ou bien, pour te consoler, va composer un opéra ; cela te vaudra toujours quelque chose.

Scène XIV

ERGASTE, ARMIDAS

ERGASTE. Arrêtez ! Êtes-vous de moitié dans l'affront que l'on me fait ? Approuvez-vous le procédé de Mademoiselle votre nièce ?

ARMIDAS. Mais... c'est une fille assez raisonnable, comme vous savez.

ERGASTE. Vous m'avez pourtant fait espérer...

ARMIDAS. Espérer ! Et quand cela ? Je ne me souviens de rien.

ERGASTE. Qu'entends-je ? Est-ce là tout ce que vous avez à me dire ?

ARMIDAS. Tenez, vous êtes aujourd'hui de mauvaise humeur ; nous aurons le temps de nous revoir. Vous ne partez pas ce soir ; à demain.

Scène XV

ERGASTE, SPINETTE, ARMIDAS

SPINETTE, *à Armidas.* Monsieur, on vous attend.

ARMIDAS. J'y vais. *(À Ergaste.)* Votre valet très humble. *(Il s'en va.)*

ERGASTE. Spinette, de grâce, un petit mot.

SPINETTE. Je n'ai guère le temps, au moins.

ERGASTE. Quoi ! Spinette, où en sommes-nous donc ? M'abandonnes-tu aussi ? Tu avais tant de bonté pour moi !

SPINETTE. Bon ! vous étiez bien riche ; mais je crois qu'on m'appelle ; je suis votre servante.

ERGASTE. Oh parbleu, tu me diras la raison de tout ce que je vois.

SPINETTE. Et que voyez-vous donc de si rare ?

---

1. Cet emploi de termes techniques par Plutus évoque les précieuses. Comme tous les autres personnages, il joue, bien entendu, sur le thème des métaphores musicales avec le mot *fugue.*

ERGASTE. Que ta maîtresse me fuit, que tout le monde m'abandonne.

SPINETTE. Je ne sais pas le remède à cela.

ERGASTE. Monsieur Richard est donc maître du champ de bataille ?

SPINETTE. Je ne vous entends point ; où donc est ce champ de bataille ?

ERGASTE. Tu ne m'entends point ? Ignores-tu de quel œil nous nous regardons, ta maîtresse et moi ?

SPINETTE. Hé ! vous me faites perdre ici mon temps ; le dîner est prêt ; est-ce que vous n'en êtes point ? J'en suis bien fâchée. Adieu, Monsieur ; un peu de part dans vos bonnes grâces [1].

ARLEQUIN. Spinette, on va servir.

Scène XVI

ERGASTE, ARLEQUIN

ERGASTE. Ah ! mon pauvre Arlequin, approche ; je suis au désespoir.

ARLEQUIN. Et moi, j'ai une faim canine.

ERGASTE. Que dis-tu de ce qui se passe aujourd'hui à mon égard ?

ARLEQUIN. Mais je n'ai rien vu passer de nouveau ; je ne sais ce que vous voulez dire.

ERGASTE. Veux-tu faire aussi l'imbécile avec moi ?

ARLEQUIN. À qui en avez-vous donc ? Mon maître m'attend, dépêchez.

ERGASTE. Ton maître ? Eh ! qui l'est donc, si ce n'est moi ?

ARLEQUIN. Je vous ai servi, moi !

ERGASTE. Comment, misérable ! avec qui es-tu venu ici ?

ARLEQUIN. Cela est vrai ; nous nous tenions compagnie dans le chemin.

ERGASTE. Quoi ! il n'y a pas jusqu'à mon valet qui me *méconnaisse [2] !

---

1. Cette formule de congé est ironique, puisque Apollon ne lui a jamais rien donné. **2.** Nous avons renoncé à suivre les éditions modernes, qui ajoutent un *ne (qui ne me méconnaisse)*. On lit chez La Bruyère : « Ce n'est pas qu'il faut quelquefois pardonner à celui qui, avec un grand cortège, un habit riche et un magnifique équipage, s'en croit plus de naissance et plus d'esprit : il lit cela dans la contenance et dans les yeux de ceux qui lui parlent. » *(Du mérite personnel.)* L'absence de la négation est garantie par toutes les éditions. Elle s'observe d'ailleurs, de nos jours, dans une langue négligée.

ARLEQUIN. Attendez, attendez ; j'ai quelque souvenir éloigné d'avoir autrefois servi un certain Monsieur... aidez-moi, aidez-moi : Monsieur Orga, Orga, Er, Er, Ergaste, oui, Ergaste[1].

ERGASTE. Coquin !

ARLEQUIN. Non, ce n'était pas un coquin ; c'était un fort honnête homme qui ne payait pas ses gens. Oh ! nous avons changé tout cela ; et je l'ai troqué contre un certain Monsieur Richard, qui habille et paie encore mieux. Oh ! cela vaut mieux que Monsieur Ergaste. Adieu, Monsieur. Si vous le voyez, dites-lui que je me recommande à lui. Le pauvre homme !

APOLLON. L'insolent !

Scène XVII

ERGASTE, UN MUSICIEN, SPINETTE

LE MUSICIEN. Le seigneur Richard n'est-il pas dans la maison, Monsieur ?

ERGASTE. Ah ! Monsieur, je suis bien aise de vous trouver. Je vous avais ordonné une fête pour ce soir ; mais il ne s'agit plus de cela ; ainsi, je vous dégage.

LE MUSICIEN. Oh ! Monsieur, nous ne songions pas seulement[2] à vous, nous avons autre chose en tête. C'est Monsieur Richard qui nous emploie, et que nous cherchons.

ERGASTE. Il ne manquait plus que ce trait pour achever ma défaite ; et me voilà pleinement convaincu que l'or est l'unique divinité à qui les hommes sacrifient.

On frappe.

SPINETTE. Qui est là ?

LE MUSICIEN. C'est pour le divertissement que Monsieur Richard nous a demandé.

Le texte que nous conservons est celui des éditions de 1739 et 1758. On ne peut d'ailleurs exclure que le *ne* n'ait disparu par une faute typographique, mais c'est plutôt *me* qui aurait dû sauter.

1. Texte de 1739. L'édition de 1758 portant par erreur *ou Ergaste* pour *oui, Ergaste*, l'éditeur de 1781, au lieu de retourner au texte original, corrige : *Orgaste ou Ergaste*.   **2.** Le mot *seulement* est omis dans les éditions modernes.

SPINETTE. Je m'en vais faire descendre la compagnie.

ERGASTE. Puisque les voilà tous qui se rendent ici, arrêtons un moment pour leur faire voir la honte de leur choix.

Scène XVIII

APOLLON, PLUTUS, ARMIDAS, AMINTE, ARLEQUIN, SPINETTE, UN MUSICIEN

APOLLON. Plutus, vous l'emportez sur Apollon ; mais je ne suis point jaloux de votre triomphe. Il n'est point honteux pour le dieu du Mérite d'être au-dessous du dieu des Vices dans le cœur des hommes.

PLUTUS. Hé, hé, hé ! que le voilà beau garçon avec son mérite !

ARMIDAS. Que signifie ce que nous venons d'entendre ?

PLUTUS. Cela signifie qu'Ergaste est Apollon, et moi Plutus, qui lui a escroqué sa maîtresse. Ne vous alarmez pas ; je vous laisse les présents que je vous ai faits. Vous vous passerez bien de moi avec cela, n'est-ce pas ? Adieu, la compagnie. Vous êtes de bonnes gens ; vous m'avez fait gagner la gageure, et je vais bien faire rire l'Olympe[1] de cette aventure. Allons, divertissez-vous ; les musiciens sont payés, la fête est prête, qu'on l'exécute !

DIVERTISSEMENT[2]

AIR

Un suivant de Plutus.

Dieu des Trésors, quelle est ta gloire !
Tout l'univers encense tes autels.
Tes attraits sur tes pas font voler[3] la victoire,
Et tu fais à ton gré le destin des mortels.

---

1. Texte de l'édition originale, supérieur à celui des éditions de 1758 et suivantes : *je vais bien faire rire dans l'Olympe.*   **2.** Ce divertissement de Pannard, qui contribua beaucoup au succès durable de la pièce, est exceptionnellement long. Nous avons complété le texte de l'édition originale, plus complet que celui des éditions suivantes, par le *Recueil des Divertissements du Nouveau Théâtre-Italien.*   **3.** Édition originale : *valoir.*

Que le dieu de la Guerre
Soit prêt à lancer son tonnerre,
Il s'arrête à ta voix ;
Et si l'amour règne encore sur la terre,
Il doit à ton secours sa gloire et ses exploits.

On danse[1].

    Reprise : Que le Dieu...

AIR[2]

Une suivante de Plutus.

Pour le dieu de la Richesse,
Que sans cesse
Notre amour s'empresse.
Si pour nous il s'intéresse,
Ah ! que nos cœurs seront contents !
Nous aurons un éternel printemps ;
C'est la puissance
Qui dispose de l'abondance :
Avec Plutus,
On a Bacchus,
On a Comus,
On a Vénus.
Sous sa loi souveraine,
Tout fléchit même dans les cieux ;
Il entraîne
Les suffrages de tous les dieux.

    Reprise : Il entraîne[3]...

VAUDEVILLE

Le chanteur.

N'attendez pas ici qu'on vous révère
Si Plutus n'est votre dieu tutélaire.
Sans son pouvoir,
Tout le savoir

---

1. Cette danse est une gavotte, d'après le *Recueil*.   **2.** Le texte de cet air est donné d'après le *Recueil*.   **3.** On danse ici un rigaudon *(Recueil)*.

Que l'on fait voir [1]
Ne peut valoir ;
Rien ne répond à notre espoir.
Le temps n'y peut rien faire.
Mais quand on tient ce métal salutaire,
Tout ce qu'on dit
Charme et ravit,
Chacun nous rit,
Tout réussit [2] ;
Veut-on charge, honneurs ou crédit,
Un jour en fait l'affaire.
Reprise : Tout ce qu'on dit...

Apollon.

Dans ce séjour on met tout à l'enchère,
Rien ne se fait sans l'appât [3] du salaire.
Valets, portiers,
Clercs et greffiers
Commis, *fermiers [4],
Sont sans quartier ;
On a beau gémir et crier,
Le temps n'y peut rien faire.
Mais si l'on joint l'argent à la prière,
Le plus rétif,
Le plus tardif,
Devient actif,
Expéditif ;
Tout est vif, exact, attentif [5],
Un jour finit l'affaire.

Le chanteur.

Loin de ces lieux, une tendre bergère
S'en tient au choix que son cœur lui suggère.

---

1. Édition de 1758 et *Recueil* : *Qu'on peut avoir*.　　**2.** L'édition de 1758 et le *Recueil* inversent les vers : « *Tout réussit, / Chacun nous rit* ».　　**3.** Édition originale : *la part*.　　**4.** L'édition de 1758 donne ce mot au singulier. Il s'agit de toute façon des fermiers des impôts et de leurs commis.　　**5.** Édition de 1758 : *Tout marche, tout est attentif*.

Fût-ce un Midas
Pour les ducats,
S'il ne plaît pas,
Il perd ses pas.
De tous ses biens on ne fait cas,
Le temps n'y peut rien faire.
De nos beautés la maxime est contraire.
Fût-ce un *palot
Un idiot,
Un maître sot,
Un ostrogot,
S'il est pourvu d'un bon magot,
Un jour finit l'affaire.

Aminte.

Loin de ces lieux, une riche héritière
N'est point l'objet qu'un amant considère ;
Sagesse, honneur,
Vertu, douceur,
Sont de son cœur
L'attrait vainqueur ;
Ses feux ont toujours même ardeur ;
Le temps n'y peut rien faire.
De nos amants la maxime est contraire.
Bons revenus,
Contrats, écus,
Sur les vertus
Ont le dessus.
De tels nœuds sont bientôt rompus ;
Un jour en fait l'affaire.

Le chanteur.

Sans dépenser, c'est en vain qu'on espère
De s'avancer au pays de Cythère.
Mari jaloux,
Femme en courroux,
Ferme[1] sur nous

---

1. L'édition originale porte : *fermant*.

Grille et verroux,
Le chien nous poursuit comme loups ;
Le temps n'y peut rien faire.
Mais si Plutus entre dans le mystère,
Grille et ressort
S'ouvrent d'abord,
Le chien s'endort,
Le mari sort,
Femme et soubrette sont d'accord ;
Un jour finit l'affaire.

Tant que Philis eut un destin prospère [1],
Plus d'un amant lui dit d'un air sincère :
Que vos beaux yeux
Sont gracieux !
L'Amour, pour eux,
Fixe mes vœux ;
Chaque instant redouble mes feux ;
Le temps n'y peut rien faire.
Dès que Plutus cessa de lui complaire,
Plus de trésor,
Plus de Médor [2],
Flamme et transport
Prirent l'essor ;
L'Amour s'enfuit et court encor ;
Un jour finit l'affaire.

Arlequin.

Lorsqu'un auteur, instruit dans l'art de plaire,
Trouve des traits ignorés du vulgaire,
On l'applaudit,
On le chérit :
Grand et petit
En font récit ;
Jamais l'ouvrage ne périt [3] ;

---

1. Ce couplet manque dans l'édition originale, et on ne sait à qui l'attribuer. Il est sans doute dit par la chanteuse de la troupe. **2.** Il s'agit évidemment de l'amant d'Angélique, chez l'Arioste. **3.** Ce vers est donné d'après l'édition de 1758. Il manque dans l'édition originale.

Le temps n'y peut rien faire.
Si l'on ne suit qu'une route ordinaire,
Le spectateur,
Fin connaisseur,
Contre l'auteur,
Est en rumeur ;
La pièce meurt malgré l'acteur [1]
Un jour en fait l'affaire [2].

---

1. Texte de l'édition originale. Celles de 1758 et 1781 portant par erreur *malgré l'auteur*, Duviquet soupçonne une faute. Mais, plutôt que de recourir à l'édition originale, il corrige *auteur* en *acteur* la première fois *(Contre l'acteur / Est en rumeur)*, ce qui est moins satisfaisant. **2.** Voir l'analyse de ce divertissement par N. Rizzoni (*Charles-François Pannard et l'esthétique du « petit »*, SVEC 2000 : 01, Oxford, Voltaire Foundation, 2000, p. 69-73).

LA NOUVELLE COLONIE

OU

LA LIGUE DES FEMMES

COMÉDIE EN TROIS ACTES, EN PROSE
REPRÉSENTÉE POUR LA PREMIÈRE FOIS
PAR LES COMÉDIENS-ITALIENS
LE 18 JUIN 1729

NOTICE

Après le succès de *L'Île des esclaves* et l'échec de *L'Île de la Raison*, Marivaux tente une troisième fois le sujet d'une île utopique avec *La Nouvelle Colonie ou la Ligue des femmes*, comédie en trois actes, jouée au Théâtre-Italien le 18 juin 1729. On sait par le *Mercure*[1] que l'échec de la pièce décida Marivaux à la retirer dès la première représentation. Un document nouveau donne quelques détails sur l'événement, et permet de comprendre pourquoi Marivaux se découragea si vite. Il s'agit de la *Lettre d'un garçon de café au souffleur de la Comédie de Rouen*, publiée peu de temps après[2]. Dans cette brochure inspirée du procédé de Desfontaines dans le *Dictionnaire néologique*, et qui consiste à parodier, en les citant, le style des auteurs à la mode[3], on trouve une apostrophe de trois pages au public, dont voici le début :

« Ingrat et *discourtois*[4] public, tu n'entends guère tes véritables intérêts, quand tu refuses *de faire boire* à des jeunes auteurs *l'espoir à pleine coupe* ; ne sais-tu pas que *cette boisson exquise met l'âme de ceux qui la goûtent dans la façon d'être la plus délicieuse et la plus superbe*, et fertilise heureusement leurs esprits ; mais tu ne peux *laisser là ces petits profits d'orgueil que tu trouves à chercher querelle au mérite des belles choses*, et à faire le dégoûté souvent très mal à propos. N'a-t-on pas vu depuis peu ta mauvaise humeur proscrire un excellent ouvrage d'un auteur *métaphysicomique*, qui

---

1. Voir pp. 852-853. **2.** Elle est datée « À Paris de 20 juillet 1729 ». L'Approbation est du 16 septembre 1729. Cette brochure de 44 pages roule sur la pièce intitulée *Les Trois Spectacles*, d'Aigueberre, jouée le 9 juin 1729 au Théâtre-Français. On l'attribue, d'après Barbier, à J.-D. Dumas d'Aigueberre. Elle est signée Cl. P. G. du C. de G. **3.** Surtout La Motte, mais aussi Marivaux, pour son *Spectateur français*, Catrou, Houtteville, etc. **4.** En italique dans le texte. Ce mot est un néologisme. La citation suivante est tirée des *Fables nouvelles* de La Motte, les deux suivantes du *Spectateur français*.

se vit réduit à captiver ta patience par une nombreuse escorte, encore n'en put-il venir à bout. Son infortunée comédie[1] n'a pu supporter, hélas ! quoi qu'il pût faire[2] qu'une demi-apparition ; en sorte qu'il n'eut d'autre ressource que de confier à la presse le juste appel qu'il interjette à la postérité de toutes tes injustices, comme a fait encore ingénieusement le judicieux auteur de *La Mère rivale*[3]. Je ne m'étonne point après cela d'entendre dire de tous côtés que *les grandes réputations sont posthumes*, et pour peu que ce préjugé (auquel tes capricieuses inégalités ne donnent que trop de poids) continue d'*obséder les esprits créateurs*, adieu les beaux ouvrages[4]... »

Si la garde avait dû être doublée pour la représentation de *La Nouvelle Colonie*, c'est qu'on avait apparemment de bonnes raisons de craindre une cabale. Ce qui est curieux, c'est que, malgré ce que dit l'auteur de la brochure, Marivaux ne fit pas imprimer sa pièce. Tout ce que nous en savons se réduit au résumé succinct qu'en donne le *Mercure*[5], et qu'on trouvera ci-après, ainsi qu'au divertissement de Pannard conservé dans le *Recueil des Divertissements du Nouveau Théâtre-Italien* et dans le *Théâtre et œuvres diverses de M. Pannard* (Duchesne, 1763, t. I).

D'après ce qu'on peut en juger, *La Nouvelle Colonie*, à la différence de *L'Île des esclaves*, se passe à l'époque moderne. Le lieu de l'action, tel que l'auteur et les spectateurs peuvent se le représenter, doit évoquer pour eux la colonie nouvelle du Mississipi. Moins de deux ans se passeront avant que Prévost n'y place le dénouement de *L'Histoire du chevalier des Grieux et de Manon Lescaut*, et le même écrivain imaginera peu après, dans *Cleveland*, une île proche de Sainte-Hélène qui tourne au matriarcat, le climat ne permettant que la procréation de filles. Mais à côté de ces rapports de *La Nouvelle Colonie* avec l'actualité, il importe de souligner ce que la pièce doit à Aristophane. Il est vrai qu'il n'existait guère à l'époque de

---

1. Intitulée *La Nouvelle Colonie des femmes (sic)*. [*Note du texte.*]
2. La garde fut doublée. [*Note du texte.*] 3. De Beauchamps, jouée le 31 janvier 1729. 4. Pp. 33-34. 5. C'est à MM. Bastide et Fournier qu'on doit cette découverte importante, parce qu'elle permet d'apercevoir les différences entre la pièce primitive et le remaniement ultérieur. — Noter que le résumé du *Mercure* est plus bref que d'habitude. Il semble que Marivaux, à la différence de ce qu'il pouvait faire dans d'autres circonstances, n'a pas voulu communiquer au rédacteur de la chronique des spectacles un résumé de sa pièce.

traduction française, que Marivaux ne savait pas le grec, et que le P. Brumoy ne devait publier son *Théâtre des Grecs* que l'année suivante. Mais Marivaux, qui savait le latin, pouvait se reporter à la belle et savante édition en grec et en latin de Ludolphe Kuster, parue à Amsterdam en 1710 ; en outre et surtout, nous savons que Fontenelle écrivit sur Aristophane, et spécialement sur *Lysistrata*, des réflexions qui ne pouvaient manquer de venir à la connaissance de Marivaux :

« *Lisistrata* est une idée très folle. Rien n'est plus plaisant que de faire terminer la guerre du Péloponnèse par les femmes, tant athéniennes que lacédémoniennes, qui ont conjuré de ne point coucher avec leurs maris, s'ils ne se résolvent à faire la paix. Je ne sache point de pièce si pleine d'ordures, ni plus propre à faire voir combien les Anciens étaient libres [...]. C'est quelque chose de fort bon que la peine qu'ont les femmes de faire le serment que Lisistrata exige d'elles ; que les efforts qu'elles font pour lui échapper de la citadelle d'Athènes, où elles se sont cantonnées contre les hommes, et cet ambassadeur lacédémonien qui vient dire que tout Sparte [...] et n'en peut plus, et qu'il faut absolument faire la paix. Mais je trouve le combat des vieillards et des femmes assez froid [1]. »

On voit très bien comment Marivaux a pu transposer, avec sa délicatesse habituelle, l'idée des femmes qui refusent de fréquenter leur mari. Sans doute s'est-il souvenu aussi de la peine qu'avaient les femmes grecques à faire le serment qu'on exigeait d'elles. Il a encore fait d'autres emprunts à *L'Assemblée des femmes*, où l'on voit les femmes d'Athènes, déguisées en hommes, conquérir la majorité à l'assemblée du peuple et y faire voter une constitution qui met le pouvoir entre leurs mains. Ainsi, l'influence d'Aristophane a été très importante sur le plan dramatique. Il se trouvait du reste poser, à sa façon, le problème du féminisme, auquel Marivaux n'a jamais été indifférent. Soit dans le salon de Mme de Lambert, laquelle avait laissé publier, en 1727, ses *Réflexions sur les femmes*, soit dans ses œuvres morales [2], il avait eu l'occasion de se déclarer favorable aux thèses féminines. Il lui restait à poser la question sur le plan politique. Sans doute n'avait-elle, en 1729, qu'un caractère utopique. Mais la comédie était, à l'époque, un cadre accueillant pour ce genre

---

1. *Remarques sur quelques comédies d'Aristophane*, éd. des Œuvres, Salmon, 1825, tome IV, pp. 361-373.   2. Voir la notice de la première *Surprise de l'amour*, ci-dessus, p. 226.

de sujets, et l'on aurait pu croire celui-ci fort propre à la scène italienne. La conclusion donnée par Marivaux à sa pièce avait d'ailleurs un caractère assez conservateur pour ne choquer personne : il lui suffisait d'avoir soulevé le problème.

On a vu pourtant que la pièce déplut au public. Marivaux avait bien essayé de corriger le défaut d'intrigue que Fontenelle relevait chez Aristophane, après avoir reconnu que son sujet était « plaisant » et contenait « de fort bonnes choses » :

« La plupart de ses pièces sont sans art, elles n'ont ni nœud ni dénouement. La comédie était alors bien imparfaite. Ils ne connaissaient point ce que nous appelons intrigue, et que les Espagnols entendent si bien [1]. »

Les comptes rendus dont on dispose ne permettent pas de savoir si c'est le sujet lui-même ou la manière dont il était traité qui souleva les critiques. Quoi qu'il en soit, désespérant apparemment qu'aucun lecteur osât s'avouer partisan d'un ouvrage auquel de malins esprits prêtaient le pouvoir de ruiner un théâtre [2], Marivaux renonça même à le publier [3]. Vingt ans après seulement, il s'en souvint pour l'abandonner à une troupe d'amateurs, après l'avoir entièrement remanié, et c'est dans cet état et sous un nouveau titre qu'il le fit publier dans le *Mercure* de décembre 1750. Nous retrouverons à cette date *La Colonie*, qu'il faut considérer comme une pièce nouvelle. On ne trouvera donc ici que le compte rendu du *Mercure* de juin 1729 [4], trop peu détaillé à notre gré, et le texte du divertissement, que MM. Bastide et Fournier avaient découvert dans le *Recueil des Divertissements du Nouveau Théâtre-Italien*, et que nous avons collationné sur le texte partiel paru d'abord au tome I du *Nouveau Théâtre italien* de Briasson (1733).

---

1. *Op. cit.*, p. 371.   **2.** Dans *Les Spectacles malades*, pièce jouée à la foire Saint-Laurent le 29 août 1729, Lesage met en scène un personnage figurant la Comédie-Italienne, qui, malade et affaibli par des saignées, chante, sur l'air de *Monsieur de La Palisse*, le couplet suivant : « Un docteur de ce temps-là / (J'en devais perdre la vie) / Le croiriez-vous, me donna / Trois onces de Colonie. » Sur quoi dame Alizon s'écrie : « Miséricorde ! Trois onces de Colonie ! C'était pour en crever ! » (*Œuvres choisies de Lesage*, 1783, tome XV, p. 87.)   **3.** Le tome I du *Nouveau Théâtre italien* de Briasson (1733), qui comporte les extraits des pièces non publiées (voir la notice du *Triomphe de Plutus*), ne donne cette fois (pp. 336-339) que les paroles du vaudeville, ainsi que la musique du même vaudeville à la fin du volume (p. 79).   **4.** Pp. 1403-1406.

COMPTE RENDU DU *MERCURE*

« Le 18 juin, les Comédiens Italiens donnèrent la première représentation d'une comédie intitulée *La Nouvelle Colonie*, ou *La Ligue des Femmes*, dont M. de Marivaux est auteur. Cette pièce n'a pas été aussi heureuse que la plupart de celles qui sont sorties de sa plume. Il l'a retirée dès la première représentation, et nous a réduits par là à n'en pouvoir donner qu'une idée confuse. Voici à peu près de quoi il s'agit.

« Des femmes qui habitent une île ont assez d'ambition pour ne vouloir plus vivre dans la dépendance des hommes : elles trouvent fort mauvais que ces derniers ne les admettent pas au gouvernement. L'action théâtrale commence précisément dans le même jour qu'on fait l'élection de deux nouveaux gouverneurs, dont l'un représente la noblesse, et l'autre le tiers état. *Silvia*, la première et la plus hardie des femmes qui veulent secouer le joug que les hommes leur ont imposé, ayant appris que *Timagène* vient d'être élu chef de la noblesse, se flatte d'obtenir de lui (en faveur de l'amour qu'il a pour elle) qu'il fasse rendre justice à son sexe ; elle lui proteste qu'il doit renoncer à son amour s'il ne la tire de l'esclavage où l'injustice des hommes a réduit les femmes jusqu'à ce jour ; elle le charge d'en faire la proposition au Conseil. Timagène n'oublie rien pour lui faire concevoir l'absurdité de ses prétentions ; elle n'en veut point démordre, et le quitte. Timagène, ne pouvant vivre sans l'objet de son amour, est tout prêt de renoncer à sa nouvelle dignité, mais Sorbin, qui vient d'être associé au gouvernement avec lui, s'oppose à son dessein, quoique Mme Sorbin, sa femme, prétende la même chose que Silvia, et soit prête à faire divorce, s'il lui refuse ce qu'elle exige de lui. Sorbin, après quelques moments de fermeté, se résout à abdiquer comme Timagène, mais craignant qu'on ne fasse violence à Silvia et à Mme Sorbin sous un autre gouvernement, ils prennent le parti, avant que d'abdiquer, de faire une nouvelle loi qui ordonne qu'on ne pourra procéder contre les femmes que par la voie des prières et des remontrances. Un philosophe est associé aux deux gouverneurs, pour leur servir de conseil. Ce philosophe, qui s'appelle Hermocrate, leur reproche la faiblesse qu'ils ont pour un sexe dont ils doivent être les maîtres. Dans le nouveau Conseil qui s'assemble pour recevoir l'abdication et de Timagène et de Sorbin, Hermocrate est élu pour gouverner seul : il signale son avènement à l'empire par l'exil du père et de l'amant de Silvia et par celui de

Sorbin et de sa femme. *Arlequin*, gendre prétendu de M. Sorbin, se trouve enveloppé dans la même punition. Cette sévérité d'Hermocrate fait rentrer les femmes dans leur devoir et les oblige à renoncer à leurs prétentions. La pièce est suivie d'un divertissement où l'on chante l'avantage que l'amour donne aux femmes sur les hommes pour les dédommager de la part que ces derniers leur refusent dans le gouvernement. La pièce est en prose et en trois actes. Le divertissement a été fort applaudi. Il a été mis en musique par M. Mouret. »

DIVERTISSEMENT

I

Entrée (dansée)

II

Cantatille

Si les lois des hommes dépendent,
Ne vous en plaignez pas, trop aimables objets :
Vous imposez des fers à ceux qui vous commandent,
Et vos maîtres sont vos sujets.

III

Prélude

Vous triomphez par une douce guerre
De l'esprit le plus fort et du cœur le plus fier.
Jupiter d'un regard épouvante la terre :
Vous pouvez d'un regard désarmer Jupiter.
Vos attraits fixent la victoire ;
Rien ne saurait vous résister,
Et c'est augmenter votre gloire
Que d'oser vous la disputer.

IV

Menuet

V

Parodie

Minerve guide
Les sages, les vertueux,
Junon préside
Sur les cœurs ambitieux,
Vénus décide
Du sort des amoureux.
Tout ce qui respire
Vit sous l'empire
D'un sexe si flatteur.
Quelque sort qui nous appelle,
C'est une belle
Qui fixe notre ardeur.

VI

Gavotte

VII

Vaudeville [1]

Aimable sexe, vos lois
Ont des droits
Sur les Dieux comme sur les Rois ;
Voulez-vous la paix ou la guerre,
Sur vos avis nous savons nous régler :
Pour troubler ou calmer la terre,
Deux beaux yeux n'ont qu'à parler.

Tout est possible à votre art :
Un vieillard
Rajeunit par votre regard.
Pour dompter le cœur d'un Achille,
Pour engager un Hercule à filer,
Et pour rendre un sage imbécile,
Deux beaux yeux n'ont qu'à parler.

---

1. Ici commence le texte paru au tome I du *Nouveau Théâtre-Italien*, 1733, pp. 336-339.

Le jugement d'un procès
        Au Palais
Ne dépend pas de nos placets :
Que Philis soit notre refuge,
Nous entendrons notre cause appeler ;
    Pour faire prononcer un juge,
        Deux beaux yeux n'ont qu'à parler.

    Un avocat bon latin
        Cite en vain
Et Bartole et Jean de Moulin [1] :
On est sourd à son éloquence,
Dès qu'au barreau Philis vient s'installer :
    Pour faire pencher la balance,
        Deux beaux yeux n'ont qu'à parler.

    Oh ! que l'on voit à Paris
        De commis
Qu'en place les belles ont mis.
Si Cloris le veut, un gros âne
Dans un bureau saura bientôt briller ;
    Pour en faire un chef à la douane,
        Deux beaux yeux n'ont qu'à parler.

    Je ne vais point au vallon
        D'Apollon
Quand je veux faire une chanson.
Le beau feu qu'Aminte m'inspire
Vaut bien celui dont ce dieu fait brûler,
    Et pour faire parler ma lyre,
        Deux beaux yeux n'ont qu'à parler.

Une jeune fille

---

1. *Le Nouveau Théâtre-Italien* porte *Jean Dumoulin*. Il s'agit d'un juris-consulte, comme Bartole, devenu célèbre par le proverbe *résolu comme Bartole*, dans lequel *résolu* s'emploie par jeu de mots (à l'origine, on faisait allusion à un cas juridique *résolu* par Bartole).

Si j'avais un inconstant
        Pour amant,
Je craindrais peu son changement ;
J'aurais tort de m'en mettre en peine :
Il en est cent que je puis enrôler,
    D'ici j'en vois une douzaine,
        Et mes yeux n'ont qu'à parler.

Auteurs, soyez désormais
        Plus discrets.
N'attaquez plus ces doux objets.
En vain l'on vante votre ouvrage :
D'un feu divin il a beau pétiller,
    Pour vous causer un prompt naufrage,
        Deux beaux yeux n'ont qu'à parler.

Si vous voulez qu'Arlequin [1]
        Soit en train,
Venez, belles, tout sera plein :
Je cabriole pour vous plaire.
Si vous voulez, je saurai redoubler,
    Un *bis* ne m'embarrasse guère :
        Deux beaux yeux n'ont qu'à parler [2].

---

1. Ce dernier couplet, comme il arrive souvent dans les vaudevilles de cette époque, est chanté par Arlequin.   **2.** Voir l'analyse de ce divertissement par N. Rizzoni, *Charles-François Pannard et l'esthétique du « petit »*, *op. cit.*, pp. 71-73.

LE JEU DE L'AMOUR
ET DU HASARD

COMÉDIE EN TROIS ACTES
REPRÉSENTÉE POUR LA PREMIÈRE FOIS
PAR LES COMÉDIENS-ITALIENS
LE 23 JANVIER 1730

NOTICE

Moins nouvelle que la première *Surprise de l'amour*, moins riche que *La Double Inconstance*, la comédie du *Jeu de l'amour et du hasard*, représentée pour la première fois par les comédiens-italiens le 23 janvier 1730, est pourtant le chef-d'œuvre de Marivaux, celui de ses nombreux ouvrages auquel on se résignerait le moins malaisément à le réduire. Cette célébrité de la pièce s'explique par la franchise de sa verve comique, par l'émotion qu'elle dégage, par la qualité de son écriture, enfin par le caractère de fraîcheur dont elle semble éternellement empreinte. Quoiqu'il n'y paraisse pas, *Le Jeu de l'amour et du hasard* représente l'aboutissement d'une longue tradition théâtrale. Cette préparation du chef-d'œuvre à travers des essais maladroits, son éclosion entre les mains d'un maître, les recherches de sources entreprises depuis quelques années permettent maintenant d'en retracer les grandes lignes.

Une jeune fille, qui redoute le mariage tel qu'on le pratique à l'époque, obtient de son père la permission d'échanger de costume et de rôle avec sa suivante, pour apprendre sous ce travestissement à mieux connaître le mari qui lui est destiné. Animé par un scrupule semblable, le jeune homme a pour sa part pris la place de son valet, qui tient la sienne. Pendant que valet et suivante, aux prises l'un avec l'autre dans leur rôle d'un jour, essaient de profiter de la situation pour conclure un mariage inespéré, le maître et la maîtresse sont déchirés entre l'amour qu'ils éprouvent l'un pour l'autre et l'horreur que leur inspire la perspective d'un mariage infamant. Entre les subalternes, la situation sera vite dénouée par un aveu simultané. Mais lorsque Dorante apprend à Silvia qui il est, elle-même décide sur-le-champ de ne pas se dévoiler : c'est sous son nom de suivante qu'elle veut se faire offrir le mariage ! La pièce ne se termine pas sans que Dorante lui ait donné cette suprême preuve d'amour.

Pour comprendre la structure du *Jeu de l'amour et du hasard*, il y a lieu d'y distinguer deux aspects, d'une part le procédé formel consistant dans le double travestissement, d'autre part l'exploitation dramatique et psychologique des rapports créés par la substitution des maîtres aux valets et réciproquement.

Sur le premier point, les rapprochements sont faciles, mais d'intérêt très inégal. C'est ainsi qu'on a mis en avant *Les Précieuses ridicules* et *Crispin rival de son maître*, dans lesquels un valet joue le personnage d'un homme de condition. Sans doute ressort-il de ces pièces l'image d'un mauvais plaisant qui fait sa cour d'une manière ridicule : encore l'Arlequin du *Jeu* s'inspire-t-il bien davantage des Arlequins en bonne fortune de Regnard [1]. De toute façon, l'intrigue sommaire de ces œuvres ne peut avoir été utile à Marivaux.

On se rapproche de la formule du *Jeu de l'amour et du hasard* lorsque le travestissement affecte symétriquement, quoique indépendamment, à la fois un valet et une suivante. C'est le cas dans *L'Épreuve réciproque*, de Legrand (1711). Pour éprouver les sentiments de Philaminte, qu'il doit épouser, Valère lui présente son valet Frontin sous le nom de M. Patin, financier. Philaminte en fait autant avec sa suivante Lisette, qu'elle fait passer pour une comtesse auprès de Valère. Valet et suivante ne réussissent que trop bien dans leurs entreprises, et seule l'égalité dans l'infidélité réunit Valère et Philaminte. Certes, nous sommes encore très loin de l'intrigue du *Jeu*, mais on voit apparaître avec *L'Épreuve réciproque* une idée qui ne sera pas perdue. Le valet et la suivante profitent de leur « équipage à bonnes fortunes » pour opérer à leur profit. Mais leur facile triomphe reste illusoire, car ils s'en sont pris l'un à l'autre et n'ont dupé que leur semblable. C'est le thème même des amours de Laure et de Gil Blas dans le roman de Lesage (1715), dont le succès suscita plus d'une imitation parmi les auteurs dramatiques du temps [2].

Dans toutes les pièces qui précèdent, ce sont des valets qui, sous leur nom d'emprunt, sont au premier plan. Chez Marivaux, c'est le travestissement des maîtres qui importe. Nous entrons ici dans une nouvelle voie, où plusieurs variantes se présentent encore. Si le tra-

---

1. Voir Arlequin en vicomte dans *L'Homme à bonnes fortunes* (1690) et en baron de la Dindonnière dans *Les Chinois* (1692). Pour des rapprochements plus précis, voir plus loin, acte III, sc. I et VI, note 2, p. 922 et note 2, p. 928. **2.** La situation de Laure et de Gil Blas est transposée notamment par Van Effen dans ses *Petits-Maîtres* (La Haye, 1719), et par Holberg dans *Henri et Pernille* (vers 1730).

vestissement unique, comme celui de la « fausse suivante » dans la
pièce de ce nom, peut être négligé, on examinera les formules plus
complexes : travestissement parallèle, mais indépendant, d'un jeune
homme et d'une jeune fille en valet et en soubrette, échange de rôle
entre maître et valet, ou entre maîtresse et suivante, enfin double
substitution résultant d'un quadruple travestissement.

Le premier type, le plus simple, se trouve déjà chez Scarron, héritier de la tradition romanesque espagnole : à titre épisodique, il
introduit dans *L'Histoire de Destin et de l'Étoile*, au livre I, chapitre xv, du *Roman comique*, le récit d'une rencontre entre deux
personnes symétriquement travesties. Le Destin, gentilhomme sans
fortune, s'est déguisé en valet pour accompagner son ami Verville
dans un rendez-vous nocturne. Il est chargé d'y faire le guet en
compagnie d'une jeune fille qu'il croit être une servante et qui est
en réalité la sœur de la demoiselle avec qui Verville a rendez-vous.
Le dialogue qui s'établit entre les deux jeunes gens est assez spirituel
pour faire penser au marivaudage, mais aucun rapprochement précis ne s'impose avec évidence [1]. En outre, la situation ainsi ébauchée
n'est pas exploitée par Scarron.

C'est encore Scarron qui semble avoir naturalisé sur la scène classique française le second thème, plus ancien encore, puisqu'on le
trouve déjà dans *Les Grenouilles* d'Aristophane, à savoir l'échange
des rôles entre maître et valet. Dans *Jodelet ou le Maître valet*, pièce
qui était encore au répertoire du Théâtre-Français au temps de Marivaux [2], la substitution de Jodelet à Dom Juan vise surtout à produire
des effets comiques dont certains, peut-être par l'intermédiaire de
pièces de la Foire ou de canevas italiens [3], passeront dans *Le Jeu de
l'amour et du hasard* : propos grotesques de valet déguisé au
« beau-père » et à la « future », retournement plaisant des rapports
entre le faux maître et le faux valet lorsqu'ils ne sont plus observés.

---

1. R. Jasinski en propose quelques-uns avec prudence dans l'article où il
a signalé la parenté entre la pièce de Marivaux et la nouvelle de Scarron :
« Une réminiscence de Marivaux dans *Le Jeu de l'amour et du hasard.* »
(*Revue d'Histoire littéraire de la France*, 1947, p. 172.)   2. Voir le *Répertoire de toutes les pièces restées au Théâtre-Français* de Mouhy, Paris, 1753,
p. 75.   3. On avait déjà joué sur l'ancien Théâtre-Italien une pièce intitulée
Arlequin gentilhomme supposé et duelliste malgré lui en 1667. On signale
encore un opéra-comique en trois actes de d'Orneval joué le 3 février 1716
au Jeu d'Octave, un canevas italien joué au nouveau Théâtre-Italien le 26 mai
1716, et une reprise de la pièce de d'Orneval le 17 juillet 1726 sous le titre
des *Arrêts de l'amour*.

Mais l'échange des rôles, chez Scarron et ses imitateurs, n'est nullement fondé, quoi qu'on en ait dit[1], sur le désir de connaître ou
d'éprouver la jeune fille à épouser. Il y a déjà là une différence essentielle avec la situation chez Marivaux.

Ce n'est qu'au début du XVIIIe siècle que des auteurs dramatiques
imaginent d'attribuer l'idée du déguisement, d'abord à une jeune
femme ou jeune fille, puis à un jeune homme inquiet devant la perspective d'un mariage imposé par la famille. Dans *Le Galant Coureur*,
de Marc-Antoine Legrand (1722), une jeune veuve, la comtesse, qui
séjourne au château de son amie la présidente, se déguise en suivante pour étudier le marquis de Floribel, que ses parents veulent
lui donner pour époux, et dont elle redoute la réputation de petit-
maître. De son côté, pour des raisons purement fortuites[2], le marquis se déguise en porteur de dépêches ou « coureur » lorsqu'il
arrive chez la présidente. La situation ainsi ménagée ressemble à
celle du *Jeu de l'amour et du hasard*, mais elle est utilisée à des fins
différentes. Une seule scène est consacrée à un tête-à-tête entre le
marquis déguisé en coureur et la marquise déguisée en suivante.
Elle n'est pas sans intérêt, comme on va en juger, mais il faut observer que la comtesse est déjà instruite de l'identité du faux coureur,
ce qui lui épargne toute crise de conscience.

LE MARQUIS, *en coureur*, LA COMTESSE, *en suivante.*

LA COMTESSE, *à part.* Que veut-elle par là me faire entendre ?...
Mais je n'ai pas de curiosité de m'en éclaircir, j'ai bien une autre
inquiétude depuis que le chevalier nous a appris que ce coureur
était le marquis de Floribel. Il m'aime, me croyant soubrette ; peut-
être ne m'aimera-t-il plus, quand il saura qui je suis. Jolicœur,
Madame m'a chargé de vous dire que vous ne partiriez point.

LE MARQUIS. Ah ! belle Finette, vous ne pouviez m'annoncer une
plus agréable nouvelle.

LA COMTESSE. Comment donc ? Vous disiez tantôt que votre plus
grand plaisir était de courir.

---

1. G. Attinger, *op. cit.*, p. 389, note 2. Xavier de Courville dit plus exactement, à propos du canevas italien, que Lélio *met à profit* son déguisement
pour observer sa future femme.   **2.** Le chevalier, qui doit épouser la présidente, apprend que sa famille veut la donner en mariage au marquis. Pour
lui éviter la tentation de céder à cette pression lorsqu'elle connaîtra l'agréable
marquis, le chevalier prie Floribel de ne se présenter à elle que sous un
travestissement : c'est celui de coureur qui est choisi.

LE MARQUIS. Il est vrai ; mais, charmante Finette, je suis maintenant retenu par deux beaux yeux, dont le pouvoir arrête tous mes autres plaisirs.

LA COMTESSE. Marton a donc bien des charmes pour vous ?

LE MARQUIS. Marton ? Ô ciel ! qu'allez-vous penser ? Partout où vous êtes, en peut-on aimer d'autres que vous ?

LA COMTESSE. Quoi ? c'est de moi que vous êtes amoureux ? En vérité, vous vous adressez mal, car je ne sais pas encore ce que c'est l'amour.

LE MARQUIS. Quoi ! serait-il possible ? Eh ! c'est ce qui m'a fait courir jusqu'ici vainement, que la découverte d'un cœur qui n'eût jamais aimé. Mais il n'est pas naturel que, belle comme vous êtes, on ait été si longtemps à vous le dire, encore moins vraisemblable que vous n'ayez pas pris plaisir à entendre vanter votre beauté.

LA COMTESSE. Quel plaisir voulez-vous que j'aie pris à entendre dire que j'étais aimable, si ceux qui me l'ont dit ne l'étaient pas ?

LE MARQUIS. Une belle doit toujours être charmée de faire des conquêtes.

LA COMTESSE. Cela peut contenter son ambition, mais cela ne l'engage pas à être sensible.

LE MARQUIS. Et quel mérite faudrait-il avoir pour vous plaire ?

LA COMTESSE. Il faudrait être à peu près comme vous êtes, mais en même temps sincère.

LE MARQUIS. Oh ! je le suis.

LA COMTESSE. Il faudrait de plus qu'un amant fût en état de faire ma fortune, ou que je fusse en état de faire la sienne.

LE MARQUIS. Quoi ! si vous étiez d'un rang élevé, vous vous feriez un plaisir de faire le bonheur d'une personne que vous aimeriez ? Par exemple d'un malheureux coureur...

LA COMTESSE. J'en voudrais faire un marquis.

LE MARQUIS. Ah ! pourquoi faut-il avec ces sentiments qu'une si charmante personne soit réduite à servir ? La fortune est bien aveugle.

LA COMTESSE. Trouvez-vous que la fortune m'ait plus maltraitée que vous ? et la condition de coureur vous semble-t-elle beaucoup au-dessus de celle de soubrette ?

LE MARQUIS. Quoi qu'il en soit, je voudrais être au-dessous de ce que je suis, ou que vous fussiez au-dessus de ce que vous êtes.

LA COMTESSE. Je ne comprends rien à ce que vous me voulez dire.

LE MARQUIS. Ah ! que ne puis-je m'expliquer !

LA COMTESSE. Qui vous en empêche ?

LE MARQUIS. L'amour que vous m'inspirez. Tant que j'ai été indifférent, jamais personne n'a débité la fleurette avec plus de facilité que moi auprès des belles que je n'aimais point ; maintenant que j'aime véritablement, je n'ai plus d'éloquence pour le persuader.

LA COMTESSE. Je ne hais pas cet aveu, et je m'expliquerai à mon tour quand je vous connaîtrai tout à fait sincère.

LE MARQUIS. Que me voulez-vous dire ?

LA COMTESSE. Rien davantage pour le présent. Je veux vous laisser faire vos réflexions, et reprendre vos sens ; vous en avez besoin, s'il est vrai que vous aimiez pour la première fois. Adieu.

LE MARQUIS. Je n'ai point de réflexions à faire ; je sens que je vous aime, et que je vous aimerai toujours.

LA COMTESSE. Et qui me le prouvera ?

LE MARQUIS. Quelle preuve faut-il vous en donner ?

LA COMTESSE. Une fort naturelle. Il faut m'épouser dans ce moment.

LE MARQUIS. Dans ce moment ? il faut du moins proposer la chose à vos parents.

LA COMTESSE. Je suis ma maîtresse.

LE MARQUIS. Il faut, pour votre sûreté, le consentement des miens ; je ne suis pas en âge.

LA COMTESSE. Je vous donne une dispense, et je passe là-dessus. C'est bien entre gens comme nous que l'on y cherche tant de façons.

LE MARQUIS. Vous avez raison : il faut du moins envoyer chercher un notaire à Paris.

LA COMTESSE. Nous en avons un ici.

LE MARQUIS, *à part*. Parbleu ! cette petite personne-là a réponse à tout.

LA COMTESSE. Ah ! vous commencez à réfléchir : je veux bien vous en donner le temps ; mais ne me voyez de votre vie que pour faire dans le moment ce que je vous demande. Adieu [1].

On trouve ici et là, dans cette scène, des traits dont Marivaux peut s'être souvenu. La comtesse a même, comme Silvia, l'idée de se faire offrir le mariage sous son personnage de suivante. Mais cette velléité n'est pas suivie d'effet : le marquis apprend qui elle est avant d'avoir

---

1. *Le Galant Coureur*, sc. XVII (Petitot, *Répertoire du Théâtre-Français*, 1804, tome XVIII, pp. 447-452).

à se déterminer absolument. Ainsi, le combat intérieur est esquivé pour lui comme il l'avait été pour la comtesse. Legrand, manifestement conscient de ses limites, préfère développer les scènes, d'ailleurs comiques, où le marquis et la comtesse ont affaire à de vrais domestiques [1] : il est significatif qu'on n'en retrouve rien dans *Le Jeu de l'amour et du hasard*.

L'inspiration, sinon la situation, du *Portrait* de Beauchamps (1727) est plus proche de celle du *Jeu de l'amour et du hasard*. La donnée initiale est presque la même : Silvia, jeune fille inquiète et capricieuse, parle de mariage avec sa servante Colombine. Son père Lélio, survenant, annonce qu'il va la marier avec Valère, fils d'un de ses amis de province. Pour dégoûter Valère de la jeune fille qu'on lui destine (et non pas, comme la Silvia du *Jeu*, pour l'éprouver), Silvia change de costume avec Colombine. Mais Valère, survenant, la reconnaît d'après un portrait qu'il a reçu de son père avant de partir. Feignant de la prendre pour une soubrette, il annonce qu'il n'épousera pas Silvia et se retire. Déjà mécontente d'elle-même, Silvia devient jalouse quand Arlequin lui raconte les prétendues bonnes fortunes de son maître. Elle envoie chercher Valère, et, après une jolie scène dans le ton de Marivaux, accepte de l'épouser. Si la psychologie de Silvia, avec ses hésitations et ses contradictions, n'est pas trop indigne de Marivaux, dont Beauchamps subit visiblement l'influence, il est impossible de voir dans sa pièce un « canevas [2] » du *Jeu de l'amour et du hasard*. En effet, aucun des personnages ne s'abuse sur le compte de l'autre, et la pièce subsisterait à peu près telle quelle si le travestissement n'y était pas employé.

Ce n'est que dans une seule comédie, encore plus proche par la date de celle de Marivaux, qu'on trouve une double substitution symétrique semblable à celle du *Jeu*, en même temps que des rapports entre les personnages à peu près comparables. Il s'agit des *Amants déguisés*, comédie d'Aunillon représentée par les comédiens-français en février 1729, que Roger Ledent a eu raison de signaler comme la source d'inspiration immédiate de Marivaux [3]. En

---

1. Sc. v, x, xii, xiv, xv de l'édition citée plus haut.   2. Le mot est de M. Cart et de Mlle Labarrère, dans leur édition du *Jeu de l'amour et du hasard*, où ils ont proposé, avec raison, ce rapprochement avec le *Portrait*. 3. Dans un article de la *Revue d'Histoire littéraire de la France* (1947, pp. 47-48) : « Une source inconnue du *Jeu de l'amour et du hasard*. » *Les Amants déguisés* eurent cinq représentations, et furent repris, pour six représentations, en juillet 1738.

voici le résumé. Une comtesse, orpheline, a échangé de costume et de personnage avec sa suivante Finette pour savoir si son oncle Géronte, qui ne l'a pas vue depuis l'âge de quatre ans, la reconnaîtrait après quinze ans d'absence. Mais elle fait durer ce déguisement depuis que son oncle lui a parlé d'un mariage qu'il projette entre elle et un homme qu'elle n'a jamais vu et que lui-même ne connaît pas. Elle désire ainsi juger celui qu'on lui destine avant de se déterminer à obéir, et éventuellement s'en débarrasser à la faveur des « vivacités outrées » que Finette témoignera sous son nom. De son côté, le marquis, peu enclin à faire un mariage de pure convenance, fait passer pour lui-même son domestique Valentin, auquel il recommande, on ne sait trop pourquoi, de jouer le rôle d'un petit maître ridicule. Quoi qu'il en soit, les jeunes gens se plaisent dès qu'ils se voient. Un premier tête-à-tête les montre émus l'un et l'autre.

Voici la scène. Elle est plus intéressante que celle de Legrand dans la mesure où les deux personnages ignorent l'un et l'autre leur identité réciproque. Mais le style est peut-être plus conventionnel, et le dialogue moins habilement découpé.

LA COMTESSE, *crue Finette*, LE MARQUIS, *cru Valentin*.

LA COMTESSE. Est-ce moi qui fais fuir votre maître, Valentin, et lui fais-je peur ?

LE MARQUIS. Non, non, belle Finette, il craint plutôt de s'exposer à vos appas, et s'il veut conserver son cœur tout entier à Madame la Comtesse, il ne fait point mal d'éviter vos yeux ; ils pourraient bien lui dérober sa conquête.

LA COMTESSE. Vous êtes galant, Monsieur Valentin.

LE MARQUIS. Je suis vrai, belle Finette, et...

LA COMTESSE. Il me serait aisé de vous rendre le change. Si le Marquis avait un rival aussi bien fait que vous, il pourrait bien y perdre quelque chose de son mérite.

LE MARQUIS. Serait-il vrai que vous pussiez me donner quelque préférence sur lui ? J'ose vous le demander, et mes sentiments sont peut-être en droit de l'exiger.

LA COMTESSE. Doucement, doucement, Valentin. Ce que je vous ai dit est plus aux dépens de votre maître qu'il n'est à votre avantage. Je ne veux ici vous parler que des intérêts de la Comtesse, et je regarderai tout autre discours comme une offense.

LE MARQUIS. Quoi, belle Finette, ce serait vous offenser que d'avoir pour vous tous les sentiments dont un cœur bien tendre soit capable ? Ah ! si cela est, je suis le plus cruel de tous vos ennemis.

La Comtesse. Si vous m'en croyez, vous ne vous laisserez pas séduire à une passion qui ne peut jamais faire votre bonheur. Vous ne savez pas tous les obstacles que s'y opposent.

Le Marquis. Quels peuvent donc être ces obstacles ? sont-ils invincibles ? Non, charmante Finette, non, rien ne peut paraître insurmontable à ma constance, et la tendresse la plus pure... vous riez ? Ah ! je sens tout mon malheur. Ce cœur que vous défendez si bien contre moi est sans doute engagé ailleurs ? ou peut-être... Hélas ! je tremble... peut-être êtes-vous mariée ?

La Comtesse. Je ne puis vous dire ce qu'il en est ; mais, croyez-moi, profitez de mes avis. Ne vous attachez point mal à propos à une personne qui ne peut être à vous. Je vous avoue pourtant que vos sentiments me donnent de l'estime pour vous. Il est rare, parmi les gens de votre sorte, de s'exprimer avec tant de galanterie et de délicatesse.

Le Marquis. Ah ! ma chère Finette, c'est ce que je vois, c'est ce que j'entends qui est un prodige de la nature, et ce n'est pas, dans la situation où je vous vois, une chose ordinaire que de penser comme vous faites. Votre mérite, belle Finette, s'oppose à ce que vous voulez de moi ; et je sens bien que, même sans espoir de vous plaire, je vous aimerai toujours. Non, il n'est point pour moi d'autre bonheur que celui de vaincre ces obstacles que vous m'opposez, et je tenterai tout...

La Comtesse. Ils sont insurmontables, vous dis-je, n'y pensez plus ; et à juger de votre âme par vos discours, vous me condamneriez vous-même si j'avais la faiblesse de flatter votre passion. Mais enfin, puisque vous pensez si avantageusement de moi, puis-je au moins vous parler avec confiance ?

Le Marquis. Si vous le pouvez, ah ! Finette [1]...

Dans la suite de l'acte, les deux personnages n'ont pas d'autre entretien particulier. Si le marquis semble prêt à surmonter tous les obstacles pour épouser la fausse Finette, celle-ci se contente de plaindre le prétendu Valentin pour l'« injuste partage » que la fortune lui a fait de ses faveurs. Le second tête-à-tête, à la première scène de l'acte III, est loin d'avoir l'intérêt du premier. Le marquis

---

1. *Les Amants déguisés*, acte II, sc. II.

apprend à la comtesse, qu'il prend toujours pour Finette, que sa maîtresse a jeté les yeux sur lui. La comtesse répond par une confidence analogue touchant le maître du faux Valentin. Il en résulte entre les deux amants une scène de dépit amoureux, suivie d'une brouille, qui dure presque jusqu'à la fin de la pièce. Alors, à la suite d'un quiproquo, le marquis et la comtesse apprennent presque au même instant qui ils sont : ils ne peuvent, de ce fait, concevoir le projet de se faire épouser sous leur personnage d'un moment. *Les Amants déguisés* ne comportent donc pas d'épreuve. La comédie se termine par un mot de Finette qui conviendrait encore mieux au *Jeu de l'amour et du hasard* et qui, à lui seul, établit une similitude remarquable entre les deux pièces :

« Tenez, Monsieur, je vois la fin de tout ceci. Ils ont eu tous deux la même crainte, qu'un mariage fait par Procureur ne convînt pas à leurs inclinations ; et à vous dire vrai, c'est un coup de hasard que vous ayez si bien rencontré. Tous ces mariages qu'on fait sans se connaître, ne réussissent pas aussi bien que celui-ci. Mais ils ont eu du moins cette obligation à leur déguisement, d'être assurés du cœur l'un de l'autre. Ce n'a été ni le rang, ni l'intérêt qui a donné naissance à leur passion. »

Quoi qu'on en ait dit [1], *Les Amants déguisés* sont certainement la véritable source du *Jeu de l'amour et du hasard*. Ce qui masque les ressemblances, c'est que la pièce d'Aunillon est touffue et mal conçue. L'analyse qui précède a dû être débarrassée d'une foule d'éléments accessoires qui à eux seuls occupent plus de la moitié du texte : amour de l'oncle pour sa nièce, qu'il croit être Finette (acte I, sc. III et VII ; acte III, sc. III et IV), remontrances de Valentin à son maître sur le mariage qu'il refuse de conclure (acte II, sc. I), scènes où Finette joue à la petite-maîtresse sous le nom de la comtesse (acte I, sc. II et VI ; acte II, sc. IV ; acte III, sc. V), rôle entier d'un chevalier petit-maître, tantôt folâtrant comme Finette (acte I, sc. IV, V et VI ; acte II, sc. IV), tantôt ridiculisé pour sa lâcheté (acte II, sc. IX, X et XI ; acte III, sc. IX et X). Ce n'est qu'un jeu pour Marivaux de laisser de côté toutes ces pièces de rapport pour ne garder à

---

1. Gustave Attinger trouve que le rapprochement avec *Arlequin gentilhomme supposé*, pièce dont nous avons parlé, est plus convaincant. Nous ne pouvons être de son avis. Cette pièce n'importe vraiment que pour l'étude des aspects de gros comique du *Jeu de l'amour et du hasard*. Contrairement à ce que dit G. Attinger, il n'y est pas question d'éprouver la jeune fille.

l'esprit que l'idée essentielle d'Aunillon, telle que le titre de sa comédie la révèle : les amants déguisés, c'est-à-dire les amants qui s'aiment malgré leur déguisement.

Il est possible, à partir des pièces qui précèdent et surtout des
Amants déguisés, de voir comment s'élabore la pièce de Marivaux.
Il dispose, au départ, du couple classique et de son double subalterne. Le personnage qui représente la société est le père, pourvu
de toute la bonté souriante et digne que Marivaux seul pouvait lui
donner. Reste le rôle de Mario, qui s'explique peut-être comme suit.
Rejetant, pour des raisons de convenance, toute interférence entre
l'intrigue des maîtres et l'intrigue des valets, Marivaux a besoin d'un
tiers qui, en excitant la jalousie de Dorante, l'amène à prononcer
plus vite les paroles décisives. Le caractère même des domestiques
procède peut-être encore de cette volonté de distinguer absolument
les deux couples. Avec un Arlequin en masque noir sous sa perruque
poudrée, portant un bel habit à la française sur son pantalon trop
large à losanges multicolores, aucune équivoque ne peut naître dans
l'esprit du spectateur. La fantaisie italienne est ainsi mise au service
d'un souci de décence et de bon goût.

L'absence chez Marivaux du réalisme qui donne quelque prix à la
pièce de Legrand ne signifie pas, loin de là, absence de réalité
humaine. C'est même sur ce point, plus encore que par la rigueur
de la construction dramatique, que *Le Jeu de l'amour et du hasard*
fait figure de chef-d'œuvre. Des ressorts psychologiques mis en
œuvre ici, un, il est vrai, a été rencontré plusieurs fois : la peur de la
femme ou de la jeune fille devant le prétendant inconnu, sa crainte à
l'égard du mariage lui-même qui représente pour elle l'aliénation
sans retour. Mais tous les prédécesseurs de Marivaux avaient esquivé
le second, le conflit d'un amour naissant aux prises avec le préjugé.
Si, dans *Le Galant Coureur*, la comtesse rêve un instant de se faire
épouser sous son personnage de soubrette, il n'y a pas d'apparence
qu'elle puisse y parvenir avec un marquis de Floribel. Quant aux
Amants déguisés, où le marquis semble plus épris, la situation s'y
dénoue sans qu'il ait été mis au pied du mur. Au contraire, toute
l'intrigue du *Jeu de l'amour et du hasard* est conçue de manière à
donner à l'épreuve dont le marivaudage n'est qu'une manifestation
extérieure un caractère aussi aigu que possible. Surprise, pitié, émotion, incertitude et mécontentement, autant de sentiments par lesquels passe Silvia, pour en arriver finalement à cet état de trouble
où elle-même ne sait trop ce qu'elle deviendrait si elle n'apprenait

pas qui est le faux Bourguignon : « J'avais bien besoin que ce fût là Dorante... »

Mais c'est Dorante qui connaît la crise la plus violente qu'ait imaginée Marivaux, et qui donne à Silvia la preuve d'amour la plus forte qu'on pût concevoir à l'époque. Preuve telle qu'on en cherche vainement d'autres exemples dans le théâtre contemporain. Elle ne consiste pas tant dans le fait d'épouser une jeune fille sans fortune : Valville le fera de l'aveu de sa mère et des « puissances ». Ce qui rend la situation pratiquement sans issue pour Dorante, selon l'esprit du temps, c'est que la fausse Lisette n'est pas seulement sans fortune : elle « sert ». On se souvient que Marianne « rougissait » à la seule proposition d'entrer au service de la belle-sœur de M. de Climal. Mais c'est l'héroïne d'un roman du temps qui résume le mieux les rapports d'un jeune homme de bonne famille et d'une suivante à l'époque de Marivaux : « L'amour qu'un homme de votre rang a pour une fille du mien la déshonore quand il est su, ou le déshonore lui-même quand il s'y abandonne jusqu'au point de donner tout à sa satisfaction[1]. » Au reste, il suffit de lire la nouvelle de Challe, que Marivaux connaissait[2], pour comprendre ce que la décision d'épouser Lisette signifie pour Dorante.

À cette bonté de l'homme, Marivaux oppose une ruse de femme. Lorsque Dorante a avoué son travestissement, Silvia suspend l'aveu du sien, qui lèverait toutes les difficultés. Ce rebondissement dramatique fait toute l'originalité de la pièce de Marivaux ; il ne fut pas compris par la critique du temps, ainsi qu'en témoigne le compte rendu du *Mercure* cité plus loin. Il est pourtant dans la pure logique de la pièce. Ayant imaginé de se travestir pour mieux connaître son prétendant, Silvia peut-elle négliger l'occasion qui s'offre d'éprouver la profondeur de son amour ? Sans doute se donne-t-elle en même temps la preuve de son propre mérite, capable de susciter un tel amour : dans un roman, l'analyse soulignerait cette « insatiable vanité d'amour-propre » que M. Orgon ne fait qu'indiquer en passant avec bonne humeur ; on en rapprocherait la clairvoyance avec laquelle Silvia réalise son projet, le sang-froid avec lequel elle excite la jalousie de Dorante, et une impression de malaise se dégagerait

---

1. *Histoire de Contamine et d'Angélique*, dans *Les Illustres Françaises*, de R. Challe, éd. J. Cormier et F. Deloffre, Le Livre de Poche, 1996, p. 148.
2. Il s'en souvient à plusieurs reprises en écrivant *La Vie de Marianne*. Voir notre Introduction à ce roman, aux classiques Garnier.

devant ces manœuvres dignes de la coquette des *Lettres contenant une aventure* ou de la Flaminia de *La Double Inconstance*. Il n'en va pas de même au théâtre. Silvia n'est pas seulement à l'abri de tout reproche du côté de Dorante : Marivaux a souvent observé que l'homme qui aime n'impute pas à la coquetterie les ruses qu'une femme emploie pour le gagner. Les spectateurs eux-mêmes ne conçoivent d'elle aucune idée défavorable. Ils ne songent pas à voir un calcul dans la décision de faire durer le déguisement, tant celle-ci est subite, et s'ils cherchent les raisons de cet acte si gracieusement spontané, ils ne les trouvent, à juste titre, que dans l'enthousiasme craintif de la jeunesse pour une « aventure unique » et dont, comme dit Silvia, « le seul récit est attendrissant »[1].

Si à cet approfondissement magistral des sentiments joint à une telle délicatesse de touche on ajoute encore l'éclat du style, le comique des situations et la « naïveté » du dialogue, on comprendra tout ce qui sépare Marivaux de ses devanciers. Peu d'exemples montrent mieux que celui-ci, où pourtant la situation est spécialement favorable, à quel point la recherche des sources, pour fructueuse qu'elle soit, est incapable d'expliquer le chef-d'œuvre. Tout ce qu'on peut lui demander, c'est de permettre, par la comparaison du point de départ et du point d'arrivée, d'apprécier plus exactement l'originalité du génie.

ACCUEIL ET JUGEMENTS CONTEMPORAINS

Sans être triomphal, l'accueil fait au *Jeu de l'amour et du hasard* par le public fut satisfaisant. Créée le 23 janvier 1730 avec une recette de 977 livres, ce qui était peu, la comédie fut jouée quinze fois de suite jusqu'au 25 février, et la recette atteignit 1 971 livres le 26 janvier, sans descendre en dessous de 785 livres, à l'exception des deux dernières séances, où elle ne fut que de 369 et 529 livres. Entre-temps, les comédiens la représentèrent le 28 janvier à Versailles, où elle fut « très goûtée », selon le *Mercure*[2]. Dès le

---

1. Pour un bilan des interprétations récentes de la critique, et pour une analyse détaillée de la structure de la pièce, voir F. Rubellin, *Marivaux dramaturge. « La Double Inconstance », « Le Jeu de l'amour et du hasard »*, Paris, Champion, coll. Unichamp, 1996.   2. Janvier 1730, p. 145. Le *Mercure* de février 1731 signale une autre représentation devant la cour le 10 février 1731 avec *Arlequin Hulla*, qui sera souvent associé par les Italiens à la pièce de Marivaux.

21 décembre de la même année, la pièce fut reprise et eut trois représentations en une semaine. Par la suite, il ne se passa guère d'année, jusqu'en 1761, date de la fusion de la troupe avec celle de l'Opéra-Comique, où *Le Jeu de l'amour et du hasard* ne fût joué entre deux et dix fois. C'est aussi une des pièces de Marivaux, avec *Les Fausses Confidences* et *L'Épreuve*, qui eut le plus de représentations à partir de 1779, quand la troupe se sépara de ses éléments italiens. On a dit souvent que la transformation d'Arlequin en Pasquin eut lieu lorsque la pièce passa au Théâtre-Français, ou du moins quand elle fut jouée en 1791 par le Théâtre de la République, fondé par Talma. En fait, dès 1779, l'acteur Boucher jouait le rôle sous le nom de Pasquin [1] : c'est de cette époque qu'il faut dater la francisation du *Jeu de l'amour et du hasard*. Tout a été dit sur le succès de cette comédie sous cette nouvelle forme, à la Comédie-Française notamment où elle est la plus jouée des pièces de Marivaux ; en 2000, elle totalisait 1 547 représentations. En 1987, Alfredo Arias et le groupe TSE proposèrent une mise en scène originale dans laquelle les comédiens portaient des masques de singes.

Simple comédie italienne en prose, *Le Jeu de l'amour et du hasard* n'excita d'abord qu'un intérêt limité parmi les critiques. Il est vrai qu'il n'existait guère, en 1730, de journal français consacré à la littérature, comme ce sera le cas un peu plus tard avec *Le Nouvelliste du Parnasse*. Le *Mercure* fut, du reste, aussi aimable que d'habitude. Le numéro de janvier donnait les premières impressions :

« Le 23 (janvier), les Comédiens-Italiens donnèrent la première représentation d'une pièce nouvelle en prose et en trois actes, de M. de Marivaux, intitulée *Le Jeu de l'Amour et du Hasard*, laquelle a été reçue très favorablement du public. On en parlera plus au long. Elle a un très grand succès [2]. »

À l'occasion de la publication de la pièce, qui n'y était d'ailleurs pas signalée [3], le numéro d'avril 1730 contenait l'« extrait » suivant :

« Le 23 janvier, les Comédiens-Italiens donnèrent la première représentation d'une comédie en prose et en trois actes, intitulée *Le Jeu de l'Amour et du Hasard*. Cette pièce, qui est de M. de Marivaux, a été reçue favorablement du public. En voici l'extrait, avec quelques remarques qui sont parvenues jusqu'à nous.

---

1. Voir un peu plus loin, p. 884, note 2.   **2.** *Mercure* de janvier, p. 145.
3. On verra plus loin que la publication fut annoncée par le *Journal de Verdun* et par *Historia Literaria* de Londres.

« Au premier acte, *Silvia* et sa suivante *Lisette* ouvrent la scène. Silvia paraît fâchée contre Lisette, parce qu'elle a dit ingénument à Orgon, son père, qu'elle serait bien aise d'être mariée. La raison qui la porte à témoigner ce mécontentement à sa suivante, c'est qu'elle ne sait pas si le mari que son père lui destine lui conviendra, quoiqu'on lui en ait fait des rapports très avantageux. Orgon vient annoncer à sa fille que son prétendu doit arriver ce jour même. Silvia ne reçoit pas cette nouvelle sans quelques troubles, dont son père lui demande la raison ; elle lui fait entendre qu'elle voudrait bien voir, avant que de s'engager, si cet époux dont on dit tant de bien lui convient. Elle prie Orgon de consentir qu'elle l'éprouve sous les habits et le nom de Lisette, tandis que Lisette passera pour Silvia. Cette idée fait rire Orgon pour des raisons qu'on va apprendre dans la scène suivante. Il consent au double travestissement. Silvia et Lisette sortent pour l'aller exécuter.

« *Mario*, fils d'Orgon, vient féliciter sa sœur sur son hymen prochain, mais elle le quitte en lui disant qu'elle a des affaires plus sérieuses et plus pressées. Orgon explique cette énigme à son fils ; il commence par lui lire un fragment d'une lettre du père de son gendre futur. En voici les propres termes :

« Je ne sais, au reste, ce que vous penserez d'une imagination qui est venue à mon fils ; elle est bizarre, il en convient lui-même, mais le motif en est pardonnable, et même délicat ; c'est qu'il m'a prié de lui permettre de n'arriver d'abord chez vous que sous la figure de son valet, qui, de son côté, fera le personnage de son maître. »

« Cette idée paraît tout à fait singulière à Mario ; mais il la trouve bien plus comique quand Orgon lui apprend que par un effet du *hasard*, Silvia entreprend le même déguisement sans savoir le travestissement de son futur époux ; le père et le fils se proposent de jouir de cette comédie sans prévenir aucun des personnages qui la vont jouer.

« Silvia, n'ayant pas besoin d'employer tant de temps que Lisette à sa métamorphose [1], revient la première de sa toilette, et se prépare à bien jouer son nouveau rôle.

« *Dorante* arrive sous les habits d'Arlequin son valet, suivant le projet déjà annoncé ; son début n'est pas moins galant que sa personne est relevée. Orgon et Mario le laissent tête à tête avec la fausse

---

1. Noter ce souci de justifier l'entrée d'un personnage suivant les principes de la dramaturgie classique.

Lisette ; leur conversation est tout à fait plaisante, et leurs cœurs commencent à sentir de la disposition à s'unir ; ils ont beau protester l'un et l'autre que leur horoscope portent qu'ils n'aimeront que des personnes de condition, leur penchant les entraîne malgré eux ; ce qui semble les autoriser en secret, c'est que Dorante dit à Silvia qu'il n'est pas né pour être valet, et que Silvia fait entendre quelque chose d'approchant. Quoi qu'il en soit, cette scène a fait plaisir, et a commencé à intéresser le public.

« Arlequin arrive enfin, mais toutes ses paroles et toutes ses actions sont si peu dignes du personnage qu'il vient représenter que Silvia le quitte brusquement en disant à part : *Que le sort est bizarre ! aucun de ces deux hommes n'est à sa place.*

« Ce que l'auteur met dans la bouche du vrai Dorante prévient la critique qu'il n'a pas manqué de prévoir. Il lui dit qu'il lui avait promis de quitter *ses manières de parler sottes et triviales, et qu'il lui avait surtout recommandé d'être sérieux* ; mais a-t-il dû se promettre qu'un *butor* lui tiendrait parole ? En effet, il retombe le moment après dans la même faute ; on en peut juger par sa réponse à M. Orgon, son prétendu beau-père ; la voici :

« Monsieur, mille pardons ! c'est beaucoup trop, et il n'en faut qu'un, quand on n'a fait qu'une faute ; au surplus, tous mes pardons sont à votre service. »

« Dans la première scène du second acte, Lisette fait entendre à Orgon qu'il est temps de finir un jeu qui pourrait aller très loin, parce que ses charmes commencent à faire bien du ravage sur le cœur de Dorante, et que de la manière dont il prend feu, elle se garantit bientôt adorée. Orgon la félicite de sa conquête, et lui dit qu'il consent qu'elle pousse sa bonne fortune jusqu'à l'hymen. Il la charge de faire entendre à sa maîtresse qu'elle soupçonne *Bourguignon*, le prétendu valet de Dorante, de la prévenir contre son maître. Lisette lui promet tout, et se promet tout à elle-même. Orgon se retire voyant venir le faux Dorante.

« Arlequin parle d'amour à Lisette à sa manière ; le vrai Dorante le vient interrompre pour lui ordonner tout bas de le débarrasser de tout ce qui se passe, de ne se point trop livrer à dire ses impertinences ordinaires, et de paraître sérieux, rêveur et mécontent.

« Arlequin et Lisette continuent leur entretien ; chacun d'eux, se croyant indigne de son bonheur, s'humilie : *Vous me croyez plus de qualités que je n'en ai*, dit Lisette. *Et vous, Madame*, répond Arlequin, *vous ne savez pas les miennes, et je ne devrais vous parler qu'à genoux*. Cette scène est le germe de la reconnaissance qui doit se faire entre eux dans le troisième acte.

« La fausse Lisette vient les interrompre, comme le faux Bourguignon vient de faire. Arlequin se retire.

« Silvia ordonne à Lisette de se défaire de ce brutal qui vient de lui dire des grossièretés. Lisette lui répond que M. Orgon vient de lui donner des ordres directement opposés aux siens ; elle lui parle de Bourguignon comme d'un valet qui la prévient contre son maître. Silvia ne peut s'empêcher de prendre le parti du faux Bourguignon ; ce qui donne d'étranges soupçons à Lisette ; ces soupçons, quoiqu'ils ne soient expliqués qu'à demi, la[1] mettent dans une mauvaise humeur qui l'obligent à chasser Lisette.

« Silvia fait entrevoir dans un court monologue une partie de ce qui se passe dans son cœur. Voici par où elle finit son monologue, voyant paraître Arlequin : *Voilà cet objet en question, pour qui on veut que je m'emporte, mais ce n'est pas sa faute, le pauvre garçon, et je ne dois pas m'en prendre à lui.*

« Le faux Bourguignon fait une scène avec la fausse Lisette, dans laquelle ils paraissent également agités. Cette scène est interrompue par l'arrivée d'Orgon et de Mario qui, ayant surpris Bourguignon à ses genoux, lui en font la guerre d'une manière à la livrer tout entière à son dépit ; son père lui ordonne de continuer son déguisement, pour voir si l'aversion qu'elle a pour Dorante continuera.

« Le faux Bourguignon vient renouer avec la fausse Lisette la conversation qu'Orgon et Mario avaient interrompue. Cette scène a été généralement applaudie et a paru la plus intéressante de la pièce. Dorante, par un sentiment de probité, ne veut plus abuser la prétendue Silvia, qui se livre un peu trop au faux Dorante ; il déclare à la fausse Lisette qu'il n'est que son valet, et que c'est le vrai Dorante qui lui parle actuellement. Il lui dit que l'amour qu'il a pour elle ne lui permet plus aucun engagement, et que, ne pouvant être uni avec elle, attendu la distance des conditions qui les sépare, il serait trop heureux s'il pouvait être assuré de son cœur. Silvia lui fait espérer cet amour qu'il lui demande ; cependant, elle ne lui rend pas confidence pour confidence, sans qu'on en puisse pénétrer d'autre raison que celle de faire durer la pièce, qui n'est encore qu'à la fin du second acte. Passons au troisième.

« Nous ne nous étendrons pas beaucoup sur ce dernier acte. Il ne

---

1. Silvia, évidemment.

s'agit que de satisfaire la petite vanité de Silvia, qui veut que Dorante se détermine à l'épouser, malgré la prétendue inégalité de conditions. Nous n'appuierons pas beaucoup sur la jalousie que Dorante prend au sujet de Mario ; la pièce n'en a pas besoin pour aller son train.

« Dans la première scène, Dorante, par un sentiment de probité, ne veut pas que la fausse Silvia soit abusée plus longtemps par un valet déguisé. Arlequin, ne pouvant obtenir de lui qu'il lui laisse pousser sa pointe, lui promet de lui déclarer son état, et le prie de ne pas s'opposer à sa bonne fortune si, malgré sa qualité de valet, elle veut bien consentir à l'épouser. Dorante, croyant la chose impossible, lui promet ce qu'il lui demande. Lisette a déjà obtenu la même grâce de M. Orgon, qui la lui a d'autant plus facilement accordée, qu'il savait l'égalité des conditions. Nous passons le plus promptement qu'il nous est possible à la reconnaissance réciproque du valet et de la servante. Cette scène contraste parfaitement avec celle du maître et de la maîtresse que nous avons déjà vue ; si cette dernière a été intéressante, celle qui la suit est plaisante. Arlequin et Lisette s'humilient l'un devant l'autre, faute de se connaître ; enfin Lisette, que la modestie outrée d'Arlequin commence à faire douter de quelque chose, après avoir dit à part : *Tant d'abaissement n'est pas naturel*, lui dit tout haut : *Pourquoi me dites-vous cela ?* Arlequin lui avoue enfin qu'il n'est que le valet de Dorante, et Lisette, ne pouvant s'empêcher d'en rire, prend sa revanche en lui confessant qu'elle n'est que la suivante de Silvia.

« Dorante a encore une très belle scène avec Silvia, mais on l'a trouvée inférieure à celle du second acte. Elle roule sur la jalousie que Mario a donnée à Dorante, dont, comme on l'a déjà remarqué, la pièce n'avait presque que faire. Le sacrifice que Dorante fait à sa prétendue suivante, qui est de consentir à l'épouser, toute Lisette qu'elle paraît, détermine enfin Silvia à lui apprendre tout son bonheur.

« Voici les remarques qu'on a faites sur cette comédie ; nous ne sommes ici que les échos du public. On dit : 1° qu'il n'est pas vraisemblable que Silvia puisse se persuader qu'un butor tel qu'Arlequin soit ce même Dorante dont on lui a fait une peinture si avantageuse. En effet, dès la première scène, Lisette lui parle ainsi : *On dit que votre futur est bien fait, aimable, de bonne mine, qu'on ne peut pas avoir plus d'esprit, qu'on ne saurait être d'un meilleur caractère, etc.* Silvia lui répond : *L'utile et l'agréable se trouvent dans le portrait que tu en fais, et on dit qu'il lui ressemble.* Dans la scène suivante, M. Orgon parle ainsi à sa fille : *Pour moi, je n'ai jamais vu Dorante, il était absent quand j'étais chez son père ; mais sur tout le bien qu'on m'en a dit, je ne saurais craindre que vous déplaisiez ni l'un ni l'autre.* La seule vue du faux Dorante ne doit-elle pas faire soupçonner du mystère, surtout à Silvia, qui se trouve dans le cas d'un travestissement, dont elle peut facilement soupçonner son prétendu ?

« 2° Arlequin, a-t-on dit, ne soutient pas son caractère partout ; des choses très jolies succèdent à des grossièretés. En effet, peut-on s'imaginer que celui qui a dit si maussadement à son prétendu beau-père : *Au surplus, tous mes pardons sont à votre service,* dise si joliment à la fausse Silvia : *Je voudrais bien pouvoir baiser ces petits mots-là, et les cueillir sur votre bouche avec la mienne.*

« 3° On aurait voulu que le second acte eût été le troisième, et l'on croit que cela n'aurait pas été difficile ; la raison qui empêche Silvia de se découvrir après avoir appris que Bourguignon est Dorante, n'étant qu'une petite vanité, ne saurait excuser son silence ; d'ailleurs, Dorante et Silvia étant les objets principaux de la pièce, c'était par leur reconnaissance qu'elle devait finir, et non par celle d'Arlequin et de Lisette, qui ne sont que les singes, l'un de son maître, l'autre de sa maîtresse. Au reste, tout le monde convient que la pièce est bien écrite et pleine d'esprit, de sentiment et de délicatesse [1]. »

Quelques années plus tard, l'intelligent rédacteur des *Lettres sérieuses et badines* feint de demander au destinataire de ses lettres le « secret » pour une confidence, à savoir qu'il préfère « quelques comédies qu'il a lues » à de sérieuses lectures historiques :

« *Le Jeu de l'Amour et du Hasard* par M. de Marivaux en est une, et je vous avoue qu'elle m'a bien diverti. Le sujet en est la délicatesse de deux amants, Silvia et Dorante, qui étant promis l'un à l'autre, sans s'être jamais vus, forment tous deux en même temps le dessein de s'examiner réciproquement. Là-dessus Silvia prend le nom, les habits et les fonctions de Lisette sa suivante, et Lisette joue le rôle de Silvia. Dorante de son côté fait avec Arlequin son valet un semblable troc. Enfin ces quatre personnes se rencontrent ; mais l'Amour bien qu'aveugle ne se trompe point à leur déguisement. Dorante ne peut aimer que Silvia, quoique cachée sous les dehors

---

1. *Mercure* d'avril 1730, pp. 772-779.

d'une suivante ; et Silvia à son tour préfère le faux Arlequin au véritable, qui ne se donne à elle que pour un valet *(sic)*. À la fin, ils s'épousent. Il y a dans la pièce des scènes impayables pour l'esprit et le jeu. Telles sont la première, la sixième et la septième du premier acte ; la septième, la neuvième, l'onzième et la douzième du second ; et les seconde, sixième et huitième du dernier[1]. »

Pendant que la pièce continue à être jouée au Théâtre-Italien, les commentaires à son sujet restent rares. Gueullette, se plaçant du point de vue de la troupe, la juge « très bonne[2] ». Il faut attendre ensuite les notices du marquis d'Argenson pour avoir sur *Le Jeu de l'amour et du hasard* des points de vue discutables, mais originaux et émanant d'un véritable amateur de théâtre :

« *Le Jeu de l'Amour et du Hasard*, représenté pour la première fois le   par Marivaux (je crois).

« On reconnaît bien le style de cet auteur, des sentiments approfondis, un style un peu précieux, mais expressif. Ceci fut dans son temps une imitation de pareil sujet que l'abbé Aunillon donna aux Français sous le titre des *Amants déguisés*, et certes la copie surpassa l'original ; ce sujet est très agréable et intéressant, avec un comique plaisant et pris du sujet même. [Résumé des scènes d'exposition.] L'accordée se sent du penchant pour celui qu'elle ne croit que Bourguignon, et Dorante se sent du goût pour celle qu'il ne croit que Lisette. La première aventure choque assurément davantage, puisqu'un homme de condition aimera plus aisément une suivante qu'une jeune fille bien née ne se laisse aller à des mouvements pour un laquais, quelque aimable qu'il pût être. [Résumé des dernières scènes ; la jeune fille n'est pas désignée par son nom.] »

La seconde notice, quoique de la même écriture, est d'un ton assez différent :

« Les jeux de l'amour et du hasard, comédie aux Italiens, prose, un acte, divertissement. Par Marivaux. Représentée pour première fois le...

« Cette pièce a le démérite d'avoir été absolument traitée d'un même sujet précisément par l'abbé Onillon aux Français dans la pièce des *Amants déguisés*, et en un acte, qui suffisait, au lieu que ce sujet ne va à trois actes qu'en traînant. Le comique est ici plat et

---

1. Tome VII, 1732, pp. 204-205, à propos de la publication d'un tome du Théâtre français chez Van Duren.   2. Manuscrit de l'Arsenal, n° 3454, f° 314.

du mauvais ton. Silvia fait tout le mérite de la représentation par son jeu si vif et si vrai. Le style de Marivaux va tellement au courant de la plume que tout dépend du ton où il est monté tel jour. [Analyse de la pièce ; critiques de la vraisemblance.] D'un autre côté, grand comique dans la pièce par tous les lazzi et bouffonneries forcées des deux valets et suivantes qui dédaignent leur maître et maîtresse et se mettent à s'aimer naïvement, tant il est vrai que chacun aime dans son état naturellement ; leurs caresses, leurs brusqueries ; et enfin leur reconnaissance sont d'un bon comique pour le Théâtre-Italien, surtout quand le petit Arlequin[1] jouait le valet. Toute la pièce est bien conduite. On en voit le dénouement. Chacun avoue qui il est. Après une si forte épreuve, il n'y a plus qu'à conclure les deux mariages[2]. »

La Porte ne consacre à la pièce qu'un très bref paragraphe, dans lequel, abusé par l'ordre extravagant de l'édition de 1758, il s'imagine que Marivaux n'a plus rien écrit après *Le Jeu de l'amour et du hasard* :

« *Le Jeu de l'Amour et du Hasard* est la dernière des œuvres dramatiques de M. de Marivaux. Cette comédie en trois actes est une des meilleures du Théâtre-Italien. Le déguisement de Dorante et de Silvia donne lieu à des situations intéressantes ; et l'on aime voir quel sera le succès des combats que l'amour livre continuellement à la raison[3]. »

Ce jugement reflète sans aucune originalité le goût du public de cette période pendant laquelle, ainsi qu'on le verra par le tableau des représentations[4], *Le Jeu de l'amour et du hasard* est la pièce la plus jouée de Marivaux au Théâtre-Italien, parmi les cinq ou six qui le sont encore. C'est peut-être, implicitement, contre ce goût du public que se prononce Palissot quand, dans son *Nécrologe*, il n'inclut pas cette comédie dans les trois pièces jouées au Théâtre-Italien « dont la lecture paraît le plus justifier le succès[5] ». Mais son opinion ne semble pas avoir eu d'écho. Il est vrai que presque tous les critiques du XIXe et du XXe siècle se prononcèrent sur le vu de la représentation.

Ce serait une entreprise considérable, et dépassant largement le

---

1. Thomassin. **2.** *Ibid.*, f° 315. Dans cet extrait, la jeune fille est appelée Isabelle : « Isabelle (dont le rôle est joué par Silvia si naturelle à jouer les rôles d'impatiente)... » Le valet est appelé Pasquin. Voir p. 884, note 2. **3.** *L'Observateur littéraire*, 1759, tome I, p. 91. **4.** P. 2148. **5.** Ces trois pièces sont *La Surprise de l'amour, La Double Inconstance* et *L'Épreuve*. Voir les extraits de son *Éloge de Marivaux* à l'Appendice.

cadre d'une édition, que de citer tous les jugements formulés alors. Celui de Daudet, selon lequel « on chercherait vainement dans tout le xviiie siècle un écrivain autre que Marivaux capable de tirer de cet impertinent imbroglio une œuvre aussi chaste et aussi distinguée [1] », est assez représentatif du point de vue adopté le plus souvent, et contre lequel certains metteurs en scène modernes réagiront parfois avec une violence maladroite. Plus récemment, une impression de théâtre d'André Maurois nous paraît donner une note très sincère et très juste :

« Rien qu'un jeu en effet, mais la perfection est en soi émouvante : au troisième acte, j'avais les larmes aux yeux, et je n'étais pas le seul [2]. »

Ajoutons le comique à l'émotion, l'enthousiasme juvénile des sentiments à la perfection du langage, il n'en faut pas davantage pour expliquer l'éclatant succès, à toute époque, du *Jeu de l'amour et du hasard*.

LE TEXTE

L'annonce de la publication de l'édition originale du *Jeu de l'amour et du hasard* fut faite dans le *Journal de Verdun* d'avril 1730 [3], et l'ouvrage est déjà mentionné, à Londres, dans le *Catalogue des Livres nouveaux que Nicolas Prevost et Cᵒ libraires ont reçu des pays étranger pendant le mois de mai 1730* [4]. Voici la description de cette édition originale :

NOUVEAU THÉÂTRE ITALIEN (encadré d'un filet) / LE JEU / DE L'AMOUR / ET / DU HASARD, / COMEDIE EN TROIS ACTES, / *Représentée pour la première fois par les / Comediens Italiens Ordinaires du Roi, / le 23. Janvier 1730.* / (petite marque) / A PARIS, / Chez Briasson, ruë saint Jacques, / à la Science. / (filet) / M. DCC. XXX. / *Avec Approbation et Privilege du Roy.*

IV pages (titre p. I, Liste des pièces de théâtre de M. de Marivaux,

---

1. *Journal officiel* du 9 juillet 1877, cité par Larroumet, p. 214. 2. Cité par Maurice Escande dans une conférence des *Annales* (février 1954). 3. P. 261. 4. *Historia Literaria*, tome I, mai 1730, nombre I, p. 79 : « *Le Jeu de l'Amour et du Hasard*, comédie en trois Actes, 8°, à Paris, 1730. » Le libraire Nicolas Prévost, qui n'était nullement apparenté à l'abbé Prévost, le connaissait pourtant et le fréquentait à cette époque. C'est lui qui publiera, en février 1731, plusieurs mois avant la publication de l'édition française, une version anglaise des premiers livres de *Cleveland*.

p. III, *Acteurs* et Approbation p. IV) + 116 pages numérotées de [1]
à 116 pour le texte.

Approbation : « J'ai lu par ordre de Monseigneur le Garde des
Sceaux une Comédie qui a pour titre *Le Jeu de l'Amour et du
Hasard*, qui doit être imprimée dans le Recueil du nouveau Théâtre
Italien. Fait à Paris ce 21. Février 1730. DANCHET. »

Pas de privilège séparé.

Parmi les nombreuses rééditions de la pièce, nous avons spécialement collationné celle qui figure dans le recueil Duchesne de 1758.
Elle se présente sous le nom de Briasson, sans date, sous le même
titre général *Nouveau Théâtre-Italien*, et comprend encore le catalogue des Œuvres de Marivaux déjà mentionné. Mais ce catalogue
annonce cette fois aussi le recueil du Théâtre-Italien en 10 volumes
de 1753 et le Théâtre de Brueys et Palaprat de 1756. Il s'agit donc
d'une réédition destinée au recueil de 1758. Les variantes ne révèlent aucune correction d'auteur, mais elles sont la source de nombreuses erreurs de détail contenues dans plusieurs éditions
modernes.

Le Jeu de l'amour et du hasard

ACTEURS [1]

MONSIEUR ORGON.
MARIO.
SILVIA.
DORANTE.
LISETTE, femme de chambre de Silvia.
ARLEQUIN [2], valet de Dorante.
Un laquais.

La scène est à Paris.

---

1. Outre les rôles de Silvia, d'Arlequin et de Mario, joués naturellement chacun par leur titulaire normal (*Mario* est Baletti, le mari de Silvia, qui réussissait plus dans les rôles comiques que dans ceux d'amoureux), celui de Dorante devait être tenu par Romagnesi ou Sticotti, et celui de Lisette par l'actrice Thérèse Lalande ou Delalande.   **2.** On a déjà dit (p. 873) que le changement du nom d'Arlequin en celui de Pasquin, que l'on fait ordinairement remonter à 1796, date de l'admission du *Jeu de l'amour et du hasard* au répertoire du Théâtre-Français, est en réalité plus ancien. Dans une de ses notices (voir p. 879), d'Argenson nomme Silvia Isabelle (car, Silvia ne jouant plus le rôle, le nom avait été aussi changé), et le valet Pasquin (il faut en effet que le nom rime avec *coquin*). Dans les *Annales du Théâtre-Italien* (3 vol., 1788), d'Origny note pour sa part, à propos des débuts de Boucher dans le rôle en 1779, quand les acteurs italiens quittèrent la troupe : « S'il est des rôles de comédie dans lesquels un peu de charge soit supportable, ce sont ceux de Pasquin, qu'autrefois Arlequin remplissait ; cependant il ne faut pas que le valet qui le remplace se permette les contorsions et les grimaces qu'on ne s'attend plus à voir que sur les tréteaux des remparts. » (Tome II, p. 150.) Comparer, plus loin, la francisation des *Fausses Confidences* opérée par Collé (p. 1512).

ACTE I

Scène première

SILVIA, LISETTE

SILVIA. Mais encore une fois, de quoi vous mêlez-vous, pourquoi répondre de mes sentiments[1] ?

LISETTE. *C'est que j'ai cru que, dans cette occasion-ci, vos sentiments ressembleraient à ceux de tout le monde ; Monsieur votre père me demande si vous êtes bien aise qu'il vous marie, si vous en avez quelque joie : moi je lui réponds qu'oui ; cela va tout de suite ; et il n'y a peut-être que vous de fille au monde, pour qui ce *oui*-là ne soit pas vrai ; le *non* n'est pas naturel.

SILVIA. Le *non* n'est pas naturel, quelle sotte naïveté ! Le mariage aurait donc de grands charmes pour vous[2] ?

LISETTE. Eh bien, c'est encore *oui*, par exemple.

SILVIA. Taisez-vous, allez répondre vos impertinences ailleurs, et sachez que ce n'est pas à vous à juger de mon cœur par le vôtre.

LISETTE. Mon cœur est fait comme celui de tout le monde ; de quoi le vôtre s'avise-t-il de n'être fait comme celui de personne ?

SILVIA. Je vous dis que, si elle osait, elle m'appellerait une originale.

---

1. La vivacité de Silvia, sensible dès cette première réplique, est dans la tradition du rôle, ou plutôt dans le caractère de l'actrice même. « Les auteurs de ce temps-là, dit le marquis d'Argenson, se piquaient de faire des pièces exprès pour cette actrice, l'une des plus aimables et des plus grandes qui aient jamais paru pour les amoureuses d'un caractère fantasque, ingénu et spirituel. » (*Notices*, manuscrit de l'Arsenal, tome VII, f° 169.) **2.** Cette réplique amène une discussion sur le mariage, entre maîtresse et suivante, qui appartient au fonds du Théâtre-Italien. On pourrait citer la « scène de la petite fille » de *L'Homme à bonnes fortunes* ou la « scène d'Isabelle et d'Angélique » de *La Fille savante* pour l'ancien théâtre, et pour le nouveau *Le Portrait* de Beauchamps (1727) ou *La Fille inquiète ou le Besoin d'aimer*, d'Autreau (1728). On trouvera un peu plus loin un extrait de *La Fontaine de sapience* sur le même sujet.

LISETTE. Si j'étais votre égale, nous verrions.

SILVIA. Vous travaillez à me fâcher, Lisette.

LISETTE. Ce n'est pas mon dessein ; mais dans le fond voyons, quel mal ai-je fait de dire à Monsieur Orgon que vous étiez bien aise d'être mariée ?

SILVIA. Premièrement, c'est que tu n'as pas dit vrai, je ne m'ennuie pas d'être fille.

LISETTE. Cela est encore tout neuf.

SILVIA. *C'est qu'il n'est pas nécessaire que mon père croie me faire tant de plaisir en me mariant, parce que cela le fait agir avec une confiance qui ne servira peut-être de rien.

LISETTE. Quoi, vous n'épouserez pas celui qu'il vous destine ?

SILVIA. Que sais-je, peut-être ne me conviendra-t-il point, et cela m'inquiète.

LISETTE. On dit que votre futur est un des plus honnêtes du monde, qu'il est bien fait, aimable, de bonne mine, qu'on ne peut pas avoir plus d'esprit, qu'on ne saurait être d'un meilleur caractè-re ; que voulez-vous de plus ? Peut-on se figurer de mariage plus doux ? D'union plus délicieuse ?

SILVIA. Délicieuse ! que tu es folle avec tes expressions !

LISETTE. Ma foi, Madame, c'est qu'il est heureux qu'un *amant de cette espèce-là veuille se marier dans les formes ; il n'y a presque point de fille, s'il lui faisait la cour, qui ne fût en danger de l'épouser sans cérémonie ; aimable, bien fait, voilà de quoi vivre pour l'amour ; sociable et spirituel, voilà pour l'*entretien de la société : Pardi, tout en sera bon, dans cet homme-là, l'utile et l'agréable, tout s'y trouve.

SILVIA. Oui, dans le portrait que tu en fais, et on dit qu'il y res-semble, mais c'est un *on-dit*, et je pourrais bien n'être pas de ce sentiment-là, moi ; il est bel homme, dit-on, et c'est presque tant pis.

LISETTE. Tant pis, tant pis, mais voilà une pensée bien *hétéroclite !

SILVIA. C'est une pensée de très bon sens ; volontiers un bel homme est fat, je l'ai remarqué.

LISETTE. Oh, il a tort d'être fat ; mais il a raison d'être beau.

SILVIA. On ajoute qu'il est bien fait ; passe.

LISETTE. Oui-da, cela est pardonnable.

SILVIA. De beauté et de bonne mine, je l'en dispense, ce sont là des agréments superflus.

LISETTE. *Vertuchoux ! si je me marie jamais, ce superflu-là sera mon nécessaire.

SILVIA. Tu ne sais ce que tu dis ; dans le mariage, on a plus souvent affaire à l'homme raisonnable qu'à l'*aimable homme ; en un mot, je ne lui demande qu'un bon caractère, et cela est plus difficile à trouver qu'on ne pense. On loue beaucoup le sien, mais qui est-ce qui a vécu avec lui ? Les hommes ne se contrefont-ils pas, surtout quand ils ont de l'esprit ? n'en ai-je pas vu, moi, qui paraissaient, avec leurs amis, les meilleures gens du monde ? C'est la douceur, la raison, l'enjouement même, il n'y a pas jusqu'à leur physionomie qui ne soit garante de toutes les bonnes qualités qu'on leur trouve. Monsieur un tel a l'air d'un galant homme, d'un homme bien raisonnable, disait-on tous les jours d'Ergaste : Aussi l'est-il, répondait-on ; je l'ai répondu moi-même ; sa physionomie ne vous ment pas d'un mot. Oui, fiez-vous-y à cette physionomie si douce, si prévenante, qui disparaît un quart d'heure après pour faire place à un visage sombre, brutal, farouche, qui devient l'effroi de toute une maison. Ergaste s'est marié ; sa femme, ses enfants, son domestique, ne lui connaissent encore que ce visage-là, pendant qu'il promène partout ailleurs cette physionomie si aimable que nous lui voyons, et qui n'est qu'un masque qu'il prend au sortir de chez lui[1].

LISETTE. Quel fantasque avec ces deux visages !

SILVIA. N'est-on pas content de Léandre quand on le voit ? Eh bien chez lui, c'est un homme qui ne dit mot, qui ne rit ni qui ne gronde ; c'est une âme glacée, solitaire, inaccessible ; sa femme ne la connaît point, n'a point de commerce avec elle, elle n'est mariée qu'avec une figure qui sort d'un cabinet, qui vient à table, et qui fait expirer de langueur, de froid et d'ennui, tout ce qui l'environne. N'est-ce pas là un mari bien amusant ?

LISETTE. Je gèle au récit que vous m'en faites ; mais Tersandre[2], par exemple ?

---

1. Cette idée de l'homme à double face, dans son ménage et au-dehors, a dû frapper les contemporains, puisqu'on la retrouve dans le vaudeville de *L'Amante difficile*, comédie de La Motte, représentée pour la première fois le 23 août 1731 : « Ce jeune époux, si l'on l'en croit,/ Est encor l'amant de sa femme,/ Le temps n'affaiblit point sa flamme :/ Ce n'est qu'un masque que l'on voit ;/ Mais voyez-le dans son ménage,/ Toujours chagrin, sombre et grondant,/ S'accuser d'un choix imprudent :/ C'est un visage. » (*Nouveau Théâtre Italien*, tome I, p. 363.) **2.** Cette série de portraits relève d'une mode chère à la Comédie-Française depuis *Le Misanthrope*, et dont témoignera encore Marmontel dans ses *Éléments de littérature* (article *portrait*). Le cas particulier des « portraits du mariage » — avant et après — n'est même pas sans précédents, puisqu'on en trouve dans une comédie de l'ancien théâtre italien déjà citée plus haut, *La Fontaine de sapience*. Là, les rôles sont

SILVIA. Oui, Tersandre ! Il venait l'autre jour de s'emporter contre
sa femme ; j'arrive, on m'annonce, je vois un homme qui vient à moi
les bras ouverts, d'un air serein, dégagé, vous auriez dit qu'il sortait
de la conversation la plus badine ; sa bouche et ses yeux riaient
encore. Le fourbe ! Voilà ce que c'est que les hommes. Qui est-ce
qui croit que sa femme est à plaindre avec lui ? Je la trouvai toute [1]
abattue, le teint plombé, avec des yeux qui venaient de pleurer, je
la trouvai comme je serai peut-être, voilà mon portrait à venir ; je
vais du moins risquer d'en être une copie. Elle me fit pitié, Lisette ;
si j'allais te faire pitié aussi : Cela est terrible, qu'en dis-tu ? Songe à
ce que c'est qu'un mari.

LISETTE. Un mari ? c'est un mari ; vous ne deviez pas finir par ce
mot-là, il me raccommode avec tout le reste [2].

---

inversés, puisque c'est la suivante Lisette, déjà mariée, qui veut détourner sa
maîtresse Lucile d'en faire autant : « *Lisette :* Eh ! mort de ma vie, vous n'y
pensez pas. Votre voisine n'avait-elle pas filé le parfait amour cinq années
durant avec celui dont elle a été la dupe ? Avant le mariage, c'était un homme
aimable, bon gentilhomme, qui avait une grosse charge et une belle terre. Le
lendemain des noces, il se trouva un gueux roturier, sans terre et sans charge,
tout noyé de dettes. Allez, allez, rien n'est au-dessus des soins et de la dissimulation d'un gascon qui veut faire fortune. Et en amour et en mariage, tout
parisien est gascon. *Lucile :* Oui, mais... *Lisette :* Aminte est de vos amies,
demandez-lui un peu des nouvelles du mariage. Tant que son mari a été son
amant, il était propre, poli, doux et complaisant. Une seule nuit l'a transformé en loup garou. C'est un bizarre, un entêté, qui fait payer à sa femme
toutes les complaisances qu'il a eues pour elle. Voilà une belle matière de
réflexions. Mais par malheur, ces réflexions ne mènent guère à la pratique. »
(Éd. Witte, 1707, tome V, pp. 237-238.) — Noter, du reste, que Marivaux a
abordé lui-même ce sujet à plusieurs reprises, notamment dans la seizième
feuille du *Spectateur français* et dans l'acte I, scène II, du *Prince travesti*
(voir ci-dessus, pp. 397 *sq.*).

1. Sur l'accord de *tout*, voir la Note grammaticale, p. 2266.   **2.** Comparer
la scène correspondante dans *Le Portrait* de Beauchamps : « *Silvia :* Me
marier ! moi me marier ! oh ! je saurais bien m'en garantir. [...] Tous les
hommes ne valent rien. *Colombine :* Belle conclusion ! d'accord, ils ne valent
rien, mais ils sont hommes, et nous sommes filles. » (Sc. I.) — On notera que,
dans l'édition originale du *Jeu de l'amour et du hasard*, la scène I se trouve,
d'une façon inhabituelle, séparée de la scène II, au milieu d'une page, par un
filet. Peut-être Marivaux a-t-il supprimé sur épreuves, soit une réplique de Silvia, soit quelques mots de la tirade de Lisette. On notera en tout cas, avec
Mme Marlyse Meyer, que l'exposition du *Jeu de l'amour et du hasard* est du
type « discontinu », c'est-à-dire qu'elle s'entremêle à l'action psychologique
et dramatique. Deux éléments de l'intrigue seulement ont été définis jusqu'ici : on veut marier Silvia ; elle ne veut pas se marier. Voir l'ouvrage de
M. Meyer, *La Convention dans le théâtre d'amour de Marivaux* (Publications

Scène II

MONSIEUR ORGON, SILVIA, LISETTE

MONSIEUR ORGON. Eh bonjour, ma fille. La nouvelle que je viens t'annoncer te fera-t-elle plaisir ? Ton prétendu arrive aujourd'hui, son père me l'apprend par cette lettre-ci. Tu ne me réponds rien, tu me parais triste ? Lisette de son côté baisse les yeux, qu'est-ce que cela signifie ? Parle donc toi, de quoi s'agit-il ?

LISETTE. Monsieur, un visage qui fait trembler, un autre qui fait mourir de froid, une âme gelée qui se tient à l'écart, et puis le portrait d'une femme qui a le visage abattu, un teint plombé, des yeux bouffis et qui viennent de pleurer ; voilà, Monsieur, tout ce que nous considérons avec tant de recueillement.

MONSIEUR ORGON. Que veut dire ce galimatias ? Une âme, un portrait : explique-toi donc, je n'y entends rien.

SILVIA. C'est que j'entretenais Lisette du malheur d'une femme maltraitée par son mari ; je lui citais celle de Tersandre, que je trouvai l'autre jour fort abattue, parce que son mari venait de la quereller, et je faisais là-dessus mes réflexions.

LISETTE. Oui, nous parlions d'une physionomie qui va et qui vient ; nous disions qu'un mari porte un masque avec le monde, et une grimace avec sa femme.

MONSIEUR ORGON. De tout cela, ma fille, je comprends que le mariage t'alarme, d'autant plus que tu ne connais point Dorante.

LISETTE. Premièrement, il est beau, et c'est presque tant pis.

MONSIEUR ORGON. Tant pis ! rêves-tu avec ton tant pis ?

LISETTE. Moi, je dis ce qu'on m'apprend ; c'est la doctrine de Madame, j'étudie sous elle.

MONSIEUR ORGON. Allons, allons, il n'est pas question de tout cela. Tiens, ma chère enfant, tu sais combien je t'aime. Dorante vient pour t'épouser ; dans le dernier voyage que je fis en province, j'arrêtai ce mariage-là avec son père, qui est mon intime et mon ancien ami ; mais ce fut à condition que vous vous plairiez à tous deux, et que vous auriez entière liberté de vous expliquer là-dessus ; je te défends toute complaisance à mon égard : si Dorante ne te convient point, tu n'as qu'à le dire, et il repart ; si tu ne lui convenais pas, il repart de même.

---

de l'université de São Paulo, 1961), auquel nous emprunterons plusieurs autres remarques sur la dramaturgie de Marivaux dans la présente pièce.

LISETTE. Un *duo* de tendresse en décidera, comme à l'Opéra : Vous me voulcz, je vous veux, vite un notaire ; ou bien : M'aimez-vous ? non ; ni moi non plus, vite à cheval.

MONSIEUR ORGON. Pour moi, je n'ai jamais vu Dorante, il était absent quand j'étais chez son père ; mais sur tout le bien qu'on m'en a dit, je ne saurais craindre que vous vous remerciiez ni l'un ni l'autre.

SILVIA. Je suis pénétrée de vos bontés, mon père, vous me défendez toute complaisance, et je vous obéirai.

MONSIEUR ORGON. Je te l'ordonne.

SILVIA. Mais si j'osais, je vous proposerais, sur une idée qui me vient, de m'accorder une grâce qui me tranquilliserait tout à fait.

MONSIEUR ORGON. Parle, si la chose est faisable je te l'accorde.

SILVIA. Elle est très faisable ; mais je crains que ce ne soit abuser de vos bontés.

MONSIEUR ORGON. Eh bien, abuse, va, dans ce monde, il faut être un peu trop bon pour l'être assez[1].

LISETTE. Il n'y a que le meilleur de tous les hommes qui puisse dire cela.

MONSIEUR ORGON. Explique-toi, ma fille.

SILVIA. Dorante arrive ici aujourd'hui ; si je pouvais le voir, l'examiner un peu sans qu'il me connût ; Lisette a de l'esprit, Monsieur, elle pourrait prendre ma place pour un peu de temps, et je prendrais la sienne.

MONSIEUR ORGON, *à part.* Son idée est plaisante. *(Haut.)* Laisse-moi rêver un peu à ce que tu me dis là. *(À part.)* Si je la laisse faire, il doit arriver quelque chose de bien singulier, elle ne s'y attend pas elle-même... *(Haut.)* Soit, ma fille, je te permets le déguisement[2]. Es-tu bien sûre de soutenir le tien, Lisette ?

LISETTE. Moi, Monsieur, vous savez qui je suis, essayez de m'en conter, et manquez de respect, si vous l'osez ; à cette contenance-ci, voilà un échantillon des bons airs avec lesquels je vous attends, qu'en dites-vous ? hem, retrouvez-vous Lisette ?

---

1. C'est par une phrase comme celle-ci que Marivaux se distingue le plus clairement de ses devanciers. Le père de Silvia, dans *Le Portrait* de Beauchamps, pièce pourtant assez fine, est encore un bourru tout proche du Docteur traditionnel, bien que le rôle soit composé pour Lélio. **2.** Voici seulement le troisième élément de l'intrigue, le déguisement de Silvia. Mais, du point de vue psychologique, nous avons déjà affaire à un personnage de jeune fille remarquablement posé, avec sa vivacité, son bon sens, son imagination aussi.

MONSIEUR ORGON. Comment donc, je m'y trompe actuellement moi-même ; mais il n'y a point de temps à perdre, va t'ajuster suivant ton rôle, Dorante peut nous surprendre. Hâtez-vous, et qu'on donne le mot à toute la maison.

SILVIA. Il ne me faut presque qu'un tablier.

LISETTE. Et moi je vais à ma toilette, venez m'y coiffer, Lisette, pour vous accoutumer à vos fonctions ; un peu d'attention à votre service, s'il vous plaît.

SILVIA. Vous serez contente, Marquise [1], marchons.

Scène III

MARIO, MONSIEUR ORGON, SILVIA

MARIO. Ma sœur, je te félicite de la nouvelle que j'apprends ; nous allons voir ton *amant, dit-on.

SILVIA. Oui, mon frère ; mais je n'ai pas le temps de m'arrêter, j'ai des affaires sérieuses, et mon père vous les dira : je vous quitte.

Scène IV

MONSIEUR ORGON, MARIO

MONSIEUR ORGON. Ne l'*amusez pas, Mario, venez, vous saurez de quoi il s'agit.

MARIO. Qu'y a-t-il de nouveau, Monsieur ?

MONSIEUR ORGON. Je commence par vous recommander d'être discret sur ce que je vais vous dire, au moins.

MARIO. Je suivrai vos ordres.

MONSIEUR ORGON. Nous verrons Dorante aujourd'hui ; mais nous ne le verrons que déguisé.

MARIO. Déguisé ! Viendra-t-il en partie de masque, lui donnerez-vous le bal ?

MONSIEUR ORGON. Écoutez l'article de la lettre du père. Hum... *Je ne sais au reste ce que vous penserez d'une imagination qui est venue à mon fils ; elle est bizarre, il en convient lui-même, mais le motif est pardonnable et même délicat ; c'est qu'il m'a prié de lui*

---

1. Sur l'emploi du mot *marquise* en cette occasion, voir *La Provinciale*, SC. XI.

permettre de n'arriver d'abord chez vous que sous la figure de son valet, qui de son côté fera le personnage de son maître.

MARIO. Ah, ah ! cela sera plaisant.

MONSIEUR ORGON. Écoutez le reste... *Mon fils sait combien l'engagement qu'il va prendre est sérieux, et il espère, dit-il, sous ce déguisement de peu de durée, saisir quelques traits du caractère de notre future et la mieux connaître, pour se régler ensuite sur ce qu'il doit faire, suivant la liberté que nous sommes convenus de leur laisser. Pour moi, qui m'en fie bien à ce que vous m'avez dit de votre aimable fille, j'ai consenti à tout en prenant la précaution de vous avertir, quoiqu'il m'ait demandé le secret de votre côté ; vous en userez là-dessus avec la future comme vous le jugerez à propos...* Voilà ce que le père m'écrit. Ce n'est pas le tout, voici ce qui arrive ; c'est que votre sœur, inquiète de son côté sur le chapitre de Dorante, dont elle ignore le secret, m'a demandé de jouer ici la même comédie, et cela précisément pour observer Dorante, comme Dorante veut l'observer. Qu'en dites-vous ? Savez-vous rien de plus *particulier que cela ? Actuellement, la maîtresse et la suivante se travestissent. Que me conseillez-vous, Mario, avertirai-je votre sœur ou non ?

MARIO. Ma foi, Monsieur, puisque les choses prennent ce train-là, je ne voudrais pas les déranger, et je respecterais l'idée qui leur est inspirée à l'un et à l'autre ; il faudra bien qu'ils se parlent souvent tous deux sous ce déguisement, voyons si leur cœur ne les avertirait pas de ce qu'ils valent. Peut-être que Dorante prendra du *goût pour ma sœur, toute soubrette qu'elle sera, et cela serait charmant pour elle.

MONSIEUR ORGON. Nous verrons un peu comment elle se tirera d'intrigue.

MARIO. C'est une aventure qui ne saurait manquer de nous divertir, je veux me trouver au début et les agacer tous deux[1].

---

1. Cette fois, les derniers éléments de l'intrigue sont posés. Ce sont, d'une part, le déguisement de Dorante et de son valet, que M. Orgon a révélé d'une façon très naturelle à Mario, d'autre part le rôle que celui-ci se prépare à jouer.

Scène V

SILVIA, MONSIEUR ORGON, MARIO

SILVIA. Me voilà, Monsieur, ai-je mauvaise grâce en femme de chambre[1] ? Et vous, mon frère, vous savez de quoi il s'agit apparemment, comment me trouvez-vous ?

MARIO. Ma foi, ma sœur, c'est *autant de pris que le valet ; mais tu pourrais bien aussi escamoter Dorante à ta maîtresse.

SILVIA. Franchement, je ne haïrais pas de lui plaire sous le personnage que je joue, je ne serais pas fâchée de subjuguer sa raison, de l'étourdir un peu sur la distance qu'il y aura de lui à moi ; si mes charmes font ce coup-là, ils me feront plaisir, je les estimerai. D'ailleurs, cela m'aiderait à démêler Dorante. À l'égard de son valet, je ne crains pas ses soupirs, ils n'oseront m'aborder[2], il y aura quelque chose dans ma physionomie qui inspirera plus de respect que d'amour à ce faquin-là.

MARIO. Allons doucement, ma sœur, ce faquin-là sera votre égal.

MONSIEUR ORGON. Et ne manquera pas de t'aimer.

SILVIA. Eh bien, l'honneur de lui plaire ne me sera pas inutile ; les valets sont naturellement indiscrets, l'amour est babillard, et j'en ferai l'*historien de son maître[3].

---

1. La rentrée de Silvia, comme sa sortie, sont parfaitement justifiées. Dans tout cet acte, la liaison des scènes a été remarquablement assurée, sans aucune affectation. On peut appliquer ici un mot de J. Scherer, cité par M. Meyer : « La justification d'une entrée ou d'une sortie n'est pas apparente. On ne la remarque pas, mais, en la cherchant, on la trouve. » Voyez d'ailleurs la remarque du rédacteur du *Mercure* citée ci-dessus, p. 874, note 1. **2.** On a trouvé, avec des apparences de raison, qu'il y avait de la préciosité dans des phrases comme celles-ci. Le mot nous paraît pourtant très impropre si on entendait par là quelque chose d'affecté ou de compassé. Suivant une remarque curieuse du marquis d'Argenson, citée plus haut (p. 879), « le style de Marivaux va tellement au courant de la plume que tout dépend du ton où il est monté tel jour ». Or, le ton du *Jeu de l'amour et du hasard* est marqué par une sorte d'allégresse qui s'amuse aux jeux d'expression de tout ordre, sans s'embarrasser en aucune manière des règles étroites de la grammaire ou du style. C'est par là que s'explique ce passage, et bien d'autres, tant dans le rôle de Silvia que dans celui de Dorante *(ma familiarité n'oserait s'apprivoiser avec toi)*, de Lisette *(un mari porte un masque avec le monde, et une grimace avec sa femme)* et même de M. Orgon *(je ne saurais craindre que vous remerciiez ni l'un ni l'autre)*. **3.** Il y a peut-être ici dans l'expression une réminiscence du *Portrait* de Beauchamps. « Tenez, voilà votre historien », disait Silvia à Valère en parlant de son valet Arlequin.

UN VALET. Monsieur, il vient d'arriver un domestique qui demande à vous parler ; il est suivi d'un *crocheteur qui porte une valise.

MONSIEUR ORGON. Qu'il entre : c'est sans doute le valet de Dorante ; son maître peut être resté au *bureau pour affaires. Où est Lisette ?

SILVIA. Lisette s'habille, et, dans son miroir, nous trouve très imprudents de lui livrer Dorante, elle aura bientôt fait.

MONSIEUR ORGON. Doucement, on vient[1].

Scène VI

DORANTE, *en valet* ; MONSIEUR ORGON, SILVIA, MARIO

DORANTE. Je cherche Monsieur Orgon, n'est-ce pas à lui à qui j'ai l'honneur de faire la révérence ?

MONSIEUR ORGON. Oui, mon ami, c'est à lui-même.

DORANTE. Monsieur, vous avez sans doute reçu de nos nouvelles, j'appartiens à Monsieur Dorante, qui me suit, et qui m'envoie toujours devant vous assurer de ses respects, en attendant qu'il vous en assure lui-même.

MONSIEUR ORGON. Tu fais ta commission de fort bonne grâce ; Lisette, que dis-tu de ce garçon-là ?

SILVIA. Moi, Monsieur, je dis qu'il est bienvenu[2], et qu'il promet.

DORANTE. Vous avez bien de la bonté, je fais du mieux qu'il m'est possible.

MARIO. Il n'est pas mal tourné au moins, ton cœur n'a qu'à se bien tenir, Lisette.

SILVIA. Mon cœur, c'est bien des affaires.

DORANTE. Ne vous fâchez pas, Mademoiselle, ce que dit Monsieur ne m'en fait point accroire.

SILVIA. Cette modestie-là me plaît, continuez de même.

MARIO. Fort bien ! Mais il me semble que ce nom de Mademoiselle qu'il te donne est bien sérieux ; entre gens comme vous, le style des compliments ne doit pas être si grave, vous seriez toujours sur le qui-vive ; allons, traitez-vous plus commodément, tu as nom Lisette, et toi mon garçon, comment t'appelles-tu ?

---

1. Les scènes précédentes ont créé progressivement un effet d'attente. La tension est ici à son comble pour préparer l'entrée du second personnage principal de la pièce. **2.** *Bienvenu*, et non *le bienvenu*, comme le donnent presque toutes les éditions modernes. *Bienvenu* s'emploie ainsi très bien sans article à l'époque au sens de « dont l'arrivée est souhaitée en quelque endroit » (Furetière).

DORANTE. Bourguignon, Monsieur, pour vous servir.

SILVIA. Eh bien, Bourguignon, soit !

DORANTE. Va donc pour Lisette, je n'en serai pas moins votre serviteur.

MARIO. Votre serviteur, ce n'est point encore là votre jargon, c'est ton serviteur qu'il faut dire.

MONSIEUR ORGON. Ah ! ah ! ah ! ah !

SILVIA, *bas à Mario*. Vous me jouez, mon frère.

DORANTE. À l'égard du tutoiement, j'attends les ordres de Lisette.

SILVIA. Fais comme tu voudras, Bourguignon ; voilà la glace rompue, puisque cela divertit ces Messieurs [1].

DORANTE. Je t'en remercie, Lisette, et je réponds sur-le-champ à l'honneur que tu me fais.

MONSIEUR ORGON. Courage, mes enfants, si vous commencez à vous aimer, vous voilà débarrassés des cérémonies.

MARIO. Oh, doucement, s'aimer, c'est une autre affaire ; vous ne savez peut-être pas que j'en veux au cœur de Lisette, moi qui vous parle. Il est vrai qu'il m'est cruel, mais je ne veux pas que Bourguignon aille sur mes brisées.

SILVIA. Oui, le prenez-vous sur ce ton-là, et moi, je veux que Bourguignon m'aime.

DORANTE. Tu te fais tort de dire je veux, belle Lisette ; tu n'as pas besoin d'ordonner pour être servie.

MARIO. *Mons Bourguignon, vous avez pillé cette galanterie-là quelque part.

DORANTE. Vous avez raison, Monsieur, c'est dans ses yeux que je l'ai prise.

MARIO. Tais-toi, c'est encore pis, je te défends d'avoir tant d'esprit.

SILVIA. Il ne l'a pas à vos dépens, et s'il en trouve dans mes yeux, il n'a qu'à prendre.

MONSIEUR ORGON. Mon fils, vous perdrez votre procès ; retirons-nous, Dorante va venir, allons le dire à ma fille ; et vous, Lisette, montrez à ce garçon l'appartement de son maître. Adieu, Bourguignon.

DORANTE. Monsieur, vous me faites trop d'honneur.

---

1. Tel est le texte de toutes les éditions anciennes (1730, 1732-1758, 1781, etc.). La plupart des éditeurs modernes, à la suite de Duviquet, transposent inutilement *Voilà la glace rompue* en tête de phrase pour en faire sans doute un aparté.

Scène VII

SILVIA, DORANTE

SILVIA, *à part.* Ils se donnent la comédie, n'importe, mettons tout à profit ; ce garçon-ci n'est pas sot, et je ne plains pas la soubrette qui l'aura. Il va m'en conter, laissons-le dire, pourvu qu'il m'instruise[1].

DORANTE, *à part.* Cette fille-ci m'étonne, il n'y a point de femme au monde à qui sa physionomie ne fît honneur : lions connaissance avec elle. *(Haut.)* Puisque nous sommes dans le style amical et que nous avons abjuré les façons, dis-moi, Lisette, ta maîtresse te vaut-elle ? Elle est bien hardie d'oser avoir une femme de chambre comme toi.

SILVIA. Bourguignon, cette question-là m'annonce que, suivant la coutume, tu arrives avec l'intention de me dire des douceurs, n'est-il pas vrai ?

DORANTE. Ma foi, je n'étais pas venu dans ce dessein-là, je te l'avoue ; tout valet que je suis, je n'ai jamais eu de grandes liaisons avec les soubrettes, je n'aime pas l'esprit domestique ; mais à ton égard c'est une autre affaire ; comment donc, tu me soumets, je suis presque timide, ma familiarité n'oserait s'apprivoiser avec toi, j'ai toujours envie d'ôter mon chapeau de dessus ma tête, et quand je te tutoie, il me semble que je jure ; enfin j'ai un penchant à te traiter avec des respects qui te feraient rire. Quelle espèce de suivante es-tu donc avec ton air de princesse ?

SILVIA. Tiens, tout ce que tu dis avoir senti en me voyant est précisément l'histoire de tous les valets qui m'ont vue.

DORANTE. Ma foi, je ne serais pas surpris quand ce serait aussi l'histoire de tous les maîtres.

SILVIA. Le trait est joli assurément ; mais je te le répète encore, je ne suis pas *faite aux cajoleries de ceux dont la garde-robe ressemble à la tienne.

DORANTE. C'est-à-dire que ma parure ne te plaît pas ?

SILVIA. Non, Bourguignon ; laissons là l'amour, et soyons bons amis.

---

1. En mettant maintenant Silvia et Dorante en tête à tête, Marivaux accroît encore l'intérêt des spectateurs. La scène VII, conformément à un autre principe de la dramaturgie classique, joue dans l'acte un rôle central. Toutes les préparations précédentes débouchent sur elle.

DORANTE. Rien que cela ? Ton petit traité n'est composé que de deux clauses impossibles.

SILVIA, *à part*. Quel homme pour un valet ! *(Haut.)* Il faut pourtant qu'il s'exécute ; on m'a prédit que je n'épouserais jamais qu'un homme de condition, et j'ai juré depuis de n'en écouter jamais d'autres.

DORANTE. Parbleu, cela est plaisant, ce que tu as juré pour homme, je l'ai juré pour femme, moi, j'ai fait serment de n'aimer sérieusement qu'une fille de condition.

SILVIA. Ne t'écarte donc pas de ton projet.

DORANTE. Je ne m'en écarte peut-être pas tant que nous le croyons, tu as l'air bien distingué, et l'on est quelquefois fille de condition [1] sans le savoir.

SILVIA. Ha, ha, ha, je te remercierais de ton éloge, si ma mère n'en faisait pas les frais.

DORANTE. Eh bien, venge-t'en sur la mienne, si tu me trouves assez bonne mine pour cela.

SILVIA, *à part*. Il le mériterait. *(Haut.)* Mais ce n'est pas là de quoi il est question ; trêve de badinage, c'est un homme de condition qui m'est prédit pour époux, et je n'en rabattrai rien.

DORANTE. Parbleu, si j'étais tel, la prédiction me menacerait, j'aurais peur de la vérifier, je n'ai point de foi à l'astrologie, mais j'en ai beaucoup à ton visage.

SILVIA, *à part*. Il ne tarit point... *(Haut.)* Finiras-tu, que t'importe la prédiction puisqu'elle t'exclut ?

DORANTE. Elle n'a pas prédit que je ne t'aimerais point.

SILVIA. Non, mais elle a dit que tu n'y gagnerais rien, et moi je te le confirme.

DORANTE. Tu fais fort bien, Lisette, cette fierté-là te va à merveille, et quoiqu'elle me fasse mon procès, je suis pourtant bien aise de te la voir ; je te l'ai souhaitée d'abord que je t'ai vue, il te fallait encore cette grâce-là, et je me console d'y perdre, parce que tu y gagnes.

SILVIA, *à part*. Mais en vérité, voilà un garçon qui me surprend malgré que j'en aie... *(Haut.)* Dis-moi, qui es-tu toi qui me parles ainsi ?

---

1. Texte des éditions anciennes (originale, 1732-1758, 1768 et aussi 1790, 1810). Le mot *fille* étant tombé dans l'édition de 1781, les éditions dérivées (*Répertoire du Théâtre-Français*, 1804, Duviquet, etc.) et la plupart des éditions modernes donnent ici un texte erroné.

DORANTE. Le fils d'honnêtes gens qui n'étaient pas riches.

SILVIA. Va, je te souhaite de bon cœur une meilleure situation que la tienne, et je voudrais pouvoir[1] y contribuer ; la fortune a tort avec toi.

DORANTE. Ma foi, l'amour a plus de tort qu'elle, j'aimerais mieux qu'il me fût permis de te demander ton cœur, que d'avoir tous les biens du monde.

SILVIA, *à part*. Nous voilà grâce au Ciel en conversation réglée. *(Haut.)* Bourguignon, je ne saurais me fâcher des discours que tu me tiens ; mais je t'en prie, changeons d'entretien, venons à ton maître ; tu peux te passer de me parler d'amour, je pense ?

DORANTE. Tu pourrais bien te passer de m'en faire sentir, toi.

SILVIA. Ahi, je me fâcherai, tu m'impatientes, encore une fois laisse là ton amour.

DORANTE. Quitte donc ta figure.

SILVIA, *à part*. À la fin, je crois qu'il m'*amuse... *(Haut.)* Eh bien, Bourguignon, tu ne veux donc pas finir, faudra-t-il que je te quitte ? *(À part.)* Je devrais déjà l'avoir fait.

DORANTE. Attends, Lisette, je voulais moi-même te parler d'autre chose ; mais je ne sais plus ce que c'est.

SILVIA. J'avais de mon côté quelque chose à te dire ; mais tu m'as fait perdre mes idées aussi, à moi.

DORANTE. Je me rappelle de t'avoir demandé si ta maîtresse te valait.

SILVIA. Tu reviens à ton chemin par un détour, adieu.

DORANTE. Eh non, te dis-je, Lisette, il ne s'agit ici que de mon maître.

SILVIA. Eh bien soit ! je voulais te parler de lui aussi, et j'espère que tu voudras bien me dire confidemment ce qu'il est ; ton attachement pour lui m'en donne bonne opinion, il faut qu'il ait du mérite puisque tu le sers[2].

DORANTE. Tu me permettras peut-être bien de te remercier de ce que tu me dis là, par exemple ?

SILVIA. Veux-tu bien ne prendre pas garde à l'imprudence que j'ai eue de le dire ?

---

1. Le mot *pouvoir*, disparu dans les mêmes conditions que *fille* (voir note précédente) a été rétabli dans l'édition Bastide et Fournier.   **2.** On remarquera avec quelle habileté Marivaux évite que ne soient données des réponses à ces questions concernant les maîtres. Voir la dernière réplique de Silvia à la fin de la scène.

DORANTE. Voilà encore de ces réponses qui m'*emportent ; fais comme tu voudras, je n'y résiste point, et je suis bien malheureux de me trouver *arrêté par tout ce qu'il y a de plus aimable au monde.

SILVIA. Et moi, je voudrais bien savoir comment il se fait que j'ai la bonté de t'écouter, car assurément, cela est singulier.

DORANTE. Tu as raison, notre aventure est unique.

SILVIA, *à part*. Malgré tout ce qu'il m'a dit, je ne suis point partie, je ne pars point, me voilà encore, et je réponds ! En vérité, cela passe la raillerie. *(Haut.)* Adieu.

DORANTE. Achevons donc ce que nous voulions dire.

SILVIA. Adieu, te dis-je, plus de *quartier. Quand ton maître sera venu, je tâcherai en faveur de ma maîtresse de le connaître par moi-même, s'il en vaut la peine ; en attendant, tu vois cet appartement, c'est le vôtre.

DORANTE. Tiens, voici mon maître.

Scène VIII

DORANTE, SILVIA, ARLEQUIN

ARLEQUIN. Ah, te voilà, Bourguignon ; mon *porte-manteau et toi, avez-vous été bien reçus ici ?

DORANTE. Il n'était pas possible qu'on nous reçût mal, Monsieur.

ARLEQUIN. Un domestique là-bas m'a dit d'entrer ici, et qu'on allait avertir mon beau-père [1] qui était avec ma femme.

SILVIA. Vous voulez dire Monsieur Orgon et sa fille, sans doute, Monsieur ?

ARLEQUIN. Eh oui, mon beau-père et ma femme, autant *vaut ; je viens pour épouser, et ils m'attendent pour être mariés ; cela est convenu, il ne manque plus que la cérémonie, qui est une bagatelle.

SILVIA. C'est une bagatelle qui vaut bien la peine qu'on y pense.

ARLEQUIN. Oui, mais quand on y a pensé on n'y pense plus.

SILVIA, *bas à Dorante*. Bourguignon, on est homme de mérite à bon marché chez vous, ce me semble ?

---

1. La plaisanterie sur l'emploi anticipé du mot *beau-père* est traditionnelle dans l'ancien Théâtre-Italien. « Adieu, beau-père », dit de même Arlequin dans *La Fausse Coquette* (éd. Dentand, tome IV, p. 176). Avec l'entrée d'Arlequin, un nouveau ton s'est établi. C'est la détente après la tension, et l'effet comique produit par le personnage d'Arlequin en bénéficie auprès des spectateurs. En même temps, l'auteur ménage une pause qui rendra plus vraisemblable l'évolution des sentiments de Dorante et de Silvia.

ARLEQUIN. Que dites-vous là à mon valet, la belle ?

SILVIA. Rien, je lui dis seulement que je vais faire descendre Monsieur Orgon.

ARLEQUIN. Et pourquoi ne pas dire mon beau-père, comme moi ?

SILVIA. C'est qu'il ne l'est pas encore.

DORANTE. Elle a raison, Monsieur, le mariage n'est pas fait.

ARLEQUIN. Eh bien, me voilà pour le faire.

DORANTE. Attendez donc qu'il soit fait.

ARLEQUIN. Pardi, voilà bien des façons pour un beau-père de la veille ou du lendemain.

SILVIA. En effet, quelle si grande différence y a-t-il entre être marié ou ne l'être pas ? Oui, Monsieur, nous avons tort, et je cours informer votre beau-père de votre arrivée.

ARLEQUIN. Et ma femme aussi, je vous prie ; mais avant que de partir, dites-moi une chose, vous qui êtes si jolie, n'êtes-vous pas la soubrette de l'hôtel ?

SILVIA. Vous l'avez dit.

ARLEQUIN. C'est fort bien fait, je m'en réjouis : croyez-vous que je plaise ici, comment me trouvez-vous ?

SILVIA. Je vous trouve... plaisant.

ARLEQUIN. Bon, tant mieux, entretenez-vous dans ce sentiment-là, il pourra trouver sa place.

SILVIA. Vous êtes bien modeste de vous en contenter, mais je vous quitte, il faut qu'on ait oublié d'avertir votre beau-père, car assurément il serait venu, et j'y vais.

ARLEQUIN. Dites-lui que je l'attends avec affection.

SILVIA, *à part.* Que le sort est bizarre ! aucun de ces deux hommes n'est à sa place [1].

Scène IX

DORANTE, ARLEQUIN

ARLEQUIN. Eh bien, Monsieur, mon commencement va bien ; je plais déjà à la soubrette.

---

1. « Quel aveugle caprice de la nature et de la fortune, disait la comtesse des *Amants déguisés*, quel injuste partage entre un valet et son maître ! Ce n'est pas vous que je plains, malheureux Valère, c'est le marquis. Ne lui enviez point sa naissance ; vous en êtes bien dédommagés par des sentiments si purs et si raisonnables. » (Acte II, sc. III.) Marivaux retient l'idée, mais évite le ton de moraliste.

DORANTE. Butor que tu es !

ARLEQUIN. Pourquoi donc, mon entrée est si gentille !

DORANTE. Tu m'avais tant promis de laisser là tes façons de parler sottes et triviales, je t'avais donné de si bonnes instructions, je ne t'avais recommandé que d'être sérieux[1]. Va, je vois bien que je suis un étourdi de m'en être fié à toi.

ARLEQUIN. Je ferai encore mieux dans les suites, et puisque le sérieux n'est pas suffisant, je donnerai du mélancolique, je pleurerai, s'il le faut.

DORANTE. Je ne sais plus où j'en suis ; cette aventure-ci m'étourdit : que faut-il que je fasse ?

ARLEQUIN. Est-ce que la fille n'est pas plaisante ?

DORANTE. Tais-toi ; voici Monsieur Orgon qui vient.

Scène X

MONSIEUR ORGON, DORANTE, ARLEQUIN

MONSIEUR ORGON. Mon cher Monsieur, je vous demande mille pardons de vous avoir fait attendre ; mais ce n'est que de cet instant que j'apprends que vous êtes ici.

ARLEQUIN. Monsieur, mille pardons, c'est beaucoup trop et il n'en faut qu'un quand on n'a fait qu'une faute ; au surplus, tous mes pardons sont à votre service.

MONSIEUR ORGON. Je tâcherai de n'en avoir pas besoin.

ARLEQUIN. Vous êtes le maître, et moi votre serviteur.

MONSIEUR ORGON. Je suis, je vous assure, charmé de vous voir, et je vous attendais avec impatience.

ARLEQUIN. Je serais d'abord venu ici avec Bourguignon ; mais quand on arrive de voyage, vous savez qu'on est si mal *bâti, et j'étais bien aise de me présenter dans un état plus *ragoûtant.

MONSIEUR ORGON. Vous y avez fort bien réussi ; ma fille s'habille, elle a été un peu indisposée ; en attendant qu'elle descende, voulez-vous vous *rafraîchir ?

---

1. Marivaux excuse par là le caractère d'Arlequin. Dans *Les Amants déguisés*, comme il s'agissait d'empêcher un mariage redouté, c'était sur l'ordre même de son maître que Valentin jouait au petit-maître. Marivaux retrouve la tradition théâtrale dans laquelle le valet est ridicule par son caractère même (de Jodelet ou d'Arlequin), et non plus pour les nécessités de l'intrigue.

ARLEQUIN. Oh ! je n'ai jamais refusé de trinquer avec personne.

MONSIEUR ORGON. Bourguignon, ayez soin de vous, mon garçon.

ARLEQUIN. Le gaillard est gourmet, il boira du meilleur.

MONSIEUR ORGON. Qu'il ne l'épargne pas[1].

ACTE II

Scène première

LISETTE, MONSIEUR ORGON

MONSIEUR ORGON. Eh bien, que me veux-tu, Lisette ?

LISETTE. J'ai à vous entretenir un moment.

MONSIEUR ORGON. De quoi s'agit-il ?

LISETTE. De vous dire l'état où sont les choses, parce qu'il est important que vous en soyez éclairci, afin que vous n'ayez point à vous plaindre de moi.

MONSIEUR ORGON. Ceci est donc bien sérieux ?

LISETTE. Oui, très sérieux. Vous avez consenti au déguisement de Mademoiselle Silvia, moi-même je l'ai trouvé d'abord sans consé-quence, mais je me suis trompée.

MONSIEUR ORGON. Et de quelle conséquence est-il donc ?

LISETTE. Monsieur, on a de la peine à se louer soi-même, mais malgré toutes les règles de la modestie, il faut pourtant que je vous

---

1. C'est dans ces trois dernières scènes qu'on perçoit le mieux l'influence de la tradition italienne sur *Le Jeu de l'amour et du hasard*. Mais la comparai-son avec le canevas d'*Arlequin gentilhomme supposé et duelliste malgré lui* montre à quel point cette tradition est filtrée par Marivaux : « Arlequin, peu content de jouer ce personnage [celui de son maître], s'en acquitte d'une manière tout à fait ridicule ; au lieu de la lettre du père de Léandre, il sort de sa poche un morceau de fromage, et ensuite il tire la lettre de son soulier. Le Docteur, faisant peu d'attention à ses extravagances, reçoit son prétendu gendre avec toute l'amitié convenable, et le présente comme tel à sa fille Isabelle. Arlequin continue ses balourdises, il fait à la belle un compliment ridicule : son maître veut tout bas lui en dicter un plus poli ; Arlequin le répète de travers et à contresens : le Docteur le fait entrer pour se rafraîchir, et lorsqu'ils reparaissent, Arlequin, qui a quelques coups de vin dans la tête, veut cajoler Colombine, suivante d'Isabelle, et s'adressant à cette dernière, par ses discours impolis et ses façons grossières, l'oblige à se retirer avec sa suivante et le Docteur. » (Parfaict et d'Albergue, *Dictionnaire des Théâtres*, tome I, pp. 244-245.) Voir plus loin, note 2, p. 906, la suite de cette analyse.

dise que si vous ne mettez ordre à ce qui arrive, votre prétendu gendre n'aura plus de cœur à donner à Mademoiselle votre fille ; il est temps qu'elle se déclare, cela presse, car un jour plus tard, je n'en réponds plus.

MONSIEUR ORGON. Eh ! d'où vient qu'il ne voudra plus de ma fille, quand il la connaîtra, te défies-tu de ses charmes ?

LISETTE. Non ; mais vous ne vous méfiez[1] pas assez des miens, je vous avertis qu'ils vont leur train, et que je ne vous conseille pas de les laisser faire.

MONSIEUR ORGON. Je vous en fais mes compliments, Lisette. *(Il rit.)* Ah, ah, ah !

LISETTE. Nous y voilà ; vous plaisantez, Monsieur, vous vous moquez de moi, j'en suis fâchée, car vous y serez pris.

MONSIEUR ORGON. Ne t'en embarrasse pas, Lisette, va ton chemin.

LISETTE. Je vous le répète encore, le cœur de Dorante va bien vite ; tenez, actuellement je lui plais beaucoup, ce soir il m'aimera, il m'adorera demain ; je ne le mérite pas, il[2] est de mauvais goût, vous en direz ce qu'il vous plaira ; mais cela ne laissera pas que d'être ; voyez-vous, demain je me garantis adorée.

MONSIEUR ORGON. Eh bien, que vous importe : s'il vous aime tant, qu'il vous épouse.

LISETTE. Quoi ! vous ne l'en empêcheriez pas ?

MONSIEUR ORGON. Non, d'homme d'honneur, si tu le mènes jusque-là.

LISETTE. Monsieur, prenez-y garde, jusqu'ici je n'ai pas aidé à mes appas, je les ai laissé faire tout seuls ; j'ai ménagé sa tête : si je m'en mêle, je la renverse, il n'y aura plus de remède.

MONSIEUR ORGON. Renverse, ravage, brûle, enfin épouse, je te le permets si tu le peux.

LISETTE. Sur ce pied-là je compte ma fortune faite.

MONSIEUR ORGON. Mais dis-moi, ma fille t'a-t-elle parlé, que pense-t-elle de son prétendu ?

LISETTE. Nous n'avons encore guère trouvé le moment de nous parler, car ce prétendu m'obsède ; mais à *vue de pays, je ne la crois

---

1. Texte de toutes les éditions jusqu'à celle de 1810 comprise. Depuis 1825, toutes les éditions portent *défiez* qui est ici impropre et constitue en outre une répétition inutile. Dans la même phrase, également depuis 1825, *et que je ne vous conseille pas* est corrigé arbitrairement en *et je ne vous conseille pas*. **2.** *Il* est un neutre (cela). Voir la Note grammaticale, p. 2268.

pas contente, je la trouve triste, rêveuse, et je m'attends bien qu'elle me priera de le rebuter[1].

MONSIEUR ORGON. Et moi, je te le défends ; j'évite de m'expliquer avec elle, j'ai mes raisons pour faire durer ce déguisement ; je veux qu'elle examine son futur plus à loisir. Mais le valet, comment se *gouverne-t-il ? ne se mêle-t-il pas d'aimer ma fille ?

LISETTE. C'est un original, j'ai remarqué qu'il fait l'homme de *conséquence avec elle, parce qu'il est bien fait ; il la regarde et soupire.

MONSIEUR ORGON. Et cela la fâche ?

LISETTE. Mais... elle rougit.

MONSIEUR ORGON. Bon, tu te trompes ; les regards d'un valet ne l'embarrassent pas jusque-là.

LISETTE. Monsieur, elle rougit.

MONSIEUR ORGON. C'est donc d'indignation.

LISETTE. À la bonne heure.

MONSIEUR ORGON. Eh bien, quand tu lui parleras, dis-lui que tu soupçonnes ce valet de la prévenir contre son maître ; et si elle se fâche, ne t'en inquiète point, ce sont mes affaires. Mais voici Dorante qui te cherche apparemment.

Scène II

LISETTE, ARLEQUIN, MONSIEUR ORGON

ARLEQUIN. Ah, je vous retrouve[2], merveilleuse dame, je vous demandais à tout le monde ; *serviteur[3], cher beau-père, ou peu s'en faut.

---

1. On voit que le rôle de l'entracte a été, suivant un mot heureux, de « dilater » le temps scénique, forcément limité par la durée de la représentation. Il faut du reste observer qu'une rêverie solitaire ne contribue pas moins à avancer les sentiments des personnages qu'une conversation. Marivaux ne néglige aucun moyen pour rendre psychologiquement vraisemblable une action qui ne l'est pas matériellement. **2.** Texte de l'édition originale. Il est clair d'ailleurs qu'Arlequin ne voit pas Lisette pour la première fois. À la suite de l'édition de 1758, toutes les éditions portent *trouve*. **3.** On voit ici d'ordinaire une impropriété burlesque d'Arlequin, *serviteur* s'employant souvent comme formule de refus (tout comme *votre serviteur* et *je suis votre serviteur*). Cette interprétation est inexacte. *Serviteur*, comme les autres formules citées, s'emploie aussi comme formule de politesse ; voyez par exemple Boursault : *Après s'être bien dit : Serviteur. Moi le vôtre* (cité par Littré). Ce qui est vrai, c'est que la formule est cavalière, et s'emploie d'ordinaire plutôt pour prendre congé.

MONSIEUR ORGON. Serviteur : Adieu, mes enfants, je vous laisse ensemble ; il est bon que vous vous aimiez un peu avant que de vous marier.

ARLEQUIN. Je ferais bien ces deux besognes-là à la fois, moi.

MONSIEUR ORGON. Point d'impatience, adieu.

Scène III

LISETTE, ARLEQUIN

ARLEQUIN. Madame, il dit que je ne m'impatiente pas ; il en parle bien à son aise, le bonhomme.

LISETTE. J'ai de la peine à croire qu'il vous en coûte tant d'attendre, Monsieur, c'est par galanterie que vous faites l'impatient, à peine êtes-vous arrivé ! Votre amour ne saurait être bien fort, ce n'est tout au plus qu'un amour naissant.

ARLEQUIN. Vous vous trompez, prodige de nos jours, un amour de votre façon ne reste pas longtemps au berceau ; votre premier coup d'œil a fait naître le mien, le second lui a donné des forces et le troisième l'a rendu grand garçon ; tâchons de l'établir au plus vite, ayez soin de lui puisque vous êtes sa mère.

LISETTE. Trouvez-vous qu'on le maltraite, est-il si abandonné ?

ARLEQUIN. En attendant qu'il soit pourvu, donnez-lui seulement votre belle main blanche, pour l'amuser un peu.

LISETTE. Tenez donc, petit importun, puisqu'on ne saurait avoir la paix qu'en vous amusant.

ARLEQUIN, *lui baisant la main.* Cher joujou de mon âme ! cela me réjouit comme du vin délicieux, quel dommage de n'en avoir que *roquille !

LISETTE. Allons, arrêtez-vous, vous êtes trop avide.

ARLEQUIN. Je ne demande qu'à me soutenir en attendant que je vive.

LISETTE. Ne faut-il pas avoir de la raison ?

ARLEQUIN. De la raison ! hélas, je l'ai perdue, vos beaux yeux sont les filous qui me l'ont volée.

LISETTE. Mais est-il possible que vous m'aimiez tant ? je ne saurais me le persuader.

ARLEQUIN. Je ne me soucie pas de ce qui est possible, moi ; mais je vous aime comme un perdu, et vous verrez bien dans votre miroir que cela est juste.

LISETTE. Mon miroir ne servirait qu'à me rendre plus incrédule.

ARLEQUIN. Ah ! mignonne, adorable, votre humilité ne serait donc qu'une hypocrite[1] !

LISETTE. Quelqu'un vient à nous ; c'est votre valet.

Scène IV

DORANTE, ARLEQUIN, LISETTE

DORANTE. Monsieur, pourrais-je vous entretenir un moment ?

ARLEQUIN. Non : maudite soit la valetaille qui ne saurait nous laisser en repos !

LISETTE. Voyez ce qu'il vous veut, Monsieur.

DORANTE. Je n'ai qu'un mot à vous dire.

ARLEQUIN. Madame, s'il en dit deux, son congé sera le troisième. Voyons ?

DORANTE, *bas à Arlequin.* Viens donc, impertinent[2].

ARLEQUIN, *bas à Dorante.* Ce sont des injures, et non pas des mots, cela... *(À Lisette.)* Ma reine, excusez.

LISETTE. Faites, faites.

DORANTE, *bas.* Débarrasse-moi de tout ceci, ne te livre point ; parais sérieux et rêveur, et même mécontent, entends-tu ?

ARLEQUIN. Oui, mon ami, ne vous inquiétez pas, et retirez-vous.

---

1. Cette scène est tout à fait dans le genre des rôles de l'ancien Arlequin. Néanmoins, Marivaux évite toute plaisanterie grossière et se contente d'un comique à base de dissonance de ton. C'est ainsi que *roquille, filou, comme un perdu*, sont simplement familiers, alors que les métaphores rappellent les excès de la galanterie « baroque » des années 1600-1620. Le dernier tour, dans lequel un mot abstrait est employé comme sujet et subit une amorce de personnification *(votre humilité...)* se trouve chez Marivaux dans tous les registres. Ici, il produit un effet d'affectation burlesque. 2. Suivant un jeu de scène attesté depuis l'édition Duviquet (1825), Dorante donne ici un coup de pied à Arlequin sans se faire voir de Lisette. — Il y a là un souvenir de la tradition farcesque italienne. Cf. le canevas d'*Arlequin gentilhomme supposé et duelliste malgré lui*, déjà cité p. 902 : « Léandre, outré des sottises de son valet, le rosse d'importance. Celui-ci crie, le Docteur vient, mais avant qu'il paraisse, Léandre force Arlequin à prendre un bâton et feint d'en avoir reçu plusieurs coups. Le Docteur exhorte le prétendu maître à agir avec plus de douceur, mais il n'est pas plutôt sorti que Léandre recommence à frapper Arlequin, qui renouvelle ses cris : le Docteur accourt et revenant à la troisième fois il oblige Léandre, qu'il prend toujours pour le valet, à demander pardon à genoux de son maître. Ici, Arlequin triomphe, il exige que Léandre lui baise la main, le pied, et enfin lui rend une partie des coups de bâton qu'il vient de recevoir. » (Parfaict et d'Albergue, *Dictionnaire des Théâtres*.)

Scène V

ARLEQUIN, LISETTE

ARLEQUIN. Ah ! Madame, sans lui j'allais vous dire de belles choses, et je n'en trouverai plus que de communes à cette heure, hormis mon amour qui est extraordinaire. Mais à propos de mon amour, quand est-ce que le vôtre lui tiendra compagnie ?

LISETTE. Il faut espérer que cela viendra.

ARLEQUIN. Et croyez-vous que cela vienne ?

LISETTE. La question est vive ; savez-vous bien que vous m'embarrassez ?

ARLEQUIN. Que voulez-vous ? Je brûle, et je crie au feu[1].

LISETTE. S'il m'était permis de m'expliquer si vite...

ARLEQUIN. Je suis du sentiment que vous le pouvez en conscience.

LISETTE. La retenue de mon sexe ne le veut pas.

ARLEQUIN. Ce n'est donc pas la retenue d'à présent qui donne bien d'autres permissions.

LISETTE. Mais, que me demandez-vous ?

ARLEQUIN. Dites-moi un petit brin que vous m'aimez ; tenez, je vous aime, moi, faites l'écho, répétez, Princesse.

LISETTE. Quel insatiable ! Eh bien, Monsieur, je vous aime.

ARLEQUIN. Eh bien, Madame, je me meurs ; mon bonheur me confond, j'ai peur d'en courir les champs. Vous m'aimez, cela est admirable !

LISETTE. J'aurais lieu à mon tour d'être étonnée de la promptitude de votre hommage ; peut-être m'aimerez-vous moins quand nous nous connaîtrons mieux.

ARLEQUIN. Ah, Madame, quand nous en serons là j'y perdrai beaucoup, il y aura bien à *décompter.

LISETTE. Vous me croyez plus de qualités que je n'en ai.

ARLEQUIN. Et vous, Madame, vous ne savez pas les miennes ; et je ne devrais vous parler qu'à genoux.

LISETTE. Souvenez-vous qu'on n'est pas les maîtres de son sort.

ARLEQUIN. Les pères et mères font tout à leur tête.

LISETTE. Pour moi, mon cœur vous aurait choisi, dans quelque état que vous eussiez été[2].

---

1. Comme plus haut, dans la scène III du même acte, on pense ici, naturellement, au Mascarille des *Précieuses ridicules*.   2. Les spectateurs cultivés du temps pouvaient ici goûter au passage l'effet comique produit par une vague réminiscence de quelques vers de *Bérénice*, tels que : « *Moi qui, loin*

ARLEQUIN. Il a beau jeu pour me choisir encore.

LISETTE. Puis-je me flatter que vous êtes de même à mon égard ?

ARLEQUIN. Hélas, quand vous ne seriez que Perrette ou Margot, quand je vous aurais vue, le *martinet à la main, descendre à la cave, vous auriez toujours été ma Princesse.

LISETTE. Puissent de si beaux sentiments être durables !

ARLEQUIN. Pour les fortifier de part et d'autre, jurons-nous de nous aimer toujours, en dépit de toutes les fautes d'orthographe[1] que vous aurez faites sur mon compte.

LISETTE. J'ai plus d'intérêt à ce serment-là que vous, et je le fais de tout mon cœur.

ARLEQUIN *se met à genoux*. Votre bonté m'éblouit, et je me prosterne devant elle.

LISETTE. Arrêtez-vous, je ne saurais vous souffrir dans cette posture-là, je serais ridicule de vous y laisser ; levez-vous[2]. Voilà encore quelqu'un.

Scène VI

LISETTE, ARLEQUIN, SILVIA

LISETTE. Que voulez-vous, Lisette ?

SILVIA. J'aurais à vous parler, Madame.

ARLEQUIN. Ne voilà-t-il pas ! Hé, ma mie revenez dans un quart

---

des grandeurs dont il est revêtu,/ Aurais choisi son cœur, et cherché sa vertu (v. 161-162) » ou encore : « *... Peut-on le voir sans penser comme moi/ Qu'en quelque obscurité que le sort l'eût fait naître,/ Le monde, en le voyant, eût reconnu son maître ?* » (V. 314-316.)

1. Cette expression ne signifie nullement, comme le dit Littré, suivi par certains éditeurs, « écart, infraction à la fidélité en amour ou en mariage ». Elle fait allusion à l'erreur que la fausse Silvia fait sur l'identité d'Arlequin. Cette métaphore burlesque n'est d'ailleurs pas nouvelle. On la trouve dans l'ancien théâtre italien, et c'est une nouvelle preuve que Marivaux travaille dans l'esprit de ce recueil. Le passage que nous allons citer se trouve dans *La Matrone d'Éphèse* : « *Arlequin :* S'il mie servigio ve fosse agreable, e s'a podesse meridar l'honneur de mériter quelque petite part dans vos mérites, hélas ! que je vous aimerais ! que je vous caresserais ! que je vous flatterais ! que je vous... rosserais, Madame ! *Colombine :* Qu'est-ce que dit cet animal ? *Arlequin :* Ah ! je vous demande pardon, c'est une faute d'orthographe. » (Éd. P. Witte, 1717, tome I, pp. 21-22.) **2.** Comme le remarque M. Meyer, l'embarras de Lisette est une anticipation comique de l'embarras de Silvia, quand Dorante se jettera à ses genoux à la fin de la scène ix de l'acte II.

d'heure, allez, les femmes de chambre de mon pays n'entrent point qu'on ne les appelle.

SILVIA. Monsieur, il faut que je parle à Madame.

ARLEQUIN. Mais voyez l'opiniâtre soubrette ! Reine de ma vie, renvoyez-la. Retournez-vous-en, ma fille. Nous avons ordre de nous aimer avant qu'on nous marie, n'interrompez point nos fonctions.

LISETTE. Ne pouvez-vous pas revenir dans un moment, Lisette ?

SILVIA. Mais, Madame...

ARLEQUIN. Mais ! ce mais-là n'est bon qu'à me donner la fièvre.

SILVIA, *à part les premiers mots.* Ah le vilain homme ! Madame, je vous assure que cela est pressé.

LISETTE. Permettez donc que je m'en défasse, Monsieur.

ARLEQUIN. Puisque le diable le veut, et elle aussi... patience... je me promènerai en attendant qu'elle ait fait. Ah, les sottes gens que nos gens[1] !

Scène VII

SILVIA, LISETTE

SILVIA. Je vous trouve admirable de ne pas le renvoyer tout d'un coup, et de me faire essuyer les brutalités de cet animal-là.

LISETTE. Pardi, Madame, je ne puis pas jouer deux rôles à la fois ; il faut que je paraisse, ou la maîtresse, ou la suivante, que j'obéisse ou que j'ordonne.

SILVIA. Fort bien ; mais puisqu'il n'y est plus, écoutez-moi comme votre maîtresse : vous voyez bien que cet homme-là ne me convient point.

LISETTE. Vous n'avez pas eu le temps de l'examiner beaucoup.

SILVIA. Êtes-vous folle avec votre examen ? Est-il nécessaire de le voir deux fois pour juger du peu de convenance ? En un mot, je n'en veux point. Apparemment que mon père n'approuve pas la répugnance qu'il me voit, car il me fuit, et ne me dit mot ; dans cette conjoncture, c'est à vous à me tirer tout doucement d'affaire, en témoignant adroitement à ce jeune homme que vous n'êtes pas dans le goût de l'épouser.

LISETTE. Je ne saurais, Madame.

---

1. Cette expression est passée en proverbe, et l'était déjà probablement au temps de Marivaux.

SILVIA. Vous ne sauriez ! Et qu'est-ce qui vous en empêche ?

LISETTE. Monsieur Orgon me l'a défendu.

SILVIA. Il vous l'a défendu ! Mais je ne reconnais point mon père à ce procédé-là.

LISETTE. Positivement défendu.

SILVIA. Eh bien, je vous charge de lui dire mes dégoûts, et de l'assurer qu'ils sont invincibles ; je ne saurais me persuader qu'après cela il veuille pousser les choses plus loin.

LISETTE. Mais, Madame, le futur, qu'a-t-il donc de si désagréable, de si rebutant ?

SILVIA. Il me déplaît, vous dis-je, et votre peu de zèle aussi.

LISETTE. Donnez-vous le temps de voir ce qu'il est, voilà tout ce qu'on vous demande.

SILVIA. Je le hais assez sans prendre du temps pour le haïr davantage.

LISETTE. Son valet qui fait l'important ne vous aurait-il point gâté l'esprit sur son compte ?

SILVIA. Hum, la sotte ! son valet a bien affaire ici !

LISETTE. C'est que je me méfie de lui, car il est raisonneur.

SILVIA. Finissez vos portraits, on n'en a que faire ; j'ai soin que ce valet me parle peu, et dans le peu qu'il m'a dit, il ne m'a jamais rien dit que de très sage.

LISETTE. Je crois qu'il est homme à vous avoir conté des histoires maladroites, pour faire briller son bel esprit.

SILVIA. Mon déguisement ne m'expose-t-il pas à m'entendre dire de jolies choses ! À qui en avez-vous ? D'où vous vient la manie d'imputer à ce garçon une répugnance à laquelle il n'a point de part ? Car enfin, vous m'obligez à le justifier ; il n'est pas question de le brouiller avec son maître, ni d'en faire un fourbe, pour me faire, moi, une imbécile qui écoute ses histoires [1].

LISETTE. Oh, Madame, dès que vous le défendez sur ce ton-là, et que cela va jusqu'à vous fâcher, je n'ai plus rien à dire.

SILVIA. Dès que je le défends [2] sur ce ton-là ! Qu'est-ce que c'est

---

1. L'édition de 1732-1758 porte : *pour me faire une imbécile, moi qui écoute ses histoires.* Nous n'avons pas adopté cette variante, car rien ne permet de penser que Marivaux ait corrigé le texte de sa pièce après la première édition. Du reste, elle n'est nullement préférable au texte original.
2. L'édition originale porte : *dès que je vous le défends.* Le *vous* peut être une faute de l'imprimeur, ou bien un pronom explétif.

que le ton dont vous dites cela vous-même ? Qu'entendez-vous par ce discours, que se passe-t-il dans votre esprit ?

LISETTE. Je dis, Madame, que je ne vous ai jamais vue comme vous êtes, et que je ne conçois rien à votre aigreur. Eh bien, si ce valet n'a rien dit, à la bonne heure, il ne faut pas vous emporter pour le justifier, je vous crois, voilà qui est fini, je ne m'oppose pas à la bonne opinion que vous en avez, moi.

SILVIA. Voyez-vous le mauvais esprit, comme elle tourne les choses ! Je me sens dans une indignation... qui... va jusqu'aux larmes.

LISETTE. En quoi donc, Madame ? Quelle finesse entendez-vous à ce que je dis ?

SILVIA. Moi, j'y entends finesse ! moi, je vous querelle pour lui ! j'ai bonne opinion de lui ! Vous me manquez de respect jusque-là ! Bonne opinion, juste Ciel ! Bonne opinion ! Que faut-il que je réponde à cela ? Qu'est-ce que cela veut dire, à qui parlez-vous ? Qui est-ce qui est à l'abri de ce qui m'arrive, où en sommes-nous ?

LISETTE. Je n'en sais rien, mais je ne reviendrai de longtemps de la surprise où vous me jetez.

SILVIA. Elle a des façons de parler qui me mettent hors de moi ; retirez-vous, vous m'êtes insupportable, laissez-moi, je prendrai d'autres mesures.

Scène VIII

SILVIA

SILVIA. Je frissonne encore de ce que je lui ai entendu dire ; avec quelle impudence les domestiques ne nous traitent-ils pas dans leur esprit ? Comme ces gens-là vous dégradent ! Je ne saurais m'en remettre, je n'oserais songer aux termes dont elle s'est servie, ils me font toujours peur. Il s'agit d'un valet : ah l'étrange chose ! Écartons l'idée dont cette insolente est venue me noircir l'imagination. Voici Bourguignon, voilà cet objet en question pour lequel je m'emporte ; mais ce n'est pas sa faute, le pauvre garçon, et je ne dois pas m'en prendre à lui[1].

---

1. Cette scène et celle qui la précède ont aggravé le trouble de Silvia. La scène IX, scène centrale de l'acte II, commence sur un degré de tension bien plus élevé que la scène VIII de l'acte I. On peut d'ailleurs admettre que d'autres rencontres en coulisse entre Dorante et Silvia ont eu lieu avant la scène VI du présent acte.

Scène IX

DORANTE, SILVIA

DORANTE. Lisette, quelque éloignement que tu aies pour moi, je suis forcé de te parler, je crois que j'ai à me plaindre de toi.

SILVIA. Bourguignon, ne nous tutoyons plus, je t'en prie.

DORANTE. Comme tu voudras.

SILVIA. Tu n'en fais pourtant rien.

DORANTE. Ni toi non plus, tu me dis : je t'en prie.

SILVIA. C'est que cela m'est échappé.

DORANTE. Eh bien, crois-moi, parlons comme nous pourrons ; ce n'est pas la peine de nous gêner pour le peu de temps que nous avons à nous voir.

SILVIA. Est-ce que ton maître s'en va ? Il n'y aurait pas grande perte.

DORANTE. Ni à moi[1] non plus, n'est-il pas vrai ? J'achève ta pensée.

SILVIA. Je l'achèverais bien moi-même si j'en avais envie : mais je ne songe pas à toi.

DORANTE. Et moi, je ne te perds point de vue.

SILVIA. Tiens, Bourguignon, une bonne fois pour toutes, demeure, va-t'en, reviens, tout cela doit m'être indifférent, et me l'est en effet, je ne te veux ni bien ni mal, je ne te hais, ni ne t'aime, ni ne t'aimerai, à moins que l'esprit ne me tourne. Voilà mes dispositions, ma raison ne m'en permet point d'autres, et je devrais me dispenser de te le dire.

DORANTE. Mon malheur est inconcevable, tu m'ôtes peut-être tout le repos de ma vie.

SILVIA. Quelle fantaisie il s'est allé mettre dans l'esprit ! Il me fait de la peine : reviens à toi ; tu me parles, je te réponds, c'est beaucoup, c'est trop même, tu peux m'en croire, et si tu étais instruit, en vérité, tu serais content de moi, tu me trouverais d'une bonté sans exemple, d'une bonté que je blâmerais dans une autre. Je ne me la reproche pourtant pas, le fond de mon cœur me rassure, ce que je fais est louable, c'est par générosité que je te parle ; mais il ne faut pas que cela dure, ces générosités-là ne sont bonnes qu'en passant, et je ne suis pas *faite pour me rassurer toujours sur l'innocence de mes intentions ; à la fin, cela ne ressemblerait plus à rien.

---

1. Construction libre, en accord avec le ton très spontané de la pièce. Comprendre : « Il n'y aurait pas grande perte en ce qui me concerne, si je partais. »

Ainsi finissons, Bourguignon ; finissons je t'en prie ; qu'est-ce que cela signifie ? c'est se moquer, allons, qu'il n'en soit plus parlé.

DORANTE. Ah, ma chère Lisette, que je souffre !

SILVIA. Venons à ce que tu voulais me dire ; tu te plaignais de moi quand tu es entré, de quoi était-il question ?

DORANTE. De rien, d'une bagatelle, j'avais envie de te voir, et je crois que je n'ai pris qu'un prétexte.

SILVIA, *à part*. Que dire à cela ? Quand je m'en fâcherais, il n'en serait ni plus ni moins.

DORANTE. Ta maîtresse en partant a paru m'accuser de t'avoir parlé au désavantage de mon maître.

SILVIA. Elle se l'imagine, et si elle t'en parle encore, tu peux nier hardiment, je me charge du reste.

DORANTE. Eh, ce n'est pas cela qui m'occupe !

SILVIA. Si tu n'as que cela à me dire, nous n'avons plus que faire ensemble.

DORANTE. Laisse-moi du moins le plaisir de te voir.

SILVIA. Le beau motif qu'il me fournit là ! J'*amuserai la passion de Bourguignon ! Le souvenir de tout ceci me fera bien rire un jour.

DORANTE. Tu me railles, tu as raison, je ne sais ce que je dis, ni ce que je te demande. Adieu.

SILVIA. Adieu, tu prends le bon parti... Mais, à propos de tes adieux, il me reste encore une chose à savoir : vous partez, m'as-tu dit, cela est-il sérieux ?

DORANTE. Pour moi, il faut que je parte, ou que la tête me tourne.

SILVIA. Je ne t'arrêtais pas pour cette réponse-là, par exemple.

DORANTE. Et je n'ai fait qu'une faute, c'est de n'être pas parti dès que je t'ai vue.

SILVIA, *à part*. J'ai besoin à tout moment d'oublier que je l'écoute.

DORANTE. Si tu savais, Lisette, l'état où je me trouve...

SILVIA. Oh, il n'est pas si curieux à savoir que le mien, je t'en assure.

DORANTE. Que peux-tu me reprocher ? Je ne me propose pas de te rendre sensible.

SILVIA, *à part*. Il ne faudrait pas s'y fier.

DORANTE. Et que pourrais-je espérer en tâchant de me faire aimer ? hélas ! quand même j'aurais ton cœur...

SILVIA. Que le Ciel m'en préserve ! quand tu l'aurais, tu ne le saurais pas, et je ferais si bien que je ne le saurais pas moi-même : tenez, quelle idée il lui vient là !

DORANTE. Il est donc bien vrai que tu ne me hais, ni ne m'aimes, ni ne m'aimeras ?

SILVIA. Sans difficulté.

DORANTE. Sans difficulté ! Qu'ai-je donc de si affreux ?

SILVIA. Rien, ce n'est pas là ce qui te nuit.

DORANTE. Eh bien, chère Lisette, dis-le-moi cent fois, que tu ne m'aimeras point.

SILVIA. Oh, je te l'ai assez dit, tâche de me croire.

DORANTE. Il faut que je le croie ! Désespère une passion dangereuse, sauve-moi des effets que j'en crains ; tu ne me hais, ni ne m'aimes, ni ne m'aimeras ! accable mon cœur de cette certitude-là. J'agis de bonne foi, donne-moi du secours contre moi-même, il m'est nécessaire, je te le demande à genoux. *(Il se jette à genoux. Dans ce moment, M. Orgon et Mario entrent et ne disent mot.)*

SILVIA. Ah, nous y voilà ! il ne manquait plus que cette *façon-là à mon aventure ; que je suis malheureuse ! c'est ma facilité qui le place là ; lève-toi donc. Bourguignon, je t'en conjure ; il peut venir quelqu'un. Je dirai ce qu'il te plaira, que me veux-tu ? je ne te hais point, lève-toi, je t'aimerais si je pouvais, tu ne me déplais point, cela doit te suffire.

DORANTE. Quoi ! Lisette, si je n'étais pas ce que je suis, si j'étais riche, d'une condition *honnête, et que je t'aimasse autant que je t'aime, ton cœur n'aurait point de répugnance pour moi ?

SILVIA. Assurément.

DORANTE. Tu ne me haïrais pas, tu me souffrirais ?

SILVIA. Volontiers, mais lève-toi.

DORANTE. Tu parais le dire sérieusement ; et si cela est, ma raison est perdue.

SILVIA. Je dis ce que tu veux, et tu ne te lèves point.

Scène X

MONSIEUR ORGON, MARIO, SILVIA, DORANTE

MONSIEUR ORGON [1]. C'est bien dommage de vous interrompre, cela va à merveille, mes enfants, courage !

---

1. Comme le remarque encore M. Meyer, cette suspension de la scène entre Dorante et Silvia par l'arrivée de M. Orgon et de Mario n'est pas un simple artifice de composition. Sans cette arrivée, la scène précédente ne pouvait se dénouer que par des aveux réciproques, mais ceux-ci auraient été

SILVIA. Je ne saurais empêcher ce garçon de se mettre à genoux, Monsieur, je ne suis pas en état de lui en imposer, je pense.

MONSIEUR ORGON. Vous vous convenez parfaitement bien tous deux ; mais j'ai à te dire un mot, Lisette, et vous reprendrez votre conversation quand nous serons partis : vous le voulez bien, Bourguignon ?

DORANTE. Je me retire, Monsieur.

MONSIEUR ORGON. Allez, et tâchez de parler de votre maître avec un peu plus de ménagement que vous ne faites.

DORANTE. Moi, Monsieur !

MARIO. Vous-même, *mons Bourguignon ; vous ne brillez pas trop dans le respect que vous avez pour votre maître, dit on.

DORANTE. Je ne sais ce qu'on veut dire.

MONSIEUR ORGON. Adieu, adieu ; vous vous justifierez une autre fois.

Scène XI

SILVIA, MARIO, MONSIEUR ORGON

MONSIEUR ORGON. Eh, bien, Silvia, vous ne nous regardez pas, vous avez l'air tout embarrassé.

SILVIA. Moi, mon père ! et où serait le motif de mon embarras ? Je suis, grâce au Ciel, comme à mon ordinaire ; je suis fâchée de vous dire que c'est une idée.

MARIO. Il y a quelque chose, ma sœur, il y a quelque chose.

SILVIA. Quelque chose dans votre tête, à la bonne heure, mon frère ; mais, *pour dans la mienne, il n'y a que l'étonnement de ce que vous dites.

MONSIEUR ORGON. C'est donc ce garçon qui vient de sortir qui t'inspire cette extrême antipathie que tu as pour son maître ?

SILVIA. Qui ? le domestique de Dorante ?

MONSIEUR ORGON. Oui, le galant Bourguignon.

SILVIA. Le galant Bourguignon, dont je ne savais pas l'épithète, ne me parle pas de lui.

MONSIEUR ORGON. Cependant, on prétend que c'est lui qui le *détruit auprès de toi, et c'est sur quoi j'étais bien aise de te parler.

SILVIA. Ce n'est pas la peine, mon père, et personne au monde que son maître ne m'a donné l'aversion naturelle que j'ai pour lui.

---

acquis sous le coup du trouble et de l'émotion. Or, les personnages doivent ici agir en pleine lucidité.

MARIO. Ma foi, tu as beau dire, ma sœur, elle est trop forte pour être si naturelle, et quelqu'un y a aidé.

SILVIA, *avec vivacité*. Avec quel air mystérieux vous me dites cela, mon frère ! Et qui est donc ce quelqu'un qui y a aidé ? Voyons.

MARIO. Dans quelle humeur es-tu, ma sœur, comme tu t'emportes !

SILVIA. C'est que je suis bien lasse de mon personnage, et je me serais déjà démasquée si je n'avais pas craint de fâcher mon père.

MONSIEUR ORGON. Gardez-vous-en bien, ma fille, je viens ici pour vous le recommander. Puisque j'ai eu la complaisance de vous permettre votre déguisement, il faut, s'il vous plaît, que vous ayez celle de suspendre votre jugement sur Dorante, et de voir si l'aversion qu'on vous a donnée pour lui est légitime.

SILVIA. Vous ne m'écoutez donc point, mon père ! Je vous dis qu'on ne me l'a point donnée.

MARIO. Quoi ! ce babillard qui vient de sortir ne t'a pas un peu dégoûtée de lui ?

SILVIA, *avec feu*. Que vos discours sont désobligeants ! M'a dégoûtée de lui, dégoûtée ! J'essuie des expressions bien étranges ; je n'entends plus que des choses inouïes, qu'un langage inconcevable ; j'ai l'air embarrassé, il y a quelque chose, et puis c'est le galant Bourguignon qui m'a dégoûtée, c'est tout ce qui vous plaira, mais je n'y entends rien.

MARIO. Pour le coup, c'est toi qui es étrange. À qui en as-tu donc ? D'où vient que tu es si fort sur le qui-vive, dans quelle idée nous soupçonnes-tu ?

SILVIA. Courage, mon frère, par quelle fatalité aujourd'hui ne pouvez-vous me dire un mot qui ne me choque ? Quel soupçon voulez-vous qui me vienne ? Avez-vous des visions ?

MONSIEUR ORGON. Il est vrai que tu es si agitée que je ne te reconnais point non plus. Ce sont apparemment ces *mouvements-là qui sont cause que Lisette nous a parlé comme elle a fait ; elle accusait ce valet de ne t'avoir pas entretenue à l'avantage de son maître, et Madame, nous a-t-elle dit, l'a défendu contre moi avec tant de colère, que j'en suis encore toute surprise, et c'est sur ce mot de surprise que nous l'avons querellée ; mais ces gens-là ne savent pas la conséquence d'un mot[1].

---

1. C'est le propre des personnages de Marivaux que de savoir la conséquence d'un mot, et tout le marivaudage est fondé sur cette connaissance.

SILVIA. L'impertinente ! y a-t-il rien de plus haïssable que cette fille-là ? J'avoue que je me suis fâchée par un esprit de justice pour ce garçon.

MARIO. Je ne vois point de mal à cela.

SILVIA. Y a-t-il rien de plus simple ? Quoi, parce que je suis équitable, que je veux qu'on ne nuise à personne, que je veux sauver un domestique du tort qu'on peut lui faire auprès de son maître, on dit que j'ai des emportements, des fureurs dont on est surprise : un moment après un mauvais esprit raisonne, il faut se fâcher, il faut la[1] faire taire, et prendre mon parti contre elle à cause de la conséquence de ce qu'elle dit ? Mon parti ! J'ai donc besoin qu'on me défende, qu'on me justifie ? On peut donc mal interpréter ce que je fais ? Mais que fais-je ? de quoi m'accuse-t-on ? Instruisez-moi, je vous en conjure ; cela est-il sérieux, me joue-t-on, se moque-t-on de moi ? Je ne suis pas tranquille.

MONSIEUR ORGON. Doucement donc.

SILVIA. Non, Monsieur, il n'y a point de douceur qui tienne. Comment donc, des surprises, des conséquences ! Eh qu'on s'explique, que veut-on dire ? On accuse ce valet, et on a tort ; vous vous trompez tous, Lisette est une folle, il est innocent, et voilà qui est fini ; pourquoi donc m'en reparler encore ? Car je suis outrée !

MONSIEUR ORGON. Tu te retiens, ma fille, tu aurais grande envie de me quereller aussi ; mais faisons mieux, il n'y a que ce valet qui est suspect ici, Dorante n'a qu'à le chasser.

SILVIA. Quel malheureux déguisement ! Surtout que Lisette ne m'approche pas, je la hais plus que Dorante.

MONSIEUR ORGON. Tu la verras si tu veux, mais tu dois être charmée que ce garçon s'en aille, car il t'aime, et cela t'importune assurément.

SILVIA. Je n'ai point à m'en plaindre, il me prend pour une suivante, et il me parle sur ce ton-là ; mais il ne me dit pas ce qu'il veut, j'y mets bon ordre.

MARIO. Tu n'en es pas tant la maîtresse que tu le dis bien.

MONSIEUR ORGON. Ne l'avons-nous pas vu se mettre à genoux malgré toi ? N'as-tu pas été obligée, pour le faire lever, de lui dire qu'il ne te déplaisait pas ?

SILVIA, *à part*. J'étouffe.

---

1. Accord suivant le sens, caractéristique, encore une fois, du ton adopté dans la pièce.

MARIO. Encore a-t-il fallu, quand il t'a demandé si tu l'aimerais, que tu aies tendrement ajouté : volontiers, sans quoi il y serait encore.

SILVIA. L'heureuse apostille, mon frère ! mais comme l'action m'a déplu, la répétition[1] n'en est pas aimable. Ah çà, parlons sérieusement, quand finira la comédie que vous donnez sur mon compte ?

MONSIEUR ORGON. La seule chose que j'exige de toi, ma fille, c'est de ne te déterminer à le refuser qu'avec connaissance de cause ; attends encore, tu me remercieras du délai que je demande, je t'en réponds.

MARIO. Tu épouseras Dorante, et même avec inclination, je te le prédis... Mais, mon père, je vous demande grâce pour le valet.

SILVIA. Pourquoi grâce ? et moi je veux qu'il sorte.

MONSIEUR ORGON. Son maître en décidera, allons-nous-en.

MARIO. Adieu, adieu ma sœur, sans rancune.

Scène XII

SILVIA, *seule* ; DORANTE, *qui vient peu après*

SILVIA. Ah, que j'ai le cœur serré ! Je ne sais ce qui se mêle à l'embarras où je me trouve, toute cette aventure-ci m'afflige, je me défie de tous les visages, je ne suis contente de personne, je ne le suis pas de moi-même[2].

DORANTE. Ah, je te cherchais, Lisette[3].

SILVIA. Ce n'était pas la peine de me trouver, car je te fuis, moi.

DORANTE, *l'empêchant de sortir*[4]. Arrête donc, Lisette, j'ai à te par-

---

1. Emploi audacieux de ce mot au sens de « reproduction par la parole ». On ne trouve rien de comparable dans les dictionnaires.   **2.** Ce petit monologue de Silvia a son précédent dans *Les Amants déguisés*, sous une forme plus verbeuse et moins dramatique : « Quel parti prendre dans une conjoncture si délicate, où il ne va pas moins que du malheur de ma vie, ou de la perte de ma fortune [...]. Hélas ! pour ce qui se passe dans mon cœur, je dois me le cacher à moi-même, et l'en arracher si je puis. Ciel ! que ne m'est-il permis d'aimer l'esprit et le mérite dénués des avantages de la fortune, et pourquoi faut-il que la folie des hommes ait attaché la noblesse au hasard de la fortune, et qu'elle n'en ait pas fait l'apanage de la vertu ? » Une fois de plus, Marivaux néglige les considérations sociales, qui tenaient une certaine place chez l'abbé Aunillon.   **3.** Depuis la fin de la scène IX, la tension a été maintenue du côté de Silvia. Dorante est plus calme, mais sa décision est prise, ainsi qu'il apparaît à son attitude. L'aveu qu'il va faire intervient donc dans une atmosphère dramatique.   **4.** L'indication scénique est introduite dans l'édition de 1732-1758.

ler pour la dernière fois, il s'agit d'une chose de conséquence qui regarde tes maîtres.

Silvia. Va la dire à eux-mêmes, je ne te vois jamais que tu ne me chagrines, laisse-moi.

Dorante. Je t'en offre autant ; mais écoute-moi, te dis-je, tu vas voir les choses bien changer de face, par ce que je te vais dire.

Silvia. Eh bien, parle donc, je t'écoute, puisqu'il est arrêté que ma complaisance pour toi sera éternelle.

Dorante. Me promets-tu le secret ?

Silvia. Je n'ai jamais trahi personne.

Dorante. Tu ne dois la confidence que je vais te faire qu'à l'estime que j'ai pour toi.

Silvia. Je le crois ; mais tâche de m'estimer sans me le dire, car cela sent le prétexte.

Dorante. Tu te trompes, Lisette : tu m'as promis le secret, achevons. Tu m'as vu dans de grands *mouvements, je n'ai pu me défendre de t'aimer.

Silvia. Nous y voilà ; je me défendrai bien de t'entendre, moi ; adieu.

Dorante. Reste, ce n'est plus Bourguignon qui te parle.

Silvia. Eh, qui es-tu donc ?

Dorante. Ah, Lisette ! c'est ici où tu vas juger des peines qu'a dû ressentir mon cœur.

Silvia. Ce n'est pas à ton cœur à qui je parle, c'est à toi.

Dorante. Personne ne vient-il ?

Silvia. Non.

Dorante. L'état où sont toutes les choses me force à te le dire, je suis trop honnête homme pour n'en pas arrêter le cours.

Silvia. Soit.

Dorante. Sache que celui qui est avec ta maîtresse n'est pas ce qu'on pense.

Silvia, *vivement*. Qui est-il donc ?

Dorante. Un valet.

Silvia. Après ?

Dorante. C'est moi qui suis Dorante.

Silvia, *à part*. Ah ! je vois clair dans mon cœur.

Dorante. Je voulais sous cet habit pénétrer un peu ce que c'était que ta maîtresse, avant de l'épouser. Mon père, en partant, me permit ce que j'ai fait, et l'*événement m'en paraît un songe : je hais la maîtresse dont je devais être l'époux, et j'aime la suivante qui ne devait trouver en moi qu'un nouveau maître. Que faut-il que je fasse à présent ? Je rougis pour elle de le dire, mais ta maîtresse a si peu de goût qu'elle est éprise de mon valet au point qu'elle l'épousera si on la laisse faire. Quel parti prendre ?

SILVIA, *à part*. Cachons-lui qui je suis... *(Haut.)* Votre situation est neuve assurément ! Mais, Monsieur, je vous fais d'abord mes excuses de tout ce que mes discours ont pu avoir d'irrégulier dans nos entretiens.

DORANTE, *vivement*. Tais-toi, Lisette ; tes excuses me chagrinent, elles [1] me rappellent la distance qui nous sépare, et ne me la rendent que plus douloureuse.

SILVIA. Votre penchant pour moi est-il si sérieux ? m'aimez-vous jusque-là ?

DORANTE. Au point de renoncer à tout engagement, puisqu'il ne m'est pas permis d'unir mon sort au tien ; et dans cet état, la seule douceur que je pouvais goûter, c'était de croire que tu ne me haïssais pas.

SILVIA. Un cœur qui m'a choisie dans la condition où je suis, est assurément bien digne qu'on l'accepte, et je le payerais volontiers du mien, si je ne craignais pas de le jeter dans un engagement qui lui ferait tort [2].

DORANTE. N'as-tu pas assez de charmes, Lisette ? y ajoutes-tu encore la noblesse avec laquelle tu me parles ?

SILVIA. J'entends quelqu'un, patientez encore sur l'article de votre valet, les choses n'iront pas si vite, nous nous reverrons, et nous chercherons les moyens de vous tirer d'affaire.

DORANTE. Je suivrai tes conseils. *(Il sort.)*

SILVIA. Allons, j'avais grand besoin que ce fût là Dorante [3].

---

1. L'édition originale porte ici *ils* pour *elles*. La correction est faite en 1732-1758. L'erreur remonte sans doute à Marivaux lui-même. Comme l'article *un* est dénasalisé à l'époque devant les mots à initiale vocalique, aucune différence phonétique n'existe entre *un amour* et *une amour*, *un excuse* et *une excuse*, etc. **2.** Dans la mesure où Silvia adopte ici une attitude contraire à ses sentiments spontanés, elle renonce du même coup, sans y songer, à la spontanéité de son langage. Le trait est digne de la finesse d'observation de Marivaux. **3.** Nous avons ici un de ces mots profonds, qui vont beaucoup plus loin que ne le pensent les personnages qui le prononcent.

Scène XIII

SILVIA, MARIO

MARIO. Je viens te retrouver, ma sœur : nous t'avons laissée dans des inquiétudes qui me touchent ; je veux t'en tirer, écoute-moi.

SILVIA, *vivement*. Ah vraiment, mon frère, il y a bien d'autres nouvelles !

MARIO. Qu'est-ce que c'est ?

SILVIA. Ce n'est point Bourguignon, mon frère, c'est Dorante.

MARIO. Duquel parlez-vous donc ?

SILVIA. De lui, vous dis-je, je viens de l'apprendre tout à l'heure, il sort, il me l'a dit lui-même

MARIO. Qui donc ?

SILVIA. Vous ne m'entendez donc pas ?

MARIO. Si j'y comprends rien, je veux mourir.

SILVIA. Venez, sortons d'ici, allons trouver mon père, il faut qu'il le sache ; j'aurai besoin de vous aussi, mon frère : il me vient de nouvelles idées, il faudra feindre de m'aimer, vous en avez déjà dit quelque chose en badinant ; mais surtout gardez bien le secret, je vous en prie...

MARIO. Oh je le garderai bien, car je ne sais ce que c'est.

SILVIA. Allons, mon frère, venez, ne perdons point de temps ; il n'est jamais rien arrivé d'égal à cela !

MARIO. Je prie le Ciel qu'elle n'extravague pas [1].

ACTE III

Scène première

DORANTE, ARLEQUIN

ARLEQUIN. Hélas, Monsieur, mon très honoré maître, je vous en conjure.

---

1. Suivant un principe de la dramaturgie classique, la fin de l'acte introduit une attente. On a vu dans l'Introduction comment se justifiait la suspension de l'aveu chez Silvia. Reste à obtenir une capitulation de Dorante. Mais pour que celle-ci soit vraisemblable, une certaine maturation est nécessaire. Telle est la fonction de l'entracte.

DORANTE. Encore [1] ?

ARLEQUIN. Ayez compassion de ma bonne aventure, ne portez point guignon à mon bonheur qui va son train si rondement, ne lui fermez point le passage.

DORANTE. Allons donc, misérable, je crois que tu te moques de moi ! Tu mériterais cent coups de bâton.

ARLEQUIN. Je ne les refuse point, si je les mérite ; mais quand je les aurai reçus, permettez-moi d'en mériter d'autres : voulez-vous que j'aille chercher le bâton ?

DORANTE. Maraud !

ARLEQUIN. Maraud, soit, mais cela n'est point contraire à faire fortune.

DORANTE. Ce coquin ! quelle imagination il lui prend !

ARLEQUIN. Coquin est encore bon, il me convient aussi : un maraud n'est point déshonoré d'être appelé coquin ; mais un coquin peut faire un bon mariage.

DORANTE. Comment, insolent, tu veux que je laisse un honnête homme dans l'erreur, et que je souffre que tu épouses sa fille sous mon nom ? Écoute, si tu me parles encore de cette impertinence-là, dès que j'aurai averti Monsieur Orgon de ce que tu es, je te chasse, entends-tu ?

ARLEQUIN. *Accommodons-nous : cette demoiselle m'adore, elle m'idolâtre ; si je lui dis mon état de valet, et que, nonobstant, son tendre cœur soit toujours friand de la noce avec moi, ne laisserez-vous pas jouer les violons ?

DORANTE. Dès qu'on te connaîtra, je ne m'en embarrasse plus.

ARLEQUIN. Bon, et je vais de ce pas prévenir cette généreuse personne sur mon habit de *caractère [2], j'espère que ce ne sera pas un galon de couleur qui nous brouillera ensemble, et que son amour me fera passer à la table en dépit du sort qui ne m'a mis qu'au buffet [3].

---

1. Comme le premier, ce troisième acte commence *in medias res*. On devine que Dorante, apparemment décidé à partir, a déjà opposé un refus à la prière d'Arlequin. **2.** L'expression *habit de caractère*, qui a gêné les commentateurs, désigne un habit de théâtre ou de carnaval représentant un « caractère » donné (Arlequin, Scaramouche, etc.) ; voir dans le Glossaire d'autres exemples contemporains. Ici, d'après la suite (cf. le « galon de couleur »), cette locution désigne la livrée de valet d'Arlequin. **3.** L'idée de cette antithèse peut venir de Regnard. Cf. ce passage du rôle de Pasquin dans *Attendez-moi sous l'orme*, scène I : « Je suis las enfin d'avoir de la condescendance pour vos débauches et de m'enivrer au buffet pendant que vous vous enivrez à la table. »

Scène II

DORANTE *seul, et ensuite* MARIO

DORANTE. Tout ce qui se passe ici, tout ce qui m'y est arrivé à moi-même est incroyable... Je voudrais pourtant bien voir Lisette, et savoir le succès de ce qu'elle m'a promis de faire auprès de sa maîtresse pour me tirer d'embarras. Allons voir si je pourrai la trouver seule.

MARIO. Arrêtez, Bourguignon, j'ai un mot à vous dire.

DORANTE. Qu'y a-t-il pour votre service, Monsieur ?

MARIO. Vous en contez à Lisette ?

DORANTE. Elle est si aimable, qu'on aurait de la peine à ne lui pas parler d'amour.

MARIO. Comment reçoit-elle ce que vous lui dites ?

DORANTE. Monsieur, elle en badine.

MARIO. Tu as de l'esprit, ne fais-tu pas l'hypocrite ?

DORANTE. Non ; mais qu'est-ce que cela vous fait ? Supposez que Lisette eût du *goût pour moi...

MARIO. Du goût pour lui ! où prenez-vous vos termes ? Vous avez le langage bien précieux pour un garçon de votre espèce.

DORANTE. Monsieur, je ne saurais parler autrement.

MARIO. C'est apparemment avec ces petites délicatesses-là que vous attaquez Lisette ; cela imite l'homme de condition.

DORANTE. Je vous assure, Monsieur, que je n'imite personne ; mais sans doute que vous ne venez pas exprès pour me traiter de *ridicule, et vous aviez autre chose à me dire, nous parlions de Lisette, de mon inclination pour elle et de l'intérêt que vous y prenez.

MARIO. Comment, morbleu ! il y a déjà un ton de jalousie dans ce que tu me réponds ; modère-toi un peu. Eh bien, tu me disais qu'en supposant que Lisette eût du goût pour toi... Après ?

DORANTE. Pourquoi faudrait-il que vous le sussiez, Monsieur ?

MARIO. Ah, le voici : c'est que malgré le ton badin que j'ai pris tantôt, je serais très fâché qu'elle t'aimât ; c'est que sans autre raisonnement, je te défends de t'adresser davantage à elle ; non pas dans le fond que je craigne qu'elle t'aime, elle me paraît avoir le cœur trop haut pour cela, mais c'est qu'il me déplaît à moi d'avoir Bourguignon pour rival.

DORANTE. Ma foi, je vous crois, car Bourguignon, tout Bourguignon qu'il est, n'est pas même content que vous soyez le sien.

MARIO. Il prendra patience.

DORANTE. Il faudra bien ; mais Monsieur, vous l'aimez donc beaucoup ?

MARIO. Assez pour m'attacher sérieusement à elle, dès que j'aurai pris de certaines mesures ; comprends-tu ce que cela signifie ?

DORANTE. Oui, je crois que je suis au fait ; et sur ce pied-là vous êtes aimé sans doute ?

MARIO. Qu'en penses-tu ? Est-ce que je ne vaux pas la peine de l'être ?

DORANTE. Vous ne vous attendez pas à être loué par vos propres rivaux, peut-être ?

MARIO. La réponse est de bon sens, je te la pardonne ; mais je suis bien mortifié de ne pouvoir pas dire qu'on m'aime, et je ne le dis pas pour t'en rendre compte, comme tu le crois bien, mais c'est qu'il faut dire la vérité.

DORANTE. Vous m'étonnez, Monsieur, Lisette ne sait donc pas vos desseins ?

MARIO. Lisette sait tout le bien que je lui veux, et n'y paraît pas sensible ; mais j'espère que la raison me gagnera son cœur. Adieu, retire-toi sans bruit. Son indifférence pour moi, malgré tout ce que je lui offre, doit te consoler du sacrifice que tu me feras... Ta livrée n'est pas propre à faire pencher la balance en ta faveur, et tu n'es pas *fait pour lutter contre moi.

Scène III

SILVIA, DORANTE, MARIO

MARIO. Ah, te voilà, Lisette ?

SILVIA. Qu'avez-vous, Monsieur, vous me paraissez ému ?

MARIO. Ce n'est rien, je disais un mot à Bourguignon.

SILVIA. Il est triste, est-ce que vous le querelliez ?

DORANTE. Monsieur m'apprend qu'il vous aime, Lisette.

SILVIA. Ce n'est pas ma faute.

DORANTE. Et me défend de vous aimer.

SILVIA. Il me défend donc de vous paraître aimable ?

MARIO. Je ne saurais empêcher qu'il ne t'aime, belle Lisette, mais je ne veux pas qu'il te le dise.

SILVIA. Il ne me le dit plus, il ne fait que me le répéter.

MARIO. Du moins ne te le répétera-t-il pas quand je serai présent ; retirez-vous, Bourguignon.

DORANTE. J'attends qu'elle me l'ordonne.

MARIO. Encore ?

SILVIA. Il dit qu'il attend, ayez donc patience.

DORANTE. Avez-vous de l'inclination pour Monsieur ?

SILVIA. Quoi, de l'amour ? oh, je crois qu'il ne sera pas nécessaire qu'on me le défende.

DORANTE. Ne me trompez-vous pas ?

MARIO. En vérité, je joue ici un joli personnage ; qu'il sorte donc. À qui est-ce que je parle ?

DORANTE. À Bourguignon, voilà tout.

MARIO. Eh bien, qu'il s'en aille !

DORANTE, *à part* Je souffre.

SILVIA. Cédez, puisqu'il se fâche.

DORANTE, *bas à Silvia*. Vous ne demandez peut-être pas mieux ?

MARIO. Allons, finissons.

DORANTE. Vous ne m'aviez pas dit cet amour-là, Lisette [1].

Scène IV

MONSIEUR ORGON, MARIO, SILVIA

SILVIA. Si je n'aimais pas cet homme-là, avouons que je serais bien ingrate.

MARIO, *riant*. Ha ! ha ! ha ! ha !

MONSIEUR ORGON. De quoi riez-vous, Mario ?

MARIO. De la colère de Dorante qui sort, et que j'ai obligé de quitter Lisette.

SILVIA. Mais que vous a-t-il dit dans le petit entretien que vous avez eu tête à tête avec lui ?

MARIO. Je n'ai jamais vu d'homme ni plus *intrigué ni de plus mauvaise humeur.

MONSIEUR ORGON. Je ne suis pas fâché qu'il soit la dupe de son propre stratagème, et d'ailleurs, à le bien prendre il n'y a rien de si flatteur ni de plus obligeant pour lui que tout ce que tu as fait jusqu'ici, ma fille ; mais en voilà assez.

MARIO. Mais où en est-il précisément, ma sœur ?

---

1. Un nouveau ressort psychologique est tendu pour précipiter l'aveu de Dorante : le dépit. Du point de vue dramaturgique, la sortie de Dorante se justifie par son agitation : il a peur de se laisser emporter, il a besoin de se ressaisir.

SILVIA. Hélas, mon frère, je vous avoue que j'ai lieu d'être contente.

MARIO. Hélas, mon frère, me dit-elle ! Sentez-vous cette paix douce qui se mêle à ce qu'elle dit ?

MONSIEUR ORGON. Quoi, ma fille, tu espères qu'il ira jusqu'à t'offrir sa main dans le déguisement où te voilà ?

SILVIA. Oui, mon cher père, je l'espère[1].

MARIO. Friponne que tu es, avec ton cher père ! tu ne nous grondes plus à présent, tu nous dis des douceurs.

SILVIA. Vous ne me passez rien.

MARIO. Ha ! ha ! je prends ma revanche ; tu m'as tantôt chicané sur mes expressions, il faut bien à mon tour que je badine un peu sur les tiennes ; ta joie est bien aussi divertissante que l'était ton inquiétude.

MONSIEUR ORGON. Vous n'aurez point à vous plaindre de moi, ma fille, j'acquiesce à tout ce qui[2] vous plaît.

SILVIA. Ah, Monsieur, si vous saviez combien je vous aurai d'obligation ! Dorante et moi, nous sommes destinés l'un à l'autre, il doit m'épouser ; si vous saviez combien je lui tiendrai compte de ce qu'il fait aujourd'hui pour moi, combien mon cœur gardera le souvenir de l'excès de tendresse qu'il me montre ! si vous saviez combien tout ceci va rendre notre union aimable ! Il ne pourra jamais se rappeler notre histoire sans m'aimer, je n'y songerai jamais que je ne l'aime, vous avez fondé notre bonheur pour la vie, en me laissant faire ; c'est un mariage unique ; c'est une aventure dont le seul récit est attendrissant ; c'est le coup de hasard le plus singulier, le plus heureux, le plus...

MARIO. Ha ! ha ! ha ! que ton cœur a de caquet, ma sœur, quelle éloquence !

MONSIEUR ORGON. Il faut convenir que le régal que tu te donnes est charmant, surtout si tu achèves.

SILVIA. Cela *vaut fait, Dorante est vaincu, j'attends mon captif.

MARIO. Ses fers seront plus dorés qu'il ne pense ; mais je lui crois l'âme en peine, et j'ai pitié de ce qu'il souffre.

SILVIA. Ce qui lui en coûte à se déterminer ne me le rend que plus estimable : il pense qu'il chagrinera son père en m'épousant, il croit trahir sa fortune et sa naissance. Voilà de grands sujets de réflexions : je serai charmée de triompher. Mais il faut que j'arrache ma victoire,

---

1. Le problème est clairement posé pour les spectateurs.   2. La confusion phonétique et orthographique entre *qui* et *qu'il* est courante à l'époque.

et non pas qu'il me la donne : je veux un combat entre l'amour et la raison.

MARIO. Et que la raison y périsse ?

MONSIEUR ORGON. C'est-à-dire que tu veux qu'il sente toute l'étendue de l'impertinence qu'il croira faire : quelle insatiable vanité d'amour-propre !

MARIO. Cela, c'est l'amour-propre d'une femme, et il est tout au plus uni[1].

Scène V

MONSIEUR ORGON, SILVIA, MARIO, LISETTE

MONSIEUR ORGON. Paix, voici Lisette : voyons ce qu'elle nous veut.

LISETTE. Monsieur, vous m'avez dit tantôt que vous m'abandonniez Dorante, que vous livriez sa tête à ma discrétion ; je vous ai pris au mot, j'ai travaillé comme pour moi, et vous verrez de l'ouvrage bien fait[2], allez, c'est une tête bien *conditionnée. Que voulez-vous que j'en fasse à présent, Madame me la cède-t-elle ?

MONSIEUR ORGON. Ma fille, encore une fois, n'y prétendez-vous rien ?

SILVIA. Non, je te la donne, Lisette, je te remets tous mes droits, et pour dire comme toi, je ne prendrai jamais de part à un cœur que je n'aurai pas conditionné moi-même.

LISETTE. Quoi ! vous voulez bien que je l'épouse, Monsieur le veut bien aussi ?

MONSIEUR ORGON. Oui, qu'il *s'accommode, pourquoi t'aime-t-il ?

MARIO. J'y consens aussi, moi.

LISETTE. Moi aussi, et je vous en remercie tous.

MONSIEUR ORGON. Attends, j'y mets pourtant une petite restriction ; c'est qu'il faudrait, pour nous disculper de ce qui arrivera, que tu lui dises un peu qui tu es.

---

1. « C'est (dans le cas présent) le plus uni qui soit. » Mario veut dire que l'amour-propre de la plupart des femmes est plus exigeant que celui de Silvia. — Noter la forme du superlatif *au plus*, dont on trouve l'équivalent en allemand. Quant au mot *uni*, il est fréquent à l'époque au sens de « simple, sans façon ». (*Dictionnaire de l'Académie*, et voir le Glossaire.) Ici, il équivaut plutôt à « commun, courant, sans prétention particulière ». **2.** Texte de 1732-1758. L'édition originale a *faite*. Le féminin s'explique par l'initiale vocalique du mot et subsiste jusqu'à nos jours dans la langue populaire (« c'est de la belle ouvrage »).

LISETTE. Mais si je le lui dis un peu, il le saura tout à fait.

MONSIEUR ORGON. Eh bien, cette tête en si bon état ne soutiendra-t-elle pas cette secousse-là ? Je ne le crois pas de caractère à s'effaroucher là-dessus.

LISETTE. Le voici qui me cherche, ayez donc la bonté de me laisser le champ libre, il s'agit ici de mon chef-d'œuvre.

MONSIEUR ORGON. Cela est juste, retirons-nous.

SILVIA. De tout mon cœur.

MARIO. Allons.

Scène VI
LISETTE, ARLEQUIN

ARLEQUIN. Enfin, ma reine, je vous vois et je ne vous quitte plus, car j'ai trop *pâti d'avoir manqué de votre présence, et j'ai cru que vous esquiviez la mienne [1].

LISETTE. Il faut vous avouer, Monsieur, qu'il en était quelque chose.

ARLEQUIN. Comment donc, ma chère âme, élixir de mon cœur, avez-vous entrepris la fin de ma vie ?

LISETTE. Non, mon cher, la durée m'en est trop précieuse.

ARLEQUIN. Ah, que ces paroles me fortifient !

LISETTE. Et vous ne devez point douter de ma tendresse.

ARLEQUIN. Je voudrais bien pouvoir baiser ces petits mots-là, et les cueillir sur votre bouche avec la mienne [2].

LISETTE. Mais vous me pressiez sur notre mariage, et mon père ne m'avait pas encore permis de vous répondre ; je viens de lui parler, et j'ai son aveu pour vous dire que vous pouvez lui demander ma main quand vous voudrez.

ARLEQUIN. Avant que je la demande à lui, souffrez que je la demande à vous ; je veux lui rendre mes grâces de la charité qu'elle aura de vouloir bien entrer dans la mienne qui en est véritablement indigne.

---

1. On a encore ici le ton de l'ancien théâtre italien. Comparer chez l'Arlequin de *L'Avocat pour et contre*, acte I, sc. x : « Quel outrage, ma Princesse ! mon cœur peut-il être sensible à la joie, du moment qu'il vous perd de vue ? »
2. On a vu que le *Mercure* donnait cette réplique comme un exemple des passages « très jolis » du rôle d'Arlequin. Comparée au ton habituel des personnages de Marivaux, elle nous paraît, à nous, franchement burlesque.

LISETTE. Je ne refuse pas de vous la prêter un moment, à condition que vous la prendrez pour toujours.

ARLEQUIN. Chère petite main rondelette et potelée, je vous prends sans marchander, je ne suis pas en peine de l'honneur que vous me ferez, il n'y a que celui que je vous rendrai qui m'inquiète.

LISETTE. Vous m'en rendrez plus qu'il ne m'en faut.

ARLEQUIN. Ah que nenni, vous ne savez pas cette arithmétique-là aussi bien que moi.

LISETTE. Je regarde pourtant votre amour comme un présent du Ciel.

ARLEQUIN. Le présent qu'il vous a fait ne le ruinera pas, il est bien mesquin.

LISETTE. Je ne le trouve que trop magnifique.

ARLEQUIN. C'est que vous ne le voyez pas au grand jour.

LISETTE. Vous ne sauriez croire combien votre modestie m'embarrasse.

ARLEQUIN. Ne faites point dépense d'embarras ; je serais bien effronté, si je n'étais modeste.

LISETTE. Enfin, Monsieur, faut-il vous dire que c'est moi que votre tendresse honore ?

ARLEQUIN. Ahi ! ahi ! je ne sais plus où me mettre.

LISETTE. Encore une fois, Monsieur, je me connais.

ARLEQUIN. Hé, je me connais bien aussi, et je n'ai pas là une fameuse connaissance, ni vous non plus, quand vous l'aurez faite ; mais c'est là le diable que de me connaître, vous ne vous attendez pas au fond du sac.

LISETTE, *à part.* Tant d'abaissement n'est pas naturel. *(Haut.)* *D'où vient me dites-vous cela ?

ARLEQUIN. Et voilà où gît le lièvre.

LISETTE. Mais encore ? Vous m'inquiétez : est-ce que vous n'êtes pas ?...

ARLEQUIN. Ahi ! ahi ! vous m'ôtez ma couverture.

LISETTE. Sachons de quoi il s'agit ?

ARLEQUIN, *à part.* Préparons un peu cette affaire-là... *(Haut.)* Madame, votre amour est-il d'une constitution bien robuste, soutiendra-t-il bien la fatigue que je vais lui donner, un mauvais gîte lui fait-il peur ? Je vais le loger petitement.

LISETTE. Ah, tirez-moi d'inquiétude ! En un mot, qui êtes-vous ?

ARLEQUIN. Je suis... N'avez-vous jamais vu de fausse monnaie ?

Savez-vous ce que c'est qu'un louis d'or faux ? Eh bien, je ressemble assez à cela.

LISETTE. Achevez donc, quel est votre nom ?

ARLEQUIN. Mon nom ? *(À part.)* Lui dirai-je que je m'appelle Arlequin ? Non ; cela rime trop avec coquin.

LISETTE. Eh bien ?

ARLEQUIN. Ah dame, il y a un peu à *tirer ici ! Haïssez-vous la qualité de soldat ?

LISETTE. Qu'appelez-vous un soldat ?

ARLEQUIN. Oui, par exemple, un soldat d'antichambre.

LISETTE. Un soldat d'antichambre ! Ce n'est donc point Dorante à qui je parle enfin ?

ARLEQUIN. C'est lui qui est mon capitaine [1].

LISETTE. Faquin !

ARLEQUIN, *à part*. Je n'ai pu éviter la rime [2].

LISETTE. Mais voyez ce magot, tenez !

ARLEQUIN, *à part*. La jolie culbute que je fais là !

LISETTE. Il y a une heure que je lui demande grâce, et que je m'épuise en humilités pour cet animal-là !

ARLEQUIN. Hélas, Madame, si vous préfériez l'amour à la *gloire, je vous ferais bien autant de profit qu'un monsieur.

LISETTE, *riant*. Ah ! ah ! ah ! je ne saurais pourtant m'empêcher d'en rire, avec sa gloire, et il n'y a plus que ce parti-là à prendre... Va, va, ma gloire te pardonne, elle est de bonne composition.

ARLEQUIN. Tout de bon, charitable dame ? Ah, que mon amour vous promet de reconnaissance !

---

1. Ce passage pourrait contenir une réminiscence de Regnard. Cf. : « *Colombine :* Sans trop de curiosité, peut-on vous demander combien de temps vous avez été dans le service ? *Arlequin :* Dix ans. *Colombine :* En Flandre ou en Allemagne ? *Arlequin :* J'ai été trois ans chevalier du Guet, après avoir servi volontaire dans le régiment de l'Arc-en-Ciel. *Colombine :* Je n'ai jamais ouï parler de ce régiment-là. *Arlequin :* C'est pourtant un des gros régiments du royaume : les soldats y sont tantôt fantassins et tantôt carrossiers, et sont habillés de rouge, de vert et de jaune, suivant la fantaisie des capitaines. *Colombine :* Je commence à avoir à présent quelque teinture de votre régiment. » (*La Foire Saint-Germain*, acte I, sc. VIII.)   **2.** L'idée de cette plaisanterie fameuse vient peut-être, chez Marivaux, d'un souvenir de *L'Antre de Trophonius*, opéra-comique de Piron (1722). Scaramouche et Arlequin font des vers : « *Scaramouche :* Ici prend Scaramouche, ici prend Arlequin. À toi la balle, fais le troisième [vers], je ne sais pas rimer. *Arlequin :* Le premier un grand fourbe. *Scaramouche :* Et l'autre un grand coquin. *Arlequin :* Et tu dis que tu ne sais pas rimer ? » (*Œuvres de Piron*, éd. Rigolley de Juvisy, 9 vol., tome IV, p. 57.)

LISETTE. Touche là, Arlequin ; je suis prise pour dupe : le soldat d'antichambre de Monsieur vaut bien la coiffeuse de Madame.

ARLEQUIN. La coiffeuse de Madame !

LISETTE. C'est mon capitaine ou l'équivalent.

ARLEQUIN. *Masque !

LISETTE. Prends ta revanche.

ARLEQUIN. Mais voyez cette *magotte, avec qui, depuis une heure, j'entre en confusion de ma misère !

LISETTE. Venons au fait ; m'aimes-tu ?

ARLEQUIN. Pardi oui, en changeant de nom, tu n'as pas changé de visage, et tu sais bien que nous nous sommes promis fidélité en dépit de toutes les fautes d'orthographe.

LISETTE. Va, le mal n'est pas grand, consolons-nous ; ne faisons semblant de rien, et n'*apprêtons point à rire. Il y a apparence que ton maître est encore dans l'erreur à l'égard de ma maîtresse, ne l'avertis de rien, laissons les choses comme elles sont : je crois que le voici qui entre. Monsieur, je suis votre servante.

ARLEQUIN. Et moi votre valet, Madame. *(Riant.)* Ha ! ha ! ha !

Scène VII

DORANTE, ARLEQUIN

DORANTE. Eh bien, tu quittes la fille d'Orgon, lui as-tu dit qui tu étais ?

ARLEQUIN. Pardi oui, la pauvre enfant, j'ai trouvé son cœur plus doux qu'un agneau, il n'a pas soufflé. Quand je lui ai dit que je m'appelais Arlequin, et que j'avais un habit d'ordonnance : Eh bien mon ami, m'a-t-elle dit, chacun a son nom dans la vie, chacun a son habit, le vôtre ne vous coûte rien, cela ne laisse pas que d'être gracieux.

DORANTE. Quelle sotte histoire[1] me contes-tu là ?

ARLEQUIN. Tant y a que je vais la demander en mariage.

DORANTE. Comment, elle consent à t'épouser ?

ARLEQUIN. La voilà bien malade.

DORANTE. Tu m'en *imposes, elle ne sait pas qui tu es.

ARLEQUIN. Par la ventrebleu, voulez-vous gager que je l'épouse avec

---

1. Texte de l'édition originale et de plusieurs éditions anciennes (1790-1804). À la suite de l'édition de 1732-1758, les éditions modernes portent, à tort : *quelle sorte d'histoire.*

la *casaque sur le corps, avec une *souguenille, si vous me fâchez ? Je veux bien que vous sachiez qu'un amour de ma façon n'est point sujet à la casse, que je n'ai pas besoin de votre *friperie pour pousser ma pointe, et que vous n'avez qu'à me rendre la mienne.

DORANTE. Tu es un fourbe, cela n'est pas concevable, et je vois bien qu'il faudra que j'avertisse Monsieur Orgon.

ARLEQUIN. Qui ? notre père ? Ah, le bon homme, nous l'avons dans notre manche ; c'est le meilleur humain, la meilleure pâte d'homme !... Vous m'en direz des nouvelles.

DORANTE. Quel extravagant ! As-tu vu Lisette ?

ARLEQUIN. Lisette ! non ; peut-être a-t-elle passé devant mes yeux, mais un *honnête homme ne prend pas garde à une chambrière : Je vous cède ma part de cette attention-là.

DORANTE. Va-t'en, la tête te tourne.

ARLEQUIN. Vos petites manières sont un peu aisées, mais c'est la grande habitude [1] qui fait cela : adieu, quand j'aurai épousé, nous vivrons but à but [2]. Votre soubrette arrive. Bonjour, Lisette, je vous recommande Bourguignon, c'est un garçon qui a quelque mérite [3].

Scène VIII

DORANTE, SILVIA

DORANTE, *à part*. Qu'elle est digne d'être aimée ! Pourquoi faut-il que Mario m'ait prévenu ?

SILVIA. Où étiez-vous donc, Monsieur ? Depuis que j'ai quitté Mario, je n'ai pu vous retrouver pour vous rendre compte de ce que j'ai dit à Monsieur Orgon.

DORANTE. Je ne me suis pourtant pas éloigné, mais de quoi s'agit-il ?

SILVIA, *à part*. Quelle froideur ! *(Haut.)* J'ai eu beau décrier votre valet et prendre sa conscience à témoin de son peu de mérite, j'ai

---

1. Quelque ingénieuse qu'elle soit, il ne faut pas retenir l'interprétation de ce passage suivant laquelle *la grande habitude* signifierait *les grandes relations*. En ce sens, *habitude* a un complément ou s'emploierait au moins au pluriel (cf. Littré, 4°).   **2.** Encore une métaphore à la façon de l'ancien théâtre, français cette fois. On lit dans *La Coquette de village* de Dufresny (acte III, sc. III), dans la bouche de Lucas : « Oui, nous parlions d'mariage, mais c'est qu'ça n'est pu ça, / Ça n'est pu but à but. »   **3.** Si la fonction des scènes VI et VII a surtout été, tout en dénouant l'intrigue des valets, de faire valoir par la détente acquise la scène dramatique qui suit, elle est aussi de présenter à Dorante comme une image de la décision qu'il va devoir prendre.

eu beau lui représenter qu'on pouvait du moins reculer le mariage, il ne m'a pas seulement écoutée ; je vous avertis même qu'on parle d'envoyer chez le notaire, et qu'il est temps de vous déclarer.

DORANTE. C'est mon intention ; je vais partir *incognito*, et je laisserai un billet qui instruira Monsieur Orgon de tout.

SILVIA, *à part.* Partir ! ce n'est pas là mon compte.

DORANTE. N'approuvez-vous pas mon idée ?

SILVIA. Mais... pas trop.

DORANTE. Je ne vois pourtant rien de mieux dans la situation où je suis, à moins que de parler moi-même, et je ne saurais m'y résoudre ; j'ai d'ailleurs d'autres raisons qui veulent que je me retire : je n'ai plus que faire ici.

SILVIA. Comme je ne sais pas vos raisons, je ne puis ni les approuver, ni les combattre ; et ce n'est pas à moi à vous les demander.

DORANTE. Il vous est aisé de les soupçonner, Lisette.

SILVIA. Mais je pense, par exemple, que vous avez du dégoût[1] pour la fille de Monsieur Orgon.

DORANTE. Ne voyez-vous que cela ?

SILVIA. Il y a bien encore certaines choses que je pourrais supposer ; mais je ne suis pas folle, et je n'ai pas la vanité de m'y arrêter.

DORANTE. Ni le courage d'en parler ; car vous n'auriez rien d'obligeant à me dire : adieu Lisette.

SILVIA. Prenez garde, je crois que vous ne m'entendez pas, je suis obligée de vous le dire.

DORANTE. À merveille ! et l'explication ne me serait pas favorable, gardez-moi le secret jusqu'à mon départ.

SILVIA. Quoi, sérieusement, vous partez ?

DORANTE. Vous avez bien peur que je ne change d'avis[2].

SILVIA. Que vous êtes aimable d'être si bien au fait !

DORANTE. Cela est bien *naïf*[3] : Adieu. *(Il s'en va.)*

SILVIA, *à part.* S'il part, je ne l'aime plus, je ne l'épouserai jamais...

---

1. Texte de l'édition originale. L'édition de 1732-1758 ayant remplacé *dégoût* par *goût*, les éditions modernes ont adopté ce texte, qui est absurde ! Pour lui donner un sens, les metteurs en scène modernes, lorsqu'ils aperçoivent la difficulté, ajoutent parfois une négation (« que vous n'avez pas de goût »). Il est plus simple de revenir au texte authentique.   **2.** Ironique. **3.** Passage difficile. Il faut comprendre : Voilà qui est naïf, voilà le cri du cœur. Comparer pour cet emploi du mot *naïf* : « Le commerce forcé ? Vous êtes bien difficile, Monsieur, et vos expressions sont bien naïves ! » (*La Surprise de l'amour*, acte II, sc. VII.) Voir le Glossaire.

(Elle le regarde aller.) Il s'arrête pourtant, il rêve, il regarde si je tourne la tête, je ne saurais le rappeler, moi... Il serait pourtant singulier qu'il partît, après tout ce que j'ai fait ?... Ah, voilà qui est fini, il s'en va, je n'ai pas tant de pouvoir sur lui que je le croyais : mon frère est un maladroit, il s'y est mal pris, les gens indifférents gâtent tout. Ne suis-je pas bien avancée ? Quel dénouement ! Dorante reparaît pourtant ; il me semble qu'il revient, je me dédis donc, je l'aime encore... Feignons de sortir, afin qu'il m'arrête : il faut bien que notre réconciliation lui coûte quelque chose.

DORANTE, *l'arrêtant*[1]. Restez, je vous prie, j'ai encore quelque chose à vous dire.

SILVIA. À moi, Monsieur ?

DORANTE. J'ai de la peine à partir sans vous avoir convaincue que je n'ai pas tort de le faire.

SILVIA. Eh, Monsieur, de quelle conséquence est-il de vous justifier auprès de moi ? Ce n'est pas la peine, je ne suis qu'une suivante, et vous me le faites bien sentir[2].

DORANTE. Moi, Lisette ! est-ce à vous à vous plaindre, vous qui me voyez prendre mon parti sans me rien dire ?

SILVIA. Hum, si je voulais, je vous répondrais bien là-dessus.

DORANTE. Répondez donc, je ne demande pas mieux que de me tromper. Mais que dis-je ! Mario vous aime.

SILVIA. Cela est vrai.

DORANTE. Vous êtes sensible à son amour, je l'ai vu par l'extrême envie que vous aviez tantôt que je m'en allasse ; ainsi, vous ne sauriez m'aimer.

SILVIA. Je suis sensible à son amour ! qui est-ce qui vous l'a dit ? Je ne saurais vous aimer ! qu'en savez-vous ? Vous décidez bien vite.

DORANTE. Eh bien, Lisette, par tout ce que vous avez de plus cher au monde, instruisez-moi de ce qui en est, je vous en conjure.

SILVIA. Instruire un homme qui part !

DORANTE. Je ne partirai point.

SILVIA. Laissez-moi, tenez, si vous m'aimez, ne m'interrogez point.

---

1. Cette symbolisation spatiale des oscillations de l'âme des personnages est très caractéristique du système dramatique de Marivaux. On la trouve dès la première *Surprise de l'amour* (acte II, sc. VII). 2. Comparer, dans *L'Histoire de Contamine et d'Angélique*, de Robert Challe : « Je sais bien, interrompit-elle brusquement, que je ne suis qu'une simple suivante : il est inutile que vous preniez le soin de m'en faire souvenir. » (R. Challe, *Les Illustres Françaises*, éd. cit., p. 149.)

Vous ne craignez que mon indifférence, et vous êtes trop heureux que je me taise. Que vous importent mes sentiments ?

DORANTE. Ce qu'ils m'importent, Lisette ? peux-tu douter encore que je ne t'adore ?

SILVIA. Non, et vous me le répétez si souvent que je vous crois ; mais pourquoi m'en persuadez-vous, que voulez-vous que je fasse de cette pensée-là, Monsieur ? Je vais vous parler à cœur ouvert. Vous m'aimez, mais votre amour n'est pas une chose bien sérieuse pour vous ; que de ressources n'avez-vous pas pour vous en défaire ! La distance qu'il y a de vous à moi, mille objets que vous allez trouver sur votre chemin, l'envie qu'on aura de vous rendre *sensible, les amusements d'un homme de votre condition, tout va vous ôter cet amour dont vous m'entretenez impitoyablement ; vous en rirez peut-être au sortir d'ici, et vous aurez raison. Mais moi, Monsieur, si je m'en ressouviens, comme j'en ai peur, s'il m'a frappée, quel secours aurai-je contre l'impression qu'il m'aura faite ? Qui est-ce qui me dédommagera de votre perte ? Qui voulez-vous que mon cœur mette à votre place ? Savez-vous bien que si je vous aimais, tout ce qu'il y a de plus grand dans le monde ne me toucherait plus[1] ? Jugez donc de l'état où je resterais, ayez la générosité de me cacher votre amour : moi qui vous parle, je me ferais un scrupule de vous dire que je vous aime, dans les dispositions où vous êtes. L'aveu de mes sentiments pourrait exposer votre raison, et vous voyez bien aussi que je vous les cache.

DORANTE. Ah ! ma chère Lisette, que viens-je d'entendre : tes paroles ont un feu qui me pénètre, je t'adore, je te respecte ; il n'est ni rang, ni naissance, ni fortune qui ne disparaisse devant une âme comme la tienne. J'aurais honte que mon orgueil tînt encore contre toi, et mon cœur et ma main t'appartiennent.

SILVIA. En vérité, ne mériteriez-vous pas que je les prisse, ne faut-il pas être bien généreuse pour vous dissimuler le plaisir qu'ils me font, et croyez-vous que cela puisse durer ?

DORANTE. Vous m'aimez donc ?

SILVIA. Non, non ; mais si vous me le demandez encore, tant pis pour vous.

---

1. Le *feu* qui pénètre cette admirable tirade de Silvia ne s'explique pas seulement par le jeu de la jeune fille qui entre dans son rôle de suivante pauvre et méprisée (comme l'Angélique de R. Challe). Il est causé par un sentiment profond et sincère : la peur de perdre Dorante.

DORANTE. Vos menaces ne me font point de peur.

SILVIA. Et Mario, vous n'y songez donc plus ?

DORANTE. Non, Lisette ; Mario ne m'alarme plus, vous ne l'aimez point, vous ne pouvez plus me tromper, vous avez le cœur vrai, vous êtes sensible à ma tendresse : je ne saurais en douter au transport qui m'a pris, j'en suis sûr, et vous ne sauriez plus m'ôter cette certitude-là.

SILVIA. Oh, je n'y[1] tâcherai point, gardez-la, nous verrons ce que vous en ferez.

DORANTE. Ne consentez-vous pas d'être à moi ?

SILVIA. Quoi, vous m'épouserez malgré ce que vous êtes, malgré la colère d'un père, malgré votre fortune ?

DORANTE. Mon père me pardonnera dès qu'il vous aura vue, ma fortune nous suffit à tous deux, et le mérite vaut bien la naissance : ne disputons point, car je ne changerai jamais.

SILVIA. Il ne changera jamais ! Savez-vous bien que vous me charmez, Dorante ?

DORANTE. Ne *gênez donc plus votre tendresse, et laissez-la répondre...

SILVIA. Enfin, j'en suis venue à bout ; vous... vous ne changerez jamais ?

DORANTE. Non, ma chère Lisette.

SILVIA. Que d'amour !

Scène dernière

M. ORGON, SILVIA, DORANTE, LISETTE, ARLEQUIN, MARIO

SILVIA. Ah, mon père, vous avez voulu que je fusse à Dorante : venez voir votre fille vous obéir avec plus de joie qu'on n'en eut jamais.

DORANTE. Qu'entends-je ! vous son père, Monsieur ?

SILVIA. Oui, Dorante, la même idée de nous connaître nous est venue à tous deux. Après cela, je n'ai plus rien à vous dire ; vous m'aimez, je n'en saurais douter, mais à votre tour jugez de mes sentiments pour vous, jugez du cas que j'ai fait de votre cœur par la délicatesse avec laquelle j'ai tâché de l'acquérir.

---

1. Sur cet emploi de *y*, voir la Note grammaticale, p. 2269.

MONSIEUR ORGON. Connaissez-vous cette lettre-là ? Voilà par où j'ai appris votre déguisement, qu'elle n'a pourtant su que par vous.

DORANTE. Je ne saurais vous exprimer mon bonheur, Madame ; mais ce qui m'enchante le plus, ce sont les preuves que je vous ai données de ma tendresse.

MARIO. Dorante me pardonne-t-il la colère où j'ai mis Bourguignon ?

DORANTE. Il ne vous la pardonne pas, il vous en remercie.

ARLEQUIN. De la joie, Madame ! Vous avez perdu votre rang, mais vous n'êtes point à plaindre, puisque Arlequin vous reste.

LISETTE. Belle consolation ! il n'y a que toi qui gagnes à cela.

ARLEQUIN. Je n'y perds pas, avant notre connaissance, votre dot valait mieux que vous ; à présent, vous valez mieux que votre dot. Allons, saute, marquis [1] !

---

1. La pièce s'achève donc par une gambade : « La première chose que demande le peuple, dit Luigi Riccoboni dans son *Histoire du théâtre italien* (tome II, Explication des figures), c'est de savoir si l'Arlequin est agile, s'il saute et s'il danse. » C'est donc à ce caractère de l'Arlequin que songe Marivaux, mais, chose notable, il relie encore le geste qui l'exprime à un souvenir de Regnard. L'expression *Saute, marquis !* est en effet empruntée à un monologue du marquis dans *Le Joueur* (acte IV, sc. x), où elle revient trois fois. Voici la dernière : « Jamais en ton chemin trouvas-tu de cruelles ?/ Près du sexe tu vins, tu vis et tu vainquis ;/ Que ton sort est heureux ! Allons, saute, marquis. » Ainsi, jusqu'au bout, le genre de comique propre au *Jeu de l'amour et du hasard* est resté fidèle à la tradition de l'ancien théâtre et de Regnard.

LA RÉUNION DES AMOURS

COMÉDIE HÉROÏQUE EN UN ACTE
REPRÉSENTÉE POUR LA PREMIÈRE FOIS
PAR LES COMÉDIENS-FRANÇAIS
LE 5 NOVEMBRE 1731

NOTICE

La distinction entre deux espèces d'amours, fondés, l'un sur la tendresse, la sensibilité, sur une innocence presque chimérique, l'autre sur un attrait purement sensuel excluant tout scrupule, est un objet essentiel de la réflexion de Marivaux. Parfois il donne à cette distinction un sens historique, opposant alors l'amour à la mode à l'amour d'autrefois, ou amour « gaulois ». Plus souvent elle lui sert à définir soit le caractère d'un personnage, soit la nature d'une passion ou l'espèce d'un sentiment. Marianne, restée seule avec Valville au début de ses aventures, observe qu'elle n'a couru aucun risque avec lui, car, dit-elle, « il n'était pas amoureux, il était tendre, façon d'être épris qui, au commencement d'une passion, rend le cœur honnête, qui lui donne des mœurs, et l'attache au plaisir délicat d'aimer et de respecter timidement ce qu'il aime [1] ». De la *tendresse*, on peut aller à la *belle tendresse*, qui a un caractère plus noble encore. C'est à cette espèce qu'appartiennent les amours du personnage qui se donne pour le « Spectateur français » avec une dame qu'il a connue dans sa jeunesse :

« J'étais autrefois piqué de belle tendresse pour elle, j'entends que j'ai eu de ces sentiments qui aboutissent à faire dire des choses bien tendres, de celles qu'on appellerait en ce temps-ci élégies ou églogues ; enfin de cet amour qui n'est qu'un soupir perpétuel, et qui vise bien respectueusement à surprendre une belle main qu'on baise avec un *ragoût si ravissant qu'une femme en est toute honteuse, à cause du plaisir qu'elle vous y voit prendre [2]. »

Tel est le charme de cet amour « tendre et innocent de part et d'autre » que la dame et son amant « y gagnaient », à ce qu'estime le « Spectateur ». Mais son opinion n'est pas celle de tous les person-

---

1. *La Vie de Marianne*, éd. Garnier, p. 74.   **2.** *Le Spectateur français*, dix-septième feuille, *Journaux et Œuvres diverses*, p. 206.

nages de Marivaux. Le comédien ami de l'« Indigent philosophe » est l'objet, de la part d'une belle dame de province, d'un amour de cette sorte, « de cet amour qui ne fait qu'un soupir, qui a des délicatesses qui ne finissent point, des langueurs, des sentiments à perte de vue [1]... » Mais il conclut brutalement que la « tendre spiritualité » de cette dame le faisait bâiller. Sans doute, Marivaux n'approuve-t-il nulle part ni ne fait approuver par ses porte-parole l'amour libertin [2], mais son jugement sur l'amour de pure tendresse est ambigu, ou du moins nuancé. Il n'est pas moins réservé pour ceux de ses personnages qui s'adonnent à ce genre de sentiment.

Tout un roman de jeunesse, le *Pharsamon*, est ainsi consacré à montrer la folie que produit dans le cœur d'un jeune homme l'imitation de l'amour des romans. Vers la même époque, l'écrivain fait, dans *La Voiture embourbée*, le portrait d'une dame d'environ trente-cinq ans qu'il a rencontrée au cours d'un voyage :

« Il me parut que la dame était de ces femmes qui, naturellement tendres *(sic)* jusqu'à l'excès, je dis de cette belle tendresse le partage des héros et des héroïnes, avait aidé sa disposition naturelle de la lecture des romans les plus touchants ; toutes ses expressions sentaient l'aventure ; elle y mêlait par-ci par-là des exclamations soutenues de regards élevés ; joignez à tout cela l'attitude d'une amante de haut goût, et digne pour le moins de tous les travaux de *Coriolan* ; sa bouche, ses yeux, son geste de tête, enfin la moindre de ses actions était une image vivante de la figure qu'Amour prenait autrefois dans ces fameuses aventurières [3]. »

À travers ces deux romans, on voit que Marivaux considère ces esprits chimériques avec autant d'ironie que d'attendrissement. On aurait tort d'en déduire qu'il approuve pour autant l'homme ou la femme capables de traiter l'amour en libertins. Agathe, chez qui Jacob, dans *Le Paysan parvenu*, sent « plus de dispositions à être amoureuse que tendre [4] », est jugée sans indulgence. Ce qui est vrai, c'est qu'aux yeux de Marivaux la disposition de cœur la plus souhaitable est une égale aptitude à la tendresse et à l'amour. C'est celle

---

1. *L'Indigent philosophe*, quatrième feuille (*Journaux et Œuvres diverses*, troisième section, p. 296).   **2.** Dans le passage cité plus haut, *Le Spectateur français* oppose l'amour qu'il éprouvait avec celui qui avait déjà cours de son temps : « Il n'y avait plus d'amants, ce n'étaient plus que des libertins qui tâchaient de faire des libertines. » *(Ibid.)*   **3.** *Œuvres de jeunesse*, p. 319.   **4.** Éd. Garnier, p. 74.

de la fille de la dame dont il a été question, dans *La Voiture embourbée :*

« Il me paraissait, à vue de pays, qu'elle n'eût point été tendre sans être amoureuse, et voilà justement la véritable tendresse ; et n'en déplaise aux héritières des sentiments des antiques héroïnes, le reste est simplement imagination [1]. »

Très fructueuse dans les romans et les journaux, l'opposition entre l'amour-sensualité et l'amour-tendresse semble perdre de son efficacité au théâtre. C'est sans doute que tous les personnages auxquels s'intéresse Marivaux, et par exemple tous les rôles destinés à Silvia, réalisent l'équilibre que l'on vient de trouver chez la jeune fille de *La Voiture embourbée*. Quant aux amours mis en scène, on n'y distingue guère, à quelques exceptions près [2], les traits marqués de l'un ou l'autre amour. L'amour romanesque serait languissant au théâtre, l'amour sensuel peu compatible avec les convenances de la scène du temps. Marivaux ne renonce pas pour autant à une distinction qui lui tient à cœur. Seulement, au lieu de la traiter sur le plan psychologique, il la transpose sur le plan de l'allégorie. Ce faisant, il n'innove d'ailleurs en rien. Dès l'époque de *La Voiture embourbée* (1713), il avait en effet montré dans *Le Bilboquet* le dieu du plaisir et de la volupté « brouillé » depuis quelque temps avec le dieu de l'amour, et s'alliant contre lui avec la Folie et son fils Bilboquet. De là, le même antagonisme avait été porté par lui à la scène une première fois dans *L'Amour et la Vérité*. On y entendait les plaintes de l'Amour contre son demi-frère l'Amour à la mode, « ce petit dieu plus laid qu'un diable » :

« Je lui voyais des airs si grossiers, je lui remarquais un caractère si brutal, que je ne m'imaginai pas qu'il pût me nuire. Je comptais qu'il ferait peur en se présentant, et que ce monstre serait obligé de rabattre sur les animaux. [...] Ses premiers coups d'essai ne furent pas heureux. Il insultait, bien loin de plaire, mais ma foi, le cœur de l'homme ne vaut pas grand-chose ; ce maudit Amour fut insensiblement souffert ; bientôt on le trouva plus badin que moi ; moins gênant, moins formaliste, plus expéditif [3]. »

Il est vrai que cette pièce n'avait pas eu de succès et que Marivaux

---

1. *La Voiture embourbée, Œuvres de jeunesse*, p. 319.   2. Tout le rôle de Plutus, dans *Le Triomphe de Plutus*, quelques indications dans celui de la Fée d'*Arlequin poli par l'amour*, et dans celui de Flaminia de *La Double Inconstance*.   3. Voir ci-dessus, p. 103.

lui-même avait semblé condamner sa tentative. Mais, à son habitude, il n'y renonçait sous une forme que pour y revenir sous une autre. Or, la décade qui suivit lui montra, suivant un mot de son rival Boissy, qu'« une allégorie ingénieusement imaginée, et heureusement soutenue par un remplissage brillant qui peint les mœurs du jour et qui saisit des ridicules nouveaux » pouvait fort bien n'être « ni moins goûtée, ni moins suivie [1] » qu'une pièce à intrigue traditionnelle. À cette considération générale s'en ajoutèrent sans doute de plus particulières. Le texte même de la pièce et une remarque du *Mercure* semblent indiquer que *La Réunion des Amours* est, sous la forme que nous lui connaissons, une pièce de circonstance destinée à célébrer le second anniversaire du dauphin Louis. En outre, la présence dans la troupe française de deux charmantes comédiennes, la Dangeville et la Gaussin, constituait une occasion très favorable. De la première on vantait « l'art, la finesse et l'enjouement [2] », qualités très propres à faire valoir le rôle de Cupidon, tandis que la Gaussin, à propos de laquelle on disait que « la volupté n'a pas de parure plus piquante que la naïveté », rendait par son jeu, selon un mot galant de Voltaire, « le Dieu d'Amour [...] bien plus sûr de régner [3] ».

Grâce à cet aimable patronage, l'accueil fait à *La Réunion des Amours* fut plus satisfaisant qu'on ne l'imaginerait en pensant à celui qu'obtinrent des pièces de Marivaux aujourd'hui plus estimées. Reçue le 4 octobre 1731 [4], elle était prête à être jouée dès la fin du même mois, ainsi que l'annonce le *Mercure* [5]. Jointe au *Comte*

---

1. *L'auteur au libraire*, en tête des *Œuvres de M. de Boissy*, Amsterdam, Jean Neaulme, 1758, tome I, p. v. 2. Cité par P.-M. Conlon, *Voltaire's Literary Career*, pp. 28 et suiv. 3. À propos de *Zaïre*, jouée en 1732, Voltaire dédia à Mlle Gaussin la pièce célèbre : « Jeune Gaussin, reçois pour tendre hommage,/ Reçois mes vers, au théâtre applaudis ;/ Protège-les, Zaïre est ton ouvrage... » qui contient ce passage, inspiré probablement par le souvenir de la pièce de Marivaux : « Ton aspect seul adoucit les censeurs [...]/ Le dieu d'Amour, à qui tu fus plus chère,/ Est, par tes yeux, bien plus sûr de régner. » 4. Voir le registre 366 du Théâtre-Français : « Aujourd'hui jeudi 4e octobre la troupe s'est assemblée pour entendre la lecture d'une petite pièce intitulée *La Réunion des deux Amours* et les présents ont signé pour la recevoir et la jouer incessamment. » Suivent treize signatures (f° 48). 5. « Ces mêmes comédiens (français) sont prêts à jouer une petite comédie d'un acte, sous le titre *La Réunion des Amours*, dont nous parlerons quand elle aura paru. » (*Mercure* d'octobre 1731, p. 2426.) Le permis de représenter la pièce fut accordé le 23 octobre ; voir note 3, p. 972.

d'Essex, elle fut représentée pour la première fois le lundi 5 novembre, devant 220 spectateurs environ, la recette fut seulement honorable, 1238 livres. Mais *La Réunion des Amours* eut encore sept représentations jusqu'à la fin du mois [1], sans compter deux à Versailles, le 13 novembre et le 3 décembre. Le 12 mars 1732, il y eut une reprise, qui du reste n'eut point de lendemain. Comme on l'a dit, et comme le souligna le *Mercure*, l'interprétation avait largement contribué à ce demi-succès. Voici d'ailleurs ce compte rendu, qui fut sans doute rédigé à l'aide d'un texte manuscrit de l'auteur prêté par l'auteur ou les comédiens, puisque la pièce ne fut publiée que deux mois plus tard :

« Les Comédiens-Français ont donné au commencement de ce mois *La Réunion des Amours*, comédie héroïque, en un acte en prose, qui est fort bien représentée et fort applaudie. Elle est bien écrite, et avec beaucoup d'esprit ; ornée de traits fins et délicats. Nous allons tâcher de mettre le lecteur en état d'en juger. »

PERSONNAGES [2]

L'AMOUR, La demoiselle Gossin.

CUPIDON, La demoiselle d'Angeville.

APOLLON, Le sieur Grandval.

PLUTUS, Le sieur Duchemin.

MERCURE, Le sieur Armand.

---

1. Voici le détail des représentations : 5 novembre, part d'auteur, 14 livres 2 sols ; 7 novembre, avec *Le Cid*, 612 spectateurs, 1 218 livres de recette, 35 de part d'auteur ; le 9 novembre, avec *Mithridate*, 405 spectateurs, 638 livres de recette, 16 livres 13 sols de part d'auteur ; le 11 novembre, avec *Le Distrait*, 440 spectateurs, 699 livres de recette, 19 de part d'auteur ; le 12 novembre, avec *Ariane*, 387 spectateurs, 675 livres de recette, 18 de part d'auteur ; le 15 novembre, avec *Ariane* encore, 435 spectateurs, 830 livres 10 sols de recette, 25 de part d'auteur ; le 17 novembre, toujours avec *Ariane*, 473 spectateurs, 1 072 livres de recette, 35 de part d'auteur ; le 19 novembre, avec *Phèdre*, 476 spectateurs, 946 livres 10 sols de recette, pas de part d'auteur. Le 12 mars 1732, avec *Ériphyle* (jouée pour la première fois le 7 mars), 2 962 livres de recette ; la part d'auteur allait à Voltaire. Le total des parts d'auteur s'élevait à 144 livres, chiffre presque honorable pour Marivaux au Théâtre-Français. **2.** La liste des acteurs donnée par le *Mercure* est confirmée par la liste des présents, dans le registre, à la date du 5 novembre. Étaient également en scène ce jour-là, pour *Le Comte d'Essex*, les sieurs Legrand, Lathorillière, Dubreuil et Bercy, et les demoiselles Jouvenot, Dubreuil et Ballicourt (registre 82).

Minerve, La demoiselle Baron.
La Vérité, La demoiselle La Motte.
La Vertu, La demoiselle Labat.

« Le sujet de cette comédie est purement allégorique ; on voit bien que l'auteur ne l'avait pas d'abord traitée comme on la voit représenter, et qu'il ne fait que mettre en hypothèse ce qui faisait l'*action principale*. Deux sortes d'Amours, dont l'un s'appelle le dieu de la tendresse et l'autre Cupidon, ouvrent la scène ; ils se reprochent réciproquement leurs défauts ; le dieu de la tendresse traite son rival de libertin, et Cupidon le traite de benêt. Le premier expose le sujet par ces mots :

«Allez, petit libertin que vous êtes, votre audace ne m'offense point ; et votre empire touche peut-être à sa fin. Jupiter aujourd'hui fait assembler tous les dieux ; il veut que chacun d'eux fasse un don au fils d'un grand roi qu'il aime. Je suis invité à l'assemblée. Tremblez des suites que peut avoir cette aventure. »

« Cupidon, un peu étonné d'une convocation générale à laquelle il n'est point invité, veut s'éclaircir de cet oubli avec Mercure qu'il voit venir. Mercure lui apprend qu'il avait défense expresse de le mettre sur la liste, et que cette défense venait de Minerve ; Plutus et Apollon entrent dans cette scène, mais ils n'y sont pas absolument nécessaires pour l'intelligence du sujet, ainsi nous pouvons nous dispenser de les faire parler.

« Minerve vient entendre le plaidoyer des deux Amours ; elle ne juge pas à propos de prononcer entre eux ; elle veut qu'ils plaident encore devant la Vertu, personnage épisodique, auquel on a trouvé que Minerve aurait bien pu suppléer.

« La Vertu veut entendre le demandeur et le défenseur ; ils lui font tous deux une déclaration d'amour ; mais celle de Cupidon est si vive, que la Vertu même est contrainte de s'en garantir par la fuite. Minerve vient enfin lui prononcer l'arrêt irrévocable des dieux ; voici comment elle s'explique :

« Cupidon, la Vertu décidait contre vous ; et moi-même j'allais être de son sentiment, si Jupiter n'avait jugé à propos de vous réunir, en vous corrigeant, pour former le cœur du prince. Avec votre confrère, l'âme est trop tendre, il est vrai ; mais avec vous, elle est trop libertine. Il fait souvent des cœurs ridicules ; vous n'en faites que de méprisables. Il égare l'esprit ; mais vous ruinez les mœurs. Il n'a que des défauts, vous n'avez que des vices. Unissez-vous tous deux :

rendez-le plus vif et plus passionné ; et qu'il vous rende plus tendre et plus raisonnable : et vous serez sans reproche. Au reste, ce n'est pas un conseil que je vous donne, c'est un ordre de Jupiter que je vous annonce. »

« La pièce finit par cette courte réponse de Cupidon, c'est-à-dire de l'Amour libertin :

« Allons, mon camarade, je le veux bien. Embrassons-nous. Je vous apprendrai à n'être plus si sot ; et vous m'apprendrez à être plus sage. »

« On doit juger par ce petit extrait qu'on aurait fait un très joli dialogue ou un prologue de cette pièce simplifiée, et sans y parler du grand prince qui en est l'objet. Le public nous saura gré d'insérer ici quelques fragments de cette aimable allégorie. Nous les réduisons aux plaidoyers et aux déclarations d'Amour devant Minerve. Amour s'exprime ainsi :

« Qui êtes-vous pour oser me disputer quelque chose [1]... »

« Voici comment l'Amour parle à la Vertu :

« Je vous dirai, Madame [2]... »

« Cette vivacité de style, secondée de la légèreté et de la grâce que la demoiselle d'Angeville a naturellement à s'énoncer, a charmé également la Cour et la Ville. Nous ne doutons point que nos lecteurs ne conviennent que *La Réunion des Amours* est un ouvrage à faire beaucoup d'honneur à son ingénieux auteur. Au reste, les demoiselles Dangeville et Gossin, qui sont deux jeunes et aimables personnes, remplies d'heureux talents pour la déclamation, satisfont également l'esprit et les regards avides des spectateurs, charmés de leurs agréments personnels, sous cet heureux et riant déguisement [3]. »

Quelques décades plus tard, d'Argenson se souvient encore du jeu des acteurs, alors que la carrière de *La Réunion des Amours* au théâtre est depuis longtemps terminée :

« *La Réunion des Amours* [...]. Tout pétille d'esprit et même d'une justesse qui est plus assurée dans les expressions que dans les choses. Marivaux a bien réussi dans cette petite pièce. Le neuf est plutôt dans les nouveaux tours que dans les choses même ; le fond

---

1. Nous ne reproduisons pas ce long passage, qui va jusqu'à « et ce danger, c'est moi ». Les variantes seront signalées plus loin en note.   2. Même observation que ci-dessus. La citation va jusqu'à « ... échus en partage ».
3. *Mercure* de novembre 1731, pp. 2627 et suiv.

de tout ceci a été dit, mais où a-t-il jamais été détaillé ainsi ? La petite Dangeville en culotte a bien fait valoir cette pièce, qui n'a cependant pas réussi autant qu'elle le devrait [1]. »

Livrée aux seules vertus du texte imprimé, la pièce rencontra moins d'indulgence. Desfontaines en fit une critique que l'on peut, pour une fois, trouver équitable :

« *La Réunion des Amours*, comédie héroïque, chez Chaubert, 1732. Ce sont des dialogues pleins de finesse, qui expriment le goût de M. de Marivault *(sic)*. En général, il y a beaucoup d'esprit dans cet ouvrage, mais de cet esprit qui, pour me servir de l'expression de l'auteur [2], n'est pas trop bon à être *dit* sur le théâtre, et est peut-être meilleur à *lire*. Il y a d'ailleurs un peu de libertinage dans le rôle de Cupidon, et de la fadeur dans celui du pur amour [3]. »

On retrouve l'essentiel de ce jugement dans celui de La Porte, en 1759 :

« Que d'esprit encore dans *La Réunion des Amours*, petite pièce allégorique, qui pour être très ingénieuse, n'en eut pas un plus grand succès au théâtre. L'Amour ancien et l'Amour moderne s'y disputent la prééminence. Le premier est raisonnable, mais ennuyeux ; le second est libertin, mais enjoué. Ce dernier dit à son camarade, après leur réconciliation : « Embrassons-nous. Je vous apprendrai à n'être plus si sot, et vous m'apprendrez à être plus sage [4]. »

Les quelques jugements ultérieurs sont fondés sur une simple lecture, comme celui de Duviquet, qui estime que *La Réunion des Amours* est une « bonne action » de Marivaux à une époque où les mœurs se relâchaient. Pourtant, une reprise à la Comédie-Française, en 1957, donna à la critique l'occasion de juger la pièce à la scène. En fait, Robert Kemp, en d'autres termes et avec plus d'indulgence que ses prédécesseurs, n'exprima pas, au fond, un avis différent de celui de ses prédécesseurs :

« C'est un exquis chef-d'œuvre de langage et d'intelligence [...]. Je ne suis pas sûr que ce soit là du théâtre ; mais plutôt un exercice

---

1. *Notices sur les pièces de théâtre*, bibliothèque de l'Arsenal, ms. n° 3450, f° 98.   **2.** Desfontaines adapte : « Il est vrai que dans le monde on m'a trouvé de l'esprit, dit Marianne ; mais, ma chère, je crois que cet esprit-là n'est bon qu'à être dit, et qu'il ne vaudra rien à être lu. » (*La Vie de Marianne*, éd. Garnier, p. 8.)   **3.** *Le Nouvelliste du Parnasse*, tome III, p. 312.   **4.** *L'Observateur littéraire*, 1759, tome I, p. 80.

brillant et léger de fine rhétorique. Un *pro et contra* de haute école exécuté par le plus adroit virtuose [1]. »

Comme la reprise en question, malgré le jeu de Micheline Boudet en Cupidon, n'a pas permis de dépasser la neuvième représentation [2], on peut estimer que *La Réunion des Amours*, à la différence de la plupart des autres pièces de Marivaux, n'a que peu de chances de connaître un jour la faveur du public. Mais, importante pour la pensée de Marivaux, elle marque aussi, dans l'histoire des mœurs, une étape significative entre l'amour à la façon de La Calprenède et l'amour à la façon de Laclos.

LE TEXTE

Il est difficile de dire avec certitude quelle est l'édition originale de *La Réunion des Amours* (annoncée par le *Mercure* de janvier 1732). Il existe deux éditions de 1732 légèrement différentes ; voici la description de celle dont nous adoptons le texte et que nous désignons dans les notes par « édition originale » :

LA / RÉUNION / DES AMOURS, / *COMÉDIE HÉROÏQUE*. / Le prix est de seize sols. / (Fleuron) / À PARIS, / Chez Chaubert, à l'entrée du Quai des / Augustins, du côté du Pont S. Michel, à la / Renommée & à la Prudence. / (Filet) / M. DCC. XXXII.

Voici la description de l'autre édition de 1732 : LA / RÉUNION / DES AMOURS, / *COMÉDIE HÉROÏQUE*. / À PARIS / chez Chaubert, / à l'entrée du quai des Augustins, du côté du Pont S. Michel, à la / Renommée et à la Prudence. / M.DDC. XXXII.

Un volume de 52 pages + IV pages pour l'Approbation et le Privilège.

Approbation : « J'ai lu par ordre de Monseigneur le Garde des Sceaux *La Réunion des Amours*, Comédie Héroïque, et je n'y ai rien trouvé qui puisse en empêcher l'impression. Gallyot. »

Privilège à Chaubert, pour trois ans, pour *La Réunion des Amours*, « par le sieur de Marivault », signé Sainson, du 20 décembre 1731.

L'année suivante, la même édition parut chez Prault. Seule, la page de titre avait été refaite, soit au nom de Prault père (sans privi-

---

1. Journal *Le Monde* du 29-30 septembre 1957.   **2.** En 2000, la pièce n'avait pas donné lieu à d'autres reprises à la Comédie-Française ; le nombre total des représentations depuis la création s'élevait à 18.

lège [1]), soit au nom de Prault père et fils. Voici la description de cette dernière édition :

LA / RÉUNION / DES / AMOURS *COMÉDIE HÉROÏQUE* / DE Mr DE MARIVAUX. / Représentée par les Comédiens François, / au mois de 1732 *(sic)*. / Le prix est de vingt sols. / À PARIS, chez /

{ Prault père quay de Gêvres au / Paradis. /
Prault fils quay de Conty, à la / descente du Pont-Neuf, à la Charité. / M. DCC. XXXIII. / *Avec Approbation & Privilege du Roy*. /

Même approbation et même privilège à Chaubert que dans l'originale.

Il existe à la Comédie-Française un manuscrit de *La Réunion des Amours*. Il comporte des corrections, qui sont de la main de Marivaux. Certains passages sont biffés, apparemment en vue de la représentation, car ils sont maintenus dans la version imprimée. Notre texte est celui de l'édition originale, mais nous signalons en note toutes les variantes fournies par le manuscrit.

---

1. On lisait à la fin de l'Approbation : « Le Privilège est aux Œuvres de M. de Marivaux ». Ces exemplaires étaient en effet destinés à figurer dans des recueils, avec un privilège général.

La Réunion des Amours

ACTEURS [1]

L'AMOUR.
CUPIDON.
MERCURE.
PLUTUS.
APOLLON.
LA VÉRITÉ.
MINERVE [2].
LA VERTU.

La scène est dans l'Olympe [3].

1. Pour la distribution des rôles lors de la première représentation, voir le compte rendu du *Mercure*, pp. 944-945.   **2.** Dans le manuscrit, les noms de Mercure et d'Apollon sont permutés, ainsi que ceux de la Vérité et de Minerve. En outre, le nom de la Vérité est biffé.   **3.** Cette indication manque aussi bien dans le manuscrit que dans l'édition originale.

Scène première

L'AMOUR, *qui entre d'un côté*, CUPIDON, *de l'autre* [1]

CUPIDON, *à part*. Que vois-je [2] ? Qui est-ce qui a l'audace de porter comme moi un carquois et des flèches ?

L'AMOUR, *à part*. N'est-ce pas là Cupidon, cet usurpateur de mon empire ?

CUPIDON, *à part*. Ne serait-ce pas cet Amour *gaulois, ce dieu de la fade tendresse, qui sort de la retraite obscure où ma victoire l'a condamné ?

L'AMOUR, *à part*. Qu'il est laid ! qu'il a l'air débauché !

CUPIDON, *à part*. Vit-on jamais de figure plus sotte ? Sachons un peu ce que vient faire ici cette ridicule *antiquaille. Approchons [3]. (*À l'Amour.*) Soyez le bienvenu, mon ancien, le dieu des soupirs timides et des tendres langueurs ; je vous salue.

L'AMOUR. Saluez.

CUPIDON. Le compliment est sec ; mais je vous le pardonne. Un proscrit n'est pas de bonne humeur.

L'AMOUR. Un proscrit ! Vous ne devez ma retraite qu'à l'indignation qui m'a saisi, quand j'ai vu que les hommes étaient capables de vous souffrir.

CUPIDON. Malepeste ! que cela est beau ! C'est-à-dire que vous n'avez fui que parce que vous étiez *glorieux : et vous êtes un héros fuyard.

L'AMOUR. Je n'ai rien à vous répondre. Allez, nous ne sommes pas faits pour discourir ensemble.

CUPIDON. Ne vous fâchez point, mon confrère [4]. Dans le fond, je vous plains. Vous me dites des injures : mais votre état me désarme. Tenez, je suis le meilleur garçon du monde. Contez-moi vos chagrins. Que venez-vous faire ici ? Est-ce que vous vous ennuyez dans votre solitude ? Eh bien, il y a remède à tout. Voulez-vous de l'em-

---

1. Le manuscrit ajoute : *ils s'arrêtent tous deux en se voyant.* **2.** Manuscrit : *Qui vois-je ?* **3.** Dans le manuscrit, ce mot est une addition, de la main de Marivaux, comme toutes les corrections. **4.** Écrit d'abord *frère* dans le manuscrit. Les trois premières lettres sont une addition.

ploi ? je vous en donnerai[1]. Je vous donnerai votre petite provision
de flèches ; car celles que vous avez là dans votre carquois ne valent
plus rien[2]... Voyez-vous ce dard-là ? Voilà ce qu'il faut. Cela entre
dans le cœur, cela le pénètre, cela le brûle ; cela l'embrase : il crie,
il s'agite, il demande du secours, il ne saurait attendre.

L'Amour. Quelle méprisable espèce de feux !

Cupidon. Ils ont pourtant *décrié les vôtres. Entre vous et moi, de
votre temps les amants n'étaient que des benêts ; ils ne savaient que
languir, que faire des hélas, et conter leurs peines aux échos d'alen-
tour. Oh ! parbleu ! ce n'est plus de même. J'ai supprimé les échos,
moi. Je blesse ; ahi ! vite au remède. On va droit à la cause du mal.
Allons, dit-on, je vous aime ; voyez ce que vous pouvez faire pour
moi, car le temps est cher ; il faut *expédier les hommes. Mes sujets
ne disent point : Je me meurs ! Il n'y a rien de si vivant qu'eux.
Langueurs, timidité, doux martyre, il n'en est plus question. Fadeur,
platitude du temps passé que tout cela. Vous ne faisiez que des sots,
que des imbéciles ; moi je ne fais que des gens de courage. Je ne les
endors pas, je les éveille : ils sont si vifs qu'ils n'ont pas le loisir
d'être tendres ; leurs regards sont des désirs : au lieu de soupirer,
ils attaquent : ils ne demandent pas d'amour, ils le supposent. Ils ne
disent point : Faites-moi grâce, ils la prennent. Ils ont du respect,
mais ils le perdent. Et voilà celui qu'il faut. En un mot, je n'ai point
d'esclaves[3], je n'ai que des soldats. Allons, déterminez-vous. J'ai
besoin de commis ; voulez-vous être le mien ? sur-le-champ je vous
donne de l'emploi.

L'Amour. Ne rougissez-vous point du récit que vous venez de
faire ? quel oubli de la vertu !

Cupidon. Eh bien ! quoi, la vertu ! que voulez-vous dire ? elle a sa
charge, et moi la mienne ; elle est faite pour régir l'univers, et moi
pour l'entretenir[4], déterminez-vous, vous dis-je : mais je ne vous

---

1. Manuscrit : *Voulez-vous de l'emploi ? je vous donnerai de l'emploi.*
— Cupidon traite l'Amour comme un courtisan ou un serviteur du prince
tombé en disgrâce.   2. Indication du manuscrit : *Il tire une flèche de son
carquois.*   3. L'expression *esclave de l'amour* venait d'être appliquée,
quelques mois auparavant, au personnage de Des Grieux. L'édition de
Manon Lescaut avait paru en Hollande en avril ou mai 1731, mais on n'a
aucune preuve qu'elle fût déjà connue en France. Ce passage en serait un
indice, si l'expression n'était sans doute traditionnelle.   4. Cupidon est
donc une sorte de dieu de la fécondité. « Si l'amour se menait bien, on n'aurait qu'un amant, ou qu'une maîtresse en dix ans ; et il est de l'intérêt de la
nature qu'on en ait vingt, et davantage », remarque Marivaux dans la

prends qu'à condition que vous quitterez je ne sais quel air de dupe que vous avez sur la physionomie. Je ne veux point de cela ; allons, mon lieutenant, alerte ! un peu de *mutinerie dans les yeux ; les vôtres prêchent la résistance : est-ce là la contenance d'un vainqueur ? Avec un Amour aussi poltron que vous, il faudrait qu'un tendron fît tous les frais de la défaite. Eh ! éviteriez-vous... *(Il tire une de ses flèches.)* Je suis d'avis de vous égayer le cœur d'une de mes flèches, pour vous ôter cet air timide et langoureux. Gare que je vous rende aussi fol que moi !

L'Amour, *tirant aussi une de ses flèches.* Et moi, si vous tirez, je vous rendrai sage.

Cupidon. Non pas, s'il vous plaît, j'y perdrais, et vous y gagneriez.

L'Amour. Allez, petit libertin que vous êtes, votre audace ne m'offense point, et votre empire touche peut-être à sa fin. Jupiter aujourd'hui fait assembler tous les dieux ; il veut que chacun d'eux fasse un don au fils d'un grand roi qu'il aime. Je suis invité à l'assemblée. Tremblez des suites que peut avoir cette aventure.

Scène II

CUPIDON, *seul*

Cupidon. Comment donc ! il dit vrai. Tous les dieux ont reçu ordre de se rendre ici ; il n'y a que moi qu'on n'a point averti, et j'ai cru que ce n'était qu'un oubli de la part de Mercure. Le voici qui vient ; voyons ce que cela signifie.

Scène III

CUPIDON, MERCURE, PLUTUS

Mercure. Ah ! vous voilà, seigneur Cupidon ! Je suis votre serviteur.

Plutus. Bonjour, mon ami.

Cupidon. Bonjour, Plutus ; seigneur Mercure, il y a aujourd'hui assemblée générale et c'est vous qui avez averti tous les dieux, de la part de Jupiter, de se trouver ici.

---

deuxième feuille du *Cabinet du philosophe*, qui constitue comme un commentaire explicatif de *La Réunion des Amours (Journaux et Œuvres diverses*, p. 344).

MERCURE. Il est vrai.

CUPIDON. Pourquoi donc n'ai-je rien su de cela, moi ? Est-ce que je ne suis pas une divinité assez considérable ?

MERCURE. Eh ! où, vouliez-vous que je vous prisse ? Vous êtes un coureur[1] qu'on ne saurait attraper.

CUPIDON. Vous biaisez, Mercure : Parlez-moi franchement. Étais-je sur votre liste ?

MERCURE. Ma foi, non. J'avais ordre exprès de vous oublier tout net[2].

CUPIDON. Moi ! Et de qui l'aviez-vous reçu ?

MERCURE. De Minerve, à qui Jupiter a donné la direction de l'assemblée.

PLUTUS. Oh ! de Minerve, la déesse de la sagesse ? Ce n'est pas là un grand malheur. Tu sais bien qu'elle ne nous aime pas ; mais elle a beau faire, nous avons un peu plus de crédit qu'elle : nous rendons les gens heureux, nous, morbleu ! et elle ne les rend que raisonnables ; aussi n'a-t-elle pas la presse[3].

CUPIDON. Apparemment que c'est elle qui vous a aussi chargé du soin d'aller chercher le dieu de la tendresse, lui dont on ne se ressouvenait plus ?

MERCURE. Vous l'avez dit, et ma commission portait même de lui faire de grands compliments.

CUPIDON, *riant*. La belle ambassade !

PLUTUS. Va, va, mon ami, laisse-le venir, ce dieu de la tendresse ; quand on le rétablirait, il ne ferait pas grande besogne. On n'est plus dans le goût de l'amoureux martyre ; on ne l'a retenu que dans les chansons. Le métier de cruelle est tombé ; ne t'embarrasse pas de ton rival ; je ne veux que de l'or pour le battre, moi[4].

---

1. Outre l'emploi figuré auquel on pense (coureur d'aventures), le mot *coureur* comporte aussi à l'époque un emploi disparu de nos jours. Les coureurs étaient des valets spécialisés dans le port des lettres urgentes. **2.** Le manuscrit portait d'abord *tout à fait*, corrigé par Marivaux en *tout net*. **3.** La phrase *aussi n'a-t-elle pas la presse* (aussi ne se presse-t-on pas chez elle), qui figure dans le manuscrit et dans les éditions du XVIIIᵉ siècle, est omise sans raison par les éditions modernes. **4.** L'opposition de l'Amour et de Plutus n'est pas nouvelle dans le théâtre du temps. Dans *L'Embarras des richesses*, de D'Allainval (1725), Plutus expose pourquoi l'Amour est devenu son adversaire : « *Plutus :* Avant que je fusse Dieu, ce n'était que par une constance ennuyeuse et par une tendresse infinie qu'un amant touchait le cœur de sa maîtresse. *Arlequin :* Et à présent donc ? *Plutus :* À présent, ah ! ah ! ah ! on fait l'amour comme quand on veut prendre une maison à loyer, on lit l'écriteau, on y entre, on dit : cette maison-là est drôle, je crois

CUPIDON. Je le crois. Mais je suis piqué. Il me prend envie de vider mon carquois sur tous les cœurs de l'Olympe.

MERCURE. Point d'étourderie ; Jupiter est le maître : on pourrait bien vous *casser, car on n'est pas trop content de vous.

CUPIDON. Eh ! de quoi peut-on se plaindre, je vous prie ?

MERCURE. Oh ! de tant de choses ! Par exemple, il n'y a plus de tranquillité[1] dans le mariage ; vous ne sauriez laisser la tête des maris en repos ; vous mettez toujours après leurs femmes quelque chasseur qui les attrape.

CUPIDON. Et moi, je vous dis que mes chasseurs ne poursuivent que ce qui se présente.

PLUTUS. C'est-à-dire que les femmes sont bien aises d'être courues ?

CUPIDON. Voilà ce que c'est. La plupart sont des coquettes, qui en demeurent là, ou bien qui ne se retirent que pour agacer, qui n'oublient rien pour exciter l'envie du chasseur, qui lui disent : *Mirezmoi. On les mire, on les blesse, et elles se rendent. Est-ce ma faute ? Parbleu ! non ; la coquetterie les a déjà bien étourdies avant qu'on les tire.

MERCURE. Vous direz ce qu'il vous plaira. Ce n'est point à moi à vous donner des leçons ; mais prenez-y garde : ce sont les hommes, ce sont les femmes qui crient, qui disent que c'est vous qui passez les contrats de la moitié des mariages. Après cela, ce sont des vieillards que vous donnez à expédier à de jeunes épouses, qui ne les prennent vivants que pour les avoir morts, et qui, au détriment des héritiers, ont tout le profit des funérailles. Ce sont de vieilles femmes dont vous videz le coffre pour l'achat d'un mari fainéant, qu'on ne saurait ni troquer ni revendre. Ce sont des *malices qui ne finissent point ; sans compter votre libertinage : car Bacchus, dit-on, vous fait faire tout ce qu'il veut ; Plutus, avec son or[2], dispose de votre carquois ; pourvu qu'il vous donne, toute votre artillerie est à son service, et cela n'est pas joli ; ainsi, tenez-vous en repos, et changez de conduite.

CUPIDON. Puisque vous m'exhortez à changer, vous avez donc envie de vous retirer, seigneur Mercure[3] ?

---

que je m'y plairai ; on se débat du prix, on en convient, on passe le bail, on s'y loge, et dès le lendemain on voudrait en déménager. » (Acte I, sc. VIII.)

1. Manuscrit : *plus de salut à faire*.   2. Le manuscrit portait : *avec son or et ses présents* ; *et ses présents* a été biffé.   3. Si Cupidon changeait de conduite, Mercure perdrait ses fonctions d'entremetteur, et n'aurait plus qu'à prendre sa retraite *(se retirer)*.

MERCURE. Laissons là cette mauvaise plaisanterie.

PLUTUS. Quant à moi, je n'ai que faire d'être dans les caquets[1]. Tout ce que je prends de lui, je l'achète, je marchande, nous convenons, et je paie ; voilà toute la finesse que j'y sache.

CUPIDON. Celui-là est comique ! Se plaindre de ce que j'aime la bonne chère et l'aisance, moi qui suis l'Amour ! À quoi donc voulez-vous que je m'occupe ? à des traités de morale ? Oubliez-vous que c'est moi qui met[2] tout en mouvement, que c'est moi qui donne la vie ; qu'il faut dans ma charge un fond inépuisable de bonne humeur, et que je dois être à moi seul plus sémillant, plus vivant que tous les dieux ensemble ?

MERCURE. Ce sont vos affaires ; mais je pense que voici Apollon[3] qui vient à nous.

PLUTUS. Adieu donc, je m'en vais. Le dieu du bel esprit et moi ne nous amusons pas extrêmement ensemble[4]. Jusqu'au revoir, Cupidon.

CUPIDON. Adieu, adieu, je vous rejoindrai.

Scène IV[5]

CUPIDON, MERCURE, APOLLON

MERCURE. Qu'avez-vous, seigneur Apollon ? Vous avez l'air sombre.

APOLLON. Le retour du dieu de la tendresse me fâche. Je n'aime pas les dispositions où je vois que Minerve est pour lui. Je vous apprends qu'elle va bientôt l'amener ici, Cupidon.

CUPIDON. Et que veut-elle en faire ?

---

1. C'est-à-dire : d'être le sujet de conversations médisantes.   **2.** L'édition originale écrit *met*, suivant un usage ancien dont Marivaux ne s'est pas débarrassé, malgré les prescriptions des grammairiens. Voir notre *Marivaux et le Marivaudage*, p. 388, ainsi que l'article *accord*, dans la Note grammaticale.   **3.** Dans le manuscrit, Marivaux a écrit *Minerve* au-dessus d'*Apollon*. De même, au début de la réplique suivante, *Le dieu du bel esprit* a été surmonté de *La dame de la sagesse*. Ces modifications correspondent à une version destinée à la représentation dans laquelle la scène iv et la scène v (sauf la dernière phrase) étaient supprimées. Puis ces surcharges ont été biffées sur le manuscrit : il n'en est pas tenu compte dans la version imprimée.   **4.** On sait que la rivalité du dieu des richesses et du dieu du bel esprit avait fait le sujet du *Triomphe de Plutus*.   **5.** Une biffure légère indique dans le manuscrit que cette scène, ainsi que la suivante, à l'exclusion de la dernière phrase *(Mais laissez-moi recevoir la Vérité qui arrive.)* devaient disparaître.

APOLLON. Vous entendre raisonner tous les deux sur la nature de vos feux, pour juger lequel de vos dons on doit préférer dans cette occasion ici [1] : et c'est de quoi même je suis chargé de vous informer.

CUPIDON. Tant mieux, morbleu ! tant mieux ; cela me divertira. Allez, il n'y a rien à craindre, mon confrère ne plaide pas mieux qu'il blesse.

MERCURE. Croyez-moi pourtant, allez vous préparer pendant quelques moments.

CUPIDON. C'est, parbleu ! bien dit ; je vais me recueillir chez Bacchus ; il y a du vin de Champagne qui est d'une éloquence admirable ; j'y trouverai mon plaidoyer tout fait. Adieu, mes amis ; tenez-moi des lauriers tout prêts.

Scène V

MERCURE, APOLLON

APOLLON. Il a beau dire ; le vent du *bureau n'est pas pour lui, et je me défie du succès.

MERCURE. Eh bien ! que vous importe à vous ? Quand son rival reviendrait à la mode, vous n'en inspirerez pas moins ceux qui chanteront leurs maîtresses.

APOLLON. Eh ! morbleu ! cela est bien différent ; les chansons ne seront plus si jolies. On ne chantera plus que des sentiments. Cela est bien plat.

MERCURE. Bien plat ! que voulez-vous donc qu'on chante ?

APOLLON. Ce que je veux ? Est-ce qu'il faut un commentaire à Mercure ? Une caresse, une vivacité, un transport, quelque petite action.

MERCURE. Ah ! vous avez raison. Je n'y songeais pas ; cela fait un sujet bien plus piquant, plus animé.

APOLLON. Sans comparaison, et un sujet bien plus à la portée d'être senti. Tout le monde est au fait d'une action.

MERCURE. Oui, tout le monde gesticule.

APOLLON. Et tout le monde ne *sent pas. Il y a des cœurs matériels qui n'entendent un sentiment que lorsqu'il est mis sur un canevas bien intelligible.

MERCURE. On ne leur explique l'âme qu'à la faveur du corps [2].

---

1. Manuscrit : *dans cette occasion-ci.* **2.** Cette réplique de Mercure, ainsi que la première phrase de la réplique d'Apollon qui suit sont biffées dans le manuscrit.

APOLLON. Vous y êtes ; et il faut avouer que la poésie galante a bien plus de prise en pareil cas. Aujourd'hui, quand j'inspire un couplet de chanson ou quelques autres vers, j'ai mes coudées franches, je suis à mon aise. C'est Philis qu'on attaque, qui combat, qui se défend mal ; c'est un beau bras qu'on saisit ; c'est une main qu'on adore et qu'on baise ; c'est Philis qui se fâche ; on se jette à ses genoux, elle s'attendrit, elle s'apaise ; un soupir lui échappe : Ah ! Sylvandre... Ah ! Philis... Levez-vous, je le veux... Quoi ! cruelle, mes transports... Finissez. Je ne puis. Laissez-moi. Des regards, des ardeurs, des douceurs ; cela est charmant. Sentez-vous la gaieté, la commodité de ces objets-là ? J'inspire là-dessus en me jouant. Aussi n'a-t-on jamais vu tant de poètes.

MERCURE. Et dont la poésie ne vous coûte rien. Ce sont les Philis qui en font tous les frais.

APOLLON. Sans doute. Au lieu que si la tendresse allait être à la mode, adieu les bras, adieu les mains ; les Philis n'auraient plus de tout cela.

MERCURE. Elles n'en seraient que plus aimables, et sans doute plus aimées [1]. Mais laissez-moi recevoir la Vérité qui arrive.

Scène VI

MERCURE, APOLLON, LA VÉRITÉ

MERCURE. Il est temps de venir, Déesse ; l'assemblée va se tenir bientôt.

LA VÉRITÉ. J'arrive. Je me suis seulement amusée un instant à parler à Minerve sur le choix qu'elle a fait de certains dieux pour la cérémonie dont il est question.

APOLLON. Peut-on vous demander de qui vous parliez, Déesse ?

LA VÉRITÉ. De qui ? de vous.

APOLLON. Cela est net. Et qu'en disiez-vous donc ?

LA VÉRITÉ. Je disais... Mais vous êtes bien hardi d'interroger la Vérité. Vous y tenez-vous ?

APOLLON. Je ne crains rien. Poursuivez.

MERCURE. Courage !

---

1. Texte de l'édition originale et du manuscrit. L'édition de 1758 corrige *aimées* en *estimées*, supprimant ainsi le jeu sur les deux mots de même racine. — Rappelons que c'est avec ce mot que s'achève la partie de la scène v biffée légèrement dans le manuscrit.

APOLLON. Que disiez-vous de moi ?

LA VÉRITÉ. Du bien et du mal ; beaucoup plus de mal que de bien. Continuez de m'interroger. Il ne vous en coûtera pas plus de savoir le reste.

APOLLON. Eh ! quel mal y a-t-il à dire du dieu qui peut faire le don de l'éloquence et de l'amour des beaux-arts ?

LA VÉRITÉ. Oh ! vos dons sont excellents ; j'en disais du bien ; mais vous ne leur ressemblez pas.

APOLLON. Pourquoi ?

LA VÉRITÉ. C'est que vous flattez, que vous mentez, et que vous êtes un corrupteur des âmes humaines.

APOLLON. Doucement, s'il vous plaît ; comme vous y allez !

LA VÉRITÉ. En un mot, un vrai charlatan.

APOLLON. Arrêtez, car je me fâcherais.

MERCURE. Laissez-la achever ; ce qu'elle dit est amusant.

APOLLON. Il ne m'amuse point du tout, moi. Qu'est-ce que cela signifie ? En quoi donc mérité-je tous ces noms-là ?

LA VÉRITÉ. Vous rougissez ; mais ce n'est pas de vos vices ; ce n'est que du reproche que je vous en fais.

MERCURE, *à Apollon*. N'admirez-vous pas son discernement ?

APOLLON. Déesse, vous me poussez à bout.

LA VÉRITÉ. Je vous définis. Vengez-vous en vous corrigeant.

APOLLON. Eh ! de quoi me corriger ?

LA VÉRITÉ. Du métier vénal et mercenaire que vous faites. Tenez, de toutes les eaux de votre Hippocrène, de votre Parnasse et de votre bel esprit, je n'en donnerais pas un fétu ; non plus que de vos neuf Muses, qu'on appelle les chastes sœurs, et qui ne sont que neuf vieilles friponnes que vous n'employez qu'à faire du mal. Si vous êtes le dieu de l'éloquence, de la poésie, du bel esprit, soutenez donc ces grands attributs avec quelque dignité. Car enfin, n'est-ce pas vous qui dictez tous les éloges flatteurs qui se débitent ? Vous êtes si accoutumé à mentir que, lorsque vous louez la vertu, vous n'avez plus d'esprit, vous ne savez plus où vous en êtes.

MERCURE. Elle n'a pas tout le tort. J'ai remarqué que la fiction vous réussit mieux que le reste.

LA VÉRITÉ. Je vous dis qu'il n'y a rien de si plat que lui, quand il ne ment pas. On est toujours mal loué de lui, dès qu'on mérite de l'être. Mais, dans le fabuleux, oh ! il triomphe. Il vous fait un monceau de toutes les vertus, et puis vous les jette à la tête : Tiens, prends, enivre-toi d'impertinences et de chimères.

APOLLON. Mais enfin...

LA VÉRITÉ. Mais enfin tant qu'il vous plaira. Vos épîtres dédicatoires, par exemple ?

MERCURE. Oh ! faites-lui grâce là-dessus. On ne les lit point.

LA VÉRITÉ. Dans le grand nombre, il y en a quelques-unes que j'approuve. Quand j'ouvre un livre, et que je vois le nom d'une vertueuse personne à la tête, je m'en réjouis ; mais j'en ouvre un autre, il s'adresse à une personne admirable ; j'en ouvre cent, j'en ouvre mille ; tout est dédié à des prodiges de vertu et de mérite. Et où se tiennent donc tous ces prodiges ? Où sont-ils ? Comment se fait-il que les personnes vraiment louables soient si rares, et que les épîtres dédicatoires soient si communes ? Il me les faut pourtant en nombre égal, ou bien vous n'êtes pas un dieu d'honneur. En un mot, il y a mille épîtres où vous vous écriez : « Que votre modestie se rassure, Monseigneur ». Il me faut donc mille Monseigneurs modestes. Oh ! de bonne foi, me les fourniriez-vous [1] ? Concluez.

APOLLON. Mais, Mercure, approuvez-vous tout ce qu'elle me dit là [2] ?

MERCURE. Moi ? je ne vous trouve pas si coupable qu'elle le croit. On ne sent point qu'on est menteur, quand on a l'habitude de l'être.

APOLLON. La réponse est consolante.

LA VÉRITÉ. En un mot, vous masquez tout. Et ce qu'il y a de plaisant, c'est que ceux que vous travestissez prennent le masque que vous leur donnez pour leur visage. Je connais une très laide femme que vous avez appelée *charmante Iris*. La folle n'en veut rien rabattre. Son miroir n'y gagne rien ; elle n'y voit plus qu'Iris. C'est sur ce *pied-là qu'elle se montre ; et la charmante Iris est une guenon qui vous ferait peur. Je vous pardonnerais tout cela, cependant, si vos flatteries n'attaquaient pas jusqu'aux princes ; mais pour cet article-là, je le trouve affreux.

MERCURE. Malepeste ! c'est l'article de tout le monde.

APOLLON. Quoi ! dire la vérité aux princes !

LA VÉRITÉ. Le plus grand des mortels, c'est le Prince qui l'aime et qui la cherche ; je mets presque à côté de lui le sujet vertueux qui

---

1. Texte du manuscrit et de l'édition originale. L'édition de 1758 et les éditions postérieures portent : *me les fournirez-vous*. 2. Cette réplique, les deux suivantes, celle de la Vérité, jusqu'à *qui vous ferait peur*, sont biffées dans le manuscrit.

ose la lui dire. Et le plus heureux de tous les peuples est celui chez qui ce Prince et ce sujet se rencontrent ensemble[1].

APOLLON. Je l'avoue, il me semble que vous avez raison.

LA VÉRITÉ. Au reste, Apollon, tout ce que je vous dis là ne signifie pas que je vous craigne. Vous savez aujourd'hui de quel Prince il est question. Faites tout ce qu'il vous plaira ; la Sagesse et moi, nous remplirons son âme d'un si grand amour pour les vertus, que vos flatteurs seront réduits à parler de lui comme j'en parlerai moi-même. Adieu.

APOLLON. C'en est fait, je me rends, Déesse, et je me raccommode avec vous. Allons, je vous consacre mes veilles. Vous fournirez les actions au Prince, et je me charge du soin de les célébrer.

Scène VII

MERCURE, APOLLON

MERCURE. Seigneur Apollon, je vous félicite de vos louables dispositions. Ce que c'est que les gens d'*esprit ! Tôt ou tard ils deviennent honnêtes gens.

APOLLON. Voilà ce qui fait qu'on ne doit pas désespérer de vous, seigneur Mercure.

Scène VIII[2]

CUPIDON, MERCURE, APOLLON

CUPIDON. Gare, gare, Messieurs ; voici Minerve qui se rend ici avec mon rival.

MERCURE. Eh bien ! nous ne serons pas de trop ; je serai bien aise d'être présent.

APOLLON. Vous n'auriez pas mal fait de me communiquer ce que vous avez à dire. J'aurais pu vous fournir quelque chose de bon ; mais vous ne consultez personne.

CUPIDON. *Mons de la Poésie, vous me manquez de respect.

---

1. Marivaux aborde souvent ce sujet de morale politique. Voir *Le Prince travesti*, acte I, sc. VIII, et surtout une œuvre de vieillesse, *L'Éducation d'un prince* (décembre 1754), dans le volume des *Journaux et Œuvres diverses*, section V, pp. 515 et suiv. **2.** Un signe en marge du manuscrit indique que cette scène devait être supprimée à la représentation.

APOLLON. Pourquoi donc ?

CUPIDON. Vous croyez avoir autant d'esprit que moi, je pense ?

MERCURE *rit*. Hé, hé, hé, hé.

APOLLON. Je sais pourtant persuader la raison même.

CUPIDON. Et moi, je la fais taire. Taisez-vous aussi.

Scène IX

MINERVE, L'AMOUR, CUPIDON, MERCURE, APOLLON

MINERVE. Vous savez, Cupidon, de quel emploi Jupiter m'a char-gée. Peut-être vous plaindrez-vous du secret que je vous ai fait de notre assemblée : mais je croyais vos feux trop vifs. Quoi qu'il en soit, nous ne voulons point que le Prince ait une âme insensible. L'un de vous deux doit avoir quelque droit sur son cœur, mais la raison doit primer sur tout ; et vous êtes accusé de ne la ménager guère.

CUPIDON. Oui-da, je l'étourdis quelquefois. Il y a des moments dif-ficiles à passer avec moi mais cela ne dure pas.

APOLLON. Quand on aime, il faut bien qu'il y paraisse[1].

MERCURE. Tenez, dans la théorie, le dieu de la tendresse l'em-porte ; mais j'aime mieux sa pratique, à lui.

MINERVE. Messieurs[2], ne soyez que spectateurs.

MERCURE. Je ne dis plus mot.

APOLLON. Pour moi, serviteur au silence. Je sors[3].

MINERVE. Vous me faites[4] plaisir.

Scène X

MINERVE, L'AMOUR, CUPIDON, MERCURE

MINERVE. Allons, Cupidon, je vous écouterai, malgré les défauts qu'on vous reproche.

CUPIDON. Mais qu'est-ce que c'est que mes défauts ? Où cela va-

---

1. Cette réplique avait été biffée, puis Marivaux a écrit *bon* en marge. **2.** *Messieurs* a été biffé, puis Marivaux a écrit *bon* en marge. **3.** Ces deux mots ont été biffés, puis Marivaux a écrit *bon* en marge. — Apollon préfère sortir, parce qu'il ne peut se résigner à se taire. **4.** *Ferez* a été écrit au-dessus de *faites*, puis biffé.

t-il ? On dit que je suis un peu libertin ; mais on n'a jamais dit que j'étais un benêt.

L'Amour. Eh ! de qui l'a-t-on dit ?

Cupidon. À votre place, je ne ferais point cette question-là.

Minerve. Il ne s'agit point de cela. Terminons. Je ne suis venue ici que pour vous écouter. Voyons *(à l'Amour)* vous êtes l'ancien, vous ; parlez le premier.

L'Amour *tousse et crache*. Sage Minerve, vous devant qui je m'estime heureux de réclamer mes droits...

Cupidon. Je défends les coups d'encensoir.

Minerve. Retranchez l'encens.

L'Amour. Je croirais manquer de respect et faire outrage à vos lumières, si je vous soupçonnais capable d'hésiter entre lui et moi.

Cupidon. La cour remarquera qu'il la flatte.

Minerve, *à Cupidon*. Laissez-le donc dire.

Cupidon. Je ne parle pas. Je ne fais qu'*apostiller son exorde.

L'Amour. Ah ! c'en est trop. Votre audace m'irrite, et me fait sortir de la modération que je voulais garder. Qui êtes-vous, pour oser me disputer quelque chose ? Vous, qui n'avez pour attribut que le vice, digne héritage d'une origine aussi impure que la vôtre [1] ? Divinité scandaleuse, dont le culte est un crime, à qui la seule corruption des hommes a dressé des autels ? Vous, à qui les devoirs les plus sacrés servent de victimes ? Vous, qu'on ne peut honorer qu'en immolant la vertu ? Funeste auteur des plus honteuses flétrissures des hommes, qui, pour récompense à ceux qui vous suivent, ne leur laissez que le déshonneur, le repentir et la misère en partage : osez-vous vous comparer à moi, au dieu de la plus noble, de la plus estimable, de la plus tendre des passions et j'ose dire, de la plus féconde en héros [2] ?

Cupidon. Bon, des héros ! Nous voilà bien riches ! Est-ce que vous croyez que la terre ne se passera pas bien de ces messieurs-là ? Allez, ils sont plus curieux à voir que nécessaires : leur gloire a trop d'attirail. Si l'on rabattait tous les frais qu'il en coûte pour les avoir, on verrait qu'on les achète plus qu'ils ne valent. On est bien dupe de les admirer, puisqu'on en paie la *façon [3]. Il faut que les hommes

---

1. Cette origine a été racontée dans *L'Amour et la Vérité*. Voir plus haut, p. 102.   **2.** L'Amour fait ici allusion aux héros des romans du siècle précédent.   **3.** Marivaux partage avec son siècle la méfiance à l'égard des héros. Il l'exprime notamment dans la préface de *L'Iliade travestie*, où il découvre dans la vanité le principe de l'acte héroïque.

vivent un peu plus *bourgeoisement[1] les uns avec les autres, pour être en repos. Vos héros sortent du niveau, et ne font que du tintamarre. Poursuivez.

MINERVE. Laissons là les héros. Il est beau de l'être ; mais la raison n'admire que les sages.

CUPIDON. Oh ! de ceux-là, il n'en a jamais fait, ni moi non plus.

L'AMOUR. De grâce, écoutez-moi, Déesse. Qu'est-ce que c'était autrefois que l'envie de plaire ? Je vous en atteste vous-même. Qu'est-ce que c'était que l'amour ? je l'appelais tout à l'heure une passion. C'était une vertu, Déesse ; c'était du moins l'origine de toutes les vertus ensemble. La nature me présentait des hommes grossiers, je les polissais[2] ; des féroces, je les humanisais ; des fainéants, dont je ressuscitais les talents enfouis dans l'oisiveté et dans la paresse. Avec moi, le méchant rougissait de l'être. L'espoir de plaire, l'impossibilité d'y arriver autrement que par la vertu, forçaient son âme à devenir estimable. De mon temps, la Pudeur était la plus estimable[3] des Grâces.

CUPIDON. Eh bien ! il ne faut pas faire tant de bruit ; c'est encore de même. Je n'en connais point de si piquante, moi, que la pudeur. Je l'adore, et mes sujets aussi. Ils la trouvent si charmante, qu'ils la poursuivent partout où ils la trouvent. Mais je m'appelle l'Amour ; mon métier n'est pas d'avoir soin d'elle. Il y a le respect, la sagesse, l'honneur, qui sont commis à sa garde. Voilà ses officiers ; c'est à eux à la défendre du danger qu'elle court ; et ce danger, c'est moi. Je suis *fait pour être ou son vainqueur ou son vaincu. Nous ne saurions vivre autrement ensemble ; et sauve qui peut. Quand je la bats, elle me le pardonne : quand elle me bat, je ne l'en estime pas moins, et elle ne m'en hait pas davantage. Chaque chose a son contraire ; je suis le sien. C'est sur la bataille des contraires que tout roule dans la nature. Vous ne savez pas cela, vous ; vous n'êtes point philosophe.

L'AMOUR. Jugez-nous, Déesse, sur ce qu'il vient d'avouer lui-même.

---

1. Le manuscrit portait *uniment*, qui a été biffé, avec en surcharge : *bourgeoisement*. **2.** Cette idée des vertus éducatrices de l'amour a été exprimée par Marivaux dans une de ses premières œuvres, *Le Bilboquet*. L'Amour y est, significativement, l'allié de l'Esprit et de la Raison contre la Folie et l'Ignorance. Elle apparaît aussi, bien entendu, dans *Arlequin poli par l'amour*, où Marivaux montre l'influence bénéfique de l'amour sur des êtres innocents, mais primitifs et « grossiers ». **3.** Le manuscrit porte : *la plus aimable*.

N'est-il pas condamnable ? Quelle différence des amants de mon temps aux siens ! Que de décence dans les sentiments des miens ! Que de dignité dans les transports mêmes !

CUPIDON. De la dignité dans l'amour ! de la décence pour la durée du monde ! voilà des agréments d'une grande ressource ! Il ne sait plus ce qu'il dit. Minerve, toute la nature est intéressée à ce que vous renvoyiez ce vieux garçon-là[1]. Il va l'appauvrir à un point qu'il n'y aura plus que des déserts. Vivra-t-elle de soupirs ? Il n'a que cela vaillant. Autant en emporte le vent : et rien ne reste que des romans de douze tomes. Encore, à la fin, n'y aura-t-il personne pour les lire. Prenez garde à ce que vous allez faire.

L'AMOUR. Juste Ciel ! faut-il... ?

CUPIDON. Bon ! des apostrophes au Ciel ! voilà encore de son jargon. Eh ! morbleu ! qu'il s'en aille. Tenez, mon ami, je veux bien encore vous parler raison. Vous me reprochez ma naissance, parce qu'elle n'est pas *méthodique, et qu'il y manque une petite formalité, n'est-ce pas ? Eh bien ! mon enfant, c'est en quoi elle est excellente, admirable ; et vous n'y entendez rien.

MERCURE. Ceci est nouveau.

CUPIDON. Doucement. La nature avait besoin d'un Amour, n'est-il pas vrai ? Comment fallait-il qu'il fût, à votre avis ? Un conteur de fades sornettes ? Un trembleur qui a toujours peur d'offenser, qui n'eût fait dire aux femmes que *ma gloire !* et aux hommes que *vos divins appas ?* Non, cela ne valait rien. C'était un *espiègle tel que moi qu'il fallait à la nature ; un étourdi, sans souci, plus vif que délicat ; qui mît toute sa noblesse à tout prendre et à ne rien laisser. Et cet enfant-là, je vous prie, y avait-il rien de plus sage que de lui donner pour père et pour mère des parents joyeux qui le fissent naître sans cérémonie dans le sein de la joie ? Il ne fallait que le sens commun pour sentir cela. Mais, dites-vous, vous êtes le dieu du vice ? Cela n'est pas vrai ; je donne de l'amour, voilà tout : le reste vient du cœur des hommes. Les uns y perdent, les autres y gagnent ; je ne m'en embarrasse pas. J'allume le feu ; c'est à la raison à le

---

1. L'idée de la comparaison des deux amours avec deux âges de l'homme est reprise dans *Le Cabinet du philosophe*, deuxième feuille : « À peindre l'Amour comme les cœurs constants le traitent, on en ferait un homme. À le peindre suivant l'idée qu'en donnent les cœurs volages, on en ferait un enfant ; et voilà justement comme on l'a compris de tout temps. Et il faut convenir qu'il est mieux rendu et plus joli en enfant, qu'il ne le serait en homme. » (*Journaux et Œuvres diverses*, p. 344.)

conduire : et je m'en tiens à mon métier de distributeur de flammes au profit de l'univers. En voilà assez ; croyez-moi : retirez-vous. C'est l'avis de Minerve.

MINERVE. Je suspends encore mon jugement entre vous deux. Voici la Vertu qui entre ; je ne prononcerai que lorsqu'elle m'aura donné son avis.

Scène XI

LA VERTU, LES ACTEURS PRÉCÉDENTS

MINERVE. Venez, Déesse ; nous avons besoin de vous ici. Vous savez les motifs de notre assemblée. Il s'agit à présent de savoir lequel de ces deux Amours nous devons retenir pour nos desseins. Je viens d'entendre leurs raisons ; mais je ne déciderai la chose qu'après que vous l'aurez examinée vous-même. Que chacun d'eux vous fasse sa déclaration. Vous me direz, après, laquelle vous aura paru du caractère le plus estimable ; et je jugerai par là lequel de leurs dons peut entraîner le moins d'inconvénients dans l'âme du Prince. Adieu, je vous laisse ; et vous me ferez votre rapport.

Scène XII

L'AMOUR, CUPIDON, MERCURE, LA VERTU

MERCURE. L'expédient est très bon.

CUPIDON. Dites-moi, Déesse, ne vaudrait-il pas mieux que nous vous tirassions chacun un petit coup de dard ? Vous jugeriez mieux de ce que nous valons par nos coups.

LA VERTU. Cela serait inutile. Je suis invulnérable. Et d'ailleurs, je veux vous écouter de sang-froid[1], sans le secours d'aucune impression étrangère.

MERCURE. C'est bien dit, point de prévention.

L'AMOUR. Il est bien humiliant pour moi de me voir tant de fois réduit à lutter contre lui.

CUPIDON. Mon ancien recule ici ? Ses flammes héroïques ont peur de mon feu *bourgeois[2]. C'est le brodequin qui épouvante le cothurne.

---

1. Écrit *sens-froid* dans le manuscrit.   **2.** Cette phrase est biffée dans le manuscrit.

L'Amour. Je pourrais avoir peur, si nous avions pour juge une âme commune ; mais avec la Vertu, je n'ai rien à craindre.

Cupidon. Il fait toujours des exordes. Il a pillé celui-ci dans *Cléopâtre*[1].

La Vertu. Qu'importe ? Allons, je vous entends.

Mercure. Le *pas est réglé entre vous. C'est à l'Amour à commencer.

Cupidon. Sans doute. Il est la tragédie, lui ; moi, je ne suis que la petite pièce. Qu'il vous glace d'abord, je vous réchaufferai après[2].

Mercure et la Vertu sourient.

L'Amour. Quoi ! met-il déjà les rieurs de son côté ?

La Vertu. Laissez-le dire. Commencez, je vous écoute.

Mercure. Motus.

L'Amour *s'écarte, et fait la révérence en abordant la Vertu.* Permettez-moi, Madame, de vous demander un moment d'entretien. Jusques ici mon respect a réduit mes sentiments à se taire.

Cupidon *bâille.* Ha, ha, ha.

L'Amour. Ne m'interrompez donc pas.

Cupidon. Je vous demande pardon ; mais je suis l'Amour et le respect m'a toujours fait bâiller. N'y prenez pas garde.

Mercure. Ce début me paraît froid.

La Vertu, *à l'Amour.* Recommencez.

L'Amour. Je vous disais, Madame, que mon respect a réduit mes sentiments à se taire. Ils n'ont osé se produire que dans mes timides regards ; mais il n'est plus temps de feindre, ni de vous dérober votre victime. Je sais tout ce que je risque à vous déclarer ma flamme. Vos rigueurs vont punir mon audace. Vous allez accabler un téméraire ; mais, Madame, au milieu du courroux qui va vous saisir, souvenez-vous du moins que ma témérité n'a jamais passé jusqu'à l'espérance, et que ma respectueuse ardeur...

Cupidon. Encore du respect ! Voilà mes vapeurs qui me reprennent.

Mercure. Et les voilà qui me gagnent aussi, moi.

---

1. Roman de La Calprenède, que Marivaux prend, dès les *Lettres au Mercure*, comme le type de l'œuvre purement romanesque. **2.** Dans l'usage du temps, le spectacle commence toujours par la tragédie ou la grande comédie, pour s'achever sur la comédie en un acte, ou *petite pièce*. À la ligne suivante, l'édition originale porte par erreur : *La Vérité*.

L'AMOUR. Déesse, rendez-moi justice. Vous sentez bien qu'on m'arrête au milieu d'une période assez touchante, et qui avait quelque dignité.

LA VERTU. Voilà qui est bien ; votre langage est décent. Il n'étourdit point la raison. On a le temps de se reconnaître ; et j'en rendrai bon compte.

MERCURE. Cela fait une belle pièce d'éloquence. On *dirait d'une harangue.

CUPIDON. Oui-da ; cette flamme, avec les rigueurs de Madame, la témérité qu'on accable à cause de cette audace qui met en courroux, en dépit de l'espérance qu'on n'a point, avec cette victime qui vient brocher sur le tout : cela est très beau, très touchant, assurément [1].

L'AMOUR, *à Cupidon.* Ce n'est pas votre sentiment qu'on demande. Voulez-vous que je continue, Déesse ?

LA VERTU. Ce n'est pas la peine. En voilà assez. Je vois bien ce que vous savez faire. À vous, Cupidon.

MERCURE. Voyons.

CUPIDON [2]. Non, Déesse adorable, ne m'exposez point à vous dire que je vous aime. Vous regardez ceci comme une feinte ; mais vous êtes trop aimable ; et mon cœur pourrait [3] s'y méprendre. Je vous dis la vérité ; ce n'est pas d'aujourd'hui que vous me touchez. Je me connais en charmes. Ni sur la terre ni dans les cieux, je ne vois rien qui ne le cède aux vôtres. Combien de fois n'ai-je pas été tenté de me jeter à vos genoux ! Quelles délices pour moi d'aimer la Vertu, si je pouvais être aimé d'elle [4] ! Eh ! pourquoi ne m'aimeriez-vous pas ? Que veut dire ce penchant qui me porte à vous, s'il n'annonce pas que vous y serez sensible ? Je sens que tout mon cœur vous est dû. N'avez-vous pas quelque répugnance à me refuser le vôtre ? Aimable Vertu, me fuyez-vous toujours ? Regardez-moi ! Vous ne me connaissez pas ? C'est l'Amour à vos genoux qui vous parle. Essayez de le voir. Il est soumis : il ne veut que vous fléchir. Je vous aime, je vous le dis ; vous m'entendez ; mais vos yeux ne me rassurent pas.

---

1. Le manuscrit ajoute l'indication : *(Mercure rit.)*   **2.** Le manuscrit ajoute cette indication scénique, non dépourvue d'intérêt : *tout d'un coup.* L'entrée en matière de Cupidon s'oppose ainsi aux préliminaires de l'Amour, exorde, révérence, etc.   **3.** *Bien* manque dans le manuscrit.   **4.** La situation ébauchée ici sera souvent reprise dans le roman du XVIIIᵉ siècle, et surtout, on le sait, dans *Les Liaisons dangereuses*, lorsque Valmont fait la cour à la présidente de Tourvel.

Un regard achèverait mon bonheur. Un regard[1] ? Ah ! quel plaisir, vous me l'accordez. Chère main que j'idolâtre, recevez mes transports. Voici le plus heureux instant qui me soit échu en partage.

LA VERTU, *soupirant*[2]. Ah ! finissez, Cupidon ; je vous défends de parler davantage.

L'AMOUR. Quoi ! la Vertu se laisse baiser la main ?

LA VERTU. Il va si vite que je ne la lui ai pas vu prendre.

MERCURE. Ce fripon-là m'a attendri aussi.

CUPIDON. Déesse, pour m'expliquer comme lui, vous plaît-il d'écouter encore deux ou trois petites périodes de conséquence ?

LA VERTU. Quoi, voulez-vous continuer ? Adieu.

CUPIDON. Mais vous vous en allez et ne décidez rien.

LA VERTU. Je me sauve et vais faire mon rapport à Minerve.

L'AMOUR[3]. Adieu, Mercure, je vous quitte, et je vais la suivre.

CUPIDON, *riant*. Allez, allez lui servir d'antidote.

Scène XIII

MERCURE, CUPIDON

CUPIDON, *riant*. Ha ! ha ! ha ! ha ! la Vertu se laissait apprivoiser. Je la tenais déjà par la main, toute Vertu qu'elle est : et si elle me donnait encore un quart d'heure d'audience, je vous la garantirais mal nommée.

MERCURE. Oui ; mais la Vertu est sage, et vous fuit.

CUPIDON. La belle ressource !

MERCURE. Il n'y en a point d'autre avec un fripon comme vous.

CUPIDON. Qu'est-ce donc, seigneur Mercure ? Vous me donnez des épithètes ! Vous vous *familiarisez, petit *commensal !

MERCURE. Quoi ! vous vous fâchez ?

CUPIDON. Oh ! que non. Nous ne pouvons nous passer l'un de l'autre. Mais qu'en dites-vous ? Le dieu de la tendresse n'a pas beaucoup brillé, ce me semble ?

---

1. La seconde fois, les mots *un regard*, donnés par l'édition originale et le manuscrit, tombent dans l'édition de 1758 et disparaissent, en conséquence, des éditions modernes. 2. Bien entendu, la Vertu se laisse prendre à ce qui ne devait être que fiction. C'est une tradition dans les scènes de ce genre, qui comportent généralement (comme ici du reste) un personnage de femme travesti en homme. Voir chez Marivaux *La Fausse Suivante* ou *Le Triomphe de l'amour*. 3. Le manuscrit ajoute : *la suivant*.

Mercure. Vous êtes un étourdi. Vous ne l'avez que trop battu ; et je crains que vous n'ayez paru trop fort. Comment donc ! vous égratignez, en jouant, jusqu'à la Vertu même ? Oh ! on ne vous choisira pas pour la cérémonie présente. Vous êtes trop remuant. Vous mettriez la Ville et la Cour sur un joli ton. J'entends quelqu'un. Je suis sûr que c'est Minerve qui va venir vous donner votre congé. C'est elle-même.

Scène XIV et dernière.

TOUS LES ACTEURS DE LA PIÈCE [1]

Minerve. Cupidon, la Vertu décidait contre vous ; et moi-même j'allais être de son sentiment, si Jupiter n'avait pas jugé à propos de vous réunir, en vous corrigeant, pour former le cœur du Prince. Avec votre confrère, l'âme est trop tendre, il est vrai ; mais avec vous, elle est trop libertine. Il fait souvent des cœurs ridicules ; vous n'en faites que de méprisables. Il égare l'esprit ; mais vous ruinez les mœurs. Il n'a que des défauts, vous n'avez que des vices. Unissez-vous tous deux : rendez-le plus vif et plus passionné ; et qu'il vous rende plus tendre et plus raisonnable : et vous serez sans reproche. Au reste, ce n'est pas un conseil que je vous donne ; c'est un ordre de Jupiter que je vous annonce [2].

Cupidon, *embrassant l'Amour.* Allons, mon camarade, je le veux bien. Embrassons-nous. Je vous apprendrai à n'être plus si sot ; et vous m'apprendrez à être plus sage [3].

---

1. Les mots de la pièce manquent dans le manuscrit.   **2.** La conclusion, tout compte fait, n'est pas inattendue pour qui a suivi les maladresses de l'Amour dans la pièce. Marivaux ne peut couronner totalement l'amour romanesque dont il s'est détaché vite, après avoir semblé le célébrer dans son premier roman, *Les Effets surprenants de la sympathie*. La lecture de la seconde feuille du *Cabinet du philosophe* confirme cette impression. **3.** Après le texte de la pièce, figure, dans le manuscrit, la mention suivante : *Vu et permis de représenter. Paris, ce 23 octobre 1731.* Hérault. (Hérault était le lieutenant de police, chargé comme tel de la surveillance des pièces de théâtre.)

LE TRIOMPHE DE L'AMOUR

COMÉDIE EN TROIS ACTES
REPRÉSENTÉE POUR LA PREMIÈRE FOIS
PAR LES COMÉDIENS-ITALIENS
LE 12 MARS 1732

NOTICE

Fidèle au système d'alternance qu'il pratique alors entre les deux
théâtres, après *La Réunion des Amours*, jouée par les comédiens
français, et en attendant que la même troupe se décide à représenter
ses *Serments indiscrets*, Marivaux donne aux Italiens une pièce dont
le succès lui paraît incertain, *Le Triomphe de l'amour*. Représentée
le 12 mars 1732, elle commença par ne pas plaire. Aux représentations suivantes, l'accueil fut favorable, et même glorieux à la cour,
où la troupe la joua le 15 mars, avec *Agnès de Chaillot*[1]. Mais le
public restait peu nombreux, et la pièce fut retirée après la sixième
représentation[2]. Elle avait, en effet, de quoi surprendre, ainsi qu'en
témoigne le résumé que le *Mercure de France* donnait à ses lecteurs[3] :

« Une jeune princesse, amoureuse d'un jeune prince opprimé,
auquel un philosophe a donné un asile pour le dérober au péril qui
menacerait sa vie, s'il la passait dans l'éclat qui convient à sa naissance, se travestit en homme pour s'introduire chez Hermocrate
(c'est le nom du philosophe qui l'a élevé chez lui dès sa plus tendre
enfance). Ce philosophe a une sœur, appelée Léontine, d'un honneur encore plus austère. La Princesse, déguisée sous le nom de

---

1. Il semble que cette parodie d'*Inés de Castro* ne fut pas jouée à la cour
tant que vécut La Motte.   **2.** Voici les recettes, d'après les registres de la
Comédie-Italienne, dans Clarence Brenner : 12 mars, 1 263 livres ; 14 mars,
368 livres ; 17 mars, 753 livres ; 21 mars, 412 livres ; 23 mars, 413 livres ;
13 juillet, 227 livres. Aux six représentations à la ville, il faut ajouter celle de
Versailles.   **3.** Ce résumé était précédé des mots d'introduction suivants :
« Les Comédiens-Italiens donnèrent le 12 mars la première représentation
d'une comédie en trois actes, en prose, intitulée *Le Triomphe de l'amour* ;
mais cette pièce n'a pas eu le succès qu'elle méritait, c'est une des mieux
intriguées qui soit sortie de la plume de M. de Marivaux ; voici un argument
qui doit tenir lieu d'extrait. » (*Mercure* d'avril, p. 778.)

Phocion, commence par mettre la sœur du philosophe dans ses intérêts, en lui faisant croire qu'il l'aime, et que ce n'est que par le bruit
de ses perfections, qui lui tiennent lieu de tout ce que la beauté a
de plus piquant, qu'il est venu la chercher dans sa retraite ; l'austérité de cette prude est d'abord effarouchée ; elle ne saurait consentir
à laisser entrer et séjourner chez elle un homme dont elle est aimée ;
mais l'amour, qui commence à triompher de son cœur, lui fait insensiblement oublier ce qu'elle doit à sa gloire ; elle lui promet de faire
consentir Hermocrate, son frère, à le recevoir chez lui et à l'y souffrir
pour quelques jours, par droit d'hospitalité ; ce premier obstacle
franchi, le prétendu Phocion n'a pas beaucoup de peine à lier un
commerce d'amitié avec Agis, c'est le nom de son amant ; cependant, comme tout est suspect aux yeux d'Hermocrate, ce philosophe
ne consent pas encore à recevoir Phocion dans sa retraite ; les jours
d'Agis lui sont trop chers pour le laisser approcher de qui que ce
soit ; nouvel embarras pour Phocion, mais il a pourvu à tout, et sa
batterie est dressée de loin. Il a une conversation avec Hermocrate :
autre incident, que l'auteur a pris soin d'exposer dans la première
scène, Hermocrate a vu Phocion depuis peu dans la forêt prochaine,
sous les habits de son sexe ; il reconnaît ses traits malgré son travestissement ; le faux cavalier a pris ses mesures contre cet inconvénient, il se donne pour ce qu'il est ; et joue avec le frère le rôle qui
lui a si bien réussi avec la sœur ; deux portraits qu'il a fait faire de
l'un et de l'autre, présentés à propos, le font passer pour l'amant le
plus passionné, et l'amante la plus sincère qui fut jamais.

« Également aimé de la prude et du philosophe, il ne lui reste
plus que de l'être de son cher Agis ; dans une scène ingénieusement
traitée, l'ami prétendu se déclare tendre amant ; l'amitié d'Agis
devient amour, et l'amour produit en lui la jalousie dès qu'il
apprend qu'Hermocrate est aimé. Léonide, c'est le véritable nom de
la Princesse, n'a pas beaucoup de peine à dissiper ses soupçons ; le
nom de perfide, que son amant lui a donné dans sa colère, ne sert
qu'à faire voir qu'elle est aimée autant qu'elle aime.

« Le dénouement de cette aventure est des plus comiques. Léonide, pour écarter le philosophe et sa sœur, leur dit de l'aller
attendre à Athènes, où elle doit les épouser solennellement ; ils se
font une confiance réciproque de leur amour, qu'ils cessent d'envisager comme une faiblesse. Léontine nomme son vainqueur au philosophe qui ne lui répond que par un grand éclat de rire ; il lui dit
que Phocion est une fille, et que c'est l'amour qu'elle a pour lui

qui l'a obligée à déguiser son sexe ; mais le pauvre philosophe est confondu à son tour, quand il apprend de la bouche d'Agis que c'est lui qui est l'amant favorisé et qui doit devenir son heureux époux. Hermocrate a beau vouloir s'y opposer et prendre le ton de maître ; on vient lui dire que sa maison est entourée de soldats, commandés par le capitaine des gardes de la Princesse. Léonide vient et se fait reconnaître pour princesse de Sparte ; elle rend à son cher Agis, fils de Cléomène, le trône que son père avait usurpé sur lui[1]. »

Quoique ce résumé laisse encore de côté plusieurs éléments extra-ordinaires, comme la présence dans la pièce d'un jardinier qui jar-gonne le patois de Vaugirard, et d'un Arlequin traditionnel, il laisse deviner l'étonnement que produisit l'insertion d'une intrigue roma-nesque dans un cadre antique. Sans doute peut-on rappeler que les romans du XVIIe siècle connaissent vers 1730 un regain de faveur, attesté par des rééditions modernisées des œuvres de La Calpre-nède. Or l'esprit de *L'Astrée*, de *La Clélie* et du *Grand Cyrus* est sensible dans *Le Triomphe de l'amour*[2]. Mais il faut, pour comprendre les intentions de Marivaux, rattacher sa pièce à des sources plus précises.

Dès la publication de la comédie en Hollande[3], le rédacteur du *Journal littéraire* avait observé que *Le Triomphe de l'amour* était « copié » du *Démocrite amoureux* de Regnard. Il est vrai que cette pièce se passe en Grèce, dans l'Antiquité. Démocrite est un philo-sophe qui tombe amoureux malgré le mépris qu'il professe pour les faiblesses humaines. La jeune fille qu'il aime est remarquée par le roi d'Athènes et son fils qui, par un incident de chasse, passent un jour dans la campagne solitaire où ils habitent : Démocrite et son valet Strabon, la jeune Criséis et le paysan qui l'élève sont emmenés à la cour. Là, on découvre que Criséis, qui est de naissance princière, a été confiée au paysan Thaler pour éviter certaines complications

---

1. *Mercure* d'avril 1732, pp. 779-782. Vient à la suite de ce résumé l'appré-ciation qui sera citée plus loin.   2. Kenneth McKee remarque (ouvr. cit., p. 146) que les noms de Phocion, d'Aspasie et d'Agis se trouvent dans *L'As-trée*. Phocion est aussi le nom que prend l'oncle de Brideron, nouveau Men-tor dans *Le Télémaque travesti*. Celui d'Aspasie est choisi par Marivaux en souvenir de la courtisane Aspasie pour souligner le paradoxe du philosophe amoureux.   3. L'édition originale, in-12 de 144 pages, chez Prault, est annoncée par le *Mercure* de juin 1732, p. 1379. L'édition hollandaise fut publiée par Van Duren, à La Haye, dans la série du Théâtre français, tome III (voir ci-après, p. 984). Sur le compte rendu du *Journal littéraire*, voir ci-après, p. 982.

dynastiques. Elle épouse finalement l'héritier du trône, le prince Agénor. Le cadre, l'intrigue romanesque, le personnage du philosophe présentent évidemment des ressemblances avec *Le Triomphe de l'amour*. L'influence de Regnard sur Marivaux est donc réelle, mais elle n'est pas fondamentale. Le thème du philosophe à la cour, très important chez Regnard, n'apparaît pas chez Marivaux. Le couple Strabon-Cléanthis, dont les retrouvailles fournissent à Regnard une scène fameuse, ne laisse aucune trace dans *Le Triomphe de l'amour*. Inversement, l'idée même du « triomphe de l'amour » dans les cœurs de tous les protagonistes ne doit rien à Regnard.

On se rapproche sans doute davantage de l'atmosphère du *Triomphe de l'amour* avec une tragi-comédie de Quinault, *Le Feint Alcibiade* (1658), dans laquelle Marivaux doit avoir puisé un certain nombre d'idées. L'action se passe à la cour du roi Agis, à Sparte, qui a à moitié usurpé le trône, puisqu'il en a écarté Charilas, fils du co-prince de Sparte. Cléone, sœur jumelle d'Alcibiade, s'y est rendue sous les habits et le nom de son frère, exilé d'Athènes, tandis qu'Alcibiade est resté à Athènes sous le nom de sa sœur. Elle veut reprocher son infidélité à Lisandre, favori du roi Agis, qui se prépare à épouser Léonide, sœur dudit roi. Sous ses habits masculins, Cléone, sans dessein préconçu, conquiert les cœurs de la reine Timée, femme d'Agis, et de Léonide, qui est prête à laisser Lisandre pour le feint Alcibiade. Après différents incidents, dans lesquels Cléone déguisée en homme sauve la vie de Lisandre, attaqué par un sanglier furieux, puis du roi, que Charilas veut assassiner, la pièce finit heureusement par le mariage de Cléone et de Lisandre. On voit aisément ce que Marivaux a pu retenir de cette tragi-comédie à l'intrigue romanesque et fort peu historique : l'image d'une Sparte livrée à des intrigues amoureuses et dynastiques, les noms d'Agis et de Léonide, l'idée d'une jeune fille aux amoureux desseins qui, au passage, s'empare aussi de quelques cœurs féminins. Mais il faut observer que cette action décousue n'est nullement dirigée, comme chez Marivaux, par la volonté délibérée d'un personnage qui conduit tous les événements vers une fin. Il y manque l'essentiel : un véritable sujet.

Cette unité de sujet commence à poindre dans la dernière et la plus importante des sources de Marivaux, le recueil d'histoires pseudo-historiques de Mme de Villedieu intitulé *Les Amours des grands hommes*. L'une de ces histoires conte les amours de Socrate. Dans une « solitude » proche d'Athènes, il fait élever une jeune Phry-

gienne, Timandre, que son père lui a confiée en mourant. Afin de
veiller à ce précieux dépôt, auquel il s'intéresse plus que sa philosophie et son état d'homme marié ne devraient le lui permettre, il en
a confié la garde à une femme d'un certain âge, Aglaunice, qui se
pique d'astrologie, et il en cache l'existence aux jeunes gens
d'Athènes. Son disciple Alcibiade, qui a percé son secret, décide de
conquérir Timandre. Il se présente à la maison de campagne sous
un habit phrygien. C'est Aglaunice qui vient lui ouvrir. Devenue
immédiatement amoureuse de lui, elle se fait passer pour Timandre.
Lorsque Alcibiade découvre la supercherie, il n'a d'autre ressource
que de feindre de l'amour pour Aglaunice afin d'obtenir l'accès de
la maison. Sous prétexte d'un rendez-vous, il réussit à l'écarter et à
obtenir un entretien de Timandre, dont il n'a pas de peine à se faire
aimer. Sur ces entrefaites, Socrate et Aglaunice reviennent. Convaincus d'avoir, l'un et l'autre, cédé à une passion contraire à l'austérité
qu'ils professent, couverts de honte, ils n'ont d'autre ressource que
de céder Timandre à Alcibiade et à chercher une consolation, l'une
dans l'astrologie et l'autre dans la philosophie.

En 1731, le comédien-auteur Poisson avait porté ce sujet à la scène
dans une comédie intitulée *Alcibiade*, représentée au Théâtre-Français avec un certain succès [1]. Marivaux, toujours au courant de l'actualité théâtrale, comme il venait de le montrer en utilisant pour *Le
Jeu de l'amour et du hasard* la pièce d'Aunillon, se reporta sans
doute à la source que Poisson ne dissimulait pas. Il est aisé de voir
ce que Marivaux emprunte à Mme de Villedieu : le cadre de l'action,
une bonne partie de l'intrigue, notamment l'idée d'une tentative
consciente de séduction menée de l'extérieur, et le dénouement,
ainsi que les personnages du philosophe et de la vieille fille, dont,
par un souci de concentration qui lui est habituel [2], il fait opportunément la sœur du précédent. De Poisson, il peut tirer quelques éléments secondaires, comme l'idée du jardinier Dimas, inspiré peut-
être par le vieux berger qu'Aglaunice charge de ses commissions.
Quant à la substitution de Sparte à Athènes, à l'idée du mariage
entre le détenteur d'un trône usurpé et l'héritier légitime, elles doivent avoir été suggérées à Marivaux par d'autres récits des *Amours*

---

1. Elle fut encore reprise en janvier et mars 1737, puis tomba dans l'oubli.
2. On a vu comment, dans *Le Prince travesti*, il fond les rôles de la confidente de la princesse et de la femme qu'aime l'aventurier aimé lui-même de
ladite princesse.

des grands hommes. On lit en effet, dans le même tome de l'ouvrage, l'histoire d'Euristion, roi de Sparte, qui veut marier son fils, héritier présomptif, à la fille d'Évandre, ancien roi détrôné. On peut enfin penser que Marivaux a lu Plutarque, dont la vie d'Agis a pu lui fournir quelques traits pour ce personnage, ainsi que le nom de Cléomène [1].

Si le récit de Mme de Villedieu, par ce qu'il a d'étrange, avait de quoi séduire Marivaux, il est aussi important de distinguer les différences entre les deux écrivains que les ressemblances. Certaines corrections de Marivaux ont des causes très claires. On peut comprendre qu'Aglaunice s'éprenne d'Alcibiade au premier abord, mais non pas qu'elle songe immédiatement à se faire passer pour Timandre. Un tel acte n'est pas seulement invraisemblable du point de vue psychologique : il ne convient pas au caractère de dignité que Marivaux conserve toujours à ses personnages, spécialement dans une comédie héroïque. Enfin, il n'est pas compatible avec l'intrigue, telle qu'elle est conçue, puisque le séducteur connaît d'avance, comme il est naturel, l'objet de son entreprise.

Un changement bien plus important intervient dans *Le Triomphe de l'amour*. Ici, ce n'est plus un homme, comme chez Regnard ou Mme de Villedieu, qui mène le jeu de la séduction, mais une jeune fille. C'est elle qui, tantôt sous un déguisement masculin, tantôt dans son personnage féminin, se fait successivement aimer de Léontine, d'Agis et d'Hermocrate [2]. On peut, sinon expliquer, du moins éclairer les raisons de ce travestissement. C'est ainsi qu'à une époque où le théâtre italien manque d'acteurs hommes de premier plan, Marivaux doit être tenté de donner à tout prix le rôle principal à Silvia, son interprète favorite, qui triomphe dans le travestissement, comme elle l'a montré dans *La Fausse Suivante*. Ce faisant, Marivaux réalise d'ailleurs, plus ou moins consciemment, un rêve qui lui est

---

1. Marivaux en fait le père d'Agis, alors que, selon Plutarque, il en est le fils. Le rapprochement est suggéré par Lucette Desvignes, dans son article « Marivaux et Plutarque ou de l'Histoire au romanesque » (*Revue des Sciences humaines*, 1966, p. 349-359). Il nous semble que L. Desvignes y fait une place trop belle à Plutarque. Il est vrai que cet écrivain a fourni la matière de Thomas Corneille ou de Mme de Villedieu. Mais, dans *Le Triomphe de l'amour*, la situation romanesque, qui n'existe pas chez Plutarque, a infiniment plus d'importance que les données historiques, traitées légèrement par Marivaux.   2. Le nom d'Hermocrate est, dans Plutarque, celui d'un général syracusain (*Vie des hommes illustres*, Dion). Mais Marivaux s'en sert déjà dans la treizième feuille du *Spectateur français* et dans *La Nouvelle Colonie*. C'est pour lui un nom grec conventionnel.

cher : dans *L'Île de la Raison*, il proposait en effet que l'initiative,
en amour, fût laissée aux femmes : à elles d'attaquer, aux hommes
de se défendre, ce qui est ici le cas. Mais il faut sans doute chercher
plus loin la signification de ces travestissements de femmes en
hommes, puisqu'ils apparaissent dès ses premières œuvres, *Les
Effets surprenants de la sympathie*, *La Voiture embourbée*, le *Pharsamon*. Leur utilisation y reste, sans doute, assez conventionnelle :
il s'agit surtout pour les héroïnes d'échapper aux périls qui menacent leur vertu. Pourtant, l'équivoque sur le sexe apparaît déjà [1], et
elle ne fait que se développer dans *La Fausse Suivante* et dans *Le
Triomphe de l'amour*. Plusieurs scènes de cette dernière pièce en
tirent toute leur valeur comique, et bon nombre de répliques n'ont
de sens que par elle. Il semble donc qu'à la faveur du dépaysement
romanesque, Marivaux ait voulu jeter quelques coups de sonde dans
un aspect subconscient de la psychologie de son époque. On se
souvient de Choisy, élevé en fille par sa mère jusqu'à l'âge de seize
ou dix-huit ans. Les annales de police font état, sous la Régence, de
filles vivant à Paris sous un habit masculin [2]. Le chevalier d'Éon dans
l'histoire et Faublas dans la littérature sont d'autres exemples du
goût du temps pour l'androgyne. Léonide, en femme, faisant la cour
à Léontine fait penser à Chérubin aux pieds de la comtesse. Mais
que dire des scènes plus ambiguës encore où Agis déclare une si
tendre amitié à celui qu'il prend pour Phocion ? Enfin, une formule
de Léonide couronne toutes ces équivoques. À Léontine qui lui
objecte la différence entre leurs âges, elle répond :

« Oui, j'y consens, toute charmante que vous êtes, votre jeunesse
va se passer, et je suis dans la mienne ; *mais toutes les âmes sont
du même âge* [3]. »

Ainsi, l'incertitude sexuelle semble se résoudre en une sorte d'angélisme qui présage curieusement les doctrines illuministes de la fin
du siècle et plus encore peut-être leurs échos balzaciens.

Aux yeux de Marivaux, pourtant, la contribution la plus importante qu'il ait apportée à l'histoire de Mme de Villedieu n'est sans
doute pas là : elle doit être dans l'étude des personnages d'Hermocrate et de Léontine. Celui-ci est traité avec une exquise délicatesse :

---

1. Voir, dans *Les Effets surprenants de la sympathie*, la tendresse trouble
d'un adolescent pour l'héroïne Caliste.   **2.** Voir P. Heinrich, *L'Abbé Prévost historien de la Louisiane. Étude sur la valeur documentaire de « Manon
Lescaut »* (Paris, 1907).   **3.** Acte I, sc. VI.

il suffit de penser à la Bélise des *Femmes savantes* pour s'en rendre compte. La résistance qu'elle offre aux entreprises de Phocion est sans rudesse, mais pas toujours sans habileté. La façon même dont celui-ci s'y prend pour la séduire fait en quelque sorte son éloge : il l'obsède d'une tendresse dont elle a toujours été privée, mais ne cherche à intéresser ni ses sens ni même sa vanité.

Hermocrate est peut-être moins original. Le thème du philosophe dompté par l'amour existe chez Mme de Villedieu, chez Regnard, chez d'autres contemporains encore[1] ; il se rattache même à une longue tradition où il prend parfois des formes cruelles : l'imagerie médiévale a représenté le philosophe (Aristote) à quatre pattes, monté par une courtisane. Mais c'est aussi pour Marivaux un sujet de prédilection. Dès l'époque du *Bilboquet*, il avait célébré l'union de l'Amour et de la Raison. Cette raison était une sagesse vitale bien éloignée de la raison rébarbative des philosophes. Ceux qui s'en écartent, le philosophe de *L'Île de la Raison*, Hortensius de la seconde *Surprise de l'amour*, sont les seuls personnages qui ne peuvent espérer aucune grâce dans son théâtre. Si, malgré son orgueil, Hermocrate n'est pas absolument sacrifié, s'il est presque émouvant quand il a la révélation d'une vie nouvelle, c'est afin que lui aussi porte témoignage en faveur de la toute-puissance de l'amour. Ainsi s'explique le titre de la pièce. Là réside aussi sa véritable leçon.

Le Triomphe de l'amour, où la critique moderne voit une des comédies de mœurs les plus profondes du XVIIIᵉ siècle, fut jugée sur des critères tout différents. C'est, on l'a vu[2], dans la mesure où il y voyait « une des [pièces les] mieux intriguées qui soit sortie de la plume de M. de Marivaux » que le rédacteur trouvait qu'elle n'avait pas eu « le succès qu'elle méritait ». Et il concluait le résumé qu'il venait de donner à l'appui de cette proposition par des considérations qui nous paraissent encore très extérieures, ou du moins très sommaires :

« Voilà à peu près le sujet de cette comédie ; tout le monde convient que les scènes en sont parfaitement bien dialoguées et rem-

---

1. Ainsi, à en juger par le titre, dans *Le Philosophe trompé par la nature*, de Saint-Jorry. Il est un autre aspect traditionnel du personnage d'Hermocrate signalé par K. McKee. C'est celui du fidèle serviteur d'une dynastie qui en sauve le rejeton menacé par des usurpateurs, puis devient son gouverneur (voir Joad dans *Athalie*, etc.). Marivaux n'insiste pas sur le dévouement de son personnage, et montre au contraire son parti pris politique (acte I, sc. I).
2. P. 974, note 3.

plies de pensées et de sentiments ; mais on croit que cette intrigue aurait mieux convenu à une simple bourgeoise qu'à une princesse de Sparte[1]. »

Le point de vue du marquis d'Argenson n'est pas très différent, mais il l'exprime en des termes assez nouveaux :

« L'auteur avoue dans sa préface que la pièce a eu peu de succès d'abord, mais qu'elle se releva cependant ensuite. On connaît son style ingénieux, mais bourgeois et précieux. Ce sujet est héroïque, mais il est traité en *roman bourgeois*, et d'une méthode licencieuse : qu'est-ce que c'est que cette effronterie d'une reine qui vient déclarer son amour à tout ce qui entoure son amant, dans la seule vue de parvenir jusqu'à lui ? Le moyen est trop fort pour l'objet, et cette disproportion ôte tout l'intérêt d'une pièce ; outre l'esprit, il faut un grand jugement aux auteurs dramatiques, aux héroïques surtout[2]. »

Ainsi la pièce était louée pour son intrigue ou son dialogue. On en blâmait l'invraisemblance, sans soupçonner les raisons de cette irréalité calculée. Lors de la publication en Hollande, à défaut du compte rendu des *Lettres sérieuses et badines*, qui avaient disparu, nous trouvons celui du *Journal littéraire* qui, en quelques mots, évoque de nouvelles critiques, avec un éloge nouveau :

« *Le Triomphe de l'amour* n'est pas une des meilleures pièces de M. de Marivaux. Il s'y est copié lui-même et a copié *Le Démocrite*. Cependant on y trouve, comme dans chacun de ses ouvrages, beaucoup et du bon comique[3]. »

C'était souligner à juste titre un aspect que le rédacteur du *Mercure* avait au moins relevé à propos du dénouement. Avec La Porte, tous les éloges sont omis, et seul survit le reproche d'invraisemblance :

« Une princesse fait parade de beaux sentiments, se comporte comme une aventurière et viole toutes les règles de la vraisemblance et celles de la bienséance dans *Le Triomphe de l'amour*[4]. »

---

1. *Mercure* d'avril 1732, p. 782. Comme d'habitude, Desboulmiers délaie ce compte rendu dans son *Histoire anecdotique du Théâtre-Italien* : « Cette comédie n'eut aucun succès, quoique bien intriguée, purement écrite et vivement dialoguée ; mais le public fut avec raison révolté de voir une princesse de Sparte se déguiser pour venir chercher un jeune homme dont elle n'est point sûre d'être aimée et tromper un philosophe par une fourberie digne de Scapin. » 2. Bibliothèque de l'Arsenal, manuscrit n° 3454, f° 420. 3. Année 1734, tome XXII, seconde partie, p. 461. 4. *L'Observateur littéraire*, 1759.

Cette fois encore, et quoique Duviquet eût fait preuve de clair-voyance en montrant que le dépaysement antique était nécessaire pour que l'on pût admettre les audaces de l'intrigue, c'est la futile critique de La Porte qui servit de base à tous les jugements ulté-rieurs. *Le Triomphe de l'amour* semblait voué à rester l'exemple des expériences avortées de Marivaux. On ne saurait être trop reconnais-sant à Jean Vilar d'avoir montré, par une brillante reprise au Théâtre National Populaire[1], que cette comédie, loin d'avoir livré son der-nier mot, était seulement sur le point de recevoir la justice qui lui était due. Le Théâtre du Campagnol remit la pièce à l'honneur en 1975. Entrée au répertoire de la Comédie-Française en 1978, elle y fut reprise en 1985. Le nombre total des représentations en 2000 s'élevait à 97. La pièce fut mise en scène par Antoine Vitez sous le titre *Il Trionfo dell'Amore* au Piccolo Teatro de Milan, en 1985, par Jacques Nichet et le Théâtre des Treize Vents en 1989, et par Roger Planchon au T.N.P. de Villeurbanne en 1996.

LE TEXTE

L'édition originale du *Triomphe de l'amour* est annoncée dans les termes suivants par le *Mercure* de juin :

« *Le Triomphe de l'Amour*, comédie de M. de Marivaux, représen-tée par les Comédiens-Italiens au mois de mars dernier. Chez le même libraire [Prault, quai de Gêvres], 1732, in-12 de 144 pages. Cette pièce est en prose et en trois actes, nous en avons donné l'extrait et rapporté le jugement du public quand elle a paru[2]. »

LE / TRIOMPHE / DE / L'AMOUR. / *COMÉDIE* DE Mr DE MARI-VAUX. / Représentée par les Comédiens Italiens / au mois d'Avril 1732. / *Le prix est de Vingt-quatre sols*. / (fleuron) / À PARIS, / Chez Pierre Prault, Quay / de Gesvres, au Paradis. / (filet) / M. DCC. XXXII. / *Avec Approbation & Privilege du Roy*. /

---

1. En janvier 1956. Voir un compte rendu très favorable de Robert Kemp dans *Le Monde* du 23 janvier 1956, avec des compliments particuliers pour la sobriété de la mise en scène, ainsi que pour le jeu de Maria Casarès en Léonide et de Jean Vilar en Hermocrate. Une autre consécration curieuse du *Triomphe de l'amour* est le fait que cette pièce a été inscrite aux programmes des agrégations en 1962-1963 (avec *Arlequin poli par l'amour*, *L'Île des esclaves*, *Le Jeu de l'amour et du hasard* et *L'Épreuve*, alors que des pièces telles que *La Double Inconstance* ou *Les Fausses Confidences* n'y figuraient pas), puis en 1982-1983 (avec *Le Prince travesti*). 2. Pp. 1378-1379.

Un volume de VIII (titre, avertissement, approbation, privilège) + 144 + 4 (catalogue de livres) pages, in-12.

Approbation : « J'ai lu par ordre de Monseigneur le Garde des Sceaux *Le Triomphe de l'Amour, Comédie* ; et je n'y ai rien trouvé qui puisse en empêcher l'impression. Fait à Paris le 4 Avril 1732. *Signé*, Gallyot. »

Privilège à Pierre Prault pour les *Œuvres du sieur de Marivaux, La Vie de Marianne*, etc., du 19 juillet 1731, « registré » le 9 août 1731.

L'ouvrage fut réédité en Hollande, chez Neaulme et Van Duren, en 1734, dans une collection de théâtre français. L'avertissement était omis. La même omission se répéta dans l'édition Prault de 1754. Puis, en 1755, le même éditeur plaça bizarrement cet avertissement en tête d'une réédition d'*Annibal* à cette date. Refaite dans le recueil de 1758, l'erreur passa dans toutes les rééditions, jusqu'au moment où enfin, en 1946, MM. Bastide et Fournier s'en aperçurent et la rectifièrent dans leur édition.

Nous suivons le texte de l'édition originale, avec lequel l'édition de 1758 ne présente que des différences insignifiantes, excluant l'idée d'une révision de l'auteur. En revanche, Duviquet, en 1825-1830, « améliora » de son chef le texte de la pièce. Certaines de ses corrections se sont glissées jusque dans l'édition Bastide et Fournier. Nous avons jugé inutile de relever ce genre de variantes. Une édition critique du *Triomphe de l'amour*, joint au *Prince travesti*, a été établie par Henri Coulet et Michel Gilot en 1983, aux éditions H. Champion.

Le Triomphe de l'amour

AVERTISSEMENT DE L'AUTEUR [1]

Le sort de cette pièce-ci a été bizarre. Je la sentais susceptible d'une chute totale ou d'un grand succès ; d'une chute totale, parce que le sujet en était singulier, et par conséquent courait risque d'être très mal reçu ; d'un grand succès, parce que je voyais que, si le sujet était saisi, il pouvait faire beaucoup de plaisir. Je me suis trompé pourtant ; et rien de tout cela n'est arrivé. La pièce n'a eu, à proprement parler, ni chute ni succès ; tout se réduit simplement à dire qu'elle n'a point plu. Je ne parle que de la première représentation ; car, après cela, elle a eu encore un autre sort : ce n'a plus été la même pièce, tant elle a fait de plaisir aux nouveaux spectateurs qui sont venus la voir ; ils étaient dans la dernière surprise de ce qui lui était arrivé d'abord. Je n'ose rapporter les éloges qu'ils en faisaient, et je n'exagère rien : le public est garant de ce que je dis là. Ce n'est pas là tout. Quatre jours après qu'elle a paru à Paris, on l'a jouée à la Cour. Il y a assurément de l'esprit et du goût dans ce pays-là ; et elle y plut encore au-delà de ce qu'il m'est permis de dire. Pourquoi donc n'a-t-elle pas été mieux reçue d'abord ? Pourquoi l'a-t-elle été si bien après ? Dirai-je que les premiers spectateurs s'y connaissent mieux que les derniers ? Non, cela ne serait pas raisonnable. Je conclus seulement que cette différence d'opinion doit engager les uns et les autres à se méfier de leur jugement. Lorsque dans une affaire de goût, un homme d'esprit en trouve plusieurs autres qui ne sont pas de son sentiment, cela doit l'inquiéter, ce me semble, ou il a moins d'esprit qu'il ne pense ; et voilà précisément ce qui se passe à l'égard de cette pièce. Je veux croire que ceux qui l'ont trouvée si bonne se trompent peut-être ; et assurément c'est être bien modeste ; d'autant plus qu'il s'en faut beaucoup que je la

---

1. Sur le sort de cet avertissement, voir plus haut dans la notice l'étude du texte.

trouve mauvaise ; mais je crois aussi que ceux qui la désapprouvent peuvent avoir tort. Et je demande qu'on la lise avec attention, et sans égard à ce que l'on en a pensé d'abord, afin qu'on la juge équitablement.

ACTEURS [1]

LÉONIDE, princesse de Sparte, sous le nom de PHOCION.
CORINE, suivante de Léonide, sous le nom d'HERMIDAS.
HERMOCRATE, philosophe.
LÉONTINE, sœur d'Hermocrate.
AGIS, fils de Cléomène.
DIMAS, jardinier d'Hermocrate.
ARLEQUIN, valet d'Hermocrate.

La scène est dans la maison d'Hermocrate [2].

---

1. Le nom des acteurs ayant joué la pièce lors de la création n'est pas connu. On sait seulement que Silvia tenait le rôle de Léonide. Celui de Dimas revenait sans doute à l'acteur Deshaies.   **2.** Comme on le verra par la première réplique, le décor représente les jardins de la maison d'Hermocrate.

ACTE PREMIER

Scène première

LÉONIDE, *sous le nom de* PHOCION ;
CORINE, *sous le nom d'*HERMIDAS

PHOCION. Nous voici, je pense, dans les jardins du philosophe Hermocrate.

HERMIDAS. Mais, Madame, ne trouvera-t-on pas mauvais que nous soyons entrées si hardiment ici, nous qui n'y connaissons personne ?

PHOCION. Non, tout est ouvert ; et d'ailleurs nous venons pour parler au maître de la maison. Restons dans cette allée en nous promenant, j'aurai le temps de te dire ce qu'il faut à présent que tu saches.

HERMIDAS. Ah ! il y a longtemps que je n'ai respiré si à mon aise ! Mais, Princesse, faites-moi la grâce tout entière ; si vous voulez me donner un régal bien complet, laissez-moi le plaisir de vous interroger moi-même à ma fantaisie.

PHOCION. Comme tu voudras.

HERMIDAS. D'abord, vous quittez votre cour et la ville, et vous venez ici avec peu de suite, dans une de vos maisons de campagne, où vous voulez que je vous suive.

PHOCION. Fort bien.

HERMIDAS. Et comme vous savez que, par amusement, j'ai appris à peindre, à peine y sommes-nous quatre ou cinq jours, que, vous enfermant un matin avec moi, vous me montrez deux portraits, dont vous me demandez des copies en petit et dont l'un est celui d'un homme de quarante-cinq ans, et l'autre celui d'une femme d'environ trente-cinq, tous deux d'assez bonne mine.

PHOCION. Cela est vrai.

HERMIDAS. Laissez-moi dire : quand ces copies sont finies, vous faites courir le bruit que vous êtes indisposée, et qu'on ne vous voit pas ; ensuite vous m'habillez en homme, vous en prenez l'attirail vous-même ; et puis nous sortons incognito toutes deux dans cet équipage-là, vous, avec le nom de Phocion, moi, avec celui d'Hermidas, que vous me donnez ; et après un quart d'heure de chemin, nous voilà dans les jardins du philosophe Hermocrate, avec la philosophie de qui je ne crois pas que vous ayez rien à démêler.

PHOCION. Plus que tu ne penses !

HERMIDAS. Or, que veut dire cette feinte indisposition, ces portraits copiés ? Qu'est-ce que c'est que cet homme et cette femme qu'ils représentent ? Que signifie la mascarade où nous sommes ? Que nous importent les jardins d'Hermocrate ? Que voulez-vous faire de lui ? Que voulez-vous faire de moi ? Où allons-nous ? Que deviendrons-nous ? À quoi tout cela aboutira-t-il ? Je ne saurais le savoir trop tôt, car je m'en meurs.

PHOCION. Écoute-moi avec attention. Tu sais par quelle aventure je règne en ces lieux ; j'occupe une place qu'autrefois Léonidas, frère de mon père, usurpa sur Cléomène son souverain, parce que ce prince, dont il commandait alors les armées, devint, pendant son absence, amoureux de sa maîtresse, et l'enleva. Léonidas, outré de douleur, et chéri des soldats, vint comme un furieux attaquer Cléomène, le prit avec la Princesse son épouse, et les enferma tous deux [1]. Au bout de quelques années, Cléomène mourut, aussi bien que la Princesse son épouse, qui ne lui survécut que six mois et qui, en mourant, mit au monde un prince qui disparut, et qu'on eut l'adresse de soustraire à Léonidas, qui n'en découvrit jamais la moindre trace, et qui mourut enfin sans enfants, regretté du peuple qu'il avait bien gouverné, et qui lui vit tranquillement succéder son frère, à qui je dois la naissance, et au rang de qui j'ai succédé moi-même.

HERMIDAS. Oui ; mais tout cela ne dit encore rien de notre déguisement, ni des portraits dont j'ai fait la copie, et voilà ce que je veux savoir.

PHOCION. Doucement : ce Prince, qui reçut la vie dans la prison de sa mère, qu'une main inconnue enleva dès qu'il fut né, et dont Léonidas ni mon père n'ont jamais entendu parler, j'en ai des nouvelles, moi.

---

1. L'idée est très romanesque. La preuve en est du reste que Marivaux a déjà utilisé le thème du sujet absent qui trouve, à son retour, sa maîtresse enlevée par le prince, dans l'histoire de Bastille, sorte de conte oriental, à la façon des *Mille et Une Nuits*, insérée dans *La Voiture embourbée*. On a ici un exemple des contaminations opérées, peut-être inconsciemment, par Marivaux entre l'histoire ancienne et le roman.

HERMIDAS. Le Ciel en soit loué ! Vous l'aurez donc bientôt en votre pouvoir.

PHOCION. Point du tout ; c'est moi qui vais me remettre au sien.

HERMIDAS. Vous, Madame ! vous n'en ferez rien, je vous jure ; je ne le souffrirai jamais : comment donc ?

PHOCION. Laisse-moi achever. Ce Prince est depuis dix ans chez le sage Hermocrate, qui l'a élevé, et à qui Euphrosine, parente de Cléomène, le confia, sept ou huit ans après qu'il fut sorti de prison ; et tout ce que je te dis là, je le sais d'un domestique qui était, il n'y a pas longtemps, au service d'Hermocrate, et qui est venu m'en informer en secret, dans l'espoir d'une récompense.

HERMIDAS. N'importe, il faut s'en assurer [1], Madame

PHOCION. Ce n'est pourtant pas là le parti que j'ai pris ; un sentiment d'équité, et je ne sais quelle inspiration m'en ont fait prendre un autre. J'ai d'abord voulu voir Agis (c'est le nom du Prince). J'appris qu'Hermocrate et lui se promenaient tous les jours dans la forêt qui est à côté de mon château. Sur cette instruction, j'ai quitté, comme tu sais, la ville ; je suis venue ici, j'ai vu Agis dans cette forêt, à l'entrée de laquelle j'avais laissé ma suite. Le domestique qui m'y attendait me montra ce Prince lisant dans un endroit du bois assez épais. Jusque-là j'avais bien entendu parler de l'amour ; mais je n'en connaissais que le nom. Figure-toi, Corine, un assemblage de tout ce que les Grâces ont de noble et d'aimable ; à peine t'imagineras-tu les charmes et de la figure et de la physionomie d'Agis.

HERMIDAS. Ce que je commence à imaginer de plus clair, c'est que ces charmes-là pourraient bien avoir mis les nôtres en campagne.

PHOCION. J'oublie de te dire que, lorsque je me retirais, Hermocrate parut ; car ce domestique, en se cachant, me dit que c'était lui, et ce philosophe s'arrêta pour me prier de lui dire si la Princesse ne se promenait pas dans la forêt ; ce qui me marqua qu'il ne me connaissait point. Je lui répondis, assez déconcertée, qu'on disait qu'elle y était, et je m'en retournai au château.

HERMIDAS. Voilà, certes, une aventure bien singulière.

PHOCION. Le parti que j'ai pris l'est encore davantage ; je n'ai feint d'être indisposée et de ne voir personne, que pour être libre de venir ici ; je vais, sous le nom du jeune Phocion, qui voyage, me présenter à Hermocrate, comme attiré par l'estime de sa sagesse ; je le prierai de me laisser passer quelque temps avec lui, pour profiter

---

1. C'est-à-dire s'assurer de sa personne.

de ses leçons ; je tâcherai d'entretenir Agis, et de disposer son cœur à mes fins. Je suis née d'un sang qu'il doit haïr ; ainsi je lui cacherai mon nom ; car de quelques charmes dont on me flatte, j'ai besoin que l'amour, avant qu'il me connaisse, les mette à l'abri de la haine qu'il a sans doute pour moi.

HERMIDAS. Oui ; mais, Madame, si, sous votre habit d'homme, Hermocrate allait reconnaître cette dame à qui il a parlé dans la forêt, vous jugez bien qu'il ne vous gardera pas chez lui.

PHOCION. J'ai pourvu à tout, Corine, et s'il me reconnaît, tant pis pour lui ; je lui garde un piège, dont j'espère que toute sa sagesse ne le défendra pas. Je serai pourtant fâchée qu'il me réduise à la nécessité de m'en servir ; mais le but de mon entreprise est louable, c'est l'amour et la justice qui m'inspirent. J'ai besoin de deux ou trois entretiens avec Agis, tout ce que je fais est pour les avoir : je n'en attends pas davantage, mais il me les faut ; et si je ne puis les obtenir qu'aux dépens du philosophe, je n'y saurais que faire.

HERMIDAS. Et cette sœur qui est avec lui, et dont apparemment l'humeur doit être austère, consentira-t-elle au séjour d'un étranger aussi jeune et d'aussi bonne mine que vous ?

PHOCION. Tant pis pour elle aussi, si elle me fait obstacle ; je ne lui ferai pas plus de *quartier qu'à son frère.

HERMIDAS. Mais, Madame, il faudra que vous les trompiez tous deux ; car j'entends ce que vous voulez dire ; cet artifice-là ne vous choque-t-il pas [1] ?

PHOCION. Il me répugnerait, sans doute, malgré l'action louable qu'il a pour motif ; mais il me vengera d'Hermocrate et de sa sœur qui méritent que je les punisse ; qui, depuis qu'Agis est avec eux, n'ont travaillé qu'à lui inspirer de l'aversion pour moi, qu'à me peindre sous les traits les plus odieux, et le tout sans me connaître, sans savoir le fond de mon âme, ni tout ce que le ciel a pu y verser de vertueux. C'est eux qui ont soulevé tous les ennemis qu'il m'a fallu combattre, qui m'en soulèvent encore de nouveaux. Voilà ce que le domestique m'a rapporté d'après l'entretien qu'il surprit. Eh d'où vient tout le mal qu'ils me font ? Est-ce parce que j'occupe un trône usurpé ? Mais ce n'est pas moi qui en suis l'usurpatrice. D'ailleurs, à qui l'aurais-je rendu ? Je n'en connaissais pas l'héritier légitime ; il n'a jamais paru, on le croit mort. Quel tort n'ont-ils donc

---

1. L'auteur va répondre ici, peut-être à l'avance, peut-être après coup, aux critiques qui lui ont été adressées. Voir la notice, p. 981 *sq.*

pas ? Non, Corine, je n'ai point de scrupule à me faire[1]. Surtout conserve bien la copie des deux portraits que tu as faits qui sont d'Hermocrate et de sa sœur. À ton égard, conforme-toi à tout ce qui m'arrivera ; et j'aurai soin de t'instruire à mesure de tout ce qu'il faudra que tu saches.

Scène II

ARLEQUIN, *sans être vu d'abord* ; PHOCION, HERMIDAS

ARLEQUIN. Qu'est-ce que c'est que ces gens-là ?

HERMIDAS. Il y aura bien de l'ouvrage à tout ceci, Madame, et votre sexe...

ARLEQUIN, *les surprenant*. Ha ! ha ! Madame ! et puis votre sexe ! Eh ! parlez donc, vous autres hommes, vous êtes donc des femmes ?

PHOCION. Juste ciel ! je suis au désespoir.

ARLEQUIN. Hoho ! mes mignonnes, avant que de vous en aller, il faudra bien, s'il vous plaît, que nous comptions ensemble : je vous ai d'abord pris[2] pour deux fripons ; mais je vous fais réparation : vous êtes deux friponnes.

PHOCION. Tout est perdu, Corine.

HERMIDAS, *faisant signe à Phocion*. Non, Madame ; laissez-moi faire, et ne craignez rien. Tenez, la physionomie de ce garçon-là ne m'aura point trompée : assurément, il est traitable.

ARLEQUIN. Et par-dessus le marché, un honnête homme, qui n'a jamais laissé passer de contrebande ; ainsi vous êtes une marchandise que j'arrête, je vais faire fermer les portes.

HERMIDAS. Oh ! je t'en empêcherai bien, moi ; car tu serais le premier à te repentir du tort que tu nous ferais.

ARLEQUIN. Prouvez-moi mon repentir, et je vous lâche.

PHOCION, *donnant plusieurs pièces d'or à Arlequin*. Tiens, mon ami, voilà déjà un commencement de preuves ; ne serais-tu pas fâché d'avoir perdu cela ?

ARLEQUIN. Oui-da, il y a toute apparence ; car je suis bien aise de l'avoir.

HERMIDAS. As-tu encore envie de faire du bruit ?

---

1. *Point de scrupule à me faire*, texte de 1732 et 1758, et non *point de scrupules*, qui fait un faux sens.   2. L'accord des éditions de 1732 et 1758 garantit le texte *pris pour*, et non *prises pour*. Marivaux ne fait pas l'accord du participe passé en position non finale de groupe.

ARLEQUIN. Je n'ai encore qu'un commencement d'envie de n'en plus faire.

HERMIDAS. Achevez de le déterminer, Madame.

PHOCION, *lui en donnant encore*. Prends encore ceci. Es-tu content ?

ARLEQUIN. Oh ! voilà l'abrégé de ma mauvaise humeur. Mais de quoi s'agit-il, mes libérales dames ?

HERMIDAS. Tiens, d'une bagatelle : Madame a vu Agis dans la forêt, et n'a pu le voir sans lui donner son cœur.

ARLEQUIN. Cela est extrêmement *honnête.

HERMIDAS. Or, Madame qui est riche, qui ne dépend que d'elle, et qui l'épouserait volontiers, voudrait essayer de le rendre sensible.

ARLEQUIN. Encore plus honnête.

HERMIDAS. Madame ne saurait le rendre sensible qu'en liant quelque conversation avec lui, qu'en demeurant même quelque temps dans la maison où il est.

ARLEQUIN. Pour avoir toutes ses commodités.

HERMIDAS. Et cela ne se pourrait pas, si elle se présentait habillée suivant son sexe ; parce qu'Hermocrate ne le permettrait pas, et qu'Agis lui-même la fuirait, à cause de l'éducation qu'il a reçue du philosophe.

ARLEQUIN. Malpeste ! de l'amour dans cette maison-ci ? ce serait une mauvaise auberge pour lui ; la sagesse d'Agis, d'Hermocrate et de Léontine, sont trois sagesses aussi inciviles pour l'amour qu'il y en ait dans le monde ; il n'y a que la mienne qui ait un peu de savoir-vivre.

PHOCION. Nous le savions bien.

HERMIDAS. Et voilà pourquoi Madame a pris le parti de se déguiser pour paraître ; ainsi tu vois bien qu'il n'y a point de mal à tout cela.

ARLEQUIN. Eh ! pardi, il n'y a rien de si raisonnable. Madame a pris de l'amour en passant, pour Agis. Eh bien ! qu'est-ce ? Chacun prend ce qu'il peut : voilà bien de quoi ! Allez, gracieuses personnes, ayez bon courage ; je vous offre mes services. Vous avez perdu votre cœur ; faites vos diligences pour en attraper un autre ; si on trouve le mien, je le donne.

PHOCION. Va, compte sur ma parole ; tu jouiras bientôt d'un sort qui ne te laissera envier celui de personne.

HERMIDAS. N'oublie pas, dans le besoin, que Madame s'appelle Phocion, et moi Hermidas.

PHOCION. Et surtout qu'Agis ne sache point qui nous sommes.

ARLEQUIN. Ne craignez rien, seigneur Phocion, touchez là, camarade Hermidas ; voilà comme je parle, moi.

HERMIDAS. Paix ! voilà quelqu'un qui arrive.

Scène III

HERMIDAS, PHOCION, ARLEQUIN, DIMAS, *jardinier*

DIMAS. Avec qui est-ce donc qu'ou parlez là, noute ami ?

ARLEQUIN. Eh ! je parle avec du monde.

DIMAS. Eh ! *pargué ! je le vois bian ; mais qui est ce monde ? à qui en veut-il ?

PHOCION. Au seigneur Hermocrate.

DIMAS. Eh bian ! ce n'est pas par ici qu'on entre ; noute maître m'a *enchargé à ce que parsonne ne se promène dans le jardin ; *par ainsi, vous n'avez qu'à vous en retorner par où vous êtes venus, pour frapper à la porte du logis.

PHOCION. Nous avons trouvé celle du jardin ouverte ; il est permis à des étrangers de se méprendre.

DIMAS. Je ne leur baillons pas cette parmission-là, nous ; je n'entendons pas qu'on vianne comme ça sans dire gare : ne tiant-il qu'à enfiler des portes ouvartes ? En a l'honnêteté d'appeler un jardinier ; en li demande le parvilège ; on a queuque bonne manière avec un homme, et pis la parmission s'enfile avec la porte.

ARLEQUIN. Doucement, notre ami ! vous parlez à une personne riche et d'importance.

DIMAS. Voirement ! je le vois bian qu'alle est riche, pisqu'alle garde tout [1], et moi je garde mon jardin, alle n'a qu'à prenre par ailleurs.

Scène IV

AGIS, DIMAS, HERMIDAS, PHOCION, ARLEQUIN

AGIS. Qu'est-ce que c'est donc que ce bruit-là, jardinier ? contre qui criez-vous ?

---

1. Mot profond, comme Marivaux en a prêté, non seulement à Mme Dutour dans *La Vie de Marianne* (« Si les gens ne donnaient rien, ils garderaient donc tout ! » dit-elle dans la première partie, éd. Garnier, p. 47), mais même déjà à un paysan du *Pharsamon*.

DIMAS. Contre cette jeunesse qui viant apparemment *mugueter nos espaliers.

PHOCION. Vous arrivez à propos, Seigneur, pour me débarrasser de lui. J'ai dessein de saluer le seigneur Hermocrate, et de lui parler ; j'ai trouvé ce lieu [1]-ci ouvert, et il veut que j'en sorte.

AGIS. Allez, Dimas, vous avez tort, retirez-vous, et courez avertir Léontine qu'un étranger de considération souhaiterait parler à Hermocrate. Je vous demande pardon, Seigneur, de l'accueil rustique de cet homme-là ; Hermocrate lui-même vous en fera ses excuses ; et vous êtes d'une physionomie qui annonce les égards qu'on vous doit.

ARLEQUIN. Oh pour ça, ils font tous deux une belle paire de visages.

PHOCION. Il est vrai, Seigneur, que ce jardinier m'a traité brusquement ; mais vos politesses m'en dédommagent ; et si ma physionomie, dont vous parlez, vous disposait à me vouloir du bien, je la croirais en effet la plus heureuse du monde ; et ce serait, à mon gré, un des plus grands services qu'elle pût me rendre.

AGIS. Il ne mérite pas que vous l'estimiez tant, mais, tel qu'il est, elle vous l'a rendu, Seigneur ; et quoiqu'il n'y ait qu'un instant que nous nous connaissions, je vous assure qu'on ne saurait être aussi prévenu pour quelqu'un que je le suis pour vous.

ARLEQUIN. Nous allons donc faire, entre nous, quatre jolis penchants.

HERMIDAS *s'écarte avec Arlequin*. Promenons-nous, pour parler du nôtre.

AGIS. Mais, Seigneur, puis-je vous demander pour qui mon amitié se déclare ?

PHOCION. Pour quelqu'un qui vous en jurerait volontiers une éternelle.

AGIS. Cela ne suffit pas ; je crains de faire un ami que je perdrai bientôt.

PHOCION. Il ne tiendra pas à moi que nous ne nous quittions jamais, Seigneur.

AGIS. Qu'avez-vous à exiger d'Hermocrate ? Je lui dois mon éducation ; j'ose dire qu'il m'aime. Avez-vous besoin de lui ?

PHOCION. Sa réputation m'attirait ici ; je ne voulais, quand je suis venu, que l'engager à me souffrir quelque temps auprès de lui ; mais depuis que je vous connais, ce motif le cède à un autre encore plus

---

1. L'édition de 1758 porte *jardin* à la place de *lieu*.

pressant ; c'est celui de vous voir le plus longtemps qu'il me sera possible.

AGIS. Et que devenez-vous après ?

PHOCION. Je n'en sais rien, vous en déciderez ; je ne consulterai que vous.

AGIS. Je vous conseillerai de ne me perdre jamais de vue.

PHOCION. Sur ce *pied-là, nous serons donc toujours ensemble.

AGIS. Je le souhaite de tout mon cœur ; mais voici Léontine qui arrive.

ARLEQUIN, *à Hermidas*. Notre maîtresse s'avance ; elle a une mine grave qui ne me plaît point du tout.

Scène V

PHOCION, AGIS, HERMIDAS, DIMAS, LÉONTINE, ARLEQUIN

DIMAS. Tenez, Madame, velà le damoisiau dont je vous parle, et cet autre étourniau est de son équipage.

LÉONTINE. On m'a dit, Seigneur, que vous demandiez à parler à Hermocrate mon frère ; il n'est pas actuellement ici. Pouvez-vous, en attendant qu'il revienne, me confier ce que vous avez à lui dire ?

PHOCION. Je n'ai à l'entretenir de rien de secret, Madame ; il s'agit d'une grâce que j'ai à obtenir de lui, et je compterai d'avance l'avoir obtenue, si vous voulez bien me l'accorder vous-même.

LÉONTINE. Expliquez-vous, Seigneur.

PHOCION. Je m'appelle Phocion, Madame ; mon nom peut vous être connu ; mon père, que j'ai perdu il y a plusieurs années, l'a mis en quelque réputation[1].

LÉONTINE. Oui, Seigneur.

PHOCION. Seul et ne dépendant de personne, il y a quelque temps que je voyage pour former mon cœur et mon esprit.

DIMAS, *à part*. Et pour cueillir le fruit de nos arbres.

---

1. On s'est demandé si le Phocion dont il est question ici est, dans l'esprit de Marivaux, l'illustre Phocion, général et homme politique athénien, disciple de Platon et de Xénophon, et rival de Démosthène. Mais outre les difficultés chronologiques et géographiques, serait-il souhaitable pour Léonide de se faire passer pour le fils d'un personnage aussi connu ? Enfin, on remarquera que le nom de Phocion est déjà employé par Marivaux dans *Le Télémaque travesti* sans aucune référence historique précise. Voir le début de la scène VIII du même acte.

LÉONTINE. Laissez-nous, Dimas.

PHOCION. J'ai visité, dans mes voyages, tous ceux que leur savoir et leur vertu distinguaient des autres hommes. Il en est même qui m'ont permis de vivre quelque temps avec eux ; et j'ai espéré que l'illustre Hermocrate ne me refuserait pas, pour quelques jours, l'honneur qu'ils ont bien voulu me faire.

LÉONTINE. Il est vrai, Seigneur, qu'à vous voir, vous paraissez bien digne de cette hospitalité vertueuse que vous avez reçue ailleurs ; mais il ne sera pas possible à Hermocrate de s'honorer du plaisir de vous l'offrir ; d'importantes raisons, qu'Agis sait bien, nous en empêchent ; je voudrais pouvoir vous les dire, elles nous justifie-raient auprès de vous.

ARLEQUIN. D'abord, j'en logerai un, moi, dans ma chambre.

AGIS. Ce ne sont point les appartements qui nous manquent.

LÉONTINE. Non, mais vous savez mieux qu'un autre que cela ne se peut pas, Agis, et que nous nous sommes fait une loi nécessaire de ne partager notre retraite avec personne.

AGIS. J'ai pourtant promis au seigneur Phocion de vous y engager ; et ce ne sera pas violer la loi que nous nous sommes faite, que d'en excepter un ami de la vertu.

LÉONTINE. Je ne saurais changer de sentiment.

ARLEQUIN, *à part*. Tête de femme !

PHOCION. Quoi ! Madame, serez-vous inflexible à d'aussi louables intentions que les miennes ?

LÉONTINE. C'est malgré moi.

AGIS. Hermocrate vous fléchira, Madame.

LÉONTINE. Je suis sûre qu'il pensera comme moi[1].

PHOCION, *à part les premiers mots*. Allons aux expédients : Eh bien ! Madame, je n'insisterai plus ; mais oserais-je vous demander un moment d'entretien secret ?

LÉONTINE. Seigneur, je suis fâchée des efforts inutiles que vous allez faire ; puisque vous le voulez pourtant, j'y consens.

PHOCION, *à Agis*. Daignez vous éloigner pour un instant.

---

1. Il faut que Léontine soit aussi intraitable pour justifier l'emploi des moyens que Léonide tient en réserve.

Scène VI

LÉONTINE, PHOCION

PHOCION, *à part, les premiers mots*. Puisse l'amour favoriser mon artifice ! Puisque vous ne pouvez, Madame, vous rendre à la prière que je vous ai faite, il n'est plus question de vous en presser ; mais peut-être m'accorderez-vous une autre grâce, c'est de vouloir bien me donner un conseil qui va décider de tout le repos de ma vie.

LÉONTINE. Celui que je vous donnerai, Seigneur, c'est d'attendre Hermocrate, il est meilleur à consulter que moi.

PHOCION. Non, Madame, dans cette occasion-ci, vous me convenez encore mieux que lui. J'ai besoin d'une raison moins austère que compatissante ; j'ai besoin d'un caractère de cœur qui tempère sa sévérité d'indulgence, et vous êtes d'un sexe chez qui ce doux mélange se trouve plus sûrement que dans le nôtre ; ainsi, Madame, écoutez-moi, je vous en conjure par tout ce que vous avez de bonté.

LÉONTINE. Je ne sais ce que présage un pareil discours, mais la qualité d'étranger exige des égards ; ainsi parlez, je vous écoute.

PHOCION. Il y a quelques jours que, traversant ces lieux en voyageur, je vís près d'ici une dame qui se promenait, et qui ne me vit point ; il faut que je vous la peigne, vous la reconnaîtrez peut-être, et vous en serez mieux au fait de ce que j'ai à vous dire. Sa taille, sans être grande, est pourtant majestueuse, je n'ai vu nulle part un air si noble ; c'est, je crois, la seule physionomie du monde où l'on voie les grâces les plus tendres s'allier, sans y rien perdre, à l'air le plus imposant, le plus modeste, et peut-être le plus austère. On ne saurait s'empêcher de l'aimer, mais d'un amour timide, et comme effrayé du respect qu'elle imprime ; elle est jeune, non de cette jeunesse étourdie qui m'a toujours déplu, qui n'a que des agréments imparfaits, et qui ne sait encore qu'*amuser les yeux, sans mériter d'aller au cœur : non, elle est dans cet âge vraiment *aimable, qui met les grâces dans toutes leurs forces, où l'on jouit de tout ce que l'on est, dans cet âge où l'âme, moins dissipée, ajoute à la beauté des traits un rayon de la finesse qu'elle a acquise.

LÉONTINE, *embarrassée*. Je ne sais de qui vous parlez, Seigneur, cette dame-là m'est inconnue, et c'est sans doute un portrait trop flatteur.

PHOCION. Celui que j'en garde dans mon cœur est mille fois au-dessus de ce que je vous peins là, Madame. Je vous ai dit que je passais pour aller plus loin ; mais cet objet m'arrêta, et je ne le perdis point de vue, tant qu'il me fut possible de le voir. Cette dame s'entretenait avec quelqu'un, elle souriait de temps en temps, et je démêlais dans ses gestes je ne sais quoi de doux, de généreux et d'affable, qui perçait à travers un maintien grave et modeste.

LÉONTINE, *à part*. De qui parle-t-il ?

PHOCION. Elle se retira bientôt après, et rentra dans une maison que je remarquai. Je demandai qui elle était, et j'appris qu'elle est la sœur d'un homme célèbre et respectable.

LÉONTINE, *à part*. Où suis-je ?

PHOCION. Qu'elle n'est point mariée, et qu'elle vit avec ce frère dans une retraite dont elle préfère l'innocent repos au tumulte du monde toujours méprisé des âmes vertueuses et sublimes ; enfin, tout ce que j'en appris ne fut qu'un éloge, et ma raison même, autant que mon cœur, acheva de me donner pour jamais à elle.

LÉONTINE, *émue*. Seigneur, dispensez-moi d'écouter le reste, je ne sais ce que c'est que l'amour, et je vous conseillerais mal sur ce que je n'entends point.

PHOCION. De grâce, laissez-moi finir, et que ce mot d'amour ne vous rebute point ; celui dont je vous parle ne souille point mon cœur, il l'honore, c'est l'amour que j'ai pour la vertu qui allume celui que j'ai pour cette dame ; ce sont deux sentiments qui se confondent ensemble ; et si j'aime, si j'adore cette physionomie si aimable que je lui trouve, c'est que mon âme y voit partout l'image des beautés de la sienne [1].

LÉONTINE. Encore une fois, Seigneur, souffrez que je vous quitte ; on m'attend, et il y a longtemps que nous sommes ensemble.

PHOCION. J'achève, Madame. Pénétré des mouvements dont je vous parle, je promis avec transport de l'aimer toute ma vie, et c'était promettre de consacrer mes jours au service de la vertu même. Je résolus ensuite de parler à son frère, d'en obtenir le bonheur de passer quelque temps chez lui, sous prétexte de m'instruire, et là, d'employer auprès d'elle tout ce que l'amour, le respect et l'hommage ont de plus soumis, de plus industrieux et de plus tendre, pour lui prouver une passion dont je remercie les dieux, comme d'un présent inestimable.

---

1. Premier trait de cette espèce d'angélisme qui va caractériser l'amour que Phocion témoigne avoir pour Léontine. On en trouvera un second trait plus net encore dans l'avant-dernière réplique de la même scène, toujours dans la bouche de Phocion : « Toutes les âmes sont du même âge. »

LÉONTINE, *à part*. Quel piège ! et comment en sortir ?

PHOCION. Ce que j'avais résolu, je l'ai exécuté ; je me suis présenté pour parler à son frère : il était absent, et je n'ai trouvé qu'elle, que j'ai vainement conjurée d'appuyer ma demande, qui l'a rejetée, et qui m'a mis au désespoir. Figurez-vous, Madame, un cœur tremblant et confondu devant elle, dont elle a sans doute aperçu la tendresse et la douleur, et qui du moins espérait de lui inspirer une pitié généreuse ; tout m'est refusé, Madame ; et dans cet état accablant, c'est à vous à qui j'ai recours, je me jette à vos genoux, et je vous confie mes plaintes.

Il se jette à genoux.

LÉONTINE. Que faites-vous, Seigneur ?

PHOCION. J'implore vos conseils et votre secours auprès d'elle.

LÉONTINE. Après ce que je viens d'entendre, c'est aux dieux à qui j'en demande moi-même.

PHOCION. L'avis des dieux est dans votre cœur, croyez-en ce qu'il vous inspire.

LÉONTINE. Mon cœur ! ô Ciel ! c'est peut-être l'ennemi de mon repos que vous voulez que je consulte.

PHOCION. Et serez-vous moins tranquille, pour être généreuse ?

LÉONTINE. Ah ! Phocion, vous aimez la vertu, dites-vous ; est-ce l'aimer que de venir la surprendre ?

PHOCION. Appelez-vous la surprendre, que l'adorer ?

LÉONTINE. Mais enfin, quels sont vos desseins ?

PHOCION. Je vous ai consacré ma vie, j'aspire à l'unir à la vôtre ; ne m'empêchez pas de le tenter, souffrez-moi quelques jours ici seulement, c'est à présent la seule grâce qui soit l'objet de mes souhaits ; et si vous me l'accordez, je suis sûr d'Hermocrate.

LÉONTINE. Vous souffrir ici, vous qui m'aimez !

PHOCION. Eh ! qu'importe un amour qui ne fait qu'augmenter mon respect ?...

LÉONTINE. Un amour vertueux peut-il exiger ce qui ne l'est pas ? Quoi ! voulez-vous que mon cœur s'égare ? Que venez-vous faire ici, Phocion ? Ce qui m'arrive est-il concevable ? Quelle aventure ! ô Ciel ! quelle aventure ! Faudra-t-il que ma raison y périsse ? Faudra-t-il que je vous aime, moi qui n'ai jamais aimé ? Est-il temps que je sois sensible ? Car enfin vous me flattez en vain ; vous êtes jeune, vous êtes *aimable, et je ne suis plus ni l'un ni l'autre.

PHOCION. Quel étrange discours !

LÉONTINE. Oui, Seigneur, je l'avoue, un peu de beauté, dit-on, m'était échue en partage ; la nature m'avait départi quelques charmes que j'ai toujours méprisés. Peut-être me les faites-vous regretter ! Je le dis à ma honte : mais ils ne sont plus, ou le peu qui m'en reste va se passer bientôt.

PHOCION. Eh ! de quoi sert ce que vous dites là, Léontine ? Convaincrez-vous mes yeux de ce qui n'est pas ? Espérez-vous me persuader avec ces grâces ? Avez-vous pu jamais être plus aimable ?

LÉONTINE. Je ne suis plus ce que j'étais.

PHOCION. Tranchons là-dessus, Madame, ne disputons plus. Oui, j'y consens, toute charmante que vous êtes, votre jeunesse va se passer, et je suis dans la mienne ; mais toutes les âmes sont du même âge[1]. Vous savez ce que je vous demande ; je vais en presser Hermocrate, et je mourrai de douleur si vous ne m'êtes pas favorable.

LÉONTINE. Je ne sais encore ce que je dois faire. Voici Hermocrate qui vient, et je vous servirai, en attendant que je me détermine.

Scène VII

HERMOCRATE, AGIS, PHOCION, LÉONTINE, ARLEQUIN

HERMOCRATE, *à Agis*. Est-ce là le jeune étranger dont vous me parlez ?

AGIS. Oui, Seigneur, c'est lui-même.

ARLEQUIN. C'est moi qui ai eu l'honneur de lui parler le premier, et je lui ai toujours fait vos compliments en attendant votre arrivée.

LÉONTINE. Vous voyez, Hermocrate, le fils de l'illustre Phocion[2], que son estime pour vous amène ici ; il aime la sagesse, et voyage pour s'instruire ; quelques-uns de vos pareils se sont fait un plaisir de le recevoir quelque temps chez eux ; il attend de vous le même accueil ; il le demande avec un empressement qui mérite qu'on s'y rende ; j'ai promis de vous y engager, je le fais, et je vous laisse ensemble... Ah !

AGIS. Et si mon suffrage vaut quelque chose, je le joins à celui de Léontine, Seigneur.

Agis s'en va.

ARLEQUIN. Et moi, j'y ajoute ma voix par-dessus le marché.

---

1. Voir la note 1, p. 1000.   2. Voir la note 1, p. 997.

HERMOCRATE, *regardant Phocion*. Que vois-je ?

PHOCION. Je regarde comme des bienfaits ces instances qu'on vous fait pour moi, Seigneur ; jugez de ma reconnaissance pour vous, si elles ne sont pas inutiles.

HERMOCRATE. Je vous rends grâces, Seigneur, de l'honneur que vous me faites : un disciple tel que vous ne me paraît pas avoir besoin d'un maître qui me ressemble ; cependant, pour en mieux juger, j'aurais confidemment quelques questions à vous faire. *(À Arlequin.)* Retire-toi.

Scène VIII

HERMOCRATE, PHOCION

HERMOCRATE. Ou je me trompe, Seigneur, ou vous ne m'êtes pas inconnu.

PHOCION. Moi, Seigneur ?

HERMOCRATE. Ce n'est pas sans raison que j'ai voulu vous parler en secret ; j'ai des soupçons dont l'éclaircissement ne demande point d'éclat ; et c'est à vous à qui je l'épargne.

PHOCION. Quels sont donc ces soupçons ?

HERMOCRATE. Vous ne vous appelez point Phocion.

PHOCION, *à part*. Il se ressouvient de la forêt.

HERMOCRATE. Celui dont vous prenez le nom est actuellement à Athènes, je l'apprends par une lettre de Mermécides.

PHOCION. Ce peut être quelqu'un qui se nomme comme moi.

HERMOCRATE. Ce n'est pas là tout ; c'est que ce nom supposé est la moindre erreur où vous voulez nous jeter.

PHOCION. Je ne vous entends point, Seigneur.

HERMOCRATE. Cet habit-là n'est pas le vôtre, avouez-le, Madame, je vous ai vue ailleurs.

PHOCION, *affectant d'être surprise*. Vous dites vrai, Seigneur.

HERMOCRATE. Les témoins, comme vous voyez, n'étaient pas nécessaires, du moins ne rougissez-vous que devant moi.

PHOCION. Si je rougis, je ne me rends pas justice, Seigneur ; et c'est un *mouvement que je désavoue ; le déguisement où je suis n'enveloppe aucun projet dont je doive être confuse.

HERMOCRATE. Moi, qui entrevois ce projet, je n'y vois cependant rien de si convenable [1] à l'innocence des mœurs de votre sexe, rien

---

1. L'édition de 1758 porte : *rien de convenable*.

dont vous puissiez vous applaudir ; l'idée de venir m'enlever Agis, mon élève, d'essayer sur lui de dangereux appas, de jeter dans son cœur un trouble presque toujours funeste, cette idée-là, ce me semble, n'a rien qui doive vous dispenser de rougir, Madame.

PHOCION. Agis ? qui ? ce jeune homme qui vient de paraître ici ? Sont-ce là vos soupçons ? Ai-je rien en moi qui les justifie ? Est-ce ma physionomie qui vous les inspire, et les mérite-t-elle ? Et faut-il que ce soit vous qui me fassiez cet outrage ? Faut-il que des sentiments tels que les miens me [1] l'attirent ? Et les dieux, qui savent mes desseins, ne me le devaient-ils pas épargner ? Non, Seigneur, je ne viens point ici troubler le cœur d'Agis ; tout élevé qu'il est par vos mains, tout fort qu'il est de la sagesse de vos leçons, ce déguisement pour lui n'eût pas été nécessaire ; si je l'aimais, j'en aurais espéré la conquête à moins de frais, il n'aurait fallu que me montrer peut-être, que faire parler mes yeux : son âge et mes faibles appas m'auraient fait raison de son cœur. Mais ce n'est pas à lui à qui le mien en veut ; celui que je cherche est plus difficile à surprendre, il ne relève point du pouvoir de mes yeux, mes appas ne feront rien sur lui ; vous voyez que je ne compte point sur eux, que je n'en fais pas ma ressource ; je ne les ai pas mis en état de plaire ; et je les cache sous ce déguisement parce qu'ils me seraient inutiles.

HERMOCRATE. Mais ce séjour que vous voulez faire chez moi, Madame, qu'a-t-il de commun avec vos desseins, si vous ne songez pas à Agis ?

PHOCION. Eh quoi ! toujours Agis ! Eh ! Seigneur, épargnez à votre vertu le regret d'avoir offensé la mienne ; n'abusez point contre moi des apparences d'une aventure peut-être encore plus louable qu'innocente, que vous me voyez soutenir avec un courage qui doit étonner vos soupçons, et dont j'ose attendre votre estime, quand vous en saurez les motifs. Ne me parlez donc plus d'Agis ; je ne songe point à lui, je le répète : en voulez-vous des preuves incontestables ? Elles ne ménageront point la fierté de mon sexe ; mais je n'en apporte ici ni la vanité ni *l'industrie : j'y viens avec un orgueil plus noble que le sien, vous le verrez, Seigneur. Il s'agit à présent de vos soupçons, et deux mots vont les détruire. Celui que j'aime veut-il me donner sa main ? voilà la mienne. Agis n'est point ici pour accepter mes offres.

---

1. Le mot *me* est omis dans les éditions modernes, à la suite de celle de 1758.

HERMOCRATE. Je ne sais donc plus à qui elles s'adressent.

PHOCION. Vous le savez, Seigneur, et je viens de vous le dire ; je ne m'expliquerais pas mieux en nommant Hermocrate.

HERMOCRATE. Moi ! Madame ?

PHOCION. Vous êtes instruit, Seigneur.

HERMOCRATE, *déconcerté*. Je le suis en effet, et ne reviens point du trouble où ce discours me jette : moi, l'objet des *mouvements d'un cœur tel que le vôtre !

PHOCION. Seigneur, écoutez-moi ; j'ai besoin de me justifier après l'aveu que je viens de faire.

HERMOCRATE. Non, Madame, je n'écoute plus rien, toute justification est inutile, vous n'avez rien à craindre de mes idées, calmez vos inquiétudes là-dessus ; mais, de grâce, laissez-moi. Suis-je fait pour être aimé ? Vous attaquez une âme solitaire et sauvage, à qui l'amour est étranger ; ma rudesse doit rebuter votre jeunesse et vos charmes, et mon cœur en un mot ne pourrait rien pour le vôtre.

PHOCION. Eh ! je ne lui demande point de partager mes sentiments, je n'ai nul espoir ; et si j'en ai, je le désavoue : mais souffrez que j'achève. Je vous ai dit que je vous aime, voulez-vous que je reste en proie à l'injure que me ferait ce discours-là, si je ne m'expliquais pas ?

HERMOCRATE. Mais la raison me défend d'en entendre davantage.

PHOCION. Mais ma *gloire et ma vertu, que je viens de compromettre, veulent que je continue. Encore une fois, Seigneur, écoutez-moi. Vous paraître estimable est le seul avantage *où j'aspire, le seul salaire dont mon cœur soit jaloux : qu'est-ce qui vous empêcherait de m'entendre ? Je n'ai rien de redoutable que des charmes humiliés par l'aveu que je vous fais, qu'une faiblesse que vous méprisez, et que je vous apporte à combattre.

HERMOCRATE. J'aimerais encore mieux l'ignorer.

PHOCION. Oui, Seigneur, je vous aime ; mais ne vous y trompez pas, il ne s'agit pas ici d'un penchant ordinaire ; cet aveu que je vous fais, il ne m'échappe point[1], je le fais exprès : ce n'est point à l'amour à qui je l'accorde, il ne l'aurait jamais obtenu ; c'est à ma vertu même à qui je le donne[2]. Je vous dis que je vous aime, parce

---

1. Par erreur typographique, l'édition originale porte : *ne il m'échappe point*. **2.** Léonide-Phocion trouve dans cette scène des accents qui évoquent parfois la tragédie racinienne. On peut penser, par exemple, à la scène d'aveu de Phèdre à Hippolyte : « J'aime. Ne pense pas qu'au moment que je t'aime, / Innocente à mes yeux je m'approuve moi-même », etc. (Acte II, sc. v.)

que j'ai besoin de la confusion de le dire ; parce que cette confusion aidera peut-être à me guérir ; parce que je cherche à rougir de ma faiblesse pour la vaincre : je viens affliger mon orgueil pour le révolter contre vous. Je ne vous dis point que je vous aime, afin que vous m'aimiez ; c'est afin que vous m'appreniez à ne plus vous aimer moi-même. Haïssez, méprisez l'amour, j'y consens ; mais faites que je vous ressemble. Enseignez-moi à vous ôter mon cœur[1], défendez-moi de l'attrait que je vous trouve. Je ne demande point d'être aimée, il est vrai, mais je désire de l'être ; ôtez-moi ce désir ; c'est contre vous-même que je vous implore.

HERMOCRATE. Eh bien ! Madame, voici le secours que je vous donne ; je ne veux point vous aimer : que cette indifférence-là vous guérisse[2], et finissez un discours où tout est poison pour qui l'écoute.

PHOCION. Grands dieux ! à quoi me renvoyez-vous ? à une indifférence que j'ai bien prévue. Est-ce ainsi que vous répondez au *généreux courage avec lequel je vous expose ma situation ? Le sage ne l'est-il au profit de personne ?

HERMOCRATE. Je ne le suis point, Madame.

PHOCION. Eh bien ! soit ; mais laissez-moi le temps de vous trouver des défauts, et souffrez que je continue.

HERMOCRATE, *toujours ému*. Que m'allez-vous dire encore ?

PHOCION. Écoutez-moi. J'avais entendu parler de vous ; tout le public est plein de votre nom.

HERMOCRATE. Passons, de grâce, Madame.

PHOCION. Excusez ces traits d'un cœur qui se plaît à louer ce qu'il aime. Je m'appelle Aspasie ; et ce fut dans ces solitudes où je vivais comme vous, maîtresse de moi-même, et d'une fortune assez grande, avec l'ignorance de l'amour, avec le mépris de tous les efforts qu'on faisait pour m'en inspirer.

HERMOCRATE. Que ma complaisance est ridicule !

PHOCION. Ce fut donc dans ces solitudes où je vous rencontrai, vous promenant aussi bien que moi ; je ne savais qui vous étiez d'abord, cependant, en vous regardant, je me sentis émue ; il semblait que mon cœur devinait Hermocrate.

HERMOCRATE. Non, je ne saurais plus supporter ce récit. Au nom

---

1. Texte de 1758 : *à vous ôter de mon cœur.*   **2.** Hermocrate offre à Phocion l'indifférence que Dorante réclamait de Silvia, pour essayer de ne plus l'aimer lui-même ; voir acte II, sc. IX, du *Jeu de l'amour et du hasard.*

de cette vertu que vous chérissez, Aspasie, laissons-là ce discours ; abrégeons, quels sont vos desseins ?

PHOCION. Ce récit vous paraît frivole, il est vrai ; mais le soin de rétablir ma raison ne l'est pas.

HERMOCRATE. Mais le soin de garantir la mienne doit m'être encore plus cher ; tout sauvage que je suis, j'ai des yeux, vous avez des charmes, et vous m'aimez.

PHOCION. J'ai des charmes, dites-vous ? Eh quoi ! Seigneur, est-ce que vous les voyez, et craignez-vous de les sentir ?

HERMOCRATE. Je ne veux pas même m'exposer à les craindre.

PHOCION. Puisque vous les évitez, vous en avez donc peur ? Vous ne m'aimez pas encore ; mais vous craignez de m'aimer : vous m'aimerez, Hermocrate, je ne saurais m'empêcher de l'espérer.

HERMOCRATE. Vous me troublez, je vous réponds mal, et je me tais.

PHOCION. Eh bien ! Seigneur, retirons-nous, marchons, rejoignons Léontine ; j'ai dessein de demeurer quelque temps ici, et vous me direz tantôt ce que vous aurez résolu là-dessus.

HERMOCRATE. Allez donc, Aspasie ; je vous suis.

Scène IX

HERMOCRATE, DIMAS

HERMOCRATE. J'ai pensé m'égarer dans cet entretien. Quel parti faut-il que je prenne ? Approche, Dimas : tu vois ce jeune étranger qui me quitte ; je te charge d'observer ses actions, de le suivre le plus que tu pourras, et d'examiner s'il cherche à entretenir Agis ; entends-tu ? J'ai toujours estimé ton zèle, et tu ne saurais me le prouver mieux qu'en t'acquittant exactement de ce que je te dis là.

DIMAS. Voute affaire est faite ; pas pus tard que tantôt, je vous apportons toute sa pensée.

ACTE II

Scène première

ARLEQUIN, DIMAS

DIMAS. Eh morgué ! venez çà, vous dis-je ; depuis que ces nouviaux venus sont ici, il n'y a pas moyan de vous parler ; vous êtes toujours à chuchoter à l'écart avec ce marmouset de valet.

ARLEQUIN. C'est par civilité, mon ami ; mais je ne t'en aime pas moins, quoique je te laisse là.

DIMAS. Mais la civilité ne veut pas qu'en soit *malhonnête envars moi qui sis voute ancien camarade, et palsangué, le vin et l'amiquié, c'est tout un ; pus ils sont vieux tous deux, et mieux c'est.

ARLEQUIN. Cette comparaison-là est de bon goût, nous en boirons la moitié quand tu voudras, et tu boiras gratis à mes dépens.

DIMAS. Diantre ! qu'ou êtes *hasardeux ! Vous dites ça comme s'il en pleuvait ; avez-vous bian de quoi ?

ARLEQUIN. Ne t'embarrasse pas.

DIMAS. Vartuchou ! vous êtes un fin marle ; mais, morgué ! je sis marle itou, moi.

ARLEQUIN. Eh depuis quand suis-je devenu merle ?

DIMAS. Bon, bon, ne savons-je pas qu'ou avez de la finance de *rencontre, je vous ont vu tantôt compter voute somme.

ARLEQUIN. Il a raison, voilà ce que c'est que de vouloir savoir son compte.

DIMAS, *à part les premiers mots*. Il baille dans le paniau. Acoutez, noute ami, il y a bian des affaires, bian du tintamarre dans l'esprit de noute maître.

ARLEQUIN. Est-ce qu'il m'a vu aussi compter ma finance ?

DIMAS. Pou ! voirement, c'est bian pis ; faut qu'il se doute de toute la manigance ; car il m'a *enchargé de faire ici le renard en tapinois, pour à celle fin de *défricher la pensée de ces deux parsonnes dont il a doutance par rapport à l'intention qu'alles avont, dont il est en peine d'avoir connaissance au juste, vous entendez bian ?

ARLEQUIN. Pas trop ; mais, mon ami, je parle donc à un renard ?

DIMAS. Chut ! n'appriandez rin de ce renard-là ; il n'y a *tant seulement qu'à voir ce que vous voulez que je li dise. Preumièrement d'abord, faut pas li déclarer ce que c'est que ce monde-là, n'est-ce pas ?

ARLEQUIN. Garde-t'en bien, mon garçon.

DIMAS. Laissez-moi faire. Il n'a tenu qu'à moi d'en dégoiser, car je n'ignore de rin.

ARLEQUIN. Tu sais donc qui ils sont ?

DIMAS. Pargué, si je le savons ! je les connaissons de plante et de raçaine.

ARLEQUIN. Oh ! oh ! je croyais qu'il n'y avait que moi qui les connaissais.

DIMAS. Vous ! par la morgué ! peut-être que vous n'en savez rin.

ARLEQUIN. Oh que si !

DIMAS. Gage que non, ça ne se peut pas, ça est par trop difficile.

ARLEQUIN. Mais voyez cet opiniâtre ! Je te dis qu'elles me l'ont dit elles-mêmes.

DIMAS. Quoi ?

ARLEQUIN. Qu'elles étaient des femmes.

DIMAS, *étonné*. Alles sont des femmes !

ARLEQUIN. Comment donc, fripon ! est-ce que tu ne le savais pas ?

DIMAS. Non morgué, pas le mot ; mais je triomphe.

ARLEQUIN. Ah ! maudit renard ! vilain merle !

DIMAS. Alles sont des femmes ! *tatigué, que je sis aise !

ARLEQUIN. Je suis un misérable.

DIMAS. Queu tapage je m'en vas m'faire ! Comme je vas m'ébaudir à conter ça ! queu plaisir !

ARLEQUIN. Dimas, tu me coupes la gorge.

DIMAS. Je m'embarrasse bian de voute gorge, ha ha ! des femmes qui baillont de l'argent en darrière un jardinier, maugré qu'il les treuve dans son jardin, il n'y a morgué point de gorge qui tianne, faut punir ça.

ARLEQUIN. Mon ami, es-tu friand d'argent ?

DIMAS. Je serais bian dégoûté, si je ne l'étais pas ; mais où est-il cet argent ?

ARLEQUIN. Je ferai financer cette dame pour racheter mon étourderie, je te le promets.

DIMAS. Cette étourderie-là n'est pas à bon marché, je vous en avartis.

ARLEQUIN. Je sais bien qu'elle est considérable.

DIMAS. Mais, par priambule, j'entends et je prétends qu'ou me disiais toute cette friponnerie-là. Ah çà ! combien avez-vous reçu de cette dame, tant en monnaie qu'en grosses pièces ? Parlez en conscience.

ARLEQUIN. Elle m'a donné vingt pièces d'or.

DIMAS. Vingt pièces d'or ! queu chartée d'argent ça fait ! Velà une histoire qui vaut une métairie. Après : cette dame, que vient-elle *patricoter ici ?

ARLEQUIN. C'est qu'Agis a pris son cœur dans une promenade.

DIMAS. Eh bian ! que ne se garait-il ?

ARLEQUIN. Et elle s'est mise comme ça pour escamoter aussi le cœur d'Agis sans qu'il le voie.

DIMAS. Fort bian ! tout ça est d'un bon revenu pour moi ; tout ça se peut, moyennant que j'escamote itou. Et ce petit valet Hermidas, est-ce itou une escamoteuse ?

ARLEQUIN. C'est encore un cœur que je pourrais bien prendre en passant.

DIMAS. Ça ne vous conviant pas, à vous qui êtes un apprentif docteux ; mais tenez, velà qu'alles viannent ; faites avancer l'espèce.

Scène II

ARLEQUIN, DIMAS, PHOCION, HERMIDAS

HERMIDAS, *à Phocion, en parlant d'Arlequin*. Il est avec le jardinier, il n'y a pas moyen de lui parler.

DIMAS, *à Arlequin*. Alles n'osont approcher, dites-leur que je sis savant sur leus parsonnes.

ARLEQUIN, *à Phocion*. Ne vous *gênez point ; car je suis un babillard, Madame.

PHOCION. À qui parles-tu, Arlequin ?

ARLEQUIN. Hélas ! il n'y a plus de mystère, il m'a fait causer avec une attrape.

PHOCION. Quoi ! malheureux ! tu lui as dit qui j'étais ?

ARLEQUIN. Il n'y a pas une syllabe de manque.

PHOCION. Ah, ciel !

DIMAS. Je savons la parte de voute cœur, et l'escamotage de stila d'Agis : je savons son argent, il n'y a que ceti-là qu'il m'a proumis que je ne savons pas encore.

PHOCION. Corine, c'en est fait, mon projet est renversé.

HERMIDAS. Non, Madame, ne vous découragez point ; dans votre projet vous avez besoin d'ouvriers, il n'y a qu'à gagner aussi le jardinier, n'est-il pas vrai, Dimas ?

DIMAS. Je sis tout à fait de voute avis, Mademoiselle.

HERMIDAS. Eh bien ! que faut-il pour cela ?

DIMAS. Il n'y a qu'à m'acheter ce que je vaux.

ARLEQUIN. Le fripon ne vaut pas une obole.

PHOCION. Ne tient-il aussi qu'à cela, Dimas ; prends toujours d'avance ce que je te donne là, et si tu te tais, sache que tu remercieras toute ta vie le Ciel d'avoir été associé à cette aventure-ci ; elle est plus heureuse pour toi que tu ne saurais te l'imaginer.

DIMAS. Conclusion, Madame, me velà vendu.

ARLEQUIN. Et moi, me voilà ruiné ; car sans ma peste de langue, tout cet argent-là arrivait dans ma poche, et c'est de mes deniers qu'on achète ce vaurien-là.

PHOCION. Qu'il vous suffise que je vous ferai riches tous deux : mais parlons de ce qui m'amenait ici, et qui m'inquiète. Hermocrate m'a promis tantôt de me garder quelque temps ici ; cependant je crains qu'il n'ait changé de sentiment ; car il est actuellement en grande conversation sur mon compte, avec Agis et sa sœur, qui veulent que je reste. Dis-moi la vérité, Arlequin ; ne t'est-il rien échappé avec lui de mes desseins sur Agis ? Je te cherchais pour savoir cela, ne me cache rien.

ARLEQUIN. Non, par ma foi, ma belle dame ; il n'y a que ce routier-là qui m'a pris comme avec un filet.

DIMAS. Morgué ! l'ami, faut que la prudence vous coupe à présent la langue sur tout ça.

PHOCION. Si tu n'as rien dit, je ne crains rien, vous saurez de Corine à quoi j'en suis avec le philosophe et sa sœur ; et vous, Corine, puisque Dimas est des nôtres, partagez entre Arlequin et lui ce qu'il y aura à faire : il s'agit à présent d'entretenir les dispositions du frère et de la sœur.

HERMIDAS. Nous réussirons, ne vous inquiétez pas.

PHOCION. J'aperçois Agis ; vite, retirez-vous, vous autres ; et surtout prenez garde qu'Hermocrate ne nous surprenne ensemble.

Scène III

AGIS, PHOCION

AGIS. Je vous cherchais, mon cher Phocion, et vous me voyez inquiet ; Hermocrate n'est plus si disposé à consentir à ce que vous souhaitez ; je n'ai encore été mécontent de lui qu'aujourd'hui ; il n'allègue rien de raisonnable ; ce n'est point encore moi qui l'ai pressé sur votre chapitre, j'étais seulement présent quand sa sœur lui a parlé pour vous ; elle n'a rien oublié pour le déterminer, et je ne sais ce qu'il en sera ; car une affaire qui demandait Hermocrate, et qui l'occupe actuellement, a interrompu leur entretien ; mais, cher Phocion, que ce que je vous dis là ne vous rebute pas ; pressez-le encore, c'est un ami qui vous en conjure ; je lui parlerai moi-même, et nous pourrons le vaincre.

PHOCION. Quoi ! vous m'en conjurez, Agis ? Vous trouvez donc quelque douceur à me voir ici ?

AGIS. Je n'y attends plus que l'ennui, quand vous n'y serez plus.

PHOCION. Il n'y a plus que vous qui m'y *arrêtez aussi.

AGIS. Votre cœur partage donc les sentiments du mien ?

PHOCION. Mille fois plus que je ne saurais vous le dire !

AGIS. Laissez-moi vous en demander une preuve : voilà la première fois que je goûte le charme de l'amitié ; vous avez les prémices de mon cœur, ne m'apprenez point la douleur dont on est capable quand on perd son ami.

PHOCION. Moi, vous l'apprendre, Agis ! Eh ! le pourrais-je sans en être la victime ?

AGIS. Que je suis touché de votre réponse ! Écoutez le reste : souvenez-vous que vous m'avez dit qu'il ne tiendrait qu'à moi de vous voir toujours ; et sur ce *pied-là voici ce que j'imagine.

PHOCION. Voyons.

AGIS. Je ne saurais si tôt quitter ces lieux, d'importantes raisons, que vous saurez quelque jour, m'en empêchent ; mais vous, Phocion, qui êtes le maître de votre sort, attendez ici que je puisse décider du mien ; demeurez près de nous pour quelque temps ; vous y serez dans la solitude, il est vrai ; mais nous y serons ensemble, et le monde peut-il rien offrir de plus doux que le commerce de deux cœurs vertueux qui s'aiment ?

PHOCION. Oui, je vous le promets, Agis. Après ce que vous venez de dire, je ne veux plus appeler le monde que les lieux où vous serez vous-même.

AGIS. Je suis content : les dieux m'ont fait naître dans l'infortune ; mais puisque vous restez, ils s'apaisent, et voilà le signal des faveurs qu'ils me réservent.

PHOCION. Écoutez aussi, Agis, au milieu du plaisir que j'ai de vous voir si sensible, il me vient une inquiétude ; l'amour peut altérer bientôt de si tendres sentiments ; un ami ne tient point contre une maîtresse.

AGIS. Moi, de l'amour, Phocion ! Fasse le ciel que votre âme lui

soit aussi inaccessible que la mienne ! Vous ne me connaissez pas ;
mon éducation, mes sentiments, ma raison, tout lui ferme mon
cœur ; il a fait les malheurs de mon sang [1], et je hais, quand j'y songe,
jusqu'au sexe qui nous l'inspire.

PHOCION, *d'un air sérieux*. Quoi ! ce sexe est l'objet de votre
haine, Agis ?

AGIS. Je le fuirai toute ma vie.

PHOCION. Cet aveu change tout entre nous, Seigneur : je vous ai
promis de demeurer en ces lieux ; mais la bonne foi me le défend,
cela n'est plus possible, et je pars : vous auriez quelque jour des
reproches à me faire ; je ne veux point vous tromper, et je vous
rends jusqu'à l'amitié que vous m'aviez accordée.

AGIS. Quel étrange langage me tenez-vous là, Phocion ! D'où vient
ce changement si subit ? Qu'ai-je dit qui puisse vous déplaire ?

PHOCION. Rassurez-vous, Agis ; vous ne me regretterez point ; vous
avez craint de connaître ce que c'est que la douleur de perdre un
ami ; je vais l'éprouver bientôt ; mais vous ne la connaîtrez point.

AGIS. Moi, cesser d'être votre ami !

PHOCION. Vous êtes toujours le mien, Seigneur, mais je ne suis
plus le vôtre ; je ne suis qu'un des objets de cette haine dont vous
parliez tout à l'heure.

AGIS. Quoi ! ce n'est point Phocion ?...

PHOCION. Non, Seigneur ; cet habit vous abuse, il vous cache une
fille infortunée qui échappe sous ce déguisement à la persécution
de la Princesse. Mon nom est Aspasie ; je suis née d'un sang illustre
dont il ne reste plus que moi. Les biens qu'on m'a laissés me jettent
aujourd'hui dans la nécessité de fuir. La Princesse veut que je les
livre avec ma main à un de ses parents qui m'aime, et que je hais.
J'appris que, sur mes refus, elle devait me faire enlever sous de faux
prétextes ; et je n'ai trouvé d'autre ressource contre cette violence,
que de me sauver sous cet habit qui me déguise [2]. J'ai entendu parler
d'Hermocrate, et de la solitude qu'il habite, et je venais chez lui,
sans me faire connaître, tâcher, du moins pour quelque temps, d'y
trouver une retraite. Je vous y ai [3] rencontré, vous m'avez offert votre

---

1. C'est en effet la passion coupable du père d'Agis, Cléomène, pour la
maîtresse de son général, Léonidas, qui a poussé celui-ci à se révolter contre
son souverain (voir acte I, sc. I).   **2.** Encore une situation romanesque telle
qu'on en trouve dans *Les Effets surprenants de la sympathie*.   **3.** Texte de
l'édition originale. Celle de 1758 porte : *je vous ai* (*y* est omis).

amitié, je vous ai vu digne de toute la mienne ; la confiance que je vous marque est une preuve que je vous l'ai donnée, et je la conserverai malgré la haine qui va succéder à la vôtre.

AGIS. Dans l'étonnement où vous me jetez, je ne saurais plus moi-même démêler ce que je pense.

PHOCION. Et moi, je le démêle pour vous : adieu, Seigneur. Hermocrate souhaite que je me retire d'ici ; vous m'y souffrez avec peine ; mon départ va vous satisfaire tous deux, et je vais chercher des cœurs dont la bonté ne me refuse pas un asile.

AGIS. Non, Madame, arrêtez... Votre sexe est dangereux, il est vrai, mais les infortunés sont trop respectables.

PHOCION. Vous me haïssez, Seigneur.

AGIS. Non, vous dis-je, arrêtez, Aspasie ; vous êtes dans un état que je plains : je me reprocherais de n'y avoir pas été sensible ; et je presserai moi-même Hermocrate, s'il le faut, de consentir à votre séjour ici, vos malheurs m'y obligent.

PHOCION. Ainsi vous n'agirez plus que par pitié pour moi : que cette aventure me décourage ! Le jeune seigneur qu'on veut que j'épouse me paraît estimable ; après tout, plutôt que de prolonger un état aussi rebutant que le mien, ne vaudrait-il pas mieux me rendre ?

AGIS. Je ne vous le conseille pas, Madame ; il faut que le cœur et la main se suivent. J'ai toujours entendu dire que le sort le plus triste est d'être uni avec ce qu'on n'aime pas [1], que la vie alors est un tissu de langueurs ; que la vertu même, en nous secourant, nous accable ; mais peut-être sentez-vous que vous aimerez volontiers celui qu'on vous propose.

PHOCION. Non, Seigneur ; ma fuite en est une preuve.

AGIS. Prenez-y donc garde ; surtout si quelque secret penchant vous prévenait pour un autre ; car peut-être aimez-vous ailleurs, et ce serait encore pis.

PHOCION. Non, vous dis-je ; je vous ressemble ; je n'ai jusqu'ici *senti mon cœur que par l'amitié que j'ai eu [2] pour vous, et si vous ne me retiriez pas la vôtre, je ne voudrais jamais d'autre sentiment que celui-là.

---

1. Question familière à la pensée de Marivaux. On la trouve déjà, sous une forme burlesque, dans *Le Télémaque travesti*, où Brideron doit dire lequel est préférable, « d'être aimé sans aimer ou d'aimer tout seul » (*Œuvres de jeunesse*, p. 786). 2. Non-accord du participe passé suivi d'autres mots. L'édition de 1758 corrige *eu* en *eue*. Voir la Note grammaticale, p. 2265.

AGIS, *d'un ton embarrassé*. Sur ce *pied-là, ne vous exposez pas à revoir la Princesse ; car je suis toujours le même.

PHOCION. Vous m'aimez donc encore ?

AGIS. Toujours, Madame, d'autant plus qu'il n'y a rien à craindre ; puisqu'il ne s'agit entre nous que d'amitié, qui est le seul penchant que je puisse inspirer, et le seul aussi, sans doute, dont vous soyez capable.

PHOCION et AGIS, *en même temps*. Ah !

PHOCION. Seigneur, personne n'est plus digne que vous de la qualité d'ami : celle d'*amant ne vous convient que trop ; mais ce n'est pas à moi à vous le dire.

AGIS. Je voudrais bien ne le devenir jamais.

PHOCION. Laissons donc là l'amour, il est même dangereux d'en parler[1].

AGIS, *un peu confus*. Voici, je pense, un domestique qui vous cherche : Hermocrate n'est peut-être plus occupé ; souffrez que je vous quitte pour aller le joindre.

Scène IV

PHOCION, ARLEQUIN, HERMIDAS

ARLEQUIN. Allez, Madame Phocion, votre entretien tout à l'heure était bien gardé, car il avait trois sentinelles.

HERMIDAS. Hermocrate n'a point paru ; mais sa sœur vous cherche, et a demandé au jardinier où vous étiez : elle a l'air un peu triste, apparemment que le philosophe ne se rend pas.

PHOCION. Oh ! il a beau faire, il deviendra docile, ou tout l'art de mon sexe n'y pourra rien.

ARLEQUIN. Et le seigneur Agis, promet-il quelque chose ; son cœur se *mitonne-t-il un peu ?

PHOCION. Encore une ou deux conversations, et je l'emporte.

HERMIDAS. Quoi, sérieusement, Madame ?

PHOCION. Oui, Corine, tu sais les motifs de mon amour, et les dieux m'en annoncent déjà la récompense.

---

1. C'est essentiellement pour des raisons dramaturgiques que Marivaux diffère ici l'aveu d'Agis. S'il se produisait, Léonide n'aurait plus de raison de poursuivre ses entreprises de séduction du philosophe et de sa sœur. Mais, psychologiquement, il est aussi souhaitable de laisser souffler Agis, dont le cœur a déjà fait beaucoup de chemin dans cette scène III. Remarquer ici encore l'importance du langage dans l'évolution de l'amour.

ARLEQUIN. Ils ne manqueront pas aussi de récompenser le mien, car il est bien honnête.

HERMIDAS, *à Arlequin*. Paix ; j'aperçois Léontine, retirons-nous.

PHOCION. As-tu instruit Arlequin de ce qu'il s'agit de faire à présent ?

HERMIDAS. Oui, Madame.

ARLEQUIN. Vous serez charmée de mon savoir-faire.

Scène V

PHOCION, LÉONTINE

PHOCION. J'allais vous trouver, Madame : on m'a appris ce qui se passe ; Hermocrate veut se dédire de la grâce qu'il m'avait accordée, et je suis dans un trouble inexprimable.

LÉONTINE. Oui, Phocion ; Hermocrate, par une opiniâtreté qui me paraît sans fondement, refuse de tenir la parole qu'il m'a donnée : vous m'allez dire que je le presse encore ; mais je viens vous avouer que je n'en ferai rien.

PHOCION. Vous n'en ferez rien, Léontine ?

LÉONTINE. Non, ses refus me rappellent moi-même à la raison.

PHOCION. Et vous appelez cela retrouver la raison ? Quoi ? ma tendresse aura borné mes vues ; je n'aurai cherché qu'à vous la dire, je vous l'aurai dite, je me serai mis hors d'état de guérir jamais, j'aurai même espéré de vous toucher, et vous voulez que je vous quitte ! Non, Léontine, cela n'est pas possible ; c'est un sacrifice que mon cœur ne saurait plus vous faire : moi, vous quitter ! eh ! où voulez-vous que j'en trouve la force ? me l'avez-vous laissée ? voyez ma situation. C'est à votre vertu même à qui je parle, c'est elle que j'interroge ; qu'elle soit juge entre vous et moi. Je suis chez vous ; vous m'y avez souffert ; vous savez que je vous aime ; me voilà pénétré de la passion la plus tendre ; vous me l'avez inspirée, et je partirais ! Eh ! Léontine, demandez-moi ma vie, déchirez mon cœur, ils sont tous deux à vous ; mais ne me demandez point des choses impossibles.

LÉONTINE. Quelle vivacité de *mouvements ! Non, Phocion, jamais je ne sentis tant la nécessité de votre départ, et je ne m'en mêle plus. Juste Ciel ! que deviendrait mon cœur avec l'impétuosité du vôtre ? Suis-je obligée, moi, de soutenir cette foule d'expressions passionnées qui vous échappent ? Il faudrait donc toujours combattre, toujours résister, et ne jamais vaincre. Non, Phocion ; c'est de l'amour que vous voulez m'inspirer, n'est-ce pas ? Ce n'est pas la douleur d'en avoir que vous voulez que je sente, et je ne sentirais que cela : ainsi, retirez-vous, je vous en conjure, et laissez-moi dans l'état où je suis.

PHOCION. De grâce, ménagez-moi, Léontine ; je m'égare à la seule idée de partir ; je ne saurais plus vivre sans vous : je vais remplir ces lieux de mon désespoir ; je ne sais plus où je suis !

LÉONTINE. Et parce que vous êtes désolé, il faut que je vous aime ? Qu'est-ce que cette tyrannie-là ?

PHOCION. Est-ce que vous me haïssez ?

LÉONTINE. Je le devrais.

PHOCION. Les dispositions de votre cœur me sont-elles favorables ?

LÉONTINE. Je ne veux point les écouter.

PHOCION. Oui, mais moi, je ne saurais renoncer à les suivre.

LÉONTINE. Arrêtez ; j'entends quelqu'un.

Scène VI
PHOCION, LÉONTINE, ARLEQUIN

Arlequin vient se mettre entre eux deux, sans rien dire.

PHOCION. Que fait donc là ce domestique, Madame ?

ARLEQUIN. Le seigneur Hermocrate m'a ordonné d'examiner votre conduite, parce qu'il ne vous connaît point.

PHOCION. Mais dès que je suis avec Madame, ma conduite n'a pas besoin d'un espion comme toi. *(À Léontine.)* Dites-lui qu'il se retire, Madame, je vous en prie.

LÉONTINE. Il vaut mieux me retirer moi-même.

PHOCION, *bas à Léontine.* Si vous vous en allez sans promettre de parler pour moi, je ne réponds plus de ma raison.

LÉONTINE, *émue.* Ah ! *(À Arlequin.)* Va-t'en, Arlequin ; il n'est pas nécessaire que tu restes ici.

ARLEQUIN. Plus nécessaire que vous ne pensez, Madame ; vous ne savez pas à qui vous avez affaire : ce Monsieur-là n'est pas si friand de la sagesse que des filles sages ; et je vous avertis qu'il veut déniaiser la vôtre[1].

---

1. Il est curieux de voir comment la manœuvre d'Arlequin (commandée à distance par Phocion) prépare dans l'esprit de Marivaux celles de Dubois dans *Les Fausses Confidences* : voir notamment acte I, sc. XIV et XVII.

LÉONTINE, *faisant signe à Phocion.* Que veux-tu dire, Arlequin ? Rien ne m'annonce ce que tu dis là, et c'est une plaisanterie que tu fais.

ARLEQUIN. Oh ! que nenni ! Tenez, Madame, tantôt son valet, qui est un autre espiègle, est venu me dire : Eh bien ! qu'est-ce ? Y a-t-il moyen d'être amis ensemble ?... Oh ! de tout mon cœur... Que vous êtes heureux d'être ici !... Pas mal... Les honnêtes gens que vos maîtres !... Admirables... Que votre maîtresse est aimable !... Oh ! divine... Eh ! dites-moi, a-t-elle eu des *amants ?... Tant qu'elle en a voulu... En a-t-elle à cette heure ?... Tant qu'elle en veut... En aura-t-elle encore ?... Tant qu'elle en voudra... A-t-elle envie de se marier ?... Elle ne me dit pas ses envies... Restera-t-elle fille ?... Je ne garantis rien... Qui est-ce qui la voit, qui est-ce qui ne la voit pas ? Vient-il quelqu'un, ne vient-il personne [1] ?... Et par-ci et par-là... Est-ce que votre maître en est amoureux ?... Chut ! Il en perd l'esprit : nous ne restons ici que pour lui avoir le cœur, afin qu'elle nous épouse ; car nous avons des richesses et des flammes plus qu'il n'en faut pour dix ménages.

PHOCION. N'en as-tu pas dit assez ?

ARLEQUIN. Voyez comme il s'en soucie ; il vous donnera le supplément, si vous voulez.

LÉONTINE. N'est-il pas vrai, seigneur Phocion, qu'Hermidas n'a fait que s'amuser en lui disant cela ? Phocion ne répond rien [2] !

ARLEQUIN. Ahi ! ahi ! la voix vous manque, ma chère maîtresse ; Votre cœur prend congé de la compagnie, on le pille actuellement, et je vais faire venir le seigneur Hermocrate à votre secours.

LÉONTINE. Arrête, Arlequin, où vas-tu ? Je ne veux point qu'il sache qu'on me parle d'amour.

ARLEQUIN. Oh ! puisque le fripon est de vos amis, ce n'est pas la peine de crier au voleur. Que la sagesse s'accommode ; mariez-vous ; il y aura encore de la place pour elle : le métier de brave femme a bien son mérite. Adieu, Madame ; n'oubliez pas la discrétion de votre petit serviteur, qui vous fait ses compliments, et qui ne dira mot.

---

1. Cela est une question posée à Arlequin, qui répond ce qui suit. Faute de marquer ici le changement de réplique, bien des éditions modernes donnent la question *Est-ce que votre maître en est amoureux ?* à l'interlocuteur d'Arlequin, ce qui est absurde. **2.** À partir de l'édition de 1781, *Phocion ne répond rien* est présenté comme une indication scénique placée à la suite de la réplique de Léontine, sans point d'exclamation.

PHOCION. Va, je me charge de payer ton silence.

LÉONTINE. Où suis-je ? tout ceci me paraît un songe : Voyez à quoi vous m'exposez ; mais qui vient encore ?

Scène VII [1]

HERMIDAS, LÉONTINE, PHOCION

HERMIDAS, *apportant un portrait qu'elle donne à Phocion*. Je vous apporte ce que vous m'avez demandé, Seigneur ; voyez si vous en êtes content ; il serait encore mieux si j'avais travaillé d'après la personne présente [2].

PHOCION. Pourquoi me l'apporter devant Madame ? Mais voyons : oui, la physionomie s'y trouve ; voilà cet air noble et fin, et tout le feu de ses yeux ; il me semble pourtant qu'ils sont encore un peu plus vifs.

LÉONTINE. C'est *apparemment d'un portrait dont vous parlez, Seigneur ?

PHOCION. Oui, Madame.

HERMIDAS. Donnez, Seigneur, j'observerai ce que vous dites là.

LÉONTINE. Peut-on le voir avant qu'on l'emporte ?

PHOCION. Il n'est pas achevé, Madame.

LÉONTINE. Puisque vous avez vos raisons pour ne le pas montrer, je n'insiste plus [3].

PHOCION. Le voilà, Madame ; vous me le rendrez, au moins.

LÉONTINE. Que vois-je ? c'est le mien !

PHOCION. Je ne veux jamais vous perdre de vue ; la moindre absence m'est douloureuse, ne durât-elle qu'un moment ; et ce portrait me l'adoucira ; cependant vous le gardez.

LÉONTINE. Je ne devrais pas vous le rendre ; mais tant d'amour m'en ôte le courage.

PHOCION. Cet amour ne vous en inspire-t-il pas un peu ?

LÉONTINE, *soupirant*. Hélas ! je n'en voulais point ; mais je n'en serai peut-être pas la maîtresse.

---

1. La scène VII est numérotée par erreur III dans l'édition originale.
2. Cette idée du portrait, et de l'utilisation qui en est faite, sera reprise et perfectionnée par Marivaux dans *Les Fausses Confidences* (acte II, sc. XV, etc.).
3. Comme chez Agis (voir la fin de la scène précédente), l'amour de Léontine s'exprime d'abord sous la forme d'un dépit jaloux. Il en sera de même chez Hermocrate.

PHOCION. Ah ! de quelle joie vous me comblez !

LÉONTINE. Est-il donc arrêté que je vous aimerai ?

PHOCION. Ne me promettez point votre cœur ; dites que je l'ai, Léontine.

LÉONTINE, *toujours émue*. Je ne dirais que trop vrai, Phocion !

PHOCION. Je resterai donc, et vous parlerez à Hermocrate.

LÉONTINE. Il le faudra bien pour me donner le temps de me résoudre à notre union.

HERMIDAS. Cessez cet entretien ; je vois Dimas qui vient.

LÉONTINE. Je me sens dans une émotion de cœur où je ne veux pas qu'on me voie. Adieu, Phocion, ne vous inquiétez pas ; je me charge du consentement de mon frère.

Scène VIII [1]

HERMIDAS, PHOCION, DIMAS

DIMAS. Velà le philosophe qui se pourmène envars ici tout rêvant ; faites-nous de la *marge, et laissez-nous le tarrain, pour à celle fin que je l'y en baille encore d'une *venue.

PHOCION. Courage, Dimas, je me retire, et reviendrai quand il sera parti.

Scène IX

HERMOCRATE, DIMAS

HERMOCRATE. N'as-tu pas vu Phocion ?

DIMAS. Non, mais j'allions vous rendre compte à son sujet.

HERMOCRATE. Eh bien, as-tu découvert quelque chose ? Est-il souvent avec Agis ? Cherche-t-il à le voir ?

DIMAS. Oh ! que non, il a, ma foi, bian d'autres tracas dans la çarvelle.

HERMOCRATE, *à part les premiers mots*. Ce début me fait craindre le reste. De quoi s'agit-il ?

DIMAS. Il s'agit morgué qu'ou avez bian du mérite, et que faut admirer voute science, voute vartu et voute bonne mine.

---

1. Cette scène est numérotée par erreur VII dans l'édition originale. De même, les scènes IX, X et XI sont numérotées par erreur VIII, IX et X. La numérotation redevient normale à partir de la scène XII.

HERMOCRATE. Eh d'où vient ton enthousiasme là-dessus ?

DIMAS. C'est que je compare voute face à ce qui arrive ; c'est qu'il se passe des choses émerveillables, et qui portons la signifiance de la rareté de voute parsonne ; c'est qu'en se meurt, en soupire. Hélas ! ce dit-on, que je l'aime ce cher homme, cet agriable homme !

HERMOCRATE. Je ne sais de qui tu me parles.

DIMAS. Par ma foi, c'est de vous, et pis d'un garçon qui n'est qu'une fille.

HERMOCRATE. Je n'en connais point ici.

DIMAS. Vous connaissez bian Phocion ? Eh bian ! il n'y a que son habit qui est un homme, le reste est une fille.

HERMOCRATE. Que me dis-tu là !

DIMAS. *Tatigué, qu'alle est remplie de charmes ! Morgué, qu'ou êtes heureux ; car tous ces charmes-là, devinez leur intention ? Je les avons entendu raisonner. Ils disont comme ça, qu'ils se gardont pour l'homme le pus mortel... Non, non, je me trompe, pour le mortel le pus parfait qui se treuve parmi les mortels de tous les hommes, qui s'appelle Hermocrate.

HERMOCRATE. Qui ? moi !

DIMAS. Acoutez, acoutez.

HERMOCRATE. Que me va-t-il dire encore ?

DIMAS. Comme je charchions tantôt à obéir à voute commande-ment, je l'avons vu qui coupait dans le taillis avec son valet Hermi-das, qui est itou un *acabit de garçon de la même étoffe. Moi, tout *ballement, je travarse le taillis par un autre côté, et pis je les entends deviser ; et pis Phocion commence : Ah ! velà qui est fait, Corine ; il n'y a pus de guarison pour moi, ma mie ; je l'aime trop, cet homme-là, je ne saurais pu que faire ni que dire : Eh mais pour-tant, Madame, vous êtes si belle ! Eh bian ! cette biauté, queu profit me fait-elle, pisqu'il veut que je m'en retorne ! Eh mais patience, Madame. Eh mais où est-il ? Mais que fait-il ? Où se tiant la sagesse de sa parsonne[1] ?

HERMOCRATE, *ému.* Arrête, Dimas.

DIMAS. Je sis à la fin. Mais que vous dit-il, quand vous li parlez,

---

1. Nouvel exemple (après *La Fausse Suivante*, acte II, sc. III, *L'Heureux Stratagème*, acte I, sc. XII, etc.) du procédé qui consiste à rapporter un dia-logue amoureux par la bouche d'un personnage comique, ici presque certai-nement l'acteur Deshaies, très apprécié du public dans toutes sortes de rôles comiques.

Madame ? Eh mais il me gronde, et moi je me fâche, ma fille. Il me
représente qu'il est sage. Et moi itou, ce lui fais-je. Mais je vous
plains, ce me fait-il. Mais me velà bian *refaite, ce li dis-je. Eh mais !
n'avez-vous pas honte ? ce me fait-il. Eh bian ! qu'est-ce que ça
m'avance ? ce li fais-je. Mais voute vartu, Madame ? Mais mon tourment, Monsieur ? Est-ce que les vartus ne se marions pas ensemble ?

HERMOCRATE. Il me suffit, te dis-je, c'en est assez.

DIMAS. Je sis d'avis que vous guarissiez cet enfant-là, noute maître,
en tombant itou malade pour elle, et pis la prenre pour minagère ;
car en restant garçon, ça entarre la lignée d'un homme, et ce serait
dommage de l'entarrement de la vôtre [1]. Mais en parlant par similitude, n'y aurait-il pas moyen, par votre moyen, de me recommander
à l'affection de la femme de chambre, à cause que je savons toutes
ces fredaines-là, et que je n'en sonnons mot ?

HERMOCRATE, *les premiers mots à part.* Il ne me manquait plus que
d'essuyer ce compliment-là ! Sois discret, Dimas, je te l'ordonne : il
serait fâcheux, pour la personne en question, que cette aventure-ci
fût connue ; et de mon côté, je vais y mettre ordre en la renvoyant...
Ah [2] !

Scène X
PHOCION, DIMAS

PHOCION. Hé bien ! Dimas, que pense Hermocrate ?

DIMAS. Li, il prétend vous garder.

PHOCION. Tant mieux.

DIMAS. Et pis, il ne prétend pas que vous restiais.

PHOCION. Je ne t'entends plus.

DIMAS. Eh pargué, c'est qu'il ne s'entend pas li-même ; il ne voit
pus goutte à ce qu'il veut. Ouf ! velà sa darnière parole : toute sa
philosophie est à vau l'iau, il n'y en reste pas une once.

---

1. Jacob tiendra le même raisonnement à Mlle Habert. Voir *Le Paysan
parvenu*, éd. Garnier, p. 75 : « Cela me fait songer que c'est grand dommage
que vous ne laissiez personne de votre race », etc. **2.** C'est au tour d'Hermocrate de se trouver dans la situation d'Araminte. Comme elle, il ordonne
au valet de cacher ce qu'il a appris, comme elle aussi, il parle de renvoyer la
personne qui déclare l'aimer. Les paroles de Dimas, au début de la scène
suivante (« c'est qu'il ne s'entend pas li-même », etc.), soulignent même cette
parenté.

PHOCION. Il faudra bien qu'il me cède ce reste-là ; un portrait vient de terrasser la prud'homie de la sœur, j'en ai encore un au service du frère ; car toute sa raison ne mérite pas les frais d'un nouveau stratagème. Cependant Agis m'évite ; je ne l'ai presque point vu depuis qu'il sait qui je suis. Il parlait tout à l'heure à Corine, peut-être me cherche-t-il.

DIMAS. Vous l'avez deviné, car le velà qui arrive. Mais, Madame, ayez toujours souvenance que ma fortune est au bout de l'histoire.

PHOCION. Tu peux la compter faite.

DIMAS. Grand marci à vous.

Scène XI

AGIS, PHOCION

AGIS. Quoi, Aspasie ! vous me fuyez quand je vous aborde ?

PHOCION. C'est que je me suis tantôt aperçue que vous me fuyiez aussi.

AGIS. J'en conviens ; mais j'avais une inquiétude qui m'agitait, et qui me dure encore.

PHOCION. Peut-on la savoir ?

AGIS. Il y a une personne que j'aime ; mais j'ignore si ce que je sens pour elle est amitié ou amour ; car j'en suis là-dessus à mon apprentissage ; et je venais vous prier de m'instruire.

PHOCION. Mais je connais cette personne-là, je pense.

AGIS. Cela ne vous est pas difficile ; quand vous êtes venue ici, vous savez que je n'aimais rien.

PHOCION. Oui, et depuis que j'y suis, vous n'avez vu que moi.

AGIS. Concluez donc.

PHOCION. Eh bien ! c'est moi ; cela va *tout de suite.

AGIS. Oui, c'est vous, Aspasie, et je vous demande à quoi j'en suis.

PHOCION. Je n'en sais pas le mot ; dites-moi à quoi j'en suis moi-même ; car je suis dans le même cas pour quelqu'un que j'aime.

AGIS. Eh pour qui donc, Aspasie ?

PHOCION. Pour qui ? Les raisons qui m'ont fait conclure que vous m'aimiez, ne nous sont-elles pas communes, et ne pouvez-vous pas conclure tout seul ?

AGIS. Il est vrai que vous n'aviez point encore aimé quand vous êtes arrivée.

PHOCION. Je ne suis plus de même, et je n'ai vu que vous. Le reste est clair.

AGIS. C'est donc pour moi que votre cœur est en peine, Aspasie ?

PHOCION. Oui ; mais tout cela ne nous rend pas plus savants ; nous nous aimions avant que d'être inquiets ; nous aimons-nous de même, ou bien différemment ? C'est de quoi il est question.

AGIS. Si nous nous disions ce que nous sentons, peut-être éclaircirions-nous la chose.

PHOCION. Voyons donc. Aviez-vous tantôt de la peine à m'éviter ?

AGIS. Une peine infinie.

PHOCION. Cela commence mal. Ne m'évitiez-vous pas à cause que vous aviez le cœur troublé, avec des sentiments que vous n'osiez pas me dire ?

AGIS. Me voilà ; vous me pénétrez à merveille.

PHOCION. Oui, vous voilà ; mais je vous avertis que votre cœur n'en ira pas mieux ; et que voilà encore des yeux qui ne me pronostiquent rien de bon là-dessus.

AGIS. Ils vous regardent avec un grand plaisir ; avec un plaisir qui va jusqu'à l'émotion.

PHOCION. Allons, allons, c'est de l'amour ; il est inutile de vous interroger davantage.

AGIS. Je donnerais ma vie pour vous ; j'en donnerais mille, si je les avais.

PHOCION. Preuve sur preuve ; amour dans l'expression, amour dans les sentiments, dans les regards ; amour s'il en fut jamais [1].

AGIS. Amour comme il n'en est point, peut-être. Mais je vous ai dit ce qui se passe dans mon cœur, ne saurais-je point ce qui se passe dans le vôtre ?

PHOCION. Doucement, Agis ; une personne de mon sexe parle de son amitié tant qu'on veut, mais de son amour, jamais. D'ailleurs, vous n'êtes déjà que trop tendre, que trop embarrassé de votre tendresse, et si je vous disais mon secret, ce serait encore pis.

AGIS. Vous avez parlé de mes yeux ; il semble que les vôtres m'apprennent que vous n'êtes pas insensible.

PHOCION. Oh ! pour de mes yeux [2], je n'en réponds point ; ils peuvent bien vous dire que je vous aime ; mais je n'aurai pas à me reprocher de vous l'avoir dit, moi.

---

1. Toute cette scène se rattache à la tradition issue de *Daphnis et Chloé*, en passant par *Les Amants ignorants* d'Autreau et *Arlequin poli par l'amour* de Marivaux lui-même. Voir cette dernière pièce, notamment scène VII, ainsi que la notice correspondante.   **2.** C'est-à-dire : en ce qui concerne mes yeux. Sur l'emploi de *pour de* chez Marivaux, voir le Glossaire.

AGIS. Juste Ciel ! dans quel abîme de passion le charme de ce discours-là ne me jette-t-il point ! Vos sentiments ressemblent aux miens.

PHOCION. Oui, cela est vrai ; vous l'avez deviné, et ce n'est pas ma faute. Mais ce n'est pas le tout que d'aimer, il faut avoir la liberté de se le dire, et se mettre en état de se le dire toujours. Et le seigneur Hermocrate qui vous *gouverne...

AGIS. Je le respecte et je l'aime. Mais je sens déjà que les cœurs n'ont point de maître. Cependant il faut que je le voie avant qu'il vous parle ; car il pourrait bien vous renvoyer dès aujourd'hui, et nous avons besoin d'un peu de temps pour voir ce que nous ferons [1].

DIMAS *paraît dans l'enfoncement du théâtre sans approcher, et chante pour avertir de finir la conversation.* Ta ra ta la ra !

PHOCION. C'est bien dit, Agis ; allez-y dès ce moment ; il faudra bien nous retrouver, car j'ai bien des choses à vous dire.

AGIS. Et moi aussi.

PHOCION. Partez ; quand on nous voit longtemps ensemble, j'ai toujours peur qu'on ne se doute de ce que je suis. Adieu !

AGIS. Je vous laisse, aimable Aspasie, et vais travailler pour votre séjour ici ; Hermocrate ne sera peut-être plus occupé.

Scène XII

PHOCION, HERMOCRATE, DIMAS

DIMAS, *disant rapidement à Phocion.* Il a, morgué ! bian fait de s'en aller ; car velà le jaloux qui arrive.

Dimas se retire.

PHOCION. Vous paraissez donc enfin, Hermocrate ? Pour dissiper le penchant qui m'occupe, n'avez-vous imaginé que l'ennui où vous me laissez ? Il ne vous réussira pas, je n'en suis que plus triste, et n'en suis pas moins tendre.

HERMOCRATE. Différentes affaires m'ont retenu, Aspasie ; mais il ne s'agit plus de penchant ; votre séjour ici est désormais impraticable ;

---

1. Cette fois l'aveu est acquis. La venue d'Hermocrate, en interrompant la conversation, rend nécessaire pour Léonide la poursuite de ses entreprises de séduction.

il vous ferait tort ; Dimas sait qui vous êtes. Vous dirai-je plus ? Il sait le secret de votre cœur ; il vous a entendu ; ne nous fions ni l'un ni l'autre à la discrétion de ses pareils. Il y va de votre *gloire, il faut vous retirer.

PHOCION. Me retirer, Seigneur ! Eh dans quel état me renvoyez-vous ? Avec mille fois plus de trouble que je n'en avais. Qu'avez-vous fait pour me guérir ? À quel vertueux secours ai-je reconnu le sage Hermocrate ?

HERMOCRATE. Que votre trouble finisse à ce que je vais vous dire. Vous m'avez cru sage ; vous m'avez aimé sur ce *pied-là : je ne le suis point. Un vrai sage croirait en effet sa vertu *comptable de votre repos ; mais savez-vous pourquoi je vous renvoie ? C'est que j'ai peur que votre secret n'éclate, et ne nuise à l'estime qu'on a pour moi ; c'est que je vous sacrifie à l'orgueilleuse crainte de ne pas paraître vertueux, sans me soucier de l'être ; c'est que je ne suis qu'un homme vain, qu'un superbe, à qui la sagesse est moins chère que la méprisable et frauduleuse imitation qu'il en fait [1]. Voilà ce que c'est que l'objet de votre amour.

PHOCION. Eh ! je ne l'ai jamais tant admiré !

HERMOCRATE. Comment donc ?

PHOCION. Ah ! Seigneur, n'avez-vous que cette *industrie-là contre moi ? Vous augmentez mes faiblesses en exposant l'opprobre dont vous avez l'impitoyable courage de couvrir les vôtres. Vous dites que vous n'êtes point sage ! Et vous étonnez ma raison par la preuve sublime que vous me donnez du contraire !

HERMOCRATE. Attendez, Madame. M'avez-vous cru susceptible de tous les ravages que l'amour fait dans le cœur des autres hommes ? Eh bien ! l'âme la plus vile, les amants les plus vulgaires, la jeunesse la plus folle, n'éprouvent [2] point d'agitations que je n'aie senties ; inquiétudes, jalousies, transports, m'ont agité tour à tour. Reconnaissez-vous Hermocrate à ce portrait ? L'univers est plein de gens qui me ressemblent. Perdez donc un amour que tout homme pris au hasard mérite autant que moi, Madame.

PHOCION. Non, je le répète encore, si les dieux pouvaient être

---

1. Idée morale très familière à Marivaux, qui l'étend aux cas des héros, des philosophes et des fanfarons de vertu en général, comme le « martyr de l'orgueil » dont l'histoire est racontée à la première feuille de *L'Indigent philosophe*. **2.** Édition originale : *n'éprouve*. Le verbe est accordé avec le sujet le plus proche.

faibles, ils le seraient comme Hermocrate ! Jamais il ne fut plus grand, jamais plus digne de mon amour, et jamais mon amour plus digne de lui ! Juste Ciel ! Vous parlez de ma gloire : en est-il qui vale celle de vous avoir causé le moindre des *mouvements que vous dites ? Non, c'en est fait, Seigneur, je ne vous demande plus le repos de mon cœur ; vous me le rendez par l'aveu que vous me faites ; vous m'aimez, je suis tranquille et charmée. Vous me garantissez notre union.

HERMOCRATE. Il me reste un mot à vous dire, et je finis par là. Je révélerai votre secret ; je déshonorerai cet homme que vous admirez ; et son affront rejaillira sur vous-même, si vous ne partez.

PHOCION. Eh bien ! Seigneur, je pars : mais je suis sûre de ma vengeance ; puisque vous m'aimez, votre cœur me la garde. Allez, désespérez le mien ; fuyez un amour qui pouvait faire la douceur de votre vie, et qui va faire le malheur de la mienne. Jouissez, si vous voulez, d'une sagesse sauvage, dont mon infortune va vous assurer la durée cruelle. Je suis venue vous demander du secours contre mon amour ; vous ne m'en avez point donné d'autre que m'avouer que vous m'aimiez ; c'est après cet aveu que vous me renvoyez ; après un aveu qui redouble ma tendresse ! Les dieux détesteront cette même sagesse conservée aux dépens d'un jeune cœur que vous avez trompé, dont vous avez trahi la confiance, dont vous n'avez point respecté les intentions vertueuses, et qui n'a servi que de victime à la férocité de vos opinions !

HERMOCRATE. Modérez vos cris, Madame ; on vient à nous.

PHOCION. Vous me désolez, et vous voulez que je me taise !

HERMOCRATE. Vous m'attendrissez plus que vous ne pensez ; mais n'*éclatez point.

Scène XIII

ARLEQUIN, HERMIDAS, PHOCION, HERMOCRATE

HERMIDAS, *courant après Arlequin*. Rendez-moi donc cela ; de quel droit le retenez-vous ? Qu'est-ce que cela signifie ?

ARLEQUIN. Non, morbleu ; ma *fidélité n'entend point raillerie ; il faut que j'avertisse mon maître.

HERMOCRATE, *à Arlequin*. Que veut dire le bruit que vous faites ? De quoi s'agit-il là ? Qu'est-ce que c'est qu'Hermidas te demande ?

ARLEQUIN. J'ai découvert un micmac, seigneur Hermocrate ; il s'agit

d'une affaire de conséquence ; il n'y a que le diable et ces person-
nages-là qui le sachent ; mais il faut voir ce que c'est.

HERMOCRATE. Explique-toi.

ARLEQUIN. Je viens de trouver ce petit garçon qui était dans la posture d'un homme qui écrit : il rêvait, secouait la tête, *mirait son
ouvrage ; et j'ai remarqué qu'il avait une coquille auprès de lui où il
y avait du gris, du vert, du jaune, du blanc, et où il trempait sa
plume ; et comme j'étais derrière lui, je me suis approché pour voir
son *original de lettre ; mais voyez le fripon ! ce n'était point des
mots ni des paroles, c'était un visage qu'il écrivait ; et ce visage-là,
c'était vous, Seigneur Hermocrate.

HERMOCRATE. Moi !

ARLEQUIN. Votre propre visage, à l'exception qu'il est plus court
que celui que vous portez ; le nez que vous avez ordinairement tient
lui seul plus de place que vous tout entier dans ce minois : Est-ce
qu'il est permis de rapetisser la face des gens, de diminuer la largeur
de leur physionomie ? Tenez, regardez la mine que vous faites là-
dedans.

Il lui donne un portrait.

HERMOCRATE. Tu as bien fait, Arlequin, je ne te blâme point. Va-
t'en, je vais examiner ce que cela signifie [1].

ARLEQUIN. N'oubliez pas de vous faire rendre les deux tiers de
votre visage.

Scène XIV

HERMOCRATE, PHOCION, HERMIDAS

HERMOCRATE. Quelle était votre idée ? Pourquoi m'avez-vous donc
peint ?

HERMIDAS. Par une raison toute naturelle, Seigneur ; j'étais bien
aise d'avoir le portrait d'un homme illustre, et de le montrer aux
autres.

HERMOCRATE. Vous me faites trop d'honneur.

HERMIDAS. Et d'ailleurs, je savais que ce portrait ferait plaisir à une
personne à qui il ne convenait point de le demander.

---

1. Hermocrate renvoie Arlequin en l'approuvant, comme Araminte fera
avec Dubois dans *Les Fausses Confidences*.

HERMOCRATE. Eh ! Cette personne, quelle est-elle ?

HERMIDAS. Seigneur...

PHOCION. Taisez-vous, Corine.

HERMOCRATE. Qu'entends-je ! Que dites-vous, Aspasie ?

PHOCION. N'en demandez pas davantage, Hermocrate, faites-moi la grâce d'ignorer le reste.

HERMOCRATE. Eh, comment à présent voulez-vous que je l'ignore ?

PHOCION. Brisons là-dessus ; vous me faites rougir.

HERMOCRATE. Ce que je vois est à peine croyable. Je ne sais plus ce que je deviens moi-même.

PHOCION. Je ne saurais *soutenir cette aventure.

HERMOCRATE. Et moi, cette épreuve-ci m'entraîne.

PHOCION. Ah ! Corine, pourquoi avez-vous été surprise ?

HERMOCRATE. Vous triomphez, Aspasie ; vous l'emportez, je me rends.

PHOCION. Sur ce *pied-là, je vous pardonne la confusion dont ma victoire me couvre.

HERMOCRATE. Reprenez ce portrait, il vous appartient, Madame.

PHOCION. Non, je ne le reprendrai point que ce ne soit votre cœur qui me l'abandonne.

HERMOCRATE. Rien ne doit vous empêcher de le reprendre [1].

PHOCION, *tirant le sien, le lui donne.* Sur ce pied-là, vous devez estimer le mien, et le voilà ; marquez-moi qu'il vous est cher.

HERMOCRATE *l'approche de sa bouche.* Me trouvez-vous assez humilié ? Je ne vous dispute plus rien.

HERMIDAS. Il y manque encore quelque chose. Si le seigneur Hermocrate voulait souffrir que je le finisse, il ne faudrait qu'un instant pour cela.

PHOCION. Puisque nous sommes seuls, et qu'il ne s'agit que d'un instant, ne le refusez pas, Seigneur.

HERMOCRATE. Aspasie, ne m'exposez point à ce risque-là ; quelqu'un pourrait nous surprendre.

PHOCION. C'est l'instant où je triomphe, dites-vous ; ne le laissons pas perdre, il est précieux : vos yeux me regardent avec une tendresse que je voudrais bien qu'on recueillît, afin d'en conserver l'image. Vous ne voyez point vos regards, ils sont charmants, Seigneur. Achève, Corine, achève.

---

1. Sur la signification du don d'un portrait, comparer *Les Fausses Confidences*, acte III, sc. xii : « Vous donner mon portrait ! songez-vous que ce serait avouer que je vous aime ? »

HERMIDAS. Seigneur, un peu de côté, je vous prie ; daignez m'envisager.

HERMOCRATE. Ah Ciel ! à quoi me réduisez-vous ?

PHOCION. Votre cœur rougit-il des présents qu'il fait au mien ?

HERMIDAS. Levez un peu la tête, Seigneur.

HERMOCRATE. Vous le voulez, Aspasie ?

HERMIDAS. Tournez un peu à droite.

HERMOCRATE. Cessez, Agis approche. Sortez, Hermidas.

Scène XV

HERMOCRATE, AGIS, PHOCION

AGIS. Je venais vous prier, Seigneur, de nous laisser Phocion pour quelque temps ; mais j'augure que vous y consentez, et qu'il est inutile que je vous en parle.

HERMOCRATE, *d'un ton inquiet*. Vous souhaitez donc qu'il reste, Agis ?

AGIS. Je vous avoue que j'aurais été très fâché qu'il partît, et que rien ne saurait me faire tant de plaisir que son séjour ici ; on ne saurait le connaître sans l'estimer, et l'amitié suit aisément l'estime.

HERMOCRATE. J'ignorais que vous fussiez déjà si charmés l'un de l'autre.

PHOCION. Nos entretiens, en effet, n'ont pas été fréquents.

AGIS. Peut-être que j'interromps la conversation que vous avez ensemble, et c'est à quoi j'attribue la froideur avec laquelle vous m'écoutez ; ainsi je me retire.

Scène XVI

PHOCION, HERMOCRATE

HERMOCRATE. Que signifie cet empressement d'Agis ? Je ne sais ce que j'en dois croire ; depuis qu'il est avec moi, je n'ai rien vu qui l'intéressât tant que vous : vous connaît-il ? Lui avez-vous découvert qui vous êtes, et m'abuseriez-vous ?

PHOCION. Ah ! Seigneur, vous me comblez de joie : Vous m'avez dit que vous aviez été jaloux ; il ne me restait plus que le plaisir de le voir moi-même, et vous me le donnez : mon cœur vous remercie de l'injustice que vous me faites. Hermocrate est jaloux, il me chérit, il m'adore ! Il est injuste, mais il m'aime ; qu'importe à quel prix il me le témoigne ? Il s'agit pourtant de me justifier : Agis n'est pas loin, je le vois encore ; qu'il revienne, rappelons-le, Seigneur ; je vais le chercher moi-même ; je vais lui parler, et vous verrez si je mérite vos soupçons.

HERMOCRATE. Non, Aspasie, je reconnais mon erreur ; votre franchise me rassure ; ne l'appelez pas, je me rends ; il ne faut pas encore que l'on sache que je vous aime : laissez-moi le temps de disposer tout.

PHOCION. J'y consens ; voici votre sœur, et je vous laisse ensemble. *(À part.)* J'ai pitié de sa faiblesse. Ô Ciel ! pardonne mon artifice !

Scène XVII

HERMOCRATE, LÉONTINE

LÉONTINE. Ah ! vous voilà, mon frère ; je vous demande à tout le monde.

HERMOCRATE. Que me voulez-vous, Léontine ?

LÉONTINE. À quoi en êtes-vous avec Phocion ? Êtes-vous toujours dans le dessein de le renvoyer ? Il m'a tantôt marqué tant d'estime pour vous, il m'en a dit tant de bien, que je lui ai promis qu'il resterait, et que vous y consentiriez ; je lui en ai donné ma parole : son séjour sera court, et ce n'est pas la peine de m'en dédire.

HERMOCRATE. Non, Léontine ; vous savez mes égards pour vous, et je ne vous en dédirai point : dès que vous avez promis, il n'y a plus de réplique ; il restera tant qu'il voudra, ma sœur.

LÉONTINE. Je vous rends grâce de votre complaisance, mon frère ; et en vérité Phocion mérite bien qu'on l'oblige.

HERMOCRATE. Je *sens tout ce qu'il vaut.

LÉONTINE. D'ailleurs, je regarde que c'est, en passant, un amusement pour Agis, qui vit dans une solitude dont on se rebute quelquefois à son âge.

HERMOCRATE. Quelquefois à tout âge.

LÉONTINE. Vous avez raison ; on y a des moments de tristesse. Je m'y ennuie souvent moi-même ; j'ai le courage de vous le dire.

HERMOCRATE. Qu'appelez-vous courage ? Eh qui est-ce qui ne s'y ennuierait pas ? N'est-on pas né pour la société ?

LÉONTINE. Écoutez ; on ne sait pas ce qu'on fait, quand on se confine dans la retraite ; et nous avons été bien vite, quand nous avons pris un parti si dur.

HERMOCRATE. Allez, ma sœur, je n'en *suis pas à faire cette réflexion-là.

LÉONTINE. Après tout, le mal n'est pas sans remède ; heureusement on peut se raviser.

HERMOCRATE. Oh ! fort bien.

LÉONTINE. Un homme, à votre âge, sera partout le bienvenu quand il voudra changer d'état.

HERMOCRATE. Et vous, qui êtes aimable et plus jeune que moi, je ne suis pas en peine de vous non plus.

LÉONTINE. Oui, mon frère, peu de jeunes gens vont de pair avec vous ; et le don de votre cœur ne sera pas négligé.

HERMOCRATE. Et moi, je vous assure qu'on n'attendra pas d'avoir le vôtre pour vous donner le sien.

LÉONTINE. Vous ne seriez donc pas étonné que j'eusse quelques vues ?

HERMOCRATE. J'ai toujours été surpris que vous n'en eussiez pas.

LÉONTINE. Mais, vous qui parlez, pourquoi n'en auriez-vous pas aussi ?

HERMOCRATE. Eh ! que sait-on ? Peut-être en aurais-je.

LÉONTINE. J'en serais charmée, Hermocrate, nous n'avons pas plus de raison que les dieux qui ont établi le mariage ; et je crois qu'un mari vaut bien un solitaire. Pensez-y ; une autre fois nous en dirons davantage. Adieu.

HERMOCRATE. J'ai quelques ordres à donner, et je vous suis. *(À part.)* À ce que je vois, nous sommes tous deux en bel état, Léontine et moi. Je ne sais à qui elle en veut ; peut-être est-ce à quelqu'un aussi jeune pour elle que l'est Aspasie pour moi. Que nous sommes faibles ! mais il faut remplir sa destinée.

ACTE III

Scène première
PHOCION, HERMIDAS

PHOCION. Viens que je te parle, Corine. Tout me répond d'un succès infaillible. Je n'ai plus qu'un léger entretien à avoir avec Agis ; il le désire autant que moi. Croirais-tu pourtant que nous n'avons pu y parvenir ni l'un ni l'autre ? Hermocrate et sa sœur m'ont obsédée tour à tour ; ils doivent tous deux m'épouser en secret : je ne sais combien de mesures sont prises pour ces mariages imaginaires. Non, on ne saurait croire combien l'amour égare ces têtes qu'on appelle sages ; et il a fallu tout écouter, parce que je n'ai pas encore terminé avec Agis. Il m'aime tendrement comme Aspasie : pourrait-il me haïr comme Léonide ?

HERMIDAS. Non, Madame, achevez ; la princesse Léonide, après tout ce qu'elle a fait, doit lui paraître encore plus aimable qu'Aspasie.

PHOCION. Je pense comme toi ; mais sa famille a péri par la mienne.

HERMIDAS. Votre père hérita du trône, et ne l'a pas ravi.

PHOCION. Que veux-tu ? J'aime et je crains. Je vais pourtant agir comme certaine du succès. Mais, dis-moi, as-tu fait porter mes lettres au château ?

HERMIDAS. Oui, Madame ; Dimas, sans savoir pourquoi, m'a fourni un homme à qui je les ai remises ; et comme la distance d'ici au château est petite, vous aurez bientôt des nouvelles. Mais quel ordre donnez-vous au seigneur Ariston, à qui s'adressent vos lettres ?

PHOCION. Je lui dis de suivre celui qui les lui rendra ; d'arriver ici avec ses gardes et mon équipage : ce n'est qu'en prince que je veux qu'Agis sorte de ces lieux. Et toi, Corine, pendant que je t'attends ici, va te poster à l'entrée du jardin où doit arriver Ariston ; et viens m'avertir dès qu'il sera venu. Va, pars, et mets le comble à tous les services que tu m'as rendus.

HERMIDAS. Je me sauve. Mais vous n'êtes pas quitte de Léontine ; la voilà qui vous cherche.

Scène II

LÉONTINE, PHOCION

LÉONTINE. J'ai un mot à vous dire, mon cher Phocion ; le sort en est jeté ; nos embarras vont finir.

PHOCION. Oui, grâces au Ciel.

LÉONTINE. Je ne dépends que de moi, nous allons être pour jamais unis. Je vous ai dit que c'est un spectacle que je ne voulais pas donner ici, mais les mesures que nous avons prises ne me paraissent pas décentes ; vous avez envoyé chercher un équipage, qui doit nous attendre à quelques pas de la maison, n'est-il pas vrai ? Ne vaudrait-il pas mieux, au lieu de nous en aller ensemble, que je partisse la première, et que je me rendisse à la ville en vous attendant ?

PHOCION. Oui-da, vous avez raison ; partez, c'est fort bien dit.

LÉONTINE. Je vais dès cet instant me mettre en état de cela, et dans deux heures je ne serai pas ici ; mais, Phocion, hâtez-vous de me suivre.

PHOCION. Commencez par me quitter, pour vous hâter vous-même.

LÉONTINE. Que d'amour ne me devez-vous pas !

PHOCION. Je sais que le vôtre est *impayable [1], mais ne vous *amusez point.

LÉONTINE. Il n'y avait que vous dans le monde capable de m'engager à la démarche que je fais.

PHOCION. La démarche est innocente, et vous n'y courez aucun hasard ; allez vous y préparer.

LÉONTINE. J'aime à voir votre empressement, puisse-t-il durer toujours !

PHOCION. Eh ! puissiez-vous y répondre par le vôtre ! car votre lenteur m'impatiente.

LÉONTINE. Je vous avoue que je ne sais quoi de triste s'empare quelquefois de moi.

PHOCION. Ces réflexions-là sont-elles de saison ? Je ne me sens que de la joie, moi.

LÉONTINE. Ne vous impatientez plus, je pars : car voici mon frère, que je ne veux point voir dans ce moment-ci.

PHOCION. Encore ce frère ! Ce ne sera donc jamais fait !

Scène III

HERMOCRATE, PHOCION

PHOCION. Eh bien ! Hermocrate, je vous croyais occupé à vous arranger pour votre départ.

HERMOCRATE. Ah ! charmante Aspasie, si vous saviez combien je suis *combattu !

---

1. On a la même équivoque dans *La Fausse Suivante*, lorsque le faux chevalier dit à la comtesse : « Non, je ne pourrai jamais payer votre amour ; en vérité, je n'en suis pas digne. » (Acte III, sc. VI.) On en trouverait aussi dans la même pièce d'équivalentes à celle que l'on remarque dans la réplique suivante de Phocion.

PHOCION. Ah ! si vous saviez combien je suis lasse de vous combattre ! Qu'est-ce que cela signifie ? On n'est jamais sûr de rien avec vous.

HERMOCRATE. Pardonnez ces agitations à un homme dont le cœur promettait plus de force.

PHOCION. Eh ! votre cœur fait bien des façons, Hermocrate ; soyez agité tant que vous voudrez ; mais partez, puisque vous ne voulez pas faire le mariage ici.

HERMOCRATE. Ah !

PHOCION. Ce soupir-là n'*expédie rien.

HERMOCRATE. Il me reste encore une chose à vous dire, et qui m'embarrasse beaucoup.

PHOCION. Vous ne finissez rien, il y a toujours un reste.

HERMOCRATE. Vous confierai-je tout ? Je vous ai abandonné mon cœur, et je vais être à vous, ainsi il n'y a plus rien à vous cacher.

PHOCION. Après ?

HERMOCRATE. J'élève Agis depuis l'âge de huit ans ; je ne saurais le quitter si tôt [1], souffrez qu'il vive avec nous quelque temps, et qu'il vienne nous retrouver.

PHOCION. Eh ! Qui est-il donc ?

HERMOCRATE. Nos intérêts vont devenir communs : apprenez un grand secret. Vous avez entendu parler de Cléomène ; Agis est son fils, échappé de la prison dès son enfance.

PHOCION. Votre confidence est en de bonnes mains.

HERMOCRATE. Jugez avec combien de soin il faut que je le cache, et de ce qu'il deviendrait entre les mains d'une Princesse qui le fait chercher à son tour, et qui apparemment ne respire que sa mort.

PHOCION. Elle passe pourtant pour équitable et généreuse.

HERMOCRATE. Je ne m'y fierais pas ; elle est née d'un sang qui n'est ni l'un ni l'autre.

PHOCION. On dit qu'elle épouserait Agis, si elle le connaissait, d'autant plus qu'ils sont du même âge.

HERMOCRATE. Quand il serait possible qu'elle le voulût, la juste haine qu'il a pour elle l'en empêcherait.

PHOCION. J'aurais cru que la gloire de pardonner à ses ennemis valait bien l'honneur de les haïr toujours, surtout quand ces ennemis sont innocents du mal qu'on nous a fait.

HERMOCRATE. S'il n'y avait pas un trône à gagner en pardonnant,

---

1. Texte de l'édition originale. Celle de 1758 porte : *de sitôt*.

vous auriez raison, mais le prix du pardon gâte tout ; quoi qu'il en soit, il ne s'agit pas de cela.

PHOCION. Agis aura lieu d'être content.

HERMOCRATE. Il ne sera pas longtemps avec nous ; nos amis fomentent une guerre chez l'ennemi, auquel il se joindra ; les choses s'avancent, et peut-être bientôt les verra-t-on changer de face[1].

PHOCION. Se défera-t-on de la Princesse ?

HERMOCRATE. Elle n'est que l'héritière des coupables ; ce serait là se venger d'un crime par un autre, et Agis n'en est point capable : il suffira de la vaincre.

PHOCION. Voilà, je pense, tout ce que vous avez à me dire ; allez prendre vos mesures pour partir.

HERMOCRATE. Adieu, chère Aspasie ; je n'ai plus qu'une heure ou deux à demeurer ici.

Scène IV

PHOCION, ARLEQUIN, DIMAS

PHOCION. Enfin, serai-je libre ? Je suis persuadée qu'Agis attend le moment de pouvoir me parler ; cette haine qu'il a pour moi me fait trembler pourtant. Mais que veulent encore ces domestiques ?

ARLEQUIN. Je suis votre serviteur, Madame.

DIMAS. Je vous saluons, Madame.

PHOCION. Doucement donc !

DIMAS. N'appriandez rin, je sommes seuls.

PHOCION. Que me voulez-vous ?

ARLEQUIN. Une petite bagatelle.

DIMAS. Oui, je venons ici tant seulement pour régler nos comptes.

ARLEQUIN. Pour voir comment nous sommes ensemble.

PHOCION. Eh de quoi est-il question ? Faites vite, car je suis pressée.

DIMAS. Ah çà ! comme dit *stautre, vous avons-je fait de bonne besogne ?

---

1. Ce détail, d'ailleurs naturel dans la conjoncture, rappelle quelque peu *Amasis*, tragédie de Lagrange-Chancel, de laquelle K. McKee a rapproché *Le Triomphe de l'amour*. Le point commun entre les deux pièces est ce personnage de précepteur qui, ayant sauvé le prince, intrigue pour le remettre sur le trône à la faveur d'une conspiration. On notera, dans la réplique suivante, que Marivaux ne noircit pas à l'excès son personnage. Pendant toute la pièce, le dosage des sentiments qu'il inspire — l'ironie l'emportant sur l'indulgence — reste remarquablement stable.

PHOCION. Oui, vous m'avez bien servie tous deux.

DIMAS. Et voute ouvrage à vous, est-il avancé ?

PHOCION. Je n'ai plus qu'un mot à dire à Agis qui m'attend.

ARLEQUIN. Fort bien ; puisqu'il vous attend, ne nous pressons pas.

DIMAS. Parlons d'affaire ; j'avons *vendu du noir, que c'est une marveille ! j'avons *affronté le tiers et le quart.

ARLEQUIN. Il n'y a point de fripons comparables à nous.

DIMAS. J'avons fait un étouffement de conscience qui était bian difficile, et qui est bian méritoire.

ARLEQUIN. Tantôt vous étiez garçon, ce qui n'était pas vrai ; tantôt vous étiez une fille, ce que je ne savons pas [1].

DIMAS. Des amours pour sti-ci, et pis pour stelle-là. J'avons jeté voute cœur à tout le monde, pendant qu'il n'était à parsonne de tout ça.

ARLEQUIN. Des portraits pour attraper les visages que vous donneriez pour rien, et qui ont pris le barbouillage de leur mine pour argent comptant.

PHOCION. Mais achèverez-vous ? Où cela *va-t-il ?

DIMAS. Voute manigance est bientôt finie. Combian voulez-vous bailler de la finale [2] ?

PHOCION. Que veux-tu dire ?

ARLEQUIN. Achetez le reste de l'aventure ; nous la vendrons à un prix raisonnable.

DIMAS. Faites marché avec nous, ou bian je rompons tout.

PHOCION. Ne vous ai-je pas promis de faire votre fortune ?

DIMAS. Hé bian ! baillez-nous voute parole en argent comptant.

ARLEQUIN. Oui ; car quand on n'a plus besoin des fripons, on les paie mal.

PHOCION. Mes enfants, vous êtes des insolents.

DIMAS. Oh ! ça se peut bian.

ARLEQUIN. Nous tombons d'accord de l'insolence.

---

1. Texte de l'édition originale. L'édition de 1758 corrige : *ce que nous ne savons pas.* La correction est inutile. Il arrive qu'Arlequin, parlant avec un paysan, imite son langage pour le contrefaire. En revanche, on attendrait un imparfait *(savions).*   **2.** Le mot *finale,* par une impropriété plaisante, reprend le verbe *finir* de la phrase précédente. Il était connu apparemment à l'époque de Marivaux comme terme de phonétique ou de musique. Néanmoins, il nous paraît probable que son emploi le plus fréquent devait se trouver pour désigner la dernière figure d'une danse, peut-être aussi d'un manège.

PHOCION. Vous me fâchez ; et voici ma réponse. C'est que, si vous me nuisez, si vous n'êtes pas discrets, je vous ferai expier votre indiscrétion dans un cachot. Vous ne savez pas qui je suis ; et je vous avertis que j'en ai le pouvoir. Si au contraire vous gardez le silence, je tiendrai toutes les promesses que je vous ai faites. Choisissez. Quant à présent, retirez-vous, je vous l'ordonne ; et réparez votre faute par une prompte obéissance.

DIMAS, *à Arlequin*. Que ferons-je, camarade ? Alle me baille de la peur ; continuerons-je l'insolence ?

ARLEQUIN. Non, c'est peut-être le chemin du cachot ; et j'aime encore mieux rien que quatre murailles. Partons.

Scène V

PHOCION, AGIS

PHOCION, *à part*. J'ai bien fait de les intimider. Mais voici Agis.

AGIS. Je vous retrouve donc, Aspasie, et je puis un moment vous parler en liberté. Que n'ai-je pas souffert de la contrainte où je me suis vu ! J'ai presque haï Hermocrate et Léontine de toute l'amitié qu'ils vous marquent ; mais qui est-ce qui ne vous aimerait pas ? Que vous êtes aimable, Aspasie, et qu'il m'est doux de vous aimer !

PHOCION. Que je me plais à vous l'entendre dire, Agis ! Vous saurez bientôt, à votre tour, de quel prix votre cœur est pour le mien. Mais, dites-moi ; cette tendresse, dont la *naïveté me charme, est-elle à l'épreuve de tout ? Rien n'est-il capable de me la ravir ?

AGIS. Non ; je ne la perdrai qu'en cessant de vivre.

PHOCION. Je ne vous ai pas tout dit, Agis ; vous ne me connaissez pas encore.

AGIS. Je connais vos charmes ; je connais la douceur des sentiments de votre âme, rien ne peut m'arracher à tant d'attraits, et c'en est assez pour vous adorer toute ma vie.

PHOCION. Ô dieux ! que d'amour ! Mais plus il m'est cher, et plus je crains de le perdre ; je vous ai déguisé qui j'étais, et ma naissance vous rebutera peut-être.

AGIS. Hélas ! vous ne savez pas qui je suis moi-même, ni tout l'effroi que m'inspire pour vous la pensée d'unir mon sort au vôtre. Ô cruelle princesse, que j'ai de raisons de te haïr !

PHOCION. Hé ! de qui parlez-vous, Agis ? Quelle princesse haïssez-vous tant ?

AGIS. Celle qui règne, Aspasie ; mon ennemie et la vôtre. Mais quelqu'un vient qui m'empêche de continuer.

PHOCION. C'est Hermocrate. Que je le hais de nous interrompre ! Je ne vous laisse que pour un moment, Agis, et je reviens dès qu'il vous aura quitté. Ma destinée avec vous ne dépend plus que d'un mot. Vous me haïssez, sans le savoir pourtant.

AGIS. Moi, Aspasie ?

PHOCION. On ne me donne pas le temps de vous en dire davantage. Finissez avec Hermocrate.

Scène VI

AGIS, *seul*

AGIS. Je n'entends rien à ce qu'elle veut dire. Quoi qu'il en soit, je ne saurais disposer de moi sans en avertir Hermocrate.

Scène VII

HERMOCRATE, AGIS

HERMOCRATE. Arrêtez, Prince, il faut que je vous parle... Je ne sais par où commencer ce que j'ai à vous dire.

AGIS. Quel est donc le sujet de votre embarras, Seigneur ?

HERMOCRATE. Ce que vous n'auriez peut-être jamais imaginé ; ce que j'ai honte de vous avouer ; mais ce que, toute réflexion faite, il faut pourtant vous apprendre.

AGIS. À quoi ce discours-là nous prépare-t-il ? Que vous serait-il donc arrivé ?

HERMOCRATE. D'être aussi faible qu'un autre.

AGIS. Hé ! de quelle espèce de faiblesse s'agit-il, Seigneur ?

HERMOCRATE. De la plus pardonnable pour tout le monde, de la plus commune ; mais de la plus inattendue chez moi. Vous savez ce que je pensais de la passion qu'on appelle amour.

AGIS. Et il me semble que vous exagériez un peu là-dessus.

HERMOCRATE. Oui, cela se peut bien ; mais que voulez-vous ? Un solitaire qui médite, qui étudie, qui n'a de commerce qu'avec son esprit, et jamais avec son cœur[1], un homme enveloppé de l'austérité

---

1. Comme ces hommes qui savent « philosopher », et qui prennent les nouvelles que leur donne leur « esprit », plutôt que celles qui leur viennent du sentiment. Voir *La Vie de Marianne*, éd. Garnier, p. 22.

de ses mœurs n'est guère en état de porter son jugement sur certaines choses ; il va toujours trop loin.

AGIS. Il n'en faut pas douter, vous tombiez dans l'excès.

HERMOCRATE. Vous avez raison ; je pense comme vous ; car que ne disais-je pas ? Que cette passion était folle, extravagante, indigne d'une âme raisonnable ; je l'appelais un délire ; et je ne savais ce que je disais. Ce n'était pas là consulter ni la raison ni la nature ; c'était critiquer le Ciel même.

AGIS. Oui ; car dans le fond, nous sommes faits pour aimer.

HERMOCRATE. Comment donc ! c'est un sentiment sur qui tout roule.

AGIS. Un sentiment qui pourrait bien se venger un jour du mépris que vous en avez fait.

HERMOCRATE. Vous m'en menacez trop tard.

AGIS. Pourquoi donc ?

HERMOCRATE. Je suis puni.

AGIS. Sérieusement ?

HERMOCRATE. Faut-il vous dire tout ? Préparez-vous à me voir changer bientôt d'état, à me suivre, si vous m'aimez : je pars aujourd'hui, et je me marie.

AGIS. Est-ce là le sujet de votre embarras ?

HERMOCRATE. Il n'est pas agréable de se dédire ; et je reviens de loin.

AGIS. Et moi je vous en félicite : il vous manquait de connaître ce que c'était que le cœur.

HERMOCRATE. J'en ai reçu une leçon qui me suffit, et je ne m'y tromperai plus. Si vous saviez au reste avec quel excès d'amour, avec quelle *industrie de passion on est venu me surprendre, vous augureriez mal d'un cœur qui ne se serait pas rendu. La sagesse n'instruit point à être ingrat ; et je l'aurais été. On me voit plusieurs fois dans la forêt, on prend du penchant pour moi, on essaie de le perdre, on ne saurait : on se résout à me parler, mais ma réputation intime. Pour ne point risquer un mauvais accueil, on se déguise, on change d'habit, on devient le plus beau de tous les hommes ; on arrive ici, on est reconnu. Je veux qu'on se retire ; je crois même que c'est à vous à qui on en veut ; on me jure que non. Pour me convaincre, on me dit : Je vous aime ; en doutez-vous ? Ma main, ma fortune, tout est à vous avec mon cœur : donnez-moi le vôtre ou guérissez le mien ; cédez à mes sentiments, ou apprenez-moi à les vaincre ; rendez-moi mon indifférence, ou partagez mon amour ; et l'on me dit tout cela avec des charmes, avec des yeux, avec des tons qui auraient triomphé du plus féroce de tous les hommes.

AGIS, *agité*. Mais, Seigneur, cette tendre amante qui se déguise, l'ai-je vue ici ? Y est-elle venue ?

HERMOCRATE. Elle y est encore.

AGIS. Je n'y vois [1] que Phocion.

HERMOCRATE. C'est elle-même ; mais n'en dites mot. Voici ma sœur qui vient.

Scène VIII

LÉONTINE, HERMOCRATE, AGIS

AGIS, *à part*. La perfide ! qu'a-t-elle prétendu en me trompant ?

LÉONTINE. Je viens vous avertir d'une petite absence que je vais faire à la ville, mon frère.

HERMOCRATE. Hé chez qui allez-vous donc, Léontine ?

LÉONTINE. Chez Phrosine, dont j'ai reçu des nouvelles, et qui me presse d'aller la voir.

HERMOCRATE. Nous serons donc tous deux absents ; car je pars aussi dans une heure, je le disais même à Agis.

LÉONTINE. Vous partez, mon frère ! Hé chez qui allez-vous à votre tour ?

HERMOCRATE. Rendre visite à Criton.

LÉONTINE. Quoi ! à la ville comme moi ? Il est assez particulier que nous y ayons tous deux affaire ; vous vous souvenez de ce que vous m'avez dit tantôt : votre voyage ne cache-t-il pas quelque mystère ?

HERMOCRATE. Voilà une question qui me ferait douter des motifs du vôtre ; vous vous souvenez aussi des discours que vous m'avez tenus ?

LÉONTINE. Hermocrate, parlons à cœur ouvert : tenez, nous nous pénétrons ; je ne vais point chez Phrosine.

HERMOCRATE. Dès que vous parlez sur ce ton-là, je n'aurai pas moins de franchise que vous ; je ne vais point chez Criton.

LÉONTINE. C'est mon cœur qui me conduit où je vais.

HERMOCRATE. C'est le mien qui me met en voyage.

LÉONTINE. Oh ! sur ce *pied-là, je me marie.

HERMOCRATE. Hé bien, je vous en offre autant.

---

1. L'édition de 1758 corrige à tort : *je ne vois*.

LÉONTINE. Tant mieux, Hermocrate, et grâce à notre mutuelle confidence, je crois que celui que j'aime et moi, nous nous épargnerons les frais du départ : il est ici, et puisque vous savez tout, ce n'est pas la peine de nous aller marier plus loin.

HERMOCRATE. Vous avez raison, et je ne partirai point non plus ; nos mariages se feront ensemble, car celle à qui je me donne est ici aussi.

LÉONTINE. Je ne sais pas où elle est ; pour moi, c'est Phocion que j'épouse.

HERMOCRATE. Phocion !

LÉONTINE. Oui, Phocion.

HERMOCRATE. Qui donc ? Celui qui est venu nous trouver ici ? celui pour lequel vous me parliez tantôt ?

LÉONTINE. Je n'en connais point d'autre.

HERMOCRATE. Mais attendez donc, je l'épouse aussi, moi, et nous ne pouvons pas l'épouser tous deux.

LÉONTINE. Vous l'épousez, dites-vous ? vous n'y rêvez pas ?

HERMOCRATE. Rien n'est plus vrai.

LÉONTINE. Qu'est-ce que cela signifie ? Quoi ! Phocion qui m'aime d'une tendresse infinie, qui a fait faire mon portrait sans que je le susse !

HERMOCRATE. Votre portrait ! ce n'est pas le vôtre, c'est le mien qu'il a fait faire à mon insu.

LÉONTINE. Mais ne vous trompez-vous pas ? Voici le sien, le reconnaissez-vous ?

HERMOCRATE. Tenez, ma sœur, en voilà le double ; le vôtre est en homme, et le mien est en femme ; c'en est toute la différence.

LÉONTINE. Juste Ciel ! où en suis-je ?

AGIS. Oh ! c'en est fait, je n'y saurais plus tenir ; elle ne m'a point donné de portrait, mais je dois l'épouser aussi.

HERMOCRATE. Quoi ! vous aussi, Agis ? quelle étrange aventure !

LÉONTINE. Je suis outrée, je l'avoue.

HERMOCRATE. Il n'est pas question de se plaindre ; nos domestiques étaient gagnés, je crains quelques desseins cachés ; hâtons-nous, Léontine, ne perdons point de temps : il faut que cette fille s'explique, et nous rende compte de son imposture.

Scène IX

AGIS, PHOCION

AGIS, *sans voir Phocion*. Je suis au désespoir !

PHOCION. Les voilà donc partis, ces importuns ! Mais qu'avez-vous, Agis ? Vous ne me regardez pas ?

AGIS. Que venez-vous faire ici ? Qui de nous trois doit vous épouser, d'Hermocrate, de Léontine ou de moi ?

PHOCION. Je vous entends ; tout est découvert.

AGIS. N'avez-vous pas votre portrait à me donner, comme aux autres ?

PHOCION. Les autres n'auraient pas eu ce portrait, si je n'avais pas eu dessein de vous donner la personne.

AGIS. Et moi, je la cède à Hermocrate. Adieu, perfide ; adieu, cruelle ! Je ne sais de quels noms vous appeler. Adieu pour jamais. Je me meurs !...

PHOCION. Arrêtez, cher Agis ; écoutez-moi.

AGIS. Laissez-moi, vous dis-je.

PHOCION. Non, je ne vous quitte plus ; craignez d'être le plus ingrat de tous les hommes, si vous ne m'écoutez pas.

AGIS. Moi, que vous avez trompé !

PHOCION. C'est pour vous que j'ai trompé tout le monde, et je n'ai pu faire autrement ; tous mes artifices sont autant de témoignages de ma tendresse, et vous insultez, dans votre erreur, au cœur le plus tendre qui fut jamais. Je ne suis point en peine de vous calmer ; tout l'amour que vous me devez, tout celui que j'ai pour vous, vous ne le savez pas. Vous m'aimerez, vous m'estimerez, vous me demanderez pardon.

AGIS. Je n'y comprends rien.

PHOCION. J'ai tout employé pour abuser des cœurs dont la tendresse était l'unique voie qui me restait pour obtenir la vôtre, et vous étiez l'unique objet de tout ce qu'on m'a vu faire.

AGIS. Hélas ! puis-je vous en croire, Aspasie ?

PHOCION. Dimas et Arlequin, qui savent mon secret, qui m'ont servie, vous confirmeront ce que je vous dis là ; interrogez-les, mon amour ne dédaigne pas d'avoir recours à leur témoignage.

AGIS. Ce que vous me dites là est-il possible, Aspasie ? On n'a donc jamais tant aimé que vous le faites.

PHOCION. Ce n'est pas là tout ; cette Princesse, que vous appelez votre ennemie et la mienne...

AGIS. Hélas ! s'il est vrai que vous m'aimiez, peut-être un jour vous fera-t-elle pleurer ma mort ; elle n'épargnera pas le fils de Cléomène.

PHOCION. Je suis en état de vous rendre l'arbitre de son sort.

AGIS. Je ne lui demande que de nous laisser disposer du nôtre.

PHOCION. Disposez vous-même de sa vie ; c'est son cœur ici qui vous la livre.

AGIS. Son cœur ! vous Léonide, Madame ?

PHOCION. Je vous disais que vous ignoriez tout mon amour, et le voilà tout entier.

AGIS *se jette à genoux*. Je ne puis plus vous exprimer le mien.

Scène X

LÉONTINE, HERMOCRATE, PHOCION, AGIS

HERMOCRATE. Que vois-je ? Agis à ses genoux ! *(Il s'approche.)* De qui est ce portrait-là ?

PHOCION. C'est de moi.

LÉONTINE. Et celui-ci, fourbe que vous êtes ?

PHOCION. De moi. Voulez-vous que je les reprenne, et que je vous rende les vôtres ?

HERMOCRATE. Il ne s'agit point ici de plaisanterie. Qui êtes-vous ? quels sont vos desseins ?

PHOCION. Je vais vous les dire, mais laissez-moi parler à Corine qui vient à nous.

Scène dernière

HERMIDAS, DIMAS, ARLEQUIN, *et le reste des acteurs*

DIMAS. Noute maître, je vous avartis qu'il y a tout plain d'hallebardiers au bas de noute jardin ; et pis des soudards et pis des carrioles dorées.

HERMIDAS. Madame, Ariston est arrivé.

PHOCION, *à Agis*. Allons, Seigneur, venez recevoir les hommages de vos sujets. Il est temps de partir ; vos gardes vous attendent. *(À Hermocrate et à Léontine.)* Vous, Hermocrate, et vous, Léontine, qui d'abord refusiez tous deux de me garder, vous *sentez le motif de mes feintes : je voulais rendre le trône à Agis, et je voulais être à lui. Sous mon nom j'aurais peut-être révolté son cœur, et je me suis déguisée pour le surprendre ; ce qui n'aurait encore abouti à rien, si je ne vous avais pas abusés vous-mêmes. Au reste, vous n'êtes point à plaindre, Hermocrate ; je laisse votre cœur entre les mains de votre raison. Pour vous, Léontine, mon sexe doit avoir déjà dissipé tous les sentiments que vous avait inspirés mon artifice[1].

---

1. La raison que donne Léonide paraîtrait plus forte si l'on n'avait pas vu Agis éprouver des sentiments fort tendres pour une personne qu'il croyait être du même sexe que lui. On ne peut qu'admirer, au reste, l'extraordinaire maîtrise avec laquelle Léonide se débarrasse du philosophe et de sa sœur. Le dénouement est non seulement « des plus comiques », comme le disait le *Mercure*. Il est aussi très dramatique. C'est une véritable mise à mort, après laquelle Léonide laisse derrière elle deux victimes pantelantes pour emporter sa proie.

LES SERMENTS INDISCRETS

Comédie en prose, en cinq actes,
représentée pour la première fois
par les Comédiens-Français
le 8 juin 1732

NOTICE

Lorsque les Comédiens-Français reçurent, le 9 mars 1731, *Les Serments indiscrets* [1], il y avait plus d'un an que Marivaux n'avait rien donné au public. C'est un indice probable du soin qu'il avait mis à écrire cette nouvelle pièce [2]. Composer une comédie en cinq actes sans le secours de la versification qui, suivant un mot de Boissy, faisait souvent passer « de pures fadaises », c'était s'essayer dans un genre où, depuis la mort de Molière, un public difficile n'avait concédé aux auteurs que des demi-succès, souvent contestés par la critique [3]. Au reste, les comédiens eux-mêmes, doutant de l'issue, tardèrent à jouer la pièce et demandèrent peut-être à l'auteur des modifications, comme pourrait en témoigner un billet de Marivaux à Quinault-Dufresne, écrit apparemment quelque temps avant Pâques 1732 :

« Enfin, Monsieur, la résolution de jouer *Les Serments indiscrets* est donc prise ; il y a deux ou trois jours que j'ai écrit à Mlle Quinault pour la prier qu'on me rendît cette pièce ; mais je n'ai reçu ni pièce ni réponse. Au reste, j'avais, ce me semble, entendu dire que vous alliez après Pâques jouer une tragédie ; quoi qu'il en soit, il faut prendre son parti. Vous avez déjà quatre actes entre vos mains ; vous

---

1. Voici le texte figurant dans le registre : « Ce jourd'hui vendredi neuf mars 1731, la troupe assemblée a entendu la lecture d'une comédie en cinq actes intitulée *Les Serments indiscrets*, qui a été reçue pour être jouée immédiatement après Pâques prochain, n'ayant pas été reçue pour être jouée en hiver. » (Registre n° 366, Livre des feuilles d'assemblée commencé le six novembre 1730, f° 20 ; 17 signatures.) L'expression *en hiver* semble désigner la période précédant la fermeture du théâtre pendant le carême. Le théâtre ferma cette année 1731 du 10 mars au 2 avril.   **2.** Il avait dû aussi vers cette époque retravailler le premier livre de *La Vie de Marianne*, qui, conçu dès 1727 et approuvé en 1728, ne parut qu'au printemps 1731.   **3.** Tel avait été le cas de quelques pièces de Dufresny ou du *Français à Londres* de Boissy, par exemple.

ne pouvez avoir le cinquième que ce soir ou demain matin à pareille heure ; il faut avant que je le donne que vous ayez la bonté de m'envoyer ma copie des quatre premiers actes, parce que j'ai besoin d'y revoir certaines choses qui ne sont pas dans la copie qui me reste ; ainsi je vous prie de faire dire au sieur Minet qu'il me délivre ce que je demande au porteur de cette lettre.

« Je suis, Monsieur, votre très humble et très obéissant serviteur.

« Ce lundi matin.

« MARIVAUX [1]. »

À première vue, le sujet correspondant à cette tentative audacieuse semble mince. Par peur du mariage, Lucile et Damis, destinés l'un à l'autre par leurs parents, se sont engagés à la légère, par serment, à ne point s'épouser. S'apercevant qu'ils s'aiment, « comment feront-ils pour observer et pour trahir en même temps les mesures qu'ils doivent prendre contre leur mariage » ? Voilà, définie par Marivaux lui-même, la matière de la pièce. Pourquoi lui donner un tel développement ?

À cette question, l'important Avertissement ajouté à l'édition de la pièce répond indirectement. Marivaux a conscience d'avoir fait une œuvre originale, tant en ce qui concerne la conduite de l'action que les sentiments étudiés. Pour la première fois il traite à fond, sans concession aux conventions théâtrales ou romanesques, le problème du mariage pour deux âmes délicates. Problème ancien sans doute, puisque les précieuses, héritières de la tradition courtoise, y avaient porté l'attention que l'on sait, et que Molière lui-même, hostile à leur point de vue, leur avait au moins laissé exprimer leurs opinions par la bouche d'Armande. Mais Marivaux l'aborde avec un sérieux qui gêne ceux qui prétendent ne voir dans son théâtre que la peinture de sensualités surexcitées [2]. Aux plaintes de ses sœurs du *Prince travesti* et du *Jeu de l'amour et du hasard*, Lucile ajoute des précisions nouvelles. Pas plus qu'elles, elle n'ignore que la jouissance peut tuer la passion, et que l'indifférence naît de l'habitude. Mais elle ne redoute pas seulement d'en souffrir dans sa fierté, comme la

---

1. L'original de ce billet autographe est conservé aux archives de la Comédie-Française. Le « sieur Minet » est le copiste de la Comédie. 2. *Les Serments indiscrets* ne sont pas cités par P. Gazagne, dans le *Marivaux par lui-même*, aux éditions du Seuil, 1954.

spirituelle Hortense. « Âme tendre et douce », elle se voit « entre les mains d'un mari » comme un enfant privé de l'affection auquel il a droit. Pis encore, elle sait qu'une femme délaissée n'en recouvre pas pour autant l'indépendance, car l'indifférence s'accommode fort bien de la jalousie. Ainsi, le mariage ne signifie pas uniquement la perte de la liberté, il représente pour une femme l'aliénation du seul bien qui lui soit propre, sa beauté :

« Si j'étais mariée, ce ne serait plus mon visage ; il serait à mon mari, qui le laisserait là, à qui il ne plairait pas, et qui lui défendrait de plaire à d'autres ; j'aimerais autant n'en point avoir. » (Acte I, sc. II.)

Damis aboutit aux mêmes conclusions pour des motifs différents. Ce n'est pas qu'il redoute, comme Lélio, la cruauté, l'inconstance de la femme qui n'attire les hommes dans ses filets que pour les faire souffrir. Mais il se sent trop jeune pour les responsabilités du mariage. Un tel engagement « bornerait sa fortune ». Il aime à « vivre sans gêne », dans une liberté dont il sait tout le prix. Or, et c'est l'essentiel, son expérience, ou celle d'autrui, lui a appris que la femme, sous des apparences de douceur, cache une volonté de fer : conscient de sa propre faiblesse, il préfère ne pas engager la lutte.

Mais ces obstacles s'évanouissent d'eux-mêmes dès que les jeunes gens se sont rencontrés. Car ils s'aiment, et comprennent que, s'il est un moyen de surmonter les périls qui menacent deux personnes unies pour la vie, c'est un amour véritable. La pièce n'existerait donc pas sans un autre ressort dramatique. Ce sont les serments indiscrets, c'est-à-dire prononcés sans discernement, qui leur sont à moitié arrachés par Lisette, à moitié dictés par un amour-propre encore vivace. En eux-mêmes, ces serments ne sont rien. Mais la probité affichée par Damis se complique d'une jalousie, d'un dépit amoureux excités par un mot malheureux de Lucile [1]. Quant à celle-ci, sa dignité féminine lui interdit toute avance. Il est plaisant de voir deux personnages, parfaitement au courant de ce qui se passe en eux, ne vouloir pourtant « ni le cacher ni le dire » : comique très différent, ainsi que le remarque Marivaux, de celui des *Surprises de l'amour*, où les protagonistes « ignorent l'état de leur cœur, et sont le jouet du sentiment qu'ils ne soupçonnent point en eux ».

Les moyens de se faire connaître un amour tout en le cachant, de

---

1. « Ajouterai-je encore une chose ? Je puis avoir le cœur prévenu. » (Acte I, sc. VI.)

« garder [une] parole en la violant » sont du domaine de l'expression, et plus spécialement du langage. En aucune pièce, Marivaux n'a poussé plus loin l'ambiguïté des paroles prononcées, ni l'interprétation abusive des répliques de l'interlocuteur. Admirateur des conversations auxquelles il prenait part dans les salons de Mme de Lambert ou de Mme de Tencin, il a cherché consciemment, et il s'en vante, à les imiter au théâtre. Si ses personnages ont tant d'esprit, c'est d'abord parce qu'ils pratiquent cet art de la conversation que Marmontel analyse avec précision :

« Dans le commerce d'un monde poli jusqu'au raffinement, où il ne s'agit pas d'instruire, d'étonner, d'émouvoir, mais de flatter, de plaire et de séduire, où la persuasion doit être insinuante et la raison modeste, la passion retenue et déguisée ; où les rivalités de l'amour-propre s'observent réciproquement, et sont toujours sur le qui-vive ; où les combats d'opinions et d'affections personnelles se passent en légères atteintes et à la pointe d'esprit ; où l'arme de la raillerie et de la médisance est, comme les flèches des sauvages, souvent trempée dans du poison, mais si subtilement aiguisée que la piqûre en est imperceptible ; dans ce monde, dis-je, le langage usuel doit être rempli de finesses, d'allusions, d'expressions à double face, de tours adroits, de traits délicats et subtils ; et plus il y a de société et de communication entre les esprits, plus la galanterie et le point d'honneur ont rendu la politesse recommandable, et plus aussi la langue sociale doit être maniée et façonnée par l'usage [1]. »

Au moment où Marmontel écrivait ces lignes, il y avait longtemps que le roman et le théâtre avaient assimilé ce langage. Mais en 1732, alors que la grande comédie en prose restait largement tributaire du style écrit, il choqua comme une singularité téméraire. Ainsi s'explique, au moins en partie, le mauvais accueil fait à la pièce. Le *Mercure*, on le verra plus loin, resta discret à cet égard.

Ce qui s'était réellement passé, on l'apprend par une lettre de Mlle de Bar à Piron, écrite le 10 juin [2] :

« Je ne conçois pas les Comédiens. Ils ont affiché pour aujourd'hui mardi *Les Serments indiscrets*. Voilà ce qui ne s'est jamais vu. Une pièce qu'on siffle depuis le commencement du second acte jusqu'à la troisième scène du cinquième ; une pièce où on fait détaler les

---

1. *Éléments de littérature*, article *familier*.   2. Lettre imprimée dans les *Œuvres posthumes de Piron*, éd. H. Bonhomme, 1888, p. 91.

acteurs à force de crier : Annoncez[1] ! Croient-ils que le public s'en dédira et qu'il la trouvera bonne ? Je le désire plus que je ne l'espère. Le pauvre Marivaux doit être bien mortifié. La chute de sa pièce a été ignominieuse. Elle n'est pourtant pas sans mérite, puisqu'il est vrai qu'elle mérite son sort. »

Le souhait de Mlle de Bar, que formulait aussi le rédacteur du *Mercure*[2], ne se réalisa guère. Sans doute la pièce put-elle être représentée, mais devant un public réduit ; c'est à peine s'il dépassa une fois le chiffre de trois cents personnes[3]. Elle fut bientôt retirée de l'affiche, et Lesage et d'Orneval, dans un prologue joué à la Foire le 7 juillet 1732 et intitulé *Les Désespérés*, firent une allusion maligne à cet échec. Le cabaretier Frontignan y console, à l'aide de son bon vin, tous ceux qui, ayant perdu l'espoir, se présentent chez lui. Après Arlequin, vient le tour d'un comédien-français, qu'il console comme les autres. Et, quand il est sorti, Frontignan ajoute :

« Il s'en va fort satisfait. Il compte beaucoup sur des nouveautés. Il n'a pas tort. Ces messieurs en ont besoin.

AIR (Menuet de Grandval)

> Pour soutenir la comédie,
> Il leur faut des nouveautés ; mais
> Dieu préserve leur compagnie
> De nouveaux *Serments indiscrets*.

Comme, dans la même pièce, Lesage et d'Orneval parlent de la vogue des théâtres privés qui, à Paris même, faisaient une sérieuse

---

1. À la fin du spectacle, le porte-parole de la troupe *annonce* le programme suivant. Demander l'annonce revient donc à exiger qu'on mette fin à la représentation en cours.   2. Voir plus loin.   3. Voici les chiffres : 8 juin (avec *Le Baron de la Crasse*), 1 022 spectateurs, 2 103 livres de recette, part d'auteur 157 livres 10 sols ; 10 juin, 255 spectateurs, 370 livres, 12 livres ; 19 juin, 291 spectateurs, 504 livres, 23 livres 14 sols ; 22 juin, 273 spectateurs, 395 livres, pas de part d'auteur ; 24 juin, 199 spectateurs, 302 livres, 7 livres 4 sols de part d'auteur ; 26 juin, 311 spectateurs, 559 livres, 29 livres 8 sols ; 1er juillet, 169 spectateurs, 259 livres, pas de part d'auteur ; 3 juillet, 187 spectateurs, 342 livres, 9 livres de part d'auteur. Au total, la pièce avait rapporté 4 834 livres aux comédiens et 233 à l'auteur. Pour le seul mois de février 1734, *Le Préjugé à la mode*, de La Chaussée, avait rapporté 33 484 livres aux comédiens et 2 323 à l'auteur.

concurrence à la Comédie-Française, on peut se demander si *Les Serments indiscrets*, qui appartinrent plus tard au répertoire du théâtre de Berny, ne furent pas dès ce moment repris sur une scène particulière.

Restait à expliquer la chute sur le théâtre public. On parla d'une cabale [1], et sans doute avec raison. Deux mois avant la représentation, Voltaire s'était déjà mis en campagne contre la pièce qu'il ne connaissait pas encore [2]. La suite de ses rapports avec Marivaux, dans les années 1733-1734, et notamment la peur qu'il eut que ce dernier n'écrivît une réfutation des *Lettres philosophiques*, semble indiquer qu'il avait, en l'occurrence, un mauvais procédé à se reprocher. Il est en tout cas certain que nul ne contribua davantage que lui à influencer défavorablement le jugement de la critique à l'égard des *Serments indiscrets*.

Après les premières représentations, un bref compte rendu très diplomatique parut dans le premier tome de juin du *Mercure de France* :

« Le dimanche 8 de ce mois, les Comédiens Français donnèrent la représentation d'une pièce de M. de Marivaux sous le titre des *Serments indiscrets*, en prose et en cinq actes. Elle a été interrompue par la maladie d'un acteur. Nous en parlerons plus au long [3]. »

La promesse fut tenue dans le second tome du *Mercure* de juin. Il contenait, sur le ton courtois habituel au journal, un jugement favorable à la pièce, ou plutôt au spectacle, encadrant une analyse si détaillée de l'intrigue qu'il semble que Marivaux y ait mis la main [4]. Malgré sa longueur, voici cet important article dans son intégralité :

« *Les Serments indiscrets*, comédie en prose et en cinq actes, de M. de Marivaux, représentée pour la première fois au Théâtre Français le 8 juin.

« Cette pièce a d'abord eu le sort de beaucoup d'autres ; la pre-

---

1. Voir la notice de d'Argenson, un peu plus loin, p. 1060.   **2.** Il écrivait à Fourmont le 18 avril 1732 : « Il n'y a rien ici qui vaille en ouvrages nouveaux. Nous allons avoir cet été une comédie en prose du sieur Marivaux sous le titre *Les Serments indiscrets*. Vous croyez bien qu'il y aura beaucoup de métaphysique et peu de naturel, et que les cafés applaudiront, pendant que les honnêtes gens n'y entendront rien. » (Éd. Besterman, tome III, p. 303.)   **3.** P. 1210. Ce compte rendu doit avoir été écrit après le 10 et avant le 19 juin, dates respectives de la seconde et de la troisième représentation.   **4.** Le rédacteur du *Mercure* sollicitait les auteurs de lui remettre de tels résumés de leur pièce, à défaut du manuscrit lui-même, ou plutôt de préférence à celui-ci.

mière représentation fut des plus tumultueuses, peut-être aurait-elle été écoutée plus tranquillement, si elle avait été jouée tout autre jour qu'un dimanche ; le parterre des jours de fête est ordinairement plus impatient et plus turbulent que les autres ; l'auteur en fit la triste expérience, et quoique son dernier acte fût le plus beau, comme on l'a reconnu dans les représentations suivantes, on ne laissa pas aux acteurs la liberté de l'achever ; le plus grand défaut qu'on trouve dans la pièce, c'est de n'avoir pas assez d'action et trop d'esprit. Voilà ce qui concerne l'action.

« Lucile, fille de M. Orgon, doit être mariée à Damis, fils de M. Ergaste. Ils ne se sont jamais vus, et d'ailleurs ils ont tous deux une égale aversion pour le mariage. Lucile paraît d'abord, écrivant une lettre qu'elle charge Lisette, sa suivante, de remettre entre les mains de Damis, dès qu'il sera arrivé. Lisette, qui craint que le changement d'état de sa maîtresse ne lui fasse perdre l'empire qu'elle a pris sur elle, la confirme dans le dessein qu'elle a de ne prendre (perdre, *sic*) aucun engagement, et de jouir autant qu'elle pourra de sa précieuse liberté.

« Damis arrivé, Lucile songe à se retirer, Lisette demeure pour s'acquitter de la commission que sa maîtresse lui a donnée. Elle est ravie d'apprendre que son futur époux n'a pas moins d'aversion pour tout ce qui s'appelle engagement que sa future ; elle agit en plénipotentiaire et fait entendre à Damis que sa maîtresse se trouve heureusement dans les mêmes dispositions que lui.

« Lucile, qui a écouté la conversation de Damis et de Lisette, vient confirmer les articles du traité. Damis la trouve si aimable, qu'il commence à se repentir en secret de la résolution qu'il a formée, sans connaissance de cause ; la même chose se passe à peu près dans le cœur de Lucile, mais elle le cache avec plus de soin. Lisette, qui a intérêt à les faire persévérer dans leur première résolution, les lie par un *serment indiscret*, et pourtant réciproque. Damis, devenu jaloux aussitôt qu'amoureux, s'imagine que Lucile n'aurait pas l'aversion qu'elle vient de lui témoigner pour le mariage, si son cœur n'avait point d'engagement pour un autre que lui. Il craindrait de la rendre malheureuse, s'il rompait le serment qu'il vient de lui faire, de rompre le mariage que leurs pères ont projeté sans les avoir consultés ; c'est donc par probité qu'il veut être fidèle à son serment ; mais cette probité se trouve un peu en défaut dans les nouvelles mesures qu'ils prennent pour l'exécution de leur dessein. Damis promet de feindre de l'amour pour Phénice, sœur cadette de

Lucile ; on n'a pas trouvé que cette feinte fût assez dans les règles de l'honneur dont il se pique.

« Le feint attachement de Damis pour Phénice embarrasse et afflige également M. Orgon et M. Ergaste. Le premier est père de Lucile et de Phénice, et l'autre est père de Damis. Frontin, qui s'est acquis la même autorité sur Damis que Lisette sur Lucile, se lie d'intérêt avec cette suivante, et tous deux par le même motif se promettent de ne rien négliger pour empêcher le mariage de Damis et de Lucile. Phénice, pour se disculper envers sa sœur, vient dire à Frontin, en présence de Lisette, qu'elle ne veut point absolument que Damis continue à s'attacher à elle. Lisette se sert d'un artifice qui produit dans l'esprit de Phénice l'effet qu'elle s'en est promis. Elle lui dit assez désobligeamment qu'il n'y a point de beauté qui ne doive baisser le pavillon devant celle de sa maîtresse. Phénice en a un dépit qu'elle ne peut dissimuler, et fait entendre, en se retirant, qu'on pourrait se repentir de l'injure qu'on vient de lui faire. L'attachement que Damis affecte pour Phénice dérange le projet d'hymen dont M. Orgon et M. Ergaste s'étaient flattés ; mais ils en forment un nouveau pour se dédommager du succès du premier ; il n'y a, se disent-ils, pour former l'alliance que nous avons concertée ensemble, qu'à changer d'objet, et qu'à marier Damis avec Phénice, puisque leurs cœurs sont faits l'un pour l'autre. Ce dernier projet n'est pas plutôt arrangé, qu'on travaille à le mettre en exécution. Damis et Lucile en sont également alarmés ; Lucile par fierté le fait moins paraître que son amant, mais elle en témoigne assez pour faire entendre à Lisette qu'elle est disgraciée, et qu'elle pourrait bien être chassée. Frontin n'est pas moins[1] déconcerté, surtout depuis qu'Ergaste lui a dit d'un ton ferme que si son fils ne répare les chagrins qu'il a causés par une prompte obéissance, il le punira, lui Frontin, des mauvais conseils qu'il donne à son fils. Il lui commande de lui dire qu'il ne le verra jamais et qu'il le déshéritera, s'il n'épouse Phénice au défaut de Lucile. Tous ces inconvénients, que Lisette et Frontin n'avaient pas prévus dans leur première conspiration, les déterminent à changer de batterie, et à contribuer de leur mieux à ce même hymen qu'ils ont voulu empêcher, de sorte que cette même Lisette, qui avait dit à M. Orgon, que Lucile et Damis avaient un égal éloignement l'un pour l'autre, est la plus ardente à faire

---

1. Ce texte résulte d'une correction, le *Mercure* porte par erreur *point* au lieu de *pas moins*.

entendre tout le contraire ; elle fait plus, elle assure Damis de l'amour que Lucile a pour lui. Damis doute de son bonheur ; Lisette achève de le persuader. Frontin lui porte un coup mortel, en lui disant que son père veut absolument qu'il épouse Phénice sur peine d'exhérédation. Il ne sait comment se tirer d'embarras avec cette dernière, à qui Frontin et Lisette ont déjà annoncé qu'elle ne sert que de prétexte ; elle en a d'abord été piquée au vif ; mais pour son bonheur, ne s'étant pas engagée trop avant avec ce feint amant qui la joue, elle borne sa vengeance à lui faire peur de l'hymen que son père lui ordonne. La scène qu'elle a avec lui fait naître des incidents très comiques. Elle lui parle d'abord de son mariage avec lui comme d'une affaire conclue. Damis, loin d'en paraître embarrassé, lui dit que c'est à elle à parer un coup si fatal, puisqu'elle lui a déjà fait connaître que son cœur est engagé ailleurs ; Phénice lui répond avec la même fermeté affectée, qu'elle ne lui a pas dit alors ses véritables sentiments ; que cet engagement prétendu dont elle lui a parlé n'était qu'un prétexte pour ne point déranger ce que son père avait réglé ; mais que depuis qu'elle a su qu'on a résolu toute autre chose, elle n'a pas balancé à suivre son devoir, et à le suivre sans répugnance. Damis, qui s'imagine qu'elle joue au plus fin avec lui, et qu'elle veut qu'il se charge lui-même de la rupture de ce mariage, lui proteste qu'il obéira à son père, et qu'il ne veut pas courir le risque d'être déshérité en s'opposant à un établissement pour lequel il ne se sent nulle répugnance. Pour le lui mieux persuader, il lui dit qu'il n'est plus temps de feindre et qu'il l'aime véritablement : il se jette à ses pieds pour mieux achever de la tromper et pour la remercier de son obéissance à son père ; M. Orgon et M. Ergaste le surprennent dans cette posture suppliante ; ils en sont charmés, et ne doutant point qu'ils ne s'aiment, ils les quittent pour aller faire dresser le contrat. Cet incident est suivi d'un autre, qui fait encore plus de peine à Damis ; il cesse de feindre, et suppliant Phénice de le tirer d'un si mauvais pas, il lui baise la main avec transport ; Damis se retire tout confus, la vindicative Phénice jouit malignement de la jalousie de sa sœur ; et après en avoir essuyé de vifs reproches, elle se retire très satisfaite d'elle-même. Lisette vient porter un dernier coup à la jalousie de Lucile ; elle lui avoue qu'elle s'est méprise quand elle a cru que Damis l'aimait, et qu'elle a voulu le lui persuader ; elle convient que Phénice en est aimée, et cet adroit mensonge n'est que pour l'obliger à lui avouer qu'elle aime Damis ; cet aveu décisif arrive enfin, il est même suivi d'une prière que sa maîtresse est forcée de lui faire d'aller trouver Damis, et de lui faire entendre qu'il est aimé, sans pourtant qu'il paraisse qu'elle lui en ait fait la moindre confidence, encore moins qu'elle l'ait chargée de faire une démarche si humiliante pour sa fierté. Si l'auteur eût encore voulu multiplier les incidents ingénieux, son esprit n'eût pas manqué de ressources ; mais il fallait enfin dénouer sa pièce : voici comment il s'y prend dans son dernier acte.

« Lucile, toujours persuadée que Damis aime sa sœur, n'a point d'autre ressource que de s'opposer à leur hymen ; elle se plaint amèrement à son père de ce qu'il lui fait l'injure de marier sa cadette avant elle ; M. Orgon lui représente en bon père l'injustice de sa plainte, d'autant mieux qu'il n'a tenu qu'à elle d'accepter Damis pour époux, et que Phénice ne reçoit sa main qu'à son refus ; cette remontrance, toute juste qu'elle est, ne calme point Lucile, elle dit à son père qu'après l'affront qu'elle va essuyer, elle n'a point d'autre parti à prendre qu'une clôture éternelle. Phénice vient toute disposée à finir le cours de sa petite vengeance ; l'amitié qu'elle a pour sa sœur ne peut souffrir qu'elle pousse plus loin le ressentiment qu'elle doit avoir du personnage qu'on lui a fait jouer, en la faisant servir de prétexte ; elle dit à Lucile qu'elle lui cède de bon cœur ce Damis avec qui il ne tiendrait qu'à elle d'être unie ; l'esprit de Lucile est aigri à un tel point, qu'elle donne un mauvais sens à tout ce que sa sœur peut lui dire de plus obligeant ; Orgon, ne sachant plus comment mettre d'accord ses deux filles, les quitte dans le dessein d'achever le mariage concerté entre son ami Ergaste et lui, ce qui désespère de plus en plus la jalouse Lucile ; elle accable sa sœur de reproches, dont cette sœur maltraitée ne peut lui faire sentir l'injustice. Damis arrive enfin, il veut se retirer par respect, Phénice lui dit d'approcher, et lui ordonne de rendre hommage à son vainqueur, en se jetant aux genoux de Lucile ; cette scène qu'on n'avait point vue à la première représentation est jouée par ces trois acteurs avec toute la finesse et la précision qu'on peut souhaiter au théâtre ; Phénice remplit la fonction de médiatrice avec une grâce généralement applaudie. Orgon et Ergaste arrivent dans le dessein de conclure le mariage entre Damis et Phénice, et sont agréablement surpris d'un changement auquel ils n'osaient s'attendre, et qui remet toutes choses dans l'ordre qu'ils s'étaient d'abord prescrit.

« Voilà quelle est cette pièce qui a paru d'abord si mal reçue, et qu'on n'a cessé d'applaudir depuis la seconde représentation ; on ne désespère pas qu'elle n'ait dans la suite le sort de tant d'autres dont les commencements ont été malheureux. Tous les gens qui en jugent sans prévention conviennent qu'elle leur fait plaisir ; il est vrai qu'ils souhaiteraient qu'il y eût plus de consistance dans l'action, et moins d'expressions un peu trop recherchées dans le dialogue ; en un mot, que l'esprit de l'auteur fût moins abondant ; c'est un défaut que d'avoir trop d'esprit, mais c'est un excès dont le reproche a toujours quelque chose de flatteur, et dont on a bien de la peine à se corriger ; au reste, on n'a guère mis au Théâtre Français de pièce mieux jouée que celle-ci ; le sieur Quinault l'aîné, la demoiselle Quinault sa sœur, parfaitement secondée des demoiselles Dangeville et Gaussin, et de leurs autres camarades, y brillent à qui mieux mieux, et remplissent l'attente des spectateurs les plus difficiles et les plus délicats [1]. »

En l'absence du *Nouvelliste du Parnasse*, qui avait cessé de paraître, aucun autre journal français ne parla plus de la pièce, même à l'occasion de la publication en octobre de la même année. Mais en Hollande, si le journal *Le Glaneur* se contenta de mentionner l'édition hollandaise qui suivit de peu [2], un autre journal paraissant alors, les *Lettres sérieuses et badines*, fit des *Serments indiscrets* une analyse intelligente :

« ... Peut-être aimerez-vous mieux, Monsieur, qu'au lieu d'en faire l'analyse [3], je m'étende davantage sur les comédies qui suivent. Il s'agit, dans *Les Serments indiscrets*, de deux personnes qu'on a destinées l'une à l'autre sans qu'elles se connaissent, et qui en secret ont un égal éloignement pour le mariage. Elles ont pourtant consenti à s'épouser, dans la pensée que ce mariage ne se fera point. Le motif sur lequel elles l'espèrent, c'est que Damis et Lucile (c'est ainsi qu'elles s'appellent), entendent dire beaucoup de bien l'un de l'autre, et de là chacun d'eux infère qu'en avouant franchement ses dispositions à l'autre, cet autre l'aidera lui-même à se tirer d'embarras. Là-dessus, Damis se rend chez Lucile, et il n'y trouve qu'une suivante, nommée Lisette, à qui il ouvre son cœur, pendant que Lucile, enfermée dans un cabinet voisin, d'où elle entend, conçoit un secret dépit de l'indifférence qu'il promet de conserver en la

1. *Mercure* de juin 1732, tome II, pp. 1408-1417. 2. N° CIII, du 25 décembre 1732 : « Étienne Neaulme, libraire à Utrecht, imprime *Annibal*, tragédie en cinq actes de M. de Marivaux. Le même libraire débite *L'École des mères*, comédie, *Les Serments indiscrets*, etc. » 3. Il s'agit de *Cléarque*, tragédie de Mme de Gomez. La préférence accordée par le rédacteur à une comédie en prose sur une tragédie est déjà significative.

voyant. Elle se montre tout à coup pour essayer de se venger de la confiance de Damis. Elle y réussit, mais en donnant de l'amour, elle-même en prend. Lisette, qui s'en aperçoit, et qui n'y trouve pas son compte, interrompt la conversation de ces deux amants, et, les piquant d'honneur, les engage à jurer qu'ils ne seront jamais l'un à l'autre. Tous deux s'en repentent dans le moment. Lucile voudrait n'avoir pas renoncé à Damis par un serment aussi indiscret. Damis, de son côté, est au désespoir, et de l'éloignement qu'il croit que Lucile a pour lui, et de l'injure qu'il lui a faite par l'imprudence de ses discours avec Lisette. Cependant, liés tous deux par leur convention mutuelle, comment feront-ils pour cacher leur amour, ou pour se l'apprendre, car ces deux choses-là vont se trouver dans tout ce qu'ils diront ? Lucile sera trop fière pour paraître sensible, et trop sensible pour n'être pas embarrassée de sa fierté. Damis, qui se croit haï, sera trop tendre pour bien contrefaire l'indifférent, et trop honnête homme pour manquer de parole à Lucile. Les démarches de l'un et de l'autre auront pour but d'observer et de rompre tout à la fois les mesures qu'ils doivent prendre contre leur mariage. C'est cet embarras qui fait le nœud de la pièce, que je crois une des meilleures de Monsieur de Marivaux[1]. »

L'éloge final a d'autant plus de prix qu'il vient d'un critique dont les jugements, comme on l'a vu à plusieurs reprises, ont toujours parfaitement rendu justice au théâtre de Marivaux[2].

En 1738, *Les Serments indiscrets* furent repris par la Comédie-Française. Le nombre de représentations ne dépassa pas six, et le chiffre des recettes ne fut pas élevé[3]. Du moins l'accueil des spectateurs fut-il plus aimable, ainsi que le rapporte le *Mercure* de mars :

« Le 7 de ce mois, les comédiens-français ont remis au théâtre *Les Serments indiscrets*, comédie, en 5 actes, en prose, de M. de Marivaux, jouée dans sa nouveauté le dimanche 8 juin 1732. On en trouvera un extrait dans le second volume de juin de cette année. Le public ne rendit pas alors à cette pièce la justice qu'elle mérite, il y trouva trop peu d'action ; quoiqu'il n'y en ait pas davantage aujourd'hui, elle est infini-

---

1. Tome VIII, 1733, pp. 226-227, Lettre XV, après le passage cité ailleurs (p. 162) sur *Annibal*. **2.** Voir ci-dessus, p. 162. **3.** Voici les chiffres : 7 mars, 184 spectateurs, 283 livres ; 9 mars, 299 spectateurs, 599 livres ; 8 juin 1738, 178 spectateurs, 269 livres ; 9 juin, 232 spectateurs, 436 livres ; 12 juin, 315 spectateurs, 530 livres ; 15 juin, 364 spectateurs, 571 livres. Aucune part d'auteur ne fut attribuée, la pièce ayant été considérée comme « tombée dans les règles » en 1732.

ment plus goûtée par l'esprit, la délicatesse et l'art avec lesquels elle est écrite ; et plus encore peut-être par la manière vraie, fine et légère dont elle est représentée par les demoiselles Quinault, Dangeville et Granval, et par les sieurs Granval, La Thorillière et Fierville [1]. »

La notice du marquis d'Argenson est sans doute de peu postérieure à cette reprise. Elle fait mention de quelques retouches apportées au texte. On en reparlera plus loin.

« *Les Serments indiscrets* [...] Cette pièce fut fort sifflée à la première représentation qu'on ne laissa pas aller au quatrième acte. On a supprimé plusieurs traits obscurs, précieux et choquants, et ses succès sont devenus accablants pour la cabale. Il est vrai que le jeu des acteurs y fait trop pour dire que ce soit une bonne pièce. La demoiselle Quinault passe bien Silvia dans un rôle qui semblait destiné à cette actrice italienne. L'auteur ne dit que trop de choses neuves ; abondant dans ces incidents de bagatelles, il a fait cinq actes de ce sujet qui en fournissait trois au plus. Il a étudié avec un succès prodigieux les moindres petits détails du cœur féminin. Il ne dit rien comme un autre, mais souvent n'est pas heureux ni juste [2]. »

Plus tard, La Porte, dans *L'Observateur littéraire*, déclare que *Les Serments indiscrets* sont une des meilleures pièces de Marivaux. Mais les critiques l'emportent sur les éloges qu'il lui adresse ; c'est dire qu'il ne met pas très haut l'ensemble de ce théâtre :

« *Les Serments indiscrets* sont une des meilleures pièces de M. de Marivaux. L'intrigue en est bien conduite ; mais je trouve le sujet aussi peu vraisemblable, que la manière dont il est traité me paraît spirituelle. Lucile est promise en mariage à Damis. Tous deux, avant que de se connaître, témoignent beaucoup de répugnance pour cet engagement. Dès la première entrevue, l'amour fait une forte impression sur leurs cœurs ; mais ils se cachent leurs amours mutuels, et s'engagent même l'un et l'autre, par une espèce de serment, à faire tous leurs efforts pour empêcher la conclusion de ce mariage. Ils agissent en conséquence, et craignent de voir leur projet réussir. Est-il naturel que deux personnes qui s'aiment travaillent à se chagriner pendant tout le cours d'une pièce en cinq actes, et cela, faute d'une explication qui les aurait sur-le-champ rendus les

---

1. *Mercure* de mars 1738, p. 564. En ce qui concerne la distribution, on peut penser que Mlle Quinault jouait Lucile, Mlle Dangeville Lisette et Mme Granval Phénice. Granval était évidemment Damis, La Thorillière apparemment M. Orgon et Fierville Frontin.   2. Manuscrit de l'Arsenal, n° 3450, f° 99.

meilleurs amis ? Le spectateur, instruit des dispositions de leur âme, souffre de les voir si longtemps dans un état de contrainte qu'il ne tiendrait qu'à eux de faire finir dans le moment[1]. »

Dès lors, *Les Serments indiscrets* passèrent pour le type même des comédies « métaphysiques[2] » de Marivaux. On entend par là que l'amour, chez les personnages, échappe aux mouvements naturels, tels que ceux du désir, pour n'obéir plus qu'aux chimères artificielles de l'amour-propre.

Très insuffisante dans la mesure où elle laisse de côté le problème du mariage, essentiel aux yeux de Marivaux, cette interprétation fait du moins apparaître un aspect du sentiment qui n'échappe pas aux personnages eux-mêmes : à savoir le rôle, positif ou négatif, qu'y jouent l'amour-propre, la vanité de plaire, le préjugé. « Quand j'y songe, remarque Lucile [...] notre vanité et notre coquetterie, voilà les plus grandes sources de nos passions[3]. » C'est sans doute ces interférences du préjugé dans le domaine de la passion qui frappèrent Musset. Car il est certain que *Les Serments indiscrets* sont la source la plus importante d'*On ne badine pas avec l'amour*[4] : Camille a, comme Lucile, contracté des préjugés qui paralysent en elle le jeu de la spontanéité. Comme Damis, Perdican est trop fier pour avouer naïvement ses sentiments. Dans les deux pièces enfin, un tiers personnage, Phénice ou Rosette, est utilisé à son insu comme un pion dans la partie qui se joue entre les protagonistes. Le traitement du thème par Musset dans le ton que l'on sait, et avec un dénouement tragique, montre la profondeur du sujet inventé par Marivaux. Quoique *Les Serments indiscrets* n'aient pas connu de grands succès à la scène[5], ils occupent une place éminente dans le

---

1. *L'Observateur littéraire*, 1759, tome I, pp. 80-81.   2. Voltaire applique le terme de « métaphysique » à Marivaux lui-même, dans une lettre à Moncrif du 10 avril 1733, et à ses comédies dans *Le Temple du goût*, imprimé quelques semaines plus tard.   3. Acte V, sc. II.   4. Voir Edna Fredrick, « Marivaux and Musset », article paru dans *The Romanic Review*, 1940, pp. 259-264.   5. Outre la reprise citée plus haut, il y en eut une sur le théâtre de Talma, le 20 août 1792. Mlle Candeille, « ayant découvert un rôle assez agréable dans cette pièce, avait eu assez de crédit pour la faire remettre au théâtre » (Étienne et Mautainville, *Histoire du Théâtre-Français*, Paris, 1802, tome III, p. 124, cité par K. McKee, *op. cit.*, p. 151). Repris à la Comédie-Française en 1956-1957, *Les Serments indiscrets* donnèrent lieu à 35 représentations ; en 2000 il n'y avait pas eu depuis de nouvelles reprises. La pièce semble pourtant intéresser de plus en plus les metteurs en scène (Jean-Louis Thamin, Théâtre de l'Est parisien, 1981, Alain Ollivier, Studio d'Ivry, 1984, etc.).

théâtre du malentendu qu'a créé Marivaux, et l'on comprend qu'il les ait mis au nombre de ses comédies qu'il disait préférer [1].

LE TEXTE

Annoncée par le *Mercure* de novembre 1732, p. 2433, l'édition originale des *Serments indiscrets* se présente comme suit :

LES / SERMENS / INDISCRETS, / *COMEDIE* / DE Mᵣ DE MARIVAUX. / Représentée par les Comediens François, / au mois de Juin 1732. / *Le prix est de Vingt-quatre sols.* / (fleuron) / À PARIS, / Chez Pɪᴇʀʀᴇ Pʀᴀᴜʟᴛ, Quay de / Gêvres, au Paradis. / M. DCC. XXXII. / *Avec Approbation & Privilege du Roy.*

Une brochure de VIII (sept pour l'Avertissement, la huitième blanche) + 99 (pour le texte, la page 100 est blanche) + VI (pour un *Catalogue de livres amusants qui se vendent chez le même libraire*) + II pages (approbation et privilège).

Approbation : « J'ai lu par ordre de Monseigneur le Garde des Sceaux *les Sermens indiscrets, Comédie*, et je n'y ai rien trouvé qui puisse en empêcher l'impression. Fait à Paris, le 28 juin 1732. *Signé :* Gᴀʟʟʏᴏᴛ. »

Privilège à Pierre Prault pour *Les Œuvres du sieur de Marivaux, la Vie de Marianne, etc.*, pour six ans, du 19 juillet 1731 ; signé Vernier, enregistré le 9 août 1731.

Simultanément, *Les Serments indiscrets* paraissaient en Hollande chez Étienne Neaulme, à Utrecht, sous forme d'une brochure petit in-12. Cette édition procède de l'édition française et ne présente avec elle que quelques variantes qui seront signalées.

Dans le recueil de 1758, *Les Serments indiscrets* se présentent parfois sous la forme d'une réédition à numérotation séparée, mais destinée à figurer dans le recueil, puisque la dernière page « appelle » la pièce suivante, à savoir *Le Petit-Maître corrigé*. Soit :

LES / SERMENS / INDISCRETS, / *COMÉDIE* / En Prose, & en cinq Actes ; / Dᴇ M. ᴅᴇ MARIVAUX ; / de l'Académie Françoise : / *Représentée par les Comédiens François, le 8 Juin* 1736. / NOUVELLE ÉDITION. / (signature en bas et à droite de la page de titre).

Deux (titre, verso blanc) + onze (numérotées de I à XI pour l'Avertissement) + une (numérotée 2, pour les Acteurs) + cent

---

1. D'après le témoignage de Lesbros cité plus haut.

trente (numérotées de [3] à 132, pour le texte) pages. Ni privilège, ni approbation.

Les variantes de cette édition, qui ne révèlent aucune correction d'auteur, ont été enregistrées. Elles sont de peu d'importance.

Il existe à l'Arsenal, dans un recueil de pièces jouées à Berny (ms. 3113, folios 715-734), la copie du rôle de Lucile destiné à Mlle Gaussin. Ce manuscrit est intéressant à un double titre. D'abord, il conserve en plusieurs endroits des leçons originales et supérieures à celles des éditions. En outre, il comporte les coupures dont parlait le marquis d'Argenson. Nous les indiquerons intégralement pour la première fois. Elles remontent presque certainement à Marivaux lui-même [1], et pourraient éventuellement servir au metteur en scène qui entreprendra de monter *Les Serments indiscrets*.

Notre texte est, bien entendu, celui de l'édition originale, mais nous avons pu, à plusieurs reprises, tirer parti du manuscrit de l'Arsenal pour l'améliorer sur des points de détail. Les variantes entre le manuscrit et l'édition originale sont, de toute façon, toujours signalées en note.

---

1. Un détail le confirme. À l'acte III, sc. viii, une phrase figure dans l'édition originale entre parenthèses (voir Acte III, sc. viii, p. 1108, note 3). Or cette phrase manque dans le manuscrit. C'est sans doute un indice que Marivaux avait déjà envisagé certaines suppressions sur le manuscrit qui devait servir à l'impression.

AVERTISSEMENT

Il s'agit ici de deux personnes qu'on a destinées l'une à l'autre qui ne se connaissent point, et qui, en secret, ont un égal éloignement pour le mariage ; elles ont pourtant consenti à s'épouser, mais seulement par respect pour leurs pères, et dans la pensée que le mariage ne se fera point. Le motif sur lequel elles l'espèrent, c'est que Damis et Lucile (c'est ainsi qu'elles s'appellent) entendent dire beaucoup de bien l'un de l'autre, et qu'on leur donne un caractère extrêmement raisonnable ; et de là chacun d'eux conclut qu'en avouant franchement ses dispositions à l'autre, cet autre aidera lui-même à le tirer d'embarras.

Là-dessus, Damis part de l'endroit où il était, arrive où se doit faire le mariage, demande à parler en particulier à Lucile, et ne trouve que Lisette, sa suivante, à qui il ouvre son cœur, pendant que Lucile, enfermée dans un cabinet voisin, entend tout ce qu'il dit, et se sent intérieurement piquée de toute l'indifférence que Damis promet de conserver [1] en la voyant. Lisette lui recommande de tenir sa parole, lui dit de prendre garde à lui, parce que sa maîtresse est aimable ; Damis ne s'en épouvante pas davantage, et porte l'intrépidité jusqu'à défier le pouvoir de ses charmes.

Lucile, de son cabinet, écoute impatiemment ce discours, et dans le dépit qu'elle en a, et qui l'émeut sans qu'elle s'en aperçoive, elle sort du cabinet, se montre tout à coup pour venir se réjouir avec Damis de l'heureux accord de leurs sentiments, à ce qu'elle dit ; mais en *effet pour essayer de se venger de sa confiance, sans qu'elle se doute de ce *mouvement d'amour-propre qui la conduit. Or, comme il n'y a pas loin de prendre de l'amour à vouloir en donner soi-même, son cœur commence par être la dupe de son projet de vengeance. Lisette, qui s'aperçoit du danger où sa vanité l'expose,

---

1. Édition de 1758 : *promet lui conserver.*

et qui a intérêt que Lucile ne se marie pas, interrompt la conversation de Damis et de sa maîtresse, et profitant du dépit de Lucile, elle l'engage, par raison de fierté même, à jurer qu'elle n'épousera jamais Damis, et à exiger qu'il jure à son tour de n'être jamais à elle ; ce qu'il est obligé de promettre aussi, quoiqu'il ait resté fort interdit à la vue de Lucile, et qu'il soit très fâché de tout ce qu'il a dit avant que de l'avoir vue.

C'est de là que part toute cette comédie. Lucile, en quittant Damis, se repent de la promesse qu'elle a exigée de lui, parce que son dépit, avec ce qu'il a d'aimable, lui a déjà troublé le cœur ; ce qu'elle manifeste en deux mots à la fin du premier acte. Damis, de son côté, est au désespoir, et de l'éloignement qu'il croit que Lucile a pour lui, et de l'injure qu'il lui a faite par l'*imprudence de ses discours avec Lisette.

Voilà donc Lucile et Damis qui s'aiment à la fin du premier acte, ou qui du moins ont déjà du penchant l'un pour l'autre. Liés tous deux par la convention de ne point s'épouser, comment feront-ils pour cacher leur amour ? Comment feront-ils pour se l'apprendre ? car ces deux choses-là vont se trouver dans tout ce qu'ils diront [1]. Lucile sera trop fière pour paraître sensible ; trop sensible pour n'être pas embarrassée de sa fierté. Damis, qui se croit haï, sera trop tendre pour bien contrefaire l'indifférence, et trop honnête homme pour manquer de parole à Lucile, qui n'a contre son amour que sa probité pour ressource. Ils sentent bien leur amour ; ils n'en font point de mystère avec eux-mêmes : comment s'en instruiront-ils mutuellement, après leurs conventions ? Comment feront-ils pour observer et pour trahir en même temps les mesures qu'ils doivent prendre contre leur mariage ? C'est là ce qui fait tout le sujet des quatre autres actes.

On a pourtant dit que cette comédie-ci ressemblait à *La Surprise de l'amour* [2], et j'en conviendrais franchement, si je le *sentais ; mais j'y vois une si grande différence, que je n'en imagine pas de plus marquée en fait de sentiment.

Dans *La Surprise de l'amour*, il s'agit de deux personnes qui s'aiment pendant toute la pièce, mais qui n'en savent rien eux-mêmes, et qui n'ouvrent les yeux qu'à la dernière scène.

Dans cette pièce-ci, il est question de deux personnes qui s'aiment

---

1. On a dans cette phrase une clef du commentaire à appliquer à chaque réplique des deux personnages.   **2.** La seconde, apparemment.

d'abord, et qui le savent, mais qui se sont engagées de n'en rien témoigner, et qui passent leur temps à lutter contre la difficulté de garder leur parole en la violant ; ce qui est une autre espèce de situation, qui n'a aucun rapport avec celle des *amants de *La Surprise de l'amour*. Les derniers, encore une fois, ignorent l'état de leur cœur, et sont le jouet du sentiment qu'ils ne soupçonnent point en eux ; c'est là ce qui fait le plaisant d'un spectacle qu'ils donnent : les autres, au contraire, savent ce qui se passe en eux, mais ne voudraient ni le cacher[1], ni le dire, et assurément je ne vois rien là-dedans qui se ressemble : il est vrai que, dans l'une et l'autre situation, tout se passe dans le cœur ; mais ce cœur a bien des sortes de sentiments, et le portrait de l'un ne fait pas le portrait de l'autre.

Pourquoi donc dit-on que les deux pièces se ressemblent ? En voici la raison, je pense : c'est qu'on y a vu le même genre de conversation et de style ; c'est que ce sont des *mouvements de cœur dans les deux pièces ; et cela leur donne un air d'uniformité qui fait qu'on s'y trompe.

À l'égard du genre de style et de conversation, je conviens qu'il est le même que celui de *La Surprise de l'amour* et de quelques autres pièces ; mais je n'ai pas cru pour cela me répéter en l'employant encore ici : ce n'est pas moi que j'ai voulu copier, c'est la nature, c'est le ton de la conversation en général que j'ai tâché de prendre : ce ton-là a plu extrêmement et plaît encore dans les autres pièces, comme singulier, je crois ; mais mon dessein était qu'il plût comme naturel, et c'est peut-être parce qu'il l'est effectivement qu'on le croit singulier, et que, regardé comme tel, on me reproche d'en user toujours.

On est accoutumé au style des auteurs, car ils en ont un qui leur est particulier : on n'écrit presque jamais comme on parle ; la composition donne un autre tour à l'esprit ; c'est partout un goût d'idées pensées et réfléchies dont on ne sent point l'uniformité, parce qu'on l'a reçu et qu'on y est fait : mais si par hasard vous quittez ce style, et que vous portiez le langage des hommes dans un ouvrage[2], et surtout dans une comédie, il est sûr que vous serez d'abord remarqué ; et si vous plaisez, vous plaisez beaucoup, d'au-

---

1. Les mots *ni le cacher* sont omis dans l'édition Neaulme de 1732.
2. On a ici, à propos du style, l'équivalent des réflexions faites à propos de la composition en général au début de la première feuille du *Spectateur français* (*Journaux et Œuvres diverses*, pp. 114-115).

tant plus que vous paraissez nouveau : mais revenez-y souvent, ce langage des hommes ne vous réussira plus, car on ne l'a pas remarqué comme tel, mais simplement comme le vôtre, et on croira que vous vous répétez.

Je ne dis pas que ceci me soit arrivé : il est vrai que j'ai tâché de saisir le langage des conversations, et la tournure des idées familières et variées qui y viennent, mais je ne me flatte pas d'y être parvenu ; j'ajouterai seulement, là-dessus, qu'entre gens d'esprit les conversations dans le monde sont plus vives qu'on ne pense, et que tout ce qu'un auteur pourrait faire pour les imiter n'approchera jamais du feu et de la *naïveté fine et subite qu'ils y mettent [1].

Au reste, la représentation de cette pièce-ci n'a pas été achevée : elle demande de l'attention ; il y avait beaucoup de monde, et bien des gens ont prétendu qu'il y avait une cabale pour la faire tomber ; mais je n'en crois rien : elle est d'un genre dont la simplicité aurait pu toute seule lui tenir lieu de cabale, surtout dans le tumulte d'une première représentation ; et d'ailleurs, je ne supposerai jamais qu'il y ait des hommes capables de n'aller à un spectacle que pour y livrer une honteuse guerre à un ouvrage fait pour les amuser [2]. Non, c'est la pièce même qui ne plut pas ce jour-là. Presque aucune des miennes n'a bien pris d'abord ; leur succès n'est venu que dans la suite, et je l'aime bien autant, venu de cette manière-là. Que sait-on ? peut-être en arrivera-t-il de celle-ci comme des autres : déjà elle a fait plaisir à la seconde représentation, on l'a applaudie à la troisième, ensuite on lui a donné des éloges ; et on m'a dit qu'elle avait toujours continué d'être bien reçue, par un nombre de spectateurs assez médiocre, il est vrai ; mais aussi a-t-elle été presque toujours représentée dans des jours peu favorables aux spectacles.

---

1. C'est donc le ton naturel de la conversation que Marivaux cherche à imiter, mais de la conversation la plus spirituelle qui existât alors, celle que l'on pratiquait, par exemple, chez Mme de Tencin.   2. Voir plus haut la notice, p. 1053.

Les Serments indiscrets

ACTEURS [1]

LUCILE, fille de Monsieur Orgon.
PHÉNICE, sœur de Lucile.
DAMIS, fils de Monsieur Ergaste, amant de Lucile.
MONSIEUR ERGASTE, père de Damis.
MONSIEUR ORGON, père de Lucile et de Phénice.
LISETTE, suivante de Lucile.
FRONTIN [2], valet de Damis.
Un domestique.

La scène est à une maison de campagne.

---

1. On a vu par le compte rendu du *Mercure* que les principaux rôles étaient tenus par Quinault l'aîné (Damis), Mlles Quinault (Lucile), Dangeville (Lisette) et Gaussin (Phénice). Le registre du dimanche 8 juin contient en outre le nom de différents acteurs, parmi lesquels Armand était certainement Frontin (Poisson, présent ce jour-là pour *Le Baron de la Crasse*, ne joue plus aux autres représentations). Les rôles des deux pères étaient sans doute tenus par Le Grand père, âgé de 59 ans (sans doute M. Orgon), et Charles-Claude Botot, dit Dangeville (67 ans).   **2.** Orthographié *Frontain* dans l'édition de 1732.

ACTE PREMIER

Scène première
LUCILE, UN LAQUAIS

LUCILE *est assise à une table, et plie une lettre ; un laquais est devant elle, à qui elle dit* : Qu'on aille dire à Lisette qu'elle vienne. *(Le laquais part. Elle se lève.)* Damis serait un étrange homme, si cette lettre-ci ne rompt pas le projet qu'on fait de nous marier.

Lisette entre.

Scène II
LUCILE, LISETTE

LUCILE. Ah ! te voilà, Lisette, approche ; je viens d'apprendre que Damis est arrivé hier [1] de Paris, qu'il est actuellement chez son père ; et voici une lettre qu'il faut que tu lui rendes, en vertu de laquelle j'espère que je ne l'épouserai point.

LISETTE. Quoi ! cette idée-là vous dure encore ? Non, Madame, je ne ferai point votre message ; Damis est l'époux qu'on vous destine ; vous y avez consenti ; tout le monde est d'accord : entre une épouse et vous, il n'y a plus qu'une syllabe de différence, et je ne rendrai point votre lettre ; vous avez promis de vous marier.

LUCILE. Oui, par complaisance pour mon père, il est vrai ; mais y songe-t-il ? Qu'est-ce que c'est qu'un mariage comme celui-là ? Ne faudrait-il pas être folle, pour épouser un homme dont le caractère m'est tout à fait inconnu ? D'ailleurs ne sais-tu pas mes sentiments ? Je ne veux point être mariée sitôt et ne le serai peut-être jamais.

LISETTE. Vous ? Avec ces yeux-là ? Je vous en défie, Madame.

LUCILE. Quel raisonnement ! Est-ce que des yeux décident de quelque chose ?

---

1. Le manuscrit porte : *hier au soir*.

LISETTE. Sans difficulté ; les vôtres vous condamnent à vivre en compagnie, par exemple. Examinez-vous : vous ne savez pas les difficultés de l'état austère que vous embrassez ; il faut avoir le cœur bien frugal pour le soutenir ; c'est une espèce de solitaire qu'une fille, et votre physionomie n'annonce point de vocation pour cette vie-là.

LUCILE. Oh ! ma physionomie ne sait ce qu'elle dit ; je me sens [1] un fonds de délicatesse et de goût qui serait toujours choqué dans le mariage, et je n'y serais pas heureuse.

LISETTE. Bagatelle ! Il ne faut que deux ou trois mois de commerce avec un mari pour expédier votre délicatesse ; allez, déchirez votre lettre.

LUCILE. Je te dis que mon parti est pris, et je veux que tu la portes. Est-ce que tu crois que je me pique d'être plus indifférente qu'une autre ? Non, je ne me vante point de cela, et j'aurais tort de le faire, car j'ai l'âme tendre, quoique naturellement vertueuse : et voilà pourquoi le mariage serait une très mauvaise condition pour moi. Une âme tendre est douce, elle a [2] des *sentiments, elle en demande ; elle a besoin d'être aimée, parce qu'elle aime ; et une âme de cette espèce-là entre les mains d'un mari n'a jamais son nécessaire.

LISETTE. Oh ! dame, ce nécessaire-là est d'une grande dépense, et le cœur d'un mari s'épuise.

LUCILE. Je les connais un peu, ces messieurs-là ; je remarque que les hommes ne sont bons qu'en qualité d'*amants [3], c'est la plus jolie chose du monde que leur cœur, quand l'espérance les tient en haleine ; soumis, respectueux et galants, pour le peu que vous soyez aimable avec eux, votre amour-propre est enchanté ; il est servi délicieusement ; on le rassasie de plaisirs [4], folie, fierté, dédain, caprices, impertinences, tout nous réussit, tout est raison, tout est loi ; on

---

1. Texte du manuscrit. Les éditions ont *je sens*, qui doit s'expliquer par une faute de lecture ou de composition (saut du même au même du *e* de *je* au *e* de *me*). En outre, le manuscrit comporte l'addition d'un mot, *toujours*, au-dessus de la ligne *(je me sens toujours)*.   **2.** L'édition Duchesne supprime le mot *elle* : *une âme tendre et douce a*. Dans le manuscrit, le passage qui va de *Une âme* à *ces messieurs-là* (réplique de Lisette comprise) manque. Le public ou les critiques n'avaient pas dû admettre le tour *une âme... entre les mains d'un mari*.   **3.** La même idée avait été développée par Hortense dans *Le Prince travesti* (acte I, sc. II). Mais elle se présentait à propos d'un cas individuel ; ici, elle a une valeur générale et ne procède pas d'une expérience personnelle.   **4.** Les deux phrases *il est servi délicieusement, on le rassasie de plaisirs* manquent dans le manuscrit.

règne, on tyrannise, et nos idolâtres sont toujours à genoux[1]. Mais les épousez-vous, la déesse s'humanise-t-elle, leur idolâtrie finit où nos bontés commencent. Dès qu'ils sont heureux, les ingrats ne méritent plus de l'être.

LISETTE. Les voilà.

LUCILE. Oh ! pour moi, j'y mettrai bon ordre, et le personnage de déesse ne m'ennuiera pas, messieurs, je vous assure. Comment donc ! Toute jeune, et tout aimable que je suis, je n'en aurais pas pour six mois aux yeux d'un mari, et mon visage serait mis au rebut ! De dix-huit ans qu'il a, il sauterait tout d'un coup à cinquante ? Non pas, s'il vous plaît ; ce serait un meurtre ; il ne vieillira qu'avec le temps, et n'enlaidira qu'à force de durer ; je veux qu'il n'appartienne qu'à moi, que personne n'ait que voir à ce que[2] j'en ferai, qu'il ne relève que de moi seule. Si j'étais mariée, ce ne serait plus mon visage ; il serait à mon mari, qui le laisserait là, à qui il ne plairait pas, et qui lui défendrait de plaire à d'autres ; j'aimerais autant n'en point avoir[3]. Non, non, Lisette, je n'ai point envie d'être coquette ; mais il y a des moments où le cœur vous en dit, et où l'on est bien aise d'avoir les yeux libres[4], ainsi, plus de discussion ; va porter ma lettre à Damis, et se range qui voudra sous le joug du mariage !

LISETTE. Ah ! Madame, que vous me charmez ! que vous êtes une déesse raisonnable ! Allons ! je ne vous dis plus mot ; ne vous mariez point ; ma divinité subalterne vous approuve et fera de même. Mais de cette lettre que je vais porter, en espérez-vous beaucoup ?

LUCILE. Je marque mes dispositions à Damis ; je le prie de les servir ; je lui indique les moyens qu'il faut prendre pour dissuader son père et le mien de nous marier ; et si Damis est aussi galant homme qu'on le dit, je compte l'affaire rompue.

---

1. Texte du manuscrit. Les éditions portent : *sont toujours à genoux.*
2. Et non pas : *n'aient à voir ce que*, comme le portent les éditions depuis celle de 1758.   **3.** Tout le passage qui va de *et le personnage de déesse*, au début de la réplique, à *n'en point avoir* compris manque dans le manuscrit.   **4.** Le manuscrit porte seulement : *mais il y a des moments où l'on est bien aise d'être libre.*

Scène III

LUCILE, LISETTE, FRONTIN

Un valet de la maison entre.

LE VALET. Madame, voici un domestique qui demande à vous parler.

LUCILE. Qu'il vienne.

FRONTIN *entre.* Madame, cette fille-ci est-elle discrète ?

LISETTE. Tenez, cet animal qui débute par me dire une injure !

FRONTIN. J'ai l'honneur d'appartenir à Monsieur Damis, qui me charge d'avoir celui de vous faire la révérence.

LISETTE. Vous avez eu le temps d'en faire quatre : allons, finissez.

LUCILE. Laisse-le achever. De quoi s'agit-il ?

FRONTIN. Ne la *gênez point, Madame ; je ne l'écoute pas.

LUCILE. Voyons, que me veut ton maître ?

FRONTIN. Il vous demande, Madame, un moment d'entretien avant que de paraître ici tantôt avec son père ; et j'ose vous assurer que cet entretien est nécessaire.

LUCILE, *à part, à Lisette.* Me conseilles-tu de le voir, Lisette ?

LISETTE. Attendez, Madame, que j'interroge un peu ce harangueur. Dites-nous, Monsieur le personnage, vous qui jugez cet entretien si important, vous en savez donc le sujet ?

FRONTIN. Mon maître ne me cache rien de ce qu'il pense.

LISETTE. Hum ! à voir le confident, je n'ai pas grande opinion des pensées ; venez çà, pourtant ; de quoi est-il question ?

FRONTIN. D'une réponse que j'attends.

LISETTE. Veux-tu parler ?

FRONTIN. Je suis homme, et je me tais ; je vous défie d'en faire autant.

LUCILE. Laisse-le, puisqu'il ne veut rien dire. Va, ton maître n'a qu'à venir.

FRONTIN. Il est à vous sur-le-champ, Madame ; il m'attend dans une des allées du bois.

LISETTE. Allons, pars.

FRONTIN. Ma mie, vous ne m'*arrêterez pas.

Scène IV

LUCILE, LISETTE

LISETTE. Que ne m'avez-vous dit de lui donner votre lettre ? Elle vous eût dispensée de voir son maître.

LUCILE. Je n'ai point dessein de le voir non plus, mais il faut savoir ce qu'il me veut, et voici mon idée. Damis va venir, et tu n'as qu'à l'attendre, pendant que je vais me retirer dans ce cabinet, d'où j'entendrai tout. Dis-lui qu'en y faisant réflexion, j'ai cru que dans cette occasion-ci je ne devais point me montrer, et que je le prie de s'ouvrir à toi sur ce qu'il a à me dire, et s'il refuse de parler, en marquant quelque empressement pour me voir, finis la conversation, en lui donnant ma lettre.

LISETTE. J'entends quelqu'un ; cachez-vous, Madame.

Scène V

LISETTE, DAMIS

LISETTE. C'est Damis... morbleu qu'il est bien fait ! Allons, le Diable nous amène là une tentation bien *conditionnée... C'est sans doute ma maîtresse que vous cherchez, Monsieur ?

DAMIS. C'est elle-même, et l'on m'avait dit que je la trouverais ici.

LISETTE. Il est vrai, Monsieur ; mais elle a cru devoir se retirer, et m'a chargée de vous prier de sa part de me confier ce que vous voulez lui dire.

DAMIS. Eh ! pourquoi m'évite-t-elle ? Est-ce que le mariage dont il s'agit ne lui plaît pas ?

LISETTE. Mais, Monsieur, il est bien hardi de se marier si vite.

DAMIS. Oh ! très hardi.

LISETTE. Je vois bien que Monsieur pense judicieusement.

DAMIS. On ne saurait donc la voir ?

LISETTE. Excusez-moi, Monsieur ; la voilà : c'est la même chose, je la représente.

DAMIS. Soit, j'en serai même plus libre à vous dire mes sentiments, et vous me paraissez fille d'*esprit.

LISETTE. Vous avez l'air de vous y connaître trop bien pour que j'en appelle.

DAMIS. Venons à ce qui m'amène ; mon père, que je ne puis me résoudre de fâcher, parce qu'il m'aime beaucoup...

LISETTE. Fort bien, votre histoire commence comme la nôtre.

DAMIS. A souhaité le mariage qu'on veut faire entre votre maîtresse et moi.

LISETTE. Ce début-là me plaît.

DAMIS. Attendez jusqu'au bout ; j'étais donc à mon régiment, quand mon père m'a écrit ce qu'il avait projeté avec celui de Lucile ; c'est, je pense, le nom de la prétendue future ?

LISETTE. La prétendue, toujours à merveille.

DAMIS. Il m'en faisait un portrait charmant.

LISETTE. Style ordinaire.

DAMIS. Cela se peut bien ; mais elle est dans sa lettre la plus *aimable personne du monde.

LISETTE. Souvenez-vous que je représente l'original, et que je serai obligée de rougir pour lui.

DAMIS. Mon père, ensuite, me presse de venir, me dit que je ne saurais, sur la fin de ses jours, lui donner de plus grande consolation qu'en épousant Lucile ; qu'il est ami intime de son père, que d'ailleurs elle est riche, et que je lui aurai une obligation éternelle du parti qu'il me procure ; et qu'enfin, dans trois ou quatre jours, ils vont, son ami, sa famille et lui, m'attendre à leurs maisons de campagne qui sont voisines, et où je ne manquerai pas de me rendre, à mon retour de Paris[1].

LISETTE. Eh bien ?

DAMIS. Moi, qui ne saurais rien refuser à un père si tendre, j'arrive, et me voilà.

LISETTE. Pour épouser ?

DAMIS. Ma foi non, s'il est possible.

Ici Lucile sort à moitié du cabinet.

LISETTE. Quoi ! tout de bon ?

DAMIS. Je parle très sérieusement ; et comme on dit que Lucile est d'un esprit raisonnable, et que je lui dois être fort indifférent, j'avais dessein de lui ouvrir mon cœur, afin de me tirer de cette aventure-ci.

LISETTE, *riant*. Eh ! quel motif avez-vous pour cela ? Est-ce que vous aimez ailleurs ?

DAMIS. N'y a-t-il que ce motif-là qui soit bon ? Je crois en avoir d'aussi sensés ; c'est qu'en vérité je ne suis pas d'un âge à me lier

---

1. Édition originale : *retour à Paris*.

d'un engagement aussi sérieux ; c'est qu'il me fait peur, que je sens qu'il bornerait ma fortune, et que j'aime à vivre sans gêne, avec une liberté dont je sais tout le prix et qui m'est plus nécessaire qu'à un autre, de l'humeur dont je suis.

LISETTE. Il n'y a pas le petit mot [1] à dire à cela.

DAMIS. Dans le mariage, pour bien vivre ensemble, il faut que la volonté d'un mari s'accorde avec celle de sa femme, et cela est difficile ; car de ces deux volontés-là, il y en a toujours une qui va de travers, et c'est assez la manière d'aller des volontés d'une femme, à ce que j'entends dire. Je demande pardon à votre sexe de ce que je dis là : il peut y avoir des exceptions ; mais elles sont rares, et je n'ai point de bonheur.

Lucile regarde toujours.

LISETTE. Que vous êtes aimable d'avoir si mauvaise opinion de votre [2] esprit !

DAMIS. Mais vous qui [3] riez, est-ce que mes dispositions vous conviennent ?

LISETTE. Je vous dis que vous êtes un homme admirable.

DAMIS. Sérieusement ?

LISETTE. Un homme sans prix.

DAMIS. Ma foi, vous me charmez.

Lucile continue de regarder.

LISETTE. Vous nous rachetez ; nous vous dispensons même de la bonté que vous avez de supposer quelques exceptions favorables parmi nous.

DAMIS. Oh ! je n'en suis pas la dupe ; je n'y crois pas moi-même.

LISETTE. Que le Ciel vous le rende ; mais peut-on se fier à ce que vous dites là ? Cela est-il sans retour ? Je vous avertis que ma maîtresse est aimable.

DAMIS. Et moi je vous avertis que je ne m'en soucie guère : je suis à l'épreuve ; je ne crois pas votre maîtresse plus redoutable que tout ce que j'ai vu, sans lui faire tort, et je suis sûr que ses yeux seront d'aussi bonne composition que ceux des autres.

---

1. Et non pas *Il n'y a pas le plus petit mot*, comme le portent les éditions courantes, depuis Duviquet (1825).   **2.** Texte de l'édition originale, corrigé par Duviquet en : *de notre esprit*.   **3.** Ce *qui* est omis malencontreusement à partir de l'édition de 1758.

Lucile regarde.

LISETTE. Morbleu ! n'allez pas nous manquer de parole.

DAMIS. Si je n'avais pas peur d'être ridicule, je vous recommanderais, pour vous *piquer, de ne m'en pas manquer vous-même.

LISETTE. Tenez, votre départ sera de toutes vos grâces celle qui nous touchera le plus ; êtes-vous content ?

DAMIS. Vous me rendrez[1] justice ; de mon côté, je défie vos appas, et je vous réponds de mon cœur.

Scène VI

LUCILE, *sortant promptement du cabinet*, DAMIS, LISETTE

LUCILE. Et moi du mien, Monsieur, je vous le promets, car je puis hardiment me montrer après ce que vous venez de dire ; allons, Monsieur, le plus fort est fait, nous n'avons à nous craindre ni l'un ni l'autre : vous ne vous souciez point de moi, je ne me soucie point de vous ; car je m'explique sur le même ton, et nous voilà fort à notre aise ; ainsi convenons de nos faits ; mettez-moi l'esprit en repos ; comment nous y prendrons-nous ? J'ai une sœur qui peut plaire ; affectez plus de *goût pour elle que pour moi ; peut-être cela vous sera-t-il aisé. Je m'en plaindrai, vous vous excuserez[2] et vous continuerez toujours. Ce moyen-là vous convient-il ? Vaut-il mieux nous plaindre d'un éloignement réciproque ? Ce sera comme vous voudrez ; vous savez mon secret ; vous êtes un honnête homme ; expédions.

LISETTE. Nous ne barguignons pas, comme vous voyez ; nous allons rondement ; faites-vous de même ?

LUCILE. Qu'est-ce que c'est que cette saillie-là qui me compromet ?... Faites-vous de même ?... Voulez-vous divertir Monsieur à mes dépens ?

DAMIS. Je trouve sa question raisonnable, Madame.

LUCILE. Et moi, Monsieur, je la déclare impertinente ; mais c'est une étourdie qui parle[3].

---

1. *Rendrez* devient *rendez* à partir de la même édition. **2.** Texte du manuscrit. Toutes les éditions, depuis la première, omettent *Je m'en plaindrai, vous vous excuserez*, ce qui ôte tout sens à la suite de la phrase. **3.** Cette réplique et la précédente manquant dans le rôle de Lucile, on peut présumer que le passage qui va de la réplique de Lisette *Nous ne barguignons pas* à *une étourdie qui parle* (réplique de Damis comprise) était supprimé à la représentation.

DAMIS. Votre apparition me déconcerte, je l'avoue ; je me suis expliqué d'une manière si libre, en parlant de personnes aimables, et surtout de vous, Madame !

LUCILE. De moi, Monsieur ? vous m'étonnez ; je ne sache pas que vous ayez rien à vous reprocher. Quoi donc ! serait-ce d'avoir promis que je ne vous paraîtrais pas redoutable ? Hé ! tant mieux ; c'est m'avoir fait votre cour que cela. Comment donc ! est-ce que vous croyez ma vanité attaquée ? Non, Monsieur, elle ne l'est point : supposez que j'en aie, que vous me trouviez redoutable ou non, qu'est-ce que cela dit ? Le goût d'un homme seul ne décide rien là-dessus ; et de quelque façon qu'il se trouve [1], on n'en vaut ni plus ni moins ; les agréments n'y perdent ni n'y gagnent ; cela ne signifie rien ; ainsi, Monsieur, point d'excuse ; au reste, pourtant, si vous en voulez faire, si votre politesse a quelque remords qui la gêne [2], qu'à cela ne tienne, vous êtes bien le maître.

DAMIS. Je ne doute pas, Madame, que tout ce que je pourrais vous dire ne vous soit indifférent ; mais n'importe, j'ai mal parlé, et je me condamne très sérieusement.

LUCILE, *riant*. Eh bien ! soit ; allons, Monsieur, vous vous condamnez, j'y consens. Votre prétendue future vaut mieux que tout ce que vous avez vu jusqu'ici ; il n'y a pas de comparaison, je l'emporte ; n'est-il pas vrai que cela *va là ? Car je me ferai sans façon, moi, tous les compliments qu'il vous plaira, ce n'est pas la peine de me les plaindre, ils ne sont pas rares, et l'on en donne à qui en veut.

DAMIS. Il ne s'agit pas de compliments, Madame ; vous êtes bien au-dessus de cela, et il serait difficile de vous en faire.

LUCILE. Celui-là est très fin, par exemple, et vous aviez raison de ne le vouloir pas perdre ; mais restons-en là, je vous prie ; car à la fin, tant de politesses me supposeraient un amour-propre ridicule, et ce serait une étrange chose qu'il fallût me demander pardon de ce qu'on ne m'aime point. En vérité, l'idée serait comique. Ce serait en m'aimant qu'on m'embarrasserait : mais grâce au Ciel, il n'en est rien ; heureusement mes yeux se trouvent pacifiques ; ils applau-

---

1. Tel est le texte de l'édition originale ; le manuscrit porte : *de quelque façon qu'il le tourne.*   2. La phrase *si votre politesse a quelque remords qui la gêne* manque dans le manuscrit. Elle avait sans doute été jugée « précieuse », tandis que l'omission précédente (voir note 3, p. 1078) portait sur un passage jugé sans doute trop familier.

dissent[1] à votre indifférence ; ils se la promettaient, c'est une obligation que je vous ai, et la seule de votre part qui pouvait m'épargner
une ingratitude ; vous m'entendez ; vous avez eu quelque peur des
dispositions que je pouvais avoir ; mais soyez tranquille. Je me
sauve, Monsieur, je vous échappe ; j'ai vu le péril, et il n'y paraît
pas[2].

DAMIS. Ah ! Madame, oubliez un discours que je n'ai tenu tantôt
qu'en plaisantant ; je suis de tous les hommes celui à qui il est le
moins permis d'être vain, et vous de toutes les dames celle avec qui
il serait le plus impossible de l'être ; vous êtes d'une figure qui ne
permet ce sentiment-là à personne ; et si je l'avais, je serais trop
méprisable.

LISETTE. Ma foi, si vous le prenez sur ce ton-là, tous deux, vous ne
tenez rien ; je n'aime point ce verbiage-là ; ces yeux pacifiques, ces
apostrophes galantes à la figure de Madame, et puis des vanités, des
excuses, où cela *va-t-il ? Ce n'est pas là votre chemin ; prenez garde
que le Diable ne vous écarte ; tenez, vous ne voulez point vous épouser : abrégeons, et *tout à l'heure entre mes mains cimentez vos
résolutions d'une nouvelle promesse de ne vous appartenir jamais ;
allons, Madame, commencez pour le bon exemple, et pour l'honneur de votre sexe.

LUCILE. La belle idée qu'il vous vient là ! le bel expédient, que je
commence ! comme si tout ne dépendait pas de Monsieur, et que
ce ne fût pas à lui à garantir ma résolution par la sienne ! Est-ce que,
s'il voulait m'épouser, il n'en viendrait pas à bout par le moyen de
mon père, à qui il faudrait obéir ? C'est donc sa résolution qui
importe, et non pas la mienne que je ferais en pure perte.

LISETTE. Elle a raison, Monsieur ; c'est votre parole qui règle tout ;
partez[3].

DAMIS. Moi, commencer ! cela ne me siérait point, ce serait violer
les devoirs d'un galant homme, et je ne perdrai point le respect, s'il
vous plaît.

LISETTE. Vous l'épouserez par respect ; car ce n'est que du galimatias que toutes ces raisons-là ; j'en reviens à vous, Madame.

---

1. Le manuscrit a un texte plus bref : *il n'en est rien, j'applaudis à votre
indifférence.* La phrase *ils se la promettaient* était également supprimée.
2. La phrase *j'ai vu le péril, et il n'y paraît pas* manque dans le manuscrit.   **3.** C'est-à-dire *commencez.* Faute de le comprendre, les éditions courantes portent *parlez* pour *partez* qui est pourtant le texte de toutes les
éditions anciennes, y compris même celle de Duviquet.

LUCILE. Et moi, je m'en tiens à ce que j'ai dit : Car il n'y a point de réplique. Mais que Monsieur s'explique, qu'on sache ses intentions sur la difficulté qu'il fait : est-ce respect ? est-ce égard ? est-ce badinage ? est-ce tout ce qu'il vous plaira ? Qu'il se détermine : il faut parler *naturellement dans la vie.

LISETTE. Monsieur vous dit qu'il est trop poli pour être naturel.

DAMIS. Il est vrai que je n'ose m'expliquer.

LISETTE. Il vous attend.

LUCILE, *brusquement* [1]. Eh bien ! terminons donc, s'il n'y a que cela qui vous arrête, Monsieur ; voici mes sentiments : je ne veux point être mariée, et je n'en eus jamais moins d'envie que dans cette occasion-ci ; ce discours est net et sous-entend tout ce que la bienséance veut que je vous épargne. Vous passez pour un homme d'honneur, Monsieur ; on fait l'éloge de votre caractère, et c'est aux soins que vous vous donnerez pour me tirer de cette affaire-ci, c'est aux services que vous me rendrez là-dessus que je reconnaîtrai la vérité de tout ce qu'on m'a dit de vous. Ajouterai-je encore une chose ? Je puis avoir le cœur prévenu [2], je pense qu'en voilà assez, Monsieur, et que ce que je dis là vaut bien un serment de ne vous épouser jamais ; serment que je fais pourtant, si vous le trouvez nécessaire. Cela suffit-il ?

DAMIS. Eh ! Madame, c'en est fait, et vous n'avez rien à craindre. Je ne suis point de caractère à persécuter les dispositions où je vous vois ; elles excluent notre mariage ; et quand ma vie en dépendrait, quand mon cœur vous regretterait, ce qui ne serait pas difficile à croire, je vous sacrifierais et mon cœur et ma vie, et vous les sacrifierais sans vous le dire ; c'est à quoi je m'engage, non par des serments qui ne signifieraient rien, et que je fais pourtant comme vous si vous les exigez, mais parce que votre cœur, parce que la raison, mon honneur et ma probité dont vous l'exigez, le veulent ; et comme il faudra nous voir, et que je ne saurais partir ni vous quitter sur-le-champ, si, pendant le temps que nous nous verrons, il m'allait par hasard échapper quelque discours qui pût vous alarmer, je vous conjure d'avance de n'y rien voir contre ma parole, et de ne l'attribuer qu'à l'impossibilité qu'il y aurait de n'être pas galant avec ce qui vous ressemble. Cela dit, je ne vous demande plus qu'une grâce ; c'est de m'aider à vous débarrasser de moi, et de vouloir bien que

---

1. L'indication *brusquement* manque dans le manuscrit.   **2.** En voilà assez pour piquer sourdement la jalousie de Damis.

je n'essuie point tout seul les reproches de nos parents : il est juste que nous les partagions, vous les méritez encore plus que moi. Vous craignez plus l'époux que le mariage, et moi je ne craignais que le dernier. Adieu, Madame ; il me tarde de vous montrer que je suis du moins digne de quelque estime.

Il se retire.

LISETTE. Mais vous vous en allez sans prendre de mesures.

DAMIS. Madame m'a dit qu'elle avait une sœur à qui je puis feindre de m'attacher ; c'est déjà un moyen d'indiqué.

LUCILE, *triste*. Et d'ailleurs nous aurons le temps de nous revoir[1]. Suivez Monsieur, Lisette, puisqu'il s'en va, et voyez si personne ne regarde !

DAMIS, *à part, en sortant*. Je suis au désespoir.

Scène VII

LUCILE, *seule*

LUCILE. Ah ! il faut que je soupire, et ce ne sera pas pour la dernière fois. Quelle aventure pour mon cœur ! Cette misérable Lisette, où a-t-elle été imaginer tout ce qu'elle vient de nous faire dire ?

ACTE II

Scène première

MONSIEUR ORGON, LISETTE

MONSIEUR ORGON, *comme déjà parlant*. Je ne le vante point plus qu'il ne vaut[2], mais je crois qu'en fait d'*esprit et de figure, on aurait de la peine à trouver mieux que Damis ; à l'égard des qualités du cœur et du caractère, l'éloge qu'on en fait est général, et sa physionomie dit qu'il le mérite.

LISETTE. C'est mon avis.

---

1. Édition originale : *de vous revoir.* 2. Texte des éditions anciennes. Conformément à un usage qui commence à se répandre à son époque, Duviquet corrige en *plus qu'il ne le vaut*, et ce texte passe dans presque toutes les éditions modernes.

MONSIEUR ORGON. Mais ma fille pense-t-elle comme nous ? C'est pour le savoir que je te parle.

LISETTE. En doutez-vous, Monsieur ? Vous la connaissez. Est-ce que le mérite lui échappe ? Elle tient de vous, premièrement.

MONSIEUR ORGON. Il faut pourtant bien qu'elle n'ait pas fait grand accueil à Damis, et qu'il ait remarqué de la froideur dans ses manières.

LISETTE. Il les a vues tempérées, mais jamais froides.

MONSIEUR ORGON. Qu'est-ce que c'est que tempérées ?

LISETTE. C'est comme qui dirait... entre le froid et le chaud.

MONSIEUR ORGON. D'où vient donc qu'on voit Damis parler plus volontiers à sa sœur ?

LISETTE. C'est Damis, par exemple, qui a la clef de ce secret-là.

MONSIEUR ORGON. Je crois l'avoir aussi, moi ; c'est apparemment qu'il voit que Lucile a de l'éloignement pour lui.

LISETTE. Je crois avoir à mon tour la clef d'un autre secret : je pense que Lucile ne traite froidement Damis que parce qu'il n'a pas d'empressement pour elle.

MONSIEUR ORGON. Il ne s'éloigne que parce qu'il est mal reçu.

LISETTE. Mais, Monsieur, s'il n'était mal reçu que parce qu'il s'éloigne ?

MONSIEUR ORGON. Qu'est-ce que c'est que ce jeu de mots-là ? Parle-moi *naturellement : ma fille te dit ce qu'elle pense. Est-ce que Damis ne lui convient pas ? Car enfin, il se plaint de l'accueil de Lucile.

LISETTE. Il se plaint, dites-vous ! Monsieur, c'est un fripon, sur ma parole ; je lui soutiens qu'il a tort ; il sait bien qu'il ne nous aime point.

MONSIEUR ORGON. Il assure le contraire.

LISETTE. Eh ! où est-il donc, cet amour qu'il a ? Nous avons regardé dans ses yeux, il n'y a rien ; dans ses paroles, elles ne disent mot ; dans le son de sa voix, rien ne marque ; dans ses procédés, rien ne sort ; de *mouvements de cœur, il n'en perce aucun. Notre vanité, qui a des yeux de lynx, a fureté partout ; et puis Monsieur viendra dire qu'il a de l'amour, à nous qui devinons qu'on nous aimera avant qu'on nous aime, qui avons des nouvelles du cœur d'un amant avant qu'il en ait lui-même ! Il nous fait là de beaux contes, avec son amour imperceptible !

MONSIEUR ORGON. Il y a là-dedans quelque chose que je ne

comprends pas. N'est-ce pas là son valet ? Apparemment qu'il te cherche.

Scène II

MONSIEUR ORGON, LISETTE, FRONTIN

MONSIEUR ORGON, *à Frontin, qui se retire*. Approche, approche ; pourquoi t'enfuis-tu ?

FRONTIN. Monsieur, c'est que nous ne sommes pas extrêmement camarades.

MONSIEUR ORGON. Viens toujours, à cela près.

FRONTIN. Sérieusement, Monsieur ?

MONSIEUR ORGON. Viens, te dis-je.

FRONTIN. Ma foi, Monsieur, comme vous voudrez : on m'a quelquefois dit que ma conversation en valait bien une autre, et j'y mettrai tout ce que j'ai de meilleur. Où en êtes-vous ? La Bourgogne, dit-on, a donné beaucoup cette année-ci ; cela fait plaisir. On dit que les Turcs à Constantinople...

MONSIEUR ORGON. Halte-là, laissons Constantinople.

LISETTE. Il en sortirait aussi légèrement que de Bourgogne.

FRONTIN. Je vous menais en Champagne un instant après ; j'aime les pays de vignoble, moi.

MONSIEUR ORGON. Point d'écart, Frontin, parlons un peu de votre maître. Dites-moi confidemment, que pense-t-il sur le mariage en question ? son cœur est-il d'accord avec nos desseins ?

FRONTIN. Ah ! Monsieur, vous me parlez là d'un cœur qui mène une triste vie ; plus je vous regarde, et plus je m'y perds. Je vois des cruautés dans vos enfants qu'on ne devinerait pas à la douceur de votre visage.

Lisette hausse les épaules.

MONSIEUR ORGON. Que veux-tu dire avec tes cruautés ? De qui parles-tu ?

FRONTIN. De mon maître, et des peines secrètes qu'il souffre de la part de Mademoiselle votre fille.

LISETTE. Cet effronté qui vous fait un roman ! Qu'a-t-on fait à ton maître, dis ? Où sont les chagrins qu'on a eu le temps de lui donner ? Que nous a-t-il dit jusqu'ici ? Que voit-on de lui que des révérences ? Est-ce en fuyant que l'on dit qu'on aime ? Quand on a de l'amour pour une sœur aînée, est-ce à sa sœur cadette à qui on va le dire ?

FRONTIN. Ne trouvez-vous pas cette fille-là bien revêche, Monsieur ?

MONSIEUR ORGON. Tais-toi, en voilà assez ; tout ce que j'entends me fait juger qu'il n'y a, peut-être, que du malentendu dans cette affaire-ci. Quant à ma fille, dites-lui, Lisette, que je serais très fâché d'avoir à me plaindre d'elle : c'est sur sa parole que j'ai fait venir Damis et son père ; depuis qu'elle a vu le fils, il ne lui déplaît pas, à ce qu'elle dit ; cependant ils se fuient, et je veux savoir qui des deux a tort ; car il faut que cela finisse.

Il s'en va.

Scène III

FRONTIN, LISETTE, *se regardant quelque temps*

LISETTE. Demandez-moi pourquoi ce faquin-là me regarde tant !

FRONTIN *chante*. La la ra la ra.

LISETTE. La la ra ra.

FRONTIN. Oui-da, il y a de la voix, mais point de méthode.

LISETTE. Va-t'en ; qu'est-ce que tu fais ici ?

FRONTIN. J'étudie tes sentiments sur mon compte.

LISETTE. Je pense que tu n'es qu'un sot ; voilà tes études faites. Adieu.

Elle veut s'en aller.

FRONTIN *l'arrête*. Attends, attends, j'ai à te parler sur nos affaires. Tu m'as la mine d'avoir le goût fin ; j'ai peur de te plaire, et nous voici dans un cas qui ne le veut point.

LISETTE. Toi, me plaire ! Il faut donc que tu n'aies jamais rencontré ta grimace nulle part, puisque tu le crains. Allons, parle, voyons ce que tu as à me dire ; hâte-toi, sinon je t'apprendrai ce que valent mes yeux, moi.

FRONTIN. Ahi ! j'ai la moitié du cœur emporté de ce coup d'œil-là. Bon *quartier, ma fille, je t'en conjure ; ménageons-nous, nos intérêts le veulent ; je ne suis resté que pour te le dire.

LISETTE. Achève, de quoi s'agit-il ?

FRONTIN. Tu me parais être [1] le mieux du monde avec ta maîtresse.

---

1. Duviquet et les éditeurs modernes suppriment ici à tort le mot *être*.

LISETTE. C'est moi qui suis la sienne : je la *gouverne.

FRONTIN. Bon ! les rangs ne sont pas mieux observés entre mon maître et moi ; supposons à présent que ta maîtresse se marie.

LISETTE. Mon autorité expire, et le mari me succède.

FRONTIN. Si mon maître prenait femme, c'est un ménage qui tombe en quenouille ; nous avons donc intérêt qu'ils gardent tous deux le célibat.

LISETTE. Aussi ai-je défendu à ma maîtresse d'en sortir, et heureusement son obéissance ne lui coûte rien.

FRONTIN. Ta pupille est d'un caractère rare ; pour mon jeune homme, il hait naturellement le nœud conjugal, et je lui laisse la vie de garçon ; ces Messieurs-là se *sauvent ; le pays est bon pour les maraudeurs. Or, il s'agit de conserver nos postes ; les pères de nos jeunes gens sont attaqués de vieillesse, maladie incurable et qui menace de faire bientôt des orphelins ; ces orphelins-là nous reviennent, ils tombent dans notre lot ; ils sont d'âge à entrer dans leurs droits, et leurs droits nous mettront dans les nôtres. Tu m'entends bien ?

LISETTE. Je suis au fait, il ne faut pas que ce que tu dis soit plus clair.

FRONTIN. Nous réglerons fort bien chacun notre ménage.

LISETTE. Oui-da ; c'est un embarras qu'on prend volontiers, quand on aime le bien d'un maître.

FRONTIN. Si nous nous aimions tous deux, nous n'écarterions plus l'amour que nos orphelins pourraient prendre l'un pour l'autre ; ils se marieraient, et adieu nos droits.

LISETTE. Tu as raison, Frontin, il ne faut pas nous aimer.

FRONTIN. Tu ne dis pas cela d'un ton ferme.

LISETTE. Eh ! c'est que la nécessité de nous haïr gâte tout.

FRONTIN. Ma fille, brouillons-nous ensemble.

LISETTE. Les parties méditées ne réussissent jamais.

FRONTIN. Tiens, disons-nous quelques injures pour mettre un peu de rancune entre l'amour et nous : je te trouve laide, par exemple. Hé bien ! tu ne souffles pas !

LISETTE, *riant*. Bon ! c'est que tu n'en crois rien.

FRONTIN. Quoi ! vous pensez, ma mie... Morbleu ! détourne ton visage, il fait peur à mes injures.

LISETTE. Je ne sais plus ce que sont devenues toutes les laideurs du tien.

FRONTIN. Nous nous ruinons, ma fille.

LISETTE. Allons, ranimons-nous, voilà qui est fini : tiens, je ne saurais te souffrir.

FRONTIN. Quelqu'un vient, je n'ai pas le temps de m'acquitter, mais vous n'y perdrez rien, petite fille.

Scène IV

LISETTE, FRONTIN, PHÉNICE

PHÉNICE. Je suis bien aise de vous trouver là, Frontin, surtout avec Lisette, qui rendra compte à ma sœur de ce que je vais vous dire ; voici plusieurs fois dans ce jour que j'évite Damis, qui s'obstine à me suivre, à me parler, tout destiné qu'il est à ma sœur ; et comme il ne se corrige point, malgré tout ce que je lui ai pu dire, je suis charmée qu'on sache mes sentiments là-dessus, et Lisette me sera témoin que je vous charge de lui rapporter ce que vous venez d'entendre, et que je le prie nettement de me laisser en repos.

FRONTIN. Non, Madame, je ne saurais ; votre commission n'est pas faisable ; je ne rapporte jamais rien que de gracieux à mon maître ; et d'ailleurs il n'est pas possible que le plus galant homme de la terre ait pu vous ennuyer.

LISETTE. Le plus galant homme de la terre me paraît admirable, à moi ! On lui destine tout ce qu'il y a de plus *aimable dans le monde, et Monsieur n'est pas content ; apparemment qu'il n'y voit goutte.

PHÉNICE. Qu'est-ce que cela veut dire, il n'y voit goutte ? Doucement, Lisette ; personne n'est plus aimable que ma sœur ; mais que je la vaille ou non, ce n'est pas à vous à en décider.

LISETTE. Je n'attaque personne, Madame ; mais qu'un homme quitte ma maîtresse et fasse un autre choix, il n'y a pas à le *marchander : c'est un homme sans goût ; ce sont de ces choses décidées, depuis qu'il y a des hommes. Oui, sans goût, et je n'aurais qu'un moment à vivre qu'il faudrait que je l'employasse à me moquer de lui ; je ne pourrais pas m'en passer ; sans goût.

PHÉNICE. Je ne m'arrêtais pas ici pour lier conversation avec vous : mais en quoi, s'il vous plaît, serait-il si digne d'être moqué ?

LISETTE. Ma réponse est sur le visage de ma maîtresse.

FRONTIN. Si celui de Madame voulait s'aider, vous ne brilleriez guère.

PHÉNICE, *s'en allant*. Vos discours sont impertinents, Lisette, et l'on m'en fera raison.

Scène V[1]

LISETTE, FRONTIN, *un moment seuls*, LUCILE

FRONTIN, *en riant*. Nous lui avons donné là une bonne petite dose d'émulation ; continuons, ma fille ; le feu prend partout, et le mariage s'en ira en fumée. Adieu, je me retire : voilà ta maîtresse qui accourt ; confirme-la dans ses dégoûts.

Il s'en va.

LUCILE. Que se passe-t-il donc ici ? Vous parliez bien haut avec ma sœur, et je l'ai vu de loin comme en colère. D'un autre côté, mon père ne me parle point. Qu'avez-vous donc fait ? D'où cela vient-il ?

LISETTE. Réjouissez-vous, Madame, nous vous débarrasserons de Damis.

LUCILE. Fort bien, je gage que ce que vous me dites là me pronostique quelque coup d'*étourdie.

LISETTE. Ne craignez rien, vous ne demandez qu'un prétexte légitime pour le refuser, n'est-il pas vrai ? Hé bien ! j'ai travaillé à vous en donner un ; et j'ai si bien fait, que votre sœur est actuellement éprise de lui ; ce qui nous produira quelque chose.

LUCILE. Ma sœur actuellement éprise de lui ! Je ne vois pas trop à quoi ce moyen *hétéroclite[2] peut m'être bon. Ma sœur éprise ! Et en vertu de quoi le serait-elle ? Et d'où vient qu'il faut qu'elle le soit ?

LISETTE. N'est-on pas convenu que Damis ferait la cour à votre sœur ? Si avec cela elle vient à l'aimer, vous pouvez vous retirer sans qu'on ait le mot à vous dire ; je vous défie d'imaginer rien de plus adroit : écoutez-moi.

LUCILE. Supprimez l'éloge de votre adresse ; point de réponse qui aille à côté de ce qu'on vous demande[3] : vous parlez de Damis, ne le quittez point ; finissons ce sujet-là.

LISETTE. J'achève ; Frontin était avec moi ; votre sœur l'a vu, elle est venue lui parler.

LUCILE. Damis n'est point encore là, et je l'attends.

LISETTE. De quelle humeur êtes-vous donc aujourd'hui, Madame ?

LUCILE. Bon ! régalez-moi, par-dessus le marché, d'une réflexion sur mon humeur.

---

1. Cette scène porte le n° VI dans le manuscrit.   **2.** Le mot *hétéroclite* manque dans le manuscrit.   **3.** La phrase *point de réponse qui aille à côté de ce qu'on vous demande* manque dans le manuscrit.

LISETTE. Donnez-moi donc le temps de vous parler. Frontin, lui a-t-elle dit, votre maître ne s'adresse qu'à moi, quoique destiné à ma sœur ; on croit que j'y contribue, cela me déplaît, et je vous charge de l'en instruire.

LUCILE. Eh bien ! que m'importe que ma sœur ait une vanité ridicule ? Je la confondrai quand il me plaira.

LISETTE. Gardez-vous-en bien. J'en ai senti tout l'avantage pour vous, de cette vanité-là ; je l'ai agacée, je l'ai piquée d'honneur ; mon ton vous aurait réjouie.

LUCILE. Point du tout, je le vois d'ici ; passez.

LISETTE. Damis est *joli de négliger ma maîtresse ! ai-je dit en riant.

LUCILE. Lui, me négliger ? Mais il ne me néglige point. Où avez-vous pris cela ? Il obéit à nos conventions, cela est différent.

LISETTE. Je le sais bien ; mais il faut cacher ce secret-là, et j'ai continué sur le même ton. Le parti qu'il prend est comique, ai-je ajouté. Qu'est-ce que c'est que comique ? a repris votre sœur. C'est du divertissant, ai-je dit. Vous plaisantez, Lisette. Je dis mon sentiment, Madame. Il est vrai que ma sœur est *aimable, mais d'autres le sont aussi. Je ne connais point ces autres-là, Madame. Vous me choquez. Je n'y tâche point. Vous êtes une sotte. J'ai de la peine à le croire. Taisez-vous. Je me tais. Là-dessus elle est partie avec des appas révoltés, qui se promettent bien de l'emporter sur les vôtres ; qu'en dites-vous ?

LUCILE. Ce que j'en dis ? Que je vous ai mille obligations[1], que mon affront est complet, que ma sœur triomphe, que j'entends d'ici les airs qu'elle se donne, qu'elle va me croire attaquée de la plus basse jalousie du monde, et qu'on ne saurait être plus humiliée que je le suis.

LISETTE. Vous me surprenez ! N'avez-vous pas dit vous-même à Damis de paraître s'attacher à elle ?

LUCILE. Vous confondez grossièrement les idées, et dans un petit *génie comme le vôtre, cela est à sa place. Damis, en feignant d'aimer ma sœur, me donnait une raison toute naturelle de dire : Je n'épouse point un homme qui paraît en aimer une autre. Mais refuser d'épouser un homme, ce n'est pas être jalouse de celle qu'il aime, entendez-vous ? Cela change d'espèce ; et c'est cette distinction-là qui vous *passe ; c'est ce qui fait que je suis trahie, que je suis la victime de votre petit esprit, que ma sœur est devenue sotte,

---

1. Les mots *Que je vous ai mille obligations* manquent dans le manuscrit.

et que je ne sais plus où j'en suis. Voilà tout le produit de votre
zèle, voilà comme on gâte tout quand on n'a point de tête. À quoi
m'exposez-vous ? Il faudra donc que j'humilie ma sœur, à mon tour,
avec ses appas révoltés[1] ?

LISETTE. Vous ferez ce qu'il vous plaira ; mais j'ai cru que le plus
sûr était d'engager votre sœur à aimer Damis, et peut-être Damis à
l'aimer, afin que vous eussiez raison d'être fâchée et de le refuser.

LUCILE. Quoi ! vous ne sentez pas votre impertinence, dans
quelque sens que vous la preniez ? Eh ! pourquoi voulez-vous que
ma sœur aime Damis ? Pourquoi travailler à l'entêter d'un homme
qui ne l'aimera[2] point ? Vous a-t-on demandé cette perfidie-là contre
elle ? Est-ce que je suis assez son ennemie pour cela ? Est-ce qu'elle
est la mienne ? Est-ce que je lui veux du mal ? Y a-t-il de cruauté
pareille au piège que vous lui tendez ? Vous faites le malheur de sa
vie, si elle y tombe ; vous êtes donc méchante ? vous avez donc supposé que je l'étais ? Vous me pénétrez d'une vraie douleur pour elle.
Je ne sais s'il ne faudra point l'avertir ; car il n'y a point de jeu dans
cette affaire-ci. Damis lui-même sera peut-être forcé de l'épouser
malgré lui. C'est perdre deux personnes à la fois. Ce sont deux destinées que je rends funestes. C'est un reproche éternel à me faire ; et
je suis désolée.

LISETTE. Hé bien, Madame, ne vous alarmez point tant ; allez,
consolez-vous ; car je crois que Damis l'aime, et qu'il s'y livre de tout
son cœur.

LUCILE. Oui-da ! Voilà ce que c'est ; parce que vous ne savez plus
que dire, les cœurs à donner ne vous coûtent plus rien, vous en
faites bon marché, Lisette ! Mais voyons, répondez-moi ; c'est votre
conscience que j'interroge[3]. Si Damis avait un parti à prendre,
doutez-vous qu'il ne me préférât pas à ma sœur ? Vous avez dû
remarquer qu'il aurait[4] moins d'éloignement pour moi que pour
elle, assurément.

LISETTE. Non, je n'ai point fait cette remarque-là.

─────────

1. Les mots *avec ses appas révoltés* manquent dans le manuscrit. Ils
avaient dû susciter des moqueries parmi les spectateurs.   **2.** L'édition
Neaulme porte *qui ne l'aime*. Ce simple détail montre que l'édition Prault
est préférable.   **3.** Les mots *vous en faites bon marché, voyons, c'est votre
conscience que j'interroge* manquent dans le manuscrit.   **4.** Texte du
manuscrit. Les éditions portent *avoit* pour *auroit*. Sans être impossible, ce
texte est moins en accord avec le tour hypothétique qui précède (*qu'il ne
me préférât*).

LUCILE. Non ? Vous êtes donc aveugle, impertinente que vous êtes ? Du moins mentez sans me manquer de respect.

LISETTE. Ce n'est pas que vous ne valiez mieux qu'elle ; mais tous les jours on laisse le plus pour prendre le moins.

LUCILE. Tous les jours ? Vous êtes bien hardie de mettre l'exception à la place de la règle générale.

LISETTE. Oh ! il est inutile de tant crier ; je ne m'en mêlerai plus, *accommodez-vous, ce n'est pas moi qu'on menace de marier et vous n'avez qu'à dire vos raisons à ceux qui viennent ; défendez-vous à votre fantaisie.

Elle sort.

Scène VI

LUCILE, *seule*

LUCILE. Hélas ! tu ne sais pas ce que je souffre [1], ni toute la douleur et tout le penchant dont je suis agitée !

Scène VII

MONSIEUR ORGON, MONSIEUR ERGASTE, DAMIS, LUCILE

MONSIEUR ORGON. Ma fille, nous vous amenons, Monsieur Ergaste et moi, quelqu'un dont il faut que vous guérissiez l'esprit d'une erreur qui l'afflige : c'est Damis. Vous savez nos desseins, vous y avez consenti ; mais il croit vous déplaire, et dans cette idée-là, à peine ose-t-il vous aborder.

MONSIEUR ERGASTE. Pour moi, Madame, malgré toute la joie que j'aurais d'un mariage qui doit m'unir de plus près à mon meilleur ami, je serais au désespoir qu'il s'achevât, s'il vous répugne.

LUCILE. Jusqu'ici, Monsieur, je n'ai rien fait qui puisse donner cette pensée-là ; on ne m'a point vu de répugnance.

DAMIS. Il est vrai, Madame, j'ai cru voir que je ne vous convenais point.

LUCILE. Peut-être aviez-vous [2] envie de le voir.

DAMIS. Moi, Madame ? je n'aurais donc ni goût ni raison.

---

1. Ici s'arrête la réplique dans le manuscrit.   **2.** Le manuscrit porte *avez-vous*. Le présent est presque aussi satisfaisant que l'imparfait.

Monsieur Orgon. Ne le disais-je pas ? Dispute de délicatesse que tout cela ; rendez-vous plus de justice à tous deux. Monsieur Ergaste, les gens de notre âge effarouchent les éclaircissements ; promenons-nous de notre côté ; pour vous, mes enfants, qui ne vous haïssez pas, je vous donne deux jours pour terminer vos débats ; après quoi je vous marie ; et ce sera dès demain, si on me raisonne.

Ils se retirent.

Scène VIII

LUCILE, DAMIS

Damis. Dès demain, si on me raisonne ! Hé bien ! Madame, dans ce qui vient de se passer, j'ai fait du mieux que j'ai pu ; j'ai tâché, dans mes réponses, de ménager vos dispositions et la bienséance ; mais que pensez-vous de ce qu'ils disent ?

Lucile. Qu'effectivement ceci commence à devenir difficile.

Damis. Très difficile, *au moins.

Lucile. Oui, il en faut convenir, nous aurons de la peine à nous tirer d'affaire.

Damis. Tant de peine, que je ne voudrais pas gager que nous nous en tirions.

Lucile. Comment ferons-nous donc ?

Damis. Ma foi, je n'en sais rien.

Lucile. Vous n'en savez rien, Damis ; voilà qui est à merveille ; mais je vous avertis d'y songer pourtant ; car je ne suis pas obligée d'avoir plus d'imagination que vous.

Damis. Oh ! parbleu, Madame, je ne vous en demande pas au-delà de ce que j'en ai, non plus ; cela ne serait pas juste.

Lucile. Mais prenez donc garde ; si nous en manquons l'un et l'autre, comme il y a toute apparence, je vous prie de me dire où cela nous conduira.

Damis. Je dirai encore de même : je n'en sais rien, et nous verrons.

Lucile. Le prenez-vous sur ce ton-là, Monsieur ? Oh ! j'en dirai bien autant : je n'en sais rien, et nous verrons.

Damis. Mais oui, Madame, nous verrons ; je n'y sache que cela, moi. Que puis-je répondre de mieux ?

Lucile. Quelque chose de plus net, de plus positif, de plus clair ; *nous verrons* ne signifie rien ; nous verrons qu'on nous mariera, voilà ce que nous verrons : êtes-vous curieux de voir cela ? Car votre tranquillité m'enchante ; d'où vous vient-elle ? Quoi ? que voulez-vous dire ? Vous fiez-vous à ce que votre père et le mien voient que leur projet ne vous plaît pas ? Vous pourriez vous y tromper.

DAMIS. Je m'y tromperais sans difficulté ; car ils ne voient point ce que vous dites là.

LUCILE. Ils ne le voient point ?

DAMIS. Non, Madame, ils ne sauraient le voir ; cela n'est pas possible ; il y a de certaines figures, de certaines physionomies qu'on ne saurait soupçonner d'être indifférentes. Qui est-ce qui croira que je ne vous aime pas, par exemple ? Personne. Nous avons beau faire, il n'y a pas d'*industrie qui puisse le persuader.

LUCILE. Cela est vrai, vous verrez que tout le monde est aveugle ! Cependant, Monsieur, comme il s'agit ici d'affaires sérieuses, voudriez-vous bien supprimer votre *qui est-ce qui croira,* qui n'est pas de mon goût, et qui a tout l'air d'une plaisanterie que je ne mérite pas [1]. Car, que signifient, je vous prie, ces physionomies qu'on ne saurait soupçonner d'être indifférentes ? Eh ! que sont-elles donc ? je vous le demande. De quoi voulez-vous qu'on les soupçonne ? Est-ce qu'il faut absolument qu'on les aime ? Est-ce que j'ai une de ces physionomies-là, moi ? Est-ce qu'on ne saurait s'empêcher de m'aimer quand on me voit ? Vous vous trompez, Monsieur, il en faut tout rabattre [2] ; j'ai mille preuves du contraire, et je ne suis point de ce sentiment-là. Tenez, j'en suis aussi peu que vous, qui vous divertissez à faire semblant d'en être ; et vous voyez ce que deviennent ces sortes de compliments [3] quand on les *presse.

DAMIS. Il vous est fort aisé de les réduire à rien, parce que je vous laisse dire, et que moyennant quoi [4], vous en faites ce qui vous plaît ; mais je me tais, Madame, je me tais.

LUCILE. Je me tais, Madame, je me tais. Ne dirait-on pas que vous y entendez finesse, avec votre sérieux ? Qu'est-ce que c'est que ces discours-là, que j'ai la sotte bonté de relever, et qui nous écartent ? Est-ce que vous avez envie de vous dédire ?

DAMIS. Ne vous ai-je pas dit, Madame, qu'il pourrait, dans la

---

1. La phrase qui commence à *Cependant*... et finit ici manque dans le manuscrit.   2. Les mots *il en faut tout rabattre* manquent dans le manuscrit.   3. Texte du manuscrit. Les éditions portent *ces sortes de sentiments*. La faute provient d'une répétition du mot *sentiment*, un peu plus haut.   4. Les éditions de 1758 et suivantes portent *moyennant cela*.

conversation, m'échapper des choses qui ne devaient[1] point vous alarmer ? Soyez donc tranquille ; vous avez ma parole, que je tiendrai[2].

LUCILE. Vous y êtes aussi intéressé que moi.

DAMIS. C'est une autre affaire.

LUCILE. Je crois que c'est la même.

DAMIS. Non, Madame, toute différente : car enfin, je pourrais vous aimer.

LUCILE. Oui-da ! mais je serais pourtant bien aise de savoir ce qui en est, à vous parler vrai.

DAMIS. Ah ! c'est ce qui ne se peut pas, Madame ; j'ai promis de me taire là-dessus. J'ai de l'amour, ou je n'en ai point ; je n'ai pas juré de n'en point avoir ; mais j'ai juré de ne le point dire en cas que j'en eusse, et d'agir comme s'il n'en était rien. Voilà tous les engagements que vous m'avez fait prendre, et que je dois respecter de peur du reproche. Du reste, je suis parfaitement le maître, et je vous aimerai, s'il me plaît ; ainsi, peut-être que je vous aime, peut-être que je me sacrifie, et ce sont mes affaires.

LUCILE. Mais voilà qui est extrêmement commode ! Voyez avec quelle légèreté Monsieur traite cette matière-là ! Je vous aimerai, s'il me plaît ; peut-être que je vous aime ? Pas plus de façon que cela ; que je l'approuve ou non, on n'a que faire que je le sache, il faut donc prendre patience. Mais dans le fond, si vous m'aimiez avec cet air dégagé que vous avez, vous seriez assurément le plus grand comédien du monde, et ce *caractère-là n'est pas des plus *honnêtes à porter, entre vous et moi.

DAMIS. Dans cette occasion-ci, il serait plus *fatigant que *malhonnête[3].

LUCILE. Quoi qu'il en soit, en voilà assez ; je m'aperçois que ces plaisanteries-là tendent à me dégoûter de la conversation. Vous vous ennuyez, et moi aussi ; séparons-nous. Voyez si mon père et le vôtre ne sont plus dans le jardin, et quittons-nous, s'ils ne nous observent plus.

DAMIS. Eh ! non, Madame ; il n'y a qu'un moment que nous sommes ensemble.

---

1. Texte de l'édition de 1758 et des éditions ultérieures : *qui ne doivent*.
2. Texte du manuscrit : *vous avez ma parole que je vous tiendrai*.
3. Dans la réplique de Lucile qui précède, le mot *honnête* a presque le sens moderne. Dans la réplique de Damis, *malhonnête* comporte aussi le sens, habituel à l'époque, de contraire à la politesse. Pour *fatigant* (difficile à soutenir), voir le Glossaire.

Scène IX

DAMIS, LUCILE, LISETTE

LISETTE. Madame, il vient d'arriver compagnie, qui est dans la *salle avec Monsieur Orgon, et il m'envoie vous dire qu'on va se mettre au jeu.

LUCILE. Moi jouer ! Eh ! mais mon père sait bien que je ne joue jamais qu'à contrecœur ; dites-lui que je le prie de m'en dispenser.

LISETTE. Mais, Madame, la compagnie vous demande.

LUCILE. Oh ! que la compagnie attende ; dites que vous ne me trouvez pas.

LISETTE. Et Monsieur, vient-il ? apparemment qu'il joue ?

DAMIS. Moi, je ne connais pas les cartes.

LUCILE. Allez, dites à mon père que je vais dans mon cabinet, et que je ne me montrerai qu'après que les parties seront commencées.

LISETTE, *en s'en allant*. Que diantre veulent-ils dire, de ne venir ni l'un ni l'autre ?

Scène X

DAMIS, LUCILE

DAMIS, *d'un air embarrassé*. Vous n'aimez donc pas le jeu, Madame ?

LUCILE. Non, Monsieur.

DAMIS. Je me sais bon gré de vous ressembler en cela.

LUCILE. Ce n'est là ni une vertu ni un défaut ; mais, Monsieur, puisqu'il y a compagnie, que n'y allez-vous ? Elle vous amuserait.

DAMIS. Je ne suis pas en humeur de chercher des amusements.

LUCILE. Mais est-ce que vous restez avec moi ?

DAMIS. Si vous me le permettez.

LUCILE. Vous n'avez pourtant rien à me dire.

DAMIS. En ce moment, par exemple, je rêve à notre aventure [1], elle est si singulière, qu'elle devrait être unique.

LUCILE. Mais je crois qu'elle l'est aussi.

DAMIS. Non, Madame, elle ne l'est point. Il n'y a pas plus de six

---

1. Texte de l'édition originale et de l'édition de 1758. L'édition Neaulme et les éditions modernes — qui pourtant n'en procèdent pas — portent : *de votre aventure*.

mois qu'un de mes amis et une personne qu'on voulait qu'il épousât, se sont trouvés tous deux dans le même cas que vous et moi :
même résolution avant que de se connaître, de ne point se marier,
même convention entre eux, mêmes promesses que moi de la
défaire de lui.

LUCILE. C'est-à-dire qu'il y manqua ; cela n'est pas rare.

DAMIS. Non, Madame, il les tint : mais notre cœur se moque de
nos résolutions.

LUCILE. Assez souvent, à ce qu'on dit.

DAMIS. La dame en question était très *aimable ; beaucoup moins
que vous pourtant. Voilà toute la différence que je trouve dans cette
histoire.

LUCILE. Vous êtes bien galant.

DAMIS. Non, je ne suis qu'*historien exact ; au reste, Madame, je
vous raconte ceci dans la bonne foi, pour nous entretenir et sans
aucun dessein.

LUCILE. Oh [1] ! je n'en imagine pas davantage ; poursuivez. Qu'ar-
riva-t-il entre la dame et votre ami ?

DAMIS. Qu'il l'aima.

LUCILE. Cela était embarrassant.

DAMIS. Oui, certes ; car il s'était engagé à se taire aussi bien que
moi.

LUCILE. Vous m'allez dire qu'il parla ?

DAMIS. Il n'eut garde à cause de la parole donnée, et il ne vit qu'un
parti à prendre, qui est singulier ; ce fut de lui dire, comme je vous
disais tout à l'heure, ou je vous aime, ou je ne vous aime pas, et
d'ajouter qu'il ne s'enhardirait à dire la vérité que lorsqu'il la verrait
elle-même un peu *sensible ; je fais un récit, souvenez-vous-en.

LUCILE. Je le sais ; mais votre ami était un impertinent, de proposer
à une femme de parler la première ! Il faudrait être bien affamée
d'un cœur [2] pour l'acheter à ce prix-là.

DAMIS. La dame en question n'en jugea pas comme vous, Madame ; il est vrai qu'elle avait du penchant pour lui.

LUCILE. Ah ! c'est encore pis. Quel lâche abus de la faiblesse d'un
cœur ! C'est dire à une femme : Veux-tu savoir mon amour ? subis

---

1. L'exclamation *Oh !* manque dans le manuscrit.   2. Texte des éditions
anciennes, celle de Duviquet comprise. De nombreuses éditions modernes
portent par erreur *affamée de cœur*. — Toute la phrase (depuis *Il faudrait*)
manque dans le manuscrit.

l'opprobre de m'avouer le tien ; déshonore-toi, et je t'instruis. Quelle épouvantable chose ! et le vilain ami que vous avez là !

DAMIS. Prenez garde ; cette dame sentit que cette proposition, toute horrible qu'elle vous paraît, ne venait que de son respect et de sa crainte, et que son cœur n'osait se risquer sans la permission du sien ; l'aveu d'un amour qui eût déplu n'eût fait qu'alarmer la dame, et lui faire craindre que mon ami ne hâtât perfidement leur mariage ; elle sentit tout cela.

LUCILE. Ah ! n'achevez pas. J'ai pitié d'elle, et je devine le reste. Mais mon inquiétude est de savoir comment s'y prend une femme en pareil cas ; de quel tour[1] peut-elle se servir ? J'oublierais le français, moi, s'il fallait dire je vous aime avant qu'on me l'eût dit.

DAMIS. Il en agit plus noblement ; elle n'eut pas la peine de parler.

LUCILE. Ah ! passe pour cela.

DAMIS. Il y a des manières qui valent des paroles ; on dit je vous aime avec un regard, et on le dit bien.

LUCILE. Non, Monsieur, un regard c'est encore trop ; je permets qu'on le rende, mais non pas qu'on le donne.

DAMIS. Pour vous, Madame, vous ne rendriez que de l'indignation.

LUCILE. Qu'est-ce que cela veut dire, Monsieur ? Est-ce qu'il est question de moi ici ? Je crois que vous vous divertissez à mes dépens. Vous vous amusez, je pense[2], vous en avez tout l'air, en vérité, vous êtes admirable ! Adieu, Monsieur ; on dit que vous aimez ma sœur : terminez la désagréable situation où je me trouve, en l'épousant. Voilà tout ce que je vous demande.

DAMIS. Je continuerai de feindre de la servir, Madame ; c'est tout ce que je puis vous promettre. *(En s'en allant.)* Que de mépris !

Scène XI

LUCILE, *seule*

LUCILE. Il faut avouer qu'on a quelquefois des inclinations bien bizarres ! D'où vient que j'en ai pour cet homme-là, qui[3] n'est point *aimable ?

---

1. Texte du manuscrit : *de quels termes*.   2. La phrase *Vous vous amusez, je pense*, manque dans le manuscrit.   3. Le manuscrit porte *car il* au lieu de *qui*.

ACTE III

Scène première

PHÉNICE, DAMIS

PHÉNICE. Non, Monsieur, je vous l'avoue, je ne saurais plus souffrir le personnage que vous jouez auprès de moi, et je le trouve inconcevable : vous n'êtes venu que pour épouser ma sœur ; elle est aimable, et vous ne lui parlez point ; ce n'est qu'à moi que vos conversations s'adressent. J'y comprendrais quelque chose si l'amour y avait part ; mais vous ne m'aimez point, il n'en est pas question.

DAMIS. Rien ne serait pourtant plus aisé que de vous aimer, Madame.

PHÉNICE. À la bonne heure ; mais rien ne serait plus inutile, et je ne serais pas en situation de vous écouter. Quoi qu'il en soit, ces façons-là ne me conviennent point ; je l'ai déjà marqué, je vous l'ai fait dire, et je vous demande en grâce de cesser vos poursuites ; car enfin vous n'avez pas dessein de me désobliger, je pense.

DAMIS. Moi, Madame ?

PHÉNICE. Sur ce *pied-là, finissez donc, ou je vous y forcerai moi-même.

DAMIS. Vous me défendrez donc de vous voir ?

PHÉNICE. Non, Monsieur ; mais on s'imagine que vous m'aimez ; vos façons l'ont persuadé à tout le monde ; et je ne le nierai pas, je ne paraîtrai point m'y déplaire, et je vous réduirai, peut-être, ou à la nécessité de m'épouser en dépit de votre goût, ou à fuir en homme imprudent ; j'adoucis le terme, en homme inexcusable, qui n'aura pas rougi de violer tous les égards, et de se moquer, tour à tour, de deux filles de condition, dont la moindre peut fixer le plus honnête homme : de sorte que vous risquez ou le sacrifice de votre cœur, ou la perte de votre réputation ; deux objets qui valent bien qu'on y pense. Mais, dites-moi, est-ce que vous n'aimez point ma sœur ?

DAMIS. Si je l'épousais, je n'en serais pas fâché.

PHÉNICE. Ou je n'y connais rien, ou je crois qu'elle ne le serait pas non plus. Pourquoi donc ne vous accordez-vous pas ?

DAMIS. Ma foi, je l'ignore.

PHÉNICE. Mais ce n'est pas là parler raison.

DAMIS. Je ne saurais pourtant y en mettre davantage.

PHÉNICE. Ce sont vos affaires, et je m'en tiens à ce que je vous ai dit. Voici mon père avec ma sœur ; de grâce, retirez-vous, avant qu'ils puissent vous voir.

DAMIS. Mais, Madame...

PHÉNICE. Oh ! Monsieur, trêve de raillerie.

Scène II

MONSIEUR ORGON, LUCILE, PHÉNICE

MONSIEUR ORGON, *parlant à Lucile, avec qui il entre*. Non, ma fille, je n'ai jamais prétendu vous contraindre : quelque chose que vous me disiez, il est certain que vous ne l'aimez pas ; ainsi n'en parlons plus. *(Phénice veut s'en aller. Monsieur Orgon continue.)* Restez, Phénice, je vous cherchais, et j'ai un mot à vous dire. Écoutez-moi toutes deux. Damis voulait épouser votre sœur ; c'était là notre arrangement. Nous sommes obligés de le changer ; le cœur de Lucile en dispose autrement : elle ne l'avoue pas, mais ce n'est que par pure complaisance pour moi, et j'ai quitté ce projet-là.

LUCILE. Mais, mon père, vous dirais-je que j'aime Damis ? Cela ne siérait pas [1] ; c'est un langage qu'une fille bien née ne saurait tenir, quand elle en aurait envie.

MONSIEUR ORGON. Encore ! Et si je vous disais que c'est de Lisette elle-même que je sais qu'il ne vous plaît pas, ma fille ? À quoi bon s'en défendre ? Je vous dispense de ces considérations-là pour moi ; et pour trancher net, vous ne l'épouserez point : vos dégoûts pour lui n'ont été que trop marqués, et je le destine à votre sœur à qui son cœur se donne, et qui ne lui refuse pas le sien, quoiqu'elle aille de son côté me dire le contraire à cause de vous.

PHÉNICE. Moi, l'épouser, mon père !

MONSIEUR ORGON. Nous y voilà ; je savais votre réponse avant que vous me la fissiez ; je vous connais toutes deux : l'une, de peur de me fâcher, épouserait ce qu'elle n'aime pas ; l'autre, par retenue pour sa sœur, refuserait d'épouser ce qu'elle aime. Vous voyez bien que je suis au fait, et que je sais vous interpréter ; d'ailleurs, je suis bien instruit, et je ne me trompe pas.

LUCILE, *à part, à Phénice*. Parlez donc, vous voilà comme une statue [2].

---

1. Les mots *Cela ne siérait pas* manquent dans le manuscrit. **2.** Le manuscrit porte simplement : *Mais parlez donc, ma sœur.*

PHÉNICE. En vérité, je ne saurais penser que ceci soit sérieux.

LUCILE. Prenez garde à ce que vous ferez, mon père ; vous vous méprenez sur ma sœur, et je lui vois presque la larme à l'œil.

MONSIEUR ORGON. Si elles ne sont pas folles, c'est moi qui ai perdu l'esprit : adieu, je vais informer Monsieur Ergaste du nouveau mariage que je médite, son amitié ne m'en dédira pas. Pour vous, mes enfants, plaignez-vous ; c'est moi qui ai tort : en effet, j'abuse du pouvoir que j'ai sur vous ; plaignez-vous, je vous le conseille, et cela soulage ; mais je ne veux pas vous entendre, vous m'attendririez trop : allez, sortez sans me répondre, et laissez-moi parler à Monsieur Ergaste, qui arrive.

LUCILE, *en partant.* J'étouffe !

Scène III

MONSIEUR ERGASTE, MONSIEUR ORGON, FRONTIN

MONSIEUR ERGASTE. Vous voyez un homme consterné ; mon cher ami, je ne vois nulle apparence au mariage en question, à moins que de violenter des cœurs qui ne semblent pas faits l'un pour l'autre : je ne saurais cependant pardonner à mon fils d'avoir cédé si vite à l'indifférence de Lucile ; j'ai même été jusqu'à le soupçonner d'aimer ailleurs, et voici son valet à qui j'en parlais ; mais, soit que je me trompe, ou que ce coquin n'en veuille rien dire, tout ce qu'il me répond, c'est que mon fils ne plaît pas à Lucile, et j'en suis au désespoir.

FRONTIN, *derrière.* Messieurs, un coquin n'est pas agréable à voir ; voulez-vous que je me retire ?

MONSIEUR ERGASTE. Attends.

MONSIEUR ORGON. Ne vous fâchez pas, Monsieur Ergaste ; il y a remède à tout, et nous n'y perdrons rien, si vous voulez.

MONSIEUR ERGASTE. Parlez, mon cher ami ; j'applaudis d'avance à vos intentions.

MONSIEUR ORGON. Nous avons une ressource.

MONSIEUR ERGASTE. Je n'osais la proposer : mais effectivement j'en vois une avec tout le monde.

MONSIEUR ORGON. Il n'y a qu'à changer d'objet ; substituons la cadette à l'aînée, nous ne trouverons point d'obstacle : c'est un expédient que l'amour nous indique.

MONSIEUR ERGASTE. Entre vous et moi, mon fils a paru tout d'un coup pencher de ce côté-là.

Monsieur Orgon. À vous parler confidemment, ma cadette ne hait pas son penchant.

Monsieur Ergaste. Il n'y a personne qui n'ait remarqué ce que nous disons là ; c'est un coup de *sympathie visible.

Monsieur Orgon. Ma foi, rendons-nous-y, marions-les ensemble.

Monsieur Ergaste. Vous y consentez ? Le Ciel en soit loué ! Voilà ce qu'on appelle une véritable union de cœurs, un vrai mariage d'inclination, et jamais on n'en devrait faire d'autres. Vous me charmez ; est-ce une chose conclue ?

Monsieur Orgon. Assurément ; je viens d'en avertir ma fille.

Monsieur Ergaste. Je vous rends grâce ; souffrez à présent que je dise un mot à ce valet, et je vous rejoins sur-le-champ.

Monsieur Orgon. Je vous attends ; faites.

Scène IV

MONSIEUR ERGASTE, FRONTIN

Monsieur Ergaste. Approche.

Frontin. Me voilà, Monsieur.

Monsieur Ergaste. Écoute, et retiens bien la commission que je te donne.

Frontin. Je n'ai pas beaucoup de mémoire, mais avec du zèle on s'en passe.

Monsieur Ergaste. Tu diras à mon fils que ce n'est plus à Lucile à qui on le destine, et qu'on lui accorde aujourd'hui ce qu'il aime.

Frontin. Et s'il me demande ce que c'est qu'il aime, que lui dirai-je ?

Monsieur Ergaste. Va, va, il saura bien que c'est de Phénice dont on parle.

Frontin, *en s'en allant*. Je n'y manquerai pas, Monsieur.

Monsieur Ergaste. Où vas-tu ?

Frontin. Faire ma commission.

Monsieur Ergaste. Tu es bien pressé, ce n'est pas là tout.

Frontin. Allons, Monsieur, tant qu'il vous plaira ; ne m'épargnez point.

Monsieur Ergaste. Dis-lui qu'il remercie[1] Monsieur Orgon de la

---

1. Duviquet, suivi par les éditeurs modernes, corrige pompeusement : *qu'il ait soin de remercier*.

bonté qu'il a de n'être pas fâché dans cette occasion-ci ; car si Damis n'épouse pas Lucile, je gagerais bien que c'est à lui à qui il faut s'en prendre : dis-lui que je lui pardonne, en faveur de ce nouveau mariage, le chagrin qu'il a risqué de me donner ; mais que s'il me trompait encore, si après les empressements qu'il a marqués pour Phénice il hésitait à l'épouser, s'il faisait encore cette injure à Monsieur Orgon, je ne veux le voir de ma vie, et que je le déshérite ; je ne lui parlerai pas même que je ne sois content de lui.

FRONTIN, *riant*. Eh ! eh ! eh !... je remarque que ce n'est qu'en baissant le ton que vous prononcez le terrible mot de déshériter ; vous en êtes effrayé vous-même ; la tendresse paternelle est admirable !

MONSIEUR ERGASTE. Faquin, on a bien affaire de tes réflexions ! obéis ; le reste me regarde.

Scène V

FRONTIN, LISETTE

LISETTE. Je te cherchais, Frontin, et j'attendais que Monsieur Ergaste t'eût quitté pour te parler, et savoir ce qu'il te disait : il semble que les affaires vont mal ; ma maîtresse ne me voit pas de bon œil ; sais-tu de quoi il s'agit ?... Réponds donc !

FRONTIN. La peur d'être déshérité me coupe la parole.

LISETTE. Qu'est-ce que tu veux dire ?

FRONTIN. D'être déshérité, te dis-je, ou d'épouser Phénice.

LISETTE. Comment donc, d'épouser Phénice ! Ah ! Frontin, où en sommes-nous ? Voilà donc pourquoi Lucile m'a si bien reçue tout à l'heure : elle a su que j'ai dit à son père qu'elle n'aimait point Damis, que Damis se déclarait pour sa sœur ; on veut à présent qu'il l'épouse ; je n'ai point prévu ce coup-là, et je me compte disgraciée ; j'ai vu Lucile trop inquiète : apparemment que ton maître ne lui est point indifférent ; et je perds tout si elle me congédie.

FRONTIN. Je ne vois donc de tous côtés pour nous que des diètes.

LISETTE. Voilà ce que c'est que de n'avoir pas laissé aller les choses : je crois que nos gens s'aimeraient sans nous. Maudite soit l'ambition de *gouverner chacun notre ménage !

FRONTIN. Ah ! mon enfant, tu as beau dire, tous les gouvernements sont lucratifs ; et le célibat où nous les tenions n'était pas mal imaginé ; le pis que j'y trouve, c'est que je t'aime et que tu n'en es pas quitte à meilleur marché que moi.

LISETTE. Eh ! que n'as-tu eu l'*esprit de m'aimer tout d'un coup ? J'aurais fait changer d'avis à Lucile.

FRONTIN. Voilà notre tort ; c'est de n'avoir pas prévu l'infaillible effet de nos mérites. Mais, ma mie, notre mal est-il sans remède ? Je soupçonne, comme toi, que nos gens ne se haïssent point dans le fond, et il n'y aurait qu'à les en faire convenir pour nous tirer d'affaire : tâchons de leur rendre ce service-là.

LISETTE. Nous avons bien aigri les choses. N'importe, voici ton maître ; changeons adroitement de batterie, et tâchons de le gagner.

Scène VI

FRONTIN, LISETTE, DAMIS

DAMIS. Ah ! te voilà, Frontin ? Bonjour, Lisette. De quoi mon père t'a-t-il chargé pour moi, Frontin ? Il vient de m'avertir, sans vouloir l'expliquer, que tu avais quelque chose à me dire de sa part.

FRONTIN. Oui, Monsieur, il s'agit de deux ou trois petits articles que je disais à Lisette, et qui ne sont pas fort curieux.

DAMIS. Dis-les sans les compter.

FRONTIN. Vous m'excuserez, le calcul arrange. Le premier, c'est qu'il ne veut plus entendre parler de vous.

DAMIS. Qui ? mon père ?

FRONTIN. Lui-même. Mais ce n'est pas là l'essentiel ; le second, c'est qu'il vous déshérite.

DAMIS. Moi ! ce que tu me dis là n'est pas concevable.

FRONTIN. Il ne m'a pas chargé de vous le faire concevoir. Enfin le troisième, c'est que les deux premiers seront nuls si vous épousez Phénice.

DAMIS. Quoi ! l'on veut m'obliger...

FRONTIN. Prenez garde, Monsieur ; ne confondons point, parlons exactement. Ma commission ne porte point qu'on vous oblige ; on n'attaque point votre liberté, voyez-vous ; vous êtes le maître d'opter entre Phénice ou votre ruine, et l'on s'en rapporte à votre choix.

LISETTE. La jolie grâce ! C'est que, sur le penchant qu'on vous croit pour elle, on ne veut pas que vous balanciez à l'épouser, après le refus que vous avez paru faire de sa sœur.

FRONTIN. Mais cette sœur, nous ne la refusons point, dans le fond : n'est-il pas vrai, Monsieur ?

DAMIS. Passe encore, s'il était question d'elle.

LISETTE. Eh ! Monsieur, que n'avez-vous parlé ? Pourquoi ne m'avoir pas confié vos sentiments ?

DAMIS. Mais, mes sentiments, quand ils seraient tels que vous les croyez, ne savez-vous pas bien les siens, Lisette ?

LISETTE. Ne vous y trompez pas ; depuis vos conventions, je ne la vois plus que triste et rêveuse.

FRONTIN. Je l'ai rencontrée ce matin qui étouffait un soupir en s'essuyant les yeux.

LISETTE. Elle qui aimait sa sœur, et qui était toujours avec elle, je la vois aujourd'hui la fuir et se détourner pour l'éviter. Qu'est-ce que cela signifie ?

FRONTIN. Et moi, quand je la salue, elle a toujours envie de me le rendre. D'où vient cela, sinon de l'honneur que j'ai d'être à vous ?

LISETTE. Tu n'as peut-être pas tant de tort. Au moins, Monsieur, je vous demande le secret ; profitez-en, voilà tout.

DAMIS. Je vous l'avoue, Lisette, tout ce que vous me dites là, si vous êtes sincère, pourrait m'être d'un bon augure ; et si j'osais soupçonner la moindre des dispositions dans son cœur...

FRONTIN. Iriez-vous lui donner le vôtre ? Ah ! Monsieur, le beau présent que vous lui feriez là !

DAMIS. Écoutez : c'est pourtant cette même personne qui, au premier instant qu'elle m'a vu, a marqué assez nettement de l'aversion pour moi, qui m'a fait soupçonner qu'elle aimait ailleurs !

LISETTE. Purs discours de mauvaise humeur qu'elle a tenus là, je vous assure.

DAMIS. Soit : mais souvenez-vous qu'elle a exigé que je ne l'épousasse point ; qu'elle me l'a demandé par tout l'honneur dont je suis capable ; que c'est elle, peut-être, qui, pour se débarrasser tout à fait de moi, contribue aujourd'hui au nouveau mariage qu'on veut que je fasse ; en un mot, je ne sais qu'en penser moi-même. Je puis me tromper, peut-être vous trompez-vous aussi ; et sans quelques preuves un peu moins équivoques de ses sentiments, je ne saurais me déterminer à violer les paroles que je lui ai données ; non pas que je les estime plus qu'elles valent ; elles ne seraient rien pour un homme qui plairait : mais elles doivent lier tout homme qu'on hait, et dont on les a exigées comme une sûreté contre lui. Quoi qu'il en soit, voici Lucile qui vient ; je n'attends d'elle que le moindre petit accueil pour me déclarer, et son seul abord va décider de tout.

Scène VII

LUCILE, LISETTE, DAMIS, FRONTIN

LUCILE. J'ai à vous parler pour un moment [1], Damis ; notre entretien sera court ; je n'ai qu'une question à vous faire ; vous, qu'un mot à me répondre ; et puis je vous fuis, je vous laisse.

DAMIS. Vous n'y serez point obligée, Madame, et j'aurai soin de me retirer le premier. *(À part.)* Hé bien, Lisette ?

LUCILE. Le premier ou le dernier ; je vous donne la préférence : Êtes-vous si gêné [2] ? Retirez-vous *tout à l'heure : Lisette vous rendra ce que j'ai à vous dire.

DAMIS, *se retirant*. Je prends donc ce parti comme celui qui vous convient le mieux, Madame.

Il feint de s'en aller.

LUCILE. Qu'il s'en aille ; l'arrêtera qui voudra.

LISETTE. Eh ! mais vous n'y pensez pas ; revenez donc, Monsieur ; est-ce que la guerre est déclarée entre vous deux ?

DAMIS. Madame débute par m'annoncer qu'elle n'a qu'un mot à me dire, et puis qu'elle me fuit ; n'est-ce pas m'insinuer qu'elle a de la peine à me voir ?

LUCILE. Si vous saviez l'envie que j'ai de vous laisser là !

DAMIS. Je n'en doute pas, Madame ; mais ce n'est pas à présent qu'il faut me fuir ; c'était dès le premier instant que vous m'avez vu, et que je vous déplaisais, qu'il fallait le faire.

LUCILE. Vous fuir dès le premier instant ! Pourquoi donc, Monsieur ? Cela serait bien sauvage ; on ne fuit point ici à la vue d'un homme.

LISETTE. Mais quel est le travers qui vous prend à tous deux ? Faut-il que des personnes qui se veulent du bien se parlent comme si elles ne pouvaient se souffrir ? Et vous, Monsieur, qui aimez ma maîtresse ; car vous l'aimez, je gage. *(Ces mots-là se disent en faisant signe à Damis.)*

LUCILE. Que vous êtes sotte ! Allez, visionnaire, allez perdre vos gageures ailleurs. À qui en veut-elle [3] ?

---

1. Les mots *pour un moment* manquent dans le manuscrit.   2. Texte du manuscrit : *Êtes-vous si pressé ?*   3. Dans le manuscrit, la réplique est donnée sous une forme simplifiée : *Que vous êtes sotte ! Allez, sortez. À qui en veut-elle ?*

LISETTE. Oui, Madame, je sors ; mais avant que de partir, il faut que je parle. Vous me demandez à qui j'en veux. À vous deux, Madame, à vous deux. Oui, je voudrais de tout mon cœur ôter à Monsieur qui se tait, et dont le silence m'agite le sang, je voudrais lui ôter le scrupule du ridicule engagement qu'il a pris avec vous, que je me repens de vous avoir laissé prendre, et dont vous souffrez autant l'un que l'autre. Pour vous, Madame, je ne sais pas comment vous l'entendez ; mais si jamais un homme avait fait serment de ne me pas dire : Je vous aime, oh ! je ferais serment qu'il en aurait le démenti ; il saurait le respect qui me serait dû[1], je n'y épargnerais rien de tout ce qu'il y a de plus dangereux, de plus fripon, de plus assassin dans l'honnête coquetterie des mines, du langage et du coup d'œil. Voilà à quoi je mettrais ma gloire, et non pas à me tenir douloureusement sur mon quant-à-moi, comme vous faites, et à me dire : Voyons ce qu'il dit, voyons ce qu'il ne dit pas ; qu'il parle, qu'il commence ; c'est à lui, ce n'est pas à moi ; mon sexe, ma fierté, les bienséances, et mille autres façons inutiles avec Monsieur qui tremble, et qui a la bonté d'avoir peur que son amour ne vous alarme et ne vous fâche. De l'amour nous fâcher ! De quel pays venez-vous donc ? Eh ! *mort de ma vie, Monsieur, fâchez[2] hardiment ; faites-nous cet honneur-là ; courage, attaquez-nous ; cette cérémonie-là fera votre fortune, et vous vous entendrez : car jusqu'ici on ne voit goutte à vos discours à tous deux ; il y a du oui, du non, du pour, du contre ; on fuit, on revient, on se rappelle, on n'y comprend rien. Adieu, j'ai tout dit ; vous voilà *débrouillés, profitez-en. Allons, Frontin.

Scène VIII

DAMIS, LUCILE

LUCILE. Juste ciel ! quelle impertinence[3] ! Où a-t-elle pris tout ce qu'elle nous dit là ? D'où lui viennent surtout de pareilles idées sur votre compte ? Au reste, elle ne me ménage pas plus que vous.

DAMIS. Je ne m'en plains point, Madame.

---

1. Et non *qu'il me serait dû*, comme le portent les éditions modernes. **2.** Texte des éditions anciennes (Prault et Neaulme 1732, Duchesne 1758, Duviquet). La correction adoptée par les éditions modernes *(fâchez-vous)* est mauvaise : Lisette reprend les mots *Monsieur* [...] *a* [...] *peur que son amour* [...] *ne vous fâche*. **3.** Texte de l'édition originale. Le manuscrit porte : *quelle impertinente !*

LUCILE. Vous m'excuserez, je me mets à votre place ; il n'est point agréable de s'entendre dire de certaines choses en face.

DAMIS. Quoi, Madame ! est-ce l'idée qu'elle a que je vous aime, que vous trouvez si désagréable pour moi ?

LUCILE. Mais [1] désagréable ; je ne dis pas que son erreur vous fasse injure ; mon humilité ne va pas jusque-là. Mais à propos de quoi cette folle-là vient-elle vous pousser là-dessus ?

DAMIS. À propos de la difficulté qu'elle s'imagine qu'il y a à ne vous pas aimer, cela est tout simple ; et si j'en voulais à tous ceux qui me soupçonneraient d'amour pour vous, j'aurais querelle avec tout le monde.

LUCILE. Vous n'en auriez pas avec moi.

DAMIS. Oh ! vraiment, je le sais bien. Si vous me soupçonniez, vous ne seriez pas là ; vous fuiriez, vous déserteriez.

LUCILE. Qu'est-ce que c'est que déserter, Monsieur ? Vous avez là des expressions bien gracieuses, et qui font un joli portrait de mon caractère ; j'aime assez l'esprit *hétéroclite que cela me donne. Non, Monsieur, je ne déserterais point ; je ne croirais pas tout perdu ; j'aurais assez de tête pour soutenir cet accident-là, ce me semble, *alors comme alors, on prend son parti, Monsieur, on prend son parti.

DAMIS. Il est vrai qu'on peut ou haïr ou mépriser les gens de près comme de loin.

LUCILE. Il n'est pas question de ce qu'on peut. J'ignore ce qu'on fait dans une situation où je ne suis pas ; et je crois [2] que vous ne me donnerez jamais la peine de vous haïr.

DAMIS. J'aurai pourtant un plaisir ; c'est que vous ne saurez point si je suis digne de haine à cet égard-là ; je dirai toujours : peut-être.

LUCILE. Ce mot-là me déplaît, Monsieur, je vous l'ai déjà dit.

DAMIS. Je ne m'en servirai plus, Madame, et si j'avais la liste des mots qui vous choquent, j'aurais grand soin de les éviter.

LUCILE. La liste est encore amusante ! Eh bien, je vais vous dire où elle est, moi ; vous la trouverez dans la règle des égards qu'on doit aux dames ; vous y verrez qu'il n'est pas bien de vous divertir avec un peut-être, qui ne fera pas fortune chez moi, qui ne m'*intriguera pas ; car je sais à quoi m'en tenir : c'est en badinant que vous le

---

1. De nombreux éditeurs modernes suppriment ce *Mais*, attesté dans toutes les éditions anciennes et dans le manuscrit.   2. Le manuscrit porte *Je crois* (précédé d'un point) au lieu de *et je crois*.

dites ; mais c'est un badinage qui ne vous sied pas ; ce n'est pas là le langage des hommes ; on n'a pas mis leur modestie sur ce pied-là. Parlons d'autre chose [1] ; je ne suis pas venue ici sans motif ; écoutez-moi : vous savez, sans doute, qu'on veut vous donner ma sœur ?

DAMIS. On me l'a dit, Madame.

LUCILE. On croit que vous l'aimez ; mais moi, qui ai réfléchi sur l'origine des empressements que vous avez marqués pour elle, je crains qu'on ne s'abuse, et je viens vous demander ce qui en est.

DAMIS. Eh que vous importe, Madame !

LUCILE. Ce qu'il m'importe [2] ? (Voilà bien la question d'un homme qui n'a ni frère ni sœur, et qui ne sait pas combien ils sont chers [3] !) C'est que je m'intéresse à elle, Monsieur ; c'est que, si vous ne l'aimez pas, ce serait manquer de caractère [4], ce me semble, ce serait même blesser les lois de cette probité à qui [5] vous tenez tant, que de l'épouser avec un cœur qui s'éloignerait d'elle.

DAMIS. Pourquoi donc, Madame, avez-vous inspiré qu'on me la donne ? Car j'ai tout lieu de soupçonner que vous en êtes cause, puisque c'est vous qui m'avez d'abord proposé de l'aimer ; au reste, Madame, ne vous inquiétez point d'elle, j'aurai soin de son sort plus sincèrement que vous ; elle le mérite bien.

LUCILE. Qu'elle le mérite ou non, ce n'est pas son éloge que je vous demande, ni à vos imaginations que je viens répondre ; parlez, Damis, l'aimez-vous ? Car s'il n'en est rien, ou ne l'épousez pas, ou trouvez bon que j'avertisse mon père qui s'y trompe, et qui serait au désespoir de s'y être trompé.

DAMIS. Et moi, Madame, si vous lui dites que je ne l'aime point ;

---

1. Le manuscrit abrège, en enchaînant la fin de cette réplique de Lucile avec la précédente : *Ce mot-là me déplaît, Monsieur, je vous l'ai déjà dit, renoncez-y et parlons d'autre chose.* Ce texte plus court serait à conseiller pour une représentation. Mais cette discussion sur des mots est extrêmement significative du système psychologique et dramatique de Marivaux, ainsi qu'on l'a dit dans la Notice.   2. Nous corrigeons le texte des éditions : *Ce qui m'importe.* On sait que *qui* et *qu'il* étaient confondus dans la prononciation à l'époque classique.   3. Cette phrase (depuis *Voilà bien*) est entre parenthèses dans l'édition originale et manque dans le manuscrit. Ce détail semble confirmer que ces suppressions remontent à Marivaux lui-même. 4. Par « saut du même au même », tout le passage *ce serait manquer de caractère, ce me semble,* est omis dans l'édition de 1758 et disparaît de toutes les éditions ultérieures. Il est donné par le manuscrit, qui porte, juste avant, *si vous ne l'aimiez* au lieu de *si vous ne l'aimez*.   5. L'édition de 1758 remplace *à qui* par *à quoi*.

si vous exécutez un dessein qui ne tend qu'à me faire sortir d'ici
avec la haine et le courroux de tout le monde ; si vous l'exécutez,
trouvez bon qu'en revanche je retire toutes mes paroles avec vous,
et que je dise à Monsieur Orgon que je suis prêt de vous épouser
quand on le voudra, dès aujourd'hui, s'il le faut.

LUCILE. Oui-da, Monsieur, le prenez-vous sur ce ton menaçant ?
Oh ! je sais le moyen de vous en faire prendre un autre. Allez votre
chemin, Monsieur ; poursuivez ; je ne vous retiens pas. Allez pour
vous venger, violer des promesses dont l'oubli ne serait tout au plus
pardonnable qu'à quiconque aurait de l'amour. Courez vous punir
vous-même, vous ne manquerez pas votre coup ; car je vous déclare
que je vous y aiderai, moi. Ah ! vous m'épouserez, dites-vous, vous
m'épouserez ! Et moi aussi, Monsieur, et moi aussi. Je serai bien
aussi vindicative que vous, et nous verrons qui se dédira de nous
deux ; assurément le compliment est admirable ! c'est une jolie
petite partie à proposer.

DAMIS. Eh bien ! cessez donc de me persécuter, Madame. J'ai le
cœur incapable de vous nuire ; mais laissez-moi me tirer de l'état où
je suis ; contentez-vous de m'avoir déjà procuré ce qui m'arrive ; on
ne m'offrirait pas aujourd'hui votre sœur, si, pour vous obliger, je
n'avais pas paru m'attacher à elle, ou si vous n'aviez pas dit que je
l'aimais. Souvenez-vous que j'ai servi vos dégoûts pour moi avec un
honneur, une fidélité surprenante, avec une fidélité que je ne vous
devais point, que tout autre, à ma place, n'aurait jamais eu[1], et ce
procédé si louable, si généreux, mérite bien que vous laissiez en
repos un homme qui peut avoir porté la vertu jusqu'à se sacrifier
pour vous ; je ne veux pas dire que je vous aime ; non, Lucile,
rassurez-vous ; mais enfin vous ne savez pas ce qui en est, vous en
pourriez douter ; vous êtes assez aimable pour cela, soit dit sans
vous louer ; je puis vous épouser, vous ne le voulez pas, et je vous
quitte. En vérité, Madame, tant d'ardeur à me faire du mal récompense mal un service que tout le monde, hors vous, aurait soupçonné d'être difficile à rendre. Adieu, Madame.

Il s'en va.

---

1. Le participe est invariable dans l'édition originale. L'accord est fait à
partir de 1758. Voir la Note grammaticale, article *participe passé*, p. 2265.

LUCILE. Mais attendez donc, attendez, donnez-moi le temps de me justifier ; ne tient-il qu'à s'en aller, quand on a chargé les gens de noirceurs pareilles ?

DAMIS. J'en dirais trop si je restais.

LUCILE. Oh ! vous ferez comme vous pourrez ; mais il faut m'entendre.

DAMIS. Après ce que vous m'avez dit, je n'ai plus rien à savoir qui m'intéresse.

LUCILE. Ni moi plus rien à vous répondre ; il n'y a qu'une chose qui m'étonne, et dont je ne devine pas la raison, c'est que vous osiez vous en prendre à moi d'un mariage que je vois qui vous plaît. Le motif de cette hypocrisie-là me paraît aussi ridicule qu'inconcevable. À moins que ce ne soit ma sœur qui vous y engage, pour me cacher l'accord de vos cœurs et la part qu'elle a à un engagement que j'ai refusé, dont je ne voudrais jamais, et que je la trouve bien à plaindre de ne pas refuser elle-même [1].

Elle sort.

Scène IX

FRONTIN, DAMIS, *consterné*

FRONTIN. Eh bien ! Monsieur, à quoi en êtes-vous ?

DAMIS [2]. Au plus malheureux jour de ma vie, laisse-moi.

Il sort.

Scène X

FRONTIN

FRONTIN. Voilà une aventure qui a tout l'air de nous souffler notre patrimoine.

---

1. Le manuscrit ajoute : *Adieu !* qu'il serait bon de reprendre à la scène.
2. L'édition de 1758 ajoute une indication scénique : DAMIS, *consterné*. Mais le mot figure déjà en tête de la scène.

ACTE IV

Scène première

DAMIS, FRONTIN

DAMIS. Non, Frontin, il n'y a plus rien à tenter là-dessus ; Lisette a beau dire, on ne saurait s'expliquer plus nettement que l'a fait Lucile, et voilà qui est fini, il ne s'agit plus que d'éviter l'embarras où je suis du côté de Phénice. Va-t-elle bientôt venir ! Te l'a-t-elle bien assuré ?

FRONTIN. Oui, Monsieur, je lui ai dit que vous l'attendiez ici, et vous allez la voir arriver dans un instant.

DAMIS. Quelle bizarre situation que la mienne !

FRONTIN. Ma foi, j'ai bien peur que Phénice n'en profite.

DAMIS. Serait-il possible qu'elle voulût épouser un homme qu'elle n'aime point ?

FRONTIN. Ah ! Monsieur, une fille qui se marie n'y regarde pas de si près ; elle est trop curieuse pour être délicate. Le mariage rend tous les hommes si *graciables ! et d'ailleurs il est si [1] aisé de s'accommoder de votre figure...

DAMIS. Ah ! quel contretemps ! je crois que voici mon père ; je me sauve ; il ne te parlera peut-être pas ; en tout cas reviens me chercher ici près.

Scène II

FRONTIN, MONSIEUR ERGASTE

MONSIEUR ERGASTE. Mon fils n'était-il pas avec toi tout à l'heure ?

FRONTIN. Oui, Monsieur, il me quitte.

MONSIEUR ERGASTE. Il me semble qu'il m'a évité.

FRONTIN. Lui, Monsieur ! je crois qu'il vous cherche.

MONSIEUR ERGASTE. Tu me trompes.

FRONTIN. Moi, Monsieur ! j'ai le caractère aussi vrai que la physionomie.

MONSIEUR ERGASTE. Tu ne fais pas leur éloge ; mais passons. Je sais

---

1. L'édition de 1758 et les éditions ultérieures omettent le *si* et donnent : *il est aisé.*

que tu ne manques pas d'*esprit, et que mon fils te dit assez volontiers ce qu'il pense.

FRONTIN. Il pense donc bien peu de chose, car il ne me dit presque rien.

MONSIEUR ERGASTE. Il aime Phénice qu'il va épouser ; je remarque cependant qu'il est triste et rêveur.

FRONTIN. Effectivement, et j'avais envie de lui en dire un mot.

MONSIEUR ERGASTE. Est-ce qu'il n'est pas content ?

FRONTIN. Bon, Monsieur, qui est-ce qui peut l'être dans la vie ?

MONSIEUR ERGASTE. Maraud !

FRONTIN. Je ne le suis pas de l'épithète, par exemple.

MONSIEUR ERGASTE, *à part les premiers mots*. Je vois bien que je n'apprendrai rien. Mais dis-moi, lui as-tu rapporté ce que je t'avais chargé de lui dire ?

FRONTIN. Mot à mot.

MONSIEUR ERGASTE. Que t'a-t-il répondu ?

FRONTIN. Attendez ; je crois que vous ne m'avez pas dit de retenir sa réponse.

MONSIEUR ERGASTE. J'ai résolu de le laisser faire ; mais tu peux l'avertir que je lui tiendrai parole, s'il ne se conduit pas comme il le doit. Pour toi, sois sûr que je n'oublierai pas tes impertinences.

FRONTIN. Oh ! Monsieur, vous avez trop de bonté pour avoir tant de mémoire.

Scène III

FRONTIN, PHÉNICE *arrive*

FRONTIN, *à part*. Il est, parbleu ! fâché ; mais il était temps qu'il partît ; voilà Phénice qui arrive.

PHÉNICE. Hé bien ! tu m'as dit que ton maître m'attendait ici, et je ne le vois pas.

FRONTIN. C'est qu'il s'est retiré à cause de Monsieur Ergaste ; mais il se promène ici près, où j'ai ordre de l'aller prendre.

PHÉNICE. Va donc.

FRONTIN. Madame, oserais-je auparavant me flatter d'un petit moment d'audience ?

PHÉNICE. Parle.

FRONTIN. Dans mon petit état de subalterne, je regarde, j'examine, et, chemin faisant, je vois par-ci, par-là, des gens que je n'aime point, d'autres qui me reviennent et à qui je me donnerais pour rien : ce ne laisserait pas que d'être un présent.

PHÉNICE. Sans doute ; mais à quoi peut aboutir ce préambule ?

FRONTIN. À vous préparer à la liberté que je vais prendre, Madame, en vous disant que vous êtes une de ces personnes privilégiées pour qui ce *mouvement *sympathique m'est venu.

PHÉNICE. Je t'en suis obligée, mais achève.

FRONTIN. Si vous saviez combien je m'intéresse à votre sort, à qui [1] je vois prendre un si mauvais train...

PHÉNICE. Explique-toi mieux.

FRONTIN. Vous allez épouser Damis ?

PHÉNICE. On le dit

FRONTIN. Motus ! Je vous avertis que vous ne pouvez en épouser que la moitié.

PHÉNICE. La moitié de Damis ! Que veux-tu dire ?

FRONTIN. Son cœur ne se marie pas, Madame, il reste garçon.

PHÉNICE. Tu crois donc qu'il ne m'aime pas ?

FRONTIN. Oh ! oh ! vous n'en êtes pas quitte à si bon marché.

PHÉNICE. C'est-à-dire qu'il me hait ?

FRONTIN. Ne sera-t-il pas trop *malhonnête de vous l'avouer ?

PHÉNICE. Eh ! dis-moi, n'aimerait-il pas ma sœur ?

FRONTIN. À la fureur.

PHÉNICE. Eh ! que ne l'épouse-t-il ?

FRONTIN. C'est encore une autre histoire que cette affaire-là.

PHÉNICE. Parle donc !

FRONTIN. C'est qu'ils ont d'abord débuté ensemble par un *vertigo ; ils se sont liés mal à propos par je ne sais quelle convention de ne s'aimer ni de s'épouser, et ont délibéré que, pour faire changer de dessein aux pères, qu'on [2] ferait semblant de vous trouver de son goût ; rien que semblant, vous entendez bien ?

PHÉNICE. À merveille.

FRONTIN. Et comme le cœur de l'homme est variable, il se trouve aujourd'hui que leur cœur et leur convention ne riment pas ensemble, et qu'on est fort embarrassé de savoir ce qu'on fera de

---

1. L'édition de 1758 et les éditions ultérieures remplacent *à qui* par *auquel*. **2.** L'édition de 1758 et les éditions ultérieures modernisent cette construction archaïque en supprimant le second *que* : que, pour faire changer de dessein aux pères, on... Comparer *L'Épreuve*, sc. xix, p. 1708, note 1, et voir la Note grammaticale, article *que*, p. 2269.

vous : vous entendez bien ? car la discrétion ne veut pas que j'en disc davantage.

PHÉNICE. En voilà bien assez : je suis au fait, et de peur d'être ingrate, je te confie à mon tour que ta discrétion mériterait le châtiment du bâton.

FRONTIN. Sur ce *pied-là, gardez-moi le secret ; je vois mon maître, et je vais lui dire d'approcher.

Scène IV

PHÉNICE, DAMIS

PHÉNICE, *un moment seule*. Je leur servais donc de prétexte ! Oh ! je prétends m'en venger, ils le méritent bien ; mais puisqu'ils s'aiment, je veux que ma conduite, en les inquiétant, les force de s'accorder. Hé bien ! Monsieur, que me voulez-vous ?

DAMIS. Je crois que vous le savez, Madame.

PHÉNICE. Moi ! non, je n'en sais rien.

DAMIS. Ignorez-vous que notre mariage est conclu ?

PHÉNICE. N'est-ce que cela ? Je vous l'avais prédit ; cela ne pouvait pas manquer d'arriver.

DAMIS. Je ne croyais pas que les choses dussent aller si loin, et je vous demande pardon d'en être cause.

PHÉNICE. Vous vous moquez, je n'ai point de rancune à garder contre un homme qui va devenir mon époux.

DAMIS. Ne me raillez point, Madame, je sais bien que ce n'est pas à moi à qui vous destinez cet honneur-là, dont je me tiendrais fort heureux.

PHÉNICE. Si vous dites vrai, votre bonheur est sûr ; je vous promets que je n'y mettrai point d'obstacle.

DAMIS. Ma foi, il ne me siérait pas d'y en mettre non plus, et je ne serais pas excusable, surtout après les empressements que j'ai marqués pour vous, Madame.

PHÉNICE. Notre mariage ira donc *tout de suite ?

DAMIS. Oh ! morbleu, je vous le garantis fait, s'il n'y a que moi qui l'empêche.

PHÉNICE. Je vous crois.

DAMIS, *à part les premiers mots*. Qu'est-ce que c'est que ce langage-là ? faisons-lui peur. Écoutez, Madame, toute plaisanterie cessante, ne vous y fiez pas ; on a toujours du penchant de *reste pour les personnes qui vous ressemblent, et je vous assure que je ne suis point embarrassé d'en avoir pour vous.

PHÉNICE. Je vous avoue que je m'en flatte.

DAMIS. Tenez, ne badinons point ; car je vous aimerai, je vous en avertis.

PHÉNICE. Il le faut bien, Monsieur.

DAMIS. Mais vous, Madame, il faudra que vous m'aimiez aussi, et vous m'aviez tantôt fait comprendre que vous aimiez ailleurs.

PHÉNICE. Dans ce temps-là, vous épousiez ma sœur ; il ne m'était pas permis de vous voir, et je dissimulais.

DAMIS, *à part le premier mot*. Voyons donc où cela ira. Encore une fois, faites-y vos réflexions ; vous comptez peut-être que je vous tirerai d'affaire, et vous vous trompez : n'attendez rien de mon cœur, il vous prendra au mot, je ne suis que trop disposé à vous le donner.

PHÉNICE. N'hésitez point, Monsieur, donnez.

DAMIS. Je vous aimerai, vous dis-je.

PHÉNICE. Aimez.

DAMIS. Vous le voulez ? Ma foi, Madame, puisqu'il faut l'avouer, je vous aime.

PHÉNICE, *à part*. Il me trompe.

DAMIS. Vous rougissez, Madame.

PHÉNICE. Il est vrai que je suis émue d'un aveu si subit.

DAMIS, *à part le premier mot*. Continuons. Oui, Madame, mon cœur est à vous, et je n'ai souhaité de vous voir que pour vous éprouver là-dessus.

Monsieur Ergaste et Monsieur Orgon entrent dans le moment, et s'arrêtent en voyant Damis et Phénice.

Scène V
MONSIEUR ORGON, MONSIEUR ERGASTE, PHÉNICE, DAMIS

DAMIS *continue*. Les circonstances où je me trouvais ont d'abord retenu mes sentiments, je n'osais vous en parler ; mais puisque ma situation est changée, qu'il ne s'agit plus de se contraindre, et que vous approuvez mon amour *(il se met à genoux)*, laissez-moi vous exprimer ma joie, et me dédommager par l'aveu le plus tendre...

MONSIEUR ORGON. Monsieur Ergaste, voilà des amants qu'il ne faudra pas prier de signer leur contrat de mariage.

DAMIS *se relève vite*. Ah ! je suis perdu !

PHÉNICE, *honteuse*. Que vois-je ?

MONSIEUR ORGON. Ne rougissez point, ma fille ; vos sentiments sont avoués de votre père, et vous pouvez souffrir à vos genoux un homme que vous allez épouser.

MONSIEUR ERGASTE. Mon fils, je n'avais résolu de vous parler qu'à l'instant de votre mariage avec Madame ; vos procédés m'avaient déplu ; mais je vous pardonne, et je suis content ; les sentiments où je vous vois me réconcilient avec vous.

MONSIEUR ORGON. Cette jeunesse et sa vivacité me réjouissent : je suis charmé de ce hasard-ci ; nous attendons tantôt le notaire, et nous allons au-devant de quelques amis qui nous viennent de Paris. Adieu ; puissiez-vous vous aimer toujours de même !

Scène VI

PHÉNICE, DAMIS

DAMIS, *triste et à part*. Nous ne nous aimerons donc guère. Que je suis malheureux !

PHÉNICE, *riant*. Damis, que dites-vous de cette aventure-ci ?

DAMIS. Je dis, Madame... que je viens d'être surpris à vos genoux.

PHÉNICE. Il me semble que vous en êtes devenu tout triste.

DAMIS. Il me paraît que vous n'en êtes pas trop gaie.

PHÉNICE. J'ai d'abord été étourdie, je vous l'avoue ; mais je me suis remise en vous voyant fâché : votre chagrin m'a rassurée contre la comédie que vous avez jouée tout à l'heure. Vous vous seriez bien passé de l'opinion que vous venez de donner de vos sentiments, n'est-il pas vrai ? Il n'y a en vérité rien de plus plaisant ; car après ce qu'on vient de voir, qui est-ce qui ne gagerait pas que vous m'aimez ?

DAMIS, *d'un ton vif*. Eh bien ! Madame, on gagnerait la gageure ; je ne me dédirai pas, et ne me perdrai point d'honneur.

PHÉNICE, *riant*. Quoi ! votre amour tient bon ?

DAMIS. Je me sacrifierais plutôt.

PHÉNICE. Je vous trouve encore un peu l'air de victime.

DAMIS. Tout comme il vous plaira, Madame.

PHÉNICE. Tant mieux pour vous si vous m'aimez, au reste ; car mon parti est pris, et je ne vous refuserais pas, quand vous en aimeriez une autre, quand je ne vous aimerais pas moi-même.

DAMIS. Et d'où pourrait vous[1] venir cette étrange intrépidité-là ?

PHÉNICE. C'est que si vous ne m'aimiez point, notre mariage ne se ferait point, parce que vous n'iriez point jusque-là ; c'est qu'en y consentant, moi, c'est une preuve d'obéissance que je donnerais à mon père à fort bon marché, et que par là je le gagnerais pour un mariage plus à mon gré, qui pourrait se présenter bientôt : vous voyez bien que j'aurais mon petit intérêt à vous laisser démêler cette intrigue ; ce qui vous serait aisé en retournant à ma sœur qui ne vous hait pas, et que je croyais que vous ne haïssiez pas non plus ; sans quoi, point de *quartier.

DAMIS. Ah ! Madame, où en suis-je donc ?

PHÉNICE. Qu'avez-vous ? Ce que je vous dis là ne vous fait rien ; rappelez-vous donc que vous m'aimez.

DAMIS. Vous ne m'aimez pas vous-même.

PHÉNICE. Eh ! qu'importe ? Ne vous embarrassez pas : j'ai de la vertu ; avec cela on a de l'amour quand il faut.

DAMIS, *en lui prenant la main, qu'il baise.* Par tout ce que vous avez de plus cher, ne me laissez point dans l'état où je suis ! Je vous en conjure, ne vous y exposez pas vous-même.

PHÉNICE, *riant.* Damis, il y a aujourd'hui une fatalité sur vos tendresses ; voilà ma sœur qui vous voit baiser ma main.

DAMIS, *en se retirant ému.* Je sors ; adieu, Madame !

PHÉNICE. Adieu donc, Damis, jusqu'au revoir.

Scène VII

LUCILE, PHÉNICE

LUCILE, *agitée.* Je venais vous parler, ma sœur.

PHÉNICE. Et moi, j'allais vous trouver dans le même dessein.

LUCILE. Avant tout, instruisez-moi d'une chose. Est-ce que cet homme-là vous dit qu'il vous aime ?

PHÉNICE. De quel homme parlez-vous ?

LUCILE. Hé de Damis ! est-ce que vous en avez deux ? Je ne vous connais que celui-là : encore vaudrait-il mieux que vous ne l'eussiez point.

PHÉNICE. Pourquoi donc ? J'allais pourtant vous apprendre que nous serons mariés ce soir.

---

1. L'édition de 1758 omet ce *vous*, qui disparaît des éditions ultérieures.

LUCILE. Et vous veniez exprès pour cela ! La nouvelle est fort touchante pour une sœur qui vous aime.

PHÉNICE. En vérité, vous m'étonnez ; car je croyais que vous vous en réjouiriez avec moi, parce que je vous en débarrasse. Me voilà bien trompée !

LUCILE. Oh ! trompée au-delà de ce qu'on peut dire, assurément. Jamais sujet de réjouissance ne le fut moins pour moi, et vous ne savez ce que vous faites, sans compter qu'il ne sied pas tant à une fille de se réjouir de ce qu'elle se marie.

PHÉNICE. Voulez-vous qu'on soit fâchée d'épouser ce que l'on aime ? Je vous parle franchement.

LUCILE. C'est qu'il ne faut point aimer, Mademoiselle ; c'est que cela ne convient point non plus ; c'est qu'il y va de tout le repos de votre vie ; c'est que je vous persécuterai jusqu'à ce que vous ayez quitté cet amour-là ; c'est que je ne veux point que vous le gardiez, et vous ne le garderez point : c'est moi qui vous le dis, qui vous en empêcherai bien. Aimer Damis ? épouser Damis ? Ah ! je suis votre sœur, et il n'en sera rien [1]. Vous avez affaire à une amitié qui vous *désolera plutôt que de vous laisser tomber dans ce malheur-là.

PHÉNICE. Est-ce que ce n'est pas un honnête homme ?

LUCILE. Eh ! qu'en sait-on ? Cet honnête homme ne vous aime pas, cependant il vous épouse. Est-ce là de l'honneur, à votre avis ? Peut-on traiter plus cavalièrement le mariage ?

PHÉNICE. Quoi ! Damis qui se jette à mes genoux, que vous avez trouvé tout [2] prêt de s'y jeter encore !...

LUCILE. Voilà une petite narration de bon goût que vous me faites là ; je ne vous conseille pas de la faire à d'autres qu'à moi. Elle est encore plus l'histoire de vos faiblesses que de sa mauvaise foi, le fourbe qu'il est !

PHÉNICE. Mais enfin, d'où savez-vous qu'il ne m'aime point ?

LUCILE. Je vais vous dire d'où je le sais. Tenez, voilà Lisette qui passe ; elle est instruite, appelons-la. *(Elle appelle.)* Lisette, Lisette, venez ici.

---

1. Le manuscrit porte : *et il n'en fera rien.*   2. Le mot *tout* disparaît sans raison des éditions modernes..

Scène VIII

LISETTE, LUCILE, PHÉNICE

LISETTE. De quoi s'agit-il, Madame ?

LUCILE. Je ne l'ai point préparée, comme vous voyez. Ah çà ! Lisette, dites sans façon ce que vous pensez : nous parlons de Damis ; croyez-vous qu'il aime ma sœur ?

LISETTE. Non, certes, je ne le crois pas ; car je sais le contraire, et vous aussi, Madame.

LUCILE, *à Phénice*. Entendez-vous ?

LISETTE. Il se désolait tantôt du mariage en question.

LUCILE. Voilà qui est net.

LISETTE. Et si j'avais quelque pouvoir ici, il n'épouserait point Madame.

LUCILE, *à Phénice*. Eh bien, ai-je tort de trembler pour vous ?

LISETTE. Pour dire la vérité, il n'aime ici que ma maîtresse.

PHÉNICE. Qui ne l'aime pas, apparemment.

LISETTE. C'est à elle à éclaircir ce point-là ; elle est bonne pour répondre.

PHÉNICE. On dirait que Lisette vous épargne.

LISETTE. Moi, Madame ?

LUCILE. Qu'est-ce que cela signifie ? Ce discours-là est obscur ; on sait que j'ai refusé Damis [1].

PHÉNICE. On peut le croire, mais on n'en est pas sûr ; quoi qu'il en soit, je n'ai pas peur qu'on me l'enlève. Adieu, ma sœur, je vous quitte ; je pense que nous n'avons plus rien à nous dire.

LUCILE. Vous n'êtes pas mal fière, ma sœur. On est bien payée des inquiétudes qu'on a pour vous.

PHÉNICE, *en s'en allant*. Je serais peut-être dupe si j'étais reconnaissante.

Scène IX

LISETTE, LUCILE

LISETTE. Elle ne craint point qu'on le lui enlève, dit-elle ; ma foi, Madame, je vous renonce si cela ne vous *pique pas ; car enfin il est

---

1. Le manuscrit a un texte différent, et peut-être préférable : *Qu'est-ce que c'est que ce discours-là ? On sait que jusqu'ici j'ai refusé Damis.*

temps de convenir que Damis ne vous déplaît point, d'autant plus qu'il vous aime.

LUCILE. Quand il vous plaira que je le haïsse, la recette est immanquable [1], vous n'avez qu'à me dire que je l'aime. Mais il ne s'agit pas de cela ; je veux avoir raison de l'impertinent orgueil de ma sœur ; et je le puis, s'il est vrai que Damis m'aime, comme vous m'en êtes garant. Le succès de la commission que je vais vous donner roule tout entier sur cette vérité-là que vous me garantissez.

LISETTE. Voyons.

LUCILE. Je vous charge donc d'aller trouver Damis comme de vous-même, entendez-vous ? car ne n'est pas moi qui vous y envoie, c'est vous qui y allez.

LISETTE. Que lui dirai-je ?

LUCILE. Est-ce que vous ne le devinez-pas ? Apparemment que vous n'y allez pas pour lui dire que je le hais : mais vous avez plus de malice que d'ignorance.

LISETTE. Je lui ferai donc entendre que vous l'aimez ?

LUCILE. Oui, Mademoiselle, oui, que je l'aime, puisque vous me forcez à prononcer moi-même un mot qui m'est désagréable, et dont je ne me sers ici que par raison. Au reste, je ne vous indique rien de ce qui peut appuyer cette fausse confidence : vous êtes fille d'*esprit, vous pénétrez les *mouvements des autres ; vous lisez dans les cœurs ; l'art de les persuader ne vous manquera pas, et je vous prie de m'épargner une instruction plus ample. Il y a certaine *tournure, certaine *industrie que vous pouvez employer : vous aurez remarqué mes discours, vous m'aurez vue inquiète, j'aurai soupiré si vous voulez. Je ne vous prescris rien. Le peu que je vous en dis me révolte, et je gâterais tout si je m'en mêlais. Ménagez-moi le plus qu'il sera [2] possible. Cependant persuadez Damis ; dites-lui qu'il vienne ; qu'il avoue hardiment qu'il m'aime ; que vous sentez que je le souhaite ; que les paroles qu'il m'a données ne sont rien : comme en effet ce ne sont que des bagatelles ; que je les traiterai de même ; et le reste. Allez, hâtez-vous ; il n'y a point de temps à perdre. Mais que vois-je ? le voici qui vient. Oubliez tout ce que je vous ai dit.

---

1. Les quatre mots qui précèdent manquent dans le manuscrit.   **2.** Le manuscrit porte par erreur : *le plus qu'il me sera.*

Scène X

DAMIS, LUCILE, LISETTE

DAMIS, *à part les premiers mots.* Puisse le Ciel favoriser ma feinte ! Éprouvons encore si son cœur ne me regretterait pas. Enfin, Madame, il n'est plus question de notre mariage ; vous voilà libre, et puisqu'il le faut, j'épouserai Phénice.

LISETTE, *à part.* Que nous vient-il dire ?

DAMIS. Quoique le bonheur de vous plaire ne m'ait pas été réservé, puis-je du moins, Madame, au défaut des sentiments dont je n'étais pas digne, me flatter d'obtenir ceux de l'amitié que je vous demande ?

LUCILE. Ce soin-là ne doit point vous occuper aujourd'hui, Monsieur, et je ferais scrupule de vous retenir plus longtemps[1]. *(Elle veut se retirer.)* Ah !

DAMIS. Quoi ? Madame, notre mariage vous déplaît-il ?

LUCILE. J'ai trouvé que vous ne me conveniez point, et je vous avoue que, si l'on m'en croyait, vous ne conviendriez pas mieux à Phénice, et peut-être même pourrais-je en dire ma pensée. *(En s'en allant[2].)* L'ingrat !

Scène XI

DAMIS, LISETTE

DAMIS. Ah ! Lisette, est-ce là cette personne qui avait tant de penchant pour moi ?

LISETTE. Quoi ! vous osez me parler encore ? Est-ce pour me demander mon amitié aussi, à moi ? je vous la refuse. Adieu. *(À part.)* Je vais pourtant voir ce qu'on peut faire pour lui.

DAMIS. Arrête ! je me meurs ! et je ne sais plus ce que je deviendrai.

---

1. Le manuscrit enchaîne ici, en sautant la réplique de Damis : *... plus longtemps. J'ai trouvé que vous ne me conveniez point,* etc.   2. À la place de cette indication, le manuscrit porte *À part.*

ACTE V

Scène première

FRONTIN, LISETTE

FRONTIN. Je te dis qu'il est au désespoir, et qu'il aurait déjà disparu si je ne l'arrêtais pas.

LISETTE. Qu'on est sot quand on aime !

FRONTIN. C'est bien pis quand on épouse !

LISETTE. Le plus court serait que ton maître allât se jeter aux pieds de ma maîtresse, je suis persuadée que cela terminerait tout.

FRONTIN. Il n'y a pas moyen ; il dit qu'il a suffisamment éprouvé le cœur de Lucile, et qu'il est si mal disposé pour lui, que peut-être publierait-elle l'aveu de son amour pour le perdre.

LISETTE. Quelle imagination !

FRONTIN. Que veux-tu ? Le danger où il est d'épouser Phénice, l'impossibilité où il se trouve de la refuser avec honneur, l'idée qu'il a des sentiments de Lucile, tout cela lui tourne la tête et la tournerait à un autre : il ne voit pas les choses comme nous, il faut le plaindre ; malheureusement c'est un garçon qui a de l'*esprit ; cela fait qu'il subtilise, que son cerveau travaille ; et dans de certains embarras, sais-tu bien qu'il n'appartient qu'aux gens d'esprit de n'avoir pas le sens commun ? Je l'ai tant éprouvé moi-même !

LISETTE. Quoi qu'il en soit, qu'il se garde bien de s'en aller avant que de savoir à quoi s'en tenir ; car j'espère que la difficulté que nous avons fait naître, et la conduite que nous faisons tenir à Lucile, le tireront d'affaire ; je n'ai pas eu de peine à persuader à ma maîtresse que ce mariage-ci lui faisait une véritable injure, qu'elle avait droit de s'en plaindre, et Monsieur Orgon m'a paru aussi très embarrassé de ce que j'ai été lui dire de sa part ; mais toi, de ton côté, qu'as-tu dit au père de Damis ? Lui as-tu fait sentir le désagrément qu'il y avait pour son fils de n'entrer dans une maison que pour y brouiller les deux sœurs ?

FRONTIN. Je me suis surpassé, ma fille ; tu sais le talent que j'ai pour la parole, et l'art avec lequel je mens quand il faut[1] : je lui ai peint Lucile si ennemie de mon maître, remplissant la maison de

---

1. Duviquet, suivi par les éditeurs modernes, rectifie : *quand il le faut*. La correction est évidemment inutile.

tant de murmures, menaçant sa sœur d'une rupture si terrible si elle l'épouse ! J'ai peint Monsieur Orgon si consterné, Phénice si découragée, Damis si stupéfait !

LISETTE. À cela qu'a-t-il répondu ?

FRONTIN. Rien, sinon qu'à mon récit il a soupiré, levé les épaules, et m'a quitté pour parler à Monsieur Orgon et pour consoler son fils, qui est averti, et qui, de son côté, l'attend avec une douleur inconsolable.

LISETTE. Voilà, ce me semble, tout ce qu'on peut faire en pareil cas pour ton maître, et j'ai bonne opinion de cela ; mais retire-toi ; voici Lucile qui me cherche apparemment ; je lui ai toujours dit qu'elle aimait Damis sans qu'elle l'ait avoué, et je vais changer de ton afin de la forcer à en changer elle-même.

FRONTIN. Adieu ; songe qu'il faut que je t'épouse, ou que la tête me tourne aussi.

LISETTE. Va, va, ta tête a pris les devants, ne crains plus rien pour elle.

Scène II
LUCILE, LISETTE

LUCILE. Hé bien ! Lisette, avez-vous vu mon père ?

LISETTE. Oui, Madame, et autant qu'il m'a paru, je l'ai laissé très inquiet de vos dispositions ; *pour de réponse, Monsieur Ergaste qui est venu le joindre ne lui a pas donné le temps de m'en faire. Il m'a seulement dit qu'il vous parlerait.

LUCILE. Fort bien ! Cependant les préparatifs du mariage se font toujours.

LISETTE. Vous verrez ce qu'il vous dira.

LUCILE. Je verrai, la belle ressource ! Pouvez-vous être de ce sang-froid-là, dans les circonstances où je me trouve ?

LISETTE. Moi ! de sang-froid, Madame ? Je suis peut-être plus fâchée que vous.

LUCILE. Écoutez, vous auriez[1] raison de l'être ; je vous dois l'injure que j'essuie, et j'ai fait une triste épreuve de l'imprudence de vos conseils. Vous n'êtes point méchante ; mais, croyez-moi, ne vous attachez jamais à personne ; car vous n'êtes bonne qu'à nuire.

---

1. Le manuscrit porte : *vous aurez.*

LISETTE. Comment donc ! est-ce que vous croyez que je vous porte malheur ?

LUCILE. Hé pourquoi non ? Est-ce que tout n'est pas plein de gens qui vous ressemblent ? Vous n'avez qu'à voir ce qui m'arrive avec vous.

LISETTE. Mais vous n'y songez pas, Madame ?

LUCILE. Oh ! Lisette, vous en direz tout ce qu'il vous plaira, mais voilà des fatalités qui me passent et qui ne m'appartiennent point du tout.

LISETTE. Et de là vous concluez que c'est moi qui vous les procure ? Mais, Madame, ne soyez donc point injuste. N'est-ce pas vous qui avez renvoyé Damis ?

LUCILE. Oui, mais qui est-ce qui en est cause ? Depuis que nous sommes ensemble, avez-vous cessé de me parler des douceurs de je ne sais quelle liberté qui n'est que chimère ? Qui est-ce qui m'a conseillé de ne me marier jamais ?

LISETTE. L'envie de faire de vos yeux ce qu'il vous plairait, sans en rendre compte à personne.

LUCILE. Les serments que j'ai faits, qui est-ce qui les a imaginés ?

LISETTE. Que vous importent-ils ? Ils ne tombent que sur un homme que vous n'aimez point.

LUCILE. Eh pourquoi donc vous êtes-vous efforcée de me persuader que je l'aimais ? *D'où vient me l'avoir répété si souvent que j'en ai presque douté moi-même ?

LISETTE. C'est que je me trompais.

LUCILE. Vous vous trompiez. Je l'aimais ce matin, je ne l'aime pas ce soir. Si je n'en ai pas d'autre garant que vos connaissances, je n'ai qu'à m'y fier, me voilà bien instruite. Cependant, dans la confusion d'idées que tout cela me donne à moi, il arrive, en vérité, que je me perds de vue. Non, je ne suis pas sûre de mon état ; cela n'est-il pas désagréable ?

LISETTE. Rassurez-vous, Madame ; encore une fois vous ne l'aimez point.

LUCILE. Vous verrez qu'elle en saura plus que moi. Eh ! que sais-je si je ne l'aurais pas aimé, si vous m'aviez laissée telle que j'étais, si vos conseils, vos préjugés, vos fausses maximes ne m'avaient pas infecté l'esprit ? Est-ce moi qui ai décidé de mon sort ? Chacun a sa façon de penser et de sentir, et apparemment que j'en ai une ; mais je ne dirai pas ce que c'est, je ne connais que la vôtre. Ce n'est ni ma raison ni mon cœur qui m'ont conduit[1], c'est vous. Aussi n'ai-je jamais pensé que des impertinences. Et voilà ce que c'est : on croit se déterminer, on croit agir, on croit suivre ses sentiments et ses lumières[2], et point du tout ; il se trouve qu'on n'a qu'un esprit d'emprunt, et qu'on ne vit que de la folie de ceux qui s'emparent de votre confiance.

LISETTE. Je ne sais où j'en suis !

LUCILE. Dites-moi ce que c'était, à mon âge, que l'idée de rester fille ? Qui est-ce qui ne se marie pas ? Qui est-ce qui va s'entêter de la haine d'un état respectable, et que tout le monde prend ? La condition la plus naturelle d'une fille est d'être mariée. Je n'ai pu y renoncer qu'en risquant de désobéir à mon père. Je dépends de lui. D'ailleurs, la vie est pleine d'embarras : un mari les partage. On ne saurait avoir trop de secours. C'est un véritable ami qu'on acquiert. Il n'y avait rien de mieux que Damis, c'est un honnête homme. J'entrevois qu'il m'aurait plu. Cela allait *tout de suite. Mais malheureusement[3] vous êtes au monde ; et la destination de votre vie est d'être le fléau de la mienne. Le hasard vous place chez moi, et tout est renversé. Je résiste à mon père, je fais des serments ; j'extravague ; et ma sœur en profite !

LISETTE. Je vous disais tout à l'heure que vous n'aimiez pas Damis ; à présent je suis tentée de croire que vous l'aimez.

LUCILE. Eh ! le moyen de s'en être empêchée avec vous ? Eh bien ! oui, je l'aime, Mademoiselle ; êtes-vous contente ? Oui, et je suis charmée de l'aimer pour vous mettre dans votre tort, et vous faire taire.

LISETTE. Eh ! *mort de ma vie, que ne le disiez-vous plus tôt ? Vous nous auriez épargné bien de la peine à tous, et à Damis qui vous aime, et à Frontin et moi[4] qui nous aimons aussi et qui nous désespérions ; mais laissez-moi faire, il n'y a encore rien de gâté.

LUCILE. Oui, je l'aime, il n'est que trop vrai, et il ne me manquait plus que le malheur de n'avoir pu le cacher ; mais s'il vous en échappe un mot, vous pouvez renoncer à moi pour la vie.

LISETTE. Quoi ! vous ne voulez pas ?...

---

1. Sur le non-accord du participe (garanti par les éditions de 1732 et 1758), voir la Note grammaticale, p. 2265.   2. Texte du manuscrit : *ses sentiments, ses lumières*.   3. Texte du manuscrit : *Mais malheureusement pour moi*.
4. Texte de l'édition originale seule. Les autres éditions (Neaulme 1732, Duchesne 1758) portent : *et à Frontin et à moi*.

LUCILE. Non, je vous le défends.

LISETTE. Mais, Madame, ce serait dommage, il vous adore.

LUCILE. Qu'il me le dise lui-même, et je le croirai. Quoi qu'il en soit, il m'a plu.

LISETTE. Il le mérite bien, Madame.

LUCILE. Je n'en sais rien, Lisette ; car quand j'y songe, notre amour ne fait pas toujours l'éloge de la personne aimée ; il fait bien plus souvent la critique de la personne qui aime : je ne le *sens que trop. Notre vanité et notre coquetterie, voilà les plus grandes sources de nos passions[1], voilà d'où les hommes tirent le plus souvent tout ce qu'ils valent. Qui nous ôterait les faiblesses de notre cœur ne leur laisserait guère de qualités estimables. Ce cabinet où j'étais cachée pendant que Damis te parlait, qu'on le retranche de mon aventure, peut-être que je n'aurais pas d'amour ; car pourquoi est-ce que j'aime ? Parce qu'on me défiait de plaire, et que j'ai voulu venger mon visage ; n'est-ce pas là une belle origine de tendresse ? Voilà pourtant ce qu'a produit un cabinet de plus dans mon histoire[2].

LISETTE. Eh ! Madame, Damis n'a que faire de cette aventure-là pour être aimable : laissez-moi vous conduire.

LUCILE. Vous savez ce que je vous ai défendu, Lisette.

LISETTE. Je sors, car voilà votre père ; mais vous aurez beau dire, si Damis se voyait forcé d'épouser Phénice, ne vous attendez pas que je reste muette.

Scène III

MONSIEUR ORGON, LUCILE

MONSIEUR ORGON. Ma fille, que signifie donc ce que Lisette m'est venu[3] dire de votre part ? Comment ! vous ne voulez pas voir le mariage de votre sœur ? vous ne le lui pardonnerez jamais ? vous demandez à vous retirer ? Monsieur Ergaste, son fils, Phénice et moi,

---

1. Remarque importante, à joindre aux diverses analyses de l'amour et de la coquetterie dans la première *Surprise de l'amour*, ainsi que dans les *Lettres au Mercure*, *Le Spectateur français* et *Le Cabinet du philosophe* (voir l'Index des *Journaux et Œuvres diverses*). Noter pourtant qu'ici Lucile cherche à minimiser l'importance du sentiment qu'elle a éprouvé pour Damis, et qui avait évidemment pour base une inclination spontanée.   **2.** La moitié de la réplique de Lucile (depuis *Ce cabinet où j'étais cachée*...) manque dans le manuscrit.   **3.** Sur ce non-accord du participe, garanti par les éditions de 1732 et 1758, voir la Note grammaticale, p. 2265.

vous nous chagrinez tous : et de qui[1] s'agit-il ? de l'homme du monde qui vous est le plus indifférent !

LUCILE. Très indifférent, je l'avoue, mais la manière dont mon père me traite ne me l'est pas.

MONSIEUR ORGON. Eh que vous ai-je fait, ma fille ?

LUCILE. Non, il est certain que je n'ai point de part aux bontés de votre cœur ; ma sœur en emporte toutes les tendresses.

MONSIEUR ORGON. De quoi pouvez-vous vous plaindre ?

LUCILE. Ce n'est pas que je trouve mauvais que vous l'aimiez, assurément. Je sais bien qu'elle est *aimable[2], et si vous ne l'aimiez pas, j'en serais très fâchée ; mais qu'on n'aime qu'elle, qu'on ne songe qu'à elle, qu'on la marie[3] aux dépens du peu d'estime qu'on pouvait faire de mon esprit, de mon cœur, de mon caractère, je vous avoue, mon père, que cela est bien triste, et que c'est me faire payer bien chèrement son mariage[4].

MONSIEUR ORGON. Mais que veux-tu dire ? Tout ce que j'y vois, moi, c'est qu'elle est ta cadette, et qu'elle épouse un homme qui t'était destiné : mais ce n'est qu'à ton refus. Si tu avais voulu de Damis, il ne serait pas à elle, ainsi te voilà hors d'intérêt ; et dans le fond, ton cœur t'a bien conduit : Damis et toi, vous n'étiez pas nés l'un pour l'autre. Il a plu sans peine à ta sœur ; nous voulions nous allier, Monsieur Ergaste et moi, et nous profitons de leur penchant mutuel : c'est te débarrasser d'un homme que tu n'aimes point, et tu dois en être charmée.

LUCILE. Enfin, je n'ai rien à dire, et vous êtes le maître ; mais je devais l'épouser. Il n'était venu que pour moi, tout le monde en est informé ; je ne l'épouse point, tout le monde en sera surpris. D'ailleurs, je pouvais quelque jour vouloir me marier moi-même, et me voilà forcée d'y renoncer.

MONSIEUR ORGON. D'y renoncer, dis-tu ? Qu'est-ce que c'est que cette idée-là ?

LUCILE. Oui, me voilà condamnée à n'y plus penser ; on ne revient jamais de l'accident humiliant qui m'arrive aujourd'hui : il faut

---

1. Les éditions courantes, depuis celle de Duviquet, portent par erreur *et de quoi* pour *et de qui*.   2. Le manuscrit ajoute : *et cela est juste*.   3. Le manuscrit supprime deux membres de phrase et porte simplement : *mais qu'on la marie*.   4. Le manuscrit ne comporte pas, à partir d'ici, d'autres répliques de Lucile. Il est probable que la coupure frappait quatre répliques, et peut-être une partie de la cinquième. Orgon reprenait la parole pour répondre brièvement à Lucile et annoncer l'arrivée de Phénice.

désormais regarder mon cœur et ma main comme disgraciés ; il ne s'agit plus de les offrir à personne, ni de chercher de nouveaux affronts ; j'ai été dédaignée, je le serai toujours, et une retraite éternelle est l'unique parti qui me reste à prendre.

MONSIEUR ORGON. Tu es folle ; on sait que tu as refusé Damis, encore une fois, il le publie lui-même, et tout le risque que tu cours dans cette affaire-ci c'est de passer pour avoir le goût bizarre, voilà tout ; ainsi, tranquillise-toi, et ne va pas toi-même, par un mécontentement mal entendu, te faire soupçonner de sentiments [1] que tu n'as point : voici ta sœur qui vient nous joindre, et à qui j'avais donné ordre de te parler, et je te prie de la recevoir avec amitié.

Scène IV

PHÉNICE, LUCILE, MONSIEUR ORGON

MONSIEUR ORGON. Approchez, Phénice ; votre sœur vient de me dire les motifs de son dégoût pour votre mariage. Quoique Damis ne lui convienne point, on sait qu'il était venu pour elle, et elle croyait qu'on pouvait mieux faire que de vous le donner ; mais elle ne songe plus à cela, voilà qui est fini.

PHÉNICE. Si ma sœur le regrette, et que Damis la préfère, il est encore à elle ; je le cède volontiers, et n'en murmurerai point.

LUCILE. Croyez-moi, ma sœur, un peu moins de confiance ; s'il vous entendait, j'aurais peur qu'il ne vous prît au mot.

PHÉNICE. Oh ! non, je parle à coup sûr ; il n'y a rien à craindre, je lui ai répété plus de vingt fois ce que je vous dis là.

LUCILE. Ha ! si vous n'avez rien risqué à lui tenir ce discours, vous m'en avez quelque obligation ; mes manières n'ont pas nui à la constance qu'il a eue pour vous.

PHÉNICE. Laissez-moi pourtant me flatter qu'il m'a choisie.

LUCILE. Et moi je vous dis qu'il est mieux que vous ne vous en flattiez pas, Mademoiselle ; vous en serez plus attentive à lui plaire, et son amour aura besoin de ce secours-là.

MONSIEUR ORGON. Qu'est-ce que c'est donc que cet air de dispute que vous prenez entre vous deux ? Est-ce là comme vous répondez aux soins que je me donne pour vous voir unies ?

---

1. Les éditions modernes adoptent ici une maladroite correction de Duviquet : *te faire soupçonner des sentiments*.

LUCILE. Mais vous voyez bien qu'on le prend sur un ton qui n'est pas supportable.

PHÉNICE. Eh ! que puis-je faire de plus que de renoncer à Damis, si votre cœur le souhaite ?

LUCILE. On vous dit que si mon cœur le souhaitait, on n'aurait que faire de vous, et que la vanité de vos offres est bien inutile sur un objet qu'on vous ôterait avec un regard, si on en avait envie. En voilà assez, finissons.

MONSIEUR ORGON. La jolie conversation ! Je vous croyais à toutes deux plus de respect pour moi.

PHÉNICE. Je ne dirai plus mot ; je n'étais venue que dans le dessein d'embrasser ma sœur, et j'y suis encore prête, si ses sentiments me le permettent.

LUCILE. Ah ! qu'à cela ne tienne.

Elles s'embrassent.

MONSIEUR ORGON. Hé bien ! voilà ce que je demandais ; allons, mes enfants, réconciliez-vous, et soyez bonnes amies : voici Damis qui vient fort à propos.

Scène V

DAMIS, LUCILE, MONSIEUR ORGON, PHÉNICE

DAMIS. Je crois, Monsieur, que vous êtes bien persuadé du désir extrême que j'avais de voir terminer notre mariage ; mais vous savez l'obstacle qu'y a apporté Madame ; et plutôt que de jeter le trouble dans une famille...

MONSIEUR ORGON. Non, Damis, vous n'en jetterez aucun. Je vous annonce que nous sommes tous d'accord, que nous vous estimons tous, et que mes filles viennent de s'embrasser tout à l'heure.

PHÉNICE. Et même de bon cœur, à ce que je pense.

LUCILE. Oh ! le cœur n'a que faire ici ; rien ne l'intéresse.

MONSIEUR ORGON. Eh ! sans doute. Adieu, je vais porter cette bonne nouvelle à Monsieur Ergaste et dans un moment revenir avec lui ici pour conclure.

Scène VI

DAMIS, LUCILE, PHÉNICE

PHÉNICE, *riant en les regardant*. Ha ! ha ! ha !... Que vous me divertissez tous deux, vous vous taisez, vous me regardez d'un œil noir, ha ! ha ! ha !...

LUCILE. Où est donc le mot pour rire ?

PHÉNICE. Oh ! il y est beaucoup pour moi, et il n'y est pas encore pour vous, j'en conviens ; mais cela va venir... Approchez, Damis.

DAMIS, *faisant mine de reculer*. De quoi s'agit-il, Madame ?

PHÉNICE. De quoi s'agit-il, Madame ? Est-ce que vous me fuyez ? Le joli prélude de tendresse ! N'est-ce pas là un homme bien disposé à m'épouser ? *(Elle va à lui.)* Approchez, vous dis-je, venez ici, et laissez-vous conduire ; allons, Monsieur, rendez hommage à votre vainqueur, et jetez-vous à ses genoux tout à l'heure... à ses genoux, vous dis-je : et vous, ma sœur, tenez-vous un peu fière ; ne lui tendez pas la main en signe de paix, mais ne la retirez pas non plus ; laissez-la aller, afin qu'il la prenne ; voilà mon projet rempli : adieu, le reste vous regarde.

Scène VII

DAMIS, LUCILE

LUCILE, *à Damis à genoux*. Mais qu'est-ce que cela signifie, Damis ?

DAMIS. Que je vous adore depuis le premier instant, et que je n'osais vous le dire.

LUCILE. Assurément, voilà qui est *particulier ; mais levez-vous donc pour vous expliquer.

Damis se lève.

DAMIS. Si vous saviez combien j'ai souffert du silence timide que j'ai gardé, Madame ! Non, je ne puis vous exprimer ce que devint mon cœur la première fois que je vous vis, ni tout le désespoir où je fus d'avoir parlé à Lisette comme j'avais fait.

LUCILE. Je ne m'attendais pas à ce discours-là ; car vous me promîtes alors de rompre notre mariage [1].

---

1. Cette réplique de Lucile manque dans le manuscrit. Damis enchaînait sans doute de la fin de la réplique précédente jusqu'à *souvenez-vous-en*...

DAMIS. Madame, je ne vous promis rien, souvenez-vous-en, je ne fis que céder à l'éloignement où je vous vis pour moi ; je ne me rendis qu'à vos dispositions, qu'au respect que j'avais pour elles, qu'à la peur de vous déplaire, et qu'à l'extrême surprise où j'étais.

LUCILE. Je vous crois, mais j'admire la conjoncture où cela tombe ; car enfin, si j'avais su vos sentiments, que sais-je ? ils auraient pu me déterminer ; mais à présent, comment voulez-vous qu'on fasse ? En vérité, cela est bien embarrassant.

DAMIS. Ah ! Lucile, si mon cœur pouvait fléchir le vôtre !

LUCILE. Vous verrez que notre histoire sera d'un ridicule qui me désole[1].

DAMIS. Je ne serai jamais à Phénice, je ne puis être qu'à vous seule, et si je vous perds, toute ma ressource est de fuir, de ne me montrer de ma vie, et de mourir de douleur.

LUCILE. Cette extrémité-là serait terrible ; mais dites-moi, ma sœur sait donc que vous m'aimez ?

DAMIS. Il faut qu'on le lui ait dit, ou qu'elle l'ait soupçonné dans nos conversations, et qu'elle ait voulu m'encourager à vous le dire.

LUCILE. Hum ! si elle a soupçonné que vous m'aimiez, je suis sûre qu'elle se sera doutée que j'y suis sensible.

DAMIS, *en lui baisant la main*. Ah ! Lucile, que viens-je d'entendre ? Dans quel ravissement me jetez-vous[2] ?

LUCILE. Notre aventure[3] fera rire, mais notre amour m'en console. Je crois qu'on vient.

Scène dernière

MONSIEUR ORGON, MONSIEUR ERGASTE, PHÉNICE, DAMIS, LISETTE, FRONTIN, LUCILE

MONSIEUR ERGASTE. Allons, mon fils, hâtez-vous de combler ma joie, et venez signer votre bonheur.

DAMIS. Mon père, il n'est plus question de mariage avec Madame ; elle n'y a jamais pensé, et mon cœur n'appartient qu'à Lucile.

MONSIEUR ORGON. Qu'à Lucile ?

---

1. Cette réplique de Lucile manque encore dans le manuscrit. Il en était peut-être de même de la réplique de Damis qui précède.   2. Le manuscrit ajoute : *Tous mes vœux sont comblés.*   3. Le manuscrit porte : *Peut-être que notre aventure.*

LISETTE. Oui, Monsieur, à elle-même, qui ne le refusera pas ; mariez hardiment ; tantôt nous vous dirons le reste.

MONSIEUR ORGON. Êtes-vous d'accord de ce qu'on dit là, ma fille ?

LUCILE, *donnant la main à Damis.* Ne me demandez point d'autre réponse, mon père.

FRONTIN. Eh bien ! Lisette, qu'en sera-t-il ?

LISETTE, *lui donnant la main.* Ne me demande point d'autre réponse.

L'ÉCOLE DES MÈRES

COMÉDIE EN UN ACTE
REPRÉSENTÉE POUR LA PREMIÈRE FOIS
PAR LES COMÉDIENS-ITALIENS
LE 25 JUILLET 1732

NOTICE

À ceux qui, faute de pouvoir s'y livrer, affectent de mépriser l'étude objective des œuvres, et particulièrement la recherche des sources, le cas de *L'École des mères* apporte un nouveau démenti. Depuis que, voici quelques années, Kenneth McKee en a rattaché la pensée morale à un sujet traité dans *Le Spectateur français*[1] et que, plus récemment, Lucette Desvignes a montré ce que Marivaux devait, pour la conduite de sa pièce, à une petite comédie de Dancourt, *La Parisienne*[2], non seulement sa genèse en est éclairée, ce qui n'est pas négligeable, mais sa signification en est précisée et la supériorité de Marivaux dans le domaine dramatique apparaît plus nettement.

C'est le 25 juillet 1732, six semaines après l'échec des *Serments indiscrets*, que *L'École des mères* fut jouée au Théâtre-Italien. Si le titre pouvait rappeler aux spectateurs, plus que les deux *École* de Molière, la récente *École des pères* de Piron[3], la critique du temps ne semble pas avoir rapproché *L'École des mères* de *La Parisienne*, de Dancourt, qui, après une longue interruption, avait été reprise au Théâtre-Français[4]. Pourtant, Marivaux ne s'était même pas donné la peine de changer le nom de trois des quatre personnages principaux, Angélique, la jeune fille de seize ou dix-sept ans, à peine sortie du couvent, et tout avide de vivre, Éraste, l'amoureux traditionnel,

---

1. *The Theater of Marivaux*, 1958, p. 157.   **2.** « Dancourt, Marivaux et l'Éducation des filles », article paru dans la *Revue d'Histoire littéraire de la France*, 1963, pp. 394-414. Pour plus de détails, nous renvoyons le lecteur à cette importante étude.   **3.** *L'École des pères ou le Fils ingrat*, reçue au Théâtre-Français le 4 juin 1728.   **4.** « Au commencement du mois (août 1725), les Comédiens-Français remirent au théâtre la petite comédie de *La Parisienne*, de M. Dancourt, qui n'avait pas été représentée depuis fort longtemps. » (*Mercure* d'août 1725, p. 1869.) Le texte de *La Parisienne* a été publié intégralement par F. Rubellin en appendice à son édition de *L'École des mères*, LGF, Le Livre de Poche, 1992.

et Damis, père du précédent, en même temps que son rival auprès de la jeune fille. Même un trio de valets, Lisette, L'Olive et La Vigne, les deux derniers rivaux auprès de la première, passent de la pièce de Dancourt à celle de Marivaux sous les noms voisins de Lisette, Frontin et Champagne, et dans des rapports analogues. Mais là où Marivaux affirme immédiatement sa supériorité, c'est dans la façon dont il sait conduire sa pièce à partir d'une intrigue conventionnelle.

Chez Dancourt, la jeune Angélique, à peine sortie du couvent, est recherchée en mariage par le barbon Damis, dont Olympe, mère d'Angélique, est prête à soutenir la demande parce qu'il est riche et qu'elle-même est pauvre. Angélique a vu au couvent et aimé Éraste, qui y faisait une visite. Le jeune homme a perdu sa trace quand elle en a été retirée, et, de chagrin, s'est engagé dans l'armée contre la volonté de son père Damis (nous sommes en 1691, pendant la guerre de la Ligue d'Augsbourg). Profitant de l'hiver, il revient à Paris avec son valet L'Olive, pour essayer de retrouver Angélique. En fait, L'Olive rencontre d'abord La Vigne, valet de Damis, et apprend de lui les desseins de son maître. Une nouvelle série de rencontres et de découvertes révèle aux personnages la situation respective de chacun d'entre eux. C'est ainsi que Lisette, femme de L'Olive, est devenue la suivante d'Angélique et que, croyant un peu vite son mari mort à l'armée, elle se prépare à faire le bonheur de La Vigne. Angélique est ravie d'apprendre qu'Éraste est revenu et veut l'épouser, mais se trouve embarrassée de deux rendez-vous donnés à la même heure à deux étourdis, Dorante et Lisimon, qu'elle avait pris la précaution de se ménager, au cas où Éraste lui aurait manqué. Elle parvient à se débarrasser d'eux grâce au concours de Lisette et à celui, plus involontaire, du vieux Damis. La pièce se dénoue lorsque la mère d'Angélique, Olympe, apprenant les sentiments de sa fille qui lui avaient été cachés jusque-là, lui laisse la liberté de son choix, et que de son côté Damis, contraint et forcé, consent au mariage de son fils avec celle à laquelle il prétendait lui-même.

Marivaux fait subir à cette intrigue des simplifications radicales. S'il garde l'idée d'une rivalité fortuite entre le père et le fils, il supprime tous les coups de hasard qui mettaient les personnages en présence. Si Éraste vient chez Angélique, c'est qu'il sait où elle habite. Ainsi, l'action peut se passer dans une maison et non dans la rue. L'intrigue secondaire entre les valets est ici réduite au point de n'être plus qu'un reflet comique de l'action principale : Champagne échoue auprès de Lisette dans la mesure où son maître échoue auprès d'Angélique, tandis que son rival Frontin l'emporte comme le fait son maître Éraste. Un autre effet de concentration est obtenu par l'élimination des deux personnages épisodiques de Dorante et de Lisimon.

D'une simple pochade, qui se hausse à peine au niveau de l'esquisse de mœurs dans le portrait de la coquette ingénue, la « Parisienne » de Dancourt, Marivaux tire une pièce à idées, sinon à thèse. Le problème qu'il traite est celui de l'éducation des enfants, déjà abordé dans _Le Spectateur français_, et spécialement de l'éducation des filles. Dancourt n'y avait pas songé : chez lui, Olympe, la mère, n'avait manqué d'établir des relations de confiance avec sa fille que parce qu'elle n'en avait pas eu le loisir [1]. Pour Marivaux, qui a remarqué, dès l'époque du _Spectateur_, qu'il est des pères qui, par leur faute, n'ont « jamais vu le visage de [leur] fils [2] », la communication entre parents et enfants est une nécessité fondamentale de l'éducation. Une scène très fine (sc. v) montre comment, par sa faute, Mme Argante a rompu tout contact entre sa fille et elle. Mais l'austérité excessive, la privation des divertissements cause aussi des inconvénients que Marivaux a exposés avec verve dans une autre feuille du _Spectateur_, la douzième. Une jeune fille se plaint de la contrainte où la fait vivre sa mère et décrit les effets de ce système d'éducation : son dégoût pour la sagesse, présentée comme un morne devoir, sa curiosité à l'égard des plaisirs défendus. Cet aspect de la question n'est pas plus oublié ici que l'autre. Quoique Angélique soit « naturellement vertueuse », ce qui la rend plus intéressante que son homonyme chez Dancourt, et enlève toute excuse à sa mère, elle s'endort quand elle entend « parler de sagesse [3] ». Mieux, sa mère lui ayant conseillé de rester « dans cette simplicité qui ne [lui] laisse ignorer que le mal », elle a, seule, ce mot troublant : « Qui ne me laisse ignorer que le mal ! Et qu'en sait-elle ? Elle l'a donc appris ? Hé bien, je veux l'apprendre aussi [4]. »

Le seul souci pédagogique suffit à expliquer d'autres aspects de la pièce. Par exemple, en dehors même de sa délicatesse habituelle,

---

1. Voici comment Lisette explique la réserve qu'a manifestée jusqu'ici Angélique envers sa mère : « Les jeunes filles ne sont point libres avec leur mère, Madame, et la crainte de paraître quelquefois un peu trop formées pour leur âge gâte toutes leurs affaires » (sc. VII). Sur quoi Olympe charge la suivante de « pénétrer les pensées » de sa fille et de lui en rendre compte. Cela ne se révèle pas difficile, et dès lors l'intrigue se dénoue. **2.** Seizième feuille, dans les _Journaux et Œuvres diverses_, Classiques Garnier, seconde section, p. 204. **3.** Sc. VI. **4.** Sc. V et VI.

Marivaux n'a pas fait du père d'Éraste, pourtant âgé, un vieillard poitrinaire et ridicule : comme c'est lui qui, par une attitude d'indulgence raisonnée, est chargé de donner la partie positive de la leçon dont Mme Argante donne la partie négative, on ne peut évidemment le sacrifier totalement. En revanche, il faut revenir à Dancourt pour achever d'expliquer ce qui, finalement, ajoute notablement à la qualité de *L'École des mères*, nous voulons parler du jeu scénique. Si la jolie scène de nuit qui amène le dénouement[1], avec son atmosphère de bal masqué et sa cascade de quiproquos, ne vient pas de *La Parisienne*, elle n'en est pas moins dans la manière de Dancourt, et a même un précédent direct dans son *Tuteur*, petite comédie en un acte qui comporte à la fois des déguisements et des scènes de nuit[2]. Enfin, et c'est sans doute le plus intéressant, Marivaux a su communiquer à sa pièce, grâce à l'emploi d'un nombre élevé d'acteurs, au retournement instantané des situations, au battement des portes ouvertes et fermées, comme l'équivalent du mouvement endiablé de *La Parisienne*[3]. Écrivant de verve, sous l'impulsion d'une inspiration qui l'entraînait, l'auteur du *Jeu de l'amour et du hasard* a produit ici comme un chef-d'œuvre de la dancourade, dans lequel une leçon de morale pratique tient la place d'une satire superficielle de quelques travers du temps.

Jouée le 25 juillet 1732, agrémentée d'un vaudeville de Pannard, dont nous avons pu retrouver la musique[4], *L'École des mères* eut un bon succès : quinze représentations pour la première série[5], de

---

1. Elle permet à M. Damis et à Mme Argante d'être renseignés sans équivoque sur les sentiments d'Angélique. Beaumarchais s'en est sans doute inspiré pour composer le dernier acte du *Mariage de Figaro*. 2. Sc. XIX et XXI. Le rapprochement est fait par L. Desvignes. On peut aussi penser à une autre pièce de Dancourt, *Les Fêtes nocturnes du cours*. 3. L. Desvignes parle justement de l'« allure de sarabande » de *L'École des mères*. 4. Dans une « nouvelle édition, augmentée de la musique », numérotée 175-236, au tome XV de la *Bibliothèque des Théâtres* de J.-B. Duchesne (Lettre E) ou au tome IV de l'édition des *Œuvres de Théâtre de M. de Marivaux*, sous la date générale de 1758. 5. Les recettes furent les suivantes : 26 juillet, 824 livres ; 28 juillet, 507 ; 30 juillet, 726 ; 2 août, 617 ; 4 août, 552 ; 6 août, 685 ; 11 août, 550 ; 14 août, 682 ; 17 août, 952 ; 19 août, 601 ; 21 août, 820 ; 24 août, 393 ; 26 août, 383 ; 28 août, 456 ; 31 août, 147. Desboulmiers et Larroumet donnent des chiffres inférieurs à la réalité : respectivement 13 et 14 représentations. Il est certain que la pièce fut aussi donnée à Fontainebleau entre le 11 septembre et le 9 novembre, mais les documents font ici défaut. Dès la rentrée à Paris, *L'École des mères* fut reprise les 14, 16 et 18 novembre.

fréquentes reprises[1], et surtout un accueil très favorable à l'étranger : elle fut traduite dès le XVIIIe siècle dans un grand nombre de langues européennes[2], et Lessing en fit l'éloge dans *La Dramaturgie de Hambourg*[3]. Reste à voir l'attitude de la critique française.

Le *Mercure* de juillet donna d'abord un écho favorable de la première représentation :

« Le 26 juillet, les Comédiens Italiens donnèrent une petite pièce nouvelle, en un acte et en prose, qui a pour titre *L'École des mères*. Elle est de M. de Marivaux. Le public l'a reçue très favorablement. On en parlera plus au long[4]. »

Le numéro de septembre apporte l'extrait promis, composé apparemment sur un texte différent du texte publié[5]. Fait intéressant, le rédacteur associe dans une même phrase de son extrait l'éloge de l'auteur de la pièce et celui de l'actrice Silvia :

« Extrait de *L'École des mères*, comédie en prose, en un acte, de M. de Marivaux, représentée pour la première fois sur le Théâtre-Italien, le 26 juillet 1732.

« Cette intrigue se passe entre Mme Argante, Angélique, sa fille, Lisette, sa suivante, Éraste, amant d'Angélique, sous le nom de La Ramée, Damis, père d'Éraste et aussi amant d'Angélique, Frontin et Champagne, valets de Mme Argante et de Damis. La scène est dans l'appartement de Mme Argante.

« Éraste travesti en valet commence la pièce avec Lisette, laquelle veut lui ménager un entretien avec Angélique, dont il est autant aimé qu'il l'aime. Frontin, valet de Mme Argante, arrive et se défie du prétendu parentage du faux La Ramée avec Lisette, dont il est amoureux, et le prend sur un ton qui oblige Lisette à le mettre dans la confidence ; il se charge de l'entrevue qu'il s'agit de ménager à Éraste, qui veut parer le mariage qu'on est prêt à conclure entre son

---

1. Voir ci-après, p. 1142, note 1, et l'Appendice.　　2. Anglais, allemand, hollandais, espagnol, etc. Une version danoise existe en manuscrit à la Bibliothèque royale de Copenhague : *Mödrenes Skole*, traduction de C. Reerslev (cote Ny Kgl S 8° 696 I).　　3. Vingt-sixième soirée, à propos de la représentation de *L'École des mères* de Nivelle de La Chaussée. C'est à la pièce de Marivaux qu'est consacré presque tout l'article. Lessing en fait, d'ailleurs, surtout un résumé, souhaitant qu'un même programme réunisse les deux pièces.　　4. *Mercure* de juillet 1732, p. 1619.　　5. Nous en jugeons ainsi, moins sur les légères variantes de texte entre cet extrait et l'ouvrage publié, que sur deux phrases du résumé qui n'ont pas de correspondant dans le texte publié. On trouvera du reste, en note, les variantes du *Mercure*. L'ouvrage parut en librairie en novembre 1732. Voir plus loin.

amante et le vieux Damis ; c'est un nom que le père d'Éraste a pris pour dérober la connaissance de son futur hymen à tout le monde, et surtout à son fils, quoiqu'il ne sache pas encore qu'il est son rival, et rival aimé.

« Mme Argante vient ; le faux La Ramée ne pouvant se retirer sans se rendre suspect, Frontin le fait passer pour un cousin qui cherche condition ; Mme Argante, le trouvant bien fait, lui ordonne de rester dans la maison, et lui promet de le mettre au service de M. Damis. Mme Argante demande à Lisette dans quelles dispositions elle trouve sa fille Angélique ; Lisette lui répond d'une manière à ne répondre de rien ; voici la fin de la scène entre la maîtresse et la suivante [...] [1].

« L'arrivée d'Angélique interrompt la suite de cette conversation ; ce rôle est joué par la demoiselle Silvia avec une grâce et une intelligence qu'on ne saurait trop admirer ; comme c'est un rôle d'Agnès, elle y met une ingénuité qui enchante les spectateurs ; et cette ingénuité est accompagnée, coup sur coup, de profondes révérences qui la caractérisent d'une manière à n'y reconnaître que la simple nature, quoique ce ne soit pas sans y mettre un art infini. Voici quelques morceaux de la scène qui se passe entre elle et sa mère [...] [2].

« Toute cette scène, qui est à peu près sur le même ton, fait beaucoup de plaisir, tant de la part de l'auteur que de l'actrice. La demoiselle Silvia ne parle pas toujours avec la même innocence dans le reste de cette pièce ; elle est très hardie quand elle s'entretient avec Lisette, le lecteur en pourra aisément juger par ce commencement de scène [...] [3].

« On vient annoncer à Angélique qu'un laquais d'Éraste a une lettre à lui rendre de la part de cet amant si tendrement aimé ; elle marque un tendre empressement ; mais son activité éclate bien plus quand elle voit Éraste même à ses pieds après la lecture de sa lettre, etc. Comme cet extrait commence à devenir un peu trop long pour une pièce en un acte, nous ne parlerons plus que de ce qui concerne l'action théâtrale.

---

1. L'extrait qui est donné ici va de la réplique de Mme Argante : [*M. Damis est*] *un peu vieux, à la vérité...* jusqu'à celle de Lisette : *Ils seront donc bien modestes...* **2.** Ce second extrait va de la réplique de Mme Argante : *Vous voyez, ma fille, ce que je fais aujourd'hui pour vous...* à celle d'Angélique : *Je vous demande pardon ; je n'y songeais pas, ma mère...* **3.** Ce troisième extrait va de la réplique de Lisette : *Hé bien ! Mademoiselle, à quoi en êtes-vous ?* à celle d'Angélique qui se termine par ... *que de l'être toute ma vie de l'autre.*

« Le faux Damis, père de Léandre (*sic*), vient pour épouser Angélique ; il prie Mme Argante de lui permettre un moment d'entretien
avec sa future épouse. C'est dans cet entretien qu'Angélique lui
avoue, avec sa naïveté ordinaire, qu'elle ne l'aime pas ; il apprend
même qu'elle en aime un autre, et à la faveur d'un rendez-vous nocturne il reconnaît cet amant aimé pour son fils. Cette nuit donne
lieu à beaucoup de méprises, qui finissent par des lumières que
Mme Argante fait apporter. Le père, se rendant justice, et d'ailleurs
attendri pour son fils, conseille à Mme Argante de rendre ces deux
amants heureux, elle y consent. On commence une fête que Damis
a fait préparer pour lui-même ; il consent qu'elle serve pour le
mariage de son fils avec Angélique ; Lisette est aussi récompensée
pour avoir contribué au mariage d'Éraste ; Mme Argante consent
qu'elle épouse son cher Frontin[1] ; la pièce finit par des danses et
des divertissements, dont la musique, qui a été goûtée, est de
M. Mouret. Voici deux couplets du vaudeville qui termine le divertissement [...][2].

« La demoiselle Roland et le sieur Lélio ont dansé dans ce divertissement un pas de deux, composé d'une loure[3] et d'un tambourin,
avec toute la justesse et la vivacité possible, et ont été généralement
applaudis ; cette nouvelle danseuse est de plus en plus goûtée du
public[4]. »

À ce long compte rendu, on ajoutera quelques notices plus brèves,
celle, clairvoyante, du rédacteur des *Lettres sérieuses et badines*,
celles du marquis d'Argenson et de La Porte. Le premier, qui juge
seulement d'après la lecture, est frappé par le rôle d'Angélique :

« *L'École des mères*, comédie en un acte par le même[5], a pour
sujet une fille, qu'une mère trop austère a élevée loin du monde, et
qu'elle veut donner à un vieillard nommé Damis. La simple et timide
Angélique, c'est le nom de cette fille, a, jusqu'au moment où s'ouvre
la scène, timidement plié sous les volontés de l'impérieuse

---

1. Dans le texte imprimé, il n'est question ni de récompense à Lisette ni
de mariage avec Frontin.   **2.** Ce sont ceux qui commencent par les vers *Si
mes soins pouvaient t'engager* et *L'autre jour à Nicole il prit*.   **3.** La *loure*
est « une sorte de danse grave qui se bat à deux temps ». (*Abrégé du Richelet*
par Wailly.) La vogue de ces danseurs est signalée à cette époque par Lesage
dans *Les Désespérés*.   **4.** *Mercure de France*, septembre 1732, pp. 2017-
2025. La notice de Desboulmiers (*Histoire anecdotique*, tome III, p. 491)
est, comme d'habitude, tirée du *Mercure*.   **5.** Cette notice suit celle qui
concerne *Les Serments indiscrets*.

Mme Argante sa mère. La suivante Lisette, gagnée par Éraste qu'Angélique aime et dont elle est aimée, la guérit de cette timidité. La jeune demoiselle déclare à Éraste et à Damis ses dispositions à leur égard. Elle donne au premier un rendez-vous dans une chambre obscure de sa maison. Le second s'y introduit secrètement et apprend par ce moyen qu'il aimait en même lieu que son fils, car Éraste l'est. Le bon homme se rend justice et obtient Angélique pour Éraste. De plusieurs scènes charmantes qu'il y a dans cette pièce, j'aime surtout les deux où Angélique ouvre son cœur à ses deux amants. Elles sont d'une naïveté charmante [1]. »

D'Argenson aperçoit, en vieil habitué du théâtre, la ressemblance entre *L'École des mères* et les dancourades :

« *L'École des mères* par... [on croit Grandchamp] ou de Marivaux [repr. pour 1re fois le... juill. 1732. Lorsque je fais cet extrait, elle n'a pas encore été jouée]. Je n'ai point vu de pièce mieux écrite ; quoi qu'on en dise, l'auteur doit être ici à un coup d'essai, mais promet et fait espérer. Il y a même des caractères et des scènes qui sentent le génie. Au fond, le sujet est une misérable intrigue de farce qu'on trouve partout dans les *dancourades* [2]. »

Moins clairvoyant et moins juste, La Porte insiste sur la ressemblance entre *L'École des mères* et *L'École des femmes*, qui, certes, existe, mais ne joue qu'un rôle indirect et lointain dans la création de Marivaux :

« Il y a une ressemblance trop marquée entre *L'École des mères* et *L'École des femmes*. L'Angélique de M. de Marivaux paraît copiée d'après l'Agnès de Molière ; elles ont été élevées de la même manière ; elles montrent la même ignorance des usages du monde, la même ingénuité dans la déclaration de leurs sentiments. Le caractère de la mère d'Angélique tient aussi un peu trop de celui d'Arnolphe [3]. »

---

1. *Lettres sérieuses et badines*, tome VIII, 1733, Lettre XV, p. 228. **2.** Manuscrit de la bibliothèque de l'Arsenal, n° 3450, f° 87. La notice en question est placée avec celles des pièces « françaises ». D'Argenson avait dû avoir connaissance du manuscrit remis à la censure avant de savoir sur quel théâtre elle serait jouée.   **3.** *L'Observateur littéraire*, 1759, tome I, pp. 83-84. L'idée de La Porte sera reprise par Brunetière, qui connaît mieux Molière que le théâtre du second rayon.

Après une brillante carrière au Théâtre-Italien [1], *L'École des mères* entra à la Comédie-Française le 11 avril 1809, mais elle n'y eut alors que deux représentations. Il est vrai que *L'École des mères* de La Chaussée, jouée au Théâtre-Français à partir du 27 avril 1744 avec un immense succès, figurait au répertoire et portait ombrage à la pièce de Marivaux, à qui l'on n'accordait plus que le titre de *La Petite École des mères*, alors qu'elle avait largement inspiré sa rivale ! Mais la création de la pièce de Marivaux à l'Odéon, le 18 décembre 1878, eut un succès exceptionnel. *L'École des mères* resta au répertoire de ce théâtre, et y fut jouée fréquemment, au moins jusqu'à la fusion de l'Odéon et de la Comédie-Française. Michel Pruner (Théâtre des Trente, Lyon) prouva en 1992 qu'elle peut encore subjuguer le public de nos jours.

LE TEXTE

L'édition originale de *L'École des mères*, annoncée par le *Mercure* de novembre 1732 [2], se présente comme suit :

L'ECOLE / DES MERES, / *COMEDIE* / DE Mʳ DE MARIVAUX. / Représentée par les Comediens Italiens, / au mois de Juillet 1732. / *Le prix est de Vingt sols.* / [fleuron] / A PARIS, / Chez PIERRE PRAULT, Quay de / Gêvres, au Paradis. / M. DCC. XXXII. / *Avec Approbation & Privilege du Roy.* (Un vol. in-12 de 61 + III pages [3].)

Approbation : « J'ai lu par ordre de Monseigneur le Garde des Sceaux *L'École des Mères, Comédie*, dont j'ai cru que l'on pouvait permettre l'impression. Fait à Paris le 7 août 1732. *Signé*, GALLYOT. »

Privilège à Pierre Prault pour *Les Œuvres du sieur de Marivaux, La Vie de Marianne*, etc., pour six ans, du 19 juillet 1731, signé Vernier, enregistré sur le registre VIII de la Chambre des Libraires, le 9 août 1731.

Il existe à la Comédie-Française un manuscrit de *L'École des mères*. Il date du XIXᵉ siècle, et fut peut-être établi pour la représentation de 1809. Étant donné sa date tardive, nous n'en avons pas tenu compte.

---

1. Voir à l'Appendice le tableau des pièces jouées au Théâtre-Italien. Elle fut représentée près de deux cents fois entre 1732 et 1769. Mais, lors de la reprise de 1779, son succès ne se maintint pas, et elle n'eut que quatre représentations. **2.** Pp. 2432-2433, en même temps que *Les Serments indiscrets*. **3.** Il existe une seconde édition de 1732. Voir F. Rubellin, « Établissement et rétablissement du texte : remarques sur *L'École des mères* et *La Mère confidente* », *Revue Marivaux* n° 3, 1992, pp. 159-165.

L'École des mères

ACTEURS [1]

MADAME ARGANTE.

ANGÉLIQUE, fille de Madame Argante.

LISETTE, suivante d'Angélique.

ÉRASTE, amant d'Angélique, sous le nom de La Ramée.

DAMIS, père d'Éraste, autre amant d'Angélique.

FRONTIN, valet de Madame Argante.

CHAMPAGNE, valet de Monsieur Damis.

La scène est dans l'appartement de Madame Argante [2].

---

1. On notera que la pièce ne comporte pas d'Arlequin. Sans doute l'état de santé de l'acteur explique-t-il ce fait. La distribution des rôles n'est pas connue. Elle comportait Silvia dans le rôle d'Angélique ; pour celui de Lisette, peut-être plutôt « la demoiselle Rolland », qui dansait dans le divertissement, que Flaminia, qui avait fait sa rentrée au Théâtre-Italien l'année précédente ; Romagnesi, Sticotti ou Riccoboni fils dans celui d'Éraste ; Romagnesi ou Mario dans celui de M. Damis ; sans doute Dominique dans celui de Frontin ; un des acteurs précédemment nommés jouait Champagne. 2. En fait, puisqu'il est question plus loin de pièces se trouvant à l'étage (sc. XIII, p. 1163, note 2), il s'agit plutôt d'une maison.

Scène première

ÉRASTE, *sous le nom de La Ramée et avec une livrée*, LISETTE

LISETTE. Oui, vous voilà fort bien déguisé, et avec cet habit-là, vous disant mon cousin, je crois que vous pouvez paraître ici en toute sûreté ; il n'y a que votre air qui n'est pas trop d'accord avec la livrée.

ÉRASTE. Il n'y a rien à craindre ; je n'ai pas même, en entrant, fait mention de notre parenté. J'ai dit que je voulais te parler, et l'on m'a répondu que je te trouverais ici, sans m'en demander davantage.

LISETTE. Je crois que vous devez être content du zèle avec lequel je vous sers : je m'expose à tout, et ce que je fais pour vous n'est pas trop dans l'ordre ; mais vous êtes un honnête homme ; vous aimez ma jeune maîtresse, elle vous aime ; je crois qu'elle sera plus heureuse avec vous qu'avec celui que sa mère lui destine, et cela calme un peu mes scrupules.

ÉRASTE. Elle m'aime, dis-tu ? Lisette, puis-je me flatter d'un si grand bonheur ? Moi qui ne l'ai vue qu'en passant dans nos promenades, qui ne lui ai prouvé mon amour que par mes regards, et qui n'ai pu lui parler que deux fois pendant que sa mère s'écartait avec d'autres dames ! elle m'aime ?

LISETTE. Très tendrement, mais voici un domestique de la maison qui vient ; c'est Frontin, qui ne me hait pas, faites bonne contenance.

Scène II

FRONTIN, LISETTE, ÉRASTE

FRONTIN. Ah ! te voilà, Lisette. Avec qui es-tu donc là ?

LISETTE. Avec un de mes parents qui s'appelle La Ramée, et dont le maître, qui est ordinairement en province, est venu ici pour affaire ; et il profite du séjour qu'il y fait pour me voir.

FRONTIN. Un de tes parents, dis-tu ?

LISETTE. Oui.

FRONTIN. C'est-à-dire un cousin ?

LISETTE. Sans doute.

FRONTIN. Hum ! il a l'air d'un cousin de bien loin : il n'a point la tournure d'un parent, ce garçon-là.

LISETTE. Qu'est-ce que tu veux dire avec ta tournure ?

FRONTIN. Je veux dire que ce n'est, par ma foi, que de la fausse monnaie [1] que tu me donnes, et que si le Diable emportait ton cousin il ne t'en resterait pas un parent de moins.

ÉRASTE. Eh pourquoi pensez-vous qu'elle vous trompe ?

FRONTIN. Hum ! quelle physionomie de fripon ! *Mons de La Ramée, je vous avertis que j'aime Lisette, et que je veux l'épouser tout seul.

LISETTE. Il est pourtant nécessaire que je lui parle pour une affaire de famille qui ne te regarde pas.

FRONTIN. Oh ! parbleu ! que les secrets de ta famille s'*accommodent, moi, je reste.

LISETTE. Il faut prendre son parti. Frontin...

FRONTIN. Après ?

LISETTE. Serais-tu capable de rendre service à un honnête homme, qui t'en récompenserait bien ?

FRONTIN. Honnête homme ou non, son honneur est de trop, dès qu'il récompense.

LISETTE. Tu sais à qui Madame marie Angélique, ma maîtresse ?

FRONTIN. Oui, je pense que c'est [2] à peu près soixante ans qui en épousent dix-sept.

LISETTE. Tu vois bien que ce mariage-là ne convient point.

FRONTIN. Oui : il menace la stérilité, les héritiers en seront nuls, ou auxiliaires [3].

LISETTE. Ce n'est qu'à regret qu'Angélique obéit, d'autant plus que le hasard lui a fait connaître un aimable homme qui a touché son cœur.

FRONTIN. Le cousin La Ramée pourrait bien nous venir de là.

LISETTE. Tu l'as dit ; c'est cela même.

ÉRASTE. Oui, mon enfant, c'est moi.

FRONTIN. Eh ! que ne le [4] disiez-vous ? En ce cas-là, je vous pardonne votre figure, et je suis tout à vous. Voyons, que faut-il faire ?

_____

1. On se souvient que la même image de la fausse monnaie était employée par Arlequin dans *Le Jeu de l'amour et du hasard* (acte III, sc. VI). Mais il s'agissait là d'un faux maître, et ici d'un faux valet.　　**2.** Et non *ce sont*, comme le portent arbitrairement les éditions modernes. De même, à la réplique suivante de Frontin, *il menace la stérilité*, et non *il menace de stérilité*.　　**3.** L'expression pourrait désigner des héritiers indirects, cousins, etc. Mais il s'agit évidemment ici d'autre chose, c'est-à-dire d'enfants adultérins.　　**4.** Le pronom *le* disparaît par erreur de l'édition de 1758 et, par suite, des éditions ultérieures.

ÉRASTE. Rien que favoriser une entrevue que Lisette va me procurer ce soir, et tu seras content de moi.

FRONTIN. Je le crois, mais qu'espérez-vous de cette entrevue ? car on signe le contrat ce soir.

LISETTE. Eh bien, pendant que la compagnie, avant le souper, sera dans l'appartement de Madame, Monsieur nous attendra dans cette salle-ci, sans lumière pour n'être point vu, et nous y viendrons, Angélique et moi, pour examiner le parti qu'il y aura à prendre.

FRONTIN. Ce n'est pas de l'entretien dont je doute : mais à quoi aboutira-t-il ? Angélique est une *Agnès élevée dans la plus sévère contrainte, et qui, malgré son penchant pour vous, n'aura que des regrets, des larmes et de la frayeur à vous donner : est-ce que vous avez dessein de l'enlever ?

ÉRASTE. Ce serait un parti bien extrême.

FRONTIN. Et dont l'extrémité ne vous ferait pas grand-peur, n'est-il pas vrai ?

LISETTE. Pour nous, Frontin, nous ne nous chargeons que de faciliter l'entretien, auquel je serai présente ; mais de ce qu'on y résoudra, nous n'y trempons point, cela ne nous regarde pas.

FRONTIN. Oh ! si fait, cela nous regarderait un peu, si cette petite conversation nocturne que nous leur ménageons dans la salle était découverte ; d'autant plus qu'une des portes de la salle aboutit au jardin, que du jardin on va à une petite porte qui rend dans la rue, et qu'à cause de la salle où nous les mettrons, nous répondrons de toutes ces petites portes-là, qui sont de notre *connaissance. Mais tout *coup vaille ; pour se mettre à son aise, il faut quelquefois risquer son honneur [1], il s'agit d'ailleurs d'une jeune victime qu'on veut sacrifier, et je crois qu'il est généreux d'avoir part à sa délivrance, sans s'embarrasser de quelle façon elle s'opérera : Monsieur payera bien, cela grossira ta dot, et nous ferons une action qui joindra l'utile au louable.

ÉRASTE. Ne vous inquiétez de rien, je n'ai point envie d'enlever Angélique, et je ne veux que l'exciter à refuser l'époux qu'on lui destine : mais la nuit s'approche, où me retirerai-je en attendant le moment où je verrai Angélique ?

LISETTE. Comme on ne sait encore qui vous êtes, en cas qu'on vous fît quelques questions, au lieu d'être mon parent, soyez celui de

---

1. Et même plus que l'honneur, puisque les peines édictées pour la complicité de rapt étaient très sévères : Frontin n'échapperait pas aux galères, Lisette à la prison et à la marque infamante.

Frontin, et retirez-vous dans sa chambre, qui est à côté de cette salle, et d'où Frontin pourra vous amener, quand il faudra.

FRONTIN. Oui-da, Monsieur, disposez de mon appartement.

LISETTE. Allez *tout à l'heure ; car il faut que je prévienne Angélique, qui assurément sera charmée de vous voir, mais qui ne sait pas que vous êtes ici, et à qui je dirai d'abord qu'il y a un domestique dans la chambre de Frontin qui demande à lui parler de votre part : mais sortez, j'entends quelqu'un qui vient.

FRONTIN. Allons, cousin, sauvons-nous.

LISETTE. Non, restez : c'est la mère d'Angélique, elle vous verrait fuir, il vaut mieux que vous demeuriez.

Scène III

LISETTE, FRONTIN, ÉRASTE, MADAME ARGANTE

MADAME ARGANTE. Où est ma fille, Lisette ?

LISETTE. Apparemment qu'elle est dans sa chambre, Madame.

MADAME ARGANTE. Qui est ce garçon-là ?

FRONTIN. Madame, c'est un garçon de *condition, comme vous voyez, qui m'est venu voir, et à qui je m'intéresse parce que nous sommes fils des deux frères ; il n'est pas content de son maître, ils se sont brouillés ensemble, et il vient me demander si je ne sais pas quelque maison dont il pût s'accommoder...

MADAME ARGANTE. Sa physionomie est assez bonne ; chez qui avez-vous servi, mon enfant ?

ÉRASTE. Chez un officier du régiment du Roi, Madame.

MADAME ARGANTE. Eh bien, je parlerai de vous à Monsieur Damis, qui pourra vous donner à ma fille ; demeurez ici jusqu'à ce soir, et laissez-nous. Restez[1], Lisette.

Scène IV

MADAME ARGANTE, LISETTE

MADAME ARGANTE. Ma fille vous dit assez volontiers ses sentiments, Lisette ; dans quelle disposition d'esprit est-elle pour le mariage que

---

1. Texte de l'édition de 1758, appuyé par la suite, où Mme Argante vous-soie Lisette. Celle de 1732 porte *reste*. La faute s'explique par l'orthographe de Marivaux, qui écrit *restes* à l'impératif singulier, *restés* à l'indicatif et à l'impératif pluriel.

nous allons conclure ? Elle ne m'a marqué, du moins, aucune répugnance.

LISETTE. Ah ! Madame, elle n'oserait vous en marquer, quand elle en aurait ; c'est une jeune et timide personne, à qui jusqu'ici son éducation n'a rien appris qu'à obéir.

MADAME ARGANTE. C'est, je pense, ce qu'elle pouvait apprendre de mieux à son âge.

LISETTE. Je ne dis pas le contraire.

MADAME ARGANTE. Mais enfin, vous paraît-elle contente ?

LISETTE. Y peut-on rien connaître ? vous savez qu'à peine ose-t-elle lever les yeux, tant elle a peur de sortir de cette modestie sévère que vous voulez qu'elle ait ; tout ce que j'en sais, c'est qu'elle est triste.

MADAME ARGANTE. Oh ! je le crois, c'est une marque qu'elle a le cœur bon : elle va se marier, elle me quitte, elle m'aime, et notre séparation lui est douloureuse.

LISETTE. Eh ! eh ! ordinairement, pourtant, une fille qui va se marier est assez gaie.

MADAME ARGANTE. Oui, une fille dissipée, élevée dans un monde coquet, qui a plus entendu parler d'amour que de vertu, et que mille jeunes étourdis ont eu l'impertinente liberté d'entretenir de cajoleries ; mais une fille retirée, qui vit sous les yeux de sa mère, et dont rien n'a gâté ni le cœur ni l'esprit, ne laisse pas que d'être alarmée quand elle change d'état. Je connais Angélique et la simplicité de ses mœurs ; elle n'aime pas le monde, et je suis sûre qu'elle ne me quitterait jamais, si je l'en laissais la maîtresse.

LISETTE. Cela est singulier.

MADAME ARGANTE. Oh ! j'en suis sûre. À l'égard du mari que je lui donne, je ne doute pas qu'elle n'approuve mon choix ; c'est un homme très riche, très raisonnable.

LISETTE. Pour raisonnable, il a eu le temps de le devenir.

MADAME ARGANTE. Oui, un peu vieux, à la vérité, mais doux, mais[1] complaisant, attentif, *aimable.

LISETTE. Aimable ! Prenez donc garde, Madame, il a soixante ans, cet homme[2].

MADAME ARGANTE. Il est bien question de l'âge d'un mari avec une fille élevée comme la mienne !

---

1. Le mot *mais* manque dans l'extrait du *Mercure*.   **2.** Les mots *cet homme* manquent dans le *Mercure*.

LISETTE. Oh ! s'il n'en est pas question avec Mademoiselle votre fille, il n'y aura guère eu de prodige de cette force-là !

MADAME ARGANTE. Qu'entendez-vous avec votre prodige ?

LISETTE. J'entends qu'il faut, le plus qu'on peut, mettre la vertu des gens à son aise, et que celle d'Angélique ne sera pas sans fatigue.

MADAME ARGANTE. Vous avez de sottes idées, Lisette ; les inspirez-vous à ma fille ?

LISETTE. Oh ! que non, Madame, elle les trouvera bien sans que je m'en mêle.

MADAME ARGANTE. Hé, pourquoi, de l'humeur dont elle est, ne serait-elle pas heureuse ?

LISETTE. C'est qu'elle ne sera point de l'humeur dont vous dites, cette humeur-là n'est[1] nulle part.

MADAME ARGANTE. Il faudrait qu'elle l'eût bien difficile, si elle ne s'accommodait pas d'un homme qui l'adorera.

LISETTE. On adore mal à son âge.

MADAME ARGANTE. Qui ira au-devant de tous ses désirs.

LISETTE. Ils seront donc bien modestes.

MADAME ARGANTE. Taisez-vous ; je ne sais de quoi je m'avise de vous écouter.

LISETTE. Vous m'interrogez, et je vous réponds sincèrement.

MADAME ARGANTE. Allez dire à ma fille qu'elle vienne.

LISETTE. Il n'est pas besoin de l'aller chercher, Madame, la voilà qui passe, et je vous laisse.

Scène V

ANGÉLIQUE, MADAME ARGANTE

MADAME ARGANTE. Venez, Angélique, j'ai à vous parler.

ANGÉLIQUE, *modestement*. Que souhaitez-vous, ma mère ?

MADAME ARGANTE. Vous voyez, ma fille, ce que je fais aujourd'hui pour vous ; ne tenez-vous pas compte à ma tendresse du mariage avantageux[2] que je vous procure ?

ANGÉLIQUE, *faisant la révérence*[3]. Je ferai tout ce qu'il vous plaira, ma mère.

---

1. À partir de 1758, les éditions portent *n'existe* au lieu de *n'est*.   2. Le mot *avantageux* manque dans l'extrait du *Mercure*.   3. L'idée de ces révérences peut venir de *L'École des femmes*. La réminiscence est plus nette dans *Félicie*, sc. v.

MADAME ARGANTE. Je vous demande si vous me savez gré du parti que je vous donne ? Ne trouvez-vous pas qu'il est heureux pour vous d'épouser un homme comme Monsieur Damis, dont la fortune, dont le caractère sûr et plein de raison, vous assurent une vie douce et paisible, telle qu'il[1] convient à vos mœurs et aux sentiments que je vous ai toujours inspirés ? Allons, répondez, ma fille !

ANGÉLIQUE. Vous me l'ordonnez donc ?

MADAME ARGANTE. Oui, sans doute. Voyez[2], n'êtes-vous pas satisfaite de votre sort ?

ANGÉLIQUE. Mais...

MADAME ARGANTE. Quoi ! mais ! je veux qu'on me réponde raisonnablement ; je m'attends[3] à votre reconnaissance, et non pas à des mais.

ANGÉLIQUE, *saluant*. Je n'en dirai plus, ma mère.

MADAME ARGANTE. Je vous dispense des révérences ; dites-moi ce que vous pensez.

ANGÉLIQUE. Ce que je pense ?

MADAME ARGANTE. Oui : comment regardez-vous le mariage en question ?

ANGÉLIQUE. Mais...

MADAME ARGANTE. Toujours des mais.

ANGÉLIQUE. Je vous demande pardon ; je n'y songeais pas, ma mère.

MADAME ARGANTE. Hé bien, songez-y donc, et souvenez-vous qu'ils me déplaisent. Je vous demande quelles sont les dispositions de votre cœur dans cette conjoncture-ci. Ce n'est pas que je doute que vous soyez contente, mais je voudrais vous l'entendre dire vous-même.

ANGÉLIQUE. Les dispositions de mon cœur ! Je tremble de ne pas répondre à votre fantaisie.

MADAME ARGANTE. Eh pourquoi n'y répondriez-vous pas à ma fantaisie ?

ANGÉLIQUE. C'est que ce que je dirais vous fâcherait peut-être.

MADAME ARGANTE. Parlez bien, et je ne me fâcherai point. Est-ce que vous n'êtes point de mon sentiment ? Êtes-vous plus sage que moi ?

ANGÉLIQUE. C'est que je n'ai point de dispositions dans le cœur.

---

1. L'édition originale porte : *telle qui*, et, plus haut, *vous assure*.   **2.** Le *Mercure* porte *voyons*.   **3.** Le *Mercure* porte : *je m'attendois*.

MADAME ARGANTE. Et qu'y avez-vous donc, Mademoiselle ?

ANGÉLIQUE. Rien du tout.

MADAME ARGANTE. Rien ! qu'est-ce que rien ? Ce mariage ne vous plaît donc pas ?

ANGÉLIQUE. Non.

MADAME ARGANTE, *en colère.* Comment ! il vous déplaît ?

ANGÉLIQUE. Non, ma mère.

MADAME ARGANTE. Eh ! parlez donc ! car je commence à vous entendre : c'est-à-dire, ma fille, que vous n'avez point de volonté ?

ANGÉLIQUE. J'en aurai pourtant une, si vous le voulez.

MADAME ARGANTE. Il n'est pas nécessaire ; vous faites encore mieux d'être comme vous êtes ; de vous laisser conduire, et de vous en fier entièrement à moi. Oui, vous avez raison, ma fille ; et ces dispositions d'indifférence sont les meilleures. Aussi voyez-vous que vous en êtes récompensée ; je ne vous donne pas un jeune extravagant qui vous négligerait peut-être au bout de quinze jours, qui dissiperait son bien et le vôtre, pour courir après mille passions libertines ; je vous marie à un homme sage, à un homme dont le cœur est sûr, et qui saura tout le prix de la vertueuse innocence du vôtre.

ANGÉLIQUE. Pour innocente, je le suis.

MADAME ARGANTE. Oui, grâces à mes soins, je vous vois telle que j'ai toujours souhaité que vous fussiez ; comme il vous est familier de remplir vos devoirs, les vertus dont vous allez avoir besoin ne vous coûteront rien ; et voici les plus essentielles ; c'est, d'abord, de n'aimer que votre mari.

ANGÉLIQUE. Et si j'ai des amis, qu'en ferai-je ?

MADAME ARGANTE. Vous n'en devez point avoir d'autres que ceux de Monsieur Damis, aux volontés de qui vous vous conformerez toujours, ma fille ; nous sommes sur ce *pied-là dans le mariage.

ANGÉLIQUE. Ses volontés ? Eh, que deviendront les miennes ?

MADAME ARGANTE. Je sais que cet article a quelque chose d'un peu mortifiant ; mais il faut s'y rendre, ma fille. C'est une espèce de loi qu'on nous a imposée ; et qui dans le fond nous fait honneur [1], car entre deux personnes qui vivent ensemble, c'est toujours la plus raisonnable qu'on charge d'être la plus docile, et cette docilité-là vous sera facile ; car vous n'avez jamais eu de volonté avec moi, vous ne connaissez que l'obéissance.

---

1. Marivaux a développé souvent cette idée, notamment dans la cinquième feuille du *Cabinet du philosophe* (« Des femmes mariées »). Voir les *Journaux et Œuvres diverses*, pp. 375-378.

ANGÉLIQUE. Oui, mais mon mari ne sera pas ma mère.

MADAME ARGANTE. Vous lui devrez encore plus qu'à moi, Angélique, et je suis sûre qu'on n'aura rien à vous reprocher là-dessus. Je vous laisse, songez à tout ce que je vous ai dit ; et surtout gardez ce goût de retraite, de solitude, de modestie, de pudeur qui me charme en vous ; ne plaisez qu'à votre mari, et restez dans cette simplicité qui ne vous laisse ignorer que le mal. Adieu, ma fille.

Scène VI

ANGÉLIQUE, LISETTE

ANGÉLIQUE, *un moment seule*. Qui ne me laisse ignorer que le mal ! Et qu'en sait-elle ? Elle l'a donc appris ? Et bien, je veux l'apprendre aussi.

LISETTE *survient*. Hé bien, Mademoiselle, à quoi en êtes-vous ?

ANGÉLIQUE. J'en suis à m'affliger, comme tu vois.

LISETTE. Qu'avez-vous dit à votre mère ?

ANGÉLIQUE. Hé ! tout ce qu'elle a voulu.

LISETTE. Vous épouserez donc Monsieur Damis ?

ANGÉLIQUE. Moi, l'épouser ! Je t'assure que non ; c'est bien assez qu'il m'épouse.

LISETTE. Oui, mais vous n'en serez pas moins sa femme.

ANGÉLIQUE. Eh bien, ma mère n'a qu'à l'aimer pour nous deux ; car pour moi je n'aimerai jamais qu'Éraste.

LISETTE. Il le mérite bien.

ANGÉLIQUE. Oh ! pour cela, oui[1]. C'est lui qui est *aimable, qui est complaisant, et non pas ce Monsieur Damis que ma mère a été prendre je ne sais où, qui ferait bien mieux d'être mon grand-père que mon mari, qui me glace quand il me parle, et qui m'appelle toujours ma belle personne ; comme si on s'embarrassait beaucoup d'être belle ou laide avec lui : au lieu que tout ce que me dit Éraste est si touchant ! on voit que c'est du fond du cœur qu'il parle ; et j'aimerais mieux être sa femme seulement[2] huit jours, que de l'être toute ma vie de l'autre.

---

1. La réplique de Lisette et les mots *Oh ! pour cela, oui* d'Angélique sont remplacés dans le *Mercure* par un *etc.*   **2.** Le mot *seulement* manque dans le *Mercure*.

LISETTE. On dit qu'il est au désespoir, Éraste.

ANGÉLIQUE. Hé comment veut-il que je fasse ? Hélas ! je sais bien qu'il sera inconsolable : N'est-on pas bien à plaindre, quand on s'aime tant, de n'être pas ensemble ? Ma mère dit qu'on est obligé d'aimer son mari ; eh bien ! qu'on me donne Éraste ; je l'aimerai tant qu'on voudra, puisque je l'aime avant que d'y être obligée, je n'aurai garde d'y manquer quand il le faudra, cela me sera bien commode.

LISETTE. Mais avec ces sentiments-là, que ne refusez-vous courageusement Damis ? il est encore temps ; vous êtes d'une vivacité étonnante avec moi, et vous tremblez devant votre mère. Il faudrait lui dire ce soir : Cet homme-là est trop vieux pour moi ; je ne l'aime point, je le hais, je le haïrai, et je ne saurais l'épouser.

ANGÉLIQUE. Tu as raison : mais quand ma mère me parle, je n'ai plus d'esprit ; cependant je sens que j'en ai assurément ; et j'en aurais bien davantage, si elle avait voulu ; mais n'être jamais qu'avec elle, n'entendre que des préceptes qui me lassent, ne faire que des lectures qui m'ennuient, est-ce là le moyen d'avoir de l'esprit ? qu'est-ce que cela apprend ? Il y a des petites filles de sept ans qui sont plus avancées que moi. Cela n'est-il pas ridicule ? je n'ose pas seulement ouvrir ma fenêtre. Voyez, je vous prie, de quel air on m'habille ? suis-je vêtue comme une autre ? regardez comme me voilà faite : Ma mère appelle cela un habit *modeste : il n'y a donc de la modestie nulle part qu'ici ? car je ne vois que moi d'enveloppée comme cela ; aussi suis-je d'une *enfance, d'une curiosité ! Je ne porte point de ruban, mais qu'est-ce que ma mère y gagne ? que j'ai des émotions quand j'en aperçois. Elle ne m'a laissé voir personne, et avant que je connusse Éraste, le cœur me battait quand j'étais regardée par un jeune homme[1]. Voilà pourtant ce qui m'est arrivé.

---

1. Une fois de plus, Marivaux s'est préparé à écrire cette tirade dans une de ses œuvres morales. On lit dans la douzième feuille du *Spectateur français* la lettre d'une jeune fille qui se plaint d'une mère excessivement sévère et dévote. En voici un passage : « Entre vous et moi, je crains furieusement d'être coquette un jour ; j'ai des émotions au moindre ruban que j'aperçois ; le cœur me bat dès qu'un joli garçon me regarde : tout cela est si nouveau ; je m'imagine tant de plaisir à être parée, à être aimée, à plaire, que si je n'avais le cœur bon, je haïrais ma mère de me causer, comme cela, des agitations pour des choses qui ne sont peut-être que des bagatelles, et dont je ne me soucierais pas, si je les avais. » (*Journaux et Œuvres diverses*, éd. Garnier, p. 178.) Comparer aussi ce passage à la réplique suivante d'Angélique.

LISETTE. Votre naïveté me fait rire.

ANGÉLIQUE. Mais est-ce que je n'ai pas raison ? Serais-je de même si j'avais joui d'une liberté *honnête ? En vérité, si je n'avais pas le cœur bon, tiens, je crois que je haïrais ma mère, d'être cause que j'ai des émotions pour des choses dont je suis sûre que je ne me soucierais pas si je les avais. Aussi, quand je serai ma maîtresse ! laisse-moi faire, va... je veux savoir tout ce que les autres savent.

LISETTE. Je m'en fie bien à vous.

ANGÉLIQUE. Moi qui suis naturellement vertueuse, sais-tu bien que je m'endors quand j'entends parler de sagesse ? Sais-tu bien que je serai fort heureuse de n'être pas coquette ? Je ne la serai pourtant pas ; mais ma mère mériterait bien que je la devinsse.

LISETTE. Ah ! si elle pouvait vous entendre et jouir du fruit de sa sévérité ! Mais parlons d'autre chose. Vous aimez Éraste ?

ANGÉLIQUE. Vraiment oui, je l'aime, pourvu qu'il n'y ait point de mal à avouer cela ; car je suis si ignorante ! Je ne sais point ce qui est permis ou non, au moins.

LISETTE. C'est un aveu sans conséquence avec moi.

ANGÉLIQUE. Oh ! sur ce *pied-là je l'aime beaucoup, et je ne puis me résoudre à le perdre.

LISETTE. Prenez donc une bonne résolution de n'être pas à un autre. Il y a ici un domestique à lui qui a une lettre à vous rendre de sa part.

ANGÉLIQUE, *charmée*. Une lettre de sa part ! Eh ! tu ne m'en disais rien ! Où est-elle ? Oh ! que j'aurai de plaisir à la lire ! donne-moi-la donc ! Où est ce domestique ?

LISETTE. Doucement ! modérez cet empressement-là ; cachez-en du moins une partie à Éraste : si par hasard vous lui parliez, il y aurait du trop.

ANGÉLIQUE. Oh ! dame, c'est encore ma mère qui en est cause. Mais est-ce que je pourrai le voir ? Tu me parles de lui et de sa lettre, et je ne vois ni l'un ni l'autre.

Scène VII

LISETTE, ANGÉLIQUE, FRONTIN, ÉRASTE

LISETTE, *à Angélique*. Tenez, voici ce domestique que Frontin nous amène.

ANGÉLIQUE. Frontin ! ne dira-t-il rien à ma mère ?

LISETTE. Ne craignez rien, il est dans vos intérêts, et ce domestique passe pour son parent.

FRONTIN, *tenant une lettre*. Le valet de Monsieur Éraste vous apporte une lettre que voici, Madame.

ANGÉLIQUE, *gravement*. Donnez. *(À Lisette.)* Suis-je assez sérieuse ?

LISETTE. Fort bien.

ANGÉLIQUE *lit*. *Que viens-je d'apprendre ! on dit que vous vous mariez ce soir. Si vous concluez sans me permettre de vous voir, je ne me soucie plus de la vie. (Et en s'interrompant.)* Il ne se soucie plus de la vie, Lisette ! *(Elle achève de lire.) Adieu ; j'attends votre réponse, et je me meurs. (Après qu'elle a lu.)* Cette lettre-là me pénètre ; il n'y a point de modération qui tienne, Lisette ; il faut que je lui parle, et je ne veux pas qu'il meure. Allez lui dire qu'il vienne ; on le fera entrer comme on pourra.

ÉRASTE, *se jetant à ses genoux*. Vous ne voulez point que je meure, et vous vous mariez, Angélique !

ANGÉLIQUE. Ah ! c'est vous, Éraste ?

ÉRASTE. À quoi vous déterminez-vous donc ?

ANGÉLIQUE. Je ne sais ; je suis trop émue pour vous répondre. Levez-vous.

ÉRASTE, *se levant*. Mon désespoir vous touchera-t-il ?

ANGÉLIQUE. Est-ce que vous n'avez pas entendu ce que j'ai dit ?

ÉRASTE. Il m'a paru que vous m'aimiez un peu.

ANGÉLIQUE. Non, non, il vous a paru mieux que cela ; car j'ai dit bien franchement que je vous aime : mais il faut m'excuser, Éraste, car je ne savais pas que vous étiez là.

ÉRASTE. Est-ce que vous seriez fâchée de ce qui vous est échappé ?

ANGÉLIQUE. Moi, fâchée ? au contraire, je suis bien aise que vous l'ayez appris sans qu'il y ait de ma faute ; je n'aurai plus la peine de vous le cacher.

FRONTIN. Prenez garde qu'on ne vous surprenne.

LISETTE. Il a raison ; je crois que quelqu'un vient ; retirez-vous, Madame.

ANGÉLIQUE. Mais je crois que vous n'avez pas eu le temps de me dire tout.

ÉRASTE. Hélas ! Madame, je n'ai encore fait que vous voir, et j'ai besoin d'un entretien pour vous résoudre à me sauver la vie.

ANGÉLIQUE, *en s'en allant*. Ne lui donneras-tu pas le temps de me résoudre, Lisette ?

LISETTE. Oui, Frontin et moi nous aurons soin de tout : vous allez vous revoir bientôt ; mais retirez-vous.

Scène VIII

LISETTE, FRONTIN, ÉRASTE, CHAMPAGNE

LISETTE. Qui est-ce qui entre là ? c'est le valet de Monsieur Damis.

ÉRASTE, *vite*. Eh ! d'où le connaissez-vous ? C'est le valet de mon père, et non pas de Monsieur Damis qui m'est inconnu.

LISETTE. Vous vous trompez ; ne vous déconcertez pas.

CHAMPAGNE. Bonsoir, la jolie fille, bonsoir, Messieurs ; je viens attendre ici mon maître qui m'envoie dire qu'il va venir, et je suis charmé d'une rencontre... *(En regardant Éraste.)* Mais comment appelez-vous Monsieur ?

ÉRASTE. Vous importe-t-il de savoir que je m'appelle La Ramée ?

CHAMPAGNE. La Ramée ? Eh pourquoi est-ce que vous portez ce visage-là ?

ÉRASTE. Pourquoi ? la belle question ! parce que je n'en ai pas reçu d'autre. Adieu, Lisette ; le début de ce butor-là m'ennuie.

Scène IX

CHAMPAGNE, FRONTIN, LISETTE

FRONTIN. Je voudrais bien savoir à qui tu en as ! Est-ce qu'il n'est pas permis à mon cousin La Ramée d'avoir son visage ?

CHAMPAGNE. Je veux bien que Monsieur La Ramée en ait un ; mais il ne lui est pas permis de se servir de celui d'un autre.

LISETTE. Comment, celui d'un autre ! qu'est-ce que cette folie-là ?

CHAMPAGNE. Oui, celui d'un autre : en un mot, cette mine-là ne lui appartient point ; elle n'est point à sa place ordinaire, ou bien j'ai vu la pareille à quelqu'un que je connais.

FRONTIN, *riant*. C'est peut-être une physionomie à la mode, et La Ramée en aura prise une.

LISETTE, *riant*. Voilà bien, en effet, des discours d'un butor comme toi, Champagne : est-ce qu'il n'y a pas mille gens qui se ressemblent ?

CHAMPAGNE. Cela est vrai ; mais qu'il[1] appartienne à ce qu'il vou-

---

1. *Il*, c'est-à-dire le visage. Mais il est inutile de corriger le texte, comme le fait l'édition de 1781.

dra, je ne m'en soucie guère ; chacun a le sien ; il n'y a que vous, Mademoiselle Lisette, qui n'avez celui de personne, car vous êtes plus jolie que tout le monde : il n'y a rien de si aimable que vous.

FRONTIN. Halte-là ! laisse ce minois-là en repos ; ton éloge le déshonore.

CHAMPAGNE. Ah ! Monsieur Frontin, ce que j'en dis, c'est en cas que vous n'aimiez pas Lisette, comme cela peut arriver ; car chacun n'est pas du même goût.

FRONTIN. Paix ! vous dis-je ; car je l'aime.

CHAMPAGNE. Et vous, Mademoiselle Lisette ?

LISETTE. Tu joues de malheur, car je l'aime.

CHAMPAGNE. Je l'aime, partout je l'aime ! Il n'y aura donc rien pour moi ?

LISETTE, *en s'en allant.* Une révérence de ma part.

FRONTIN, *en s'en allant.* Des injures de la mienne, et quelques coups de poing, si tu veux.

CHAMPAGNE. Ha ! n'ai-je pas fait là une belle *fortune ?

Scène X

MONSIEUR DAMIS, CHAMPAGNE

MONSIEUR DAMIS. Ah ! te voilà !

CHAMPAGNE. Oui, Monsieur ; on vient de m'apprendre qu'il n'y a rien pour moi, et ma part ne me donne pas une bonne opinion de la vôtre [1].

MONSIEUR DAMIS. Qu'entends-tu par là ?

CHAMPAGNE. C'est que Lisette ne veut point de moi, et outre cela j'ai vu la physionomie de Monsieur votre fils sur le visage d'un valet.

MONSIEUR DAMIS. Je n'y comprends rien. Laisse-nous ; voici Madame Argante et Angélique.

Scène XI

MADAME ARGANTE, ANGÉLIQUE, MONSIEUR DAMIS

MADAME ARGANTE. Vous venez sans doute d'arriver, Monsieur ?

MONSIEUR DAMIS. Oui, Madame, en ce moment.

---

1. La scène qu'on vient de voir a donc une signification prémonitoire. La symétrie habituelle chez Marivaux entre le sort des maîtres et celui des valets est, une fois de plus, respectée.

MADAME ARGANTE. Il y a déjà bonne compagnie assemblée chez moi, c'est-à-dire, une partie de ma famille, avec quelques-uns de nos amis, car pour les vôtres, vous n'avez pas voulu leur confier votre mariage.

MONSIEUR DAMIS. Non, Madame, j'ai craint qu'on n'enviât mon bonheur et j'ai voulu me l'assurer en secret. Mon fils même ne sait rien de mon dessein : et c'est à cause de cela que je vous ai prié[1] de vouloir bien me donner le nom de Damis, au lieu de celui d'Orgon, qu'on mettra dans le contrat.

MADAME ARGANTE. Vous êtes le maître, Monsieur ; au reste, il n'appartient point à une mère de vanter sa fille ; mais je crois vous faire un présent digne d'un honnête homme comme vous. Il est vrai que les avantages que vous lui faites...

MONSIEUR DAMIS. Oh ! Madame, n'en parlons point, je vous prie ; c'est à moi à vous remercier toutes deux, et je n'ai pas dû espérer[2] que cette belle personne fît grâce au peu que je vaux.

ANGÉLIQUE, *à part.* Belle personne !

MONSIEUR DAMIS. Tous les trésors du monde ne sont rien au prix de la beauté et de la vertu qu'elle m'apporte en mariage.

MADAME ARGANTE. Pour de la vertu, vous lui rendez justice. Mais, Monsieur, on vous attend ; vous savez que j'ai permis que nos amis se déguisassent, et fissent une espèce de petit bal tantôt ; le voulez-vous bien ? C'est le premier que ma fille aura vu.

MONSIEUR DAMIS. Comme il vous plaira, Madame.

MADAME ARGANTE. Allons donc joindre la compagnie.

MONSIEUR DAMIS. Oserais-je auparavant vous prier d'une chose, Madame ? Daignez, à la faveur de notre union prochaine, m'accorder un petit moment d'entretien avec Angélique ; c'est une satisfaction que je n'ai pas eu[3] jusqu'ici.

MADAME ARGANTE. J'y consens, Monsieur, on ne peut vous le refuser dans la conjoncture présente ; et ce n'est pas apparemment pour éprouver le cœur de ma fille ? il n'est pas encore temps qu'il se déclare tout à fait ; il doit vous suffire qu'elle obéit sans répugnance ; et c'est ce que vous pouvez dire à Monsieur, Angélique ; je vous le permets, entendez-vous ?

---

1. Non-accord du participe passé ne se trouvant pas en fin de groupe. Le texte est garanti par les éditions de 1732 et 1758. Voir la Note grammaticale. **2.** C'est-à-dire : « je n'ai pas eu lieu d'espérer ». Même tour dans *L'Épreuve*, sc. XIV : *Je n'ai pas dû deviner l'obstacle qui se présente.* **3.** Non-accord du participe, voir la note 1, ci-dessus.

ANGÉLIQUE. J'entends, ma mère.

Scène XII
ANGÉLIQUE, MONSIEUR DAMIS

MONSIEUR DAMIS. Enfin, charmante Angélique, je puis donc sans témoins vous jurer une tendresse éternelle : il est vrai que mon âge ne répond pas au vôtre.

ANGÉLIQUE. Oui, il y a bien de la différence.

MONSIEUR DAMIS. Cependant on me flatte que vous acceptez ma main sans répugnance.

ANGÉLIQUE. Ma mère le dit.

MONSIEUR DAMIS. Et elle vous a permis de me le confirmer vous-même.

ANGÉLIQUE. Oui, mais on n'est pas obligé d'user des permissions qu'on a.

MONSIEUR DAMIS. Est-ce par *modestie, est-ce par dégoût que vous me refusez l'aveu que je demande ?

ANGÉLIQUE. Non, ce n'est pas par modestie.

MONSIEUR DAMIS. Que me dites-vous là ! C'est donc par dégoût ?... Vous ne me répondez rien ?

ANGÉLIQUE. C'est que je suis polie.

MONSIEUR DAMIS. Vous n'auriez donc rien de favorable à me répondre ?

ANGÉLIQUE. Il faut que je me taise encore.

MONSIEUR DAMIS. Toujours par politesse ?

ANGÉLIQUE. Oh ! toujours.

MONSIEUR DAMIS. Parlez-moi franchement : est-ce que vous me haïssez ?

ANGÉLIQUE. Vous embarrassez encore mon savoir-vivre. Seriez-vous bien aise, si je vous disais oui ?

MONSIEUR DAMIS. Vous pourriez dire non.

ANGÉLIQUE. Encore moins, car je mentirais.

MONSIEUR DAMIS. Quoi ! vos sentiments vont jusqu'à la haine, Angélique ! J'aurais cru que vous vous contentiez de ne pas m'aimer[1].

---

1. L'édition de 1758, suivie par les éditions ultérieures, introduit ici bizarrement un archaïsme : *de ne pas m'aimer* y est remplacé par *de ne me pas aimer.* Marivaux emploie indifféremment les deux tours. Voir plus bas : *si* [...] *vous vouliez ne me plus aimer et me laisser là.*

ANGÉLIQUE. Si vous vous en contentez, et moi aussi ; et s'il n'est pas malhonnête d'avouer aux gens qu'on ne les aime point, je ne serai plus embarrassée.

MONSIEUR DAMIS. Et vous me l'avoueriez !

ANGÉLIQUE. Tant qu'il vous plaira.

MONSIEUR DAMIS. C'est une répétition dont je ne suis point curieux ; et ce n'était pas là ce que votre mère m'avait fait entendre.

ANGÉLIQUE. Oh ! vous pouvez vous en fier à moi ; je sais mieux cela que ma mère, elle a pu se tromper ; mais, pour moi, je vous dis la vérité.

MONSIEUR DAMIS. Qui est que vous ne m'aimez point ?

ANGÉLIQUE. Oh ! du tout ; je ne saurais ; et ce n'est pas par *malice, c'est naturellement : et vous, qui êtes, à ce qu'on dit, un si honnête homme, si, en faveur de ma sincérité, vous vouliez ne me plus aimer et me laisser là, car aussi bien je ne suis pas si belle que vous le croyez, tenez, vous en trouverez cent qui vaudront mieux que moi.

MONSIEUR DAMIS, *les premiers mots à part*. Voyons si elle aime ailleurs. Mon intention, assurément, n'est pas qu'on vous contraigne.

ANGÉLIQUE. Ce que vous dites là est bien raisonnable, et je ferai grand cas de vous si vous continuez.

MONSIEUR DAMIS. Je suis même fâché de ne l'avoir pas su plus tôt.

ANGÉLIQUE. Hélas ! si vous me l'aviez demandé, je vous l'aurais dit.

MONSIEUR DAMIS. Et il faut y mettre ordre.

ANGÉLIQUE. Que vous êtes bon et obligeant ! N'allez pourtant pas dire à ma mère que je vous ai confié que je ne vous aime point, parce qu'elle se mettrait en colère contre moi ; mais faites mieux ; dites-lui seulement que vous ne me trouvez pas assez d'*esprit pour vous, que je n'ai pas tant de mérite que vous l'aviez cru, comme c'est la vérité ; enfin, que vous avez encore besoin de vous consulter : ma mère, qui est fort fière, ne manquera pas de se choquer, elle rompra tout, notre mariage ne se fera point, et je vous aurai, je vous jure, une obligation infinie.

MONSIEUR DAMIS. Non, Angélique, non, vous êtes trop aimable ; elle se douterait que c'est vous qui ne voulez pas, et tous ces prétextes-là ne valent rien ; il n'y en a qu'un bon ; aimez-vous ailleurs ?

ANGÉLIQUE. Moi ! non ; n'allez pas le croire.

MONSIEUR DAMIS. Sur ce *pied-là, je n'ai point d'excuse ; j'ai promis de vous épouser, et il faut que je tienne parole ; au lieu que, si vous aimiez quelqu'un, je ne lui dirais pas que vous me l'avez avoué ; mais seulement que je m'en doute.

ANGÉLIQUE. Eh bien ! doutez-vous-en donc.

MONSIEUR DAMIS. Mais il n'est pas possible que je m'en doute si cela n'est pas vrai ; autrement ce serait être de mauvaise foi ; et, malgré toute l'envie que j'ai de vous obliger, je ne saurais dire une imposture.

ANGÉLIQUE. Allez, allez, n'ayez point de scrupule, vous parlerez en homme d'honneur.

MONSIEUR DAMIS. Vous aimez donc ?

ANGÉLIQUE. Mais ne me trahissez-vous point, Monsieur Damis ?

MONSIEUR DAMIS. Je n'ai que vos véritables intérêts en vue.

ANGÉLIQUE. Quel bon caractère ! Oh que je vous aimerais, si vous n'aviez que vingt ans !

MONSIEUR DAMIS. Eh bien ?

ANGÉLIQUE. Vraiment, oui, il y a quelqu'un qui me plaît...

FRONTIN *arrive*. Monsieur, je viens de la part de Madame vous dire qu'on vous attend avec Mademoiselle.

MONSIEUR DAMIS. Nous y allons. Et *(à Angélique)* où avez-vous connu celui qui vous plaît ?

ANGÉLIQUE. Ah ! ne m'en demandez pas davantage ; puisque vous ne voulez que vous douter que j'aime, en voilà plus qu'il n'en faut pour votre probité [1], et je vais vous annoncer là-haut.

Scène XIII

MONSIEUR DAMIS, FRONTIN

MONSIEUR DAMIS, *les premiers mots à part*. Ceci me chagrine, mais je l'aime trop pour la céder à personne. Frontin ! Frontin ! approche, je voudrais te dire un mot.

FRONTIN. Volontiers, Monsieur ; mais on est impatient de vous voir.

MONSIEUR DAMIS. Je ne tarderai qu'un moment, viens, j'ai remarqué que tu es un garçon d'*esprit.

FRONTIN. Eh ! j'ai des jours où je n'en manque pas.

MONSIEUR DAMIS. Veux-tu me rendre un service dont je te promets que personne ne sera jamais instruit ?

FRONTIN. Vous marchandez ma *fidélité ; mais je suis dans mon jour d'*esprit, il n'y a rien à faire, je sens combien il faut être discret.

MONSIEUR DAMIS. Je te payerai bien.

FRONTIN. Arrêtez donc, Monsieur, ces débuts-là m'attendrissent toujours.

---

1. Malgré sa naïveté, Angélique n'est pas sotte. Comme Agnès, elle se tire à son avantage des situations les plus embarrassantes.

MONSIEUR DAMIS. Voilà ma bourse.

FRONTIN. Quel embonpoint séduisant ! Qu'il a l'air vainqueur !

MONSIEUR DAMIS. Elle est à toi, si tu veux me confier ce que tu sais sur le chapitre d'Angélique. Je viens adroitement de lui faire avouer qu'elle a un amant ; et observée comme elle est par sa mère, elle ne peut ni l'avoir vu ni avoir de ses nouvelles que par le moyen des domestiques : tu t'en es peut-être mêlé toi-même, ou tu sais qui s'en mêle, et je voudrais écarter cet homme-là ; quel est-il ? où se sont-ils vus ? Je te garderai le secret.

FRONTIN, *prenant la bourse*. Je résisterais à ce que vous dites, mais ce que vous tenez m'entraîne, et je me rends.

MONSIEUR DAMIS. Parle [1].

FRONTIN. Vous me demandez un détail que j'ignore ; il n'y a que Lisette qui soit parfaitement instruite de cette intrigue-là.

MONSIEUR DAMIS. La fourbe !

FRONTIN. Prenez garde, vous ne sauriez la condamner sans me faire mon procès. Je viens de céder à un trait d'éloquence qu'on aura peut-être employé contre elle ; au reste je ne connais le jeune homme en question que depuis une heure ; il est actuellement dans ma chambre ; Lisette en a fait mon parent, et dans quelques moments, elle doit l'introduire ici même où je suis chargé d'éteindre les bougies, et où elle doit arriver avec Angélique pour y traiter ensemble des moyens de rompre votre mariage.

MONSIEUR DAMIS. Il ne tiendra donc qu'à toi que je sois pleinement instruit de tout.

FRONTIN. Comment ?

MONSIEUR DAMIS. Tu n'as qu'à souffrir que je me cache ici ; on ne m'y verra pas, puisque tu vas en ôter les lumières, et j'écouterai tout ce qu'ils diront.

FRONTIN. Vous avez raison ; attendez, quelques amis de la maison qui sont là-haut [2], et qui veulent se déguiser après souper pour se divertir, ont fait apporter des dominos qu'on a mis dans le petit cabinet à côté de la salle, voulez-vous que je vous en donne un ?

MONSIEUR DAMIS. Tu me feras plaisir.

---

1. L'édition originale donne *parlez*, fausse lecture du manuscrit, qui devait porter *parles* (voir plus haut, p. 1148, note 1). L'édition de 1758 corrige.
2. Comme d'habitude, la scène doit se passer dans la salle ou salle basse, au rez-de-chaussée, pièce commune où entrent les fournisseurs, où se tiennent les domestiques, etc. Au premier se trouvent les appartements, où l'on reçoit les hôtes.

FRONTIN. Je cours vous le chercher, car l'heure approche.

MONSIEUR DAMIS. Va.

Scène XIV

MONSIEUR DAMIS, FRONTIN

MONSIEUR DAMIS, *un moment seul*. Je ne saurais mieux m'y prendre pour savoir de quoi il est question. Si je vois que l'amour d'Angélique aille à un certain point, il ne s'agit plus de mariage ; cependant je tremble. Qu'on est malheureux d'aimer à mon âge !

FRONTIN *revient*. Tenez, Monsieur, voilà tout votre attirail, jusqu'à un masque : c'est un visage qui ne vous donnera que dix-huit ans, vous ne perdrez rien au change ; ajustez-vous vite ; bon ! mettez-vous là et ne remuez pas ; voilà les lumières éteintes, bonsoir.

MONSIEUR DAMIS. Écoute ; le jeune homme va venir, et je rêve à une chose ; quand Lisette et Angélique seront entrées, dis à la mère, de ma part, que je la prie de se rendre ici sans bruit, cela ne te compromet point, et tu y gagneras.

FRONTIN. Mais vous prenez donc cette commission-là à crédit ?

MONSIEUR DAMIS. Va, ne t'embarrasse point.

FRONTIN, *il tâtonne*. Soit. Je sors… J'ai de la peine à trouver mon chemin ; mais j'entends quelqu'un…

Scène XV

LISETTE, ÉRASTE, FRONTIN, MONSIEUR DAMIS [1]

Lisette est à la porte avec Éraste pour entrer.

FRONTIN. Est-ce toi, Lisette ?

LISETTE. Oui, à qui parles-tu donc là ?

FRONTIN. À la nuit, qui m'empêchait de retrouver la porte. Avec qui es-tu, toi ?

LISETTE. Parle bas ; avec Éraste que je fais entrer dans la salle.

MONSIEUR DAMIS, *à part*. Éraste !

FRONTIN. Bon ! où est-il ? *(Il appelle.)* La Ramée !

ÉRASTE. Me voilà.

---

1. Le nom de M. Damis ne figure pas dans l'indication des personnages en scène (éditions de 1732 et 1758), mais il faut le restituer.

FRONTIN, *le prenant par le bras.* Tenez, Monsieur, marchez et promenez-vous du mieux que vous pourrez en attendant.

LISETTE. Adieu ; dans un moment je reviens avec ma maîtresse.

Scène XVI

ÉRASTE, MONSIEUR DAMIS, *caché*

ÉRASTE. Je ne saurais douter qu'Angélique ne m'aime ; mais sa timidité m'inquiète, et je crains de ne pouvoir l'enhardir à dédire sa mère.

MONSIEUR DAMIS, *à part.* Est-ce que je me trompe ? c'est la voix de
mon fils, écoutons.

ÉRASTE. Tâchons de ne pas faire de bruit.

Il marche en tâtonnant.

MONSIEUR DAMIS. Je crois qu'il vient à moi ; changeons de place.

ÉRASTE. J'entends remuer du taffetas ; est-ce vous, Angélique, est-
ce vous ?

En disant cela, il attrape Monsieur Damis par le domino [1].

MONSIEUR DAMIS, *retenu.* Doucement !...

ÉRASTE. Ah ! c'est vous-même.

MONSIEUR DAMIS, *à part.* C'est mon fils.

ÉRASTE. Eh bien ! Angélique, me condamnerez-vous à mourir de
douleur ? Vous m'avez dit tantôt que vous m'aimiez ; vos beaux yeux
me l'ont confirmé par les regards les plus aimables et les plus
tendres ; mais de quoi me servira d'être aimé, si je vous perds ? Au
nom de notre amour, Angélique, puisque vous m'avez permis de me
flatter du vôtre, gardez-vous à ma tendresse, je vous en conjure par
ces charmes que le Ciel semble n'avoir destinés que pour moi ; par
cette main adorable sur qui je vous jure un amour éternel. *(Monsieur Damis veut retirer sa main.)* Ne la retirez pas, Angélique, et
dédommagez Éraste du plaisir qu'il n'a point de voir vos beaux yeux,
par l'assurance de n'être jamais qu'à lui ; parlez, Angélique.

---

1. Comme l'a remarqué L. Desvignes, dans l'article signalé plus haut (voir
la notice), il y a sans doute ici un souvenir du *Tuteur*, de Dancourt, scène XVIII,
où l'on trouve les mêmes jeux de scène et les mêmes quiproquos dans la
nuit. Nous avons noté d'autre part, dans la notice, que Beaumarchais doit
avoir emprunté quelques idées à cette scène de *L'École des mères*, qui était
précisément au répertoire courant du Théâtre de l'Opéra-Comique à
l'époque où il écrivait *Le Mariage de Figaro.*

MONSIEUR DAMIS, *à part le premier mot*. J'entends du bruit. Taisez-vous, petit sot.

Et il se retire d'Éraste.

ÉRASTE. Juste ciel ! qu'entends-je ? Vous me fuyez ! Ah ! Lisette, n'es-tu pas là ?

Scène XVII

ANGÉLIQUE ET LISETTE *qui entrent*, MONSIEUR DAMIS, ÉRASTE

LISETTE. Nous voici, Monsieur.

ÉRASTE. Je suis au désespoir, ta maîtresse me fuit.

ANGÉLIQUE. Moi, Éraste ? Je ne vous fuis point, me voilà.

ÉRASTE. Eh quoi ! ne venez-vous pas de me dire tout ce qu'il y a de plus cruel ?

ANGÉLIQUE. Eh ! je n'ai encore dit qu'un mot.

ÉRASTE. Il est vrai, mais il m'a marqué le dernier mépris.

ANGÉLIQUE. Il faut que vous ayez mal entendu, Éraste : est-ce qu'on méprise les gens qu'on aime ?

LISETTE. En effet, rêvez-vous, Monsieur ?

ÉRASTE. Je n'y comprends donc rien ; mais vous me rassurez, puisque vous me dites que vous m'aimez ; daignez me le répéter encore.

Scène XVIII

MADAME ARGANTE, *introduite par* FRONTIN, LISETTE, ÉRASTE, ANGÉLIQUE, MONSIEUR DAMIS

ANGÉLIQUE. Vraiment, ce n'est pas là l'embarras, et je vous le répéterais avec plaisir, mais vous le savez bien assez.

MADAME ARGANTE, *à part*. Qu'entends-je ?

ANGÉLIQUE. Et d'ailleurs on m'a dit qu'il fallait être plus retenue dans les discours qu'on tient à son amant.

ÉRASTE. Quelle aimable franchise !

ANGÉLIQUE. Mais je vais comme le cœur me mène, sans y entendre plus de finesse ; j'ai du plaisir à vous voir, et je vous vois, et s'il y a de ma faute à vous avouer si souvent que je vous aime, je la mets sur votre compte, et je ne veux point y avoir part.

ÉRASTE. Que vous me charmez !

ANGÉLIQUE. Si ma mère m'avait donné plus d'expérience ; si j'avais été un peu dans le monde, je vous aimerais peut-être sans vous le dire ; je vous ferais languir pour le savoir ; je retiendrais mon cœur, cela n'irait pas si vite, et vous m'auriez déjà dit que je suis une ingrate ; mais je ne saurais la contrefaire. Mettez-vous à ma place ; j'ai tant souffert de contrainte, ma mère m'a rendu la vie si triste ! j'ai eu si peu de satisfaction, elle a tant mortifié mes sentiments ! Je suis si lasse de les cacher, que, lorsque je suis contente, et que je le puis dire, je l'ai déjà dit avant que de savoir que j'ai parlé ; c'est comme quelqu'un qui respire, et imaginez-vous à présent ce que c'est qu'une fille qui a toujours été *gênée, qui est avec vous, que vous aimez, qui ne vous hait pas, qui vous aime, qui est franche, qui n'a jamais eu le plaisir de dire ce qu'elle pense, qui ne pensera jamais rien de si touchant, et voyez si je puis résister à tout cela[1].

ÉRASTE. Oui, ma joie, à ce que j'entends là, va jusqu'au transport ! Mais il s'agit de nos affaires : j'ai le bonheur d'avoir un père raisonnable, à qui je suis aussi cher qu'il me l'est à moi-même, et qui, j'espère, entrera volontiers dans nos vues.

ANGÉLIQUE. Pour moi, je n'ai pas le bonheur d'avoir une mère qui lui ressemble ; je ne l'en aime pourtant pas moins...

MADAME ARGANTE, *éclatant*. Ah ! c'en est trop, fille indigne de ma tendresse !

ANGÉLIQUE. Ah ! je suis perdue !

Ils s'écartent tous trois.

MADAME ARGANTE. Vite, Frontin, qu'on éclaire, qu'on vienne ! *(En disant cela, elle avance et rencontre Monsieur Damis, qu'elle saisit par le domino, et continue.)* Ingrate ! est-ce là le fruit des soins que je me suis donnés pour vous former à la vertu ? Ménager des intrigues à mon insu ! Vous plaindre d'une éducation qui m'occupait tout entière ! Eh bien, jeune extravagante, un couvent, plus austère que moi, me répondra des égarements de votre cœur.

---

1. On peut encore rapprocher cette tirade de la lettre de la jeune fille, dans la douzième feuille du *Spectateur français*. La leçon que la jeune fille voudrait faire entendre à sa mère est ici donnée directement à Mme Argante.

Scène XIX et dernière

La lumière arrive avec FRONTIN
et autres domestiques avec des bougies

MONSIEUR DAMIS, *démasqué, à Madame Argante, et en riant.* Vous voyez bien qu'on ne me recevrait pas au couvent.

MADAME ARGANTE. Quoi ! c'est vous, Monsieur ? *(Et puis voyant Éraste avec sa livrée.)* Et ce fripon-là, que fait-il ici ?

MONSIEUR DAMIS. Ce fripon-là, c'est mon fils, à qui, tout bien examiné, je vous conseille de donner votre fille.

MADAME ARGANTE. Votre fils ?

MONSIEUR DAMIS. Lui-même. Approchez, Éraste ; tout ce que j'ai entendu vient de m'ouvrir les yeux sur l'imprudence de mes desseins ; conjurez Madame de vous être favorable, il ne tiendra pas à moi qu'Angélique ne soit votre épouse.

ÉRASTE, *se jetant à genoux.* Que je vous ai d'obligation, mon père ! Nous pardonnerez-vous, Madame, tout ce qui vient de se passer ?

ANGÉLIQUE, *embrassant les genoux de Madame Argante.* Puis-je espérer d'obtenir grâce ?

MONSIEUR DAMIS. Votre fille a tort, mais elle est vertueuse, et à votre place je croirais devoir oublier tout, et me rendre.

MADAME ARGANTE. Allons, Monsieur, je suivrai vos conseils, et me conduirai comme il vous plaira.

MONSIEUR DAMIS. Sur ce *pied-là, le divertissement dont je prétendais vous amuser servira pour mon fils.

Angélique embrasse Madame Argante de joie.

DIVERTISSEMENT [1]

AIR

> Vous qui sans cesse à vos fillettes
> Tenez de sévères discours (*bis*),
> Mamans, de l'erreur où vous êtes
> Le dieu d'Amour se rit et se rira toujours (*bis*).
> Vos avis sont prudents, vos maximes sont sages ;

---

1. Comme on l'a dit, le vaudeville de ce divertissement est de Pannard.

Mais malgré tant de soins, malgré tant de rigueur,
    Vous ne pouvez d'un jeune cœur
    Si bien fermer tous les passages,
Qu'il n'en reste toujours quelqu'un pour le vainqueur.

    Vous qui sans cesse, etc.

VAUDEVILLE [1]

    Mère qui tient un jeune *objet
    Dans une ignorance profonde,
        Loin du monde,
    Souvent se trompe en son projet.
    Elle croit que l'Amour s'envole
    Dès qu'il aperçoit un Argus.
        Quel abus !
    Il faut l'envoyer à l'école.

COUPLETS

    La beauté qui charme Damon
    Se rit des tourments qu'il endure,
        Il murmure.
    Moi, je trouve qu'elle a raison :
    C'est un conteur de fariboles,
    Qui n'ouvre point son coffre-fort.
        Le butor !
    Il faut l'envoyer à l'école.

    Si mes soins pouvaient t'engager,
    Me dit un jour le beau Sylvandre,
        D'un air tendre,
    Que ferais-tu ? dis-je au berger ;
    Il demeura comme une idole,
    Et ne répondit pas un mot.
        Le grand sot !
    Il faut l'envoyer à l'école.

---

1. Ce couplet manque dans l'édition originale.

Claudine un jour dit à Lucas :
J'irai ce soir à la prairie,
        Je vous prie
De ne point y suivre mes pas.
Il le promit, et tint parole.
Ah ! qu'il entend peu ce que c'est !
        Le benêt !
Il faut l'envoyer à l'école.

L'autre jour à Nicole il prit
Une vapeur auprès de Blaise ;
        Sur sa chaise
La pauvre enfant s'évanouit.
Blaise, pour secourir Nicole,
Fut chercher du monde aussitôt,
        Le nigaud !
Il faut l'envoyer à l'école.

L'amant de la jeune Philis[1]
Étant près de s'éloigner d'elle,
        Chez la belle
Il envoie un de ses amis.
Vas-y, dit-il, et la console.
Il se fie à son confident.
        L'imprudent !
Il faut l'envoyer à l'école.

Aminte, aux yeux de son barbon,
À son grand neveu cherche noise ;
        La matoise
Veut le chasser de la maison.
L'époux la flatte et la cajole,
Pour faire rester son parent
        L'ignorant !
Il faut l'envoyer à l'école[2].

---

1. Ce couplet et le suivant manquent dans l'édition originale.   2. Sur
ce divertissement, voir N. Rizzoni, *Charles-François Pannard et l'esthétique
du « petit »*, *op. cit.*, pp. 73-74.

L'HEUREUX STRATAGÈME

COMÉDIE EN TROIS ACTES
REPRÉSENTÉE POUR LA PREMIÈRE FOIS
PAR LES COMÉDIENS-ITALIENS
LE 6 JUIN 1733

NOTICE

On dit couramment que Marivaux, encouragé par le succès au Théâtre-Italien de *L'École des mères*, en juillet 1732, contrastant avec l'échec des *Serments indiscrets* le mois précédent au Théâtre-Français, destina tout naturellement aux Italiens la nouvelle pièce qu'il écrivit, qui fut *L'Heureux Stratagème*. Les choses ne sont pas si claires. La pièce que Marivaux écrivit pendant l'hiver 1732-1733 n'était pas *L'Heureux Stratagème*, mais *Le Petit-Maître corrigé*, qui obtint une approbation de Jolly le 4 février 1733. Or, cette pièce est manifestement destinée au Théâtre-Français. Il semble donc qu'en la composant Marivaux se soit conformé au principe d'alternance entre les deux théâtres qu'il respectait à peu près à cette époque. Mais, soit qu'il voulût laisser le temps effacer le souvenir de l'échec des *Serments indiscrets*, soit que les comédiens-français eussent manifesté officieusement[1] peu d'intérêt pour la nouvelle pièce, elle ne fut pas jouée immédiatement. La situation était toute différente sur l'autre théâtre. « Les Italiens, écrivait à la date du 4 mai 1733 le rédacteur du *Journal de la Cour et de la Ville*[2], sont sans aucune nouveauté et n'ont par conséquent personne. Il y a longtemps que Boissy est leur père nourricier. Il est le seul qui nous les ait conservés en France. » Survenant à ce moment, *L'Heureux Stratagème* ne pouvait être mieux reçu. C'est ainsi qu'il fut représenté dès le 6 juin 1733, avant *Le Petit-Maître corrigé*, composé le premier.

Le parallèle entre les circonstances dans lesquelles *Le Petit-Maître corrigé* et *L'Heureux Stratagème* virent le jour peut être prolongé entre les œuvres elles-mêmes. Alors que *Le Petit-Maître corrigé* est la

---

1. Officiellement, *Le Petit-Maître corrigé* fut reçu le 21 septembre 1734, autorisé par le lieutenant de police le 30 octobre, représenté pour la première fois le 6 novembre de la même année. **2.** Pp. 114-115 du manuscrit de la Bibliothèque nationale.

pièce où Marivaux s'approche le plus de la comédie de mœurs telle qu'on la pratique à l'époque, *L'Heureux Stratagème* est celle où il se livre le plus à son génie particulier, tant par le caractère non historique du sujet que par l'importance que prend dans la pièce la construction thématique ou formelle. L'intrigue est en effet bâtie suivant la formule complexe du chassé-croisé. La comtesse, qui aimait Dorante, l'abandonne au profit du chevalier. Le chevalier, qui aimait la marquise, lui est infidèle au profit de la comtesse. À cette figure réelle s'oppose une figure simulée. Dorante feint d'oublier la comtesse et d'aimer la marquise, la marquise feint de même d'aimer Dorante. La conséquence en est un nouveau mouvement réel, la comtesse revient à Dorante, le chevalier est contraint de se rabattre sur la marquise. Dernier mouvement, artificieux cette fois encore, Dorante revient à la comtesse, et l'on suppose que la marquise pardonnera au chevalier. Si l'on observe que toutes ces allées et venues sentimentales s'opèrent dans le cours de la pièce et sous les yeux des spectateurs, on avouera que nulle part Marivaux n'a réalisé sous une forme plus subtile et plus parfaite l'espèce de ballet qui fait la trame de toutes ses comédies.

Pour le fond, *L'Heureux Stratagème* est encore une pièce dédiée à Silvia, qui y joua mieux qu'elle ne l'avait jamais fait. Dans le rôle qu'il lui destine, Marivaux trace un nouveau portrait de l'éternel féminin qui place sa pièce au centre de ses préoccupations et de ses découvertes. C'est une peinture de l'inconstance, comme *La Double Inconstance*, et plus tard *La Dispute* ; de l'amour-propre, comme les *Surprise* ou *Le Jeu de l'amour et du hasard* ; de la jalousie enfin, comme *Le Prince travesti*. Comme dans *La Double Inconstance* encore, une femme expérimentée y prévoit et commande les réactions d'une autre femme. Il est vrai que le procédé dont elle se sert pour faire revenir la comtesse à Dorante, et qui consiste à exciter sa jalousie, est traditionnel. Mais précisément il appartient à la tradition hispano-italienne [1], celle que Marivaux s'est si bien assimilée qu'on ne peut la distinguer de son fonds propre ; n'a-t-il pas prêté déjà la même manœuvre à sa coquette des *Lettres contenant une aventure* [2] ? Enfin, les figures des valets, qui reflètent en contrepoint avec

1. Comme l'a remarqué Fleury (*Marivaux et le Marivaudage*, p. 135), le thème fondamental est issu d'une comédie de Lope, *El Perro del hortelano*, dont le titre se réfère à un proverbe espagnol : *Le Chien du jardinier*.
2. Voir l'édition des *Journaux et Œuvres diverses*, Classiques Garnier, première section, pp. 89-90.

les raccourcis usuels les figures des maîtres, placent la pièce dans la ligne de la première *Surprise de l'amour*. Rien, dans *L'Heureux Stratagème*, n'est donc sans précédent chez Marivaux lui-même, mais tous les éléments combinés y prennent la rigueur d'une épure sous la main d'un écrivain à l'apogée de son talent.

Non que cette rigueur tombe dans la virtuosité pure. Les symétries de cette pièce ne sont que dans les lignes d'ensemble, et le détail est riche de variations. Par exemple, l'inconstance de la comtesse ne ressemble pas à celle du chevalier, et le jugement qu'ils portent l'un et l'autre sur leur commune aventure diffère de façon assez dramatique [1]. Mais surtout, la manière dont se développe le plan de la marquise n'a rien de mécanique. Comme le remarque le chroniqueur du *Mercure*, rendu peut-être attentif au fait par Marivaux lui-même, la comtesse ne croit pas d'abord à l'inconstance de Dorante. Mieux, elle découvre le piège qu'on lui tend. Et pourtant « elle va par degrés jusqu'à craindre que cette feinte ne soit une vérité, et de la crainte elle passe jusqu'à la conviction [2] ». En deux très belles scènes, Marivaux montrera alors comment s'écroulent chez la comtesse, d'abord, les faux-semblants de la vanité (acte II, sc. VI), puis finalement l'ultime rempart de l'amour-propre (acte II, sc. X). Il n'est donc pas besoin de rechercher l'originalité de la pièce dans la prétendue rouerie de la marquise, qui chercherait à se venger, non pas, comme on le croirait, de Damis qui l'a trahie, ou seulement de la comtesse, ce qui serait admissible, mais de Dorante, dont elle serait amoureuse [3]. La force de *L'Heureux Stratagème* vient du contraste entre des scènes où l'on croit avoir seulement affaire à des êtres de surface et de convention et la révélation soudaine que ces personnages sont aussi capables d'atteindre la vérité et de souffrir [4].

Pour une fois, les intentions de Marivaux furent bien comprises et

---

1. Voir plus loin, pp. 1236-1238.   **2.** Voir le compte rendu du *Mercure* qui sera donné plus loin *in extenso*.   **3.** « La marquise est donc, sous son apparent désintéressement, une femme qui se venge, et qui se venge doublement : de la comtesse qui lui a pris le chevalier, et aussi, paradoxalement, de Dorante qui aime la comtesse, car il ne fait guère de doute que la marquise est amoureuse de Dorante. » (Bernard Dort, éd. *Théâtre de Marivaux*, tome III, p. 412.)   **4.** On notera que si le dénouement est heureux en ce sens que la pièce finit bien, et que même l'épreuve a approfondi les sentiments respectifs de Dorante et de la comtesse, le titre lui-même en témoigne moins qu'il ne le paraîtrait à première vue. Car dans l'expression *heureux stratagème*, *heureux* signifie non pas « qui apporte le bonheur », mais simplement, conformément à l'étymologie, « qui tourne bien, qui réussit ».

la pièce justement appréciée, au moins du public. Car le dénigrement à l'égard d'un auteur célèbre et envié reprit vite ses droits. C'est ainsi que le rédacteur du *Journal de la Cour et de la Ville* se fait d'abord l'écho du succès :

« *L'Heureux Stratagème* est le titre que Marivaux donne à sa nouvelle pièce. Elle a été représentée le 6e pour la première fois avec assez d'applaudissement. Je me réserve à en faire un extrait dans ma première lettre [1]. »

Mais la lettre suivante, loin d'apporter l'extrait promis, ne contient plus que des critiques méprisantes :

« *L'Heureux Stratagème* n'est point encore décidé pour le succès. Les uns y trouvent de l'esprit et les autres n'y comprennent rien. Tous les personnages y parlent, selon l'usage de Marivaux, Phébus et galimatias. C'est un valet par exemple qui dit que les sentiments minces et fluets échappent, mais que le désespoir est un objet. C'est une soubrette qui, étant grondée par sa maîtresse, se plaint qu'elle lui donne des paroles de mauvaise mine, enfin mille choses de cette espèce que je serais bien fâché de retenir. Le fond de la pièce n'est, à le bien prendre, qu'un mauvais mélange du *Dépit amoureux* et de *La Surprise de l'amour*, dont l'intrigue est peu intéressante, et dont je ne suis que trop dispensé de donner l'extrait que j'avais annoncé [2]. »

Le *Mercure de France* fut heureusement bien plus favorable. Il prit même la peine de répondre à la critique, certainement très injustifiée, selon laquelle la pièce nouvelle était une nouvelle *Surprise de l'amour* [3]. Et le marquis d'Argenson, parfois étrangement sévère pour Marivaux, lui rendit cette fois un hommage apparemment sincère :

« *Le Stratagème heureux* (sic) [...] Jamais Silvia, qui fait la Comtesse, n'a si bien joué, jamais Marivaux ne m'a paru si admirable et n'a effectivement travaillé plus raisonnablement, quoiqu'il y ait beaucoup de contradictions dans la pièce. L'abondance de ses idées, sa profonde étude des petits sentiments lui font trouver mille ressources pour rendre neuf un sujet aussi rebattu que celui-ci. De quoi s'agit-il ? une volage qu'on fait revenir à elle en se rendant aussi volage qu'elle, sa jalousie, son amour-propre, voilà ce que Marivaux a embelli et rendu nouveau [4]. »

---

1. Manuscrit de la Bibliothèque nationale, p. 141, lettre du 8 juin 1733. **2.** *Ibid.*, p. 143, lettre du 12 juin 1733.   **3.** Voir ci-après le compte rendu de représentation.   **4.** Bibliothèque de l'Arsenal, manuscrit n° 3454, f° 403.

Enfin, La Porte, quoiqu'il ne mette pas *L'Heureux Stratagème* au nombre des « meilleures pièces » de Marivaux, y trouve « des traits dignes de cet ingénieux écrivain » et avoue même qu'elle « développe parfaitement tout le manège de la coquetterie[1] ». On n'en espérait pas davantage de lui.

De fait, la pièce eut dix-huit représentations[2]. Elle fut reprise dès l'année suivante[3], et elle resta au répertoire du Théâtre-Italien jusqu'à son déclin[4]. On dit que le succès de *La Coquette corrigée*, du comédien La Noue, où le sujet de Marivaux était imité d'assez près dans une pièce en cinq actes et en vers, éclipsa *L'Heureux Stratagème*. Il est vrai que *La Coquette corrigée* resta au répertoire jusqu'en 1836, mais c'était au Théâtre-Français, et cette concurrence peut seulement expliquer pourquoi *L'Heureux Stratagème* ne fut pas adopté par la troupe française après la Révolution. Il fallut même attendre janvier 1960 pour que la pièce de Marivaux revît le jour. Encore était-ce au Théâtre National Populaire[5], à qui l'on doit aussi d'excellentes reprises du *Triomphe de l'amour* et de *La Fausse Suivante*. Il est à peu près certain que la Comédie-Française ne pourra tarder longtemps à suivre cet exemple. Aux États-Unis, *L'Heureux Stratagème*, traduit par Alex Szogyi sous le titre *The Fine Art of Finesse*, connut un bon succès à New York en 1990 dans une mise en scène de Richard Morse (voir *Revue Marivaux* n° 2, 1992, pp. 118-123). En 1995, Laurent Pelly (Le Cargo/Centre Dramatique National des Alpes) monta un *Heureux Stratagème* remarqué, qui fut repris en tournée dans de nombreuses villes.

---

1. Voici le passage : « *L'Heureux Stratagème, Les Fausses Confidences* et *La Joie imprévue* ne sont pas les meilleures pièces de M. de Marivaux. Mais on y remarque des traits dignes de cet ingénieux écrivain. La première développe parfaitement tout le manège de la coquetterie. » (*L'Observateur littéraire*, 1759, tome I, p. 84.)　　2. D'après Desboulmiers. Les registres du Théâtre-Italien sont perdus pour la période qui va du 22 mars 1733 au 18 avril 1735.　　3. Le 16 août 1734, d'après le *Mercure*, qui annonce que cette reprise fut accompagnée de la création de *La Méprise* (*Mercure* d'août 1734, p. 1846).　　4. Au moins cent trente représentations sont attestées entre 1733 et 1763. En comptant les années pour lesquelles le registre manque, ce chiffre doit certainement être porté à plus de cent cinquante. Il faudrait encore y ajouter les représentations à Fontainebleau.　　5. Avec une mise en scène de Jean Vilar, des décors et des costumes de Gustave Singier, musique de Vivaldi. Les interprètes étaient Geneviève Page (la comtesse), Christiane Minazzoli (la marquise), Nicole Guéden (Lisette), Jacques Berthier (Dorante), Roger Mollien (le chevalier), Claude Nicot (Arlequin), Jean Négroni (Frontin), Georges Wilson (Blaise). Voir un compte rendu de B. Poirot-Delpech dans *Le Monde* du 15 janvier 1960.

LE TEXTE

Voici la description de l'édition originale de *L'Heureux Stratagème*, qui, comme l'apprend la notice du *Mercure*, parut vers le début de juillet :

L'HEUREUX / STRATAGÊME, / *COMEDIE* / DE Mʳ. DE MARIVAUX. / Représentée par les Comédiens Italiens, / le 6 Juin 1733. / *Le prix est de trente sols.* / (fleuron) / À PARIS, / Chez PRAULT, Pere, Quay de Gêvres, au Paradis. / (double filet) / M. DCC. XXXIII. / *Avec Approbation & Privilege du Roy.*

Un vol. de 89 + III pages pour l'approbation et le privilège.

Approbation : «J'ai lu par ordre de Monseigneur le Garde des Sceaux, *L'Heureux Stratagème, Comédie* ; et je n'y ai rien trouvé qui puisse en empêcher l'impression. Fait à Paris, le 20 juin 1733. *Signé :* GALLYOT.»

Privilège à Pierre Prault pour « les Œuvres du sieur de Marivaux, *La Vie de Marianne*, etc. », du 19 juillet 1731, enregistré le 9 août 1731.

Une autre édition de 1733 se présente ainsi :

L'HEUREUX / STRATAGÊME, / *COMEDIE* / DE Mʳ. DE MARIVAUX. / Représentée par les Comédiens Italiens, / le 6. Juin 1733. / Le prix est de Vingt-quatre sols. / (fleuron) / A PARIS, /

Chez { PRAULT Pere, Quay de Gêvres au / Paradis./
ET
PRAULT, Fils, Quay de Conty, à la / descente du Pont-Neuf, à la Charité. /

(filet) / M.DCC.XXX III. / *Avec Approbation & Privilege du Roy.*

Le texte de l'approbation et du privilège est le même que pour l'édition précédemment décrite. Mais, contrairement à ce que l'on a pu dire, le texte de la pièce est différent de l'édition dite originale en plusieurs points. Nous désignons cette autre édition de 1733 par « Édition B » dans les notes.

COMPTE RENDU DU *MERCURE DE FRANCE*

« *L'Heureux Stratagème*, comédie nouvelle en prose, en trois actes, de M. de Marivaux, représentée au Théâtre-Italien, le 6 juin 1733.

ACTEURS

LA COMTESSE. *La demoiselle Silvia.*
DORANTE, amant de la Comtesse. *Le sieur Romagnesi.*

LA MARQUISE. *La demoiselle Thomassin.*

Le chevalier DAMIS, Gascon, amant de la Marquise. *Le sieur Lélio.*

LISETTE, suivante de la Comtesse. *La demoiselle Lélio.*

ARLEQUIN, valet de Dorante.

FRONTIN, valet du Chevalier. *Le sieur Dominique.*

BLAISE, jardinier de la Comtesse. *Le sieur Mario.*

La scène est chez la Comtesse.

« Les beautés qui sont répandues dans cette pièce ne sont peut-être pas à la portée de tout le monde ; mais ceux qui accusent l'auteur d'avoir trop d'esprit ne laissent pas de convenir qu'il a une parfaite connaissance du cœur humain, et que peu de gens font une plus exacte analyse de ce qui se passe dans celui des femmes. L'héroïne de cette comédie est une Comtesse, qui traite d'abord la fidélité de chimère, parce qu'elle regarde cette vertu comme un obstacle à la passion si naturelle au beau sexe, qui est de faire valoir ses droits sur tous les cœurs ; prévenue en faveur de ses attraits, elle ne croit rien hasarder en volant de conquête en conquête ; elle aime Dorante, mais elle n'est pas fâchée d'être aimée du chevalier Damis, et trouve fort mauvais que son premier adorateur s'en formalise ; la manière dont elle s'explique avec Dorante, sur les reproches qu'il ose lui faire de son nouvel engagement, achève de le désespérer. Il se croit véritablement effacé du cœur de sa maîtresse, quoiqu'il ne soit que sacrifié à sa vanité ; une Marquise à qui la Comtesse a enlevé un amant dont la perte ne lui tient pas, à beaucoup près, tant au cœur que Dorante est sensible à celle qu'il croit avoir faite à l'amour de la Comtesse, lui vient ouvrir les yeux. Je connais mon sexe, lui dit-elle, la Comtesse n'est infidèle qu'en apparence ; l'envie de faire une nouvelle conquête flatte son amour-propre, mais la crainte d'en perdre une qu'elle a déjà faite alarmera ce même amour-propre, et vous la rendra plus tendre que jamais ; ce sage conseil est suivi de la proposition qu'elle lui fait de feindre un nouvel amour dont elle veut bien paraître l'objet ; la proposition révolte d'abord, mais elle est enfin acceptée. La Comtesse ne daigne pas même donner la moindre croyance aux nouveaux engagements qu'on lui annonce que Dorante vient de prendre ; elle ne croit pas la chose sérieuse, parce qu'elle la croit impossible ; elle croirait dégrader ses attraits, si elle s'abaissait jusqu'à la crainte ; elle fait plus, elle découvre le piège qu'on lui tend, mais elle ne laisse pas d'y donner dans la suite ;

en effet, elle pense juste, quand elle dit que Dorante feint d'aimer la Comtesse pour la rendre jalouse, et cependant elle va par degrés jusqu'à craindre que cette feinte ne soit une vérité, et de la crainte elle passe jusqu'à la conviction.

« À ce fond de pièce est joint un épisode, qui, peut-être, a donné lieu de dire que c'est une nouvelle *Surprise de l'amour*. Le voici : Blaise, jardinier de la Comtesse, doit marier Lisette, sa fille, avec Arlequin, valet de Dorante ; il vient prier Dorante de vouloir bien porter la Comtesse à donner une centaine de livres à sa fille, pour les frais de la noce, et pour l'aider à se mettre en ménage. Dorante, qui commence à se douter de l'infidélité de la Comtesse, lui répond qu'il ne croit plus avoir de crédit sur son esprit, parce qu'il n'en a plus sur son cœur. Toute la suite de cet épisode a beaucoup de conformité avec celui de la première *Surprise de l'amour* ; mais cette ressemblance d'épisodes n'empêche pas que le fond ne soit très différent. Finissons cette digression, et reprenons le fil de la pièce. Dorante, par le conseil de la Marquise, ordonne à Arlequin de ne plus voir Lisette ; la raison qui l'oblige à lui faire cette défense, c'est, dit-il, que la Comtesse pourrait croire qu'il continue à voir la suivante pour épier la maîtresse. Arlequin ne peut se résoudre à se priver de la vue et de la conversation de sa chère Lisette ; mais la promesse que son maître lui fait de la lui rendre plus tendre que jamais le détermine à lui obéir. Voici ce que cette heureuse défense produit : Blaise se plaint à la Comtesse des obstacles que Mme la Marquise apporte à l'établissement de sa fille ; en effet, la Marquise a bien voulu prendre cela sur son compte à la prière de Dorante, qui ne veut pas que la Comtesse lui en fasse un crime, ou du moins ne l'accuse d'impolitesse, attendu que c'est elle-même qui a arrangé le mariage du valet, dans le temps qu'elle voulait épouser le maître. La Comtesse veut avoir un éclaircissement avec Dorante sur cet affront, qu'elle fait servir de prétexte au désir secret qu'elle a de rentrer dans les droits que sa beauté lui a donnés sur son cœur ; elle lui en parle d'un ton de maîtresse, et lui dit qu'elle veut absolument que le mariage qu'elle a projeté entre Arlequin et Lisette s'achève. Dorante lui répond qu'il en parlera à la Marquise ; la Comtesse lui dit avec fierté qu'elle n'a que faire du consentement de la personne même qui l'offense, et que c'est à lui à la venger. Dorante lui déclare que ses ordres pouvaient tout sur lui autrefois, mais que les temps sont changés, puisqu'elle l'a bien voulu, et qu'elle lui a montré un exemple d'infidélité dont il a cru devoir profiter ; la Comtesse ne peut soutenir cette humiliation, et lui dit une seconde fois, quoique d'un ton un peu moins ferme, qu'elle veut être obéie. Dorante se retire sans lui rien promettre.

« La Comtesse sent plus que jamais combien un exemple d'infidélité est dangereux. Elle commence à croire que celle de Dorante n'est pas une feinte, et s'en plaint à Lisette.

« Damis vient et la presse de le rendre heureux ; cette dernière conquête n'a plus rien qui la flatte ; un cœur qu'elle a gagné n'a rien qui la dédommage de celui qu'elle a perdu ; elle n'en fait pourtant rien connaître à Damis ; elle feint au contraire de plaindre Dorante, et dit au Chevalier qu'il faut ménager sa douleur en différant leur hymen. Damis a beau la presser de l'achever, rien ne peut lui faire changer une résolution que la pitié lui inspire bien moins que l'amour.

« Dorante, persuadé qu'il est aimé de la Comtesse, voudrait se jeter à ses pieds pour lui demander pardon de sa feinte et se réconcilier avec elle ; mais la Marquise lui fait entendre qu'il n'en est pas encore temps, et que si la Comtesse s'aperçoit si tôt de l'empire que sa beauté lui donne sur lui, elle en abusera d'une manière à le rendre plus malheureux que jamais. Elle lui conseille de pousser la feinte aussi loin qu'il se pourra, et d'achever le stratagème dont ils sont convenus ensemble.

« On va bientôt voir l'effet que produit cette innocente supercherie. Dorante et la Marquise font courir le bruit de leur prochain mariage, et ce qui pique la Comtesse, c'est que c'est chez elle-même que le contrat doit être signé ; elle fait dire à Dorante qu'elle veut lui parler. Dorante la fait prier de l'en dispenser, attendu qu'il[1] craint que la Marquise ne le trouve mauvais et n'en prenne de l'ombrage. Ce ménagement achève de porter le désespoir dans le cœur de la Comtesse. Dorante vient enfin avec la Marquise ; ils la prient tous deux de vouloir bien leur permettre de se marier chez elle : la présence de Damis ne peut empêcher la Comtesse de se livrer à sa douleur ; elle dit à Damis qu'elle ne l'a jamais aimé, et à Dorante qu'elle lui a toujours été fidèle ; Dorante ne tiendrait pas contre un aveu si charmant, si la Marquise ne l'encourageait par sa présence à soutenir jusqu'au bout une feinte qui lui a été si utile ; la Comtesse s'abaisse jusqu'à redemander à Dorante un cœur qu'il semble lui avoir ôté ; la Marquise répond pour Dorante qu'il n'en est plus

---

1. Le *Mercure* porte ici par erreur *elle* au lieu de *il*.

temps, puisque le contrat est dressé ; enfin le notaire arrive, le contrat à la main ; la Marquise prie la Comtesse de leur faire l'honneur d'y signer ; Dorante lui fait la même prière, quoique d'une voix tremblante ; la Comtesse, par un dernier effort de fierté, prend la plume, mais à peine a-t-elle signé qu'elle tombe en défaillance entre les bras de Lisette. Dorante, ne pouvant plus tenir contre cette marque d'amour, se jette à ses pieds ; elle paraît agréablement surprise de le trouver dans cette situation ; Dorante lui dit que c'est son hymen avec lui-même qu'elle vient de signer, et la prie de vouloir bien le confirmer. La Comtesse embrasse la Marquise et lui rend grâces d'une tromperie qui lui rend un si fidèle amant. Ce dénouement a paru un des plus intéressants qu'on ait vus au théâtre.

« La pièce ayant été imprimée quinze jours après que nous eûmes fait cet extrait d'après les premières représentations, nous avons cru qu'il était à propos d'y ajouter quelques fragments, pour donner une idée plus juste de la manière dont ce sujet est traité. Voici une scène entre la Comtesse et la Marquise ; c'est la troisième du second acte [...] [1].

« On voit par cette scène avec quelle légèreté et quelle finesse M. de Marivaux dialogue. La Comtesse, effrayée de la sécurité de la Marquise, commence à craindre qu'on ne lui enlève Dorante, quoique son amour-propre la flatte que ce ne sera pas si facile que la Marquise paraît se l'imaginer ; cette crainte se change enfin en certitude, et lui arrache ces regrets : Elle parle à sa suivante [...] [2].

« Nous aurions bien d'autres morceaux à citer, mais nous passerions les bornes prescrites à nos extraits, si nous insérions dans celui-ci tout ce qui est digne de l'attention de nos lecteurs [3]. »

---

1. Le *Mercure* donne ici le passage qui va de la réplique de la comtesse : *Je viens vous trouver...* à celle de la marquise, comprise, *Dorante vaut son prix, Comtesse. Adieu.* **2.** Depuis *je l'aime, et tu m'accables,* jusqu'à [...] *et j'ai perdu Dorante.* **3.** *Mercure* de juin 1733, pp. 1428-1431.

L'Heureux Stratagème

ACTEURS [1]

LA COMTESSE.
LA MARQUISE.
LISETTE, fille de Blaise.
DORANTE, amant de la Comtesse.
LE CHEVALIER, amant de la Marquise.
BLAISE, paysan.
FRONTIN [2], valet du Chevalier.
ARLEQUIN, valet de Dorante.
Un laquais.

La scène se passe chez la Comtesse.

---

1. Pour la distribution des rôles lors de la première représentation, voir le compte rendu du *Mercure*, ci-dessus, pp. 1177-1178 ; et pour la reprise de 1960 au T.N.P., voir p. 1176, note 5.   **2.** Les deux éditions de 1733 portent *Frontain*.

ACTE PREMIER

Scène première

DORANTE, BLAISE

DORANTE. Eh bien, Maître Blaise, que me veux-tu ? Parle, puis-je te rendre quelque service ?

BLAISE. Oh dame ! comme ce dit l'autre [1], ou en êtes bian capable.

DORANTE. De quoi s'agit-il ?

BLAISE. Morgué ! velà bian Monsieur Dorante, quand faut sarvir le monde, *jarnicoton ! ça ne barguine point. Que ça est agriable ! le biau naturel d'homme !

DORANTE. Voyons ; je serai charmé de t'être utile.

BLAISE. Oh ! point du tout, Monsieur, c'est vous qui charmez les autres.

DORANTE. Explique-toi.

BLAISE. Boutez d'abord dessus.

DORANTE. Non, je ne me couvre jamais.

BLAISE. C'est bian fait à vous ; moi, je me couvre toujours ; ce n'est pas mal fait non pus.

DORANTE. Parle...

BLAISE, *riant*. Eh ! eh bian ! qu'est-ce ? Comment vous va, Monsieur Dorante ? Toujours gros et gras [2]. J'ons vu le temps que vous étiez mince ; mais, morgué ! ça s'est bian amandé. Vous velà bian en char.

DORANTE. Tu avais, ce me semble, quelque chose à me dire ; entre en matière sans compliment.

---

1. Ce tour n'est peut-être pas du patois le plus authentique. Il résulte d'une contamination entre l'expression ordinaire, *comme dit l'autre*, et la forme ancienne et dialectale de l'incise, *ce dit l'autre*, courante chez les paysans de Cyrano, de Molière et de Marivaux. L'édition originale, par une erreur courante, écrit *se dit* pour *ce dit*.   2. On sait que les paysans n'aiment pas aborder les questions d'argent sans un honnête préambule. Mais il y a sans doute ici en outre une allusion au physique du comédien chargé du rôle : ce serait conforme à une tradition du Théâtre-Italien.

BLAISE. Oh ! c'est un petit bout de civilité en passant, comme ça se doit.

DORANTE. C'est que j'ai affaire.

BLAISE. Morgué ! tant pis ; les affaires baillont du souci.

DORANTE. Dans un moment, il faut que je te quitte : achève.

BLAISE. Je commence. C'est que je venons par rapport à noute fille, pour *l'amour de ce qu'alle va être la femme d'Arlequin voute valet.

DORANTE. Je le sais.

BLAISE. Dont je savons qu'ou êtes consentant, à cause qu'alle est femme de chambre de Madame la Comtesse qui va vous prendre itou pour son homme.

DORANTE. Après ?

BLAISE. C'est ce qui fait, ne vous déplaise, que je venons vous prier d'une grâce.

DORANTE. Quelle est-elle ?

BLAISE. C'est que faura le troussiau de Lisette, Monsieur Dorante ; faura faire une noce, et pis du *dégât pour cette noce, et pis de la marchandise pour ce dégât, et du comptant pour cette marchandise. Partout du comptant, hors cheux nous qu'il n'y en a point. Par ainsi, si par voute moyen auprès de Madame la Comtesse, qui m'avancerait queuque six-vingts francs sur mon office de jardinier...

DORANTE. Je t'entends, Maître Blaise ; mais j'aime mieux te les donner, que de les demander pour toi à la Comtesse, qui ne ferait pas aujourd'hui grand cas de ma prière. Tu crois que je vais l'épouser, et tu te trompes. Je pense que le chevalier Damis m'a supplanté. Adresse-toi à lui : si tu n'obtiens rien, je te ferai l'argent dont tu as besoin.

BLAISE. Par la morgué, ce que j'entends là me dérange de vous remarcier, tant je sis surprins et stupéfait. Un brave homme comme vous, qui a une mine de prince, qui a le cœur de m'offrir de l'argent, se voir délaissé de la propre parsonne de sa maîtresse !... ça ne se peut pas, Monsieur, ça ne se peut pas. C'est noute enfant que la Comtesse ; c'est défunt noute femme qui l'a norie : noute femme avait de la conscience ; faut que sa *noriture tianne d'elle. Ne craignez rin, reboutez voute esprit ; n'y a ni Chevalier ni cheval à ça.

DORANTE. Ce que je te dis n'est que trop vrai, Maître Blaise.

BLAISE. *Jarniguienne ! si je le croyais, je sis homme à l'y représenter sa faute. Une Comtesse que j'ons vue *marmotte ! Vous plaît-il que je l'exhortise[1] ?

---

1. Cette forme donnée par l'édition originale est un subjonctif d'*exhortiser* (voir le Glossaire). Elle est préférable à *exhortisse* (texte de 1758), car le subjonctif imparfait ne serait pas ici justifiable.

DORANTE. Eh ! que lui dirais-tu, mon enfant ?

BLAISE. Ce que je li dirais, morgué ! ce que je li dirais ? Et qu'est-ce que c'est que ça, Madame, et qu'est-ce que c'est que ça ! Velà ce que je li dirais, voyez-vous ! car, par la *sangué ! j'ons barcé cette enfant-là, entendez-vous ? ça me baille un grand *parvilége.

DORANTE. Voici Arlequin bien triste ; qu'a-t-il à m'apprendre ?

Scène II

DORANTE, ARLEQUIN, BLAISE

ARLEQUIN. Ouf !

DORANTE. Qu'as-tu ?

ARLEQUIN. Beaucoup de chagrin pour vous, et à cause de cela, quantité de chagrin pour moi ; car un bon domestique va comme son maître.

DORANTE. Eh bien ?

BLAISE. Qui est-ce qui vous fâche ?

ARLEQUIN. Il faut se préparer à l'affliction, Monsieur ; selon toute apparence, elle sera considérable.

DORANTE. Dis donc.

ARLEQUIN. J'en pleure d'avance, afin de m'en consoler après.

BLAISE. Morgué ! ça m'attriste itou.

DORANTE. Parleras-tu ?

ARLEQUIN. Hélas ! je n'ai rien à dire ; c'est que je devine que vous serez affligé, et je vous pronostique votre douleur.

DORANTE. On a bien affaire de ton pronostic !

BLAISE. À quoi sart d'être oisiau de mauvaise augure ?

ARLEQUIN. C'est que j'étais tout à l'heure dans la salle, où j'achevais... mais passons cet article.

DORANTE. Je veux tout savoir.

ARLEQUIN. Ce n'est rien... qu'une bouteille de vin qu'on avait oubliée, et que j'achevais d'y boire [1], quand j'ai entendu la Comtesse qui allait y entrer avec le Chevalier.

---

1. Le trait était comique pour les spectateurs, qui savaient que l'Arlequin-Thomassin était amateur de vin. Noter que cette idée de la bouteille bue par un personnage qui en observe un autre, et ne peut raconter le second fait sans y mêler le premier, a été brillamment reprise par Musset dans *On ne badine pas avec l'amour* (acte II, sc. IV). C'est Blazius qui parle. « Tout à l'heure j'étais par hasard dans l'office, je veux dire dans la galerie — qu'au-rais-je été faire dans l'office ? — J'étais donc dans la galerie : j'avais trouvé

DORANTE, *soupirant*. Après ?

ARLEQUIN. Comme elle aurait pu trouver mauvais que je buvais[1] en fraude, je me suis sauvé dans l'office avec ma bouteille : d'abord, j'ai commencé par la vider pour la mettre en sûreté.

BLAISE. Ça est naturel.

DORANTE. Eh ! laisse là ta bouteille, et me dis ce qui me regarde.

ARLEQUIN. Je parle de cette bouteille parce qu'elle y était ; je ne voulais pas l'y mettre.

BLAISE. Faut la laisser là, pisqu'alle est bue.

ARLEQUIN. La voilà donc vide ; je l'ai mise à terre.

DORANTE. Encore ?

ARLEQUIN. Ensuite, sans mot dire, j'ai regardé à travers la serrure...

DORANTE. Et tu as vu la Comtesse avec le Chevalier dans la salle ?

ARLEQUIN. Bon ! ce maudit serrurier n'a-t-il pas fait le trou de la serrure si petit, qu'on ne peut rien voir à travers ?

BLAISE. Morgué ! tant pis.

DORANTE. Tu ne peux donc pas être sûr que ce fût la Comtesse ?

ARLEQUIN. Si fait ; car mes oreilles ont reconnu sa parole, et sa parole n'était pas là sans sa personne.

BLAISE. Ils ne pouvions pas se dispenser d'être ensemble.

DORANTE. Eh bien ! que se disaient-ils ?

ARLEQUIN. Hélas ! je n'ai retenu que les pensées, j'ai oublié les paroles.

DORANTE. Dis-moi donc les pensées !

ARLEQUIN. Il faudrait en savoir les mots. Mais, Monsieur, ils étaient ensemble, ils riaient de toute leur force ; ce vilain Chevalier ouvrait une bouche plus large... Ah ! quand on rit tant, c'est qu'on est bien *gaillard !

BLAISE. Et bian ! c'est signe de joie ; velà tout.

ARLEQUIN. Oui ; mais cette joie-là a l'air de nous porter malheur. Quand un homme est si joyeux, c'est tant mieux pour lui, mais c'est toujours tant pis pour un autre (*montrant son maître*), et voilà justement l'autre !

---

par accident une bouteille, je veux dire une carafe d'eau — comment aurais-je trouvé une bouteille dans la galerie ? — J'étais donc en train de boire un coup de vin, je veux dire un verre d'eau, pour passer le temps... »

1. Marivaux a reculé devant la forme d'imparfait du subjonctif. La construction d'un verbe de « sentiment » avec l'indicatif se trouve parfois en ancien français, et parfois même à l'époque classique.

DORANTE. Eh ! laisse-nous en repos. As-tu dit à la Marquise que j'avais besoin d'un entretien avec elle ?

ARLEQUIN. Je ne me souviens pas si je lui ai dit ; mais je sais bien que je devais lui dire.

Scène III
ARLEQUIN, BLAISE, DORANTE, LISETTE

LISETTE. Monsieur, je ne sais pas comment vous l'entendez, mais votre tranquillité m'étonne ; et si vous n'y prenez garde, ma maîtresse vous échappera. Je puis me tromper ; mais j'en ai peur.

DORANTE. Je le soupçonne aussi, Lisette ; mais que puis-je faire pour empêcher ce que tu me dis là ?

BLAISE. Mais, morgué ! ça se confirme donc, Lisette ?

LISETTE. Sans doute : le Chevalier ne la quitte point ; il l'amuse, il la *cajole, il lui parle tout bas ; elle sourit : à la fin le cœur peut s'y mettre, s'il n'y est déjà ; et cela m'inquiète, Monsieur ; car je vous estime ; d'ailleurs, voilà un garçon qui doit m'épouser, et si vous ne devenez pas le maître de la maison, cela nous dérange.

ARLEQUIN. Il serait désagréable de faire deux ménages.

DORANTE. Ce qui me désespère, c'est que je n'y vois point de remède ; car la Comtesse m'évite.

BLAISE. *Mordi ! c'est pourtant mauvais signe.

ARLEQUIN. Et ce misérable Frontin, que te dit-il, Lisette ?

LISETTE. Des douceurs tant qu'il peut, que je paie de brusqueries.

BLAISE. Fort bian, noute fille : toujours *malhonnête envars li, toujours *rudânière : hoche la tête quand il te parle ; dis-li : Passe ton chemin. De la fidélité, *morguienne ; baille cette confusion-là à la Comtesse, n'est-ce pas, Monsieur ?

DORANTE. Je me meurs de douleur !

BLAISE. Faut point mourir, ça gâte tout ; avisons putôt à queuque manigance.

LISETTE. Je l'aperçois qui vient, elle est seule ; retirez-vous, Monsieur, laissez-moi lui parler. Je veux savoir ce qu'elle a dans l'esprit ; je vous redirai notre conversation ; vous reviendrez après.

DORANTE. Je te laisse.

ARLEQUIN. Ma mie, toujours *rudânière, hoche la tête quand il te parle.

LISETTE. Va, sois tranquille.

Scène IV

LISETTE, LA COMTESSE

LA COMTESSE. Je te cherchais, Lisette. Avec qui étais-tu là ? il me semble avoir vu sortir quelqu'un d'avec toi.

LISETTE. C'est Dorante qui me quitte, Madame.

LA COMTESSE. C'est de lui dont je voulais te parler : que dit-il, Lisette ?

LISETTE. Mais il dit qu'il n'a pas lieu d'être content, et je crois qu'il dit assez juste : qu'en pensez-vous, Madame ?

LA COMTESSE. Il m'aime donc toujours [1] ?

LISETTE. Comment ? s'il vous aime ! Vous savez bien qu'il n'a point changé. Est-ce que vous ne l'aimez plus ?

LA COMTESSE. Qu'appelez-vous plus ? Est-ce que je l'aimais ? Dans le fond, je le distinguais [2], voilà tout ; et distinguer un homme, ce n'est pas encore l'aimer, Lisette ; cela peut y conduire, mais cela n'y est pas.

LISETTE. Je vous ai pourtant entendu dire que c'était le plus aimable homme du monde.

LA COMTESSE. Cela se peut bien.

LISETTE. Je vous ai vue l'attendre avec empressement.

LA COMTESSE. C'est que je suis impatiente.

LISETTE. Être fâchée quand il ne venait pas.

LA COMTESSE. Tout cela est vrai ; nous y voilà : je le distinguais, vous dis-je, et je le distingue encore ; mais rien ne m'engage avec lui ; et comme il te parle quelquefois, et que tu crois qu'il m'aime, je venais te dire qu'il faut que tu le disposes adroitement à se tranquilliser sur mon chapitre.

LISETTE. Et le tout en faveur de Monsieur le chevalier Damis, qui n'a vaillant qu'un accent gascon qui vous amuse ? Que vous avez le cœur inconstant ! Avec autant de raison que vous en avez, comment pouvez-vous être infidèle ? car on dira que vous l'êtes.

LA COMTESSE. Eh bien ! infidèle soit, puisque tu veux que je le sois ; crois-tu me faire peur avec ce grand mot-là ? Infidèle ! ne dirait-on

---

1. On va voir l'importance de cette question. Ce n'est qu'à condition que Dorante l'aime encore que la comtesse se livre pour sa part à l'inconstance. On songe aux précautions que doit prendre Flaminia, dans *La Double Inconstance*, pour éviter que Silvia, au moment où elle est elle-même tentée d'être inconstante, ne se croie délaissée par Arlequin (acte III, sc. VIII, p. 372).
2. Texte de l'édition B : « Est-ce que je l'aimais, dans le fond ? Je le distinguais [...]. »

pas que ce soit une grande injure ? Il y a comme cela des mots dont on épouvante les esprits faibles, qu'on a mis en crédit, faute de réflexion, et qui ne sont pourtant rien.

LISETTE. Ah ! Madame, que dites-vous là ? Comme vous êtes aguerrie là-dessus ! Je ne vous croyais pas si désespérée : un cœur qui trahit sa foi, qui manque à sa parole !

LA COMTESSE. Eh bien, ce cœur qui manque à sa parole, quand il en donne mille, il fait sa *charge ; quand il en trahit mille, il la fait encore : il va comme ses *mouvements le mènent, et ne saurait aller autrement. Qu'est-ce que c'est que l'étalage que tu me fais là ? Bien loin que l'infidélité soit un crime, *c'est que je soutiens qu'il n'y a pas un moment à hésiter d'en faire une, quand on en est tentée, à moins que de vouloir tromper les gens, ce qu'il faut éviter, à quelque prix que ce soit[1].

LISETTE. Mais, mais... de la manière dont vous tournez cette affaire-là, je crois, de bonne foi, que vous avez raison. Oui, je comprends que l'infidélité est quelquefois de devoir[2], je ne m'en serais jamais doutée !

LA COMTESSE. Tu vois pourtant que cela est clair.

LISETTE. Si clair, que je m'examine à présent, pour savoir si je ne serai pas moi-même obligée d'en faire une.

LA COMTESSE. Dorante est en vérité plaisant ; n'oserais-je, à cause qu'il m'aime, distraire un regard de mes yeux ? N'appartiendra-t-il qu'à lui de me trouver jeune et aimable ? Faut-il que j'aie cent ans pour tous les autres, que j'enterre tout ce que je vaux ? que je me dévoue à la plus triste stérilité de plaisir qu'il soit possible ?

LISETTE. C'est apparemment ce qu'il prétend.

LA COMTESSE. Sans doute ; avec ces Messieurs-là, voilà comment il faudrait vivre ; si vous les en croyez, il n'y a plus pour vous qu'un seul homme, qui compose tout votre univers ; tous les autres sont rayés, c'est *autant de mort[3] pour vous, quoique votre amour-propre n'y trouve point son compte, et qu'il les regrette quelquefois : mais qu'il *pâtisse ; la sotte fidélité lui a fait sa part, elle lui

---

1. Ici encore, on peut se reporter à *La Double Inconstance*. Mais le dénouement de *L'Heureux Stratagème* met en garde contre la tentation d'attribuer à Marivaux lui-même les propos de son personnage. **2.** C'est-à-dire, évidemment : « une affaire de devoir, un devoir ». **3.** Texte de l'édition originale. L'expression doit être considérée comme un masculin à valeur indifférenciée ou neutre. L'édition de 1758 corrige : *autant de morts*. Pour d'autres exemples du tour, voir le Glossaire.

laisse un captif pour sa gloire ; qu'il s'en *amuse comme il pourra, et qu'il prenne patience. Quel abus, Lisette, quel abus ! Va, va, parle à Dorante, et laisse là tes scrupules. Les hommes, quand ils ont envie de nous quitter, y font-ils tant de façons ? N'avons-nous pas tous les jours de belles preuves de leur constance ? Ont-ils là-dessus des privilèges que nous n'ayons pas ? Tu te moques de moi ; le Chevalier m'aime, il ne me déplaît pas : je ne ferai pas la moindre violence à mon penchant.

LISETTE. Allons, allons, Madame, à présent que je suis instruite, les amants délaissés n'ont qu'à chercher qui les plaigne ; me voilà bien guérie de la compassion que j'avais pour eux.

LA COMTESSE. Ce n'est pas que je n'estime Dorante ; mais souvent, ce qu'on estime ennuie. Le voici qui revient. Je me *sauve de ses plaintes qui m'attendent ; saisis ce moment-ci pour m'en débarrasser.

Scène V

DORANTE, LA COMTESSE, LISETTE, ARLEQUIN

DORANTE, *arrêtant la Comtesse.* Quoi ! Madame, j'arrive, et vous me fuyez ?

LA COMTESSE. Ah ! c'est vous, Dorante ! je ne vous fuis point, je m'en retourne.

DORANTE. De grâce, donnez-moi un instant d'audience.

LA COMTESSE. Un instant à la lettre, au moins ; car j'ai peur qu'il ne me vienne compagnie.

DORANTE. On vous avertira, s'il vous en vient. Souffrez que je vous parle de mon amour.

LA COMTESSE. N'est-ce que cela ? Je sais votre amour par cœur. Que me veut-il donc, cet amour ?

DORANTE. Hélas ! Madame, de l'air dont vous m'écoutez, je vois bien que je vous ennuie.

LA COMTESSE. À vous dire vrai, votre prélude n'est pas amusant.

DORANTE. Que je suis malheureux ! Qu'êtes-vous devenue pour moi ? Vous me désespérez.

LA COMTESSE. Dorante, quand quitterez-vous ce ton lugubre et cet air noir ?

DORANTE. Faut-il que je vous aime encore, après d'aussi cruelles réponses que celles que vous me faites !

LA COMTESSE. Cruelles réponses ! Avec quel goût[1] prononcez-vous cela ! Que vous auriez été un excellent héros de roman ! Votre cœur a manqué sa vocation, Dorante.

DORANTE. Ingrate que vous êtes !

LA COMTESSE *rit*. Ce style-là ne me corrigera guère.

ARLEQUIN, *derrière, gémissant*. Hi ! hi ! hi !

LA COMTESSE. Tenez, Monsieur, vos tristesses sont si contagieuses qu'elles ont gagné jusqu'à votre valet : on l'entend qui soupire.

ARLEQUIN. Je suis touché du malheur de mon maître.

DORANTE. J'ai besoin de tout mon respect pour ne pas éclater de colère.

LA COMTESSE. Eh ! d'où vous vient de la colère, Monsieur ? De quoi vous plaignez-vous, s'il vous plaît ? Est-ce de l'amour que vous avez pour moi ? Je n'y saurais que faire. Ce n'est pas un crime de vous paraître aimable. Est-ce de l'amour que vous voudriez que j'eusse, et que je n'ai point ? Ce n'est pas ma faute, s'il ne m'est pas venu ; il vous est fort permis de souhaiter que j'en aie ; mais de venir me reprocher que je n'en ai point, cela n'est pas raisonnable. Les sentiments de votre cœur ne font pas la loi du mien ; prenez-y garde : vous traitez cela comme une dette[2], et ce n'en est pas une. Soupirez, Monsieur, vous en êtes le maître, je n'ai pas droit de vous en empêcher ; mais n'exigez pas que je soupire. Accoutumez-vous à penser que vos soupirs ne m'obligent point à les accompagner des miens, pas même à m'en *amuser : je les trouvais autrefois plus supportables ; mais je vous annonce que le ton qu'ils prennent aujourd'hui m'ennuie ; réglez-vous là-dessus. Adieu, Monsieur.

DORANTE. Encore un mot, Madame. Vous ne m'aimez donc plus ?

LA COMTESSE. Eh ! eh ! *plus* est singulier ! je ne me ressouviens pas trop de vous avoir aimé.

DORANTE. Non ? je vous jure, ma foi, que je ne m'en ressouviendrai de ma vie non plus.

---

1. Il faut comprendre : « Avec quelle délectation... » Ce thème des plaintes auxquelles on se complaît a déjà été traité par Marivaux dans les *Lettres contenant une aventure* (voir les *Journaux et Œuvres diverses*, p. 78). Il y reviendra dans *Les Sincères* (ci-après, p. 1646, note 1). 2. C'est en effet sous cette forme que les amoureux présentent leur requête, si on en juge par les œuvres du temps, des *Lettres galantes* de Fontenelle aux romans de Crébillon fils. Chez Marivaux lui-même, l'idée est longuement développée dans la cinquième feuille du *Cabinet du philosophe* : « Un amant est une espèce de créancier qui a donné son cœur à une femme, et qui vient lui demander d'en être payé en même valeur, etc. » (*Journaux et Œuvres diverses*, p. 378.)

LA COMTESSE. En tout cas, vous n'oublierez qu'un rêve.

Elle sort.

Scène VI

DORANTE, ARLEQUIN, LISETTE

DORANTE *arrête Lisette*. La perfide !... Arrête, Lisette.

ARLEQUIN. En vérité, voilà un petit cœur de Comtesse bien édifiant !

DORANTE, *à Lisette*. Tu lui as parlé de moi ; je ne sais que trop ce qu'elle pense ; mais, n'importe : que t'a-t-elle dit en particulier ?

LISETTE. Je n'aurai pas le temps : Madame attend compagnie, Monsieur, elle aura peut-être besoin de moi.

ARLEQUIN. Oh ! oh ! comme elle répond, Monsieur !

DORANTE. Lisette, m'abandonnez-vous ?

ARLEQUIN. Serais-tu, par hasard, une *masque aussi ?

DORANTE. Parle, quelle raison allègue-t-elle ?

LISETTE. Oh ! de très fortes, Monsieur ; il faut en convenir. La fidélité n'est bonne à rien ; c'est mal fait que d'en avoir ; de beaux yeux ne servent de rien, un seul homme en profite, tous les autres sont morts ; il ne faut tromper personne : avec cela on est enterrée, l'amour-propre n'a point sa part ; c'est comme si on avait cent ans. Ce n'est pas qu'on ne vous estime ; mais l'ennui s'y met : il vaudrait autant être vieille, et cela vous fait tort [1].

DORANTE. Quel étrange discours me tiens-tu là ?

ARLEQUIN. Je n'ai jamais vu de paroles de si mauvaise mine.

DORANTE. Explique-toi donc.

LISETTE. Quoi ! vous ne m'entendez pas ? Eh bien ! Monsieur, on vous distingue.

DORANTE. Veux-tu dire qu'on m'aime ?

LISETTE. Eh ! non. Cela peut y conduire, mais cela n'y est pas.

DORANTE. Je n'y conçois rien. Aime-t-on le Chevalier ?

LISETTE. C'est un fort aimable homme.

DORANTE. Et moi, Lisette ?

---

1. Nouvel exemple du procédé comique consistant à faire rapporter par un valet ou par une suivante une argumentation complexe : au lieu de la résumer, le personnage en cite des bribes textuelles qui ne font aucun sens suivi. Voir, par exemple, *Le Jeu de l'amour et du hasard*, acte I, sc. II.

LISETTE. Vous étiez fort aimable aussi : m'entendez-vous à cette heure ?

DORANTE. Ah ! je suis outré !

ARLEQUIN. Et de moi, suivante de mon âme, qu'en fais-tu ?

LISETTE. Toi ? je te distingue...

ARLEQUIN. Et moi, je te maudis, chambrière du diable !

Scène VII

ARLEQUIN, DORANTE, LA MARQUISE, *survenant*

ARLEQUIN. Nous avons affaire à de jolies personnes, Monsieur, n'est-ce pas ?

DORANTE. J'ai le cœur saisi !

ARLEQUIN. J'en perds la respiration !

LA MARQUISE. Vous me paraissez bien affligé, Dorante.

DORANTE. On me trahit, Madame, on m'assassine, on me plonge le poignard dans le sein !

ARLEQUIN. On m'étouffe, Madame, on m'égorge, on me distingue !

LA MARQUISE. C'est sans doute de la Comtesse dont il est question, Dorante ?

DORANTE. D'elle-même, Madame.

LA MARQUISE. Pourrais-je vous demander un moment d'entretien ?

DORANTE. Comme il vous plaira ; j'avais même envie de vous parler sur ce qui nous vient d'arriver.

LA MARQUISE. Dites à votre valet de se tenir à l'écart, afin de nous avertir si quelqu'un vient.

DORANTE. Retire-toi, et prends garde à tout ce qui approchera d'ici.

ARLEQUIN. Que le ciel nous console ! Nous voilà tous trois sur le pavé : car vous y êtes aussi, vous, Madame. Votre Chevalier ne vaut pas mieux que notre Comtesse et notre Lisette, et nous sommes trois cœurs hors de condition [1].

LA MARQUISE. Va-t'en ; laisse-nous.

Arlequin s'en va.

---

1. Nous avons ici précisément une de ces métaphores burlesques qu'on a tant reprochées à Marivaux. (Voir le jugement de La Porte, cité p. 1176.) On observera pourtant que l'expression *hors de condition* est toute naturelle dans la bouche d'un personnage de valet : elle fait partie d'un langage d'état, et c'est même ce qui en fait le comique.

Scène VIII

LA MARQUISE, DORANTE

LA MARQUISE. Dorante, on nous quitte donc tous deux ?

DORANTE. Vous le voyez, Madame.

LA MARQUISE. N'imaginez-vous rien à faire dans cette occasion-ci ?

DORANTE. Non, je ne vois plus rien à tenter : on nous quitte sans retour. Que nous étions mal assortis, Marquise ! Eh ! pourquoi n'est-ce pas vous que j'aime ?

LA MARQUISE. Eh bien ! Dorante, tâchez de m'aimer.

DORANTE. Hélas ! je voudrais pouvoir y réussir.

LA MARQUISE. La réponse n'est pas flatteuse, mais vous me la devez[1] dans l'état où vous êtes.

DORANTE. Ah ! Madame, je vous demande pardon ; je ne sais ce que je dis : je m'égare.

LA MARQUISE. Ne vous fatiguez pas à l'excuser, je m'y attendais.

DORANTE. Vous êtes aimable, sans doute, il n'est pas difficile de le voir, et j'ai regretté cent fois de n'y avoir pas fait assez d'attention ; cent fois je me suis dit...

LA MARQUISE. Plus vous continuerez vos compliments, plus vous me direz d'injures : car ce ne sont pas là des douceurs, *au moins. Laissons cela, vous dis-je.

DORANTE. Je n'ai pourtant recours qu'à vous, Marquise. Vous avez raison, il faut que je vous aime : il n'y a que ce moyen-là de punir la perfide que j'adore.

LA MARQUISE. Non, Dorante, je sais une manière de nous venger qui nous sera plus commode à tous deux. Je veux bien punir la Comtesse, mais, en la punissant, je veux vous la rendre, et je vous la rendrai.

DORANTE. Quoi ! la Comtesse reviendrait à moi ?

LA MARQUISE. Oui, plus tendre que jamais.

DORANTE. Serait-il possible ?

LA MARQUISE. Et sans qu'il vous en coûte la peine de m'aimer.

DORANTE. Comme il vous plaira.

LA MARQUISE. Attendez pourtant ; je vous dispense d'amour pour moi, mais c'est à condition d'en feindre.

---

1. C'est-à-dire à peu près : « mais c'est ce que vous deviez répondre », « c'est ce à quoi je pouvais m'attendre ».

DORANTE. Oh ! de tout mon cœur, je tiendrai toutes les conditions que vous voudrez.

LA MARQUISE. Vous aimait-elle beaucoup[1] ?

DORANTE. Il me le paraissait.

LA MARQUISE. Était-elle persuadée que vous l'aimiez de même ?

DORANTE. Je vous dis que je l'adore, et qu'elle le sait.

LA MARQUISE. Tant mieux qu'elle en soit sûre.

DORANTE. Mais du Chevalier, qui vous a quittée et qui l'aime, qu'en ferons-nous ? Lui laisserons-nous le temps d'être aimé de la Comtesse ?

LA MARQUISE. Si la Comtesse croit l'aimer, elle se trompe : elle n'a voulu que me l'enlever. Si elle croit ne vous plus aimer, elle se trompe encore ; il n'y a que sa coquetterie qui vous néglige.

DORANTE. Cela se pourrait bien.

LA MARQUISE. Je connais mon sexe ; laissez-moi faire. Voici comment il faut s'y prendre... Mais on vient ; *remettons à concerter ce que j'imagine.

Scène IX

ARLEQUIN, DORANTE, LA MARQUISE

ARLEQUIN, *en arrivant*. Ah ! que je souffre !

DORANTE. Quoi ! ne viens-tu nous interrompre que pour soupirer ? Tu n'as guère de *cœur.

ARLEQUIN. Voilà tout ce que j'en ai : mais il y a là-bas un coquin qui demande à parler à Madame ; voulez-vous qu'il entre, ou que je le batte ?

LA MARQUISE. Qui est-il donc ?

ARLEQUIN. Un maraud qui m'a soufflé ma maîtresse, et qui s'appelle Frontin.

LA MARQUISE. Le valet du Chevalier ? Qu'il vienne ; j'ai à lui parler.

ARLEQUIN. La vilaine connaissance que vous avez là, Madame !

Il s'en va.

---

1. C'est en effet une condition essentielle à la réussite de l'opération préparée par la marquise. Sinon, la situation serait semblable à celle qu'on trouve dans les *Lettres contenant une aventure* (*Journaux et Œuvres diverses* de Marivaux, pp. 83 et 95), c'est-à-dire que la tentation de garder deux soupirants à la fois l'emporterait chez la comtesse sur le désir d'être sincèrement aimée d'un seul.

Scène X

LA MARQUISE, DORANTE

LA MARQUISE, *à Dorante*. C'est un garçon adroit et fin, tout valet qu'il est, et dont j'ai fait mon espion auprès de son maître et de la Comtesse : voyons ce qu'il nous dira ; car il est bon d'être extrêmement sûr qu'ils s'aiment. Mais si vous ne vous sentez pas le courage d'écouter d'un air différent ce qu'il pourra nous dire, allez-vous-en.

DORANTE. Oh ! je suis outré : mais ne craignez rien.

Scène XI

LA MARQUISE, DORANTE, ARLEQUIN *faisant entrer* FRONTIN

ARLEQUIN. Viens, maître fripon ; entre.

FRONTIN. Je te ferai ma réponse en sortant.

ARLEQUIN, *en s'en allant*. Je t'en prépare une qui ne me coûtera pas une syllabe.

LA MARQUISE. Approche, Frontin, approche.

Scène XII

LA MARQUISE, FRONTIN, DORANTE

LA MARQUISE. Eh bien ! qu'as-tu à me dire ?

FRONTIN. Mais, Madame, puis-je parler devant Monsieur ?

LA MARQUISE. En toute sûreté.

DORANTE. De qui donc[1] est-il question ?

LA MARQUISE. De la Comtesse et du Chevalier. Restez, cela vous amusera.

DORANTE. Volontiers.

FRONTIN. Cela pourra même occuper Monsieur.

DORANTE. Voyons.

FRONTIN. Dès que je vous eus promis, Madame, d'observer ce qui se passerait entre mon maître et la Comtesse, je me mis en embuscade...

LA MARQUISE. Abrège le plus que tu pourras.

FRONTIN. Excusez, Madame, je ne finis point quand j'abrège.

LA MARQUISE. Le Chevalier m'aime-t-il encore ?

---

1. Texte de l'édition B : « De quoi donc est-il question ? »

FRONTIN. Il n'en reste pas vestige, il ne sait pas qui vous êtes.

LA MARQUISE. Et sans doute il aime la Comtesse ?

FRONTIN. Bon, l'aimer ! belle égratignure ! C'est traiter un incendie d'étincelle. Son cœur est brûlant, Madame ; il est perdu d'amour.

DORANTE, *d'un air riant*. Et la Comtesse ne le hait pas apparemment ?

FRONTIN. Non, non, la vérité est à plus de mille lieues de ce que vous dites.

DORANTE. J'entends qu'elle répond à son amour.

FRONTIN. Bagatelle ! Elle n'y répond plus : toutes ses réponses sont faites, ou plutôt dans cette affaire-ci, il n'y a eu ni demande ni réponse, on ne s'en est pas donné le temps. Figurez-vous deux cœurs qui partent ensemble ; il n'y eut jamais de vitesse égale [1] : on ne sait à qui appartient le premier soupir, il y a apparence que ce fut un duo.

DORANTE, *riant*. Ah ! ah ! ah... *(À part.)* Je me meurs !

LA MARQUISE, *à part*. Prenez garde... Mais as-tu quelque preuve de ce que tu dis là ?

FRONTIN. J'ai de sûrs témoins de ce que j'avance, mes yeux et mes oreilles... Hier, la Comtesse...

DORANTE. Mais cela suffit ; ils s'aiment, voilà son histoire finie. Que peut-il dire de plus ?

LA MARQUISE. Achève.

FRONTIN. Hier, la Comtesse et mon maître s'en allaient au jardin. Je les suis de loin ; ils entrèrent dans le bois, j'y entre aussi ; ils tournent dans une allée, moi dans le taillis ; ils se parlent, je n'entends que des voix confuses ; je me coule, je me glisse, et de bosquet en bosquet, j'arrive à les entendre et même à les voir à travers le feuillage... La bellé chose ! la bellé chose ! s'écriait le Chevalier, qui d'une main tenait un portrait et de l'autre la main de la Comtesse. La bellé chose ! Car, comme il est Gascon, je le deviens en ce moment, tout Manceau que je suis ; parce qu'on peut tout, quand on est exact, et qu'on sert avec zèle [2].

---

1. C'est-à-dire « aussi grande » (et non pas : « égale entre les deux personnages »). **2.** Nouvel exemple qui consiste à faire rapporter par un valet une scène galante (voir *La Fausse Suivante*, acte II, sc. III). Comme d'habitude, les avantages résident autant dans le respect des unités de lieu et de temps que dans le remplacement de scènes qui seraient froides, si elles n'étaient libertines, par un récit comique dans lequel un seul personnage mime les tons et les minauderies d'un petit-maître et d'une coquette.

LA MARQUISE. Fort bien.

DORANTE, *à part.* Fort mal.

FRONTIN. Or, ce portrait, Madame, dont je ne voyais que le menton avec un bout d'oreille, était celui de la Comtesse. Oui, disait-elle, on dit qu'il me ressemble assez. Autant qu'il sé peut, disait mon maître, autant qu'il sé peut, à millé charmés près que j'adore en vous, qué lé peintre né peut qué remarquer, qui font lé désespoir dé son art, et qui né rélévent qué du pinceau dé la nature. Allons, allons, vous me flattez, disait la Comtesse, en le regardant d'un œil étincelant d'amour-propre ; vous me flattez. Eh ! non, Madame, ou qué la pesté m'étouffe ! Jé vous dégrade moi-même, en parlant dé vos charmés : *sandis ! aucune expression n'y peut atteindre ; vous n'êtés fidélément rendue qué dans mon cœur. N'y sommes-nous pas toutes deux, la Marquise et moi ? répliquait la Comtesse. La Marquise et vous ! s'écriait-il ; eh ! *cadédis, où sé rangerait-elle ? Vous m'en occuperiez mille dé cœurs, si je les avais ; mon amour né sait où sé mettre, tant il surabonde dans mes paroles, dans mes sentiments, dans ma pensée ; il sé répand partout, mon âme en régorge. Et tout en parlant ainsi, tantôt il baisait la main qu'il tenait, et tantôt le portrait. Quand la Comtesse retirait la main, il se jetait sur la peinture ; quand elle redemandait la peinture, il reprenait la main : lequel mouvement, comme vous voyez, faisait cela et cela[1], ce qui était tout à fait plaisant à voir.

DORANTE. Quel récit, Marquise !

La Marquise fait signe à Dorante de se taire.

FRONTIN. Hé ! ne parlez-vous pas, Monsieur ?

DORANTE. Non, je dis à Madame que je trouve cela comique.

FRONTIN. Je le souhaite. Là-dessus : Rendez-moi mon portrait, rendez donc... Mais, Comtessé... Mais, Chevalier... Mais, Madamé, si je rends la copie, qué l'original mé dédommage... Oh ! pour cela, non... Oh ! pour cela, si. — Le Chevalier tombe à genoux : Madame, au nom dé vos grâces innombrables, nantissez-moi[2] dé la ressemblance, en attendant la personne ; accordez cé rafraîchissement à mon ardeur... Mais, Chevalier, donner son portrait, c'est donner son cœur... Eh ! donc, Madame, j'endurérai bien dé les avoir tous deux...

---

1. On peut imaginer ici une scène de virtuosité mimique. 2. Les métaphores juridiques sont un trait du langage des chevaliers gascons. Par son origine, leur noblesse est en effet plutôt de robe que d'épée.

Mais... Il n'y a point dé mais ; ma vie est à vous, lé portrait à moi ;
qué chacun gardé sa part... Eh bien ! c'est donc vous qui le gardez ;
ce n'est pas moi qui le donne, au moins... Tope ! *sandis ! jé m'en
fais responsable, c'est moi qui lé prends ; vous né faites qué m'accorder dé lé prendre... Quel abus de ma bonté ! Ah ! c'est la Comtesse
qui fait un soupir... Ah ! félicité de mon âme ! c'est le Chevalier qui
repart un second.

DORANTE. Ah !...

FRONTIN. Et c'est Monsieur qui fournit le troisième.

DORANTE. Oui. C'est que ces deux soupirs-là sont plaisants, et je
les contrefais ; contrefaites aussi, Marquise.

LA MARQUISE. Oh ! je n'y entends rien, moi , mais je me les imagine.
(Elle rit.) Ha, ha, ha !

FRONTIN. Ce matin dans la galerie...

DORANTE, *à la Marquise*[1]. Faites-le finir ; je n'y tiendrais pas.

LA MARQUISE. En voilà assez, Frontin.

FRONTIN. Les fragments qui me restent sont d'un goût choisi.

LA MARQUISE. N'importe, je suis assez instruite.

FRONTIN. Les gages de la commission courent-ils toujours,
Madame ?

LA MARQUISE. Ce n'est pas la peine.

FRONTIN. Et Monsieur voudrait-il m'établir son pensionnaire[2] ?

DORANTE. Non.

FRONTIN. Ce non-là, si je m'y connais, me *casse sans réplique, et
je n'ai plus qu'une révérence à faire.

Il sort.

Scène XIII

LA MARQUISE, DORANTE

LA MARQUISE. Nous ne pouvons plus douter de leur secrète intelligence ; mais si vous jouez toujours votre personnage aussi mal, nous
ne tenons rien.

---

1. L'édition originale et celle de 1758 portent par erreur *à la Comtesse* au
lieu de *à la Marquise*.   **2.** Frontin propose ses services d'espion contre la
rémunération accordée aux « canards privés ». Le mot de *pensionnaire* est
comique, car on l'appliquait à l'époque surtout à des princes étrangers qui
recevaient des subsides du roi de France.

DORANTE. J'avoue que ses récits m'ont fait souffrir ; mais je me *soutiendrai mieux dans la suite. Ah ! l'ingrate ! jamais elle ne me donna son portrait.

Scène XIV
ARLEQUIN, LA MARQUISE, DORANTE

ARLEQUIN. Monsieur, voilà votre fripon qui arrive.
DORANTE. Qui ?
ARLEQUIN. Un de nos deux larrons, le maître du mien.
DORANTE. Retire-toi.

Il sort.

Scène XV
LA MARQUISE, DORANTE

LA MARQUISE. Et moi, je vous laisse. Nous n'avons pas eu le temps de *digérer notre idée ; mais en attendant, souvenez-vous que vous m'aimez, qu'il faut qu'on le croie, que voici votre rival, et qu'il s'agit de lui paraître indifférent. Je n'ai pas le temps de vous en dire davantage.

DORANTE. Fiez-vous à moi, je jouerai bien mon rôle.

Scène XVI
DORANTE, LE CHEVALIER

LE CHEVALIER. Jé té rencontre à propos ; jé voulais té parler, Dorante.

DORANTE. Volontiers, Chevalier ; mais fais vite ; voici l'heure de la poste, et j'ai un paquet à faire partir.

LE CHEVALIER. Jé finis dans lé clin d'œil. Jé suis ton ami, et jé viens té prier dé mé réléver d'un scrupule.

DORANTE. Toi ?

LE CHEVALIER. Oui ; délivre-moi d'uné chicané qué mé fait mon honneur : a-t-il tort ou raison ? Voici lé cas. On dit qué tu aimes la Comtessé ; moi, je n'en crois rien, et c'est entre lé oui et lé non qué gît le petit cas dé conscience qué jé t'apporte.

DORANTE. Je t'entends, Chevalier : tu aurais grande envie que je ne l'aimasse plus.

LE CHEVALIER. Tu l'as dit ; ma délicatessé sé fait bésoin dé ton indifférence pour elle : j'aime cetté dame.

DORANTE. Est-elle prévenue en ta faveur ?

LE CHEVALIER. Dé faveur, jé m'en passe ; ellé mé rend justice[1].

DORANTE. C'est-à-dire que tu lui plais.

LE CHEVALIER. Dés qué jé l'aime, tout est dit ; épargne ma modestie.

DORANTE. Ce n'est pas ta modestie que j'interroge, car elle est gasconne. Parlons simplement : t'aime-t-elle ?

LE CHEVALIER. Hé ! oui, té dis-je, ses yeux ont déjà là dessus entamé la matière ; ils mé sollicitent lé cœur, ils démandent réponsé : mettrai-je *bon* au bas dé la réquête ? C'est ton agrément qué j'attends.

DORANTE. Je te le donne à charge de revanche.

LE CHEVALIER. Avec qui la révanche ?

DORANTE. Avec de beaux yeux de ta connaissance qui me sollicitent aussi.

LE CHEVALIER. Les beaux yeux que la Marquise porte ?

DORANTE. Elle-même.

LE CHEVALIER. Et l'intérêt qué tu mé soupçonnes d'y prendre té gêne, té rétient ?

DORANTE. Sans doute.

LE CHEVALIER. Va, jé t'émancipe[2].

DORANTE. Je t'avertis que je l'épouserai, au moins.

LE CHEVALIER. Jé t'informe qué nous férons assaut dé noces.

DORANTE. Tu épouseras la Comtesse ?

LE CHEVALIER. L'espérance dé ma postérité s'y fonde.

DORANTE. Et bientôt ?

LE CHEVALIER. Démain, peut-être, notre célibat expire.

DORANTE, *embarrassé*. Adieu ; j'en suis fort ravi.

LE CHEVALIER, *lui tendant la main*. Touche là ; té suis-je cher ?

---

1. Le jeu de mots, caractéristique de ce langage, consiste dans le « démontage » de l'expression toute faite *prévenu en faveur de quelqu'un*. Dans la réponse du chevalier, le mot *faveur* est pris dans le sens où, chez La Bruyère par exemple, il s'oppose à *mérite personnel*. **2.** L'emploi de cette métaphore juridique (on émancipe un mineur) comme de plusieurs autres (plus haut, *requête*, plus bas, *bail*) répond à l'idée qu'on pouvait se faire du style du chevalier d'après le pastiche qu'en avait fait Frontin (scène XII, pp. 1200-1201).

DORANTE. Ah ! oui...

LE CHEVALIER. Tu mé l'es sans mésure, jé mé donne à toi pour un siécle ; cela passé, nous rénouvellerons dé bail[1]. Serviteur.

DORANTE. Oui, oui ; demain.

LE CHEVALIER. Qu'appelles-tu démain ? Moi, jé suis ton serviteur du temps passé, du présent et dé l'avenir ; toi dé méme apparemment ?

DORANTE. Apparemment. Adieu.

Il s'en va.

Scène XVII

LE CHEVALIER, FRONTIN

FRONTIN. J'attendais qu'il fût sorti pour venir, Monsieur.

LE CHEVALIER. Qué démandes-tu ? j'ai hâte dé réjoindre ma Comtesse.

FRONTIN. Attendez : malpeste ! ceci est sérieux ; j'ai parlé à la Marquise, je lui ai fait mon rapport.

LE CHEVALIER. Hé bien ! tu lui as confié qué j'aimé la Comtesse, et qu'elle m'aime ; qu'en dit-elle ? achève vite.

FRONTIN. Ce qu'elle en dit ? que c'est fort bien fait à vous.

LE CHEVALIER. Je continuerai de bien faire. Adieu.

FRONTIN. Morbleu ! Monsieur, vous n'y songez pas ; il faut revoir la Marquise, entretenir son amour, sans quoi vous êtes un homme mort, enterré, anéanti dans sa mémoire.

LE CHEVALIER, *riant*. Hé, hé, hé !

FRONTIN. Vous en riez ! Je ne trouve pas cela plaisant, moi.

LE CHEVALIER. Qué mé fait cé néant ? Jé meurs dans une mémoire, jé ressuscite dans une autre ; n'ai-je pas la mémoire dé la Comtesse où je révis ?

FRONTIN. Oui, mais j'ai peur que dans cette dernière, vous n'y mouriez un beau matin de mort subite. Dorante y est mort de même, d'un coup de caprice.

LE CHEVALIER. Non ; lé caprice qui lé tue, lé voilà ; c'est moi qui l'expédie, j'en ai bien expédié d'autres, Frontin : né t'inquiète pas ; la Comtesse m'a reçu dans son cœur, il faudra qu'ellé m'y garde.

---

1. Texte de toutes les éditions anciennes. La construction *renouveler de*, qui est attestée par Littré (*renouveler de jambes*), produit ici un effet d'impropriété « gasconne ».

FRONTIN. Ce cœur-là, je crois que l'amour y campe quelquefois, mais qu'il n'y loge jamais.

LE CHEVALIER. C'est un amour dé ma façon, *sandis ! il né finira qu'avec elle ; espère mieux dé la fortune dé ton maître ; connais-moi bien, tu n'auras plus dé défiance.

FRONTIN. J'ai déjà usé de cette recette-là ; elle ne m'a rien fait. Mais voici Lisette ; vous devriez me procurer la faveur de sa maîtresse auprès d'elle.

Scène XVIII

LISETTE, FRONTIN, LE CHEVALIER

LISETTE. Monsieur, Madame vous demande.

LE CHEVALIER. J'y cours, Lisette : mais remets cé faquin dans son bon sens, jé té prie ; tu mé l'as privé dé cervelle ; il m'entretient qu'il t'aime[1].

LISETTE. Que ne me prend-il pour sa confidente ?

FRONTIN. Eh bien ! ma charmante, je vous aime : vous voilà aussi savante que moi.

LISETTE. Eh bien ! mon garçon, courage, vous n'y perdez rien ; vous voilà plus savant que vous n'étiez. Je vais dire à ma maîtresse que vous venez, Monsieur. Adieu, Frontin.

FRONTIN. Adieu, ma charmante.

Scène XIX

LE CHEVALIER, FRONTIN

FRONTIN. Allons, Monsieur, ma foi ! vous avez raison, votre aventure a bonne mine : la Comtesse vous aime ; vous êtes Gascon, moi Manceau, voilà de grands titres de fortune.

LE CHEVALIER. Jé té garantis la tienne.

FRONTIN. Si j'avais le choix des cautions, je vous dispenserais d'être la mienne[2].

---

1. Cette fois l'impropriété « gasconne » réside dans la construction inhabituelle du verbe *entretenir* avec une proposition complétive. **2.** Comme la scène XVII, cette scène XIX, qui termine l'acte, s'achève sur un mot plaisant constitué par une irrévérence de Frontin envers son maître. Le nom de ce valet implique en effet le caractère d'effronterie que l'on vient de constater.

ACTE II

Scène première
DORANTE, ARLEQUIN

DORANTE. Viens, j'ai à te dire un mot.

ARLEQUIN. Une douzaine, si vous voulez.

DORANTE. Arlequin, je te vois à tout moment chercher Lisette, et courir après elle.

ARLEQUIN. Eh pardi ! si je veux l'attraper, il faut bien que je coure après, car elle fuit [1].

DORANTE. Dis-moi : préfères-tu mon service à celui d'un autre ?

ARLEQUIN. Assurément ; il n'y a que le mien qui ait la préférence, comme de raison : d'abord moi, ensuite vous ; voilà comme cela est arrangé dans mon esprit ; et puis le reste du monde va comme il peut.

DORANTE. Si tu me préfères à un autre, il s'agit de prendre ton parti sur le chapitre de Lisette.

ARLEQUIN. Mais, Monsieur, ce chapitre-là ne vous regarde pas : c'est de l'amour que j'ai pour elle, et vous n'avez que faire d'amour, vous n'en voulez point.

DORANTE. Non, mais je te défends d'en parler jamais à Lisette, je veux même que tu l'évites ; je veux que tu la quittes, que tu rompes avec elle.

ARLEQUIN. Pardi ! Monsieur, vous avez là des volontés qui ne ressemblent guère aux miennes : pourquoi ne nous accordons-nous pas aujourd'hui comme hier ?

DORANTE. C'est que les choses ont changé ; c'est que la Comtesse pourrait me soupçonner d'être curieux de ses démarches, et de me servir de toi auprès de Lisette pour les savoir : ainsi, laisse-la en repos ; je te récompenserai du sacrifice que tu me feras.

ARLEQUIN. Monsieur, le sacrifice me tuera, avant que les récompenses viennent.

DORANTE. Oh ! point de réplique : Marton, qui est à la Marquise, vaut bien ta Lisette ; on te la donnera.

ARLEQUIN. Quand on me donnerait la Marquise par-dessus le marché, on me volerait encore.

DORANTE. Il faut opter pourtant. Lequel aimes-tu mieux, de ton congé, ou de Marton ?

---

1. Texte de l'édition B : « elle me fuit ».

ARLEQUIN. Je ne saurais le dire ; je ne les connais ni l'un ni l'autre.

DORANTE. Ton congé, tu le connaîtras dès aujourd'hui, si tu ne suis pas mes ordres ; ce n'est même qu'en les suivant que tu serais regretté de Lisette.

ARLEQUIN. Elle me regrettera ! Eh ! Monsieur, que ne parlez-vous ?

DORANTE. Retire-toi ; j'aperçois la Marquise.

ARLEQUIN. J'obéis, à condition qu'on me regrettera, au moins.

DORANTE. À propos, garde le secret sur la défense que je te fais de voir Lisette : comme c'était de mon consentement que tu l'épousais, ce serait avoir un procédé trop choquant pour la Comtesse, que de paraître m'y opposer ; je te permets seulement de dire que tu aimes mieux Marton, que la Marquise te destine.

ARLEQUIN. Ne craignez rien, il n'y aura là-dedans que la Marquise et moi de *malhonnêtes : c'est elle qui me fait présent de Marton, c'est moi qui la prends ; c'est vous qui nous laissez faire.

DORANTE. Fort bien ; va-t'en.

ARLEQUIN *revient*. Mais on me regrettera.

Il sort.

Scène II
LA MARQUISE, DORANTE

LA MARQUISE. Avez-vous instruit votre valet, Dorante ?

DORANTE. Oui, Madame.

LA MARQUISE. Cela pourra n'être pas inutile ; ce petit article-là touchera la Comtesse, si elle l'apprend.

DORANTE. Ma foi, Madame, je commence à croire que nous réussirons ; je la vois déjà très étonnée de ma façon d'agir avec elle : elle qui s'attend à des reproches, je l'ai vue prête à me demander pourquoi je ne lui en faisais pas.

LA MARQUISE. Je vous dis que, si vous tenez bon, vous la verrez pleurer de douleur.

DORANTE. Je l'attends aux larmes : êtes-vous contente ?

LA MARQUISE. Je ne réponds de rien, si vous n'allez jusque-là[1].

---

1. Comparer acte III, sc. IV : « L'amour a ses expressions, l'orgueil a les siennes ; l'amour soupire de ce qu'il perd, l'orgueil méprise ce qu'on lui refuse : attendons le soupir ou le mépris ; tenez bon jusqu'à cette épreuve, pour l'intérêt de votre amour même. »

DORANTE. Et votre Chevalier, comment en agit-il ?

LA MARQUISE. Ne m'en parlez point ; tâchons de le perdre, et qu'il devienne ce qu'il voudra : mais j'ai chargé un des gens de la Comtesse de savoir si je pouvais la voir, et je crois qu'on vient me rendre réponse. *(À un laquais qui paraît.)* Eh bien ! parlerai-je à ta maîtresse ?

LE LAQUAIS. Oui, Madame, la voilà qui arrive.

LA MARQUISE, *à Dorante.* Quittez-moi : il ne faut pas dans ce moment-ci qu'elle nous voie ensemble, cela paraîtrait affecté.

DORANTE. Et moi, j'ai un petit dessein, quand vous l'aurez quittée.

LA MARQUISE. N'allez rien gâter.

DORANTE. Fiez-vous à moi.

Il s'en va.

Scène III

LA MARQUISE, LA COMTESSE

LA COMTESSE. Je viens vous trouver moi-même, Marquise : comme vous me demandez un entretien particulier, il s'agit apparemment de quelque chose de conséquence.

LA MARQUISE. Je n'ai pourtant qu'une question à vous faire, et comme vous êtes *naturellement vraie, que vous êtes la franchise, la sincérité même, nous aurons bientôt terminé.

LA COMTESSE. Je vous entends : vous ne me croyez pas trop sincère ; mais votre éloge m'exhorte à l'être, n'est-ce pas ?

LA MARQUISE. À cela près, le [1] serez-vous ?

LA COMTESSE. Pour commencer à l'être, je vous dirai que je n'en sais rien.

LA MARQUISE. Si je vous demandais : Le Chevalier vous aime-t-il ? me diriez-vous ce qui en est ?

LA COMTESSE. Non, Marquise, je ne veux pas me brouiller avec vous, et vous me haïriez si je vous disais la vérité.

LA MARQUISE. Je vous donne ma parole que non.

LA COMTESSE. Vous ne pourriez pas me la tenir, je vous en dispen-

---

1. Texte de l'édition originale et de celle de 1758. Les éditions modernes transforment *le* en *la*, ce qui n'est pas justifié : Marivaux utilise indifféremment les deux constructions dont on avait discuté au siècle précédent. Voir la Note grammaticale, p. 2267.

serais moi-même : il y a des *mouvements qui sont plus forts que nous.

LA MARQUISE. Mais pourquoi vous haïrais-je ?

LA COMTESSE. N'a-t-on pas prétendu que le Chevalier vous aimait ?

LA MARQUISE. On a eu raison de le prétendre.

LA COMTESSE. Nous y voilà ; et peut-être l'avez-vous pensé vous-même ?

LA MARQUISE. Je l'avoue.

LA COMTESSE. Et après cela, j'irais vous dire qu'il m'aime ! Vous ne me le conseilleriez pas.

LA MARQUISE. N'est-ce que cela ? Eh ! je voudrais l'avoir perdu : je souhaite de tout mon cœur qu'il vous aime.

LA COMTESSE. Oh ! sur ce *pied-là, vous n'avez donc qu'à rendre grâce au Ciel ; vos souhaits ne sauraient être plus exaucés qu'ils le sont.

LA MARQUISE. Je vous certifie que j'en suis charmée.

LA COMTESSE. Vous me rassurez ; ce n'est pas qu'il n'ait tort ; vous êtes si aimable qu'il ne devrait plus avoir des yeux pour personne : mais peut-être vous était-il moins attaché qu'on ne l'a cru.

LA MARQUISE. Non, il me l'était beaucoup ; mais je l'excuse : quand je serais aimable, vous l'êtes encore plus que moi, et vous savez l'être plus qu'une autre [1].

LA COMTESSE. Plus qu'une autre ! Ah ! vous n'êtes point si charmée, Marquise ; je vous disais bien que vous me manqueriez de parole : vos éloges baissent. Je m'accommode pourtant de celui-ci, j'y sens une petite pointe de dépit qui a son mérite : c'est la jalousie qui me loue.

LA MARQUISE. Moi, de la jalousie ?

LA COMTESSE. À votre avis, un compliment qui finit par m'appeler coquette ne viendrait pas d'elle ? Oh ! que si, Marquise ; on l'y reconnaît.

LA MARQUISE. Je ne songeais pas à vous appeler coquette.

LA COMTESSE. Ce sont de ces choses qui se trouvent dites avant qu'on y rêve.

LA MARQUISE. Mais, de bonne foi, ne l'êtes-vous pas un peu ?

---

1. Nous suivons le texte de l'édition B et de 1758. L'édition originale, ici et un peu plus loin, porte *plus qu'un autre*. L'emploi d'*un autre* est fréquent dans ce cas chez Marivaux. Les deux formes *un* et *une* se confondent phonétiquement devant un mot à initiale vocalique (*un* est alors « dénasalisé »). Si l'on conserve la graphie *un autre*, ce qui est admissible, il faut comprendre « quelqu'un d'autre ».

La Comtesse. Oui-da ; mais ce n'est pas assez qu'un peu : ne vous refusez pas le plaisir de me dire que je la suis beaucoup, cela n'empêchera pas que vous ne la soyez autant que moi.

La Marquise. Je n'en donne pas tout à fait les mêmes preuves.

La Comtesse. C'est qu'on ne prouve que quand on réussit ; le manque de succès met bien des coquetteries à couvert : on se retire sans bruit, un peu humiliée, mais inconnue, c'est l'avantage qu'on a.

La Marquise. Je réussirai quand je voudrai, Comtesse ; vous le verrez, cela n'est pas difficile ; et le Chevalier ne vous serait peut-être pas resté, sans le peu de cas que j'ai fait de son cœur.

La Comtesse. Je ne chicanerai pas ce dédain-là : mais quand l'amour-propre se *sauve, voilà comme il parle[1].

La Marquise. Voulez-vous gager que cette aventure-ci n'humiliera point le mien, si je veux ?

La Comtesse. Espérez-vous regagner le Chevalier ? Si vous le pouvez, je vous le donne.

La Marquise. Vous l'aimez, sans doute ?

La Comtesse. Pas mal ; mais je vais l'aimer davantage, afin qu'il vous résiste mieux. On a besoin de toutes ses forces avec vous.

La Marquise. Oh ! ne craignez rien, je vous le laisse. Adieu.

La Comtesse. Eh pourquoi[2] disputons-nous sa conquête ? Mais pardonnons à celle qui l'emportera. Je ne combats qu'à cette condition-là, afin que vous n'ayez rien à me dire.

La Marquise. Rien à vous dire ! Vous comptez donc l'emporter ?

La Comtesse. Écoutez, je jouerais à plus beau *jeu que vous.

La Marquise. J'avais aussi beau jeu que vous, quand vous me l'avez ôté ; je pourrais[3] donc vous l'enlever de même.

La Comtesse. Tentez donc d'avoir votre revanche.

La Marquise. Non ; j'ai quelque chose de mieux à faire.

La Comtesse. Oui ! et peut-on vous demander ce que c'est ?

La Marquise. Dorante vaut son prix, Comtesse. Adieu.

Elle sort.

---

1. Comparer avec une phrase de la marquise déjà citée plus haut : « L'orgueil méprise ce qu'on lui refuse. » **2.** Ponctuation de l'édition originale. À l'exception de H. Coulet et M. Gilot, les éditeurs transforment la phrase en : « Eh ! pourquoi ? Disputons-nous sa conquête, mais [...] ». **3.** Nous avons corrigé *je pouvais*, donné par les éditions de 1733 et 1758, en *je pourrais*. La faute typographique s'explique aisément, surtout si Marivaux a écrit *je pourois*, avec un seul *r*.

Scène IV

LA COMTESSE, *seule*

LA COMTESSE. Dorante ! Vouloir m'enlever Dorante ! Cette femme-là perd la tête ; sa jalousie l'égare ; elle est à plaindre !

Scène V

LA COMTESSE, DORANTE

DORANTE, *arrivant vite, feignant de prendre la Comtesse pour la Marquise.* Eh bien ! Marquise, m'opposerez-vous encore des scrupules ?... *(Apercevant la Comtesse.)* Ah ! Madame, je vous demande pardon, je me trompe ; j'ai cru de loin voir tout à l'heure la Marquise ici, et dans ma préoccupation je vous ai prise pour elle.

LA COMTESSE. Il n'y a pas grand mal, Dorante : mais quel est donc ce scrupule qu'on vous oppose ? Qu'est-ce que cela signifie ?

DORANTE. Madame, c'est une suite de conversation que nous avons eu[1] ensemble, et que je lui rappelais.

LA COMTESSE. Mais dans cette suite de conversation, sur quoi tombait ce scrupule dont vous vous plaigniez ? Je veux que vous me le disiez.

DORANTE. Je vous dis, Madame, que ce n'est qu'une bagatelle dont j'ai peine à me ressouvenir moi-même. C'est, je pense, qu'elle avait la curiosité de savoir comment j'étais dans votre cœur.

LA COMTESSE. Je m'attends que vous avez eu la discrétion de ne le lui avoir pas dit, peut-être ?

DORANTE. Je n'ai pas le défaut d'être vain.

LA COMTESSE. Non, mais on a quelquefois celui d'être vrai. Eh, que voulait-elle faire de ce qu'elle vous demandait ?

DORANTE. Curiosité pure, vous dis-je...

LA COMTESSE. Et cette curiosité parlait de scrupule ! Je n'y entends rien.

DORANTE. C'est moi, qui par hasard, en croyant l'aborder, me suis servi de ce terme-là, sans savoir pourquoi.

LA COMTESSE. Par hasard ! Pour un homme d'esprit, vous vous tirez mal d'affaire, Dorante ; car il y a quelque mystère là-dessous.

---

1. Texte de 1733. L'édition de 1758 corrige *eu* en *eue*. Voir la Note grammaticale, p. 2265.

DORANTE. Je vois bien que je ne réussirais pas à vous persuader le contraire, Madame ; parlons d'autre chose. À propos de curiosité, y a-t-il longtemps que vous n'avez reçu de lettres de Paris ? La Marquise en attend ; elle aime les nouvelles [1], et je suis sûr que ses amis ne les lui épargneront pas, s'il y en a.

LA COMTESSE. Votre embarras me fait pitié.

DORANTE. Quoi ! Madame, vous revenez encore à cette bagatelle-là ?

LA COMTESSE. Je m'imaginais pourtant avoir plus de pouvoir sur vous.

DORANTE. Vous en aurez toujours beaucoup, Madame ; et si celui que vous y aviez est un peu diminué, ce n'est pas ma faute. Je me sauve pourtant, dans la crainte de céder à celui qui vous reste.

Il sort.

LA COMTESSE. Je ne reconnais point Dorante à cette sortie-là.

Scène VI

LA COMTESSE, *rêvant* ; LE CHEVALIER

LE CHEVALIER. Il mé paraît qué ma Comtesse rêve, qu'ellé tombé dans lé récueillément.

LA COMTESSE. Oui, je vois la Marquise et Dorante dans une affliction qui me chagrine ; nous parlions tantôt de mariage, il faut absolument différer le nôtre.

LE CHEVALIER. Différer lé nôtre !

LA COMTESSE. Oui, d'une quinzaine de jours.

LE CHEVALIER. *Cadédis, vous mé parlez dé la fin du siècle ! En vertu dé quoi la rémise ?

LA COMTESSE. Vous n'avez pas remarqué leurs *mouvements comme moi ?

LE CHEVALIER. Qu'ai-jé bésoin dé rémarque ?

LA COMTESSE. Je vous dis que ces gens-là sont outrés ; voulez-vous les pousser à bout ? Nous ne sommes pas si pressés.

---

1. On connaît ce goût des *nouvelles*, que l'on satisfait à la campagne par les lettres de quelque correspondant, parfois un professionnel. Voir le plan de vie que se propose Des Grieux, quand il veut vivre à la campagne (*Manon Lescaut*, Classiques Garnier, p. 40).

LE CHEVALIER. Si pressé qué j'en meurs, *sandis ! Si lé cas réquiert uné victime, pourquoi mé donner la préférence ?

LA COMTESSE. Je ne saurais me résoudre à les désespérer, Chevalier. Faisons-nous justice ; notre *commerce a un peu l'air d'une infidélité, au moins. Ces gens-là ont pu se flatter que nous les aimions, il faut les ménager ; je n'aime à faire de mal à personne : ni vous non plus, apparemment ? Vous n'avez pas le cœur dur, je pense ? Ce sont vos amis comme les miens : accoutumons-les du moins à se douter de notre mariage.

LE CHEVALIER. Mais, pour les accoutumer, il faut qué jé vive ; et jé vous défie dé mé garder vivant, vous né mé conduirez pas au terme. Tâchons dé les accoutumer à moins dé frais : la modé dé mourir pour la consolation dé ses amis n'est pas venue, et dé plus, qué nous importe qué ces deux affligés nous disent : Partez ? Savez-vous qu'on dit qu'ils s'arrangent ?

LA COMTESSE. S'arranger ! De quel arrangement parlez-vous ?

LE CHEVALIER. J'entends que leurs cœurs s'accommodent.

LA COMTESSE. Vous avez quelquefois des tournures si gasconnes [1], que je n'y comprends rien. Voulez-vous dire qu'ils s'aiment ? Exprimez-vous comme un autre.

LE CHEVALIER, *baissant de ton*. On né parle pas tout à fait d'amour, mais d'une pétite douceur à sé voir.

LA COMTESSE. D'une douceur à se voir ! Quelle chimère ! Où a-t-on pris cette idée-là ? Eh bien ! Monsieur, si vous me prouvez que ces gens-là s'aiment, qu'ils sentent de la douceur à se voir ; si vous me le prouvez, je vous épouse demain, je vous épouse ce soir. Voyez l'intérêt que je vous donne à la preuve.

LE CHEVALIER. Dé leur amour jé né m'en rends pas caution.

LA COMTESSE. Je le crois. Prouvez-moi seulement qu'ils se consolent ; je ne demande que cela.

LE CHEVALIER. En cé cas, irez-vous en avant [2] ?

LA COMTESSE. Oui, si j'étais sûre qu'ils sont tranquilles : mais qui nous le dira ?

LE CHEVALIER. Jé vous tiens, et jé vous informe qué la Marquise a donné charge à Frontin dé nous examiner, dé lui apporter un état dé nos cœurs ; et j'avais oublié dé vous lé dire.

---

1. On a déjà signalé des exemples d'impropriétés gasconnes. Ici, l'emploi de *s'arranger* semble seulement familier.   2. Archaïsme. On dirait : « irez-vous de l'avant ? » Littré donne encore : « Allez en avant, cette lecture vous attachera. »

La Comtesse. Voilà d'abord une commission qui ne vous donne pas gain de cause : s'ils nous oubliaient, ils ne s'embarrasseraient guère de nous.

Le Chevalier. Frontin aura peut-être déjà parlé ; jé né l'ai pas vu dépuis. Qué son rapport nous règle.

La Comtesse. Je le veux bien.

Scène VII

LE CHEVALIER, FRONTIN, LA COMTESSE

Le Chevalier. Arrive, Frontin, as-tu vu la Marquise ?

Frontin. Oui, Monsieur, et même avec Dorante ; il n'y a pas long-temps que je les quitte.

Le Chevalier. Raconte-nous comment ils sé comportent. Par bonté d'âme, Madame a peur dé les désespérer : moi jé dis qu'ils sé consolent. Qu'en est-il des deux ? Rien. Qué cette bonté [1] né l'arrête, té dis-je ; tu m'entends bien ?

Frontin. À merveille. Madame peut vous épouser en toute sûreté : de désespoir, je n'en vois pas l'ombre.

Le Chevalier. Jé vous gagne dé *marché fait : cé soir vous êtes mienne.

La Comtesse. Hum ! votre gain est mal sûr : Frontin n'a pas l'air d'avoir bien observé.

Frontin. Vous m'excuserez, Madame, le désespoir est connais-sable. Si c'étaient de ces petits *mouvements minces et fluets, qui se dérobent, on peut s'y tromper ; mais le désespoir est un objet, c'est un *mouvement qui tient de la place. Les désespérés s'agitent, se trémoussent, ils font du bruit, ils gesticulent ; et il n'y a rien de tout cela.

Le Chevalier. Il vous dit vrai. J'ai tantôt rencontré Dorante, jé lui ai dit : J'aime la Comtesse, j'ai passion pour elle. Eh bien ! garde-la, m'a-t-il dit tranquillement.

La Comtesse. Eh ! vous êtes son rival, Monsieur ; voulez-vous qu'il aille vous faire confidence de sa douleur ?

Le Chevalier. Jé vous assure qu'il était riant, et qué la paix régnait dans son cœur.

---

1. Nous maintenons ici le texte des premières éditions.

LA COMTESSE. La paix dans le cœur d'un homme qui m'aimait de la passion la plus vive qui fut jamais !

LE CHEVALIER. Ôtez la mienne.

LA COMTESSE. À la bonne *heure. Je lui crois pourtant l'âme plus tendre que vous, soit dit en passant. Ce n'est pas votre faute : chacun aime autant qu'il peut, et personne n'aime autant que lui. Voilà pourquoi je le plains. Mais sur quoi Frontin décide-t-il qu'il est tranquille ? Voyons ; n'est-il pas vrai que tu es aux gages de la Marquise, et peut-être à ceux de Dorante, pour nous observer tous deux ? Paiet-on des espions pour être instruit de choses dont on ne se soucie point ?

FRONTIN. Oui ; mais je suis mal payé de la Marquise, elle est en *arrière.

LA COMTESSE. Et parce qu'elle n'est pas libérale, elle est indifférente ? Quel raisonnement !

FRONTIN. Et Dorante m'a révoqué [1], il me doit mes appointements.

LA COMTESSE. Laisse là tes appointements. Qu'as-tu vu ? Que sais-tu ?

LE CHEVALIER, *bas à Frontin.* *Mitige ton récit [2].

FRONTIN. Eh bien ! Frontin, m'ont-ils dit tantôt en parlant de vous deux, s'aiment-ils un peu ? Oh ! beaucoup, Monsieur ; extrêmement, Madame, extrêmement, ai-je dit en tranchant.

LA COMTESSE. Eh bien ?...

FRONTIN. Rien ne remue ; la Marquise bâille en m'écoutant, Dorante ouvre nonchalamment sa tabatière, c'est tout ce que j'en tire.

LA COMTESSE. Va, va, mon enfant, laisse-nous, tu es un maladroit. Votre valet n'est qu'un sot, ses observations sont pitoyables, il n'a vu que la superficie des choses : cela ne se peut pas.

FRONTIN. Morbleu ! Madame, je m'y ferais hacher. En voulez-vous davantage ? Sachez qu'ils s'aiment, et qu'ils m'ont dit eux-mêmes de vous l'apprendre.

LA COMTESSE, *riant.* Eux-mêmes ! Eh ! que n'as-tu commencé par nous dire cela, ignorant que tu es ? Vous voyez bien ce qui en est, Chevalier ; ils se consolent tant, qu'ils veulent nous rendre jaloux ;

---

1. Cette réponse est bizarre, puisque Dorante n'a jamais engagé Frontin à son service.   2. Le chevalier, qui n'a pas aperçu le danger (voir plus loin : *Il soupire, il regardé dé travers, et ma noce récule*), engage encore Frontin à présenter Dorante comme dégagé de son amour pour la comtesse.

et s'y prennent avec une maladresse bien digne du dépit qui les gouverne [1]. Ne vous l'avais-je pas dit ?

LE CHEVALIER. La passion sé montre, j'en conviens.

LA COMTESSE. Grossièrement même.

FRONTIN. Ah ! par ma foi, j'y suis : c'est qu'ils ont envie de vous mettre en peine. Je ne m'étonne pas si Dorante, en regardant sa montre, ne la regardait pas fixement, et faisait une demi-grimace.

LA COMTESSE. C'est que la paix ne régnait pas dans son cœur.

LE CHEVALIER. Cette grimace est importante.

FRONTIN. *Item*, c'est qu'en ouvrant sa tabatière, il n'a pris son tabac qu'avec deux doigts tremblants. Il est vrai aussi que sa bouche a ri, mais de mauvaise grâce ; le reste du visage n'en était pas, il allait à part.

LA COMTESSE. C'est que le cœur ne riait pas.

LE CHEVALIER. Jé mé rends. Il soupire, il régardé dé travers, et ma noce récule. Pesté du faquin, qui réjetté Madamé dans uné compassion qui sera funeste à mon bonheur !

LA COMTESSE. Point du tout : ne vous alarmez point ; Dorante s'est trop mal conduit pour mériter des égards... Mais ne vois-je pas la Marquise qui vient ici ?

FRONTIN. Elle-même.

LA COMTESSE. Je la connais ; je gagerais qu'elle vient finement, à son ordinaire, m'insinuer qu'ils s'aiment, Dorante et elle. Écoutons.

Scène VIII

LA COMTESSE, LA MARQUISE, FRONTIN, LE CHEVALIER

LA MARQUISE. Pardon, Comtesse, si j'interromps un entretien sans doute intéressant ; mais je ne fais que passer. Il m'est revenu que vous retardiez votre mariage avec le Chevalier, par ménagement pour moi. Je vous suis obligée de l'attention, mais je n'en ai pas besoin. Concluez, Comtesse, plutôt aujourd'hui que demain ; c'est moi qui vous en sollicite. Adieu.

---

1. Par un trait de virtuosité dont il est coutumier, Marivaux se garde de présenter la comtesse comme une dupe, ce qui rendrait sa conversion trop facile et peu convaincante. Mais sa clairvoyance reste superficielle, car, pour parler dans les termes de l'auteur, elle lui vient de l'esprit, non du cœur. En outre, elle est trop éprise pour en faire usage.

LA COMTESSE. Attendez donc, Marquise ; dites-moi s'il est vrai que vous vous aimiez, Dorante et vous, afin que je m'en réjouisse.

LA MARQUISE. Réjouissez-vous hardiment ; la nouvelle est bonne.

LA COMTESSE, *riant*. En vérité ?

LA MARQUISE. Oui, Comtesse ; hâtez-vous de finir. Adieu.

Elle sort.

Scène IX[1]

LE CHEVALIER, LA COMTESSE, FRONTIN

LA COMTESSE, *riant*. Ha, ha, elle se sauve : la raillerie est un peu trop forte pour elle. Que la vanité fait jouer de plaisants rôles à de certaines femmes ! car celle-ci meurt de dépit.

LE CHEVALIER. Elle en a lé cœur palpitant, *sandis !

FRONTIN. La grimace que Dorante faisait tantôt, je viens de la retrouver sur sa physionomie. *(Au Chevalier.)* Mais, Monsieur, parlez un peu de Lisette pour moi.

LA COMTESSE. Que dit-il de Lisette ?

FRONTIN. C'est une petite requête que je vous présente, et qui tend à vous prier qu'il vous plaise d'ôter Lisette à Arlequin, et d'en faire un *transport à mon profit.

LE CHEVALIER. Voilà cé qué c'est.

LA COMTESSE. Et Lisette y consent-elle ?

FRONTIN. Oh ! le transport est tout à fait de son goût.

LA COMTESSE. Ce qu'il me dit là me fait venir une idée : les petites *finesses de la Marquise méritent d'être punies. Voyons si Dorante, qui l'aime tant, sera insensible à ce que je vais faire. Il doit l'être, si elle dit vrai, et je le souhaite : mais voici un moyen infaillible de savoir ce qui en est. Je n'ai qu'à dire à Lisette d'épouser Frontin ; elle était destinée au valet de Dorante, nous en étions convenus. Si Dorante ne se plaint point, la Marquise a raison, il m'oublie, et je n'en serai que plus à mon aise. *(À Frontin.)* Toi, va-t'en chercher Lisette et son père, que je leur parle à tous deux.

FRONTIN. Il ne sera pas difficile de les trouver, car ils entrent.

---

1. Par erreur, cette scène est numérotée XI dans l'édition originale. L'erreur est corrigée en 1758 et dans l'édition B.

Scène X

BLAISE, LISETTE, LE CHEVALIER, LA COMTESSE, FRONTIN

LA COMTESSE. Approchez, Lisette ; et vous aussi, maître Blaise. Votre fille devait épouser Arlequin ; mais si vous la mariez, et que vous soyez bien aise d'en disposer à mon gré, vous la donnerez à Frontin ; entendez-vous, Maître Blaise ?

BLAISE. J'entends bian, Madame. Mais il y a, morgué ! bian une autre histoire qui trotte par le monde, et qui nous chagraine. Il s'agit que je venons vous crier *marci.

LA COMTESSE. Qu'est-ce que c'est ? D'où vient que Lisette pleure ?

LISETTE. Mon père vous le dira, Madame.

BLAISE. C'est, ne vous déplaise, Madame, qu'Arlequin est un mal-appris ; mais que les pus mal-appris de tout ça, c'est Monsieur Dorante et Madame la Marquise, qui ont eu la *finesse de manigan-cer la volonté d'Arlequin, à celle fin qu'il ne voulît pus d'elle ; maugré qu'alle en veuille bian, comme je me doute qu'il en voudrait peut-être bian itou, si en le laissait vouloir ce qu'il veut, et qu'en n'y boutît pas empêchement.

LA COMTESSE. Et quel empêchement ?

BLAISE. Oui, Madame ; par le mouyen d'une fille qu'ils appelons Marton, que Madame la Marquise a eu l'avisement d'inventer par malice, pour la promettre à Arlequin.

LA COMTESSE. Ceci est curieux !

BLAISE. En disant, comme ça, que faut qu'ils s'épousient à Paris, la mijaurée et li, dans l'intention de porter dommage à noute enfant, qui va cheoir en confusion de cette malice, qui n'est rien qu'un mic-mac pour *affronter noute bonne renommée et la vôtre, Madame, se *gaubarger de nous trois ; et c'est touchant ça que je venons vous demander justice.

LA COMTESSE. Il faudra bien tâcher de vous la faire. Chevalier, ceci change les choses : il ne faut plus que Frontin y songe. Allez, Lisette, ne vous affligez pas : laissez la Marquise proposer tant qu'elle voudra ses Martons ; je vous en rendrai bon compte, car c'est cette femme-là, que je ménageais tant, qui m'attaque là-dedans. Dorante n'y a d'autre part que sa complaisance : mais peut-être me reste-t-il encore plus de crédit sur lui qu'elle ne se l'imagine. Ne vous embarrassez pas.

LISETTE. Arlequin vient de me traiter avec une indifférence insupportable ; il semble qu'il ne m'ait jamais vue : voyez de quoi la Marquise se mêle !

BLAISE. Empêcher qu'une fille ne soit la femme du monde !

LA COMTESSE. On y remédiera, vous dis-je.

FRONTIN. Oui ; mais le remède ne me vaudra rien.

LE CHEVALIER. Comtesse, jé vous écoute, l'oreille vous entend, l'esprit né vous saisit point ; jé né vous conçois pas. Venez çà, Lisette ; tirez-nous cetté bizarre aventure au clair. N'êtes-vous pas éprise dé Frontin ?

LISETTE. Non, Monsieur ; je le croyais, tandis qu'Arlequin m'aimait : mais je vois que je me suis trompée, depuis qu'il me refuse[1].

LE CHEVALIER. Qué répondre à cé cœur dé femme ?

LA COMTESSE. Et moi, je trouve que ce cœur de femme a raison, et ne mérite pas votre réflexion satirique ; c'est un homme qui l'aimait, et qui lui dit qu'il ne l'aime plus ; cela n'est pas agréable, elle en est *touchée : je reconnais notre cœur au sien ; ce serait le vôtre, ce serait le mien en pareil cas. Allez, vous autres, retirez-vous, et laissez-moi faire.

BLAISE. J'en avons charché querelle à Monsieur Dorante et à sa Marquise de cette affaire.

LA COMTESSE. Reposez-vous sur moi. Voici Dorante ; je vais lui en parler tout à l'heure.

Scène XI

DORANTE, LA COMTESSE, LE CHEVALIER

LA COMTESSE. Venez, Dorante, et avant toute autre chose, parlons un peu de la Marquise.

DORANTE. De tout mon cœur, Madame.

LA COMTESSE. Dites-moi donc de tout votre cœur de quoi elle s'avise aujourd'hui ?

DORANTE. Qu'a-t-elle fait ? J'ai de la peine à croire qu'il y ait quelque chose à redire à ses procédés.

LA COMTESSE. Oh ! je vais vous faciliter le moyen de croire, moi.

---

1. On voit ici clairement que le rôle des valets dans l'intrigue consiste tout autant à préfigurer qu'à traduire en clair les sentiments des maîtres en en donnant une image simplifiée. Noter d'ailleurs les mots de la comtesse un peu plus loin : *Je reconnais notre cœur au sien ; ce serait le vôtre, ce serait le mien en pareil cas.*

DORANTE. Vous connaissez sa prudence...

LA COMTESSE. Vous êtes un opiniâtre louangeur ! Eh bien ! Monsieur, cette femme que vous louez tant, jalouse de moi parce que le Chevalier la quitte, comme si c'était ma faute, va, pour m'attaquer pourtant[1], chercher de petits détails qui ne sont pas en vérité dignes d'une *incomparable telle que vous la faites, et ne croit pas au-dessous d'elle de détourner un valet d'aimer une suivante. Parce qu'elle sait que nous voulons les marier, et que je m'intéresse à leur mariage, elle imagine, dans sa colère, une Marton qu'elle jette à la *traverse ; et ce que j'admire le plus dans tout ceci, c'est de vous voir vous-même prêter les mains à un projet de cette espèce ! Vous-même, Monsieur !

DORANTE. Eh ! pensez-vous que la Marquise ait cru vous offenser ? qu'il me soit venu dans l'esprit, à moi, que vous vous y intéressez encore ? Non, Comtesse. Arlequin se plaignait d'une infidélité que lui faisait Lisette ; il perdait, disait-il, sa fortune : on prend quelquefois part aux chagrins de ces gens-là ; et la Marquise, pour le dédommager, lui a, par bonté, proposé le mariage de Marton qui est à elle ; il l'a acceptée, l'en a remerciée : voilà tout ce que c'est.

LE CHEVALIER. La réponse mé persuade, jé les crois sans malice. Qué sur cé point la paix sé fasse entre les puissances, et que les subalternes sé débattent.

LA COMTESSE. Laissez-nous, Monsieur le Chevalier, vous direz votre sentiment quand on vous le demandera. Dorante, qu'il ne soit plus question de cette petite intrigue-là, je vous prie ; car elle me déplaît. Je me flatte que c'est assez vous dire.

DORANTE. Attendez, Madame, appelons quelqu'un ; mon valet est peut-être là... Arlequin !...

LA COMTESSE. Quel est votre dessein ?

DORANTE. La Marquise n'est pas loin, il n'y a qu'à la prier de votre part de venir ici, vous lui en parlerez.

LA COMTESSE. La Marquise ! Eh ! qu'ai-je besoin d'elle ? Est-il nécessaire que vous la consultiez là-dessus ? Qu'elle approuve ou non, c'est à vous à qui je parle, à vous à qui je dis que je veux qu'il n'en soit rien, que je le veux, Dorante, sans m'embarrasser de ce qu'elle en pense.

DORANTE. Oui, mais, Madame, observez qu'il faut que je m'en

---

1. Le *pourtant* correspond à *comme si c'était ma faute*, équivalent de *quoique ce ne soit pas ma faute*.

embarrasse, moi ; je ne saurais en décider sans elle. Y aurait-il rien de plus *malhonnête que d'obliger mon valet à refuser une grâce qu'elle lui fait et qu'il a acceptée ? Je suis bien éloigné de ce procédé-là avec elle.

La Comtesse. Quoi ! Monsieur, vous hésitez entre elle et moi ! Songez-vous à ce que vous faites ?

Dorante. C'est en y songeant que je m'arrête.

Le Chevalier. Eh ! *cadédis, laissons cé trio dé valets et dé soubrettes.

La Comtesse, *outrée*. C'est à moi, sur ce *pied-là, à vous prier d'excuser le ton dont je l'ai pris, il ne me convenait point.

Dorante. Il m'honorera toujours, et j'y obéirais avec plaisir, si je pouvais.

La Comtesse *rit*. Nous n'avons plus rien à nous dire, je pense : donnez-moi la main, Chevalier.

Le Chevalier, *lui donnant la main*. Prénez et né rendez pas, Comtesse.

Dorante. J'étais pourtant venu pour savoir une chose ; voudriez-vous bien m'en instruire, Madame ?

La Comtesse, *se retournant*. Ah ! Monsieur, je ne sais rien.

Dorante. Vous savez celle-ci, Madame. Vous destinez-vous bientôt au Chevalier ? Quand aurons-nous la joie de vous voir unis ensemble ?

La Comtesse. Cette joie-là, vous l'aurez peut-être ce soir, Monsieur.

Le Chevalier. Doucément, diviné Comtesse, jé tombe en délire ! je perds haleine dé ravissément !

Dorante. Parbleu ! Chevalier, j'en suis charmé, et je t'en félicite.

La Comtesse, *à part*. Ah ! l'indigne homme !

Dorante, *à part*. Elle rougit !

La Comtesse. Est-ce là tout, Monsieur ?

Dorante. Oui, Madame.

La Comtesse. Partons.

Scène XII

LA COMTESSE, LA MARQUISE, LE CHEVALIER, DORANTE, ARLEQUIN

La Marquise. Comtesse, votre jardinier m'apprend que vous êtes fâchée contre moi : je viens vous demander pardon de la faute que j'ai faite sans le savoir ; et c'est pour la réparer que je vous amène ce garçon-ci. Arlequin, quand je vous ai promis Marton, j'ignorais que Madame pourrait s'en choquer, et je vous annonce que vous ne devez plus y compter.

ARLEQUIN. Eh bien ! je vous donne quittance ; mais on dit que Blaise est venu vous demander justice contre moi, Madame : je ne refuse pas de la faire bonne et prompte ; il n'y a qu'à appeler le notaire ; et s'il n'y est pas, qu'on prenne son clerc, je m'en contenterai.

LA COMTESSE, *à Dorante*. Renvoyez votre valet, Monsieur ; et vous, Madame, je vous invite à lui tenir parole : je me charge même des frais de leur noce ; n'en parlons plus.

DORANTE, *à Arlequin*. Va-t'en.

ARLEQUIN, *en s'en allant*. Il n'y a donc pas moyen d'esquiver Marton ! C'est vous, Monsieur le Chevalier, qui êtes cause de tout ce tapage-là ; vous avez mis tous nos amours sens dessus dessous. Si vous n'étiez pas ici, moi et mon maître, nous aurions bravement tous deux épousé notre Comtesse et notre Lisette, et nous n'aurions pas votre Marquise et sa Marton sur les bras. Hi ! hi ! hi !

LA MARQUISE et LE CHEVALIER *rient*. Hé, hé, hé !

LA COMTESSE, *riant aussi*. Hé, hé ! Si ses extravagances vous amusent, dites-lui qu'il approche ; il parle de trop loin. La jolie scène !

LE CHEVALIER. C'est démencé d'amour.

DORANTE. Retire-toi, faquin.

LA MARQUISE. Ah çà ! Comtesse, sommes-nous bonnes amies à présent ?

LA COMTESSE. Ah ! les meilleures du monde, assurément, et vous êtes trop bonne.

DORANTE. Marquise, je vous apprends une chose, c'est que la Comtesse et le Chevalier se marient peut-être ce soir.

LA MARQUISE. En vérité ?

LE CHEVALIER. Cé soir est loin encore.

DORANTE. L'impatience sied fort bien ; mais si près d'une si douce aventure, on a bien des choses à se dire. Laissons-leur ces moments-ci, et allons, de notre côté, songer à ce qui nous regarde.

LA MARQUISE. Allons, Comtesse, que je vous embrasse avant de partir. Adieu, Chevalier, je vous fais mes compliments ; à tantôt.

Scène XIII

LE CHEVALIER, LA COMTESSE

LA COMTESSE. Vous êtes fort regretté, à ce que je vois, on faisait grand cas de vous.

LE CHEVALIER. Jé l'en dispense, surtout cé soir.

LA COMTESSE. Ah ! c'en est trop.

LE CHEVALIER. Comment ! Changez-vous d'avis ?

LA COMTESSE. Un peu.

LE CHEVALIER. Qué pensez-vous ?

LA COMTESSE. J'ai un dessein... il faudra que vous m'y serviez... Je vous le dirai tantôt. Ne vous inquiétez point, je vais y rêver. Adieu ; ne me suivez pas... *(Elle s'en va et revient.)* Il est même nécessaire que vous ne me voyiez pas si tôt. Quand j'aurai besoin de vous, je vous en informerai.

LE CHEVALIER. Jé démeure muet : jé sens qué jé *périclite. Cette femme est plus femme qu'une autre [1].

ACTE III

Scène première

LE CHEVALIER, LISETTE, FRONTIN

LE CHEVALIER. Mais dé grâce, Lisette, priez-la dé ma part que jé la voie un moment.

LISETTE. Je ne saurais lui parler, Monsieur, elle repose.

LE CHEVALIER. Ellé répose ! Ellé répose donc débout ?

FRONTIN. Oui, car moi qui sors de la terrasse, je viens de l'apercevoir se promenant dans la galerie.

LISETTE. Qu'importe ? Chacun a sa façon de reposer. Quelle est votre méthode à vous, Monsieur ?

LE CHEVALIER. Il mé paraît qué tu mé railles, Lisette.

FRONTIN. C'est ce qui me semble.

---

1. Ce mot de la fin de cet acte est significatif. *L'Heureux Stratagème* est une pièce consacrée à l'étude d'un aspect essentiel du cœur féminin. Voir la notice, p. 1173.

LISETTE. Non, Monsieur ; c'est une question qui vient à propos, et que je vous fais tout en devisant.

LE CHEVALIER. J'ai même un petit soupçon qué tu né m'aimes pas.

FRONTIN. Je l'avais aussi, ce petit soupçon-là, mais je l'ai changé contre une grande certitude.

LISETTE. Votre pénétration n'a point perdu au change.

LE CHEVALIER. Né lé disais-je pas ? Eh ! pourquoi, *sandis ! té veux-jé du bien, pendant qué tu mé veux du mal ? D'où mé vient ma disposition amicale, et qué ton cœur mé réfuse lé *réciproque ? D'où vient qué nous différons dé sentiments ?

LISETTE. Je n'en sais rien ; c'est qu'apparemment il faut de la variété dans la vie.

FRONTIN. Je crois que nous sommes aussi très variés tous deux.

LISETTE. Oui, si vous m'aimez encore ; sinon, nous sommes uniformes.

LE CHEVALIER. Dis-moi lé vrai : tu né mé récommandes pas à ta maîtresse ?

LISETTE. Jamais qu'à son indifférence.

FRONTIN. Le service est touchant !

LE CHEVALIER. Tu mé fais donc préjudice[1] auprès d'elle ?

LISETTE. Oh ! tant que je peux : mais pas autrement qu'en lui parlant contre vous ; car je voudrais qu'elle ne vous aimât pas, je vous l'avoue ; je ne trompe personne.

FRONTIN. C'est du moins parler *cordialement.

LE CHEVALIER. Ah çà ! Lisette, dévénons amis.

LISETTE. Non ; faites plutôt comme moi, Monsieur, ne m'aimez pas.

LE CHEVALIER. Jé veux qué tu m'aimes, et tu m'aimeras, *cadédis ! tu m'aimeras ; jé l'entréprends, jé mé lé promets.

LISETTE. Vous ne vous tiendrez pas parole.

FRONTIN. Ne savez-vous pas, Monsieur, qu'il y a des haines qui ne s'en vont point qu'on ne les paie ? Pour cela...

LE CHEVALIER. Combien mé coûtera lé départ dé la tienne ?

LISETTE. Rien ; elle n'est pas à vendre.

LE CHEVALIER *lui présente sa bourse*. Tiens, prends, et la garde, si tu veux.

LISETTE. Non, Monsieur ; je vous volerais votre argent.

---

1. Nouvelle impropriété gasconne du chevalier, après l'emploi de *péricliter* à la fin du second acte. En revanche, *réciproque* s'emploie couramment à l'époque au masculin lorsqu'il est substantivé.

LE CHEVALIER. Prends, té dis-je, et mé dis[1] seulement cé qué ta maîtresse projette.

LISETTE. Non ; mais je vous dirai bien ce que je voudrais qu'elle projetât, c'est tout ce que je sais. En êtes-vous curieux ?

FRONTIN. Vous nous l'avez déjà dit en plus de dix façons, ma belle.

LE CHEVALIER. N'a-t-ellé pas quelqué dessein ?

LISETTE. Eh ! qui est-ce qui n'en a pas ? Personne n'est sans dessein ; on a toujours quelque vue. Par exemple, j'ai le dessein de vous quitter, si vous n'avez pas celui de me quitter vous-même.

LE CHEVALIER. Rétirons-nous, Frontin ; jé sens qué jé m'*indigne. Nous réviendrons tantôt la recommander à sa maîtresse.

FRONTIN. Adieu donc, soubrette ennemie ; adieu, mon petit cœur fantasque ; adieu, la plus aimable de toutes les girouettes.

LISETTE. Adieu, le plus *disgracié de tous les hommes.

Ils s'en vont.

Scène II

LISETTE, ARLEQUIN

ARLEQUIN. Ma mie, j'ai beau faire signe à mon maître, il se moque de cela, il ne veut pas venir savoir ce que je lui demande.

LISETTE. Il faut donc lui parler devant la Marquise, Arlequin.

ARLEQUIN. Marquise malencontreuse ! Hélas ! ma fille, la bonté que j'ai eue de te rendre mon cœur ne nous profitera ni à l'un ni à l'autre. Il me sera inutile d'avoir oublié tes impertinences ; le diable a entrepris de me faire épouser Marton ; il n'en démordra pas ; il me la garde.

LISETTE. Retourne à ton maître, et dis-lui que je l'attends ici.

ARLEQUIN. Il ne se souciera pas de ton attente.

LISETTE. Il n'y a point de temps à perdre : *cependant va donc.

ARLEQUIN. Je suis tout engourdi de tristesse.

LISETTE. Allons, allons, dégourdis-toi, puisque tu m'aimes. Tiens, voilà ton maître et la Marquise qui s'approchent ; tire-le à *quartier, lui, pendant que je m'éloigne.

Elle sort.

---

1. C'est-à-dire : *et dis-moi*, comme plus haut *et la garde*. C'est le tour *Va, cours, vole, et nous venge*. Voir la Note grammaticale.

Scène III

DORANTE, ARLEQUIN, LA MARQUISE

ARLEQUIN, *à Dorante*. Monsieur, venez que je vous parle.

DORANTE. Dis ce que tu me veux.

ARLEQUIN. Il ne faut pas que Madame y soit.

DORANTE. Je n'ai point de secret pour elle.

ARLEQUIN. J'en ai un qui ne veut pas qu'elle le connaisse.

LA MARQUISE. C'est donc un grand mystère ?

ARLEQUIN. Oui : c'est Lisette qui demande Monsieur, et il n'est pas à propos que vous le sachiez, Madame.

LA MARQUISE. Ta discrétion est admirable ! Voyez ce que c'est, Dorante ; mais que je vous dise un mot auparavant. Et toi, va chercher Lisette.

Scène IV

DORANTE, LA MARQUISE

LA MARQUISE. C'est apparemment de la part de la Comtesse ?

DORANTE. Sans doute, et vous voyez combien elle est agitée.

LA MARQUISE. Et vous brûlez d'envie de vous rendre !

DORANTE. Me siérait-il de faire le cruel ?

LA MARQUISE. Nous touchons au terme, et nous manquons notre coup, si vous allez si vite. Ne vous y trompez point, les *mouvements qu'on se donne sont encore équivoques ; il n'est pas sûr que ce soit de l'amour : j'ai peur qu'on ne soit plus jalouse de moi que de votre cœur ; qu'on ne médite de triompher de vous et de moi, pour se moquer de nous deux[1]. Toutes nos mesures sont prises ; allons jusqu'au contrat, comme nous l'avons résolu ; ce moment seul décidera si on vous aime. L'amour a ses expressions, l'orgueil a les siennes ; l'amour soupire de ce qu'il perd, l'orgueil méprise ce qu'on lui refuse : attendons le soupir ou le mépris ; tenez bon jusqu'à cette épreuve, pour l'intérêt de votre amour même. Abrégez avec Lisette, et revenez me trouver.

---

1. Comme la coquette des *Lettres contenant une aventure* : « Oh bien, ma chère, dit-elle à son amie, je voulais triompher de l'estime qu'il faisait [de l'honneur de plaire à sa nouvelle maîtresse] sur la simple espérance de rattraper mon cœur. » (Voir les *Journaux et Œuvres diverses*, p. 95.)

DORANTE. Ah ! votre épreuve me fait trembler ! Elle est pourtant raisonnable et je m'y exposerai, je vous le promets.

LA MARQUISE. Je soutiens moi-même un personnage qui n'est pas fort agréable, et qui le sera encore moins sur ces fins-ci, car il faudra que je supplée au peu de courage que vous me montrez ; mais que ne fait-on pas pour se venger[1] ? Adieu.

Elle sort.

Scène V

DORANTE, ARLEQUIN, LISETTE

DORANTE. Que me veux-tu, Lisette ? Je n'ai qu'un moment à te donner. Tu vois bien que je quitte Madame la Marquise, et notre conversation pourrait être suspecte dans la conjoncture où je me trouve.

LISETTE. Hélas ! Monsieur, quelle est donc cette conjoncture où vous êtes avec elle ?

DORANTE. C'est que je vais l'épouser : rien que cela.

ARLEQUIN. Oh ! Monsieur, point du tout.

LISETTE. Vous, l'épouser !

ARLEQUIN. Jamais.

DORANTE. Tais-toi... Ne me retiens point, Lisette : que me veux-tu ?

LISETTE. Eh, doucement ! donnez-vous le temps de respirer. Ah ! que vous êtes changé !

ARLEQUIN. C'est cette perfide qui le fâche ; mais ce ne sera rien.

LISETTE. Vous ressouvenez-vous que j'appartiens à Madame la Comtesse, Monsieur ? L'avez-vous oubliée elle-même ?

DORANTE. Non, je l'honore, je la respecte toujours : mais je pars, si tu n'achèves.

LISETTE. Eh bien ! Monsieur, je finis. Qu'est-ce que c'est que les hommes !

DORANTE, *s'en allant*. Adieu.

ARLEQUIN. Cours après.

LISETTE. Attendez donc, Monsieur.

---

1. Cette dernière phrase jette un jour assez cru sur les mobiles particuliers de la marquise. Cependant, soit par respect pour les conventions morales de la scène, soit pour toute autre raison, l'auteur n'étend pas au-delà de certaines limites la vengeance de la marquise. Cette vengeance n'enveloppe ni la comtesse, rivale de la marquise, ni à plus forte raison Dorante lui-même.

DORANTE. C'est que tes exclamations sur les hommes sont si mal placées, que j'en rougis pour ta maîtresse.

ARLEQUIN. Véritablement l'exclamation est effrontée avec nous ; supprime-la.

LISETTE. C'est pourtant de sa part que je viens vous dire qu'elle souhaite vous parler.

DORANTE. Quoi ! *tout à l'heure ?

LISETTE. Oui, Monsieur.

ARLEQUIN. Le plus tôt c'est le mieux.

DORANTE. Te tairas-tu, toi ? Est-ce que tu es raccommodé avec Lisette ?

ARLEQUIN. Hélas ! Monsieur, l'amour l'a voulu, et il est le maître ; car je ne le voulais pas, moi.

DORANTE. Ce sont tes affaires. Quant à moi, Lisette, dites à Madame la Comtesse que je la conjure de vouloir bien remettre notre entretien ; que j'ai, pour le différer, des raisons que je lui dirai ; que je lui en demande mille pardons ; mais qu'elle m'approuvera elle-même.

LISETTE. Monsieur, il faut qu'elle vous parle ; elle le veut.

ARLEQUIN, *se mettant à genoux*. Et voici moi qui vous en supplie à deux genoux. Allez, Monsieur, cette bonne dame est amendée ; je suis persuadé qu'elle vous dira d'excellentes choses pour le renouvellement de votre amour.

DORANTE. Je crois que tu as perdu l'esprit. En un mot, Lisette, je ne saurais, tu le vois bien ; c'est une entrevue qui inquiéterait la Marquise ; et Madame la Comtesse est trop raisonnable pour ne pas entrer dans ce que je dis là : d'ailleurs, je suis sûr qu'elle n'a rien de fort pressé à me dire.

LISETTE. Rien, sinon que je crois qu'elle vous aime toujours.

ARLEQUIN. Et bien tendrement malgré la petite parenthèse [1] !

DORANTE. Qu'elle m'aime toujours, Lisette ! Ah ! c'en serait trop, si vous parliez d'après elle ; et l'envie qu'elle aurait de me voir, en ce cas-là, serait en vérité trop maligne. Que Madame la Comtesse m'ait abandonné, qu'elle ait cessé de m'aimer, comme vous me l'avez dit vous-même, passe : je n'étais pas digne d'elle ; mais qu'elle cherche de gaieté de cœur à m'engager dans une démarche qui me

---

1. La métaphore burlesque par laquelle est désignée ici l'« intermittence du cœur » de la comtesse est caractéristique du langage des Arlequins. Comparer avec la métaphore des « fautes d'orthographe » dans *Le Jeu de l'amour et du hasard* (p. 908, note 1).

brouillerait peut-être avec la Marquise, ah ! c'en est trop, vous dis-je ; et je ne la verrai qu'avec la personne que je vais rejoindre.

Il s'en va.

ARLEQUIN, *le suivant*. Eh ! non, Monsieur, mon cher maître, tournez à droite, ne prenez pas à *gauche [1]. Venez donc : je crierai toujours jusqu'à ce qu'il m'entende.

Scène VI

LISETTE, *un moment seule* ; LA COMTESSE

LISETTE. Allons, il faut l'avouer, ma maîtresse le mérite bien.

LA COMTESSE. Eh bien ! Lisette, viendra-t-il ?

LISETTE. Non, Madame.

LA COMTESSE. Non !

LISETTE. Non ; il vous prie de l'excuser, parce qu'il dit que cet entretien fâcherait la Marquise, qu'il va épouser.

LA COMTESSE. Comment ? Que dites-vous ? Épouser la Marquise ! lui ?

LISETTE. Oui, Madame, et il est persuadé que vous entrerez dans cette bonne raison qu'il apporte.

LA COMTESSE. Mais ce que tu me dis là est inouï, Lisette. Ce n'est point là Dorante ! Est-ce de lui dont tu me parles ?

LISETTE. De lui-même ; mais de Dorante qui ne vous aime plus.

LA COMTESSE. Cela n'est pas vrai ; je ne saurais m'accoutumer à cette idée-là, on ne me la persuadera pas ; mon cœur et ma raison la rejettent, me disent qu'elle est fausse, absolument fausse.

LISETTE. Votre cœur et votre raison se trompent. Imaginez-vous même que Dorante soupçonne que vous ne voulez le voir que pour inquiéter la Marquise et le brouiller avec elle.

LA COMTESSE. Eh ! laisse là cette Marquise éternelle ! Ne m'en parle *non plus que si elle n'était pas au monde ! Il ne s'agit pas d'elle. En vérité, cette femme-là n'est pas faite pour m'effacer de son cœur, et je ne m'y attends pas.

LISETTE. Eh ! Madame, elle n'est que trop aimable.

---

1. Nouveau trait caractéristique du langage des Arlequins. L'expression métaphorique *prendre à gauche* (entendre de travers, voir le Glossaire) est ici entendue au sens propre.

LA COMTESSE. Que trop ! Êtes-vous folle ?

LISETTE. Du moins peut-elle plaire : ajoutez à cela votre infidélité, c'en est assez pour guérir Dorante.

LA COMTESSE. Mais, mon infidélité, où est-elle ? Je veux mourir, si je l'ai jamais sentie !

LISETTE. Je la sais de vous-même. D'abord vous avez nié que c'en fût une, parce que vous n'aimiez pas Dorante, disiez-vous ; ensuite vous m'avez prouvé qu'elle était innocente ; enfin, vous m'en avez fait l'éloge, et si bien l'éloge, que je me suis mise à vous imiter, ce dont je me suis bien repentie depuis.

LA COMTESSE. Eh bien ! mon enfant[1], je me trompais ; je parlais d'infidélité sans la connaître.

LISETTE. Pourquoi donc n'avez-vous rien épargné de cruel pour vous ôter Dorante ?

LA COMTESSE. Je n'en sais rien ; mais je l'aime, et tu m'accables, tu me pénètres de douleur ! Je l'ai maltraité, j'en conviens ; j'ai tort, un tort affreux ! Un tort que je ne me pardonnerai jamais, et qui ne mérite pas que l'on l'oublie ! Que veux-tu que je te dise de plus ? Je me condamne, je me suis mal conduite, il est vrai.

LISETTE. Je vous le disais bien, avant que vous m'eussiez gagnée.

LA COMTESSE. Misérable amour-propre de femme ! Misérable vanité d'être aimée ! Voilà ce que vous me coûtez[2] ! J'ai voulu plaire au Chevalier, comme s'il en eût valu la peine ; j'ai voulu me donner cette preuve-là de mon mérite[3] ; il manquait cet honneur à mes

---

1. L'emploi de ce terme marque une faille dans la résistance de la comtesse. On trouverait plusieurs exemples de ces moments où un personnage, sous l'effet de la douleur, retrouve un prochain dans son serviteur (voir *Le Petit-Maître corrigé*, acte III, sc. IX, p. 1352). C'est d'ailleurs le thème de *L'Île des esclaves*.	**2.** Marcel Arland rapproche justement ces phrases d'un passage d'*On ne badine pas avec l'amour*, où Perdican s'écrie : « Orgueil, le plus fatal des conseillers humains, qu'es-tu venu faire entre cette fille et moi ? »	**3.** La comtesse a donc agi pour les mêmes motifs que la coquette des *Lettres contenant une aventure*, qui regarde le premier amour qu'on éprouve pour elle comme « un effet étonnant de [son] mérite », et cherche ensuite à s'en donner d'autres preuves. Au reste, ces *Lettres* sont un commentaire remarquable aussi bien des motifs que la comtesse a eus d'être infidèle que des difficultés qu'elle éprouve à ménager ses deux conquêtes. Par exemple : « Il est difficile de se conserver des plaisirs de vanité, qui nuisent à tout moment à ceux que le cœur veut prendre ; et d'ailleurs une coquette, en pareil cas, oublie souvent de l'être, ou du moins, pour veiller à sa gloire, pour la trouver touchante, il faut qu'elle s'avise d'y penser ; mais elle pense à son amour sans s'en aviser ; elle n'a besoin que de sentiment pour en

charmes ; les voilà bien *glorieux ! J'ai fait la conquête du Chevalier, et j'ai perdu Dorante !

LISETTE. Quelle différence !

LA COMTESSE. Bien plus ; c'est que c'est un homme[1] que je hais *naturellement quand je m'écoute : un homme que j'ai toujours trouvé ridicule, que j'ai cent fois raillé moi-même, et qui me reste à la place du plus aimable homme du monde. Ah ! que je suis belle à présent !

LISETTE. Ne perdez point le temps à vous affliger, Madame. Dorante ne sait pas que vous l'aimez encore. Le laissez-vous à la Marquise ? Voulez-vous tâcher de le ravoir ? Essayez, faites quelques démarches, puisqu'il a droit d'être fâché, et que vous êtes dans votre tort.

LA COMTESSE. Eh ! que veux-tu que je fasse pour un ingrat qui refuse de me parler, Lisette ? Il faut bien que j'y renonce ! Est-ce là un procédé ? Toi qui dis qu'il a droit d'être fâché, voyons, Lisette, est-ce que j'ai cru le perdre ? Ai-je imaginé qu'il m'abandonnerait ? L'ai-je soupçonné de cette lâcheté-là ? A-t-on jamais compté sur un cœur autant que j'ai compté sur le sien ? Estime infinie, confiance aveugle ; et tu dis que j'ai tort ? et tout homme qu'on *honore de ces sentiments-là n'est pas un perfide quand il les trompe ? Car je les avais, Lisette.

LISETTE. Je n'y comprends rien.

LA COMTESSE. Oui, je les avais ; je ne m'embarrassais ni de ses plaintes ni de ses jalousies ; je riais de ses reproches ; je défiais son cœur de me manquer jamais[2] ; je me plaisais à l'inquiéter impunément ; c'était là mon idée ; je ne le ménageais point. Jamais on ne vécut dans une sécurité plus obligeante ; je m'en applaudissais, elle faisait son éloge : et cet homme, après cela, me laisse ! Est-il excusable ?

LISETTE. Calmez-vous donc, Madame ; vous êtes dans une désola-

---

goûter les douceurs ; et ce sentiment, elle ne le cherche pas ; il est toujours tout trouvé. » (Voir l'édition des *Journaux et Œuvres diverses*, p. 96.)

1. Avec Duviquet, des éditeurs modernes corrigent arbitrairement cette phrase en : *c'est que le Chevalier est un homme*. **2.** Dans ce moment d'indignation et surtout de trouble, la comtesse rencontre pour s'exprimer le ton de la tragédie. Cette dernière phrase est un alexandrin auquel on peut comparer ce vers prononcé par Oreste dans *Andromaque* : « Je défiais ses yeux de me troubler jamais. » (Acte I, sc. I.) L'idée est différente, mais la parenté d'expression est frappante.

tion qui m'afflige. Travaillons à le ramener, et ne crions point inutilement contre lui. Commencez par rompre avec le Chevalier ; voilà déjà deux fois qu'il se présente pour vous voir, et que je le renvoie.

La Comtesse. J'avais pourtant dit à cet importun-là de ne point venir, que je ne le fisse venir.

Lisette. Qu'en voulez-vous faire ?

La Comtesse. Oh ! le haïr autant qu'il est haïssable ; c'est à quoi je le destine, je t'assure : mais il faut pourtant que je le voie, Lisette ; j'ai besoin de lui dans tout ceci ; laisse-le venir ; va même le chercher.

Lisette. Voici mon père ; sachons auparavant ce qu'il veut.

Scène VII

BLAISE, LA COMTESSE, LISETTE

Blaise. Morgué ! Madame, savez-vous bian ce qui se passe ici ? Vous avise-t-on d'un tabellion qui se promène là-bas dans le jardrin avec Monsieur Dorante et cette Marquise, et qui dit comme ça qu'il leur apporte un chiffon de contrat qu'ils li ont commandé, pour à celle fin qu'ils y boutent leur seing par-devant sa parsonne ? Qu'est-ce que vous dites de ça, Madame ? car noute fille dit que voute affection a repoussé [1] pour Dorante ; et ce tabellion est un impartinent.

La Comtesse. Un notaire chez moi, Lisette ! Ils veulent donc se marier ici ?

Blaise. Eh ! morgué ! sans doute. Ils disont itou qu'il fera le contrat pour quatre ; ceti-là de voute ancien amoureux avec la Marquise ; ceti-là de vous et du Chevalier, voute nouviau galant. Velà comme ils se *gobargeons de ça ; et *jarnigoi ! ça me fâche. Et vous, Madame ?

La Comtesse. Je m'y perds ! C'est comme une fable !

Lisette. Cette fable me révolte.

Blaise. *Jarnigué ! cette Marquise, maugré le marquisat qu'alle a, n'en agit pas en droiture ; en ne friponne pas les amoureux d'une parsonne de voute sorte : et dans tout ça il n'y a qu'un mot qui sarve ; Madame n'a qu'à dire, mon râtiau est tout prêt, et, jarnigué !

---

1. Les personnages de Marivaux se peignent par leur langage. Comme le Lucas de *L'Esprit de contradiction*, de Dufresny, Blaise s'exprime par une métaphore de jardinier. Il en était de même pour Dimas dans *Le Triomphe de l'amour*.

j'allons vous ratisser ce biau notaire et sa paperasse ni plus ni moins que mauvaise harbe.

LA COMTESSE. Lisette, parle donc ! Tu ne me conseilles rien. Je suis accablée ! Ils vont s'épouser ici, si je n'y mets ordre. Il n'est plus question de Dorante ; tu sens bien que je le déteste : mais on m'insulte.

LISETTE. Ma foi, Madame, ce que j'entends là m'*indigne à mon tour ; et à votre place, je me soucierais si peu de lui, que je le laisserais faire.

LA COMTESSE. Tu le laisserais faire ! Mais si tu l'aimais, Lisette ?

LISETTE. Vous dites que vous le haïssez !

LA COMTESSE. Cela n'empêche pas que je ne l'aime[1]. Et dans le fond, pourquoi le haïr ? Il croit que j'ai tort, tu me l'as dit toi-même, et tu avais raison ; je l'ai abandonné la première : il faut que je le cherche et que je le désabuse.

BLAISE. Morgué ! Madame, j'ons vu le temps qu'il me chérissait : estimez-vous que je sois bon pour li parler ?

LA COMTESSE. Je suis d'avis de lui écrire un mot, Lisette, et que ton père aille lui rendre ma lettre à l'insu de la Marquise.

LISETTE. Faites, Madame.

LA COMTESSE. À propos de lettre, je ne songeais pas que j'en ai une sur moi que je lui écrivais tantôt, et que tout ceci me faisait oublier. Tiens, Blaise, va, tâche de la lui rendre sans que la Marquise s'en aperçoive.

BLAISE. N'y aura pas d'aparcevance : *stapendant qu'il lira voute lettre je la renforcerons de queuque remontration.

Il s'en va.

Scène VIII

FRONTIN, LE CHEVALIER, LISETTE, LA COMTESSE

LE CHEVALIER. Eh ! donc, ma Comtesse, qué devient l'amour ? À quoi pensé lé cœur ? Est-ce ainsi qué vous m'avertissez dé venir ?

---

1. Ainsi, la haine n'exclut pas l'amour. Elle lui est même intimement liée, car haine et amour sont deux formes ou deux faces de l'intérêt qu'on éprouve pour l'autre. Cette psychologie se rattache à celle de La Rochefoucauld, ou des *Lettres portugaises*, de Guilleragues. Voir ce dernier texte, éd. Droz, 1972, pp. 117-118.

Quel est lé motif dé l'absence qué vous m'avez ordonnée ? Vous né mé mandez pas, vous mé laissez en langueur ; jé mé mande moi-même.

LA COMTESSE. J'allais vous envoyer chercher, Monsieur.

LE CHEVALIER. Lé messager m'a paru tardif. Qué déterminez-vous ? Nos gens vont sé marier, le contrat sé passe actuellement. N'usérons-nous pas de la commodité du notaire ? Ils mé délèguent pour vous y inviter. Ratifiez mon impatience ; songez qué l'amour gémit d'attendre, qué les besoins du cœur sont pressés, qué les instants sont précieux, qué vous m'en dérobez d'irréparables, et qué jé meurs. Expédions.

LA COMTESSE. Non, Monsieur le Chevalier, ce n'est pas mon dessein.

LE CHEVALIER. Nous n'épouserons pas ?

LA COMTESSE. Non.

LE CHEVALIER. Qu'est-ce à dire « non » ?

LA COMTESSE. Non signifie non : je veux vous raccommoder avec la Marquise.

LE CHEVALIER. Avec la Marquise ! Mais c'est vous qué j'aime, Madame !

LA COMTESSE. Mais c'est moi qui ne vous aime point, Monsieur ; je suis fâchée de vous le dire si brusquement ; mais il faut bien que vous le sachiez.

LE CHEVALIER. Vous mé raillez, *sandis !

LA COMTESSE. Je vous parle très sérieusement.

LE CHEVALIER. Ma Comtesse, finissons ; point dé badinage avec un cœur qui va périr d'épouvante.

LA COMTESSE. Vous devez vous être aperçu de mes sentiments. J'ai toujours différé le mariage dont vous parlez, vous le savez bien. Comment n'avez-vous pas senti que je n'avais pas envie de conclure ?

LE CHEVALIER. Lé comble dé mon bonheur, vous l'avez remis à cé soir.

LA COMTESSE. Aussi le comble de votre bonheur peut-il ce soir arriver de la part de la Marquise. L'avez-vous vue, comme je vous l'ai recommandé tantôt ?

LE CHEVALIER. Récommandé ! Il n'en a pas été question, *cadedis !

LA COMTESSE. Vous vous trompez ; Monsieur, je crois vous l'avoir dit.

LE CHEVALIER. Mais, la Marquise et le Chevalier, qu'ont-ils à *démêler ensemble ?

LA COMTESSE. Ils ont à s'aimer tous deux, de même qu'ils s'aimaient, Monsieur. Je n'ai point d'autre parti à vous offrir que de
retourner à elle, et je me charge de vous réconcilier.

LE CHEVALIER. C'est une *vapeur qui passe.

LA COMTESSE. C'est un sentiment qui durera toujours.

LISETTE. Je vous le garantis éternel.

LE CHEVALIER. Frontin, où en sommes-nous ?

FRONTIN. Mais, à *vue de pays, nous en sommes à rien. Ce chemin-
là n'a pas l'air de nous mener au gîte.

LISETTE. Si fait, par ce chemin-là vous pouvez vous en retourner
chez vous.

LE CHEVALIER. Partirai-jé, Comtesse ? Séra-ce lé résultat ?

LA COMTESSE. J'attends réponse d'une lettre ; vous saurez le reste
quand je l'aurai reçue : différez votre départ jusque-là.

Scène IX

ARLEQUIN, *et les acteurs précédents*

ARLEQUIN. Madame, mon maître et Madame la Marquise envoient
savoir s'ils ne vous importuneront pas : ils viennent vous prononcer
votre arrêt et le mien ; car je n'épouserai point Lisette, puisque mon
maître ne veut pas de vous.

LA COMTESSE. Je les attends... *(À Lisette.)* Il faut qu'il n'ait pas reçu
ma lettre, Lisette.

ARLEQUIN. Ils vont entrer, car ils sont à la porte.

LA COMTESSE. Ce que je vais leur dire va vous mettre au fait, Chevalier ; et ce ne sera point ma faute, si vous n'êtes pas content.

LE CHEVALIER. Allons, jé suis dupe [1] ; c'est être au fait.

Scène X

LA MARQUISE, DORANTE, LA COMTESSE, LE CHEVALIER, FRONTIN, ARLEQUIN

LA MARQUISE. Eh bien, Madame ! je ne vois rien encore qui nous

---

1. C'est-à-dire : j'avoue que je suis dupe.

annonce un mariage avec le Chevalier : quand vous proposez-vous donc d'achever son bonheur ?

LA COMTESSE. Quand il vous plaira, Madame ; c'est à vous à qui [1] je le demande ; son bonheur est entre vos mains ; vous en êtes l'arbitre.

LA MARQUISE. Moi, Comtesse ? Si je le suis, vous l'épouserez dès aujourd'hui, et vous nous permettrez de joindre notre mariage au vôtre.

LA COMTESSE. Le vôtre ! avec qui donc, Madame ? Arrive-t-il quelqu'un pour vous épouser ?

LA MARQUISE, *montrant Dorante.* Il n'arrivera pas de bien loin, puisque le voilà.

DORANTE. Oui, Comtesse, Madame me fait l'honneur de me donner sa main ; et comme nous sommes chez vous, nous venons vous prier de permettre qu'on nous y unisse.

LA COMTESSE. Non, Monsieur, non : l'honneur serait très grand, très flatteur ; mais j'ai lieu de penser que le Ciel vous réserve un autre sort.

LE CHEVALIER. Nous avons changé votre *économie : jé tombé dans lé lot dé Madame la Marquise, et Madame la Comtessé tombé dans lé tien.

LA MARQUISE. Oh ! nous resterons comme nous sommes.

LA COMTESSE. Laissez-moi parler, Madame, je demande audience : écoutez-moi. Il est temps de vous désabuser, Chevalier : vous avez cru que je vous aimais ; l'accueil que je vous ai fait a pu même vous le persuader ; mais cet accueil vous trompait, il n'en était rien : je n'ai jamais cessé d'aimer Dorante, et ne vous ai souffert que pour éprouver son cœur. Il vous en a coûté des sentiments pour moi ; vous m'aimez, et j'en suis fâchée : mais votre amour servait à mes desseins. Vous avez à vous plaindre de lui, Marquise, j'en conviens : son cœur s'est un peu distrait de la tendresse qu'il vous devait ; mais il faut tout dire. La faute qu'il a faite est excusable, et je n'ai point à tirer vanité de vous l'avoir dérobé pour quelque temps ; ce n'est point à mes charmes qu'il a cédé, c'est à mon adresse : il ne me trouvait pas plus aimable que vous ; mais il m'a cru [2] plus prévenue, et c'est un grand appât. Quant à vous, Dorante, vous m'avez assez mal payée d'une épreuve aussi *tendre : la délicatesse de sentiments qui m'a persuadée de la faire, n'a pas lieu d'être trop satisfaite ; mais

---

1. Texte de l'édition originale. Celle de 1758 porte : *c'est vous à qui*. Voir la Note grammaticale, *pronom relatif*, p. 2269.   **2.** Le participe reste invariable dans les éditions de 1733 et 1758. Voir la Note grammaticale, p. 2265.

peut-être le parti que vous avez pris vient-il plus de ressentiment que de médiocrité d'amour : j'ai poussé les choses un peu loin ; vous avez pu y être trompé ; je ne veux point vous juger à la rigueur ; je ferme les yeux sur votre conduite, et je vous pardonne.

LA MARQUISE, *riant*. Ha, ha, ha ! Je pense qu'il n'est plus temps, Madame, du moins je m'en flatte ; ou bien, si vous m'en croyez, vous serez encore plus généreuse ; vous irez jusqu'à lui pardonner les nœuds qui vont nous unir.

LA COMTESSE. Et moi, Dorante, vous me perdez pour jamais si vous hésitez un instant.

LE CHEVALIER. Jé démande audience [1] : jé perds Madame la Marquise, et j'aurais tort dé m'en plaindre ; jé mé suis trouvé détaillant dé fidélité, je né sais comment, car lé mérite dé Madame m'en fournissait abondance, et c'est un malheur qui mé *passe ! En un mot, jé suis infidèle, jé m'en accuse ; mais jé suis vrai, jé m'en vante. Il né tient qu'à moi d'user dé réprésaille, et dé dire à Madame la Comtesse : Vous mé trompiez, jé vous trompais. Mais jé né suis qu'un homme, et jé n'aspire pas à cé dégré dé *finesse et d'*industrie. Voici lé compte juste ; vous avez contrefait dé l'amour, dites-vous, Madame ; jé n'en valais pas davantage ; mais votre estime a surpassé mon prix [2]. Né rétranchez rien du fatal honneur qué vous m'aviez fait : jé vous aimais, vous mé lé rendiez cordialement.

LA COMTESSE. Du moins l'avez-vous cru.

LE CHEVALIER. J'achève : jé vous aimais, un peu moins qué Madame. Jé m'explique : elle avait dé mon cœur une possession plus complète, jé l'adorais ; mais jé vous aimais, *sandis ! passablement, avec quelque réminiscence pour elle. Oui, Dorante, nous étions dans le tendre. Laisse là l'histoire qu'on té fait, mon ami ; il fâche Madame qué tu la *désertes, qué ses appas restent inférieurs ; sa gloire crie, té rédémande, fait la sirène ; qué son chant t'éprouve sourd. *(Montrant la Marquise.)* Prends un regard dé ces beaux yeux pour té servir d'antidote ; demeure avec cet objet qué l'amour venge dans mon cœur : jé lé dis à régret, je disputerais Madame dé tout

---

1. L'intervention inattendue du chevalier est fort opportune pour Dorante, car elle lui permet de remettre encore sa réponse. En outre, elle crée un intérêt nouveau en révélant que le chevalier, qui n'était jusque-là qu'une sorte de fantoche, est aussi capable de souffrir, et d'accéder par là au rang d'homme. Sur cette valeur de la souffrance, voir la scène VIII de *L'Île des esclaves*, déjà citée plus haut.   2. C'est-à-dire : « mais vous m'avez estimée plus que je ne valais ».

mon sang, s'il m'appartenait d'entrer en dispute ; posséde-la, Dorante, bénis lé Ciel du bonheur qu'il t'accorde. De toutes les épouses, la plus estimable, la plus digne dé respect et d'amour, c'est toi qui la tiens ; dé toutes les pertes, la plus immense, c'est moi qui la fais ; dé tous les hommes, lé plus ingrat, lé plus déloyal, en même temps lé plus imbécile, c'est lé malheureux qui té parle [1].

LA MARQUISE. Je n'ajouterai rien à la définition ; tout y est.

LA COMTESSE. Je ne daigne pas répondre à ce que vous dites sur mon compte, Chevalier : c'est le dépit qui vous l'arrache, et je vous ai dit mes intentions, Dorante ; qu'il n'en soit plus parlé, si vous ne les méritez pas.

LA MARQUISE. Nous nous aimons de bonne foi : il n'y a plus de remède, Comtesse, et deux personnes qu'on oublie ont bien droit de prendre *parti ailleurs. Tâchez tous deux de nous oublier encore : vous savez comment cela se fait, et cela vous doit être plus aisé cette fois-ci que l'autre. *(Au notaire.)* Approchez, Monsieur. Voici le contrat qu'on nous apporte à signer. Dorante, priez Madame de vouloir bien l'honorer de sa signature.

LA COMTESSE. Quoi ! si tôt ?

LA MARQUISE. Oui, Madame, si vous nous le permettez.

LA COMTESSE. C'est à Dorante à qui je parle [2], Madame.

DORANTE. Oui, Madame.

LA COMTESSE. Votre contrat avec la Marquise ?

DORANTE. Oui, Madame.

LA COMTESSE. Je ne l'aurais pas cru !

LA MARQUISE. Nous espérons même que le vôtre accompagnera celui-ci. Et vous, Chevalier, ne signerez-vous pas ?

LE CHEVALIER. Jé né sais plus écrire.

LA MARQUISE, *au notaire.* Présentez la plume à Madame, Monsieur.

LA COMTESSE, *vite.* Donnez. *(Elle signe et jette la plume après.)* Ah ! perfide !

Elle tombe entre les bras de Lisette.

DORANTE, *se jetant à ses genoux.* Ah ! ma chère Comtesse !

LA MARQUISE. Rendez-vous à présent ; vous êtes aimé, Dorante.

ARLEQUIN. Quel plaisir, Lisette !

---

1. Le ton du chevalier annonce celui de Rosimond dans *Le Petit-Maître corrigé,* acte III, sc. XI.   **2.** L'édition de 1758 porte : *c'est à Dorante que je parle.* Voir la Note grammaticale, article *pronom relatif.*

LISETTE. Je suis contente.

LA COMTESSE. Quoi ! Dorante à mes genoux !

DORANTE. Et plus pénétré d'amour qu'il ne le fut jamais.

LA COMTESSE. Levez-vous. Dorante m'aime donc encore ?

DORANTE. Et n'a jamais cessé de vous aimer.

LA COMTESSE. Et la Marquise ?

DORANTE. C'est elle à qui je devrai votre cœur, si vous me le rendez, Comtesse ; elle a tout conduit.

LA COMTESSE. Ah ! je respire ! Que de chagrins vous m'avez donnés ! Comment avez-vous pu feindre si longtemps ?

DORANTE. Je ne l'ai pu qu'à force d'amour ; j'espérais de regagner ce que j'aime.

LA COMTESSE, *avec force*. Eh ! où est la Marquise, que je l'embrasse ?

LA MARQUISE, *s'approchant et l'embrassant*. La voilà, Comtesse. Sommes-nous bonnes amies ?

LA COMTESSE. Je vous ai l'obligation d'être heureuse et raisonnable.

Dorante baise la main de la Comtesse.

LA MARQUISE. Quant à vous, Chevalier, je vous conseille de porter votre main ailleurs ; il n'y a pas d'apparence que personne vous en défasse ici.

LA COMTESSE. Non, Marquise, j'obtiendrai sa grâce ; elle manquerait à ma joie et au service que vous m'avez rendu.

LA MARQUISE. Nous verrons dans six mois.

LE CHEVALIER. Jé né vous démandais qu'un termé ; lé reste est mon affaire.

Ils s'en vont.

Scène XI

FRONTIN, LISETTE, BLAISE, ARLEQUIN

FRONTIN. Épousez-vous Arlequin, Lisette ?

LISETTE. Le cœur me dit qu'oui.

ARLEQUIN. Le mien opine de même.

BLAISE. Et ma volonté se met par-dessus ça.

FRONTIN. Eh bien ! Lisette, je vous donne six mois pour revenir à moi.

LA MÉPRISE

Comédie en un acte, en prose,
représentée pour la première fois
le 16 août 1734
par les Comédiens-Italiens

NOTICE

Après avoir consacré la première moitié de l'année 1734 à poursuivre *Le Cabinet du philosophe* et à écrire les quatre premiers livres
du *Paysan parvenu*, Marivaux revint au Théâtre-Italien avec une
comédie en un acte, *La Méprise*, destinée à soutenir une reprise de
L'Heureux Stratagème, le 16 août 1734. Il s'agit donc d'une œuvre
de commande, pour laquelle l'auteur s'est contenté d'exploiter le
thème traditionnel des *Ménechmes*, ou peut-être plutôt encore, ainsi
que Lucette Desvignes l'a ingénieusement suggéré [1], certains effets
secondaires du sujet d'*Amphitryon*, tel que l'a traité Molière.
Quelques rapprochements curieux seront signalés en note. Du reste,
le comique dû à l'équivoque initiale et à ses rebondissements n'est
pas ici aussi élaboré que dans la comédie latine ou française. Marivaux n'infléchit pas non plus son sujet dans le sens d'une comédie
de mœurs, comme l'avait fait Regnard en opposant un Ménechme
provincial à un chevalier Ménechme parisien et petit-maître. *La
Méprise* est une fête galante, et si on veut la rattacher à une tradition,
c'est chez Dancourt qu'on lui trouvera des précédents.

Un contemporain explique à quelle occasion Dancourt composa
Les Fêtes nocturnes du cours, une comédie en un acte qui nous
retiendra spécialement :

« La beauté des nuits des mois de juillet et d'août de l'année 1714
engagèrent (*sic*) beaucoup de personnes à profiter de la fraîcheur
de la promenade dans les allées du Cours et dans celles des Champs-
Élysées. Chaque carrosse était éclairé par plusieurs flambeaux portés
par des domestiques, ce qui formait un très beau coup d'œil. Au
bout de quelque temps, on s'avisa de joindre à ces promenades des
danses qui durèrent jusqu'au matin ; et ces plaisirs furent continués

---

1. Lucette Desvignes, « Marivaux et *La Méprise*. Exploitation d'un thème
antique ». Article paru dans la *Revue de Littérature comparée*, 1967, pp. 166-179.

jusqu'à la fin du mois de septembre. C'est sur ces assemblées et sur les plaisirs qui les suivirent que Dancourt imagina sa comédie des *Fêtes nocturnes du Cours*[1]. »

Sous les frondaisons de ce cours se nouent les rencontres et se produisent les méprises, favorisées les unes et les autres par l'usage habituel du masque. Célide, sous l'habit de la coquette Cidalise, tend un piège, pour l'éprouver, à Clitandre, qui a percé à jour son déguisement. Mais Butorville prend Araminte pour Cidalise et s'attire sa colère. Sans entrer dans le détail de l'intrigue, on voit aisément que l'atmosphère de cette pièce s'apparente à celle de *La Méprise*, et en fait peut-être valoir le côté poétique. Les différences, il est vrai, sont importantes. Au lieu des cinq ou six couples d'amoureux qui évoluent au gré de leurs caprices chez Dancourt, on n'en retrouve plus ici que deux en scène, celui des maîtres et celui des valets. En plaçant exceptionnellement le lieu de l'action auprès de Lyon, Marivaux ne justifie pas seulement le port du masque par ses deux sœurs au nom d'un usage local, il crée un effet de dépaysement discret, mais efficace, même sur le plan moral. L'impertinence parisienne des propos de Frontin met en relief la modeste réserve des deux sœurs élevées suivant les maximes d'une bonne famille provinciale. Et si, à propos d'une galanterie d'Ergaste envers la jeune fille qu'il a involontairement abusée par une déclaration d'amour, l'on a pu parler avec quelque exagération d'une « duplicité en quelque sorte naturelle de son amour[2] », on est surtout frappé du respect avec lequel il traite les deux jeunes filles, et de la patience qu'il témoigne pour Hortense, malgré ses apparents caprices.

Trop légère et trop peu originale pour obtenir un succès durable, *La Méprise* n'eut que trois représentations[3]. Une particularité de la distribution des rôles, telle qu'elle nous est conservée par le manuscrit de la pièce, est que Silvia ne tint pas le rôle de Clarice, qui épouse Clitandre, mais celui de la cadette Hortense[4], qui du reste a droit à une scène charmante (sc. IV) et dont les vivacités — elle tente

---

1. Clément et Laporte, *Anecdotes dramatiques*, tome I, p. 370.   2. L'expression est de Bernard Dort, qui cite ce mot d'Ergaste à Hortense : « Je vous demande mille pardons de ma méprise, Madame ; je ne suis pas capable de changer, mais personne ne rendrait l'infidélité plus pardonnable que vous. » (Scène dernière.)   3. D'après le *Mercure*. Les registres du Théâtre-Italien manquent pour cette période.   4. Le rôle d'Hortense figure en tête de la distribution, tant dans le manuscrit que dans les éditions.

de donner un soufflet à Frontin — conviennent fort bien au caractère de l'actrice Silvia. Il est probable que celle-ci, qui jouait admirablement, selon les contemporains, le rôle de la comtesse dans
L'Heureux Stratagème, préférait ménager ses forces dans la « petite
pièce » qui devait l'accompagner. De même, Arlequin est sacrifié à
Frontin, qui lui enlève Lisette et a le rôle le plus brillant. Ici, c'est
sans doute le déclin de l'acteur qui explique celui du personnage.
En tout cas, *La Méprise* n'eut guère de succès sur la scène italienne
puisque, selon un bref compte rendu du *Mercure*, cette « nouveauté
n'alla pas au-delà de la troisième représentation [1] ».

Bien entendu, nul ne s'intéressa, sur le coup, à une pièce tombée.
Il faut attendre les notices du marquis d'Argenson pour trouver à
son sujet quelques remarques, d'ailleurs assez justes :

« *La Méprise* [...] Cette pièce est certainement écrite avec grande
vivacité, imagination et *néologisme*, qualités qui font le caractère du
style de Marivaux. Tout y a également beaucoup d'esprit et de saillies, les valets comme les maîtres ; les premiers sont insolents par
leur ton, et les seconds légers et singuliers. Les femmes y sont fantasques et injustes ; la grande étude de cet auteur est dans le caprice
du cœur féminin. Pourquoi ne devinait-on pas plus tôt le sujet de
La Méprise ? on a voulu faire une pièce avec un sujet incroyable ; y
a-t-il intérêt ? non, il n'y a qu'amusement tout au plus [2]. »

Celle de La Porte, de moindre intérêt, souligne l'absence dans la
pièce de jeu à l'italienne :

« Un amant adresse successivement ses hommages à deux sœurs
qu'il prend pour une seule personne, parce qu'elles ne paraissent que
sous le masque. Ce sujet semble promettre beaucoup de jeu de
théâtre, et l'on en trouve peu dans la petite comédie de *La Méprise* [3]. »

Il est vrai que Marivaux n'a pas tiré de l'intrigue tout ce qu'elle
pouvait lui fournir à cet égard. En revanche le dialogue, ainsi que le
notait d'Argenson, est parmi les plus brillants qui soient sortis de sa
plume. C'est ce qui explique que *La Méprise* ait fini par être admise
au répertoire de la Comédie-Française. Créée le lundi 23 novembre
1959 [4], elle avait atteint, à la date du 31 juillet 1962, le chiffre appré-

---

1. *Mercure* d'août 1734, p. 1846.   2. Bibliothèque de l'Arsenal,
ms. n° 3543, f° 333.   3. *L'Observateur littéraire*, 1759, tome I, p. 83.
4. Dans une mise en scène de Jacques Sereys et un décor de François
Ganeau. La distribution des rôles était la suivante : Hortense, Magali de Vendeuil ; Clarice, Claude Winter ; Lisette, Geneviève Fontanel ; Ergaste, Bernard
Dhéran ; Frontin, Jacques Sereys ; Arlequin, Jean-Paul Roussillon.

ciable de quarante-huit représentations. Parmi les pièces jouées de nos jours, elle est de celles qui permettent de goûter le mieux l'atmosphère d'une époque nerveuse et élégante.

LE TEXTE

Jouée en 1734, *La Méprise* ne fut imprimée qu'en 1739. Voici la description de l'édition originale :

LA MÉPRISE, / *COMEDIE.* / *De Monsieur* DE MARIVAUX. / Representée pour la premiere fois par les / Comédiens Italiens Ordinaires du / Roi le 16. Août 1734. / (fleuron) / À PARIS, / Chez PRAULT, pere, Quay de Gesvres, / au Paradis. / (filet) M. DCC. XXXIX. / *Avec Approbation & Privilege du Roy.*

IV (titre, verso blanc, approbation et privilège) + 65 (faux titre, liste des acteurs au verso, texte) pages.

Approbation : « J'ai lu par ordre de Monseigneur le Chancelier la Comédie de *La Méprise*. À Paris, le 26 avril 1739. *Signé,* LA SERRE. »

Privilège en date du 16 mars 1736, enregistré le 24 mars, à Pierre Prault, pour *La Bibliothèque de campagne, Le Livre des Enfants* et *Le Glaneur français.*

La Méprise a été réimprimée, sans date, pour l'édition collective du Théâtre, Duchesne, 1758. Cette édition ne comporte pas de corrections d'auteurs. Quelques variantes peu importantes seront signalées en note.

En revanche, il existe un manuscrit de *La Méprise* qui, quoique signalé par Larroumet, n'avait jamais été pris en considération[1]. C'est un volume in-12 relié de cent vingt-sept pages plus quatre feuillets non chiffrés. Il s'agit d'une copie qui n'est pas de la main de Marivaux et ne comporte pas de ratures autographes. Il présente pourtant un grand intérêt, non seulement parce que c'est le seul manuscrit d'époque d'une pièce italienne de Marivaux conservé, mais surtout parce qu'il représente un état du texte antérieur à celui de l'édition originale, sans doute celui des représentations. C'est ainsi que six répliques de la scène XIII qui y figurent disparaissent du texte imprimé. On notera encore le titre : *La Méprise, comédie d'un acte pour les Italiens*, et le nom des interprètes en face de la liste des personnages. Ces détails suggèrent que ce manuscrit était destiné à

---

1. Il est conservé à la Bibliothèque nationale, fonds français, nᵒ 25491.

une lecture devant la troupe italienne. Il ne comporte ni permis de représenter ni permis d'imprimer.

Le texte adopté en principe est celui de l'édition originale. Les variantes du manuscrit sont signalées en note.

La Méprise

ACTEURS [1]

Hortense, *Mlle Silvia*
Clarice, sœur d'Hortense, *Mlle Thomassin*
Lisette, suivante de Clarice, *Mlle Rolland*
Ergaste, *M. Romagnési*
Frontin, valet d'Ergaste, *M. Lélio*
Arlequin, valet d'Hortense, *M. Thomassin*

La scène est dans un jardin.

---

1. La liste des acteurs reproduit celle du manuscrit. L'acteur qui joue Frontin est, bien entendu, Lélio le fils.

Scène première

FRONTIN, ERGASTE

FRONTIN. Je vous dis, Monsieur, que je l'attends ici, je vous dis qu'elle s'y rendra, que j'en suis sûr, et que j'y compte comme si elle y était déjà.

ERGASTE. Et moi, je n'en crois rien.

FRONTIN. C'est que vous ne savez pas ce que je vaux, mais une fille ne s'y trompera pas : j'ai vu la friponne jeter sur moi de certains regards, qui n'en demeureront pas là, qui auront des suites, vous le verrez.

ERGASTE. Nous n'avons vu la maîtresse et la suivante qu'une fois ; encore, ce fut[1] par un coup du hasard que nous les rencontrâmes hier dans cette promenade-ci ; elles ne furent avec nous qu'un instant ; nous ne les connaissons point ; de ton propre aveu, la suivante ne te répondit rien quand tu lui parlas : quelle apparence y a-t-il qu'elle ait fait la moindre attention à ce que tu lui dis ?

FRONTIN. Mais, Monsieur, faut-il encore vous répéter que ses yeux me répondirent ? N'est-ce rien que des yeux qui parlent ? Ce qu'ils disent est encore plus sûr que des paroles[2]. Mon maître en tient pour votre maîtresse, lui dis-je tout bas en me rapprochant d'elle ; son cœur est pris, c'est autant de perdu ; celui de votre maîtresse me paraît bien aventuré, j'en crois la moitié de partie[3], et l'autre en l'air. Du mien, vous n'en avez pas fait à deux fois, vous me l'avez expédié d'un coup d'œil ; en un mot, ma charmante, je t'adore : nous reviendrons demain ici, mon maître et moi, à pareille heure, ne manque point[4] d'y mener ta maîtresse, afin qu'on donne la dernière main à cet amour-ci, qui n'a peut-être pas toutes ses façons ; moi, je m'y rendrai une heure avant mon maître, et tu entends bien que c'est t'inviter d'en faire autant ; car il sera bon de nous parler

---

1. Le manuscrit porte : *encore fut-ce*.   2. Le thème du langage des yeux a déjà été rencontré plusieurs fois, notamment dans *Les Serments indiscrets*, acte II, sc. x.   3. Le manuscrit et les éditions anciennes écrivent : *la moitié de parti*.   4. Manuscrit : *ne manque pas*.

sur tout ceci, n'est-ce pas ? Nos cœurs ne seront pas fâchés de se connaître un peu plus à fond [1], qu'en penses-tu, ma poule ? Y viendras-tu ?

ERGASTE. À cela nulle réponse ?

FRONTIN. Ah ! vous m'excuserez.

ERGASTE. Quoi ! Elle parla donc ?

FRONTIN. Non.

ERGASTE. Que veux-tu donc dire ?

FRONTIN. Comme il faut du temps pour dire des paroles et que nous étions très [2] pressés, elle mit, ainsi que je vous l'ai dit, des regards à la place des mots, pour aller plus vite ; et se tournant de mon côté avec une douceur infinie : Oui, mon fils, me dit-elle, sans ouvrir la bouche, je m'y rendrai, je te le promets, tu peux compter là-dessus ; viens-y en pleine confiance, et tu m'y trouveras. Voilà ce qu'elle me dit ; et que je vous rends mot pour mot, comme je l'ai traduit d'après ses yeux.

ERGASTE. Va, tu rêves.

FRONTIN. Enfin je l'attends ; mais vous, Monsieur, pensez-vous que la maîtresse veuille revenir ?

ERGASTE. Je n'ose m'en flatter, et cependant je l'espère un peu. Tu sais bien que notre conversation fut courte ; je lui rendis le gant qu'elle avait laissé tomber ; elle me remercia d'une manière très obligeante de la vitesse avec laquelle j'avais couru pour le ramasser, et se démasqua en me remerciant. Que je la trouvai charmante [3] ! Je croyais, lui dis-je, partir demain, et voici la première fois que je me promène ici ; mais le plaisir d'y rencontrer ce qu'il y a de plus beau dans le monde m'y ramènera plus d'une fois.

FRONTIN. Le plaisir d'y rencontrer ! Pourquoi ne pas dire l'espérance ? Ç'aurait été indiquer adroitement un rendez-vous pour le lendemain.

ERGASTE. Oui, mais ce rendez-vous indiqué l'aurait peut-être empêché [4] d'y revenir par raison de fierté ; au lieu qu'en ne parlant [5] que

---

1. Manuscrit : *Nos cœurs ne seront pas fâchés d'avoir un peu plus d'espace*. La correction supprime un trait de marivaudage par métaphore burlesque.   2. Le mot *très* manque dans le manuscrit.   3. Le manuscrit porte : *et se démasquant en me remerciant, je la trouvai charmante*. La correction supprime une construction irrégulière.   4. Le non-accord du participe passé suivi d'un infinitif est garanti par le texte du manuscrit et des deux éditions. Voir la Note grammaticale, p. 2265.   5. Manuscrit : *au lieu que ne parlant*.

du plaisir de la revoir, c'était simplement supposer qu'elle vient ici tous les jours, et lui dire que j'en profiterais, sans rien m'attribuer de la démarche qu'elle ferait en y venant.

FRONTIN, *regardant derrière lui*. Tenez, tenez, Monsieur, suis-je un bon traducteur du langage des œillades ? Hé ! direz-vous que je rêve ? Voyez-vous cette figure tendre et solitaire, qui se promène là-bas en attendant la mienne ?

ERGASTE. Je crois que tu as raison, et que c'est la suivante.

FRONTIN. Je l'aurais défié [1] d'y manquer ; je me connais. Retirez-vous, Monsieur ; ne *gênez point les intentions de ma belle. Promenez-vous d'un autre côté, je vais m'instruire de tout, et j'irai vous rejoindre.

Scène II

LISETTE, FRONTIN

FRONTIN, *en riant*. Eh ! eh ! bonjour, chère enfant ; reconnaissez-moi, me voilà, c'est le véritable.

LISETTE. Que voulez-vous [2], Monsieur le Véritable ? Je ne cherche personne ici, moi.

FRONTIN. Oh ! que si ; vous me cherchiez, je vous cherchais ; vous me trouvez, je vous trouve ; et je défie que nous trouvions mieux. Comment vous portez-vous ?

LISETTE, *faisant la révérence*. Fort bien. Et vous, Monsieur ?

FRONTIN. À merveilles [3], voilà des appas dans la compagnie de qui il serait difficile de se porter mal.

LISETTE. Vous êtes aussi galant que familier.

FRONTIN. Et vous, aussi ravissante qu'hypocrite ; mettons bas les façons, vivons à notre aise. Tiens, je t'aime, je te l'ai déjà dit, et je le répète ; tu m'aimes, tu ne me l'as pas dit, mais je n'en doute pas ; donne-toi donc le plaisir de me le dire, tu me le répéteras après, et nous serons tous deux aussi avancés l'un que l'autre.

LISETTE. Tu ne doutes pas que je ne t'aime, dis-tu ?

FRONTIN. Entre nous, ai-je tort d'en être sûr ? Une fille comme toi

---

1. Non-accord du participe passé, voir p. 1250, note 4.   2. Manuscrit : *Que me voulez-vous*.   3. Écrit *À merveilles* dans le manuscrit et les deux éditions, suivant l'usage de Marivaux.

manquerait-elle de goût ? Là, voyons, regarde-moi[1] pour vérifier la chose ; tourne encore sur moi cette prunelle *friande que tu avais hier, et qui m'a laissé pour toi le plus tendre appétit du monde. Tu n'oses, tu rougis. Allons, m'amour, point de quartier ; finissons cet article-là.

LISETTE, *d'un ton tendre.* Laisse-moi.

FRONTIN. Non, ta fierté se meurt, je ne la quitte pas que je ne l'aie achevée.

LISETTE. Dès que tu as deviné que je te plais, n'est-ce pas assez ? Je ne t'en apprendrai pas davantage.

FRONTIN. Il est vrai, tu ne feras rien pour mon instruction, mais il manque à ma gloire le *ragoût de te l'entendre dire.

LISETTE. Tu veux donc que je la régale aux dépens de la mienne ?

FRONTIN. La tienne ! Eh ! palsambleu, je t'aime, que lui faut-il de plus ?

LISETTE. Mais je ne te hais pas.

FRONTIN. Allons, allons, tu me voles, il n'y a pas là ce qui m'est dû, fais-moi mon compte.

LISETTE. Tu me plais.

FRONTIN. Tu me retiens encore quelque chose, il n'y a pas là ma somme.

LISETTE. Eh bien ! donc... je t'aime.

FRONTIN. Me voilà payé avec un *bis*.

LISETTE. Le *bis* viendra dans le cours de la conversation, fais-m'en crédit pour à présent ; ce serait trop de dépense à la fois.

FRONTIN. Oh ! ne crains pas la dépense, je mettrai ton cœur en fonds, va, ne t'embarrasse pas.

LISETTE. Parlons de nos maîtres. Premièrement, qui êtes-vous, vous autres ?

FRONTIN. Nous sommes des gens de condition qui retournons à Paris, et de là à la cour, qui nous trouve à *redire ; nous revenons d'une terre que nous avons dans le Dauphiné ; et en passant, un de nos amis nous a arrêté[2] à Lyon, d'où il nous a mené à cette cam-

_____

1. Le manuscrit porte *regardez*, et plus loin *tournez*, par une fausse interprétation de la graphie de Marivaux pour l'impératif : *regardes* est lu *regardés*, etc. Cf. *Le Petit-Maître corrigé*, p. 1338, n. 2, p. 1339, n. 2, etc.
2. Non-accord du participe passé suivi d'un complément ; de même *mené* sur la même ligne. Ce texte est celui du manuscrit et des deux éditions. Bien entendu, *arrêter* signifie ici retenir.

pagne-ci, où deux paires de beaux yeux nous raccrochèrent hier, pour autant de temps qu'il leur plaira.

LISETTE. Où sont-ils, ces beaux yeux ?

FRONTIN. En voilà deux ici, ta maîtresse a les deux autres.

LISETTE. Que fait ton maître ?

FRONTIN. La guerre, quand les ennemis du Roi nous *raisonnent.

LISETTE. C'est-à-dire qu'il est officier. Et son nom ?

FRONTIN. Le marquis Ergaste, et moi, le chevalier Frontin, comme cadet de deux frères que nous sommes[1].

LISETTE. Ergaste ? ce nom-là est connu, et tout ce que tu me dis là nous convient assez.

FRONTIN. Quand les minois se conviennent, le reste s'ajuste. Mais voyons, mes enfants, qui êtes-vous à votre tour ?

LISETTE. En premier lieu, nous sommes belles.

FRONTIN. On le sent encore mieux qu'on ne le voit.

LISETTE. Ah ! le compliment vaut une révérence.

FRONTIN. Passons, passons, ne te pique point de payer mes compliments ce qu'ils valent, je te ruinerais en révérences, et je te cajole *gratis*. Continuons : vous êtes belles, après ?

LISETTE. Nous sommes orphelines.

FRONTIN. Orphelines ? Expliquons-nous ; l'amour en fait quelquefois, des orphelins ; êtes-vous de sa *façon[2] ? Vous êtes assez aimables pour cela.

LISETTE. Non, impertinent ! Il n'y a que deux ans que nos parents sont morts, gens de condition aussi, qui nous ont laissées très riches.

FRONTIN. Voilà de fort bons procédés[3].

LISETTE. Ils ont eu pour héritières deux filles qui vivent ensemble dans un accord qui va jusqu'à s'habiller l'une comme l'autre, ayant toutes deux presque le même son de voix, toutes deux blondes et charmantes, et qui se trouvent si bien de leur état, qu'elles ont fait serment de ne point se marier et de rester filles.

---

1. On sait que, dans une famille noble, seul le fils aîné a droit au titre de duc, comte ou marquis. Le cadet prend le nom de chevalier. Noter l'état militaire d'Ergaste. Ce genre de précision, inhabituel chez Marivaux, aurait pu lui être suggéré, selon une hypothèse de L. Desvignes, par celle d'Amphitryon. Il est vrai qu'Ergaste revient aussi « à la cour » ; mais il ne revient pas de la guerre.   2. Le manuscrit ajoute ici une phrase : *Est-il votre père ?* Marivaux la supprime comme inutile.   3. Le manuscrit donne la réplique sous une autre forme : *C'est se retirer en honnêtes gens.* La correction atténue l'impertinence de Frontin.

FRONTIN. Ne point se marier fait un article, rester filles en fait un autre.

LISETTE. C'est la même chose.

FRONTIN. Oh que non ! Quoi qu'il en soit, nous protestons contre l'un ou l'autre de ces deux serments-là ; celle que nous aimons n'a qu'à choisir, et voir celui qu'elle veut rompre ; comment s'appelle-t-elle ?

LISETTE. Clarice, c'est l'aînée, et celle à qui je suis.

FRONTIN. Que dit-elle de mon maître ? Depuis qu'elle l'a vu, comment va son vœu de rester fille ?

LISETTE. Si ton maître s'y prend bien, je ne crois pas qu'il se soutienne, le goût du mariage l'emportera.

FRONTIN. Voyez le grand malheur ! Combien y a-t-il de ces vœux-là qui se rompent à meilleur marché ! Eh ! dis-moi, mon maître l'attend ici, va-t-elle venir ?

LISETTE. Je n'en doute pas.

FRONTIN. Sera-t-elle encore masquée ?

LISETTE. Oui, en ce pays-ci c'est l'usage en été, quand on est à la campagne, à cause du hâle et de la chaleur. Mais n'est-ce pas là Ergaste que je vois là-bas ?

FRONTIN. C'est lui-même.

LISETTE. Je te quitte donc ; informe-le de tout, encourage son amour. Si ma maîtresse devient sa femme, je me charge de t'en fournir une.

FRONTIN. Eh ! me la fourniras-tu en conscience [1] ?

LISETTE. Impertinent ! Je te conseille d'en douter !

FRONTIN. Oh ! le doute est de bon sens ; tu es si jolie [2] !

Scène III

ERGASTE, FRONTIN

ERGASTE. Eh bien ! que dit la suivante ?

FRONTIN. Ce qu'elle dit ? Ce que j'ai toujours prévu : que nous

---

1. La question de Frontin rappelle les doutes de Jacob concernant Geneviève, au premier livre du *Paysan parvenu*.   2. La réplique est donnée sous une autre forme dans le manuscrit : *C'est qu'il n'y a rien de si périlleux que d'être si jolie. Bonjour*. La correction renforce l'enchaînement des répliques par la reprise du mot *douter* sous la forme *doute*.

triomphons, qu'on est rendu, et que, quand il nous plaira, le notaire nous dira le reste.

ERGASTE. Comment ? Est-ce que sa maîtresse lui a parlé de moi ?

FRONTIN. Si elle en a parlé ! On ne tarit point, tous les échos du pays nous connaissent, on languit, on soupire, on demande quand nous finirons[1], peut-être qu'à la fin du jour on nous sommera d'épouser : c'est ce que j'en puis juger sur les discours de Lisette, et la chose vaut la peine qu'on y pense. Clarice, fille de qualité, d'un côté, Lisette, fille de *condition, de l'autre, cela est bon : la race des Frontins et des Ergastes ne rougira point de leur devoir son entrée[2] dans le monde, et de leur donner la préférence.

ERGASTE. Il faut que l'amour t'ait tourné la tête, explique-toi donc mieux ! Aurais-je le bonheur de ne pas déplaire à Clarice ?

FRONTIN. Eh ! Monsieur, comment vous expliquez-vous vous-même ? Vous parlez du ton d'un suppliant[3], et c'est à nous à qui on présente requête. Je vous félicite, au reste, vous avez dans votre victoire un accident glorieux que je n'ai pas dans la mienne : on avait juré de garder le célibat, vous triomphez du serment. Je n'ai point cet honneur-là, moi, je ne triomphe que d'une fille qui n'avait juré de rien.

ERGASTE. Eh ! dis-moi *naturellement si l'on a du penchant pour moi.

FRONTIN. Oui, Monsieur, la vérité toute pure est que je suis adoré, parce qu'avec moi cela va un peu vite, et que vous êtes à la veille de l'être ; et je vous le prouve, car voilà votre future idolâtre qui vous cherche.

ERGASTE. Écarte-toi.

Scène IV

ERGASTE, HORTENSE, FRONTIN, *éloigné*[4]

Hortense, quand elle entre sur le théâtre, tient son masque à la main pour être connue du spectateur, et puis le met sur son visage dès que Frontin tourne la tête et l'aperçoit. Elle est vêtue comme l'était ci-devant la dame de qui Ergaste a dit avoir

---

1. Manuscrit : *quand nous finissons.*   2. Manuscrit : *son apparition.*
3. Le manuscrit porte : *d'un ton d'un suppliant.*   4. Manuscrit : Frontin, *loin.*

*ramassé le gant le jour d'auparavant, et c'est la sœur de cette
dame.*

HORTENSE, *traversant le théâtre.* N'est-ce pas là ce cavalier que je
vis hier ramasser le gant de ma sœur ? Je n'en ai guère vu de si bien
fait. Il me regarde ; j'étais hier démasquée avec cet habit-ci, et il me
reconnaît, sans doute.

Elle marche comme en se retirant.

ERGASTE *l'aborde, la salue, et la prend pour l'autre, à cause de l'habit et du masque.* Puisque le hasard vous offre encore à mes yeux,
Madame, permettez que je ne perde pas le bonheur qu'il me procure.
Que mon action ne vous irrite point, ne la regardez pas comme un
manque de respect pour vous, le mien est infini, j'en suis pénétré :
jamais on ne craignit tant de déplaire [1], mais jamais cœur, en même
temps, ne fut forcé de céder à une passion ni si soumise, ni si tendre.

HORTENSE. Monsieur, je ne m'attendais pas à cet abord-là, et
quoique vous m'ayez vue [2] hier ici, comme en effet j'y étais, et
démasquée, cette façon de se voir n'établit entre nous aucune
connaissance, surtout avec les personnes de mon sexe ; ainsi, vous
voulez bien que l'entretien finisse.

ERGASTE. Ah ! Madame, arrêtez, de grâce, et ne me laissez point en
proie à la douleur de croire que je vous ai offensée, la joie de vous
retrouver ici m'a égaré, j'en conviens, je dois vous paraître coupable
d'une hardiesse que je n'ai pourtant point ; car je n'ai su ce que je
faisais, et je tremble devant vous à présent que je vous parle.

HORTENSE. Je ne puis vous écouter.

ERGASTE. Voulez-vous ma vie en réparation de l'audace dont vous
m'accusez ? Je vous l'apporte, elle est à vous ; mon sort est entre vos
mains, je ne saurais plus vivre si vous me rebutez.

HORTENSE. Vous, Monsieur ?

ERGASTE. J'explique ce que je sens, Madame ; je me donnai hier à
vous, je vous consacrai mon cœur, je conçus le dessein d'obtenir
grâce du vôtre, et je mourrai s'il me la refuse. Jugez si un manque
de respect est compatible avec de pareils sentiments.

HORTENSE. Vos expressions sont vives et pressantes, assurément, il
est difficile de rien dire de plus fort. Mais enfin, plus j'y pense, et

---

1. Manuscrit : *de vous déplaire.*   2. Le manuscrit écrit *vu*, sans accord,
comme l'avait probablement fait Marivaux. Nous suivons le texte des deux
éditions de 1739 et 1758.

plus je vois qu'il faut que je me retire, Monsieur ; il n'y a pas moyen de se prêter plus longtemps à une conversation comme celle-ci, et je commence à avoir plus de tort que vous.

ERGASTE. Eh ! de grâce, Madame, encore un mot qui décide de ma destinée, et je finis : me haïssez-vous ?

HORTENSE. Je ne dis pas cela, je ne pousse point les choses jusque-là, elles ne le méritent pas. Sur quoi voudriez-vous que fût fondée ma haine ? Vous m'êtes inconnu, Monsieur, attendez donc que je vous connaisse.

ERGASTE. Me sera-t-il[1] permis de chercher à vous être présenté, Madame ?

HORTENSE. Vous n'aviez[2] qu'un mot à me dire tout à l'heure, vous me l'avez dit, et vous continuez, Monsieur. Achevez donc, ou je m'en vais : car il n'est pas dans l'ordre que je reste.

ERGASTE. Ah ! je suis au désespoir ! Je vous entends : vous ne voulez pas que je vous voie davantage !

HORTENSE. Mais en vérité, Monsieur, après m'avoir appris que vous m'aimez, me conseillerez-vous[3] de vous dire que je veux bien que vous me voyiez ? Je ne pense pas que cela m'arrive. Vous m'avez demandé si je vous haïssais ; je vous ai répondu que non ; en voilà bien assez, ce me semble ; n'imaginez pas que j'aille plus loin. Quant aux mesures que vous pouvez prendre pour vous mettre en état de me voir avec un peu plus de décence qu'ici, ce sont vos affaires. Je ne m'opposerai point à vos desseins ; car vous trouverez bon que je les ignore, et il faut que cela soit ainsi : un homme comme vous a des amis, sans doute, et n'aura pas besoin d'être aidé pour se *produire.

ERGASTE. Hélas ! Madame, je m'appelle Ergaste[4] ; je n'ai d'ami ici que le comte de Belfort, qui m'*arrêta hier comme j'arrivais du Dauphiné, et qui me mena sur-le-champ dans cette campagne-ci.

HORTENSE. Le comte de Belfort, dites-vous ? Je ne savais pas qu'il fût ici. Nos maisons sont voisines, apparemment qu'il nous viendra voir ; et c'est donc chez lui que vous êtes actuellement, Monsieur ?

ERGASTE. Oui, Madame. Je le laissai hier donner quelques ordres après dîner, et je vins me promener dans les allées de ce petit bois, où j'aperçus du monde, je vous y vis, vous vous y démasquâtes un instant, et dans cet instant vous devîntes l'arbitre de mon sort. J'ou-

---

1. Manuscrit : *Me serait-il.* **2.** Manuscrit : *Vous n'avez* (erreur manifeste). **3.** Manuscrit : *Me conseilleriez-vous.* **4.** Texte de l'édition de 1758. Le manuscrit et l'édition originale portent par erreur *Eraste*.

bliai que je retournais à Paris ; j'oubliai jusqu'à un mariage avantageux qu'on m'y ménageait, auquel je renonce, et que j'allais
conclure avec une personne à qui rien ne me liait qu'un simple
rapport de condition et de fortune.

HORTENSE. Dès que ce mariage vous est avantageux, la partie se
renouera ; la dame est aimable, sans doute, et vous ferez vos
réflexions.

ERGASTE. Non, Madame, mes réflexions sont faites, et je le répète
encore, je ne vivrai que pour vous, ou je ne vivrai pour personne ;
trouver grâce à vos yeux, voilà à quoi j'ai mis toute ma *fortune, et
je ne veux plus rien dans le monde, si vous me défendez d'y aspirer.

HORTENSE. Moi, Monsieur, je ne vous défends rien, je n'ai pas ce
droit-là, on est le maître de ses sentiments ; et si le comte de Belfort,
dont vous parlez, allait vous mener chez moi, je le suppose parce
que cela peut arriver, je serais même obligée de vous y bien recevoir.

ERGASTE. Obligée, Madame ! Vous ne m'y souffrirez donc que par
politesse ?

HORTENSE. À vous dire vrai, Monsieur, j'espère bien n'agir que par
ce motif-là, du moins d'abord, car de l'avenir, qui est-ce qui en peut
répondre ?

ERGASTE. Vous, Madame, si vous le voulez.

HORTENSE. Non, je ne sais encore rien là-dessus, puisqu'ici même
j'ignore ce que c'est que l'amour ; et je voudrais bien l'ignorer toute
ma vie. Vous aspirez, dites-vous, à me rendre sensible ? À la bonne
heure ; personne n'y a réussi ; vous le tentez, nous verrons ce qu'il
en sera ; mais je vous saurai bien mauvais gré, si vous y réussissez
mieux qu'un autre.

ERGASTE. Non, Madame, je n'y vois pas d'apparence.

HORTENSE. Je souhaite que vous ne vous trompiez pas ; cependant
je crois qu'il sera bon, avec vous, de prendre garde à soi de plus
près qu'avec un autre. Mais voici du monde, je serais fâchée qu'on
nous vît ensemble : éloignez-vous, je vous prie.

ERGASTE. Il n'est point tard ; continuez-vous votre promenade [1],
Madame ? Et pourrais-je espérer, si l'occasion s'en présente, de vous
revoir encore ici quelques moments ?

HORTENSE. Si vous me trouvez seule et éloignée des autres, dès que
nous nous sommes parlé et que, grâce à votre précipitation, la faute
en est faite, je crois que vous pourrez m'aborder sans conséquence.

---

1. Le manuscrit porte, sans doute par erreur, *continuez votre promenade*.

ERGASTE. Et cependant je pars, sans avoir eu la douceur de voir encore ces yeux et ces traits...

HORTENSE. Il est trop tard pour vous en plaindre : mais vous m'avez vue, séparons-nous ; car on approche. *(Quand il est parti.)* Je suis donc folle ! Je lui donne une espèce de rendez-vous, et j'ai peur de le tenir, qui pis est.

Scène V

HORTENSE, ARLEQUIN

ARLEQUIN. Madame, je viens vous demander votre avis sur une commission qu'on m'a donnée.

HORTENSE. Qu'est-ce que c'est ?

ARLEQUIN. Voulez-vous avoir compagnie ?

HORTENSE. Non, quelle est-elle, cette compagnie [1] ?

ARLEQUIN. C'est ce Monsieur Damis, qui est si amoureux de vous.

HORTENSE. Je n'ai que faire de lui ni de son amour. Est-ce qu'il me cherche ? De quel côté vient-il ?

ARLEQUIN. Il ne vient par aucun côté, car il ne bouge, et c'est moi qui vient pour lui, afin [2] de savoir où vous êtes. Lui dirai-je que vous êtes ici, ou bien ailleurs ?

HORTENSE. Non, nulle part.

ARLEQUIN. Cela ne se peut pas, il faut bien que vous soyez en quelque endroit [3], il n'y a qu'à dire où vous voulez être.

HORTENSE. Quel imbécile ! Rapporte-lui que tu ne me trouves pas.

ARLEQUIN. Je vous ai pourtant trouvée : comment ferons-nous ?

HORTENSE. Je t'ordonne de lui dire que je n'y suis pas, car je m'en vais.

Elle s'écarte.

ARLEQUIN. Eh bien ! vous avez raison ; quand on s'en va, on n'y est pas : cela est clair.

Il s'en va.

---

1. Manuscrit : *quelle est cette compagnie ?*   **2.** Manuscrit : *c'est moi qui viens pour afin.*   **3.** Selon L. Desvignes, Marivaux aurait pu se souvenir ici d'un passage d'*Amphitryon* où Sosie se trouve forcé d'admettre la situation inverse : « Je vous dis que croyant n'être qu'un seul Sosie, / Je me suis trouvé deux chez nous », etc. (Acte II, sc. II.)

Scène VI

HORTENSE, CLARICE

HORTENSE, *à part*. Ne voilà-t-il pas encore ma sœur !

CLARICE. J'ai tourné mal à propos de ce côté-ci. M'a-t-elle vue ?

HORTENSE. Je la trouve embarrassée : qu'est-ce que cela signifie, Ergaste y aurait-il part ?

CLARICE. Il faut lui parler, je sais le moyen de la congédier. Ah ! vous voilà, ma sœur ?

HORTENSE. Oui, je me promenais ; et vous, ma sœur ?

CLARICE. Moi, de même : le plaisir de rêver m'a insensiblement amené[1] ici.

HORTENSE. Et poursuivez-vous votre[2] promenade ?

CLARICE. Encore une heure ou deux.

HORTENSE. Une heure ou deux !

CLARICE. Oui, parce qu'il est de bonne heure.

HORTENSE. Je suis d'avis d'en faire autant.

CLARICE, *à part*[3]. De quoi s'avise-t-elle ? *(Haut.)* Comme il vous plaira.

HORTENSE. Vous me paraissez rêveuse.

CLARICE. Mais... oui[4], je rêvais, ces lieux-ci y invitent ; mais nous aurons bientôt compagnie ; Damis vous cherche, et vient par là.

HORTENSE. Damis ! Oh ! sur ce *pied-là je vous quitte. Adieu. Vous savez combien il m'ennuie. Ne lui dites pas que vous m'avez vue. *(À part.)* Rappelons Arlequin, afin qu'il observe.

CLARICE, *riant*. Je savais bien que je la ferais partir.

Scène VII

CLARICE, LISETTE

LISETTE. Quoi ! toute seule, Madame ?

CLARICE. Oui, Lisette.

LISETTE, *en riant, et lui marquant du bout du doigt*[5]. Il est ici.

---

1. Non-accord du participe passé suivi d'un complément (par opposition à *mais vous m'avez vue*, à la fin de la scène IV, et à *Je vous ai pourtant trouvée*, à la scène V). Le texte est celui du manuscrit et des deux éditions. **2.** Manuscrit : *Et poursuivez votre* (erreur). **3.** Cette indication scénique et la suivante manquent dans le manuscrit. **4.** Le manuscrit ponctue : *Mais oui.* **5.** L'indication *et lui marquant du bout du doigt* est omise par Duviquet et par la plupart des éditions modernes.

CLARICE. Qui ?

LISETTE. Vous ne m'entendez pas ?

CLARICE. Non.

LISETTE. Eh ! cet aimable jeune homme qui vous rendit hier un petit service de si bonne grâce.

CLARICE. Ce jeune officier ?

LISETTE. Eh oui.

CLARICE. Eh bien ! qu'il y soit, que veux-tu que j'y fasse ?

LISETTE. C'est qu'il vous cherche, et si vous voulez l'éviter, il ne faut pas rester ici.

CLARICE. L'éviter ! Est-ce que tu crois qu'il me parlera ?

LISETTE. Il n'y manquera pas, la petite aventure d'hier le lui permet de *reste.

CLARICE. Va, va, il ne me reconnaîtra seulement pas.

LISETTE. Hum ! vous êtes pourtant bien reconnaissable ; et de l'air dont il vous lorgna hier, je vais gager qu'il vous voit encore ; ainsi prenons par là.

CLARICE. Non, je suis trop lasse, il y a longtemps que je me promène.

LISETTE. Oui-da, un bon quart d'heure à peu près.

CLARICE. Mais pourquoi me fatiguerais-je à fuir un homme qui, j'en suis sûre, ne songe pas plus à moi que je songe à lui ?

LISETTE. Eh mais ! c'est bien assez qu'il y songe autant.

CLARICE. Que veux-tu dire ?

LISETTE. Vous ne m'avez encore parlé de lui que trois ou quatre fois.

CLARICE. Ne te figurerais-tu pas que je ne suis venue seule ici que pour lui donner occasion de m'aborder ?

LISETTE. Oh ! il n'y a pas de plaisir avec vous, vous devinez mot à mot ce qu'on pense.

CLARICE. Que tu es folle !

LISETTE, *riant*. Si vous n'y étiez[1] pas venue de vous-même, je devais vous y *mener[2], moi.

CLARICE. M'y mener ! Mais vous êtes bien hardie de me le dire !

LISETTE. Bon ! je suis encore bien plus hardie que cela, c'est que je crois que vous y seriez venue.

---

1. Le manuscrit porte par erreur : *Si vous n'êtes*. **2.** Duviquet et des éditeurs modernes corrigent, ici et à la ligne suivante, *mener* en *amener*. *Mener* est conforme à l'usage de Marivaux.

CLARICE. Moi ?

LISETTE. Sans doute, et vous auriez raison [1], car il est fort aimable, n'est-il pas vrai ?

CLARICE. J'en conviens.

LISETTE. Et ce n'est pas là tout, c'est qu'il vous aime.

CLARICE. Autre idée !

LISETTE. Oui-da, peut-être que je me trompe.

CLARICE. Sans doute, à moins qu'on ne te l'ait dit, et je suis persuadée que non, qui est-ce qui t'en a parlé ?

LISETTE. Son valet m'en a touché quelque chose.

CLARICE. Son valet ?

LISETTE. Oui.

CLARICE, *quelque temps sans parler, et impatiente.* Et ce valet t'a demandé le secret, apparemment ?

LISETTE. Non.

CLARICE. Cela revient pourtant au même, car je renonce à savoir ce qu'il vous a dit, s'il faut vous interroger pour l'apprendre.

LISETTE. J'avoue qu'il y a un peu de malice dans mon fait, mais ne vous fâchez pas, Ergaste vous adore, Madame.

CLARICE. Tu vois bien qu'il ne sera pas nécessaire que je l'évite, car il ne paraît pas.

LISETTE. Non, mais voici son valet qui me fait signe d'aller lui parler. Irai-je savoir ce qu'il me veut ?

Scène VIII

FRONTIN [2], LISETTE, CLARICE

CLARICE. Oh ! tu le peux : je ne t'en empêche pas.

LISETTE. Si vous ne vous en souciez guère, ni moi non plus.

CLARICE. Ne vous embarrassez pas que je m'en soucie, et allez toujours voir ce qu'on vous veut.

LISETTE, *à Clarice.* Eh ! parlez donc. *(Et puis s'approchant de Frontin.)* Ton maître est-il là ?

FRONTIN. Oui, il demande s'il peut reparaître, puisqu'elle est seule.

LISETTE *revient à sa maîtresse.* Madame, c'est Monsieur le marquis Ergaste qui aurait grande envie de vous faire encore la révérence, et

---

1. Correction inutile de Duviquet : *et vous auriez eu.*   **2.** Duviquet ajoute ici l'indication scénique : *au fond du théâtre et s'avançant lentement.*

qui, comme vous voyez, vous en sollicite par le plus révérencieux de tous les valets.

Frontin salue [1] à droite et à gauche.

CLARICE. Si je l'avais prévu, je me serais retirée.

LISETTE. Lui dirai-je que vous n'êtes pas de cet avis-là ?

CLARICE. Mais je ne suis d'avis de rien, réponds ce que tu voudras, qu'il vienne.

LISETTE, *à Frontin.* On n'est d'avis de rien, mais qu'il vienne.

FRONTIN. Le voilà tout venu.

LISETTE. Toi, avertis-nous si quelqu'un approche.

Frontin sort.

Scène IX

CLARICE, LISETTE, ERGASTE

ERGASTE. Que ce jour-ci est heureux pour moi, Madame ! Avec quelle impatience n'attendais-je pas le moment de vous revoir encore ! J'ai observé celui où vous étiez seule.

CLARICE, *se démasquant un moment.* Vous avez fort bien fait d'avoir cette attention-là, car nous ne nous connaissons guère. Quoi qu'il en soit, vous avez souhaité me parler, Monsieur ; j'ai cru pouvoir y consentir. Auriez-vous quelque chose à me dire ?

ERGASTE. Ce que mes yeux vous ont dit avant mes discours, ce que mon cœur sent mille fois mieux qu'ils ne le disent, ce que je voudrais vous répéter toujours : que je vous aime, que je vous adore, que je ne vous verrai jamais qu'avec transport.

LISETTE, *à part à sa maîtresse.* Mon rapport est-il fidèle ?

CLARICE. Vous m'avouerez, Monsieur, que vous ne mettez guère d'intervalle entre me connaître, m'aimer et me le dire ; et qu'un pareil entretien aurait pu être précédé de certaines formalités de bienséance qui sont ordinairement nécessaires.

ERGASTE. Je crois vous l'avoir déjà dit, Madame, je n'ai su ce que je faisais, oubliez une faute échappée à la violence d'une passion qui m'a troublé, et qui me trouble encore toutes les fois que je vous parle.

---

1. Manuscrit : *Il salue.*

LISETTE, *à Clarice*. Qu'il a le débit tendre !

CLARICE. Avec tout cela, Monsieur, convenez pourtant qu'il en faudra revenir à quelqu'une de ces formalités dont il s'agit, si vous avez
dessein de me revoir.

ERGASTE. Si j'en ai dessein ! Je ne respire que pour cela, Madame.
Le comte de Belfort doit vous rendre visite ce soir.

CLARICE. Est-ce qu'il est de vos amis ?

ERGASTE. C'est lui, Madame, chez qui il me semble vous avoir dit
que j'étais.

CLARICE. Je ne me le rappelais pas.

ERGASTE. Je l'accompagnerai chez vous, Madame, il me l'a promis :
s'engage-t-il à quelque chose qui vous déplaise ? Consentez-vous que
je lui aie cette obligation ?

CLARICE. Votre question m'embarrasse ; dispensez-moi d'y répondre.

ERGASTE. Est-ce que votre réponse me serait contraire ?

CLARICE. Point du tout.

LISETTE. Et c'est ce qui fait qu'on n'y répond pas.

Ergaste se jette à ses genoux, et lui baise la main.

CLARICE, *remettant son masque*. Adieu, Monsieur ; j'attendrai le
comte de Belfort. Quelqu'un approche : laissez-moi seule continuer
ma promenade, nous pourrons nous y rencontrer encore.

Scène X

ERGASTE, CLARICE, LISETTE, FRONTIN [1]

FRONTIN, *à Lisette*. Je viens vous dire que je vois de loin une espèce
de petit nègre [2] qui accourt.

LISETTE. Retirons-nous vite, Madame ; c'est Arlequin qui vient.

Clarice sort. Ergaste et elle se saluent.

---

1. Le manuscrit ajoute l'indication : *qui arrive.*   2. On a déjà vu, à propos d'*Arlequin poli par l'amour*, que l'acteur porte un masque de cuir noir
qui fait de lui un petit nègre. L'usage des serviteurs noirs comme laquais se
répandant au XVIIIᵉ siècle, il peut y avoir ici un peu plus qu'une convention
théâtrale.

Scène XI

ERGASTE, FRONTIN

ERGASTE. Je suis enchanté, Frontin ; je suis transporté ! Voilà deux fois que je lui parle aujourd'hui. Qu'elle est aimable ! Que de grâces ! Et qu'il est doux d'espérer de lui plaire !

FRONTIN. Bon ! espérer ! Si la belle vous donne cela pour de l'espérance [1], elle ne vous trompe pas.

ERGASTE. Belfort m'y mènera ce soir [2].

FRONTIN. Cela fera une petite journée de tendresse assez complète. Au reste, j'avais oublié de vous dire le meilleur. Votre maîtresse a bien des grâces ; mais le plus beau de ses traits, vous ne le voyez point, il n'est point sur son visage, il est dans sa cassette. Savez-vous bien que le cœur de Clarice est une emplette de cent mille écus, Monsieur ?

ERGASTE. C'est bien là à quoi je pense ! Mais, que nous veut ce garçon-ci ?

FRONTIN. C'est le beau brun que j'ai vu venir.

Scène XII

ARLEQUIN, ERGASTE, FRONTIN

ARLEQUIN, *à Ergaste*. Vous êtes mon homme ; c'est vous que je cherche.

ERGASTE. Parle : que me veux-tu ?

FRONTIN. Où est ton chapeau ?

ARLEQUIN. Sur ma tête.

FRONTIN, *le lui ôtant*. Il n'y est plus.

ARLEQUIN. Il y était quand je l'ai dit *(il le remet [3])*, et il y retourne.

ERGASTE. De quoi est-il question ?

ARLEQUIN. D'un discours *malhonnête que j'ai ordre de vous tenir, et qui ne demande pas la cérémonie du chapeau.

ERGASTE. Un discours malhonnête ! À moi [4] ! Eh ! De quelle part ?

---

1. Manuscrit : *pour espérance*.   2. Correction puriste de Duviquet, suivi par des éditions modernes : *Belfort me mènera ce soir chez elle*.   3. Le manuscrit place l'indication scénique après le nom d'Arlequin.   4. Le manuscrit ponctue : *Un discours malhonnête à moi !*

ARLEQUIN. De la part d'une personne qui s'est moquée de vous[1].

ERGASTE. Insolent ! t'expliqueras-tu ?

ARLEQUIN. Dites vos injures à ma commission, c'est elle qui est insolente, et non pas moi.

FRONTIN. Voulez-vous que j'estropie le commissionnaire, Monsieur ?

ARLEQUIN. Cela n'est pas de l'ambassade : je n'ai point ordre de revenir estropié.

ERGASTE. Qui est-ce qui t'envoie ?

ARLEQUIN. Une dame qui ne fait point de cas de vous.

ERGASTE. Quelle est-elle ?

ARLEQUIN. Ma maîtresse.

ERGASTE. Est-ce que je la connais ?

ARLEQUIN. Vous lui avez parlé ici.

ERGASTE. Quoi ! c'est cette dame-là qui t'envoie dire qu'elle s'est moquée de moi ?

ARLEQUIN. Elle-même en original ; je lui ai aussi entendu marmotter entre ses dents que vous étiez un grand fourbe ; mais, comme elle[2] ne m'a point commandé de vous le rapporter, je n'en parle qu'en passant.

ERGASTE. Moi fourbe ?

ARLEQUIN. Oui ; mais rien qu'entre les dents[3] ; un fourbe tout bas[4].

ERGASTE. Frontin, après la manière dont nous nous sommes quittés tous deux, je t'ai dit que j'espérais : y comprends-tu quelque chose ?

FRONTIN. Oui-da, Monsieur ; esprit de femme et caprice : voilà tout ce que c'est ; qui dit l'un, suppose l'autre ; les avez-vous jamais vus séparés ?

ARLEQUIN. Ils sont unis comme les cinq doigts de la main.

ERGASTE, *à Arlequin*. Mais ne te tromperais-tu pas ? Ne me prends-tu point pour un autre ?

---

1. On peut se demander si le message qu'Arlequin délivre ici à Ergaste n'est pas celui qui était destiné à Damis (voir scène v). En fait, la suite montre qu'il n'en est rien. Hortense l'adresse bien à Ergaste ; elle sait, par Arlequin (cf. fin de la scène vi), qu'il a fait une déclaration à sa sœur. **2.** Manuscrit : *mais elle*. **3.** Manuscrit : *entre ses dents*. **4.** L. Desvignes rapproche ces précisions d'Arlequin (*marmotter entre ses dents..., fourbe tout bas*) de quelques détails de l'*Amphitryon* de Molière. Ainsi, acte II, sc. II : « Entre tes dents, je pense, / Tu murmures je ne sais quoi ? » ; ou acte III, sc. VI : « Que dis-tu ? — Rien. — Tu tiens, je crois, quelque langage ? / — Demandez, je n'ai pas soufflé. »

ARLEQUIN. Oh ! que non. N'êtes-vous pas un homme d'hier ?

ERGASTE. Qu'appelles-tu un homme d'hier ? Je ne t'entends point.

FRONTIN. Il parle de vous comme d'un enfant au maillot. Est-ce que les gens d'hier sont de cette taille-là ?

ARLEQUIN. J'entends que vous êtes ici d'hier.

ERGASTE. Oui.

ARLEQUIN. Un officier de la Majesté du Roi.

ERGASTE. Sais-tu mon nom ? Je l'ai dit à cette dame.

ARLEQUIN. Elle me l'a dit aussi : un appelé Ergaste.

ERGASTE, *outré*. C'est cela même !

ARLEQUIN. Eh bien ! c'est vous qu'on n'estime pas ; vous voyez bien que le paquet est à votre adresse.

FRONTIN. Ma foi ! il n'y a plus[1] qu'à lui en payer le port, Monsieur.

ARLEQUIN. Non, c'est port payé.

ERGASTE. Je suis au désespoir !

ARLEQUIN. On s'est un peu diverti de vous en passant, on vous a regardé comme une farce qui n'amuse plus. Adieu.

Il fait quelques pas.

ERGASTE. Je m'y perds !

ARLEQUIN, *revenant*. Attendez... Il y a encore un petit reliquat, je ne vous ai donné que la moitié de votre affaire : j'ai ordre de vous dire... J'ai oublié mon ordre... La moquerie, un ; la farce, deux ; il y a un troisième article.

FRONTIN. S'il ressemble au reste, nous ne perdons[2] rien de curieux.

ARLEQUIN, *tirant des tablettes*. Pardi ! il est tout de son long dans ces tablettes-ci.

ERGASTE. Eh ! montre[3] donc !

ARLEQUIN. Non pas, s'il vous plaît ; je ne dois pas vous les montrer : cela m'est défendu, parce qu'on s'est repenti d'y avoir écrit, à cause de la bienséance et de votre peu de mérite ; et on m'a crié de loin de les supprimer, et de vous expliquer le tout dans la conversation ; mais laissez-moi voir ce que j'oublie... À propos, je ne sais pas lire ; lisez donc vous-même.

Il donne les tablettes à Ergaste.

---

1. Le manuscrit porte : *Il n'y a, ma foi, plus*. **2.** Texte du manuscrit et des éditions anciennes. Des éditions modernes portent : *perdrons*. **3.** Le manuscrit porte par erreur : *montrez*. Cf. plus haut, p. 1252, note 1.

FRONTIN. Eh ! morbleu, Monsieur, laissez là ces tablettes, et n'y répondez que sur le dos du porteur.

ARLEQUIN. Je n'ai jamais été le pupitre de personne.

ERGASTE *lit. Je viens de vous apercevoir aux genoux de ma sœur. (Ergaste s'interrompant.)* Moi ! *(Il continue.) Vous jouez fort bien la comédie : vous me l'avez*[1] *donnée tantôt, mais je n'en veux plus. Je vous avais permis de m'aborder encore, et je vous le défends, j'oublie même que je vous ai vu.*

ARLEQUIN. Tout juste ; voilà l'article qui nous manquait : plus de fréquentation, c'est l'intention de la tablette. Bonsoir.

Ergaste reste comme immobile.

FRONTIN. J'avoue que voilà le *vertigo le mieux *conditionné qui soit jamais sorti d'aucun cerveau femelle.

ERGASTE, *recourant à Arlequin.* Arrête, où est-elle ?

ARLEQUIN. Je suis sourd.

ERGASTE. Attends que j'aie fait, du moins[2], un mot de réponse ; il est aisé de me justifier : elle m'accuse d'avoir vu sa sœur, et je ne la connais pas.

ARLEQUIN. Chanson !

ERGASTE, *en lui donnant de l'argent.* Tiens, prends, et arrête.

ARLEQUIN. Grand merci ; quand je parle de chanson, c'est que j'en vais chanter une ; faites à votre aise, mon cavalier ; je n'ai jamais vu de fourbe si honnête homme que vous. *(Il chante.)* Ra la ra ra...

ERGASTE. *Amuse-le, Frontin ; je n'ai qu'un pas à faire pour aller au logis, et je vais y écrire un mot.

Scène XIII

ARLEQUIN, FRONTIN

ARLEQUIN. Puisqu'il me paie des injures, voyez combien je gagne-rais avec lui, si je lui apportais des compliments... *(Il chante.)* Ta la la ra la ra.

FRONTIN. Voilà de jolies paroles que tu chantes là.

ARLEQUIN. Je n'en sais point[3] d'autres. Allons, divertis-moi : ton maître t'a chargé de cela, fais-moi rire.

---

1. Manuscrit : *vous l'avez.*   **2.** Manuscrit : *Attends, du moins, que j'aie fait.*   **3.** Manuscrit : *Je n'en sais pas.*

FRONTIN. Veux-tu que je chante aussi ?

ARLEQUIN. Je ne suis pas curieux de symphonie.

FRONTIN. De symphonie ! Est-ce que tu prends ma voix pour un orchestre ?

ARLEQUIN. C'est qu'en fait de musique, il n'y a que le tambour qui me fasse plaisir.

FRONTIN. C'est-à-dire que tu es au concert, quand on bat la caisse [1].

ARLEQUIN. Oh ! je suis à l'Opéra.

FRONTIN. Tu as l'oreille martiale. Avec quoi te divertirai-je donc ? Aimes-tu les contes des fées ?

ARLEQUIN. Non, je ne me soucie ni de comtes ni de marquis.

FRONTIN. Parlons donc de boire.

ARLEQUIN. Montre-moi [2] le sujet du discours.

FRONTIN. Le vin, n'est-ce pas ? On l'a mis au frais.

ARLEQUIN. Qu'on l'en retire, j'aime à boire chaud.

FRONTIN. Cela est malsain ; parlons de ta maîtresse.

ARLEQUIN, *brusquement*. Expédions la bouteille.

FRONTIN. Doucement ! je n'ai pas le sol, mon garçon.

ARLEQUIN. Ce misérable ! Et du crédit ?

FRONTIN. Avec cette mine-là, où veux-tu que j'en trouve ? Mets-toi à la place du marchand de vin.

ARLEQUIN. Tu as raison, je te rends justice : on ne saurait rien emprunter sur cette grimace-là.

FRONTIN. Il n'y a pas moyen, elle est trop sincère ; mais il y a remède à tout : paie, et je te le rendrai.

ARLEQUIN. Tu me le rendras ? Mets-toi à ma place aussi, le croirais-tu ?

FRONTIN. Non, tu réponds juste ; mais paie en pur don, par galanterie, sois généreux...

ARLEQUIN. Je ne saurais, car je suis *vilain : je n'ai jamais bu à mes dépens [3].

---

1. Soit pour annoncer publiquement une nouvelle, soit plutôt dans les défilés de troupes. Voir la réplique suivante de Frontin. **2.** Le manuscrit porte par erreur : *Montrez-moi le sujet* (voir p. 1267, note 3). D'autre part, des éditions modernes introduisent à tort un *donc* après *Montre-moi*. **3.** Le manuscrit porte ici six répliques qui sont omises dans la version imprimée : « *Frontin* : Eh bien, demande crédit, cela reviendra au même. *Arlequin* : Bon ! toi qui parles de mine, n'en ai-je pas une aussi qui fait peur à la confiance ? regarde si elle est de ressource ; si je pouvais m'en défaire, je ne la garderais pas. *Frontin* : La mienne est une copie de celle de mon père. *Arlequin* : Celle-ci nous vient aussi de père en fils, c'est un air de famille

FRONTIN. Morbleu[1] ! que ne sommes-nous à Paris, j'aurais crédit.

ARLEQUIN. Eh ! que fait-on à Paris ? Parlons de cela, faute de mieux : est-ce une grande ville ?

FRONTIN. Qu'appelles-tu une ville ? Paris, c'est le monde ; le reste de la terre n'en est que les faubourgs.

ARLEQUIN. Si je n'aimais pas Lisette, j'irais voir le monde.

FRONTIN. Lisette, dis-tu ?

ARLEQUIN. Oui, c'est ma maîtresse.

FRONTIN. Dis donc que ce l'était, car je te l'ai soufflée hier.

ARLEQUIN. Ah ! maudit *souffleur*[2] ! Ah ! scélérat ! Ah ! chenapan !

Scène XIV

ERGASTE, FRONTIN, ARLEQUIN

ERGASTE. Tiens, mon ami, cours porter cette lettre à la dame qui t'envoie.

ARLEQUIN. J'aimerais mieux être le postillon du diable, qui vous emporte[3] tous deux, vous et ce coquin, qui est la copie d'un fripon ! ce maraud[4], qui n'a ni argent, ni crédit, ni le mot pour rire ! un sorcier qui souffle les filles ! un escroc qui veut m'emprunter du vin ! un gredin qui dit que je ne suis pas dans le monde, et que mon pays n'est qu'un faubourg ! Cet insolent ! un faubourg ! Va, va, je t'apprendrai à connaître les villes.

---

qui ne nous quitte pas et qui est toujours tiré bien fidèlement. *Frontin* : Nos mères auraient bien pu se passer d'être si fidèles. *Arlequin* : Oui, ces honnêtes femmes-là nous ont fait grand tort. » Il y a peut-être dans ce passage, comme dans le reste de cette scène curieuse, des réminiscences de l'*Amphitryon* : le thème du vin et de la bouteille, la chanson d'Arlequin (« Cet homme, assurément, n'aime pas la musique », disait Sosie, acte I, sc. II), les réflexions sur la mauvaise mine des deux valets (« Je suis las de porter un visage si laid », disait Mercure, acte III, sc. IX), enfin tout ce « climat de bagarre » relevé par L. Desvignes.   **1.** Le manuscrit omet le mot *Morbleu !* qui a été ajouté dans le texte imprimé comme une sorte de transition suppléant à la coupure qu'on a signalée dans la note précédente.   **2.** Il y a ici un jeu de mots, car *souffleur* signifie à l'époque sorcier (proprement, celui qui souffle dans les cornues pour fabriquer la pierre philosophale).   **3.** *Emporte* est un subjonctif, comme dans les vers de Molière : « Et vous irez un jour, vrai partage du diable, / Bouillir dans les enfers à toute éternité : / Dont vous veuille garder la céleste bonté. » (*L'École des femmes*, acte III, sc. II.)   **4.** Manuscrit : *le maraud*.

Arlequin s'en va[1].

ERGASTE, *à Frontin*. Qu'est-ce que cela signifie ?

FRONTIN. C'est une bagatelle, une affaire de jalousie : c'est que nous nous trouvons rivaux, et il en sent la conséquence.

ERGASTE. De quoi aussi t'avises-tu de parler de Lisette ?

FRONTIN. Mais, Monsieur, vous avez vu des amants : devineriez-vous que cet homme-là en est un ? Dites en conscience.

ERGASTE. Va donc toi-même chercher cette dame-là, et lui remets mon billet le plus tôt que tu pourras.

FRONTIN. Soyez tranquille, je vous rendrai bon compte de tout ceci par le moyen de Lisette.

ERGASTE. Hâte-toi, car je souffre.

Frontin part.

Scène XV

ERGASTE, *seul*[2]

Vit-on jamais rien de plus étonnant que ce qui m'arrive ? Il faut absolument qu'elle se soit méprise[3].

Scène XVI

LISETTE, ERGASTE

LISETTE. N'avez-vous pas vu la sœur de Madame, Monsieur ?

ERGASTE. Eh non, Lisette, de qui me parles-tu ? Je n'ai vu que ta maîtresse, je ne me suis entretenu qu'avec elle ; sa sœur m'est totalement inconnue, et je n'entends rien à ce qu'on me dit là.

LISETTE. Pourquoi vous fâcher ? Je ne vous dis pas que vous lui ayez parlé, je vous demande si vous ne l'avez pas aperçue ?

ERGASTE. Eh ! non, te dis-je, non, encore une fois, non : je n'ai vu de femme que ta maîtresse, et quiconque lui a rapporté autre chose a fait une imposture, et si elle croit avoir vu le contraire, elle s'est trompée.

---

1. Manuscrit : *Il s'en va.* 2. Manuscrit : *un moment seul.* À la fin de la réplique, il n'y a pas de changement de scène. 3. Manuscrit : *qu'elle se soit mépris.* Tel est sans doute le texte de Marivaux.

LISETTE. Ma foi, Monsieur, si vous n'entendez rien à ce que je vous dis, je ne vois pas plus clair dans ce que vous me dites. Vous voilà dans un *mouvement épouvantable à cause de la question du monde la plus simple que je vous fais. À qui en avez-vous ? Est-ce distraction, méchante humeur, ou fantaisie ?

ERGASTE. D'où vient qu'on me parle de cette sœur ? D'où vient qu'on m'accuse de m'être entretenu avec elle ?

LISETTE. Eh ! qui est-ce qui vous en accuse ? Où avez-vous pris qu'il s'agisse [1] de cela ? En ai-je ouvert la bouche ?

ERGASTE. Frontin est allé porter un billet à ta maîtresse, où je lui jure que je ne sais ce que c'est.

LISETTE. Le billet était fort inutile ; et je ne vous parle ici de cette sœur que parce que nous l'avons vue se promener ici près.

ERGASTE. Qu'elle s'y promène ou non, ce n'est pas ma faute, Lisette, et si quelqu'un s'est jeté à ses genoux, je te garantis que ce n'est pas moi.

LISETTE. Oh ! Monsieur, vous me fâchez aussi, et vous ne me ferez pas accroire qu'il me soit rien échappé sur cet article-là ; il faut écouter ce qu'on vous dit, et répondre raisonnablement aux gens, et non pas aux visions que vous avez dans la tête. Dites-moi seulement si vous n'avez pas vu la sœur de Madame, et puis c'est tout.

ERGASTE. Non, Lisette, non, tu me désespères !

LISETTE. Oh ! ma foi, vous êtes sujet à des vapeurs, ou bien auriez-vous, par hasard, de l'antipathie pour le mot de sœur ?

ERGASTE. Fort bien.

LISETTE. Fort mal. Écoutez-moi, si vous le pouvez. Ma maîtresse a un mot à vous dire sur le comte de Belfort ; elle n'osait revenir à cause de cette sœur dont je vous parle [2], et qu'elle a aperçue se promener dans ces *cantons-ci ; or, vous m'assurez ne l'avoir point vue.

ERGASTE. J'en ferai tous les serments imaginables.

LISETTE. Oh ! je vous crois. *(À part.)* Le plaisant *écart ! Quoi qu'il en soit, ma maîtresse va revenir, attendez-la.

ERGASTE. Elle va revenir, dis-tu ?

LISETTE. Oui, Clarice elle-même, et j'arrive [3] exprès pour vous en avertir. *(À part, en s'en allant.)* C'est là qu'il en tient [4], quel dommage !

---

1. Manuscrit : *qu'il s'agit* (que l'on doit sans doute lire : *qu'il s'agît*).
2. Manuscrit : *dont je ne vous parle qu'en tremblant.*   3. Manuscrit : *et arrive* (erreur manifeste).   4. Elle désigne son front.

Scène XVII [1]

ERGASTE, *seul* [2]

Puisque Clarice revient, apparemment qu'elle s'est désabusée, et qu'elle a reconnu son erreur.

Scène XVIII

FRONTIN, ERGASTE

ERGASTE. Eh bien ! Frontin, on n'est plus fâchée ; et le billet a été bien reçu, n'est-ce pas ?

FRONTIN, *triste*. Qui est-ce qui vous fournit vos nouvelles, Monsieur ?

ERGASTE. Pourquoi ?

FRONTIN. C'est que moi [3], qui sors de la mêlée, je vous en apporte d'un peu différentes.

ERGASTE. Qu'est-il donc arrivé ?

FRONTIN. Tirez sur ma figure l'horoscope de notre fortune [4].

ERGASTE. Et mon billet ?

FRONTIN. Hélas ! c'est le plus maltraité. Ne voyez-vous pas [5] bien que j'en porte le deuil d'avance ?

ERGASTE. Qu'est-ce que c'est que d'avance ? Où est-il ?

FRONTIN. Dans ma poche, en fort mauvais état [6]. *(Il le tire.)* Tenez, jugez vous-même s'il peut en revenir.

ERGASTE. Il est déchiré !

FRONTIN. Oh ! cruellement ! Et bien m'en a pris d'être d'une étoffe d'un peu plus de résistance que lui, car je ne reviendrais pas en meilleur ordre. Je ne dis rien des ignominies qui ont accompagné notre disgrâce, et dont j'ai risqué de vous rapporter un certificat sur ma joue.

ERGASTE. Lisette, qui sort d'ici, m'a donc joué ?

---

1. Pas de changement de scène dans le manuscrit. Plus loin, le manuscrit donne donc scène XVII au lieu de XVIII.   **2.** Manuscrit : ERGASTE, *un moment seul*, FRONTIN.   **3.** Manuscrit : *C'est moi* (erreur manifeste).   **4.** Expression caractéristique du marivaudage des valets. Un terme banal, comme *Conjecturez*, est remplacé par un équivalent métaphorique très particulier, qui évoque des « idées accessoires », comme disaient les théoriciens du temps. Voir p. 1250, note 1.   **5.** Manuscrit : *Voyez-vous pas*.   **6.** Manuscrit : *Dans ma poche, blessé à mort*. Marivaux a remplacé cette métaphore trop burlesque par le terme propre.

FRONTIN. Eh ! que vous a-t-elle dit, cette *double soubrette ?

ERGASTE. Que j'attendisse sa maîtresse ici, qu'elle allait y venir pour me parler, et qu'elle ne songeait à rien.

FRONTIN. Ce que vous me dites là ne vaut pas le diable, ne vous fiez point à ce calme-là, vous en serez la dupe, Monsieur ; nous revenons houspillés, votre billet et moi : allez-vous-en, sauvez le corps de réserve.

ERGASTE. Dis-moi donc ce qui s'est passé !

FRONTIN. En voici la courte et lamentable histoire. J'ai trouvé l'inhumaine à trente ou quarante pas d'ici ; je vole à elle, et je l'aborde en courrier suppliant : C'est de la part du marquis Ergaste, lui dis-je d'un ton de voix qui demandait la paix. *Qu'est-ce, mon ami ? Qui êtes-vous ? Eh ! que voulez-vous ? Qu'est-ce que c'est que cet Ergaste ? Allez, vous vous méprenez, retirez-vous, je ne connais point cela*[1]. Madame, que votre beauté ait pour agréable de m'entendre ; je parle pour un homme à demi mort, et peut-être actuellement défunt, qu'un petit nègre est venu de votre part assassiner dans des tablettes[2] : et voici les mourantes lignes que vous adresse dans ce papier son douloureux amour. Je pleurais moi-même en lui tenant ces propos lugubres[3], on eût dit que vous étiez enterré, et que c'était votre testament que j'apportais.

ERGASTE. Achève. Que t'a-t-elle répondu ?

FRONTIN, *lui montrant le billet*. Sa réponse ? la voilà mot pour mot ; il ne faut pas grande mémoire pour en retenir les paroles.

ERGASTE. L'ingrate !

FRONTIN. Quand j'ai vu cette action barbare, et le papier couché sur la poussière, je l'ai ramassé ; ensuite, redoublant de zèle, j'ai pensé que mon esprit devait suppléer au vôtre, et vous n'avez rien perdu au change. On n'écrit pas mieux que j'ai parlé, et j'espérais déjà beaucoup de ma pièce d'éloquence, quand le vent d'un revers de main, qui m'a frisé la moustache, a forcé le harangueur d'arrêter aux deux tiers de sa harangue.

ERGASTE. Non, je ne reviens point de l'étonnement où tout cela me jette, et je ne conçois rien aux motifs d'une aussi sanglante raillerie.

---

1. Le procédé comique qui consiste à faire rapporter un dialogue au style direct par un valet qui imite caricaturalement les différents personnages a déjà été signalé plusieurs fois. Voir, par exemple, *L'Heureux Stratagème*, acte I, sc. XII, et auparavant *La Fausse Suivante*, acte VI, sc. III.   **2.** Le manuscrit porte par erreur : *assassiner des tablettes*.   **3.** Ici encore, le manuscrit a un texte plus burlesque : *Je pleurais moi-même en lui tenant ces propos funèbres : il n'y avait point de convoi plus lugubre.*

Frontin, *se frottant les yeux.* Monsieur, je la vois ; la voilà qui arrive, et je me sauve ; c'est peut-être le soufflet qui a manqué tantôt, qu'elle vient essayer de faire réussir.

Il s'écarte sans sortir.

Scène XIX[1]

ERGASTE, CLARICE, LISETTE[2], FRONTIN

Clarice, *démasquée en l'abordant, et puis remettant son masque.* Je prends l'instant où ma sœur, qui se promène là-bas, est un peu éloignée, pour vous dire un mot, Monsieur. Vous devez, dites-vous, accompagner ce soir, au logis, le comte de Belfort : silence, s'il vous plaît, sur nos entretiens dans ce lieu-ci ; vous sentez bien qu'il faut que ma sœur et lui les ignorent. Adieu.

Ergaste. Quel étrange procédé que le vôtre, Madame ! Vous reste-t-il encore quelque nouvelle injure à faire à ma tendresse ?

Clarice. Qu'est-ce que cela signifie, Monsieur ? Vous m'étonnez !

Lisette. Ne vous l'ai-je pas dit ? c'est que vous lui parlez de votre sœur : il ne saurait entendre prononcer ce mot-là sans en être furieux ; je n'en ai pas tiré plus de raison tantôt.

Frontin. La bonne âme ! Vous verrez que nous aurons encore tort. N'approchez pas, Monsieur, plaidez de loin ; Madame a la main légère, elle me doit un soufflet, vous dis-je, et elle vous le paierait peut-être. En tout cas, je vous le donne.

Clarice. Un soufflet ! Que veut-il dire ?

Lisette. Ma foi, Madame, je n'en sais rien ; il y a des fous qu'on appelle visionnaires, n'en serait-ce pas là ?

Clarice. Expliquez donc cette énigme[3], Monsieur ; quelle injure vous a-t-on faite ? De quoi se plaint-il ?

Ergaste. Eh ! Madame, qu'appelez-vous énigme ? À quoi puis-je attribuer cette contradiction dans vos manières, qu'au dessein formel de vous moquer de moi ? Où ai-je vu cette sœur, à qui vous voulez que j'aie parlé ici ?

Lisette. Toujours cette sœur ! ce mot-là lui tourne la tête.

---

1. Manuscrit : Scène XVIII. **2.** Texte du manuscrit. Le nom de *Lisette* manque dans les deux éditions. **3.** Texte de 1758. Le manuscrit et l'édition originale portent *cet énigme.* Du reste, *énigme* est donnée par Richelet comme « masculin et féminin, mais plus souvent féminin ».

FRONTIN. Et ces agréables tablettes où nos soupirs sont traités de farce, et qui sont chargées d'un congé à notre adresse.

CLARICE, *à Lisette*. Lisette, sais-tu ce que c'est ?

LISETTE, *comme à part*. Bon ! ne voyez-vous pas bien[1] que le mal est au *timbre ?

ERGASTE. Comment avez-vous reçu mon billet, Madame ?

FRONTIN, *le montrant*. Dans l'état où vous l'avez mis, je vous demande à présent ce qu'on en peut faire.

ERGASTE. Porter le mépris jusqu'à refuser de le lire !

FRONTIN. Violer le droit des gens en ma personne, attaquer la joue d'un orateur, la forcer d'esquiver une impolitesse ! Où en serait-elle, si elle avait été maladroite[2] ?

ERGASTE. Méritais-je que ce papier fût déchiré ?

FRONTIN. Ce soufflet était-il à sa place ?

LISETTE. Madame, sommes-nous en sûreté avec eux ? Ils ont les yeux bien égarés.

CLARICE. Ergaste, je ne vous crois pas un insensé ; mais tout ce que vous me dites là ne peut être que l'effet d'un rêve ou de quelque erreur dont je ne sais pas la cause. Voyons.

LISETTE. Je vous avertis qu'Hortense approche, Madame.

CLARICE. Je ne m'écarte que pour un moment, Ergaste, car je veux éclaircir cette aventure-là.

Elles s'en vont.

Scène XX[3]

ERGASTE, FRONTIN

ERGASTE. Mais en effet, Frontin, te serais-tu trompé ? N'aurais-tu pas porté mon billet à une autre[4] ?

FRONTIN. Bon ! oubliez-vous les tablettes ? Sont-elles tombées des nues ?

ERGASTE. Cela est vrai.

---

1. Le mot *bien* manque dans le manuscrit.   **2.** Les voies de fait dont il est ici question, et l'image antique de l'orateur, font encore penser à l'atmosphère d'*Amphitryon*. Mme Desvignes évoque à ce propos les brutalités et les menaces qui ponctuent la pièce de Molière.   **3.** Le manuscrit porte *Scène* XIX, et de même *Scène* XX pour la scène XXI, *Scène* XXI *et dernière* pour la scène XXII.   **4.** Manuscrit : *à un autre*.

Scène XXI

HORTENSE, ERGASTE[1], FRONTIN

HORTENSE, *masquée, qu'Ergaste prend pour Clarice à qui il vient de parler*[2]. Vous venez de m'envoyer un billet, Monsieur, qui me fait craindre que vous ne tentiez de me parler, ou qu'il ne m'arrive encore quelque nouveau message de votre part, et je viens vous prier moi-même qu'il ne soit plus question de rien ; que vous ne vous ressouveniez pas de m'avoir vue, et surtout que vous le cachiez à ma sœur, comme je vous promets de le lui cacher à mon tour ; c'est tout ce que j'avais à vous dire, et je passe.

ERGASTE, *étonné*. Entends-tu, Frontin ?

FRONTIN. Mais où diable est donc cette sœur ?

Scène XXII et dernière

HORTENSE, CLARICE, LISETTE, ERGASTE, FRONTIN, ARLEQUIN[3]

CLARICE, *à Ergaste et à Hortense*. Quoi ! ensemble ! vous vous connaissez donc ?

FRONTIN, *voyant Clarice*[4]. Monsieur, voilà une friponne, sur ma parole.

HORTENSE, *à Ergaste*. Êtes-vous confondu ?

ERGASTE. Si je la connais, Madame[5], je veux que la foudre m'écrase !

LISETTE. Ah ! le petit traître !

CLARICE. Vous ne me connaissez point ?

ERGASTE. Non, Madame, je ne vous vis jamais, j'en suis sûr, et je vous crois même une personne apostée pour vous divertir à mes dépens, ou pour me nuire. *(Et se tournant du côté d'Hortense.)* Et je vous jure, Madame, par tout ce que j'ai d'honneur...

HORTENSE, *se démasquant*. Ne jurez pas, ce n'est pas la peine, je ne me soucie ni de vous ni de vos serments.

---

1. ERGASTE est une correction. Le manuscrit et les deux éditions anciennes portent à la place ARLEQUIN.   2. Toute l'indication scénique, sauf le mot *masquée*, manque dans le manuscrit.   3. À la place de cette liste, le manuscrit porte : *Clarice masquée et tous les acteurs*.   4. L'indication scénique manque dans le manuscrit.   5. Le mot *Madame* manque dans le manuscrit.

ERGASTE, *qui la regarde*. Que vois-je ? Je ne vous connais point non plus.

FRONTIN. C'est pourtant le même habit à qui j'ai parlé, mais ce n'est pas la même tête.

CLARICE, *en se démasquant*. Retournons-nous-en, ma sœur, et soyons discrètes.

ERGASTE, *se jetant aux genoux de Clarice*. Ah ! Madame, je vous reconnais, c'est vous que j'adore.

CLARICE. Sur ce *pied-là, tout est éclairci.

LISETTE. Oui, je suis au fait. *(À Hortense[1].)* Monsieur vous a sans doute abordée, Madame ; vos habits se ressemblent[2], et il vous aura toujours pris[3] pour Madame, à qui il parla hier.

ERGASTE. C'est cela même, c'est l'habit qui m'a jeté dans l'erreur.

FRONTIN. Ah ! nous en tirerons pourtant quelque chose. *(À Hortense[4].)* Le soufflet et les tablettes sont sans doute sur votre compte, Madame[5].

HORTENSE. Il ne s'agit plus de cela, c'est un détail inutile.

ERGASTE, *à Hortense*. Je vous demande mille pardons de ma méprise, Madame ; je ne suis pas capable de changer, mais personne ne rendrait l'infidélité plus pardonnable que vous.

HORTENSE. Point de compliments, Monsieur le Marquis : reconduisez-nous au logis, sans attendre que le comte de Belfort s'en mêle.

LISETTE, *à Ergaste*. L'aventure a bien fait de finir, j'allais vous croire échappés des Petites-Maisons.

FRONTIN. Va, va, puisque je t'aime, je ne me vante pas d'être trop sage.

ARLEQUIN, *à Lisette*. Et toi, l'aimes-tu ? Comment va le cœur ?

LISETTE. Demande-lui-en des nouvelles, c'est lui qui me le garde.

---

1. Dans le manuscrit, cette indication scénique est placée en tête de la réplique.   **2.** Le manuscrit comporte ici une phrase de plus, qui disparaît, sans doute comme inutile, du texte imprimé : *vous ne vous êtes apparemment pas démasquée.*   **3.** L'invariabilité du participe suivi d'un attribut est encore ici garantie par l'accord du manuscrit et des deux éditions. Elle est d'usage à peu près constant chez Marivaux. Voir la Note grammaticale.
4. Dans le manuscrit, cette indication scénique est placée avant le dernier mot de la réplique *(Madame).*   **5.** Cette réplique et la suivante devaient faire rire les spectateurs, qui connaissaient la vivacité du caractère de Silvia, à la ville comme à la scène.

LE PETIT-MAÎTRE
CORRIGÉ

Comédie en trois actes, en prose,
représentée pour la première fois
le 6 novembre 1734
par les Comédiens-Français

NOTICE

Le Petit-Maître corrigé est une des pièces les moins connues de Marivaux. Vite disparue du théâtre, elle n'a jamais été remise en scène. Comme elle peint des mœurs révolues, elle exige, pour être comprise, des connaissances qu'on peut difficilement attendre d'un public moderne. On y voit pourtant avec quelle distinction Marivaux aurait pu pratiquer la comédie de mœurs : sa délicatesse de touche, son sens des nuances confèrent au tableau qu'il peint une valeur documentaire très supérieure à celle des œuvres contemporaines traitant du même sujet. En outre, et ce n'est pas le moins curieux, la surprise de l'amour, qui crée, encore une fois, le ressort dramatique de l'intrigue, est présentée dans un cadre psychologique, social et moral plus concret qu'à l'ordinaire. Par rapport aux autres pièces classées sous cette rubrique de « surprise », celle-ci fait presque figure d'étude appliquée à côté d'analyses abstraites. Mais tout ceci n'apparaît vraiment qu'une fois la pièce replacée dans le contexte historique qui lui donne un sens.

Et d'abord, qu'est-ce qu'un petit-maître ? Quoique l'histoire de ces personnages, qui s'étend sur une longue période, n'ait jamais été faite dans tous ses détails[1], voici ce qu'on peut en dire. Dès le XVe siècle, la locution *petit-maître*, sans doute issue de l'expression *mon petit-maître*, employée entre hommes comme terme d'affection[2], désigne apparemment un mignon. À propos de Thibault d'Assigny, dont les mœurs, telles que les décrit Villon dans son *Testament*, ne font guère

---

1. On en trouvera les linéaments dans l'Introduction de notre édition du *Petit-Maître corrigé*, Droz, 1955, avec toutes les références qu'il a paru inutile de donner ici.   **2.** On conserve des lettres du duc de Guise qui appellent ainsi le roi de Navarre. Ronsard s'adresse aussi dans les mêmes termes à l'Amour (« Mon petit-maître amour »). Enfin, vers la même époque, sorciers et sorcières appelaient aussi le diable « mon petit-maître » (exemples dans Huguet, art. *Maistre*).

de doute, il est parlé, au vers 750 de ce poème, du « petit maître Robert ». Sous la Fronde, la faction des petits-maîtres est celle des partisans des princes : le mot avait désigné, dès 1643, les mignons de Condé[1]. C'est à peu près dans le même sens que Saint-Évremont l'emploie, un peu plus tard, pour désigner des « espèces de petits-maîtres fort délicats », qui, dans l'entourage de Néron, « traitaient Sénèque de pédant et le tournaient en ridicule[2] ». Pourtant, à cette époque, aucune réalité contemporaine — au moins connue de nous — ne répondait plus au concept de petit-maître. Mais, vers 1683 ou 1684, quelques jeunes seigneurs, parmi lesquels on comptait Manicamp, le chevalier de Tilladet et le duc de Gramont se divertirent un jour à constituer, entre compagnons de débauche, une société qu'ils dotèrent de statuts parodiant ceux de l'ordre de Malte. Quatre « Grands-Maîtres » la dirigeaient. Quant à son objet, les extraits suivants des statuts nous dispenseront de le définir davantage :

« II. Qu'ils feraient vœu d'obéissance et de chasteté à l'égard des femmes, et que si aucun y contrevenait, il serait chassé de la compagnie, sans pouvoir y rentrer sous quelque prétexte que ce fût.

« IV. Que si aucun des frères se mariait, il serait obligé de déclarer que ce n'était que pour le bien de ses affaires, ou parce que ses parents l'y obligeaient, ou parce qu'il fallait laisser un héritier. Qu'il ferait serment en même temps de ne jamais aimer sa femme[3]... »

Si quelque doute subsistait, une allusion fort claire de La Bruyère, dans la première édition des *Caractères* (1689), suffirait à le lever :

« L'on parle d'une région[4] où les vieillards sont galants, polis et civils ; les jeunes gens au contraire, durs, féroces, sans mœurs ni politesse ; ils se trouvent affranchis de la passion des femmes dans un âge où l'on commence ailleurs à la sentir[5] ; ils leur préfèrent des repas, des viandes, et des amours ridicules[6]. »

---

1. Ainsi, vers 1647, un incident survenu au Jardin Renard avait attiré l'attention sur Jarzé, un familier de Condé, et sur la cabale des petits-maîtres (voyez Paris et Monmerqué, édit. de Tallemant des Réaux). **2.** Jugement sur Sénèque, Plutarque et Pétrone (1664), dans les *Œuvres de M. de Saint-Évremont*, éd. Des Maizeaux, 1753, 12 vol., tome III, pp. 26-27. **3.** *La France devenue italienne, avec les autres désordres de la cour*, pamphlet imprimé à la suite de *L'Histoire amoureuse des Gaules*, de Bussy-Rabutin, éd. P. Boiteau et C. Livet, tome III, p. 354. Suivent des détails sur les relations entre maris et femmes, qu'il est difficile de citer. Voir aussi *La France galante*, *ibid.*, tome II, pp. 424-426. **4.** La cour évidemment. **5.** Un prince du sang, âgé de treize à quatorze ans, avait été reçu « avec dispense » comme dignitaire de l'ordre. **6.** *Caractères*, VIII, 74.

Telle était dans sa pureté, si l'on peut dire, la coterie des petits-maîtres à ses origines. Dénoncée au roi, compromise dans plusieurs affaires scandaleuses, elle ne conserva longtemps ni le caractère exclusif de son recrutement ni les particularités les plus scabreuses de ses mœurs ; elle se confondit bientôt avec la partie la plus turbulente de la jeunesse de cour. Des « épreuves » exigées d'abord de ceux qui voulaient entrer dans l'ordre, ne subsista que l'obligation de s'adonner au vin, plus tard aux liqueurs fortes. Tombant en quelque sorte dans le domaine public, les petits-maîtres échappèrent aux mémorialistes pour devenir un sujet commun aux satiriques, aux moralistes, aux auteurs comiques, aux journalistes, enfin aux romanciers. Entre 1690 et 1700, on nous les présente à l'envi insolents dans les sociétés, rossant le guet, malmenant les clients des cafés, importuns au théâtre, buvant, jouant, jurant toujours, et, souvenir de leurs origines, « sans estime pour le sexe [1] ».

Une attitude aussi scandaleuse pourrait faire croire que les petits-maîtres font l'objet d'une condamnation sans nuance. Il faut se garder de cette vue trop sommaire. Ce n'est pas seulement leur jeunesse et leur brillant qui leur attire une relative indulgence. Leur bravoure dans la guerre de la Ligue d'Augsbourg leur vaut un grand prestige. Du reste, à une époque où l'hypocrisie commence à régner à la cour, le ton cavalier n'est pas pour déplaire, et c'est ainsi que, dans ses *Amusements sérieux et comiques*, Dufresny ne cache pas qu'il les préfère aux courtisans [2]. Enfin, les véritables petits-maîtres ont des imitateurs dans toutes les classes : abbés, « écoliers », gens de robe et de boutique, médecins même, comme ceux dont Lesage se moque dans *Gil Blas* [3], et c'est à ces « petits-maîtres de la ville » ou « petits-maîtres d'été [4] » que s'attache surtout la sévérité du public et des auteurs [5].

On parla moins des petits-maîtres entre 1700 et 1715. Quand ils revinrent à la mode, après cette date, la France était entrée dans une

---

1. Brillon, *Le Théophraste moderne ou Nouveaux Caractères et Mœurs*, 1699, p. 352.   **2.** « Les courtisans caressent ceux qu'ils méprisent ; leurs embrassades servent à cacher leur mépris ; quelle dissimulation ! les petits-maîtres sont plus sincères ; ils ne cachent ni leur amitié ni leur mépris... » (« Amusement second », dans les *Œuvres de M. Dufresny*, Briasson, 1731, 5 vol., tome V, pp. 11-12.)   **3.** Livre II, chapitre III (1715).   **4.** Saison où les véritables petits-maîtres sont à l'armée.   **5.** Voir encore le curieux *Éloge des Petits-Maîtres* écrit par Montesquieu, peut-être dans un projet de préface à l'*Histoire véritable* (éd. Nagel, Pensée 1439, et cf. t. III, p. 319).

période de paix qui dura une vingtaine d'années. Leur prestige s'en ressentit. Au lieu d'acquérir la gloire sur le champ de bataille, ils la recherchèrent plus que jamais par leurs manières et leur vie dissolue. Depuis longtemps, les petits-maîtres tiraient vanité de leurs pertes au jeu. En 1715, Lesage note qu'il est de bon ton chez eux de se ruiner sans y prendre garde. « Ne prétendez-vous pas que je change de conduite et que je m'amuse à prendre soin de mon bien ? dit Don Matthias à son intendant. L'agréable amusement pour un homme de plaisir comme moi [1] ! » Ce thème, qui reviendra souvent dans la littérature du temps, correspond à une réalité sociale importante. Nombre de jeunes nobles vont ainsi à la ruine, souvent au profit de leur intendant. Parfois le dissipateur est interdit par ses proches, et dans le cas favorable il faut un riche mariage pour le sauver [2].

Si cet aspect de la question n'apparaît pas dans *Le Petit-Maître corrigé*, il en est un autre qui y joue un rôle important, et sur lequel les œuvres du temps donnent quelques précisions : c'est l'attitude à l'égard des femmes. Alors qu'il juge de mauvais goût de témoigner quelque tendresse à une femme ou à une fiancée, le petit-maître se croit obligé de faire des déclarations galantes à toutes les femmes qu'il rencontre. De là lui vient la fâcheuse réputation d'« amant banal », incapable, dit-on, de « goûter la douceur d'aimer et d'être aimé [3] ». Conscient de cette incapacité, le petit-maître en est réduit à mépriser ce qu'il ne peut plus espérer : *La Bibliothèque des Petits-Maîtres* (1741) dénonce sévèrement cette « criminelle » manie de « jeter le ridicule sur les vertus du cœur ». Dans la décennie qui va de 1740 à 1750, le portrait du petit-maître se noircit sans cesse. Cléon, le « Méchant » de Gresset (1745), est un blasé qui rêve d'une pureté à laquelle il ne croit plus. Avec Damis, l'« Indiscret » de Desmahis (1750), on a affaire à un véritable corrupteur qui brouille les amoureux par plaisir et se fait professeur d'immoralité. L'image du petit-maître qui « triomphe sur les ruines de l'innocence et de la vertu », comme le dit le rédacteur de *L'Observateur hollandais* [4], est désormais banale. Dans les années qui suivent, les petits-maîtres tirent la philosophie de leur attitude et se proclament esprits forts [5].

---

1. *Gil Blas*, livre III, chapitre III.   2. Voir le dénouement des *Petits-Maîtres* d'Avisse (1743).   3. Gaudet, *La Bibliothèque des Petits-Maîtres* (première édition, 1741), p. 48.   4. Tome I, p. 360 (numéro daté de 1751, mais écrit en 1750).   5. Voir *Le Petit-Maître esprit fort* (anonyme, 1752), *Cléon ou le Petit-Maître philosophe*, de Campigneulles (1757), etc.

Quelques années plus tard, enfin, ils passent de mode presque aussi subitement qu'ils étaient apparus[1], mais leur esprit ne disparaît pas : il se retrouvera, plus approfondi que modifié, chez les personnages de Laclos.

Sur ce fond général d'histoire des mœurs, il reste à voir comment une abondante littérature dramatique fut consacrée aux petits-maîtres. Même si Gaudet exagère en affirmant que, de 1720 à 1750, « généralement toutes les pièces représentées » contiennent au moins un personnage de ce type, il est vrai que, de 1685 à 1770, près d'une centaine de comédies françaises, car il y en eut du même genre dans toute l'Europe, comporte un petit-maître comme figure centrale ou accessoire. De ce nombre, plusieurs présentent un réel intérêt. Avec *L'Homme à bonnes fortunes* (1686), Baron crée un personnage, le marquis de Moncade, inspiré d'ailleurs en partie de l'Oronte de Thomas Corneille[2] et du Dom Juan de Molière, qui fournira plus d'un trait à la tradition comique. Trente ans plus tard, Dallainval reprend le même nom pour le héros de son *École des bourgeois* (1728), où l'on voit que les séductions du jeune homme à la mode gagnent à Moncade encore plus de faveurs, dans un milieu bourgeois, que son titre de marquis. Pourtant, aucune de ces deux pièces ne semble avoir directement inspiré Marivaux. En revanche, une pièce attribuée à Donneau de Visé, mais à laquelle Fontenelle pourrait avoir travaillé, *Les Dames vengées* (1695), peut lui avoir fourni l'idée première de son *Petit-Maître corrigé*.

L'acte premier des *Dames vengées* se passe chez Silvanire, riche veuve de la haute bourgeoisie. Elle a deux enfants, Henriette et Lisandre. Henriette est fiancée à Alcippe, jeune homme de famille noble, mais peu fortunée, qui ne pourra « soutenir » l'honneur de sa maison que parce que sa mère, Orasie, a su décider la sœur d'Alcippe, Hortense, à entrer au couvent. Le second enfant de Silvanire,

---

1. À la date du 12 octobre 1763, Smollett, dans ses *Travels through France and Italy* (1766), letter VII to Mrs M., fait encore un portrait traditionnel des petits-maîtres, auxquels il assimile tous les Français (« Of all the coxcombs on the face of the earth, a French *petit maître* is the most impertinent : and they are all *petits maîtres*, from the marquis [...] to the *garçon barbier*... »). Mais deux ans plus tard, Walpole, voyageant à son tour en France, note : « *Petits maîtres* are obsolete, like our lords Foppington [le type anglais du fat]. Tout le monde est philosophe. » (*Letters of Horace Walpole*, tome VI, p. 353.)   2. Dans la comédie intitulée *L'Amour à la mode* (1651), imitée de la pièce espagnole *El Amor al uso*, de Don Antonio de Solis y Rivadeneyra.

Lisandre, est un petit-maître du type traditionnel, « amant banal » de toutes les femmes, qu'il méprise d'ailleurs en se plaignant de ne pas trouver de cruelle. Il est résolu à ne pas se marier, surtout avec une fille « dindonnière » de province. Marton, suivante de Silvanire, le menace à tout hasard des vengeances de l'amour :

« Vous croyez être né pour abaisser le sexe, et nous verrons peut-être le contraire. Que j'aurais de joie à vous voir soupirer, abjurer vos erreurs et demander grâce ! Vous avez beau rire ; quand l'heure sonne et que les yeux sont pris, il faut que le cœur chante. »

Il y a là l'amorce d'un sujet assez semblable à celui du *Petit-Maître corrigé*, mais on apprend, avant la fin de l'acte, que Lisandre ferait volontiers une exception à ses principes en faveur d'une jeune fille dont il est devenu éperdument amoureux, sur la simple vue d'un portrait. Au début du second acte, Lisandre confirme son intention de ne pas se marier : il brave même les menaces d'un oncle fort riche qui le déshéritera s'il reste célibataire. En particulier, il ne veut pas entendre parler de la « provinciale » que ne manquera pas d'être la sœur d'Alcippe. Celle-ci arrive avec sa mère, et Lisandre reconnaît en elle la jeune fille du portrait. Dès ce moment, il se comporte comme un amant épris et respectueux. Mais Hortense se dérobe à ses compliments. Elle en agit ainsi sur la réputation de Lisandre, et quoiqu'elle avoue à sa suivante Lisette que « les portraits qu'on fait de lui paraissent peu ressemblants ». Dès lors, on aura beau savoir que Lisandre est « matrimonialement » amoureux, il aura beau proclamer son respect pour Hortense et sa honte d'avoir soupiré pour d'autres, elle restera impitoyable.

Le troisième acte n'apporte rien de nouveau. Hortense hésite et se dérobe, Lisandre renouvelle sans succès ses protestations. À l'acte suivant, les amoureux, qui n'ont rien de nouveau à se dire, passent au second plan. Leur rencontre n'aboutit qu'à un faux départ, sans que les choses avancent en rien. Le reste de l'acte se passe entre les mères qui sont arrêtées par des quiproquos peu vraisemblables, et qui finissent par conclure « qu'elles ne se sont chagrinées que faute de s'entendre ». C'est bien l'impression du lecteur.

Le cinquième acte contient une péripétie qui pourrait être intéressante. Orasie, la mère d'Hortense, apporte une lettre adressée à une coquette, dans laquelle Lisandre se plaint de devoir perdre ses journées « avec des campagnardes ». Mais, comme Lisandre avoue immédiatement que la lettre est de lui, et a été écrite avant qu'il ait rencontré Hortense, aucun parti n'est tiré de l'incident. D'ailleurs, la jeune fille a déjà annoncé auparavant qu'elle était décidée à ne plus voir Lisandre. Les scènes suivantes lèvent tous les obstacles extérieurs qui compliquaient le mariage des deux jeunes gens. Il semble que tout va enfin s'arranger, lorsque Lisette vient annoncer que sa maîtresse s'est retirée dans un couvent. Marton conclut : « Il est dangereux d'offenser le sexe : l'amour le venge tôt ou tard. »

On voit que le dénouement n'est pas très satisfaisant. Si l'amour d'Hortense a si bien corrigé Lisandre, pourquoi faut-il qu'il soit si durement puni, et qu'il le soit précisément par Hortense, avec laquelle il s'est conduit de façon irréprochable ? En fait, Donneau de Visé s'est laissé détourner d'un dénouement plus naturel par le souci de prendre parti dans la querelle des femmes, qui faisait grand bruit depuis quelque temps. Mais ce reproche n'est pas le seul qu'on puisse lui faire. Sa pièce est trop longue, l'intérêt y est trop dispersé. Tous les ressorts habituels des comédies d'intrigue y sont réunis, mais n'y jouent aucun rôle. Valets et suivantes annoncent sans cesse qu'ils vont agir, et ne font rien. Enfin, les positions des deux protagonistes étant fixées *ne varietur* dès le début, l'action dramatique est pratiquement inexistante.

Une comparaison entre cette pièce et *Le Petit-Maître corrigé* fait apparaître la supériorité de cette dernière. Ici, tout accessoire inutile est supprimé. Le problème posé est simple : Rosimond renoncera-t-il à son personnage de petit-maître avant qu'Hortense ne se soit lassée de lui ? Comme la question n'est tranchée qu'à la dernière scène, l'intérêt est ménagé jusqu'à la fin. La progression de l'action est d'ordre psychologique. Hortense pique d'abord Rosimond dans sa vanité d'homme irrésistible en retardant le moment de le rencontrer (I, VI). Elle commence à l'inquiéter en lui proposant de différer le mariage (I, XII), puis en manifestant quelque préférence pour Dorante (II, IV). Marton et Frontin continuent son œuvre en faisant comprendre à Rosimond qu'il risque de perdre Hortense pour de bon (II, V ; II, VII). À ce moment critique, Rosimond, un moment irrésolu (II, VI ; II, VIII), tente un premier rapprochement avec Hortense (II, IX). Il se flatte d'y avoir réussi, quand l'épisode du billet perdu, qui relance l'action, lui montre qu'il n'en est rien (II, XI ; II, XII). C'est le second moment de crise. Décidée à aller jusqu'au bout, Hortense repousse comme insuffisantes de nouvelles tentatives de réconciliation (III, V et III, VI). Et voici la dernière et la plus grave crise de conscience de Rosimond. Elle se dénoue par un acte d'humiliation et de repentir, suivi du pardon d'Hortense. Malgré la rapidité apparente de la succession des scènes, l'évolution des sentiments de Rosimond est parfaitement ménagée. Il n'est pas jusqu'aux interventions de Dorimène, de Dorante, du comte et de la marquise, qui ne contribuent, par des voies différentes, à la rendre plus vraisemblable. Par l'unité d'intérêt et par l'économie des moyens mis en œuvre, *Le Petit-Maître corrigé* est une pièce très bien construite.

Ce qui en fait surtout le prix reste, pourtant, la peinture des mœurs. En fait, il y avait longtemps que Marivaux se préparait à traiter ce sujet. Au nom près, on trouvait déjà des petits-maîtres dans ses premiers romans [1]. Dix ans plus tard, dans *Le Spectateur français* (1722), il faisait, après avoir décrit la promenade des jeunes gens à la mode, un « aveu bien singulier » :

« ... moi qui démêlais leurs idées, qui développais leur orgueil, peu s'en fallait que je ne disse : ils ont raison. À la lettre, la hardiesse de leur vanité soutenue d'une belle figure m'en imposait ; je m'amusais à les trouver bien faits [2]. »

Sous l'ironie du ton, on devine que l'attitude de Marivaux à l'égard de ces personnages est complexe : la sévérité du moraliste se tempère d'admiration involontaire. Du reste, lorsqu'il fait pour la première fois à la scène, dans *L'Île des esclaves* (1725), le portrait des petits-maîtres, il ne manque pas de relever ce qui les excuse. S'ils sont « étourdi[s] par nature, étourdi[s] par singerie », c'est que « les femmes les aiment comme cela [3] ». Depuis des siècles, la femme a en France, à l'égard des mœurs, une responsabilité particulière. C'est pourquoi Dorimène, dans *Le Petit-Maître corrigé*, sera condamnée, tandis que seule Hortense sera capable de sauver Rosimond.

Un autre objet des réflexions de Marivaux préliminaires à son étude des petits-maîtres avait été relatif au problème de l'éducation. Dans la seizième feuille du *Spectateur français*, un « voyageur espagnol » raconte sa visite dans une famille de la haute société parisienne. Il est frappé par les enfants. Les petits lui paraissent « de très jolies machines » : « Je les appelle machines, parce qu'on les avait seulement dressés à prononcer quelques paroles, comme : "je suis votre serviteur, vous me faites bien de l'honneur, etc." » L'aîné n'ose ouvrir la bouche devant son père, et le voyageur, auquel il se confie

1. Voir le personnage de Tormez dans *Les Effets surprenants de la sympathie* (*Œuvres de jeunesse*, p. 149).   **2.** Troisième feuille, *Journaux et Œuvres diverses*, p. 126.   **3.** Sc. v. Voir ci-dessus, p. 605.

en son absence, « rit de tout son cœur » de penser que le père « ne sait pas qu'il n'a jamais vu le visage de son fils ».

Dans ce milieu où tout geste spontané est réprimé, toute parole de tendresse proscrite, tout sentiment naturel refoulé, que deviennent à vingt ans ces jeunes gens qui n'ont pas eu leurs parents à aimer ? On l'imagine facilement, ils jouent aux cyniques. Pour les sentiments, ils les nient tous, excepté le point d'honneur, inculqué en eux par toute leur éducation. À plus forte raison se moquent-ils de l'amour, suprême inconvenance et suprême ridicule. Ils le craignent au fond, parce qu'il menace de détruire le personnage qu'ils s'efforcent de jouer, et ils pensent s'en préserver par une universelle galanterie. Telle est chez Marivaux l'intuition fondamentale du petit-maître, et pour le réduire à sa vraie nature, il le débarrasse de tous les traits dont la tradition l'a chargé. Rosimond n'est ni buveur, ni joueur, ni bretteur, et s'il hante les coulisses ou se parfume de tabac d'Espagne, le spectateur n'en apprendra rien.

Mais il faut encore démontrer la fragilité de cette façade d'affectation. Depuis *Le Joueur* de Regnard, *Le Chevalier joueur* de Dufresny, *Le Jeune Homme à l'épreuve* de Destouches [1], on se contente ordinairement de ruiner le petit-maître pour le faire revenir à la sagesse. Rosimond n'est ni ruiné ni au bord de la ruine ; fournisseurs et intendants ne le harcèlent pas ; aucune riche veuve ne le presse d'accepter sa fortune. Pourtant Marivaux imagine, pour ce jeune homme qui a cru se mettre à l'abri de l'amour par une demi-douzaine d'amourettes, la situation la plus périlleuse qui soit. Il a réussi à se cacher à lui-même combien il aime Hortense ; il s'est promis de ne pas lui parler autrement qu'aux femmes dont il a l'habitude, et cette provinciale entend obtenir de lui un aveu d'amour naïf ! La démarche est encore plus inconvenante à ses yeux qu'humiliante. L'épreuve est cruelle, et pourtant l'issue ne fait pas de doute. Mieux, une fois ce pas franchi, toutes les barrières de l'amour-propre s'écroulent d'un coup. La volupté de la souffrance et de l'humiliation se découvre au petit-maître. Il éprouve à s'abaisser, à se déclarer indigne, tout l'enthousiasme du néophyte.

---

1. 1717. Marivaux a pu connaître cette pièce qui met en scène un jeune homme brutal et mal élevé, et qui ressemble par moment à une caricaturale ébauche du *Petit-Maître corrigé*. Voir notre édition de cette dernière pièce, pp. 134-135. Après la pièce de Marivaux, le thème du jeune homme corrigé par des revers de fortune se trouvera encore dans *Les Petits-Maîtres* d'Avisse (1743).

Et l'on aperçoit alors la parenté de ce sujet avec les thèmes favoris du marivaudage. L'attitude de Rosimond n'est qu'une variante moins romanesque de celle de Lélio dans la première *Surprise de l'amour*. Ses hésitations, ses demi-mesures font penser à celles d'Araminte dans *Les Fausses Confidences*, tandis que les manœuvres mises au point pour le faire succomber ressemblent à celles de Dorante et de Dubois dans la même pièce. Le nœud de la pièce est bien une épreuve de l'amour comme dans la plupart des autres comédies de Marivaux, l'obstacle étant ici constitué par le masque qu'a pris Rosimond, et qui s'est jusqu'à un certain point confondu avec son visage. En un sens, *Le Petit-Maître corrigé* est même comme une épure du marivaudage. Si celui-ci se définit comme le passage d'un langage de convention au langage du cœur, la formule ne convient-elle pas parfaitement à une pièce dont tout le dénouement tient à quelques mots à prononcer sur un certain ton ?

Est-ce parce que cette nouvelle comédie parut trop semblable aux autres, quoique Marivaux y abordât un genre nouveau, qu'elle déplut ? La façon dont il la présenta au public semble indiquer de sa part même un certain manque de confiance. Après l'avoir terminée, au début de 1733, au lieu de porter son manuscrit au Théâtre-Français, pour lequel il avait évidemment travaillé, il le remit à Joly, censeur royal, et sollicita une approbation[1], qui lui fut accordée le 4 février 1733. Que signifie cette démarche insolite ? Marivaux a-t-il conçu le projet d'offrir au public un théâtre de lecture, comme le fera bientôt Destouches[2] et plus tard Musset ? Mais alors, pourquoi aurait-il finalement fait jouer la comédie bien avant de l'imprimer ? Une hypothèse probable est qu'après avoir écrit sa pièce, il n'a pas voulu lui faire risquer immédiatement le sort des *Serments indiscrets*, très mal accueillis quelques mois auparavant[3] au Théâtre-Français. Il consacre donc les premiers mois de l'année 1733 à *L'Heureux Stratagème*, qui remporte un beau succès au Théâtre-Italien[4]. Il publie encore la seconde partie de *La Vie de Marianne*, suivie rapidement des quatre premières parties du *Paysan parvenu*. Entretemps, *La Méprise* est encore venue soutenir au Théâtre-Italien une

---

1. En toute autre circonstance, Marivaux ne demande l'approbation qu'après la première, parfois la seconde série de représentations. Pour les pièces d'intérêt secondaire, la publication suit parfois la représentation de plusieurs années.   **2.** Notamment pour *Le Jeune Homme à l'épreuve*, qui parut « par la voie de l'impression » en janvier 1751.   **3.** En juin 1732.   **4.** Voir ci-dessus, p. 1176.

reprise de *L'Heureux Stratagème*. Cette fois, le souvenir de l'échec des *Serments indiscrets* est effacé. Marivaux donne enfin sa pièce à la Comédie-Française, et elle y est reçue le 21 septembre 1734. Sans doute fait-elle bonne impression, car elle est immédiatement mise en répétition, ainsi que l'annonce le *Mercure* d'octobre[1]. Le 30 octobre, le lieutenant de police Hérault autorise la représentation. La première a lieu le 6 novembre, un samedi, jour plus favorable que le dimanche aux pièces nouvelles, car le parterre y est moins impatient. Sans être brillante, la recette est honorable pour un samedi, 1 197 livres 10 sols[2] ; il y a 650 spectateurs. Ce qu'ils pensent du spectacle, un témoin oculaire va le dire :

« Le parterre s'en est expliqué en termes très clairs et très bruyants, et même ceux que la nature n'a pas favorisés du don de pouvoir s'exprimer par ces sons argentins qu'en bon français on nomme sifflets, ceux-là, dis-je, enfilèrent plusieurs clés ensemble dans le cordon de leur canne, puis, les élevant au-dessus de leurs têtes, ils firent un fracas tel qu'on n'aurait pas entendu Dieu tonner ; ce qui obligea le sieur Montmeny de s'avancer sur le bord du théâtre, à la fin du second acte, pour faire des propositions d'accommodement, qui furent de planter tout là et de jouer la petite pièce[3]. Mais vous connaissez la docilité, la complaisance du bénin et accommodant parterre. Il se mit à crier à tue-tête qu'il voulait et qu'il ne voulait pas ; puis il voulut enfin. Il fallut passer par ses baguettes, avec toute la rigueur possible[4]. »

Souvent, des pièces de Marivaux fort mal accueillies à la première représentation s'étaient relevées ensuite. *Le Petit-Maître corrigé* resta à l'affiche le dimanche 7 novembre. La recette, pour 440 spectateurs, ne fut que de 522 livres, dont 16 livres 4 sols allèrent à l'auteur. Et voici comment, suivant le même témoin, le public apprécia la tentative :

« Mais admirez ce que c'est que d'aller au feu ! cela aguerrit. L'auteur et les comédiens prirent apparemment goût à cette petite

---

1. « Les Comédiens-Français préparent une comédie nouvelle de M. de Marivaux, en trois actes, en prose, intitulée *Le Petit-Maître corrigé.* » (P. 2273.) **2.** Dont 44 livres de part d'auteur. **3.** *Le Retour imprévu*, de Regnard. Dans cette pièce, inspirée de la *Mostellaria* de Plaute, figure aussi un personnage de petit-maître. C'est un marquis qui a « débourgeoisé » le fils du vieux Géronte pendant l'absence de son maître. **4.** « Lettre de Mlle de Bar à Piron, du mardi [9] novembre 1734 », dans les *Œuvres inédites de Piron*, éd. H. Bonhomme, pp. 92-93.

guerre-là, puisque dimanche ils s'escrimèrent avec le divin parterre, qui, de son côté, fit de si hauts faits d'armes, qu'il mit fin à l'aventure. *Requiescant in pace.* »

Le *Mercure* de novembre eut la charité de ne plus mentionner le nom de l'auteur quand il annonça discrètement la chute de la pièce : « La comédie nouvelle du *Petit-Maître corrigé* fut jouée le 6 de ce mois sur le Théâtre-Français. Elle n'a eu que deux représentations[1] ; non plus que *Lucas et Perrette*, petite comédie en un acte, avec divertissement, qu'on joua quelques jours après[2]. »

À quoi faut-il attribuer le cuisant échec du *Petit-Maître corrigé* ? Bien construite et bien écrite, la pièce est sans doute un peu froide. Il manque au rôle d'Hortense ce frisson de sensibilité qui anime d'ordinaire les héroïnes de Marivaux. Mais il n'y a pas là de quoi justifier l'accueil que l'on a vu. Le dialogue n'a pas la subtilité qui peut, dans d'autres œuvres de Marivaux, agacer un public impatient. Des œuvres indiscutablement inférieures sont reçues à l'époque avec patience, voire avec faveur, même au Théâtre-Français où le public est ordinairement plus sévère. Pourquoi cette injustice ? Trois causes peuvent expliquer l'échec de Marivaux.

Aux yeux des spectateurs, même de bonne foi, la comédie est tombée pour ses faiblesses. Voici l'opinion de Mlle de Bar, déjà citée, qui en d'autres circonstances n'est pas trop défavorable à Marivaux[3] :

« Je commence à croire que le pauvre Marivaux radote, et qu'ainsi que Monseigneur l'archevêque, il aurait besoin d'un Gil Blas qui lui conseillât de ne plus composer d'homélies : car ce qu'il donne sous le titre de *Petit-Maître* n'a nullement les qualités nécessaires pour être appelé comédie. C'est un fatras de vieilles pensées surannées qui traînent la gaine depuis un temps infini dans les ruelles subalternes, et qui, pourtant, sont d'un plat et d'une trivialité merveilleuse. Enfin il n'y a ni conduite, ni liaison, ni intérêt ; au diable le nœud qui s'y trouve ! Il n'y a pas la queue d'une situation. On y voit trois ou quatre conversations alambiquées à la Marivaux, amenées

---

1. Duviquet affirme sans sourciller (*Œuvres de Marivaux*, tome II, p. 139) que *Le Petit-Maître corrigé* « eut dix représentations dans sa nouveauté » et « continua à être joué de temps en temps, jusqu'en 1762, époque de la première retraite de Grandval ». En fait, la pièce ne fut pas reprise, et Grandval ne joua jamais le rôle de Rosimond au Théâtre-Français. Voir ci-après, p. 1292, note 4.   **2.** P. 2502. La comédie en question est de Fagan et fut représentée le 17 novembre 1734.   **3.** Voir ci-dessus, pp. 1051-1052.

comme Dieu fut vendu, et tout le reste à l'avenant ; en un mot, il n'y a pas le sens commun[1]. »

Sans doute y a-t-il là une critique juste, c'est que le sujet de la pièce n'est pas nouveau. Mais cela n'empêchera pas le succès de pièces comme *Le Préjugé à la mode, Le Fat puni, Le Méchant, L'Impertinent, La Coquette corrigée* ou *Le Cercle*[2], dont plusieurs ne valent pas celle de Marivaux. Le reproche concernant la conduite de la pièce est injuste. Il n'est pas surprenant : quel spectateur pourrait saisir la continuité d'un spectacle sans cesse interrompu par les sifflets, surtout quand il s'agit d'une pièce de Marivaux, où l'action est tout intérieure et tout en nuances ? Quant à l'accusation de marivaudage, outre qu'elle est ici peu fondée, on y sent le procès de tendance contre un auteur dont le talent inquiète ses rivaux. Et cela nous conduit à l'hypothèse d'une cabale, sur laquelle nous allons revenir.

Il est vrai qu'une autre raison pourrait expliquer la chute de la pièce, à savoir les faiblesses de l'interprétation. En ce qui concerne *Le Petit-Maître corrigé*, le choix des acteurs a-t-il été satisfaisant ? Quoique le registre de la Comédie n'indique pas les emplois, on peut avec vraisemblance établir comme suit la répartition des rôles. Pour les rôles masculins, le comte serait Fierville ; Rosimond, Montmeny ; Dorante, Dangeville le jeune ; Frontin, Poisson[3]. Pour les rôles féminins, la marquise serait Mlle Dangeville tante ; Hortense, Mme Grandval ; Dorimène, Mlle La Motte ; Marton, Mlle Dangeville. Si cette distribution est exacte, les rôles masculins sont en bonnes mains, sauf peut-être celui de Dorante. Dangeville, alors tout jeune, ne put se faire supporter plus tard que dans les rôles de paysans ou de niais. Montmeny, acteur aimé du public, et qui avait triomphé dans le personnage du *Philosophe marié*, de Destouches, pouvait jouer le rôle de Rosimond malgré son âge (39 ans). Peut-être le public s'étonna-t-il que Grandval en eût été écarté[4]. Pour les femmes, Mlle La Motte, qui avait la trentaine et une voix un peu

---

1. Lettre de Mlle de Bar à Piron, du mardi [9] novembre 1734, dans les *Œuvres inédites de Piron*, éd. H. Bonhomme, pp. 91-93.   **2.** Respectivement de Nivelle de La Chaussée, Pont de Vesle, Gresset, Desmahis, La Noue et Poinsinet.   **3.** Le registre de la Comédie mentionne encore les noms de Fleury et de La Thorillère, qui devaient jouer dans *Le Retour imprévu* de Regnard.   **4.** Duviquet, qui n'y regarde pas de si près, attribue la création du rôle à Grandval et ajoute même qu'il le joua « avec une grande supériorité » (passage cité plus haut).

aigre, devait donner au rôle de Dorimène un ton de comique assez chargé. Mlle Dangeville devait être sans rivale en Marton. Mais avec toute la « noblesse » qu'on lui reconnaissait, Mme Grandval était-elle capable de sauver de la froideur le rôle assez ingrat d'Hortense ? On notera que deux ans plus tard, lors de la représentation du *Legs*, le choix des acteurs fut tout différent, seuls subsistent Mlle Dangeville et Poisson. Ces changements s'expliqueraient si Marivaux n'avait été cette fois que médiocrement content de ses interprètes.

Resterait une troisième cause pour expliquer la chute, une cabale contre l'auteur. On a vu qu'il s'en était déjà produit une lorsque la première représentation des *Serments indiscrets* n'avait pas pu être achevée, et elle était sans doute partie de Voltaire [1]. En novembre 1734, Voltaire est suffisamment occupé par les ennuis que lui cause la publication des *Lettres philosophiques* pour ne pas être tenté de cabaler. En revanche, les embûches pourraient cette fois provenir de Crébillon le jeune, qui après avoir attaqué Marivaux dans *Tanzaï et Néadarné*, venait d'en recevoir une cinglante leçon de bon goût [2]. Versé dans les milieux de théâtre, protégé de Voltaire, ami de Dominique et Romagnesi, dont le pitoyable *Petit-Maître amoureux* [3] risquait beaucoup à se trouver mis en concurrence avec la pièce nouvelle, Crébillon avait d'excellentes raisons et tous les moyens nécessaires pour chercher à se venger. Aux anciens ennemis de Marivaux, Marais, d'Olivet, Desfontaines et son groupe, s'ajoutaient cette fois les concurrents éventuels pour le prochain fauteuil académique. Enfin la protection de Mme de Tencin, utile dans ce dernier domaine, comportait des inconvénients dans le domaine théâtral, le public se faisant un malin plaisir de siffler les pièces applaudies par sa coterie. Il y avait là tous les éléments d'une cabale, à laquelle le « tumulte » d'une première représentation donnait beau jeu. Marivaux en reconnaîtra implicitement l'existence en donnant sans nom d'auteur sa prochaine pièce « française », *Le Legs* [4].

Malgré son peu de succès initial, et le peu d'échos qu'il suscita [5],

---

1. Voir p. 1053. **2.** Dans la quatrième partie du *Paysan parvenu*, approuvée le 30 septembre 1734. **3.** Joué pour la première fois au Théâtre-Italien, le 18 juin 1734, et souvent repris ensuite. **4.** Voir plus loin la notice de cette pièce ; il en alla de même pour *La Dispute* et *Le Préjugé vaincu*, en 1744 et 1746. **5.** On trouve une allusion au *Petit-Maître corrigé* dans une *Lettre critique sur le Préjugé à la mode* (1735) ; « L'auteur de *La Double Inconstance*, de *La Surprise de l'amour*, de *L'École des mères* n'aurait-il pas dû refuser le jour au *Petit-Maître corrigé* ? » Plus tard, La Porte consacra à la même pièce quelques lignes méprisantes : « *Le Petit-Maître*

Le Petit-Maître corrigé ne resta pas sans influence, puisqu'il inspira deux pièces célèbres, *Le Méchant* de Gresset, et *Il ne faut jurer de rien*, de Musset. Le rapprochement a été fait de façon pertinente par Larroumet[1], mais il faut ajouter que ces deux auteurs, qui connaissaient toute la tradition inspirée par les petits-maîtres, y ont puisé un certain nombre d'éléments qu'ils ne trouvaient pas chez Marivaux[2]. Il n'en reste pas moins vrai que le couple Cécile-Valentin n'a pas d'ancêtres plus directs que le couple Hortense-Rosimond : on attend le metteur en scène qui, réunissant les deux pièces dans un même spectacle, fera éclater cette parenté. En 1997, Frédéric Tokarz (Compagnie Claude Confortès) mit en scène, au Théâtre Silvia Monfort, *Le Petit-Maître corrigé*, dont il incarnait le rôle-titre, et assura à la pièce de nombreux spectateurs.

LE TEXTE

L'édition originale du *Petit-Maître corrigé* est de 1739 :

LE / PETIT MAÎTRE / CORRIGÉ / COMEDIE / De *Monsieur* DE MARIVAUX / Représentée pour la première fois par les / Comediens François, le Samedy / 6. Novembre 1734. (fleuron) / A PARIS / chez PRAULT, pere, Quay de Gesvres / au Paradis. (filet) / M. DCC. XXXIX. / Avec Approbation & Privilege du Roy.

L'approbation est conçue en ces termes :

Approbation : « J'ai lu, par ordre de Monseigneur le Chancelier, la Comédie du *Petit-Maître corrigé*. À Paris ce 4 février 1733. *Signé*, JOLLY. »

Le privilège est daté du 16 mars 1736 et accordé, assez curieusement, pour *la Bibliothèque de Campagne, ou Recueil d'Aventures choisies, Nouvelles, Histoires, Contes ; Bons Mots et autres pièces, tant en prose qu'en vers, pour servir de récréation à l'esprit, en six*

---

corrigé » n'a paru qu'une fois sur le théâtre. Le principal personnage est un fat en qui on ne remarque que de l'impertinence, de l'impolitesse et de la grossièreté. Hortense, dont il doit être l'époux, entreprend de le corriger, et n'emploie que de faibles moyens. Cependant il abjure subitement toutes ses erreurs, de manière que sa conversion doit être regardée comme un miracle. » (1759, tome I, p. 81.)

1. *Marivaux, sa vie et ses œuvres*, p. 199, note 1.   **2.** Par exemple, la scène des reproches de Van Buck à Valentin est déjà développée par Regnard dans *Le Distrait* (I, VI). Dans cette pièce, le rôle de petit-maître est celui du chevalier.

volumes ; le Livre des Enfants et le Glaneur Français. Il est valable
six ans. Manifestement, le libraire a retardé le plus possible la publication du *Petit-Maître corrigé.* Aucune réédition ne fut nécessaire
avant l'édition collective de 1758. En revanche, on dispose pour
cette pièce d'une copie manuscrite qui n'est pas dépourvue d'intérêt[1]. C'est celle qui fut remise au lieutenant de police Hérault[2], et
qui par conséquent contient le texte représenté. La comparaison
avec le texte imprimé ne fait pas apparaître de différences très
importantes. Pourtant, dans l'imprimé, plusieurs notations scéniques sont ajoutées. Quelques corrections visent à renforcer l'effet
dramatique. Une partie d'une réplique de Marton, qui répétait une
idée déjà exprimée, est supprimée[3]. Inversement, une réplique très
importante est ajoutée au rôle d'Hortense[4]. Suppression et addition
tendent au même but : mettre dans la bouche d'Hortense les paroles
décisives qui corrigeront Rosimond. Une douzaine de corrections de
l'imprimé touchent enfin au style, et contribuent à rendre le texte
de l'imprimé préférable à celui de la copie. Dans quelques cas pourtant, celle-ci semble conserver le texte authentique. Toutes les
variantes, à l'exception des variantes purement orthographiques ou
de ponctuation — sauf si celles-ci touchent au sens — seront signalées en note.

---

1. Bibliothèque nationale, fonds français, n° 25 493.   2. Chargé de la
police des spectacles.   3. Voir p. 1354, note 1.   4. Voir p. 1349, note 1.

Le Petit-Maître corrigé

ACTEURS [1]

LE COMTE, père d'Hortense.
LA MARQUISE.
HORTENSE, fille du Comte.
ROSIMOND, fils de la Marquise.
DORIMÈNE.
DORANTE, ami de Rosimond.
MARTON, suivante d'Hortense.
FRONTIN, valet de Rosimond.

La scène est à la campagne, dans la maison du Comte.

---

1. Sur la distribution des rôles lors de la première représentation, voir pp. 1292-1293. Les noms choisis par Marivaux ont, comme d'habitude, une signification. *Hortense* désigne traditionnellement des jeunes filles ou des jeunes femmes modestes et sensées. On l'a vu avec cette valeur dans *Les Dames vengées* de Donneau de Visé, et il apparaît avec la même signification dans *L'Indiscret* de Voltaire (1725) ainsi que, chez Marivaux lui-même, dans *Le Prince travesti* ou dans *Félicie*. Voici plus significatif encore. Dans *Le Mariage fait et rompu*, de Dufresny (1721) on recherche la trace d'une femme qui a vécu sous des identités diverses dans les papiers d'un certain Damis : « N'y trouverions-nous point une modeste Hortense / Qui gagnait tous les cœurs par sa fine innocence, / Quand les filles encor plaisaient par la pudeur ? » À quoi l'on répond : « Damis était du goût d'à présent par malheur ; / Sur son journal galant je n'ai point vu d'Hortense. » (Acte III, sc. III.) Ainsi le nom propre tend presque à devenir un nom commun, comme *Agnès* l'est devenu à l'époque. *Rosimond* est un nom de petit-maître, comme *Dorimène* est un nom de coquette. *Dorante* convient à « une espèce de sage qui fait peu de cas de l'amour ». (Acte I, sc. XIII.) C'est le nom de l'amoureux sérieux. Les autres noms sont moins révélateurs. On note que le père d'Hortense est nommé *Chrisante* en certains passages (acte I, sc. X, XI), et simplement *le Comte* ailleurs (notamment dans la liste des personnages). L'anomalie est rectifiée dans l'édition de 1781.

ACTE PREMIER

Scène première

HORTENSE, MARTON

MARTON. Eh bien, Madame, quand sortirez-vous de la rêverie où vous êtes ? Vous m'avez appelé [1], me voilà, et vous ne me dites mot.

HORTENSE. J'ai l'esprit inquiet.

MARTON. De quoi s'agit-il donc ?

HORTENSE. N'ai-je pas de quoi rêver ? on va me marier, Marton.

MARTON [2]. Et vraiment, je le sais bien, on n'attend plus que votre oncle pour terminer ce mariage ; d'ailleurs, Rosimond, votre futur, n'est arrivé que d'hier, et il faut vous donner patience.

HORTENSE. Patience, est-ce que tu me crois pressée ?

MARTON. Pourquoi non ? on l'est ordinairement à votre place ; le mariage est une nouveauté curieuse, et la curiosité n'aime pas à attendre.

HORTENSE. Je différerai tant qu'on voudra.

MARTON. Ah ! heureusement qu'on veut expédier !

HORTENSE. Eh ! laisse-là tes idées.

MARTON. Est-ce que Rosimond n'est pas de votre goût ?

HORTENSE. C'est de lui dont je veux te parler. Marton, tu es fille d'*esprit, comment le trouves-tu ?

MARTON. Mais il est d'une jolie figure.

HORTENSE. Cela est vrai.

MARTON. Sa physionomie est aimable.

HORTENSE. Tu as raison.

MARTON. Il me paraît avoir de l'esprit.

---

1. L'accord du participe passé est négligé, comme dans d'autres passages (*quitté*, acte II, sc. II, p. 1321 ; *précédé*, acte II, sc. III, p. 1323 ; *fait*, non accordé, à côté de *rendus*, accordé, acte II, sc. II, p. 1321 ; *scandalisée*, acte III, sc. IX, p. 1353). Ici, pourtant, le manuscrit fait l'accord, en écrivant *apellée*. Voir la Note grammaticale, p. 2265. 2. Par « saut du même au même », le nom du personnage, Marton, est omis dans le manuscrit.

HORTENSE. Je lui en crois beaucoup.

MARTON. Dans le fond, même, on lui sent un caractère[1] d'honnête homme.

HORTENSE. Je le pense comme toi.

MARTON. Et, à *vue de pays, tout son défaut, c'est d'être ridicule[2].

HORTENSE. Et c'est ce qui me désespère, car cela gâte tout. Je lui trouve de si sottes façons avec moi, on dirait qu'il dédaigne de me plaire, et qu'il croit qu'il ne serait pas du bon air de se soucier de moi parce qu'il m'épouse...

MARTON. Ah ! Madame, vous en parlez bien à votre aise.

HORTENSE. Que veux-tu dire ? Est-ce que la raison même n'exige pas un autre procédé que le sien ?

MARTON. Eh oui, la raison : mais c'est que parmi les jeunes gens du bel air, il n'y a rien de si bourgeois que d'être raisonnable.

HORTENSE. Peut-être, aussi, ne suis-je pas de son goût.

MARTON. Je ne suis pas de ce sentiment-là, ni vous non plus ; non, tel que vous le voyez il vous aime ; ne l'ai-je pas fait rougir hier, moi, parce que je le surpris comme il vous regardait à la dérobée attentivement[3] ? voilà déjà deux ou trois fois que je le prends sur le fait.

HORTENSE. Je voudrais être bien sûre de ce que tu me dis là.

MARTON. Oh ! je m'y connais : cet homme-là vous aime, vous dis-je, et il n'a garde de s'en vanter, parce que vous n'allez être que sa femme ; mais je soutiens qu'il étouffe ce qu'il sent, et que son air de petit-maître n'est qu'une gasconnade avec vous[4].

HORTENSE. Eh bien, je t'avouerai que cette pensée m'est venue comme à toi.

MARTON. Eh ! par hasard, n'auriez-vous pas eu la pensée que vous l'aimez aussi ?

HORTENSE. Moi, Marton ?

MARTON. Oui, c'est qu'elle m'est encore venue, voyez.

HORTENSE. Franchement c'est grand dommage que ses façons nuisent au mérite qu'il aurait.

MARTON. Si on pouvait le corriger ?

---

1. Remarquer la gradation établie par Marton entre *figure* (sens plus général que de nos jours), *physionomie, esprit, caractère.* **2.** L'édition originale porte *à vue du pays.* Nous suivons le manuscrit et les autres éditions. Pour la fin de la phrase, le manuscrit porte : *tout son défaut est.* **3.** Manuscrit : *à la dérobée très attentivement.* **4.** Manuscrit : *une gasconnade envers vous.*

HORTENSE. Et c'est à quoi je voudrais tâcher ; car, s'il m'aime, il faudra bien qu'il me le dise bien franchement, et qu'il se défasse d'une extravagance dont je pourrais être la victime quand nous serons mariés, sans quoi je ne l'épouserai point ; commençons par nous assurer qu'il n'aime point ailleurs, et que je lui plais ; car s'il m'aime, j'aurai beau jeu contre lui, et je le tiens pour à moitié corrigé [1] ; la peur de me perdre fera le reste. Je t'ouvre mon cœur, il me sera cher s'il devient raisonnable ; je n'ai pas trop le temps de réussir, mais il en arrivera ce qui pourra [2] ; essayons, j'ai besoin de toi, tu es adroite, interroge son valet, qui me paraît assez familier avec son maître.

MARTON. C'est à quoi je songeais : mais il y a une petite difficulté à cette commission-là ; c'est que le maître a gâté le valet, et Frontin est le singe de Rosimond ; ce faquin croit apparemment m'épouser aussi [3], et se donne, à cause de cela, les airs d'en agir cavalièrement, et de soupirer tout bas ; car de son côté il m'aime.

HORTENSE. Mais il te parle quelquefois ?

MARTON. Oui, comme à une soubrette de campagne : mais n'importe, le voici qui vient à nous, laissez-nous ensemble, je travaillerai à le faire causer.

HORTENSE. Surtout conduis-toi si adroitement, qu'il ne puisse soupçonner nos intentions.

MARTON. Ne craignez rien, ce sera tout en causant que je m'y prendrai ; il m'instruira sans qu'il le sache.

Scène II

HORTENSE, MARTON, FRONTIN

Hortense s'en va, Frontin l'arrête.

FRONTIN. Mon maître m'envoie savoir comment vous vous portez, Madame, et s'il peut ce matin avoir l'honneur de vous voir bientôt ?

MARTON. Qu'est-ce que c'est que bientôt ?

FRONTIN. Comme qui dirait dans une heure ; il n'est pas habillé.

HORTENSE. Tu lui diras que je n'en sais rien.

FRONTIN. Que vous n'en savez rien, Madame ?

---

1. Manuscrit : *pour amitié corrigée* (faute évidente).   **2.** Manuscrit : *ce qu'il pourra*.   **3.** Le mot *aussi* manque dans le manuscrit.

MARTON. Non, Madame a raison, qui est-ce qui sait ce qui peut arriver dans l'intervalle d'une heure ?

FRONTIN. Mais, Madame, j'ai peur qu'il ne comprenne rien à ce discours.

HORTENSE. Il est pourtant très clair ; je te dis que je n'en sais rien.

Scène III

MARTON, FRONTIN

FRONTIN. Ma belle enfant, expliquez-moi la réponse de votre maîtresse, elle est d'un goût nouveau.

MARTON. Toute simple.

FRONTIN. Elle est même *fantasque.

MARTON. Toute *unie.

FRONTIN. Mais à propos de fantaisie, savez-vous bien que votre minois en est une, et des plus piquantes ?

MARTON. Oh, il est très commun, aussi bien que la réponse de ma maîtresse.

FRONTIN. Point du tout, point du tout. Avez-vous des amants ?

MARTON. Hé !... on a toujours quelque petite fleurette en passant.

FRONTIN. Elle est d'une ingénuité charmante ; écoutez, nos maîtres vont se marier ; vous allez venir à Paris, je suis d'avis de vous épouser aussi ; qu'en dites-vous ?

MARTON. Je ne suis pas assez aimable pour vous.

FRONTIN. Pas mal, pas mal, je suis assez content.

MARTON. Je crains le nombre de vos maîtresses, car je vais gager que vous en avez autant que votre maître qui doit en avoir beaucoup ; nous avons entendu dire que c'était un homme fort couru, et vous aussi sans doute ?

FRONTIN. Oh ! très courus ; c'est à qui nous attrapera tous deux, il a pensé même m'en venir quelqu'une des siennes. Les conditions se confondent un peu à Paris, on n'y est pas scrupuleux sur les rangs.

MARTON. Et votre maître et vous, continuerez-vous d'avoir des maîtresses quand vous serez nos maris ?

FRONTIN. Tenez, il est bon de vous mettre là-dessus au fait. Écoutez, il n'en est pas de Paris comme de la province, les coutumes y sont différentes.

MARTON. Ah ! différentes ?

FRONTIN. Oui, en province, par exemple, un mari promet fidélité à sa femme, n'est-ce pas ?

MARTON. Sans doute.

FRONTIN. À Paris c'est de même ; mais la fidélité de Paris n'est point sauvage, c'est une fidélité galante, badine, qui entend raillerie, et qui se permet toutes les petites commodités du savoir-vivre [1] ; vous comprenez bien ?

MARTON. Oh ! de reste.

FRONTIN. Je trouve sur mon chemin une personne aimable ; je suis poli, elle me goûte [2] ; je lui dis des douceurs, elle m'en rend ; je folâtre, elle le veut bien, pratique de politesse, commodité de savoir-vivre, pure amourette que tout cela dans le mari ; la fidélité conjugale n'y est point offensée ; celle de province n'est pas de même, elle est sotte, revêche et tout d'une pièce, n'est-il pas vrai ?

MARTON. Oh ! oui, mais ma maîtresse [3] fixera peut-être votre maître, car il me semble qu'il l'aimera assez volontiers, si je ne me trompe.

FRONTIN. Vous avez raison, je lui trouve effectivement comme une *vapeur d'amour pour elle.

MARTON. Croyez-vous ?

FRONTIN. Il y a dans son cœur un étonnement qui pourrait devenir très sérieux ; au surplus, ne vous inquiétez pas, dans les amourettes on n'aime qu'en passant, par curiosité de goût, pour voir un peu comment cela fera ; de ces inclinations-là, on en peut fort bien avoir une demi-douzaine sans que le cœur en soit plus chargé, tant elles sont légères [4].

---

1. Dans *Les Petits-Maîtres* de Van Effen (1719) un petit-maître offre le mariage à une jeune fille : « Ce n'est pas que je te promette une fidélité bourgeoisement matrimoniale... » (Acte II, sc. II.) Et Marivaux lui-même fait conseiller par Blaise à sa femme, pour imiter le grand monde, une « vartu négligente » (*L'Héritier de village*, voir p. 633). **2.** *Goûter*, en ce sens, et à la forme positive, est du langage petit-maître. **3.** Le manuscrit a un texte qui est peut-être le bon : *Oh oui, mais que sait-on, ma maîtresse...* **4.** Voici une description de ces amourettes en passant, par un autre personnage de valet contemporain, le Pasquin de *L'Obstacle imprévu* de Destouches (1717) : « Il faut vous apprendre comment on fait l'amour dans ce pays-ci. On entre dans une assemblée, dans une compagnie : on regarde, on choisit entre toutes les dames celle qui revient davantage, on lui jette de tendres œillades, on lui fait des mines, on cherche à lui parler, on lui parle. La déclaration se fait dès le premier abord ; si la belle s'en scandalise, ce qui n'arrive guère, on s'en moque, on n'y revient pas ; si elle prend la chose de bonne grâce, on lui fait des protestations, elle y répond, voilà qui est fait ; ensuite

MARTON. Une demi-douzaine ! cela est pourtant fort, et pas une sérieuse...

FRONTIN. Bon, quelquefois tout cela est expédié dans la semaine ; à Paris, ma chère enfant, les cœurs, on ne se les donne pas, on se les prête, on ne fait que des essais[1].

MARTON. Quoi, là-bas, votre maître et vous, vous n'avez encore donné votre cœur à personne ?

FRONTIN. À qui que ce soit ; on nous aime beaucoup, mais nous n'aimons point : c'est notre usage.

MARTON. J'ai peur que ma maîtresse ne prenne cette coutume-là de travers.

FRONTIN. Oh ! que non, les agréments l'y accoutumeront ; les amourettes en passant sont amusantes ; mon maître passera, votre maîtresse de même, je passerai, vous passerez, nous passerons tous[2].

MARTON, *en riant*. Ah ! ah ! ah ! j'entre si bien dans ce que vous dites, que mon cœur a déjà passé avec vous.

FRONTIN. Comment donc ?

MARTON. Doucement, voilà la Marquise, la mère de Rosimond[3] qui vient.

Scène IV

LA MARQUISE, FRONTIN, MARTON

LA MARQUISE. Je suis charmée de vous trouver là, Marton, je vous cherchais ; que disiez-vous à Frontin ? Parliez-vous de mon fils ?

MARTON. Oui, Madame.

---

on court ensemble au bal, aux spectacles ; on médit du prochain, on prend du tabac, on boit du vin mousseux ; on avale des liqueurs, on passe la nuit au Cours : on ne songe qu'au plaisir, on le cherche ensemble tant qu'on a du goût l'un pour l'autre. Dès que l'ennui se met de la partie, le monsieur tire d'un côté, la dame tire de l'autre ; et on va s'accrocher ailleurs. Voilà de quelle manière naissent, s'entretiennent et périssent les belles passions d'aujourd'hui. » (Acte I, sc. II.)

1. Manuscrit : *on ne fait que d'en essayer*. **2.** On pourrait être tenté de voir dans une phrase de ce genre, par-delà l'expression de l'inconstance amoureuse, un sens de l'éphémère, de la vanité des choses, qui conviendrait assez à ces blasés que sont les petits-maîtres. Mais le propos est mis dans la bouche de Frontin, ce qui lui enlève beaucoup de sa portée. **3.** Manuscrit : *la maîtresse de Rosimond* (erreur manifeste).

LA MARQUISE. Eh bien, que pense de lui Hortense ? Ne lui déplaît-il point ? Je voulais vous demander ses sentiments, dites-les-moi, vous les savez sans doute, et vous me les apprendrez plus librement qu'elle ; sa politesse me les cacherait, peut-être, s'ils n'étaient pas favorables.

MARTON. C'est à peu près de quoi nous nous entretenions, Frontin et moi, Madame ; nous disions que Monsieur votre fils est très aimable, et ma maîtresse le voit tel qu'il est ; mais je demandais s'il l'aimerait.

LA MARQUISE. Quand on est faite comme Hortense, je crois que cela n'est pas douteux, et ce n'est pas de lui dont je m'embarrasse.

FRONTIN. C'est ce que je répondais.

MARTON. Oui, vous m'avez parlé d'une vapeur de tendresse, qu'il lui a pris pour elle ; mais une vapeur se dissipe.

LA MARQUISE. Que veut dire une vapeur ?

MARTON. Frontin vient de me l'expliquer, Madame ; c'est comme un étonnement de cœur, et un étonnement ne dure pas ; sans compter que les commodités de la fidélité conjugale sont un grand article.

LA MARQUISE. Qu'est-ce que c'est donc que ce langage-là, Marton ? Je veux savoir ce que cela signifie. D'après qui répétez-vous tant d'extravagances ? car vous n'êtes pas folle, et vous ne les imaginez pas sur-le-champ.

MARTON. Non, Madame, il n'y a qu'un moment que je sais ce que je vous dis là, c'est une instruction que vient de me donner Frontin sur le cœur de son maître, et sur l'agréable économie des mariages de Paris.

LA MARQUISE. Cet impertinent ?

FRONTIN. Ma foi, Madame, si j'ai tort, c'est la faute du beau monde que j'ai copié ; j'ai rapporté la mode, je lui ai donné l'état des choses et le plan de la vie ordinaire.

LA MARQUISE. Vous êtes un sot, taisez-vous ; vous pensez bien, Marton, que mon fils n'a nulle part à de pareilles extravagances ; il a de l'*esprit, il a des mœurs, il aimera Hortense, et connaîtra ce qu'elle vaut ; pour toi, je te recommanderai à ton maître, et lui dirai qu'il te corrige.

Elle s'en va.

Scène V

MARTON, FRONTIN

MARTON, *éclatant de rire*. Ha ! ha ! ha ! ha !

FRONTIN. Ha ! ha ! ha ! ha !

MARTON. Ha ! Mon ingénuité te charme-t-elle encore ?

FRONTIN. Non, mon admiration s'était méprise ; c'est ta malice qui est admirable.

MARTON. Ha ! ha ! pas mal, pas mal.

FRONTIN, *lui présente la main*. Allons, touche-là, Marton.

MARTON. Pourquoi donc ? ce n'est pas la peine.

FRONTIN. Touche-là, te dis-je, c'est de bon cœur.

MARTON, *lui donnant la main*. Eh bien, que veux-tu dire ?

FRONTIN. Marton, ma foi tu as raison, j'ai fait l'impertinent tout à l'heure.

MARTON. Le vrai faquin !

FRONTIN. Le sot, le fat.

MARTON. Oh, mais tu tombes à présent dans un excès de raison, tu vas me réduire à te louer.

FRONTIN. J'en veux à ton cœur, et non pas à tes éloges.

MARTON. Tu es encore trop convalescent, j'ai peur des rechutes.

FRONTIN. Il faut pourtant que tu m'aimes.

MARTON. Doucement, vous redevenez fat.

FRONTIN. Paix, voici mon original[1] qui arrive.

Scène VI

ROSIMOND, FRONTIN, MARTON

ROSIMOND, *à Frontin*. Ah, tu es ici toi, et avec Marton ? je ne te plains pas : Que te disait-il, Marton ? Il te parlait d'amour, je gage ; hé ! n'est-ce pas ? Souvent ces coquins-là sont plus heureux que

---

1. Marton l'a dit dans la première scène, Frontin est la copie, le « singe » de Rosimond, et c'est en ce sens que celui-ci est son *original*. Voir aussi à la fin de la scène IV : « Si j'ai tort, c'est la faute du beau monde que j'ai copié. » Le thème du valet de petit-maître copiant son maître est traditionnel. On sait qu'on le trouve dans *Gil Blas* (1715, livre III, chap. III), mais il apparaissait déjà dans *L'Homme à bonnes fortunes* de Baron (1686), où le valet de Moncade empruntait l'habit et les manières de son maître pour tenter sa chance de son côté. Même déguisement dans *Les Petits-Maîtres d'été*, de Lafosse d'Aubigny (1696) et dans *Les Petits-Maîtres* de Van Effen (1719).

d'honnêtes gens. Je n'ai rien vu de si joli que vous [1], Marton ; il n'y a point de femme à la cour qui ne s'accommodât de cette figure-là.

FRONTIN. Je m'en accommoderais encore mieux qu'elle [2].

ROSIMOND. Dis-moi, Marton, que fait-on dans ce pays-ci ? Y a-t-il du jeu ? de la chasse ? des amours ? Ah, le sot pays, ce me semble. À propos [3], ce bon homme qu'on attend de sa terre pour finir notre mariage, cet oncle arrive-t-il bientôt ? Que ne se passe-t-on de lui ? Ne peut-on se marier sans que ce parent assiste à la cérémonie ?

MARTON. Que voulez-vous ? Ces messieurs-là, sous prétexte qu'on est leur nièce et leur héritière [4], s'imaginent qu'on doit faire quelque attention à eux. Mais je ne songe pas que ma maîtresse m'attend.

ROSIMOND. Tu t'en vas, Marton ? Tu es bien pressée. À propos de ta maîtresse, tu ne m'en parles pas ; j'avais dit à Frontin de demander si on pouvait la voir.

FRONTIN. Je l'ai vue aussi, Monsieur, Marton était présente, et j'allais vous rendre réponse.

MARTON. Et moi je vais [5] la rejoindre.

ROSIMOND. Attends, Marton, j'aime à te voir ; tu es la fille du monde [6] la plus amusante.

MARTON. Je vous trouve très curieux à voir aussi, Monsieur, mais je n'ai pas le temps de rester.

ROSIMOND. Très curieux ! Comment donc ! mais elle a des expressions : ta maîtresse a-t-elle autant d'esprit que toi, Marton ? De quelle humeur est-elle ?

MARTON. Oh ! d'une humeur peu piquante, assez insipide, elle n'est que raisonnable.

ROSIMOND. Insipide et raisonnable, il est [7] parbleu plaisant : tu n'es pas faite pour la province. Quand la verrai-je, Frontin ?

---

1. Le passage du *tu* au *vous*, qui ne répond ici à aucune intention particulière, est un trait du style « papillonnant » des petits-maîtres. 2. Type de réplique propre au marivaudage des valets. La reprise du mot *s'accommoder* produit un jeu de mots accompagné d'une équivoque quelque peu libertine. 3. *À propos* est à la mode dans le style des petits-maîtres depuis une cinquantaine d'années au moins. Ainsi dans la « scène de la toilette » du *Banqueroutier* (1687) : « Tenez-moi pour un coquin si je mens... À propos, vous ai-je dit que je vous aime ? » Voir aussi plus loin, p. 1314 et 1315. 4. Manuscrit : *et leurs héritiers*. 5. Manuscrit : *je vas*. 6. Renforcement hyperbolique du langage petit-maître. Exemple : « Je suis le garçon de France le plus respectueux. » (La Morlière, *Angola*.) 7. Cet emploi de *il* au neutre, comme celui de *le*, est du style petit-maître. Comparer : « Ah ! m'étudier ! je le trouve plaisant ! » (Mme de Genlis, *Théâtre d'Édu-*

FRONTIN. Monsieur, comme je demandais si vous pouviez la voir dans une heure, elle m'a dit qu'elle n'en savait rien.

ROSIMOND. Le butor !

FRONTIN. Point du tout, je vous rends fidèlement la réponse.

ROSIMOND. Tu rêves ! il n'y a pas de sens à cela. Marton, tu y étais, il ne sait ce qu'il dit : qu'a-t-elle répondu ?

MARTON. Précisément ce qu'il vous rapporte, Monsieur, qu'elle n'en savait rien.

ROSIMOND. Ma foi, ni moi non plus.

MARTON. Je n'en suis pas mieux instruite que vous. Adieu, Monsieur.

ROSIMOND. Un moment, Marton, j'avais quelque chose à te dire[1] ; Frontin, m'est-il venu des lettres ?

FRONTIN. À propos de lettres, oui, Monsieur, en voilà une qui est arrivée de quatre lieues d'ici par un exprès.

ROSIMOND *ouvre, et rit à part en lisant*. Donne... Ha, ha, ha... C'est de ma folle de comtesse... Hum... Hum...

MARTON. Monsieur, ne vous trompez-vous pas ? Auriez-vous quelque chose à me dire ? Voyez, car il faut que je m'en aille.

ROSIMOND, *toujours lisant*. Hum !... hum !... Je suis à toi, Marton, laisse-moi achever.

MARTON, *à part à Frontin*. C'est apparemment là une lettre de commerce[2].

FRONTIN. Oui, quelque missive de passage.

ROSIMOND, *après avoir lu*. Vous êtes une étourdie, Comtesse. Que dites-vous là, vous autres ?

MARTON. Nous disons, Monsieur, que c'est quelque jolie femme qui vous écrit par amourette.

ROSIMOND. Doucement, Marton, il ne faut pas dire cela en ce pays-ci, tout serait perdu.

---

cation, cité par A. François, *Histoire de la langue française*, tome VI, p. 1081.) Voir aussi la Note grammaticale, article *il*.

1. Texte de la copie manuscrite : *à te dire et je m'en ressouvien-drai*.   **2.** Il ne faut pas traduire ici *commerce* par commerce amoureux, « liaison illicite entre deux personnes de sexe différent » (Littré). La question de Marton est à double entente, et *commerce* peut désigner, par exemple, une « correspondance spirituelle et honnête avec quelque personne » (Riche-let). Frontin comprend à demi-mot et répond de façon ambiguë : *missive de passage* fait allusion aux amourettes de passage dont il a été question plus haut (sc. III).

MARTON. Adieu, Monsieur, je crois que ma maîtresse m'appelle.

ROSIMOND. Ah ! c'est d'elle dont je voulais te parler.

MARTON. Oui, mais la mémoire vous revient quand je pars. Tout ce que je puis pour votre service, c'est de régaler Hortense de l'honneur que vous lui faites de vous ressouvenir d'elle.

ROSIMOND. Adieu donc, Marton. Elle a de la gaieté, du badinage dans l'esprit.

Scène VII
ROSIMOND, FRONTIN

FRONTIN. Oh, que non, Monsieur, malpeste vous ne la connaissez pas ; c'est qu'elle se moque.

ROSIMOND. De qui ?

FRONTIN. De qui ? Mais ce n'est pas à moi qu'elle parlait.

ROSIMOND. Hem ?

FRONTIN. Monsieur, je ne dis pas que je l'approuve ; elle a tort ; mais c'est une maligne soubrette ; elle m'a décoché un trait aussi bien entendu [1].

ROSIMOND. Eh, dis-moi, ne t'a-t-on pas déjà interrogé sur mon compte ?

FRONTIN. Oui, Monsieur ; Marton, dans la conversation, m'a par hasard fait [2] quelques questions sur votre chapitre.

ROSIMOND. Je les avais prévues : Eh bien, ces questions de hasard, quelles sont-elles ?

FRONTIN. Elle m'a demandé si vous aviez des maîtresses. Et moi qui ai voulu faire votre cour...

ROSIMOND. Ma cour à moi ! ma cour !

FRONTIN. Oui, Monsieur, et j'ai dit que non, que vous étiez un garçon sage, réglé.

ROSIMOND. Le sot avec sa règle et sa sagesse ; le plaisant éloge ! vous ne peignez pas en beau [3], à ce que je vois ? Heureusement qu'on ne me connaîtra pas à vos portraits.

FRONTIN. Consolez-vous, je vous ai peint à votre goût, c'est-à-dire, en laid.

---

1. Manuscrit : *un trait de satyre aussi bien entendu.* Dans les deux textes, *bien entendu* doit signifier « bien compris ».   **2.** Manuscrit : *m'a fait par hasard.*   **3.** Nouveau passage du *tu* au *vous* qui marque, cette fois, un mouvement d'humeur de Rosimond.

ROSIMOND. Comment !

FRONTIN. Oui, en petit aimable ; j'ai mis une troupe de folles qui courent après vos bonnes grâces ; je vous en ai donné une demi-douzaine qui partageaient votre cœur.

ROSIMOND. Fort bien.

FRONTIN. Combien en vouliez-vous donc ?

ROSIMOND. Qui partageaient mon cœur ! Mon cœur avait bien à faire là : passe pour dire qu'on me trouve aimable, ce n'est pas ma faute ; mais me donner de l'amour, à moi ! c'est un article qu'il fallait épargner à la petite personne qu'on me destine ; la demi-douzaine de maîtresses est même un peu trop ; on pouvait en supprimer quelques-unes ; il y a des occasions où il ne faut pas dire la vérité.

FRONTIN. Bon ! si je n'avais dit que la vérité, il aurait peut-être fallu les supprimer toutes.

ROSIMOND. Non, vous ne vous trompiez point, ce n'est pas de quoi je me plains ; mais c'est que ce n'est pas par hasard qu'on vous a fait ces questions-là. C'est Hortense qui vous les a fait faire, et il aurait été plus prudent de la tranquilliser sur pareille matière, et de songer que c'est une fille de province que je vais épouser, et qui en conclut que je ne dois aimer qu'elle, parce qu'apparemment elle en use de même.

FRONTIN. Eh ! peut-être qu'elle ne vous aime pas.

ROSIMOND. Oh peut-être ? il fallait le *soupçonner, c'était le plus sûr ; mais passons : est-ce là tout ce qu'elle vous a dit ?

FRONTIN. Elle m'a encore demandé si vous aimiez Hortense.

ROSIMOND. C'est bien des affaires.

FRONTIN. Et j'ai cru poliment devoir répondre qu'oui.

ROSIMOND. Poliment répondre qu'oui ?

FRONTIN. Oui, Monsieur.

ROSIMOND. Eh ! de quoi te mêles-tu ? De quoi t'avises-tu de m'hono-rer[1] d'une figure de soupirant ? Quelle platitude !

FRONTIN. Eh parbleu ! c'est qu'il m'a semblé que vous l'aimiez.

ROSIMOND. Paix, de la discrétion ! Il est vrai, entre nous, que je lui trouve quelques grâces naïves ; elle a des traits ; elle ne déplaît pas.

FRONTIN. Ah ! que vous aurez grand besoin d'une leçon de Marton ! Mais ne parlons pas si haut, je vois Hortense qui s'avance.

---

1. *Honorer* est un mot des petits-maîtres : « Honorez-moi de votre indiffé-rence », dit un personnage de *L'Impertinent malgré lui*, de Boissy (1729), acte I, sc. III. Voir aussi plus loin, p. 1323, note 2.

ROSIMOND. Vient-elle ? Je me retire.

FRONTIN. Ah ! Monsieur, je crois qu'elle vous voit.

ROSIMOND. N'importe ; comme elle a dit qu'elle ne savait pas quand elle pourrait me voir, ce n'est pas à moi à juger qu'elle le peut à présent, et je me retire par respect en attendant qu'elle en décide C'est ce que tu lui diras si elle te parle.

FRONTIN. Ma foi, Monsieur, si vous me consultez, ce respect-là ne vaut pas le diable.

ROSIMOND, *en s'en allant*. Ce qu'il y a de commode à vos conseils, c'est qu'il est permis de s'en moquer.

Scène VIII

HORTENSE, MARTON, FRONTIN

HORTENSE. Il me semble avoir vu ton maître ici ?

FRONTIN. Oui, Madame, il vient de sortir par respect pour vos volontés.

HORTENSE. Comment !...

MARTON. C'est sans doute à cause de votre réponse de tantôt ; vous ne saviez pas quand vous pourriez le voir.

FRONTIN. Et il ne veut pas prendre sur lui de décider la chose.

HORTENSE. Eh bien, je la décide, moi, va lui dire que je le prie de revenir, que j'ai à lui parler.

FRONTIN. J'y cours, Madame, et je lui ferai grand plaisir, car il vous aime de tout son cœur. Il ne vous en dira peut-être rien, à cause de sa dignité de *joli homme*[1]. Il y a des règles là-dessus ; c'est une faiblesse : excusez-la, Madame, je sais son secret, je vous le confie pour son bien ; et dès qu'il vous l'aura dit lui-même, oh ! ce sera bien le plus aimable homme du monde. Pardon, Madame, de la

---

1. L'expression *joli homme* est ancienne pour désigner un homme à la mode. Ainsi dans *L'Impromptu de garnison* de Dancourt (1692) : « *Marton* : Préparez-vous, Madame, à recevoir un marquis de conséquence qui vient ici vous rendre visite. *Araminte* : Est-ce un joli homme, Marton ? *Marton* : Si c'est un joli homme ! c'est un petit-maître. *Araminte* : Et qu'est-ce qu'un petit-maître ? *Marton* : Il y en a de plusieurs espèces ; mais ordinairement ce sont de jeunes gens entêtés de leurs qualités, badins, folâtres, enjoués, qui parlent beaucoup et qui disent peu, soupirant sans tendresse, amoureux par conversation, magnifiques sans biens, généreux en promesses, prodigues d'amitiés, inventeurs de modes, et des airs surtout. *Araminte* : Et de quels airs, Marton ? *Marton* : Des airs à la mode. » (Sc. XI.)

liberté que je prends ; mais Marton, avec qui je voudrais bien faire une fin, sera aussi mon excuse. Marton, prends nos intérêts en main ; empêche Madame de nous haïr, car, dans le fond, ce serait dommage, à une bagatelle près, en vérité nous méritons son estime.

HORTENSE, *riant*. Frontin aime son maître, et cela est louable.

MARTON. C'est de moi qu'il tient tout le bon sens[1] qu'il vous montre.

Scène IX

HORTENSE, MARTON

HORTENSE. Il t'a donc paru que ma réponse a piqué Rosimond ?

MARTON. Je l'en ai vu déconcerté, quoiqu'il ait feint d'en badiner, et vous voyez bien que c'est de pur dépit qu'il se retire.

HORTENSE. Je le renvoie chercher, et cette démarche-là le flattera peut-être ; mais elle ne le flattera pas longtemps. Ce que j'ai à lui dire rabattra de sa présomption. Cependant, Marton, il y a des moments où je suis toute prête de laisser là Rosimond avec ses *ridiculités, et d'abandonner le projet de le corriger. Je sens que je m'y intéresse trop ; que le cœur s'en mêle, et y prend trop de part : je ne le corrigerai peut-être pas, et j'ai peur d'en être fâchée.

MARTON. Eh ! courage, Madame, vous réussirez, vous dis-je ; voilà déjà d'assez bons petits *mouvements qui lui prennent ; je crois qu'il est bien embarrassé. J'ai mis le valet à la raison, je l'ai réduit : vous réduirez le maître. Il fera un peu plus de façon ; il disputera le terrain ; il faudra le pousser à bout. Mais c'est à vos genoux que je l'attends ; je l'y vois d'avance ; il faudra qu'il y vienne. Continuez ; ce n'est pas avec des yeux comme les vôtres qu'on manque son coup ; vous le verrez.

HORTENSE. Je le souhaite. Mais tu as parlé au valet, Rosimond n'a-t-il point quelque inclination à Paris ?

MARTON. Nulle ; il n'y a encore été amoureux que de la réputation d'être aimable.

HORTENSE. Et moi, Marton, dois-je en croire Frontin ? Serait-il vrai que son maître eût de la disposition à m'aimer ?

MARTON. Nous le tenons, Madame, et mes observations sont justes.

HORTENSE. Cependant, Marton, il ne vient point.

---

1. Manuscrit : *tout ce bon sens.*

MARTON. Oh ! mais prétendez-vous qu'il soit tout d'un coup comme un autre ? Le bel air ne veut pas qu'il accoure : il vient, mais négligemment, et à son aise.

HORTENSE. Il serait bien impertinent qu'il y manquât !

MARTON. Voilà toujours votre père à sa place ; il a peut-être à vous parler, et je vous laisse.

HORTENSE. S'il va me demander ce que je pense de Rosimond, il m'embarrassera beaucoup, car je ne veux pas lui dire qu'il me déplaît, et je n'ai jamais eu tant d'envie de le dire.

Scène X

HORTENSE, CHRISANTE

CHRISANTE. Ma fille, je désespère de voir ici mon frère, je n'en reçois point de nouvelles, et s'il n'en vient point[1] aujourd'hui ou demain au plus tard, je suis d'avis de terminer votre mariage.

HORTENSE. Pourquoi, mon père, il n'y a pas de nécessité d'aller si vite. Vous savez combien il m'aime, et les égards qu'on lui doit ; laissons-le achever les affaires qui le retiennent ; différons de quelques jours pour lui en donner le temps.

CHRISANTE. C'est que la Marquise me presse[2], et ce mariage-ci me paraît si avantageux, que je voudrais qu'il fût déjà conclu.

HORTENSE. Née ce que je suis, et avec la fortune que j'ai, il serait difficile que j'en fisse un mauvais ; vous pouvez choisir.

CHRISANTE. Eh ! comment choisir mieux ! Biens, naissance, rang, crédit à la cour : vous trouvez tout ceci[3] avec une figure aimable, assurément.

HORTENSE. J'en conviens, mais avec bien de la jeunesse dans l'esprit.

CHRISANTE. Et à quel âge voulez-vous qu'on l'ait jeune ?

HORTENSE. Le voici.

---

1. Manuscrit : *s'il ne m'en vient pas.*   **2.** Manuscrit : *la Marquise nous méprise* (faute de lecture évidente).   **3.** Texte du manuscrit : *vous trouvez tout ici,* qui paraît un peu moins satisfaisant.

Scène XI

CHRISANTE, HORTENSE, ROSIMOND

CHRISANTE. Marquis, je disais à Hortense que mon frère tarde beaucoup, et que nous nous impatienterons à la fin, qu'en dites-vous ?

ROSIMOND. Sans doute, je serai toujours du parti de l'impatience.

CHRISANTE. Et moi aussi. Adieu, je vais rejoindre la Marquise.

Scène XII

ROSIMOND, HORTENSE

ROSIMOND. Je me rends à vos ordres, Madame ; on m'a dit que vous me demandiez.

HORTENSE. Moi ! Monsieur... Ah ! vous avez raison, oui, j'ai chargé Frontin de vous prier, de ma part, de revenir ici ; mais comme vous n'êtes pas revenu sur-le-champ, parce qu'apparemment on ne vous a pas trouvé, je ne m'en ressouvenais plus.

ROSIMOND, *riant.* Voilà une distraction dont j'aurais envie de me plaindre. Mais à propos de distraction, pouvez-vous me voir à présent, Madame ? Y êtes-vous bien déterminée ?

HORTENSE. D'où vient donc ce discours, Monsieur ?

ROSIMOND. Tantôt vous ne saviez pas si vous le pouviez, m'a-t-on dit ; et peut-être est-ce encore de même ?

HORTENSE. Vous ne demandiez à me voir qu'une heure après, et c'est une espèce d'avenir dont je ne répondais pas.

ROSIMOND. Ah ! cela est vrai ; il n'y a rien de si exact. Je me rappelle ma commission, c'est moi qui ai tort, et je vous en demande pardon. Si vous saviez combien le séjour de Paris et de la cour nous gâtent sur les formalités [1], en vérité, Madame, vous m'excuseriez ; c'est une certaine habitude de vivre avec trop de liberté, une *aisance de façons que je condamne, puisqu'elle vous déplaît, mais à laquelle [2] on s'accoutume, et qui vous jette ailleurs dans les impolitesses que vous voyez.

---

1. Le mépris du petit-maître pour les *formalités* apparaît clairement. À un étranger qui lui demande les règles du savoir-vivre, un petit-maître répond dans *Le Français à Londres*, de Boissy (1727) : « Souvenez-vous des façons pour n'en jamais faire. » (Sc. XIV.) Le même personnage précise plus loin qu'il aimerait « cent fois mieux faire une impertinence avec grâce, qu'une politesse avec platitude ». (Sc. XV.)   **2.** Manuscrit : *auxquelles.*

HORTENSE. Je n'ai pas remarqué qu'il y en ait[1] dans ce que vous avez fait, Monsieur, et sans avoir vu Paris ni la cour, personne au monde n'aime plus les façons *unies que moi : parlons de ce que je voulais vous dire.

ROSIMOND. Quoi ! vous, Madame, quoi ! de la beauté, des grâces, avec ce caractère d'esprit-là, et cela dans l'âge où vous êtes ? vous me surprenez ; avouez-moi la vérité, combien ai-je de rivaux ? Tout ce qui vous voit, tout ce qui vous approche, soupire : ah ! je m'en doute bien, et je n'en serai pas quitte à moins. La province me le pardonnera-t-elle ? Je viens vous enlever : convenons qu'elle y fait une perte irréparable.

HORTENSE. Il peut y avoir ici quelques personnes qui ont de l'amitié pour moi, et qui pourraient m'y regretter ; mais ce n'est pas de quoi il s'agit.

ROSIMOND. Eh ! quel secret ceux qui vous voyent ont-ils, pour n'être que vos amis, avec ces yeux-là ?

HORTENSE. Si parmi ces amis il en est qui soient[2] autre chose, du moins sont-ils discrets, et je ne les connais pas. Ne m'interrompez plus, je vous prie.

ROSIMOND. Vraiment, je m'imagine bien qu'ils soupirent tout bas, et que le respect les fait taire. Mais à propos de respect, n'y manquerais-je pas un peu, moi qui ai pensé dire que je vous aime ? Il y a bien quelque petite chose à redire à mes discours, n'est-ce pas, mais ce n'est pas ma faute.

Il veut lui prendre une main.

HORTENSE. Doucement, Monsieur, je renonce à vous parler.

ROSIMOND. C'est que sérieusement vous êtes belle avec excès ; vous l'êtes trop, le regard le plus vif, le plus beau teint ; ah ! remerciez-moi, vous êtes charmante, et je n'en dis presque rien ; la parure la mieux entendue ; vous avez là de la dentelle d'un goût exquis, ce me semble. Passez-moi l'éloge de la dentelle ; quand nous marie-t-on ?

HORTENSE. À laquelle des deux questions voulez-vous que je réponde d'abord ? À la dentelle, ou au mariage ?

---

1. Manuscrit : *qu'il y en eût* (ce texte semble plus conforme à l'usage de Marivaux).   **2.** Manuscrit : *qui sont*.

ROSIMOND. Comme il vous plaira. Que faisons-nous cet après-midi[1] ?

HORTENSE. Attendez, la dentelle est passable ; de cet après-midi le hasard en décidera ; de notre mariage, je ne puis rien en dire, et c'est de quoi j'ai à vous entretenir, si vous voulez bien me laisser parler. Voilà tout ce que vous me demandez, je pense ? Venons au mariage.

ROSIMOND. Il devrait être fait ; les parents ne finissent point !

HORTENSE. Je voulais vous dire au contraire qu'il serait bon de le différer, Monsieur.

ROSIMOND. Ah ! le différer, Madame ?

HORTENSE. Oui, Monsieur, qu'en pensez-vous ?

ROSIMOND. Moi, ma foi, Madame, je ne pense point, je vous épouse. Ces choses-là surtout, quand elles sont aimables, veulent être expédiées, on y pense après.

HORTENSE. Je crois que je n'irai pas si vite : il faut s'aimer un peu quand on s'épouse.

ROSIMOND. Mais je l'entends bien de même.

HORTENSE. Et nous ne nous aimons point.

ROSIMOND. Ah ! c'est une autre affaire ; la difficulté ne me regarderait point : il est vrai que j'espérais, Madame, j'espérais, je vous l'avoue. Serait-ce quelque partie de cœur[2] déjà liée ?

HORTENSE. Non, Monsieur, je ne suis, jusqu'ici, prévenue pour personne.

ROSIMOND. En tout cas, je vous demande la préférence. Quant au retardement de notre mariage, dont je ne vois pas les raisons, je ne m'en mêlerai point, je n'aurais garde, on me mène[3], et je suivrai.

HORTENSE. Quelqu'un vient ; faites réflexion à ce que je vous dis, Monsieur.

---

1. La discontinuité des propos, le fait de ne pas répondre aux questions posées est caractéristique de la conversation des petits-maîtres. On en trouvera un excellent exemple dans la scène VI du *Retour imprévu*, de Regnard (1700), où le marquis parade au milieu des dames, entremêlant la cour qu'il leur fait de considérations sur son valet, sur son postillon et sur son cheval barbe.   **2.** L'expression *partie de cœur* est formée sur le « patron » *une partie de* (*partie de campagne, partie d'honneur, partie de nuit, partie d'ennui*) d'après des locutions comme *affaire de cœur* (acte II, sc. III), *liaison de cœur* (acte II, sc. VI), ou même *marché de cœur* (*Le Retour imprévu*, de Regnard, sc. VI).   **3.** Le copiste a laissé un blanc à la place des mots *me mène*, qu'il n'a pu déchiffrer.

Scène XIII

DORANTE, DORIMÈNE, HORTENSE, ROSIMOND

ROSIMOND, *allant à Dorimène*. Eh ! vous voilà, Comtesse [1]. Comment ! avec Dorante ?

LA COMTESSE, *embrassant* [2] *Hortense*. Eh ! bonjour, ma chère enfant ! Comment se porte-t-on ici ? Nous sommes alliés, *au moins, Marquis.

ROSIMOND. Je le sais.

LA COMTESSE. Mais nous nous voyons peu. Il y a trois ans que je ne suis venue ici.

HORTENSE. On ne quitte pas volontiers Paris pour la province.

DORIMÈNE. On y a tant d'affaires, de dissipations ! Les moments s'y passent avec tant de rapidité !

ROSIMOND. Eh ! où avez-vous pris ce garçon-là, Comtesse ?

DORIMÈNE, *à Hortense*. Nous nous sommes rencontrés. Vous voulez bien que je vous le présente ?

ROSIMOND. Qu'en dis-tu, Dorante ? ai-je à me louer du choix qu'on a fait pour moi ?

DORANTE. Tu es trop heureux.

ROSIMOND, *à Hortense*. Tel que vous le voyez, je vous le donne pour une espèce de sage qui fait peu de cas de l'amour [3] : de l'air dont il vous regarde pourtant, je ne le crois pas trop en sûreté ici.

---

1. Tel est donc le rang de Dorimène, mais à quel titre ? Est-ce au titre de veuve d'un comte, ou de « dame d'une seigneurie qui a titre de comté » (Richelet) ? En tout cas, son rang est au moins égal à celui d'Hortense. Voir la seconde *Surprise de l'amour*, acte III, sc. XII, note 1, p. 804. **2.** Manuscrit : *en embrassant*. **3.** Indication à retenir, car elle est une de celles qui permettent d'esquisser un portrait moral de Dorante. Nous avons supposé (p. 1292) que le rôle fut créé par Dangeville, et cette hypothèse est fondée sur deux indications, le ton sur lequel la marquise lui parle à la scène I de l'acte II, et une réplique de Dorante à Rosimond (acte II, sc. III) : « Je n'ai pas ton expérience en galanterie ; je ne suis là-dessus qu'un écolier qui n'a rien vu. » Mais cette jeunesse n'empêche pas Dorante d'avoir pleine conscience de ses intérêts. Décidé à profiter de la négligence de Rosimond, il élabore une manœuvre destinée à gagner la main d'Hortense. La façon dont il s'acquitte de la double mission que lui a confiée la marquise (acte II, sc. I) est machiavélique : de Dorimène, il obtient, non pas qu'elle parte, mais au contraire qu'elle reste et s'emploie à rompre le mariage projeté entre Hortense et Rosimond (acte II, sc. II). En jouant sur le respect humain de Rosimond, il lui arrache la permission de faire la cour à Hortense (acte II, sc. III). Il s'attache ensuite aux pas d'Hortense. Sans doute n'est-il ni odieux ni même vraiment antipathique, mais son manque de loyauté envers son ami est tel

DORANTE. Je n'ai vu nulle part de plus grand danger, j'en conviens.

DORIMÈNE, *riant*. Sur ce *pied-là, sauvez-vous, Dorante, sauvez-vous.

HORTENSE. Trêve de plaisanterie, Messieurs.

ROSIMOND. Non, sérieusement, je ne plaisante point ; je vous dis qu'il est *frappé, je vois cela dans ses yeux ; remarquez-vous comme il rougit ? Parbleu, je voudrais bien qu'il soupirât, et je vous le recommande.

DORIMÈNE. Ah ! doucement, il m'appartient ; c'est une espèce d'infidélité qu'il me ferait ; car je l'ai amené [1], à moins que vous ne teniez sa place, Marquis.

ROSIMOND. Assurément j'en trouve l'idée tout à fait plaisante, et c'est de quoi nous amuser ici. *(À Hortense.)* N'est-ce pas, Madame ? Allons, Dorante, rendez vos premiers hommages à votre vainqueur.

DORANTE. Je n'en suis plus aux premiers.

Scène XIV

DORANTE, DORIMÈNE, HORTENSE, ROSIMOND, MARTON [2]

MARTON. Madame, Monsieur le Comte m'envoie savoir qui vient d'arriver.

DORIMÈNE. Nous allons l'en instruire nous-mêmes. Venez, Marquis, donnez-moi la main, vous êtes mon chevalier [3]. *(À Hortense.)* Et vous, Madame, voilà le vôtre.

Dorante présente la main à Hortense. Marton fait signe à Hortense.

HORTENSE. Je vous suis, Messieurs. Je n'ai qu'un mot à dire.

---

qu'Hortense peut finalement le sacrifier sans injustice : « Vous vouliez profiter des fautes de votre ami, et ce dénouement-ci vous rend justice. » (Scène dernière.)

1. Texte du manuscrit. Les éditions portent *car je l'amène*, qui paraît moins satisfaisant.   **2.** Le manuscrit remplace la liste des acteurs en scène par la mention : *Marton arrive, les acteurs susdits*.   **3.** C'est-à-dire « mon cavalier ». Ce mot semble s'être substitué dans cet emploi à *chevalier* après la Révolution.

Scène XV

MARTON, HORTENSE

HORTENSE. Que me veux-tu, Marton ? Je n'ai pas le temps de rester, comme tu vois.

MARTON. C'est une lettre que je viens de trouver, lettre d'amour écrite à Rosimond, mais d'un amour qui me paraît sans conséquence. La dame qui vient d'arriver pourrait bien l'avoir écrite ; le billet est d'un style qui ressemble à son air.

HORTENSE. Y a-t-il bien des tendresses ?

MARTON. Non, vous dis-je, point d'amour et beaucoup de folies ; mais puisque vous êtes pressée, nous en parlerons tantôt. Rosimond devient-il un peu plus supportable ?

HORTENSE. Toujours aussi impertinent qu'il est aimable. Je te quitte.

MARTON. Monsieur l'impertinent, vous avez beau faire, vous deviendrez charmant sur ma parole, je l'ai entrepris [1].

ACTE II

Scène première

LA MARQUISE, DORANTE

LA MARQUISE. Avançons encore quelques pas, Monsieur, pour être plus à l'écart, j'aurais un mot à vous dire ; vous êtes l'ami de mon fils, et autant que j'en puis juger, il ne saurait avoir fait un meilleur choix.

DORANTE. Madame, son amitié me fait honneur.

LA MARQUISE. Il n'est pas aussi raisonnable que vous me paraissez l'être, et je voudrais bien que vous m'aidassiez à le rendre plus sensé dans les circonstances où il se trouve ; vous savez qu'il doit épouser Hortense ; nous n'attendons que l'instant pour terminer ce mariage ; d'où vient, Monsieur, le peu d'attention qu'il a pour elle ?

DORANTE. Je l'ignore, et n'y ai pris garde, Madame.

LA MARQUISE. Je viens de le voir avec Dorimène, il ne la quitte point depuis qu'elle est ici ; et vous, Monsieur, vous ne quittez point Hortense.

DORANTE. Je lui fais ma cour, parce que je suis chez elle.

---

1. Manuscrit : *car je l'ai entrepris*.

LA MARQUISE. Sans doute, et je ne vous désapprouve pas ; mais ce n'est pas à Dorimène à qui il faut que mon fils fasse aujourd'hui la sienne ; et personne ici ne doit montrer plus d'empressement que lui pour Hortense.

DORANTE. Il est vrai, Madame.

LA MARQUISE. Sa conduite est ridicule, elle peut choquer Hortense, et je vous conjure, Monsieur, de l'avertir qu'il en change ; les avis d'un ami comme vous lui feront peut-être plus d'impression que les miens ; vous êtes venu avec Dorimène, je la connais fort peu ; vous êtes de ses amis, et je souhaiterais qu'elle ne souffrît pas que mon fils fût toujours auprès d'elle ; en vérité, la bienséance en souffre un peu ; elle est alliée de la maison où nous sommes, mais elle est venue ici sans qu'on l'y appelât ; y reste-t-elle ? Part-elle aujourd'hui ?

DORANTE. Elle ne m'a pas instruit de ses desseins.

LA MARQUISE. Si elle partait, je n'en serais pas fâchée, et je lui en aurais obligation ; pourriez-vous le lui faire entendre ?

DORANTE. Je n'ai pas beaucoup de pouvoir sur elle ; mais je verrai, Madame, et tâcherai de répondre à l'honneur de votre confiance [1].

LA MARQUISE. Je vous le demande en grâce, Monsieur, et je vous recommande les intérêts de mon fils et de votre ami.

DORANTE, *pendant qu'elle s'en va*. Elle a ma foi beau dire, puisque son fils néglige Hortense, il ne tiendra pas à moi que je n'en profite auprès d'elle.

Scène II

DORANTE, DORIMÈNE

DORIMÈNE. Où est allé le Marquis, Dorante ? Je me sauve de cette cohue de province [2] : ah ! les ennuyants [3] personnages ! Je me meurs

---

1. Manuscrit : *à l'honneur de votre conscience* (faute manifeste).
2. Cette phrase introduit une scène de portraits consacrée, suivant la tradition, aux ridicules de province. Voir des portraits de ce genre dans *L'Impertinent malgré lui*, de Boissy (1729) : « Ah ! ah ! qu'à la campagne on voit de sottes gens... » (acte I, sc. I) et dans *Le Petit-Maître en province*, de Harny (1765), où le petit-maître, un marquis fuyant ses créanciers, se distrait par la satire des familiers du château où il s'est retiré, le conteur, le chasseur, le bel esprit, et jusqu'au maître de maison : « Un campagnard épris de son petit canton,/ Ayant pour ses lapins une estime profonde,/ Et surtout admirant, d'un air toujours surpris,/ Le goût de son château construit sous Charles Six... » (Sc. XVIII.)   **3.** Manuscrit : *les ennuyeux*.

de l'extravagance des compliments qu'on m'a fait[1], et que j'ai rendus. Il y a deux heures que je n'ai pas le sens commun, Dorante,
pas le sens commun ; deux heures que je m'entretiens avec une
Marquise qui se tient d'un droit, qui a des gravités, qui prend des
mines d'une dignité ; avec une petite Baronne si *folichonne, si
remuante, si méthodiquement étourdie ; avec une Comtesse si
franche, qui m'estime tant, qui m'estime tant, qui est de si bonne
amitié ; avec une autre qui est si mignonne, qui a de si jolis tours de
tête, qui accompagne ce qu'elle dit avec des mains si pleines de
grâces ; une autre qui glapit si spirituellement, qui traîne si bien ses
mots, qui dit si souvent, mais Madame, cependant Madame, il me
paraît pourtant ; et puis un bel esprit si diffus, si éloquent, une
jalouse[2] si difficile en mérite, si peu touchée du mien, si *intriguée
de ce qu'on m'en trouvait. Enfin, un agréable[3] qui m'a fait des
phrases, mais des phrases ! d'une perfection ! qui m'a déclaré des
sentiments qu'il n'osait me dire[4] ; mais des sentiments d'une délicatesse assaisonnée d'un respect que j'ai trouvé d'une fadeur ! d'une
fadeur !

DORANTE. Oh ! on respecte beaucoup ici, c'est le ton de la province. Mais vous cherchez Rosimond, Madame ?

DORIMÈNE. Oui, c'est un étourdi à qui j'ai à parler tête à tête ; et
grâce à tous ces originaux qui m'ont obsédée, je n'en ai pas encore
eu le temps : il nous a quitté. Où est-il ?

DORANTE. Je pense qu'il écrit à Paris, et je sors d'un entretien avec
sa mère.

DORIMÈNE. Tant pis, cela n'est pas amusant, il vous en reste encore
un air froid et raisonnable, qui me gagnerait si nous restions ensemble ; je vais faire un tour sur la terrasse : allez, Dorante, allez dire à
Rosimond que je l'y attends.

DORANTE. Un moment, Madame, je suis chargé d'une petite
commission pour vous ; c'est que je vous avertis que la Marquise ne
trouve pas bon que vous entreteniez le Marquis.

---

1. Remarquer la bizarrerie de l'accord des participes passés : il est fait
plus soigneusement en fin de phrase. Voir la Note grammaticale,
p. 2265.   **2.** Texte du manuscrit et de l'édition originale. L'édition de 1758
remplaçant *jalouse* par *jalousie*, ce texte a passé dans toutes les éditions
ultérieures.   **3.** Ce mot s'emploie dès le XVIIᵉ siècle pour décrire un homme
d'une galanterie fade et affectée. Le sens est un peu différent dans « faire le
petit agréable » (acte III, sc. VIII), où il se rapproche du sens moderne.   **4.** Il
y a, semble-t-il, une antithèse entre *déclarer* (faire apercevoir) et *dire*. Sur ce
sens de *déclarer*, normal au XVIIᵉ siècle, voir Littré, 1ᵉ.

DORIMÈNE. Elle ne le trouve pas bon ! Eh bien, vous verrez que je l'en trouverai meilleur.

DORANTE. Je n'en ai pas douté : mais ce n'est pas là tout ; je suis encore prié de vous inspirer l'envie de partir.

DORIMÈNE. Je n'ai jamais eu tant d'envie de rester.

DORANTE. Je n'en suis pas surpris ; cela doit faire cet effet-là.

DORIMÈNE. Je commençais à m'ennuyer ici, je ne m'y ennuie plus ; je m'y plais, je l'avoue ; sans ce discours de la Marquise, j'aurais pu me contenter de défendre à Rosimond de se marier, comme je l'avais résolu en venant ici : mais on ne veut pas que je le voie ? on souhaite que je parte ? il m'épousera.

DORANTE. Cela serait très plaisant.

DORIMÈNE. Oh ! il m'épousera. Je pense qu'il n'y perdra pas : et vous, je veux aussi que vous nous aidiez à le débarrasser de cette petite fille ; je me propose un plaisir infini de ce qui va arriver ; j'aime à déranger les projets, c'est ma folie ; surtout, quand je les dérange d'une manière avantageuse. Adieu ; je prétends que vous épousiez Hortense, vous. Voilà ce que j'imagine ; réglez-vous là-dessus, entendez-vous ? Je vais[1] trouver le Marquis.

DORANTE, *pendant qu'elle part*. Puisse la folle me dire vrai[2] !

Scène III

ROSIMOND, DORANTE, FRONTIN

ROSIMOND, *à Frontin en entrant*. Cherche, vois partout ; et sans dire qu'elle est à moi, demande-la à tout le monde ; c'est à peu près dans ces endroits-ci que je l'ai perdue.

FRONTIN. Je ferai ce que je pourrai, Monsieur.

ROSIMOND, *à Dorante*. Ah ! c'est toi, Dorante ; dis-moi, par hasard, n'aurais-tu point trouvé une lettre à terre ?

DORANTE. Non.

ROSIMOND. Cela m'inquiète.

DORANTE. Eh ! de qui est-elle ?

ROSIMOND. De Dorimène ; et malheureusement elle est d'un style un peu familier sur Hortense ; elle l'y traite de petite provinciale qu'elle ne veut pas que j'épouse, et ces bonnes gens-ci seraient un peu scandalisés de l'épithète.

---

1. Manuscrit : *Je vas*.   2. Manuscrit : *me prédire vrai !*

DORANTE. Peut-être personne ne l'aura-t-il encore ramassée : et d'ailleurs, cela te chagrine-t-il tant ?

ROSIMOND. Ah ! très doucement ; je ne m'en désespère pas.

DORANTE. Ce qui en doit arriver doit être fort indifférent à un homme comme toi.

ROSIMOND. Aussi me l'est-il. Parlons de Dorimène ; c'est elle qui m'embarrasse. Je t'avouerai confidemment que je ne sais qu'en faire. T'a-t-elle dit qu'elle n'est venue ici que pour m'empêcher d'épouser ? Elle a quelque alliance avec ces gens-ci. Dès qu'elle a su que ma mère m'avait brusquement amené de Paris chez eux pour me marier, qu'a-t-elle fait ? Elle a une terre à quelques lieues de la leur, elle y est venue, et à peine arrivée, m'a écrit, par un exprès, qu'elle venait ici, et que je la verrais une heure après sa lettre, qui est celle que j'ai perdue.

DORANTE. Oui, j'étais chez elle alors, et j'ai vu partir l'exprès qui nous a précédé : mais enfin c'est une très aimable femme, et qui t'aime beaucoup.

ROSIMOND. J'en conviens. Il faut pourtant que tu m'aides à lui faire entendre raison.

DORANTE. Pourquoi donc ? Tu l'aimes aussi, apparemment, et cela n'est pas étonnant.

ROSIMOND. J'ai encore quelque goût pour elle, elle est vive, emportée, étourdie, bruyante. Nous avons lié une petite affaire de cœur ensemble ; et il y a deux mois que cela dure : deux mois, le terme [1] est honnête ; cependant aujourd'hui, elle s'avise de se piquer d'une belle passion pour moi. Ce mariage-ci lui déplaît, elle ne veut pas que je l'achève, et de vingt galanteries qu'elle a eues en sa vie, il faut que la nôtre soit la seule qu'elle *honore [2] de cette opiniâtreté d'amour : il n'y a que moi à qui cela arrive.

DORANTE. Te voilà donc bien agité ? Quoi ! tu crains les conséquences de l'amour d'une jolie femme, parce que tu te maries ! Tu as de ces sentiments *bourgeois, toi Marquis ? Je ne te reconnais pas ! Je te croyais plus *dégagé [3] que cela ; j'osais quelquefois entre-

---

1. Manuscrit : *le temps* (faute de lecture probable).   2. Sur ce mot, voir ci-dessus p. 1310, note 1.   3. Le mot *dégagé*, qui s'applique d'abord à la démarche et à l'allure, provient peut-être du jargon des maîtres à danser. L'expression *air dégagé* marque un acheminement vers le sens moral et figuré que nous avons ici. Le mot *bourgeois* exprime évidemment la notion inverse. — La manœuvre de Dorante, on le notera, rappelle celle du comte dans la seconde *Surprise de l'amour*.

tenir Hortense : mais je vois bien qu'il faut que je parte, et je n'y manquerai pas. Adieu.

ROSIMOND. Venez, venez ici. Qu'est-ce que c'est que cette fantaisie-là ?

DORANTE. Elle est sage. Il me semble que la Marquise ne me voit pas volontiers ici, et qu'elle n'aime pas à me trouver en conversation avec Hortense ; et je te demande pardon de ce que je vais te dire, mais il m'a passé dans l'esprit que tu avais pu l'indisposer contre moi, et te servir de sa méchante humeur pour m'insinuer de m'en aller.

ROSIMOND. Mais, oui-da, je suis peut-être jaloux. Ma façon de vivre, jusqu'ici, m'a rendu fort suspect de cette petitesse. *Débitez-la, Monsieur, débitez-la dans le monde. En vérité vous me faites pitié ! Avec cette opinion-là sur mon compte, valez-vous la peine qu'on vous désabuse ?

DORANTE. Je puis en avoir mal jugé ; mais ne se trompe-t-on jamais ?

ROSIMOND. Moi qui vous parle, suis-je plus à l'abri de la méchante humeur de ma mère ? Ne devrais-je pas, si je l'en crois, être aux genoux d'Hortense, et lui *débiter mes langueurs ? J'ai tort de n'aller pas, une houlette à la main, l'entretenir de ma passion pastorale : elle vient de me quereller tout à l'heure, me reprocher mon indifférence[1] ; elle m'a dit des injures, Monsieur, des injures : m'a traité de fat, d'impertinent, rien que cela, et puis je m'entends avec elle !

DORANTE. Ah ! voilà qui est fini, Marquis, je désavoue mon idée, et je t'en fais réparation.

ROSIMOND. Dites-vous vrai ? Êtes-vous bien sûr au moins que je pense comme il faut[2] ?

DORANTE. Si sûr à présent, que si tu allais te prendre d'amour pour cette petite Hortense dont on veut faire ta femme, tu me le dirais, que je n'en croirais rien.

ROSIMOND. Que sait-on ? Il y a à craindre, à cause que je l'épouse, que mon cœur ne s'enflamme et ne prenne la chose à la lettre !

DORANTE. Je suis persuadé que tu n'es point fâché que je lui en conte.

ROSIMOND. Ah ! si fait ; très fâché. J'en boude, et si vous continuez, j'en serai au désespoir.

---

1. Manuscrit : *mes indifférences.* **2.** Ce *comme il faut* révèle ce qu'il y a de conformisme dans l'attitude des petits-maîtres, malgré le mépris qu'ils affichent pour les préjugés.

DORANTE. Tu te moques de moi, et je le mérite.

ROSIMOND, *riant*. Ha, ha, ha. Comment es-tu avec elle ?

DORANTE. Ni bien ni mal. Comment la trouves-tu toi ?

ROSIMOND. Moi, ma foi, je n'en sais rien, je ne l'ai pas encore trop vue ; cependant, il m'a paru qu'elle était assez gentille, l'air naïf, droit et guindé : mais jolie, comme je te dis. Ce visage-là pourrait devenir quelque chose s'il appartenait à une femme du monde, et notre provinciale n'en fait rien ; mais cela est bon pour une femme [1], on la prend comme elle vient.

DORANTE. Elle ne te convient guère. De bonne foi, l'épouseras-tu ?

ROSIMOND. Il faudra bien, puisqu'on le veut : nous l'épouserons ma mère et moi, si [2] vous ne nous l'enlevez pas.

DORANTE. Je pense que tu ne t'en soucierais guère, et que tu me le pardonnerais.

ROSIMOND. Oh ! là-dessus, toutes les permissions du monde au suppliant, si elles pouvaient lui être bonnes à quelque chose [3]. T'*amuse-t-elle ?

DORANTE. Je ne la hais pas.

ROSIMOND. Tout de bon ?

DORANTE. Oui : comme elle ne m'est pas destinée, je l'aime assez.

ROSIMOND. Assez ? Je vous le conseille ! De la passion, Monsieur, des *mouvements pour me divertir, s'il vous plaît. En sens-tu déjà un peu ?

DORANTE. Quelquefois. Je n'ai pas ton expérience en galanterie ; je ne suis là-dessus qu'un écolier qui n'a rien vu.

ROSIMOND, *riant*. Ah ! vous l'aimez, Monsieur l'écolier : ceci est sérieux, je vous défends de lui plaire.

DORANTE. Je n'oublie cependant rien pour cela, ainsi laisse-moi partir ; la peur de te fâcher me reprend.

ROSIMOND, *riant*. Ha ! ha ! ha ! que tu es réjouissant !

Scène IV

MARTON, DORANTE, ROSIMOND

DORANTE, *riant aussi*. Ha ! ha ! ha ! Où est votre maîtresse, Marton ?

---

1. Une femme, par opposition à une maîtresse.   **2.** Le mot *si* manque dans le manuscrit.   **3.** Manuscrit : *à quelques choses*.

MARTON. Dans la grande allée, où elle se promène, Monsieur, elle vous demandait tout à l'heure.

ROSIMOND. Rien que lui, Marton ?

MARTON. Non, que je sache[1].

DORANTE. Je te laisse, Marquis, je vais la rejoindre.

ROSIMOND. Attends, nous irons ensemble.

MARTON. Monsieur, j'aurais un mot à vous dire.

ROSIMOND. À moi, Marton ?

MARTON. Oui, Monsieur.

DORANTE. Je vais donc toujours devant.

ROSIMOND, *à part*. Rien que lui ? C'est qu'elle est piquée.

Scène V

MARTON, ROSIMOND

ROSIMOND. De quoi s'agit-il, Marton ?

MARTON. D'une lettre que j'ai trouvée, Monsieur, et qui est apparemment celle que vous avez tantôt reçue de Frontin.

ROSIMOND. Donne, j'en étais inquiet.

MARTON. La voilà.

ROSIMOND. Tu ne l'as montrée à personne, apparemment ?

MARTON. Il n'y a qu'Hortense et son père qui l'ont vue, et je ne la leur ai montrée que pour savoir à qui elle appartenait.

ROSIMOND. Eh ! ne pouviez-vous pas le voir[2] vous-même ?

MARTON. Non, Monsieur, je ne sais pas lire, et d'ailleurs, vous en aviez gardé l'enveloppe.

ROSIMOND. Et ce sont eux qui vous ont dit que la lettre m'appartenait ? Ils l'ont donc lue ?

MARTON. Vraiment oui, Monsieur, ils n'ont pu juger qu'elle était à vous que sur la lecture qu'ils en ont fait.

ROSIMOND. Hortense présente ?

MARTON. Sans doute. Est-ce que cette lettre est de quelque conséquence ? Y a-t-il quelque chose qui les concerne ?

ROSIMOND. Il vaudrait mieux qu'ils ne l'eussent point vue.

MARTON. J'en suis fâchée.

---

1. Réponse suivant le sens et non suivant la forme de la phrase. En effet, *Rien que lui ?* équivaut à *Personne d'autre ?* De tels tours sont fréquents chez Marivaux, et généralement dans la langue classique. Voir *L'Île de la Raison* (acte I, sc. XIV).   **2.** Texte du manuscrit. Les éditions portent *pas la voir*.

ROSIMOND. Cela est désagréable. Eh, qu'en a dit Hortense ?

MARTON. Rien, Monsieur, elle n'a pas paru y faire attention : mais comme on m'a chargé de vous la rendre, voulez-vous que je dise que vous ne l'avez pas reconnue ?

ROSIMOND. L'offre est obligeante et je l'accepte ; j'allais vous en prier.

MARTON. Oh ! de tout mon cœur, je vous le promets, quoique ce soit une précaution assez inutile, comme je vous dis, car ma maîtresse ne vous en parlera seulement pas.

ROSIMOND. Tant mieux, tant mieux, je ne m'attendais pas à tant de modération ; serait-ce que notre mariage lui déplaît ?

MARTON. Non, cela ne va pas jusque-là ; mais elle ne s'y intéresse pas extrêmement non plus.

ROSIMOND. Vous l'a-t-elle dit, Marton ?

MARTON. Oh ! plus de dix fois, Monsieur, et vous le savez[1] bien, elle vous l'a dit à vous-même.

ROSIMOND. Point du tout, elle a, ce me semble, parlé de différer et non pas de rompre : mais que ne s'est-elle expliquée ? je ne me serais pas avisé de soupçonner son éloignement pour moi, il faut être *fait à se douter de pareille chose !

MARTON. Il est vrai qu'on est presque sûr d'être aimé quand on vous ressemble, aussi ma maîtresse vous aurait-elle épousé d'abord assez volontiers : mais je ne sais, il y a eu[2] du malheur, vos façons l'ont choquée.

ROSIMOND. Je ne les ai pas prises en province, à la vérité.

MARTON. Eh ! Monsieur, à qui le dites-vous ? Je suis persuadée qu'elles sont toutes des meilleures : mais, tenez, malgré cela je vous avoue moi-même que je ne pourrais pas m'empêcher d'en rire si je ne me retenais pas, tant elles nous paraissent plaisantes à nous autres provinciales ; c'est que nous sommes des ignorantes. Adieu, Monsieur, je vous salue.

ROSIMOND. Doucement, confiez-moi ce que votre maîtresse y trouve à redire.

MARTON. Eh ! Monsieur, ne prenez pas garde à ce que nous en pensons : je vous dis que tout nous y paraît comique. Vous savez bien que vous avez peur de faire l'amoureux de ma maîtresse, parce qu'apparemment cela ne serait pas de bonne *grâce dans un *joli

---

1. Manuscrit : *et vous le saviez* (faute probable). 2. Manuscrit : *je ne sais s'il y a eu* (cette fois, le texte est plausible).

homme comme vous ; mais comme Hortense est aimable et qu'il s'agit de l'épouser, nous trouvons cette peur-là si burlesque ! si bouffonne ! qu'il n'y a point de comédie qui nous divertisse tant ; car il est sûr que vous auriez plu à Hortense si vous ne l'aviez pas fait rire : mais ce qui fait rire n'attendrit plus, et je vous dis cela pour vous divertir vous-même.

ROSIMOND. C'est aussi tout l'usage que j'en fais.

MARTON. Vous avez raison, Monsieur, je suis votre *servante. (Elle revient.)* Seriez-vous encore curieux d'une de nos folies ? Dès que Dorante et Dorimène sont arrivés ici, vous avez dit qu'il[1] fallait que Dorante aimât ma maîtresse, pendant que vous feriez l'amour à Dorimène, et cela à la veille d'épouser Hortense ; Monsieur, nous en avons pensé mourir de rire, ma maîtresse et moi ! Je lui ai pourtant dit qu'il fallait bien que vos airs fussent dans les règles du bon savoir-vivre. Rien ne l'a persuadée ; les gens de ce pays-ci ne sentent point le mérite de ces manières-là ; c'est autant de perdu. Mais je m'*amuse trop. Ne dites mot, je vous prie.

ROSIMOND. Eh bien, Marton, il faudra se corriger : j'ai vu quelques benêts de la province, et je les copierai.

MARTON. Oh ! Monsieur, n'en prenez pas la peine ; ce ne serait pas en contrefaisant le benêt que vous feriez revenir les bonnes dispositions où ma maîtresse était pour vous[2] ; ce que je vous dis sous le secret[3], au moins ; mais vous ne réussiriez, ni comme benêt ni comme comique. Adieu, Monsieur.

Scène VI

ROSIMOND, DORIMÈNE

ROSIMOND, *un moment seul.* Eh bien, cela me guérit d'Hortense ; cette fille qui m'aime et qui se résout à me perdre, parce que je ne donne pas dans la fadeur de languir pour elle ! Voilà une sotte enfant ! Allons pourtant la trouver[4].

DORIMÈNE. Que devenez-vous donc, Marquis ? on ne sait où vous prendre ? Est-ce votre future qui vous occupe ?

---

1. Les mots *qu'il* manquent dans le manuscrit.   **2.** Manuscrit : *les bonnes dispositions en ma maîtresse étant pour vous* (le copiste n'a pas déchiffré).   **3.** Manuscrit : *sans le secret* (nouvelle faute de lecture). **4.** Cette conclusion inattendue montre que Rosimond est plus épris qu'il ne veut se l'avouer.

ROSIMOND. Oui, je m'occupais des reproches qu'on me faisait de mon indifférence pour elle, et je vais tâcher d'y mettre ordre ; elle est là-bas avec Dorante, y venez-vous ?

DORIMÈNE. Arrêtez, arrêtez ; il s'agit de mettre ordre à quelque chose de plus important. Quand est-ce donc que cette indifférence qu'on vous reproche pour elle lui fera prendre son parti ? Il me semble que cela demeure bien longtemps à se déterminer. À qui est-ce la faute ?

ROSIMOND. Ah ! vous me querellez aussi [1] ! Dites-moi, que voulez-vous qu'on fasse ? Ne sont-ce pas nos parents qui décident de cela ?

DORIMÈNE. Qu'est-ce que c'est que des parents, Monsieur ? C'est l'amour que vous avez pour moi, c'est le vôtre, c'est le mien qui en décideront, s'il vous plaît. Vous ne mettrez pas des volontés de parents en parallèle avec des raisons de cette force-là, sans doute, et je veux demain que tout cela finisse.

ROSIMOND. Le terme est court, on aurait de la peine à faire ce que vous dites là ; je désespère d'en venir à bout, moi, et vous en parlez bien à votre aise.

DORIMÈNE. Ah ! je vous trouve *admirable ! Nous sommes à Paris, je vous perds deux jours de vue ; et dans cet intervalle, j'apprends que vous êtes parti avec votre mère pour aller vous marier, pendant que vous m'aimez, pendant qu'on vous aime, et qu'on vient tout récemment, comme vous le savez, de congédier là-bas le Chevalier, pour n'avoir de liaison de cœur qu'avec vous ? Non, Monsieur, vous ne vous marierez point : n'y songez pas, car il n'en sera rien, cela est décidé ; votre mariage me déplaît. Je le passerais à un autre ; mais avec vous ! Je ne suis pas de cette humeur-là, je ne saurais ; vous êtes un étourdi, pourquoi vous jetez-vous dans cet *inconvénient ?

ROSIMOND. Faites-moi donc la grâce d'observer que je suis la victime des arrangements de ma mère.

DORIMÈNE. La victime ! Vous m'édifiez beaucoup, vous êtes un petit garçon bien obéissant.

ROSIMOND. Je n'aime pas à la fâcher, j'ai cette faiblesse-là, par exemple.

DORIMÈNE. Le poltron ! Eh bien, gardez votre faiblesse : j'y suppléerai, je parlerai à votre prétendue.

ROSIMOND. Ah ! que je vous reconnais bien à ces tendres inconsidé-

1. Manuscrit : *vous me querellez ainsi* (erreur de lecture).

rations-là ! Je les adore [1]. Ayons pourtant un peu plus de flegme ici ; car que lui direz-vous ? que vous m'aimez ?

DORIMÈNE. Que nous nous aimons.

ROSIMOND. Voilà qui va fort bien ; mais vous ressouvenez-vous que vous êtes en province, où il y a des règles, des maximes de décence qu'il ne faut point choquer ?

DORIMÈNE. Plaisantes maximes ! Est-il défendu de s'aimer, quand on est aimable ? Ah ! il y a des puérilités qui ne doivent pas arrêter. Je vous épouserai, Monsieur, j'ai du bien, de la naissance, qu'on nous marie ; c'est peut-être le vrai moyen de me guérir d'un amour que vous ne méritez pas que je conserve.

ROSIMOND. Nous marier ! Des gens qui s'aiment ! Y songez-vous ? Que vous a fait l'amour pour le pousser à bout ? Allons trouver la compagnie.

DORIMÈNE. Nous verrons. Surtout, point de mariage ici, commençons par là. Mais que vous veut Frontin [2] ?

Scène VII

ROSIMOND, DORIMÈNE, FRONTIN

FRONTIN, *tout essoufflé*. Monsieur, j'ai un mot à vous dire.

ROSIMOND. Parle [3].

FRONTIN. Il faut que nous soyons seuls, Monsieur.

DORIMÈNE. Et moi je reste parce que je suis curieuse.

FRONTIN. Monsieur, Madame est de trop ; la moitié de ce que j'ai à vous dire est contre elle.

DORIMÈNE. Marquis, faites parler ce faquin-là.

ROSIMOND. Parleras-tu, maraud ?

FRONTIN. J'enrage ; mais n'importe. Eh bien, Monsieur, ce que j'ai à vous dire, c'est que Madame ici nous portera malheur à tous deux.

DORIMÈNE. Le sot !

---

1. Exemple typique de phrase « petit-maître », avec l'hyperbole *(je les adore)*, l'emploi d'un pluriel d'abstrait *(inconsidérations*, comparer *des gravités*, acte II, sc. II) et l'alliance de mots *(tendres inconsidérations)*. **2.** Texte du manuscrit. Les éditions portent : *Mais que vous veut dire Frontin ?* qui paraît moins satisfaisant, ne serait-ce que parce que *dire* est répété à la ligne suivante (ce qui constitue peut-être l'origine de la faute). **3.** Manuscrit : *parlés*. L'édition originale porte *parles*, qu'avait sans doute écrit Marivaux.

Rosimond. Comment ?

Frontin. Oui, Monsieur, si vous ne changez pas de façon, nous ne tenons plus rien. Pendant que Madame vous amuse, Dorante nous égorge.

Rosimond. Que fait-il donc ?

Frontin. L'*amour, Monsieur, l'amour, à votre belle Hortense !

Dorimène. Votre belle : voilà une épithète bien placée [1] !

Frontin. Je défie qu'on la place mieux ; si vous entendiez là-bas comme il se démène, comme les déclarations vont dru, comme il entasse les soupirs, j'en ai déjà compté plus de trente de la dernière conséquence, sans parler des génuflexions, des exclamations : Madame, par-ci, Madame, par-là ! Ah, les beaux yeux ! ah ! les belles mains ! Et ces mains-là, Monsieur, il ne les marchande pas, il en attrape toujours quelqu'une, qu'on retire... couci, couci, et qu'il baise avec un appétit qui me désespère ; je l'ai laissé comme il en retenait une sur qui il s'était déjà jeté plus de dix fois, malgré qu'on en eût, ou qu'on n'en eût pas, et j'ai peur qu'à la fin elle ne lui reste [2].

Rosimond *et* Dorimène, *riant*. Hé, hé, hé...

Rosimond. Cela est pourtant vif !

Frontin. Vous riez ?

Rosimond, *riant, parlant de Dorimène*. Oui, cette main-ci voudra peut-être bien me dédommager du tort qu'on me fait sur l'autre.

Dorimène, *lui donnant la main*. Il y a de l'équité.

Rosimond, *lui baisant la main*. Qu'en dis-tu, Frontin, suis-je si à plaindre ?

Frontin. Monsieur, on sait bien que Madame a des mains ; mais je vous trouve toujours en *arrière [3].

Dorimène. Renvoyez cet homme-là, Monsieur ; j'admire votre sang-froid.

Rosimond. Va-t'en. C'est Marton qui lui a tourné la cervelle !

Frontin. Non, Monsieur, elle m'a corrigé, j'étais petit-maître aussi

---

1. Dans le manuscrit, la réplique est plus brève : *Voilà une épithète bien lâchée.*   2. Les scènes de ce genre ne sont pas ordinairement mises par Marivaux sous les yeux du spectateur : c'est un personnage comique qui les raconte, Trivelin dans *La Fausse Suivante* (acte II, sc. iii), Frontin dans *L'Heureux Stratagème* (acte I, sc. xii). Dans ces deux pièces, l'idée est développée plus longuement et de façon plus comique, le narrateur mimant la scène en imitant les tons de voix.   3. Car c'est Dorimène qui fait les avances.

bien qu'un autre ; je ne voulais pas aimer Marton que je dois épouser, parce que je croyais qu'il était *malhonnête d'aimer sa future ; mais cela n'est pas vrai, Monsieur, fiez-vous à ce que je dis, je n'étais qu'un sot, je l'ai bien compris. Faites comme moi, j'aime à présent de tout mon cœur, et je le dis tant qu'on veut : suivez mon exemple ; Hortense vous plaît, je l'ai remarqué, ce n'est que pour être *joli homme, que vous la laissez là, et vous ne serez point joli, Monsieur.

DORIMÈNE. Marquis, que veut-il donc dire avec son Hortense, qui vous plaît ? Qu'est-ce que cela signifie ? Quel travers vous donne-t-il là ?

ROSIMOND. Qu'en sais-je ? Que voulez-vous qu'il ait vu ? On veut que je l'épouse, et je l'épouserai ; d'empressement, on ne m'en a pas vu beaucoup jusqu'ici, je ne pourrai pourtant me dispenser d'en avoir, et j'en aurai parce qu'il le faut : voilà tout ce que j'y sache ; vous allez bien vite. *(À Frontin* [1].) Retire-toi.

FRONTIN. Quel dommage de négliger un cœur tout neuf [2] ! cela est si rare !

DORIMÈNE. Partira-t-il ?

ROSIMOND. Va-t'en donc ! Faut-il que je te chasse ?

FRONTIN. Je n'ai pas tout dit, la lettre est retrouvée, Hortense et Monsieur le Comte l'ont lue d'un bout à l'autre, mettez-y ordre ; ce maudit papier est encore de Madame.

DORIMÈNE. Quoi ! parle-t-il du billet que je vous ai envoyé ici de chez moi ?

ROSIMOND. C'est du même que j'avais perdu.

DORIMÈNE. Eh bien, le hasard est heureux, cela les met au fait.

ROSIMOND. Oh, j'ai pris mon parti là-dessus, je m'en démêlerai bien : Frontin nous tirera d'affaire.

FRONTIN. Moi, Monsieur ?

ROSIMOND. Oui, toi-même.

DORIMÈNE. On n'a pas besoin de lui là-dedans, il n'y a qu'à laisser aller les choses.

ROSIMOND. Ne vous embarrassez pas, voici Hortense et Dorante qui s'avancent, et qui paraissent s'entretenir avec assez de vivacité.

FRONTIN. Eh bien ! Monsieur, si vous ne m'en croyez pas, cachez-

---

1. L'indication *À Frontin* manque dans le manuscrit.   2. Le mot *neuf* est omis dans le manuscrit.

vous un moment derrière cette petite palissade [1], pour entendre ce qu'ils disent, vous aurez le temps, ils ne vous voient point.

Frontin s'en va.

ROSIMOND. Il n'y aurait pas grand mal, le voulez-vous, Madame ? C'est une petite plaisanterie de campagne.

DORIMÈNE. Oui-da, cela nous divertira.

Scène VIII

ROSIMOND, DORIMÈNE, *au bout du théâtre*, DORANTE, HORTENSE, *à l'autre bout* [2]

HORTENSE. Je vous crois sincère, Dorante ; mais quels que [3] soient vos sentiments, je n'ai rien à y répondre jusqu'ici ; on me destine à un autre. *(À part.)* Je crois que je vois Rosimond.

DORANTE. Il sera donc votre époux, Madame ?

HORTENSE. Il ne l'est pas encore. *(À part.)* C'est lui avec Dorimène.

DORANTE. Je n'oserais vous demander s'il est aimé.

HORTENSE. Ah ! doucement, je n'hésite point à vous dire que non.

DORIMÈNE, *à Rosimond.* Cela vous afflige-t-il ?

ROSIMOND. Il faut qu'elle m'ait vu [4].

HORTENSE. Ce n'est pas que j'aie de l'éloignement pour lui, mais si j'aime jamais, il en coûtera un peu davantage pour me rendre sensible ! Je n'accorderai mon cœur qu'aux soins les plus tendres, qu'à tout ce que l'amour aura de plus respectueux, de plus soumis : il faudra qu'on me dise mille fois : je vous aime, avant que je le croie, et que je m'en soucie ; qu'on se fasse une affaire de la dernière importance de me le persuader ; qu'on ait la modestie de craindre

---

1. C'est aussi derrière une *palissade*, c'est-à-dire une haie d'arbustes d'ornement taillés, que Trivelin assiste à l'entretien de la comtesse et du chevalier dans *La Fausse Suivante* (acte II, sc. III). Le procédé est donc conventionnel. Mais on observera que, pas plus que la découverte de la lettre perdue, autre procédé peu original, il ne joue un rôle imprévu ou providentiel : le dénouement n'en dépend pas, il s'en trouve seulement accéléré. Chez Marivaux, les événements accidentels ne troublent pas la logique des événements psychologiques : ils la mettent en relief en lui fournissant comme un support concret.   2. Les indications *au bout du théâtre* et *à l'autre bout* manquent dans le manuscrit.   3. Écrit *quelques* dans l'édition originale et le manuscrit.   4. Trait de caractère charmant, ainsi que le remarque judicieusement Duviquet.

d'aimer en vain, et qu'on me demande enfin mon cœur comme une grâce qu'on sera trop heureux d'obtenir. Voilà à quel prix j'aimerai, Dorante, et je n'en rabattrai rien ; il est vrai qu'à ces conditions-là, je cours risque de rester insensible, surtout de la part d'un homme comme le Marquis, qui n'en est pas réduit à ne soupirer que pour une provinciale, et qui, au pis-aller, a touché le cœur de Dorimène.

DORIMÈNE, *après avoir écouté*. Au pis-aller ! dit-elle, au pis-aller ! avançons, Marquis !

ROSIMOND. Quel est donc votre dessein ?

DORIMÈNE. Laissez-moi faire, je ne gâterai rien.

HORTENSE. Quoi ! vous êtes là, Madame ?

DORIMÈNE. Eh oui, Madame, j'ai eu le plaisir de vous entendre ; vous peignez si bien ! Qui est-ce qui me prendrait pour un pis-aller ? cela me ressemble tout à fait pourtant. Je vous apprends en revanche que vous nous tirez d'un grand embarras ; Rosimond vous est indifférent, et c'est fort bien fait ; il n'osait vous le dire, mais je parle pour lui ; son pis-aller lui est cher, et tout cela vient à merveille[1].

ROSIMOND, *riant*[2]. Comment donc, vous parlez pour moi ? Mais point du tout, Comtesse ! Finissons, je vous prie ; je ne reconnais point là mes sentiments.

DORIMÈNE. Taisez-vous, Marquis ; votre politesse ici consiste à garder le silence ; imaginez-vous que vous n'y êtes point.

ROSIMOND. Je vous dis qu'il n'est pas question de politesse, et que ce n'est pas là ce que je pense.

DORIMÈNE. Il bat la campagne. Ne faut-il pas en venir à dire ce qui est vrai ? Votre cœur et le mien sont engagés, vous m'aimez.

ROSIMOND, *en riant*. Eh ! qui est-ce qui ne vous aimerait pas[3] ?

DORIMÈNE. L'occasion se présente de le dire et je le dis ; il faut bien que Madame le sache.

ROSIMOND. Oui, ceci est sérieux.

DORIMÈNE. Elle s'en doutait ; je ne lui apprends presque rien.

ROSIMOND. Ah, très peu de chose !

DORIMÈNE. Vous avez beau m'interrompre, on ne vous écoute pas. Voudriez-vous l'épouser, Hortense, prévenu d'une autre passion ? Non, Madame. Il faut qu'un mari vous aime, votre cœur ne s'en

---

1. *Cela vient à merveille* est une expression à la mode. Trente ans plus tard, on dira *cela vient à miracle* (Poinsinet, *Le Cercle*, sc. v).　**2.** L'indication *riant* est omise dans le manuscrit.　**3.** Manuscrit : *ne vous aimera pas ?* (Faute probable.)

passerait pas ; ce sont vos usages, ils sont fort bons ; n'en sortez point, et travaillons de concert à rompre votre mariage.

ROSIMOND. Parbleu, Mesdames, je vous traverserai donc, car je vais travailler à le conclure !

HORTENSE. Eh ! non, Monsieur, vous ne vous ferez point ce tort-là, ni à moi non plus.

DORANTE. En effet, Marquis, à quoi bon feindre ? Je sais ce que tu penses, tu me l'as confié , d'ailleurs, quand je t'ai dit mes sentiments pour Madame, tu ne les as pas désapprouvés.

ROSIMOND. Je ne me souviens point de cela, et vous êtes un étourdi, qui me ferez des affaires avec Hortense.

HORTENSE. Eh ! Monsieur, point de mystère ! Vous n'ignorez pas mes dispositions, et il ne s'agit point ici de compliments.

ROSIMOND. Eh ! quoi ! Madame, faites-vous quelque attention à ce qu'on dit là ? Ils se divertissent.

DORANTE. Mais, parlons français. Est-ce que tu aimes Madame ?

ROSIMOND. Ah ! je suis ravi de vous voir curieux ; c'est bien à vous à qui j'en dois rendre compte. *(À Hortense.)* Je ne suis pas embarrassé de ma réponse : mais approuvez, je vous prie, que je mortifie sa curiosité.

DORIMÈNE, *riant*. Ha ! ha ! ha ! ha !... il me prend envie aussi de lui demander s'il m'aime ? voulez-vous gager qu'il n'osera me l'avouer ? m'aimez-vous, Marquis ?

ROSIMOND. Courage, je suis en butte aux questions.

DORIMÈNE. Ne l'ai-je pas dit ?

ROSIMOND, *à Hortense*. Et vous, Madame, serez-vous la seule qui ne m'en ferez point ?

HORTENSE. Je n'ai rien à savoir.

Scène IX

FRONTIN, ROSIMOND, DORIMÈNE, DORANTE, HORTENSE [1]

FRONTIN. Monsieur, je vous avertis que voilà votre mère avec Monsieur le Comte, qui vous cherchent, et qui viennent vous parler.

ROSIMOND, *à Frontin*. Reste ici.

DORANTE. Je te laisse donc, Marquis.

DORIMÈNE. Adieu, je reviendrai savoir ce qu'ils vous auront dit.

---

1. Le manuscrit porte simplement l'indication : *Les acteurs susdits*.

HORTENSE. Et moi je vous laisse penser à ce que vous leur direz.

ROSIMOND. Un moment, Madame ; que tout ce qui vient de se passer ne vous fasse aucune impression : vous voyez ce que c'est que Dorimène ; vous avez dû démêler son esprit et la trouver singulière. C'est une manière de petit-maître en femme [1] qui tire sur le coquet, sur le cavalier même, n'y faisant pas grande façon pour dire ses sentiments, et qui s'avise d'en avoir pour moi, que je ne saurais brusquer comme vous voyez ; mais vous croyez bien qu'on sait faire la différence des personnes ; on distingue, Madame, on distingue [2]. Hâtons-nous de conclure pour finir tout cela, je vous en supplie.

HORTENSE. Monsieur, je n'ai pas le temps de vous répondre ; on approche. Nous nous verrons tantôt.

ROSIMOND, *quand elle part.* La voilà, je crois, radoucie.

Scène X

FRONTIN, ROSIMOND

FRONTIN. Je n'ai que faire ici, Monsieur ?

ROSIMOND. Reste, il va peut-être être question de ce billet perdu, et il faut que tu le prennes sur ton compte.

FRONTIN. Vous n'y songez pas, Monsieur ! Le diable, qui a bien des secrets, n'aurait pas celui de persuader les gens, s'il était à ma place ; d'ailleurs Marton sait qu'il est à vous.

ROSIMOND. Je le veux, Frontin, je le veux, je suis convenu avec Marton qu'elle dirait que je n'ai su ce que c'était ; ainsi, imaginez, faites comme il vous plaira, mais tirez-moi d'intrigue.

Scène XI

ROSIMOND, FRONTIN, LA MARQUISE, LE COMTE

LA MARQUISE. Mon fils, Monsieur le Comte a besoin d'un éclaircissement, sur certaine lettre sans adresse, qu'on a trouvée et qu'on croit s'adresser à vous ? Dans la conjoncture où vous êtes, il est juste

---

1. Marivaux évite le mot de *petite-maîtresse*, qui, quoique employé depuis une vingtaine d'années, passe encore à l'époque pour néologique.
2. Même à ce moment où Rosimond est inquiet, son langage reste celui du petit-maître : l'anaphore *on distingue, Madame, on distingue* est caractéristique. C'est le signe que la conversion n'est pas opérée.

qu'on soit instruit là-dessus ; parlez-nous naturellement, le style en est un peu libre sur Hortense ; mais on ne s'en prend point à vous.

ROSIMOND. Tout ce que je puis dire à cela, Madame, c'est que je n'ai point perdu de lettre.

LE COMTE. Ce n'est pourtant qu'à vous qu'on peut avoir écrit celle dont nous parlons, Monsieur le Marquis ; et j'ai dit même à Marton de vous la rendre. Vous l'a-t-elle rapportée ?

ROSIMOND. Oui, elle m'en a montré une qui ne m'appartenait point. *(À Frontin.)* À propos, ne m'as-tu pas dit, toi, que tu en avais perdu une ? C'est peut-être la tienne.

FRONTIN. Monsieur, oui, je ne m'en ressouvenais plus ; mais cela se pourrait bien.

LE COMTE. Non, non, on vous y parle à vous positivement, le nom de Marquis y est répété deux fois, et on y signe LA COMTESSE pour tout nom, ce qui pourrait convenir à Dorimène.

ROSIMOND, *à Frontin*. Eh bien, qu'en dis-tu ? Nous rendras-tu raison de ce que cela veut dire ?

FRONTIN. Mais, oui, je me rappelle du Marquis[1] dans cette lettre ; elle est, dites-vous, signée LA COMTESSE ? Oui, Monsieur, c'est cela même, Comtesse et Marquis, voilà l'histoire.

LE COMTE, *riant*. Hé, hé, hé ! Je ne savais pas que Frontin fût un Marquis déguisé, ni qu'il fût en commerce de lettres avec des Comtesses.

LA MARQUISE. Mon fils, cela ne paraît pas naturel.

ROSIMOND, *à Frontin*. Mais, te plaira-t-il de t'expliquer mieux ?

FRONTIN. Eh vraiment oui, il n'y a rien de si aisé ; on m'y appelle Marquis, n'est-il pas vrai ?

LE COMTE. Sans doute.

FRONTIN. Ah la folle ! On y signe COMTESSE ?

LA MARQUISE. Eh bien !

FRONTIN. Ah ! ah ! ah ! l'extravagante.

ROSIMOND. De qui parles-tu ?

---

1. Par souci de correction, Duviquet corrige ici en *je me souviens du Marquis*. D'autres éditions conservent le texte original en faisant remarquer que « c'est un valet qui parle ». Mais si Marivaux prête des expressions familières à ses valets, il ne les fait pas parler incorrectement, et jamais ne construit *se rappeler de* avec un nom. En réalité, *du* est partitif : « je me rappelle qu'il y a du marquis dans cette lettre ». On a vu que le mot de *marquis* y revenait deux fois.

FRONTIN. D'une étourdie que vous connaissez, Monsieur ; de Lisette.

LA MARQUISE. De la mienne ? de celle que j'ai laissée à Paris ?

FRONTIN. D'elle-même.

LE COMTE, *riant*. Et le nom de Marquis, d'où te vient-il ?

FRONTIN. De sa grâce, je suis un Marquis de la promotion de Lisette, comme elle est Comtesse de la promotion de Frontin, et cela est ordinaire. *(Au Comte.)* Tenez, Monsieur, je connais un garçon qui avait l'honneur d'être à vous pendant votre séjour à Paris, et qu'on appelait familièrement Monsieur le Comte. Vous étiez le premier, il était le second. Cela ne se pratique pas autrement ; voilà l'usage parmi nous autres subalternes de qualité, pour établir quelque subordination entre la livrée bourgeoise et nous ; c'est ce qui nous distingue[1].

ROSIMOND. Ce qu'il vous dit est vrai.

LE COMTE, *riant*. Je le veux bien ; tout ce qui m'inquiète, c'est que ma fille a vu cette lettre, elle ne m'en a pourtant pas paru moins tranquille : mais elle est réservée, et j'aurais peur qu'elle ne crût pas l'histoire des promotions de Frontin si aisément.

ROSIMOND. Mais aussi, de quoi s'avisent ces marauds-là ?

FRONTIN. Monsieur, chaque *nation a ses coutumes ; voilà les coutumes de la nôtre.

LE COMTE. Il y pourrait, pourtant, rester une petite difficulté ; c'est que dans cette lettre on y parle d'une provinciale, et d'un mariage avec elle qu'on veut empêcher en venant ici, cela ressemblerait assez à notre projet.

LA MARQUISE. J'en conviens.

ROSIMOND. Parle[2] !

FRONTIN. Oh ! bagatelle. Vous allez être au fait. Je vous ai dit que nous prenions vos titres.

LE COMTE. Oui, vous prenez le nom de vos maîtres. Mais voilà tout apparemment[3].

FRONTIN. Oui, Monsieur, mais quand nos maîtres passent par le

---

1. Comparer, chez un autre valet de petit-maître : « Nous aimerions mieux crever que de fréquenter les valets roturiers, qui profanent leurs talents chez les robins ou chez les bourgeois. » (Van Effen, *Les Petits-Maîtres*, 1719, acte I, sc. IV.) Le détail vient de *Gil Blas*. 2. Le manuscrit porte *parlés*, ce qui est sans doute une fausse lecture de *parles*, donné d'ailleurs sous cette forme dans l'édition originale. 3. Les mots *Mais voilà tout apparemment* manquent dans le manuscrit.

mariage, nous autres, nous quittons le célibat ; le maître épouse la maîtresse, et nous la suivante, c'est encore la règle ; et par cette règle que j'observerai, vous voyez bien que Marton me revient. Lisette, qui est là-bas, le sait, Lisette est jalouse, et Marton est tout de suite une provinciale, et tout de suite on menace de venir empêcher le mariage ; il est vrai qu'on n'est pas venu, mais on voulait venir.

LA MARQUISE. Tout cela se peut, Monsieur le Comte, et d'ailleurs il n'est pas possible de penser que mon fils préférât Dorimène à Hortense, il faudrait qu'il fût aveugle.

ROSIMOND. Monsieur est-il bien convaincu ?

LE COMTE. N'en parlons plus, ce n'est pas même votre amour pour Dorimène qui m'inquiéterait ; je sais ce que c'est que ces amours-là : entre vous autres gens du bel air[1], souffrez que je vous dise que vous ne vous aimez guère, et Dorimène notre alliée est un peu sur ce ton-là. Pour vous, Marquis, croyez-moi, ne donnez plus dans ces façons, elles ne sont pas dignes de vous ; je vous parle déjà comme à mon gendre ; vous avez de l'*esprit et de la raison, et vous êtes né avec tant d'avantage, que vous n'avez pas besoin de vous distinguer par de faux airs ; restez ce que vous êtes, vous en vaudrez mieux ; mon âge, mon estime pour vous, et ce que je vais vous devenir me permettent de vous parler ainsi.

ROSIMOND. Je n'y trouve point à redire.

LA MARQUISE. Et je vous prie, mon fils, d'y faire attention.

LE COMTE. Changeons de discours ; Marton est-elle là ? Regarde[2], Frontin.

FRONTIN. Oui, Monsieur, je l'aperçois qui passe avec ces dames. *(Il l'appelle.)* Marton !

MARTON *paraît*. Qu'est-ce qui me demande ?

LE COMTE. Dites à ma fille de venir.

MARTON. La voilà qui s'avance, Monsieur.

---

1. Manuscrit : *vous autres du bel air.*   2. Manuscrit : *regardés* (voir p. 1338, note 2 ; du reste, le comte tutoie Frontin).

Scène XII

HORTENSE, DORIMÈNE, DORANTE, ROSIMOND, LA MARQUISE, LE COMTE, MARTON, FRONTIN[1]

Le Comte. Approchez, Hortense, il n'est plus nécessaire d'attendre mon frère ; il me l'écrit lui-même, et me mande de conclure, ainsi nous signons le contrat ce soir, et nous vous marions demain.

Hortense, *se mettant à genoux.* Signer le contrat ce soir, et demain me marier ! Ah ! mon père, souffrez que je me jette à vos genoux pour vous conjurer qu'il n'en soit rien ; je ne croyais pas qu'on irait si vite, et je devais vous parler tantôt.

Le Comte, *relevant sa fille et se tournant du côté de la Marquise.* J'ai prévu ce que je vois là. Ma fille, je sens les motifs de votre refus ; c'est ce billet qu'on a perdu qui vous alarme ; mais Rosimond dit qu'il ne sait ce que c'est. Et Frontin...

Hortense. Rosimond est trop honnête homme pour le nier sérieusement, mon père ; les vues qu'on avait pour nous ont peut-être pu l'engager d'abord à le nier ; mais j'ai si bonne opinion de lui, que je suis persuadée qu'il ne le désavouera plus. *(À Rosimond.)* Ne justifierez-vous pas ce que je dis là, Monsieur ?

Rosimond. En vérité, Madame, je suis dans une si grande surprise...

Hortense. Marton vous l'a vu recevoir, Monsieur.

Frontin. Eh non ! celui-là était à moi, Madame : je viens d'expliquer cela ; demandez.

Hortense. Marton ! on vous a dit de le rendre à Rosimond, l'avez-vous fait ? dites la vérité ?

Marton. Ma foi, Monsieur, le cas devient trop grave, il faut que je parle ! Oui, Madame, je l'ai rendu à Monsieur qui l'a remis dans sa poche ; je lui avais promis de dire qu'il ne l'avait pas repris, sous prétexte qu'il[2] ne lui appartenait pas, et j'aurais glissé cela tout doucement si les choses avaient glissé de même : mais j'avais promis un petit mensonge, et non pas un faux serment, et c'en serait un que de badiner avec des interrogations de cette force-là[3] ; ainsi donc, Madame, j'ai rendu le billet, Monsieur l'a repris ; et si Frontin dit qu'il est à lui, je suis obligée en conscience de déclarer que Frontin est un fripon.

---

1. Manuscrit : *Hortense, Dorimène, Dorante paraissent ; tous les acteurs susdits.* **2.** Manuscrit : *parce qu'il.* **3.** Manuscrit : *de cette façon-là* (faute de lecture).

FRONTIN. Je ne l'étais que pour le bien de la chose, moi, c'était un service d'ami que je rendais.

MARTON. Je me rappelle même que Monsieur, en ouvrant le billet que Frontin lui donnait, s'est écrié : c'est de ma folle de Comtesse ! Je ne sais de qui il parlait.

LE COMTE, *à Dorimène.* Je n'ose vous dire que j'en ai reconnu l'écriture ; j'ai reçu de vos lettres, Madame.

DORIMÈNE. Vous jugez bien que je n'attendrai pas les explications ; qu'il les fasse. *(Elle sort [1].)*

LA MARQUISE, *sortant aussi [2].* Il peut épouser qui il voudra, mais je ne veux plus le voir, et je le déshérite.

LE COMTE, *qui la suit.* Nous ne vous laisserons pas dans ce dessein-là, Marquise.

Hortense les suit.

DORANTE, *à Rosimond en s'en allant.* Ne t'inquiète pas, nous apaiserons la Marquise, et heureusement te voilà libre.

FRONTIN. Et cassé.

Scène XIII

FRONTIN, ROSIMOND [3]

ROSIMOND *regarde Frontin, et puis rit [4].* Ha ! ha ! ha !

FRONTIN. J'ai vu qu'on pleurait de ses pertes, mais je n'en ai jamais vu rire ; il n'y a pourtant plus d'Hortense.

ROSIMOND. Je la regrette, dans le fond.

FRONTIN. Elle ne vous regrette guère, elle.

ROSIMOND. Plus que tu ne crois, peut-être.

FRONTIN. Elle en donne de belles marques !

ROSIMOND. Ce qui m'en fâche, c'est que me voilà pourtant obligé d'épouser cette folle de Comtesse ; il n'y a point d'autre parti à prendre ; car, à propos de quoi Hortense me refuserait-elle, si ce n'est à cause de Dorimène ? Il faut qu'on le sache, et qu'on n'en doute

---

1. Le manuscrit remplace cette indication par : *Pendant qu'elle s'en va.*
2. Manuscrit : *La marquise, qui s'en va aussi.*   3. L'indication des personnages en scène manque dans le manuscrit.   4. Manuscrit : *Rosimond, regardant Frontin.*

pas[1] : je suis outré ; allons, tout n'est pas désespéré, je parlerai à Hortense, et je la ramènerai. Qu'en dis-tu ?

FRONTIN. Rien. Quand je suis affligé ; je ne pense plus.

ROSIMOND. Oh ! que veux-tu que j'y fasse ?

ACTE III

Scène première

MARTON, HORTENSE, FRONTIN

HORTENSE. Je ne sais plus quel parti prendre.

MARTON. Il est, dit-on, dans une extrême agitation, il se fâche, il fait l'indifférent, à ce que dit Frontin ; il va trouver Dorimène, il la quitte ; quelquefois il soupire ; ainsi, ne vous rebutez pas, Madame ; voyez ce qu'il vous veut, et ce que produira le désordre d'esprit où il est ; allons jusqu'au bout.

HORTENSE. Oui, Marton, je le crois touché, et c'est là ce qui m'en rebute le plus ; car qu'est-ce que c'est que la *ridiculité d'un homme qui m'aime, et qui, par vaine gloire, n'a pu encore se résoudre à me le dire aussi franchement, aussi naïvement qu'il le sent[2] ?

MARTON. Eh ! Madame, plus il se débat, et plus il s'affaiblit ; il faut bien que son impertinence s'épuise ; achevez de l'en guérir. Quel reproche ne vous feriez-vous pas un jour s'il s'en retournait ridicule ? Je lui avais donné de l'amour, vous diriez-vous, et ce n'est pas là un présent si rare ; mais il n'avait point de raison, je pouvais lui en donner, il n'y avait peut-être que moi qui en fût capable ; et j'ai laissé partir cet honnête homme sans lui rendre ce service-là[3] qui nous aurait tant accommodé tous deux[4]. Cela est bien dur ; je ne méritais pas les beaux yeux que j'ai.

HORTENSE. Tu badines, et je ne ris point, car si je ne réussis pas, je serai désolée, je te l'avoue ; achevons pourtant.

MARTON. Ne l'épargnez point : désespérez-le pour le vaincre ;

---

1. Le souci de Rosimond, qui ne veut pas qu'on le refuse, est d'une coquetterie quasi féminine. On a d'ailleurs trouvé un sentiment du même ordre chez la marquise de la seconde *Surprise de l'amour* (acte II, sc. VI ; voir pp. 784-785). **2.** Manuscrit : *qu'il le faut* (faute manifeste). **3.** Manuscrit : *ce devoir-là*. **4.** Sur le non-accord du participe, voir la Note grammaticale, p. 2265. Texte du manuscrit : *tant accomodés* (sic) *tous les deux*.

Frontin là-bas attend votre réponse pour la porter à son maître. Lui dira-t-il qu'il vienne ?

HORTENSE. Dis-lui d'approcher.

MARTON, *à Frontin*. Avance.

HORTENSE. Sais-tu ce que me veut ton maître ?

FRONTIN. Hélas, Madame, il ne le sait pas lui-même [1], mais je crois le savoir.

HORTENSE. Apparemment qu'il a quelque motif, puisqu'il demande à me voir.

FRONTIN. Non, Madame, il n'y a encore rien de réglé là-dessus ; et en attendant, c'est par force qu'il demande à vous voir ; il ne saurait faire autrement : il n'y a pas moyen qu'il s'en passe ; il faut qu'il vienne.

HORTENSE. Je ne t'entends point.

FRONTIN. Je ne m'entends pas trop non plus, mais je sais bien ce que je veux dire.

MARTON. C'est son cœur qui le mène en dépit qu'il en ait, voilà ce que c'est.

FRONTIN. Tu l'as dit : c'est son cœur qui a besoin du vôtre, Madame ; qui voudrait l'avoir à bon marché ; qui vient savoir à quel prix vous le mettez, le marchander du mieux [2] qu'il pourra, et finir par en donner tout ce que vous voudrez, tout ménager qu'il est ; c'est ma pensée.

HORTENSE. À tout hasard, va le chercher.

Scène II

HORTENSE, MARTON

HORTENSE. Marton, je ne veux pas lui parler d'abord, je suis d'avis de l'impatienter ; dis-lui que dans le cas présent je n'ai pas jugé qu'il fût nécessaire de nous voir, et que je le prie de vouloir bien s'expliquer avec toi sur ce qu'il a à me dire ; s'il insiste, je ne m'écarte point, et tu m'en avertiras.

MARTON. C'est bien dit : Hâtez-vous de vous retirer, car je crois qu'il avance.

---

1. Le manuscrit porte *lui* au lieu de *lui-même*.   **2.** Manuscrit : *à quel prix vous le faites, le marchander le mieux.*

Scène III

MARTON, ROSIMOND

ROSIMOND, *agité*. Où est donc votre maîtresse ?

MARTON. Monsieur, ne pouvez-vous pas me confier ce que vous lui voulez ? après tout ce qui s'est passé, il ne sied pas beaucoup, dit-elle, que vous ayez un entretien ensemble, elle souhaiterait se l'épargner ; d'ailleurs, je m'imagine qu'elle ne veut pas inquiéter Dorante qui ne la quitte guère, et vous n'avez qu'à me dire de quoi il s'agit.

ROSIMOND. Quoi ! c'est la peur d'inquiéter Dorante qui l'empêche de venir ?

MARTON. Peut-être bien.

ROSIMOND. Ah ! celui-là me paraît neuf[1]. *(À part[2].)* On a de plaisants goûts en province ; Dorante... de sorte donc qu'elle a cru que je voulais lui parler d'amour. Ah ! Marton, je suis bien aise de la désabuser ; allez lui dire qu'il n'en est pas question, que je n'y songe point, qu'elle peut venir avec Dorante même, si elle veut, pour plus de sûreté ; dites-lui qu'il ne s'agit que de[3] Dorimène, et que c'est une grâce que j'ai à lui demander pour elle, rien que cela ; allez, ha ! ha ! ha !

MARTON. Vous l'attendrez ici, Monsieur.

ROSIMOND. Sans doute.

MARTON. Souhaitez-vous qu'elle amène Dorante ? ou viendra-t-elle seule ?

ROSIMOND. Comme il lui plaira ; quant à moi, je n'ai que faire de lui. *(Rosimond un moment seul riant.)* Dorante l'emporte sur moi ! Je n'aurais pas parié pour lui ; sans cet avis-là j'allais faire une belle tentative ! Mais que me veut cette femme-ci[4] ?

Scène IV

DORIMÈNE, ROSIMOND

DORIMÈNE. Marquis, je viens vous avertir que je pars ; vous sentez bien qu'il ne me convient plus de rester, et je n'ai plus qu'à dire

---

1. Encore une réaction de petit-maître traduite par le style. *Celui-là* signifie « Ce mot-là » ; voir *L'Île de la Raison*, Prologue, sc. I.   **2.** L'indication scénique, qui paraît importante, n'est donnée que par le manuscrit.   **3.** Manuscrit : *ne s'agit pas de* (faute évidente).   **4.** L'expression n'est pas flatteuse. Le manuscrit donnait : *Mais que me veut celle-ci ?* qui ne l'était pas davantage.

adieu à ces gens-ci. Je retourne à ma terre ; de là à Paris où je vous attends pour notre mariage ; car il est devenu nécessaire depuis l'éclat qu'on a fait ; vous ne pouvez me venger du dédain de votre mère que par là ; il faut absolument que je vous épouse.

ROSIMOND. Eh oui, Madame, on vous épousera : mais j'ai pour nous[1], à présent, quelques mesures à prendre, qui ne demandent pas que vous soyez présente, et que je manquerais si vous ne me laissez pas.

DORIMÈNE. Qu'est-ce que c'est que ces mesures ? Dites-les-moi[2] en deux mots.

ROSIMOND. Je ne saurais ; je n'en ai pas le temps.

DORIMÈNE. Donnez-m'en la moindre idée, ne faites rien sans conseil : vous avez quelquefois besoin qu'on vous conduise, Marquis ; voyons le parti que vous prenez.

ROSIMOND. Vous me chagrinez. *(À part.)* Que lui dirai-je ? *(Haut[3].)* C'est que je veux ménager un raccommodement entre vous et ma mère.

DORIMÈNE. Cela ne vaut rien ; je n'en suis pas encore d'avis : écoutez-moi.

ROSIMOND. Eh, morbleu ! Ne vous embarrassez pas, c'est un *mouvement qu'il faut que je me donne.

DORIMÈNE. *D'où vient le faut-il ?

ROSIMOND. C'est qu'on croirait peut-être que je regrette Hortense, et je veux qu'on sache qu'elle ne me refuse que parce que[4] j'aime ailleurs.

DORIMÈNE. Eh bien, il n'en sera que mieux que je sois présente, la preuve de votre amour en sera encore plus forte, quoique, à vrai dire, elle soit inutile ; ne sait-on pas que vous m'aimez ? Cela est si bien établi et si croyable !

ROSIMOND. Eh ! De grâce, Madame, allez-vous-en. *(À part.)* Ne pourrai-je l'écarter ?

DORIMÈNE. Attendez donc ; ne pouvez-vous m'épouser qu'avec l'agrément de votre mère ? Il serait plus flatteur pour moi qu'on s'en passât, si cela se peut, et d'ailleurs c'est que je ne me raccommoderai point : je suis piquée.

---

1. Le manuscrit porte *j'ai pour vous*.   2. Manuscrit : *dites-moi-les* (ce tour ne doit pas être attribué à Marivaux).   3. L'indication scénique est donnée par le manuscrit seulement.   4. Manuscrit : *ne me refuse pas que* (erreur de lecture).

ROSIMOND. Restez piquée, soit ; ne vous raccommodez point, ne m'épousez pas [1] : mais retirez-vous pour un moment.

DORIMÈNE. Que vous êtes entêté !

ROSIMOND, *à part*. L'incommode femme !

DORIMÈNE. Parlons raison. À qui vous adressez-vous ?

ROSIMOND. Puisque vous voulez le savoir, c'est à Hortense que j'attends, et qui arrive, je pense.

DORIMÈNE. Je vous laisse donc, à condition que je reviendrai savoir ce que vous aurez conclu avec elle : entendez-vous ?

ROSIMOND. Eh ! non, tenez-vous en repos ; j'irai vous le dire.

Scène V

ROSIMOND, HORTENSE, MARTON

MARTON, *en entrant, à Hortense*. Madame, n'hésitez point à entretenir Monsieur le Marquis, il m'a assuré qu'il ne serait point question d'amour entre vous, et que ce qu'il a à vous dire ne concerne uniquement que Dorimène ; il m'en a donné sa parole.

ROSIMOND, *à part*. Le préambule est fort nécessaire.

HORTENSE. Vous n'avez qu'à rester, Marton.

ROSIMOND, *à part* [2]. Autre précaution.

MARTON, *à part*. Voyons comme il s'y prendra.

HORTENSE. Que puis-je faire pour obliger Dorimène, Monsieur ?

ROSIMOND, *à part*. Je me sens ému... *(Haut.)* Il ne s'agit plus de rien, Madame ; elle m'avait prié de vous engager à disposer l'esprit de ma mère en sa faveur, mais ce n'est pas la peine, cette démarche-là ne réussirait pas.

HORTENSE. J'en ai meilleur augure ; essayons toujours : mon père y songeait, et moi aussi, Monsieur, ainsi, comptez tous deux sur nous [3]. Est-ce là tout ?

ROSIMOND. J'avais à vous parler de son billet qu'on a trouvé, et je

---

1. Cette phrase a paru surprenante à la plupart des éditeurs. Elle est pourtant garantie par l'accord de la copie manuscrite et des éditions anciennes. Sans doute, ces paroles ne sont pas aimables pour Dorimène, mais Rosimond n'a pas l'habitude de la ménager (cf., par exemple, acte II, sc. VI). Il est, du reste, inquiet et de mauvaise humeur, tout prêt à rompre au premier prétexte (voir plus loin, p. 1350 : « Je n'épouse personne... »). Dorimène s'en rend si bien compte qu'elle n'insiste pas et cède la place à Hortense.   2. L'indication *à part* manque dans le manuscrit. Il en est de même dans la réplique suivante de Rosimond.   3. Manuscrit : *sur nos soins*.

venais vous protester que je n'y ai point de part ; que j'en ai senti tout le manque de raison, et qu'il m'a touché plus que je ne puis[1] le dire.

MARTON, *en riant*. Hélas !

HORTENSE. Pure bagatelle qu'on pardonne à l'amour.

ROSIMOND. C'est qu'assurément vous ne méritez pas la façon de penser qu'elle y a eu ; vous ne la méritez pas.

MARTON, *à part*. Vous ne la méritez pas ?

HORTENSE. Je vous jure, Monsieur, que je n'y ai point pris garde, et que je n'en agirai pas moins *vivement dans cette occasion-ci. Vous n'avez plus rien à me dire, je pense ?

ROSIMOND. Notre entretien vous est si à charge que j'hésite[2] de le continuer.

HORTENSE. Parlez, Monsieur.

MARTON, *à part*. Écoutons.

ROSIMOND. Je ne saurais revenir de mon étonnement : j'*admire le malentendu qui nous sépare ; car enfin, pourquoi rompons-nous ?

MARTON, *riant à part*[3]. Voyez quelle[4] aisance !

ROSIMOND. Un mariage arrêté, convenable, que nos parents souhaitaient, dont je faisais tout le cas qu'il fallait, par quelle tracasserie[5] arrive-t-il qu'il ne s'achève pas ? Cela me *passe.

HORTENSE. Ne devez-vous pas être charmé, Monsieur, qu'on vous débarrasse d'un mariage où vous ne vous engagiez que par complaisance ?

ROSIMOND. Par complaisance ?

MARTON. Par complaisance ! Ah ! Madame, où se récriera-t-on, si ce n'est ici ? Malheur à tout homme qui pourrait écouter cela de sang-froid.

ROSIMOND. Elle a raison. Quand on n'examine pas les gens, voilà comme on les explique.

MARTON, *à part*. Voilà[6] comme on est un sot.

ROSIMOND. J'avais cru pourtant vous avoir donné quelque preuve de délicatesse de sentiment. *(Hortense rit. Rosimond continue[7].)* Oui, Madame, de délicatesse.

MARTON, *toujours à part*. Cet homme-là est incurable.

---

1. Manuscrit : *que je ne peux*.   **2.** Manuscrit : *que j'évite* (faute manifeste).   **3.** L'indication *riant à part* manque dans le manuscrit.   **4.** Manuscrit : *Voyez cette*.   **5.** Manuscrit : *par quelle occasion*.   **6.** Manuscrit : *Et voilà*.   **7.** L'indication R*osimond continue* est omise dans le manuscrit.

ROSIMOND. Il n'y a qu'à suivre ma conduite ; toutes vos attentions ont été pour Dorante, songez-y ; à peine m'avez-vous regardé : là-dessus, je me suis *piqué, cela est dans l'ordre. J'ai paru manquer d'empressement, j'en conviens, j'ai fait l'indifférent, même le fier, si vous voulez ; j'étais fâché : cela est-il si désobligeant ? Est-ce là de la complaisance ? Voilà mes torts. Auriez-vous mieux aimé qu'on ne prît garde à rien ? Qu'on ne sentît rien ? Qu'on eût été content sans devoir l'être ? Et fit-on jamais aux gens les reproches que vous me faites, Madame ?

HORTENSE. Vous vous plaignez si joliment, que je ne me lasserais point de vous entendre ; mais il est temps que je me retire. Adieu, Monsieur.

MARTON. Encore un instant, Monsieur me charme ; on ne trouve pas toujours des amants d'une espèce aussi rare.

ROSIMOND. Mais, restez donc, Madame, vous ne me dites mot ; convenons de quelque chose. Y a-t-il matière de rupture entre nous ? Où allez-vous ? Presser ma mère de se raccommoder avec Dorimène ? Oh ! vous me permettrez de vous retenir ! Vous n'irez pas. Qu'elles restent brouillées, je ne veux point de Dorimène ; je n'en veux qu'à vous. Vous laisserez là Dorante, et il n'y a point ici, s'il vous plaît, d'autre raccommodement à faire que le mien avec vous ; il n'y en a point de plus pressé. Ah çà, voyons ; vous rendez-vous justice ? Me la rendez-vous ? Croyez-vous qu'on sente [1] ce que vous valez ? Sommes-nous enfin d'accord ? En est-ce fait ? Vous ne me répondez rien.

MARTON. Tenez, Madame, vous croyez peut-être que Monsieur le Marquis ne vous aime point, parce qu'il ne vous le dit pas bien *bourgeoisement, et en termes précis ; mais faut-il réduire un homme comme lui à cette extrémité-là ? Ne doit-on pas l'aimer gratis [2] ? À votre place, pourtant, Monsieur, je m'y résoudrais. Qui est-ce qui le saura ? Je vous garderai le secret. Je m'en vais [3], car j'ai de la peine à voir qu'on vous maltraite.

ROSIMOND. Qu'est-ce que c'est que ce discours ?

HORTENSE. C'est une *étourdie qui parle : mais il faut qu'à mon tour la vérité m'échappe, Monsieur, je n'y saurais résister. C'est que

---

1. Manuscrit : *qu'on sait.*   **2.** Rappel des paroles de Frontin au début de l'acte (sc. I) : « C'est son cœur qui a besoin du vôtre, Madame ; qui voudrait l'avoir à bon marché ; qui vient savoir à quel prix vous le mettez », etc.   **3.** Manuscrit : *Je m'en vas.*

votre petit jargon de galanterie me choque, me révolte, il soulève la raison : C'est pourtant dommage. Voici Dorimène qui approche, et à qui je vais confirmer tout ce que je vous ai promis, et pour vous, et pour elle[1].

Scène VI

DORIMÈNE, HORTENSE, ROSIMOND

DORIMÈNE. Je ne suis point de trop, Madame, je sais le sujet de votre entretien, il me l'a dit.

HORTENSE. Oui, Madame, et je l'assurais que mon père et moi n'oublierons rien pour réussir à ce que vous souhaitez.

DORIMÈNE. Ce n'est pas pour moi qu'il le souhaite, Madame, et c'est bien malgré moi qu'il vous en a parlé.

HORTENSE. Malgré vous ? Il m'a pourtant dit que vous l'en aviez prié.

DORIMÈNE. Eh[2] ! point du tout, nous avons pensé nous quereller là-dessus à cause de la répugnance que j'y avais : il n'a pas même voulu que je fusse présente à votre entretien. Il est vrai que le motif de son obstination est si tendre, que je me serais rendue ; mais j'accours pour vous prier de laisser tout là. Je viens de rencontrer la Marquise qui m'a saluée d'un air si glacé, si dédaigneux, que voilà qui est fait, abandonnons ce projet ; il y a des moyens de se passer d'une cérémonie si désagréable : elle me rebuterait de notre mariage.

ROSIMOND. Il ne se fera jamais, Madame.

DORIMÈNE. Vous êtes un petit emporté.

HORTENSE. Vous voyez, Madame, jusqu'où le dépit porte un cœur tendre.

DORIMÈNE. C'est que c'est une démarche si dure, si humiliante.

HORTENSE. Elle est nécessaire ; il ne serait pas séant de vous marier sans l'aveu de Madame la Marquise, et nous allons agir mon père et moi, s'il ne l'a déjà fait.

ROSIMOND. Non, Madame, je vous prie très sérieusement qu'il ne s'en mêle point, ni vous non plus.

DORIMÈNE. Et moi, je vous prie qu'il s'en mêle, et vous aussi, Hor-

---

1. Cette importante réplique manque dans le manuscrit. Elle est nécessaire pour achever la conversion de Rosimond. **2.** Manuscrit : *Ah !*

tense. Le voici qui vient, je vais lui en parler moi-même. Êtes-vous content, petit ingrat ? Quelle complaisance il faut avoir !

Scène VII

LE COMTE, DORANTE, DORIMÈNE, HORTENSE, ROSIMOND

LE COMTE, *à Dorimène*. Venez, Madame, hâtez-vous de grâce, nous avons laissé la Marquise avec quelques amis qui tâchent de la gagner. Le moment m'a paru favorable ; présentez-vous, Madame, et venez par vos politesses achever de la déterminer ; ce sont des pas que la bienséance exige que vous fassiez. Suivez-nous aussi, ma fille ; et vous, Marquis, attendez ici, on vous dira quand il sera temps de paraître.

ROSIMOND, *à part*. Ceci est trop fort.

DORIMÈNE. Je vous rends mille grâces de vos soins, Monsieur le Comte. Adieu, Marquis, tranquillisez-vous donc.

DORANTE, *à Rosimond*. Point d'inquiétude, nous te rapporterons de bonnes nouvelles.

HORTENSE. Je me charge de vous les venir dire.

Scène VIII

ROSIMOND, *abattu et rêveur*[1], FRONTIN

FRONTIN, *bas*. Son air rêveur est de mauvais présage... *(Haut.)* Monsieur.

ROSIMOND. Que me veux-tu ?

FRONTIN. Épousons-nous Hortense ?

ROSIMOND. Non, je n'épouse personne.

FRONTIN. Et cet entretien que vous avez eu avec elle, il a donc mal fini ?

ROSIMOND. Très mal.

FRONTIN. Pourquoi cela ?

ROSIMOND. C'est que je lui ai déplu[2].

FRONTIN. Je vous crois.

ROSIMOND. Elle dit que je la choque.

---

1. Cette indication scénique, ainsi que celles qui figurent dans la réplique de Frontin qui ouvre la scène, manquent dans le manuscrit. **2.** Manuscrit : *que je lui déplais*.

FRONTIN. Je n'en doute pas ; j'ai prévu son indignation.

ROSIMOND. Quoi ! Frontin, tu trouves qu'elle a raison ?

FRONTIN. Je trouve que vous seriez charmant, si vous ne faisiez pas le petit *agréable : ce sont vos agréments qui vous perdent[1].

ROSIMOND. Mais, Frontin, je sors du monde ; y étais-je si étrange ?

FRONTIN. On s'y moquait de nous la plupart du temps ; je l'ai fort bien remarqué, Monsieur ; les gens raisonnables ne pouvaient pas nous souffrir ; en vérité, vous ne plaisiez qu'aux Dorimènes, et moi aussi ; et nos camarades n'étaient que des étourdis ; je le sens bien à présent, et si vous l'aviez senti aussi tôt que moi, l'adorable Hortense vous aurait autant chéri que me chérit sa gentille suivante, qui m'a défait de toute mon impertinence.

ROSIMOND. Est-ce qu'en effet il y aurait de ma faute ?

FRONTIN. Regardez-moi : est-ce que vous me reconnaissez, par exemple ? Voyez comme je parle naturellement à cette heure, en comparaison d'autrefois que je prenais des tons si sots : Bonjour, la belle enfant, qu'est-ce[2] ? Eh ! comment vous portez-vous ? Voilà comme vous m'aviez appris à faire, et cela me fatiguait ; au lieu qu'à présent je suis si à mon aise : Bonjour, Marton, comment te portes-tu ? Cela coule de source, et on est gracieux avec toute la commodité possible.

ROSIMOND. Laisse-moi, il n'y a plus de ressource : Et tu me chagrines.

Scène IX

MARTON, FRONTIN, ROSIMOND

FRONTIN, *à part à Marton*. Encore une petite façon, et nous le tenons, Marton.

MARTON, *à part les premiers mots*. Je vais l'achever. Monsieur, ma maîtresse que j'ai rencontrée en passant, comme elle vous quittait, m'a chargé de vous prier d'une chose qu'elle a oubliée de vous dire tantôt, et dont elle n'aurait peut-être pas le temps de vous[3] avertir

---

1. Manuscrit : *qui nous perdent*.   **2.** Le tour *qu'est-ce* est omis dans le manuscrit. Il est caractéristique du langage petit-maître. On le trouve déjà dans *Le Retour imprévu* de Regnard : « Et vous, la belle cousine, qu'est-ce ? le cœur ne vous en dit-il point ? » (Sc. VI.)   **3.** Le passage qui va de *prier d'une chose* jusqu'à *pas le temps de vous* est sauté dans le manuscrit par saut du même au même sur *vous*. La lacune correspond probablement à deux lignes du manuscrit original.

assez tôt : C'est que Monsieur le Comte pourra vous parler de Dorante, vous faire quelques questions sur son caractère ; et elle souhaiterait que vous en dissiez du bien ; non pas qu'elle l'aime encore, mais comme il s'y prend d'une manière à lui plaire, il sera bon, à tout hasard, que Monsieur le Comte soit prévenu en sa faveur.

ROSIMOND. Oh ! Parbleu ! c'en est trop ; ce trait me pousse à bout : Allez, Marton, dites à votre maîtresse que son procédé est injurieux, et que Dorante, pour qui elle veut que je parle, me répondra de l'affront qu'on me fait aujourd'hui.

MARTON. Eh, Monsieur ! À qui en avez-vous ? Quel mal vous fait-on ? Par quel intérêt refusez-vous d'obliger ma maîtresse, qui vous sert actuellement vous-même, et qui, en revanche, vous demande en grâce de servir votre propre ami ? Je ne vous conçois pas ! Frontin, quelle fantaisie lui prend-il donc ? Pourquoi se fâche-t-il contre Hortense ? Sais-tu ce que c'est ?

FRONTIN. Eh ! mon enfant, c'est qu'il l'aime.

MARTON. Bon ! Tu rêves. Cela ne se peut pas. Dit-il vrai, Monsieur ?

ROSIMOND. Marton, je suis au désespoir !

MARTON. Quoi ! Vous ?

ROSIMOND. Ne me trahis pas ; je rougirais que l'ingrate le sût : mais, je te l'avoue, Marton : oui, je l'aime, je l'adore, et je ne saurais supporter sa perte.

MARTON. Ah ! C'est parler que cela ; voilà ce qu'on appelle des expressions.

ROSIMOND. Garde-toi surtout de les répéter.

MARTON. Voilà qui ne vaut rien, vous retombez.

FRONTIN. Oui, Monsieur, dites toujours : je l'adore ; ce mot-là vous portera bonheur.

ROSIMOND. L'ingrate !

MARTON. Vous avez tort ; car il faut que je me fâche à mon tour. Est-ce que ma maîtresse se doute seulement que vous l'aimez ? jamais le mot d'amour est-il sorti de votre bouche pour elle ? Il semblait que vous auriez eu peur de compromettre votre importance ; ce n'était pas la peine que votre cœur se *développât[1] sérieusement pour ma maîtresse, ni qu'il se mît en frais de sentiment pour elle. Trop heureuse de vous épouser, vous lui faisiez la grâce d'y consentir : je ne vous parle si franchement, que pour vous mettre au fait

---

1. Manuscrit : *se développe* (et plus loin : *se mette*).

de vos torts ; il faut que vous les sentiez[1] : c'est de vos façons dont vous devez rougir, et non pas d'un amour qui ne vous fait qu'honneur.

FRONTIN. Si vous saviez le chagrin que nous en avions, Marton et moi ; nous en étions si pénétrés...

ROSIMOND. Je me suis mal conduit, j'en conviens.

MARTON. Avec tout ce qui peut rendre un homme aimable, vous n'avez rien oublié pour vous empêcher de l'être. Souvenez-vous des discours[2] de tantôt : j'en étais dans une fureur...

FRONTIN. Oui, elle m'a dit que vous l'aviez scandalisée ; car elle est notre amie.

MARTON. C'est un malentendu qui nous sépare ; et puis, concluons quelque chose, un mariage arrêté, convenable, dont je faisais cas : voilà de votre style ; et avec qui ? Avec la plus charmante et la plus raisonnable fille du monde, et je dirai même, la plus disposée d'abord à vous vouloir du bien.

ROSIMOND. Ah ! Marton, n'en dis pas davantage. J'ouvre les yeux ; je me déteste, et il n'est plus temps !

MARTON. Je ne dis pas cela, Monsieur le Marquis, votre état me touche, et peut-être touchera-t-il ma maîtresse.

FRONTIN. Cette belle dame a l'air si clément !

MARTON. Me promettez-vous de rester comme vous êtes ? Continuerez-vous d'être aussi aimable que vous l'êtes actuellement ? En est-ce fait ? N'y a-t-il plus de petit-maître ?

ROSIMOND. Je suis confus de l'avoir été, Marton.

FRONTIN. Je pleure de joie.

MARTON. Eh bien, portez-lui donc ce cœur tendre et repentant[3] ; jetez-vous à ses genoux, et n'en sortez point qu'elle ne vous ait fait grâce.

ROSIMOND. Je m'y jetterai, Marton, mais sans espérance, puisqu'elle aime Dorante.

MARTON. Doucement ; Dorante ne lui a plu qu'en s'efforçant de lui plaire, et vous lui avez plu d'abord. Cela est différent : c'est reconnaissance pour lui, c'était inclination pour vous, et l'inclina-

---

1. Manuscrit : *que vous les sachiez* (*sentir*, par opposition à *savoir*, représente « le style du cœur » ; voir le Glossaire).   2. Manuscrit : *de vos discours*.   3. Manuscrit : *ce cœur tendre, humilié, respectant* (le dernier mot est une erreur de lecture ; *humilié* a été supprimé par souci de convenance).

tion reprendra ses droits [1]. Je la vois qui s'avance ; nous vous laissons avec elle.

Scène X

ROSIMOND, HORTENSE

HORTENSE. Bonnes nouvelles [2], Monsieur le Marquis, tout est pacifié.

ROSIMOND, *se jetant à ses genoux*. Et moi je meurs de douleur, et je renonce à tout, puisque je vous perds, Madame.

HORTENSE. Ah ! Ciel ! Levez-vous, Rosimond ; ne vous troublez pas, et dites-moi ce que cela signifie.

ROSIMOND. Je ne mérite pas, Hortense, la bonté que vous avez de m'entendre ; et ce n'est pas en me flattant de vous fléchir, que je viens d'embrasser vos genoux. Non, je me fais justice ; je ne suis pas même digne de votre haine, et vous ne me devez que du mépris ; mais mon cœur vous a manqué de respect ; il vous a refusé l'aveu de tout l'amour dont vous l'aviez pénétré, et je veux, pour l'en punir, vous déclarer les motifs ridicules du mystère qu'il vous en a fait. Oui, belle Hortense, cet amour que je ne méritais pas de sentir, je ne vous l'ai caché que par le plus misérable, par le plus incroyable orgueil qui fût jamais. Triomphez donc d'un malheureux qui vous adorait, qui a pourtant négligé de vous le dire, et qui a porté la présomption, jusqu'à croire que vous l'aimeriez sans cela : voilà ce que j'étais devenu par de faux airs ; refusez-m'en le pardon que je vous en demande ; prenez en réparation de mes folies l'humiliation que j'ai voulu subir en vous les apprenant ; si ce n'est pas assez, riez-en vous-même, et soyez sûre d'en être toujours vengée par la douleur éternelle que j'en emporte.

---

1. Le manuscrit comporte ici une phrase de plus : *Il n'y a qu'à lui dire humblement : Je me reprens* (sic), *Madame, prenés que je n'ay encore rien dit.* La suppression répond à la fois au souci de convenance indiqué ci-dessus et à l'intention de réserver à Hortense les paroles décisives.   2. Manuscrit : *Bonne nouvelle* (au singulier).

Scène XI

DORIMÈNE, DORANTE, HORTENSE, ROSIMOND

DORIMÈNE. Enfin, Marquis, vous ne vous plaindrez plus, je suis à vous, il vous est permis de m'épouser ; il est vrai qu'il m'en coûte le sacrifice de ma fierté : mais, que ne fait-on pas pour ce qu'on aime ?

ROSIMOND. Un moment, de grâce, Madame.

DORANTE. Votre père consent à mon bonheur, si vous y consentez vous-même, Madame.

HORTENSE. Dans un instant, Dorante.

ROSIMOND, *à Hortense.* Vous ne me dites rien, Hortense ? Je n'aurai pas même, en partant, la triste consolation d'espérer que vous me plaindrez.

DORIMÈNE. Que veut-il dire avec sa consolation ? De quoi demande-t-il donc qu'on le plaigne ?

ROSIMOND. Ayez la bonté de ne pas m'interrompre.

HORTENSE. Quoi, Rosimond, vous m'aimez ?

ROSIMOND. Et mon amour ne finira qu'avec ma vie.

DORIMÈNE. Mais, parlez donc ! Répétez-vous une scène de comédie ?

ROSIMOND. Eh ! de grâce.

DORANTE. Que dois-je penser, Madame ?

HORTENSE. Tout à l'heure. *(À Rosimond.)* Et vous n'aimez pas Dorimène ?

ROSIMOND. Elle est présente ; et je dis que je vous adore ; et je le dis sans être infidèle : approuvez que je n'en dise [1] pas davantage.

DORIMÈNE. Comment donc, vous l'adorez ! Vous ne m'aimez pas ? A-t-il perdu l'esprit ? Je ne plaisante plus, moi.

DORANTE. Tirez-moi de l'inquiétude où je suis, Madame ?

ROSIMOND. Adieu, belle Hortense ; ma présence doit vous être à charge. Puisse Dorante, à qui vous accordez votre cœur, sentir toute l'étendue du bonheur que je perds. *(À Dorante.)* Tu me donnes la mort, Dorante [2] ; mais je ne mérite pas de vivre, et je te pardonne.

DORIMÈNE. Voilà qui est bien particulier !

HORTENSE. Arrêtez, Rosimond ; ma main peut-elle effacer le ressouvenir de la peine que je vous ai faite ? Je vous la donne.

ROSIMOND. Je devrais expirer d'amour, de transport et de reconnaissance.

---

1. Manuscrit : *n'en ajoute.* **2.** Le mot *Dorante* est ici omis dans le manuscrit.

DORIMÈNE. C'est un rêve ! Voyons. À quoi cela aboutira-t-il ?

HORTENSE, *à Rosimond*. Ne me sachez pas mauvais gré de ce qui s'est passé ; je vous ai refusé ma main, j'ai montré de l'éloignement pour vous ; rien de tout cela n'était sincère : c'était mon cœur qui éprouvait le vôtre. Vous devez tout à mon penchant ; je voulais pouvoir m'y livrer, je voulais que ma raison fût contente, et vous comblez mes souhaits ; jugez à présent du cas que j'ai fait de votre cœur par tout ce que j'ai tenté pour en obtenir la tendresse entière [1].

Rosimond se jette à genoux.

DORIMÈNE, *en s'en allant*. Adieu. Je vous annonce qu'il faudra l'enfermer au premier jour.

Scène XII
LE COMTE, LA MARQUISE, MARTON, FRONTIN

LE COMTE. Rosimond à vos pieds, ma fille ! Qu'est-ce que cela veut dire ?

HORTENSE. Mon père, c'est Rosimond qui m'aime, et que j'épouserai si vous le souhaitez.

ROSIMOND. Oui, Monsieur, c'est Rosimond devenu raisonnable, et qui ne voit rien d'égal au bonheur de son sort.

LE COMTE, *à Dorante*. Nous les destinions l'un à l'autre, Monsieur ; vous m'aviez demandé ma fille : mais vous voyez bien qu'il n'est plus question d'y songer [2].

LA MARQUISE. Ah ! mon fils ! Que cet événement me charme !

DORANTE, *à Hortense*. Je ne me plains point, Madame ; mais votre procédé est cruel.

HORTENSE. Vous n'avez rien à me reprocher, Dorante ; vous vouliez profiter des fautes de votre ami, et ce dénouement-ci vous rend justice.

FRONTIN. Ah, Monsieur ! Ah, Madame ! Mon incomparable Marton.

MARTON. Aime-moi à présent tant que tu voudras, il n'y aura rien de perdu.

FIN [3]

---

1. La formule rappelle celle de Silvia dans *Le Jeu de l'amour et du hasard* (acte III, sc. IX) : « Jugez du cas que j'ai fait de votre cœur par la délicatesse avec laquelle j'ai tâché de l'obtenir. »   **2.** Manuscrit : *d'y penser*.   **3.** Le manuscrit porte la mention suivante : « Il est permis de représenter à Paris ce 30 8bre 1734. HÉRAULT. »

LA MÈRE CONFIDENTE

COMÉDIE EN TROIS ACTES ET EN PROSE
REPRÉSENTÉE POUR LA PREMIÈRE FOIS
PAR LES COMÉDIENS-ITALIENS
LE 9 MAI 1735

NOTICE

La Mère confidente, jouée pour la première fois par les Comédiens-Italiens le lundi 9 mai 1735, reprend, de toute évidence, le sujet de *L'École des mères*. Mais la volonté de l'auteur de donner à cette nouvelle pièce plus de dignité qu'à la première n'est pas moins frappante que la parenté qui les unit. *La Mère confidente* n'est plus une « petite pièce » en un acte, simple complément d'un programme, c'est une « grande pièce » en trois actes. Le ton général en est moins badin, et la sensibilité fait son apparition à plusieurs reprises : si l'on ne pleure pas dans la comédie, les personnages s'y expriment d'une manière qui évoque souvent les dialogues de *La Vie de Marianne*. Tout le comique propre à la convention théâtrale (travestissements, quiproquos...) disparaît presque totalement, tandis que chaque personnage est traité sur un mode plus sérieux. Revenant peut-être à *La Parisienne*, de Dancourt, où le personnage de mère ne péchait ni par sottise ni par manque de tendresse pour sa fille, Marivaux donne à Mme Argante les mêmes qualités, mais lui en confère aussi d'autres, notamment une pénétration et une autorité qui manquaient à Olympe. Angélique, pour sa part, mieux élevée que son aînée, n'a plus son désir puérilement affirmé de connaître la vie. Mais elle a de la fermeté, une âme sensible et généreuse. Dorante est aussi plus mûr qu'Ergaste, et s'il ne trouve pas le secret d'émouvoir au même degré que le Dorante du *Jeu de l'amour et du hasard*, son désespoir est touchant et son honnêteté évidente. Regrette-t-on sa faiblesse devant son oncle auquel il sacrifie son amour ? Elle est au moins le signe d'un bon naturel. Enfin, Ergaste, dans le rôle du rival malheureux, continue l'évolution du personnage marquée déjà par le passage du vieillard catarrheux de Dancourt à l'honnête homme âgé qu'était M. Damis. Ici, Ergaste n'a plus que trente-cinq ans, on ne l'appelle même pas *Monsieur*, et son caractère d'homme froid et philosophe est aux antipodes de celui du barbon coléreux et lubrique de la tradition.

Parallèlement à cette promotion morale des maîtres, l'importance des rôles des valets diminue. Dans *L'École des mères*, il y avait une suivante et deux valets, entre lesquels existait une intrigue amoureuse. Fait exceptionnel dans le théâtre de Marivaux, aucune intrigue des valets n'existe dans *La Mère confidente*[1]. Autre fait inhabituel, et sans doute plus conforme aux mœurs réelles qu'aux conventions de la comédie, la suivante est mal récompensée de la part qu'elle a prise dans les amours des jeunes gens[2]. Il est vrai qu'un personnage secondaire, Lubin, fils du fermier de Mme Argante, joue ici un rôle important, quoique généralement involontaire, dans le déroulement des événements. L'idée en est peut-être venue à Marivaux en lisant ou en voyant représenter *Le Tuteur*, de Dancourt, pièce qui n'est pas sans présenter quelques rapports avec *La Mère confidente*[3], et où le fermier Lucas est spécialement l'espion et le confident de son maître. Mais Lubin présente aussi des traits originaux. Le plus curieux est qu'il renseigne aussi bien ceux qui le paient que ceux qui ne le paient pas, ceux à qui il veut confier ses renseignements que ceux à qui il veut en faire mystère. On a reproché à Marivaux la gratuité de ces trahisons qui font avancer l'action au gré de l'auteur, mais c'est oublier le caractère de vérité poétique, suivant un mot de Mme Desvignes, que ce rôle de Mercure de village confère au personnage. Par sa niaiserie matoise, sa cupidité, son manque de sensibilité, mais non d'humour, Lubin, tel en quelque sorte que la Célestine en face de Calixte et de Mélibée, assure à lui seul le contrepoint cynique dans une pièce où président la sensibilité et la délicatesse.

Le risque existait en effet de verser dans la sensiblerie à une telle époque[4] et pour un tel sujet. Il ne s'agit plus en effet simplement

---

1. Marivaux néglige une fugitive indication de Lisette suivant laquelle Lubin « ne [la] hait pas ».   **2.** L'idée de ce traitement inhabituel de Lisette peut être, ainsi que l'a remarqué L. Desvignes, une réminiscence de *La Parisienne* (voir « Dancourt, Marivaux et l'Éducation des filles », article cité plus haut, p. 1134), mais le fait lui-même n'en reste pas moins significatif.   **3.** Il y est beaucoup question d'un enlèvement de la jeune fille, Angélique, par Dorante. Et l'on peut supposer que Marivaux connaît déjà la pièce pour l'avoir eue dans l'esprit à l'occasion de *L'École des mères*.   **4.** C'est l'époque de la comédie sérieuse de Destouches (*Le Glorieux*, 1732) et de la comédie larmoyante de La Chaussée (*La Fausse Antipathie*, 1733).

ici de mettre en garde, comme dans les *École* précédentes, de Molière ou de Marivaux, contre les dangers d'une éducation trop austère. L'auteur propose cette fois dans toute sa complexité le cas d'une mère qui, ayant toujours su dissimuler son autorité derrière le voile de l'insinuation, a pu jusque-là rester en contact avec sa fille, mais qui risque de perdre ce contact en une occasion où ses volontés et celles de la jeune fille ne peuvent plus se concilier. La ressource qu'imagine la mère donne son nom à la pièce, comme elle avait peut-être donné à Marivaux l'idée de cette pièce. Elle consiste de la part de Mme Argante à abandonner ses prérogatives de mère pour celles d'une amie, de façon à rentrer ainsi à tout prix dans un jeu dont elle se trouvait exclue. L'expédient n'a pas été imaginé par Marivaux : il l'a trouvé dans un roman paru peu de temps avant que fût jouée *L'École des mères*, l'*Histoire d'Émilie* de Mme Méheust [1], Émilie, chez Mme Méheust, est une jeune fille fort éveillée, puisque à l'âge de douze ans elle a une intrigue avec l'aimable M. de Saint-Hilaire, de dix ans plus vieux qu'elle. Sa mère, une veuve qui, plutôt que de se remarier, s'en est tenue à « l'aimable liberté dont jouissent les veuves qui ont de l'esprit », s'aperçoit des dispositions de sa fille. Sans la contraindre ouvertement, elle la place dans une situation telle que la jeune fille semble entrer dans un couvent de son plein gré. Ce récit pourrait aussi servir de base à quelque *École des mères*, mais ce n'est pas encore celui qui nous intéresse. Au couvent, Émilie fait la connaissance de l'aimable Flore, une jeune fille d'une vingtaine d'années qui lui conte son histoire. Elle et son frère se sont liés à deux jeunes gens, le comte et le chevalier d'Ormont, fils d'amis de leurs parents. C'est le second qu'aime Flore. Il tombe malade, et la jeune fille, inquiète, gagne la femme de chambre pour qu'elle la conduise secrètement auprès du chevalier. Les jeunes gens se jurent amour et fidélité, puis Flore rentre au logis. Au repas, la mère semble faire des allusions discrètes à l'aventure de sa fille, et finit par lui demander de la rejoindre dans sa chambre. « Ma fille, [lui] dit-elle alors avec une bonté charmante, j'ai deux choses à vous proposer, me voulez-vous pour amie, ou me voulez-vous pour mère ? » Sur quoi elle s'explique :

---

1. Mme Méheust, *Histoire d'Émilie ou les Amours de Mlle de****, Paris, chez C.-J.-B. Deslespine et G.-A. Dupuis, 1732. Avec approbation (du 2 janvier 1732) et privilège. Le rapprochement avec cet ouvrage avait été fait par Dubuisson (voir ci-après), mais n'avait jamais été vérifié.

« Si vous me parlez avec sincérité, je serai votre amie ; si vous dissimulez, j'userai de l'autorité que me donnent sur vous les lois divines et humaines[1]. »

Flore hésite : cette bonté est-elle un piège, ou part-elle d'une véritable tendresse ? Elle se résout enfin à avouer sa démarche, que la mère avait déjà apprise de la femme de chambre. Charmée, sa mère l'embrasse, lui donne « avec [son] amitié, toute [son] estime », puis la met en garde :

« À quel danger vous exposiez-vous ? Malgré les sentiments que l'éducation et votre naissance vous inspirent, une confidente imprudente et indiscrète vous aurait menée plus loin que vous ne pensiez[2]. »

Après quoi, pour renforcer sa leçon, cette mère érudite cite à sa fille les exemples de Faustine, de Messaline, de Marguerite de Valois, de Julie, fille d'Auguste, et de quelques autres, dont la réputation a été perdue par la faute d'une femme de chambre ! Heureusement, la conclusion de cette harangue nous ramène à notre sujet :

« La hauteur et l'aigreur rebutent. Les manières trop dures que presque toutes les mères croient devoir affecter sont la cause des travers que prennent les enfants ; il est quantité de jeunes personnes qui donnent dans un commerce galant pour le seul plaisir de duper celles qui les gardent avec trop de sévérité[3]. »

Il n'en est pas ainsi de la mère de Flore, qui annonce à sa fille que « le chevalier [lui] est destiné ». Ainsi, le petit drame domestique redouté un instant semble s'éloigner.

Il se produira pourtant, mais la scène où l'on a vu « une mère parler avec tant de bonté et qui veut devenir confidente de sa fille » n'aura pas de relation avec la suite des événements. Le « beau caractère » de la mère ne se démentira pas et elle restera fidèlement du côté de sa fille. Un baron de Durlac demande la jeune Flore en mariage à sa mère. Celle-ci, qui redoute que son mari ne soit tenté par ce beau parti, lui cache pendant trois mois la proposition qu'on lui a faite. Il finit par être au courant. La mère conseille alors à sa fille d'avouer l'état de son cœur au baron. Mais le chevalier d'Ormont devance étourdiment cette démarche en provoquant le baron en duel, ce qui le force à s'enfuir à l'étranger, où il périt. Nous rejoignons cette fois le roman traditionnel du temps.

Ainsi, l'épisode de la confidence n'a chez Mme Méheust qu'un

---

1. *Op. cit.*, p. 89. **2.** *Ibid.*, p. 92. **3.** *Ibid.*, p. 97.

intérêt anecdotique et moral : une première originalité de Marivaux consiste à le mettre au cœur du drame ; sans lui, Mme Argante n'entrerait pas comme protagoniste dans la partie sentimentale qui se joue entre les jeunes gens. En outre, en doublant la scène de l'aveu simple de l'amour, qui n'engageait qu'assez peu Angélique, par une seconde scène relative à un projet d'enlèvement, Marivaux tire de ces confidences de fille à mère un effet beaucoup plus aigu. Désormais l'une et l'autre sont liées : si la jeune fille ne peut plus se laisser enlever, la mère s'interdit de l'en empêcher le cas échéant. Le conflit est par là porté sur le plan purement sentimental. Un rebondissement est nécessaire pour relancer le drame. L'événement attendu pourrait être la venue d'Ergaste, mais, ainsi que le remarquèrent les contemporains [1], elle ne joue pas ce rôle. Après avoir frappé en quelque sorte son neveu de paralysie, Ergaste l'en relève lui-même, et le cours des choses n'est pas modifié. En fait, le dénouement sort d'une simple confrontation. Passant pour la tante d'Angélique, Mme Argante rencontre Dorante et lui fait honte de ses projets : une fois de plus le jeune homme devient, par un effet purement sentimental, incapable d'action. Mais Mme Argante a été frappée elle-même d'un choc en retour imprévu : elle s'est laissé toucher par la candeur du jeune homme et lui accorde sa fille.

L'idée de la confidence faite à la mère-amie a donc été exploitée par Marivaux de façon infiniment plus fructueuse que chez Mme Méheust. Elle a pour effet essentiel de supprimer les rapports traditionnels d'autorité — parfois vaine — et de dépendance — parfois révoltée — entre parents et enfants, pour ne plus laisser subsister entre eux que l'ordre du sentiment. Or, dans cet ordre, et c'est où Marivaux s'insère dans la tradition sensible, les bons cœurs se reconnaissent à des signes mystérieux et finissent par s'entendre. Ici, le trio touché par la sensibilité entraîne avec lui Ergaste : c'est que la « philosophie » d'Ergaste n'est pas de nature dialectique, elle correspond simplement à un tempérament froid et raisonnable. Peut-être conçoit-on mieux l'exclusion de Lisette, sinon de la réconciliation, du moins de la nouvelle société. « Naturellement rieuse outrée, comme le sont presque toutes ces filles [2] », elle n'y a pas sa place parce qu'elle n'est pas assez susceptible d'attendrissement.

---

1. Voir ci-après, p. 1368.   2. Le mot est appliqué, dans le roman de Mme Méheust, à Favier, la suivante qui accompagne Flore lorsqu'elle rend visite au chevalier d'Ormont.

Sans recourir aux procédés (mystères, reconnaissances) ni au style de la comédie larmoyante (gémissements, phrases entrecoupées), Marivaux a pourtant écrit une sorte de *Triomphe du sentiment* plus convaincant, sans doute, que les pièces contemporaines de Destouches ou de Nivelle de la Chaussée.

Venant avant *Le Préjugé à la mode*, et ne se trouvant précédée, dans le genre sérieux, que par quelques bonnes pièces de Destouches[1] et une pièce médiocre de Nivelle de la Chaussée[2], *La Mère confidente* répondait trop aux aspirations du public pour ne pas obtenir le succès. Elle eut dix-neuf représentations dans la première série, avec de belles recettes[3], et elle fut souvent reprise ensuite. À trois reprises, le *Mercure* mentionna son succès. D'abord dans le numéro de mai :

« Le 9 mai, les mêmes comédiens [italiens] donnèrent une pièce nouvelle en prose en trois actes, qui est très goûtée et très suivie. On ne manquera pas d'en rendre compte[4] » ; puis dans le premier numéro de juin, qui signale que *La Mère confidente* « fait un extrême plaisir et attire beaucoup de monde à l'Hôtel de Bourgogne ». Voici le texte intégral de ce compte rendu de la pièce pris sur le vif :

« Le 9 mai, les Comédiens Italiens donnèrent la première représentation de *La Mère confidente*, comédie nouvelle en prose et en trois actes, de M. de Marivaux, qui fut généralement applaudie, par le mérite de la pièce et par le jeu des acteurs ; elle fait un extrême plaisir et attire beaucoup de monde à l'Hôtel de Bourgogne.

« L'action de cette pièce se passe dans une maison de campagne. Dorante, amant d'Angélique, ouvre la scène avec Lisette suivante d'Angélique ; il prie Lisette de lui être favorable auprès de sa maîtresse, et lui promet de faire sa fortune, s'il a le bonheur d'épouser cette charmante personne ; Lisette lui promet tous les bons offices

---

1. *Le Philosophe marié* (1727), *Le Glorieux* (1732). **2.** *La Fausse Antipathie* (1733). **3.** 9 mai, 707 livres ; 11 mai, 1 113 livres ; 14 mai, 1 365 livres ; 16 mai, 1 009 livres ; 18 mai, 1 033 livres ; 21 mai, 1 078 livres ; 23 mai, 383 livres. Ensuite, la pièce est représentée avec *Le Conte des fées*, qui, pour sa création, le 26 mai, en même temps que *L'École des mères*, n'a pas produit moins de 3 587 livres ! Soit : 28 mai, 1 934 livres ; 30 mai, 1 150 livres ; 4 juin, 1 457 livres ; 5 juin, 499 livres ; 8 juin, 1 031 livres ; 11 juin, 640 livres ; 13 juin, 947 livres ; 15 juin, 646 livres ; 18 juin, 721 livres ; 22 juin, 701 livres ; 16 juillet, 326 livres ; 23 octobre, 342 livres. **4.** *Mercure* de mai 1735, p. 990.

qui dépendront d'elle ; mais elle ne sait comment le faire parvenir au bonheur où il aspire, quand il lui apprend qu'il n'a pour tout bien que sa légitime, tandis qu'Angélique est un des plus riches partis ; elle lui promet cependant de le servir malgré l'obstacle que sa mauvaise fortune oppose à son bonheur ; comme Angélique doit bientôt venir au rendez-vous que Lisette lui a donné, sans l'instruire que Dorante doit s'y trouver, elle dit à cet amant de s'éloigner un peu pour lui donner le temps de parler en sa faveur à sa maîtresse avant qu'il vienne l'entretenir lui-même.

« Angélique vient ; Lisette affectant un air chagrin lui dit qu'il ne faut plus penser à Dorante, et qu'elle a des choses à lui annoncer qui lui feront prendre le parti de renoncer à son amour ; Angélique lui demande avec empressement ce qu'elle peut avoir appris qui l'oblige à ne plus penser à son amant ; Lisette lui dit que c'est qu'il est très disgracié du côté de la fortune ; Angélique lui répond généreusement qu'elle aura assez de bien pour elle et pour lui ; Lisette lui représente que Mme Argante, sa mère, n'aura pas des sentiments si nobles ; Angélique la rassure, fondé sur la tendresse que sa mère a pour elle. Les choses étant ainsi disposées, Dorante, qui ne s'était éloigné que pour donner le temps à Lisette de parler en sa faveur, arrive ; Angélique le reçoit avec des sentiments de bonté qui redoublent l'amour qu'il a pour elle ; Lisette s'aperçoit que Lubin, jardinier de Mme Argante les écoute, elle conseille à Angélique de se retirer.

« Lubin approche, il dit à Dorante et à Lisette qu'il a tout entendu, et leur fait tant de peur qu'ils prennent la résolution, de le mettre dans leurs intérêts à force d'argent ; ils le chargent de leur servir d'espion ; la convention étant faite et acceptée, Dorante et Lisette se retirent à l'approche de Mme Argante, qui, se doutant de quelque chose au sujet de sa fille, charge Lubin d'observer toutes ses démarches, et de lui en rendre un compte fidèle ; Lubin lui répond naïvement que cela ne se peut en conscience, puisqu'il est payé pour l'espionner elle-même. Mme Argante apprend de lui qu'Angélique aime un jeune homme qui s'appelle Dorante ; elle lui promet de le bien récompenser s'il continue à l'instruire de tout ce qui se passera entre ce Dorante et sa fille. Lubin ne balance pas à accepter sa seconde charge d'espion, et se retire en voyant approcher Angélique.

« Mme Argante annonce à Angélique le dessein qu'elle a formé de la marier à Ergaste ; Angélique la prie de ne la pas contraindre à

épouser un homme qu'elle ne saurait aimer ; Mme Argante lui promet de ne faire jamais de violence à son inclination ; elle lui vante
la tendresse qu'elle a toujours eue pour elle, et lui demande en
récompense de la regarder à l'avenir plutôt comme son amie que
comme sa mère ; Angélique, charmée de tant de bonté, se livre entièrement à elle, et porte la confidence jusqu'à lui déclarer l'amour
qu'elle a pour Dorante ; à cet aveu ingénu, Mme Argante oubliant le
nom d'amie pour reprendre celui de mère, Angélique se repent de
son ingénuité ; Mme Argante répare l'imprudence qui lui est échappée par de nouvelles protestations d'amitié, et par là elle achève de
tirer le secret de sa fille, à qui elle fait entendre que la plupart des
amants sont trompeurs, et qu'ils ne se prévalent de la faiblesse qu'on
a pour eux que pour en triompher. Angélique est si touchée des
tendres remontrances de sa mère, qu'elle lui promet de congédier
Dorante. Mme Argante étant sortie, Lubin vient apporter à Angélique
une lettre de Dorante, qu'elle refuse.

« Au second acte, Dorante vient chercher la réponse à sa lettre ;
Lubin dit qu'Angélique n'ayant pas voulu la recevoir, il l'a remise à
sa suivante.

« Lisette vient rapporter la lettre en question à Dorante, à qui elle
dit qu'elle ne comprend rien à ce refus, après les tendres protestations qu'elle vient de lui faire ; elle ajoute qu'Angélique est dans la
plus mauvaise humeur où elle ait jamais été.

« Angélique arrive ensuite, toute remplie encore des sages leçons
de sa mère ; elle fait un nouveau crime à Dorante de l'audace qu'il
a, de se présenter à ses yeux après l'injure qu'il vient de lui faire, en
prenant la liberté de lui écrire. Dorante ne peut soutenir la dureté
de ce reproche, auquel il n'avait garde de s'attendre ; la fidèle Lisette
lui dit tout bas de se retirer pour un moment ; Angélique, pénétrée
de la douleur de son amant, se repent de l'avoir si mal traité et
voudrait qu'on le rappelât pour calmer les transports où il lui a paru
s'abandonner.

« Ergaste, avec qui sa mère a formé le dessein de la marier, ne
pouvait se présenter dans une conjoncture plus défavorable ; elle le
reçoit avec une froideur qui va jusqu'au mépris ; c'est une espèce
de philosophe qui ne dit pas un mot qui ne fasse bâiller ceux qui
l'entendent ; l'accueil qu'on lui fait le congédie bientôt. Après sa
prompte retraite, Lisette renoue la conversation dont le triste
Dorante était l'objet ; elle parle si efficacement en sa faveur, qu'Angélique consent qu'on le rappelle, s'il en est encore temps ; Lisette

l'appelle ; il revient ; on lui pardonne le passé, mais il s'agit de prendre des précautions contre l'avenir ; Lisette lui apprend qu'Ergaste vient pour épouser Angélique ; Dorante, au désespoir, propose un enlèvement à Angélique ; elle en reçoit la proposition avec colère ; Dorante ne se rebute pas ; il presse, il soupire, il gémit, il ébranle Angélique ; Lubin, nouvel espion de Mme Argante, écoute tout, et fait connaître par des *a parte* qu'il redira tout à celle qui l'emploie. Dorante et Angélique s'étant retirés à l'approche de Mme Argante, Lubin ne manque pas d'exécuter sa charge de double espion. Elle lui ordonne de faire venir Angélique.

« Mme Argante prend le parti de dissimuler avec une fille qui lui est si chère, et qu'elle espère ramener à son devoir. Angélique vient ; Mme Argante lui demande si elle a revu Dorante. Angélique lui répond, avec son ingénuité ordinaire, qu'elle l'a revu, mais que ce n'a été que pour le congédier. Mme Argante l'embrasse tendrement, lui vante sa victoire ; Angélique est confuse de mériter si peu les éloges d'une si tendre mère ; elle se jette à ses pieds, et lui avoue qu'elle vient de la tromper pour la première fois ; cette scène est très pathétique de part et d'autre ; Angélique confesse, les larmes aux yeux, que Dorante lui a proposé un enlèvement auquel elle n'a eu garde de se prêter ; mais elle ne se prête pas davantage à l'hymen que sa mère lui propose ; elle lui fait entendre qu'elle ne pourra jamais aimer Ergaste ; et qu'elle ne saurait lui répondre de triompher de l'amour qu'elle a pour Dorante. Mme Argante, ne sachant plus à quoi se résoudre, dit à Angélique qu'elle veut parler à Dorante, et que, comme il ne l'a jamais vue, elle pourra passer à ses yeux pour la tante et non pour la mère de sa maîtresse ; Angélique lui promet de le disposer à cette entrevue, et par un secret pressentiment, elle s'en promet un heureux succès.

« Comme l'ordre des scènes peut avoir échappé à notre mémoire, nous prions le lecteur de nous en pardonner le déplacement. Nous allons abréger ce qui reste. Au troisième acte, Ergaste, instruit par Lubin, sans aucun dessein de la part de cet espion, à qui un secret échappe lorsqu'il croit le mieux garder, s'explique avec Dorante son neveu, qui ne le croyait pas en ce lieu, et qui le soupçonnait encore moins d'être l'époux que Mme Argante destinait à sa fille ; il apprend que ce neveu qui lui est cher est aimé d'Angélique autant qu'il l'aime ; dès ce moment il prend son parti en homme sage, sans en rien faire connaître à Dorante, qui est au désespoir d'avoir un rival si respectable. Dorante promet à son oncle de ne plus penser à

Angélique ; Ergaste lui dit, sans s'expliquer plus clairement, d'aller toujours son chemin. Ces paroles, qui semblent prononcées sur un ton ironique, ne le rassurent pas. Angélique vient, il la presse plus que jamais de consentir à l'enlèvement qu'il lui a proposé, et pour lequel il lui dit que tout est préparé ; elle lui défend de lui en parler davantage, et le fait consentir à une entrevue avec la tante en question, sans l'avertir que c'est sa mère. Dorante lui promet de suivre ce qu'elle lui prescrit, et se retire plus désespéré que jamais Mme Argante vient ; Dorante est aussitôt rappelé, elle lui fait tant d'horreur de la proposition qu'il a fait à une fille vertueuse de se laisser enlever, qu'il en témoigne un véritable repentir ; cette scène est dialoguée avec un art infini ; et Mme Argante reconnaît un si grand fond de probité en Dorante qu'elle dit à Angélique : *Ma fille, je vous permets d'aimer Dorante.* Ces dernières paroles charment également Angélique et Dorante ; mais pour mettre le comble à leur joie, Ergaste vient retirer la parole qu'il a donnée à Mme Argante, et lui propose à sa place Dorante son neveu, à qui il assure tout son bien ; il demande grâce pour Lisette ; on lui a trop d'obligation pour lui rien refuser [1]. »

Enfin, le rédacteur du *Mercure* revient encore une fois sur *La Mère confidente* dans le numéro suivant du journal, à propos de sa publication :

« L'analyse que nous avons donnée de cette pièce dans le premier volume de ce mois nous dispense d'entrer ici dans aucun détail. Il suffit d'ajouter qu'elle se fait lire avec plaisir, et que les représentations en sont toujours très goûtées [2]. »

Mais si le public, qui est parfois bon juge, faisait un succès à la pièce, Marivaux avait trop d'ennemis pour que la critique fût aussi favorable. L'attitude du commissaire Dubuisson, qui ne s'est pas fait seul son opinion, est significative. Voici le long passage qu'il consacre à *La Mère confidente* dans une lettre au marquis de Caumont datée de Paris, le 21 mai 1735 :

« ... Enfin les Italiens jouent avec succès *La Mère confidente*, comédie en trois actes de la façon de M. de Marivaux. Comme vous connaissez le style de l'auteur, je ne vous en dirai rien, si ce n'est qu'il est fâcheux qu'il prenne autant de peine pour ôter le plaisir de l'entendre, qu'il en devrait prendre pour se rendre intelligible. Cette

---

1. *Mercure* de juin 1735, tome I, pp. 1187-1195.   **2.** *Mercure* de juin 1735, tome II, p. 1370.

pièce est une cinquième ou sixième *Surprise de l'amour*, dont le tableau a pourtant quelque air de nouveauté. Une jeune personne, retirée avec sa mère dans une maison de campagne, rencontre un jeune homme qui en devient amoureux et pour qui elle se sent un favorable retour. Sa mère, qui en apprend quelque chose, lui propose (en lui cachant ce qu'elle sait) de quitter avec elle le rôle de mère, pour devenir sa meilleure amie, et à ce titre sa confidente. La jeune personne résiste autant que l'auteur a besoin qu'elle le fasse pour expliquer à sa mère le respect que cette qualité lui inspire et la difficulté qu'elle aura de passer de ce sentiment à la liberté de l'amitié. La mère insiste et la jeune personne se détermine ; sa première confidence est l'aveu de son aventure, la nouvelle amie donne des avis sévères, et la jeune personne lui fait sentir qu'elle reprend le rôle de mère. Cependant l'intrigue continue, et différents incidents, préparés tant bien que mal, conduisent l'amant à proposer un enlèvement à sa maîtresse ; la mère, qui en est avertie, et à qui sa fille l'avoue, lui fait des représentations sensées et finit par lui dire qu'elle veut parler à son amant, pour le faire convenir lui-même combien son procédé est criminel. Elle se trouve à l'entrevue sous le nom d'une tante de la jeune personne ; elle répète ce qu'elle avait dit à sa fille, et le jeune homme, confus et humilié, convient de son tort dans des termes que cette mère trouve assez touchants pour lui donner sa fille. Ce dénouement n'a pas paru heureux d'abord, parce que le repentir du jeune homme n'est point assez frappé, et parce qu'il y a un personnage épisodique dans la pièce, dont l'auteur pouvait se servir mieux qu'il n'a fait, pour rendre le dénouement vraisemblable [1]. On reproche à M. de Marivaux d'avoir mis dans la bouche d'un paysan toutes les phrases précieuses de son ouvrage ; en effet, il parle de révérences tirées en paroles [2], de mots qui adorent [3], etc. On lui reproche aussi de n'avoir pas rendu assez nécessaire la proposition d'enlèvement, mais quelque justes que soient ces reproches, la pièce plaît en gros et est applaudie.

« C'est une chose singulière que les comédies de M. de Marivaux

---

1. On a vu dans l'Introduction que le caractère original du dénouement adopté est précisément qu'il ne fait pas appel à un *deus ex machina* tel que l'est l'habituel oncle à héritage venant assurer son bien à son neveu, mais qu'il repose uniquement sur le jeu de la sensibilité des personnages.
2. Acte I, sc. IV : « Vous tirez donc voute révérence en paroles... ? »
3. Acte I, sc. VII : « Il ne dit pas un mot qu'il n'adore ». La phrase n'a pas été comprise par le témoin.

n'aient jamais pu réussir au Théâtre Français, tandis qu'au Théâtre Italien elles ont toujours un certain succès. J'ai tâché d'en pénétrer les raisons, et il me semble en avoir trouvé deux : la première, qu'on ne cherche pas aux Italiens la perfection qu'on veut trouver aux Français ; on admet chez les premiers les débauches d'esprit, et on les siffle chez les autres ; la seconde, que Mlle Silvia a un ton qui semble fait exprès pour débiter les expressions de M. de Marivaux ; elle a la prononciation extrêmement brève et l'accent étranger, deux choses qui s'accordent merveilleusement avec la laconicité et le tour extraordinaire des phrases de cet auteur[1]. »

L'éloge de Desfontaines, dans ses *Observations sur les écrits modernes*, sent aussi la contrainte. Comme dans le jugement de Dubuisson, les louanges restent vagues, et les critiques sont détaillées :

« Cette comédie, représentée avec succès au Théâtre Italien, peut être mise avec justice au rang des bons ouvrages de cet ingénieux auteur, et en parallèle avec *La Surprise de l'amour* et *La Double Inconstance*. Tous les personnages de cette pièce, si l'on en excepte Ergaste, ont tous de l'esprit jusqu'au superflu, et se ressentent de la surabondance de l'auteur, à qui l'on peut appliquer en ce sens ce vers de Térence : *Plenus sum rimarum, hac et illac perfluunt*[2]. »

On peut du moins remarquer que *La Mère confidente* est mise sur le même plan que les deux classiques de Marivaux à cette époque, *La Surprise de l'amour* et *La Double Inconstance*.

À ces éloges malveillants, on préfère la sincérité du marquis d'Argenson, dans la notice qu'il consacra à *La Mère confidente*. Encore faudrait-il savoir s'il parle d'après une lecture ou d'après une représentation de la pièce :

« Quoique je n'aime pas à rejeter toute une pièce par une critique générale et qui n'admette pas ce qu'il y a de bon pour faire passer

---

1. Rouxel, *Les Correspondants de la marquise de Balleroy*. Dans une lettre ultérieure, du 1er décembre 1736, où il est question du *Legs*, Dubuisson ajoute ceci concernant *La Mère confidente* : « ... à propos de cet auteur [Marivaux], je lui faisais l'honneur de l'imagination de *La Mère confidente*, comédie de sa composition dont j'ai eu l'honneur de vous entretenir dans le temps qu'elle a paru. Mais j'ai trouvé ce sujet dans un petit roman de Mme de Méheust qui a pour titre *Histoire d'Émilie ou de Mlle D****, et à qui je dois la justice de dire qu'il est bien fait et bien écrit. Ce roman a été imprimé en 1732. Ainsi il a précédé la comédie. Cette anecdote [ne] me semble avoir été remarquée par personne. » (Lettre XIV.)   2. Lettre du 1er juin 1735, tome II, p. 21.

le mauvais, je dirai que cette pièce m'a fort ennuyé, et cependant le public l'a suivie assez longtemps ; on aime la morale aujourd'hui quand la morale va contre les préjugés ordinaires, c'est le goût pour l'esprit qui domine en cela sur le parti des bonnes mœurs. D'ailleurs, on tolère toutes les nouveautés des pauvres Italiens, mais on reconnaît ici tant de négligences du pauvre Marivaux, il se répète cent fois dans les rôles de Silvia, et il était dans les jours de sermon quand il donna sa mauvaise pièce des *Petits Hommes*. *La Mère confidente* a le rôle le plus ennuyeux du monde, ce sont des exhortations pathétiques et des lieux communs d'église et de théâtre. Il faut pardonner le *mauvais* ; mais non pas l'*ennuyeux* [1]. »

D'Argenson a bien vu que la morale de la pièce « va contre les préjugés ordinaires », c'est-à-dire qu'elle n'est plus fondée sur le devoir, mais sur le sentiment. C'est, on l'a vu, un trait caractéristique de la comédie larmoyante, et c'est sur ce point que *La Mère confidente* se rapproche de ce genre. Mais le titre auquel elle a sûrement droit est celui de comédie sérieuse. On aurait aimé, à ce propos, avoir l'avis de Fontenelle sur la pièce de Marivaux. Hélas, quand il rédigea une préface aux comédies de ce genre [2] qu'il publia en 1752, Fontenelle rechercha bien l'origine du genre dans des pièces comme *Le Misanthrope*, loua les contemporains qui l'avaient illustré, La Chaussée, Destouches et Gresset, mais omit de citer le Marivaux de *La Mère confidente* [3]. Comme un passage du *Pauvre Diable* de Voltaire où l'on a cherché une allusion à la même comédie ne s'applique peut-être pas à elle [4], on en est réduit, pour conclure cette

---

1. Manuscrit de l'Arsenal n° 3454, f° 335. Dans l'extrait qui suit, le marquis remarque encore : « La mère se sépare de la confidente, et cette distinction métaphysique a plu au sot parterre, parce qu'on dit : "Voilà pour la mère, voici pour la confidente." » Il blâme aussi le rôle de Lubin « que le public a encore fort chéri ».   **2.** *Macate, Abdolonyme, Le Tyran, Le Testament, Henriette*, composées une vingtaine d'années auparavant, connues en manuscrit, mais qui n'avaient pas été représentées.   **3.** Voir le récit de l'affaire, avec l'étonnement de Trublet, dans les *Mémoires* de celui-ci *sur la vie de M. de Fontenelle*, p. 213 (cité par Larroumet, *op. cit.*, p. 299, note 1).   **4.** Le « pauvre diable » s'associe à un « bâtard du sieur de La Chaussée » pour composer « Un drame court et non versifié. / Dans le grand goût du larmoyant comique, / Roman moral, roman métaphysique... » La description est un peu vague pour désigner sûrement *La Mère confidente*. Néanmoins, une lettre de juin 1765 au marquis de Villette contient cette phrase : « Il n'y a plus que les drames bourgeois du néologue Marivaux où l'on puisse pleurer en sûreté de conscience. » (Cité par Larroumet, p. 300 et note.)

revue des opinions contemporaines, à recourir encore à la notice de
La Porte. Fait inouï, elle est pleinement favorable. Il est vrai que les
éloges décernés à cette pièce peuvent être considérés comme autant
de critiques indirectes des autres œuvres de Marivaux qui ne présentent pas les mêmes caractères :

« La sagesse aimable de Mme Argante, la charmante ingénuité
d'Angélique ; la probité flegmatique d'Ergaste, l'amour sincère et
impétueux de Dorante, la conduite artificieuse de Lisette, un
mélange d'enjouement et de pathétique forment un tout intéressant,
qui affecte également l'esprit et le cœur dans *La Mère confidente*[1]. »

Enfin, Desboulmiers, qui souvent se contente de résumer les
pièces, sort ici de sa réserve et dit de *La Mère confidente* qu'elle est
« une des meilleures et des plus intéressantes qui soient sorties de
la plume de M. de Marivaux », ajoutant que le sujet en est honnête,
le but « moral et bien rempli[2] ».

L'époque moderne a été moins favorable à Marivaux. Après différentes représentations sous la Révolution, au Théâtre National, à
partir du 30 septembre 1793[3], *La Mère confidente* passa à la Comédie-Française le 16 janvier 1801. Malgré la présence de Mlle Mars
dans le rôle d'Angélique et celle d'Émilie Comtat dans celui de
Lisette[4], la pièce ne fut jouée que deux fois. En septembre 1863,
une reprise dans une version abrégée et modifiée[5] ne rencontra
qu'un accueil maussade[6]. Les reprises de 1907, 1912 et 1926, celle-
ci au moins dans un texte enfin rapproché de l'original[7], permirent
à Berthe Bovy de révéler de grandes qualités dans le rôle d'Angélique. Si *La Mère confidente* n'a pas été reprise à la Comédie-Française depuis 1928, les mises en scène de Caroline Huppert au

---

1. *L'Observateur littéraire*, 1759, tome I, p. 83.   **2.** *Histoire... du
Théâtre-Italien*, tome IV, p. 141.   **3.** Sur ces représentations, annoncées
dans *Le Moniteur universel*, voir l'ouvrage de K. McKee, *The Theater of
Marivaux*, p. 191.   **4.** Les autres interprètes étaient Mme Talma
(Mme Argante), Armand (Dorante), Baptiste (M. Ergaste), Micho (Lubin).
5. Sur cette version, publiée en 1908 par Truffier, voir ci-après,
p. 1373.   **6.** Voir les jugements des critiques reproduits par Larroumet
(p. 320, note 1). Seul F. Sarcey se montra favorable, et même enthousiaste.
Le défaut de la représentation consistait dans la distribution : les chefs d'emploi n'y figuraient pas.   **7.** On s'était servi d'une mise en scène antérieure
figurant sur des feuillets intercalés dans l'édition Truffier. Pour revenir au
texte authentique, ou du moins s'en rapprocher, il fallut le recopier dans les
marges, ou même sur des feuilles blanches qui furent collées sur le texte
imprimé.

Théâtre de la Potinière (1979) et de Monique Mauclair au Théâtre du Marais (1994) ont prouvé que la pièce pouvait toujours toucher un public moderne.

LE TEXTE

L'édition originale, dont la publication est annoncée par le *Mercure* de juin 1735, seconde partie[1], se présente comme suit :

LA MÈRE / CONFIDENTE. / *COMEDIE EN TROIS ACTES. / De M.* De Marivaux. / *Représentée le 9. mai 1735 par les / Comédiens Italiens. (fleuron)* / A PARIS, / Chez Prault Fils, Quay de Conty, / vis-à-vis la descente du Pont-Neuf, / à la Charité. / M DCC XXXV. / *Avec Approbation et Privilège du Roy.*

Un volume de 115 pages pour le texte, V pour l'approbation et le privilège.

Approbation : « J'ai lu par ordre de Monseigneur le Garde des Sceaux un manuscrit intitulé *La Mère Confidente.* Le sentiment si bien traité dans cette Comédie, dont l'idée est très heureuse, ne pouvait manquer de plaire au public, qui, à l'honneur de son goût, s'attache de plus en plus aux pièces de ce genre[2] ; ainsi l'on voit avec plaisir que l'auteur continue de faire trouver un intérêt noble, attendrissant et délicat, même sur un théâtre consacré au seul délassement de l'esprit. À Paris, ce 23 mai 1735. *Signé*, Duval. »

Privilège à Laurent-François Prault pour *La Mère confidente, comédie*, la préface de l'*Aphrodisiacus*, les *Mémoires du marquis de Fieux*, pour une durée de six ans ; signé Sainson, du 10 juin 1735, « registré » le 12.

La réédition de 1758, numérotée de 73 à 180 au tome IV des *Œuvres de Théâtre* de Duchesne, ne présente guère de variantes notables, sauf la suppression, sans doute accidentelle, d'une réplique de Lubin dans la scène IV de l'acte II. On trouvera les détails en note.

Il faut enfin signaler qu'il existe à la Comédie-Française un manuscrit de souffleur de *La Mère confidente*. À première vue, il ne présente aucun intérêt, car l'orthographe et l'écriture prouvent qu'il s'agit d'une copie faite au XIXᵉ siècle. L'examen du texte fait

---

1. Voir, plus haut, p. 1367, note 2.   2. Sur ces curieuses formules, voir plus haut, p. 1359, note 4.

apparaître qu'il s'agit d'une version « corrigée » avec un sans-gêne étonnant en vue d'une reprise qui pourrait être celle du 14 septembre 1863. C'est cette version qu'a publiée J. Truffier sous le titre de « *La Mère confidente*, publiée conformément à la représentation » chez Stock en 1908. Si le manuscrit de la Comédie-Française ne peut pourtant être absolument négligé, ce n'est pas seulement pour mettre en garde le public contre des pratiques abusives. C'est qu'il représente, par une voie détournée, une version ancienne de *La Mère confidente*. Suivant toute apparence, il a en effet été copié, non sur une édition (quoiqu'il présente des traits propres à celle de 1758), mais sur un manuscrit plus ancien. Deux sortes de faits le prouvent. D'une part à la première scène, la dixième réplique de Lisette est recouverte par un fragment de manuscrit remontant évidemment au xviiie siècle et contenant un texte abrégé par rapport à celui des éditions[1]. En outre, à de nombreuses reprises, et alors que l'orthographe du copiste est moderne, certaines formes d'impératifs en *-es* au lieu de *-e* semblent attester qu'il reproduit sur quelques points l'orthographe d'un manuscrit issu directement ou indirectement de Marivaux lui-même[2].

C'est pour cette raison que nous avons estimé nécessaire d'offrir au lecteur un choix des variantes de ce manuscrit. Encore une fois, il serait sans intérêt de les donner toutes, puisque l'édition Truffier reproduit en principe ce texte. Nous avons donc donné seulement, à titre d'échantillons, toutes les variantes de la première scène, plus quelques autres qui pourraient, à la rigueur, remonter à Marivaux lui-même. Nous ne conseillons pourtant à aucun metteur en scène de les adopter.

Notre texte est donc en principe, et sauf indication contraire, celui de l'édition originale, et les notes comportent, avec les variantes de l'édition de 1758, des indications succinctes sur la version du

---

1. Voir p. 1378, note 2. **2.** Un problème que nous ne pouvons résoudre est celui de l'origine du manuscrit ayant servi ainsi au copiste du xixe siècle, ou de ce qu'il est devenu. Peut-être le retrouvera-t-on un jour à la Comédie-Française. Comment y était-il entré ? On ne peut le dire, puisque *La Mère confidente* a appartenu au Théâtre-Italien jusqu'à la fin du xviiie siècle. Peut-être un des comédiens en disposait-il lors de la reprise du 16 janvier 1801 qui réunissait la distribution que l'on a vue plus haut (p. 1371). Parmi les interprètes, Émilie Comtat, par exemple, avait été en rapport avec l'ancienne troupe de l'Opéra-Comique.

manuscrit. L'inscription au programme de l'agrégation, en 1992, de *L'École des mères* et de *La Mère confidente* suscita de nouvelles éditions (Jean Goldzink, Flammarion, collection G.-F. ; Françoise Rubellin, LGF, Le Livre de Poche), et de nombreuses études critiques[1].

---

1. Voir notamment la *Revue Marivaux* n° 3 (1992) entièrement consacrée à ces deux pièces.

La Mère confidente

ACTEURS

MADAME ARGANTE
ANGÉLIQUE, sa fille.
LISETTE, sa suivante[1].
DORANTE, amant d'Angélique.
ERGASTE, son oncle.
LUBIN, paysan valet de Madame Argante[2].

La scène se passe à la campagne, chez Madame Argante.

---

1. C'est-à-dire, probablement, suivante d'Angélique ; de même, Ergaste, oncle de Dorante.   2. En dehors du rôle d'Angélique, qui était évidemment tenu par Silvia, la distribution originale n'est pas connue.

ACTE PREMIER

Scène première

DORANTE, LISETTE

DORANTE. Quoi ! vous venez sans Angélique, Lisette ?

LISETTE. Elle arrivera bientôt, elle est avec sa mère, je lui ai dit que j'allais toujours devant, et je ne me suis hâté que pour avoir avec vous un moment d'entretien, sans qu'elle le sache.

DORANTE. Que me veux-tu, Lisette ?

LISETTE. Ah ça, Monsieur, nous ne vous connaissons, Angélique et moi, que par une aventure[1] de promenade dans cette campagne.

DORANTE. Il est vrai.

LISETTE. Vous êtes tous deux aimables, l'amour s'est mis de la partie, cela est naturel ; mais voilà[2] sept ou huit entrevues que nous avons avec vous, à l'insu de tout le monde ; la mère, à qui vous êtes inconnu, pourrait à la fin en apprendre quelque chose, toute l'intrigue retomberait sur moi : terminons ; Angélique est riche, vous êtes tous deux d'une égale condition, à ce que vous dites ; engagez vos parents à la demander pour vous en mariage ; il n'y a pas même[3] de temps à perdre.

DORANTE. C'est ici où gît[4] la difficulté.

LISETTE. Vous auriez de la peine à trouver[5] un meilleur parti, au moins.

DORANTE. Eh ! il n'est que trop bon.

LISETTE. Je ne vous entends pas.

DORANTE. Ma famille vaut la sienne, sans contredit, mais je n'ai pas de bien, Lisette.

LISETTE, *étonnée.* Comment ?

---

1. L'édition originale porte par erreur *un aventure.* Sur ces erreurs de genre portant sur les mots commençant par une voyelle, voyez la Note grammaticale, article *genre.* **2.** L'édition de 1758 omet le *mais.* **3.** Manuscrit : *il n'y a même pas.* **4.** Les mots *où gît* manquent dans le manuscrit. **5.** Manuscrit : *de trouver.*

DORANTE. Je dis les choses comme elles sont ; je n'ai qu'une très petite *légitime.

LISETTE, *brusquement*. Vous ? Tant pis ; je ne suis point contente de cela, qui est-ce qui le devinerait à votre air ? Quand on n'a rien, faut-il être de si bonne *mine ? Vous m'avez trompée, Monsieur.

DORANTE. Ce n'était pas mon dessein.

LISETTE. Cela ne se fait pas, vous dis-je, que diantre voulez-vous qu'on fasse de vous ? Vraiment Angélique vous épouserait volontiers, mais nous avons une mère qui ne sera pas tentée de votre légitime, et votre amour ne nous donnerait que du chagrin.

DORANTE. Eh ! Lisette, laisse aller les choses, je t'en conjure ; il peut arriver tant d'accidents ! Si je l'épouse, je te jure d'honneur que je te ferai ta fortune ; tu n'en peux espérer autant de personne, et je tiendrai parole.

LISETTE. Ma fortune ?

DORANTE. Oui, je te le promets. Ce n'est pas le bien d'Angélique qui me fait envie : si je ne l'avais pas rencontrée ici, j'allais, à mon retour à Paris, épouser une veuve très riche et peut-être plus riche qu'elle, tout le monde le sait[1], mais il n'y a plus moyen : j'aime Angélique, et si jamais tes soins m'unissaient à elle, je me charge de ton *établissement.

LISETTE, *rêvant un peu*. Vous êtes séduisant ; voilà une façon d'aimer qui commence à m'intéresser, je me persuade qu'Angélique serait bien avec vous.

DORANTE. Je n'aimerai jamais qu'elle.

LISETTE. Vous lui ferez donc sa fortune aussi bien qu'à moi, mais, Monsieur, vous n'avez rien, dites-vous ? cela est bien dur, n'héritez-vous de personne, tous vos parents sont-ils ruinés[2] ?

DORANTE. Je suis le neveu d'un homme qui a de très grands biens, qui m'aime beaucoup, et qui me traite comme un fils.

LISETTE. Eh ! que ne parlez-vous donc ? *d'où vient me faire peur avec vos tristes récits, pendant que vous en avez de si consolants à

---

1. Comparer *Les Fausses Confidences* (acte II, sc. II), où la même idée est mise en œuvre pour montrer le désintéressement de Dorante. **2.** Dans le manuscrit, cette réplique et les deux répliques précédentes n'en font qu'une, de Lisette. Le texte figure sur un béquet collé, fait d'un morceau découpé dans un manuscrit du XVIIIᵉ siècle, ainsi que le montrent l'écriture, le papier, etc. En voici le texte : *Vous êtes séduisant ; voilà une façon d'aimer qui commence à m'intéresser ; mais vous n'avez rien, dites-vous ? N'héritez-vous de personne ? tous vos parents sont-ils ruinés ?*

faire ? Un oncle riche, voilà qui est excellent ; et il est vieux, sans doute, car ces Messieurs-là ont coutume de l'être[1].

DORANTE. Oui, mais le mien ne suit pas la coutume, il est jeune.

LISETTE. Jeune ! et de quelle jeunesse encore ?

DORANTE. Il n'a que trente-cinq ans[2].

LISETTE. Miséricorde ! trente-cinq ans ! Cet homme-là n'est bon qu'à être le neveu d'un autre[3].

DORANTE. Il est vrai.

LISETTE. Mais du moins, est-il un peu infirme ?

DORANTE. Point du tout, il se porte à merveille, il est, grâce au ciel, de la meilleure santé du monde, car il m'est cher[4].

LISETTE. Trente-cinq ans et de la santé, avec un degré de parenté comme celui-là ! Le joli parent ! Et quelle est l'humeur de ce galant homme ?

DORANTE. Il est froid, sérieux et philosophe.

LISETTE. Encore passe, voilà une humeur qui peut nous dédommager de la vieillesse et des infirmités qu'il n'a pas[5] : il n'a qu'à nous assurer son bien.

DORANTE. Il ne faut pas s'y attendre ; on parle de quelque mariage en campagne[6] pour lui.

LISETTE, *s'écriant*. Pour ce philosophe ! Il veut donc avoir des héritiers en propre personne ?

DORANTE. Le bruit en court.

LISETTE. Oh ! Monsieur, vous m'impatientez avec votre situation ; en vérité, vous êtes insupportable, tout est désolant avec vous, de quelque côté qu'on se tourne.

DORANTE. Te voilà donc dégoûtée[7] de me servir ?

---

1. Texte du manuscrit pour la fin de cette réplique : *Un oncle riche et âgé, voilà qui est excellent ; je dis âgé, parce que ces messieurs-là ont coutume de l'être.* **2.** Manuscrit : *il n'a guère plus de trente-cinq ans.* **3.** Texte du manuscrit : *qu'à faire un neveu* (correction malheureuse, qui crée une équivoque fâcheuse, sans doute volontaire ; voir ci-après, acte II, sc. XII). **4.** Cette réplique et les deux précédentes sont réduites dans le manuscrit à une réplique de Dorante : *Il est vrai ; sans compter qu'il se porte à merveille, et qu'il est, Dieu merci, de la meilleure santé du monde, car je l'aime beaucoup* (comme la plupart des corrections de détail, celles-ci portent sur des expressions senties comme légèrement archaïques au XIXe siècle). **5.** Manuscrit : *nous dédommager du reste* (correction de timidité, comme il en est aussi beaucoup). **6.** L'expression est équivoque. Il faut sans doute comprendre : « On parle de quelque mariage à la campagne pour lui. » On a ainsi une préparation de la venue d'Ergaste. **7.** Manuscrit : *te voilà donc découragée.*

LISETTE, *vivement*. Non, vous avez un malheur qui me *pique et que je veux vaincre ; mais retirez-vous, voici Angélique qui arrive ; je ne lui ai pas dit que vous viendriez ici, quoiqu'elle s'attende bien de vous y voir ; vous reparaîtrez[1] dans un instant et ferez comme si vous arriviez, donnez-moi le temps de l'instruire de tout, j'ai à lui rendre compte de votre personne, elle m'a chargée de savoir un peu de vos nouvelles, laissez-moi faire.

Dorante sort.

Scène II
ANGÉLIQUE, LISETTE

LISETTE. Je désespérais que vous vinssiez, Madame.

ANGÉLIQUE. C'est qu'il est arrivé du monde à qui j'ai tenu compagnie. Eh bien ! Lisette, as-tu quelque chose à me dire de Dorante ? as-tu parlé de lui à la concierge du château où il est ?

LISETTE. Oui, je suis parfaitement informée. Dorante est un homme charmant[2], un homme aimé, estimé de tout le monde, en un mot, le plus honnête homme qu'on puisse connaître.

ANGÉLIQUE. Hélas ! Lisette, je n'en doutais pas, cela ne m'apprend rien, je l'avais deviné.

LISETTE. Oui ; il n'y a qu'à le voir pour avoir bonne opinion de lui. Il faut pourtant le quitter, car il ne vous convient pas.

ANGÉLIQUE. Le quitter ! Quoi ! après cet éloge !

LISETTE. Oui, Madame, il n'est pas votre fait.

ANGÉLIQUE. Ou vous plaisantez, ou la tête vous tourne.

LISETTE. Ni l'un ni l'autre. Il a[3] un défaut terrible.

ANGÉLIQUE. Tu m'effrayes.

LISETTE. Il est sans bien.

ANGÉLIQUE. Ah ! je respire ! N'est-ce que cela ? Explique-toi donc mieux, Lisette : ce n'est pas un défaut, c'est un malheur, je le regarde comme une bagatelle, moi.

---

1. Cette phrase manque dans le manuscrit, depuis *vous reparaîtrez* (et non *vous paraîtrez*, comme le portent toutes les éditions modernes depuis celle de Duviquet).   2. Texte des éditions anciennes. Le membre de phrase *un homme charmant* disparaît des éditions modernes par une erreur typographique nommée *bourdon*.   3. Texte de l'édition originale. Celle de 1758 et le manuscrit portent *Il y a*, texte erroné que la plupart des éditions modernes ont tort d'adopter.

LISETTE. Vous parlez juste ; mais nous avons une mère, allez la consulter sur cette bagatelle-là, pour voir un peu ce qu'elle vous répondra ; demandez-lui si elle sera d'avis de vous donner Dorante [1].

ANGÉLIQUE. Et quel est le tien là-dessus, Lisette ?

LISETTE. Oh ! le mien, c'est une autre affaire ; sans vanité, je penserais un peu plus noblement que cela, ce serait une fort belle action que d'épouser Dorante.

ANGÉLIQUE. Va, va, ne ménage pas mon cœur, il n'est pas au-dessous du tien, conseille-moi hardiment une belle action.

LISETTE. Non pas, s'il vous plaît. Dorante est un cadet, et l'usage veut qu'on le laisse là.

ANGÉLIQUE. Je l'enrichirais donc ? Quel plaisir !

LISETTE. Oh ! vous en direz tant que vous me tenterez.

ANGÉLIQUE. Plus il me devrait, et plus il me serait cher.

LISETTE. Vous êtes tous deux les plus aimables enfants du monde [2], car il refuse aussi, à cause de vous, une veuve très riche, à ce qu'on dit.

ANGÉLIQUE. Lui ? eh bien ! il a eu la modestie de s'en taire, c'est toujours de nouvelles qualités que je lui découvre.

LISETTE. Allons, Madame, il faut que vous épousiez cet homme-là, le ciel vous destine l'un à l'autre, cela est visible. Rappelez-vous [3] votre aventure : nous nous promenons toutes deux dans les allées de ce bois. Il y a mille autres endroits pour se promener ; point du tout, cet homme, qui nous est inconnu, ne vient qu'à celui-ci, parce qu'il faut qu'il nous rencontre. Qu'y faisiez-vous ? Vous lisiez. Qu'y faisait-il ? Il lisait. Y a-t-il rien de plus *marqué ?

ANGÉLIQUE. Effectivement.

LISETTE. Il vous salue, nous le saluons, le lendemain, même promenade, mêmes allées, même rencontre, même inclination des deux côtés, et plus de livres de part et d'autre ; cela est admirable !

ANGÉLIQUE. Ajoute [4] que j'ai voulu m'empêcher de l'aimer, et que je n'ai pu en venir à bout.

LISETTE. Je vous en défierais.

ANGÉLIQUE. Il n'y a plus que ma mère qui m'inquiète, cette mère

---

1. Texte de l'édition originale, préférable à celui de 1758 : *à vous donner à Dorante.* **2.** Le manuscrit saute la suite et enchaîne : *Vous êtes tous deux les plus aimables enfants du monde. Allons, Madame, il faut...* **3.** Ce texte résulte d'une correction. Par saut du même au même, les éditions de 1735 et 1758 omettent le *vous*. **4.** Écrit *ajoutes* dans le manuscrit, suivant l'usage de Marivaux, auquel doit remonter cette forme.

qui m'idolâtre, qui ne m'a jamais fait sentir que son amour, qui ne veut jamais que ce que je veux.

LISETTE. Bon ! c'est que vous ne voulez jamais que ce qui lui plaît[1].

ANGÉLIQUE. Mais si elle fait si bien que ce qui lui plaît me plaise aussi, n'est-ce pas comme si je faisais toujours mes volontés ?

LISETTE. Est-ce que vous tremblez déjà ?

ANGÉLIQUE. Non, tu m'encourages, mais c'est ce misérable bien que j'ai et qui me nuira : ah ! que je suis fâchée d'être si riche !

LISETTE. Ah ! le plaisant chagrin ! Eh ! ne l'êtes-vous pas pour vous deux ?

ANGÉLIQUE. Il est vrai. Ne le verrons-nous pas aujourd'hui ? Quand reviendra-t-il ?

LISETTE *regarde sa montre*. Attendez, je vais vous le dire.

ANGÉLIQUE. Comment ! est-ce que tu lui as donné rendez-vous ?

LISETTE. Oui, il va venir, il ne tardera pas deux minutes, il est exact.

ANGÉLIQUE. Vous n'y songez pas, Lisette ; il croira que c'est moi qui le lui ai fait donner.

LISETTE. Non, non, c'est toujours avec moi qu'il les prend, et c'est vous qui les tenez sans le savoir.

ANGÉLIQUE. Il a fort bien fait de ne m'en rien dire, car je n'en aurais pas tenu un seul ; et comme vous m'avertissez de celui-ci, je ne sais pas trop si je puis rester avec bienséance, j'ai presque envie de m'en aller.

LISETTE. Je crois que vous avez raison. Allons, partons, Madame.

ANGÉLIQUE. Une autre fois, quand vous lui direz de venir, du moins ne m'avertissez pas, voilà tout ce que je vous demande[2].

LISETTE. Ne nous fâchons pas, le voici.

Scène III

DORANTE, ANGÉLIQUE, LISETTE, LUBIN, *éloigné*

ANGÉLIQUE. Je ne vous attendais pas, au moins, Dorante.

DORANTE. Je ne sais que trop que c'est à Lisette que j'ai l'obligation de vous voir ici, Madame.

LISETTE, *sans regarder*. Je lui ai pourtant dit que vous viendriez.

ANGÉLIQUE. Oui, elle vient de me l'apprendre *tout à l'heure.

---

1. À partir d'ici, le manuscrit abrège fortement le texte, jusqu'à *comme vous m'avertissez de celui-ci*.   **2.** Même jeu à peu près dans *La Méprise*, SC. VII.

LISETTE. Pas tant [1] tout à l'heure.

ANGÉLIQUE. Taisez-vous, Lisette.

DORANTE. Me voyez-vous à regret, Madame ?

ANGÉLIQUE. Non, Dorante, si j'étais fâchée de vous voir, je fuirais les lieux où je vous trouve, et où je pourrais soupçonner de vous rencontrer.

LISETTE. Oh ! pour cela, Monsieur, ne vous plaignez pas ; il faut rendre justice à Madame : il n'y a rien de si obligeant que les discours qu'elle vient de me tenir sur votre compte.

ANGÉLIQUE. Mais, en vérité, Lisette !...

DORANTE. Eh ! Madame, ne m'enviez pas la joie qu'elle me donne.

LISETTE. Où est l'inconvénient de répéter des choses qui ne sont que louables ? Pourquoi ne saurait-il pas que vous êtes charmée que tout le monde l'aime et l'estime ? Y a-t-il du mal à lui dire le plaisir [2] que vous vous proposez à le venger de la *fortune, à lui apprendre que la sienne vous le rend encore plus cher ? Il n'y a point à rougir d'une pareille façon de penser, elle fait l'éloge de votre cœur.

DORANTE. Quoi ! charmante Angélique, mon bonheur irait-il jusque-là ? Oserais-je ajouter foi à ce qu'elle me dit ?

ANGÉLIQUE. Je vous avoue qu'elle est bien étourdie.

DORANTE. Je n'ai que mon cœur à vous offrir, il est vrai, mais du moins n'en fut-il jamais de plus pénétré ni de plus tendre.

Lubin paraît dans l'éloignement.

LISETTE. Doucement, ne parlez pas si haut, il me semble que je vois le neveu de notre fermier qui nous observe ; ce grand benêt-là, que fait-il ici ?

ANGÉLIQUE. C'est lui-même. Ah ! que je suis inquiète ! Il dira tout à ma mère. Adieu, Dorante, nous nous reverrons, je me sauve, retirez-vous aussi.

Elle sort. Dorante veut s'en aller.

LISETTE, *l'arrêtant*. Non, Monsieur, arrêtez, il me vient une idée : il faut tâcher de le mettre dans nos intérêts, il ne me hait pas [3].

DORANTE. Puisqu'il nous a vu, c'est le meilleur parti.

---

1. L'édition originale porte par erreur *Partant* au lieu de *Pas tant*. La correction est faite en 1758. **2.** Les éditions modernes qui suppriment les mots *le plaisir* rendent la phrase incorrecte, car on ne dit pas *se proposer à*. **3.** Comme on l'a noté dans l'Introduction, on a là une indication dont Marivaux ne tire par la suite aucun parti.

Scène IV

DORANTE, LISETTE, LUBIN

LISETTE, *à Dorante*. Laissez-moi faire. Ah ! te voilà, Lubin ? à quoi t'amuses-tu là ?

LUBIN. Moi ? D'abord je faisais une promenade, à présent je regarde.

LISETTE. Et que regardes-tu ?

LUBIN. Des oisiaux, deux qui restent, et un qui viant de prenre[1] sa volée, et qui est le plus joli de tous[2]. *(Regardant Dorante.)* En velà un qui est bian joli itou, et jarnigué ! ils profiteront bian avec vous, car vous les sifflez comme un charme, Mademoiselle Lisette.

LISETTE. C'est-à-dire que tu nous as vu[3], Angélique et moi, parler à Monsieur ?

LUBIN. Oh ! oui, j'ons tout vu à mon aise, j'ons mêmement entendu leur petit ramage.

LISETTE. C'est le hasard qui nous a fait rencontrer Monsieur, et voilà la première fois que nous le voyons.

LUBIN. Morgué ! qu'alle a bonne meine cette première fois-là, alle ressemble à la vingtième !

DORANTE. On ne saurait se dispenser de saluer une dame quand on la rencontre, je pense.

LUBIN, *riant*. Ha, ha, ha ! vous tirez donc voutre révérence en paroles, vous convarsez depuis un quart d'heure, appelez-vous ça un coup de chapiau ?

LISETTE. Venons au fait, serais-tu d'humeur d'entrer dans nos intérêts ?

LUBIN. Peut-être qu'oui, peut-être que non, ce sera suivant les magnières du monde ; il gnia que ça qui règle, car j'aime les magnières, moi.

LISETTE. Eh bien ! Lubin, je te prie instamment de nous servir.

DORANTE *lui donne de l'argent*. Et moi, je te paye pour cela.

LUBIN. Je vous baille donc la parfarence ; redites voute chance, alle sera pu bonne ce coup-ci que l'autre, d'abord c'est une rencontre,

---

1. L'édition de 1758 et les éditions ultérieures francisent par erreur *prenre* en *prendre*. **2.** Comme l'a remarqué L. Desvignes, il y a sans doute ici une réminiscence de Dancourt. Lucas disait à la scène XVI du *Tuteur* : « Les mâles se sont envolés, Monsieur, je n'avons déniché que les femelles. » **3.** Participe invariable dans les deux éditions de 1735 et 1758, conformément à l'usage de Marivaux. Voir la Note grammaticale. Le manuscrit corrige : *vues*.

n'est-ce pas ? ça se pratique, il n'y a pas de *malhonnêteté à rencontrer les parsonnes.

LISETTE. Et puis on se salue.

LUBIN. Et pis queuque bredouille au bout de la révérence, c'est itou ma coutume ; toujours je bredouille en saluant, et quand ça se passe avec des femmes, faut bian qu'alles répondent deux paroles pour une ; les hommes parlent, les femmes babillent, allez voute chemin ; velà qui est fort bon, fort raisonnable et fort civil. Oh çà ! la rencontre, la salutation, la demande, et la réponse, tout ça est payé ! il n'y a pus qu'à nous accommoder pour le *courant.

DORANTE. Voilà pour le courant.

LUBIN. Courez donc tant que vous pourrez, ce que vous attraperez, c'est pour vous ; je n'y prétends rin, pourvu que j'attrape itou. Sarviteur, il n'y a, morgué ! parsonne de si agriable à rencontrer que vous.

LISETTE. Tu seras donc de nos amis à présent.

LUBIN. Tatigué ! oui, ne m'épargnez pas, toute mon amiquié est à voute sarvice au même prix.

LISETTE. Puisque nous pouvons compter sur toi, veux-tu bien actuellement faire le guet pour nous avertir, en cas que quelqu'un vienne, et surtout Madame ?

LUBIN. Que vos parsonnes se tiennent en paix, je vous garantis des passants une lieue à la ronde.

Il sort.

Scène V

DORANTE, LISETTE

LISETTE. Puisque nous voici seuls un moment, parlons encore de votre amour, Monsieur. Vous m'avez fait de grandes promesses en cas que les choses réussissent ; mais comment réussiront-elles ? Angélique est une héritière, et je sais les intentions de la mère, quelque tendresse qu'elle ait pour sa fille, qui vous aime, ce ne sera pas à vous à qui elle la donnera, c'est de quoi vous devez être bien convaincu ; or, cela supposé, que vous passe-t-il dans l'esprit là-dessus ?

DORANTE. Rien encore, Lisette. Je n'ai jusqu'ici songé qu'au plaisir d'aimer Angélique.

LISETTE. Mais ne pourriez-vous pas en même temps songer à faire durer ce plaisir ?

DORANTE. C'est bien mon dessein ; mais comment s'y prendre ?

LISETTE. Je vous le demande.

DORANTE. J'y rêverai, Lisette.

LISETTE. Ah ! vous y rêverez ! Il n'y a qu'un petit inconvénient à craindre, c'est qu'on ne marie votre maîtresse pendant que vous rêverez à la conserver.

DORANTE. Que me dis-tu là, Lisette ? J'en mourrais de douleur.

LISETTE. Je vous tiens donc pour mort.

DORANTE, *vivement*. Est-ce qu'on la veut marier ?

LISETTE. La partie est toute liée avec la mère, il y a déjà un époux d'arrêté, je le sais de bonne part.

DORANTE. Eh ! Lisette, tu me désespères, il faut absolument éviter ce malheur-là.

LISETTE. Ah ! ce ne sera pas en disant j'aime, et toujours j'aime... N'imaginez-vous rien ?

DORANTE. Tu m'accables.

Scène VI

LUBIN, LISETTE, DORANTE

LUBIN *accourt*. *Gagnez pays, mes bons amis, sauvez-vous, velà l'ennemi qui s'avance.

LISETTE. Quel ennemi ?

LUBIN. Morgué ! le plus méchant, c'est la mère d'Angélique.

LISETTE, *à Dorante*. Eh ! vite, cachez-vous dans le bois, je me retire.

Elle sort.

LUBIN. Et moi je ferai semblant d'être sans malice.

Scène VII

LUBIN, MADAME ARGANTE

MADAME ARGANTE. Ah ! c'est toi, Lubin, tu es tout seul ? Il me semblait avoir entendu du monde.

LUBIN. Non, noute maîtresse ; ce n'est que moi qui me parle et qui me repart, à celle fin de me tenir compagnie, ça *amuse.

MADAME ARGANTE. Ne me trompes-tu point ?

LUBIN. Pargué ! je serais donc un fripon ?

MADAME ARGANTE. Je te crois, et je suis bien aise de te trouver, car je te cherchais ; j'ai une commission à te donner, que je ne veux confier à aucun de mes gens ; c'est d'observer Angélique dans ses promenades, et de me rendre compte de ce qui s'y passe ; je remarque que depuis quelque temps elle sort souvent à la même heure avec Lisette, et j'en voudrais savoir la raison.

LUBIN. Ça est fort raisonnable. Vous me baillez donc une charge d'espion ?

MADAME ARGANTE. À peu près.

LUBIN. Je savons bian ce que c'est ; j'ons la pareille.

MADAME ARGANTE. Toi ?

LUBIN. Oui, ça est fort lucratif ; mais c'est qu'ou venez un peu tard, noute maîtresse, car je sis retenu pour vous espionner vous-même.

MADAME ARGANTE, *à part*. Qu'entends-je ? Moi, Lubin ?

LUBIN. Vraiment oui. Quand Mademoiselle Angélique parle en cachette à son amoureux[1], c'est moi qui regarde si vous ne venez pas.

MADAME ARGANTE. Ceci est sérieux ; mais vous êtes bien hardi, Lubin, de vous charger d'une pareille commission.

LUBIN. Pardi, y a-t-il du mal à dire à cette jeunesse : Velà Madame qui viant, la velà qui ne viant pas ? Ça empêche-t-il que vous ne veniez, ou non ? Je n'y entends pas de finesse.

MADAME ARGANTE. Je te pardonne, puisque tu n'as pas cru mal faire, à condition que tu m'instruiras de tout ce que tu verras et de tout ce que tu entendras.

LUBIN. Faura donc que j'acoute et que je regarde ? Ce sera moiquié plus de besogne avec vous qu'avec eux.

MADAME ARGANTE. Je consens même que tu les avertisses quand j'arriverai, pourvu que tu me rapportes tout fidèlement, et il ne te sera pas difficile de le faire, puisque tu ne t'éloignes pas beaucoup d'eux.

LUBIN. Eh ! sans doute, je serai tout porté pour les nouvelles, ça me sera commode, aussitôt pris, aussitôt rendu.

MADAME ARGANTE. Je te défends surtout de les informer de l'emploi

---

1. Le mot *amoureux*, jugé trop familier, est remplacé par *une certaine personne* dans le manuscrit. Cette correction est très significative du goût « XIXᵉ siècle ».

que je te donne, comme tu m'as informé [1] de celui qu'ils t'ont donné ; garde [2] moi le secret.

LUBIN. *Drès qu'ou voulez qu'en le garde, en le gardera ; s'ils
me l'avions recommandé [3], j'aurions fait de même, ils n'avions
qu'à dire.

MADAME ARGANTE. N'y manque pas à mon égard, et puisqu'ils ne
se soucient point que tu gardes le leur, achève de m'instruire, tu n'y
perdras pas.

LUBIN. Premièrement, en lieu de pardre avec eux, j'y gagne.

MADAME ARGANTE. C'est-à-dire qu'ils te payent ?

LUBIN. Tout juste.

MADAME ARGANTE. Je te promets de faire comme eux, quand je serai
rentrée chez moi.

LUBIN. Ce que j'en dis n'est pas pour porter exemple, mais ce
qu'ou ferez sera toujours bian fait.

MADAME ARGANTE. Ma fille a donc un amant ? Quel est-il [4] ?

LUBIN. Un biau jeune homme fait comme une marveille, qui est
libéral, qui a un air, une présentation, une philosomie ! Dame ! c'est
ma meine à moi, ce sera la vôtre itou ; il n'y a pas de garçon pu
gracieux à contempler, et qui fait l'*amour avec des paroles si
douces ! C'est un plaisir que de l'entendre débiter sa petite marchandise ! Il ne dit pas un mot qu'il n'adore.

MADAME ARGANTE. Et ma fille, que lui répond-elle ?

LUBIN. Voute fille ? mais je pense que bientôt ils s'adoreront tous
deux [5].

MADAME ARGANTE. N'as-tu rien retenu de leurs discours ?

LUBIN. Non, qu'une petite miette. Je n'ai pas de moyen, *ce li fait-
il. Et moi, j'en ai trop, ce li fait-elle. Mais, li dit-il, j'ai le cœur si
tendre ! Mais, li dit-elle, qu'est-ce que ma mère s'en souciera ? Et pis
là-dessus ils se lamentons sur le plus, sur le moins, sur la pauvreté
de l'un, sur la richesse de l'autre, ça fait des regrets bian touchants.

MADAME ARGANTE. Quel est ce jeune homme ?

LUBIN. Attendez, il m'est avis que c'est Dorante, et comme c'est un
voisin, on peut l'appeler le voisin Dorante.

---

1. Non-accord du participe passé dans l'édition originale. Celle de 1758
corrige : *informée*.   **2.** Écrit *gardes* dans le manuscrit.   **3.** Certaines éditions portent *commandé*.   **4.** Réplique de Mme Argante dans le manuscrit : *Il y a donc une certaine personne ? quelle est-elle ?*   **5.** La réplique
est réduite aux deux premiers mots dans le manuscrit.

MADAME ARGANTE. Dorante ! ce nom-là ne m'est pas inconnu, comment se sont-ils vus ?

LUBIN. Ils se sont vus en se rencontrant ; mais ils ne se rencontrent[1] pus, ils se treuvent.

MADAME ARGANTE. Et Lisette, est-elle de la partie ?

LUBIN. Morgué ! oui, c'est leur capitaine[2], alle a le gouvarnement des rencontres, c'est un trésor pour des amoureux que cette fille-là.

MADAME ARGANTE. Voici, ce me semble, ma fille, qui feint de se promener et qui vient à nous ; retire-toi, Lubin, continue d'observer et de m'instruire avec *fidélité, je te récompenserai.

LUBIN. Oh ! que oui, Madame, ce sera au logis, il n'y a pas loin.

Il sort.

Scène VIII

MADAME ARGANTE, ANGÉLIQUE

MADAME ARGANTE. Je vous demandais à Lubin, ma fille.

ANGÉLIQUE. Avez-vous à me parler, Madame ?

MADAME ARGANTE. Oui ; vous connaissez Ergaste, Angélique, vous l'avez vu souvent à Paris, il vous demande en mariage.

ANGÉLIQUE. Lui, ma mère, Ergaste, cet homme si sombre, si sérieux, il n'est pas fait pour être un mari, ce me semble.

MADAME ARGANTE. Il n'y a rien à redire à sa figure.

ANGÉLIQUE. Pour sa figure, je la lui passe, c'est à quoi je ne regarde guère.

MADAME ARGANTE. Il est froid.

ANGÉLIQUE. Dites glacé, taciturne, mélancolique, rêveur et triste.

MADAME ARGANTE. Vous le verrez bientôt, il doit venir ici, et s'il ne vous accommode pas, vous ne l'épouserez pas malgré vous, ma chère enfant, vous savez bien comme nous vivons ensemble.

ANGÉLIQUE. Ah ! ma mère, je ne crains point de violence de votre part[3], ce n'est pas là ce qui m'inquiète.

---

1. Texte de l'édition originale. Celle de 1758 porte *rencontront*, forme plausible en patois de la région parisienne.   **2.** Texte de l'édition originale. Celle de 1758 porte : *alle est leur capitaine*. De même le manuscrit.   **3.** Ces trois répliques sont abrégées dans le manuscrit, avec différentes modifications (comme *convient* pour *accommode*) qui ne remontent pas à l'époque de Marivaux.

MADAME ARGANTE. Es-tu bien persuadée que je t'aime ?

ANGÉLIQUE. Il n'y a point de jour qui ne m'en donne des preuves.

MADAME ARGANTE. Et toi, ma fille, m'aimes-tu autant ?

ANGÉLIQUE. Je me flatte que vous n'en doutez pas, assurément.

MADAME ARGANTE. Non, mais pour m'en rendre encore plus sûre, il faut que tu m'accordes une grâce.

ANGÉLIQUE. Une grâce, ma mère ! Voilà un mot qui ne me convient point, ordonnez, et je vous obéirai.

MADAME ARGANTE. Oh ! si tu le prends sur ce ton-là, tu ne m'aimes pas tant que je croyais. Je n'ai point d'ordre à vous donner, ma fille ; je suis votre amie, et vous êtes la mienne, et si vous me traitez autrement, je n'ai plus rien à vous dire.

ANGÉLIQUE. Allons, ma mère, je me rends, vous me charmez, j'en pleure de tendresse [1], voyons, quelle est cette grâce que vous me demandez ? Je vous l'accorde d'avance.

MADAME ARGANTE. Viens donc que je t'embrasse : te voici dans un âge raisonnable, mais où tu auras besoin de mes conseils et de mon expérience [2] ; te rappelles-tu l'entretien que nous eûmes l'autre jour, et cette douceur que nous nous figurions toutes deux à vivre ensemble dans la plus intime confiance, sans avoir de secrets l'une pour l'autre ; t'en souviens-tu ? Nous fûmes interrompues, mais cette idée-là te réjouit beaucoup, exécutons-la, parle-moi à cœur ouvert ; fais-moi ta confidente.

ANGÉLIQUE. Vous, la confidente de votre fille ?

MADAME ARGANTE. Oh ! votre fille ; eh ! qui te parle d'elle [3] ? Ce n'est point ta mère qui veut être ta confidente, c'est ton amie, encore une fois.

ANGÉLIQUE, *riant*. D'accord, mais mon amie redira tout à ma mère, l'un [4] est inséparable de l'autre.

MADAME ARGANTE. Eh bien ! je les sépare, moi, je t'en fais serment ; oui, mets-toi dans l'esprit que ce que tu me confieras sur ce pied-là, c'est comme si ta mère ne l'entendait pas ; eh ! mais cela se doit, il y aurait même de la mauvaise foi à faire autrement.

ANGÉLIQUE. Il est difficile d'espérer ce que vous dites là.

---

1. Les huit mots qui précèdent sont biffés dans le manuscrit, ce qui dénote un remaniement plus tardif que ceux qui ont été signalés jusqu'ici. **2.** Deux lignes (depuis *te voici*) biffées dans le manuscrit. **3.** Les six mots qui précèdent sont biffés dans le manuscrit. **4.** Texte original, dans lequel *l'un* est neutre. L'édition de 1758 corrige : *l'une*.

MADAME ARGANTE. Ah ! que tu m'affliges ; je ne mérite pas ta résistance [1].

ANGÉLIQUE. Eh bien ! soit, vous l'exigez de trop bonne grâce, j'y consens, je vous dirai tout.

MADAME ARGANTE. Si tu veux, ne m'appelle pas ta mère, donne-moi un autre nom.

ANGÉLIQUE. Oh ! ce n'est pas la peine, ce nom-là m'est cher, quand je le changerais, il n'en serait ni plus ni moins, ce ne serait qu'une *finesse inutile, laissez-le-moi, il ne m'effraye plus.

MADAME ARGANTE. Comme tu voudras, ma chère Angélique. Ah çà ! je suis donc ta confidente, n'as-tu rien à me confier dès à présent ?

ANGÉLIQUE. Non, que je sache, mais ce sera pour l'avenir.

MADAME ARGANTE. [2] Comment va ton cœur ? Personne ne l'a-t-il attaqué jusqu'ici ?

ANGÉLIQUE. Pas encore.

MADAME ARGANTE. Hum ! Tu ne te fies pas à moi, j'ai peur que ce ne soit encore à ta mère à qui tu réponds.

ANGÉLIQUE. C'est que vous commencez par une *furieuse question.

MADAME ARGANTE. La question convient à ton âge.

ANGÉLIQUE. Ah !

MADAME ARGANTE. Tu soupires ?

ANGÉLIQUE. Il est vrai.

MADAME ARGANTE. Que t'est-il arrivé ? Je t'offre de la consolation et des conseils, parle.

ANGÉLIQUE. Vous ne me le pardonnerez pas.

MADAME ARGANTE. Tu rêves encore, avec tes pardons, tu me prends pour ta mère.

ANGÉLIQUE. Il est assez permis de s'y tromper, mais c'est du moins pour la plus digne de l'être, pour la plus tendre et la plus chérie de sa fille qu'il y ait au monde.

MADAME ARGANTE. Ces sentiments-là sont dignes de toi, et je les lui dirai ; mais il ne s'agit pas d'elle, elle est absente : revenons, qu'est-ce qui te chagrine ?

---

1. Les deux répliques précédentes sont biffées dans le manuscrit.   2. Le manuscrit contient ici une addition : *Pour l'avenir ? C'est bien long. Je suis plus pressée que toi de commencer et j'entre tout de suite dans mon rôle. Voyons, franchement, comment...* Cette addition est inutile. Le texte imprimé est plus vif.

ANGÉLIQUE. Vous m'avez demandé si on avait attaqué mon cœur[1] ? Que trop, puisque j'aime !

MADAME ARGANTE, *d'un air sérieux*. Vous aimez ?

ANGÉLIQUE, *riant*. Eh bien ! ne voilà-t-il pas cette mère qui est absente ? C'est pourtant elle qui me répond ; mais rassurez-vous, car je badine.

MADAME ARGANTE. Non, tu ne badines point, tu me dis la vérité, et il n'y a rien là qui me surprenne ; de mon côté, je n'ai répondu sérieusement que parce que tu me parlais de même ; ainsi point d'inquiétude ; tu me confies donc que tu aimes.

ANGÉLIQUE. Je suis presque tentée de m'en dédire.

MADAME ARGANTE. Ah ! ma chère Angélique, tu ne me rends pas tendresse pour tendresse.

ANGÉLIQUE. Vous m'excuserez, c'est l'air que vous avez pris qui m'a alarmée ; mais je n'ai plus peur ; oui, j'aime, c'est un penchant qui m'a surprise[2].

MADAME ARGANTE. Tu n'es pas la première, cela peut arriver à tout le monde : Eh, quel homme est-ce ? est-il à Paris ?

ANGÉLIQUE. Non, je ne le connais que d'ici.

MADAME ARGANTE, *riant*. D'ici, ma chère ? Conte-moi donc cette histoire-là, je la trouve plus plaisante que sérieuse, ce ne peut être qu'une aventure de campagne, une rencontre ?

ANGÉLIQUE. Justement.

MADAME ARGANTE. Quelque jeune homme galant, qui t'a salué[3], et qui a su adroitement engager une conversation ?

ANGÉLIQUE. C'est cela même.

MADAME ARGANTE. Sa hardiesse m'étonne, car tu es d'une figure qui devait lui en imposer : ne trouves-tu pas qu'il a un peu manqué de respect ?

ANGÉLIQUE. Non, le hasard a tout fait, et c'est Lisette qui en est cause, quoique fort innocemment ; elle tenait un livre, elle le laissa tomber, il le ramassa, et on se parla, cela est tout naturel.

MADAME ARGANTE, *riant*. Va, ma chère enfant, tu es folle de t'imaginer que tu aimes cet homme-là, c'est Lisette qui te le fait accroire, tu es si fort au-dessus de pareille chose ! tu en riras toi-même au premier jour.

---

1. Plate correction du manuscrit : *si quelqu'un avait voulu se faire entendre de mon cœur*. **2.** Texte du manuscrit : *surpris*. Voir la Note grammaticale, p. 2265. **3.** Voir note précédente.

ANGÉLIQUE. Non, je n'en crois rien, je ne m'y attends pas, en vérité.

MADAME ARGANTE. Bagatelle, te dis-je, c'est qu'il y a là-dedans un air de roman qui te gagne.

ANGÉLIQUE. Moi, je n'en lis jamais, et puis notre aventure est toute des plus simples.

MADAME ARGANTE. Tu verras, te dis-je ; tu es raisonnable, et c'est assez ; mais l'as-tu vu souvent ?

ANGÉLIQUE. Dix ou douze fois[1].

MADAME ARGANTE. Le verras-tu encore ?

ANGÉLIQUE. Franchement, j'aurais bien de la peine à m'en empêcher.

MADAME ARGANTE. Je t'offre, si tu le veux, de reprendre ma qualité de mère pour te le défendre.

ANGÉLIQUE. Non vraiment, ne reprenez rien, je vous prie, ceci doit être un secret pour vous en cette qualité-là, et je compte que vous ne savez rien, au moins, vous me l'avez promis.

MADAME ARGANTE. Oh ! je te tiendrai parole, mais puisque cela est si sérieux, peu s'en faut que je ne verse des larmes sur le danger où je te vois, de perdre l'estime qu'on a pour toi dans le monde.

ANGÉLIQUE. Comment donc ? l'estime qu'on a pour moi ! Vous me faites trembler. Est-ce que vous me croyez capable de manquer de sagesse[2] ?

MADAME ARGANTE. Hélas ! ma fille, vois ce que tu as fait, te serais-tu crue capable de tromper ta mère, de voir à son insu un jeune étourdi, de courir les risques de son indiscrétion et de sa vanité, de t'exposer à tout ce qu'il voudra dire, et de te livrer à l'indécence de tant d'entrevues secrètes, ménagées par une misérable suivante sans cœur, qui ne s'embarrasse guère des conséquences, pourvu qu'elle y trouve son intérêt, comme elle l'y trouve sans doute ? qui t'aurait dit, il y a un mois, que tu t'égarerais jusque-là, l'aurais-tu cru ?

ANGÉLIQUE, *triste*. Je pourrais bien avoir tort, voilà des réflexions que je n'ai jamais faites.

MADAME ARGANTE. Eh ! ma chère enfant, qui est-ce qui te les ferait

---

1. S'il en est ainsi, la discussion avec Lisette que l'on a vue plus haut au sujet du rendez-vous (sc. II) vient un peu tard. La faute n'existe pas dans *La Méprise*. Le manuscrit corrige : *Plusieurs fois*.   2. Cette réplique et la précédente sont abrégées dans le manuscrit. Parmi les autres corrections (un peu plus bas), *indécence* est remplacé par *inconvenance ; misérable* est supprimé ; *amant* (seconde réplique de Mme Argante) est remplacé par *inconnu*, etc. Ces timidités sont caractéristiques du XIXᵉ siècle.

faire ? Ce n'est pas un domestique payé pour te trahir, non plus qu'un amant qui met tout son bonheur à te séduire ; tu ne consultes que tes ennemis ; ton cœur même est de leur parti, tu n'as pour tout secours que ta vertu qui ne doit pas être contente, et qu'une véritable amie comme moi, dont tu te défies : que ne risques-tu pas ?

ANGÉLIQUE. Ah ! ma chère mère, ma chère amie, vous avez raison, vous m'ouvrez les yeux, vous me couvrez de confusion ; Lisette m'a trahie, et je romps avec le jeune homme ; que je vous suis obligée de vos conseils !

LUBIN, *à Madame Argante*. Madame, il vient[1] d'arriver un homme qui demande à vous parler.

MADAME ARGANTE. En qualité de simple confidente, je te laisse libre ; je te conseille pourtant de me suivre, car le jeune homme est peut-être ici.

ANGÉLIQUE. Permettez-moi de rêver un instant, et ne vous embarrassez point ; s'il y est, et qu'il ose paraître, je le congédierai, je vous assure.

MADAME ARGANTE. Soit, mais songe à ce que je t'ai dit.

Elle sort.

Scène IX
ANGÉLIQUE, *un moment seule*, LUBIN *survient*

ANGÉLIQUE. Voilà qui est fait, je ne le verrai plus. *(Lubin, sans s'arrêter, lui remet une lettre dans la main.)* Arrêtez, de qui est-elle ?

LUBIN, *en s'en allant, de loin*. De ce cher poulet. C'est voute galant qui vous la mande.

ANGÉLIQUE, *la rejette loin*. Je n'ai point de galant, reportez-la.

LUBIN. Elle est faite pour rester.

ANGÉLIQUE. Reprenez-la, encore une fois, et retirez-vous.

LUBIN. Eh morgué ! queu fantaisie ! je vous dis qu'il faut qu'alle demeure, à celle fin que vous la lisiais, ça m'est enjoint, et à vous aussi ; il y a dedans un entretien pour tantôt, à l'heure qui vous fera plaisir, et je sis *enchargé d'apporter l'heure à Lisette, et non pas la lettre. Ramassez-la, car je n'ose, de peur qu'en ne me voie, et pis vous me crierez la réponse tout bas[2].

---

1. Édition de 1758 : *il viant*. Cette forme est admissible.   **2.** Toute la fin de cette réplique (depuis *il y a*) manque dans le manuscrit.

ANGÉLIQUE. Ramasse-la toi-même, et va-t'en, je te l'ordonne.

LUBIN. Mais voyez ce *rat qui lui prend ! Non, morgué ! je ne la ramasserai pas, il ne sera pas dit que j'aie fait ma commission tout de travars.

ANGÉLIQUE, *s'en allant*. Cet impertinent !

LUBIN, *la regarde s'en aller*. Faut qu'alle ait de l'avarsion pour l'écriture.

ACTE II

Scène première

DORANTE, LUBIN

LUBIN *entre le premier et dit*. Parsonne ne viant. *(Dorante entre.)* Eh palsangué ! arrivez donc, il y a pu d'une heure que je sis à l'affût de vous.

DORANTE. Eh bien ! qu'as-tu à me dire ?

LUBIN. Que vous ne bougiais d'ici, Lisette m'a dit de vous le commander.

DORANTE. T'a-t-elle dit l'heure qu'Angélique a prise pour notre rendez-vous ?

LUBIN. Non, alle vous contera ça[1].

DORANTE. Est-ce là tout ?

LUBIN. C'est tout par rapport à vous, mais il y a un restant par rapport à moi.

DORANTE. De quoi est-il question ?

LUBIN. C'est que je me repens...

DORANTE. Qu'appelles-tu te repentir ?

LUBIN. J'entends qu'il y a des scrupules qui me tourmentons sur vos rendez-vous que je protège, j'ons queuquefois la tentation de vous torner casaque sur tout ceci, et d'aller nous accuser *tretous.

DORANTE. Tu rêves, et où est le mal de ces rendez-vous ? Que crains-tu ? ne suis-je pas honnête homme ?

LUBIN. Morgué ! moi itou, et tellement honnête, qu'il n'y aura pas moyen d'être un fripon, si en ne me soutient le cœur, par rapport à

---

1. Cette réplique et la précédente manquent dans le manuscrit.

ce que j'ons toujours maille à partie[1] avec ma conscience ; il y a toujours queuque chose qui cloche dans mon courage ; à chaque pas que je fais, j'ai le défaut de m'arrêter, à moins qu'on ne me pousse, et c'est à vous à pousser.

DORANTE, *tirant une bague qu'il lui donne*. Eh ! morbleu ! prends encore cela, et continue.

LUBIN. Ça me ravigote.

DORANTE. Dis-moi, Angélique viendra-t-elle bientôt ?

LUBIN. Peut-être bian tôt, peut-être bian tard, peut-être point du tout.

DORANTE. Point du tout, qu'est-ce que tu veux dire ? Comment a-t-elle reçu ma lettre ?

LUBIN. Ah ! comment ? Est-ce que vous me faites itou voute rapporteux auprès d'elle ? Pargué ! je serons donc l'espion à tout le monde ?

DORANTE. Toi ? Eh ! de qui l'es-tu encore ?

LUBIN. Eh ! pardi ! de la mère, qui m'a bian *enchargé de n'en rian dire[2].

DORANTE. Misérable ! tu lui parles donc contre nous ?

LUBIN. Contre vous, Monsieur ? Pas le mot, ni pour ni contre, je fais ma *main, et velà tout, faut pas mêmement que vous sachiez ça.

DORANTE. Explique-toi donc ; c'est-à-dire que ce que tu en fais, n'est que pour obtenir quelque argent d'elle sans nous nuire ?

LUBIN. Velà *cen que c'est, je tire d'ici, je tire d'ilà, et j'attrape.

DORANTE. Achève, que t'a dit Angélique quand tu lui as porté ma lettre[3] ?

LUBIN. Parlez-li toujours, mais ne li écriviez pas, voute griffonnage n'a pas fait forteune.

DORANTE. Quoi ! ma lettre l'a fâchée ?

---

1. *Sic*, dans les éditions de 1735 et 1758, ainsi que dans le manuscrit. Cette graphie correspond à la prononciation. Les éditions modernes corrigent : *à partir*.   2. La discrétion de Lubin vaut celle de Brideron dans *Le Télémaque travesti* : « Quand on soupçonnait que quelqu'un allait devenir cerf : Un tel est cocu, me disait-on, n'en parlez pas. Oh que non, répondais-je ; je tenais parole, et je disais partout que, quoique cela fût, je n'en sonnerais jamais mot. » (*Œuvres de jeunesse*, pp. 759-760.) C'est aussi celle de Mme d'Alain dans *Le Paysan parvenu* et dans *La Commère*.   3. Les huit répliques qui précèdent manquent dans le manuscrit, qui enchaîne *Comment a-t-elle reçu mon billet ? Qu'a-t-elle dit enfin quand tu le lui as remis ?* La phrase ajoutée (notamment le mot *enfin*) ne ressemble pas au style de Marivaux.

LUBIN. Alle n'en a jamais voulu tâter, le papier la courrouce.

DORANTE. Elle te l'a donc rendue ?

LUBIN. Alle me l'a rendue à tarre, car je l'ons ramassée ; et Lisette la tient.

DORANTE. Je n'y comprends rien, d'où cela peut-il provenir ?

LUBIN. Velà Lisette, intarrogez-la, je retorne à ma place pour vous garder.

Il sort.

Scène II

LISETTE, DORANTE

DORANTE. Que viens-je d'apprendre, Lisette ? Angélique a rebuté ma lettre !

LISETTE. Oui, la voici, Lubin me l'a rendue, j'ignore quelle fantaisie lui a pris, mais il est vrai qu'elle est de fort mauvaise humeur, je n'ai pu m'expliquer avec elle à cause du monde qu'il y avait au logis, mais elle est triste, elle m'a battu froid, et je l'ai trouvée toute changée ; je viens pourtant de l'apercevoir là-bas, et j'arrive pour vous en avertir ; attendons-la, sa rêverie pourrait bien tout doucement la conduire ici.

DORANTE. Non, Lisette, ma vue ne ferait que l'irriter peut-être ; il faut respecter ses dégoûts pour moi [1], je ne les soutiendrais pas, et je me retire.

LISETTE. Que les amants sont quelquefois risibles ! Qu'ils disent de fadeurs ! Tenez, fuyez-la, Monsieur, car elle arrive, fuyez-la, pour la respecter.

Scène III

ANGÉLIQUE, DORANTE, LISETTE

ANGÉLIQUE. Quoi ! Monsieur est ici ! Je ne m'attendais pas à l'y trouver.

DORANTE. J'allais me retirer, Madame, Lisette vous le dira : je

---

1. Correction style « XIXe siècle » du manuscrit : *les dédains dont elle m'accable*.

n'avais garde de me montrer ; le mépris que vous avez fait de ma lettre m'apprend combien je vous suis odieux.

ANGÉLIQUE. Odieux ! Ah ! j'en suis quitte à moins ; pour indifférent, passe, et très indifférent ; quant à votre lettre, je l'ai reçue comme elle le méritait, et je ne croyais pas qu'on eût droit d'écrire aux gens qu'on a vus par hasard ; j'ai trouvé cela fort singulier, surtout avec une personne de mon sexe : m'écrire, à moi, Monsieur, d'où vous est venue cette idée, je n'ai pas donné lieu à votre hardiesse, ce me semble, de quoi s'agit-il entre vous et moi ?

DORANTE. De rien pour vous, Madame, mais de tout pour un malheureux que vous accablez.

ANGÉLIQUE. Voilà des expressions aussi déplacées qu'inutiles [1], et je vous avertis que je ne les écoute point.

DORANTE. Eh ! de grâce, Madame, n'ajoutez point la raillerie aux discours cruels que vous me tenez, méprisez ma douleur, mais ne vous en moquez pas, je ne vous exagère point ce que je souffre.

ANGÉLIQUE. Vous m'empêchez de parler à Lisette, Monsieur, ne m'interrompez point.

LISETTE. Peut-on, sans être trop curieuse, vous demander à qui vous en avez ?

ANGÉLIQUE. À vous, et je ne suis [2] venue ici que parce que je vous cherchais, voilà ce qui m'amène.

DORANTE. Voulez-vous que je me retire, Madame ?

ANGÉLIQUE. Comme vous voudrez, Monsieur.

DORANTE. Ciel !

ANGÉLIQUE. Attendez pourtant ; puisque vous êtes là, je serai bien aise que vous sachiez ce que j'ai à vous dire : vous m'avez écrit, vous avez lié conversation avec moi, vous pourriez vous en vanter, cela n'arrive que trop souvent, et je serais charmée que vous appreniez ce que j'en pense.

DORANTE. Me vanter, moi, Madame, de quel affreux caractère me faites-vous là ? Je ne réponds rien pour ma défense, je n'en ai pas la force ; si ma lettre vous a déplu, je vous en demande pardon, n'en présumez rien contre mon respect, celui que j'ai pour vous m'est plus cher que la vie, et je vous le prouverai en me condamnant à ne vous plus revoir, puisque je vous déplais.

---

1. Texte de l'édition de 1758 et du manuscrit : *aussi déplacées qu'inutiles ! je vous...* **2.** Édition de 1758 : *À vous : je ne suis...* Dans le manuscrit, la réplique manque, ainsi que la réplique de Lisette qui précède, et celle de Dorante encore avant (sauf les mots *Eh ! de grâce, Madame !*).

ANGÉLIQUE. Je vous ai déjà dit que je m'en tenais à l'indifférence[1]. Revenons à Lisette.

LISETTE. Voyons, puisque c'est mon tour pour être grondée ; je ne saurais me vanter de rien, moi, je ne vous ai écrit ni rencontré[2], quel est mon crime ?

ANGÉLIQUE. Dites-moi, il n'a pas tenu à vous que je n'eusse des dispositions favorables pour Monsieur, c'est par vos soins qu'il a eu avec moi toutes les entrevues où vous m'avez amenée sans me le dire, car c'est sans me le dire, en avez-vous senti les conséquences ?

LISETTE. Non, je n'ai pas eu cet *esprit-là.

ANGÉLIQUE. Si Monsieur, comme je l'ai déjà dit, et à l'exemple de presque tous les jeunes gens, était homme à faire trophée d'une aventure dont je suis tout à fait innocente, où en serais-je ?

LISETTE, *à Dorante*. Remerciez, Monsieur.

DORANTE. Je ne saurais parler.

ANGÉLIQUE. Si, de votre côté, vous êtes de ces filles intéressées qui ne se soucient pas de faire tort à leurs maîtresses pourvu qu'elles y trouvent leur avantage, que ne risquerais-je pas ?

LISETTE. Oh ! je répondrai, moi, je n'ai pas perdu la parole : si Monsieur est un homme d'honneur à qui vous faites injure, si je suis une fille généreuse, qui ne gagne à tout cela que le joli compliment dont vous m'honorez, où en est avec moi votre reconnaissance, hem ?

ANGÉLIQUE. D'où vient donc que vous avez si bien servi Dorante, quel peut avoir été le motif d'un zèle si vif, quels moyens a-t-il employés pour vous faire agir ?

LISETTE. Je crois vous entendre : vous gageriez, j'en suis sûre, que j'ai été séduite par des présents ? Gagez, Madame, faites-moi cette *galanterie-là, vous perdrez, et ce sera une manière de donner tout à fait noble.

DORANTE. Des présents, Madame ! Que pourrais-je lui donner qui fût digne de ce que je lui dois ?

LISETTE. Attendez, Monsieur, disons pourtant la vérité. Dans vos transports, vous m'avez promis d'être extrêmement reconnaissant, si jamais vous aviez le bonheur d'être à Madame, il faut convenir de cela.

---

1. Les quatre répliques précédentes sont encore ou supprimées, ou réduites à quelques mots.   **2.** Le participe est invariable dans les éditions de 1735 et 1758. Voir la Note grammaticale.

ANGÉLIQUE. Eh ! je serais la première à vous donner moi-même.

DORANTE. Que je suis à plaindre d'avoir livré mon cœur à tant d'amour !

LISETTE. J'entre dans votre douleur, Monsieur, mais faites comme moi, je n'avais que de bonnes intentions : j'aime ma maîtresse, tout injuste qu'elle est, je voulais unir son sort à celui d'un homme qui lui aurait rendu la vie heureuse et tranquille, mes motifs lui sont suspects, et j'y renonce ; imitez-moi, privez-vous de votre côté du plaisir de voir Angélique, sacrifiez votre amour à ses inquiétudes, vous êtes capable de cet effort-là.

ANGÉLIQUE. Soit.

LISETTE, *à Dorante, à part*. Retirez-vous pour un moment.

DORANTE. Adieu, Madame ; je vous quitte, puisque vous le voulez ; dans l'état où vous me jetez, la vie m'est à charge, je pars pénétré d'une affliction mortelle, et je n'y résisterai point[1], jamais on n'eut tant d'amour, tant de respect que j'en ai pour vous, jamais on n'osa espérer moins de retour ; ce n'est pas votre indifférence qui m'accable, elle me rend justice, j'en aurais soupiré toute ma vie sans m'en plaindre, et ce n'était point à moi, ce n'est peut-être à personne à prétendre à votre cœur ; mais je pouvais espérer votre estime, je me croyais à l'abri du mépris, et ni ma passion ni mon caractère n'ont mérité les outrages que vous leur faites.

Il sort[2].

Scène IV

ANGÉLIQUE, LISETTE, LUBIN *survient*

ANGÉLIQUE. Il est parti ?

LISETTE. Oui, Madame.

ANGÉLIQUE, *un moment sans parler, et à part*. J'ai été trop vite, ma mère, avec toute son expérience, en a mal jugé ; Dorante est un honnête homme.

LISETTE, *[à part]*. Elle rêve, elle est triste : cette querelle-ci ne nous fera point de tort.

---

1. Dans le manuscrit, les passages jugés trop passionnés (*la vie m'est à charge, je n'y résisterai point*, etc.) sont éliminés.   **2.** Le manuscrit ajoute ici une réplique de Lisette *à part* : *À merveille, mais ne vous éloignez pas*. Cette addition, qui présente le désespoir de Dorante comme feint, fait contresens.

LUBIN, *à Angélique*[1]. J'aparçois par là-bas un passant qui viant envars nous, voulez-vous qu'il vous regarde ?

ANGÉLIQUE. Eh ! que m'importe ?

LISETTE. Qu'il passe, qu'est-ce que cela nous fait ?

LUBIN, *à part*. Il y a du brit[2] dans le ménage, je m'en retorne donc, je vas me mettre pus près par rapport à ce que je m'ennuie d'être si loin, j'aime à voir le monde, vous me sarvirez de récriation, n'est-ce pas ?

LISETTE. Comme tu voudras, reste à dix pas.

LUBIN. Je les compterai en conscience. *(À part.)* Je sis pus fin qu'eux, j'allons faire ma forniture de nouvelles pour la bonne mère.

Il s'éloigne.

Scène V

ANGÉLIQUE, LISETTE, LUBIN, *éloigné*

LISETTE. Vous avez furieusement maltraité Dorante !

ANGÉLIQUE. Oui, vous avez raison, j'en suis fâchée, mais laissez-moi, car je suis outrée contre vous.

LISETTE. Vous savez si je le mérite.

ANGÉLIQUE. C'est vous qui êtes cause que je me suis accoutumée à le voir.

LISETTE. Je n'avais pas dessein de vous rendre un mauvais service, et cette aventure-ci n'est triste que pour lui ; avez-vous pris garde à l'état où il est ? C'est un homme au désespoir.

ANGÉLIQUE. Je n'y saurais que faire, pourquoi s'en va-t-il ?

LISETTE. Cela est aisé à dire à qui ne se soucie pas de lui, mais vous savez avec quelle tendresse il vous aime.

ANGÉLIQUE. Et vous prétendez que je ne m'en soucie pas, moi ? Que vous êtes méchante[3] !

LISETTE. Que voulez-vous que j'en croie ? Je vous vois tranquille, et il versait des larmes en s'en allant.

---

1. Cette réplique et les cinq répliques suivantes sont supprimées. Il n'y a pas de changement de scène. Lisette enchaîne *(haut)* : *Vous l'avez furieusement maltraité.* Angélique répond : *Peut-être, mais laissez-moi,* etc. 2. La phonétique de ce mot (pour *bruit*) est normale dans le patois de la région parisienne. On trouve de même *nit, pisque,* pour *nuit, puisque,* etc. L'édition de 1758 corrige en *bruit.* 3. Dans le manuscrit, les six répliques précédentes sont réduites à trois, de quelques mots chacune.

LUBIN. Comme alle l'enjole [1] !

ANGÉLIQUE. Lui ?

LISETTE. Eh ! sans doute !

ANGÉLIQUE. Et malgré cela, il part !

LISETTE. Eh ! vous l'avez congédié. Quelle perte vous faites [2] !

ANGÉLIQUE, *après avoir rêvé*. Qu'il revienne donc, s'il y est encore, qu'on lui parle, puisqu'il est si affligé.

LISETTE. Il ne peut être qu'à l'écart dans ce bois, il n'a pu aller loin, accablé comme il l'était. Monsieur Dorante, Monsieur Dorante !

Scène VI

DORANTE, LISETTE, ANGÉLIQUE, LUBIN [3]

DORANTE. Est-ce Angélique qui m'appelle ?

LISETTE. Oui, c'est moi qui parle, mais c'est elle qui vous demande.

ANGÉLIQUE. Voilà de ces faiblesses que je voudrais bien qu'on m'épargnât.

DORANTE. À quoi dois-je m'attendre, Angélique ? Que souhaitez-vous d'un homme dont vous ne pouvez plus supporter la vue ?

ANGÉLIQUE. Il y a grande apparence que vous vous trompez [4].

DORANTE. Hélas ! vous ne m'estimez plus.

ANGÉLIQUE. Plaignez-vous, je vous laisse dire, car je suis un peu dans mon tort.

DORANTE. Angélique a pu douter de mon amour !

ANGÉLIQUE. Elle en a douté pour en être plus sûre, cela est-il si désobligeant ?

DORANTE. Quoi ! j'aurais le bonheur de n'être point haï ?

ANGÉLIQUE. J'ai bien peur que ce ne soit tout le contraire [5].

DORANTE. Vous me rendez la vie.

ANGÉLIQUE. Où est cette lettre que j'ai refusé de recevoir ? S'il ne tient qu'à la lire, on le veut bien.

DORANTE. J'aime mieux vous entendre.

ANGÉLIQUE. Vous n'y perdez pas.

---

1. Cette réplique de Lubin ne figure que dans l'édition originale. **2.** Cette réplique et la précédente sont supprimées dans le manuscrit. **3.** L'édition de 1758 ajoute ici le mot *éloigné*. Il manque dans le manuscrit. **4.** Réplique supprimée dans le manuscrit. Dorante enchaîne : *Que souhaitez-vous de moi ? Hélas...* **5.** Cette réplique et la précédente manquent dans le manuscrit.

DORANTE. Ne vous défiez donc jamais d'un cœur qui vous adore.

ANGÉLIQUE. Oui, Dorante, je vous le promets, voilà qui est fini ; excusez tous deux l'embarras où se trouve une fille de mon âge, timide et vertueuse ; il y a tant de pièges dans la vie ! j'ai si peu d'expérience ! serait-il difficile de me tromper si on voulait ? Je n'ai que ma sagesse et mon innocence pour toute ressource, et quand on n'a que cela, on peut avoir peur [1] ; mais me voilà bien rassurée. Il ne me reste plus qu'un chagrin : Que deviendra cet amour ? Je n'y vois que des sujets d'affliction ! Savez-vous bien que ma mère me propose un époux que je verrai peut-être dans un quart d'heure ? Je ne vous disais pas tout ce qui m'agitait, il m'était bien permis d'être *fâcheuse, comme vous voyez.

DORANTE. Angélique, vous êtes toute mon espérance.

LISETTE. Mais si vous avouiez votre amour à cette mère qui vous aime tant, serait-elle inexorable ? Il n'y a qu'à supposer que vous avez connu Monsieur à Paris, et qu'il y est.

ANGÉLIQUE. Cela ne mènerait à rien, Lisette, à rien du tout, je sais bien ce que je dis.

DORANTE. Vous consentirez donc d'être à un autre ?

ANGÉLIQUE. Vous me faites trembler.

DORANTE. Je m'égare à la seule idée de vous perdre, et il n'est point d'extrémité pardonnable que je ne sois tenté de vous proposer.

ANGÉLIQUE. D'extrémité pardonnable !

LISETTE. J'entrevois ce qu'il veut dire.

ANGÉLIQUE. Quoi ! me jeter à ses genoux ? C'est bien mon dessein de lui résister, j'aurai bien de la peine, surtout avec une mère aussi tendre.

LISETTE. Bon ! tendre, si elle l'était tant, vous *gênerait-elle là-dessus ? Avec le bien que vous avez, vous n'avez besoin que d'un honnête homme, encore une fois.

ANGÉLIQUE. Tu as raison, c'est une tendresse fort mal entendue, j'en conviens.

DORANTE. Ah ! belle Angélique, si vous aviez tout l'amour que j'ai, vous auriez bientôt pris votre parti, ne me demandez point ce que je pense, je me trouble, je ne sais où je suis.

---

1. Cette phrase manque dans le manuscrit, ainsi que les mots *timide et vertueuse* plus haut.

ANGÉLIQUE, *à Lisette*. Que de peines ! Tâche donc de lui remettre l'esprit ; que veut-il dire ?

LISETTE. Eh bien ! Monsieur, parlez, quelle est votre idée ?

DORANTE, *se jetant à ses genoux*. Angélique, voulez-vous que je meure ?

ANGÉLIQUE. Non, levez-vous et parlez, je vous l'ordonne.

DORANTE. J'obéis ; votre mère sera inflexible, et dans le cas où nous sommes...

ANGÉLIQUE. Que faire ?

DORANTE. Si j'avais des trésors à vous offrir, je vous le dirais plus hardiment.

ANGÉLIQUE. Votre cœur en est un, achevez, je le veux.

DORANTE. À notre place, on se fait son sort à soi-même.

ANGÉLIQUE. Eh comment ?

DORANTE. On s'échappe [1]...

LUBIN, *de loin*. Au voleur !

ANGÉLIQUE. Après ?

DORANTE. Une mère s'emporte, à la fin elle consent, on se réconcilie avec elle, et on se trouve uni avec ce qu'on aime.

ANGÉLIQUE. Mais ou j'entends mal, ou cela ressemble à un enlèvement ; en est-ce un, Dorante ?

DORANTE. Je n'ai plus rien à dire.

ANGÉLIQUE, *le regardant*. Je vous ai forcé de parler, et je n'ai que ce que je mérite.

LISETTE. Pardonnez quelque chose au trouble où il est : le moyen est dur, et il est fâcheux qu'il n'y en ait point d'autre.

ANGÉLIQUE. Est-ce là un moyen, est-ce un remède qu'une extravagance ! Ah ! je ne vous reconnais pas à cela, Dorante, je me passerai mieux de bonheur que de vertu, me proposer d'être insensée, d'être méprisable ? Je ne vous aime plus.

DORANTE. Vous ne m'aimez plus ! Ce mot m'accable, il m'arrache le cœur.

LISETTE. En vérité, son état me touche.

---

1. Dans le manuscrit, la fin de cette scène est considérablement abrégée, tandis que des équivoques vulgaires sont ajoutées. Lisette ajoute ici : *Mademoiselle vous le demande*, et deux répliques plus loin : *Vous voyez bien qu'on vous l'ordonne*. Aucune mention n'étant faite de l'enlèvement, l'obscurité subsiste sur la nature de la proposition de Dorante. Après *on se fait son sort à soi-même*, les cris de Lubin annoncent l'arrivée d'Ergaste.

DORANTE. Adieu, belle Angélique, je ne survivrai pas à la menace que vous m'avez faite.

ANGÉLIQUE. Mais, Dorante, êtes-vous raisonnable ?

LISETTE. Ce qu'il vous propose est hardi, mais ce n'est pas un crime.

ANGÉLIQUE. Un enlèvement, Lisette !

DORANTE. Ma chère Angélique, je vous perds. Concevez-vous ce que c'est que vous perdre ? et si vous m'aimez un peu, n'êtes-vous pas effrayée vous-même de l'idée de n'être jamais à moi ? Et parce que vous êtes vertueuse, en avez-vous moins de droit d'éviter un malheur ? Nous aurions le secours d'une dame qui n'est heureusement qu'à un quart de lieue d'ici, et [1] chez qui je vous mènerais.

LUBIN. Haye ! Haye !

ANGÉLIQUE. Non, Dorante, laissons là votre dame, je parlerai à ma mère ; elle est bonne, je la toucherai peut-être, je la toucherai, je l'espère. Ah !

Scène VII

LUBIN, LISETTE, ANGÉLIQUE, DORANTE

LUBIN. Eh vite, eh vite, qu'on s'éparpille ; velà ce grand monsieur que j'ons vu une fois à Paris, cheux vous, et qui ne parle point.

Il s'écarte.

ANGÉLIQUE. C'est peut-être celui à qui ma mère me destine, fuyez, Dorante, nous nous reverrons tantôt, ne vous inquiétez pas.

Dorante sort.

Scène VIII

ANGÉLIQUE, LISETTE, ERGASTE

ANGÉLIQUE, *en le voyant.* C'est lui-même. Ah ! quel homme !

LISETTE. Il n'a pas l'air éveillé.

ERGASTE, *marchant lentement.* Je suis votre serviteur, Madame ; je devance Madame votre mère, qui est *embarrassée, elle m'a dit que vous vous promeniez.

---

1. Le mot *et* disparaît de l'édition de 1758.

ANGÉLIQUE. Vous le voyez, Monsieur.

ERGASTE. Et je me suis hâté de venir vous faire la révérence.

LISETTE, *à part*. Appelle-t-il cela se hâter ?

ERGASTE. Ne suis-je pas importun ?

ANGÉLIQUE. Non, Monsieur.

LISETTE, *à part*. Ah ! cela vous plaît à dire.

ERGASTE. Vous êtes plus belle que jamais.

ANGÉLIQUE. Je ne l'ai jamais été.

ERGASTE. Vous êtes bien modeste.

LISETTE. Il parle comme il marche.

ERGASTE. Ce pays-ci est fort beau.

ANGÉLIQUE. Il est passable.

LISETTE, *à part*. Quand il a dit un mot, il est si fatigué qu'il faut qu'il se repose.

ERGASTE. Et solitaire.

ANGÉLIQUE. On n'y voit pas grand monde.

LISETTE. Quelque importun par-ci par-là.

ERGASTE. Il y en a partout.

On est du temps sans parler.

LISETTE. Voilà la conversation tombée, ce ne sera pas moi qui la relèverai.

ERGASTE. Ah ! bonjour, Lisette.

LISETTE. Bonsoir, Monsieur ; je vous dis bonsoir, parce que je m'endors, ne trouvez-vous pas qu'il fait un temps pesant ?

ERGASTE. Oui, ce me semble.

LISETTE. Vous vous en retournez sans doute ?

ERGASTE. Rien que demain. Madame Argante m'a retenu.

ANGÉLIQUE. Et Monsieur se promène-t-il ?

ERGASTE. Je vais d'abord à ce château voisin, pour y porter une lettre qu'on m'a prié de rendre en main propre, et je reviens ensuite.

ANGÉLIQUE. Faites, Monsieur, ne vous gênez pas.

ERGASTE. Vous me le permettez donc ?

ANGÉLIQUE. Oui, Monsieur.

LISETTE. Ne vous pressez point, quand on a des commissions, il faut y mettre tout le temps nécessaire, n'avez-vous que celle-là ?

ERGASTE. Non[1], c'est l'unique.

---

1. Réponse négative, d'après le sens (non, je n'en ai pas d'autre). Ce tour est constant chez Marivaux.

LISETTE. Quoi ! pas le moindre petit compliment à faire ailleurs ?

ERGASTE. Non.

ANGÉLIQUE. Monsieur y soupera peut-être ?

LISETTE. Et à la campagne, on couche où l'on soupe.

ERGASTE. Point du tout, je reviens incessamment, Madame. *(À part, en s'en allant.)* Je ne sais que dire aux femmes, même à celles qui me plaisent.

Il sort.

Scène IX
ANGÉLIQUE, LISETTE

LISETTE. Ce garçon-là a de grands talents pour le silence ; quelle abstinence de paroles ! Il ne parlera bientôt plus que par signes.

ANGÉLIQUE. Il a dit que ma mère allait venir, et je m'éloigne : je ne saurais lui parler dans le désordre d'esprit où je suis ; j'ai pourtant dessein de l'attendrir sur le chapitre de Dorante.

LISETTE. Et moi, je ne vous conseille pas de lui en parler, vous ne ferez que la révolter davantage, et elle se hâterait de conclure.

ANGÉLIQUE. Oh ! doucement ! je me révolterais à mon tour.

LISETTE, *riant.* Vous, contre cette mère qui dit qu'elle vous aime tant ?

ANGÉLIQUE, *s'en allant.* Eh bien ! qu'elle aime donc mieux, car je ne suis point contente d'elle.

LISETTE. Retirez-vous, je crois qu'elle vient.

Scène X
MADAME ARGANTE, LISETTE, *qui veut s'en aller*

MADAME ARGANTE, *l'arrêtant* [1]. Voici cette fourbe de suivante. Un moment, où est ma fille ? J'ai cru la trouver ici avec Monsieur Ergaste.

LISETTE. Ils y étaient tous deux tout à l'heure, Madame, mais Monsieur Ergaste est allé à cette maison d'ici près, remettre une lettre à quelqu'un, et Mademoiselle est là-bas, je pense.

---

1. Les premiers mots sont dits à part. L'indication *l'arrêtant* ne figure que dans l'édition originale.

MADAME ARGANTE. Allez lui dire que je serais bien aise de la voir.

LISETTE, *les premiers mots à part.* Elle me parle bien sèchement. J'y vais, Madame, mais vous me paraissez triste, j'ai eu peur que vous ne fussiez fâchée contre moi.

MADAME ARGANTE. Contre vous ? Est-ce que vous le méritez, Lisette ?

LISETTE. Non, Madame.

MADAME ARGANTE. Il est vrai que j'ai l'air plus occupé qu'à l'ordinaire. Je veux marier ma fille à Ergaste, vous le savez, et je crains souvent qu'elle n'ait quelque chose dans le cœur ; mais vous me le diriez, n'est-il pas vrai ?

LISETTE. Eh ! mais je le saurais.

MADAME ARGANTE. Je n'en doute pas ; allez, je connais votre fidélité, Lisette, je ne m'y trompe pas, et je compte bien vous en récompenser comme il faut ; dites à ma fille que je l'attends.

LISETTE. Elle prend bien son temps pour me louer !

Elle sort.

MADAME ARGANTE. Toute fourbe qu'elle est, je l'ai embarrassée.

Scène XI
LUBIN, MADAME ARGANTE

MADAME ARGANTE. Ah ! tu viens à propos. As-tu quelque chose à me dire ?

LUBIN. Jarnigoi ! si jons [1] queuque chose ! J'avons vu des pardons, j'avons vu des offenses, des allées, des venues, et pis des moyens pour avoir un mari.

MADAME ARGANTE. Hâte-toi de m'instruire, parce que j'attends Angélique. Que sais-tu ?

LUBIN. Pisque vous êtes pressée, je mettrons tout en un tas.

MADAME ARGANTE. Parle donc.

LUBIN. Je sais une accusation, je sais une innocence, et pis un autre grand stratagème, attendez, comment appelont-ils cela ?

MADAME ARGANTE. Je ne t'entends pas, mais va-t'en, Lubin, j'aper-

---

1. L'édition de 1758 et le manuscrit corrigent *j'ons* en *j'avons*. Les deux formes coexistent dans le patois en question, mais la première y est plus fréquente, surtout avec un sujet singulier.

çois ma fille, tu me diras ce que c'est tantôt, il ne faut pas qu'elle nous voie ensemble.

LUBIN. Je m'en retorne donc à la *provision.

Il sort.

Scène XII

MADAME ARGANTE, ANGÉLIQUE

MADAME ARGANTE, *à part*. Voyons de quoi il sera question.

ANGÉLIQUE, *les premiers mots à part*. Plus de confidence, Lisette a raison, c'est le plus sûr. Lisette m'a dit que vous me demandiez, ma mère.

MADAME ARGANTE. Oui, je sais que tu as vu Ergaste, ton éloignement pour lui dure-t-il toujours ?

ANGÉLIQUE, *souriant*. Ergaste n'a pas changé.

MADAME ARGANTE. Te souvient-il qu'avant que nous vinssions ici, tu m'en disais du bien ?

ANGÉLIQUE. Je vous en dirai volontiers encore, car je l'estime, mais je ne l'aime point, et l'estime et l'indifférence vont fort bien ensemble.

MADAME ARGANTE. Parlons d'autre chose, n'as-tu rien à dire à ta confidente ?

ANGÉLIQUE. Non, il n'y a plus rien de nouveau.

MADAME ARGANTE. Tu n'as pas revu le jeune homme ?

ANGÉLIQUE. Oui, je l'ai retrouvé, je lui ai dit ce qu'il fallait, et voilà qui est fini.

MADAME ARGANTE, *souriant*. Quoi ! absolument fini ?

ANGÉLIQUE. Oui, tout à fait.

MADAME ARGANTE. Tu me charmes, je ne saurais t'exprimer la satisfaction que tu me donnes ; il n'y a rien de si estimable que toi, Angélique, ni rien aussi d'égal au plaisir que j'ai à te le dire, car je compte que tu me dis vrai, je me livre hardiment à ma joie, tu ne voudrais pas m'y abandonner, si elle était fausse : ce serait une cruauté dont tu n'es pas capable.

ANGÉLIQUE, *d'un ton timide*. Assurément.

MADAME ARGANTE. Va, tu n'as pas besoin de me rassurer, ma fille, tu me ferais injure, si tu croyais que j'en doute ; non, ma chère Angélique, tu ne verras plus Dorante, tu l'as renvoyé, j'en suis sûre, ce n'est pas avec un caractère comme le tien qu'on est exposé à la douleur d'être trop crédule ; n'ajoute donc rien à ce que tu m'as dit : tu ne le verras plus, tu m'en assures, et cela suffit ; parlons de la raison, du courage et de la vertu que tu viens de montrer.

ANGÉLIQUE, *d'un air interdit*[1]. Que je suis confuse !

MADAME ARGANTE. Grâce au ciel, te voilà donc encore plus respectable, plus digne d'être aimée, plus digne que jamais de faire mes délices ; que tu me rends *glorieuse, Angélique !

ANGÉLIQUE, *pleurant*. Ah ! ma mère, arrêtez, de grâce.

MADAME ARGANTE. Que vois-je ? Tu pleures, ma fille, tu viens de triompher de toi-même, tu me vois enchantée, et tu pleures !

ANGÉLIQUE, *se jetant à ses genoux*. Non, ma mère, je ne triomphe point, votre joie et vos tendresses me confondent, je ne les mérite point.

MADAME ARGANTE *la relève*. Relève-toi, ma chère enfant, d'où te viennent ces *mouvements où je te reconnais toujours ? Que veulent-ils dire ?

ANGÉLIQUE. Hélas[2] ! C'est que je vous trompe.

MADAME ARGANTE. Toi ? *(Un moment sans rien dire.)* Non, tu ne me trompes point, puisque tu me l'avoues. Achève ; voyons de quoi il est question.

ANGÉLIQUE. Vous allez frémir : on m'a parlé d'enlèvement.

MADAME ARGANTE. Je n'en suis point surprise, je te l'ai dit : il n'y a rien dont ces étourdis-là ne soient capables ; et je suis persuadée que tu en as plus frémi que moi.

ANGÉLIQUE. J'en ai tremblé, il est vrai ; j'ai pourtant eu la faiblesse de lui pardonner, pourvu qu'il ne m'en parle plus.

---

1. Les éditions modernes ajoutent l'indication *à part*, qui ne s'impose pas absolument : Angélique peut se dire confuse des éloges qu'elle reçoit.
2. Le remanieur du XIXᵉ siècle qui, dans les deux scènes précédentes, avait à peu près respecté le texte de Marivaux, se livre ici au même travail qu'à la scène VI du même acte, et qui consiste à introduire des équivoques grossières là où il n'en existe pas. Voici le texte du manuscrit : « ANGÉLIQUE : *Hélas ! le sais-je moi-même ?* Mme A. : *Tu ne le sais pas ?* ANGÉLIQUE : *L'idée de nous perdre nous égarait tous les deux. Il pleurait. Il était à mes genoux. Il me disait...* Mme A. : *Il te disait ?* ANGÉLIQUE : *Des choses que je n'ai pas comprises et que je n'ose pourtant pas répéter.* Mme A. : *Même à ton amie ?... (Silence.) Eh bien ?* ANGÉLIQUE : *Eh bien ! qu'il n'était pas d'extrémité pardonnable qu'il ne fût tenté de me proposer...*, etc. » En revanche, la plus grande partie de la discussion sérieuse entre la mère et la fille est supprimée. Les huit dernières répliques seules sont à peu près respectées.

MADAME ARGANTE. N'importe, je m'en fie à tes réflexions, elles te donneront bien du mépris pour lui.

ANGÉLIQUE. Eh ! voilà encore ce qui m'afflige dans l'aveu que je vous fais, c'est que vous allez le mépriser vous-même, il est perdu : vous n'étiez déjà que trop prévenue contre lui, et cependant il n'est point si méprisable ; permettez que je le justifie : je suis peut-être prévenue moi-même ; mais vous m'aimez, daignez m'entendre, portez vos bontés jusque-là. Vous croyez que c'est un jeune homme sans caractère, qui a plus de vanité que d'amour, qui ne cherche qu'à me séduire, et ce n'est point cela, je vous assure. Il a tort de m'avoir proposé ce que je vous ai dit ; mais il faut regarder que c'est le tort d'un homme au désespoir, que j'ai vu fondre en larmes quand j'ai paru irritée, d'un homme à qui la crainte de me perdre a tourné la tête ; il n'a point de bien, il ne s'en est point caché, il me l'a dit, il ne lui restait donc point d'autre ressource que celle dont je vous parle, ressource que je condamne comme vous, mais qu'il ne m'a proposée que dans la seule vue d'être à moi, c'est tout ce qu'il y a compris ; car il m'adore, on n'en peut douter.

MADAME ARGANTE. Eh ! ma fille ! il y en aura tant d'autres qui t'aimeront encore plus que lui.

ANGÉLIQUE. Oui, mais je ne les aimerai pas, moi, m'aimassent-ils davantage, et cela n'est pas possible.

MADAME ARGANTE. D'ailleurs, il sait que tu es riche.

ANGÉLIQUE. Il l'ignorait quand il m'a vue, et c'est ce qui devrait l'empêcher de m'aimer, il sait bien que quand une fille est riche, on ne la donne qu'à un homme qui a d'autres richesses, *toutes inutiles qu'elles sont ; c'est, du moins, l'usage, le mérite n'est compté pour rien.

MADAME ARGANTE. Tu le défends d'une manière qui m'alarme. Que penses-tu donc de cet enlèvement, dis-moi ? tu es la franchise même, ne serais-tu point en danger d'y consentir ?

ANGÉLIQUE. Ah ! je ne crois pas, ma mère.

MADAME ARGANTE. Ta mère ! Ah ! le ciel la préserve de savoir seulement qu'on te le propose ! ne te sers plus de ce nom, elle ne saurait le soutenir dans cette occasion-ci. Mais pourrais-tu la fuir, te sentirais-tu la force de l'affliger jusque-là, de lui donner la mort, de lui porter le poignard dans le sein ?

ANGÉLIQUE. J'aimerais mieux mourir moi-même.

MADAME ARGANTE. Survivrait-elle à l'affront que tu te ferais ? Souffre à ton tour que mon amitié te parle pour elle ; lequel aimes-tu le mieux, ou de cette mère qui t'a inspiré mille vertus, ou d'un amant qui veut te les ôter toutes ?

ANGÉLIQUE. Vous m'accablez. Dites-lui qu'elle ne craigne rien de sa fille, dites-lui que rien ne m'est plus cher qu'elle, et que je ne verrai plus Dorante, si elle me condamne à le perdre.

MADAME ARGANTE. Eh ! que perdras-tu dans un inconnu [1] qui n'a rien ?

ANGÉLIQUE. Tout le bonheur de ma vie ; ayez la bonté de lui dire aussi que ce n'est point la quantité de biens qui rend heureuse, que j'en ai plus qu'il n'en faudrait avec Dorante, que je languirais avec un autre : rapportez-lui ce que je vous dis là, et que je me soumets à ce qu'elle en décidera.

MADAME ARGANTE. Si tu pouvais seulement passer quelque temps sans le voir, le veux-tu bien ? Tu ne me réponds pas, à quoi songes-tu ?

ANGÉLIQUE. Vous le dirai-je ? Je me repens d'avoir tout dit ; mon amour m'est cher, je viens de m'ôter la liberté d'y céder, et peu s'en faut que je ne la regrette ; je suis même fâchée d'être éclairée [2] ; je ne voyais [3] rien de tout ce qui m'effraye, et me voilà plus triste que je ne l'étais.

MADAME ARGANTE. Dorante me connaît-il ?

ANGÉLIQUE. Non, à ce qu'il m'a dit.

MADAME ARGANTE. Eh bien ! laisse-moi le voir, je lui parlerai sous le nom d'une tante à qui tu auras tout confié, et qui veut te servir ; viens, ma fille, et laisse à mon cœur le soin de conduire le tien.

ANGÉLIQUE. Je ne sais, mais ce que vous inspire votre tendresse m'est d'un bon augure.

---

1. *Inconnu*, comme le portent le manuscrit et les éditions anciennes, non *individu*, que donnent des éditions modernes.   2. L'édition de 1758 et des éditions modernes portent *éclaircie* pour *éclairée* qui convient mieux au sens ; voir la suite.   3. *Voyais*, écrit *voiois* dans l'édition originale, et non *vois* de l'édition de 1758 et de la plupart des éditions modernes, qui ne donne aucun sens.

ACTE III

Scène première
MADAME ARGANTE, LUBIN

MADAME ARGANTE. Personne ne nous voit-il ?

LUBIN. On ne peut pas nous voir, *drès que nous ne voyons parsonne.

MADAME ARGANTE. C'est qu'il me semble avoir aperçu là-bas Monsieur Ergaste qui se promène.

LUBIN. Qui, ce nouviau venu ? Il n'y a pas de danger avec li, ça ne regarde rin, ça dort en marchant.

MADAME ARGANTE. N'importe, il faut l'éviter. Voyons ce que tu avais à me dire tantôt et que tu n'as pas eu le temps de m'achever. Est-ce quelque chose de conséquence ?

LUBIN. Jarni, si c'est de conséquence ! il s'agit *tant seulement que cet amoureux veut détourner voute [1] fille.

MADAME ARGANTE. Qu'appelles-tu la détourner ?

LUBIN. La loger ailleurs, la changer de chambre : velà *c'en que c'est.

MADAME ARGANTE. Qu'a-t-elle répondu ?

LUBIN. Il n'y a encore rien de décidé ; car voute fille a dit : Comment, ventregué ! un enlèvement, Monsieur, avec une mère qui m'aime tant ! Bon ! belle amiquié ! a dit Lisette. Voute fille a reparti que c'était une honte, qu'alle vous parlerait, vous émouverait, vous embrasserait les jambes ; et pis chacun a tiré de son côté, et moi du mian.

MADAME ARGANTE. Je saurai y mettre ordre. Dorante va-t-il se rendre ici ?

LUBIN. Tatigué, s'il viendra ! Je li ons donné l'ordre de la part de noute damoiselle, il ne peut pas manquer d'être obéissant, et la chaise de poste est au bout de l'allée.

MADAME ARGANTE. La chaise !

LUBIN. Eh *voirement oui ! avec une dame entre deux âges, qu'il a mêmement descendue dans l'hôtellerie du village.

MADAME ARGANTE. Et pourquoi l'a-t-il amenée ?

LUBIN. Pour à celle fin qu'alle fasse compagnie à noute damoiselle

---

1. Texte de 1758. L'édition originale porte *votre fille*.

si alle veut faire un tour dans la chaise, et pis de là aller souper en ville, à ce qui m'est avis, selon queuques paroles que j'avons attrapées et qu'ils disions tout bas.

MADAME ARGANTE. Voilà de *furieux desseins ; adieu, je m'éloigne ; et surtout ne dis point à Lisette que je suis ici.

LUBIN. Je vas donc courir après elle, mais faut que chacun soit content, je sis leur commissionnaire itou à ces enfants, quand vous arriverez, leur dirai-je que vous venez ?

MADAME ARGANTE. Tu ne leur diras pas que c'est moi, à cause de Dorante qui ne m'attendrait pas, mais seulement que c'est quelqu'un qui approche. *(À part.)* Je ne veux pas le mettre entièrement au fait.

LUBIN. Je vous entends, rien que queuqu'un, sans nommer parsonne, je ferai voute affaire, noute maîtresse : enfilez le taillis *stanpendant que je reste pour la manigance.

Scène II

LUBIN, ERGASTE

LUBIN. Morgué ! je gaigne bien ma vie avec l'amour de cette jeunesse. Bon ! à l'autre, qu'est-ce qu'il viant rôder ici, stila ?

ERGASTE, *rêveur*. Interrogeons ce paysan, il est de la maison.

LUBIN, *chantant en se promenant*. La, la, la.

ERGASTE. Bonjour, l'ami.

LUBIN. Serviteur. La, la.

ERGASTE. Y a-t-il longtemps que vous êtes ici ?

LUBIN. Il n'y a que l'horloge qui en sait le compte, moi, je n'y regarde pas.

ERGASTE. Il est brusque.

LUBIN. Les gens de Paris passont-ils leur chemin queuquefois ? restez-vous là, Monsieur ?

ERGASTE. Peut-être.

LUBIN. Oh ! que nanni ! la civilité ne vous le parmet pas.

ERGASTE. Et *d'où vient ?

LUBIN. C'est que vous me portez de l'incommodité, j'ons besoin de ce chemin-ci pour une confarence en cachette.

ERGASTE. Je te laisserai libre, je n'aime à gêner personne ; mais dismoi, connais-tu un nommé Monsieur Dorante ?

LUBIN. Dorante ? Oui-da.

ERGASTE. Il vient quelquefois ici, je pense, et connaît Mademoiselle Angélique ?

LUBIN. Pourquoi non ? Je la connais bian, moi.

ERGASTE. N'est-ce pas lui que tu attends ?

LUBIN. C'est à moi à savoir ça tout seul, si je vous disais oui, nous le saurions tous deux.

ERGASTE. C'est que j'ai vu de loin un homme qui lui ressemblait.

LUBIN. Eh bien ! cette ressemblance, ne faut pas que vous l'aparceviez de près, si vous êtes *honnête.

ERGASTE. Sans doute, mais j'ai compris d'abord qu'il était amoureux d'Angélique, et je ne me suis approché de toi que pour en être mieux instruit.

LUBIN. Mieux ! Eh ! par la *sambille, allez donc oublier ce que vous savez déjà, comment instruire un homme qui est aussi savant que moi ?

ERGASTE. Je ne te demande plus rien.

LUBIN. Voyez qu'il a de peine ! Gageons que vous savez itou qu'alle est amoureuse de li ?

ERGASTE. Non, mais je l'apprends.

LUBIN. Oui, parce que vous le saviez ; mais transportez-vous pu loin, faites-li place, et gardez le secret, Monsieur, ça est de conséquence.

ERGASTE. Volontiers, je te laisse.

Il sort.

LUBIN, *le voyant partir.* Queu sorcier d'homme ! Dame, s'il n'ignore de rin, ce n'est pas ma faute.

Scène III
DORANTE, LUBIN

LUBIN. Bon, vous êtes homme de parole [1], mais dites-moi, avez-vous souvenance de connaître un certain Monsieur Ergaste, qui a l'air d'être gelé, et qu'on dirait qu'il ne va ni ne grouille, quand il marche ?

DORANTE. Un homme sérieux ?

---

1. Lubin s'adresse à Dorante, qui a implicitement promis de revenir à la fin de la scène VI de l'acte précédent.

LUBIN. Oh ! si sérieux que j'en sis tout triste.

DORANTE. Vraiment oui ! je le connais, s'il s'appelle Ergaste ; est-ce qu'il est ici ?

LUBIN. Il y était tout présentement ; mais je li avons finement persuadé d'aller être ailleurs.

DORANTE. Explique-toi, Lubin, que fait-il ici ?

LUBIN. Oh ! jarniguenne, ne m'amusez pas, je n'ons pas le temps de vous acouter dire, je sis pressé d'aller avartir Angélique, ne démarrez pas.

DORANTE. Mais, dis-moi auparavant...

LUBIN, *en colère*. Tantôt je ferai le récit de ça. Pargué, allez, j'ons bien le temps de lantarner [1] de la manière.

Il sort.

Scène IV

DORANTE, ERGASTE

DORANTE, *un moment seul*. Ergaste, dit-il ; connaît-il Angélique dans ce pays-ci ?

ERGASTE, *rêvant*. C'est Dorante lui-même.

DORANTE. Le voici. Me trompé-je, est-ce vous, Monsieur ?

ERGASTE. Oui, mon neveu.

DORANTE. Par quelle aventure vous trouvé-je dans ce pays-ci ?

ERGASTE. J'y ai quelques amis que j'y suis venu voir ; mais qu'y venez-vous faire vous-même ? Vous m'avez tout l'air d'y être en bonne fortune ; je viens de vous y voir parler à un domestique qui vous apporte quelque réponse, ou qui vous y ménage quelque entrevue.

DORANTE. Je ferais scrupule de vous rien déguiser, il y est question d'amour, Monsieur, j'en conviens.

ERGASTE. Je m'en doutais, on parle ici d'une très aimable fille, qui s'appelle Angélique ; est-ce à elle à qui [2] s'adressent vos vœux ?

DORANTE. C'est à elle-même.

ERGASTE. Vous avez donc accès chez la mère ?

---

1. Curieuse faute de lecture de l'édition de 1758, *l'entamer* pour *lantarner* (*lanterner*, perdre son temps, avec la forme phonétique attendue). Ce non-sens a passé dans de nombreuses éditions ultérieures. **2.** Et non pas *à elle que*, correction arbitraire de Duviquet, suivi par d'autres éditeurs.

DORANTE. Point du tout, je ne la connais pas, et c'est par hasard que j'ai vu sa fille.

ERGASTE. Cet engagement-là ne vous réussira pas, Dorante, vous y perdez votre temps [1], car Angélique est extrêmement riche, on ne la donnera pas à un homme sans bien.

DORANTE. Aussi la quitterais-je, s'il n'y avait que son bien qui m'arrêtât, mais je l'aime et j'ai le bonheur d'en être aimé.

ERGASTE. Vous l'a-t-elle dit positivement ?

DORANTE. Oui, je suis sûr de son cœur.

ERGASTE. C'est beaucoup, mais il vous reste encore un autre inconvénient : c'est qu'on dit que sa mère a pour elle actuellement un riche parti en vue.

DORANTE. Je ne le sais que trop, Angélique m'en a instruit.

ERGASTE. Et dans quelle disposition est-elle là-dessus ?

DORANTE. Elle est au désespoir ; eh, dit-on quel homme est ce rival ?

ERGASTE. Je le connais ; c'est un honnête homme.

DORANTE. Il faut du moins qu'il soit bien peu délicat s'il épouse une fille qui ne pourra le souffrir ; et puisque vous le connaissez, Monsieur, ce serait en vérité lui rendre service, aussi bien qu'à moi, que de lui apprendre combien on le hait d'avance.

ERGASTE. Mais on prétend qu'il s'en doute un peu.

DORANTE. Il s'en doute et ne se retire pas ! Ce n'est pas là un homme estimable.

ERGASTE. Vous ne savez pas encore le parti qu'il prendra.

DORANTE. Si Angélique veut m'en croire, je ne le craindrai plus ; mais quoi qu'il arrive, il ne peut l'épouser qu'en m'ôtant la vie.

ERGASTE. Du caractère dont je le connais, je ne crois pas qu'il voulût vous ôter la vôtre, ni que vous fussiez d'humeur à attaquer la sienne ; et si vous lui disiez poliment vos raisons, je suis persuadé qu'il y aurait égard ; voulez-vous le voir ?

DORANTE. C'est risquer beaucoup, peut-être avez-vous meilleure opinion de lui qu'il ne le mérite. S'il allait me trahir ? Et d'ailleurs, où le trouver ?

ERGASTE. Oh ! rien de plus aisé, car le voilà tout porté pour vous entendre.

DORANTE. Quoi ! c'est vous, Monsieur ?

---

1. Et non pas *vous y perdez*, avec omission de *votre temps*, faute que des éditions modernes conservent, quoiqu'elle donne un sens absurde.

ERGASTE. Vous l'avez dit, mon neveu.

DORANTE. Je suis confus de ce qui m'est échappé, et vous avez raison, votre vie est bien en sûreté.

ERGASTE. La vôtre ne court pas plus de hasard, comme vous voyez.

DORANTE. Elle est plus à vous qu'à moi, je vous dois tout, et je ne dispute plus Angélique[1].

ERGASTE. L'attendez-vous ici ?

DORANTE. Oui, Monsieur, elle doit y venir ; mais je ne la verrai que pour lui apprendre l'impossibilité où je suis de la revoir davantage.

ERGASTE. Point du tout, allez votre chemin, ma façon d'aimer est plus tranquille que la vôtre, j'en suis plus le maître, et je me sens touché de ce que vous me dites.

DORANTE. Quoi ! vous me laissez la liberté de poursuivre ?

ERGASTE. Liberté tout entière, continuez, vous dis-je, faites comme si vous ne m'aviez pas vu, et ne dites ici à personne qui je suis, je vous le défends bien. Voici Angélique, elle ne m'aperçoit pas encore, je vais lui dire un mot en passant, ne vous alarmez point.

Scène V

DORANTE, ERGASTE, ANGÉLIQUE, *qui s'est approchée,
mais qui, apercevant Ergaste, veut se retirer*

ERGASTE. Ce n'est pas la peine de vous retirer, Madame ; je suis instruit, je sais que Monsieur vous aime, qu'il n'est qu'un cadet[2], Lubin m'a tout dit, et mon parti est pris. Adieu, Madame.

Il sort.

Scène VI

DORANTE, ANGÉLIQUE

DORANTE. Voilà notre secret découvert, cet homme-là, pour se venger, va tout dire à votre mère[3].

---

1. Il y a ici quelque faiblesse à Dorante de céder si vite l'objet de son amour.   2. C'est donc parce qu'il est noble et qu'il a un frère aîné que Dorante, conformément à la coutume, est réduit à une simple *légitime*.   3. Le procédé ne semble pas en accord avec ce que Dorante sait de son oncle. Il y a quelque chose de juste dans le reproche des contemporains suivant lequel le projet d'enlèvement n'est pas assez fondé.

ANGÉLIQUE. Et malheureusement il a du crédit sur son esprit.

DORANTE. Il y a apparence que nous nous voyons ici pour la dernière fois, Angélique.

ANGÉLIQUE. Je n'en sais rien, pourquoi Ergaste se trouve-t-il ici ? *(À part.)* Ma mère aurait-elle quelque dessein ?

DORANTE. Tout est désespéré, le temps nous presse. Je finis par un mot, m'aimez-vous ? m'estimez-vous ?

ANGÉLIQUE. Si je vous aime ! Vous dites que le temps presse, et vous faites des questions inutiles !

DORANTE. Achevez de m'en convaincre ; j'ai une chaise au bout de la grande allée, la dame dont je vous ai parlé, et dont la maison est à un quart de lieue d'ici, nous attend dans le village, hâtons-nous de l'aller trouver, et vous rendez[1] chez elle.

ANGÉLIQUE. Dorante, ne songez plus à cela, je vous le défends.

DORANTE. Vous voulez donc me dire un éternel adieu ?

ANGÉLIQUE. Encore une fois je vous le défends ; mettez-vous dans l'esprit que, si vous aviez le malheur de me persuader, je serais inconsolable ; je dis le malheur, car n'en serait-ce pas un pour vous de me voir dans cet état ? Je crois qu'oui. Ainsi, qu'il n'en soit plus question ; ne nous effrayons point, nous avons une ressource.

DORANTE. Eh quelle est-elle ?

ANGÉLIQUE. Savez-vous à quoi je me suis engagée ? À vous montrer à une dame de mes parentes.

DORANTE. De vos parentes ?

ANGÉLIQUE. Oui, je suis sa nièce, et elle va venir ici.

DORANTE. Et vous lui avez confié notre amour ?

ANGÉLIQUE. Oui.

DORANTE. Et jusqu'où l'avez-vous instruite ?

ANGÉLIQUE. Je lui ai tout conté pour avoir son avis.

DORANTE. Quoi ! la fuite même que je vous ai proposée ?

ANGÉLIQUE. Quand on ouvre son cœur aux gens, leur cache-t-on quelque chose ? Tout ce que j'ai mal fait, c'est que je ne lui ai pas paru effrayée de votre proposition autant qu'il le fallait ; voilà ce qui m'inquiète.

DORANTE. Et vous appelez cela une ressource ?

ANGÉLIQUE. Pas trop, cela est équivoque, je ne sais plus que penser.

DORANTE. Et vous hésitez encore de me suivre ?

ANGÉLIQUE. Non seulement j'hésite, mais je ne le veux point.

───────────

1. À partir de 1740 plusieurs éditions portent *et vous rendre*.

DORANTE. Non, je n'écoute plus rien. Venez, Angélique, au nom de notre amour ; venez, ne nous quittons plus, sauvez-moi ce que j'aime, conservez-vous un homme qui vous adore.

ANGÉLIQUE. De grâce, laissez-moi, Dorante ; épargnez-moi cette démarche, c'est abuser de ma tendresse : en vérité, respectez ce que je vous dis.

DORANTE. Vous nous avez trahis ; il ne nous reste qu'un moment à nous voir, et ce moment décide de tout.

ANGÉLIQUE, *combattue*. Dorante, je ne saurais m'y résoudre.

DORANTE. Il faut donc vous quitter pour jamais.

ANGÉLIQUE. Quelle persécution ! Je n'ai point Lisette, et je suis sans conseil.

DORANTE. Ah ! vous ne m'aimez point.

ANGÉLIQUE. Pouvez-vous le dire ?

Scène VII

DORANTE, ANGÉLIQUE, LUBIN

LUBIN, *passant au milieu d'eux sans s'arrêter*. Prenez garde, reboutez le propos à une autre fois, voici queuqu'un.

DORANTE. Et qui ?

LUBIN. Queuqu'un qui est fait comme une mère.

DORANTE, *fuyant avec Lubin*. Votre mère ! Adieu, Angélique, je l'avais prévu, il n'y a plus d'espérance.

ANGÉLIQUE, *voulant le retenir*. Non, je crois qu'il se trompe, c'est ma parente. Il ne m'écoute point, que ferai-je ? Je ne sais où j'en suis.

Scène VIII

MADAME ARGANTE, ANGÉLIQUE

ANGÉLIQUE, *allant à sa mère*. Ah ! ma mère.

MADAME ARGANTE. Qu'as-tu donc, ma fille ? d'où vient que tu es si troublée ?

ANGÉLIQUE. Ne me quittez point, secourez-moi, je ne me reconnais plus.

MADAME ARGANTE. Te secourir, et contre qui, ma chère fille ?

ANGÉLIQUE. Hélas ! contre moi, contre Dorante et contre vous, qui nous séparerez peut-être. Lubin est venu dire que c'était vous. Dorante s'est sauvé, il se meurt, et je vous conjure qu'on le rappelle, puisque vous voulez lui parler.

MADAME ARGANTE [1]. Sa franchise me pénètre. Oui, je te l'ai promis, et j'y consens, qu'on le rappelle, je veux devant toi le forcer lui-même à convenir de l'indignité qu'il te proposait. *(Elle appelle Lubin.)* Lubin, cherche Dorante, et dis-lui que je l'attends ici avec ma nièce.

LUBIN. Voute [2] nièce ! Est-ce que vous êtes itou la tante de voute fille ?

Il sort.

MADAME ARGANTE. Va, ne t'embarrasse point. Mais j'aperçois Lisette, c'est un inconvénient ; renvoie-la comme tu pourras, avant que Dorante arrive, elle ne me reconnaîtra pas sous cet habit, et je me cache avec ma coiffe.

Scène IX
MADAME ARGANTE, ANGÉLIQUE, LISETTE

LISETTE, *à Angélique.* Apparemment que Dorante attend plus loin. *(À Madame Argante.)* Que je ne vous sois point suspecte, Madame ; je suis du secret, et vous allez tirer ma maîtresse d'une dépendance bien dure et bien gênante, sa mère aurait infailliblement forcé son inclination. *(À Angélique.)* Pour vous, Madame, ne vous faites pas un *monstre de votre fuite. Que peut-on vous reprocher, dès que vous fuyez avec Madame ?

MADAME ARGANTE, *se découvrant.* Retirez-vous.

LISETTE, *fuyant.* Oh !

MADAME ARGANTE. C'était le plus court pour nous en défaire.

ANGÉLIQUE. Voici Dorante, je frissonne. Ah ! ma mère, songez que je me suis ôté tous les moyens de vous déplaire, et que cette pensée vous attendrisse un peu pour nous.

---

1. Les premiers mots à part. **2.** Texte de 1758. L'édition de 1735 a la forme non patoisée : *Votre.*

Scène X

DORANTE, MADAME ARGANTE, ANGÉLIQUE, LUBIN

ANGÉLIQUE. Approchez, Dorante, Madame n'a que de bonnes intentions, je vous ai dit que j'étais sa nièce.

DORANTE, *saluant*. Je vous croyais avec Madame votre mère.

MADAME ARGANTE. C'est Lubin qui s'est mal expliqué d'abord.

DORANTE. Mais ne viendra-t-elle pas ?

MADAME ARGANTE. Lubin y prendra garde. Retire-toi, et nous avertis si Madame Argante arrive.

LUBIN, *riant par intervalles*. Madame Argante ? allez, allez, n'appréhendez rin pus [1], je la défie de vous surprendre ; alle pourra arriver, si le guiable s'en mêle.

Il sort en riant.

Scène XI

MADAME ARGANTE, ANGÉLIQUE, DORANTE

MADAME ARGANTE. Eh bien ! Monsieur, ma nièce m'a tout conté, rassurez-vous : il me paraît que vous êtes inquiet.

DORANTE. J'avoue, Madame, que votre présence m'a d'abord un peu troublé.

ANGÉLIQUE, *à part*. Comment le trouvez-vous, ma mère ?

MADAME ARGANTE, *à part le premier mot*. Doucement. Je ne viens ici que pour écouter vos raisons sur l'enlèvement dont vous parlez à ma nièce.

DORANTE. Un enlèvement est effrayant, Madame, mais le désespoir de perdre ce qu'on aime rend bien des choses pardonnables.

ANGÉLIQUE. Il n'a pas trop insisté, je suis obligée de le dire.

DORANTE. Il est certain qu'on ne consentira pas à nous unir. Ma naissance est égale à celle d'Angélique, mais la différence de nos fortunes ne me laisse rien à espérer de sa mère.

MADAME ARGANTE. Prenez garde, Monsieur ; votre désespoir de la perdre pourrait être suspect d'intérêt ; et quand vous dites que non, faut-il vous en croire sur votre parole ?

---

1. *Rin pus* est le texte de l'édition de 1758. Celle de 1735 porte *rin pou (sic)*. L'édition de 1758, d'autre part, francise *guiable* en *diable*.

DORANTE. Ah ! Madame, qu'on retienne tout son bien, qu'on me mette hors d'état de l'avoir jamais ; le ciel me punisse si j'y songe !

ANGÉLIQUE. Il m'a toujours parlé de même.

MADAME ARGANTE. Ne nous interrompez point, ma nièce. *(À Dorante.)* L'amour seul vous fait agir, soit ; mais vous êtes, m'a-t-on dit, un honnête homme, et un honnête homme aime autrement qu'un autre ; le plus violent amour ne lui conseille jamais rien qui puisse tourner à la honte de sa maîtresse [1], vous voyez, reconnaissez-vous ce que je dis là, vous qui voulez engager Angélique à une démarche aussi déshonorante ?

ANGÉLIQUE, *à part*. Ceci commence mal.

MADAME ARGANTE. Pouvez-vous être content de votre cœur ; et supposons qu'elle vous aime, le méritez-vous ? Je ne viens point ici pour me fâcher, et vous avez la liberté de me répondre, mais n'est-elle pas bien à plaindre d'aimer un homme aussi peu jaloux de sa *gloire, aussi peu touché des intérêts de sa vertu, qui ne se sert de sa tendresse que pour égarer sa raison, que pour lui fermer les yeux sur tout ce qu'elle se doit à elle-même, que pour l'étourdir sur l'affront irréparable qu'elle va se faire ? Appelez-vous cela de l'amour, et la puniriez-vous plus cruellement du sien, si vous étiez son ennemi mortel ?

DORANTE. Madame, permettez-moi de vous le dire, je ne vois rien dans mon cœur qui ressemble à ce que je viens d'entendre. Un amour infini, un respect qui m'est peut-être encore plus cher et plus précieux que cet amour même, voilà tout ce que je sens pour Angélique ; je suis d'ailleurs incapable de manquer d'honneur, mais il y a des réflexions austères qu'on n'est point en état de faire quand on aime, un enlèvement n'est pas un crime, c'est une irrégularité que le mariage efface ; nous nous serions donné notre foi mutuelle, et Angélique, en [2] me suivant, n'aurait fui qu'avec son époux.

ANGÉLIQUE, *à part*. Elle ne se paiera pas de ces raisons-là.

MADAME ARGANTE. Son époux, Monsieur, suffit-il d'en prendre le nom pour l'être ? Et de quel poids, s'il vous plaît, serait cette foi mutuelle dont vous parlez ? Vous vous croiriez donc mariés, parce

---

1. Dans la quatrième feuille du *Spectateur français*, Marivaux avait déjà fait des réflexions analogues sur la façon d'aimer de l'honnête homme. Voir l'édition des *Journaux et Œuvres diverses* (deuxième section, p. 130).
2. Par interversion de lettres, l'édition originale porte *ne* au lieu de *en*. La correction est faite en 1758.

que, dans l'étourderie d'un transport amoureux, il vous aurait plu de vous dire : Nous le sommes ? Les passions seraient bien à leur aise, si leur emportement rendait tout légitime.

ANGÉLIQUE. Juste ciel !

MADAME ARGANTE. Songez-vous que de pareils engagements déshonorent une fille ! que sa réputation en demeure ternie, qu'elle en perd l'estime publique, que son époux peut réfléchir un jour qu'elle a manqué de vertu, et que la faiblesse honteuse où elle est tombée doit la flétrir à ses yeux mêmes, et la lui rendre méprisable[1] ?

ANGÉLIQUE, *vivement*. Ah ! Dorante, que vous étiez coupable ! Madame, je me livre à vous, à vos conseils, conduisez-moi, ordonnez, que faut-il que je devienne, vous êtes la maîtresse, je fais moins cas de la vie que des lumières que vous venez de me donner ; et vous, Dorante, tout ce que je puis à présent pour vous, c'est de vous pardonner une proposition qui doit vous paraître affreuse.

DORANTE. N'en doutez pas, chère Angélique ; oui, je me rends, je la désavoue ; ce n'est pas la crainte de voir diminuer mon estime pour vous qui me frappe, je suis sûr que cela n'est pas possible ; c'est l'horreur de penser que les autres ne vous estimeraient plus, qui m'effraye ; oui, je le comprends, le danger est sûr, Madame vient de m'éclairer à mon tour : je vous perdrais, et qu'est-ce que c'est que mon amour et ses intérêts, auprès d'un malheur aussi terrible ?

MADAME ARGANTE. Et d'un malheur qui aurait entraîné la mort d'Angélique, parce que sa mère n'aurait pu le supporter.

ANGÉLIQUE. Hélas ! jugez combien je dois l'aimer, cette mère, rien ne nous a gênés dans nos entrevues ; eh bien ! Dorante, apprenez qu'elle les savait toutes, que je l'ai instruite de votre amour, du mien, de vos desseins, de mes irrésolutions.

DORANTE. Qu'entends-je ?

ANGÉLIQUE. Oui, je l'avais instruite, ses bontés, ses tendresses m'y avaient obligée, elle a été ma confidente, mon amie, elle n'a jamais gardé que le droit de me conseiller, elle ne s'est reposé de ma conduite que sur ma tendresse pour elle, et m'a laissé la maîtresse de tout, il n'a tenu qu'à moi de vous suivre, d'être une ingrate envers elle, de l'affliger impunément, parce qu'elle avait promis que je serais libre.

---

1. Ces réflexions sont plutôt dans le ton du roman que de la comédie. Il en est de semblable dans *Les Illustres Françaises*, de Robert Challe (par exemple dans la Préface, éd. Droz, p. 2 ; éd. Livre de Poche Classique, 1996, p. 58).

DORANTE. Quel respectable portrait me faites-vous d'elle ! Tout amant que je suis, vous me mettez dans ses intérêts même, je me range de son parti, et me regarderais comme le plus indigne des hommes, si j'avais pu détruire une aussi belle, aussi vertueuse union que la vôtre.

ANGÉLIQUE, *à part.* Ah ! ma mère, lui dirai-je qui vous êtes ?

DORANTE. Oui, belle Angélique, vous avez raison. Abandonnez-vous toujours à ces mêmes bontés qui m'étonnent, et que j'admire ; continuez de les mériter, je vous y exhorte, que mon amour y perde ou non, vous le devez, je serais au désespoir, si je l'avais emporté sur elle.

MADAME ARGANTE, *après avoir rêvé quelque temps.* Ma fille, je vous permets d'aimer Dorante [1].

DORANTE. Vous, Madame, la mère d'Angélique !

ANGÉLIQUE. C'est elle-même ; en connaissez-vous qui lui ressemble ?

DORANTE. Je suis si pénétré de respect...

MADAME ARGANTE. Arrêtez, voici Monsieur Ergaste.

Scène XII

ERGASTE, *acteurs susdits*

ERGASTE. Madame, quelques affaires pressantes me rappellent à Paris. Mon mariage avec Angélique était comme arrêté, mais j'ai fait quelques réflexions, je craindrais qu'elle ne m'épousât par pure obéissance, et je vous remets votre parole. Ce n'est pas tout, j'ai un époux à vous proposer pour Angélique, un jeune homme riche et estimé : elle peut avoir le cœur prévenu, mais n'importe.

ANGÉLIQUE. Je vous suis obligée, Monsieur ; ma mère n'est pas pressée de me marier.

MADAME ARGANTE. Mon parti est pris, Monsieur, j'accorde ma fille à Dorante que vous voyez. Il n'est pas riche, mais il vient de me montrer un caractère qui me charme, et qui fera le bonheur d'Angélique ; Dorante, je ne veux que le temps de savoir qui vous êtes.

---

1. Mme Argante a été désarmée par l'accès de sensibilité de Dorante, et cela est un fait très important dans l'histoire des mœurs. On notera pourtant que la sobriété et la discrétion avec lesquelles elle s'exprime en la circonstance restent parfaitement dans le ton de Marivaux, sans rien sacrifier à la mode larmoyante.

Dorante veut se jeter aux genoux de Madame Argante qui le relève.

ERGASTE. Je vais vous le dire, Madame, c'est mon neveu, le jeune homme dont je vous parle, et à qui j'assure tout mon bien.

MADAME ARGANTE. Votre neveu !

ANGÉLIQUE, *à Dorante, à part*. Ah ! que nous avons d'excuses à lui faire !

DORANTE. Eh ! Monsieur, comment payer vos bienfaits ?

ERGASTE. Point de remerciements. Ne vous avais-je pas promis qu'Angélique n'épouserait pas un homme sans bien ? Je n'ai plus qu'une chose à dire : j'intercède pour Lisette, et je demande sa grâce.

MADAME ARGANTE. Je lui pardonne ; que nos jeunes gens la récompensent, mais qu'ils s'en défassent [1].

LUBIN. Et moi, pour bian faire, faut qu'en me récompense, et qu'en me garde.

MADAME ARGANTE. Je t'accorde les deux [2].

---

1. Cette façon de traiter une suivante qui a trempé dans une intrigue est, on l'a dit dans l'Introduction, peu ordinaire au théâtre. L. Desvignes a suggéré qu'elle pouvait venir de *La Parisienne* de Dancourt. **2.** Fait significatif, *La Mère confidente* ne comporte pas le traditionnel divertissement. Il n'aurait pas convenu à son ton sérieux.

LE LEGS

Comédie en un acte et en prose
représentée pour la première fois
par les Comédiens-Français ordinaires du Roi
le 11 juin 1736

NOTICE

Abandonnant le genre de la comédie sensible qu'il venait d'illustrer au Théâtre-Italien avec *La Mère confidente*, Marivaux, revenant au Théâtre-Français, écrivit, avec *Le Legs*, représenté le 11 juin 1736, une pièce très spirituelle et très vive, dans laquelle les soucis d'argent tiennent une place aussi importante que l'habituel jeu des cœurs. C'est ce dont témoigne le résumé du *Mercure*, qui excuse de son mieux les « vues d'intérêt » des personnages : « L'objet principal de l'action théâtrale est fourni par un testament, dans lequel on lègue quatre cent mille francs à un marquis, à la charge d'épouser une jeune fille appelée Hortense, faute de quoi, la moitié du legs sera donnée à cette même Hortense [1]. » Ajoutons que ladite Hortense, qui aime un chevalier, personnage traditionnellement sans fortune [2], ne tient pas à épouser le marquis, mais veut que ce soit lui qui la refuse, pour ne pas perdre les deux cent mille francs ; et que le marquis, qui aime la comtesse, ne songe pas à épouser Hortense, mais voudrait aussi que le refus vînt d'elle, pour éviter d'avoir à lui verser la somme prévue par le testament. L'enjeu est considérable. Les quatre cent mille francs dont parle le *Mercure* valent quelque dix millions de francs 2000, et Marivaux a même porté la somme à six cent mille francs dans la version imprimée. Les deux cent mille francs d'indemnité représentent encore cinq millions de nos francs, somme considérable pour Hortense, qui n'est pas très riche, et non négligeable pour le marquis, qui l'est pourtant.

Les sources de ce sujet sont restées longtemps inconnues. Maintenant qu'on les connaît [3], on constate, une fois de plus, l'attention

---

1. Voir le texte complet du compte rendu du *Mercure* ci-après, p. 1432 *sq.*
2. Voir plus haut, pp. 464-465.   **3.** Nous avons signalé la principale dans un article, « Sources romanesques et création dramatique chez Marivaux », paru dans les *Mélanges Dimoff*, Annales de l'Université de la Sarre, 1954, pp. 59-66.

que Marivaux porte à l'actualité littéraire, en même temps que sa
prédilection pour les situations qui frappent sa sensibilité. Sous le
voile d'une pièce antique, c'est en effet une œuvre très romanesque
que *Le Testament*, comédie en cinq actes, en prose, de Fontenelle,
composée sans doute vers 1730[1], dont Marivaux a tiré le « canevas
financier[2] » du *Legs*.

L'action du *Testament* — il n'est pas besoin de souligner la
parenté de ce titre avec celui de la pièce de Marivaux — se passe
dans la Grèce antique à une époque qui n'est pas précisée. Eudamidas, homme riche et généreux, a accepté un testament par lequel un
de ses amis, mourant ruiné, le charge « de faire subsister sa veuve, et
d'épouser sa fille unique, ou de la marier à qui il lui plairait en la
dotant ». Rien ne s'oppose à ce qu'il épouse la jeune fille, Philonoé,
qui n'y répugnerait pas, la différence d'âge n'étant pas trop considérable. Mais la veuve, Lisidice, désirerait épouser elle-même Eudamidas. Pour parvenir à ses fins, elle soutient Démocède, qui recherche
en mariage sa fille Philonoé. Voici dans quels termes celui-ci expose
ses desseins à son valet :

« J'aime Philonoé, et je ne veux donc pas qu'Eudamidas l'épouse.
Je tâche à me faire aimer d'elle, afin qu'elle apporte de la résistance
à ce malheureux mariage ; mais il faut que ce soit une résistance
cachée ; car si Eudamidas venait à savoir que Philonoé m'aimât, et
que notre intelligence fût déclarée, il lui dirait : Mademoiselle, je
voulais satisfaire au testament, et vous épouser ; c'est vous qui ne
voulez pas : je ne suis tenu à la dot qu'en cas que ce parti-là ne me
convînt point ; j'en suis quitte ; faites comme vous l'entendez. Il faut
donc que j'inspire à Philonoé de la répugnance pour Eudamidas ;
qu'Eudamidas s'aperçoive seulement qu'on ne l'aime pas, quoiqu'on en use toujours honnêtement pour lui, et qu'il ait la délicatesse de ne vouloir pas épouser[3]. »

---

1. Comme les autres pièces de Fontenelle, *Le Testament* ne fut représentée sur aucune scène publique. Fontenelle ne l'inséra dans ses œuvres qu'en
1751, mais Marivaux en eut certainement connaissance par des lectures chez
Mme de Tencin ou chez la duchesse du Maine. D'Argenson dit expressément,
dans une notice qu'il compose en 1735 sur *Le Testament*, qu'il s'agit d'une
des quatre comédies que Fontenelle « lit à ses amis » sans permettre qu'on la
représente (manuscrit de l'Arsenal n° 3449, p. 405). La date de cette notice
renforce encore la conviction que nous avons bien là la source de Marivaux.
2. Mot de Bastide et Fournier, dans leur présentation du *Legs*.   3. Acte I,
sc. II.

On reconnaît dans cette intrigue les principales données du *Legs*. Les quatre personnages que nous avons cités correspondent sensiblement à ceux de Marivaux. Eudamidas est évidemment le marquis. Le couple Philonoé-Démocède correspond au couple Hortense-le chevalier. Lisidice, qui désire épouser Eudamidas, fait penser, d'un peu moins près, à la comtesse qui ne serait pas fâchée d'épouser le marquis. Surtout, le jeu que l'on demande à Philonoé de jouer auprès de Démocède est exactement celui qu'Hortense jouera elle-même avec le marquis. Examinons maintenant comment Fontenelle développe son intrigue.

Au second acte, alors qu'Eudamidas s'est résolu à épouser Philonoé, Lisidice l'en détourne en lui laissant entendre que sa fille aime Démocède. Philonoé, menée par sa mère, se prête à ce manège. Eudamidas la laisse alors libre de choisir entre Démocède et lui-même, et lui promet même la moitié de son bien si elle épouse le premier (acte III). Cet acte de générosité émeut Philonoé. Lorsque Démocède se déclare prêt à accepter la dot promise par Eudamidas, elle renonce à lui, choquée par son manque de délicatesse (acte IV, sc. VI). Pour trouver un cinquième acte, Fontenelle en est réduit à recourir à des scrupules de Philonoé qui réclame une « retraite » pour se punir d'avoir failli aimer Démocède. La pièce se termine, comme on s'y attend, par son mariage avec Eudamidas.

Avant de voir comment Marivaux a utilisé ce sujet, il faut observer qu'une source secondaire l'a probablement aussi inspiré. Il s'agit d'une pièce de Fagan, *La Pupille*, jouée par les comédiens français le 5 juin 1734, et qui doit peut-être également quelque chose à celle de Fontenelle. Ariste, homme riche d'une bonne quarantaine d'années, a retiré du couvent, pour la marier, sa pupille Julie. Il se conforme en cela à la volonté du père de Julie, qui la lui a confiée en mourant. Un marquis petit-maître, Valère, qui s'imagine avoir plu à Julie, la fait demander en mariage à Ariste par son oncle Orgon. Ariste est prêt à la lui accorder, mais, devant les réticences de Julie, il la consulte une première fois en tête à tête. Julie, qui aime secrètement Ariste, essaie de le lui faire entendre. Mais Ariste, trop modeste, refuse de la comprendre, et s'imagine que la confidence de Julie concerne le marquis. Dans ces conditions, Julie est obligée de rebuter ouvertement ce dernier. Une seconde fois, elle tente de faire comprendre ses sentiments à son tuteur en lui dictant une lettre : elle y exprime son amour pour un homme qui a eu pour elle des soins désintéressés dans son enfance. Mais Ariste fait encore la sourde oreille, et Julie, dépitée, en reste là. Après une dernière scène dans laquelle la suivante de Julie annonce que sa maîtresse est amoureuse d'Orgon, Ariste finit par entendre de la bouche de Julie que c'est lui qu'elle aime. Il se décide alors à lui déclarer sa propre passion, et le mariage est conclu.

En confrontant ces deux pièces avec celle de Marivaux, on voit ce qu'il leur a emprunté et en quoi il se sépare de ses devanciers. La situation fondamentale, ainsi qu'on l'a déjà montré, vient de Fontenelle. Mais ayant observé l'effet comique produit, dans *La Pupille*, par l'excessive modestie d'Ariste, Marivaux a l'idée de faire, à l'occasion de son propre personnage, une véritable étude de la timidité, ou plutôt d'un type de timidité, la timidité brusque. Dans la perspective d'un tel caractère, la générosité extraordinaire d'un Eudamidas n'a plus de raison d'être : il suffit que le marquis soit honnête homme et franc pour être sympathique. Mais surtout, Marivaux sent qu'un tel caractère ne doit pas se sentir attiré par une faible orpheline telle que Philonoé ou Julie. Il est beaucoup plus vraisemblable, et infiniment plus comique, qu'il soit séduit par une femme impérieuse et forte, qui le prendra pour ainsi dire sous sa protection [1]. Peu sûr de ses mérites devant une telle femme, au point de l'obliger à prendre des initiatives auxquelles la fierté de son sexe répugne, le marquis défend au contraire avec sang-froid son argent contre les entreprises d'Hortense. Quoi qu'en ait pensé Desfontaines [2], cette différence d'attitude n'a rien de surprenant, car les timides de cette espèce sont capables de fermeté ou même d'obstination, et le contraste qu'elle produit renforce heureusement l'efficacité comique du personnage.

Par un procédé qui rappelle un peu la manière de Destouches, Marivaux oppose à la timidité et à la modestie du marquis l'aplomb imperturbable et la confiance gasconne de Lépine [3]. C'est lui qui finira par prendre en main l'amour de son maître afin de le conduire au port. Quant à Lisette, suivante de la marquise, il faut au contraire qu'elle joue un rôle retardateur dans une intrigue qui ne demande qu'à se dénouer rapidement. Son hostilité au mariage de sa maîtresse est justifiée, comme il est logique dans une pièce où l'intérêt

---

1. C'est ce qui se passe dans un roman de J. P. Woodehouse, *My Man Jeeves*, où un timide tombe amoureux d'une femme chasseur de panthères. 2. Voir ci-après son jugement (pp. 1437-1438). 3. Appelé Frontin lors des premières représentations (voir note suivante).

compte, par la seule considération de ses profits. Mais cette ligne de
conduite entraîne Lisette à résister aussi à l'amour que Lépine lui
déclare, et Marivaux tire de là une nouvelle opposition extrêmement
piquante : tandis que le marquis n'ose pas hasarder une simple
déclaration avec la comtesse, qui est pleine de bonne volonté pour
lui, son valet doit conquérir la main de Lisette, avec laquelle il est
brouillé du début jusqu'à la fin. C'est dire que le couple de valets
ajoute encore à la gaieté d'une pièce déjà très plaisante.

Pourtant, craignant une cabale analogue à celle qui avait accueilli
Les Serments indiscrets et *Le Petit-Maître corrigé*, Marivaux donna
sa pièce sans nom d'auteur : « On en a jugé diversement », dit le
Mercure qui ajoute que « tout le monde convient que cet ouvrage
est plein d'esprit et très bien écrit ». Voici ce compte rendu, précieux
à plus d'un titre, puisqu'il correspond à un état de la pièce antérieur
à celui que livre le texte imprimé, avec lequel il présente quelques
différences [1] :

« Les Comédiens Français donnèrent le 10 juin [2] une petite pièce
en prose et en un acte, intitulée *le Legs*. L'auteur de cette comédie
ne s'est pas encore nommé. On en a jugé diversement ; cependant
tout le monde convient que cet ouvrage est plein d'esprit et très bien
écrit. En voici un extrait succinct, qui peut tenir lieu d'argument.

« L'objet principal de l'action théâtrale est fourni par un testament, dans lequel on lègue quatre cent mille francs à un marquis, à
la charge d'épouser une jeune fille appelée Hortense, faute de quoi,
la moitié du legs sera donnée à cette même Hortense.

« C'est Hortense qui ouvre la scène avec un chevalier qu'elle aime,
et dont elle est aimée ; elle le prépare au personnage intéressé
qu'elle veut jouer ; persuadée que le marquis, à qui les quatre cent
mille livres sont léguées, ne l'aime point, et qu'il aime une comtesse,
parente du chevalier à qui elle fait confidence du piège qu'elle va
lui tendre, elle lui persuade que l'amour qu'il a pour elle ne court
aucun risque ; elle justifie autant qu'elle peut cette vue d'intérêt, qui
pourrait lui faire quelque tort dans son esprit, en lui faisant entendre
que, n'étant pas assez riche l'un et l'autre pour pouvoir vivre dans
une certaine aisance, elle ne saurait se résoudre à renoncer à deux

---

1. Le valet est appelé Frontin, non Lépine ; la somme léguée est de
400 000 livres, et non de 600 000.   **2.** Erreur : *Le Legs* fut représenté pour
la première fois le 11 juin, ainsi que l'atteste le registre du Théâtre-Français,
confirmé par les éditions de la pièce.

cent mille francs de plus, qu'elle peut lui apporter en mariage ; le Chevalier approuve sa ruse et se retire voyant venir Frontin, valet du Marquis, qui ne l'aime point, et Lisette, suivante de la Comtesse, dont le marquis est amoureux. Hortense commence par payer d'avance Frontin et Lisette pour un service qu'elle veut exiger de l'un et de l'autre ; Lisette refuse d'abord l'argent qu'Hortense lui met entre les mains, mais Frontin croirait déroger à sa qualité de Gascon, s'il ne prenait pas ce qu'on lui donne de si bonne grâce. Lisette veut rendre l'argent qu'Hortense lui a donné, à la première proposition qu'elle lui fait de porter la Comtesse à répondre à l'amour du Marquis ; Frontin au contraire promet à sa bienfaitrice de la servir, et lui dit qu'il a de violents soupçons de l'amour du Marquis pour la Comtesse ; Hortense se retire, après avoir seulement exigé le secret de Lisette et dit à Frontin qu'elle accepte ses offres de service ; Frontin fait une déclaration d'amour à Lisette, pour l'engager à servir Hortense ; Lisette lui répond qu'elle ne l'aime point, et lui fait entendre qu'elle se gardera bien de porter sa maîtresse à se marier avec le Marquis, attendu que ce mariage nuirait à sa petite fortune, et que la Comtesse, si elle venait à se marier, ne serait pas aussi libérale envers elle, qu'elle l'est dans son état de veuve.

« Pendant cette contestation entre Frontin et Lisette, le Marquis, amoureux de la Comtesse et maître de Frontin, arrive, et comme il est, à ce qu'il dit, extrêmement timide, il prie Lisette de vouloir bien lui sauver les risques d'une déclaration d'amour auprès de son aimable maîtresse ; Lisette, fondée sur son petit arrangement d'intérêt, s'y refuse, et lui fait entendre qu'elle se brouillerait et le brouillerait lui-même avec la Comtesse, si elle lui faisait connaître l'amour qu'il a pour elle ; le Marquis perd courage, mais Frontin le rassure, et le prie de venir prendre avec lui des mesures pour réussir dans ses projets amoureux.

« Lisette persiste dans le dessein d'empêcher un mariage qui ne convient point à ses intérêts. La Comtesse vient ; Lisette, qui ignore le penchant secret que sa maîtresse a pour le Marquis, ne lui parle de la commission dont ce timide amant a prétendu la charger que pour le tourner en ridicule ; la Comtesse trouve très mauvais qu'elle lui en fasse une peinture si désavantageuse, et plus mauvais encore qu'elle lui ait dit que l'amour dont il a voulu lui faire parler le brouillerait avec elle.

« Lisette commence à se douter que le Marquis est mieux qu'il ne pense dans le cœur de la Comtesse ; Frontin vient annoncer à la Comtesse que son maître lui demande très respectueusement un moment d'entretien, la Comtesse dit qu'elle est prête à l'entendre, et congédie Lisette qui voudrait rester pour nuire au Marquis. Frontin appelle son maître, et lui dit tout haut que Madame la Comtesse est prête à lui donner audience. Le Marquis approche ; il dit à la Comtesse qu'il voudrait bien la consulter sur une affaire très importante ; la Comtesse lui répond qu'elle serait ravie de pouvoir lui être bonne à quelque chose ; le Marquis lui dit qu'elle pourrait lui être excellente ; il lui expose la peine où il est sur le legs en question, attendu qu'il n'aime pas la Marquise *(sic : lire Hortense)*, et que ne pouvant se résoudre à l'épouser, il faudra qu'il partage avec elle les quatre cent mille livres dont il n'est légataire que conditionnellement. La Comtesse lui dit qu'il vaudrait mieux qu'il perdît tout son bien, que de se marier à une personne qu'il ne saurait aimer ; le Marquis, enhardi par les bontés de la Comtesse, ajoute que non seulement il n'aime pas Hortense, mais qu'il en aime une autre éperdument ; la Comtesse, pour l'engager à s'expliquer plus nettement, redouble ses bontés pour lui ; elle le prie de lui dire quel est l'objet de son amour ; le Marquis la prie à son tour de le deviner ; enfin, après un dialogue où le caractère de bonté, d'une part, et de timidité, de l'autre, est très ingénieusement peint par l'auteur, et par le jeu des acteurs, le Marquis, plus encouragé que jamais, fait sa déclaration à la Comtesse ; mais alarmé du ton sérieux qu'elle prend, pour garder les bienséances que le sexe exige en pareille occasion, il lui répond brusquement qu'il ne l'aime pas, puisqu'elle prend si mal la chose ; le ton de colère qu'il prend engage la Comtesse à renoncer à son caractère de douceur ; ils sont prêts à se brouiller pour toujours ; Hortense survient ; elle arrête le Marquis prêt à se retirer ; elle le prie de s'expliquer sur la disposition du testament ; elle lui dit d'un ton fâché qu'il est bien humiliant pour elle de faire la première démarche, et qu'il aurait dû lui épargner cette honte ; elle lui déclare qu'elle est aimée du Chevalier, mais que ce ne sera qu'au refus de celui à qui le testament la destine qu'elle consentira à recevoir sa main ; le Marquis lui dit sèchement qu'il l'épousera, puisqu'on l'y force.

« Hortense ne se déconcerte point ; elle dit qu'on aille chercher un notaire à Paris ; Lisette appelle Frontin, et le veut charger de cette fâcheuse commission ; Frontin dit au Marquis son maître qu'il a tout fait préparer pour cette partie de chasse qu'il lui a proposée, et que pour lui, Frontin, il s'était destiné à courir le lièvre, et non pas le notaire ; le Marquis, ne sachant comment sauver ses deux cent mille francs, témoigne son embarras à la Comtesse ; elle lui conseille d'en proposer la moitié qu'elle lui prêtera ; l'offre est refusée par Hortense, qui ne veut rien lâcher de sa proie. Hortense se retire ; le Chevalier, qui a été présent à cette altercation, veut la suivre ; la Comtesse l'arrête, et lui remontre toute la honte du procédé de la Marquise, elle lui dit qu'il lui est honteux à lui-même de se prêter à des démarches si intéressées ; le Chevalier lui répond qu'il doit se prêter à tout ce qui peut faire plaisir à l'objet de son amour, et qu'en épousant Hortense, il aurait un regret éternel de lui avoir fait perdre une succession dont ils auront besoin l'un et l'autre.

« Le Chevalier s'étant retiré, la conversation se renoue entre le Marquis et la Comtesse, moitié colère, moitié amour. Enfin, le Marquis ayant fait connaître à la Comtesse qu'il consentirait à lâcher les deux cent mille francs, s'il était sûr d'être aimé de celle à qui il ferait ce sacrifice, la Comtesse lui avoue que, malgré toutes ses brusqueries, il ne laisse pas d'être aimé, plus qu'il ne mérite de l'être ; le Marquis encouragé lui demande sa main à baiser, la Comtesse la lui donne ; Hortense et le Chevalier sont charmés de les trouver dans la situation favorable où ils les souhaitaient ; les deux cent mille livres sont cédées à Hortense, et le double mariage se fait, du consentement même de Lisette qui, pendant le cours de la pièce, a trouvé le secret de se raccommoder avec sa maîtresse, et peut-être avec Frontin. Au reste, cette pièce est parfaitement bien jouée, on la trouve imprimée et en vente chez Le Breton, quai des Augustins [1]. »

On a remarqué l'éloge des acteurs. Armand, Poisson et Grandval, qui jouaient respectivement Lépine, le marquis et le chevalier, Mlle Quinault, la jeune Dangeville et Mme Grandval, qui étaient la comtesse, Lisette et Hortense [2], devaient se sentir à l'aise dans des

---

1. *Mercure* de juillet 1736, pp. 1700-1707. Noter la mention d'une édition Le Breton. Elle n'est pas citée ailleurs, et nous n'en avons pas retrouvé d'exemplaire dans aucune des bibliothèques publiques de France ou de l'étranger où nous avons fait des recherches. Son existence semble pourtant confirmée par l'annonce d'une édition hollandaise en octobre. Voir plus loin, p. 1441.   2. Une *Chronologie des pièces restées au Théâtre et des acteurs d'original*, datée de 1776 et conservée à la bibliothèque du Théâtre-Français, donne pour l'année 1736 la même distribution que ci-dessus, mais avec la Gaussin dans le rôle d'Hortense. Cette distribution doit être celle du 24 novembre 1736, car une autre main a ajouté sur cette page *L'Enfant prodigue*, qui fut joué avec *Le Legs* ce soir-là. À noter que, si l'indication est

rôles faits pour chacun d'entre eux. Mais si, grâce peut-être à l'interprétation, la pièce ne fut pas sifflée, les recettes furent médiocres et les parts d'auteur insignifiantes pour la série de dix représentations. On ne peut songer sans amertume qu'une pièce jouée sept cent soixante et une fois à la Comédie-Française entre sa création et la fin du xxᵉ siècle semble n'avoir rapporté à son auteur que la somme de 13 livres 12 sols, quelques centaines de francs de notre monnaie [1].

À cette injustice, la critique contemporaine participa de son mieux. Une lettre du commissaire Dubuisson, de peu postérieure à la première représentation [2], donne assez bien le ton des sentiments régnant à l'égard de Marivaux dans certains milieux :

« MM. de Mirepoix et de La Chaussée sont destinés à remplacer MM. Portail et Mallet à l'Académie Française. À l'égard de M. de Marivaux, qui y prétendait, il en est exclu par une raison que je tiens d'un des membres glorieux de cet illustre corps : Notre métier à l'Académie est de travailler à la composition de notre langue et celui de M. de Marivaux est de travailler à la *(sic)* décomposition. Nous ne lui refusons pas l'esprit, mais nos emplois jurent trop l'un contre l'autre, et cette différence lui interdira toujours l'entrée de notre sanctuaire.

« Cet auteur n'est pas plus heureux au Théâtre Français qu'à l'Académie. Il vient de donner une petite comédie d'un acte sous le titre

_____

exacte, la Gaussin relevait de couches. Elle avait mis au monde deux jumeaux le 13 octobre 1736 (*Nouvelles de la Cour et de la Ville*, Paris, Édouard Rouveyre, Arsenal, Rf 808). La distribution que nous avons donnée est fondée sur le Registre de la Comédie-Française. Les six acteurs que nous avons cités sont présents dans les neufs séances où fut joué *Le Legs*. Le 24 novembre, la Gaussin figure aussi en plus, mais elle peut avoir joué seulement dans *L'Enfant prodigue*.

1. Voici les chiffres concernant, premièrement le nombre de spectateurs, deuxièmement les recettes, troisièmement, entre parenthèses, les parts d'auteur : 11 juin, avec *Hérode et Marianne*, 508, 1 048 livres (0) ; 13 juin, avec la même pièce, 243, 479 livres 10 sols (0) ; 16 juin, avec *Inès de Castro*, 302, 596 livres (0) ; 18 juin, avec la même pièce, 190, 352 livres 10 sols (0) ; 20 juin, avec *Phèdre*, 175, 347 livres 10 sols (0) ; 23 juin, avec *Bajazet*, 280, 557 livres (0) ; 25 juin, avec la même pièce, 263, 526 livres (13 livres 12 sols) ; 11 juillet, avec *Amphitryon*, 123, 235 livres 10 sols (0) ; 24 novembre, 610, 1 363 livres 10 sols (125 livres 10 sols pour Voltaire, auteur de *L'Enfant prodigue*) ; 4 février 1737, avec *Les Deux Nièces*, 420, 748 livres (88 livres 12 sols pour Boissy, auteur des *Deux Nièces*).   2. Elle est datée dans l'édition de Rouxel, 1882, p. 211, du 8 juin 1736, mais cette date est manifestement fausse, puisque la première représentation du *Legs* est du 11 juin.

du *Legs* ; elle a paru à la première représentation plus longue qu'une de cinq, et je doute, quand on l'élaguerait de moitié, qu'on pût la rendre bonne. Il s'agit d'un marquis et d'une comtesse que l'auteur a montés sur le plus bas bourgeois, qui s'aiment et qui ne peuvent se déterminer à se le dire. Cela revient à l'idée de *La Pupille*[1], mais quelle différence dans la manière dont cela est traité ! Le Marquis est légataire de 400 000 livres, à condition d'épouser une demoiselle ou de partager le legs avec elle, et son amour pour la Comtesse lui fait préférer le partage.

« Nous n'avons eu au Théâtre Français que cette nouveauté, et le début de deux actrices, Mlles Poisson et Conet[2]. Cette dernière a été fort applaudie. »

Jugeant d'après l'édition de Prault, parue en décembre, Desfontaines, dans une lettre de ses *Observations sur les écrits modernes* datée du 29 décembre 1736, ne peut nier que la pièce « regorge d'esprit », mais cet éloge empoisonné lui sert à critiquer la vraisemblance des caractères :

« Cette pièce regorge d'esprit. Il faut convenir qu'elle est agréablement écrite, et que le dialogue y est animé ; mais l'ouvrage en général peut s'appeler *ventus textilis*. La délicatesse, ou plutôt la subtilité métaphysique des écrits du même auteur, mérite plus ou moins l'application de cette ingénieuse expression de Pétrone. Les deux principaux personnages sont le Marquis et la Comtesse, amoureux l'un de l'autre. Le Marquis est un homme très singulier dans sa conduite, plus sot que simple, plus nigaud que timide ; et on lui donne en même temps beaucoup de finesse d'esprit, avec des reparties fort délicates. Mais M. de Marivaux pourrait-il mettre sur la scène une bête, sans lui donner de l'esprit ? Pour la Comtesse, c'est une sublime précieuse, de la plus haute et de la plus délicate impertinence. La dixième scène, où ces deux rares personnes ont ensemble un entretien tendrement épigrammatique, est en vérité aussi spirituelle que fade et ennuyeuse. Au reste, tout le canevas de la pièce est, pour ainsi dire, tracé sur une belle toile d'araignée[3]. Pourquoi toutes ces feintes, toutes ces minauderies de la Comtesse, si elle aime réellement le Marquis ? et ce Marquis, si fin et si rusé par rapport à Hortense, pourquoi est-il si stupide par rapport à la Comtesse

---

1. De Fagan. Voir ci-dessus, p. 1430.   2. Respectivement le 2 mai et le 25 avril 1736.   3. Cette phrase prépare le mot de Voltaire, selon lequel Marivaux « pèse des œufs de mouches avec des balances de toile d'araignée ».

qu'il adore, et dont l'amour lui est si nettement signifié par la Comtesse même [1] ? Pour la construction de cette pièce, il a fallu supposer l'impossible, et forger des caractères métaphysiquement comiques [2]. »

Pour sa part, Granet, dans ses *Réflexions sur les ouvrages de littérature*, critique la pièce au nom du manque d'action, sans voir que chez Marivaux l'« action » se confond avec le « discours » :

« On vient enfin [3] d'imprimer *Le Legs*, Comédie en un acte, de Monsieur Marivaux. On sait assez qu'il n'est point d'auteur qui possède davantage la métaphysique du cœur, mais les talents déplacés perdent beaucoup de leur mérite. Je souhaiterais qu'il sacrifiât un peu du dialogue à l'action ; elle est l'âme du poème dramatique, d'autant plus qu'elle caractérise, selon moi, encore plus que le discours, et qu'elle intéresse, par conséquent, davantage les spectateurs, ce qui doit être le but de la bonne comédie ; après cela doit-on s'étonner qu'une pièce qui en est dépourvue, et qui par elle-même ne présente rien de nouveau, ait été mal reçue du public ? Un parent d'Hortense et du Marquis avait laissé à ce dernier six cent mille francs, à la charge d'épouser Hortense, ou de lui en donner deux cent mille. Hortense de son côté aime le Chevalier. Le Marquis tourne ses vues sur la Comtesse ; voilà le sujet. L'action roule sur l'incertitude du Marquis qui balance s'il doit donner les 200 000 livres ou épouser Hortense qu'il n'aime pas. On tâche de pallier l'injustice du Marquis et son *avarice, en prétextant une impuissance de les livrer actuellement, vu qu'il ne les a point. La Comtesse les lui prête et l'épouse ; voilà le dénouement. Voyons l'exécution.

« La première scène, qui est toute employée à faire l'exposition de ce sujet, se passe entre Hortense et le Chevalier. Celui-ci craint que le Marquis n'épouse Hortense, plutôt que de donner les deux cent mille francs. Hortense tâche de le rassurer par ces paroles, qui semblent faire prévoir de trop loin ce qui se passe dans la douzième scène.

« Eh non, vous dis-je, laissez-moi faire ; je crois qu'il espère que

---

1. On a déjà répondu à cette critique, ci-dessus, p. 1431. **2.** Desfontaines, *Observations sur les écrits modernes*, tome VII, pp. 164-166. **3.** Noter cet *enfin*. Il faut supposer que Granet, pas plus que Desfontaines, n'a connaissance d'une édition Le Breton, qui n'a peut-être pas été exécutée.

ce sera moi qui le refuserai ; peut-être même feindra-t-il de consentir à notre union ; mais que cela ne vous épouvante pas. »

« La seconde scène est employée par Hortense à mettre Lisette et Lépine dans ses intérêts ; en vain l'auteur tâche de nous prévenir dans la première scène sur le caractère de ce dernier. On ne se prête pas volontiers aux façons d'un valet plus impertinent encore qu'il n'est froid, qui ne prend l'argent que par respect, qui s'entretient avec son maître comme avec un ami, qui ne parle que par monosyllabes, qui déclare son amour à Lisette avec autant de fatuité que le Valère de *La Pupille* : le caractère de Lisette est plus dans le vrai, à quelques airs d'importance près. Celui du Marquis ne se définit que par le contraire de son valet. Sa timidité passe la simplicité ; il n'y a que la peur de perdre les deux cent mille francs qui lui donne de l'esprit. Qui croirait, par exemple, que le même homme qui n'a pas senti ce que voulaient dire ces paroles de la Comtesse : "Il y a tel homme à qui je pardonnerais de m'aimer, s'il me l'avouait avec cette simplicité de caractère que je louais tout à l'heure en vous", qui croirait, dis-je, que ce même homme soutînt dans la scène suivante le personnage d'un amant trompeur comme un *Dom Juan* ? Le Chevalier ne me paraît avoir aucun caractère, je ne vois qu'un *De grâce* mal placé [1], qui présente une idée d'homme imbécile. Le caractère de la Comtesse est celui d'une femme qui veut être mariée ; cette envie produit quatre scènes charmantes de caractère ; savoir, la sixième et la vingt-troisième, entre Lisette et elle. La onzième et la vingt-quatrième avec le Marquis [2]. »

Le marquis d'Argenson, pour sa part, est assez favorable à une époque où le public boude encore *Le Legs* :

« *Le Legs*. — Marivaux broche ses ouvrages promptement selon une saillie à laquelle aura donné lieu quelque remarque qu'il aura fait dans ses coteries ; ce grand disséqueur du cœur humain et des tendres caprices rencontre ordinairement du nouveau partout. Parfois aussi il roule sur le même pivot, mais il y donne du moins un jour et un tour nouveau. Le public n'est pas toujours à son ton, et il ne se plaît qu'à ce qui lui est agréable ; je maintiens qu'il y a pourtant deux ou trois traits fort plaisants dans cette pièce, qui n'a cependant pas réussi [3]. »

Quand enfin la pièce eut conquis dans le répertoire la place qui

---

1. Voir scène XII.   2. P. 232-237.   3. Bibliothèque de l'Arsenal, ms. n° 3450, f° 91. Cette notice semble avoir été écrite avant la seconde série de représentations.

lui revenait, il ne resta plus aux critiques qu'à en attribuer le mérite au jeu des acteurs [1], ou à le limiter à quelques scènes. C'est ce que fit La Porte, qui du reste n'est pas sûr que les spectateurs n'ont pas tort de l'applaudir :

« Deux ou trois scènes, d'un comique singulier, ont assuré le succès de la petite comédie qui a pour titre *Le Legs*. Telle est en particulier celle du Marquis, qui, plus sot que timide, n'ose déclarer son amour à la Comtesse. Son embarras, plus amusant que vraisemblable, est du goût des spectateurs [2]. »

On a remarqué le reproche d'invraisemblance, adressé une fois de plus au personnage du marquis. Il ne fallut pas moins que le témoignage de Rousseau pour attester que la réalité fournit des scènes aussi marquées que celles de la Comtesse et de son timide amant. Nous voulons parler de l'épisode bien connu de Mme de Larnage, au sixième livre des *Confessions* :

« Mme de Larnage, en femme d'expérience et qui ne se rebutait pas aisément, voulut bien courir les risques de ses avances pour voir comment je m'en tirerais. Elle m'en fit beaucoup et de telles, que bien éloigné de présumer de ma figure, je crus qu'elle se moquait de moi. Sur cette folie il n'y eut sorte de bêtises que je ne fisse ; c'était pis que le Marquis du *Legs*. »

Enfin, le très grand succès que *Le Legs* a remporté en 1965 lors d'une émission de télévision [3] ainsi que les multiples mises en scène récentes [4] montrent que cette comédie de caractère, l'une des rares qu'ait écrites Marivaux, conserve tout son intérêt pour le public de notre temps.

---

1. « L'actrice inimitable qui jouait le rôle de la comtesse, et l'acteur qui jouait celui du marquis donnaient à cette petite pièce tout le mérite qu'on lui trouvait », écrit L'Affichard en 1745 (*Caprices romanesques*, Amsterdam, pp. 231-232).　　2. *L'Observateur littéraire*, 1759, tome I, pp. 81-82. 3. Voir le compte rendu de Jean-R. Calmé dans *Le Figaro* du 26 juillet 1965. La réalisation était due à Jean-Paul Sassy. Le chroniqueur louait Claude Gensac, « comtesse belle et fière, impatiente aussi, brûlant d'une passion difficilement contenue », Jean-Paul Roussillon qui campait Lépine « avec beaucoup de naturel », Dominique Page, « soubrette piquante et malicieuse », et Georges Descrières, qui, « dominant la distribution, interpréta avec un rare bonheur le rôle du marquis » : « Par son jeu de physionomie, ses gestes quelque peu empruntés, sa voix même, il sut traduire à merveille la timidité et le caractère scrupuleux de son personnage. »　　4. Par exemple celles de Philippe Clément, Théâtre de l'Iris, Villeurbanne, 1990 ; de Martine Péralis, Théâtre du Cadran, Tassin la Demi-Lune, 1990 ; d'Alain Milianti, Le Volcan, Le Havre, 1994 ; de Sophie Vassali, Compagnie Pont des Arts, Paris, 1995 ; d'Edmond Tamiz, Festival d'Avignon, 1996, de Julien Sibre, Théâtre de Poche Graslin, Nantes, 2000.

LE TEXTE

La question du texte du *Legs* est très compliquée, mais fort intéressante. Rappelons d'abord que la pièce avait été reçue le 20 avril 1736[1], sans qu'aucune modification fût demandée à l'auteur, comme le montre le procès-verbal de la Comédie-Française :

« Ce jourd'hui vendredi 20 avril 1736 il a été lu à l'Assemblée une petite comédie en un acte intitulée *le Legs* et les présents ont signé pour la recevoir et être jouée incessamment.

Dangeville	Dubreuil	Dangeville la jeune
Grandval	Quinault	Dubreuil
Poisson	Armand	Du Boccage »
	Grandval	

La pièce fut représentée, comme on l'a dit, le 11 juin dans une première version, quelque peu différente de celle que nous connaissons. Lépine s'y appelait Frontin, et la somme laissée au marquis était de 400 000 francs, non de 600 000. C'est ce qu'on a pu voir d'après le compte rendu du *Mercure* et la lettre du commissaire Dubuisson[2].

De cette première version, il ne nous reste que le rôle de la comtesse, conservé en manuscrit à la bibliothèque de l'Arsenal. Il ne comporte que peu de différences avec le texte imprimé, ainsi qu'on le verra par les variantes. Malgré les avis reçus[3], Marivaux n'avait donc pas abrégé sa pièce pour la publier. C'est du moins ce que montre le texte de l'édition Prault de 1736. Mais cette édition est-elle bien l'originale ? On a deux raisons d'en douter. D'abord, le fait que le *Mercure* de juillet signale[4] une édition Le Breton, alors que l'édition Prault ne fut publiée qu'en décembre[5]. Il est vrai que nul, parmi les critiques, ne cite cette édition. Granet fait même allusion au retard apporté à la publication[6], et il n'aurait pas manqué de mentionner une autre édition qui aurait précédé, s'il en avait eu connaissance. Il semble donc que l'édition Le Breton n'ait pas été

---

1. Et non 1735, comme le dit Larroumet.   2. Ci-dessus, pp. 1432 et 1436.   3. Voir la lettre de Dubuisson, p. 1436.   4. Voir ci-dessus, p. 1435 et note 1.   5. L'approbation pour *Le Legs* avait été accordée dès le 9 mars. Quant au privilège, il est accordé à Prault fils le 10 juin 1736 et enregistré le 15 juillet. Ces dates rendent plausible que quelque difficulté ait retardé la publication, qui aurait dû normalement intervenir en août ou septembre.   6. « On vient enfin d'imprimer *le Legs*. » (Voir p. 1438.)

menée à son terme. Mais il est plus troublant de voir l'annonce suivante dans la *Gazette d'Amsterdam* du 13 octobre 1736 : « B. Gibert, libraire à La Haye, débitera dans quelques jours *le Legs*, comédie en un acte. » Quoique nous n'en ayons pas retrouvé d'exemplaire, il nous paraît impossible, quand on sait avec quelle précision sont rédigées les brèves annonces des libraires dans la *Gazette*, de mettre en doute que cette édition Gibert ait précédé l'édition Prault [1]. Peut-être s'avérera-t-il, si on peut la mettre au jour, que le texte comporte les particularités signalées d'après le *Mercure* et la lettre de Dubuisson. Mais, de toute façon, il est à peu près certain que ce texte est un texte « long », sensiblement identique à celui de l'édition Prault 1736 et de la réédition Prault de 1740.

Voici la description de ces éditions Prault, qui serviront de base à l'établissement de notre texte :

I. LE LEGS, / COMEDIE / EN UN ACTE. / DE MONSIEUR M** / (fleuron formé de branches entrelacées) / A PARIS, / Chez PRAULT, Fils, Quay de Conty, / vis-à-vis la descente du Pont-Neuf, / à la Charité. / (filet continu) / M. DCC. XXXVI. / *Avec Approbation, & Privilege du Roy*/

Une brochure in-12 de 104 pages, 100 pour le texte, 4 pour l'Approbation et le Privilège.

Approbation : « J'ai lu par ordre de Monseigneur le Garde des Sceaux, *Le Legs*, Comédie en prose ; & je n'y ai rien trouvé qui puisse en empêcher l'impression. À Paris, le neuf Mars 1736. *Signé*, DE BEAUCHAMPS. »

Privilège à Laurent-François Prault fils pour « Les Contretemps, Comedie en vers [de Lagrange-Chancel], *Le Legs*, Comedie en prose, par le sieur de Marivaux », pour six ans, du 10 juin 1736, enregistré le 15 juillet 1736.

Sigle désignant cette édition : Pr. 36.

II. LE LEGS, / *COMEDIE*. / EN UN ACTE, EN PROSE. / *Par Monsieur* DE MARIVAUX. / *Le prix est de vingt-quatre sols.* / (fleuron représentant une coupe surmontée de divers instruments : palette et pinceaux, globe terrestre, etc.) / A PARIS, / Chez PRAULT pere, Quay de Gêvres, / au Paradis. / (filet) / M. DCC. XL. / *Avec Approbation et Privilege du Roy*.

Une brochure in-12 de 4 pages non numérotées (titre et *Cata-*

1. À titre d'hypothèse, on peut se demander si Le Breton, obligé de renoncer à la publication, plus ou moins régulière, du *Legs*, n'en a pas cédé le manuscrit à un confrère hollandais.

logue des livres et des pièces de théâtre. 1742 [1]), 76 pages numérotées pour le faux-titre et le texte, 4 pages non numérotées pour l'Approbation et le Privilège, semblables à ceux de 1736, suivis de cette mention : « Je reconnais avoir cédé mon droit au présent privilège à M. Prault mon père suivant l'accord fait entre nous. À Paris, ce 4. juillet 1740. » Sigle désignant cette édition : Pr. 40.

Le texte de cette édition ne diffère de celui de la précédente que par de menues différences, dont quelques corrections que nous adopterons, en le signalant bien entendu. D'autres éditions sont directement dérivées de ce texte « long » primitif, notamment une édition Arkstée-Merkus, Amsterdam et Leipzig, 1754, dans laquelle *Le Legs* se trouve figurer au tome III. L'édition de 1740 a d'ailleurs été réimprimée, avec la même page de titre et le même nombre de pages, mais la vignette, le bandeau et la lettrine de la première page sont différents. Le catalogue et l'approbation peuvent manquer. Dans le recueil de Duchesne, 1758, *Le Legs* est représenté soit par l'édition de 1740 que nous avons décrite, soit par sa réédition, soit par une troisième édition composée avec une page de titre spéciale : « *Le Legs*, Comédie en prose, par M. de Marivaux de l'Académie Française (ce qui date cette édition d'après 1743), représentée pour la première fois par les Comédiens Français ordinaires du Roi le 11 juin 1736, in-12 de 72 pages. » Cette édition, qui est représentée, par exemple, par les exemplaires Yf 10 084-10 095 de la Bibliothèque nationale et par un exemplaire de la Comédie-Française, a vingt-cinq scènes, comme les précédentes, mais un texte quelque peu différent, notamment à la scène IX. Nous la désignons par le sigle D. 58 (Duchesne, 1758) [2].

---

1. Ce catalogue ne doit évidemment pas figurer dans tous les exemplaires, étant donné sa date. Mais on le trouve ordinairement. **2.** Citons encore, pour mémoire, quelques autres éditions anciennes, mais qui ne semblent pas apporter d'éclaircissements sur le problème du texte : 1° Une édition Prault fils, 1759, in-12 de 50 pages (Arsenal, Rf 11 810). La page de titre porte la mention « Avec approbation », mais celle-ci n'y figure pas. Texte divisé en vingt-quatre scènes. Une erreur dans la numérotation (la scène XVIII est numérotée XIX) fait que la dernière scène est numérotée XXV au lieu de XXIV. Allégements dans les scènes XII et XIV, suppressions dans les scènes XVII et XVIII, réunies en une seule scène XVII. Sigle utilisé dans le *stemma* qui suit pour représenter cette édition : Prault 1759 (a). 2° Une autre édition Prault fils, 1759, in-12 de 47 pages (Arsenal, Rf 11 811), dont le texte est rigoureusement semblable à celui de la précédente. Mais l'erreur concernant la numérotation des scènes a été rectifiée. Sigle : Pr. 59 (b). Sigle commun aux deux éditions précédentes : Pr. 59. 3° Une édition d'Avignon, 1766, in-8, dérivée des deux

Dans le recueil collectif daté de 1758, quoique certains exemplaires aient été composés postérieurement, on trouve enfin *Le Legs* dans une autre édition, tout à fait différente des précédentes, puisqu'elle ne comporte plus que vingt-deux scènes. C'est le prototype des textes « courts », et probablement la version définitive à laquelle s'était arrêté Marivaux pour les représentations. En voici la description :

LE LEGS, / *COMÉDIE* / EN UN ACTE ET EN PROSE ; / PAR M. DE MARIVAUX. / DE L'ACADÉMIE FRANÇOISE : / *Représentée, pour la première fois, par les / Comédiens François ordinaires du Roi, / le 11 Juin 1736.* / Et imprimée telle qu'elle se joue actuellement / sur ce Théâtre.

Sans lieu ni date, approbation ou privilège. 71 pages, in-12. Sigle : 58 c. r. (conforme à la représentation).

Cette version très abrégée, non seulement par le nombre de scènes, mais aussi par leur contenu, est-elle l'œuvre des comédiens, comme le croyait M. de Courville, ou remonte-t-elle à Marivaux ? La réponse n'est pas douteuse : Marivaux a abrégé sa pièce avec beaucoup de soin. La preuve en est fournie par divers documents, les uns déjà connus, les autres découverts par Mlle Pierrette Priolet, au cours de recherches relatives à un mémoire de diplôme d'études supérieures. Il en est de deux espèces : exemplaires imprimés retouchés ; manuscrits.

Exemplaires imprimés retouchés :

L'exemplaire 8° Y^th 10 107 de la Bibliothèque nationale, qui fait partie de l'édition de 1740 (Pr. 40), comporte, ainsi que l'a découvert Mlle Priolet, des feuillets collés (béquets), des papillons et des corrections manuscrites qui paraissent être de la main de Marivaux. Ces remaniements répondent au propos d'abréger la pièce. Elle est réduite à vingt-quatre scènes, la scène xv disparaissant totalement. Les autres scènes sont considérablement allégées. L'état final est pourtant moins abrégé que le texte conforme à la représentation (58 c. r.) et que celui des manuscrits A, B et C2, dont on parlera plus loin. C'est un état intermédiaire, postérieur à 1740[1]. Sigle : G.

---

précédentes. 4° L'édition Vve Duchesne, 1781, dont le texte est dérivé de l'édition sans date insérée dans le recueil de 1758, texte conforme à celui de la représentation. 5° L'édition Duviquet, 1825-1830, dans le recueil des *Œuvres complètes* en dix volumes. Il est dérivé de la précédente.

1. Suivant une hypothèse tentante, ce remaniement aurait été fait pour la reprise de 1749, qui marque un nouveau début dans la carrière du *Legs*. Le

Un autre exemplaire remanié, également découvert par Mlle Priolet à la Bibliothèque nationale, cote 8° Y^th 10 108, qui fait aussi partie de l'édition de 1740, porte, outre une indication de propriété sur la page de titre [1], quelques indications manuscrites, en marge de la scène x, qui ne sont apparemment pas de la main de Marivaux. On en trouvera le texte en note.

Enfin, un exemplaire de l'édition conforme à la représentation (58 c. r.) [2], encore découvert par Mlle Priolet, à la bibliothèque Mazarine cette fois, porte un certain nombre de corrections manuscrites touchant soit à la ponctuation, soit au texte même, et dont on trouvera l'essentiel dans les notes.

Manuscrits :

La bibliothèque de l'Arsenal possède, sous la cote 3113.53 BF, tome II, un manuscrit du rôle de la comtesse. L'état primitif, conforme à celui des premières représentations, et par conséquent antérieur à l'édition originale, sera désigné par le sigle ms. Ars. Des corrections sont apportées à ce manuscrit, de la main de Marivaux lui-même. Elles visent à abréger le texte primitif. Ce second état du texte sera désigné par le sigle ms. Ars. 2 (rôle de la comtesse, second état).

La bibliothèque de la Comédie-Française possède deux manuscrits du *Legs*. Le premier, cote 270, carton 24, est un manuscrit de souffleur [3]. Il correspond au texte C2 (C corrigé par Marivaux). C'est donc une copie postérieure, représentant sans doute le texte joué à partir de 1749. Tous les passages supprimés dans l'exemplaire de 1740 retouché (G) le sont ici, mais le manuscrit présente en outre de nouveaux retranchements. Les scènes xii et xiii sont fondues en une, de même que les scènes xv, xvi et xvii (ici, scène xiv). Le nombre de scènes est donc réduit de trois, mais la dernière scène étant coupée en deux, le total des scènes s'établit à vingt-trois. Quelques ajouts sont aussi faits à la scène xiv et à la fin de la scène xxi. Larrou-

---

succès du *Préjugé vaincu*, ainsi abrégé avec profit après la première représentation (voir plus loin, p. 1804), aurait encouragé Marivaux à procéder à cette opération, à laquelle il avait procédé aussi dans une certaine mesure pour *Les Serments indiscrets*.

1. On lit peut-être : *le chevalier de Clermont* (?).   **2.** Selon H. Coulet et M. Gilot (édition Pléiade), cet exemplaire sans page de titre date en réalité de 1768.   **3.** Le coin supérieur droit portait une inscription au crayon, en partie amputée par une déchirure. On lit :

Monsieur Grangé, rue des Cordeliers

fontaine

met dit que les corrections de ce manuscrit pourraient être de la main de Marivaux, et MM. Bastide et Fournier disent qu'elles sont de sa main. C'est douteux, à l'exception d'une phrase (*je ne passe jamais, moi, je dis toujours exprès*, biffé et surchargé : *Je le dis exprès*, sc. x) et de deux rectifications dans la liste des personnages, *l'Épine* substitué à *Frontin*, biffé, et *promise au marquis* après le nom d'Hortense. Sigle : ms. TF. A.

Le second manuscrit de la Comédie-Française, de format plus petit, est relié au nom de l'acteur Laurent Faure, qui devint pensionnaire de la Comédie-Française en 1809. L'écriture et l'orthographe de ce manuscrit paraissent voisines de cette date. Le texte de ce manuscrit est très semblable à celui de l'édition 58 c. r. (conforme à la représentation), mais comporte en plus un certain nombre de remaniements, répliques ou fragments de réplique biffés, parfois encadrés et biffés légèrement, quelques ajouts au crayon. Comme le manuscrit précédent, les scènes XII et XIII d'une part, XV, XVI et XVII d'autre part sont fondues. Mais comme la dernière scène n'est pas dédoublée, le total des scènes est de vingt-deux. Comme dans le manuscrit précédent, Lépine et Lisette ne figurent pas dans la scène XXII. Sigle : ms. TF. B.

Un manuscrit de trente feuillets conservé à la bibliothèque de l'Arsenal (ms. Rf 305) contient une adaptation en vers du *Legs*, postérieure et sans intérêt. Nous n'en tenons pas compte.

L'examen minutieux de ces différents textes permet de remarquer certaines filiations et certains apparentements. Il est pourtant difficile d'en tirer un *stemma* d'ensemble sûr, faute, tant d'une chronologie absolue, pour les manuscrits et les retouches, que d'une chronologie relative dans certains cas. D'autre part, il importe d'y faire apparaître, pour qu'il ait un sens, le passage des versions longues à des versions plus courtes. Nous avons donc tenté d'établir le *stemma* suivant [1], que nous donnons sous toutes réserves. On

---

1. Rappelons les abréviations employées : Pr. 36 : édition présumée originale, Prault, 1736. Pr. 40 : édition revue, Prault, 1740. D. 58 : édition longue, comme les précédentes, en vingt-cinq scènes, différente de la précédente, et incorporée dans certains exemplaires du recueil de 1758. ms. Ars. : manuscrit du rôle de la comtesse détenu à l'Arsenal, et comportant la version primitive de la pièce. ms. Ars. 2 : seconde version de la pièce, avec des abréviations qui ne sont pas de la main de Marivaux, mais qui sont conformes à celles qu'il avoue. ms. TF. A : manuscrit de souffleur de la Comédie-Française, représentant une version courte jouée à la scène. 58 c. r. : édition s.l.n.d., conforme au texte représenté, figurant dans plusieurs recueils Duchesne sous le titre collectif de 1758. 58 c. r. Mazarine : exemplaire de la précédente

remarquera que les traits discontinus correspondent à de véritables remaniements aboutissant à raccourcir le texte, tandis que les traits pleins marquent que le texte précédent est en principe conservé.

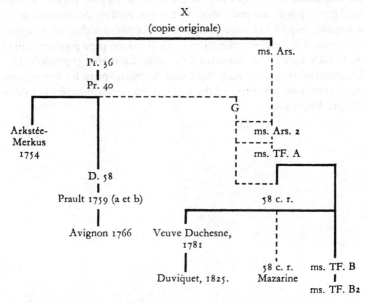

Quoiqu'il existe de nombreuses incertitudes dans le détail de cette représentation des faits, les conclusions nécessaires à l'établissement du texte sont faciles à tirer. La base en sera évidemment l'édition Prault 1736, éventuellement purgée de quelques erreurs matérielles grâce à l'édition Prault 1740. Mais la tradition représentée par le manuscrit de l'Arsenal du rôle de la comtesse et les manuscrits dérivés n'est pas toujours négligeable, puisqu'elle remonte à l'archétype. On ne donnera régulièrement que les variantes des deux éditions Prault, de l'édition conforme à la représentation des

édition, revu au début du XIXᵉ siècle. ms. TF. B : manuscrit de la Comédie-Française ayant appartenu à Faure, du début du XIXᵉ siècle, pratiquement identique au texte de 58 c. r. ms. TF. B2 : second état du même manuscrit comportant des passages encadrés en vue de leur suppression à la scène. G. : exemplaire de Pr. 40, corrigé probablement par Marivaux, intermédiaire entre les versions longues et les versions courtes, plus proche des dernières.

manuscrits et de la version corrigée G : ce sont celles pour lesquelles une intervention de Marivaux peut avoir eu lieu [1].

Le second état, consistant surtout en passages encadrés et biffés, du manuscrit TF. B, qui remonte au XIXᵉ siècle, ne prend de sens que par rapport au texte déjà fortement abrégé du manuscrit en question, lequel est pratiquement semblable à celui de l'édition conforme à la représentation (58 c. r.). Il a donc paru plus expédient de le faire figurer en variantes à ce texte, lui-même reproduit dans l'Appendice (pp. 2019 *sq.*). Il en sera de même pour les corrections manuscrites de l'exemplaire de la même édition conservé à la bibliothèque Mazarine.

---

1. Soit Pr. 36 et Pr. 40, 58 c. r., ms. Ars et éventuellement ms. Ars. 2 (état corrigé), ms. TF. A et ms. TF. B, et enfin G. En principe, si un de ces textes n'est pas cité, c'est qu'il est conforme à celui que nous adoptons. On observera cependant que le manuscrit de l'Arsenal ne contient que le rôle de la comtesse, avec les enchaînements nécessaires dans les rôles voisins.

Le Legs

ACTEURS

La Comtesse.
Le Marquis.
Hortense [1].
Le Chevalier.
Lisette, suivante de la Comtesse.
Lépine, valet de chambre du Marquis [2].

La scène est à une maison de campagne de la Comtesse [3].

1. Ms. TF. A : Hortense, promise au marquis.   **2.** Ce personnage est appelé *Frontain* dans le *Mercure* et *Frontin* dans la liste des personnages du ms. TF. A, où il est surchargé *Lépine*. L'édition originale porte L'Épine. **3.** Ms. TF. A ajoute : *à une lieue de Paris*. Cette indication est à retenir pour comprendre la discussion sur le notaire, scène xii, où elle est d'ailleurs répétée.

Scène première
LE CHEVALIER, HORTENSE

LE CHEVALIER. La démarche que vous allez faire auprès du Marquis m'alarme.

HORTENSE. Je ne risque rien, vous dis-je. Raisonnons. Défunt son parent et le mien lui laisse six cent[1] mille francs, à la charge il est vrai de m'épouser, ou de m'en donner deux cent mille ; cela est à son choix ; mais le Marquis ne sent rien pour moi. Je suis sûre[2] qu'il a de l'inclination pour la Comtesse ; d'ailleurs, il est déjà assez riche par lui-même ; voilà encore une succession de six cent[3] mille francs qui lui vient, à laquelle il ne s'attendait pas ; et vous croyez que, plutôt que d'en distraire deux cent mille, il aimera mieux m'épouser, moi qui lui suis indifférente, pendant qu'il a de l'amour pour la Comtesse, qui peut-être ne le hait pas, et qui a plus de bien que moi ? Il n'y a pas d'apparence.

LE CHEVALIER. Mais à quoi jugez-vous que la Comtesse ne le hait pas ?

HORTENSE. À mille petites remarques que je fais tous les jours ; et je n'en suis pas surprise. Du caractère dont elle est, celui du Marquis doit être de son goût. La Comtesse est une femme brusque, qui aime à primer, à gouverner, à être la maîtresse. Le Marquis est un homme doux, paisible[4], aisé à conduire ; et voilà ce qu'il faut à la Comtesse. Aussi ne parle-t-elle de lui qu'avec éloge. Son air de naïveté lui plaît ; c'est, dit-elle, le meilleur homme, le plus complaisant, le plus sociable[5]. D'ailleurs, le Marquis est d'un âge qui lui convient ; elle n'est plus de cette grande jeunesse : il a trente-cinq ou quarante ans, et je vois bien qu'elle serait charmée de vivre avec lui.

LE CHEVALIER. J'ai peur que l'*événement ne vous trompe. Ce n'est pas un petit objet que deux cent mille francs qu'il faudra qu'on vous

---

1. Ms. TF. A et B, 58 c. r. : *quatre cent*. **2.** Ms. TF. A et B, 58 c. r. : *... pour moi. De plus, je suis presque certaine...* **3.** Ms. TF. A et B, 58 c. r. : *quatre cent*. **4.** Ms. TF. A et B, 58 c. r. : *doux, uni, paisible*. **5.** Le passage qui va de *Aussi ne parle-t-elle* jusqu'à *le plus sociable* manque dans ms. TF. A et B, ainsi que dans 58 c. r.

donne si l'on ne vous épouse pas ; et puis, quand le Marquis et la Comtesse s'aimeraient, de l'humeur dont ils sont tous deux, ils auront bien de la peine à se le dire.

HORTENSE. Oh ! moyennant l'embarras où je vais jeter le Marquis, il faudra bien qu'il parle, et je veux savoir à quoi m'en tenir. Depuis le temps que nous sommes à cette campagne chez la Comtesse, il ne me dit rien. Il y a six semaines qu'il se tait ; je veux qu'il s'explique. Je ne perdrai pas le legs qui me revient, si je n'épouse point le Marquis [1].

LE CHEVALIER. Mais, s'il accepte votre main ?

HORTENSE. Eh ! non, vous dis-je. Laissez-moi faire. Je crois qu'il espère que ce sera moi qui le refuserai. Peut-être même feindra-t-il de consentir à notre union ; mais que cela ne vous épouvante pas. Vous n'êtes point assez riche pour m'épouser avec deux cent mille francs de moins ; je [2] suis bien aise de vous les apporter en mariage. Je suis persuadée que la Comtesse et le Marquis ne se haïssent pas. Voyons ce que me diront là-dessus Lépine et Lisette, qui vont venir me parler. L'un est un Gascon froid, mais adroit ; Lisette a de l'esprit. Je sais qu'ils ont tous deux la confiance de leurs maîtres ; je les intéresserai à m'instruire, et tout ira bien. Les voilà qui viennent. Retirez-vous [3].

Scène II

HORTENSE, LISETTE, LÉPINE

HORTENSE. Venez, Lisette ; approchez.

LISETTE. Que souhaitez-vous de nous, Madame ?

HORTENSE. Rien que vous ne puissiez me dire sans blesser la *fidélité que vous devez, vous au Marquis, et vous [4] à la Comtesse.

LISETTE. Tant mieux, Madame.

LÉPINE. Ce début encourage. Nos services vous sont acquis.

---

1. Cette réplique et celle qui la précède, du chevalier, sont encadrées, avec le signe *deleatur* en marge, dans G. Elles manquent dans ms. TF. A et B, ainsi que dans 58 c. r. Le rôle du chevalier y est ainsi réduit dans cette scène à trois répliques d'une ligne. **2.** Ms. TF. A et B, 58 c. r. : *de moins ; et je* (*et* est ajouté). **3.** Le manuscrit TF. B ajoute l'indication scénique : *Il sort par le fond*. **4.** Le même manuscrit TF. B et l'édition 58 c. r. précisent : *que vous devez (à Lépine)*, vous au marquis *(à Lisette)*, et vous à la comtesse.

HORTENSE *tire* [1] *quelque argent de sa poche.* Tenez, Lisette ; tout service mérite récompense.

LISETTE, *refusant d'abord.* Du moins, Madame, faudrait-il savoir auparavant de quoi il s'agit.

HORTENSE [2]. Prenez ; je vous le donne, quoi qu'il arrive. Voilà pour vous, Monsieur de Lépine.

LÉPINE. Madame, je serais volontiers de l'avis de Mademoiselle ; mais je prends : le respect défend que je raisonne.

HORTENSE. Je ne prétends vous engager à rien [3] et voici de quoi il est question [4] ; le Marquis, votre maître, vous estime, Lépine ?

LÉPINE, *froidement.* Extrêmement, Madame ; il me connaît.

HORTENSE. Je remarque qu'il vous confie aisément ce qu'il pense.

LÉPINE. Oui, Madame ; de toutes ses pensées, incontinent j'en ai copie ; il n'en sait pas le compte mieux que moi.

HORTENSE. Vous, Lisette, vous êtes sur le même ton avec la Comtesse ?

LISETTE. J'ai cet honneur-là, Madame.

HORTENSE. Dites-moi, Lépine, je me figure que le Marquis aime la Comtesse ; me trompé-je ? il n'y a point d'inconvénient à me dire ce qui en est.

LÉPINE. Je n'affirme rien ; mais patience. Nous devons ce soir nous entretenir là-dessus.

HORTENSE. Eh *soupçonnez-vous qu'il l'aime ?

LÉPINE. De soupçons, j'en ai de violents. Je m'en éclaircirai tantôt.

HORTENSE. Et vous, Lisette, quel est votre sentiment sur la Comtesse ?

LISETTE. Qu'elle ne songe point du tout au Marquis, Madame.

LÉPINE. Je diffère avec vous de pensée.

HORTENSE. Je crois aussi qu'ils s'aiment. Et supposons que je ne

---

1. Ms. TF. A et B : *tirant.* **2.** Le ms. TF. A porte une addition : HORTENSE, *lui donnant quelques louis.* Ms. TF. B : HORTENSE, *à Lépine, lui donnant quelques louis.* L'édition 58 c. r. porte la même addition que le ms. TF. B, mais elle est placée après *quoi qu'il arrive.* **3.** Pr. 40 : *engager en rien.* **4.** À partir d'ici, des papillons, dans l'exemplaire G, réduisent les sept ou huit répliques qui suivent à ces simples mots : ... *de quoi il est question. Dites-moi, Lépine, je me figure que le Marquis aime la Comtesse, me trompé-je ? Il n'y a point d'inconvénient à me dire ce qui en est. Soupçonnez-vous qu'il l'aime ?* LÉPINE : *De soupçons...* Les ms. TF. A et B, ainsi que l'édition 58 c. r., ont le même texte, mais en supprimant en outre le début (*Je ne prétends vous engager en rien et*). La réplique commence par : *Voici de quoi...*

me trompe pas ; du caractère dont ils sont, ils auront de la peine à s'en parler. Vous, Lépine, voudriez-vous exciter le Marquis à le déclarer à la Comtesse ? et vous, Lisette, disposer la Comtesse à se l'entendre dire. Ce sera une *industrie fort innocente.

LÉPINE. Et même louable.

LISETTE, *rendant l'argent*[1]. Madame, permettez que je vous rende votre argent.

HORTENSE. Gardez. *D'où vient ?...

LISETTE. C'est qu'il me semble que voilà précisément le service que vous exigez de moi, et c'est précisément celui que je ne puis vous rendre. Ma maîtresse est veuve ; elle est tranquille ; son état est heureux ; ce serait dommage de l'en tirer ; je prie le Ciel qu'elle y reste.

LÉPINE, *froidement*. Quant à moi, je garde mon lot ; rien ne m'oblige à restitution[2]. J'ai la volonté de vous être utile. Monsieur le Marquis vit dans le célibat ; mais le mariage, il est bon, très bon, il a ses peines, chaque état a les siennes ; quelquefois le mien me pèse ; le tout est égal. Oui, je vous servirai, Madame, je vous servirai[3]. Je n'y vois point de mal. On s'épouse de tout temps, on s'épousera toujours[4] ; on n'a que cette honnête ressource quand on aime[5].

HORTENSE. Vous me surprenez, Lisette, d'autant plus que je m'imaginais que vous pouviez vous aimer tous deux.

LISETTE. C'est de quoi il n'est pas question de ma part.

LÉPINE. De la mienne, j'en suis demeuré à l'estime. Néanmoins Mademoiselle est aimable ; mais j'ai passé mon chemin sans y prendre garde.

LISETTE. J'espère que vous passerez[6] toujours de même.

HORTENSE. Voilà ce que[7] j'avais à vous dire. Adieu, Lisette ; vous ferez ce qu'il vous plaira ; je ne vous demande que le secret. J'accepte vos services, Lépine.

---

1. Ms. TF. A et B : LISETTE, *voulant rendre l'argent*.　**2.** La phrase *rien ne m'oblige à restitution* est annulée dans G par un béquet.　**3.** La seconde fois, les mots *je vous servirai* sont annulés dans G.　**4.** Ms. TF. A et B, 58 c. r. : *On s'est marié de tout temps, on se mariera toujours* (c'est peut-être le texte de Marivaux).　**5.** Ms. TF. A : *quand on s'aime*.　**6.** Et non pas *que vous penserez*, comme le portent les éditions modernes (Bastide et Fournier, Arland, Dort), suivant une erreur qui remonte à l'édition Duchesne 1758, en passant par Prault 1759, Duchesne 1781 et, bien entendu, Duviquet.　**7.** Ms. TF. A et B, 58 c. r. : *Voilà tout ce que*.

Scène III

LÉPINE, LISETTE

LISETTE. Nous n'avons rien à nous dire, *Mons de Lépine. J'ai affaire, et je vous laisse.

LÉPINE. Doucement, Mademoiselle [1], retardez d'un moment ; je trouve à propos de vous informer d'un petit accident qui m'arrive.

LISETTE. Voyons.

LÉPINE. D'homme d'honneur, je n'avais pas envisagé vos grâces ; je ne connaissais pas votre mine.

LISETTE. Qu'importe ? Je vous en offre autant ; c'est tout au plus si je connais actuellement la vôtre.

LÉPINE. Cette dame se figurait que nous nous aimions.

LISETTE. Eh bien ! elle se figurait mal.

LÉPINE. Attendez ; voici l'accident. Son discours a fait que mes yeux se sont arrêtés dessus vous plus attentivement que de coutume.

LISETTE. Vos yeux ont pris bien de la peine.

LÉPINE. Et vous êtes jolie, *sandis, oh ! très jolie.

LISETTE. Ma foi, Monsieur de Lépine, vous êtes galant, oh ! très galant ; mais l'ennui me prend dès qu'on me loue. Abrégeons [2]. Est-ce là tout ?

LÉPINE. À mon exemple, envisagez-moi, je vous prie ; faites-en l'épreuve.

LISETTE. Oui-da. Tenez, je vous regarde.

LÉPINE. Eh donc ! est-ce là ce Lépine, que vous connaissiez ? N'y voyez-vous rien de nouveau ? Que vous dit le cœur ?

LISETTE. Pas le mot. Il n'y a rien là pour lui.

LÉPINE. Quelquefois pourtant nombre de gens ont estimé que j'étais un garçon assez *revenant ; mais nous y retournerons ; c'est partie à remettre. Écoutez le restant. Il est certain que mon maître distingue tendrement votre maîtresse. Aujourd'hui même il m'a confié qu'il méditait de vous communiquer ses sentiments.

LISETTE. Comme il lui plaira. La réponse que j'aurai l'honneur de lui communiquer sera courte.

LÉPINE. Remarquons d'*abondance que la Comtesse se plaît avec mon maître, qu'elle a l'âme joyeuse en le voyant. Vous me direz que

---

1. Les mots *Doucement, Mademoiselle*, sont, dans G, recouverts par un béquet.   2. Les mots *mais l'ennui me prend dès qu'on me loue. Abrégeons*. sont omis dans les ms. TF. A et B, ainsi que dans 58 c. r.

nos gens sont étranges personnes, et je vous l'accorde. Le Marquis, homme tout simple, peu hasardeux dans le discours, n'osera jamais aventurer la déclaration ; et des déclarations, la Comtesse les épouvante ; femme qui néglige les compliments, qui vous parle entre l'aigre et le doux, et dont l'entretien a je ne sais quoi de sec, de froid, de purement raisonnable. Le moyen que l'amour puisse être mis en avant avec cette femme. Il ne sera jamais à propos de lui dire : « Je vous aime », à moins qu'on ne le lui dise à propos de rien [1]. Cette matière, avec elle, ne peut tomber que des nues. On dit qu'elle traite l'amour de bagatelle d'enfant ; moi, je prétends qu'elle a pris goût à cette enfance [2]. Dans cette conjoncture, j'opine que nous encouragions ces deux personnages. Qu'en sera-t-il ? qu'ils s'aimeront *bonnement, en toute simplesse, et qu'ils s'épouseront de même. Qu'en sera-t-il ? Qu'en me voyant votre camarade, vous me rendrez votre mari par la douce habitude de me voir. Eh donc ! parlez, êtes-vous d'accord ?

LISETTE. Non.

LÉPINE. Mademoiselle, est-ce mon amour qui vous déplaît ?

LISETTE. Oui.

LÉPINE. En peu de mots vous dites beaucoup ; mais considérez l'occurrence. Je vous prédis que nos maîtres se marieront ; que la commodité vous tente.

LISETTE. Je vous prédis qu'ils ne se marieront point. Je ne veux pas, moi. Ma maîtresse, comme vous dites fort habilement, tient l'amour au-dessous d'elle ; et j'aurai soin de l'entretenir dans cette humeur, attendu qu'il n'est pas de mon petit intérêt qu'elle se marie. Ma condition n'en serait pas si bonne, entendez-vous ? Il n'y a point d'apparence que la Comtesse y gagne, et moi j'y perdrais beaucoup. J'ai fait un petit calcul là-dessus, au moyen duquel je trouve que tous vos arrangements me dérangent et ne me valent rien. Ainsi [3], quelque jolie que je sois, continuez de n'en rien voir ;

---

1. Texte de Pr. 36, ainsi que de l'édition Arkstée et Merkus de 1754. Les éditions Pr. 40 et D. 58 omettent *le* : *à moins qu'on ne lui dise.* **2.** Les sept ou huit lignes qui précèdent, depuis *femme qui néglige les compliments* jusqu'à *enfance*, sont annulées dans G par un béquet, et disparaissent des ms. TF. A et B, ainsi que de 58 c. r. Sur la vogue du portrait, qui, après avoir connu un grand succès, devait être sur le déclin quand *Le Legs* fut retouché, voir, notamment, la première scène du *Jeu de l'amour et du hasard* (ci-dessus, p. 885). **3.** Les ms. TF. A et B, ainsi que l'édition 58 c. r., ont ici deux mots de plus : *Ainsi, croyez-moi...*

laissez là la découverte que vous avez faite de mes grâces, et passez toujours sans y prendre garde.

LÉPINE, *froidement*. Je les ai vues, Mademoiselle ; j'en suis frappé et n'ai de remède que votre cœur.

LISETTE. Tenez-vous donc pour incurable.

LÉPINE. Me donnez-vous votre dernier mot ?

LISETTE. Je n'y changerai pas une syllabe. *(Elle veut s'en aller.)*

LÉPINE, *l'arrêtant*. Permettez que je *reparte. Vous calculez ; moi de même. Selon vous, il ne faut pas que nos gens se marient ; il faut qu'ils s'épousent, selon moi[1], je le prétends.

LISETTE. Mauvaise gasconnade !

LÉPINE. Patience. Je vous aime, et vous me refusez le *réciproque. Je calcule qu'il me fait besoin, et je l'aurai, *sandis ! je le prétends[2].

LISETTE. Vous ne l'aurez pas, *sandis !

LÉPINE. J'ai tout dit. Laissez parler mon maître qui nous arrive.

Scène IV

LE MARQUIS, LÉPINE, LISETTE

LE MARQUIS. Ah ! vous voici, Lisette ! je suis bien aise de vous trouver.

LISETTE. Je vous suis obligée, Monsieur ; mais je m'en allais.

LE MARQUIS. Vous vous en alliez ? J'avais pourtant quelque chose à vous dire. Êtes-vous un peu de nos amis ?

LÉPINE. Petitement.

LISETTE. J'ai beaucoup d'estime et de respect pour Monsieur le Marquis.

LE MARQUIS. Tout de bon ? Vous me faites plaisir, Lisette ; je fais beaucoup de cas de vous aussi. Vous me paraissez une très bonne fille, et vous êtes à une maîtresse qui a bien du mérite.

LISETTE. Il y a longtemps que je le sais, Monsieur.

LE MARQUIS. Ne vous parle-t-elle jamais de moi ? Que vous en dit-elle ?

LISETTE. Oh ! rien.

LE MARQUIS. C'est que, entre nous, il n'y a point de femme que j'aime tant qu'elle.

---

1. À la suite de l'édition de 1781, les éditions modernes intervertissent les termes et donnent : *selon moi, il faut qu'ils s'épousent.* **2.** Les mots *je le prétends* sont omis, cette fois, dans les ms. TF. A et B, ainsi que dans 58 c. r.

LISETTE. Qu'appelez-vous aimer, Monsieur le Marquis ? Est-ce de l'amour que vous entendez ?

LE MARQUIS. Eh ! mais oui, de l'amour, de l'inclination, comme tu voudras ; le nom n'y fait rien. Je l'aime mieux qu'un autre[1]. Voilà tout.

LISETTE. Cela se peut.

LE MARQUIS. Mais elle n'en sait rien ; je n'ai pas osé le lui apprendre. Je n'ai pas trop le talent de parler d'amour.

LISETTE. C'est ce qui me semble.

LE MARQUIS. Oui, cela m'embarrasse, et, comme ta maîtresse est une femme fort raisonnable, j'ai peur qu'elle ne se moque de moi, et je ne saurais plus que lui dire ; de sorte que j'ai rêvé qu'il serait bon que tu la prévinsses en ma faveur.

LISETTE. Je vous demande pardon, Monsieur, mais il fallait rêver tout le contraire. Je ne puis rien pour vous, en vérité.

LE MARQUIS. Eh ! *d'où vient ? Je t'aurai grande obligation. Je payerai bien tes peines ; *(montrant Lépine)* et si ce garçon-là te convenait, je vous ferais un fort bon parti à tous les deux.

LÉPINE, *froidement, et sans regarder Lisette.* Derechef, recueillez-vous là-dessus, Mademoiselle.

LISETTE. Il n'y a pas moyen, Monsieur le Marquis. Si je parlais de vos sentiments à ma maîtresse, vous avez beau dire que le nom n'y fait rien, je me brouillerais avec elle, je vous y[2] brouillerais vous-même. Ne la connaissez-vous pas ?

LE MARQUIS. Tu crois donc qu'il n'y a rien à faire ?

LISETTE. Absolument rien.

LE MARQUIS. Tant pis, cela me chagrine. Elle me fait tant d'amitié[3], cette femme ! Allons, il ne faut donc plus y penser.

LÉPINE, *froidement.* Monsieur, ne vous *déconfortez pas. Du récit de Mademoiselle, n'en tenez compte, elle vous triche[4]. Retirons-nous ; venez me consulter à l'écart, je serai plus consolant. Partons.

LE MARQUIS. Viens ; voyons ce que tu as à me dire. Adieu, Lisette ; ne me nuis pas, voilà tout ce que j'exige.

---

1. Texte de toutes les éditions anciennes et des manuscrits. Dans cette expression, fréquente chez Marivaux (voir la Note grammaticale), *un autre* est considéré comme l'équivalent de *quelqu'un d'autre*. Les éditions modernes, à la suite de l'édition Duchesne de 1781, corrigent en *une autre*. **2.** Sur cet emploi de *y* renvoyant à une personne, voir la Note grammaticale. **3.** Le singulier est garanti par les éditions anciennes et les manuscrits. Le pluriel *(amitiés)* apparaît à partir de l'édition Duchesne de 1781. **4.** Dans G, les mots *elle vous triche* sont annulés par un béquet.

Scène V

LÉPINE, LISETTE

LÉPINE. N'exigez rien ; ne gênons point Mademoiselle[1]. Soyons galamment[2] ennemis déclarés ; faisons-nous du mal en toute franchise. Adieu, gentille personne, je vous chéris ni plus ni moins ; gardez-moi votre cœur, c'est un dépôt que je vous laisse.

LISETTE. Adieu, mon pauvre Lépine ; vous êtes peut-être de tous les fous de la Garonne le plus effronté, mais aussi le plus divertissant.

Scène VI

LA COMTESSE, LISETTE

LISETTE[3]. Voici ma maîtresse. De l'humeur dont elle est, je crois que cet amour-ci ne la divertira guère. Gare que le Marquis ne soit bientôt congédié !

LA COMTESSE, *tenant une lettre*. Tenez, Lisette, dites qu'on porte cette lettre à la poste ; en voilà dix que j'écris depuis trois semaines. La sotte chose qu'un procès ! Que j'en suis lasse ! Je ne m'étonne pas s'il y a tant de femmes qui se remarient[4].

LISETTE, *riant*. Bon, votre procès, une affaire de mille[5] francs, voilà quelque chose de bien considérable pour vous ! Avez-vous envie de vous remarier ? J'ai votre affaire.

LA COMTESSE. Qu'est-ce que c'est qu'envie de me remarier ? Pourquoi me dites-vous cela ?

LISETTE. Ne vous fâchez pas ; je ne veux que vous divertir.

LA COMTESSE. Ce pourrait être quelqu'un de Paris qui vous aurait fait une confidence ; en tout cas, ne me le nommez pas.

LISETTE. Oh ! il faut pourtant que vous connaissiez celui dont je parle.

---

1. Le marquis sort pendant ces mots de Lépine. C'est pourquoi les éditeurs, depuis Duviquet, rattachent arbitrairement les deux premières phrases de la réplique de Lépine à la scène précédente. 2. Le mot *galamment* est une excellente correction de l'édition Pr. 40, conforme ici au ms. TF. A. L'édition originale et le ms. TF. B portent *soyons également*, qui n'est guère acceptable. 3. Les ms. TF. A et B, ainsi que 58 c. r., ajoutent l'indication : *à part*. 4. Texte de Pr. 36 et Pr. 40, des ms. TF. A et B. À la suite de D. 58, Prault 59, Veuve Duchesne 1781 et Duviquet, les éditions modernes donnent ici à tort *marient* pour *remarient*. 5. Ms. TF. A et B, 58 c. r. : *de dix mille*.

La Comtesse. Brisons là-dessus. Je rêve à une chose[1] ; le Marquis n'a ici qu'un valet de chambre dont il a peut-être besoin ; et je voulais lui demander s'il n'a pas quelque paquet à porter[2] à la poste, on le porterait avec le mien. Où est-il, le Marquis ? L'as-tu vu ce matin ?

Lisette. Oh ! oui ; malepeste, il a ses raisons pour être éveillé de bonne heure. Revenons au mari que j'ai à vous donner, celui qui brûle pour vous, et que vous avez enflammé de passion...

La Comtesse. Qui est ce benêt-là ?

Lisette. Vous le devinez.

La Comtesse. Celui qui brûle est un sot. Je ne veux rien savoir de Paris.

Lisette. Ce n'est point de Paris ; votre conquête est dans le château. Vous l'appelez benêt ; moi je vais le flatter ; c'est un soupirant qui a l'air fort simple, un air de bonhomme[3]. Y êtes-vous ?

La Comtesse. Nullement. Qui est-ce qui ressemble à cela ici[4] ?

Lisette. Eh ! le Marquis.

La Comtesse. Celui qui est avec nous ?

Lisette. Lui-même.

La Comtesse. Je n'avais *garde d'y être. Où as-tu pris son air simple et de bonhomme ? Dis donc un air franc et ouvert, à la bonne heure ; il sera reconnaissable.

Lisette. Ma foi, Madame, je vous le rends comme je le vois.

La Comtesse. Tu le vois très mal, on ne peut pas plus mal ; en mille ans on ne le devinerait pas à ce portrait-là. Mais de qui tiens-tu ce que tu me contes de son amour ?

Lisette. De lui qui me l'a dit ; rien que cela. N'en riez-vous pas ? Ne faites pas semblant de le savoir. Au reste, il n'y a qu'à vous en défaire[5] tout doucement.

La Comtesse. Hélas ! je ne lui en veux point de mal. C'est un fort honnête homme, un homme dont je fais cas[6], qui a d'excellentes

---

1. Ms. TF. B, 58 c. r. : *à une autre chose.*   **2.** Ms. TF. A et B, 58 c. r. et D. 58 : *à mettre.*   **3.** Édition 58 c. r. : *un air bonhomme.*   **4.** Nous adoptons le texte des trois manuscrits, ainsi que de 58 c. r. Les éditions Pr. 36 et 40, suivies par toutes les autres, portent : *Qui est-ce qui ressemble à celui-ci ?* Ce texte médiocre est celui de toutes les éditions modernes (Bastide et Fournier, Arland, Dort).   **5.** À la suite de l'édition de 1781, certaines éditions récentes portent : *qu'à vous en débarrasser.*   **6.** Biffés dans le ms. Ars. (Ars. 2), les mots *un homme dont je fais cas* n'apparaissent plus dans les ms. TF. A et TF. B, ni dans 58 c. r.

qualités ; et j'aime encore mieux que ce soit lui qu'un autre. Mais ne te trompes-tu pas aussi ? Il ne t'aura peut-être parlé que d'estime ; il en a beaucoup pour moi, beaucoup ; il me l'a marquée en mille occasions d'une manière fort obligeante.

LISETTE. Non, Madame, c'est de l'amour qui regarde vos appas ; il en a prononcé le mot sans bredouiller comme à l'ordinaire[1]. C'est de la flamme ; il languit, il soupire.

LA COMTESSE. Est-il possible ? Sur ce *pied-là, je le plains ; car ce n'est pas un étourdi ; il faut qu'il le sente puisqu'il le dit, et ce n'est pas de ces gens-là qu'on se moque[2] ; jamais leur amour n'est ridicule. Mais il n'osera m'en parler, n'est-ce pas ?

LISETTE. Oh ! ne craignez rien, j'y ai mis bon ordre ; il ne s'y jouera pas. Je lui ai ôté toute espérance ; n'ai-je pas bien fait ?

LA COMTESSE. Mais... oui, sans doute, oui... ; pourvu que vous ne l'ayez pas brusqué, pourtant ; il fallait y prendre garde ; c'est un ami que je veux conserver, et vous avez quelquefois le ton dur et revêche, Lisette ; il valait mieux le laisser dire.

LISETTE. Point du tout. Il voulait que je vous parlasse en sa faveur.

LA COMTESSE. Ce pauvre homme !

LISETTE. Et je lui ai répondu que je ne pouvais pas m'en mêler, que je me brouillerais avec vous si je vous en parlais, que vous me donneriez mon congé, que vous lui donneriez le sien.

LA COMTESSE. Le sien ? Quelle grossièreté ? ! Ah ! que c'est mal parler ! Son congé ? Et même est-ce que je vous aurais donné le vôtre ? Vous savez bien que non. *D'où vient mentir, Lisette ? c'est un ennemi que vous m'allez faire d'un des hommes du monde que je considère le plus, et qui le mérite le mieux. Quel sot langage de domestique ! Eh ! il était si simple de vous en[3] tenir à lui dire : « Monsieur, je ne saurais ; ce ne sont pas là mes affaires ; parlez-en vous-même. » Je voudrais[4] qu'il osât m'en parler, pour raccommo-

---

1. La phrase *il en a prononcé le mot sans bredouiller comme à l'ordinaire*, biffée dans le ms. TF. A, n'apparaît plus dans TF. B, ni dans 58 c. r. **2.** Texte de Pr. 36 et du ms. Ars., où la version primitive *(que je me)* a été corrigée en *qu'on se*. Les ms. TF. et l'édition 58 c. r. donnent aussi *qu'on se*. En revanche, Pr. 40, D. 58 et Pr. 59 portent *dont je me*, que Duviquet et les éditions dérivées modernisent en *que je me*, retrouvant ainsi par hasard un texte ancien, abandonné par Marivaux. **3.** Texte de l'édition originale (Pr. 36), des manuscrits et de 58 c. r. Pr. 40 et les éditions dérivées (D. 58, Pr. 59) portent : *de vous tenir à.* **4.** Les ms. Ars., TF. A et B, ainsi que l'édition 58 c. r., donnent : *Et je voudrais.*

der un peu votre *malhonnêteté. Son congé ! son congé ! Il va se croire insulté.

LISETTE. Eh ! non, Madame ; il était impossible de vous en débarrasser à moins de frais. Faut-il que vous l'aimiez, de peur de le fâcher ? Voulez-vous être sa femme par politesse, lui qui doit épouser Hortense ? Je ne lui ai rien dit de trop, et vous en voilà quitte [1]. Mais je l'aperçois qui vient en rêvant ; évitez-le, vous avez le temps.

LA COMTESSE. L'éviter ? lui qui me voit ? Ah ! je m'en garderai bien. Après les discours que vous lui avez tenus, il croirait que je les ai dictés. Non, non, je ne changerai rien à ma façon de vivre avec lui. Allez porter ma lettre.

LISETTE, *les premiers mots à part*. Hum ! il y a ici quelque chose. Madame, je suis d'avis de rester auprès de vous ; cela m'arrive souvent, et vous en serez plus à abri d'une déclaration.

LA COMTESSE. Belle finesse ! quand je lui échapperais aujourd'hui, ne me retrouvera-t-il pas demain ? Il faudrait donc vous avoir toujours à mes côtés ? Non, non, partez. S'il me parle, je sais répondre.

LISETTE [2]. Je suis à vous dans l'instant ; je n'ai qu'à donner cette lettre à un laquais.

LA COMTESSE. Non, Lisette ; c'est une lettre de conséquence, et vous me ferez plaisir de la porter vous-même, parce que, si le courrier est passé, vous me la rapporterez, et je l'enverrai par une autre voie. Je ne me fie point aux valets, ils ne sont point exacts.

LISETTE. Le courrier ne passe que dans deux heures, Madame.

LA COMTESSE. Et ! allez, vous dis-je. Que sait-on ?

LISETTE, *le premier mot à part* [3]. Quel prétexte [4] ! Cette femme-là ne va pas droit avec moi.

---

1. Les ms. TF. A et TF. B, ainsi que l'édition 58 c. r. portent ici une indication scénique amusante : *Le Marquis paraît : la timidité s'empare de lui, il se retire précipitamment ; Lépine court après lui.*   **2.** Les quatre répliques qui commencent ici sont annulées dans G par un béquet. C'est le texte des ms. TF. A et TF. B et de 58 c. r. Dans le ms. Ars., seule la réplique de la comtesse, *Non, Lisette...*, est biffée.   **3.** Les éditions de 1740 et les éditions dérivées donnent seulement *à part*, mais ajoutent à tort *haut* après *Quel prétexte !*   **4.** Le béquet signalé ci-dessus (note 2) recouvre dans G l'indication *à part* et les mots *Quel prétexte !* Les ms. Ars. 2, TF. A et B portent : LISETTE : *Ma foi...*, etc. L'édition 58 c. r. a le même texte, mais précise le jeu de scène : LISETTE, *à part et s'en allant : Ma foi, cette femme...*, etc.

Scène VII

LA COMTESSE, *seule un moment*

Elle avait la fureur de rester. Les domestiques sont haïssables ; il n'y a pas jusqu'à leur zèle qui ne vous désoblige. C'est toujours de travers qu'ils vous servent.

Scène VIII

LA COMTESSE, LÉPINE

LÉPINE. Madame, Monsieur le Marquis vous a vue de loin avec Lisette. Il demande s'il n'y a point de mal qu'il approche ; il a le désir de vous consulter, mais il se fait le scrupule de vous être importun.

LA COMTESSE. Lui importun ! Il ne saurait l'être. Dites-lui que je l'attends, Lépine ; qu'il vienne.

LÉPINE. Je vais le réjouir de la nouvelle. Vous l'allez voir dans la minute.

Scène IX

LA COMTESSE, LÉPINE, LE MARQUIS [1]

LÉPINE, *appelant le Marquis* [2]. Monsieur, venez prendre audience ; Madame l'accorde [3]. *(Quand le Marquis est venu, il lui dit à part :)* Courage, Monsieur ; l'accueil est gracieux, presque tendre ; c'est un cœur qui demande qu'on le prenne.

Scène X

LA COMTESSE, LE MARQUIS

LA COMTESSE. Eh ! d'où vient donc la cérémonie que vous faites, Marquis ? Vous n'y songez pas.

---

1. L'édition originale omet ici les noms de la comtesse et du marquis. Ce dernier est rétabli à partir de Pr. 40 ; celui de la comtesse seulement dans 58 c. r. Les deux figurent dans les ms. TF. A et TF. B.   **2.** Texte de Pr. 40, 58 c. r. L'édition Pr. 36 porte : *Il appelle le Marquis* ; et le ms. TF. A : *bas, au Marquis.*   **3.** La réplique de Lépine s'arrête ici dans G (béquet), dans les ms. TF. A et TF. B et dans 58 c. r. De même, dans Ars. 2, les mots d'enchaînement de Lépine : *c'est un cœur qui demande qu'on le prenne*, sont biffés.

LE MARQUIS. Madame, vous avez bien de la bonté ; c'est que j'ai bien des choses à vous dire.

LA COMTESSE. Effectivement, vous me paraissez rêveur, inquiet.

LE MARQUIS. Oui, j'ai l'esprit en peine. J'ai besoin de conseil, j'ai besoin de grâces, et le tout de votre part.

LA COMTESSE. Tant mieux. Vous avez encore moins besoin de tout cela, que je n'ai d'envie de vous être bonne à quelque chose.

LE MARQUIS. Oh ! bonne ? Il ne tient qu'à vous de m'être excellente, si vous voulez.

LA COMTESSE. Comment ! si je veux ? Manquez-vous de confiance ? Ah ! je vous prie, ne me ménagez point ; vous pouvez tout sur moi, marquis ; je suis bien aise de vous le dire.

LE MARQUIS. Cette assurance m'est bien agréable, et je serais tenté d'en abuser.

LA COMTESSE. J'ai grand' peur que vous ne résistiez à la tentation. Vous ne comptez pas assez sur vos amis ; car vous êtes si réservé, si retenu [1] !

LE MARQUIS. Oui, j'ai beaucoup de timidité.

LA COMTESSE. Je fais de mon mieux pour vous l'ôter, comme vous voyez [2].

LE MARQUIS. Vous savez dans quelle situation je suis avec Hortense, que je dois l'épouser ou lui donner deux cent mille francs.

LA COMTESSE. Oui, et je me suis aperçue que vous n'aviez pas grand goût pour elle.

LE MARQUIS. Oh ! on ne peut pas moins ; je ne l'aime point du tout.

---

1. Texte des éditions Pr. 36, Pr. 40, D. 58, Pr. 59. Le texte 58 c. r., donné en appendice, a une autre version, qui remonte à une correction autographe de Marivaux sur le ms. Ars. (rôle de la comtesse). Biffant *car*, remplaçant le premier *si* par *trop*, biffant et remplaçant *si retenu* par *avec eux*, Marivaux aboutit au texte : *vous êtes trop réservé avec eux*. Cette correction, excellente, a notamment pour objet d'éviter le retour d'un couple d'adjectifs trop analogue à celui qui apparaît un peu plus haut *(vous me paraissez rêveur, inquiet)*. Nous l'aurions adoptée si nous n'avions voulu respecter autant que possible la physionomie de chaque famille de versions, celle qui est représentée par la plupart des éditions et celle qui est représentée par les manuscrits et 58 c. r., qui adoptent ici, bien entendu, la correction du ms. Ars. 2. Texte des éditions Pr. 36, Pr. 40, D. 58 et Pr. 59. Jugeant cette avance de la comtesse trop forte, Marivaux l'a biffée et corrigée de sa main, tant dans G que dans le ms. Ars., sous la forme : *Beaucoup, cela est vrai*. C'est le texte des ms. TF. A et B, comme de l'édition 58 c. r.

LA COMTESSE. Je n'en suis pas surprise. Son caractère est si différent du vôtre ! elle a quelque chose de trop *arrangé pour vous.

LE MARQUIS. Vous y êtes ; elle songe trop à ses grâces. Il faudrait toujours l'entretenir de compliments, et moi, ce n'est pas là mon fort. La coquetterie me gêne ; elle me rend muet.

LA COMTESSE. Aha ! je conviens qu'elle en a un peu ; mais presque toutes les femmes sont de même. Vous ne trouverez que cela [1] partout, Marquis.

LE MARQUIS. Hors chez vous. Quelle différence, par exemple ! vous plaisez sans y penser [2], ce n'est pas votre faute. Vous ne savez pas seulement que vous êtes aimable ; mais d'autres le savent pour vous.

LA COMTESSE. Moi, Marquis ? Je pense qu'à cet égard-là les autres songent aussi peu à moi que j'y songe moi-même.

LE MARQUIS. Oh ! j'en connais qui ne vous disent pas tout ce qu'ils songent.

LA COMTESSE. Eh ! qui sont-ils, Marquis ? Quelques amis comme vous, sans doute ?

LE MARQUIS. Bon, des amis ! voilà bien de quoi [3] ; vous n'en aurez encore de longtemps.

LA COMTESSE. Je vous suis obligée du petit compliment que vous me faites en passant.

LE MARQUIS. Point du tout. Je ne passe jamais, moi ; je dis toujours exprès [4].

LA COMTESSE, *riant*. Comment ? vous qui ne voulez pas que j'aie encore des amis ! est-ce que vous n'êtes pas le mien ?

LE MARQUIS. Vous m'excuserez ; mais quand je serais autre chose, il n'y aurait rien de surprenant.

LA COMTESSE. Eh bien ! je ne laisserais pas que d'en être [5] surprise.

LE MARQUIS. Et encore plus fâchée ?

LA COMTESSE. En vérité, surprise. Je veux pourtant croire que je suis aimable, puisque vous le dites.

LE MARQUIS. Oh ! charmante, et je serais bien heureux si Hortense

---

1. L'édition originale porte par erreur : *Vous ne trouverez que la*. L'erreur est corrigée à partir de Pr. 40.   **2.** Les ms. TF. A et B et l'édition 58 c. r. portent : *sans y songer*.   **3.** Voilà bien de quoi il s'agit ! (Ironique.) **4.** À la place de cette phrase, depuis *Je ne passe jamais*, qui est biffée, le ms. TF. A porte, d'une main qui n'est pas celle de Marivaux : *Je le dis exprès*. Ce texte passe dans TF. B et 58 c. r.   **5.** Texte de l'édition Duchesne 1781 : *je ne laisserais pas d'en être*.

vous ressemblait ; je l'épouserais d'un grand cœur ; et j'ai bien de la peine à m'y résoudre.

LA COMTESSE. Je le crois ; et ce serait encore pis si vous aviez de l'inclination pour une autre.

LE MARQUIS. Eh bien ! c'est que justement le pis s'y trouve.

LA COMTESSE, *par exclamation*. Oui ! vous aimez ailleurs ?

LE MARQUIS. De toute mon âme.

LA COMTESSE, *en souriant*. Je m'en suis doutée, Marquis.

LE MARQUIS. Eh vous êtes-vous doutée de la personne ?

LA COMTESSE. Non ; mais vous me la direz.

LE MARQUIS. Vous me feriez grand plaisir de la deviner.

LA COMTESSE. Pourquoi[1] m'en donneriez-vous la peine, puisque vous voilà ?

LE MARQUIS. C'est que vous ne connaissez qu'elle ; c'est la plus aimable femme, la plus franche... Vous parlez de gens sans façon ? il n'y a personne comme elle ; plus je la vois, plus je l'admire.

LA COMTESSE. Épousez-la, Marquis, épousez-la, et laissez là Hortense ; il n'y a point à hésiter, vous n'avez point d'autre parti à prendre.

LE MARQUIS. Oui ; mais je songe à une chose ; n'y aurait-il pas moyen de me *sauver les deux cent mille francs ? Je vous parle à cœur ouvert.

LA COMTESSE. Regardez-moi dans cette occasion-ci comme une autre vous-même.

LE MARQUIS. Ah ! que c'est bien dit, une autre moi-même !

LA COMTESSE. Ce qui me plaît en vous, c'est votre franchise, qui est une qualité admirable. Revenons. Comment vous sauver ces deux[2] cent mille francs ?

LE MARQUIS. C'est qu'Hortense aime le Chevalier. Mais, à propos, c'est votre parent ?

LA COMTESSE. Oh ! parent, ... de loin.

LE MARQUIS. Or, de cet amour qu'elle a pour lui, je conclus qu'elle ne se soucie pas de moi. Je n'ai donc qu'à faire semblant de vouloir l'épouser ; elle me refusera, et je ne lui devrai[3] plus rien ; son refus me servira de quittance.

LA COMTESSE. Oui-da, vous pouvez le tenter. Ce n'est pas qu'il n'y ait du risque ; elle a du discernement, Marquis. Vous supposez

---

1. Ms. TF. A et B, 58 c. r. : *Eh ! pourquoi.* **2.** L'édition Pr. 58 porte : *sauver vos deux.* **3.** L'édition Pr. 40 porte par erreur : *et je ne lui dirai.*

qu'elle vous refusera ? Je n'en sais rien ; vous n'êtes pas un homme à dédaigner.

LE MARQUIS. Est-il vrai ?

LA COMTESSE. C'est mon sentiment.

LE MARQUIS. Vous me flattez, vous encouragez ma franchise.

LA COMTESSE. Je vous encourage ! eh ! mais en êtes-vous encore là ? Mettez-vous donc dans l'esprit que je ne demande qu'à vous obliger, qu'il n'y a que l'impossible qui m'arrêtera, et que vous devez compter sur tout ce qui dépendra de moi. Ne perdez point cela de vue, étrange homme que vous êtes, et achevez hardiment. Vous voulez des conseils, je vous en donne. Quand nous en serons à l'article des grâces, il n'y aura qu'à parler ; elles ne feront pas plus de difficulté que le reste, entendez-vous ? et que cela soit dit pour toujours [1].

LE MARQUIS. Vous me ravissez d'espérance.

LA COMTESSE. Allons par ordre. Si Hortense allait vous prendre au mot ?

LE MARQUIS. J'espère que non. En tout cas, je lui payerais sa somme, pourvu qu'auparavant la personne qui a pris mon cœur ait [2] la bonté de me dire qu'elle veut bien de moi [3].

---

1. Toute cette réplique est cachée dans G par un béquet, sur lequel on lit, d'une main qui semble celle de Marivaux : *Mettez-vous dans l'esprit que je songe à vous obliger et que cela soit dit une fois pour toutes.* Dans le ms. Ars., les corrections (ratures et surcharges) réduisent la réplique à : *Mettez-vous dans l'esprit que je ne songe qu'à vous obliger, entendez-vous ? Et que cela soit dit une fois pour toutes.* Dans le ms. Ars. 2, des corrections réduisent cette réplique à : *Mettez-vous dans l'esprit que je ne songe qu'à vous obliger, entendez-vous ? Et que cela soit dit pour toujours.* C'est le texte qui sert de base au ms. TF. B et à 58 c. r., avec une addition au début : *Vous encouragez ma franchise !... mais mettez-vous dans l'esprit que je ne demande qu'à vous obliger, entendez-vous ? Et que cela soit dit pour toujours.* C'est le texte du ms. TF. B, de 58 c. r., ainsi que de l'édition Veuve Duchesne, 1781. 2. L'édition Duviquet et les éditions modernes corrigent *ait* en *eût*, par un souci de correction excessif. Entre *ait* et *eût*, la nuance est ici d'ordre stylistique : *eût* écarterait davantage l'hypothèse. 3. L'exemplaire 8° Y[th] 10 108 de la Bibliothèque nationale porte ici une correction manuscrite en marge : *mais si la personne qui a pris mon cœur n'a pas la bonté de me dire qu'elle veut bien de moi...* Elle n'est pas, bien entendu, de Marivaux. Du reste, une autre note manuscrite, dans le même exemplaire, commente le texte original : « Il n'y a pas de délicatesse dans cette condition. Il n'est permis dans aucun cas à un galant homme d'épouser une femme qu'il ne peut rendre heureuse et qui ne peut faire son bonheur. »

LA COMTESSE. Hélas ! elle serait donc bien difficile ? Mais, Marquis, est-ce qu'elle ne sait pas que vous l'aimez ?

LE MARQUIS. Non vraiment ; je n'ai pas osé le lui dire.

LA COMTESSE. Et le tout par timidité. Oh ! en vérité, c'est la pousser trop loin, et, toute amie des bienséances que je suis, je ne vous approuve pas ; ce n'est pas se rendre justice.

LE MARQUIS. Elle est si sensée, que j'ai peur d'elle. Vous me conseillez donc de lui en parler ?

LA COMTESSE. Eh ! cela devrait être fait. Peut-être vous attend-elle. Vous dites qu'elle est sensée ; que craignez-vous ? Il est louable de penser modestement de soi[1] ; mais avec de la modestie, on parle, on se propose. Parlez, Marquis ; parlez, tout ira bien.

LE MARQUIS. Hélas ! si vous saviez qui c'est, vous ne m'exhorteriez pas tant. Que vous êtes heureuse de n'aimer rien, et de mépriser l'amour !

LA COMTESSE. Moi, mépriser ce qu'il y a au monde de plus naturel ! cela ne serait pas raisonnable. Ce n'est pas l'amour, ce sont les amants, tels qu'ils sont la plupart, que je méprise, et non pas le sentiment qui fait qu'on aime qui n'a rien en soi que de fort honnête, de fort permis[2], et de fort involontaire. C'est le plus doux sentiment de la vie ; comment le haïrais-je ? Non, certes, et il y a tel homme à qui je pardonnerais de m'aimer s'il me l'avouait avec cette simplicité de caractère[3] que je louais tout à l'heure en vous.

LE MARQUIS. En effet, quand on le dit naïvement, comme on le sent...

LA COMTESSE. Il n'y a point de mal alors. On a toujours bonne grâce ; voilà ce que je pense. Je ne suis pas une âme sauvage.

LE MARQUIS. Ce serait bien dommage... Vous avez la plus belle santé !

LA COMTESSE, *les premiers mots à part*. Il est bien question de ma santé[4] ! C'est l'air de la campagne.

LE MARQUIS. L'air de la ville vous fait de même l'œil le plus vif, le teint le plus frais !

---

1. Le ms. Ars. porte : *penser modestement sur soi*.   **2.** Dans le ms. Ars., les mots *de fort permis* sont biffés. Cet état (Ars. 2) est celui des ms. TF. A et B et de 58 c. r.   **3.** L'édition 58 c. r. et le ms. TF. B ajoutent ici un mot : *avec cette simplicité de caractère, tenez, que...* L'addition est heureuse.   **4.** Les ms. TF. A et B portent ici l'indication *Au Marquis*. Pr. 36, comme dans d'autres cas (cf. note 3, p. 1462), porte simplement *les premiers mots à part* après le nom du personnage.

La Comtesse. Je me porte assez bien. Mais savez-vous bien que vous me dites des douceurs sans y penser ?

Le Marquis. Pourquoi sans y penser ? Moi, j'y pense.

La Comtesse. Gardez-les pour la personne que vous aimez.

Le Marquis. Eh ! si c'était vous, il n'y aurait que faire de les garder.

La Comtesse. Comment, si c'était moi ! Est-ce de moi[1] dont il s'agit[2] ? Est-ce une déclaration d'amour que vous me faites ?

Le Marquis. Oh ! Point du tout[3].

La Comtesse. Eh ! de quoi vous avisez-vous donc de m'entretenir de mon teint, de ma santé ? Qui est-ce qui ne s'y tromperait pas ?

Le Marquis. Ce n'est que façon de parler : je dis seulement qu'il est fâcheux que vous ne vouliez ni aimer, ni vous remarier, et que j'en suis mortifié, parce que je ne vois pas de femme qui peut convenir autant que vous. Mais je ne vous en dis mot, de peur de vous déplaire.

La Comtesse. Mais encore une fois, vous me parlez d'amour. Je ne me trompe pas : c'est moi que vous aimez, vous me le dites en termes exprès.

Le Marquis. Hé bien, oui, quand ce serait vous, il n'est pas nécessaire de se fâcher. Ne dirait-on pas que tout est perdu ? Calmez-vous ; prenez que je n'aie rien dit.

La Comtesse. La belle chute ! vous êtes bien singulier.

Le Marquis. Et vous de bien mauvaise humeur. Eh ! tout à l'heure, à votre avis, on avait si bonne grâce à dire naïvement qu'on aime ! Voyez comme cela réussit. Me voilà bien avancé !

La Comtesse. Ne le voilà-t-il pas bien reculé ? À qui en avez-vous ? Je vous demande à qui vous parlez ?

Le Marquis. À personne, Madame, à personne[4]. Je ne dirai plus mot ; êtes-vous contente ? Si vous vous mettez en colère contre tous ceux qui me ressemblent, vous en querellerez bien d'autres.

---

1. À la suite de Duviquet, les éditions modernes donnent : *Est-ce moi.* **2.** Les éditions de 1758, 1768 et 1781 portent ici : *Qu'est-ce que cela signifie ?* **3.** Dans G, ces mots *Point du tout* du marquis et les trois répliques suivantes sont annulés par un béquet. Le marquis répond donc *Hé bien, oui* à la question de la comtesse. Dans les ms. Ars. 2 (correction), TF. A et B et dans 58 c. r., l'enchaînement est un peu différent. Le marquis répond : *Point du tout... Mais quand ce serait vous*, etc. **4.** Texte des manuscrits TF. A et B et de l'édition 58 c. r. C'est probablement celui de Marivaux. Les autres éditions (Pr. 36, Pr. 40, etc.) omettent *à personne* la seconde fois, par une erreur typographique classique.

LA COMTESSE, *les premiers mots à part.* Quel original ! Eh qui est-ce qui vous querelle ?

LE MARQUIS. Ha ! la manière dont vous me refusez n'est pas douce.

LA COMTESSE. Allez, vous rêvez.

LE MARQUIS. Courage ! Avec la qualité d'original dont vous venez de m'honorer tout bas, il ne me manquait plus que celle de rêveur ; au surplus, je ne m'en plains pas. Je ne vous conviens point ; qu'y faire ? il n'y a plus qu'à me taire, et je me tairai. Adieu, Comtesse ; n'en soyons pas moins bons amis, et du moins ayez la bonté de m'aider à me tirer d'affaire avec Hortense.

LA COMTESSE, *seule un moment comme il s'en va* [1]. Quel homme ! Celui-ci ne m'ennuiera pas du récit de mes rigueurs. J'aime les gens simples et unis ; mais en vérité celui-là l'est trop.

Scène XI

HORTENSE, LA COMTESSE, LE MARQUIS

HORTENSE, *arrêtant le Marquis* [2]. Monsieur le Marquis, je vous prie, ne vous en allez pas ; nous avons à nous parler, et Madame peut être présente.

LE MARQUIS. Comme vous voudrez, Madame.

HORTENSE. Vous savez ce dont il s'agit ?

LE MARQUIS. Non, je ne sais pas ce que c'est ; je ne m'en souviens plus.

HORTENSE. Vous me surprenez ! Je me flattais que vous seriez le premier à rompre le silence. Il est humiliant pour moi d'être obligée de vous prévenir. Avez-vous oublié qu'il y a un testament qui nous regarde ?

LE MARQUIS. Oh ! oui, je me souviens du testament.

HORTENSE. Et qui dispose de ma main en votre faveur ?

---

1. Cette indication scénique, que nous donnons dans le texte de Pr. 36, figure sous différentes formes dans les versions anciennes. Pr. 40, D. 58 portent simplement *Il s'en va* après la réplique du marquis. Les ms. TF. A et TF. B : *Il se retire comme s'il voulait sortir.* LA COMTESSE, *à soi-même*, etc. ; l'édition 58 c. r. : *Il s'éloigne comme pour sortir.* LA COMTESSE, *à soi-même.* Le ms. Ars. et certaines éditions modernes n'ont aucune indication scénique.
2. Texte de l'édition originale (Pr. 36) et du ms. TF. A. L'édition de 1740 et le ms. TF. B ajoutent *prêt à sortir*, et ce texte passe dans toutes les éditions ultérieures.

LE MARQUIS. Oui, Madame, oui ; il faut que je vous épouse, cela est vrai.

HORTENSE. Eh bien, Monsieur, à quoi vous déterminez-vous [1] ? Il est temps de fixer mon état. Je ne vous cache point que vous avez un rival ; c'est le Chevalier, qui est parent de Madame, que je ne vous préfère pas, mais que je préfère à tout autre, et que j'estime assez pour en faire mon époux si vous ne devenez pas le mien ; c'est ce que je lui ai dit jusqu'ici ; et comme il m'assure avoir des raisons pressantes de savoir aujourd'hui même à quoi s'en tenir, je n'ai pu lui refuser de vous parler. Monsieur, le congédierai-je, ou non ? Que voulez-vous que je lui dise ? Ma main est à vous, si vous la demandez [2].

LE MARQUIS. Vous me faites bien de la grâce ; je la prends, Mademoiselle [3].

HORTENSE. Est-ce votre cœur qui me choisit, Monsieur le Marquis ?

LE MARQUIS. N'êtes-vous pas assez aimable pour cela ?

HORTENSE. Et vous m'aimez ?

LE MARQUIS. Qui est-ce qui vous dit le contraire ? Tout à l'heure j'en parlais à Madame.

LA COMTESSE. Il est vrai, c'était de vous dont il [4] m'entretenait ; il songeait à vous proposer ce mariage.

HORTENSE. Et vous disait-il aussi qu'il m'aimait [5] ?

LA COMTESSE. Il me semble qu'oui ; du moins me parlait-il de penchant.

HORTENSE. *D'où vient donc, Monsieur le Marquis, me l'avez-vous laissé ignorer depuis six semaines ? Quand on aime, on en donne quelques marques, et dans le cas où nous sommes, vous aviez droit de vous déclarer.

LE MARQUIS. J'en conviens ; mais le temps se passe ; on est distrait ; et on ne sait pas si les gens sont de votre avis.

---

1. Ms. TF. A : *vous déterminerez-vous* (c'est peut-être le bon texte). 2. Ms. TF. A et B, 58 c. r. : *si vous me la demandez*. 3. Dans G, un béquet corrige *je la prends, Mademoiselle* en *Madame, je la prends*. Les ms. TF. A et TF. B, ainsi que 58 c. r., portent : *je la prends, Madame*. À partir d'ici, un béquet supprime dans G tout le dialogue qui suit, jusqu'à la réplique d'Hortense : *Vous êtes bien modeste* (ces mots supprimés, le reste de la réplique subsistant ; en tout, neuf répliques et quelques mots disparaissent ; voir plus loin). Le ms. Ars. contenait ces répliques : elles y sont biffées (Ars. 2). Elles ont disparu des ms. TF. A et TF. B ainsi que de 58 c. r. Enfin, Pr. 59 les omet également. 4. À partir de 1781, les éditions portent, à tort : *c'était de vous qu'il*. 5. Nouvelle inexactitude de bien des éditions depuis celle de 1781 : *Et il vous disait qu'il m'aimait ?*

HORTENSE. Vous êtes bien modeste. Voilà qui est donc arrêté, et je vais l'annoncer au Chevalier qui entre[1].

Scène XII[2]

LE CHEVALIER, HORTENSE, LE MARQUIS, LA COMTESSE

HORTENSE, *allant au-devant du Chevalier pour lui dire un mot à part.* Il accepte ma main, mais de mauvaise grâce ; ce n'est qu'une ruse, ne vous effrayez pas.

LE CHEVALIER, *le premier mot à part.* Vous m'inquiétez. *(Et tout haut.)* Eh bien ! Madame, il ne me reste plus d'espérance, sans doute ? Je n'ai pas *dû m'attendre que Monsieur le Marquis pût consentir à vous perdre.

HORTENSE. Oui, Chevalier, je l'épouse ; la chose est conclue, et le ciel vous destine à une autre qu'à moi. Le Marquis m'aimait en secret, et c'était, dit-il, par distraction qu'il ne me le déclarait pas. Par distraction[3] !

LE CHEVALIER. J'entends ; il avait oublié de vous le dire.

HORTENSE. Oui, c'est cela même ; mais il vient de me l'avouer, et il l'avait confié à Madame.

LE CHEVALIER. Eh ! que ne m'avertissiez-vous, Comtesse ? J'ai cru quelquefois qu'il vous aimait vous-même.

LA COMTESSE. Quelle imagination ! À propos de quoi me citer ici[4] ?

HORTENSE. Il y a eu des instants où je le soupçonnais aussi.

---

1. Comme nous l'avons dit plus haut, c'est avec cette réplique d'Hortense que reprend le texte des versions abrégées. Mais tandis que G, suivi par Pr. 59, conserve la réplique d'Hortense telle que nous la donnons, depuis *Voilà qui est donc arrêté,* les ms. TF. A et B, ainsi que 58 c. r. la donnent sous une forme développée : *Voilà qui est donc arrêté. Nous ne sommes qu'à une lieue de Paris, il est de bonne heure ; envoyons chercher un notaire ! Voici Lisette : je vais lui dire de vous faire venir Lépine.*   2. Cette scène étant très différente suivant les versions, qui sont au nombre de quatre ou cinq, nous donnerons d'abord en note les variantes concernant les versions « longues ». On trouvera à la fin de la scène les indications nécessaires sur les versions abrégées.   3. Texte des éditions anciennes (Pr. 36, Pr. 40, D. 58, etc.). À la suite de l'édition Duchesne de 1781, certains éditeurs rattachent les mots *Par distraction !* à la réplique du chevalier. Cette correction est plausible, mais ne s'impose pas. Comme le chevalier fait mine d'être surpris, Hortense reprend ironiquement l'expression qu'elle vient d'employer. 4. Texte de l'édition originale. L'édition Pr. 40 et les éditions ultérieures portent : *À propos de quoi me citer ceci ?* qui n'est pas satisfaisant.

LA COMTESSE. Encore ! Où est donc la plaisanterie, Hortense ?

LE MARQUIS. Pour moi, je ne dis mot.

LE CHEVALIER. Vous me désespérez, Marquis.

LE MARQUIS. J'en suis fâché, mais mettez-vous à ma place ; il y a un testament, vous le savez bien ; je ne peux pas faire autrement.

LE CHEVALIER. Sans le testament, vous n'aimeriez peut-être pas autant que moi.

LE MARQUIS. Oh ! vous me pardonnerez, je n'aime que trop.

HORTENSE. Je tâcherai de le mériter, Monsieur. *(Et à part, au Chevalier[1].)* Demandez qu'on presse notre mariage.

LE CHEVALIER, *à part, à Hortense.* N'est-ce pas trop risquer ? *(Et puis tout haut.)* Dans l'état où je suis, Marquis, achevez de me prouver que mon malheur est sans remède.

LE MARQUIS. La preuve s'en verra quand je l'épouserai. Je ne peux pas l'épouser *tout à l'heure.

LE CHEVALIER, *d'un air inquiet.* Vous avez raison. *(Et à part, à Hortense.)* Il vous épousera.

HORTENSE, *à part les premiers mots.* Vous gâtez tout. *(Et puis au Marquis.)* J'entends bien ce que le Chevalier veut dire ; c'est qu'il espère toujours que nous ne nous marierons pas, Monsieur le Marquis ; n'est-ce pas, Chevalier ?

LE CHEVALIER. Non, Madame, je n'espère plus rien.

HORTENSE. Vous m'excuserez ; je le vois bien ; vous n'êtes pas convaincu, vous ne l'êtes pas ; et comme il faut, m'avez-vous dit, que vous alliez demain à Paris pour y prendre des mesures nécessaires en cette occasion-ci, vous voudriez, avant que de partir, savoir bien précisément s'il ne vous reste plus d'espoir ? Voilà ce que c'est ; vous avez besoin d'une entière certitude ? *(Et à part, au Chevalier.)* Dites qu'oui.

LE CHEVALIER. Mais oui.

HORTENSE. Monsieur le Marquis, nous ne sommes qu'à une lieue de Paris ; il est de bonne heure ; envoyez Lépine chercher un notaire, et passons notre contrat aujourd'hui, pour donner au Chevalier la triste conviction qu'il demande.

LA COMTESSE. Mais il me paraît que vous lui faites accroire qu'il la demande ; je suis persuadée qu'il ne s'en soucie pas.

---

1. Les indications scéniques de cette réplique et de celles qui suivent sont données d'après l'édition originale. Elles sont modifiées dans Pr. 40, tous les *Et* sont supprimés.

HORTENSE, *à part, au Chevalier*. Soutenez donc.

LE CHEVALIER. Oui, Comtesse, un notaire me ferait plaisir.

LA COMTESSE. Voilà un sentiment bien bizarre !

HORTENSE. Point du tout. Ses affaires exigent qu'il sache à quoi s'en tenir ; il n'y a rien de si simple, et il a raison ; il n'osait le dire, et je le dis pour lui. Allez-vous envoyer Lépine, Monsieur le Marquis ?

LE MARQUIS. Comme il vous plaira. Mais qui est-ce qui songeait à avoir un notaire aujourd'hui ?

HORTENSE, *au Chevalier*. Insistez.

LE CHEVALIER. Je vous en prie, Marquis.

LA COMTESSE. Oh ! vous aurez la bonté d'attendre à demain, Monsieur le Chevalier ; vous n'êtes pas si pressé ; votre fantaisie n'est pas d'une espèce à mériter qu'on se gêne tant pour elle ; ce serait ce soir ici un embarras qui nous dérangerait. J'ai quelques affaires ; demain, il sera temps.

HORTENSE, *au Chevalier, à part*. Pressez.

LE CHEVALIER. Eh ! Comtesse, de grâce.

LA COMTESSE. De grâce ! L'*hétéroclite prière ! Il est donc bien *ragoûtant[1] de voir sa maîtresse mariée à son rival ? Comme Monsieur voudra, au reste !

LE MARQUIS. Il serait[2] impoli de gêner Madame ; au surplus, je m'en rapporte à elle ; demain serait bon.

HORTENSE. Dès qu'elle y consent, il n'y a qu'à envoyer Lépine[3].

---

1. Duviquet remarque que le mot *ragoûtant* est, à la scène, remplacé par *agréable*. **2.** Pr. 40 : *Il sera*. **3.** Voici maintenant ce que devient cette scène XII dans les diverses versions abrégées. Dans G, la liste des personnages est celle que nous avons donnée, mais la scène se réduit à une réplique d'Hortense, qui se compose de la première de notre texte, et d'une phrase prise plus loin, soit : « HORTENSE, *allant au-devant du Chevalier pour lui dire un mot à part : Il accepte ma main, mais de mauvaise grâce ; ce n'est qu'une ruse, ne vous effrayez pas. Monsieur le Marquis, nous ne sommes qu'à une lieue de Paris, il est de bonne heure, envoyez Lépine chercher un notaire.* » L'édition Prault 1759 est basée sur G, qu'elle développe un peu. En effet, ce sont les deux premières répliques (d'Hortense et du chevalier) qui sont conservées, ainsi que le début de la troisième réplique (d'Hortense) : *Oui, Chevalier, la chose est conclue*, et ce n'est qu'après ces mots que se greffe la fin du texte de G : *Monsieur le Marquis, nous ne sommes*, etc. Dans le ms. Ars., les répliques de la comtesse sont biffées (il ne contient, rappelons-le, que ce rôle). Dans les ms. TF. A et B, ainsi que dans l'édition 58 c. r., on observera que Lisette entre en scène dès le début de la scène XII. Il n'est donc plus besoin de numéroter à part la scène XIII, et cette version a une scène de moins. Voir l'Appendice, pour ce passage très abrégé.

Scène XIII

LA COMTESSE, HORTENSE, LE CHEVALIER, LE MARQUIS, LISETTE [1]

HORTENSE. Voici [2] Lisette qui entre ; je vais lui dire de nous l'aller chercher. Lisette, on doit passer ce soir un contrat de mariage entre Monsieur le Marquis et moi ; il veut tout à l'heure faire partir Lépine pour amener son notaire de Paris ; ayez la bonté de lui dire qu'il vienne recevoir ses ordres.

LISETTE. J'y cours, Madame.

LA COMTESSE, *l'arrêtant* [3]. Où allez-vous ? En fait de mariage, je ne veux ni m'en mêler, ni que mes gens s'en mêlent.

LISETTE. Moi, ce n'est que pour rendre service. Tenez, je n'ai que faire de sortir ; je le vois sur la terrasse. *(Elle appelle.)* Monsieur de Lépine !

LA COMTESSE, *à part*. Cette sotte !

Scène XIV [4]

LÉPINE, LISETTE, LE MARQUIS, LA COMTESSE, LE CHEVALIER, HORTENSE

LÉPINE. Qui est-ce qui m'appelle ?

LISETTE. Vite, vite, à cheval. Il s'agit d'un contrat de mariage entre Madame et votre maître, et [5] il faut aller à Paris chercher le notaire de Monsieur le Marquis.

LÉPINE, *au Marquis* [6]. Le notaire ! Ce qu'elle conte est-il vrai, Monsieur [7] ? nous avons la partie de chasse pour *tantôt ; je me suis arrangé pour courir le lièvre, et non pas le notaire.

---

1. Dans les éditions Pr. 36, Pr. 40, D. 58, Pr. 59 et Veuve Duchesne 1781, le nom du chevalier est omis dans la liste des personnages.   **2.** Dans G, *Mais* est ajouté à la main : *Mais voici*. Dans les ms. TF. A et B et dans 58 c. r., le texte ne reprend qu'à *Lisette, on doit...*   **3.** Cette indication scénique manque dans l'édition Pr. 36 et dans les ms. Ars., TF. A et TF. B. Elle figure dans les autres éditions, y compris 58 c. r.   **4.** Scène XIII dans 58 c. r. **5.** Le mot *et* manque dans les ms. TF. A et B et dans 58 c. r.   **6.** L'indication scénique manque dans les ms. TF. A et TF. B, ainsi que dans 58 c. r. **7.** Dans G, les mots *Ce qu'elle conte est-il vrai, Monsieur* sont cachés par un béquet. Dans les ms. TF. A et TF. B et dans 58 c. r., tout le début de la réplique, y compris *Le notaire !*, ne figurent plus.

Le Marquis. C'est pourtant le dernier qu'on veut.

Lépine. Ce n'est pas la peine que je voyage pour avoir le vôtre ; je le compte pour mort. Ne le savez-vous pas ? La fièvre le travaillait quand nous partîmes, avec le médecin par-dessus ; il en avait le transport au cerveau [1].

Le Marquis. Vraiment, oui ; à propos, il était très malade.

Lépine. Il agonisait, sandis !...

Lisette, *d'un air indifférent* [2]. Il n'y a qu'à prendre celui de Madame.

La Comtesse. Il n'y a qu'à vous taire ; car si celui de Monsieur est mort, le mien l'est aussi. Il y a quelque temps qu'il me dit qu'il était le sien [3].

Lisette, *indifféremment, d'un air modeste*. Il me semble qu'il n'y a pas longtemps que vous lui avez écrit, Madame.

La Comtesse. La belle conséquence ! Ma lettre a-t-elle empêché qu'il ne mourût ? Il est certain que je lui ai écrit ; mais aussi ne m'a-t-il point fait de réponse.

Le Chevalier, *à Hortense, à part*. Je commence à me rassurer.

Hortense, *lui souriant, à part*. Il y a plus d'un notaire à Paris. Lépine verra s'il se porte mieux. Depuis six semaines que nous sommes ici, il a eu le temps de revenir en bonne santé. Allez lui écrire un mot, Monsieur le Marquis, et priez-le, s'il ne peut venir, d'en indiquer un autre. Lépine ira se préparer pendant que vous écrirez.

Lépine. Non, Madame ; si je monte à cheval, c'est *autant de resté par les chemins. Je parlais de la partie de chasse ; mais voici que je me sens mal, extrêmement mal ; d'aujourd'hui je ne prendrai ni gibier, ni notaire.

Lisette, *en souriant négligemment*. Est-ce que vous êtes mort aussi ?

Lépine, *feignant de la douleur*. Non, Mademoiselle ; mais je vis souffrant et je ne pourrais fournir la course. Ahi [4] ! sans le respect de la compagnie, je ferais des cris perçants. Je me brisai hier d'une

---

1. La fin de cette réplique *(il en avait...)* et les deux répliques suivantes sont cachées par un béquet dans G et ne figurent pas dans le ms. TF. B et dans 58 c. r.   2. Cette indication scénique, qui est dans toutes les éditions (y compris, chose notable, 58 c. r.), manque dans les ms. TF. A et TF. B. 3. De nouvelles suppressions interviennent encore à partir d'ici dans les versions courtes. Elles terminent la scène en quelques lignes, ainsi qu'on le verra à la fin de cette scène.   4. Comme il arrive souvent, cette exclamation de douleur (écrite plutôt *Aïe !* de nos jours) est écrite par erreur *Ah !* à partir de Pr. 40.

chute sur l'escalier ; je roulai tout un étage, et je commençais d'en entamer un autre quand on me retint sur le *penchant. Jugez de la douleur ; je la sens qui m'enveloppe.

Le Chevalier. Eh bien ! tu n'as qu'à prendre ma chaise. Dites-lui qu'il parte, Marquis [1].

Le Marquis. Ce garçon qui est tout froissé, qui a roulé un étage, je m'étonne qu'il ne soit pas au lit. Pars si tu peux, au reste.

Hortense. Allez, partez, Lépine ; on n'est point fatigué dans une chaise.

Lépine. Vous dirai-je le vrai, Mademoiselle ? obligez-moi de me dispenser de la commission. Monsieur traite avec vous de sa ruine ; vous ne l'aimez point, Madame ; j'en ai connaissance, et ce mariage ne peut être que fatal ; je me ferais un reproche d'y avoir part. Je parle en conscience. Si mon scrupule déplaît, qu'on me dise : Va-t'en ; qu'on me *casse [2], je m'y soumets ; ma probité me console.

La Comtesse. Voilà ce qu'on appelle un excellent domestique ! ils sont bien rares !

Le Marquis, *à Hortense*. Vous l'entendez. Comment voulez-vous que je m'y prenne avec cet opiniâtre ? Quand je me fâcherais, il n'en sera ni plus ni moins. Il faut donc le chasser. Retire-toi [3].

---

1. L'édition Prault 1759, version intermédiaire entre les versions longues et les versions courtes, qui avait donné jusqu'ici le texte des premières, saute ici jusqu'à la fin de la scène, et rejoint ainsi les secondes. 2. Le texte *qu'on me casse* semble garanti par l'accord de l'édition Pr. 36, sans compter celle d'Arkstée et Merkus, 1754. Cet emploi du mot *casser* est usuel chez Marivaux. Il se dit au sens de réformer, en parlant de troupes et, par plaisanterie, d'un valet. Voir le Glossaire. Une correction de l'édition D. 58, type de *lectio facilior*, *chasse* pour *casse*, passe ensuite dans les éditions modernes. 3. C'est sur cette réplique du marquis que se termine la scène dans les versions courtes, y compris Pr. 59. On a dit que des béquets recouvrent dans G tout ce qui précède. De même, dans le ms. Ars., les répliques correspondantes à la comtesse sont biffées (Ars. 2). Sur un des béquets de G, Marivaux a écrit une phrase de transition, chargée d'introduire la réplique du marquis, elle-même abrégée. Ce qui donne : « Hortense : *Dites-lui qu'il parle, Marquis*. Le Marquis : *Comment voulez-vous que je m'y prenne avec cet opiniâtre ? Quand je me fâcherais : il n'en sera ni plus ni moins. Il faut donc le chasser. (À Lépine.) Retire-toi*. » Cette réplique termine la scène : les valets sortent. La réplique d'Hortense qui suit est annulée dans G. Dans le ms. TF. A, elle est réduite à huit mots, et rejetée au début de la scène suivante. Voir ce texte à l'Appendice. Il est en effet suivi par TF. B et l'édition 58 c. r., qui ajoutent seulement l'indication *Elle feint de se retirer avec le Chevalier*. Noter que l'édition Pr. 59 suit au contraire le texte « long » de Pr. 36 et Pr. 40.

HORTENSE. On se passera de lui. Allez toujours écrire ; un de mes gens portera la lettre, ou quelqu'un du village.

Scène XV

HORTENSE, LE MARQUIS, LA COMTESSE[1], LE CHEVALIER

HORTENSE. Ah ! çà, vous allez faire votre billet ; j'en vais écrire un qu'on laissera chez moi en passant.

LE MARQUIS. Oui-da ; mais consultez-vous ; si par hasard vous ne m'aimiez pas, tant pis ; car j'y vais de bon jeu.

LE CHEVALIER, *à part, à Hortense*. Vous le poussez trop.

HORTENSE, *le premier mot à part*. Paix ! Tout est consulté, Monsieur ; adieu. Chevalier, vous voyez bien qu'il ne m'est plus permis de vous écouter.

LE CHEVALIER. Adieu, Mademoiselle ; je vais me livrer à la douleur où vous me laissez.

Scène XVI

LE MARQUIS, LA COMTESSE

LE MARQUIS, *consterné*. Je n'en reviens point ! C'est le diable qui m'en veut. Vous voulez que cette fille-là m'aime ?

LA COMTESSE. Non ; mais elle est assez *mutine pour vous épouser. Croyez-moi, terminez avec elle.

LE MARQUIS. Si je lui offrais cent mille francs ? Mais ils ne sont pas prêts ; je ne les ai point.

LA COMTESSE. Que cela ne vous retienne pas ; je vous les prêterai, moi ; je les ai à Paris. Rappelez-les ; votre situation me fait de la peine. Courez, je les vois encore tous deux.

LE MARQUIS. Je vous rends mille grâces. *(Il appelle.)* Madame ! Monsieur le Chevalier[2] !

---

1. Le nom de la comtesse manque dans la liste des personnages des éditions Pr. 36, Pr. 40, D. 58. Noter que tout le contenu de la scène xv disparaît des éditions courtes. Voir plus loin. **2.** Une partie de la scène xvi est utilisée dans G et dans le groupe ms. TF. A et TF. B, édition 58 c. r. Voici le texte auquel aboutissent les béquets et corrections de G : « (Scène xiv, Hortense, le Marquis, le Chevalier, la Comtesse.) HORTENSE : *On se passera de lui. Allez toujours écrire. (Elle feint de se retirer avec le Chevalier.)* LE MARQUIS : *Si je lui offrais cent mille francs ? Mais ils ne sont pas prêts ; je ne les ai point.* LA COMTESSE : *Je vous les prêterai, moi ; je les ai à Paris. Rappelez-les, votre*

Scène XVII

LE CHEVALIER, HORTENSE, LE MARQUIS, LA COMTESSE[1]

LE MARQUIS. Voulez-vous bien revenir ? J'ai un petit mot à vous communiquer.

HORTENSE. De quoi s'agit-il donc ?

LE CHEVALIER. Vous me rappelez aussi ; dois-je en tirer un bon augure ?

HORTENSE. Je croyais que vous alliez écrire.

LE MARQUIS. Rien n'empêche. Mais c'est que j'ai une proposition à vous faire, et qui est tout à fait raisonnable.

HORTENSE. Une proposition, Monsieur le Marquis ? Vous m'avez donc trompée ? Votre amour n'est pas aussi vrai que vous me l'avez dit.

LE MARQUIS. Que diantre voulez-vous ? On prétend aussi que vous ne m'aimez point ; cela me chicane.

HORTENSE. Je ne vous aime pas encore, mais je vous aimerai. Et puis, Monsieur, avec de la vertu, on se passe d'amour pour un mari.

LE MARQUIS. Oh ! je serais un mari qui ne s'en passerait pas, moi. Nous ne gagnerions, à nous marier, que le loisir de nous quereller à notre aise, et ce n'est pas là une partie de plaisir bien touchante ; ainsi, tenez, *accommodons-nous plutôt. Partageons le différend en deux ; il y a deux cent mille francs sur le testament ; prenez-en la moitié, quoique vous ne m'aimiez pas, et laissons là tous les notaires, tant vivants que morts.

LE CHEVALIER, *à Hortense, à part.* Je ne crains plus rien.

HORTENSE. Vous n'y pensez pas, Monsieur ; cent mille francs ne peuvent entrer en comparaison avec l'avantage de vous épouser, et vous ne vous évaluez pas ce que vous valez.

LE MARQUIS. Ma foi, je ne les vaux pas quand je suis de mauvaise humeur, et je vous annonce que j'y serai toujours.

---

situation me fait de la peine. LE MARQUIS *(il appelle)* : *Madame ! Monsieur le Chevalier !* » Comme on le verra à l'Appendice, les ms. TF. A et TF. B, ainsi que l'édition 58 c. r. ont pratiquement le même texte, aux indications scéniques près. Mais tandis que G introduit ici une nouvelle scène (sc. xvi), c'est toujours la scène xv qui continue dans les autres versions. Quant à l'édition Prault 1759, elle conserve ici le texte long de la scène.

1. La scène xvii, numérotée xvi dans l'exemplaire G, y est fortement réduite, suivant un texte conforme à celui de l'édition 58 c. r. et des ms. TF. A et TF. B. Voir note 3, p. 1480. Quant à l'édition Prault 1759, elle donne le texte qu'on lit ici pendant quinze répliques. Voir note 1, p. 1480.

HORTENSE. Ma douceur naturelle me rassure.

LE MARQUIS. Vous ne voulez donc pas ? Allons notre chemin ; vous serez mariée.

HORTENSE. C'est le plus court et je m'en retourne [1].

LE MARQUIS. Ne suis-je pas bien malheureux d'être obligé de donner la moitié d'une pareille somme à une personne qui ne se soucie pas de moi ? Il n'y a qu'à plaider, Madame ; nous verrons un peu si on me condamnera à épouser une fille qui ne m'aime pas.

HORTENSE. Et moi je dirai que je vous aime ; qui est-ce qui me prouvera le contraire dès que je vous accepte ? Je soutiendrai que c'est vous qui ne m'aimez pas, et qui même, dit-on, en aime [2] une autre.

LE MARQUIS. Du moins, en tout cas, ne la connaît-on point comme on connaît le Chevalier ?

HORTENSE. Tout de même, Monsieur ; je la connais, moi.

LA COMTESSE. Eh ! finissez, Monsieur, finissez. Ah ! l'odieuse contestation !

HORTENSE. Oui, finissons. Je vous épouserai, Monsieur ; il n'y a que cela à dire.

LE MARQUIS. Eh bien ! et moi aussi, Madame, et moi aussi.

HORTENSE. Épousez donc.

LE MARQUIS. Oui, parbleu ! j'en aurai le plaisir [3] ; il faudra bien que l'amour vous vienne ; et, pour début de mariage, je prétends, s'il vous plaît, que Monsieur le Chevalier ait la bonté d'être notre ami de loin [4].

LE CHEVALIER, *à part, à Hortense*. Ceci ne vaut rien ; il se pique.

HORTENSE, *le premier mot au Chevalier*. Taisez-vous. *(Au Marquis.)* Monsieur le Chevalier me connaît assez pour être persuadé qu'il ne me verra plus. Adieu, Monsieur ; je vais écrire mon billet ; tenez le vôtre prêt ; ne perdons point de temps.

LA COMTESSE. Oh ! pour votre contrat, je vous certifie que vous irez le signer où il vous plaira, mais que ce ne sera pas chez moi. C'est s'égorger que se marier comme vous faites, et je ne prêterai jamais

---

1. À partir d'ici, l'édition Prault 1759 saute tout le passage qui va jusqu'au début de la scène suivante, troisième réplique : « LE MARQUIS : *Je ne m'en soucie guère*, etc. »   **2.** Et non *en aimez*, comme le portent les éditions modernes, depuis Duviquet. Voir la Note grammaticale, à l'Appendice, article *accord*.   **3.** C'est sur ce mot du marquis que se clôt la scène (XVI dans G, XV dans le groupe TF. A, TF. B, 58 c. r.). On en trouvera le texte, commun, à l'Appendice.   **4.** Édition D. 58 : *de très loin.*

ma maison pour une si funeste cérémonie ; vos fureurs iront se passer ailleurs, si vous le trouvez bon.

HORTENSE. Eh bien ! Comtesse, la Marquise est votre voisine ; nous irons chez elle.

LE MARQUIS. Oui, si j'en suis d'avis ; car, enfin, cela dépend de moi. Je ne connais point votre Marquise.

HORTENSE, *en s'en allant.* N'importe, vous y consentirez, Monsieur. Je vous quitte.

LE CHEVALIER, *en s'en allant* [1]. À tout ce que je vois, mon espérance renaît un peu.

Scène XVIII [2]

LA COMTESSE, LE MARQUIS, LE CHEVALIER

LA COMTESSE, *arrêtant le Chevalier.* Restez, Chevalier ; parlons un peu de ceci. Y eut-il jamais rien de pareil ? Qu'en pensez-vous, vous qui aimez Hortense, vous qu'elle aime ? Le mariage ne vous fait-il pas trembler ? Moi qui ne suis pas son amant, il m'effraie.

LE CHEVALIER, *avec un effroi hypocrite.* C'est une chose affreuse ! il n'y a point d'exemple de cela.

LE MARQUIS [3]. Je ne m'en soucie guère ; elle sera ma femme, mais en revanche je serai son mari ; c'est ce qui me console, et ce sont plus ses affaires que les miennes. Aujourd'hui le contrat, demain la noce, et ce soir confinée dans son appartement ; pas plus de façon. Je suis piqué, je ne donnerais pas cela de plus.

LA COMTESSE. Pour moi, je serais d'avis qu'on les empêchât absolument de s'engager [4] ; et un notaire honnête homme, s'il était *instruit, leur refuserait tout net son ministère. Je les enfermerais si j'étais la maîtresse. Hortense peut-elle se sacrifier à un aussi vil intérêt ? Vous qui êtes né généreux, Chevalier, et qui avez du pouvoir sur elle, retenez-la ; faites-lui, par pitié, entendre raison, si ce n'est

---

1. Texte de Pr. 40. L'édition Pr. 36 portait, bizarrement : *en s'en allant et tout haut.* Toute indication disparaît de l'édition D. 58. **2.** Scène XVII dans G, XV dans la série TF. A, TF. B et 58 c. r. **3.** Rappelons que c'est ici que recommence le texte de l'édition Pr. 59, qui en est toujours à la scène XVII. **4.** Nouvelle coupure dans G, ms. TF. A et TF. B, 58, et Ars. 2 (c'est-à-dire le second état du ms. du rôle de la comtesse : les répliques correspondant aux passages absents sont biffées), à partir de *et un notaire...* jusqu'à *si j'étais la maîtresse* (2 lignes plus bas).

par amour. Je suis sûre qu'elle ne marchande[1] si vilainement qu'à cause de vous.

LE CHEVALIER, *les premiers mots à part*. Il n'y a plus de risque[2] à tenir bon. Que voulez-vous que j'y fasse, Comtesse ? Je n'y vois point de remède.

LA COMTESSE. Comment ? que dites-vous ? Il faut que j'aie mal entendu ; car je vous estime.

LE CHEVALIER. Je dis que je ne puis rien là-dedans, et que c'est ma tendresse qui me défend de la résoudre à ce que vous souhaitez.

LA COMTESSE. Et par quel trait d'esprit me prouverez-vous la justesse de ce petit raisonnement-là ?

LE CHEVALIER[3]. Oui, Madame, je veux qu'elle soit heureuse. Si je l'épouse, elle ne le serait pas assez avec la fortune que j'ai ; la douceur de notre union s'altérerait ; je la verrais se repentir de m'avoir épousé, de n'avoir pas épousé Monsieur, et c'est à quoi je ne m'exposerai point.

LA COMTESSE. On ne peut vous répondre qu'en haussant les épaules. Est-ce vous qui me parlez, Chevalier ?

LE CHEVALIER. Oui, Madame.

LA COMTESSE. Vous avez donc l'âme mercenaire aussi, mon petit cousin ? je ne m'étonne plus de l'inclination que vous avez l'un pour l'autre. Oui, vous êtes digne d'elle ; vos cœurs sont bien assortis. Ah ! l'horrible façon d'aimer !

LE CHEVALIER. Madame, la vraie tendresse ne raisonne pas autrement que la mienne.

LA COMTESSE. Ah ! Monsieur, ne prononcez pas seulement le mot de tendresse ; vous le profanez.

LE CHEVALIER. Mais...

LA COMTESSE. Vous me scandalisez, vous dis-je. Vous êtes mon parent malheureusement, mais je ne m'en vanterai point. N'avez-

---

1. Ms. TF. A et TF. B, 58 c. r. : *qu'elle ne dispute.*   **2.** Texte des éditions 58 c. r. et de quelques autres (Arkstée et Merkus, 1754, etc.). Les éditions Pr. 36 et Pr. 40 portent : *Il n'y a plus le risque*, qu'on peut expliquer à la rigueur (comparer plus haut, sc. III : *Que vous dit le cœur ? — Pas le mot.*), mais qui est peu naturel.   **3.** Les trois répliques qui précèdent manquent dans l'édition Pr. 59. Le chevalier enchaîne : *Je n'y vois point de remède. Oui, Madame, je veux*, etc., jusqu'à la fin de la réplique. Puis intervient une nouvelle coupure de six répliques, jusqu'à celle de la comtesse : *Vous me scandalisez...*

vous pas de honte[1] ? Vous parlez de votre fortune, je la connais ; elle vous met fort en état de supporter le retranchement d'une aussi misérable somme que celle dont il s'agit, et qui ne peut jamais être que mal acquise. Ah ciel ! moi qui vous estimais[2] ! Quelle avarice sordide ! Quel cœur sans sentiment ! Et de pareils gens disent qu'ils aiment ! Ah ! le vilain amour ! Vous pouvez vous retirer ; je n'ai plus rien à vous dire.

LE MARQUIS, *brusquement*. Ni moi plus rien à entendre[3]. Le billet va partir ; vous avez encore trois heures à entretenir Hortense, après quoi j'espère qu'on ne vous verra plus.

LE CHEVALIER. Monsieur, le contrat signé, je pars. Pour vous, Comtesse, quand vous y penserez bien sérieusement, vous excuserez votre parent et vous lui rendrez plus de justice[4].

LA COMTESSE. Ah ! non ; voilà qui est fini[5], je ne saurais le mépriser davantage.

Scène XIX[6]

LE MARQUIS, LA COMTESSE

LE MARQUIS. Eh bien ! suis-je assez à plaindre ?

LA COMTESSE. Eh ! Monsieur, délivrez-vous[7] d'elle et donnez-lui les deux cent mille francs.

LE MARQUIS. Deux cent mille francs plutôt que de l'épouser ! Non, parbleu ! je n'irai pas m'*incommoder jusque-là ; je ne pourrais pas les trouver sans me *déranger[8].

LA COMTESSE, *négligemment*[8]. Ne vous ai-je pas dit que j'ai justement la moitié de cette somme-là toute prête ? À l'égard du reste, on tâchera de vous la faire.

---

1. La partie de la réplique de la comtesse qui va de *N'avez-vous pas de honte* jusqu'à *mal acquise* est supprimée dans G par un béquet. En conséquence, elle est biffée dans le ms. Ars. et ne figure plus dans les ms. TF. A et TF. B, ni dans l'édition 58 c. r.   **2.** Ms. TF. B, 58 c. r. : *qui vous estime.*   **3.** Les éditions courantes portent *rien à craindre*, par une erreur qui remonte à l'édition Duviquet.   **4.** *Il sort.*   **5.** Les mots *voilà qui est fini* sont omis dans l'édition 58 c. r. Immédiatement après, l'édition D. 58 porte *saurai* pour *saurais.*   **6.** Scène XVIII dans G et dans D. 58, XVI dans les ms. TF. A et B, ainsi que dans l'édition 58 c. r.   **7.** Texte commun aux manuscrits et à toutes les éditions, sauf Pr. 36 qui portait *délivrez-nous.*   **8.** L'indication *négligemment* figure dans Pr. 40, D. 58, 58 c. r. et dans les ms. TF. A et B. Elle manque dans le ms. Ars. Son importance est évidente.

LE MARQUIS. Eh ! quand on emprunte, ne faut-il pas rendre ? Si vous aviez voulu de moi, à la bonne heure ; mais dès qu'il n'y a rien à faire, je retiens la demoiselle ; elle serait trop chère à renvoyer.

LA COMTESSE. Trop chère ! Prenez donc garde, vous parlez comme eux. Seriez-vous capable de sentiments si mesquins ? Il vaudrait mieux qu'il vous en coûtât tout votre bien que de la retenir, puisque vous ne l'aimez pas, Monsieur [1].

LE MARQUIS. Eh ! en aimerais-je une autre davantage ? À l'exception de vous, toute femme m'est égale ; brune, blonde, petite ou grande, tout cela revient au même, puisque je ne vous ai pas, que je ne puis vous avoir, et qu'il n'y a que vous que j'aimais.

LA COMTESSE. Voyez donc comment vous ferez ; car enfin, est-ce une nécessité que je vous épouse à cause de la situation désagréable où vous êtes ? En vérité, cela me paraît bien fort, Marquis.

LE MARQUIS. Oh ! je ne dis pas que ce soit une nécessité ; vous me faites plus ridicule que je ne le suis. Je sais bien [2] que vous n'êtes obligée à rien. Ce n'est pas votre faute si je vous aime, et je ne prétends pas que vous m'aimiez ; je ne vous en parle point non plus.

LA COMTESSE, *impatiente et d'un ton sérieux*. Vous faites fort bien, Monsieur ; votre discrétion est tout à fait raisonnable ; je m'y attendais, et vous avez tort de croire que je vous fais plus ridicule que vous ne l'êtes [3].

LE MARQUIS. Tout le mal qu'il y a, c'est que j'épouserai cette fille-ci avec un peu plus de peine que je n'en aurais eu sans vous. Voilà toute l'obligation que je vous ai. Adieu, Comtesse.

LA COMTESSE. Adieu, Marquis ; vous vous en allez [4] donc *gaillarde-ment comme cela, sans imaginer d'autre expédient que ce contrat extravagant !

LE MARQUIS. Eh ! quel expédient ? Je n'en savais qu'un qui n'a pas réussi, et je n'en sais plus. Je suis votre très humble serviteur [5].

LA COMTESSE. Bonsoir, Monsieur. Ne perdez point de temps en révérences, la chose presse.

---

1. Ms. TF. A et B, 58 c. r. : *puisque vous dites que vous ne l'aimez pas* (le mot *Monsieur* manque). **2.** Le mot *bien* est omis dans les éditions D. 58 et Pr. 59. **3.** La fin de cette réplique, depuis *je m'y attendais*, est supprimée par un béquet et biffée dans le ms. Ars. Elle est omise dans les ms. TF. A et TF. B, comme dans 58 c. r. **4.** Ms. TF. A et TF. B, 58 c. r. : *Adieu, Marquis ; eh bien ! vous vous en allez.* **5.** L'indication scénique *Il se retire en faisant plusieurs révérences* est ajoutée ici dans les ms. TF. A et TF. B et dans 58 c. r.

Scène XX[1]

LA COMTESSE, *quand il est parti*

Qu'on me dise en vertu de quoi cet homme-là s'est mis dans la tête que je ne l'aime point ! Je suis quelquefois, par impatience, tentée de lui dire que je l'aime, pour lui montrer qu'il n'est qu'un idiot. Il faut que je me satisfasse.

Scène XXI

LÉPINE, LA COMTESSE

LÉPINE. Puis-je prendre la licence de m'approcher de Madame la Comtesse ?

LA COMTESSE. Qu'as-tu à me dire ?

LÉPINE. De nous rendre réconciliés, Monsieur le Marquis et moi.

LA COMTESSE. Il est vrai qu'avec l'esprit tourné comme il l'a, il est homme à te punir de l'avoir bien servi.

LÉPINE. J'ai le contentement que vous avez approuvé[2] mon refus de partir. Il vous a semblé que j'étais un serviteur excellent ; Madame, ce sont les termes de la louange dont votre justice m'a gratifié.

LA COMTESSE. Oui, excellent, je le dis encore[3].

LÉPINE. C'est cependant mon excellence qui fait aujourd'hui que je chancelle dans mon poste. Tout estimé que je suis de la plus aimable Comtesse, elle verra qu'on me supprime.

LA COMTESSE. Non, non, il n'y a pas d'apparence. Je parlerai pour toi[4].

---

1. Scène xix pour Pr. 59, xvii pour les ms. TF. A et TF. B, et pour 58 c. r. L'indication scénique se présente sous la forme *seule* dans Pr. 40, etc., et manque dans TF. A et B, et 58 c. r. De même, la scène xx, qui suit, est xviii pour les ms. TF. A et TF. B, etc.   **2.** Édition 58 c. r. : *que vous approuvez* ; de même plus loin : *Il vous semble.*   **3.** Un béquet recouvre, dans G, le passage qui va de *ce sont les termes* jusqu'à *je le dis encore*. La réplique de la comtesse disparaît donc. Dans le ms. Ars., seuls les mots *je le dis encore* sont biffés. C'est de cette version qu'est issu le texte des ms. TF. A et B, et de 58 c. r., qui, abrégeant comme G le rôle de Lépine, conserve une brève réplique de la comtesse sous la forme : *Oui, excellent.* Voir le texte en question à l'Appendice.   **4.** Nouvelle coupure, dans G, dans les manuscrits et dans 58 c. r. depuis *Tout estimé* jusqu'à *pour toi*. Lépine enchaîne : ... *mon poste. Madame, enseignez...*

LÉPINE. Madame, enseignez à monsieur le Marquis le mérite de mon procédé. Ce notaire me consternait : dans l'excès de mon zèle, je l'ai fait malade, je l'ai fait mort ; je l'aurais enterré, *sandis, le tout par affection, et néanmoins on me gronde ! *(Et puis s'approchant de la Comtesse d'un air mystérieux[1].)* Je sais au demeurant que monsieur le Marquis vous aime ;[2] Lisette le sait ; nous l'avions même priée de vous en toucher deux mots pour exciter votre compassion, mais elle a craint la diminution de ses petits profits.

LA COMTESSE. Je n'entends pas ce que cela veut dire.

LÉPINE. Le voici au net. Elle prétend que votre état de veuve lui rapporte davantage que ne ferait votre état de femme en puissance d'époux, que vous lui êtes plus profitable, autrement dit, plus lucrative.

LA COMTESSE. Plus lucrative ! c'était donc là le motif de ses refus ? Lisette est une jolie petite personne !

LÉPINE[3]. Cette prudence ne vous rit pas, elle vous répugne ; votre belle âme de comtesse s'en scandalise ; mais tout le monde n'est pas comtesse ; c'est une pensée de soubrette que je rapporte. Il faut excuser la servitude. Se fâche-t-on qu'une fourmi rampe ? La médiocrité de l'état fait que les pensées sont médiocres. Lisette n'a point de bien, et c'est avec de petits sentiments qu'on en amasse.

LA COMTESSE. L'impertinente ! La voici. Va, laisse-nous ; je te raccommoderai avec ton maître ; dis-lui que je le prie de me venir parler.

Scène XXII[4]

LISETTE, LA COMTESSE, LÉPINE

LÉPINE, *à Lisette, en sortant.* Mademoiselle, vous allez trouver le temps orageux ; mais ce n'est qu'une *gentillesse de ma façon pour obtenir votre cœur. *(Lépine part.)*

---

1. Ms. TF. A : *mystérieusement.* **2.** Ici, le ms. Ars. porte une addition manuscrite dans le rôle de la comtesse, qui, complétée, passe dans TF. A et B et dans 58 c. r. (pas dans G). Soit : « LA COMTESSE, *brusquement* : *Cela se peut bien.* LÉPINE : *Eh oui ! Madame, vous êtes le tourment de son cœur. Lisette le sait, etc.* » **3.** Toute la réplique de Lépine est supprimée par un béquet dans G. En conséquence, les deux répliques de la comtesse n'en forment plus qu'une. De même dans les ms. TF. A et B et dans 58 c. r. **4.** Scène XXI pour Pr. 59, XIX pour les ms. TF. A et TF. B, ainsi que pour

Scène XXIII [1]

LISETTE, LA COMTESSE

LISETTE, *en s'approchant de la Comtesse*. Que veut-il dire ?

LA COMTESSE. Ah ! c'est donc vous ?

LISETTE. Oui, Madame ; et la poste n'était point partie. Eh bien ! que vous a dit le Marquis ?

LA COMTESSE. Vous méritez bien que je l'épouse !

LISETTE. Je ne sais pas en quoi je le mérite ; mais ce qui est de certain [2], c'est que, toute réflexion faite, je venais pour vous le conseiller. *(À part.)* Il faut céder au torrent.

LA COMTESSE. Vous me surprenez. Et vos profits, que deviendront-ils ?

LISETTE. Qu'est-ce que c'est que mes profits ?

LA COMTESSE. Oui, vous ne gagneriez plus tant avec moi si j'avais un mari, avez-vous dit à Lépine. Penserait-on que je serai peut-être obligée de me remarier, pour échapper à la fourberie et aux services intéressés de mes domestiques ?

LISETTE. Ah ! le coquin ! il m'a donc tenu parole. Vous ne savez pas qu'il m'aime, Madame ; que par là il a intérêt que vous épousiez son maître ; et, comme j'ai refusé de vous parler en faveur du Marquis, Lépine a cru que je le desservais auprès de vous ; il m'a dit que je m'en repentirais ; et voilà comme il s'y prend ! Mais, en bonne foi, me reconnaissez-vous au discours qu'il me fait tenir ? Y a-t-il même du bon sens ? M'en aimerez-vous moins quand vous serez mariée [3] ? En serez-vous moins bonne, moins généreuse ?

---

58 c. r. Noter que, dans la réplique suivante, l'indication *en sortant*, donnée par Pr. 36 et 58 c. r., est supprimée dans les autres versions. Quant à l'indication *Lépine part*, également donnée par l'édition originale, elle est remplacée par *Il s'en va* dans Pr. 40 et les autres éditions anciennes, et disparaît de l'édition Duviquet.

1. Scène XXII pour Pr. 59, XX pour les ms. TF. A et TF. B, ainsi que pour 58 c. r. Dans la réplique de Lisette qui commence la scène, l'indication scénique, que nous donnons sous la forme qu'elle a dans l'édition originale et dans le ms. TF. A, figure ailleurs sous la forme *s'approchant de la Comtesse*. Elle disparaît de l'édition Duviquet.   **2.** Texte des éditions et des manuscrits, sauf TF. A : *ce qui est certain*. Les éditions modernes, après Duviquet, corrigent arbitrairement : *ce qu'il y a de certain*.   **3.** L'édition 58 c. r. porte *m'aimeriez* pour *m'aimerez*. Quant au ms. TF. A, il ajoute ici un mot : *quand vous serez mariée, Madame*, ...

LA COMTESSE. Je ne pense pas[1].

LISETTE. Surtout avec le Marquis, qui, de son côté, est le meilleur homme du monde ? Ainsi, qu'est-ce que j'y perdrais ? Au contraire, si j'aime tant mes profits, avec vos bienfaits je pourrai encore espérer les siens.

LA COMTESSE. Sans difficulté.

LISETTE. Et enfin, je pense si différemment, que je venais actuellement, comme je vous l'ai dit, tâcher de vous porter au mariage en question, parce que je le juge nécessaire.

LA COMTESSE. Voilà qui est bien, je vous crois. Je ne savais pas que Lépine vous aimait ; et cela change tout, c'est un article qui vous[2] justifie.

LISETTE. Oui ; mais on vous prévient bien aisément contre moi, Madame ; vous ne rendez guère justice à mon attachement pour vous.

LA COMTESSE. Tu te trompes ; je sais ce que tu vaux, et je n'étais pas si persuadée que tu te l'imagines[3]. N'en parlons plus. Qu'est-ce que tu me voulais dire ?

LISETTE. Que je songeais que le Marquis est un homme estimable.

LA COMTESSE. Sans contredit, je n'ai jamais pensé autrement.

LISETTE. Un homme avec qui[4] vous aurez l'agrément d'avoir un ami sûr, sans avoir de maître.

LA COMTESSE. Cela est encore vrai ; ce n'est pas là ce que je dispute.

LISETTE. Vos affaires vous fatiguent.

LA COMTESSE. Plus que je ne puis dire ; je les entends mal, et je suis une paresseuse[5].

LISETTE. Vous en avez des instants de mauvaise humeur qui nuisent à votre santé.

---

1. Édition 58 c. r. : *Je ne le pense pas*.   **2.** Ms. TF. A et TF. B, édition 58 c. r. : *qui te justifie*.   **3.** Le ms. Ars. porte *prévenue* au lieu de *persuadée*, qui est le texte des éditions Pr. 39, Pr. 40, Pr. 59. Cette première phrase de la réplique de la comtesse est d'ailleurs biffée dans le ms. Ars. De même, elle est supprimée, ainsi que toute la réplique de Lisette qui précède, dans G. Les ms. TF. A et B, ainsi que l'édition 58 c. r., suivent le texte de G.   **4.** *Avec qui*, et non pas *en qui*, comme le portent les éditions courantes, depuis Duviquet. Dans la même réplique, le ms. TF. B, ainsi que les éditions 58 c. r., D. 58 et Pr. 59, portent *un mari sûr*, qui est évidemment une faute.   **5.** Les ms. TF. A et TF. B, ainsi que l'édition 58 c. r., portent : *je suis née paresseuse*, qui donne un sens acceptable.

LA COMTESSE. Je n'ai connu mes migraines [1] que depuis mon veuvage.

LISETTE. Procureurs, avocats, fermiers, le Marquis vous délivrerait de tous ces gens-là.

LA COMTESSE. Je t'avoue que tu as réfléchi là-dessus plus sûrement que moi. Jusqu'ici je n'ai point de raisons qui combattent les tiennes [2].

LISETTE. Savez-vous bien que c'est peut-être le seul homme qui vous convienne ?

LA COMTESSE. Il faut donc que j'y rêve.

LISETTE. Vous ne vous sentez point de l'éloignement pour lui ?

LA COMTESSE. Non, aucun. Je ne dis pas que je l'aime de ce qu'on appelle passion ; mais je n'ai rien dans le cœur qui lui soit contraire.

LISETTE. Eh ! n'est-ce pas assez, vraiment ! De la passion ! Si, pour vous marier, vous attendez qu'il vous en vienne, vous resterez toujours veuve ; et à proprement parler, ce n'est pas lui que je vous propose d'épouser, c'est son caractère.

LA COMTESSE. Qui est admirable, j'en conviens.

LISETTE [3]. Et puis, voyez le service que vous lui rendrez chemin faisant, en rompant le triste mariage qu'il va conclure [4] plus par désespoir que par intérêt !

LA COMTESSE. Oui, c'est une bonne action que je ferai, et il est louable d'en faire autant qu'on peut.

LISETTE. Surtout quand il n'en coûte rien au cœur.

LA COMTESSE. D'accord [5]. On peut dire assurément que tu plaides bien pour lui. Tu me disposes on ne peut pas mieux ; mais il n'aura pas l'esprit d'en profiter, mon enfant.

LISETTE. *D'où vient donc ? Ne vous a-t-il pas parlé de son amour ?

LA COMTESSE. Oui, il m'a dit qu'il m'aimait, et mon premier mouvement a été d'en paraître étonnée ; c'était bien le moins. Sais-tu ce qui est arrivé ? Qu'il a pris mon étonnement pour de la colère. Il a

---

1. Ms. TF. A : *connu la migraine.*   **2.** Toute cette réplique de la comtesse est annulée dans G et biffée dans le ms. Ars. Elle disparaît dans les ms. TF. A et B, et dans 58 c. r., où Lisette enchaîne : *... tous ces gens-là. Savez-vous bien...*   **3.** Coupure à partir d'ici dans G (béquet), Ars. (répliques de la comtesse biffées), ms. TF. A et TF. B, 58 c. r. Voir note 5.   **4.** Texte des éditions Pr. 40, D. 58, Pr. 59. L'édition originale portait : *qu'il va contracter.*
5. Ici finit la coupure dans les versions citées note 3, qui enchaînent : *... qui est admirable assurément. Et on peut dire que tu parles bien...*

commencé par établir que je ne pouvais pas le souffrir[1]. En un mot, je le déteste, je suis furieuse contre son amour ; voilà d'où il part ; moyennant quoi je ne saurais le désabuser sans lui dire : Monsieur, vous ne savez ce que vous dites. Et ce serait me jeter à sa tête ; aussi n'en ferai-je rien.

LISETTE. Oh ! c'est une autre affaire : vous avez raison ; ce n'est point ce que je vous conseille non plus, et il n'y a qu'à le laisser là.

LA COMTESSE. Bon ! tu veux que je l'épouse, tu veux que je le laisse là ; tu me promènes[2] d'une extrémité à l'autre. Eh ! peut-être n'a-t-il pas tant de tort, et que c'est ma faute. Je lui réponds quelquefois avec aigreur.

LISETTE. J'y pensais : c'est ce que[3] j'allais vous dire. Voulez-vous que j'en parle à Lépine, et que je lui insinue de l'encourager ?

LA COMTESSE. Non, je te le défends, Lisette, à moins que je n'y sois pour rien.

LISETTE. Apparemment, ce n'est pas vous qui vous en avisez, c'est moi.

LA COMTESSE. En ce cas, je n'y prends point de part. Si je l'épouse, c'est à toi à qui il[4] en aura l'obligation ; et je prétends qu'il le sache, afin qu'il t'en récompense.

LISETTE. Comme il vous plaira, Madame.

LA COMTESSE. À propos, cette robe brune qui me déplaît, l'as-tu prise ? J'ai oublié de te dire que je te la donne[5].

LISETTE. Voyez comme votre mariage diminuera mes profits. Je vous quitte pour chercher Lépine, mais ce n'est pas la peine ; voilà le Marquis, et je vous laisse.

---

1. Texte des éditions et des manuscrits anciens. Les éditions Arkstée et Merkus, 1754, Pr. 1759, Duviquet et certaines éditions modernes portent : *que je ne pouvais le souffrir*. **2.** Texte de l'édition originale. Les éditions modernes, suivant sans contrôle le texte de Pr. 40 et du ms. Ars., portent par erreur *tu te promènes*, qui est absurde. **3.** Pr. 36, par erreur, donne *c'est que ce que* pour *c'est ce que*. **4.** Texte de Pr. 36, des ms. TF. A et TF. B, et de 58 c. r. Les éditions Pr. 40 et D. 58, suivies par les éditions modernes, portent : *c'est à toi qu'il*. **5.** Cette réplique et la précédente sont annulées dans G et le ms. Ars., et disparaissent des ms. TF. A et TF. B, ainsi que de 58 c. r.

Scène XXIV[1]

LE MARQUIS, LA COMTESSE

LE MARQUIS, *[à part, sans voir la Comtesse]*. Voici cette lettre que je viens de faire pour le notaire, mais je ne sais pas si elle partira ; je ne suis pas d'accord avec moi-même. *[À la Comtesse.]* On dit que vous souhaitez me parler, Comtesse ?

LA COMTESSE. Oui, c'est en faveur de Lépine. Il n'a voulu que vous rendre service ; il craint que vous ne le congédiiez, et vous m'obligerez de le garder ; c'est une grâce que vous ne me refuserez pas, puisque vous dites que vous m'aimez.

LE MARQUIS. Vraiment oui, je vous aime, et ne vous aimerai encore que trop longtemps.

LA COMTESSE. Je ne vous en empêche pas.

LE MARQUIS. Parbleu ! je vous en défierais, puisque je ne saurais m'en empêcher moi-même.

LA COMTESSE, *riant*. Ha ! ha ! ha ! Ce ton brusque me fait rire.

LE MARQUIS. Oh ! oui, la chose est fort plaisante !

LA COMTESSE. Plus que vous ne pensez.

LE MARQUIS. Ma foi, je pense que je voudrais ne vous avoir jamais vue.

LA COMTESSE. Votre inclination s'explique avec des grâces infinies.

LE MARQUIS. Bon ! des grâces ! À quoi me serviraient-elles ? N'a-t-il pas plu à votre cœur de me trouver haïssable ?

LA COMTESSE. Que vous êtes impatientant avec votre haine ! Eh ! quelles preuves avez-vous de la mienne ? Vous n'en avez que de ma patience à écouter la bizarrerie des discours que vous me tenez toujours. Vous ai-je jamais dit un mot de ce que vous m'avez fait dire, ni que vous me fâchiez, ni que je vous hais, ni que je vous raille ? Toutes visions que vous prenez, je ne sais comment, dans votre tête, et que vous vous figurez venir de moi ; visions que vous grossissez, que vous multipliez à chaque fois que vous me répondez ou que vous croyez me répondre ; car vous êtes d'une maladresse ! Ce n'est non plus à moi à qui vous répondez[2], qu'à qui ne vous parla jamais ; et cependant Monsieur se plaint !

---

1. Scène XXIII de Pr. 59, XXI des ms. TF. A et B, et de 58 c. r. Les indications scéniques qui figurent dans la réplique suivante entre crochets viennent du ms. TF. B et de l'édition 58 c. r. Elles ne sont pas données par les autres versions.   2. Ms. TF. A et B, édition 58 c. r. : *que vous parlez*.

LE MARQUIS. C'est que Monsieur est un extravagant.

LA COMTESSE. C'est du moins le plus insupportable homme que je connaisse. Oui, vous pouvez être persuadé qu'il n'y a rien de si original que vos conversations avec moi, de si incroyable !

LE MARQUIS. Comme votre aversion m'*accommode !

LA COMTESSE. Vous allez voir. Tenez ; vous dites que vous m'aimez, n'est-ce pas ? Et[1] je vous crois. Mais voyons, que souhaiteriez-vous que je vous répondisse ?

LE MARQUIS. Ce que je souhaiterais ? Voilà qui est bien difficile à deviner. Parbleu, vous le savez de reste.

LA COMTESSE. Eh bien ! ne l'ai-je pas dit[2] ? Est-ce là me répondre[3] ? Allez, Monsieur, je ne vous aimerai jamais, non, jamais.

LE MARQUIS. Tant pis, Madame, tant pis ; je vous prie de trouver bon que j'en sois fâché.

LA COMTESSE. Apprenez donc, lorsqu'on dit aux gens qu'on les aime, qu'il faut du moins leur demander ce qu'ils en pensent.

LE MARQUIS. Quelle chicane vous me faites !

LA COMTESSE. Je n'y saurais tenir ; adieu. *(Elle veut s'en aller[4].)*

LE MARQUIS. Eh bien ! Madame, je vous aime ; qu'en pensez-vous ? et encore une fois, qu'en pensez-vous ?

LA COMTESSE. Ah ! ce que j'en pense[5] ? Que je le veux bien, Monsieur ; et encore une fois, que je le veux bien ; car, si je ne m'y prenais pas de cette façon, nous ne finirions jamais.

LE MARQUIS, *charmé*[6]. Ah ! Vous le voulez bien ? Ah ! je respire, Comtesse, donnez-moi votre main, que je la baise.

---

1. Le mot *et* disparaît des éditions Arkstée et Merkus (1754), D. 58, Pr. 59. **2.** Ms. TF. A et TF. B : *Eh bien ! l'ai-je pas dit ?* (58 c. r. rectifie : *ne l'ai-je pas dit ?*) **3.** Cette dernière phrase, recouverte par un béquet dans G, disparaît des ms. TF. A et TF. B, ainsi que de 58 c. r. **4.** Cette indication scénique et la suivante ne se trouvent que dans les manuscrits et dans 58 c. r. **5.** Texte des manuscrits (y compris Ars.) et de 58 c. r. Les autres éditions portent : *ce que je pense*. **6.** L'indication scénique *charmé* ne figure que dans Pr. 36 et Pr. 40. De même, l'exclamation *Ah !* qui ouvre la réplique du marquis manque dans les manuscrits et dans l'édition 58 c. r. Une indication scénique *(Il baise avec transport la main de la Comtesse)* est donnée en fin de réplique par les ms. TF. A et TF. B.

Scène XXV et dernière [1]

LA COMTESSE, LE MARQUIS, HORTENSE, LE CHEVALIER, LISETTE, LÉPINE

HORTENSE. Votre billet est-il prêt, Marquis ? Mais vous baisez la main de la Comtesse, ce me semble ?

LE MARQUIS. Oui ; c'est pour la remercier du peu de regret que j'ai aux deux cent mille francs que je vous donne.

HORTENSE. Et moi, sans compliment, je vous remercie de vouloir bien les perdre.

LE CHEVALIER. Nous voilà donc contents. Que je vous embrasse, Marquis. *(Et à la Comtesse.)* Comtesse, voilà le dénouement que nous attendions.

LA COMTESSE, *en s'en allant* [2]. Eh bien ! vous n'attendrez plus [3].

LISETTE, *à Lépine.* Maraud ! je crois en effet qu'il faudra que je t'épouse.

LÉPINE. Je l'avais entrepris.

---

1. Cette scène a le n° XXIV dans G et dans l'édition Pr. 59, XXII dans les ms. TF. A et TF. B, ainsi que dans 58 c. r. Dans ces trois dernières versions, seuls sont indiqués, dans la liste des acteurs en scène, la comtesse, le marquis, Hortense et le chevalier. Voir ci-après.   2. L'indication scénique manque dans le ms. TF. A.   3. Les ms. TF. A et TF. B, ainsi que 58 c. r., portent : *vous ne l'attendrez plus*. Avec cette réplique s'achève la pièce dans 58 c. r. et dans le ms. TF. B. Dans le ms. TF. A, les deux dernières répliques sont conservées, sous le titre de « Scène XXIII et dernière, LÉPINE, LISETTE ».

LES FAUSSES CONFIDENCES

COMÉDIE EN TROIS ACTES, EN PROSE,
REPRÉSENTÉE POUR LA PREMIÈRE FOIS
PAR LES COMÉDIENS-ITALIENS
LE 16 MARS 1737

NOTICE

Représentée pour la première fois le 16 mars 1737 au Théâtre-Italien, conformément au principe d'alternance respecté par Marivaux à cette époque entre les deux théâtres, la comédie des *Fausses Confidences* est sa dernière grande œuvre, puisqu'elle ne sera suivie que de pièces en un acte. Quoiqu'elle s'inscrive sans surprise à la suite des chefs-d'œuvre qui l'ont précédée, elle rend par moments un son nouveau, presque insolite. Ce sont des modifications de détail, dont chacune se rattache à une évolution toute naturelle, qui par leur somme et par leur convergence finissent par constituer des traits marqués.

Ainsi, la part de la fantaisie, qui décroissait régulièrement depuis *Arlequin poli par l'amour*, est ici réduite à presque rien. Le seul rôle d'Arlequin, du reste peu important, rappelle que *Les Fausses Confidences* ont été écrites pour le Théâtre-Italien. À vrai dire, la même tendance s'observe dans toutes les comédies composées à l'époque pour cette troupe. Biancolelli, dit Trivelin, était mort depuis 1734. Le Docteur, Materazzi, très âgé, ne jouait plus. Thomassin enfin, le merveilleux Arlequin des premières pièces de Marivaux, gravement malade [1], n'était plus que l'ombre de lui-même. La verve de Marivaux, dans le rôle qu'il compose pour lui, semble tarir dans la mesure où elle n'est plus nourrie par la fantaisie de l'acteur. Curieuse indication qui montre à quel point sont incarnés les personnages de ce théâtre que Voltaire appelait à la légère « métaphysique ».

En contrepartie, les éléments réalistes prennent dans *Les Fausses Confidences* une importance qu'ils n'avaient dans aucune pièce de

---

1. Il mourra le 17 août 1739, « après une longue maladie », dit le *Mercure*.

Marivaux[1]. L'hôtel parisien d'Araminte, avec ses appartements donnant de plain-pied sur le jardin, fournit un cadre moins conventionnel que l'habituel décor, coin de parc ou vague salon. Fait plus rare encore, la ville est évoquée à plusieurs reprises par la mention de l'Opéra, de la Comédie, des Tuileries, même par celle de la rue du Figuier, authentique petite rue peu éloignée de ce quartier Saint-Gervais qu'habitent Jacob et Mlle Habert dans *Le Paysan parvenu*. À côté des personnages traditionnels de la comédie, on en entrevoit d'autres qui sortent de la réalité quotidienne. C'est un garçon joaillier qui apporte le portrait en miniature enchâssé sur l'ordre de Dorante, et pour justifier une sortie d'Araminte, Marivaux recourt à l'arrivée d'une marchande d'étoffes qui vient montrer sa collection, tout comme le fait Mme Dutour auprès de Mme de Fare dans la cinquième partie de *La Vie de Marianne*, parue quelques mois auparavant[2].

Le retour de Marivaux au roman dans les années 1730-1736 se trahit encore par la précision avec laquelle il note l'état social de ses personnages. Dorante, fils d'un avocat, neveu d'un procureur, a fait ses études de droit. Marton est fille d'un procureur, « homme un peu dérangé » ; Araminte, veuve d'un riche financier, a cinquante mille livres de rente, soit quelque quatre cent mille francs 1968. Mieux, comme l'a remarqué Ch. Dédeyan, la pièce figure en raccourci la société du temps, avec ses ascensions autant que ses décadences, et tout le brassage de classes qui en résulte : Araminte, qui est allée de la bourgeoisie à la finance, peut aussi bien s'allier à la petite-bourgeoisie de pratique qu'à la haute noblesse d'épée. Dorante pourrait épouser Marton aussi bien qu'Araminte, et Marton elle-même finira peut-être ses jours comme femme de Dubois. Il y a là, dans l'œuvre dramatique de Marivaux, une donnée nouvelle qui prend la valeur d'un document si on la rapproche de situations semblables dans *L'Épreuve* (1740), dans *La Commère* (1741) et dans *Le Préjugé vaincu* (1746), pour ne rien dire naturellement du *Paysan parvenu* (1734-1735).

En même temps qu'ils sont plus solidement installés dans la réalité sociale, les personnages se sont mûris. Il n'y a plus de jeunes

---

1. Voir à ce sujet Charles Dédeyan, « Vérité et Réalité dans *Les Fausses Confidences* », *Mélanges Mornet*, 1951, pp. 119-132, et surtout André Tissier, « *Les Fausses Confidences* » *de Marivaux*, SEDES, 1976.   **2.** En septembre 1736, à peine plus de six mois avant *Les Fausses Confidences*.

gens dans *Les Fausses Confidences*. Dorante a « près de trente ans [1] ». Quoique rien ne permette d'avancer qu'elle soit plus vieille que lui [2], Araminte est d'âge assorti. Le comte est certainement bien plus âgé [3], et cela pourrait déjà expliquer le peu de penchant qu'elle éprouve pour lui. Sans doute est-il à peu près de la même génération que Mme Argante ou M. Remy. Enfin, Dubois a l'autorité d'un valet chevronné [4]. Parmi ces personnages mûrs [5], le badinage du *Jeu de l'amour et du hasard* n'est plus de mise. Le comique des *Fausses Confidences* est d'un genre différent : il se définit moins par les balourdises à l'italienne d'Arlequin que par les sous-entendus à la française de Dubois. Dans les scènes entre Mme Argante et M. Remy, il prend un accent presque moliéresque : on songe à Mme Pernelle aux prises avec toute une maisonnée. Le règne de la tragédie bourgeoise approche en 1737 [6] : on en est ici à l'époque où la comédie, même jouée sur la scène italienne, s'embourgeoise.

Ce changement d'atmosphère se reflète tout naturellement dans le style de l'œuvre. Les dialogues nerveux et brillants qui constituaient le fameux marivaudage disparaissent [7]. Des indications telles que *doucement, négligemment, plaintivement, tristement, tendrement, d'un ton doux, d'un air triste et attendri, d'un ton vif et naïf,* sont très caractéristiques du nouveau ton adopté. Parallèlement, Marivaux recourt à des moyens d'expression originaux, les réponses distraites [8], les paroles machinales qu'échangent les interlocuteurs

---

1. Le rôle de Dorante était sans doute joué par Romagnesi, qui avait alors cinquante-trois ans. **2.** Silvia avait trente-sept ans en 1737, mais il ne faut pas oublier qu'elle créera encore trois un plus tard un rôle d'ingénue dans *L'Épreuve* avec un plein succès. **3.** Le rôle était sans doute tenu par Mario, âgé de quarante ans, mais qui depuis longtemps jouait les seconds amoureux ou les amoureux sacrifiés. **4.** Le rôle devait être joué par Des Hayes ou De Hesse, entré dans la troupe en 1734. À lui seul, le nom du personnage prouve qu'on doit le jouer « à la française ». **5.** Marton ne paraît pas être plus jeune que sa maîtresse. Le rôle fut probablement joué par Thérèse Delalande, ancienne actrice du Théâtre-Français, entrée dans la troupe en 1721. Mme Argante était Anne-Élisabeth Constantini (Mme Belmont), âgée de cinquante-huit ans ; Sticotti, engagé dès 1716, devait figurer M. Remy, et Vincent-Jean Thomassin, fils de Thomassin, le garçon bijoutier. **6.** La première tragédie bourgeoise, *Silvie*, de Landois, est de 1741. **7.** Ce point frappa tellement le marquis d'Argenson qu'il ne reconnaît plus la manière de Marivaux : « *Les Fausses Confidences* [...]. On dit cette pièce de Marivaux, mais le style le dément tant en bien qu'en mal. » Voyez ci-après, p. 1509. **8.** Cf. acte II, sc. xiii : *Dorante reste rêveur, et par distraction ne va point à la table... Dorante, toujours distrait.*

alors qu'il est question de bien autre chose[1]. Un curieux moyen de mise à nu du subconscient apparaît même avec des phrases auxquelles le personnage n'attache qu'un sens banal, alors qu'elles traduisent sans fard une réalité psychologique profonde. Dans une scène avec Dubois[2], Araminte a d'abord un premier mot surprenant : *Je voudrais pouvoir te faire oublier ce que tu m'as dit*. Un peu plus tard, la « prudence » ne voulant pas qu'elle renvoie Dorante, elle s'exprime à ce sujet d'une manière plus révélatrice encore : *Ce n'est plus le besoin que j'ai de lui qui me retient, c'est moi que je ménage*. Le jeu se reproduit une dernière fois à la fin de la scène. Il s'agit toujours de Dorante, qui ne s'est pas déclaré assez clairement pour qu'Araminte ait une raison de le renvoyer. Le mot d'Araminte est presque trop spirituel à force d'être naïf : *Il est vrai qu'il me fâcherait s'il parlait ; mais il serait à propos qu'il me fâchât*. Il faut, pour le faire passer, cette candeur que Marivaux réclamait de ses interprètes lorsqu'il leur recommandait de ne pas être spirituels à tout prix, et de ne pas paraître sentir la valeur de ce qu'ils disaient[3].

Non moins que le style, la conduite de la pièce a dépouillé le côté de virtuosité éblouissante des œuvres antérieures. Sous les apparences d'une progression ondoyante, *La Double Inconstance* et *Le Jeu de l'amour et du hasard* dissimulent une construction merveilleusement stylisée. Ici, les figures de l'habituel ballet ne sont même plus ébauchées : un seul personnage presque immobile est comme le centre autour duquel tous les autres s'agitent. Au lieu de naître d'une sorte de nécessité géométrique, les événements sont accumulés sous nos yeux par une main artificieuse. Cette nouvelle manière de mener l'action procède-t-elle d'une impuissance, ou d'un désir de renouvellement ? Ni l'un ni l'autre, sans doute. C'est, apparemment, le sujet lui-même qui l'a imposée. Mais ce sujet, quel est-il, et d'où vient-il ?

En fait de sources, « on peut dire, en un mot, qu'on n'en a pas trouvé », avouait Bernard Marquet, un des éditeurs des *Fausses*

---

1. Voir le début de la belle scène xii de l'acte III. **2.** Acte II, sc. xii. **3.** « Il faut, disait Marivaux selon d'Alembert, que les acteurs ne paraissent jamais sentir la valeur de ce qu'ils disent, et qu'en même temps les spectateurs la sentent et la démêlent à travers l'espèce de nuage dont l'auteur a dû envelopper leurs discours. » (*Éloge de Marivaux*, voir à l'Appendice, p. 2079.)

Confidences[1]. Il est de fait que la seule qui ait été proposée[2], *l'Amant peintre et valet*, de Cérou, est de trois ans postérieure à la pièce de Marivaux, dont, en fait, Cérou s'inspire largement. Avec plus de raison, Xavier de Courville rapproche *Les Fausses Confidences* de *La Dame amoureuse par envie*, canevas de Luigi Riccoboni imité du *Chien du jardinier*, de Lope de Vega[3]. En voici le résumé :

« La comtesse, qui s'appelle Diane, et qui s'appellera Flaminia, est éprise de son secrétaire, Théodore ou Lélio, alors que celui-ci avait déjà porté les yeux sur sa soubrette. Elle écarte de lui sa rivale, sans vouloir s'en avouer les raisons. Elle cherche à lui laisser entendre une flamme qu'elle n'ose lui déclarer, ne lui avoue ses tourments qu'en les lui présentant comme les tourments d'une amie, et se laisse choir pour être relevée par sa main. Elle espère éveiller sa jalousie en lui demandant conseil sur le prétendant qu'elle doit épouser. Quand il s'est laissé prendre au jeu et correspond à son amour, offensée dans son amour-propre, elle le repousse et décide de le chasser. Mais quand la pauvre soubrette demande à le suivre, elle refuse de la laisser partir avec lui. La scène qui devrait être d'adieux pousse à l'extrême le conflit de ses sentiments contradictoires, auquel font écho ces répliques qui expliquent le titre de la comédie :

« — Diane ressemble maintenant au chien du jardinier.

« — C'est bien tard pour lui prendre la main.

« — Qu'elle mange ou qu'elle laisse manger ! »

« Il ne faut pas moins pour résoudre la crise que la révélation de la noble naissance du secrétaire[4]. »

Que Marivaux ait connu cette pièce caractéristique du Théâtre-Italien, on le croit volontiers. Peut-être y emprunte-t-il l'idée d'une suivante qui serait une rivale pour son héroïne. Mais cette ressemblance est peu de chose, d'autant plus qu'Araminte ne se détermine

---

1. Éd. Larousse.   **2.** Par Lepeintre, éditeur d'un *Répertoire du Théâtre-Français*, Paris, 1822, Comédies, tome II, p. 3. Lepeintre, pensant aux *Fausses Confidences*, parle d'ailleurs par erreur du *Jeu de l'amour et du hasard*.   **3.** Par l'intermédiaire probable d'une pièce de Cicognini intitulée *La Moglie di quattro mariti*. Cf. l'ouvrage de X. de Courville, *Luigi Riccoboni, dit Lélio*, tome II, pp. 87-89. Le rapprochement entre Lope de Vega et Marivaux a été écarté trop légèrement par Larroumet (p. 199), qui ignore les deux intermédiaires que nous avons mentionnés.   **4.** Ce résumé est emprunté à Xavier de Courville, *Luigi Riccoboni, dit Lélio*, tome II, p. 88.

nullement par jalousie. Plus probablement, la scène où Araminte annonce à Dorante son mariage avec le comte, afin de l'éprouver, peut venir de *La Dame amoureuse par envie* : il ne s'agit encore que d'un détail. En revanche, les différences sont frappantes. Chez Lope ou dans la pièce italienne, ce sont les hésitations d'une capricieuse qui font tout le jeu dramatique. Chez Marivaux, l'initiative vient entièrement du côté adverse, et Araminte, loin d'être livrée à ses caprices, est une femme « extrêmement raisonnable [1] ». Ainsi, les intrigues des deux pièces ne se rapprochent que par des détails, et les caractères principaux ne se ressemblent pas.

On ne peut tirer de conclusion plus sûre de quelques autres correspondances avec telle ou telle pièce du temps. Dorante s'introduit chez Araminte comme intendant, de même que Valère entrait chez Harpagon dans la même qualité ; mais cette analogie de base n'en entraîne aucune autre, et il est inutile de s'y arrêter. Les divers incidents n'offrent pas en eux-mêmes beaucoup plus d'intérêt pour déterminer les sources de Marivaux. Le plus caractéristique est sans doute celui du portrait d'Araminte que Dorante fait surprendre volontairement, et il est vrai que, cette fois, Marivaux a une source, mais cette source n'est autre que lui-même : il a employé ce procédé presque de la même façon dans *Le Triomphe de l'amour*, où, à certains égards, la stratégie de Léonide par rapport à ses victimes n'est pas sans faire penser à celle de Dubois et de Dorante. Cependant, de toute évidence encore, l'idée fondamentale des *Fausses Confidences* ne vient pas de là.

Pour jeter quelques lumières sur le problème de la genèse des *Fausses Confidences*, il faut d'abord le réduire à l'examen des données qui sont ici nouvelles par rapport aux autres pièces. Il y en a deux essentielles soit, par ordre d'importance croissante, le personnage du valet rusé qui mène l'intrigue pour le compte de son maître, et un cas psychologique incarné dans un individu, mais d'une portée générale, celui de la jeune veuve aux prises avec l'amour. Comment ce dernier problème se pose à l'époque, quelle est la réalité humaine sur laquelle se penche l'écrivain, voilà ce qu'il faut avant tout dégager et mettre en lumière.

Dans la société que Marivaux a sous les yeux, l'état de veuve comporte une antinomie : très privilégié dans le domaine juridique, il est plein de périls dans le domaine sentimental. D'une part, la

---

1. Acte I, sc. II.

veuve est la seule espèce de femme que la loi civile ne considère pas comme mineure, avec tout ce que le terme comporte alors de vexatoire et d'oppressif. Mais voici le revers de la médaille. Considérée, selon le mot brutal d'un contemporain [1], comme « sachant par expérience ce que peut produire la compagnie d'un homme », la veuve, à la différence de la jeune fille, n'est pas protégée légalement contre les entreprises masculines. La conséquence pratique de ce fait est qu'un homme peut non seulement l'abandonner après l'avoir séduite, mais la déshonorer impunément, lui eût-il fait une promesse de mariage et la laissât-il enceinte de ses œuvres ! Supposons une toute jeune femme réduite ainsi au veuvage (et il n'en manquait pas), belle et portée à l'amour, mais riche et attachant d'autant plus de prix à rester maîtresse d'elle-même, exposée, à la moindre défaillance, aux moqueries d'une opinion publique impitoyable, il y avait là un personnage touchant qui ne pouvait manquer d'attirer l'attention d'un écrivain.

Marivaux, on s'en doute, n'est pas le premier à s'y être intéressé, et il ne peut être question de rechercher tous ses devanciers, parmi lesquels on pourrait compter Pierre Corneille pour *La Veuve* et Mme de La Fayette pour la fin de *La Princesse de Clèves*. Il en est un pourtant qui mérite une attention spéciale, non seulement parce qu'il a abordé la question d'une façon plus consciente que tous les autres, mais aussi parce qu'il y a mêlé une intrigue qui offre des traits communs avec celle de Marivaux, notamment le rôle si important du valet. Il s'agit de Robert Challe, dont Marivaux connaissait bien l'œuvre, et qui peut passer pour l'un des meilleurs témoins des mœurs de son temps. On lit dans la dernière [2] des sept *histoires* qui composent *Les Illustres Françaises* le récit suivant : Dupuis [3], cadet d'une famille honorable plutôt que riche, qui a mené jusque-là une vie assez dissolue, surprend un jour, par la fenêtre d'une antichambre où il attend d'être reçu d'un banquier, la conversation de deux femmes assises dans le jardin. L'une est la femme de l'homme à qui il rend visite, l'autre est une jeune veuve dont le mari est mort depuis six mois : s'il ne l'a pas rendue heureuse de son vivant, il l'a

---

1. Robert Challe, dont il va être question un peu plus loin.   **2.** « Histoire de Dupuis et de Madame de Londé », *Les Illustres Françaises*, éd. Livre de Poche pp. 572-603.   **3.** Marivaux, qui ne pouvait utiliser ce nom pour son héros, s'en est peut-être souvenu pour nommer le valet Dubois.

du moins laissée forte riche et complètement indépendante[1]. Dupuis, à qui les propos[2] de la veuve ont plu, s'arrange pour la voir, et tombe amoureux d'elle. Comme Dorante, il se rend plusieurs jours de suite dans la rue où demeure la belle veuve, « rêvant toujours à quelque expédient qui pût [lui] donner entrée chez elle ». N'en trouvant pas, il s'en remet à son valet, Poitiers, homme « hardi et capable de se tirer de toute sorte d'intrigue ». Après avoir songé à se prendre de querelle avec un des gens de la veuve, pour donner à son maître la possibilité de venir parler d'un accommodement, il imagine un moyen moins brutal : il s'arrange pour que la dame et Dupuis tiennent ensemble sur les fonts baptismaux l'enfant d'un pauvre portefaix qu'il connaît[3]. Dupuis est donc reçu chez la veuve et gagne sa confiance par « des coups de fourbe » qui sont, en partie, de fausses confidences[4]. Après quelque temps, il devient son amant. Mais quoi qu'il puisse faire, et malgré la fidélité et la probité qui règnent dès lors entre la veuve et lui, en dépit même des enfants qui leur naissent, il ne peut jamais la décider au mariage en raison de la « résolution fixe » qu'elle a prise, après l'expérience d'un premier mariage, de « rester toujours maîtresse d'elle-même ».

---

1. Ici encore, c'est peut-être la fusion des traits empruntés à ces deux femmes qui inspire à Marivaux le portrait social d'Araminte, veuve d'un banquier, mort en lui laissant une grande fortune. **2.** Ils portaient, avec beaucoup de liberté de pensée, sur les problèmes de l'amour, de la liberté et du mariage pour les femmes. Voir ci-après. **3.** Challe rapporte le dialogue entre la veuve et Poitiers. L'effronterie du valet ne le cède en rien à celle de Dubois : « Cette dame [...] demanda qui était son compère. Poitiers répondit [...] que ce serait un homme de qualité, qui était son maître ; et il m'a envoyé, Madame, ajouta-t-il, pour voir si la commère vaut la peine qu'il vienne : car sans cela il n'y viendra pas lui-même. Ah ! ah ! dit-elle en riant, il s'en rapportera donc à vous ? Oui, Madame, répondit mon effronté laquais, il sait bien que j'ai les yeux bons. Eh bien, dit-elle, si je viens, y viendra-t-il ? Oui, Madame, répondit Poitiers, il viendra vous quérir lui-même. Je lui serai fort obligée, dit-elle : mais lui, vaut-il la peine que j'y aille ? je vous le demande à vous, qui avez de si bons yeux ? Si mon maître, lui répondit Poitiers, n'était pas l'homme de France le mieux fait, le plus galant et le plus honnête homme, je ne resterais pas un quart d'heure chez lui. Oui, Madame, il en vaut la peine, et vous serez peut-être fâchée de ne l'avoir pas connu plus tôt. Si, reprit-elle en riant, le maître vaut, prix pour prix, autant que le valet, ce doit être un homme extraordinaire. » (Éd. Livre de Poche, p. 583.) **4.** Une première fois, prenant le parti d'une veuve qui a été abandonnée et déshonorée par un homme dont elle attend un enfant, il profite de l'occasion pour jurer que lui-même, en pareille circonstance, observerait une fidélité pure, ou du moins une discrétion inviolable. En une seconde occasion, et il s'agit ici d'une fausse confidence préméditée, il fait croire à la veuve qu'il possède un secret pour prévenir les grossesses.

Si nous avons mentionné ce récit, ce n'est pas seulement parce que, tout compte fait, il pourrait bien avoir fourni à Marivaux la situation de base des *Fausses Confidences*, qu'on a vainement cherchée ailleurs, c'est aussi parce que Challe, avec la liberté que lui donne le fait que son livre paraît à l'abri de la censure [1], et les possibilités d'amplification que lui permet le genre romanesque, développe largement les thèmes que Marivaux ne peut aborder que par allusion. La veuve de l'« Histoire de Dupuis et de Madame de Londé » expose très franchement à sa sœur à la suite de quelles déceptions elle se refuse à aliéner de nouveau son indépendance et son amour-propre [2]. En outre, son histoire fait saisir de façon beaucoup plus concrète la situation d'Araminte : belle, elle doit préserver sa réputation de toute médisance ; riche, il lui faut se méfier d'un homme qui n'en voudrait qu'à son argent ; indépendante, elle est attachée à une situation « si tranquille et si douce », comme la décrit Dorante lui-même [3]. Avec de l'indifférence à l'égard de l'amour, elle se trouverait hors de péril : mais, toute « raisonnable » qu'elle est, elle n'en est pas moins sensible, et la voilà vulnérable. Rien ne montre mieux ce qu'il lui en coûte pour s'attacher définitivement Dorante que la résistance obstinée qu'oppose dans les mêmes circonstances l'héroïne de Challe.

Rapprochée du roman, dont la donnée initiale est semblable, la pièce laisse mieux apparaître son véritable sujet. Il devient clair, notamment, que l'obstacle à surmonter par Araminte ne réside pas dans les pressions qu'exerce sur elle son entourage : loin de peser sur elle, ces pressions précipitent même sa décision. Il n'est même pas constitué, comme l'ont dit certains critiques, par une sorte de préjugé [4], ou du moins de « pudeur sociale [5] » tenant au fait que la pauvreté reste à l'époque une sorte de vice, dans la mesure où la

---

1. Il parut, anonyme, en Hollande, chez de Hondt, en 1713, 1720, etc. Plus tard, sans doute après la mort de l'auteur, des éditions anonymes, mais avec privilège, parurent en France, notamment chez Prault, le libraire de Marivaux, en 1720, 1723, 1725, 1748, 1780.   2. Éd. Livre de Poche, pp. 577-580.   3. Acte I, sc. xv.   4. C'est la thèse couramment soutenue au xixᵉ siècle, en accord sans doute avec la façon dont le rôle d'Araminte était interprété. Ainsi, Larroumet montre Araminte « bravant le préjugé social », tandis que, vers la même époque, Henri de Bornier sent passer dans *Les Fausses Confidences* « un souffle de démocratie », et voit dans Araminte « une sœur aînée de Mme de Warens », comme elle « encore plus révoltée que passionnée ». (Cité par Larroumet, p. 267, note 1.)   5. La distinction est finement établie par Jacques Schérer dans « Analyse et Mécanisme des *Fausses Confidences* », dans les *Cahiers Renaud-Barrault*, janvier 1960, p. 13.

richesse, comme la noblesse, est respectée seulement lorsqu'elle est acquise de naissance. Il faut en effet se souvenir que, non seulement Lucidor, dans *L'Épreuve*, mais aussi Angélique, dans *La Mère confidente*, estiment l'un et l'autre qu'ils ont assez de richesses pour deux. En réalité, comme presque toujours chez Marivaux, la difficulté à surmonter est tout intérieure, et consiste essentiellement dans la résistance de l'amour-propre : quand l'amour parlera, ce n'est pas tant la raison d'Araminte que sa *fierté*[1] qui succombera. Mais cette observation n'est pas la seule que suggère le rapprochement. De la matière riche, mais encore brute du roman à la substance précieuse de la pièce, on peut se demander comment s'est opérée l'élaboration : elle consiste autant dans une poétisation de la réalité morale que dans une réinvention des incidents dramatiques.

Car, s'il faut un art consommé pour faire passer en un temps aussi court, sans doute moins de vingt-quatre heures[2], les sentiments d'Araminte de l'indifférence à l'égard d'un inconnu à la décision de l'épouser malgré tout ce qui les sépare, le problème essentiel est ici de ménager de façon naturelle les incidents qui précipiteront cette évolution. On sait que Marivaux l'a résolu surtout grâce à un personnage à la fois solidaire et distinct de Dorante, Dubois, à qui sont confiées les manœuvres où la bonne foi n'est pas entièrement respectée. Mais il s'agissait alors de ne pas trop noircir Dubois : de véritables « coups de fourbe » auraient été odieux. Or, on a justement remarqué que les « fausses confidences » de Dubois, à la différence de celle de Dupuis dans l'histoire de Challe, ne sont pas à proprement parler mensongères[3]. Rien ne permet aux spectateurs de douter que la passion de Dorante n'ait eu ce caractère destruc-

---

1. « Fierté, raison et richesse, il faudra que tout se rende. Quand l'amour parle, il est le maître, et il parlera », prophétise Dubois (acte I, sc. II). 2. Voir plus loin, p. 1510, ainsi que la note 1, p. 1537. 3. Voir Jacques Schérer, art. cité, pp. 13-14, et H. T. Mason, éditeur des *Fausses Confidences* (Oxford University Press, 1964). Ce dernier observe fort justement que la fausseté ne réside pas dans le fond, mais dans la manière de le dire, dans le choix du moment, etc. Autre remarque importante sur le fait que ces « fausses confidences » de Dubois ne sont pas les seules. Il en est une fausse, mais faite dans une intention honnête, lorsque M. Remy fait croire à Marton que Dorante l'aime depuis quelque temps. Araminte elle-même informe faussement Dorante qu'elle est décidée à épouser le comte (acte II, sc. XIII). Enfin, une confidence de Dubois à Marton est parfaitement exacte : c'est lorsqu'il lui apprend que Dorante en veut à Araminte (acte I, sc. XVII). C'est, bien entendu, celle qui trouve le moins de créance.

teur que lui attribue Dubois devant Araminte. Ainsi, la description qu'il en fait dans la fameuse scène xiv de l'acte I ne peut être tenue pour fausse, mais simplement pour affectée. Elle n'est, à la bien prendre, qu'une déclaration d'amour par personnes interposées, et de telles déclarations n'ont rien d'insolite dans le théâtre de Marivaux[1]. Il est vrai que l'incident de la lettre découverte à l'acte III n'a plus cette excuse : on ne peut nier qu'il n'exerce sur Araminte une véritable pression. Mais le ton de cette lettre est si touchant, elle exprime si bien les sentiments qu'éprouverait Dorante s'il était renvoyé, que les spectateurs la prennent plutôt pour vraie que pour fausse. L'ambiguïté n'est pas moindre, quoique d'un autre ordre, en ce qui concerne le parti que M. Remy vient proposer à Dorante de la part de la dame aux quinze mille livres de rente. Dubois ayant semblé y faire allusion dans la scène xiv de l'acte I, à propos de la « grande brune très piquante », on peut se demander si l'affaire n'est pas forgée de toutes pièces, mais le spectateur n'en soupçonne rien. Du reste, en d'autres circonstances, c'est vraiment un hasard favorable qui vient relayer l'application du plan prémédité par Dubois. Le cas de Marton est significatif. À la scène ii de l'acte I, Dubois dit en passant à Dorante : « Tâchez que Marton prenne un peu de goût pour vous. » Mais c'est M. Remy qui la lui met en quelque sorte dans les bras. Loin d'y être pour quelque chose, Dorante peut aussi difficilement résister à la bonne volonté de Marton que Merville, le héros d'un roman de jeunesse de Marivaux, peut résister aux tendres sentiments que lui témoigne la suivante Frosie, s'il veut avoir accès auprès de la maîtresse de Frosie, Halila. Ailleurs, le rôle de ménager les incidents favorables revient à Arlequin, dont Dubois n'a qu'à exploiter la naïveté ou les bévues, mais M. Remy reparaît en un moment décisif, aux scènes vi, vii et viii de l'acte III : en se ralliant, avant Marton, au parti de Dorante, il montre à Araminte qu'un mariage avec Dorante ne sera pas blâmé par tous. Son intervention suffit à neutraliser l'influence de Mme Argante et des préjugés qu'elle représente. Grâce à toutes ces précautions, la responsabilité de Dorante dans ce qui arrive s'estompe si bien aux yeux des spectateurs que c'est lui qui paraît la victime des persécutions de ses ennemis, ou du destin.

---

1. H. T. Mason, dans l'excellente édition citée à la note précédente (p. 20), rappelle que, dans *Les Serments indiscrets*, acte IV, sc. ix, Lucile nomme *fausse confidence* la mission dont elle charge Lisette, et qui consiste à faire entendre à Damis qu'elle l'aime.

Cette habileté dans la construction du drame se double, comme il est habituel chez Marivaux, d'une grande délicatesse dans l'expression des sentiments ou des idées. On a dit que l'intérêt de la pièce, du point de vue des mœurs, résidait dans la situation exceptionnelle de la veuve à l'époque. D'autres écrivains y font allusion, même à la scène, ainsi Regnard dans *Le Bal* :

« Oui-da, l'état de veuve est une douce chose... »

Mais quelle différence entre ce ton satirique et la décence avec laquelle Dorante l'évoque ! On dirait que le beau caractère d'Araminte impose à tous les personnages une sorte de respect. L'absence chez elle de coquetterie envers les hommes ou de jalousie envers les femmes, la simplicité de son aveu à Dorante et la bonté avec laquelle elle lui pardonne sont autant de traits originaux qui lui donnent une sorte de prééminence sur les autres héroïnes de Marivaux. Il est remarquable que sa seule affection puisse consoler Marton de la perte de ses espérances. Et s'il est vrai que Dorante ne peut prétendre à la même élévation morale, on aurait tort de négliger l'aveu par lequel il rachète sa tromperie. Sans doute, au point où elle en est elle-même, Araminte peut-elle difficilement le congédier alors. Mais il faut tenir compte des circonstances. Une confession faite *dans un moment comme celui-*[là][1] ne prouve pas seulement l'honnêteté de Dorante, à laquelle il se réfère en parlant de son *caractère*[2], mais davantage encore sa sensibilité. L'*amour* a parlé chez Araminte en faveur de Dorante, le *cœur*, au sens que Marivaux donne à ce mot[3], vient de parler chez Dorante en faveur d'Araminte.

Tous ces apports originaux sont à porter au compte de Marivaux lorsqu'on veut, finalement, juger l'œuvre maîtresse de son âge mûr. Peut-être, desservi par une troupe en déclin, n'a-t-il pas retrouvé cet alliage unique du comique et de l'émotion qui faisait du *Jeu de l'amour et du hasard* un si brillant chef-d'œuvre. En revanche, certaines parties des *Fausses Confidences* représentent sans doute l'expression la plus parfaite de son talent dans le domaine de la sensibilité. Quelle que soit la place que l'on accorde finalement à cette pièce, on devra reconnaître que, par la gravité de la question posée, par la mélancolie exquise du ton et la simplicité absolue du style, une scène comme celle où Dorante et Araminte se trouvent

---

1. Ces mots sont prononcés par Araminte elle-même. Voir p. 1577. **2.** Voir *ibid.*, acte III, sc. XII. **3.** Acte III, sc. XII.

face à face pour fixer le destin de leur vie mérite peut-être d'être tenue pour la plus belle que Marivaux ait écrite, et l'une des plus belles qui aient été portées à la scène française.

*

* *

Quoique apparemment accordées à la sensibilité du temps, *Les Fausses Confidences* n'eurent pas le succès qu'elles méritaient. Le *Mercure de France* n'annonça la première représentation que d'une façon très brève :

« Le 16. mars les Comédiens Italiens donnèrent la première représentation d'une pièce nouvelle en prose et en trois actes, intitulée *La Fausse Confidence*, de laquelle nous reparlerons plus au long ayant été reçue favorablement du public[1]. »

Le ton n'est pas enthousiaste. L'accueil du public ne le fut pas davantage. Entre le 16 mars, date de la première, et la clôture des théâtres, le 6 avril, la pièce ne fut représentée que cinq fois, sur vingt séances, avec des recettes médiocres[2]. Même en comptant une représentation probable à Versailles, le 20 ou le 27 mars[3], c'est un insuccès marqué. La faute semble en être au jeu des acteurs, si l'on en croit le témoignage du commissaire Dubuisson :

« M. de Marivaux a donné, aux Italiens, *Les Fausses Confidences*, comédie en trois actes, qui n'a eu qu'un très médiocre succès. Cette pièce était dans le véritable genre de la comédie, mais elle péchait en beaucoup de points, et d'ailleurs elle était si mal jouée ! Au reste, c'était encore une *Surprise de l'amour*[4]. »

Les registres du Théâtre-Italien manquant pour la période qui va de la réouverture du 7 juin 1737 au 1er janvier 1740, il est difficile de suivre la carrière des *Fausses Confidences* pendant cette période. Il semble qu'elle ne fut pas reprise avant le 7 juillet 1738, où on la représenta en même temps que *La Joie imprévue*, composée sans

---

1. *Mercure* de mars, pp. 576-577. Noter le titre, qu'on retrouvera chez Desboulmiers.   2. 16 mars, 1 175 livres ; 18 mars, 636 livres ; 21 mars, 482 livres ; 23 mars, 368 livres ; 24 mars, 534 livres.   3. Le programme des représentations à Versailles, le 20 et le 27 mars, n'est pas connu. Il comprenait certainement, au moins une fois, *Les Fausses Confidences*.   4. *Mémoires secrets du commissaire Dubuisson*, édit. A. Rouxel, Paris, 1882, lettre du 1er avril 1737, p. 351.

doute pour cette circonstance, et ce fut pour le *Mercure* l'occasion d'une brève mention favorable :

« Cette pièce [1] fut précédée d'une autre en prose et en trois actes de même auteur, intitulée *Les Fausses Confidences*, remise au théâtre et généralement applaudie ; elle avait été donnée dans sa nouveauté au mois de mars de l'année passée, et n'avait eu qu'un très médiocre succès. Le public a rendu, à la reprise, à cette ingénieuse pièce, la justice qu'elle mérite, ayant été représentée par les principaux acteurs [2] dans la plus grande perfection [3]. »

Quoiqu'on ne sache pas exactement ce qu'il advint de cette série de représentations, on peut estimer qu'elle fut assez bien accueillie, et dut prendre fin vers le début d'octobre. C'est ce qu'on peut déduire de l'impression de la pièce, qui eut lieu alors, et de l'annonce qu'en fit le *Mercure* :

« *Les Fausses Confidences*, comédie en trois actes et en prose, de M. de Marivaux, représentée sur le Théâtre Italien. À Paris, chez Prault le père... Les représentations de cette pièce, qui a été remise au théâtre le mois de septembre dernier [4], ont été généralement applaudies [5]. »

Le témoignage du marquis d'Argenson représente assez bien l'avis des amateurs au moment où *Les Fausses Confidences* sont en train de devenir une des pièces classiques du répertoire italien :

« *Les Fausses Confidences*. Comédie française aux Italiens, prose, 3 actes, par   *(sic)*. repr(ésentée) pour la 1ère f(ois) le 173 *(sic.)*

« On dit cette pièce de Marivaux, mais le style le dément tant en bien qu'en mal. J'en ignore le succès dans la nouveauté. Silvia y joue beaucoup et divinement en quelques endroits. Arlequin y fait tous les lazzi possibles. Le 1er acte est très long à la façon des pièces italiennes. Il y a de l'indécence au parti d'épouser son intendant, il est vrai que l'on suppose la dame plus riche que qualifiée [6]. »

Malgré le jugement méprisant d'un La Porte [7], le public, avec Gueul-

---

1. *La Joie imprévue.*   2. Cela peut être interprété comme une restriction, le jeu des autres acteurs n'étant pas compris dans cet éloge.   3. *Mercure* de juillet 1738, p. 1620.   4. En fait, dès le mois de juillet, ainsi qu'on l'a vu.   5. *Mercure* d'octobre 1738, pp. 2212-2213.   6. Manuscrit de l'Arsenal 3450, f° 88.   7. Le voici : « *L'Heureux Stratagème, Les Fausses Confidences, La Joie imprévue* ne sont pas les meilleures pièces de M. de Marivaux ; mais on y remarque des traits dignes de cet ingénieux écrivain [...]. Dans la seconde, le rôle de M. Remy, procureur, est d'un assez bon comique. » (*L'Observateur littéraire*, 1759, tome I, p. 84.) C'est tout !

lette, devait trouver la pièce « excellente », puisque, du 1er janvier 1740, date à laquelle on retrouve les registres du Théâtre-Italien, à 1768, *Les Fausses Confidences* ne furent pas jouées moins de cent treize fois, sans compter les représentations de Fontainebleau [1]. Leur succès est aussi attesté à l'étranger par des traductions [2], en province et sur des scènes privées par divers documents. Une lettre de la marquise de Vichy à son mari, datée du 11 octobre 1767, relate ainsi une représentation à Marscille [3] avec « une fort bonne actrice et un arlequin pas mauvais ». Mais le fait le plus curieux réside dans différentes tentatives d'adaptation inspirées par la crainte que l'on eut de voir *Les Fausses Confidences* disparaître de la scène au moment où les Italiens abandonnèrent leur répertoire de comédies françaises (1768) [4]. Lisant, pour le compte du duc d'Orléans, un remaniement portant surtout sur les noms et qualités des personnages, Collé s'écriait avec enthousiasme, sous le simple titre *Sujet de cette comédie* :

« Un jeune avocat devient le matin l'intendant d'une veuve fort riche ; cette veuve devient amoureuse folle l'après-dînée ; et l'avocat devient son mari le soir.

« En filant cette action et en lui donnant la durée qu'elle doit avoir naturellement, ce sujet pouvait aisément fournir la matière d'un roman intéressant. Mais tenter de le réduire en comédie, c'est ce qui aurait paru impraticable à tout autre qu'à M. de Marivaux. Il y a réussi supérieurement. Il a rendu l'amour de cette femme non seulement vraisemblable, mais de la plus grande vérité par l'art qu'il a mis à faire passer cette jeune veuve par toutes les gradations du sentiment les plus fines et les plus délicates. Tout y est parfaitement nuancé ; c'est un chef-d'œuvre que cette comédie ; c'est une espèce de *magie dramatique* [5]. »

En fait, lorsque l'Opéra-Comique, après le départ de ses éléments italiens, reprit en 1779 son répertoire de comédies françaises, *Les*

---

1. Voir à l'Appendice le tableau par années des représentations. 2. *Les Fausses Confidences* furent ainsi jouées en allemand sur le théâtre de Hambourg, et c'est à cette occasion que Lessing lui consacre un article (vingt et unième soirée, n° XVIII, 30 juin 1767). Mais presque tout le développement porte sur le personnage d'Arlequin en général, à part une notice générale sur Marivaux auteur dramatique que nous reproduisons à l'Appendice. 3. Le programme comprenait en outre « l'acte des Furies de l'opéra de *Psyché* ». 4. Sur ces remaniements, voir plus loin, p. 1513. 5. En tête du manuscrit décrit plus loin, pp. 1512-1513. Voir aussi, *ibid.*, les éloges de la pièce contenus dans l'« Approbation » de Collé.

Fausses Confidences, avec trente et une représentations jusqu'à la Révolution, se classèrent, au même rang que *L'Épreuve* et immédiatement après *Le Jeu de l'amour et du hasard*, parmi les pièces de Marivaux les plus jouées. On sait, du reste, que cette comédie fut la première pièce italienne de Marivaux à figurer officiellement au répertoire de la Comédie-Française, lorsqu'elle fut jouée le 15 juin 1793 au Théâtre de la Nation. Depuis cette première représentation, qui eut un très vif succès [1], elle a été jouée à la Comédie-Française 787 fois. On ne peut non plus négliger les excellentes représentations des *Fausses Confidences* données par la troupe Madeleine Renaud-Jean-Louis Barrault, tant en France, au théâtre Marigny [2] et ailleurs, qu'à l'étranger. Un bon enregistrement conserve le souvenir de cette interprétation [3]. Outre le film de Roger Coggio et Daniel Moosman en 1984, de nombreuses mises en scène récentes ont mis en valeur *Les Fausses Confidences*, dues entre autres à Serge Peyrat (1974), Jacques Lassalle (1979), Gildas Bourdet (1989), Christian Rist (1993), Jean-Pierre Miquel (1997).

LE TEXTE

L'édition originale des *Fausses Confidences* parut en octobre 1738, annoncée, comme on l'a vu [4], par le *Mercure* de ce mois. En voici la description :

LES FAUSSES / CONFIDENCES, / *COMEDIE.* / De Monsieur De Marivaux. / Réprésentée *(sic)* par les Comédiens Italiens ordinaires / du Roi. / *Le prix est de trente sols.* / (fleuron) / A PARIS, / Chez Prault pere, Quay de Gêvres, / au Paradis. / (filet) / M. DCC. XXXVIII. / *Avec Approbation & Privilege du Roy.*

Un vol. in-12 de IV (titre, approbation et privilège) + 131 pages pour le texte, 1 page blanche et 8 pages pour un catalogue.

Approbation : « J'ai lu par ordre de Monseigneur le Chancelier, un Manuscrit intitulé : *Les Fausses Confidences*. Comédie en trois actes. À Paris ce 15. septembre 1738. *Signé*, Laserre. »

---

1. Voir les comptes rendus des journaux du temps dans Kenneth McKee, *The Theater of Marivaux*, pp. 212-213. Le jeu de Mlle Comtat et de Molé avait, selon un mot de Petitot, « naturalisé la pièce ». (*Recueil des tragédies et comédies...*, tome XI, p. 4.) On se demande si les comédiens avaient représenté une version remaniée ou la version originale. **2.** À partir de novembre 1946 ; voir K. McKee, *ibid.*, p. 217. **3.** Disque Decca, 30 cm, FMT 133 157 et 133 158. Le texte interprété est à peu près complet (quelques coupures dans les scènes I, x ; III, i ; III, vi ; III, x et III, xiii). **4.** P. 1509.

Privilège à Prault père pour le *Nouveau Recueil de pièces du Théâtre Italien, Le Diable Boiteux, L'Histoire d'Osman, Là Vérité triomphante de l'Erreur*, du 20 décembre 1737, enregistré le 21 du même mois.

Dans l'édition Duchesne, 1758, *Les Fausses Confidences* se présentent sous la forme suivante :

LES FAUSSES / CONFIDENCES, / *COMÉDIE* / EN TROIS ACTES, EN PROSE ; / Par M. DE MARIVAUX, de l'Académie / Françoise : / *Représentée pour la première fois par les Comé- / diens Italiens ordinaires du Roi, le 16 / Mars 1737*. / NOUVELLE ÉDITION.

Pas de nom de libraire ni de date, mais, au bas de la page de titre, la mention *Tome V.*, qui montre que cette réédition a été exécutée spécialement pour l'édition de 1758. Nom des acteurs au verso de la page de titre et 132 pages numérotées de 1 à 132 pour le texte. Ni approbation ni privilège particuliers.

Le texte est presque identique à celui de 1738. Une douzaine de variantes insignifiantes ne révèlent jamais une intervention de l'auteur. Nous les signalerons, mais elles ne sont pas indispensables à l'établissement du texte.

La bibliothèque de l'université Harvard possède un exemplaire de l'édition originale des *Fausses Confidences* ayant appartenu à Collé, ainsi qu'en témoignent deux vers autographes inscrits sur la page de garde :

> « À Collé ce livre appartint
> Auparavant qu'il te parvînt. »

Il comporte un certain nombre de papillons proposant diverses corrections au texte en vue d'une « francisation » du rôle d'Arlequin et d'une mise au goût du temps. Il nous paraît que ces corrections furent imaginées par Collé au moment où les pièces françaises furent éliminées du répertoire de la Comédie-Italienne au profit des opéras-comiques et autres divertissements chantés ou dansés, auxquels on joignait des pièces italiennes les mardis et jeudis. À la fin de la saison 1768-1769, les acteurs français qui ne pouvaient chanter avaient été renvoyés. Il avait été proposé que le répertoire français de la Comédie-Italienne fût remis au Théâtre-Français, contre versement éventuel de droits. Mais la Comédie-Française refusa cette offre, qui perdit son sens lorsque, le 4 octobre 1779, un règlement inverse prescrivit à l'Opéra-Comique l'abandon des pièces italiennes et le retour aux pièces françaises. Quoi qu'il en soit, on trouvera dans les notes le texte intégral des corrections de Collé.

C'est à peu près de la même époque que date une autre version des *Fausses Confidences* adaptées sans doute pour la scène privée du duc d'Orléans. Elle consiste en un manuscrit retrouvé à la Comédie-Française par Sylvie Chevalley, et qui avait fait partie de la bibliothèque de Pont de Veyle. Le titre en est le suivant : *Les Fausses Confidences*, / Comédie / en trois actes, en prose ; / Par M͏ͬ de Marivaux / de l'Académie Françoise.

La liste des acteurs donnera une idée du ton que le remanieur (Collé ?) a cherché à donner à la comédie :

MADAME DE SAINT-SORLIN, jeune veuve.

MADAME D'AIGREVILLE, mère de Mme de Saint-Sorlin.

DURVAL, neveu de M. Remy.

MONSIEUR REMY, procureur.

MADEMOISELLE FÉLICITÉ, femme de chambre de Mme de Saint-Sorlin.

DUBOIS, ancien valet de Durval.

LE COMTE DE MONTAL.

FRANÇOIS, frotteur dans la maison, habillé de la livrée comme les autres valets de Mme de Saint-Sorlin.

Un garçon bijoutier.

Un laquais de la livrée de Mme de Saint-Sorlin.

Une brève notice, sous le titre *Sujet de cette comédie*, que l'on a vue plus haut [1], confirme la conception réaliste que Collé se fait de la pièce de Marivaux. Le rapprochement qu'il en fait avec le roman est à cet égard significatif : les noms des personnages qu'on vient de lire sont en effet des noms du roman du temps. À la dernière page du manuscrit, on lit encore, de la main de Collé, une « approbation dont on se passerait aisément » *(sic)*, dont voici le texte :

« J'ai lu, par ordre de Son Altesse Sérénissime Monseigneur le duc d'Orléans, premier prince du sang, *Les Fausses Confidences*, comédie, en trois actes, de feu M. de Marivaux ; et nous croyons fermement que cette pièce, présentée comme elle doit l'être, par des actrices supérieures et des acteurs excellents, doit faire l'impression la plus agréable et la plus intéressante. En foi de quoi nous avons signé ce 10 mars 1768. *Signé*, COLLÉ. »

En raison de son caractère particulier, nous n'avons pas relevé les variantes de ce texte. Elles paraissent du reste peu nombreuses. Il

---

1. P. 1510.

est à signaler que les corrections apportées par Collé dans son exemplaire personnel ne figurent pas ici. Pour cette raison notamment, on peut estimer que ce manuscrit de la Comédie-Française est antérieur aux corrections de l'exemplaire de Harvard. Il n'en existe pourtant pas de preuve formelle, et les deux versions remaniées peuvent être tenues pour à peu près contemporaines.

Les Fausses Confidences

ACTEURS [1]

ARAMINTE, fille de Madame Argante.
DORANTE, neveu de Monsieur Remy.
MONSIEUR REMY, procureur.
MADAME ARGANTE.
ARLEQUIN, valet d'Araminte [2].
DUBOIS, ancien valet de Dorante.
MARTON, suivante d'Araminte.
LE COMTE.
Un domestique parlant.
Un garçon joaillier.

La scène est chez Madame Argante.

---

1. Pour la distribution des rôles lors de la première représentation, voir ci-dessus, p. 1498, notes 1 à 5. **2.** Lorsque *Les Fausses Confidences* passèrent en 1793 au Théâtre-Français, le rôle d'Arlequin fut attribué à un valet nommé Lubin. La substitution avait dû se faire au plus tard en 1779, quand la troupe de l'Opéra-Comique, privée de ses éléments italiens, reprit l'ancien répertoire de théâtre parlé. Voir du reste les deux versions remaniées dont il a été question plus haut, et dans lesquelles Arlequin est devenu François. Collé, dans son exemplaire, substitue à Arlequin « François, frotteur dans la maison » d'Araminte, et remarque à ce propos : « Cette comédie peut s'arranger facilement pour le Théâtre-Français en y substituant le nom de François à celui d'Arlequin et en y faisant quelques autres légers changements. » On trouvera ces changements dans les notes 1, p. 1517 ; 2, p. 1518 ; 2, p. 1519 ; 3 et 4, p. 1524 ; 2, p. 1555 et 2, p. 1562.

ACTE PREMIER

Scène première
DORANTE, ARLEQUIN [1]

ARLEQUIN, *introduisant Dorante*. Ayez la bonté, Monsieur, de vous asseoir un moment dans cette salle ; Mademoiselle Marton est chez Madame et ne tardera pas à descendre.

DORANTE. Je vous suis obligé.

ARLEQUIN. Si vous voulez, je vous tiendrai compagnie, de peur que l'ennui ne vous prenne ; nous discourrons [2] en attendant.

DORANTE. Je vous remercie ; ce n'est pas la peine, ne vous détournez point.

ARLEQUIN. Voyez, Monsieur, n'en faites pas de façon : nous avons ordre de Madame d'être *honnête, et vous êtes témoin que je le suis.

DORANTE. Non, vous dis-je, je serai bien aise d'être un moment seul.

ARLEQUIN. Excusez, Monsieur, et restez à votre fantaisie.

Scène II
DORANTE, DUBOIS, *entrant avec un air de mystère*

DORANTE. Ah ! te voilà ?

---

1. L'exemplaire de Collé contient la remarque suivante sur la façon de jouer le rôle de François qui, on l'a vu, remplace Arlequin : « Le rôle de François ne doit pas être joué tout à fait en balourd comme celui d'Arlequin, mais comme un domestique qui n'est pas encore fait, et qui est naïf seulement. » On perçoit nettement la tendance à remplacer le rôle de convention par un rôle réaliste.   **2.** L'édition originale porte *discourerons*, forme d'un type habituel chez Marivaux, qui écrit aussi *courerois*, etc. Thomas Corneille, qui, comme tous ses successeurs, condamne cette forme dans ses remarques sur Vaugelas, admet que « la question est souvent posée », ce qui signifie que l'usage hésite.

DUBOIS. Oui, je vous guettais.

DORANTE. J'ai cru que je ne pourrais me débarrasser d'un domestique qui m'a introduit ici et qui voulait absolument me désennuyer en restant. Dis-moi, Monsieur Remy n'est donc pas encore venu ?

DUBOIS. Non : mais voici l'heure à peu près qu'il vous a dit qu'il arriverait. *(Il cherche et regarde.)* N'y a-t-il là personne qui nous voie ensemble ? Il est essentiel que les domestiques ici ne sachent pas que je vous connaisse.

DORANTE. Je ne vois personne.

DUBOIS. Vous n'avez rien dit de notre projet à Monsieur Remy, votre parent [1] ?

DORANTE. Pas le moindre mot. Il me présente de la meilleure foi du monde, en qualité d'intendant, à cette dame-ci dont je lui ai parlé, et dont il se trouve le procureur ; il ne sait point du tout que c'est toi qui m'as adressé à lui : il la prévint hier ; il m'a dit que je me rendisse ce matin ici, qu'il me présenterait à elle, qu'il y serait avant moi, ou que s'il n'y était pas encore, je demandasse une Mademoiselle Marton. Voilà tout, et je n'aurais garde de lui confier notre projet, non plus qu'à personne, il me paraît extravagant, à moi qui m'y prête. Je n'en suis pourtant pas moins sensible à ta bonne volonté, Dubois ; tu m'as servi, je n'ai pu te garder, je n'ai pu même te bien récompenser de ton zèle ; malgré cela, il t'est venu dans l'esprit de faire ma *fortune* [2] ! en vérité, il n'est point de reconnaissance que je ne te doive.

DUBOIS. Laissons cela, Monsieur ; tenez, en un mot, je suis content de vous ; vous m'avez toujours plu ; vous êtes un excellent homme, un homme que j'aime ; et si j'avais bien de l'argent, il serait encore à votre service.

DORANTE. Quand pourrai-je reconnaître tes sentiments pour moi ? Ma fortune serait la tienne ; mais je n'attends rien de notre entreprise, que la honte d'être renvoyé demain.

DUBOIS. Hé bien, vous vous en retournerez.

---

1. Cette question de Dubois amène habilement l'exposition du sujet, qui va se faire progressivement, en piquant sans cesse la curiosité du spectateur, déjà excitée par le ton mystérieux des deux personnages. **2.** L'exemplaire de Collé porte ici : « Au lieu de *faire ma fortune*, idée qui dégrade un peu le caractère de Dorante, et le rend par là moins intéressant, mettez *de servir la passion violente que j'ai pour Araminte.* Rayez *faire ma fortune.* » Il y a dans cette remarque une indication à tirer sur l'évolution du sens du mot *fortune* à l'époque. Voir le Glossaire.

DORANTE. Cette femme-ci a un rang dans le monde ; elle est liée avec tout ce qu'il y a de mieux, veuve d'un mari qui avait une grande charge dans les finances [1], et tu crois qu'elle fera quelque attention à moi, que je l'épouserai, moi qui ne suis rien, moi qui n'ai point de bien ?

DUBOIS. Point de bien ! votre bonne mine est un Pérou ! Tournez-vous un peu, que je vous considère [2] encore ; allons, Monsieur, vous vous moquez, il n'y a point de plus grand seigneur que vous à Paris : voilà une taille qui vaut toutes les dignités possibles, et notre affaire est infaillible, absolument infaillible ; il me semble que je vous vois déjà en déshabillé dans l'appartement de Madame.

DORANTE. Quelle chimère !

DUBOIS. Oui, je le soutiens. Vous êtes actuellement dans votre salle et vos équipages sont sous la remise.

DORANTE. Elle a plus de cinquante mille livres de rente, Dubois.

DUBOIS. Ah ! vous en avez bien soixante pour le moins.

DORANTE. Et tu me dis qu'elle est extrêmement raisonnable ?

DUBOIS. Tant mieux pour vous, et tant pis pour elle. Si vous lui plaisez, elle en sera si honteuse, elle se débattra tant, elle deviendra si faible, qu'elle ne pourra se soutenir qu'en épousant ; vous m'en direz des nouvelles. Vous l'avez vue et vous l'aimez ?

DORANTE. Je l'aime avec passion, et c'est ce qui fait que je tremble !

DUBOIS. Oh ! vous m'impatientez avec vos terreurs : eh que diantre ! un peu de confiance ; vous réussirez, vous dis-je. Je m'en charge, je le veux, je l'ai mis là [3] ; nous sommes convenus de toutes nos actions ; toutes nos mesures sont prises ; je connais l'humeur de ma maîtresse, je sais votre mérite, je sais mes talents, je vous conduis, et on vous aimera, toute raisonnable qu'on est ; on vous épousera, toute fière qu'on est, et on vous enrichira, tout ruiné que vous êtes, entendez-vous ? Fierté, raison et richesse, il faudra que tout se rende. Quand l'amour parle, il est le maître, et il parlera : adieu ; je vous quitte ; j'entends quelqu'un, c'est peut-être Monsieur

---

1. La veuve de l'« Histoire de Dupuis » est décrite comme « veuve d'un financier [...] dont le père et lui s'étaient damnés peut-être à lui gagner tout le bien dont elle jouissait, et l'un et l'autre s'étaient anoblis par les charges qu'ils avaient possédées » (éd. Livre de Poche, p. 588).   **2.** Collé note ici : « Rayez *tournez un peu que je vous considère...* Expression trop familière dans la bouche d'un valet. Mettez *allons, Monsieur, que je vous considère et plus [puis ?] allons, vous vous moquez*, etc. »   **3.** Dubois fait un geste vers sa tête.

Remy ; nous voilà embarqués ; poursuivons. *(Il fait quelques pas, et revient.)* À propos, tâchez que Marton prenne un peu de *goût pour vous. L'amour et moi nous ferons le reste.

Scène III

MONSIEUR REMY, DORANTE

MONSIEUR REMY. Bonjour, mon neveu ; je suis bien aise de vous voir exact. Mademoiselle Marton va venir, on est allé l'avertir. La connaissez-vous ?

DORANTE. Non, Monsieur, pourquoi me le demandez-vous ?

MONSIEUR REMY. C'est qu'en venant ici, j'ai rêvé à une chose... Elle est jolie, *au moins.

DORANTE. Je le crois.

MONSIEUR REMY. Et de fort bonne famille : c'est moi qui ai succédé à son père ; il était fort ami du vôtre ; homme un peu *dérangé ; sa fille est restée sans bien ; la dame d'ici a voulu l'avoir ; elle l'aime, la traite bien moins en suivante qu'en amie, lui a fait beaucoup de bien, lui en fera encore, et a offert même de la marier. Marton a d'ailleurs une vieille parente asthmatique dont elle hérite, et qui est à son aise ; vous allez être tous deux dans la même maison ; je suis d'avis que vous l'épousiez : qu'en dites-vous ?

DORANTE *sourit à part*. Eh !... mais je ne pensais pas à elle.

MONSIEUR REMY. Hé bien, je vous avertis d'y penser ; tâchez de lui plaire. Vous n'avez rien, mon neveu, je dis rien qu'un peu d'espérance. Vous êtes mon héritier ; mais je me porte bien, et je ferai durer cela le plus longtemps que je pourrai, sans compter que je puis me marier : je n'en ai point d'envie : mais cette envie-là vient tout d'un coup : il y a tant de minois qui vous la donnent ; avec une femme on a des enfants, c'est la coutume ; auquel cas, *serviteur au collatéral. Ainsi, mon neveu, prenez toujours vos petites précautions, et vous mettez en état de vous passer de mon bien, que je vous destine aujourd'hui, et que je vous ôterai demain peut-être.

DORANTE. Vous avez raison, Monsieur, et c'est aussi à quoi je vais travailler.

MONSIEUR REMY. Je vous y exhorte. Voici Mademoiselle Marton : éloignez-vous de deux pas pour me donner le temps de lui demander comment elle vous trouve. *(Dorante s'écarte un peu.)*

Scène IV

MONSIEUR REMY, MARTON, DORANTE

MARTON. Je suis fâchée, Monsieur, de vous avoir fait attendre ; mais j'avais affaire chez Madame.

MONSIEUR REMY. Il n'y a pas grand mal, Mademoiselle, j'arrive. Que pensez-vous de ce grand garçon-là ? *(Montrant Dorante.)*

MARTON, *riant*. Eh ! par quelle raison, Monsieur Remy, faut il que je vous le dise ?

MONSIEUR REMY. C'est qu'il est mon neveu.

MARTON. Hé bien ! ce neveu-là est bon à montrer ; il ne dépare point la famille.

MONSIEUR REMY. Tout de bon ? C'est de lui dont j'ai parlé à Madame pour intendant, et je suis charmé qu'il vous revienne : il vous a déjà vue plus d'une fois chez moi quand vous y êtes venue ; vous en souvenez-vous ?

MARTON. Non, je n'en ai point d'idée.

MONSIEUR REMY. On ne prend pas garde à tout. Savez-vous ce qu'il me dit la première fois qu'il vous vit ? Quelle est cette jolie fille-là ? *(Marton sourit.)* Approchez, mon neveu. Mademoiselle, votre père et le sien s'aimaient beaucoup ; pourquoi les enfants ne s'aime-raient-ils pas ? En voilà un qui ne demande pas mieux ; c'est un cœur qui se présente bien.

DORANTE, *embarrassé*. Il n'y a rien là de difficile à croire.

MONSIEUR REMY. Voyez comme il vous regarde ; vous ne feriez pas là une si mauvaise emplette.

MARTON. J'en suis persuadée ; Monsieur prévient en sa faveur, et il faudra voir.

MONSIEUR REMY. Bon, bon ! il faudra ! Je ne m'en irai point que cela ne soit vu.

MARTON, *riant*. Je craindrais d'aller trop vite.

DORANTE. Vous importunez Mademoiselle, Monsieur.

MARTON, *riant*. Je n'ai pourtant pas l'air si indocile.

MONSIEUR REMY, *joyeux*. Ah ! je suis content, vous voilà d'accord. Oh ! ça, mes enfants *(il leur prend les mains à tous deux)*, je vous fiance, en attendant mieux. Je ne saurais rester ; je reviendrai tantôt. Je vous laisse le soin de présenter votre futur à Madame. Adieu, ma nièce. *(Il sort.)*

MARTON, *riant*. Adieu donc, mon oncle.

Scène V

MARTON, DORANTE

MARTON. En vérité, tout ceci a l'air d'un songe. Comme Monsieur Remy expédie ! Votre amour me paraît bien prompt, sera-t-il aussi durable ?

DORANTE. Autant l'un que l'autre, Mademoiselle.

MARTON. Il s'est trop hâté de partir. J'entends Madame qui vient, et comme, grâce aux arrangements de Monsieur Remy, vos intérêts sont presque les miens, ayez la bonté d'aller un moment sur la terrasse, afin que je la *prévienne.

DORANTE. Volontiers, Mademoiselle.

MARTON, *en le voyant sortir.* J'admire le penchant dont on se prend tout d'un coup l'un pour l'autre.

Scène VI

ARAMINTE, MARTON

ARAMINTE. Marton, quel est donc cet homme qui vient de me saluer si gracieusement, et qui passe sur la terrasse ? Est-ce à vous à qui il en veut ?

MARTON. Non, Madame, c'est à vous-même.

ARAMINTE, *d'un air assez vif.* Hé bien, qu'on le fasse venir ; pourquoi s'en va-t-il ?

MARTON. C'est qu'il a souhaité que je vous parlasse auparavant. C'est le neveu de Monsieur Remy, celui qu'il vous a proposé pour homme d'affaires.

ARAMINTE. Ah ! c'est là lui ! Il a vraiment très bonne *façon.

MARTON. Il est généralement estimé, je le sais.

ARAMINTE. Je n'ai pas de peine à le croire : il a tout l'air de le mériter. Mais, Marton, il a si bonne mine pour un intendant, que je me fais quelque scrupule de le prendre ; n'en dira-t-on rien ?

MARTON. Et que voulez-vous qu'on dise ? Est-on obligé de n'avoir que des intendants mal faits ?

ARAMINTE. Tu as raison. Dis-lui qu'il revienne. Il n'était pas nécessaire de me préparer à le recevoir : dès que c'est Monsieur Remy qui me le donne, c'en est assez ; je le prends.

MARTON, *comme s'en allant.* Vous ne sauriez mieux choisir. *(Et puis revenant.)* Êtes-vous convenue du *parti que vous lui faites ? Monsieur Remy m'a chargée de vous en parler.

ARAMINTE. Cela est inutile. Il n'y aura point de dispute là-dessus. Dès que c'est un honnête homme, il aura lieu d'être content. Appelez-le.

MARTON, *hésitant à partir*. On lui laissera ce petit appartement qui donne sur le jardin, n'est-ce pas ?

ARAMINTE. Oui, comme il voudra ; qu'il vienne. *(Marton va dans la coulisse.)*

Scène VII

DORANTE, ARAMINTE, MARTON

MARTON. Monsieur Dorante, Madame vous attend.

ARAMINTE. Venez, Monsieur ; je suis obligée à Monsieur Remy d'avoir songé à moi. Puisqu'il me donne son neveu, je ne doute pas que ce ne soit un présent qu'il me fasse. Un de mes amis me parla avant-hier d'un intendant qu'il doit m'envoyer aujourd'hui ; mais je m'en tiens à vous.

DORANTE. J'espère, Madame, que mon zèle justifiera la préférence dont vous m'honorez, et que je vous supplie de me conserver. Rien ne m'affligerait tant à présent que de la perdre.

MARTON. Madame n'a pas deux paroles.

ARAMINTE. Non, Monsieur ; c'est une affaire terminée, je renverrai tout. Vous êtes au fait des affaires apparemment ; vous y avez travaillé ?

DORANTE. Oui, Madame ; mon père était avocat, et je pourrais l'être moi-même [1].

ARAMINTE. C'est-à-dire que vous êtes un homme de très bonne famille, et même au-dessus du parti que vous prenez.

DORANTE. Je ne sens rien qui m'humilie dans le parti que je prends, Madame ; l'honneur de servir une dame comme vous n'est au-dessous de qui que ce soit, et je n'envierai la condition de personne.

ARAMINTE. Mes façons ne vous feront point changer de sentiment. Vous trouverez ici tous les égards que vous méritez ; et si, dans les

---

1. Cette phrase signifie que Dorante a fait à l'école de droit son cours d'études, qui, dans certains cas, pouvait se réduire à six mois pour les candidats âgés de plus de vingt-cinq ans. C'est ainsi que Marivaux avait lui-même procédé (voir pp. 23-24).

suites[1], il y avait occasion de vous rendre service, je ne la manquerai point.

MARTON. Voilà Madame : je la reconnais.

ARAMINTE. Il est vrai que je suis toujours fâchée de voir d'honnêtes gens sans fortune, tandis qu'une infinité de gens de rien[2] et sans mérite en ont une éclatante. C'est une chose qui me blesse, surtout dans les personnes de votre âge ; car vous n'avez que trente ans tout au plus ?

DORANTE. Pas tout à fait encore, Madame.

ARAMINTE. Ce qu'il y a de consolant pour vous, c'est que vous avez le temps de devenir heureux.

DORANTE. Je commence à l'être d'aujourd'hui, Madame.

ARAMINTE. On vous montrera l'appartement que je vous destine ; s'il ne vous convient pas, il y en a d'autres, et vous choisirez. Il faut aussi quelqu'un qui vous serve et c'est à quoi je vais pourvoir. Qui lui donnerons-nous, Marton ?

MARTON. Il n'y a qu'à prendre Arlequin, Madame[3]. Je le vois à l'entrée de la salle et je vais l'appeler. Arlequin ? parlez à Madame.

Scène VIII

ARAMINTE, DORANTE, MARTON, ARLEQUIN

ARLEQUIN. Me voilà, Madame.

ARAMINTE. Arlequin, vous êtes à présent à Monsieur ; vous le servirez ; je vous donne à lui.

ARLEQUIN. Comment, Madame, vous me donnez à lui ! Est-ce que je ne serai plus à moi ? Ma personne ne m'appartiendra donc plus[4] ?

MARTON. Quel benêt !

ARAMINTE. J'entends qu'au lieu de me servir, ce sera lui que tu serviras.

ARLEQUIN, *comme pleurant*. Je ne sais pas pourquoi Madame me

---

1. Édition Duchesne 1758 : *dans la suite.*　　**2.** Cette notion de *gens de rien* s'oppose à l'idée d'*homme de très bonne famille* qu'Araminte a évoquée plus haut. Comparer *un homme de quelque chose*, acte II, sc. XI.　　**3.** Correction proposée par Collé : *Il n'y a qu'à prendre François, Madame, celui qui frotte ici.*　　**4.** Collé propose la correction suivante (qui supprime aussi la réplique de Marton : *Quel benêt !*) : *Est-ce que je ne serai plus à Madame ? Est-ce que Madame me renvoie ?* ARAMINTE : *Non, j'entends...*, avec le commentaire : « Supprimez la balourdise » *(sic)*.

donne mon congé : je n'ai pas mérité ce traitement ; je l'ai toujours servie à faire plaisir.

ARAMINTE. Je ne te donne point ton congé, je te payerai pour être à Monsieur.

ARLEQUIN. Je représente à Madame que cela ne serait pas juste : je ne donnerai pas ma peine d'un côté, pendant que l'argent me viendra d'un autre. Il faut que vous ayez mon service, puisque j'aurai vos gages ; autrement je friponnerais, Madame.

ARAMINTE. Je désespère de lui faire entendre raison.

MARTON. Tu es bien sot ! quand je t'envoie quelque part ou que je te dis : fais telle ou telle chose, n'obéis-tu pas ?

ARLEQUIN. Toujours.

MARTON. Eh bien ! ce sera Monsieur qui te le dira comme moi, et ce sera à la place de Madame et par son ordre.

ARLEQUIN. Ah ! c'est une autre affaire. C'est Madame qui donnera ordre à Monsieur de souffrir mon service, que je lui prêterai par le commandement de Madame.

MARTON. Voilà ce que c'est.

ARLEQUIN. Vous voyez bien que cela méritait explication.

UN DOMESTIQUE *vient*. Voici votre marchande qui vous apporte des étoffes, Madame.

ARAMINTE. Je vais les voir et je reviendrai. Monsieur, j'ai à vous parler d'une affaire ; ne vous éloignez pas.

Scène IX

DORANTE, MARTON, ARLEQUIN

ARLEQUIN. Oh çà, Monsieur, nous sommes donc l'un à l'autre, et vous avez le pas sur moi ? Je serai le valet qui sert, et vous le valet qui serez servi par ordre.

MARTON. Ce faquin avec ses comparaisons ! Va-t'en.

ARLEQUIN. Un moment, avec votre permission. Monsieur, ne payerez-vous rien ? Vous a-t-on donné ordre d'être servi gratis ?

Dorante rit.

MARTON. Allons, laisse-nous. Madame te payera ; n'est-ce pas assez ?

ARLEQUIN. Pardi, Monsieur, je ne vous coûterai donc guère ? On ne saurait avoir un valet à meilleur marché.

DORANTE. Arlequin a raison. Tiens, voilà d'avance ce que je te donne.

ARLEQUIN. Ah ! voilà une action de maître [1]. À votre aise le reste.

DORANTE. Va boire à ma santé.

ARLEQUIN, *s'en allant.* Oh ! s'il ne faut que boire afin qu'elle soit bonne, tant que je vivrai, je vous la promets excellente. *(À part.)* Le gracieux camarade qui m'est venu là par hasard !

Scène X

DORANTE, MARTON, MADAME ARGANTE,
qui arrive un instant après

MARTON. Vous avez lieu d'être satisfait de l'accueil de Madame ; elle paraît faire cas de vous, et tant mieux, nous n'y perdons [2] point. Mais voici Madame Argante ; je vous avertis que c'est sa mère, et je devine à peu près ce qui l'amène.

MADAME ARGANTE, *femme brusque et vaine.* Hé bien, Marton, ma fille a un nouvel intendant que son procureur lui a donné, m'a-t-elle dit : j'en suis fâchée ; cela n'est point obligeant pour Monsieur le Comte, qui lui en avait retenu un. Du moins devait-elle attendre, et les voir tous deux. *D'où vient préférer celui-ci ? Quelle espèce d'homme est-ce ?

MARTON. C'est Monsieur, Madame.

MADAME ARGANTE. Eh ! c'est Monsieur ! Je ne m'en serais pas doutée ; il est bien jeune.

MARTON. À trente ans, on est en âge d'être intendant de maison, Madame.

MADAME ARGANTE. C'est selon. Êtes-vous arrêté, Monsieur ?

DORANTE. Oui, Madame.

MADAME ARGANTE. Et de chez qui sortez-vous ?

DORANTE. De chez moi, Madame : je n'ai encore été chez personne.

MADAME ARGANTE. De chez vous ! Vous allez donc faire ici votre apprentissage ?

MARTON. Point du tout. Monsieur entend les affaires ; il est fils d'un père extrêmement habile.

---

1. Jeu de mots sur *maître* : en le payant, Dorante devient en quelque façon le maître d'Arlequin.   2. Texte des éditions de 1738 et 1758. Les éditions modernes corrigent : *nous n'y perdrons*.

MADAME ARGANTE, *à Marton, à part*. Je n'ai pas grande opinion de cet homme-là. Est-ce là la figure d'un intendant ? Il n'en a non plus l'air...

MARTON, *à part aussi*. L'air n'y fait rien. Je vous réponds de lui ; c'est l'homme qu'il nous faut.

MADAME ARGANTE. Pourvu que Monsieur ne s'écarte pas des intentions que nous avons, il me sera indifférent que ce soit lui ou un autre.

DORANTE. Peut-on savoir ces intentions, Madame ?

MADAME ARGANTE. Connaissez-vous Monsieur le comte Dorimont ? C'est un homme d'un beau nom ; ma fille et lui allaient avoir un procès ensemble au sujet d'une terre considérable, il ne s'agissait pas moins que de savoir à qui elle resterait, et on a songé à les marier, pour empêcher qu'ils ne plaident. Ma fille est veuve d'un homme qui était fort considéré dans le monde, et qui l'a laissée fort riche. Mais Madame la comtesse Dorimont aurait un rang si élevé, irait de pair avec des personnes d'une si grande distinction, qu'il me tarde de voir ce mariage conclu ; et, je l'avoue, je serai[1] charmée moi-même d'être la mère de Madame la comtesse Dorimont, et de plus que cela peut-être ; car Monsieur le comte Dorimont est en passe d'aller à tout.

DORANTE. Les paroles sont-elles données de part et d'autre ?

MADAME ARGANTE. Pas tout à fait encore, mais à peu près ; ma fille n'en est pas éloignée. Elle souhaiterait seulement, dit-elle, d'être[2] bien instruite de l'état de l'affaire et savoir si elle n'a pas meilleur droit que Monsieur le Comte, afin que, si elle l'épouse, il lui en ait plus d'obligation. Mais j'ai quelquefois peur que ce ne soit une *défaite. Ma fille n'a qu'un défaut ; c'est que je ne lui trouve pas assez d'élévation. Le beau nom de Dorimont et le rang de comtesse ne la touchent pas assez ; elle ne sent pas le désagrément qu'il y a de n'être qu'une bourgeoise. Elle s'endort dans cet état, malgré le bien qu'elle a.

DORANTE, *doucement*. Peut-être n'en sera-t-elle pas plus heureuse, si elle en sort.

MADAME ARGANTE, *vivement*. Il ne s'agit pas de ce que vous en pensez. Gardez votre petite réflexion roturière, et servez-vous, si vous voulez être de nos amis.

---

1. Duchesne, 1758 : *je serais*.   2. Duchesne, 1758 : *souhaiterait seulement, dit-elle, être*.

MARTON. C'est un petit trait de morale qui ne gâte rien à notre affaire.

MADAME ARGANTE. Morale subalterne qui me déplaît.

DORANTE. De quoi est-il question, Madame ?

MADAME ARGANTE. De dire à ma fille, quand vous aurez vu ses papiers, que son droit est le moins bon ; que si elle plaidait, elle perdrait.

DORANTE. Si effectivement son droit est le plus faible, je ne manquerai pas de l'en avertir, Madame.

MADAME ARGANTE, *à part, à Marton.* Hum ! quel esprit borné ! *(À Dorante.)* Vous n'y êtes point ; ce n'est pas là ce qu'on vous dit ; on vous charge de lui parler ainsi, indépendamment de son droit bien ou mal fondé.

DORANTE. Mais, Madame, il n'y aurait point de probité à la tromper.

MADAME ARGANTE. De probité ! J'en manque donc, moi ? Quel raisonnement ! C'est moi qui suis sa mère, et qui vous ordonne de la tromper à son avantage, entendez-vous ? c'est moi, moi.

DORANTE. Il y aura toujours de la mauvaise foi de ma part.

MADAME ARGANTE, *à part, à Marton.* C'est un ignorant que cela, qu'il faut renvoyer. Adieu, Monsieur l'homme d'affaires [1], qui n'avez fait celles de personne.

Elle sort.

Scène XI

DORANTE, MARTON

DORANTE. Cette mère-là ne ressemble guère à sa fille.

MARTON. Oui, il y a quelque différence ; et je suis fâchée de n'avoir pas eu le temps de vous prévenir sur son humeur brusque. Elle est extrêmement entêtée de ce mariage, comme vous voyez. Au surplus, que vous importe ce que vous direz à la fille, dès que la mère sera votre garant ? Vous n'aurez rien à vous reprocher, ce me semble ; ce ne sera pas là une tromperie.

---

1. Dans les éditions de 1738 et 1758, le mot *affaire*, dans cette expression, est toujours au singulier, même lorsque, comme ici, il est repris par un pluriel.

DORANTE. Eh ! vous m'excuserez : ce sera toujours l'engager à prendre un parti qu'elle ne prendrait peut-être pas sans cela. Puisque l'on veut que j'aide à l'y déterminer, elle y résiste donc ?

MARTON. C'est par indolence.

DORANTE. Croyez-moi, disons la vérité.

MARTON. Oh çà, il y a une petite raison à laquelle vous devez vous rendre ; c'est que Monsieur le Comte me fait présent de mille écus [1] le jour de la signature du contrat ; et cet argent-là, suivant le projet de Monsieur Remy, vous regarde aussi bien que moi, comme vous voyez.

DORANTE. Tenez, Mademoiselle Marton, vous êtes la plus aimable fille du monde ; mais ce n'est que faute de réflexion que ces mille écus vous tentent.

MARTON. Au contraire, c'est par réflexion qu'ils me tentent : plus j'y rêve, et plus je les trouve bons.

DORANTE. Mais vous aimez votre maîtresse : et si elle n'était pas heureuse avec cet homme-là, ne vous reprocheriez-vous pas d'y avoir contribué pour une si misérable somme ?

MARTON. Ma foi, vous avez beau dire : d'ailleurs, le Comte est un honnête homme, et je n'y entends point de finesse. Voilà Madame qui revient, elle a à vous parler. Je me retire ; méditez sur cette somme, vous la goûterez aussi bien que moi.

DORANTE. Je ne suis plus [2] si fâché de la tromper.

Scène XII

ARAMINTE, DORANTE

ARAMINTE. Vous avez donc vu ma mère ?

DORANTE. Oui, Madame, il n'y a qu'un moment.

ARAMINTE. Elle me l'a dit, et voudrait bien que j'en eusse pris un autre que vous.

DORANTE. Il me l'a paru.

ARAMINTE. Oui, mais ne vous embarrassez point, vous me convenez.

DORANTE. Je n'ai point d'autre ambition.

---

1. Malgré le caractère arbitraire de toute équivalence, on peut estimer que ces mille écus, soit trois mille livres du temps, représentent à peu près, en valeur d'achat, trente mille euros 2000.   2. Duchesne, 1758 : *Je ne suis pas*. Le texte original insiste sur l'excuse que fournit à Dorante le manque de scrupules de Marton. Il nous paraît très supérieur au texte de 1758, couramment adopté depuis.

ARAMINTE. Parlons de ce que j'ai à vous dire ; mais que ceci soit secret entre nous, je vous prie.

DORANTE. Je me trahirais plutôt moi-même.

ARAMINTE. Je n'hésite point non plus à vous donner ma confiance. Voici ce que c'est : on veut me marier avec Monsieur le comte Dorimont pour éviter un grand procès que nous aurions ensemble au sujet d'une terre que je possède.

DORANTE. Je le sais, Madame, et j'ai le malheur d'avoir déplu tout à l'heure là-dessus à Madame Argante.

ARAMINTE. Eh ! *d'où vient[1] ?

DORANTE. C'est que si, dans votre procès, vous avez le bon droit de votre côté, on souhaite que je vous dise le contraire, afin de vous engager plus vite à ce mariage ; et j'ai prié qu'on m'en dispensât.

ARAMINTE. Que ma mère est frivole ! Votre *fidélité ne me surprend point ; j'y comptais. Faites toujours de même, et ne vous choquez point de ce que ma mère vous a dit ; je la désapprouve : a-t-elle tenu quelque discours désagréable ?

DORANTE. Il n'importe, Madame, mon zèle et mon attachement en augmentent : voilà tout.

ARAMINTE. Et voilà pourquoi aussi je ne veux pas qu'on vous chagrine, et que[2] j'y mettrai bon ordre. Qu'est-ce que cela signifie ? Je me fâcherai, si cela continue. Comment donc ? vous ne seriez pas en repos ! On aura de mauvais procédés avec vous, parce que vous en avez d'estimables ; cela serait plaisant !

DORANTE. Madame, par toute la reconnaissance que je vous dois, n'y prenez point garde : je suis confus de vos bontés, et je suis trop heureux d'avoir été querellé.

ARAMINTE. Je loue vos sentiments. Revenons à ce procès dont il est question : si je n'épouse point Monsieur le Comte...

Scène XIII

DORANTE, ARAMINTE, DUBOIS

DUBOIS. Madame la Marquise se porte mieux, Madame *(il feint de voir Dorante avec surprise)*, et vous est fort obligée... fort obligée

---

1. Étant donné l'hésitation constante à l'époque, et spécialement chez Marivaux, sur *eh* et *et* en tête de phrase, on pourrait aussi bien lire : *Et d'où vient ?*   2. À partir de 1758 : *et j'y.*

de votre attention. *(Dorante feint de détourner la tête, pour se cacher de Dubois.)*

ARAMINTE. Voilà qui est bien.

DUBOIS, *regardant toujours Dorante*. Madame, on m'a chargé aussi de vous dire un mot qui presse.

ARAMINTE. De quoi s'agit-il ?

DUBOIS. Il m'est recommandé de ne vous parler qu'en particulier.

ARAMINTE, *à Dorante*. Je n'ai point achevé ce que je voulais vous dire ; laissez-moi, je vous prie, un moment, et revenez.

Scène XIV

ARAMINTE, DUBOIS

ARAMINTE. Qu'est-ce que c'est donc que cet air étonné que tu as marqué, ce me semble, en voyant Dorante ? D'où vient cette attention à le regarder ?

DUBOIS. Ce n'est rien, sinon que je ne saurais plus avoir l'honneur de servir Madame, et qu'il faut que je lui demande mon congé.

ARAMINTE, *surprise*. Quoi ! seulement pour avoir vu Dorante ici ?

DUBOIS. Savez-vous à qui vous avez affaire [1] ?

ARAMINTE. Au neveu de Monsieur Remy, mon procureur.

DUBOIS. Eh ! par quel tour d'adresse est-il connu de Madame ? comment a-t-il fait pour arriver jusqu'ici ?

ARAMINTE. C'est Monsieur Remy qui me l'a envoyé pour intendant.

DUBOIS. Lui, votre intendant ! Et c'est Monsieur Remy qui vous l'envoie : hélas ! le bonhomme, il ne sait pas qui il vous donne ; c'est un démon que ce garçon-là.

ARAMINTE. Mais que signifient tes exclamations ? Explique-toi : est-ce que tu le connais ?

DUBOIS. Si je le connais, Madame ! si je le connais ! Ah vraiment oui ; et il me connaît bien aussi. N'avez-vous pas vu comme il se détournait de peur que je ne le visse ?

ARAMINTE. Il est vrai ; et tu me surprends à mon tour. Serait-il capable de quelque mauvaise action, que tu saches ? Est-ce que ce n'est pas un honnête homme ?

DUBOIS. Lui ! il n'y a point de plus brave homme dans toute la terre ; il a, peut-être, plus d'honneur à lui tout seul que cinquante

_____

1. Duchesne, 1758 : *vous avez à faire ?*

honnêtes gens ensemble. Oh ! c'est une probité merveilleuse ; il n'a peut-être pas son pareil.

ARAMINTE. Eh ! de quoi peut-il donc être question ? D'où vient que tu m'alarmes ? En vérité, j'en suis toute émue.

DUBOIS. Son défaut, c'est là. *(Il se touche le front.)* C'est à la tête que le mal le tient.

ARAMINTE. À la tête !

DUBOIS. Oui, il est timbré, mais timbré comme cent.

ARAMINTE. Dorante ! il m'a paru de très bon sens. Quelle preuve as-tu de sa folie ?

DUBOIS. Quelle preuve ! Il y a six mois qu'il est tombé fou ; il y a six mois qu'il extravague d'amour, qu'il en a la cervelle brûlée, qu'il en est comme un perdu ; je *dois bien le savoir, car j'étais à lui, je le servais ; et c'est ce qui m'a obligé de le quitter, et c'est ce qui me force de m'en aller encore ; ôtez cela, c'est un homme incomparable.

ARAMINTE, *un peu boudant*. Oh ! bien, il fera ce qu'il voudra ; mais je ne le garderai pas : on a bien affaire d'un esprit renversé ; et peut-être encore, je gage, pour quelque objet qui n'en vaut pas la peine ; car les hommes ont des fantaisies...

DUBOIS. Ah ! vous m'excuserez ; pour ce qui est de l'objet, il n'y a rien à dire. Malpeste ! sa folie est de bon goût [1].

ARAMINTE. N'importe, je veux le congédier. Est-ce que tu la connais, cette personne ?

DUBOIS. J'ai l'honneur de la voir tous les jours ; c'est vous, Madame.

ARAMINTE. Moi, dis-tu !

DUBOIS. Il vous adore ; il y a six mois qu'il n'en vit point, qu'il donnerait sa vie pour avoir le plaisir de vous contempler un instant. Vous avez dû voir qu'il a l'air enchanté, quand il vous parle.

ARAMINTE. Il y a bien en effet quelque petite chose qui m'a paru extraordinaire. Eh ! juste ciel ! le pauvre garçon, de quoi s'avise-t-il ?

DUBOIS. Vous ne croiriez pas jusqu'où va sa démence ; elle le ruine, elle lui coupe la gorge. Il est bien fait, d'une figure passable, bien élevé et de bonne famille ; mais il n'est pas riche ; et vous saurez qu'il n'a tenu qu'à lui d'épouser des femmes qui l'étaient, et de

---

1. Beaumarchais s'est souvenu de ce passage à l'acte II, sc. II, du *Barbier de Séville*, lorsque Figaro informe Rosine de l'amour que lui porte le comte Almaviva.

fort *aimables, ma foi, qui offraient de lui faire sa fortune et qui auraient mérité qu'on la leur fît à elles-mêmes : il y en a une qui n'en saurait *revenir, et qui le poursuit encore tous les jours ; je le sais, car je l'ai rencontrée.

ARAMINTE, *avec négligence*. Actuellement ?

DUBOIS. Oui, Madame, actuellement, une grande brune très piquante, et qu'il fuit. Il n'y a pas moyen ; Monsieur refuse tout. Je les tromperais, me disait-il ; je ne puis les aimer, mon cœur est parti. Ce qu'il disait quelquefois la larme à l'œil ; car il sent bien son tort.

ARAMINTE. Cela est fâcheux ; mais où m'a-t-il vue, avant que de venir chez moi, Dubois ?

DUBOIS. Hélas ! Madame, ce fut un jour que vous sortîtes de l'Opéra, qu'il perdit la raison ; c'était un vendredi, je m'en ressouviens ; oui, un vendredi ; il vous vit descendre l'escalier, à ce qu'il me raconta, et vous suivit jusqu'à votre carrosse ; il avait demandé votre nom, et je le trouvai qui était comme extasié ; il ne remuait plus.

ARAMINTE. Quelle aventure !

DUBOIS. J'eus beau lui crier : Monsieur ! Point de nouvelles, il n'y avait plus personne [1] au *logis. À la fin, pourtant, il revint à lui avec un air égaré ; je le jetai dans une voiture, et nous retournâmes à la maison. J'espérais que cela se passerait, car je l'aimais : c'est le meilleur maître ! Point du tout, il n'y avait plus de ressource : ce bon sens, cet esprit jovial, cette humeur charmante, vous aviez tout *expédié ; et dès le lendemain nous ne fîmes plus tous deux, lui, que rêver à vous, que vous aimer ; moi, d'épier [2] depuis le matin jusqu'au soir où vous alliez.

ARAMINTE. Tu m'étonnes à un point !...

DUBOIS. Je me fis même ami d'un de vos gens qui n'y est plus, un garçon fort exact, et qui m'instruisait, et à qui je payais bouteille. C'est à la Comédie qu'on va, me disait-il ; et je courais faire mon rapport, sur lequel, dès quatre heures [3], mon homme était à la porte. C'est chez Madame celle-ci, c'est chez Madame celle-là ; et sur cet avis, nous allions toute la soirée habiter la rue, ne vous déplaise, pour voir Madame entrer et sortir, lui dans un fiacre, et moi derrière,

---

1. L'édition de 1758 porte : *personne*.   **2.** Texte original (1738, 1758), qui s'explique par une rupture de construction très naturelle. L'éditeur de 1781 corrige en *que d'épier*, celui de 1825 en *qu'épier*.   **3.** La Comédie et l'Opéra commençaient à quatre heures.

tous deux morfondus et gelés ; car c'était dans l'hiver ; lui, ne s'en souciant guère ; moi, jurant par-ci par-là pour me soulager.

ARAMINTE. Est-il possible ?

DUBOIS. Oui, Madame. À la fin, ce train de vie m'ennuya ; ma santé s'altérait, la sienne aussi. Je lui fis accroire que vous étiez à la campagne, il le crut, et j'eus quelque repos. Mais n'alla-t-il pas, deux jours après, vous rencontrer aux Tuileries, où il avait été s'attrister de votre absence. Au retour il était furieux, il voulut me battre, tout bon qu'il est ; moi, je ne le voulus point, et je le quittai. Mon bonheur ensuite m'a mis chez Madame, où, à force de se démener, je le trouve parvenu à votre intendance, ce qu'il ne troquerait pas contre la place de l'empereur.

ARAMINTE. Y a-t-il rien de si particulier ? Je suis si lasse d'avoir des gens qui me trompent, que je me réjouissais de l'avoir, parce qu'il a de la probité ; ce n'est pas que je sois fâchée, car je suis bien au-dessus de cela.

DUBOIS. Il y aura de la bonté à le renvoyer. Plus il voit Madame, plus il s'achève.

ARAMINTE. Vraiment, je le renverrai bien ; mais ce n'est pas là ce qui le guérira. D'ailleurs, je ne sais que dire à Monsieur Remy, qui me l'a recommandé, et ceci m'embarrasse. Je ne vois pas trop comment m'en défaire, *honnêtement.

DUBOIS. Oui ; mais vous ferez un incurable, Madame.

ARAMINTE, *vivement*. Oh ! tant pis pour lui. Je suis dans des circonstances où je ne saurais me passer d'un intendant ; et puis, il n'y a pas tant de risque que tu le crois : au contraire, s'il y avait quelque chose qui pût ramener cet homme, c'est l'habitude de me voir plus qu'il n'a fait, ce serait même un service à lui rendre.

DUBOIS. Oui ; c'est un remède bien innocent. Premièrement, il ne vous dira mot ; jamais vous n'entendrez parler de son amour.

ARAMINTE. En es-tu bien sûr ?

DUBOIS. Oh ! il ne faut pas en avoir peur ; il mourrait plutôt. Il a un respect, une adoration, une humilité pour vous, qui n'est pas concevable. Est-ce que vous croyez qu'il songe à être aimé ? Nullement. Il dit que dans l'univers il n'y a personne qui le mérite ; il ne veut que vous voir, vous considérer, regarder vos yeux, vos grâces, votre belle taille ; et puis c'est tout : il me l'a dit mille fois.

ARAMINTE, *haussant les épaules*. Voilà qui est bien digne de compassion ! Allons, je patienterai quelques jours, en attendant que j'en aie un autre ; au surplus, ne crains rien, je suis contente de toi ;

je récompenserai ton zèle, et je ne veux pas que tu me quittes, entends-tu, Dubois.

DUBOIS. Madame, je vous suis dévoué pour la vie.

ARAMINTE. J'aurai soin de toi ; surtout qu'il ne sache pas que je suis instruite ; garde un profond secret ; et que tout le monde, jusqu'à Marton, ignore ce que tu m'as dit ; ce sont de ces choses qui ne doivent jamais percer.

DUBOIS. Je n'en ai jamais parlé qu'à Madame.

ARAMINTE. Le voici qui revient ; va-t'en.

Scène XV

DORANTE, ARAMINTE

ARAMINTE, *un moment seule*. La vérité est que voici une confidence dont je me serais bien passée moi-même.

DORANTE. Madame, je me rends à vos ordres.

ARAMINTE. Oui, Monsieur ; de quoi vous parlais-je ? Je l'ai oublié [1].

DORANTE. D'un procès avec Monsieur le comte Dorimont.

ARAMINTE. Je me *remets ; je vous disais qu'on veut nous marier.

DORANTE. Oui, Madame, et vous alliez, je crois, ajouter que vous n'étiez pas portée à ce mariage.

ARAMINTE. Il est vrai. J'avais envie de vous charger d'examiner l'affaire, afin de savoir si je ne risquerais rien à plaider ; mais je crois devoir vous dispenser de ce travail ; je ne suis pas sûre de pouvoir vous garder [2].

DORANTE. Ah ! Madame, vous avez eu la bonté de me rassurer là-dessus.

ARAMINTE. Oui ; mais je ne faisais pas réflexion que j'ai promis à Monsieur le Comte de prendre un intendant de sa main ; vous voyez bien qu'il ne serait pas *honnête de lui manquer de parole ; et du moins faut-il que je parle à celui qu'il m'amènera.

DORANTE. Je ne suis pas *heureux ; rien ne me réussit, et j'aurai la douleur d'être renvoyé.

---

1. Cette distraction est significative. Elle prélude à d'autres : voir plus loin, acte II, sc. XII, et acte III, sc. IX et sc. XII (début). 2. Pendant les quelques instants qui ont suivi la confidence de Dubois, Araminte a pris la résolution d'annoncer à Dorante qu'elle ne peut pas le garder. Mais cette décision ne va pas au fond des choses. Peut-être même Araminte ne veut-elle, inconsciemment, qu'imposer à Dorante une première épreuve, prélude à celle de l'acte II, sc. XIII.

ARAMINTE, *par faiblesse*. Je ne dis pas cela ; il n'y a rien de résolu là-dessus.

DORANTE. Ne me laissez point dans l'incertitude où je suis, Madame.

ARAMINTE. Eh ! mais, oui, je tâcherai que vous restiez ; je tâcherai.

DORANTE. Vous m'ordonnez donc de vous rendre compte de l'affaire en question ?

ARAMINTE. Attendons ; si j'allais épouser le Comte, vous auriez pris une peine inutile.

DORANTE. Je croyais avoir entendu dire à Madame qu'elle n'avait point de penchant pour lui.

ARAMINTE. Pas encore.

DORANTE. Et d'ailleurs, votre situation est si tranquille et si douce.

ARAMINTE, *à part*. Je n'ai pas le courage de l'affliger !... Eh bien, oui-da ; examinez toujours, examinez. J'ai des papiers dans mon cabinet, je vais les chercher. Vous viendrez les prendre, et je vous les donnerai. *(En s'en allant.)* Je n'oserais presque le regarder !

Scène XVI

DORANTE, DUBOIS, *venant d'un air mystérieux et comme passant*

DUBOIS. Marton vous cherche pour vous montrer l'appartement qu'on vous destine. Arlequin est allé boire. J'ai dit que j'allais vous avertir. Comment vous traite-t-on ?

DORANTE. Qu'elle est aimable ! Je suis enchanté ! De quelle façon a-t-elle reçu ce que tu lui as dit ?

DUBOIS, *comme en fuyant*. Elle opine tout doucement à vous garder par compassion : elle espère vous guérir par l'habitude de la voir.

DORANTE, *charmé*. Sincèrement ?

DUBOIS. Elle n'en réchappera point ; c'est *autant de pris. Je m'en retourne.

DORANTE. Reste, au contraire ; je crois que voici Marton. Dis-lui que Madame m'attend pour me remettre des papiers, et que j'irai la trouver dès que je les aurai.

DUBOIS. Partez ; aussi bien ai-je un petit avis à donner à Marton. Il est bon de jeter dans tous les esprits les soupçons dont nous avons besoin.

Scène XVII
DUBOIS, MARTON

MARTON. Où est donc Dorante ? il me semble l'avoir vu avec toi.

DUBOIS, *brusquement*. Il dit que Madame l'attend pour des papiers, il reviendra ensuite. Au reste, qu'est-il nécessaire qu'il voie cet appartement ? S'il n'en voulait pas, il serait bien délicat : pardi, je lui conseillerais...

MARTON. Ce ne sont pas là tes affaires : je suis les ordres de Madame.

DUBOIS. Madame est bonne et sage ; mais prenez garde, ne trouvez-vous pas que ce petit galant-là fait les yeux doux ?

MARTON. Il les fait comme il les a.

DUBOIS. Je me trompe fort, si je n'ai pas vu la mine de ce freluquet considérer, je ne sais où, celle de Madame.

MARTON. Hé bien, est-ce qu'on te fâche quand on la trouve belle ?

DUBOIS. Non. Mais je me figure quelquefois qu'il n'est venu ici que pour la voir de plus près.

MARTON, *riant*. Ha ! ha ! quelle idée ! Va, tu n'y entends rien ; tu t'y connais mal.

DUBOIS, *riant*. Ha ! ha ! je suis donc bien sot.

MARTON, *riant en s'en allant*. Ha ! ha ! l'original avec ses observations !

DUBOIS, *seul*. Allez, allez, prenez toujours. J'aurai soin de vous les faire trouver meilleures. Allons faire jouer toutes nos batteries.

ACTE II

Scène première
ARAMINTE, DORANTE

DORANTE. Non, Madame, vous ne risquez rien ; vous pouvez plaider en toute sûreté. J'ai même consulté plusieurs personnes [1], l'affaire est excellente ; et si vous n'avez que le motif dont vous parlez pour épouser Monsieur le Comte, rien ne vous oblige à ce mariage.

---

1. Le second acte se passe donc plusieurs heures après le premier. Celui-ci a dû occuper le début de matinée. Nous sommes l'après-midi ou le soir.

ARAMINTE. Je l'affligerai beaucoup, et j'ai de la peine à m'y résoudre.

DORANTE. Il ne serait pas juste de vous sacrifier à la crainte de l'affliger.

ARAMINTE. Mais avez-vous bien examiné ? Vous me disiez tantôt que mon état était doux et tranquille ; n'aimeriez-vous pas mieux que j'y restasse ? N'êtes-vous pas un peu trop prévenu contre le mariage, et par conséquent contre Monsieur le Comte ?

DORANTE. Madame, j'aime mieux vos intérêts que les siens, et que ceux de qui que ce soit au monde.

ARAMINTE. Je ne saurais y trouver à redire. En tout cas, si je l'épouse, et qu'il veuille en mettre un autre ici à votre place, vous n'y perdrez point ; je vous promets de vous en trouver une meilleure.

DORANTE, *tristement*. Non, Madame, si j'ai le malheur de perdre celle-ci, je ne serai plus à personne ; et apparemment que je la perdrai ; je m'y attends.

ARAMINTE. Je crois pourtant que je plaiderai : nous verrons.

DORANTE. J'avais encore une petite chose à vous dire, Madame. Je viens d'apprendre que le concierge d'une de vos terres est mort : on pourrait y mettre un de vos gens ; et j'ai songé à Dubois, que je remplacerai ici par un domestique dont je réponds.

ARAMINTE. Non, envoyez plutôt votre homme au château, et laissez-moi Dubois : c'est un garçon de confiance, qui me sert bien et que je veux garder. À propos, il m'a dit, ce me semble, qu'il avait été à vous quelque temps ?

DORANTE, *feignant un peu d'embarras*. Il est vrai, Madame ; il est fidèle, mais peu exact. Rarement, au reste, ces gens-là parlent-ils bien de ceux qu'ils ont servis. Ne me nuirait-il point dans votre esprit ?

ARAMINTE, *négligemment*. Celui-ci dit beaucoup de bien de vous, et voilà tout. Que me veut Monsieur Remy ?

Scène II

ARAMINTE, DORANTE, MONSIEUR REMY

MONSIEUR REMY. Madame, je suis votre très humble serviteur. Je viens vous remercier de la bonté que vous avez eue de prendre mon neveu à ma recommandation.

ARAMINTE. Je n'ai pas hésité, comme vous l'avez vu.

MONSIEUR REMY. Je vous rends mille grâces. Ne m'aviez-vous pas dit qu'on vous en offrait un autre ?

ARAMINTE. Oui, Monsieur.

MONSIEUR REMY. Tant mieux ; car je viens vous demander celui-ci pour une affaire d'importance.

DORANTE, *d'un air de refus*. Et *d'où vient, Monsieur ?

MONSIEUR REMY. Patience !

ARAMINTE. Mais, Monsieur Remy, ceci est un peu vif ; vous prenez assez mal votre temps, et j'ai refusé l'autre personne.

DORANTE. Pour moi, je ne sortirai jamais de chez Madame, qu'elle ne me congédie.

MONSIEUR REMY, *brusquement*. Vous ne savez ce que vous dites. Il faut pourtant sortir ; vous allez voir. Tenez, Madame, jugez-en vous-même ; voici de quoi il est question : c'est une dame de trente-cinq ans, qu'on dit jolie femme, estimable, et de quelque *distinction ; qui ne déclare pas son nom ; qui dit que j'ai été son procureur ; qui a quinze mille livres de rente pour le moins, ce qu'elle prouvera ; qui a vu Monsieur chez moi, qui lui a parlé, qui sait qu'il n'a pas de bien, et qui offre de l'épouser sans délai. Et la personne qui est venue chez moi de sa part [1] doit revenir tantôt pour savoir la réponse, et vous mener tout de suite chez elle. Cela est-il net ? Y a-t-il à consulter là-dessus ? Dans deux heures il faut être au logis. Ai-je tort, Madame ?

ARAMINTE, *froidement*. C'est à lui à répondre [2].

MONSIEUR REMY. Eh bien ! à quoi pense-t-il donc ? Viendrez-vous ?

DORANTE. Non, Monsieur, je ne suis pas dans cette disposition-là.

MONSIEUR REMY. Hum ! Quoi ? Entendez-vous ce que je vous dis, qu'elle a quinze mille livres de rente ? entendez-vous ?

DORANTE. Oui, Monsieur ; mais en eût-elle vingt fois davantage, je ne l'épouserais pas ; nous ne serions heureux ni l'un ni l'autre : j'ai le cœur pris ; j'aime ailleurs.

MONSIEUR REMY, *d'un ton railleur, et traînant ses mots*. J'ai le cœur pris : voilà qui est fâcheux ! Ah, ah, le cœur est admirable ! Je n'aurais jamais deviné la beauté des scrupules de ce cœur-là, qui veut qu'on reste intendant de la maison d'autrui pendant qu'on peut l'être de la sienne ! Est-ce là votre dernier mot, berger fidèle ?

---

1. Cette personne est-elle un émissaire de Dubois ? À la scène XII de l'acte III, Dorante dit que « tous les incidents » qui sont arrivés sont le fait de son « industrie ». Il faut donc compter celui-ci parmi eux. La manœuvre aurait été préparée par une « fausse confidence », lorsque Dubois a parlé à Araminte d'une « grande brune très piquante » qui poursuit Dorante.   **2.** Duchesne, 1758 : *à lui de répondre*.

DORANTE. Je ne saurais changer de sentiment, Monsieur.

MONSIEUR REMY. Oh ! le sot cœur, mon neveu ; vous êtes un imbé-cile, un insensé ; et je tiens celle que vous aimez pour une guenon, si elle n'est pas de mon sentiment, n'est-il pas vrai, Madame, et ne le trouvez-vous pas extravagant ?

ARAMINTE, *doucement.* Ne le querellez point. Il paraît avoir tort ; j'en conviens.

MONSIEUR REMY, *vivement.* Comment, Madame ! il pourrait[1]...

ARAMINTE. Dans sa façon de penser je l'excuse. Voyez pourtant, Dorante, tâchez de vaincre votre penchant, si vous le pouvez. Je sais bien que cela est difficile.

DORANTE. Il n'y a pas moyen, Madame, mon amour m'est plus cher que ma vie.

MONSIEUR REMY, *d'un air étonné.* Ceux qui aiment les beaux senti-ments doivent être contents ; en voilà un des plus curieux qui se fassent. Vous trouvez donc cela raisonnable, Madame ?

ARAMINTE. Je vous laisse, parlez-lui vous-même. *(À part.)* Il me touche tant, qu'il faut que je m'en aille. *(Elle sort.)*

DORANTE. Il ne croit pas si bien me servir.

Scène III

DORANTE, MONSIEUR REMY, MARTON

MONSIEUR REMY, *regardant son neveu.* Dorante, sais-tu bien qu'il n'y a pas de fol aux *Petites-Maisons de ta force ? (Marton arrive.)* Venez, Mademoiselle Marton.

MARTON. Je viens d'apprendre que vous étiez ici.

MONSIEUR REMY. Dites-nous un peu votre sentiment ; que pensez-vous de quelqu'un qui n'a point de bien, et qui refuse d'épouser une honnête et fort jolie femme, avec quinze mille livres de rente bien *venants ?

MARTON. Votre question est bien aisée à décider. Ce quelqu'un rêve.

MONSIEUR REMY, *montrant Dorante.* Voilà le rêveur ; et pour excuse, il allègue son cœur que vous avez pris ; mais comme appa-

---

1. Les éditions de 1781 et 1825 corrigent *pourrait* en *paraît*, qui repren-drait un mot d'Araminte. Mais *pourrait*, donné par les éditions de 1738 et 1758, est au moins aussi satisfaisant et traduit parfaitement l'indignation de M. Remy devant l'hypothèse qu'il envisage.

remment il n'a pas encore emporté le vôtre, et que je vous crois encore à peu près dans tout votre bon sens, vu le peu de temps qu'il y a que vous le connaissez, je vous prie de m'aider à le rendre plus sage. Assurément vous êtes fort jolie, mais vous ne le disputerez point à un pareil *établissement ; il n'y a point de beaux yeux qui vaillent ce prix-là.

MARTON. Quoi ! Monsieur Remy, c'est de Dorante que vous parlez ? C'est pour se garder à moi qu'il refuse d'être riche ?

MONSIEUR REMY. Tout juste, et vous êtes trop généreuse pour le souffrir.

MARTON, *avec un air de passion*. Vous vous trompez, Monsieur, je l'aime trop moi-même pour l'en empêcher, et je suis enchantée : Ah ! Dorante, que je vous estime ! Je n'aurais pas cru que vous m'aimassiez tant.

MONSIEUR REMY. Courage ! je ne fais que vous le montrer, et vous en êtes déjà coiffée ! Pardi, le cœur d'une femme est bien étonnant ! le feu y prend bien vite.

MARTON, *comme chagrine*. Eh ! Monsieur, faut-il tant de bien pour être heureux ? Madame, qui a de la bonté pour moi, suppléera en partie par sa générosité à ce qu'il me sacrifie. Que je vous ai d'obligation, Dorante !

DORANTE. Oh ! non, Mademoiselle, aucune ; vous n'avez point de gré à me savoir de ce que je fais ; je me livre à mes sentiments, et ne regarde que moi là-dedans. Vous ne me devez rien ; je ne pense pas à votre reconnaissance.

MARTON. Vous me charmez : que de délicatesse ! Il n'y a encore rien de si tendre que ce que vous me dites.

MONSIEUR REMY. Par ma foi, je ne m'y connais donc guère ; car je le trouve bien plat. *(À Marton.)* Adieu, la belle enfant ; je ne vous aurais, ma foi, pas évaluée ce qu'il vous achète. Serviteur, idiot, garde ta tendresse, et moi ma succession.

Il sort.

MARTON. Il est en colère, mais nous l'apaiserons.

DORANTE. Je l'espère. Quelqu'un vient.

MARTON. C'est le Comte, celui dont je vous ai parlé, et qui doit épouser Madame.

DORANTE. Je vous laisse donc ; il pourrait me parler de son procès : vous savez ce que je vous ai dit là-dessus, et il est inutile que je le voie.

Scène IV

LE COMTE, MARTON

LE COMTE. Bonjour, Marton.

MARTON. Vous voilà donc revenu, Monsieur ?

LE COMTE. Oui. On m'a dit qu'Araminte se promenait dans le jardin, et je viens d'apprendre de sa mère une chose qui me chagrine : je lui avais retenu un intendant, qui devait aujourd'hui entrer chez elle, et cependant elle en a pris un autre, qui ne plaît point à la mère, et dont nous n'avons rien à espérer.

MARTON. Nous n'en devons rien craindre non plus, Monsieur. Allez, ne vous inquiétez point, c'est un galant homme ; et si la mère n'en est pas contente, c'est un peu de sa faute ; elle a débuté tantôt par le brusquer d'une manière si outrée, l'a traité si mal, qu'il n'est pas étonnant qu'elle ne l'ait point gagné. Imaginez-vous qu'elle l'a querellé de ce qu'il est[1] bien fait.

LE COMTE. Ne serait-ce point lui que je viens de voir sortir d'avec vous ?

MARTON. Lui-même.

LE COMTE. Il a bonne mine, en effet, et n'a pas trop l'air de ce qu'il est.

MARTON. Pardonnez-moi, Monsieur ; car il est honnête homme.

LE COMTE. N'y aurait-il pas moyen de raccommoder cela ? Araminte ne me hait pas, je pense, mais elle est lente à se déterminer ; et pour achever de la résoudre, il ne s'agirait plus que de lui dire que le sujet de notre discussion est douteux pour elle. Elle ne voudra pas soutenir l'embarras d'un procès. Parlons à cet intendant ; s'il ne faut que de l'argent pour le mettre dans nos intérêts, je ne l'épargnerai pas.

MARTON. Oh ! non, ce n'est point un homme à mener par là ; c'est le garçon de France le plus désintéressé.

LE COMTE. Tant pis ! ces gens-là ne sont bons à rien.

MARTON. Laissez-moi faire.

---

1. Duchesne, 1758 : *de ce qu'il était*.

Scène V

LE COMTE, ARLEQUIN, MARTON

ARLEQUIN. Mademoiselle, voilà un homme qui en demande un autre ; savez-vous qui c'est ?

MARTON, *brusquement*. Et qui est cet autre ? À quel homme en veut-il ?

ARLEQUIN. Ma foi, je n'en sais rien ; c'est de quoi je m'informe à vous.

MARTON. Fais-le entrer.

ARLEQUIN, *le faisant sortir des coulisses*. Hé ! le garçon : venez ici dire votre affaire [1].

Scène VI

LE COMTE, LE GARÇON, ARLEQUIN, MARTON

MARTON. Qui cherchez-vous ?

LE GARÇON. Mademoiselle, je cherche un certain Monsieur à qui j'ai à rendre un portrait avec une boîte qu'il nous a fait faire. Il nous a dit qu'on ne la remît qu'à lui-même, et qu'il viendrait la prendre ; mais comme mon père est obligé de partir demain pour un petit voyage, il m'a envoyé pour la lui rendre, et on m'a dit que je saurais de ses nouvelles ici. Je le connais de vue, mais je ne sais pas son nom.

MARTON. N'est-ce pas vous, Monsieur le Comte ?

LE COMTE. Non, sûrement.

LE GARÇON. Je n'ai point affaire à Monsieur, Mademoiselle ; c'est une autre personne.

MARTON. Et chez qui vous a-t-on dit que vous le trouveriez ?

LE GARÇON. Chez un procureur qui s'appelle Monsieur Remy.

LE COMTE. Ah ! n'est-ce pas le procureur de Madame ? montrez-nous la boîte.

LE GARÇON. Monsieur, cela m'est défendu ; je n'ai ordre de la donner qu'à celui à qui elle est : le portrait de la dame est dedans.

LE COMTE. Le portrait d'une dame ? Qu'est-ce que cela signifie ? Serait-ce celui d'Araminte ? Je vais *tout à l'heure savoir ce qu'il en est [2].

---

1. L'édition de 1758 ajoute *Il sort* et omet Arlequin de la liste en tête de scène VI.   **2.** Il sort, comme l'annonçait l'expression *tout à l'heure*, qui signifie « tout de suite ».

Scène VII

MARTON, LE GARÇON

MARTON. Vous avez mal fait de parler de ce portrait devant lui. Je sais qui vous cherchez ; c'est le neveu de Monsieur Remy, de chez qui vous venez.

LE GARÇON. Je le crois aussi, Mademoiselle.

MARTON. Un grand homme qui s'appelle Monsieur Dorante.

LE GARÇON. Il me semble que c'est son nom.

MARTON. Il me l'a dit ; je suis dans sa confidence. Avez-vous remarqué le portrait ?

LE GARÇON. Non, je n'ai pas pris garde à qui il ressemble.

MARTON. Hé bien, c'est de moi dont il s'agit. Monsieur Dorante n'est pas ici, et ne reviendra pas sitôt. Vous n'avez qu'à me remettre la boîte ; vous le pouvez en toute sûreté ; vous lui feriez même plaisir. Vous voyez que je suis au fait.

LE GARÇON. C'est ce qui me paraît. La voilà, Mademoiselle. Ayez donc, je vous prie, le soin de la lui rendre quand il sera venu [1].

MARTON. Oh ! je n'y manquerai pas.

LE GARÇON. Il y a encore une bagatelle qu'il doit dessus, mais je tâcherai de repasser tantôt, et s'il n'y était pas, vous auriez la bonté d'achever de payer.

MARTON. Sans difficulté. Allez. *(À part.)* Voici Dorante. *(Au Garçon.)* Retirez-vous vite.

Scène VIII

MARTON, DORANTE

MARTON, *un moment seule et joyeuse.* Ce ne peut être que mon portrait. Le charmant homme ! Monsieur Remy avait raison de dire qu'il y avait quelque temps qu'il me connaissait.

DORANTE. Mademoiselle, n'avez-vous pas vu ici quelqu'un qui vient d'arriver ? Arlequin croit que c'est moi qu'il demande.

MARTON, *le regardant avec tendresse.* Que vous êtes aimable, Dorante ! je serais bien injuste de ne pas vous aimer. Allez, soyez en repos ; l'ouvrier est venu, je lui ai parlé, j'ai la boîte, je la tiens.

---

1. L'édition de 1758 corrigeant *venu* en *revenu*, ce texte a passé dans de nombreuses éditions ultérieures.

DORANTE. J'ignore...

MARTON. Point de mystère ; je la tiens, vous dis-je, et je ne m'en fâche pas. Je vous la rendrai quand je l'aurai vue. Retirez-vous, voici Madame avec sa mère et le Comte ; c'est peut-être de cela qu'ils s'entretiennent. Laissez-moi les calmer là-dessus, et ne les attendez pas.

DORANTE, *en s'en allant, et riant.* Tout a réussi ! elle prend le change à merveille [1] !

Scène IX

ARAMINTE, LE COMTE, MADAME ARGANTE, MARTON

ARAMINTE. Marton, qu'est-ce que c'est qu'un portrait dont Monsieur le Comte me parle, qu'on vient d'apporter ici à quelqu'un qu'on ne nomme pas, et qu'on soupçonne être le mien ? Instruisez-moi de cette histoire-là.

MARTON, *d'un air rêveur.* Ce n'est rien, Madame ; je vous dirai ce que c'est : je l'ai démêlé après que Monsieur le Comte est parti [2] ; il n'a que faire de s'alarmer. Il n'y a rien là qui vous intéresse.

LE COMTE. Comment le savez-vous, Mademoiselle ? vous n'avez point vu le portrait ?

MARTON. N'importe, c'est tout comme si je l'avais vu. Je sais qui il regarde ; n'en soyez point en peine.

LE COMTE. Ce qu'il y a de certain, c'est un portrait de femme, et c'est ici qu'on vient chercher la personne qui l'a fait faire, à qui on doit le rendre, et ce n'est pas moi.

MARTON. D'accord. Mais quand je vous dis que Madame n'y est pour rien, ni vous non plus.

ARAMINTE. Eh bien ! si vous êtes instruite, dites-nous donc de quoi il est question ; car je veux le savoir ! On a des idées qui ne me plaisent point. Parlez.

MADAME ARGANTE. Oui ; ceci a un air de mystère qui est désagréable. Il ne faut pourtant pas vous fâcher, ma fille. Monsieur le Comte vous aime, et un peu de jalousie, même injuste, ne messied pas à un amant.

---

1. Il est important que Marton prenne le change, pour qu'elle n'hésite pas à montrer le portrait dont elle a la charge.   2. Texte de l'édition originale. Celle de 1758 porte : *a été parti.*

LE COMTE. Je ne suis jaloux que de l'inconnu qui ose se donner le plaisir d'avoir le portrait de Madame.

ARAMINTE, *vivement*. Comme il vous plaira, Monsieur ; mais j'ai entendu ce que vous vouliez dire, et je crains un peu ce caractère d'esprit-là. Eh bien, Marton ?

MARTON. Eh bien, Madame, voilà bien du bruit ! c'est mon portrait.

LE COMTE. Votre portrait ?

MARTON. Oui, le mien. Eh ! pourquoi non, s'il vous plaît ? il ne faut pas tant se récrier.

MADAME ARGANTE. Je suis assez comme Monsieur le Comte ; la chose me paraît singulière.

MARTON. Ma foi, Madame, sans vanité, on en peint tous les jours, et de plus huppées [1], qui ne me valent pas.

ARAMINTE. Et qui est-ce qui a fait cette dépense-là pour vous ?

MARTON. Un très aimable homme qui m'aime, qui a de la délicatesse et des *sentiments, et qui me recherche ; et puisqu'il faut vous le nommer, c'est Dorante.

ARAMINTE. Mon intendant ?

MARTON. Lui-même.

MADAME ARGANTE. Le *fat, avec ses sentiments !

ARAMINTE, *brusquement*. Eh ! vous nous trompez ; depuis qu'il est ici, a-t-il eu le temps de vous faire peindre ?

MARTON. Mais ce n'est pas d'aujourd'hui qu'il me connaît.

ARAMINTE, *vivement*. Donnez donc.

MARTON. Je n'ai pas encore ouvert la boîte [2], mais c'est moi que vous y allez voir.

Araminte l'ouvre, tous regardent.

LE COMTE. Eh ! je m'en doutais bien ; c'est Madame.

MARTON. Madame !... Il est vrai, et me voilà bien loin de mon compte ! *(À part.)* Dubois avait raison tantôt.

ARAMINTE, *à part*. Et moi, je vois clair. *(À Marton.)* Par quel hasard avez-vous cru que c'était vous ?

MARTON. Ma foi, Madame, toute autre [3] que moi s'y serait trompée.

---

1. Duchesne, 1758 : *et des plus huppés.*   **2.** Il s'agit apparemment d'un portrait en miniature, comme dans la première *Surprise de l'amour*, acte II, sc. VII.   **3.** Duchesne, 1758 : *tout autre.* Marivaux emploie souvent ce tour au masculin, comme *un autre*, alors qu'il est question de femmes. Les exemples analogues ne manquent pas à l'époque. Voir la Note grammaticale, article *genre*, p. 2267. Nous conservons pourtant le texte de l'édition originale.

Monsieur Remy me dit que son neveu m'aime, qu'il veut nous marier ensemble ; Dorante est présent, et ne dit point non ; il refuse devant moi un très riche parti ; l'oncle s'en prend à moi, me dit que j'en suis cause. Ensuite vient un homme qui apporte ce portrait, qui vient chercher ici celui à qui il appartient ; je l'interroge : à tout ce qu'il répond, je reconnais Dorante. C'est un portrait [1] de femme, Dorante m'aime jusqu'à refuser sa fortune pour moi. Je conclus donc que c'est moi qu'il a fait peindre. Ai-je eu tort ? J'ai pourtant mal conclu. J'y renonce ; tant d'honneur ne m'appartient point. Je crois voir toute l'étendue de ma méprise, et je me tais.

ARAMINTE. Ah ! ce n'est pas là une chose bien difficile à deviner. Vous faites le fâché, l'étonné, Monsieur le Comte ; il y a eu quelque malentendu dans les mesures que vous avez prises ; mais vous ne m'abusez point ; c'est à vous qu'on apportait le portrait. Un homme dont on ne sait pas le nom, qu'on vient chercher ici, c'est vous, Monsieur, c'est vous.

MARTON, *d'un air sérieux*. Je ne crois pas.

MADAME ARGANTE. Oui, oui, c'est Monsieur : à quoi bon vous en défendre ? Dans les termes où vous en êtes avec ma fille, ce n'est pas là un si grand crime ; allons, convenez-en.

LE COMTE, *froidement*. Non, Madame, ce n'est point moi, sur mon honneur, je ne connais pas ce Monsieur Remy : comment aurait-on dit chez lui qu'on aurait de mes nouvelles ici ? Cela ne se peut pas.

MADAME ARGANTE, *d'un air pensif*. Je ne faisais pas d'attention à cette circonstance.

ARAMINTE. Bon ! qu'est-ce qu'une circonstance de plus ou de moins ? Je n'en rabats rien. Quoi qu'il en soit, je le garde, personne ne l'aura. Mais quel bruit entendons-nous ? Voyez ce que c'est, Marton.

Scène X

ARAMINTE, LE COMTE, MADAME ARGANTE, MARTON, DUBOIS, ARLEQUIN

ARLEQUIN, *en entrant*. Tu es un plaisant *magot !

MARTON. À qui en avez-vous donc ? vous autres ?

DUBOIS. Si je disais un mot, ton maître sortirait bien vite.

---

1. Duchesne, 1758 : *un petit portrait*.

ARLEQUIN. Toi ? nous nous soucions de toi et de toute ta race de canaille comme de cela.

DUBOIS. Comme je te bâtonnerais, sans le respect de Madame !

ARLEQUIN. Arrive, arrive : la voilà, Madame.

ARAMINTE. Quel sujet avez-vous donc de quereller ? De quoi s'agit-il ?

MADAME ARGANTE. Approchez, Dubois. Apprenez-nous ce que c'est que ce mot que vous diriez contre Dorante ; il serait bon de savoir ce que c'est.

ARLEQUIN. Prononce donc ce mot.

ARAMINTE. Tais-toi, laisse-le parler.

DUBOIS. Il y a une heure qu'il me dit mille invectives, Madame.

ARLEQUIN. Je soutiens les intérêts de mon maître, je tire des gages pour cela, et je ne souffrirai point[1] qu'un ostrogoth menace mon maître d'un mot ; j'en demande justice à Madame.

MADAME ARGANTE. Mais, encore une fois, sachons ce que veut dire Dubois par ce mot : c'est le plus pressé.

ARLEQUIN. Je le défie d'en dire seulement une lettre.

DUBOIS. C'est par pure colère que j'ai fait cette menace, Madame ; et voici la cause de la dispute. En arrangeant l'appartement de Monsieur Dorante[2], j'ai vu par hasard un tableau où Madame est peinte, et j'ai cru qu'il fallait l'ôter, qu'il n'avait que faire là, qu'il n'était point décent qu'il y restât ; de sorte que j'ai été pour le détacher ; ce butor est venu pour m'en empêcher, et peu s'en est fallu que nous ne nous soyons battus.

ARLEQUIN. Sans doute, de quoi t'avises-tu d'ôter ce tableau qui est tout à fait gracieux, que mon maître considérait il n'y avait qu'un moment avec toute la satisfaction possible ? Car je l'avais vu qui l'avait contemplé de tout son cœur, et il prend fantaisie à ce brutal de le priver d'une peinture qui réjouit cet honnête homme. Voyez la *malice ! Ôte-lui quelque autre meuble, s'il y en a trop, mais laisse-lui cette pièce, animal.

DUBOIS. Et moi, je te dis qu'on ne la laissera point, que je la détacherai moi-même, que tu en auras le démenti, et que Madame le voudra ainsi.

ARAMINTE. Eh ! que m'importe ? Il était bien nécessaire de faire ce

---

1. Duchesne, 1758 : *ne souffrirai pas.*　　2. Comme on l'a signalé à la note 1, p. 1537, ce détail semble indiquer que l'action se passe le même jour qu'à l'acte I.

bruit-là pour un vieux tableau qu'on a mis là par hasard, et qui y est resté. Laissez-nous. Cela vaut-il la peine qu'on en parle ?

MADAME ARGANTE, *d'un ton aigre*. Vous m'excuserez, ma fille ; ce n'est point là sa place, et il n'y a qu'à l'ôter ; votre intendant se passera bien de ses contemplations.

ARAMINTE, *souriant d'un air railleur*. Oh ! vous avez raison. Je ne pense pas qu'il les regrette. *(À Arlequin et à Dubois.)* Retirez-vous tous deux.

Scène XI

ARAMINTE, LE COMTE, MADAME ARGANTE, MARTON

LE COMTE, *d'un ton railleur*. Ce qui est de sûr, c'est que cet homme d'affaires-là est de bon goût.

ARAMINTE, *ironiquement*. Oui, la réflexion est juste. Effectivement, il est fort extraordinaire qu'il ait jeté les yeux sur ce tableau.

MADAME ARGANTE. Cet homme-là ne m'a jamais plu un instant, ma fille ; vous le savez, j'ai le coup d'œil assez bon, et je ne l'aime point[1]. Croyez-moi, vous avez entendu la menace que Dubois a faite en parlant de lui, j'y reviens encore, il faut qu'il ait quelque chose à en dire. Interrogez-le ; sachons ce que c'est. Je suis persuadée que ce petit monsieur-là ne vous convient point ; nous le voyons tous ; il n'y a que vous qui n'y prenez pas garde.

MARTON, *négligemment*. Pour moi je n'en suis pas contente.

ARAMINTE, *riant ironiquement*. Qu'est-ce donc que vous voyez, et que je ne vois point ? Je manque de pénétration : j'avoue que je m'y perds ! Je ne vois pas le sujet de me défaire d'un homme qui m'est donné de bonne main, qui est un homme de quelque *chose, qui me sert bien, et que trop bien peut-être ; voilà ce qui n'échappe pas à ma pénétration, par exemple.

MADAME ARGANTE. Que vous êtes aveugle !

ARAMINTE, *d'un air souriant*. Pas tant ; chacun a ses lumières. Je consens, au reste, d'écouter Dubois, le conseil est bon, et je l'approuve. Allez, Marton, allez lui dire que je veux lui parler. S'il me donne des motifs raisonnables de renvoyer cet intendant assez hardi pour regarder un tableau, il ne restera pas longtemps chez moi ;

---

1. Duchesne, 1747 : *je ne l'aime pas.*

sans quoi, on aura la bonté de trouver bon que je le garde, en attendant qu'il me déplaise à moi.

MADAME ARGANTE, *vivement*. Hé bien ! il vous déplaira ; je ne vous en dis pas davantage, en attendant de plus fortes preuves.

LE COMTE. Quant à moi, Madame, j'avoue que j'ai craint qu'il ne me servît mal auprès de vous, qu'il ne vous inspirât l'envie de plaider, et j'ai souhaité par pure tendresse qu'il vous en détournât. Il aura pourtant beau faire, je déclare que je renonce à tout procès avec vous ; que je ne veux pour arbitre de notre discussion que vous et vos gens d'affaires, et que j'aime mieux perdre tout que de rien disputer.

MADAME ARGANTE, *d'un ton décisif*. Mais où serait la dispute ? Le mariage terminerait tout, et le vôtre est comme arrêté.

LE COMTE. Je garde le silence sur Dorante ; je reviendrai simplement voir ce que vous pensez de lui, et si vous le congédiez, comme je le présume, il ne tiendra qu'à vous de prendre celui que je vous offrais, et que je retiendrai encore quelque temps.

MADAME ARGANTE. Je ferai comme Monsieur, je ne vous parlerai plus de rien non plus, vous m'accuseriez de vision, et votre entêtement finira sans notre secours. Je compte beaucoup sur Dubois que voici, et avec lequel nous vous laissons.

Scène XII

DUBOIS, ARAMINTE

DUBOIS. On m'a dit que vous vouliez me parler, Madame ?

ARAMINTE. Viens ici : tu es bien imprudent, Dubois, bien indiscret ; moi qui ai si bonne opinion de toi, tu n'as guère d'attention pour ce que je te dis. Je t'avais recommandé de te taire sur le chapitre de Dorante ; tu en sais les conséquences ridicules, et tu me l'avais promis : pourquoi donc avoir *prise, sur ce misérable tableau, avec un sot qui fait un vacarme épouvantable, et qui vient ici tenir des discours tous [1] propres à donner des idées que je serais au désespoir qu'on eût ?

DUBOIS. Ma foi, Madame, j'ai cru la chose sans conséquence, et je n'ai agi d'ailleurs que par un mouvement de respect et de zèle.

---

1. Texte de 1738 et 1758, conforme à l'accord ancien des adjectifs employés comme adverbes. Voir la Note grammaticale, p. 2266.

ARAMINTE, *d'un air vif*. Eh ! laisse là ton zèle, ce n'est pas là celui que je veux, ni celui qu'il me faut ; c'est de ton silence dont j'ai besoin pour me tirer de l'embarras où je suis, et où tu m'as jetée toi-même ; car sans toi je ne saurais pas que cet homme-là m'aime, et je n'aurais que faire d'y regarder de si près [1].

DUBOIS. J'ai bien senti que j'avais tort.

ARAMINTE. Passe encore pour la dispute ; mais pourquoi s'écrier : *si je disais un mot* ? Y a-t-il rien de plus mal à toi ?

DUBOIS. C'est encore une suite de ce zèle mal entendu.

ARAMINTE. Hé bien ! tais-toi donc, tais-toi ; je voudrais pouvoir te faire oublier ce que tu m'as dit.

DUBOIS. Oh ! je suis bien corrigé.

ARAMINTE. C'est ton étourderie qui me force actuellement de te parler, sous prétexte de t'interroger sur ce que tu sais de lui. Ma mère et Monsieur le Comte s'attendent que tu vas m'en apprendre des choses étonnantes ; quel rapport leur ferai-je à présent ?

DUBOIS. Ah ! il n'y a rien de plus facile à raccommoder : ce rapport sera que des gens qui le connaissent m'ont dit que c'était un homme incapable de l'emploi qu'il a chez vous ; quoiqu'il soit fort *habile, *au moins : ce n'est pas cela qui lui manque.

ARAMINTE. À la bonne heure ; mais il y aura un inconvénient, s'il en est capable ; on me dira de le renvoyer, et il n'est pas encore temps ; j'y ai pensé depuis ; la prudence ne le veut pas, et je suis obligée de prendre des biais, et d'aller tout doucement avec cette passion si excessive que tu dis qu'il a, et qui *éclaterait peut-être dans sa douleur. Me fierais-je à un désespéré ? Ce n'est plus le besoin que j'ai de lui qui me retient, c'est moi que je ménage [2]. *(Elle radoucit le ton.)* À moins que ce qu'a dit Marton ne soit vrai, auquel cas je n'aurais plus rien à craindre. Elle prétend qu'il l'avait déjà vue chez Monsieur Remy, et que le procureur a dit même devant lui qu'il

---

1. Toute la réplique est remarquable, car Araminte, croyant n'y exprimer qu'une idée banale, et du domaine de sa conscience claire, dévoile sans y penser ses sentiments subconscients. Il est vrai qu'il lui serait plus commode de pouvoir aimer Dorante sans s'en apercevoir elle-même. Elle n'a que faire, c'est-à-dire qu'elle n'a, pour sa part, aucun besoin d'y regarder de plus près. Le jeu de Dubois consiste précisément à la forcer à ouvrir les yeux.
2. Encore un mot qui va plus loin que ne l'imagine Araminte. Mais il ne lui échappe que parce qu'il ne se réfère pas directement à l'amour de Dorante. Dans ce dernier cas, Araminte se contrôle assez pour énoncer le contraire de ce qu'elle pense réellement ; voir les derniers mots de sa réplique.

l'aimait depuis longtemps, et qu'il fallait qu'ils se mariassent ; je le voudrais.

DUBOIS. Bagatelle ! Dorante n'a vu Marton ni de près ni de loin ; c'est le procureur qui a débité cette fable-là à Marton, dans le dessein de les marier ensemble. Et moi je n'ai pas osé l'en dédire, m'a dit Dorante, parce que j'aurais indisposé contre moi cette fille, qui a du crédit auprès de sa maîtresse, et qui a cru ensuite que c'était pour elle que je refusais les quinze mille livres de rente qu'on m'offrait.

ARAMINTE, *négligemment*. Il t'a donc tout conté ?

DUBOIS. Oui, il n'y a qu'un moment, dans le jardin où il a voulu presque se jeter à mes genoux pour me conjurer de lui garder le secret sur sa passion, et d'oublier l'emportement qu'il eut avec moi quand je le quittai. Je lui ai dit que je me tairais, mais que je ne prétendais pas rester dans la maison avec lui, et qu'il fallait qu'il sortît ; ce qui l'a jeté dans des gémissements, dans des pleurs, dans le plus triste état du monde.

ARAMINTE. Eh ! tant pis ; ne le tourmente point ; tu vois bien que j'ai raison de dire qu'il faut aller doucement avec cet esprit-là, tu le vois bien. J'augurais beaucoup de ce mariage avec Marton ; je croyais qu'il m'oublierait, et point du tout, il n'est question de rien.

DUBOIS, *comme s'en allant*. Pure fable ! Madame a-t-elle encore quelque chose à me dire ?

ARAMINTE. Attends : comment faire ? Si lorsqu'il me parle il me mettait en droit de me plaindre de lui ; mais il ne lui échappe rien ; je ne sais de son amour que ce que tu m'en dis ; et je ne suis pas assez fondée pour le renvoyer ; il est vrai qu'il me fâcherait s'il parlait ; mais il serait à propos qu'il me fâchât [1].

DUBOIS. Vraiment oui ; Monsieur Dorante n'est point digne de Madame. S'il était dans une plus grande *fortune, comme il n'y a rien à dire à ce qu'il est né, ce serait une autre affaire [2], mais il n'est riche qu'en mérite, et ce n'est pas assez.

ARAMINTE, *d'un ton comme triste*. Vraiment non [3], voilà les usages ; je ne sais pas comment je le traiterai ; je n'en sais rien, je verrai.

DUBOIS. Eh bien ! Madame a un si beau prétexte... Ce portrait que Marton a cru être le sien à ce qu'elle m'a dit...

---

1. Nouvelle formule hautement significative, comme les précédentes. L'alliance de mots qu'elle contient, et dont Araminte n'est pas consciente, est le signe d'une tension secrète. 2. Dubois formule pour Araminte l'hypothèse opposée à celle du renvoi. 3. Tournure suivant la pensée, fréquente chez Marivaux : « Non, ce n'est pas assez. »

ARAMINTE. Eh ! non, je ne saurais l'en accuser ; c'est le Comte qui l'a fait faire.

DUBOIS. Point du tout, c'est de Dorante, je le sais de lui-même, et il y travaillait encore il n'y a que deux mois, lorsque je le quittai.

ARAMINTE. Va-t'en ; il y a longtemps que je te parle. Si on me demande ce que tu m'as appris de lui, je dirai ce dont nous sommes convenus. Le voici, j'ai envie de lui tendre un piège.

DUBOIS. Oui, Madame, il se déclarera peut-être, et tout de suite je lui dirais : Sortez.

ARAMINTE. Laisse-nous.

Scène XIII

DORANTE, ARAMINTE, DUBOIS

DUBOIS, *sortant, et en passant auprès de Dorante, et rapidement*[1]. Il m'est impossible de l'instruire ; mais qu'il se découvre ou non, les choses ne peuvent aller que bien.

DORANTE. Je viens, Madame, vous demander votre protection. Je suis dans le chagrin et dans l'inquiétude : j'ai tout quitté pour avoir l'honneur d'être à vous, je vous suis plus attaché que je ne puis le dire ; on ne saurait vous servir avec plus de *fidélité ni de désintéressement ; et cependant je ne suis pas sûr de rester. Tout le monde ici m'en veut, me persécute et conspire pour me faire sortir. J'en suis consterné ; je tremble que vous ne cédiez à leur inimitié pour moi, et j'en serais dans la dernière affliction.

ARAMINTE, *d'un ton doux*. Tranquillisez-vous ; vous ne dépendez point de ceux qui vous en veulent ; ils ne vous ont encore fait aucun tort dans mon esprit, et tous leurs petits complots n'aboutiront à rien ; je suis la maîtresse.

DORANTE, *d'un air bien inquiet*[2]. Je n'ai que votre appui, Madame.

ARAMINTE. Il ne vous manquera pas ; mais je vous conseille une chose : ne leur paraissez pas si alarmé, vous leur feriez douter de votre capacité, et il leur semblerait que vous m'auriez beaucoup d'obligation de ce que je vous garde.

DORANTE. Ils ne se tromperaient pas, Madame ; c'est une bonté qui me pénètre de reconnaissance.

ARAMINTE. À la bonne heure ; mais il n'est pas nécessaire qu'ils le

---

1. Et, naturellement, *à part*.   **2.** Duchesne, 1758 : *d'un air inquiet*.

croient. Je vous sais bon gré de votre attachement et de votre *fidéli-té ; mais dissimulez-en une partie, c'est peut-être ce qui les indispose contre vous. Vous leur avez refusé de m'en faire accroire sur le cha-pitre du procès ; conformez-vous à ce qu'ils exigent ; regagnez-les par là, je vous le permets : l'*événement leur persuadera que vous les avez bien servis ; car toute réflexion faite, je suis déterminée à épouser le Comte[1].

DORANTE, *d'un ton ému.* Déterminée, Madame !

ARAMINTE. Oui, tout à fait résolue. Le Comte croira que vous y avez contribué ; je le lui dirai même, et je vous garantis que vous resterez ici ; je vous le promets. *(À part.)* Il change de couleur.

DORANTE. Quelle différence pour moi, Madame !

ARAMINTE, *d'un air délibéré.* Il n'y en aura aucune, ne vous embar-rassez pas, et écrivez le billet que je vais vous dicter ; il y a tout ce qu'il faut sur cette table.

DORANTE. Eh ! pour qui, Madame ?

ARAMINTE. Pour le Comte, qui est sorti d'ici extrêmement inquiet, et que je vais surprendre bien agréablement par le petit mot que vous allez lui écrire en mon nom. *(Dorante reste rêveur, et par dis-traction ne va point à la table.)* Hé bien ! vous n'allez pas à la table ? À quoi rêvez-vous ?

DORANTE, *toujours distrait.* Oui, Madame.

ARAMINTE, *à part, pendant qu'il se place.* Il ne sait ce qu'il fait ; voyons si cela continuera.

DORANTE *cherche du papier.* Ah ! Dubois m'a trompé !

ARAMINTE *poursuit.* Êtes-vous prêt à écrire ?

DORANTE. Madame, je ne trouve point de papier.

ARAMINTE, *allant elle-même.* Vous n'en trouvez point ! En voilà devant vous.

DORANTE. Il est vrai.

ARAMINTE. Écrivez. *Hâtez-vous de venir, Monsieur ; votre mariage est sûr...* Avez-vous écrit ?

DORANTE. Comment, Madame ?

ARAMINTE. Vous ne m'écoutez donc pas ? *Votre mariage est sûr ; Madame veut que je vous l'écrive, et vous attend pour vous le dire.* *(À part.)* Il souffre, mais il ne dit mot ; est-ce qu'il ne parlera pas ? *N'attribuez point cette résolution à la crainte que Madame pour-rait avoir des suites d'un procès douteux.*

---

1. Noter qu'Araminte rend fausse confidence pour fausse confidence.

DORANTE. Je vous ai assuré que vous le gagneriez, Madame : douteux, il ne l'est point.

ARAMINTE. N'importe, achevez. *Non, Monsieur, je suis chargé de sa part de vous assurer que la seule justice qu'elle rend à votre mérite la détermine.*

DORANTE. Ciel ! je suis perdu. Mais, Madame, vous n'aviez aucune inclination pour lui.

ARAMINTE. Achevez, vous dis-je... *Qu'elle rend à votre mérite la détermine...* Je crois que la main vous tremble ! vous paraissez changé. Qu'est-ce que cela signifie ? Vous trouvez-vous mal ?

DORANTE. Je ne me trouve pas bien, Madame.

ARAMINTE. Quoi ! si subitement ! cela est singulier. Pliez la lettre et mettez : *À Monsieur le comte Dorimont.* Vous direz à Dubois qu'il la lui porte. *(À part.)* Le cœur me bat ! *(À Dorante.)* Voilà qui est écrit tout de travers ! Cette adresse-là n'est presque pas lisible. *(À part.)* Il n'y a pas encore là de quoi le convaincre.

DORANTE, *à part.* Ne serait-ce point aussi pour m'éprouver ? Dubois ne m'a averti de rien.

Scène XIV

ARAMINTE, DORANTE, MARTON

MARTON[1]. Je suis bien aise, Madame, de trouver Monsieur ici ; il vous confirmera tout de suite ce que j'ai à vous dire. Vous avez offert en différentes occasions de me marier, Madame ; et jusqu'ici je ne me suis point trouvée disposée à profiter de vos bontés. Aujourd'hui Monsieur me recherche ; il vient même de refuser un parti infiniment plus riche, et le tout pour moi ; du moins me l'a-t-il laissé croire, et il est à propos qu'il s'explique ; mais comme je ne veux dépendre que de vous, c'est de vous aussi, Madame, qu'il faut qu'il m'obtienne : ainsi, Monsieur, vous n'avez qu'à parler à Madame. Si elle m'accorde à vous, vous n'aurez point de peine à m'obtenir de moi-même[2].

---

1. On ne sait si Dubois a provoqué cette démarche de Marton, mais on verra plus loin (acte III, sc. I) qu'il en a été informé.   **2.** Marton sort. Dans les notes manuscrites à son exemplaire, Collé propose ici une addition : « Ajouter ce qui suit à ce que dit Marton : *Par bienséance, et pour que vous puissiez vous expliquer avec toute liberté, je vous laisse seul avec Madame.* »

Scène XV

DORANTE, ARAMINTE

ARAMINTE, *à part, émue.* Cette folle ! *(Haut.)* Je suis charmée de ce qu'elle vient de m'apprendre. Vous avez fait là un très bon choix : c'est une fille aimable et d'un excellent caractère.

DORANTE, *d'un air abattu.* Hélas ! Madame, je ne songe point à elle.

ARAMINTE. Vous ne songez point à elle ! Elle dit que vous l'aimez, que vous l'aviez vue avant que de venir ici.

DORANTE, *tristement.* C'est une erreur où Monsieur Remy l'a jetée sans me consulter ; et je n'ai point osé dire le contraire, dans la crainte de m'en faire une ennemie auprès de vous. Il en est de même de ce riche parti qu'elle croit que je refuse à cause d'elle ; et je n'ai nulle part à tout cela. Je suis hors d'état de donner mon cœur à personne : je l'ai perdu pour jamais, et la plus brillante de toutes les fortunes ne me tenterait pas.

ARAMINTE. Vous avez tort. Il fallait désabuser Marton.

DORANTE. Elle vous aurait peut-être empêchée de me recevoir, et mon indifférence lui en dit assez.

ARAMINTE. Mais dans la situation où vous êtes, quel intérêt aviez-vous d'entrer dans ma maison, et de la préférer à une autre ?

DORANTE. Je trouve plus de douceur à être chez vous, Madame.

ARAMINTE. Il y a quelque chose d'incompréhensible en[1] tout ceci ! Voyez-vous souvent la personne que vous aimez ?

DORANTE, *toujours abattu.* Pas souvent à mon gré, Madame ; et je la verrais à tout instant, que je ne croirais pas la voir assez.

ARAMINTE, *à part.* Il a des expressions d'une tendresse ! *(Haut.)* Est-elle fille ? A-t-elle été mariée ?

DORANTE. Madame, elle est veuve.

ARAMINTE. Et ne devez-vous pas l'épouser ? Elle vous aime, sans doute ?

DORANTE. Hélas ! Madame, elle ne sait pas seulement que je l'adore. Excusez l'emportement du terme dont je me sers. Je ne saurais presque parler d'elle qu'avec transport !

ARAMINTE. Je ne vous interroge que par étonnement. Elle ignore que vous l'aimez, dites-vous, et vous lui sacrifiez votre fortune ? Voilà de l'incroyable. Comment, avec tant d'amour, avez-vous pu vous

---

1. Duchesne, 1758 : *d'incompréhensible dans.*

taire ? On essaie de se faire aimer, ce me semble : cela est naturel et pardonnable [1].

DORANTE. Me préserve le Ciel d'oser concevoir la plus légère espérance ! Être aimé, moi ! non, Madame. Son état est bien au-dessus du mien. Mon respect me condamne au silence ; et je mourrai du moins sans avoir eu le malheur de lui déplaire.

ARAMINTE. Je n'imagine point de femme qui mérite d'inspirer une passion si étonnante : je n'en imagine point. Elle est donc au-dessus de toute comparaison ?

DORANTE. Dispensez-moi de la louer, Madame : je m'égarerais en la peignant. On ne connaît rien de si beau ni de si aimable qu'elle ! et jamais elle ne me parle ou ne me regarde, que mon amour n'en augmente.

ARAMINTE *baisse les yeux et continue*. Mais votre conduite blesse la raison. Que prétendez-vous avec cet amour pour une personne qui ne saura jamais que vous l'aimez ? Cela est bien bizarre. Que prétendez-vous ?

DORANTE. Le plaisir de la voir quelquefois, et d'être avec elle, est tout ce que je me propose.

ARAMINTE. Avec elle ! Oubliez-vous que vous êtes ici ?

DORANTE. Je veux dire avec son portrait, quand je ne la vois point.

ARAMINTE. Son portrait ! Est-ce que vous l'avez fait faire ?

DORANTE. Non, Madame ; mais j'ai, par amusement, appris à peindre, et je l'ai peinte moi-même. Je me serais privé de son portrait, si je n'avais pu l'avoir que par le secours d'un autre.

ARAMINTE, *à part*. Il faut le pousser à bout. *(Haut.)* Montrez-moi ce portrait.

DORANTE. Daignez m'en dispenser, Madame ; quoique mon amour soit sans espérance, je n'en dois pas moins un secret inviolable à l'objet aimé.

ARAMINTE. Il m'en est tombé un par hasard entre les mains : on l'a trouvé ici. *(Montrant la boîte.)* Voyez si ce ne serait point celui dont il s'agit.

DORANTE. Cela ne se peut pas.

ARAMINTE, *ouvrant la boîte*. Il est vrai que la chose serait assez extraordinaire : examinez.

---

1. Ce mot n'encourage pas seulement Dorante. Il prépare aussi le pardon d'Araminte qui, plus que l'aveu de Dorante, constitue le véritable dénouement. Voir acte III, sc. XII : « Il est permis à un amant de chercher les moyens de plaire, et on doit lui pardonner lorsqu'il a réussi. »

DORANTE. Ah ! Madame, songez que j'aurais perdu mille fois la vie, avant que d'avouer ce que le hasard vous découvre. Comment pourrai-je expier ?... *(Il se jette à ses genoux.)*

ARAMINTE. Dorante, je ne me fâcherai point. Votre égarement me fait pitié. Revenez-en, je vous le pardonne [1].

MARTON *paraît* [2] *et s'enfuit.* Ah ! *(Dorante se lève vite.)*

ARAMINTE. Ah Ciel ! c'est Marton ! Elle vous a vu.

DORANTE, *feignant d'être déconcerté.* Non, Madame, non : je ne crois pas. Elle n'est point entrée.

ARAMINTE. Elle vous a vu, vous dis-je : laissez-moi, allez-vous-en : vous m'êtes insupportable. Rendez-moi ma lettre. *(Quand il est parti.)* Voilà pourtant ce que c'est que de l'avoir gardé !

Scène XVI

ARAMINTE, DUBOIS

DUBOIS. Dorante s'est-il déclaré, Madame ? et est-il nécessaire que je lui parle ?

ARAMINTE. Non, il ne m'a rien dit. Je n'ai rien vu d'approchant à ce que tu m'as conté ; et qu'il n'en soit plus question : ne t'en mêle plus.

Elle sort.

DUBOIS. Voici l'affaire dans sa crise.

Scène XVII

DUBOIS, DORANTE

DORANTE. Ah ! Dubois.

---

1. Second emploi du mot *pardonner* dans la bouche d'Araminte. Cette fois, il s'applique directement à Dorante. **2.** Cette fois, il n'y a plus de doute : c'est Dubois qui, « voyant le tour que prenait la conversation », a fait revenir Marton sous quelque prétexte. On peut comparer son apparition à celle de M. Orgon et Mario, lorsque Dorante se trouve aux pieds de Silvia, à l'acte II, sc. IX, du *Jeu de l'amour et du hasard*. Limités jusqu'ici aux deux personnages, les sentiments que Dorante et Araminte éprouvent l'un pour l'autre commencent à apparaître aux tiers. Le rôle du troisième acte est de les faire éclater aux yeux de tous, de façon que le mariage s'impose comme le seul dénouement possible.

DUBOIS. Retirez-vous.

DORANTE. Je ne sais qu'augurer de la conversation que je viens d'avoir avec elle.

DUBOIS. À quoi songez-vous ? Elle n'est qu'à deux pas : voulez-vous tout perdre ?

DORANTE. Il faut que tu m'éclaircisses...

DUBOIS. Allez dans le jardin.

DORANTE. D'un doute...

DUBOIS. Dans le jardin, vous dis-je ; je vais m'y rendre.

DORANTE. Mais...

DUBOIS. Je ne vous écoute plus.

DORANTE. Je crains plus que jamais.

ACTE III

Scène première

DORANTE, DUBOIS

DUBOIS. Non, vous dis-je ; ne perdons point de temps. La lettre est-elle prête ?

DORANTE, *la lui montrant*. Oui, la voilà, et j'ai mis dessus : rue du Figuier.

DUBOIS. Vous êtes bien assuré qu'Arlequin ne connaît pas ce quartier-là[1] ?

DORANTE. Il m'a dit que non.

DUBOIS. Lui avez-vous bien recommandé de s'adresser à Marton ou à moi pour savoir ce que c'est ?

DORANTE. Sans doute, et je lui[2] recommanderai encore.

DUBOIS. Allez donc la lui donner : je me charge du reste auprès de Marton que je vais trouver.

DORANTE. Je t'avoue que j'hésite un peu. N'allons-nous pas trop vite avec Araminte ? Dans l'agitation des *mouvements où elle est,

---

1. La rue du Figuier se trouve dans le quartier Saint-Paul, vers l'actuel lycée Charlemagne. On peut imaginer qu'Araminte, veuve d'un homme de finances, habite dans le quartier des affaires, vers la rue Vivienne, par exemple, où plusieurs partisans avaient fait édifier des hôtels au moment du Système de Law. 2. Sur *lui*, réduction de *le lui*, voir la Note grammaticale.

veux-tu encore lui donner l'embarras de voir subitement éclater l'aventure ?

DUBOIS. Oh ! oui : point de quartier. Il faut l'achever, pendant qu'elle est étourdie [1]. Elle ne sait plus ce qu'elle fait. Ne voyez-vous pas bien qu'elle triche avec moi, qu'elle me fait accroire que vous ne lui avez rien dit ? Ah ! je lui apprendrai à vouloir me souffler mon emploi de confident pour vous aimer en fraude.

DORANTE. Que j'ai souffert dans ce dernier entretien ! Puisque tu savais qu'elle voulait me faire déclarer, que ne m'en avertissais-tu par quelques signes ?

DUBOIS. Cela aurait été joli, ma foi ! Elle ne s'en serait point aperçue, n'est-ce pas ? Et d'ailleurs, votre douleur n'en a paru que plus vraie. Vous repentez-vous de l'effet qu'elle a produit ? Monsieur a souffert ! Parbleu ! il me semble que cette aventure-ci mérite un peu d'inquiétude.

DORANTE. Sais-tu bien ce qui arrivera ? Qu'elle prendra son parti, et qu'elle me renverra tout d'un coup.

DUBOIS. Je lui [2] en défie. Il est trop tard. L'heure du courage est passée. Il faut qu'elle nous épouse.

DORANTE. Prends-y garde : tu vois que sa mère la *fatigue.

DUBOIS. Je serais bien fâché qu'elle la laissât en repos.

DORANTE. Elle est confuse de ce que Marton m'a surpris à ses genoux.

DUBOIS. Ah ! vraiment, des confusions ! Elle n'y est pas. Elle va en essuyer bien d'autres ! C'est moi qui, voyant le train que prenait la conversation, ai fait venir Marton une seconde fois.

DORANTE. Araminte pourtant m'a dit que je lui étais insupportable.

DUBOIS. Elle a raison. Voulez-vous qu'elle soit de bonne humeur avec un homme qu'il faut qu'elle aime en dépit d'elle ? Cela est-il agréable ? Vous vous emparez de son bien, de son cœur ; et cette femme ne criera pas ! Allez vite, plus de raisonnement : laissez-vous conduire.

---

1. Une sorte d'étourdissement est en effet caractéristique de cette phase de l'amour chez Marivaux, si bien que les témoins recourent à des métaphores du genre de celle-ci pour en rendre compte. Comparer dans la première *Surprise de l'amour*, acte II, sc. IV : « Ma maîtresse est étourdie du bateau ; la bonne dame bataille, et c'est autant de battu. » **2.** Texte garanti par les éditions de 1738 et 1758, et qu'il n'y a aucune raison de corriger, puisqu'il est conforme à l'usage de Marivaux. Comparer dans *La Vie de Marianne*, Classiques Garnier, p. 265 : « Je lui défie d'avoir mieux, quand elle serait duchesse. »

DORANTE. Songe que je l'aime, et que, si notre précipitation réussit mal, tu me désespères.

DUBOIS. Ah ! oui, je sais bien que vous l'aimez : c'est à cause de cela que je ne vous écoute pas. Êtes-vous en état de juger de rien ? Allons, allons, vous vous moquez ; laissez faire un homme de sang-froid. Partez, d'autant plus que voici Marton qui vient à propos, et que je vais tâcher d'*amuser, en attendant que vous envoyiez Arlequin.

Scène II

DUBOIS, MARTON

MARTON, *d'un air triste*. Je te cherchais.

DUBOIS. Qu'y a-t-il pour votre service, Mademoiselle ?

MARTON. Tu me l'avais bien dit, Dubois.

DUBOIS. Quoi donc ? Je ne me souviens plus de ce que c'est.

MARTON. Que cet intendant osait lever les yeux sur Madame.

DUBOIS. Ah ! oui ; vous parlez de ce regard que je lui vis jeter sur elle. Oh ! jamais je ne l'ai oublié. Cette œillade-là ne valait rien. Il y avait quelque chose dedans qui n'était pas dans l'ordre.

MARTON. Oh çà, Dubois, il s'agit de faire sortir cet homme-ci.

DUBOIS. Pardi ! tant qu'on voudra ; je ne m'y épargne pas. J'ai déjà dit à Madame qu'on m'avait assuré qu'il n'entendait pas les affaires.

MARTON. Mais est-ce là tout ce que tu sais de lui ? C'est de la part de Madame Argante et de Monsieur le Comte que je te parle, et nous avons peur que tu n'aies pas tout dit à Madame, ou qu'elle ne cache ce que c'est. Ne nous déguise rien, tu n'en seras pas fâché.

DUBOIS. Ma foi ! je ne sais que son *insuffisance, dont j'ai instruit Madame.

MARTON. Ne dissimule point.

DUBOIS. Moi ! un dissimulé ! moi ! garder un secret ! Vous avez bien trouvé votre homme ! En fait de discrétion, je mériterais d'être femme. Je vous demande pardon de la comparaison : mais c'est pour vous mettre l'esprit en repos [1].

MARTON. Il est certain qu'il aime Madame.

---

1. Marivaux retrouve ici pour son Dubois quelque chose du ton de Trivelin dans *La Fausse Suivante* : « Monsieur, si les babillards ne mouraient point, je serais éternel, ou personne ne le serait. » (Acte III, sc. II.)

DUBOIS. Il n'en faut point douter : je lui en ai même dit ma pensée à elle.

MARTON. Et qu'a-t-elle répondu ?

DUBOIS. Que j'étais un sot. Elle est si prévenue...

MARTON. Prévenue à un point que je n'oserais le dire, Dubois.

DUBOIS. Oh ! le diable n'y perd rien, ni moi non plus [1] ; car je vous entends.

MARTON. Tu as la mine d'en savoir plus que moi là-dessus.

DUBOIS. Oh ! point du tout, je vous jure. Mais, à propos, il vient tout à l'heure d'appeler Arlequin pour lui donner une lettre : si nous pouvions la saisir, peut-être saurions-nous davantage.

MARTON. Une lettre, oui-da ; ne négligeons rien. Je vais de ce pas parler à Arlequin, s'il n'est pas encore parti.

DUBOIS. Vous n'irez pas loin. Je crois qu'il vient.

Scène III

DUBOIS, MARTON, ARLEQUIN

ARLEQUIN, *voyant Dubois*. Ah ! te voilà donc, mal bâti.

DUBOIS. Tenez : n'est-ce pas là une belle figure pour se moquer de la mienne ?

MARTON. Que veux-tu, Arlequin ?

ARLEQUIN. Ne sauriez-vous pas où demeure la rue du Figuier, Mademoiselle ?

MARTON. Oui.

ARLEQUIN. C'est que mon camarade, que je sers [2], m'a dit de porter cette lettre à quelqu'un qui est dans cette rue, et comme je ne la sais pas, il m'a dit que je m'en informasse à vous ou à cet animal-là ; mais cet animal-là ne mérite pas que je lui en parle, sinon pour l'injurier. J'aimerais mieux que le Diable eût emporté toutes les rues, que d'en savoir une par le moyen d'un malotru comme lui.

DUBOIS, *à Marton, à part*. Prenez la lettre. *(Haut.)* Non, non, Mademoiselle, ne lui enseignez rien : qu'il galope.

ARLEQUIN. Veux-tu te taire ?

MARTON, *négligemment*. Ne l'interrompez donc point, Dubois. Hé

---

1. Jeu de mots sur le mot *perdre*, qui dans le second emploi *(et moi non plus)* signifie : « Je vois tout ce qui se passe. » **2.** Note de Collé : « Au lieu de *c'est que mon camarade, que je sers*, mettez : *c'est que le brave homme que je sers par l'ordonnance de Madame.* »

bien ! veux-tu me donner ta lettre ? Je vais envoyer dans ce quartier-là, et on la rendra à son adresse.

ARLEQUIN. Ah ! voilà qui est bien agréable ! Vous êtes une fille de bonne amitié, Mademoiselle.

DUBOIS, *s'en allant*. Vous êtes bien bonne d'épargner de la peine à ce fainéant-là.

ARLEQUIN. Ce *malhonnête ! Va, va trouver le tableau pour voir comme il se moque de toi.

MARTON, *seule avec Arlequin*. Ne lui réponds rien : donne ta lettre.

ARLEQUIN. Tenez, Mademoiselle ; vous me rendrez un service qui me fait grand bien. Quand il y aura à trotter pour votre serviable personne, n'ayez point d'autre postillon que moi.

MARTON. Elle sera rendue exactement.

ARLEQUIN. Oui, je vous recommande l'exactitude à cause de Monsieur Dorante, qui mérite toutes sortes de *fidélités.

MARTON, *à part*. L'indigne !

ARLEQUIN, *s'en allant*. Je suis votre serviteur éternel.

MARTON. Adieu.

ARLEQUIN, *revenant*. Si vous le rencontrez, ne lui dites point qu'un autre galope à ma place [1].

Scène IV

MADAME ARGANTE, LE COMTE, MARTON

MARTON, *un moment seule*. Ne disons mot que je n'aie vu ce que ceci contient.

MADAME ARGANTE. Eh bien, Marton, qu'avez-vous appris de Dubois ?

MARTON. Rien que ce que vous saviez déjà, Madame, et ce n'est pas assez.

MADAME ARGANTE. Dubois est un coquin qui nous trompe.

LE COMTE. Il est vrai que sa menace signifiait quelque chose de plus.

MADAME ARGANTE. Quoi qu'il en soit, j'attends Monsieur Remy que j'ai envoyé chercher ; et s'il ne nous défait pas de cet homme-là, ma fille saura qu'il ose l'aimer, je l'ai résolu. Nous en avons les présomptions les plus fortes ; et ne fût-ce que par bienséance, il faudra bien

---

1. Arlequin sort.

qu'elle le chasse. D'un autre côté, j'ai fait venir l'intendant que Monsieur le Comte lui proposait. Il est ici, et je le lui présenterai sur-le-champ.

MARTON. Je doute que vous réussissiez si nous n'apprenons rien de nouveau : mais je tiens peut-être son congé, moi qui vous parle... Voici Monsieur Remy : je n'ai pas le temps de vous en dire davantage, et je vais m'éclaircir.

Elle veut sortir.

Scène V

MONSIEUR REMY, MADAME ARGANTE, LE COMTE, MARTON

MONSIEUR REMY, *à Marton qui se retire*. Bonjour, ma nièce, puisque enfin il faut que vous la soyez[1]. Savez-vous ce qu'on me veut ici ?

MARTON, *brusquement*. Passez, Monsieur, et cherchez votre nièce ailleurs : je n'aime point les mauvais plaisants.

Elle sort.

MONSIEUR REMY. Voilà une petite fille bien incivile. (*À Madame Argante.*) On m'a dit de votre part de venir ici, Madame : de quoi est-il donc question ?

MADAME ARGANTE, *d'un ton revêche*. Ah ! c'est donc vous, Monsieur le Procureur ?

MONSIEUR REMY. Oui, Madame, je vous garantis que c'est moi-même.

MADAME ARGANTE. Et de quoi vous êtes-vous avisé, je vous prie, de nous embarrasser d'un intendant de votre façon[2] ?

MONSIEUR REMY. Et par quel hasard Madame y trouve-t-elle à redire ?

MADAME ARGANTE. C'est que nous nous serions bien passés du présent que vous nous avez fait.

---

1. Sur cette tournure, voir la Note grammaticale, article *accord*, p. 2266.
2. Agréable au public, la querelle qui surgit ici entre Mme Argante et M. Remy contribue aussi indirectement au dénouement. Elle rend en effet celui-ci conscient de sa solidarité avec Dorante, ce qui va l'amener, malgré sa colère de l'acte précédent, à prendre son parti devant Araminte (sc. VI, VII et VIII).

MONSIEUR REMY. Ma foi ! Madame, s'il n'est pas à votre goût, vous êtes bien difficile.

MADAME ARGANTE. C'est votre neveu, dit-on ?

MONSIEUR REMY. Oui, Madame.

MADAME ARGANTE. Hé bien ! tout votre neveu qu'il est, vous nous ferez un grand plaisir de le retirer.

MONSIEUR REMY. Ce n'est pas à vous que je l'ai donné.

MADAME ARGANTE. Non ; mais c'est à nous qu'il déplaît, à moi et à Monsieur le Comte que voilà, et qui doit épouser ma fille.

MONSIEUR REMY, *élevant la voix*. Celui-ci est nouveau ! Mais, Madame, dès qu'il n'est pas à vous, il me semble qu'il n'est pas essentiel qu'il vous plaise. On n'a pas mis dans le marché qu'il vous plairait, personne n'a songé à cela ; et, pourvu qu'il convienne à Madame Araminte, tout[1] doit être content. Tant pis pour qui ne l'est pas. Qu'est-ce que cela signifie ?

MADAME ARGANTE. Mais vous avez le ton bien rogue[2], Monsieur Remy.

MONSIEUR REMY. Ma foi ! vos compliments ne sont pas propres à l'adoucir, Madame Argante.

LE COMTE. Doucement, Monsieur le Procureur, doucement : il me paraît que vous avez tort.

MONSIEUR REMY. Comme vous voudrez, Monsieur le Comte, comme vous voudrez ; mais cela ne vous regarde pas. Vous savez bien que je n'ai pas l'honneur de vous connaître, et nous n'avons que faire ensemble, pas la moindre chose.

LE COMTE. Que vous me connaissiez ou non, il n'est pas si peu essentiel que vous le dites que votre neveu plaise à Madame. Elle n'est pas une étrangère dans la maison.

MONSIEUR REMY. Parfaitement étrangère pour cette affaire-ci, Monsieur ; on ne peut pas plus étrangère : au surplus, Dorante est un homme d'honneur, connu pour tel, dont j'ai répondu, dont je répondrai toujours, et dont Madame parle ici d'une manière choquante.

MADAME ARGANTE. Votre Dorante est un impertinent.

---

1. Texte de 1738 et 1758. Les éditions modernes corrigent arbitrairement et platement *tout* en *tout le monde*.   **2.** Texte de l'édition originale. Celle de 1758 portant *roque*, par une erreur très fréquente à l'époque (elle s'explique à titre d'erreur de composition typographique, mais on la trouve aussi bien dans les documents manuscrits), les éditeurs suivants ont écrit *rauque*, qui a passé dans l'usage des comédiens.

Monsieur Remy. Bagatelle ! ce mot-là ne signifie rien dans votre bouche.

Madame Argante. Dans ma bouche ! À qui parle donc ce petit *praticien, Monsieur le Comte ? Est-ce que vous ne lui imposerez pas silence ?

Monsieur Remy. Comment donc ! m'imposer silence ! à moi, procureur ! Savez-vous bien qu'il y a cinquante ans que je parle, Madame Argante ?

Madame Argante. Il y a donc cinquante ans que vous ne savez ce que vous dites [1].

Scène VI

ARAMINTE, MADAME ARGANTE, MONSIEUR REMY, LE COMTE

Araminte. Qu'y a-t-il donc ? On dirait que vous vous querellez.

Monsieur Remy. Nous ne sommes pas fort en paix, et vous venez très à propos, Madame : il s'agit de Dorante ; avez-vous sujet de vous plaindre de lui ?

Araminte. Non, que je sache.

Monsieur Remy. Vous êtes-vous aperçue qu'il ait manqué de probité ?

Araminte. Lui ? non vraiment. Je ne le connais que pour un homme très estimable.

Monsieur Remy. Au discours que Madame en tient, ce doit pourtant être un fripon, dont il faut que je vous délivre, et on se passerait bien du présent que je vous ai fait, et c'est un impertinent qui déplaît à Monsieur qui parle en qualité d'époux futur ; et à cause que je le défends, on veut me persuader que je radote.

Araminte, *froidement*. On se jette là dans de grands excès. Je n'y ai point de part, Monsieur. Je suis bien éloignée de vous traiter si mal. À l'égard de Dorante, la meilleure justification qu'il y ait pour lui, c'est que je le garde. Mais je venais pour savoir une chose, Mon-

---

1. Cette plaisanterie n'est pas nouvelle chez Marivaux. On la trouve déjà dans le *Pharsamon* composé vers 1713 : « Fatime : Si je n'avais du respect pour ma maîtresse, je vous apprendrais à parler. Dame Marguerite : Hélas, péronnelle, il y a soixante ans que je parle, et il y en a dix-huit que je sais que vous êtes une petite bête. » (*Œuvres de jeunesse*, p. 418.)

sieur le Comte. Il y a là-bas, m'a-t-on dit, un homme d'affaires que vous avez amené pour moi. On se trompe apparemment.

LE COMTE. Madame, il est vrai qu'il est venu avec moi ; mais c'est Madame Argante...

MADAME ARGANTE. Attendez, je vais répondre. Oui, ma fille, c'est moi qui ai prié Monsieur de le faire venir pour remplacer celui que vous avez et que vous allez mettre dehors : je suis sûre de mon fait. J'ai laissé dire votre procureur, au reste, mais il *amplifie.

MONSIEUR REMY. Courage !

MADAME ARGANTE, *vivement*. Paix ; vous avez assez parlé. *(À Araminte.)* Je n'ai point dit que son neveu fût un fripon. Il ne serait pas impossible qu'il le fût, je n'en serais pas étonnée.

MONSIEUR REMY. Mauvaise parenthèse, avec votre permission, supposition injurieuse, et tout à fait hors d'œuvre.

MADAME ARGANTE. Honnête homme, soit : du moins n'a-t-on pas encore de preuves du contraire, et je veux croire qu'il l'est. Pour un impertinent et très impertinent, j'ai dit qu'il en était un, et j'ai raison. Vous dites que vous le garderez : vous n'en ferez rien.

ARAMINTE, *froidement*. Il restera, je vous assure.

MADAME ARGANTE. Point du tout ; vous ne sauriez. Seriez-vous d'humeur à garder un intendant qui vous aime ?

MONSIEUR REMY. Eh ! à qui voulez-vous donc qu'il s'attache ? À vous, à qui il n'a pas affaire ?

ARAMINTE. Mais en effet, pourquoi faut-il que mon intendant me haïsse ?

MADAME ARGANTE. Eh ! non, point d'équivoque. Quand je vous dis qu'il vous aime, j'entends qu'il est amoureux de vous, en bon français ; qu'il est ce qu'on appelle amoureux ; qu'il soupire pour vous ; que vous êtes l'objet secret de sa tendresse.

MONSIEUR REMY, *étonné* [1]. Dorante ?

ARAMINTE, *riant*. L'objet secret de sa tendresse ! Oh ! oui, très secret, je pense. Ah ! ah ! je ne me croyais pas si dangereuse à voir. Mais dès que vous devinez de pareils secrets, que ne devinez-vous que tous mes gens sont comme lui ? Peut-être qu'ils m'aiment aussi : que sait-on ? Monsieur Remy, vous qui me voyez assez souvent, j'ai envie de deviner que vous m'aimez aussi.

---

1. L'indication scénique disparaît à partir de l'édition Duchesne de 1758.

MONSIEUR REMY. Ma foi, Madame, à l'âge de mon neveu, je ne m'en tirais[1] pas mieux qu'on dit qu'il s'en tire.

MADAME ARGANTE. Ceci n'est pas matière à plaisanterie, ma fille. Il n'est pas question de votre Monsieur Remy ; laissons là ce bonhomme, et traitons la chose un peu plus sérieusement. Vos gens ne vous font pas peindre, vos gens ne se mettent point à contempler vos portraits, vos gens n'ont point l'air galant, la mine doucereuse.

MONSIEUR REMY, *à Araminte.* J'ai laissé passer le bonhomme à cause de vous, au moins ; mais le bonhomme est quelquefois brutal.

ARAMINTE. En vérité, ma mère, vous seriez la première à vous moquer de moi, si ce que vous dites[2] me faisait la moindre impression ; ce serait une *enfance à moi que de le renvoyer sur un pareil soupçon. Est-ce qu'on ne peut me voir sans m'aimer ? Je n'y saurais que faire : il faut bien m'y accoutumer et prendre mon parti là-dessus. Vous lui trouvez l'air galant, dites-vous ? Je n'y avais pas pris garde, et je ne lui en ferai point un reproche. Il y aurait de la bizarrerie à se fâcher de ce qu'il est bien fait. Je suis d'ailleurs comme tout le monde : j'aime assez les gens de bonne mine.

Scène VII

ARAMINTE, MADAME ARGANTE, MONSIEUR REMY, LE COMTE, DORANTE

DORANTE. Je vous demande pardon, Madame, si je vous interromps. J'ai lieu de présumer que mes services ne vous sont plus agréables, et dans la conjoncture présente, il est naturel que je sache mon sort.

MADAME ARGANTE, *ironiquement.* Son sort ! Le sort d'un intendant : que cela est beau !

MONSIEUR REMY. Et pourquoi n'aurait-il pas un sort ?

ARAMINTE, *d'un air vif à sa mère.* Voilà des emportements qui m'appartiennent. *(À Dorante.)* Quelle est cette conjoncture, Monsieur, et le motif de votre inquiétude ?

DORANTE. Vous le savez, Madame. Il y a quelqu'un ici que vous avez envoyé chercher pour occuper ma place.

---

1. Texte de l'édition de 1758 : *je ne m'en tirerais.*   **2.** Duchesne, 1758 : *ce que vous me dites.*

ARAMINTE. Ce quelqu'un-là est fort mal conseillé. Désabusez-vous : ce n'est point moi qui l'ai fait venir.

DORANTE. Tout a contribué à me tromper, d'autant plus que Mademoiselle Marton vient de m'assurer que dans une heure je ne serais plus ici.

ARAMINTE. Marton vous a tenu un fort sot discours.

MADAME ARGANTE. Le terme est encore trop long : il devrait en sortir *tout à l'heure.

MONSIEUR REMY, *comme à part*. Voyons par où cela finira.

ARAMINTE. Allez, Dorante, tenez-vous en repos ; fussiez-vous l'homme du monde qui me convînt le moins, vous resteriez : dans cette occasion-ci, c'est à moi-même que je dois cela ; je me sens offensée du procédé qu'on a avec moi, et je vais faire dire à cet homme d'affaires qu'il se retire ; que ceux qui l'ont amené sans me consulter le remmènent, et qu'il n'en soit plus parlé.

Scène VIII

ARAMINTE, MADAME, ARGANTE, MONSIEUR REMY, LE COMTE, DORANTE, MARTON

MARTON, *froidement.* Ne vous pressez pas de le renvoyer, Madame ; voilà une lettre de recommandation pour lui, et c'est Monsieur Dorante qui l'a écrite.

ARAMINTE. Comment !

MARTON, *donnant la lettre au Comte*. Un instant, Madame, cela mérite d'être écouté. La lettre est de Monsieur, vous dis-je.

LE COMTE *lit haut. Je vous conjure, mon cher ami, d'être demain sur les neuf heures du matin chez vous ; j'ai bien des choses à vous dire ; je crois que je vais sortir de chez la dame que vous savez ; elle ne peut plus ignorer la malheureuse passion que j'ai prise pour elle, et dont je ne guérirai jamais.*

MADAME ARGANTE. De la passion, entendez-vous, ma fille ?

LE COMTE *lit. Un misérable ouvrier que je n'attendais pas est venu ici pour m'apporter la boîte de ce portrait que j'ai fait d'elle.*

MADAME ARGANTE. C'est-à-dire que le personnage sait peindre.

LE COMTE *lit. J'étais absent, il l'a laissée à une fille de la maison.*

MADAME ARGANTE, *à Marton*. Fille de la maison, cela vous regarde.

LE COMTE *lit. On a soupçonné que ce portrait m'appartenait ; ainsi, je pense qu'on va tout découvrir, et qu'avec le chagrin d'être renvoyé et de perdre le plaisir de voir tous les jours celle que j'adore...*

MADAME ARGANTE. Que j'adore ! ah ! que j'adore !

LE COMTE *lit. J'aurai encore celui d'être méprisé d'elle.*

MADAME ARGANTE. Je crois qu'il n'a pas mal deviné celui-là, ma fille.

LE COMTE *lit. Non pas à cause de la médiocrité de ma *fortune, sorte de mépris dont je n'oserais la croire capable...*

MADAME ARGANTE. Eh ! pourquoi non ?

LE COMTE *lit. Mais seulement du peu que je vaux auprès d'elle, tout honoré que je suis de l'estime de tant d'honnêtes gens.*

MADAME ARGANTE. Et en vertu de quoi l'estiment-ils tant ?

LE COMTE *lit. Auquel cas je n'ai plus que faire à Paris. Vous êtes à la veille de vous embarquer, et je suis déterminé à vous suivre*[1].

MADAME ARGANTE. Bon voyage au galant.

MONSIEUR REMY. Le beau motif d'embarquement !

MADAME ARGANTE. Hé bien ! en avez-vous le cœur net, ma fille ?

LE COMTE. L'éclaircissement m'en paraît complet.

ARAMINTE, *à Dorante.* Quoi ! cette lettre n'est pas d'une écriture contrefaite ? vous ne la niez point ?

DORANTE. Madame...

ARAMINTE. Retirez-vous.

Dorante sort.

MONSIEUR REMY. Eh bien ! quoi ? c'est de l'amour qu'il a ; ce n'est pas d'aujourd'hui que les belles personnes en donnent et, tel que vous le voyez, il n'en a pas pris pour toutes celles qui auraient bien voulu lui en donner. Cet amour-là lui coûte quinze mille livres de rente, sans compter les mers qu'il veut courir ; voilà le mal ; car au reste, s'il était riche, le personnage en vaudrait bien un autre ; il pourrait bien dire qu'il adore. *(Contrefaisant Madame Argante.)* Et cela ne serait point si ridicule. Accommodez-vous ; au reste, je suis votre serviteur, Madame.

Il sort.

---

1. Il est curieux de comparer cette simple indication à la lettre par laquelle Saint-Preux annonce son départ à Mme d'Orbe : « Je vais chercher dans un autre hémisphère la paix dont je n'ai pu jouir dans celui-ci. Insensé que je suis ! je vais errer dans l'univers sans trouver un lieu pour y reposer mon cœur..., etc. » (*La Nouvelle Héloïse*, troisième partie, lettre XXVI.)

MARTON. Fera-t-on monter l'intendant que Monsieur le Comte a amené, Madame ?

ARAMINTE. N'entendrai-je parler que d'intendant ! Allez-vous-en, vous prenez mal votre temps pour me faire des questions.

Marton sort.

MADAME ARGANTE. Mais, ma fille, elle a raison ; c'est Monsieur le Comte qui vous en répond, il n'y a qu'à le prendre.

ARAMINTE. Et moi, je n'en veux point.

LE COMTE. Est-ce à cause qu'il vient de ma part, Madame ?

ARAMINTE. Vous êtes le maître d'interpréter, Monsieur ; mais je n'en veux point.

LE COMTE. Vous vous expliquez là-dessus d'un air de vivacité qui m'étonne.

MADAME ARGANTE. Mais en effet, je ne vous reconnais pas. Qu'est-ce qui vous fâche ?

ARAMINTE. Tout ; on s'y est mal pris ; il y a dans tout ceci des façons si désagréables, des moyens si offensants, que tout m'en choque.

MADAME ARGANTE, *étonnée*. On ne vous entend point.

LE COMTE. Quoique je n'aie aucune part à ce qui vient de se passer, je ne m'aperçois que trop, Madame, que je ne suis pas exempt de votre mauvaise humeur, et je serais fâché d'y contribuer davantage par ma présence.

MADAME ARGANTE. Non, Monsieur, je vous suis. Ma fille, je retiens Monsieur le Comte ; vous allez venir nous trouver apparemment. Vous n'y songez pas, Araminte ; on ne sait que penser [1].

Scène IX

ARAMINTE, DUBOIS

DUBOIS. Enfin, Madame, à ce que je vois, vous en voilà délivrée. Qu'il devienne tout ce qu'il voudra à présent, tout le monde a été témoin de sa folie, et vous n'avez plus rien à craindre de sa douleur ; il ne dit mot. Au reste, je viens seulement de le rencontrer plus mort que vif, qui traversait la galerie pour aller chez lui. Vous auriez trop ri de le voir soupirer ; il m'a pourtant fait pitié : je l'ai vu si défait, si pâle et si triste, que j'ai eu peur qu'il ne se trouve mal.

---

1. Elle sort avec le Comte.

ARAMINTE, *qui ne l'a pas regardé jusque-là, et qui a toujours rêvé, dit d'un ton haut*. Mais qu'on aille donc voir : quelqu'un l'a-t-il suivi ? que ne le secouriez-vous ? faut-il le tuer, cet homme [1] ?

DUBOIS. J'y ai pourvu, Madame ; j'ai appelé Arlequin, qui ne le quittera pas, et je crois d'ailleurs qu'il n'arrivera rien ; voilà qui est fini. Je ne suis venu que pour dire une chose ; c'est que je pense qu'il demandera à vous parler, et je ne conseille pas à Madame de le voir davantage ; ce n'est pas la peine.

ARAMINTE, *sèchement*. Ne vous embarrassez pas, ce sont mes affaires.

DUBOIS. En un mot, vous en êtes quitte, et cela par le moyen de cette lettre qu'on vous a lue et que Mademoiselle Marton a tirée d'Arlequin par mon avis ; je me suis douté qu'elle pourrait vous être utile, et c'est une excellente idée que j'ai eue là, n'est-ce pas, Madame ?

ARAMINTE, *froidement*. Quoi ! c'est à vous que j'ai l'obligation de la scène qui vient de se passer ?

DUBOIS, *librement*. Oui, Madame.

ARAMINTE. Méchant valet ! ne vous présentez plus devant moi.

DUBOIS, *comme étonné*. Hélas ! Madame, j'ai cru bien faire.

ARAMINTE. Allez, malheureux ! il fallait m'obéir ; je vous avais dit de ne plus vous en mêler ; vous m'avez jetée dans tous les désagréments que je voulais éviter. C'est vous qui avez répandu tous les soupçons qu'on a eus sur son compte, et ce n'est pas par attachement pour moi que vous m'avez appris qu'il m'aimait ; ce n'est que par le plaisir de faire du mal. Il m'importait peu d'en être instruite [2], c'est un amour que je n'aurais jamais su, et je le trouve bien malheureux d'avoir eu affaire à vous, lui qui a été votre maître, qui vous affectionnait, qui vous a bien traité, qui vient, tout récemment encore, de vous prier à genoux de lui garder le secret. Vous l'assassinez, vous me trahissez moi-même. Il faut que vous soyez capable de tout, que je ne vous voie jamais, et point de réplique.

DUBOIS *s'en va en riant*. Allons, voilà qui est parfait.

---

1. Duchesne, 1758 : *Faut-il tuer cet homme ?* Le texte original est plus dramatique.   **2.** Comparer acte II, sc. XII, où Araminte disait déjà : « Sans toi je ne saurais pas que cet homme-là m'aime, et je n'aurais que faire d'y regarder de si près ».

Scène X

ARAMINTE, MARTON

MARTON, *triste*. La manière dont vous m'avez renvoyée, il n'y a qu'un moment, me montre que je vous suis désagréable, Madame, et je crois vous faire plaisir en vous demandant mon congé.

ARAMINTE, *froidement*. Je vous le donne.

MARTON. Votre intention est-elle que je sorte dès aujourd'hui, Madame ?

ARAMINTE. Comme vous voudrez.

MARTON. Cette aventure-ci est bien triste pour moi !

ARAMINTE. Oh ! point d'explication, s'il vous plaît.

MARTON. Je suis au désespoir.

ARAMINTE, *avec impatience*. Est-ce que vous êtes fâchée de vous en aller ? Eh bien, restez, Mademoiselle, restez : j'y consens ; mais finissons.

MARTON. Après les bienfaits dont vous m'avez comblée, que ferais-je auprès de vous, à présent que je vous suis suspecte, et que j'ai perdu toute votre confiance ?

ARAMINTE. Mais que voulez-vous que je vous confie ? Inventerai-je des secrets pour vous les dire ?

MARTON. Il est pourtant vrai que vous me renvoyez, Madame, d'où vient ma disgrâce ?

ARAMINTE. Elle est dans votre imagination. Vous me demandez votre congé, je vous le donne.

MARTON. Ah ! Madame, pourquoi m'avez-vous exposée au malheur de vous déplaire ? J'ai persécuté par ignorance l'homme du monde le plus aimable, qui vous aime plus qu'on n'a jamais aimé.

ARAMINTE, *à part*. Hélas !

MARTON. Et à qui je n'ai rien à reprocher ; car il vient de me parler. J'étais son ennemie, et je ne la [1] suis plus. Il m'a tout dit. Il ne m'avait jamais vue : c'est Monsieur Remy qui m'a trompée, et j'excuse Dorante.

ARAMINTE. À la bonne heure.

MARTON. Pourquoi avez-vous eu la cruauté de m'abandonner au hasard d'aimer un homme qui n'est pas fait pour moi, qui est digne de vous, et que j'ai jeté dans une douleur dont je suis pénétrée ?

---

1. Sur cet emploi du pronom au féminin, voyez la Note grammaticale, article *accord*, p. 2266.

ARAMINTE, *d'un ton doux*. Tu l'aimais donc, Marton ?

MARTON. Laissons là mes sentiments. Rendez-moi votre amitié comme je l'avais, et je serai contente.

ARAMINTE. Ah ! je te la rends tout entière.

MARTON, *lui baisant la main*. Me voilà consolée.

ARAMINTE. Non, Marton, tu ne l'es pas encore. Tu pleures et tu m'attendris.

MARTON. N'y prenez point garde. Rien ne m'est si cher que vous [1].

ARAMINTE. Va, je prétends bien te faire oublier tous tes chagrins. Je pense que voici Arlequin.

Scène XI

ARAMINTE, MARTON, ARLEQUIN

ARAMINTE. Que veux-tu ?

ARLEQUIN, *pleurant et sanglotant* [2]. J'aurais bien de la peine à vous le dire ; car je suis dans une détresse qui me coupe entièrement la parole, à cause de la trahison que Mademoiselle Marton m'a faite. Ah ! quelle ingrate perfidie !

MARTON. Laisse là ta perfidie et nous dis ce que tu veux.

ARLEQUIN. Ahi ! cette pauvre lettre. Quelle excroquerie !

ARAMINTE. Dis donc.

ARLEQUIN. Monsieur Dorante vous demande à genoux qu'il vienne ici vous rendre compte des paperasses qu'il a eues dans les mains depuis qu'il est ici. Il m'attend à la porte où il pleure.

MARTON. Dis-lui qu'il vienne.

ARLEQUIN. Le voulez-vous, Madame ? car je ne me fie pas à elle. Quand on m'a une fois *affronté, je n'en *reviens point.

---

1. Ici, le dénouement est pratiquement acquis pour Marton. Elle va sortir à la fin de la scène suivante, et on ne la reverra plus. L'affaire s'est dénouée de façon trop mélancolique pour elle pour qu'elle figure dans le tableau final. Le ton du présent passage est empreint d'une grande sensibilité, mais le langage y garde la discrétion habituelle chez Marivaux.   2. Après la scène attendrissante qui précède, on notera le caractère très particulier de cette scène xi. Elle est destinée à détendre l'atmosphère et à faire sourire, mais sans provoquer de rupture de ton. On peut dire que l'attendrissement des personnages en scène et des spectateurs subsiste, mais qu'il trouve un exutoire dans les larmes comiques d'Arlequin. Noter aussi un peu plus loin le détail de Dorante qui « attend à la porte où il pleure » ; il vise exactement au même but.

MARTON, *d'un air triste et attendri*. Parlez-lui, Madame, je vous laisse.

ARLEQUIN, *quand Marton est partie*. Vous ne me répondez point, Madame ?

ARAMINTE. Il peut venir.

Scène XII

DORANTE, ARAMINTE

ARAMINTE. Approchez, Dorante.

DORANTE. Je n'ose presque paraître devant vous.

ARAMINTE, *à part*. Ah ! je n'ai guère plus d'assurance que lui. *(Haut.)* Pourquoi vouloir me rendre compte de mes papiers ? Je m'en fie bien à vous. Ce n'est pas là-dessus que j'aurai à me plaindre.

DORANTE. Madame... j'ai autre chose à dire... je suis si interdit, si tremblant que je ne saurais parler.

ARAMINTE, *à part, avec émotion*. Ah ! que je crains la fin de tout ceci !

DORANTE, *ému*. Un de vos fermiers est venu tantôt, Madame.

ARAMINTE, *émue*. Un de mes fermiers !... cela se peut bien [1].

DORANTE. Oui, Madame... il est venu.

ARAMINTE, *toujours émue*. Je n'en doute pas.

DORANTE, *ému*. Et j'ai de l'argent à vous remettre.

ARAMINTE. Ah ! de l'argent... nous verrons.

DORANTE. Quand il vous plaira, Madame, de le recevoir.

ARAMINTE. Oui... je le recevrai... vous me le donnerez [2]. *(À part.)* Je ne sais ce que je lui réponds.

DORANTE. Ne serait-il pas temps de vous l'apporter ce soir ou demain, Madame ?

ARAMINTE. Demain, dites-vous ! Comment vous garder jusque-là, après ce qui est arrivé ?

DORANTE, *plaintivement*. De tout le reste de ma vie que je vais passer loin de vous, je n'aurais plus que ce seul jour qui m'en serait précieux.

---

1. Duchesne, 1758 : *cela se peut*.   2. Tout ayant été dit entre les personnages, le dialogue perd son sens. Les mots ne sont plus ici que le support des émotions.

ARAMINTE. Il n'y a pas moyen, Dorante ; il faut se quitter. On sait que vous m'aimez, et on croirait que je n'en suis pas fâchée [1].

DORANTE. Hélas ! Madame, que je vais être à plaindre !

ARAMINTE. Ah ! allez, Dorante, chacun a ses chagrins.

DORANTE. J'ai tout perdu ! J'avais un portrait, et je ne l'ai plus.

ARAMINTE. À quoi vous sert de l'avoir ? vous savez peindre.

DORANTE. Je ne pourrai de longtemps m'en dédommager. D'ailleurs, celui-ci m'aurait été bien cher ! Il a été entre vos mains, Madame.

ARAMINTE. Mais vous n'êtes pas raisonnable.

DORANTE. Ah ! Madame, je vais être éloigné de vous. Vous serez assez vengée. N'ajoutez rien à ma douleur.

ARAMINTE. Vous donner mon portrait ! songez-vous que ce serait avouer que je vous aime ?

DORANTE. Que vous m'aimez, Madame ! Quelle idée ! qui pourrait se l'imaginer ?

ARAMINTE, *d'un ton vif et naïf*. Et voilà pourtant ce qui m'arrive [2].

DORANTE, *se jetant à ses genoux*. Je me meurs !

ARAMINTE. Je ne sais plus où je suis. Modérez votre joie : levez-vous, Dorante.

DORANTE *se lève, et tendrement*. Je ne la mérite pas. Cette joie me transporte [3]. Je ne la mérite pas, Madame. Vous allez me l'ôter, mais n'importe, il faut que vous soyez instruite.

ARAMINTE, *étonnée*. Comment ! que voulez-vous dire ?

DORANTE. Dans tout ce qui s'est passé chez vous, il n'y a rien de vrai que ma passion, qui est infinie, et que le portrait que j'ai fait.

---

1. Après quelques moments d'attente qui ont fait monter la tension sentimentale, Araminte semble se placer devant le choix dont elle énonce une des options : congédier Dorante. Mais son émotion montre bien qu'il n'en est pas question. En fait, on n'a ici affaire qu'à un duo de plaintes, analogue à celui du *Cid* : « Rodrigue, qui l'eût cru ?... — Chimène, qui l'eût dit ?... » 2. Dans la réplique précédente, Dorante, qui jusque-là s'était livré, comme Araminte, à l'émotion du moment, vient d'utiliser une phrase propre au manège de la coquetterie. Mais Araminte ne l'a pas prise pour telle. Les mots de Dorante ont déclenché en elle une réponse toute simple, qui est, selon un mot de Jacques Schérer, un saut dans l'inconnu, l'aveu définitif, le dénouement. 3. Texte de 1738 et 1758. Les éditions modernes corrigent la ponctuation et ajoutent un *qui : Je ne la mérite pas, cette joie qui me transporte*, etc. La correction est acceptable, mais le texte original l'est aussi, avec ses phrases courtes, fortement ponctuées, qui marquent la très vive émotion de Dorante.

Tous les incidents qui sont arrivés partent de l'industrie d'un domestique qui savait mon amour, qui m'en plaint, qui par le charme de l'espérance du plaisir de vous voir, m'a pour ainsi dire forcé de consentir à son stratagème ; il voulait me faire valoir auprès de vous. Voilà, Madame, ce que mon respect, mon amour et mon *caractère ne me permettent pas de vous cacher. J'aime encore mieux regretter votre tendresse que de la devoir à l'artifice qui me l'a acquise ; j'aime mieux votre haine que le remords d'avoir trompé ce que j'adore[1].

ARAMINTE, *le regardant quelque temps sans parler.* Si j'apprenais cela d'un autre que de vous, je vous haïrais sans doute ; mais l'aveu que vous m'en faites vous-même dans un moment comme celui-ci, change tout. Ce trait de sincérité me charme, me paraît incroyable, et vous êtes le plus honnête homme du monde. Après tout, puisque vous m'aimez véritablement, ce que vous avez fait pour gagner mon cœur n'est point blâmable : il est permis à un amant de chercher les moyens de plaire, et on doit lui pardonner lorsqu'il a réussi.

DORANTE. Quoi ! la charmante Araminte daigne me justifier !

ARAMINTE. Voici le Comte avec ma mère, ne dites mot, et laissez-moi parler.

Scène XIII

DORANTE, ARAMINTE, LE COMTE, MADAME ARGANTE[2]

MADAME ARGANTE, *voyant Dorante.* Quoi ! le voilà encore !

ARAMINTE, *froidement.* Oui, ma mère. *(Au Comte.)* Monsieur le Comte, il était question de mariage entre vous et moi, et il n'y faut plus penser : vous méritez qu'on vous aime ; mon cœur n'est point en état de vous rendre justice, et je ne suis pas d'un rang qui vous convienne.

MADAME ARGANTE. Quoi donc ! que signifie ce discours ?

LE COMTE. Je vous entends, Madame, et sans l'avoir dit à Madame

---

1. Pour le commentaire de ce passage, voir la notice, p. 1507. Noter aussi que le mot *caractère* a sans doute ici un sens plus social que psychologique. Voir le Glossaire. 2. Comme il arrive souvent dans les éditions anciennes de Marivaux, les noms de deux personnages de valets, Dubois et Arlequin, manquent dans les éditions de 1738 et 1758. On peut supposer, soit qu'ils font discrètement leur entrée au début de la scène, soit qu'ils entrent sans se faire remarquer, soit au cours, soit même à la fin de la même scène. Voir la note suivante.

(montrant Madame Argante) je songeais à me retirer ; j'ai deviné tout ; Dorante n'est venu chez vous qu'à cause qu'il vous aimait ; il vous a plu ; vous voulez lui faire sa fortune : voilà tout ce que vous alliez dire.

ARAMINTE. Je n'ai rien à ajouter.

MADAME ARGANTE, *outrée*. La fortune à cet homme-là !

LE COMTE, *tristement*. Il n'y a plus que notre discussion, que nous réglerons à l'amiable ; j'ai dit que je ne plaiderais point, et je tiendrai parole.

ARAMINTE. Vous êtes bien généreux ; envoyez-moi quelqu'un qui en décide, et ce sera assez.

MADAME ARGANTE. Ah ! la belle chute ! ah ! ce maudit intendant ! Qu'il soit votre mari tant qu'il vous plaira ; mais il ne sera jamais mon gendre.

ARAMINTE. Laissons passer sa colère, et finissons.

Ils sortent.

DUBOIS. Ouf ! ma gloire m'accable ; je mériterais bien d'appeler cette femme-là ma bru.

ARLEQUIN. Pardi, nous nous soucions bien de ton tableau à présent ; l'original nous en fournira bien d'autres copies[1].

---

1. Lorsque *Les Fausses Confidences* passèrent à la Comédie-Française en 1793, la tradition s'établit de supprimer ces deux répliques assez libres à la représentation (voir le *Théâtre des Auteurs du second ordre*, 1810, comédies en prose, tome XI). Dans l'excellente mise en scène de Charles Gantillon (Lyon, 1959), Dubois lance sa réplique du haut d'une galerie d'où, comme le démon Asmodée, il vient d'observer la fin de la scène et la sortie des acteurs. Arlequin lui réplique en glissant sa tête dans l'entrebâillement d'une porte à l'autre bout du théâtre.

LA JOIE IMPRÉVUE

COMÉDIE EN UN ACTE ET EN PROSE
REPRÉSENTÉE POUR LA PREMIÈRE FOIS
PAR LES COMÉDIENS-ITALIENS
LE 7 JUILLET 1738

NOTICE

La Joie imprévue fut composée par Marivaux pour soutenir une
reprise des *Fausses Confidences* (lundi 7 juillet 1738) : on a vu que
la première série de représentations de cette pièce n'avait pas été
heureuse. Il s'agit donc d'une œuvre de circonstance, et qui se ressent de cette origine. Non dépourvue de qualités, *La Joie imprévue*
souffre d'un défaut essentiel, la quasi-inexistence de l'intrigue. Un
jeune homme et une jeune fille se rencontrent, s'éprennent l'un de
l'autre, redoutent le mariage que leurs parents veulent leur imposer.
Or, par une coïncidence assez étonnante [1], c'est l'un à l'autre que
l'on veut les marier ! L'idée de cette intrigue assez mince était sans
doute venue à Marivaux du souvenir d'une pièce de Pannard et
Favart, *La Répétition interrompue*, jouée avec succès à la Foire Saint-
Laurent le 6 août 1735, mais non imprimée. Il s'agissait d'un de ces
thèmes de « théâtre sur le théâtre » que traitera Marivaux lui-même [2].
Une actrice ouvre la scène en se plaignant que les rôles de la pièce
qu'elle répète aient été mal distribués. On a donné celui du père
noble à un acteur qui s'enivre, et ceux d'amoureux et d'amoureuse
à deux acteurs qui ne peuvent pas se sentir. La répétition commence
pourtant, et l'argument [3] qui nous intéresse ici nous amène à la pièce
de Marivaux. Une jeune fille, Lucile, ne peut se résoudre à épouser
l'homme que sa mère lui destine, car elle a fait dans le coche la
connaissance d'un jeune officier. Dorante, de son côté, a de la répugnance à conclure un mariage que son père lui propose, car il s'est
épris d'une jeune fille qu'il a rencontrée dans une voiture publique.

---

1. Moins étonnante pourtant que dans la pièce dont Marivaux, comme on
va le voir, s'est inspiré, puisque ici le jeune homme et son valet sont venus
se loger, conformément aux instructions du père, dans un hôtel voisin de la
demeure de la jeune fille.   2. Voir plus loin la notice des *Acteurs de bonne
foi*.   3. Nous résumons d'après le *Mercure* d'août 1735, qui en donne une
analyse détaillée.

Son valet, Crispin, après lui avoir fait de vaines remontrances sur cette amourette, s'emploie à retarder le mariage projeté. Au moment où rien ne peut plus empêcher les parents de conclure, Lucile et Dorante se reconnaissent dans une scène qui devrait être fort tendre, si divers incidents ne la troublaient.

On se rend aisément compte que l'argument qui vient d'être résumé n'est pour Pannard et Favart que le prétexte à un jeu plaisant sur les rapports réels et fictifs des acteurs mis en scène. Chez eux comme chez Marivaux, les inquiétudes des jeunes gens sont vaines, le malheur qui les menace imaginaire, et il n'y a pas là les éléments d'un intérêt dramatique suffisant. Pour étoffer l'action, Marivaux se trouve donc obligé, à plusieurs reprises, de prêter à l'entourage des jeunes gens le dessein arrêté de les laisser dans la peine, ou même de les y mettre par malice. Mais s'ils sont inquiets, les spectateurs ne le sont pas, et ne trouvent même pas comique l'embarras où ils les voient. C'est dire que la pièce ne peut subsister que par des éléments extérieurs à la combinaison centrale.

Ces éléments existent en effet. C'est ainsi que, par un côté, *La Joie imprévue* se rattache à la comédie sérieuse. Le père de Damon lui a confié de l'argent pour acheter une charge. Le jeune homme joue et perd une partie de cet argent. Pis encore, va-t-il contracter le vice du jeu ? Mais le père intervient. Sous un masque, il lui gage ce qui lui reste d'argent. Le jeune homme est prêt à jouer une grosse somme sur sa parole : alors le père lui fait honte de ses actes, le jeune homme se repent et promet de ne plus jouer, le père se démasque et lui pardonne. L'attendrissement est général, la leçon a porté ses fruits. Le public du temps ne fut peut-être pas insensible à ces scènes, où se prépare le drame bourgeois.

Pour le lecteur ou le spectateur moderne, qu'elle ne touche plus guère, *La Joie imprévue* présente heureusement une autre espèce d'intérêt. C'est, pour l'époque, l'équivalent des petites comédies de mœurs de Regnard ou plutôt encore de Dancourt. Ainsi, le lieu de l'action n'est plus ni la salle ni le jardin traditionnel, mais « un jardin qui communique à un hôtel garni ». L'apparition de l'hôtel garni, succédant à l'auberge du XVIIe siècle, est déjà notable. D'autres détails sont à retenir, par exemple les distractions offertes aux hôtes, bal masqué en carnaval, table de jeu, sans doute clandestine [1], tous les

---

1. Les jeux du type pharaon, hoca, biribi, etc., avaient été interdits par une ordonnance récente. Voir l'édition de *Manon Lescaut* par F. Deloffre et R. Picard, Classiques Garnier, p. 63 et note 4.

soirs. Mais surtout, la pièce met en scène un certain type d'escroc et un certain type de dupe. La dupe est un jeune provincial, riche, venu à Paris pour acheter une charge de judicature [1]. Quant à l'escroc, vrai ou faux « chevalier [2] », on s'en fera une idée exacte en pensant à un héros de roman contemporain, le chevalier Des Grieux de *L'Histoire du chevalier Des Grieux et de Manon Lescaut* (1731). Ruiné par un fâcheux accident, Des Grieux songe à recourir au jeu comme au « moyen le plus facile et le plus convenable à sa situation ». Il s'en ouvre à Lescaut, qui ne lui cache pas les conditions du succès :

« Il me dit que le jeu, à la vérité, était une ressource, mais que cela demandait d'être expliqué ; qu'entreprendre de jouer simplement, avec les espérances communes, c'était le vrai moyen d'achever ma perte ; que de prétendre exercer seul, et sans être soutenu, les petits moyens qu'un habile homme emploie pour corriger la fortune était un métier trop dangereux ; qu'il y avait une troisième voie, qui était celle de l'association, mais que ma jeunesse lui faisait craindre que messieurs les confédérés ne me jugeassent point encore les qualités propres à la ligue [3]. »

On sait comment le chevalier est heureusement admis dans la « Ligue de l'Industrie », où l'on prétend « qu'il y avait beaucoup à espérer de [lui], parce qu'ayant quelque chose dans la physionomie qui sentait l'honnête homme, personne ne se défierait de [ses] artifices », et comment il y profite en peu de temps des leçons du « chevalier [4] » qui lui sert de maître :

« J'acquis surtout beaucoup d'habileté à faire une volte-face, à filer la carte, et m'aidant fort bien d'une longue paire de manchettes, j'escamotais assez légèrement pour tromper les yeux des plus habiles et ruiner sans affectation quantité d'honnêtes joueurs [5]. »

On ne montre pas, dans le roman, Des Grieux sur le théâtre de

---

1. Il est hardi de décider si M. Orgon est, comme on le dit parfois, un « bourgeois ». Peut-être a-t-il lui-même acquis une charge qui confère l'anoblissement, au moins à titre personnel. Quant à la charge de son fils, on pourrait presque, si l'on connaissait le montant de la somme qu'il a perdue au jeu, en déterminer, sinon la nature, du moins la valeur et le revenu. Mais Marivaux évite de donner cette précision (sc. III : « ... la somme de... Le cœur me manque, je ne saurais la prononcer », dit Pasquin).   **2.** Sur le chevalier, voir plus haut, pp. 464-465.   **3.** Éd. F. Deloffre et R. Picard, Classiques Garnier, p. 63, note 4.   **4.** La *Ligue de l'Industrie*, association de tricheurs professionnels, a ses statuts, à l'imitation de l'ordre de Malte, avec ses *commandeurs* et ses *chevaliers*.   **5.** Éd. cit., p. 64.

ses exploits, à l'Hôtel de Transylvanie. Grâce à *La Joie imprévue*, il est possible de l'imaginer en train d'appâter une « dupe [1] », de même que le roman de l'abbé Prévost aide à comprendre quel genre d'homme est le chevalier qui manque de ruiner le jeune Damon.

Comme le style de *La Joie imprévue* est de qualité, et que les valets y ont autant d'esprit que dans *La Méprise*, on ne peut donc pas dire que la pièce soit dépourvue de mérites. Mais sa faiblesse vient, comme on l'a vu, du peu de consistance de l'intrigue. Il n'en faut pas plus pour expliquer l'indifférence avec laquelle elle fut reçue. Jouée pour la première fois le 7 juillet 1738, en même temps que *Les Fausses Confidences*, dont, à certains égards, elle n'est pas éloignée, dans la mesure où l'une et l'autre pièce sont influencées par la pratique du roman de mœurs, elle n'appela qu'un bref compte rendu du *Mercure*, qui ne parlait que du divertissement qui la suivait [2] et de la pièce qui la précédait. Elle ne fut pourtant pas oubliée ensuite, puisque, entre 1740, date à laquelle on recommence à posséder les registres du Théâtre-Italien, et 1762 (fusion avec l'Opéra-Comique), elle fut jouée trente-cinq fois [3], peut-être à cause de son divertissement. Le marquis d'Argenson lui consacre d'ailleurs une notice assez détaillée :

« *La Joie imprévue*. Com. aux Italiens, prose, 1 acte, par Marivaux, repr. pour 1re fois le... 1738. Ce sujet ne peut être nouveau que par le dialogue et les saillies, car tous les dénouements doivent produire ainsi des joies imprévues, les nœuds comiques ne sont faits que pour rendre les dénouements contrastés et surprenants ; des jeunes gens étourdis et libertins, des pères dupés mais de précaution, réparateurs des folies de leurs enfants, d'heureux hasards qui tournent leurs mauvais choix en bons, et leurs égarements en ordre, voilà ce qui a rempli les comédies de Plaute et de Térence, et qu'on peut reprendre chaque jour sur le théâtre, mais cela ne forme aujourd'hui que des agréments de détail, et non de véritables sujets de comédie intéressante [4]. »

---

1. Le mot est dans *Manon Lescaut*. Des Grieux, qui vient d'essuyer un nouveau désastre, dit à Manon, pour la consoler, « qu'il se vengera sur quelque dupe à l'Hôtel de Transylvanie ». (Éd. cit., p. 67.)   2. « Suivie d'un très joli divertissement des sieurs Riccoboni et Deshaies. » (*Mercure* de juillet 1738, p. 1620.) Jouée « sans succès avec une reprise qui en eut beaucoup », dit Desboulmiers.   3. Voir à l'Appendice le tableau des représentations. 4. Bibliothèque de l'Arsenal, ms. 3454, f° 317. Le jugement habituel de La Porte, insignifiant dans le cas présent, se trouve avec celui qui concerne *L'Heureux Stratagème* et *Les Fausses Confidences*. Ayant dit que ce ne sont

La Joie imprévue fut représentée vingt-cinq fois à la Comédie-Française, de 1962 à 1964, dans une mise en scène de Paul-Émile Deiber.

LE TEXTE

Voici la description de l'édition originale de *La Joie imprévue* :

LA JOYE / IMPRÉVÛE, / *COMEDIE* / Représentée pour la première fois par les Comé- / diens Italiens ordinaires du Roy, / en 1738. / *Le prix est de vingt-quatre sols.* / A PARIS, / Chez PRAULT pere, Quay de Gêvres, au / Paradis, / M.DCC.XXXVIII. / *Avec Approbation & Privilége du Roy.*

1 vol. in-12 de IV pages pour le titre, l'approbation et le privilège, et 58 pages numérotées pour le texte.

Approbation : « J'ai lu, par ordre de Monseigneur le Chancelier, un manuscrit intitulé : *La Joie imprévue*, Comédie en un acte. À Paris ce 26 octobre 1738. LASERRE. »

Privilège à Pierre Prault pour *Le Nouveau Recueil de Pièces du Théâtre Italien, Le Diable boiteux, L'Histoire d'Osman, La Vérité triomphante de l'Erreur,* signé SAINSON, du 20 décembre 1737, enregistré le 21 décembre.

Dans l'édition Duchesne de 1758, *La Joie imprévue* se présente sous la forme suivante :

LA JOIE / IMPRÉVÛE, / *COMÉDIE,* / PAR M. / DE MARIVAUX, / de l'Académie Françoise ; / *REPRÉSENTÉE pour la première fois par les / Comédiens Italiens ordinaires du Roi, le 7 / Juillet 1738.* / NOU-VELLE ÉDITION. / *Le prix est de vingt-quatre sols.* / A PARIS, / Chez DUCHESNE, Libraire, rue Saint Jacques, / au-dessous de la Fontaine Saint-Benoît, / au Temple du Goût. / M. DCC. LVIII. / *Avec Approbation & Privilége du Roi.*

72 pages pour le titre, la liste des acteurs au verso, le texte. Les variantes de cette édition, qui ne paraissent pas remonter à Marivaux, seront signalées en note, ainsi que les autres variantes qui sont insignifiantes. Dans un ou deux cas, le texte de 1758 appuie la correction nécessaire d'une erreur typographique.

---

pas « les meilleures pièces » de Marivaux, La Porte ajoute que le sujet de *La Joie imprévue* est celui « qui fournit le moins de plaisanteries ». (*L'Observateur littéraire*, 1759, tome I, p. 84.)

La Joie imprévue

ACTEURS

Monsieur Orgon.
Madame Dorville [1].
Constance, fille de Madame Dorville, maîtresse de Damon.
Damon, fils de Monsieur Orgon, amant de Constance.
Le Chevalier.
Lisette, suivante de Constance.
Pasquin, valet de Damon.

La scène est à Paris dans un jardin qui communique à un hôtel garni.

---

1. Écrit *d'Orville* dans les éditions de 1738 et 1758.

Scène première

DAMON, PASQUIN

Damon paraît triste.

PASQUIN, *suivant son maître, et d'un ton douloureux, un moment après qu'ils sont sur le théâtre.* Fasse le Ciel, Monsieur, que votre chagrin vous profite, et vous apprenne à mener une vie plus raisonnable !

DAMON. Tais-toi, laisse-moi seul.

PASQUIN. Non, Monsieur, il faut que je vous parle, cela est de conséquence.

DAMON. De quoi s'agit-il donc ?

PASQUIN. Il y a quinze jours que vous êtes à Paris...

DAMON. Abrège.

PASQUIN. Patience, Monsieur votre père vous a envoyé pour acheter une charge : l'argent de cette charge était en entier entre les mains de votre banquier, de qui vous avez déjà reçu la moitié, que vous avez jouée et perdue ; ce qui fait, par conséquent, que vous ne pouvez plus avoir que la moitié de votre charge ; et voilà ce qui est terrible.

DAMON. Est-ce là tout ce que tu as à me dire ?

PASQUIN. Doucement, Monsieur ; c'est qu'actuellement j'ai une charge aussi, moi, laquelle est de veiller sur votre conduite et de vous donner mes conseils. Pasquin, me dit Monsieur votre père la veille de notre départ, je connais ton zèle, ton jugement et ta prudence ; ne quitte jamais mon fils, sers-lui de guide, *gouverne ses actions et sa tête, regarde-le comme un dépôt que je te confie. Je le lui promis bien, je lui en donnai ma parole : je me fondais sur votre docilité, et je me suis trompé. Votre conduite, vous la voyez, elle est détestable ; mes conseils, vous les avez méprisés, vos fonds sont entamés, la moitié de votre argent est partie, et voilà mon dépôt dans le plus déplorable état du monde : il faut pourtant que j'en rende compte, et c'est ce qui fait ma douleur.

DAMON. Tu conviendras qu'il y a plus de malheur dans tout ceci que de ma faute. En arrivant à Paris, je me mets dans cet hôtel garni : j'y vois un jardin qui est commun à une autre maison, je m'y promène, j'y rencontre le Chevalier, avec qui, par hasard, je lie conversation ; il loge au même hôtel, nous mangeons à la même table, je vois que tout le monde joue après dîner, il me propose d'en faire autant, je joue, je gagne d'abord, je continue par compagnie, et insensiblement je perds beaucoup, sans aucune inclination pour le jeu ; voilà d'où cela vient ; mais ne t'inquiète point, je ne veux plus jouer qu'une fois pour regagner mon argent ; et j'ai un pressentiment que je serai heureux.

PASQUIN. Ah ! Monsieur, quel pressentiment ! Soyez sûr que c'est le Diable qui vous parle à l'oreille.

DAMON. Non, Pasquin, on ne perd pas toujours, je veux me remettre en état d'acheter la charge en question, afin que mon père ne sache rien de ce qui s'est passé : au surplus, c'est dans ce jardin que j'ai connu l'aimable Constance ; c'est ici où je la vois quelquefois, où je crois m'apercevoir qu'elle ne me hait pas, et ce bonheur est bien au-dessus de toutes mes pertes.

PASQUIN. Oh ! quant à votre amour pour elle, j'y consens, j'y donne mon approbation ; je vous dirai même que le plaisir de voir Lisette qui la *suit a extrêmement adouci les afflictions que vous m'avez données, je n'aurais pu les supporter sans elle ; il n'y a qu'une chose qui m'*intrigue : c'est que la mère de Constance, quand elle se promène ici avec sa fille, et que vous les abordez, ne me paraît pas fort touchée de votre compagnie, sa mine s'allonge, j'ai peur qu'elle ne vous trouve un étourdi ; vous êtes pourtant un assez joli garçon, assez bien fait mais, de temps en temps, vous avez dans votre air je ne sais quoi... qui marquerait... une tête légère... vous entendez bien ? Et ces têtes-là ne sont pas du goût des mères.

DAMON, *riant*. Que veut dire cet impertinent ?... Mais qui est-ce qui vient par cette autre allée du jardin ?

PASQUIN. C'est peut-être ce fripon de Chevalier qui vient chercher le reste de votre argent.

DAMON. Prends garde à ce que tu dis, et avance pour voir qui c'est.

Scène II

LE CHEVALIER, DAMON, PASQUIN

On voit paraître le Chevalier.

LE CHEVALIER. Où est ton maître, Pasquin ?

PASQUIN. Il est sorti, Monsieur.

LE CHEVALIER. Sorti ! Eh ! je le vois qui se promène. *D'où vient est-ce que tu me le caches ?

PASQUIN, *brusquement.* Je fais tout pour le mieux.

LE CHEVALIER. Bonjour, Damon. Ce valet ne voulait pas que je vous visse. Est-ce que vous avez affaire ?

DAMON. Non, c'est qu'il me rendait quelque compte qui ne presse pas.

PASQUIN. C'est que je n'aime pas ceux qui gagnent l'argent de mon maître.

LE CHEVALIER. Il le gagnera peut-être une autre fois.

PASQUIN. Tarare !

DAMON, *à Pasquin.* Tais-toi.

LE CHEVALIER. Laissez-le dire ; je lui sais bon gré de sa méchante humeur, puisqu'elle vient de son zèle.

PASQUIN. Ajoutez : de ma prudence.

DAMON, *à Pasquin.* Finiras-tu ?

LE CHEVALIER. Je n'y prends pas garde. Je vais dîner en ville, et je n'ai pas voulu partir sans vous voir.

DAMON. Ne reviendrez-vous pas ce soir ici pour être au bal ?

LE CHEVALIER. Je ne crois pas : il y a toute apparence qu'on m'engagera à souper où je vais.

DAMON. Comment donc ? Mais j'ai compté que ce soir vous me donneriez ma revanche.

LE CHEVALIER. Cela me sera difficile, j'ai même, ce matin, reçu une lettre qui, je crois, m'obligera à aller demain en *campagne pour quelques jours.

DAMON. En campagne ?

PASQUIN. Eh oui ! Monsieur, il fait si beau : Partez, Monsieur le Chevalier, et ne revenez pas, nos affaires ont grand besoin de votre absence ; il y a tant de châteaux dans les champs, amusez-vous à en ruiner quelqu'un.

DAMON, *à Pasquin.* Encore ?

LE CHEVALIER. Il commence à m'ennuyer.

DAMON. Chevalier, encore une fois, je vous attends ce soir.

LE CHEVALIER. Vous parlerai-je franchement ? Je ne joue jamais qu'argent comptant[1], et vous me dîtes hier que vous n'en aviez plus.

DAMON. Que cela ne vous arrête point, je n'ai qu'un pas à faire pour en avoir.

LE CHEVALIER. En ce cas-là, nous nous reverrons tantôt.

PASQUIN, *d'un ton dolent.* Hélas ! nous n'étions que blessés, nous voilà morts. *(À son maître.)* Monsieur, cet argent qui est à deux pas d'ici, n'est pas à vous, il est à Monsieur votre père, et vous savez bien que son intention n'est pas que Monsieur le Chevalier y ait part ; il ne lui en destine pas une obole.

DAMON. Oh ! je me fâcherai à la fin : retire-toi.

PASQUIN, *en colère.* Monsieur, je suis sûr que vous perdrez.

LE CHEVALIER, *en riant.* Puisse-t-il dire vrai, au reste.

PASQUIN, *au Chevalier.* Ah ! vous savez bien que je ne me trompe pas.

LE CHEVALIER, *comme ému.* Hem ?

PASQUIN. Je dis qu'il perdra, vous êtes un si habile homme, que vous jouez à coup sûr.

DAMON. Je crois que l'esprit lui tourne.

PASQUIN. Il n'y a pas de mal à dire que vous perdrez, quand c'est la vérité.

LE CHEVALIER. Voilà un insolent valet.

PASQUIN, *sans regarder.* Cela n'empêchera pas qu'il ne perde.

LE CHEVALIER. Adieu, jusqu'au revoir[2].

DAMON. Ne me manquez donc pas.

PASQUIN. Oh que non ! il vise trop juste pour cela.

Scène III

PASQUIN, DAMON

DAMON. Il faut avouer que tu abuses furieusement de ma patience : sais-tu la valeur des mauvais discours que tu viens de tenir, et qu'à la place du Chevalier, je refuserais de jouer davantage ?

---

1. Sur cette coutume des joueurs professionnels de ne jouer qu'en argent comptant, on verra par exemple la scène de *Manon Lescaut* où une dispute surgit entre Lescaut et un autre joueur qui lui demande crédit (éd. Deloffre-Picard, classiques Garnier, p. 115). Voir aussi p. 1590, note 1.   **2.** Il sort.

PASQUIN. C'est que vous avez du *cœur, et lui de l'*adresse [1].

DAMON. Mais pourquoi t'obstines-tu à soutenir qu'il gagnera ?

PASQUIN. C'est qu'il voudra gagner.

DAMON. T'a-t-on dit quelque chose de lui ? T'a-t-on donné quelque avis ?

PASQUIN. Non, je n'en ai point reçu d'autre que de sa mine ; c'est elle qui m'a dit tout le mal que j'en sais.

DAMON. Tu extravagues.

PASQUIN. Monsieur, je m'y ferais hacher, il n'y a point d'honnête homme qui puisse avoir ce visage-là : Lisette, en le voyant ici, en convenait hier avec moi.

DAMON. Lisette ? Belle autorité !

PASQUIN. Belle autorité ! C'est pourtant une fille qui, du premier coup d'œil, a senti tout ce que je valais.

DAMON, *riant et partant.* Ha ! ha ! ha ! Tu me donnes une grande idée de sa pénétration ; je vais chez mon banquier, c'est aujourd'hui jour de poste, ne t'éloigne pas.

PASQUIN. Arrêtez, Monsieur, on nous a interrompus, je ne vous ai pas quand je veux, et mes ordres portent aussi, attendu cette légèreté d'esprit dont je vous ai parlé, que je tiendrai la main à ce que vous exécutiez tout ce que Monsieur votre père vous a dit de faire, et voici un petit agenda où j'ai tout écrit. *(Il lit.) Liste des articles et commissions recommandés par Monsieur Orgon à Monsieur Damon son fils aîné, sur les *déportements, faits, gestes, et exactitude duquel il est enjoint à moi Pasquin, son serviteur, d'apporter mon inspection et contrôle* [2].

DAMON, *riant.* Inspection et contrôle !

PASQUIN. Oui, Monsieur, ce sont mes fonctions ; c'est, comme qui dirait, gouverneur.

---

1. L'implication est claire, si l'on songe au sens du mot *adresse* à l'époque et à propos de jeu : le chevalier est un de ces tricheurs professionnels affiliés à la *Ligue de l'Industrie*. Voir encore *Manon Lescaut*, éd. cit., pp. 62 et 118.
2. Corneille et Molière ont souvent tiré un effet spécial, dans une scène de comédie, de la lecture d'une lettre ou d'un billet. Très sensible à la différence entre le style écrit et le style oral, Marivaux porte le procédé à son point de perfection. Tantôt, dans les scènes sérieuses, le style de la lettre se distingue seulement par une sorte de qualité littéraire (seconde *Surprise*, acte I, sc. VII) ; tantôt il produit, dans une scène de ton moyen, un effet de raideur et de convention *(Jeu de l'amour...*, acte I, sc. IV) ; tantôt enfin, comme ici, en adoptant pour sa lettre, à la façon d'un Regnard, un style technique très appuyé, Marivaux crée un effet de franc comique.

DAMON. Achève.

PASQUIN. Premièrement. *Aller chez Monsieur Lourdain, banquier, recevoir la somme de...* Le cœur me manque, je ne saurais la prononcer. La belle et copieuse somme que c'était ! Nous n'en avons plus que les débris ; vous ne vous êtes que trop ressouvenu d'elle, et voilà l'article de mon mémoire le plus maltraité.

DAMON. Finis, ou je te laisse.

PASQUIN. Secondement. *Le pupille ne manquera de se transporter chez Monsieur Raffle, procureur, pour lui remettre des papiers.*

DAMON. Passe, cela est fait.

PASQUIN. Troisièmement. *Aura soin le sieur Pasquin de presser le sieur Damon...*

DAMON. Parle donc, maraud, avec ton sieur Damon.

PASQUIN. Style de précepteur... *De presser le sieur Damon de porter une lettre à l'adresse de Madame...* : Attendez... ma foi, c'est *Madame Dorville, rue Galante* [1], dans la rue où nous sommes.

DAMON. Madame Dorville : Est-ce là le nom de l'adresse ? je ne l'avais pas seulement lue. Eh ! parbleu ! ce serait donc la mère de Constance, Pasquin ?

PASQUIN. C'est elle-même, sans doute, qui loge dans cette maison, d'où elle passe dans le jardin de votre hôtel. Voyez ce que c'est, faute d'exactitude, nous négligions la lettre du monde la plus importante, et qui va nous donner accès dans la maison.

DAMON. J'étais bien éloigné de penser que j'avais en main quelque chose d'aussi favorable ; je ne l'ai pas même sur moi, cette lettre, que je ne devais rendre qu'à loisir. Mais par où mon père connaît-il Madame Dorville ?

PASQUIN. Oh ! pardi, depuis le temps qu'il vit, il a eu le temps de faire des connaissances.

DAMON. Tu me fais grand plaisir de me rappeler cette lettre ; voilà de quoi m'introduire chez Madame Dorville, et j'irai la lui remettre au retour de chez mon banquier : je pars, ne t'écarte pas.

PASQUIN, *d'un ton triste.* Monsieur, comme vous en rapporterez le reste de votre argent, je vous demande en grâce que je le voie avant que vous le jouiez, je serais bien aise de lui dire adieu.

DAMON, *en s'en allant.* Je me moque de ton pronostic.

---

1. L'édition de 1758 portant ici par inadvertance *rue Galate*, cette erreur passe dans les éditions ultérieures.

Scène IV

DAMON, LISETTE, PASQUIN

DAMON, *s'en allant, rencontre Lisette qui arrive.* Ah ! te voilà, Lisette ? ta maîtresse viendra-t-elle tantôt se promener ici avec sa mère ?

LISETTE. Je crois qu'oui, Monsieur.

DAMON. Lui parles-tu quelquefois de moi ?

LISETTE. Le plus souvent c'est elle qui me prévient.

DAMON. Que tu me charmes ! Adieu, Lisette, continue, je te prie, d'être dans mes intérêts.

Scène V

LISETTE, PASQUIN

PASQUIN, *s'approchant de Lisette.* Bonjour, ma fille, bonjour, mon cœur ; serviteur à mes amours.

LISETTE, *le repoussant un peu.* Tout doucement.

PASQUIN. Qu'est-ce donc, beauté de mon âme ? D'où te vient cet air grave et *rembruni ?

LISETTE. C'est que j'ai à te parler, et que je rêve : tu dis que tu m'aimes, et je suis en peine de savoir si je fais bien de te le rendre.

PASQUIN. Mais, ma mie, je ne comprends pas votre scrupule ; n'êtes-vous pas convenue avec moi que je suis aimable ? Eh donc !

LISETTE. Parlons sérieusement ; je n'aime point les amours qui n'aboutissent à rien.

PASQUIN. Qui n'aboutissent à rien ! Pour qui me prends-tu donc ? Veux-tu des sûretés ?

LISETTE. J'entends qu'il me faut un mari, et non pas un amant.

PASQUIN. Pour ce qui est d'un amant, avec un mari comme moi, tu n'en auras que faire.

LISETTE. Oui : mais si notre mariage ne se fait jamais ? si Madame Dorville, qui ne connaît point ton maître, marie sa fille à un autre, comme il y a quelque apparence [1]. Il y a quelques jours qu'il lui échappa qu'elle avait des vues, et c'est sur quoi nous raisonnions tantôt, Constance et moi, de façon qu'elle est fort inquiète, et de temps en temps, nous sommes toutes deux tentées de vous laisser là.

---

1. Édition de 1758 et éditions suivantes : *toute apparence.*

PASQUIN. Malepeste ! gardez-vous-en bien ; je suis d'avis même que nous vous donnions, mon maître et moi, chacun notre portrait, que vous regarderez, pour vaincre la tentation de nous quitter.

LISETTE. Ne badine point : j'ai charge de ma maîtresse de t'interroger adroitement sur de certaines choses. Il s'agit de savoir ce que tout cela peut devenir, et non pas de s'attacher imprudemment à des inconnus qu'il faut quitter, et qu'on regrette souvent plus qu'ils ne valent.

PASQUIN. M'amour, un peu de politesse dans vos réflexions.

LISETTE. Tu sens bien qu'il serait désagréable d'être obligée de donner sa main d'un côté, pendant qu'on laisserait son cœur d'un autre : ainsi voyons : tu dis que ton maître a du bien et de la naissance : que ne se propose-t-il donc ? Que ne nous fait-il donc demander en mariage ? Que n'écrit-il à son père qu'il nous aime, et que nous lui convenons ?

PASQUIN. Eh ! morbleu ! laisse-nous donc arriver à Paris ; à peine y sommes-nous. Il n'y a que huit jours que nous nous connaissons... Encore, comment nous connaissons-nous ? Nous nous sommes rencontrés, et voilà tout.

LISETTE. Qu'est-ce que cela signifie, rencontrés ?

PASQUIN. Oui, vraiment : ce fut le Chevalier, avec qui nous étions, qui aborda la mère dans le jardin ; ce qui continue de notre part [1] : de façon que nous ne sommes encore que des amants qui s'abordent, en attendant qu'ils se fréquentent : il est vrai que c'en est assez pour s'aimer, et non [2] pas pour se demander en mariage, surtout quand on a des mères qui ne voudraient pas d'un gendre de rencontre. Pour ce qui est de nos parents, nous ne leur avons, depuis notre arrivée, écrit que deux petites lettres, où il n'a pu être question de vous, ma fille : à la première, nous ne savions pas seulement que vos beautés étaient au monde ; nous ne l'avons su qu'une heure avant la seconde ; mais à la troisième, on mandera qu'on les a vues, et à la quatrième, qu'on les adore. Je défie qu'on aille plus vite.

LISETTE. Je crains que la mère, qui a ses desseins, n'aille plus vite encore.

---

1. Il faut comprendre que les civilités échangées entre le chevalier et la mère sont suivies de civilités échangées entre Damon et Pasquin, qui accompagnent le chevalier, d'une part, Constance et Lisette, qui accompagnent Mme Dorville, d'autre part.   2. Duviquet et les éditeurs ultérieurs corrigent sans nécessité *et non* en *mais non*.

PASQUIN, *d'un ton adroit.* En ce cas-là, si vous voulez, nous pourrons aller encore plus vite qu'elle.

LISETTE, *froidement.* Oui, mais les expédients[1] ne sont pas de notre goût ; et en mon particulier, je congédierais, avec un soufflet ou deux, le coquin qui oserait me le proposer.

PASQUIN. S'il n'y avait que le soufflet à essuyer, je serais volontiers ce coquin-là, mais je ne veux pas du congé.

LISETTE. Achevons ; dis-moi, cette charge que doit avoir ton maître est-elle achetée ?

PASQUIN. Pas encore, mais nous la marchandons.

LISETTE, *d'un air incrédule et tout riant.* Vous la marchandez ?

PASQUIN. Sans doute ; t'imagines-tu qu'on achète une charge considérable comme on achète un ruban ? Toi qui parles, quand tu fais l'emplette d'une étoffe, prends-tu le marchand au mot ? On te surfait, tu rabats, tu te retires, on te rappelle, et à la fin on lâche la *main de part et d'autre, et nous la lâcherons, quand il en sera temps.

LISETTE, *d'un air incrédule.* Pasquin, est-il réellement question d'une charge ? Ne me trompes-tu pas ?

PASQUIN. Allons, allons, tu te moques ; je n'ai point d'autre réponse à cela que de te montrer ce minois. *(Il montre son visage.)* Cette face d'honnête homme que tu as trouvée si belle et si pleine de candeur...

LISETTE. Que sait-on ? ta physionomie vaut peut-être mieux que toi[2] ?

PASQUIN. Non, ma mie, non, on n'y voit qu'un échantillon de mes bonnes qualités, tout le monde en convient ; informez-vous.

LISETTE. Quoi qu'il en soit, je conseille à ton maître de faire ses *diligences. Mais voilà quelqu'un qui paraît avoir envie de te parler ; adieu, nous nous reverrons tantôt.

---

1. Texte de l'original. Certaines éditions corrigent en « expéditions » au lieu d'expédients, et le mot nécessite alors souvent des notes peu probantes.
2. Cette distinction plaisante en a inspiré une autre à Beaumarchais à propos de Figaro, qui prétend valoir mieux que sa réputation.

Scène VI

MONSIEUR ORGON, PASQUIN

PASQUIN, *considérant Monsieur Orgon, qui de loin l'observe.* J'ôterais mon chapeau à cet homme-là, si je ne m'en empêchais pas, tant il ressemble au père de mon maître. *(Orgon se rapproche.)* Mais, ma foi, il lui ressemble trop, c'est lui-même. *(Allant après Orgon.)* Monsieur, Monsieur Orgon !

MONSIEUR ORGON. Tu as donc bien de la peine à me reconnaître, faquin ?

PASQUIN, *les premiers mots à part.* Ce début-là m'inquiète... Monsieur... comme vous êtes ici, pour ainsi dire, en fraude, je vous prenais pour une copie de vous-même... tandis que l'original était en province.

MONSIEUR ORGON. Eh ! tais-toi, maraud, avec ton original et ta copie.

PASQUIN. Monsieur, j'ai bien de la joie à vous revoir, mais votre accueil est triste ; vous n'avez pas l'air aussi serein qu'à votre ordinaire.

MONSIEUR ORGON. Il est vrai que j'ai fort sujet d'être content de ce qui se passe.

PASQUIN. Ma foi, je n'en suis pas plus content que vous ; mais vous savez donc nos aventures ?

MONSIEUR ORGON. Oui, je les sais, oui, il y a quinze jours que vous êtes ici, et il y en a autant que j'y suis ; je partis le lendemain de votre départ, je vous ai rattrapé[1] en chemin, je vous ai suivi jusqu'ici, et vous ai fait observer depuis que vous y êtes ; c'est moi qui ai dit au banquier de ne délivrer à mon fils qu'une partie de l'argent destiné à l'acquisition de sa charge, et de le *remettre pour le reste ; on m'a appris qu'il a joué, et qu'il a perdu. Je sors actuellement de chez ce banquier[2], j'y ai laissé mon fils qui ne m'y a pas vu, et qu'on va achever de payer ; mais je ne laisserai pas le reste de la somme à sa discrétion, et j'ai dit qu'on l'*amusât pour me donner le temps de venir te parler.

PASQUIN. Monsieur, puisque vous savez tout, vous savez sans doute que ce n'est pas ma faute.

---

1. Texte de l'édition originale. Celle de 1758 fait l'accord, ici et plus loin (*rattrapés* et *suivis*). Voir la Note grammaticale, article *participe passé*, p. 2265.
2. L'édition de 1758 porte : *chez mon banquier.*

Monsieur Orgon. Ne devais-tu pas parler à Damon, et tâcher de le détourner de son extravagance ? Jouer, contre le premier venu, un argent dont je lui avais marqué l'emploi !

Pasquin. Ah ! Monsieur, si vous saviez les remontrances que je lui ai faites ! Ce jardin-ci m'en est témoin, il m'a vu pleurer, Monsieur : mes larmes apparemment ne sont pas touchantes ; car votre fils n'en a tenu compte, et je conviens avec vous que c'est un *étourdi, un évaporé, un *libertin qui n'est pas digne de vos bontés.

Monsieur Orgon. Doucement, il mérite les noms que tu lui donnes, mais ce n'est pas à toi à les lui donner.

Pasquin. Hélas ! Monsieur, il ne les mérite pas non plus ; et je ne les lui donnais que par complaisance pour votre colère et pour ma justification : mais la vérité est que c'est un fort estimable jeune homme, qui n'a joué que par politesse, et qui n'a perdu que par malheur.

Monsieur Orgon. Passe encore s'il n'avait pas d'inclination pour le jeu.

Pasquin. Eh ! non, Monsieur, je vous dis que le jeu l'ennuie ; il y bâille, même en y gagnant : vous le trouverez un peu changé, car il vous craint, il vous aime. Oh ! cet enfant-là a pour vous un amour qui n'est pas croyable.

Monsieur Orgon. Il me l'a toujours paru, et j'avoue que jusqu'ici je n'ai rien vu que de louable en lui ; je voulais achever de le connaître : il est jeune, il a fait une faute, il n'y a rien d'étonnant, et je la lui pardonne, pourvu qu'il la *sente ; c'est ce qui décidera de son caractère : ce sera un peu d'argent qu'il m'en coûtera, mais je ne le regretterai point si son imprudence le corrige.

Pasquin. Oh ! voilà qui est fait, Monsieur, je vous le garantis rangé pour le reste de sa vie, il m'a juré qu'il ne jouerait plus qu'une fois.

Monsieur Orgon. Comment donc ! il veut jouer encore ?

Pasquin. Oui, Monsieur, rien qu'une fois, parce qu'il vous aime ; il veut rattraper son argent, afin que vous n'ayez pas le chagrin de savoir qu'il l'a perdu ; il n'y a rien de si tendre ; et ce que je vous dis là est exactement vrai.

Monsieur Orgon. Est-ce aujourd'hui qu'il doit jouer ?

Pasquin. Ce soir même, pendant le bal qu'on doit donner ici, et où se doit trouver un certain Chevalier qui lui a gagné son argent, et qui est homme à lui gagner le reste.

Monsieur Orgon. C'est donc pour ce beau projet qu'il est allé chez le banquier ?

PASQUIN. Oui, Monsieur.

MONSIEUR ORGON. Le Chevalier et lui seront-ils masqués ?

PASQUIN. Je n'en sais rien, mais je crois qu'oui, car il y a quelques jours qu'il y eut ici un bal[1] où ils étaient tous deux ; mon maître a même encore son domino vert qu'il a gardé pour ce bal-ci, et je pense que le Chevalier, qui loge au même hôtel, a aussi gardé le sien qui est jaune.

MONSIEUR ORGON. Tâche de savoir cela bien précisément, et viens m'en informer tantôt à ce café attenant l'hôtel, où tu me trouveras ; j'y serai sur les six heures du soir.

PASQUIN. Et moi, vous m'y verrez à six heures frappantes.

MONSIEUR ORGON, *tirant une lettre de sa poche*. Garde-toi, surtout, de dire à mon fils que je suis ici, je te le défends, et remets-lui cette lettre comme venant de la poste ; mais ce n'est pas là tout : on m'a dit aussi qu'il voit souvent dans ce jardin une jeune personne qui vient s'y promener avec sa mère ; est-ce qu'il l'aime ?

PASQUIN. Ma foi, Monsieur, vous êtes bien servi ; sans doute qu'on vous aura parlé aussi de ma tendresse... n'est-il pas vrai ?

MONSIEUR ORGON. Passons, il n'est pas question de toi.

PASQUIN. C'est que nos déesses sont camarades.

MONSIEUR ORGON. N'est-ce pas la fille de Madame Dorville ?

PASQUIN. Oui, celle de mon maître.

MONSIEUR ORGON. Je la connais, cette Madame Dorville, et il faut que mon fils ne lui ait pas rendu la lettre que je lui ai écrite, puisqu'il ne la voit pas chez elle.

PASQUIN. Il l'avait oubliée, et il doit la lui remettre à son retour ; mais, Monsieur, cette Madame Dorville est-elle bien de vos amies ?

MONSIEUR ORGON. Beaucoup.

PASQUIN, *enchanté et caressant Monsieur Orgon*. Ah, que vous êtes charmant ! Pardonnez mon transport, c'est l'amour qui le cause ; il ne tiendra qu'à vous de faire notre fortune.

MONSIEUR ORGON. C'est à quoi je pense. Constance et Damon doivent être mariés ensemble.

PASQUIN, *enchanté*. Cela est adorable !

MONSIEUR ORGON. Sois discret, au moins.

PASQUIN. Autant qu'amoureux.

MONSIEUR ORGON. Souviens-toi de tout ce que je t'ai dit. Quelqu'un

---

1. On est en carnaval, ce qui explique la fréquence et la nature des bals.

vient, je ne veux pas qu'on me voie, et je me retire avant que mon fils arrive.

PASQUIN, *quand Orgon*[1] *s'en va.* C'est Lisette, Monsieur, voyez qu'elle a bonne mine !

MONSIEUR ORGON, *se retournant.* Tais-toi.

Scène VII

PASQUIN, LISETTE

PASQUIN, *à part.* Allons, modérons-nous.

LISETTE, *d'un air sérieux et triste.* Je te cherchais.

PASQUIN, *d'un air souriant.* Et moi j'avais envie de te voir.

LISETTE. Regarde-moi bien, ce sera pour longtemps, j'ai ordre de ne te plus voir.

PASQUIN, *d'un air badin.* Ordre !

LISETTE. Oui, ordre, oui, il n'y a point à plaisanter.

PASQUIN, *toujours riant.* Et dis-moi, auras-tu de la peine à obéir ?

LISETTE. Et dis-moi, à ton tour, un animal qui me répond sur ce ton-là mérite-t-il qu'il m'en coûte ?

PASQUIN, *toujours riant.* Tu es donc fâchée de ce que je ris ?

LISETTE, *le regardant.* La cervelle t'aurait-elle subitement tourné, par hasard ?

PASQUIN. Point du tout, je n'eus jamais tant de bon sens, ma tête est dans toute sa force.

LISETTE. C'est donc la tête d'un grand maraud : ah, l'indigne !

PASQUIN. Ah, quelles délices ! Tu ne m'as jamais rien dit de si touchant.

LISETTE, *le considérant.* La maudite race que les hommes ! J'aurais juré qu'il m'aimait.

PASQUIN, *riant.* Bon, t'aimer ! je t'adore.

LISETTE. Écoute-moi, monstre, et ne réplique plus. Tu diras à ton maître, de la part de Madame Dorville, qu'elle le prie de ne plus parler à Constance, que c'est une liberté qui lui déplaît, et qu'il s'en abstiendra, s'il est galant homme ; ce[2] dont l'impudence du valet fait que je doute. Adieu.

---

1. Édition de 1758 : *quand Monsieur Orgon.* **2.** Parmi les corrections arbitraires des éditions modernes, signalons ici l'absence du mot *ce*, qui donne à la phrase un air archaïque, alors que les éditions de 1738 et 1758 portent bien *ce dont.*

PASQUIN. Oh ! j'avoue que je ne me sens pas d'aise, et cependant tu t'abuses : je suis plein d'amour, là, ce qu'on appelle plein, mon cœur en a pour quatre, en vérité, tu le verras.

LISETTE, *s'arrêtant*. Je le verrai ? Que veux-tu dire ?

PASQUIN. Je dis... que tu verras ; oui, ce qu'on appelle voir... Prends patience.

LISETTE, *comme à part*. Tout bien examiné, je lui crois pourtant l'esprit en mauvais état.

Scène VIII

LISETTE, PASQUIN, DAMON

DAMON. Ah ! Lisette, je te trouve à propos.

LISETTE. Un peu moins que vous ne pensez ; ne me retenez pas, Monsieur, je ne saurais rester : votre homme sait les nouvelles, qu'il vous les dise.

PASQUIN, *riant*. Ha, ha, ha. Ce n'est rien, c'est qu'elle a des ordres qui me divertissent. Madame Dorville s'emporte, et prétend que nous supprimions tout commerce avec elle ; notre fréquentation dans le jardin n'est pas de son goût, dit-elle ; elle s'imagine que nous lui déplaisons, cette bonne femme !

DAMON. Comment ?

LISETTE. Oui, Monsieur : voilà ce qui le réjouit, il n'est plus permis à Constance de vous dire le moindre mot, on vous prie de la laisser en repos, vous êtes proscrit, tout entretien nous est interdit avec vous, et même, en vous parlant, je fais actuellement un crime.

DAMON, *à Pasquin*. Misérable ! et tu ris de ce qui m'arrive.

PASQUIN. Oui, Monsieur, c'est une bagatelle ; Madame Dorville ne sait ce qu'elle dit, ni de qui elle parle ; je vous retiens ce soir à souper chez elle. Votre vin est-il bon, Lisette ?

DAMON. Tais-toi, faquin, tu m'*indignes.

LISETTE, *à part, à Damon*. Monsieur, ne lui trouvez-vous pas dans les yeux quelque chose d'égaré ?

PASQUIN, *à Damon, en riant*. Elle me croit timbré, n'est-ce pas ?

LISETTE. Voici Madame que je vois de loin se promener ; adieu, Monsieur, je vous quitte, et je vais la joindre.

Elle s'en va. Pasquin bat du pied sans répondre.

Scène IX

DAMON, PASQUIN

DAMON, *parlant à lui-même*. Que je suis à plaindre !

PASQUIN, *froidement*. Point du tout, c'est une erreur.

DAMON. Va-t'en, va-t'en, il faut effectivement que tu sois ivre ou fou.

PASQUIN, *sérieusement*. Erreur sur erreur. Où est votre lettre pour cette Madame Dorville ?

DAMON. Ne t'en embarrasse pas. Je vais la lui remettre, dès que j'aurai porté mon argent chez moi. Viens, suis-moi.

PASQUIN, *froidement*. Non, je vous attends ici ; allez vite, nous nous *amuserions l'un et l'autre, et il n'y a point de temps à perdre ; tenez, prenez ce paquet que je viens de recevoir du facteur, il est de votre père.

Damon prend la lettre, et s'en va en regardant Pasquin.

Scène X

MADAME DORVILLE, CONSTANCE, LISETTE, PASQUIN

PASQUIN, *seul*. Nos gens s'approchent, ne bougeons. *(Il chante.)* La, la, rela.

MADAME DORVILLE, *à Lisette*. Avez-vous parlé à ce garçon de ce que je vous ai dit ?

LISETTE. Oui, Madame.

PASQUIN, *saluant Madame Dorville*. Par ce garçon, n'est-ce pas moi que vous entendez, Madame ? Oui, je sais ce dont il est question, et j'en ai instruit mon maître ; mais ce n'est pas là votre dernier mot, Madame, vous changerez de sentiment ; je prends la liberté de vous le dire, nous ne sommes pas si mal dans votre esprit.

MADAME DORVILLE. Vous êtes bien hardi, mon ami ; allez, passez votre chemin.

PASQUIN, *doucement*. Madame, je vous demande pardon ; mais je ne passe point, je reste, je ne vais pas plus loin.

MADAME DORVILLE. Qu'est-ce que c'est que cet impertinent-là ? Lisette, dites-lui qu'il se retire.

LISETTE, *en priant Pasquin*. Eh ! va-t'en, mon pauvre Pasquin, je t'en prie. *(À part.)* Voilà une démence bien étonnante ! *(Et à sa maîtresse.)* Madame, c'est qu'il est un peu *imbécile.

PASQUIN, *souriant froidement*. Point du tout, c'est seulement que je sais dire la bonne aventure. Jamais Madame ne séparera sa fille et mon maître. Ils sont faits pour s'aimer ; c'est l'avis des astres et le vôtre.

MADAME DORVILLE. Va-t'en. *(Et puis regardant Constance.)* Ils sont nés pour s'aimer ! Ma fille, vous aurait-il entendu dire quelque chose qui ait pu lui donner cette idée ? Je me persuade que non, vous êtes trop bien née pour cela.

CONSTANCE, *timidement et tristement*. Assurément, ma mère.

MADAME DORVILLE. C'est que Damon vous aura dit, sans doute, quelques galanteries ?

CONSTANCE. Mais, oui.

LISETTE. C'est un jeune homme fort estimable.

MADAME DORVILLE. Peut-être même vous a-t-il parlé d'amour ?

CONSTANCE, *tendrement*. Quelques mots approchants.

LISETTE. Je ne plains pas celle qui l'épousera.

MADAME DORVILLE, *à Lisette*. Taisez-vous. *(À Constance.)* Et vous en avez badiné ?

CONSTANCE. Comme il s'expliquait d'une façon très respectueuse, et de l'air de la meilleure foi ; que, d'ailleurs, j'étais le plus souvent avec vous, et que je ne prévoyais pas que vous me défendriez de le voir, je n'ai pas cru devoir me fâcher contre un si honnête homme.

MADAME DORVILLE, *d'un air mystérieux*. Constance, il était temps que vous ne le vissiez plus.

PASQUIN, *de loin*. Et moi, je dis que voici le temps qu'ils se verront bien autrement.

MADAME DORVILLE. Retirons-nous, puisqu'il n'y a pas moyen de se défaire de lui.

PASQUIN, *à part*. Où est cet étourdi qui ne vient point avec sa lettre ?

Scène XI

MADAME DORVILLE, CONSTANCE, LISETTE, PASQUIN, DAMON, *qui arrête Madame Dorville comme elle s'en va, et la salue, la lettre à la main, sans lui rien dire*

MADAME DORVILLE. Monsieur, vous êtes instruit de mes intentions, et j'espérais que vous y auriez plus d'égard. Retirez-vous, Constance.

DAMON. Quoi ! Constance sera privée du plaisir de se promener, parce que j'arrive !

MADAME DORVILLE. Il n'est plus question de se voir, Monsieur, j'ai des vues pour ma fille qui ne s'accordent plus avec de pareilles galanteries. *(À Constance.)* Retirez-vous donc.

CONSTANCE. Voilà la première fois que vous me le dites.

Elle part et retourne la tête.

PASQUIN, *à Damon, à part.* Allons vite à la lettre.

DAMON. Je suis si mortifié du trouble que je cause ici, que je ne songeais pas a vous rendre cette lettre, Madame. *(Il lui présente la lettre.)*

MADAME DORVILLE. À moi, Monsieur, et de quelle part, s'il vous plaît ?

DAMON. De mon père, Madame.

PASQUIN. Oui, d'un gentilhomme de votre ancienne connaissance.

LISETTE, *à Pasquin pendant que Madame Dorville ouvre le paquet.* Tu ne m'as rien dit de cette lettre.

PASQUIN, *vite.* Ne t'abaisse point à parler à un fou.

MADAME DORVILLE, *à part, en regardant Pasquin.* Ce valet n'est pas si extravagant. *(À Damon.)* Monsieur, cette lettre me fait grand plaisir, je suis charmée d'apprendre des nouvelles de Monsieur votre père.

LISETTE, *à Pasquin.* Je te fais réparation.

DAMON. Oserais-je me flatter que ces nouvelles me seront un peu favorables ?

MADAME DORVILLE. Oui, Monsieur, vous pouvez continuer de nous voir, je vous le permets ; je ne saurais m'en dispenser avec le fils d'un si honnête homme.

LISETTE, *à part, à Pasquin.* À merveille, Pasquin.

PASQUIN, *à part, à Lisette.* Non, j'extravague.

MADAME DORVILLE, *à Damon.* Cependant, les vues que j'avais pour ma fille subsistent toujours, et plus que jamais, puisque je la marie incessamment.

DAMON. Qu'entends-je ?

LISETTE, *à part, à Pasquin.* Je n'y suis plus.

PASQUIN. J'y suis toujours.

MADAME DORVILLE. Suivez-moi dans cette autre allée, Lisette, j'ai à vous parler. *(À Damon.)* Monsieur, je suis votre servante.

DAMON, *tristement.* Non, Madame, il vaut mieux que je me retire pour vous laisser libre [1].

---

1. Damon sort, et Pasquin le suit.

Scène XII

MADAME DORVILLE, LISETTE

LISETTE. Hélas ! vous venez de le désespérer.

MADAME DORVILLE. Dis-moi naturellement : ma fille a-t-elle de l'inclination pour lui ?

LISETTE. Ma foi, tenez, c'est lui qu'elle choisirait, si elle était sa maîtresse.

MADAME DORVILLE. Il me paraît avoir du mérite.

LISETTE. Si vous me consultez, je lui donne ma voix ; je le choisirais pour moi.

MADAME DORVILLE. Et moi je le choisis pour elle.

LISETTE. Tout de bon ?

MADAME DORVILLE. C'est positivement à lui que je destinais Constance.

LISETTE. Voilà quatre jeunes gens qui seront bien contents.

MADAME DORVILLE. Quatre ! Je n'en connais que deux.

LISETTE. Si fait : Pasquin et moi nous sommes les deux autres.

MADAME DORVILLE. Ne dis rien de ceci à ma fille, non plus qu'à Damon, Lisette ; je veux les surprendre, et c'est aussi l'intention du père qui doit arriver incessamment, et qui me prie de cacher à son fils, s'il aime ma fille, que nous avons dessein d'en faire mon gendre ; il se ménage, dit-il, le plaisir de paraître obliger Damon en consentant à ce mariage.

LISETTE. Je vous promets le secret ; il faut que Pasquin soit instruit, et qu'il ait eu ses raisons pour m'avoir tu ce qu'il sait ; je ne m'étonne plus que mes injures l'aient tant diverti ; je lui ai donné la comédie, et je prétends qu'il me la rende.

MADAME DORVILLE. Rappelez Constance.

LISETTE. La voici qui vient vous trouver, et je vais vous aider à la tromper.

Scène XIII

MADAME DORVILLE, CONSTANCE, LISETTE

MADAME DORVILLE. Approchez, Constance. Je disais à Lisette que je vais vous marier.

LISETTE, *d'un ton froid*. Oui, et depuis que Madame m'a confié ses desseins, je suis fort de son sentiment ; je trouve que le parti vous convient.

CONSTANCE, *mutine avec timidité*[1]. Ce ne sont pas là vos affaires.

LISETTE. Je dois m'intéresser à ce qui vous regarde, et puis on m'a fait l'honneur de me communiquer les choses.

CONSTANCE, *à part, à Lisette en lui faisant la moue*. Vous êtes *jolie !

MADAME DORVILLE. Qu'avez-vous, ma fille ? Vous me paraissez triste.

CONSTANCE. Il y a des moments où l'on n'est pas gaie.

LISETTE. Qui est-ce qui n'a pas l'humeur inconstante ?

CONSTANCE, *toujours piquée*. Qui est-ce qui vous parle ?

LISETTE. Eh ! mais je vous excuse.

MADAME DORVILLE. À l'aigreur que vous montrez, Constance, on dirait que vous regrettez Damon... Vous ne répondez rien ?

CONSTANCE. Mais je l'aurais trouvé assez à mon gré, si vous me l'aviez permis, au lieu que je ne connais pas l'autre.

LISETTE. Allez, si j'en crois Madame, l'autre le vaut bien.

CONSTANCE, *à part, à Lisette*. Vous me *fatiguez.

MADAME DORVILLE. Damon vous plaît, ma fille ? je m'en suis doutée, vous l'aimez.

CONSTANCE. Non, ma mère, je n'ai pas osé.

LISETTE. Quand elle l'aimerait, Madame, vous connaissez sa soumission, et vous n'avez pas de résistance à craindre.

CONSTANCE, *à part, à Lisette*. Y a-t-il rien de plus méchant que vous ?

MADAME DORVILLE. Ne dissimulez point, ma fille, on peut ou hâter ou retarder le mariage dont il s'agit ; parlez nettement : est-ce que vous aimez Damon ?

CONSTANCE, *timidement et hésitant*. Je ne l'ai encore dit à personne.

LISETTE, *froidement*. Je suis pourtant une personne, moi.

CONSTANCE. Vous mentez, je ne vous ai jamais dit que je l'aimais, mais seulement qu'il était *aimable : vous m'en avez dit mille biens vous-même ; et puisque ma mère veut que je m'explique avec franchise, j'avoue qu'il m'a prévenue en sa faveur. Je ne demande pourtant pas que vous ayez égard à mes sentiments, ils me sont venus

---

1. On comparera la révolte timide de Constance avec celle d'Angélique dans *L'École des mères*, scène v. Mais le spectateur, qui sait qu'il ne s'agit que d'un jeu, s'intéresse moins à sa résistance qu'à celle d'Angélique. Aussi Marivaux exploite-t-il la situation dans un sens comique en faisant retomber la colère de Constance sur la suivante, qui n'en peut mais.

sans que je m'en aperçusse. Je les aurais combattus, si j'y avais pris
garde, et je tâcherai de les surmonter, puisque vous me l'ordonnez ;
il aurait pu devenir mon époux, si vous l'aviez voulu ; il a de la
naissance et de la fortune, il m'aime beaucoup ; ce qui est avantageux en pareil cas, et ce qu'on ne rencontre pas toujours. Celui que
vous me destinez feindra peut-être plus d'amour qu'il n'en aura ; je
n'en aurai peut-être point pour lui, quelque envie que j'aie d'en
avoir ; cela ne dépend pas de nous. Mais n'importe, mon obéissance
dépend de moi. Vous rejetez Damon, vous préférez l'autre, je
l'épouserai. La seule grâce dont j'ai besoin, c'est que vous m'accordiez du temps pour me mettre en état de vous obéir d'une manière
moins pénible.

LISETTE. Bon ! quand vous aurez vu le futur, vous ne serez peut-
être pas fâchée qu'on *expédie, et mon avis n'est pas qu'on recule.

CONSTANCE. Ma mère, je vous conjure de la faire taire, elle abuse
de vos bontés ; il est indécent qu'un domestique se mêle de cela.

MADAME DORVILLE, *en s'en allant*. Je pense pourtant comme elle,
il sera mieux de ne pas différer votre mariage. Adieu ; promenez-
vous, je vous laisse. Si vous rencontrez Damon, je vous permets de
souffrir qu'il vous aborde ; vous me paraissez si raisonnable que ce
n'est pas la peine de vous rien défendre là-dessus.

Scène XIV

CONSTANCE, LISETTE

LISETTE, *d'un air plaisant*. En vérité, voilà une mère fort raisonnable aussi, elle a un très bon procédé.

CONSTANCE. Faites vos réflexions à part, et point de conversation
ensemble.

LISETTE. À la bonne heure, mais je n'aime point le silence, je vous
en avertis ; si je ne parle, je m'en vais, vous ne pourrez rester seule,
il faudra que vous vous retiriez, et vous ne verrez point Damon ;
ainsi, discourons, faites-vous cette petite violence.

CONSTANCE, *soupirant*. Ah ! eh bien ! parlez, je ne vous en[1]
empêche pas ; mais ne vous attendez pas que je vous réponde.

LISETTE. Ce n'est pas là mon compte ; il faut que vous me
répondiez.

---

1. *En*, qui manque dans l'édition originale (par une faute dite saut du
même au même), est réintroduit dans l'édition de 1758.

CONSTANCE, *outrée*. J'aurai le chagrin de me marier au gré de ma mère ; mais j'aurai le plaisir de vous mettre dehors.

LISETTE. Point du tout.

CONSTANCE. Je serai pourtant la maîtresse.

LISETTE. C'est à cause de cela que vous me garderez.

CONSTANCE, *soupirant*. Ah ! quel mauvais sujet ! Allons, je ne veux plus me promener, vous n'avez qu'à me suivre.

LISETTE, *riant*. Ha ! ha ! partons !

Scène XV

DAMON, CONSTANCE, LISETTE

DAMON, *accourant*. Ah ! Constance, je vous revois donc encore ! Auriez-vous part à la défense qu'on m'a faite ? Je me meurs de douleur ! Lisette, observe de grâce si Madame Dorville ne vient point.

Lisette ne bouge.

CONSTANCE. Ne vous adressez point à elle, Damon, elle est votre ennemie et la mienne. Vous dites que vous m'aimez, vous ne savez pas encore que j'y suis sensible ; mais le temps nous presse, et je vous l'avoue [1]. Ma mère veut me marier à un autre que je hais, quel qu'il soit.

LISETTE, *se retournant*. Je gage que non.

CONSTANCE, *à Lisette*. Je vous défends de m'interrompre. *(À Damon.)* Sur tout ce que vous m'avez dit, vous êtes un parti convenable ; votre père a sans doute quelques amis à Paris, allez les trouver, engagez-les à parler à ma mère. Quand elle vous connaîtra mieux, peut-être vous préférera-t-elle.

DAMON. Ah ! Madame, rien ne manque à mon malheur.

LISETTE. Point de *mouvements, croyez-moi, tout est fait, tout est conclu, je vous parle en amie.

CONSTANCE. Laissez-la dire, et continuez.

DAMON, *lui montrant une lettre*. Il ne me servirait à rien d'avoir recours à des amis, on vous a promise d'un côté, et on m'a engagé d'un autre : Voici ce que m'écrit mon père. *(Il lit.)* J'arrive incessam-

---

1. Le mouvement est le même que dans *Le Prince travesti* (acte II, sc. XIV), lorsque Hortense avoue son amour à Lélio. Mais l'absence de toute gravité dans la situation donne un air presque plaisant à ce qui était d'un grand effet dramatique dans cette pièce.

ment à Paris, mon fils ; je compte que les affaires de votre charge sont terminées, et que je n'aurai plus qu'à remplir un engagement que j'ai pris pour vous, et qui est de terminer votre mariage avec une des plus aimables filles de Paris. Adieu.

LISETTE. Une des plus aimables filles de Paris ! Votre père s'y connaît, apparemment ?

DAMON. Eh ! n'achevez pas de me désoler.

CONSTANCE, *tendrement.* Quelle conjoncture ! Il n'y a donc plus de ressource, Damon ?

DAMON. Il ne m'en reste qu'une, c'est d'attendre ici mon rival ; je ne m'explique pas sur le reste.

LISETTE, *en riant.* Il ne serait pas difficile de vous le montrer.

DAMON. Quoi ! il est ici ?

LISETTE. Depuis que vous y êtes : figurez-vous qu'il n'est pas arrivé un moment plus tôt ni plus tard.

DAMON. Il n'ose donc se montrer ?

LISETTE. Il se montre aussi hardiment que vous, et n'a pas moins de cœur que vous.

DAMON. C'est ce que nous verrons.

CONSTANCE. Point d'emportement, Damon ; je vous quitte : peut-être qu'elle nous trompe pour nous épouvanter ; il est du moins certain que je n'ai point vu ce rival. Quoi qu'il en soit, je vais encore me jeter aux pieds de ma mère, et tâcher d'obtenir un délai qu'elle m'aurait déjà accordé, si cette fourbe que voilà ne l'en avait pas dissuadée. Adieu, Damon, ne laissez pas que d'agir de votre côté, et ne perdons point de temps.

Elle part.

DAMON. Oui, Constance, je ne négligerai rien ; peut-être nous arrivera-t-il quelque chose de favorable.

Il veut partir.

LISETTE *l'arrête par le bras.* Non, Monsieur ; restez en repos sur ma parole, je suis pour vous, et j'y ai toujours été : je plaisante, je ne saurais vous dire pourquoi ; mais ne vous désespérez pas, tout ira bien, très bien, c'est moi qui vous le dis ; moi, vous dis-je, tranquillisez-vous, partez.

DAMON. Quoi ! tout ce que je vois...

LISETTE. N'est rien ; point de questions, je suis muette.

DAMON, *en s'en allant.* Je n'y comprends rien.

Scène XVI

LISETTE, PASQUIN

LISETTE. Ah ! voilà mon homme qui m'a tantôt *ballottée. *(À Pasquin.)* Je te rencontre fort à propos. D'où viens-tu ?

PASQUIN. Du café voisin, où j'avais à parler à un homme de mon pays qui m'y attendait pour affaire sérieuse. Eh bien ! comment suis-je dans ton esprit ? Quelle opinion as-tu de ma cervelle ? Me loges-tu toujours aux *Petites-Maisons ?

LISETTE. Non, au lieu d'être fou, tu ne seras plus que sot.

PASQUIN. Moi, sot ! Je ne suis pas *tourné dans ce *goût-là ; tu me menaces de l'impossible.

LISETTE. Ce n'est pourtant que l'affaire d'un instant[1]. Tiens, tu t'imagines que je serai à toi ; point du tout ; il faut que je t'oublie, il n'y a plus moyen de te conserver.

PASQUIN. Tu n'y entends rien, moitié de mon âme.

LISETTE. Je te dis que tu te *blouses, mon butor.

PASQUIN. Ma poule, votre ignorance est comique.

LISETTE. Benêt, ta science me fait pitié ; veux-tu que je te confonde ? Damon devait épouser ma maîtresse, suivant la lettre qu'il a tantôt remise à Madame Dorville de la part de son père ; on en était convenu ; n'est-il pas vrai ?

PASQUIN. Mais effectivement ; je sens que ma mine s'allonge : as-tu commerce avec le Diable ? Il n'y a que lui qui puisse t'avoir révélé cela.

LISETTE. Il m'a révélé un secret de mince valeur, car tout est changé ; votre lettre est venue trop tard ; Madame Dorville ne peut plus tenir parole, et Constance et moi nous sommes toutes deux *arrêtées pour d'autres.

PASQUIN. Tu m'anéantis !

LISETTE. Es-tu sot, à présent ? Tu en as du moins l'air.

PASQUIN. J'ai l'air de ce que je suis.

LISETTE, *riant*. Ha ! ha ! ha !...

PASQUIN. Tu m'assommes ! tu me poignardes ! je me meurs ! j'en mourrai !

LISETTE. Tu es donc fâché de me perdre ? Quelles délices !

PASQUIN. Ah ! scélérate, ah ! *masque !

---

1. Il y a ici évidemment une suite d'équivoques sur le mot *sot*, qui se dit d'un mari trompé.

LISETTE. Courage ! tu ne m'as jamais rien dit de si touchant[1].

PASQUIN. Girouette !

LISETTE. À merveille, tu régales bien ma vanité ; mais écoute, Pasquin, fais-moi encore un plaisir. Celui que j'épouse à ta place est jaloux, ne te montre plus.

PASQUIN, *outré*. Quand je l'aurai étranglé, il sera le maître.

LISETTE, *riant*. Tu es *ravissant !

PASQUIN. Je suis furieux, ôte ta cornette, que je te batte[2].

LISETTE. Oh ! doucement, ceci est brutal.

PASQUIN. Allons, je cours vite avertir le père de mon maître.

LISETTE. Le père de ton maître ? Est-ce qu'il est ici ?

PASQUIN. L'esprit familier qui t'a dit le reste, doit t'avoir dit sa secrète arrivée.

LISETTE. Non, tu me l'apprends, nigaud.

PASQUIN. Que m'importe ? Adieu, vous êtes à nous, vos personnes nous appartiennent ; il faut qu'on nous en fasse la délivrance[3], ou que le Diable vous emporte, et nous aussi.

LISETTE, *l'arrêtant*. Tout beau, ne dérangeons rien ; ne va point faire de sottises qui gâteraient tout peut-être ; il n'y a pas le mot[4] de ce que je t'ai dit ; la lettre en question est toujours bonne, et les conventions tiennent ; c'est ce que m'a confié Madame Dorville et je me suis divertie de ta douleur, pour me venger de la scène de tantôt.

PASQUIN. Ah ! Je respire. Convenons que nous nous aimons prodigieusement ; aussi le méritons-nous bien.

LISETTE. À force de joie, tu deviens fat ; il se fait tard, tu me diras une autre fois pourquoi ton maître se cache : voici l'heure où l'on s'assemble dans la salle du bal ; Madame Dorville m'a dit qu'elle y mènerait Constance, et je vais voir si elles n'auront pas besoin de moi.

---

1. Tout le comique de cette scène vient du retournement de la situation exploitée à la scène VII. Cette dernière réplique, par exemple, reprend une phrase de Pasquin : « Ah, quelles délices ! Tu ne m'as jamais rien dit de si touchant. »   2. Il y a ici une sorte de jeu de mots. Deux adversaires laissent chapeaux et vêtements pour en venir aux mains. Mais en outre, comme la cornette est le symbole de la femme, il faut que Lisette quitte la sienne pour devenir un adversaire acceptable pour Frontin.   3. Encore une expression plus ou moins juridique. Voir plus loin : *vous m'êtes consigné* (sc. XIX).   4. Sur l'emploi de l'article défini, voir la Note grammaticale *(article)*, p. 2267.

PASQUIN, *l'arrêtant*. Attends, Lisette ; vois-tu ce domino jaune qui arrive ? C'est le Chevalier qui vient pour jouer avec mon maître, et qui lui gagnerait le reste de son argent ; je vais tâcher de l'*amuser, pour l'empêcher d'aller joindre Damon ; mais reviens, si tu peux, dans un instant, pour m'aider à le retenir.

LISETTE. Tout à l'heure, je te rejoins ; il me vient une idée, et je t'en débarrasserai : laisse-moi faire.

Scène XVII

PASQUIN, MONSIEUR ORGON, *en domino pareil à celui que, suivant l'instruction de Pasquin, doit porter le Chevalier* [1]

MONSIEUR ORGON, *un moment démasqué, en entrant*. Voici Pasquin. Au domino que je porte, il me prendra pour le Chevalier.

PASQUIN. Ah ! vraiment, celui-ci n'avait garde de manquer.

MONSIEUR ORGON, *contrefaisant sa voix*. Où est ton maître ?

PASQUIN. Je n'en sais rien ; et en quelque endroit qu'il soit, il ferait mieux de s'y tenir, il y serait mieux qu'avec vous ; mais il ne tardera pas : attendez.

MONSIEUR ORGON. Tu es bien brusque.

PASQUIN. Vous êtes bien alerte, vous.

MONSIEUR ORGON. Ne sais-tu pas que je dois jouer avec ton maître ?

PASQUIN. Ah ! jouer. Cela vous plaît à dire ; ce sera lui qui jouera ; tout le hasard sera de son côté, toute la fortune du vôtre ; vous ne jouez pas, vous, vous gagnez.

MONSIEUR ORGON. C'est que je suis plus heureux que lui.

PASQUIN. Bon ! du bonheur ; ce n'est pas là votre fort, vous êtes trop sage pour en avoir affaire.

MONSIEUR ORGON. Je crois que tu m'insultes.

PASQUIN. Point du tout, je vous devine.

MONSIEUR ORGON, *se démasquant*. Tiens, me devinais-tu ?

PASQUIN, *étonné*. Quoi ! Monsieur, c'est vous ? Ah ! je commence à vous deviner mieux.

---

1. Le procédé du domino a déjà été employé dans *L'École des mères* : l'action des deux pièces se passe en période de carnaval. La variante consiste ici en ce que l'emploi d'un domino vise à lui seul à faire prendre un personnage pour un autre, et non plus seulement à dissimuler une identité véritable.

MONSIEUR ORGON. Où est mon fils ?

PASQUIN. Apparemment qu'il est dans la salle.

MONSIEUR ORGON. Paix ! je pense que le voilà.

PASQUIN. Ne restez pas ici avec lui, de peur que le Chevalier, qui va sans doute arriver, ne vous trouve ensemble.

Scène XVIII

MONSIEUR ORGON, DAMON, PASQUIN

DAMON, *son masque à la main*. Ah ! c'est vous, Chevalier, je commençais à m'impatienter : hâtons-nous de passer dans le cabinet qui est à côté de la salle.

Ils s'en vont.

PASQUIN. Oui, Monsieur, jouez hardiment, je me dédis ; vous ne sauriez perdre, vous avez affaire au plus beau joueur du monde.

Scène XIX

PASQUIN *et le véritable* CHEVALIER *démasqué*

PASQUIN. Il était temps qu'ils partissent ; voici mon homme, le véritable.

LE CHEVALIER. Damon est-il venu ?

PASQUIN. Non, il va venir, et vous m'êtes consigné ; j'ai ordre de vous tenir compagnie, en attendant qu'il vienne.

LE CHEVALIER. Penses-tu qu'il tarde ?

PASQUIN. Il devrait être arrivé. *(Et à part.)* Lisette me manque de parole.

LE CHEVALIER. C'est peut-être son banquier qui l'a *remis.

PASQUIN. Oh ! non, Monsieur, il a la somme comptée en bel et bon or, je l'ai vue : ce sont des louis tout frais battus, qui ont une mine... *(À part.)* Quel appétit je lui donne ! Et vous, Monsieur le Chevalier, êtes-vous bien riche ?

LE CHEVALIER. Pas mal ; et, suivant ta prédiction, je le serai encore davantage.

PASQUIN. Non. Je viens de tirer votre horoscope, et je m'étais trompé tantôt : mon maître perdra peut-être, mais vous ne gagnerez point.

LE CHEVALIER. Qu'est-ce que tu veux dire ?

PASQUIN. Je ne saurais vous l'expliquer, les astres ne m'en ont pas dit davantage ; ce qu'on lit dans le ciel est écrit en si petit caractère !

LE CHEVALIER. Eh ! tu n'es pas, je pense, un grand astrologue.

PASQUIN. Vous verrez, vous verrez : tenez, je déchiffre encore qu'aujourd'hui vous devez rencontrer sur votre chemin un fripon qui vous *amusera, qui se moquera de vous, et dont vous serez la dupe.

LE CHEVALIER. Quoi ! qui gagnera mon argent ?

PASQUIN. Non, mais qui vous empêchera d'avoir celui de mon maître.

LE CHEVALIER. Tais-toi, mauvais bouffon.

PASQUIN. J'aperçois aussi, dans votre étoile, un domino qui vous portera malheur ; il sera cause d'une méprise qui vous sera fatale[1].

LE CHEVALIER, *sérieusement*. Ne vois-tu pas aussi dans mon étoile que je pourrais me fâcher contre toi ?

PASQUIN. Oui, cela y est encore ; mais je vois qu'il ne m'en arrivera rien.

LE CHEVALIER. Prends-y garde. C'est peut-être le petit caractère qui t'empêche d'y lire des coups de bâton. Laisse là tes contes ; ton maître ne vient point, et cela m'impatiente.

PASQUIN, *froidement*. Il est même écrit que vous vous impatienterez.

LE CHEVALIER. Parle : t'a-t-il assuré qu'il viendrait ?

PASQUIN. Un peu de patience.

LE CHEVALIER. C'est que je n'ai qu'un quart d'heure à lui donner.

PASQUIN. Malepeste ! le mauvais quart d'heure !

LE CHEVALIER. Je vais toujours l'attendre dans le cabinet de la salle.

PASQUIN. Eh ! non, Monsieur, j'ai ordre de rester ici avec vous.

---

1. On peut se demander s'il n'y a pas ici une réminiscence, purement verbale d'ailleurs, d'une lettre de Manon au chevalier Des Grieux (éd. cit., p. 69). Outre le mot *malheur*, qui y apparaît dans un emploi voisin (« malheur à qui tombera dans mes filets ! »), on y trouve en effet les mots *causer*, *méprise* et *fatale* associés à peu près comme ici : « La faim me causerait quelque méprise fatale... »

Scène XX

PASQUIN, LE CHEVALIER, LISETTE, *en chauve-souris*

Lisette, *masquée*. Monsieur le Chevalier, je vous cherche pour vous dire un mot. Une belle dame, riche et veuve, et qui est dans une des salles du bal, voudrait vous parler.

Le Chevalier. À moi ?

Lisette. À vous-même. Cet entretien-là peut vous mettre en jolie posture ; il y a longtemps qu'on vous connaît ; on est sage, on vous aime, on a vingt-cinq mille livres de rente, et vous pouvez mener tout cela bien loin. Suivez-moi.

Pasquin, *à part le premier mot*. C'est Lisette. Monsieur, vous avez donné parole à mon maître ; il va venir avec un sac plein d'or, et cela se gagne encore plus vite qu'une femme ; que la veuve attende.

Lisette. Qu'est-ce donc que cet impertinent qui vous retient ? Venez.

Elle le prend par la main.

Pasquin, *prenant aussi le Chevalier par le bras*. Soubrette d'aventurière, vous ne l'aurez point, votre action est contre la *police.

Lisette, *en colère*. Comment ! soubrette d'aventurière ! on insulte ma maîtresse, et vous le souffrez, et vous ne venez pas ! je vais dire à Madame de quelle façon on m'a reçue.

Le Chevalier, *la retenant*. Un moment. C'est un coquin qui ne m'appartient point. Tais-toi, insolent.

Pasquin. Mais songez donc au sac.

Lisette. Je rougis pour Madame, et je pars.

Pasquin. Pour épouser Madame, il faut du temps ; pour acquérir cet or, il ne faut qu'une minute.

Lisette, *en colère*. Adieu, Monsieur.

Le Chevalier. Arrêtez, je vous suis. *(À Pasquin.)* Dis à ton maître que je reviendrai.

Pasquin, *le prenant à *quartier, et tout bas*. Je vous avertis qu'il y a ici d'autres joueurs qui le guettent.

Le Chevalier. Oh ! que ne vient-il ? Marchons.

Scène XXI

MONSIEUR ORGON, DAMON, *entrant démasqué
et au désespoir*, PASQUIN, LISETTE, LE CHEVALIER

DAMON, *démasqué*. Ah ! le maudit coup !

LE CHEVALIER. Eh ! d'où sortez-vous donc ? Je vous attendais.

DAMON. Que vois-je ? Ce n'est donc pas contre vous que j'ai joué ?

LE CHEVALIER. Non, votre fourbe de valet m'a dit que vous n'étiez pas arrivé. *(À Pasquin.)* Tu m'*amusais donc ?

PASQUIN. Oui, pour accomplir la prophétie.

LE CHEVALIER. Damon, je ne saurais rester ; une affaire m'appelle ailleurs. *(À Lisette.)* Conduisez-moi.

LISETTE, *se démasquant*. Ce n'est pas la peine, je vous *amusais aussi, moi.

Elle se retire.

DAMON, *à Monsieur Orgon masqué*. À qui donc ai-je eu affaire ? Qui êtes-vous, *masque ?

MONSIEUR ORGON. Que vous importe ? Vous n'avez point à vous plaindre, j'ai joué avec honneur.

DAMON. Assurément. Mais après tout ce que j'ai perdu, vous ne sauriez me refuser de jouer encore cent louis sur ma parole.

MONSIEUR ORGON. Le Ciel m'en préserve ! Je n'irai point vous jeter dans l'embarras où vous seriez, si vous les perdiez. Vous êtes jeune, vous dépendez apparemment d'un père ; je me reprocherais de profiter de l'étourdissement où vous êtes, et d'être, pour ainsi dire, le complice du désordre où vous voulez vous jeter ; j'ai même regret d'avoir tant joué ; votre âge et la *considération de ceux à qui vous appartenez devaient m'en empêcher : croyez-moi, Monsieur ; vous me paraissez un jeune homme plein d'honneur, n'altérez point votre *caractère par une aussi dangereuse habitude que l'est celle du jeu, et craignez d'affliger un père, à qui je suis sûr que vous êtes cher.

DAMON. Vous m'arrachez des larmes, en me parlant de lui ; mais je veux savoir avec qui j'ai joué : êtes-vous digne du discours que vous me tenez ?

MONSIEUR ORGON, *se démasquant*. Jugez-en vous-même.

DAMON, *se jetant à ses genoux*. Ah ! Mon père, je vous demande pardon.

LE CHEVALIER, *à part*. Son père !

MONSIEUR ORGON, *relevant son fils*. J'oublie tout, mon fils ; si cette scène-ci vous corrige, ne craignez rien de ma colère ; je vous connais, et ne veux vous punir de vos fautes qu'en vous donnant de nouveaux témoignages de ma tendresse ; ils feront plus d'effet sur votre cœur que mes reproches.

DAMON, *se rejetant à ses genoux*. Eh bien ! mon père, laissez-moi encore vous jurer à genoux que je suis pénétré de vos bontés ; que vos ordres, que vos moindres volontés me seront désormais sacrés ; que ma soumission durera autant que ma vie, et que je ne vois point de bonheur égal à celui d'avoir un père qui vous ressemble.

LE CHEVALIER, *à Monsieur Orgon*. Voilà qui est fort touchant ; mais j'allais lui donner sa revanche ; j'offre de vous la donner à vous-même [1].

MONSIEUR ORGON. On n'en a que faire, Monsieur. Mais, qui vient à nous ?

Scène XXII et dernière

MADAME DORVILLE, CONSTANCE, MONSIEUR ORGON, DAMON, LISETTE, PASQUIN

MADAME DORVILLE, *à Constance*. Allons, ma fille, il est temps de se retirer. Que vois-je ? Monsieur Orgon !

MONSIEUR ORGON. Oui, Madame, c'est moi-même ; et j'allais dans le moment me faire connaître ; je m'étais fait un plaisir de vous surprendre.

MADAME DORVILLE. Ma fille, saluez Monsieur, il est le père de l'époux que je vous destine.

CONSTANCE. Non, ma mère, vous êtes trop bonne pour me le donner ; et je suis obligée de dire naturellement à Monsieur que je n'aimerai point son fils.

DAMON. Qu'entends-je ?

MONSIEUR ORGON. Après cet aveu-là, Madame, je crois qu'il ne doit plus être question de notre projet.

---

1. Cette réplique est heureuse, en même temps que caractéristique du ton que Marivaux veut maintenir dans sa pièce. Les premiers mots corrigent ce que les paroles de Damon, dans la réplique précédente, pouvaient comporter de trop proche du ton de la comédie larmoyante. L'offre de la revanche couronne brillamment le rôle du joueur : dès qu'elle est refusée, le chevalier, qui n'a plus rien à faire, quitte la scène et la partie.

MADAME DORVILLE. Plus que jamais, je vous assure que votre fils l'épousera.

CONSTANCE. Vous me sacrifierez donc, ma mère ?

MONSIEUR ORGON. Non, certes, c'est à quoi Madame Dorville voudra bien que je ne consente jamais. Allons, mon fils, je vous croyais plus heureux. Retirons-nous. *(À Madame Dorville.)* Demain, Madame, j'aurai l'honneur de vous voir chez vous. Suivez-moi, Damon.

CONSTANCE. Damon ! mais ce n'est pas de lui dont je parle.

DAMON. Ah, Madame !

MONSIEUR ORGON. Quoi ! belle Constance, ignoriez-vous que Damon est mon fils ?

CONSTANCE. Je ne le savais pas. J'obéirai donc.

MADAME DORVILLE. Vous voyez bien qu'ils sont assez d'accord ; ce n'est pas la peine de rentrer dans le bal, je pense, allons souper chez moi.

MONSIEUR ORGON, *lui donnant la main*. Allons, Madame.

PASQUIN, *à Lisette*. Je demandais tantôt si votre vin était bon ; c'est moi qui vais t'en dire des nouvelles [1].

---

1. On n'a pas le divertissement de *La Joie imprévue*, qui, comme on l'a vu dans la notice, contribua pourtant au succès de la pièce.

LES SINCÈRES

Comédie en un acte, en prose,
représentée pour la première fois
par les comédiens-italiens
le 13 janvier 1739

NOTICE

On pourrait s'étonner de voir Marivaux écrire une pièce contre la sincérité, même s'il s'agissait d'une sincérité à contretemps, comme celle d'Alceste. Toute son œuvre est en effet une quête passionnée de la vérité du cœur, à travers toutes les formes de mensonge dont elle s'enveloppe. Mais les deux personnages qu'il met en scène sont de faux sincères. L'un et l'autre pratiquent, certes, une certaine forme de sincérité, mais ils la mettent au service d'une autre passion, très différente dans les deux cas. La marquise est d'abord sincère pour avoir le plaisir de médire : cela n'est pas original, et Marivaux lui-même a peint des femmes qui lui ressemblaient de ce point de vue [1]. Mais elle l'est surtout par un raffinement de coquetterie. Toute femme veut avoir des preuves de son mérite. Certaines en trouvent en éclipsant une rivale [2]. Celle-ci veut des éloges que « sa vanité hypocrite [puisse] savourer sans indécence », c'est-à-dire des éloges brusques, qu'elle accueille brusquement :

« Vos louanges la chagrinent, dit-elle ; mais c'est comme si elle vous disait : Louez-moi encore du chagrin qu'elles me font [3]. »

Ergaste est d'une autre espèce : c'est un faux modeste. Marivaux s'intéresse à ce type de personnage depuis longtemps. Il en a peint un, dans *L'Indigent philosophe*, qui ressemble à Ergaste en tout point :

« Je connais un homme qui, bien loin de se louer, se ravale presque toujours ; il combat tant qu'il peut la bonne opinion que vous avez de lui ; eût-il fait l'action la plus louable, il ne tiendra pas à lui que vous ne la regardiez comme une bagatelle ; il n'y songeait pas quand il l'a faite, il ne savait pas qu'il la faisait si bien, et si vous

---

1. Notamment la Dorimène du *Petit-Maître corrigé*.   **2.** Par exemple celle des *Lettres contenant une aventure*, ou les coquettes du *Cabinet du philosophe*.   **3.** Scène première.

insistez, il la critique, il lui trouve des défauts, il vous les prouve de tout son cœur, et c'est parce que vous êtes prévenu en sa faveur que vous ne les voyez pas ; que voulez-vous de plus beau ? Ah ! le fripon, il sait bien qu'il ne vous persuadera pas, il ne prend pas le chemin d'y réussir ; vous l'avez cru vrai dans tout ce qu'il disait ; eh bien, son coup est fait, vous voilà pris ; de quel mérite ne vous paraîtra pas un homme qui, tout estimable qu'il est, ne sait pas qu'il l'est, et ne croit pas l'être ? peut-on se défendre d'admirer cela ? non, à ce qu'il a cru : aussi vous attendait-il là, et vous y êtes.

« Je m'ennuierais de les compter, les faux modestes de cette espèce, ils sont sans nombre, il n'y a que cela dans la vie ; et comme dit mon livre, la modestie réelle et vraie n'est peut-être qu'un masque parmi les hommes [1]. »

De la conception des deux personnages, tels qu'ils sont dépeints dans la première scène par leurs domestiques, à la mise en œuvre d'une intrigue dramatique, il reste apparemment un pas important à franchir, et l'on peut se demander de quelles sources Marivaux s'est servi. *Les Sincères à contretemps*, vieux canevas italien refondu par Luigi Riccoboni, ont parfois été cités. Ni le personnage du sincère — une sorte de gaffeur systématique — ni l'intrigue n'offrent pourtant grand-chose de commun avec la pièce de Marivaux [2]. Quelques fugitives ressemblances existent peut-être entre ses *Sincères* et une comédie anglaise de Vanbrugh, *The Provoked Wife*, que Marivaux avait pu lire dans la traduction de Saint-Évremont [3]. Mais

---

1. *L'Indigent philosophe*, cinquième feuille (dans *Journaux et Œuvres diverses*, éd. Classiques Garnier, p. 314). **2.** En voici le résumé d'après X. de Courville : « Dans *Le Sincère à contretemps*, une variété de misanthrope, un gaffeur systématique s'est interdit le mensonge, et sa franchise indiscrète fait échouer tous les projets qui s'élaborent autour de lui. Il rompt les fiançailles de Mario et de Flaminia en révélant à l'un les défauts de l'autre ; destiné lui-même à Hortense, il découvre à son futur beau-père l'intérêt qui l'a décidé à cette alliance. Et par un de ces dénouements chers à Riccoboni, qui se plaît à refuser au public les mariages conventionnels de baisser de rideau, Lélio reste seul en scène, et, puisque la vie sincère est impossible en ce bas monde, décide d'aller apprendre à la cour l'art de dissimuler. » *(Luigi Riccoboni, dit Lélio*, tome II, p. 168.) **3.** Sous le titre *La Femme poussée à bout* (voir notre édition du *Petit-Maître corrigé*, Droz, 1955, p. 51). Le rapprochement a été suggéré par L. Desvignes. Il y a, dans la façon dont lady Fanciful prend les flatteries de sa suivante française, quelque chose des relations entre la marquise et Lisette. En outre, Heartfree, qui fait la cour à Belinda, s'engage, sur sa demande, à lui parler avec une entière sincérité. Mais aucun parti n'est tiré de cette idée dramatique.

on ne peut encore ici parler de source. Quoiqu'il y en ait peut-être une, on observera que la particularité la plus curieuse du sujet, au jugement des contemporains[1] — à savoir le fait que le couple de domestiques, au lieu d'être attirés l'un vers l'autre et de vouloir marier leurs maîtres, s'assurent d'abord de leur indifférence réciproque —, devait venir tout naturellement à l'esprit de Marivaux. Ayant épuisé les autres combinaisons possibles dans les relations entre valets (penchant réciproque en général, penchant unilatéral dans *Le Legs*), il n'avait plus à sa disposition que celle-ci, la plus piquante de toutes, et la plus inattendue. Comme le propos de l'auteur ne pouvait être que de provoquer une brouille entre les deux personnages qui avaient cru si bien s'entendre, la présente combinaison trouvait une occasion unique d'être employée.

Pour compléter les données du sujet, il restait à Marivaux à esquisser les personnages, l'un masculin, l'autre féminin, destinés à servir d'antithèse aux deux sincères, et à faire accomplir à ces derniers le mouvement classique du chassé-croisé. À partir de là, sa pièce est construite avec la rigueur d'une épure, ainsi que l'a remarqué Jean Rousset :

« Au centre, une scène à double volet entre les deux "sincères", couple momentané et instable ; avant ce sommet médian, chacun des couples initiaux a une scène de froideur et de congé, à quoi répondent, dans la partie descendante, deux scènes de retour de tendresse, un chiasme dramatique ; cette charpente est à l'image du mouvement dessiné par les couples qui se séparent, se croisent, reprennent leur position première[2]. »

Même si ce schéma doit être complété sur quelques points[3], il n'en

---

1. Voir Desboulmiers, qui, comme d'habitude, s'inspire du *Mercure* : « Ce qu'il y a de singulier, c'est que ni le valet ni la suivante n'ont aucun intérêt à la brouillerie, et qu'au lieu que dans la plupart des autres comédies, les domestiques veulent marier leurs maîtres pour être plus à portée à se marier eux-mêmes, ceux-ci commencent par s'assurer entre eux d'une indifférence réciproque. » (*Histoire... du Théâtre italien*, tome IV, pp. 385 et suiv.)
2. Jean Rousset, « Marivaux et la structure du double registre », article paru dans *Studi Francesi*, 1957, pp. 58-68. **3.** Il n'inclut pas les rôles de valets. On observera, en outre, qu'il y a deux grandes scènes entre Ergaste et la marquise. La première (sc. IV) les montre en train de médire des autres et de se faire des compliments respectifs. Elle est située après la scène de froideur entre Araminte et Ergaste. La seconde (sc. XII) suit la scène de congé entre la marquise et Dorante. Elle commence par des projets de mariage et finit par une rupture.

fait pas moins apparaître le caractère très intellectuel des *Sincères*. C'est ce qui explique que cette pièce brillante n'ait pas eu un grand succès auprès des foules. L'accueil initial présageait cette destinée. Quoique l'on ne connaisse pas le nombre des représentations de la première série, les deux comptes rendus du *Mercure* laissent penser qu'il fut peu élevé. Le premier disait seulement de la pièce :

« Elle est de la composition de M. de Marivaux et a été très bien reçue, on en parlera plus au long [1]. »

Le second, hélas, était plus explicite et moins optimiste :

« Extrait de la Comédie nouvelle, en prose et en un acte, de M. de Marivaux, intitulée *Les Sincères*, représentée au Théâtre Italien le 13 janvier dernier.

ACTEURS

LA MARQUISE, sincère .... *la Dlle Sylvia*.

DORANTE .... *le sieur Romagnesy*.

ARAMINTE .... *la Dlle Thomassin*.

ERGASTE, sincère .... *le sieur Riccoboni*.

LISETTE, suivante de la Marquise .... *la Dlle Riccoboni*.

FRONTIN, valet d'Ergaste .... *le Sr Deshayes*.

La scène se passe en campagne, chez la Marquise.

« Cette pièce a été fort applaudie à la première représentation, et ne l'aurait pas été moins dans les suivantes, s'il ne fallait que de l'esprit pour faire une bonne comédie ; on a trouvé que l'action n'a pas assez de consistance, et que si l'on retranchait tout ce qui n'est que conversation, il ne resterait pas de quoi faire deux ou trois petites scènes. Voici de quoi il s'agit.

« Un valet et une soubrette veulent brouiller deux amants, qui font profession d'une sincérité ridicule et hors de saison ; ils se servent, pour y parvenir, de cette même franchise qui dégénère en vice, quand elle est portée à l'excès ; ils irritent la maîtresse contre l'amant, parce que ce dernier a dit trop librement ce qu'il pensait au sujet de sa maîtresse, et c'est cette brouillerie qui fait le dénouement de la pièce.

« Ce qu'il y a de singulier, c'est que ni le valet ni la suivante n'ont aucun intérêt à la brouillerie ; et qu'au lieu que dans la plupart des

1. *Mercure* de janvier 1739, tome I, p. 132.

autres comédies, les domestiques veulent marier leurs maîtres, pour être plus à portée de se marier eux-mêmes, ceux-ci commencent par s'assurer entre eux d'une indifférence réciproque, pour se mettre hors d'intérêt, et pour agir plus conformément à leurs intentions. Il y a bien de l'apparence que l'auteur des *Sincères* a voulu se distinguer des autres par une route moins battue.

« Pour mettre au fait nos lecteurs du genre de sincérité dont on attaque le ridicule, nous avons cru qu'il était à propos de tracer ici le portrait des deux amants qu'on veut brouiller. Voici celui de la Marquise, tel que Lisette l'expose aux yeux de Frontin :

« Il y a bien des choses dans ce portrait-là. En gros, je te dirai [...] des friponneries de mon art, sans qu'il y eût de sa faute[1]. »

« Lisette demande à Frontin portrait pour portrait ; voici comment il la satisfait ; c'est Ergaste son maître qu'il peint.

« Il dit ce qu'il pense de tout le monde ; mais il n'en veut à personne ; [...] il fut huit jours enivré du bruit que cela fit dans le monde[2]. »

« Nous avons cru qu'il était à propos d'insérer ici ces deux portraits, pour donner une idée du genre de sincérité que l'auteur a voulu corriger ; il n'y a qu'à les confronter, pour juger qu'ils ne se ressemblent point du tout ; et les gens qui en ont jugé sainement, sont convenus que la Marquise ne paraît sincère que par un raffinement de coquetterie, et qu'Ergaste ne veut passer pour tel, que pour se donner un relief de singularité dans le monde. Quoi qu'il en soit, voilà l'unique motif qui porte le valet et la suivante à rompre un mariage qui ne leur importe aucunement. Ils ne savent d'abord comment ils s'y prendront ; ils doivent paraître brouillés ensemble, sans prévoir où cela pourra les conduire ; voici comment Lisette s'exprime là-dessus :

« Je ne saurais t'expliquer mon projet, j'aurais de la peine à me l'expliquer à moi-même [...] j'essaie, je hasarde ; je te conduirai, et tout ira bien[3]. »

« Tout cela veut dire que Lisette saura profiter de tout ce que le hasard fera naître ; le reste est entre les mains de l'auteur, qui ne doute point que la sincérité d'Ergaste ne fournisse à Frontin et à Lisette de quoi le brouiller avec la Marquise.

« Cela ne tarde pas d'arriver. Dorante et Araminte arrivent. Ce Dorante aime la Marquise, qui lui préfère Ergaste, parce que ce der-

---

1. Sc. i. Nous ne reproduisons pas le texte de la citation.   2. *Ibid.* ; même observation.   3. Sc. vi ; même observation.

nier ayant la réputation d'être sincère, flatte plus sa vanité par les moindres éloges qu'il fait de sa beauté, que Dorante par tout ce que sa passion peut lui inspirer de plus pathétique, attendu qu'elle prend ses louanges pour des flatteries. Lisette, par bonté de cœur, promet à Dorante de lui faire épouser la Marquise, sa maîtresse, et Frontin, de son côté, dit à Araminte *qu'il prend la liberté de lui transporter Ergaste, son maître.* Lisette reprend la parole, et dit à Frontin qu'il ne ferait pas un grand présent à Araminte en lui donnant Ergaste pour époux ; Frontin dit à peu près la même chose au sujet de la Marquise ; Dorante en est irrité, et dit à Frontin *qu'il lui donnerait cent coups de bâton, sans la considération qu'il a pour son maître* ; Ergaste survient, et trouvant Dorante en colère, lui en demande la raison ; Dorante se contente de lui dire que son valet est un insolent ; Frontin répond s'adressant à Ergaste : Monsieur, *si la sincérité loge quelque part*, c'est dans votre cœur ; parlez ; la plus belle femme du monde, est-ce la Marquise ? *Non*, lui répond le sincère Ergaste, *qu'est-ce que cette mauvaise plaisanterie-là, butor ? la Marquise est aimable, et non pas belle ; sans aller plus loin, Madame a les traits plus réguliers.*

« Il n'en faut pas davantage à Frontin et à Lisette que ce trait de sincérité ; ils en instruisent la Marquise, dont le mariage était presque assuré avec Ergaste ; elle lui en demande raison ; il a beau vouloir donner un sens favorable à sa décision, en disant à la Marquise qu'elle a, par-dessus la beauté d'Araminte, l'avantage d'être plus aimable qu'elle : toutes ces explications lui paraissent forcées et frivoles ; elle lui donne son congé, et rend justice à Dorante, qu'elle avait toujours maltraité ; Ergaste se console de cette préférence auprès d'Araminte, qui lui pardonne l'infidélité qu'il lui a faite en faveur de la Marquise.

« Au reste, quoique le public n'ait pas fait à la pièce un accueil aussi gracieux et aussi durable qu'à beaucoup d'autres qui sont sorties de la même plume, on ne saurait disconvenir qu'elle ne soit remplie de traits heureux, qui méritent les applaudissements qu'on lui a donnés ; rien ne lui fait plus de tort que le manque d'action. M. de Marivaux sera sûr de réussir quand il négligera un peu moins le fond des choses ; il n'ignore pas que c'est là ce qui doit primer dans toutes les pièces de théâtre, et que l'esprit n'y est qu'accessoire.

« Cette pièce paraît imprimée depuis peu chez Prault père, sur le quai de Gêvres[1]. »

---

1. *Mercure* de février 1739, pp. 343-351.

Les registres du Théâtre-Italien manquant pour 1739, on ne sait pas combien de fois *Les Sincères* furent représentés cette année. On peut seulement dire qu'ils le furent plusieurs fois, cinq ou six peut-être, mais que les représentations avaient cessé à la date du 6 février[1]. Chose rare pour une pièce italienne de Marivaux, elle ne fut jamais reprise[2]. Outre le *Mercure, La Bibliothèque française*, publiée en Hollande, lui consacra pourtant un article lors de sa publication :

« M. de Marivaux vient aussi de faire imprimer chez Prault père la comédie nouvelle en un acte de prose qu'il donna sur le Théâtre Italien au mois de janvier. Elle a pour titre *Les Sincères*. L'auteur a peint deux caractères de sincères fort différents dans Ergaste et dans la Marquise. Celle-ci est sincère par coquetterie et par esprit de médisance : l'autre ne l'est que par esprit de singularité.

« Cette pièce est écrite avec bien de l'esprit et du feu, mais elle n'a presque rien de théâtral. C'est plutôt un ingénieux dialogue qu'une comédie. Dans une comédie, il faut une action, il faut une intrigue, un nœud et un dénouement. M. de Marivaux a cru pouvoir négliger cette règle. Le public lui a rendu justice. Il a applaudi les traits heureux dont cette pièce est parée ; mais il fait voir en même temps que ces beautés accessoires ne méritaient qu'une certaine mesure de louanges, et ne suffisaient pas pour soutenir sur le théâtre une comédie qui manque de fond[3]. »

Les deux autres jugements contemporains que l'on peut encore citer sont, comme d'habitude, celui du marquis d'Argenson et celui de La Porte. Le premier est sommaire :

« Il y a presque toujours de l'esprit dans ce que donna cet auteur ; il y a celui du détail, il traite les petites choses avec génie et avec sublime. De là vient peu d'intérêt dans ses pièces et nul mouvement ; tout ce qui s'est passé tiendrait dans deux ou trois scènes. On a donc applaudi d'abord, puis la pièce est tombée après quelques représentations[4]. »

---

1. Voir une lettre de Dubuisson à cette date : « Les Comédiens Italiens ont donné *Les Faux Sincères*, comédie par M. de Marivaux, que je n'ai pas eu le loisir de voir, quoiqu'elle ait été représentée plusieurs fois. Ils donnent à présent *Le Rival favorable* (de Boissy). » (A. Rouxel, *Mémoires du commissaire Dubuisson*, p. 520.)   2. Seules, *L'Amour et la Vérité, L'Héritier de village, La Colonie* et *La Méprise* sont dans ce cas.   3. Année 1739, vol. XXIX, p. 160 *(Nouvelles littéraires)*.   4. Bibliothèque de l'Arsenal, ms. n° 3454, f° 395.

Le second tiendrait en deux lignes, s'il ne s'étoffait d'une substantielle citation :

« La comédie intitulée *Les Sincères* ne présente que des êtres chimériques. Si l'on ne doit reprendre sur la scène que des défauts réels et communs, je doute que le caractère suivant puisse jamais être l'objet d'une censure théâtrale[1]... »

Il fallut attendre longtemps pour que *Les Sincères* fussent portés de nouveau au théâtre, après qu'on les eut longtemps considérés, avec Brunetière, comme un simple écho affadi du *Misanthrope*. Une reprise à l'Odéon, en 1891, atteignit trente et une représentations. Une autre, par Xavier de Courville, à la Petite Scène, en 1931, eut un vif succès de critique. La Comédie-Française inscrivit *Les Sincères* à son répertoire le 12 septembre 1950, avec Véra Korène dans le rôle de la marquise. Le total des représentations atteignait, en 2000, le chiffre de soixante-douze. D'ingénieuses mises en scène récentes ont séduit le public : celles de Christine Casanova et Jean-Pierre Husson (sur une péniche, Paris, 1994), de Hervé Van der Meulen au Festival d'Avignon 1999, d'Agathe Alexis (Comédie de Béthune, 1999), et d'Yvon Lapous (Nantes, 1999).

LE TEXTE

Annoncée, comme on l'a vu, par le *Mercure*, l'édition originale des *Sincères* parut dès le mois de février 1739. Cette hâte dans l'impression montre, d'une part, que Marivaux n'espérait pas grand-chose des représentations, d'autre part qu'il avait confiance dans le jugement des lecteurs. Voici la description de cette édition :

LES SINCERES, / *COMEDIE*. / *De Monsieur* DE MARIVAUX. / Réprésentée pour la première fois par les Comé- / diens Italiens, Ordinaires du Roi, le 13. / Janvier 1739. / *Le prix est de vingt-quatre sols*. / (fleuron) / A PARIS, / Chez PRAULT pere, Quay de Gesvres, / au Paradis. / (filet) / M. DCC. XXXIX. / *Avec Approbation & Privilege du Roi*.

Un vol. de IV (titre, faux titre, acteurs) + 53 (texte) + 3 pages (approbation et privilège).

Approbation : « J'ai lu par ordre de Monseigneur le Chancelier, *les Sincères*, Comedie en un Acte et en Prose. A Paris ce 28. Janvier 1739. *Signé*, LA SERRE. »

---

1. Suit la citation du passage : « Ordinairement vous fâchez les autres en leur disant leurs défauts... » jusqu'à « Il fut huit jours enivré du bruit que cela fit dans le monde. » (*L'Observateur littéraire*, 1759, tome I, pp. 85-86.)

Privilège identique à celui des *Fausses Confidences*, à la même date (20 décembre 1737), mais enregistré le 24 mars 1737 (*sic*, faute pour 1738 ou plutôt 1739).

Larroumet signale, d'après une description du collectionneur Duret, une édition identique sauf le prix (trente sols) et la signature de l'approbateur (Gallyot au lieu de La Serre).

Dans l'édition de 1758, *Les Sincères* se présentent sous la même forme que *Les Fausses Confidences* :

LES / SINCERES, / *COMEDIE* / DE M. DE MARIVAUX / de l'Académie Françoise. / *Représentée pour la premiere fois par les / Comédiens Italiens ordinaires du / Roi, le 13 janvier* 1739. / NOUVELLE EDITION.

Ni approbation, ni privilège. En bas de la page de titre, la mention *Tome V*, et la marque K. Au verso, liste des acteurs. Outre ces deux pages, la pièce est numérotée de [207] à 276. En bas de la page 276, la mention *Fin* et la « réclame » de *L'Épreuve*.

Signalons qu'une édition critique des *Sincères* a été procurée par Lucette Desvignes (thèse complémentaire de doctorat d'État, Paris IV, 1970).

Les Sincères

ACTEURS [1]

LA MARQUISE.
DORANTE.
ARAMINTE.
ERGASTE.
LISETTE, suivante de la Marquise.
FRONTIN, valet d'Ergaste.

La scène se passe en campagne chez la Marquise.

---

1. Pour la distribution des rôles lors de la première représentation, voir ci-dessus, p. 1623.

Scène première
LISETTE, FRONTIN

Ils entrent chacun d'un côté.

LISETTE. Ah ! *mons Frontin, puisque je vous trouve, vous m'épargnez la peine de parler à votre maître de la part de ma maîtresse. Dites-lui qu'actuellement elle achève une lettre qu'elle voudrait bien qu'il envoie[1] à Paris porter avec les siennes, entendez-vous ? Adieu.

Elle s'en va, puis s'arrête.

FRONTIN. Serviteur. *(À part.)* On dirait qu'elle ne se soucie point de moi : je pourrais donc me confier à elle, mais la voilà qui s'arrête.

LISETTE, *à part.* Il ne me retient point, c'est bon signe. *(À Frontin.)* Allez donc.

FRONTIN. Il n'y a rien qui presse ; Monsieur a plusieurs lettres à écrire, à peine commence-t-il la première ; ainsi soyez tranquille.

LISETTE. Mais il serait bon de le prévenir, de crainte...

FRONTIN. Je n'en irai pas un moment plus tôt, je sais mon compte.

LISETTE. Oh ! je reste donc pour prendre mes mesures, suivant le temps qu'il vous plaira de prendre pour vous déterminer.

FRONTIN, *à part.* Ah ! nous y voilà ; je me doutais bien que je ne lui étais pas indifférent ; cela était trop difficile. *(À Lisette.)* De conversation, il ne faut pas en attendre, je vous en avertis ; je m'appelle Frontin le taciturne[2].

LISETTE. Bien vous en prend, car je suis muette.

FRONTIN. Coiffée comme vous l'êtes[3], vous aurez de la peine à[4] le persuader.

---

1. L'édition de 1758 porte *qu'il envoyât*. Quoique l'emploi d'un subjonctif présent après un conditionnel marquant un désir atténué ne soit pas impossible chez Marivaux, on peut aussi expliquer la forme de l'édition originale par une faute typographique (« saut » du *a* de *envoyât* au *à* qui suit). **2.** Allusion plaisante à Guillaume le Taciturne, qui joua un grand rôle dans la politique et dans l'histoire de la France. **3.** Coiffée d'une cornette : la cornette est le symbole de la femme. Voir *La Joie imprévue*, sc. XVI, p. 1610, note 2. **4.** L'édition de 1758 porte : *à me le persuader.*

LISETTE. Je me tais cependant.

FRONTIN. Oui, vous vous taisez en parlant.

LISETTE, *à part*. Ce garçon-là ne m'aime point : je puis me fier à lui.

FRONTIN. Tenez, je vous vois venir ; abrégeons, comment me trouvez-vous ?

LISETTE. Moi ? je ne vous trouve rien.

FRONTIN. Je dis, que pensez-vous de ma figure ?

LISETTE. De votre figure ? mais est-ce que vous en avez une ? je ne la voyais pas. Auriez-vous par hasard dans l'esprit que je songe à vous ?

FRONTIN. C'est que ces accidents-là me sont si familiers !

LISETTE, *riant*. Ah ! ah ! ah ! vous pouvez vous vanter que vous êtes pour moi tout comme si vous n'étiez pas au monde. Et moi, comment me trouvez-vous, à mon tour ?

FRONTIN. Vous venez de me voler ma réponse.

LISETTE. Tout de bon ?

FRONTIN. Vous êtes jolie, dit-on.

LISETTE. Le bruit en court.

FRONTIN. Sans ce bruit-là, je n'en saurais pas le moindre mot.

LISETTE, *joyeuse*. Grand merci ! vous êtes mon homme ; voilà ce que je demandais.

FRONTIN, *joyeux*. Vous me rassurez, mon mérite m'avait fait peur.

LISETTE, *riant*. On appelle cela avoir peur de son ombre.

FRONTIN. Je voudrais pourtant de votre part quelque chose de plus sûr que l'indifférence ; il serait à souhaiter que vous aimassiez ailleurs.

LISETTE. Monsieur le fat, j'ai votre affaire. Dubois, que Monsieur Dorante a laissé à Paris, et auprès de qui vous n'êtes qu'un *magot, a toute mon inclination ; prenez seulement garde à vous.

FRONTIN. Marton, l'incomparable Marton, qu'Araminte n'a pas amenée avec elle, et devant qui toute soubrette est plus ou moins guenon, est la souveraine de mon cœur.

LISETTE. Qu'elle le garde. Grâce au Ciel, nous voici en état de nous entendre pour rompre l'union de nos maîtres.

FRONTIN. Oui, ma fille : rompons, brisons, détruisons ; c'est à quoi j'aspirais.

LISETTE. Ils s'imaginent sympathiser ensemble, à cause de leur prétendu caractère de sincérité.

FRONTIN. Pourrais-tu me dire au juste le caractère de ta maîtresse ?

LISETTE. Il y a bien des choses dans ce portrait-là : en gros, je te dirai qu'elle est vaine, envieuse et caustique ; elle est sans quartier sur vos défauts, vous garde le secret sur vos bonnes qualités ; impitoyablement muette à cet égard, et muette de mauvaise humeur ; fière de son caractère sec et formidable qu'elle appelle austérité de raison ; elle épargne volontiers ceux qui tremblent sous elle, et se contente de les entretenir dans la crainte. Assez sensible à l'amitié, pourvu qu'elle y prime : il faut que son amie soit sa sujette, et jouisse avec respect de ses bonnes grâces : c'est vous qui l'aimez, c'est elle qui vous le permet ; vous êtes à elle, vous la servez, et elle vous voit faire. Généreuse d'ailleurs, noble dans ses façons ; sans son esprit qui la rend méchante, elle aurait le meilleur cœur du monde ; vos louanges la chagrinent, dit-elle ; mais c'est comme si elle vous disait : Louez-moi encore du chagrin qu'elles me font.

FRONTIN. Ah ! l'espiègle !

LISETTE. Quant à moi, j'ai là-dessus une petite manière qui l'enchante ; c'est que je la loue brusquement, du ton dont on querelle ; je boude en la louant, comme si je la grondais d'être louable ; et voilà surtout l'espèce d'éloges qu'elle aime, parce qu'ils n'ont pas l'air flatteur, et que sa vanité hypocrite peut les savourer sans indécence. C'est moi qui l'ajuste et qui la coiffe ; dans les premiers jours je tâchai de faire de mon mieux, je déployai tout mon savoir-faire. Hé ! Mais, Lisette, finis donc, me disait-elle, tu y regardes de trop près, tes scrupules m'ennuient. Moi, j'eus la bêtise de la prendre au mot, et je n'y fis plus tant de façons ; je l'*expédiais un peu aux dépens des grâces. Oh ! ce n'était pas là son compte ! Aussi me brusquait-elle ; je la trouvais aigre, acariâtre : Que vous êtes gauche ! laissez-moi ; vous ne savez ce que vous faites. Ouais, dis-je, d'où cela vient-il ? je le devinai : c'est que c'était une coquette qui voulait l'être sans que je le susse, et qui prétendait que je le fusse pour elle ; son intention, ne vous déplaise, était que je fisse violence à la profonde indifférence qu'elle affectait là-dessus. Il fallait que je servisse sa coquetterie sans la connaître ; que je prisse cette coquetterie sur mon compte, et que Madame eût tout le bénéfice des friponneries de mon art, sans qu'il y eût de sa faute [1].

FRONTIN. Ah ! le bon petit caractère pour nos desseins !

---

1. Le caractère de la marquise, aussi bien que la cruelle clairvoyance avec laquelle Lisette le dépeint, rappellent le portrait d'Euphrosine par Cléanthis dans *L'Île des esclaves* (sc. III).

LISETTE. Et ton maître ?

FRONTIN. Oh ! ce n'est pas de même ; il dit ce qu'il pense de tout le monde, mais il n'en veut à personne ; ce n'est pas par malice qu'il est sincère, c'est qu'il a mis son affection à se distinguer par là. Si, pour paraître franc, il fallait mentir, il mentirait : c'est un homme qui vous demanderait volontiers, non pas : M'estimez-vous ? mais : Êtes-vous étonné de moi ? Son but n'est pas de persuader qu'il vaut mieux que les autres, mais qu'il est autrement fait qu'eux ; qu'il ne ressemble qu'à lui [1]. Ordinairement, vous fâchez les autres en leur disant leurs défauts ; vous le *chatouillez, lui, vous le comblez d'aise en lui disant les siens ; parce que vous lui procurez le rare honneur d'en convenir ; aussi personne ne dit-il tant de mal de lui que lui-même ; il en dit plus qu'il n'en sait. À son compte, il est si *imprudent, il a si peu de capacité, il est si borné, quelquefois si imbécile. Je l'ai entendu s'accuser d'être avare, lui qui est libéral ; sur quoi on lève les épaules, et il triomphe. Il est connu partout pour homme de *cœur [2], et je ne désespère pas que quelque jour il ne dise qu'il est poltron ; car plus les médisances qu'il fait de lui sont grosses, et plus il a de goût à les faire, à cause du caractère original que cela lui donne. Voulez-vous qu'il parle de vous en meilleurs termes que de son ami ? brouillez-vous avec lui, la recette est sûre ; vanter son ami, cela est trop peuple : mais louer son ennemi, le porter aux nues, voilà le beau ! Je te l'achèverai par un trait. L'autre jour, un homme contre qui il avait un procès presque sûr vint lui dire : Tenez, ne plaidons plus, jugez vous-même, je vous prends pour arbitre, je m'y engage [3]. Là-dessus voilà mon homme qui s'allume de la vanité d'être extraordinaire ; le voilà qui pèse, qui prononce gravement contre lui, et qui perd son procès pour gagner la réputation de s'être condamné lui-même : il fut huit jours enivré du bruit que cela fit dans le monde.

LISETTE. Ah çà, profitons de leur marotte pour les brouiller ensemble ; inventons, s'il le faut ; mentons : peut-être même nous en épargneront-ils la peine.

---

1. On songe au début des *Confessions*, dans lequel J.-J. Rousseau reprend, le plus sérieusement du monde, l'attitude du personnage qui est ici présenté avec ironie.   2. L'édition de 1758 corrige : *Il est connu partout pour un homme de cœur.*   3. On a rapproché ce passage de l'affaire du procès d'Alceste. Le cas est pourtant différent, et devrait plutôt être rapproché d'une histoire contée dans *Le Spectateur français*, où un marchand, à qui on s'en remet de se payer sans contrôle d'une marchandise, se montre parfaitement honnête et même généreux (vingt-troisième feuille, *Journaux et Œuvres diverses*, pp. 250-251).

FRONTIN. Oh ! je ne me soucie pas de cette épargne-là. Je mens fort aisément, cela ne me coûte rien.

LISETTE. C'est-à-dire que vous êtes né menteur ; chacun a ses talents. Ne pourrons-nous[1] pas imaginer d'avance quelque matière de *combustion toute prête ? nous sommes gens d'*esprit.

FRONTIN. Attends ; je rêve.

LISETTE. Chut ! voici ton maître.

FRONTIN. Allons donc achever ailleurs.

LISETTE. Je n'ai pas le temps, il faut que je m'en aille.

FRONTIN. Eh bien ! dès qu'il n'y sera plus, auras-tu le temps de revenir ? je te dirai ce que j'imagine.

LISETTE. Oui, tu n'as qu'à te trouver ici dans un quart d'heure. Adieu.

FRONTIN. Hé, à propos, puisque voilà Ergaste, parle-lui de la lettre de Madame la Marquise.

LISETTE. Soit.

Scène II

ERGASTE, FRONTIN, LISETTE

FRONTIN. Monsieur, Lisette a un mot à vous dire.

LISETTE. Oui, Monsieur. Madame la Marquise vous prie de n'envoyer votre commissionnaire à Paris qu'après qu'elle lui aura donné une lettre.

ERGASTE, *s'arrêtant*. Hem[2] !

LISETTE, *haussant le ton*. Je vous dis qu'elle vous prie de n'envoyer votre messager qu'après qu'il aura reçu une lettre d'elle.

ERGASTE. Qu'est-ce qui me prie ?

LISETTE, *plus haut*. C'est madame la Marquise.

ERGASTE. Ah ! oui, j'entends.

LISETTE. Cela est bien heureux ! *(À Frontin.)* Heu ! le haïssable homme !

FRONTIN, *à Lisette*. Conserve-lui ces bons sentiments, nous en ferons quelque chose[3].

---

1. L'édition de 1758 imprime par erreur *Ne pourrions-nous*.   **2.** D'entrée, le personnage se caractérise par une distraction ou une songerie affectée, signe de son manque de naturel. D'où le mot de Lisette un peu plus loin : *le haïssable homme !*   **3.** *Lisette et Frontin sortent.*

Scène III

ARAMINTE, ERGASTE, *rêvant*

ARAMINTE. Me voyez-vous, Ergaste ?

ERGASTE, *toujours rêvant*. Oui, voilà qui est fini, vous dis-je, j'entends.

ARAMINTE. Qu'entendez-vous ?

ERGASTE. Ah ! Madame, je vous demande pardon ; je croyais parler à Lisette.

ARAMINTE. Je venais à mon tour rêver dans cette salle.

ERGASTE. J'y étais à peu près dans le même dessein.

ARAMINTE. Souhaitez-vous que je vous laisse seul et que je passe sur la terrasse ? cela m'est indifférent.

ERGASTE. Comme il vous plaira, Madame.

ARAMINTE. Toujours de la sincérité ; mais avant que je vous quitte, dites-moi, je vous prie, à quoi vous rêvez tant ; serait-ce à moi, par hasard ?

ERGASTE. Non, Madame.

ARAMINTE. Est-ce à la Marquise ?

ERGASTE. Oui, Madame.

ARAMINTE. Vous l'aimez donc ?

ERGASTE. Beaucoup.

ARAMINTE. Et le sait-elle ?

ERGASTE. Pas encore, j'ai différé jusqu'ici de le lui dire.

ARAMINTE. Ergaste, entre nous, je serais assez [1] fondée à vous appeler infidèle.

ERGASTE. Moi, Madame ?

ARAMINTE. Vous-même ; il est certain que vous m'aimiez avant que de venir [2] ici.

ERGASTE. Vous m'excuserez, Madame.

ARAMINTE. J'avoue que vous ne me l'avez pas dit ; mais vous avez eu des empressements pour moi, ils étaient même fort vifs.

ERGASTE. Cela est vrai.

ARAMINTE. Et si je ne vous avais pas amené chez la Marquise, vous m'aimeriez actuellement.

ERGASTE. Je crois que la chose était immanquable.

---

1. Le mot *assez* est omis à partir de l'édition Duviquet. Le même mot disparaît aussi à partir de la même édition dans la dernière réplique de la scène. **2.** Texte modernisé en *avant de venir* par Duviquet.

ARAMINTE. Je ne vous blâme point ; je n'ai rien à disputer à la Marquise, elle l'emporte en tout[1] sur moi.

ERGASTE. Je ne dis pas cela ; votre figure ne le cède pas à la sienne.

ARAMINTE. Lui trouvez-vous plus d'*esprit qu'à moi ?

ERGASTE. Non, vous en avez pour le moins autant qu'elle.

ARAMINTE. En quoi me la préférez-vous donc ? ne m'en faites point mystère.

ERGASTE. C'est que, si elle vient à m'aimer, je m'en fierai plus à ce qu'elle me dira, qu'à ce que vous m'auriez dit.

ARAMINTE. Comment ! me croyez-vous fausse ?

ERGASTE. Non ; mais vous êtes si gracieuse, si polie !

ARAMINTE. Hé bien ! est-ce un défaut ?

ERGASTE. Oui ; car votre douceur naturelle et votre politesse m'auraient trompé, elles[2] ressemblent à de l'inclination.

ARAMINTE. Je n'ai pas cette politesse et cet air de douceur avec tout le monde. Mais il n'est plus question du passé ; voici la Marquise, ma présence vous gênerait, et je vous laisse.

ERGASTE, *à part*. Je suis assez content de tout ce qu'elle m'a dit ; elle m'a parlé assez *uniment.

Scène IV

LA MARQUISE, ERGASTE

LA MARQUISE. Ah ! vous voici, Ergaste ? je n'en puis plus ! j'ai le cœur *affadi des douceurs de Dorante que je quitte ; je me mourais déjà des sots discours de cinq ou six personnes d'avec qui je sortais, et qui me sont venues voir ; vous êtes bien heureux de ne vous y être pas trouvé. La sotte chose que l'humanité ! qu'elle est ridicule ! que de vanité ! que de duperies ! que de petitesse ! et tout cela, faute de sincérité de part et d'autre. Si les hommes voulaient se parler franchement, si l'on n'était point applaudi quand on s'en fait accroire, insensiblement l'amour-propre se rebuterait d'être impertinent, et chacun n'oserait plus s'évaluer que ce qu'il vaut. Mais depuis que je vis, je n'ai encore vu qu'un homme vrai ; et en fait de femmes, je n'en connais point de cette espèce.

ERGASTE. Et moi, j'en connais une ; devinez-vous qui c'est ?

---

1. Les mots *en tout* disparaissent fâcheusement des éditions, à la suite de celle de Duviquet. **2.** Le texte de l'édition originale porte *ils*.

LA MARQUISE. Non, je n'y suis point.

ERGASTE. Eh, parbleu ! c'est vous, Marquise ; où voulez-vous que je la prenne ailleurs ?

LA MARQUISE. Hé bien, vous êtes l'homme dont je vous[1] parle ; aussi m'avez-vous *prévenue d'une estime pour vous, d'une estime...

ERGASTE. Quand je dis vous, Marquise, c'est sans faire réflexion que vous êtes là ; je vous le dis comme je le dirais à un[2] autre. Je vous le raconte.

LA MARQUISE. Comme de mon côté je vous cite sans vous voir ; c'est un étranger à qui je parle.

ERGASTE. Oui, vous m'avez surpris ; je ne m'attendais pas à un caractère comme le vôtre. Quoi ! dire inflexiblement la vérité ! la dire à vos amis même ! quoi ! voir qu'il ne vous échappe jamais un mot à votre avantage !

LA MARQUISE. Hé mais ! vous qui parlez, faites-vous autre chose que de vous critiquer sans cesse ?

ERGASTE. Revenons à vos *originaux ; quelle sorte de gens était-ce[3] ?

LA MARQUISE. Ah ! les sottes gens ! L'un était un jeune homme de vingt-huit à trente ans, un fat toujours agité du plaisir de se sentir fait comme il est ; il ne saurait s'accoutumer à lui ; aussi sa petite âme n'a-t-elle qu'une fonction, c'est de promener son corps comme la merveille de nos jours ; c'est d'aller toujours disant : Voyez mon enveloppe, voilà l'attrait de tous les cœurs, voilà la terreur des maris et des amants, voilà l'écueil de toutes les sagesses.

ERGASTE, *riant.* Ah ! la risible créature !

LA MARQUISE. Imaginez-vous qu'il n'a précisément qu'un objet dans la pensée, c'est de se montrer ; quand il rit, quand il s'étonne, quand il vous approuve, c'est qu'il se montre. Se tait-il ? Change-t-il

---

1. Ce *vous* disparaît des éditions, à partir de celle de Duviquet. **2.** Texte original, dans lequel *un* est indéterminé, conformément à l'usage de Marivaux (voir la Note grammaticale). L'édition de 1758 corrige *un* en *une*. Pourtant, Duviquet le conserve encore. **3.** Cette question maligne d'Ergaste déclenche une série de portraits issus d'une tradition illustre, puisqu'elle remonte à ceux de Célimène dans *Le Misanthrope*. Mais Marivaux s'efforce d'incorporer ces portraits à son propos plus étroitement que Molière ne l'avait fait, ou que lui-même ne l'avait fait dans d'autres pièces *(Le Jeu de l'amour et du hasard, Le Petit-Maître corrigé)*. Il s'agit de montrer que la sincérité de la marquise n'est que le masque de son humeur médisante.

de contenance ? Se tient-il sérieux ? ce n'est rien de tout cela qu'il veut faire, c'est qu'il se montre ; c'est qu'il vous dit : Regardez-moi [1]. Remarquez mes gestes et mes attitudes ; voyez mes grâces dans tout ce que je fais, dans tout ce que je dis ; voyez mon air fin, mon air *leste, mon air cavalier, mon air dissipé ; en voulez-vous du vif, du fripon, de l'agréablement étourdi ? en voilà. Il dirait volontiers à tous les amants : N'est-il pas vrai que ma figure vous chicane ? à leurs maîtresses : Où en serait votre fidélité, si je voulais ? à l'indifférente : Vous n'y tenez point, je vous réveille, n'est-ce pas ? à la prude : Vous me lorgnez en dessous ? à la vertueuse : Vous résistez à la tentation de me regarder ? à la jeune fille : Avouez que votre cœur est ému ! Il n'y a pas jusqu'à la personne âgée qui, à ce qu'il croit, dit en elle-même en le voyant : Quel dommage que je ne suis plus jeune !

ERGASTE, *riant*. Ah ! ah ! ah ! je voudrais bien que le personnage vous entendît.

LA MARQUISE. Il sentirait que je n'exagère pas d'un mot. Il a parlé d'un mariage qui a pensé se conclure pour lui ; mais que trois ou quatre femmes jalouses, désespérées et méchantes, ont trouvé sourdement le secret de faire manquer : cependant il ne sait pas encore ce qui arrivera ; il n'y a que les parents de la fille qui se sont dédits, mais elle n'est pas de leur avis. Il sait de bonne part qu'elle est triste, qu'elle est changée ; il est même question de pleurs : elle ne l'a pourtant vu que deux fois ; et ce que je vous dis là, je vous le rends un peu plus clairement qu'il ne l'a conté. Un fat se doute toujours un peu qu'il l'est ; et comme il a peur qu'on ne s'en doute aussi, il *biaise, il est fat le plus modestement qu'il lui est possible ; et c'est justement cette modestie-là qui rend sa fatuité sensible.

ERGASTE, *riant*. Vous avez raison.

LA MARQUISE. À côté de lui était une nouvelle mariée, d'environ trente ans, de ces visages d'un blanc fade, et qui font une physionomie longue et sotte ; et cette nouvelle épousée, telle que je vous la dépeins, avec ce visage qui, à dix ans, était antique, prenait des airs enfantins dans la conversation ; vous eussiez *dit d'une petite fille qui vient de sortir de dessous l'aile de père et de mère ; figurez-vous qu'elle est toute étonnée [2] de la nouveauté de son état ; elle n'a point de contenance assurée ; ses innocents appas sont encore tout confus

---

1. La plupart des éditions, depuis celle de Duviquet, omettent les mots *Regardez-moi*.   2. Les mêmes éditions omettent le mot *de* devant *mère* et le mot *toute* devant *étonnée*.

de son aventure ; elle n'est pas encore bien sûre qu'il soit honnête d'avoir un mari ; elle baisse les yeux quand on la regarde ; elle ne croit pas qu'il lui soit permis de parler si on ne l'interroge ; elle me faisait toujours une inclination de tête en me répondant, comme si elle m'avait remerciée de la bonté que j'avais de faire comparaison avec une personne de son âge ; elle me traitait comme une mère, moi, qui suis plus jeune qu'elle, ah, ah, ah[1] !

ERGASTE. Ah ! ah ! ah ! il est vrai que, si elle a trente ans, elle est à peu près votre aînée de deux[2].

LA MARQUISE. De près de trois, s'il vous plaît.

ERGASTE, *riant*. Est-ce là tout ?

LA MARQUISE. Non ; car il faut que je me venge de tout l'ennui que m'ont donné ces *originaux. Vis-à-vis de la petite fille de trente ans, était une assez grosse et grande femme de cinquante à cinquante-cinq ans, qui nous étalait glorieusement son embonpoint, et qui prend l'épaisseur de ses charmes pour de la beauté[3] ; elle est veuve, fort riche, et il y avait auprès d'elle un jeune homme, un cadet qui n'a rien, et qui s'épuise en platitudes pour lui faire sa cour. On a parlé du dernier bal de l'Opéra[4]. J'y étais, a-t-elle dit, et j'y trompai mes meilleurs amis, ils ne me reconnurent point. Vous ! Madame, a-t-il repris, vous, n'être pas reconnaissable ? Ah ! je vous en défie, je vous reconnus du premier coup d'œil à votre air de tête. Eh ! comment cela, Monsieur ? Oui, Madame, à je ne sais quoi de noble et d'aisé qui ne pouvait appartenir qu'à vous ; et puis vous ôtâtes un gant ; et comme, grâce au Ciel, nous avons une main[5] qui ne ressemble guère à d'autres, en la voyant je vous nommai. Et cette main sans pair, si vous l'aviez vue, Monsieur, est assez blanche, mais large, ne vous déplaise, mais charnue, mais boursouflée, mais courte, et tient au bras le mieux nourri que j'aie vu de ma vie. Je vous en parle

---

1. On comparera ces portraits avec ceux de Dorimène dans *Le Petit-Maître corrigé*, acte II, sc. II. Le rapprochement fait apparaître la variété et la souplesse de touche de Marivaux.   2. C'est pour une question d'âge que Mlle Habert l'aînée et Mme de Ferval se brouillent au troisième livre du *Paysan parvenu*. C'est aussi le détail que Marivaux choisit pour en faire le premier incident significatif des relations entre les deux personnages.   3. On pense à Mme de Fécourt, dans *Le Paysan parvenu*. Le détail du tabac, un peu plus bas dans la même tirade, la rappelle aussi (voir ce roman, éd. Classiques Garnier, p. 182).   4. Les bals de l'Opéra, instaurés depuis quelques années, étaient des bals masqués.   5. La première personne s'explique si cette phrase est considérée comme une remarque ironique, faite *a parte*, soit par le jeune homme, soit par la marquise qui rapporte ses propos.

savamment ; car la grosse dame au grand air de tête prit longtemps du tabac pour exposer cette main unique, qui a de l'étoffe pour quatre, et qui finit par des doigts d'une grosseur, d'une brièveté, à la différence de ceux de la petite fille de trente ans qui sont comme des filets.

ERGASTE, *riant*. Un peu de variété ne gâte rien.

LA MARQUISE. Notre cercle finissait par un petit homme qu'on trouvait si plaisant, si sémillant, qui ne dit rien et qui parle toujours ; c'est-à-dire qu'il a l'action vive, l'esprit froid et la parole éternelle : il était auprès d'un homme grave qui décide par monosyllabes, et dont la compagnie paraissait faire grand cas ; mais, à vous dire vrai, je soupçonne que tout son esprit est dans sa perruque : elle est ample et respectable, et je le crois fort borné quand il ne l'a pas ; les grandes perruques m'ont si souvent trompée que je n'y crois plus.

ERGASTE, *riant*. Il est constant qu'il y a de certaines têtes sur lesquelles elles en imposent.

LA MARQUISE. Grâce au Ciel, la visite a été courte, je n'aurais pu la soutenir longtemps, et je viens respirer avec vous. Quelle différence de vous à tout le monde ! Mais dites sérieusement, vous êtes donc un peu content de moi ?

ERGASTE. Plus que je ne puis dire.

LA MARQUISE. Prenez garde, car je vous crois à la lettre ; vous répondez de ma raison là-dessus, je vous l'abandonne.

ERGASTE. Prenez garde aussi de m'estimer trop.

LA MARQUISE. Vous, Ergaste ? vous êtes un homme admirable : vous me diriez que je suis parfaite que je n'en appellerais pas : je ne parle pas de la figure, entendez-vous ?

ERGASTE. Oh ! de celle-là, vous vous en passeriez bien, vous l'avez de trop.

LA MARQUISE. Je l'ai de trop ? Avec quelle simplicité il s'exprime ! vous me charmez, Ergaste, vous me charmez... À propos, vous envoyez à Paris ; dites à votre homme qu'il vienne chercher une lettre que je vais achever.

ERGASTE. Il n'y a qu'à le dire à Frontin que je vois. Frontin !

Scène V

FRONTIN, ERGASTE, LA MARQUISE

FRONTIN. Monsieur ?

ERGASTE. Suivez Madame, elle va vous donner une lettre, que vous remettrez à celui que je fais partir pour Paris.

FRONTIN. Il est lui-même chez Madame qui attend la lettre.

LA MARQUISE. Il l'aura dans un moment. J'aperçois Dorante qui se promène là-bas, et je me sauve.

ERGASTE. Et moi je vais faire mes *paquets.

Scène VI

FRONTIN, LISETTE, *qui survient*

FRONTIN. Ils me paraissent bien satisfaits tous deux. Oh ! n'importe, cela ne saurait durer.

LISETTE. Eh bien ! me voilà revenue ; qu'as-tu imaginé ?

FRONTIN. Toutes réflexions faites, je conclus qu'il faut d'abord commencer par nous brouiller tous deux.

LISETTE. Que veux-tu dire ? à quoi cela nous mènera-t-il ?

FRONTIN. Je n'en sais encore rien ; je ne saurais t'expliquer mon projet ; j'aurais de la peine à me l'expliquer à moi-même : ce n'est pas un projet, c'est une confusion d'idées fort *spirituelles qui n'ont peut-être pas le sens commun, mais qui me flattent. Je verrai clair à mesure ; à présent je n'y vois goutte. J'aperçois pourtant en perspective des discordes, des querelles, des dépits [1], des explications, des rancunes : tu m'accuseras, je t'accuserai ; on se plaindra de nous ; tu auras mal parlé, je n'aurai pas mieux dit. Tu n'y comprends rien, la chose est obscure, j'essaie, je hasarde ; je te conduirai, et tout ira bien ; m'entends-tu un peu ?

LISETTE. Oh ! belle demande ! cela est si clair !

FRONTIN. Paix ; voici nos gens qui arrivent : tu sais le rôle que je t'ai donné ; obéis, j'aurai soin du reste.

---

1. Ces mots *des dépits*, attestés par les éditions de 1739 et 1758, sont omis par des éditions modernes, qui ont tort une fois de plus de faire confiance à Duviquet.

Scène VII

DORANTE, ARAMINTE, LISETTE, FRONTIN

ARAMINTE. Ah ! c'est vous, Lisette ? nous avons cru qu'Ergaste et la Marquise se promenaient ici[1].

LISETTE. Non, Madame, mais nous parlions d'eux[2], à votre profit.

DORANTE. À mon profit ! et que peut-on faire pour moi ? La Marquise est à la veille d'épouser Ergaste ; il y a du moins lieu de le croire, à l'empressement qu'ils ont l'un pour l'autre.

FRONTIN. Point du tout, nous venons tout à l'heure de rompre ce mariage, Lisette et moi, dans notre petit conseil...

ARAMINTE. Sur ce *pied-là, vous ne vous aimez donc pas, vous autres ?

LISETTE. On ne peut pas moins.

FRONTIN. Mon étoile ne veut pas que je rende justice à Mademoiselle.

LISETTE. Et la mienne veut que je rende justice à Monsieur.

FRONTIN. Nous avions déjà *conclu d'affaire avec d'autres, et Madame loge chez elle la petite personne que j'aime.

ARAMINTE. Quoi ! Marton ?

FRONTIN. Vous l'avez dit, Madame ; mon amour est de sa façon. Quant à Mademoiselle, son cœur est allé à Dubois, c'est lui qui le possède.

DORANTE. J'en serais charmé, Lisette.

LISETTE. Laissons là ce détail ; vous aimez toujours ma maîtresse ; dans le fond elle ne vous haïssait pas, et c'est vous qui l'épouserez, je vous la donne.

FRONTIN. Et c'est Madame à qui je prends la liberté de transporter mon maître.

ARAMINTE, *riant.* Vous me le transportez, Frontin ? Et que savez-vous si je voudrai de lui ?

LISETTE. Madame a raison, tu ne lui ferais pas là un grand présent.

---

1. Les éditions de 1739 et 1758, en attribuant cette réplique à Dorante, ont un texte qui fait difficulté. Le mot *Madame*, au début de la réplique suivante, a poussé Duviquet à la donner, à juste titre, au rôle d'Araminte. Mais comment s'explique la faute ?   **2.** Les mots *à votre profit* sont adressés à Dorante, ainsi que le montre la reprise *(À mon profit !).* Ici, la faute s'explique aisément. Les indications scéniques, portées dans les manuscrits au-dessus de la ligne, disparaissent souvent.

ARAMINTE. Vous parlez fort mal, Lisette ; ce que j'ai répondu à Frontin ne signifie rien contre Ergaste, que je regarde comme un des hommes les plus dignes de l'attachement d'une femme raisonnable.

LISETTE, *d'un ton ironique*. À la bonne heure ; je le trouvais un homme fort ordinaire, et je vais le regarder comme un homme fort rare.

FRONTIN. Pour le moins aussi rare que ta maîtresse (soit dit sans préjudice de la reconnaissance que j'ai pour la bonne chère que j'ai fait[1] chez elle).

DORANTE. Halte-là, faquin ; prenez garde à ce que vous direz de Madame la Marquise.

FRONTIN. Monsieur, je défends mon maître.

LISETTE. Voyez donc cet animal ; c'est bien à toi à parler d'elle : tu nous fais là une belle comparaison.

FRONTIN, *criant*. Qu'appelles-tu une comparaison ?

ARAMINTE. Allez, Lisette, vous êtes une impertinente avec vos airs méprisants contre un homme dont je prends le parti, et votre maîtresse elle-même me fera raison du peu de respect que vous avez pour moi.

LISETTE. Pardi ! voilà bien du bruit un petit mot ; c'est donc le phénix, Monsieur Ergaste ?

FRONTIN. Ta maîtresse en est-elle un plus que nous ?

DORANTE. Paix ! vous dis-je[2].

FRONTIN. Monsieur, je suis indigné : qu'est-ce donc que sa maîtresse a qui la relève[3] tant au-dessus de mon maître ? On sait bien qu'elle est *aimable ; mais il y en a encore de plus belles, quand ce ne serait que Madame.

DORANTE, *haut*. Madame n'a que faire là-dedans, maraud ; mais je te donnerais cent coups de bâton, sans la considération que j'ai pour ton maître.

---

1. Participe non accordé dans les éditions de 1739 et 1758, comme il est usuel chez Marivaux lorsque ce participe n'est pas à la finale d'un groupe. Voir la Note grammaticale, article *participe passé*, p. 2265. **2.** *Lisette sort.* **3.** Texte de l'édition originale. L'édition de 1758 corrige : *qu'est-ce donc que sa maîtresse ? qui la relève...*

Scène VIII

DORANTE, FRONTIN, ERGASTE, ARAMINTE

ERGASTE. Qu'est-ce donc, Dorante, il me semble que tu cries ? est-ce ce coquin-là qui te fâche ?

DORANTE. C'est un insolent.

ERGASTE. Qu'as-tu donc fait, malheureux ?

FRONTIN. Monsieur, si la sincérité loge quelque part, c'est dans votre cœur[1]. Parlez : la plus belle femme du monde, est-ce la Marquise ?

ERGASTE. Non, qu'est ce que cette mauvaise plaisanterie là, butor ? La Marquise est *aimable et non pas belle.

FRONTIN, *joyeux*. Comme un ange !

ERGASTE. Sans aller plus loin, Madame a les traits plus réguliers qu'elle.

FRONTIN. J'ai prononcé de même sur ces deux articles, et Monsieur s'emporte ; il dit que sans vous la dispute finirait sur mes épaules ; je vous laisse mon bon droit à soutenir, et je me retire avec votre suffrage.

Scène IX

ERGASTE, DORANTE, ARAMINTE

ERGASTE, *riant*. Quoi ! Dorante, c'est là ce qui t'irrite ? À quoi songes-tu donc ? Eh mais ! je suis persuadé que la Marquise elle-même ne se pique pas de beauté, elle n'en a que faire pour être aimée.

DORANTE. Quoi qu'il en soit, nous sommes amis. L'opiniâtreté de cet impudent m'a choqué, et j'espère que tu voudras bien t'en défaire ; et s'il le faut, je t'en ferai prier par la Marquise, sans lui dire ce dont il s'agit.

ERGASTE. Je te demande grâce pour lui, et je suis sûr que la Marquise te la demandera elle-même. Au reste, j'étais venu savoir si vous n'avez rien à mander à Paris, où j'envoie un de mes gens qui va partir ; peut-il vous être utile ?

ARAMINTE. Je le chargerai d'un petit billet, si vous le voulez bien.

---

1. L'appât est habilement lancé. Surtout devant un public, Ergaste ne peut se dérober à sa réputation.

ERGASTE, *lui donnant la *main*. Allons, Madame, vous me le donnerez à moi-même.

La Marquise arrive au moment qu'ils sortent.

Scène X

LA MARQUISE, ERGASTE, DORANTE, ARAMINTE

LA MARQUISE. Eh ! où allez-vous donc, tous deux ?

ERGASTE. Madame va me remettre un billet pour être porté à Paris ;
et je reviens ici dans le moment, Madame.

Scène XI

DORANTE, LA MARQUISE, *après s'être regardés, et avoir gardé un grand silence*

LA MARQUISE. Eh bien ! Dorante, me promènerai-je avec un muet ?

DORANTE. Dans la triste situation où me met votre indifférence
pour moi, je n'ai rien à dire, et je ne sais que soupirer.

LA MARQUISE, *tristement*. Une triste situation et des soupirs ! que
tout cela est triste ! que vous êtes à plaindre ! mais soupirez-vous
quand je n'y suis point, Dorante ? j'ai dans l'esprit que vous me
gardez vos *langueurs.

DORANTE. Eh ! Madame, n'abusez point du pouvoir de votre
beauté : ne vous suffit-il pas de me préférer un rival ? pouvez-vous
encore avoir la cruauté de railler un homme qui vous adore ?

LA MARQUISE. Qui m'adore ! l'expression est grande et magnifique
assurément : mais je lui trouve un défaut ; c'est qu'elle me glace, et
vous ne la prononcez jamais que je ne sois tentée d'être aussi muette
qu'une idole.

DORANTE. Vous me désespérez, fut-il jamais d'homme plus maltraité que je le suis ? fut-il de passion plus méprisée ?

LA MARQUISE. Passion ! j'ai vu ce mot-là dans *Cyrus* ou dans *Cléopâtre*[1]. Eh ! Dorante, vous n'êtes pas indigne qu'on vous aime ; vous

---

1. La réplique de la marquise rappelle la critique de l'une des dames des
Lettres au Mercure contre les « livres hérétiques », *Pharamond*, *Cassandre* et
Cléopâtre, de La Calprenède, auxquels s'ajoute ici le *Cyrus* de Mlle de Scudéry : ce sont les ouvrages qui enseignent la tendresse romanesque. Larroumet a rapproché de ce passage une tirade de Shakespeare dans *Comme il*

avez de tout, de l'honneur, de la naissance, de la fortune, et même des agréments ; je dirai même que vous m'auriez peut-être plu ; mais je n'ai jamais pu me fier à votre amour ; je n'y ai point de foi, vous l'exagérez trop ; il révolte la simplicité de caractère que vous me connaissez. M'aimez-vous beaucoup ? ne m'aimez-vous guère ? faites-vous semblant de m'aimer ? c'est ce que je ne saurais décider. Eh ! le moyen d'en juger mieux, à travers toutes les *emphases ou toutes les impostures galantes dont vous l'enveloppez ? Je ne sais plus que soupirer, dites-vous. Y a-t-il rien de si plat ? Un homme qui aime une femme raisonnable ne dit point : Je soupire ; ce mot n'est pas assez sérieux pour lui, pas assez vrai ; il dit : Je vous aime ; je voudrais bien que vous m'aimassiez ; je suis bien mortifié que vous ne m'aimiez pas : voilà tout, et il n'y a que cela dans votre cœur non plus. Vous n'y verrez, ni que vous m'adorez, car c'est parler en poète ; ni que vous êtes désespéré, car il faudrait vous enfermer ; ni que je suis cruelle, car je vis *doucement avec tout le monde ; ni peut-être que je suis belle, quoique à tout prendre il se pourrait que je la fusse ; et je demanderai à Ergaste ce qui en est ; je compterai sur ce qu'il me dira ; il est sincère : c'est par là que je l'estime ; et vous me rebutez par le contraire.

DORANTE, *vivement.* Vous me poussez à bout ; mon cœur en[1] est plus croyable qu'un misanthrope qui voudra peut-être passer pour sincère à vos dépens, et aux dépens de la sincérité même. À mon égard, je n'exagère point : je dis que je vous adore, et cela est vrai ; ce que je sens pour vous ne s'exprime que par ce mot-là. J'appelle aussi mon amour une passion, parce que c'en est une ; je dis que votre raillerie me désespère, et je ne dis rien de trop ; je ne saurais rendre autrement la douleur que j'en ai ; et s'il ne faut pas m'enfermer, c'est que je ne suis qu'affligé, et non pas insensé. Il est encore

---

vous plaira, acte III, sc. v, où une femme répond à son amant, qui l'accuse de cruauté : « Je ne voudrais pas être ton bourreau, et je te fuis précisément parce que je ne voudrais pas te faire du mal. Tu me dis que mes yeux t'assassinent : voilà qui est joli, ma foi, et se rapproche beaucoup de la vérité, d'appeler assassins, tyrans et bouchers, les yeux, qui sont les organes les plus frêles et les plus doux... » Ce rapprochement n'implique pourtant aucune influence directe. Les ressemblances textuelles sont d'ailleurs peu frappantes. En outre, par les *Lettres au Mercure*, Marivaux se rattache à une autre tradition, celle de la critique des « folies romanesques ».

1. C'est-à-dire : est plus croyable sur ce point. C'est à tort que des éditions modernes, à la suite de Duviquet, suppriment ce *en*, attesté par les éditions anciennes et utile au sens.

vrai que je soupire, et que je me meurs[1] d'être méprisé : oui, je m'en meurs, oui, vos railleries sont cruelles, elles me pénètrent le cœur, et je le dirai toujours. Adieu, Madame ; voici Ergaste, cet homme si sincère, et je me retire. Jouissez à loisir de la froide et orgueilleuse tranquillité avec laquelle il vous aime.

LA MARQUISE, *le voyant s'en aller*. Il en faut convenir, ces dernières fictions-ci[2] sont assez pathétiques.

Scène XII

LA MARQUISE, ERGASTE

ERGASTE. Je suis charmé de vous trouver seule, Marquise ; je ne m'y attendais pas. Je viens d'écrire à mon frère à Paris ; savez-vous ce que je lui mande ? ce que je ne vous ai pas encore dit à vous-même.

LA MARQUISE. Quoi donc ?

ERGASTE. Que je vous aime.

LA MARQUISE, *riant*. Je le savais, je m'en étais aperçue.

ERGASTE. Ce n'est pas là tout ; je lui marque encore une chose.

LA MARQUISE. Qui est ?...

ERGASTE. Que je croyais ne vous pas déplaire.

LA MARQUISE. Toutes vos nouvelles sont donc vraies ?

ERGASTE. Je vous reconnais à cette réponse franche.

LA MARQUISE. Si c'était le contraire, je vous le dirais tout aussi *uniment.

ERGASTE. À ma première lettre, si vous voulez, je manderai tout net que je vous épouserai bientôt.

LA MARQUISE. Eh mais ! apparemment.

ERGASTE. Et comme on peut se marier à la campagne, je pourrai même mander que c'en est fait.

LA MARQUISE, *riant*. Attendez ; laissez-moi respirer : en vérité, vous allez si vite que je me suis crue mariée.

ERGASTE. C'est que ce sont de ces choses qui vont *tout de suite, quand on s'aime.

LA MARQUISE. Sans difficulté ; mais, dites-moi, Ergaste, vous êtes

---

1. Texte de l'édition originale. Celle de 1758 porte : *et que je meurs*.
2. Texte de 1739. L'édition de 1758 porte : *ces dernières fictions* ; *ci* a pu tomber par faute typographique.

homme vrai : qu'est-ce que c'est que votre amour ? car je veux être véritablement aimée.

Ergaste. Vous avez raison ; aussi vous aimé-je [1] de tout mon cœur.

La Marquise. Je vous crois. N'avez-vous jamais rien aimé plus que moi ?

Ergaste. Non, d'homme d'honneur : passe pour autant une fois en ma vie. Oui, je pense bien avoir aimé autant ; pour plus, je n'en ai pas l'idée ; je crois même que cela ne serait pas possible.

La Marquise. Oh ! très possible, je vous en réponds ; rien n'empêche que vous m'aimiez encore davantage : je n'ai qu'à être plus *aimable et cela ira plus loin ; passons. Laquelle de nous deux vaut le mieux, de celle que vous aimiez ou de moi ?

Ergaste. Mais ce sont des grâces différentes ; elle en avait infiniment [2].

La Marquise. C'est-à-dire un peu plus que moi.

Ergaste. Ma foi, je serais fort embarrassé de décider là-dessus.

La Marquise. Et moi, non, je prononce. Votre incertitude décide ; comptez aussi que vous l'aimiez plus que moi.

Ergaste. Je n'en crois rien.

La Marquise, *riant*. Vous rêvez ; n'aime-t-on pas toujours les gens à proportion de ce qu'ils sont aimables ? et dès qu'elle l'était plus que je ne le [3] suis, qu'elle avait plus de grâces, il a bien fallu que vous l'aimassiez davantage ? votre cœur n'a guère de mémoire [4].

Ergaste. Elle avait plus de grâces ? mais c'est ce qui est indécis, et si indécis, que je penche à croire que vous en avez bien autant.

La Marquise. Oui ! penchez-vous, vraiment ? cela est *considérable ; mais savez-vous à quoi je penche, moi ?

Ergaste. Non.

La Marquise. À laisser là cette égalité si équivoque, elle ne me tente point ; j'aime autant la perdre que de la gagner, en vérité.

Ergaste. Je n'en doute pas ; je sais votre indifférence là-dessus, d'autant plus que si cette égalité n'y est point, ce serait de si peu de chose !

La Marquise, *vivement*. Encore ! Eh ! je vous dis que je n'en veux

---

1. Écrit *aimai-je*, selon l'usage de Marivaux, dans les éditions de 1739 et 1758. **2.** Ergaste ne semble pas penser à Araminte. Voir plus loin le passage où il sera question d'elle. **3.** Texte de 1739. L'édition de 1758 corrige : *que je ne la suis*. **4.** Cette dernière phrase, jugée sans doute précieuse, disparaît de la plupart des éditions modernes depuis celle de Duviquet.

point, que j'y renonce. À quoi sert d'éplucher ce qu'elle a de plus, ce que j'ai de moins ? Ne vous travaillez plus à nous évaluer ; mettez-vous l'esprit en repos ; je lui cède, j'en ferai un astre, si vous voulez.

ERGASTE, *riant.* Ah ! ah ! ah ! votre badinage me charme ; il en sera donc ce qu'il vous plaira ; l'essentiel est que je vous aime autant que je l'aimais.

LA MARQUISE. Vous me faites bien de la grâce ; quand vous en *rabattriez, je ne m'en plaindrais pas. Continuons, vos naïvetés m'amusent, elles sont de si bon goût ! Vous avez paru, ce me semble, avoir quelque inclination pour Araminte ?

ERGASTE. Oui, je me suis senti quelque envie de l'aimer ; mais la difficulté de pénétrer ses dispositions m'a rebuté. On risque toujours de se méprendre avec elle, et de croire qu'elle est *sensible quand elle n'est qu'*honnête ; et cela ne me convient point[1].

LA MARQUISE, *ironiquement.* Je fais grand cas d'elle ; comment la trouvez-vous ? à qui de nous deux, amour à part, donneriez-vous la préférence ? ne me trompez point.

ERGASTE. Oh ! jamais, et voici ce que j'en pense : Araminte a de la beauté, on peut dire que c'est une belle femme.

LA MARQUISE. Fort bien. Et quant à moi, à cet égard-là, je n'ai qu'à me cacher, n'est-ce pas ?

ERGASTE. Pour vous, Marquise, vous plaisez plus qu'elle.

LA MARQUISE, *à part, en riant.* J'ai tort, je passe l'étendue de mes droits. Ah ! le sot homme ! qu'il est plat ! Ah ! ah ! ah !

ERGASTE. Mais de quoi riez-vous donc ?

LA MARQUISE. Franchement, c'est que vous êtes un mauvais connaisseur, et qu'à dire vrai, nous ne sommes belles ni l'une ni l'autre.

ERGASTE. Il me semble cependant qu'une certaine régularité de traits[2]...

LA MARQUISE. Visions, vous dis-je ; pas plus belles l'une que l'autre. De la régularité dans les traits d'Araminte ! de la régularité ! vous me

---

1. À certains égards, l'exigence d'Ergaste d'être aimé pour lui-même rejoint celle du prince dans *La Double Inconstance*, de Dorante et Silvia dans *Le Jeu de l'amour et du hasard*, de Lucidor dans *L'Épreuve*. Mais Marivaux met en lumière ce qu'il y entre, fondamentalement, de vanité, voire de fatuité.　**2.** Il faut penser ici à l'actrice chargée du rôle, de même que, plus loin, lorsqu'il est question du partage de la marquise, qui est de « plaire », le trait est inspiré à Marivaux par l'actrice Silvia.

faites pitié ! et si je vous disais qu'il y a mille gens qui trouvent quelque chose de *baroque dans son air ?

ERGASTE. Du baroque à Araminte !

LA MARQUISE. Oui, Monsieur, du baroque ; mais on s'y accoutume, et voilà tout ; et quand je vous accorde que nous n'avons pas plus de beauté l'une que l'autre, c'est que je ne me soucie guère de me faire tort ; mais croyez que tout le monde la trouvera encore plus éloignée d'être belle que moi, tout effroyable [1] que vous me faites.

ERGASTE. Moi, je vous fais effroyable ?

LA MARQUISE. Mais il faut bien, dès que je suis au-dessous d'elle.

ERGASTE. J'ai dit que votre partage était de plaire plus qu'elle.

LA MARQUISE. Soit, je plais davantage, mais je commence par faire peur.

ERGASTE. Je puis m'être trompé, cela m'arrive souvent ; je réponds de la sincérité de mes sentiments, mais je n'en garantis pas la justesse.

LA MARQUISE. À la bonne heure ; mais quand on a le goût faux, c'est une triste qualité que d'être sincère.

ERGASTE. Le plus grand défaut de ma sincérité, c'est qu'elle est trop forte.

LA MARQUISE. Je ne vous écoute pas, vous voyez de travers ; ainsi changeons de discours, et laissons là Araminte. Ce n'est pas la peine de vous demander ce que vous pensiez de la différence de nos esprits, vous ne savez pas juger.

ERGASTE. Quant à vos esprits, le vôtre me paraît bien vif, bien *sensible, bien délicat.

LA MARQUISE. Vous *biaisez ici, c'est vain et emporté que vous voulez dire.

Scène XIII

LA MARQUISE, ERGASTE, LISETTE

LA MARQUISE. Mais que vient faire ici Lisette ? À qui en voulez-vous ?

LISETTE. À Monsieur, Madame ; je viens vous avertir d'une chose ; Monsieur, vous savez que tantôt Frontin a osé dire à Dorante même qu'Araminte était beaucoup plus belle que ma maîtresse ?

---

1. Cet adjectif s'explique par la locution *laide à faire peur*.

LA MARQUISE. Quoi ! qu'est-ce donc, Lisette ? est-ce que nos beautés ont déjà été débattues ?

LISETTE. Oui, Madame, et Frontin vous mettait bien au-dessous [1] d'Araminte, elle présente et moi aussi.

LA MARQUISE. Elle présente ! Qui répondait ?

LISETTE. Qui laissait dire.

LA MARQUISE, *riant*. Eh mais, conte-moi donc cela. Comment ! je suis en procès sur d'aussi grands intérêts, et je n'en savais rien ! Eh bien ?

LISETTE. Ce que je veux apprendre à Monsieur, c'est que Frontin dit qu'il est arrivé dans le temps que Dorante se fâchait, s'emportait contre lui en faveur de Madame.

LA MARQUISE. Il s'emportait, dis-tu ? toujours en présence d'Araminte ?

LISETTE. Oui, Madame ; sur quoi Frontin dit donc que vous êtes arrivé, Monsieur ; que vous avez demandé à Dorante de quoi il se plaignait, et que, l'ayant su, vous avez extrêmement loué son avis, je dis l'avis de Frontin ; que vous y avez applaudi, et déclaré que Dorante était un flatteur ou n'y voyait goutte ; voilà ce que cet effronté publie, et j'ai cru qu'il était à propos de vous informer d'un discours qui ne vous ferait pas honneur, et qui ne convient ni à vous ni à Madame.

LA MARQUISE, *riant*. Le rapport de Frontin est-il exact, Monsieur ?

ERGASTE. C'est un sot, il en a dit beaucoup trop : il est faux que je l'aie applaudi ou loué : mais comme il ne s'agissait que de la beauté, qu'on ne saurait contester à Araminte, je me suis contenté de dire froidement que je ne voyais pas qu'il eût tort.

LA MARQUISE, *d'un air critique et sérieux*. Il est vrai que ce n'est pas là applaudir, ce n'est que confirmer, qu'appuyer la chose [2].

ERGASTE. Sans doute.

LA MARQUISE. Toujours devant Araminte ?

ERGASTE. Oui ; et j'ai même ajouté, par une estime particulière pour vous, que vous seriez de mon avis vous-même.

LA MARQUISE. Ah ! vous m'excuserez. Voilà où l'oracle s'est trop

---

1. Texte de l'édition originale. L'édition de 1758 porte par erreur *au-dessus*. **2.** Les distinctions de synonymes sont coutumières dans la conversation des salons aussi bien que sous la plume des moralistes : l'abbé Girard devait entrer à l'Académie sur la seule réputation que lui valut son *Dictionnaire des Synonymes*. C'est ce qui rend plus sensible l'ironie de la marquise, qui ne met aucune différence entre *applaudir, confirmer* ou *appuyer*.

avancé ; je ne justifierai point votre estime : j'en suis fâchée ; mais je connais Araminte, et je n'irai point confirmer aussi une décision qui lui tournerait la tête ; car elle est si sotte : je gage qu'elle vous aura cru, et il n'y aurait plus moyen de vivre avec elle. Laissez-nous, Lisette.

Scène XIV

LA MARQUISE, ERGASTE

LA MARQUISE. Monsieur, vous m'avez rendu compte de votre cœur ; il est juste que je vous rende compte du mien.

ERGASTE. Voyons.

LA MARQUISE. Ma première inclination a d'abord été mon mari, qui valait mieux que vous, Ergaste, soit dit sans rien diminuer de l'estime que vous méritez.

ERGASTE. Après, Madame ?

LA MARQUISE. Depuis sa mort, je me suis senti, il y a deux ans, quelque sorte de penchant pour un étranger qui demeura peu de temps à Paris, que je refusai de voir, et que je perdis de vue ; homme à peu près de votre taille, ni mieux ni plus mal fait ; de ces figures passables, peut-être un peu plus remplie, un peu moins fluette, un peu moins décharnée que la vôtre.

ERGASTE. Fort bien. Et de Dorante, que m'en direz-vous, Madame ?

LA MARQUISE. Qu'il est plus doux, plus complaisant, qu'il a la mine un peu plus distinguée, et qu'il pense plus modestement de lui que vous ; mais que vous plaisez davantage [1].

ERGASTE. J'ai tort aussi, très tort : mais ce qui me surprend, c'est qu'une figure aussi chétive que la mienne, qu'un homme aussi désagréable, aussi revêche, aussi sottement [2] infatué de lui-même, ait pu gagner votre cœur.

LA MARQUISE. Est-ce que nos cœurs ont de la raison ? Il entre tant de caprices dans les inclinations !

ERGASTE. Il vous en a fallu un des plus déterminés pour pouvoir m'aimer avec de si terribles défauts, qui sont peut-être vrais, dont je vous suis obligé de m'avertir, mais que je ne savais guère.

---

1. Allusion ironique à un mot d'Ergaste, sc. xii. **2.** Texte de l'édition originale. L'édition de 1758 porte *fortement* au lieu de *sottement*. Les deux mots sont très semblables dans l'écriture comme dans la typographie du temps.

LA MARQUISE. Hé ! savais-je, moi, que j'étais vaine, laide et *mutine ? Vous me l'apprenez, et je vous rends instruction pour instruction.

ERGASTE. Je tâcherai d'en profiter ; tout ce que je crains, c'est qu'un homme aussi commun, et qui vaut si peu, ne vous rebute.

LA MARQUISE, *froidement*. Hé ! dès que vous pardonnez à mes désagréments, il est juste que je pardonne à la petitesse de votre mérite.

ERGASTE. Vous me rassurez.

LA MARQUISE, *à part*. Personne ne viendra-t-il me délivrer de lui ?

ERGASTE. Quelle heure est-il ?

LA MARQUISE. Je crois qu'il est tard.

ERGASTE. Ne trouvez-vous pas que le temps se brouille ?

LA MARQUISE. Oui, nous aurons de l'orage.

Ils sont quelque temps sans se parler.

ERGASTE. Je suis d'avis de vous laisser ; vous me paraissez rêver.

LA MARQUISE. Non, c'est que je m'ennuie ; ma sincérité ne vous choquera pas.

ERGASTE. Je vous en remercie, et je vous quitte ; je suis votre serviteur.

LA MARQUISE. Allez, Monsieur... À propos, quand vous écrirez à votre frère, n'allez pas si vite sur les nouvelles de notre mariage.

ERGASTE. Madame, je ne lui en dirai plus rien.

Scène XV
LA MARQUISE, *un moment seule* ; LISETTE *survient*

LA MARQUISE, *seule*. Ah ! je respire. Quel homme avec son imbécile sincérité ! Assurément, s'il dit vrai, je ne suis pas une jolie personne.

LISETTE. Hé bien, Madame ! que dites-vous d'Ergaste ? est-il assez étrange ?

LA MARQUISE. Hé ! Mais, après tout, peut-être pas si étrange, Lisette ; je ne sais plus qu'en penser moi-même ; il a peut-être raison ; je me méfie de tout ce qu'on m'a dit jusqu'ici de flatteur pour moi ; et surtout de ce que m'a dit ton Dorante, que tu aimes tant, et qui doit être le plus grand fourbe, le plus grand menteur avec ses adulations. Ah ! que je me sais bon gré de l'avoir rebuté [1] !

---

1. Par une démarche caractéristique, la marquise se félicite de ce qu'elle commence à regretter d'avoir fait. Peu importe. L'essentiel est que sa pensée, inconsciemment, revienne à Dorante.

LISETTE. Fort bien ; c'est-à-dire que nous sommes tous des aveugles. Toute la terre s'accorde à dire que vous êtes une des plus jolies femmes de France, je vous épargne le mot de belle, et toute la terre en a menti.

LA MARQUISE. Mais, Lisette, est-ce qu'on est sincère ? toute la terre est polie [1]...

LISETTE. Oh ! vraiment, oui ; le témoignage d'un hypocondre est bien plus sûr.

LA MARQUISE. Il peut se tromper, Lisette ; mais il dit ce qu'il voit.

LISETTE. Où a-t-il donc pris des yeux ? Vous m'impatientez. Je sais bien qu'il y a des minois d'un mérite incertain, qui semblent jolis aux uns, et qui ne le semblent pas aux autres ; et si vous aviez un de ceux-là, qui ne laissent pas de distinguer beaucoup une femme, j'excuserais votre méfiance. Mais le vôtre est charmant ; petits et grands, jeunes et vieux, tout en convient, jusqu'aux femmes ; il n'y a qu'un cri là-dessus. Quand on me donna à vous, que me dit-on ? Vous allez servir une dame charmante. Quand je vous vis, comment vous trouvai-je ? charmante. Ceux qui viennent ici, ceux qui vous rencontrent, comment vous trouvent-ils ? charmante. À la ville, aux champs, c'est le même écho, partout charmante ; que diantre ! y a-t-il rien de plus confirmé, de plus prouvé, de plus indubitable ?

LA MARQUISE. Il est vrai qu'on ne dit point [2] cela d'une figure ordinaire ; mais tu vois pourtant ce qui m'arrive ?

LISETTE, *en colère.* Pardi ! vous avez un furieux penchant à vous rabaisser, je n'y saurais tenir ; la petite opinion que vous avez de vous est insupportable.

LA MARQUISE. Ta colère me divertit.

LISETTE. Tenez, il vous est venu tantôt compagnie ; il y avait des hommes et des femmes. J'étais dans la salle d'en bas [3] quand ils sont descendus, j'entendais ce qu'ils disaient ; ils parlaient de vous, et précisément de beauté, d'agréments.

LA MARQUISE. En descendant ?

---

1. Les jeux de mots de ce genre sont traditionnels. On lit dans *Le Testament* de Fontenelle, acte II, sc. III : « *Eudamidas :* Il n'y a rien de si joli dans toute la Grèce. *Glycon :* Cela se peut, seigneur, mais je n'ai pas vu toute la Grèce. » **2.** L'édition de 1758 change *point* en *pas.* **3.** Le plan d'une demeure du temps, hôtel, château ou maison bourgeoise, comprend, au rez-de-chaussée, une salle commune, où se tiennent les domestiques et où l'on reçoit les fournisseurs, tandis que les *appartements* des maîtres sont à l'étage supérieur.

LISETTE. Oui, en descendant : mais il faudra que votre misanthrope les *redresse, car ils étaient aussi sots que moi.

LA MARQUISE. Et que disaient-ils donc ?

LISETTE. Des bêtises, ils n'avaient pas le sens commun ; c'étaient des yeux fins, un regard vif, une bouche, un sourire, un teint, des grâces ! enfin des visions, des chimères.

LA MARQUISE. Et ils ne te voyaient point ?

LISETTE. Oh ! vous me feriez mourir ; la porte était fermée sur moi.

LA MARQUISE. Quelqu'un de mes gens pouvait être là ; ce n'est pas par vanité, au reste, que je suis en peine de savoir ce qui en est ; car est-ce par là qu'on vaut quelque chose ? Non, c'est qu'il est bon de se connaître. Mais voici le plus hardi de mes flatteurs.

LISETTE. Il n'en est pas moins outré des impertinences de Frontin dont il a été témoin.

Scène XVI

LA MARQUISE, DORANTE, LISETTE

LA MARQUISE. Eh bien ! Monsieur, prétendez-vous que je vous *passe encore vos soupirs, vos *je vous adore*, vos *enchantements sur ma personne ? Venez-vous encore m'entretenir de mes appas ? J'ai interrogé un homme vrai pour achever de vous connaître, j'ai vu Ergaste ; allez savoir ce qu'il pense de moi ; il vous dira si je dois être contente du sot amour-propre que vous m'avez supposé par toutes vos exagérations.

LISETTE. Allez, Monsieur, il vous apprendra que Madame est laide.

DORANTE. Comment ?

LISETTE. Oui, laide, c'est une nouvelle découverte ; à la vérité, cela ne se voit qu'avec les lunettes [1] d'Ergaste.

LA MARQUISE. Il n'est pas question de plaisanter, peu m'importe ce que je suis à cet égard ; ce n'est pas l'intérêt que j'y prends qui me fait parler, pourvu que mes amis me croient le cœur bon et l'esprit bien fait, je les *quitte du reste : mais qu'un homme que je voulais estimer, dont je voulais être sûre, m'ait regardée comme une femme dont il croyait que ses flatteries démonteraient la petite cervelle, voilà ce que je lui reproche.

---

1. Jeu de mots sur les *lunettes*, qui, en relation avec la *nouvelle découverte*, peuvent désigner des lunettes astronomiques.

DORANTE, *vivement*. Et moi, Madame, je vous déclare que ce n'est plus ni vous ni vos grâces que je défends ; vous êtes fort libre de penser de vous ce qu'il vous plaira, je ne m'y oppose point ; mais je ne suis ni un adulateur ni un visionnaire, j'ai les yeux bons, j'ai le jugement sain, je sais rendre justice ; et je soutiens que vous êtes une des femmes du monde la plus *aimable, la plus touchante [1], je soutiens qu'il n'y aura point de contradiction là-dessus ; et tout ce qui me fâche en le disant, c'est que je ne saurais le soutenir sans faire l'éloge d'une personne qui m'outrage, et que je n'ai nulle envie de louer.

LISETTE. Je suis de même ; on est fâché du bien qu'on dit d'elle.

LA MARQUISE. Mais comment se peut-il qu'Ergaste me trouve difforme et vous charmante ? comment cela se peut-il ? c'est pour votre honneur que j'insiste ; les sentiments varient-ils jusque-là ? Ce n'est jamais que du plus au moins qu'on diffère ; mais du blanc au noir, du tout au rien, je m'y perds.

DORANTE, *vivement*. Ergaste est un extravagant, la tête lui tourne ; cet esprit-là ne fera pas bonne fin.

LISETTE. Lui ? je ne lui donne pas six mois sans avoir besoin d'être enfermé.

DORANTE. Parlez, Madame, car je suis *piqué ; c'est votre sincérité que j'interroge : vous êtes-vous jamais présentée nulle part, au spectacle, en compagnie, que vous n'ayez fixé les yeux de tout le monde, qu'on ne vous y ait distinguée ?

LA MARQUISE. Mais... qu'on ne m'ait distinguée...

DORANTE. Oui, Madame, oui, je m'en fierai à ce que vous en savez, je ne vous crois pas capable de me tromper.

LISETTE. Voyons comment Madame se tirera de ce pas-ci. Il faut répondre.

LA MARQUISE. Hé bien ! j'avoue que la question m'embarrasse.

DORANTE. Hé ! morbleu ! Madame, pourquoi me condamnez-vous donc ?

LA MARQUISE. Mais cet Ergaste ?

LISETTE. Mais cet Ergaste est si *hypocondre, qu'il a l'extravagance de trouver Araminte mieux que vous.

DORANTE. Et cette Araminte est si dupe, qu'elle en est émue, qu'elle se rengorge, et s'en estime plus qu'à l'ordinaire.

LA MARQUISE. Tout de bon ? cette pauvre petite femme ! ah ! ah !

---

1. Il faut songer que Marivaux fait encore ici le portrait de Silvia.

ah ! ah !... Je voudrais bien voir l'air qu'elle a dans sa nouvelle fortune. Elle est donc bien gonflée ?

DORANTE. Ma foi, je l'excuse ; il n'y a point de femme, en pareil cas, qui ne se *redressât aussi bien qu'elle.

LA MARQUISE. Taisez-vous, vous êtes un fripon ; peu s'en faut que je ne me redresse aussi, moi.

DORANTE. Je parle d'elle, Madame, et non pas de vous.

LA MARQUISE. Il est vrai que je me sens obligée de dire, pour votre justification, qu'on a toujours mis quelque différence entre elle et moi ; je ne serais pas de bonne foi si je le niais ; ce n'est pas qu'elle ne soit *aimable.

DORANTE. Très aimable ; mais en fait de grâces il y a bien des degrés.

LA MARQUISE. J'en conviens ; j'entends raison quand il faut.

DORANTE. Oui, quand on vous y force.

LA MARQUISE. Hé ! pourquoi est-ce que je dispute ? ce n'est pas pour moi, c'est pour vous ; je ne demande pas mieux que d'avoir tort pour être satisfaite de votre caractère.

DORANTE. Ce n'est pas que vous n'ayez vos défauts ; vous en avez, car je suis sincère aussi, moi, sans me vanter de l'être.

LA MARQUISE, *étonnée*. Ah ! ah ! mais vous me charmez, Dorante ; je ne vous connaissais pas. Hé bien ! ces défauts, je veux que vous me les disiez, au moins. Voyons.

DORANTE. Oh ! voyons. Est-il permis, par exemple, avec une figure aussi *distinguée que la vôtre, et faite au *tour, est-il permis de vous négliger quelquefois autant que vous le faites ?

LA MARQUISE. Que voulez-vous ? c'est distraction, c'est souvent pur oubli de moi-même.

DORANTE. Tant pis ; ce matin encore vous marchiez toute courbée, pliée en deux comme une femme de quatre-vingts[1] ans, et cela avec la plus belle taille du monde !

LISETTE. Oh ! oui ; le plus souvent cela va comme cela peut.

LA MARQUISE. Hé bien ! tu vois, Lisette ; en bon français, il me dit que je ressemble à une vieille, que je suis contrefaite, que j'ai mauvaise façon ; et je ne m'en fâche pas, je l'en remercie : *d'où vient ? c'est qu'il a raison et qu'il parle juste.

---

1. Les éditions de 1739 et 1758 écrivent *quatre-vingt* sans *s*.

DORANTE. J'ai eu mille fois envie[1] de vous dire comme aux enfants : Tenez-vous droite.

LA MARQUISE. Vous ferez fort bien ; je ne vous rendais pas justice, Dorante : et encore une fois il faut vous connaître ; je doutais même que vous m'aimassiez, et je résistais à mon penchant pour vous.

DORANTE. Ah ! Marquise !

LA MARQUISE. Oui, j'y résistais : mais j'ouvre les yeux, et tout à l'heure vous allez être vengé. Écoutez-moi, Lisette ; le notaire d'ici[2] est actuellement dans mon cabinet qui m'arrange des papiers ; allez lui dire qu'il tienne tout prêt un contrat de mariage. *(À Dorante.)* Voulez-vous bien qu'il le remplisse de votre nom et du mien, Dorante ?

DORANTE, *lui baisant la main.* Vous me transportez, Madame !

LA MARQUISE. Il y a longtemps que cela devrait être fait. Allez, Lisette, et approchez-moi cette table ; y a-t-il dessus tout ce qu'il faut pour écrire ?

LISETTE. Oui, Madame, voilà la table, et je cours au notaire.

LA MARQUISE. N'est-ce pas Araminte que je vois ? que vient-elle nous dire ?

Scène XVII

ARAMINTE, LA MARQUISE, DORANTE

ARAMINTE, *en riant.* Marquise, je viens rire avec vous d'un discours sans jugement, qu'un valet a tenu, et dont je sais que vous êtes informée. Je vous dirais bien que je le désavoue, mais je pense qu'il n'en est pas besoin ; vous me faites apparemment la justice de croire que je me connais, et que je sais à quoi m'en tenir sur pareille folie.

LA MARQUISE. De grâce, permettez-moi d'écrire un petit billet qui presse, il n'interrompra point notre entretien.

ARAMINTE. Que je ne vous gêne point.

LA MARQUISE, *écrivant.* Ne parlez-vous pas de ce qui s'est passé tantôt devant vous, Madame ?

ARAMINTE. De cela même.

LA MARQUISE. Hé bien ! il n'y a plus qu'à vous féliciter de votre

---

1. Texte de l'édition originale. L'édition de 1758 porte : *J'ai eu mille envies.* **2.** Le notaire du lieu, puisque la scène se passe à la campagne dans la maison de la marquise.

bonne fortune. Tout ce qu'on y pourrait souhaiter de plus, c'est qu'Ergaste fût un meilleur juge.

ARAMINTE. C'est donc par modestie que vous vous méfiez de son jugement ; car il vous a traitée plus favorablement que moi : il a décidé que vous plaisiez davantage, et je changerais bien mon partage contre vous.

LA MARQUISE. Oui-da ; je sais qu'il vous trouve régulière, mais point touchante ; c'est-à-dire que j'ai des grâces, et vous des traits : mais je n'ai pas plus de foi à mon partage qu'au vôtre ; je dis le vôtre *(elle se lève après avoir plié son billet)* parce qu'entre nous nous savons que nous ne sommes belles ni l'une ni l'autre.

ARAMINTE. Je croirais assez la moitié de ce que vous dites.

LA MARQUISE, *plaisantant*. La moitié !

DORANTE, *les interrompant*. Madame, vous faut-il quelqu'un pour donner votre billet ? souhaitez-vous que j'appelle ?

LA MARQUISE. Non, je vais le donner moi-même. *(À Araminte.)* Pardonnez si je vous quitte, Madame ; j'en agis sans façon.

Scène XVIII

ERGASTE, ARAMINTE

ERGASTE. Je ne sais si je dois me présenter devant vous.

ARAMINTE. Je ne sais pas trop si je dois [1] vous regarder moi-même ; mais d'où vient que vous hésitez ?

ERGASTE. C'est que mon peu de mérite et ma mauvaise *façon m'intimident ; car je sais toutes mes vérités, on me les a dites.

ARAMINTE. J'avoue que vous avez bien des défauts.

ERGASTE. Auriez-vous le courage de me les *passer ?

ARAMINTE. Vous êtes un homme si *particulier !

ERGASTE. D'accord.

ARAMINTE. Un enfant sait mieux ce qu'il vaut, se connaît mieux que vous ne vous connaissez.

ERGASTE. Ah ! que me voilà bien !

ARAMINTE. Défiant sur le bien qu'on vous veut jusqu'à en être ridicule.

ERGASTE. C'est que je ne mérite pas qu'on m'en veuille.

---

1. Texte de 1739 et 1758. Des éditions modernes portent à tort *si je puis* au lieu de *si je dois*.

ARAMINTE. Toujours concluant que vous déplaisez.

ERGASTE. Et que je déplairai toujours.

ARAMINTE. Et par là toujours ennemi de vous-même : en voici une preuve ; je gage que vous m'aimiez, quand vous m'avez quittée ?

ERGASTE. Cela n'est pas douteux. Je ne l'ai cru autrement que par pure imbécillité.

ARAMINTE. Et qui plus est, c'est que vous m'aimez encore, c'est que vous n'avez pas cessé d'un instant[1].

ERGASTE. Pas d'une minute.

Scène XIX

ARAMINTE, ERGASTE, LISETTE

LISETTE, *donnant un billet à Ergaste.* Tenez, Monsieur, voilà ce qu'on vous envoie.

ERGASTE. De quelle part ?

LISETTE. De celle de ma maîtresse.

ERGASTE. Hé ! où est-elle donc ?

LISETTE. Dans son cabinet, d'où elle vous fait ses compliments.

ERGASTE. Dites-lui que je les lui rends dans la salle où je suis.

LISETTE. Ouvrez, ouvrez.

ERGASTE *lit. Vous n'êtes pas au fait de mon caractère ; je ne suis peut-être pas mieux au fait du vôtre ; quittons-nous, Monsieur, actuellement nous n'avons point d'autre parti à prendre.*

ERGASTE, *rendant le billet.* Le conseil est bon, je vais dans un moment l'assurer de ma parfaite obéissance.

LISETTE. Ce n'est pas la peine ; vous l'allez voir paraître, et je ne suis envoyée que pour vous préparer sur votre disgrâce.

Scène XX

ERGASTE, ARAMINTE

ERGASTE. Madame, j'ai encore une chose à vous dire.

ARAMINTE. Quoi donc ?

ERGASTE. Je soupçonne que le notaire est là-dedans qui passe un contrat de mariage ; n'écrira-t-il rien en ma faveur ?

---

1. Araminte ne manque pas l'occasion d'utiliser la suggestion verbale pour achever de guérir Ergaste.

ARAMINTE. En votre faveur ! mais vous êtes bien hardi ; vous avez donc compté que je vous pardonnerais ?

ERGASTE. Je ne le mérite pas.

ARAMINTE. Cela est vrai, et je ne vous aime plus ; mais quand le notaire viendra, nous verrons.

Scène XXI

LA MARQUISE, ERGASTE, ARAMINTE, DORANTE, LISETTE, FRONTIN

LA MARQUISE. Ergaste, ce que je vais vous dire vous surprendra peut-être ; c'est que je me marie, n'en serez-vous point fâché ?

ERGASTE. Eh ! non, Madame, mais à qui ?

LA MARQUISE, *donnant la main à Dorante, qui la baise*. Ce que vous voyez vous le dit.

ERGASTE. Ah ! Dorante, que j'en ai de joie !

LA MARQUISE. Notre contrat de mariage est passé.

ERGASTE. C'est fort bien fait. *(À Araminte.)* Madame, dirai-je aussi que je me marie ?

LA MARQUISE. Vous vous mariez ! à qui donc ?

ARAMINTE, *donnant la main à Ergaste*. Tenez ; voilà de quoi répondre.

ERGASTE, *lui baisant la main*. Ceci vous l'apprend, Marquise. On me fait grâce, tout fluet que je suis [1].

LA MARQUISE, *avec joie*. Quoi ! c'est Araminte que vous épousez ?

ARAMINTE. Notre contrat était presque passé avant le vôtre.

ERGASTE. Oui, c'est Madame que j'aime, que j'aimais, et que j'ai toujours aimée, qui plus est.

LA MARQUISE. Ah ! la comique aventure ! je ne vous aimais pas non plus, Ergaste, je ne vous aimais pas ; je me trompais, tout mon penchant était pour Dorante.

DORANTE, *lui prenant la main*. Et tout mon cœur ne sera jamais qu'à vous.

ERGASTE, *reprenant la main d'Araminte*. Et jamais vous ne sortirez du mien.

LA MARQUISE, *riant*. Ha ! ha ! ha ! nous avons pris un plaisant

---

1. Voir le début de la scène XIV.

détour pour arriver là[1]. Allons, belle Araminte, passons dans mon cabinet pour signer, et ne songeons qu'à nous réjouir.

FRONTIN. Enfin nous voilà délivrés l'un de l'autre ; j'ai envie de t'embrasser de joie.

LISETTE. Non, cela serait trop fort pour moi ; mais je te permets de baiser ma main, pendant que je détourne la tête.

FRONTIN, *se cachant avec son chapeau.* Non ; voilà mon transport passé, et je te salue en détournant la mienne.

---

1. On a souvent relevé cette phrase, qui pourrait être appliquée à d'autres pièces de Marivaux, par exemple à *L'Heureux Stratagème*.

L'ÉPREUVE

COMÉDIE EN UN ACTE, EN PROSE,
REPRÉSENTÉE POUR LA PREMIÈRE FOIS
PAR LES COMÉDIENS-ITALIENS
LE 19 NOVEMBRE 1740

NOTICE

L'Épreuve est la pièce la plus jouée de Marivaux après *Le Jeu de l'amour et du hasard*. Cela seul suffit à montrer son importance. Mais c'est aussi une pièce discutée, à laquelle on applique des interprétations psychanalytiques, existentialistes ou marxistes. Pour ces raisons, il est bon de l'étudier aussi objectivement que possible, et d'abord d'essayer d'en préciser les sources, ce qui est une chose, en même temps que d'en retrouver les racines dans la pensée de Marivaux, ce qui est autre chose.

Du point de vue de la construction dramatique, la pièce qui doit avoir suggéré à Marivaux l'idée de son *Épreuve* est une comédie de Legrand, *L'Épreuve réciproque* (1711), qu'il connaissait pour s'en être déjà quelque peu inspiré dans *Le Jeu de l'amour et du hasard*[1]. Legrand avait mis en scène deux personnages, Valère et Araminte qui, sur le point de s'épouser, éprouvaient quelques soupçons sur la fidélité de leur futur conjoint. Pour l'éprouver, ils imaginaient de tenter leur partenaire par l'appât d'un brillant parti. Philaminte faisait passer sa suivante Lisette pour une comtesse, qui se jetait à la tête de Valère ; de son côté, Valère, et c'est où nous touchons à l'intrigue de *L'Épreuve*, produisait son valet Frontin, sous le nom de M. Patin, financier, auprès d'Araminte, à laquelle il offrait le mariage. Suivante et valet réussissaient si bien que Valère et Araminte étaient l'un et l'autre convaincus d'infidélité, et seule l'égalité de leur faute les engageait à se pardonner réciproquement.

Tout en avouant, par le titre qu'il donne à sa pièce, le lointain

---

1. Voir la notice de cette pièce, p. 863. Legrand s'est peut-être inspiré d'une comédie de Destouches, que Marivaux devait connaître aussi, *Le Curieux impertinent* (1710). Léandre, pour éprouver la fidélité de Julie, demande à son ami Damon de lui faire la cour. Celui-ci réussit si bien, et Julie est si courroucée du procédé de Léandre, qu'elle épouse Damon. Le rapprochement est signalé par Kenneth McKee, *op. cit.*, p. 232, note 2.

modèle dont il s'inspire, Marivaux s'en écarte considérablement. Du point de vue de l'intrigue, seule la moitié de la combinaison est conservée. Mais l'épreuve que Lucidor impose à Angélique lorsqu'il lui présente son valet Frontin comme un riche prétendant est doublée par lui d'une autre épreuve, puisqu'il engage encore maître Blaise, riche fermier du village, à tenter aussi sa chance auprès d'Angélique. Cependant, la différence essentielle est ailleurs. Valère et Araminte, comme l'événement le prouve, avaient de sérieuses raisons de se méfier l'un de l'autre. Lucidor n'en a apparemment aucune de douter d'Angélique. Plus encore que ses sœurs de *L'École des mères* et de *La Mère confidente*, à qui elle ressemble, elle est toute spontanéité, toute loyauté, et c'est même pour cela que Lucidor l'aime au point de vouloir l'épouser. Quelle raison donner alors de la façon dont il traite Angélique ?

Les explications sont diverses. Bernard Dort rend compte de l'attitude de Lucidor par des « habitudes sociales ». C'est une « attitude de classe » du riche bourgeois, parisien de surcroît, qui veut faire payer sa mésalliance à de pauvres campagnards. Il se comporte comme « le bourgeois qu'il est » qui « ne croit qu'à l'argent » et « estime que l'argent donne tous les droits [1] ». Sans discuter la question de savoir si, dans le cas présent, le mot *bourgeois* a un sens, et surtout le sens que lui prête le critique moderne [2], on peut observer que, précisément, Lucidor n'a aucun préjugé de classe, aucune ambition particulière. C'est lui-même qui remarque qu'il n'a pas l'« entêtement des grandes alliances », et même qu'« originairement [Angélique le] vaut bien [3] ». Tout compte fait, on préférerait encore la thèse de Bernard Marquet qui fait de Lucidor un « roué indélicat » et le rapproche du duc de Richelieu qui, dit-on, faisait aussi tenter ses maîtresses pour les éprouver. Sociologiquement au moins, le rapprochement paraîtrait plus fondé.

En réalité, il apparaît vite, quand on examine le texte, que les raisons de Lucidor sont d'un ordre psychologique ou personnel plutôt que social. Un excellent commentateur de Marivaux, le philosophe Gabriel Marcel, fait une observation pénétrante en remarquant que

---

1. *Édition du Théâtre de Marivaux*, tome IV, pp. 397-398.   2. Avec cent mille livres de rente, Lucidor n'est peut-être pas noble (rien ne dit qu'il a acquis une charge lui conférant l'anoblissement), mais il est, non seulement seigneur du village, mais « grand seigneur », comme le dit Lisette à la scène VI.   3. Sc. I.

Lucidor veut, par l'épreuve qu'il impose à Angélique, « se voir, se sentir divinisé [1] », c'est-à-dire, plus simplement, se donner la preuve d'un mérite dont il doute. Son manque de confiance en lui, sur le plan sentimental, ressort du fait qu'il n'ajoute pas foi à l'amour que lui témoigne inconsciemment Angélique, et qui n'échappe pas aux autres observateurs, Lisette ou maître Blaise, par exemple. Mais on peut étendre la portée de cette observation. Cette défiance à l'égard des sentiments d'autrui, cette recherche anxieuse d'une véritable sincérité n'est-elle pas un trait constant des êtres qu'a créés Marivaux ?

On songe ici, bien entendu, à des cas déjà rencontrés dans d'autres pièces [2]. Ainsi, dans *La Double Inconstance*, le prince aime Silvia parce que rien en elle ne « falsifie la nature », parce qu'avec elle c'est « le cœur tout pur qui [...] parle [3] ». On se souvient aussi de la marquise qui, dans *Les Sincères*, n'a « jamais pu [se] fier » à l'amour de Dorante [4]. En dehors du théâtre, toute l'histoire du *Voyage au monde vrai* racontée dans *Le Cabinet du philosophe* roule sur la duperie dont sont victimes ceux qui croient aisément aux témoignages d'amour et d'amitié. Mais ce qui est plus remarquable encore, c'est que, chaque fois qu'il leur est possible, les personnages cherchent à vérifier les sentiments dont ils ne sont pas sûrs au moyen d'une épreuve. Celle qu'impose Silvia à Dorante dans *Le Jeu de l'amour et du hasard* est la plus célèbre : elle n'a évidemment aucune cause sociale et l'idée en naît spontanément dans l'esprit de Silvia dès qu'elle apparaît comme possible. On pourrait citer d'autres formes d'épreuves imposées ou subies dans le théâtre de Marivaux [5], mais il en existe une plus curieuse et moins connue dans

---

1. « La vérité est qu'il veut se voir, se sentir divinisé ; c'est là sans doute le moyen qu'il a découvert pour se justifier à ses propres yeux — et ici la psychologie sartrienne a gain de cause. » (*Les Nouvelles littéraires, artistiques et scientifiques*, février 1946, cité par K. McKee, *op. cit.*, p. 239.) 2. Dans un article paru dans *L'Esprit créateur* (vol. I, nº 4, Minneapolis, 1961), Hallam Walker montre la valeur exemplaire de cette pièce dans le système dramatique de Marivaux. Le titre de l'article en indique les deux aspects essentiels : *L'Épreuve, Comic Test and Truth*. 3. Acte III, sc. I. 4. Sc. XI. 5. Dans *La Dispute*, le thème de la pièce est une épreuve, mais imposée de l'extérieur. Dans *Les Acteurs de bonne foi*, une des raisons du plan de Merlin est qu'il a convenu avec Colette « de voir un peu la mine que feront Lisette et Blaise à toutes les tendresses naïves que nous prétendons nous dire ; et le tout, pour éprouver s'ils n'en seront pas un peu alarmés et jaloux » (sc. I). Enfin, tout le ressort dramatique de *La Femme fidèle* est l'épreuve que le mari impose à sa femme pour savoir si elle lui est restée fidèle de cœur.

Le Spectateur français. Elle fait le sujet d'une histoire donnée comme polonaise, quoiqu'elle rappelle surtout la manière de Marguerite de Navarre. Éléonore, fille « de grande condition », aime Mirski, un jeune seigneur qui, de son côté, en est éperdument amoureux. Un obstacle insurmontable les empêchant de se marier, Mirski propose à Éléonore un mariage secret. Avant d'y consentir, Éléonore consulte sa confidente Fatima. Celle-ci lui suggère de ne pas refuser, mais de n'accepter la foi de son amant que la nuit, et de faire tenir sa place à une jeune esclave dont le ton de voix ressemble au sien. Éléonore objecte que Mirski pourra se plaindre de l'« injustice de ses soupçons », mais sa confidente lui répond, et la phrase pourrait être adaptée au cas du *Jeu de l'amour et du hasard*, voire de *L'Épreuve* :

« Eh ! Madame, ne vous en mettez point en peine [...] les preuves de prudence ou de vertu, que donne une fille, n'ont jamais rien gâté dans le cœur d'un homme. Mirski se plaindra de vous, et vous en aimera davantage [1]. »

L'épreuve n'est pas favorable à Mirski. Son amour, violent dans les premiers jours, baisse ensuite si bien qu'il se marie à une autre. La conclusion inattendue de l'histoire est que Mirski apprend par les soins d'Éléonore ce qui s'est passé, et par une contradiction propre au cœur de l'homme, en meurt de douleur après avoir langui quelque temps.

Tous ces exemples aident à comprendre l'attitude de Lucidor. Dans *Le Cabinet du philosophe*, Marivaux se demande encore pourquoi « les gens qui paient pour être aimés » aiment plus longtemps que les autres, et répond ainsi à la question :

« C'est qu'ils ne sont jamais bien sûrs qu'on les aime ; c'est qu'ils se méfient toujours un peu d'un cœur qu'ils achètent, ils ne savent pas s'il s'est livré, ils se flattent pourtant qu'ils l'ont ; mais ils se doutent en même temps qu'ils pourraient bien se tromper ; et ce doute, qui ne les quitte pas, fait durer le goût qu'ils ont pour la personne qu'ils aiment ; ils souhaitent toujours d'être aimés, et on ne saurait souhaiter cela, qu'on n'aime toujours à bon compte soi-même [2]. »

La richesse de Lucidor est donc pour lui une raison supplémen-

---

1. *Le Spectateur français*, onzième feuille (*Journaux et Œuvres diverses*, p. 169, seconde section).   2. Deuxième feuille. Voir les *Journaux et Œuvres diverses*, quatrième section p. 345.

taire de défiance, en même temps qu'elle lui donne le moyen de réaliser l'épreuve décisive à laquelle rêvent tous les personnages de Marivaux. L'espèce de mésalliance qu'il va contracter n'est pas le motif pour lequel il va humilier Angélique, elle est plutôt l'excuse, une mauvaise excuse, nous le voulons bien, de l'humiliation forcée qu'entraîne l'épreuve. Et après tout, sans l'épreuve, plus de pièce, ce qui serait dommage.

Car ce qui importe, en réalité, c'est la façon dont l'auteur traite le sujet qu'il a conçu. Or, si l'on peut reprocher à Lucidor de chercher à voir dans le jeu d'Angélique sans laisser voir dans le sien, il faut admirer avec quelle bonne grâce Angélique lui en fait la leçon[1]. Ce n'est qu'un trait d'un rôle qui de bout en bout est une admirable réussite. Moins naïve qu'Agnès, Angélique n'est pas moins spontanée, ni moins gracieuse. On ne peut mieux concilier les marques de tendresse qu'elle donne à Lucidor avec une parfaite dignité, ni opposer une défense respectivement plus ferme et plus ingénieuse qu'elle n'en oppose à Frontin à la scène XVI et à maître Blaise à la scène XIX. De l'épreuve à laquelle elle a été soumise, Angélique sort en fait, non pas humiliée, mais grandie aux yeux de tous.

Mais le caractère particulier de *L'Épreuve* est de réunir les moments les plus attendrissants, sans mièvrerie, et les scènes les plus comiques, sans facilité aucune. Tout le rôle de Frontin est excellent, et la scène où il a à repousser la curiosité indiscrète de Lisette est toujours fort bien reçue du public. Quant à maître Blaise, c'est une des créations les plus amusantes du théâtre du temps. Non seulement le personnage a une réalité sociale et personnelle, sensible par exemple à son langage, moins conventionnel que celui des autres paysans de Marivaux, mais sa situation est d'un comique nouveau. On n'avait jamais vu un amoureux — car il l'est au départ — demander la main d'une charmante jeune fille en espérant ne pas l'obtenir, se désoler d'un succès inattendu, et se réjouir finalement d'être refusé. Son attitude à l'égard de Lisette est très plaisante, et la situation de celle-ci, entre Frontin qui refuse de la reconnaître et Blaise qui en demande ouvertement une autre tout en lui faisant la cour, n'est pas moins piquante. Il nous a paru nécessaire de rappeler cet aspect d'une pièce dite parfois « abominable », où on ne trouve

---

1. « Si jamais je viens à aimer quelqu'un, ce ne sera pas moi qui lui chercherai des filles en mariage, je le laisserai plutôt mourir garçon. » (Sc. XXI.)

habituellement que l'« odieuse violence » d'un « goujat », d'un « tortionnaire [1] » contre une humble et innocente victime.

Le public ne fut pas insensible aux mérites de ce « surprenant chef-d'œuvre », comme l'appelle Gabriel Marcel. Sans doute ne fit-elle pas grand bruit d'abord. Du moins la façon dont le commissaire Dubuisson en parle dans une lettre du 23 novembre, c'est-à-dire quatre jours après la première représentation (19 novembre), peut le laisser supposer :

« Les Comédiens Français ne donnent aucune nouveauté. Les Italiens en donnent une petite de la façon de M. de Marivaux, mais je ne sais ni ce que c'est, ni si elle est bonne [2]. »

Mais le *Mercure*, dont on va lire le compte rendu, parle d'un très bon accueil du public :

« Extrait d'une petite comédie nouvelle en prose et en un acte, intitulée *L'Épreuve* par M. de Marivaux, représentée au Théâtre Italien, le 19 novembre 1740.

ACTEURS

LUCIDOR, *Le sieur Romagnesi*.
MADAME DESMARTINS, mère de Marianne [3], *La demoiselle Belmont*.
MARIANNE, sa fille, *La demoiselle Silvia*.
LISETTE, servante de Madame Desmartins, *La demoiselle Thomassin*.
BLAISE, jeune fermier, *Le sieur Deshayes*.
FRONTIN, valet de Lucidor, *Le sieur Riccoboni*.

« Cette pièce a été très bien reçue du public. On l'a trouvée pleine d'esprit, simple en action, et élégamment dialoguée. En attendant que l'impression nous mette en état d'en parler plus au long, on n'en donnera ici qu'une espèce d'argument.

« Lucidor, étant tombé malade dans une de ses terres, y est devenu amoureux de Marianne, fille de Mme Desmartins, sa fermière. L'amour est entré dans son cœur à la faveur de la reconnaissance. L'aimable Marianne lui a paru si sensible à sa maladie, qu'il a cru avoir lieu de se flatter qu'il ne lui était pas indifférent, ce qui l'a

1. Ces mots sont respectivement de Pierre Lièvre, de Bernard Dort, de Louis Jouvet et de Gabriel Marcel. 2. A. Rouxel, *Les Correspondants de la marquise de Balleroy*, pp. 650-651. 3. On remarque ces noms de Mme Desmartins et de Marianne, qui ont été corrigés, incomplètement, dans l'édition originale. Voir plus loin.

déterminé à la demander en mariage à sa mère, malgré l'inégalité des conditions. Prêt à faire une demande dont doit dépendre tout le bonheur de sa vie, il veut par délicatesse s'assurer la possession du cœur avant que d'obtenir celle de la personne ; cette délicatesse, qui le porte à faire l'épreuve qui donne le titre à la pièce, lui fait craindre que Marianne n'aime en lui que ses richesses ; pour pénétrer ce qui se passe dans le cœur de sa future épouse, il ordonne à Frontin, son valet de chambre, de se prêter au stratagème dont il s'est avisé, et de passer, non pour son domestique, mais pour un homme riche à qui il veut faire épouser Marianne. Frontin feint d'arriver de Paris chez Lucidor, richement habillé, pour jouer le personnage que son maître exige de lui ; il paraît surpris du dessein que son maître a formé pour posséder une fille de sa fermière, et lui dit qu'il pourrait l'avoir à moindre prix. Lucidor lui ferme la bouche sur tout ce qui peut déshonorer l'objet de son amour et le renvoie. Dans la première conversation que Lucidor a avec Marianne, il lui dit qu'il veut la marier avec un homme qui puisse la rendre heureuse ; il lui en fait le portrait d'une manière à lui faire penser que c'est de lui-même qu'il lui parle ; il lui présente une boîte remplie de bijoux pour présent de noces, qu'il lui donne en qualité d'ami ; Marianne le reçoit avec plaisir, se confirmant de plus en plus dans la pensée que l'épouseur et l'ami qui donne le présent de noces ne sont qu'une même personne. Mais sa joie est bientôt détruite par une seconde conversation où le même Lucidor, qui lui est si cher, la détrompe de son erreur en lui disant, en termes trop intelligibles pour elle, que c'est à un de ses amis qu'il la destine, et que dans cette boîte qu'il lui a déjà donnée, elle trouvera le portrait d'une aimable personne qu'il veut épouser. Marianne paraît comme frappée d'un coup mortel ; elle est si saisie, qu'elle n'a pas la force de dire un seul mot, mais la boîte de bijoux qu'elle rend sur-le-champ à Lucidor est une réponse bien plus énergique pour ce tendre amant, il ne peut plus retenir les transports de son amour[1] ; il se jette à ses pieds et lui déclare tendrement qu'il n'adore que la charmante Marianne. Mme Desmartins, qui arrive pendant qu'il est aux pieds de sa fille, ne sait que penser de ce qu'elle voit. Lucidor lui déclare son amour pour Marianne, et la prie de consentir à le rendre heureux en l'acceptant pour gendre.

---

1. Le rédacteur enchaîne les scènes x et xxi comme si elles se succédaient. Il n'y a pourtant pas lieu de penser que la pièce ait été remaniée : les scènes xi à xx sont considérées comme accessoires. Voir la suite de l'analyse.

« Voilà tout ce qui concerne l'action théâtrale dans le court argument que nous donnons de cette pièce ; quant à l'épisode de Blaise, jeune fermier à qui Mme Desmartins a promis Marianne, elle *(sic)* ne sert qu'à fournir quelques scènes comiques, qui ne font qu'amuser et qui ne sont nullement nécessaires pour arriver au but que l'auteur s'est proposé, cette seconde épreuve étant subordonnée à celle que Lucidor fait sur le cœur de Marianne, par la proposition d'un mariage infiniment plus flatteur pour la fille d'une fermière ; cet auteur pouvait aisément s'en passer ; mais ces sortes de superfluités ne laissent pas d'être utiles, surtout quand elles donnent lieu de faire paraître un acteur aussi aimé que le sieur Deshayes, qui fait toujours beaucoup de plaisir, dans quelque rôle qu'on le place. La demoiselle Silvia et le sieur Romagnesi, qui jouent les deux principaux rôles de la pièce, ont eu des applaudissements très bien mérités.

« Cette comédie paraît imprimée depuis peu chez F.-G. Mérigot, Quai des Augustins, à la Descente du Pont Saint-Michel, à Saint-Louis, 1740, prix 24 *sols*[1]. »

Lorsque cet article parut, dans la seconde quinzaine de décembre, *L'Épreuve* atteignait sa dix-septième représentation, avec des recettes satisfaisantes[2]. Les comédiens la reprirent dès le 15 janvier 1741, et dès lors elle fit partie du répertoire courant[3]. Fait significatif, c'est dans le rôle d'Angélique que Mme Favart fit ses débuts le 5 août 1749. On sait qu'elle s'y illustra, après Silvia[4]. Vers la même époque, *L'Épreuve* jouissait d'une renommée européenne. Elle fut traduite, par exemple, non seulement en anglais ou en allemand, mais en hollandais et même en danois[5]. La critique, habituellement

---

1. *Mercure* de novembre 1740, pp. 2926 et suiv. 2. Voici les recettes : 19 novembre, 827 livres ; 21 novembre, 648 livres ; 24 novembre, 573 livres ; 26 novembre, 1 178 livres ; 28 novembre, 904 livres ; 1er décembre, 755 livres ; 3 décembre, 1 127 livres ; 5 décembre, 697 livres ; 7 décembre, 638 livres ; 10 décembre, 698 livres ; 12 décembre, 807 livres ; 15 décembre, 676 livres ; 17 décembre, 1 078 livres ; 18 décembre, 863 livres ; 21 décembre (avec *Amadis*, créé le 19), 2 352 livres ; 26 décembre *(id.)*, 1 678 livres ; 28 décembre, 1 234 livres. Il y eut 13 représentations entre le 16 janvier et le 17 mars 1741. 3. Voir à l'Appendice le tableau des représentations p. 2151. 4. Elle s'appelait alors Mlle Chantilly. On sait aussi, par les *Mémoires de Casanova*, que Manon Baletti, fille de Silvia, répétait en 1760 ce rôle d'Angélique, qu'elle ne joua pas, par suite de son mariage. 5. Dans cette dernière langue, sous le titre *Den Nye Prove*, en Comœdie udi I act. Oversat aft Marivaux's *L'Épreuve nouvelle*, oversat af Lodde (manuscrit de la Bibliothèque royale de Copenhague).

si sévère pour les pièces de Marivaux, fut cette fois aimable. Le marquis d'Argenson joint à un jugement assez bref un résumé que nous reproduisons, parce qu'il est celui d'un spectateur du temps :

« *L'Épreuve*, com. aux Italiens, prose, I acte, par Marivaux, repr. pour la Iere fois le   novembre 1740. Pièce qui perdrait beaucoup à la lecture. Le jeu de théâtre y fait presque tout. Silvia surtout, la divine Silvia y vaut mieux que toutes les pièces de cet auteur. L'objet de la pièce est raisonnable. Un homme riche et aimable veut épouser une paysanne, il veut éprouver si ce n'est pas par ambition qu'elle l'aime, et il l'éprouve suffisamment.

« Lisidor, homme riche et aimable, faisant une belle figure à Paris, Lisidor, dis-je, est devenu amoureux de Marianne, jeune beauté habitante d'un village à quelques lieues de Paris. Mme Desmartins la mère est pauvre et peu qualifiée. Elle n'a rien à donner à sa fille, dont la beauté, la naïveté et les grâces font toute la dot.

« Lisidor a dissimulé son amour ; il ne paraît sensible qu'à l'amitié, et par ce motif il est naturel qu'il cherche à bien marier Marianne ; mais cette jeune villageoise a conçu de l'amour pour son bienfaiteur, et toute proposition de mariage la jette dans la consternation. Lisidor, résolu de faire son bonheur par ce mariage, veut cependant éprouver quelles sont les inclinations de Marianne, et si tout autre établissement riche ne la flatterait pas, n'ayant encore aucune connaissance de ses véritables desseins sur elle. Blaise, riche fermier du même village, avait assez d'amour pour Marianne, mais le profit l'occupe encore davantage. Lisidor le prie de la demander en mariage, il lui offre 4 000 livres pour la dot, mais il ajoute que, s'il est refusé, il lui offre Lisette, la suivante de Mme Desmartins avec 12 000 livres. Blaise n'hésite pas, promet de bien jouer son rôle, et le suit exactement ; il meurt de peur d'être pris au mot sur la demande de Marianne.

« Autre épreuve plus délicate, il fait déguiser Frontin, son valet de chambre, en seigneur qui vient aussi demander Marianne, Lisette reconnaît Frontin qu'elle a vu dans une autre maison, et cela fait une scène très plaisante. De la façon dont Lisette annonce à Marianne le nouveau parti qui se présente pour elle, celle-ci croit qu'il s'agit de lui-même ; mais elle est bien détrompée quand elle voit Frontin. À peine peut-elle le regarder, en vain étale-t-on les richesses et la magnificence dont elle va jouir, elle tombe dans le désespoir et dans la mutinerie, ne répondant qu'à la chimère qu'elle suit toujours en elle-même pour Lisidor lui-même. Lisette la trahit en lui donnant le tort, sa mère la gronde ; Frontin déclare qu'il ne veut que de la liberté dans son consentement, Marianne le refuse net ; Blaise revient à la charge et Lisidor lui offre 20 000 livres pour ce mariage ; nouvelle semonce de la Desmartins, Marianne est furieuse contre Lisidor. Cette dernière situation épuisée, Lisidor se jette enfin aux genoux de Marianne et l'épouse. On déclare que Frontin n'est qu'un valet, on donne Lisette à Blaise, elle le préfère à Frontin et par la richesse de Blaise et par les 12 000 livres que lui donne Lisidor comme il l'avait promis [1]. »

La Porte n'en dit qu'un mot, mais c'est pour avouer que « rien n'est plus comique » que la scène où Lisette croit reconnaître Frontin sous l'habit de son maître [2]. Et Desboulmiers, dix ans plus tard, en fait un éloge inattendu en se refusant à citer dans son « extrait » un seul mot du dialogue, car, dit-il, « d'épigramme en épigramme, plein de sel et de vivacité, on a bientôt fait une nouvelle édition de la pièce [3] ». Pour en terminer avec le xviiie siècle, on observera encore que *L'Épreuve* fut choisie comme « petite pièce » pour accompagner *Henri VIII*, tragédie de Marie-Joseph Chénier, lors de l'ouverture du Théâtre de la République, et qu'elle fut adoptée par le Théâtre-Français dès le mois de juillet 1793 [4]. Enfin, au xixe siècle, et plus encore au xxe, la dernière comédie italienne de Marivaux est devenue un des levers de rideau les plus populaires du Théâtre-Français [5].

LE TEXTE

Annoncée, comme on l'a vu, par le *Mercure*, *L'Épreuve* parut en décembre 1740. En voici la description :

L'ÉPREUVE. / *COMEDIE.* / *Par M. D**** / Représentée pour la pre-

---

1. Manuscrit de la bibliothèque de l'Arsenal, nᵒ 3454, fᵒ 259. Outre les noms de Mme Desmartins et de Marianne, noter qu'il n'est pas question, dans la pièce imprimée, des 4 000 livres promises à Blaise s'il épouse Marianne. **2.** *L'Observateur littéraire*, 1759, tome I, p. 86. **3.** *Histoire anecdotique (...) du Théâtre italien*, 1769, tome IV, pp. 537-538. **4.** Pour le détail des représentations pendant la Révolution, voir Kenneth McKee, *The Theater of Marivaux*, pp. 236-237. **5.** Après s'être longtemps classée derrière *Le Legs* pour le nombre de représentations, *L'Épreuve* l'a de peu dépassé, puisqu'elle en comptait, en janvier 2000, 772, contre 761 pour *Le Legs*. Très souvent jouée à l'Odéon, tant que ce théâtre eut une existence autonome, *L'Épreuve* est probablement la pièce en un acte du xviiie siècle la plus jouée depuis la Révolution. Elle attire de très nombreux metteurs en scène contemporains.

mière fois par / les Comédiens Italiens le 19 Novembre 1740. / *Le prix est de 24. sols.* / (fleuron) / A PARIS, / Chez F.G. Merigot, Quay des / Augustins, à la descente du Pont / S. Michel à S. Louis. / (double filet) / M. DCC. XL. / AVEC APPROBATION ET PRIVILEGE DU ROI. /

Un vol. in-12 de 90 pages (titre, acteurs au verso, texte, approbation en bas de la page 90).

Approbation : « J'ai lu par ordre de Monseigneur le Chancelier une comédie qui a pour titre *L'Épreuve*, et je crois que le public en verra l'impression avec plaisir. Ce 29 novembre 1740. Crebillon. »

Un feuillet pour un erratum [91] : « On observera que Marianne et Angélique ne sont que la même personne, qui n'a ici deux noms que par une méprise dont on s'est aperçu trop tard pour la corriger. » Noter que le divertissement ne figure pas. Il ne sera donné que par Duviquet, d'après Desboulmiers. Le privilège manque également.

Signe de succès, une seconde édition parut assez rapidement chez Prault. En voici la description :

L'ÉPREUVE / *COMEDIE.* / *Par M. de Marivaux.* / Représentée pour la première fois par / les Comédiens Italiens le 19. / Novembre 1740. / *Le prix est de 24. sols.* / À PARIS, / Chez Prault pere, Quay de Gesvres, / au Paradis. / M. DCC. XLVII. / *AVEC APPROBATION ET PRIVILÈGE DU ROI.*

75 pages numérotées, et l'approbation de Crébillon au verso non numéroté. Cette édition corrige les menues erreurs de l'édition originale, et rectifie en particulier le nom de l'héroïne, qui devenait Marianne à partir du milieu de la scène XVIII. C'est pratiquement le texte que nous avons adopté, en maintenant pourtant ici et là certaines indications scéniques qui ont toujours fâcheusement tendance à disparaître dans les rééditions, et en ajoutant le divertissement qui n'y figure toujours pas.

En outre, dans le recueil de 1758, *L'Épreuve* se présente encore sous une nouvelle forme, comme les autres comédies contenues au tome V et déjà décrites :

L'ÉPREUVE, / *COMÉDIE,* / Pa *(sic)* Monsieur de Marivaux, / de l'Académie Françoise : / *Représentée pour la première fois par les / Comédiens Italiens, le 19 novembre 1740.* En bas de la page : *Tome V. N.*

Numéroté de [289] à 360. Liste des acteurs au verso de la page de titre. Pas de divertissement. Ni approbation ni privilège.

Les variantes de cette édition, qui reproduit le texte de 1747, sont de peu d'importance et ne révèlent aucune intervention de l'auteur. Elles seront signalées en note.

L'Épreuve

ACTEURS [1]

MADAME ARGANTE.
ANGÉLIQUE, sa fille.
LISETTE, suivante.
LUCIDOR, amant d'Angélique.
FRONTIN, valet de Lucidor.
MAÎTRE BLAISE, jeune fermier du village.

La scène se passe à la campagne, dans une terre appartenant depuis peu à Lucidor [2].

---

1. On trouvera la liste des acteurs ayant interprété la pièce pour la première fois dans l'extrait du *Mercure* cité plus haut (p. 1671).   **2.** Ce lieu de scène est emprunté à l'édition Duviquet. Il manque dans les éditions contemporaines de Marivaux (1740, 1757, 1758).

Scène PREMIÈRE

LUCIDOR, FRONTIN, *en bottes et en habit de maître*

LUCIDOR. Entrons dans cette salle. Tu ne fais donc que d'arriver ?

FRONTIN. Je viens de mettre pied à terre à la première hôtellerie du village, j'ai demandé le chemin du château suivant l'ordre de votre lettre, et me voilà dans l'*équipage que vous m'avez prescrit. De ma figure, qu'en dites-vous ? *(Il se retourne.)* Y reconnaissez-vous votre valet de chambre, et n'ai-je pas l'air un peu trop seigneur ?

LUCIDOR. Tu es comme il faut ; à qui t'es-tu adressé en entrant ?

FRONTIN. Je n'ai rencontré qu'un petit garçon dans la cour, et vous avez paru. À présent, que voulez-vous faire de moi et de ma bonne mine ?

LUCIDOR. Te proposer pour époux à une très aimable fille.

FRONTIN. Tout de bon ? Ma foi, Monsieur, je soutiens que vous êtes encore plus aimable qu'elle.

LUCIDOR. Eh ! non, tu te trompes, c'est moi que la chose regarde.

FRONTIN. En ce cas-là, je ne soutiens plus rien.

LUCIDOR. Tu sais que je suis venu ici il y a près de deux mois pour y voir la terre que mon homme d'affaire m'a achetée ; j'ai trouvé dans le château une Madame Argante, qui en était comme la concierge, et qui est une petite bourgeoise[1] de ce pays-ci. Cette bonne dame a une fille qui m'a charmé, et c'est pour elle que je veux te proposer.

FRONTIN, *riant*. Pour cette fille que vous aimez ? la confidence est *gaillarde ! Nous serons donc trois, vous traitez cette affaire-ci comme une partie de piquet[2].

LUCIDOR. Écoute-moi donc, j'ai dessein de l'épouser moi-même.

---

1. Comme on l'a vu à propos de *La Double Inconstance*, on appelait *bourgeois de campagne* ou *bourgeois de village* les membres d'une classe intermédiaire entre les paysans et la noblesse, et composée de gens de justice (baillis, procureurs fiscaux), d'artisans, de laboureurs enrichis, etc. **2.** Le piquet à trois est dit aussi *piquet-voleur*, parce que deux des joueurs ont intérêt à s'y associer contre le troisième, doté du jeu le plus faible. — Noter que la situation évoquée ici n'est pas sans rapport avec celle que considère Figaro au début du *Mariage de Figaro* (acte I, sc. II).

FRONTIN. Je vous entends bien, quand je l'aurai épousée.

LUCIDOR. Me laisseras-tu dire ? Je te présenterai sur le pied d'un homme riche et mon ami, afin de voir si elle m'aimera assez pour te refuser.

FRONTIN. Ah ! c'est une autre histoire ; et cela étant, il y a une chose qui m'inquiète.

LUCIDOR. Quoi ?

FRONTIN. C'est qu'en venant, j'ai rencontré près de l'hôtellerie une fille qui ne m'a pas aperçu, je pense, qui causait sur le pas d'une porte, mais qui m'a bien la mine d'être une certaine Lisette que j'ai connue à Paris, il y a quatre ou cinq ans, et qui était à une dame chez qui mon maître allait souvent. Je n'ai vu cette Lisette-là que deux ou trois fois ; mais comme elle était jolie, je lui en ai conté tout autant de fois que je l'ai vue, et cela vous grave dans l'esprit d'une fille.

LUCIDOR. Mais, vraiment, il y en a une chez Madame Argante de ce nom-là, qui est du village, qui y a toute sa famille, et qui a passé en effet quelque temps à Paris avec une dame du pays.

FRONTIN. Ma foi, Monsieur, la friponne me reconnaîtra ; il y a de certaines tournures d'hommes qu'on n'oublie point [1].

LUCIDOR. Tout le remède que j'y sache, c'est de payer d'effronterie, et de lui persuader qu'elle se trompe.

FRONTIN. Oh ! pour de l'effronterie, je suis en fonds.

LUCIDOR. N'y a-t-il pas des hommes qui se ressemblent tant, qu'on s'y méprend ?

FRONTIN. Allons, je ressemblerai, voilà tout, mais dites-moi, Monsieur, souffririez-vous un petit mot de représentation [2] ?

LUCIDOR. Parle.

FRONTIN. Quoique à la fleur de votre âge, vous êtes tout à fait sage et raisonnable, il me semble pourtant que votre projet est bien jeune.

LUCIDOR, *fâché*. Hem ?

FRONTIN. Doucement, vous êtes le fils d'un riche négociant qui vous a laissé plus de cent mille livres de rente, et vous pouvez pré-

---

1. La suffisance de Frontin est dans l'esprit du rôle. Le nom même de Frontin implique l'effronterie. Noter, dans la réplique suivante de Frontin, la reprise de l'expression toute faite *payer d'effronterie* par la locution *être en fonds*. **2.** Comme dans d'autres pièces (voir *La Joie imprévue*, sc. I et III), les représentations du valet à son jeune maître sont un moyen commode d'exposer le sujet de la pièce.

tendre aux plus grands partis ; le minois dont vous parlez[1] est-il fait pour vous appartenir en légitime mariage ? Riche comme vous êtes, on peut se tirer de là à meilleur marché, ce me semble.

LUCIDOR. Tais-toi, tu ne connais point celle dont tu parles. Il est vrai qu'Angélique n'est qu'une simple bourgeoise de campagne[2] ; mais *originairement elle me vaut bien, et je n'ai pas l'*entêtement des grandes alliances ; elle est d'ailleurs si aimable, et je *démêle, à travers son innocence, tant d'honneur et tant de vertu en elle ; elle a naturellement un caractère si distingué, que, si elle m'aime, comme je le crois, je ne serai jamais qu'à elle.

FRONTIN. Comment ! si elle vous aime ? Est-ce que cela n'est pas décidé ?

LUCIDOR. Non, il n'a pas encore été question du mot d'amour entre elle et moi ; je ne lui ai jamais dit que je l'aime ; mais toutes mes façons n'ont signifié que cela ; toutes les siennes n'ont été que des expressions du penchant le plus tendre et le plus ingénu. Je tombai malade trois jours après mon arrivée ; j'ai été même en quelque danger, je l'ai vue inquiète, alarmée, plus changée que moi ; j'ai vu des larmes couler de ses yeux, sans que sa mère s'en aperçût[3] et, depuis que la santé m'est revenue, nous continuons de même ; je l'aime toujours, sans le lui dire, elle m'aime aussi, sans m'en parler, et sans vouloir cependant m'en faire un secret ; son cœur simple, honnête et vrai, n'en sait pas davantage.

FRONTIN. Mais vous, qui en savez plus qu'elle, que ne mettez-vous un petit mot d'amour en avant, il ne gâterait rien ?

LUCIDOR. Il n'est pas temps ; tout sûr que je suis de son cœur, je veux savoir à quoi je le dois ; et si c'est l'homme riche, ou seulement moi qu'on aime : c'est ce que j'éclaircirai par l'épreuve où je vais la mettre ; il m'est encore permis de n'appeler qu'amitié tout ce qui est entre nous deux, et c'est de quoi je vais profiter.

FRONTIN. Voilà qui est fort bien ; mais ce n'était pas moi qu'il fallait employer.

LUCIDOR. Pourquoi ?

FRONTIN. Oh ! pourquoi ? Mettez-vous à la place d'une fille, et ouvrez les yeux, vous verrez pourquoi, il y a cent à parier contre un que je plairai.

---

1. Les éditions courantes ajoutent le mot *là*.   2. Voir plus haut, note 1, p. 1679.   3. Si la pitié ne cause pas l'amour, elle lui est du moins étroitement associée dans le cas d'une âme sensible comme Angélique.

LUCIDOR. Le sot ! hé bien ! si tu plais, j'y remédierai sur-le-champ, en te faisant connaître. As-tu apporté les bijoux ?

FRONTIN, *fouillant dans sa poche*. Tenez, voilà tout.

LUCIDOR. Puisque personne ne t'a vu entrer, retire-toi avant que quelqu'un que je vois dans le jardin n'arrive, va t'ajuster, et ne reparais que dans une heure ou deux.

FRONTIN. Si vous jouez de malheur, souvenez-vous que je vous l'ai prédit.

Scène II

LUCIDOR, MAÎTRE BLAISE, *qui vient doucement habillé en riche fermier*

LUCIDOR. Il vient à moi, il paraît avoir à me parler.

MAÎTRE BLAISE. Je vous salue, Monsieur Lucidor. Hé bien ! qu'est-ce ? Comment vous va ? Vous avez bonne *maine à cette heure.

LUCIDOR. Oui je me porte assez bien, Monsieur Blaise.

MAÎTRE BLAISE. Faut convenir que voute maladie vous a bian fait du proufit ; vous velà, *morgué ! pus rougeaud, pus varmeil, ça réjouit, ça me plaît à voir.

LUCIDOR. Je vous en suis obligé.

MAÎTRE BLAISE. C'est que j'aime tant la santé des braves gens, alle est si recommandabe, surtout la vôtre, qui est la plus recommandabe de tout le monde.

LUCIDOR. Vous avez raison d'y prendre quelque intérêt, je voudrais pouvoir vous être utile à quelque chose.

MAÎTRE BLAISE. Voirement, cette utilité-là est belle et bonne ; et je vians tout justement vous prier de m'en gratifier d'une.

LUCIDOR. Voyons.

MAÎTRE BLAISE. Vous savez bian, Monsieur, que je fréquente chez Madame Argante, et sa fille Angélique, alle est gentille, *au moins.

LUCIDOR. Assurément.

MAÎTRE BLAISE, *riant*. Hé ! hé ! hé ! C'est, ne vous déplaise, que je vourais avoir sa gentillesse en mariage.

LUCIDOR. Vous aimez donc Angélique ?

MAÎTRE BLAISE. Ah ! cette petite criature-là m'affole, j'en pards si peu d'esprit que j'ai ; quand il fait jour, je pense à elle ; quand il fait nuit, j'en rêve ; il faut du remède à ça, et je vians envars vous à celle fin, par voute moyen, pour l'honneur et le respect qu'en vous porte ici, sauf voute grâce, et si ça ne vous torne pas à importunité, de me favoriser de queuques bonnes paroles auprès de sa mère, dont j'ai itou besoin de la faveur.

LUCIDOR. Je vous entends, vous souhaitez que j'engage Madame Argante à vous donner sa fille. Et Angélique vous aime-t-elle ?

MAÎTRE BLAISE. Oh ! dame, quand parfois je li conte ma *chance, alle rit de tout son cœur, et me plante là, c'est bon signe, n'est-ce pas ?

LUCIDOR. Ni bon, ni mauvais ; au surplus, comme je crois que Madame Argante a peu de bien, que vous êtes fermier de plusieurs terres, fils de fermier vous-même...

MAÎTRE BLAISE. Et que je sis encore une jeunesse, car je n'ons que trente ans, et d'himeur folichonne, un Roger-Bontemps.

LUCIDOR. Le parti pourrait convenir, sans une difficulté.

MAÎTRE BLAISE. Laqueulle ?

LUCIDOR. C'est qu'en revanche des soins que Madame Argante et toute sa maison ont eu de moi pendant ma maladie, j'ai songé à marier Angélique à quelqu'un de fort riche, qui va se présenter, qui ne veut précisément épouser qu'une fille de campagne, de famille *honnête, et qui ne se soucie pas qu'elle ait du bien.

MAÎTRE BLAISE. Morgué ! vous me faites là un vilain tour avec voute avisement, Monsieur Lucidor ; velà qui m'est bian rude, bian chagrinant et bian traître. Jarnigué ! soyons bons, je l'approuve, mais ne *foulons parsonne, je sis voute prochain autant qu'un autre, et ne faut pas peser sur ceti-ci, pour alléger ceti-là. Moi qui avais tant de peur que vous ne mouriez[1], c'était bian la peine de venir vingt fois demander : Comment va-t-il, comment ne va-t-il pas ? Velà-t-il pas une santé qui m'est bian chanceuse, après vous avoir mené moi-même ceti-là qui vous a tiré deux fois du sang, et qui est mon cousin, afin que vous le sachiez, mon propre cousin gearmain[2] ; ma mère était sa tante, et jarni ! ce n'est pas bian fait à vous.

LUCIDOR. Votre parenté avec lui n'ajoute rien à l'obligation que je vous ai.

MAÎTRE BLAISE. Sans compter que c'est cinq bonnes mille livres que vous m'ôtez comme un sou, et que la petite aura en mariage.

---

1. La concordance des temps n'est pas observée. Au lieu de *mourussiez*, on trouve *mourriez*, ainsi écrit, dans les éditions de 1740, 1747 et 1758.
2. L'édition originale porte *garmain*, qu'on doit lire *jarmain*. Les éditeurs de 1747 et 1758, embarrassés par ce mot, le francisent en *germain*.

LUCIDOR. Calmez-vous, est-ce cela que vous en espérez ? Hé bien !
je vous en donne douze pour en épouser une autre et pour vous
dédommager du chagrin que je vous fais.

MAÎTRE BLAISE, *étonné*. Quoi ! douze mille livres d'argent sec ?

LUCIDOR. Oui, je vous les promets, sans vous ôter cependant la
liberté de vous présenter pour Angélique ; au contraire, j'exige
même que vous la demandiez à Madame Argante, je l'exige, entendez-vous ; car si vous plaisez à Angélique, je serais très fâché de la
priver d'un homme qu'elle aimerait.

MAÎTRE BLAISE, *se frottant les yeux de surprise*. Eh mais ! c'est
comme un prince qui parle ! Douze mille livres ! Les bras m'en tombent, je ne saurais me ravoir ; allons, Monsieur, boutez-vous là, que je
me prosterne devant vous, ni plus [1] ni moins que devant un prodige.

LUCIDOR. Il n'est pas nécessaire, point de compliments, je vous
tiendrai parole.

MAÎTRE BLAISE. Après que j'ons été si malappris, si brutal ! Eh !
dites-moi, roi que vous êtes, si, par aventure, Angélique me chérit,
j'aurons donc la femme et les douze mille francs avec ?

LUCIDOR. Ce n'est pas tout à fait cela, écoutez-moi, je prétends,
vous dis-je, que vous vous proposiez pour Angélique, indépendamment du mari que je lui offrirai ; si elle vous accepte, comme alors
je n'aurai fait aucun tort à votre amour, je ne vous donnerai rien ; si
elle vous refuse, les douze mille francs sont à vous.

MAÎTRE BLAISE. Alle me refusera, Monsieur, alle me refusera ; le ciel
m'en fera la grâce, à cause de vous qui le désirez.

LUCIDOR. Prenez garde, je vois bien qu'à cause des douze mille
francs, vous ne demandez déjà pas mieux que d'être refusé.

MAÎTRE BLAISE. Hélas ! peut-être bien que la somme m'étourdit un
petit brin ; j'en sis *friand, je le confesse, alle est si consolante !

LUCIDOR. Je mets cependant encore une condition à notre marché,
c'est que vous feigniez de l'empressement pour obtenir Angélique,
et que vous continuiez de paraître amoureux d'elle.

MAÎTRE BLAISE. Oui, Monsieur, je serons fidèle à ça, mais j'ons
bonne espérance de n'être pas daigne d'elle, et mêmement j'avons
opinion, si alle osait, qu'alle vous aimerait plus que parsonne.

LUCIDOR. Moi, Maître Blaise ? Vous me surprenez, je ne m'en suis
pas aperçu, vous vous trompez ; en tout cas, si elle ne veut pas de

---

1. L'édition originale n'adopte pas systématiquement la forme patoisée
pus.

vous, souvenez-vous de lui faire ce petit reproche-là, je serais bien aise de savoir ce qui en est, par pure curiosité.

MAÎTRE BLAISE. En n'y manquera pas ; en li reprochera devant vous, *drès que Monsieur le commande.

LUCIDOR. Et comme je ne vous crois pas mal à propos *glorieux, vous me ferez plaisir aussi de jeter vos vues sur Lisette, que, sans compter les douze mille francs, vous ne vous repentirez pas d'avoir choisi, je vous en avertis.

MAÎTRE BLAISE. Hélas ! il n'y a qu'à dire, en se *revirera itou sur elle, je l'aimerai par mortification.

LUCIDOR. J'avoue qu'elle sert Madame Argante, mais elle n'est pas de moindre condition que les autres filles du village.

MAÎTRE BLAISE. Eh ! voirement, alle en est née native [1].

LUCIDOR. Jeune et bien faite, d'ailleurs.

MAÎTRE BLAISE. Charmante. Monsieur verra l'appétit que je prends déjà pour elle.

LUCIDOR. Mais je vous ordonne une chose ; c'est de ne lui dire que vous l'aimez qu'après qu'Angélique se sera expliquée sur votre compte ; il ne faut pas que Lisette sache vos desseins auparavant.

MAÎTRE BLAISE. Laissez faire à Blaise [2], en li parlant, je li dirai des propos où elle ne comprenra rin ; la velà, vous plaît-il que je m'en aille ?

LUCIDOR. Rien ne vous empêche de rester.

Scène III

LUCIDOR, MAÎTRE BLAISE, LISETTE

LISETTE. Je viens d'apprendre, Monsieur, par le petit garçon de notre vigneron [3], qu'il vous était arrivé une visite de Paris.

LUCIDOR. Oui, c'est un de mes amis qui vient me voir.

---

1. Pour le paysan Blaise, le fait pour une jeune fille de n'être pas originaire du village est une infériorité manifeste. Marivaux avait déjà noté d'autres traits des conceptions paysannes par rapport au mariage dans son *Paysan parvenu* (Classiques Garnier, pp. 29-30). 2. Adaptation d'un proverbe populaire qui se présente sous diverses formes : *laisse faire à Georges, il est homme sage, laissez faire à Jacques, il est homme d'âge*, etc., dans lesquelles le second élément est souvent omis. 3. Ce détail ne signifie pas, comme on l'a dit, que le château de Lucidor se trouve en Champagne : toute la région des Hauts-de-Seine (Suresnes, Asnières, etc.) était à l'époque un pays de vignobles. D'Argenson dit d'ailleurs que la scène se passe à quelques lieues de Paris.

LISETTE. Dans quel appartement du château souhaitez-vous qu'on le loge ?

LUCIDOR. Nous verrons quand il sera revenu de l'hôtellerie où il est retourné ; où est Angélique, Lisette ?

LISETTE. Il me semble l'avoir vue dans le jardin, qui s'amusait à cueillir des fleurs.

LUCIDOR, *en montrant Blaise*. Voici un homme qui est de bonne volonté pour elle, qui a grande envie de l'épouser, et je lui demandais si elle avait de l'inclination pour lui ; qu'en pensez-vous ?

MAÎTRE BLAISE. Oui, de queul avis êtes-vous touchant ça, belle brunette, ma mie ?

LISETTE. Eh mais ! autant que j'en puis juger, mon avis est que jusqu'ici elle n'a rien dans le cœur pour vous.

MAÎTRE BLAISE, *gaiement* [1]. Rian du tout, c'est ce que je disais. Que Mademoiselle Lisette a de jugement !

LISETTE. Ma réponse n'a rien de trop flatteur, mais je ne saurais en faire une autre.

MAÎTRE BLAISE, *cavalièrement*. C'telle-là est belle et bonne, et je m'y accorde. J'aime qu'on soit franc, et en effet, queul mérite avons-je pour li plaire à cette enfant ?

LISETTE. Ce n'est pas que vous ne valiez votre prix, Monsieur Blaise, mais je crains que Madame Argante ne vous trouve pas assez de bien pour sa fille.

MAÎTRE BLAISE, *et en riant*. Ça est vrai, pas assez de bian. Pus vous allez, mieux vous dites.

LISETTE. Vous me faites rire avec votre air joyeux.

LUCIDOR. C'est qu'il n'espère pas grand-chose.

MAÎTRE BLAISE. Oui, velà ce que c'est, et pis tout ce qui viant, je le prends. *(À Lisette.)* Le biau brin de fille que vous êtes !

LISETTE. La tête lui tourne, ou il y a là quelque chose que je n'entends pas.

MAÎTRE BLAISE. *Stependant, je me baillerai bian du tourment pour avoir Angélique, et il en pourra venir que je l'aurons, ou bian que je ne l'aurons pas, faut mettre les deux pour deviner juste.

LISETTE, *en riant*. Vous êtes un très grand devin !

LUCIDOR. Quoi qu'il en soit, j'ai aussi un parti à lui offrir, mais un très bon parti, il s'agit d'un homme du monde, et voilà pourquoi je m'informe si elle n'aime personne.

---

1. Cette indication scénique est omise à partir de l'édition de 1758.

LISETTE. Dès que vous vous mêlez de l'*établir, je pense bien qu'elle s'en tiendra là.

LUCIDOR. Adieu, Lisette, je vais faire un tour dans la grande allée ; quand Angélique sera venue, je vous prie de m'en avertir. Soyez persuadée, à votre égard, que je ne m'en retournerai point à Paris sans récompenser le zèle que vous m'avez marqué.

LISETTE. Vous avez bien de la bonté, Monsieur.

LUCIDOR, *à Maître Blaise, en s'en allant, et à part.* Ménagez vos termes avec Lisette, Maître Blaise.

MAÎTRE BLAISE. Aussi fais-je, je n'y mets pas le sens commun.

Scène IV
MAÎTRE BLAISE, LISETTE

LISETTE. Ce Monsieur Lucidor a le meilleur cœur du monde.

MAÎTRE BLAISE. Oh ! un cœur magnifique, un cœur tout d'or ; au surplus, comment vous portez-vous, Mademoiselle Lisette ?

LISETTE, *riant.* Hé ! que voulez-vous dire avec votre compliment, Maître Blaise ? Vous tenez depuis un moment des discours bien étranges.

MAÎTRE BLAISE. Oui, j'ons des manières fantaxes, et ça vous étonne, n'est-ce pas ? Je m'en doute bian. *(Et par réflexion.)* Que vous êtes agriable !

LISETTE. Que vous êtes *original avec votre agréable ! Comme il me regarde ; en vérité, vous extravaguez.

MAÎTRE BLAISE. Tout au contraire, c'est ma prudence qui vous contemple [1].

LISETTE. Hé bien ! contemplez, voyez, ai-je aujourd'hui le visage autrement fait que je l'avais hier ?

MAÎTRE BLAISE. Non, c'est moi qui le vois mieux que de coutume ; il est tout nouviau pour moi.

LISETTE, *voulant s'en aller.* Eh ! que le ciel vous bénisse.

MAÎTRE BLAISE, *l'arrêtant.* Attendez donc.

LISETTE. Eh ! que me voulez-vous ? C'est se moquer que de vous entendre ; on dirait que vous m'en *contez ; je sais bien que vous

---

1. Le procédé qui consiste à faire d'un nom abstrait le sujet ou l'objet du verbe (à la place d'un nom représentant une personne) est très fréquent chez Marivaux (« Ma familiarité n'oserait s'apprivoiser avec toi », dit Dorante à Silvia). Dans le langage des paysans, il produit un effet d'emphase burlesque.

êtes un fermier à votre aise, et que je ne suis pas pour vous, de quoi s'agit-il donc ?

Maître Blaise. De m'acouter sans y voir goutte, et de dire à part vous : Ouais ! faut qu'il y ait un secret à ça.

Lisette. Et à propos de quoi un secret ? Vous ne me dites rien d'intelligible.

Maître Blaise. Non, c'est fait exprès, c'est résolu.

Lisette. Voilà qui est bien *particulier ; ne recherchez-vous pas Angélique ?

Maître Blaise. Ça est *itou conclu.

Lisette. Plus je rêve, et plus je m'y perds.

Maître Blaise. Faut que vous vous y perdiais.

Lisette. Mais pourquoi me trouver si agréable ; par quel accident le remarquez-vous plus qu'à l'ordinaire ? Jusqu'ici vous n'avez pas pris garde si je l'étais ou non, croirai-je que vous êtes tombé subitement amoureux de moi ? Je ne vous en empêche pas.

Maître Blaise, *vite et vivement*. Je ne dis pas que je vous aime.

Lisette, *riant*[1]. Que dites-vous donc ?

Maître Blaise. Je ne vous dis pas que je ne vous aime point ; ni l'un ni l'autre, vous m'en êtes témoin ; j'ons donné ma parole, je marche droit en besogne, voyez-vous, il n'y a pas à rire à ça ; je ne dis rin, mais je pense, et je vais répétant que vous êtes agriable !

Lisette, *étonnée et le regardant*. Je vous regarde à mon tour et, si je ne me figurais pas que vous êtes timbré, en vérité, je soupçonnerais que vous ne me haïssez pas.

Maître Blaise. Oh ! soupçonnez, croyez, persuadez-vous, il n'y aura pas de mal, pourvu qu'il n'y ait pas de ma faute, et que ça vienne de vous toute seule sans que je vous aide.

Lisette. Qu'est-ce que cela signifie ?

Maître Blaise. Et mêmement, à vous parmis de m'aimer, par exemple, j'y consens encore ; si le cœur vous y porte, ne vous retenez pas, je vous lâche la bride là-dessus ; il n'y aura rian de pardu.

Lisette. Le plaisant compliment ! Eh ! quel avantage en tirerais-je ?

Maître Blaise. Oh ! dame, je sis *bridé, moi, ce n'est pas comme vous, je ne saurais parler pus clair ; voici venir Angélique, laissez-moi li toucher un petit mot d'affection, sans que ça empêche que vous soyez gentille.

---

1. L'édition de 1747 porte par erreur *criant*. Gêné, l'éditeur de 1758 supprime toute indication.

LISETTE. Ma foi, votre tête est dérangée, Monsieur Blaise, je n'en rabats rien.

Scène V
ANGÉLIQUE, LISETTE, MAÎTRE BLAISE

ANGÉLIQUE, *un bouquet à la main*. Bonjour, Monsieur Blaise. Est-il vrai, Lisette, qu'il est venu quelqu'un de Paris pour Monsieur Lucidor ?

LISETTE. Oui, à ce que j'ai su.

ANGÉLIQUE. Dit-on que ce soit pour l'emmener à Paris qu'on est venu ?

LISETTE. C'est ce que je ne sais pas, Monsieur Lucidor ne m'en a rien appris.

MAÎTRE BLAISE. Il n'y a pas d'apparence, il veut auparavant vous marier dans l'opulence, à ce qu'il dit.

ANGÉLIQUE. Me marier, Monsieur Blaise, et à qui donc, s'il vous plaît ?

MAÎTRE BLAISE. La personne n'a pas encore de nom.

LISETTE. Il parle vraiment d'un très grand mariage ; il s'agit d'un homme du monde, et il ne dit pas qui c'est, ni d'où il viendra.

ANGÉLIQUE, *d'un air content et discret*. D'un homme du monde qu'il ne nomme pas !

LISETTE. Je vous rapporte ses propres termes.

ANGÉLIQUE. Hé bien ! je n'en suis pas inquiète, on le connaîtra tôt ou tard.

MAÎTRE BLAISE. Ce n'est pas moi, toujours.

ANGÉLIQUE. Oh ! je le crois bien, ce serait là un beau mystère, vous n'êtes qu'un homme des champs, vous.

MAÎTRE BLAISE. *Stapendant j'ons mes prétentions itou, mais je ne me cache pas, je dis mon nom, je me montre, en publiant que je suis amoureux de vous, vous le savez bian.

Lisette lève les épaules.

ANGÉLIQUE. Je l'avais oublié.

MAÎTRE BLAISE. Me velà pour vous en aviser derechef, vous souciez-vous un peu de ça, Mademoiselle Angélique ?

Lisette boude.

ANGÉLIQUE. Hélas ! guère.

MAÎTRE BLAISE. Guierre ! C'est toujours queuque chose. Prenez-y garde, au moins, car je vais me douter, sans façon, que je vous plais.

ANGÉLIQUE. Je ne vous le conseille pas, Monsieur Blaise ; car il me semble que non.

MAÎTRE BLAISE. Ah ! bon ça ; velà qui se comprend ; c'est pourtant fâcheux, voyez-vous, ça me chagraine ; mais n'importe, ne vous gênez pas, je revianrai tantôt pour savoir si vous désirez que j'en parle à Madame Argante, ou s'il faudra que je m'en taise ; ruminez ça à part vous, et faites à votre guise, bonjour. *(Et à Lisette, à part.)* Que vous êtes avenante !

LISETTE, *en colère*. Quelle cervelle !

Scène VI

LISETTE, ANGÉLIQUE

ANGÉLIQUE. Heureusement, je ne crains pas son amour, quand il me demanderait à ma mère, il n'en sera pas plus avancé.

LISETTE. Lui ! c'est un conteur de sornettes qui ne convient pas à une fille comme vous.

ANGÉLIQUE. Je ne l'écoute pas ; mais dis-moi, Lisette, Monsieur Lucidor parle donc sérieusement d'un mari ?

LISETTE. Mais d'un mari distingué, d'un *établissement considérable.

ANGÉLIQUE. Très considérable, si c'est ce que je soupçonne.

LISETTE. Eh, que soupçonnez-vous ?

ANGÉLIQUE. Oh ! je rougirais trop, si je me trompais !

LISETTE. Ne serait-ce pas lui, par hasard, que vous vous imaginez être l'homme en question, tout grand seigneur qu'il est par ses richesses ?

ANGÉLIQUE. Bon, lui ! je ne sais pas seulement moi-même ce que je veux dire, on rêve, on promène sa pensée, et puis c'est tout ; on le verra, ce mari, je ne l'épouserai pas sans le voir.

LISETTE. Quand ce ne serait qu'un de ses amis, ce serait toujours une grande affaire ; à propos, il m'a recommandé d'aller l'avertir quand vous seriez venue, et il m'attend dans l'allée.

ANGÉLIQUE. Eh ! va donc ; à quoi t'*amuses-tu là ? pardi, tu fais bien les commissions qu'on te donne, il n'y sera peut-être plus.

LISETTE. Tenez, le voilà lui-même.

Scène VII

ANGÉLIQUE, LUCIDOR, LISETTE

LUCIDOR. Y a-t-il longtemps que vous êtes ici, Angélique ?

ANGÉLIQUE. Non, Monsieur, il n'y a qu'un moment que je sais que vous avez envie de me parler, et je la querellais de ne me l'avoir pas dit plus tôt.

LUCIDOR. Oui, j'ai à vous entretenir d'une chose assez importante.

LISETTE. Est-ce en secret ? M'en irai-je ?

LUCIDOR. Il n'y a pas de nécessité que vous restiez.

ANGÉLIQUE. Aussi bien je crois que ma mère aura besoin d'elle.

LISETTE. Je me retire donc.

Scène VIII

LUCIDOR, ANGÉLIQUE

Lucidor la regardant attentivement[1].

ANGÉLIQUE, *en riant*. À quoi songez-vous donc en me considérant si fort ?

LUCIDOR. Je songe que vous embellissez tous les jours.

ANGÉLIQUE. Ce n'était pas de même quand vous étiez malade. À propos, je sais que vous aimez les fleurs, et je pensais à vous aussi en cueillant ce petit bouquet ; tenez, Monsieur, prenez-le.

LUCIDOR. Je ne le prendrai que pour vous le rendre, j'aurai plus de plaisir à vous le voir.

ANGÉLIQUE *prend*[2]. Et moi, à cette heure que je l'ai reçu, je l'aime mieux qu'auparavant.

LUCIDOR. Vous ne répondez jamais rien que d'obligeant.

ANGÉLIQUE. Ah ! cela est si aisé avec de certaines personnes ; mais que me voulez-vous donc ?

LUCIDOR. Vous donner des témoignages de l'extrême amitié que j'ai pour vous, à condition qu'avant tout, vous m'instruirez de l'état de votre cœur[3].

---

1. Dans l'édition originale, le mot *Lucidor* est en capitale : comme parfois chez Marivaux, une attitude est l'équivalent d'une réplique.   **2.** Texte de 1740 et 1747. L'édition de 1758 porte : *prend un bouquet*.   **3.** Réplique caractéristique de la conduite de Lucidor qui, dans toute la pièce, veut voir dans le cœur d'Angélique sans lui laisser voir dans le sien.

ANGÉLIQUE. Hélas ! le compte en sera bientôt fait ! Je ne vous en dirai rien de nouveau ; ôtez notre amitié [1] que vous savez bien, il n'y a rien dans mon cœur, que je sache, je n'y vois qu'elle.

LUCIDOR. Vos façons de parler me font tant de plaisir, que j'en oublie presque ce que j'ai à vous dire.

ANGÉLIQUE. Comment faire ? Vous oublierez donc toujours, à moins que je ne me taise ; je ne connais point d'autre secret [2].

LUCIDOR. Je n'aime point ce secret-là ; mais poursuivons : il n'y a encore environ que sept semaines que je suis ici.

ANGÉLIQUE. Y a-t-il tant que cela ? Que le temps passe vite ! Après ?

LUCIDOR. Et je vois quelquefois bien des jeunes gens du pays qui vous font la cour ; lequel de tous distinguez-vous parmi eux ? Confiez-moi ce qui en est comme au meilleur ami que vous ayez.

ANGÉLIQUE. Je ne sais pas, Monsieur, pourquoi vous pensez que j'en distingue, des jeunes gens qui me font la cour ; est-ce que je les remarque ? est-ce que je les vois ? Ils perdent donc bien leur temps.

LUCIDOR. Je vous crois, Angélique.

ANGÉLIQUE. Je ne me souciais d'aucun quand vous êtes venu ici, et je ne m'en soucie pas davantage depuis que vous y êtes, assurément.

LUCIDOR. Êtes-vous aussi indifférente pour maître Blaise, ce jeune fermier qui veut vous demander en mariage, à ce qu'il m'a dit ?

ANGÉLIQUE. Il me demandera en ce qui lui plaira, mais, en un mot, tous ces gens-là me déplaisent depuis le premier jusqu'au dernier, principalement lui, qui me reprochait, l'autre jour, que nous nous parlions trop souvent tous deux, comme s'il n'était pas bien naturel de se plaire plus en votre compagnie qu'en la sienne ; que cela est sot !

LUCIDOR. Si vous ne haïssez pas de me parler, je vous le rends bien, ma chère Angélique : quand je ne vous vois pas, vous me manquez, et je vous cherche.

ANGÉLIQUE. Vous ne cherchez pas longtemps, car je reviens bien vite, et ne sors guère.

LUCIDOR. Quand vous êtes revenue, je suis content.

ANGÉLIQUE. Et moi, je ne suis pas mélancolique.

---

1. Angélique reprend un mot employé par Lucidor. Il n'a donc pas le sens qu'il a souvent chez les paysans de Marivaux, où il équivaut à *amour*.
2. Parmi ces charmantes répliques d'Angélique, où chaque litote est un pudique aveu d'amour, seule celle-ci peut paraître un peu trop spirituellement formulée. Angélique veut dire qu'elle a parlé tout naturellement, et qu'elle ne voit pas comment elle pourrait parler autrement.

LUCIDOR. Il est vrai, j'avoue avec joie que votre amitié répond à la mienne.

ANGÉLIQUE. Oui, mais malheureusement vous n'êtes pas de notre village, et vous retournerez peut-être bientôt à votre Paris, que je n'aime guère. Si j'étais à votre place, il me viendrait plutôt chercher que je n'irais le voir.

LUCIDOR. Eh ! qu'importe que j'y retourne ou non, puisqu'il ne tiendra qu'à vous que nous y soyons tous deux ?

ANGÉLIQUE. Tous deux, Monsieur Lucidor ! Eh mais ! contez-moi donc *comme quoi.

LUCIDOR. C'est que je vous destine un mari qui y demeure.

ANGÉLIQUE. Est-il possible ? Ah çà, ne me trompez pas, au moins, tout le cœur me bat ; loge-t-il avec vous ?

LUCIDOR. Oui, Angélique ; nous sommes dans la même maison.

ANGÉLIQUE. Ce n'est pas assez, je n'ose encore être bien *aise en toute confiance. Quel homme est-ce ?

LUCIDOR. Un homme très riche.

ANGÉLIQUE. Ce n'est pas là le principal ; après.

LUCIDOR. Il est de mon âge et de ma taille.

ANGÉLIQUE. Bon ; c'est ce que je voulais savoir.

LUCIDOR. Nos caractères se ressemblent, il pense comme moi.

ANGÉLIQUE. Toujours de mieux en mieux, que je l'aimerai !

LUCIDOR. C'est un homme tout aussi *uni, tout aussi sans façon que je le suis.

ANGÉLIQUE. Je n'en veux point d'autre.

LUCIDOR. Qui n'a ni ambition, ni *gloire, et qui n'exigera de celle qu'il épousera que son cœur.

ANGÉLIQUE, *riant.* Il l'aura, Monsieur Lucidor, il l'aura, il l'a déjà ; je l'aime autant que vous, ni plus ni moins.

LUCIDOR. Vous aurez le sien, Angélique, je vous en assure, je le connais ; c'est tout comme s'il vous le disait lui-même.

ANGÉLIQUE. Eh ! sans doute, et moi je réponds aussi comme s'il était là.

LUCIDOR. Ah ! que de l'humeur dont il est, vous allez le rendre heureux !

ANGÉLIQUE. Ah ! je vous promets bien qu'il ne sera pas heureux tout seul.

LUCIDOR. Adieu, ma chère Angélique ; il me tarde d'entretenir votre mère et d'avoir son consentement. Le plaisir que me fait ce mariage ne me permet pas de différer davantage ; mais avant que je vous quitte, acceptez de moi ce petit présent de noce que j'ai droit de vous offrir, suivant l'usage, et en qualité d'ami ; ce sont de petits bijoux que j'ai fait venir de Paris.

ANGÉLIQUE. Et moi je les prends, parce qu'ils y retourneront avec vous, et que nous y serons ensemble ; mais il ne fallait point de bijoux, c'est votre amitié qui est le véritable.

LUCIDOR. Adieu, belle Angélique ; votre mari ne tardera pas à paraître.

ANGÉLIQUE. Courez donc, afin qu'il vienne plus vite[1].

Scène IX

ANGÉLIQUE, LISETTE

LISETTE. Hé bien ! Mademoiselle, êtes-vous instruite ? À qui vous marie-t-on ?

ANGÉLIQUE. À lui, ma chère Lisette, à lui-même, et je l'attends.

LISETTE. À lui, dites-vous ? Et quel est donc cet homme qui s'appelle *lui* par excellence ? Est-ce qu'il est ici ?

ANGÉLIQUE. Et[2], tu as dû le rencontrer ; il va trouver ma mère.

LISETTE. Je n'ai vu que Monsieur Lucidor, et ce n'est pas lui qui vous épouse.

ANGÉLIQUE. Eh ! si fait, voilà vingt fois que je te le répète ; si tu savais comme nous nous sommes parlé, comme nous nous entendions bien sans qu'il ait dit : C'est moi ; mais cela était si clair, si clair, si agréable, si tendre !...

LISETTE. Je ne l'aurais jamais imaginé, mais le voici encore.

Scène X

LUCIDOR, FRONTIN, LISETTE, ANGÉLIQUE

LUCIDOR. Je reviens, belle Angélique ; en allant chez votre mère, j'ai trouvé Monsieur qui arrivait, et j'ai cru qu'il n'y avait rien de plus pressé que de vous l'amener ; c'est lui, c'est ce mari pour qui vous êtes si favorablement prévenue, et qui, par le rapport de nos caractères, est en effet un autre moi-même ; il m'a apporté aussi le por-

---

1. Le dernier mot par lequel Angélique exprime son amour est le plus naïf et le plus clair. Il n'en respecte pas moins ce que la jeune fille croit être une convention imposée par Lucidor. 2. *Et* équivaut souvent à *Eh*.

trait d'une jeune et jolie personne qu'on veut me faire épouser à Paris. *(Il le lui présente.)* Jetez les yeux dessus : comment le trouvez-vous ?

ANGÉLIQUE, *d'un air mourant, le repousse.* Je ne m'y connais pas.

LUCIDOR. Adieu, je vous laisse ensemble, et je cours chez Madame Argante. *(Il s'approche d'elle.)* Êtes-vous contente ?

Angélique, sans lui répondre, tire la boîte aux bijoux et la lui rend sans le regarder : elle la met dans sa main ; et il s'arrête comme surpris et sans la lui remettre, après quoi il sort[1].

Scène XI
ANGÉLIQUE, FRONTIN, LISETTE

Angélique reste immobile ; Lisette tourne autour de Frontin avec surprise, et Frontin paraît embarrassé[2].

FRONTIN. Mademoiselle, l'étonnante immobilité[3] où je vous vois intimide extrêmement mon inclination naissante ; vous me découragez tout à fait, et je sens que je perds la parole.

LISETTE. Mademoiselle est immobile, vous muet, et moi stupéfaite ; j'ouvre les yeux, je regarde, et je n'y comprends rien.

ANGÉLIQUE, *tristement.* Lisette, qui est-ce qui l'aurait cru ?

LISETTE. Je ne le crois pas, moi qui le vois.

FRONTIN. Si la charmante Angélique daignait seulement jeter un regard sur moi, je crois que je ne lui ferais point de peur, et peut-être y reviendrait-elle : on s'accoutume aisément à me voir, j'en ai l'expérience, essayez-en.

ANGÉLIQUE, *sans le regarder.* Je ne saurais ; ce sera pour une autre

---

1. Dans ce moment d'émotion intense pour Angélique, Marivaux remplace le langage des mots, dans lequel il est pourtant expert, par une scène de pure mimique. Sauf pour les dénouements, il ne s'était guère servi de ce procédé depuis l'époque d'*Arlequin poli par l'amour* et de la première *Surprise de l'amour*. **2.** Noter que ce jeu de scène, qui suit immédiatement le précédent, est d'un ton tout différent. De même que Marivaux corrige l'effet d'une tirade pathétique par un mot plaisant (voir *La Joie imprévue*, sc. XXI, p. 1616, note 1) il prend soin d'opposer ce jeu de scène plaisant, d'un effet très sûr, à une scène muette qui aurait pu rappeler le genre de la comédie larmoyante. **3.** L'édition originale porte par erreur *immortalité* au lieu d'*immobilité*. L'erreur est corrigée dès 1747.

fois. Lisette, tenez compagnie à Monsieur, je lui demande pardon, je ne me sens pas bien ; j'étouffe, et je vais me retirer dans ma chambre.

Scène XII

LISETTE, FRONTIN

FRONTIN, *à part*. Mon mérite a manqué son coup.

LISETTE, *à part*. C'est Frontin, c'est lui-même.

FRONTIN, *les premiers mots à part*. Voici le plus fort de ma besogne ici ; ma mie, que dois-je conjecturer d'un aussi *langoureux accueil ? (Elle ne répond pas, et le regarde. Il continue.)* Hé bien ! répondez donc. Allez-vous me dire aussi que ce sera pour une autre fois ?

LISETTE. Monsieur, ne t'ai-je pas vu quelque part ?

FRONTIN. Comment donc ? Ne t'ai-je pas vu quelque part ? Ce village-ci est bien familier.

LISETTE, *à part les premiers mots*. Est-ce que je me tromperais ? Monsieur, excusez-moi ; mais n'avez-vous jamais été à Paris chez une madame Dorman, où j'étais ?

FRONTIN. Qu'est-ce que c'est que Madame Dorman ? Dans quel quartier ?

LISETTE. Du côté de la place Maubert, chez un marchand de café, au second.

FRONTIN. Une place Maubert, une Madame Dorman, un second ! Non, mon enfant, je ne connais point cela, et je prends toujours mon café chez moi.

LISETTE. Je ne dis plus mot, mais j'avoue que je vous ai pris pour Frontin, et il faut que je me fasse toute la violence du monde pour m'imaginer que ce n'est point lui.

FRONTIN. Frontin ! mais c'est un nom de valet.

LISETTE. Oui, Monsieur, et il m'a semblé que c'était toi... que c'était vous, dis-je.

FRONTIN. Quoi ! toujours des tu et des toi ! Vous me lassez à la fin.

LISETTE. J'ai tort, mais tu lui ressembles si fort !... Eh ! Monsieur, pardon. Je retombe toujours ; quoi ! tout de bon, ce n'est pas toi... je veux dire, ce n'est pas vous ?

FRONTIN, *riant*. Je crois que le plus court est d'en rire moi-même ; allez, ma fille, un homme moins raisonnable et de moindre étoffe se fâcherait ; mais je suis trop au-dessus de votre méprise, et vous me divertiriez beaucoup, n'était [1] le désagrément qu'il y a d'avoir une physionomie commune avec ce coquin-là. La nature pouvait se passer de lui donner le double de la mienne, et c'est un affront qu'elle m'a fait, mais ce n'est pas votre faute ; parlons de votre maîtresse.

LISETTE. Oh ! Monsieur, n'y ayez point de regret ; celui pour qui je vous prenais est un garçon fort aimable, fort amusant, plein d'esprit et d'une très jolie figure.

FRONTIN. J'entends bien, la copie est parfaite.

LISETTE. Si parfaite que je n'en reviens point, et tu serais le plus grand maraud... Monsieur, je me brouille encore, la ressemblance m'emporte.

FRONTIN. Ce n'est rien, je commence à m'y faire : ce n'est pas à moi à qui vous parlez.

LISETTE. Non, Monsieur, c'est à votre copie, et je voulais dire qu'il aurait grand tort de me tromper ; car je voudrais de tout mon cœur que ce fût lui ; je crois qu'il m'aimait, et je le regrette.

FRONTIN. Vous avez raison, il en valait bien la peine. *(Et à part [2] :)* Que cela est flatteur !

LISETTE. Voilà qui est bien particulier ; à chaque fois que vous parlez, il me semble l'entendre.

FRONTIN. Vraiment, il n'y a rien là de surprenant ; dès qu'on se ressemble, on a le même son de voix, et volontiers les mêmes inclinations ; il vous aimait, dites-vous, et je ferais comme lui, sans l'extrême distance qui nous sépare.

LISETTE. Hélas ! je me réjouissais en croyant l'avoir retrouvé.

FRONTIN, *à part le premier mot.* Oh ?... Tant d'amour sera récompensé, ma belle enfant, je vous le prédis ; en attendant, vous ne perdrez pas tout, je m'intéresse à vous et je vous rendrai service ; ne vous mariez point sans me consulter.

LISETTE. Je sais garder un secret ; Monsieur, dites-moi si c'est toi...

FRONTIN, *en s'en allant.* Allons, vous abusez de ma bonté ; il est temps que je me retire. *(Et après :)* Ouf, le rude assaut [3] !

---

1. Texte de l'édition originale. À partir de 1747, bien des éditions portent : *si ce n'était.* **2.** Texte des éditions de 1740 et 1747. Le mot *Et* disparaît à partir de 1758. **3.** Cette scène, qui fit beaucoup rire (voir le compte rendu du *Mercure* et le jugement du marquis d'Argenson), en rappelle une autre : celle où Blaise est déchiré entre ses engagements envers Lucidor et son inclination pour Lisette. Dans les deux cas, Lisette est frustrée de ses espérances : nouvelle source de comique.

Scène XIII

LISETTE, *un moment seule*, MAÎTRE BLAISE

LISETTE. Je m'y suis pris[1] de toutes façons, et ce n'est pas lui sans doute, mais il n'y a jamais rien eu de pareil. Quand ce serait lui, au reste, Maître Blaise est bien un autre parti, si il m'aime.

MAÎTRE BLAISE. Hé bien ! fillette, à quoi en suis-je avec Angélique ?

LISETTE. Au même état où vous étiez tantôt.

MAÎTRE BLAISE, *en riant*. Hé mais ! tant pire[2], ma grande fille.

LISETTE. Ne me direz-vous point ce que peut signifier le tant pis que vous dites en riant ?

MAÎTRE BLAISE. C'est que je ris de tout, mon poulet.

LISETTE. En tout cas, j'ai un avis à vous donner ; c'est qu'Angélique ne paraît pas disposée à accepter le mari que Monsieur Lucidor lui destine, et qui est ici, et que si, dans ces circonstances, vous continuez à la rechercher, apparemment vous l'obtiendrez.

MAÎTRE BLAISE, *tristement*. Croyez-vous ? Eh mais ! tant mieux.

LISETTE. Oh ! vous m'impatientez avec vos tant mieux si tristes, et vos tant pis si *gaillards, et le tout en m'appelant ma grande fille et mon poulet ; il faut, s'il vous plaît, que j'en aie le cœur net, Monsieur Blaise : pour la dernière fois, est-ce que vous m'aimez ?

MAÎTRE BLAISE. Il n'y a pas encore de réponse à ça.

LISETTE. Vous vous moquez donc de moi ?

MAÎTRE BLAISE. Velà une mauvaise pensée.

LISETTE. Avez-vous toujours dessein de demander Angélique en mariage ?

MAÎTRE BLAISE. Le micmac le requiert.

LISETTE. Le micmac ! Et si on vous la refuse, en serez-vous fâché ?

MAÎTRE BLAISE, *riant*. Oui-da.

LISETTE. En vérité, dans l'incertitude où vous me tenez de vos sentiments, que voulez-vous que je réponde aux douceurs que vous me dites ? Mettez-vous à ma place.

MAÎTRE BLAISE. Boutez-vous à la mienne.

LISETTE. Eh ! quelle est-elle ? car si vous êtes de bonne foi, si effectivement vous m'aimez...

MAÎTRE BLAISE, *riant*. Oui, je suppose...

LISETTE. Vous jugez bien que je n'aurais pas le cœur ingrat.

---

1. Sur ce participe passé invariable dans toutes les éditions anciennes, voir la Note grammaticale, p. 2265.　　**2.** Écrit *tampire* dans les éditions de 1740 et 1747.

MAÎTRE BLAISE, *riant*. Hé, hé, hé, hé... Lorgnez-moi un peu, que je voie si ça est vrai.

LISETTE. Qu'en ferez-vous ?

MAÎTRE BLAISE. Hé, hé... Je le garde [1]. La gentille enfant, queu dommage de laisser ça dans la peine !

LISETTE. Quelle obscurité ! Voilà Madame Argante et Monsieur Lucidor ; il est apparemment question du mariage d'Angélique avec l'amant qui lui est venu ; la mère voudra qu'elle l'épouse ; et si elle obéit, comme elle y sera peut-être obligée, il ne sera plus nécessaire que vous la demandiez ; ainsi, retirez-vous, je vous prie.

MAÎTRE BLAISE. Oui, mais je sis d'obligation aussi de revenir voir ce qui en est, pour me comporter à l'avenant.

LISETTE, *fâchée*. Encore ! Oh ! votre énigme est d'une impertinence qui m'indigne.

MAÎTRE BLAISE, *riant et s'en allant*. C'est pourtant douze mille francs qui vous fâchent.

LISETTE, *le voyant aller*. Douze mille francs ! Où va-t-il prendre ce qu'il dit là ? Je commence à croire qu'il y a quelque motif à cela.

Scène XIV

MADAME ARGANTE, LUCIDOR, FRONTIN, LISETTE

MADAME ARGANTE, *en entrant, à Frontin*. Eh ! Monsieur, ne vous rebutez point, il n'est pas possible qu'Angélique ne se rende, il n'est pas possible. *(À Lisette.)* Lisette, vous étiez présente quand Monsieur a vu ma fille ; est-il vrai qu'elle ne l'ait pas bien reçu ? Qu'a-t-elle donc dit ? Parlez ; a-t-il lieu de se plaindre ?

LISETTE. Non, Madame, je ne me suis point aperçu [2] de mauvaise réception, il n'y a eu qu'un étonnement naturel à une jeune et honnête fille, qui se trouve, pour ainsi dire, mariée dans la minute ; mais pour le peu que Madame la rassure, et s'en mêle, il n'y aura pas la moindre difficulté.

LUCIDOR. Lisette a raison, je pense comme elle.

MADAME ARGANTE. Eh ! sans doute ; elle est si jeune et si innocente !

FRONTIN. Madame, le mariage en impromptu *étonne l'inno-

---

1. Texte des éditions de 1740, 1747 et 1758. Le texte des éditions modernes, *garderai* pour *garde*, produit une inexactitude de sens.
2. Corrigé en *aperçue* à partir de l'édition de 1747. Voir la Note grammaticale, p. 2265.

cence[1], mais ne l'afflige pas, et votre fille est allée se trouver mal dans sa chambre.

MADAME ARGANTE. Vous verrez, Monsieur, vous verrez... Allez, Lisette, dites-lui que je lui ordonne de venir *tout à l'heure. Amenez-la ici ; partez. *(À Frontin.)* Il faut avoir la bonté de lui pardonner ces premiers *mouvements-là, Monsieur, ce ne sera rien.

Lisette part.

FRONTIN. Vous avez beau dire, on a eu tort de m'exposer à cette aventure-ci ; il est fâcheux à un galant homme, à qui tout Paris jette ses filles à la tête, et qui les refuse toutes, de venir lui-même essuyer les dédains d'une jeune citoyenne de village, à qui on ne demande précisément que sa figure en mariage. Votre fille me convient fort ; et je rends grâce à mon ami de l'avoir retenue ; mais il fallait, en m'appelant, me tenir sa main si prête et si disposée que je n'eusse qu'à tendre la mienne pour la recevoir ; point d'autre cérémonie.

LUCIDOR. Je n'ai pas dû deviner[2] l'obstacle qui se présente.

MADAME ARGANTE. Eh ! Messieurs, un peu de patience ; regardez-la, dans cette occasion-ci, comme un enfant.

Scène XV

LUCIDOR, FRONTIN, ANGÉLIQUE, LISETTE, MADAME ARGANTE

MADAME ARGANTE. Approchez, Mademoiselle, approchez, n'êtes-vous pas bien sensible à l'honneur que vous fait Monsieur, de venir vous épouser, malgré votre peu de fortune et la médiocrité de votre état ?

FRONTIN. Rayons ce mot d'honneur, mon amour et ma galanterie le désapprouvent.

MADAME ARGANTE. Non, Monsieur, je dis la chose comme elle est ; répondez, ma fille.

ANGÉLIQUE. Ma mère...

MADAME ARGANTE. Vite donc !

---

1. Emploi plaisant d'un substantif abstrait à valeur collective ou générale : le mariage en impromptu étonne (surprend, frappe de stupeur) les jeunes filles innocentes, mais ne les afflige pas. **2.** C'est-à-dire : je n'ai pas eu lieu de deviner. Sur cet emploi du verbe *devoir*, comparer *École des mères*, sc. XI, et voir le Glossaire.

FRONTIN. Point de ton d'autorité, sinon je reprends mes bottes et monte à cheval. *(À Angélique.)* Vous ne m'avez pas encore regardé, fille *aimable, vous n'avez point encore vu ma personne[1], vous la *rebutez sans la connaître ; voyez-la pour la juger.

ANGÉLIQUE. Monsieur...

MADAME ARGANTE. Monsieur !... ma mère ! Levez la tête.

FRONTIN. Silence, maman, voilà une réponse entamée.

LISETTE. Vous êtes trop heureuse, Mademoiselle, il faut que vous soyez née coiffée[2].

ANGÉLIQUE, *vivement*. En tout cas, je ne suis pas née babillarde.

FRONTIN. Vous n'en êtes que plus rare ; allons, Mademoiselle, reprenez haleine, et prononcez.

MADAME ARGANTE. Je dévore ma colère.

LUCIDOR. Que je suis mortifié !

FRONTIN, *à Angélique*. Courage ! encore un effort pour achever.

ANGÉLIQUE. Monsieur, je ne vous connais point.

FRONTIN. La connaissance est si tôt[3] faite en mariage, c'est un pays où l'on va si vite...

MADAME ARGANTE. Comment ? étourdie, ingrate que vous êtes !

FRONTIN. Ah ! ah ! Madame Argante, vous avez le dialogue d'une rudesse insoutenable.

MADAME ARGANTE. Je sors, je ne pourrais pas me retenir, mais je la déshérite, si elle continue de répondre aussi mal aux obligations que nous vous avons, Messieurs. Depuis que Monsieur Lucidor est ici, son séjour n'a été marqué pour nous que par des bienfaits ; pour comble de bonheur, il procure à ma fille un mari tel qu'elle ne pouvait pas l'espérer, ni pour le bien, ni pour le rang, ni pour le mérite...

FRONTIN[4]. Tout doux, appuyez légèrement sur le dernier.

MADAME ARGANTE, *en s'en allant*. Et, *merci de ma vie ! qu'elle l'accepte, ou je la *renonce.

---

1. Texte de 1747 et 1758. L'édition originale portait par erreur : *encore vu personne.*   2. Le recours à des « proverbes » est à l'époque considéré comme populaire. C'est un trait qui distingue le langage de Lisette de celui d'Angélique, et le rapproche, par exemple, de celui de Mme Dutour dans *La Vie de Marianne*. Voir plus loin, sc. XVI : *Attendez-vous qu'il vous vienne un prince ?*   3. Les éditions modernes remplacent sans raison *si tôt* par *si vite*.   4. Cette réplique est bien de Frontin, comme l'attestent les éditions de 1740, 1747 et 1758, et il n'y a aucune raison de l'attribuer, comme le font les éditions courantes, au rôle de Lisette. Elle est d'ailleurs plus comique dans la bouche de Frontin, et fait songer à tels mots d'Arlequin dans *Le Jeu de l'amour et du hasard*.

Scène XVI

LUCIDOR, FRONTIN, ANGÉLIQUE, LISETTE

LISETTE. En vérité, Mademoiselle, on ne saurait vous excuser ; attendez-vous qu'il vous vienne un prince ?

FRONTIN. Sans vanité, voici mon apprentissage ; en fait de refus, je ne connaissais pas cet affront-là.

LUCIDOR. Vous savez, belle Angélique, que je vous ai d'abord consulté sur ce mariage ; je n'y ai pensé que par zèle pour vous, et vous m'en avez paru satisfaite.

ANGÉLIQUE. Oui, Monsieur, votre zèle est admirable, c'est la plus belle chose du monde, et[1] j'ai tort, je suis une étourdie, mais laissez-moi dire. À cette heure que ma mère n'y est plus, et que je suis un peu plus hardie, il est juste que je parle à mon tour, et je commence par vous, Lisette ; c'est que[2] je vous prie de vous taire, entendez-vous ; il n'y a rien ici qui vous regarde ; quand il vous viendra un mari, vous en ferez ce qui vous plaira, sans que je vous en demande compte, et je ne vous dirai point sottement, ni que vous êtes née coiffée, ni que vous êtes trop heureuse, ni que vous attendez un prince, ni d'autres propos aussi ridicules que vous m'avez tenus, sans savoir ni quoi, ni qu'est-ce.

FRONTIN. Sur sa part, je devine la mienne.

ANGÉLIQUE. La vôtre est toute prête, Monsieur. Vous êtes *honnête homme, n'est-ce pas ?

FRONTIN. C'est en quoi je brille.

ANGÉLIQUE. Vous ne voudrez pas causer du chagrin à une fille qui ne vous a jamais fait de mal, cela serait cruel et barbare.

FRONTIN. Je suis l'homme du monde le plus humain, vos pareilles en ont mille preuves.

ANGÉLIQUE. C'est bien fait, je vous dirai donc, Monsieur, que je serais mortifiée s'il fallait vous aimer, le cœur me le dit ; on sent cela ; non que vous ne soyez fort aimable, pourvu que ce ne soit pas moi qui vous aime ; je ne finirai point de vous louer quand ce sera pour un[3] autre ; je vous prie de prendre en bonne part ce que je vous dis là, j'y vais de tout mon cœur ; ce n'est pas moi qui ai été vous chercher, une *fois ; je ne songeais pas à vous, et si je l'avais

---

1. Ce mot *et* est omis par les éditions de 1747 et 1758.　　2. Ce tour sert souvent chez Marivaux, non pas à introduire une explication, mais à présenter un propos de façon plus vive.　　3. 1758 : *une autre.*

pu, il ne m'en aurait pas plus coûté de vous crier : Ne venez pas !
que de vous dire : Allez-vous-en.

FRONTIN. Comme vous me le dites !

ANGÉLIQUE. Oh ! sans doute, et le plus tôt sera le mieux. Mais que
vous importe ? Vous ne manquerez pas de filles ; quand on est riche,
on en a tant qu'on veut, à ce qu'on dit, au lieu que *naturellement
je n'aime pas l'argent ; j'aimerais mieux en donner que d'en prendre ; c'est là mon humeur [1].

FRONTIN. Elle est bien opposée à la mienne ; à quelle heure voulez-
vous que je parte ?

ANGÉLIQUE. Vous êtes bien *honnête ; quand il vous plaira, je ne
vous retiens point, il est tard, à cette heure, mais il fera beau demain.

FRONTIN, *à Lucidor.* Mon grand ami, voilà ce qu'on appelle un
congé bien *conditionné, et je le reçois, sauf vos conseils, qui me
régleront là-dessus cependant ; ainsi, belle ingrate, je diffère encore
mes derniers adieux.

ANGÉLIQUE. Quoi, Monsieur ! ce n'est pas fait ? Pardi ! vous avez
bon courage ! *(Et quand il est parti.)* Votre ami n'a guère de *cœur,
il me demande à quelle heure il partira, et il reste.

Scène XVII

LUCIDOR, ANGÉLIQUE, LISETTE

LUCIDOR. Il n'est pas si aisé de vous quitter, Angélique ; mais je
vous débarrasserai de lui.

LISETTE. Quelle perte ! un homme qui lui faisait sa fortune !

LUCIDOR. Il y a des antipathies insurmontables ; si Angélique est
dans ce cas-là, je ne m'étonne point de son refus, et je ne renonce
pas au projet de l'établir avantageusement.

ANGÉLIQUE. Eh, Monsieur ! ne vous en mêlez pas. Il y a des gens
qui ne font que nous porter guignon.

LUCIDOR. Vous porter guignon, avec les intentions que j'ai ! Et
qu'avez-vous à reprocher à mon amitié ?

ANGÉLIQUE, *à part les premiers mots*. Son amitié, le méchant homme !

LUCIDOR. Dites-moi de quoi vous vous plaignez.

---

1. Cette réplique et la précédente d'Angélique donnent un exemple non
de style entrecoupé, comme on en trouve dans la comédie larmoyante et le
drame, mais coupé. Il convient, et aux sentiments d'indignation d'Angélique,
et à l'actrice, Silvia, qui débite le rôle.

ANGÉLIQUE. Moi, Monsieur, me plaindre ! Et qui est-ce qui y songe ? Où sont les reproches que je vous fais ? Me voyez-vous fâchée ? Je suis très contente de vous ; vous en agissez on ne peut pas mieux ; comment donc ! vous m'offrez des maris tant que j'en voudrai ; vous m'en faites venir de Paris sans que j'en demande : y a-t-il rien là de plus obligeant, de plus officieux ? Il est vrai que je laisse là tous vos mariages ; mais aussi il ne faut pas croire, à cause de vos rares bontés, qu'on soit obligé, *vite et vite, de se donner au premier venu que vous attirerez de je ne sais où, et qui arrivera tout botté pour m'épouser sur votre parole ; il ne faut pas croire cela, je suis fort reconnaissante, mais je ne suis pas idiote.

LUCIDOR. Quoi que vous en disiez, vos discours ont une aigreur que je ne sais à quoi attribuer, et que je ne mérite point.

LISETTE. Ah ! j'en sais bien la cause, moi, si je voulais parler.

ANGÉLIQUE. Hem ! Qu'est-ce que c'est que cette science que vous avez ? Que veut-elle dire ? Écoutez, Lisette, je suis naturellement douce et bonne ; un enfant a plus de *malice que moi ; mais si vous me fâchez, vous m'entendez bien ? je vous promets de la rancune pour mille ans.

LUCIDOR. Si vous ne vous plaignez pas de moi, reprenez donc ce petit présent que je vous avais fait, et que vous m'avez rendu sans me dire pourquoi.

ANGÉLIQUE. Pourquoi ? C'est qu'il n'est pas juste que je l'aie. Le mari et les bijoux étaient pour aller ensemble, et en rendant l'un, je rends l'autre. Vous voilà bien embarrassé ; gardez cela pour cette charmante beauté dont on vous a apporté le portrait.

LUCIDOR. Je lui en trouverai d'autres ; reprenez ceux-ci.

ANGÉLIQUE. Oh ! qu'elle garde tout, Monsieur, je les jetterais.

LISETTE. Et moi je les ramasserai.

LUCIDOR. C'est-à-dire que vous ne voulez pas que je songe à vous marier, et que, malgré ce que vous m'avez dit tantôt, il y a quelque amour secret dont vous me[1] faites mystère.

ANGÉLIQUE. Eh mais, cela se peut bien, oui, Monsieur, voilà ce que c'est, j'en ai pour un homme d'ici, et quand je n'en aurais pas, j'en prendrais tout exprès demain pour avoir un mari à ma fantaisie[2].

---

1. Texte de 1747 et 1758. L'édition originale porte par erreur : *dont me vous*. **2.** Angélique a saisi au passage l'idée d'un *amour secret*, évoquée par Lucidor. L'arrivée opportune de Blaise lui permet de donner corps à cette idée. Outre l'intérêt dramatique, ce rebondissement donne lieu à quelques-unes des scènes les plus comiques du théâtre de Marivaux.

Scène XVIII

LUCIDOR, ANGÉLIQUE, LISETTE, MAÎTRE BLAISE

MAÎTRE BLAISE. Je requiers la parmission d'interrompre, pour avoir la déclaration de voute darnière volonté, Mademoiselle, retenez-vous voute amoureux nouviau venu ?

ANGÉLIQUE. Non, laissez-moi.

MAÎTRE BLAISE. Me retenez-vous, moi ?

ANGÉLIQUE. Non.

MAÎTRE BLAISE. Une fois, deux fois, me voulez-vous ?

ANGÉLIQUE. L'insupportable homme !

LISETTE. Êtes-vous sourd, Maître Blaise ? Elle vous dit que non.

MAÎTRE BLAISE, *à Lisette, les premiers mots à part, et en souriant* [1]. Oui, ma mie. Ah çà, Monsieur, je vous prends à témoin comme quoi je l'aime, comme quoi alle me repousse, que, si elle ne me prend pas, c'est sa faute, et que ce n'est pas sur moi qu'il en faut jeter l'endosse. *(À Lisette, à part.)* Bonjour, poulet. *(Et puis à tous.)* Au demeurant, ça ne me surprend point ; Mademoiselle Angélique en refuse deux, alle en refuserait trois ; alle en refuserait un boissiau ; il n'y en a qu'un qu'alle envie, tout le reste est du fretin pour alle, hors Monsieur Lucidor, que j'ons deviné *drès le commencement.

ANGÉLIQUE, *outrée*. Monsieur Lucidor !

MAÎTRE BLAISE. Li-même, n'ons-je pas vu que vous pleuriez quand il fut malade, tant vous aviez peur qu'il ne devînt mort ?

LUCIDOR. Je ne croirai jamais ce que vous dites là ; Angélique pleurait par amitié pour moi ?

ANGÉLIQUE. Comment, vous ne croirez pas [2] ! vous ne seriez pas un homme de bien de le croire. M'accuser d'aimer, à cause que je pleure ; à cause que je donne des marques de bon cœur ! eh mais ! je pleure tous les malades que je vois, je pleure pour tout ce qui est en danger de mourir ; si mon oiseau mourait devant moi, je pleurerais ; dira-t-on que j'ai de l'amour pour lui ?

---

1. L'indication scénique est réduite à *à Lisette* dans les éditions de 1747, 1758, etc.   2. Les mots *vous ne croirez pas*, par un procédé d'enchaînement très fréquent chez Marivaux, reprennent les mots *Je ne croirai jamais* de la réplique de Lucidor. Faute de le voir, l'édition de 1758 corrige *vous ne croirez pas* en *ne le croyez pas*, qui n'est nullement satisfaisant. Un exemple comme celui-ci montre que les corrections de 1758 ne sont pas de Marivaux — sauf exceptions — et manifeste la supériorité de principe de l'édition originale (suivie ici par celle de 1747).

LISETTE. Passons, passons là-dessus ; car, à vous parler franchement, je l'ai cru de même.

ANGÉLIQUE. Quoi, vous aussi, Lisette, vous m'accablez, vous me *déchirez, eh ! que vous ai-je fait ? Quoi, un homme qui ne songe point à moi, qui veut me marier à tout le monde, et[1] je l'aimerais ? Moi, qui ne pourrais pas le souffrir s'il m'aimait, moi qui ai de l'inclination pour un autre, j'ai donc le cœur bien bas, bien misérable ; ah ! que l'affront qu'on me fait m'est sensible !

LUCIDOR. Mais en vérité, Angélique, vous n'êtes pas raisonnable ; ne voyez-vous pas que ce sont nos petites conversations qui ont donné lieu à cette folie qu'on a rêvée, et qu'elle ne mérite pas votre attention ?

ANGÉLIQUE. Hélas ! Monsieur, c'est par discrétion que je ne vous ai pas dit ma pensée ; mais je vous aime si peu, que, si je ne me retenais pas, je vous haïrais, depuis ce mari que vous avez mandé de Paris ; oui, Monsieur, je vous haïrais, je ne sais trop même si je ne vous hais pas, je ne voudrais pas jurer que non, car j'avais de l'amitié pour vous, et je n'en ai plus ; est-ce là des dispositions pour aimer[2] ?

LUCIDOR. Je suis honteux de la douleur où je vous vois, avez-vous besoin de vous défendre, dès que vous en aimez un autre, tout n'est-il pas dit ?

MAÎTRE BLAISE. Un autre galant ? Alle serait, morgué ! bian en peine de le montrer.

ANGÉLIQUE. En peine ? Hé bien ! puisqu'on m'*obstine, c'est justement lui qui parle, cet indigne.

LUCIDOR. Je l'ai soupçonné.

MAÎTRE BLAISE. Moi !

LISETTE. Bon ! cela n'est pas vrai.

ANGÉLIQUE. Quoi ! je ne sais pas l'inclination que j'ai ? Oui, c'est lui, je vous dis que c'est lui !

MAÎTRE BLAISE. Ah çà, demoiselle, ne badinons point ; ça n'a ni rime ni raison. Par votre foi, est-ce ma personne qui vous a pris le cœur ?

ANGÉLIQUE. Oh ! je l'ai assez dit. Oui, c'est vous, *malhonnête que vous êtes ! Si vous ne m'en croyez pas, je ne m'en soucie guère.

MAÎTRE BLAISE. Eh mais ! jamais voute mère n'y consentira.

---

1. Le mot *et* disparaît à partir de l'édition de 1747. Il doit être maintenu.
2. La phrase hachée, haletante, traduit encore excellemment l'extrême émotion d'Angélique.

ANGÉLIQUE [1]. Vraiment, je le sais bien.

MAÎTRE BLAISE. Et pis, vous m'avez rebuté d'abord, j'ai compté là-dessus, moi, je me sis arrangé autrement.

ANGÉLIQUE. Hé bien ! ce sont vos affaires.

MAÎTRE BLAISE. On n'a pas un cœur qui va et qui viant comme une girouette : faut être fille pour ça ; on se fie à des refus.

ANGÉLIQUE. Oh ! *accommodez-vous, benêt.

MAÎTRE BLAISE. Sans compter que je ne sis pas riche.

LUCIDOR. Ce n'est pas là ce qui embarrassera, et j'aplanirai tout ; puisque vous avez le bonheur d'être aimé, Maître Blaise, je donne vingt mille francs en faveur de ce mariage, je vais en porter la parole à Madame Argante, et je reviens dans le moment vous en rendre la réponse.

ANGÉLIQUE. Comme on me persécute !

LUCIDOR. Adieu, Angélique, j'aurai enfin la satisfaction de vous avoir mariée selon votre cœur, quelque chose qu'il m'en coûte.

ANGÉLIQUE. Je crois que cet homme-là me fera mourir de chagrin.

Scène XIX

MAÎTRE BLAISE, ANGÉLIQUE, LISETTE

LISETTE. Ce Monsieur Lucidor est un grand marieur de filles ; à quoi vous déterminez-vous, Maître Blaise ?

MAÎTRE BLAISE, *après avoir rêvé*. Je dis qu'ous êtes toujours bian jolie, mais que ces vingt mille francs vous font grand tort.

LISETTE. Hum ! le vilain procédé !

ANGÉLIQUE, *d'un air languissant*. Est-ce que vous aviez quelque dessein pour elle ?

MAÎTRE BLAISE. Oui, je n'en fais pas le fin.

ANGÉLIQUE, *languissante*. Sur ce pied-là, vous ne m'aimez pas.

MAÎTRE BLAISE. Si fait da : ça m'avait un peu quitté, mais je vous r'aime chèrement à cette heure.

ANGÉLIQUE, *toujours languissante*. À cause des vingt mille francs ?

MAÎTRE BLAISE. À cause de vous, et pour l'amour d'eux.

ANGÉLIQUE. Vous avez donc intention de les recevoir ?

---

1. À partir d'ici, l'édition originale porte constamment *Mariane* au lieu d'*Angélique*, aussi bien dans le texte (début de la scène xx) que dans l'indication des personnages. La correction est faite partout en 1747.

MAÎTRE BLAISE. Pargué ! À voute avis ?

ANGÉLIQUE. Et moi je vous déclare que, si vous les prenez, que[1] je ne veux point de vous.

MAÎTRE BLAISE. En veci bian d'un autre !

ANGÉLIQUE. Il y aurait trop de lâcheté à vous de prendre de l'argent d'un homme qui a voulu me marier à un autre, qui m'a offensée en particulier en croyant que je l'aimais, et qu'on dit que j'aime moi-même.

LISETTE. Mademoiselle a raison ; j'approuve tout à fait ce qu'elle dit là.

MAÎTRE BLAISE. Mais acoutez donc le bon sens, si je ne prends pas les vingt mille francs, vous me pardrez, vous ne m'aurez point, voute mère ne voura point de moi.

ANGÉLIQUE. Hé bien ! si elle ne veut point de vous, je vous laisserai.

MAÎTRE BLAISE, *inquiet*. Est-ce votre dernier mot ?

ANGÉLIQUE. Je ne changerai jamais[2].

MAÎTRE BLAISE. Ah ! me velà biau garçon.

Scène XX

LUCIDOR, MAÎTRE BLAISE, ANGÉLIQUE, LISETTE

LUCIDOR. Votre mère consent à tout, belle Angélique, j'en ai sa parole, et votre mariage avec Maître Blaise est conclu, moyennant les vingt mille francs que je donne. Ainsi vous n'avez qu'à venir tous deux l'en remercier.

MAÎTRE BLAISE. Point du tout ; il y a un autre *vartigo qui la tiant ; alle a de l'aversion pour le magot de vingt mille francs, à cause de vous qui les délivrez : alle ne veut point de moi si je les prends, et je veux du magot avec alle.

ANGÉLIQUE, *s'en allant*. Et moi je ne veux plus de qui que ce soit au monde.

LUCIDOR. Arrêtez, de grâce, chère Angélique. Laissez-nous, vous autres.

---

1. Texte des éditions de 1740 et 1747. On a déjà trouvé un exemple de ce tour, usuel dans l'ancienne langue, et qui consiste à répéter *que* après une incise ; voir la Note grammaticale, article *que*, p. 2269. L'édition de 1758 et les éditions suivantes suppriment le second *que*.   2. On pense à la question posée par Silvia et à la réponse de Dorante à la fin du *Jeu de l'amour et du hasard* (acte III, sc. VIII, p. 936).

Maître Blaise, *prenant Lisette sous le bras*[1]. Noute premier marché tiant-il toujours ?

Lucidor. Oui, je vous le garantis.

Maître Blaise. Que le ciel vous conserve en joie ; je vous fiance donc, fillette.

Scène XXI
LUCIDOR, ANGÉLIQUE

Lucidor. Vous pleurez, Angélique ?

Angélique. C'est que ma mère sera fâchée, et puis j'ai eu assez de confusion pour cela.

Lucidor. À l'égard de votre mère, ne vous en inquiétez pas, je la calmerai ; mais me laisserez-vous la douleur de n'avoir pu vous rendre heureuse ?

Angélique. Oh ! voilà qui est fini ; je ne veux rien d'un homme qui m'a donné le renom que je l'aimais toute seule.

Lucidor. Je ne suis point l'auteur des idées qu'on a eu[2] là-dessus.

Angélique. On ne m'a point entendu me vanter que vous m'aimiez, quoique je l'eusse pu croire aussi bien que vous, après toutes les amitiés et toutes les manières que vous avez eues pour moi, depuis que vous êtes ici, je n'ai pourtant pas abusé de cela ; vous n'en avez pas agi de même, et je suis la dupe de ma bonne foi.

Lucidor. Quand vous auriez pensé que je vous aimais, quand vous m'auriez cru pénétré de l'amour le plus tendre, vous ne vous seriez pas trompée. *(Angélique ici redouble ses pleurs et sanglote davantage et Lucidor continue.)* Et pour achever de vous ouvrir mon cœur, je vous avoue que je vous adore, Angélique.

Angélique. Je n'en sais rien ; mais si jamais je viens à aimer quelqu'un, ce ne sera pas moi qui lui chercherai des filles en mariage, je le laisserai plutôt mourir garçon[3].

Lucidor. Hélas ! Angélique, sans la haine que vous m'avez déclarée, et qui m'a paru si vraie, si naturelle, j'allais me proposer moi-

---

1. L'édition de 1747 ajoute : *à Monsieur Lucidor*. **2.** Non-accord du participe passé dans les trois éditions de 1740, 1747 et 1758, de même, à la réplique suivante, dans l'édition de 1740. Voir la Note grammaticale, p. 2265. **3.** Cette jolie réplique, où un sourire se mêle aux pleurs, amorce très finement le revirement d'Angélique.

même. *(Lucidor revenant [1].)* Mais qu'avez-vous donc encore à soupirer ?

ANGÉLIQUE. Vous dites que je vous hais, n'ai-je pas raison ? Quand il n'y aurait que ce portrait de Paris qui est dans votre poche.

LUCIDOR. Ce portrait n'est qu'une feinte ; c'est celui d'une sœur que j'ai.

ANGÉLIQUE. Je ne pouvais pas deviner.

LUCIDOR. Le voici, Angélique ; et je vous le donne.

ANGÉLIQUE. Qu'en ferai-je, si vous n'y êtes plus ? un portrait ne guérit de rien.

LUCIDOR. Et si je restais, si je vous demandais votre main, si nous ne nous quittions de la vie ?

ANGÉLIQUE. Voilà du moins ce qu'on appelle parler, cela.

LUCIDOR. Vous m'aimez donc ?

ANGÉLIQUE. Ai-je jamais fait autre chose [2] ?

LUCIDOR, *se mettant tout à fait à genoux*. Vous me transportez, Angélique.

Scène XXII et dernière

Tous les acteurs qui arrivent avec MADAME ARGANTE

MADAME ARGANTE. Hé bien ! Monsieur ; mais que vois-je ? Vous êtes aux genoux de ma fille, je pense ?

LUCIDOR. Oui, Madame, et je l'épouse dès aujourd'hui, si vous y consentez.

MADAME ARGANTE, *charmée*. Vraiment, que de *reste, Monsieur, c'est bien de l'honneur à nous tous, et il ne manquera rien à la joie où je suis, si Monsieur *(montrant Frontin)*, qui est votre ami, demeure aussi le nôtre.

FRONTIN. Je suis de si bonne composition, que ce sera moi qui vous verserai à boire à table. *(À Lisette.)* Ma reine, puisque vous aimiez [3] tant Frontin, et que je lui ressemble, j'ai envie de l'être.

LISETTE. Ah ! coquin, je t'entends bien, mais tu t'es trop tard.

---

1. L'indication *Lucidor revenant*, qui note un jeu de scène intéressant, ne figure que dans l'édition originale. **2.** Avec cette phrase, Marivaux exprime un des plus charmants aveux de son répertoire. **3.** Texte des éditions de 1740 et 1747, bien préférable à celui des éditions de 1758 et suivantes *(aimez* pour *aimiez)*.

MAÎTRE BLAISE. Je ne pouvons nous quitter, il y a douze mille francs qui nous suivent.

MADAME ARGANTE. Que signifie donc cela ?

LUCIDOR. Je vous l'expliquerai tout à l'heure ; qu'on fasse venir les violons du village, et que la journée finisse par des danses.

FIN

DIVERTISSEMENT [1]

VAUDEVILLE

Madame Argante.

Maris jaloux, tendres amants,
Dormez sur la foi des serments,
Qu'aucun soupçon ne vous émeuve ;
Croyez l'objet de vos amours,
Car on ne gagne pas toujours
    À la [2] mettre à l'épreuve.

Lisette.

Avoir le cœur de son mari,
Qu'il tienne lieu d'un favori,
Quel bonheur d'en fournir la preuve !
Blaise me donne du souci ;
Mais en revanche, Dieu merci,
    Je le mets à l'épreuve.

Frontin.

Vous qui courez après l'hymen,
Pour éloigner tout examen,
Prenez toujours fille pour veuve [3] ;

---

1. On a vu que ce divertissement, absent des éditions de 1740, 1747 et 1758, fut donné par Duviquet d'après Desboulmiers. Nous avons pu le compléter grâce au *Recueil des Divertissements du Théâtre-Italien* qui indique, notamment, le nom des acteurs qui chantent chaque couplet.   **2.** Et non *le*, comme le portent des éditions modernes : l'accord est fait d'après le sens.   **3.** C'est-à-dire : tenez-la pour, réputez-la veuve plutôt que fille.

Si l'amour trompe en ce moment,
C'est du moins agréablement :
    Quelle charmante épreuve !

Maître Blaise.

Que Mathuraine ait de l'humeur,
Et qu'al me refuse son cœur,
Qu'il vente, qu'il tonne ou qu'il pleuve,
Que le froid gèle notre vin,
Je n'en prenons point de chagrin,
    Je somme à toute épreuve.

Lisette.

Vous qui tenez dans vos filets
Chaque jour de nouveaux objets,
Soit fille, soit femme, soit veuve,
Vous croyez prendre, et l'on vous prend.
Gardez-vous d'un cœur qui se rend
    À la première épreuve.

Angélique.

Ah ! que l'hymen paraît charmant
Quand l'époux est toujours amant !
Mais jusqu'ici la chose est neuve :
Que l'on verrait peu de maris,
Si le sort nous avait permis
    De les prendre à l'épreuve [1] !

---

1. L'idée reprend une plainte formulée par plusieurs héroïnes de Marivaux, Hortense du *Prince travesti*, Silvia du *Jeu de l'amour et du hasard*, Lucile des *Serments indiscrets*. On la trouve du reste couramment, avant Marivaux, dans le théâtre comique anglais de la Restauration.

LA COMMÈRE

Comédie en un acte
pour les comédiens-italiens
par M. de Marivaux
1741

NOTICE

C'est à la fantaisie d'un collectionneur que l'on doit de posséder *La Commère*. Pont de Vesle, le neveu de Mme de Tencin, avait, selon le témoignage de Petitot, un « goût assez singulier » :

« ... c'était de réunir les pièces de théâtre manuscrites des auteurs qui n'avaient pu parvenir à les faire jouer ; il les recherchait avec soin, et les payait quelquefois fort cher : cette collection bizarre était très nombreuse à sa mort. S'il eût témoigné un vif désir de réussir dans la carrière dramatique, on aurait pu soupçonner qu'il ne faisait ces acquisitions que dans l'espoir de s'approprier quelques-unes de ces pièces dont le sujet lui aurait paru heureux ; mais sa modestie, son peu d'empressement pour les succès littéraires éloignent toute présomption à cet égard [1] ».

Parmi ces pièces de théâtre mort-nées figurait le manuscrit de la main d'un secrétaire, d'une comédie en un acte en prose destinée par Marivaux au Théâtre-Italien et datée de 1741, si l'on en croit les indications dudit manuscrit, qui a été heureusement retrouvé à la Comédie-Française par Sylvie Chevalley.

Si nous avons inséré *La Commère* dans la présente édition, c'est qu'après un examen attentif son authenticité ne nous paraît pas faire de doute. Disons d'abord que le manuscrit retrouvé est sans contestation celui qui figurait sous le n° 1078 dans le catalogue de 1774, puis sous le n° 1997 du catalogue de 1846, dressé avant que fût définitivement dispersée la bibliothèque Pont de Vesle [2]. Il avait été proposé que l'ensemble en fût acheté par souscription publique et

---

1. Notice sur Pont de Vesle dans le *Répertoire du théâtre français*, tome XXII, p. 87. **2.** Voir la préface de Lacroix (le bibliophile Jacob) en tête de la *Bibliothèque dramatique de Pont de Vesle [...], augmentée et remise en ordre par les soins du bibliophile Jacob*, Paris, Alliance des Arts, 1846. Noter que *La Commère* a été portée à côté des *Fausses Confidences* sous le titre inexact de *La Comédie*, com. i., pr. par Marivaux.

versé à la Comédie-Française, à la condition que les chercheurs y eussent accès : les comédiens refusèrent pour éviter d'être dérangés. Néanmoins *La Commère*, avec d'autres pièces provenant de la même collection, dont le manuscrit des *Fausses Confidences* dont on a déjà parlé [1], parvint par des voies que nous ignorons à la Comédie-Française et y resta enterrée jusqu'à la découverte de Mme Chevalley. Pour que *La Commère* ne fût pas de Marivaux, il faudrait donc admettre une erreur remontant à Pont de Vesle : elle paraîtra peu probable si l'on songe que le collectionneur connaissait personnellement Marivaux, qu'il rencontrait dans le salon de Mme de Tencin et dans d'autres compagnies, comme celle du comte de Caylus. Cependant ces critères externes [2] n'emporteraient pas absolument la conviction s'ils n'étaient pas étayés par des critères internes.

On ne peut nier que le sujet de *La Commère* appartienne bien à Marivaux, puisqu'il consiste dans l'adaptation d'un épisode du *Paysan parvenu* : le mariage de Jacob échouant — une première fois au moins — à la suite des indiscrétions de Mme d'Alain. Mais une objection est possible : ne serait-ce pas précisément ce sujet qui aurait faussement suggéré que *La Commère* était de Marivaux, alors qu'elle serait l'œuvre de quelque plagiaire ? Il existe d'autres exemples à l'époque d'auteurs dramatiques ayant emprunté leurs sujets à des romans contemporains. Ainsi, deux pièces de théâtre au moins, la *Silvie* de Landois, précisément en 1741, et plus tard *Des Frans et des Ronais* de Collé, furent tirées des *Illustres Françaises* sans que le nom de leur auteur Robert Challe fût jamais prononcé ; n'aurions-nous pas ici le phénomène inverse, et ne serait-ce pas l'auteur de la pièce qui serait demeuré dans l'ombre ? Il se trouvera, certes, des lecteurs qui, abordant *La Commère* après avoir lu *Le Paysan parvenu*, la jugeront très inférieure au roman ; certains la diront même indigne de Marivaux. On ne doit pourtant pas s'y tromper : une comédie en un acte, fût-elle de Marivaux, ne saurait égaler la richesse et la complexité de ce chef-d'œuvre du roman d'analyse qu'est *Le Paysan parvenu*. Il nous suffit que *La Commère* soit vive,

1. Voir ci-dessus, pp. 1512-1514. 2. On doit à Robert Granderoute la découverte d'un témoignage précieux : J.-E. Gastelier écrivait le 1er juin 1741 « Marivaux va donner incessamment *La Commère*. Ce sujet est tiré du *Paysan parvenu* », et le 13 septembre 1742 « Marivaux donnera aux Comédiens-Italiens l'hiver prochain une pièce en cinq actes intitulée *La Commère* dans laquelle il promet des caractères et de l'intrigue » (*Lettres sur les affaires du temps*, Slatkine, 1993).

plaisante, originale à certains égards, qu'enfin elle soutienne la représentation pour que nous admettions que Marivaux peut en être l'auteur : elle n'est certainement pas inférieure à la moyenne des comédies postérieures à 1740 que nous savons être de sa main.

Quant au sujet, s'il s'inspire du *Paysan parvenu*, il ne le démarque pas servilement. Conformément aux habitudes de Marivaux, et malgré le grossissement dû à l'optique théâtrale, aucun des rôles n'est poussé à la caricature. Le dénouement, qui ne sacrifie pas à la tradition du *happy end*, ne s'écarte des événements du roman que pour en mieux respecter l'ambiguïté foncière. Enfin et surtout, on observera que le rôle de la commère, relativement secondaire dans *Le Paysan parvenu*, reçoit ici un développement considérable : il ne fournit pas seulement le titre de la pièce, mais 177 répliques lui sont consacrées, soit un tiers du total, contre seulement 116 à La Vallée et 80 à Mlle Habert. Cette mise en relief ne serait guère explicable chez un imitateur. Elle est au contraire naturelle chez Marivaux, car ce type de personnages l'a toujours amusé. On songe, bien entendu, à l'admirable Mme Dutour, de *La Vie de Marianne*, mais il faut remonter plus haut, à ce *Télémaque travesti*, dans lequel Marivaux a semé tant d'idées comiques qui devaient germer plus tard. Le héros, Brideron, n'est pas moins fier que Mme Alain de sa discrétion. Il se vante même de la posséder à un degré éminent depuis son âge le plus tendre, et en donne des preuves :

« Quand on soupçonnait aux environs que quelqu'un allait devenir cerf : Un tel est cocu, me disait-on, n'en parlez pas. Oh ! que non, répondais-je ; je tenais parole, et je disais partout que, quoique cela fût, je n'en sonnerais jamais mot [1]. »

Marivaux, qui écrivait alors sur ce thème une page très comique, devait se souvenir de ce trait pour le prêter à des personnages de valets, l'Arlequin du *Prince travesti*, de la *Fausse Suivante* et de *L'Heureux Stratagème*, ou le Lubin de *La Mère confidente*. Qui d'autre que lui aurait songé à en faire la marque d'un personnage de premier plan et le ressort essentiel d'une comédie de mœurs ?

Ajoutons, bien entendu, que Jacob est peut-être, de tous les personnages de Marivaux, celui qui lui ressemble le plus. Un contemporain, L'Affichard, a même fait expressément le rapport quelques années après la composition de *La Commère*. « Chacun, dit-il, parlant des lecteurs du roman, était charmé de la franchise et du bon

---

1. *Le Télémaque travesti*, éd. Droz, p. 103, *Œuvres de jeunesse*, pp. 759-760.

cœur de La Vallée : il était l'image vivante de l'auteur, qui se fait estimer de tous ceux qui le connaissent. On se peint dans ses ouvrages, et ceux qui les lisent y gagnent, lorsque le peintre a beaucoup d'esprit et d'enjouement[1]. »

Si le sujet de *La Commère* est donc bien de Marivaux, le style, le tour d'esprit, les procédés du dialogue ne lui appartiennent pas moins. Pour donner quelques exemples, on notera que les adjectifs *aise* (sc. I), *babillard* (sc. VII, etc.), *brave* (bien habillé, sc. I), *gracieux* (sc. I) se trouvent souvent sous sa plume. Ainsi, la phrase *Cela n'est-il pas bien gracieux ?* évoque immédiatement *cela ne laisse pas d'être gracieux*, dans la bouche de l'Arlequin du *Jeu de l'amour et du hasard* (acte III, sc. VII). Il en est de même pour des substantifs comme *braverie* (élégance, sc. I), *désastre* (sc. XXIV), *historien* (sc. XXVI). L'emploi de ce dernier mot est caractéristique dans le sens que lui donne Marivaux (« celui qui conte indiscrètement les affaires d'autrui »). On se souvient de Silvia se proposant, dans *Le Jeu de l'amour et du hasard*, de faire du valet de Dorante « l'historien de son maître » (acte I, sc. V). Même observation encore sur les verbes *s'aviser*, au sens de se décider (sc. III), ou *dégoiser* (sc. XXIX), et surtout sur une foule de tours ou locutions de tout ordre : exclamations comme *Oh ! pour celui-là* (sc. XIV), *Belle demande !* (sc. XVII) ; interrogations comme *D'où vient* (sc. XXVII), *que vous dit le cœur ?* (sc. XXI) ; présentatifs comme *Et puis c'est que* (sc. XXVI), *Pour ce qui est dans le cas de* (sc. III, cf. *pour ce qui est en cas de faire un compliment* dans *Le Paysan parvenu*, p. 28) ; dénégations comme *il n'y a pas moyen* (sc. III) ; expressions telles que *avoir l'invention de* (sc. I), *ne dirait-on pas de* (sc. XXVIII), *faire l'amour* (sc. XXV, au sens de « faire la cour »), *faire sa charge* (sc. XXVI, au sens figuré, fréquent chez Marivaux). Même quand les termes ne sont pas exactement identiques, un lecteur averti reconnaît un « patron » cher à Marivaux. Ainsi, la locution *raccommoder l'esprit* (sc. XXII), qui signifie « remettre l'esprit de quelqu'un dans de bonnes dispositions », prolonge l'expression *ravauder l'esprit* employée dans le ton burlesque du *Télémaque travesti* (p. 91), et *être sur le qui-vive* (sc. IV) renouvelle heureusement l'expression *avoir toujours l'esprit au guet* de *La Vie de Marianne* (p. 99 et note 1).

Si un pasticheur habile pourrait, à la rigueur, relever ces mots ou ces tours pour en composer un centon, il est bien plus douteux qu'il

---

1. *Caprices romanesques*, Amsterdam, 1745, pp. 195-196.

se soit trouvé quelqu'un pour identifier tel ou tel trait particulier de la grammaire de Marivaux. Or, le spécialiste retrouve ici tous ces menus détails qui donnent au style de Marivaux une allure parlée et un ton familier. Citons par exemple l'emploi de l'article défini dans *je n'en ai jamais dit le mot à personne* (sc. III), constant chez Marivaux en pareil cas ; l'utilisation originale de l'article indéfini pour introduire des propos d'autrui auquel on se contente de faire allusion :

« Ne m'entendez-vous pas, ma chère amie ? Un petit Jacob qui mangeait à l'office, un cousin scribe, un oncle voiturier, un vigneron... » (Sc. XXII.)

ou le recours au pronom *on* par le locuteur qui, pour se donner une excuse, se rattache à une collectivité anonyme :

« Je sais bien que tous les neveux et les cousins qui héritent ne valent rien, mais on croit le vôtre. » (Sc. XXIII.)

Rappelons, pour en finir avec ces particularités, que nous avions pu, en autre circonstance [1], inférer le caractère apocryphe des trois dernières parties du *Paysan parvenu* du simple fait qu'une constante du style de Marivaux, la prédilection pour le démonstratif « appuyé » *(cet... ci, cet... là)*, y faisait totalement défaut. Or, on trouve bien dans *La Commère* la fréquence attendue de cette série appuyée, comme dans les groupes *cette fille-là* (sc. II et sc. XXV), *ce gaillard-là* (sc. XVIII), *cette famille-là* (sc. XX), *cet habit-là (ibid.)*, etc. Si l'on ajoute que la façon même dont l'accord des participes passés [2] est fait ou négligé, dans le manuscrit, correspond exactement à celui des manuscrits ou des éditions originales de Marivaux, force sera d'avouer que l'auteur de *La Commère*, s'il n'est pas Marivaux lui-même, était encore plus subtil philologue qu'auteur dramatique averti.

Précisément, c'est encore à Marivaux que nous renvoie un autre aspect fondamental de *La Commère*, l'art du dialogue. Celui-ci n'y est pas seulement vif et coupé comme dans toutes les pièces de cet écrivain, mais il utilise ses formules propres. On sait que la reprise d'un mot, sous toutes sortes de formes, fournit au marivaudage une sorte de trame sur laquelle brodent tour à tour les interlocuteurs.

---

1. Voir notre *Marivaux et le Marivaudage*, éd. A. Colin, p. 380, et l'édition du *Paysan parvenu*, aux Classiques Garnier, p. XXVII.   **2.** Voir les exemples de *La Commère* figurant dans la Note grammaticale, article *participe passé*, p. 2265.

En voici seulement quelques exemples. Les premiers sont du type banal, dans ce fragment de dialogue :

« *Mademoiselle Habert*. — ... Toutes les contradictions viendraient uniquement de ce que Monsieur de la Vallée est un cadet qui n'a point de bien...

Madame Alain. — Le cadet me l'a dit : point de bien. J'oubliais cet article.

Mademoiselle Habert. — Viendraient aussi de ce que j'ai un neveu que ma sœur aime et qui compte sur ma succession.

Madame Alain. — Où est le neveu qui ne compte pas ? Il faut que le vôtre se trompe et que Monsieur de la Vallée ait tout.

La Vallée, montrant Mademoiselle Habert. — Oh ! pour moi, voilà mon tout. » (Sc. VIII.)

Mais le suivant est du Marivaux le plus original et le plus plaisant :

« *Madame Alain*. — ... Qu'est-ce que c'est que vous avez de votre côté ?

La Vallée. — Oh ! Moi, je n'ai point de côté.

Madame Alain. — Que voulez-vous dire par là ?

La Vallée. — Que je n'ai rien. C'est moi qui suis tout mon bien. » (Sc. III.)

Enfin, par-delà tous les rapprochements isolés, l'essentiel est qu'on perçoive à travers *La Commère* la parole même de Marivaux. La verve bonhomme de Jacob, l'obstination timide de Mlle Habert, la « bonté de cœur babillarde » de Mme Alain ont l'accent propre que Marivaux sait donner à ses personnages. On en prendra pour preuve cette tirade de Mme Alain, en réponse à Mlle Habert, qui lui demande ce qu'elle trouve de plaisant à son mariage :

« Je n'y trouve rien. Au contraire, je l'approuve, je l'aime. Il me divertit, j'en ai de la joie. Que voulez-vous que j'y trouve, moi ? Qu'y a-t-il à dire ? Vous aimez ce garçon : c'est bien fait. S'il n'a que vingt ans, ce n'est pas votre faute, vous le prenez comme il est ; dans dix il en aura trente et vous dix de plus, mais qu'importe ! On a de l'amour ; on se contente ; on se marie à l'âge qu'on a ; si je pouvais vous ôter les trois quarts du vôtre, vous seriez bientôt du sien. » (Sc. IV.)

Écoutons Mme Dutour parlant à Marianne :

« Tenez, dit-elle, où va-t-elle chercher que je la raille, à cause que je lui dis qu'on lui donne ? Eh ! pardi ! oui, on vous donne, et vous prenez comme de raison : à bien donné, bien pris [...] et quand on voudra, je prendrai ; voilà tout le mal que j'y sache, et je prie Dieu qu'il m'arrive. On ne me donne rien, je ne prends rien, et c'est tant pis. Voyez de quoi elle se fâche[1] ! »

N'y a-t-il pas une étroite parenté entre le style de ces deux commères, en même temps qu'une imperceptible nuance de vulgarité distingue la lingère de la « veuve du secrétaire d'un président » ?

Ainsi on peut être assuré que *La Commère* est bien de Marivaux. Reste à savoir pourquoi il ne la fit pas jouer lui-même. Les Italiens l'auraient-ils refusée ? Ou l'auteur, peu confiant dans le succès à une époque où la troupe italienne était sur le déclin, aurait-il renoncé à tenter la fortune ? Et dans ce cas, n'aurait-il pas songé à la confier à des troupes d'amateurs, comme celle qui jouait alors aux Porcherons et qui comprenait des familiers de Mme Du Deffand, comme d'Ussé et Pont de Vesle lui-même[2] ? L'hypothèse, en l'état actuel des choses, reste hasardeuse. Il l'est un peu moins d'explorer les raisons qui purent pousser Marivaux à adapter pour le théâtre un de ses romans. On peut rappeler qu'en 1738, Guyot de Merville venait de remporter au Théâtre-Français un grand succès, le premier et le seul de sa carrière, en tirant de *La Paysanne parvenue*, de Mouhy, une comédie en un acte et en prose, *Le Consentement forcé*. Mouhy ayant imité dans son roman les deux chefs-d'œuvre de Marivaux dans le genre, celui-ci pouvait fort bien songer à tirer lui-même une pièce de théâtre de son *Paysan parvenu*, au lieu de laisser le profit de l'entreprise à un concurrent. On verra par les notes comment il exploite les idées qui lui étaient déjà venues, modifie le caractère des personnages et le détail des incidents, invente des ressorts nouveaux, suspend habilement le dénouement de sa pièce jusqu'au dernier instant. Il suffit de souligner ici avec quelle maîtrise l'auteur dramatique ajoute une sorte de dimension nouvelle à son œuvre romanesque : il sera désormais difficile, en lisant *Le Paysan parvenu*, de ne pas prêter à Mme d'Alain quelques-uns des traits qui donnent sa plaisante figure à notre Commère.

La Commère, entrée à la Comédie-Française en 1967, et reprise en 1976 (mise en scène de Jean-Paul Roussillon), totalisait en janvier 2000 163 représentations.

---

1. Éd. Classiques Garnier, p. 98.   **2.** On conserve à la Bibliothèque de l'Arsenal des programmes de ces représentations. Ils sont malheureusement incomplets, mais témoignent de la vogue du théâtre de société à cette époque précise. Ainsi, en mars 1741, une représentation groupe, outre plusieurs divertissements et une *Apothéose de M. Pont de Vesle*, une comédie intitulée *Zaïde ou la Grecque moderne*, évidemment inspirée par le roman de l'abbé Prévost.

LE TEXTE

La Commère n'étant connue que par le manuscrit retrouvé à la Comédie-Française, c'est évidemment le texte de ce manuscrit que nous reproduisons. La page de titre porte, outre la mention « N° 1078 », qui se réfère au numéro du volume dans la collection Pont de Vesle, les mots suivants :

La Commere / Comedie En un Acte, / pour les comédiens Italiens. / Par M. de Marivaux. / 1741.

Outre cette page de titre et le verso consacré à la liste des acteurs, le manuscrit comporte 49 pages numérotées de 1 à 49, dont la première correspond à un verso. L'écriture, très cursive, est d'une lecture assez facile. Elle ne pose que peu de problèmes. Aussi notre texte est-il à peu près identique à celui qu'a établi Mme Sylvie Chevalley. Nous ne nous en écartons que sur des points mineurs. C'est ainsi que nous lisons *à qui il ne dit*, non *à qui il n'a dit* à la page 26 du manuscrit (sc. XIV)[1] ; *Madame* au lieu de *Mademoiselle* à la scène XVIII, dans la bouche du neveu parlant à Mme Alain (pp. 29-31 du manuscrit) ; ou encore *ces demoiselles* au lieu de *les demoiselles* à la page 33 (sc. XX)[2].

Suivant les principes de la présente édition, on a modernisé l'orthographe (sauf sur quelques points significatifs : accords des participes, genre des noms), ainsi que la ponctuation, qui est, dans le manuscrit, conforme en gros à l'usage des autres manuscrits de Marivaux.

---

1. Le manuscrit ne porte pas ici d'apostrophe. Or, le copiste note toujours soigneusement ce signe de l'élision. **2.** Pour respecter l'original, nous avons fait figurer en note ou entre crochets les indications scéniques manquant dans le manuscrit.

La Commère

ACTEURS

La Vallée.
Monsieur Remy.
Monsieur Thibaut et son confrère, notaires.
Le Neveu de Mademoiselle Habert.
Madame Alain.
Mademoiselle Habert.
Agathe.
Javotte.

La scène est à Paris chez Madame Alain.

Scène I

LA VALLÉE, MADEMOISELLE HABERT

LA VALLÉE. Entrons dans cette salle [1]. Puisqu'on dit que Madame Alain va revenir, ce n'est pas la peine de remonter chez vous pour redescendre après, nous n'avons qu'à l'attendre ici en devisant.

MADEMOISELLE HABERT. Je le veux bien.

LA VALLÉE. Que j'ai de contentement quand je vous regarde, que je suis aise ! On dit que l'on meurt de joie, cela n'est pas vrai, puisque me voilà. Et si je me réjouis tant de notre mariage, ce n'est pas à cause du bien que vous avez et de celui que je n'ai pas, au moins. De belles et bonnes rentes sont bonnes, je ne dis pas que non, et on aime toujours à avoir de quoi ; mais tout cela n'est rien en comparaison de votre personne. Quel bijou !

MADEMOISELLE HABERT. Il est donc bien vrai que vous m'aimez un peu, La Vallée [2] ?

LA VALLÉE. Un peu, Mademoiselle ? Là, de bonne foi, regardez-moi dans l'œil pour voir si c'est un peu.

MADEMOISELLE HABERT. Hélas ! Ce qui me fait quelquefois douter de votre tendresse, c'est l'inégalité de nos âges.

LA VALLÉE. Mais votre âge, où le mettez-vous donc ? Ce n'est pas sur votre visage ; est-ce qu'il est votre cadet [3] ?

MADEMOISELLE HABERT. Je ne dis pas que je sois bien âgée ; je serais encore assez bonne pour un autre.

---

1. Le lieu de la scène est donc la salle commune (voir ce mot au Glossaire) de l'appartement de Mme Alain. **2.** Comparer dans *Le Paysan parvenu* (éd. cit., p. 91) : « Mais, mon garçon, me dit-elle alors en me regardant avec une attention qui me conjurait d'être vrai, n'exagères-tu point ton attachement pour moi, et me dis-tu ce que tu penses ? » Dans le roman, c'est cette question de Mlle Habert et l'attendrissement qui en résulte chez Jacob qui déterminent la première à parler de mariage au second. Ici, les choses sont un peu plus avancées, puisque le mariage est déjà décidé. **3.** Le jeu est nouveau chez Marivaux. Il est préparé par un passage du *Paysan parvenu* dans lequel, Mlle Habert ayant parlé de son âge, Jacob répond : « Mais attendez, je m'en vais vous montrer votre vieillesse : et je courus, en disant ces mots, détacher un petit miroir qui était accroché à la tapisserie. Tenez, lui dis-je, regardez vos quarante-cinq ans, pour voir s'ils ne ressemblent pas à trente, et gageons qu'ils en approchent plus que vous ne dites. » (Pp. 102-103.)

LA VALLÉE. Eh bien, c'est moi qui suis l'autre. Au surplus, chacun a son tour pour venir au monde ; l'un arrive le matin et l'autre le soir, et puis on se rencontre sans se demander depuis quand on y est [1].

MADEMOISELLE HABERT. Vous voyez ce que je fais pour vous, mon cher enfant.

LA VALLÉE. Pardi, je vois des bontés qui sont des merveilles ! Je vois que vous avez levé un habit qui me fait *brave comme un marquis ; je vois que je m'appelais Jacob quand nous nous sommes connus, et que depuis quinze jours vous avez eu l'invention de m'appeler votre cousin, Monsieur de la Vallée. Est-ce que cela n'est pas admirable ?

MADEMOISELLE HABERT. Je me suis séparée d'une sœur avec qui je vivais depuis plus de vingt-cinq ans dans l'union la plus parfaite, et je brave les reproches de toute ma famille, qui ne me pardonnera jamais notre mariage quand elle le saura.

LA VALLÉE. Vraiment, que n'avez-vous point fait ! Je ne savais pas la civilité du monde, par exemple, et à cette heure, par votre moyen, je suis *poli, j'ai des manières. Je proférais des paroles rustiques, au lieu qu'à présent je dis des mots délicats : on me prendrait pour un livre. Cela n'est-il pas bien gracieux ?

MADEMOISELLE HABERT. Ce n'est pas votre bien qui me détermine.

LA VALLÉE. Ce n'est pas ma condition non plus. Finalement, je vous dois mon nom, ma *braverie, ma parenté, mon beau langage, ma politesse, ma bonne *mine ; et puis vous m'allez prendre pour votre homme comme si j'étais un bourgeois de Paris.

MADEMOISELLE HABERT. Dites que je vous épouse, La Vallée, et non pas que je vous prends pour mon homme ; cette façon de parler ne vaut rien.

LA VALLÉE. Pardi, grand merci, cousine ! Je vous fais bien excuse, Mademoiselle : oui, vous m'épousez. Quel plaisir ! Vous me donnez votre cœur qui en vaut quatre comme le mien.

MADEMOISELLE HABERT. Si vous m'aimez, je suis assez payée.

LA VALLÉE. Je paie tant que je puis, sans compter, et je n'y épargne rien [2].

---

1. Jacob, dans son langage, exprime la même idée que Phocion parlant à Léontine, dans *Le Triomphe de l'amour* (acte I, sc. VI, voir p. 1002) : « Oui, j'y consens, toute charmante que vous êtes, votre jeunesse va se passer, et je suis dans la mienne ; mais toutes les âmes sont du même âge. » **2.** Ce genre de réplique, jouant sur le sens figuré du mot *payer*, est caractéristique de la manière de Marivaux. Comparer par exemple dans la seconde *Surprise de l'amour* (acte I, sc. I) : « *La Marquise :* Eh ! laissez-moi, je dois soupirer

MADEMOISELLE HABERT. Je vous crois ; mais pourquoi regardez-vous tant Agathe, lorsqu'elle est avec nous ?

LA VALLÉE. La fille de Madame Alain ? Bon, c'est qu'elle m'*agace ! Elle a peut-être envie que je lui en conte et je n'ose pas lui dire que je suis retenu.

MADEMOISELLE HABERT. La petite sotte !

LA VALLÉE. Eh ! Pardi, est-ce que la mère ne va pas toujours disant que je suis beau garçon ?

MADEMOISELLE HABERT. Oh ! Pour la mère, elle ne m'inquiète pas, toute réjouie qu'elle est, et je suis persuadée, après toute l'amitié qu'elle me témoigne, que je ne risque rien à lui confier mon dessein. À qui le confierais-je ? D'ailleurs, il ne serait pas prudent d'en parler aux gens qui me connaissent. Je ne veux pas qu'on sache qui je suis, et il n'y a que Madame Alain à qui nous puissions nous adresser. Mais elle n'arrive point. Je me rappelle que j'ai un ordre à donner pour le repas de ce soir, et je remonte. Restez ici ; prévenez-la toujours, quand elle sera venue ; je redescends bientôt.

LA VALLÉE. Oui, ma bonne parente, afin que le parent vous revoie plus vite. Êtes-vous revenue ?

Il lui baise la main.

Scène II

LA VALLÉE, AGATHE

LA VALLÉE [1]. Cette fille-là m'adore. Elle se meurt pour ma jeunesse. Et voilà ma fortune faite.

AGATHE. Oh ! C'est vous, Monsieur de La Vallée. Vous avez l'air bien gai ; qu'avez-vous donc ?

LA VALLÉE. Ce que j'ai, Mademoiselle Agathe ? C'est que je vous vois.

AGATHE. Oui-da. Il me semble en effet depuis que nous nous connaissons, que vous aimez assez à me voir.

LA VALLÉE. Oh ! vous avez raison, Mademoiselle Agathe, j'aime cela tout à fait. Mais vous parlez de mon œil gai. C'est le vôtre qui est *gaillard. Quelle prunelle ! d'où cela vient-il ?

---

toute ma vie. *Lisette :* Vous devez, dites-vous ? Oh ! vous ne payerez jamais cette dette-là ; vous êtes trop jeune, elle ne saurait être sérieuse. » (P. 758.)

1. *Seul.* Vers la fin de la réplique, dite à part, Agathe entre.

AGATHE. Apparemment de ce que je vous vois aussi.

LA VALLÉE. Tout de bon ? vraiment tant mieux. Est-ce que par hasard je vous plais un peu, Mademoiselle Agathe ?

AGATHE. Dites, qu'en pensez-vous, Monsieur de la Vallée ?

LA VALLÉE. Eh mais, je crois que j'ai opinion que oui, Mademoiselle Agathe.

AGATHE. Nous sommes tous deux du même avis.

LA VALLÉE. Tous deux ! la jolie parole ! Où est-ce qu'est votre petite main que je l'en remercie ? Qui est-ce qui pourrait s'empêcher de prendre cela en passant ?

AGATHE. Je n'ai jamais permis à Monsieur Dumont de me baiser la main au moins, quoiqu'il m'aime bien.

LA VALLÉE. C'est signe que vous m'aimez mieux que lui, mon mouton.

AGATHE. Quelle différence !

LA VALLÉE [1]. Tout le monde est amoureux de moi. Je la baiserai donc encore si je veux.

AGATHE. Et vous venez de l'avoir. Parlez à ma mère si vous voulez l'avoir tant que vous voudrez [2].

LA VALLÉE. Vraiment il faut bien que je lui parle aussi, je l'attends.

AGATHE. Vous l'attendez ?

LA VALLÉE. Je viens exprès.

AGATHE. Vous faites fort bien, car Monsieur Dumont y songe. Heureusement, la voilà qui arrive. Ma mère, Monsieur de la Vallée vous demande. Il a à vous entretenir de mariage, et votre volonté sera la mienne. Adieu, Monsieur.

Scène III

LA VALLÉE, MADAME ALAIN

MADAME ALAIN. Dites-moi donc, gros garçon [3], qu'est-ce qu'elle me conte là ? Que souhaitez-vous ?

---

1. *La première phrase à part.* **2.** Cette scène entre Agathe et Jacob n'est pas sans évoquer certaines scènes entre Arlequin et Lisette dans *Le Jeu de l'amour et du hasard*. On peut, par exemple, rapprocher cette réplique d'Agathe de celle de Lisette, à Arlequin qui lui demande sa main : « Je ne refuse pas vous prêter un moment, à condition que vous la prendrez pour toujours. » (Acte III, sc. VI, p. 929.) **3.** C'est aussi le mot de Mme d'Alain dans *Le Paysan parvenu* quand elle parle de Jacob ou s'adresse à lui ; voir par exemple p. 165.

La Vallée. Discourir, comme elle vous le dit, d'amour et de mariage.

Madame Alain. Ah ! ah ! Je ne croyais pas que vous songiez à Agathe ; je me serais imaginé autre chose.

La Vallée. Ce n'est pas à elle non plus ; c'est le mot de mariage qui l'abuse.

Madame Alain. Voyez-vous cette petite fille ! Sans doute qu'elle ne vous hait pas ; elle fait comme sa mère.

La Vallée, *à part*. Encore une amoureuse ; mon mérite ne finit point. *[À Madame Alain.]* Non, je ne pense pas à elle.

Madame Alain. Et c'est un entretien d'amour et de mariage ? Oh ! j'y suis ! Je vous entends à cette heure !

La Vallée. Et encore qu'entendez-vous, Madame Alain ?

Madame Alain. Eh, pardi ! mon enfant, j'entends ce que votre mérite m'a toujours fait comprendre. Il n'y a rien de si clair. Vous avez tant dit que mon humeur et mes manières vous revenaient, vous êtes toujours si folâtre autour de moi que cela s'entend de reste.

La Vallée, *[à part]*. Autour d'elle ?...

Madame Alain. Je me suis bien douté que vous m'en vouliez et je n'en suis pas fâchée.

La Vallée. Pour ce qui est dans le *cas de vous en vouloir, il est vrai... que vous vous portez si bien, que vous êtes si fraîche [1].

Madame Alain. Eh ! Qu'aurais-je pour ne l'être pas ! Je n'ai que trente-cinq ans, mon fils. J'ai été mariée à quinze : ma fille est presque aussi vieille que moi ; j'ai encore ma mère, qui a la sienne.

La Vallée. Vous n'êtes qu'un enfant qui a grandi.

Madame Alain. Et cet enfant vous plaît, n'est-ce pas ? Parlez hardiment.

La Vallée, *à part*. Quelle vision ! *[À Madame Alain.]* Oui-da. *[À part.]* Comment lui dire non ?

Madame Alain. Je suis franche et je vous avoue que vous êtes fort à mon gré aussi ; ne vous en êtes-vous pas aperçu ?

La Vallée. Heim ! heim ! Par-ci, par-là !

---

1. C'est à peu près dans les mêmes termes que le marquis fait sa cour à la comtesse dans *Le Legs* : « [...] Vous avez la plus belle santé ! *La Comtesse, les premiers mots à part :* Il est bien question de ma santé ! C'est l'air de la campagne. *Le Marquis :* L'air de la ville vous fait de même l'œil le plus vif, le teint le plus frais ! » (Sc. x, p. 1468.)

MADAME ALAIN. Je le crois bien. Si vous aviez seulement dix ans de plus, cependant, tout n'en irait que mieux ; car vous êtes bien jeune. Quel âge avez-vous ?

LA VALLÉE. Pas encore vingt ans. Je ne les aurai que demain matin.

MADAME ALAIN. Oh ! Ne vous pressez pas ; je m'en accommode comme ils sont ; ils ne me font pas plus de peur aujourd'hui qu'ils ne m'en feront demain ; et après tout, un mari de vingt ans avec une veuve de trente-cinq vont bien ensemble, fort bien ; ce n'est pas là l'embarras, surtout avec un mari aussi bien fait que vous et d'un caractère aussi doux.

LA VALLÉE. Oh ! point du tout, vous m'excuserez !

MADAME ALAIN. Très bien fait, vous dis-je, et très aimable.

LA VALLÉE. Arrêtez-vous donc, Madame Alain ; ne prenez pas la peine de me louer, il y aura trop à rabattre, en vérité, vous me confondez[1]. Je ne sais plus comment faire avec elle.

MADAME ALAIN. Voyez cette modestie ! Allons, je ne dis plus mot. Ah çà ! arrangeons-nous[2], puisque vous m'aimez, voyons. Ce n'est pas le tout que de se marier, il faut faire une fin. À votre âge, on est bien vivant ; vous avez l'air de l'être plus qu'un autre, et je ne le suis pas mal aussi, moi qui vous parle.

LA VALLÉE. Oh ! oui, très vivante !

MADAME ALAIN. Ainsi nous voilà déjà deux en danger d'être bientôt trois, peut-être quatre, peut-être cinq, que sait-on jusqu'où peut aller une famille ? Il est toujours bon d'en supposer plus que moins, n'est-ce pas ? J'ai assez de bien de mon chef ; j'ai ma mère qui en a aussi, une grand-mère qui n'en manque pas, un vieux parent dont j'hérite et qui en laissera ; et pour peu que vous en ayez, on se *soutient en prenant quelque charge ; on roule. Qu'est-ce que c'est que vous avez de votre côté ?

LA VALLÉE. Oh ! Moi, je n'ai point de côté.

MADAME ALAIN. Que voulez-vous dire par là ?

LA VALLÉE. Que je n'ai rien. C'est moi qui suis tout mon bien.

MADAME ALAIN. Quoi ! Rien du tout ?

LA VALLÉE. Non. Rien que des frères et des sœurs.

MADAME ALAIN. Rien, mon fils, mais ce n'est pas assez.

LA VALLÉE. Je n'en ai pourtant pas davantage ; vous en contentez-vous, Madame Alain ?

---

1. *À part.*   **2.** Ce mot, qui n'est pas du bel usage, est commenté par la comtesse de *L'Heureux Stratagème*, acte II, sc. VI (ci-dessus, p. 1213). Voir le Glossaire.

MADAME ALAIN. En vérité, il n'y a pas moyen, mon garçon ; il n'y a pas moyen.

LA VALLÉE. C'est ce que je voulais savoir avant de m'*aviser, car pour vous aimer, ce serait besogne faite.

MADAME ALAIN. C'est dommage ; j'ai grand regret à vos vingt ans, mais rien, que fait-on de rien ? Est-ce que vous n'avez pas au moins quelque héritage ?

LA VALLÉE. Oh ! si fait. J'ai sept ou huit parents robustes et en bonne santé, dont j'aurai infailliblement la succession quand ils seront morts.

MADAME ALAIN. Il faudrait une furieuse mortalité [1], Monsieur de la Vallée, et cela sera bien long à mourir, à moins qu'on ne les tue. Est-ce que cette demoiselle Habert, votre cousine qui vous aime tant, ne pourrait pas vous *avancer quelque chose ?

LA VALLÉE. Vraiment, elle m'avancera de *reste, puisqu'elle veut m'épouser [2].

MADAME ALAIN. Hem ! Dites-vous pas que votre cousine vous épouse ?

LA VALLÉE. Eh oui ! Je vous l'apprends, et c'est de quoi elle a à vous entretenir. N'allez pas lui dire que je vous donnais la préférence, elle est jalouse, et vous me feriez tort.

MADAME ALAIN. Moi, lui dire ! Ah ! mon ami, est-ce que je dis quelque chose ? Est-ce que je suis une femme qui parle ? Madame Alain, parler ? Madame Alain, qui voit tout, qui sait tout et ne dit mot !

LA VALLÉE. Qu'il est beau d'être si rare !

MADAME ALAIN. Pardi, allez ! je ferais bien d'autres vacarmes si je voulais. J'ai bien autre chose à cacher que votre amour. Vous vîtes encore hier Madame Remy ici. Je n'aurais donc qu'à lui dire que son mari m'en conte, sans qu'il y gagne ; à telles enseignes que je reçus l'autre jour à mon adresse une belle et bonne étoffe bien empaque-

---

1. Noter l'emploi plaisant du mot de *mortalité*, qu'on retrouve dans *Le Cabinet du philosophe*. Voyant les tombeaux de diverses vertus qui ont succombé aux tentations, Lucidor s'exclame : « Il y a ici une furieuse mortalité sur les vertus. » (Troisième feuille, dans l'édition des *Journaux et Œuvres diverses*, p. 356.)   2. Il y a ici une sorte de jeu de mots sur *avancer*, qui, dans la bouche de Mme Alain, signifie « donner en avance sur un héritage », et dans celle de Jacob « faire la fortune de quelqu'un ». Pour le tour *Dites-vous pas*, dans la réplique suivante, voir la Note grammaticale, article *négation*, p. 2268.

tée qui arriva de la part de personne, et que je ne sus qui venait de lui qu'après qu'elle a été coupée, ce qui m'a obligé de la garder. Et ce n'était pas ma faute ; mais je n'en ai jamais dit le mot à personne, et ce n'est pas même pour vous l'apprendre que je le dis, c'est seulement pour vous montrer qu'on sait se taire [1].

LA VALLÉE. *Vertuchou ! quelle discrétion !

MADAME ALAIN. Demeurez en repos. Mais *parlez donc, Monsieur de la Vallée, vous qui m'aimez tant, vous aimez là une fille bien ancienne, entre nous. Que je vous plains ! ce que c'est que de n'avoir rien, la vieille folle !

LA VALLÉE. Motus ! La voilà, prenez garde à ce que vous direz.

MADAME ALAIN. Ne craignez rien.

Scène IV

MADEMOISELLE HABERT, MADAME ALAIN, LA VALLÉE

MADEMOISELLE HABERT. Bonjour, Madame.

MADAME ALAIN. Je suis votre servante, Mademoiselle. J'apprends là une nouvelle qui me fait plaisir ; on dit que vous vous mariez.

MADEMOISELLE HABERT. Doucement, ne parlez pas si haut ; il ne faut pas qu'on le sache.

MADAME ALAIN. C'est donc un secret ?

MADEMOISELLE HABERT. Sans doute ; est-ce que Monsieur de la Vallée ne vous l'a pas dit ?

LA VALLÉE. Je n'ai pas eu le temps.

MADAME ALAIN. Nous commencions, je ne sais encore rien de rien ; mais je parlerai bas. Eh bien ! contez-moi vos petites affaires de cœur. Vous vous aimez donc, que cela est plaisant !

MADEMOISELLE HABERT. Que trouvez-vous de si plaisant à ce mariage, Madame ?

MADAME ALAIN. Je n'y trouve rien. Au contraire, je l'approuve, je l'aime, il me divertit, j'en ai de la joie. Que voulez-vous que j'y trouve, moi ? Qu'y a-t-il à dire ? Vous aimez ce garçon : c'est bien

---

1. Dans *Le Paysan parvenu*, Mme d'Alain donne de sa discrétion un témoignage différent : « Quand on m'a dit un secret, tenez, j'ai la bouche cousue, j'ai perdu la parole. Hier encore, madame une telle, qui a un mari qui lui mange tout, m'apporta mille francs qu'elle me pria de lui cacher, et qu'il lui mangerait aussi s'il le savait ; mais je les lui garde. » (P. 100.) Cette confidence apparaît ici à la scène XXVII, p. 1757.

fait. S'il n'a que vingt ans, ce n'est pas votre faute, vous le prenez comme il est ; dans dix il en aura trente et vous dix de plus, mais qu'importe ! On a de l'amour ; on se contente ; on se marie à l'âge qu'on a ; si je pouvais vous ôter les trois quarts du vôtre, vous seriez bientôt du sien[1].

MADEMOISELLE HABERT. Qu'appelez-vous du sien ? Rêvez-vous, Madame Alain ? Savez-vous que je n'ai que quarante ans tout au plus ?

MADAME ALAIN. Calmez-vous ! C'est qu'on s'y méprend à la mine qu'ils vous donnent[2].

LA VALLÉE. Vous vous moquez ! On les prendrait pour des années de six mois. Finissez donc !

MADAME ALAIN. De quoi se fâche-t-elle ? Mademoiselle Habert sait que je l'aime. Allons, ma chère amie, un peu de gaieté ! Vous êtes toujours sur le *qui-vive. Et *mort de ma vie, en valez-vous moins pour être un peu mûre ? Voyez comme elle s'est *soutenue[3], elle est plus blanche, plus droite !

LA VALLÉE. Elle a des yeux, un teint...

MADAME ALAIN. Ah ! le fripon, comme il en débite ! Revenons. Vous l'épousez, après ? que faut-il que je fasse ?

---

1. Voici le passage correspondant du *Paysan parvenu* : « Je ne suis pas si âgée, dit Mlle Habert d'un air un peu déconcerté qui ne l'avait pas quittée. Eh ! pardi, non, dit l'hôtesse ; vous êtes en âge d'épouser, ou jamais : après tout, on aime ce qu'on aime ; il se trouve que le futur est jeune : hé bien, vous le prenez jeune. S'il n'a que vingt ans, ce n'est pas votre faute non plus que la sienne. Tant mieux qu'il soit jeune, ma voisine, il aura de la jeunesse pour vous deux. Dix ans de plus, dix ans de moins ; quand ce serait vingt, quand ce serait trente, il y a encore quarante par-dessus ; et l'un n'offense pas plus Dieu que l'autre. Qu'est-ce que vous voulez qu'on dise ? Que vous seriez sa mère ? Eh bien ! le pis-aller de tout cela, c'est qu'il serait votre fils. Si vous en aviez un, il n'aurait peut-être pas si bonne mine, et il vous aurait déjà coûté davantage : moquez-vous du caquet des gens, et achevez de me conter votre affaire. » (P. 101.) Nul autre que Marivaux n'aurait su ainsi retrouver le ton et le rythme de Mme d'Alain sans copier pour autant aucune des formules de cette enfilade de propos. **2.** Dans *Le Paysan parvenu* : « Pardi ! je vous en croyais cinquante pour le moins ; c'est sa mine qui m'a trompée en comparaison de la vôtre. » (P. 101) La sottise de Mme d'Alain est un peu plus forte dans la comédie, pour ménager l'effet théâtral. **3.** Nouvelle sottise de Mme Alain. Dans le roman, c'est Mlle Habert l'aînée qui la commet à l'égard de Mme de Ferval : « Oui, madame, elle a cinquante ans moins deux mois, et je pense qu'à cet âge-là on peut passer pour vieille ; pour moi, je vous avoue que je me regarde comme telle ; tout le monde ne se soutient pas comme vous, madame. » (P. 128)

MADEMOISELLE HABERT. Personne ne viendra-t-il nous interrompre ?

MADAME ALAIN. Attendez ; je vais y mettre bon ordre. Javotte ! Javotte !

MADEMOISELLE HABERT. Qu'allez-vous faire ?

MADAME ALAIN. Laissez, laissez ! C'est qu'on peut entrer ici à tout moment, et moyennant la précaution que je prends, il ne viendra personne.

Scène V

Les précédents, JAVOTTE

JAVOTTE. Comme vous criez, Madame ! On n'a pas le temps de vous répondre. Que vous plaît-il ?

MADAME ALAIN. Si quelqu'un vient me demander, qu'on dise que je suis en affaire. Il faut que nous soyons seuls, Mademoiselle Habert a un secret de conséquence à me dire. N'entrez point non plus sans que je vous appelle, entendez-vous [1] ?

JAVOTTE. Pardi ! je m'embarrasse bien du secret des autres ; ne dirait-on pas que je suis curieuse ?

MADAME ALAIN. Marchez, marchez, raisonneuse !

MADEMOISELLE HABERT, *à La Vallée*. Voilà une sotte femme, Monsieur de la Vallée.

LA VALLÉE. Oui, elle n'est pas assez prudente.

---

1. L'idée de ces recommandations à Javotte, appelée pour la circonstance, vient du *Paysan parvenu* (p. 99). Dans le roman, l'épisode est commenté en ces termes : « Et après ces mesures si discrètement prises contre les importuns, la voilà qui revient à nous en fermant portes et verrous ; de sorte que par respect pour la confidence qu'on devait lui faire, elle débuta par avertir toute la maison qu'on devait lui en faire une ; son zèle et sa bonté n'en savaient pas davantage ; et c'est assez là le caractère des meilleures gens du monde. Les âmes excessivement bonnes sont volontiers imprudentes par excès de bonté même, et d'un autre côté, les âmes prudentes sont assez rarement bonnes. » Au théâtre, où le commentaire disparaît, le rappel de Javotte produit en revanche un effet comique à double détente : voir la scène VII.

Scène VI

MADAME ALAIN, MADEMOISELLE HABERT, LA VALLÉE

MADAME ALAIN. Nous voilà tranquilles à cette heure.

MADEMOISELLE HABERT. Eh ! Madame Alain, pourquoi informer cette fille que j'ai une confidence à vous faire ? Il ne fallait pas...

MADAME ALAIN. Si fait vraiment. C'est afin qu'on ne vienne pas nous troubler. Pensez-vous qu'elle aille se douter de quelque chose ? Eh bien, si vous avez la moindre inquiétude là-dessus, il y a bon remède ; ne vous embarrassez pas. Javotte ! Holà !

MADEMOISELLE HABERT. Quel est votre dessein ? Pourquoi la rappeler ?

MADAME ALAIN. Je ne gâterai rien.

Scène VII

Les précédents, JAVOTTE

JAVOTTE. Encore ! Que me voulez-vous donc, Madame ? On ne fait qu'aller et venir ici. Qu'y a-t-il ?

MADAME ALAIN. Écoutez-moi. Je me suis mal expliqué tout à l'heure. Ce n'est pas un secret que Mademoiselle veut m'apprendre ; n'allez pas le croire et encore moins le dire. Ce que j'en fais n'est que pour être libre et non pas pour une confidence.

JAVOTTE. Est-ce là tout ? Pardi ! la peine d'autrui ne vous coûte guère. Est-ce moi qui suis la plus babillarde de la maison ?

MADAME ALAIN. Taisez-vous et faites attention à ce qu'on vous dit, sans tant de raisonnements.

Scène VIII

MADAME ALAIN, MADEMOISELLE HABERT, LA VALLÉE

MADAME ALAIN. Ah çà ! vous devez avoir l'esprit en repos à présent. Voilà tout raccommodé.

MADEMOISELLE HABERT. Soit. Mais ne raccommodez plus rien, je vous prie. J'ai besoin d'un extrême secret.

MADAME ALAIN. Vous jouez de bonheur ; une muette et moi, c'est tout un. J'ai les secrets de tout le monde. Hier au soir, le marchand qui est mon voisin me fit serrer dans ma salle basse je ne sais combien de marchandises de contrebande qui seraient confisquées si on le savait : voyez si on me croit sûre.

MADEMOISELLE HABERT. Vous m'en donnez une étrange preuve ; pourquoi me le dire ?

MADAME ALAIN. L'étrange fille ! C'est pour vous rassurer.

MADEMOISELLE HABERT. Quelle femme !

MADAME ALAIN. Poursuivons. Il faut que je sois informée de tout de peur de surprise. Pour quel motif cachez-vous votre mariage ?

MADEMOISELLE HABERT. C'est que je ne veux pas qu'une sœur que j'ai, et avec qui j'ai passé toute ma vie, le sache.

MADAME ALAIN. Fort bien. Je ne savais pas que vous aviez une sœur, par exemple. Cela est bon à savoir. S'il vient ici quelque femme vous demander, je commencerai par dire : Êtes-vous sa sœur ou non ?

MADEMOISELLE HABERT. Eh non ! Madame. Vous devez absolument ignorer qui je suis.

LA VALLÉE. On vous demanderait à vous comment vous savez que cette chère enfant a une sœur.

MADAME ALAIN. Vous avez raison, j'ignore tout, je laisserai dire. Ou bien, je dirai : Qu'est-ce que c'est que Mademoiselle Habert ? Je ne connais point cela, moi, non plus que son cousin, Monsieur de la Vallée.

MADEMOISELLE HABERT. Quel cousin ?

MADAME ALAIN. Eh ! lui que voilà.

LA VALLÉE. Eh ! non ; nous ne sommes pas trop cousins non plus, voyez-vous.

MADAME ALAIN. Ah ! oui-da. C'est que vous ne l'êtes pas du tout.

LA VALLÉE. Rien que par *honnêteté, depuis quinze jours et pour la commodité de se voir ici, sans qu'on en babille.

MADAME ALAIN. Ah ! j'entends. Point de cousin ! Que cela est comique ! Ce que c'est que l'amour ! Cette chère fille... Mais n'admirez-vous pas comme on se *prévient ? J'avais déjà trouvé un air de famille entre vous deux. De bien loin, à la vérité, car ce sont des visages si différents ! Parlons du reste. Qu'appréhendez-vous de votre sœur ?

MADEMOISELLE HABERT. Les reproches, les plaintes.

LA VALLÉE. Les caquets des uns, les remontrances des autres.

MADAME ALAIN. Oui, oui ! L'étonnement de tout le monde.

MADEMOISELLE HABERT. J'appréhenderais que par *malice, par *industrie, ou par autorité[1] on ne mît opposition à mon mariage.

LA VALLÉE. On me percerait l'âme.

MADAME ALAIN. Oh ! des oppositions, il y en aurait ; on parlerait peut-être d'*interdire.

MADEMOISELLE HABERT. M'interdire, moi ? En vertu de quoi ?

MADAME ALAIN. En vertu de quoi, ma fille ? En vertu de ce qu'ils diront que vous faites une folie, que la tête vous baisse, que sais-je, ce qu'on dit en pareil cas quand il y a un peu de sujet, et le sujet y est.

MADEMOISELLE HABERT. Vous me prenez donc pour une folle.

MADAME ALAIN. Eh non ! ma mie. Je vous excuse, moi ; je compatis à l'état de votre cœur et vous ne m'entendez pas. C'est par amitié que je parle. Je sais bien que vous êtes sage. Je signerai que vous l'êtes. Je vous reconnais pour telle, mais pour preuve que vous ne l'êtes pas, ils apporteront vos amours, qu'ils traiteront de ridicules ; votre dessein d'épouser qu'ils traiteront d'enfance ; ils apporteront une quarantaine d'années qui, malheureusement, en paraissent cinquante ; ils allégueront son âge à lui et mille mauvaises raisons que vous êtes en danger d'essuyer comme bonnes. Écoutez-moi, est-ce que j'ai dessein de vous fâcher ? Ce n'est que par zèle, en un mot, que je vous épouvante.

MADEMOISELLE HABERT[2]. Elle est d'une maladresse, avec son zèle !

LA VALLÉE. Mais, Madame Alain, vous alléguez l'âge de la cousine. Regardez-y à deux fois. Où voulez-vous qu'on le prenne ?

MADAME ALAIN. Sur le registre où il est écrit, mon petit bonhomme. Car vous m'impatientez, vous autres. On est pour vous et vous criez comme des troublés. Oui, je vous le soutiens, on dira que c'est la grand-mère qui épouse le petit-fils, et par conséquent radote. Vous n'êtes encore qu'au berceau par rapport à elle, afin que vous le sachiez ; oui, au berceau, mon mignon[3], il est inutile de se flatter là-dessus.

LA VALLÉE. Pas si mignon, Madame Alain, pas si mignon.

---

1. Allusion à une intervention possible des « puissances », comme dans la troisième partie du *Paysan parvenu* (édit. citée, pp. 120 et suiv.) ou dans les sixième et septième parties de *La Vie de Marianne* (éd. Classiques Garnier, pp. 271 et suiv.). 2. *À part.* 3. Ce mot n'est pas dans *Le Paysan parvenu*, mais on le trouve dans *Le Télémaque travesti* (Mélicerte appelle Brideron *mon mignon*, éd. Droz, p. 86). Ce rapprochement souligne la parenté d'inspiration entre les deux textes déjà signalés dans la notice.

MADEMOISELLE HABERT. Eh ! de grâce, Madame, laissons cette matière-là, je vous en conjure. Toutes les contradictions viendraient uniquement de ce que Monsieur de la Vallée est un cadet qui n'a point de bien...

MADAME ALAIN. Le cadet me l'a dit : point de bien. J'oubliais cet article.

MADEMOISELLE HABERT. Viendraient aussi de ce que j'ai un neveu que ma sœur aime et qui compte sur ma succession [1].

MADAME ALAIN. Où est le neveu qui ne compte pas ? Il faut que le vôtre se trompe et que Monsieur de la Vallée ait tout.

LA VALLÉE, *montrant Mademoiselle Habert*. Oh ! pour moi, voilà mon tout.

MADAME ALAIN. D'accord, mais il n'y aura point de mal que le reste y tienne, à condition que vous le mériterez, Monsieur de la Vallée. Traitez votre femme en bon mari, comme elle s'y attend ; ne vous écartez point d'elle, et ne la négligez pas sous prétexte qu'elle est sur son déclin.

MADEMOISELLE HABERT. Eh ! que fait ici mon déclin, Madame ? Nous n'en sommes pas là ! Finissons. Je vous disais que j'ai quitté ma sœur. Je ne l'ai pas informée de l'endroit où j'allais demeurer ; vous voyez même que je ne sors guère de peur de la rencontrer ou de trouver quelques gens de connaissance qui me suivent. Cependant, j'ai besoin de deux notaires et d'un témoin, je pense. Voulez-vous bien vous [2] charger de me les avoir ?

MADAME ALAIN. Il suffit. Les voulez-vous pour demain ?

LA VALLÉE. Pour tout à l'heure. Je languis.

MADEMOISELLE HABERT. Je serais bien aise de finir aujourd'hui, si cela se peut.

MADAME ALAIN. Aujourd'hui, dit-elle ! Cet amour ! Cette impatience ! elle donne envie de se marier. La voilà rajeunie de vingt ans. Oui, mon cœur, oui, ma reine, aujourd'hui ! Réjouissez-vous ; je vais dans l'instant travailler pour vous.

LA VALLÉE. Chère dame, que vous allez m'être obligeante !

MADEMOISELLE HABERT. Surtout, Madame Alain, qu'on ne soupçonne point, par ce que vous direz, que c'est pour moi que vous envoyez chercher ces messieurs.

---

1. Préparation, conformément aux principes de la dramaturgie, de l'apparition du neveu à la scène XVIII.   2. Le copiste a écrit ici *me* au lieu de *vous*, qui s'impose.

MADAME ALAIN. Oh ! ne craignez rien. Pas même les notaires ne sauront pour qui c'est que lorsqu'ils seront ici ; encore n'en diront-ils rien après si vous voulez. Je vous réponds d'un qui est jeune, un peu mon allié, qui venait ici du temps qu'il était clerc, et qui nous gardera bien le secret, car je lui en garde un qui est d'une conséquence... Je vous dirai une autre fois ce que c'est ; faites-m'en souvenir. Et puis notre témoin sera Monsieur Remy, ce marchand attenant ici et que vous voyez quelquefois chez moi.

LA VALLÉE. Quoi ! Votre galant qui a envoyé l'étoffe ?

MADAME ALAIN. Tout juste. L'homme à la robe, il est éperdu de moi ; et à qui appartient aussi cette contrebande que j'ai dans mon armoire. Voyez s'il nous trahira ! Mais laissez-moi appeler ma fille que je vois qui passe. Agathe ! Approchez.

Scène IX

Les précédents, AGATHE

AGATHE. Que souhaitez-vous, ma mère ?

MADAME ALAIN. Allez-vous-en tout à l'heure chez Monsieur Remy le prier de venir ici sur-le-champ. Tâchez même de l'amener avec vous.

AGATHE. J'y vais de ce pas, ma mère.

MADAME ALAIN. Écoutez ! Dites-lui que j'aurais passé chez lui si je ne m'étais pas proposé d'aller chez Monsieur Thibaut et un autre notaire que je vais chercher pour un acte qui presse.

AGATHE. Deux notaires, ma mère, et pour un acte ?

MADAME ALAIN. Oui, ma fille. Allez.

AGATHE. Et si Monsieur Remy me demande ce que vous voulez, que lui dirai-je ?

MADAME ALAIN. Que c'est pour servir de témoin ; il n'y a pas d'inconvénient à l'en avertir.

AGATHE. Ah ! c'est notre ami, il ne demandera pas mieux.

MADAME ALAIN. Hâtez-vous, de peur qu'il ne sorte, afin qu'on termine aujourd'hui.

AGATHE. Vous êtes la maîtresse, ma mère. Donnez-moi seulement le temps de saluer Mademoiselle Habert. Bonjour, Mademoiselle. J'espère que vous me continuerez l'honneur de votre amitié, et plus à présent que jamais.

MADEMOISELLE HABERT. Je n'ai nulle envie de vous l'ôter, et je vous remercie du redoublement de la vôtre.

AGATHE. Je ne fais que mon devoir, Mademoiselle, et je suis mon inclination.

MADAME ALAIN. Vous êtes bien en humeur de complimenter, ce me semble. Partez-vous ?

AGATHE. Oui, ma mère. Adieu, Monsieur de la Vallée.

LA VALLÉE. Je vous salue, Mademoiselle.

AGATHE [1]. Je vous aime bien ; vous m'avez tenu parole.

MADAME ALAIN. Que Monsieur Remy attende que je sois de retour ; au reste, qu'il ne sorte pas d'ici, que je l'en prie, que je reviens dans moins de dix minutes.

AGATHE. Oui, je le retiendrai.

MADEMOISELLE HABERT. Un petit mot : ne lui dites point que c'est pour servir de témoin.

AGATHE. Comme il vous plaira. *(À La Vallée.)* Vous êtes un honnête homme.

Scène X

MADEMOISELLE HABERT, MADAME ALAIN, LA VALLÉE

MADEMOISELLE HABERT. Devine-t-elle que c'est pour un mariage ?

MADAME ALAIN. Ce n'est pas moi qui le lui ai appris [2]. *(À La Vallée.)* C'est qu'elle croit que vous l'épousez.

LA VALLÉE. Chut ! Vous verrez qu'elle a remarqué mon œil amoureux sur la cousine, et puis une fille, quand on parle de notaire, voit toujours un mari au bout.

MADAME ALAIN. Oui, elle croit qu'un notaire n'est bon qu'à cela. Ah çà ! mes enfants, je vous quitte, mais c'est pour vous servir au plus tôt.

MADEMOISELLE HABERT. Je vous demande pardon de la peine.

Scène XI

MADEMOISELLE HABERT, LA VALLÉE

MADEMOISELLE HABERT. Vous allez donc enfin être à moi, mon cher La Vallée.

---

1. *À La Vallée.* 2. Le manuscrit porte *apprise*, suivant un accord irrégulier du participe passé avec le sujet que l'on trouve assez fréquemment sous la plume de Marivaux. Voir par exemple : *c'est ce que nous nous sommes dites* dans *La Vie de Marianne* (éd. Classiques Garnier, p. 294).

LA VALLÉE. Attendez, ma mie, le cœur me bat. Cette pensée me rend l'haleine courte. Quel ravissement !

MADEMOISELLE HABERT. Vous ne sauriez douter de ma joie.

LA VALLÉE. Tenez, il me semble que je ne touche pas à terre.

MADEMOISELLE HABERT. J'aime à te voir si pénétré. Je crois que tu m'aimes, mais je te défie de m'aimer plus que ma tendresse pour toi ne le mérite.

LA VALLÉE. C'est ce que nous verrons dans le ménage.

MADEMOISELLE HABERT. Pourvu que Madame Alain avec ses indiscrétions... Cette femme-là m'épouvante toujours.

LA VALLÉE. Elle n'ira pas loin, et dès que vous m'aimez, je suis né coiffé [1]. C'est une affaire finie dans le ciel.

MADEMOISELLE HABERT. Ce qui me surprend, c'est que cette petite Agathe sache que c'est pour un mariage. Je crois même qu'elle pense que c'est pour elle. S'imaginerait-elle que vous l'aimez ? Vous n'en êtes pas capable...

LA VALLÉE. Mignonne, votre propos m'afflige l'âme.

MADEMOISELLE HABERT. N'y fais pas d'attention, je ne m'y arrête pas.

Scène XII

Les précédents, AGATHE

AGATHE. Monsieur Remy va monter tout à l'heure. Je ne lui ai pas dit que c'était pour être témoin.

MADEMOISELLE HABERT. Vous avez bien fait.

AGATHE. C'est bien le moins que je fasse vos volontés. Je serais bien fâchée de vous déplaire en rien, Mademoiselle.

MADEMOISELLE HABERT [2]. Je n'entends rien à ses politesses.

AGATHE. J'ai trouvé chez lui Monsieur Dumont, que vous connaissez bien, Monsieur de la Vallée.

LA VALLÉE. Monsieur Dumont ?

AGATHE. Oui, ce jeune monsieur qui me fait la cour et que je vous ai dit qui me recherchait, et comme je disais à Monsieur Remy que ma mère aurait passé chez lui si elle n'avait pas été chez des notaires, il m'a dit avec des mines doucereuses dont j'ai pensé rire de tout mon cœur : Mademoiselle, n'approuvez-vous pas que nous ayons au

---

1. Comparer dans *L'Épreuve* : « Vous êtes trop heureuse, Mademoiselle, il faut que vous soyez née coiffée. » (Sc. xv, ci-dessus, p. 1701.) **2.** *À part.*

premier jour affaire à lui pour nous-mêmes et que j'en parle à Madame Alain ? et moi je n'ai rien répondu.

LA VALLÉE. Oh ! c'était parler avec *esprit.

AGATHE. Ce n'est pas qu'il n'ait de mérite, mais j'en sais qui en ont davantage.

MADEMOISELLE HABERT. On ne saurait en trop avoir pour vous, belle Agathe.

AGATHE. Je m'estime bien *glorieuse que vous m'en ayez trouvé, allez, Mademoiselle. Je vous avais bien dit que Monsieur Remy ne tarderait pas.

Scène XIII

Les ci-dessus, MONSIEUR REMY

MONSIEUR REMY. Où est donc Madame Alain, Mademoiselle Agathe ?

AGATHE. Oh dame ! si je vous avais dit qu'elle est sortie, vous ne seriez peut-être pas venu si tôt. Elle va revenir.

MONSIEUR REMY. Je retourne un instant chez moi ; je vais remonter.

AGATHE. Ma mère m'a dit en m'envoyant : Dis-lui qu'il reste. Je fermerai plutôt la porte. La voilà elle-même.

Scène XIV

MADAME ALAIN, *les précédents*

MADAME ALAIN. Monsieur Thibaut va amener un de ses confrères. Bonjour, Monsieur Remy. J'ai à vous parler. Agathe, descendez là-bas ; amenez ces messieurs quand ils seront venus, et qu'on renvoie tout le monde.

MADEMOISELLE HABERT. Nous allons vous laisser avec Monsieur. Vous nous ferez avertir quand vous aurez besoin de nous.

MADAME ALAIN. Sans adieu. Le cher bonhomme, il me regrette ; il s'en va tristement avec sa vieille... Monsieur Remy, y a-t-il longtemps que vous êtes ici ?

MONSIEUR REMY. J'arrive, mais y eût-il une heure, elle serait bien employée puisque je vous vois.

MADAME ALAIN. Toujours des douceurs ; vous recommencez toujours.

MONSIEUR REMY. C'est que vous ne cessez pas d'être *aimable.

MADAME ALAIN. Patience, je me corrigerai avec le temps. Je vous demande un petit service pour une affaire que je tiens cachée.

MONSIEUR REMY. De quoi s'agit-il ?

MADAME ALAIN. D'un mariage, où je vous prie d'être témoin.

MONSIEUR REMY. Si c'est pour le vôtre, je n'en ferai rien. Je n'aiderai jamais personne à vous épouser. Serviteur [1] !

MADAME ALAIN. Où va-t-il ? À qui en avez-vous, Monsieur l'emporté ? Ce n'est pas pour moi.

MONSIEUR REMY. C'est donc pour Mademoiselle Agathe ?

MADAME ALAIN. Non.

MONSIEUR REMY. Il n'y a pourtant que vous deux à marier dans la maison.

MADAME ALAIN. Raisonnablement parlant, vous dites assez vrai.

MONSIEUR REMY. Comment ! Serait-ce pour cette demoiselle Habert à qui vous avez loué depuis trois semaines ?

MADAME ALAIN. Je ne parle pas.

MONSIEUR REMY. Je vous entends ; c'est pour elle.

MADAME ALAIN. Je me tais tout court. Je pourrais vous le dire puisqu'on va signer le contrat, et que vous y serez, mais je ne parle pas. En fait de secret confié, il ne faut se rien permettre.

MONSIEUR REMY. Mais si je devine ?

MADAME ALAIN. Ce ne sera pas ma faute.

MONSIEUR REMY. Il me sera permis d'en rire ?

MADAME ALAIN. C'est une liberté que j'ai pris [2] la première.

MONSIEUR REMY. Et pourquoi se cacher ?

MADAME ALAIN. Oh ! pour celui-là, il m'est permis de le dire. C'est pour éviter les reproches d'une famille qui ne serait pas contente de lui voir prendre un mari tout des plus jeunes.

MONSIEUR REMY. Ce mari ressemble bien à son petit cousin La Vallée !

MADAME ALAIN. Ils ne sont pas cousins.

MONSIEUR REMY. Ah ! ils ne le sont pas !

MADAME ALAIN. Pas plus que vous et moi. Au reste, vous soupez ici, je vous en avertis.

---

1. Par son ton, M. Remy rappelle le procureur des *Fausses Confidences*, dont il porte aussi le nom.　　2. Non-accord du participe passé, caractéristique de l'usage de Marivaux. Voir la Note grammaticale, article *participe passé*, p. 2265.

MONSIEUR REMY. Tant mieux ; j'aime la comédie. Mais je vais dire chez moi que je suis retenu pour un mariage.

MADAME ALAIN. Faites donc vite. Les notaires vont arriver ; ils seront discrets ; il y en a un dont je suis bien sûre : c'est Monsieur Thibaut, qui va épouser la fille de Monsieur Constant, à qui il ne dit qu'il paiera sa charge des deniers de la dot, ce qu'il n'ignore pas que je sais. Ce fut feu mon mari qui ajusta l'affaire de la charge.

MONSIEUR REMY. Adieu. Dans un instant je suis à vous.

MADAME ALAIN. Il a soupçonné fort juste, quoique je ne lui aie rien dit.

Scène XV

AGATHE, MONSIEUR THIBAUT, *son confrère*, MADAME ALAIN

AGATHE. Ma mère, voilà ces messieurs.

MADAME ALAIN. Je suis votre servante, Monsieur Thibaut. Il y a long-temps que nous ne nous étions vus, quoique alliés.

MONSIEUR THIBAUT. Je ne m'en cache pas, Madame. Qu'y a-t-il pour votre service ?

MADAME ALAIN. Ma fille, Mademoiselle Habert et Monsieur de la Vallée sont dans mon cabinet. Dites-leur de venir. Ah ! les voilà. Agathe, retirez-vous.

AGATHE. Je sors, ma mère. C'est à vous de me *gouverner là-dessus.

Scène XVI

MADEMOISELLE HABERT, MADAME ALAIN, LA VALLÉE, *les notaires*

MADAME ALAIN. Messieurs, il est question d'un contrat de mariage pour les deux personnes que vous voyez, et Monsieur Remy, qui est connu de vous, Monsieur Thibaut, va servir de témoin.

LE NOTAIRE. Nous n'avons rien à demander à Mademoiselle ; elle est en état de disposer d'elle, mais Monsieur me paraît bien jeune. Est-il en puissance de père et de mère ?

LA VALLÉE. Non. Il y aura deux ans vienne l'été que le dernier des deux mourut hydropique.

Le Notaire. N'auriez-vous pas un consentement de parents ?

La Vallée. Vlà celui de mon oncle. Oh ! il n'y manque rien ; le juge du lieu y a passé signature, paraphe, tout y est ; la feuille timbrée dit tout[1].

Monsieur Thibaut. Vous n'êtes pas d'ici apparemment.

La Vallée. Non, Monsieur. Je suis bourguignon[2] pour la vie, du pays du bon vin.

Monsieur Thibaut. Cela me paraît en bonne forme, et puis nous nous en rapportons à Madame Alain dès que c'est chez elle que vous vous mariez.

Madame Alain. Je les connais tous deux ; Mademoiselle loge chez moi.

Monsieur Thibaut. Commençons toujours, en attendant Monsieur Remy.

Madame Alain. Je le vois qui vient.

Scène XVII

Les précédents, MONSIEUR REMY

Monsieur Remy. Messieurs, je vous salue. Madame, j'ai un petit mot à vous dire à *quartier, avec la permission de la compagnie.

Madame Alain. Qu'est-il arrivé ?

Monsieur Remy. J'ai été obligé de dire à ma femme pourquoi j'étais retenu ici, mais je n'ai nommé personne.

Madame Alain. C'est vous qui avez deviné. Je ne vous ai rien dit.

Monsieur Remy. Non. Au mot de secret, un jeune monsieur qui venait pour une maison que je vends m'a prié de l'amener chez vous. Il vous apprendra, dit-il, des choses singulières que vous ne savez pas.

Madame Alain. Des choses singulières ! Qu'il vienne !

Monsieur Remy. Il m'attend en bas, et je vais le chercher si vous le voulez.

Madame Alain. Si je le veux ! Belle demande ! Des choses singulières ! je n'ai garde d'y manquer ; il y a des cas où il faut tout savoir.

Monsieur Remy. Je vais le faire venir, et prendre de ces marchan-

---

1. Depuis le ministère de Colbert, les actes notariés étaient établis sur papier timbré. On observera que, dans *Le Paysan parvenu*, Jacob a encore son père et s'adresse à lui pour obtenir son consentement. 2. Dans le roman, Jacob est Champenois.

dises dans votre armoire ; je les porterai chez moi où l'on doit les venir prendre ce soir.

MADAME ALAIN. Allez, Monsieur Remy. *(Il sort. À la compagnie.)* Messieurs, je vous demande pardon, mais passez je vous prie pour un demi-quart d'heure dans le cabinet. *(À Mademoiselle Habert.)* Approchez, ma chère amie. Il va monter un homme qui, je crois, veut m'entretenir de vous. Laissez-moi, et que Monsieur de la Vallée soit témoin du zèle et de la discrétion que j'aurai.

MADEMOISELLE HABERT. Oui, mais si c'est quelqu'un qui l'ait vu chez ma sœur ?

MADAME ALAIN. La réflexion est sensée. Retirez-vous, Mademoiselle, et vous, Monsieur, de la porte du cabinet, vous jetterez un coup d'œil sur l'homme qui va entrer. S'il ne vous connaît pas, vous serez mon parent, comme vous étiez celui de Mademoiselle.

MADEMOISELLE HABERT. Cette visite m'inquiète.

Scène XVIII

LE NEVEU DE MADEMOISELLE HABERT, LA VALLÉE, MADAME ALAIN

MADAME ALAIN. Monsieur de la Vallée, vous ne serez point de trop. Monsieur, vous pouvez dire devant lui ce qu'il vous plaira.

LE NEVEU. Excusez la liberté que je prends. On dit que vous avez chez vous une demoiselle qui va se marier *incognito*.

LA VALLÉE. Il n'y a point de cet incognito ici. Il faut que ce soit à une autre porte [1]. Défiez-vous de ce gaillard-là, cousine.

MADAME ALAIN [2]. Il n'y a point de mystère ; c'est Monsieur Remy qui l'a amené. Oui, il y a une demoiselle qui se marie, et qui n'est peut-être que la vingtième du quartier qui en fait autant. J'en sais cinq ou six pour ma part. Reste à savoir si Monsieur connaît la nôtre.

LE NEVEU. Si c'est celle que je cherche, je suis de ses amis et j'ai quelque chose à lui remettre.

LA VALLÉE. La nôtre n'attend rien [3]. Ne donnez pas dans le panneau.

MADAME ALAIN [4]. Paix ! Où sont ces choses singulières que vous devez m'apprendre, qui, apparemment, ne lui sont pas favorables ? et je conclus que vous n'êtes pas son ami autant que vous le dites.

---

1. *Bas à Madame Alain.*   2. *La première phrase bas à La Vallée.*
3. *Bas à Madame Alain.*   4. *Le premier mot bas à La Vallée.*

La Vallée. Et que vous ne marchez pas droit en besogne.

Le Neveu [1]. Jouons d'adresse. Vous m'excuserez, Madame. Il est très vrai que j'ai à lui parler et que je suis son ami. Et c'est cette amitié qui veut la détourner d'un mariage qui déplaît à sa famille et qui n'est pas supportable.

La Vallée. Il va encore de travers.

Madame Alain. Venons d'abord aux choses singulières ; c'est le principal.

Le Neveu. Mettez-vous à ma place. Ne dois-je point savoir avant de vous les confier si la personne qui loge chez vous est celle que je cherche ? Donnez-moi du moins quelque idée de la vôtre.

La Vallée. C'est une fille qui se marie ; voilà tout.

Madame Alain. Il y a un bon moyen de s'en éclaircir, et bien court. Ne cherchez-vous pas une jeune fille ? Vous m'en avez tout l'air. Répondez.

Le Neveu. Jeune... oui, Madame. Est-ce que la vôtre ne l'est pas ?

Madame Alain. Ah ! vraiment non. C'est une fille âgée. Voilà une grande différence et tout le reste va de même. Nous n'avons pas ce qu'il vous faut. Je gage aussi que votre demoiselle a père et mère.

Le Neveu. J'en demeure d'accord.

Madame Alain. Vous voyez bien que rien ne se *rapporte.

Le Neveu. La vôtre n'a donc plus ses parents ?

Madame Alain. Elle n'a qu'une sœur avec qui elle a passé sa vie.

La Vallée [2]. Le cœur me dit que vous me coupez la gorge.

Madame Alain [3]. Votre cœur rêve.

Le Neveu. Nous n'y sommes plus. La mienne est blonde et n'a qu'une tante.

Madame Alain. Hé bien ! la nôtre est brune et n'a qu'un neveu.

La Vallée [4]. Ni la sœur ni le neveu n'avaient que faire là. Je ne les aurais pas déclaré [5].

Madame Alain. Avec qui la vôtre se marie-t-elle ?

Le Neveu. Avec un veuf de trente ans, homme assez riche, mais qui ne convient point à la famille.

Madame Alain. Et voilà le futur de la nôtre.

---

1. *Les premiers mots à part*. **2.** *Bas à Madame Alain*. **3.** *Bas à La Vallée*. **4.** *Bas à Madame Alain*. **5.** Non-accord du participe. Voir la Note grammaticale, p. 2265.

La Vallée. Le porteur dira le reste [1].

Le Neveu. En voilà assez, Madame. Je me rends. Ce n'est point ici qu'on trouvera Mademoiselle Dumont.

Madame Alain. Non. Il faut que vous vous contentiez de Mademoiselle Habert, qui a peur de son côté et que je vais rassurer, en l'avertissant qu'elle n'a rien à craindre.

La Vallée. C'est pour nous achever. Tout est décousu.

Madame Alain. Paraissez, notre amie, venez rire de la frayeur de Monsieur de la Vallée.

Scène XIX

Les précédents, MADEMOISELLE HABERT

Mademoiselle Habert. Hé bien ! Madame, de quoi s'agissait-il ? D'avec qui sortez-vous ? Que vois-je ? C'est mon neveu. *(Elle se sauve.)*

Scène XX

Les précédents

Madame Alain. Son neveu ! Votre tante !

Le Neveu. Oui, Madame.

La Vallée. J'étais devin.

Madame Alain. Ne rougissez-vous pas de votre fourberie ?

Le Neveu. Écoutez-moi et ne vous fâchez pas. Votre franchise naturelle et louable, aidée d'un peu d'*industrie de ma part, a causé cet événement. Avec une femme moins vraie, je ne tenais rien.

Madame Alain. Cette bonne qualité a toujours été mon défaut et je ne m'en corrige point. Je suis outrée.

Le Neveu. Vous n'avez rien à vous reprocher.

La Vallée. Que d'avoir eu de la langue.

Madame Alain. N'ai-je pas été surprise ?

Le Neveu. N'ayez point de regret à cette aventure. Profitez au

---

1. Ce proverbe, dit sans doute encore *à part*, couronne dignement la scène. Selon le dictionnaire de Trévoux (éd. 1743), « on dit proverbialement en recevant une grande lettre : *le porteur dira le reste* ». Cf. le mot de Mme Sorbin à son mari, dans *La Colonie*, scène II : « Le tambour vous dira le reste. » (Ci-après, p. 1855.)

contraire de l'occasion qu'elle vous offre de rendre service à d'honnêtes gens et ne vous prêtez plus à un mariage aussi ridicule et aussi disproportionné que l'est celui-ci.

LA VALLÉE. Qu'y a-t-il donc tant à dire aux proportions ? Ne sommes-nous pas garçon et fille ?

LE NEVEU. Taisez-vous, Jacob.

MADAME ALAIN. Comment, Jacob ! On l'appelle Monsieur de la Vallée.

LE NEVEU. C'est sans doute un nom de guerre que ma tante lui a donné.

LA VALLÉE. Donné ! Qu'il soit de guerre ou de paix, le beau présent !

LE NEVEU. Son véritable est Jacques Giroux, petit berger, venu depuis sept ou huit mois de je ne sais quel village de Bourgogne, et c'est de lui-même que mes tantes le savent.

LA VALLÉE. Berger, parce qu'on a des moutons.

LE NEVEU. Petit paysan, autrement dit ; c'est même chose.

LA VALLÉE. On dit paysan, nom qu'on donne à tous les gens des champs.

MADAME ALAIN. Petit paysan, petit berger, Jacob, qu'est-ce donc que tout cela, Monsieur de la Vallée ? Car, enfin, les parents auraient raison.

LA VALLÉE. Je vous réponds qu'on arrange cette famille-là bien malhonnêtement, Madame Alain, et que sans la crainte du bruit et le respect de votre maison et du cabinet où il y a du monde...

LE NEVEU. Hem ! Que diriez-vous, mon petit ami ? Pouvez-vous nier que vous êtes arrivé à Paris avec un voiturier, frère de votre mère ?

LA VALLÉE. Quand vous crieriez jusqu'à demain, je ne ferai point d'esclandre.

LE NEVEU. De son propre aveu, c'était un vigneron que son père.

LA VALLÉE. Je me tais. Le silence ne m'incommode pas, moi.

LE NEVEU. Il ne saurait nier que ces demoiselles avaient besoin d'un copiste pour mettre au net nombre de papiers et que ce fut un de ses parents, qui est un scribe, qui le présenta à elles.

MADAME ALAIN. Quoi ! un de ces grimauds en boutique [1], qui dressent des écriteaux et des placets !

---

1. Les scribes ou écrivains publics se tenaient dans de petites guérites comparables à celles de nos marchands de journaux. L'expression *grimaud en boutique* est formée d'après *courtaud de boutique*, qui se disait des garçons de boutique. *Grimaud* désignait, par mépris, un écolier.

LE NEVEU. C'est ce qu'il y a de plus distingué parmi eux, et le petit garçon sait un peu écrire, de sorte qu'il fut trois semaines à leurs gages, mangeant avec une gouvernante qui est au logis[1].

MADAME ALAIN. Oh ! diantre ; il mange à table[2] à cette heure.

LA VALLÉE. Quelles balivernes vous écoutez là !

LE NEVEU. Hem ! Vous raisonnez, je pense.

LA VALLÉE. Je ne souffle pas. Chantez mes louanges à votre aise.

MADAME ALAIN. Il m'a pourtant fait l'*amour, le petit effronté !

LE NEVEU. Il est bien vêtu. C'est sans doute ma tante qui lui a fait faire cet habit-là, car il était en fort mauvais équipage au logis.

LA VALLÉE. C'est que j'avais mon habit de voyage.

LE NEVEU. Jugez, Madame, vous qui êtes une femme respectable, et qui savez ce que c'est que des gens de famille...

MADAME ALAIN. Oui, Monsieur. Je suis la veuve d'un honnête homme extrêmement considéré pour son habileté dans les affaires, et qui a été plus de vingt ans secrétaire de président. Ainsi, je dois être aussi délicate qu'une autre sur ces matières.

LA VALLÉE. Ah ! que tout cela m'ennuie.

LE NEVEU. Mademoiselle Habert a eu tort de fuir ; elle n'avait à craindre que des représentations soumises. Je ne désapprouve pas qu'elle se marie ; toute la grâce que je lui demande, c'est de se choisir un mari que nous puissions avouer, qui ne fasse pas rougir un neveu plein de tendresse et de respect pour elle, et qui n'afflige pas une sœur à qui elle est si chère, à qui sa séparation a coûté tant de larmes.

LA VALLÉE. Oh ! le madré crocodile.

MADAME ALAIN. Je ne m'en cache pas, vous me touchez. Les gens comme nous doivent se soutenir ; j'entre dans vos raisons.

LA VALLÉE. Que j'en rirais, si j'étais de bonne humeur !

MADAME ALAIN. Je vais parler à Mademoiselle Habert en attendant que vous ameniez sa sœur. Rien ne se terminera aujourd'hui. Laissez-moi agir.

LE NEVEU. Vous êtes notre ressource et nous nous reposons sur vos soins, Madame.

---

1. C'est la Catherine du *Paysan parvenu*.   **2.** Pour l'expression *manger à table*, comparer dans *Le Jeu de l'amour et du hasard*, acte III, sc. I : « [...] j'espère que ce ne sera pas un galon de couleur qui nous brouillera ensemble, et que son amour me fera passer à la table en dépit du sort qui ne m'a mis qu'au buffet. » (p. 922.)

Scène XXI

LA VALLÉE, MADAME ALAIN

LA VALLÉE. Eh bien ! que vous dit le cœur ?

MADAME ALAIN. Ce n'est pas vous que je blâme, Jacob ; mais il n'y a pas moyen d'être[1] pour un petit berger. Messieurs, vous pouvez revenir ici.

Scène XXII

Les deux notaires, MADEMOISELLE HABERT, MADAME ALAIN, LA VALLÉE

MONSIEUR THIBAUT. Procédons...

MADAME ALAIN. Non, Messieurs. Il n'est plus question de cela. Il n'y a point de mariage ; il est du moins remis.

MADEMOISELLE HABERT. Comment donc ? Que voulez-vous dire ?

MADAME ALAIN. Demandez à votre copiste.

MADEMOISELLE HABERT. Mon copiste ! Parlez donc, Monsieur de la Vallée.

LA VALLÉE. Dame ! C'est la besogne du parent que vous savez. C'est lui qui a retourné la tête.

MADEMOISELLE HABERT. Oh ! je l'ai prévu.

MADAME ALAIN. Ne m'entendez-vous pas, ma chère amie ? Un petit Jacob qui mangeait à l'office, un cousin scribe, un oncle voiturier, un vigneron... Dispensez-moi de parler. Ce n'est pas là un parti pour vous, Mademoiselle Habert.

L'AUTRE NOTAIRE. Si vous êtes Mademoiselle Habert, je connais votre neveu. C'est un jeune homme estimable, et qui, de votre aveu même, est sur le point d'épouser la fille d'un de mes amis. Ainsi, trouvez bon que je ne prête point mon ministère pour un mariage qui peut lui faire tort.

MONSIEUR THIBAUT. Je suis d'avis de me retirer aussi. Adieu, Madame.

LA VALLÉE. Quel *désarroi !

MADEMOISELLE HABERT. Hé ! Monsieur, arrêtez un instant, je vous en supplie. Ma chère Madame Alain, retenez du moins Monsieur Thibaut. Souffrez que je vous dise un mot avant qu'il nous quitte.

---

1. C'est-à-dire, si le texte donné par le manuscrit est le bon : « il n'y a pas moyen d'être quelque chose, de faire figure ».

LA VALLÉE. Rien qu'un mot, pour vous raccommoder l'esprit. Vous me vouliez tant de bien ; souvenez-vous-en.

MADAME ALAIN. Hélas ! j'y consens ; je ne suis point votre ennemie. Ayez donc la bonté de rester, Monsieur Thibaut.

MONSIEUR THIBAUT. Il n'est point encore sûr que vous ayez affaire de moi. En tous cas, je repasserai ici dans un quart d'heure.

MADEMOISELLE HABERT. Je vous en conjure. *(À La Vallée.)* Cette femme est faible et crédule. Regagnons-la.

Scène XXIII

MADAME ALAIN, MADEMOISELLE HABERT, LA VALLÉE

MADAME ALAIN. Que je vous plains, ma chère Mademoiselle Habert ! Que tout ceci est désagréable pour moi ! Ce neveu qui paraît vous aimer est d'une tristesse...

MADEMOISELLE HABERT. Est-il possible que vous vous déterminiez à me chagriner sur les rapports d'un homme qui vous doit être suspect, qui a tant d'intérêt à les faire faux, qui est mon neveu enfin, et de tous les neveux le plus avide ? Ne reconnaissez-vous pas les parents ? Pouvez-vous vous y méprendre, avec autant d'esprit que vous en avez ?

LA VALLÉE. Remplie de sens commun comme vous l'êtes.

MADAME ALAIN. Calmez-vous, Mademoiselle Habert ; vous m'affligez. Je ne saurais voir pleurer les gens sans faire comme eux.

LA VALLÉE, *sanglotant*. Se peut-il que ce soit Madame Alain qui nous maltraite...

MADAME ALAIN, *pleurant*[1]. Doucement. Le moyen de nous expliquer si nous pleurons tous ! Je sais bien que tous les neveux et les cousins qui héritent ne valent rien, mais on croit le vôtre. Il approuve que vous vous mariez, il n'y a que Jacob qui le fâche, et il n'a pas tort. Jacob est joli garçon, un bon garçon, je suis de votre

---

1. L'idée de ce passage vient directement du *Paysan parvenu* : « Là les pleurs, les sanglots, les soupirs, et tous les accents d'une douleur amère étouffèrent la voix de Mlle Habert, et l'empêchèrent de continuer. Je pleurai moi-même, au lieu de lui dire : Consolez-vous ; je lui rendis les larmes qu'elle versait pour moi ; elle en pleura encore davantage pour me récompenser de ce que je pleurais ; et comme Mme d'Alain était une si bonne femme, que tout ce qui pleurait avait raison avec elle, nous la gagnâmes sur-le-champ, et ce fut le prêtre qui eut tort. » (P. 116.) On se souvient que c'est le prêtre qui, dans *Le Paysan parvenu*, tient le rôle dévolu ici au neveu.

avis ; ce n'est pas que je le méprise, on est ce qu'on est, mais il y a une règle dans la vie ; on a rangé les conditions, voyez-vous ; je ne dis pas qu'on ait bien fait, c'est peut-être une folie, mais il y a long-temps qu'elle dure, tout le monde la suit, nous venons trop tard pour la contredire. C'est la mode ; on ne la changera pas, ni pour vous ni pour ce petit bonhomme. En France et partout, un paysan n'est qu'un paysan, et ce paysan n'est pas pour la fille d'un citoyen bourgeois de Paris[1].

MADEMOISELLE HABERT. On exagère, Madame Alain.

LA VALLÉE. Je suis calomnié, ma chère dame.

MADAME ALAIN. Vous ne vous êtes pas défendu.

LA VALLÉE. J'avais peur du tapage.

MADEMOISELLE HABERT. Il n'a pas voulu faire de vacarme.

LA VALLÉE. Récapitulons les injures. Il m'appelle paysan ; mon père est pourtant mort le premier marguillier du lieu[2]. Personne ne m'ôtera cet honneur.

MADEMOISELLE HABERT. Ce sont d'ordinaire les principaux d'un bourg ou d'une ville qu'on choisit pour cette fonction.

MADAME ALAIN. Je l'avoue. Je ne demande pas mieux que d'avoir été trompée ; mais ce père vigneron ?

LA VALLÉE. Vigneron, c'est qu'il avait des vignes, et n'en a pas qui veut.

MADEMOISELLE HABERT. Voilà comme on abuse des choses.

MADAME ALAIN. Mais vraiment, des vignes, comtes, marquis, princes, ducs, tout le monde en a, et j'en ai aussi[3].

LA VALLÉE. Vous êtes donc une vigneronne.

MADAME ALAIN. Il n'y aurait rien de si impertinent.

LA VALLÉE. J'ai, dit-il, un oncle qui mène des voitures ; encore une malice ; il les fait mener. Le maître d'un carrosse et le cocher sont

---

1. Développement d'une réplique de Mme d'Alain, qui dans *Le Paysan parvenu*, reproche à Jacob d'avoir répondu avec trop de vivacité au témoin : « Mais entre nous, monsieur de la Vallée, reprit-elle, a-t-il tant de tort ? voyons, c'est un marchand, un bourgeois de Paris, un homme bien établi ; de bonne foi, êtes-vous son pareil, un homme qui est marguillier de sa paroisse ? » (P. 114.) Les considérations sur les « conditions » ont leur équivalent sérieux dans *Le Cabinet du philosophe* (quatrième feuille, *Journaux et Œuvres diverses*, pp. 361 et suiv.) 2. Même détail dans *Le Paysan parvenu* (p. 114), en réponse à l'énoncé des titres du témoin (voir note précédente). 3. À l'époque, la bourgeoisie judiciaire possédait des domaines dans les environs de Paris, et l'on sait qu'on cultivait la vigne en de nombreux endroits, de Suresnes à Asnières par exemple.

deux. Cet oncle a des voitures, mais les voitures et les meneurs sont à lui. Qu'y a-t-il à dire ?

MADAME ALAIN. Qu'est-ce que cela signifie ? Quoi ! c'est ainsi que votre neveu l'entend ! Mon beau-père avait bien vingt fiacres sur la place ; il n'était donc pas de bonne famille, à son compte ?

LA VALLÉE. Non. Votre mari était fils de gens de rien ; vous avez perdu votre honneur en l'épousant.

MADAME ALAIN. Il en a menti. Qu'il y revienne ! Mais, Monsieur de la Vallée, vous n'avez rien dit de cela devant lui.

LA VALLÉE. Je n'osais me fier à moi ; je suis trop violent.

MADEMOISELLE HABERT. Ils se seraient peut-être battus.

MADAME ALAIN. Voyez le fourbe avec son copiste !

MADEMOISELLE HABERT. Eh ! c'était par amitié qu'il copiait ; nous l'en avions prié.

LA VALLÉE. Ces demoiselles me dictaient ; elles se trompaient ; je me trompais aussi ; tantôt mon écriture montait, tantôt elle descendait ; je griffonnais [1] ; et puis, c'était à rire de Monsieur Jacob !

MADEMOISELLE HABERT. L'étourdi !

MADAME ALAIN. Et pourquoi ce nom de Jacob ?

MADEMOISELLE HABERT. C'est que, dans les provinces, c'est l'usage de donner ces noms-là aux enfants dans les familles.

MADAME ALAIN. À parler franchement, j'avoue que j'ai été prise pour dupe, et je suis indignée. Je laisse là les autres articles, qui ne doivent être aussi que des impostures. Ah ! le méchant parent ! Il nous manque un notaire. Allez vous tranquilliser dans votre chambre, et que Monsieur de la Vallée ne s'écarte pas. Je veux que votre sœur vous trouve mariée, et je vais pourvoir à tout ce qu'il vous faut.

LA VALLÉE. Il y a de bons cœurs, mais le vôtre est charmant.

MADAME ALAIN. Allez, vous en serez content [2]. Dans le fond, j'avais été trop vite.

Scène XXIV

MADAME ALAIN, AGATHE

AGATHE. J'ai quelque chose à vous dire, ma mère.

MADAME ALAIN. Oh ! vous prenez bien votre temps ! Que vous est-

---

1. À la différence du copiste professionnel, qui calligraphie.   2. *Seule*.

il arrivé avec votre air triste ? Venez-vous m'annoncer quelque désastre ?

AGATHE. Non, ma mère.

MADAME ALAIN. Eh bien ! attendez. J'ai un billet à écrire, et vous me parlerez après.

Scène XXV

Les précédents, MONSIEUR THIBAUT

MONSIEUR THIBAUT. Vous voyez que je vous tiens parole, Madame.

MADAME ALAIN. Vous me faites grand plaisir. Je vous laisse pour un instant. Ma fille, faites compagnie à Monsieur ; je reviens. *(Elle sort.)*

MONSIEUR THIBAUT. Apparemment que la partie est renouée et que le mariage se termine.

AGATHE. Je n'en sais rien. J'ai empêché Monsieur Remy de sortir, mais si vous en avez envie, je vais vous ouvrir la porte ; vous vous en irez tant qu'il vous plaira.

MONSIEUR THIBAUT. Vous êtes fâchée. Est-ce que ce mariage vous déplaît ?

AGATHE. Sans doute. C'est un malheur pour cette fille-là d'épouser un petit fripon qui ne l'aime point et qui, encore aujourd'hui, faisait l'*amour à une autre pour l'épouser.

MONSIEUR THIBAUT. À vous, peut-être ?

AGATHE. À moi, Monsieur ! Il n'aurait qu'à y venir, l'impertinent qu'il est. C'est bien à un petit rustre comme lui qu'il appartient d'aimer des filles de ma sorte. Vous croyez donc que j'aurais écouté un homme de rien ! Car je sais tout du neveu.

MONSIEUR THIBAUT. Non, sans doute. On voit bien à la colère où vous êtes que vous ne vous souciez pas de lui.

AGATHE. Je soupçonne que vous vous moquez de moi, Monsieur Thibaut.

MONSIEUR THIBAUT. Ce n'est pas mon dessein.

AGATHE. Vous auriez grand tort. Ce n'est que par bon caractère que je parle. J'avoue aussi que je suis fâchée, mais vous verrez que j'ai raison. Je dirai tout devant vous à ma mère.

Scène XXVI

Les précédents, MADAME ALAIN

MADAME ALAIN. Pardon, Monsieur Thibaut ; j'écris à Monsieur Lefort, votre confrère. C'est un homme riche, fier, et qui salue si froidement tout ce qui n'est pas notaire... Savez-vous ce que j'ai fait ? Je lui ai écrit que vous le priez de venir.

MONSIEUR THIBAUT. Il n'y manquera pas. Voilà Mademoiselle Agathe qui se plaint beaucoup du prétendu.

MADAME ALAIN. Du prétendu ! Vous, ma fille ?

AGATHE. Moi, ma mère. Ce mariage n'est pas rompu ? Mademoiselle Habert ne sait donc pas que ce La Vallée est de la lie du peuple ?

MADAME ALAIN. Est-ce que le neveu vous a aussi gâté l'esprit ? Vous avez là un plaisant *historien. De quoi vous embarrassez-vous ?

MONSIEUR THIBAUT. Elle n'en parle que par bon caractère.

AGATHE. Et puis c'est que ce La Vallée m'a fait un affront qui mérite punition.

MONSIEUR THIBAUT. Oh ! Ceci devient sérieux !

MADAME ALAIN. Un affront, petite fille ! Eh ! de quelle espèce est-il ? Mort de ma vie, un affront !

MONSIEUR THIBAUT. Puis-je rester ?

MADAME ALAIN. Je n'en sais rien. Que veut-elle dire ?

AGATHE. Il m'a fait entendre qu'il allait vous parler pour moi.

MADAME ALAIN. Après.

AGATHE. Je crus de bonne foi ce qu'il me disait, ma mère.

MADAME ALAIN. Après.

AGATHE. Et il sait bien que je l'ai cru.

MADAME ALAIN. Ensuite.

AGATHE. Eh mais ! voilà tout. N'est-ce pas bien assez[1] ?

MONSIEUR THIBAUT. Ce n'est qu'une bagatelle.

MADAME ALAIN. Cette innocente avec son affront ! Allez, vous êtes une sotte, ma fille. Il m'a dit que c'est qu'il n'a pu vous désabuser sans trahir son secret, et vous y avez donné comme une étourdie. Qu'il n'y paraisse pas, surtout. Allez, laissez-moi en repos.

AGATHE. Il a même poussé la hardiesse jusqu'à me baiser la main.

---

1. Ce genre d'interrogatoire, avec l'équivoque qu'il comporte, est traditionnel dans le théâtre comique. Voir, chez Molière, *Le Malade imaginaire*, acte II, sc. VIII, et peut-être chez Marivaux lui-même, *La Mère confidente*, acte II, sc. XII, p. 1410, note 2.

MADAME ALAIN. Que ne la retiriez-vous, Mademoiselle ! Apprenez qu'une fille ne doit jamais avoir de mains.

MONSIEUR THIBAUT. Passons les mains, quand elles sont jolies.

MADAME ALAIN. Ce n'est pas lui qui a tort ; il fait sa *charge. Apprenez aussi, soit dit entre nous, que La Vallée songeait si peu à vous que c'est moi qu'il aime, qu'il m'épouserait si j'étais femme à vous donner un beau-père.

AGATHE. Vous, ma mère ?

MADAME ALAIN. Oui, Mademoiselle, moi-même. C'est à mon refus qu'il se donne à Mademoiselle Habert, qui, heureusement pour lui, s'imagine qu'il l'aime, et à qui je vous défends d'en parler, puisque le jeune homme n'a rien. Oui, je l'ai refusé, quoiqu'il m'ait baisé la main aussi bien qu'à vous, et de meilleur cœur, ma fille. Retirez-vous ; tenez-vous là-bas et renvoyez toutes les visites.

AGATHE, *à part*. La Vallée me le paiera pourtant.

Scène XXVII

MADAME ALAIN, MONSIEUR THIBAUT

MONSIEUR THIBAUT. Hé bien ! Madame, qu'a-t-on déterminé ?

MADAME ALAIN. De passer le contrat tout à l'heure. Cela serait fait, sans cet indiscret Monsieur Remy. Quel homme ! il rapporte, il redit, c'est une gazette !

MONSIEUR THIBAUT. Qu'a-t-il donc fait ?

MADAME ALAIN. C'est que sans lui, qui a dit au neveu de Mademoiselle Habert qu'elle était chez moi, ce neveu ne serait point venu ici débiter mille faussetés qui ont produit la scène que vous avez vue. Que je hais les babillards ! Si je lui ressemblais, sa femme serait en de bonnes mains.

MONSIEUR THIBAUT. Hé ! *D'où vient...

MADAME ALAIN. Oh ! d'où vient ? Je puis vous le dire, à vous. C'est qu'avant-hier, elle me pria de lui serrer une somme de quatre mille livres qu'elle a épargnée à son insu et qu'il n'épargnerait pas, lui, car il dissipe tout [1].

MONSIEUR THIBAUT. Je le crois un peu *libertin.

MADAME ALAIN. Vraiment, il se pique d'être galant. Il se prend de

---

1. Sur cette confidence, voir la note 1, p. 1732.

goût pour les jolies femmes, à qui il envoie des présents malgré
qu'elles en aient.

Monsieur Thibaut. Eh ! avez-vous encore les quatre mille livres ?

Madame Alain. Vraiment oui, je les ai, et s'il le savait, je ne les
aurais pas longtemps. Mais le voici qui vient. Et nos amants aussi.

Scène XXVIII

MADAME ALAIN, MADEMOISELLE HABERT,
MONSIEUR THIBAUT, MONSIEUR REMY, LA VALLÉE

Madame Alain. Nous voilà donc parvenus à pouvoir vous marier,
Mademoiselle. Le ciel en soit loué ! Monsieur Thibaut, commencez
toujours ; Monsieur Lefort va venir.

Monsieur Thibaut. Tout à l'heure, Madame. Monsieur Remy, je
suis à la veille de me marier moi-même. Vous me devez mille écus
que je vous prêtai il y a six mois ; depuis quinze jours ils sont échus ;
je vous en ai accordé six autres, mais comme j'en ai besoin, je vous
avertis que, sans vous incommoder, sans débourser un sol, vous êtes
en état de me payer à présent.

Madame Alain. Quoi donc ! Qu'est-ce que c'est ?

Monsieur Thibaut. Madame Alain vient de me dire que votre
femme lui a confié avant-hier quatre mille livres qu'elle lui garde.

Madame Alain. Ah ! que cela est beau ! le joli tour d'esprit que vous
me jouez là ! Moi qui vous ai parlé de cela de si bonne foi !

Monsieur Thibaut. Vous ne m'avez pas demandé le secret.

Monsieur Remy. J'aurai soin de remercier Madame Remy de son
économie. Et je vous paierai, Monsieur, je vous paierai, mais priez
Madame Alain de vous garder mieux le secret qu'elle n'a fait à ma
femme, et qu'elle ne dise pas à d'autres qu'à moi que vous faites
accroire à Monsieur Constant, dont vous allez épouser la fille, que
votre charge est à vous, pendant que vous vous disposez à la payer
des deniers de la dot.

Madame Alain. Hé bien ! ne *dirait-on pas de deux perroquets qui
répètent leur leçon !

Monsieur Thibaut. Il me reste encore quelque chose de la mienne
et vous n'en êtes pas quitte, Monsieur Remy. Dites aussi à Madame
Alain de ne pas divulguer les présents ruineux que vous faites à de
jolies femmes.

Madame Alain. Courage, Messieurs. N'y a-t-il personne ici pour
vous aider ?

MONSIEUR REMY. Je n'ai qu'un mot à répondre : vous n'aurez plus de présents, Madame Alain. Adieu, cherchez des témoins ailleurs.

LA VALLÉE. Si vous vous en allez, emportez donc les marchandises de contrebande que Madame Alain vous a caché [1] dans l'armoire de sa salle [2].

MONSIEUR REMY. Encore ! Hé bien ! je reste. Vos mille écus vous seront rendus, Monsieur Thibaut. Ignorez ma contrebande ; et j'ignorerai l'affaire de votre charge.

MONSIEUR THIBAUT. J'en suis d'accord. Travaillons pour Mademoiselle. Et qu'elle ait la bonté de nous dire ses intentions.

Scène XXIX et dernière
Les précédents, AGATHE, JAVOTTE

AGATHE. Ma mère, Monsieur Lefort envoie dire qu'on ne s'impatiente pas ; il achève une lettre qu'on doit mettre à la poste.

MADAME ALAIN. À la bonne heure.

MADEMOISELLE HABERT, *montrant Javotte*. Ayez la bonté de renvoyer cette fille.

AGATHE. Vraiment laissez-la, ma mère ; elle vient signer au contrat, elle est parente de Monsieur de la Vallée et va l'être de Mademoiselle.

LA VALLÉE. Ma parente, à moi ?

JAVOTTE. Oui, Jacques Giroux, votre tante à la mode de Bretagne. C'est ce qu'on a su dans la maison par le neveu de ma nièce Mademoiselle Habert, qui, en s'en allant, a dit votre pays, votre nom, ce qui a fait que je vous ai reconnu tout d'un coup, et je l'avais bien dit que vous feriez un jour quelque bonne trouvaille, car il n'était pas plus grand que ça quand je quittai le pays, mais vous saurez, Messieurs et Mesdames, que c'était le plus beau petit marmot du canton. Je vous salue, ma nièce [3].

---

1. Non-accord du participe passé. Voir la Note grammaticale, p. 2265. 2. En dévoilant opportunément un atout maître, La Vallée retourne la situation. L'indiscrétion de Mme Alain fournit le remède aux maux causés par cette indiscrétion même. Les nouveaux incidents qui vont surgir ne proviendront plus directement de l'indiscrétion de Mme Alain, mais de la vengeance d'Agathe, causée elle-même par l'attitude équivoque de Jacob. Par là, la comédie s'achève sur un dénouement moral. 3. La venue inopportune de Javotte, témoin d'un passé gênant de Jacob, est tout à fait du même ordre que celle de Mme Dutour, à la fin du cinquième livre de *La Vie de Marianne*, éd. Classiques Garnier, pp. 263 et suiv.

MADEMOISELLE HABERT. Qu'est-ce que c'est que votre nièce ?

JAVOTTE. Eh ! pardi oui ! ma nièce, puisque mon neveu va être votre homme. C'est pourquoi je viens pour mettre ma marque au contrat, faute de savoir signer.

LA VALLÉE. Ma foi, gardez votre marque, ma tante. Je ne sais qui vous êtes. Attendez que notre pays m'en récrive.

JAVOTTE. Vous ne savez pas qui je suis, Giroux ? Ah ! ah ! Voyez *le glorieux qui recule déjà de m'avouer pour sienne parce qu'il va être riche et un monsieur ! Prenez garde que je ne dise à Mademoiselle ma nièce que vous faisiez l'amour à Mademoiselle Agathe.

MADEMOISELLE HABERT. L'amour à Agathe ! Est-il vrai, Mademoiselle ?

AGATHE. Ne vous avais-je pas recommandé de n'en rien dire ?

LA VALLÉE. Oh ! cet amour-là n'était qu'un équivoque [1].

MADEMOISELLE HABERT. Ah ! fourbe. Voilà l'énigme expliquée. Je ne m'étonne plus si Mademoiselle me demandait tantôt mon amitié. C'est qu'elle croyait que c'était elle qu'on mariait.

JAVOTTE. Bon. N'a-t-il pas offert d'épouser notre dame, si elle voulait de sa figure ?

MADEMOISELLE HABERT. Qu'entends-je ?

MADAME ALAIN. D'où le savez-vous, caqueteuse ?

AGATHE. C'est vous qui me l'avez dit, ma mère, et même qu'il ne se souciait pas de Mademoiselle.

JAVOTTE. Et qu'il ne faisait semblant de l'aimer qu'à cause de son bien.

AGATHE. Et Javotte est la seule à qui j'en ai ouvert la bouche.

MADAME ALAIN, *à La Vallée*. Et moi, je n'en ai parlé qu'à ma fille, en passant. À qui se fiera-t-on ?

MONSIEUR THIBAUT. C'est en passant que vous me l'avez dit aussi, souvenez-vous-en.

MADAME ALAIN. À l'autre.

MADEMOISELLE HABERT. Ingrat ! Sont-ce là les témoignages de ta reconnaissance ? Messieurs, il n'y a plus de contrat. Va, je ne veux te voir de ma vie.

LA VALLÉE. Ma mie, écoutez l'histoire ! C'est un quiproquo qui vous brouille.

MADEMOISELLE HABERT. Laisse-moi, te dis-je ! Je te déteste.

---

1. Sur le genre de ce mot, que Marivaux fait ordinairement masculin, voir le Glossaire, p. 2267.

LA VALLÉE. Je vous dis qu'il faut que nous *raisonnions là-dessus. Messieurs, discourez un instant pour vous amuser, en attendant que je la regagne. Oh ! langue qui me poignarde !

MADAME ALAIN. Parlez de la vôtre, mon ami Giroux, et non pas de la mienne. Aussi bien est-ce vous, maudite fille, qui m'attirez des reproches ?

AGATHE. Ce n'est pas moi, ma mère, c'est Javotte.

MADAME ALAIN. Pardi, Monsieur Thibaut, vous êtes une franche commère avec vos quatre mille livres que vous êtes venu nous dégoiser là si mal à propos. N'avez-vous pas honte ?

MONSIEUR THIBAUT, *sortant*. Puisse le ciel vous aimer assez pour vous rendre muette !

MADAME ALAIN. Oui ! vous verrez que c'est moi qui ai tort.

MONSIEUR REMY. Quand j'aurai vidé votre armoire, je vous achèverai aussi mes compliments.

MADAME ALAIN. C'est fort bien fait, Messieurs. Voilà ce qui arrive quand on ne sait pas se taire [1].

---

1. Ce joli mot de Mme Alain, qui finit la comédie, n'est pas seulement comique : il rappelle le fait que, de gré ou de force, tous les personnages de la pièce, à l'exception de Mlle Habert, sont devenus à leur tour de « franches commères ».

LA DISPUTE

Comédie en un acte et en prose
représentée pour la première fois
par les comédiens-français
le 19 octobre 1744

NOTICE

Depuis la représentation de *L'Épreuve* et l'achèvement des neuvième, dixième et onzième parties de *La Vie de Marianne*, à la fin
de 1740, Marivaux semble, pour la première fois de sa vie, être un
homme de lettres « arrivé », que les besoins matériels ne forcent plus
à travailler sans relâche. Élu à l'Académie en décembre 1742, il y
siège avec assiduité depuis sa réception, le 4 février 1743. Sa seule
œuvre connue pendant cette période est le début d'un ouvrage,
Réflexions sur l'esprit humain, dont il fait la lecture à l'Académie
dans la séance du 25 août 1744. C'est un échec, et les *Réflexions* ne
paraîtront, inachevées, que beaucoup plus tard [1]. Peut-être la désillu-
sion qu'éprouva Marivaux le poussa-t-elle à revenir au théâtre. Même
si le déclin [2] de la troupe italienne ne l'avait pas engagé à s'adresser
aux comédiens français, sa nouvelle dignité académique ne lui laissait guère d'autre choix. La nouvelle pièce, en un acte et en prose,
intitulée *La Dispute*, fut lue à la troupe le 22 septembre 1744 et
reçue avec empressement [3]. Mais l'accueil du public fut tel qu'elle
ne fut jouée qu'une fois, le 19 octobre [4]. Les raisons de cet échec

---

1. Dans le *Mercure* de juin 1755. Voir notre édition des *Journaux et
Œuvres diverses*, cinquième section, pp. 465-492.   2. On a déjà marqué
plusieurs étapes de ce déclin, retraite de Lélio et de sa femme (1733), maladie, puis mort de l'Arlequin Thomassin (1739), vieillissement de Silvia, née
en 1700. X. de Courville cite le compliment de rentrée de 1745, *Les Ennuis
de Thalie*, où il est ouvertement question de la « décadence » du Théâtre-
Italien (*Luigi Riccoboni, dit Lélio*, tome III, pp. 106 et suiv.). De plus en plus,
à cette époque, la chorégraphie devient la raison d'être des spectacles.
3. On lit dans le registre 370, f° 56, v°, la mention suivante, qui ne peut
concerner que *La Dispute* : « Aujourd'hui, mardi 22. 7bre (1744), la troupe
assemblée, après la lecture d'une petite pièce en un acte, l'a reçue tout d'une
voix pour être jouée sur-le-champ et avant toute autre. » La pièce fut donc
montée et jouée en quatre semaines.   4. Il y eut 571 spectateurs, la recette
fut de 1 081 livres, et aucune part d'auteur ne fut attribuée.

sont à chercher dans l'étroitesse de goût des habitués du Théâtre-Français, que rien ne préparait à accepter une œuvre aussi originale.

La Dispute est en effet, dans tous les sens, la pièce la plus « métaphysique » de Marivaux. Sans doute ne met-elle pas en scène, suivant un mot de Voltaire, « des personnages allégoriques, propres, tout au plus, pour le poème épique[1] », mais à coup sûr elle n'a rien de réaliste. Pour savoir qui, de l'homme ou de la femme, a donné le premier exemple d'inconstance, un prince des *Mille et Une Nuits* a fait élever, à l'écart du monde, deux garçons et deux filles. Parvenus à l'âge adulte, ils vont, lorsque la pièce commence, faire leur première rencontre de personnes de leur sexe et de l'autre sexe. L'idée de cette épreuve appartient à la fable. Marivaux l'a peut-être trouvée chez Hérodote. Celui-ci raconte en effet[2] l'histoire de ce roi d'Égypte qui, désirant savoir quelle était la langue originelle de l'humanité, fait élever dès le berceau des enfants à qui l'on n'apprend aucune langue. Le premier mot qu'ils emploient est le mot égyptien désignant le pain, ce qui prouve, ou est censé prouver, que la langue égyptienne est la langue primitive. Il n'est pas sans intérêt que Marivaux ait voulu démontrer sa thèse, quelle qu'elle soit, par une expérience plutôt que par un raisonnement. Ce type même d'expérimentation est d'ailleurs caractéristique d'un temps où l'on conçoit volontiers l'âme de l'homme primitif comme une page blanche, une conscience sans passé ni préjugés, éclairée par les lumières de la seule « nature[3] ». Reste à voir ce qu'a voulu dire l'auteur.

Or, cette courte pièce en un acte est d'une étonnante richesse. Tout se passe comme si Marivaux, non content de donner ici comme un bréviaire des principales figures de son théâtre, avait voulu en ajouter d'autres esquissées jusque-là seulement dans ses œuvres narratives ou morales, ou même franchement nouvelles. Ainsi, le schéma général de l'intrigue est emprunté à *Arlequin poli par l'amour* et à *La Double Inconstance*. La première pièce fournit la rencontre des deux jeunes gens, le thème des « amants ignorants » qui ont à inventer une langue en même temps qu'ils éprouvent des

---

1. Lettre à Berger, de Cirey, février 1736.   **2.** Au livre II des *Histoires*, chapitre II, éd. les Belles-Lettres, pp. 65-67. Le rapprochement a été signalé pour la première fois par Ortensia Ruggiero, *Marivaux e il suo teatro*, Fratelli Bocca Editori, p. 84.   **3.** « On peut regarder le commerce qu'ils vont avoir ensemble comme le premier âge du monde ; les premières amours vont recommencer. » (Sc. II.)

sentiments inconnus (sc. IV), les conseils de Carise et Mesrou pour faire durer l'amour, qui rappellent ceux de la cousine à Silvia (sc. VI). À la seconde se rattache le chassé-croisé final qui fait de *La Dispute*, non pas même une double, mais une quadruple inconstance. On peut ajouter que la reconquête amorcée par Adine et Églé de leur premier soupirant perdu a déjà été rencontrée dans *L'Heureux Stratagème*. Mais voici maintenant des scènes que Marivaux n'avait pas encore montrées dans son théâtre. Avant de découvrir l'amour, Églé découvre sa beauté dans le ruisseau et en devient amoureuse : ce sera même la clé de son inconstance. Cette fois, on songe aux *Lettres contenant une aventure*, à la scène de la jeune fille au miroir, par laquelle s'ouvre *Le Spectateur français* [1], ou à l'essai par Marianne, devant un miroir, de la belle robe offerte par M. de Climal. On a dit plus haut que les conseils de Carise et Mesrou étaient préfigurés dans *Arlequin poli par l'amour*. Mais ils sont ici développés et approfondis suivant les réflexions ultérieures de Marivaux, qui se demande dans *Le Cabinet du philosophe* [2] comment il est possible d'empêcher l'amour de mourir de lui-même. Quant à la figure de l'inconstance elle-même, elle est ordonnée d'une façon très différente de celle de *La Double Inconstance*, et le renouvellement se fait encore à partir des œuvres morales. Ainsi, la rencontre des deux coquettes, leur entretien aigre-doux et le défi qu'elles se lancent transposent une scène du *Cabinet du philosophe* [3]. La vengeance qu'Adine cherche à tirer d'Églé par l'intermédiaire de Mesrin est aussi très notable : traitée dans un ton, non plus naïf, mais libertin, elle ferait bonne figure dans *Les Liaisons dangereuses*. Marivaux souligne même l'effet en introduisant un élément nouveau dans son théâtre et qui contraste avec les précédents : c'est une cordiale « surprise de l'amitié » qui lie sur-le-champ deux jeunes gens du même âge [4]. La péripétie qui résulte de cette rencontre n'est pas difficile à imaginer, puisque le trésor des fables suffit à la fournir : « Deux coqs vivaient en paix... »

---

1. Voir l'édition des *Journaux et Œuvres diverses*, pp. 117-118.   **2.** Seconde feuille. La solution suggérée ici consiste à entretenir l'inquiétude de l'amant ou de l'amante : « Paraissez plutôt coupable que trop innocent. Du moins soyez constant avec art, je veux dire qu'il ne soit jamais bien décidé si vous le serez, ni même si vous l'êtes », éd. cit., p. 344. Les amants de *La Dispute* n'ayant pas trop tendance à utiliser ce moyen, Carise et Mesrou leur en proposent un moins inquiétant, l'absence.   **3.** Cinquième feuille, *Sur les Coquettes*. Voir le volume des *Journaux et Œuvres diverses*, quatrième section, pp. 371-375.   **4.** Sc. XIII.

Au fil de ces scènes, dont chacune figure un cas typique et pourrait recevoir un titre, les idées ingénieuses ne manquent pas. C'en est une que de faire coïncider la découverte d'un monde neuf et celle de l'amour : elle symbolise cette naissance à une vie nouvelle que représente pour les personnages de Marivaux l'épreuve d'un grand sentiment. Du reste, tout le manège de l'inconstance et de la coquetterie prend dans ce monde de l'innocence une résonance très forte. C'est qu'on aperçoit vite que le problème dépasse de loin la question de savoir lequel des deux sexes a trahi l'autre le premier, ou même quelles sont les raisons propres de l'inconstance de chacun d'eux : ce qui est au fond en cause, c'est la possibilité même de l'existence d'un amour durable et viable. Malgré l'apparition inattendue d'un couple fidèle à la fin de la pièce, on est tenté d'adopter la conclusion désabusée d'Hermianne : « Croyez-moi, nous n'avons pas lieu de plaisanter. Partons [1]. »

On a déjà dit quel avait été l'échec de la pièce. Le premier écho qui nous en soit parvenu est une nouvelle du *Journal* de Feydeau de Marville, quatre jours après la première représentation : « M. de Marivaux, honteux du mauvais succès de sa petite pièce de *La Dispute*, la donne à M. de Sainte-Foix, à qui il fait un mauvais cadeau [2]. » Le *Mercure* ne mentionna même pas l'auteur lorsqu'il rendit compte, très brièvement, de son fâcheux destin :

« Le 19, les Comédiens Français donnèrent la première représentation d'une comédie nouvelle, en prose et en un acte, intitulée *La Dispute*. Cette nouveauté n'ayant pas été goûtée du public, l'auteur l'a retirée dès la première représentation [3]. »

Elle ne fut publiée que deux ans et demi plus tard, en même temps que *Le Préjugé vaincu* et chez le même libraire, sous le nom de « M. de M. », désignation discrète, mais claire. Cette fois, le *Mercure* reconnut que la comédie était « pleine d'esprit », mais n'en donna toujours pas d'extrait [4]. Le bref commentaire de La Porte, résumé plutôt que jugement, clôt la très brève liste des allusions contemporaines, et *La Dispute* entra dans l'oubli :

« Qui de l'homme ou de la femme a le premier donné l'exemple

---

1. Sc. xx.   2. Dans *La Revue rétrospective*, 1897, tome VI, p. 209. Dans ce passage, *donner* signifie sans doute « fait passer pour une œuvre de », puis le mot est repris avec une sorte de jeu de mots. Sainte-Foix était un ami de Marivaux.   3. *Mercure* d'octobre 1744, p. 2259.   4. Voir plus loin l'Introduction du *Préjugé vaincu*, p. 1802, n. 4.

de l'infidélité et de l'inconstance ? C'est le sujet de la petite comédie de *La Dispute*. On introduit sur la scène des jeunes gens élevés séparément, et qui n'ont aucune connaissance de ce qui se passe dans le monde. On étudie leurs démarches ; et l'on ne tarde pas à s'apercevoir que les hommes et les femmes ont également des reproches à se faire sur ce qui fait le sujet de *La Dispute*. Cette pièce, dont le sujet n'a point été heureux, est la dernière comédie que M. de Marivaux ait donnée aux Français. Il s'est depuis livré au Théâtre-Italien qu'il a enrichi de plusieurs bonnes pièces [1]... »

Le XIXᵉ siècle ne songea pas à l'en tirer. Même Larroumet, qui cherche souvent à échapper aux préjugés de son temps, la juge « invraisemblable et fausse [2] » : critères absurdes pour juger une œuvre de ce genre ! Le XXᵉ siècle était mieux préparé à la comprendre. Comme le note Kenneth McKee [3], elle n'est pas sans préfigurer les fantaisies symboliques de Giraudoux, Pirandello ou T. S. Eliot. Jean-Louis Vaudoyer eut le courage de la faire monter à la Comédie-Française, où elle fut jouée le 26 avril 1938 [4]. Mais *La Dispute* connut son heure de gloire en 1973, en raison de la mise en scène de Patrice Chéreau qui fit scandale, suscitant de vifs débats entre ses partisans et ses détracteurs [5]. *La Dispute* attire depuis de nombreux metteurs en scène.

LE TEXTE

Parue en mars 1747, ainsi qu'on l'a vu, l'édition originale se présente comme suit :

LA DISPUTE, / *COMEDIE* / EN PROSE ET EN UN ACTE. / *Par M.* DE M... / Réprésentée *(sic)* par les Comédiens François. / (fleuron) / A PARIS, / Chez Jacques CLOUSIER, / rue S. Jacques, à l'Ecu de France. / (double filet) / M. DCC. XLVII.

---

1. *L'Observateur littéraire*, 1759, tome I, pp. 82-83. On a remarqué dans les deux dernières phrases de La Porte une erreur *(Le Préjugé vaincu* a été joué au Théâtre-Français après *La Dispute)* et une absurdité : Marivaux n'a fait jouer aucune pièce nouvelle aux Italiens après 1744. La Porte se laisse abuser par la disposition des pièces dans le recueil Duchesne de 1758. **2.** *Marivaux, sa vie et son œuvre*, p. 282. **3.** *The Theater of Marivaux*, p. 242. **4.** À cette occasion, Robert Kemp parle de la pièce comme d'un « fin treillis de phrases symétriques, artificieuses, de prouesses de style agaçantes et jolies » *(Le Temps*, 27 avril 1938). Voir K. McKee, *op. cit.*, p. 242. **5.** Voir l'analyse de P. Pavis, *Marivaux à l'épreuve de la scène*, Publications de la Sorbonne, 1986, et le texte du prologue du spectacle, collage dû à François Regnault, dans l'édition de J. Goldzink, GF-Flammarion, 1991.

Un volume de 68 pages (texte), plus IV pour l'approbation, le privilège et un catalogue.

Approbation : « J'ai lu par ordre de Monseigneur le Chancelier une comédie de M. de Marivaux, qui a pour titre *La Dispute*, et j'ai cru qu'on pouvait en permettre l'impression. À Paris, le 25 octobre 1746. *Signé*, MAUNOIR. »

Privilège à Jacques Clousier pour *Le Préjugé vaincu* et *La Dispute*, en date du 23 décembre 1746, « registré » le [en blanc] janvier 1747.

Comme d'habitude, le texte adopté est celui de l'édition origi-nale[1]. L'édition de 1758 (« nouvelle édition », sans date, au tome III du *Recueil*), numérotée de [97] à 156, a été collationnée et fournit quelques variantes.

Dans leur édition, MM. Bastide et Fournier relèvent au passage quelques corrections arbitraires de Duviquet. Mais faute d'un colla-tionnement suffisamment attentif, ils en admettent encore un grand nombre dans leur propre texte : sc. I, *ce qui est certain* pour *ce qui est de certain ; à la suite* pour *à sa suite* ; sc. II, *qui nous avertit* pour *qui nous en avertit* ; sc. III, *elle regarde* pour *elle se regarde* ; sc. IV, *Églé continue* supprimé ; *gaiement* (ind. scén.) supprimé ; sc. VI, *à force de vous voir* pour *à force de nous voir ; c'est de nous croire* pour *c'est de nous en croire* ; sc. XII, *retenez votre joie* pour *remettez votre joie* ; sc. XV, *je ne suis donc pas la maîtresse* au lieu de *je ne suis donc pas ma maîtresse ; car s'il est question d'être aimée* pour *car à l'égard d'être aimée*, etc. Ces erreurs passent, naturellement, dans les éditions Marcel Arland et Bernard Dort, qui se sont fiés au travail critique des éditeurs précédents.

---

1. Nous n'avons pas à tenir compte d'une édition Prault, 1749, car elle est constituée par des feuilles provenant de l'édition originale, à la page de titre près, qui a été refaite.

La Dispute

ACTEURS [1]

HERMIANNE.
LE PRINCE.
MESROU.
CARISE.
ÉGLÉ.
AZOR.
ADINE.
MESRIN.
MESLIS.
DINA.
La suite du Prince.

La scène est à la campagne.

---

1. La distribution des rôles, lors de la première représentation, n'est pas connue avec certitude. On connaît la liste des acteurs ayant joué ce jour-là ; ce sont Legrand, La Thorillière, Grandval, Dubois, Bonneval, de la Noue, Paulin, Rosely, ainsi que Mlles Dangeville, Gaussin, Grandval, Dumesnil, Lavoy, Gaultier et Clairin. Mais certains d'entre eux avaient pu ne tenir de rôle que dans la tragédie jouée ce jour-là, *Manlius*. On peut conjecturer que Mlles Dangeville et Gaussin étaient Églé et Adine, et Mme Grandval Hermianne. Legrand et Grandval devaient tenir les deux principaux rôles masculins. — On notera que le nom de Mesrin est écrit *Nesrin* dans l'édition originale. L'erreur est corrigée en 1758.

Scène première

LE PRINCE, HERMIANNE, CARISE, MESROU

HERMIANNE. Où allons-nous, Seigneur, voici le lieu du monde le plus sauvage et le plus solitaire, et rien n'y annonce la fête que vous m'avez promise.

LE PRINCE, *en riant.* Tout y est prêt.

HERMIANNE. Je n'y comprends rien ; qu'est-ce que c'est que cette maison où vous me faites entrer, et qui forme un édifice si singulier ? Que signifie la hauteur prodigieuse des différents murs qui l'environnent : où me menez-vous ?

LE PRINCE. À un spectacle très curieux ; vous savez la question que nous agitâmes hier au soir. Vous souteniez contre toute ma cour que ce n'était pas votre sexe, mais le nôtre, qui avait le premier donné l'exemple de l'inconstance et de l'infidélité en amour.

HERMIANNE. Oui, Seigneur, je le soutiens encore. La première inconstance, ou la première infidélité [1], n'a pu commencer que par quelqu'un d'assez hardi pour ne rougir de rien. Oh ! comment veut-on que les femmes, avec la pudeur et la timidité naturelle qu'elles avaient, et qu'elles ont encore depuis que le monde et sa corruption durent, comment veut-on qu'elles soient tombées les premières dans des vices de cœur qui demandent autant d'audace, autant de *libertinage de sentiment, autant d'effronterie que ceux dont nous parlons ? Cela n'est pas croyable.

LE PRINCE. Eh ! sans doute, Hermianne, je n'y trouve pas plus d'apparence que vous, ce n'est pas moi qu'il faut combattre là-dessus, je suis de votre sentiment contre tout le monde, vous le savez.

HERMIANNE. Oui, vous en êtes par pure galanterie, je l'ai bien remarqué.

LE PRINCE. Si c'est par galanterie, je ne m'en doute pas. Il est vrai

---

1. Il est difficile de marquer une différence sûre entre ces deux mots. On dit quelquefois que l'inconstance est du domaine du cœur, tandis que l'infidélité comporterait une consommation charnelle. L'usage de Marivaux (par exemple, Valville est dit infidèle à Marianne) ne confirme pas cette distinction.

que je vous aime, et que mon extrême envie de vous plaire peut fort bien me persuader que vous avez raison, mais ce qui est de certain, c'est qu'elle me le persuade si *finement que je ne m'en aperçois pas. Je n'estime point le cœur des hommes, et je vous l'abandonne ; je le crois sans comparaison plus sujet à l'inconstance et à l'infidélité que celui des femmes ; je n'en excepte que le mien, à qui même je ne ferais pas cet honneur-là si j'en aimais une autre que vous.

HERMIANNE. Ce discours-là sent bien l'ironie.

LE PRINCE. J'en serai donc bientôt puni ; car je vais vous donner de quoi me confondre, si je ne pense pas comme vous.

HERMIANNE. Que voulez-vous dire ?

LE PRINCE. Oui, c'est la nature elle-même que nous allons interroger, il n'y a qu'elle qui puisse décider la question sans réplique, et sûrement elle prononcera en votre faveur.

HERMIANNE. Expliquez-vous, je ne vous entends point.

LE PRINCE. Pour bien savoir si la première inconstance ou la première infidélité est venue d'un homme, comme vous le prétendez, et moi aussi, il faudrait avoir assisté au commencement du monde et de la société.

HERMIANNE. Sans doute, mais nous n'y étions pas.

LE PRINCE. Nous allons y être ; oui, les hommes et les femmes de ce temps-là, le monde et ses premières [1] amours vont reparaître à nos yeux tels qu'ils étaient, ou du moins tels qu'ils ont dû être ; ce ne seront peut-être pas les mêmes aventures, mais ce seront les mêmes caractères ; vous allez voir le même état de cœur, des âmes tout aussi neuves que les premières, encore plus neuves s'il est possible. (*À Carise et à Mesrou.*) Carise, et vous, Mesrou, partez, et quand il sera temps que nous nous retirions, faites le signal dont nous sommes convenus. (*À sa suite.*) Et vous, qu'on nous laisse.

Scène II

HERMIANNE, LE PRINCE

HERMIANNE. Vous excitez ma curiosité, je l'avoue.

LE PRINCE. Voici le fait : il y a dix-huit ou dix-neuf ans que la dis-

---

1. L'édition originale porte *premiers* ici, *premières* à la scène suivante. L'édition de 1758 porte chaque fois *premières*. Sur le genre du mot *amour*, voir la Note grammaticale, article *genre*, p. 2267.

pute d'aujourd'hui s'éleva à la cour de mon père, s'échauffa beaucoup et dura très longtemps. Mon père, naturellement assez *philosophe, et qui n'était pas de votre sentiment, résolut de savoir à quoi s'en tenir, par une épreuve qui ne laissât rien à désirer[1]. Quatre enfants au berceau, deux de votre sexe et deux du nôtre, furent portés dans la forêt où il avait fait bâtir cette maison exprès pour eux, où chacun d'eux fut logé à part, et où actuellement même il occupe un terrain dont il n'est jamais sorti, de sorte qu'ils ne se sont jamais vus. Ils ne connaissent encore que Mesrou et sa sœur qui les ont élevés, et qui ont toujours eu soin d'eux, et qui furent choisis de la couleur dont ils sont, afin que leurs élèves en fussent plus étonnés quand ils verraient d'autres hommes. On va donc pour la première fois leur laisser la liberté de sortir de leur enceinte, et de se connaître ; on leur a appris la langue que nous parlons ; on peut regarder le *commerce qu'ils vont avoir ensemble comme le premier âge du monde ; les premières amours vont recommencer, nous verrons ce qui en arrivera. *(Ici, on entend un bruit de trompettes.)* Mais hâtons-nous de nous retirer, j'entends le signal qui nous en avertit, nos jeunes gens vont paraître ; voici une galerie qui règne tout le long de l'édifice, et d'où nous pourrons les voir et les écouter, de quelque côté qu'ils sortent de chez eux. Partons.

Scène III

CARISE, ÉGLÉ

CARISE. Venez, Églé, suivez-moi ; voici de nouvelles terres que vous n'avez jamais vues, et que vous pouvez parcourir en sûreté.

ÉGLÉ. Que vois-je ? quelle quantité de nouveaux mondes !

CARISE. C'est toujours le même, mais vous n'en connaissez pas toute l'étendue.

ÉGLÉ. Que de pays ! que d'habitations ! il me semble que je ne suis plus rien dans un si grand espace, cela me fait plaisir et peur[2]. *(Elle regarde et s'arrête à un ruisseau.)* Qu'est-ce que c'est que cette eau que je vois et qui roule à terre ? Je n'ai rien vu de semblable à cela dans le monde d'où je sors.

---

1. Noter le lien établi par Marivaux entre l'esprit de philosophie (une sorte de positivisme) et le recours à l'expérimentation. **2.** Ce *plaisir* et cette *peur*, Églé les éprouve, comme Marianne, en découvrant le monde, et, comme Marianne, elle les éprouvera en découvrant l'amour.

CARISE. Vous avez raison, et c'est ce qu'on appelle un ruisseau.

ÉGLÉ, *regardant*. Ah ! Carise, approchez, venez voir, il y a quelque chose qui habite dans le ruisseau qui est fait comme une personne, et elle paraît aussi étonnée de moi que je le suis d'elle.

CARISE, *riant*. Eh ! non, c'est vous que vous y voyez, tous les ruisseaux font cet effet-là.

ÉGLÉ. Quoi ! c'est là moi, c'est mon visage ?

CARISE. Sans doute.

ÉGLÉ. Mais savez-vous bien que cela est très beau, que cela fait un objet charmant ? Quel dommage de ne l'avoir pas su plus tôt !

CARISE. Il est vrai que vous êtes belle.

ÉGLÉ. Comment, belle, admirable ! cette découverte-là m'enchante. *(Elle se regarde encore.)* Le ruisseau fait toutes mes mines, et toutes me plaisent[1]. Vous devez avoir eu bien du plaisir à me regarder, Mesrou et vous. Je passerais ma vie à me contempler ; que je vais m'aimer à présent !

CARISE. Promenez-vous à votre aise, je vous laisse pour rentrer dans votre habitation[2], où j'ai quelque chose à faire.

ÉGLÉ. Allez, allez, je ne m'ennuierai pas avec le ruisseau.

Scène IV

ÉGLÉ *un instant seule*, AZOR *paraît vis-à-vis d'elle*

ÉGLÉ, *continuant et se tâtant le visage*. Je ne me lasse point de moi. *(Et puis, apercevant Azor, avec frayeur.)* Qu'est-ce que c'est que cela, une personne comme moi ?... N'approchez point. *(Azor étendant les bras d'admiration et souriant. Églé continue.)* La personne rit, on dirait qu'elle m'admire. *(Azor fait un pas.)*[3] Attendez... Ses regards sont pourtant bien doux... Savez-vous parler ?

AZOR. Le plaisir de vous voir m'a d'abord ôté la parole[4].

---

1. Entre le moment où la jeune fille admire ses mines et celui où elle les travaille et les répète, il n'y a qu'un pas. Églé l'a déjà presque franchi. **2.** À l'époque, le terme est surtout un mot colonial, mais il désigne alors plutôt le « domaine que l'on cultive » que la demeure elle-même. **3.** Dans les éditions de 1747 et 1758, cette réplique d'Églé est disposée de façon à en former trois : ÉGLÉ est placé au milieu de la ligne un peu plus haut (ÉGLÉ *continue*) et répété ici, encore en milieu de ligne. **4.** Comme Arlequin dans sa première rencontre avec Silvia, dans *Arlequin poli par l'amour*, Azor ne s'est en effet, jusqu'ici, exprimé que par gestes.

ÉGLÉ, *gaiement*. La personne m'entend, me répond, et si agréablement !

AZOR. Vous me ravissez.

ÉGLÉ. Tant mieux.

AZOR. Vous m'enchantez.

ÉGLÉ. Vous me plaisez aussi.

AZOR. Pourquoi donc me défendez-vous d'avancer ?

ÉGLÉ. Je ne vous le défends plus de bon cœur.

AZOR. Je vais donc approcher.

ÉGLÉ. J'en ai bien envie. *(Il avance.)* Arrêtez un peu... Que je suis émue !

AZOR. J'obéis, car je suis à vous.

ÉGLÉ. Elle obéit ; venez donc tout à fait, afin d'être à moi de plus près. *(Il vient.)* Ah ! la voilà, c'est vous, qu'elle est bien faite ! en vérité, vous êtes aussi belle que moi.

AZOR. Je meurs de joie d'être auprès de vous, je me donne à vous, je ne sais pas ce que je sens, je ne saurais le dire.

ÉGLÉ. Hé ! c'est tout comme moi.

AZOR. Je suis heureux, je suis agité.

ÉGLÉ. Je soupire.

AZOR. J'ai beau être auprès de vous, je ne vous vois pas encore assez.

ÉGLÉ. C'est ma pensée, mais on ne peut pas se voir davantage, car nous sommes là.

AZOR. Mon cœur désire vos mains.

ÉGLÉ. Tenez, le mien vous les donne ; êtes-vous plus contente ?

AZOR. Oui, mais non pas plus tranquille [1].

ÉGLÉ. C'est ce qui m'arrive, nous nous ressemblons en tout.

AZOR. Oh ! quelle différence ! tout ce que je suis ne vaut pas vos yeux, ils sont si tendres !

ÉGLÉ. Les vôtres si vifs !

AZOR. Vous êtes si mignonne, si délicate !

ÉGLÉ. Oui, mais je vous assure qu'il vous sied fort bien de ne l'être pas tant que moi, je ne voudrais pas que vous fussiez autrement, c'est une autre perfection, je ne nie pas la mienne, gardez-moi la vôtre.

---

1. Cette inquiétude est encore plus dans le ton des *Amants ignorants*, d'Autreau, que dans celui d'*Arlequin poli par l'amour*, pièce remarquablement chaste, pour le sujet.

AZOR. Je n'en changerai point, je l'aurai toujours.

ÉGLÉ. Ah çà ! dites-moi, où étiez-vous quand je ne vous connaissais pas ?

AZOR. Dans un monde à moi, où je ne retournerai plus, puisque vous n'en êtes pas [1], et que je veux toujours avoir vos mains ; ni moi ni ma bouche ne saurions plus nous passer d'elles.

ÉGLÉ. Ni mes mains se passer de votre bouche ; mais j'entends du bruit, ce sont des personnes de mon monde : de peur de les effrayer, cachez-vous derrière les arbres, je vais vous rappeler.

AZOR. Oui, mais je vous perdrai de vue.

ÉGLÉ. Non, vous n'avez qu'à regarder dans cette eau qui coule, mon visage y est, vous l'y verrez.

Scène V

MESROU, CARISE, ÉGLÉ

ÉGLÉ, *soupirant.* Ah ! je m'ennuie déjà de son absence.

CARISE. Églé, je vous retrouve inquiète, ce me semble, qu'avez-vous ?

MESROU. Elle a même les yeux plus attendris qu'à l'ordinaire.

ÉGLÉ. C'est qu'il y a une grande nouvelle ; vous croyez que nous ne sommes que trois, je vous avertis que nous sommes quatre ; j'ai fait l'acquisition d'un objet qui me tenait la main tout à l'heure.

CARISE. Qui vous tenait la main, Églé ! Eh que n'avez-vous appelé à votre secours ?

ÉGLÉ. Du secours contre quoi ? contre le plaisir qu'il me faisait ? J'étais bien aise qu'il me la tînt ; il me la tenait par ma permission : il la baisait tant qu'il pouvait, et je ne l'aurai pas plus tôt rappelé qu'il la baisera encore pour mon plaisir et pour le sien.

MESROU. Je sais qui c'est, je crois même l'avoir entrevu qui se retirait ; cet objet s'appelle un homme, c'est Azor, nous le connaissons.

ÉGLÉ. C'est Azor ? le joli nom ! le cher Azor ! le cher homme ! il va venir.

CARISE. Je ne m'étonne point qu'il vous aime et que vous l'aimiez, vous êtes faits l'un pour l'autre.

ÉGLÉ. Justement, nous l'avons deviné de nous-mêmes. *(Elle l'appelle.)* Azor, mon Azor, venez vite, l'homme !

---

1. Cette phrase, répondant à la réplique précédente, est une des plus belles de Marivaux, et l'une des plus riches de signification symbolique.

Scène VI

CARISE, ÉGLÉ, MESROU, AZOR

AZOR. Eh ! c'est Carise et Mesrou, ce sont mes amis.

ÉGLÉ, *gaiement*. Ils me l'ont dit, vous êtes fait exprès pour moi, moi faite exprès pour vous, ils me l'apprennent : voilà pourquoi nous nous aimons tant, je suis votre Églé, vous, mon Azor.

MESROU. L'un est l'homme, et l'autre la femme.

AZOR. Mon Églé, mon charme, mes délices, et ma femme !

ÉGLÉ. Tenez, voilà ma main, consolez-vous d'avoir été caché. *(À Mesrou et à Carise.)* Regardez, voilà comme il faisait tantôt, fallait-il appeler à mon secours ?

CARISE. Mes enfants, je vous l'ai déjà dit, votre destination naturelle est d'être charmés l'un de l'autre.

ÉGLÉ, *le tenant par la main*. Il n'y a rien de si clair.

CARISE. Mais il y a une chose à observer, si vous voulez vous aimer toujours.

ÉGLÉ. Oui, je comprends, c'est d'être toujours ensemble.

CARISE. Au contraire, c'est qu'il faut de temps en temps vous priver du plaisir de vous voir.

ÉGLÉ, *étonnée*. Comment ?

AZOR, *étonné*. Quoi ?

CARISE. Oui, vous dis-je, sans quoi ce plaisir diminuerait, et vous deviendrait indifférent.

ÉGLÉ, *riant*. Indifférent, indifférent, mon Azor ! ha ! ha ! ha !... la plaisante pensée !

AZOR, *riant*. Comme elle s'y entend !

MESROU. N'en riez pas, elle vous donne un très bon conseil, ce n'est qu'en pratiquant ce qu'elle vous dit là, et qu'en nous séparant quelquefois, que nous continuons de nous aimer, Carise et moi.

ÉGLÉ. Vraiment, je le crois bien, cela peut vous être bon à vous autres qui êtes tous deux si noirs, et qui avez dû vous enfuir de peur la première fois que vous vous êtes vus.

AZOR. Tout ce que vous avez pu faire, c'est de vous supporter l'un et l'autre.

ÉGLÉ. Et vous seriez bientôt rebutés de vous voir si vous ne vous quittiez jamais, car vous n'avez rien de beau à vous montrer ; moi qui vous aime, par exemple, quand je ne vous vois pas, je me passe de vous, je n'ai pas besoin de votre présence, pourquoi ? C'est que vous ne me charmez pas ; au lieu que nous nous charmons, Azor et moi ; il est si beau, moi si admirable, si attrayante, que nous nous ravissons en nous contemplant.

AZOR, *prenant la main d'Églé*. La seule main d'Églé, voyez-vous, sa main seule, je souffre quand je ne la tiens pas, et quand je la tiens, je me meurs si je ne la baise, et quand je l'ai baisée, je me meurs encore [1].

ÉGLÉ. L'homme a raison, tout ce qu'il vous dit là, je le sens ; voilà pourtant où nous en sommes, et vous qui parlez de notre plaisir, vous ne savez pas ce que c'est, nous ne le comprenons pas, nous qui le sentons, il est infini.

MESROU. Nous ne vous proposons de vous séparer que deux ou trois heures seulement dans la journée.

ÉGLÉ. Pas d'une minute.

MESROU. Tant pis.

ÉGLÉ. Vous m'impatientez, Mesrou ; est-ce qu'à force de nous voir nous deviendrons laids ? Cesserons-nous d'être charmants ?

CARISE. Non, mais vous cesserez de sentir que vous l'êtes.

ÉGLÉ. Hé ! qu'est-ce qui nous empêchera de le sentir puisque nous le sommes ?

AZOR. Églé sera toujours Églé.

ÉGLÉ. Azor toujours Azor.

MESROU. J'en conviens, mais que sait-on ce qui peut arriver ? Supposons, par exemple, que je devinsse aussi aimable qu'Azor, que Carise devînt aussi belle qu'Églé.

ÉGLÉ. Qu'est-ce que cela nous ferait ?

CARISE. Peut-être alors que, rassasiés de vous voir, vous seriez tentés de vous quitter tous deux pour nous aimer.

ÉGLÉ. Pourquoi tentés ? Quitte-t-on ce qu'on aime ? Est-ce là raisonner ? Azor et moi, nous nous aimons, voilà qui est fini, devenez beau tant qu'il vous plaira, que nous importe ? ce sera votre affaire, la nôtre est arrêtée.

AZOR. Ils n'y comprendront jamais rien, il faut être nous pour savoir ce qui en est [2].

---

1. Arlequin dit à Nina, dans *Les Amants ignorants* d'Autreau (acte I, sc. VIII) : « Quand ta main me donne un soufflet ou un coup de poing, je n'en sens rien, ça ne me fait point de mal, et quand je la baise, ça me donne la fièvre. » Rappelons que cette pièce, jouée en 1720, avait déjà suggéré à Marivaux certaines idées mises en œuvre dans *Arlequin poli par l'amour*.
2. Parmi les rapprochements que l'on peut faire entre ces scènes et les scènes V, IX, X et XI d'*Arlequin poli par l'amour*, citons celui-ci. Parlant de ceux qui ont conseillé à Silvia de ne pas se laisser baiser les mains, Arlequin

MESROU. Comme vous voudrez.

AZOR. Mon amitié, c'est ma vie.

ÉGLÉ. Entendez-vous ce qu'il dit, sa vie ? comment me quitterait-il ? Il faut bien qu'il vive, et moi aussi.

AZOR. Oui, ma vie, comment est-il possible qu'on soit si belle, qu'on ait de si beaux regards, une si belle bouche, et tout si beau ?

ÉGLÉ. J'aime tant qu'il m'admire !

MESROU. Il est vrai qu'il vous adore.

AZOR. Ah ! que c'est bien dit, je l'adore ! Mesrou me comprend, je vous adore.

ÉGLÉ, *soupirant*. Adorez donc, mais donnez-moi le temps de respirer ; ah !

CARISE. Que de tendresse ! j'en suis enchantée moi-même ! Mais il n'y a qu'un moyen de la conserver, c'est de nous en croire ; et si vous avez la sagesse de vous y déterminer, tenez, Églé, donnez ceci à Azor, ce sera de quoi l'aider à supporter votre absence.

ÉGLÉ, *prenant un portrait que Carise lui donne*. Comment donc ! je me reconnais ; c'est encore moi, et bien mieux que dans les eaux du ruisseau, c'est toute ma beauté, c'est moi, quel plaisir de se trouver partout ! Regardez, Azor, regardez mes charmes.

AZOR. Ah ! c'est Églé, c'est ma chère femme, la voilà, sinon que la véritable est encore plus belle.

Il baise le portrait.

MESROU. Du moins cela la représente.

AZOR. Oui, cela la fait désirer.

Il le baise encore.

ÉGLÉ. Je n'y trouve qu'un défaut, quand il le baise, ma copie a tout.

AZOR, *prenant sa main, qu'il baise*. Ôtons ce défaut-là.

ÉGLÉ. Ah çà ! j'en veux autant pour m'*amuser.

MESROU. Choisissez de son portrait ou du vôtre.

ÉGLÉ. Je les retiens tous deux.

MESROU. Oh ! il faut opter, s'il vous plaît, je suis bien aise d'en garder un.

ÉGLÉ. Hé bien ! en ce cas-là je n'ai que faire de vous pour avoir

s'exclame : « Tous ceux qui vous ont dit cela ont fait un mensonge : ce sont des causeurs qui n'entendent rien à notre affaire. » (Sc. XI.)

Azor, car j'ai déjà son portrait dans mon esprit, ainsi donnez-moi le mien, je les aurai tous deux.

CARISE. Le voilà d'une autre manière. Cela s'appelle un miroir, il n'y a qu'à presser cet endroit pour l'ouvrir. Adieu, nous reviendrons vous trouver dans quelque temps, mais, de grâce, songez aux petites absences.

Scène VII

AZOR, ÉGLÉ

ÉGLÉ, *tâchant d'ouvrir la boîte.* Voyons, je ne saurais l'ouvrir ; essayez, Azor, c'est là qu'elle a dit de presser.

AZOR *l'ouvre et se regarde.* Bon ! ce n'est que moi, je pense, c'est ma mine que le ruisseau d'ici près m'a montrée.

ÉGLÉ. Ha ! ha ! que je voie donc ! Eh ! point du tout, cher homme, c'est plus moi que jamais, c'est réellement votre Églé, la véritable, tenez, approchez.

AZOR. Eh ! oui, c'est vous, attendez donc, c'est nous deux, c'est moitié l'un et moitié l'autre ; j'aimerais mieux que ce fût vous toute seule, car je m'empêche de vous voir toute entière.

ÉGLÉ. Ah ! je suis bien aise d'y voir un peu de vous aussi, vous n'y gâtez rien ; avancez encore, tenez-vous bien.

AZOR. Nos visages vont se toucher, voilà qu'ils se touchent, quel bonheur pour le mien ! quel ravissement !

ÉGLÉ. Je vous sens bien, et je le trouve bon.

AZOR. Si nos bouches s'approchaient !

Il lui prend un baiser.

ÉGLÉ, *en se retournant.* Oh ! vous nous dérangez, à présent je ne vois plus que moi, l'aimable invention qu'un miroir !

AZOR, *prenant le portrait d'Églé.* Ah ! le portrait est aussi une excellente chose. *(Il le baise.)*

ÉGLÉ. Carise et Mesrou sont pourtant de bonnes gens.

AZOR. Ils ne veulent que notre bien, j'allais vous parler d'eux, et de ce conseil qu'ils nous ont donné.

ÉGLÉ. Sur ces absences, n'est-ce pas ? J'y rêvais aussi.

AZOR. Oui, mon Églé, leur prédiction me fait quelque peur ; je n'appréhende rien de ma part, mais n'allez pas vous ennuyer de moi[1], au moins, je serais désespéré.

ÉGLÉ. Prenez garde à vous-même, ne vous lassez pas de m'adorer, en vérité, toute belle que je suis, votre peur m'effraie aussi.

AZOR. Ah, merveille, ce n'est pas à vous à trembler... À quoi rêvez-vous ?

ÉGLÉ. Allons, allons, tout bien examiné, mon parti est pris : donnons-nous du chagrin, séparons-nous pour deux heures, j'aime encore mieux votre cœur et son adoration que votre présence, qui m'est pourtant bien douce.

AZOR. Quoi ! nous quitter !

ÉGLÉ. Ah ! si vous ne me prenez pas au mot, tout à l'heure, je ne le voudrai plus.

AZOR. Hélas ! le courage me manque.

ÉGLÉ. Tant pis, je vous déclare que le mien se passe.

AZOR, *pleurant*. Adieu, Églé, puisqu'il le faut.

ÉGLÉ. Vous pleurez ? oh bien ! restez donc pourvu qu'il n'y ait point de danger.

AZOR. Mais s'il y en avait !

ÉGLÉ. Partez donc.

AZOR. Je m'enfuis.

Scène VIII

ÉGLÉ, *seule*

Ah ! il n'y est plus, je suis seule, je n'entends plus sa voix, il n'y a plus que le miroir. *(Elle s'y regarde.)* J'ai eu tort de renvoyer mon homme, Carise et Mesrou ne savent ce qu'ils disent. *(En se regardant.)* Si je m'étais mieux considérée, Azor ne serait point parti. Pour aimer toujours ce que je vois là, il n'avait pas besoin de l'absence... Allons, je vais m'asseoir auprès du ruisseau, c'est encore un miroir de plus.

---

1. Au sens, bien sûr, de « n'allez pas vous lasser de moi ».

Scène IX

ÉGLÉ, ADINE *de loin*

ÉGLÉ. Mais que vois-je ? encore une autre personne !

ADINE. Ha ! ha ! qu'est-ce que c'est que ce nouvel objet-ci ?

Elle avance.

ÉGLÉ. Elle me considère avec attention, mais ne m'admire point, ce n'est pas là un Azor. *(Elle se regarde dans son miroir.)* C'est encore moins une Églé... Je crois pourtant qu'elle se compare.

ADINE. Je ne sais que penser de cette figure-là, je ne sais ce qui lui manque, elle a quelque chose d'insipide.

ÉGLÉ. Elle est d'une espèce qui ne me revient point.

ADINE. A-t-elle un langage ?... Voyons... Êtes-vous une personne ?

ÉGLÉ. Oui assurément, et très personne.

ADINE. Eh bien ! n'avez-vous rien à me dire ?

ÉGLÉ. Non, d'ordinaire on me prévient, c'est à moi qu'on parle.

ADINE. Mais n'êtes-vous pas charmée de moi ?

ÉGLÉ. De vous ? C'est moi qui charme les autres.

ADINE. Quoi ! vous n'êtes pas bien aise de me voir ?

ÉGLÉ. Hélas ! ni bien aise ni fâchée, qu'est-ce que cela me fait ?

ADINE. Voilà qui est particulier ! vous me considérez, je me montre, et vous ne sentez rien ? C'est que vous regardez ailleurs ; contemplez-moi un peu attentivement, là, comment me trouvez-vous ?

ÉGLÉ. Mais qu'est-ce que c'est que vous ? Est-il question de vous ? Je vous dis que c'est d'abord moi qu'on voit, moi qu'on informe de ce qu'on pense, voilà comme cela se pratique, et vous voulez que ce soit moi qui vous contemple pendant que je suis présente !

ADINE. Sans doute, c'est à la plus belle à attendre qu'on la remarque et qu'on s'étonne.

ÉGLÉ. Eh bien, étonnez-vous donc !

ADINE. Vous ne m'entendez donc pas ? on vous dit que c'est à la plus belle à attendre.

ÉGLÉ. On vous répond qu'elle attend.

ADINE. Mais si ce n'est pas moi, où est-elle ? Je suis pourtant l'admiration des trois autres personnes qui habitent le monde.

ÉGLÉ. Je ne connais pas vos personnes, mais je sais qu'il y en a trois que je ravis et qui me traitent de merveille.

ADINE. Et moi je sais que je suis si belle, si belle, que je me charme moi-même toutes les fois que je me regarde, voyez ce que c'est.

ÉGLÉ. Que me contez-vous là ? Je ne me considère jamais que je ne sois enchantée, moi qui vous parle.

ADINE. Enchantée ! Il est vrai que vous êtes passable, et même assez gentille, je vous rends justice, je ne suis pas comme vous.

ÉGLÉ, *à part.* Je la battrais de bon cœur avec sa justice.

ADINE. Mais de croire que vous pouvez entrer en dispute avec moi, c'est se moquer, il n'y a qu'à voir.

ÉGLÉ. Mais c'est aussi en voyant, que je vous trouve assez laide.

ADINE. Bon ! c'est que vous me portez envie, et que vous vous empêchez de me trouver belle.

ÉGLÉ. Il n'y a que votre visage qui m'en empêche.

ADINE. Mon visage ! Oh ! je n'en suis pas en peine, car je l'ai vu, allez demander ce qu'il est aux eaux du ruisseau qui coulent, demandez-le à Mesrin qui m'adore.

ÉGLÉ. Les eaux du ruisseau, qui se moquent de vous, m'apprendront qu'il n'y a rien de si beau que moi, et elles me l'ont déjà appris, je ne sais ce que c'est qu'un Mesrin, mais il ne vous regarderait pas s'il me voyait ; j'ai un Azor qui vaut mieux que lui, un Azor que j'aime, qui est presque aussi admirable que moi, et qui dit que je suis sa vie ; vous n'êtes la vie de personne, vous ; et puis j'ai un miroir qui achève de me confirmer tout ce que mon Azor et le ruisseau assurent ; y a-t-il rien de plus fort ?

ADINE, *en riant.* Un miroir ! vous avez aussi un miroir ! Eh ! à quoi vous sert-il ? À vous regarder ? ha ! ha ! ha !

ÉGLÉ. Ah ! ah ! ah !... n'ai-je pas deviné qu'elle me déplairait ?

ADINE, *en riant.* Tenez, en voilà un meilleur, venez apprendre à vous connaître et à vous taire.

Carise paraît dans l'éloignement.

ÉGLÉ, *ironiquement.* Jetez les yeux sur celui-ci pour y savoir votre médiocrité, et la modestie qui vous est convenable avec moi.

ADINE. Passez votre chemin : dès que vous refusez de prendre du plaisir à me considérer, vous ne m'êtes bonne à rien, je ne vous parle plus.

Elles ne se regardent plus.

ÉGLÉ. Et moi, j'ignore que vous êtes là.

Elles s'écartent.

ADINE, *à part*. Quelle folle !

ÉGLÉ, *à part*. Quelle *visionnaire, de quel monde cela sort-il ?

Scène X

CARISE, ÉGLÉ, ADINE

CARISE. Que faites-vous donc là toutes deux éloignées l'une de l'autre, et sans vous parler ?

ADINE, *riant*. C'est une nouvelle figure que j'ai rencontrée et que ma beauté désespère.

ÉGLÉ. Que diriez-vous de ce fade objet, de cette ridicule espèce de personne qui aspire à m'étonner, qui me demande ce que je sens en la voyant, qui veut que j'aie du plaisir à la voir, qui me dit : Hé ! contemplez-moi donc ! hé ! comment me trouvez-vous ? et qui prétend être aussi belle que moi !

ADINE. Je ne dis pas cela, je dis plus belle, comme cela se voit dans le miroir.

ÉGLÉ, *montrant le sien*. Mais qu'elle se voie donc dans celui-ci, si elle ose !

ADINE. Je ne lui demande qu'un coup d'œil dans le mien, qui est le véritable.

CARISE. Doucement, ne vous emportez point ; profitez plutôt du hasard qui vous a fait faire connaissance ensemble, unissons-nous tous, devenez compagnes, et joignez l'agrément de vous voir à la douceur d'être toutes deux adorées, Églé par l'aimable Azor qu'elle chérit, Adine par l'aimable Mesrin qu'elle aime ; allons, raccommodez-vous.

ÉGLÉ. Qu'elle se défasse donc de sa vision de beauté qui m'ennuie.

ADINE. Tenez, je sais le moyen de lui faire entendre raison, je n'ai qu'à lui ôter son Azor dont je ne me soucie pas, mais rien que pour avoir la paix[1].

ÉGLÉ, *fâchée*. Où est son imbécile Mesrin ? Malheur à elle, si je le rencontre ! Adieu, je m'écarte, car je ne saurais la souffrir.

ADINE. Ha ! ha ! ha !... mon mérite est son aversion.

ÉGLÉ, *se retournant*. Ha ! ha ! ha ! quelle *grimace !

---

1. Voilà donc le fondement de l'inconstance féminine : le désir de plaire.

Scène XI

ADINE, CARISE

CARISE. Allons, laissez-la dire.

ADINE. Vraiment, bien entendu ; elle me fait pitié.

CARISE. Sortons d'ici, voilà l'heure de votre leçon de musique, je ne pourrai pas vous la donner si vous tardez.

ADINE. Je vous suis, mais j'aperçois Mesrin, je n'ai qu'un mot à lui dire.

CARISE. Vous venez de le quitter.

ADINE. Je ne serai qu'un moment en passant.

Scène XII

MESRIN, CARISE, ADINE

ADINE, *appelle*. Mesrin !

MESRIN, *accourant*. Quoi ! c'est vous, c'est mon Adine qui est revenue ; que j'ai de joie ! que j'étais impatient !

ADINE. Eh ! non, remettez[1] votre joie, je ne suis pas revenue, je m'en retourne, ce n'est que par hasard que je suis ici.

MESRIN. Il fallait donc y être avec moi par hasard.

ADINE. Écoutez, écoutez ce qui vient de m'arriver.

CARISE. Abrégez, car j'ai autre chose à faire.

ADINE. J'ai fait. *(À Mesrin.)* Je suis belle, n'est-ce pas ?

MESRIN. Belle ! si vous êtes belle !

ADINE. Il n'hésite pas, lui, il dit ce qu'il voit.

MESRIN. Si vous êtes divine ! la beauté même.

ADINE. Eh ! oui, je n'en doute pas ; et cependant, vous, Carise et moi, nous nous trompons, je suis laide.

MESRIN. Mon Adine !

ADINE. Elle-même ; en vous quittant, j'ai trouvé une nouvelle personne qui est d'un autre monde, et qui, au lieu d'être étonnée de moi, d'être transportée comme vous l'êtes et comme elle devrait l'être, voulait au contraire que je fusse charmée d'elle, et sur le refus que j'en ai fait, m'a accusée d'être laide.

---

1. Parmi les erreurs de texte des éditions modernes, qui suivent sans l'avoir vérifié le texte de Duviquet, on peut signaler ici : *retenez* pour *remettez*. *Retenez* fait un faux sens.

MESRIN. Vous me mettez d'une colère !

ADINE. M'a soutenu que vous me quitteriez quand vous l'auriez vue.

CARISE. C'est qu'elle était fâchée.

MESRIN. Mais, est-ce bien une personne ?

ADINE. Elle dit que oui, et elle en paraît une, à peu près.

CARISE. C'en est une aussi.

ADINE. Elle reviendra sans doute, et je veux absolument que vous la méprisiez, quand vous la trouverez, je veux qu'elle vous fasse peur.

MESRIN. Elle doit être horrible ?

ADINE. Elle s'appelle... attendez, elle s'appelle...

CARISE. Églé.

ADINE. Oui, c'est une Églé. Voici à présent comme elle est faite : c'est un visage fâché, renfrogné, qui n'est pas noir comme celui de Carise, qui n'est pas blanc comme le mien non plus, c'est une couleur qu'on ne peut pas bien dire.

MESRIN. Et qui ne plaît pas ?

ADINE. Oh ! point du tout, couleur indifférente ; elle a des yeux, comment vous dirais-je ? des yeux qui ne font pas plaisir, qui regardent, voilà tout ; une bouche ni grande ni petite, une bouche qui lui sert à parler ; une figure toute droite, toute droite[1] et qui serait pourtant à peu près comme la nôtre, si elle était bien faite ; qui a des mains qui vont et qui viennent, des doigts longs et maigres, je pense ; avec une voix rude et aigre ; oh ! vous la reconnaîtrez bien.

MESRIN. Il me semble que je la vois, laissez-moi faire : il faut la renvoyer dans un autre monde, après que je l'aurai bien mortifiée.

ADINE. Bien humiliée, bien désolée.

MESRIN. Et bien moquée, oh ! ne vous embarrassez pas, et donnez-moi cette main.

ADINE. Eh ! prenez-la, c'est pour vous que je l'ai.

Mesrin baise sa main.

CARISE. Allons, tout est dit, partons.

ADINE. Quand il aura achevé de baiser ma main.

CARISE[2]. Laissez-la donc, Mesrin, je suis pressée.

---

1. La seconde fois, *toute droite* est omis par erreur dans les éditions depuis celle de 1758.   **2.** L'édition de 1758 porte ici *lui ôtant la main*.

ADINE. Adieu tout ce que j'aime, je ne serai pas longtemps, songez à ma vengeance.

MESRIN. Adieu tout mon charme ! Je suis furieux.

Scène XIII

MESRIN, AZOR

MESRIN, *les premiers mots seul, répétant le portrait.* Une couleur ni noire ni blanche, une figure toute droite, une bouche qui parle... où pourrais-je la trouver ? *(Voyant Azor.)* Mais j'aperçois quelqu'un, c'est une personne comme moi, serait-ce Églé ? Non, car elle n'est point difforme.

AZOR, *le considérant.* Vous êtes pareille [1] à moi, ce me semble ?

MESRIN. C'est ce que je pensais.

AZOR. Vous êtes donc un homme ?

MESRIN. On m'a dit que oui.

AZOR. On m'en a dit de moi tout autant.

MESRIN. On vous a dit : est-ce que vous connaissez des personnes ?

AZOR. Oh ! oui, je les connais toutes, deux noires et une blanche.

MESRIN. Moi, c'est la même chose, d'où venez-vous ?

AZOR. Du monde.

MESRIN. Est-ce du mien ?

AZOR. Ah ! je n'en sais rien, car il y en a tant !

MESRIN. Qu'importe ? votre mine me convient, mettez votre main dans la mienne, il faut nous aimer.

AZOR. Oui-da, vous me réjouissez, je me plais à vous voir sans que vous ayez de charmes.

MESRIN. Ni vous non plus ; je ne me soucie pas de vous, sinon que vous êtes bonhomme.

AZOR. Voilà ce que c'est, je vous trouve de même, un bon camarade, moi un autre bon camarade, je me moque du visage.

MESRIN. Eh ! quoi donc, c'est par la bonne humeur que je vous regarde ; à propos, prenez-vous vos repas ?

AZOR. Tous les jours.

MESRIN. Eh bien ! je les prends aussi ; prenons-les ensemble pour

---

1. On a voulu expliquer le féminin par un accord avec le mot *personne.* Cela est impossible. En fait, si le texte est juste, Azor, habitué maintenant à employer le féminin par Églé (qui le lui appliquait même à la scène IV), l'emploie par erreur en parlant à Mesrin.

notre divertissement, afin de nous tenir *gaillards ; allons, ce sera pour tantôt : nous rirons, nous sauterons, n'est-il pas vrai ? J'en saute déjà.

Il saute.

AZOR, *il saute aussi*[1]. Moi de même, et nous serons deux, peut-être quatre, car je le dirai à ma blanche qui a un visage : il faut voir ! ah ! ah ! c'est elle qui en a un qui vaut mieux que nous deux.

MESRIN. Oh ! je le crois, camarade, car vous n'êtes rien du tout, ni moi non plus, auprès d'une autre mine que je connais, que nous mettrons avec nous, qui me transporte, et qui a des mains si douces, si blanches, qu'elle me laisse tant baiser !

AZOR. Des mains, camarade ? Est-ce que ma blanche n'en a pas aussi qui sont célestes, et que je caresse tant qu'il me plaît ? Je les attends.

MESRIN. Tant mieux, je viens de quitter les miennes, et il faut que je vous quitte aussi pour une petite affaire ; restez ici jusqu'à ce que je revienne avec mon Adine, et sautons encore pour nous réjouir de l'heureuse rencontre. *(Ils sautent tous deux en riant.)* Ha ! ha ! ha !

Scène XIV

AZOR, MESRIN, ÉGLÉ

ÉGLÉ, *s'approchant*. Qu'est-ce que c'est que cela qui plaît tant[2] ?

MESRIN, *la voyant*. Ah ! le bel objet qui nous écoute !

AZOR. C'est ma blanche, c'est Églé.

MESRIN, *à part*. Églé, c'est là ce visage fâché ?

AZOR. Ah ! que je suis heureux !

ÉGLÉ, *s'approchant*. C'est donc un nouvel ami qui nous a apparu tout d'un coup ?

AZOR. Oui, c'est un camarade que j'ai fait, qui s'appelle homme, et qui arrive d'un monde ici près.

MESRIN. Ah ! qu'on a de plaisir dans celui-ci !

---

1. Cet assaut de gambades fait penser à une scène de *L'Indigent philosophe*, à la fin de la première feuille, où l'Indigent et son camarade sautent l'un à la suite de l'autre parce qu'ils ne doivent rien et n'ont rien à perdre. Voir le volume des *Journaux et Œuvres diverses*, troisième section.
2. Ainsi, quoique l'inconstance soit présentée comme une suite de la coquetterie, on ne peut négliger le rôle qu'y joue aussi l'attrait spontané.

ÉGLÉ. En avez-vous plus que dans le vôtre ?

MESRIN. Oh ! je vous assure[1].

ÉGLÉ. Eh bien ! l'homme, il n'y a qu'à y rester.

AZOR. C'est ce que nous disions, car il est tout à fait bon et joyeux ; je l'aime, non pas comme j'aime ma ravissante Églé que j'adore, au lieu qu'à lui je n'y prends seulement pas garde, il n'y a que sa compagnie que je cherche pour parler de vous, de votre bouche, de vos yeux, de vos mains, après qui je languissais.

Il lui baise une main.

MESRIN *lui prend l'autre main.* Je vais donc prendre l'autre

Il baise cette main, Églé rit, et ne dit mot.

AZOR, *lui reprenant cette main.* Oh ! doucement, ce n'est pas ici votre blanche, c'est la mienne, ces deux mains sont à moi, vous n'y avez rien.

ÉGLÉ. Ah ! il n'y a pas de mal ; mais, à propos, allez-vous-en, Azor, vous savez bien que l'absence est nécessaire, et il n'y a pas assez longtemps que la nôtre dure.

AZOR. Comment ! il y a je ne sais combien d'heures que je ne vous ai vue.

ÉGLÉ. Vous vous trompez, il n'y a pas assez longtemps, vous dis-je ; je sais bien compter, et ce que j'ai résolu je le veux tenir.

AZOR. Mais vous allez rester seule.

ÉGLÉ. Eh bien ! je m'en contenterai.

MESRIN. Ne la chagrinez pas, camarade.

AZOR. Je crois que vous vous fâchez contre moi.

ÉGLÉ. Pourquoi m'*obstinez-vous ? Ne vous a-t-on pas dit qu'il n'y a rien de si dangereux que de nous voir ?

AZOR. Ce n'est peut-être pas la vérité.

ÉGLÉ. Et moi je me doute que ce n'est pas un mensonge.

Carise paraît ici dans l'éloignement et écoute.

AZOR. Je pars donc pour vous complaire, mais je serai bientôt de retour, allons, camarade, qui avez affaire, venez avec moi pour m'aider à passer le temps.

MESRIN. Oui, mais...

ÉGLÉ, *souriant.* Quoi ?

---

1. L'édition de 1758 porte : *je vous en assure.*

MESRIN. C'est qu'il y a longtemps que je me promène.

ÉGLÉ. Il faut qu'il se repose.

MESRIN. Et j'aurais empêché que la belle femme ne s'ennuie.

ÉGLÉ. Oui, il empêcherait.

AZOR. N'a-t-elle pas dit qu'elle voulait être seule ? Sans cela, je la désennuierais encore mieux que vous. Partons !

ÉGLÉ, *à part et de dépit.* Partons !

Scène XV

CARISE, ÉGLÉ

CARISE *approche et regarde Églé qui rêve.* À quoi rêvez-vous donc ?

ÉGLÉ. Je rêve que je ne suis pas de bonne humeur.

CARISE. Avez-vous du chagrin ?

ÉGLÉ. Ce n'est pas du chagrin non plus, c'est de l'embarras d'esprit.

CARISE. D'où vous vient-il ?

ÉGLÉ. Vous nous disiez tantôt qu'en fait d'amitié on ne sait ce qui peut arriver ?

CARISE. Il est vrai.

ÉGLÉ. Eh bien ! je ne sais ce qui m'arrive.

CARISE. Mais qu'avez-vous ?

ÉGLÉ. Il me semble que je suis fâchée contre moi, que je suis fâchée contre Azor, je ne sais à qui j'en ai.

CARISE. Pourquoi fâchée contre vous ?

ÉGLÉ. C'est que j'ai dessein d'aimer toujours Azor, et j'ai peur d'y manquer[1].

CARISE. Serait-il possible ?

ÉGLÉ. Oui, j'en veux à Azor, parce que ses manières en sont cause.

CARISE. Je soupçonne que vous lui cherchez querelle.

ÉGLÉ. Vous n'avez qu'à me répondre toujours de même, je serai bientôt fâchée contre vous aussi.

CARISE. Vous êtes en effet de bien mauvaise humeur ; mais que vous a fait Azor ?

ÉGLÉ. Ce qu'il m'a fait ? Nous convenons de nous séparer : il part,

---

1. Même mauvaise humeur, même incertitude chez Silvia, qui, dans l'acte II, scène XI, de *La Double Inconstance*, accuse Arlequin de gourmandise et de négligence pour justifier sa propre inconstance.

et il revient sur-le-champ, il voudrait toujours être là ; à la fin, ce que vous lui avez prédit lui arrivera.

CARISE. Quoi ? vous cesserez de l'aimer ?

ÉGLÉ. Sans doute ; si le plaisir de se voir s'en va quand on le prend trop souvent, est-ce ma faute à moi ?

CARISE. Vous nous avez soutenu que cela ne se pouvait pas.

ÉGLÉ. Ne me chicanez donc pas ; que savais-je ? Je l'ai soutenu par ignorance.

CARISE. Églé, ce ne peut pas être son trop d'empressement à vous voir qui lui nuit auprès de vous, il n'y a pas assez longtemps que vous le connaissez.

ÉGLÉ. Pas mal de temps ; nous avons déjà eu trois conversations ensemble, et apparemment que la longueur des entretiens est contraire.

CARISE. Vous ne dites pas son véritable tort, encore une fois.

ÉGLÉ. Oh ! il en a encore un et même deux, il en a je ne sais combien : premièrement, il m'a contrariée ; car mes mains sont à moi, je pense, elles m'appartiennent, et il défend qu'on les baise !

CARISE. Et qui est-ce qui a voulu les baiser ?

ÉGLÉ. Un camarade qu'il a découvert tout nouvellement, et qui s'appelle homme.

CARISE. Et qui est aimable ?

ÉGLÉ. Oh ! charmant, plus doux qu'Azor, et qui proposait aussi de demeurer pour me tenir compagnie ; et ce fantasque d'Azor ne lui a permis ni la main, ni la compagnie, l'a querellé et[1] l'a emmené brusquement sans consulter mon désir : ha ! ha ! je ne suis donc pas ma maîtresse ? il ne se fie donc pas à moi ? il a donc peur qu'on ne m'aime ?

CARISE. Non, mais il a craint que son camarade ne vous plût.

ÉGLÉ. Eh bien ! il n'a qu'à me plaire davantage, car à l'égard[2] d'être aimée, je suis bien aise de l'être, je le déclare, et au lieu d'un camarade, en eût-il cent, je voudrais qu'ils m'aimassent tous, c'est mon plaisir ; il veut que ma beauté soit pour lui tout seul, et moi je prétends qu'elle soit pour tout le monde.

CARISE. Tenez, votre dégoût pour Azor ne vient pas de tout ce que

---

1. *Et* est omis à partir de l'édition de 1758.   2. Parmi les corrections arbitraires de Duviquet qui ont passé jusque dans les éditions modernes, signalons par exemple qu'il écrit *car s'il est question d'être aimée* au lieu de *car à l'égard d'être aimée*.

vous dites là, mais de ce que vous aimez mieux à présent son camarade que lui.

ÉGLÉ. Croyez-vous ? Vous pourriez bien avoir raison.

CARISE. Eh ! dites-moi, ne rougissez-vous pas un peu de votre
inconstance ?

ÉGLÉ. Il me paraît que oui, mon accident me fait honte, j'ai encore
cette ignorance-là.

CARISE. Ce n'en est pas une, vous aviez tant promis de l'aimer
constamment.

ÉGLÉ. Attendez, quand je l'ai promis, il n'y avait que lui, il fallait
donc qu'il restât seul, le camarade n'était pas de mon compte.

CARISE. Avouez que ces raisons-là ne sont point bonnes, vous les
aviez tantôt réfutées d'avance.

ÉGLÉ. Il est vrai que je ne les estime pas beaucoup ; il y en a pourtant une excellente, c'est que le camarade vaut mieux qu'Azor.

CARISE. Vous vous méprenez encore là-dessus, ce n'est pas qu'il
vaille mieux, c'est qu'il a l'avantage d'être nouveau venu.

ÉGLÉ. Mais cet avantage-là est considérable, n'est-ce rien que d'être
nouveau venu ? N'est-ce rien que d'être un autre ? Cela est fort joli,
au moins, ce sont des perfections qu'Azor n'a pas.

CARISE. Ajoutez que ce nouveau venu vous aimera.

ÉGLÉ. Justement, il m'aimera, je l'espère, il a encore cette qualité-
là.

CARISE. Au lieu qu'Azor n'en est pas à vous aimer.

ÉGLÉ. Eh ! non, car il m'aime déjà.

CARISE. Quels étranges motifs de changement ! Je gagerais bien
que vous n'en êtes pas contente.

ÉGLÉ. Je ne suis contente de rien, d'un côté, le changement me
fait peine, de l'autre, il me fait plaisir ; je ne puis pas plus empêcher
l'un que l'autre ; ils sont tous deux de conséquence ; auquel des
deux suis-je le plus obligée ? Faut-il me faire de la peine ? Faut-il me
faire du plaisir ? Je vous défie de le dire.

CARISE. Consultez votre bon cœur, vous sentirez qu'il condamne
votre inconstance.

ÉGLÉ. Vous n'écoutez donc pas ; mon bon cœur le condamne,
mon bon cœur l'approuve, il dit oui, il dit non, il est de deux avis,
il n'y a donc qu'à choisir le plus commode.

CARISE. Savez-vous le parti qu'il faut prendre ? C'est de fuir le
camarade d'Azor ; allons, venez ; vous n'aurez pas la peine de
combattre.

ÉGLÉ, *voyant venir Mesrin*. Oui, mais nous fuyons bien tard : voilà le combat qui vient, le camarade arrive.

CARISE. N'importe, efforcez-vous, courage ! ne le regardez pas.

Scène XVI

MESROU, *de loin, voulant retenir* MESRIN *qui se dégage*, ÉGLÉ, CARISE

MESROU. Il s'échappe de moi, il veut être inconstant, empêchez-le d'approcher.

CARISE, *à Mesrin*. N'avancez pas.

MESRIN. Pourquoi ?

CARISE. C'est que je vous le défends ; Mesrou et moi, nous devons avoir quelque autorité sur vous, nous sommes vos maîtres.

MESRIN, *se révoltant*. Mes maîtres ! Qu'est-ce que c'est qu'un maître ?

CARISE. Eh bien ! je ne vous le commande plus, je vous en prie, et la belle Églé joint sa prière à la mienne.

ÉGLÉ. Moi ! point du tout, je ne joins point de prière.

CARISE, *à Églé, à part*. Retirons-nous, vous n'êtes pas encore sûre qu'il vous aime.

ÉGLÉ. Oh ! je n'espère pas le contraire, il n'y a qu'à lui demander ce qui en est. Que souhaitez-vous, le joli camarade ?

MESRIN. Vous voir, vous contempler, vous admirer, vous appeler mon âme.

ÉGLÉ. Vous voyez bien qu'il parle de son âme ; est-ce que vous m'aimez ?

MESRIN. Comme un perdu.

ÉGLÉ. Ne l'avais-je pas bien dit ?

MESRIN. M'aimez-vous aussi ?

ÉGLÉ. Je voudrais bien m'en dispenser si je le pouvais, à cause d'Azor qui compte sur moi.

MESROU. Mesrin, imitez Églé, ne soyez point infidèle.

ÉGLÉ. Mesrin ! l'homme s'appelle Mesrin !

MESRIN. Eh ! oui.

ÉGLÉ. L'ami d'Adine ?

MESRIN. C'est moi qui l'étais, et qui n'ai plus besoin de son portrait.

ÉGLÉ *le prend*. Son portrait et l'ami d'Adine ! il a encore ce mérite-là ; ah ! ah ! Carise, voilà trop de qualités, il n'y a pas moyen de résister ; Mesrin, venez que je vous aime.

MESRIN. Ah ! délicieuse main que je possède !

ÉGLÉ. L'incomparable ami que je gagne !

MESROU. Pourquoi quitter Adine ? avez-vous à vous plaindre d'elle ?

MESRIN. Non, c'est ce beau visage-là qui veut que je la laisse.

ÉGLÉ. C'est qu'il a des yeux, voilà tout.

MESRIN. Oh ! pour infidèle je le suis, mais je n'y saurais que faire.

ÉGLÉ. Oui, je l'y contrains, nous nous contraignons tous deux.

CARISE. Azor et elle vont être au désespoir.

MESRIN. Tant pis.

ÉGLÉ. Quel remède ?

CARISE. Si vous voulez, je sais le moyen de faire cesser leur affliction avec leur tendresse.

MESRIN. Eh bien ! faites.

ÉGLÉ. Eh ! non, je serai bien aise qu'Azor me regrette, moi ; ma beauté le mérite ; il n'y a pas de mal aussi qu'Adine soupire un peu, pour lui apprendre à se *méconnaître.

Scène XVII

MESRIN, ÉGLÉ CARISE, AZOR, MESROU

MESROU. Voici Azor.

MESRIN. Le camarade m'embarrasse [1], il va être bien étonné.

CARISE. À sa contenance, on dirait qu'il devine le tort que vous lui faites.

ÉGLÉ. Oui, il est triste ; ah ! il y a bien de quoi. *(Azor s'avance honteux ; elle* [2] *continue.)* Êtes-vous bien fâché, Azor ?

AZOR. Oui, Églé.

ÉGLÉ. Beaucoup ?

AZOR. Assurément.

ÉGLÉ. Il y paraît, eh ! comment savez-vous que j'aime Mesrin ?

AZOR, *étonné.* Comment ?

MESRIN. Oui, camarade.

AZOR. Églé vous aime, elle ne se soucie plus de moi ?

ÉGLÉ. Il est vrai.

AZOR, *gai.* Eh ! tant mieux ; continuez, je ne me soucie plus de vous non plus, attendez-moi, je reviens.

---

1. Texte de l'édition originale. Celle de 1758 et les suivantes portent *m'embrasse*, qui n'est pas satisfaisant.   **2.** Les éditions de 1747 et 1758 disposent ce mot au milieu de la ligne, faisant deux répliques de la réplique d'Églé.

ÉGLÉ. Arrêtez donc, que voulez-vous dire, vous ne m'aimez plus, qu'est-ce que cela signifie ?

AZOR, *en s'en allant*. Tout à l'heure vous saurez le reste.

Scène XVIII

MESROU, CARISE, ÉGLÉ, MESRIN

MESRIN. Vous le rappelez, je pense, eh ! *d'où vient ? Qu'avez-vous affaire à lui, puisque vous m'aimez ?

ÉGLÉ. Eh ! laissez-moi faire, je ne vous en aimerai que mieux, si je puis le ravoir, c'est seulement que je ne veux rien perdre.

CARISE *et* MESROU, *riant*. Hé ! hé ! hé ! hé !

ÉGLÉ. Le beau sujet de rire !

Scène XIX

MESROU, CARISE, ÉGLÉ, MESRIN, ADINE, AZOR

ADINE, *en riant*[1]. Bonjour, la belle Églé, quand vous voudrez vous voir, adressez-vous à moi, j'ai votre portrait, on me l'a cédé.

ÉGLÉ, *lui jetant le sien*. Tenez, je vous rends le vôtre, qui ne vaut pas la peine que je le garde.

ADINE. Comment ! Mesrin, mon portrait ! Et comment l'a-t-elle ?

MESRIN. C'est que je l'ai donné.

ÉGLÉ. Allons, Azor, venez que je vous parle.

MESRIN. Que vous lui parliez ! Et moi ?

ADINE. Passez ici, Mesrin, que faites-vous là, vous extravaguez, je pense.

Scène dernière

MESROU, CARISE, ÉGLÉ, MESRIN, LE PRINCE, HERMIANNE, ADINE, MESLIS, DINA[2]

HERMIANNE, *entrant avec vivacité*. Non, laissez-moi, Prince ; je n'en veux pas voir davantage ; cette Adine et cette Églé me sont

---

1. L'édition de 1758 porte : *riant*.   2. Le nom d'Azor est ici omis dans les éditions de 1747 et 1758.

insupportables, il faut que le sort soit tombé sur ce qu'il y aura jamais de plus haïssable parmi mon sexe.

ÉGLÉ. Qu'est-ce que c'est que toutes ces figures-là, qui arrivent en grondant ? Je me sauve.

Ils veulent tous fuir.

CARISE. Demeurez tous, n'ayez point de peur ; voici de nouveaux camarades qui viennent, ne les épouvantez point, et voyons ce qu'ils pensent.

MESLIS, *s'arrêtant au milieu du théâtre.* Ah ! chère Dina, que de personnes !

DINA. Oui, mais nous n'avons que faire d'elles.

MESLIS. Sans doute, il n'y en a pas une qui vous ressemble. Ah ! c'est vous, Carise et Mesrou, tout cela est-il hommes ou femmes ?

CARISE. Il y a autant de femmes que d'hommes ; voilà les unes, et voici les autres ; voyez, Meslis, si parmi les femmes vous n'en verriez pas quelqu'une qui vous plairait encore plus que Dina, on vous la donnerait.

ÉGLÉ. J'aimerais bien son amitié.

MESLIS. Ne l'aimez point, car vous ne l'aurez pas.

CARISE. Choisissez-en une autre.

MESLIS. Je vous remercie, elles ne me déplaisent point, mais je ne me soucie pas d'elles, il n'y a qu'une Dina dans le monde.

DINA, *jetant son bras sur le sien.* Que c'est bien dit !

CARISE. Et vous, Dina, examinez.

DINA, *le prenant par-dessous le bras.* Tout est vu ; allons-nous-en.

HERMIANNE. L'aimable enfant ! je me charge de sa *fortune.

LE PRINCE. Et moi de celle de Meslis.

DINA. Nous avons assez de nous deux.

LE PRINCE. On ne vous séparera pas ; allez, Carise, qu'on les mette à part et qu'on place les autres suivant mes ordres. *(Et à Hermianne.)* Les deux sexes n'ont rien à se reprocher, Madame : vices et vertus, tout est égal entre eux.

HERMIANNE. Ah ! je vous prie, mettez-y quelque différence : votre sexe est d'une perfidie horrible, il change à propos de rien, sans chercher même de prétexte.

LE PRINCE. Je l'avoue, le procédé du vôtre est du moins plus hypocrite, et par là plus décent, il fait plus de façon avec sa conscience que le nôtre.

HERMIANNE. Croyez-moi, nous n'avons pas lieu de plaisanter. Partons.

LE PRÉJUGÉ VAINCU

COMÉDIE EN UN ACTE ET EN PROSE
REPRÉSENTÉE POUR LA PREMIÈRE FOIS
PAR LES COMÉDIENS-FRANÇAIS
LE 6 AOÛT 1746

NOTICE

Le Préjugé vaincu, représenté pour la première fois par les Comédiens-Français, le 6 août 1746, est la dernière pièce de Marivaux jouée sur un théâtre public [1]. On ne sait pas ce qui lui en a donné l'idée, peut-être tout simplement parce qu'il l'a tirée de son propre fonds. Le thème du préjugé social aux prises avec l'amour n'apparaît pas seulement en effet chez ses rivaux Destouches ou Nivelle de La Chaussée, il l'a lui-même abordé dans *Le Jeu de l'amour et du hasard* et dans *La Vie de Marianne*. Ce qui est nouveau, c'est de le retrancher dans le cœur de l'ingénue, alors que son père, qui devrait traditionnellement l'incarner, en est exempt. Il y a ici plus que le glissement auquel procèdent parfois les auteurs dramatiques pour rafraîchir les sujets usés [2] : conformément à son système dramatique, Marivaux choisit d'intérioriser l'obstacle dont le franchissement fait le nœud de sa comédie.

Pour surmonter cet obstacle, l'habituelle industrie des valets n'est pas mise à contribution. Ils servent d'auxiliaires à Dorante, mais c'est lui seul qui découvre le moyen de triompher de la fierté d'Angélique. Ce moyen, qu'il conçoit par intuition plus que par calcul, et sans en apercevoir distinctement tous les effets, consiste à la demander en mariage, non pas pour lui, mais au nom d'un ami prétendu, de même âge et de même condition que lui. On songe immédiatement à Lucidor qui, dans *L'Épreuve*, présente aussi à Angélique un prétendant fictif. En fait, les situations, le propos des auteurs de la manœuvre et ses effets sont radicalement différents. Lucidor, indis-

---

1. Les feuilles d'assemblée, pour cette époque, ne mentionnent généralement pas les pièces reçues. On ne peut donc dire quand *Le Préjugé vaincu* fut lu et reçu à la Comédie-Française.   **2.** On se souvient de Marivaux lui-même remplaçant par une jeune fille déguisée en homme l'Alcibiade de Mme de Villedieu ou de Poisson. De même, pour faire *Nanine ou le Préjugé vaincu*, Voltaire mettra le préjugé dans le cœur de l'amant.

cret bourreau de soi-même, se suscite à lui-même un rival pour éprouver Angélique. Dorante, conscient d'une difficulté réelle, biaise avec l'obstacle qu'il n'ose aborder de face. De toute évidence, le prétendant imaginaire joue d'abord le rôle d'un paratonnerre : il permet à Angélique, lorsqu'elle examine l'hypothèse d'un mariage roturier, de décharger le premier feu de son irritation en tenant Dorante à l'abri des traits les plus blessants : encore doit-il en essuyer quelques-uns que Marivaux, toute réflexion faite, atténua lorsqu'il revit sa pièce [1]. Mais le détour a un autre effet plus profond. Lorsque Dieu veut faire plaisir à un pauvre homme, dit un proverbe oriental, il lui fait perdre son âne, pour le lui faire retrouver ensuite. Sans songer précisément à épouser Dorante, Angélique comptait sur lui : elle ne s'imaginait même pas qu'il l'aimait, elle le « croyait [2] ». Elle tombe de haut lorsqu'elle apprend qu'il n'en est rien, puisqu'il lui propose d'en épouser un autre, et c'est alors qu'il prend son vrai prix à ses yeux. Des péripéties surgiront encore, mais le dénouement sera dès lors assuré. Le dépit amoureux souffle à Angélique l'idée d'annoncer à Dorante qu'elle va épouser le marquis. C'est une preuve évidente que la fameuse surprise de l'amour agit en elle, mais il en résulte dans la pièce un rebondissement imprévu. Une fois qu'Angélique saura que Dorante la demandait pour lui-même, elle aura beau le traiter avec plus de « douceur » qu'elle ne l'aurait fait autrement, pour le dédommager de ce qu'elle lui a fait subir — et Lisette, qui sait la force de l'esprit de contradiction chez les femmes, ne manquera pas de se montrer cruelle envers Dorante, comme Dubois l'était envers un autre Dorante en présence d'Araminte, car « ce sera augmenter son penchant pour [lui] que de le contredire [3] » — un malentendu subsiste entre les deux amants, qui, dans la version primitive, produisait un incident notable. Dans la scène XIII, Angélique, « pour satisfaire son père », offrait à Dorante de l'épouser, mais celui-ci se refusait à « profiter de sa tendresse pour un père » et à faire violence à l'amour qu'il continuait à lui prêter pour le baron. Ainsi, Angélique ne pouvait plus tricher. Comme Rosimond dans *Le Petit-Maître corrigé*, elle devait sacrifier totalement sa fierté à l'amour en avouant, dans la scène suivante,

---

1. Voir plus loin les notes critiques, notamment p. 1826, note 2, et p. 1831, note 2.   2. « Je m'imaginais qu'il m'aimait : je ne le soupçonnais pas, je le croyais. » (Sc. III, p. 1823.)   3. Voir le compte rendu du *Mercure*, ci-après, p. 1807.

qu'elle agissait par inclination, non par obéissance. Cette espèce de dureté de Dorante parut-elle trop forte, ou ses scrupules trop affectés ? En tout cas, la péripétie disparaît de la version définitive, et l'analyse de la pièce donnée par le *Mercure* n'en fait pas mention[1].

On sait en effet[2] que Marivaux révisa sa pièce après la première représentation, quoique celle-ci eût été un succès. Il y en eut sept pour la première série, chiffre honorable, et parmi les sept une seule rapporta nettement moins de cinq cents livres[3]. La comédie fut aussi jouée deux fois à la cour, et y plut beaucoup, ainsi que l'atteste spécialement le *Mercure*[4]. Le roi, dit-on[5], fut si satisfait de la façon « dont Mlle Gaussin et Mlle Dangeville rendaient leurs rôles » qu'il augmenta « sur-le-champ » de cinq cents livres leur pension de mille livres. Ce qui est mieux pour Marivaux, c'est que sa pièce, quoique négligée par la critique[6], fut assez souvent reprise dans les vingt années qui suivirent, quatre fois en 1750, deux en 1754, autant en 1755 et 1756, quatre fois en 1757, cinq en 1758 et 1759, quatre en 1760, trois en 1761 et 1762, une en 1763 et en 1764, deux enfin en 1765, soit en tout quarante-cinq fois contre soixante-treize pour *Le*

---

1. Alors qu'elle signale les autres détails disparus de la version imprimée. Mais peut-être n'est-ce qu'un hasard.   2. Par le *Mercure*. Voir le compte rendu que nous donnons intégralement plus loin.   3. Voici les chiffres : 6 août (avec *Pénélope*, de l'abbé Genest), 1 493 livres ; 13 août, 1 039 livres ; 17 août, 527 livres 10 sols ; 20 août, 943 livres ; 27 août, 718 livres 10 sols ; 29 août, 417 livres ; 31 août, 496 livres. Les parts d'auteur avaient atteint au total 152 livres.   4. À propos de la publication de la pièce quelques mois plus tard. Voici l'article : « *Le Préjugé vaincu*, comédie en prose et en un acte, par M. de Marivaux, Paris, 1747, chez Jacques Clousier. Nous avons rendu compte l'année passée, dans l'article des Spectacles, de cette comédie, qui fut représentée avec succès par les Comédiens Français. C'est un sort ordinaire aux ouvrages de M. de Marivaux, qui, démêlant avec sagacité les replis les plus obscurs du cœur humain, attache le spectateur par des idées fines, profondes, neuves, singulières ; cette comédie, qui fut jouée à Fontainebleau deux fois dans sa nouveauté, y eut un très grand succès. Le même libraire a imprimé en même temps une autre comédie du même auteur, intitulée *La Dispute*, qui est pleine d'esprit. » (Mars 1747, p. 114.)   5. Les frères Parfaict, dans leur *Dictionnaire des Théâtres*.   6. À part le compte rendu du *Mercure*, qu'on trouvera plus loin, on peut seulement citer le jugement rapide de La Porte dans *L'Observateur littéraire* (1759, tome I, p. 82) : « *Le Préjugé vaincu* présente un combat entre l'Orgueil et l'Amour. Il me semble que la fière Angélique ne fait pas une assez belle défense ; dès le premier choc, elle rend les armes. Cette fille, si entêtée de sa noblesse, se détermine de la meilleure grâce du monde à recevoir la main d'un simple bourgeois. »

Legs et cinquante-huit pour la seconde *Surprise de l'amour* pendant la même période. Il est vrai qu'après avoir eu soixante-dix-sept représentations au XVIII⁰ siècle, *Le Préjugé vaincu*, souffrant de la concurrence que lui faisaient les autres pièces de Marivaux entrées au répertoire du Théâtre-Français, n'y eut plus que quatorze représentations au XIX⁰ siècle, aucune après 1900. Peut-être un mot d'Édouard Fournier qualifiant la pièce de « radotage de ce joli talent [1] » contribua-t-il à lui nuire. Elle poursuivit pourtant sa carrière à l'Odéon. Du reste, Fournier n'est pas un oracle, et les goûts ont changé depuis 1869. Le metteur en scène qui montera *Le Préjugé vaincu*, soit dans sa version définitive, soit, qui sait ? dans la version inédite de la première représentation, y trouvera une jolie comédie de mœurs, comique et bien construite. Elle vaut certainement, parmi les pièces qui en procèdent, mieux que *Nanine ou le Préjugé vaincu*, de Voltaire (1749), que la pièce tirée de *Mademoiselle de La Seiglière* par Jules Sandeau [2] ou que *Par droit de conquête* de Legouvé ; elle conserverait même bien des avantages devant le fameux *Gendre de Monsieur Poirier* d'Émile Augier.

LE TEXTE

L'édition originale est annoncée dans le *Mercure* de mars 1747. En voici la description :

LE PRÉJUGÉ / VAINCU / *COMEDIE* / EN PROSE EN UN ACTE / *Par* M. De M... / Representée par les Comédiens François. / Le prix est de vingt-quatre sols. / (fleuron) / A PARIS, / Chez Jacques CLOUSIER, / rue S. Jacques, à l'Ecu de France. / (double filet) / M. DCC. XLVII.

Un vol. de 68 + IV pages pour l'approbation et le privilège (à Jacques Clousier « pour deux comédies qui ont pour titre l'une le Préjugé vaincu et l'autre la Dispute », du 23 décembre 1746, « registré » le   (*sic*) janvier 1747).

Approbation : « J'ai lu par ordre de Monseigneur le Chancelier une comédie de M. de M... qui a pour titre *Le Préjugé vaincu*, et j'ai cru qu'on pouvait en permettre l'impression. À Paris le 25 octobre 1746. *Signé*, Maunoir. »

Larroumet avait signalé un manuscrit du *Préjugé vaincu*, dont il donnait quelques variantes. Mais ce manuscrit était considéré

---

1. Dans son édition du *Théâtre de Marivaux* (1869).   2. Portée à la scène en 1851.

comme perdu. Nous avons pu le retrouver, grâce à l'obligeance de Mme Sylvie Chevalley, bibliothécaire du Théâtre-Français. C'est un des plus intéressants de ceux de Marivaux dont on dispose, car il comporte un premier état, correspondant à la première représentation, et un second état, représenté par des corrections et des béquets, qui correspond au texte imprimé. Une lecture par transparence nous a permis de déchiffrer les passages de la première version corrigés ensuite d'après les indications de Marivaux lui-même [1]. Toutes les variantes sont données en note à notre texte [2], qui reproduit, bien entendu, le texte définitif voulu par Marivaux, celui de l'édition originale [3].

Entre les deux versions dont nous venons de parler, les différences sont importantes : le texte définitif comporte autant de scènes que le texte primitif, mais il est allégé de près d'un dixième. C'est une confirmation de l'idée que les exigences du genre dramatique ont contraint Marivaux à une concision qui ne lui était pas toujours naturelle. En l'espèce, la concentration du texte a porté sur les points suivants : 1° des explications de Dorante (sc. II) et du marquis (sc. XII) ont été supprimées ou résumées ; 2° des passages de marivaudage de valets ont été éliminés ou abrégés (sc. IX) ; 3° des répliques assez dures d'Angélique à Dorante (sc. IV) ont été biffées ; 4° comme on l'a déjà vu, une péripétie de l'action, à savoir une « capitulation sous conditions » d'Angélique, rejetée par Dorante, disparaît.

Ainsi, l'important travail de révision opéré par Marivaux vise d'abord à supprimer toutes les explications qui ne sont pas indispensables : dans la version définitive, la façon dont les rapports entre Dorante et le comte sont, d'abord, résumés dans la mesure où ils concernent le passé, puis développés, est un modèle de concision et de densité. On peut dire que le texte ne comporte pas un mot de trop. Ensuite, l'auteur a élagué, dans les répliques des valets, tout ce qui n'apportait rien à l'action et pouvait paraître affecté : les réactions du public à la première représentation l'ont peut-être guidé ici. Enfin, et c'est le plus important, les dialogues entre Dorante et

---

1. Ces indications sont portées au crayon ou avec une plume fine, tandis que l'écriture du copiste est très appuyée.   **2.** Sauf, bien entendu, les variantes purement orthographiques, puisque de toute façon l'orthographe de cette édition est modernisée. Nous avons fait une exception pour les graphies patoisantes, car celles-ci sont conservées.   **3.** En quelques occasions, le manuscrit permet de corriger de menues erreurs de l'édition.

Araminte sont remaniés de façon que, d'un côté, Angélique paraisse moins dure envers Dorante, et que celui-ci, de son côté, ne lui impose pas une humiliation trop sensible pour un caractère comme le sien. La version définitive est peut-être un peu moins brillante, mais l'enchaînement des sentiments et des événements y est plus naturel. Le remaniement est entièrement bénéfique.

COMPTE RENDU DE REPRÉSENTATION
DANS LE *MERCURE DE FRANCE* [1]

SPECTACLES.
Comédie-Française.

« Le vendredi 5 de ce mois, les Comédiens Français et Italiens rouvrirent leur théâtre qui avait été fermé depuis le 22 du mois précédent.

« Le samedi 6, les Comédiens Français représentèrent pour la première fois une comédie en prose en un acte, intitulée *Le Préjugé vaincu*. Quoiqu'elle eût été bien reçue, l'auteur a jugé à propos d'y faire quelques changements qui ont fait redoubler les applaudissements et l'affluence des spectateurs. L'auteur ne se nomme point malgré son succès. Quelques personnes ont cru que cet ouvrage était de M. de Marivaux ; nous n'éclaircirons pas ce mystère, mais nous dirons que c'est faire l'éloge de la pièce que de l'attribuer à un écrivain célèbre par tant de succès sur les deux théâtres, et par des ouvrages excellents. On peut dire qu'on trouve dans cette pièce la vivacité du dialogue, l'abondance de pensées fines et l'art d'intéresser le spectateur que l'on trouve dans les autres pièces de M. de M... Nous allons en donner l'extrait.

« Dorante, jeune homme de trente ans et d'une famille bourgeoise, mais à qui son père a laissé de grands biens, qui s'est d'ailleurs acquis une estime générale par ses qualités personnelles, et qui va être revêtu d'une charge considérable, a eu l'occasion de rendre à Paris quelques services essentiels à un homme de qualité appelé le marquis de..., qui n'est pas riche.

« Le marquis, devenu intime ami de Dorante, l'engage à venir avec

---

1. *Mercure de France*, août 1746, pp. 141-151.

lui passer quelques jours à une terre où il fait son séjour ordinaire, et qui est presque le seul bien qui lui reste.

« Dorante y trouve Angélique, fille du marquis, il en devient amoureux sans oser le dire, et le motif de son silence est précisément le sujet de la pièce.

« Voici donc ce qui l'empêche de parler ; c'est qu'Angélique, toute raisonnable qu'elle est d'ailleurs, est extrêmement entêtée de sa naissance. Il remarque l'orgueil excessif qu'elle a là-dessus, et il a peur que l'aveu de son amour ne lui attire des dédains injurieux qu'il ne supporterait pas, qui, du caractère dont il est lui-même, le mettraient dans la nécessité de renoncer à elle, et il voudrait bien n'en être pas réduit à cette extrémité-là ; pour savoir quel parti il prendra, il croit devoir consulter Lisette, suivante d'Angélique ; son dessein est de la mettre dans ses intérêts, et de l'interroger sur les dispositions où Angélique se trouve pour lui, de sorte qu'il charge son valet Lépine d'avertir qu'il veut lui parler, et c'est ici où commence la pièce.

« Lépine et Lisette ouvrent la scène. Lépine prie celle-ci d'attendre son maître qui va venir, et tout de suite il lui dit qu'il l'aime, et qu'il prétend en être aimé ; Lisette rejette d'abord son amour, lui dit qu'elle ne peut y répondre, qu'elle est la fille du procureur fiscal du lieu, et que par là elle est bien au-dessus d'un valet, à ce que lui a dit sa maîtresse.

« Cependant, sur ce que Lépine lui représente qu'il va être concierge d'un château que son maître a dans le voisinage, elle se relâche et convient à la fin de l'aimer à son tour, d'autant plus qu'elle a de l'inclination pour lui.

« Leur conversation en est là quand Dorante paraît, et comme il arrive au moment où Lépine baise la main de Lisette, cela le met au fait de l'amour mutuel qu'ils se sont jurés (*sic*), et lui persuade qu'il peut prendre une entière confiance en Lisette.

« Il lui avoue donc qu'il aime sa maîtresse, et après lui avoir appris les raisons qui l'ont engagé à se taire, il demande à Lisette ce qu'Angélique pense de lui, et s'il ne risque rien à lui déclarer sa passion.

« Lisette lui répond qu'elle n'en sait rien elle-même, qu'effectivement Angélique fait bien peu de cas de tout homme qui n'est pas né gentilhomme, que cependant elle s'est aperçue que Dorante est épris d'elle, qu'elle en parle souvent comme d'un aimable homme à qui elle souhaiterait plus de naissance ; mais que malgré tout ce qu'elle dit là à Dorante, il est encore très douteux qu'Angélique ne méprise pas son amour quand il lui en parlera. Là-dessus voici à quoi Dorante se détermine, c'est de dire à Lisette d'avertir sa maîtresse qu'il a un parti à lui proposer, qu'il s'agit d'un homme comme lui, d'un homme de son état, qui est jeune, très riche, et destiné à un poste important ; il ajoute qu'Angélique, qui s'est aperçue de son amour, ne manquera pas de croire que Dorante est lui-même l'homme en question, mais que Lisette feindra d'être persuadée du contraire, et lui soutiendra qu'il s'agit d'un autre.

« Lisette, à qui Dorante donne cette commission, se récrie, et lui dit que sa maîtresse rejettera ce parti avec d'autant plus d'indignation qu'elle ne pourra plus croire ni se flatter que Dorante l'aime, puisqu'il propose de la marier à un autre, qu'elle lui ferait peut-être grâce, tout bourgeois qu'il est, s'il parlait pour lui, mais qu'elle ne lui pardonnera pas de s'intéresser pour un autre.

« Dorante convient de la colère qu'il va exciter, et de tous les mépris que témoignera Angélique, mais il dit que ce mépris du moins ne tombera pas sur lui, et que lorsque Angélique apprendra qu'il est lui-même l'homme en question, elle saura alors, à n'en pouvoir douter, qu'il l'aime, que de son côté il n'aura point été rejeté personnellement, puisque les dédains d'Angélique ne se seront point adressés à lui, et n'auront regardé que ce bourgeois supposé, de sorte qu'Angélique, s'il est vrai qu'elle ait de l'inclination pour lui, sera encore en état d'user favorablement de la connaissance qu'elle aura de son amour.

« Lisette goûte si bien cet expédient, qu'elle va, dit-elle, aigrir le plus qu'elle pourra Angélique sur la proposition que Dorante doit lui faire, car, lui dit-elle, plus elle aura dédaigné injurieusement la condition du bourgeois en question, plus elle craindra de vous avoir ôté tout espoir, quand elle saura que ce bourgeois, c'est vous, et comme je suis sûre qu'elle vous aime, elle n'en sera que plus disposée à vous détromper, et à se dédire en votre faveur.

« Quant à moi, ajoute encore Lisette, dès qu'elle sera instruite de votre amour, j'affecterai de vous paraître contraire, et sous prétexte qu'elle est fille de qualité, je lui dirai que vous êtes bien hardi d'oser l'aimer et d'aspirer à sa main ; ce discours lui déplaira, et tant mieux ; ce sera augmenter son penchant pour vous que de le contredire. Dorante consent à cette petite *industrie, et comme Angélique paraît, il quitte Lisette, qui finit par lui recommander de savoir d'Angélique, quand il la verra, si elle ne désapprouvera pas que Lépine épouse sa suivante ; elle rejettera encore ce mariage-là, dit Lisette, car je vais la mettre de mauvaise humeur contre vous, et son refus là-dessus ne nous sera pas inutile, nous en tirerons parti ; laissez-moi avec elle.

« À peine Lisette a-t-elle congédié Dorante, qu'Angélique arrive ; cette suivante s'acquitte auprès d'elle de la commission que Dorante lui a donnée, lui apprend qu'il a un mari à lui proposer, et lui conte ce que c'est que ce mari.

« Angélique aussitôt croit que ce mari est Dorante. Lisette la désabuse, et lui dit que, quoique Dorante ne lui ait pas nommé l'homme dont il s'agit, elle est bien certaine que ce n'est pas de lui dont il entend parler, ce qui met Angélique dans une si grande colère contre ce Dorante, dont elle s'imaginait être aimée, qu'elle ordonne sur-le-champ à Lisette d'aller lui défendre de sa part de l'entretenir de ce mari supposé, et puis, par réflexion, elle conclut que ce n'est pas la peine de se fâcher tant ; qu'il n'y a qu'à laisser venir Dorante, et qu'il suffira de traiter sa proposition de ridicule. Lisette en convient d'un ton qui fait la critique de la fierté de sa maîtresse, et en même temps elle la dispose aussi à rebuter son mariage avec Lépine à cause de l'inégalité qu'il y a entre un valet et la fille d'un procureur fiscal, qui a d'ailleurs l'honneur d'être sa suivante.

« Tout se passe au gré de Lisette dans la scène que Dorante a avec sa maîtresse. Le mari bourgeois est rejeté par Angélique avec toute la hauteur imaginable, elle se regarderait comme déshonorée, si elle se mariait à un homme qui, malgré ses richesses et les charges qu'il doit remplir, n'est pourtant que d'une condition bourgeoise, et comme Dorante, qui feint d'être confondu, la prie d'oublier le tort qu'il a d'avoir songé à ce parti-là pour elle, elle lui répond qu'elle en garde si peu de ressentiment qu'elle l'invite à rester encore quelque temps à sa campagne pour la voir marier à un baron son cousin qui n'attend à Paris que le gain d'un procès pour venir l'épouser aussitôt ; elle fait même entendre à Dorante qu'elle aime ce parent, sans pourtant le dire en termes positifs. Dorante, tout consterné qu'il est (car il croit de bonne foi ce qu'elle lui dit), finit cette scène par lui parler de Lépine, à qui, dit-il, il défendra de songer à Lisette, si elle l'ordonne ; Angélique répond que ce mariage ne paraît pas convenir à sa suivante, et Dorante prend congé d'elle, mais il est arrêté par le marquis qui arrive pour savoir si Angélique a accepté le parti que Dorante lui a proposé (car on a oublié de dire que c'est de son aveu que Dorante en a parlé à Angélique).

« Celle-ci dit à son père qu'il a bien prévu sans doute qu'elle ne l'accepterait pas, vu la disproportion d'une telle alliance : elle est fort étonnée que le marquis n'approuve pas le refus qu'elle a fait d'un homme riche, destiné à de grandes dignités, et qui ne peut être que fort estimable, puisqu'il est ami de Dorante, mais il est juste, dit-il, de la laisser sa maîtresse sur cet article-là, et ensuite il prie Dorante de vouloir bien leur apprendre quel était cet ami qui avait tant envie d'épouser sa fille.

« Dorante, un peu pressé là-dessus, lui avoue que c'était lui, ce qui déconcerte Angélique, qui se repent intérieurement de son refus, et qui se retire pour cacher le désordre de son cœur.

« Le marquis reste un moment encore avec Dorante, et lui dit, sans s'expliquer, qu'il a une grâce à lui demander, qu'il faut qu'il promette de la lui accorder, et qu'il ne s'agit que d'une simple complaisance. Dorante s'engage à ce qu'il veut, sans savoir de quoi il s'agit, et lui donne sa parole, sur quoi le marquis le quitte. Dorante reste, et Lépine et Lisette arrivent pour apprendre des nouvelles de sa conversation avec Angélique. Il leur dit que tout est désespéré, qu'elle aime un baron qui est son cousin, et qu'elle n'attend que son retour pour l'épouser. Lisette se moque de ce qu'elle a avancé là, et soutient qu'elle n'a tenu ce discours que par dépit ; et comme Dorante objecte qu'il s'est nommé et qu'Angélique ne s'est point dédite, Lisette continue de dire que tout cela n'est que pure fierté, et que honte de se rétracter ; qu'il ne faut pas se décourager, que tout va le mieux du monde, qu'elle en a des preuves qu'elle n'a pas le temps de lui dire, parce qu'Angélique approche, de sorte que Lépine et Dorante se retirent.

« Dans cette scène d'Angélique et de Lisette, Angélique querelle celle-ci de n'avoir pas compris, quand Dorante lui a parlé, qu'il était lui-même le mari qu'il devait lui offrir, elle l'accuse d'être cause du chagrin qu'elle vient de donner à son père en refusant Dorante, refus, dit-elle, que le marquis ne lui pardonnera pas, et c'est toujours sous le prétexte d'avoir déplu à son père qu'elle cache la douleur qu'elle a elle-même d'avoir rejeté un homme qu'elle aime, sans compter l'obligation qu'elle a contractée de s'unir au baron dont elle ne s'est jamais souciée, et qu'elle hait depuis qu'elle a dit qu'elle l'aimait, et depuis que le marquis lui a appris qu'il avait gagné son maudit procès à Paris, et qu'il arriverait dans la journée pour lui offrir sa main.

« Dans l'embarras où cela la jette, elle se détermine à consentir au mariage de Lisette avec Lépine. Elle sait que Dorante aime ce valet, qu'il voudra infailliblement assister à sa noce et en faire la dépense, et que cela l'empêchera de s'en retourner dans quelques heures à Paris comme il l'a résolu, à ce que vient lui rapporter Lépine, qu'elle charge d'avertir son maître du consentement qu'elle donne à son mariage avec sa suivante, et de l'envie qu'elle a de l'entretenir là-dessus. Ce n'est pourtant pas là dans son cœur le véritable motif qu'elle a d'envoyer chercher Dorante, mais sa fierté, tout affaiblie qu'elle est, ne lui permet pas encore de dire le vrai sujet de son empressement à le voir, et elle feint que cela ne regarde que Lisette dans l'espérance de renouer avec Dorante dans l'entretien qu'elle demande à avoir avec lui.

« Mais Lisette, qui sent que son orgueil se rend, et qui prend le parti de la pousser à bout, feint à son tour de ne vouloir point épouser Lépine, qu'elle a, dit-elle, précédemment refusé par ordre de sa maîtresse.

« Angélique, plus embarrassée que jamais, la tire à part, lui dit que son mariage avec Lépine est le seul prétexte qui lui reste pour avoir une conversation avec Dorante et pour l'empêcher de partir, et que, s'il part, son père l'accusera d'en être cause (autre détour de la fierté presque vaincue) ; que d'ailleurs il lui est avantageux d'épouser Lépine dont Dorante veut faire la fortune, et que, si elle continue à refuser le valet, elle lui déclare une haine éternelle.

« Lisette se rend à cette menace, s'engage à tout sous condition qu'Angélique lui donnera l'exemple, et s'unira à Dorante, et c'est ainsi que la suivante s'explique à Lépine qui a attendu un peu à l'écart le succès des efforts qu'Angélique vient de faire en sa faveur pour gagner Lisette.

« Angélique ne répond rien de précis aux conditions que lui impose Lisette, mais on voit bien qu'elle se rendra, et elle se contente alors de hâter Lépine d'aller avertir son maître qu'elle veut lui parler. Elle ajoute qu'elle va dire un mot à son père, mais qu'elle sera de retour dans un instant, et que Dorante n'a qu'à l'attendre.

« À peine est-elle partie que Dorante arrive, et trouve les valets riants (*sic*) de tout leur cœur des tendres inquiétudes d'Angélique, dont ils lui racontent l'état d'une manière si rapide qu'il n'entend rien à ce qu'ils lui content, et qu'ils n'ont pas le temps de lui mieux expliquer parce que le marquis, avec lequel ils le laissent, vient à paraître. Le marquis somme Dorante de la parole qu'il lui a précé-demment donnée de se rendre à une complaisance qu'il a exigée de lui, et qu'il ne lui a pas encore expliquée, mais qui ne consiste qu'à aller voir avec lui une cadette d'Angélique qui est au couvent à quelques lieues de là, et qu'il dit pour le moins aussi belle que son aînée. Comme il n'y a que huit jours que Dorante connaît Angélique et qu'il en est amoureux, il espère que la vue de cette cadette effacera les impressions que l'aînée a faites sur lui, d'autant plus que cette aînée ne veut point de lui, à ce qu'il paraît.

« Dorante, par pure complaisance, se rend à ses instances ; ils en sont là quand Angélique, qui a dit avoir à parler à Dorante, arrive, et se plaint ouvertement de Dorante, qui a risqué de la brouiller avec son père, en ne se nommant pas ; et elle finit par dire que, pour satisfaire le marquis, dont elle connaît toute l'amitié pour Dorante, elle est prête à lui donner la main.

« Le marquis, qui croit qu'elle aime le baron, refuse à son tour d'accepter cette marque trop forte de sa complaisance pour elle, et prétend qu'elle s'en tienne au baron qu'elle aime, à ce qu'il croit, et qu'il faut qu'elle épouse ; et sans lui donner le temps de répondre, il finit par lui dire qu'il espère que sa cadette prendra sa place dans le cœur de Dorante, et là-dessus il se retire ; Angélique, absolument vaincue, achève après cela de se déclarer, et avoue enfin à Dorante qu'elle l'aime ; il se jette à ses genoux. Le père, qui vient dire à Angélique que le baron est arrivé, le trouve dans cette posture ; il en demande la raison ; Angélique l'en instruit, et le tout finit par Lépine et Lisette qui se donnent la main en se réjouissant d'avoir réussi dans leurs projets. »

Le Préjugé vaincu

ACTEURS [1]

LE MARQUIS, père d'Angélique.
ANGÉLIQUE.
LISETTE.
DORANTE.
LÉPINE, valet de Dorante.

La scène est à la campagne, dans un château du Marquis [2].

---

1. Grâce à la liste des comédiens présents le 6 août 1746 (pour *Le Préjugé vaincu* et *Pénélope*), comparée à celle du 20 août (*Le Préjugé vaincu* et *Rodogune*), et en tenant compte des amendes imposées à certains comédiens pour retard d'entrée en scène le 20 septembre, dans *Le Préjugé vaincu* (Grandval, Armand, La Thorillière), Mme Sylvie Chevalley a pu établir pour nous, de façon certaine, la distribution originale des rôles du *Préjugé vaincu* : Angélique, Mlle Gaussin ; Lisette, Mlle Dangeville (pour ces rôles, voir d'ailleurs le *Dictionnaire des Théâtres* des frères Parfaict) ; Dorante, Grandval ; Armand, Lépine ; le marquis, La Thorillière.   **2.** La liste des acteurs et l'indication du lieu de scène sont données d'après l'édition originale. Dans l'édition de 1758, les exemplaires qui comprennent *Le Préjugé vaincu* sous la forme d'une *Nouvelle Édition* présentent cette page dans une version un peu différente : ACTEURS. LE MARQUIS. ANGÉLIQUE, fille du marquis. DORANTE, amant d'Angélique. LISETTE, suivante d'Angélique. L'ÉPINE, valet de Dorante. *La scène est chez le marquis.*

Scène première

LÉPINE, LISETTE

LÉPINE, *tirant Lisette par le bras*. Viens, j'ai à te parler ; entrons un moment dans cette salle.

LISETTE. Eh bien ! que me voulez-vous donc, Monsieur de Lépaine, en me tirant comme ça à l'écart ?

LÉPINE. Premièrement, mon maître te prie de l'attendre ici.

LISETTE. J'en sis d'accord, après ?

LÉPINE. Regarde-moi, Lisette, et devine le reste.

LISETTE. Moi, je ne saurais. Je ne devine jamais le reste, à moins qu'on ne me le dise.

LÉPINE. Je vais donc t'aider, voici ce que c'est, j'ai besoin de ton cœur, ma fille.

LISETTE. Tout de bon ?

LÉPINE. Et un si grand besoin que je ne puis[1] pas m'en passer, il n'y a pas à répliquer, il me le faut.

LISETTE. Dame ! comme vous demandez ça ! J'ai quasiment envie de crier au voleur.

LÉPINE. Il me le faut, te dis-je[2], et bien complet avec toutes ses circonstances ; je veux dire avec ta main et toute ta personne, je veux que tu m'épouses.

LISETTE. Quoi ! *tout à l'heure ?

LÉPINE. À la rigueur, il le faudrait ; mais j'entends raison : et pour à présent, je me contenterai de ta parole.

LISETTE. Vraiment ! grand marci de la patience, mais vous avez là de furieuses volontés, Monsieur de Lépaine !

LÉPINE. Je te conseille de te plaindre ! Comment donc ! il n'y a que six jours que nous sommes ici, mon maître et moi, que six jours que je te connais, et la tête me tourne, et tu demandes *quartier ! Ce que j'ai perdu de raison depuis ce temps-là est incroyable ; et si je

---

1. Le manuscrit donne : *que je ne peux*.   **2.** Texte du manuscrit et de 1758. L'édition originale donne par erreur : *te le dis-je*.

continue, il ne m'en restera pas pour me conduire jusqu'à demain [1].
Allons vite, qu'on m'aime.

LISETTE. Ça ne se peut pas, Monsieur de Lépaine. Ce n'est pas
qu'ou ne soyais agriable, mais mon rang me le défend ; je vous en
informe, tout ce qui est comme vous n'est pas mon pareil, à ce que
m'a toujours dit ma maîtresse.

LÉPINE. Ah ! ha ! me conseilles-tu d'ôter mon chapeau ?

LISETTE. Le chapiau [2] et la familiarité itou.

LÉPINE. Voilà pourtant un *itou* qui n'est pas de trop bonne
maison : mais une princesse peut avoir été mal élevée.

LISETTE. Bonne maison ! la nôtre était la meilleure de tout le village, et que trop bonne ; c'est ce qui nous a ruinés. En un mot
comme en cent, je suis la fille d'un homme qui était, en son vivant,
procureur *fiscal du lieu et qui mourut l'an passé ; ce qui a fait que
notre jeune dame, faute de fille de chambre, m'a pris [3] depuis trois
mois cheux [4] elle, en guise de compagnie [5].

LÉPINE. Avec votre permission et la sienne, je remets mon chapeau.

LISETTE. À cause de quoi ?

LÉPINE. Je sais bien ce que je fais, fiez-vous à moi. Je ne manque
de respect ni au père ni aux enfants. Procureur fiscal, dites-vous ?

LISETTE. Oui, qui jugeait le monde, qui était honoré d'un chacun,
qui avait un grand renom.

LÉPINE. Bagatelle ! Ce renom-là n'est pas comparable au bruit que
mon père a fait dans sa vie. Je suis le fils d'un timbalier des armées
du Roi.

LISETTE. Diantre !

LÉPINE. Oui, ma fille, neveu d'un trompette, et frère aîné d'un tambour [6], il y a même du hautbois dans ma famille. Tout cela, sans
vanité, est assez éclatant.

LISETTE. Sans doute, et je me reprends ; je trouve ça biau. *Stapendant vous ne sarvez qu'un bourgeois.

LÉPINE. Oui, mais il est riche.

---

1. Le manuscrit donne simplement : *il ne m'en restera plus*.   2. Texte
du manuscrit. Les éditions donnent : *le chapeau*. Ces francisations sont habituelles dans les versions imprimées.   3. Texte de l'édition originale et du
manuscrit. L'édition de 1758 corrige : *prise*.   4. Texte de l'édition originale. Le manuscrit et l'édition de 1758 donnent : *chez*.   5. Le passage qui
va de *et qui mourut*... jusqu'à la fin de la réplique est, dans le manuscrit, une
addition.   6. Manuscrit : *tambour-major* (*major* est ajouté après coup).

LISETTE. En lieu[1] que moi, je suis à la fille d'un marquis[2].

LÉPINE. D'accord ; mais elle est pauvre.

LISETTE. Il m'apparaît que t'as raison, Lépaine, je vois que ma maîtresse m'a trop haussé le cœur, et je me dédis ; je pense que je ne nous devons rian.

LÉPINE. Excusez-moi, ma fille ; je pense que je me mésallie un peu ; mais je n'y regarde pas de si près. La beauté est une si grande dame ! Concluons, m'aimes-tu ?

LISETTE. J'en serais consentante si vous ne vous en retourniais pas bientôt à Paris, vous autres.

LÉPINE. Et si, dès aujourd'hui, on m'élevait à la dignité de concierge du château que nous avons à une lieue d'ici, votre ambition serait-elle satisfaite avec un mari de ce rang-là ?

LISETTE. Tout à fait. Un mari comme toi, un châtiau, et note amour, me velà bian, pourvu que ça se soutienne.

LÉPINE. À te voir si *gaillarde, je vais croire que je te plais.

LISETTE. Biaucoup, Lépaine ; tians, je sis franche, t'avais besoin de mon cœur, moi, j'avais faute du tian ; et ça m'a prins *drès que je t'ai vu, sans faire semblant, et quand il n'y aurait ni châtiau, ni timbale dans ton affaire, je serais encore contente d'être ta femme.

LÉPINE. Incomparable fille de fiscal, tes paroles ont de grandes douceurs !

LISETTE. Je les prends comme elles viennent.

LÉPINE. Donne-moi une main que je l'adore, la première venue.

LISETTE. Tiens, prends, la voilà[3].

Scène II

DORANTE, LÉPINE, LISETTE

DORANTE, *voyant Lépine baiser la main de Lisette*. Courage, mes enfants, vous ne vous haïssez pas, ce me semble ?

LÉPINE. Non, Monsieur. C'est une concierge que j'arrête pour votre château ; je concluais le marché, et je lui donnais des arrhes.

---

1. Manuscrit : *Au lieu.*   2. Sur la subordination entre la livrée bourgeoise et la livrée de qualité, voir *Le Petit-Maître corrigé*, acte II, sc. XI.   3. Une première version du manuscrit donnait la réplique comme suit : *Choisis, les velà toutes deux.* Ces mots ont été biffés et remplacés par le texte des éditions.

DORANTE. Est-il vrai, Lisette ? L'aimes-tu ? A-t-il raison de s'en vanter ? Je serais bien aise de le savoir.

LISETTE. Il n'y a donc qu'à prenre qu'ou le savez, Monsieur.

DORANTE. Je t'entends.

LISETTE. Que voulez-vous ? Il m'a tant parlé de sa raison pardue,
d'épousailles, et des circonstances de ma parsonne : il a si bian
ajancé ça avec vote châtiau, que me velà concierge, autant *vaut.

DORANTE. Tant mieux, Lisette. J'aurai soin de vous deux. Lépine
est un garçon à qui je veux du bien, et tu me parais une bonne fille.

LÉPINE. Allons, la petite, ripostons par deux révérences, et partons
ensemble.

Ils saluent.

DORANTE. Ah çà ! Lisette, puisqu'à présent je puis me fier à toi, je
ne ferai point difficulté de te confier un secret ; c'est que j'aime
passionnément ta maîtresse, qui ne le sait pas encore : et j'ai eu mes
raisons pour le lui cacher. Malgré les grands biens que m'a laissé [1]
mon père, je suis d'une famille de simple bourgeoisie. Il est vrai que
j'ai acquis quelque considération dans le monde ; on m'a même déjà
offert de très grands partis.

LÉPINE. Vraiment ! tout Paris veut nous épouser.

DORANTE. Je vais d'ailleurs être revêtu d'une charge qui donne un
rang considérable ; d'un autre côté, je suis étroitement lié d'amitié
avec le Marquis, qui me verrait volontiers devenir son gendre ; et
malgré tout ce que je dis là, pourtant, je me suis tu [2]. Angélique est
d'une naissance très distinguée. J'ai observé qu'elle est plus touchée
qu'une autre de cet avantage-là, et la fierté que je lui crois là-dessus

---

1. Suivant l'usage classique, le participe passé reste invariable quand le sujet
suit le verbe. Voir la Note grammaticale, p. 2265.   **2.** Le passage qui va de *je
suis étroitement lié...* jusqu'à *... je me suis tu* figurait dans un premier état du
manuscrit sous une forme plus étendue, que voici : « *d'un autre côté, j'ai eu le
bonheur de rendre service au père d'Angélique, avant même que je susse qu'il
avait une fille, et c'est là ce qui, joint au voisinage de nos terres, m'a si étroitement lié avec le Marquis, qui est un des plus honnêtes hommes du monde, qui
me regarde comme son fils, que j'ai depuis engagé à loger chez moi quand il
vient à Paris, et qui pourrait disposer de ma fortune comme de la sienne, s'il
le voulait ; il en est persuadé. Je ne doute pas aussi qu'il ne me vît volontiers
devenir son gendre. Voilà de quoi m'enhardir à parler à sa fille, qui n'est pas
riche.* LÉPINE : *Surtout avec une mine de trente ans comme on la voit.* DORANTE :
Malgré tout ce que je dis là, pourtant je me suis tu. » Tout ceci a été biffé et
remplacé par le texte des éditions.

m'a retenu jusqu'ici. J'ai eu peur, si je me déclarais sans précaution, qu'il ne lui échappât quelque trait de dédain, que je ne me sens pas capable de supporter, que mon cœur ne lui pardonnerait pas ; et je ne veux point la perdre, s'il est possible. Toi qui la connais et qui as sa confiance, dis-moi ce qu'il faut que j'espère. Que pense-t-elle de moi ? Quel est son caractère ? Ta réponse décidera de la manière dont je dois m'y prendre.

LÉPINE. Bon ! c'est autant de marié, il n'y a qu'à aller franchement[1], c'est la manière.

LISETTE. Pas tout à fait. Faut cheminer doucement : il y a à prenre[2] garde.

DORANTE. Explique-toi.

LISETTE. Acoutez, Monsieur, je commence par le meilleur. C'est que c'est une fille comme il n'y en a point, d'abord. C'est folie que d'en chercher une autre ; il n'y a de ça que cheux nous ; ça se voit ici, et velà tout. C'est la pus belle himeur, le cœur le pus charmant, le pus benin !... Fâchez-la, ça vous pardonne ; aimez-la, ça vous chérit : il n'y a point de bonté qu'alle ne possède ; c'est une marveille, une admiration du monde, une raison, une libéralité, une douceur !... Tout le pays en rassote.

LÉPINE. Et moi aussi, ta merveille m'attendrit.

DORANTE. Tu ne me surprends point, Lisette ; j'avais cette opinion-là d'elle.

LISETTE. Ah çà ! vous l'aimez, dites-vous ? Je vous avise qu'alle s'en doute.

DORANTE. Tout de bon ?

LISETTE. Oui, Monsieur, alle en a pris la doutance dans vote œil, dans vos révérences, dans le respect de vos paroles.

DORANTE. Elle t'en a donc dit quelque chose ?

LISETTE. Oui, Monsieur ; j'en discourons parfois. Lisette, ce me fait-elle, je crois que ce garçon de Paris m'en veut ; sa civilité me le montre. C'est vote biauté qui l'y oblige[3], ce li fais-je. Alle repart : Ce n'est pas qu'il m'en sonne mot, car il n'oserait ; ma qualité l'empêche. Ça vienra, ce li dis-je. Oh ! que nenni, ce me dit-elle ; il m'ap-

---

1. Le manuscrit portait *tout droit*, qui a été surchargé en *franchement*. **2.** Texte du manuscrit. L'édition de 1758 porte : *prendre*. **3.** Nous suivons encore le texte du manuscrit. Texte de 1758 : *C'est votre beauté qui li oblige*, soit deux francisations (*votre* pour *vote*, *beauté* pour *biauté*) et une graphie malheureuse (*li pour l'y*).

priande trop ; je serais pourtant bian aise d'être çartaine, à celle fin
de n'an plus douter. Mais il vous fâchera s'il s'enhardit, ce li dis-je.
Vraiment oui, ce dit-elle ; mais faut savoir à qui je parle ; j'aime
encore mieux être fâchée que *douteuse.

Lépine. Ah ! que cela est bon, Monsieur ! comme l'amour nous la
*mitonne !

Lisette. Eh ! oui, c'est mon opinion itou. Hier encore, je li disais,
toujours à votre endroit : Madame, queu dommage qu'il soit bourgeois de nativité ! Que c'est une belle prestance d'homme ! Je
n'avons point de noblesse qui ait cette phisolomie[1]-là : alle est
magnifique. Pardi ! quand ce serait pour la face d'un prince. T'as
raison, Lisette, me repartit-elle ; oui, ma fille, c'est dommage ; cette
nativité est fâcheuse ; car le parsonnage est agriable, il fait plaisir à
considérer, je n'en vas pas à l'encontre.

Dorante. Mais, Lisette, suivant ce que tu me rapportes là, je pourrais donc risquer l'aveu de mes sentiments ?

Lisette. Ha[2] ! Monsieur, qui est-ce[3] qui sait ça ? Parsonne. Alle a
de la raison en tout et partout, hors dans cette affaire de noblesse.
Faut pas vous tromper. Il n'y a que les gentilshommes qui soyons
son prochain, le reste est quasiment de la formi[4] pour elle. Ce n'est
pas que vous ne li plaisiais. S'il n'y avait que son cœur, je vous
dirais : Il vous attend, il n'y a qu'à le prenre ; mais cette *gloire est
là qui le garde ; ce sera elle qui gouvarnera ça, et faudrait trouver
queuque manigance.

Lépine. Attaquons, Monsieur. Qu'est-ce que c'est que la gloire ?
Elle n'a vaillant que des cérémonies.

Dorante. Mon intention, Lisette, était d'abord de t'engager à me
servir auprès d'Angélique ; mais cela serait inutile, à ce que je vois ;
et il me vient une autre idée. Je sors d'avec le Marquis, à qui, sans
me nommer, j'ai parlé d'un très riche parti qui se présentait pour sa
fille ; et sur tout ce que je lui en ai dit, il m'a permis de le proposer
à Angélique ; mais je juge à propos que tu la préviennes avant que
je lui parle.

Lisette. Et que li dirais-je ?

---

1. Texte de 1747 et 1758. Le manuscrit francise ici (*physionomie*), et les
éditions modernes donnent par erreur *philosomie*.   **2.** *Ha* manque dans
le manuscrit.   **3.** Manuscrit : *qu'est-ce qui*.   **4.** La même métaphore
venait à la bouche de Blaise pour désigner les compatriotes devenus petits
faute de raison : « Velà de la fourmi qui se va battre » (*L'Île de la Raison*,
acte I, sc. VIII). De même, plus loin, celle du fretin.

DORANTE. Que je t'ai interrogée sur l'état de son cœur, et que j'ai un mari à lui offrir. Comme elle croit que je l'aime, elle soupçonnera que c'est moi ; et tu lui diras qu'à la vérité je n'ai pas dit qui c'était, mais qu'il t'a semblé que je parlais pour un autre, pour quelqu'un d'une condition égale à la mienne.

LISETTE, *étonnée*. D'un autre bourgeois ainsi que vous ?

LÉPINE. Oui-da ; pourquoi non ? Cette finesse-là a je ne sais quoi de mystérieux et d'obscur, où j'aperçois quelque chose... qui n'est pas clair.

LISETTE. Moi, j'aperçois qu'alle sera furieuse, qu'alle va choir en indignation, par dépit. Peut-être qu'alle vous excuserait, vous, maugré la bourgeoisie ; mais n'y aura pas de marci pour un pareil à vous ; alle *dégrignera votre[1] homme, alle dira que c'est du fretin.

DORANTE. Oui, je m'attends bien à des mépris, mais je ne les évite-rais peut-être pas si je me déclarais sans détour, et ils ne me laisse-raient plus de ressource, au lieu qu'alors ils ne s'adresseront pas à moi.

LÉPINE. Fort bien !

LISETTE. Oui, je comprends, ce ne sera pas vous qui aurez eu les injures, ce sera l'autre ; et pis, quand alle[2] saura que c'est vous...

DORANTE. Alors[3] l'aveu de mon amour sera tout fait ; je lui aurai appris que je l'aime, et n'aurai point été personnellement rejeté : de sorte qu'il ne tiendra encore qu'à elle de me traiter avec bonté.

LISETTE. Et de dire : C'est une autre histoire, je ne parlais pas de vous.

LÉPINE. Et voilà précisément ce que j'ai tout d'un coup deviné, sans avoir eu l'esprit de le dire.

LISETTE. Ce tornant-là me plaît ; et même faut d'abord que je vous en procure des injures, à cette fin que ça vous profite après. Mais je la vois qui se promène sur la terrasse. Allez-vous-en, Monsieur, pour me bailler le temps de la dépiter envars vous. *(Dorante et Lépine s'en vont, Lisette les rappelle.)* À propos, Monsieur, faut itou que vous li touchiais une petite parole sur ce que Lépaine me recharche ; j'ai ma *finesse à ça, que je vous conterai.

DORANTE. Oui-da.

LÉPINE. Je te donne mes pleins pouvoirs.

_____

1. Texte du manuscrit : *vote*.   **2.** Manuscrit : *elle*.   **3.** Le mot *Alors* manque dans le manuscrit.

Scène III

ANGÉLIQUE, LISETTE

ANGÉLIQUE. Il me semblait de loin avoir vu Dorante avec toi.

LISETTE. Vous n'avez pas la barlue, Madame, et il y a bian des nouvelles. C'est Monsieur Dorante li-même, qui s'enquierre comment vous[1] va le cœur, et si parsonne ne l'a prins[2] ; c'est mon galant Lépaine qui demande après le mien. Est-ce que ça n'est pas biau[3] ?

ANGÉLIQUE. L'intérêt que Dorante prend à mon cœur ne m'est point nouveau. Tu sais les soupçons que j'avais[4] déjà là-dessus, et Dorante est aimable ; mais malheureusement il lui manque de la naissance, et je souhaiterais qu'il en eût, j'ai même eu besoin quelquefois de me ressouvenir qu'il n'en a point.

LISETTE. Oh bian ! ce n'est pas la peine de vous ressouvenir de ça, vous velà[5] exempte de mémoire.

ANGÉLIQUE. Comment ! l'aurais-tu rebuté ? et renonce-t-il à moi, dans la peur d'être mal reçu ? Quel discours lui as-tu donc tenu ?

LISETTE. Aucun. Il n'a peur de rian. Il n'a que faire de renoncer : il ne vous veut pas. C'est seulement qu'il est le commis d'un autre.

ANGÉLIQUE. Que me contes-tu là ? Qu'est-ce que c'est que le commis d'un autre ?

LISETTE. Oui, d'un je ne sais qui, d'un mari tout prêt qu'il a en main, et qu'il désire de[6] vous présenter par-devant notaire. Un homme jeune, opulent, un bourgeois de sa sorte.

ANGÉLIQUE. Dorante est bien hardi !

LISETTE. Oh ! pour ça, oui ! bian téméraire envars une damoiselle de vote[7] étoffe, et de la conséquence de vos pères et mères ; ça m'a donné un scandale !...

ANGÉLIQUE. Pars tout à l'heure, va lui dire que je me sens offensée de la proposition qu'il a dessein de me faire, et que je n'en veux point entendre parler.

---

1. Le mot *vous* manque dans le manuscrit. Noter la graphie *s'enquierre*, pour *s'enquiert*. **2.** Le manuscrit donne *pris*. Sur *prins*, voir la Note sur le patois des paysans de Marivaux. **3.** Texte du manuscrit. Les éditions portent *bian*, par une faute de lecture très commune. Cf. p. 1833, note 3. **4.** Texte du manuscrit et de l'édition originale. À partir de 1758 : *que j'avais là-dessus*. **5.** Texte du manuscrit. Les éditions francisent : *voilà*. **6.** Le manuscrit omet le *de*. **7.** Texte du manuscrit. Les éditions portent : *une damoiselle de votre...*

LISETTE. Et que cet acabit de mari n'est pas capable d'être vote [1] homme : allons.

ANGÉLIQUE. Attends, laisse-le venir ; dans le fond, il est au-dessous de moi d'être si sérieusement piquée.

LISETTE. Oui, la moquerie suffit, il n'y a qu'à lever l'épaule avec du petit monde.

ANGÉLIQUE. Je ne reviens pas de mon étonnement, je l'avoue.

LISETTE. Je sis tout ébahie, car j'ons vu des mines d'amoureux, et il en avait une pareille ; je vous prends à témoin.

ANGÉLIQUE. Jusque-là que j'ai craint qu'à la fin il ne m'obligeât à le refuser lui-même. Je m'imaginais qu'il m'aimait ; je ne le soupçonnais pas, je le croyais.

LISETTE. Avoir un visage qui ment, est-il parmis ?

ANGÉLIQUE. Non, Lisette, il n'a été que ridicule, et c'est nous qui nous trompions. Ce sont ses petites façons doucereuses et soumises que nous avons prises pour de l'amour. C'est manque de monde : ces petits messieurs-là, pour avoir bonne grâce, croient qu'il n'y a qu'à se prosterner et à dire des fadeurs, ils n'en savent pas davantage.

LISETTE. Encore, s'il parlait pour son compte, je li pardonnerais [2] quasiment ; car je le trouvais joli, comme vous le trouviais itou, à ce qu'ou m'avez dit.

ANGÉLIQUE. Joli ? Je ne parlais pas de sa figure ; je ne l'ai jamais trop remarquée ; non qu'il ne soit assez bien fait ; ce n'est pas là ce que j'attaque [3].

LISETTE. Pardi non, n'y a pas de rancune à ça. C'est un mal-appris qui est bian torné, et pis c'est tout.

ANGÉLIQUE. Qui a l'air assez commun pourtant, l'air de ces gens-là ; mais ce qu'il avait d'aimable [4] pour moi, c'est son attachement pour mon père, à qui même il a rendu quelque service : voilà ce qui le distinguait à mes yeux, comme de raison.

LISETTE. La belle magnière de penser ! Ce que c'est que d'aimer son père !

ANGÉLIQUE. La reconnaissance va loin dans les bons cœurs. Elle a quelquefois tenu lieu d'amour.

---

1. Éditions : *voute.* **2.** Texte du manuscrit. Les éditions portent : *je li pardonnais.* **3.** Suivant une correction arbitraire de Duviquet, les éditions ultérieures donnent : *que je conteste.* **4.** Manuscrit : *ce qu'il avait de flatteur.* Sur le sens d'*aimable*, voir le Glossaire.

LISETTE. Cette reconnaissance-là, alle vous aurait menée à la noce, ni pus ni moins.

ANGÉLIQUE. Enfin, heureusement m'en voilà débarrassée ; car quelquefois, à dire vrai, l'amour que je lui croyais ne laissait pas de m'inquiéter.

LISETTE. Oui, mais de Lépaine que ferai-je, moi, qui sis[1] participante de vote rang ?

ANGÉLIQUE. Ce qu'une fille raisonnable, qui m'appartient et qui est née quelque *chose, doit faire d'un valet qui ne lui convient pas, et du valet d'un homme qui manque aux égards qu'il me doit.

LISETTE. Ça suffit. S'il retourne à moi, je vous li garde son petit fait... et je vous recommande le maître. Le vela[2] qui rôde à l'entour d'ici, et je m'échappe afin qu'il arrive. Je repasserons pour savoir les nouvelles.

Scène IV
DORANTE, ANGÉLIQUE

DORANTE. Oserais-je, sans être importun, Madame, vous demander un instant d'entretien ?

ANGÉLIQUE. Importun, Dorante ! pouvez-vous l'être avec nous ? Voilà un début bien sérieux. De quoi s'agit-il ?

DORANTE. D'une proposition que Monsieur le Marquis m'a permis de vous faire, qu'il vous rend la maîtresse d'accepter ou non, mais dont j'hésite à vous parler, et que je vous conjure de me pardonner, si elle ne vous plaît pas.

ANGÉLIQUE. C'est donc quelque chose de bien étrange ? Attendez ; ne serait-il pas question d'un certain mariage, dont Lisette m'a déjà parlé ?

DORANTE. Je ne l'avais pas priée de vous prévenir ; mais c'est de cela même, Madame.

ANGÉLIQUE. En ce cas-là, tout est dit, Dorante ; Lisette m'a tout conté. Vos intentions sont louables, et votre projet ne vaut rien. Je vous promets de l'oublier. Parlons d'autre chose.

DORANTE. Mais, Madame, permettez-moi d'insister. Le récit de Lisette peut n'être pas exact.

---

1. Le manuscrit francise *sis* en *suis*, mais c'est lui qui conserve la forme *vote*, francisée par les éditions. **2.** Texte du manuscrit. Éditions : *voilà*.

ANGÉLIQUE. Dorante, si c'est de bonne foi que vous avez craint de me fâcher, la manière dont je m'explique doit vous arrêter, ce me semble, et je vous le répète encore, parlons d'autre chose.

DORANTE. Je me tais, Madame, pénétré de douleur de vous avoir déplu.

ANGÉLIQUE, *riant*. Pénétré de douleur ! C'en est trop. Il ne faut point être si affligé, Dorante. Vos expressions sont trop fortes, vous parlez de cela comme du plus grand des malheurs !

DORANTE. C'en est un très grand pour moi, Madame, que de vous avoir déplu. Vous ne connaissez ni mon attachement ni mon respect.

ANGÉLIQUE. Encore ? Je vous déclare, moi, que vous me désespérerez[1], si vous ne vous consolez pas. Consolez-vous donc par politesse, et changeons de matière. Aurons-nous le plaisir de vous avoir encore ici quelque temps ? Comptez-vous y faire un peu de séjour ?

DORANTE. Je serais trop heureux de pouvoir y demeurer toute ma vie, Madame...

ANGÉLIQUE. Tout de bon ! Et moi, trop enchantée de vous y voir pendant toute la mienne. Continuez.

DORANTE. Je n'ose plus vous répondre, Madame.

ANGÉLIQUE. ... Pourquoi ? Je parle votre langage ; je réponds à vos exagérations par les miennes. On dirait que votre souverain bonheur consiste à ne me pas perdre de vue et j'en serais fâchée. Vous avez une douleur profonde pour avoir pensé à un mariage dont je me contente de rire. Vous montrez une tristesse mortelle, parce que je vous empêche de répéter ce que Lisette m'a déjà dit. Eh mais ! vous succomberez sous tant de chagrins ; il n'y va pas moins que de votre vie, s'il faut vous en croire.

DORANTE. Souffrirez-vous que je parle, Madame ? Il n'y a rien de moins incroyable que le plaisir infini que j'aurais à vous voir toujours ; rien de plus croyable que l'extrême confusion que j'ai de vous avoir indisposé[2] contre moi ; rien de plus naturel que d'être touché autant que je le suis de ne pouvoir du moins me justifier auprès de vous.

ANGÉLIQUE. Eh mais ! je les sais, vos justifications, vous les mettriez en plusieurs articles, et je vais vous les réduire en un seul ; c'est que

---

1. Les éditions donnent par erreur : *désespérez*. C'était le premier texte du manuscrit ; puis *re* a été ajouté à la plume, d'après une indication au crayon de la main de Marivaux.   **2.** *Indisposé* est le texte de 1747 et 1758. Il est conforme aux habitudes de Marivaux. Le manuscrit porte : *indisposée*.

celui que vous me proposez est extrêmement riche. N'est-ce pas là tout ?

DORANTE. Ajoutez-y, Madame, que c'est un honnête homme.

ANGÉLIQUE. Eh ! sans doute, je vous dis qu'il est riche : c'est la même chose.

DORANTE. Ha ! Madame, ne fût-ce qu'en ma faveur, ne confondons pas la probité avec les richesses. Daignez vous ressouvenir que je suis riche aussi, et que je mérite qu'on les distingue.

ANGÉLIQUE. Cela ne vous regarde pas, Dorante, et je vous excepte ; mais que vous me disiez qu'il est honnête homme, il ne lui manquerait plus que de ne pas l'être [1].

DORANTE. Il est d'ailleurs estimé, connu, destiné à un poste important.

ANGÉLIQUE. Sans doute [2], on a des places et des dignités avec de l'argent ; elles ne sont pas *glorieuses : venons au fait. Quel est-il, votre homme ?

DORANTE. Simplement un homme de bonne famille ; mais à qui, malgré cela, Madame, on offre actuellement de très grands partis.

ANGÉLIQUE. Je vous crois. On voit de tout dans la vie.

DORANTE. Je me tais, Madame ; votre opinion est que j'ai tort, et je me condamne.

ANGÉLIQUE. Croyez-moi, Dorante, vous estimez trop les biens : et le bon usage que vous faites des vôtres vous excuse. Mais entre nous, que ferais-je avec un homme de cette espèce-là ? Car la plupart de ces gens-là sont des *espèces, vous le savez. L'honnête homme d'un certain état n'est pas l'honnête homme du mien. Ce sont d'autres façons, d'autres sentiments, d'autres mœurs, presque un autre hon-

---

1. En face de cette réplique et de la précédente, qui avaient été biffées légèrement par un trait oblique, Marivaux a porté en marge de chacune : *bon, laisser* et *laisser, bon, laisser*. Voir la note suivante.   2. Ces premiers mots de la réplique d'Angélique et la réplique de Dorante qui précède remplacent une première version plus longue, qui était la suivante : « DORANTE : *Il est d'ailleurs estimé, considéré et connu.* ANGÉLIQUE : *C'est toujours me répéter qu'il est riche.* DORANTE : *Destiné à un poste important.* ANGÉLIQUE : *Autre répétition, on a des places,* etc. » Les mots inutiles (*considéré et,* la réplique d'Angélique) ont été biffés, et le raccord fait comme dans notre texte. Le début de la réplique conservée d'Angélique, remplaçant *Autre répétition,* a d'abord été *Je le crois,* qui a été encore biffé et remplacé par *J'entends,* pour devenir finalement *Sans doute.*

neur ; c'est un autre monde. Votre ami me rebuterait[1] et je le gênerais.

DORANTE. Ha ! Madame, épargnez-moi, je vous prie. Vous m'avez promis d'oublier mon tort, et je compte sur cette bonté-là dans ce moment même.

ANGÉLIQUE. Pour vous prouver que je n'y songe plus, j'ai envie de vous prier de rester encore avec nous quelque temps ; vous me verrez peut-être incessamment mariée[2].

DORANTE. Comment, Madame ?

ANGÉLIQUE. J'ai un de mes parents qui m'aime et que je ne hais pas, qui est actuellement à Paris, où il suit un procès important, qui est presque sûr[3], et qui n'en attend que le gain pour venir demander ma main.

DORANTE. Et vous l'aimez, Madame ?

ANGÉLIQUE. Nous nous connaissons dès l'enfance.

DORANTE. J'ai abusé trop longtemps de votre patience, et je me retire toujours pénétré de douleur.

ANGÉLIQUE, *en le voyant partir*. Toujours cette douleur ! Il faut qu'il ait une manie pour ces grands mots-là.

DORANTE, *revenant*. J'oubliais de vous prévenir sur une chose, Madame. Lépine, à qui je destine une récompense de ses services, voudrait épouser Lisette, et je lui défendrai d'y penser, si vous me l'ordonnez.

ANGÉLIQUE. Lisette est une fille de famille qui peut trouver mieux, Monsieur, et je ne vois pas que votre Lépine lui convienne.

Dorante prend encore congé d'elle.

Scène V
LE MARQUIS, ANGÉLIQUE, DORANTE

LE MARQUIS, *arrêtant Dorante*. Ah ! vous voilà, Dorante ? Vous avez sans doute proposé à ma fille le mariage dont vous m'avez parlé ? L'acceptez-vous, Angélique ?

ANGÉLIQUE. Non, mon père. Vous m'avez laissé la liberté d'en déci-

---

1. Le manuscrit donne *Il me rebuterait*. Le texte imprimé doit résulter d'une correction sur épreuves.   **2.** Comme presque toujours, la parade de l'amour-propre blessé est improvisée.   **3.** Les éditions ultérieures suivent ici une pédante correction de Duviquet : *dont le gain est presque sûr*.

der, à ce que m'a dit Monsieur, et vous avez bien prévu, je pense, que je ne l'accepterais pas.

Le Marquis. Point du tout, ma fille, j'espérais tout le contraire. Dès que c'est Dorante qui le propose, ce ne peut être qu'un de ses amis, et par conséquent un homme très estimable, qui doit d'ailleurs avoir un rang, et que vous auriez pu épouser avec l'approbation de tout le monde. Cependant ce sont là de ces choses sur lesquelles il est juste que vous restiez la maîtresse.

Angélique. Je sais vos bontés pour moi, mon père ; mais je ne croyais pas m'être éloignée de vos intentions.

Dorante. Pour moi, Monsieur, la répugnance de Madame ne me surprend point : j'aurais assurément souhaité qu'elle ne l'eût point eue. Son refus me mortifie plus que je ne puis l'exprimer ; mais j'avoue en même temps que je ne le blâme point. Née ce qu'elle est, c'est une noble fierté qui lui sied, et qui est à sa place ; aussi le mari que je proposais, et dont je sais les sentiments comme les miens, n'osait-il se flatter qu'on lui ferait grâce, et ne voyait que son amour et que son respect qui fussent dignes de Madame.

Angélique. La vérité est que je n'aurais pas cru avoir besoin d'excuse auprès de vous, mon père, et je m'imaginais que vous aimeriez mieux me voir au Baron, qu'il ne tient qu'à moi d'épouser s'il gagne son procès.

Le Marquis. Il l'a gagné, ma fille, le voilà en état de se marier, et vous serez contente.

Angélique. Il l'a gagné, mon père ? Quoi ! si tôt ?

Le Marquis. Oui, ma fille. Voici une lettre que je viens de recevoir de lui, et qu'il a écrit[1] la veille de son départ. Il me mande qu'il vient vous offrir sa fortune, et nous le verrons peut-être ce soir. Vous m'aviez paru jusqu'ici très médiocrement prévenue en sa faveur, vous avez changé. Puisse-t-il mériter la préférence que vous lui donnez ! Si vous voulez lire sa lettre, la voilà.

Dorante. Je pourrais être de trop dans ce moment-ci, Monsieur, et je vous laisse seuls.

Le Marquis. Non, Dorante, je n'ai rien à dire, et je n'aurais d'ailleurs aucun secret pour vous. Mais, de grâce, satisfaites ma juste curiosité. Quel est cet honnête homme de vos amis qui songeait à

---

1. Texte de 1747 et du manuscrit. Le participe suivi de mots avec lesquels il fait bloc reste invariable. Voir la Note grammaticale, p. 2265. L'édition de 1758 corrige : *qu'il a écrite*.

ma fille, et qui se serait cru si heureux de partager ses grands biens avec elle ? En vérité, nous lui devons du moins de la reconnaissance. Il aime tendrement Angélique, dites-vous ? Où l'a-t-il vue, depuis six ans qu'elle est sortie de Paris ?

DORANTE. C'est ici, Monsieur.

LE MARQUIS. Ici, dites-vous ?

DORANTE. Oui, Monsieur, et il y a[1] même une terre.

LE MARQUIS. Je ne me rappelle personne que cela puisse regarder. Son nom, s'il vous plaît ? Vous ne risquez rien à nous le dire.

DORANTE. C'est moi, Monsieur.

LE MARQUIS. C'est vous ?

ANGÉLIQUE, *à part*. Qu'entends-je !

LE MARQUIS. Ah ! Dorante, que je vous regrette !

DORANTE. Oui, Monsieur, c'est moi à qui l'amour le plus tendre avait imprudemment suggéré un projet, dont il ne me reste plus qu'à demander pardon à Madame.

ANGÉLIQUE. Je ne vous en veux point, Dorante ; j'en suis bien éloignée, je vous assure.

DORANTE. Vous voyez à présent, Madame, que ma douleur tantôt n'était point exagérée, et qu'il n'y avait rien de trop dans mes expressions.

ANGÉLIQUE. Vous avez raison, je me trompais.

LE MARQUIS. Sans son inclination pour le Baron, je suis persuadé qu'Angélique vous rendrait justice dans cette occurrence-ci ; mais il ne me reste plus que l'autorité de père, et vous n'êtes pas homme à vouloir que je l'emploie.

DORANTE. Ah ! Monsieur, de quoi parlez-vous ? Votre autorité de père ! Suis-je digne que Madame vous entende seulement prononcer ces mots-là pour moi !

ANGÉLIQUE. Je ne vous accuse de rien, et je me retire.

Scène VI

LE MARQUIS, DORANTE

LE MARQUIS. Que j'aurais été content de vous voir mon gendre !

DORANTE. C'est une qualité qui, de toutes façons, aurait fait le

---

1. À la suite de Duviquet, bien des éditions modernes donnent *il y possède* pour *il y a*.

bonheur de ma vie, mais qui n'aurait pu rien ajouter à l'attachement que j'ai pour vous[1].

LE MARQUIS. Je vous crois, Dorante, et je ne saurais[2] douter de votre amitié, j'en ai trop de preuves, mais je vous en demande encore une.

DORANTE. Dites, Monsieur, que faut-il faire ?

LE MARQUIS. Ce n'est pas ici le moment de m'expliquer ; je suis d'ailleurs pressé d'aller donner quelques ordres pour une affaire qui regarde le Baron. Je n'ai, au reste, qu'une simple complaisance à vous demander ; puis-je me flatter de l'obtenir ?

DORANTE. De quoi n'êtes-vous pas le maître avec moi ?

LE MARQUIS. Adieu, je vous reverrai tantôt.

Scène VII

LÉPINE, LISETTE, DORANTE

DORANTE. Je la perds sans ressource ; il n'y a plus d'espérance pour moi !

LISETTE. Je vous guettons, Monsieur. Or sus, qu'y a-t-il de nouviau ?

LÉPINE. Comment vont nos affaires de votre côté ?

DORANTE. On ne peut pas plus mal. Je pars demain. Elle a une inclination, Lisette. Tu ne m'avais pas parlé d'un Baron qui est son parent, et qu'elle attend pour l'épouser.

LISETTE. N'est-ce que ça ? Moquez-vous de son Baron, je sais le fond et le tréfond. Faut qu'alle soit bian dépitée pour avoir parlé de la magnière. Tant mieux, que le Baron vienne, il la hâtera d'aller. Gageons qu'alle a été bian *rudânière envars vous, bian ridicule et *malhonnête.

DORANTE. J'ai été fort mal traité.

LÉPINE. Voilà notre compte.

LISETTE. Ça˙va comme un charme. Sait-elle qu'ous êtes l'homme ?

DORANTE. Eh ! sans doute ; mais cela n'a produit qu'un peu plus de douceur et de politesse.

LISETTE. C'est qu'alle fait déjà la chattemite ; velà le repantir qui l'amande.

---

1. Le manuscrit donne : *l'attachement qui me lie à vous.*   **2.** Le manuscrit a ici un membre de phrase qui disparaît dans le texte imprimé : *Je vous crois, Dorante, je vous réponds de même, et je ne saurais…*

LÉPINE. Oui, cette fille-là est dans un état violent.

DORANTE. Je vous dis que je me suis nommé, et que son refus subsiste.

LISETTE. Eh ! c'est cette gloire ; mais ça s'en ira ; velà que ça meurit, faut que ça tombe ; j'en avons la marque ; à telles enseignes que tantôt [1]...

LÉPINE. Pesez ce qu'elle va dire [2].

DORANTE. Lisette se trompe à force de zèle [3].

LISETTE. Paix ; sortez d'ici. Je la vois qui vient en rêvant. Allez-vous-en, de peur qu'alle ne vous rencontre. N'oublie pas de venir pour la besogne que tu sais, et que tu diras à Monsieur, entends-tu, Lépaine ? Je nous varrons pour le conseil.

Scène VIII

ANGÉLIQUE *rêve* [4], LISETTE

LISETTE. Qu'est-ce donc, Madame ? Vous velà bian pensive. J'ons rencontré ce petit bourgeois, qui avait l'air pus sot, pus benêt ; sa

---

1. Les mots *à telles enseignes que tantôt...* figurent sur un béquet qui recouvre un texte plus long, que Marivaux avait déjà tenté de corriger. La première version portait, après *la marque : quand je l'ai averti que vous désiriais...* [deux mots illisibles] *alle a cru incontinent que c'était vous*. Ce texte a été biffé et surchargé : *alle vous chérit, je le connaissons par ses boutades*, qui a été remplacé par le texte du béquet. **2.** Entre cette réplique de Lépine et celle de Dorante qui suit, le manuscrit comportait les répliques suivantes, qui ont été biffées : « LISETTE : *Qu'a-t-elle proféré d'abord ? des louanges sur votre mérite par-ci, sur votre mérite par-là. Hélas, je l'avais bien dit que j'avais son cœur. Hélas combien de fois ai-je eu peur qu'il ne m'arrivât faute du mian ? eh pourquoi sis-je si noble, eh pourquoi ne l'est-il point du tout ?* LÉPINE, *riant* : *Hélas, Madame, il faudra bien que vous nous preniez comme nous sommes.* LISETTE : *Tout bellement, ai-je repris. Remettez-vous, Madame, gardez vote cœur et vote noblesse : parsonne ici ne veut les mettre à mal. Ce n'est pas ly, c'est un autre qui vous recharche. Monsieur Dorante n'est que l'entremetteux. À ce mot d'un autre, il n'y a pus eu de louange.* LÉPINE : *Admirons cette boutade.* LISETTE : *Il n'a pus été vrai qu'ou étiez joli, sinon par rapport à son père. Pour ce qui est de votre mine, est-ce qu'il en a une ? Eh fi donc ! c'est du pus commun...* LÉPINE : *Que cette colère a d'appas ! n'adorez-vous pas tous ces petits mots-là, Monsieur ?* » **3.** Après ces mots de Dorante, la version primitive avait une réplique de Lépine : *Non, Monsieur, Lisette ne fait tort qu'au style.* Dans le texte définitif, des longueurs inutiles disparaissent, mais l'enchaînement des répliques de Lépine et de Dorante est moins satisfaisant. **4.** Le manuscrit porte : *rêvant.*

phisolomie était pus longue, alle ne finissait point ; c'était un plaisir. C'est que vous avez bian rabroué le freluquet, n'est-ce pas ? Contez-moi ça, Madame.

ANGÉLIQUE. Freluquet ! Je n'ai jamais dit que c'en fût un, ce n'est pas là son défaut.

LISETTE. Dame ! vous l'avez appelé petit monsieur : et un petit monsieur, c'est justement et à point un freluquet ; il n'y a pas pus à pardre ou à gagner sur l'un que sur l'autre.

ANGÉLIQUE. Eh bien ! j'ai eu tort ; je n'ai point à me plaindre de lui.

LISETTE. Ouais ! point à vous plaindre de li ! Comment, marci de ma vie ! Dorante n'est pas un mal-apprins, après l'impartinence qu'il a commise envars la révérence due à vote qualité ?

ANGÉLIQUE. Qu'elle est grossière ! Crie, crie encore plus fort, afin qu'on t'entende.

LISETTE. Eh bian ! il n'y a qu'à crier pus bas.

ANGÉLIQUE. C'est toi qui n'es qu'une étourdie, qui n'as pas eu le moindre jugement [1] avec lui.

LISETTE. Ça m'étonne. J'ons pourtant cotume d'avoir toujours mon jugement.

ANGÉLIQUE. Tu as tout entendu de travers, te dis-je, tu n'as pas eu l'esprit de voir qu'il m'aimait. Tu viens me dire qu'il a disposé de ma main pour un autre ; et c'était pour lui qu'il la demandait. Tu me le peins comme un homme qui me manque de respect ; et point du tout ; c'est qu'on n'en eut jamais tant pour personne, c'est qu'il en est pénétré.

LISETTE. Où est-ce qu'elle est donc cette pénétration, pisqu'il a prins [2] la licence d'aller vous déclarer je vous aime, maugré vote importance ?

ANGÉLIQUE. Eh ! non, brouillonne, non, tu ne sais encore ce que tu dis. Je ne le saurais pas, son amour ; je ne ferais encore [3] que le

---

1. Marivaux avait d'abord écrit : *qui n'as pas un grain de jugement* (et non pas *un grand jugement*, comme avait cru lire Larroumet). Corrélativement, la réplique de Lisette était : *Ça m'étonne. Jons pourtant cotume d'avoir toujours mon grain* (grain de folie ? grain de beauté ?). Une première tentative de correction a consisté à remplacer *un grain* par *l'ombre*. Enfin, Marivaux a porté, au crayon et à l'encre, la correction définitive : *le moindre.*   **2.** Ce texte comprend les deux graphies patoisantes, celle du manuscrit pour *pisque* (les éditions ont *puisque*), celle des éditions pour *prins* (le manuscrit francise ici : *pris*).   **3.** Le mot *encore* est omis à partir de 1758.

soupçonner, sans le détour qu'il a pris pour me l'apprendre. Il lui a fallu un détour ! N'est-ce pas là un homme bien hardi, bien digne de l'accueil que tu lui as attiré de ma part ? En vérité, il y a des moments où je suis tentée de lui en faire mes excuses, et je le devrais peut-être.

LISETTE. Prenez garde à vote grandeur ; alle est bian douillette en cette occurrence.

ANGÉLIQUE. Écoute, je ne te querelle point ; mais ta bévue me met dans une situation bien fâcheuse.

LISETTE. Eh ! *d'où viant ? Est-ce qu'ous êtes obligée d'honorer cet homme, à cause qu'il vous aime ? Est-ce que son inclination vous commande ? Il vous l'a déclaré [1] par un tour ? Eh bian ! qu'il torne [2]. Ne tiant-il qu'à torner pour avoir la main du monde ? Où est l'embarras ? Quand vous auriez su d'abord que c'était li, c'était vote intention d'être *suparbe, vous l'auriez rabroué pas moins.

ANGÉLIQUE. Eh ! qu'en sais-je ? De la manière dont je vois mon père mortifié de mon refus, je ne saurais répondre de ce que j'aurais fait. Tu sais de quoi je suis capable pour lui plaire : je n'entends point raison là-dessus.

LISETTE. Ça est biau [3] et mêmement vénérable, mais voute père est bonhomme ; il ne voudrait pas vous bailler de petites gens en mariage. Faut donc qu'il ne s'y connaisse pas, pisqu'il désire que vous épousiais un homme comme ça.

ANGÉLIQUE. Mais, c'est que Dorante n'est pas un homme comme ça. Tu le confonds toujours avec ce je ne sais qui dont tu m'as parlé ; et ce n'est pas là Dorante.

LISETTE. C'est que ma mémoire se brouille, rapport à cet autre.

ANGÉLIQUE. Dorante n'a pas fait sa fortune ; il l'a trouvée toute faite [4]. Dorante est de très bonne famille, et très distinguée, quoique sans noblesse ; de ces familles qui vont à tout, qui s'allient à tout. Dorante épousera qui il voudra : c'est d'ailleurs un fort honnête homme.

---

1. Texte de 1747 et 1758. Le manuscrit corrige : *déclarée*. Voir la Note grammaticale, p. 2265. **2.** Manuscrit : *tourne*. De même : *tourner*. **3.** Texte du manuscrit. Les éditions de 1747 et 1758 donnent par erreur : *Ça est bian*. **4.** Il y a une tendance, jusque vers le second tiers du XVIIIe siècle, à estimer que la richesse, comme la noblesse, doit être héritée, et non acquise. La réaction en faveur de l'homme qui s'enrichit et enrichit sa famille n'est pourtant plus éloignée. *Le Philosophe sans le savoir*, de Sedaine (1765), en porte témoignage.

LISETTE. Oh ! pour ça oui, un gentil caractère, un brave cœur, qui se trouvait là de rencontre.

ANGÉLIQUE. Et en vérité, Lisette, beaucoup plus aimable que je ne pensais[1]. Cette aventure-ci m'a appris à le connaître et mon père a raison. Je ne suis point surprise qu'il le regrette, et qu'il soit mortifié de me donner au Baron.

LISETTE. Au Baron ! Est-ce que vous allez être sa Baronne ?

ANGÉLIQUE. Eh ! vraiment, mon père l'attend pour nous marier ; car il croit que je l'aime, et il n'en est rien.

LISETTE. Eh ! pardi ! n'y a[2] qu'à li dire qu'il s'abuse.

ANGÉLIQUE. Il n'y a donc qu'à lui dire aussi que je suis folle ; car c'est moi qui l'ai persuadé que je l'aimais.

LISETTE. Eh ! pourquoi avoir jeté cette bourde-là en avant ?

ANGÉLIQUE. Eh[3] ! pourquoi ? Ce n'est pas là tout, je l'ai fait accroire à Dorante lui-même.

LISETTE. Et la cause ?

ANGÉLIQUE. Sait-on ce qu'on dit quand on est fâchée ? C'était pour le braver, et dans la peur qu'il ne se fût flatté que je ne le haïssais pas.

LISETTE. C'est par trop finasser aussi. Mais pour à l'égard du Baron, il y aura du répit ; car il est à Paris qui plaide ; les procureurs et les avocats ne le lâcheront pas sitôt, et j'avons de la marge.

ANGÉLIQUE. Eh ! point du tout. Il arrive, ce malheureux Baron ; il a gagné son maudit procès que l'on croyait immortel, qui ne devait finir que dans cent ans ; il l'a gagné par je ne sais quelle protection qu'on lui a procurée ; car il y a toujours des gens qui se mêlent de ce dont ils n'ont que faire. Enfin, il arrive ce soir ; il entre peut-être actuellement dans la cour du château.

LISETTE. Faut vous tirer de là, coûte qui coûte.

ANGÉLIQUE. À quelque prix que ce soit, tu penses fort bien.

LISETTE. Faut demander du temps d'abord.

ANGÉLIQUE. Du temps ? Cela ne me raccommodera pas avec mon père.

LISETTE. Oh ! dame, vote père ! il ne songe qu'à son Dorante.

ANGÉLIQUE. Eh bien ! son Dorante ! que t'a-t-il fait ? Car il me semble que ta fureur[4] est que je le haïsse.

LISETTE. Moi ?

---

1. Manuscrit : *que je ne le pensais*.   **2.** Texte du manuscrit. Les éditions donnent : *il n'y a*.   **3.** Manuscrit : *Oh !*   **4.** Manuscrit : *Car ta fureur*.

ANGÉLIQUE. Mais oui, tu as de l'antipathie pour lui ; je l'ai remarqué.

LISETTE. C'est que je sais que vous ne l'aimez pas.

ANGÉLIQUE. Ce serait mon affaire. Je n'ai pas [1] d'aversion pour lui ; et c'en est assez pour une fille raisonnable.

LISETTE. Le pus principal, c'est ce Baron qui arrive.

ANGÉLIQUE. Eh ! laisse là ce Baron éternel.

LISETTE. Eh bian ! Madame, prenez donc l'autre.

ANGÉLIQUE. Ma difficulté est que je l'ai refusé, qu'il s'est nommé, et que je n'ai rien dit.

LISETTE. N'y a qu'à le rappeler.

ANGÉLIQUE. Ah ! voilà [2] ce que je ne saurais faire, je ne me résoudrai jamais à cette humiliation-là.

LISETTE. Allons, c'est bian [3] fait, et vive la grandeur ! Putôt mourir que d'avoir l'affront d'être *honnête !

ANGÉLIQUE. Tout ce que tu me proposes est extrême. J'imagine pourtant un moyen de renouer avec lui sans me compromettre.

LISETTE. Lequeul ?

ANGÉLIQUE. Un moyen qui te sera même avantageux, et je suis d'avis que tu ailles le trouver de ma part.

LISETTE. Tenez, je vois Lépaine qui passe, baillez-li vote orde [4].

ANGÉLIQUE. Appelle-le.

Scène IX

ANGÉLIQUE, LÉPINE, LISETTE

LISETTE. Monsieur, Monsieur de Lépaine, approchez-vous vers Madame.

LÉPINE [5]. Que lui plaît-il, à Madame ?

ANGÉLIQUE. Va, je te prie, informer ton maître que j'aurais un mot à lui dire.

LÉPINE. Je l'en informerai le plus vite que je pourrai, Madame ; car je vais si lentement... Je n'ai le cœur à rien. Ah !

ANGÉLIQUE. Que signifie donc ce soupir ? On dirait qu'il vient de pleurer.

---

1. 1758 : *Je n'ai point.* **2.** Le manuscrit portait : *Et voilà*, surchargé *Ah ! voilà.* **3.** Les éditions francisent : *bien.* **4.** Manuscrit : *ordre.* **5.** Le manuscrit comportait ici une indication scénique, qui a été biffée : *tristement, une lettre à la main.* Voir la note 2, p. 1836.

LÉPINE. Oui, Madame, j'ai pleuré, je pleure encore ; et je n'y renonce pas, j'en ai peut-être pour le reste de l'année, qui n'est pas bien avancée. Je suis homme à faire des cris de désespéré, sans respect de personne.

LISETTE. Miséricorde !

ANGÉLIQUE. Il m'alarme. Qu'est-il donc arrivé ?

LÉPINE. Hélas ! vous le savez bien, Madame, vous qui nous renvoyez tous deux, mon maître et moi [1], comme de trop minces personnages ; ce qui fait que nous partons [2].

ANGÉLIQUE, *bas, à Lisette*. Entends-tu, Lisette ? ils partent !

LISETTE. Je serons boudées par Monsieur le Marquis.

ANGÉLIQUE. Il ne me le pardonnera pas, Lisette, et Dorante le sait bien [3].

LÉPINE. Il se retire à demi mort, et moi aussi [4].

ANGÉLIQUE, *bas, à Lisette*. Ah ! le méchant homme !

LISETTE. Oui, il y a de la malice à ça.

LÉPINE. Nous n'arriverons jamais à Paris que défunts, quoique à la fleur de notre âge ; car nous méritions de vivre. Mais vous nous poignardez ; et c'est la valeur de deux meurtres que vous vous reprocherez quelque jour.

ANGÉLIQUE. Il me fait tout le mal qu'il peut.

LISETTE. Pour l'attraper, je l'épouserais.

ANGÉLIQUE, *à Lépine*. Va le chercher, te dis-je. Où est-il ?

LÉPINE. Je n'en sais rien, Madame ; ni lui non plus ; car nous sommes comme des égarés, surtout depuis que nos ballots sont faits.

---

1. Le manuscrit portait ici les mots : *et l'un portant l'autre*, qui ont été biffés.   2. La réplique de Lépine comportait encore ces mots : *témoin cette lettre que je vais mettre à la poste pour avertir nos gens de nous attendre, et j'en ai un chagrin incomparable*, qui ont été biffés. Cf. note 5, p. 1835.   3. Dans le manuscrit, la réplique comportait encore ces mots, biffés ensuite : *Mais, Lépine, est-ce une chose résolue ? Ton maître ne m'en a rien dit*.   4. Cette réplique était, dans un premier état du manuscrit : *Il part de pure affliction, Madame*. Puis ce texte a été biffé et surchargé : *Il se retire à demi mort et moi aussi*. Ces mots se trouvaient primitivement au début de la réplique suivante de Lépine, où ils ont été biffés. En les transportant ici, et en biffant légèrement les deux répliques d'Angélique et de Lisette intercalées, Marivaux avait sans doute songé à abréger le texte de trois courtes répliques (soit : « LÉPINE : *Il part de pure affliction, Madame*. ANGÉLIQUE, *bas, à Lisette* : *Ah ! le méchant homme !* LISETTE : *Oui, il y a de la malice à ça* »). Pour quelque raison, cette correction n'a été que partiellement réalisée.

LISETTE. Cela se passera par les chemins ; vous guarirez au grand air.

ANGÉLIQUE. Non, non, console-toi, Lépine. Il faudra bien du moins que Dorante retarde de quelques jours ; car toute réflexion faite, j'allais dire à Lisette que j'approuve qu'elle t'épouse ; et ton maître, qui t'aime, assistera sans doute à ton mariage. Lisette ne voulait que mon consentement, et je le donne [1] : va, hâte-toi de l'en instruire.

LÉPINE, *sautant de joie*. Je suis guéri !

LISETTE. Vote [2] consentement, Madame ! Ho que nenni. Vous me considérez trop pour ça, et je m'en vais. Vote servante, Monsieur de Lépaine.

LÉPINE. Je retombe.

ANGÉLIQUE. Restez, Lisette, je vous défends de sortir : j'ai quelque chose à vous dire. *(À Lépine.)* Attends que je lui parle, et éloigne-toi de quelques pas [3].

LÉPINE, *s'écartant* [4]. Oui, Madame ; mon état a besoin de secours.

ANGÉLIQUE, *à l'écart, à Lisette*. Que vous êtes haïssable ! N'est-on pas bien récompensée de l'intérêt qu'on prend à vous ? Êtes-vous folle de ne pas prendre cet homme-là ?

LISETTE. Eh mais ! je l'ai refusé, Madame.

ANGÉLIQUE. Plaisante délicatesse !

LISETTE. C'est de votre avis [5].

ANGÉLIQUE. Savais-je alors que son maître devait lui faire tant de bien ?

LÉPINE, *de loin*. Voyez la bonté !

ANGÉLIQUE. Je me reprocherais toute ma vie de vous avoir fait manquer votre fortune.

LISETTE. Soyons ruinées, Madame, et toujours *glorieuses ; jamais d'humilité, c'est une pensée que je tians de vous. Vous m'avez dit : Garde ta morgue et ton rang, et je les garde. Si c'est mal fait, je vous en *charge.

ANGÉLIQUE. Votre fierté est si ridicule, qu'elle me dégoûte de la mienne [6].

---

1. Manuscrit : *et je te le donne*.   2. Les éditions donnent : *Votre*.   3. Les mots *et éloigne-toi de quelques pas* manquent dans le manuscrit.   4. L'indication *s'écartant* manque dans le manuscrit.   5. Comme *c'est votre grâce*, cette locution sert à rejeter poliment les paroles d'un interlocuteur. Comparer pour le sens en français familier : *C'est vous qui le dites !*   6. Le manuscrit porte ici une réplique qui a été biffée par Marivaux lui-même : « LÉPINE : *Mon affaire avance-t-elle, Madame ?* »

LISETTE. Je suis fille de *fiscal, une *fois ; qu'il me vienne un bailli, je le prends.

LÉPINE, *de loin*. Un concierge a bien[1] son mérite. Excusez, Madame : c'est que j'entends parler de bailli.

ANGÉLIQUE. J'admire ma complaisance ; et je finis par un mot. M'aimez-vous, Lisette ?

LISETTE. Si je vous aime ? Par-delà ma propre parsonne.

ANGÉLIQUE. Voici un départ trop brusque, et qui va retomber sur moi. Il ne tient qu'à vous de le retarder, en vous mariant avantageusement. Ce n'est même que sous prétexte de votre mariage que j'envoie chercher Dorante ; et si votre refus continue, je ne vous verrai de ma vie.

LISETTE. Vote *représentation m'abat, n'y aura[2] pus de partance.

LÉPINE, *de loin*. Je crois que cela s'accommode.

LISETTE. Je me marierai, afin qu'il séjourne, mais j'y boute une condition. Baillez-moi l'exemple ; amandez-vous, je m'amande.

ANGÉLIQUE. C'est une autre affaire.

LÉPINE. Est-ce fait, Madame ?

LISETTE, *se rapprochant*. Oui, Monsieur de Lépaine, velà qui est rangé. Acoutez les paroles que je profère. Quand on varra la noce de Madame, on varra la nôtre ; la petite avec la grande[3].

LÉPINE, *se jetant aux genoux d'Angélique*. Ah ! quelle joie ! Je tombe à vos genoux, Madame, sauvez la petite[4].

---

1. *Bien* manque dans l'édition de 1758 et les éditions ultérieures. **2.** Texte du manuscrit. Les éditions francisent *Vote* en *Votre* et *n'y aura* en *il n'y aura*.   **3.** Au lieu des mots *la petite avec la grande*, le manuscrit porte ici un autre texte, qui a été biffé sans que rien vienne le remplacer : *on les mettra l'une dans l'autre, la petite dans la grande. Velà ma sentence.* Dans la réplique suivante, au lieu de *Ah ! quelle joie !* le manuscrit portait d'abord : *On les mettra l'une dans l'autre !* Ces mots, qui reprenaient ceux qu'avait prononcés Lisette, ont été ensuite biffés.   **4.** Les mots *sauvez la petite !* qui figuraient dans le premier état du manuscrit y ont été ensuite biffés et remplacés par *protégez-nous !* Il ne restait plus, dans ce second état, aucune allusion à la *petite* et à la *grande* noce, la plaisanterie ayant sans doute été jugée trop familière. Puis, dans un dernier état, peut-être sur épreuves, Marivaux l'a reprise, après l'avoir allégée. Voici, pour qu'on puisse mieux en juger, les trois états successifs : I. LISETTE : ... *Quand on varra la noce de Madame, on varra la nôtre ; on les mettra l'une dans l'autre, la petite dans la grande. Velà ma sentence.* LÉPINE : *On les mettra l'une dans l'autre ! Je tombe à vos genoux, Madame, sauvez la petite !* II. LISETTE : ... *Quand on varra la noce de Madame, on varra la nôtre.* LÉPINE : *Ah ! quelle joie ! je tombe à vos genoux, Madame, protégez-nous.* III. LISETTE : ... *Quand*

ANGÉLIQUE. Lève-toi donc, tu n'y songes pas. Je vais chercher mon père à qui j'ai à parler ; va, de ton côté, avertir ton maître, que je compte de retrouver ici, où je vais revenir dans quelques moments.

Scène X

LÉPINE, LISETTE

LISETTE, *riant*[1]. Qu'en dis-tu, Lépaine ? Velà de bonne besogne ; cette fille-là marche toute seule, n'y a pus qu'à la voir aller.

LÉPINE, *s'éventant*[2]. Respirons.

Scène XI

DORANTE, LÉPINE, LISETTE

DORANTE. Eh bien ! Lisette, as-tu vu Angélique ?

LISETTE. Si je l'ons vue ! Il vous est commandé de l'attendre ici.

DORANTE. À moi ?

LÉPINE. Oui, Monsieur ; je vous défends de partir, par un ordre de sa part.

LISETTE. Et si vous partez, alle renonce à moi, parce que ce sera ma faute.

LÉPINE. C'est elle qui me marie avec Lisette, Monsieur.

LISETTE. Et il va être mon homme, pour à celle fin que vous restiais.

LÉPINE. Il n'y a ballot qui tienne, il faut tout défaire.

LISETTE. Et vous êtes un méchant homme de vouloir vous en aller, pour la faire bouder par son père.

DORANTE. Expliquez-moi donc ce que cela signifie, vous autres.

LISETTE. Et je li[3] ai enjoint qu'alle serait votre femme, et alle[4] ne s'est pas *rebéquée.

LÉPINE. Souvenez-vous que vous languissez, n'oubliez pas que vous êtes mourant.

DORANTE. Éclaircissez-moi, mettez-moi au fait, je ne vous entends pas.

---

on varra la noce de Madame, on varra la nôtre ; la petite avec la grande.
LÉPINE : *Ah ! quelle joie ! je tombe à vos genoux, Madame, sauvez la petite.*
    1. L'indication scénique *riant* est omise dans le manuscrit.   **2.** L'indication scénique *s'éventant* est omise dans les éditions.   **3.** Texte du manuscrit. Les éditions francisent : *lui.*   **4.** Le manuscrit francise : *elle.*

LISETTE. N'y a[1] pus de temps, ce sera pour tantôt. Suis-moi, Lépaine, velà Monsieur le Marquis qui entre.

Scène XII

LE MARQUIS, DORANTE

DORANTE, *à Lépine et à Lisette, qui s'en vont*. Vous me laissez dans une furieuse inquiétude[2].

LE MARQUIS[3]. Je vous cherchais, Dorante, et je viens vous sommer de la parole que vous m'avez donnée tantôt, vous ne savez pas que j'ai encore une fille, une cadette qui vaut bien son aînée.

DORANTE. Eh bien ! Monsieur ?

LE MARQUIS. Cette cadette, il faut que vous la connaissiez. Tout ce que je vous demande, c'est de la voir ; je n'en exige pas davantage. Voilà la complaisance à laquelle vous vous êtes engagé : vous ne pouvez pas vous en dédire.

DORANTE. Mais qu'en arrivera-t-il ?

LE MARQUIS. Rien ; nous verrons.

Scène XIII

ANGÉLIQUE, LE MARQUIS, DORANTE

ANGÉLIQUE. Je venais vous parler, mon père, et je ne suis point fâchée que Dorante soit présent à ce que j'ai à vous dire. Il a tantôt proposé un mariage qui m'a d'abord répugné, j'en conviens.

DORANTE. Votre refus m'afflige, Madame, mais je le respecte, et n'en murmure point.

ANGÉLIQUE. Un moment, Monsieur. Je sais jusqu'où va l'amitié que mon père a pour vous ; et si vous vous étiez nommé, les choses se seraient passées différemment ; il n'aurait pas été question de mes répugnances ; ma tendresse pour lui les aurait fait taire, ou me les aurait ôtées, Monsieur ; il n'a tenu qu'à vous de lui épargner la dou-

---

1. Texte des éditions. Le manuscrit porte : *Il n'y a.*   **2.** Les éditions modernes, suivant Duviquet, placent sans raison cette réplique à la fin de la scène précédente (sc. XI).   **3.** À partir d'ici, la scène XII se présentait dans un premier état sous une forme beaucoup plus développée (voir p. 2047). Ce premier état est couvert par un béquet, sur lequel figure le texte définitif. Nous avons pourtant pu déchiffrer à peu près intégralement le texte primitif.

leur où je l'ai vu de mon refus ; je n'aurais pas eu celle de lui avoir déplu, et je ne l'ai chagriné que par votre faute.

LE MARQUIS. Eh non, ma fille ; vous ne m'avez point déplu ; ôtez-vous cela de l'esprit. Il est vrai que Dorante m'est cher, mais je ne saurais vous savoir mauvais gré d'avoir fait un autre choix.

ANGÉLIQUE. Vous m'excuserez, mon père, vous ne voulez pas me le dire, et vous me ménagez ; mais vous étiez très mécontent de moi.

LE MARQUIS. Je vous répète que c'est une chimère.

ANGÉLIQUE. Très mécontent, vous dis-je ; je sais à quoi m'en tenir là-dessus, et mon parti est pris [1].

DORANTE. Votre parti, Madame ! Ah ! de grâce, achevez, à quoi vous déterminez-vous ?

LE MARQUIS. Laissons cela, Angélique ; il n'est pas question ici de consulter mon goût, vous êtes destinée à un autre : c'est au Baron [2] ; vous l'aimez, et voilà qui est fini.

ANGÉLIQUE. Non, mon père, je ne l'épouserai pas non plus, puisque je sais qu'il ne vous plaît point.

LE MARQUIS. Vous l'épouserez, et je vous l'ordonne. Savez-vous à quoi j'ai pensé ? Dorante se disposait à partir, je l'ai retenu. Vous avez une sœur, j'ai exigé qu'il la vît : j'ai eu de la peine à l'y résoudre, il a fallu abuser un peu du pouvoir que j'ai sur lui : mais enfin j'ai obtenu que nous irions la voir demain, et peut-être l'arrêtera-t-elle.

DORANTE. Eh ! Monsieur, cela n'est pas possible.

LE MARQUIS. Demandez à sa sœur. Dites, Angélique ? n'est-il pas vrai qu'elle a de la beauté ?

ANGÉLIQUE. Mais oui, mon père.

LE MARQUIS. Venez, j'ai dans mon cabinet un portrait d'elle que je veux vous montrer, et qui, de l'aveu de tout le monde, ne la flatte pas.

Scène XIV

LISETTE, LE MARQUIS, ANGÉLIQUE, DORANTE

LISETTE. Monsieur, il vient de venir un homme que vous avez, dit-il, envoyé chercher pour le Baron, et qui attend dans la salle.

---

1. Les deux répliques qui suivent, celle de Dorante et celle du marquis, tiennent la place d'un long dialogue qui, dans le manuscrit, a été biffé (voir p. 2047). **2.** Le manuscrit porte *au Baron*, et au-dessus, sans que ces deux mots soient biffés : *à un autre*.

LE MARQUIS. Je vais lui parler ; je n'ai qu'un mot à lui dire, attendez-moi, Dorante. Je reviens dans le moment.

Il s'en va [1].

Scène XV

DORANTE, ANGÉLIQUE

DORANTE, *à part*. Je ne sais où je suis [2].

ANGÉLIQUE. Vous restez donc, Monsieur ?

DORANTE. Oui, Madame. Lépine m'a averti que vous aviez à me parler ; et j'allais me rendre à vos ordres, si Monsieur le Marquis ne m'avait pas arrêté.

ANGÉLIQUE. Il est vrai, Monsieur, j'avais à vous apprendre que je consentais à son mariage avec Lisette.

DORANTE. Je serai donc le seul qui m'en retournerai le plus malheureux de tous les hommes.

ANGÉLIQUE. Il faut avouer que vous vous êtes bien mal conduit dans tout ceci.

DORANTE. Moi, Madame ?

ANGÉLIQUE. Oui, Monsieur, vous me proposez un inconnu que je refuse, sans savoir que c'est vous ; quand vous vous nommez, il n'est plus temps. J'ai dit que j'avais de l'inclination pour un autre, et là-dessus, vous allez voir ma sœur.

DORANTE. Ah ! Madame, j'y vais malgré moi, vous le savez, Monsieur le Marquis veut que je le suive. Daignez me défendre de lui tenir parole, je vous le demande en grâce. J'ai besoin du plaisir de vous obéir, pour avoir la force de lui résister.

ANGÉLIQUE. Je le veux bien, à condition pourtant qu'il ne saura pas que je vous le défends.

DORANTE. Non, Madame, je prends tout sur moi, et je pars ce soir.

ANGÉLIQUE. Il ne faut pas que vous partiez non plus : du moins je ne le voudrais pas, car mon père m'imputerait votre départ.

DORANTE. Eh ! Madame, épargnez-moi, de grâce, le désespoir d'être témoin de votre mariage avec le Baron.

ANGÉLIQUE. Eh bien ! je ne l'épouserai point, je vous le promets.

---

1. L'indication scénique n'est donnée que par le manuscrit. 2. Le manuscrit donne : *Je ne sais où j'en suis.*

DORANTE. Vous me le promettez ?

ANGÉLIQUE. Eh mais ! je ne vous retiendrais pas, si je voulais l'épouser.

DORANTE. C'est du moins une grande consolation pour moi. Je n'ai pas l'audace d'en demander davantage.

ANGÉLIQUE. Vous pouvez parler.

Dorante et Angélique se regardent [1] *tous deux.*

DORANTE, *se jetant à genoux* [2]. Ah ! Madame, qu'entends-je ? Oserai-je croire qu'en ma faveur...

ANGÉLIQUE. Levez-vous, Dorante. Vous avez triomphé d'une fierté que je désavoue, et mon cœur vous en venge.

DORANTE. L'excès de mon bonheur me coupe la parole.

Scène dernière
LE MARQUIS, LISETTE, LÉPINE, ANGÉLIQUE, DORANTE

LE MARQUIS. Que signifie ce que je vois ? Dorante à vos genoux, ma fille !

ANGÉLIQUE. Oui, mon père, je suis charmée de l'y voir, et je crois que vous n'en serez pas fâché. Dispensez-moi d'en dire davantage.

LE MARQUIS. Embrassez-moi, Dorante ; je suis content. Sortons, je me charge de faire entendre raison au Baron.

LISETTE, *à Lépine*. Tiens, prends ma main, je te la donne.

LÉPINE. Je ne reçois point de présent que je n'en donne. Prends la mienne.

---

1. Le manuscrit porte : *Dorante et Angélique qui se regardent.* **2.** L'indication scénique manque dans le manuscrit.

LA COLONIE

Comédie en un acte et en prose
représentée sur un théâtre de société
et publiée dans le *Mercure* de décembre 1750

NOTICE

Le *Mercure* de décembre 1750 présenta la pièce qui va suivre par une petite notice dont voici la teneur : « La comédie suivante a été jouée dans une société et n'a pas été imprimée ; on y reconnaîtra aisément la manière fine et ingénieuse de M. de Marivaux[1]. » Cette comédie, comme il est aisé de s'en rendre compte, est une nouvelle version de *La Nouvelle Colonie*, ou *La Ligue des femmes*, dont on a vu plus haut le sort[2]. Si nous la donnons ici, plutôt qu'à la date de 1729, c'est pour de sérieuses raisons. Le titre en est modifié. Elle n'a qu'un acte, au lieu de trois pour la pièce primitive, et cette réduction ne porte pas seulement sur la distribution des scènes ; la nouvelle pièce est courte, même pour une pièce en un acte. L'intrigue est modifiée. Il n'est plus ici question de démission de Sorbin et de Timagène, sauf peut-être une fugitive allusion[3], et le dénouement diffère, non seulement dans sa forme, mais même dans sa signification, puisqu'il n'est plus question de sanctions contre les femmes, et qu'on leur promet même « d'avoir soin de [leurs] droits dans les usages qu'on va établir ». Enfin, la transformation de Silvia en Arthénice, veuve et vieillie, et celle d'Arlequin en Persinet lui confèrent aussi un caractère plus réaliste et plus bourgeois. Le souci de Marivaux n'a certes pas été, comme on l'a dit, d'avertir qu'il ne fallait plus laisser maltraiter son œuvre par ces « farceurs d'Italiens », mais tout simplement d'adapter la pièce aux possibilités d'une troupe d'amateurs. Sans doute n'est-il pas fâché non plus d'effacer, dans une certaine mesure, l'échec de la pièce précédente et de présenter celle-ci comme nouvelle. Au reste, ce qui a été dit des sources de *La Nouvelle Colonie* s'applique évidemment encore ici.

Grâce à la notice consacrée par le marquis d'Argenson à *La Colo-*

---

1. P. 29. **2.** Voir plus haut, p. 848-853. **3.** Au début de la scène XII : « Non, seigneur Timagène, nous ne pouvons pas mieux choisir. »

nie, nous avons une idée de ce que purent être les réactions des connaisseurs à la publication de la pièce dans le *Mercure*. La voici : « *La Colonie*, comédie, prose, ɪ acte, par M. de Marivaux, non représentée sur aucun théâtre, publiée imprimée dans le *Mercure de France* de décembre 1750. Cette pièce a été faite pour une société particulière où on l'a jouée. Il y a une autre pièce qui porte ce titre et qui est de M. de Sainte-Foix. Le sujet en est tout différent. Ce sujet-ci est ingénieux et tient à la *Politique*. Marivaux y montre son ancienne et profonde étude des femmes, et un désir qu'il aurait aujourd'hui de raisonner sur la *Politique*. Véritablement ses principes d'*Égalité* sont les meilleurs, mais il ne fait encore qu'entrevoir de loin et sans moyens. Il a précipité cet ouvrage. La fin est très négligée et rien n'est moins correct, ce sont des étincelles sans feu [1]. »

L'accueil n'est pas défavorable, et l'on peut s'étonner que Marivaux n'ait pas songé à introduire *La Colonie* dans l'édition Duchesne, 1758, de ses Œuvres de théâtre, comme il le fit pour *Les Acteurs de bonne foi* ou *Félicie*. Quoi qu'il en soit, la conséquence fut que ni l'édition de 1781 ni celle de 1825-1839 ne comprirent *La Colonie*. Ce fut Édouard Fournier qui la découvrit dans le *Mercure* et l'inclut dans son édition du *Théâtre complet de Marivaux* (1878). En 1925, l'Odéon monta la pièce, qui fut présentée par F. Gaiffe, et jouée sous son titre primitif de *La Nouvelle Colonie* : elle n'eut que trois représentations et un accueil indifférent. Mais, en 1962, la Comédie-Française renouvela la tentative et joua neuf fois *La Colonie*, seconde version bien entendu, sous son véritable titre [2]. La pièce fut reprise en 1983 dans une mise en scène de Jean-Pierre Miquel, ce qui portait à 77 le nombre des représentations en 2000. *La Colonie*, trop audacieuse pour le goût et les préjugés du public en 1729, passée inaperçue en 1750, attire aujourd'hui de nombreux metteurs en scène, tant en France (Philippe Clément, Théâtre de l'Iris, Villeurbanne, 1989 ; Jean-Marie Villégier, Théâtre national de Strasbourg, 1994) qu'aux États-Unis (Bob Tomlinson, Atlanta, 1988 [3] ; Jutka Devenyi et Anne Berger, Cornell University, 1993).

---

1. Manuscrit de la bibliothèque de l'Arsenal, n° 3450. **2.** Lors de cette représentation, le 11 janvier 1962, la mise en scène était de Jean Piat, les costumes et le décor d'A. Levasseur. Les rôles étaient respectivement joués par les acteurs suivants : Hermocrate, P.-É. Deiber ; Sorbin, M. Porterat ; Timagène, D. Lecourtois ; Persinet, G. Lartigau ; Mme Sorbin, Denise Gence ; Arthénice, Renée Devillers ; Lina, Michèle André. Voir *L'Avant-Scène*, n° 269, du 15 juillet 1962. **3.** Voir *Revue Marivaux* n° 3, 1992, p. 166, et n° 5, 1995, p. 55-70.

LE TEXTE

Nous reproduisons purement et simplement le texte du *Mercure*, seul authentique, et assez fidèlement suivi par les éditeurs qui nous ont précédé.

La Colonie

ACTEURS [1]

ARTHÉNICE, femme noble.

MADAME SORBIN, femme d'artisan.

MONSIEUR SORBIN, mari de Madame Sorbin.

TIMAGÈNE, homme noble.

LINA, fille de Madame Sorbin.

PERSINET, jeune homme du peuple, amant de Lina.

HERMOCRATE, autre noble [2].

Troupe de femmes, tant nobles que du peuple.

La scène est dans une île où sont abordés tous les acteurs.

---

1. La liste des acteurs ne figure pas dans le *Mercure*.　**2.** Hermocrate se dit pourtant « bourgeois et philosophe » à la scène XVII.

Scène première

ARTHÉNICE, MADAME SORBIN

ARTHÉNICE. Ah çà ! Madame Sorbin, ou plutôt ma compagne, car vous l'êtes, puisque les femmes de votre état[1] viennent de vous revêtir du même pouvoir dont les femmes nobles m'ont revêtue moi-même, donnons-nous la main, unissons-nous et n'ayons qu'un même esprit toutes les deux.

MADAME SORBIN, *lui donnant la main*. Conclusion, il n'y a plus qu'une femme et qu'une pensée ici.

ARTHÉNICE. Nous voici chargées du plus grand intérêt que notre sexe ait jamais eu, et cela dans la conjoncture du monde la plus favorable pour discuter notre droit vis-à-vis les hommes.

MADAME SORBIN. Oh ! pour cette fois-ci, Messieurs, nous *compterons ensemble.

ARTHÉNICE. Depuis qu'il a fallu nous sauver avec eux dans cette île où nous sommes fixées, le gouvernement de notre patrie a cessé.

MADAME SORBIN. Oui, il en faut un tout neuf ici, et l'heure est venue ; nous voici en *place d'avoir justice, et de sortir de l'humilité ridicule qu'on nous a imposée depuis le commencement du monde : plutôt mourir que d'endurer plus longtemps nos affronts.

ARTHÉNICE. Fort bien, vous sentez-vous en *effet un courage qui réponde à la dignité de votre emploi ?

MADAME SORBIN. Tenez, je me soucie aujourd'hui de la vie comme d'un fétu ; en un mot comme en cent, je me sacrifie, je l'entreprends. Madame Sorbin veut vivre dans l'histoire et non pas dans le monde.

ARTHÉNICE. Je vous garantis un nom immortel.

MADAME SORBIN. Nous, dans vingt mille ans, nous serons encore la nouvelle du jour.

ARTHÉNICE. Et quand même nous ne réussirions pas, nos petites-filles réussiront.

MADAME SORBIN. Je vous dis que les hommes n'en reviendront jamais. Au surplus, vous qui m'exhortez, il y a ici un certain Monsieur

---

1. C'est-à-dire du tiers état.

Timagène qui court après votre cœur ; *court-il encore ? Ne l'a-t-il pas pris ? Ce serait là un furieux sujet de faiblesse humaine, prenez-y garde.

ARTHÉNICE. Qu'est-ce que c'est que Timagène, Madame Sorbin ? Je ne le connais plus depuis notre projet ; tenez ferme et ne songez qu'à m'imiter.

MADAME SORBIN. Qui ? moi ! Eh où est l'embarras ? Je n'ai qu'un mari, qu'est-ce que cela coûte à laisser ? ce n'est pas là une affaire de cœur.

ARTHÉNICE. Oh ! j'en conviens.

MADAME SORBIN. Ah çà ! vous savez bien que les hommes vont dans un moment s'assembler sous des tentes, afin d'y choisir entre eux deux hommes qui nous feront des lois ; on a battu le tambour pour convoquer l'assemblée.

ARTHÉNICE. Eh bien ?

MADAME SORBIN. Eh bien ? il n'y a qu'à faire battre le tambour aussi pour enjoindre à nos femmes d'avoir à mépriser les règlements de ces messieurs, et dresser tout de suite une belle et bonne ordonnance de séparation d'avec les hommes [1], qui ne se doutent encore de rien.

ARTHÉNICE. C'était mon idée, sinon qu'au lieu du tambour, je voulais faire afficher notre ordonnance à son de trompe.

MADAME SORBIN. Oui-da, la trompe est excellente et fort convenable.

ARTHÉNICE. Voici Timagène et votre mari qui passent sans nous voir.

MADAME SORBIN. C'est qu'apparemment ils vont se rendre au Conseil. Souhaitez-vous que nous les appelions ?

ARTHÉNICE. Soit, nous les interrogerons sur ce qui se passe. *(Elle appelle Timagène.)*

MADAME SORBIN *appelle aussi*. Holà ! notre homme.

Scène II

Les acteurs précédents, MONSIEUR SORBIN, TIMAGÈNE

TIMAGÈNE. Ah ! pardon, belle Arthénice, je ne vous croyais pas si près.

---

1. La sécession des femmes forme aussi le pas essentiel de leur révolte dans *Lysistrata*.

MONSIEUR SORBIN. Qu'est-ce que c'est que tu veux, ma femme ? nous avons hâte.

MADAME SORBIN. Eh ! là, là, tout *bellement, je veux vous voir, Monsieur Sorbin, bonjour ; n'avez-vous rien à me communiquer, par hasard ou autrement ?

MONSIEUR SORBIN. Non, que veux-tu que je te communique, si ce n'est le temps qu'il fait, ou l'heure qu'il est ?

ARTHÉNICE. Et vous, Timagène, que m'apprendrez-vous ? Parle-t-on des femmes parmi vous ?

TIMAGÈNE. Non, Madame, je ne sais rien qui les concerne ; on n'en dit pas un mot.

ARTHÉNICE. Pas un mot, c'est fort bien fait.

MADAME SORBIN. Patience, l'affiche vous réveillera.

MONSIEUR SORBIN. Que veux-tu dire avec ton affiche ?

MADAME SORBIN. Oh ! rien, c'est que je me parle.

ARTHÉNICE. Eh ! dites-moi, Timagène, où allez-vous tous deux d'un air si pensif ?

TIMAGÈNE. Au Conseil, où l'on nous appelle, et où la noblesse et tous les notables d'une part, et le peuple de l'autre, nous menacent, cet honnête homme et moi, de nous nommer pour travailler aux lois, et j'avoue que mon incapacité me fait déjà trembler.

MADAME SORBIN. Quoi, mon mari, vous allez faire des lois ?

MONSIEUR SORBIN. Hélas, c'est ce qui se publie, et ce qui me donne un grand souci.

MADAME SORBIN. Pourquoi, Monsieur Sorbin ? Quoique vous soyez *massif et d'un naturel un peu lourd, je vous ai toujours connu un très bon gros jugement qui *viendra fort bien dans cette affaire-ci ; et puis je me persuade que ces messieurs auront le bon esprit de demander des femmes pour les assister, comme de raison.

MONSIEUR SORBIN. Ah ! tais-toi avec tes femmes, il est bien question de rire !

MADAME SORBIN. Mais vraiment, je ne ris pas.

MONSIEUR SORBIN. Tu deviens donc folle ?

MADAME SORBIN. Pardi, Monsieur Sorbin, vous êtes un petit élu du peuple bien impoli ; mais par bonheur, cela se passera avec une ordonnance, je dresserai des lois aussi, moi.

MONSIEUR SORBIN, *il rit.* Toi ! hé ! hé ! hé ! hé !

TIMAGÈNE, *riant.* Hé ! hé ! hé ! hé !...

ARTHÉNICE. Qu'y a-t-il donc là de si plaisant ? Elle a raison, elle en fera, j'en ferai moi-même.

TIMAGÈNE. Vous, Madame ?

MONSIEUR SORBIN, *riant*. Des lois !

ARTHÉNICE. Assurément.

MONSIEUR SORBIN, *riant*. Ah bien, tant mieux, faites, amusez-vous, jouez une farce ; mais gardez-nous votre drôlerie pour une autre fois, cela est trop bouffon pour le temps qui court.

TIMAGÈNE. Pourquoi ? La gaieté est toujours de saison.

ARTHÉNICE. La gaieté, Timagène ?

MADAME SORBIN. Notre drôlerie, Monsieur Sorbin ? Courage, on vous en donnera de la drôlerie.

MONSIEUR SORBIN. Laissons là ces rieuses, Seigneur Timagène, et allons-nous-en. Adieu, femme, grand merci de ton assistance.

ARTHÉNICE. Attendez, j'aurais une ou deux réflexions à communiquer à Monsieur l'Élu de la noblesse.

TIMAGÈNE. Parlez, Madame.

ARTHÉNICE. Un peu d'attention ; nous avons été obligés, grands et petits, nobles, bourgeois et gens du peuple, de quitter notre patrie pour éviter la mort ou pour fuir l'esclavage de l'ennemi qui nous a vaincus.

MONSIEUR SORBIN. Cela m'a l'air d'une harangue, remettons-la à tantôt, le loisir nous manque.

MADAME SORBIN. Paix, *malhonnête.

TIMAGÈNE. Écoutons.

ARTHÉNICE. Nos vaisseaux nous ont portés dans ce pays sauvage, et le pays est bon.

MONSIEUR SORBIN. Nos femmes y babillent trop.

MADAME SORBIN, *en colère*. Encore !

ARTHÉNICE. Le dessein est formé d'y rester, et comme nous y sommes tous arrivés pêle-mêle, que la fortune y est égale entre tous, que personne n'a droit d'y commander, et que tout y est en confusion, il faut des maîtres, il en faut un ou plusieurs, il faut des lois.

TIMAGÈNE. Hé, c'est à quoi nous allons pourvoir, Madame.

MONSIEUR SORBIN. Il va y avoir de tout cela en diligence, on nous attend pour cet effet.

ARTHÉNICE. Qui, nous ? Qui entendez-vous par nous ?

MONSIEUR SORBIN. Eh pardi, nous entendons, nous, ce ne peut pas être d'autres.

ARTHÉNICE. Doucement, ces lois, qui est-ce qui va les faire, de qui viendront-elles ?

MONSIEUR SORBIN, *en dérision*. De nous.

MADAME SORBIN. Des hommes !

MONSIEUR SORBIN. Apparemment.

ARTHÉNICE. Ces maîtres, ou bien ce maître, de qui le tiendra-t-on ?

MADAME SORBIN, *en dérision*. Des hommes.

MONSIEUR SORBIN. Eh ! apparemment.

ARTHÉNICE. Qui sera-t-il ?

MADAME SORBIN. Un homme.

MONSIEUR SORBIN. Eh ! qui donc ?

ARTHÉNICE. Et toujours des hommes et jamais de femmes, qu'en pensez-vous, Timagène ? car le gros jugement de votre adjoint ne va pas jusqu'à savoir ce que je veux dire.

TIMAGÈNE. J'avoue, Madame, que je n'entends pas bien la difficulté non plus.

ARTHÉNICE. Vous ne l'entendez pas ? Il suffit, laissez-nous.

MONSIEUR SORBIN, *à sa femme*. Dis-nous donc ce que c'est.

MADAME SORBIN. Tu me le demandes, va-t'en.

TIMAGÈNE. Mais, Madame...

ARTHÉNICE. Mais, Monsieur, vous me déplaisez là.

MONSIEUR SORBIN, *à sa femme*. Que veut-elle dire ?

MADAME SORBIN. Mais va porter ta face d'homme ailleurs.

MONSIEUR SORBIN. À qui en ont-elles ?

MADAME SORBIN. Toujours des hommes, et jamais de femmes, et ça ne nous entend pas.

MONSIEUR SORBIN. Eh bien, après ?

MADAME SORBIN. Hum ! Le butor, voilà ce qui est après[1].

TIMAGÈNE. Vous m'affligez, Madame, si vous me laissez partir sans m'instruire de ce qui vous indispose contre moi.

ARTHÉNICE. Partez, Monsieur, vous le saurez au retour de votre Conseil.

MADAME SORBIN. Le tambour vous dira le reste, ou bien le placard au son de la trompe.

MONSIEUR SORBIN. Fifre, trompe ou trompette, il ne m'importe guères ; allons, Monsieur Timagène.

TIMAGÈNE. Dans l'inquiétude où je suis, je reviendrai, Madame, le plus tôt qu'il me sera possible.

---

1. On doit imaginer ici un jeu de scène : soufflet, grimace...

Scène III

MADAME SORBIN, ARTHÉNICE

ARTHÉNICE. C'est nous faire un nouvel outrage que de ne nous pas entendre.

MADAME SORBIN. C'est l'ancienne coutume d'être impertinent de père en fils, qui leur bouche l'esprit.

Scène IV

MADAME SORBIN, ARTHÉNICE, LINA, PERSINET

PERSINET. Je viens à vous, vénérable et future belle-mère ; vous m'avez promis la charmante Lina ; et je suis bien impatient d'être son époux ; je l'aime tant, que je ne saurais plus supporter l'amour sans le mariage.

ARTHÉNICE, *à Madame Sorbin*. Écartez ce jeune homme, Madame Sorbin ; les circonstances présentes nous obligent de rompre avec toute son espèce.

MADAME SORBIN. Vous avez raison, c'est une fréquentation qui ne convient plus.

PERSINET. J'attends réponse.

MADAME SORBIN. Que faites-vous là, Persinet ?

PERSINET. Hélas ! je vous intercède[1], et j'accompagne ma nonpareille Lina.

MADAME SORBIN. Retournez-vous-en.

LINA. Qu'il s'en retourne ! eh ! *d'où vient, ma mère ?

MADAME SORBIN. Je veux qu'il s'en aille, il le faut, le cas le requiert, il s'agit d'affaire d'État.

LINA. Il n'a qu'à nous suivre de loin.

PERSINET. Oui, je serai content de me tenir humblement derrière.

MADAME SORBIN. Non, point de façon de se tenir, je n'en accorde point ; écartez-vous, ne nous approchez pas jusqu'à la paix.

LINA. Adieu, Persinet, jusqu'au revoir ; n'*obstinons point ma mère.

PERSINET. Mais qui est-ce qui a rompu la paix ? Maudite guerre, en

---

1. Les dictionnaires du temps, comme les dictionnaires modernes, ne connaissent que la construction *intercéder auprès de*. Outre l'impropriété, Persinet commet donc ici un solécisme.

attendant que tu finisses, je vais m'affliger tout à mon aise, en mon petit particulier.

Scène V

ARTHÉNICE, MADAME SORBIN, LINA

LINA. Pourquoi donc le maltraitez-vous, ma mère ? Est-ce que vous ne voulez plus qu'il m'aime, ou qu'il m'épouse ?

MADAME SORBIN. Non, ma fille, nous sommes dans une occurrence où l'amour n'est plus qu'un sot.

LINA. Hélas ! quel dommage !

ARTHÉNICE. Et le mariage, tel qu'il a été jusqu'ici, n'est plus aussi qu'une pure servitude que nous abolissons [1], ma belle enfant ; car il faut bien la mettre un peu au fait pour la consoler.

LINA. Abolir le mariage ! Eh ! que mettra-t-on à la place ?

MADAME SORBIN. Rien.

LINA. Cela est bien court.

ARTHÉNICE. Vous savez, Lina, que les femmes jusqu'ici ont toujours été soumises à leurs maris.

LINA. Oui, Madame, c'est une coutume qui n'empêche pas l'amour.

MADAME SORBIN. Je te défends l'amour.

LINA. Quand il y est, comment l'ôter [2] ? Je ne l'ai pas pris ; c'est lui qui m'a prise, et puis je ne refuse pas la soumission.

MADAME SORBIN. Comment soumise, petite âme de servante, *jour de Dieu ! soumise, cela peut-il sortir de la bouche d'une femme ? Que je ne vous entende plus proférer cette horreur-là, apprenez que nous nous révoltons.

ARTHÉNICE. Ne vous emportez point, elle n'a pas été de nos délibérations, à cause de son âge, mais je vous réponds d'elle, dès qu'elle sera instruite. Je vous assure qu'elle sera charmée d'avoir autant d'autorité que son mari dans son petit ménage, et quand il dira : Je veux, de pouvoir répliquer : Moi, je ne veux pas.

LINA, *pleurant*. Je n'en aurai pas la peine ; Persinet et moi, nous

---

1. Les femmes accomplissent la même réforme en mettant en commun biens, enfants et maris dans *L'Assemblée des femmes*, d'Aristophane.
2. Lubin fait la même réponse à Hortensius dans la seconde *Surprise de l'amour* (acte I, sc. XIV). Dans les deux cas, l'amour, sentiment spontané, se révolte contre l'esprit de système.

voudrons toujours la même chose ; nous en sommes convenus entre nous.

Madame Sorbin. Prends-y garde avec ton Persinet ; si tu n'as pas des sentiments plus relevés, je te retranche du noble corps des femmes ; reste avec ma camarade et moi pour apprendre à considérer ton importance ; et surtout qu'on supprime ces larmes qui font confusion à ta mère, et qui rabaissent notre mérite.

Arthénice. Je vois quelques-unes de nos amies qui viennent et qui paraissent avoir à nous parler, sachons ce qu'elles nous veulent.

Scène VI

ARTHÉNICE, MADAME SORBIN, LINA, QUATRE FEMMES,
dont deux tiennent chacune[1] un bracelet de ruban rayé

Une des députées. Vénérables compagnes, le sexe qui vous a nommées ses chefs, et qui vous a choisies pour le défendre, vient de juger à propos, dans une nouvelle délibération, de vous conférer des marques de votre dignité, et nous vous les apportons de sa part. Nous sommes chargées, en même temps, de vous jurer pour lui une entière obéissance, quand vous lui aurez juré entre nos mains une *fidélité inviolable : deux articles essentiels auxquels on n'a pas songé d'abord.

Arthénice. Illustres députées, nous aurions volontiers supprimé le faste dont on nous pare. Il nous aurait suffi d'être ornées de nos vertus ; c'est à ces marques qu'on doit nous reconnaître.

Madame Sorbin. N'importe, prenons toujours ; ce sera deux parures au lieu d'une.

Arthénice. Nous acceptons cependant la distinction dont on nous honore, et nous allons nous acquitter de nos serments, dont l'omission a été très judicieusement remarquée ; je commence. *(Elle met sa main dans celle d'une des députées.)* Je fais vœu de vivre pour soutenir les droits de mon sexe opprimé ; je consacre ma vie à sa gloire ; j'en jure par ma dignité de femme, par mon inexorable fierté de cœur, qui est un présent du ciel, il ne faut pas s'y tromper ; enfin par l'indocilité d'esprit que j'ai toujours eue dans mon mariage, et

---

1. Le *Mercure*, par suite d'une confusion phonétique commune à l'époque, donne ici *chacun* au lieu de *chacune*.

qui m'a préservée de l'affront d'obéir à feu mon bourru de mari[1], j'ai dit. À vous, Madame Sorbin.

Madame Sorbin. Approchez, ma fille, écoutez-moi, et devenez à jamais célèbre, seulement pour avoir assisté à cette action si mémorable. *(Elle met sa main dans celle d'une des députées.)* Voici mes paroles : Vous irez de niveau avec les hommes ; ils seront vos camarades, et non pas vos maîtres. Madame vaudra partout Monsieur, ou je mourrai à la peine. J'en jure par le plus gros juron que je sache ; par cette tête de fer qui ne pliera jamais, et que personne jusqu'ici ne peut se vanter d'avoir réduite, il n'y a qu'à en demander des nouvelles

Une des députées. Écoutez, à présent, ce que toutes les femmes que nous représentons vous jurent à leur tour. On verra la fin du monde, la race des hommes s'éteindra avant que nous cessions d'obéir à vos ordres[2], voici déjà une de nos compagnes qui accourt pour vous reconnaître.

Scène VII

LES DÉPUTÉES, ARTHÉNICE, MADAME SORBIN, LINA, UNE FEMME *qui arrive*

La Femme. Je me hâte de venir rendre hommage à nos souveraines, et de me ranger sous leurs lois.

Arthénice. Embrassons-nous, mes amies ; notre serment mutuel vient de nous imposer de grands devoirs, et pour vous exciter à remplir les vôtres, je suis d'avis de vous retracer en ce moment une vive image de l'abaissement où nous avons langui jusqu'à ce jour ; nous ne ferons en cela que nous conformer à l'usage de tous les chefs de parti.

Madame Sorbin. Cela s'appelle exhorter son monde avant la bataille.

Arthénice. Mais la décence veut que nous soyons assises, on en parle plus à son aise.

Madame Sorbin. Il y a des bancs là-bas, il n'y a qu'à les approcher. *(À Lina.)* Allons, petite fille, *alerte.

---

1. Dans la version de 1750, Arthénice est donc veuve. Plus loin, il est fait allusion à son manque de beauté. En était-il de même dans la version de 1729, où le rôle était tenu par Silvia ? **2.** Nouveau rappel discret du moyen de pression adopté par les femmes dans *Lysistrata*.

LINA. Je vois Persinet qui passe, il est plus fort que moi, et il m'aidera, si vous voulez.

UNE DES FEMMES. Quoi ! Nous emploierions un homme ?

ARTHÉNICE. Pourquoi non ? Que cet homme nous serve, j'en accepte l'augure.

MADAME SORBIN. C'est bien dit ; dans l'occurrence présente, cela nous portera bonheur. *(À Lina.)* Appelez-nous ce domestique.

LINA *appelle*. Persinet ! Persinet !

Scène VIII

Tous les acteurs précédents, PERSINET

PERSINET *accourt*. Qu'y a-t-il, mon amour ?

LINA. Aidez-moi à pousser ces bancs jusqu'ici.

PERSINET. Avec plaisir, mais n'y touchez pas, vos petites mains sont trop délicates, laissez-moi faire.

Il avance les bancs, Arthénice et Madame Sorbin, après quelques civilités, s'assoient les premières ; Persinet et Lina s'assoient tous deux au même bout.

ARTHÉNICE, *à Persinet*. J'admire la liberté que vous prenez, petit garçon, ôtez-vous de là, on n'a plus besoin de vous.

MADAME SORBIN. Votre service est fait, qu'on s'en aille.

LINA. Il ne tient presque pas de place, ma mère, il n'a que la moitié de la mienne.

MADAME SORBIN. À la porte, vous dit-on.

PERSINET. Voilà qui est bien dur !

Scène IX

LES FEMMES *susdites*

ARTHÉNICE, *après avoir toussé et craché*[1]. L'oppression dans laquelle nous vivons sous nos tyrans, pour être si ancienne, n'en est pas devenue plus raisonnable ; n'attendons pas que les hommes se

---

1. Ce geste ne doit pas être considéré comme choquant ou grossier. Il semble caractéristique des orateurs « à l'antique », Hortensius dans la seconde *Surprise*, l'Amour dans *La Réunion des Amours* agissent ainsi avant de prendre la parole en public.

corrigent d'eux-mêmes ; l'insuffisance de leurs lois a beau les punir de les avoir faites à leur tête et sans nous, rien ne les ramène à la justice qu'ils nous doivent, ils ont oublié qu'ils nous la refusent.

MADAME SORBIN. Aussi le monde va, il n'y a qu'à voir.

ARTHÉNICE. Dans l'arrangement des affaires, il est décidé que nous n'avons pas le sens commun, mais tellement décidé que cela va tout seul, et que nous n'en appelons pas nous-mêmes.

UNE DES FEMMES. Hé ! que voulez-vous ? On nous crie dès le berceau : Vous n'êtes capables de rien, ne vous mêlez de rien, vous n'êtes bonnes à rien qu'à être sages. On l'a dit à nos mères qui l'ont cru, qui nous le répètent ; on a les oreilles rebattues de ces mauvais propos ; nous sommes douces, la paresse s'en mêle, on nous mène comme des moutons.

MADAME SORBIN. Oh ! pour moi, je ne suis qu'une femme, mais depuis que j'ai l'âge de raison, le mouton n'a jamais trouvé cela bon.

ARTHÉNICE. Je ne suis qu'une femme, dit Madame Sorbin, cela est admirable !

MADAME SORBIN. Cela vient encore de cette moutonnerie.

ARTHÉNICE. Il faut qu'il y ait en nous une défiance bien louable de nos lumières pour avoir adopté ce jargon-là ; qu'on me trouve des hommes qui en disent autant d'eux ; cela les passe ; revenons au vrai pourtant : vous n'êtes qu'une femme, dites-vous ? Hé ! que voulez-vous donc être pour être mieux ?

MADAME SORBIN. Eh ! je m'y tiens, Mesdames, je m'y tiens, c'est nous qui avons le mieux, et je bénis le ciel de m'en avoir fait participante, il m'a comblé d'honneurs, et je lui en rends des grâces nonpareilles [1].

UNE DES FEMMES. Hélas ! cela est bien juste.

ARTHÉNICE. Pénétrons-nous donc un peu de ce que nous valons, non par orgueil, mais par reconnaissance.

LINA. Ah ! si vous entendiez Persinet là-dessus, c'est lui qui est pénétré suivant [2] nos mérites.

UNE DES FEMMES. Persinet n'a que faire ici ; il est indécent de le citer.

---

1. C'est la première fois que Mme Sorbin emploie ce terme, qui s'est déjà rencontré dans la bouche de Persinet (sc. IV). C'est un mot suranné, dont l'usage trahit le peuple ou la petite bourgeoisie. Pour le participe non accordé, voir la Note grammaticale, p. 2265. **2.** L'emploi de *suivant* au sens de « en ce qui concerne » n'est pas enregistré par les dictionnaires du temps. Il est encore propre à la langue populaire.

MADAME SORBIN. Paix, petite fille, point de langue ici, rien que des oreilles ; excusez, Mesdames ; poursuivez, la camarade.

ARTHÉNICE. Examinons ce que nous sommes, et arrêtez-moi, si j'en dis trop ; qu'est-ce qu'une femme, seulement à la voir ? En vérité, ne dirait-on pas que les dieux en ont fait l'objet de leurs plus tendres complaisances ?

UNE DES FEMMES. Plus j'y rêve, et plus j'en suis convaincue.

UNE DES FEMMES. Cela est incontestable.

UNE AUTRE FEMME. Absolument incontestable.

UNE AUTRE FEMME. C'est un fait.

ARTHÉNICE. Regardez-la, c'est le plaisir des yeux.

UNE FEMME. Dites les délices.

ARTHÉNICE. Souffrez que j'achève.

UNE FEMME. N'interrompons point.

UNE AUTRE FEMME. Oui, écoutons.

UNE AUTRE FEMME. Un peu de silence.

UNE AUTRE FEMME. C'est notre chef qui parle.

UNE AUTRE FEMME. Et qui parle bien.

LINA. Pour moi, je ne dis mot.

MADAME SORBIN. Se taira-t-on ? car cela m'impatiente !

ARTHÉNICE. Je recommence : regardez-la, c'est le plaisir des yeux ; les grâces et la beauté, déguisées sous toutes sortes de formes, se disputent à qui versera le plus de charmes sur son visage et sur sa figure. Eh ! qui est-ce qui peut définir le nombre et la variété de ces charmes [1] ? Le sentiment les saisit, nos expressions n'y sauraient atteindre. *(Toutes les femmes se redressent ici. Arthénice continue.)* La femme a l'air noble, et cependant son air de douceur enchante. *(Les femmes ici prennent un air doux.)*

UNE FEMME. Nous voilà.

MADAME SORBIN. Chut !

ARTHÉNICE. C'est une beauté fière, et pourtant une beauté *mignarde ; elle imprime un respect qu'on n'ose perdre, si elle ne s'en

---

1. Ces réflexions sur la variété des grâces féminines ont déjà été développées dans les *Lettres sur les habitants de Paris* (*Journaux et Œuvres diverses*, section I, p. 26). Il est question des femmes de qualité : « Dans la femme de qualité, l'habillement, la marche, le geste et le ton, tout est formé par les grâces ; mais ces grâces-là, la nature ne les a point faites, etc. » Voir encore et surtout la première *Surprise de l'amour*, acte I, sc. II : « Car enfin, est-il dans l'univers de figure plus charmante ? Que de grâces ! et que de variété dans ces grâces ! etc. »

mêle ; elle inspire un amour qui ne saurait se taire ; dire qu'elle est belle, qu'elle est aimable, ce n'est que commencer son portrait ; dire que sa beauté surprend, qu'elle occupe, qu'elle attendrit, qu'elle ravit, c'est dire, à peu près, ce qu'on en voit, ce n'est pas effleurer ce qu'on en pense[1].

MADAME SORBIN. Et ce qui est encore incomparable, c'est de vivre avec toutes ces belles choses-là, comme si de rien n'était ; voilà le surprenant, mais ce que j'en dis n'est pas pour interrompre, paix !

ARTHÉNICE. Venons à l'esprit, et voyez combien le nôtre a paru redoutable à nos tyrans ; jugez-en par les précautions qu'ils ont prises pour l'étouffer, pour nous empêcher d'en faire usage ; c'est à filer, c'est à la quenouille, c'est à l'économie de leur maison, c'est au misérable *tracas d'un ménage, enfin c'est à faire des nœuds, que ces messieurs nous condamnent.

UNE FEMME. Véritablement, cela crie vengeance.

ARTHÉNICE. Ou bien, c'est à savoir prononcer sur des ajustements, c'est à les réjouir dans leurs soupers, c'est à leur inspirer d'agréables passions, c'est à régner dans la bagatelle, c'est à n'être nous-mêmes que la première de toutes les bagatelles ; voilà toutes les fonctions qu'ils nous laissent ici-bas ; à nous qui les avons polis, qui leur avons donné des mœurs, qui avons corrigé la férocité de leur âme ; à nous, sans qui la terre ne serait qu'un séjour de sauvages, qui ne mériteraient pas le nom d'hommes[2].

UNE DES FEMMES. Ah ! les ingrats ; allons, Mesdames, supprimons les soupers dès ce jour.

UNE AUTRE. Et pour des passions, qu'ils en cherchent.

MADAME SORBIN. En un mot comme en cent, qu'ils filent à leur tour.

ARTHÉNICE. Il est vrai qu'on nous traite de charmantes, que nous sommes des astres, qu'on nous distribue des teints de lis et de roses, qu'on nous chante dans des vers, où le soleil insulté pâlit de honte à

---

1. Ici encore, nous approchons du ton de Lélio dans *La Surprise de l'amour* : « Pour la définir, il faudrait la connaître : nous pouvons aujourd'hui en commencer la définition, mais je soutiens qu'on n'en verra le bout qu'à la fin du monde. » **2.** L'idée est banale, mais elle a pour Marivaux une signification précise. Dans son premier roman, *Les Effets surprenants de la sympathie*, une des héroïnes, naufragée dans une île peuplée par des sauvages, les convertit à une vie sédentaire, à l'humanité et à la religion naturelle. Dans la réplique suivante, les *soupers* sont les réunions élégantes qui se tenaient chez les femmes du monde.

notre aspect, et, comme vous voyez, cela est considérable ; et puis les transports, les extases, les désespoirs dont on nous régale, quand il nous plaît.

MADAME SORBIN. Vraiment, c'est de la friandise qu'on donne à ces enfants.

UNE AUTRE FEMME. Friandise, dont il y a plus de six mille ans que nous vivons.

ARTHÉNICE. Eh ! qu'en arrive-t-il ? que par *simplicité nous nous entêtons du vil honneur de leur plaire, et que nous nous amusons *bonnement à être coquettes, car nous le sommes, il en faut convenir.

UNE FEMME. Est-ce notre faute ? Nous n'avons que cela à faire.

ARTHÉNICE. Sans doute ; mais ce qu'il y a d'admirable, c'est que la supériorité de notre âme est si invincible, si opiniâtre, qu'elle résiste à tout ce que je dis là, c'est qu'elle éclate et perce encore à travers cet avilissement où nous tombons ; nous sommes coquettes, d'accord, mais notre coquetterie même est un prodige.

UNE FEMME. Oh ! tout ce qui part de nous est parfait.

ARTHÉNICE. Quand je songe à tout le génie, toute la sagacité, toute l'intelligence que chacune de nous y met en se jouant, et que nous ne pouvons mettre que là, cela est immense ; il y entre plus de profondeur d'esprit qu'il n'en faudrait pour gouverner deux mondes comme le nôtre [1], et tant d'esprit est en pure perte.

MADAME SORBIN, *en colère.* Ce monde-ci n'y gagne rien ; voilà ce qu'il faut pleurer.

ARTHÉNICE. Tant d'esprit n'aboutit qu'à renverser de petites cervelles qui ne sauraient le soutenir, et qu'à nous procurer de sots compliments, que leurs vices et leur démence, et non pas leur raison, nous prodiguent ; leur raison ne nous a jamais dit que des injures.

MADAME SORBIN. Allons, point de *quartier ; je fais vœu d'être laide, et notre première ordonnance sera que nous tâchions de l'être toutes. *(À Arthénice.)* N'est-ce pas, camarade ?

ARTHÉNICE. J'y consens.

UNE DES FEMMES. D'être laides ? Il me paraît à moi, que c'est prendre à *gauche.

UNE AUTRE FEMME. Je ne serai jamais de cet avis-là, non plus.

UNE AUTRE FEMME. Eh ! mais qui est-ce qui pourrait en être ? Quoi !

---

1. L'idée revient souvent chez Marivaux, qui compare la science déployée par une femme qui choisit un ruban à la profondeur de vues d'un savant ou d'un philosophe (voir *La Vie de Marianne*, éd. Classiques Garnier, p. 50).

s'enlaidir exprès pour se venger des hommes ? Eh ! tout au contraire, embellissons-nous, s'il est possible, afin qu'ils nous regrettent davantage.

UNE AUTRE FEMME. Oui, afin qu'ils soupirent plus que jamais à nos genoux, et qu'ils meurent de douleur de se voir rebutés ; voilà ce qu'on appelle une indignation de bon sens, et vous êtes dans le faux, Madame Sorbin, tout à fait dans le faux.

MADAME SORBIN. Ta, ta, ta, ta, je t'en réponds, embellissons-nous pour retomber ; de vingt galants qui se meurent à nos genoux, il n'y en a quelquefois pas un qu'on ne *réchappe, d'ordinaire on les sauve tous ; ces mourants-là nous gagnent trop, je connais bien notre humeur, et notre ordonnance tiendra ; on se rendra laide ; au surplus ce ne sera pas si grand dommage, Mesdames, et vous n'y perdrez pas plus que moi.

UNE FEMME. Oh ! doucement, cela vous plaît à dire, vous ne jouez pas gros jeu ; vous, votre affaire est bien avancée.

UNE AUTRE. Il n'est pas étonnant que vous fassiez si bon marché de vos grâces.

UNE AUTRE. On ne vous prendra jamais pour un astre.

LINA. *Tredame, ni vous non plus pour une étoile.

UNE FEMME. Tenez, ce petit étourneau, avec son caquet.

MADAME SORBIN. Ah ! pardi, me voilà bien ébahie ; eh ! dites donc, vous autres pimbêches, est-ce que vous croyez être jolies ?

UNE AUTRE. Eh ! mais, si nous vous ressemblons, qu'est-il besoin de s'enlaidir ? Par où s'y prendre ?

UNE AUTRE. Il est vrai que la Sorbin en parle bien à son aise.

MADAME SORBIN. Comment donc, la Sorbin ? m'appeler la Sorbin ?

LINA. Ma mère, une Sorbin !

MADAME SORBIN. Qui est-ce qui sera donc madame ici ; me perdre le respect de cette manière ?

ARTHÉNICE, *à l'autre femme*. Vous avez tort, ma bonne, et je trouve le projet de Madame Sorbin très sage.

UNE FEMME. Ah, je le crois ; vous n'y avez pas plus d'intérêt qu'elle.

ARTHÉNICE. Qu'est-ce que cela signifie ? M'attaquer moi-même ?

MADAME SORBIN. Mais voyez ces guenons, avec leur vision de beauté ; oui, Madame Arthénice et moi, qui valons mieux que vous, voulons, ordonnons et prétendons qu'on s'habille mal, qu'on se coiffe de travers, et qu'on se noircisse le visage au soleil.

ARTHÉNICE. Et pour contenter ces femmes-ci, notre édit n'exceptera qu'elles, il leur sera permis de s'embellir, si elles le peuvent.

MADAME SORBIN. Ah ! que c'est bien dit ; oui, gardez tous vos affi-
quets, corsets, rubans, avec vos mines et vos simagrées qui font rire,
avec vos petites mules ou pantoufles, où l'on écrase un pied qui n'y
saurait loger, et qu'on veut rendre mignon en dépit de sa taille,
parez-vous, parez-vous, il n'y a pas de conséquence.

UNE DES FEMMES. Juste ciel ! qu'elle est grossière ! N'a-t-on pas fait
là un beau choix ?

ARTHÉNICE. Retirez-vous ; vos serments vous lient, obéissez ; je
romps la séance.

UNE DES FEMMES. Obéissez ? voilà de grands airs.

UNE DES FEMMES. Il n'y a qu'à se plaindre, il faut crier.

TOUTES LES FEMMES. Oui, crions, crions, représentons.

MADAME SORBIN. J'avoue que les poings me démangent.

ARTHÉNICE. Retirez-vous, vous dis-je, ou je vous ferai mettre aux
arrêts.

UNE DES FEMMES, *en s'en allant avec les autres*. C'est votre faute,
Mesdames, je ne voulais ni de cette artisane, ni de cette princesse,
je n'en voulais pas, mais l'on ne m'a pas écoutée.

Scène X

ARTHÉNICE, MADAME SORBIN, LINA

LINA. Hélas ! ma mère, pour apaiser tout, laissez-nous garder nos
mules et nos corsets.

MADAME SORBIN. Tais-toi, je t'habillerai d'un sac si tu me raisonnes.

ARTHÉNICE. Modérons-nous, ce sont des folles ; nous avons une
ordonnance à faire, allons la tenir prête.

MADAME SORBIN. Partons ; *(à Lina)* et toi, attends ici que les
hommes sortent de leur Conseil, ne t'avise pas de parler à Persinet
s'il venait, au moins ; me le promets-tu ?

LINA. Mais... oui, ma mère.

MADAME SORBIN. Et viens nous avertir dès que des hommes paraîtront, tout aussitôt.

Scène XI

LINA, *un moment seule* ; PERSINET

LINA. Quel train ! Quel désordre ! Quand me mariera-t-on à cette
heure ? Je n'en sais plus rien.

PERSINET. Eh bien, Lina, ma chère Lina, contez-moi mon *désastre ; d'où vient que Madame Sorbin me chasse ? J'en suis encore tout tremblant, je n'en puis plus, je me meurs.

LINA. Hélas ! ce cher petit homme[1], si je pouvais lui parler dans son affliction.

PERSINET. Eh bien ! vous le pouvez, je ne suis pas ailleurs.

LINA. Mais on me l'a défendu, on ne veut pas seulement que je le regarde, et je suis sûre qu'on m'épie.

PERSINET. Quoi ! me retrancher vos yeux ?

LINA. Il est vrai qu'il peut me parler, lui, on ne m'a pas ordonné de l'en empêcher.

PERSINET. Lina, ma Lina, pourquoi me mettez-vous à une lieue d'ici ? Si vous n'avez pas compassion de moi, je n'ai pas longtemps à vivre ; il me faut même actuellement un coup d'œil pour me soutenir.

LINA. Si pourtant, dans l'occurrence, il n'y avait qu'un regard qui pût sauver mon Persinet, oh ! ma mère aurait beau dire, je ne le laisserais pas mourir.

Elle le regarde.

PERSINET. Ah ! le bon remède ! je sens qu'il me rend la vie ; répétez, m'amour, encore un tour de prunelle pour me remettre tout à fait.

LINA. Et s'il ne suffisait pas d'un regard, je lui en donnerais deux, trois, tant qu'il faudrait.

Elle le regarde.

PERSINET. Ah ! me voilà un peu revenu ; dites-moi le reste à présent ; mais parlez-moi de plus près et non pas en mon absence.

LINA. Persinet ne sait pas que nous sommes révoltées.

PERSINET. Révoltées contre moi ?

LINA. Et que ce sont les affaires d'État qui nous sont contraires.

PERSINET. Eh ! de quoi se mêlent-elles ?

LINA. Et que les femmes ont résolu de gouverner le monde et de faire des lois.

PERSINET. Est-ce moi qui les en empêche ?

---

1. La même expression était employée par Silvia parlant à Arlequin, à la scène x de l'acte I de *La Double Inconstance*. L'identité de termes souligne, non seulement la ressemblance des situations, mais surtout le fait que les rôles de Lina et de Persinet sont à l'origine ceux de Silvia et d'Arlequin.

LINA. Il ne sait pas qu'il va tout à l'heure nous être enjoint de rompre avec les hommes.

PERSINET. Mais non pas avec les garçons ?

LINA. Qu'il sera enjoint d'être laides et mal faites avec eux, de peur qu'ils n'aient du plaisir à nous voir, et le tout par le moyen d'un placard au son de la trompe.

PERSINET. Et moi je défie toutes les trompes et tous les placards du monde de vous empêcher d'être jolie.

LINA. De sorte que je n'aurai plus ni mules, ni corset, que ma coiffure ira de travers et que je serai peut-être habillée d'un sac ; voyez à quoi je ressemblerai.

PERSINET. Toujours à vous, mon petit cœur.

LINA. Mais voilà les hommes qui sortent, je m'enfuis pour avertir ma mère. Ah ! Persinet ! Persinet ! *(Elle fuit.)*

PERSINET. Attendez donc, j'y suis ; ah ! maudites lois, faisons ma plainte à ces messieurs.

Scène XII

MONSIEUR SORBIN, HERMOCRATE [1], TIMAGÈNE, UN AUTRE HOMME, PERSINET

HERMOCRATE. Non, seigneur Timagène, nous ne pouvons pas mieux choisir ; le peuple n'a pas hésité sur Monsieur Sorbin, le reste des citoyens n'a eu qu'une voix pour vous, et nous sommes en de bonnes mains.

PERSINET. Messieurs, permettez l'importunité : je viens à vous, Monsieur Sorbin ; les affaires d'État me coupent la gorge, je suis abîmé ; vous croyez que vous aurez un gendre et c'est ce qui vous trompe ; Madame Sorbin m'a *cassé tout net jusqu'à la paix ; on vous casse aussi, on ne veut plus des personnes de notre étoffe, toute face d'homme est bannie ; on va nous retrancher à son de trompe, et je vous demande votre protection contre un tumulte.

MONSIEUR SORBIN. Que voulez-vous dire, mon fils ? Qu'est-ce que c'est qu'un tumulte ?

PERSINET. C'est une émeute, une ligue, un tintamarre, un charivari

---

1. Dans la première version de la pièce, le personnage d'Hermocrate était celui d'un philosophe qui, au moment de la révolte des femmes, était adjoint aux gouverneurs pour leur servir de conseil.

sur le gouvernement du royaume ; vous saurez que les femmes se sont mises tout en un *tas pour être laides, elles vont quitter les pantoufles, on parle même de changer de robes, de se vêtir d'un sac, et de porter les *cornettes de côté pour nous déplaire ; j'ai vu préparer un grand colloque, j'ai moi-même approché les bancs pour la commodité de la conversation ; je voulais m'y asseoir, on m'a chassé comme un gredin ; le monde va périr, et le tout à cause de vos lois, que ces braves dames veulent faire en communauté avec vous, et dont je vous conseille de leur céder la moitié de la *façon, comme cela est juste.

TIMAGÈNE. Ce qu'il nous dit est il possible ?

PERSINET. Qu'est-ce que c'est que des lois ? Voilà une belle bagatelle en comparaison de la tendresse des dames !

HERMOCRATE. Retirez-vous, jeune homme.

PERSINET. Quel *vertigo prend-il donc à tout le monde ? De quelque côté que j'aille, on me dit partout : Va-t'en ; je n'y comprends rien.

MONSIEUR SORBIN. Voilà donc ce qu'elles voulaient dire tantôt ?

TIMAGÈNE. Vous le voyez.

HERMOCRATE. Heureusement, l'aventure est plus comique que dangereuse.

UN AUTRE HOMME. Sans doute.

MONSIEUR SORBIN. Ma femme est têtue, et je gage qu'elle a tout ameuté ; mais attendez-moi là ; je vais voir ce que c'est, et je mettrai bon ordre à cette folie-là ; quand j'aurai pris mon ton de maître, je vous fermerai le bec à cela ; ne vous écartez pas, Messieurs. *(Il sort par un côté.)*

TIMAGÈNE. Ce qui me surprend, c'est qu'Arthénice se soit mise de la partie.

Scène XIII

TIMAGÈNE, HERMOCRATE, L'AUTRE HOMME, PERSINET, ARTHÉNICE, MADAME SORBIN, UNE FEMME
avec un tambour, et LINA, *tenant une affiche*

ARTHÉNICE. Messieurs, daignez répondre à notre question ; vous allez faire des règlements pour la république, n'y travaillerons-nous pas de concert ? À quoi nous destinez-vous là-dessus ?

HERMOCRATE. À rien, comme à l'ordinaire.

UN AUTRE HOMME. C'est-à-dire à vous marier quand vous serez filles, à obéir à vos maris quand vous serez femmes, et à veiller sur votre maison : on ne saurait vous ôter cela, c'est votre lot.

MADAME SORBIN. Est-ce là votre dernier mot ? Battez tambour ; *(et à Lina)* et vous, allez afficher l'ordonnance à cet arbre. *(On bat le tambour et Lina affiche.)*

HERMOCRATE. Mais, qu'est-ce que c'est que cette mauvaise plaisanterie-là ? Parlez-leur donc, seigneur Timagène, sachez de quoi il est question.

TIMAGÈNE. Voulez-vous bien vous expliquer, Madame ?

MADAME SORBIN. Lisez l'affiche, l'explication y est.

ARTHÉNICE. Elle vous apprendra que nous voulons nous mêler de tout, être associées à tout, exercer avec vous tous les emplois, ceux de finance, de judicature et d'épée.

HERMOCRATE. D'épée, Madame ?

ARTHÉNICE. Oui d'épée, Monsieur ; sachez que jusqu'ici nous n'avons été poltronnes que par éducation.

MADAME SORBIN. *Mort de ma vie ! qu'on nous donne des armes, nous serons plus méchantes que vous ; je veux que dans un mois, nous maniions le pistolet comme un éventail : je tirai ces jours passés sur un perroquet, moi qui vous parle.

ARTHÉNICE. Il n'y a que de l'habitude à tout.

MADAME SORBIN. De même qu'au Palais à tenir l'audience, à être Présidente, Conseillère, Intendante [1], Capitaine ou Avocate.

UN HOMME. Des femmes avocates ?

MADAME SORBIN. Tenez donc, c'est que nous n'avons pas la langue assez bien pendue, n'est-ce pas ?

ARTHÉNICE. Je pense qu'on ne nous disputera pas le don de la parole.

HERMOCRATE. Vous n'y songez pas, la gravité de la magistrature et la décence du barreau ne s'accorderaient jamais avec un bonnet carré [2] sur une *cornette...

ARTHÉNICE. Et qu'est-ce que c'est qu'un bonnet carré, Messieurs ? Qu'a-t-il de plus important qu'une autre coiffure ? D'ailleurs, il n'est pas de notre bail [3] non plus que votre Code ; jusqu'ici c'est votre

---

1. On sait que les intendants étaient les représentants effectifs du pouvoir dans les généralités, dont les limites coïncidaient dans une certaine mesure avec celles des anciennes provinces.   2. Le bonnet carré est la coiffure des juges.   3. C'est-à-dire que les femmes ne le reconnaissent pas.

justice et non pas la nôtre ; justice qui va comme il plaît à nos beaux yeux, quand ils veulent s'en donner la peine, et si nous avons part à l'institution des lois, nous verrons ce que nous ferons de cette justice-là, aussi bien que du bonnet carré, qui pourrait bien devenir octogone si on nous fâche ; la veuve ni l'orphelin n'y perdront rien.

UN HOMME. Et ce ne sera pas la seule coiffure que nous tiendrons de vous...

MADAME SORBIN. Ah ! la belle pointe d'esprit ; mais finalement, il n'y a rien à rabattre, sinon lisez notre édit, votre congé est au bas de la page.

HERMOCRATE. Seigneur Timagène, donnez vos ordres, et délivrez-nous de ces criailleries.

TIMAGÈNE. Madame...

ARTHÉNICE. Monsieur, je n'ai plus qu'un mot à dire, profitez-en ; il n'y a point de nation qui ne se plaigne des défauts de son gouvernement ; d'où viennent-ils, ces défauts ? C'est que notre esprit manque à la terre dans l'institution de ses lois, c'est que vous ne faites rien de la moitié de l'esprit humain que nous avons, et que vous n'employez jamais que la vôtre, qui est la plus faible.

MADAME SORBIN. Voilà ce que c'est, faute d'étoffe l'habit est trop court.

ARTHÉNICE. C'est que le mariage qui se fait entre les hommes et nous devrait aussi se faire entre leurs pensées et les nôtres ; c'était l'intention des dieux, elle n'est pas remplie, et voilà la source de l'imperfection des lois ; l'univers en est la victime et nous le servons en vous résistant. J'ai dit ; il serait inutile de me répondre, prenez votre parti, nous vous donnons encore une heure, après quoi la séparation est sans retour, si vous ne vous rendez pas ; suivez-moi, Madame Sorbin, sortons.

MADAME SORBIN, *en sortant*. Notre part d'esprit salue la vôtre.

Scène XIV

MONSIEUR SORBIN *rentre quand elles sortent ;*
tous les acteurs précédents, PERSINET

MONSIEUR SORBIN, *arrêtant Madame Sorbin*. Ah ! je vous trouve donc, Madame Sorbin, je vous cherchais.

ARTHÉNICE. Finissez avec lui ; je vous reviens prendre dans le moment.

MONSIEUR SORBIN, *à Madame Sorbin*. Vraiment, je suis très charmé de vous voir, et vos *déportements sont tout à fait divertissants.

MADAME SORBIN. Oui, vous font-ils plaisir, Monsieur Sorbin ? Tant mieux, je n'en suis encore qu'au préambule.

MONSIEUR SORBIN. Vous avez dit à ce garçon que vous ne prétendiez plus fréquenter les gens de son étoffe ; apprenez-nous un peu la raison que vous entendez par là.

MADAME SORBIN. Oui-da, j'entends tout ce qui vous ressemble, Monsieur Sorbin.

MONSIEUR SORBIN. Comment dites-vous cela, Madame la *cornette [1] ?

MADAME SORBIN. Comme je le pense et comme cela tiendra, Monsieur le chapeau.

TIMAGÈNE. Doucement, Madame Sorbin ; sied-il bien à une femme aussi sensée que vous l'êtes de perdre jusque-là les égards qu'elle doit à son mari ?

MADAME SORBIN. À l'autre, avec son jargon d'homme ! C'est justement parce que je suis sensée que cela se passe ainsi. Vous dites que je lui dois, mais il me doit de même ; quand il me paiera, je le paierai, c'est de quoi je venais l'accuser exprès.

PERSINET. Eh bien, payez, Monsieur Sorbin, payez, payons tous.

MONSIEUR SORBIN. Cette effrontée !

HERMOCRATE. Vous voyez bien que cette entreprise ne saurait se soutenir.

MADAME SORBIN. Le courage nous manquera peut-être ? Oh ! que nenni, nos mesures sont prises, tout est résolu, nos paquets sont faits.

TIMAGÈNE. Mais où irez-vous ?

MADAME SORBIN. Toujours tout droit. De quoi vivrez-vous ?[2] De fruits, d'herbes, de racines, de coquillages, de rien ; s'il faut, nous pêcherons, nous chasserons, nous deviendrons sauvages, et notre vie finira avec honneur et gloire, et non pas dans l'humilité ridicule où l'on veut tenir des personnes de notre excellence.

PERSINET. Et qui font le sujet de mon admiration.

---

1. La cornette est prise ici pour le symbole de la femme, comme dans d'autres passages (voir *La Joie imprévue*, sc. XVI). C'est proprement une « coiffe de toile que les femmes mettent la nuit sur leur tête, ou quand elles sont en déshabillé ». (Furetière.) **2.** Texte du *Mercure*. Cette question peut être une réplique de Timagène ou bien une anticipation de Mme Sorbin.

HERMOCRATE. Cela va jusqu'à la fureur. *(À Monsieur Sorbin.)* Répondez-lui donc.

MONSIEUR SORBIN. Que voulez-vous ? C'est une rage que cela, mais revenons au bon sens ; savez-vous, Madame Sorbin, de quel bois je me chauffe ?

MADAME SORBIN. Eh là ! le pauvre homme avec son bois, c'est bien à lui parler de cela ; quel radotage [1] !

MONSIEUR SORBIN. Du radotage ! à qui parlez-vous, s'il vous plaît ? Ne suis-je pas l'élu du peuple ? Ne suis-je pas votre mari, votre maître, et le chef de la famille ?

MADAME SORBIN. Vous êtes, vous êtes... Est ce que vous croyez me faire trembler avec le catalogue de vos qualités que je sais mieux que vous ? Je vous conseille de crier gare ; tenez, ne dirait-on pas qu'il est juché sur l'*arc-en-ciel ? Vous êtes l'élu des hommes, et moi l'élue des femmes ; vous êtes mon mari, je suis votre femme ; vous êtes le maître, et moi la maîtresse ; à l'égard du chef de famille, allons *bellement, il y a deux chefs ici, vous êtes l'un, et moi l'autre, partant quitte à quitte.

PERSINET. Elle parle d'or, en vérité.

MONSIEUR SORBIN. Cependant, le respect d'une femme...

MADAME SORBIN. Cependant le respect est un sot ; finissons, Monsieur Sorbin, qui êtes élu, mari, maître et chef de famille ; tout cela est bel et bon ; mais écoutez-moi pour la dernière fois, cela vaut mieux : nous disons que le monde est une ferme, les dieux là-haut en sont les seigneurs, et vous autres hommes, depuis que la vie dure, en avez toujours été les fermiers tout seuls, et cela n'est pas juste, rendez-nous notre part de la ferme ; gouvernez, gouvernons ; obéissez, obéissons ; partageons le profit et la perte ; soyons maîtres et valets en commun ; faites ceci, ma femme ; faites ceci, mon homme ; voilà comme il faut dire, voilà le moule où il faut jeter les lois, nous le voulons, nous le prétendons, nous y sommes *butées ; ne le voulez-vous pas ? Je vous annonce, et vous signifie en ce cas, que votre femme, qui vous aime, que vous devez aimer, qui est votre compagne, votre bonne amie et non pas votre petite servante, à

---

1. Type d'allusion traditionnel, qu'on trouve dans *Le Paysan parvenu* : à Geneviève qui lui dit qu'il est du bois dont on fait les maris, Jacob répond : « Laissons-là le bois [...] c'est un mot de mauvais augure. » (Éd. Classiques Garnier, p. 23.) Comparer avec la *coiffure* dont il a été question dans la scène précédente (p. 1871).

moins que vous ne soyez son petit serviteur, je vous signifie que vous ne l'avez plus, qu'elle vous quitte, qu'elle rompt ménage et vous remet la clef du logis ; j'ai parlé pour moi ; ma fille, que je vois là-bas et que je vais appeler, va parler pour elle. Allons, Lina, approchez, j'ai fait mon office, faites le vôtre, dites votre avis sur les affaires du temps[1].

Scène XV

LES HOMMES *et* LES FEMMES *susdits*, PERSINET, LINA

LINA. Ma chère mère, mon avis...

TIMAGÈNE. La pauvre enfant tremble de ce que vous lui faites faire.

MADAME SORBIN. Vous en dites la raison, c'est que ce n'est qu'une enfant : courage, ma fille, prononcez bien et parlez haut.

LINA. Ma chère mère, mon avis, c'est, comme vous l'avez dit, que nous soyons dames et maîtresses par égale portion avec ces messieurs ; que nous travaillions comme eux à la *fabrique des lois, et puis qu'on tire, comme on dit, à la courte paille pour savoir qui de nous sera roi ou reine ; sinon, que chacun s'en aille de son côté, nous à droite, eux à gauche, du mieux qu'on pourra. Est-ce là tout, ma mère ?

MADAME SORBIN. Vous oubliez l'article de l'amant ?

LINA. C'est que c'est le plus difficile à retenir ; votre avis est encore que l'amour n'est plus qu'un sot.

MADAME SORBIN. Ce n'est pas mon avis qu'on vous demande, c'est le vôtre.

LINA. Hélas ! le mien serait d'emmener mon amant et son amour avec nous.

PERSINET. Voyez la bonté de cœur, le beau naturel pour l'amour.

LINA. Oui, mais on m'a commandé de vous déclarer un adieu dont on ne verra ni le bout ni la fin.

PERSINET. Miséricorde !

MONSIEUR SORBIN. Que le ciel nous assiste ; en bonne foi, est-ce là un régime de vie, notre femme ?

MADAME SORBIN. Allons, Lina, faites la dernière révérence à Mon-

---

1. L'expression *affaires du temps* est consacrée pour désigner l'actualité politique. Voir par exemple les *Agréables Conférences de Piarot et de Janin sur les affaires du temps* (1649-1651), au moment de la Fronde.

sieur Sorbin, que nous ne connaissons plus, et retirons-nous sans retourner la tête. *(Elles s'en vont.)*

Scène XVI

Tous les acteurs précédents

PERSINET. Voilà une *départie qui me procure la mort, je n'irai jamais jusqu'au souper.

HERMOCRATE. Je crois que vous avez envie de pleurer, Monsieur Sorbin ?

MONSIEUR SORBIN. Je suis plus avancé que cela, seigneur Hermocrate, je contente mon envie.

PERSINET. Si vous voulez voir de belles larmes et d'une belle grosseur, il n'y a qu'à regarder les miennes.

MONSIEUR SORBIN. J'aime ces extravagantes-là plus que je ne pensais ; il faudrait battre, et ce n'est pas ma manière de coutume.

TIMAGÈNE. J'excuse votre attendrissement.

PERSINET. Qui est-ce qui n'aime pas le beau sexe ?

HERMOCRATE. Laissez-nous, petit homme.

PERSINET. C'est vous qui êtes le plus *mutin de la bande, seigneur Hermocrate ; car voilà Monsieur Sorbin qui est le meilleur *acabit d'homme ; voilà moi qui m'afflige à faire plaisir ; voilà le seigneur Timagène qui le trouve bon ; personne n'est tigre, il n'y a que vous ici qui portiez des griffes, et sans vous, nous partagerions la ferme [1].

HERMOCRATE. Attendez, Messieurs, on en viendra à un accommodement, si vous le souhaitez, puisque les partis violents vous déplaisent [2] ; mais il me vient une idée, voulez-vous vous en fier à moi ?

TIMAGÈNE. Soit, agissez, nous vous donnons nos pouvoirs.

MONSIEUR SORBIN. Et même ma charge avec, si on me le permet.

HERMOCRATE. Courez, Persinet, rappelez-les, hâtez-vous, elles ne sont pas loin.

PERSINET. Oh ! pardi, j'irai comme le vent, je saute comme un cabri.

---

1. Allusion à un mot de Mme Sorbin, dans la dernière tirade de la scène XIV.
2. À partir d'ici, le dénouement de la nouvelle version de la pièce diffère sensiblement du dénouement de la première version. Dans celle-ci, Hermocrate, chargé seul du gouvernement, exilait d'abord « le père et l'amant de Silvia (ici Arthénice) », Sorbin, Mme Sorbin et Arlequin, leur gendre prétendu. Cette sévérité faisait « rentrer les femmes dans leur devoir » et les obligeait à « renoncer à leurs prétentions ».

HERMOCRATE. Ne manquez pas aussi de m'apporter ici tout à l'heure une petite table et de quoi écrire.

PERSINET. Tout subitement.

TIMAGÈNE. Voulez-vous que nous nous retirions ?

HERMOCRATE. Oui, mais comme nous avons la guerre avec les sauvages de cette île, revenez tous deux dans quelques moments nous dire qu'on les voit descendre en grand nombre de leurs montagnes et qu'ils viennent nous attaquer, rien que cela. Vous pouvez aussi amener avec vous quelques hommes qui porteront des armes, que vous leur présenterez pour le combat.

Persinet revient avec une table, où il y a de l'encre, du papier et une plume.

PERSINET, *posant la table*. Ces belles personnes me suivent, et voilà pour vos écritures, Monsieur le notaire ; tâchez de nous griffonner le papier sur ce papier [1].

TIMAGÈNE. Sortons.

Scène XVII
HERMOCRATE, ARTHÉNICE, MADAME SORBIN

HERMOCRATE, *à Arthénice*. Vous l'emportez, Madame, vous triomphez d'une résistance qui nous priverait du bonheur de vivre avec vous, et qui n'aurait pas duré longtemps si toutes les femmes de la colonie ressemblaient à la noble Arthénice ; sa raison, sa politesse, ses grâces et sa naissance nous auraient déterminé bien vite ; mais à vous parler franchement, le caractère de Madame Sorbin, qui va partager avec vous le pouvoir de faire les lois, nous a d'abord arrêtés, non qu'on ne la croie femme de mérite à sa façon, mais la petitesse de sa condition, qui ne va pas ordinairement sans rusticité, disent-ils...

MADAME SORBIN. *Tredame ! ce petit personnage avec sa petite condition...

HERMOCRATE. Ce n'est pas moi qui parle, je vous dis ce qu'on a pensé ; on ajoute même qu'Arthénice, *polie comme elle est, doit avoir bien de la peine à s'accommoder de vous.

ARTHÉNICE, *à part, à Hermocrate*. Je ne vous conseille pas de la fâcher.

---

1. Le texte est étonnant. Marivaux a-t-il écrit : *tâchez de nous griffonner la paix sur ce papier* ?

HERMOCRATE. Quant à moi, qui ne vous accuse de rien, je m'en tiens à vous dire de la part de ces messieurs que vous aurez part à tous les emplois, et que j'ai ordre d'en dresser l'acte en votre présence ; mais, voyez avant que je commence, si vous avez encore quelque chose de particulier à demander.

ARTHÉNICE. Je n'insisterai plus que sur un article.

MADAME SORBIN. Et moi de même ; il y en a un qui me déplaît, et que je retranche, c'est la gentilhommerie, je la *casse pour ôter les petites conditions[1], plus de cette baliverne-là.

ARTHÉNICE. Comment donc, Madame Sorbin, vous supprimez les nobles ?

HERMOCRATE. J'aime assez cette suppression.

ARTHÉNICE. Vous, Hermocrate ?

HERMOCRATE. Pardon, Madame, j'ai deux petites raisons pour cela, je suis bourgeois et philosophe[2].

MADAME SORBIN. Vos deux raisons auront contentement ; je commande, en vertu de ma pleine puissance, que les nommées Arthénice et Sorbin soient tout un, et qu'il soit aussi beau de s'appeler Hermocrate ou Lanturlu, que Timagène ; qu'est-ce que c'est que des noms qui font des gloires ?

HERMOCRATE. En vérité, elle raisonne comme Socrate ; rendez-vous, Madame, je vais écrire.

ARTHÉNICE. Je n'y consentirai jamais ; je suis née avec un avantage que je garderai, s'il vous plaît, Madame l'artisane.

MADAME SORBIN. Eh ! allons donc, camarade, vous avez trop d'esprit pour être mijaurée.

ARTHÉNICE. Allez vous justifier de la rusticité dont on vous accuse !

MADAME SORBIN. Taisez-vous donc, il m'est avis que je vois un enfant qui pleure après son hochet[3].

---

1. Allusion aux paroles d'Hermocrate, à la fin de la première réplique de la scène : « [...] la petitesse de sa condition, qui ne va pas ordinairement sans rusticité, disent-ils... » 2. Ayant employé à propos de la *qualité* le mot de *chimères*, l'auteur des *Lettres au Mercure* continuait : « J'ai dit chimère ; et ce mot est sans conséquence : c'est le langage des philosophes, et leurs idées ne gâtent personne sur le train établi des choses. » Cette excuse, valable en 1717-1718, paraîtrait ironique en 1750. 3. L'image vient spontanément à l'esprit de Marivaux quand il pense à la vanité des hommes. Voir *L'Île de la Raison*, acte III, sc. II. Parlant du bien que réclame le médecin, Blaise dit aussi dans la même pièce : « C'est comme un enfant qui crie après sa poupée ! » (Acte II, sc. II.)

HERMOCRATE. Doucement, Mesdames, laissons cet article-ci en litige, nous y reviendrons.

MADAME SORBIN. Dites le vôtre, Madame l'élue, la noble.

ARTHÉNICE. Il est un peu plus sensé que le vôtre, la Sorbin ; il regarde l'amour et le mariage ; toute infidélité déshonore une femme ; je veux que l'homme soit traité de même [1].

MADAME SORBIN. Non, cela ne vaut rien, et je l'empêche.

ARTHÉNICE. Ce que je dis ne vaut rien ?

MADAME SORBIN. Rien du tout, moins que rien.

HERMOCRATE. Je ne serais pas de votre sentiment là-dessus, Madame Sorbin ; je trouve la chose équitable, tout homme que je suis.

MADAME SORBIN. Je ne veux pas, moi ; l'homme n'est pas de notre force [2], je compatis à sa faiblesse, le monde lui a mis la bride sur le cou en fait de fidélité et je la lui laisse, il ne saurait aller autrement : pour ce qui est de nous autres femmes, de confusion nous n'en avons pas même assez, j'en ordonne encore une dose ; plus il y en aura, plus nous serons honorables, plus on en connaîtra la grandeur de notre vertu.

ARTHÉNICE. Cette extravagante !

MADAME SORBIN. Dame, je parle en femme de petit état. Voyez-vous, nous autres petites femmes, nous ne changeons ni d'amant ni de mari, au lieu que des dames il n'en est pas de même, elles se moquent de l'ordre et font comme les hommes ; mais mon règlement les rangera.

HERMOCRATE. Que lui répondez-vous, Madame, et que faut-il que j'écrive ?

ARTHÉNICE. Eh ! le moyen de rien statuer avec cette harengère ?

---

1. Cette revendication féministe est limitée à Arthénice, peut-être parce que le problème passait pour se poser avec moins d'acuité dans la classe bourgeoise. Mais Marivaux lui-même l'a prise à son compte dans *Le Cabinet du philosophe* : « Une femme se comporte mal ; elle a des amants ; elle trahit la fidélité conjugale. Point de quartier pour elle : on l'enferme, on la séquestre, on la réduit à une vie dure et frugale, on la déshonore, et elle le mérite. Mais que fait-on à un mari qui est infidèle, qui a des maîtresses, etc. ? [...] sa femme est punie, encore une fois. Eh ! que lui fait-on à lui ? Nous le demandons. » (Cinquième feuille, *Journaux et Œuvres diverses*, p. 376.)   2. Dans la feuille du *Cabinet du philosophe* citée ci-dessus, l'argument des femmes était l'inverse de celui de Mme Sorbin : « Mais que les hommes aient l'audace de nous mépriser comme faibles, pendant qu'ils prennent pour eux toute la commodité des vices, et qu'ils nous laissent toute la difficulté des vertus, en vérité cela n'est-il pas absurde ? » (*Ibid.*, p. 377.)

Scène XVIII

Les acteurs précédents, TIMAGÈNE, MONSIEUR SORBIN,
quelques hommes qui tiennent des armes

TIMAGÈNE, *à Arthénice*. Madame, on vient d'apercevoir une foule
innombrable de sauvages qui descendent dans la plaine pour nous
attaquer ; nous avons déjà assemblé les hommes ; hâtez-vous de
votre côté d'assembler les femmes, et commandez-nous aujourd'hui
avec Madame Sorbin, pour entrer en exercice des emplois militaires ; voilà des armes que nous vous apportons.

MADAME SORBIN. Moi, je vous fais le colonel de l'affaire. Les
hommes seront encore capitaines jusqu'à ce que nous sachions le
métier.

MONSIEUR SORBIN. Mais venez du moins batailler.

ARTHÉNICE. La brutalité de cette femme-là me dégoûte de tout, et
je renonce à un projet impraticable avec elle.

MADAME SORBIN. Sa sotte gloire me raccommode avec vous autres.
Viens, mon mari, je te pardonne ; va te battre, je vais à notre
ménage [1].

TIMAGÈNE. Je me réjouis de voir l'affaire terminée. Ne vous inquiétez point, Mesdames ; allez vous mettre à l'abri de la guerre, on aura
soin de vos droits dans les usages qu'on va établir.

---

1. « Ce dénouement semble tourner un peu court », remarquait F. Gaiffe
en publiant *La Colonie*. Mais il ignorait l'analyse de *La Nouvelle Colonie* et le
divertissement où, comme dit le *Mercure*, « on chante l'avantage que l'amour
donne aux femmes sur les hommes pour les dédommager de la part que ces
derniers leur refusent dans le gouvernement ». (Voir pp. 855 *sq.*)

LA FEMME FIDÈLE

Comédie en un acte et en prose
représentée pour la première fois
sur le théâtre de Berny
les dimanche 24 août et lundi 25 août 1755

NOTICE

De 1740 à l'hiver de 1754-1755, toute l'activité littéraire de Marivaux, mis à part quelques discours académiques, s'est limitée à la composition de *L'Épreuve* (1744), du *Préjugé vaincu* (1746), et à la publication d'une comédie, non pas nouvelle, mais remaniée, *La Colonie* (1750). Avec la publication, dans le *Mercure* de décembre 1754, de *L'Éducation d'un prince, Dialogue*, suivi, en janvier, du *Miroir*, s'ouvre dans sa carrière une dernière période productive, qui comprend, dans le domaine théâtral, cinq comédies en un acte, *La Femme fidèle*, représentée sur le théâtre du comte de Clermont les 24 et 25 août 1755, *Félicie*, lue au comité de lecture du Théâtre-Français le 5 mars 1757, *L'Amante frivole*, lue le 5 mai de la même année, enfin *Les Acteurs de bonne foi* et *La Provinciale*, envoyés ensemble à La Place, directeur du *Conservateur*, avant le mois de novembre 1757. Sans doute, comme des roses d'arrière-saison, ces pièces n'ont-elles plus la fraîcheur et l'éclat des grands chefs-d'œuvre. Cependant, si l'on pouvait les considérer dans leur intégralité, l'ensemble frapperait encore par l'effort de variété et de renouvellement qu'on y sent. *Félicie* est plus abstraite et plus théorique que *La Dispute*, *La Provinciale* plus réaliste et plus satirique que *L'Héritier de village* ou *Le Petit-Maître corrigé*, *Les Acteurs de bonne foi* traitent un thème extrêmement original, et le ton de *La Femme fidèle* n'a pas de précédent exact. Malheureusement, trois de ces cinq pièces ont été négligées par Marivaux, gravement malade pendant l'hiver de 1757-1758[1]. *L'Amante frivole* est aujourd'hui perdue[2], *La Provinciale*, considérée bien à tort comme apocryphe, n'est guère prise en considération. De *La Femme fidèle* enfin, on ne possède plus, comme on va le voir, que des fragments. Mais il impor-

---

1. Il fit son testament le 20 janvier 1758 et ne put aller à l'Académie pendant plusieurs mois.   **2.** Voir à ce propos p. 20.

tait, d'abord, de voir qu'avec cette pièce Marivaux tente courageusement d'ouvrir de nouveaux chemins dans l'art dramatique.

L'histoire du mari, qui, rentrant après diverses tribulations, veut
éprouver si sa femme lui a été fidèle, est vieille comme le monde.
Elle trouve sa forme la plus célèbre dans *L'Odyssée*. Marivaux s'est
certainement souvenu ici du retour d'Ulysse, déguisé en un misérable vieillard, en butte à l'hostilité du mendiant Irus, aux sarcasmes
de la suivante Mélantho, aux coups des prétendants. Tout spécialement, le personnage de Colas est inspiré par celui d'Eumée : comme
lui il reconnaît son maître, pleure de joie de le retrouver, lui accorde
tout son appui. Enfin, le marquis et la marquise sont les dignes héritiers du couple formé par Ulysse et Pénélope. Loin de se moquer
d'Homère, comme il l'avait fait dans sa jeunesse, Marivaux, vieilli et
assagi, est sensible à la vérité humaine qui se dégage de *L'Odyssée* [1].
Du reste, d'autres formes de la même histoire ont pu retenir son
attention et l'aider à composer sa pièce. On ne se tromperait sans
doute pas en admettant qu'il a dû connaître quelqu'une de ces « histoires tragiques » si populaires au XVIIᵉ siècle, où, dans un cadre inspiré de la nouvelle espagnole, sont contés des faits divers plus ou
moins authentiques. À titre d'exemple, on citera l'histoire de Doña
Mencia de Mosquera, qui constitue le chapitre XII du premier livre
de *Gil Blas*.

On se souvient que Doña Mencia de Mosquera est la dame avec
laquelle Gil Blas s'enfuit du souterrain des voleurs, après que ceux-
ci ont attaqué et tué le gentilhomme qui l'escortait et sa suite, et
l'ont emmenée elle-même captive. Elle conte son histoire à Gil Blas,
et lui apprend que, malgré une fortune assez peu brillante, elle a
été recherchée en mariage par plusieurs gentilshommes, entre lesquels elle a épousé par amour Don Alvar de Mello. Peu de temps
après ce mariage, Don Alvar a été forcé de fuir le pays à la suite d'un
duel, et ses biens ont été confisqués. Après être restée longtemps
sans nouvelles, Doña Mencia apprend au bout de sept ans que son
mari, qui servait pour le roi de Portugal dans le royaume de Fez, a
été tué dans une bataille. Un vieux seigneur entend parler d'elle,
fait sa connaissance et prend la résolution de l'épouser. Il recourt à

---

1. Après que cette notice a été rédigée, nous trouvons des idées analogues
ingénieusement développées par Lucette Desvignes : « Marivaux et Homère :
la Femme fidèle ou la réconciliation » (*Revue d'Histoire littéraire de la
France*, juillet-septembre 1967, pp. 529-536).

l'entremise d'une parente de Doña Mencia, qui ne réussit pas à la persuader. Loin de se décourager, la parente engage toute la famille dans les intérêts du vieux marquis de la Guardia. « Obsédée, importunée, tourmentée », et de plus dans la misère, Doña Mencia se laisse enfin convaincre, et trouve dans son nouveau mari un homme qui l'aime et ne cherche qu'à lui plaire : « J'aurais passionnément aimé Don Ambrosio malgré la disproportion de nos âges, dit-elle, si j'eusse été capable d'aimer quelqu'un après Don Alvar. Mais les cœurs constants ne sauraient avoir qu'une passion. Le souvenir de mon premier époux rendait inutiles tous les soins que le second prenait pour me plaire. Je ne pouvais donc payer sa tendresse que de purs sentiments de reconnaissance. »

Dans ces dispositions, Doña Mencia aperçoit un jour de sa fenêtre « une manière de paysan » qui la regarde avec attention. Elle n'y prend pas garde, mais le lendemain elle le surprend encore dans la même contemplation et, l'examinant à son tour avec attention, il lui semble « reconnaître les traits du malheureux Don Alvar ». Très émue, elle envoie celle de ses femmes en qui elle a le plus confiance en reconnaissance. Celle-ci revient en annonçant qu'il s'agit bien de Don Alvar, qui sollicite une entrevue secrète. En l'absence du marquis, Doña Mencia l'accorde. Incapable de « soutenir la vue d'un homme qui était en droit de [l']accabler de reproches », elle s'évanouit à la vue de son premier mari. Mais celui-ci la console :

« Madame, remettez-vous, de grâce. Que ma présence ne soit pas un supplice pour vous. Je n'ai pas dessein de vous faire la moindre peine. Je ne viens point en époux furieux vous demander compte de la foi jurée et vous faire un crime du second engagement que vous avez contracté. Je n'ignore pas que c'est l'ouvrage de votre famille. Toutes les persécutions que vous avez souffertes à ce sujet me sont connues. D'ailleurs, on a répandu à Valladolid le bruit de ma mort et vous l'avez cru avec d'autant plus de fondement, qu'aucune lettre de ma part ne vous assurait du contraire. Enfin, je sais de quelle manière vous avez vécu depuis notre cruelle séparation, et que la nécessité plutôt que l'amour vous a jetée dans ses bras. »

Comme Doña Mencia continue d'accuser son destin et de s'accuser elle-même, Don Alvar continue :

« Quelquefois, je l'avouerai, je me suis reproché comme un crime le bonheur de vous avoir plu. J'ai souhaité que vous eussiez penché vers quelqu'un de mes rivaux, puisque la préférence que vous m'aviez donnée sur eux vous coûtait si cher. Cependant, après sept années de souffrances, plus épris de vous que jamais, j'ai voulu vous revoir. Je n'ai pu résister à cette envie, et la fin d'un long esclavage m'ayant permis de la satisfaire, j'ai été sous un déguisement à Valladolid, aux hasards d'être découvert. Là, j'ai tout appris. Je suis venu ensuite à ce château et j'ai trouvé moyen de m'introduire chez le jardinier, qui m'a retenu pour travailler dans les jardins. Voilà de quelle manière je me suis conduit pour parvenir à vous parler secrètement. Mais ne vous imaginez pas que j'aie dessein de troubler par mon séjour ici la félicité dont vous jouissez. Je vous aime plus que moi-même. Je respecte votre repos, et je vais, après cet entretien, achever loin de vous de tristes jours que je vous sacrifie. »

Doña Mencia lui proteste alors de son amour, et finalement les deux époux s'enfuient ensemble. On sait comment, dans le roman de Lesage, l'équipage qui les emmène en Galice est attaqué par les brigands qui ont avec eux Gil Blas ; comment Don Alvar est tué dans la bataille ; comment Doña Mencia, libérée par Gil Blas, retourne auprès de son second mari pour le trouver mourant de chagrin, mais disposé à lui pardonner ; comment enfin elle entre dans un couvent dont elle devient bienfaitrice.

Les éléments de cette histoire — ou d'autres semblables — qui passent dans *La Femme fidèle* sont aisés à reconnaître : disparition du mari qui devient esclave en Afrique, impossibilité où il se trouve de donner de ses nouvelles, fausse annonce de sa mort, pressions de la famille auprès de la jeune femme pour qu'elle contracte un second mariage avec un homme plus âgé, mais plein de dévouement, résignation de celle-ci à un mariage de raison. Les deux récits divergent alors. Si ce second mariage est consommé, l'histoire ne peut se continuer que dans un registre romanesque et s'achever de façon tragique. S'il ne l'est pas, tout l'intérêt réside dans le jeu des sentiments ; et même si le ressort de la passion est tendu à l'extrême, comme il doit l'être puisqu'il fait toute l'action, une place reste libre pour le comique dans la construction.

Il existe même aussi une façon de traiter le thème du mari captif sur le mode comique ou satirique : il suffit d'imaginer que la femme restée seule cherche à se faire confirmer la mort de son mari, de façon à conclure un autre mariage. Marivaux disposait ici d'un modèle, *La Mère coquette*, de Quinault (1665), pièce qu'il connaissait bien, puisqu'elle figurait au répertoire courant de la Comédie-Française. Le personnage central, Ismène, est une femme d'une quarantaine d'années, dont le mari, huit ans auparavant, a été pris par les corsaires barbaresques et vendu comme esclave en Turquie. Au bout de sept ans, un ami du disparu, Crémante, a envoyé son valet Champagne en Turquie pour racheter le captif, s'il vit encore. Champagne est revenu avec un vieillard, qu'il donne pour un esclave français repris par des corsaires et rencontré à Malte. Ismène, malgré son âge, souhaite épouser Acante, le fils de Crémante, autrefois destiné à sa fille Isabelle. Elle trouve l'appui de Crémante, qui, de son côté, souhaiterait épouser Isabelle pour son compte plutôt que de la donner à son fils. Laurette, suivante d'Ismène, suscite différentes intrigues pour brouiller Laurette et Acante. En outre, elle ménage la complicité de Champagne, de façon que lui et le vieillard son compagnon témoignent de la mort du mari d'Ismène. L'intrigue se dénoue lorsque le vieillard — que l'on ne voit pas dans toute la pièce —, bien loin d'attester la mort du mari d'Ismène, se révèle être lui-même ce mari.

Peut-être Marivaux a-t-il tiré de la pièce de Quinault quelques détails comiques pour le rôle de Laurette ou celui de Frontin : on ne peut guère en juger, puisque ceux-ci sont perdus[1]. À coup sûr, il y a pris l'idée de la scène où le marquis est invité à témoigner de sa propre mort. Mais le plus grand intérêt de *La Mère coquette* est de mettre en valeur, ne serait-ce que par le contraste des titres, la belle conduite de *La Femme fidèle*.

Entre la nouvelle tragique de Lesage et la pièce comique de Quinault, l'originalité de *La Femme fidèle* réside surtout dans un dosage. La marquise est constante comme l'héroïne du premier, mais sa suivante Lisette est plus vite consolée que l'Ismène de Quinault. Les scènes comiques alternent et contrastent avec les scènes dramatiques. Par ces traits marqués, la pièce de Marivaux se distingue à la fois de la comédie larmoyante, à la façon de Destouches ou de Nivelle de La Chaussée, du drame bourgeois et du mélodrame, qui du reste n'est pas né. C'est une comédie dramatique qui ranime, en 1755, une forme de théâtre assez voisine de celle que Luigi Riccoboni avait essayé d'acclimater en France trente ou quarante ans auparavant.

---

1. Il est aussi possible que Marivaux ait songé aux rôles de Strabon et de Cléanthis dans *Le Démocrite amoureux*.

LE TEXTE

On a vu comment Marivaux s'était malheureusement désintéressé du sort des pièces écrites après 1755. *La Femme fidèle*, restée inédite, aurait partagé le sort de *L'Amante frivole* si quatre rôles ayant servi aux acteurs du théâtre de Berny et conservés parmi les papiers du comte de Clermont [1] n'avaient été découverts par Victor Cousin à la bibliothèque de l'Arsenal. Ce sont ceux du marquis, de sa femme, du jardinier Colas et de Mme Argante, dus à un copiste, mais contenant un feuillet de la main de Marivaux [2]. Il manque ceux de Frontin, de Lisette, de Jeannot, amant favorisé de Lisette, et de Dorante, prétendant à la main de la marquise, qu'il croit veuve. Avec les éléments dont il disposait, et d'après les indications parfois inexactes de Victor Cousin, Larroumet tenta une reconstitution de la pièce. Aidé d'un jeune auteur dramatique, Berr de Turique, il donna un texte de la pièce qui fut joué à l'Odéon avec un certain succès [3]. Larroumet et Berr de Turique avaient pris des libertés avec Marivaux. Le titre de la pièce devenait *Les Revenants*. Certains fragments conservés avaient été laissés de côté, les remanieurs n'ayant pas su les utiliser. En revanche, des répliques étaient ajoutées, altérées ou déplacées. Une scène d'exposition entièrement inventée alourdissait inutilement la pièce. Enfin, à la suite d'une erreur de Victor Cousin, un rôle inexistant chez Marivaux (Scapin) se substituait au rôle authentique de Jeannot. C'est cette version qui fut publiée [4].

---

1. Le comte de Clermont (sur lequel on peut consulter le livre de Victor Cousin, 2 vol., Paris, 1865), arrière-petit-fils de Condé, était le confrère de Marivaux à l'Académie. Passionné de théâtre, il jouait lui-même sur son théâtre de Berny, « les paysans, les rôles à manteaux sérieux, les financiers ». La troupe, suivant une note conservée à l'Arsenal, comprenait encore De Montazet (les amoureux sérieux, les rôles à manteaux raisonnables...), Dromgold, le baron de Ruy, Laujon (valets, paysans, Crispins) ; et comme femmes, Leduc cadette (meunières, soubrettes, coquettes), Asvedo (les ridicules, les mères), Lamy (premières amoureuses), Descoteaux (soubrettes), Dubois (amoureuses). Mlle Gaussin y joua aussi, et c'est à ce fait que l'on doit la sauvegarde du rôle de Lucile, des *Serments indiscrets*.   2. Voir plus loin, p. 1910, note 1. Comme il est d'usage, les répliques sont précédées des « réclames » — derniers mots du rôle précédent servant à l'enchaînement.   3. *Les Revenants* eurent vingt-huit représentations entre le 8 mars et le 3 mai 1894. La critique, et notamment Francisque Sarcey, fut très favorable.   4. *La Femme fidèle*, comédie inédite en un acte de Marivaux, complétée par Berr de Turique, préface de G. Larroumet, Paris, Ludovic Baschet, sans date.

S'apercevant de ces mutilations inutiles, M. Bastide et J. Fournier ont repris la question et ont publié un nouveau texte de la pièce, incomplet certes — il ne saurait en être autrement —, mais utilisant fidèlement et dans leur ordre tous les fragments connus. Une vérification minutieuse de leur travail sur les rôles manuscrits ne nous a permis d'y apporter que quelques corrections insignifiantes [1]. Il ne reste plus qu'à espérer, sans trop y croire, qu'un autre chercheur découvrira tout ou partie des rôles manquants. Nul doute que, s'il en était ainsi, *La Femme fidèle* ne fît une brillante carrière au Théâtre-Français.

---

1. Comme M. Bastide et J. Fournier, nous mettons entre crochets droits les quelques phrases ou membres de phrase ajoutés par ceux-ci pour aider à la compréhension du texte.

La Femme fidèle

ACTEURS [1]

Le Marquis.
La Marquise, sa femme.
Madame Argante, mère de la Marquise.
Dorante.
Frontin, valet du Marquis.
Lisette, femme de Frontin.
Jeannot, amant de Lisette.
Colas, jardinier du Marquis.

La scène est dans le jardin du château d'Ardeuil.

---

1. Liste des acteurs et indication du lieu de scène manquent dans le manuscrit.

Scène première

LE MARQUIS, FRONTIN, *en captifs*

FRONTIN. [Le jardin est bien changé depuis dix ans, et nous allons] savoir si nos femmes sont de même.

[*Colas entre.*]

LE MARQUIS. Regarde, n'est-ce pas là mon jardinier qui vient à nous ?

FRONTIN. [C'est] Colas que Madame a conservé !

LE MARQUIS. J'ai toujours peur qu'on ne nous reconnaisse.

FRONTIN. [Il n'y a pas de danger :] on nous croit du temps du déluge !

LE MARQUIS. Colas s'avance, préviens-le, et dis-lui que je souhaite parler à la Marquise : mais surtout point d'étourderie, vois, tu y es sujet ; n'oublie pas ta vieillesse.

Scène II

[LE MARQUIS, FRONTIN, COLAS]

FRONTIN. Serviteur, Maître Colas !

COLAS. Oh ! Oh ! qu'est-ce qui vous a dit mon nom, bonhomme ?

FRONTIN. C'est le village.

COLAS. Et qu'est-ce que vous voulez ? Faut-il entrer comme ça dans le jardin des personnes sans demander ni quoi ni qu'est-ce ?

FRONTIN. [Peut-être avons-nous affaire] dans le jardin des personnes.

COLAS. Vous venez donc chercher quelqu'un ici ?

FRONTIN. [Nous venons de la part de feu Monsieur le Marquis d'Ardeuil apporter des nouvelles] de sa santé à Madame la Marquise, sa veuve.

COLAS. Des nouvelles de la santé d'un mort ? Vlà-t-il pas une belle *acabit de santé ? Hélas ! le pauvre Monsieur le Marquis, je savons bian qu'il est défunt, vous ne nous apprenez rian de nouviau, il y a déjà queuque temps que j'avons reçu le darnier certificat de son trépassement.

Le Marquis. Le certificat, dites-vous ?

Colas. Oui, Monsieur.

Frontin. Il ne vous aura pas dit les circonstances.

Colas. Oh ! si fait. Je savons tous les tenants et les aboutissants... C'est la peste qui a étouffé Monsieur le Marquis.

Le Marquis. Il a raison ; c'est cette contagion qui a emporté tant de captifs.

Frontin. [...] nous en mourûmes tous.

Colas. Je ne dis pas qu'alle vous étouffit vous autres, puisque vous vlà ; je dis tant seulement qu'alle tuit Monsieur le Marquis.

Frontin. Nous pensâmes en mourir aussi.

Colas. Hélas ! il ne pensait pas, li ; il en fut tué tout à fait.

Le Marquis. On le regrette donc beaucoup ici ?

Colas. Ah ! Monsieur, je ne l'aurons jamais en oubliance. Jamais je ne varrons son pareil. C'est un hasard que noute dame n'en a pas perdu l'esprit ; la mort de l'homme fut quasiment l'entarrement de la femme ; et depuis qu'alle est réchappée, alle a biau faire, cette misérable perte lui est toujours restée dans le cœur.

Le Marquis. Que je la plains ! Quand son mari mourut, il me chargea de lui rendre une lettre qu'il écrivit, de lui dire même de certaines choses, si j'étais assez heureux pour revenir dans ma patrie ; et je viens m'acquitter de ma commission, malgré l'âge où je suis.

Colas. C'est l'effet de votre bonté : car vous paraissez bian caduc et bian cassé. Vous avez donc été tous deux pris des Turcs[1], votre valet et vous, avec note maître ?

Le Marquis. Nous avons été plus de neuf ans ensemble sous différents patrons.

Colas. Il m'est avis que c'est de vilain monde ; eh ! dites-moi, braves gens, ce pauvre Frontin qui s'embarquit de compagnie avec noute maître, que lui est-il arrivé ? Est-il mort empesté itou ?

Frontin. Qui ? moi, Maître Colas ?

Colas. Comment, vous ? Est-ce qu'ous êtes Frontin ?

Le Marquis. C'est qu'il porte le même nom.

Frontin. [Je suis] le grand-oncle du défunt.

---

1. Par « Turcs », il faut entendre les pirates barbaresques, qui exerçaient leur activité sans l'aveu du sultan. Les relations entre la France et la Porte étaient bonnes depuis plusieurs siècles.

Colas, *après l'avoir examiné.* Boutez-vous là, que je vous contemple... Oh ! morgué ! il n'y a barbe qui tienne ; à cette heure que j'y regarde, je vais parier que vous êtes le défunt du grand-oncle.

Le Marquis. Quelle vision !

Frontin. Défunt vous-même !

Colas. Jarnigué ! c'est li, vous dis-je... Et cela me fait rêver itou que son camarade... Eh ! palsangué, Monsieur !... c'est encore vous ! C'est Monsieur le Marquis, c'est Frontin ; je me moque des barbes, ce n'est que des manigances ; je sis trop aise, ça me transporte, il faut que je crie... Faut que j'aille conter ça : queu plaisir ! Faut que tout le village danse, c'est moi qui mènerai le branle ! Vlà Monsieur le Marquis, vlà Frontin, vlà les défunts qui ne sont pas morts ! Allons, morgué ! de la joie ! je vas dire qu'on sonne le tocsin.

Le Marquis. Doucement donc ! ne crie point ; tais-toi, Maître Colas, tais-toi ; oui, c'est moi ; mais je t'ordonne de me garder le secret, je te l'ordonne.

Frontin. [Je perdrais jusqu'à] mon dernier sol avec toi et ton tocsin [1].

[*Il se redresse.*]

Le Marquis. Étourdi, que sais-tu ? Si quelqu'un allait venir ?

Frontin. [Voilà] ma caducité rétablie.

Colas. Ouf ! Laissez-moi reprendre mon vent !... Queu contentement !... Comme vous vlà faits ! *D'où viant vous ajancer comme ça des barbes de grands-pères ?

Le Marquis. J'ai mes raisons : tu sais combien j'aimais la Marquise ; il n'y avait qu'un mois que nous étions mariés, quand je fus obligé de la quitter pour ce malheureux voyage en Sicile, au retour duquel nous fûmes pris par un corsaire d'Alger ; nous avons depuis passé dix ans dans de différents esclavages, sans qu'il m'ait été possible de donner de mes nouvelles à la Marquise, et, malgré cette longue absence, je reviens toujours plein d'amour pour elle, fort en peine de savoir si ma mémoire lui est encore chère, et c'est avec l'intention d'éprouver [2] ce qui en est que j'ai pris ce déguisement.

_____

1. Ces mots de Frontin sont barrés dans le manuscrit. Cela ne signifie pas absolument que Marivaux les ait supprimés. Le copiste semble avoir fait ici quelques fautes de copie qu'il a corrigées de son mieux.   2. Et non *de prouver*, comme le porte l'édition Bastide et Fournier.

COLAS. Il est certain qu'alle vous aime autant que ça se peut pour un trépassé, et *drès qu'alle vous varra, qu'alle vous touchera, mon avis est qu'il y aura de la pâmoison dans la revoyance.

FRONTIN. Et ma femme se pâmera-t-elle ?

COLAS. Non.

FRONTIN. [...] la masque !

LE MARQUIS. Tais-toi. *(À Colas.)* Elle va pourtant se marier, Colas, on me l'a dit dans le village.

COLAS. Que voulez-vous, noute maître !... Alle a été quatre ans dans les syncopes et pis encore deux ou trois ans dans les mélancolies, pus étique... pus chétive... pus langoureuse... Alle faisait compassion à tout le monde, alle n'avait appétit à rien, un oiseau mangeait plus qu'elle... Il n'y avait pas moyen de la ragoûter ; sa mère lui en faisait reproche : Eh mais ! mon enfant, qu'est-ce que c'est que ça, queu train menez-vous donc ? Il est vrai que voute homme est mort ; mais il en reste tant d'autres ! mais il y en a tant qui le valent ! Et nonobstant tout ce qu'en lui reprochait, la pauvre femme n'amendait point. À la parfin, il y a deux ans, je pense, que la mère, vers la moisson, amenit au château une troupe de monde, parmi quoi il y avait un grand monsieur qui en fut affolé *drès qu'il l'envisagit, et c'est stila qui va la prendre pour femme... Ils se promenaient tout à l'heure envars ici, et il a eu bian du mal après elle. Il n'y a que trois mois qu'alle peut l'endurer : la v'là stapendant qui se ravigote, et je pense que le tabellion doit venir tantôt de Paris.

LE MARQUIS. Juste ciel ! Et l'aime-t-elle ?

COLAS. Mais... oui... tout doucement, à condition qu'ous êtes mort.

FRONTIN. Et ma femme ?

COLAS. Oh ! si vous êtes défunt, tenez-vous-y.

FRONTIN. Ah ! la maudite créature !

COLAS. Tenez, Monsieur, vlà voute veuve et son prétendu qui prenont leur tournant ici avec voute belle-mère.

LE MARQUIS. Je suis si ému que je ferai[1] mieux de ne les pas voir en ce moment-ci... Dis-moi où je puis me retirer.

COLAS. Enfilez ce chemin, il y a au bout ma cabane où vous vous nicherez.

LE MARQUIS. Garde-moi le secret, Colas ; et toi, Frontin, reste ici et dis à la Marquise qu'un gentilhomme qui arrive d'Alger, et qui est

---

1. Et non *ferais*, comme le donne l'édition Bastide et Fournier.

dans ce village, envoie savoir s'il peut la voir pour lui parler de feu son mari.

FRONTIN. [Oui, Monsieur,] ne vous embarrassez pas.

Il sort [1].

Scène III

LA MARQUISE, DORANTE, MADAME ARGANTE, FRONTIN, COLAS

FRONTIN. [Est-ce là ce grand monsieur qui s'emploie] à ravigoter la Marquise ?

COLAS. Lui-même.

FRONTIN. [Eh bien ! notre retour] ne le ravigotera guère.

COLAS. Faut avoir quatre-vingts ans en leur parlant au moins, faut tousser beaucoup.

DORANTE. Je compte que le notaire sera ici sur les six heures.

LA MARQUISE. Point de compagnie surtout ; je n'en veux pas.

MADAME ARGANTE. Personne n'est averti, ma fille... *(Voyant Frontin.)* Qu'est-ce que c'est que ce vieillard-là ?

LA MARQUISE. C'est un captif, si je ne me trompe. Colas, avec qui êtes-vous ?

FRONTIN. Hem ! Hem ! Hem !

COLAS. Avec un vieux qui, sauf vote respect, reviant du pays barbare, note dame.

FRONTIN. Oui, Madame, du pays d'Alger.

LA MARQUISE. D'Alger ? Est-ce là où vous avez été captif ? Y avez-vous demeuré longtemps ? C'est un [pays où [2]] Monsieur le Marquis d'Ardeuil est mort ; peut-être l'avez-vous connu ?

FRONTIN. [J'ai surtout connu son valet, Frontin, qui est aussi, et qui] se privait de tout pour le faire vivre.

MADAME ARGANTE. Oui, oui, ce Frontin était [3] un domestique affectionné.

COLAS. Une bonne pâte de garçon, je l'avions élevé tout petit.

LA MARQUISE. Je ne saurais le récompenser, puisqu'il n'est plus.

---

1. *Il*, c'est-à-dire le marquis. **2.** Les mots *pays où* ont été restitués. Ils avaient été omis dans le manuscrit. On pourrait lire aussi : *C'est où*. **3.** Et non *est*, comme le porte l'édition Bastide et Fournier.

MADAME ARGANTE. Allez, allez, bon vieillard, en voilà assez.

DORANTE. Laissez-nous.

LA MARQUISE. Attendez. Mon mari était donc avec vous ?

FRONTIN. Il me semble que je vois encore sa brouette à côté de la mienne.

LA MARQUISE. Ah ! ciel !... Entendez-vous, ma mère ? Il faut donc qu'il ait bien souffert.

FRONTIN. Considérablement.

LA MARQUISE. Ah ! Dorante, n'êtes-vous pas pénétré de ce qu'il dit là ?

DORANTE. [Cet entretien, en un tel jour, est bien mal à propos, et je souhaiterais] qu'on nous l'épargnât.

MADAME ARGANTE, *à Frontin.* Que ne vous retirez-vous, puisqu'on vous le dit ? Voilà un vieillard bien importun avec ses *relations. Que venez-vous faire ici [1] ?

LA MARQUISE. Ma mère, ne le brusquez point. Je voudrais pouvoir soulager tous ceux qui ont langui dans les fers avec mon mari.

MADAME ARGANTE. Eh bien ! qu'on ait soin de lui. Colas, menez-le là-bas.

COLAS. Il n'y a qu'à le mener à l'office.

FRONTIN. J'oubliais le principal.

MADAME ARGANTE. Encore !

FRONTIN. [Mon maître m'envoie demander s'il peut voir Madame la Marquise : c'est un gentilhomme] des plus respectables et des plus décrépits.

LA MARQUISE. A-t-il été captif aussi ?

FRONTIN. [Il apporte d'Alger certaines circonstances] touchant le défunt Marquis d'Ardeuil.

Elle pleure.

MADAME ARGANTE. Mais d'aujourd'hui nous ne finirons de captifs, tout Alger va fondre ici !

DORANTE. [Je vais l'aller voir et] je vous rapporterai ce qu'il m'aura dit, Madame.

LA MARQUISE. Non, Dorante, je veux qu'il vienne. Quoi ! refuser de

---

1. La parenté de cette Mme Argante avec d'autres Mme Argante du théâtre de Marivaux s'affirme rapidement. Noter qu'il s'agit, dans les cas de ce genre, de femmes considérées plutôt comme des belles-mères, par rapport à un gendre, que comme des mères.

recevoir un homme qui a été l'ami de mon mari, et qui vient exprès ici pour m'en parler, vous n'y songez pas, Dorante ; ce n'est point là me connaître. Allez, Colas, allez avec ce domestique dire de ma part à son maître qu'il me fera beaucoup d'honneur, et que je l'attends.

FRONTIN. [Je suis touché de voir] un aussi bon cœur de veuve.

[*Il sort avec Colas.*]

Scène IV

[LA MARQUISE, DORANTE, MADAME ARGANTE]

MADAME ARGANTE. Tout ceci n'aboutira qu'à vous replonger dans vos tristesses, ma fille. Je ne vous conçois pas : y a-t-il de la raison à aimer ce qui chagrine, et ne voyez-vous pas d'ailleurs que vous affligez Dorante ?

DORANTE. [Il est vrai... J'aurais pu penser que mon amour] tînt lieu de quelque consolation à Madame.

LA MARQUISE. Vous vous trompez, Dorante, et je ne vous épouserais pas si votre attachement pour moi ne m'avait point touchée. Mais de quoi vous plaignez-vous ? Ce n'est point un amant, c'est un époux que je regrette ; vous l'avez connu, vous m'avez avoué vous-même qu'il méritait mes regrets ; ne lui enviez point mes larmes, elles ne prennent rien sur les sentiments que j'ai pour vous : vous êtes peut-être le seul homme du monde à qui je pusse consentir de me donner après avoir été à lui, et vous devez être content.

[*Elle tend la main à Dorante qui la baise.*]

Scène V

MADAME ARGANTE, DORANTE, LA MARQUISE, FRONTIN, LE MARQUIS

LE MARQUIS, *voyant baiser la main de la Marquise.* Ah ! *(Puis, s'adressant à Madame Argante.)* Je viens, Madame, m'acquitter d'une parole...

MADAME ARGANTE. Vous vous trompez, Monsieur, ce n'est point moi que ceci regarde, c'est ma fille que voici.

LA MARQUISE, *tristement.* Venez, Monsieur, j'aurais à me plaindre de vous. Vous étiez bien en droit de regarder la maison de Monsieur le Marquis comme la vôtre, et de descendre ici tout d'un coup, sans arrêter dans le village.

FRONTIN. [D'autant que] le vin du cabaret est détestable.

LE MARQUIS. Tais-toi !... Je vous rends mille grâces, Madame. Il est vrai qu'on ne saurait être plus unis que nous l'avons été, Monsieur le Marquis et moi... Ah !...

LA MARQUISE. Vous soupirez, Monsieur, vous le regrettez aussi.

LE MARQUIS. Toutes ses infortunes ont été les miennes, et je ne puis même jeter les yeux sur vous, Madame, sans me sentir pénétré de toutes les tendresses dont il m'a chargé en mourant de vous assurer.

LA MARQUISE. Ah !

FRONTIN. Ouf !

LE MARQUIS. Je vous demande pardon si je m'attendris moi-même ; je trouble peut-être quelque engagement nouveau : il me semble que ma commission n'est pas ici au gré de tout le monde.

MADAME ARGANTE [*au Marquis, en montrant Dorante*]. À vous dire vrai, Monsieur, voilà Monsieur, à qui vous auriez fait grand plaisir de la négliger : il va épouser ma fille, mettez-vous à sa place.

LE MARQUIS. Mon ami est donc heureux de ne plus vivre et d'avoir ignoré ce mariage ; du moins est-il mort avec la douceur de penser que Madame serait inconsolable.

MADAME ARGANTE. Inconsolable !... Avec votre permission, Monsieur, cette pensée dans laquelle il est mort ne valait rien du tout ; le ciel nous préserve qu'elle soit exaucée ! Croyez-moi, passons là-dessus.

LA MARQUISE, *tout d'un coup.* Vous ne sauriez croire combien vous m'affligez, ma mère, vous ne vous y prenez pas bien, vous me désespérez. Ne m'ôtez point la consolation d'écouter Monsieur. Je veux tout savoir, ou je me fâcherai, je romprais[1] tout. Non, Monsieur, que rien ne vous retienne ; ne m'épargnez point, répétez-moi tous les discours du Marquis, toutes ses tendresses qui me seront éternellement chères, et pardonnez à l'amitié que ma mère a pour moi la répugnance qu'elle a à vous entendre.

LE MARQUIS. Remettons plutôt ce qui me reste à vous dire, Madame ; vous serez peut-être seule une autre fois, et je reviendrai.

---

1. Et non *romprai*, comme le porte l'édition Bastide et Fournier.

MADAME ARGANTE. Eh non, Monsieur, achevons ; que peut-il vous rester tant ? Le Marquis l'aimait beaucoup, il vous l'a dit, il est mort en vous le répétant, ce doit être là tout, il ne saurait guère y en avoir davantage.

[FRONTIN]. [...] nous ne sommes pas au bout.

LE MARQUIS. Voici toujours un portrait qui est de vous, Madame, qu'il emporta d'ici en vous quittant, qu'il m'a recommandé de vous rendre, que nos patrons, tout[1] barbares qu'ils sont, n'ont pas eu la cruauté d'arracher à sa tendresse, et qu'il a conservé mille fois plus [chèrement[2]] que sa vie.

LA MARQUISE, *pleurant.* Hélas ! je le reconnais, c'est le dernier gage qu'il reçut de mon amour, et il l'a gardé jusqu'à la mort. Ah ! Dorante, souffrez que je vous laisse, je ne saurais à présent en écouter davantage ; j'ai besoin de quelque moment de liberté ; et vous, Monsieur, demeurez quelques jours ici pour vous reposer, ne me refusez pas cette grâce : je vais donner des ordres pour cela... Ah !...

DORANTE. [Ne me confierez-vous pas ce portrait, Madame ?] il m'est permis de le souhaiter.

LE MARQUIS. Il m'est *échappé de vous dire qu'il vous priait de ne le donner à personne.

DORANTE. Vous avez bien de la mémoire, Monsieur.

LA MARQUISE, *à Dorante.* Laissez-moi me conformer à ce qu'il a désiré, Dorante ; c'est un respect que je lui dois.

Elle sort.

Scène VI

[MADAME ARGANTE, DORANTE, FRONTIN, LE MARQUIS]

LE MARQUIS *salue Madame Argante.* Je suis votre serviteur, Madame ; je vais me reposer un peu en attendant de revoir Madame la Marquise.

DORANTE. [Ne voyez-vous pas que vous l'affligez, Monsieur,] avec vos narrations ?

MADAME ARGANTE, *sèchement.* Vous réjouissez-vous à faire pleurer ma fille ? Vous avez les façons bien algériennes !

---

1. Écrit *tous*, suivant l'usage ancien. Voir la Note grammaticale, p. 2266. **2.** Le mot *chèrement* est restitué d'après le rôle de la marquise. Il manque ici dans celui du marquis.

LE MARQUIS. Je ne veux faire de peine à personne. Je m'acquitte d'un devoir que j'ai promis de remplir.

FRONTIN. [Nous sommes] des personnages tout à fait bénins.

MADAME ARGANTE. Monsieur, dites à ce vieux valet de se taire.

LE MARQUIS. Il faut l'excuser ; il est devenu familier à force d'être mon camarade.

FRONTIN. Nous étions dans la même condition.

LE MARQUIS. Paix !...

MADAME ARGANTE. Ah çà, Monsieur, après tout, vous avez l'air d'un galant homme ; à votre âge, on a eu le temps de le devenir, et je crois que vous l'êtes.

LE MARQUIS. Vous me rendez justice, Madame.

MADAME ARGANTE. On le voit à votre physionomie.

FRONTIN. [Si mon maître voulait,] vous le verriez encore mieux.

LE MARQUIS [*à Frontin*]. Encore !...

MADAME ARGANTE. Ne nuisez donc point à Monsieur, ne reculez point son mariage. Vous avez dit à ma fille que vous aviez encore à lui parler. Abrégez avec elle, et ménagez sa faiblesse là-dessus : à quoi bon l'attendrir pour un homme qui n'est plus au monde ? Ne vous reprocheriez-vous pas d'être venu nous troubler pour satisfaire aux injustes fantaisies d'un mort ?

LE MARQUIS. Vous avez raison ; mais heureusement Monsieur n'a rien à craindre ; on a, ce me semble, beaucoup de tendresse pour lui.

DORANTE. [Cette tendresse ne saurait résister] quand on lui parle du défunt.

MADAME ARGANTE. Figurez-vous que depuis dix ans nous n'osons pas prononcer son nom devant elle ; qu'elle a vécu dans l'accablement pendant près de huit ans, qu'elle a refusé vingt mariages meilleurs que celui du Marquis.

LE MARQUIS. Elle lui était donc extrêmement attachée ?

MADAME ARGANTE. Ah ! Monsieur, cela passe toute imagination. Il est vrai que c'était un homme de mérite, un homme estimable, il avait des qualités... mais enfin il n'est plus, et si vous connaissiez Monsieur, vous verriez qu'elle ne perd pas au change.

DORANTE. Madame est prévenue en ma faveur.

LE MARQUIS. Je ferai donc en sorte que Madame la Marquise ne le regrette pas davantage.

DORANTE. [Vous me rendrez ainsi] le plus grand service du monde.

MADAME ARGANTE. Mais à quoi donc se réduit ce que vous avez à lui dire ?

LE MARQUIS. À presque rien : j'ai une lettre à lui remettre.

DORANTE. Une lettre du défunt ?

LE MARQUIS. Oui, Monsieur.

MADAME ARGANTE, *en criant*. Encore une lettre !

LE MARQUIS. Oui, Madame.

DORANTE. [Je vous demande de la supprimer, Monsieur ; vous risquez] de me perdre en la rendant.

LE MARQUIS. La supprimer, Monsieur ? Il ne m'est pas possible : j'ai fait serment de la remettre, il y va de mon honneur

MADAME ARGANTE. Quoi ! Il y va de votre honneur d'ôter la vie à ma fille ?

LE MARQUIS. Ce n'est pas mon dessein, Madame.

DORANTE. [Ne la lui remettez donc pas,] elle s'en trouvera mieux.

MADAME ARGANTE. Le ciel nous aurait fait une grande grâce de vous laisser à Alger.

LE MARQUIS. Il m'en a fait une plus grande de m'en tirer.

[FRONTIN *ou* DORANTE]. Je ne compte plus sur rien.

MADAME ARGANTE. Voilà, je vous l'avoue, un étrange mort, avec sa misérable lettre ! Et plus étrange encore le vieillard qui s'en est chargé !

LE MARQUIS. Vous me traitez bien mal, Madame.

DORANTE. [....]

FRONTIN. [...] nous sommes cruellement houspillés.

LE MARQUIS. J'ai quelquefois trouvé plus d'accueil chez les barbares.

MADAME ARGANTE. Et moi, souvent plus de raison chez les enfants.

FRONTIN. [Aussi leur donne-t-on des soufflets] par mauvaise coutume.

MADAME ARGANTE *à Frontin*. Impertinent, vous en mériteriez sans votre âge.

LE MARQUIS. Doucement, Madame, doucement.

MADAME ARGANTE. Retirons-nous, Dorante ; je sens que le feu me monte à la tête.

Elle sort.

Scène VII

LE MARQUIS, FRONTIN, COLAS

FRONTIN. [Ils aimeraient nous voir morts, mais] nous prétendons vieillir bien davantage, ah ! ah !

COLAS. Eh bian, noute maître, j'ons vu que vous parliez à Madame. N'avez-vous pas eu contentement d'elle ? N'est-ce pas que c'est une brave femme que voute femme ?

LE MARQUIS. Oui, je n'ai pas lieu de m'en plaindre, et malgré ce mariage qui allait se terminer, je crois qu'elle ne sera pas fâchée de me retrouver.

COLAS. Je vous avartis qu'alle se lamente là-bas dans ce petit cabinet de vardure, alle a la face toute trempée : j'ons vu ses deux yeux qui vont quasiment comme des arrosoirs, c'est une *piquée. Faut l'apaiser, Monsieur, faut li montrer le défunt.

LE MARQUIS. J'ai encore à l'entretenir. Je veux voir jusqu'où va son inclination pour mon rival, et si la lettre que je lui rendrai l'engagera sans peine à rompre son mariage.

FRONTIN. [Et moi, je veux voir ce que fait] ma masque de femme.

COLAS. Oh ! il n'y a rian là de biau à voir, la curiosité est bian *chetite. Tenez, la vlà qui viant avec son nouviau galant qui batifole à l'entour d'elle.

FRONTIN. [Je vais les faire batifoler] à bons coups de *houssine.

LE MARQUIS. Prends garde à ce que tu feras.

Scène VIII

[LE MARQUIS, FRONTIN, COLAS, LISETTE, JEANNOT]

LISETTE. Monsieur, n'êtes-vous pas l'homme d'Alger ?

LE MARQUIS. Je suis du moins l'homme qui en arrive.

LISETTE. [Je vais vous montrer votre appartement, Monsieur,] si vous souhaitez vous y retirer.

LE MARQUIS. Je vais m'y rendre... *(À Frontin.)* Scapin, vous irez chercher mes hardes.

FRONTIN. Oui, Monsieur, tout à l'heure.

Il[1] *sort.*

---

1. *Il*, c'est-à-dire le marquis.

Scène IX

[FRONTIN, COLAS, LISETTE, JEANNOT]

COLAS. Tenez, bonhomme, vlà cette demoiselle Lisette que vous charchez.

JEANNOT. [Est-ce là] la dernière mode de là-bas ?

COLAS. Arrêtez-vous donc, petit garçon ; faut-il badiner comme ça avec la barbe du vieux monde ?

[....]

LISETTE. [Laissez-moi] libre avec le bon vieillard.

COLAS. Oui, oui, ça est juste : faut pas que les gens du dehors sachiont les petites broutilles du ménage ; j'allons nous jeter de côté, Jeannot et moi.

Ils s'écartent.

Scène X [1]

[LISETTE, FRONTIN]

[....]

Scène XI

[FRONTIN, *l'épée à la main*, LISETTE, *puis* COLAS, JEANNOT]

LISETTE. Jeannot ! Colas ! à moi ! au secours !

COLAS. Quoi donc ? Est-ce qu'il y a du massacre ici ?

LISETTE. Appelez donc du secours, Colas !

COLAS. Bellement, noute ancien, rengainez donc, remettez dans le fourriau.

FRONTIN. [Je n'ai] qu'une oreille à vous abattre.

COLAS. Non, non, laissez li sa paire d'oreilles.

---

1. Cette scène x est entièrement perdue, puisqu'on n'a ni le rôle de Frontin ni celui de Lisette. D'après la suite, on peut deviner que Frontin, qui se fait passer pour un ami du prétendu défunt, apprend à celle-ci qu'il a un legs à lui remettre de la part de son mari, si elle lui est restée fidèle. Lisette, qui a remplacé son mari par Jeannot, prétend avoir malgré tout des droits au legs. Sans se dévoiler, Frontin se met en fureur et tire son épée.

FRONTIN. [Ce pauvre Frontin avait bien deviné qu'elle était comme ma femme] qui m'était infidèle.

COLAS. Vlà le biau sorcier, c'était deviner qu'alle était une femme.

FRONTIN. [Et je garderai le legs, puisque ce galant a su faire] broncher la fidélité de la coquine.

COLAS. Faudra donc pas de poche à la veuve pour sarrer ça.

FRONTIN. À moi la somme !

Scène XII

[FRONTIN, LISETTE, COLAS, JEANNOT, MADAME ARGANTE, DORANTE]

MADAME ARGANTE. Voici son valet ; essayons de le gagner, et qu'il nous instruise. *(À Frontin.)* Ah ! vous voilà, bon homme, nous vous cherchons.

LISETTE. [....]

FRONTIN. [Je suis] légataire et non pas voleur.

MADAME ARGANTE. Allez, Lisette, laissez-nous, nous verrons cela.

FRONTIN. [....]

LISETTE. J'ai cru entendre la voix du mort.

COLAS. Ah ! Ah ! Ah !

Ils sortent.

Scène XIII

[FRONTIN, MADAME ARGANTE, DORANTE]

MADAME ARGANTE. Ah çà, dites-nous, mon bon homme, votre maître prétend-il rester longtemps ici ?

FRONTIN. [Il prétend y prendre] son quartier d'hiver.

MADAME ARGANTE. Son quartier d'hiver !

DORANTE. [C']est un homme intrépide !

MADAME ARGANTE. Doucement, Dorante, il y a du remède à tout : voici un vieillard qui me paraît un honnête homme. Il me semble lui avoir entendu dire qu'il avait vu mourir le Marquis, et il ne nous refusera pas de l'assurer à ma fille, si son maître disait le contraire ; il sera bien aise de nous servir ; n'est-ce pas, bon homme ?

FRONTIN. [Il y va de mon honneur,] et je parle bon français.

MADAME ARGANTE. Non, pas trop bon, car on ne vous entend pas. Que voulez-vous qu'on fasse ?

FRONTIN. [Vous avez pourtant su] nous taxer d'honnêtes gens.

MADAME ARGANTE. Ah ! j'y suis, c'est de l'argent qu'il demande.

FRONTIN [, *prenant la bourse qu'on lui donne, et à part*]. [Ce ne sera pas] ma faute s'il en réchappe.

MADAME ARGANTE. Voici votre maître et j'ai envie que nous lui parlions.

FRONTIN. Comme il vous plaira.

Scène XIV

[FRONTIN, MADAME ARGANTE, DORANTE, LE MARQUIS]

LE MARQUIS. Je vous demande pardon, Madame, et je me retire. Je croyais Madame la Marquise avec vous.

MADAME ARGANTE [, *à part les premiers mots*]. Voyons ce qu'il dira... Approchez, Monsieur, vous n'êtes point de trop : votre valet nous parlait du Marquis qu'il a vu mort.

LE MARQUIS. Mon valet se trompe, car, à parler exactement, le Marquis était près d'expirer quand je l'ai quitté ; mais il vivait encore, et j'ai même un scrupule d'avoir dit qu'il n'était plus.

DORANTE [1]. [Sans doute avez-vous d'autres raisons que votre valet] pour être de ce sentiment-là.

LE MARQUIS. Mais, Scapin, vous n'y pensez pas ?

DORANTE. [Je l'ai si bien vu mort, nous disait-il,] qu'il me semble le voir encore.

LE MARQUIS. Vous êtes un fripon, Scapin.

[FRONTIN, *à part*]. Ah ! le fourbe !

MADAME ARGANTE. Allons, parlez-lui donc, ôtez-lui son scrupule.

FRONTIN [, *bas au Marquis*]. [Qu'importe ?] vous ne vous en portez pas plus mal.

MADAME ARGANTE. Il a vu, ce qui s'appelle vu.

---

1. L'attribution de cette réplique à Dorante ne nous paraît pas évidente, bien qu'elle soit très acceptable. Il en est de même pour la suivante. On pourrait les donner l'une et l'autre à Frontin. Rappelons que le nom des personnages en question ne figure pas dans le manuscrit.

DORANTE [, *à Frontin*]. [Vous, mon bon homme, vous m'avez l'air de méditer pour essayer] de vous dédire[1].

MADAME ARGANTE [, *au Marquis*]. Et vous, Monsieur, vous avez tout l'air d'un aventurier qui par son *industrie veut prolonger ici un séjour qui l'accommode.

LE MARQUIS. Un aventurier, moi, Madame ?

DORANTE. [Quittez le château, Monsieur, nous vous donnerons de l'argent] pour faire votre voyage.

LE MARQUIS. Je n'ai besoin de rien, Monsieur.

MADAME ARGANTE, *vivement*. Que de passer ici l'hiver.

LE MARQUIS. Tout le temps que je voudrai, Madame.

MADAME ARGANTE. Comment donc, radoteur, vous prenez le ton de maître ?

DORANTE. Il apprendra à qui il se joue.

LE MARQUIS. Vous en apprendrez plus que moi.

MADAME ARGANTE. Jusqu'au revoir.

Ils sortent.

Scène XV
[FRONTIN, LE MARQUIS]

LE MARQUIS. D'où vient donc que tu me raies du nombre des vivants ?

FRONTIN [, *montrant la bourse*]. Voilà ce qui en efface.

LE MARQUIS. Ah ! je te le pardonne ; mais laisse-nous, voici la Marquise.

Scène XVI
LE MARQUIS, LA MARQUISE

LA MARQUISE. Eh bien, Monsieur, nous voici seuls, et vous pouvez en liberté me parler de mon mari ; ne prenez point garde à ma douleur, elle m'est mille fois plus chère que tous les plaisirs du monde.

LE MARQUIS. Non, Madame, j'ai changé d'avis, dispensez-moi de

---

1. Nous conservons le texte de la restitution de Bastide et Fournier, quoiqu'il ne soit pas très satisfaisant. Il faut peut-être écrire *mon bon homme*, et non *mon bonhomme*, dont le ton semble étranger au rôle de Dorante.

parler : mon ami, s'il pouvait savoir ce qui se passe, approuverait lui-même ma discrétion.

LA MARQUISE. *D'où vient donc, Monsieur ? Quel motif avez-vous pour me cacher le reste ?

LE MARQUIS. Ce que vous voulez savoir n'est fait que pour une épouse qui serait restée veuve, Madame. Le Marquis ne l'a adressé qu'à un cœur qui se serait conservé pour lui.

LA MARQUISE. Ah ! Monsieur, comment avez-vous le courage de me tenir ce discours, dans l'attendrissement où vous me voyez ? Que pourrait lui-même me reprocher le Marquis ? Je le pleure depuis que je l'ai perdu et je le pleurerai toute ma vie.

LE MARQUIS. Vous allez cependant donner votre main à un autre, Madame, et ce n'est point à moi à y trouver à redire ; mais je ne saurais m'empêcher d'être sensible à la consternation où il en serait lui-même... Son épouse prête à se remarier ! Ce n'est pas un crime, et cependant il en mourrait, Madame. Je finis ma vie dans les plus grands malheurs, me disait-il ; mais mon cœur a joui d'un bien qui les a tous adoucis : c'est la certitude où je suis que la Marquise n'aimera jamais que moi. Et cependant il se trompait, Madame, et mon amitié en gémit pour lui.

LA MARQUISE. Hélas, Monsieur ! j'aime votre sensibilité, et je la respecte, mais vous n'êtes pas instruit ; c'est l'ami de mon mari même que je vais prendre pour juge : ne vous imaginez pas que mon cœur soit coupable ; que le vôtre ne gémisse point, le Marquis n'est point trompé.

LE MARQUIS. Il est question d'un mariage, Madame, et, suivant toute apparence, vous ne vous mariez pas sans amour.

LA MARQUISE. Attendez, Monsieur, il faut s'expliquer ; oui, les apparences peuvent être contre moi ; mais laissez-moi vous dire ; je mérite bien qu'on m'écoute. Je connaissais bien le Marquis, et j'ai peut-être porté la douleur au-delà même de ce qu'un cœur comme le sien l'aurait voulu. Oui, je suis persuadée qu'il aimerait mieux que je l'oubliasse, que de savoir ce que je souffre encore.

LE MARQUIS, *à part*. Ah ! j'ai peine à me contraindre.

LA MARQUISE. Vous me trouvez prête à terminer un mariage, et je ne vous dis pas que je haïsse celui que j'épouse ; non, je ne le hais point, j'aurais tort : c'est un honnête homme. Mais pensez-vous que je l'épouse avec une tendresse dont mon mari pût se plaindre ? Ai-je pour lui des sentiments qui pussent affliger le Marquis ? Non, Monsieur, non, je n'ai pas le cœur épris, je ne l'ai que reconnaissant de tous les services qu'il m'a rendus, et qui sont sans nombre. C'est d'ailleurs un homme qui depuis près de deux ans vit avec moi dans un respect, dans une soumission, avec une déférence pour ma douleur, enfin dans des chagrins, dans des inquiétudes pour ma santé qui est considérablement altérée, dans des frayeurs de me voir mourir, qu'à moins d'avoir une âme dépouillée de tout sentiment, cela a *dû faire quelque impression sur moi ; mais quelle impression, Monsieur ? la moindre de toutes : je l'ai plaint, il m'a fait pitié, voilà tout.

LE MARQUIS. Et vous l'épousez ?

LA MARQUISE. Dites donc que j'y consens, ce qui est bien différent, et que j'y consens tourmentée par une mère à qui je suis chère, qui me doit l'être, qui n'a jamais rien aimé tant que moi, et que mes refus désolent. On n'est pas toujours la maîtresse de son sort, Monsieur, il y a des complaisances inévitables dans la vie, des espèces de combats qu'on ne saurait toujours soutenir. J'ai vu cette mère mille fois désespérée de mon état, elle tomba malade : j'en étais cause ; il ne s'agissait pas moins que de lui sauver la vie, car elle se mourait, mon opiniâtreté la tuait. Je ne sais point être insensible à de pareilles choses, et elle m'arracha une promesse d'épouser Dorante. J'y mis pourtant une condition, qui était de renvoyer une seconde fois à Alger ; et tout ce qu'on m'en apporta fut un nouveau certificat de la mort du Marquis. J'avais promis, cependant. Ma mère me somma de ma parole ; il fallut me rendre, et je me rendis. Je me sacrifiai, Monsieur, je me sacrifiai. Est-ce là de l'amour ? Est-ce là oublier le Marquis ? Est-ce là épouser avec tendresse ?

LE MARQUIS, *à part.* Voyons si elle rompra... [*Haut.*] Non, je conçois même par ce détail que vous seriez bien aise de revoir le Marquis.

LA MARQUISE, *enchantée.* Ah ! Monsieur, le revoir, hélas ! Il n'en faudrait pas tant ; la moindre lueur de cette espérance arrêterait tout ; il y a dix ans que je ne vis pas, et je vivrais.

LE MARQUIS. Je n'hésiterai donc plus à vous donner cette lettre ; elle ne viendra point mal à propos, elle vous convient encore.

LA MARQUISE, *avec ardeur.* Une lettre de lui, Monsieur ?

LE MARQUIS. Oui, Madame, et qu'il vous écrivit en mourant. J'étais présent.

LA MARQUISE, *baisant la lettre.* Ah ! cher Marquis !

Elle pleure.

Le Marquis, *à part*. Ah ! Madame, je commence à craindre de vous avoir trop attendrie[1].

La Marquise. Je ne sais plus où je suis. Lisons. *(Elle lit.)* Je me meurs, chère épouse, et je n'ai pas deux heures à vivre ; je vais perdre le plaisir de vous aimer. *(Elle s'arrête.)* C'est le seul bien qui me restait, et c'est après vous le seul que je regrette. *(S'interrompant.)* Il faut que je respire. *(Elle lit.)* Consolez-vous, vivez, mais restez libre ; c'est pour vous que je vous en conjure : personne ne saurait le prix de votre cœur. [*S'interrompant.*] Je reconnais le sien. *(Elle continue.)* Ma faiblesse me force de finir, mon ami part, on l'entraîne, et il ne peut pas sans risquer sa vie attendre mon dernier soupir. *(Au Marquis.)* Comment, Monsieur, il vivait donc encore quand vous l'avez quitté ?

Le Marquis. Oui, Madame, on s'est trompé ; il est vrai que la plus grande partie des captifs mourut à Alger pendant que nous y étions ; mais nous trouvâmes le moyen de nous sauver, et c'est notre disparition qui a fait l'erreur : je suis dans le même cas, et le Marquis mourut dans notre fuite, ou du moins il se mourait quand je fus obligé de le quitter.

La Marquise, *vivement*. Mais vous n'êtes donc sûr de rien, il a donc pu en revenir ? Parlez, Monsieur ; déjà je romps tout : plus de mariage ! Mais de quel côté irait-on ? Quelles mesures prendre ? Où pourrait-on le trouver ? Vous êtes son ami, Monsieur, l'abandonnerez-vous ?

Le Marquis. Vous souhaitez donc qu'il vive ?

La Marquise. Si je le souhaite ! Ne me promettez rien que de vrai ; j'en mourrais.

Le Marquis. S'il n'avait hésité de paraître que dans la crainte de n'être plus aimé ? S'il m'avait prié de venir ici pour pouvoir l'informer de vos dispositions ?

La Marquise. Tout mon cœur est à lui. Où est-il ? Menez-moi où il est.

Le Marquis, *un moment sans répondre*. Il va venir dans un instant, et vous l'allez voir.

La Marquise. Je vais le voir ! Je vais le voir ! Marchons, hâtons-nous, allons le trouver, je me meurs de joie, je vais le voir ! Vous êtes après lui ce qui me sera le plus cher.

---

1. La « réclame » correspondante du rôle de la marquise porte : *de vous trop attendrir*.

LE MARQUIS, *ôtant sa barbe et se jetant à ses genoux.* Non, je vous suis aussi cher qu'il vous l'est lui-même.

LA MARQUISE, *se reculant.* Qu'est-ce que c'est donc ? Qui êtes-vous ? *(Se jetant dans ses bras.)* Ah ! cher Marquis ! *(Elle le relève et ils s'embrassent encore.)* Que je suis heureuse !

LE MARQUIS. Voici votre mère.

Scène XVII

LE MARQUIS, LA MARQUISE, MADAME ARGANTE, DORANTE, COLAS, FRONTIN, LISETTE

MADAME ARGANTE. Ma fille, je vous avertis que nous faisons arrêter cet homme-là qui refuse par pur intérêt de certifier que le Marquis est mort [1].

LE MARQUIS. Je ne saurais, Madame, il faut en conscience que je certifie qu'il vit encore [2].

MADAME ARGANTE. Ah ! que vois-je ? C'est lui-même !

LA MARQUISE. Oui, ma mère, c'est lui, c'est lui que je tiens et que j'embrasse.

MADAME ARGANTE. Monsieur, je n'ai plus rien à dire, jugez de mon embarras, et je me sauve bien confuse de tout ce qui s'est passé.

DORANTE, *s'enfuyant.* Personne ici n'est plus déplacé que moi.

LA MARQUISE. Ni personne qui puisse me le disputer en ravissement.

FRONTIN [3]. [....]

[LISETTE]. Ah ! le coquin !

COLAS. Mon ami le défunt, commençons par aller boire sur votre testament.

---

1. Tel est le texte de la réplique porté en surcharge, de la main de Marivaux. Il remplace une première version, qui était plus longue : *Ma fille, nous avons de justes soupçons que toute cette aventure-ci n'est qu'une friponnerie et nous avons trouvé à propos de faire arrêter cet homme-ci qui certainement abuse de votre confiance et dont vous seriez la dupe. Je vous avertis qu'on va le venir prendre. Vous savez que d'abord il nous a dit que le Marquis n'était plus ; peu s'en faut qu'il ne le fasse revivre, et son projet est sans doute de faire acheter bien cher le certificat qu'il donnerait de sa mort.*
2. Texte porté en surcharge, comme ci-dessus. On lisait dans la première version biffée : *Non, Madame, je vous certifie au contraire qu'il vit encore.*
3. Frontin doit ici apprendre à Lisette qui il est lui-même.

FÉLICIE

Comédie en un acte, en prose,
publiée pour la première fois
dans le *Mercure de France*
de mars 1757

NOTICE

Après onze ans d'éloignement de la Comédie-Française (mais n'avait-il pas tenté d'y faire jouer *Les Acteurs de bonne foi ?*), Marivaux y présenta coup sur coup, en 1757, deux nouvelles pièces en un acte. La première était *Félicie*, dont le registre de la Comédie fait mention dans les termes suivants :

« Ce jourd'hui, samedi 5 mars (1757), la troupe s'est assemblée pour entendre la lecture de *Félicie*, comédie en un acte de M. de Marivaux, et les présents l'ont reçue pour être jouée à son tour. »

La seconde était *L'Amante frivole* qui fut lue le 5 mai et reçue « pour être jouée à son tour et dans le temps où on le jugera convenable pour le bien de la troupe ».

Le peu d'empressement mis par les comédiens à monter ces pièces montre à quel point la réputation de Marivaux était en déclin au Théâtre-Français[1]. L'écrivain comprit que *Félicie* ne verrait jamais la scène ; il la retira et la porta sans attendre au *Mercure de France*, dont le rédacteur, Boissy, avait longtemps, avec lui-même, soutenu la fortune chancelante du Théâtre-Italien. On sait que, depuis près d'un siècle, la tradition voulait que le premier article du *Mercure* fût une nouvelle ou une historiette. Le *Mercure* de mars 1757 présenta donc la pièce comme suit :

« Cette ingénieuse féerie mise en *dialogues* ou plutôt en *scènes* tiendra lieu *d'historiette* ce mois-ci : le lecteur y gagnera. Elle est de M. de Marivaux et vaut mieux qu'un *conte*. On peut même dire que par le fond elle en est un, avec cet avantage que, par la forme, elle

---

1. La Place se plaint, la même année, d'avoir les plus grandes difficultés à faire représenter sa tragédie d'*Adèle de Ponthieu* sur le même théâtre, « soit par les tracasseries des comédiens », soit par « les démarches secrètes d'un auteur très connu ». (Voir notre *Marivaux et le Marivaudage*, p. 558.) Il s'agit peut-être de Voltaire, qui, quoique établi à Genève, avait à Paris des amis influents.

est vraiment une *comédie*, faite pour décorer le Théâtre-Français, et digne d'y figurer avec ses aînées. »

Nous ne savons du reste pas quel fut son succès auprès des lecteurs du *Mercure*. Quel qu'il fût, Marivaux aurait mieux fait de faire prendre la même voie à son *Amante frivole*. Quatre ans plus tard, il attendait encore qu'elle fût jouée, ainsi qu'il ressort d'un billet de cession au libraire Duchesne, qui, en 1758, avait entrepris de publier une édition générale du *Théâtre de M. de Marivaux, de l'Académie française* :

« J'ai reçu de Monsieur Duchesne la somme de cinq cents livres pour un volume de pièces détachées[1], et un autre petit volume de trois pièces, intitulée *Félicie*, une autre *L'Amante frivole*, pièce qui doit être jouée à la Comédie-Française, une autre qui se trouve dans *Le Conservanteur (sic)*, tous ouvrages que je lui cède à perpétuité, et sans aucune réserve de ma part. À Paris, ce dernier novembre 1761.

« De Marivaux[2]. »

En fait, on trouve *Félicie* au tome III de certains exemplaires de l'édition Duchesne, qui, sous le millésime commun de 1758, comporte en réalité des collections de pièces d'éditions très diverses, et parfois largement postérieures à cette date. Mais *L'Amante frivole*, que Duchesne ne pouvait publier tant qu'elle restait entre les mains des comédiens français, demeura manuscrite. À la mort de Marivaux, le *Nécrologe* de Palissot la mentionne dédaigneusement :

« Les Comédiens-Français ont [de Marivaux] une pièce manuscrite sous le titre de *L'Amante frivole*, que leur considération pour l'auteur ne leur a pas permis de jouer[3]. »

On sait, grâce à Sylvie Chevalley[4], que la pièce avait pourtant été mise en répétition, puisque, le 12 janvier 1761, elle figurait, à titre de comédie en un acte et en prose, dans une liste de quatorze pièces proposées par les comédiens pour être représentées à Versailles. Elle ne fut pas retenue, et, deux ans plus tard, la mort de Marivaux délivrait la troupe de toute obligation envers la pièce qu'elle avait

---

1. Il doit s'agir des morceaux parus dans le *Mercure*. Voir notre édition des *Journaux et Œuvres diverses*, cinquième section.   2. Le fac-similé de ce billet, qui a été perdu, nous est conservé par l'édition Duviquet, t. II, p. I.   3. Sur le *Nécrologe*, voir l'Appendice, ci-après, p. 2063.   4. « Note sur *L'Amante frivole* », *Revue d'Histoire du Théâtre*, 1967, pp. 74-75.

acceptée. La négligence des archivistes du temps fit perdre toute trace du manuscrit et la disparition du fonds du libraire Duchesne ne laisse que peu de chances de retrouver l'ultime pièce que Marivaux espéra présenter au public.

Revenons-en à *Félicie*, qui au moins est conservée. Pour le fond, ainsi que l'observe le rédacteur du *Mercure*, ou plutôt pour l'idée sous laquelle elle a sans doute primitivement germé dans l'esprit de Marivaux, c'est un conte de fées. Le problème initial est en effet de savoir quel don une fée devrait faire de préférence à une jeune fille, de même que dans la première feuille du *Cabinet du philosophe* Marivaux s'était demandé le don qui conviendrait le mieux à un garçon. Mais ce thème folklorique [1] prend ici la forme d'une pièce allégorico-mythologique, mêlant, suivant les habitudes de Marivaux, le personnage de la Modestie (*id est* la Pudeur) à la figure de Diane. Le choix de cette divinité pour incarner la vertu a surpris les commentateurs. Il s'explique, non seulement parce que la vertu d'une jeune fille est d'abord la chasteté, dont Diane est l'incarnation, mais parce qu'une déesse chasseresse s'oppose assez heureusement au personnage de Lucidor, qui paraît aussi en chasseur, entouré de sa troupe [2]. On aurait tort en effet de négliger les ressources du spectacle, chants, danse, symphonie, qui font de *Félicie* une sorte d'opéra, et à la faveur desquelles Marivaux espérait faire passer la moralité de sa pièce.

Car *Félicie* est aussi, fondamentalement, une pièce morale ou d'éducation. Ce n'est pas par hasard que Marivaux reprend, pour caractériser la rencontre de Félicie et de Lucidor, une idée de *L'École des femmes* [3]. Ce qu'il traite dans sa pièce, c'est en effet le problème de la jeune fille, et *Félicie* vient ainsi compléter la trilogie commencée avec *L'École des mères* et *La Mère confidente*, comme *La Provinciale* complétera, après *L'Héritier de village* et *Le Petit-Maître corrigé*, la série consacrée à la représentation sociale. Mais la question n'est plus tant envisagée, comme dans les deux pièces précé-

---

1. Devenu un thème littéraire depuis le Moyen Âge. On le trouve par exemple dans *Le Jeu de la feuillée*, d'Adam de La Halle. **2.** Ce sont souvent les chasseurs qui, dans la tradition folklorique, font la conquête des naïves bergères. Voir Silvia et le Prince dans *La Double Inconstance*, et la source de cette situation dans une œuvre antérieure de Marivaux, l'histoire de Bastille, dans *La Voiture embourbée*. L'opposition de Diane et de Lucidor, dans *Félicie*, est peut-être une lointaine réminiscence du conflit de Diane et d'Endymion. **3.** Voir sc. v, p. 1926, note 1.

dentes, du point de vue des éducateurs que de celui de la jeune fille elle-même. Marivaux rejoint donc ici plutôt *La Vie de Marianne*, et la belle scène entre Marianne et Valville. Félicie éprouve ce mélange de « trouble », de « plaisir » et de « peur » qu'avait connu Marianne, mais Lucidor ne vaut pas Valville. Il est de ces jeunes gens qui voient la séduction comme une pratique et son succès comme une gloire, tandis que Félicie, tentée d'abord par l'envie de plaire ou la coquetterie, ne trouve pas, comme Marianne, dans l'amour-propre lui-même, l'arme qui lui permettrait de reprendre l'avantage sur son partenaire masculin. Elle n'échappe à son séducteur que par un sursaut désespéré qui, ne pouvant être justifié par une analyse introspective, prend plutôt l'apparence d'un coup de théâtre que d'un dénouement nécessaire. Le propos instructif de l'auteur s'en trouve du même coup obscurci, en même temps que le petit drame qui s'était engagé paraît tourner court. Cela, joint au manque d'intérêt inhérent à une pièce allégorique, explique que *Félicie* n'ait guère de chance de tenter un metteur en scène. À côté de *L'Éducation d'un prince*, qui est presque de la même époque (décembre 1754), elle atteste pour nous la primauté des préoccupations morales chez Marivaux dans la dernière partie de son existence.

LE TEXTE

Nous reproduisons le texte original de la pièce, c'est-à-dire celui du *Mercure* de mars 1757. Les variantes de l'édition Duchesne, qui sont seulement des différences de lecture ou de copie, seront enregistrées en note. Rappelons que cette édition figure au tome III du recueil de 1758 sous la forme suivante :

FÉLICIE, / COMÉDIE / EN UN ACTE ET EN PROSE ; / Par M. DE MARIVAUX, / De l'Académie Française. / (Ni lieu ni date ; au bas de la page : *Tome III.* G)

Numéroté de [121] (titre, avec la liste des acteurs au verso) à 168. Ni approbation, ni privilège séparés.

Félicie

ACTEURS [1]

FÉLICIE.
LUCIDOR.
LA FÉE, sous le nom d'Hortense.
LA MODESTIE.
DIANE.
Troupe de chasseurs.

---

1. Cette liste des acteurs est empruntée à l'édition Duchesne de 1758, car elle manque dans le *Mercure*. Aucun lieu de scène n'est indiqué. L'action se passe manifestement dans une sorte de parc ou de forêt.

Scène première

FÉLICIE, LA FÉE, *sous le nom d'*HORTENSE

FÉLICIE. Il faut avouer qu'il fait un beau jour.

HORTENSE. Aussi y a-t-il longtemps que nous nous promenons.

FÉLICIE. Aussi le plaisir d'être avec vous, qui est toujours si grand pour moi, ne m'a-t-il jamais été si sensible.

HORTENSE. Je crois, en effet, que vous m'aimez, Félicie.

FÉLICIE. Vous croyez, Madame ? Quoi ! n'est-ce que d'aujourd'hui que vous êtes bien sûre de cette vérité-là, vous, avec qui je suis dès mon enfance, vous, à qui je dois tout ce que je puis avoir d'estimable dans le cœur et dans l'esprit !

HORTENSE. Il est vrai que vous avez toujours été l'objet de mes complaisances ; et s'il vous reste encore quelque chose à désirer de mon pouvoir et de ma science, vous n'avez qu'à parler, Félicie ; je ne vous ai aujourd'hui *menée [1] ici que pour vous le dire.

FÉLICIE. Vos bontés m'ont-elles rien laissé à souhaiter ?

HORTENSE. N'y a-t-il point quelque vertu, quelque qualité dont je puisse encore vous douer ?

FÉLICIE. Il n'y en a point dont vous n'ayez voulu embellir mon âme.

HORTENSE. Vous avez bien de l'*esprit, en demandez-vous encore ?

FÉLICIE. Je m'en fie à votre tendresse, elle m'en a sans doute donné tout ce qu'il m'en faut.

HORTENSE. Parcourez tous les avantages possibles, et voyez celui que je pourrais [2] augmenter en vous, ou bien ajouter à ceux que vous avez : rêvez-y.

FÉLICIE. J'y rêve, puisque vous me l'ordonnez, et jusqu'ici je ne vois rien ; car enfin, que demanderais-je ? Attendez pourtant, Madame ; des *grâces, par exemple, je n'y songeais point ; qu'en dites-vous ? il me semble que je n'en ai pas assez.

HORTENSE. Des grâces, Félicie ! je m'en garderai bien ; la nature y

---

1. Variante de l'édition de 1758 : *amenée. Mener* en ce sens est usuel chez Marivaux. Voir le Glossaire.   **2.** Texte de l'édition de 1758 : *puis.*

a suffisamment pourvu ; et si je vous en donnais encore, vous en auriez trop ; je vous nuirais.

FÉLICIE. Ah, Madame ! ce n'est assurément que par bonté que vous le dites ?

HORTENSE. Non, je vous parle sérieusement.

FÉLICIE. Je pense pourtant que je n'en serais que mieux, si j'en avais un peu plus.

HORTENSE. L'*industrie de toutes vos réponses m'a fait deviner que vous en viendriez là.

FÉLICIE. Hélas, Madame ! c'est de bonne foi ; si je savais mieux, je le dirais.

HORTENSE. Songez que c'est peut-être de tous les dons le plus dangereux que vous choisissez, Félicie.

FÉLICIE. Dangereux, Madame ! oh ! que non : vous m'avez trop bien élevée ; il n'y a rien à craindre.

HORTENSE. Vous ne vous y arrêtez pourtant que par l'envie de plaire.

FÉLICIE. Mais, de plaire : non, ce n'est pas positivement cela ; c'est qu'on a l'amitié de tout le monde quand on est *aimable, et l'amitié de tout le monde est utile et souhaitable.

HORTENSE. Oui, l'amitié, mais non pas l'amour de tout le monde.

FÉLICIE. Oh ! pour celui-là, je n'y songe pas, je vous assure.

HORTENSE. Vous n'y songez pas, Félicie ? Regardez-moi ; vous rougissez : êtes-vous sincère ?

FÉLICIE. Peut-être que je ne le suis pas autant que je l'ai cru.

HORTENSE. N'importe : puisque vous le voulez, soyez *aimable autant qu'on le peut être.

Hortense la frappe de la main sur l'épaule.

FÉLICIE, *tressaillant de joie*. Ah !... Je vous suis bien obligée, Madame.

HORTENSE. Vous voilà pourvue de toutes les grâces imaginables.

FÉLICIE. J'en ai une reconnaissance infinie ; et apparemment qu'il y a bien du changement en moi, quoique je ne le voie pas.

HORTENSE. C'est-à-dire que vous voulez en être sûre. (*Elle lui présente un petit miroir.*) Tenez, regardez-vous. (*Félicie regarde. Hortense continue.*) Comment vous trouvez-vous ?

FÉLICIE. Comblée de vos bontés ; vous n'y avez rien épargné.

HORTENSE. Vous vous en réjouissez ; je ne sais si vous ne devriez pas en être inquiète.

FÉLICIE. Allez, Madame, vous n'aurez pas lieu de vous en repentir. ·

HORTENSE. Je l'espère ; mais à ce présent que je viens de vous faire, j'y prétends joindre encore une chose. Vous allez dans le monde, je veux vous rendre heureuse ; et il faut pour cela que je connaisse parfaitement vos inclinations, afin de vous assurer le genre de bonheur qui vous sera le plus convenable[1]. Voyez-vous cet endroit où nous sommes ? C'est le monde même.

FÉLICIE. Le monde ! et je croyais être encore auprès de notre demeure.

HORTENSE. Vous n'en êtes pas éloignée non plus ; mais ne vous embarrassez de rien : quoi qu'il en soit, votre cœur va trouver ici tout ce qui peut déterminer son goût.

Scène II

FÉLICIE, HORTENSE, LA MODESTIE

HORTENSE, *à la Modestie, qui est à quelques pas*. Vous, approchez. *(Quand la Modestie est venue.)* C'est une compagne que je vous laisse, Félicie ; elle porte le nom d'une de vos plus estimables qualités, la *modestie, ou plutôt la pudeur.

FÉLICIE. Je ne sais tout ce que cela signifie ; mais je la trouve charmante, et je serai ravie d'être avec elle : nous ne nous quitterons donc point ?

HORTENSE. Votre union dépend de vous ; gardez toujours cette qualité dont elle porte le nom, et vous serez toujours ensemble.

FÉLICIE, *s'en allant à elle*. Oh ! vraiment ! nous serons donc inséparables.

HORTENSE. Adieu, je vous laisse ; mais je ne vous abandonne point.

FÉLICIE. Votre retraite m'afflige. Que sais-je ce qui peut m'arriver ici où je ne connais personne ?

HORTENSE. N'y craignez rien, vous dis-je ; c'est moi qui vous y protège. Adieu.

---

1. Ainsi, le petit drame qui va se dérouler sous les yeux du spectateur est présenté comme une épreuve. Ce n'est pour Félicie qu'une répétition.

Scène III

FÉLICIE, LA MODESTIE

FÉLICIE. Sur ce *pied-là, soyons donc en repos, et parcourons ces lieux. Voilà un *canton qui me paraît bien riant ; ma chère compagne, allons-y ; voyons ce que c'est.

LA MODESTIE. Non, j'y entends du bruit ; tournons plutôt de l'autre côté ; je le crois plus sûr pour vous.

FÉLICIE. Qu'appelez-vous plus sûr ?

LA MODESTIE. Oui ; vous êtes extrêmement jolie, et l'endroit où vous voulez vous engager me paraît un pays trop galant.

FÉLICIE. Eh bien ! est-ce qu'on m'y fera un crime d'être jolie, dans ce pays galant ? Ne sommes-nous ici que pour y visiter des déserts ?

LA MODESTIE. Non ; mais je prévois de l'autre côté les pièges qu'on y pourra tendre à votre cœur, et franchement, j'ai peur que nous ne nous y perdions.

FÉLICIE. Eh ! comment l'entendez-vous donc, s'il vous plaît, ma chère compagne ? Quoi ! sous le prétexte qu'on est aimable, on n'osera pas se montrer ; il ne faudra rien voir, toujours s'enfuir, et ne s'occuper qu'à faire la sauvage ? La condition d'une jolie personne serait donc bien triste ! Oh ! je ne crois point cela du tout ; il vaudrait mieux être laide : je redemanderais la médiocrité des agréments que j'avais, si cela était ; et à vous entendre dire, ce serait une vraie perte pour une fille que de perdre sa laideur ; ce serait lui rendre un très mauvais service [1] que de la rendre *aimable, et on ne l'a jamais compris de cette manière-là.

LA MODESTIE. Écoutez, Félicie, ne vous y trompez pas ; les *grâces et la sagesse ont toujours eu de la peine à rester ensemble.

FÉLICIE. À la bonne heure : s'il n'y avait pas un peu de peine, il n'y aurait pas grand mérite. À l'égard des pièges dont vous parlez, il me semble à moi qu'il n'est pas question de les fuir, mais d'apprendre à les mépriser ; et pourquoi ? parce qu'ils sont inutiles pour qui les méprise, et qu'en les fuyant d'un côté, on peut les trouver d'un autre. Voilà mes idées, que je crois bonnes.

LA MODESTIE. Elles sont hardies.

FÉLICIE. Toutes simples. Que peut-il m'arriver dans le *canton que vous craignez tant ? Voyons ; si je plais, on m'y regardera, n'est-il pas vrai ? Supposons même qu'on m'y parle. Eh bien ! qu'on m'y

---

1. Texte de l'édition de 1758 : *office*.

regarde, qu'on m'y parle, qu'on m'y fasse des compliments, si l'on veut, quel mal cela me fera-t-il ? sont-ce là ces pièges si redoutables, qu'il faille renoncer au jour pour les éviter ? Me prenez-vous pour un enfant ?

LA MODESTIE. Vous avez trop de confiance, Félicie.

FÉLICIE. Et vous, bien des terreurs paniques, Modestie.

LA MODESTIE. Je suis timide, il est vrai ; c'est mon caractère.

FÉLICIE. Fort bien ; et *moyennant ce caractère, nous voilà donc condamnées à rester là : nos relations seront curieuses !

LA MODESTIE. Je ne vous dis pas de rester là ; voyons toujours ce côté, il est plus tranquille.

FÉLICIE. Quelle antipathie avez-vous pour l'autre ?

LA MODESTIE. Quel dégoût vous prend-il pour celui-ci ?

FÉLICIE. C'est qu'il me réjouit moins la vue.

LA MODESTIE. Et moi, c'est que je fuis le danger que je soupçonne ici.

FÉLICIE. Mais pour le fuir, il faut le voir.

LA MODESTIE. Il n'est quelquefois plus temps de le fuir, quand on l'a vu.

FÉLICIE. Encore une fois, pour fuir, il faut un objet ; on ne fuit point sans avoir peur de quelque chose, et je ne vois rien qui m'épouvante.

LA MODESTIE. Disons mieux ; vous avez des charmes, et vous voulez qu'on les voie.

FÉLICIE. Et parce que j'en ai, il faut que je les cache, il faut que l'obscurité soit mon partage ! Eh ! que ne m'a-t-on dit que c'était le plus grand malheur du monde que d'être jolie, puisqu'il faut être esclave des conséquences de son visage [1] ? Ne voyez-vous pas bien que la raison n'est point d'accord de cela ?

LA MODESTIE. Plus que vous ne croyez.

FÉLICIE. Je me suis donc étrangement trompée ; j'ai souhaité d'être *aimable, afin qu'on m'aimât dès qu'on me verrait, ce qui est assurément très innocent ; et il se trouverait que, selon vos chicanes, ce serait afin qu'on ne me vît jamais : en vérité, je ne saurai goûter ce que vous me dites.

LA MODESTIE. Je n'insiste plus ; il en sera ce qui vous plaira.

---

1. Cette phrase est une de celles que relève La Porte dans *L'Observateur littéraire* ou Palissot dans le *Nécrologe*, comme exemple de style alambiqué ou de *marivaudage*.

FÉLICIE. Il en sera ce qui me plaira ! Ce n'est pas là répondre ; je veux que vous soyez de mon avis, dès que j'ai raison. Puisque vous êtes la Modestie, on est bien aise d'avoir votre approbation.

LA MODESTIE. Je vous ai dit ce que je [1] pensais.

FÉLICIE. Allons, allons, je vois bien que vous vous rendez. *(Ici on entend une symphonie.)* Mais me trompé-je ? Entendez-vous la gaieté des sons qui partent de ce côté-là ? Nous nous y amuserons assurément ; il doit y avoir quelque agréable fête. Que cela est vif et touchant !

LA MODESTIE. Vous ne le *sentez que trop.

FÉLICIE. Pourquoi trop ? Est-ce qu'il n'est pas permis d'avoir du goût ? Allez-vous encore trembler là-dessus ?

LA MODESTIE. Le goût du plaisir et de la curiosité mène bien loin.

FÉLICIE. Parlez franchement ; c'est qu'on a tort d'avoir des yeux et des oreilles, n'est-ce pas ? Ah ! que vous êtes farouche ! *(La symphonie recommence.)* Ce que j'entends là me fait pourtant grand plaisir... Prêtons-y un peu d'attention... Que cela est tendre et animé tout ensemble !

LA MODESTIE. J'entends aussi du bruit de l'autre côté ; écoutez, je crois qu'on y chante.

On chante.

De la vertu suivez les lois,
Beautés qui de nos cœurs voulez fixer le choix.
Les attraits qu'elle éclaire en brillent davantage.
Est-il rien de plus enchanteur
Que de voir sur un beau visage
Et la jeunesse et la pudeur ?

LA MODESTIE *continue.* Ce que cette voix-là m'inspire ne m'effraie point : par exemple, elle a quelque chose de noble.

FÉLICIE. Oui, elle est belle, mais sérieuse.

---

1. L'édition de 1758 porte *j'en* pour *je*.

Scène IV

FÉLICIE, LA MODESTIE, DIANE, *dans l'éloignement*

LA MODESTIE. C'est un charme différent. Mais, que vois-je ? tenez, Félicie : voyez-vous cette dame qui nous regarde d'une façon si riante, et qui semble nous inviter à[1] venir à elle ? Qu'elle a l'air respectable !

FÉLICIE. Cela est vrai, je lui trouve de la majesté.

LA MODESTIE. Elle sort de chez elle, apparemment ; voulez-vous l'aborder ? Je m'y rends volontiers[2].

FÉLICIE. N'allons pas si vite ; elle a quelque chose de grave qui m'arrête.

LA MODESTIE. Elle vous plaît pourtant ?

FÉLICIE. Oui, je l'avoue.

LA MODESTIE. Allons donc, je crois qu'elle nous attend ; elle paraît faire les avances.

FÉLICIE. J'aurais bien voulu voir ce qui se passe de l'autre côté.

Scène V

FÉLICIE, LA MODESTIE, DIANE, LUCIDOR,
au fond du théâtre

FÉLICIE. Mais voici bien autre chose ; regardez à votre tour, et voyez à gauche ce beau jeune homme qui vient de paraître, accompagné de ces jolis chasseurs, et qui nous salue ; il ne nous épargne pas non plus les avances.

LA MODESTIE. Ne le regardons point, il m'inquiète ; allons plutôt à cette dame.

FÉLICIE. Attendez.

LA MODESTIE. Elle avance.

DIANE. Voulez-vous bien que j'approche, mon aimable fille ? Peut-être ne connaissez-vous pas ces lieux, et vous voyez l'envie que j'ai de vous y servir. Ne me refusez pas d'entrer chez moi ; je chéris la vertu, et vous y serez en sûreté.

---

1. L'édition de 1758 porte *de* au lieu de *à*. **2.** Les éditions modernes omettent cette dernière phrase, qui figure pourtant aussi bien dans l'édition de 1758 que dans le *Mercure*. C'est l'emploi de *y* qui a été jugé incorrect par Duviquet, quoiqu'il soit courant chez Marivaux. Comprendre : « Je me rends à cette idée. »

FÉLICIE, *la saluant*. Je vous rends grâces, Madame, et je verrai.

DIANE. Eh ! pourquoi voir ? Votre jeunesse et vos charmes vous exposent ici ; n'hésitez point ; croyez-moi, suivez le conseil que je vous donne. *(Ici le jeune homme la regarde, lui sourit et la salue ; elle lui rend le salut.)* Voici un jeune homme qui vous distrait, et qui pourtant mérite bien moins votre attention que moi.

FÉLICIE. J'en fais beaucoup à ce que vous me dites ; mais cela ne me dispense pas de le saluer, puisqu'il me salue.

Lucidor lui fait encore des révérences, et elle les rend [1].

DIANE. Encore des révérences !

FÉLICIE. Vous voyez bien qu'il continue les siennes.

LA MODESTIE, *à Diane*. Emmenez-la, Madame, avant qu'il nous aborde.

FÉLICIE. Mais vous voulez donc que je sois *malhonnête ?

LUCIDOR, *approchant*. Beauté céleste, je règne dans ces *cantons ; j'ose assurer qu'ils sont les plus riants ; daignez les honorer de votre présence.

FÉLICIE. Je serais volontiers de cet avis-là, l'aspect m'en plaît beaucoup.

DIANE, *la prenant par la main*. Commencez par les lieux que j'habite ; plus d'irrésolution ; venez.

LUCIDOR, *la prenant par l'autre main*. Quoi ! l'on vous entraîne, et vous me rejetez !

FÉLICIE. Non, je vous l'avoue, il n'y a rien d'égal à l'embarras où vous me mettez tous deux ; car je ne saurais prendre l'un que je ne laisse l'autre ; et le moyen d'être partout !

LA MODESTIE. Trop faible Félicie !

FÉLICIE, *à la Modestie*. Oh ! vraiment, je sais bien que vous n'y feriez pas tant de façons ; vous en parlez bien à votre aise.

LUCIDOR. Vous me haïssez donc ?

FÉLICIE. Autre injustice.

DIANE. Je suis sûre qu'il vous en coûte pour me résister, et que votre cœur me regrette.

FÉLICIE. Eh ! mais sans doute ; mais mon cœur ne sait ce qu'il veut, voilà ce que c'est ; il ne choisit point ; tenez, il vous voudrait tous deux ; voyez, n'y aurait-il pas moyen de vous accorder ?

---

1. On se souvient ici de la scène v de l'acte II de *L'École des femmes*, où Agnès raconte à Arnolphe comment Horace l'a saluée, et comment elle lui a chaque fois rendu sa révérence.

DIANE. Non, Félicie, cela ne se peut pas.

LUCIDOR. Pour moi, j'y consens : que Madame vous suive où je vais vous mener, je ne l'en empêche pas ; ma douceur et ma bonne foi me rendent de meilleure composition qu'elle.

FÉLICIE. Eh bien ! voilà un accommodement qui me paraît très raisonnable [1], par exemple ; ne nous quittons point, allons ensemble.

LA MODESTIE, *bas à Félicie*. Ah ! le fourbe !

FÉLICIE, *à part les premiers mots*. Vous en jugez mal, il n'a point [2] cet air-là. Allons, Madame ; ayez cette complaisance-là pour moi, qui vous aime : considérez que je suis une jeune personne à qui l'âge donne une petite curiosité pardonnable et sans conséquence ; je vous en prie, ne me refusez pas.

DIANE. Non, Félicie ; vous ne savez pas ce que vous demandez ; son *commerce et le mien sont incompatibles ; et quand je vous suivrais, j'aurais beau vous donner mes conseils, ils vous seraient inutiles.

LUCIDOR. Mille plaisirs innocents vous attendent où nous allons.

FÉLICIE. Pour innocents, j'en suis persuadée ; il serait inutile de m'en proposer d'autres.

DIANE. Il vous dit qu'ils sont innocents, mais ils cessent bientôt de l'être.

FÉLICIE. Tant pis pour eux ; sauf à les laisser là, quand ils ne le seront plus.

DIANE. Je vous en promets, moi, de plus satisfaisants, quand vous les aurez un peu goûtés, des plaisirs qui vont au profit de la vertu même.

FÉLICIE. Je n'en doute pas un instant, j'en ai la meilleure opinion du monde, assurément, et je les aime d'avance ; je vous le dis de tout mon cœur. Mais prenons toujours ceux-ci qui se présentent, et qui sont permis ; voyons ce que c'est, et puis nous irons aux vôtres : est-ce que j'y renonce ?

DIANE. Ils vous ôteront le goût des miens.

LA MODESTIE. Pour moi, je ne veux pas des siens ; prenez-y garde.

FÉLICIE. Oh ! je sais toujours votre avis, à vous, sans que vous le disiez.

LUCIDOR. Quel ridicule entêtement ! Je n'ai que vos bontés pour ressource.

------

1. L'édition de 1758 porte : *bien raisonnable*.   2. Édition de 1758 : *pas*.

DIANE. Pour la dernière fois, suivez-moi, ma fille.

FÉLICIE. Tenez, vous parlerai-je franchement ? Cette rigueur-là n'est point du tout persuasive, point du tout : austérité superflue que tout cela ; l'excès n'est point une sagesse, et je sais me conduire.

DIANE. Vous le préférez donc ? Adieu.

FÉLICIE, *impatiemment*. Ahi [1] !

LUCIDOR, *à genoux*. Au nom de tant de charmes, ne vous rendez point ; songez qu'il ne s'agit que d'une bagatelle.

FÉLICIE, *à Lucidor*. Oui, mais levez-vous donc ; ne faites rien qui lui donne raison.

LA MODESTIE. Cette dame s'en va.

LUCIDOR. Laissez-la aller ; vous la rejoindrez.

DIANE. Adieu, trop imprudente Félicie.

FÉLICIE. Bon, imprudente ! Je ne vous dis pas adieu, moi ; j'irai vous retrouver.

DIANE. Je ne l'espère pas.

FÉLICIE. Et moi, je le sais bien ; vous le verrez.

LA MODESTIE. Que vous m'alarmez ! Elle est partie ; il ne vous reste plus que moi, Félicie, et peut-être nous séparerons-nous aussi.

Scène VI

LA MODESTIE, FÉLICIE, LUCIDOR

FÉLICIE. À qui en avez-vous ? à qui en a-t-elle ? Dites-moi donc le crime que j'ai fait ; car je l'ignore ! De quoi s'est-elle fâchée ? De quoi l'êtes-vous ? Où cela va-t-il [2] ?

LUCIDOR. Si le plaisir qu'on sent à vous voir la chagrine, sa peine est sans remède, Félicie ; mais n'y songez plus, nous nous passerons bien d'elle.

FÉLICIE. Il est pourtant vrai que, sans vous, je l'aurais suivie, Seigneur.

LUCIDOR. Vous repentez-vous déjà d'avoir bien voulu demeurer ? Que nous sommes différents l'un de l'autre ! Je ferais ma félicité

---

1. Édition de 1758 : *Ah !* (faute courante).　　2. Pour exprimer le trouble de Félicie, Marivaux retrouve le rythme des phrases de Silvia, dans *Le Jeu de l'amour et du hasard*, acte II, sc. IX : « On peut donc mal interpréter ce que je fais ? mais que fais-je ? de quoi m'accuse-t-on ? » etc. Sur l'expression, voir le Glossaire *(aller)*.

d'être toujours avec vous : oui, Félicie, vous êtes les délices de mes yeux et de mon cœur.

FÉLICIE. À merveille ! voilà un langage qui vient fort à propos ! Courage ! si vous continuez sur ce ton-là, je pourrai bien avoir tort d'être ici.

LUCIDOR. Eh ! qui pourrait condamner les sentiments que j'exprime ? Jamais l'amour offrit-il d'objet aussi charmant que vous l'êtes ? Vos regards me pénètrent ; ils sont des traits de flamme.

FÉLICIE, *impatiente*. Je vous dis que ces flammes-là vont encore effaroucher ma compagne.

La Modestie paraît sombre.

LUCIDOR. Eh ! quel autre discours voulez-vous que je vous tienne ? Vous ne m'inspirez que des transports, et je vous en parle ; vous me ravissez, et je m'écrie ; vous m'embrasez du plus tendre et du plus invincible de tous les amours, et je soupire.

FÉLICIE. Ha ! que j'ai mal fait de rester !

LUCIDOR. Ô ciel ! quel discours !

LA MODESTIE. Vous voyez ce qui en est.

FÉLICIE, *à la Modestie*. Au moins, ne me quittez pas.

LA MODESTIE. Il est encore temps de vous retirer.

FÉLICIE. Oh ! toujours temps ! aussi n'y manquerai-je pas, s'il continue. Ah !

LUCIDOR. De grâce, adorable Félicie, expliquez-moi ce soupir ; à qui s'adresse-t-il ? Que signifie-t-il ?

FÉLICIE. Il signifie que je vais m'en retourner, et que vous n'êtes pas raisonnable.

LA MODESTIE. Allons donc, sauvez-vous.

LUCIDOR. Non, vous ne vous en retournerez pas sitôt ; vous n'aurez pas la cruauté de me déchirer le cœur.

FÉLICIE. En un mot, je ne veux pas que vous m'aimiez.

LUCIDOR. Donnez-moi donc la force de faire l'impossible.

FÉLICIE. L'impossible ! et toujours des expressions tendres ! Eh bien ! si vous m'aimez, ne me le dites point.

LUCIDOR. En quel endroit de la terre irez-vous, où l'on ne vous le dise pas ?

FÉLICIE, *à la Modestie*. Je n'ai point de réplique à cela ; mais je vous défie de me rien reprocher, car je me défends bien.

LUCIDOR. Content de vous voir, de vous aimer, je ne vous demande que de souffrir mes respects et ma tendresse.

FÉLICIE, *à la Modestie*. Cela ne *prend rien sur mon cœur ; ainsi, ne vous inquiétez pas ; ce ne sera rien.

LA MODESTIE. Son respect vous trompe et vous séduit.

LUCIDOR, *à la Modestie*. Vous, qui l'accompagnez, d'où vient que vous vous déclarez mon ennemie ?

LA MODESTIE. C'est que je suis l'amie de la vertu.

LUCIDOR, *en baisant la main de* [1] *Félicie*. Et moi, je suis l'adorateur de la sienne.

LA MODESTIE, *à Félicie*. Et vous voyez qu'il l'attaque en l'adorant. *(Elle fait semblant de partir.)* Je n'y tiens point non plus, Félicie.

FÉLICIE, *courant après elle*. Arrêtez, Modestie ! Seigneur, je vous déclare que je ne veux point la perdre.

LUCIDOR. Elle devrait avoir nom Férocité, et non pas Modestie. *(Il va à elle.)* Revenez, Madame, revenez ; je ne dirai plus rien qui vous déplaise et je me tairai. Mais, pendant mon silence, Félicie, permettez à ces jeunes chasseurs, que vous voyez épars, de vous marquer, à leur tour, la joie qu'ils ont de vous avoir rencontrée ; ils me divertissent quelquefois moi-même par leurs danses et par leurs chants : souffrez qu'ils essaient de vous amuser. La musique et la danse ne doivent effrayer personne. *(À Félicie, bas.)* Qu'elle est revêche et bourrue !

FÉLICIE, *tout bas aussi*. C'est ma compagne.

LUCIDOR. Asseyons-nous et écoutons.

Scène VII

Les acteurs précédents [2], *troupe de* CHASSEURS

Les instruments préludent : on danse [3].

AIR
Un chasseur
Amis, laissons en paix les hôtes de ces bois ;
La beauté que je vois
Doit nous fixer sous cet ombrage.

---

1. L'édition de 1758 porte *à* au lieu de *de*. **2.** L'édition de 1758 précise : LA MODESTIE, FÉLICIE, LUCIDOR. **3.** Noter ce divertissement incorporé à l'action, comme à l'époque d'*Arlequin poli par l'amour*.

> Venez, venez, suivez mes pas :
> Par un juste et fidèle hommage,
> Méritons le bonheur d'admirer tant d'appas.

LUCIDOR. Vous intéressez tous les cœurs, Félicie.

FÉLICIE. N'interrompez point.

On danse encore.

LUCIDOR, *ensuite, dit.* Ils n'auront pas seuls l'honneur de vous amuser, et je prétends y avoir part.

Il chante un menuet.

> De vos beaux yeux le charme inévitable
> Me fait brûler de la plus vive ardeur :
> Plus que Diane redoutable,
> Sans flèches ni carquois, vous tirez droit au cœur.

Les chasseurs se retirent.

Scène VIII

FÉLICIE, LUCIDOR, LA MODESTIE

FÉLICIE. Toujours de l'amour, vous ne vous corrigez point.

LUCIDOR. Et vous, toujours de nouveaux charmes ; ils ne finissent point.

Il lui prend la main.

FÉLICIE. Laissez là ma main, elle n'est pas de la conversation.

LUCIDOR. Mon cœur voudrait pourtant bien en avoir une avec elle.

FÉLICIE, *voulant retirer sa main.* Et moi, je ne veux point. *(Il lui baise la main.)* Eh bien, encore ! ne vous [1] l'avais-je pas défendu ? Cela nous brouillera, vous dis-je, cela nous brouillera.

LA MODESTIE. Vous me donnez mon congé, Félicie.

FÉLICIE. Vous voyez bien que je me fâche, afin qu'il n'y revienne plus : qu'avez-vous à dire ?

---

1. *Vous* est omis dans l'édition de 1758.

LUCIDOR, *impatient*. L'insupportable fille !

FÉLICIE, *à la Modestie*. Il est vrai que vous vous scandalisez de trop peu de chose.

LUCIDOR, *avec dépit*. Ma tendresse ne vous fatiguerait pas tant sans elle.

FÉLICIE. Oh ! si votre cœur n'a pas besoin d'elle, le mien n'est pas de même, entendez-vous ?

LUCIDOR. Eh ! quel besoin le vôtre en a-t-il ? Dites-moi le moindre mot consolant.

FÉLICIE. Je suis bien heureuse qu'elle me gêne.

LUCIDOR. Achevez.

FÉLICIE, *à la Modestie, bas*. Si je lui disais, pour m'en défaire, que je suis un peu *sensible, le trouveriez-vous mauvais ? il n'en sera pas plus avancé.

LA MODESTIE. Gardez-vous-en bien ; je ne *soutiendrai pas ce discours-là.

FÉLICIE, *à Lucidor*. Passez-vous donc de ma réponse.

LUCIDOR. Si elle s'écartait un moment, comme elle le pourrait, sans s'éloigner, quel inconvénient y aurait-il ?

FÉLICIE, *à la Modestie*. Ce jeune homme vous impatiente : promenez-vous un instant sans me quitter ; je tâcherai d'abréger la conversation.

LA MODESTIE. Hélas ! si je m'écarte, je ne reviendrai peut-être plus.

FÉLICIE. Je ne vous propose pas de vous en aller, je ne veux pas seulement vous perdre de vue, et ce que j'en dis n'est que pour vous épargner son importunité.

LA MODESTIE. Puisque vous m'y forcez, vous voilà seule. *(À part.)* Je me retire, mais je ne la quitte pas.

Scène IX

LUCIDOR, FÉLICIE

LUCIDOR. Ah ! je respire.

FÉLICIE. Et moi, je suis honteuse.

LUCIDOR. Non, Félicie, ne troublez point un si doux moment par de chagrinantes réflexions ; vous voilà libre, et vous m'avez promis de vous expliquer ; je vous adore, commencez par me dire que vous le voulez bien.

FÉLICIE. Oh ! pour ce commencement-là, il n'est pas difficile : oui, j'y consens ; quand je ne le voudrais pas, il n'en serait ni plus ni moins [1], ainsi, il vaut autant vous le permettre.

LUCIDOR. Ce n'est pas encore assez.

FÉLICIE. Surtout, réglez vos demandes.

LUCIDOR. Je n'en ferai que de légitimes ; je vous aime, y répondez-vous ? votre compagne n'y est plus.

FÉLICIE. Oui ; mais j'y suis, moi.

LUCIDOR. Vous avez trop de bonté pour me tenir si longtemps inquiet de mon sort, et vous ne l'avez éloignée que pour m'en éclaircir.

FÉLICIE. J'avoue que, si elle y était, je n'oserais jamais vous dire le plaisir que j'ai à vous voir.

LUCIDOR. Je suis donc un peu aimé ?

FÉLICIE. Presque autant qu'*aimable.

LUCIDOR, *charmé.* Vous m'aimez ?

FÉLICIE. Je vous aime, et j'avais grande envie de vous le dire ; rappelons ma compagne.

LUCIDOR. Pas encore.

FÉLICIE. Comment, pas encore ? je vous aime, mais voilà tout.

LUCIDOR. Attendez ce qui me reste à vous dire, il n'en sera que ce que vous voudrez.

FÉLICIE. Oui, oui, que ce que je voudrai ! Je n'ai pourtant fait jusqu'ici que ce que vous avez voulu.

LUCIDOR. Écoutez-moi, charmante Félicie, n'est-ce pas toujours à la personne qu'on aime qu'il faut se marier ?

FÉLICIE. Qui est-ce qui a jamais douté de cela ?

LUCIDOR. Et pour qui se marie-t-on ?

FÉLICIE. Pour soi-même, assurément.

LUCIDOR. On est donc, à cet égard-là, les maîtres de sa destinée.

FÉLICIE. Avec l'avis de ses parents, pourtant.

LUCIDOR. Souvent ces parents, en disposant de nous, ne s'embarrassent guère de nos cœurs.

FÉLICIE. Vous avez raison.

LUCIDOR. Trouvez-vous qu'ils ont tort ?

FÉLICIE. Un très grand tort.

LUCIDOR. M'en croirez-vous ? prévenons celui que nos parents

---

1. « Quand je m'en fâcherais, il n'en serait ni plus ni moins », dit aussi Silvia dans *Le Jeu de l'amour et du hasard*, acte II, sc. IX. La réminiscence traduit une parenté entre la situation des deux jeunes filles.

pourraient avoir avec nous. Les miens me chérissent, et seront bientôt apaisés : assurons-nous d'une union éternelle autant que légitime ; on peut nous marier ici, et quand nous serons époux, il faudra bien qu'ils y consentent.

FÉLICIE. Ah ! vous me faites frémir, et par bonheur ma compagne n'est qu'à deux pas d'ici.

LUCIDOR. Quoi ! vous frémissez de songer que je serais votre époux ?

FÉLICIE. Mon époux, Lucidor ! Voulez-vous que mon cœur soit la dupe de ce mot-là ! Vous devriez craindre vous-même de me persuader. N'est-il pas de votre intérêt que je sois estimable ? et l'estime que je mérite encore, que deviendrait-elle ? Vous permettre de m'aimer, vous l'entendre dire, vous aimer moi-même, à la bonne heure, passe pour cela ; s'il y entre de la faiblesse, elle est excusable ; on peut être tendre et pourtant vertueuse ; mais vous me proposez d'être insensée, d'être extravagante, d'être méprisable ; oh ! je suis fâchée contre vous ; je ne vous reconnais point à ce trait-là [1].

LUCIDOR. Vous parlez de vertu, Félicie, les dieux me sont témoins que je suis aussi jaloux de la vôtre que vous-même, et que je ne songe qu'à rendre notre séparation impossible.

FÉLICIE. Et moi, je vous dis, Lucidor, que c'est la rendre immanquable : non, non, n'en parlons plus ; je ne me rendrai jamais à cela ; tout ce que je puis faire, c'est de vous pardonner de me l'avoir dit.

LUCIDOR, *à genoux*. Félicie, vous défiez-vous de moi ? ma probité vous est-elle suspecte ? ma douleur et mes larmes n'obtiendront-elles rien ?

FÉLICIE. Quel malheur que d'aimer ! qu'on me l'avait bien dit, et que je mérite bien ce qui m'arrive !

LUCIDOR. Vous me croyez donc un perfide ?

FÉLICIE. Je ne crois rien, je pleure. Adieu, trop imprudente Félicie, me disait cette dame en partant : oh ! que cela est vrai !

LUCIDOR. Pouvez-vous abandonner notre amour au hasard ?

FÉLICIE. Se marier de son chef, sans consulter qui que ce soit au monde, sans témoin de ma part, car je ne connais personne ici ; quel mariage !

---

1. Ici, on se souvient évidemment de *La Mère confidente*, avec la proposition d'enlèvement de Dorante (acte III, sc. VI et XI).

LUCIDOR. Les témoins les plus sacrés ne sont-ils pas votre cœur et le mien ?

FÉLICIE. Oh ! pour nos cœurs, ne m'en parlez pas, je ne m'y fierai plus, ils m'ont trompée tous deux.

LUCIDOR. Vous ne voulez donc point m'épouser ?

FÉLICIE. Dès aujourd'hui, si on le veut ; et si on ne l'approuve pas, je l'approuverai, moi.

LUCIDOR. Eh ! pensez-vous qu'on vous en laisse la liberté ?

FÉLICIE. Par pitié pour moi, demeurons raisonnables.

LUCIDOR. Je mourrai donc, puisque vous me condamnez à mourir.

FÉLICIE. Lucidor, ce mariage-là ne réussira pas

LUCIDOR. Notre sort n'est assuré que par là.

FÉLICIE. Hélas ! je suis donc sans secours.

LUCIDOR. Qui est-ce qui s'intéresse à vous plus que moi ?

FÉLICIE. Eh bien ! puisqu'il le faut, donnez-moi, de grâce, un quart d'heure pour me résoudre ; mon esprit est tout en désordre ; je ne sais où je suis[1], laissez-moi me reconnaître, n'arrachez rien au trouble où je me sens, et fiez-vous à mon amour ; il aura plus de soin de vous que de moi-même.

LUCIDOR. Ah ! je suis perdu ; votre compagne reviendra, vous la rappellerez.

FÉLICIE. Non, cher Lucidor ; je vous promets de n'avoir à faire qu'à mon cœur, et vous n'aurez que lui pour juge. Laissez-moi, vous reviendrez me trouver.

LUCIDOR. J'obéis ; mais sauvez-moi la vie, voilà tout ce que je puis vous dire.

Scène X

FÉLICIE, LA MODESTIE, *qui paraît et se tient loin*

FÉLICIE, *se croyant seule.* Ah ! que suis-je devenue ?

LA MODESTIE, *de loin.* Me voilà, Félicie. *(Félicie la regarde tristement. La Modestie continue.)* Ne m'appelez-vous pas ?

FÉLICIE. Je n'en sais rien.

LA MODESTIE. Voulez-vous que je vienne ?

FÉLICIE. Je n'en sais rien non plus.

---

1. L'édition de 1758 porte : *je ne sais où j'en suis,* Marivaux utilise indifféremment l'expression sous ces deux formes.

LA MODESTIE. Que vous êtes à plaindre !

FÉLICIE. Infiniment.

LA MODESTIE. Je vous parle de trop loin ; si je me rapprochais, vous seriez plus forte.

FÉLICIE. Plus forte ! Je n'ai pas le courage de vouloir l'être.

LA MODESTIE. Tâchez d'ouvrir les yeux sur votre état.

FÉLICIE. Je ne saurais ; je soupire de mon état, et je l'aime ; de peur d'en sortir, je ne veux pas le connaître.

LA MODESTIE. Servez-vous de votre raison.

FÉLICIE. Elle me guérirait de mon amour.

LA MODESTIE. Ah ! tant mieux, Félicie.

FÉLICIE. Et mon amour m'est cher.

Scène XI
DIANE *paraît*, LA MODESTIE, FÉLICIE

LA MODESTIE. Voici cette dame qui vous sollicitait tantôt de la suivre, et qui paraît ; vous vous détournez pour ne la point voir.

FÉLICIE. Je l'estime, mais je n'ai rien à lui dire, et je crains qu'elle ne me parle.

LA MODESTIE, *à Diane*. Pressez-la, Madame ; vos discours la ramèneront peut-être.

DIANE. Non, dès qu'elle ne veut pas de vous, qui devez être sa plus intime amie, elle n'est pas en état de m'entendre.

LA MODESTIE. Cependant elle nous regrette.

DIANE. L'infortunée n'a pas moins résolu de se perdre.

FÉLICIE. Non, je ne risque rien : Lucidor est plein d'honneur, il m'aime ; je sens que je ne vivrais pas sans lui ; on me le refuserait peut-être, je l'épouse ; il est question d'un mariage qu'il me propose avec toute la tendresse imaginable, et sans lequel je sens que je ne puis être heureuse : ai-je tort de vouloir l'être ?

DIANE, *toujours de loin*. Fille infortunée, croyez-en nos conseils et nos alarmes. *(Apercevant Lucidor.)* Fuyez, le voici qui revient ; mais rien ne la touche. Adieu encore une fois, Félicie. *(Elles se retirent.)*

FÉLICIE. Quelle obstination ! Est-ce qu'il est défendu, dans le monde [1], de faire son bonheur ?

---

1. Les mots *dans le monde* sont omis dans l'édition de 1758.

Scène XII

LUCIDOR, FÉLICIE

LUCIDOR. Je vous revois donc, délices de mon cœur ! Eh bien ! le vôtre me rend-il justice ? En est-ce fait ? Notre union sera-t-elle éternelle ? *(Il lui prend la main qu'il baise.)* Vous pleurez, ce me semble ? Est-ce mon retour qui cause vos pleurs ?

FÉLICIE, *pleurant.* Hélas ! elles me quittent, elles disparaissent toujours à votre aspect, et je ne sais pourquoi.

LUCIDOR. Qui ? cette sombre compagne appelée Modestie ? cette autre dame qui désapprouve que vous veniez dans nos cantons, quand j'offre d'aller avec vous dans les siens ? Et ce sont deux aussi revêches, deux aussi *impraticables personnes que celles-là, deux sauvages d'une défiance aussi ridicule, que vous regrettez ! Ce sont elles dont le départ excite vos pleurs au moment où j'arrive, pénétré de l'amour le plus tendre et le plus inviolable, avec l'espérance de l'hymen le plus fortuné qui sera jamais ! Ah ciel ! est-ce ainsi que vous traitez, que vous recevez un amant qui vous adore, un époux qui va faire sa félicité de la vôtre, et qui ne veut respirer que par vous et pour vous ? Allons, Félicie, n'hésitez plus ; venez, tout est prêt pour nous unir ; la chaîne du plaisir et du bonheur nous attend. *(Une symphonie douce commence ici.)* Venez me donner une main chérie, que je ne puis toucher sans ravissement.

FÉLICIE. De grâce, Lucidor, du moins rappelons-les, et qu'elles nous suivent.

LUCIDOR. Eh ! de qui me parlez-vous encore ?

FÉLICIE. Hélas ! de ma compagne et de l'autre dame.

LUCIDOR. Elles haïssent notre amour, vous ne l'ignorez pas ; venez, vous dis-je ; votre injuste résistance me désespère ; partons.

Il l'entraîne un peu.

FÉLICIE. Ô ciel ! vous m'entraînez ! Où suis-je ? Que vais-je devenir ? Mon trouble, leur absence et mon amour m'épouvantent : rappelons-les, qu'elles reviennent. *(Elle crie haut.)* Ah ! chère Modestie, chère compagne, où êtes-vous ? Où sont-elles ?

Alors la Modestie, Diane et la Fée reparaissent.

Scène XIII

Tous les acteurs précédents

La Fée. Amant dangereux et trompeur, ennemi de la vertu, perfides impressions de l'amour, effacez-vous de son cœur, et disparaissez.

Lucidor fuit ; la symphonie finit ; la Modestie, la Vertu et la Fée vont à Félicie qui tombe dans leurs bras, et qui, à la fin, ouvrant les yeux, embrasse la Fée, caresse la Modestie et Diane, et dit à la Fée :

Félicie. Ah ! Madame, ah ! ma protectrice ! que je vous ai d'obligation. Vous me pardonnez donc ? Je vous retrouve ; que je suis heureuse ! et qu'il est doux de me revoir entre vos bras !

La Fée. Félicie, vous êtes instruite ; je ne vous ai pas perdue de vue, et vous avez mérité notre secours, dès que vous avez eu la force de l'implorer.

LES ACTEURS DE BONNE FOI

Comédie en un acte, en prose,
publiée pour la première fois
dans *Le Conservateur*
de novembre 1757

NOTICE

La livraison de novembre 1757 du *Conservateur*, dirigé par La Place, ami de Marivaux, publia la pièce intitulée *Les Acteurs de bonne foi* en la faisant précéder de la note suivante :

« Voici une petite comédie qui n'a jamais paru et dont nous ne connaissons pas l'auteur. On nous l'a envoyée avec différents écrits sur toutes sortes de sujets, parmi lesquels nous avons encore trouvé une comédie intitulée *La Provinciale* que nous donnerons à son tour, si celle-ci ne déplaît pas. »

On verra plus loin ce que devint *La Provinciale*. Pour *Les Acteurs de bonne foi*, ils furent inclus, avec *Félicie*, dans certains exemplaires du tome III des *Œuvres de théâtre de M. de Marivaux, de l'Académie française*, chez Duchesne, 1758. Il n'existe donc aucun doute sur l'attribution de cette pièce. En revanche, il n'existe pas de fondement à l'affirmation de Duviquet, suivant laquelle elle aurait été jouée au Théâtre-Français le 16 septembre 1755. Le théâtre fit relâche ce jour-là, il n'existe pas trace des *Acteurs de bonne foi* dans les registres[1], enfin, comme pour *Félicie*, l'édition Duchesne ne mentionne aucune représentation.

Le sujet de la pièce est intéressant. On a rappelé que Molière avait, dans *L'Impromptu de Versailles*, montré des acteurs en train de répéter. Mais son propos n'a évidemment rien de commun avec celui de Marivaux. Il faut chercher ailleurs une source, et elle existe probablement. Le 14 mars 1757, à la Foire Saint-Germain, Pannard et Favart avaient donné une nouvelle version, intitulée *La Répétition interrompue ou le Petit-Maître malgré lui*, d'une pièce qui, vingt ans plus tôt, avait déjà intéressé Marivaux, puisqu'il s'en était inspiré pour composer *La Joie imprévue*[2]. Cette fois, un prologue montre

---

1. Une nouvelle recherche, effectuée par Sylvie Chevalley, conservatrice de la bibliothèque du Théâtre-Français, n'a donné aucun résultat.
2. Voir la notice de cette pièce.

le directeur du théâtre en train de prier les acteurs de faire de leur mieux et surtout de ne pas se disputer. Il leur expose ensuite le sujet de la pièce. Dorval, un jeune avocat parisien, a rencontré Julie, fille de Mme de Clinville. Il l'aime et la demande en mariage à sa mère, mais déplaît à celle-ci, parce qu'il n'a pas les airs à la mode. Prenant alors un habit de cavalier, il se présente à elle avec des airs de petit-maître. C'est où l'action commence. Dorval, Frontin et Lisette entrent en scène, mais les incidents surgissent. D'abord avec le souffleur, qui finit par sortir de son trou et se mêle aux acteurs. Puis deux Mme de Clinville surgissent en même temps, aucune des deux actrices n'ayant voulu renoncer au rôle. Dorval se présente ivre. L'auteur, excédé, se lève dans la salle et vient l'interpeller. Les deux amoureux se mettent à se disputer, sans pour cela cesser de répéter leur scène d'amour. Finalement, la répétition est interrompue sans que la pièce ait été achevée.

Telle est la pièce que Marivaux avait dû voir jouer au moment où il écrivit *Les Acteurs de bonne foi*. Ce qu'il en a retenu, c'est, d'une part, l'idée de mettre le théâtre sur le théâtre, ou plus exactement les coulisses du théâtre, au moment de la répétition, et de montrer les interférences entre les rapports des personnages dans la réalité et en scène. Mais c'est à peu près tout. Le propos de Pannard et Favart, d'ailleurs fort bien rempli, n'est que de faire rire les spectateurs en leur montrant, en quelque sorte, l'envers du décor théâtral. Celui de Marivaux est très différent. Ses personnages[1] ne sont pas des acteurs professionnels. Ce sont, soit, dans le cas de Merlin, des amateurs, soit des acteurs de hasard (Lisette, Colette, Blaise), soit même, dans la seconde partie de la pièce, des « acteurs sans le savoir » : Mme Argante est punie de la mauvaise humeur qu'elle a montrée à l'égard du spectacle projeté en devenant elle-même un spectacle comique pour les autres personnages. Déjà, dans un roman de jeunesse, le *Pharsamon*, Marivaux avait évoqué les rapports qui s'établissaient entre deux jeunes gens jouant ensemble des rôles d'amoureux de tragédie[2]. Ici, dès le départ, la situation est plus complexe. D'abord, il s'agit d'un jeu impromptu, qui laisse beaucoup plus de place à la spontanéité. Puis, comme dans les pre-

---

1. Est-ce par hasard qu'on les nomme ainsi, et non, comme d'habitude, *acteurs*, dans la liste placée en tête de la pièce dans *Le Conservateur* ? Ce nom est, du reste, remplacé par celui d'*acteurs* dans l'édition de 1758. **2.** Dans l'Histoire du solitaire, au quatrième livre du *Pharsamon*.

mières pièces italiennes de Marivaux, les acteurs jouent en quelque sorte à visage découvert, puisqu'ils interprètent leur propre personnage[1]. Or, ces personnages sont presque tous très naïfs et très peu capables de distinguer la vérité de la fiction, comme des enfants qui voient un film ou des spectateurs très frustes un mélodrame. Enfin, consciemment, Merlin choisit un scénario qui imposera à ses interprètes une sorte d'épreuve de l'inconstance[2]. Ainsi, le jeu théâtral est très proche de ce que serait un changement de partenaires « pour rire » dans une partie carrée. Rien d'étonnant à ce qu'il soit aussi vivement pris au sérieux. Comme le dit Blaise dans un mot aussi juste que naïf, ils font « semblant de faire semblant », c'est-à-dire que ce qu'ils feignent être faux est devenu vérité. Parti de l'idée d'une « répétition interrompue », ce que sa pièce est encore dans une certaine mesure, Marivaux en est arrivé à une réflexion profonde sur les rapports de la fiction et de la vérité, qui l'a fait rapprocher, à juste titre, de Pirandello[3].

Une pièce aussi moderne, et dont, il faut le reconnaître, la seconde partie est moins originale et d'un moindre intérêt que la première, pouvait difficilement prétendre à un succès égal à celui de *L'Épreuve* ou même du *Préjugé vaincu*. Il ne semble pas que Marivaux l'ait présentée à un théâtre régulier, et quoique très piquante à jouer sur une scène de société, on ne peut affirmer qu'elle l'ait été effectivement. Entrée au répertoire de la Comédie-Française seulement en 1947[4], elle n'eut d'abord que quatre représentations. Mais peut-être donna-t-elle à Jean Anouilh l'idée de sa pièce *La Répétition ou l'Amour puni* (1950), dont on a déjà parlé à propos de *La Double Inconstance*[5]. La véritable découverte des *Acteurs de bonne foi* fut faite par André Barsacq, qui, de façon significative, la monta sur le théâtre de l'Atelier où son maître Dullin avait fait connaître Pirandello. Reprise à la Comédie-Française en 1977 par Jean-Luc Boutté, elle eut un grand succès (57 représentations), et attire désormais de plus en plus les metteurs en scène (Jean-Claude Penchenat, Théâtre du Campagnol, 1988 ; Jacques Lassalle, Théâtre national de Strasbourg, 1987).

---

1. Voir le passage « dans le plan de ma pièce, vous ne sortez point de votre caractère ». (Sc. ii, p. 1949.)   **2.** À cet égard, *Les Acteurs de bonne foi* se rapprochent quelque peu de *La Dispute*.   **3.** Voir l'article de Jacques Schérer, « Marivaux and Pirandello », dans *Modern Drama*, mai 1958, pp. 10-14.   **4.** Mise en scène par Jean Debucourt.   **5.** Voir pp. 297-298.

LE TEXTE

Le texte original des *Acteurs de bonne foi* est celui du *Conservateur*. C'est celui que nous reproduisons. La première édition séparée, ou plus exactement autonome, est celle de la collection des *Œuvres de théâtre de M. de Marivaux*, Duchesne, 1758, où la pièce figure, au moins dans certains exemplaires, au tome III, après *Félicie*, aux pages [169]-216, sous le titre :

LES ACTEURS / DE BONNE FOI, / *COMEDIE* / EN UN ACTE ET EN PROSE, / *Par Monsieur* DE MARIVAUX, *de l'Académie* / *Françoise*. / (signature en bas de page : *Tome III. I*) Pas d'approbation ni de privilège séparé.

Comme d'habitude, les variantes de cette édition, d'ailleurs peu nombreuses et sans importance, sont signalées en note.

Les Acteurs de bonne foi

PERSONNAGES [1]

MADAME ARGANTE, mère d'Angélique.
MADAME HAMELIN [2], tante d'Éraste.
ARAMINTE, amie commune.
ÉRASTE, neveu de Madame Hamelin, amant d'Angélique.
ANGÉLIQUE, fille de Madame Argante.
MERLIN, valet de chambre d'Éraste, amant de Lisette.
LISETTE, suivante d'Angélique.
BLAISE, fils du fermier de Madame Argante, amant de Colette.
COLETTE, fille du jardinier.
UN NOTAIRE de village.

La scène est dans une maison de campagne de Madame Argante.

---

1. Cette mention devient *Acteurs* dans l'édition de 1758.   2. Orthographié Amelin à part de l'édition de 1758.

Scène première

ÉRASTE, MERLIN

MERLIN. Oui, Monsieur, tout sera prêt ; vous n'avez qu'à faire mettre la salle en état ; à trois heures après midi, je vous garantis que je vous donnerai la comédie.

ÉRASTE. Tu feras grand plaisir à Madame Hamelin, qui s'y attend avec impatience ; et de mon côté, je suis ravi de lui procurer ce petit divertissement : je lui dois bien des attentions ; tu vois ce qu'elle fait pour moi ; je ne suis que son neveu, et elle me donne tout son bien pour me marier avec Angélique, que j'aime. Pourrait-elle me traiter mieux, quand je serais son fils ?

MERLIN. Allons, il en faut convenir, c'est la meilleure de toutes les tantes du monde, et vous avez raison ; il n'y aurait pas plus de profit à l'avoir pour mère.

ÉRASTE. Mais, dis-moi, cette comédie dont tu nous régales, est-elle divertissante ? Tu as de l'*esprit, mais en as-tu assez pour avoir fait quelque chose de passable ?

MERLIN. Du passable, Monsieur ? Non, il n'est pas de mon ressort ; les génies comme le mien ne connaissent pas le médiocre ; tout ce qu'ils font est charmant ou détestable ; j'excelle ou je tombe, il n'y a jamais de milieu.

ÉRASTE. Ton génie me fait trembler.

MERLIN. Vous craignez que je ne tombe ? mais rassurez-vous. Avez-vous jamais acheté le recueil des chansons du Pont-Neuf ? Tout ce que vous y trouverez de beau est de moi. Il y en a surtout une demi-douzaine d'*anacréontiques, qui sont d'un goût...

ÉRASTE. D'anacréontiques ! Oh ! puisque tu connais ce mot-là, tu es habile, et je ne me méfie plus de toi. Mais prends garde que Madame Argante ne sache notre projet ; Madame Hamelin veut la surprendre.

MERLIN. Lisette, qui est des nôtres, a sans doute gardé le secret. Mademoiselle Angélique, votre future, n'aura rien dit. De votre côté, vous vous êtes tu. J'ai été discret. Mes acteurs sont payés pour se taire ; et nous surprendrons, Monsieur, nous surprendrons.

ÉRASTE. Et qui sont tes acteurs ?

MERLIN. Moi, d'abord ; je me nomme le premier, pour vous inspirer de la confiance ; ensuite, Lisette, femme de chambre de Mademoiselle Angélique, et suivante *originale ; Blaise, fils du fermier de Madame Argante ; Colette, amante dudit fils du fermier, et fille du jardinier.

ÉRASTE. Cela promet de quoi rire.

MERLIN. Et cela tiendra parole ; j'y ai mis bon ordre. Si vous saviez le coup d'art qu'il y a dans ma pièce !

ÉRASTE. Dis-moi donc ce que c'est.

MERLIN. Nous jouerons à l'impromptu, Monsieur, à l'impromptu.

ÉRASTE. Que veux-tu dire : à l'impromptu ?

MERLIN. Oui. Je n'ai fourni que ce que nous autres beaux esprits appelons le canevas ; la simple nature fournira les dialogues, et cette nature-là sera bouffonne.

ÉRASTE. La plaisante espèce de comédie ! Elle pourra pourtant nous amuser.

MERLIN. Vous verrez, vous verrez. J'oublie encore à vous dire une *finesse de ma pièce ; c'est que Colette qui doit faire mon amoureuse, et moi qui dois faire son amant, nous sommes convenus tous deux de voir un peu la mine que feront Lisette et Blaise à toutes les tendresses naïves que nous prétendons nous dire ; et le tout, pour éprouver s'ils n'en seront pas un peu alarmés et jaloux ; car vous savez que Blaise doit épouser Colette, et que l'amour nous destine, Lisette et moi, l'un à l'autre. Mais Lisette, Blaise et Colette vont venir ici pour essayer leurs scènes ; ce sont les principaux acteurs. J'ai voulu voir comment ils s'y prendront ; laissez-moi les écouter et les instruire, et retirez-vous : les voilà qui entrent.

ÉRASTE. Adieu ; fais-nous rire, on ne t'en demande pas davantage.

Scène II

LISETTE, COLETTE, BLAISE, MERLIN

MERLIN. Allons, mes enfants, je vous attendais ; montrez-moi un petit échantillon de votre savoir-faire, et tâchons de gagner notre argent le mieux que nous pourrons ; répétons.

LISETTE. Ce que j'aime de ta comédie, c'est que nous nous la donnerons à nous-mêmes ; car je pense que nous allons tenir de jolis propos.

MERLIN. De très jolis propos ; car, dans le plan de ma pièce, vous ne sortez point de votre caractère, vous autres : toi, tu joues une maligne soubrette à qui l'on n'en fait point accroire, et te voilà ; Blaise a l'air d'un nigaud pris sans *vert, et il en fait le rôle ; une petite coquette de village et Colette, c'est la même chose ; un *joli homme et moi, c'est tout un. Un joli homme est inconstant, une coquette n'est pas fidèle : Colette trahit Blaise, je néglige ta flamme. Blaise est un sot qui en pleure, tu es une diablesse qui t'en mets en fureur ; et voilà ma pièce. Oh ! je défie qu'on arrange mieux les choses.

BLAISE. Oui, mais si ce que j'allons jouer allait être vrai, prenez garde, au moins, il ne faut pas du tout de bon ; car j'aime Colette, dame !

MERLIN. À merveille ! Blaise, je te demande ce ton de nigaud-là dans la pièce.

LISETTE. Écoutez, Monsieur le joli homme, il a raison ; que ceci ne passe point la raillerie ; car je ne suis pas endurante, je vous en avertis.

MERLIN. Fort bien, Lisette ! Il y a un aigre-doux dans ce ton-là qu'il faut conserver.

COLETTE. Allez, allez, Mademoiselle Lisette ; il n'y a rien à appriander pour vous ; car vous êtes plus jolie que moi ; Monsieur Merlin le sait bien.

MERLIN. Courage, friponne ; vous y êtes, c'est dans ce goût-là qu'il faut jouer votre rôle. Allons, commençons à répéter.

LISETTE. C'est à nous deux à commencer, je crois.

MERLIN. Oui, nous sommes la première scène ; asseyez-vous là, vous autres ; et nous, débutons. Tu es au fait, Lisette. *(Colette et Blaise s'asseyent comme spectateurs d'une scène dont ils ne sont pas.)* Tu arrives sur le théâtre, et tu me trouves rêveur et distrait. Recule-toi un peu, pour me laisser prendre ma contenance.

Scène III

MERLIN, LISETTE (COLETTE *et* BLAISE, *assis*[1])

LISETTE, *feignant d'arriver*. Qu'avez-vous donc, Monsieur Merlin ? vous voilà bien pensif.

---

1. Le texte de cette parenthèse est une addition : il ne figure pas dans *Le Conservateur*. L'édition de 1758 rectifie partiellement : MERLIN, LISETTE, COLETTE.

MERLIN. C'est que je me promène.

LISETTE. Et votre façon, en vous promenant, est-elle de ne pas regarder les gens qui vous abordent ?

MERLIN. C'est que je suis distrait dans mes promenades.

LISETTE. Qu'est-ce que c'est que ce langage-là ? il me paraît bien impertinent.

MERLIN, *interrompant la scène.* Doucement, Lisette, tu me dis des injures au commencement de la scène, par où la finiras-tu ?

LISETTE. Oh ! ne t'attends pas à des régularités, je dis ce qui me vient ; continuons.

MERLIN. Où en sommes-nous ?

LISETTE. Je traitais ton langage d'impertinent.

MERLIN. Tiens, tu es de méchante humeur ; passons notre chemin, ne nous parlons pas davantage.

LISETTE. Attendez-vous ici Colette, Monsieur Merlin ?

MERLIN. Cette question-là nous présage une querelle.

LISETTE. Tu n'en es pas encore où tu penses.

MERLIN. Je me contente de savoir que j'en suis où me voilà.

LISETTE. Je sais bien que tu me fuis, et que je t'ennuie depuis quelques jours.

MERLIN. Vous êtes si savante qu'il n'y a pas moyen de vous ins- truire [1].

LISETTE. Comment, faquin ! tu ne prends pas seulement la peine de te défendre de ce que je dis là ?

MERLIN. Je n'aime à contredire personne.

LISETTE. Viens çà, parle ; avoue-moi que Colette te plaît.

MERLIN. Pourquoi veux-tu qu'elle me déplaise ?

LISETTE. Avoue que tu l'aimes.

MERLIN. Je ne fais jamais de confidence.

LISETTE. Va, va, je n'ai pas besoin que tu me la fasses.

MERLIN. Ne me la demande donc pas.

LISETTE. Me quitter pour une petite villageoise !

MERLIN. Je ne te quitte pas, je ne bouge.

COLETTE, *interrompant de l'endroit où elle est assise.* Oui, mais est-ce du jeu de me dire des injures en mon absence ?

---

1. Dans ce dialogue à l'impromptu, Merlin utilise le procédé traditionnel de la reprise d'un terme du partenaire par un terme semblable ou apparenté. Dans la réplique précédente, c'était l'expression *en être à.* Cette fois, c'est *savoir,* repris par *savante.*

MERLIN, *fâché de l'interruption* [1]. Sans doute, ne voyez-vous pas bien que c'est une fille jalouse qui vous méprise ?

COLETTE. Eh bien ! quand ce sera à moi à dire, je prendrai ma revanche.

LISETTE. Et moi, je ne sais plus où j'en suis.

MERLIN. Tu me querellais.

LISETTE. Et dis-moi, dans cette scène-là, puis-je te battre ?

MERLIN. Comme tu n'es qu'une suivante, un coup de poing ne gâtera rien.

LISETTE. Reprenons donc, afin que je le place.

MERLIN. Non, non, gardons le coup de poing pour la représentation, et supposons qu'il est donné ; ce serait un double emploi, qui est inutile.

LISETTE. Je crois aussi que je peux pleurer dans mon chagrin.

MERLIN. Sans difficulté ; n'y manque pas, mon mérite et ta vanité le veulent.

LISETTE, *éclatant de rire.* Ton mérite, qui le veut, me fait rire. *(Et puis feignant de pleurer.)* Que je suis à plaindre d'avoir été sensible aux cajoleries de ce fourbe-là ! Adieu : voici la petite impertinente qui entre ; mais laisse-moi faire. *(Et en l'interrompant.)* Serait-il si mal de la battre un peu ?

COLETTE, *qui s'est levée.* Non pas, s'il vous plaît ; je ne veux pas que les coups en soient ; je n'ai point affaire d'être battue pour une farce : encore si c'était vrai, je l'endurerais.

LISETTE. Voyez-vous la fine mouche !

MERLIN. Ne perdons point le temps à nous interrompre ; va-t'en, Lisette : voici Colette qui entre pendant que tu sors, et tu n'as plus que faire ici. Allons, poursuivons ; reculez-vous un peu, Colette, afin que j'aille au-devant de vous.

Scène IV

MERLIN, COLETTE (LISETTE *et* BLAISE, *assis* [2])

MERLIN. Bonjour, ma belle enfant : je suis bien sûr que ce n'est pas moi que vous cherchez.

---

1. À la suite de Duviquet, bien des éditions modernes omettent cette indication scénique. Sur plusieurs autres points, elles suivent à tort cette édition. Par exemple, quelques répliques plus haut, elles portent : *je n'ai pas besoin que tu m'en fasses* au lieu de ... *que tu me la fasses.* **2.** Cette parenthèse manque dans *Le Conservateur*. L'édition de 1758 porte : MERLIN, LISETTE, BLAISE, COLETTE.

COLETTE. Non, Monsieur Merlin ; mais ça n'y fait rien ; je suis bien aise de vous y trouver.

MERLIN. Et moi, je suis charmé de vous rencontrer, Colette.

COLETTE. Ça est bien obligeant.

MERLIN. Ne vous êtes-vous pas aperçu [1] du plaisir que j'ai à vous voir ?

COLETTE. Oui, mais je n'ose pas bonnement m'apercevoir de ce plaisir-là, à cause que j'y en prenrais aussi.

MERLIN, *interrompant*. Doucement, Colette ; il n'est pas décent de vous déclarer si vite.

COLETTE. Dame ! comme il faut avoir de l'amiquié pour vous dans cette affaire-là, j'ai cru qu'il n'y avait point de temps à perdre.

MERLIN. Attendez que je me déclare tout à fait, moi.

BLAISE, *interrompant de son siège*. Voyez en effet comme alle se presse : an dirait qu'alle y va de bon jeu, je crois que ça m'annonce du guignon.

LISETTE, *assise et interrompant*. Je n'aime pas trop cette saillie-là, non plus.

MERLIN. C'est qu'elle ne sait pas mieux faire.

COLETTE. Et bien velà ma pensée tout sens dessus dessous ; pisqu'ils me blâmont, je sis trop timide pour *aller en avant, s'ils ne s'en vont pas.

MERLIN. Éloignez-vous donc pour l'encourager.

BLAISE, *se levant de son siège*. Non, morguié, je ne veux pas qu'alle [2] ait du courage, moi ; je veux tout entendre.

LISETTE, *assise et interrompant*. Il est vrai, ma mie, que vous êtes plaisante de vouloir que nous nous en allions.

COLETTE. Pourquoi aussi me chicanez-vous ?

BLAISE, *interrompant, mais assis*. Pourquoi te hâtes-tu tant d'être amoureuse de Monsieur Merlin ? Est-ce que tu en sens de l'amour ?

COLETTE. Mais, vrament ! je sis bien obligée d'en sentir pisque je sis obligée d'en prendre dans la comédie. Comment voulez-vous que je fasse autrement ?

LISETTE, *assise, interrompant*. Comment ! vous aimez réellement Merlin !

COLETTE. Il faut bien, pisque c'est mon devoir.

---

1. Le participe de *s'apercevoir*, suivant l'usage de Marivaux, reste invariable dans *Le Conservateur* et dans l'édition de 1758.   2. Texte de 1758. *Le Conservateur* donne *elle* pour *alle*.

MERLIN, *à Lisette*. Blaise et toi, vous êtes de grands innocents tous deux ; ne voyez-vous pas qu'elle s'explique mal ? Ce n'est pas qu'elle m'aime tout de bon ; elle veut dire seulement qu'elle doit faire semblant de m'aimer ; n'est-ce pas, Colette ?

COLETTE. Comme vous voudrez, Monsieur Merlin.

MERLIN. Allons, continuons, et attendez que je me déclare tout à fait, pour vous montrer sensible à mon amour.

COLETTE. J'attendrai, Monsieur Merlin ; faites vite.

MERLIN, *recommençant la scène*. Que vous êtes aimable, Colette, et que j'envie le sort de Blaise, qui doit être votre mari !

COLETTE. Oh ! oh ! est-ce que vous m'aimez, Monsieur Merlin ?

MERLIN. Il y a plus de huit jours que je cherche à vous le dire.

COLETTE. Queu dommage ! car je nous accorderions bien tous deux.

MERLIN. Et pourquoi, Colette ?

COLETTE. C'est que si vous m'aimez, dame !... Dirai-je ?

MERLIN. Sans doute.

COLETTE. C'est que, si vous m'aimez, c'est bian fait ; car il n'y a rian de pardu.

MERLIN. Quoi ! chère Colette, votre cœur vous dit quelque chose pour moi ?

COLETTE. Oh ! il ne me dit pas quelque chose, il me dit tout à fait.

MERLIN. Que vous me charmez, bel enfant ! Donnez-moi votre jolie main, que je vous en remercie.

LISETTE, *interrompant*. Je défends les mains.

COLETTE. Faut pourtant que j'en aie.

LISETTE. Oui, mais il n'est pas nécessaire qu'il les baise.

MERLIN. Entre amants, les mains d'une maîtresse sont toujours de la conversation.

BLAISE. Ne permettez pas qu'elles en soient, Mademoiselle Lisette.

MERLIN. Ne vous fâchez pas, il n'y a qu'à supprimer cet endroit-là.

COLETTE. Ce n'est que des mains, au bout du compte [1].

MERLIN. Je me contenterai de lui tenir la main de la mienne.

BLAISE. Ne faut pas magnier non plus ; n'est-ce pas, Mademoiselle Lisette ?

LISETTE. C'est le mieux.

MERLIN. Il n'y aura point assez de vif dans cette scène-là.

---

1. Même expression dans *L'Héritier de village*, sc. II, p. 635, et cf. *La Provinciale*, sc. XIX : « On sait bien que ce n'est que des mains. » (P. 2009.)

COLETTE. Je sis de votre avis, Monsieur Merlin, et je n'empêche pas les mains, moi.

MERLIN. Puisqu'on les trouve de trop, laissons-les, et revenons. *(Il recommence la scène.)* Vous m'aimez donc, Colette, et cependant vous allez épouser Blaise ?

COLETTE. Vrament ça me fâche assez ; car ce n'est pas moi qui le prends ; c'est mon père et ma mère qui me le baillent.

BLAISE, *interrompant et pleurant.* Me velà donc bien *chanceux !

MERLIN. Tais-toi donc, tout ceci est de la scène, tu le sais bien.

BLAISE. C'est que je vais gager que ça est vrai.

MERLIN. Non, te dis-je ; il faut ou quitter notre projet ou le suivre ; la récompense que Madame Hamelin nous a promise vaut bien la peine que nous la gagnions ; je suis fâché d'avoir imaginé ce plan-là, mais je n'ai pas le temps d'en imaginer un autre ; poursuivons.

COLETTE. Je le trouve bien joli, moi.

LISETTE. Je ne dis mot, mais je n'en pense pas moins. Quoi qu'il en soit, allons notre chemin, pour ne pas risquer notre argent.

MERLIN, *recommençant la scène.* Vous ne vous souciez donc pas de Blaise, Colette, puisqu'il n'y a que vos parents qui veulent que vous l'épousiez ?

COLETTE. Non, il ne me revient point ; et si je pouvais, par queuque manigance, m'empêcher de l'avoir pour mon homme, je serais bientôt quitte de li ; car il est si sot !

BLAISE, *interrompant, assis.* *Morgué ! velà une vilaine comédie !

MERLIN, *à Blaise.* Paix donc ! *(À Colette.)* Vous n'avez qu'à dire à vos parents que vous ne l'aimez pas.

COLETTE. Bon ! je li[1] ai bien dit à li-même, et tout ça n'y fait rien.

BLAISE, *se levant pour interrompre.* C'est la vérité qu'alle me l'a dit.

COLETTE, *continuant.* Mais, Monsieur Merlin, si vous me demandiais en mariage, peut-être que vous m'auriais ? Seriais-vous fâché de m'avoir pour femme ?

MERLIN. J'en serais ravi ; mais il faut s'y prendre adroitement, à cause de Lisette, dont la méchanceté nous nuirait et romprait nos mesures.

COLETTE. Si alle n'était pas ici, je varrions comme nous y prenre ; fallait pas parmettre qu'alle nous écoutît.

LISETTE, *se levant pour interrompre.* Que signifie donc ce que j'en-

---

1. Sur *li* = *le li*, comme *lui* = *le lui*, voir la Note grammaticale.

tends là ? Car, enfin, voilà un discours qui ne peut entrer dans la représentation de votre scène, puisque je ne serai pas présente quand vous la jouerez.

MERLIN. Tu n'y seras pas, il est vrai ; mais tu es actuellement devant ses yeux, et par méprise elle se règle là-dessus. N'as-tu jamais entendu parler d'un axiome qui dit que l'objet présent émeut la puissance ? voilà pourquoi elle s'y trompe ; si tu avais étudié [1], cela ne t'étonnerait pas. À toi, à présent, Blaise ; c'est toi qui entres ici, et qui viens nous interrompre ; retire-toi à quatre pas, pour feindre que tu arrives ; moi, qui t'aperçois venir, je dis à Colette : Voici Blaise qui arrive, ma chère Colette ; remettons l'entretien à une autre fois *(à Colette)* et retirez-vous.

BLAISE, *approchant pour entrer en scène.* Je suis tout parturbé, moi, je ne sais que dire.

MERLIN. Tu rencontres Colette sur ton chemin, et tu lui demandes d'avec qui elle sort.

BLAISE, *commençant la scène.* D'où viens-tu donc, Colette ?

COLETTE. Eh ! je viens d'où j'étais.

BLAISE. Comme tu me rudoies !

COLETTE. Oh ! dame ! accommode-toi ; prends ou laisse. Adieu.

Scène V

MERLIN, BLAISE (LISETTE *et* COLETTE, *assises* [2])

MERLIN, *interrompant la scène.* C'est, à cette heure, à moi à qui [3] tu as affaire.

BLAISE. Tenez, Monsieur Merlin, je ne saurions endurer que vous m'escamotiais ma maîtresse.

MERLIN, *interrompant la scène.* Tenez, Monsieur Merlin ! Est-ce comme cela qu'on commence une scène ? Dans mes instructions, je t'ai dit de me demander quel était mon entretien avec Colette.

BLAISE. Eh ! parguié ! ne le [4] sais-je pas, pisque j'y étais ?

---

1. Cet axiome s'enseigne en classe de philosophie, il est douteux que Merlin l'ait suivie d'où le comique de la remarque. 2. Le texte de cette parenthèse est une addition. Il manque aussi bien dans *Le Conservateur* que dans l'édition de 1758. 3. L'édition de 1758 modernise, contrairement à l'usage habituel de Marivaux, mais conformément à une tendance du réviseur ou du typographe : *à moi que*. 4. Texte de 1758. *Le Conservateur* donne *la* pour *le*.

MERLIN. Souviens-toi donc que tu n'étais pas censé y être.

BLAISE, *recommençant*. Eh bien ! Colette était donc avec vous, Monsieur Merlin ?

MERLIN. Oui, nous ne faisions que de nous rencontrer.

BLAISE. On dit pourtant qu'ous en êtes amoureux, Monsieur Merlin, et ça me chagraine, entendez-vous ? Car elle sera mon accordée de mardi en huit.

COLETTE, *se levant et interrompant*. Oh ! sans vous interrompre, ça est remis de mardi en quinze, et[1] d'ici à ce temps-là, je varrons venir.

MERLIN. N'importe ; cette erreur-là n'est ici d'aucune consé-quence. *(Et reprenant la scène.)* Qui est-ce qui t'a dit, Blaise, que j'aime Colette ?

BLAISE. C'est vous qui le disiais tout à l'heure.

MERLIN, *interrompant la scène*. Mais prends donc garde ; sou-viens-toi encore une fois que tu n'y étais pas.

BLAISE. C'est donc Mademoiselle Lisette qui me l'a appris, et qui vous donne aussi biaucoup de blâme de cette affaire-là ? Et la velà pour confirmer mon dire.

LISETTE, *d'un ton menaçant, et interrompant*. Va, va, j'en dirai mon sentiment après la comédie.

MERLIN. Nous ne ferons jamais rien de cette *grue-là : il ne saurait perdre les objets de vue.

LISETTE. Continuez, continuez ; dans la représentation il ne les verra pas, et cela le corrigera ; quand un homme perd sa maîtresse, il lui est permis d'être distrait, Monsieur Merlin.

BLAISE, *interrompant*. Cette comédie-là n'est faite que pour nous planter là, Mademoiselle Lisette.

COLETTE. Hé bien ! plante-moi là itou, toi, *Nicodème !

BLAISE, *pleurant*. Morguié ! ce n'est pas comme ça qu'on en use avec un fiancé de la semaine qui vient.

COLETTE. Et moi, je te dis que tu ne seras mon fiancé d'aucune semaine.

MERLIN. Adieu ma comédie ; on m'avait promis dix *pistoles pour la faire jouer, et ce poltron-là me les vole comme s'il me les prenait dans ma poche.

COLETTE, *interrompant*. Hé ! pardi, Monsieur Merlin, velà bian du

---

1. Ce mot *et* manque dans l'édition de 1758, qui remplace aussi la virgule par deux points.

tintamarre, parce que vous avez de l'amiquié pour moi, et que je vous trouve agriable. Et bian ! oui, je lui plais ; je nous plaisons tous deux ; il est garçon, je sis fille ; il est à marier, moi itou ; il voulait de Mademoiselle Lisette, il n'en veut pus ; il la quitte, je te quitte ; il me prend, je le prends. Quant à ce qui est de vous autres, il n'y a que patience à prenre.

BLAISE. Velà de belles fiançailles !

LISETTE, *à Merlin, en déchirant un papier*. Tu te tais donc, fourbe ! Tiens, voilà le cas que je fais du plan de ta comédie, tu mériterais d'être traité de même.

MERLIN. Mais, mes enfants, gagnons d'abord notre argent, et puis nous finirons nos débats.

COLETTE. C'est bian dit ; je nous querellerons après, c'est la même chose.

LISETTE. Taisez-vous, petite impertinente.

COLETTE. Cette jalouse, comme elle est malapprise !

MERLIN. Paix-là donc, paix !

COLETTE. Suis-je cause que je vaux mieux qu'elle ?

LISETTE. Que cette petite paysanne-là ne m'échauffe pas les oreilles !

COLETTE. Mais, voyez, je vous prie, cette *glorieuse, avec sa face de *chambrière !

MERLIN. Le bruit que vous faites va amasser tout le monde ici, et voilà déjà Madame Argante qui accourt, je pense.

LISETTE, *en s'en allant*. Adieu, fourbe.

MERLIN. L'épithète de folle m'acquittera, s'il te plaît, de celle de fourbe.

BLAISE. Je m'en vais itou me plaindre à un parent de la masque.

COLETTE. Je nous varrons tantôt, Monsieur Merlin, n'est-ce pas ?

MERLIN. Oui, Colette, et cela va à merveille ; ces gens-là nous aiment, mais continuons encore de feindre.

COLETTE. Tant que vous voudrais ; il n'y a pas de danger, puisqu'ils nous aimont tant.

Scène VI

MADAME ARGANTE, ÉRASTE, MERLIN, ANGÉLIQUE

MADAME ARGANTE. Qu'est-ce que c'est donc que le bruit que j'entends ? Avec qui criais-tu tout à l'heure ?

MERLIN. Rien, c'est Blaise et Colette qui sortent d'ici avec Lisette, Madame.

MADAME ARGANTE. Et bien ! est-ce qu'ils avaient querelle ensemble ? Je veux savoir ce que c'est.

MERLIN. C'est qu'il s'agissait d'un petit dessein que... nous avions, d'une petite idée qui nous était venue, et nous avons de la peine à faire un ensemble qui s'accorde. *(Et montrant Éraste.)* Monsieur vous dira ce que c'est.

ÉRASTE. Madame, il est question d'une bagatelle que vous saurez tantôt.

MADAME ARGANTE. Pourquoi m'en faire mystère à présent ?

ÉRASTE. Puisqu'il faut vous le dire, c'est une petite pièce dont il est question.

MADAME ARGANTE. Une pièce de quoi ?

MERLIN. C'est, Madame, une comédie, et nous vous ménagions le plaisir de la surprise.

ANGÉLIQUE. Et moi, j'avais promis à Madame Hamelin et à Éraste de ne vous en point parler, ma mère.

MADAME ARGANTE. Une comédie !

MERLIN. Oui, une comédie dont je suis l'auteur ; cela promet.

MADAME ARGANTE. Et pourquoi s'y battre ?

MERLIN. On ne s'y bat pas, Madame ; la bataille que vous avez entendue n'était qu'un entracte ; mes acteurs se sont brouillés dans l'intervalle de l'action ; c'est la discorde qui est entrée dans la troupe ; il n'y a rien là que de fort ordinaire[1]. Ils voulaient sauter du brodequin au cothurne, et je vais tâcher de les ramener à des dispositions moins tragiques.

MADAME ARGANTE. Non, laissons là tes dispositions moins tragiques, et supprimons ce divertissement-là. Éraste, vous n'y avez pas songé : la comédie chez une femme de mon âge, cela serait ridicule.

ÉRASTE. C'est la chose du monde la plus innocente, Madame, et d'ailleurs Madame Hamelin se faisait une joie de la voir exécuter.

MERLIN. C'est elle qui nous paye pour la mettre en état ; et moi, qui vous parle, j'ai déjà reçu des arrhes ; ma marchandise est vendue, il faut que je la livre ; et vous ne sauriez, en conscience, rompre un marché conclu, Madame. Il faudrait que je restituasse, et j'ai pris des arrangements qui ne me le permettent plus.

---

1. C'est précisément ce qu'avait montré la pièce de Pannard et Favard dont on a parlé dans la notice.

MADAME ARGANTE. Ne te mets point en peine ; je vous dédommagerai, vous autres.

MERLIN. Sans compter douze sous qu'il m'en coûte pour un moucheur de chandelles que j'ai arrêté ; trois bouteilles de vin que j'ai avancées aux ménétriers du village pour former mon orchestre ; quatre que j'ai donné parole de boire avec eux immédiatement après la représentation ; une demi-main de papier que j'ai barbouillée pour mettre mon canevas bien au net...

MADAME ARGANTE. Tu n'y perdras rien, te dis-je. Voici Madame Hamelin, et vous allez voir qu'elle sera de mon avis.

Scène VII

MADAME HAMELIN, MADAME ARGANTE, ANGÉLIQUE, ÉRASTE, MERLIN

MADAME ARGANTE, *à Madame Hamelin*. Vous ne devineriez pas, Madame, ce que ces jeunes gens nous préparaient ? Une comédie de la façon de Monsieur Merlin. Ils m'ont dit que vous le savez, mais je suis bien sûre que non.

MADAME HAMELIN. C'est moi à qui l'idée en est venue.

MADAME ARGANTE. À vous, Madame !

MADAME HAMELIN. Oui, vous saurez que j'aime à rire, et vous verrez que cela nous divertira ; mais j'avais expressément défendu qu'on vous le dît.

MADAME ARGANTE. Je l'ai appris par le bruit qu'on faisait dans cette salle ; mais j'ai une grâce à vous demander, Madame ; c'est que vous ayez la bonté d'abandonner le projet, à cause de moi, dont l'âge et le caractère...

MADAME HAMELIN. Ha ! voilà qui est fini, Madame ; ne vous alarmez point ; c'en est fait, il n'en est plus question.

MADAME ARGANTE. Je vous en rends mille grâces, et je vous avoue que j'en craignais l'exécution.

MADAME HAMELIN. Je suis fâchée de l'inquiétude que vous en avez prise.

MADAME ARGANTE. Je vais rejoindre la compagnie avec ma fille ; n'y venez-vous pas ?

MADAME HAMELIN. Dans un moment.

ANGÉLIQUE, *à part à Madame Argante*. Madame Hamelin n'est pas contente, ma mère.

MADAME ARGANTE, *à part le premier mot.* Taisez-vous. *(À Madame Hamelin.)* Adieu, Madame ; venez donc nous retrouver.

MADAME HAMELIN, *à Éraste.* Oui, oui. Mon neveu, quand vous aurez mené Madame Argante, venez me parler.

ÉRASTE. Sur-le-champ, Madame.

MERLIN. J'en serai donc réduit à l'impression, quel dommage[1] !

Angélique et Merlin sortent avec Madame Argante[2].

Scène VIII[3]

MADAME HAMELIN, ARAMINTE

MADAME HAMELIN, *un moment seule.* Vous avez pourtant beau dire, Madame Argante ; j'ai voulu rire, et je rirai.

ARAMINTE. Eh bien, ma chère ! où en est notre comédie ? Va-t-on la jouer ?

MADAME HAMELIN. Non, Madame Argante veut qu'on rende l'argent à la porte.

ARAMINTE. Comment ! elle s'oppose à ce qu'on la joue ?

MADAME HAMELIN. Sans doute : on la jouera pourtant, ou celle-ci, ou une autre. Tout ce qui arrivera de ceci, c'est qu'au lieu de la lui donner, il faudra qu'elle me la donne, et qu'elle la joue, qui pis est, et je vous prie de m'y aider.

ARAMINTE. Il sera curieux de la voir monter sur le théâtre ! Quant à moi, je ne suis bonne qu'à me tenir dans ma loge.

MADAME HAMELIN. Écoutez-moi ; je vais feindre d'être si rebutée du peu de complaisance qu'on a pour moi, que je paraîtrai renoncer au mariage de mon neveu avec Angélique.

ARAMINTE. Votre neveu est, en effet, un si grand parti pour elle...

MADAME HAMELIN, *en riant.* Que la mère n'avait osé espérer que je consentisse ; jugez de la peur qu'elle aura, et des démarches qu'elle va faire. Jouera-t-elle bien son rôle ?

ARAMINTE. Oh ! d'après nature.

MADAME HAMELIN, *riant.* Mon neveu et sa maîtresse seront-ils, de

---

1. Le mot est piquant, au moment où Marivaux lui-même en est réduit à l'impression pour *Félicie* et *Les Acteurs de bonne foi* eux-mêmes ! 2. Cette indication scénique est supprimée par Duviquet et plusieurs éditions modernes. 3. Par erreur, *Scène VII* dans *Le Conservateur*. De même, les scènes IX et X y sont numérotées par erreur VIII et IX.

leur côté, de bons acteurs, à votre avis ? Car ils ne sauront pas que je me divertis, non plus que le reste des acteurs.

ARAMINTE. Cela sera plaisant, mais il n'y a que mon rôle qui m'embarrasse : à quoi puis-je vous être bonne ?

MADAME HAMELIN. Vous avez trois fois plus de bien qu'Angélique : vous êtes veuve, et encore jeune. Vous m'avez fait confidence[1] de votre inclination pour mon neveu, tout est dit. Vous n'avez qu'à vous conformer à ce que je vais faire : voici mon neveu, et c'est ici[2] la première scène, êtes-vous prête ?

ARAMINTE. Oui.

Scène IX

MADAME HAMELIN, ARAMINTE, ÉRASTE

ÉRASTE. Vous m'avez ordonné de revenir ; que me voulez-vous, Madame ? La compagnie vous attend.

MADAME HAMELIN. Qu'elle m'attende, mon neveu ; je ne suis pas près de la rejoindre.

ÉRASTE. Vous me paraissez bien sérieuse, Madame, de quoi s'agit-il ?

MADAME HAMELIN, *montrant Araminte*. Éraste, que pensez-vous de Madame ?

ÉRASTE. Moi ? ce que tout le monde en pense ; que Madame est fort *aimable.

ARAMINTE. La réponse est flatteuse.

ÉRASTE. Elle est toute simple.

MADAME HAMELIN. Mon neveu, son cœur et sa main, joints à trente mille livres de rente, ne valent-ils pas bien qu'on s'attache à elle ?

ÉRASTE. Y a-t-il quelqu'un à qui il soit besoin de persuader cette vérité-là ?

MADAME HAMELIN. Je suis charmée de vous en voir si persuadé vous-même.

ÉRASTE. À propos de quoi en êtes-vous si charmée, Madame ?

MADAME HAMELIN. C'est que je trouve à propos de vous marier avec elle.

---

1. C'est-à-dire : « Nous dirons que vous m'avez fait confidence, etc. »
2. À la suite d'une correction arbitraire de Duviquet, de nombreuses éditions donnent *nous en sommes à* au lieu de *c'est ici*.

ÉRASTE. Moi, ma tante ? vous plaisantez, et je suis sûr que Madame ne serait pas de cet avis-là.

MADAME HAMELIN. C'est pourtant elle qui me le propose.

ÉRASTE, *surpris*. De m'épouser ! vous, Madame !

ARAMINTE. Pourquoi non, Éraste ? cela me paraîtrait assez convenable ; qu'en dites-vous ?

MADAME HAMELIN. Ce qu'il en dit ? En êtes-vous en peine ?

ARAMINTE. Il ne répond pourtant rien.

MADAME HAMELIN. C'est d'étonnement et de joie, n'est-ce pas, mon neveu ?

ÉRASTE. Madame...

MADAME HAMELIN. Quoi ?

ÉRASTE. On n'épouse pas deux femmes.

MADAME HAMELIN. Où en prenez-vous deux ? on ne vous parle que de Madame.

ARAMINTE. Et vous aurez la bonté de n'épouser que moi non plus, assurément.

ÉRASTE. Vous méritez un cœur tout entier, Madame ; et vous savez que j'adore Angélique, qu'il m'est impossible d'aimer ailleurs.

ARAMINTE. Impossible, Éraste, impossible ! Oh ! puisque vous le prenez sur ce ton-là, vous m'aimerez, s'il vous plaît.

ÉRASTE. Je ne m'y attends pas, Madame.

ARAMINTE. Vous m'aimerez, vous dis-je ; on m'a promis votre cœur, et je prétends qu'on me le tienne ; je crois que d'en donner deux cent mille écus[1], c'est le payer tout ce qu'il vaut, et qu'il y en a peu de ce prix-là.

ÉRASTE. Angélique l'estimerait davantage.

MADAME HAMELIN. Qu'elle l'estime ce qu'elle voudra, j'ai garanti que Madame l'aurait ; il faut qu'elle l'ait, et que vous dégagiez ma parole.

ÉRASTE. Ah ! Madame, voulez-vous me désespérer ?

ARAMINTE. Comment donc : vous désespérer ?

MADAME HAMELIN. Laissez-le dire. Courage, mon neveu, courage !

ÉRASTE. Juste ciel !

---

1. Deux cent mille écus, soit six cent mille francs, placés à cinq pour cent, taux habituel des rentes sur l'Hôtel de Ville, font bien les trente mille livres de rente dont il est question plus haut.

Scène X

MADAME HAMELIN, ARAMINTE, MADAME ARGANTE, ANGÉLIQUE, ÉRASTE

MADAME ARGANTE. Je viens vous chercher, Madame, puisque vous ne venez pas ; mais que vois-je ? Éraste soupire ! ses yeux sont mouillés de larmes ! il paraît désolé ! Que lui est-il donc arrivé ?

MADAME HAMELIN. Rien que de fort heureux, quand il sera raisonnable ; au reste, Madame, j'allais vous informer que nous sommes sur notre départ, Araminte, mon neveu et moi. N'auriez-vous rien à mander à Paris ?

MADAME ARGANTE. À Paris ! Quoi ! est-ce que vous y allez, Madame ?

MADAME HAMELIN. Dans une heure.

MADAME ARGANTE. Vous plaisantez, Madame ; et ce mariage ?...

MADAME HAMELIN. Je pense que le mieux est de le laisser là ; le dégoût que vous avez marqué pour ce petit divertissement, qui me *flattait, m'a fait faire quelques réflexions. Vous êtes trop sérieuse pour moi. J'aime la joie innocente ; elle vous déplaît. Notre projet était de demeurer ensemble ; nous pourrions ne nous pas convenir ; n'allons pas plus loin.

MADAME ARGANTE. Comment ! une comédie de moins romprait un mariage, Madame ? Eh ! qu'on la joue, Madame ; qu'à cela ne tienne ; et si ce n'est pas assez, qu'on y joigne l'opéra, la foire, les marionnettes, et tout ce qu'il vous plaira, jusqu'aux *parades[1].

MADAME HAMELIN. Non, le parti que je prends vous dispense de cet embarras-là. Nous n'en serons pas moins bonnes amies, s'il vous plaît ; mais je viens de m'engager avec Araminte, et d'arrêter que mon neveu l'épousera.

MADAME ARGANTE. Araminte à votre neveu, Madame ! Votre neveu épouser Araminte ! Quoi ! ce jeune homme !...

ARAMINTE. Que voulez-vous ? Je suis à marier aussi bien qu'Angélique.

ANGÉLIQUE, *tristement.* Éraste y consent-il ?

ÉRASTE. Vous voyez mon trouble ; je ne sais plus où j'en suis.

ANGÉLIQUE. Est-ce là tout ce que vous répondez ? Emmenez-moi, ma mère, retirons-nous ; tout nous trahit.

---

1. *Jusqu'aux* parades, car celles-ci sont des espèces de farces d'un comique très libre et même très grossier. Mais plus loin, scène XIII, Merlin emploiera le mot au sens de « petite comédie jouée en société », qu'il prenait aussi.

ÉRASTE. Moi, vous trahir, Angélique ! moi, qui ne vis que pour vous !

MADAME HAMELIN. Y songez-vous, mon neveu, de parler d'amour à une autre, en présence de Madame que je vous destine ?

MADAME ARGANTE, *fortement*. Mais en vérité, tout ceci n'est qu'un rêve.

MADAME HAMELIN. Nous sommes tous bien éveillés, je pense.

MADAME ARGANTE. Mais, tant pis, Madame, tant pis ! Il n'y a qu'un rêve qui puisse rendre ceci pardonnable, absolument qu'un rêve, que la représentation de votre misérable comédie va dissiper. Allons vite, qu'on s'y prépare ! On dit que la pièce est un impromptu ; je veux y jouer moi-même ; qu'on tâche de m'y ménager un rôle ; jouons-y tous, et vous aussi, ma fille.

ANGÉLIQUE. Laissons-les, ma mère ; voilà tout ce qu'il nous reste.

MADAME ARGANTE. Je ne serai pas une grande actrice, mais je n'en serai que plus réjouissante.

MADAME HAMELIN. Vous joueriez à merveilles, Madame, et votre vivacité en est une preuve ; mais je ferais scrupule d'abaisser votre gravité jusque-là.

MADAME ARGANTE. Que cela ne vous inquiète pas. C'est Merlin qui est l'auteur de la pièce ; je le vois qui passe ; je vais la lui *recommander moi-même. Merlin ! Merlin ! approchez.

MADAME HAMELIN. Eh ! non, Madame, je vous prie.

ÉRASTE, *à Madame Amelin*. Souffrez qu'on la joue, Madame ; voulez-vous qu'une comédie décide de mon sort, et que ma vie dépende de deux ou trois dialogues ?

MADAME ARGANTE. Non, non, elle n'en dépendra pas.

Scène XI

MADAME HAMELIN, ARAMINTE, MADAME ARGANTE, ÉRASTE, ANGÉLIQUE, MERLIN

MADAME ARGANTE *continue*. La comédie que vous nous destinez est-elle bientôt prête ?

MERLIN. J'ai rassemblé tous nos acteurs ; ils sont là, et nous allons achever de la répéter, si l'on veut.

MADAME ARGANTE. Qu'ils entrent.

MADAME HAMELIN. En vérité, cela est inutile.

MADAME ARGANTE. Point du tout, Madame.

ARAMINTE. Je ne présume pas, quoi que l'on fasse, que Madame veuille rompre l'engagement qu'elle a pris avec moi ; la comédie se jouera quand on voudra, mais Éraste m'épousera, s'il vous plaît.

MADAME ARGANTE. Vous, Madame ? Avec vos quarante ans ! il n'en sera rien, s'il vous plaît vous-même, et je vous le dis tout franc, vous avez là un très mauvais procédé, Madame ; vous êtes de nos amis, nous vous invitons au mariage de ma fille, et vous prétendez en faire le vôtre et lui enlever son mari, malgré toute la répugnance qu'il en ait lui-même ; car il vous refuse, et vous sentez bien qu'il ne gagnerait pas au change ; en vérité, vous n'êtes pas concevable : à quarante ans lutter contre vingt ! Vous rêvez, Madame. Allons, Merlin, qu'on achève.

Scène XII

Tous les acteurs

MADAME ARGANTE *continue*. J'ajoute dix *pistoles à ce qu'on vous a promis, pour vous exciter à bien faire. Asseyons-nous, Madame, et écoutons.

MADAME HAMELIN. Écoutons donc, puisque vous le voulez.

MERLIN. Avance, Blaise ; reprenons où nous en étions. Tu te plaignais de ce que j'aime Colette ; et c'est, dis-tu, Lisette qui te l'a appris ?

BLAISE. Bon ! qu'est-ce que vous voulez que je dise davantage ?

MADAME ARGANTE. Vous plaît-il de continuer, Blaise ?

BLAISE. Non ; noute mère m'a défendu de monter sur le thiâtre.

MADAME ARGANTE. Et moi, je lui défends de vous en empêcher : je vous sers de mère ici, c'est moi qui suis la vôtre.

BLAISE. Et au par-dessus[1], on se raille de ma parsonne dans ce peste de jeu-là, noute maîtresse ; Colette y fait semblant d'avoir le cœur tendre[2] pour Monsieur Merlin, Monsieur Merlin de li céder le sien ; et maugré la comédie, tout ça est vrai, noute maîtresse ; car ils font semblant de faire semblant, rien que pour nous en *revendre, et ils ont tous deux la malice de s'aimer tout de bon en dépit de Lisette qui n'en tâtera que d'une dent, et en dépit de moi qui sis pourtant retenu pour gendre de mon biau-père.

---

1. Impropriété plaisante, pour *au surplus*. **2.** Même expression dans *La Surprise de l'amour*, acte I, sc. III, p. 250 et note 2 ; plus loin l'expression *n'en tâter que d'une dent* se trouve *ibid.*, acte III, sc. IV, p. 287.

Les dames rient.

MADAME ARGANTE. Hé ! le butor ! on a bien affaire de vos bêtises. Et vous, Merlin, de quoi vous avisez-vous d'aller faire une vérité d'une bouffonnerie ? Laissez-lui sa Colette, et mettez-lui l'esprit en repos.

COLETTE. Oui, mais je ne veux pas qu'il me laisse, moi ; je veux qu'il me garde.

MADAME ARGANTE. Qu'est-ce que cela signifie, petite fille ? Retirez-vous, puisque vous n'êtes pas de cette scène-ci ; vous paraîtrez quand il sera temps ; continuez, vous autres.

MERLIN. Allons, Blaise, tu me reproches que j'aime Colette ?

BLAISE. Eh ! *morguié, est-ce que ça n'est pas vrai ?

MERLIN. Que veux-tu, mon enfant ? elle est si jolie, que je n'ai pu m'en empêcher.

BLAISE, *à Madame Argante*. Hé bian ! Madame Argante, velà-t-il pas qu'il le confesse li-même ?

MADAME ARGANTE. Qu'est-ce que cela te fait, dès que ce n'est qu'une comédie ?

BLAISE. Je m'embarrasse, *morguié ! bian de la farce ; qu'alle aille au guiable, et tout le monde avec !

MERLIN. Encore !

MADAME ARGANTE. Quoi ! on ne parviendra pas à vous faire continuer ?

MADAME HAMELIN. Hé ! Madame, laissez là ce pauvre garçon : vous voyez bien que le dialogue n'est pas son fort.

MADAME ARGANTE. Son fort ou son faible, Madame, je veux qu'il réponde ce qu'il sait, et comme il pourra.

COLETTE. Il braira tant qu'on voudra ; mais c'est là tout.

BLAISE. Hé ! pardi ! faut bian braire, quand on en a sujet.

LISETTE. À quoi sert tout ce que vous faites là, Madame ? Quand on achèverait cette scène-ci, vous n'avez pas l'autre ; car c'est moi qui dois la jouer, et je n'en ferai rien.

MADAME ARGANTE. Oh ! vous la jouerez, je vous assure.

LISETTE. Ah ! nous verrons si on me fera jouer la comédie malgré moi.

Scène dernière

Tous les acteurs de la scène précédente,
et LE NOTAIRE *qui arrive*

LE NOTAIRE, *s'adressant à Madame Hamelin.* Voilà, Madame, le contrat que vous m'avez demandé ; on y a exactement suivi vos intentions.

MADAME HAMELIN, *à Araminte, bas.* Faites comme si c'était le vôtre. *(À Madame Argante.)* Ne voulez-vous pas bien honorer ce contrat-là de votre signature, Madame ?

MADAME ARGANTE. Et pour qui est-il donc, Madame ?

ARAMINTE. C'est celui d'Éraste et le mien.

MADAME ARGANTE. Moi ! signer votre contrat, Madame ! ah ! je n'aurai pas cet honneur-là, et vous aurez, s'il vous plaît, la bonté d'aller vous-même le signer ailleurs. *(Au notaire.)* Remportez, remportez cela, Monsieur. *(À Madame Hamelin.)* Vous n'y songez pas, Madame ; on n'a point ces procédés-là ; jamais on n'en vit de pareils.

MADAME HAMELIN. Il m'a paru que je ne pouvais marier mon neveu, chez vous, sans vous faire cette *honnêteté-là, Madame, et je ne quitterai point que vous n'ayez signé, qui pis est ; car vous signerez.

MADAME ARGANTE. Oh ! car il n'en sera rien ; car je m'en vais.

MADAME HAMELIN, *l'empêchant.* Vous resterez, s'il vous plaît ; le contrat ne saurait se passer de vous. *(À Araminte.)* Aidez-moi, Madame ; empêchons Madame Argante de sortir.

ARAMINTE. Tenez ferme, je ne plierai point non plus.

MADAME ARGANTE. Où en sommes-nous donc, Mesdames ? Ne suis-je pas chez moi ?

ÉRASTE, *à Madame Hamelin.* Hé ! à quoi pensez-vous, Madame ? Je mourrais moi-même plutôt que de signer.

MADAME HAMELIN. Vous signerez tout à l'heure, et nous signerons tous.

MADAME ARGANTE, *fâchée.* Apparemment que Madame se donne ici la comédie, au défaut de celle qui lui a manqué.

MADAME HAMELIN, *riant.* Ha ! ha ! ha ! Vous avez raison ; je ne veux rien perdre.

LE NOTAIRE. Accommodez-vous donc, Mesdames ; car d'autres affaires m'appellent ailleurs. Au reste, suivant toute apparence, ce contrat est à présent inutile, et n'est plus conforme à vos intentions, puisque c'est celui qu'on a dressé hier, et qu'il est au nom de Monsieur Éraste et de Mademoiselle Angélique.

MADAME HAMELIN. Est-il vrai ? Oh ! sur ce pied-là, ce n'est pas la peine de le refaire ; il faut le signer comme il est.

ÉRASTE. Qu'entends-je ?

MADAME ARGANTE. Ah ! ah ! j'ai donc deviné ; vous vous donniez la comédie, et je suis prise pour dupe ; signons donc. Vous êtes toutes deux de méchantes personnes.

ÉRASTE. Ah ! je respire.

ANGÉLIQUE. Qui l'aurait cru ? Il n'y a plus qu'à rire.

ARAMINTE, *à Madame Argante*. Vous ne m'aimerez jamais tant que vous m'avez haïe ; mais mes quarante ans me restent sur le cœur ; je n'en ai pourtant que trente-neuf et demi.

MADAME ARGANTE. Je vous en aurais donné cent dans ma colère ; et je vous conseille de vous plaindre, après la scène que je viens de vous donner !

MADAME HAMELIN. Et le tout sans préjudice de la pièce de Merlin.

MADAME ARGANTE. Oh ! je ne vous le disputerai plus, je n'en fais que rire ; je soufflerai volontiers les acteurs, si l'on me fâche encore.

LISETTE. Vous voilà raccommodés ; mais nous...

MERLIN. Ma foi, veux-tu que je te dise ? Nous nous régalions nous-mêmes dans ma *parade pour jouir de toutes vos tendresses.

COLETTE. Blaise, la tienne est de bon *acabit ; j'en suis bien contente.

BLAISE, *sautant*. Tout de bon ? baille-moi donc une petite *franchise pour ma peine.

LISETTE. Pour moi, je t'aime toujours ; mais tu me le paieras, car je ne t'épouserai de six mois.

MERLIN. Oh ! Je me fâcherai aussi, moi.

MADAME ARGANTE. Va, va, abrège le terme, et le réduis à deux heures de temps. Allons terminer.

LA PROVINCIALE

NOTICE

La Provinciale, comédie en un acte en prose, fut publiée pour la première fois, sans nom d'auteur, dans le *Mercure de France* d'avril 1761. Fleury l'y découvrit, et la publia en appendice à son ouvrage sur Marivaux[1], suivi par Paul Chaponnière qui, en 1922, lui consacra une édition séparée[2]. Depuis cette date, on pourrait penser que les critiques se sont fait, sur l'attribution de cette pièce à Marivaux, une opinion définitive. Il n'en est rien, et l'on voit les derniers éditeurs du Théâtre complet de Marivaux l'inclure dans leur recueil, tout en exprimant sur son authenticité, ou des doutes exprès[3], ou une incrédulité très nette[4]. Nous ne les imiterons pas, et, en publiant *La Provinciale*, nous affirmerons sans aucune hésitation qu'elle est bien de Marivaux.

Toute l'incertitude à son propos réside dans le fait, déjà signalé, qu'elle fut publiée sans nom d'auteur. Tandis que les notices présentant *La Colonie* et *Félicie* mentionnaient le nom de Marivaux, celle qui précède cette dernière pièce — comme celle qui introduisait les *Acteurs de bonne foi* — procède par périphrase :

« *La Provinciale*. Comédie, en un acte.

« Cette pièce n'a été destinée pour aucun théâtre et n'a jamais été jouée qu'à la campagne ; elle est pourtant d'un auteur connu par plusieurs pièces justement applaudies ; et nous avons cru ne pas déplaire au public en l'insérant dans notre recueil. »

---

1. *Marivaux et le Marivaudage, suivi d'une comédie*, Paris, Plon, 1881. **2.** *Une comédie inconnue de Marivaux : La Provinciale*. Introduction de P. Chaponnière, Genève, éd. Sonor, 1922. **3.** MM. Bastide et Fournier terminent leur examen de la question par cette phrase : « Nous ne pouvons donc honnêtement certifier que la pièce est ou n'est pas de Marivaux. » **4.** Marcel Arland ne publie *La Provinciale* « qu'à titre de document, et comme un exemple de fausse attribution ». Bernard Dort écrit pour sa part : « Aussi y a-t-il gros à parier que l'auteur de *La Vie de Marianne* et des *Fausses Confidences* n'est pour rien dans cette œuvre maladroite et anachronique. »

Examinant la comédie publiée par Fleury, Larroumet avait estimé que la note du *Mercure* était trop peu flatteuse pour désigner Marivaux. Mais, comme le remarqua Chaponnière, il avait lu à la suite de Fleury « quelques pièces justement applaudies » là où le *Mercure* portait *« plusieurs* pièces justement applaudies ». Il suffit de songer au discrédit qui frappe à l'époque le Théâtre de Marivaux, et de noter que La Porte, dans ses notices de *L'Observateur littéraire*, n'accorde pas à plus de sept ou huit de ses pièces le mérite qu'il faut pour être *justement* applaudies, et l'on avouera qu'aux yeux des contemporains la formule du *Mercure* s'appliquait parfaitement à Marivaux, qui n'avait pu faire représenter aucune pièce nouvelle dans l'un ou l'autre des deux grands théâtres depuis une quinzaine d'années.

Mais il existe des arguments infiniment plus probants en faveur de la thèse selon laquelle il est bien l'auteur de *La Provinciale* que nous possédons. La note figurant en tête des *Acteurs de bonne foi*, déjà reproduite plus haut [1], atteste que La Place, directeur du *Conservateur*, avait reçu en même temps « différents écrits », parmi lesquels, dit-il, « nous avons trouvé encore une comédie intitulée *La Provinciale* » (novembre 1757). Selon Chaponnière, la disparition du *Conservateur*, au début de 1759, peu de temps après, aurait empêché La Place d'y publier *La Provinciale* : Marivaux l'aurait reprise et portée au *Mercure*. En fait, les choses sont encore plus simples. *Le Conservateur* cessa bien de paraître, mais, sur ces entrefaites, La Place était devenu lui-même directeur du *Mercure* [2]. Il y utilisa tout naturellement un manuscrit qu'il avait acquis pour *Le Conservateur*.

Un second document n'est pas moins décisif. C'est une lettre de Marivaux à Laujon, qui dirigeait le théâtre du duc de Clermont, où Marivaux fit jouer notamment sa *Femme fidèle* en 1755. En voici le texte :

« À Monsieur

« Monsieur Laujon à la Raquette *(sic)* chez S. A. S. Mgneur le comte de Clermont

« À la Raquette.

---

1. Voir p. 1940. 2. Voir par exemple en tête du *Mercure* d'avril 1761 (II), précisément dans le numéro où paraît la seconde livraison de *La Provinciale*, une *Lettre à M. de La Place, auteur du Mercure*.

« Je prie Monsieur Laujon de vouloir retirer pour quelques jours seulement la copie qu'on a faite de la petite pièce intitulée *La Provinciale*. Je la rendrai incessamment pour être jouée quand on voudra lui faire cet honneur-là. Et Monsieur Laujon m'obligera beaucoup de bien vouloir m'envoyer cette copie en vertu de laquelle même [1] il m'écrivit pour [*en* biffé] ôter de la pièce *(sic)* quelques personnages de femme qu'on ne savait comment remplir [2]. J'attends donc de sa bonté la grâce que je lui demande et c'est de la part de son très humble et très obéissant serviteur qui l'embrasse tendrement.

« Ce samedi [3]. »

Cette lettre doit remonter à 1755 environ. *La Provinciale*, comme *La Colonie* ou *La Femme fidèle*, a donc été composée pour le « théâtre de campagne » du comte de Clermont. Il y a d'autant moins de raisons d'en douter que le catalogue des manuscrits de la bibliothèque de l'Arsenal mentionne *La Provinciale* dans le recueil manuscrit des rôles extraits des pièces jouées pour la plupart chez le comte de Clermont. Il est vrai que la pièce, avec quelques autres, manque dans le recueil lui-même, mais on ne peut rien inférer de cette absence.

Deux faits, selon Bastide et Fournier, viendraient « troubler la belle ordonnance de cette hypothèse ». C'est d'abord que Dubuisson, dans une lettre de décembre 1735, nous apprend qu'il était alors question de donner au Théâtre-Italien, après *Les Amours anonymes* de Boissy, « *L'Auberge provinciale*, petite comédie de M. de Marivaux [4] ». Supposé que l'information de Dubuisson soit fondée, et qu'il ait entendu exactement le titre de la pièce, l'existence d'une *Auberge provinciale* en 1735 ne pourrait démentir les documents qui nous prouvent que Marivaux écrivit vers 1757 une *Provinciale*. Dirons-nous, avec Bastide et Fournier, que « le sujet de notre pièce ne pourrait justifier le premier titre, et qu'il faudrait admettre une refonte complète, donc pratiquement une pièce nouvelle » ? Mais si Marivaux avait refondu sa pièce et en avait modifié le titre, comme il l'a fait pour *La Nouvelle Colonie, ou la Ligue des femmes*, devenue

---

1. Comprendre : *en vertu de la lettre par laquelle même...*   **2.** Outre les trois personnages féminins principaux, *La Provinciale* comporte encore une dame inconnue et sa suivante Marton, ainsi que les deux sœurs de M. Derval.   **3.** Voir Paule Koch, « Du nouveau sur *La Provinciale* : de la Roquette au Campagnol », *Revue Marivaux* n°1, 1990, pp. 26-37. **4.** A. Rouxel, *Lettres du commissaire Dubuisson*, p. 148

La Colonie, cela ne signifierait nullement que la seconde pièce ne lui appartiendrait plus ! Du reste, le titre primitif de *L'Auberge provinciale* convient-il si mal à la pièce que nous possédons ? Toute la scène de *La Provinciale*, comme celle de *La Joie imprévue*, se passe dans un hôtel, qui vingt ans plus tôt pouvait fort bien avoir été une simple auberge [1]. *L'Auberge provinciale* pourrait fort bien avoir désigné une auberge où se rencontraient des provinciaux, comme telle *auberge normande* de nos jours. Le titre du *Bal bourgeois*, opéra-comique de Favart (1738), et beaucoup d'autres du même genre, témoignent du même emploi de l'adjectif de « relation ».

Le second argument invoqué contre l'attribution à Marivaux de *La Provinciale* n'est pas plus pertinent. Lorsque l'écrivain céda, en 1761, un certain nombre de pièces au libraire Duchesne, *La Provinciale*, dit-on, ne s'y trouvait pas. Voici le billet en question, reproduit en fac-similé dans l'édition Duviquet [2] :

« J'ai reçu de Monsieur Duchesne la somme de cinq cents livres pour un volume de pièces détachées, et un autre petit volume de trois pièces, intitulée *Félicie*, une autre *L'Amante frivole*, pièce qui doit être jouée à la Comédie Française, une autre qui se trouve dans *Le Conservanteur* [3] *(sic)*, tous ouvrages que je lui cède à perpétuité, et sans aucune réserve de ma part. À Paris, ce dernier novembre 1761.

                                                          « DE MARIVAUX. »

Quelle que soit l'explication de ce fait [4], il n'a aucune importance pour nous, puisque nous savons — et tout le monde le reconnaît — que Marivaux a écrit à ce moment une pièce intitulée *La Provinciale*, et que le seul problème est de savoir si cette pièce est bien celle qui a été publiée dans le *Mercure*.

Pour décider cette question, il faut d'abord remarquer que les ressemblances de style entre *La Provinciale* que nous avons et les autres pièces de Marivaux sont extraordinairement frappantes. Ce sont d'abord des procédés communs : forte proportion des démons-

---

1. Par un souci analogue d'élever le ton de son œuvre, Prévost transforme tous les cabarets figurant dans l'édition originale de sa *Manon Lescaut* (1731) en autant d'auberges (1753).   2. Tome II, p. I.   3. *Les Acteurs de bonne foi*.   4. Peut-être simplement *La Provinciale* ne figurait-elle pas dans le même cahier. Ou Marivaux avait-il décidé de la céder en une autre occasion. Ou, comme pour *La Commère*, *La Colonie* et *La Femme fidèle*, ne voulait-il pas publier dans le recueil de ses œuvres des pièces qui ne lui paraissaient pas de la même valeur que les autres ; etc.

tratifs composés, *ce... ci* et *ce... là* par rapport à *ce*[1], répétition des relatives dans une phrase d'exposition[2], appositions du type : *un de ses parents, homme de province assez âgé...* En outre, un grand nombre de traits d'esprit ont leur modèle dans *L'Héritier de village, Le Petit-Maître corrigé, Les Acteurs de bonne foi,* etc.[3]. Si bien que ceux mêmes qui ne pensent pas que *La Provinciale* soit de Marivaux conviennent que c'est au moins un très habile pastiche de sa manière.

Cela posé, à quoi nous conduirait l'hypothèse suivant laquelle *La Provinciale* du *Mercure* ne serait pas de Marivaux ? Celui-ci, accorde-t-on, aurait écrit vers l'année 1755 une pièce de ce nom, destinée au théâtre du comte de Clermont. Vers la même époque, un autre auteur « connu par plusieurs pièces justement applaudies » aurait écrit, également pour un théâtre de campagne, une autre *Provinciale* en prenant la précaution d'y inclure « quelques personnages de femmes qu'on ne [sût] comment remplir »[4]. Il aurait trouvé le moyen de la glisser dans le paquet envoyé par Marivaux à La Place — à moins qu'il ne l'ait envoyée à part, auquel cas La Place se serait trouvé avec deux *Provinciale* entre les mains, l'une de Marivaux, et l'autre le pastichant à la perfection ! Il suffit de formuler cette hypothèse pour en apercevoir l'absurdité. Qui du reste aurait eu intérêt à concurrencer Marivaux sur un sujet qu'il traitait lui-même et en le démarquant ? Et qui aurait été capable de le faire ?

Aussi bien, dès que l'on veut bien lire *La Provinciale* comme une œuvre de Marivaux, se rattachant, non pas certes à la tradition du *Jeu de l'amour et du hasard,* mais à celle du *Télémaque travesti,* des *Lettres au Mercure,* de *L'Héritier de village,* de *L'Indigent philosophe* ou de *La Joie imprévue,* tout devient aussi clair qu'on peut le souhaiter. Notre Mme La Thibaudière, le comédien ami de *L'Indigent philosophe* l'a rencontrée dans sa province, après son retour de Paris :

---

1. Pour les quatre premières scènes, on trouve deux emplois de *ce...ci* et six emplois de *ce...là* contre seulement quatre emplois de *ce.* Nous avons utilisé ce critère pour démontrer le caractère apocryphe des suites du *Paysan parvenu* dans notre *Marivaux et le Marivaudage,* p. 380.   2. Voir la sixième réplique de la pièce : « Madame Lépine : *Une femme de province, qui n'est ici que depuis huit jours ; qui est venue occuper un très grand appartement, précisément dans l'hôtel où je suis logée ; avec qui j'ai lié connaissance le surlendemain de son arrivée ; qui est veuve* », etc.   3. Les rapprochements seront signalés en note.   4. Il s'agit des deux dames qui apparaissent à la dernière scène (voir p. 2014).

« Dans la ville où nous étions, il y avait une dame toute fraîche arrivée de Paris ; ce qui la rendait très respectable à toutes les femmes du pays. Elle était ridicule on ne saurait dire combien : aussi on l'admirait, il fallait voir. Car il faut qu'une provinciale se soit fait moquer d'elle à Paris pendant trois ou quatre mois, pour avoir l'honneur d'être admirée dans sa province, c'est la règle[1]. »

Le sujet de *La Provinciale*, quoi qu'on en ait dit, est encore une sorte d'épreuve, mais une épreuve subalterne et ridicule. Les autres personnages ne sont là, comme dans *Monsieur de Pourceaugnac*, que pour être les instruments de cette épreuve. Les principaux en sont la femme d'intrigues et le chevalier d'industrie hérités de Dancourt. La Ramée, valet du chevalier, dont le nom est de mauvais augure, comme le La Branche de Lesage, et Cathos, suivante de Mme La Thibaudière, doublent les habituelles figures des maîtres par celles des valets. Proche de Trivelin, La Ramée n'en laisse pas moins, une fois, percer une sorte d'attendrissement devant la naïveté de Cathos[2], et c'est le seul moment de la pièce où une esquisse de sourire remplace le rire brutal qui y règne constamment. Dancourade sans la poésie qu'on trouve quelquefois dans les pièces de Dancourt, mais plus rigoureusement construite, *La Provinciale* est pour Marivaux comme un dernier exercice de style. Comparable à cet égard au *Père prudent et équitable*, elle démontre les progrès accomplis par lui, au cours de sa longue carrière dramatique, dans le domaine du dialogue et de l'agencement d'une intrigue. Par son sujet enfin, elle rappelle qu'il existe aussi chez le créateur du *Jeu de l'amour et du hasard* une veine satirique ou burlesque, comme on voudra, liée profondément chez lui à une certaine expérience de la vie provinciale.

LE TEXTE

Nous reproduisons le seul texte qui fait foi, celui du *Mercure de France*. Les scènes I-IX sont extraites du numéro d'avril 1761 (I), pp. 14-50, les scènes X-XXIII du numéro d'avril 1761 (II), pp. 14-54. La liste des acteurs et l'indication du lieu de la scène, qui ne se trouvent pas dans le *Mercure*, ont été ajoutées par nous.

---

1. Troisième feuille, dans les *Journaux et Œuvres diverses*, p. 292.
2. « Quel dommage d'être un fourbe avec elle ! » dit-il à la scène XIX.

La Provinciale

ACTEURS

MADAME LA THIBAUDIÈRE, provinciale.
CATHOS, sa suivante.
COLIN, son valet.
MADAME LÉPINE, femme d'intrigues.
LE CHEVALIER DE LA TRIGAUDIÈRE.
LA RAMÉE, son valet.
MONSIEUR LORMEAU, cousin de Madame La Thibaudière.
MONSIEUR DERVAL, prétendant de Madame La Thibaudière.
SES SŒURS.
UNE DAME INCONNUE.
MARTHON, sa suivante.

La scène se passe dans un hôtel à Paris[1].

---

1. Rappelons que ni cette indication ni la liste des acteurs ne figurent dans le *Mercure*. Nous les avons reconstituées en nous inspirant partiellement de Fleury, premier éditeur de *La Provinciale*.

Scène première

MADAME LÉPINE, LE CHEVALIER, LA RAMÉE

Ils entrent en se parlant.

MADAME LÉPINE. Ah ! vraiment, il est bien temps de venir : je n'ai plus le loisir de vous entretenir ; il y a une heure que je vous attends, et que vous devriez être ici.

LE CHEVALIER. C'est la faute de ce coquin-là, qui m'a éveillé trop tard.

LA RAMÉE. Ma foi, c'est que je ne me suis pas éveillé plus tôt. Quand on dort, on ne se ressouvient pas de se lever[1].

MADAME LÉPINE. Madame La Thibaudière est presque habillée : elle ou Lisette[2] peut descendre dans cette salle-ci, et il faut être plus exact.

LE CHEVALIER. Ne vous fâchez pas. De quoi s'agit-il ? Mettez-moi au fait en deux mots : qu'est-ce que c'est d'abord que Madame La Thibaudière ?

MADAME LÉPINE. Une femme de province, qui n'est ici que depuis huit jours ; qui est venue occuper un très grand appartement, précisément dans l'hôtel où je suis logée ; avec qui j'ai lié connaissance le surlendemain de son arrivée ; qui est veuve depuis un an ; qui a presque toujours demeuré à la campagne, qui jamais n'a vu Paris, ni quitté la province ; qui, depuis six mois, a hérité d'un oncle qui la laisse prodigieusement riche ; et qui, le jour même où je la connus, reçut un remboursement de plus de cent mille livres, qu'elle a encore[3].

---

1. La plaisanterie est traditionnelle dans l'ancien Théâtre-Italien. **2.** Il s'agit en fait de Cathos, qui ne changera de nom qu'à la scène VIII. **3.** On est frappé par la parenté de construction entre cette phrase composée de propositions relatives juxtaposées et le même type de phrase rencontré parfois dans les expositions de comédies *(Le Legs*, sc. III : *Femme qui néglige les compliments, qui vous parle entre l'aigre et le doux, et dont...)*, mais bien plus souvent dans les dernières parties de *La Vie de Marianne*. Voir par exemple, Classiques Garnier, p. 513 : « Elle sort de chez une dame qui mourut ces jours passés, qui en faisait un cas infini, qui... », p. 565 : « ... sans

LE CHEVALIER. Qu'elle a encore ?

LA RAMÉE. Qu'elle a encore !... cela est beau !

LE CHEVALIER. Et c'est cette femme-là, sans doute, avec qui je vous rencontrai avant-hier à midi dans la boutique de ce marchand, où j'étais moi-même avec ces deux dames ?

MADAME LÉPINE. Elle-même. Vous comprenez à présent pourquoi j'affectai tant de vous connaître et de vous saluer ; pourquoi je vous glissai à l'oreille de la lorgner beaucoup, et de vous trouver le même jour au Luxembourg, où je serais avec elle, et d'y continuer vos lorgneries.

LE CHEVALIER. Oui, je commence à être au fait.

LA RAMÉE. Parbleu, cela n'est pas difficile ! le remboursement rend cela plus clair que le jour.

LE CHEVALIER. Vous me dîtes aussi d'envoyer La Ramée le lendemain à votre hôtel, à l'heure de votre dîner, sous prétexte de savoir à quelle heure je pourrais vous voir aujourd'hui. Quelle était votre idée, Madame Lépine ?

MADAME LÉPINE. Que La Ramée entrât dans la salle où nous dînions, Madame La Thibaudière et moi ; qu'elle le reconnût pour l'avoir vu la veille avec vous, et qu'elle se doutât que vous ne vouliez venir me parler que pour tâcher de la voir encore, comme en effet elle s'en est doutée.

LA RAMÉE. J'entends quelqu'un.

MADAME LÉPINE. Je vous le disais bien ; c'est elle-même ! et je ne vous ai pas dit la moitié de ce qu'il faut que vous sachiez. Mais heureusement je pense qu'elle va sortir pour quelque achat qu'elle doit faire ce matin. Contentez-vous à présent de la saluer en homme qui ne vient voir que moi.

LE CHEVALIER. Ne vous inquiétez point.

Scène II

MADAME LÉPINE, LE CHEVALIER, LA RAMÉE, MADAME LA THIBAUDIÈRE, CATHOS, *suivante*

MADAME LA THIBAUDIÈRE. Je vous cherchais, Madame Lépine, pour vous emmener avec moi. Mais vous avez compagnie, et je ne veux point vous déranger.

---

avoir eu de nouvelles de ma mère à qui j'ai plusieurs fois écrit... que j'ai été chercher ici... mais qui... qui ne loge pas même... qui est actuellement en campagne... etc. »

Tous les acteurs se saluent.

LE CHEVALIER. Déranger, Madame ? Quant à moi, je ne sache rien qui m'arrange tant que le plaisir de vous voir.

MADAME LA THIBAUDIÈRE. Cela est fort galant, Monsieur, mais vous pouvez avoir quelque chose à vous dire ; je suis pressée, et je crois devoir vous laisser en liberté. Adieu, Madame Lépine : je ne serai pas longtemps absente, et nous nous reverrons bientôt.

La Ramée salue Cathos avec affectation.

Scène III
LE CHEVALIER, MADAME LÉPINE, LA RAMÉE

LE CHEVALIER. Oh ! oui, Madame Lépine : à *vue de pays, nous viendrons à bout de cette femme-là. Elle a des façons qui nous le promettent[1], et je prévois que nous la subjuguerons, en la flattant d'avoir de bons airs.

MADAME LÉPINE. Je n'en doute pas, moi qui la connais.

LE CHEVALIER, *tirant une lettre*. Elle me paraît faite pour la lettre que je lui ai écrite, en supposant que je ne la visse pas chez vous, et qu'elle ne refusera pas de prendre de votre main.

MADAME LÉPINE *la reçoit*. Oui, mais elle va revenir, et je ne veux pas qu'elle vous retrouve. Laissez-moi seulement La Ramée, que je vais instruire de ce qu'il est bon que vous sachiez. Il ira vous rejoindre, et vous reviendrez ensemble.

LE CHEVALIER. Soit. *(À La Ramée.)* Je vais donc t'attendre chez moi.

LA RAMÉE. Oui, Monsieur.

MADAME LÉPINE, *rappelant le Chevalier*. Chevalier, un mot. Souvenez-vous de nos conventions après le succès de cette aventure-ci, au moins.

LE CHEVALIER. Pouvez-vous vous méfier de moi ?

Il part.

LA RAMÉE, *le rappelant*. Monsieur, Monsieur, un autre petit mot, s'il vous plaît.

---

1. Ce début de réplique du chevalier est encore très caractéristique du style de Marivaux, tant par le vocabulaire *(à vue de pays)* que par le choix du démonstratif appuyé *(cette femme-là)*, et par la construction suivant laquelle un mot abstrait *(façons)* joue dans la phrase un rôle privilégié.

Le Chevalier, *revenant*. Que me veux-tu ?

La Ramée. Vous oubliez un règlement pour moi.

Le Chevalier. Qu'appelles-tu un règlement ? tu nous parles comme à des fripons.

La Ramée. Non pas, mais comme à des *espiègles dont j'ai l'honneur d'être associé. Vous allez attaquer un cœur novice dont vous aurez le pillage ; vous serez les chefs de l'action : regardez-moi comme un soldat qui demande sa paye.

Le Chevalier. Assurément.

Madame Lépine. Oui, il a raison. Allons, La Ramée, on récompensera bien tes services, je te le promets.

La Ramée. Grand merci, mon capitaine. Et votre lieutenant, quelle est sa pensée un peu au net ?

Le Chevalier. Il y aura cinquante pistoles pour toi ; adieu.

Scène IV
MADAME LÉPINE, LA RAMÉE

La Ramée. Madame Lépine, il s'agit ici d'une espèce de parti bleu honnête contre une cassette ; et par ma foi, cinquante pistoles, ce n'est pas assez. Si je désertais chez l'ennemi, ma désertion me vaudrait davantage [1].

Madame Lépine. Déserter ! garde-t'en bien, La Ramée !

La Ramée. Oh ! ne craignez rien : ce n'est qu'une petite réflexion dont je vous avise.

Madame Lépine. Tu seras content du Chevalier et de moi ; je te le garantis : ton payement sera le premier *levé.

La Ramée. Tant mieux !

Madame Lépine. Dis-moi : cette lettre qu'il m'a laissée, est-elle dans le goût que j'ai demandé ?

---

1. La Ramée file la métaphore militaire amorcée à la fin de la scène précédente. Un *parti bleu*, suivant Littré, est un « parti de gens de guerre, sans commission et sans aveu, qui font des courses pour piller amis et ennemis ». La désertion est un thème métaphorique cher à Marivaux. On le rencontre non seulement dans un rôle de Gascon (« il fâche Madame qué tu la désertes », *L'Heureux Stratagème*, acte III, sc. x), mais même dans celui de Damis, des *Serments indiscrets* (« Vous fuiriez, vous déserteriez », acte III, sc. viii). Du reste, l'attitude même de La Ramée tenté de changer de camp rappelle celle de plusieurs autres personnages de Marivaux : Trivelin dans *La Fausse Suivante*, Dimas dans *Le Triomphe de l'amour*, Lubin dans *La Mère confidente*, etc.

La Ramée. Comptez sur le billet doux le plus cavalier, le plus *leste, le plus *dégagé... vous verrez ! vous verrez ! Ce n'est pas pour me vanter, mais j'y ai quelque part. Il n'a pas plus de sept ou huit lignes ; et en honneur, c'est un chef-d'œuvre d'impertinence. Soyez sûre qu'une femme sensée, en pareil cas, en ferait jeter l'auteur par les fenêtres.

Madame Lépine. Et voilà précisément comme il nous le faut avec notre provinciale, préparée comme elle l'est ! c'est cette impertinence-là qui en fera le mérite auprès d'elle.

La Ramée. Il est parfait, vous dis-je ; il est écrit sous ma dictée ; bien *entendu que ladite Marquise soit assez folle pour le *soutenir. Le succès dépend de l'état où vous avez mis sa tête[1].

Madame Lépine. Oh ! rien n'y manque.

La Ramée. Et puis, c'est une tête de femme, ce qui prête beaucoup. Et le Chevalier, à propos, l'avez-vous fait de grande maison, tout fils de bourgeois qu'il est ?

Madame Lépine. Oh ! c'est un de nos galants du bel air, et des plus répandus que j'aie jamais connu[2] chez tout ce qu'il y a de plus distingué.

La Ramée. Et en quelle qualité êtes-vous avec elle ? Ne serait-il pas nécessaire de le savoir ?

Madame Lépine. Mon enfant, dans une qualité assez équivoque, et j'allais te le dire. Je ne suis ni son égale, ni son inférieure.

La Ramée. On peut vous appeler un *ambigu.

Madame Lépine. Elle a voulu que je demeurasse avec elle : elle me loge, me nourrit, m'a déjà fait quelques petits présents, que j'ai d'abord refusés par décence, et que j'ai acceptés par amitié. Voici mon histoire : je suis une jeune dame veuve, qui était à son aise, mais qui a de la peine à présent à soutenir noblesse, à cause de la perte d'un grand procès, qui me force à vivre retirée. Avant mon mariage, j'ai passé quelques années avec des duchesses et même des princesses, dont j'avais l'honneur d'être la compagne gagée et qui me menaient partout, ce qui m'a acquis une expérience consommée sur les usages du beau monde, en vertu de laquelle je gouverne notre provinciale.

---

1. Ici, l'expression rappelle *Le Jeu de l'amour et du hasard*, « j'ai ménagé sa tête » (acte II, sc. i), « cette tête en si bon état » (acte III, sc. v), etc.
2. *Sic.* Non-accord du participe comme très souvent chez Marivaux en pareil cas. Voir la Note grammaticale, article *participe passé*, p. 2265.

LA RAMÉE. Le joli roman !

MADAME LÉPINE. Mais comme, d'un autre côté, la fortune lui donne de grands avantages sur une dame ruinée, j'ai la modestie de négliger les cérémonies avec la Marquise de la Thibaudière, de lui céder les honneurs du pas, et de laisser, entre elle et moi, une petite distance qui me gagne sa vanité, et qui ne me coûte que des égards et quelques flatteries, de façon que je suis tour à tour, et sa complaisante, et son oracle.

LA RAMÉE. Quel génie supérieur ! Ah ! Madame Lépine, avec un pareil don du ciel, le patrimoine du prochain sera toujours le vôtre !

MADAME LÉPINE. Votre Marquise, au reste, n'a encore reçu de visite que d'un de ses parents, homme de province assez âgé, et qui, pour terminer une grande affaire qu'elle a ici, vient la marier avec un homme de considération, qu'il doit lui amener incessamment, et qui la fixerait à Paris. Entends-tu ?

LA RAMÉE. Malepeste ! voilà un mariage qu'il faut gagner de vitesse, de peur que le remboursement ne change de place, et ne soit stipulé dans le contrat. Mais, Madame Lépine, au lieu de nous en tenir à ces petits bénéfices de passage, si nous épousions la future ; si nous tâchions de saisir le gros de l'arbre, au lieu des branches ?

MADAME LÉPINE. Cela serait trop difficile, et puis j'irais directement contre mes préceptes : je lui ai déjà dit que, pour le bon air, il était indécent d'aimer son mari[1], et qu'il ne fallait garder l'amour que pour la galanterie, et non pas pour le mariage : ainsi il n'y a pas moyen. Adieu, va-t'en, tout est dit.

LA RAMÉE. Je sors donc, songez à mes intérêts.

MADAME LÉPINE. Tu peux t'en fier à moi ; pars. (*Et puis elle le rappelle.*) St, st, La Ramée ! je rêve que nous aurions besoin d'une femme qui, sur le pied d'amante de ton maître, et d'amante jalouse, se douterait de son intrigue avec la Marquise, et viendrait hardiment ici, ou pour l'y chercher, ou pour examiner sa rivale, et lui dirait en même temps de la suivre chez un notaire, afin d'y achever le paiement d'un régiment qu'il achèterait.

LA RAMÉE, *riant*. D'un régiment fabuleux, de votre invention ?

MADAME LÉPINE. Oui, que je lui donne, et qu'on supposera.

LA RAMÉE, *rêvant*. Je ferai votre affaire. Il s'agit d'une *virtuose, et nous en connaissons tant... je vous en fournirai une, moi... Elle ne

---

1. On sait que ce thème, rebattu depuis *L'École des bourgeois* et *Le Préjugé à la mode*, a été évoqué par Marivaux lui-même dans *Le Petit-Maître corrigé*.

sera pas de votre force, Madame Lépine ; mais elle ne fera pas mal. Sont-ce là tous les outils qu'il vous faut ?... Quand voulez-vous celui-là ?

MADAME LÉPINE. Tantôt, quand le Chevalier sera revenu.

LA RAMÉE. Vous serez servie.

MADAME LÉPINE. Adieu donc.

LA RAMÉE, *feignant de s'en aller.* Adieu. *(Et puis se retournant.)* N'avez-vous plus rien à me dire ?

MADAME LÉPINE. Non.

LA RAMÉE. Je ne suis pas de même... je rêve aussi, moi.

MADAME LÉPINE. Parle.

LA RAMÉE. Vous avez une lettre du Chevalier à rendre à la Marquise... oserais-je en toute humilité vous en confier une pour mon petit compte ?

MADAME LÉPINE. *Adieu donc.*

LA RAMÉE. Qu'est-ce que c'est qu'une pour toi ? Est-ce que tu écris aussi à la Marquise ?

LA RAMÉE. Non, c'est une porte plus bas [1] ; c'est à Cathos dont je ne sais le nom que de tout à l'heure, à ce petit minois de femme de chambre, qui était avec vous chez ce marchand, qui me parut niaise, mais jolie, et avec qui, par inspiration, j'ébauchai une petite conversation de regards, où elle joua assez bien sa partie ; et hier, quand le Chevalier m'envoya chez vous, en redescendant, je la trouvai sur la porte d'un entresol, où je repris le fil du discours par un : Votre valet très humble, Mademoiselle, et par une ou deux révérences, aussi bien troussées, soutenues d'un déhanchement aussi parfait !... Je sentis, en vérité, que cela lui allait au cœur. Nous venons encore de nous entre-saluer ici ; et à l'exemple de mon maître, dont vous rendrez le billet, voici un petit bout de papier que j'ai écrit, et que je vous supplierai de lui remettre par la même commodité.

MADAME LÉPINE. Par la même commodité !... *Mons de la Ramée, vous me manquez de respect.

LA RAMÉE. Oh ! vous êtes si fort au-dessus de cette puérile délicatesse-là ; vous êtes si serviable !...

MADAME LÉPINE. Mais à quoi vous conduira cet amour-là ?

LA RAMÉE. Hélas ! à ce qu'il pourra. Je ne m'attends pas qu'on ait rien remboursé à Cathos ; mais si vous vouliez, chemin faisant, la

---

1. Nouvelle métaphore évoquant, par exemple, le langage de Jacob dans *Le Paysan parvenu* (Classiques Garnier, p. 131).

mettre un peu en goût d'être du bel air avec moi, je n'aurai point de régiment à acheter, mais j'aurai quelque payement à faire, et tout m'est bon : je glanerai ; ce qui viendra, je le prendrai.

MADAME LÉPINE. Soit ; je glisserai à tout hasard quelques mots en votre faveur. À l'égard de votre papier, faites-lui votre commission vous-même, puisque la voilà qui vient ; et puis, partez pour rejoindre votre maître.

LA RAMÉE. Vous allez voir mon *aisance.

Scène V

MADAME LÉPINE, LA RAMÉE, CATHOS

CATHOS. Nous sommes revenues ; et Madame la Marquise s'est arrêtée dans le jardin. Vous avez donc encore du monde ?

MADAME LÉPINE. Oui, c'est Monsieur de la Ramée qui m'apporte un billet que Monsieur le Chevalier avait oublié de me donner.

LA RAMÉE, *saluant Cathos*. Et il m'en reste encore un dont l'objet de mes soupirs aura, s'il vous plaît, la bonté de me défaire.

CATHOS, *saluant*. Est-ce moi que Monsieur veut dire ?

LA RAMÉE. Et qui donc, divine brunette ? Vous n'ignorez pas l'objet que j'aime !

CATHOS, *riant niaisement*. Je me doute qui c'est, par-ci, par-là.

MADAME LÉPINE, *riant*. Ha, ha, ha, courage !... *Mons de la Ramée est un illustre au moins, un garçon très couru[1].

LA RAMÉE, *à Cathos*. Et ce garçon si couru, c'est vous qui l'avez attrapé.

CATHOS. Je ne cours pourtant pas trop fort ; et vous me contez des fleurettes, Monsieur.

LA RAMÉE. Oh ! palsambleu, beauté sans pair, vous avez lu dans mes yeux que je vous adore, et je requiers de pouvoir en lire autant dans les vôtres[2].

CATHOS. Ah ! dame ! il faut le temps de faire réponse.

LA RAMÉE. Vous m'avez promis dans un regard ou deux que je n'attendrais[3] pas, et je suis impatient. C'est ce que vous verrez dans cette petite épître qui vous entretiendra de moi jusqu'à mon retour,

---

1. Le Frontin du *Petit-Maître corrigé* était aussi « très couru » (acte I, sc. III).
2. Le ton de La Ramée évoque celui du chevalier faisant la cour à Colette, à la scène XIII de *L'Héritier de village*. 3. Le *Mercure* porte par erreur *j'attendois* au lieu de *j'attendrois*.

et que je n'ai pu qu'adresser à Mademoiselle, Mademoiselle en blanc, faute d'être instruit de votre nom. Comment vous appelle-t-on, mes amours, afin que je l'écrive ?

CATHOS, *saluant*. Il n'y a qu'à mettre Cathos, pour vous servir, si j'en suis capable.

LA RAMÉE, *tirant un crayon*. Très capable ! extrêmement capable ! *(Il écrit.)* Madame Lépine, je vous demande pardon de la liberté que je prends devant vous, mais ce petit minois m'étourdit ; il est céleste, il m'égare ; il s'agit d'amour, et cela passe partout... N'est-ce pas Cathos que vous dites, charme de ma vie ?

CATHOS. Oui, Monsieur.

LA RAMÉE, *écrivant*. Ce nom-là m'est familier ; je connais une des plus belles pies du monde qui s'appelle de même [1].

CATHOS. Oh ! mais je m'appelle aussi Charlotte.

LA RAMÉE, *lui donnant sa lettre*. La pie n'a pas cet honneur-là, et tous vos noms sont des enchantements. Prenez, Charlotte *(en lui présentant la lettre)*, prenez cette lettre, et souvenez-vous que c'est Charlot de la Ramée qui vous la présente, et qui brûle d'en avoir réponse. Adieu, bel œil ; adieu, figure triomphante ; adieu, bijou tout neuf !

MADAME LÉPINE. Je pense comme toi, La Ramée.

LA RAMÉE. Madame, votre approbation met le comble à son éloge. *(Et puis à Cathos.)* À propos ! j'oubliais votre main... donnez-moi, que je la baise.

CATHOS, *retirant sa main*. Ma main ? eh mais, c'est de bonne heure.

Scène VI

MONSIEUR LORMEAU, *les acteurs précédents*

LA RAMÉE, *sans le voir, et à Cathos*. Hé bien, je vous fais crédit jusqu'à tantôt.

MONSIEUR LORMEAU, *qui a entendu*. Qu'est-ce que c'est que cet homme-là, Cathos ? *(Et à La Ramée.)* À qui donc parlez-vous de faire crédit ici ?

---

1. *Cathos* (l's finale ne se prononce pas) est un prénom populaire très fréquent. C'est à peu près celui de l'héroïne du *Chef-d'œuvre inconnu*. *Charlotte*, qui suit, est, comme *Charlot*, surtout répandu à la campagne. On se souvient du personnage de ce nom dans le *Dom Juan* de Molière.

La Ramée, *en s'en allant.* À la merveilleuse Cathos, suivante de Madame la Marquise, Monsieur.

Il part.

Monsieur Lormeau. Ce drôle-là a l'air d'un fripon ; Madame Lépine, que signifie ce crédit et cette Marquise ?

Cathos. Bon, du crédit ! c'est qu'il raille ; c'est ma main qu'il voulait baiser, et qu'il ne baisera que tantôt.

Monsieur Lormeau. Qu'il ne baisera que tantôt, qu'est-ce que cela signifie ?

Cathos. Oui, l'affaire est remise. À l'égard du garçon, c'est l'homme de chambre d'un jeune chevalier de nos amis ; et la Marquise, c'est Madame : voilà tout.

Monsieur Lormeau. Quelle Madame ? ma parente ?

Cathos. Elle-même.

Monsieur Lormeau. Eh ! depuis quand est-elle marquise ? de quelle promotion [1] l'est-elle ?

Cathos. D'avant-hier matin : cela se conclut une heure après son dîner.

Monsieur Lormeau, *à Madame Lépine.* Madame, ne m'apprendrez-vous pas ce que c'est que ce marquisat ?

Madame Lépine. Madame La Thibaudière m'a dit qu'elle avait une terre qui portait ce titre, et elle l'a pris elle-même, ce qui est assez d'usage.

Cathos. Pardi, on se sert de ce qu'on a.

Monsieur Lormeau. Elle n'y songe pas. Est-elle folle ? Je ne l'appellerai jamais que Madame Riquet ; c'est son nom, et non pas La Thibaudière.

Cathos. Bon ! Madame Riquet, pendant qu'on a un château de qualité !

Monsieur Lormeau. Fort bien ! en voilà une à qui la tête a tourné aussi. Madame Lépine, voulez-vous que je vous dise ? je crois que vous me gâtez la maîtresse et la servante.

Madame Lépine. Je les gâte, Monsieur ? je les gâte ?... Vous ne mesurez pas vos discours ; et ces termes-là ne conviennent pas à une femme comme moi.

---

1. Comparer dans *Le Petit-Maître corrigé* : « Je suis un Marquis de la promotion de Lisette, comme elle est Comtesse de la promotion de Frontin. » (Acte II, sc. xi.)

CATHOS. Madame sait les belles compagnies sur le bout de son doigt ; elle nous apprend toutes les pratiques galantes, et la coutume des marquises, comtesses et duchesses : voyez si cela peut gâter le monde.

MONSIEUR LORMEAU. Vous êtes en de bonnes mains à ce qui me semble, et vous me paraissez déjà fort avancée. Au surplus, Madame Riquet est sa maîtresse. Où est-elle ? peut-on la voir ? n'y aura-t-il point quelque coutume galante qui m'en empêche ?

CATHOS. Tenez, la voilà qui vient.

Scène VII

MADAME LA THIBAUDIÈRE, *les acteurs précédents*

MONSIEUR LORMEAU. Bonjour, ma cousine.

MADAME LA THIBAUDIÈRE. Ah ! bonjour, Monsieur, et non pas mon cousin.

MONSIEUR LORMEAU, *les premiers mots à part*. Autre pratique galante !... *(Et à Madame La Thibaudière.)* *D'où vient donc ?

MADAME LA THIBAUDIÈRE. C'est qu'on n'a ni cousin ni cousine à Paris, mon très cher... À cela près, que me voulez-vous ?

MONSIEUR LORMEAU. Est-il vrai que vous avez changé de nom ?

MADAME LA THIBAUDIÈRE. Point du tout... De qui tenez-vous cela ?

MONSIEUR LORMEAU. De Cathos, qui m'a voulu faire accroire que vous avez pris le nom de Marquise de la Thibaudière.

MADAME LA THIBAUDIÈRE. Il est vrai ; mais ce n'est pas là changer de nom : c'est prendre celui de sa terre.

MADAME LÉPINE. Il n'y a rien de si commun.

MADAME LA THIBAUDIÈRE. Oui, mais Monsieur Lormeau ne sait point cela, il faut l'en instruire ; il est dans les simplicités de province. Allez, Monsieur, rassurez-vous, nous n'en serons pas moins bons parents... À propos, vous vis-je hier ? Comment vous portez-vous aujourd'hui ?

MONSIEUR LORMEAU. Vous voyez, assez bien, Dieu merci... mais, ma cousine, encore un petit mot. Feu Monsieur Riquet...

MADAME LA THIBAUDIÈRE, *à Madame Lépine, à part*. Ce bonhomme, avec sa cousine et son Riquet !

Madame Lépine sourit.

CATHOS, *riant tout haut*. Ha, ha, ha !

MADAME LA THIBAUDIÈRE, *riant aussi*. Eh bien, que souhaite le cousin de la cousine ?

MONSIEUR LORMEAU, *levant les épaules*. Madame, ou Marquise... Lequel aimez-vous le mieux ?

MADAME LA THIBAUDIÈRE. Madame est bon, Marquise aussi, toujours l'un ou l'autre ; c'est la règle. Achevez.

MONSIEUR LORMEAU. Feu votre mari s'appelait Monsieur Riquet, n'est-il pas vrai ? il s'ensuit donc que vous êtes la veuve Riquet.

MADAME LA THIBAUDIÈRE, *avec dédain*. Prenez donc garde ! Veuve Riquet et Marquise n'ont jamais été ensemble. Veuve Riquet se dit de la marchande du coin. Mon mari, au reste, s'appelait monsieur Riquet, j'en conviens ; mais, depuis sa mort, j'ai hérité du marquisat de la Thibaudière, et j'en prends le nom, comme de son vivant il l'aurait pris lui-même, s'il avait été raisonnable. Allons, n'en parlons plus. Que devenez-vous aujourd'hui ? Avez-vous des nouvelles de mon affaire ?

MONSIEUR LORMEAU. Oui, Marquise ; et je venais vous dire que je vous amènerai tantôt la personne avec qui je travaille à vous marier, pour vous éviter le procès que vous auriez ensemble touchant votre succession [1] ; c'est un homme de distinction qui vous donnera un assez beau rang. Mais, de grâce, ne changez rien aux manières que vous aviez il n'y a pas plus de huit jours ; et laissez là les pratiques galantes, et la coutume des comtesses, marquises et duchesses... Adieu, cousine.

MADAME LA THIBAUDIÈRE. Salut au cousin.

Scène VIII

MADAME LA THIBAUDIÈRE, MADAME LÉPINE, CATHOS

MADAME LA THIBAUDIÈRE. Les pratiques galantes et la coutume des comtesses, marquises et duchesses : les plaisantes expressions !... c'est que nos manières sont de l'arabe pour lui.

CATHOS. C'est moi qui lui ai enseigné cet arabe-là pour rire.

MADAME LÉPINE. Ha ! que ce gentilhomme est grossier, Marquise ! que Monsieur votre cousin est campagnard !

MADAME LA THIBAUDIÈRE. Ha ! d'un campagnard, d'un rustique !...

---

1. On se souvient que la même situation existait dans *Les Fausses Confidences* entre Araminte et le comte.

CATHOS. D'un lourd, d'un malappris !

MADAME LÉPINE. Savez-vous bien, au reste, que vous venez de m'étonner, Marquise ?

MADAME LA THIBAUDIÈRE. Comment ?

MADAME LÉPINE. Oui, m'étonner ! Je vous admire ! Vous avez eu tout à l'heure des façons de parler aussi distinguées, d'un aussi bon ton, des tours d'une finesse et d'une ironie d'un aussi bon goût qu'il y en ait à la cour. Vous excellerez, Marquise, vous excellerez.

MADAME LA THIBAUDIÈRE. Est-il possible ? c'est à vous à qui j'en ai l'obligation.

CATHOS. J'avance aussi, moi, n'est-ce pas ? je me polis.

MADAME LÉPINE. Pas mal, Cathos, pas mal.

MADAME LA THIBAUDIÈRE. Madame Lépine, si Cathos changeait de nom ? Cathos me déplaît, ai-je tort ?

MADAME LÉPINE. Vous me charmez ! Il faut que je vous embrasse, Marquise, je n'y saurais tenir ; voilà un dégoût qui part du sentiment le plus exquis, et que vous avez sans le secours de personne, ce qui est particulier... Oui, vous avez raison : Cathos ne vaut rien, il rappelle son ménage de province.

MADAME LA THIBAUDIÈRE. Justement. Allons, plus de Cathos, entendez-vous ? Cathos, je vous fais Lisette.

MADAME LÉPINE. Fort bien.

CATHOS. Quel plaisir ! Je serai Lisette par-ci, Lisette par-là... Ce nom me *dégourdit.

MADAME LA THIBAUDIÈRE. Vous croyez donc, Madame Lépine, que je puis à présent me produire ?

MADAME LÉPINE. Au moment où nous parlons, vous faites peut-être plus de bruit que vous ne pensez.

MADAME LA THIBAUDIÈRE. Moi, du bruit ? sérieusement ! du bruit ?

MADAME LÉPINE. Je sais un cavalier des plus aimables, qui vous donne actuellement la préférence sur nombre de femmes, qui en sont bien piquées. Voyez-vous cette lettre-là qu'on est venu tantôt à genoux me prier de vous rendre ?

MADAME LA THIBAUDIÈRE. À genoux ! voilà qui est passionné.

CATHOS. En voyez-vous une qu'on m'a donnée seulement debout, mais avec des civilités ?

MADAME LA THIBAUDIÈRE. Quoi ! déjà deux lettres ?

CATHOS. Oui, Marquise, chacune la nôtre.

MADAME LÉPINE. Celle-ci est du Chevalier, qui, sans contredit, est l'homme de France le plus à la mode.

MADAME LA THIBAUDIÈRE. Ah ! *joli homme ! il a je ne sais quelle étourderie si agréable ; mais je l'ai donc frappé ? Je le soupçonnais, Madame Lépine ; c'est ici où j'ai besoin d'un peu d'instruction. Comment traiterai-je avec lui ? Quoi qu'il en dise, dans le fond, notre liaison n'est presque rien ; cependant il m'écrit, et me parle d'amour apparemment. Dans mon pays, cela me paraîtrait impertinent ; ici, ce n'est peut-être qu'une liberté de savoir-vivre [1]. Mais recevrai-je son billet ? je crois que non.

MADAME LÉPINE. Ne pas le recevoir ? Je serais curieuse de savoir sur quoi vous fondez cette opinion-là.

MADAME LA THIBAUDIÈRE. C'est-à-dire que ma difficulté est encore un reste de barbarie. Ah ! maudite éducation de province, qu'on a peine à se défaire de toi ! Sachez donc que parmi nous on ne peut recevoir un billet doux du premier venu sans blesser les bonnes mœurs.

CATHOS. Dame ! oui, voilà ce que la vertu de chez nous en pense.

MADAME LÉPINE. La plaisante superstition ! Quel rapport y a-t-il d'une demi-feuille de papier à de la vertu ?

CATHOS. Quand ce serait une feuille tout entière ?

MADAME LA THIBAUDIÈRE. Que voulez-vous ? j'arrive, à peine suis-je débarquée, et je sors du pays de l'ignorance crasse.

MADAME LÉPINE. Renvoyer un billet ! vous seriez perdue ; il n'y aurait plus de réputation à espérer pour vous. À Paris, manquez-vous de mœurs ? on en rit, et on vous le pardonne. Manquez-vous d'usage ? vous n'en revenez point, vous êtes noyée.

CATHOS. Et cela, pour un chiffon de papier.

MADAME LA THIBAUDIÈRE. Oh ! j'y mettrai bon ordre ! M'écrive à présent qui voudra, je prends tout, je reçois tout, je lis tout.

CATHOS. Oh ! pardi, pour moi, je n'ai pas fait la bégueule.

MADAME LÉPINE, *lui présentant la lettre*. Allons, Marquise, femme de qualité, ouvrez le billet, et lisez ferme.

MADAME LA THIBAUDIÈRE, *ouvrant vite*. Tenez, voilà comme j'hésite [2]. Ai-je la main timide ?

---

1. La similitude des situations provoque, dans cette tirade, des réminiscences du *Petit-Maître corrigé*. Ainsi, *joli homme* y est appliqué à Rosimond (acte I, sc. VIII). Mais le rapprochement le plus précis concerne la *liberté de savoir-vivre*, à rapprocher des *commodités du savoir-vivre* de Frontin (acte I, sc. III). 2. « Voilà comme je tombe », répondait de même Lélio à Arlequin dans la première *Surprise de l'amour* (acte II, sc. V).

MADAME LÉPINE. Non : pourvu que vous répondiez aussi hardiment, tout ira bien.

MADAME LA THIBAUDIÈRE. Répondre ?... cela est violent.

MADAME LÉPINE. Quoi ?

MADAME LA THIBAUDIÈRE. Je dis violent, en province.

MADAME LÉPINE. Je vous ai cru [1] étonnée, j'ai craint une rechute.

MADAME LA THIBAUDIÈRE. Étonnée pour une réponse ? Si vous me piquez, j'en ferai deux.

MADAME LÉPINE. Une suffira.

CATHOS, *ouvrant sa lettre*. Allons, voilà la mienne ouverte, et si je ne la lis, ni ne réponds, je vous prends à témoin que c'est que je ne sais ni lire ni écrire.

MADAME LÉPINE. Garde-la ; je te la lirai.

CATHOS. Grand merci ! il faudra bien, afin de sauver ma réputation [2].

MADAME LÉPINE. Eh bien, Marquise, êtes-vous contente du style du Chevalier ?

MADAME LA THIBAUDIÈRE, *riant*. Il est charmant, je dis charmant ! mais bien m'en prend d'être avertie : quinze jours plus tôt, j'aurais pris cette lettre-là pour une insulte, Madame Lépine, pour une insulte ! car elle est hardie, familière. On dirait qu'il y a dix ans qu'il me connaît.

MADAME LÉPINE. Je le crois. Le Chevalier, qui sait son monde, vous traite en femme instruite.

MADAME LA THIBAUDIÈRE. Vraiment, je ne m'en plains pas ; il me fait honneur... tenez, lisez-le.

CATHOS. Je crois aussi que celle de mon galant aura bien des charmes, car il va si vite dans le propos ; il me considère si peu, que c'est un plaisir, le petit folichon qu'il est.

MADAME LÉPINE *lit haut celle de la Marquise*. Êtes-vous comme moi, Marquise ? je n'ai fait que vous voir, et je me meurs ; je ne saurais plus vivre ; dites, ma reine, en quel état êtes-vous ? à peu près de même, n'est-ce pas ? je m'en doute bien ; mon cœur ne serait pas parti si vite, si le vôtre avait dû vous rester [3]. C'est ici une

---

1. Non-accord du participe passé non final de groupe, conformément à l'usage à peu près constant de Marivaux.   2. Cathos singe sa maîtresse, qui joue à la petite-maîtresse, comme Frontin singeait Rosimond, le « petit-maître corrigé ».   3. « Figurez-vous deux cœurs qui partent ensemble », disait Frontin dans *L'Heureux Stratagème*, acte I, sc. XII.

affaire de *sympathie ; notre étoile était de nous aimer : hâtons-nous de la remplir ; j'ai besoin de vous voir ; vous m'attendez sans doute. À quelle heure viendrai-je ? Le tendre et respectueux Chevalier de la Trigaudière.

MADAME LÉPINE, *après avoir lu, et froidement.* C'est assez d'une pareille lettre, pour illustrer toute la vie d'une femme.

CATHOS. Quel trésor !

MADAME LA THIBAUDIÈRE, *riant.* Que dites-vous de cette étoile qui veut que je l'aime ?

MADAME LÉPINE. Et qui ne met rien sur le compte de son mérite ! Remarquez la modestie...

MADAME LA THIBAUDIÈRE. Et cet endroit où il dit que je l'attends ; le joli mot ! je l'attends ! de sorte que je n'aurai pas la peine de lui dire : Venez. Que cette *tournure-là met une femme à son aise !

CATHOS. Elle trouve tout fait : il n'y a plus qu'à aller.

MADAME LÉPINE. Point de sot respect.

MADAME LA THIBAUDIÈRE. Sinon qu'à la fin, de peur qu'il ne gêne le corps de la lettre... mais je pense que quelqu'un vient. Madame Lépine, puisque ce billet-là m'est si honorable, il n'est pas nécessaire que je le cache.

MADAME LÉPINE. Gardez-vous-en bien ! qu'on le voie si on veut ; la discrétion là-dessus serait d'une platitude ignoble.

Scène IX

Les acteurs précédents, MONSIEUR LORMEAU,
MONSIEUR DERVAL

MONSIEUR LORMEAU. Madame, voici Monsieur Derval que je vous présente. On ne peut rien ajouter à l'empressement qu'il avait de vous voir.

MONSIEUR DERVAL. Je sens bien que j'en aurai encore davantage.

MADAME LA THIBAUDIÈRE. Vous êtes bien galant, Monsieur... Des sièges à ces Messieurs.

MONSIEUR DERVAL. Mais, Madame, ne prenons-nous pas mal notre temps ? je vois que vous tenez une lettre, qui demande peut-être une réponse prompte.

MADAME LA THIBAUDIÈRE. J'avoue que j'allais écrire.

MONSIEUR DERVAL. Nous ne voulons point vous gêner, Madame. *(À Monsieur Lormeau.)* Sortons, Monsieur ; nous reviendrons.

MONSIEUR LORMEAU. S'il s'agit de répondre à des nouvelles de province, le courrier ne part que demain.

MADAME LA THIBAUDIÈRE. Non, c'est un billet doux, que je viens de recevoir, mais [1] qui est extrêmement léger et joli ; et Monsieur, qui est de Paris, sait bien qu'il faut y répondre.

MONSIEUR LORMEAU. Un billet doux, Madame ! vous plaisantez ; vous ne vous en vanteriez pas.

MADAME LA THIBAUDIÈRE, *riant*. Hé, hé, hé... vous voilà donc bien épouvanté, notre cher parent ? je ne le dis point pour m'en vanter non plus : je le dis comme une aventure toute simple, et dont une femme du monde ne fait point mystère ; demandez à Monsieur. *(Elle rit.)* Hé, hé, hé...

Madame Lépine rit à part.

CATHOS *rit haut*. Hé, hé, hé...

MONSIEUR DERVAL. Madame est la maîtresse de ses actions.

MADAME LA THIBAUDIÈRE. Oh ! je vous avertis que Monsieur Lormeau n'entend point raillerie là-dessus.

MONSIEUR LORMEAU. Dès qu'il ne s'agit que d'en badiner, à la bonne heure ! mais je craignais que ce ne fût quelque jeune étourdi qui eût eu l'impertinence de vous écrire.

MADAME LA THIBAUDIÈRE. Ah ! s'il vous faut un Caton, ce n'en est pas un. C'est un *étourdi, j'en conviens ; et s'il ne l'était pas, qu'en ferait-on ?

MONSIEUR LORMEAU. Vous ne songez pas, Madame, que ce billet doux peut inquiéter Monsieur Derval.

MADAME LA THIBAUDIÈRE, *riant*. Hé, hé, hé ! de quelle inquiétude provinciale nous parlez-vous là ? Tâchez donc de n'être plus si *neuf. Monsieur en veut à ma main, et le Chevalier ne poursuit que mon cœur ; ce sont deux choses différentes, et qui n'ont point de rapport.

MONSIEUR DERVAL. Je me trouverais cependant fort à plaindre, si le cœur ne suivait pas la main.

MADAME LA THIBAUDIÈRE. Vraiment, il faudra bien qu'il la suive [2] ; il n'y manquera pas : mais je pense entre nous que ce n'est pas là le plus grand de vos soucis, Monsieur, et que nous ne nous chicane-

---

1. Ce *mais* est du style « petite-maîtresse » : « Enfin, un agréable qui m'a fait des phrases, mais des phrases ! d'une perfection... », dit Dorimène dans *Le Petit-Maître corrigé*, acte II, sc. II. 2. Le *Mercure* porte par erreur *qu'il le suive*.

rons pas là-dessus ; nous savons bien que le cœur est une espèce de hors-d'œuvre dans le mariage.

MONSIEUR LORMEAU, *à part.* Que veut-elle dire avec son hors-d'œuvre ? *(Se levant.)* Ce ne serait pas trop là mon sentiment, mais nous retenons Madame qui veut écrire, Monsieur ; et nous aurons l'honneur de la revoir.

MADAME LA THIBAUDIÈRE. Quand il vous plaira, Monsieur.

MONSIEUR DERVAL, *à Monsieur Lormeau, à part.* Quelqu'un abuse de la crédulité de votre parente.

MONSIEUR LORMEAU, *à part, à Madame La Thibaudière.* On vous a renversé l'esprit, cousine.

Ils s'en vont.

MADAME LA THIBAUDIÈRE, *riant, et à part à Monsieur Lormeau qui sort.* Croyez-vous ? hé, hé, hé... *(Et quand ils sont partis.)* Monsieur Lormeau n'en revient point !

Scène X

MADAME LA THIBAUDIÈRE, MADAME LÉPINE, CATHOS

MADAME LA THIBAUDIÈRE, *continuant.* Mais qu'en dites-vous, Madame Lépine ? je trouve que mon prétendu a assez bonne façon.

MADAME LÉPINE. Eh bien, qu'importe ? avez-vous envie de l'aimer, d'être amoureuse de votre mari ? Prenez-y garde.

MADAME LA THIBAUDIÈRE. Ah ! doucement ! je ne mériterai jamais votre raillerie. Mais je l'aimerais encore mieux que le Chevalier, si c'était l'usage.

CATHOS. Oui, mais en *cas d'époux, cela est défendu [1].

MADAME LÉPINE. Il n'est pas même question d'aimer avec le Chevalier, il ne faut en avoir que l'air ; on ne nous demande que cela. Est-ce que les femmes du monde ont besoin d'un amour réel, en fait de galanterie ? Non, Marquise ; quand il y en a, on le prend ; quand il n'y en a point, on en contrefait, et quelquefois il en vient.

MADAME LA THIBAUDIÈRE, *riant.* J'entends.

MADAME LÉPINE. On s'étourdit de sentiments imaginaires. Je crois vous l'avoir déjà dit.

---

1. On retrouve ici des idées développées par Blaise dans *L'Héritier de village*, sc. II : « Nous aimer, femme ! morgué ! il faut bian s'en garder ; vraiment ! ça jetterait un biau coton dans le monde ! »

MADAME LA THIBAUDIÈRE. C'est justement à quoi j'en suis avec le Chevalier ; quoiqu'il ne m'ait pas fort touchée, je me figure que je l'aime : je me le fais accroire, pour m'aider à soutenir la chose avec les airs convenables. Oh ! je sais m'étourdir aussi.

MADAME LÉPINE. Tout ceci n'est *fait que pour votre réputation.

Un valet entre.

Scène XI

Les acteurs précédents, LE VALET

LE VALET. Marquise, il y a là-bas un Monsieur.

MADAME LÉPINE, *l'interrompant.* Attendez... ce garçon-ci fait une faute dont il est important de le corriger. *(Au valet.)* Mon enfant, quand vous parlez à votre maîtresse, ce n'est pas à vous à l'appeler Marquise tout court ; c'est un manque de respect. Dites-lui Madame, entendez-vous ?

LE VALET. Ah ! pardi, c'est pourtant ce nom-là qu'on nous a ordonné l'autre jour.

MADAME LÉPINE. C'est-à-dire que c'est sous ce nom-là que vous devez la servir, et que les étrangers doivent la demander.

CATHOS. Comprends-tu bien ce qu'on te dit là, Colin ?

LE VALET. Oui, Cathos.

CATHOS. *Cathos !* avec ta *Cathos !* il t'appartient bien de parler de la manière. Madame Lépine, le respect ne veut-il pas que la livrée m'appelle Mademoiselle tout court ?

MADAME LÉPINE. Sans difficulté, comment donc ! la suivante de Madame !

MADAME LA THIBAUDIÈRE. Eh bien, qu'on donne ordre là-bas que tous mes gens vous appellent Mademoiselle. Je vous en charge, Colin.

COLIN. Oui, notre maîtresse... non, non : oui, Marquise, hé, je veux dire Madame.

CATHOS. Le benêt !

MADAME LÉPINE. Ôtez-lui aussi le nom de Colin, qui sonne mal, et qui est campagnard.

MADAME LA THIBAUDIÈRE. J'y pensais. *(À Colin.)* Et vous, au lieu de Colin, soyez Jasmin, petit garçon, et achevez ce que vous veniez me dire.

LE VALET *ou* COLIN. C'est qu'il y a là-bas un beau Monsieur, bien mis, qui est jeune, qui se *carre, et qui est venu, disant : Madame la

Marquise y est-elle ? Moi, je lui ai dit qu'oui ; et là-dessus il voulait entrer sans façon ; mais moi, je l'ai repoussé. Bellement, Monsieur ! lui ai-je fait ; je vais voir si c'est sa volonté que vous entriez. Qui êtes-vous d'abord ?... Va, butor, a-t-il fait, va lui dire que c'est moi dont elle a reçu un billet ce matin par Madame Lépine.

MADAME LA THIBAUDIÈRE. Ah ! Madame, c'est sans doute le Chevalier ! et il est là-bas, depuis que tu nous parles !

COLIN. Eh ! pardi oui, droit sur ses jambes, dans le jardin, où il se promène.

MADAME LÉPINE. Tant pis ! la réception lui aura paru étrange.

MADAME LA THIBAUDIÈRE. Ah ! juste ciel, que va-t-il penser ? un homme de qualité repoussé à ma porte ! Misérable que tu es, sais-tu bien que ta rusticité me déshonore ? Il faut que je change tous mes gens. Madame Lépine : si Lisette allait le recevoir, et lui faire excuse ?

MADAME LÉPINE. Je voulais vous le conseiller.

MADAME LA THIBAUDIÈRE. Allez, Lisette ; allez, courez vite.

CATHOS. Oh ! laissez-moi faire ; je m'entends à présent à la civilité.

Cathos et Colin sortent.

Scène XII

MADAME LA THIBAUDIÈRE, MADAME LÉPINE

MADAME LA THIBAUDIÈRE. Voilà qui est désolant ! une réception brutale, un billet qui est encore sans réponse. Il va me prendre pour la plus sotte, pour la plus pécore de toutes les femmes.

MADAME LÉPINE. Tranquillisez-vous ; un moment de conversation raccommodera tout. À l'égard du billet, vous y répondrez.

MADAME LA THIBAUDIÈRE. Vous me serez témoin que j'ai eu dessein d'y répondre, sans qu'il m'en ait coûté le moindre scrupule... vous m'en serez témoin.

MADAME LÉPINE. Je le certifierai.

MADAME LA THIBAUDIÈRE. Ne puis-je pas aussi lui dire que je vais dans mon cabinet pour cette réponse [1] ?

MADAME LÉPINE. Oui-da ! il reviendra. Aussi bien ai-je encore quelques préparations essentielles à vous donner.

---

1. Marivaux se ménage ici un moyen d'écourter la scène qui va suivre, et de préparer en même temps une nouvelle visite du chevalier.

Madame La Thibaudière. Eh ! voilà ce que c'est. Je ne suis pas encore assez forte pour risquer un long entretien avec lui. Le respect qu'on a ici avec les femmes, et qui est à la mode, je ne le connais pas ; et je crains toujours ma vertu de province.

Madame Lépine. Eh bien, congédiez votre soupirant après les premiers compliments.

Madame La Thibaudière. C'est-à-dire, deux ou trois mots folâtres ; et puis : je suis votre servante.

Scène XIII

MADAME LÉPINE, MADAME LA THIBAUDIÈRE, CATHOS, LE CHEVALIER, LA RAMÉE

Le Chevalier. Enfin ! vous voici donc, Marquise ? mon amour a bien de la peine à percer jusqu'à vos charmes : il y a longtemps qu'il attend à votre porte. Eh ! depuis quand l'Amour est-il si mal venu chez sa mère ?

Cathos et La Ramée se font, du geste et des yeux, beaucoup d'amitié.

Madame La Thibaudière. Pardon, Chevalier, pardon ! la mère de l'Amour est très fâchée de votre accident, et va donner de si bons ordres que l'Amour n'attendra plus.

Le Chevalier. Ne me disputez pas l'entrée de votre cœur, et je pardonne à ceux qui m'ont disputé l'entrée de votre chambre.

Madame La Thibaudière. Oh ! pour moi, je n'aime pas à disputer.

Le Chevalier. À propos de cœur, Marquise, j'ai à vous quereller... Je suis mécontent.

Madame La Thibaudière. Quoi ! vous me boudez déjà, Chevalier ?

Le Chevalier. Oui, je gronde. Madame Lépine a sans doute eu la bonté de vous remettre certain billet pressant ; et cependant vous êtes en *arrière [1] ; il ne m'est pas venu de revanche. D'où vient cela, je vous prie ? C'est la Marquise de France la plus aimable et la plus *dégagée que j'attaque ce matin, et qui laisse passer deux mortelles heures, sans donner signe de vie.

Madame La Thibaudière. Deux mortelles heures, Madame Lépine ! deux heures !... sur quel cadran se règle-t-il donc ?

---

1. Encore une expression caractéristique de Marivaux. On la trouve encore dans *Le Petit-Maître corrigé*, acte II, sc. VII.

LE CHEVALIER. Deux heures, vous dis-je ! l'amour sait compter. Qu'est-ce que c'est donc que cette paresse dans les devoirs les plus indispensables de galanterie ? *(Et d'un air ironique.)* Serait-ce que vous me tenez rigueur ? et qu'une femme de qualité recule ?

MADAME LA THIBAUDIÈRE. Moi, reculer ! moi, tenir rigueur !

LE CHEVALIER. Il n'est pas croyable que mon billet ait été pour vous un sujet de scandale ; votre sagesse sait vivre apparemment, et n'est ni *bourgeoise ni farouche.

MADAME LA THIBAUDIÈRE. Ah ciel ! Eh mais, Chevalier ! vous allez jusqu'à l'injure. Attendez donc qu'on s'explique. Parlez-lui, Madame Lépine, parlez.

MADAME LÉPINE. Non, Chevalier, Madame n'a point de tort.

CATHOS. Oh ! pour cela non : il n'y a pas de sagesse à cela ; pas un brin.

MADAME LÉPINE. C'est que Madame la Marquise a toujours été en affaire, et n'a pas eu le temps d'écrire.

MADAME LA THIBAUDIÈRE. Absolument pas le temps ! mais au surplus, le billet est charmant, il m'a réjouie, il m'a plu, vous me plaisez vous-même plus que vous ne méritez dans ce moment-ci, petit *mutin que vous êtes ! et pour vous punir de vos mauvais propos, notre entretien ne sera pas long. Je vous quitte tout à l'heure pour aller vous répondre... Voyez, je vous prie, ce qu'il veut dire avec sa femme de qualité qui recule.

LE CHEVALIER. Pardon, Marquise ! pardon à mon tour : votre conduite est d'une *aisance incontestable ; on ne saurait moins disputer le terrain que vous ne le faites, ni se présenter de meilleure grâce à une affaire de cœur ; et je vais, en réparation de mes soupçons, annoncer à la ville et aux faubourgs que vous êtes la beauté de l'Europe la plus accessible et la plus légère de scrupules et de *modestie populaire.

MADAME LA THIBAUDIÈRE. Vous me devez cette justice-là, au moins.

MADAME LÉPINE. Et le témoignage du Chevalier sera sans appel.

LE CHEVALIER. On en fait quelque cas dans le monde. Adieu, reine ; je m'éloigne pour un quart d'heure ; je reviendrai prendre votre billet moi-même ; et je m'attends à n'y pas trouver plus de réserve que dans vos façons.

MADAME LA THIBAUDIÈRE. Je n'y serai que trop bonne.

Elle sort.

Scène XIV

MADAME LÉPINE, LE CHEVALIER, CATHOS, LA RAMÉE

Le Chevalier. Ne m'oubliez pas, ma chère Madame Lépine, et servez-moi auprès de la Marquise, car mon cœur est pressé... Jusqu'au revoir, notre chère amie.

Madame Lépine. Un moment... L'affaire de votre régiment est-elle terminée, Monsieur le Chevalier ?

Le Chevalier. Il ne me faut plus que dix mille écus ; et je vais voir si mon notaire me les a trouvés.

Il sort.

La Ramée, *à Cathos*. C'est une bagatelle, et nous les aurons tantôt.

Scène XV

LA RAMÉE, CATHOS, MADAME LÉPINE

La Ramée, *continuant, à Cathos*. Je laisse partir Monsieur le Chevalier, pour avoir une petite explication avec mes amours. Soubrette de mon âme ! je boude aussi, moi.

Madame Lépine, *riant*. Ha, ha, ha !... encore un boudeur.

Cathos. Et à cause de quoi donc ?

La Ramée. Ne suis-je pas en avance avec vous d'un certain poulet ?

Cathos. Un poulet ? je n'ai point vu de poulet.

La Ramée. J'entends certain billet.

Cathos. Ah ! cela s'appelle un poulet ! Oh ! je le sais bien, mais laissez faire. Ce n'est pas la *modestie qui me tient ; je ne recule pas plus qu'une Marquise : mais il faut du temps, et vous n'avez qu'à vous en aller un peu, vous aurez votre affaire toute griffonnée.

La Ramée. Griffonnez, brunette ; je vous donne vingt minutes pour m'exprimer vos transports. Je vais, en attendant, haranguer certain cabaretier, à qui je dois vingt écus, et qui a comme envie de manquer de patience avec moi. S'il m'honorait[1] d'une assignation, il faudrait encore la payer ; j'aime mieux la boire. Mais il n'y a que vingt écus. Est-ce trop, Madame Lépine ? ce n'est tant que dix mille.

---

1. Cet emploi ironique de *honorer* est encore un trait de langage petit-maître qui apparaît dans *Le Petit-Maître corrigé* : *honorer d'une figure de soupirant* (acte I, sc. vii) ; *honorer de cette opiniâtreté d'amour* (acte II, sc. iii).

MADAME LÉPINE. Hélas ! mon enfant, je souhaite que non.

LA RAMÉE, *à Cathos*. Et mon ange, qu'en pense-t-il ? Chacun a son régiment : voilà le mien.

CATHOS. Bon, vingt écus ! avec soixante francs de monnaie, vous en serez quitte.

LA RAMÉE. Eh oui, c'est de la mitraille ! j'aime à vous voir mépriser cette somme-là : cela sent la soubrette de cour, qui ne s'effraye de rien. *(Et en s'écriant.)* La belle âme que Cathos !

CATHOS. Eh dame ! on est belle âme tout comme une autre.

LA RAMÉE. Je suis si content de votre façon de penser, que je me repens de n'avoir pas bu davantage. Adieu, mes yeux noirs ! je vous rejoins incessamment. Madame Lépine, protégez-moi toujours auprès de ce grand cœur, qui regarde vingt écus comme de la monnaie.

MADAME LÉPINE. Va, va, elle sait ce que tu vaux.

Scène XVI

MADAME LÉPINE, CATHOS

CATHOS. Ah çà, notre chère dame, pendant que nous sommes seules, ouvrons le billet ; vous savez bien que vous m'avez promis de le lire ?

MADAME LÉPINE. Volontiers, Lisette.

CATHOS. Voyons ce qu'il chante.

MADAME LÉPINE *lit*. Vantez-vous-en, mignonne : le minois que vous portez est le plus subtil filou que je connaisse ; il lui a suffi de jouer un instant de la prunelle, pour escamoter mon cœur.

CATHOS, *riant*. Qu'il est gentil avec cette prunelle qui le filoute ! Il me filoutera aussi, moi [1] !

MADAME LÉPINE, *riant*. C'est bien son intention. Mais continuons. *(Elle lit.)* Il lui a suffi de jouer un instant de la prunelle pour escamo-

---

1. Après une déclaration où le chevalier l'appelait « sa friponne », Colette remarquait, dans *L'Héritier de village*, sc. XII : « Hélas ! sera bientôt mon fripon itou. » Un peu plus loin, l'expression *souffler*, employée dans le même sens, et la reprise de ce verbe par le nom *souffleur*, avec jeu de mots, puisqu'un souffleur est un sorcier, un alchimiste, sont aussi propres à Marivaux. Comparer dans *La Méprise*, sc. XIII : ARLEQUIN : Oui, c'est ma maîtresse./ FRONTIN : Dis donc que ce l'était, car je te l'ai soufflée hier./ ARLEQUIN : Ah ! maudit souffleur ! (Ci-dessus, p. 1270, note 2.)

ter mon cœur. Ce sont vingt nymphes, de compte fait, qui en mour-
ront de douleur ; qu'elles s'accommodent ! Mais, à propos de cœur,
si vous avez perdu le vôtre, n'en soyez point en peine ; c'est moi qui
l'ai trouvé, m'amie Cathos. Je vous l'ai soufflé pendant que vous
rafliez le mien. Ainsi il faudra que nous nous ajustions là-dessus.

CATHOS. Cet effronté ! savez-vous qu'il ne ment pas d'un mot,
Madame Lépine ?

MADAME LÉPINE. Comment ?

CATHOS. Oui, je pense qu'il est mon *souffleur. Or çà, la réponse,
vous me la ferez donc ?

MADAME LÉPINE. Cela ne vaudrait rien, Lisette. Mais voilà la Marquise. Attends ; je te dirai comment tu t'en tireras.

Scène XVII

MADAME LÉPINE, MADAME LA THIBAUDIÈRE, CATHOS

MADAME LÉPINE. Avez-vous écrit, Marquise ?

MADAME LA THIBAUDIÈRE. Oui, j'ai *brouillé bien du papier, et n'ai
rien fini ; je ne suis pas assez sûre du ton sur lequel il faut que je le
prenne, et je vous prie de me donner quelques avis là-dessus. Quel
papier tenez-vous là, Cathos ?

CATHOS, *riant.* C'est mon poulet à moi, où il est dit que mon
minois est un larron, et que ma prunelle escamote le cœur du
monde.

MADAME LA THIBAUDIÈRE, *riant.* Ha, ha, je t'en félicite, Lisette ! tu
deviendras fameuse. Mais revenons à ce qui m'amène et réglons
d'abord ma réponse. Doit-elle être sérieuse, ou badine, ou folle ?

MADAME LÉPINE. Folle, très folle, Marquise ; de l'*étourdi, il n'y a
pas à opter. C'est une preuve d'usage et d'expérience.

MADAME LA THIBAUDIÈRE. Je m'en suis doutée. J'avais d'abord mis
du tendre ; mais j'ai eu peur que cela ne sentît sa femme novice qui
fait trop de façon avec l'amour[1].

MADAME LÉPINE. Et dont le cœur n'est pas assez déniaisé. La
réflexion est bonne. Le tendre a quelque chose d'écolier, à moins
qu'il ne soit emporté. L'emportement le corrige.

---

1. C'était le genre de la belle veuve de province rencontrée par le compagnon de l'indigent philosophe, qui nous paraît avoir suggéré à Marivaux la
première idée de sa Provinciale. Voir la notice.

MADAME LA THIBAUDIÈRE. Et il n'est pas temps que je m'emporte ; nous ne sommes encore qu'au premier billet.

CATHOS. Cela viendra au second. On ne perd pas l'esprit tout d'un coup.

MADAME LA THIBAUDIÈRE. Je m'en tiendrai donc d'abord au simple *étourdi ; et sur ce pied-là, mon billet est tout fait.

MADAME LÉPINE. Voyons.

MADAME LA THIBAUDIÈRE. Il n'est que dans ma tête, et le voici à peu près. Il me dit qu'il se meurt. Vivez, Chevalier, vivez, lui dirai-je, vous me faites peur, mon cher enfant ; je vous défends de mourir : il faut m'aimer. Votre étoile le veut. Si la mienne entend que je vous le rende, eh bien, qu'à cela ne tienne, on vous le rendra, Monsieur, on vous le rendra ; et deux étoiles n'en auront pas le démenti. *(À Madame Lépine.)* Qu'en dites-vous ?

MADAME LÉPINE. Admirablement !

CATHOS, *répétant les derniers mots*. On vous le rendra, Monsieur, on vous le rendra. Les jolies paroles ! Elles sont toutes en l'air.

MADAME LA THIBAUDIÈRE. On croirait que je l'aime ; et cependant il n'en est rien : je ne fais qu'imiter.

MADAME LÉPINE. Eh oui, il ne s'agit que d'être sur la liste des jolies femmes qui ont occupé le Chevalier. Il n'y a rien de si brillant, en fait de réputation, que d'avoir été sur son compte. Oh ! vous jouez de bonheur.

MADAME LA THIBAUDIÈRE. Oui, si on savait qu'il m'aime ; mais il n'aura garde de s'en vanter à cause de mes rivales.

MADAME LÉPINE. Lui, se taire ? Oh ! soyez en repos là-dessus ; tout le monde saura qu'il vous aime, et, qui plus est, que vous l'aimez.

MADAME LA THIBAUDIÈRE. Que je l'aime, moi ? Est-ce qu'il le dira ? Serai-je jusque-là dans ses caquets ?

MADAME LÉPINE. Si vous y serez ! Oui, certes ; vous préserve le ciel de n'y être pas ! Eh ! s'il n'était pas indiscret, je ne vous l'aurais pas donné. C'est son heureuse indiscrétion qui vous fera connaître, qui vous mettra en spectacle. Votre célébrité dépend de là.

MADAME LA THIBAUDIÈRE. Je n'y suis plus !

CATHOS. Il y a une *finesse là-dessous.

MADAME LÉPINE. Vous n'y êtes plus ? Eh mais ! ce qui caractérise une femme à la mode, et du bel air, c'est de *soutenir audacieusement le bruit qui se répand d'elle ; c'est de le répandre elle-même. On sait bien qu'une provinciale ou qu'une petite bourgeoise ne s'en accommoderait pas ; et vous n'avez qu'à voir si vous voulez qu'on dise que vous fuyez le Chevalier ; qu'une intrigue vous fait peur ; que vous vous en faites un *monstre [1]. Vous n'avez qu'à voir.

MADAME LA THIBAUDIÈRE. Ah ! juste ciel, tout est vu. Vous me faites trembler ! vous avez raison... que j'étais stupide !

CATHOS. Voyez, je vous prie ! si on ne dit pas que vous êtes amoureuse, c'est tant pis pour votre honneur... Ce que c'est que l'ignorance !

MADAME LA THIBAUDIÈRE. Mais, êtes-vous bien sûre qu'il se vantera de son amour ? car pour moi, je le dirai à qui voudra l'entendre.

MADAME LÉPINE. Il n'est pas capable d'y manquer ; c'est la règle.

MADAME LA THIBAUDIÈRE. Vous me rassurez. Hé, dites-moi, Madame Lépine, dans la conversation, faut-il un peu de folies aussi ?

MADAME LÉPINE. En deux mots, voici un modèle que vous suivrez. Supposez que je suis le Chevalier. J'arrive ; je vous salue ; je m'arrête. Mais, Marquise, je n'y comprends rien ! vous êtes encore plus belle que vous ne l'étiez il y a une heure ; un cœur ne sait que devenir avec vous, vous ne le ménagez pas, vous l'excédez ; il en faudrait une douzaine pour y suffire. *(À Madame La Thibaudière.)* Répondez.

MADAME LA THIBAUDIÈRE. Que je réponde ? Est-il vrai, Chevalier, ne me trompez-vous point ? Êtes-vous de bonne foi ? M'aimez-vous autant que vous le dites ? *(Et puis se reprenant.)* Fais-je bien ?

MADAME LÉPINE. À merveille !

CATHOS. Comme un charme.

MADAME LÉPINE. Je reprends... Moi ! vous aimer, Marquise, vous n'y songez pas. Qu'est-ce que c'est qu'aimer ? Est-ce qu'on vous aime ? Ah ! que cela serait mince... Eh non, ma reine, on vous idolâtre.

Elle lui prend la main : Madame La Thibaudière la retire.

MADAME LÉPINE *s'interrompt*. Doucement, vous n'y êtes plus. Il ne faut pas retirer la main.

MADAME LA THIBAUDIÈRE, *avançant la main*. Oh ! tenez, qu'il prenne.

MADAME LÉPINE. Ce n'est qu'une main après tout [2].

---

1. Nouvelle locution familière à Marivaux. Voir le Glossaire.   **2.** Comparer, dans *L'Héritier de village*, sc. II : « S'il te prenait les mains, tu l'appelleras badin ; s'il te les baise : eh bian ! soit ; il n'y a rien de gâté ; ce n'est que des mains, au bout du compte ! » Voir aussi *Les Acteurs de bonne foi*, sc. IV, ci-dessus, p. 1953, note 1.

MADAME LA THIBAUDIÈRE. Oui, mais je sors d'un pays où l'on a les mains si rétives, si roides ! On va toujours les retirant.

CATHOS. Jour de Dieu ! des mains, chez nous, ce n'est pas des prunes.

MADAME LA THIBAUDIÈRE. Je n'ai plus qu'à savoir, en cas que je trouve quelqu'une de mes rivales, comment je traiterai avec elle.

MADAME LÉPINE. Avec une politesse aisée, tranquille et riante, qui *ravalera ses charmes, qui marquera le peu de souci que vous en avez, et la supériorité des vôtres.

MADAME LA THIBAUDIÈRE. Oh ! je sais ces manières-là de tout temps. Mais si on voulait m'enlever le Chevalier, et qu'il chancelât ; je ne serais donc pas jalouse ?

MADAME LÉPINE. Comme un démon ! jalouse avec éclat ; jusqu'à faire des scènes.

MADAME LA THIBAUDIÈRE. Oui, mais cet orgueil de ma beauté ?

MADAME LÉPINE. Oh ! cet orgueil alors va comme il peut chez les femmes [1], il ne raisonne point. Jalouse avec fracas, vous dis-je : point de mollesse là-dessus. Rien en pareil cas ne fait aller une réputation si vite... C'est là le fin de votre état.

MADAME LA THIBAUDIÈRE. Laissez-moi faire.

CATHOS. Morbleu ! que les bégueules ne s'y frottent pas avec Madame : elle vous les *revirerait...

MADAME LÉPINE. Il y a une chose que j'omettais, et qui vous mettrait tout d'un coup au pair de tout ce qu'il y a de plus distingué en fait de femmes à la mode, et qui est même nécessaire, qui met le sceau à la bonne renommée... ne plaignez-vous pas l'argent ?

MADAME LA THIBAUDIÈRE. C'est selon. J'aime à le dépenser à propos.

MADAME LÉPINE. Vous ne le dépenserez pas : on vous le rendra presque de la main à la main. Je sais qu'il manque encore une somme au Chevalier pour achever de payer un régiment dont il est en marché. La circonstance est heureuse pour rendre votre nom fameux. Prêtez-lui la somme qu'il lui faut, pourvu qu'il y consente ; car il faudra l'y forcer. D'ailleurs ces sortes d'emprunts sont sacrés.

MADAME LA THIBAUDIÈRE. De tous les moyens de briller, voilà, à mon gré, le plus difficile.

MADAME LÉPINE. Eh bien, prenez que je n'ai rien dit. C'est une voie

---

1. Cette expression est encore caractéristique de Marivaux. Deux répliques plus loin, le mot *revirer*, dans un registre différent, lui est également propre. Voir le Glossaire.

que je vous ouvrais pour abréger. Le Chevalier ne sera pas en peine ; et il y a vingt femmes qui ne manqueront pas ce coup-là.

MADAME LA THIBAUDIÈRE. Il y a toujours quelque rabat-joie dans les choses !

MADAME LÉPINE. N'en parlons plus, vous dis-je. Puisque la grande distinction ne vous tente pas, il n'y a qu'à aller plus terre à terre.

CATHOS. Allons, courage, Madame, on n'a rien pour rien. Il n'y a qu'à avoir un bon billet par-devant notaire.

MADAME LÉPINE. Non pas, s'il vous plaît, Lisette ; on a mieux que cela. Le notaire, ici, c'est l'honneur : et le billet, c'est la parole du débiteur. Voilà ce qu'on appelle des sûretés. Il n'y a rien de si fort.

MADAME LA THIBAUDIÈRE. S'il ne fallait pas une si grande somme...

MADAME LÉPINE. Petite ou grande, n'importe, dès que c'est l'honneur qui engage ; et puis, ce n'est point précisément par besoin qu'un cavalier [1] emprunte en pareil cas ; c'est par galanterie ; pour faire briller une femme ; c'est un service qu'il lui rend. Mais laissons ce que cela répand d'éclat ; contentons-nous d'une célébrité médiocre : vous serez au second rang parmi les subalternes.

MADAME LA THIBAUDIÈRE. Nous verrons ; je me consulterai. Je vais toujours écrire ma lettre ; et à tout hasard, je mettrai sur moi des billets de plusieurs sommes.

MADAME LÉPINE. Comme vous voudrez, Marquise ; j'ai fait l'acquit de ma conscience.

Scène XVIII

CATHOS, MADAME LÉPINE

CATHOS. Pardi, allez ! voilà une belle place que le second rang ! Si j'étais aussi riche qu'elle, je serais bientôt au premier étage.

MADAME LÉPINE. Il ne tient qu'à toi de t'y placer parmi celles de ton état.

CATHOS. Oui ! tout ce que vous avez dit pour elle est donc aussi pour moi ?

MADAME LÉPINE. C'est la même chose, proportion gardée. Adieu. Je suis d'avis d'aller lui aider à faire sa lettre.

CATHOS. Ah ! mais la mienne ?

---

1. *Cavalier*, et non *chevalier*, comme le portent à tort les éditions modernes.

MADAME LÉPINE. Dis à La Ramée que tu écris si mal, qu'il n'aurait pu lire ton écriture.

CATHOS. Attendez donc, Madame Lépine ! vous dites que tous vos enseignements à Madame me regardent aussi. Quoi ! la politesse *glorieuse avec mes rivales, la folie des paroles en devisant, et les mains qu'on baise ?...

MADAME LÉPINE. Sans doute !

CATHOS. Et l'argent aussi ?

MADAME LÉPINE. Oui, suivant tes moyens.

CATHOS. Et l'honneur de La Ramée pour notaire ?

MADAME LÉPINE. Il n'y a nulle différence, sinon qu'il te sera permis d'être jalouse jusqu'à décoiffer tes rivales.

CATHOS. Ha ! les masques... je vous les *détignonnerai.

MADAME LÉPINE. Et que tu observeras de tutoyer La Ramée, comme il te tutoiera lui-même ; c'est l'usage. Adieu, le voilà qui vient, je te laisse.

Scène XIX

CATHOS, LA RAMÉE

LA RAMÉE, *en l'abordant.* Mon épître et point de *quartier.

CATHOS. Oh ! dame, passez-vous-en, mon cher homme ; je ne sais faire que des pieds de mouche, et j'aime mieux vous donner mon écriture en paroles ; il n'y a pas tant de façon. Votre billet est bien troussé, il m'a été fort agréable ; c'est bien fait de me l'avoir mandé. Il dit que ma mine vous a filouté, j'en suis bien aise ; c'est *queussi, queumi [1]. Vous demandez la jouissance de mon cœur, et vous l'aurez. Es-tu content, mon mignon ?

LA RAMÉE. Comblé, ma mie ! je vois bien que tu m'aimes, ma petite merveille.

CATHOS. Si je t'aime ? pour qui me prends-tu donc ? est-ce que tu crois que l'amour me fait peur ? oh que nenni ! je t'aime comme une *étourdie ; je ne sais à qui le dire.

LA RAMÉE. Je me reconnais au désordre de ta tête : il est digne de mon mérite, et tu me ravis... Tu vaux ton pesant d'or.

CATHOS, *lui tendant la main.* Quand tu voudras baiser ma main,

---

1. On sait que cette expression fait partie du langage paysan de Marivaux, comme plus haut *détignonner.* Voir le Glossaire.

ne t'en fais point faute. Est-ce la droite ? est-ce la gauche ? prends, on sait bien que ce n'est que des mains[1].

LA RAMÉE. Tu me les donnes à si bon marché que je les prendrai toutes deux.

CATHOS, *lui donnant les deux mains.* Tiens ! je ne barguigne point, car je sais vivre.

LA RAMÉE. Oh ! il y paraît, malepeste ! il est rare de trouver une honnête fille qui pousse la civilité aussi loin que toi[2]. Tu es une originale, ma Cathos.

CATHOS. Fort peu de Cathos. C'est à présent Lisette.

LA RAMÉE. C'est bien fait : tu es taillée pour la dignité de ce nom-là. Mais j'en reviens à ton cœur... conte-moi un peu ce qui s'y passe.

CATHOS. Je t'aime d'abord par inclination. Cela est bon, cela ?

LA RAMÉE. Délicieux.

CATHOS. Et puis par belles manières.

LA RAMÉE. Tu me remues, tu m'attendris. *(Et puis à part.)* Quel dommage d'être un fourbe avec elle !

CATHOS. Écoute : je prétends que mon amour soit connu d'un chacun. N'en fais pas un secret, au moins : ne me joue point ce tour-là.

LA RAMÉE. Non, ma brebis, je te ferai *afficher.

CATHOS. Ai-je bien des rivales ?

LA RAMÉE. On ne saurait les compter ; Paris en fourmille.

CATHOS. Montrez-m'en quelqu'une, afin que je la méprise poliment, ou bien que je la décoiffe.

LA RAMÉE. Va, ma petite cervelle, tu en verras tant que tu voudras. Hélas ! il ne tient qu'à moi de les ruiner toutes.

CATHOS. Oh ! *merci de ma vie ! c'est moi qui veux être ruinée toute seule, en attendant restitution.

LA RAMÉE. Ma poule, je t'accorde la préférence. Quant à la restitution, je te la garantis sur mon honneur.

CATHOS. Son honneur !... voilà le notaire. As-tu fini avec ton cabaretier ?

LA RAMÉE. Pas encore, parce qu'il y a une certaine Marthon plus

---

1. Voir ci-dessus, p. 2005, note 2.   2. Il y a sans doute ici un souvenir de la fameuse *Scène de la civilité*, dans *Les Filles errantes*, pièce de Regnard jouée sur l'ancien Théâtre-Italien. Une jeune fille accueille un voyageur — par civilité ; le loge dans sa chambre — par civilité ; lui cède son lit — par civilité ; lui tient compagnie — par civilité, etc.

opiniâtre qu'un démon, qui veut à toute force que j'accepte sa monnaie pour payer le vin que j'ai bu.

CATHOS. Elle est bien osée[1]. *(Elle tire une bague de son doigt.)* Allons, prends cette bague qui m'a coûté trente bons francs.

LA RAMÉE, *la prenant.* Ta bague à mon cabaretier ? le coquin n'a pas, à ses deux pattes, un seul doigt qui ne soit plus gros que ta main.

CATHOS. Eh bien, attends-moi ; je vais te chercher quelques louis d'or que j'ai dans mon coffre... ; en prendra-t-il ?

LA RAMÉE. Oh oui ! il est homme à s'en accommoder.

CATHOS. Je vais revenir : prends toujours la bague.

Scène XX

LA RAMÉE, LE CHEVALIER

LA RAMÉE. Vous voilà déjà, Monsieur ?

LE CHEVALIER. Oui. Sais-tu si nos affaires sont avancées ?

LA RAMÉE, *lui montrant la bague.* Ma foi, je crois que nous sommes au jour de l'échéance. La soubrette vient d'entrer en paiement avec moi, et j'attends un peu d'or qu'elle va m'apporter encore.

LE CHEVALIER. Tout de bon ?

LA RAMÉE. Oh ! la débâcle arrive[2], Monsieur. Vous êtes-vous fait annoncer ?

LE CHEVALIER. Oui : on est allé avertir la Marquise, avec qui je n'aurai pas une longue conversation ; car, à te dire vrai, cette folle-là m'ennuie ; et j'arrive avec la personne que tu sais, que j'ai laissée dans un fiacre là-bas, et qui doit entrer quelques instants après moi.

LA RAMÉE. Doucement ! je vois la Marquise.

---

1. Cette fois, *osé* est un mot du cocher, dans sa fameuse dispute avec Mme Dutour *(La Vie de Marianne*, éd. Garnier, p. 94). **2.** Quoique le sens de l'expression ne fasse pas difficulté, on peut signaler qu'il évoque sans doute, à l'époque de Marivaux « l'action par laquelle on débarrasse les ports, faisant retirer les bateaux vides pour faire approcher du rivage ceux qui sont chargés ». Il y avait à Paris des officiers du port spécialisés qu'on appelait *débâcleurs.*

Scène XXI

LE CHEVALIER, LA RAMÉE, MADAME LA THIBAUDIÈRE, MADAME LÉPINE

MADAME LA THIBAUDIÈRE, *tenant une lettre.* Eh bien, Chevalier ? la voici enfin, cette réponse ! Direz-vous encore qu'on vous tient rigueur ?

LE CHEVALIER. Eh mais ! que sait-on ? cela dépend des termes du billet. Y verrai-je que vous m'aimez ? que vous n'aimez que moi ?

MADAME LÉPINE. Lisez, lisez, Monsieur le méfiant... vous y verrez vos questions résolues.

Le Chevalier lit.

MADAME LÉPINE, *pendant qu'il lit.* Il y a apparence qu'il ne se plaindra pas, car il rit.

LE CHEVALIER, *baisant la lettre.* Vous me transportez, Marquise ! vous me pénétrez ! quel feu d'expressions ! je veux les apprendre à tout l'univers, afin que tout l'univers me porte envie. C'est l'Amour même qui vous les a dictées ; c'est lui qui vous a tenu la main. Que cette main m'est chère ! Me sera-t-il permis ?...

Pendant qu'il achève ces mots, la Marquise avance tout doucement la main, comme voulant la lui donner.

MADAME LA THIBAUDIÈRE. On vous le permet, remerciez-la.

LE CHEVALIER. Donnez ! que mille baisers lui marquent mes transports.

Scène XXII

CATHOS, *surnommée* LISETTE ; UNE DAME INCONNUE ; MARTHON, *suivante de la dame* ; *les acteurs précédents*

LISETTE, *au Chevalier.* Voici une dame qui demande Monsieur le Chevalier.

MADAME LA THIBAUDIÈRE. Quoi ! jusque chez moi ?

L'INCONNUE, *au Chevalier, regardant la Marquise.* Ah ! je vous y prends, Monsieur !... voilà donc pour qui vous me négligez ? *(Et à la Marquise.)* Comptez-vous sur son cœur, Madame ?

MADAME LA THIBAUDIÈRE, *d'un air moqueur, et riant.* Vous êtes si dangereuse que je ne sais plus qu'en penser.

L'Inconnue. Je vous avertis que j'ai sur lui des droits, qui me paraissent un peu meilleurs que les vôtres.

Madame La Thibaudière, *ironiquement*. Meilleurs que les miens ! et c'est vous qui êtes obligée de le venir enlever de chez moi, le petit fuyard ! Contez-nous la sûreté de vos droits ; je compatis beaucoup à la fatigue qu'ils vous causent. *(Elle appelle.)* Un fauteuil... Prenez la peine de vous asseoir, Madame ; vous en gronderez plus à votre aise, et nous en écouterons plus poliment la triste histoire de vos droits.

L'Inconnue. Eh non, Madame ; je n'ai pas dessein de vous rendre visite. Allons, Chevalier. On est venu chez moi pour une affaire de la dernière conséquence qui vous regarde, et qui doit absolument finir aujourd'hui. C'est de votre régiment dont il est question ; un autre presse pour l'acheter ; son argent est tout prêt, m'a-t-on dit ; on diffère, par amitié pour vous, de conclure avec lui jusqu'à ce soir ; c'est notre ami le Marquis qui est venu m'en informer. Vous avez encore dix ou douze mille écus à donner, et je les ai chez mon notaire, où l'on nous attend pour terminer le marché... Partons.

Madame La Thibaudière. Qu'est-ce que cela signifie : partons ? Savez-vous bien que je me fâcherai à la fin ?

Marthon, *suivante de l'inconnue*. Un instant de patience, Madame ; que je parle à mon tour. *(À La Ramée.)* Et vous, *Mons de la Ramée, qui vous amusez ici à tourner la tête de ce petit oison de chambrière, qu'on détale, et qu'on marche devant moi *tout à l'heure, pour aller payer ce marchand de vin avec l'argent que je porte et qu'un huissier vous demande !

Cathos, *dite* Lisette. Avec l'argent que vous portez, bavarde ? Ha, votre cornette vous pèse ! et vous voulez qu'on vous *détignonne...

Elle veut aller à Marthon.

L'Inconnue. Comment ! des violences !

Madame La Thibaudière. Je suis dans une fureur !... Chevalier, congédiez cette femme-là, je vous prie. Vous avez besoin de dix mille écus, m'a-t-on dit, et non pas de douze, comme elle prétend. Ne vous inquiétez pas, nous tâcherons de vous les faire.

L'Inconnue. Elle tâchera, dit-elle ? elle tâchera ! et on les demande ce soir, sans remise. Eh bien ! je ne tâche point, moi ; il n'est pas question qu'on tâche, il faut de l'*expédition, et j'ai la somme toute comptée.

LE CHEVALIER. Eh, Mesdames ! vous me mortifiez. Gardez votre argent, je vous conjure. Je n'en veux point ; ma somme est trouvée.

MADAME LA THIBAUDIÈRE. Ha ! cela étant, il n'y a plus à se débattre. Qu'elle s'en aille !

LE CHEVALIER. Quand je dis trouvée, du moins m'a-t-on comme assuré qu'on me la donnerait peut-être ce soir.

L'INCONNUE. Peut-être ! votre régiment dépend-il d'un peut-être ? il ne sera plus temps demain.

LE CHEVALIER. D'accord.

L'INCONNUE. Partons, vous dis-je.

MADAME LA THIBAUDIÈRE. Attendez,... puisqu'on me met le poignard sur la gorge, et que j'ai affaire à la jalouse la plus incommode et la plus haïssable, oui, la plus haïssable...

L'INCONNUE. S'il hésite encore, je ne le verrai de ma vie.

MADAME LA THIBAUDIÈRE. Retirez-vous... N'est-ce pas dix mille écus ?... Si on avait le temps de marchander, et qu'on ne fût pas prise comme cela au pied levé... car enfin tout se marchande, et on tirerait peut-être meilleur parti...

LE CHEVALIER. Eh ! laissez donc, Marquise ! et vous, n'insistez point, Comtesse.

L'INCONNUE. N'êtes-vous pas honteux de me mettre en parallèle avec une femme qui parle de marchander un régiment comme on marchande une pièce de toile ? Vous n'avez guère de *cœur[1].

LE CHEVALIER. Oh ! votre emportement décide : vous insultez Madame ; et pour la venger, j'avouerai que je l'aime, et c'est son argent que j'accepte. Donnez, Marquise, donnez *tout à l'heure, afin que la préférence soit éclatante. Sont-ce des billets que vous avez dans le portefeuille ?

MADAME LA THIBAUDIÈRE. Oui, Chevalier. *(En ouvrant le portefeuille.)* Attendez que je les tire. Il y en a de différentes sommes, et plus qu'il n'en faut.

LA RAMÉE. Allons, Cathos, amène... je te venge aussi, moi. Et toi, Marthon, va te cacher.

---

1. Encore un rapprochement textuel avec une autre œuvre de Marivaux. « Votre ami n'a guère de cœur », disait Angélique dans *L'Épreuve*, sc. XVI, en donnant à l'expression le sens exact qu'elle a ici (voir le Glossaire). La phrase précédente se prête également à un autre rapprochement : « Quelle diable de femme avec ses douze sols ! Elle marchande cela comme une botte d'herbes », disait le cocher à Mme Dutour, dans *La Vie de Marianne*. (Classiques Garnier, p. 93.)

MARTHON. Double coquin !

L'INCONNUE, *pendant que Madame La Thibaudière cherche.* Perfide !

CATHOS, *sautant de joie.* Les laides, avec leur pied de nez[1] !

L'INCONNUE. Je suis désespérée.

Scène XXIII

Tous les acteurs précédents, MONSIEUR DERVAL,
MONSIEUR LORMEAU, DEUX DAMES

MONSIEUR LORMEAU, *à la Marquise.* Ma cousine, voici les sœurs de Monsieur Derval, qu'il vous amène, et qui ont voulu vous prévenir[2]... Mais à qui en a cette dame-là qui paraît si emportée ?

Madame La Thibaudière salue les deux dames.

MONSIEUR LORMEAU, *continuant.* Et que faites-vous de ce portefeuille ?

MADAME LA THIBAUDIÈRE. Voilà qui va être fait. Pardonnez, Mesdames ; j'arrange pour dix mille écus de billets que cette dame si désespérée voulait fournir à Monsieur le Chevalier pour achever de payer un régiment qu'il achète. Il me donne la préférence sur elle, et je la paie assez cher !

MONSIEUR DERVAL, *montrant le Chevalier.* Qui ? Monsieur ? lui, un régiment ? lui, chevalier ?

MADAME LA THIBAUDIÈRE. Lui-même... Le connaissez-vous ?

MONSIEUR DERVAL. Si je le connais ? c'est le fils de mon procureur.

MADAME LA THIBAUDIÈRE. De votre procureur ? Ha !... je suis jouée.

Tout s'enfuit, l'Inconnue, Madame Lépine, la suivante Marthon, et La Ramée, que Cathos arrête.

CATHOS. Doucement ! arrête là.

LA RAMÉE. Tiens, reprends ta bague : je n'ai pas reçu d'autre acompte.

---

1. *Avoir un pied de nez,* comme *faire un long nez,* sont des expressions populaires traduisant le dépit de quelqu'un qui vient d'être attrapé.
2. Sans doute M. Lormeau veut-il dire que les sœurs de M. Derval ont voulu prévenir, c'est-à-dire devancer, la visite que Mme La Thibaudière devait leur rendre.

LE CHEVALIER, *en s'en allant.* Le prend-on sur ce ton-là ?... je ne m'en soucie guère.

MONSIEUR LORMEAU, *à La Ramée que Cathos tient toujours.* Fripons que vous êtes !

LA RAMÉE. Non, Monsieur, nous ne sommes que des fourbes ; je vous le jure !

MONSIEUR DERVAL. Et pourquoi tirer dix mille écus de Madame ?

LA RAMÉE. Pour la mettre en vogue ; pour lui donner de belles manières.

UNE DES DAMES, *souriant.* L'aventure est curieuse.

LA RAMÉE. Oh ! tout à fait jolie. C'est dommage qu'elle ait manqué. La réputation de Madame y perd.

CATHOS. Quels misérables avec leur réputation !

MONSIEUR LORMEAU. Renvoyons ce maraud-là, et qu'il ne soit plus parlé de cette malheureuse affaire.

La Ramée s'enfuit.

MADAME LA THIBAUDIÈRE, *à Monsieur Derval.* Soyez vous-même notre arbitre [1] dans les discussions que nous avons ensemble, Monsieur... Adieu, je vais me cacher dans le fond de ma province [2] !

---

1. Ici encore, nous avons affaire à une idée familière à Marivaux. On la trouve dans *Les Fausses Confidences*, où le comte refuse de plaider contre Araminte, et dans *Les Sincères*, où, à la demande de son adversaire, Ergaste prononce lui-même, contre ses propres intérêts, dans un procès qu'ils ont ensemble (sc. i).   **2.** Dans la présente édition, on trouvera la pièce *Mahomet second*, accompagnée de sa *Notice*, en Appendice, à la page 2125.

APPENDICE

I

Version du LEGS conforme à la représentation [1]

LE LEGS

COMÉDIE EN UN ACTE ET EN PROSE
PAR M. DE MARIVAUX,
DE L'ACADÉMIE FRANÇOISE :

REPRÉSENTÉE POUR LA PREMIÈRE FOIS
PAR LES COMÉDIENS FRANÇOIS ORDINAIRES DU ROI
LE 11 JUIN 1736
et imprimée telle qu'elle se joue actuellement sur ce théâtre.

---

1. Comme on l'a dit p. 1444, la version que nous présentons ici figure dans certains exemplaires de l'édition collective de 1758. C'est apparemment celle à laquelle s'était arrêté Marivaux, au moins pour les représentations. Les variantes qu'on trouvera en note proviennent de deux versions décrites plus haut, à savoir un manuscrit de la Comédie-Française ayant appartenu au comédien Faure, qui sera désigné par le sigle TF. B₂ (voir p. 1446), et un exemplaire de l'édition 1758 conforme à la représentation (58 c.r.) découvert par Pierrette Priolet à la Mazarine (voir p. 1445), qui sera désigné par le sigle 58. Mazarine.

ACTEURS

La Comtesse.
Le Marquis.
Hortense.
Le Chevalier.
Lisette, suivante de la Comtesse.
Lépine, valet de chambre du Marquis.

Scène première

LE CHEVALIER, HORTENSE

LE CHEVALIER. La démarche que vous allez faire auprès du Marquis m'alarme.

HORTENSE. Je ne risque rien, vous dis-je. Raisonnons. Défunt son parent et le mien lui laisse six cent mille francs, à la charge il est vrai, de m'épouser, ou de m'en donner deux cent mille ; cela est à son choix ; mais le Marquis ne sent rien pour moi, j'en suis sûre. De plus je suis presque certaine qu'il a de l'inclination pour la Comtesse ; d'ailleurs, il est déjà assez riche par lui-même [1], voilà encore une succession de quatre cent mille francs qui lui vient, à laquelle il ne s'attendait pas ; et vous croyez que, plutôt que d'en distraire deux cent mille, il aimera mieux m'épouser, moi qui lui suis indifférente, pendant qu'il a de l'amour pour la Comtesse, qui peut-être ne le hait pas, et qui a plus de bien que moi ? Il n'y a pas d'apparence.

LE CHEVALIER. Mais à quoi jugez-vous que la Comtesse ne le hait pas ?

HORTENSE. À mille petites remarques que je fais tous les jours, et je n'en suis pas surprise. Du caractère dont elle est, celui du Marquis doit être de son goût. La Comtesse est une femme brusque, qui aime à primer, à gouverner, à être la maîtresse. Le Marquis est un homme doux, paisible, aisé à conduire ; et voilà ce qu'il faut à la Comtesse. D'ailleurs, le Marquis est d'un âge qui lui convient ; elle n'est plus de cette grande jeunesse : il a trente-cinq ou [2] quarante ans [3] ; et je vois bien qu'elle serait charmée de vivre avec lui.

LE CHEVALIER. Mais, s'il accepte votre main ?

HORTENSE. Eh ! non, vous dis-je, laissez-moi faire. Je crois qu'il espère que ce sera moi qui le refuserai. Peut-être même feindra-t-il de consentir à notre union ; mais que cela ne vous épouvante pas. Vous n'êtes point assez riche pour m'épouser avec deux cent mille francs de moins ; et je suis bien aise de vous les apporter en mariage.

---

1. Le passage qui va de *De plus je suis*... jusqu'à *par lui-même* est biffé dans TF. B₂. **2.** 58. Mazarine : *trente-cinq à.* **3.** Le passage qui va de *La Comtesse est*... jusqu'à *quarante ans* est biffé dans TF. B₂.

Je suis persuadée que la Comtesse et le Marquis ne se haïssent pas. Voyons ce que me diront là-dessus Lépine et Lisette qui vont venir me parler. L'un est un Gascon froid, mais adroit ; Lisette a de l'esprit. Je sais qu'ils ont tous deux la confiance de leurs maîtres ; je les intéresserai à m'instruire, et tout ira bien. Les voilà qui viennent. Retirez-vous.

Scène II

LISETTE, LÉPINE, HORTENSE

HORTENSE. Venez, Lisette ; approchez.

LISETTE. Que souhaitez-vous de nous, Madame ?

HORTENSE. Rien que vous ne puissiez me dire sans blesser la fidélité que vous devez, *(à Lépine)* vous au Marquis, *(à Lisette)* et vous à la Comtesse.

LISETTE. Tant mieux, Madame.

LÉPINE. Ce début encourage. Nos services vous sont acquis.

HORTENSE, *tire quelque argent de sa poche.* Tenez, Lisette ; tout service mérite récompense.

LISETTE, *refusant d'abord.* Du moins, Madame, faudrait-il savoir auparavant de quoi il s'agit.

HORTENSE. Prenez ; je vous le donne, quoi qu'il arrive. *(À Lépine, lui donnant quelques louis.)* Voilà pour vous, Monsieur de Lépine.

LÉPINE. Madame, je serais volontiers de l'avis de Mademoiselle ; mais je prends. Le respect défend que je raisonne.

HORTENSE. Voici de quoi il est question. Dites-moi, Lépine [1] ; je me figure que le Marquis aime la Comtesse ; me trompé-je ? il n'y a point d'inconvénient à me dire ce qui en est. Soupçonnez-vous qu'il l'aime ?

LÉPINE. De soupçons, j'en ai de violents. Je m'en éclaircirai tantôt.

HORTENSE. Et vous, Lisette, quel est votre sentiment sur la Comtesse ?

LISETTE. Qu'elle ne songe point du tout au Marquis, Madame.

LÉPINE. Je diffère avec vous de pensée.

HORTENSE. Je crois aussi qu'ils s'aiment. Et supposons que je ne me trompe pas, du caractère dont ils sont, ils auront de la peine à s'en parler. Vous, Lépine, voudriez-vous exciter le Marquis à le décla-

---

1. Les mots *Dites-moi, Lépine* sont biffés dans TF. B_2.

rer à la Comtesse ? et vous, Lisette, disposer la Comtesse à se l'entendre dire ? Ce sera une industrie fort innocente.

Lépine. Et même louable.

Lisette, *rendant l'argent*. Madame, permettez que je vous rende votre argent.

Hortense. Gardez. D'où vient ?

Lisette. C'est qu'il me semble que voilà précisément le service que vous exigez de moi ; et c'est précisément celui que je ne puis vous rendre. Ma maîtresse est veuve ; elle est tranquille ; son état est heureux ; ce serait dommage de l'en tirer ; je prie le Ciel qu'elle y reste.

Lépine, *froidement* Quant à moi, je garde mon lot ; rien ne m'oblige à restitution. J'ai la volonté de vous être utile. Monsieur le Marquis vit dans le célibat ; mais le mariage, il est bon, très bon ; il a ses peines, chaque état a les siennes ; quelquefois le mien me pèse ; le tout est égal. Oui, je vous servirai, Madame, je vous servirai ; je n'y vois point de mal. On s'est marié de tout temps, on se mariera toujours ; on n'a que cette honnête ressource, quand on aime.

Hortense. Vous me surprenez, Lisette, d'autant plus que je m'imaginais que vous pouviez vous aimer tous deux.

Lisette. C'est de quoi il n'est pas question de ma part.

Lépine. De la mienne, j'en suis demeuré à l'estime. Néanmoins, Mademoiselle est aimable ; mais j'ai passé mon chemin sans y prendre garde.

Lisette. J'espère que vous passerez toujours de même.

Hortense. Voilà ce que j'avais à vous dire. Adieu, Lisette ; vous ferez ce qu'il vous plaira ; je ne vous demande que le secret. J'accepte vos services, Lépine.

Scène III

LÉPINE, LISETTE

Lisette. Nous n'avons rien à nous dire, Mons de Lépine. J'ai affaire, et, je vous laisse.

Lépine. Doucement, Mademoiselle, retardez d'un moment ; je trouve à propos de vous informer d'un petit accident qui m'arrive.

Lisette. Voyons.

Lépine. D'homme d'honneur, je n'avais pas envisagé vos grâces ; je ne connaissais pas votre mine.

Lisette. Qu'importe ? Je vous en offre autant ; c'est tout au plus si je connais actuellement la vôtre.

LÉPINE. Cette dame se figurait que nous nous aimions.

LISETTE. Eh bien ! elle se figurait mal.

LÉPINE. Attendez ; voici l'accident. Son discours a fait que mes yeux se sont arrêtés dessus vous plus attentivement que de coutume.

LISETTE. Vos yeux ont pris bien de la peine.

LÉPINE. Et vous êtes jolie, sandis ! oh ! très jolie.

LISETTE. Ma foi, Monsieur de Lépine, vous êtes très galant ; oh ! très galant.

LÉPINE. À mon exemple, envisagez-moi, je vous prie ; faites-en l'épreuve.

LISETTE. Oui-da. Tenez, je vous regarde.

LÉPINE. Eh donc ! est-ce là ce Lépine, que vous connaissiez ? N'y voyez-vous rien de nouveau ? Que vous dit le cœur ?

LISETTE. Pas le mot. Il n'y a rien là pour lui.

LÉPINE. Quelquefois pourtant nombre de gens ont estimé que j'étais un garçon assez revenant ; mais nous y retournerons ; c'est partie à remettre. Écoutez le restant. Il est certain que mon maître distingue tendrement votre maîtresse. Aujourd'hui même il m'a confié qu'il méditait de vous communiquer ses sentiments.

LISETTE. Comme il lui plaira. La réponse que j'aurai l'honneur de lui communiquer sera courte.

LÉPINE. Remarquons, d'abondance, que la Comtesse se plaît avec mon maître, qu'elle a l'âme joyeuse en le voyant. Vous me direz que nos gens sont d'étranges personnes ; et je vous l'accorde. Le Marquis, homme tout simple, peu hasardeux dans le discours n'osera jamais aventurer la déclaration ; et des déclarations, la Comtesse les épouvante. Dans cette conjoncture, j'opine que nous encouragions ces deux personnages. Qu'en sera-t-il ? qu'ils s'aimeront bonnement en toute simplesse, et qu'ils s'épouseront de même. Qu'en sera-t-il ? Qu'en me voyant votre camarade, vous me rendrez votre mari par la douce habitude de me voir. Eh donc ! Parlez ; êtes-vous d'accord ?

LISETTE. Non.

LÉPINE. Mademoiselle, est-ce mon amour qui vous déplaît ?

LISETTE. Oui.

LÉPINE. En peu de mots vous dites beaucoup. Mais considérez l'occurrence. Je vous prédis que nos maîtres se marieront. Que la commodité vous tente.

LISETTE. Je vous prédis qu'ils ne se marieront point. Je ne veux pas, moi. Ma maîtresse, comme vous dites fort habilement, tient l'amour au-dessous d'elle ; et j'aurai soin de l'entretenir dans cette humeur, attendu qu'il n'est pas de mon petit intérêt qu'elle se marie. Ma condition n'en serait pas si bonne ; entendez-vous ? Il n'y a pas d'apparence que la Comtesse y gagne, et moi j'y perdrais beaucoup. J'ai fait un petit calcul là-dessus, au moyen duquel je trouve que tous vos arrangements me dérangent et ne me valent rien. Ainsi, quelque jolie que je sois, continuez de n'en rien voir ; laissez là la découverte que vous avez faite de mes grâces, et passez toujours sans y prendre garde.

LÉPINE, *froidement*. Je les ai vues, Mademoiselle ; j'en suis frappé, et n'ai de remède que votre cœur.

LISETTE. Tenez-vous donc pour incurable.

LÉPINE. Ne donnez-vous votre dernier mot ?

LISETTE. Je n'y changerai pas une syllabe. *(Elle veut s'en aller.)*

LÉPINE, *l'arrêtant*. Permettez que je reparte. Vous calculez ; moi de même. Selon vous, il ne faut pas que nos gens se marient : il faut qu'ils s'épousent, selon moi ; je le prétends.

LISETTE. Mauvaise gasconnade.

LÉPINE. Patience. Je vous aime, et vous me refusez le réciproque ? Je calcule qu'il me fait besoin, et je l'aurai, sandis ! je le prétends.

LISETTE. Vous ne l'aurez pas, sandis !

LÉPINE. J'ai tout dit. Laissez parler mon maître qui nous arrive.

Scène IV

LE MARQUIS, LÉPINE, LISETTE

LE MARQUIS. Ah vous voici ! Lisette ? Je suis bien aise de vous trouver.

LISETTE. Je vous suis obligée, Monsieur ; mais je m'en allais.

LE MARQUIS. Vous vous en alliez ? J'avais pourtant quelque chose à vous dire. Êtes-vous un peu de nos amis ?

LÉPINE. Petitement.

LISETTE. J'ai beaucoup d'estime et de respect pour Monsieur le Marquis.

LE MARQUIS. Tout de bon ? Vous me faites plaisir, Lisette ; je fais beaucoup de cas de vous aussi. Vous me paraissez une très bonne fille, et vous êtes à une maîtresse qui a bien du mérite.

LISETTE. Il y a longtemps que je le sais, Monsieur.

LE MARQUIS. Ne vous parle-t-elle jamais de moi ? Que vous en dit-elle ?

LISETTE. Oh ! rien.

LE MARQUIS. C'est que, entre nous, il n'y a point de femme que j'aime tant qu'elle.

LISETTE. Qu'appelez-vous aimer, Monsieur le Marquis ? Est-ce de l'amour que vous entendez ?

LE MARQUIS. Eh ! mais oui, de l'amour, de l'inclination, comme tu voudras ; le nom n'y fait rien. Je l'aime mieux qu'une autre. Voilà tout.

LISETTE. Cela se peut.

LE MARQUIS. Mais elle n'en sait rien ; je n'ai pas osé le lui apprendre. Je n'ai pas trop le talent de parler d'amour.

LISETTE. C'est ce qui me semble.

LE MARQUIS. Oui, cela m'embarrasse ; et, comme ta maîtresse est une femme fort raisonnable, j'ai peur qu'elle ne se moque de moi ; et je ne saurais plus que lui dire : de sorte que j'ai rêvé qu'il serait bon que tu la prévinsses en ma faveur.

LISETTE. Je vous demande pardon, Monsieur ; mais il fallait rêver tout le contraire. Je ne puis rien pour vous, en vérité.

LE MARQUIS. Eh ! d'où vient ? Je t'aurai grande obligation. Je paierai bien tes peines. *(Montrant Lépine.)* Et si ce garçon-là te convenait, je vous ferais un fort bon parti à tous les deux.

LÉPINE, *froidement, et sans regarder Lisette.* Derechef, recueillez-vous là-dessus, Mademoiselle.

LISETTE. Il n'y a pas moyen, Monsieur le Marquis. Si je parlais de vos sentiments à ma maîtresse, vous avez beau dire que le nom n'y fait rien, je me brouillerais avec elle ; je vous y brouillerais vous-même. Ne la connaissez-vous pas ?

LE MARQUIS. Tu crois donc qu'il n'y a rien à faire ?

LISETTE. Absolument rien.

LE MARQUIS. Tant pis. Cela me chagrine. Elle me fait tant d'amitié, cette femme ! Allons, il ne faut donc plus y penser.

LÉPINE, *froidement.* Monsieur, ne vous déconfortez pas du récit de Mademoiselle ; n'en tenez compte ; elle vous triche. Retirons-nous. Venez me consulter à l'écart, je serai plus consolant. Partons[1].

LE MARQUIS. Viens ; voyons ce que tu as à me dire. Adieu, Lisette ; ne me nuis pas, voilà tout ce que j'exige.

---

1. Le mot *Partons* est biffé dans 58. Mazarine.

Scène V

LÉPINE, LISETTE

LÉPINE. N'exigez rien. Ne gênons point Mademoiselle. Soyons également[1] ennemis déclarés ; faisons-nous du mal en toute franchise. Adieu, gentille personne ; je vous chéris ni plus ni moins ; gardez-moi votre cœur, c'est un dépôt que je vous laisse.

LISETTE. Adieu, mon pauvre Lépine ; vous êtes peut-être de tous les fous de la Garonne le plus effronté, mais aussi le plus divertissant.

Scène VI

LA COMTESSE, LISETTE

LISETTE, *à part.* Voici ma maîtresse. De l'humeur dont elle est, je crois que cet amour-ci ne la divertira guère. Gare que le Marquis ne soit bientôt congédié[2].

LA COMTESSE, *tenant une lettre.* Tenez, Lisette, dites qu'on porte cette lettre à la poste ; en voilà dix que j'écris depuis trois semaines. La sotte chose qu'un procès ! Que j'en suis lasse ! Je ne m'étonne pas s'il y a tant de femmes qui se remarient.

LISETTE, *riant.* Bon, votre procès ! Une affaire de dix mille francs ! Voilà quelque chose de bien considérable pour vous ! Avez-vous envie de vous remarier ? J'ai votre affaire.

LA COMTESSE. Qu'est-ce que c'est qu'envie de me remarier ? Pourquoi me dites-vous cela ?

LISETTE. Ne vous fâchez pas ; je ne veux que vous divertir.

LA COMTESSE. Ce pourrait être quelqu'un de Paris qui vous aurait fait une confidence ; en tout cas, ne me le nommez pas.

LISETTE. Oh ! il faut pourtant que vous connaissiez celui dont je parle.

LA COMTESSE. Brisons là-dessus. Je rêve à une autre[3] chose ; le Marquis n'a ici qu'un valet de chambre, dont il a peut-être besoin ; et je voulais lui demander s'il n'a pas quelque paquet à mettre à la poste ; on le porterait avec le mien. Où est-il, le Marquis ? L'as-tu vu ce matin ?

LISETTE. Oh ! oui. Malepeste, il a ses raisons pour être éveillé de

---

1. 58. Mazarine corrige *également* en *galamment*.   **2.** 58. Mazarine, qui a corrigé *à part* en *seule* en tête de la réplique de Lisette, a fait de cette réplique une scène VI. La scène qui commence maintenant est donc numérotée VII.   **3.** Le mot *autre* est biffé dans l'exemplaire 58. Mazarine.

bonne heure. Revenons au mari que j'ai à vous donner. Celui qui brûle pour vous, et que vous avez enflammé de passion...

La Comtesse. Qui est ce benêt-là ?

Lisette. Vous le devinez.

La Comtesse. Celui qui brûle est un sot. Je ne veux rien savoir de Paris.

Lisette. Ce n'est point de Paris. Votre conquête est dans le château. Vous l'appelez benêt ; moi je vais le flatter ; c'est un soupirant qui a l'air fort simple, un air bonhomme [1]. Y êtes-vous ?

La Comtesse. Nullement. Qui est-ce qui ressemble à cela ici ?

Lisette. Eh ! le Marquis.

La Comtesse. Celui qui est avec nous ?

Lisette. Lui-même.

La Comtesse. Je n'avais garde d'y être. Où as-tu pris son air simple et de bonhomme ? Dis donc un air franc et ouvert, à la bonne heure ; il sera reconnaissable.

Lisette. Ma foi, Madame, je vous le rends comme je le vois.

La Comtesse. Tu le vois très mal, on ne peut pas plus mal ; en mille ans on ne le devinerait pas à ce portrait-là. Mais de qui tiens-tu ce que tu me contes de son amour ?

Lisette. De lui qui me l'a dit ; rien que cela. N'en riez-vous pas ? Ne faites pas semblant de le savoir. Au reste, il n'y a qu'à vous en défaire tout doucement.

La Comtesse. Hélas ! je ne lui en veux point de mal. C'est un fort honnête homme qui a d'excellentes qualités ; et j'aime encore mieux que ce soit lui qu'un autre. Mais ne te trompes-tu pas aussi ? Il ne t'aura peut-être parlé que d'estime ; il en a beaucoup pour moi, beaucoup ; il me l'a marquée en mille occasions d'une manière fort obligeante.

Lisette. Non, Madame, c'est de l'amour qui regarde vos appas. C'est de la flamme. Il languit, il soupire.

La Comtesse. Est-il possible ? Sur ce pied-là, je le plains ; car ce n'est pas un étourdi : il faut qu'il le sente, puisqu'il le dit ; et ce n'est pas de ces gens-là qu'on se moque ; jamais leur amour n'est ridicule. Mais il n'osera m'en parler, n'est-ce pas ?

Lisette. Oh ! ne craignez rien ; j'y ai mis bon ordre ; il ne s'y jouera pas. Je lui ai ôté toute espérance ; n'ai-je pas bien fait ?

La Comtesse. Mais... oui, sans doute, oui... ; pourvu que vous ne l'ayez pas brusqué, pourtant ; il fallait y prendre garde ; c'est un ami

---

1. 58. Mazarine corrigé : *un air de bonhomme.*

que je veux conserver. Et vous avez quelquefois le ton dur et revêche, Lisette ; il valait mieux le laisser dire.

LISETTE. Point du tout. Il voulait que je vous parlasse en sa faveur.

LA COMTESSE. Ce pauvre homme !

LISETTE. Et je lui ai répondu que je ne pouvais pas m'en mêler ; que je me brouillerais avec vous si je vous en parlais ; que vous me donneriez mon congé, que vous lui donneriez le sien.

LA COMTESSE. Le sien ! Quelle grossièreté ! Ah ! que c'est mal parler ! Son congé ! Et même, est-ce que je vous aurais donné le vôtre ? Vous savez bien que non. D'où vient mentir, Lisette ? C'est un ennemi que vous m'allez faire d'un des hommes du monde que je considère le plus, et qui le mérite le mieux. Quel sot langage de domestique ! Eh ! il était si simple de vous en tenir à lui dire : Monsieur, je ne saurais ; ce ne sont pas là mes affaires ; parlez-en vous-même. Et je voudrais qu'il osât m'en parler, pour raccommoder un peu votre malhonnêteté. Son congé ! son congé ! Il va se croire insulté.

LISETTE. Eh ! non, Madame ; il était impossible de vous en débarrasser à moins de frais. Faut-il que vous l'aimiez, de peur de le fâcher ? Voulez-vous être sa femme par politesse, lui qui doit épouser Hortense ? Je ne lui ai rien dit de trop. Et vous en voilà quitte [1]. *(Le Marquis paraît : la timidité s'empare de lui, il se retire précipitamment ; Lépine court après lui.)* Mais je l'aperçois qui vient en rêvant. Évitez-le ; vous avez le temps.

LA COMTESSE. L'éviter ! Lui qui me voit ! Ah ! je m'en garderai bien. Après les discours que vous lui avez tenus, il croirait que je vous les ai dictés. Non, non, je ne changerai rien à ma façon de vivre avec lui. Allez porter ma lettre.

LISETTE, *à part.* Hum ! il y a ici quelque chose. *(Haut.)* Madame, je suis d'avis de rester auprès de vous ; cela m'arrive souvent, et vous en serez plus à l'abri d'une déclaration.

LA COMTESSE. Belle finesse ! Quand je lui échapperais aujourd'hui, ne me retrouvera-t-il pas demain ? Il faudrait donc vous avoir toujours à mes côtés ? Non, non, partez. S'il me parle, je sais répondre.

LISETTE, *à part, en s'en allant.* Ma foi, cette femme-là ne va pas droit avec moi.

---

1. Dans 58. Mazarine, une nouvelle scène (VIII) commence ici. Elle s'achève à : *il croirait que je vous les ai dictés.* Personnages : Le Marquis, Lépine, La Comtesse, Lisette. Avec *Non, non,* commence une scène IX (Lisette, la Comtesse). En conséquence, les scènes suivantes, VII et VIII, deviennent respectivement X et XI.

Scène VII

LA COMTESSE, *seule*

Elle avait la fureur de rester. Les domestiques sont haïssables ; il n'y a pas jusqu'à leur zèle qui ne vous désoblige. C'est toujours de travers qu'ils vous servent.

Scène VIII

LA COMTESSE, LÉPINE

Lépine. Madame, Monsieur le Marquis vous a vue de loin avec Lisette. Il demande s'il n'y a point de mal qu'il approche ; il a le désir de vous consulter ; mais il se fait le scrupule de vous être importun.

La Comtesse. Lui importun ! Il ne saurait l'être. Dites-lui que je l'attends, Lépine ; qu'il vienne.

Lépine. Je vais le réjouir de la nouvelle. Vous l'allez voir dans la minute.

Scène IX [1]

LÉPINE

Lépine, *il appelle le Marquis*. Monsieur, venez prendre audience ; Madame l'accorde.

Scène X

LA COMTESSE, LE MARQUIS

La Comtesse. Eh ! d'où vient donc la cérémonie que vous faites, Marquis ? Vous n'y songez pas.

Le Marquis. Madame, vous avez bien de la bonté : c'est que j'ai bien des choses à vous dire.

La Comtesse. Effectivement, vous me paraissez rêveur, inquiet.

---

1. Ici, il n'y a pas de changement de scène dans 58. Mazarine. En conséquence, la scène x est numérotée xii. De même, les scènes xi à xviii le sont de xiii à xx.

LE MARQUIS. Oui, j'ai l'esprit en peine. J'ai besoin de conseil, j'ai besoin de grâces ; et le tout de votre part.

LA COMTESSE. Tant mieux. Vous avez encore moins besoin de tout cela, que je n'ai d'envie de vous être bonne à quelque chose.

LE MARQUIS. Oh ! bonne ! Il ne tient qu'à vous de m'être excellente, si vous voulez.

LA COMTESSE. Comment ! si je veux ! Manquez-vous de confiance ? Ah ! je vous prie, ne me ménagez point ; vous pouvez tout sur moi, Marquis ; je suis bien aise de vous le dire.

LE MARQUIS. Cette assurance m'est bien agréable, et je serais tenté d'en abuser.

LA COMTESSE. J'ai grande peur que vous ne résistiez à la tentation. Vous ne comptez pas assez sur vos amis, Marquis, vous êtes trop réservé avec eux.

LE MARQUIS. Oui, j'ai beaucoup de timidité.

LA COMTESSE. Beaucoup, cela est vrai.

LE MARQUIS. Vous savez dans quelle situation je suis avec Hortense ; que je dois l'épouser, ou lui donner deux cent mille francs.

LA COMTESSE. Oui, et je me suis aperçue que vous n'aviez pas grand goût pour elle.

LE MARQUIS. Oh ! on ne peut pas moins. Je ne l'aime point du tout.

LA COMTESSE. Je n'en suis pas surprise. Son caractère est si différent du vôtre ! Elle a quelque chose de trop arrangé pour vous.

LE MARQUIS. Vous y êtes ; elle songe trop à ses grâces. Il faudrait toujours l'entretenir de compliments ; et moi, ce n'est pas là mon fort. La coquetterie me gêne, elle me rend muet.

LA COMTESSE. Ah ! ah ! je conviens qu'elle en a un peu ; mais presque toutes les femmes sont de même. Vous ne trouverez que cela partout, Marquis.

LE MARQUIS. Hors chez vous. Quelle différence, par exemple ! Vous plaisez sans y songer ; ce n'est pas votre faute. Vous ne savez pas seulement que vous êtes aimable ; mais d'autres le savent pour vous.

LA COMTESSE. Moi, Marquis ! Je pense qu'à cet égard-là les autres songent aussi peu à moi que j'y songe moi-même.

LE MARQUIS. Oh ! j'en connais qui ne vous disent pas tout ce qu'ils songent.

LA COMTESSE. Eh ! qui sont-ils, Marquis ? Quelques amis comme vous, sans doute ?

LE MARQUIS. Bon, des amis ! voilà bien de quoi ; vous n'en aurez encore de longtemps.

LA COMTESSE. Je vous suis obligée du petit compliment que vous me faites en passant.

LE MARQUIS. Point du tout. Je le dis exprès.

LA COMTESSE, *riant*. Comment ? vous qui ne voulez pas que j'aie encore des amis, est-ce que vous n'êtes pas le mien ?

LE MARQUIS. Vous m'excuserez. Mais quand je serais autre chose, il n'y aurait rien de surprenant.

LA COMTESSE. Eh bien ! je ne laisserais pas que d'en être surprise.

LE MARQUIS. Et encore plus fâchée.

LA COMTESSE. En vérité, surprise. Je veux pourtant croire que je suis aimable, puisque vous le dites.

LE MARQUIS. Oh ! charmante ! Et je serais bien heureux si Hortense vous ressemblait ; je l'épouserais d'un grand cœur ; et j'ai bien de la peine à m'y résoudre.

LA COMTESSE. Je le crois ; et ce serait encore pis, si vous aviez de l'inclination pour une autre.

LE MARQUIS. Eh bien ! c'est que justement le pis s'y trouve.

LA COMTESSE, *par exclamation*. Oui ! vous aimez ailleurs !

LE MARQUIS. De toute mon âme.

LA COMTESSE, *en souriant*. Je m'en suis doutée, Marquis.

LE MARQUIS. Eh ! vous êtes-vous doutée [1] de la personne ?

LA COMTESSE. Non ; mais vous me la direz.

LE MARQUIS. Vous me feriez grand plaisir de la deviner.

LA COMTESSE. Eh ! pourquoi m'en donneriez-vous la peine, puisque vous voilà ?

LE MARQUIS. C'est que vous ne connaissez qu'elle ; c'est la plus aimable femme, la plus franche... Vous parlez de gens sans façon ; il n'y a personne comme elle : plus je la vois, plus je l'admire.

LA COMTESSE. Épousez-la, Marquis, épousez-la, et laissez là Hortense, il n'y a point à hésiter : vous n'avez point d'autre parti à prendre.

LE MARQUIS. Oui ; mais je songe à une chose. N'y aurait-il pas moyen de me sauver les deux cent mille francs ? Je vous parle à cœur ouvert.

LA COMTESSE. Regardez-moi dans cette occasion-ci comme une autre vous-même.

LE MARQUIS. Ah ! que c'est bien dit, une autre moi-même !

---

1. 58. Mazarine : *vous vous êtes aussi doutée.*

La Comtesse. Ce qui me plaît en vous, c'est votre franchise, qui est une qualité admirable. Revenons. Comment vous sauver ces deux cent mille francs ?

Le Marquis. C'est qu'Hortense aime le Chevalier. Mais, à propos, c'est votre parent.

La Comtesse. Oh ! parent de loin.

Le Marquis. Or, de cet amour qu'elle a pour lui, je conclus qu'elle ne se soucie pas de moi. Je n'ai donc qu'à faire semblant de vouloir l'épouser ; elle me refusera, et je ne lui devrai plus rien ; son refus me servira de quittance.

La Comtesse. Oui-da, vous pouvez le tenter. Ce n'est pas qu'il n'y ait du risque ; elle a du discernement, Marquis. Vous supposez qu'elle vous refusera. Je n'en sais rien ; vous n'êtes pas un homme à dédaigner.

Le Marquis. Est-il vrai ?

La Comtesse. C'est mon sentiment.

Le Marquis. Vous me flattez ; vous encouragez ma franchise.

La Comtesse. Vous encouragez ma franchise ! Mais mettez-vous donc dans l'esprit que je ne demande qu'à vous obliger, entendez-vous ? et que cela soit dit pour toujours.

Le Marquis. Vous me ravissez d'espérance.

La Comtesse. Allons par ordre. Si Hortense allait vous prendre au mot ?

Le Marquis. J'espère que non. En tout cas, je lui paierais sa somme, pourvu qu'auparavant la personne qui a pris mon cœur ait la bonté de me dire qu'elle veut bien de moi.

La Comtesse. Hélas ! elle serait donc bien difficile ! Mais, Marquis, est-ce qu'elle ne sait pas que vous l'aimez ?

Le Marquis. Non vraiment ; je n'ai pas osé le lui dire.

La Comtesse. Et le tout par timidité. Oh ! en vérité, c'est la pousser trop loin. Et toute amie des bienséances que je suis [1], je ne vous approuve pas ; ce n'est pas se rendre justice.

Le Marquis. Elle est si sensée, que j'ai peur d'elle. Vous me conseillez donc de lui en parler ?

La Comtesse. Eh ! cela devrait être fait. Peut-être vous attend-elle. Vous dites qu'elle est sensée ; que craignez-vous ? Il est louable de

---

1. 58. Mazarine : *Et toute amie que je suis des bienséances.*

penser modestement de soi ; mais avec de la modestie, on parle, on se propose. Parlez, Marquis ; parlez, tout ira bien.

LE MARQUIS. Hélas ! si vous saviez qui c'est, vous ne m'exhorteriez pas tant. Que vous êtes heureuse de n'aimer rien, et de mépriser l'amour !

LA COMTESSE. Moi, mépriser ce qu'il y a au monde de plus naturel ! cela ne serait pas raisonnable. Ce n'est pas l'amour, ce sont les amants, tels qu'ils sont la plupart, que je méprise, et non pas le sentiment qui fait qu'on aime, qui n'a rien en soi que de fort honnête et de fort involontaire. C'est le plus doux sentiment de la vie ; comment le haïrais-je ? Non, certes, et il y a tel homme à qui je pardonnerais de m'aimer s'il me l'avouait avec cette simplicité de caractère, tenez, que je louais tout à l'heure en vous.

LE MARQUIS. En effet, quand on le dit naïvement comme on le sent...

LA COMTESSE. Il n'y a point de mal alors. On a toujours bonne grâce ; voilà ce que je pense. Je ne suis pas une âme sauvage.

LE MARQUIS. Ce serait bien dommage !... Vous avez la plus belle santé !...

LA COMTESSE, *à part.* Il est bien question de ma santé ! *(Haut.)* C'est l'air de la campagne.

LE MARQUIS. L'air de la ville vous fait de même. L'œil le plus vif, le teint le plus frais !

LA COMTESSE. Je me porte assez bien. Mais savez-vous bien que vous me dites des douceurs sans y penser ?

LE MARQUIS. Pourquoi sans y penser ? Moi, j'y pense.

LA COMTESSE. Gardez-les pour la personne que vous aimez.

LE MARQUIS. Eh ! si c'était vous, il n'y aurait que faire de les garder.

LA COMTESSE. Comment ! si c'était moi ! Est-ce de moi dont il s'agit ? Qu'est-ce que cela signifie ? Est-ce une déclaration d'amour que vous me faites ?

LE MARQUIS. Oh ! point du tout. Mais quand ce serait vous... il n'est pas nécessaire de se fâcher. Ne dirait-on pas que tout est perdu ? Calmez-vous ; prenez que je n'aie rien dit.

LA COMTESSE. La belle chute ! Vous êtes bien singulier !

LE MARQUIS. Et vous de bien mauvaise humeur. Eh ! tout à l'heure, à votre avis, on avait si bonne grâce à dire naïvement qu'on aime. Voyez comme cela réussit ! Me voilà bien avancé !

LA COMTESSE. Ne le voilà-t-il pas bien reculé ? À qui en avez-vous ? Je vous demande à qui vous parlez ?

LE MARQUIS. À personne, Madame, à personne. Je ne dirai plus mot ; êtes-vous contente ? Si vous vous mettez en colère contre tous ceux qui me ressemblent, vous en querellerez bien d'autres.

LA COMTESSE, *à part.* Quel original ! *(Haut.)* Et qui est-ce qui vous querelle ?

LE MARQUIS. Ah ! la manière dont vous me refusez n'est pas douce.

LA COMTESSE. Allez, vous rêvez.

LE MARQUIS. Courage ! Avec la qualité d'original dont vous venez de m'honorer tout bas, il ne me manquait plus que celle de rêveur ; au surplus, je ne m'en plains pas. Je ne vous conviens point, qu'y faire ? Il n'y a plus qu'à me taire, et je me tairai. Adieu, Comtesse ; n'en soyons pas moins bons amis, et, du moins, ayez la bonté de m'aider à me tirer d'affaire avec Hortense. *(Il s'éloigne comme pour sortir.)*

LA COMTESSE, *à soi-même.* Quel homme ! Celui-ci ne m'ennuiera pas du récit de mes rigueurs. J'aime les gens simples et unis ; mais en vérité, celui-là l'est trop.

Scène XI

HORTENSE, LA COMTESSE, LE MARQUIS

HORTENSE, *arrêtant le Marquis prêt à sortir.* Monsieur le Marquis, je vous prie, ne vous en allez pas ; nous avons à nous parler, et Madame peut être présente.

LE MARQUIS. Comme vous voudrez, Madame.

HORTENSE. Vous savez ce dont il s'agit ?

LE MARQUIS. Non, je ne sais pas ce que c'est ; je ne m'en souviens plus.

HORTENSE. Vous me surprenez ! Je me flattais que vous seriez le premier à rompre le silence. Il est humiliant pour moi d'être obligée de vous prévenir. Avez-vous oublié qu'il y a un testament qui nous regarde ?

LE MARQUIS. Oh ! oui, je me souviens du testament.

HORTENSE. Et qui dispose de ma main en votre faveur ?

LE MARQUIS. Oui, Madame, oui ; il faut que je vous épouse ; cela est vrai.

HORTENSE. Eh bien, Monsieur, à quoi vous déterminez-vous ? Il est temps de fixer mon état. Je ne vous cache point que vous avez un rival ; c'est le Chevalier, qui est parent de Madame, que je ne vous préfère pas, mais que je préfère à tout autre, et que j'estime assez pour en faire mon époux si vous ne devenez pas le mien : c'est ce que je lui ai dit jusqu'ici ; et comme il m'assure avoir des raisons pressantes de savoir aujourd'hui même à quoi s'en tenir, je n'ai pu lui refuser de vous parler. Monsieur, le congédierai-je, ou non[1] ? Que voulez-vous que je lui dise ? Ma main est à vous, si vous la demandez.

LE MARQUIS. Vous me faites bien de la grâce ; je la prends, Mademoiselle.

HORTENSE. Voilà qui est donc arrêté ? Nous ne sommes qu'à une lieue de Paris ; il est de bonne heure ; envoyons chercher un notaire. Voici Lisette, je vais lui dire de faire venir Lépine[2].

Scène XII

LISETTE, *entrant d'un côté*, LE CHEVALIER, *entrant de l'autre*, HORTENSE, LE MARQUIS, LA COMTESSE

HORTENSE, *allant au-devant du Chevalier pour lui dire un mot à part*. Il accepte ma main, mais de mauvaise grâce ; ce n'est qu'une ruse, ne vous effrayez pas, et ne dites mot[3]. Lisette, on doit passer un contrat de mariage entre Monsieur le Marquis et moi ; il veut tout à l'heure faire partir Lépine pour amener son notaire de Paris : ayez la bonté de lui dire qu'il vienne recevoir ses ordres.

LISETTE. J'y cours, Madame.

LA COMTESSE, *l'arrêtant*. Où allez-vous ? En fait de mariage, je ne veux ni m'en mêler ni que mes gens s'en mêlent.

LISETTE. Moi, ce n'est que pour rendre service. Tenez, je n'ai que faire de sortir ; je le vois sur la terrasse. *(Elle appelle.)* Monsieur de Lépine !

LA COMTESSE, *à part*. Cette sotte !

---

1. Le passage qui va de *et que j'estime assez* jusqu'à *ou non* est encadré dans TF. B₂ en vue de sa suppression à la représentation. **2.** Toute la partie de la réplique qui commence avec *Nous ne sommes qu'à...* est biffée dans TF. B₂. **3.** Le début de la réplique d'Hortense jusqu'à *ne dites mot* compris est encadré et biffé dans 58. Mazarine et dans TF. B₂.

Scène XIII

LÉPINE, LISETTE, LE MARQUIS, LA COMTESSE, LE CHEVALIER, HORTENSE

LÉPINE. Qui est-ce qui m'appelle ?

LISETTE. Vite, vite, à cheval. Il s'agit d'un contrat de mariage entre Madame et votre maître, et il faut aller à Paris chercher le notaire de Monsieur le Marquis.

LÉPINE[1]. Nous avons une partie de chasse pour tantôt ; je m'étais arrangé pour courir le lièvre, et non pas le notaire.

LE MARQUIS. C'est pourtant le dernier qu'on veut.

LÉPINE. Ce n'est pas la peine que je voyage pour avoir le vôtre ; je le compte pour mort. Ne le savez-vous pas ? La fièvre le travaillait quand nous partîmes, avec le médecin par-dessus.

LISETTE, *d'un air indifférent*. Il n'y a qu'à prendre celui de Madame.

LA COMTESSE. Il n'y a qu'à vous taire ; car si celui de Monsieur est mort, le mien l'est aussi. Il y a quelque temps qu'il me dit qu'il était le sien.

HORTENSE. Dites-lui qu'il parte, Marquis.

LE MARQUIS, *à Hortense*. Comment voulez-vous que je m'y prenne avec cet opiniâtre ? Quand je me fâcherais, il n'en sera ni plus ni moins. Il faut donc le chasser. *(À Lépine.)* Retire-toi. *(Lépine et Lisette sortent.)*

Scène XIV

HORTENSE, LE MARQUIS, LE CHEVALIER, LA COMTESSE

HORTENSE. On se passera de lui. Allez toujours écrire.

Elle feint de se retirer avec le Chevalier.

LE MARQUIS, *bas à la Comtesse*. Si je lui offrais cent mille francs ? Mais ils ne sont pas prêts ; je ne les ai point.

---

1. TF. B₂ ajoute en surcharge, en tête de la réplique : *Ce qu'elle dit est-il vrai, Monsieur ?* Dans la réplique telle qu'elle est donnée dans l'imprimé, 58. Mazarine corrige *une* en *la* dans *Nous avons une partie de chasse*. Comme d'habitude, ces menues corrections sont faites d'après l'édition Prault, 1740.

LA COMTESSE. Je vous les prêterai, moi ; je les ai à Paris. Rappelez-les ; votre situation me fait de la peine.

LE MARQUIS, *à Hortense*. Madame, voulez-vous bien revenir ? C'est que j'ai une proposition à vous faire, et qui est tout à fait raisonnable.

HORTENSE. Une proposition, Monsieur le Marquis ? Vous m'avez donc trompée ? Votre amour n'est pas aussi vrai que vous me l'avez dit.

LE MARQUIS. Que diantre voulez-vous ? On prétend aussi que vous ne m'aimez point ; cela me chicane, ainsi, tenez, accommodons-nous plutôt. Partageons le différend en deux ; il y a deux cent mille francs sur le testament ; prenez-en la moitié, quoique vous ne m'aimiez pas.

LE CHEVALIER, *à part, à Hortense*. Je ne crains plus rien.

HORTENSE. Vous n'y pensez pas, Monsieur, cent mille francs ne peuvent entrer en comparaison avec l'avantage de vous épouser, et vous ne vous évaluez pas ce que vous valez.

LE MARQUIS. Ma foi, je ne les vaux pas quand je suis de mauvaise humeur, et je vous annonce que j'y serai toujours.

HORTENSE. Ma douceur naturelle me rassure.

LE MARQUIS. Vous ne voulez donc pas ? Allons notre chemin ; vous serez mariée.

HORTENSE. Oui, finissons. Je vous épouserai, Monsieur ; il n'y a que cela à dire. *(Elle sort.)*

LE MARQUIS. Oui, parbleu ! j'en aurai le plaisir.

Scène XV

LA COMTESSE, LE MARQUIS, LE CHEVALIER

LA COMTESSE, *arrêtant le Chevalier*. Restez, Chevalier ; parlons un peu de ceci. Y eut-il jamais rien de pareil ? Qu'en pensez-vous, vous qui aimez Hortense, vous qu'elle aime ? Le mariage ne vous fait-il pas trembler ? Moi qui ne suis pas son amant, il m'effraye.

LE CHEVALIER, *avec un effroi hypocrite*. C'est une chose affreuse ! il n'y a point d'exemple de cela.

LE MARQUIS. Je ne m'en soucie guère ; elle sera ma femme, mais en revanche je serai son mari ; c'est ce qui me console, et ce sont plus ses affaires que les miennes. Aujourd'hui le contrat, demain la noce, et ce soir confinée dans son appartement ; pas plus de façons. Je suis piqué, je ne donnerais pas cela de plus.

LA COMTESSE. Pour moi, je serais d'avis qu'on les empêchât absolument de s'engager. Hortense peut-elle se sacrifier à un aussi vil intérêt ? Vous qui êtes né généreux, Chevalier, et qui avez du pouvoir sur elle, retenez-la ; faites-lui, par pitié, entendre raison, si ce n'est par amour. Je suis sûre qu'elle ne marchande si vilainement qu'à cause de vous.

LE CHEVALIER, *à part* [1]. Il n'y a plus le risque à tenir bon. *(Haut.)* Que voulez-vous que j'y fasse, Comtesse ? Je n'y vois point de remède.

LA COMTESSE. Comment ? que dites-vous ? Il faut que j'aie mal entendu ; car je vous estime.

LE CHEVALIER. Je dis que je ne puis rien là-dedans, et que c'est ma tendresse qui me défend de la résoudre à ce que vous souhaitez.

LA COMTESSE. Et par quel trait d'esprit me prouverez-vous la justesse de ce petit raisonnement-là ?

LE CHEVALIER. Je veux qu'elle soit heureuse, si je l'épouse ; elle ne le serait pas assez avec la fortune que j'ai ; la douceur de notre union s'altérerait ; je la verrais se repentir de m'avoir épousé, de n'avoir pas épousé Monsieur, et c'est à quoi je ne m'exposerai point.

LA COMTESSE. On ne peut vous répondre qu'en haussant les épaules. Est-ce vous qui me parlez, Chevalier ?

LE CHEVALIER. Oui, Madame.

LA COMTESSE. Vous avez donc l'âme mercenaire aussi, mon petit cousin ? je ne m'étonne plus de l'inclination que vous avez l'un pour l'autre. Oui, vous êtes digne d'elle ; vos cœurs sont bien assortis. Ah ! l'horrible façon d'aimer !

LE CHEVALIER. Madame, la vraie tendresse ne raisonne pas autrement que la mienne [2].

LA COMTESSE. Ah ! Monsieur, ne prononcez pas seulement le mot de tendresse ; vous le profanez.

LE CHEVALIER. Mais...

LA COMTESSE. Vous me scandalisez, vous dis-je. Vous êtes mon parent, malheureusement ; mais je ne m'en vanterai point. Ah ciel ! moi qui vous estime [3] ! Quelle avarice sordide ! Quel cœur sans sentiment ! Et de pareils gens disent qu'ils aiment ! Ah ! le vilain amour ! Vous pouvez vous retirer ; je n'ai plus rien à vous dire.

---

1. Dans TF. B₂, le début de la réplique du Chevalier est biffé. Elle commence à : *Que voulez-vous...* **2.** Dans 58. Mazarine, les mots *ne raisonne pas autrement que la mienne* sont biffés, on ne sait pourquoi. **3.** 58. Mazarine corrige *estime* en *estimais*.

Scène XVI

LE MARQUIS, LA COMTESSE

LE MARQUIS. Eh bien ! suis-je assez à plaindre ?

LA COMTESSE. Eh ! Monsieur, délivrez-vous d'elle, et donnez-lui les deux cent mille francs.

LE MARQUIS. Deux cent mille francs plutôt que de l'épouser ! Non, parbleu ! je n'irai pas m'incommoder jusque-là ; je ne pourrais pas les trouver sans me déranger.

LA COMTESSE, *négligemment*. Ne vous ai-je pas dit que j'ai justement la moitié de cette somme-là toute prête ? À l'égard du reste, on tâchera de vous la faire.

LE MARQUIS. Eh ! quand on emprunte, ne faut-il pas rendre ? Si vous aviez voulu de moi, à la bonne heure ; mais, dès qu'il n'y a rien à faire, je retiens la demoiselle ; elle serait trop chère à renvoyer.

LA COMTESSE. Trop chère ! Prenez donc garde, vous parlez comme eux. Seriez-vous capable de sentiments si mesquins ? Il vaudrait mieux qu'il vous en coûtât tout votre bien que de la retenir, puisque vous dites que vous ne l'aimez pas.

LE MARQUIS. Eh ! en aimerais-je une autre davantage ? À l'exception de vous, toute femme m'est égale ; brune, blonde, petite ou grande, tout cela revient au même, puisque je ne vous ai pas, que je ne puis vous avoir, et qu'il n'y a que vous que j'aimais.

LA COMTESSE. Voyez donc comment vous ferez ; car enfin, est-ce une nécessité que je vous épouse à cause de la situation désagréable où vous êtes ? En vérité, cela me paraît bien fort, Marquis.

LE MARQUIS. Oh ! je ne dis pas que ce soit une nécessité ; vous me faites plus ridicule que je ne le suis. Je sais bien que vous n'êtes obligée à rien. Ce n'est pas votre faute si je vous aime ; et je ne prétends pas que vous m'aimiez ; je ne vous en parle point non plus.

LA COMTESSE, *impatiente et d'un air sérieux*. Vous faites fort bien, Monsieur ; votre discrétion est tout à fait raisonnable.

LE MARQUIS. Tout le mal qu'il y a, c'est que j'épouserai cette fille-ci avec un peu plus de peine que je n'en aurais eu sans vous. Voilà toute l'obligation que je vous ai. Adieu, Comtesse.

LA COMTESSE. Adieu, Marquis... Eh bien ! vous vous en allez donc gaillardement comme cela, sans imaginer d'autre expédient que ce contrat extravagant !

LE MARQUIS. Eh ! quel expédient ? Je n'en savais qu'un, qui n'a pas réussi, et je n'en sais plus. Je suis votre très humble serviteur. *(Il se retire et fait plusieurs révérences.)*

LA COMTESSE. Bonsoir, Monsieur. Ne perdez point de temps en révérences ; la chose presse.

Scène XVII

LA COMTESSE, *seule*

Là, qu'on me dise en vertu de quoi cet homme-là s'est mis dans la tête que je ne l'aimais point ! Je suis quelquefois, par impatience, tentée de lui dire que je l'aime, pour lui montrer qu'il n'est qu'un idiot. Il faut que je me satisfasse.

Scène XVIII

LÉPINE, LA COMTESSE

LÉPINE. Puis-je prendre la licence de m'approcher de Madame la Comtesse ?

LA COMTESSE. Qu'as-tu à me dire ?

LÉPINE. De nous rendre réconciliés, Monsieur le Marquis et moi.

LA COMTESSE. Il est vrai qu'avec l'esprit tourné comme il l'a il est homme à te punir de l'avoir bien servi.

LÉPINE. J'ai le contentement que vous approuvez mon refus de partir ? Il vous semble que je suis un serviteur excellent, Madame ?

LA COMTESSE. Oui, excellent.

LÉPINE. C'est cependant mon excellence qui fait aujourd'hui que je chancelle dans mon poste. Madame, enseignez à Monsieur le Marquis le mérite de mon procédé. Ce notaire me consternait. Dans l'excès de mon zèle, je l'ai fait malade, je l'ai fait mort ; je l'aurais enterré, sandis, le tout par affection ; et néanmoins on me gronde ! *(S'approchant de la Comtesse d'un air mystérieux.)* Je sais au demeurant que Monsieur le Marquis vous aime.

LA COMTESSE, *brusquement*. Cela se peut bien.

LÉPINE. Eh oui ! Madame, vous êtes le tourment de son cœur. Lisette le sait : nous l'avons priée de vous en toucher deux mots pour exciter votre compassion, mais elle a craint la diminution de ses petits profits.

LA COMTESSE. Je n'entends pas ce que cela veut dire.

LÉPINE. Le voici au net. Elle prétend que votre état de veuve lui rapporte davantage que ne ferait votre état de femme en puissance d'époux ; que vous lui êtes plus profitable, autrement dit, plus lucrative.

LA COMTESSE. Plus lucrative ! c'était donc là le motif de ses refus ? Lisette est une jolie petite personne ! L'impertinente [1] ! La voici. Va, laisse-nous. Je te raccommoderai avec ton maître ; dis-lui que je le prie de me venir parler.

Scène XIX

LISETTE, LA COMTESSE, LÉPINE

LÉPINE, *à Lisette, en sortant.* Mademoiselle, vous allez trouver le temps orageux ; mais ce n'est qu'une gentillesse de ma façon, pour obtenir votre cœur. *(Il s'en va.)*

Scène XX

LISETTE, LA COMTESSE

LISETTE, *en s'approchant de la Comtesse.* Que veut-il dire ?

LA COMTESSE. Ah ! c'est donc vous ?

LISETTE. Oui, Madame. La poste n'était point partie. Eh bien ! que vous a dit le Marquis ?

LA COMTESSE. Vous méritez bien que je l'épouse.

LISETTE. Je ne sais pas en quoi je le mérite ; mais ce qui est de certain, c'est que, toute réflexion faite, je venais pour vous le conseiller. *(À part.)* Il faut céder au torrent.

LA COMTESSE. Vous me surprenez. Et vos profits, que deviendront-ils ?

LISETTE. Qu'est-ce que c'est que mes profits ?

LA COMTESSE. Oui, vous ne gagneriez plus tant avec moi, si j'avais un mari, avez-vous dit à Lépine. Penserait-on que je serai peut-être obligée de me remarier, pour échapper à la fourberie et aux services intéressés de mes domestiques ?

---

1. 58. Mazarine fait commencer ici la scène (numérotée XXI), entre Lisette, la Comtesse et Lépine. La réplique de la Comtesse est simplement : *La voici, laisse-nous.* Après la réplique de Lépine, commence la scène XXII.

LISETTE. Ah ! le coquin ! il m'a donc tenu parole[1]. Vous ne savez pas qu'il m'aime, Madame, que par là il a intérêt que vous épousiez son maître ; et, comme j'ai refusé de vous parler en faveur du Marquis, Lépine a cru que je le desservais auprès de vous ; il m'a dit que je m'en repentirais, et voilà comme il s'y prend ! Mais, en bonne foi, me reconnaissez-vous au discours qu'il me fait tenir ? Y a-t-il même du bon sens ? M'en aimeriez-vous moins quand vous serez mariée ? En serez-vous moins bonne, moins généreuse ?

LA COMTESSE. Je ne pense pas.

LISETTE. Surtout avec le Marquis, qui, de son côté, est le meilleur homme du monde. Ainsi, qu'est-ce que j'y perdrais ? Au contraire, si j'aime tant mes profits, avec vos bienfaits je pourrai encore espérer les siens.

LA COMTESSE. Sans difficulté.

LISETTE. Et enfin, je pense si différemment, que je venais actuellement, comme je vous l'ai dit, tâcher de vous porter au mariage en question, parce que je le juge nécessaire.

LA COMTESSE. Voilà qui est bien, je vous crois. Je ne savais pas que Lépine vous aimait ; et cela change tout, c'est un article qui vous justifie. N'en parlons plus. Qu'est-ce que tu voulais me dire ?

LISETTE. Que je songeais que le Marquis est un homme estimable.

LA COMTESSE. Sans contredit, je n'ai jamais pensé autrement.

LISETTE. Un homme avec qui vous aurez l'agrément d'avoir un mari sûr, sans avoir de maître.

LA COMTESSE. Cela est encore vrai ; ce n'est pas là ce que je dispute.

LISETTE. Vos affaires vous fatiguent.

LA COMTESSE. Plus que je ne puis dire ; je les entends mal, et je suis née paresseuse.

LISETTE. Vous en avez des instants de mauvaise humeur, qui nuisent à votre santé.

LA COMTESSE. Je n'ai connu mes migraines que depuis mon veuvage.

LISETTE. Procureurs, avocats, fermiers, le Marquis vous délivrerait de tous ces gens-là. Savez-vous bien que c'est peut-être le seul homme qui vous convienne ?

LA COMTESSE. Il faut donc que j'y rêve.

LISETTE. Vous ne vous sentez point de l'éloignement pour lui ?

---

1. Dans 58. Mazarine, ce début de la réplique de Lisette est encadré par les indications scéniques *à part* et *haut*.

LA COMTESSE. Non, aucun. Je ne dis pas que je l'aime de ce qu'on appelle passion ; mais je n'ai rien dans le cœur qui lui soit contraire.

LISETTE. Eh ! n'est-ce pas assez, vraiment ? De la passion ! Si, pour vous marier, vous attendez qu'il vous en vienne, vous resterez toujours veuve ; et, à proprement parler, ce n'est pas lui que je vous propose d'épouser, c'est son caractère.

LA COMTESSE. Qui est admirable, j'en conviens. Et on peut dire assurément que tu parles bien pour lui. Tu me disposes on ne peut pas mieux ; mais il n'aura pas l'esprit d'en profiter, mon enfant.

LISETTE. D'où vient donc ? Ne vous a-t-il pas parlé de son amour ?

LA COMTESSE. Oui, il m'a dit qu'il m'aimait ; et mon premier mouvement a été d'en paraître étonnée ; c'était bien le moins. Sais-tu ce qui est arrivé ? Qu'il a pris mon étonnement pour de la colère. Il a commencé par établir que je ne pouvais pas le souffrir. En un mot, je le déteste, je suis furieuse contre son amour : voilà d'où il part ; moyennant quoi je ne saurais le désabuser sans lui dire : Monsieur, vous ne savez ce que vous dites ; et ce serait me jeter à sa tête ; aussi n'en ferai-je rien.

LISETTE. Oh ! c'est une autre affaire : vous avez raison ; ce n'est point ce que je vous conseille non plus, et il n'y a qu'à le laisser là.

LA COMTESSE. Bon ! tu veux que je l'épouse, tu veux que je le laisse là ; tu te[1] promènes d'une extrémité à l'autre. Et peut-être n'a-t-il pas tant de tort, et que c'est ma faute. Je lui réponds quelquefois avec aigreur.

LISETTE. J'y pensais : c'est ce que j'allais vous dire. Voulez-vous que j'en parle à Lépine, et que je lui insinue de l'encourager ?

LA COMTESSE. Non, je te le défends, Lisette ; à moins que je n'y sois pour rien.

LISETTE. Apparemment ; ce n'est pas vous qui vous en avisez, c'est moi.

LA COMTESSE. En ce cas je n'y prends point de part. Si je l'épouse, c'est à toi à qui il en aura obligation ; et je prétends qu'il le sache, afin qu'il t'en récompense.

LISETTE. Voyez comme votre mariage diminuera mes profits ! Je vous quitte pour chercher Lépine ; mais ce n'est pas la peine : voici le Marquis, et je vous laisse.

---

1. 58. Mazarine corrige *te* en *me*.

Scène XXI

LE MARQUIS, LA COMTESSE

LE MARQUIS, *à part, sans voir la Comtesse.* Voici cette lettre que je viens de faire pour le notaire, mais je ne sais pas si elle partira : je ne suis pas d'accord avec moi-même. *(À la Comtesse.)* On dit que vous souhaitez me parler, Comtesse ?

LA COMTESSE. Oui, c'est en faveur de Lépine. Il n'a voulu que vous rendre service ; il craint que vous ne le congédiiez, et vous m'obligerez de le garder ; c'est une grâce que vous ne me refuserez pas, puisque vous dites que vous m'aimez.

LE MARQUIS. Vraiment oui, je vous aime, et ne vous aimerai encore que trop longtemps.

LA COMTESSE. Je ne vous en empêche pas.

LE MARQUIS. Parbleu ! je vous en défierais, puisque je ne saurais m'en empêcher moi-même.

LA COMTESSE, *riant.* Ah ! ah ! ah ! Ce ton brusque me fait rire.

LE MARQUIS. Oh ! oui, la chose est fort plaisante !

LA COMTESSE. Plus que vous ne pensez.

LE MARQUIS. Ma foi, je pense que je voudrais ne vous avoir jamais vue.

LA COMTESSE. Votre inclination s'explique avec des grâces infinies.

LE MARQUIS. Bon ! des grâces ! À quoi me serviraient-elles ? N'a-t-il pas plu à votre cœur de me trouver haïssable ?

LA COMTESSE. Que vous êtes impatientant avec votre haine ! Eh[1] ! quelles preuves avez-vous de la mienne ? Vous n'en avez que de ma patience à écouter la bizarrerie des discours que vous me tenez toujours. Vous ai-je jamais dit un mot de ce que vous m'avez fait dire, ni que vous me fâchiez, ni que je vous hais, ni que je vous raille ? Toutes visions que vous prenez, je ne sais comment, dans votre tête, et que vous vous figurez venir de moi ; visions que vous grossissez, que vous multipliez à chaque fois que vous me répondez ou que vous croyez me répondre : car vous êtes d'une maladresse ! Ce n'est non plus à moi que vous répondez, qu'à qui ne vous parla jamais ; et cependant Monsieur se plaint !

LE MARQUIS. C'est que Monsieur est un extravagant.

LA COMTESSE. C'est du moins le plus insupportable homme que je

---

1. 58. Mazarine corrige *Eh !* en *Et*.

connaisse. Oui, vous pouvez être persuadé qu'il n'y a rien de si original que vos conversations avec moi ; de si incroyable !

Le Marquis. Comme votre aversion m'accommode !

La Comtesse. Vous allez voir. Tenez ; vous dites que vous m'aimez, n'est-ce pas ? Et je vous crois. Mais voyons : que souhaiteriez-vous que je vous répondisse ?

Le Marquis. Ce que je souhaiterais ? Voilà qui est bien difficile à deviner. Parbleu, vous le savez de reste.

La Comtesse. Eh bien ! ne l'ai-je pas dit ? Est-ce là me répondre ? Allez, Monsieur, je ne vous aimerai jamais ; non jamais.

Le Marquis. Tant pis, Madame, tant pis : je vous prie de trouver bon que j'en sois fâché.

La Comtesse. Apprenez donc, lorsqu'on dit aux gens qu'on les aime, qu'il faut, du moins, leur demander ce qu'ils en pensent.

Le Marquis. Quelle chicane vous me faites !

La Comtesse. Je n'y saurais tenir, adieu. *(Elle veut s'en aller.)*

Le Marquis, *la retenant.* Eh bien ! Madame, je vous aime ; qu'en pensez-vous ? et, encore une fois, qu'en pensez-vous ?

La Comtesse. Ah ! ce que je pense ? Que je le veux bien, Monsieur ; et encore une fois, que je le veux bien ; car, si je ne m'y prenais pas de cette façon, nous ne finirions jamais.

Le Marquis. Ah ! vous le voulez bien ? Ah ! je respire ! Comtesse, donnez-moi votre main, que je la baise.

Scène XXII et dernière

LA COMTESSE, LE MARQUIS, HORTENSE, LE CHEVALIER

Hortense. Votre billet est-il prêt, Marquis ? Mais vous baisez la main de la Comtesse, ce me semble ?

Le Marquis. Oui ; c'est pour la remercier du peu de regret que j'ai aux deux cent mille francs que je vous donne.

Hortense. Et moi, sans compliment, je vous remercie de vouloir bien les perdre.

Le Chevalier. Nous voilà donc contents. Que je vous embrasse, Marquis. *(Et à la Comtesse.)* Comtesse, voilà le dénouement que nous attendions.

La Comtesse, *en s'en allant.* Eh bien, vous n'attendrez plus.

II

Variantes du *Préjugé vaincu*

Variante de la scène xii

Le Marquis. *Je vous cherchais, Dorante.*

Dorante. *Vous me cherchiez, Monsieur ? Auriez-vous quelque chose de favorable à m'apprendre ?*

Le Marquis. *Non, Dorante. J'entends bien que vous parlez d'Angélique, mais n'y pensez plus. Vous savez son engagement, et il n'est plus question d'elle.*

Dorante. *J'ai du moins un service à lui rendre, c'est de vous...* (un mot illisible sous le cachet de cire, par exemple *quitter*) *ma présence ici ne peut que lui être à charge.*

Le Marquis. *Je réponds du contraire, ma fille est trop raisonnable, et je viens vous sommer de la parole que vous m'avez donnée tantôt.*

Dorante. *Je la tiendrai, Monsieur, de quoi s'agit-il ?*

Le Marquis. *Je vous l'ai déjà dit, c'est une simple complaisance qui ne vous engage à rien.*

Dorante. *Vous savez les droits que vous avez sur moi.*

Le Marquis. *Écoutez-moi donc. Il n'y a que huit jours que vous connaissez ma fille, et l'inclination que vous avez prise pour elle n'a pas eu le temps de devenir bien forte. Il faut d'ailleurs y renoncer puisque vous n'avez point trouvé de retour.*

Dorante. *N'importe, je ne perdrai de longtemps mon amour.*

Le Marquis. *Cela se peut bien. Quoi qu'il en soit, vous ne savez pas que j'ai encore une autre fille.*

Dorante. *Eh bien, Monsieur ?*

Le Marquis. *Une cadette qui vaut bien son aînée au sentiment de tout le monde, peut-être plus belle, sûrement aussi *aimable qu'elle, et d'un caractère dont je ferais volontiers l'éloge.*

DORANTE. *Après, Monsieur ?*

LE MARQUIS. *Ce qui me reste à dire ne vous paraîtra pas sensé ; mais fût-ce une folie, pardonnez-la à mon amitié ; il n'y a qu'elle qui me l'inspire.*

DORANTE. *Je vous rends mille grâces, achevez.*

LE MARQUIS. *L'espérance de vous voir devenir mon gendre vient de m'échapper ; mais je la regrette tant que je ne saurais y renoncer qu'après l'inutilité d'une tentative que je veux faire.*

DORANTE. *Quelle est-elle ?*

LE MARQUIS. *Cette cadette* [ces deux mots, biffés, avaient été surchargés : *il s'agit de,* qui ont été biffés à leur tour] *il faut que vous la voyiez Dorante ; tout ce que je vous demande c'est de la voir, je n'en exige pas davantage. Et voilà la complaisance à laquelle vous vous êtes engagé ; vous ne pouvez pas vous en dédire.*

DORANTE. *Mais qu'en arrivera-t-il ?*

LE MARQUIS. *Rien, sans doute, mais ma *vision est qu'elle pourrait achever de vous consoler d'Angélique.*

DORANTE. *Dispensez-moi de cette démarche.*

LE MARQUIS. *Non, j'ai votre parole, et nous irons la voir demain.*

VARIANTE DE LA SCÈNE XIII

Angélique continuait :

« [... *et mon parti est pris*] ; *rien ne me coûtera jamais pour vous satisfaire. Ainsi, Dorante, oublions le passé. Il n'est pas question de me brouiller avec mon père ; vous avez demandé ma main, et je vous la donne.*

DORANTE. *Ah ! Madame, à quoi m'exposez-vous ? à quoi vous exposez-vous vous-même ? et comment avez-vous pu croire que je résisterais à l'offre que vous me faites ? j'y résisterai pourtant ; l'excès de mon amour même m'en donnera la force. Non, vous n'aurez point à vous vaincre...* [quelques lettres illisibles, par exemple : *jusque-là*). *Comment, Madame, je profiterais contre vous de votre tendresse pour son père et j'aurais l'indignité de vous arracher au Baron que vous aimez ? Vous me baissez et je vous épouserais, moi qui donnerais ma vie pour ajouter le moindre bonheur à la vôtre ?*

ANGÉLIQUE. *Je ne vous croyais pas si *admirable.*

LE MARQUIS. *Et moi je reconnais bien Dorante à ces sentiments-là ; je ne doutais pas de sa réponse, et j'ai bien prévu que vous ne risquiez rien, ma fille.*

ANGÉLIQUE. *Vous voyez ce que je faisais pour vous, mon père.*

LE MARQUIS. *Votre tendresse pour moi ne m'étonne point non plus, Angélique.*

ANGÉLIQUE. *Je ne vous en donnerai jamais une plus grande preuve.*

LE MARQUIS. *Oui, mais ce n'était pas là consulter la mienne. Laissons cela. Vous êtes destinée au Baron, et voilà qui est fini.* »

La scène était assez curieuse, mais elle a dû paraître peu vraisemblable.

III

Jugements
sur le théâtre de Marivaux

On ne donne ici que les jugements d'ensemble, les jugements particuliers ayant été donnés à l'occasion de chaque pièce.

A

VOLTAIRE
(vers 1735)

« La Renommée a toujours deux trompettes :
L'une, à sa bouche appliquée à propos,
Va célébrant les exploits des héros ;
L'autre est au c.., puisqu'il faut vous le dire ;
C'est celle-là qui sert à nous instruire
De ce fatras de volumes nouveaux,
Vers de Danchet, prose de Marivaux,
Nouveau Cyrus, Voyage de Séthos [1],
Tous fort loués, et qu'on ne saurait lire,
Qui l'un par l'autre éclipsés tour à tour,
Faits en un mois, périssent en un jour,
Ensevelis dans le fond des collèges,
Rongés des vers, eux et leurs privilèges. »

(*La Pucelle*, éd. de 1756, chant VI,
vers 330-342.)

---

1. Respectivement de Ramsay et de l'abbé Terrasson.

(1736)

À l'égard de M. de Marivaux, je serais très fâché de compter parmi mes ennemis un homme de son caractère et dont j'estime l'esprit et la probité. Il y a surtout dans ses ouvrages un caractère de philosophie, d'humanité et d'indépendance dans lequel j'ai trouvé, avec plaisir, mes propres sentiments. Il est vrai que je lui souhaite quelquefois un style moins recherché et des sujets plus nobles. Mais je suis bien loin de l'avoir voulu désigner en parlant des comédies métaphysiques[1]. Je n'entends par ce terme que ces comédies où l'on introduit des personnages qui ne sont point dans la nature, des personnages allégoriques propres tout au plus pour le poème épique[2], mais très déplacés sur la scène, où tout doit être peint d'après la nature. Ce n'est pas, ce me semble, le défaut de M. de Marivaux. Je lui reprocherai au contraire de trop détailler les passions et de manquer quelquefois le chemin du cœur, en prenant des routes un peu trop détournées. J'aime d'autant plus son esprit que je le prierais de le moins prodiguer. Il ne faut point qu'un personnage de comédie songe à être spirituel, il faut qu'il soit plaisant malgré lui et sans croire l'être. C'est la différence qui doit être entre la comédie et le simple dialogue. Voilà mon avis, mon cher Monsieur, je le soumets au vôtre.

(Lettre à Berger, Cirey, vers le 2 février 1736.)

Je tâcherai du moins[3] de m'éloigner autant des pensées de Mme de Lambert, que le style vrai et ferme de Mme du Châtelet s'éloigne de ces riens entortillés dans des phrases précieuses, et de ces billevesées énigmatiques :

---

1. L'expression figure dans *Le Temple du Goût* (1733) où « un écrivain qui venait de composer une comédie métaphysique » est laissé à la porte du temple. Bien entendu, et malgré ses dénégations, Voltaire n'a jamais songé à désigner par cet adjectif personne d'autre que Marivaux. On a déjà vu qu'il appliquait le terme aux *Serments indiscrets* (p. 1061, note 2). Le 10 avril 1733 encore, dans une lettre à Moncrif, Voltaire mentionnait « Marivaux le métaphysique » à côté de « Rousseau le cynique ».   **2.** Voltaire oublie-t-il *Le Triomphe de Plutus* ou *La Réunion des Amours* ?   **3.** Dans l'épître dédicatoire à Mme du Châtelet qu'il projette, en vue de la publication d'*Alzire*.

Que cette dame de Lambert
Imitait du chevalier Dher[1],
Et dont leur laquais Marivaux
Farcit ses ouvrages nouveaux.
Que ceci soit entre nous dit,
Car je veux respecter l'esprit.

(Lettre à Thiériot, Cirey, 1er mars 1736.)

B

D'ARGENS

(1738)

Un jeune homme écrit des comédies et des histoires galantes d'une manière touchante ; mais son style est guindé. Il a conservé dans ses écrits un certain air précieux qui tient peu du naturel. On dirait volontiers quelquefois en lisant ses ouvrages, que l'auteur invente, et que le petit maître écrit.

(*Lettres juives,* 1738, lettre XIII, éd. 1764, tome I, p. 132.)

Quelques auteurs avaient inventé un nouveau genre de comédie, qui joignait une morale sensée aux plaisanteries d'Arlequin *(a)*. La scène italienne, entre les mains de ces nouveaux auteurs, aurait pu devenir une sœur cadette de la latine et de la française. Mais quelques misérables écrivains *(b)*, qui ont succédé à ces premiers, l'ont replongée dans son premier état.

(*Ibid.*, lettre XLI, tome II, p. 109.)

Notes du texte :

(a) C'est ce qu'on verra avec plaisir dans les pièces intitulées : *la Double Inconstance, la Surprise de l'amour*, etc., par Marivaux ; *Timon le Misanthrope, Arlequin sauvage*, etc., par de Lille, mort à Paris depuis quelques années, et non pas le médecin de La Haye, comme on l'a très mal à propos avancé.

(b) Romagnesi, Lélio fils, et autres.

---

1. Le chevalier d'Hérondas, héros fictif des *Lettres du chevalier d'Hérondas*, de Fontenelle.

Si ce goût bizarre continue à jeter de profondes racines, quel pitoyable langage les Français ne transmettront-ils point à leurs neveux ? et quels auteurs ne leur donneront-ils point pour des modèles de perfection ? Au lieu de Racine, ils n'auront qu'un Mouhy ; à la place de Corneille, ils ne liront qu'un Marivaux. Si cela est, que je plains leur sort, et que je déplore celui des belles-lettres ! Je t'ai déjà fait un léger portrait de ce Marivaux, mon cher Isaac. C'est un des chefs des novateurs. Il ne manque pas d'esprit, et paraît même penser ; mais ses bonnes qualités sont absolument éteintes par la manière dont il s'exprime. Il ne saurait se résoudre à dire simplement les choses les plus simples. En effet, si dans un de ses ouvrages, une personne *souhaite le bonjour* à une autre, elle emploiera quelque phrase recherchée, et affectera de mettre de l'esprit et du plus fin dans ce compliment ordinaire. [Suit une critique du portrait de Mme de Ferval ; voyez l'édition du Paysan parvenu, Classiques Garnier, pp. XXXVI-XXXVIII.]

(*Ibid.*, lettre CLXXIV, tome VI, p. 283.)

« Je t'écrivis dans ma dernière lettre, mon cher Isaac, combien ce qu'on appelle *le goût* [1] influait en France sur les sciences.

Il a le même pouvoir sur les beaux-arts ; et la peinture court autant de risques que les belles-lettres. En effet, les tableaux du *Poussin*, de *Le Brun* et de *Le Sueur* sont médiocrement recherchés aujourd'hui ; et les peintres qui travaillent dans le caractère de ces grands hommes, et qui tâchent de donner à leurs ouvrages la noblesse et l'harmonie qui font l'âme du dessin, sont beaucoup moins suivis que ceux qui peignent des tableaux qu'on n'eût osé mettre autrefois dans une antichambre. *Vateau (sic)* a été le Marivaux et *Lancret* le La Motte de la peinture. »

(*Ibid.*, lettre CXCVII, tome VII, pp. 234-235.)

(Isaac Onis, écrivant à un ami, s'accuse de trop accorder à l'amour conjugal, qui le détourne de l'étude. Il ajoute, après avoir cité les vers de Racine :)

---

1. L'auteur entend par là l'amour de la bagatelle et le mauvais goût. Voir l'extrait précédent.

> Et je verrais mon âme, en secret déchirée
> Revoler vers le bien dont elle est séparée.
>
> (*Mithridate*, acte II, sc. vi.)

« J'aimerais mieux avoir fait ces deux vers, que toutes les pièces du théâtre de Marivaux. »

> (*Lettres cabalistiques et curieuses*,
> troisième édition, 1741, lettre CXCVII, tome V, p. 89.)

(1743)

« De tous les auteurs qui ont écrit pour le Théâtre-Italien, je n'en trouve point qui soit aussi estimable que M. de Marivaux. Ses pièces sont bien conduites et pleines d'une certaine métaphysique aimable et gracieuse. Ses caractères sont toujours vrais, et puisés dans la nature. Sa morale est assaisonnée de tout l'esprit possible ; mais il y a dans ses pièces, d'ailleurs très jolies et très amusantes, un défaut, c'est qu'elles pourraient presque toutes être appelées *La Surprise de l'amour*. M. de Marivaux a fait une pièce de théâtre appelée *La Surprise de l'amour* ; ce sont deux personnes qui viennent à s'aimer, tout à coup. La même chose arrive dans *La Double Inconstance*, dans *Le Portrait*[1], etc. Il serait à souhaiter que le style de ses comédies, d'ailleurs très bien écrites, fût un peu plus naturel : on a reproché à M. de Marivaux d'écrire d'une manière un peu guindée. Quand on a autant d'esprit qu'il en a, on devrait négliger de chercher à en faire trop paraître. »

> (*Réflexions historiques et critiques sur le goût
> et sur les ouvrages des principaux auteurs anciens et modernes*,
> à Amsterdam, chez François Changuion, 1743, pp. 322-323.)

C

L'AFFICHARD
(1745)

« Marivaux est le génie le plus singulier qui soit en France : l'Académie Française n'a jamais mieux fait que de l'asseoir sur ses bancs,

---

1. En fait, on sait que *Le Portrait* est de Beauchamps.

puisque là, tranquille, honoré, recevant des jetons, on dort dans les bras de l'indolence. Ses comédies n'en sont point, ce sont des romans qui tantôt font rire, tantôt font pleurer. Son style est unique, ou plutôt son style n'en est pas un : pour écrire comme il écrit, il faut être lui-même : il écrit comme peint Chardin ; c'est un genre, un goût que l'on admire, et que personne ne peut atteindre : leurs copistes ne peuvent faire que des monstres. »

(*Caprices romanesques*, Amsterdam,
F. L'Honoré, 1745, p. 63.)

D

LA MORLIÈRE
(1746)

« Angola vit avec plaisir les ouvrages d'un autre auteur, homme de beaucoup d'esprit ; on lui reprochait même d'en mettre, pour ainsi dire, trop dans ses ouvrages, ou du moins de faire parler à l'esprit une langue inconnue. Son style qui, au premier coup d'œil, se parait d'une grande naïveté, paraissait, après la réflexion, d'une affectation outrée ; il avait trouvé le moyen singulier de se rendre *guindé* et obscur avec les termes les plus clairs et les plus communs, d'ailleurs affectant de représenter, pour être neuf, des imaginations basses et triviales, qui ne pouvaient intéresser que médiocrement ; au reste, il avait des talents supérieurs, et le Théâtre lui avait de grandes obligations. »

(*Angola, Histoire indienne*, Nouvelle édition,
revue et corrigée, À Agra, avec privilège
du Grand Mogol, 1751, tome II, pp. 69-70 ;
première édition, avec le même texte, 1746.)

E

CHEVRIER
(1753)

Le plus bel éloge de Marivaux publié de son vivant a une histoire assez curieuse. On le trouve dans la préface du *Quart d'heure d'une jolie femme, ou les Amusemens de la Toilette* (1753), ouvrage anonyme attribué à Chevrier. L'auteur répond à des vers qu'il croit être de J.-B. Rousseau[1] et dans lesquels Piron, Gresset, et à la rigueur Destouches, sont jugés les seuls auteurs comiques français dignes d'être cités. En réalité, ces vers, quoique décasyllabiques, comme ceux de Rousseau, et exprimant des idées très analogues à celles que contient l'épître III du livre II, *à Thalie*, de J.-B. Rousseau[2], ne peuvent être de lui, puisqu'il est mort en 1741 et que, si *La Métromanie* est de 1738, *Le Méchant* n'a été représenté qu'en 1747. Du reste, ils ne figurent pas dans les éditions autorisées de ses œuvres. Quoi qu'il en soit, à propos du vers

---

1. Il l'appelle tantôt « M. R... » et tantôt « le Satirique ». Ce qui complique les choses, c'est que Chevrier a employé la même formule « M. R... » au début de sa préface pour désigner J.-J. Rousseau. Il écrit en effet : « Puisqu'il est permis de mettre à la tête d'une comédie une préface sur les Sciences et les Arts, je crois que je puis, sans paraître ridicule, faire précéder ce roman d'une *Dissertation sur la Comédie*. » Une note précise, à propos du mot *comédie* : « L'Amant de lui-même par Monsieur R..., qui dissertant encore sur sa vieille querelle, aura bientôt tort pour avoir eu raison plus longtemps. » (P. VII.)
2. En voici quelques vers significatifs : Rousseau, après avoir fait l'éloge de la Muse de Molière, évoque ceux qui pourraient lui faire insulte : d'abord « un fantôme stérile, De l'Italie engeance puérile » (?), puis, plus dangereux, « ce funeste guide, Cet Enchanteur de nouveautés avide, Qui, ne pensant qu'à vous assassiner, Du droit chemin cherche à vous détourner » :

« C'est lui qui masque et déguise en phébus
Vos traits naïfs et vos vrais attributs.
C'est lui chez qui votre joie ingénue
Languit captive et presque méconnue
Dans ces atours languissants et fleuris,
Qui semblent faits pour les seuls beaux esprits,
Et dont tout l'art, qu'en bâillant on admire,
Arrache à peine un froid et vain sourire ;
Enfin c'est lui qui de vent vous nourrit,
Et qui toujours courant après l'esprit,
De Malebranche élève fanatique,
Met en crédit ce jargon dogmatique,
Ces arguments, ces doctes rituels,
Ces entretiens fins et spirituels,
Ces sentiments que la muse tragique,
Non sans raison, réclame et revendique,
Et dans lesquels un acteur [*sic*, lire *auteur*] charlatan
Du cœur humain nous écrit le roman.
Hé ! ventrebleu, pédagogue infidèle,
Décris-nous-en l'histoire naturelle,
Dirait celui par qui l'homme au sonnet
Est renvoyé tout plat au cabinet :
Expose-nous ses délires frivoles
En actions, et non pas en paroles ;

« Jargon mystique, enfantines féeries »,

Chevrier, avant de défendre Saint-Foix, visé dans le second hémistiche, entreprend une apologie de Marivaux :

« Peut-on être aussi injuste, pour ne rien dire de plus ? Depuis longtemps on a fait à M. de Marivaux le reproche maladroit de mettre trop d'esprit dans ses comédies ; dans le cours des succès mérités du Spectateur Français, il daigna se justifier sur ses *(sic, lire ces)* reproches. Ceux qui connaissent le cœur humain se rangèrent de son parti. Les petits esprits, toujours entêtés, ne voulurent point se détacher de leur première idée, mais tout le monde le lut et lui applaudit. Ces suffrages que chaque jour voit renouveler sur nos deux théâtres prouvent que reprocher à cet auteur d'avoir trop d'esprit, c'est en manquer, ou abuser de celui qu'on a. J'ai toujours regardé M. de Marivaux comme le *Racine* du théâtre comique ; habile à saisir les sensations imperceptibles de l'âme, heureux à les développer. Personne n'a mieux connu la métaphysique du cœur, ni mieux peint l'humanité.

« Sentiments nobles, jalousie élevée, amour-propre raffiné, plaisanterie du bon ton, gaieté subalterne, tout se trouve réuni dans les pièces de cet auteur qui ne sont un *jargon mystique* que pour ceux qui fuient les charmes du style, et qui ignorent le ton du théâtre [1]. »

Et ne viens plus m'embrouiller le cerveau
De ton sublime aussi triste que beau. »
(*Œuvres* de Rousseau, nouvelle édition, Londres, 1753, 5 vol. pet. in-12, tome II, pp. 97-98 ; même texte dans les éditions de Bruxelles, 3 vol. in-4°, 1743, et Bruxelles, se vend chez Didot, 4 vol. in-12, 1753.)
Plus loin, Rousseau dit encore : « Loin tout rimeur enflé de beaux passages, / Qui sur lui seul moulant ses personnages, / Veut qu'ils aient tous autant d'esprit que lui, / Et ne nous peint que soi-même en autrui. » (P. 99.) Il est douteux que cet ensemble de traits s'applique à un autre que Marivaux. Le malebranchisme, l'esprit, le « roman » du cœur humain lui conviennent particulièrement.
1. *Le Quart d'heure d'une jolie femme, ou les Amusemens de la Toilette, ouvrage presque moral, dédié À Messieurs les habitants des Coins du Roi et de la Reine. Et précédé d'une préface sur la comédie.* Par Mademoiselle***. Nouvelle édition, À Genève, Chez Antoine Philibert..., 1754. La première édition est de 1753. Il en est rendu compte dans le *Mercure* de juin 1753, pp. 102-106, qui cite tout le passage concernant Marivaux.

F

LESSING
(1754)

« Cette édition des *Œuvres théâtrales* de M. de M. [1] a été annoncée il y a quelques années déjà. Elle n'est à vrai dire qu'une réimpression, très nette et correcte, de l'édition parisienne, qui est en sept volumes et coûte plus du double. Marivaux tient un très haut rang parmi les beaux esprits de la France d'aujourd'hui. Peu de gens pourraient prétendre l'emporter sur lui quant à l'esprit et à la fécondité ; romans, comédies, études de mœurs sont sortis en foule de sa plume et ont tous été accueillis de la plus brillante façon. On loue en lui surtout sa connaissance du cœur humain et l'art de ses peintures critiques ; on le nomme un second La Bruyère — cet auteur qui jadis arracha le masque de tant de personnages, confondant leur vanité. On ne vante pas moins chez lui le style fleuri, plein de métaphores hardies et de tournures imprévues. Toutefois, pour ce qui est de ce même style, on lui fait reproche de sa trop grande hardiesse et du désir excessif qu'il montre de faire partout miroiter son esprit. On y ajoute un autre blâme, qui est de beaucoup plus de poids pour les sévères amis de la vertu. Il dépeint le vice, affirme-t-on, et en particulier la luxure, avec des couleurs si vives et si délicates qu'ils font sur le lecteur une impression tout autre que celle qu'un auteur vertueux est en droit de rechercher ; ses descriptions, dit-on, séduisent parce qu'elles sont par trop naturelles. On pourra facilement se convaincre de toutes ces choses en lisant ses comédies, dont nous nous contenterons de citer les titres puisque aussi bien elles sont connues presque toutes chez nous en traduction. »

(1767)

« Marivaux a travaillé près d'un demi-siècle pour les théâtres de Paris : sa première pièce est de l'an 1712, et il est mort en 1763, à

---

1. Cet article de Lessing parut dans la *Berliner privilegierte Zeitung*, 1754, à l'occasion de la publication du *Théâtre de Marivaux*, chez Arkstée et Merkus, Amsterdam et Leipzig, en 4 vol. petit in-12. La traduction est de J. Lacant, qui a eu l'obligeance de nous le signaler. Le texte allemand figure dans les *Œuvres choisies de Lessing*, Bibliographisches Institut, Leipzig, 1952, tome I, p. 197.

l'âge de soixante-douze ans. Le nombre de ses comédies s'élève à une trentaine environ : Arlequin joue un rôle dans plus des deux tiers de ces pièces, parce que l'auteur les destinait à la scène italienne. *Les Fausses Confidences* appartiennent à cette catégorie ; jouées pour la première fois en 1763, sans grand succès, elles furent reprises deux ans plus tard avec un succès d'autant plus grand.

« Les pièces de Marivaux, malgré la diversité des caractères et des intrigues, ont entre elles un grand air de ressemblance. On y trouve toujours le même esprit chatoyant et trop souvent recherché, la même analyse métaphysique des passions, le même langage fleuri et rempli de néologismes. Ses plans ne présentent qu'une étendue fort restreinte ; mais, en habile chorégraphe, il sait parcourir le cercle étroit qu'il s'est tracé à pas si petits et cependant si nettement gradués, qu'à la fin nous croyons avoir fait avec lui autant de chemin qu'avec un autre [1]. »

G

PALISSOT
(1755)

« Je ne veux point, à l'exemple de certains déclamateurs, exagérer notre indigence. Quiconque méconnaîtra les différentes beautés du *Glorieux*, des *Dehors trompeurs*, de *La Métromanie*, de *La Surprise de l'amour*, du *Méchant*, de *L'Oracle* et de tant d'autres pièces dont leurs auteurs ont enrichi notre théâtre, n'est pas digne d'admirer Molière : mais, avec tous ces avantages, il faut convenir que le genre paraît menacé d'une décadence prochaine. »

(Discours à la comtesse de La Marck,
en tête des *Tuteurs*, Duchesne, 1755.)

(1764)

« Pierre Carlet de Chamblain de Marivaux naquit à Paris, en 1688, d'un père qui avait été directeur de la Monnaie à Riom, en Auvergne,

---

1. *Dramaturgie de Hambourg*, vingt et unième soirée (20 mai 1767), à propos d'une représentation des *Fausses Confidences*, dont il n'est presque rien dit (trad. Suckau, revue par Crouslé, Paris, Didier, 1869, pp. 88-89).

et qui était d'une famille ancienne dans le Parlement de Normandie. Ses ouvrages le firent connaître de bonne heure. Ils respirent presque tous l'enjouement et la finesse et supposent assez généralement une imagination vive et un caractère d'esprit singulier. Parmi les romans de sa composition, *La Vie de Marianne* et *Le Paysan parvenu* occupent le premier rang ; mais, par une inconstance qui lui était particulière, il quitta l'un pour commencer l'autre, et n'acheva aucun des deux. Nous avons de lui sept volumes de pièces de théâtre, qui ne sont pas toutes du même mérite, celles dont la lecture paraît le plus justifier le succès sont *La Surprise de l'amour, Le Legs* et *Le Préjugé vaincu,* au Théâtre-Français ; ainsi qu'au Théâtre-Italien, l'autre *Surprise de l'amour, La Double Inconstance* et *L'Épreuve.*

« C'est peut-être ici le lieu d'examiner pourquoi un auteur si ingénieux a souvent péché contre le goût et quelquefois même contre la langue. J'en trouve plusieurs causes qu'il est à propos de faire observer au lecteur.

« M. de Marivaux, à ce qu'on peut juger, n'avait point fait de bonnes études ; on pourrait même soupçonner qu'il n'en avait fait aucunes. On ne peut nier d'ailleurs qu'il ne fût né avec beaucoup d'esprit ; ce qui, à la vérité, ne suppose pas toujours un goût infaillible. L'ignorance où il était des bonnes sources, et le malheur qu'il eut de fréquenter très jeune les partisans d'une opinion très opposée à la saine littérature, lui firent nécessairement commettre beaucoup de fautes. Nous mettons au rang de ses principales erreurs l'imprudence qu'il eut de se joindre au parti de M. de la Mothe, dans la querelle des Anciens et des Modernes. Son aveuglement pour la nouvelle secte l'entraîna même à composer un *Homère travesti* : ouvrage répréhensible à tous égards, et qui ne paraît avoir échappé à la juste censure des gens de goût que par l'espèce d'oubli où il est tombé dès sa naissance. En effet, je doute qu'on puisse citer un exemple d'une entreprise plus bizarre que celle de travestir les œuvres d'Homère, dans l'espérance de les faire tomber. Scarron du moins ne s'égaya sur Virgile que dans le seul but de s'amuser et de faire diversion aux douleurs de la goutte. On doit même remarquer que ce poète burlesque entendait parfaitement son auteur ; et il résulte de la lecture de sa traduction bouffonne qu'il connaissait infiniment mieux les beautés de Virgile que la plupart de ceux qui l'ont traduit sérieusement. Quelque mince que puisse paraître ce mérite, il est certain que, de ce côté-là, notre académicien n'eut jamais rien de commun avec l'auteur enjoué du *Roman comique*. Les partisans de M. de Marivaux conviendront aussi qu'il serait fort à désirer pour sa gloire qu'on ne l'eût jamais soupçonné d'une autre parodie également blâmable, intitulée *Le Télémaque travesti* : production honteuse, que tout le monde lui attribua, malgré les efforts qu'il fit dans la suite pour la désavouer.

Le hasard préside souvent au choix de nos premières connaissances. Cette seconde éducation que nous recevons à l'entrée de notre carrière, dans les maisons où nous sommes admis, influe presque toujours sur notre façon de penser à venir. Un œil pénétrant apercevrait infailliblement, dans les écrits d'un auteur, l'esprit des sociétés par lesquelles il a débuté dans le monde : celle de M. de la Mothe était sans doute très dangereuse pour M. de Marivaux. On y pensait communément que l'esprit suppléait à tout. C'est avec de l'esprit que M. de la Mothe avait cru pouvoir remplacer les grâces de Quinault, la naïveté de La Fontaine et le sublime d'Homère. Ses partisans avaient introduit la coutume de jeter du ridicule sur l'érudition ; ce qui les consolait du malheur d'en manquer. L'illusion dans laquelle cette secte de beaux-esprits entraîna M. de Marivaux paraîtra peut-être excusable, si l'on considère quelle était alors la réputation brillante de M. de la Mothe, apprécié aujourd'hui à sa juste valeur, et séparé par une barrière éternelle des écrivains de génie.

De cet abus d'esprit, dénué des lumières du goût, naquirent chez M. de Marivaux ces images incohérentes, cet amour des pointes, ces grâces minaudières, ce style alambiqué qu'on a caractérisés dans ces deux vers :

> Une métaphysique où le jargon domine,
> Souvent imperceptible, à force d'être fine [1].

Aussi la plupart des pièces de cet auteur ne réussirent d'abord que difficilement. Le gros public n'entendait point un langage qui venait de se reproduire dans quelques sociétés, et qui eût exigé, pour ainsi dire, un nouveau dictionnaire. Les connaisseurs délicats savaient à la vérité que ces façons de s'exprimer, qui semblaient alors nouvelles, n'étaient qu'un reste du jargon proscrit dans *Les Précieuses* de Molière. En effet, les deux filles de Gorgibus n'auraient

---

1. Vers des *Tuteurs*, de Palissot (1755). Voir plus bas, p. 2064.

peut-être pas défini le sentiment d'une manière plus étrange que M. de Marivaux ne l'a fait dans ce passage tiré de Mariane : *Qu'est-ce que le sentiment ? c'est l'utile enjolivé de l'honnête ; malheureusement, dans ce siècle on n'enjolive plus.*

On ne se permettrait pas de citer une phrase si ridicule, si elle se trouvait isolée dans l'œuvre de M. de Marivaux : mais tous ceux à qui ses écrits sont familiers savent bien que c'était là sa manière d'écrire, et même de s'énoncer. C'est à cette affectation de style qu'il faut attribuer le jugement qu'en a porté M. de Voltaire, lorsqu'il fait annoncer, par une même trompette,

Vers de Danchet, Prose de Marivaux.

C'est ce jargon bizarre que M. de Crébillon fils avait si ingénieusement parodié, en faisant parler la Taupe de Tanzaï. On prétend que M. de Marivaux lui-même en fut la dupe, et qu'il applaudit de très bonne foi au verbiage de la Taupe, dont M. de Crébillon lui avait déguisé l'ironie.

Quoi qu'il en soit, le goût pour l'affectation subsista toujours dans M. de Marivaux. Il avait un faible pour les précieuses : il pardonnait difficilement à Molière de les avoir ridiculisées. C'est du moins ce que l'on peut conclure de son antipathie pour les ouvrages de ce grand homme ; antipathie qu'il avouait avec une sorte d'ingénuité.

Avec cette façon de penser, il eût été difficile à l'auteur le plus spirituel de percer la foule même des écrivains médiocres. Heureusement pour M. de Marivaux, il rencontra les talents les plus propres à faire réussir le genre qu'il avait intérêt d'établir. La célèbre Mlle Sylvia le déroba à la scène française, et l'attacha, pendant plusieurs années, au Théâtre-Italien. Personne n'entendait mieux que cette actrice l'art des grâces bourgeoises, et ne rendait mieux qu'elle le *tatillonnage*, les *mièvreries*, le *marivaudage* ; tous mots qui ne signifiaient rien avant M. de Marivaux, et auxquels son style seul a donné naissance.

Une observation, qui n'échappera pas aux gens de goût, et qui confirme l'idée qu'on vient de donner de cet auteur, c'est qu'il chercha, en quelque sorte toute sa vie, le genre auquel il devait s'appliquer : preuve sensible qu'il n'avait point reçu de la nature cette impulsion vive qui fixe l'homme de génie à un genre déterminé. Après s'être essayé dans plusieurs romans, sans les finir, il entreprit un ouvrage philosophique, sous le titre de *Spectateur* : ouvrage très inférieur au *Spectateur anglais*, dont il avait cru se rendre l'émule. Il voulut courir de même la carrière tragique. On a de lui *La Mort d'Annibal*, pièce faible, mais à laquelle du moins on ne peut reprocher un succès disproportionné à son mérite. Enfin, il se dévoua plus constamment à la scène comique, dont il osa parcourir tous les genres, caractères, intrigues, romans, sujets allégoriques, etc. Il tenta même le genre, alors nouveau, de M. de Saint-Foix : mais la Muse de ce dernier auteur était une Grâce, et celle de son copiste une Précieuse.

On remarque d'ailleurs, dans les pièces de M. de Marivaux, une monotonie qui suffirait seule pour justifier ce que nous avons dit ailleurs du cercle étroit de ses idées. Presque toutes ses pièces sont des surprises de l'amour. Il semble avoir épuisé cette situation favorite à laquelle il revient sans cesse, et qui est l'âme de la plupart des comédies qu'il a données aux deux théâtres.

Les comédiens français ont de lui une pièce manuscrite, sous le titre de *L'Amante frivole*, que leur considération pour l'auteur ne leur a pas permis de jouer. On ne peut cependant refuser à cet écrivain fécond une place distinguée dans un siècle appauvri[1]. Le 14 février 1743, il fut élu, d'une voix unanime, par l'Académie française, longtemps avant l'auteur de *La Henriade*. Il est mort à Paris dans la soixante-quinzième année de son âge. »

(*Nécrologe des hommes célèbres de la France*,
Maestricht, J.-E. Dufour, 1775.)

(1777)

« Marivaux (Pierre Carlet de Chamblain de) de l'Académie française, né à Paris en 1688, mort en 1763, auteur d'un grand nombre

---

1. Il se piquait, comme on l'a remarqué, d'avoir introduit une nouvelle route. Un homme de goût s'élève ainsi contre cette innovation, dans un discours sur la Comédie : « Un jargon, j'ose le dire, puéril, ne supposant ni étude ni connaissance du monde ; une froide métaphysique, entée sur des événements sans vraisemblance ; une morale vide d'action avaient pris la place de ce genre que Molière porta parmi nous à un si haut degré... La joie de la nature fut remplacée par je ne sais quel sourire de l'esprit, nécessairement froid et sérieux, parce qu'il est forcé ; et que tout ce qui n'est que fin touche de près à l'affectation... L'immortel Molière, ce peintre sublime, parce qu'il est toujours vrai, fut accusé de manquer de délicatesse. Des yeux accoutumés aux nuances faibles d'une métaphysique qui subdivise des idées à l'infini ne purent soutenir les couleurs, plus fortes de la nature ; et le génie fut jugé par le bel-esprit. »

de romans et de comédies. On avait parlé dans les premières éditions de *la Dunciade* du jargon de cet écrivain. En voici quelques exemples pris au hasard dans ses œuvres. "Laissez-moi rêver à cela, il me faut un peu de loisir pour m'ajuster avec mon cœur ; il me chicane, et je vais tâcher de l'accoutumer à la fatigue."

"La nature fait assez souvent de ces tricheries-là ; elle enterre je ne sais combien de belles âmes sous des visages communs ; on n'y connaît rien, et puis quand ces gens-là viennent à se manifester, vous voyez des vertus qui sortent de dessous terre."

"Le sentiment est l'utile enjolivé de l'honnête", etc. Ce jargon dans le temps s'appelait du *marivaudage*. Malgré cette affectation, M. de Marivaux avait infiniment d'esprit ; mais il s'est défiguré par un style entortillé et précieux, comme une jolie femme se défigure par des mines.

Le talent qu'il avait cependant pour la comédie, et pour saisir la vraie nature dans quelques-uns de ses romans, mérite une attention particulière. Aucun auteur n'a peint avec plus de vérité l'amour-propre des femmes. Cette passion prédomine en elles sur l'amour même ; et c'est ce que M. de Marivaux a parfaitement saisi dans leur caractère. On n'en trouve pas moins, dans la plupart de ses pièces, des scènes où ce qu'on appelle le sentiment est rendu avec la dernière délicatesse ; mais en général il y mettait trop de métaphysique, et c'est à ce défaut que nous avions fait allusion dans ces vers de la comédie des *Tuteurs* :

> Une métaphysique où le jargon domine,
> Souvent imperceptible, à force d'être fine.

On a observé que les fables des comédies de M. de Marivaux étaient plutôt des fables de romans que de comédies. En effet, pour que l'action de ces pièces pût se passer naturellement, il faudrait lui supposer une durée de plusieurs mois ; et pourtant l'auteur trouve moyen de resserrer cette action dans l'espace de vingt-quatre heures, avec une sorte de vraisemblance.

Il paraît bien singulier que dans *La Surprise de l'amour*, par exemple, des gens parviennent à s'aimer à la fureur dans le court intervalle d'une journée. Il est vrai qu'ils se connaissaient auparavant ; mais que dans *Les Fausses Confidences*, une jeune veuve très riche voie pour la première fois de sa vie un avocat sans biens, dont elle fait son intendant à midi, et qu'à six heures du soir elle en soit éprise au point de l'épouser malgré sa mère, avec laquelle elle se brouille pour ce mariage ; enfin que l'auteur ait la magie de faire trouver cet événement tout simple, ce ne peut être que l'effet d'un talent singulier que personne n'a porté plus loin que M. de Marivaux. Disons mieux. Cet art n'est qu'à lui. Lui seul a eu le secret de ces gradations de sentiments, de ces scènes heureusement filées, qui lui tenaient lieu d'incidents pour soutenir son action. Ce n'était point là sans doute le vrai genre de la comédie ; mais c'était un genre personnel à l'auteur, un genre qui a su plaire, et qui d'ailleurs ne sera pas contagieux, parce que M. de Marivaux avait un tour d'esprit original qui ne sera peut-être donné à personne,

C'est à la finesse extrême de ses observations, à la profonde connaissance qu'il avait du cœur des femmes, à l'analyse exacte qu'il avait su faire de leurs mouvements les plus cachés, qu'il a été redevable de ses succès. En un mot, la vérité qui ne meurt jamais, comme nous l'avons déjà dit, fera vivre, malgré tous leurs défauts, la plupart de ses romans et de ses comédies, et M. de Marivaux sera toujours cité parmi les peintres de la nature ; mais il ne faut pas même songer à imiter sa manière. »

(*Œuvres de M. Palissot*, Clément Ponteux,
Liège, 1777, tome IV, pp. 204-207.)

H

ABBÉ DE LA PORTE
(1759)

« Nouvelle édition du *Théâtre de M. de Marivaux*[1].

Que ce soit véritablement ici, comme on nous l'annonce une édition nouvelle des *Œuvres de Théâtre de M. de Marivaux, de l'Académie française, chez Duchesne, rue S. Jacques* ; ou que, par une supercherie assez usitée parmi les auteurs ou les libraires, on n'ait fait que mettre un frontispice nouveau aux exemplaires qui restaient des éditions précédentes, c'est, Monsieur, ce qu'il serait inutile et même puéril de vouloir trop examiner. Que cette annonce soit vraie ou fausse, elle me donne lieu de vous entretenir de M. de *Marivaux*,

---

1. Article publié dans *L'Observateur littéraire*, 1759, tome I, pp. 73-74 et 91-95, à l'occasion de la publication des *Œuvres de Théâtre de M. de Marivaux*, Duchesne, 1758.

et de son théâtre, dont je ne crois pas qu'aucun journaliste ait fait mention. Je saisis avec empressement cette occasion de vous parler de cet aimable et ingénieux académicien, qui, par un rare et heureux assemblage, joint les qualités sociales aux talents littéraires, la bonté du cœur à la finesse de l'esprit. C'est pendant la vie même, qu'en rendant justice à son mérite, j'ose reprendre les défauts de ses ouvrages, avec tous les égards dus à sa personne. Mais quand j'aurais envie de flétrir sa réputation en décriant ses écrits, je n'attendrais pas lâchement le moment de sa mort, pour les déchirer plus impunément (...) [1].

....

« Après avoir parcouru les trente pièces qui forment les sept volumes in-12 de ce théâtre, il me reste, Monsieur, à vous peindre le génie de l'auteur dans le genre dramatique. M. de *Marivaux*, voyant que ses prédécesseurs avaient épuisé tous les sujets des comédies de caractère, s'est livré à la composition des pièces d'intrigue ; et dans ce genre, qui peut être varié à l'infini, ne voulant avoir d'autre modèle que lui-même, il s'est frayé une route nouvelle. Il a imaginé d'introduire la métaphysique sur la scène, et d'analyser le cœur humain dans des dissertations tendrement épigrammatiques. Aussi le canevas de ses comédies n'est-il ordinairement qu'une petite toile fort légère, dont l'ingénieuse broderie ornée de traits plaisants, de pensées jolies, de situations neuves, de reparties agréables, de fines saillies, exprime ce que les replis du cœur ont de plus secret, ce que les raffinements de l'esprit ont de plus délicat. Ne croyez cependant pas que cette subtilité métaphysiquement comique soit le seul caractère distinctif de ce théâtre. Ce qui y règne principalement est un fonds de philosophie, dont les idées développées avec finesse, filées avec art, et adroitement accommodées à la scène, ont toutes pour but le bien général de l'humanité.

« Quoiqu'on reproche à M. de Marivaux de trop disserter sur le sentiment, ce n'est cependant pas le sentiment qui domine dans la plupart de ses comédies ; mais lorsqu'elles manquent d'un certain intérêt de cœur, il y a presque toujours un intérêt d'esprit qui le remplace. Peut-être qu'un peu plus de précision y jetterait plus de chaleur ; et que si le style en était moins ingénieux, il serait plus naturel.

---

1. On a ici, pages 74 à 91, des jugements sur les différentes pièces qui ont été chaque fois cités dans les notices correspondantes.

« Concluez donc que les défauts qu'on remarque dans les œuvres dramatiques de M. de Marivaux ne viennent que d'une surabondance d'esprit, qui fait tort à la délicatesse de son goût. Tels sont ces dialogues si spirituels et si ennuyeux, entre des interlocuteurs qui regorgent d'esprit et manquent de sens, qui épuisent une idée et jouent sur le mot pour égayer ridiculement un tissu de scènes métaphysiques ; ces tristes analyses du sentiment, qui ne peignent ni les mœurs ni le ridicule des hommes ; ces réflexions subtiles qui suffoquent les spectateurs ; ces métaphores, toujours neuves à la vérité, mais souvent hardies, quelquefois hasardées ; ces expressions détournées, qui n'ont de piquant que la singularité de leur association. *Ce que j'ai traduit d'après vos yeux... des amants sur le pavé... des cœurs hors de condition... des yeux qui violeraient l'hospitalité...* etc., sont des façons de parler qu'on désapprouve avec peine, comme certains criminels qu'on ne condamne qu'à regret.

« Pourquoi faut-il que l'estime de l'auteur pour les écrivains modernes l'ait détourné de la lecture des anciens ? Il y aurait puisé, comme dans la véritable source, ce goût qui donne la perfection aux ouvrages d'esprit ; et si Plaute, Térence et Aristophane n'eussent pas été les guides dans une carrière où il n'en voulait point d'autres que lui-même, ils auraient du moins pu quelquefois l'empêcher de s'égarer. Les autres lui auraient appris qu'on peut bien se frayer de nouvelles routes dans tous les genres, mais jamais se former un langage nouveau ; qu'il faut penser d'après soi-même, et parler comme tout le monde.

« Persuadé que la subtilité épigrammatique de son esprit et la délicate singularité de son style plairaient assez sans le secours de la versification, M. de Marivaux a écrit en prose presque toutes ses comédies. Ses succès lui firent des partisans ; et il eut bientôt des imitateurs. Une foule d'auteurs subalternes s'embarrassèrent dans un labyrinthe de phrases alambiquées ; et ce nouveau langage devint à la mode. Heureusement qu'ils n'avaient ni l'esprit ni le mérite de leur chef, et que, ne copiant que ses défauts, ils n'offraient dans leurs écrits qu'un jargon précieusement ridicule. Mille cris s'élevèrent pour le proscrire ; et l'on convint qu'il ne serait souffert désormais que dans les ouvrages de M. de *Marivaux*, où il s'est, pour ainsi dire, identifié avec les grâces de son génie.

« Je suis, etc.

« À Paris, ce 8 janvier 1759[1]. »

---

1. *L'Observateur littéraire*, 1759, tome I, lettre IV, pp. 91-95.

I

ANONYME
(1767)

(Après que différents auteurs comiques ont été cités, Ménandre, Plaute et Térence, auxquels s'ajoutent Molière, Regnard, Destouches et Boissy, l'auteur passe à l'éloge de Molière :)

> « ...
> Il fuit aussi ce vain concours
> De bluettes[1] métaphysiques,
> Qui dans des scènes didactiques
> Vous alambiquent le discours. »
>
> (*Visions de Sylvius Graphalétés,*
> *ou le Temple de Mémoire*, Londres, 1767, tome II, p. 86.)

J

LESBROS DE LA VERSANE
(1769)

« M. de Marivaux écrivait déjà avec une si grande facilité au sortir du collège, que dès lors aucune production de l'esprit ne l'étonnait. Il ne pensait point, il ne disait point, *et moi aussi je suis peintre*, mais il le sentait. S'étant trouvé dans une compagnie où l'on parlait des difficultés de faire une bonne comédie, il soutint imprudemment que ce n'était pas une chose bien difficile. Quelqu'un lui répondit qu'il parlait en jeune homme. Ce reproche, justement mérité, piqua son amour-propre et l'engagea à travailler à une pièce de théâtre. Il fit en un jour le plan de celle qui a pour titre *Le Père prudent* ; il le montra à un de ses amis qui lui conseilla d'achever son ouvrage : il le fut en huit jours. Cette comédie est en vers, et si la rapidité avec laquelle elle a été composée n'en excusait pas les négligences et les défauts, du moins annonçait-elle ce que l'auteur

---

1. Des bluettes sont des étincelles. L'auteur semble vouloir dire que Marivaux — car c'est évidemment de lui qu'il s'agit — parsème d'un feu d'artifice de mots d'esprit des scènes « didactiques », c'est-à-dire ennuyeuses. L'idée est toute proche de celle de Sabatier, voir ci-après.

était capable de faire dans ce genre, où il s'est frayé, avec tant de succès, une route nouvelle. [Suit un paragraphe consacré à *L'Iliade travestie.*]

M. de Marivaux s'essaya dans le genre tragique. Il donna, en 1720, *La Mort d'Annibal* : sa pièce fut jouée, les premières représentations firent plaisir, mais elle n'eut pas un succès assez brillant pour décider l'auteur à fournir cette carrière : nous croyons qu'il y aurait réussi. Le caractère d'Annibal est bien frappé, bien soutenu, et prouve que l'auteur avait beaucoup de talent ; mais entraîné par son génie qui le portait davantage aux choses agréables qu'aux sujets sombres et terribles, il se livra entièrement au comique. Personne n'ignore qu'il a soutenu seul pendant longtemps la fortune des Italiens, et qu'il a travaillé pour les Français avec un égal succès. Presque toutes ses pièces sont si ingénieusement écrites qu'elles ont resté aux deux théâtres ; et le public les voit toujours avec un nouveau plaisir. Celles dont M. de Marivaux faisait le plus de cas sont *La Double Inconstance*, les deux *Surprises de l'amour*, *La Mère confidente*, *Les Serments indiscrets*, *Les Sincères* et *L'Île des esclaves*. Ce qui prouve bien combien son goût était sûr, puisque ce sont ses meilleures pièces.

Tous les genres de comédies de caractère étant épuisés, M. de Marivaux donna toute son application à la composition des pièces d'intrigue, dans lesquelles il a été son modèle à lui-même. Il a introduit le vrai ton de la conversation sur la scène ; et dans des dialogues où le sentiment pétille, il analyse le cœur humain, il en montre les replis les plus cachés ; il en dévoile tous les mouvements ; il en peint toutes les passions. Les personnages qu'il fait mouvoir sont des philosophes aimables et ingénus, dont les pensées sont développées avec art, avec finesse, et adroitement accommodées à la scène.

Si toutes les comédies de M. de Marivaux n'ont pas eu un égal succès, on ne lui disputera point le mérite d'avoir assujetti partout l'imagination aux principes de la sagesse, le bel esprit à la décence, et de n'avoir été prodigue de l'un et de l'autre qu'au profit des bonnes mœurs.

L'Île de la Raison ou les Hommes petits, comédie très ingénieuse de notre auteur, fut représentée aux Français le 2 septembre 1727 ; elle ne fut point du goût des spectateurs. Cette pièce ne devait pas réussir au théâtre. Comment les yeux auraient-ils pu se faire à des hommes petits qui devenaient fictivement grands ? Comment se prêter à une pareille illusion ? Elle n'est plus jouée, mais elle sera toujours très bonne à lire.

La représentation d'une des pièces de notre auteur, qui fait beaucoup de plaisir à la lecture, ne fut point achevée. Nous parlons de celle qui a pour titre *Les Serments indiscrets*. Cette comédie demande de l'attention, et le spectacle était trop nombreux ce jour-là pour qu'on pût en suivre l'intrigue et en sentir les beautés. Bien des gens ont prétendu qu'il y avait une cabale pour la faire tomber ; on le dit à M. de Marivaux, il répondit : « Je n'en crois rien (...) à un ouvrage fait pour les amuser [1]. » Il fallait avoir un cœur excellent et une vertu sublime pour faire une pareille réponse. Les gens de lettres ne donnent pas souvent l'exemple d'une modération aussi louable.

On a accusé M. de Marivaux de se ressembler, et M. le marquis d'Argens a dit quelque part qu'on pourrait donner à toutes les pièces de notre auteur le titre de la surprise de l'amour. Ce reproche ne nous paraît pas fondé. On le lui a fait, et il y a répondu (...) [2].

M. le marquis d'Argens a encore fait un reproche bien injuste à notre auteur ; il dit dans un de ses ouvrages : *Quand on a autant d'esprit que M. de Marivaux, on devrait négliger d'en faire tant paraître*. Il n'a point recherché d'en montrer. Son style était à lui, il était analogue à sa manière de voir et de sentir. Ses expressions, qui ont paru singulières, sont une suite de la finesse de ses pensées qui ne pouvaient être rendues autrement. Il faudrait avoir son âme pour écrire comme lui ; il en suivait l'impulsion, et il serait dangereux de le prendre pour modèle sans avoir sa pénétration ; c'est elle qui lui a donné son style, et son style était celui qu'il fallait à son esprit [3]... »

(*L'Esprit de Marivaux ou Analectes de ses ouvrages*, précédé de la *Vie historique de l'auteur*, Paris, 1769, pp. 6-17.)

---

1. Lesbros cite ici le passage de l'Avertissement des *Serments indiscrets* qu'on a lu p. 1064.   **2.** Lesbros cite ici, en l'adaptant pour lui donner une portée plus générale, le passage de l'Avertissement des *Serments indiscrets* qui va de *Pourquoi dit-on*... jusqu'à ... *et on croira que vous vous répétez*. Il fait dire notamment à Marivaux : « Pourquoi dit-on que plusieurs de mes pièces de théâtre se ressemblent », alors que Marivaux parle spécifiquement des *Serments indiscrets* et de la (seconde) *Surprise de l'amour*. **3.** Pour montrer à quel point Marivaux était « supérieur à la petite vanité de passer pour auteur », Lesbros conte ici l'anecdote relative aux premières relations de Marivaux et de Silvia, que nous avons reproduite dans la notice de la première *Surprise de l'amour* (p. 229).

K

LA DIXMÉRIE
(1769)

« (Le ton) de l'ingénieux Marivaux n'est celui d'aucun autre. Il porta sur la scène une métaphysique du cœur. Il analyse le sentiment et multiplie en apparence ce qu'il ne fait que décomposer. Presque aucune de ses comédies n'eut d'abord le succès qu'elle méritait. C'est que la plupart sont des peintures trop fines pour la perspective du théâtre. Les traits doivent être moins déliés pour être plus facilement saisis. L'habitude de voir ces pièces a fait disparaître ce défaut qui n'est pas, d'ailleurs, d'un homme ordinaire. *La Surprise de l'amour, La Double Inconstance, La Mère confidente, Le Legs* et plusieurs autres comédies de cet auteur resteront au théâtre, et celles mêmes qui n'y reparaissent plus seront goûtées dans le cabinet. Je doute, cependant, que M. de Marivaux puisse avoir de bons imitateurs. Sa manière lui est propre et peu d'autres parviendront à la saisir. C'est un de ces écrivains qu'il faut savoir estimer sans vouloir les prendre pour modèles. »

(*Les Deux Âges du goût français*, La Haye, 1769, p. 233.)

L

MAYEUL-CHAUDON
(1772)

« M. de Marivaux a mis dans ses comédies des idées philosophiques, présentées d'une manière neuve, singulière et agréable. Personne ne développe avec plus de finesse les replis les plus cachés du cœur humain. Il cherche moins à peindre les ridicules, qu'à inspirer l'humanité. On lui a reproché d'être diffus dans ses détails, de disserter un peu trop sur le sentiment, et de risquer quelques mauvaises plaisanteries ; mais, en général, il y a peu de comédies du second ordre où il y ait autant d'agrément et de finesse. »

(*Bibliothèque d'un homme de goût* ou *Avis sur le choix des meilleurs livres*... Avec les jugements que les critiques les plus impartiaux ont porté sur les bons ouvrages qui ont paru depuis le renouvellement des lettres jusqu'en 1772. Par L. M. D. V., bibliothécaire de M. le duc de ***, Avignon, 1772, 2 vol. pet. in-12, tome I, pp. 174-175.)

M

PAULMY
(1775)

« Pierre Carlet de Marivaux naquit à Paris en 1688. Il était d'une famille ancienne dans le Parlement de Normandie. Son premier ouvrage le fit connaître avantageusement ; il annonçait le caractère de son esprit. [Note : *Les Folies romanesques ou le Don Quichotte moderne*.] Sa philosophie était douce, son âme était sensible, son esprit était délicat et pénétrant, son imagination était riante. Il peignit les mœurs sans fiel, et rendit la raison aimable. Sa vue perçante, et toujours exercée, découvrit les défauts les plus cachés dans l'homme. Appliqué sans cesse à les chercher, on pourrait dire de cet observateur moraliste ce que M. de Fontenelle a dit si ingénieusement d'un physicien : qu'il prit cent fois la nature sur le fait. L'art de peindre fut en lui une conséquence et une suite heureuse du don de voir et de sentir. Il s'essaya dans la tragédie. Ce genre élevé exigeait des efforts dont est peu capable un homme qui aime à méditer doucement, à sourire aux caractères qu'il démasque, et à faire raisonner l'esprit jaloux de l'erreur qui l'abuse, ou satisfait du défaut qui le dégrade. Éclairé par la nature, qui l'instruisit toujours si bien, il comprit qu'il fallait renoncer à la tragédie, malgré les applaudissements accordés à *La Mort d'Annibal*[1]. Il trouva, dans le genre comique, plus d'analogie avec la trempe de son âme ; il s'y livra. Ses productions soutinrent, pendant longtemps, le Théâtre-Italien, et procurèrent de nouvelles richesses au Théâtre-Français. Une de ses pièces fournit une anecdote qui nous a intéressé. M. de Marivaux, supérieur à la petite vanité de passer pour auteur, était résolu de garder l'anonyme... [anecdote rapportée p. 225]

Tous les genres de comédie de caractère étant épuisés, M. de Marivaux crut devoir ouvrir une carrière nouvelle. Il sentait qu'il le pouvait. Sa hardiesse ne fut point de l'audace. Il a introduit sur la scène le vrai ton de la conversation, mais d'une conversation de gens d'esprit qui s'entendent tous, et qu'on entend. Il analyse le cœur humain avec une finesse sans subtilité, une expression noble sans affectation, et une richesse d'idées sans écarts ; il fait penser ce qu'il pense, et souvent il associe le sentiment à l'esprit dans l'objet qui

---

1. Représentée en 1720, avec une sorte de succès.

l'entraîne. Les personnages qu'il fait agir sont des philosophes aimables qui connaissent la scène du monde et la reproduisent dans l'opposition de leurs idées, ou dans le rapport de leurs mouvements. Cet homme fut cependant modeste. Il eut le malheur de voir tomber *Les Serments indiscrets*. Bien des personnes lui dirent qu'il y avait contre lui une de ces conjurations odieuses et indécentes, dont le scandale s'est si souvent renouvelé. Il répondit : « Je n'en crois rien. Ma pièce est d'un genre dont la simplicité aurait pu toute seule lui tenir lieu de cabale. » Une pareille réponse, dans un homme déjà célèbre, l'élève au-dessus du succès... [Éloge des romans de Marivaux et de son *Spectateur français*.]

Si nous voulions, après avoir célébré les talents de l'auteur, fixer les yeux du lecteur sur le caractère de l'homme, nous aurions beaucoup à ajouter à la réputation et à la gloire. L'histoire de ses vertus occuperait bien des pages ; elle offrirait, surtout, une chaîne de bienfaits ; mais il faudrait répéter ce qu'on a écrit récemment dans le livre intitulé : *Esprit de Marivaux*, ce que ses amis savent, et ce que les honnêtes gens instruits se plaisent à redire d'après eux. »

(*Bibliothèque universelle des Romans*,
octobre 1775, second volume, pp. 127-133.)

N

SABATIER DE CAVAILLON
(1779)

« Le triste Marivaux a cru égayer ses comédies sérieuses et métaphysiques par les choses raffinées qu'il fait dire aux valets et aux soubrettes. Dans une de ses pièces, je ne sais si c'est *le Legs* ou *la Surprise de l'amour*, une soubrette dit à sa maîtresse, qui se plaint d'être mal : "Vos yeux me brûleraient, si j'étais de leur compétence." »

(*Œuvres diverses*, nouvelle édition, Avignon,
1779, tome II, p. 274.)

O

Voisenon
(1781)

« Marivaux, né en Auvergne, fut la caricature de M. de Fontenelle ;
il se fit un style à lui, dont personne n'aurait voulu faire le sien. Il est
le premier qui ait mis la *Métaphysique* en comédies. Il connaissait le
cœur humain, mais il avait le défaut d'alambiquer trop le sentiment,
et d'avoir recours à des brouilleries de valet, pour former le nœud
de presque toutes ses pièces. Son *Spectateur français*, ouvrage
périodique, eut peu de succès en France, et lui fit la plus grande
réputation chez les Anglais, qui, pour les choses du goût, sont à
deux siècles de nous. Marivaux était un très honnête homme, mais
incommode dans la société. On n'osait se parler bas devant lui, sans
qu'il ne crût que ce fût à son préjudice. » [Suit une anecdote, recueillie par Larroumet, ouvr. cit., p. 143, notes 1 et 2.]

(*Œuvres*, tome IV, p. 89.)

P

D'Alembert
(1785)

Éloge de Marivaux [1].

« La famille de Marivaux était originaire de Normandie, et avait
donné plusieurs magistrats au Parlement de cette province. Depuis,

---

1. En raison de son importance et des renseignements de première main qu'il
comporte, nous donnons en entier cet *Éloge de Marivaux*, que d'Alembert mit
au nombre de ses *Éloges des membres de l'Académie française*, et au sujet
duquel il observe lui-même dans une note liminaire : « Cet éloge est plus long
que celui des Despréaux, des Massillon, des Bossuet, et de plusieurs autres académiciens très supérieurs à Marivaux. Le lecteur en sera sans doute étonné, et
l'auteur avoue lui-même qu'il en est un peu honteux ; mais il n'a pas le talent de
faire cet article plus court. Les ouvrages de Marivaux sont en si grand nombre,
les nuances qui les distinguent sont si délicates, son caractère même avait des
traits si variés et si fugitifs, qu'il paraît difficile de faire connaître en lui l'homme
et l'auteur, sans avoir recours à une analyse subtile et détaillée, qui semble exiger
plus de développements, de détails, et par conséquent de paroles, que le portrait
énergique et rapide d'un grand homme ou d'un grand écrivain. » On trouvera en
bas de pages les notes qu'il nous a paru indispensable d'ajouter. Les notes de
D'Alembert, appelées par un chiffre entre parenthèses, sont rejetées à la suite du
texte. Elles ont souvent un réel intérêt.

elle était descendue de la robe à la finance, et le père de Marivaux avait possédé quelque temps un emploi pécuniaire à Riom en Auvergne. Le fils ne voulut être ni magistrat ni financier ; mais sans autre fortune et sans autre titre que ses talents, il a donné plus d'existence à son nom, que tous les financiers et les magistrats ses ancêtres.

L'histoire de ses premières études n'est pourtant ni longue ni brillante (1) ; c'est au moins ce qu'ont prétendu certains critiques, à la vérité bien mal disposés en sa faveur. Ils l'ont accusé très injustement peut-être, mais avec toute l'expression du mépris, d'avoir ignoré le latin ; ils lui passent de n'avoir pas su le grec, car les beaux esprits de nos jours, peu jaloux pour eux-mêmes de ce mérite dont ils font peu de cas, ont l'indulgente équité de ne pas l'exiger de leurs semblables. Pour recevoir aujourd'hui dans la république des lettres ce que Marivaux lui-même appelait en plaisantant les *honneurs du doctorat*, les preuves sont très faciles, et la *fourrure* (c'est encore le terme dont il se servait) extrêmement légère. *Cette parure mince et peu durable*, ajoutait-il, *remplace maintenant, par la double commodité des prétentions et de la paresse, l'étoffe un peu épaisse sans doute, mais riche et solide, dont se couvraient de pied en cap nos laborieux devanciers*. Quoi qu'il en soit, l'impossibilité où s'est trouvé Marivaux, si nous en croyons ses détracteurs, de se nourrir dès son enfance du lait pur et substantiel de la saine antiquité, est la cause fâcheuse à laquelle ils attribuent cette étrange manière d'écrire, qui lui a mérité de si fréquents et de si justes reproches. Peut-être serait-il permis d'opposer à cette assertion, avec toute la modestie de l'ignorance, l'exemple de tant de femmes, qui, ne sachant ni latin ni grec, écrivent et s'expriment avec le naturel le plus aimable, et pourraient donner d'excellentes leçons de style et de goût à plus d'un orgueilleux et pesant littérateur. Mais nous pouvons d'ailleurs assurer que notre académicien, quand il aurait su par cœur Cicéron et Virgile, n'aurait jamais regardé ces grands maîtres comme les siens ; le genre d'esprit que la nature lui avait donné ne lui permettait ni d'écrire ni de penser comme un autre, soit ancien, soit moderne. *J'aime mieux*, disait-il quelquefois avec la naïveté de son caractère, et la singularité de son style, *être humblement assis sur le dernier banc dans la petite troupe des auteurs originaux qu'orgueilleusement placé à la première ligne dans le nombreux bétail des singes littéraires*. Cependant, quoiqu'il se piquât de ne rien emprunter ni aux écrivains vivants ni aux morts, il faisait du moins l'honneur à son siècle de le préférer à ceux d'Alexandre et d'Auguste, par cette raison singulière, mais, selon lui, très philosophique, que chaque siècle devait ajouter à ses propres richesses celles de tous les siècles précédents ; principe avec lequel on préférerait Grégoire de Tours à Tacite, Fortunat à Horace, et Vincent Ferrier à Démosthène (2).

Ami intime, et bientôt complice de deux grands hérésiarques en littérature, La Motte et Fontenelle, Marivaux fit comme les disciples de Luther, qui, dans leur licence hétérodoxe, allèrent beaucoup plus loin que leur maître. Il poussa l'irrévérence pour le *divin* Homère (car il affectait de l'appeler toujours de la sorte) jusqu'à le travestir comme Scarron avait fait Virgile ; mais si c'est l'intention, suivant l'apophtegme des casuistes, qui constitue la grièveté de la faute, la différence était bien grande entre les deux coupables. Le travestisseur de l'*Énéide*, très éloigné du projet criminel de rabaisser cet immortel ouvrage, et ne voulant que s'égayer par un tour de force burlesque pour oublier ses maux, ressemblait, si on peut hasarder ce parallèle, à ces libertins croyants qui se permettent des impiétés dans la débauche. Le travestisseur d'Homère, ennemi déclaré et blasphémateur intrépide de l'*Iliade*, pouvait être comparé à ces incrédules endurcis, qui, en attaquant le culte public, outragent avec audace ce qu'ils ont le malheur de mépriser (3).

Nous avons cru qu'il importait à sa mémoire de faire ici de bonne grâce, et pour lui et pour nous-mêmes, une espèce d'amende honorable de ce forfait littéraire, afin que la critique, fléchie et désarmée par cette confession, nous permette de ne plus parler, dans le reste de cet éloge, que des ouvrages qui l'ont rendu vraiment estimable. Nous n'ignorons pas cependant qu'il nous sera bien difficile encore d'apprécier Marivaux au gré des inexorables zélateurs du bon goût ; ils ne nous pardonneraient pas de nous exprimer froidement sur l'étrange néologisme[1] qui dépare même ses meilleures productions : ainsi, en réclamant pour lui et pour son historien une indulgence dont ils ont également besoin l'un et l'autre, nous pouvons dire ce que Cicéron disait à ses juges dans une affaire épineuse : *Intelligo, judices, quam scopuloso difficilique in loco verser (Je sens combien la route où je m'engage est difficile et hasardeuse).*

Nous avons à considérer deux écrivains dans Marivaux, l'auteur

---

1. Sur la « néologie » de Marivaux, voir Frédéric Deloffre, *Marivaux et le Marivaudage*, notamment pp. 35-44 et 66-70.

dramatique et l'auteur de romans. Ce détail sera bien moins historique que littéraire : nous serons forcés, non sans quelque regret,
d'y mettre, comme l'auteur dans ses ouvrages, plus de discours que
d'action, et plus de réflexions que de faits. Heureux si dans cet examen nous évitons, pour nos auditeurs et pour nous-mêmes, l'écueil
d'une discussion trop métaphysique ; qualité dangereuse, qui
entraîne presque nécessairement après elle ce redoutable ennui, si
mortel aux ouvrages, et si funeste aux auteurs (4).

La première pièce de Marivaux fut une entreprise et presque une
folie de jeune homme. À l'âge de dix-huit ans, il se trouva dans une
société où l'on exaltait beaucoup le talent de faire des comédies. La
conversation à laquelle il assistait, bornée sans doute à d'insipides
lieux communs sur les auteurs dramatiques, ne lui donna pas une
idée fort effrayante du talent qu'il entendait louer avec un si froid
enthousiasme ; il osa dire que ce genre d'ouvrage ne lui paraissait
pas si difficile : on rit, et on le défia de le tenter. Peu de jours après,
il apporta à cette société une longue comédie en un acte, intitulée
Le Père prudent, qu'il avait même écrite en vers (5), pour remplir
plus complètement la gageure ; mais satisfait d'avoir répondu si les-
tement au défi qu'on avait osé lui faire, il se garda bien de donner
sa comédie au théâtre, pour ne pas *perdre en public*, disait-il, *le pari
qu'il avait gagné en secret*. Il fit mieux encore que de sacrifier ce
premier enfant de sa plume, avec un courage presque héroïque dans
un jeune écrivain ; il voulut essayer longtemps ses forces dans le
silence, avant de les exercer au grand jour (6) ; et bien éloigné de
la présomption si souvent punie de tant d'avortons tragiques ou
comiques, qui viennent naître et mourir au même instant sur la
scène, Marivaux ne s'y montra qu'à trente-deux ans, près de quinze
années après qu'il eut condamné à l'obscurité sa première comédie.
Il est vrai qu'il parut au théâtre dans tout l'appareil possible, car sa
première pièce fut une tragédie, *La Mort d'Annibal*. Il y peignait
avec intérêt le courage et la fierté de ce grand homme, encore redoutable aux Romains, même après avoir été vaincu, et bravant jusqu'au
dernier soupir leur politique altière et insidieuse ; mais si dans cette
peinture le dessin avait de la vérité, le mouvement et le coloris y
manquaient. Annibal n'y était, pour ainsi dire, qu'un héros malade
et languissant, qui conservait encore au fond de son âme toute sa
grandeur, mais à qui la force manquait pour l'exprimer (7). Aussi
l'auteur, faisant lui-même, si l'on peut parler ainsi, son examen de
conscience dramatique et poétique, reconnut que le caractère de

son esprit, plus porté à la finesse qu'à la force, lui interdisait la tragédie, et il suivit avec docilité ce sage conseil de la nature.

Il fit néanmoins encore une légère faute en ce genre, par son
éloge imprimé du *Romulus* de La Motte[1], qu'il mit sans façon au
nombre des chefs-d'œuvre du théâtre. Cet éloge ressemblait à tant
d'oraisons funèbres, où le panégyriste trouve dans le héros défunt
mille qualités dont le public ne se doutait pas (8). Il cessa bientôt
de louer des tragédies médiocres, comme il avait cessé d'en faire, et
se livra entièrement au genre comique. Accueilli souvent et longtemps sur les deux théâtres, ses succès furent encore plus brillants
et plus soutenus sur la scène italienne que sur la scène française, et
cette préférence eut plusieurs causes. Le public, jaloux sans doute
de conserver au Théâtre-Français la supériorité que toute l'Europe
lui accorde, juge avec rigueur tous ceux qui se présentent pour en
soutenir la gloire, tandis qu'il accueille, avec une indulgence quelquefois excessive, ceux qui, se montrant à lui *sur tout autre théâtre*,
ne lui laissent voir que le désir sans prétention de l'amuser un
moment. Cette indulgence peut même dégénérer, les exemples en
sont récents, en une faveur ridiculement prostituée au genre le plus
vil, humiliante pour la nation aux yeux des étrangers, et dont elle
s'excuse auprès d'eux en rougissant, mais sans être corrigée pour
l'avenir (9). Marivaux fut donc traité au Théâtre-Italien avec la même
bienveillance que ses autres confrères, quoique l'auteur, incapable
de changer de goût et de style, n'eût pas l'intention de paraître
devant les spectateurs, plus en négligé sur la scène étrangère que
sur la scène nationale ; mais il dut encore à une autre circonstance
la continuité de ses succès à ce spectacle. Il y trouva des acteurs plus
propres à le seconder que les comédiens-français ; soit que le génie
souple et délié de la nation italienne la rendît plus capable de se
prêter aux formes délicates que la représentation de ses pièces
paraissait exiger ; soit que des acteurs étrangers, moins faits à notre
goût et à notre langue, et par là moins confiants dans leurs talents
et dans leurs lumières, se montrassent plus dociles aux leçons de
l'auteur, et plus disposés à saisir dans leur jeu le caractère qu'il avait
voulu donner à leur rôle.

Parmi ces acteurs, Marivaux distinguait surtout la fameuse Silvia,
dont il louait souvent, avec une espèce d'enthousiasme, le rare

---

1. Il s'agit d'un examen du *Romulus* contenu dans la troisième feuille du
Spectateur français. Voir les *Journaux et Œuvres diverses*, p. 123.

talent pour jouer ses pièces. Il est vrai qu'en faisant l'éloge de cette actrice, il faisait aussi le sien sans y penser ; car il avait contribué à la rendre aussi parfaite qu'elle l'était devenue ; mais il est vrai aussi, et cette circonstance est peut-être à l'honneur de l'un et de l'autre, qu'il n'avait eu qu'une seule leçon à lui donner. Peu content de la manière dont elle avait rempli le premier rôle qu'il lui confia, mais prévoyant sans doute avec quelle perfection elle pouvait s'en acquitter, il se fit présenter chez elle par un ami, sans se faire connaître ; et après avoir donné à l'actrice tous les éloges préliminaires que la bienséance exigeait, il prit le rôle sans affectation, et en lut quelques endroits avec tout l'esprit et toutes les nuances qu'un écrivain tel que lui pouvait y désirer. *Ah ! Monsieur*, s'écria-t-elle, *vous êtes l'auteur de la pièce* ; dès ce moment, elle devint au théâtre Marivaux lui-même, et n'eut plus besoin de ses conseils.

Il n'en était pas ainsi de la célèbre Lecouvreur, qui jouait dans les pièces de Marivaux, au Théâtre-Français, des rôles du même genre que ceux de Mlle Silvia au Théâtre-Italien. On a plusieurs fois ouï-dire à l'auteur que dans les premières représentations, elle prenait assez bien l'esprit de ces rôles déliés et métaphysiques ; que les applaudissements l'encourageaient à faire encore mieux s'il était possible ; et qu'à force de mieux faire elle devenait précieuse et maniérée (10). On sera sans doute un peu étonné d'apprendre que Marivaux, si éloigné de la simplicité dans ses comédies, la prêchât si rigoureusement à ses acteurs. Mais cette simplicité, du moins apparente, était plus nécessaire au jeu de ses pièces qu'on ne serait d'abord tenté de le croire. Presque toutes, comme on l'a dit, sont des *surprises de l'amour* ; c'est-à-dire la situation de deux personnes qui, s'aimant et ne s'en doutant pas, laissent échapper par tous leurs discours ce sentiment ignoré d'eux seuls, mais très visible pour l'indifférent qui les observe. Il faut donc, comme le disait très bien Marivaux lui-même, que les acteurs ne paraissent jamais *sentir la valeur de ce qu'ils disent*, et qu'en même temps les spectateurs la sentent et la démêlent à travers l'espèce de nuage dont l'auteur a dû envelopper leurs discours. *Mais*, disait-il, *j'ai eu beau le répéter aux comédiens, la fureur de montrer de l'esprit a été plus forte que mes très humbles remontrances ; et ils ont mieux aimé commettre dans leur jeu un contre-sens perpétuel, qui flattait leur amour-propre, que de ne pas paraître entendre finesse à leur rôle.* Un seul acteur lui fit une objection pressante : *Je jouerai*, lui dit-il, *mon rôle d'amant aussi bêtement qu'il vous conviendra ; mais me répondez-*

vous que le parterre, et peut-être la moitié des loges, m'entendent ? Gardez-vous, et nous aussi, de supposer à nos spectateurs une intelligence qu'ils n'ont pas ; nous leur ferions un honneur dangereux pour nous, et peu flatteur pour eux qui n'en sauraient rien. Eh bien ! lui dit Marivaux, *continuons donc, pour être applaudis, vous de mal jouer, moi de le souffrir ; et pensons tous deux, mais sans nous en vanter, comme cet orateur qui, se voyant applaudi par une multitude nombreuse, demanda s'il avait dit quelque sottise* (11).

Cette éternelle *surprise de l'amour*, sujet unique des comédies de Marivaux, est la principale critique qu'il ait essuyée sur le fond de ses pièces ; car nous ne parlons point encore du style : on l'accuse, avec raison, de n'avoir fait qu'une comédie en vingt façons différentes, et on a dit assez plaisamment que si les comédiens ne jouaient que les ouvrages de Marivaux, ils auraient l'air de ne point changer de pièce. Mais on doit au moins convenir que cette ressemblance est, dans sa monotonie, aussi variée qu'elle le puisse être, et qu'il faut une abondance et une subtilité peu communes pour avoir si souvent tourné, avec une espèce de succès, dans une route si étroite et si tortueuse. Il se savait gré d'avoir le premier frappé à cette porte, jusqu'alors inconnue au théâtre. *Chez mes confrères,* disait-il, et on reconnaîtra bien ici son langage, *l'Amour est en querelle avec ce qui l'environne, et finit par être heureux, malgré les opposants ; chez moi, il n'est en querelle qu'avec lui seul, et finit par être heureux malgré lui. Il apprendra dans mes pièces à se défier encore plus des tours qu'il se joue que des pièges qui lui sont tendus par des mains étrangères.* Cette guerre de chicane, si nous pouvons parler ainsi, que l'Amour se fait à lui-même dans les pièces de notre académicien, et qui finit brusquement par le mariage, dès l'instant même où les acteurs se sont éclaircis sur leurs sentiments mutuels, a fait dire encore que ses amants s'aiment le plus tard qu'ils peuvent, et se marient le plus tôt qu'il est possible. Mais les auteurs de cette critique ou de cette plaisanterie auraient dû ajouter que dans cet amour qui s'ignore, et qui peu à peu se découvre à lui-même, l'auteur sait ménager avec art la gradation la plus déliée, quoique très sensible au spectateur. Cette gradation donne à ses comédies une sorte d'intérêt de curiosité ; elles sont, il est vrai, sans action proprement dite, parce que tout s'y passe en discours bien plus qu'en intrigue ; cependant, si l'action d'une pièce consiste, au moins en partie, dans la marche et le progrès des scènes, on peut dire que celles de Marivaux n'en sont pas tout à fait dépourvues.

Il sentait pourtant, ou plutôt il avouait, cet air de famille qu'on reprochait à ses pièces ; et il s'en est justifié comme il a pu, mais une seule fois et dans une courte préface ; car il avait trop d'esprit pour multiplier, à l'exemple de tant d'auteurs, ces petits plaidoyers de la vanité, si peu propres à les faire absoudre ; il était encore plus éloigné de la prétention si commune aux écrivains dramatiques, de faire, à la tête de leurs pièces, une poétique accommodée à leurs minces productions, et d'ériger en modèles de bon goût les insultes qu'ils ont faites au bon sens ; mais il voulait, disait-il, *mettre une fois seulement son procès sur le bureau et sous les yeux des juges pour n'être pas condamné par défaut*. Son apologie est courte, mais subtile, et digne de lui ; bien loin de passer condamnation sur le défaut dont on l'accuse, il soutient qu'un auteur ne saurait mettre plus de diversité dans ses sujets qu'il en a mis dans les siens. Dans mes pièces, dit-il [1], *c'est tantôt un amour ignoré des deux amants, tantôt un amour qu'ils sentent et qu'ils veulent se cacher l'un à l'autre, tantôt un amour timide, qui n'ose se déclarer ; tantôt enfin un amour incertain et comme indécis, un amour à demi né, pour ainsi dire, dont ils se doutent sans être bien sûrs, et qu'ils épient au-dedans d'eux-mêmes avant de lui laisser prendre l'essor. Où est en cela toute cette ressemblance qu'on ne cesse de m'objecter ?*

Mais si l'amour, comme l'auteur le prétend, *ne se cache pas de la même manière* dans ses comédies, c'est toujours un amour qui se cache ; et malheureusement le gros des spectateurs, qui ne peut y regarder de si près, n'est frappé que de cette ressemblance, sans daigner remarquer que l'amour se *cache diversement*, et sans savoir par conséquent aucun gré à l'auteur d'avoir saisi et peint ces différences fugitives. Tel est le *jugement*, ou plutôt l'*instinct* de cette multitude, qui ne va pas au théâtre pour observer au microscope les fibres du cœur humain, mais pour en avoir à découvert les mouvements et les efforts, qui n'aperçoit, dans ces dissections subtiles, que des redites monotones et fastidieuses, et à laquelle pourtant tout auteur dramatique est condamné à plaire (12), puisqu'il se l'est donnée pour juge.

Le style peu naturel et affecté de ces comédies a essuyé plus de critiques encore que le fond des pièces même, et avec d'autant plus de justice que ce singulier jargon, tout à la fois précieux et familier,

1. D'Alembert cite très librement la préface des *Serments indiscrets*, cf. ci-dessus, pp. 1065-1066.

recherché et monotone, est, sans exception, celui de tous ses personnages, de quelque état qu'ils puissent être, depuis les marquis
jusqu'aux paysans, et depuis les maîtres jusqu'aux valets (13). Mais
l'auteur soutient encore que le public s'est mépris à ce sujet. *On
croit*, dit-il, *voir partout le même genre de style dans mes comédies,
parce que le dialogue y est partout l'expression simple des mouvements du cœur ; la vérité de cette expression fait croire que je n'ai
qu'un même ton et qu'une même langue ; mais ce n'est pas moi
que j'ai voulu copier, c'est la nature, et c'est peut-être parce que ce
ton est naturel qu'il a paru singulier.* Ce passage, plus singulier
peut-être encore que le style de l'auteur, est un exemple frappant
de l'illusion qu'un homme d'esprit a l'adresse ou le malheur de se
faire à lui-même sur ses défauts les plus sensibles. Il est vrai que
cette illusion avait moins en lui pour principe un amour-propre qui
s'aveugle que l'erreur où il était de très bonne foi sur la manière
d'être qui lui était propre ; il croyait être naturel dans ses comédies,
parce que le style qu'il prête à ses acteurs est celui qu'il avait lui-
même, sans effort comme sans relâche, dans la conversation. S'il ne
pouvait se résoudre à dire simplement les choses même les plus
communes, du moins la facilité avec laquelle il parlait de la sorte
semblait demander grâce pour ses écrits, parce qu'on pouvait croire
à sa brillante et abondante volubilité, qu'il parlait, en quelque sorte,
sa langue maternelle, et qu'il lui aurait été impossible de s'exprimer
autrement quand il l'aurait voulu. On croit entendre dans ses pièces
des étrangers de beaucoup d'esprit, qui, obligés de converser dans
une langue qu'ils ne savent qu'imparfaitement, se sont fait de cette
langue et de la leur un idiome particulier, semblable à un métal
imparfait, mais faussement éclatant, qui avait été formé par hasard
de la réunion de plusieurs autres.

Cependant, à travers ces conversations si peu naturelles, le cœur
parle quelquefois un moment son vrai langage. Nous citerons pour
exemple les scènes de *La Mère confidente*, entre madame Argante
et sa fille. Dans ces scènes, une jeune personne qui aime, mais qui
craint de donner trop d'entrée dans son âme à un sentiment d'où
pourrait naître son malheur, fait confidence à sa mère, comme à sa
meilleure et à sa plus digne amie, de ce sentiment qu'elle chérit et
qu'elle redoute, et trouve dans la bonté, dans la prudence, dans les
conseils de cette mère sage et vertueuse, les secours et l'appui que
sa situation lui rend nécessaires. Il est vrai que dans ces scènes touchantes, où la nature développe toute sa naïveté d'une part et toute

sa tendresse de l'autre, Marivaux n'a pu résister à la tentation de se montrer encore quelquefois, mais aussi rarement, et aussi peu qu'il lui est possible. Il semble qu'il ait voulu seulement laisser dans ces scènes l'empreinte légère de son cachet, dont nous conviendrons qu'elles auraient pu se passer.

À l'exception de quelques scènes de cette espèce, il y a, dans toutes les comédies de notre académicien, plus à sourire qu'à s'attendrir, et plus de finesse que d'intérêt. Le parterre du dernier siècle, qui donna au sonnet du *Misanthrope* de si maladroits applaudissements, n'aurait rien compris au genre de Marivaux ; notre parterre se pique d'une plus subtile intelligence, et ce progrès des lumières ou de la vanité a prolongé la vie à ses pièces de théâtre. Les spectateurs, tout surpris qu'ils sont de la langue que l'auteur parle, se sentent disposés à lui pardonner, parce qu'en le devinant, ils se croient autant d'esprit que lui, et les bons juges même, qui ne peuvent se déterminer à l'absoudre, le traitent au moins comme ces coupables qu'on ne condamne pas sans regret, et dont on voudrait adoucir la sentence. Peut-être, s'il eût vécu jusqu'au moment où nous sommes, aurait-il pu jouir d'une consolation plus douce encore pour son amour-propre. Peut-être la bizarrerie de son néologisme, si éloigné de la langue commune, lui aurait-elle procuré la satisfaction de s'entendre appeler *homme de génie* par les suprêmes Aristarques, qui honorent si libéralement de ce nom les productions les plus opposées aux vrais principes des arts, les plus éloignées du vrai caractère propre à chaque genre, les plus discordantes avec les bons modèles, des chimères prétendues ingénieuses ou philosophiques, et des idées creuses soi-disant profondes, revêtues d'un style de rhéteur ou d'écolier, qu'on appelle *de l'éloquence* et quelquefois *du sublime* ; enfin le charlatanisme en tout genre, étalant avec un jargon bizarre, qu'on prend pour *de l'imagination*, la marchandise qu'il veut faire valoir ou pour son compte, ou pour celui des autres. Aussi, pour le dire en passant, Voltaire, peu de temps avant sa mort, s'est-il félicité plus d'une fois en notre présence d'avoir pour contemporains *tant d'hommes de génie*, sans compter, ajoutait-il, les grands juges qui leur font présent de ce titre, sous la condition secrète de le partager avec eux. *Rien*, disait Molière il y a plus de cent années, *n'est devenu à si bon marché que le bel esprit ; rien*, dirait aujourd'hui ce grand homme, *n'est à si bon marché que le génie*.

Les romans de Marivaux, supérieurs à ses comédies par l'intérêt, par les situations, par le but moral qu'il s'y propose, ont surtout le mérite, avec des défauts que nous avouerons sans peine, de ne pas tourner, comme ses pièces de théâtre, dans le cercle étroit d'un amour déguisé, mais d'offrir des peintures plus variées, plus générales, plus dignes du pinceau d'un philosophe (14). On y voit les raffinements de la coquetterie, même dans une âme neuve et honnête ; les replis de l'amour-propre jusque dans le sein de l'humiliation, la dureté révoltante des bienfaiteurs, ou leur pitié, plus humiliante encore ; le manège de l'hypocrisie, et sa marche tortueuse ; l'amour concentré dans le cœur d'une dévote, avec toute la violence et toute la fausseté qui en est la suite (15) : enfin, ce que Marivaux a surtout tracé d'une manière supérieure, la fierté noble et courageuse de la vertu dans l'infortune, et le tableau consolant de la bienfaisance et de la bonté dans une âme pure et sensible (16). L'auteur n'a pas dédaigné de peindre jusqu'à la sottise du peuple ; sa curiosité sans objet, sa charité sans délicatesse, son inepte et offensante bonté, sa dureté compatissante ; et rien n'est peut-être plus vrai dans aucun roman que la pitié cruelle de Mme Dutour pour Marianne à qui elle enfonce innocemment le poignard à force de se montrer sensible pour elle. Il faut pourtant convenir que Marivaux, en voulant mettre dans ses tableaux populaires trop de vérité, s'est permis quelques détails ignobles, qui détonnent avec la finesse de ses autres dessins ; mais cette finesse, qu'on nous permette ici un terme de l'art, demande grâce pour ses *bambochades* ; et le peintre du cœur humain efface le peintre du peuple. Nous avouerons en même temps que les tableaux même qu'il fait des passions ont en général plus de délicatesse que d'énergie ; que le sentiment, si l'on peut s'exprimer de la sorte, y est plutôt peint *en miniature* qu'il ne l'est à *grands traits* ; et que si Marivaux, comme l'a très bien dit un écrivain célèbre, connaissait tous les sentiers du cœur, il en ignorait les grandes routes. Pour exprimer la recherche minutieuse avec laquelle l'auteur parcourt et décrit tous ces sentiers, une femme d'esprit employait, il n'y a pas longtemps, une comparaison ingénieuse, quoique familière. *C'est un homme*, disait-elle, *qui se fatigue et qui me fatigue moi-même en me faisant faire cent lieues avec lui sur une feuille de parquet*. Mais il faut observer que si l'auteur fait tant de chemin dans ce petit espace, ce n'est pas précisément en repassant par la même route, c'est en traçant des lignes très proches les unes des autres, et cependant très distinctes pour qui sait les démêler ; espèce de mérite que l'on peut comparer, si l'on veut, à celui de ces maîtres d'écriture, qui ont l'art d'enfermer un long discours dans un cercle étroit, et qui bornent leur talent à ne pouvoir être lus qu'avec la loupe (17).

Le défaut de naturel qu'on reproche à son style est plus frappant encore dans ses romans que dans ses pièces de théâtre ; malgré le penchant irrésistible qui l'entraînait vers cette manière d'écrire, il a senti qu'il devait s'y livrer avec plus de ménagement sur la scène, où il avait des spectateurs de tous les états, que dans ses romans, où il devait avoir des lecteurs plus choisis ; il a bravé la censure du cabinet avec plus de courage que celle du théâtre ; et, pour employer encore plus ses expressions, il a voulu, même dans la langue qu'il parlait, distinguer l'esprit qui *n'est bon qu'à être dit d'avec celui qui n'est bon qu'à être lu*. Mais un autre inconvénient de cet esprit et de ce style, c'est d'entraîner l'auteur dans une suite continue et fatigante de réflexions qui, tout ingénieuses qu'elles peuvent être, ralentissent l'action et refroidissent la marche. C'est ce qui a fait dire à un de ses critiques [1], dans un roman où il fait parler une taupe avec le style de Marivaux : *Avançons, Taupe, mon amie ; des faits, et point de verbiage.*

Ce défaut d'action néanmoins se fait plus supporter dans ses romans que dans ses pièces, parce que l'action, dans un roman, n'est pas exigée avec la même rigueur qu'au théâtre, parce que le plaisir du spectacle tient plus à l'intérêt et au moment, celui des romans à la réflexion et aux détails ; parce qu'enfin la lecture n'exige pas, comme le théâtre, une attention continue, qu'elle se quitte et se reprend comme on le veut, sans étude et sans fatigue ; que son principal mérite est de faire sentir et penser, et qu'on ne peut refuser ce dernier éloge aux romans dont nous parlons (18).

Aussi prend-on assez de plaisir à cette lecture, pour regretter que ni *Marianne*, ni *Le Paysan parvenu* n'aient été achevés par l'auteur. On a fort reproché à Marivaux cet excès de paresse ; mais c'était tout au plus la paresse d'achever, et non pas de produire : le grand nombre de ses ouvrages prouve que la négligence dont on l'accusait n'était pas chez lui, comme chez beaucoup d'autres, l'excuse et le masque de l'impuissance. Cette négligence prétendue tenait à une autre cause, au fond d'inconstance qu'il avait dans le caractère, et

---

1. Voir notre édition du *Paysan parvenu,* aux Classiques Garnier, p. 199, note 1, et 202, note 1, et celle de *La Vie de Marianne,* dans la même collection, p. 583, note 2.

qui, se répandant sur son travail, le forçait à courir d'objets en objets. La vivacité de son esprit s'attachait promptement à tout ce qui se présentait à elle ; sa manière de voir lui faisait choisir dans chaque sujet le côté piquant, et sa facilité d'écrire lui fournissait le moyen de le peindre ; dès lors l'objet ancien qui l'avait occupé était sacrifié sans regret à l'objet nouveau.

Quelques malheureux écrivains qui se sont chargés, sans qu'on les en priât, de finir les romans de Marivaux ont eu, dans cette entreprise, un succès digne de leurs talents[1]. Nous ne devons pourtant pas confondre avec eux Mme Riccoboni, qui, par une espèce de plaisanterie et de gageure, a essayé de continuer *Marianne* en imitant le style de l'auteur[2]. On ne saurait porter plus loin la vérité de l'imitation ; mais Mme Riccoboni s'est contentée avec raison de ce léger essai de son talent en ce genre ; elle a trop à gagner en restant ce qu'elle est pour se revêtir d'un autre personnage que le sien. Avant elle, l'auteur d'un autre roman, comme nous l'avons dit, avait déjà contrefait le style de Marivaux, et si parfaitement que l'auteur lui-même en fut la dupe. Il crut, car personne n'était plus aisé à tromper, qu'on avait voulu rendre hommage à sa manière d'écrire ; il eut bientôt le malheur d'être désabusé, et ne pardonna pas à son critique cette double injure, ou plutôt il ne l'oublia jamais, car il était sans fiel, mais non pas sans mémoire.

Nous terminerions ici le détail de ses écrits, si nous n'avions encore un mot à dire de son *Spectateur*, celui de ses ouvrages peut-être où il a mis le plus d'esprit, le plus de variété, le plus de traits, et où même il a le plus outré les défauts ordinaires de son langage. Cet ouvrage périodique, soit justice, soit fatalité, ne reçut qu'un accueil médiocre, et l'auteur l'abandonna bientôt. Son pinceau s'y est exercé sur bien plus d'objets encore que dans ses romans et dans ses pièces de théâtre. Il y peint sous diverses images, souvent piquantes et agréables, *les manèges de l'ambition, les tourments de l'avarice, la perfidie ou la lâcheté des amis, l'ingratitude des enfants et l'injustice des pères, l'insolence des riches, la tyrannie des protecteurs.* On a recueilli plusieurs de ces peintures dans la collection qui a pour titre : *Esprit de Marivaux*[3], collection faite avec

---

1. Voir l'édition de *La Vie de Marianne*, Classiques Garnier, p. xcix à cii.
2. On trouvera la Suite de Mme Riccoboni dans l'édition citée ci-dessus, pp. 527-581.   3. De Lesbros de la Versane, dont nous citons plus haut des extraits.

plus de discernement et de goût que tant d'*Esprits* de nos grands écrivains, souvent recueillis par des hommes qui n'en avaient guère. Parmi ces morceaux intéressants, on doit surtout distinguer la lettre d'un père sur l'ingratitude de son fils[1]. Cette lettre, pleine de la sensibilité la plus touchante et la plus vraie, est peut-être le meilleur ouvrage de Marivaux, quoique, par malheur pour lui, ce soit un des moins connus. L'âme honnête et tendre d'un père affligé s'y montre avec tant d'intérêt et de vertu, l'expression de sa douleur est si naturelle et d'une éloquence si simple, qu'on serait tenté de croire cette lettre d'une main étrangère, si l'auteur n'eût pas été le plus incapable de tous les hommes de se faire honneur du travail d'autrui.

Les étrangers, dit-on, et surtout les Anglais, font le plus grand cas des ouvrages de Marivaux. Ils lui accordent toute l'estime dont ils peuvent gratifier un auteur français, parce qu'ils ne voient en lui que l'esprit qu'il a mis dans ses ouvrages ; les défauts de son style ne sont pas faits pour les frapper aussi vivement que nous, au moins quand ils ne savent notre langue qu'autant qu'il le faut pour trouver des grâces où des yeux plus exercés ne verraient que de l'affectation. On pourrait donner une raison plus détournée, mais peut-être encore plus réelle, du suffrage accordé à Marivaux par les étrangers. Comme l'auteur ne parle pas le français ordinaire, ils croient, en l'entendant, avoir fait beaucoup de progrès dans notre langue, et lui savent gré de les avertir de ce progrès ; ils le lisent à peu près comme un érudit lit un auteur grec ou latin difficile à traduire ; ils se félicitent d'en avoir bien pénétré le sens, et l'écrivain profite de la satisfaction que cette lecture fait éprouver à leur amour-propre. Une princesse allemande fit insérer, il y a plusieurs années, dans le *Mercure*[2], une lettre où elle prodiguait à notre académicien les plus grands éloges : elle y joignit des vers français à son honneur, assez bons pour une princesse étrangère. Dans ce panégyrique, on répond aux critiques dont Marivaux était l'objet, comme le pourraient faire les apologistes zélés d'une jolie femme que ses rivales chercheraient

---

1. Cf. *Le Spectateur français,* quatorzième feuille (*Journaux et Œuvres diverses,* pp. 186-191). 2. En 1758, le *Mercure* publia une *Lettre d'une Dame allemande sur M. de Marivaux* et une pièce de vers signée A. de C. sur le même sujet. Il y est dit notamment que les Caractères de Marivaux sont « dignes d'être mis en supplément à ceux de La Bruyère », et même supérieurs, « plus à la moderne ». Voir les *Journaux et Œuvres diverses,* Appendice.

à déprimer ; on convient de ses défauts, mais on soutient qu'ils lui vont à merveille, et qu'il n'en est que plus aimable (19).

Notre académicien ne rendait pas aux étrangers ses panégyristes les éloges qu'il recevait d'eux. Il préférait sans hésiter nos écrivains à ceux de toutes les nations, tant anciennes que modernes ; et l'anglomanie, si reprochée à quelques littérateurs de nos jours, n'était assurément pas son défaut. Il ne prodiguait pas même les éloges aux auteurs français, quoique supérieurs, selon lui, à tous les autres, et souvent il n'hésitait pas à se déclarer librement, quoique sans amertume, contre les noms les plus révérés dans la littérature. Il avait le malheur de ne pas estimer beaucoup Molière, et le malheur plus grand de ne pas s'en cacher. Il ne craignait pas même, quand on le mettait à son aise sur cet article, d'avouer naïvement qu'il ne se croyait pas inférieur à ce grand peintre de la nature (20). Il prétendait, par exemple, que le dévot M. de Climal, dont il a en effet si bien tracé le patelinage dans le roman de *Marianne*, était un caractère plus fin que le tartuffe. On peut dire, non pour sa justification, mais pour son excuse, que La Bruyère aurait peut-être été de son avis ; car on sait que dans ses *Caractères* il censure le tartuffe de Molière comme un personnage qui lui paraît grossier, et dont il efface successivement tous les traits pour en substituer d'autres qu'il croit plus délicats et plus fins. Nous ajouterons que M. de Climal est un tartuffe de cour, un hypocrite de *bonne compagnie*, mais en même temps d'une hypocrisie trop déliée pour être mise sur le théâtre et saisie par la foule des spectateurs. Molière avait senti qu'il fallait exposer aux yeux du public assemblé un hypocrite plus franc, plus découvert, un tartuffe *bourgeois*, dont les traits forts et prononcés n'en seraient que plaisants pour la multitude. Le tartuffe de *Marianne* est peut-être un meilleur tartuffe de roman ; mais celui de Molière est à coup sûr un meilleur tartuffe de comédie (21).

Malgré le succès de plusieurs de ses ouvrages, Marivaux fut admis assez tard dans l'Académie française. Jamais il n'avait songé à briguer cette faveur, peut-être même à la désirer ; ce n'est pas qu'il n'eût sous les yeux, et que la voix publique ne lui indiquât, comme il l'observait lui-même, l'exemple encourageant de plusieurs académiciens dont l'adoption plus qu'indulgente, c'était son expression, aurait pu du moins faire excuser la sienne. *Ces parvenus de la littérature*, disait-il, *mieux pourvus d'adresse pour usurper que de titres pour obtenir, ont eu le secret, que je ne pourrai jamais apprendre, d'employer à leur petite fortune de bel esprit plus de bons amis que de bons ouvrages.* Ainsi, et par une suite indispensable de cette conduite et de ces principes, Marivaux, moins confiant et moins heureux que ces charlatans en tout genre, qui arrivent à tout sans rien mériter, mérita longtemps sans arriver à rien (22).

Ne dissimulons pas même que cette réception, si longtemps différée, éprouva encore la censure d'une partie du public. La plupart de ces hommes, qui, ne pouvant occuper de place parmi nous, se dédommagent en les donnant ou en les refusant avec la mesure de lumières et d'équité que la Providence leur a départie, croyaient faire une excellente plaisanterie en disant qu'un tel écrivain eût été mieux placé à l'*Académie des Sciences*, comme inventeur *d'un idiome nouveau, qu'à l'Académie française, dont assurément il ne connaissait pas la langue.* Mais il y a, comme ailleurs, dans cette compagnie, plusieurs places et plusieurs demeures. Si Marivaux n'était un modèle ni de style ni de goût, du moins il avait racheté ce défaut par beaucoup d'esprit, et par une manière qu'il n'avait empruntée de personne. Les constructeurs de nos plus belles églises gothiques, où tant de délicatesse est unie à tant de mauvais goût, mériteraient sans doute, s'ils revenaient au monde, d'être accueillis et recherchés même pour confrères par les plus éclairés de nos artistes, qui cependant se garderaient bien de bâtir comme eux. Notre académicien a mérité la même distinction ; mais elle ne doit pas s'étendre jusqu'à ceux qui voudraient imiter sa manière et son style ; c'est à ces singes, s'il en existait quelques-uns, qu'il ne faudrait point faire grâce : si l'Académie s'écartait un jour de cette loi sévère, mais indispensable, ce serait vraiment alors que le bon goût aurait perdu sa cause sans espoir de la regagner jamais (23).

Marivaux lisait ses ouvrages avec une perfection peu commune, surtout dans les sociétés particulières, où il faisait sentir, par les inflexions délicates de sa voix, toute la finesse de sa pensée ; mais ces inflexions légères, plus faites pour un petit théâtre que pour une grande assemblée, échappaient, dans nos séances publiques, à des auditeurs que sa métaphysique trouvait déjà peu favorables. Il eut même un jour le dégoût de voir qu'on ne l'écoutait pas, et termina brusquement sa lecture avec un mécontentement qu'on lui pardonna. Il est vrai que, par un nouveau malheur pour lui, cette lecture succédait à une autre qui avait été très brillante, semée de traits vifs et saillants, à la suite desquels toute la métaphysique de Marivaux ne parut, si on peut s'exprimer de la sorte, qu'une vapeur imperceptible. Son caractère n'était guère moins singulier que ses écrits. L'homme offrait en lui, comme l'auteur, des qualités et des défauts, mais des qualités aimables, et des défauts légèrement répréhensibles.

Plus il croyait être naturel et sans recherche, moins il pardonnait aux autres de ne pas l'être. Un jour il alla voir un homme de qui il avait reçu beaucoup de lettres qui étaient à peu près dans son style, et qui, comme on le croit bien, lui avaient paru très ingénieuses ; ne le trouvant pas, il prit le parti de l'attendre. Il aperçut par hasard sur le bureau de cet homme les brouillons des lettres qu'il en avait reçues, et qu'il croyait écrites au courant de la plume. *Voilà*, dit-il, *des brouillons qui lui font grand tort : il fera désormais des minutes de ses lettres pour qui il voudra, mais il ne recevra plus des miennes*. Il sortit à l'instant, et ne revint plus.

Il devint amoureux d'une jeune personne qu'il voulait épouser, et chez laquelle il entra un jour sans qu'elle s'en aperçût ; il la vit devant son miroir, occupée à étudier son visage et à se donner des grâces ; dès ce moment son amour s'éteignit, et il ne songea plus à elle.

Sa conversation, semblable, comme nous l'avons dit, à ses ouvrages, paraissait, dans les premiers moments, amusante par sa singularité ; mais bientôt elle devenait fatigante par sa monotonie métaphysique, et par ses expressions peu naturelles ; et si l'on aimait à le voir quelquefois, on ne désirait pas de le voir longtemps, quoique la douceur de son commerce et l'aménité de ses mœurs fissent aimer et estimer sa personne. Par une suite de ce caractère doux et honnête, il ne laissait jamais voir dans la société cette distraction qui blesse toujours quand elle ne fait pas rire ; il semblait même prêter à ceux qui lui parlaient une espèce d'attention ; mais en paraissant attentif, il écoutait peu ce qu'on lui disait ; il épiait seulement ce qu'on voulait dire, et y trouvait souvent une finesse dont ceux même qui lui parlaient ne se doutaient pas. Aussi toutes les sociétés lui étaient-elles à peu près égales, parce qu'il savait en tirer le même avantage pour son amusement ; les gens d'esprit le mettaient en action, et lui faisaient prendre librement tout son essor. Se trouvait-il avec des sots, il faisait effort pour les faire *accoucher*, comme le disait Socrate, et ne s'apercevant pas qu'il leur prêtait son esprit, il leur savait gré de ses pensées, comme si elles eussent été les leurs ; aussi n'y avait-il proprement pour lui ni gens d'esprit, ni sots. On prétend même que s'il avait été tenté d'accorder quelque préférence, les sots auraient pu avoir cet honneur, parce que la conversation avec eux lui ayant coûté davantage, il en sortait plus content de lui, et par conséquent d'eux. Peut-être aussi était-il coupable de cette préférence par un autre motif plus puissant et plus secret ; les sots, trop flattés d'être comptés par lui pour quelque chose, lui prodiguaient des hommages qui lui plaisaient beaucoup, de quelque part qu'ils vinssent, et dont les gens d'esprit lui paraissaient plus avares. Nous avons connu plus d'un homme célèbre qui avait la même faiblesse et les mêmes motifs. *La vanité humaine*, dit quelque part Marivaux lui-même, *n'est pas difficile à nourrir, et se repaît des aliments les plus grossiers comme des plus délicats* ; il en était la preuve.

Sensible, et même ombrageux dans la société, sur les discours qui pouvaient avoir rapport à lui, il avait souvent le malheur de ne pouvoir cacher cette disposition, aussi importune pour lui que pour les autres ; il la décelait quelquefois au point d'être vivement blessé de ce qu'on n'avait pas dit. Un homme qui avait reçu de lui des marques d'amitié, étonné de la froideur qu'il éprouva de sa part en plusieurs occasions, lui demanda la cause d'un changement qu'il ne croyait pas avoir mérité. *Il y a un an*, répondit Marivaux, *que vous avez parlé en ma présence à l'oreille de quelqu'un ; j'ai vu que vous parliez de moi, et ce n'était sûrement pas pour en dire du bien, car vous ne l'auriez pas dit à l'oreille.* Son ami l'assura qu'il n'avait point du tout été l'objet de ce peu de mots qui l'affligeaient mal à propos et depuis si longtemps. Marivaux le crut, l'embrassa, et lui rendit en même temps son amitié, car il était aussi prompt à revenir qu'à s'offenser ; mais ce retour ne le corrigeait guère, et n'empêchait pas qu'à la première occasion il ne laissât voir un nouveau mécontentement, aussi mal fondé que le premier. Il oubliait trop souvent, pour son bonheur, une de ses maximes favorites : *Qu'il faut avoir assez d'amour-propre pour n'en pas trop laisser paraître.*

Dans une société d'amis où il se trouvait souvent, il se servit d'une expression qui les étonna eux-mêmes par sa singularité, tout accoutumés qu'ils étaient à son langage. *Messieurs*, dit le philosophe Fontenelle qui était présent, *il faut passer les expressions singulières à M. de Marivaux, ou renoncer à son commerce.* Il parut mécontent de cette espèce d'apologie ; le philosophe s'en aperçut : *Monsieur de Marivaux*, lui dit-il, *ne vous pressez pas de vous fâcher quand je parlerai de vous.*

Fontenelle avait pour lui un goût et une estime dont on a voulu trouver la source dans une ressemblance prétendue entre le genre d'esprit de ces deux écrivains, qui sont néanmoins bien différents. Fontenelle affecte quelquefois la familiarité dans l'expression des idées les plus nobles ; Marivaux, la singularité dans celle des idées les plus communes : le premier rend la finesse même avec simplicité ; le second, la naïveté même avec affectation : Fontenelle ne dit souvent que la moitié de sa pensée, en ayant soin de faire entendre le reste ; Marivaux dit toute la sienne, en détaille même jusqu'aux moindres faces, et on pourrait dire avec quelques-uns de ses censeurs qu'il ne quitte pas une phrase qu'il ne l'ait gâtée, si sa première façon de la dire n'était pas, pour l'ordinaire, aussi peu naturelle que les autres : le premier peint la nature humaine en philosophe ; le second, les individus en observateur. Marivaux enfin a des moments de sensibilité, et par cela seul, serait très différent de Fontenelle, dont la philosophie, comme on l'a dit avec raison, est utile aux hommes, sans intérêt pour eux. Certainement le philosophe n'eût jamais trouvé ce mot si sensible de Marianne, qui, délaissée dans la rue, sans ressource, sans asile, n'inspirant plus ni intérêt ni pitié même à qui que ce soit au monde, voit passer une foule d'inconnus, dont le plus malheureux lui paraît digne d'envie. *Hélas !* s'écrie-t-elle, *quelqu'un les attend !* Du reste, on ne trouvera dans le style de ces deux écrivains, ni cette *chaleur* dont on parle tant et qu'on sent si peu, ni cette *fraîcheur de coloris*, le refrain éternel et ridicule de nos auteurs à prétentions. La touche, quelquefois trop peu soignée dans Fontenelle, est, dans Marivaux, peinée et tourmentée ; mais du moins les défauts qu'on leur reproche à tous deux ont, dans l'un et dans l'autre, une sorte de grâce qui tient à leur caractère, et qui partout ailleurs ne serait que caricature et grimace. Leur manière d'écrire est comme ces plantes étrangères et délicates qui, ne pouvant vivre tout au plus que dans le sol où elles sont nées, s'altèrent et se flétrissent en passant de ce sol dans un autre (24).

L'amour-propre de Marivaux, quelque chatouilleux qu'il fût, n'était ni injuste ni indocile. Il a exprimé, d'une manière bien vraie et bien naïve, sa soumission pour le public, à l'occasion d'une de ses pièces qui avait pour titre *L'Île de la Raison ou les Petits Hommes*, et qui fut traitée par le parterre avec la rigueur la plus ·inexorable. L'idée de cette pièce était très singulière ; c'étaient des hommes qui devenaient fictivement plus grands à mesure qu'ils devenaient plus raisonnables, et qui se rapetissaient fictivement aussi quand ils faisaient ou disaient quelque sottise. L'auteur n'avait, disait-il, excepté de cette métamorphose que les poètes et les philosophes, c'est-à-dire, selon lui, les deux espèces *les plus incorrigibles*, et, par cette raison, *les plus immuables dans leur forme*. Cette idée, exécutée avec tout l'esprit que Marivaux pouvait y mettre, avait eu le plus grand succès dans les sociétés particulières où il avait lu son ouvrage. Les spectateurs furent bien plus sévères, et l'auteur fut étonné lui-même de n'avoir pas prévu que ces hommes, qui devaient en public s'agrandir et se rapetisser aux yeux de l'esprit, en conservant, pour les yeux du corps, leur taille ordinaire, exigeaient un genre d'illusion trop forcée pour le théâtre. À la lecture, on avait été plus indulgent, parce que ses auditeurs, trompés sur l'effet dramatique par la manière séduisante dont l'auteur lisait, avaient oublié de se transporter en idée dans le parterre, et de sentir qu'on y serait infailliblement blessé de cette métamorphose imaginaire, grossièrement et ridiculement démentie par le spectacle même. Éclairé par l'expérience, à la vérité un peu trop tard, Marivaux eut du moins le mérite de se condamner de bonne grâce : *J'ai eu tort*, dit-il, *de donner cette pièce au théâtre, et le public lui a fait justice ; ces petits hommes n'ont point pris, et ne le devaient pas : on n'a fait d'abord que murmurer légèrement, mais quand on a vu que ce mauvais jeu se répétait, le dégoût est venu avec raison, et la pièce est tombée* [1].

Ayant une autre fois assisté à la première représentation d'une de ses pièces, où le parterre avait affecté de bâiller beaucoup, il dit, en sortant, que cette représentation l'avait plus ennuyé qu'une autre ; il est vrai qu'il ajouta, *c'est que j'en suis l'auteur*. La Fontaine avait été plus sincère encore, lorsque, au milieu d'une de ses pièces qu'on écoutait paisiblement, il se leva tout à coup : *Je m'en vais*, dit-il, *car cela m'ennuie à la mort, et j'admire la patience des spectateurs* (25).

Dans les moments de disgrâce que les pièces de notre académicien avaient quelquefois le malheur d'éprouver, ses amis accusaient la cabale, suivant l'usage, et s'en prenaient à elle du mauvais succès. Marivaux, plus soumis et plus résigné, ne put jamais se prêter à ce genre de consolation ; il ne pouvait, disait-il, se persuader qu'il y eût des hommes assez vils pour nuire au succès d'autrui, aux dépens de leur propre amusement et de celui des autres [2]. Ce jugement lui fait d'autant plus d'honneur qu'il ne peut lui avoir été dicté que par son

---

1. Citation libre de la Préface de *L'Île de la Raison*, ci-dessus, p. 668.   **2.** Cf. l'Avertissement des *Serments indiscrets*, ci-dessus, p. 1067.

cœur honnête et pur, incapable en effet d'un sentiment si méprisable, quoique malheureusement si commun parmi les artistes, et même parmi les juges. Pour peu que son esprit eût voulu, en ce moment, juger au lieu de son âme, il aurait vu que le premier besoin des hommes est celui de leur vanité, et que le besoin de leur amusement ne vient qu'après ; que la jalousie des concurrents est bien plus pressée de juger l'auteur à mort que de le couronner ; que ceux qui, sans oser ni pouvoir être ses rivaux, prétendent néanmoins au titre de connaisseurs n'ont qu'une manière de se donner quelque existence, c'est de se montrer d'autant plus difficiles qu'ils n'ont point de représailles à redouter. Marivaux comparait quelquefois ces juges sans miséricorde et sans titre à ce sot enfant que son père avait décoré d'une petite charge de judicature, *faute de pouvoir,* disait-il, *en faire quelque chose de mieux. Je respecte comme je le dois,* disait-il dans une autre occasion, *ce qu'on appelle* les jugements du public *; une chose pourtant m'y fait peine, c'est la multitude immense de sots qui contribue à former l'arrêt, et dans laquelle,* disait-il à sa manière, *il y a si peu de gens qui soient de leur avis.*

Marivaux n'était pas moins scandalisé, et il le serait bien plus aujourd'hui, de l'intolérance littéraire, qui prodigue le dénigrement ou l'enthousiasme à certains auteurs, certains ouvrages, certains artistes. *Je conçois,* disait-il, *l'intolérance dans les ministres même d'une fausse religion, parce que du moment où ils cesseraient d'être révérés, ils tomberaient dans un mépris qu'ils ne sont pas pressés d'obtenir ; mais je ne puis concevoir qu'on soit assez l'ennemi de son plaisir pour n'en vouloir goûter que d'une seule espèce, et assez l'ennemi de son prochain, pour vouloir qu'il n'ait point d'autre plaisir que nous.* Il aurait pu dire encore qu'il y a entre l'intolérance *religieuse* et l'intolérance *littéraire* une différence bien remarquable ; c'est que l'intolérance *religieuse,* fière, pour ainsi dire, de ses motifs réels ou apparents, ne craint point de paraître ce qu'elle est, et de se montrer à tous les yeux avec une rigueur dont elle s'applaudit elle-même ; au lieu que l'intolérance *littéraire,* intérieurement honteuse de la frivolité de son objet, ne se montre, autant qu'il lui est possible, que sous le masque de la tolérance même, et ressemble à cette femme de *l'Esprit de contradiction,* qui, accusée par son mari de n'être jamais de l'avis de personne, lui répond qu'*à proprement parler elle ne contredit jamais, mais qu'elle n'aime pas qu'on la contredise* (26).

Fréquemment outragé, suivant l'usage, dans tous les libelles périodiques qui s'imprimaient de son temps, et qui nous ont laissé une postérité si digne d'eux, Marivaux en portait un jour les plaintes les plus modestes et les moins amères à un homme fait, par sa place, pour réprimer ces libelles. *Cette licence*, lui dit froidement le magistrat, *est une suite de la liberté tant réclamée par les gens de lettres. En ce cas*, répondit sans aigreur Marivaux, *souffrez donc que cette liberté s'étende jusqu'à parler aussi de vous, et peut-être alors changerez-vous d'avis. Au reste, la petite remontrance que je vous fais est bien plus pour votre intérêt que pour le mien ; car les injures dites par un écrivain décrié à un homme de lettres estimable sont l'opprobre de celui qui les dit, la honte de celui qui les autorise, et souvent l'éloge de celui qui en est l'objet.*

Ainsi Marivaux, à l'exemple de son illustre ami Fontenelle, ne répondit jamais à la satire que par le mépris et le silence, et montra toujours à ses détracteurs une modération dont ils n'ont que trop abusé. D'illustres écrivains ont fait tout le contraire, et peuvent en être justifiés par le ridicule et l'opprobre dont ils ont couvert leurs ennemis. La conduite de nos deux philosophes paraît néanmoins encore plus sûre, et pour le repos du mérite outragé, et peut-être pour l'humiliation de ses censeurs. Indignes et incapables de partager la gloire des héros de la littérature, les Thersites n'ont d'autre ressource que de s'attacher à cette gloire, comme le ciron de la fable s'attache au taureau pour le piquer ; rien ne peut les humilier davantage que l'insensibilité du taureau à leurs piqûres, et la réponse qu'il daigne faire au ciron : *Hé ! l'ami, qui te savait là ?* Cette indifférence est bien plus mortifiante pour eux que la sensibilité maladroite de ces écrivains qui répandent le fiel sur leurs critiques, en protestant qu'ils n'ont point de fiel ; semblables à Turcaret, qui accable sa maîtresse d'injures, en l'assurant qu'il est de sang-froid (27).

Si l'amour-propre de Marivaux était facile à blesser, au moins il n'était pas personnel, et se montrait aussi délicat pour les autres que pour lui. Ces satires et ces épigrammes, dont on s'amuse si volontiers quand on n'en est pas l'objet, le révoltaient toujours, lors même qu'elles auraient pu lui être indifférentes. *J'en fais justice*, disait-il, *en ne les lisant jamais ; et si tous les honnêtes gens en usaient de même, cette vile espèce périrait bien vite d'inanition.* Personne en conséquence n'était plus attentif que lui à n'offenser jamais qui que ce soit, ni dans la société, ni dans ses ouvrages. Le public, dont la malignité cherche à se repaître de tout, même lorsqu'on n'a pas songé à la nourrir, avait cru voir dans le prologue d'une de ses pièces des traits indirects contre la comédie du *Français à Londres* ; Marivaux s'en défendit de manière à ne pas laisser de soupçon sur sa bonne foi. *La façon dont je me suis conduit jusqu'à présent*, dit-il, *prouve assez combien je suis éloigné de cette bassesse ; ainsi ce n'est pas une accusation dont je me justifie, c'est une injure dont je me plains* [1] (28).

Il reprochait souvent aux Comédiens *Italiens les parodies qu'ils représentaient sur leur théâtre, et qui, au grand regret des auteurs, n'y faisaient que trop de fortune. Ce n'est pas qu'il en eût souffert personnellement, car les tragédies seules sont honorées de ce genre de critique ; et lorsque Marivaux donna son *Annibal*, on ne s'était point encore avisé de ce détestable genre, qui outrage le bon goût en paraissant le venger ; mais il regardait avec raison les parodies comme propres à décourager les talents naissants, à contrister les talents reconnus, et à jeter sur le genre noble une espèce d'avilissement, toujours dangereux chez une nation frivole, qui pardonne, oublie et sacrifie tout, pourvu qu'on l'amuse (29).

Marivaux répétait avec plaisir le mot, aussi juste que plaisant, de La Motte sur cette misérable espèce d'ouvrage. *Un parodiste*, disait-il, *qui se donne fièrement pour l'inventeur de sa farce, ressemble à un fripon qui, ayant dérobé la robe d'un magistrat, croirait l'avoir bien acquise en y cousant quelques lambeaux de l'habit d'arlequin, et qui appuierait son droit sur le rire qu'exciterait sa mascarade.*

Un homme qui prétendait aimer Marivaux, un de ces hommes qui, par air, caressent le mérite, et sont ravis en secret de le voir humilié, lui reprochait quelquefois sa sensibilité excessive à la critique. *Vous devriez*, lui disait-il, *être de marbre pour ces misères.* Cet ami si modéré, et si philosophe pour supporter les maux d'autrui, se vit, peu de temps après, pour quelque sottise qu'il fit, le sujet d'une mauvaise épigramme. Sa philosophie n'y tint pas, et il s'exhala devant Marivaux en injures contre le satirique : *Ah !* dit Marivaux, *voilà donc l'homme de marbre !*

Avec une fortune très bornée, et que beaucoup d'autres auraient appelée indigence, il se dépouillait de tout en faveur des malheureux. Le spectacle de ceux qui souffraient lui était si pénible que rien ne lui coûtait pour les soulager ; il pratiquait la véritable bienfaisance, celle qui sait se priver elle-même pour avoir le plaisir de

---

1. D'Alembert cite librement la Préface de *L'Île de la Raison*, ci-dessus, p. 669.

s'exercer. Un infortuné qui se trouvait réduit à la plus grande misère, mais qui n'osait la laisser voir au-dehors, parce qu'il redoutait encore moins l'indigence que le mépris dont elle est payée, vint un jour demander à Marivaux des secours dont il ne paraissait pas avoir besoin. Il fut reçu très froidement, refusé même, et alla se plaindre de cet accueil à ceux qui l'y avaient exposé en lui donnant de fausses et cruelles espérances. Ils devinèrent la cause du refus ; et ce même homme, mieux conseillé par eux, alla retrouver, quelques jours après, Marivaux avec tout l'extérieur de la misère. Le philosophe humain et sensible lui marqua pour lors tout l'intérêt qu'il se plaignait de n'avoir pas éprouvé dans sa première visite, et lui prodigua tous les secours dont il était capable.

Il fit sur une jeune actrice qui n'avait ni talent ni figure une plaisanterie qu'il se reprocha, et dont même il se punit, si c'est se punir que de réparer une faute par une action généreuse ; il détermina cette actrice à se retirer dans un couvent, où il paya sa pension, en se refusant presque le nécessaire pour cette bonne œuvre.

Un mendiant qui lui demandait l'aumône lui parut jeune et valide. Il fit à ce malheureux la question que les fainéants aisés font si souvent aux fainéants qui mendient : *Pourquoi ne travaillez-vous pas ? Hélas ! Monsieur*, répondit le jeune homme, *si vous saviez combien je suis paresseux !* Marivaux fut touché de cet aveu naïf, et n'eut pas la force de refuser au mendiant de quoi continuer à ne rien faire. Aussi disait-il *que pour être assez bon, il fallait l'être trop*[1]. La morale rigoureuse peut condamner cette maxime, mais l'humanité doit absoudre ceux qui la pratiquent ; ils sont malheureusement assez rares pour qu'il n'y ait pas à craindre que leur exemple soit contagieux.

Bienfaisant et prodigue, même à l'égard des autres, Marivaux ne recevait pas de toute espèce de mains le bien qu'on voulait lui faire, surtout quand il soupçonnait que la vanité pouvait en être le principe. Il avait besoin d'aimer et d'estimer ses bienfaiteurs ; ce n'était qu'à ce prix qu'on pouvait espérer de l'être : mais personne aussi ne savait recevoir avec plus de grâce, quand on avait obtenu son attachement et son estime. Dans une maladie qu'il eut, Fontenelle craignant qu'il ne souffrît à la fois la douleur et l'indigence, et sachant qu'il était homme à souffrir sans se plaindre, lui apporta

---

1. Mot d'Orgon dans *Le Jeu de l'amour et du hasard*, ci-dessus, p. 890.

cent louis, et le pria de les recevoir ; Marivaux prit cette somme les larmes aux yeux, mais la lui remit aussitôt : *Je sens*, lui dit-il, *tout le prix de votre amitié, et de la preuve touchante que vous me donnez. J'y répondrai comme je le dois et comme vous le méritez ; je garde ces cent louis comme reçus, je m'en suis servi, et je vous les rends avec reconnaissance.*

En recevant avec tant de délicatesse les bienfaits de ses amis, il leur faisait un autre honneur dont il les jugeait dignes ; il ne se croyait pas obligé à plus de ménagement pour eux qu'il n'en aurait eu s'il avait été, à leur égard, libre de toute obligation. Un jour, dans une dispute, il s'emporta assez vivement contre Helvétius, dont la mémoire est si chère aux lettres et à la vertu, et dont il recevait une pension depuis plusieurs années. Helvétius essuya cette sortie avec la tranquillité la plus philosophique, et se contenta de dire, quand Marivaux fut parti : *Comme je lui aurais répondu, si je ne lui avais pas l'obligation d'avoir bien voulu accepter mes bienfaits* (30) !

Cette liberté de Marivaux avec ses amis n'était pas en lui l'effet de l'orgueil, qui ne se sent obligé qu'à regret, mais de l'estime réelle dont il était pénétré pour eux. Il avait le cœur si peu fait pour l'ingratitude qu'il croyait même impossible d'être ingrat, du moins au tribunal de son propre cœur. *Les ingrats ont beau faire*, dit-il dans un de ses ouvrages, *leur conscience ne saurait être ingrate de concert avec eux ; elle a des replis où les reproches que nous méritons se conservent ; et quelque bonne contenance que nous fassions contre elle au-dehors, elle sait bien faire justice au-dedans.*

Quoique très éloigné d'afficher la dévotion, il l'était encore plus de l'incrédulité : *La religion*, disait-il, *est la ressource du malheureux, quelquefois même celle du philosophe ; n'enlevons pas à la pauvre espèce humaine cette consolation, que la Providence divine lui a ménagée.* Il tournait en ridicule ces prétendus mécréants, *qui ont beau faire*, ajoutait-il assez plaisamment, *pour s'étourdir sur l'autre monde, et qui finiront par être sauvés malgré eux.* C'est ce qu'il dit un jour en propres termes à quelqu'un de ces esprits forts ; et l'esprit fort fut très blessé, comme on peut le croire, de l'assurance qu'on lui donnait de son salut. Dans une autre circonstance, où il entendait encore quelqu'un d'eux parler avec beaucoup d'irrévérence de nos mystères, et avec beaucoup de crédulité de revenants et d'autres sottises semblables : *On voit bien*, lui dit-il, *que si vous n'êtes pas bon chrétien, ce n'est pas faute de foi.*

Mais en sachant respecter ce que sa raison ne comprenait pas, il n'avait pas non plus assez de confiance en ses lumières pour vouloir expliquer ce qu'il ne pouvait concevoir ; et si sa philosophie, pour ainsi dire, *littéraire* était très subtile, sa philosophie *religieuse* était très simple et très modeste. On lui demandait un jour ce que c'est que l'âme : *Je sais*, répondit-il, *qu'elle est spirituelle et immortelle, et n'en sais rien de plus* (31). *Il faudra*, lui dit-on, *le demander à Fontenelle : Il a trop d'esprit*, répliqua-t-il, *pour en savoir là-dessus plus que moi.*

L'hypocrisie et le faux zèle, si communs et si révoltants de nos jours, ne trouvaient guère plus de grâce à ses yeux que l'impiété scandaleuse et affichée. Un prédicateur de son temps, dont la décla mation fougueuse s'appelait de l'éloquence, mais qui démentait par une conduite très peu décente, et des propos très peu religieux, la doctrine respectable qu'il osait annoncer sans la croire, prêchait un jour, *sur la foi et sur les bonnes œuvres*, un sermon renommé parmi quelques dévotes, et auquel Marivaux fut invité d'assister : *Rien ne manque à ce beau discours*, dit-il en sortant de l'église, *que* la foi *et* les bonnes œuvres *du prédicateur*. Il n'avait pas meilleure opinion de la croyance d'un écrivain connu, qui venait d'imprimer un gros livre sur la vérité de la religion chrétienne, avec les injures ordinaires contre les mécréants : *Je souhaite*, lui dit Marivaux, *que les incrédules soient convaincus ; il ne vous reste plus qu'à l'être vous-même, et c'est une grâce que je vais demander à Dieu pour vous.*

Il mourut le 12 février 1763, après une assez longue maladie, dans laquelle il vit en philosophe le dépérissement de la machine, et attendit avec la confiance de l'homme de bien une vie meilleure que celle qu'il allait quitter sans regret. Il avait été marié avec une personne aimable et vertueuse, et fut longtemps inconsolable du malheur qu'il eut de la perdre. Il fut enfin assez heureux pour trouver, longtemps après, un autre objet d'attachement[1], qui, sans avoir la vivacité de l'amour, remplit ses dernières années de douceur et de paix. Marivaux, qui, dans sa jeunesse, avait senti vivement les passions, réduit, dans la vieillesse, au calme de l'amitié, n'affectait point sur cet état une fausse philosophie ; il sentait tout ce que l'âge lui avait fait ; il ne cherchait point, comme tant de faux sages, à s'exagérer le bonheur du repos, il en jouissait seulement comme d'une

---

1. Mlle de Saint-Jean. Voir notre *Marivaux et le Marivaudage*, Chronologie, années 1744, 1753, 1757.

ressource que la nature laisse à nos derniers jours pour adoucir la solitude de notre âme.

En renonçant avec regret à un sentiment plus vif et plus tendre, il n'avait pu renoncer à la société de cette partie du genre humain qui nous inspire ce sentiment dans la jeunesse, et qui, dans le déclin de l'âge, nous offre le dédommagement de la douceur et de la confiance, de ce sexe enfin sans lequel, comme l'a dit une femme aussi spirituelle que sensible, le commencement de notre vie serait privé de secours, le milieu de plaisir, et la fin de consolation. C'est surtout lorsque le temps des passions est fini pour nous que nous avons besoin de la société d'une femme complaisante et douce, qui partage nos chagrins, qui calme ou tempère nos douleurs, qui supporte nos défauts. Heureux qui peut trouver une telle amie ; plus heureux qui peut la conserver et n'a pas le malheur de lui survivre ! »

NOTES DE D'ALEMBERT

(1) Nous avons sur la première jeunesse de notre académicien deux leçons très opposées [1]. Selon l'une, *il brilla beaucoup dans ses études, il annonça de bonne heure, par des progrès rapides, la finesse d'esprit qui lui était propre, et qui caractérise ses ouvrages.* Voilà ce qu'on lit dans un éloge historique de notre académicien, imprimé à la tête du livre qui a pour titre : *Esprit de Marivaux.* Et dans une espèce de satire du même écrivain, imprimée ailleurs sous le titre d'*Éloge*, on lit au contraire : *Marivaux à ce qu'on peut juger, n'avait point fait d'études, on peut même soupçonner qu'il n'en avait fait aucune... L'ignorance où il était des bonnes sources... lui fit nécessairement commettre beaucoup de fautes.* Si nous avions à choisir entre ces deux leçons, nous ajouterions foi plus volontiers à la première, dont l'auteur paraît avoir connu particulièrement Marivaux, et doit avoir su de lui plus exactement les détails de sa jeunesse. Nous conviendrons pourtant que jamais Marivaux, dans sa conversation, ne citait les Anciens, comme il arrive presque nécessairement à tous les gens de lettres qui se sont nourris de cette excellente lecture ; mais il ne citait guère plus les Modernes, dont cependant les bons ouvrages ne lui étaient pas inconnus ; *il aimait,*

---

1. Voir plus haut les opinions divergentes de La Porte, Lesbros et Palissot.

disait-il, *à parler d'après lui, bien ou mal, et non pas d'après les autres*.

Quoi qu'il en soit de l'ignorance réelle ou prétendue qu'on lui reproche, il ne serait pas le premier homme de lettres estimable qui n'aurait pas su le latin. Sans parler de Racan, un de nos bons poètes dans le temps où ils étaient si rares, de Boursault, auteur d'*Ésope à la cour*, et de plusieurs autres écrivains, Valentin Conrart, premier secrétaire de l'Académie française, n'avait point fait d'études ; c'est ce que nous apprend un passage curieux de l'*Histoire de l'Académie*, par l'abbé d'Olivet, qu'on ne soupçonnera pas d'avoir attaché trop peu de prix à la connaissance des langues anciennes. *Quoique M. Conrart*, dit-il, *ne sût ni latin ni grec, tous ces hommes célèbres, les premiers membres de l'Académie française, l'avaient choisi pour le confident de leurs études, pour le centre de leur commerce, pour l'arbitre de leur goût. À la vérité, il possédait l'italien et l'espagnol ; mais enfin, puisqu'il n'avait pas la moindre teinture de ce qu'on appelle langues savantes, avouons, pour encourager les honnêtes gens qui lui ressemblent, que sans ce secours un esprit naturellement délicat et juste peut aller loin. Je ne sais même si M. Conrart, ne voulant être ni théologien ni jurisconsulte, n'eut pas assez de sa langue toute seule pour arriver au double but que nous nous proposons dans nos travaux littéraires, éclairer notre raison, orner notre esprit. Rarement la multiplicité des langues nous dédommage de ce qu'elle nous coûte. Homère, Démosthène, Socrate lui-même, ne savaient que la langue de leur nourrice. Un jeune Grec employait à l'étude des choses ces précieuses années qu'un jeune Français consacre à l'étude des mots.* Ce passage nous paraît suffisant pour la justification de Marivaux, si en effet il n'a pas su le latin, et s'il a besoin de justification pour l'avoir ignoré.

Quant à la langue grecque, nous conviendrons qu'il l'ignorait absolument, mais nous dirons pour son excuse qu'il n'est pas, à beaucoup près, le seul ignorant en ce genre ; que cette belle langue, si cultivée par nos devanciers littéraires, a malheureusement peu de faveur aujourd'hui parmi nous. Dans les académies même, qui ont pour objet l'érudition, et à la tête desquelles doit être placée celle des Inscriptions et Belles-Lettres, il se trouve très peu d'hommes qui sachent parfaitement cette langue ; quelques-uns l'ignorent absolument et la plupart n'en ont qu'une connaissance assez légère, mais n'en citent pas moins Homère et Sophocle, comme s'ils les savaient par cœur.

La fureur du bel esprit a gagné, pour ne pas dire infecté, tous les états de la république littéraire et fait mépriser tout autre genre de prétention. Nous appelons nos savants aïeux *des pédants instruits* ; ils nous appelleraient tout au plus *de jolis écoliers*.

Cette langue grecque, si peu accueillie de nos jours, et devenue pour nos littérateurs, un objet d'indifférence, éprouvait, dans le xvie siècle où elle était fort cultivée, une autre espèce de malheur, la haine et presque la rage de ceux qui l'ignoraient. Il suffisait de la cultiver pour être accusé ou tout au moins soupçonné d'hérésie. Un savant de ce temps-là assure avoir entendu dire en chaire à un moine orateur très éloquent, et surtout d'une science profonde : *On a trouvé une nouvelle langue qu'on appelle* grecque *; il faut s'en garantir avec soin ; cette langue enfante toutes les hérésies : je vois entre les mains d'une foule de gens un livre écrit en cette langue, qu'on appelle* le Nouveau Testament *; c'est un livre plein de ronces et de vipères*. Le même moine ne faisait pas plus de grâce à l'hébreu, et soutenait que tous ceux qui l'apprenaient devenaient juifs.

(2) Dans les jugements qu'une superstition aveugle, ou une philosophie dénuée de goût, ont si souvent prononcés pour ou contre les Anciens, il entre presque toujours une dose plus ou moins légère d'amour-propre. Les fanatiques de l'antiquité croient s'élever au-dessus des vivants, en les mettant au-dessous des morts ; et ses détracteurs préfèrent leur siècle aux siècles passés, parce qu'ils se donnent une part secrète dans cette préférence. Marivaux, par un principe d'amour-propre différent, car l'amour-propre est toujours ici le premier moteur, ne reconnaissait en aucun genre, en aucune nation, en aucun siècle, ni maître, ni modèle, ni héros, et disait quelquefois en plaisantant sur ce sujet :

> *Je ne sers ni Baal, ni le Dieu d'Israël.*

Plus hardi même que ses amis, Fontenelle et La Motte, dans leurs assertions malsonnantes contre les Anciens, *jeune et dans l'âge heureux qui méconnaît la crainte*, il ne parlait jamais d'Homère qu'avec un mépris bien fait pour révolter les justes admirateurs de ce grand poète. S'il avait eu besoin d'autorités pour servir d'appui à ses blasphèmes littéraires, il aurait à peine trouvé des défenseurs dans les deux philosophes qui lui avaient peut-être inspiré ces principes, mais qui, plus modérés ou plus discrets, n'osaient s'expliquer aussi librement que lui, et auraient craint de reconnaître pour leur disciple celui qui outrait leurs jugements jusqu'à s'exposer à leur désaveu.

(3) Marivaux avouait qu'il avait osé *travestir* Homère, non à l'imitation, car il avait trop peu de goût pour le rôle d'imitateur, mais à l'exemple du *Virgile travesti* de Scarron. Il savait que cette bouffonnerie de notre poète burlesque avait été fort accueillie dans un siècle à la vérité bien peu sévère, et que les admirateurs même de Virgile n'avaient pas cru offenser les mânes de ce grand homme en s'amusant un moment d'une telle parodie. Il espérait, de la part des enthousiastes d'Homère, la même faveur ou la même indulgence ; mais, comme nous l'avons dit, ces deux outrages à la mémoire de deux grands poètes, bien différents par le motif et les principes, ne devaient pas non plus être regardés du même œil par les gens de lettres. Scarron, accablé de douleurs cruelles, dont il avait besoin de se distraire à quelque prix que ce fût, est excusable d'avoir cherché, même aux dépens de Virgile et du bon goût, à se faire rire lui-même pendant quelques moments, et à faire rire, s'il le pouvait, ses lecteurs : on assure qu'en travestissant ce grand poète, il le priait quelquefois de pardonner à sa goutte l'espèce de mascarade qu'il faisait subir à l'*Énéide*. Marivaux, qui n'avait pas besoin d'indulgence pour ses amusements, montrait une intention bien plus répréhensible ; il en voulait sérieusement, disait-il, au poète grec, à ses héros, qui parlent tant et qui agissent si peu ; à ses dieux, pires que ses héros ; à ses longs discours, à ses plus longues comparaisons, à toutes les absurdités enfin, c'était son expression, que ce poète s'était permis de mettre en vers. Le censeur d'Homère croyait rendre plus sensible, par sa longue parodie, tout ce qui avait été si amèrement relevé par Charles Perrault, cet intrépide censeur du prince des poètes, qui l'a bien moins ménagé dans ses *Parallèles* que n'avait fait La Motte dans la préface de son *Iliade*, et dans ses *Réflexions sur les critiques*. Marivaux, qui croyait avoir bien réussi par ce moyen à rendre Homère ridicule, prétendait que le burlesque de Scarron n'était que *dans les mots*, et, ce qui était selon lui un grand avantage, que le sien était *dans les choses*. Mais, malheureusement pour lui, et heureusement pour le bon goût, le temps du burlesque était passé ; à peine quelques lecteurs peu difficiles s'amusaient-ils encore du *Virgile travesti*, comme d'une folie sans conséquence, et jugée telle par son auteur même. Le moderne Scarron n'obtint pas même le succès peu flatteur dont l'ancien s'était contenté. Le génie d'Homère, déjà

vainqueur de tant de satires, écrasa sans peine son nouveau détracteur, et douze beaux vers de ce grand poète suffisaient pour anéantir les mauvais vers français de son insipide critique, car cette critique, afin que rien n'y manquât pour la rendre mauvaise, était en vers burlesques, mais moins gais que ceux de Scarron, à qui cependant l'austère Despréaux ne pardonnait pas ce mauvais genre, malgré la gaieté naturelle et sans prétention qui paraissait le lui avoir inspiré. La parodie d'Homère fut oubliée presque en naissant ; et l'auteur, qui dit-on, conserva toujours du faible pour cet enfant bizarre et difforme, n'osait pourtant en parler jamais, soit qu'il se repentît de lui avoir donné naissance sous des auspices malheureux, soit que mécontent de l'indifférence avec laquelle le public avait accueilli cette production avortée, il aimât mieux étouffer son affection paternelle et malheureuse que de la laisser voir en pure perte à ses impitoyables lecteurs.

Il eut, quelques années après, un tort encore plus grand que d'avoir travesti dans l'*Iliade* la production d'un grand poète ; il travestit, dans *Le Télémaque*, l'ouvrage d'un citoyen vertueux ; la morale saine et pure que ce livre respire, l'amour que l'auteur y montre pour ses semblables, les leçons si sages et si douces qu'il y donne au maître du monde, semblaient demander grâce au parodiste, quand il n'eût pas d'ailleurs rendu justice au style enchanteur de Fénelon, aux grâces de son imagination et de ses tableaux, au sentiment et à l'intérêt qu'il sait répandre sur tout ce qu'il touche. Aussi *Le Télémaque* fut-il vengé par le public, plus cruellement encore que ne l'avait été l'*Iliade* ; les gens de lettres, qui avaient reçu avec une sorte d'indignation la parodie d'Homère, ne virent celle de Fénelon qu'avec un dédain bien plus mortifiant pour le parodiste. Sa disgrâce fut si complète qu'il ne put même avoir, en cette occasion, pour consolateurs ses dangereux amis Fontenelle et La Motte, qu'on accusait d'avoir été pour le moins les fauteurs secrets et peut-être les complices de l'*Homère travesti*. Ils étaient déjà assez criminels envers le poète grec, pour n'avoir pas besoin de se rendre encore coupables à l'égard de l'auteur français ; et nous devons à la vérité et à la justice de les disculper tous deux de cette seconde faute de leur ami, qu'il eut grand soin de leur laisser ignorer : car il savait le cas infini qu'ils faisaient l'un et l'autre du *Télémaque*, jusqu'à le mettre au-dessus d'Homère, à qui Fénelon, disaient-ils, avait fait l'honneur de le prendre pour modèle. Il ne s'agit point ici d'apprécier un tel jugement ; si c'était pour Homère un nouvel outrage, c'était au moins une preuve que l'ombre de Fénelon n'avait point à se plaindre d'eux, et qu'ils étaient bien éloignés d'approuver l'injure qu'on venait de lui faire. Aussi Marivaux, qui, peut-être par remords de conscience, n'avait pas achevé cet ouvrage, et l'avait abandonné en cet état à toute la sévérité de ses lecteurs[1], fut si humilié, soit de la faute, soit de la punition, qu'il alla même jusqu'à désavouer *Le Télémaque travesti*, quoique sa manière d'écrire, empreinte à toutes les pages, ne permît pas de chercher un autre coupable.

On peut voir dans la préface de cet ouvrage avec quelle liberté Marivaux cherche à s'égayer aux dépens d'Homère, car il en voulait bien plus à Homère qu'à Fénelon, à qui seulement il savait mauvais gré d'avoir pris ce grand poète pour modèle. Nous citerons quelques traits de cette préface.

« Je ne sais si les adorateurs d'Homère ne regarderont pas *Le Télémaque travesti* comme une production sacrilège et digne du feu ; peut-être même que dans les transports d'admiration qu'ils ont pour le *divin* Homère, l'auteur de cette parodie burlesque, et son esprit impie retourneraient au néant, si leurs imprécations pouvaient autant que pouvait jadis le courroux des fées ; mais heureusement pour moi, les dévots du *divin* Homère n'ont pour moyen de vengeance, contre la profanation de sa divinité, qu'un ressentiment dont l'effet ne passera pas l'expression.

N'est-il pas étrange que l'impunité suive des crimes pareils au mien ! Mais par bonheur pour les adversaires de cette religion infortunée, ils ne périclitent ni dans ce monde ni dans l'autre. Homère, tu t'es acquis un culte, souvent aussi scrupuleusement observé que le vrai ; mais si le mépris de ce culte est sans vengeance, tu n'es donc qu'un *homme* ? Parlez, adorateurs ! est-ce un blasphème que de le penser et de l'écrire[2] ? »

Ce qui suit veut dire en substance qu'Homère pouvait être un géant pour son siècle barbare, mais n'est qu'un pygmée pour le nôtre.

« Serait-il seulement raisonnable, je ne dis pas de mépriser, mais de comparer nos richesses au petit gain de celles que possédaient les temps d'Homère ? Par ses ouvrages, ils ont eu droit d'être frappés

---

1. En fait Marivaux a bien terminé son ouvrage. Nous avons retrouvé et publié le tout (Droz, 1956). Quoi qu'en dise d'Alembert, *Le Télémaque travesti* est curieux et intéressant à plus d'un égard. Voir l'Index des noms cités, ci-après.   **2.** *Œuvres de jeunesse*, p. 717. D'Alembert cite librement.

de leurs richesses ; mais elles ne sont à présent qu'une légère portion des nôtres ; encore a-t-il fallu se donner bien de la peine pour
les mettre en état de s'en servir. Mais brisons là-dessus. Ce serait
trop de crimes à la fois, qu'une préface qui apprécierait Homère à
sa juste valeur, et un livre qui démasquerait ses héros[1]. »

Ces assertions peu réfléchies de Marivaux, ces parodies insipides,
ces écarts, en un mot, de sa jeunesse, ont été, qu'on nous permette
cette expression, la partie honteuse de sa vie ; il était digne de se
faire connaître d'une manière plus avantageuse qu'en travestissant
des productions immortelles, et *Marianne* a fait oublier *Le Télémaque* et l'*Homère travesti*.

(4) Destiné, soit par la nature, soit au moins par son goût, à faire
des romans et des comédies, Marivaux, qui avait débuté de très
bonne heure dans l'une et l'autre carrière, les suivit en même temps
toutes les deux presque jusqu'à la fin de sa vie, donnant successivement au public, tantôt une partie de roman, tantôt un ouvrage de
théâtre. Comme toutes ses comédies sont à peu près du même
genre, qu'il en est aussi à peu près de même de ses romans, et qu'en
même temps nous croyons voir entre ses romans et ses comédies
des différences assez sensibles, les réflexions que nous avons à faire
sur ces doubles productions de notre académicien seront, à plusieurs égards, applicables, les premières à toutes ses comédies, les
secondes à tous ses romans ; mais pour mettre dans ces réflexions
plus de précision et de clarté, autant du moins que nous en sommes
capables, nous avons cru devoir, pour ainsi dire, décomposer les
talents de Marivaux, considérer séparément en lui d'abord l'auteur
dramatique, ensuite l'auteur de romans, et marquer le caractère
général de ses ouvrages en ces deux genres, l'espèce de mérite qui
les distingue, et les défauts qui leur sont propres. Puisse la justice
et la vérité que nous avons tâché de ne point perdre de vue dans
cet examen suppléer à la finesse que Marivaux a su répandre dans
ses productions, et que nous ne nous piquons pas d'imiter !

(5) La prose, disait souvent Marivaux, est le vrai langage de la
comédie. Un ami et partisan de La Motte n'avait garde de penser
autrement ; et c'est en effet ainsi qu'il a écrit toutes ses pièces
comiques, à l'exception du *Père prudent*, son coup d'essai, soit que

---

1. *Ibid.*, pp. 47-48.

dans ce coup d'essai son amour-propre voulût montrer tout ce que son esprit savait faire, soit qu'il n'eût point encore, sur cet objet, de système arrêté. Son peu de goût pour la poésie, dont il ne se cachait guère, tenait d'une part à sa communauté de principes avec La Motte et Fontenelle, et de l'autre, au peu de talent qu'il se sentait, quoiqu'il n'en convînt pas, pour ce genre d'écrire. Après cela, on ne sera pas étonné qu'il ait proscrit la versification de ses pièces de théâtre ; il aurait mis *Annibal* même en prose, s'il l'avait osé. Des auteurs qui ont brillé sur la scène comique, et dont presque toutes les comédies sont en vers, n'étaient pas éloignés de penser comme Marivaux sur les comédies en prose. (Voir l'article de Boissy[1].)

(6) La comédie du *Père prudent* ne doit être regardée que comme la tentative d'un talent naissant, dont la philosophie et le goût aiment à voir les premiers efforts pour en observer la marche et les progrès. En effet, on aperçoit déjà dans cette pièce, quoique faiblement, ce que Marivaux promettait d'être, et ce qu'il a été depuis. On y voit à la fois et les motifs d'encouragement, et les objets de critique qu'un ami d'un goût sûr y aurait trouvés ; c'est une espèce de chrysalide, si nous pouvons parler ainsi, où des yeux exercés peuvent démêler au microscope le germe de ses talents et de ses défauts ; et peut-être conclura-t-on de cet examen qu'il n'eût pas été impossible à des censeurs sévères, s'il eût été assez heureux pour les trouver, de rendre vraiment utile aux lettres le talent dont il donnait déjà des marques, et de mettre ce talent dans toute sa valeur, en épurant, pour ainsi dire, le genre d'esprit que l'auteur avait en partage, et en le sauvant des écarts où l'abus de cet esprit devait l'entraîner. Il y a lieu de croire que la docilité pour leurs leçons n'aurait pas manqué au jeune écrivain, si l'on en juge par le peu de cas qu'il parut faire lui-même de son coup d'essai, malgré le succès qu'il avait eu dans les sociétés, et la tendresse si naturelle et si pardonnable d'un auteur novice pour ses premières productions.

(7) Le sujet de *La Mort d'Annibal*, en prêtant beaucoup à l'élévation des idées, présentait, dans le grand Corneille, un dangereux objet de comparaison. Marivaux osa presque lutter contre ce grand homme, et quelques scènes de cette pièce ne parurent pas tout à fait indignes du parallèle. Cette tragédie néanmoins eut peu de

---

1. L'Éloge de Boissy, dans le même volume.

succès, parce qu'il faut au théâtre de l'intérêt et du mouvement, et que la pièce en avait peu. La faiblesse du coloris et du style contribuait encore à cette langueur. Cependant, quoique l'ouvrage n'eût pas attiré la foule, une partie du moins des spectateurs l'accueillit avec bienveillance ; et déjà ces suffrages bénévoles, qui offrent si souvent aux auteurs une tentation bien propre à les faire succomber, encourageaient Marivaux à courir encore la carrière tragique ; mais plus éclairé par son peu de succès qu'aveuglé par les éloges, il s'apprécia lui-même plus sévèrement encore que n'avait fait l'indulgence ou l'estime de ses juges, et n'eut garde de faire, en ce genre, un nouvel essai de ses forces. Non seulement il se rendait justice sur la *vigueur tragique* dont il était dépourvu, mais quelque peu favorable qu'il fût à la poésie, il ne pouvait se dissimuler la nécessité d'écrire la tragédie en vers, pour ne pas courir, disait-il, même injustement, le risque d'une chute humiliante ; et il se sentait peu de talent pour la versification noble, élégante et harmonieuse, si nécessaire à ce genre d'ouvrage, quand l'auteur joint à l'ambition d'être applaudi au théâtre celle de l'être encore à la lecture, et de jouir, après une existence brillante et passagère, d'une existence solide et durable.

(8) En renonçant au théâtre tragique, et en le jugeant trop au-dessus de ses forces, Marivaux conserva du moins ce sentiment honnête et assez peu commun chez les poètes, d'applaudir au succès d'un autre dans un genre auquel il s'était condamné lui-même à renoncer. Il est vrai qu'il ne choisit pas fort heureusement l'objet de son culte ; mais nous ne voulons louer ici que sa candeur et non pas son goût. La Motte, son ancien et dangereux ami, avait donné, peu de temps après les représentations d'*Annibal*, sa tragédie de *Romulus*, ouvrage faible d'intérêt, de conduite et de style ; mais l'auteur avait tâché, suivant ses moyens, d'y mettre une énergie et une élévation de sentiments qui donna aux spectateurs un moment d'illusion, et qu'*Annibal* leur avait montrée avec un succès moins heureux. Marivaux, séduit peut-être uniquement par l'amitié, car nous devons l'excuser autant qu'il est en nous, entreprit l'éloge de cette pièce et la défense de l'auteur contre les critiques que son triomphe, bien ou mal mérité, lui attirait de toutes parts ; c'était déjà beaucoup pour une production, qui, malgré la vogue passagère qu'elle obtint dans sa nouveauté, est aujourd'hui presque entièrement tombée dans l'oubli : mais il osa plus encore ; il eut le courage maladroit de hasarder une comparaison assez avantageuse de *Romulus* avec les

pièces de Corneille et de Racine[1]. Certainement l'illusion, soit du goût, soit de l'amitié, ne pouvait aller plus loin. Aussi l'éloge fit-il à la pièce plus de mal encore que ses critiques ; les auditeurs même qui avaient un moment applaudi l'ouvrage trouvèrent que le faiseur d'éloges, en voulant motiver leur estime, avait de beaucoup passé ses pouvoirs. Il fut presque accusé d'avoir voulu se moquer de celui qu'il célébrait, en lui donnant, entre deux héros du théâtre tragique, une place que ses partisans même étaient bien éloignés de lui accorder. Le public prononça si énergiquement son désaveu sur ce point que si les louanges de Marivaux eussent été données à *Romulus* dans le fort de son succès, peut-être ce succès en aurait-il souffert, tant il est utile de répéter aux écrivains avides de gloire, et à leurs trop zélés prôneurs, ces vers si sages de La Fontaine, que nous avons déjà trouvé l'occasion d'appliquer à des jugements semblables :

> *Rien n'est si dangereux qu'un imprudent ami ;*
> *Mieux vaudrait un sage ennemi.*

Marivaux, peu louangeur de son naturel, le devint encore moins dans la suite, quand il eut vu le peu de fortune de ses éloges. Il croyait n'avoir guère besoin d'être corrigé sur cet article, et cependant il le fut.

(9) Dans le cours d'environ trente ans, Marivaux donna, sur la scène française et sur la scène italienne, environ trente pièces, qu'il partagea à peu près également entre les deux théâtres ; il semble qu'il ait craint de faire de la jalousie. S'il voulut mettre dans le partage cette sorte de délicatesse, elle eut pour lui quelque désavantage ; car il fut, comme nous l'avons dit, plus heureux chez les Italiens que chez les Français, par les raisons sans doute que nous en avons données. C'est une chose assez singulière, que l'indulgence du public à tous les autres théâtres, et sa sévérité à celui de la Comédie-Française. Dans ce dernier, il regarde les auteurs comme des hommes qui ont affiché leurs prétentions aux talents et à l'esprit, et d'après ces prétentions, il les juge à la rigueur. Partout ailleurs, il voit à peine dans les pièces qu'on lui donne un objet de critique, et il tient à la fois compte aux auteurs de leurs tentatives pour lui plaire et du peu de confiance qu'ils ont eu dans leurs propres forces, en

---

1. Voir le passage du *Spectateur français* cité plus haut, dans le volume des *Journaux et Œuvres diverses*, p. 123.

cherchant à lui plaire sans prétention à ses éloges. Il est vrai que certains spectateurs ne sont pas toujours aussi indulgents que la multitude. Un de ces derniers, qui voyait au Théâtre-Italien une pièce fort applaudie, et qui la trouvait mauvaise, le disait franchement à ses voisins : *Mais cela est assez bon pour le Théâtre-Italien*, lui dit un spectateur moins difficile que lui. — *À la bonne heure*, répondit-il ; *mais cela n'est pas assez bon pour moi.*

Nous permettrait-on de hasarder à ce sujet une réflexion que le zèle du bien public nous inspire ? On se plaint depuis longtemps, et avec raison, que les farces journellement représentées sur les théâtres des boulevards, et sur ceux de la foire, ne sont bonnes, pour la plupart, qu'à corrompre les goûts et les mœurs. On soutient d'un autre côté, et ce me semble encore avec raison, que trop de faveur accordée au genre de pièces, connues sous le nom de *drames*, et qui ont pour objet des actions intéressantes et tirées de la vie commune, pourrait nuire sur le Théâtre-Français à la tragédie et à la comédie proprement dites, deux genres d'ouvrages bien supérieurs aux *drames* par les beautés dont ils sont susceptibles, et par le talent qu'ils supposent. Pourquoi, en réservant à la Comédie-Française ces dernières pièces, ne permettrait-on pas de représenter les drames sur les théâtres subalternes ? Le peuple y trouverait au moins des leçons d'honnêteté et de vertu ; il y apprendrait à compatir au malheur de ses semblables ; il y verrait dans des tableaux frappants les funestes effets du vice ; et ce spectacle jugé si pernicieux deviendrait alors utile, très digne même d'être encouragé.

Il est un autre genre dont on a tenté quelques essais, et qui pourrait encore réussir à ces mêmes spectacles ; nous voulons parler des pièces où l'on a essayé de mettre en action les faits historiques, comme le *François II* du président Hénault. Ces sortes d'ouvrages, représentés encore sur les petits théâtres, instruiraient le peuple des événements les plus intéressants de notre histoire, et, par les différents exemples qu'on lui mettrait sous les yeux, entretiendraient en lui l'amour de la vertu, l'horreur du crime, le dévouement pour la patrie, et l'honneur national. On pourrait, dans la même vue et avec le même succès, composer et faire jouer de pareilles pièces dans les collèges, pour l'instruction et pour l'éducation morale de la jeunesse. Ce genre d'exercice serait bien préférable aux mauvaises tragédies dont on chargeait autrefois la mémoire des enfants, et même aux bonnes tragédies estropiées ou mutilées qu'on leur faisait apprendre ou représenter.

(10) Marivaux, qui avait fort connu Mlle Lecouvreur, racontait d'elle un trait singulier. Accoutumée à jouer sur le théâtre les rôles de princesse, elle en avait tellement pris l'habitude qu'elle en portait souvent dans la société le ton et les manières. Et ce n'est pas la seule personne de sa profession à qui l'on ait reproché ce ridicule. Elle passait un jour avec Marivaux devant la porte d'une communauté religieuse, où elle avait reçu la première éducation, et se tournant vers cette porte, elle se mit à pleurer : *Qu'avez-vous donc ?* lui dit Marivaux. *Hélas !* répondit-elle, *je pleure d'avoir si mal suivi les principes que j'ai reçus dans cette maison. Mademoiselle,* lui dit-il, *je ne puis que respecter vos pleurs ; mais choisissez donc ou d'être la plus grande princesse du monde, ou la personne du monde la plus raisonnable.*

(11) L'acteur dont nous avons rapporté les paroles justifiait assez bien auprès de Marivaux sa manière de jouer ; ce ne sont pas en effet des métaphysiciens subtils, mais des auditeurs pour la plupart très ordinaires, qui remplissent le spectacle, et qui n'y viennent que pour rire ou pleurer, sans apprêt comme sans étude. Le Misanthrope pensa être sifflé dans la critique du sonnet, parce que le parterre avait eu la bêtise d'en applaudir les vers, et l'auteur l'imprudence de ne pas le prévenir que les vers étaient mauvais. Molière se repentit de lui avoir supposé tant d'intelligence, et Marivaux eut raison de laisser les acteurs jouer à leur fantaisie, sinon de la manière qui convenait le mieux à ses pièces, au moins de celle qu'ils jugeaient le plus profitable pour lui et pour eux. *Il se pourrait bien en effet,* disait-il, *que cette simplicité de jeu pour laquelle je réclame, réellement meilleure pour l'ouvrage, fût réellement aussi plus mauvaise pour le pauvre auteur.* On a reproché à plusieurs comédiens de trop jouer pour le parterre ; peut-être ce qu'ils faisaient par défaut d'intelligence était-il plus utile qu'on ne croyait au succès des acteurs et de la pièce.

(12) Il est surprenant que Marivaux, donnant, pour ainsi dire, toujours la même comédie sous différents titres, n'ait pas été plus malheureux sur la scène : car nous devons dire à son honneur que presque toutes les pièces qu'il a faites dans ce genre métaphysique sont restées au Théâtre-Italien, et un assez grand nombre au Théâtre-Français. Plus d'un auteur s'est répété moins souvent et avec moins de succès et de bonheur. *J'ai guetté,* disait-il, qu'on nous per-

mette de le faire parler encore un moment, *j'ai guetté dans le cœur humain toutes les niches différentes où peut se cacher l'amour lorsqu'il craint de se montrer, et chacune de mes comédies a pour objet de le faire sortir d'une de ses niches.* Il faut avouer qu'on ne saurait l'en faire sortir avec plus d'esprit et d'adresse ; mais il faut convenir aussi que ce genre d'esprit et d'adresse n'est pas celui qu'il faut au théâtre, surtout quand c'est le genre unique de l'auteur et le pivot continuel de toutes ses comédies. Marivaux fait aux spectateurs et aux lecteurs même un honneur qu'ils ne méritent pas, en leur supposant à tous le genre d'esprit que la nature lui avait donné, et qui ne saurait tout au plus être entendu et goûté que du petit nombre de ses pareils. Il ne se contenta pas de donner, sous différents titres, *La Surprise de l'amour*, distinguée seulement dans chaque pièce par des nuances différentes. Il donna, *sous le même titre*, aux Italiens et aux Français une *Surprise de l'amour* dont le sujet était le même. C'était un nouveau tour de force, qui, à la vérité, ne lui réussit pas tout à fait, au moins dans la nouveauté. La pièce qu'il donna aux Italiens réussit ; celle des Français tomba ; cependant la dernière était mieux faite, et pleine de détails plus fins, mais la première était plus gaie, et le public préféra ce qui le faisait rire. Mais bientôt *la Surprise de l'amour* d'abord malheureuse aux Français se releva avec assez de distinction pour balancer au moins sa rivale. Elle est restée au théâtre, et continuera d'y être vue avec plaisir, tant qu'il s'y trouvera des acteurs capables de la jouer.

Au reste, il n'est pas le seul à qui on puisse reprocher d'avoir fait des comédies qui sont toutes jetées dans le même moule. Sainte-Foix, tant loué de son vivant dans les journaux, et qui a fait, dans le genre médiocre, quelques ouvrages agréables, mérite absolument la même critique par rapport à ses pièces de théâtre. Toutes sont aussi des *Surprises de l'amour* ; mais avec cette différence, disait Marivaux lui-même, *que dans les pièces de Sainte-Foix, c'est un amour naissant qui ne se connaît pas lui-même, et dans les miennes, un amour adulte et tout formé, qui craint et refuse de se connaître.* Dans ces comédies de Sainte-Foix, qui sont pour la plupart des pièces en un acte, il y a plus de naturel mais moins d'esprit et de finesse que dans celles de Marivaux ; les premières doivent aux acteurs la plus grande partie de leurs succès, et les secondes à l'auteur même. On peut ajouter que les pièces de Sainte-Foix se ressemblent encore plus que celles de Marivaux, qui du moins a mis dans les siennes toute la variété que pouvait lui permettre le cercle étroit qu'il s'était tracé ;

au lieu que Sainte-Foix ne peint jamais que l'amour d'une jeune personne ingénue et naïve. Marivaux, ainsi que nous l'avons observé, décrit dans son cercle des lignes qui ne sont pas les mêmes, et qui s'approchent sans se confondre ; Sainte-Foix décrit toujours la même ligne dans le sien.

(13) On aurait pu dire de Marivaux, dans la société comme dans ses écrits, ce que dit Francaleu dans *La Métromanie*[1], en parlant d'un poète dont il fait l'éloge : *C'est que cela jamais n'a rien dit comme un autre*. Et cet éloge ne lui aurait pas déplu. Cependant, malgré l'affectation qu'on lui a si justement reprochée, personne ne croyait être plus simple, et ne s'en piquait davantage, par la raison qu'il faisait aussi peu d'efforts pour être affecté que les autres en font pour être simples. *On croit*, disait-il, *que dans mes pièces je dis toujours la même chose : j'avoue cette ressemblance de style dans mes ouvrages ; mais c'est le ton de la conversation en général que j'ai tâché de prendre*[2]. Bien convaincu de la solidité de cette défense, il a cherché, de la meilleure foi du monde, la cause secrète, et selon lui très singulière, qui a pu faire sur ce sujet illusion à ses juges, et lui attirer le reproche d'affectation. Il lui était en effet si difficile de parler une langue différente de celle dont on l'accuse que cette langue est celle de tous ses acteurs, de quelque état qu'ils soient, et quelque situation qu'ils éprouvent : c'est surtout dans les conditions les plus basses, dans les valets et les paysans, que ce style paraît le plus étrange au spectateur. Marivaux, voulant d'un côté ne faire dire à ces personnages du peuple que des choses assorties à leur état, et ne pouvant de l'autre, se résoudre à les faire parler naturellement comme les valets et les paysans de Molière, et de toutes les bonnes comédies, met dans leur bouche un jargon tout à la fois bas et précieux ; alliage rare, et que peut-être lui seul pouvait tenter sur la scène sans s'exposer à une disgrâce trop humiliante. Il résulte de ce bizarre amalgame un effet singulier, au théâtre, et d'autant plus singulier, qu'il est bien différent à la lecture. Le spectateur rit souvent d'assez bonne foi dans ces scènes si étranges de valets et de paysans, parce que d'un côté il y a toujours dans ce qu'ils disent le genre d'esprit et de finesse dont ces personnages sont susceptibles, et que de l'autre, le langage singulier dont ils se servent,

---

1. De Piron (1738). **2.** Avertissement des *Serments indiscrets* (p. 1064 *sq.*).

aidant le spectateur à mieux sentir cette finesse, ne lui laisse pas le temps de s'apercevoir qu'ils ne parlent ni en paysans ni en valets ; mais à la lecture, on ne voit plus que le défaut de naturel et de vérité de ce langage ; et si le spectateur rit un moment aux choses qu'ils disent, le lecteur, il faut l'avouer, rit un peu plus longtemps de ce que l'auteur leur fait dire.

Néanmoins, à travers ce jargon si entortillé, si précieux, si éloigné de la nature, Marivaux a su conserver un mérite dont on doit lui savoir d'autant plus de gré qu'on le croirait incompatible avec un pareil langage, et qu'il est même peu commun dans nos auteurs dramatiques, quoiqu'ils parlent une langue plus naturelle que lui. Ce mérite est la vérité du dialogue. Qu'on passe un moment à ses acteurs ce jargon bizarre, comme s'ils ne pouvaient en avoir un autre, on verra qu'ils se disent et se répondent toujours ce qu'ils doivent se dire et se répondre dans la situation où ils se trouvent ; il est vrai que ce dialogue, malgré sa justesse, deviendrait à la fin très fatigant, au moins dans les longues scènes ; mais l'auteur, qui apparemment a senti cet inconvénient, y a remédié de son mieux par un dialogue très coupé, et par des scènes aussi courtes que chaque situation peut le permettre.

(14) Le premier roman[1] que donna Marivaux avait pour titre : *Pharsamon ou les Nouvelles Folies romanesques* ; il se proposait d'imiter *Don Quichotte* ; mais il ne fut guère plus heureux à imiter, qu'il ne l'avait été à travestir. Il parut fort au-dessous de son modèle, qui lui-même, malgré son rare mérite, aurait peut-être assez de peine, s'il n'était ancien, à nous intéresser aujourd'hui, parce que le genre de folie qu'il attaque n'existe plus, et que d'autres ridicules ont succédé à celui du héros de la Manche, devenu suranné pour nous. Il y a aussi dans cet ouvrage un Cliton, qui est au Sancho espagnol ce que Pharsamon est à Don Quichotte. Ce Cliton, dans le roman de Marivaux, parle à peu près la même langue que les valets de ses comédies ; il a, comme Sancho, de l'esprit et même de la gaieté ; mais l'esprit et la gaieté de Sancho sont d'un homme du peuple ; et si ses idées ne sont pas nobles, si son langage est familier, il ne tombe jamais ni dans le précieux ni dans le bas. Cliton est tantôt une manière de métaphysicien qui n'a de valet que l'habit,

---

1. Les dates et l'ordre des ouvrages donnés par d'Alembert, qui se fie à ses devanciers, sont inexacts. Voir la Chronologie, p. 23 *sq*.

tantôt un personnage ignoble qui n'a de propos que ceux de la plus vile populace.

(15) Les deux principaux romans de Marivaux, auxquels même il doit presque entièrement la réputation dont il a joui, sont *Marianne* et *Le Paysan parvenu* ; ouvrages où l'esprit avec des fautes, et l'intérêt avec des écarts, valent encore mieux que la froide sagesse et la médiocrité raisonnable. C'est l'éloge qu'on peut leur donner, avec quelques restrictions sans doute, mais pourtant avec justice.

De ces deux romans, *Marianne* est celui qui a la première place au moins pour le plus grand nombre de lecteurs, parce qu'ils y trouvent plus de finesse et d'intérêt ; cependant *Le Paysan parvenu* a aussi ses partisans par le but moral que l'auteur s'y propose, et par une sorte de gaieté qu'il a tâché d'y répandre.

Marianne est une jeune personne d'une naissance illustre, mais qui ignore le sang dont elle est sortie, et qui, privée, dès sa première jeunesse, de ses parents qu'elle ne connaît pas, successivement recueillie par différents bienfaiteurs, ayant essuyé la dureté des uns et la compassion avilissante des autres, tourmentée surtout par un amour qui la rend malheureuse, éprouve enfin, après bien des traverses et des larmes, qu'il reste encore sur la terre de l'honnêteté, de la bienfaisance et de la vertu.

Dans *Le Paysan parvenu*, dont le titre montre assez le sujet, l'objet principal de l'auteur, comme il le dit lui-même, a été de faire sentir le ridicule de ceux qui rougissent d'une naissance obscure, et qui cherchent à la cacher. *Cet artifice*, dit-il, *ne réussit presque jamais ; on a beau se déguiser la vérité là-dessus, elle se venge tôt ou tard des mensonges dont on a voulu la couvrir, et jamais je ne vis en pareille matière de vanité qui fît une bonne fin.* Marivaux avait la prétention, au moins très louable, de faire trouver dans ses romans des leçons semblables, et d'y être un auteur moral ; car quoiqu'il paraisse n'avoir été occupé que d'y mettre de l'esprit, il désirait d'être utile encore plus que de plaire. *Je serais peu flatté*, disait-il, *d'entendre dire que je suis un bel esprit ; mais si on m'apprenait que mes écrits eussent corrigé quelques vices, ou seulement quelques vicieux, je serais vraiment sensible à cet éloge.*

(16) Ce tableau si intéressant de la vertu noble et fière au milieu du malheur et de l'indigence fait d'autant plus d'honneur à Marivaux que dans cette peinture il a tracé le portrait de son âme, et exprimé

ce que lui-même avait plus d'une fois senti. Par une suite de cette fierté, il dédaignait de faire sa cour à ceux qui auraient pu contribuer à l'enrichir, et qui même auraient mis de la vanité à lui être utiles. Sa vie privée était uniforme et simple, bornée à la société d'un très petit nombre d'amis, et presque obscure par le peu d'empressement qu'il avait de se répandre. Aussi se piquait-il de la plus grande indifférence sur sa fortune ; et le peu d'aisance où il a vécu n'a que trop prouvé combien il disait vrai. Nous avons même de lui à ce sujet une lettre intéressante, où il peint d'une manière aimable, quoique toujours avec son style, son indolence et son incurie philosophique.

« Oui, mon cher ami, dit-il, je suis paresseux, et je jouis de ce bien-là en dépit de la fortune, qui n'a pu me l'enlever, et qui m'a réduit à très peu de chose sur tout le reste ; et ce qui est fort plaisant, ce qui prouve combien la paresse est raisonnable, c'est que je n'aurais rien perdu des autres biens, si des gens qu'on appelait sages ne m'avaient pas fait cesser un instant d'être paresseux. Je n'avais qu'à rester comme j'étais... et ce que j'avais m'appartiendrait encore... Mais, moitié honte de paraître un sot en ne faisant rien, moitié bêtise d'adolescence, et adhérence de petit garçon au conseil de ces gens sensés... je les laissais disposer, vendre pour acheter, et ils me menaient comme ils voulaient... Ah ! sainte paresse ! salutaire indolence ! si vous étiez restées mes gouvernantes, je n'aurais pas vraisemblablement écrit tant de *néants* plus ou moins spirituels ; mais j'aurais eu plus de jours heureux que je n'ai eu d'instants supportables [1]. »

(17) Un autre reproche qu'on peut faire à Marivaux dans ses romans, c'est de s'y être permis de trop longs épisodes ; celui de la religieuse, dans *Marianne*, occupe lui seul plus d'un volume, et distrait trop le lecteur de l'objet principal. Si j'osais hasarder ici mon opinion dans un genre où je me sens peu digne de juger, il me semble que les épisodes dans les romans sont faits pour impatienter le lecteur, au moins si j'en juge par le sentiment qu'ils me font éprouver. On les permet, on les autorise même dans les poèmes épiques, parce que l'objet de ces ouvrages est encore moins d'exciter un grand et vif intérêt que d'attacher le lecteur par la richesse des détails. Aussi n'y a-t-il pas un poème épique dont on interrompe

---

1. On trouvera le texte exact et complet de cette lettre dans le volume des *Journaux et Œuvres diverses*, pp. 443-444.

sans peine la lecture où l'on voudra, sans être trop pressé de la reprendre ; mais malheur à tout roman que le lecteur n'est pas pressé d'achever. Quel plaisir peut-on donc espérer de lui voir prendre aux épisodes dont presque tous nos romans sont surchargés ? fécondité malheureuse, qui veut jouer l'imagination, mais qui n'indique qu'une stérilité véritable, et l'impuissance de soutenir longtemps un grand intérêt réuni sur un seul objet. *Quand je rencontre un de ces épisodes,* disait un philosophe, *je suis tenté de déchirer le feuillet ; sauter l'épisode est plus tôt fait encore, et je n'y manque jamais. Eh ! mon Dieu,* dis-je tout bas à l'auteur, *si vous avez de quoi faire deux romans, faites-en deux, et ne les mêlez pas pour les gâter l'un et l'autre.*

(18) Le théâtre demande du mouvement et de l'action, et les pièces de Marivaux n'en ont pas assez. La comédie est un spectacle national et populaire, et les pièces de Marivaux sont d'un genre peu propre à la multitude. Dans ses romans, les peintures sont, à la vérité, plus fines encore que dans ses comédies, mais on a le temps de les envisager plus à son aise ; les tableaux d'ailleurs sont plus variés, et par conséquent réveillent davantage. Telle est, à notre avis, la raison de la préférence que les romans de Marivaux ont obtenue sur ses comédies. Ces romans néanmoins, outre les défauts que nous y avons reconnus, ont encore celui de n'être achevés ni l'un ni l'autre ; défaut qui doit diminuer beaucoup le plaisir qu'on peut prendre à cette lecture, ou dégoûter du moins d'en faire une seconde ; et malheur à tout roman qu'on n'est pas tenté de relire !

(19) Les Anglais font surtout beaucoup de cas du *Spectateur* de Marivaux, qui, d'après l'idée que nous en avons donnée, doit être en effet pour eux la plus intéressante de ses productions. On assure qu'ils mettent ce livre à côté de La Bruyère [1] ; il nous sera permis de ne pas penser comme eux, et de croire sans vanité que nous sommes sur ce point des juges plus compétents. Ils ne placent pas de même Marivaux sur la ligne des écrivains qu'ils ont eus dans le même genre ; d'abord parce qu'un Anglais préfère rarement d'autres écrivains à ceux de sa nation, et ensuite, par une raison à laquelle toutes les nations doivent souscrire, par la supériorité réelle et bien reconnue des Pope, des Addison et des Steele, auxquels le *Spectateur*

---

1. Voir les *Journaux et Œuvres diverses.*

anglais est redevable de son succès et de sa renommée. À cette restriction près, ils sont si favorables à Marivaux qu'ils nous reprochent de n'avoir pas pour lui assez d'estime.

(20) Nous avons dit dans l'éloge de Destouches[1] que Dufrény avait aussi le même travers que Marivaux, d'estimer peu le créateur de notre théâtre comique. C'était peut-être par cette raison que notre académicien, si avare d'éloges pour Molière, en donnait volontiers à Dufrény, le seul de ses contemporains que nous lui ayons entendu louer. Nous avouerons cependant, pour l'honneur de l'un et de l'autre, que Marivaux pouvait fonder sur d'autres motifs beaucoup plus justes le cas qu'il faisait de cet écrivain ; l'originalité piquante de Dufrény était auprès de son panégyriste une assez bonne recommandation ; peut-être croyait-il y trouver un exemple et une apologie du style dont on l'accusait lui-même ; peut-être se flattait-il, sans trop le laisser voir, que ses contemporains, si prompts à le censurer, lui rendaient enfin la même justice qu'ils rendaient à Dufrény depuis qu'il n'existait plus. Mais il y avait entre l'originalité de l'un et celle de l'autre cette prodigieuse différence, que l'originalité de Dufrény est plus dans les choses, et celle de Marivaux dans le langage ; la diction singulière du premier est toujours la peinture naïve d'une idée singulière, et par cette raison paraît naturelle, quoique originale ; le style du second ne fait souvent qu'exprimer d'une manière précieuse des choses ordinaires, qui ne méritaient pas tant de frais.

Corneille et Montaigne étaient, après Dufrény, les seuls auteurs que Marivaux daignait louer quelquefois ; et Montaigne encore plus que Corneille, par cette seule raison que la manière d'écrire de Montaigne était plus à lui, moins faite pour tenter le peuple imitateur, et plus faite par conséquent pour plaire à un écrivain qui se piquait lui-même de ne ressembler à personne.

(21) Une différence essentielle entre le tartuffe de Molière et celui de Marivaux, c'est que le dernier se repent, à la mort, d'avoir voulu corrompre sa pupille. Ce rôle de Climal est l'un des meilleurs de l'ouvrage. Marivaux lui fait parler successivement, et avec la plus grande vérité, le langage apprêté et mielleux de la fausse dévotion, lorsqu'il n'est qu'hypocrite et séducteur, et le langage touchant et

---

1. Dans le même volume des *Éloges des membres de l'Académie française*.

vrai de la contrition, lorsqu'il est repentant. Ce dernier morceau, qui est comme la confession de Climal, est écrit avec beaucoup de naturel ; en général Marivaux l'est presque toujours lorsqu'il veut peindre des objets intéressants. Marianne, toutes les fois qu'elle parle sentiment, s'exprime d'une manière aussi simple que touchante. Elle ne quitte ce style que lorsqu'elle s'abandonne aux réflexions si prodiguées dans son histoire, et que l'auteur, dans la préface de ce roman, a essayé de justifier, comme la ressemblance de ses pièces. Mais il a beau dire, dans un roman comme dans une histoire, les longues réflexions impatientent et glacent le lecteur. On les aime chez Tacite, parce qu'elles sont courtes, énergiques, renfermant un grand sens en peu de paroles, et incorporées avec les faits ; presque partout ailleurs elles ennuient ; et de plus, chez Marivaux, elles fatiguent, parce qu'elles joignent à l'ennui de la longueur l'affectation du style.

(22) Lorsque l'Académie adopta Marivaux, on trouva surtout très mauvais, et sur ce point seul on était juste, que les portes de cette compagnie fussent ouvertes à l'auteur de *Marianne* et d'*Annibal*, dans le temps qu'elles étaient fermées à celui de *La Henriade* et de *Zaïre*. On avait très grande raison de se récrier contre cette préférence incompréhensible ; il était en effet bien étrange de n'avoir pas mis encore le plus célèbre écrivain de nos jours à une place où le public s'étonnait depuis trente ans de ne le pas voir, et nos prédécesseurs ont trop fait durer ce scandale, que nous ne saurions trop avouer et trop réparer. Mais on avait tort d'ailleurs de reprocher amèrement à l'Académie le choix qu'elle venait de faire. Si Pline et Lucain eussent vécu du temps de Cicéron et de Virgile, et qu'il y eût eu dans Rome une académie, croit-on qu'il eût été juste d'y refuser à Lucain et à Pline une place au-dessous de l'orateur et du poète latin ? Le Borromini, qui a gâté, du moins pour un temps, l'architecture moderne, mais qui l'a gâtée avec esprit et même avec talent, aurait-il pu être exclu, sans injustice, d'une académie d'architecture ? Marivaux est, si l'on veut, le Borromini de la littérature moderne ; mais ce Borromini est encore préférable à tant d'écrivains médiocres, qui croient avoir un style sage, parce qu'ils ont un style commun. Il est vrai que les singes de Marivaux seraient encore au-dessous de cette populace d'écrivains médiocres. Si Horace a donné le nom le plus méprisant aux simples imitateurs, en les appelant un

bétail esclave, quelle place aurait-il assignée dans la littérature aux détestables copistes d'un mauvais genre ?

(23) La réception de Marivaux à l'Académie française a été le seul événement un peu remarquable de sa vie. Non seulement il fut orageux pour lui avant sa réception, il le fut encore le jour de sa réception même. L'archevêque de Sens, Languet de Gergy, chargé de le recevoir, et obligé, par la place qu'il occupait, de louer ses ouvrages, qu'il ne voulait pas paraître avoir lus, tempéra un peu fortement ses louanges par quelques critiques, qu'il assaisonna, il est vrai, de tous les dehors de la politesse, mais sur lesquelles il aurait pu glisser d'une main plus adroite et plus légère. Le récipiendaire s'en trouva blessé, et fut sur le point, nous le savons de lui-même, de demander publiquement justice à l'Académie et à l'assemblée d'une leçon qui pouvait être juste, mais qui, par la circonstance et par la forme, n'était pas en ce moment fort à sa place. Il eût peut-être trouvé de l'appui dans l'auditoire, déjà blessé, comme lui, de l'espèce de réprimande qu'on lui faisait essuyer, et prévenu d'ailleurs peu favorablement pour le prélat directeur, qui, par ses écrits multipliés sur nos querelles théologiques, s'était fait des amis peu zélés et des ennemis implacables. Mais Marivaux prit un parti plus sage, celui de garder le silence sur un discours qui devait bientôt tomber dans l'oubli, et de ne pas lui donner, par ses plaintes, une célébrité à laquelle il ne prétendait pas.

(24) Fontenelle reconnaissait lui-même toute la différence qui était entre Marivaux et lui. *Il a*, disait-il, *un genre d'esprit qui lui appartient uniquement, et dont seulement il abuse quelquefois. Voilà*, disait encore le philosophe, *du bon Marivaux*, lorsqu'il approuvait quelques traits de ses ouvrages ; et nous ajouterons qu'il approuvait souvent, car il était plus favorable en littérature à l'originalité de l'écrivain qu'à la sévérité du bon goût.

Si Marivaux a sur Fontenelle l'avantage d'avoir quelquefois peint le sentiment avec la plus touchante vérité, il n'en a pas parlé de même ; rien n'est peut-être plus extraordinaire dans ses ouvrages, et c'est beaucoup dire, que la définition qu'il en a donnée. *C'est*, selon lui, *l'utile enjolivé de l'honnête*. À peine peut-on entrevoir dans ce jargon bizarre le sens que prétendait y attacher l'auteur ; à peine devine-t-on qu'il a voulu définir le sentiment de l'amour, lorsque ce sentiment est commandé par la vertu, qui permet à la nature de s'y livrer, et d'en goûter la douceur et les charmes. Un de nos plus illustres écrivains a donné, de l'amour, dans le style même de Marivaux, une définition plus vraie et plus vivement sentie : *C'est*, dit-il, *l'étoffe de la nature, que l'imagination a brodée*.

Fontenelle, dans la dernière édition qu'il donna de ses ouvrages [1], fit imprimer cinq ou six comédies dans ce genre si décrié par les uns, si protégé par les autres, qu'on appelle *tragique bourgeois*, ou *comique larmoyant* ; il mit à la tête une préface très ingénieuse, et même, selon plus d'un critique, assez solidement ingénieuse, qui contient une apologie pour le moins très fine de ce genre inconnu à Molière et à nos meilleurs orateurs comiques. Dans cette préface, il parle avec éloge de La Chaussée et de Destouches qui s'étaient le plus distingués dans cette carrière nouvelle ; il oublia Marivaux, et ne se le pardonnait pas. On eut beau lui dire, pour le consoler, que l'omission était pour le moins bien excusable, puisque le genre de Marivaux était différent de celui dont cette préface était l'apologie : *N'importe*, répondit-il, *je ne me consolerai jamais d'avoir manqué cette occasion de lui témoigner toute mon estime*. Il était d'autant plus affligé de cette omission très involontaire qu'il n'osa jamais en parler à son ami. *Je lui connais*, disait-il, *une sensibilité dont la délicatesse va jusqu'à la défiance, et je craindrais d'augmenter encore à ses yeux, par mon excuse, la faute que je suis déjà si fâché d'avoir commise*.

(25) L'auteur des *Petits Hommes*, en reconnaissant que sa pièce avait dû ennuyer les spectateurs, ne s'exécuta pas, à la vérité, aussi franchement que La Fontaine, qui s'était le premier ennuyé à la sienne, et qui l'avait dit bonnement à ses voisins ; mais notre académicien, en avouant que la principale cause de son ennui avait été l'humiliation de son amour-propre, prouvait au moins, par la naïveté de cet aveu, qu'il se soumettait à l'arrêt prononcé contre lui, et que son dernier mot était de n'en pas appeler. Soumis et docile à la critique quand elle lui paraissait juste, il la méprisait souverainement quand il la croyait déraisonnable ; cependant il ne laissait voir son mépris que par le silence, et ne faisait jamais d'autre réponse. Le seul désir de la paix l'aurait d'ailleurs engagé à se taire : *J'aime mon repos*, disait-il, *et ne veux point troubler celui des autres*. Mais si la douceur de son caractère lui défendait de se venger, la sensibilité de son amour-propre ne lui permettait pas d'oublier.

---

1. Celle de 1751. Voir sur cet épisode, raconté par Trublet, l'ouvrage de Larroumet, *Marivaux, sa vie et ses œuvres*, 1882, p. 299 et note 1.

(26) Marivaux ajoutait encore une raison bonne ou mauvaise en faveur de l'intolérance religieuse dans les vrais croyants : *Je l'excuse*, disait-il, *quoique sans l'approuver parce qu'il s'agit là du plus grand intérêt de l'espèce humaine. L'intolérance littéraire n'est pas dans ce cas-là, et je voudrais bien qu'elle fût plus accommodante.* Aussi assure-t-elle toujours qu'elle ne demande pas mieux que de l'être. Elle ne paraît, si on l'en croit, tenir fortement à son avis que parce qu'on veut la contraindre à y renoncer, et elle laisserait en paix celui des autres, si on daignait faire la même grâce au sien ; elle est, dans toutes les querelles littéraires, le langage ordinaire et réciproque des partis opposés qui s'égorgent mutuellement pour leurs opinions, en assurant qu'ils se bornent à demander grâce pour elles.

(27) Notre académicien était presque aussi révolté des éloges qu'on lui donnait, lorsque ces éloges paraissaient ridicules, qu'il aurait pu l'être d'une épigramme ou d'une satire. Il trouva mauvais que l'auteur du *Mercure* l'eût appelé *Théophraste moderne*, en louant un de ses écrits sur les mœurs et le caractère des Français ; dans la lettre qu'il écrivit là-dessus à ce journaliste, on a de la peine à démêler si son mécontentement venait de ce que la louange lui paraissait trop forte, ou simplement déplacée par le peu de justesse et d'équité qu'il croyait voir dans ce parallèle. Ce qui pourrait faire soupçonner dans ses réclamations un peu de vanité secrète, c'est que dans la lettre dont nous parlons, il se moque un peu des anciens ; c'était une vieille et mauvaise habitude dont il avait peine à se défaire.

(28) Si Marivaux a jamais montré du fiel et même de l'injustice, ç'a été contre un seul homme, et par malheur pour lui, contre le plus illustre écrivain de nos jours. Il ne pardonnait pas à ce grand homme d'avoir lancé un trait contre lui dans un de ses vers [1] ; il s'en souvenait avec amertume, et ne parlait jamais de sang-froid de son détracteur ; il n'entendait pas même de sang-froid les éloges qu'on en faisait quelquefois en sa présence, et que le public est si sujet à répéter. Il est vrai que le trait dont il avait à se plaindre était piquant, fait pour être retenu par tous les lecteurs, et à plus forte raison pour n'être pas oublié par celui qui en était l'objet et la victime :

---

1. On a vu plus haut les attaques portées par Voltaire contre Marivaux, qui, loin d'y jamais répondre publiquement, fit l'éloge de son rival dans *Le Miroir* (*Journaux et Œuvres diverses*, p. 539).

pardonnons à l'amour-propre humilié d'être injuste à son tour pour ceux qui l'humilient ; mettons-nous un instant à sa place, et souvenons-nous des moments de notre vie où notre vanité, excitée par le même motif, et non moins pressée de sa vengeance, n'a été ni plus éclairée ni plus équitable.

Avouons cependant que si Voltaire, peut-être par une tentation de poète, qui ne méprise pas toujours celui dont il paraît se moquer, s'était permis sur Marivaux un vers plaisant et satirique, il lui avait rendu en prose une justice plus sérieuse, plus détaillée, et apparemment plus sincère.

« Je serais fâché, *dit-il dans une de ses lettres, en parlant de Marivaux*, de compter parmi mes ennemis un homme de son caractère, et dont j'estime l'esprit et la probité. Il a surtout dans ses ouvrages un caractère de philosophie, d'humanité et d'indépendance, dans lequel j'ai retrouvé avec plaisir mes propres sentiments. Il est vrai que je lui souhaite quelquefois un style moins recherché et des sujets plus nobles ; mais je suis bien loin de l'avoir voulu désigner en parlant des *comédies métaphysiques*. Je n'entends par ce terme que ces comédies où l'on introduit des personnages qui ne sont point dans la nature, des personnages allégoriques, propres, tout au plus, pour le poème épique ; mais très déplacés sur la scène, où tout doit être peint d'après nature. Ce n'est pas, ce me semble, le défaut de Marivaux. Je lui reprocherai au contraire de trop détailler les passions, et de manquer quelquefois le chemin du cœur, en prenant des routes un peu détournées. J'aime d'autant plus son esprit que je le prierais de ne le point prodiguer. Il ne faut pas qu'un personnage de comédie songe à être spirituel, il faut qu'il soit plaisant malgré lui et sans croire l'être. C'est la différence qui doit être entre la comédie et le simple dialogue[1]. »

Nous ne voudrions pas répondre que Voltaire pensât bien exactement et à la rigueur tout ce qu'il dit dans cette lettre, et qu'en se moquant de *comédies métaphysiques*, il n'eût pas eu tant soit peu en vue celles de Marivaux, dont c'est là, en effet, le défaut principal. Mais en général la manière dont il juge ici notre académicien est assez équitable pour laisser croire qu'en effet c'était au fond, et à peu de chose près, sa vraie façon de penser sur cet ingénieux écrivain.

---

1. Voir plus haut (p. 2051) le texte exact de ce passage de la lettre à Berger de février 1736.

(29) Dans ses mouvements d'humeur ou de justice contre les auteurs de parodies, Marivaux ne se souvenait pas qu'en travestissant autrefois *Télémaque*, il s'était lui-même rendu coupable de la faute qu'il leur reprochait ; mais il se croyait moins criminel, parce qu'il n'avait travesti que des morts, à qui la louange et la critique étaient indifférentes ; c'en était assez pour mettre sa morale à couvert, mais non pas pour justifier son goût.

(30) Dans quelques-uns de ces *ana*, dont les anecdotes sont si suspectes, on a rapporté autrement un fait si honorable à Helvétius. On lui fait dire : *Oh ! comme j'aurais traité Marivaux, si je ne lui faisais pas une pension* ; et on a la sottise de lui donner des éloges pour avoir parlé de la sorte. Le compilateur d'anecdotes n'a pas senti combien il y aurait eu peu de délicatesse dans un pareil discours. Aussi n'a-t-il pas été tenu par Helvétius qui avait l'âme trop honnête et trop élevée pour se venger ainsi de celui dont il était le bienfaiteur. Parlant un jour à l'auteur de cet éloge de l'humeur que Marivaux avait souvent avec lui : *Il me paye*, disait-il, *avec usure le peu de bien que je lui fais ; heureusement pour moi je m'en souviens quand il me maltraite, et je dois à ce souvenir la satisfaction inexprimable que je ressens, de ne pas rendre ma bienfaisance amère à l'homme vertueux et sensible que j'ai eu le bonheur d'obliger.*

(31) On pourrait ajouter à cette réponse si philosophique et si modeste sur la nature de l'âme que le P. Malebranche[1], qui avait étudié l'âme toute sa vie, avouait lui-même n'en pas savoir davantage, et se bornait à en croire la spiritualité et l'immortalité, sans se piquer, comme il le disait en propres termes, d'avoir une idée claire de sa substance. Si on était tenté de former quelque soupçon sur l'ignorance de Marivaux à cet égard, celle du pieux oratorien suffirait pour la justifier aux yeux du moins des hommes sages, qui, déjà trop affligés de voir l'impiété où elle est, n'ont garde de la chercher encore où elle n'est pas.

(*Éloge des Membres de l'Académie française*,
édit. A. Belin, des *Œuvres*, 1821-1822, t. III, pp. 577-601.)

---

1. Sur les rapprochements entre la pensée de Malebranche et celle de Marivaux, voir l'Index du volume des *Journaux et Œuvres diverses*.

IV

Mahomet second

NOTICE

On doit à Henri Lagrave [1] la précieuse découverte d'une tragédie
en prose de Marivaux, intitulée *Mahomet second*, dont, malheureusement, seules les cinq premières scènes du premier acte sont
conservées. On ne dispose pas non plus de l'indication du lieu de
la scène, qui peut être aisément suppléée, ni de la liste des personnages, dont la perte est plus fâcheuse, Encore n'est-il pas sûr que
Marivaux l'ait jamais établie : nous n'en savons pas assez sur la façon
dont il composait pour faire de supposition à cet égard.

Quoi qu'il en soit, le texte conservé figure, comme d'autres morceaux de Marivaux qui n'ont pas été recueillis dans la collection de
ses œuvres de 1781 [2], dans un numéro du vieux et illustre *Mercure
de France*, celui de mars 1747. Il est anonyme, mais H. Lagrave, qui
a eu le mérite de percer cet anonymat, a parfaitement raison d'estimer, comme on le verra bientôt, que l'attribution à Marivaux n'est
pas douteuse.

Les pages 21-26 du numéro en question du *Mercure* sont consacrées à un « Portrait de M. de la Motte par feue Mad. la M[arquise]
de L[ambert] », introduit par la note suivante :

« Ce portrait fut fait il y a plus de vingt ans. Il y a peu de temps
qu'il nous est tombé entre les mains, et nous saisissons avec joie
l'occasion de rendre un juste hommage à la mémoire d'un écrivain

---

1. « Mahomet second, une tragédie en prose, inachevée, de Marivaux »,
Revue d'Histoire littéraire de la France, 1971, n° 4, pp. 574-584. La matière
de la présente notice doit beaucoup au savant article de M. Lagrave.   **2.** Ces morceaux non conservés datent de trois périodes : 1718-1719
(Avant-propos de la *Lettre à une dame sur la perte d'un perroquet ; Pensées
sur différents sujets ; sur la clarté du discours ; sur la pensée sublime*) ; 1747
(le présent texte) ; 1757 (voir l'édition des *Journaux et œuvres diverses de
Marivaux*, par F. Deloffre et M. Gilot, aux Classiques Garnier, pp. 465-492).

illustre, qui a fait honneur à son siècle, et qui a si bien mérité des Lettres. »

Le portrait achevé, le rédacteur du *Mercure*, sans doute en l'occurrence Fuzelier, enchaîne, sans aucune séparation typographique, sur une présentation de *Mahomet second*. Remarquons, avant de citer ce texte, que La Motte, Mme de Lambert, Fontenelle enfin, évoqué dans la dernière ligne du portrait, sont à la fois des amis de Marivaux et ceux dont il était le plus proche sur le plan des idées littéraires. Mais voici comment le rédacteur du *Mercure* continue :

« Le morceau suivant trouve naturellement sa place après ce portrait de M. de La Motte. On se souvient encore de la dispute excitée par cet homme célèbre, qui, quoiqu'il eût fait des vers toute sa vie, voulait introduire la prose dans la tragédie. M. de La Motte, ses partisans, ses adversaires, ont tous employé beaucoup d'esprit dans la discussion de cette question. Un écrivain célèbre, connu dès lors par un grand nombre de succès éclatants sur le théâtre, par des ouvrages où règne une métaphysique très fine, une connaissance profonde du cœur humain, une morale saine et épurée, un grand amour de la vertu, soutenus d'un style vif, rapide, brillant, singulier, parce que les idées singulières de l'auteur ont besoin, pour être rendues, de tours nouveaux et singuliers, cet écrivain, au lieu de traiter didactiquement la question, entreprit de faire, si l'on peut parler ainsi, l'expérience du sentiment de M. de La Motte. Il serait à souhaiter que d'autres occupations ne l'eussent pas empêché d'achever ce qu'il avait si heureusement commencé. Les vives sollicitations de plusieurs amis éclairés n'ont pu l'engager à donner la suite. Nous avons cru que le public verrait avec plaisir cet essai singulier. Le titre et le sujet de la tragédie étaient *Mahomet second*. »

Quoique Marivaux ne soit pas expressément nommé dans ces lignes, il est désigné par plusieurs formules dont chacune, qu'elle soit relative à la « métaphysique », à la connaissance du cœur humain, à la morale, aux « tours nouveaux et singuliers » nécessités par les « idées singulières » de l'auteur, est presque suffisante pour le définir sans équivoque aux yeux des contemporains. Du reste, l'idée d'écrire une tragédie en prose correspond à la fois à ses sentiments d'amitié pour La Motte et à ses propres convictions. Depuis *Le Père prudent et équitable*, il n'a jamais écrit de comédie en vers, et a préféré s'abstenir de composer des tragédies plutôt que de renouveler l'expérience de la tragédie en vers tentée en 1720 avec *Annibal* : on a d'ailleurs dit plus haut [1] qu'il aurait mis cette tragédie en prose, s'il l'avait osé. Enfin, les morceaux donnés par le *Mercure* portent en eux-mêmes, on le verra plus loin, des marques frappantes d'authenticité.

Il importe d'abord de préciser aussi exactement que possible la date de composition de ce fragment de *Mahomet second* [2]. C'est dans l'édition des *Œuvres de théâtre de M. de la Motte*, Paris, 1730, 2 vol. in-8°, contenant quatre tragédies, *Les Macchabées, Romulus, Inès de Castro* et *Œdipe*, deux comédies, *Le Talisman* et *La Matrone d'Éphèse*, chacune précédée d'un « Discours », que le quatrième Discours, composé apparemment à la fin de 1729, contient les regrets de La Motte au sujet de la « lâcheté » qui l'a empêché de « heurter un préjugé si bien établi » et de composer en prose la tragédie d'*Œdipe* [3]. Cette prise de position n'était pas nouvelle, puisque Fénelon avait exprimé des idées analogues. Mais le fait qu'elle s'appliquât ici expressément à la tragédie, genre sacré entre tous, et que La Motte eût accompagné son Discours d'une version en prose de la première scène de *Mithridate* de Racine, comparée à la version en vers, déclencha, suivant le mot de La Motte lui-même dans *Suite des Réflexions* répondant à une réplique de Voltaire [4], un « soulève-ment ». Si les adversaires de La Motte furent nombreux et de poids — Voltaire et Desfontaines notamment —, il trouva aussi quelques alliés, parmi lesquels on cite [5] Tournemine, Trublet, La Grange-Chan-cel. Marivaux songea, pour sa part, à faire ce que La Motte aurait dû tenter avant toute autre chose : composer une tragédie en prose. N'y était-il pas préparé, non seulement par la tragédie en vers d'*Annibal*, mais surtout par une comédie héroïque telle que *Le Prince*

---

1. P. 2107. Selon d'Alembert, que nous citons : « La prose, disait souvent Marivaux, est le vrai langage de la comédie. Un ami et partisan de La Motte n'avait garde de penser autrement ; [...] il aurait mis *Annibal* même en prose, s'il l'avait osé ».   2. Selon H. Coulet et M. Gilot, *Mahomet second* pourrait être une réplique à *Zaïre* de Voltaire ; le texte daterait alors de 1733, au moment où une polémique oppose Voltaire et Marivaux (*Théâtre complet de Marivaux*, éd. cit., t. II, pp. 1111-1112).   3. La Motte mit ultérieurement son *Œdipe* en prose ; la pièce, qui ne fut pas jouée, est imprimée au t. V des *Œuvres de M. Houdar de La Motte, l'un des quarante de l'Académie Fran-çaise*, à Paris, chez Prault l'aîné, 1754, pp. 3-68.   4. Figurant dans la pré-face de l'édition de 1730 d'*Œdipe*, précédée d'une lettre au P. Porée, datée du 7 janvier 1730.   5. Paul Dupont, *Houdar de La Motte* (Paris, Hachette, 1898), p. 292.

travesti, dont le succès était encore récent ? Cette tentative dut prendre place peu après le début des représentations du *Jeu de l'amour et du hasard* (23 janvier 1730).

La forme moderne de la tragédie en prose, qui n'avait que peu de précédents [1], lui suggéra peut-être de recourir à un sujet moderne plutôt qu'à un sujet antique ou mythologique. Il avait regardé les Turcs avec une curiosité sympathique dans *Les Effets surprenants de la sympathie* [2]. L'histoire moderne lui fournissait, avec la vie de Mahomet second, le fameux conquérant, vainqueur de Constantinople, une série d'épisodes frappants et tragiques. Celui qui l'a inspiré était connu des contemporains par l'ouvrage de Guillet de la Guilletière, *Histoire du règne de Mahomet second*, Paris, Denis Thierry et Claude Barbin, 1681, en deux volumes in-12, qui dispensait de consulter les énormes in-folio de Chalcondyle et de Dukas. Voici comment y est présenté, au tome Ier, pp. 293 et suiv., l'histoire de « la belle Irène », à laquelle les historiens modernes ne peuvent apporter ni démenti, ni confirmation [3].

Quelque temps avant la prise de Constantinople, semble-t-il, car la date n'est pas précisée, Mahomet II est tombé follement amoureux d'une jeune Grecque de dix-sept ans, blonde et d'une merveilleuse beauté. Il en vient à négliger pour elle les devoirs de sa charge. Son conseiller, Mustapha pacha, un Grec converti, lui demande la permission de lui faire part d'un avis qui va l'irriter. Mahomet le lui permet, et Mustapha l'informe de l'inquiétude des principaux conseillers du sultan qui le voient négliger pour Irène les devoirs de sa charge. Mahomet le remercie de cet avis et lui déclare qu'il mon-

---

1. Citons le *Thomas Morus*, de Puget de La Serre (1642), l'*Aliade*, de La Ménardière (1642), la *Zénobie*, de l'abbé d'Aubignac (1645). Parmi les pièces en prose de Fontenelle, composées peut-être vers 1730 (voir ci-dessus, p. 1429), *Macate* est une tragédie, peu tragique, en prose. Le 17 août 1741 devait être jouée, au Théâtre-Français, la première « tragédie bourgeoise », en prose, la *Silvie* de Landois, tirée des *Illustres françaises*, de Robert Challe.
2. Voir l'épisode de Merville et de Halila, dans Marivaux, *Œuvres de jeunesse*, éd. de Frédéric Deloffre, Bibliothèque de la Pléiade, pp. 213 et suiv.
3. Dans son important ouvrage, *Mehmed der Eroberer und seine Zeit* (F. Bruckmann, München, 1953), p. 464, Franz Babinger, le meilleur spécialiste de la question, rappelle que la matière de cette histoire se retrouve dans le conte populaire bien connu du chef cosaque Stenka Rasin, mort en 1671, ce qui, dit-il, « laisse planer quelques doutes sur le caractère historique de l'événement ». S'il fallait le rapporter à une époque précise, Babinger le daterait de 1455.

trera à tous qu'ils se sont trompés. Il va trouver Irène, lui commande de se revêtir de ses plus beaux atours. La tenant par le bras, il l'amène devant sa cour : là il dégaine son cimeterre, la prend par les cheveux, et lui tranche la tête. Ainsi sa promesse a été tenue de la façon la plus éclatante, et il se consacre effectivement tout entier aux intérêts de l'empire.

On n'a là, évidemment, que le tout premier linéament d'une intrigue. Suivant leur tour d'esprit, suivant le genre qu'ils cultivent, les écrivains l'enrichissent à leur façon. Bandello, dans une de ses nouvelles, bientôt traduite par Boaistuau et Belleforest[1], conte qu'après son forfait, Mahomet tombe malade de remords ; mais qu'il tire ensuite parti de cette épreuve pour réfréner peu à peu sa passion pour des femmes qu'il idolâtre jusqu'à la fureur. Surtout, des auteurs dramatiques s'emparent du sujet et lui donnent un tour nouveau. On connaît au moins l'un d'entre eux, Chateaubrun, auteur dramatique estimé — il devait succéder à Montesquieu à l'Académie — qui fit représenter à la Comédie-Française, le 13 novembre 1714, un *Mahomet second, empereur des Turcs*, dont Marivaux eut certainement connaissance, soit par la représentation, soit par l'impression[2].

La pièce est précédée d'une préface dont le texte n'est pas dépourvu d'intérêt :

« Tous ceux qui ont quelque teinture de l'Histoire savent la prise de Constantinople par Mahomet second, empereur des Turcs ; la résistance de Constantin et de ces généreux Grecs, qui s'ensevelirent sous les ruines de leur patrie pour ne point survivre à la perte de leur liberté ; la passion violente que Mahomet conçut pour une captive nommée Irène. Le soldat murmura contre un attachement qui contraignait sa valeur et qui bornait ses victoires. Ce prince, réveillé par les cris de son camp, fit céder les intérêts de son amour à ceux de sa gloire. Voilà ce que j'ai puisé dans l'histoire.

« Des auteurs peu instruits ont cru que Mahomet avait immolé sa maîtresse de sa propre main aux remontrances de son armée. Quelle apparence que la politesse de nos mœurs ait pu soutenir un spectacle aussi barbare ? Je n'ai pas eu besoin de recourir à la fiction pour en déguiser la noirceur ; les plus habiles critiques de notre

---

1. C'est la seconde histoire du premier tome de Juillet.   2. Chez P. Ribou, 1715, un vol. in-12, avec une approbation de La Motte, du 5 décembre 1714.

temps, et M. Bayle en particulier, ont justifié Mahomet de cet excès de cruauté. On trouvera peut-être que j'ai donné à son amour un caractère de respect et de constance qui ne convient pas à un sultan. Il était maître, dit-on, et la cérémonie du mouchoir pouvait lui épargner de grandes inquiétudes. Mais quand on est véritablement touché, se porte-t-on aisément à dérober à une maîtresse des plaisirs que son cœur n'avoue point ? De plus, ce n'est point ici une captive ordinaire ; l'éclat de son nom et la gloire de sa naissance [1] devaient inspirer à Mahomet de grands ménagements. Dès qu'on suppose que la beauté d'Irène avait fixé le goût et l'inconstance du prince, sa soumission et ses respects sont les suites naturelles de sa passion. Ce n'est pas dans les âmes communes où l'amour fait triompher ses faiblesses ; c'est dans les cœurs les plus fiers et les plus farouches, dans les grands hommes et dans les héros.

« J'ai choisi un Comnène pour le héros de ma tragédie ; c'était un nom fameux dans l'empire d'Orient. On ne doit pas confondre celui dont je parle ici avec un prince du même nom qui était empereur de Trébizonde et que Mahomet fit mourir pour des vues de politique et d'ambition. Les auteurs qui ont écrit de la prise de Constantinople font mention d'un autre Comnène, qui partagea des premiers la gloire et les malheurs de la défaite des Grecs. J'ai formé le caractère d'Irène sur les sentiments que doit lui inspirer naturellement la situation où elle se trouve. Elle est incapable d'éprouver aucune faiblesse pour un tyran qui avait détruit sa famille et sa patrie ; toute occupée de sa douleur, le souvenir des malheurs de sa maison lui arrache quelquefois des larmes. Il y a une fierté modeste et sans faste qui sied bien aux malheureux, plus propre à faire naître dans nos cœurs l'admiration et la pitié que les constances d'une âme farouche qui voit ses malheurs d'un œil sec et indifférent. »

Cette préface livre quelques-unes des modifications que Chateaubrun a fait subir à l'histoire. On en jugera par le résumé de sa pièce.

Acte I. On apprend qu'Osmin, confident du sultan et chef des janissaires, est en réalité Thémiste, un Comnène, soustrait grâce à Ali Bassa à la mort et à la captivité lors de la prise de Constantinople. Thémiste se promet de perdre Mahomet pour venger sa patrie

---

1. L'histoire ne dit rien de la naissance d'Irène. On sait seulement qu'elle était grecque.

(sc. 1). Pour écarter le sultan de Byzance et favoriser ainsi une révolte des Grecs, Thémiste tente de le persuader que, s'il ne renonce pas à la tendresse qu'il fait paraître depuis deux ans pour une jeune esclave, captive depuis dix ans, son armée va se révolter (sc. 2). Mahomet, quoiqu'il « sente » que Thémiste lui dit vrai, veut d'abord persuader Irène de lui céder. Elle se dérobe (sc. 4). Mahomet est décidé à « punir le camp pour punir [son] ingrate » (sc. 5).

Acte II. Mahomet ordonne à Osmin d'écrire de sa part à Ali Bassa qu'il « [s]'affranchi[t] des chaînes de l'amour », et va rejoindre le camp (sc. 1). En fait, il veut gagner du temps pour qu'arrivent des troupes fidèles ; cependant il se promet de faire fléchir Irène, ou de l'« immoler à [sa] juste fureur » (sc. 3). Pourtant, quand elle est devant lui, il a la faiblesse de lui proposer le mariage. Celle-ci s'y refuse, et l'irrite plus que jamais :

> Mon camp jure ta mort, ma gloire la prononce,
> Et l'amour en fureur va dicter ma réponse (sc. 5).

Restée seule, Irène se lamente. Il « ne lui reste plus d'asile qu'un tombeau » (sc. 6).

Acte III. Retour d'Osmin, qui n'a pas été dupe de la prétendue résolution de Mahomet. Il écrit pour sa part à Ali Bassa de lui envoyer des troupes d'élite contre le sultan (sc. 1). Le sultan vient donner à Osmin l'ordre de « laver dans le sang » d'Irène la honte qu'elle lui inflige (sc. 2). Au moment d'exécuter cet ordre, Thémiste découvre qu'Irène est sa sœur (sc. 4). Il songe, pour gagner du temps, à lui demander de céder au sultan (sc. 6). Sur ces entrefaites, Clitus, à qui il avait confié Irène pour la cacher, revient en annonçant que des soldats ont enlevé la jeune fille (sc. 7). Thémiste se décide à une action décisive.

Acte IV. Thémiste a pu « dérober [sa] sœur à [une] perte certaine ». Un ordre lui est venu de suspendre l'exécution (sc. 1). Irène revient et Thémiste apprend au sultan que, « soit tendresse ou frayeur », elle est prête à lui céder (sc. 4). Mahomet, seul, triomphe : « Mon hymen achevé, j'irai suivre la gloire » (sc. 5). Il s'en ouvre à Irène, qui n'a pas le temps de lui donner de réponse positive, car un confident vient annoncer qu'« on parle d'assassins et de complots formés » (sc. 7). Restée seule, Irène se lamente : « Mon frère va périr. »

Acte V. Les Grecs, apprenant qu'un Comnène est prêt à se mettre à leur tête, s'arment : « Lascaris, et Phocas, et les deux Exupères (...) / Ont armé sur-le-champ leur suite et leurs soldats. » Ils veulent profiter des noces du sultan, qui vont le livrer à leurs coups (sc. 1). Mahomet revient et annonce que « les traîtres sont punis » ; il ne s'agit en fait que de comparses (sc. 2). Mais le confident Ali vient dénoncer au sultan le complot ourdi par « une amante perfide » et son frère, « le fils de Comnène » (sc. 3). Mahomet fait emmener Irène pour qu'on la force à dénoncer son frère (sc. 4). Thémiste revient ; il prétend qu'il va révéler qui est « l'héritier de Comnène » (sc. 5). On apprend alors qu'Irène s'est donné la mort avec un poignard (sc. 6). Le confident Achmet revient et apporte une lettre qu'« Osmin » a écrite à Scanderberg pour l'appeler à la rescousse. Sa trahison dévoilée, Thémiste se tue, et la pièce finit.

Des trois protagonistes, deux ont des âmes cornéliennes — bien sommaires — : Thémiste est un Brutus qui ne parle que de vengeance, Irène est une Lucrèce, confirmée dans ses refus par le désespoir de voir sa patrie opprimée. Mahomet, tout conquérant qu'il est, montre des sentiments plus humains. Certes, il ne parle que de « punir », punir le camp, punir Irène, les punir l'un et l'autre. Mais aussi n'est-il environné que de trahisons et de complots. Ses bienfaits pour Thémiste-Osmin, sa proposition généreuse d'épouser Irène, qu'il pourrait contraindre, ne sont récompensés que par la haine du premier et les mépris hautains de la seconde. Quant à l'intrigue, elle n'est faite que des complots d'Osmin et de la reconnaissance du frère et de la sœur. Mahomet n'a guère de personnalité et ne fait que céder aux événements.

Si Marivaux garde l'idée de donner à Irène un frère prisonnier comme elle, ainsi qu'un père, il dissocie le rôle de ce frère de celui du Comnène converti à l'Islam, devenu favori de Mahomet et bien placé pour jouer le rôle du traître. Il souligne même cette dernière possibilité en prêtant à Ibrahim des raisons personnelles, et non plus patriotiques, de trahir le sultan. Peut-être se souvient-il d'autres personnages du même genre dont Guillet fait mention, comme de cet habitant de Constantinople qui, ayant livré une des portes de la ville, demande après la prise de la ville la récompense promise : il doit épouser une fille du sultan pourvue d'une riche dot. Mahomet, sollicité de tenir parole, dit qu'il faut d'abord que le Grec, pour épouser sa fille, devienne un homme nouveau, et il le fait écorcher vif [1]. Citons encore le récit plus historique des derniers moments

---

1. *Histoire du règne de Mahomet second*, tome I, p. 242.

de l'empire de Trébizonde, dont plusieurs éléments ont pu nourrir l'imagination de Marivaux.

Après avoir pris d'assaut Constantinople (1453) et conquis diverses autres contrées, Mahomet second n'a plus en face de lui, en Asie Mineure, qu'un dernier reste de l'empire byzantin. À Trébizonde, sur les bords de la mer Noire, règne David Comnène, empereur d'un État fondé en 1204 par son ancêtre David Comnène après la prise de Constantinople par les Latins. Devant la menace que représente pour lui le sultan, David gagne l'appui d'Ussun Hassan, prince musulman de la Perse, en lui donnant en mariage Ekaterina, fille de son frère Jean, auquel il a succédé. Mais Ussun Hassan, effrayé de la puissance de Mahomet, doit signer une trêve avec lui. Resté seul et pressé dans sa capitale par l'armée de Mahomet, David envoie pour négocier George Amyrutza, son chambellan ou trésorier, qui est le cousin de Beglerbey Machmout, général et conseiller écouté de Mahomet. Celui-ci fait savoir au sultan que David est prêt à lui céder son empire contre une compensation territoriale, et lui offre pour épouse sa fille Anne en gage de fidélité. La proposition est moins étrange qu'il le paraît. Non seulement le sultan a déjà des Occidentales parmi ses épouses, mais il se vante, paraît-il, de descendre des Comnène, par l'intermédiaire de Jean, neveu de l'empereur Jean Comnène, qui aurait épousé, après sa conversion à l'islamisme, la fille du sultan Aladin. Quoi qu'il en soit,

« Le Begler bey alla porter ses propositions au sultan, qui d'abord les voulut rejeter, et donner Trébizonde au pillage, irrité de ce que David, sur les menaces du siège, avait envoyé son épouse l'impératrice au prince de Masnia, son gendre, comme s'il eût craint que Mahomet n'eût manqué pour elle de générosité et de modestie. Mais il se rendit enfin aux remontrances de Begler bey, et signa la paix aux conditions proposées. Ainsi David s'embarqua pour Constantinople avec sa famille et les grands de sa cour, dont les plus considérables étaient le protovestiaire George Amyrutza, philosophe péripatéticien, qui après avoir écrit contre les décisions du concile de Florence, avec un grand applaudissement des Grecs, se fit Turc avec ses enfants, et eut de grands emplois dans le sérail [1][...]. »

---

1. Guillet, *op. cit.*, tome I, p. 441.

Amyrutza ne se fit pas seulement turc. Selon Guillet, une fois David et sa famille transférés à Constantinople, le protovestiaire, ayant connaissance de lettres écrites à David par Ekaterina, femme de Ussun Hassan, les livra au sultan qui, craignant un homme et une famille autour desquels les Grecs de Constantinople auraient pu un jour se rallier, força l'empereur déchu de choisir entre la mort et le turban. Refusant de renier sa foi, David fut alors massacré avec toute sa famille. Aux yeux des chrétiens, le responsable de ce drame était bien le négociateur de la reddition de Trébizonde.

Nous avons cité longuement cette célèbre histoire parce qu'elle peut avoir suggéré à Marivaux plusieurs éléments. En épousant le sultan[1], Anne, nièce de David Comnène, sauve en quelque sorte son père et ses frères ; pour Mahomet, il s'agit là d'un mariage politique qui peut lui gagner l'esprit des chrétiens de Trébizonde. Surtout, le personnage de George Amyrutza précise l'idée que Marivaux peut se faire d'un renégat traître à sa patrie et à son maître.

Le rôle du Comnène changeant alors de face, Marivaux n'en est que plus à l'aise pour faire subir aux autres personnages la métamorphose fondamentale qui les rend semblables, sinon aux Dorante et aux Silvia, du moins à la princesse, à Hortense et à Lélio du *Prince travesti*, alors qu'Ibrahim Comnène en est le Frédéric. C'est-à-dire que tous sont gens de cœur et d'esprit, que tous sont prêts à succomber à la « surprise de l'amour » qui ne peut manquer de rapprocher ces âmes d'une égale dignité.

La difficulté est alors pour Marivaux d'amener un dénouement digne du genre tragique. Les machinations d'Ibrahim, furieux de perdre Roxane, pourraient-elles rompre l'union entre Mahomet et Irène ? Il paraît exclu que le premier se comporte avec la férocité que lui prête l'histoire racontée par Guillet. Faut-il penser qu'Irène, inquiète pour le sultan de la révolte de son camp, se fût elle-même sacrifiée, comme Hortense serait prête à le faire pour Lélio dans *Le Prince travesti* ? Ou que la mort de David, attestée par l'histoire, eût pu fournir à Marivaux les éléments d'une issue au moins partiellement funeste, si, par exemple, Ibrahim forgeait des lettres ou supposait un complot pour perdre le père et le frère d'Irène ?

Ce ne sont là que des hypothèses, qui ont surtout pour intérêt de

---

1. Après diverses péripéties d'ailleurs ; Mahomet semble l'avoir donnée successivement à deux de ses favoris avant de la prendre enfin pour lui-même.

montrer à quel point Marivaux devait infléchir sa pièce pour en faire une tragédie. Dans les scènes qu'on possède, la tendresse joue un rôle manifestement supérieur aux considérations d'État ou de politique. Non seulement la différence de religion ne joue pas contre la naissance de l'amour, mais elle semble même la favoriser : les chrétiens sont pris au piège de la reconnaissance et de l'admiration, les musulmans à celui de la compassion pour des victimes touchantes. Ce sont des sentiments que l'on rencontre couramment dans les pièces de Marivaux, et l'effet de miroir créé par l'introduction du second couple Roxane-Lascaris renforce encore l'impression de déjà vu, si bien que cette curieuse pièce semble devoir ressembler, davantage, après l'italienne et la française, à une *Surprise de l'amour* turque qu'à *Bajazet*.

Le style renforce cette impression : il est plus touchant que tragique. Cela tient-il à l'emploi de la prose ou au tour d'esprit de Marivaux ? Il n'est pas aisé d'en décider. Ce qu'on peut remarquer, c'est que la scène de *Mithridate* mise en prose par La Motte, quoique très fidèle à l'original, est aussi moins tragique que celui-ci. Voltaire, qui la dit illisible, ne trouve en faveur des vers et de la rime que de faibles arguments : mérite de la difficulté vaincue et plus grande facilité de retenir les vers que la prose. Il ne voit pas que la représentation d'une tragédie classique n'a rien à voir avec celle d'une comédie représentant la vie courante. Il faut à la première un cérémonial, un hiératisme auxquels le déroulement implacable des alexandrins, avec l'alternance des rimes masculines et féminines, apporte une contribution essentielle.

Or, il est à noter que le style de *Mahomet second* ne diffère pas sensiblement de celui de certaines scènes de comédie. On s'en convaincra en comparant ce passage du rôle d'Ibrahim, dans la scène première de la tragédie, avec les plaintes du chevalier qui a perdu Angélique, devenue religieuse, dans la seconde *Surprise de l'amour*. Donnons d'abord, pour suivre l'ordre chronologique, la scène de la comédie :

« Vous savez où elle s'était retirée depuis huit mois pour se soustraire au mariage où son père voulait la contraindre nous espérions tous ; deux que sa retraite fléchirait le père : il a continué de la persécuter ; et lasse, apparemment, de ses persécutions, accoutumée à notre absence, désespérant, sans doute, de me voir jamais à elle, elle a cédé, renoncé au monde, et s'est liée par des nœuds qu'elle ne peut plus rompre : il y a deux mois que la chose est faite. Je la vis la veille, je lui parlai, je me désespérai, et ma désolation, mes prières, mon amour, tout a été inutile ; j'ai été témoin de mon malheur ; j'ai depuis toujours demeuré dans le lieu, il a fallu m'en arracher, je n'en arrivai qu'avant-hier. Je me meurs, je voudrais mourir, et je ne sais pas comment je vis encore [1]. »

puis celle de la tragédie :

« Il est vrai, Madame, ma condition est changée ; devenu prisonnier de Mahomet, réduit au triste choix de l'esclavage ou du turban, accablé de la misère de ma situation, sans espérance d'en sortir, entouré des ruines de notre Empire, dont il ne reste plus que Constantinople qu'on assiège et qui va tomber à son tour ; je l'avoue, Madame, j'ai succombé, j'ai cédé aux offres du sultan, je suis devenu Ibrahim, et vous me méprisez. Je n'ai rien à vous répondre ; vous voici dans l'état où j'étais. Captive du sultan comme moi, exposée à des fers encore plus tristes ; je ne parle point du péril d'une mort sanglante ; dans le cas où vous êtes, nos pareils nous la demanderaient en grâce, et on nous la refuse ; nous ne pouvons la trouver que dans les langueurs de la servitude, et l'on ne nous fait expirer qu'en nous abandonnant au supplice de vivre. C'est à cette épreuve que je vous attends, Madame, elle a rebuté mon courage ; si le vôtre la soutient, vous aurez meilleure grâce à me trouver méprisable. »

De part et d'autre, on retrouve le thème d'un grand désespoir qui amène une résolution funeste. Dans les deux passages, l'exposé des motifs de ce désespoir se fait dans un ample mouvement ascendant de la phrase, ménagé à l'aide d'une succession de participes ou d'adjectifs en nombre impair (trois d'un côté, cinq de l'autre) ; la résolution et ses suites sont pour leur part exprimées par une série de verbes dans laquelle le nombre trois — dont la valeur lyrique est connue — joue encore un rôle important. Le vocabulaire de la comédie ne le cède en rien à celui de la tragédie pour la dignité ; le dernier contient même une familiarité *(avoir bonne grâce à)* qui est plutôt dans le ton d'une confidente de comédie [2] que de tragédie.

---

1. Acte I, sc. 7.   2. Voir *Le Prince travesti*, acte I, sc. II, ci-dessus, p. 397.

Cette comparaison confirme ce que nous avions avancé plus haut, à savoir que la tragédie en prose de Marivaux, pour touchantes qu'en soient les premières scènes, ne semble pas atteindre au registre proprement tragique. Il faudrait, pour qu'elle puisse faire l'effet de *Bajazet*, qu'elle change de nature plutôt que de degré. Certes, l'histoire de Mahomet ne manquait pas d'épisodes susceptibles d'inspirer la terreur, mais c'est en Marivaux lui-même que se trouvaient les obstacles. Dans sa tragédie d'*Annibal*, il n'y a ni méchant, ni crime. Certes, on peut concevoir un dénouement dans lequel Irène, pour épargner à Mahomet les reproches que sa cour lui ferait de négliger ses devoirs pour son amour, se donnerait la mort. Mais cela même serait-il compatible avec la douceur dont elle fait preuve ? À défaut d'autre raison, si Marivaux n'a pas terminé sa pièce, n'est-ce pas parce qu'il a senti qu'elle ne démontrerait qu'une chose : à savoir que, sous sa plume au moins, la prose est le vrai langage — de la comédie ?

Mahomet second

ACTE PREMIER

Scène première
IBRAHIM, IRÈNE

IRÈNE. Que me demandez-vous ? quel motif d'entretien peut-il y avoir entre vous et moi ?

IBRAHIM. Eh quoi ! Madame, l'aimable Irène ne me connaît-elle plus ?

IRÈNE. Avant les malheurs de ma patrie, je connaissais un prince qui s'appelait Comnène, et qui sortait d'un sang illustre à qui le mien était allié [1], mais je ne le reconnais plus dans le favori de Mahomet, dans un homme infidèle à son Dieu, et qui a pu se résoudre à l'ignominie de s'appeler Ibrahim.

IBRAHIM. Il est vrai, Madame, ma condition est changée ; devenu prisonnier de Mahomet, réduit au triste choix de l'esclavage ou du turban, accablé de la misère de ma situation, sans espérance d'en sortir, entouré des ruines de notre Empire, dont il ne reste plus que Constantinople qu'on assiège et qui va tomber à son tour ; je l'avoue, Madame, j'ai succombé, j'ai cédé aux offres du Sultan, je suis devenu Ibrahim, et vous me méprisez. Je n'ai rien à vous répondre ; vous voici dans l'état où j'étais. Captive du Sultan comme moi, exposée à des fers encore plus tristes ; je ne parle point du péril d'une mort sanglante ; dans le cas où vous êtes, nos pareils la demanderaient en grâce, et l'on nous la refuse ; nous ne pouvons la trouver que dans les langueurs de la servitude, et l'on ne nous fait expirer qu'en nous abandonnant au supplice de vivre. C'est à cette épreuve où je vous attends, Madame, elle a rebuté mon courage ; si

---

1. On voit que, si la famille dont sort Irène n'est pas précisée, elle n'est pas une Comnène. À plus forte raison est-il exclu qu'elle puisse se trouver être la sœur d'Ibrahim, comme M. Lagrave en émet l'hypothèse (note 1 de la Notice, p. 2126). Le nom de Comnène était bien connu en France, un Alexis Draco Comnène s'étant, par exemple, réfugié dans notre pays après la chute de Constantinople ; voir Guillet, *op. cit.* (Notice, p. 2129, ligne 8).

le vôtre la soutient, vous aurez meilleure grâce à me trouver méprisable.

IRÈNE. Allez Ibrahim, ne travaillez point à m'épouvanter, vous avez quitté votre Dieu, ne soyez point son ennemi jusqu'à le poursuivre dans les autres, ne lui enviez point les cœurs qu'il se réserve ; pourquoi me tentez-vous ? pourquoi m'exagérer le péril ? votre crime vous fait-il haïr mon innocence ? je ne vous crois encore que coupable, auriez-vous le malheur d'être devenu méchant[1] ?

IBRAHIM. Votre zèle est injuste, Madame, et cet emportement que je ne mérite pas...

IRÈNE. Dans l'état odieux où je vous vois, quand je ne fais que vous soupçonner, je vous épargne. Finissons, vous êtes venu pour me parler, est-ce-là tout ce que vous aviez à me dire ?

IBRAHIM. Vous avez touché le cœur du Sultan, Madame ; son amour, si vous le ménagez, peut vous donner le rang d'épouse[2], que ses pareils n'accordent à personne, et dans l'espérance que j'en conçois moi-même, je n'ai pu lui refuser de vous prévenir sur ses sentiments, et de lui rapporter les vôtres.

IRÈNE, *à part*. Juste Ciel !

IBRAHIM. Que voulez-vous que je lui réponde ?

IRÈNE. Rien ; je ne saurais me résoudre à vous charger de ma réponse[3].

IBRAHIM. Quel est donc le motif qui vous arrête, Madame ?

IRÈNE. La pitié qui me saisit pour vous ; je ne saurais me prêter à l'avilissement où Mahomet vous plonge, vous n'êtes point fait pour servir ses amours, et mon indignation même vous refuse la flétrissure que vous me demandez[4].

IBRAHIM. De quel avilissement, de quel déshonneur est-il donc question pour moi, Madame ? je ne dois sentir ici que l'injure que vous me faites ; quand je vous apprends que le Sultan vous aime, je vous l'ai déjà dit, c'est qu'il peut vous offrir sa main, du moins je le

---

1. Comparer cette scène avec la scène entre Frédéric et Hortense dans *Le Prince travesti*, III, 7.   **2.** Comme à Esther dans la pièce de ce nom. **3.** Cette réponse d'Irène est habile sur le plan dramaturgique. Elle permet de maintenir le suspens nécessaire à la conduite de la pièce sans recours à un incident extérieur et à une coïncidence invraisemblable ; voir plus haut ce qui est dit de la scène VII de l'acte IV de la pièce de Chateaubrun (Notice, p. 2132).   **4.** Ce style riche en substantifs abstraits employés par métonymie est tout à fait dans la manière de Marivaux ; voir F. Deloffre, *Marivaux et le marivaudage* (troisième édition, Armand Colin, 1973), pp. 325-330.

crois, et c'est dans cet esprit que je vous parle, je ne viens que pour vous consoler.

IRÈNE. Me consoler, moi, Comnène ? eh ! d'où mon cœur pourrait-il recevoir la moindre joie ? que peut-il désormais arriver qui me regarde ? la désolation de ma patrie est-elle un songe ? mon père et mon frère n'ont-ils pas péri ? les morts sortent-ils du tombeau ? à quoi donc puis-je encore m'intéresser sur la terre ? biens, honneurs, liberté, parents, amis, tout y a disparu pour moi, tout y est étranger pour Irène.

IBRAHIM. Ce que vous avez de plus cher y reste peut-être encore.

IRÈNE. Je n'y vois plus qu'un tyran qui m'y tient captive, que des barbares qui m'environnent, et qu'un Ibrahim qui rit de ma douleur.

IBRAHIM. Rassurez-vous, Madame, ce père et son[1] fils que vous pleurez...

IRÈNE. Ah Ciel ! achevez, Comnène, expliquez-vous, il serait cruel de me tromper.

IBRAHIM. Si le Ciel vous les avait conservés ?

IRÈNE. Quoi ! Comnène, ils vivraient ? serait-il possible ? ils vivraient ? les avez-vous vus ? me sera-t-il permis de les voir ?

IBRAHIM. L'Empereur ne m'en a pas appris davantage, et sans doute il n'est permis qu'à lui de vous dire le reste.

IRÈNE. Eh bien, Comnène, courez lui parler, conjurez-le de hâter ma joie, qu'il me les montre, qu'il se rende à mon impatience ; je lui pardonne tout, si je les vois paraître : quelqu'un vient, je me retire, soyez sensible à mon inquiétude, et revenez m'en tirer, si vous ne m'abusez pas.

IBRAHIM. Vous n'attendrez pas longtemps, Madame.

Scène II

IBRAHIM, MAHOMET, ROXANE

MAHOMET. C'est Irène que vous quittez, Ibrahim ?

IBRAHIM. Oui, Seigneur, elle sait que vous l'aimez, et m'a paru l'apprendre sans colère ; je ne dis pas que son cœur se promette encore au vôtre, mais elle est dans la douleur, elle est chrétienne, elle gémit d'une infortune qu'elle doit à vos victoires, et cependant elle est

---

1. Dans l'original, *son*, en fin de ligne, est repris par l'effet d'un *doublon* au début de la ligne suivante.

tranquille au récit de votre amour. Je ne dis pas assez ; quand je lui ai fait espérer qu'on pouvait lui rendre ce père et ce frère qu'elle regrette, sa reconnaissance pour ce bienfait m'a surpris, on eût dit qu'elle était charmée d'y trouver un motif de ne vous plus haïr ; j'oublie tout, je lui pardonne tout, s'est-elle écriée dans le transport d'un cœur qui se réconciliait avec vous, et je me suis chargé de l'avertir quand elle pourrait les voir.

MAHOMET. Ne tardez donc pas, Ibrahim, allez lui assurer qu'ils vivent et qu'ils me sont chers, et dites qu'on les amène ici dans l'instant qu'Irène y sera venue.

IBRAHIM. Seigneur, ils étaient dans les fers, quand je les ai reconnus ; est-ce dans cet état que vous ordonnez qu'on les amène ?

MAHOMET. Oui, je veux qu'Irène les en délivre elle-même, c'est un plaisir que je réserve à sa tendresse [1].

IBRAHIM. Je cours exécuter vos ordres, mais, Seigneur, pendant que vos faveurs se répandent sur eux, daignez vous ressouvenir qu'à mon tour j'attends mon bonheur de vous, qu'il en est un que vous avez promis de m'obtenir de cette Princesse, et que mon cœur...

ROXANE. J'ignore les promesses que l'Empereur vous a faites, mais si j'y suis intéressée, j'espère qu'il ne les remplira pas sans mon aveu, et c'est sa bonté qui m'en assure.

MAHOMET. Ibrahim, vous savez que je vous aime, et ma faveur vous doit suffire, je hais les désirs importuns ; allez, laissez-moi le soin de vous rendre heureux, et ne prétendez pas me gêner dans les grâces que je vous destine.

Scène III

MAHOMET, ROXANE

ROXANE. Je vous l'avoue, Seigneur, le discours d'Ibrahim m'effraye ; daignez m'instruire de ce qu'il ose attendre.

MAHOMET. J'avais dessein de vous le proposer pour époux ; je viens de soumettre les chrétiens à mon Empire, j'en ai triomphé par

---

1. Curieusement, Marivaux s'inspire ici, comme il le fait souvent, d'une de ses propres œuvres de jeunesse. Dans l'épisode « turc » des *Effets surprenants de la sympathie*, Guirlane se donne le plaisir de faire voir à Merville la jeune fille qu'il aime, Misrie, enchaînée dans un lieu affreux, pour avoir le plaisir de « briser ses fers » avec lui. Voir Marivaux, *Œuvres de jeunesse*, Bibliothèque de la Pléiade, pp. 237-239.

les armes, mais tout vainqueur que j'en suis, je ne les regarde pas comme des sujets, ce ne sont encore que des ennemis vaincus, à qui ma victoire donne un tyran qu'ils craignent, et non pas un maître qu'ils respectent. Ils m'obéissent dans un effroi sauvage qui a toujours inspiré la révolte, et je voulais les rassurer par l'honneur que j'aurais fait à Comnène ; il est, dit-on, d'un sang qu'ils estiment, mais j'ai changé d'avis sans m'écarter de mon projet. Non, ce n'est plus à lui, Roxane, qu'il faut que votre cœur s'accorde, et votre frère aujourd'hui vous le demande pour un autre.

ROXANE. Mon cœur se refusait à Ibrahim, mais ma main serait à lui si vous l'ordonniez ; c'est vous dire que vous pouvez en disposer à votre gré ; après cela, Seigneur, puis-je savoir à qui vous voulez que je la donne ?

MAHOMET. Ce qui va se passer vous l'apprendra, Roxane, mais tandis que nous sommes seuls, ne me dissimulez rien. Vous étiez avec moi quand on m'a présenté les deux chrétiens, dont l'un, à ce qu'on assure, est le père d'Irène, et l'autre son frère ; que pensez-vous du dernier ? je vis vos yeux s'attacher sur lui.

ROXANE. Son sort me touchait, Seigneur, je le plaignais d'être si jeune et déjà captif.

MAHOMET. Répondez avec franchise ; il joint aux grâces de la jeunesse une physionomie noble et touchante, et vous l'avez remarqué.

ROXANE. Vous lui parliez, Seigneur, et j'écoutais.

MAHOMET. Ce n'est pas tout, ses regards à lui-même se fixaient sur vous, il était sensible à vos charmes.

ROXANE. J'ignore à quoi tend ce discours qui m'embarrasse.

MAHOMET. Vous rougissez, je ne vous presse point de m'en avouer davantage, c'est assez que vous m'entendiez là-dessus, et voici ce qui me reste à vous dire. Jusqu'ici je n'avais point connu l'amour ; le féroce orgueil de vaincre, l'honneur d'effrayer des peuples et de subjuguer des États, le plaisir tumultueux de la guerre et du carnage, et tout ce que la gloire des héros porte avec elle de redoutable, voilà les douceurs qui me flattaient ; je n'en voyais point de plus dignes de charmer une âme qui nous vient du Ciel, et dont, à mon gré, les inclinations devaient être aussi superbes que son origine. Dieu même est appelé le Dieu des combats ; on l'a peint la foudre à la main ; rien ne nous frappe tant que sa puissance, et je croyais qu'à son exemple, pour être le plus heureux de tous les hommes, il fallait en être le plus terrible. Je me trompais, Roxane ; Irène m'a désabusé. Le vrai bonheur ne se trouve ni dans la victoire ni dans la terreur qu'on répand après elle. Ce sang dont nos lauriers sont teints, ces ravages dont nous consternons la terre, et les gémissements des peuples, mêlent à nos plaisirs je ne sais quoi d'inquiet et de funeste qui les corrompt. J'ai senti quelquefois en moi-même la nature s'attrister de ma lugubre gloire, et condamner la joie que mon orgueil osait en prendre. Que le plaisir d'aimer est différent, Roxane ! quelle douce sympathie entre l'amour et nous ! on dirait que nos cœurs, quand ils aiment, ont trouvé leur véritable bonheur. J'ai senti des bornes à tous les autres plaisirs, aucun ne m'a pénétré tout entier. Le fond de mon cœur leur a toujours été inaccessible, ils l'ont toujours laissé solitaire. L'amour seul m'a rempli, lui seul a versé dans mon âme des douceurs aussi intarissables que mes désirs. Depuis que j'aime, je ne me reconnais plus moi-même, j'ai perdu cette fierté farouche qui me rendait si formidable ; je me voyais seul au milieu des hommes ; l'humanité tremblante ne laissait autour de moi que des esclaves, et ne m'accordait pas un cœur qui voulût s'associer au mien ; j'étais comme exilé sur le trône. Tout a changé, Roxane ; il semble que mon amour ait fait ma paix avec tous les cœurs, ils se rapprochent, ils me pardonnent ; c'est ainsi que je le sens[1], enfin tout me paraît aimable, et je crois l'être devenu moi-même. Ah ! Roxane, si tel est mon sort à présent que j'aime, quel serait-il donc si j'étais aimé ?

ROXANE. Aimé, Seigneur ! eh comment ne le seriez-vous pas, vous qui dans l'âge le plus aimable, nous montrez déjà le plus grand des hommes, vous que l'univers honore de son respect et de son admiration ? Vos pareils n'ont qu'à se déclarer, Seigneur, il n'est point de fierté que le don de leur cœur ne confonde, et si votre choix est tombé sur Irène...

MAHOMET. Eh ! quelle autre qu'Irène eût pu triompher de Mahomet ? il n'était réservé de me soumettre qu'à l'objet le plus parfait dont le Ciel ait honoré la terre. Je ne l'ai vue qu'un instant parmi les captives ; sa douleur l'accablait, ses yeux étaient baignés de larmes. Dans cet état un de ses regards tomba sur moi ; ce regard étonna mon âme altière, me confondit, m'humilia, me rendit plus suppliant qu'elle. Il vengea dans mon cœur la douleur du sien, il

---

1. Ce passage n'est pas indigne de l'auteur des réflexions sur le pouvoir suprême des rois qu'on trouve dans la cinquième feuille du *Spectateur Français* ; voir les *Journaux et œuvres diverses de Marivaux*, Classiques Garnier, pp. 135-136.

me punit de ma victoire, me condamna comme un tyran et me laissa saisi d'un attendrissement qui n'a fini que par l'amour le plus violent qui fût jamais [1] ; le croiriez-vous, Roxane ? Je n'ai point encore osé reparaître ; j'ai craint ses yeux qui m'ont déjà reproché leurs larmes. Chargé du crime de l'avoir affligée, je n'étais pas digne de la revoir, je me cachais à sa colère, et j'attendais que le temps m'eût rendu plus supportable à sa haine, mais enfin le moment est venu, on a découvert ces deux chrétiens qu'elle regrettait, je vais les lui remettre, et j'oserai me montrer à la faveur de ce bienfait. Vous, Roxane, qui voyez l'ardeur que j'ai de lui plaire, j'ai besoin que votre cœur m'aide à réussir ; je vois Irène qu'on nous amène, et ce que je vais faire vous instruira du service que je vous demande.

Scène IV

MAHOMET, ROXANE, THÉODORE, *père d'Irène*, LASCARIS, *son frère*, IBRAHIM, IRÈNE

Théodore et Lascaris ont encore leurs fers.

IRÈNE. Où suis-je ? où me conduisez-vous ? (*À Ibrahim.*) Cruel, vous m'avez donc trompée. (*Et puis voyant son père et son frère qu'on amène d'un autre côté*) Ah ciel ! ah mon père ! est-ce vous que j'embrasse ? et vous, mon frère, je vous retrouve, et tous deux languissants dans les fers ? (*À Mahomet*) Ah ! Seigneur, vous qui me les rendez, pourquoi vos bontés me laissent-elles encore tant de douleur ? hélas, ils sont captifs, pourquoi mêler tant d'amertume à ma joie ?

MAHOMET, *allant les délivrer*. Goûtez-la toute pure, et que leurs fers disparaissent ; venez, Irène, aidez-moi vous-même à les en délivrer, et que vos mains se joignent aux miennes pour en réparer l'outrage.

THÉODORE. Quoi vous-même, Seigneur !

MAHOMET. Ne m'en empêchez pas, la générosité est le droit du vainqueur, recevez tous deux ce que je fais comme un gage de mon

---

1. Les lignes qui précèdent constituent une description intéressante d'une forme de la surprise de l'amour ; au lieu de rendre hardie une âme timide, elle emplit d'un attendrissement timide une « âme altière », selon le mot même de Mahomet.

amitié et des honneurs qu'elle vous destine ; votre Empire a passé sous mes lois, et mes victoires vous ont coûté des soupirs ; vous aviez dans vos fers la liberté de me haïr et vous l'avez encore, mais si vous êtes généreux, vous ne la garderez pas longtemps, mes bienfaits m'en répondent ; et vous, Irène, à qui je rends un père qui vous est si cher, oubliez désormais vos malheurs et daignez me suivre avec lui, venez voir Mahomet apprendre aux siens combien il veut qu'on vous honore. *(À Lascaris)* Vous, jeune chrétien, sur le front de qui l'on voit empreint tant de courage et de noblesse, attendez tout de mon estime, je n'interdis nul espoir à votre cœur, je ne mets rien ici au-dessus de son audace, vous-même vous n'êtes plus à moi. *(Et en lui montrant Roxane)* Cette Princesse vous a dégagé de mes fers, vous pouvez changer de maître, et je vous laisse avec elle, sortons.

Scène V

LASCARIS [1], ROXANE

LASCARIS. Vous n'êtes plus à moi et je vous laisse avec elle ; que peut signifier ce discours ? je n'ose l'interpréter, Madame.

ROXANE. L'Empereur s'est assez expliqué, vous ne lui appartenez plus.

LASCARIS. Il m'a permis de changer de maître et je me jette à vos genoux pour obtenir que je vous appartienne. Si vous y consentez, j'aimerai mieux mon sort que celui de l'Empereur même.

ROXANE. Levez-vous, Lascaris.

LASCARIS. Ne vous offensez pas du transport qui m'échappe ; à l'aspect de tant de beautés, il n'est point de raison qui ne s'égare.

ROXANE. Non, vous ne m'offensez point, je vous crois digne de moi, Lascaris, vous me paraissez vertueux, et la véritable fierté excepte de ses dédains un cœur tel que le vôtre ; je n'en méprise donc point l'hommage, vous dirai-je encore plus ? je l'estime.

LASCARIS. Qu'entends-je ? Ah ! Princesse.

ROXANE. Je vous ai plaint dès que je vous ai vu.

---

1. On a vu (Notice, p. 2132) que le nom de Lascaris figurait déjà dans la pièce de Chateaubrun. Il était d'ailleurs connu en France, un Michel Lascaris s'étant aussi réfugié en France après la prise de Constantinople ; voir Guillet, *op. cit.* (Notice, p. 2129).

LASCARIS. J'ai donc été dès cet instant le plus heureux de tous les hommes ; quoi ! Roxane me plaignait ?

ROXANE. Roxane a souhaité la fin de vos infortunes, puissent-elles enfin être terminées ! puisse le Ciel exaucer mes vœux ! mais rejoignons l'Empereur ; à peine Irène vous a-t-elle vu, et sa tendresse vous attend, sans doute, avec impatience [1].

---

1. Ici se terminait sans doute le premier acte, et rien, sauf le personnage équivoque d'Ibrahim, ne semble menacer la félicité des deux couples et du père d'Irène. Sans doute y a-t-il là une faiblesse sur le plan dramaturgique. À moins que, malgré la division en scènes imprimée par le *Mercure* de 1747, il s'agisse seulement d'esquisses en prose destinées à être développées. C'est le sentiment de Jean-Noël Pascal : « ces "fragments" peuvent fournir la trame d'une tragédie, alors qu'il n'est guère contestable que, s'il s'agit du début d'une pièce, ils ne conduisent nulle part » (« À propos de *Mahomet II* : Marivaux entre Chateaubrun, Lanoue et Baour-Lormian », *Revue Marivaux* n° 5, 1995, pp. 81-104).

V

Représentations des pièces de Marivaux
au Théâtre-Italien

Pour ne pas surcharger inutilement ce tableau, on n'a pas consacré de colonne aux pièces n'ayant eu qu'une série de représentations. Mention en sera faite éventuellement dans les totaux annuels et les observations. Les chiffres sont donnés d'après les registres du Théâtre-Italien, conservés à la bibliothèque de l'Opéra-Comique et compilés par Clarence Brenner. Cet auteur a complété ces indications, en cas d'absence du registre, par celles que fournissent d'autres sources. Le recours direct au *Mercure*, quelques chiffres fournis par Desboulmiers nous ont permis d'ajouter encore un certain nombre de représentations à celles qui figurent dans cet ouvrage. Il est à noter que nous n'avons fait figurer dans le tableau que les chiffres absolument attestés. Par exemple, nous ne comptons qu'une représentation, dont la date est connue, pour une reprise des *Fausses Confidences* en 1738 dont nous savons pourtant qu'elle a eu plus de succès que la création. On trouvera après le tableau, à la suite des données minimum qu'il fournit, des conjectures sur le nombre de représentations qu'on peut raisonnablement ajouter aux différents totaux. On a, cette fois, tenu compte des divers ordres de probabilités (nombre de représentations dans les années voisines, reprises attestées avec leur succès, etc.).

Abréviations employées : AP : *Arlequin poli par l'amour* ; SA : (première) *Surprise de l'amour* ; DI : *La Double Inconstance* ; PT : *Le Prince travesti* ; FS : La Fausse Suivante ; IE : *L'Île des esclaves* ; TP : *Le Triomphe de Plutus* ; JA : *Le Jeu de l'amour et du hasard* ; EM : *L'École des mères* ; HS : *L'Heureux Stratagème* ; MC : *La Mère confidente* ; FC : *Les Fausses Confidences* ; JI : *La Joie imprévue* ; EP : *L'Épreuve*

	AP	SA	DI	PT	FS	IE	TP	JA	EM	HS	MC	FC	JI	EP	Total	Observations
1720	1														2	Une représentation de *L'Amour et la Vérité*. Les registres manquent : le nombre de représentations d'*Arlequin poli par l'amour* est inconnu : sans doute plus d'une douzaine.
1721	3														3	Registres conservés seulement à partir du 21 avril.
1722	3	26													29	
1723	3	22	10												35	Chiffres incomplets, les registres manquant du 13 mars au 9 juin. Seule la seconde série de *La Double Inconstance* est comprise.
1724	4	6	13	17	13										53	
1725	2	4	5	5	3	21									50	Les registres manquent du 18 mars à la fin de l'année (et au-delà). Les chiffres sont donc incomplets. Le total des représentations de *L'île des esclaves* est donné d'après Desboulmiers ; de même pour *L'Héritier de village* qui eut « neuf représentations avant le départ des comédiens pour Fontainebleau » et qui fut repris ensuite au moins une fois.
1726	1	2	1		1	1									6	Pas de registres. Les chiffres donnés sont ceux de quelques représentations attestées par hasard par le *Mercure*.
1727																Les registres du Théâtre-Italien manquent totalement

	AP	SA	DI	PT	FS	IE	TP	JA	EM	HS	MC	FC	JI	EP	Total	Observations
1728	7	10	6			8	18								49	Chiffres incomplets, sauf pour *Le Triomphe de Plutus*. Les registres manquent jusqu'au 6 avril.
1729	3	5	5	5		6	8								33	Lacune dans les registres du 15 mars au 2 mai. Le total comprend une représentation de *La Colonie nouvelle*.
1730	7	5	7	4		4	14	19							60	
1731	7	6	9	2		8	5	7							44	Les registres manquent du 17 janvier au 3 avril.
1732	10	8	11	2		8	6	7	18						77	Le total comprend sept représentations du *Triomphe de l'amour*, qui ne fut plus joué ensuite.
1733	4	2	2	2		2		2	3	18					35	Les registres manquent à partir du 22 mars. Les chiffres de la première série de représentations de *L'Heureux Stratagème* d'après Desboulmiers.
1734	1									1					5	Pas de registre. Le total comprend trois représentations de *La Méprise* attestées par le *Mercure*.
1735	7	5	7			4		4	6	5	20				58	Les registres ne reprennent qu'à partir du 18 avril. Chiffres incomplets, sauf pour *La Mère confidente* créée le 9 mai.
1736	10	8	8			8		7	14	8	5				68	
1737	4		2					2	3	1		7			19	Plus de registre à partir du 6 avril.

	AP	SA	DI	PT	FS	IE	TP	JA	EM	HS	MC	FC	JI	EP	Total	Observations
1738												1	1		2	Pas de registre. On a enregistré une représentation à l'occasion d'une reprise des *Fausses Confidences*, une pour *La Joie imprévue*, qui l'accompagnait le 7 juillet.
1739		1													4	Pas de registre. Création des *Sincères* le 13 janvier. Le chiffre donné est le minimum attesté pour cette pièce, d'après Desboulmiers.
1740	3	3	4			4		8	7	4		6	3	17	59	
1741		4	1		11	2		10	7	1		5	2	18	61	
1742	3	9	6		7	5		3	3	1		7	6	7	57	
1743	8		7		2			3	3	7		6	3	3	42	
1744	5		4		6			6	3	7		5	1	5	42	
1745	6	1	5		3			4	4	9		7	2	7	48	
1746	3		3		4			4	4	2		3		7	30	
1747	4		3		2			7	5	6		5		5	37	
1748	4		1		2			2	7	4	9	5		3	37	
1749	4	6	5		6			7		6	10	5		9	58	
1750		7	6		3			4	5	4	5	1			35	
1751	3	2	3		1			1	5	5	5	5		5	35	

	AP	SA	DI	PT	FS	IE	TP	JA	EM	HS	MC	FC	JI	EP	Total	Observations
1752			1		5			5	4	6	3	3		5	32	
1753		3	4		1			2	1	5	6	4		4	30	
1754		3	7		2	11		7	8	4	3	4	8	5	62	
1755			3		1	8		5	6	4	5	2	4	3	41	
1756		3	4		4	1		9	6	7	6	1		6	47	
1757			1		5	8		6	4	1	4	6		4	39	
1758		4			6	4		7	1		2	5		6	35	
1759				7	3	3		5	4	8	6	5		2	43	
1760					1	3		6	4	2	4	3		6	29	
1761	4					2		5	4		2		6	7	30	
1762								3	1			7		2	13	À partir du 1er février, réunion de la troupe des Italiens avec l'Opéra-Comique, d'où le déclin rapide des représentations de Marivaux.
1763						2		3	8	4	8	3		1	29	
1764			3					5	9		3	6		11	37	
1765									8		1	2		7	18	
1766								1	5					2	9	
1767		2				2		2	1		1			4	12	

	AP	SA	DI	PT	FS	IE	TP	JA	EM	HS	MC	FC	JI	EP	Total	Observations
1768						2		2	5		1	1		2	13	À la fin de la saison 1768-1769, les acteurs non chantants confinés aux rôles français disparaissent de la troupe, qui abandonne les pièces françaises non chantées.
1769⎫ 1770⎭								Néant								
1771	3														3	Recettes très faibles pour ces trois représentations (89, 134 et 65 livres).
1772⎫ 1775⎭								Néant								
1776											1				1	« À Trianon pour la reine, *Raton et Rosette* ; par les Comédiens-Français, *La Mère confidente*, pièce du fonds des Italiens » (registre, à la date du 26 septembre).
1777⎫ 1778⎭								Néant								
1779								8	4		8	9		8	37	À la suite de déficits, la troupe reçoit l'ordre d'abandonner le répertoire italien au profit du répertoire français. Départ des acteurs italiens.

	AP	SA	DI	PT	FS	IE	TP	JA	EM	HS	MC	FC	JI	EP	Total	Observations
1780					4			14			3	10		12	43	
1781								8			3	5	4	4	24	
1782		7						1			3		3	5	19	
1783		2										1		2	5	
1784		2						3						2	7	
1785		2						1				3			6	
1786								2						1	3	
1787								1				1		1	3	
1788											3	2		4	9	Aucune représentation de Marivaux entre 1789 et 1793 compris.
	127	179	157	44	96	127	51	264	180	130	130	152	43	202	1859	

On trouvera le détail et le commentaire de ces chiffres dans Henri Lagrave, « Marivaux chez les Comédiens-Italiens à la fin du XVIIIe siècle (1779-1789) : un retour manqué » (*Revue Marivaux* n° 2, 1992, pp. 49-65).

VI

Représentations des pièces de Marivaux
à la Comédie-Française

ÉTAT DES REPRÉSENTATIONS DES PIÈCES
du 16 décembre
(d'après Mme

	1720	1721 1730	1731 1740	1741 1750	1751 1760	1761 1770	1771 1780	1781 1790	1791 1800	1801 1810
Annibal (1720)	3			5						
Le Dénouement imprévu (1724)		6						3		
L'Île de la Raison (1727)		4								
La Seconde Surprise (1727)		19	26	34	46	36	42	24	11	3
La Réunion des Amours (1731)			9							
Les Serments indiscrets (1732)			15							
Le Petit-Maître corrigé (1734)			2							
Le Legs (1736)			11	11	46	39	30	34	26	51
La Dispute (1744)				1						
Le Préjugé vaincu (1746)				11	24	10	13	16	3	
Les Fausses Confidences (1737)									9	51
L'Épreuve (1740)									6	49
Le Jeu de l'amour et du hasard (1730)										48
L'École des mères (1732)										2
La Mère confidente (1735)										2
Arlequin poli par l'amour (1720)										
La Surprise de l'amour (1722)										
La Double Inconstance (1723)										
L'Île des esclaves (1725)										
Les Acteurs de bonne foi (1757)										
Le Prince travesti (1724)										
Les Sincères (1739)										
La Méprise (1734)										
La Colonie (1729)										
La Joie imprévue (1738)										
La Commère										
Nombre de représentations par décennies	3	29	63	62	116	85	85	77	55	20

DE MARIVAUX À LA COMÉDIE-FRANÇAISE
1720 au 31 juillet 1967
Sylvie Chevalley)

1811 1820	1821 1830	1831 1840	1841 1850	1851 1860	1861 1870	1871 1880	1881 1890	1891 1900	1901 1910	1911 1920	1921 1930	1931 1940	1941 1950	1951 1960	1961 1967	Total
																8
																9
																4
3				9			3	5				16	57		5	339
														9		18
														35		50
																2
55	51	23	39	75	82	25	11	11	10	1	11	3		51		696
												11	12			24
					14											91
73	52	50	15	60	16	17	11	4	10	26	45	17	30	90		576
84	23	13	23	45	22	49	68		4	20	74	32	112	70	14	708
65	43	40	77	124	82	66	77	30	51	75	70	75	138	227	82	1370
																2
					11					13	3	13				42
								9	16	2		25	41	22		115
										11		15	14			40
												25	30	56	26	137
												13	14		34	61
												4				4
												20		48		68
												8		9	18	35
														48		48
															9	9
														25		25
															14	14
280	169	126	154	313	227	157	170	59	104	138	213	216	439	623	325	4495

COMPLÉMENT
entre le 31 juillet 1967 et le 1er janvier 2000

Le relevé de l'état des représentations des pièces de Marivaux à la Comédie-Française effectué par Mme Sylvie Chevalley (pp. 2156-2157) s'arrête en 1967. Nous donnons ici le complément de ce relevé :

Pièces	Représentations de ces pièces à la Comédie-Française	Total des représentations à la Comédie-Française depuis leur création
Les Acteurs de bonne foi	57	61
Annibal	0	8
Arlequin poli par l'amour	0	115
La Colonie	68	77
La Commère	149	163
Le Dénouement imprévu	0	9
La Dispute	1	25
La Double Inconstance	139	276
L'École des mères	0	2
[d'après] L'Éducation d'un Prince	0	60
L'Épreuve	96	772
La Fausse Suivante	90	90
Les Fausses Confidences	211	787
L'Île de la Raison	38	42
L'Île des esclaves	49	110
Le Jeu de l'amour et du hasard	242	1 612
La Joie imprévue	0	25
Le Legs	65	761
La Méprise	0	48
La Mère confidente	0	42
Le Petit-Maître corrigé	0	2
Le Préjugé vaincu	0	91
Le Prince travesti	12	80
La Réunion des Amours	0	18
La Seconde Surprise de l'amour	81	420
Les Serments indiscrets	0	50
Les Sincères	37	72
La Surprise de l'amour	0	40
Le Triomphe de l'amour	97	97

Remarque : Depuis 1967, certaines pièces qui n'avaient jamais été jouées sur la scène de la Comédie-Française y ont fait leur entrée : *Le Triomphe de l'amour* (1978), *La Fausse Suivante* (1991). Le texte de *L'Éducation d'un Prince* a par ailleurs été adapté pour servir de prologue à *La Double Inconstance* (1981).

CHOIX BIBLIOGRAPHIQUE

Il n'existe pas d'ouvrage bibliographique consacré exclusivement aux études sur Marivaux. On peut se reporter à trois « états présents » :

Deloffre Frédéric, « État présent des études sur Marivaux », *L'Information littéraire*, nov.-déc. 1964, p. 191-199 ;

Coulet Henri, « État présent des études sur Marivaux », *L'Information littéraire*, mars-avril 1979, p. 61-70 ;

Rivara Annie, « État présent des études sur Marivaux », *Dix-huitième siècle*, n° 27, 1995, p. 395-424.

Pour les études postérieures à 1986, la *Revue Marivaux* (diffusion Éditions Champion), n° 1 paru en 1990, fournit chaque année des informations détaillées sur les publications récentes (comptes rendus de livres et résumés d'articles).

I. ÉDITIONS

On consultera avec profit, pour la richesse de l'annotation, de la chronologie et de la bibliographie, le *Théâtre complet* de Marivaux, éd. Henri Coulet et Michel Gilot, Gallimard, « Bibliothèque de la Pléiade », t. I, 1993, t. II, 1994.

Depuis une dizaine d'années les éditions de pièces séparées de Marivaux se sont multipliées dans les formats de poche et dans les collections scolaires.

Outre le théâtre, les œuvres de Marivaux ont été intégralement rééditées (à l'exception des six derniers livres de *L'Homère travesti*) dans les volumes suivants :

Marivaux, *Œuvres de jeunesse*, éd. Frédéric Deloffre et Claude Rigault, Gallimard, « Bibliothèque de la Pléiade », 1972.

MARIVAUX, *Journaux et œuvres diverses*, éd. Frédéric DELOFFRE et Michel GILOT, Classiques Garnier, 1969, éd. revue et mise à jour, 1988.

MARIVAUX, *La Vie de Marianne*, éd. Frédéric DELOFFRE, Classiques Garnier, 1957 ; éd. revue et mise à jour, 1990.

MARIVAUX, *Le Paysan parvenu*, éd. Frédéric DELOFFRE, Classiques Garnier, 1959 ; éd. revue et mise à jour avec la collaboration de Françoise RUBELLIN, 1992.

II. RECUEILS COLLECTIFS ET REVUES

Les actes de neuf colloques sur Marivaux contiennent des communications consacrées à son théâtre ; nos références, plus loin dans cette bibliographie, désigneront ces publications par le nom de la ville où le colloque cité a eu lieu.

Colloque d'Aix : *Marivaux et les Lumières*, Actes du colloque d'Aix-en-Provence (juin 1992), t. 1 : *L'Éthique d'un romancier*, t. 2 : *L'Homme de théâtre et son temps*, Aix-en-Provence, Publications de l'Université de Provence, 1996.

Colloque de Cortona : *Marivaux e il teatro italiano, Atti del colloquio internazionale*, Cortona, settembre 1990, éd. Mario Matucci, Pacini editore, 1992.

Colloque de Düsseldorf : *Marivaux. Anatom des menschlichen Herzens*, éd. Bernd Kortländer et Gerda Scheffel, Düsseldorf, Droste Verlag, 1990.

Colloque d'Edmonton : *Le Triomphe de Marivaux, A Colloquium Commemorating the Tricentenary of the Birth of Marivaux, 1688-1988*, éd. Magdy Gabriel Badir et Vivien Bosley, Edmonton, Department of Romance Languages, University of Alberta, 1989.

Colloque de Lampeter : *Visages de Marivaux*, éd. David J. Culpin, *Romance Studies*, n° 15, hiver 1989.

Colloque de Messine : *Atti della Accademia Peloritana dei Pericolanti*, vol. LXIV [sur la théâtralité dans l'œuvre romanesque de Marivaux], éd. Giovanni Bonaccorso, Messina, 1990, p. 201-287.

Colloques de Riom et de Lyon : *Marivaux d'hier, Marivaux d'aujourd'hui*, éd. Henri Coulet, Jean Ehrard et Françoise Rubellin, Éditions du CNRS, 1991.

Colloque de Toulouse (1998) : *Marivaux et l'imagination*, éd. Françoise Gevrey, à paraître.

La *Revue Marivaux* (publiée depuis 1990 par la Société Marivaux) contient des articles de fond, une chronique théâtrale faite de comptes rendus et d'interviews, une rubrique bibliographique recensant toutes les publications consacrées à Marivaux.

La revue *Études Littéraires* de l'Université de Laval, au Québec, a publié un numéro spécial : *Vérités à la Marivaux*, dirigé par Raymond Joly, vol. 24, n° 1, été 1991.

La revue *Théâtre en Europe* a publié dans son n° 6, en 1985, (p. 21-96) un important dossier consacré à Marivaux, avec de nombreux clichés de mises en scène.

La revue *Europe* a consacré en nov.-déc. 1996 un numéro à Marivaux, coordonné par Michel Delon (n° 811-812).

La revue *L'École des Lettres* a publié en février 1997, n° 8, un numéro spécial sur *La Double Inconstance* et *Le Jeu de l'amour et du hasard* coordonné par Françoise Rubellin.

Masques italiens et comédie moderne, recueil d'articles [sur *La Double Inconstance* et *Le Jeu de l'amour et du hasard*] sous la direction d'Annie Rivara, Orléans, Paradigme, 1996.

III. ÉTUDES D'ENSEMBLE SUR MARIVAUX

BONHÔTE Nicolas, *Marivaux ou les machines de l'opéra. Étude de sociologie de la littérature*, Lausanne, L'Âge d'homme, 1974.

COULET Henri et GILOT Michel, *Marivaux, un humanisme expérimental*, Paris, Larousse, coll. « Thèmes et textes », 1973.

COULET Henri, *Marivaux romancier. Essai sur l'esprit et le cœur dans les romans de Marivaux*, Paris, A. Colin, 1975.

CULPIN David, *Marivaux and Reason, A Study in Early Enlightenment Thought*, New York - Paris, Peter Lang, 1993.

DELOFFRE Frédéric, *Une préciosité nouvelle. Marivaux et le marivaudage*, 3ᵉ édition revue, Genève, Slatkine, 1993 (1ʳᵉ éd. 1955, Les Belles-Lettres).

EHRARD Jean, « Marivaux ou les chemins de la sincérité » dans *Littérature française*, Paris, Arthaud, *Dix-huitième siècle*, t. I, 1974, p. 167-200.

FABRE Jean, « Marivaux », dans *Histoire des littératures*, Paris, Gallimard, « Encyclopédie de la Pléiade », t. III, 1958, p. 677-695.

GILOT Michel, *Les Journaux de Marivaux. Itinéraire moral et accom-*

plissement esthétique, Service de reproduction des thèses, Université de Lille III, 1974, 2 vol.

GILOT Michel, *L'Esthétique de Marivaux*, SEDES, 1998.

GREENE Edward J.H., *Marivaux*, University of Toronto Press, 1965.

HAAC Oscar A., *Marivaux*, New York, Twayne Publishers, 1973.

LAGRAVE Henri, *Marivaux et sa fortune littéraire*, Ducros, Saint-Médard en Jalles, 1970.

LARROUMET Gustave, *Marivaux, sa vie et ses œuvres d'après de nouveaux documents*, Paris, Hachette, 1882.

MÜHLEMANN Suzanne, *Ombres et lumières dans l'œuvre de Pierre Carlet de Chamblain de Marivaux*, Berne, H. Lang, 1970.

POULET Georges, *Études sur le temps humain*, Paris, Plon, 1952, t. II, *La Distance intérieure*, « Marivaux », p. 1-34.

ROY Claude, *Lire Marivaux*, Neuchâtel, Éditions de la Baconnière, « Les Cahiers du Rhône », 1947.

SCHAAD Harold, *Le Thème de l'être et du paraître dans l'œuvre de Marivaux*, Juris Druck Verlag Zurich, 1969.

STEWART Philip, *Le Masque et la parole. Le langage de l'amour au XVIIIᵉ siècle*, Paris, J. Corti, 1973, chap. IV, « Marivaux : un badinage sérieux », p. 123-147.

IV. OUVRAGES ET ARTICLES SUR LE THÉÂTRE

BRADY-PAPADOPOULOU Valentini, *Love in the theatre of Marivaux*, Genève, Droz, 1970.

COULET Henri, « Les indications scéniques dans le théâtre de Marivaux », colloque de Cortona, p. 259-271.

DABBAH EL-JAMAL Choukri, *Le Vocabulaire du sentiment dans le théâtre de Marivaux*, Paris, Champion, 1995.

DEGUY Michel, *La Machine matrimoniale ou Marivaux*, Paris, Gallimard, 1981.

DESCOTES Maurice, *Les Grands Rôles du théâtre de Marivaux*, Paris, Presses Universitaires de France, 1972.

DESVIGNES-PARENT Lucette, *Marivaux et l'Angleterre, essai sur une création dramatique originale*, Paris, Klincksieck, 1970.

DONOHOE Joseph, « Marivaux, the comedy of Enlightenment », *Studies on Voltaire and the Eighteenth Century*, XCVIII, 1972, p. 169-180.

FOURNIER Nathalie, « Dire et redire : formes et fonctions du rapport de paroles dans les comédies de Marivaux », *Littératures clas-*

siques, n° 27, *L'Esthétique de la comédie*, éd. G. Conesa, 1996, p. 231-242.

Gilot Michel, « L'Invention des lieux scéniques (à propos de Marivaux) », *Recherches et travaux*, Bulletin, n° 34, Grenoble, 1988, p. 63-71.

Girard René, « Marivaudage and hypocrisy », *The American Society Legion of Honor Magazine*, vol. 34, n° 3, 1963, p. 163-174.

Guilhembet Jacques, « Les fonctions d'Arlequin dans cinq comédies de Marivaux », *Littératures classiques*, n° 27, 1996, p. 305-320.

Jouvet Louis, « Marivaux, le théâtre et ses personnages », dans *Conferencia*, 15 juin 1939, p. 17-36.

Jutrin Monique, « Le Théâtre de Marivaux : une "phénoménologie du cœur" ? », *Dix-huitième siècle*, n° 7, 1975, p. 157-179.

Mason Haydn T., « Cruelty in Marivaux's theatre », *Modern Language Review*, April 1967, p. 238-247.

Mazouer Charles, *Le Personnage du naïf dans le théâtre comique du Moyen Âge à Marivaux*, Paris, Klincksieck, 1979.

McKee Kenneth, *The Theater of Marivaux*, New York University Press, 1958.

Miething Christoph, *Marivaux' Theatre. Identitätsprobleme in der Komödie*, Freiburger Schriften für romanische Philologie. Bd. 31, München, W. Fink, 1975.

Moureau François, *Le Cahier d'esquisses de Marivaux et autres textes*, Paris, Klincksieck, 1992.

Munro James S., « The Moral Significance of Marivaux's "comédies d'amour" », *Forum for Modern Language Studies*, April 1978, p. 116-128.

Oster Patricia, *Marivaux und das Ende der Tragödie*, Munich, Fink, 1992.

Papin Renée, « Marivaux, les femmes et la lutte des classes », *Nouvelle Critique*, 125, 1960, p. 88-99.

Poe George, *The Rococo and Eighteenth-Century French Literature. A Study through Marivaux's theater*, New York (Bern - Frankfurt am Main - Paris), Peter Lang, 1987.

Porcelli Maria Grazia, *Le Figure dell'autorità nel teatro di Marivaux*, Biblioteca francese, Unipress, Padova, 1997.

Ratermanis J.B., *Étude sur le comique dans le théâtre de Marivaux*, Paris, Minard, 1961.

Rice Paul F. « Theatrical controversies and the musical stage tradition of Eighteenth-Century France », colloque d'Edmonton, p. 165-180.

Robinson Philip, « Marivaux's Poetic Theatre of Love. Some considerations of genre », *Studies on Voltaire and the Eighteenth Century*, CXCII, 1980, p. 1313-1315.

Robinson Philip, « Marivaux's Italian *Divertissements* : problems of interpretation », Colloque de Lampeter, p. 21-28.

Roy Claude, « Un théâtre grave et cruel », *Cahiers de la Compagnie Renaud-Barrault*, XXVIII, janvier 1960, p. 29-36.

Rubellin Françoise, *Marivaux dramaturge. La Double Inconstance, Le Jeu de l'amour et du hasard*, Champion, 1996.

Runte Roseann, « Romans dramatiques et théâtre romanesque : la stylistique marivaudienne », Colloque d'Edmonton, p. 145-150.

Sanaker John-Kristian, *Le Discours mal apprivoisé*, Oslo, Solum Forlag - Paris, Didier Érudition, 1987.

Scherer Jacques, « Le Jeu de la vérité et les jeux du langage dans le théâtre de Marivaux », dans *Marivaux*, monographie établie par S. Chevalley, Paris, Comédie-Française, 1966, p. 21-26.

Scherer Jacques, « Marivaux et Pirandello », *Cahiers Renaud-Barrault*, n° 28, janvier 1960.

Siess Jürgen, « Zur Thematik der Komödien von Marivaux », *Lendemains*, 5, Novembre 1976, p. 119-136.

Spinelli Donald C. : *A Concordance to Marivaux's Comedies in Prose*, Chapel Hill, University of North Carolina Press, North Carolina Studies in the Romance Languages and Literatures, 1979, 4 volumes.

Sturzer Felicia, « Marivaudage as self-representation », *French Review*, XLIX, dec. 1975, p. 212-221.

Tastet Claire, « Le Lieu dans le théâtre de Marivaux », *Revue Marivaux*, n° 5, 1995, p. 71-80.

Terrasse Jean, *Le Sens et les signes. Étude sur le théâtre de Marivaux*, Sherbrooke, Naaman, 1987.

Tomlinson Robert, *La Fête galante. Watteau et Marivaux*, Genève, Droz, 1981.

Trapnell William H., *Eavesdropping in Marivaux*, Genève, Droz, 1987.

Verhoeff Han, *Marivaux ou le dialogue avec la femme. Une psycho-lecture de ses comédies et de ses journaux*, Orléans, Paradigme, 1994.

V. SUR LA DRAMATURGIE ET LA STRUCTURE

DORT Bernard, « À la recherche de l'Amour et de la Vérité : esquisse d'un système marivaudien », *Les Temps modernes*, XVII, janv.-mars 1962, p. 1058-1087, repris dans *Théâtres*, Le Seuil, 1986, p. 25-59.

GREENE E. J. H., « Vieux, jeunes et valets dans le théâtre de Marivaux », *Cahiers de l'Association Internationale des Études Françaises*, 1973, p. 177-190.

HOWELLS Robin, « Structure and meaning in the *Incipit* of Marivaux's comedies », *Modern Language Review*, oct. 1991, p. 839-851.

POMEAU René, « Pour une dramaturgie de Marivaux » [*La Double Inconstance, L'École des mères, Les Fausses Confidences*], dans *Essays on Diderot and the Enlightenment in honor of Otis Fellow*, Genève, Droz, 1974, p. 256-267.

ROUSSET Jean, « Marivaux et la structure du double registre », dans *Forme et signification*, Corti, 1962, p. 45-62.

SPACAGNA Antoine E., *Entre le oui et le non, essai sur la structure profonde du théâtre de Marivaux*, Berne-Francfort-Las Vegas, Peter Lang, 1978.

VI. SUR LE THÉÂTRE ITALIEN,
LA VIE THÉÂTRALE, LA MISE EN SCÈNE

ATTINGER Gustave, *L'Esprit de la Commedia dell'Arte dans le théâtre français*, Neuchâtel, La Baconnière, 1950.

COURVILLE Xavier de, *Luigi Riccoboni dit Lelio*, t. II, *L'expérience française*, Paris, Droz, 1945.

DUCHARTRE Pierre-Louis, *La Commedia dell'Arte et ses enfants*, Paris, Librairie théâtrale, 1955.

GUEULLETTE Thomas-Simon, *Notes et souvenirs sur le Théâtre-Italien au xviiie siècle*, par J. E. Gueullette, Paris, Droz, 1938.

GUIBERT Noëlle, « Marivaux chez les Comédiens-Français », *Revue Marivaux*, n° 2, 1992, p. 66-75.

LAGRAVE Henri, *Le Théâtre et le public à Paris de 1715 à 1750*, Paris, Klincksieck, 1972.

LAGRAVE Henri, « Marivaux chez les Comédiens-Italiens à la fin du xviiie siècle (1779-1789) : un retour manqué », *Revue Marivaux*, n° 2, 1992, p. 49-65.

Pavis Patrick, *Marivaux à l'épreuve de la scène*, Paris, Publications de la Sorbonne, 1986.

Peyronnet Pierre, *La Mise en scène au XVIIIᵉ siècle*, Paris, Nizet, 1974.

Rougemont Martine de, *La Vie théâtrale en France au XVIIIᵉ siècle*, Champion, 1988.

Trott David, « Marivaux et la vie théâtrale de 1730 à 1737 », *Études Littéraires* (Québec), volume 24, n° 1, été 1991, p. 19-29.

Vinti Claudio, « I lazzi nel teatro di Marivaux », colloque de Cortona, p. 205-219.

VII. CHOIX D'ÉTUDES SUR DES PIÈCES SÉPARÉES

(Par ordre alphabétique des pièces concernées)

Goldzink Jean, éd. « *Les Acteurs de bonne foi, La Dispute, L'Epreuve* », GF-Flammarion, 1991.

Girard Brigitte, « La logique marivaudienne dans *Les Acteurs de bonne foi* », *Travaux sur le XVIIIᵉ siècle*, 1979, p. 75-86.

Desvignes Lucette, « Deux utilisations du *Pédant joué* sur la scène de Marivaux », *Revue d'histoire du théâtre*, juill.-sept. 1970 (porte aussi sur *La Seconde Surprise de l'amour).*

Desvignes Lucette, « Plutarque et Marivaux, ou de l'Histoire au romanesque », *Revue des sciences humaines*, 123, 1966, p. 349-359.

Oster Patricia, *Marivaux und das Ende der Tragödie*, Munich, Fink, 1992.

Perron Marie-Josée, « Rome et l'amour dans *Annibal* », Colloque d'Edmonton, p. 151-163.

Desvignes Lucette, « Survivance de la pastorale dramatique chez Marivaux », *French Studies*, 22, 1968, p. 206-224.

Tomlinson Robert, « Generic subversion in *Arlequin poli par l'amour* and *La Double Inconstance* », Colloque de Lampeter, p. 29-40.

Cavillac Cécile, « L'ingénuité dans *Arlequin poli par l'amour* et *La Dispute* », *Revue d'histoire littéraire de la France*, XCVI, 1996, p. 1084-1105.

Yetter-Vassot Cindy, « L'espace théâtral signifiant de deux pièces de Marivaux, *Arlequin poli par l'amour* et *La Dispute* », *Études littéraires*, XXIX, n° 2, 1996, p. 97-109.

Berger Anne, « Jouer les femmes : réflexions sur *La Colonie* », *Revue Marivaux*, n° 5, 1995, p. 55-70.

Connon Derek, « Old dogs and new tricks : tradition and revolt in

Marivaux's *La Colonie* », *British Journal for Eighteenth-Century Studies*, Autumn 1988, p. 173-184.

MARCHAL Roger, « Le souvenir de la marquise de Lambert dans *La Colonie* », *Revue Marivaux*, n° 2, 1992, p. 38-48.

COULET Henri, « Du roman au théâtre : *Le Paysan parvenu* et *La Commère* », colloque de Messine, p. 201-211.

TRAPNELL William, « Marivaux and *La Commère* », *The French Review*, XLIII, 5, avril 1970, p. 765-774.

CAVILLAC Cécile, voir *Arlequin poli par l'amour*.

GOLDZINK Jean, voir *Les Acteurs de bonne foi*.

MOSER Walter, « Le Prince, le philosophe et la femme-statue. Une lecture de *La Dispute* », *Études littéraires*, vol. 24, n° 1, 1991, Québec, p. 63-80.

RACAULT Jean-Michel, « Narcisse et ses miroirs : système des personnages et figures de l'amour dans *La Dispute* de Marivaux », *Revue d'histoire du théâtre*, t. XXXIII, fasc. 2, 1981, p. 103-115.

SEMPÉ Jean-Claude, « *La Dispute* de Marivaux ou le Miroir infidèle », *Études freudiennes*, n° 11-12, janv. 1976, p. 189-202.

TRAPNELL W, « The philosophical implications of Marivaux's *Dispute* », *Studies on Voltaire and the Eighteenth Century*, LXIII, 1970, p. 193-219.

YETTER-VASSOT Cindy, voir *Arlequin poli par l'amour*.

L'École des Lettres, n° 8, 1er fév. 1997 : numéro spécial consacré à *La Double Inconstance* et au *Jeu de l'amour et du hasard*.

GOLDZINK Jean, « *La Double Inconstance*, ou le crime impossible », *Les Cahiers de la Comédie Française*, n° 14, hiver 1994-1995, p. 5-18.

GUINOISEAU Stéphane, *La Double Inconstance*, Repères Hachette, Hachette, 1997.

JOUSSET Philippe, « La Carriole et le peloton », *La Nouvelle Revue Française*, déc. 1989, p. 94-105.

MARTIN Christophe, éd., *La Double Inconstance*, GF-Flammarion, 1996.

MARTIN Christophe, « Le jeu du don et de l'échange. Économie et narcissisme dans *La Double Inconstance* de Marivaux », *Littératures*, n° 35, 1996, p. 87-99.

MORIARTY Michael, « Identity and its vicissitudes in *La Double Inconstance* », *French Studies*, XLII, juillet 1989, p. 279-291.

MORTIER Roland, « Anouilh et Marivaux, ou l'amour puni », *Wolfen-*

bütteler Forschungen, Formen inner literarischer Rezeption, Sonderdruck, 34, 1987, p. 167-172.

Rousset Jean, « Une dramaturge dans la comédie : la Flaminia de *La Double Inconstance* », *Rivista di Letterature moderne e comparate*, avril-juin 1988, p. 121-130.

Ubersfeld Anne, « Marivaux. Le jeu des forces dans *La Double Inconstance* », dans A. Ubersfeld, *Le Théâtre et la cité. De Corneille à Kantor*, Éditions AISS-IASPA, 1991, p. 69-78.

Whatley Janet, « *La Double Inconstance* : Marivaux and the Comedy of Manipulation », *Eighteenth-Century Studies*, Spring 1977, p. 335-350.

Desvignes Lucette, « Dancourt, Marivaux et l'éducation des filles », *Revue d'histoire littéraire de la France*, 1963, p. 393-414.

Goldzink Jean, voir *La Fausse suivante*.

Revue Marivaux, nº 3 (1992) consacré à *L'École des mères* et à *La Mère confidente*.

Rivara Annie, « *L'École des mères*, comédie "moderne" », *Bulletin de liaison et d'information de la Société de littérature comparée*, nov. 1992, p. 27-49.

Rubellin Françoise, « Le marivaudage dans *l'École des mères* », *op. cit*, nº 1, Pau, nov. 1992, p. 167-176.

Rubellin Françoise, éd., *L'École des mères* suivi de *La Mère confidente*, Le Livre de Poche, 1992.

Goldzink Jean, voir *Les Acteurs de bonne foi*.

Monod Richard, « Marivaux dans une classe préparatoire littéraire », *Le Français aujourd'hui*, 1971, nº 1, p. 25-36.

Spacagna Antoine, « Le jeu linguistique et l'épreuve dans *L'Épreuve* », *Mélanges Frédéric Deloffre, Langue, littérature du xviie et du xviiie siècle*, SEDES, 1990, p. 393-404.

Desvignes Lucette, « *La Fausse Suivante, Le Triomphe de l'amour* et la tradition française », *Revue d'histoire du théâtre*, juill.-sept. 1970.

Goldzink Jean, « Le masque ou la femme vengée », *Comédie-française — Les Cahiers*, nº 1, automne 1991, p. 36-46.

Goldzink Jean, éd., *La Fausse Suivante, L'École des mères, La Mère confidente*, GF-Flammarion, 1992.

Guilhembet Jacques, « De Marivaux à Beaumarchais : variations autour d'un monologue », *L'Information littéraire*, nº 1, janv.-fév. 1994, p. 15-19.

Joly Raymond, « *La Fausse Suivante*, esquisse d'une lecture psychocritique », *L'Âge du théâtre en France*, Edmonton, 1988, p. 145-154.

TOMLINSON Robert, « Érotisme et politique dans *La Fausse Suivante* de Marivaux », *Stanford French Review*, 1985, Spring, p. 17-31.

Analyses et réflexions sur Marivaux, «Les Fausses Confidences ». L'être et le paraître, ouvrage collectif, Belin, 1987.

DÉMORIS René, *Les Fausses Confidences de Marivaux. L'être et le paraître*, Belin, 1987.

DUCHÊNE Hervé, *Les Fausses Confidences*, Bréal, 1999.

GILOT Michel, éd., *Les Fausses Confidences*, Gallimard, Folio, 1997.

HOFFMANN Paul, « De l'amour dans *Les Fausses Confidences* de Marivaux », *Travaux de linguistique et de littérature*, XXV, 1987, p. 93-105.

MIETHING Christoph, « Le problème Marivaux ; le faux dans *Les Fausses Confidences* », Études Littéraires, vol. 24, n° 1, 1991, Québec, p. 27-38.

TISSIER André, *« Les Fausses Confidences », analyse d'un «jeu» de l'amour*, CDU-SEDES, 1976.

DESVIGNES Lucette, « Marivaux et Homère : *La Femme fidèle* ou la réconciliation », *Revue d'histoire littéraire de la France*, 1967, p. 529-536.

BAUDIFFIER Serge, « Les Utopies de Marivaux », *Modèles et moyens de la réflexion politique au XVIIIe siècle*, Publications de Lille III, 1978, t. II, p. 55-77.

GASPARRO Rosalba, « L'Isola teatrale di Marivaux : ai confini dell'utopia », colloque de Messine, p. 91-128.

GOLDZINK Jean, voir *Le Prince travesti*.

HOWARTH W.D., « Innovation and experiment in utopia. Marivaux's island comedies and their context », colloque de Lampeter, p. 7-19.

MORTGAT Emmanuelle, « Deux couplets retrouvés : quelques questions sur le divertissement de *L'Île des esclaves* », *Revue Marivaux*, n° 2, 1992, p. 34-37.

RACAULT Jean-Michel, « Les Utopies morales de Marivaux », *Études et recherches sur le XVIIIe siècle*, Publications de l'université de Provence, 1980, p. 57-85.

SCHNEIDER Jean-Paul, *« L'Île des esclaves* ou la "balance égale" », *Études sur le XVIIIe siècle*, Université des sciences humaines de Strasbourg, 1982, p. 5-56.

TRAN Yen-Mai, *L'Île des esclaves*, Bréal, 1999.

L'École des Lettres, n° 8, 1er fév. 1997 : numéro spécial consacré à *La Double Inconstance* et au *Jeu de l'amour et du hasard*.

HOWELLS Robin, « Marivaux and the Heroic », *Studies on Voltaire and the Eighteenth Century*, CLXXI, 1977, p. 115-153.

NEGREL Éric, *Le Jeu de l'amour et du hasard*, Bréal, 1999.

PAVIS Patrice, *« Le Jeu de l'amour et du hasard* : une singerie postmoderne en trois bonds. A propos de la mise en scène d'Alfredo Arias », dans *L'Age du théâtre en France*, D. Trott et N. Boursier éd., Emonton, Academic Printing and Pub., 1988, p. 349-363.

RODMELL Graham E. *Marivaux's « Le Jeu de l'amour » and « Les Fausses Confidences »*, Londres, Grant and Cutler, 1982.

RUBELLIN Françoise, voir *La Double Inconstance*.

SHERMAN Carol, « Cardiogrammes. La promotion des codes kinesthésiques et linguistiques dans *Le Jeu de l'amour et du hasard* », *Approches de l'opéra*, Didier-Erudition, 1986, p. 145-150.

TROTT David, « Du jeu masqué aux *Jeux de l'amour et du hasard* : l'évolution du spectacle à l'italienne en France au XVIIIe siècle », *Man and Nature*, Actes de la Société canadienne d'étude du XVIIIe siècle, vol. V, 1986, p. 177-190.

WAUTHION Michel, « Discours indirect et compétence pragmatique dans *Le Jeu* », *Revue Marivaux*, n° 5, 1995, p. 5-16.

DESVIGNES Lucette, « Du théâtre au roman et du roman au théâtre : un échange de bons procédés entre Lesage et Marivaux », *Studi Francesi*, 1971, p. 483-490.

DESVIGNES Lucette, « Du *Testament* (1731) au *Legs* (1736). Les méthodes d'élaboration dramatique chez Marivaux », *Studi Francesi*, 1967, n° 33, p. 480-486.

DELOFFRE Frédéric, « Ensembles associatifs et critique d'attribution, une application au cas de Marivaux [*Mahomet*] », *Études de langue et de littérature françaises offertes à A. Lanly*, Nancy II, 1980, p. 451-456.

PASCAL Jean-Noël, « A propos de *Mahomet II* : Marivaux entre Chateaubrun, Lanoue et Baour-Lormian », *Revue Marivaux* n° 5, 1995, p. 81-104.

DESVIGNES Lucette, « Marivaux et *La Méprise* », *Revue de littérature comparée*, 1967, p. 166-179.

GOLDZINK Jean, voir *La Fausse Suivante*.

RIVARA Annie, *La Mère confidente* ou la surprise de la tendresse, *Revue d'histoire littéraire de la France*, janv. 1993, p. 73-93.

Revue Marivaux, n° 3 (1992) consacré intégralement à *L'École des mères* et à *La Mère confidente*.

RUBELLIN Françoise, voir *L'École des mères*.

Le Petit-Maître corrigé, éd. F. Deloffre, Genève-Lille, Droz-Giard, 1955.

BÉNAC Karine, « Désir et maîtrise dans *Le Préjugé vaincu* de Marivaux », *Littératures*, n° 40, printemps 99, p. 135-149.

BOISSIEU Jean-Louis de et GARAGNON Anne-Marie, « *Le Prince travesti*, acte I, scène II », *Commentaires stylistiques*, Paris, SEDES, 1987, p. 119-147.

GOLDZINK Jean, éd., *Le Prince travesti, L'Ile des esclaves, Le Triomphe de l'amour*, Garnier-Flammarion, 1989.

PAILLET-GUTH Anne-Marie, « Marivaux, Crébillon et la mauvaise foi : les détours d'une déclaration d'amour », *Revue Marivaux*, n° 1, 1990, p. 53-64.

PAVIS Patrice, « Fonction de l'héroïque et de l'héroï-comique dans *Le Prince travesti* et *Le Triomphe de l'amour* », *Studies on Voltaire and the Eighteenth Century*, CCXLV, 1986, p. 277-302.

TOMLINSON Robert, « Amour et politique : modèles sémiotiques dans *Le Prince travesti* », *L'Age du théâtre en France*, éd. D. Trott et N. Boursier, Edmonton, Academic Printige and Publications, 1988, p. 119-131.

RUBELLIN Françoise, « Marivaux et l'Arlequin du Prince travesti », dans *Arlequin et ses masques*, Dijon, Publications de l'Université de Bourgogne, EUD, 1992, p. 29-35.

COTONI Marie-Hélène, « La Feinte et le soupçon dans *Le Prince travesti* de Marivaux », *Hommage à C. Digeon*, Publications de la faculté des lettres de Nice, n° 36, 1987, p. 66-77.

KOCH Paule, « Du nouveau sur *La Provinciale* : de la Roquette au Campagnol », *Revue Marivaux*, n° 1, 1990, p. 26-36.

DESVIGNES Lucette, « Fontenelle et Marivaux : résultats d'une amitié », *Dix-huitième siècle*, n° 2, 1970, p. 161-179.

ROJTMAN Betty, « La logique du détour dans *Les Serments indiscrets* de Marivaux », *The Romanic Review*, LXXV, 1984, p. 188-199.

ROJTMAN Betty, « Désengagement du Je dans le discours indirect [*Les Serments indiscrets*], *Poétique*, n° 41, fév. 1980, p. 90-107.

DESVIGNES Lucette, « *Les Sincères* de Marivaux (1739) : une vision originale des rapports sociaux », *Mémoires de l'Académie des sciences, arts et belles-lettres de Dijon*, t. 128, 1987-1988, p. 265-279.

DESVIGNES Lucette, « Du *Misanthrope* de Molière aux *Sincères* de Marivaux », *Mémoires de l'Académie des sciences, arts et belles-lettres de Dijon*, t. 130, 1990, p. 167-182.

KOCH Eckart, *La Surprise de l'amour. Textausgabe und Interpretation*, Université de Münster, 1967.

JOUSSET Philippe, « Physique de Marivaux. Dramaturgie et langage dans *La Surprise de l'amour* », *Revue Marivaux*, n° 5, 1995, p. 29-54.

JUPKOR Ben, « Le dialogue chez Marivaux comme phénomène réfractaire à la communication : le cas de *La Surprise de l'amour* », colloque d'Edmonton, p. 181-191.

RUBELLIN Françoise, éd., *La Surprise de l'amour* suivi de *La Seconde Surprise de l'amour*, Le Livre de Poche, 1991.

DESVIGNES Lucette, voir *Les Acteurs de bonne foi*.

PLANCHON Roger, « Pour un nouvel usage de Marivaux », *L'Illustre Théâtre*, V, n° 14, 1959, p. 43-45.

RUBELLIN Françoise, voir *La Surprise de l'amour*.

SCHERER Jacques, « Marivaux et Planchon », *Les Lettres nouvelles*, n° 18, 1er juillet 1959, p. 43-45.

TROTT David, « Des *Amours déguisés* à *La* seconde *Surprise de l'amour*. Étude sur les avatars d'un lieu commun », *Revue d'histoire littéraire de la France*, mai-juin 1976, p. 373-384.

VINAVER Michel, « Sur *La Seconde Surprise de l'amour* (1959) », *Écrits sur le théâtre*, réunis et présentés par Michelle Henry, Lausanne, Éditions de l'Aire, 1982.

COULET Henri, éd., *Le Triomphe de l'amour*, Gallimard, Folio, 1998.

DESVIGNES Lucette, « Plutarque et Marivaux, ou de l'histoire au romanesque », *Revue des sciences humaines*, 123, 1966, p. 349-369.

GOLDZINK Jean, voir *Le Prince travesti*.

JOLY Raymond, « La haine du philosophe. Notes pour une lecture psychanalytique du *Triomphe de l'amour* », *Études Littéraires*, vol. 24, n° 1, 1991, Québec, p. 51-62.

TOMLINSON Robert, « Marivaux dans les jardins de Socrate ou *L'Anti-Banquet* », *Études Littéraires*, vol. 24, n° 1, 1991, Québec, p. 39-49.

DESVIGNES Lucette, « Genèse du *Triomphe de Plutus* », *Studi francesi*, XIV, 1970, p. 90-96.

INDEX DES NOMS PROPRES

A

Abdolonyme, 13/0, n. 2.

Acteurs (Les) des bonne foi, 622, n. 1 ; 651, n. 1 ; 1668, n. 5 ; 1882 ; 1912 ; 1847 ; 1940 *sq.* ; 1970 ; 1971 ; 1974.

ADAM DE LA HALLE 1914, n. 1.

ADDISON, 2117.

Adèle de Ponthieu, 1912, n. 1.

Agnès de Chaillot, 230, n. 1 ; 974.

Agréables Conférences de deux paysans de Saint-Ouen et de Montmorency, 43, n. 1 ; 557, n. 5 ; 632, n. 1 ; 1874, n. 1.

AIGUEBERRE (J.-D. DUMAS D'), 848, n. 1.

ALBORGHETTI (P.), 240, n. 1.

Alcibiade, 978.

Alzire, 2051, n. 3.

Amadis, 1673, n. 2.

Amant (L') caché et la dame voilée, 464, n. 1.

Amante (L') difficile, 887, n. 1.

Amante (L') frivole, 20 ; 1882 ; 1887 ; 1912 ; 1913 ; 1973 ; 2063.

Amante (L') romanesque, 226.

Amants (Les) déguisés, 866 ; 868, n. 1 ; 870 ; 879 ; 901, n. 1 ; 918, n. 2.

Amants (Les) ignorants, 117 ; 119 ; n. 1 ; 127, n. 2 ; 128, n. 1 ; 129, n. 1 ; 135, n. 2 ; 142, n. 2 ; 231 ; 281 ; n. 1, 1024, n. 1.

Amasis, 1036, n. 1.

Amour (L') et la Vérité, 12 ; 19 ; 96 ; 98 ; 99 ; 156 ; 942 ; 965, n. 1 ; 1626, n. 2.

Amours (Les) à la chasse, 261, n. 1.

Amours (Les) anonymes, 19, n. 3 ; 1972.

Amours (Les) des grands hommes, 977 ; 978-979.

Amphitryon, 378 ; 571, n. 2 ; 581 ; 1242 ; 1259, n. 3 ; 1266, n. 4 ; 1269-1270, n. 3 ; 1276, n. 2 ; 1436, n. 1.

Amusements (Les) sérieux et comiques, voir DUFRESNY.

AMYOT, 158, n. 2.

ANDRÉ (Michèle), 1847, n. 2.

Anecdotes dramatiques, 41, n. 4 ; 1243, n. 1.

Angola, 2055.

Annales du Théâtre-Italien, 98, n. 3. Voir ORIGNY (D').

Annibal, 11 ; 18 ; 110 ; 155 *sqq.* ; 391 ; 544 ; 626 ; 984 ; 1058, n. 2 ; 1059, n. 1 ; 2063 ; 2077 ; 2096 ; 2107 ; 2108 ; 2119.

Annibal (du P. Colonia), 159, n. 1.

ANOUILH (J.), 297 ; 298 ; 302 ; 1942.

Apothéose de M. Pont de Vesle, 1720, n. 2.

ARGENS (marquis d'), 2052-2054 ; 2070.

ARGENSON (marquis d'), 10 ; 13 ; 121, n. 4 ; 163 ; 231 ; 302 ; 375, n. 3 ; 385 ; 386 ; 467 ; 585 ; 620 ; 624, n. 1 ; 879 ; 885, n. 1 ; 893, n. 2 ; 946 ; 982 ; 1053, n. 1 ; 1060 ; 1063 ; 1141 ; 1175 ; 1244 ; 1429, n. 1 ; 1439 ; 1626 ; 1674 ; 1846.

Ariane, 944, n. 1.

ARISTOPHANE, 850, n. 1 ; 851 ; 862 ; 1857, n. 1 ; 2067.

ARKSTÉE ET MERKUS (libraires), 1456, n. 1 ; 1477, n. 2 ; 1482, n. 2 ; 1490, n. 1 ; 1492, n. 1 ; 2058, n. 1.

ARLAND (Marcel), 297 ; 528, n. 1 ; 530, n. 1 ; 1454, n. 6 ; 1460, n. 4 ; 1769 ; 1970, n. 4.

ARLEQUIN, voir THOMASSIN et CARLIN.

Arlequin camarade du diable, 96, n. 2.

Arlequin Deucalion, 161.

Arlequin en deuil de lui-même, 96, n. 2.

Arlequin gentilhomme supposé et duelliste malgré lui, 862, n. 3 ; 869, n. 1 ; 902, n. 1 ; 906, n. 2.

Arlequin homme à bonnes fortunes, voir *L'Homme à bonnes fortunes,* de Regnard.

Arlequin Hulla, 872, n. 2.

Arlequin poli par l'amour, 12 ; 99 ; 109 *sq.* ; 156, n. 1 ; 164, n. 1 ; 226 ; 228 ; 230, n. 1 ; 300 ; 381 ; 623 ; 654, n. 1 ; 942, n. 2 ; 966, n. 2 ; 983, n. 1 ; 1024, n. 1 ; 1264, n. 2.

Arlequin roi de Sérendib, 114.

Arlequin sauvage, 2052.

ARMAND, 550 ; 944 ; 1435 ; 1441 ; 1814, n. 1.

Arrêts (Les) de l'amour, 862, n. 3.

Assemblée (L') des femmes, 850 ; 1857, n. 1.

Astrée (L'), 976.

ASVEDO, 1887, n. 1.

Athalie, 981, n. 1.

Attendez-moi sous l'orme, 163, n. 4 ; 261, n. 2 ; 922, n. 3.

ATTINGER, 132, n. 2 ; 863, n. 1 ; 869, n. 1.

Auberge (L') provinciale, 19 ; 1972 ; 1973.

AUGIER (E.), 1803.

AUNILLON, 866 ; 869 ; 879 ; 918, n. 2.

AUTREAU, 118 ; 119, n. 1 ; 135, n. 2 ; 138, n. 2 ; 226 ; 233, n. 1 ; 261, n. 1 ; 281, n. 1 ; 885, n. 2.

Avant-scène (L'), 1847, n. 2.

Aventures (Les) de Persiles et Sigismonde, 115, n. 1.

Avocat (L') pour et contre, 928, n. 1.

B

Bajazet, 384 ; 1436, n. 1.

Bal (Le) bourgeois, 1973.

BALETTI (Joseph, dit Mario), 126, n. 1 ; 240, n. 1 ; 300 ; 587 ; 1144, n. 1 ; 1178.

BALETTI (Manon), 1673, n. 4.

BALLEROY (marquise de), 391.

BALLICOURT (Mlle), 944, n. 2.

BALZAC, 299.

BANDELLO, 13.

BAR (Mlle de), 1051 ; 1052.

BARANTE, 524, n. 2.

BARBIER, 848, n. 2.

BARON, 161 ; 161, n. 1 ; 548, n. 1.

BARON (Mlle), 945.

Baron (Le) de la Crasse, 1052, n. 3.

BARSACQ (A.), 1942.

BARTHÉLEMY (E. de), 300, n. 4 ; 391, n. 1.

BASTIDE ET FOURNIER, 17 ; 18 ; 20 ; 106, n. 2 ; 123 ; 393 ; 400, n. 2 ; 473 ; 528, n. 1 ; 530, n. 1 ; 849, n. 5 ; 851 ; 898, n. 1 ; 984 ; 1429, n. 2 ; 1446 ;

1454, n. 6 ; 1460, n. 4 ; 1769 ; 1888 ; 1893, n. 2 ; 1895, n. 3 ; 1898, n. 1 ; 1906, n. 1 ; 1970, n. 3 ; 1972.

BAYER (Marcel), 121.

BEAUCHAMPS, 96, n. 1 ; 849, n. 3 ; 866 ; 888, n. 2 ; 890, n. 1 ; 893, n. 3 ; 1442 ; 2054, n. 1.

BEAUMARCHAIS, 465 ; 466 ; 1137, n. 1 ; 1165, n. 1.

BÉDACIER (Catherine), 111, n. 2.

Belle (La) et la Bête, 115, n. 2.

BELMONT (Anne-Élisabeth Constantini), 1671.

BENOZZI (Gianetta), voir SILVIA.

Bérénice, 907, n. 2.

BERGER, 1765, n. 1.

BERR DE TURIQUE, 1887.

BERTHIER (J.), 1176, n. 5.

BESTERMAN, 1053, n. 2.

BIANCOLELLI, 119.

Bibliothèque (La) des gens de cour, 546, n. 3.

Bibliothèque des théâtres, 96 ; 1137, n. 4.

Bibliothèque (La) dramatique de M. Pont de Vesle, 1714, n. 2.

Bibliothèque (La) universelle des Romans, 2073.

Bilboquet (Le), 12 ; 96 ; 942 ; 966, n. 2 ; 981.

BLANCHARD (censeur), 164 ; 391 ; 548.

BOCCACE, 115.

BOINDIN, 228, n. 2.

BOISSY, 14 ; 19 ; 106, n. 1 ; 943, n. 1 ; 1048 ; 1172 ; 1436, n. 1 ; 1626, n. 1 ; 1912 ; 1972 ; 2068 ; 2107, n. 1.

BONACCORSO, 23, n. 1 ; 44.

BONHOMME (H.), 1051, n. 2.

BORROMINI (le), 2119.

BOSSUET, 2074, n. 1.

BOUCHER (acteur), 873.

BOUDET (Micheline), 948.

BOURBON (duc de), 299, n. 2.

Bourgeois (Le) gentilhomme, 14 ; 227 ; 545 ; 620.

BOURSAULT, 904, n. 3 ; 2101.

BRENNER (Clarence), 974, n. 2.

BRIASSON, 122 ; 123 ; 231, n. 3 ; 233 ; 303 ; 385, n. 5 ; 392 ; 463, n. 1 ; 471 ; 472 ; 586 ; 620, n. 5 ; 625 ; 851 ; 882.

Britannicus, 118, n. 1 ; 147, n. 2.

BRUEYS (et PALAPRAT), 472 ; 882.

BRUGIÈRE DE BARANTE, 97.

BRUMOY (le P.), 850.

BRUNETIÈRE, 1141, n. 3 ; 1627.

C

Cabinet (Le) du philosophe, 10 ; 20 ; 98 ; 227 ; 246, n. 1 ; 285, n. 1 ; 299 ; 406, n. 3 ; 955, n. 4 ; 967, n. 1 ; 972, n. 2 ; 1126, n. 1 ; 1152, n. 1 ; 1193, n. 2 ; 1242 ; 1620, n. 2 ; 1668 ; 1669 ; 1766 ; 1878, n. 1 et 2 ; 1914.

CAMPISTRON, 546.

CANDEILLE (Mlle, actrice), 1061, n. 5.

Caprices romanesques, 1440, n. 1 ; 1717, n. 1 ; 2055.

Caractères (de La Bruyère), 2088.

CARDÉNIO, 160, n. 3.

CARLET (Nicolas), 23 ; 41, n. 3.

CARLIN, 121, n. 3.

CARRINGTON LANCASTER, voir LANCASTER.

CART (A.), 866, n. 2.

CARTOUCHE, 243, n. 3.

CASARÈS (Maria), 983, n. 1.

Cassandre, 1646, n. 1.

Catalogue de livres amusants qui se vendent chez le même libraire, 1062.

Catalogue de livres nouveaux [reçus par Nicolas Prévost], 881.

CATROU (le P.), 848, n. 3.

CAUMONT (marquis de), 19.

CAYLUS (comte de), 1715.

CERVANTÈS, 115.

CHALLE (R.), 8 ; 871, n. 1 ; 934, n. 2 ; 1715.

CHAMPMESLÉ, 161.

CHANTILLY (Mlle), 1673, n. 4.

CHAPONNIÈRE (Paul), 1970 ; 1971.

CHARDIN, 2055.

Château (Le) des lutins, 114.

CHÂTELET (Mme du), 2051.

CHAUBERT (libraire), 947 ; 948 ; 949.

Chemin (Le) de la fortune, 20.

CHÉNIER (M.-J.), 1675.

CHEVALLEY (Sylvie), 19 ; 20, n. 2 ; 156, n. 1 ; 544, n. 1 ; 1714 ; 1715 ; 1721 ; 1804 ; 1814, n. 1 ; 1940, n. 1.

CHEVRIER, 2055-2057.

Chien (Le) du jardinier, 1173, n. 1.

Chimères (Les), 546.

Chinois (Les), 261, n. 1 ; 861, n. 1.

CHOISY (chevalier de), 980.

Chronologie des pièces restées au théâtre et des acteurs d'original, 1435, n. 2.

CICÉRON, 2075 ; 2076 ; 2119.

Cid (Le), 944, n. 1.

CLAIRON (Mlle), 163 ; 584, n. 3.

CLARETIE (J.), 122, n. 2.

Cléarque, 1028, n. 3.

Clélie, 976.

CLÉMENT ET LA PORTE, 98, n. 3 ; 1243, n. 1 ; 1802, n. 6.

Cléopâtre (roman), 1646, n. 1.

CLERMONT (chevalier de), 1445, n. 1.

CLERMONT (comte de), 1882 ; 1887 ; 1974.

Cleveland, 849 ; 881, n. 4.

CLOUSIER (J., libraire), 1768 ; 1802, n. 4 ; 1803.

COLLÉ (Charles), 1715.

Colombine femme vengée, 250, n. 2.

COLONIA (le P.), 159, n. 1.

Colonie (La), 14 ; 20 ; 851 ; 1626, n. 2 ; 1827 *sq.* ; 1882 ; 1970 ; 1972 ; 1973, n. 4.

Comédie (La) (erreur de titre pour *La Commère*), 1714, n. 2.

Comédies (Les) de M. de Marivaux jouées sur le théâtre de l'Hôtel de Bourgogne, 123 ; 586 ; 626.

Comme il vous plaira, 1646-1647, n. 1.

Commère (La), 14 ; 18 ; 425, n. 2 ; 528, n. 3 ; 1714 *sq.*

Comte (Le) d'Essex, 943-944 ; 944, n. 2.

Comte (Le) de Neuilly, 19, n. 4.

Comtesse (La) d'Escarbagnas, 163, n. 4.

CONDÉ, 1887, n. 1.

CONET (Mlle), 1437.

Confessions (Les), 1440 ; 1634, n. 1.

CONRART, 2101.

Consentement (Le) forcé, 1720.

Conservateur (Le), 1882 ; 1913 ; 1940 ; 1941, n. 1 ; 1943 ; 1971 ; 1973.

CONSTANT DU MASDUBOS, 45, n. 1.

CONSTANTINI (Angelo), 477, n. 1.

CONSTANTINI (Anne-Élisabeth), voir BELMONT.

Contes (Les), de La Fontaine, 116, n. 1.

Contrat (Le) social, 583.

Coquette (La) corrigée, 1176.

Coquette (La) de village, 140, n. 3 ; 621 ; 629, n. 1 ; 637, n. 1 ; 656, n. 3 ; 932, n. 2.

Coquettes (Des), 1766, n. 3.

CORNEILLE (Pierre), 10 ; 43 ; 54, n. 1 ; 115 ; 156 ; 160 ; 161 ; 296 ; 384 ; 2053 ; 2107 ; 2109 ; 2108.

CORNEILLE (Thomas), 159, n. 1 ; 163 ; 979, n. 1.

Courtisane (La) amoureuse, 116, n. 2.

COURVILLE (X. de), 96, n. 2 ; 119 ; 226, n. 1 ; 228, n. 2 ; 381, n. 1 ; 1444 ; 1621, n. 2 ; 1627 ; 1764, n. 2.

COUSIN (V.), 1887.

COUTELLIER, 232.

COUTON (G.), 116, n. 1.

CRÉBILLON, 161 ; 1676 ; 2062.

CRÉBILLON fils, 1193, n. 2.

Curieux (Le) impertinent, 1666, n. 1.

Cymon and Iphigenia, 116, n. 2.

CYRANO DE BERGERAC, 43, n. 3 ; 241, n. 1.

Cyrus (roman), 1646.

D

D'ALEMBERT, 9 ; 9, n. 1 ; 10, n. 2 ; 13 ; 40 ; 229 ; 241, n. 2 ; 2074-2124.

D'ALLAINVAL (ou DALLAINVAL), 620 ; 624 ; 635, n. 2.

Dame (La) invisible, 623, n. 1.

Dames (Les) vengées, 254, n. 1.

DANCHET, 123 ; 232 ; 303 ; 391 ; 472 ; 625 ; 2050 ; 2062.

DANCOURT, 14 ; 43, n. 3 ; 117 ; 141, n. 1 ; 241, n. 1 ; 468 ; 514, n. 2 ; 544 ; 592, n. 1 ; 1134-1137 ; 1165, n. 1 ; 1242 ; 1243 ; 1975.

DANGEVILLE, 156, n. 1 ; 1060 ; 1070, n. 1.

DANGEVILLE la jeune, 1441.

DANGEVILLE (Mlle), 943 ; 944 ; 946 ; 1058 ; 1060 ; 1070, n. 1 ; 1435 ; 1441 ; 1802 ; 1814, n. 1.

Daphnis et Chloé, 118 ; 138, n. 2.

DAUDET (A.), 881.

Décaméron (Le), 115, n. 4.

DECANTER, 41, n. 2.

Dédain (Le) affecté, 472.

Dédit (Le), 463.

Dédits (Les), 463.

DE HESSE, voir DES HAYES.

Dehors (Les) trompeurs, 2059.

DELALANDE (Thérèse), 587.

DELISLE DE LA DREVETIÈRE, 324, n. 1 ; 330, n. 1 ; 343, n. 1 ; 363, n. 1 ; 580.

DELOFFRE (F.), 96, n. 2 ; 2076, n. 1.

DELORMEL (P., libraire), 586.

Démocrite (Le) amoureux, 42 ; 117, n. 1 ; 581 ; 976 ; 982 ; 1886, n. 1.

DÉMOSTHÈNE, 2076 ; 2101.

Dénouement (Le) imprévu, 13 ; 42 ; 43 ; 297 ; 391 ; 504, n. 2 ; 543 ; 578 ; 626.

Dépit (Le) amoureux, 53, n. 1 ; 227 ; 1175.

DESBOULMIERS, 119 ; 230 ; 236, n. 2 ; 620 ; 623, n. 1 ; 982, n. 1 ; 1137, n. 5 ; 1140, n. 4 ; 1176, n. 2 ; 1622, n. 1 ; 1675 ; 1676.

DESCOTEAUX, 1887, n. 1.

DESCRIÈRES (G.), 1440, n. 3.

Désespérés (Les), 518, n. 2 ; 1052 ; 1140, n. 3.

DESFONTAINES, 301 ; 848 ; 947 ; 1431 ; 1437 ; 1438, n. 2.

Des Frans et des Ronais, 1715.

DESHAIES, DES HAIES, 988, n. 1 ; 1623 ; 1671 ; 1673.

DESMARES (Mlle), 161.

DESPRÉAUX, 2074, n. 1 ; 2104.

DESTOUCHES, 492, n. 1 ; 1431 ; 1666, n. 1 ; 1800 ; 1886 ; 2056 ; 2068 ; 2118 ; 2121.

DESVIGNES (Lucette), 116, n. 2 ; 157, n. 1 ; 158, n. 2 ; 979, n. 1 ; 1134 ; 1137, n. 2 ; 1165, n. 1 ; 1242 ; 1253, n. 1 ; 1259, n. 3 ; 1266, n. 4 ; 1269-1270, n. 3 ; 1276, n. 2 ; 1261, n. 3.

Deux (Les) Nièces, 1436, n. 1.

DEVILLERS (Renée), 1847, n. 2.

DHÉRAN (Bernard), 1244, n. 4.

Dictionnaire des théâtres, voir CLÉMENT ET LA PORTE.

Dictionnaire néologique, 848.

Dispute (La), 12 ; 15 ; 1668, n. 5 ; 1763 *sq.* ; 1802, n. 4 ; 1882 ; 1942, n. 2.

Distrait (Le), 944, n. 1.

Divorce (Le), 477, n. 1.

DOMINIQUE, 126, n. 1 ; 230, n. 2 ; 476, n. 1 ; 587 ; 1144, n. 1 ; 1178.

DONNEAU DE VISÉ, 254, n. 1.

Don Quichotte, 2114.

DORT (B.), 528, n. 1 ; 530, n. 1 ; 1174, n. 3 ; 1454, n. 6 ; 1460, n. 4 ; 1667 ; 1671, n. 1 ; 1769 ; 1970, n. 4.

Double (La) Inconstance, 13 ; 120, n. 3 ; 127, n. 3 ; 137, n. 2 ; 230, n. 1 ; 295 ; 375, n. 3 ; 465, n. 3 ; 541, n. 1 ; 545 ; 563, n. 1 ; 580 ; 860 ; 872 ; 880, n. 5 ; 942, n. 2 ; 1173 ; 1190, n. 1 ; 1191, n. 1 ; 1650, n. 1 ; 1668 ; 1765 ; 1766 ; 1867, n. 1 ; 1914, n. 2 ; 1942 ; 2052 ; 2054 ; 2060 ; 2069 ; 2071.

DROMGOLD, 1887, n. 1.

DRYDEN, 116, n. 2.

DU BOCCAGE (Mme), 156, n. 1 ; 1441.

DUBOIS (actrice), 1887, n. 1.

DUBREUIL (acteur), 944, n. 2 ; 1441.

DUBREUIL (actrice), 944, n. 2 ; 1441.

DUBUISSON (commissaire), 19 ; 1436 ; 1441 ; 1442 ; 1626, n. 1 ; 1671 ; 1972.

DUCHEMIN (acteur), 161, n. 1 ; 944.

DUCHESNE, 45 ; 882.

DUCHESNE (édition des œuvres de Marivaux), 17 ; 45 ; 287, n. 1 ; 1446, n. 1 ; 1454, n. 6 ; 1458, n. 1 ; 1465, n. 5 ; 1472, n. 3 ;

1768, n. 1 ; 1913 ; 1914 ; 1915 ; 1940 ; 1943 ; 1973 ; 2065, n. 1.

DUCHESNE (édition Veuve), 1443-1444, n. 2 ; 1447 ; 1459, n. 4 ; 1467, n. 1 ; 1475, n. 1.

DUCHESNE (J.-B.), 1137, n. 4.

DUCLOS (actrice), 156, n. 1 ; 161, n. 1 ; 548, n. 1.

DU DEFFAND (Mme), 1720.

DUFRESNE (acteur), 156, n. 1 ; 161, n. 1 ; 549.

DU FRESNY, DUFRÉNY, DUFRESNY, 43, n. 3 ; 59, n. 1 ; 97 ; 97, n. 3 ; 117 ; 241, n. 1 ; 261, n. 2 ; 463 ; 464 ; 545 ; 557, n. 1 ; 621 ; 622 ; 637, n. 1 ; 646, n. 1 ; 932, n. 2 ; 1048, n. 3 ; 1232, n. 1 ; 2118.

DULLIN (Charles), 1942.

Dunciade (La), 2064.

DURAND (Mme), 111 ; 118.

DURET (collectionneur), 1628.

DURRY (Marie-Jeanne), 41, n. 1.

DUVIQUET, 17 ; 44 ; 123 ; 393 ; 473 ; 507, n. 2 ; 624 ; 947 ; 983 ; 984 ; 1443-1444, n. 2 ; 1447 ; 1676 ; 1769 ; 1913, n. 2 ; 1940 ; 1973.

E

École (L') des bourgeois), 624 ; 635, n. 2.

École (L') des femmes, 110 ; 243, n. 1 ; 1134 ; 1141 ; 1150, n. 3 ; 1270, n. 3 ; 1914.

École (L') des mères, 15 ; 1058, n. 2 ; 1133 *sq.* ; 1667 ; 1914.

École (L') des mères (de Nivelle de la Chaussée), 1138, n. 3 ; 1142.

École (L') des pères ou le Fils ingrat, 1134.

Éducation (L') d'un prince, 1882 ; 1915.

Effets (Les) surprenants de la sympathie, 99 ; 99, n. 2 ; 118,

n. 2 ; 136, n. 1 ; 379, n. 1 ; 383 ; 383, n. 2 et 3 ; 447, n. 1 ; 580 ; 972, n. 2 ; 980 ; 1013, n. 2 ; 1863, n. 2.

Éléments de littérature, 1051, n. 1.

ELIOT (T. S.), 1768.

Éloge de Marivaux (de D'Alembert), 9, n. 1 ; 10, n. 2 ; 2074-2124.

Embarquement (L') pour Cythère, 514, n. 2.

Embarras (L') des richesses, 620 ; 623 ; 624, n. 1 ; 956, n. 4.

Endriague (L'), 161, n. 3.

Endymion, 160, n. 3.

Énéide, 2076 ; 2103.

Enfant (L') prodigue, 1436, n. 1.

Ennuis de Thalie (Les), 1764, n. 2.

ÉON (chevalier d'), 465 ; 980.

Épreuve (L'), 9 ; 15 ; 43 ; 192, n. 1 ; 873 ; 880, n. 5 ; 983, n. 1 ; 1113, n. 2 ; 1159, n. 2 ; 1628 ; 1650, n. 1 ; 1666 *sq.* ; 1764 ; 1800 ; 1882 ; 1942 ; 2060.

Épreuve (L') nouvelle, 1673, n. 5.

Épreuve (L') réciproque, 861 ; 1666.

Ériphyle, 944, n. 2.

ESCANDE (Maurice), 881, n. 2.

Ésope à la cour, 2101.

Esprit (L') de contradiction, 43 ; 545 ; 557, n. 1 ; 1232, n. 1 ; 2094.

Esprit (L') de M. Desfontaines, 947.

Esprit (L') de Marivaux, 15, n. 1 ; 229, n. 1 ; 296, n. 1 ; 2070 ; 2073 ; 2086 ; 2100.

ÉTIENNE (et MAUTAINVILLE), 1061, n. 5.

Étourdi (L'), 568, n. 2.

EURIPIDE, 568, n. 2.

F

Fables nouvelles, 848, n. 4.

FAGAN, 1430 ; 1437, n. 1.

FATOUVILLE, 250, n. 2.

FAURE (Laurent), 1446.

Fausse (La) Confidence, voir *Fausses (Les) Confidences.*

Fausse (La) Coquette, 899, n. 1.

Fausse (La) Suivante, 13 ; 103, n. 1 ; 381 ; 385 ; 461 ; 540 ; 560, n. 3 ; 580 ; 979 ; 1021, n. 1 ; 1034, n. 1 ; 1176 ; 1199, n. 2 ; 1274, n. 1 ; 1716.

Fausses (Les) Confidences, 9 ; 16 ; 160 ; 299 ; 372, n. 3 ; 873 ; 983, n. 1 ; 1019, n. 2 ; 1028, n. 1 ; 1176, n. 1 ; 1714 ; 1715 ; 1970, n. 4 ; 2059, n. 1 ; 2064.

FAVART, 1940 ; 1941 ; 1973.

FAVART (Mme), 1673.

Feint (Le) Alcibiade, 977.

Félicie, 12 ; 15 ; 1150, n. 3 ; 1847 ; 1882 ; 1911 *sq.* ; 1940 ; 1943 ; 1970 ; 1973.

Femme (La) fidèle, 15 ; 18 ; 1668, n. 5 ; 1881 *sq.* ; 1971 ; 1972 ; 1973, n. 4.

Femmes (Des) mariées, 227, n. 2.

Femmes (Les) savantes, 981.

FERRIER (Vincent), 2076.

FEYDEAU DE MARVILLE, 1767.

Fille (La) inquiète ou le Besoin d'aimer, 885, n. 2.

FLAHAUT (F.), 303 ; 586.

FLAMINIA (Elena Riccoboni), 118 ; 126, n. 1 ; 127, n. 2 ; 228 ; 236 ; 580, n. 2.

FLEURY (Jean), 1173, n. 1 ; 1970 ; 1971.

Fleuve (Le) Scamandre, 116, n. 1.

Foire (La) Saint-Germain, 930, n. 1.

Folies (Les) amoureuses, 42 ; 545.

Folies (Les) romanesques, voir *Pharsamon.*

Fontaine (La) de Sapience, 97 ; 885, n. 2 ; 887, n. 2.

FONTANEL (G.), 1244, n. 4.

FONTENAY (de), actrice, 156, n. 1 ; 161, n. 1.

FONTENELLE, 481, n. 2 ; 1193, n. 2 ; 1429 ; 1430 ; 1431 ; 1655, n. 1 ; 2052, n. 1 ; 2072 ; 2074 ; 2076 ; 2091 ; 2092 ; 2095 ; 2097 ; 2099 ; 2102 ; 2104 ; 2107 ; 2120 ; 2121.

FORTUNAT, 2076.

FOUQUET, 232.

Fourbe (Le) puni, 467.

FOURMONT, 1053, n. 1.

FOURNIER (coéditeur du *Théâtre de Marivaux*), voir BASTIDE.

FOURNIER (Édouard), 1803 ; 1847.

Français (Le) à Londres, 1048, n. 3 ; 2096.

France (La) littéraire, 96, n. 2.

François II, 2110.

FREDRICK (Edna), 1061, n. 4.

FURETIÈRE, 152, n. 2.

FUZELIER, 304, n. 2 ; 385.

G

GAIFFE (F.), 1847 ; 1879, n. 1.

Galant (Le) Coureur, 863 ; 865, n. 1 ; 870.

GALLYOT, 948 ; 984 ; 1062 ; 1177 ; 1628.

GANEAU (F. libraire), 1244, n. 4.

GAUSSIN (Mlle), 943 ; 944 ; 946 ; 1058 ; 1063 ; 1070, n. 1 ; 1435, n. 2 ; 1802 ; 1814, n. 1 ; 1887, n. 1.

GAUTIER (actrice), 156, n. 1 ; 161, n. 1 ; 163.

GAUTIER (Théophile), 232.

GAZAGNE (P.), 247, n. 1 ; 1049, n. 2.

Gazette d'Amsterdam, 258, n. 2 ; 1442.

GENCE (D.), 1847, n. 2.

Gendre (Le) de M. Poirier, 1803.

GENEST (abbé), 1802, n. 3.

GENSAC (Cl.), 1440, n. 3.

George Dandin, 620.

GHERARDI, 250, n. 2 ; 338, n. 2.

GIBERT (B., libraire), 1442.

Gil Blas, 161, n. 3 ; 1883.

GIL BLAS (personnage), 861.

GILLOT, 128, n. 1.

GIRARD (abbé), 1652, n. 2.

GIRAUDOUX, 1768.

GISSEY (libraire), 472.

Glaneur (Le) français, 1245.

Glorieux (Le), 2059.

GOMBERVILLE, 580.

GONCOURT (les frères), 297 ; 298.

GOSSIN (Mlle), voir GAUSSIN.

Grand (Le), Cyrus, 976.

GRANDCHAMP, 1141.

GRANDVAL (acteur), 944 ; 1060 ; 1435 ; 1441 ; 1814, n. 1.

GRANDVAL (menuet de), 1052.

GRANDVAL (Mlle), 1060 ; 1435 ; 1441.

GRANET, 301 ; 1438 ; 1441.

GRANGÉ (M.), 1443, n. 3.

GRÉGOIRE DE TOURS, 2076.

Grenouilles (Les), 862.

GRESSET, 468 ; 2056.

GRIMM, 7.

GUÉDEN (N.), 1176, n. 5.

GUEULLETTE, 120 ; 231, n. 1 ; 379, n. 2 ; 390 ; 390, n. 2 ; 584 ; 879.

GUILLAUME (veuve), 143, n. 1.

GUILLERAGUES, 54, n. 2 ; 1233, n. 1.

GUYOT DE MERVILLE, 1720.

H

HEINRICH (P.), 980, n. 2.

HELVÉTIUS, 2098 ; 2124.

HÉMON (Félix), 379.

HÉNAULT (président), 2110.

Henri et Pernille, 861, n. 2.

Henri VIII, 1675.

Henriade (La), 2063 ; 2119.

HÉRAULT, 972, n. 3.

Héritier (L') de village, 14 ; 548 ; 619 ; 656 ; 1626, n. 2 ; 1882 ; 1914 ; 1974.

Hérode et Marianne, 1436, n. 1.

HÉRODOTE, 1765.

Heureuse (L') Surprise, 19 ; 233, n. 1.

Heureux (L') Stratagème, 13 ; 127, n. 3 ; 137, n. 2 ; 293, n. 2 ; 297 ; 504, n. 2 ; 535, n. 2 ; 541, n. 1 ; 652, n. 1 ; 1021, n. 1 ; 1171 *sq* ; 1242 ; 1244 ; 1274, n. 1 ; 1663, n. 1 ; 1716 ; 1766.

Histoire anecdotique du Théâtre-Italien, voir DESBOULMIERS.

Histoire de Contamine et d'Angélique, 871, n. 1.

Histoire de Destin et de l'Étoile, 862.

Histoire du chevalier Des Grieux et de Manon Lescaut, 569, n. 1 ; 849 ; 954, n. 3 ; 1212, n. 1 ; 1973, n. 1.

Histoire du Solitaire, 1941, n. 2.

Histoire du Théâtre-Français, voir PARFAICT (frères).

Histoire... du Théâtre-Italien (Histoire anecdotique... du Théâtre-Italien), voir DESBOULMIERS.

Historia literaria, 873, n. 3 ; 881, n. 4.

HOLBERG, 861, n. 2.

HOMÈRE, 2061 ; 2076 ; 2101-2106.

Homère travesti, voir *Iliade travestie.*

Homme (L') à bonnes fortunes (de Regnard), 477, n. 1 ; 487, n. 1 ; 885, n. 2.

HORACE, 2076 ; 2119.

HOUDAR DE LA MOTTE, voir LA MOTTE.

HOUTTEVILLE, 848, n. 3.

I

Île (L') de la Raison, 14 ; 96, n. 2 ; 108, n. 3 ; 327, n. 2 ; 465, n. 2 ; 560, n. 1 ; 585, n. 5 ; 615, n. 2 ; 617, n. 2 ; 848 ; 980 ; 981 ; 1820, n. 4 ; 1877, n. 3 ; 2069 ; 2092 ; 2093, n. 1 ; 2096, n. 1.

Île (L') des esclaves, 14 ; 465, n. 3 ; 556, n. 1 ; 579-617 ; 594, n. 1 ; 617, n. 2 ; 622 ; 623 ; 848 ; 849 ; 983, n. 1 ; 1230, n. 1, 1237, n. 1 ; 1633, n. 1 ; 2069.

Île (L') du Gougou, 114.

Iliade, 2076.

Iliade travestie, 299, n. 3 ; 965, n. 3 ; 2069 ; 2103-2104.

Illustre (L') Aventurier, voir *Le Prince travesti ;*

Illustres (Les) Françaises, 8 ; 871, n. 1 ; 934, n. 2 ; 1715.

Impromptu (L') de Versailles, 1940.

Indigent (L') philosophe, 14 ; 227, n. 1 ; 465, n. 3 ; 594, n. 1 ; 645, n. 1 ; 656, n. 3 ; 941, n. 1 ; 1026, n. 1 ; 1620 ; 1621, n. 1 ; 1974.

Inés de Castro, 230, n. 1 ; 300 ; 304, n. 1 ; 974, n. 1 ; 1436, n. 1.

Inganno (L') fortunato, 233, n. 1.

J

JACOB (le bibliophile), 1714, n. 2.

JASINSKI, 862, n. 1.

Jeu (Le) de l'amour et du hasard, 9 ; 15 ; 16 ; 55, n. 1 ; 107, n. 2 ; 164, n. 2 ; 230 ; 372, n. 3 ; 375, n. 2 ; 391 ; 401, n. 1 ; 414, n. 2 ; 429, n. 1 ; 859 *sq.* ; 978 ; 983, n. 1 ; 1006, n. 2 ; 1049 ; 1137 ; 1173 ; 1194, n. 1 ; 1228, n. 1 ;

1456, n. 2 ; 1638, n. 3 ; 1650, n. 1 ; 1666 ; 1668 ; 1669 ; 1717 ; 1800 ; 1974 ; 1975 ; 2097, n. 1.

Jeu (Le) de la feuillée, 1914, n. 1.

Jodelet ou le Maître valet, 862.

Joie (La) imprévue, 11 ; 16 ; 19, n. 1 ; 1176, n. 1 ; 1872, n. 1 ; 1940 ; 1973 ; 1974.

JOLLY, JOLY, 1172.

JONES (Miss Shirley E.), 111 ; 115 ; 116, n. 2.

Joueur (Le), 937, n. 1.

Journal (Le) de la Cour et de la Ville, 1172 ; 1175.

Journal (Le) de Verdun, 873, n. 3 ; 881.

Journal (Le) des Sçavans, 96, n. 2.

Journal (Le) littéraire, 976, n. 3, 982.

Journaux et Œuvres diverses, 10, n. 1 ; 98, n. 2 ; 107, n. 1 ; 140, n. 3 ; 247 ; 285, n. 1 ; 403, n. 1 ; 419, n. 2 ; 541, n. 1 ; 562, n. 1 ; 601, n. 1 ; 622, n. 2 ; 645, n. 1 ; 941, n. 1 ; 955 ; 963, n. 1 ; 967, n. 1 ; 1066, n. 2 ; 1126, n. 1 ; 1136, n. 2 ; 1173, n. 2 ; 1193, n. 1 et 2 ; 1197, n. 1 ; 1226, n. 1 ; 1230-1231, n. 3 ; 1621, n. 1 ; 1634, n. 3 ; 1669, n. 1 ; 1764, n. 1 ; 1766, n. 1 ; 1862, n. 1 ; 1878, n. 1 ; 1913, n. 1 ; 1975, n. 1 ; 2078, n. 1 ; 2087, n. 1 et 2 ; 2109, n. 1 ; 2116, n. 1 ; 2117, n. 1 ; 2122, n. 1 ; 2124, n. 1.

JOUVENET (Mlle, actrice), 156, n. 1 ; 944, n. 2.

JOUVET (Louis), 1671, n. 1.

K

KEMP (R.), 947 ; 983, n. 1 ; 1768, n. 4.

KORÈNE (Véra), 1627.

KRIEGERN (traducteur), 624.

KUSTER (L.), 850.

L

LA BARRE DE BEAUMARCHAIS, 115, n. 3 ; 120 ; 162 ; 231 ; 301 ; 384, n. 2 ; 385 ; 584.

LABARRÈRE (Mlle), 866, n. 2.

LABAT (Mlle, actrice), 549, n. 1 ; 550 ; 945.

LABATTE, LABBATTE (Mlle), voir LABAT (Mlle).

LABICHE, 621.

LA BRUYÈRE, 1203, n. 1 ; 1281 ; 2058 ; 2087, n. 2 ; 2088 ; 2117.

LA CALPRENÈDE, 948 ; 969, n. 1 ; 976 ; 1646, n. 1.

LACANT, 2058, n. 1.

LA CHAUSSÉE (Nivelle de), 7 ; 1052, n. 3 ; 1138, n. 3 ; 1142 ; 1292, n. 2 ; 1436 ; 1800 ; 1886 ; 2121.

LACLOS, 299.

LACROIX (P.), voir JACOB.

LA DIXMÉRIE, 2071.

L'AFFICHARD, 1440, n. 1 ; 1716 ; 2054-2055.

LA FONTAINE, 116 ; 2061 ; 2093 ; 2109 ; 2121.

LAGRANGE-CHANCEL, 1442.

LA HARPE, 120 ; 241, n. 2.

LA LANDE (Mlle, actrice), voir DELALANDE.

LAMBERT (Mme de), 96, n. 2 ; 850 ; 1051 ; 2051.

LA MORLIÈRE, 2055.

LA MOTHE, voir LA MOTTE.

LA MOTTE (Houdar de), 161 ; 233, n. 1 ; 304, n. 1 ; 586 ; 848, n. 3 ; 887, n. 1 ; 974, n. 1 ; 2053 ; 2061 ; 2076 ; 2078 ; 2096 ; 2102 ; 2103 ; 2104 ; 2106 ; 2107 ; 2108.

LA MOTTE (Mlle, actrice), 549, n. 1 ; 945 ; 1292.

LAMY (Mlle, actrice), 1887, n. 1.

LANCASTER (Carrington), 159, n. 1.

LANCRET, 2053.

LANDOIS, 1715.

LANGUET DE GERGY, 2120.

LA NOUE, 19, n. 4 ; 163 ; 1176 ; 1292, n. 2.

LA PLACE, 381, n. 2 ; 1882 ; 1912, n. 1 ; 1940 ; 1971 ; 1974.

LA PORTE, 40 ; 43 ; 44 ; 86, n. 1 ; 98, n. 3 ; 120 ; 163 ; 241, n. 2 ; 357, n. 1 ; 468 ; 547 ; 585 ; 624 ; 880 ; 947 ; 982 ; 983 ; 1060 ; 1195, n. 1 ; 1293, n. 5 ; 2065-2067 ; 2100, n. 1.

LA ROCHEFOUCAULD, 1233, n. 1.

LARROUMET, 224, n. 1 ; 233, n. 1 ; 379, n. 1 ; 386 ; 881, n. 1 ; 1245 ; 1441, n. 1 ; 1445-1446 ; 1628 ; 1646, n. 1 ; 1768 ; 1803 ; 1832, n. 1 ; 1887 ; 1971 ; 2074 ; 2121, n. 1.

LA SERRE, 1245 ; 1627 ; 1628.

LA THORILLIÈRE, 944, n. 2 ; 1060 ; 1292, n. 3 ; 1814, n. 1.

LA THORILLIÈRE (le fils), 549, n. 1.

LAUJON, 1887, n. 1 ; 1971 ; 1972.

LAVOY (actrice), 156, n. 1.

LE BRETON (libraire), 1435, n. 1 ; 1438, n. 3 ; 1441 ; 1442, n. 1.

LE BRUN, 2053.

LECOUVREUR (Adrienne), 156, n. 1 ; 2079 ; 2111.

LEDENT (R.), 866.

LEDUC cadette (actrice), 1887, n. 1.

Légataire (Le) universel, 41 ; 42 ; 57, n. 1 ; 61, n. 1.

LEGOUVÉ, 1803.

LEGRAND (acteur et auteur), 161, n. 1 ; 544, n. 1 ; 546, n. 3 ; 548 ; 861 ; 863 ; 866 ; 867 ; 870.

LEGRAND (acteur, fils du précédent), 944, n. 2.

Legs (Le), 9 ; 15 ; 18 ; 20 ; 21 ; 1427 *sq.* ; 1622 ; 1675, n. 5 ; 1802-1803.

LÉLIO (la demoiselle), 1178.

LÉLIO (Luigi Riccoboni, dit), 19 ; 236 ; 300 ; 525, n. 2 ; 526 ; 527, n. 2 ; 1140 ; 1178 ; 1248 ; 1764, n. 2.

LESAGE, 14 ; 114 ; 465 ; 518, n. 2 ; 851, n. 1 ; 861 ; 1052 ; 1140, n. 3 ; 1282 ; 1283 ; 1886 ; 1975.

LESBROS DE LA VERSANE, 12 ; 15, n. 1 ; 40 ; 229, n. 1 ; 230 ; 1062, n. 1 ; 2068-2070 ; 2086, n. 3 ; 2100, n. 1.

LESSING, 547, n. 3 ; 624 ; 1138, n. 3 ; 2058.

LE SUEUR, 2053.

Lettre d'un garçon de café au souffleur de la comédie de Rouen, 848.

Lettre d'une Dame allemande sur M. de Marivaux, 2087, n. 2.

Lettres au Mercure, 107, n. 1 ; 246, n. 2 ; 562, n. 1 ; 566, n. 2 ; 601, n. 1 et 2 ; 969, n. 1 ; 1126, n. 1 ; 1646-1647, n. 1 ; 1877, n. 2 ; 1974.

Lettres cabalistiques et curieuses, 2054.

Lettres contenant une aventure, 140, n. 3 ; 602, n. 1 ; 872 ; 1173 ; 1193, n. 1 ; 1197, n. 1 ; 1226, n. 1 ; 1230, n. 3 ; 1620, n. 2 ; 1766.

Lettres du chevalier d'Hérondas, 2052, n. 1.

Lettres historiques à M. D*** sur la Nouvelle Comédie italienne, 228, n. 2.

Lettres historiques sur les spectacles de Paris, 464, n. 1.

Lettres juives, 2052.

Lettres philosophiques, 1053.

Lettres portugaises, 55, n. 1 ; 1233, n. 1.

Lettres sérieuses et badines, 115 ; 120, n. 6 ; 162, n. 5 ; 231, n. 3 ; 301, n. 4 ; 378 ; 385, n. 4 ; 467 ; 515, n. 1 ;

585, n. 1 ; 878 ; 982 ; 1058 ;
1140 ; 1141, n. 1.

Levasseur (A.), 1847, n. 2.

Liaisons (Les) dangereuses,
1766.

Lièvre (P.), 1671, n. 1.

Ligne (prince de), 132, n. 2.

Ligue (La) des Femmes, voir *La
Nouvelle Colonie*.

Lope de Vega, 1173, n. 1.

Lot (Le) supposé, voir *La
Coquette de village*.

Louis XV, 623.

Lucain, 2119.

Lycée (Le), 121, n. 1.

Lysistrata, 850 ; 1852, n. 1 ;
1859, n. 2.

M

Mademoiselle de La Seiglière,
1803.

Maine (duchesse du), 299, n. 3 ;
481, n. 2.

Malebranche, 2124.

Malherbe, 63, n. 1.

Mallet, 1436.

Maltot, 300 ; 391.

Manon Lescaut, voir *Histoire du
chevalier Des Grieux et de
Manon Lescaut*.

Marais (Mathieu), 1293.

Marcel (Gabriel), 10 ; 296 ;
1667 ; 1671, n. 1.

*Mariage (Le) d'Arlequin avec
Silvia, ou Thétis et Pélée
déguisés*, 300, n. 2.

Mariage (Le) de Figaro, 1137,
n. 1 ; 1165, n. 1.

Mario, voir Baletti (Mario).

Marivaux et le marivaudage,
voir Deloffre (F.).

Marmontel, 494, n. 1 ; 887, n. 2 ;
1051.

Marquet (P. B.), 299, n. 2 ; 1667.

Massillon, 2074, n. 1.

Matrone (La) d'Éphèse, 908,
n. 1.

Matucci (Mario), 580, n. 1.

Maunoir, 1769.

Mautainville, voir Étienne.

Mayeul-Chaudon, 2071.

McKee (Kenneth), 122, n. 1 ;
232, n. 1 ; 976, n. 2 ; 981,
n. 1 ; 1036, n. 1 ; 1061, n. 5 ;
1134 ; 1666, n. 1 ; 1668, n. 1 ;
1675, n. 4 ; 1768.

Méchant (Le), 16 ; 468 ; 2056 ;
2059.

Mémoires de Casanova, 1673,
n. 4.

*Mémoires du chevalier de
Ravenne*, 465.

Ménandre, 2068.

Ménechmes (Les), 11 ; 1242.

Méprise (La), 11 ; 18 ; 1176,
n. 3 ; 1241 *sq.* ; 1626, n. 2.

Mercator, 580, n. 2.

Mercure de France, 16 ; 21 ; 99 ;
101, n. 1 ; 102, n. 1 ; 105,
n. 1 ; 110 ; 120 ; 122 ; 160 ;
162 ; 163, n. 2 ; 228, n. 1 ;
230, n. 1 ; 232 ; 233 ; 236, n. 1
et 3 ; 241, n. 2 ; 254, n. 2 ;
255, n. 1 ; 261, n. 1 ; 268,
n. 1 ; 275, n. 1 ; 293, n. 1 ;
299, n. 1 ; 301 ; 303 ; 304 ;
357, n. 3 ; 360, n. 1 ; 367,
n. 1 ; 378, n. 1 ; 384 ; 385,
n. 2 ; 386 ; 390, n. 3 ; 396,
n. 1 ; 463 ; 466 ; 468 ; 471 ;
476, n. 1 ; 497, n. 1 ; 518,
n. 2 ; 544, n. 2 ; 546 ; 548 ;
554, n. 1 ; 578, n. 1 ; 584 ;
586 ; 587 ; 588, n. 1 ; 617,
n. 2 ; 620 ; 623, n. 1 ; 848 ;
849 ; 851 ; 852 ; 871 ; 872,
n. 2 ; 873 ; 878, n. 1 ; 928,
n. 2 ; 943 ; 944 ; 946, n. 3 ;
948 ; 952, n. 1 ; 974 ; 976,
n. 1 ; 982, n. 1 ; 983 ; 1045,
n. 1 ; 1051-1053 ; 1055, n. 1 ;
1058, n. 1 ; 1059 ; 1062 ;
1070, n. 1 ; 1134, n. 4 ; 1138 ;
1140, n. 4 ; 1142 ; 1149, n. 1
et 2 ; 1150, n. 2 ; 1151, n. 2 et

3 ; 1153, n. 1 et 2 ; 1174-1181 ; 1184, n. 1 ; 1243, n. 3 ; 1244 ; 1428 ; 1432 ; 1435, n. 1 ; 1441 ; 1442 ; 1450, n. 2 ; 1622, n. 1 ; 1623 ; 1626 ; 1627 ; 1671 ; 1673, n. 1 ; 1675 ; 1764, n. 1 ; 1767 ; 1801, n. 3 ; 1802-1803 ; 1805-1811 ; 1847 ; 1850, n. 1 ; 1840, n. 1 ; 1879, n. 1 ; 1882 ; 1912 ; 1913 ; 1914 ; 1915 ; 1970 ; 1971 ; 1973-1975 ; 2057, n. 1 ; 2087 ; 2122.

Mère (La) confidente, 15 ; 18 ; 1667 ; 1716.

Mère (La) rivale, 849.

MÉRIGOT (F.-G.), 1673 ; 1676.

Métromanie (La), 2056 ; 2059 ; 2113.

MEYER (Marlyse), 893, n. 1 ; 908, n. 2.

Mille (Les) et Une Nuits, 900, n. 1.

MINAZZOLI (C.), 1176, n. 5.

MINET (souffleur), 1049, n. 1.

MIREPOIX (de), 1436.

Miroir (Le), 1882 ; 2122, n. 1.

Misanthrope (Le), 887, n. 2 ; 1627 ; 1638, n. 3 ; 2083.

Mithridate, 548, n. 1 ; 944, n. 1 ; 2054.

Mödrenes Skole, 1138, n. 2.

MOLIÈRE, 7 ; 11 ; 42 ; 43, n. 3 ; 53, n. 1 ; 65, n. 1 ; 227 ; 241, n. 1 ; 273, n. 2 ; 378 ; 383 ; 465 ; 545 ; 571, n. 2 ; 581 ; 597, n. 1 ; 620 ; 622 ; 1048 ; 1049 ; 1134 ; 1141 ; 1185, n. 1 ; 1242 ; 1266, n. 4 ; 1270, n. 3 ; 1276, n. 2 ; 1284 ; 1638, n. 3 ; 1940 ; 2056, n. 2 ; 2062 ; 2063, n. 1 ; 2068 ; 2083 ; 2088 ; 2111 ; 2113 ; 2118 ; 2121.

MOLLIEN (R.), 1176, n. 5.

MONCRIF, 2051, n. 1.

MONICAUX (Mlle), 472.

MONNIER (Marc), 466, n. 1.

Monseigneur de Pourceaugnac, 42 ; 75, n. 1 ; 84, n. 1 ; 549 ; 1975.

MONTAIGNE, 2118.

MONTAZET (de), 1887, n. 1.

MONTESQUIEU, 1282.

MONTMENY, 1290 ; 1292.

MORE (T.), 580.

Mort (La) d'Annibal, voir ANNIBAL.

Mostellaria, 1290, n. 3.

MOUHY, 862, n. 2 ; 1720 ; 2053.

MOURET, 99 ; 106, n. 2 ; 131, n. 1 ; 153, n. 1 ; 853 ; 1140.

MUSSET (A. de), 297 ; 1061 ; 1187, n. 1 ; 1289.

N

Nanine, 624 ; 1803.

Naufrage (Le), 580, n. 2.

Naufrage (Le) du Port-à-l'Anglais, 135, n. 2 ; 233, n. 1 ; 281, n. 1 ; 580, n. 2.

NEAULME (Étienne), 943, n. 1 ; 984 ; 1058, n. 2 ; 1062.

Nécrologe, 880 ; 1913, n. 3 ; 1923 ; 2063.

NÉGRONI (J.), 1176, n. 5.

NÉRON, 1281.

Nicomède, 156 ; 157, n. 1 ; 159.

NICOT (C.), 1176, N. 5.

NIVELLE, voir LA CHAUSSÉE.

Nouveau (Le) Testament, 2102.

Nouveau (Le) Théâtre-Français (Utrecht, 1732), 162, n. 4.

Nouveau (Le) Théâtre-Français (Neaulne, 1735), 1912 ; 1913.

Nouveau (Le) Théâtre-Italien, 385, n. 5 ; 623, n. 1 ; 881.

Nouveau (Le) Théâtre-Italien (1723), 232.

Nouveau (Le) Théâtre-Italien (1728), 123.

Nouveau (Le) Théâtre-Italien (1729), 231, n. 1 ; 232.

Nouveau (Le) Théâtre-Italien (1732), 233 ; 472.

Nouveau (Le) Théâtre-Italien (1733), 586 ; 851, n. 3 ; 856, n. 1 ; 857, n. 1.

Nouvelle (La) Colonie, 14 ; 19 ; 20 ; 847 *sq.* ; 979, n. 2 ; 1846 ; 1847 ; 1879, n. 1 ; 1972.

Nouvelles (Les) de la Cour et de la Ville, 1435-1436, n. 2.

Nouvelles (Les) littéraires, 156.

Nouvelles (Les) littéraires, artistiques et scientifiques, 1668, n. 1.

Nouvelliste (Le) du Parnasse, 873 ; 947, n. 3 ; 1058.

Nuit (La) des rois, 381.

Nuit (La) vénitienne, 297 ; 546.

Nye (Den) Prove, 1673, n. 5.

O

Observateur (L') hollandais, 1283.

Observateur (L') littéraire, 40, n. 1 ; 43, n. 1 ; 44, n. 1 ; 120, n. 7 ; 468, n. 3 ; 547 ; 585, n. 5 ; 624, n. 2 ; 880, n. 3 ; 947, n. 4 ; 982, n. 4 ; 1060 ; 1061, n. 1 ; 1141, n. 3 ; 1176, n. 1 ; 1244, n. 3 ; 1441, n. 2 ; 1627, n. 1 ; 1675, n. 2 ; 1768, n. 1 ; 1802, n. 6 ; 1971 ; 2065, n. 1 ; 2067, n. 1.

Observations sur les écrits modernes, 1437 ; 1438, n. 2.

Occasions (Les) perdues, 379 ; 431, n. 1.

Odyssée (L'), 1883.

Œuvres diverses (de Marivaux), 40.

OLIVET (abbé d'), 1293 ; 2101.

On ne badine pas avec l'amour, 1061 ; 1187, n. 1 ; 1230, n. 2.

ONILLON, voir Aunillon.

Opéra (L') de village, 117.

Oracle (L'), 2059.

ORIGNY (d'), 98, n. 3 ; 884, n. 2.

ORLÉANS (duc d'), 299.

ORNEVAL (d'), 114 ; 862, n. 3 ; 1052.

OVIDE, 575, n. 1.

P

PAGE (D.), 1440, n. 3.

PAGE (G.), 1176, n. 5.

PAGHETTI, 476, n. 1.

PALAPRAT, voir Brueys.

PALISSOT, 2059-2065 ; 2100, n. 1.

PANARD, PANNARD, 1137 ; 1168, n. 1 ; 1940 ; 1941.

Par droit de conquête, 1803.

Parallèles (de Perrault), 2103.

PARFAICT (les frères), 161, n. 1 ; 163, n. 3 ; 390 ; 541, n. 1 ; 544 ; 902, n. 1 ; 906, n. 2 ; 1802, n. 5 ; 1814, n. 1.

Parisienne (La), 1134 ; 1137.

PAULMY, 2072-2073.

Paysan (Le) parvenu, 18, n. 1 ; 102, n. 2 ; 116, n. 3 ; 581 ; 941 ; 1242 ; 1254, n. 1 ; 1640, n. 3 ; 1715-1718 ; 1720 ; 1873, n. 1 ; 1974, n. 1 ; 2060 ; 2085 ; 2115.

Paysanne (La) parvenue, 1720.

Pédant (Le) joué, 43, n. 3 ; 241, n. 1.

Pénélope, 1802, n. 3 ; 1814, n. 1.

Père (Le) prudent et équitable, 11 ; 16 ; 41-94 ; 148, n. 2 ; 299, n. 3 ; 465, n. 1 ; 545, n. 2 ; 562, n. 1 ; 571, n. 1 ; 1975 ; 2068 ; 2077 ; 2107.

PERRAULT (C.), 111 ; 2103.

Perro (El) del hortelano, 1173, n. 1.

Petit-Maître (Le) corrigé, 9 ; 14 ; 16 ; 18 ; 148, n. 2 ; 492, n. 1 ; 504, n. 2 ; 515, n. 1 ; 605, n. 1 ; 623 ; 624 ; 1062 ; 1172 ; 1230, n. 1 ; 1238, n. 1 ; 1252, n. 1 ; 1432 ; 1620, n. 1 ; 1621, n. 3 ; 1638, n. 3 ; 1640, n. 1 ; 1801 ; 1817, n. 2 ; 1882 ; 1914 ; 1974.

Petit-Maître (Le) malgré lui, voir *La Répétition interrompue*.

Petitot, 865, n. 1 ; 1714.

Petits (Les) Hommes, voir *L'Île de la Raison*.

Petits-maîtres (Les), d'Avisse, 1283, n. 2 ; 1288, n. 1.

Petits-maîtres (Les), de Van Effen, 861, n. 2.

Petits-soupers (Les) de l'été 1699, 111, n. 1.

PÉTRONE, 1281, n. 1 ; 1437.

Pharamond, 1646, n. 1.

Pharsamon, 40, n. 1 ; 43 ; 102, n. 1 ; 404, n. 2 ; 562, n. 1 ; 941 ; 1923 ; 2114.

Phèdre, 1005, n. 2 ; 1436, n. 1.

PHILIPPE V, 190, n. 2.

Philosophe (Le) marié, 492, n. 1.

Philosophe (Le) sans le savoir, 1833, n. 4.

Philosophe (Le) trompé par la nature, 96, n. 2.

PIRANDELLO, 17 ; 622 ; 1768 ; 1942.

PIRON, 161 ; 546 ; 1051 ; 1134 ; 1290, n. 4 ; 2056 ; 2113, n. 1.

PISSOT (Noël), 391 ; 626.

PLAUTE, 42 ; 580 ; 1290, n. 3 ; 2068.

PLINE, 2119.

PLUTARQUE, 157, n. 1 ; 158, n. 1 ; 1281, n. 1.

POINSINET, 1292, n. 2.

POIRIER (acteurs), 466, n. 7.

POIROT-DELPECH, 1176, n. 5.

POISSON (Mlle), 1437 ; 1441.

POISSON (Raymond), 41 ; 978 ; 1070, n. 1 ; 1435 ; 1292 ; 1293.

Polexandre, 580.

Polyeucte, 55, n. 2 ; 171, n. 2 ; 178, n. 2 ; 196, n. 2 ; 202, n. 1.

PONT DE VESLE, 1292, n. 2 ; 1714, n. 1 ; 1715 ; 1720.

POPE, 2117.

Port (Le) à l'Anglais, voir *Le Naufrage du Port-à-l'Anglais*.

PORTAIL, 1436.

PORTERAT (M.), 1847, n. 2.

Portrait (Le), 866 ; 866, n. 2 ; 885, n. 2 ; 888, n. 2 ; 893, n. 3 ; 2054.

Poudre (La) aux yeux, 621, n. 1.

POULET (G.), 99 ; 140, n. 2 ; 248, n. 1.

POUSSIN, 2053.

PRAULT (libraires), 948 ; 976, n. 3 ; 983 ; 984 ; 1062 ; 1142 ; 1177 ; 1245 ; 1437 ; 1441 ; 1442 ; 1443, n. ? ; 1447 ; 1454, n. 6 ; 1459, n. 4 ; 1474, n. 3 ; 1477, n. 1 ; 1479, n. 1 ; 1480, n. 1 ; 1626 ; 1627 ; 1676 ; 1769, n. 1.

Précieuses (Les) ridicules, 861 ; 907, n. 1 ; 2061.

Préjugé (Le) à la mode, 492, n. 1 ; 1052, n. 3 ; 1293, n. 5.

Préjugé (Le) vaincu, 16 ; 18 ; 92, n. 5 ; 170, n. 1 ; 1444-1445, n. 1 ; 1767 ; 1768, n. 1 ; 1769 ; 1799 *sq.* ; 1942 ; 2060.

PRÉVOST (abbé), 162 ; 383, n. 4 ; 849 ; 881 ; 1720, n. 2 ; 1973, n. 1.

PRÉVOST (libraire), 881, n. 4.

PRIE (marquise de), 299 ; 311, n. 1.

Prince (Le) travesti, 13 ; 160 ; 377 ; 460 ; 467 ; 472 ; 473 ; 528, n. 3 ; 548 ; 580 ; 626 ; 888, n. 1 ; 963, n. 1 ; 978, n. 2 ; 1049 ; 1072, n. 3 ; 1173 ; 1716.

PRIOLET (Pierrette), 18 ; 1444 ; 1445.

Prodige (Le) d'amour, 111 ; 115, n. 2.

Provinciale (La), 14 ; 19 ; 891, n. 1 ; 1882 ; 1940 ; 1969 *sq.*

Provoked (The) Wife, 1621.

Pucelle (La), 2050.

Puits (Le) de Vérité, 97.

Pupille (La), 1430 ; 1431 ; 1437 ; 1439.

Q

Quart (Le) d'heure d'une jolie femme, ou les Amusements de la Toilette, 2055.

QUÉRARD, 96, n. 2 ; 471.

QUINAULT (acteurs), 156, n. 1 ; 548, n. 1 ; 550 ; 1048 ; 1058 ; 1070, n. 1.

QUINAULT (auteur), 115 ; 118, n. 1 ; 147, n. 2 ; 2061.

QUINAULT (Mlle), 1048 ; 1058 ; 1060 ; 1070, n. 1 ; 1435 ; 1441.

R

RACAN, 2101.

RACINE, 7 ; 43 ; 139, n. 3 ; 160 ; 161 ; 163 ; 231 ; 384 ; 2053 ; 2109.

RAMSAY, 2050, n. 1.

Rebut pour rebut, 226.

Recueil des divertissements du Théâtre-Italien, 99 ; 106, n. 2 ; 131, n. 1 ; 293, n. 1 ; 294, n. 1 ; 335, n. 1 ; 357, n. 4 ; 375, n. 3 ; 495, n. 1 ; 617, n. 2 ; 849 ; 851.

REERSLEV (C.), 1138, n. 2.

Réflexions historiques et critiques sur le goût..., 2054.

Réflexions sur l'esprit humain, 1764.

Réflexions sur les critiques, 2103.

Réflexions sur les femmes, 850.

Réflexions sur les ouvrages de littérature, 1438.

REGNARD, 7 ; 11 ; 41 ; 42 ; 57, n. 1 ; 117 ; 477, n. 1 ; 545 ; 581 ; 582, n. 3 ; 597, n. 1 ; 861 ; 922, n. 3 ; 937, n. 1 ; 976 ; 977 ; 981 ; 1242 ; 1288 ; 1290, n. 2 ; 1292, n. 3 ; 2068.

RÉGNIER (Mathurin), 85, n. 1.

Répertoire de toutes les pièces restées au Théâtre-Français, 862, n. 2.

Répétition (La) interrompue ou le Petit-Maître malgré lui, 1940.

Répétition (La) ou l'Amour puni, 297 ; 1942.

Retour (Le) de Mars, 19, n. 4.

Réunion (La) des Amours, 12 ; 18 ; 97 ; 104, n. 1 ; 939 *sq.* ; 974 ; 1860, n. 1 ; 2051, n. 2.

Revenants (Les), 1887, n. 3.

RICCOBONI (Helena), voir FLAMINIA.

RICCOBONI (Luigi), 9 ; 96 ; 118 ; 226 ; 228 ; 230 ; 390 ; 937, n. 1 ; 1621, n. 2 ; 1623 ; 1671 ; 1886.

RICCOBONI (Mme), 1623 ; 2086.

RICCOBONI fils, 466 ; 1144, n. 1.

RICHELET, 1275, n. 3.

RICHELIEU (duc de), 1667.

Riquet à la houppe, 115, n. 2.

Rival (Le) favorable, 1626, n. 1.

Rodogune, 296 ; 1814, n. 1.

ROGIER DES ESSARTS, sieur du Buisson, 41 ; 45.

ROLAND (ou ROLLAND) (la demoiselle), 1144, n. 1 ; 1248.

ROMAGNESI, 230 ; 884, n. 1 ; 1144, n. 1 ; 1248 ; 1293 ; 1623 ; 1671 ; 1673 ; 2052.

Roman (Le) comique, 862 ; 2061.

Romulus, 162 ; 2078 ; 2108 ; 2109.

RONSARD, 1280, n. 3.

ROTROU, 379 ; 380 ; 383 ; 431, n. 1.

ROUSSEAU (J.-B.), 2056.

ROUSSEAU (J.-J.), 582 ; 583 ; 1440 ; 1634, n. 1 ; 2051, n. 1 ; 2056, n. 1.

ROUSSET (Jean), 1622, n. 2.

ROUSSILLON (J.-P.), 1440, n. 3.

ROUXEL (A.), 19, n. 5 ; 1436, n. 2 ; 1626, n. 1 ; 1671, n. 2 ; 1972, n. 4.

Rudens, 580, n. 2.

Ruggiero (Ortensia), 1765, n. 2.

Rusca (Margarita, dite Violette), 126, n. 1 ; 240, n. 1 ; 300 ; 396, n. 1.

S

Sabatier de Cavaillon, 2068, n. 1 ; 2073.

Sainson, 948.

Saint-Évremont, 1281, n. 2.

Saint-Foix, Sainte-Foix, 1767, n. 2 ; 1847 ; 2057 ; 2063 ; 2112 ; 2113.

Saint-Jean (Mlle de), 2099, n. 1.

Saint-Jorry, 96, n. 1 ; 981, n. 1.

Samson, 230, n. 1.

Sandeau (J.), 1803.

Sassy (J.-P.), 1440, n. 3.

Scarron, 862, n. 1 ; 2060 ; 2076 ; 2103 ; 2104.

Schérer (J.), 893, n. 1 ; 1942, n. 3.

Scudéry (Mlle de), 1646, n. 1.

Sedaine, 1833, n. 4.

Sénèque, 1281.

Sérénade (La), 163, n. 4.

Serments (Les) indiscrets, 16 ; 18 ; 21 ; 61, n. 2 ; 372, n. 3 ; 375, n. 1 ; 974 ; 1047 *sq.* ; 1134 ; 1140, n. 5 ; 1142, n. 2 ; 1172 ; 1249, n. 2 ; 1432 ; 1444-1445, n. 1 ; 1887, n. 1 ; 2051 ; 2069 ; 2070 ; 2073 ; 2081, n. 1 ; 2093, n. 2 ; 2113, n. 2.

Shakespeare, 379 ; 381, n. 2 ; 566, n. 1 ; 1646, n. 1.

Silvia (Gianetta Benozzi, dite), 13 ; 118 ; 119 ; 126, n. 1 ; 228 ; 229 ; 231 ; 236 ; 300 ; 301 ; 464, n. 1 ; 466 ; 476, n. 1 ; 582 ; 585 ; 587 ; 878 ; 884, n. 1 ; 942 ; 979 ; 988, n. 1 ; 1060 ; 1138 ; 1144, n. 1 ; 1173 ; 1175 ; 1177 ; 1243 ; 1244 ; 1248 ; 1278, n. 5 ; 1623 ; 1650, n. 1 ; 1657, n. 1 ;

1671 ; 1673 ; 1674 ; 1764, n. 2 ; 1766 ; 2062 ; 2070, n. 3 ; 2078 ; 2079.

Silvie, 1715.

Sincères (Les), 13 ; 16 ; 98 ; 137, n. 2 ; 297 ; 1193, n. 1 ; 1619 *sq.* ; 1668 ; 2069.

Singier (G.), 1176, n. 5.

Smollett, 1284, n. 1.

Socrate, 2090 ; 2101.

Soleinne, 19.

Solis (Don Antonio de) y Rivadeneyra, 1284, n. 2.

Songe (Le) d'une nuit d'été, 122.

Sophocle, 2101.

Spectacles (Les) malades, 851, n. 2.

Spectateur (Le) français, 15 ; 299 ; 384 ; 403, n. 1 ; 419, n. 2 ; 541, n. 1 ; 583, n. 1 ; 616, n. 2 ; 622 ; 646, n. 2 ; 848, n. 4 ; 888, n. 2 ; 940, n. 2 ; 941, n. 2 ; 979, n. 2 ; 1066, n. 2 ; 1134 ; 1136 ; 1154, n. 1 ; 1167, n. 1 ; 1287 ; 1634, n. 3 ; 1669 ; 2057 ; 2062 ; 2073 ; 2074 ; 2078, n. 1 ; 2087, n. 1 ; 2109, n. 1 ; 2117.

Spectator (The), 116, n. 2 ; 2062 ; 2117-2118.

Steele, 2117.

Sticotti, 230 ; 884, n. 1 ; 1144, n. 1.

Stratagème (Le) heureux, voir *L'Heureux Stratagème*.

Suckau, 624, n. 6.

Surprise (La première) de l'amour, 9 ; 12 ; 55, n. 1 ; 226 ; 300 ; 301 ; 304 ; 372, n. 3 ; 434, n. 1 ; 546 ; 604 ; 850, n. 2 ; 860 ; 934, n. 1 ; 1126, n. 1 ; 1174 ; 1179 ; 1862, n. 1 ; 1863, n. 1 ; 2070, n. 3.

Surprise (La seconde) de l'amour, 19 ; 61, n. 2 ; 372, n. 3 ; 480, n. 1 ; 880, n. 3 ;

981 ; 1065 ; 1066 ; 1857, n. 2 ; 1860, n. 1 ; 2070, n. 2.

Surprise de l'amour (exemples douteux, ou à valeur générale, ou au pluriel), 230 ; 1050 ; 1175 ; 1179 ; 1857, n. 2 ; 1860, n. 1 ; 1862, n. 1 ; 1863, n. 1 ; 2052 ; 2054 ; 2060 ; 2064 ; 2069 ; 2071 ; 2073 ; 2112.

T

Tacite, 2076 ; 2119.

Tallemant des Réaux, 1281, n. 1.

Talma, 873 ; 1061, n. 5.

Tanzaï et Néadarné, 1293.

Tartuffe, 53, n. 1 ; 545, n. 1 ; 562, n. 1.

Télémaque, 583 ; 2124.

Télémaque (Le) travesti, 43 ; 50, n. 1 ; 102, n. 2 ; 425, n. 2 ; 528, n. 3 ; 556, n. 1 ; 562, n. 1 ; 581 ; 583 ; 976, n. 2 ; 997, n. 1 ; 1716 ; 1717 ; 1974 ; 2061 ; 2104 ; 2105 ; 2106.

Temple (Le) de Mémoire, ou les Visions de Sylvius Graphalétés, 2068.

Temple (Le) du Goût, 1061, n. 2 ; 2051, n. 1.

Tencin (Mme de), 1051 ; 1293 ; 1429, n. 1 ; 1714 ; 1715.

Térence, 2067.

Terrasson (abbé), 2050, n. 1.

Testament (Le), 1429 ; 1655, n. 1.

Thalie (À), épître de J.-B. Rousseau, 2056.

Théâtre (Le) anglais (de La Place), 381, n. 2.

Théâtre choisi de Marivaux (Cité des Livres), 381, n. 1.

Théâtre choisi de Marivaux (édition des Loisirs, 1947), 297, n. 1.

Théâtre de M. de Marivaux (1758), 17 ; 1913 ; 1940.

Théâtre de Marivaux (édition Fournier), 1803, n. 1 ; 1847.

Théâtre des Grecs (du P. Brumoy), 850.

Théâtre-Italien (1753), 881.

Théophraste (Le) moderne, ou Nouveaux Caractères et Mœurs, 1282, n. 1 ; 2122.

Thésée (de Quinault), 118, n. 1 ; 147, n. 2.

Thétis et Pélée déguisés (ou le Mariage d'Arlequin avec Silvia), 300, n. 2.

Thomassin, 121 ; 126, n. 1 ; 582 ; 587 ; 880, n. 1 ; 1187, n. 1 ; 1248 ; 1764, n. 2.

Thomassin (Mlle), 1178 ; 1248 ; 1623 ; 1671.

Tilladet (chevalier de), 1281.

Timon le Misanthrope, 363, n. 1 ; 2052.

Tircis et Amarante, 116.

Tite-Live, 158 ; 159.

Toldo (P.), 466, n. 1.

Traître (Le) puni, 472.

Triomphe (Le) (?), 546, n. 3.

Triomphe (Le) de l'amour, 13 ; 21 ; 96, n. 2 ; 527, n. 3 ; 971, n. 2 ; 973-1045 ; 1176 ; 1232, n. 1.

Triomphe (Le) de Plutus, 851, n. 3 ; 942, n. 2 ; 958, n. 4 ; 2051, n. 2.

Triomphe (Le) du temps, 544, n. 1 ; 546, n. 3 ; 548.

Trivelin, voir Biancolelli.

Trois (Les) Cousines, 141, n. 1 ; 514, n. 2 ; 592, n. 1.

Trois (Les) Spectacles, 848, n. 2.

Trublet, 2121, n. 1.

Truffier, 122, n. 2.

Turcaret, 621.

Tuteur (Le), 163, n. 4 ; 1137 ; 1165, n. 1.

Tuteurs (Les), 2059 ; 2061, n. 1 ; 2064.

Twelfth (The) Night, 381, n. 1.

U

Usurier (L') gentilhomme, 92, n. 5 ; 621 ; 623, n. 1.

V

Vacances (Les) des théâtres, 385.
VANBRUGH, 1621.
VAN DUREN, 467 ; 879, n. 1 ; 976, n. 3 ; 984.
VAN EFFEN, 861, n. 2.
VATEAU, voir WATTEAU.
VAUDOYER (J.-J.), 1768.
Vendanges (Les) de Suresnes, 545 ; 549.
VENDEUIL (Magali de), 1244, n. 4.
VERNIER, 1062.
Vie (La) de Marianne, 18, n. 1 ; 104, n. 2 ; 171, n. 1 ; 222, n. 1 ; 582, n. 1 ; 871, n. 2 ; 940, n. 1 ; 947, n. 2 ; 984 ; 995, n. 1 ; 1048, n. 2 ; 1062 ; 1177 ; 1716 ; 1717 ; 1764 ; 1800 ; 1864, n. 1 ; 1915 ; 1970, n. 4 ; 2060 ; 2085 ; 2086 ; 2088 ; 2106 ; 2115 ; 2116 ; 2119.
Vie des hommes illustres, 158, n. 2 ; 979, n. 2.
VILAR (J.), 983, n. 1 ; 1176, n. 5.
VILLEDIEU (Mme de), 1800, n. 2.
VIOLETTE, voir RUSCA (Margarita).
VIRGILE, 2060 ; 2075 ; 2076 ; 2103 ; 2119.

Virgile travesti, 2103.
Visions (Les) de Sylvius Graphalétés, voir *Le Temple de Mémoire.*
VIVALDI, 1176, n. 5.
VOISENON, 2074.
Voiture (La) embourbée, 298 ; 941 ; 942 ; 980 ; 990, n. 1 ; 1914, n. 2.
VOLTAIRE, 943 ; 944, n. 1 ; 1053 ; 1061, n. 2 ; 1293 ; 1436, n. 1 ; 1437, n. 3 ; 1765 ; 1800, n. 2 ; 1803 ; 2050-2052 ; 2083 ; 2122, n. 1 ; 2123.
Voyage (Le) au monde vrai, 10 ; 285, n. 1 ; 406, n. 3 ; 414, n. 2 ; 1668.
Voyages et Aventures de Jacques Massé, 580.

W

WAILLY, 1140.
WALKER (Hallam), 1668, n. 2.
WALPOLE, 1284.
WATTEAU, 514, n. 2 ; 2053.
WILSON (G.), 1176, n. 5.
WINTER (Claude), 1244, n. 4.
WOODEHOUSE (J. P.), 1431, n. 1.

Z

Zaïde ou la Grecque moderne, 1720, n. 2.
Zaïre, 7 ; 2119.

GLOSSAIRE

TABLEAU DES ABRÉVIATIONS EMPLOYÉES

Pièces

AB	*Les Acteurs de bonne foi.*
An	*Annibal.*
AP	*Arlequin poli par l'amour.*
AV	*L'Amour et la Vérité.*
Col	*La Colonie.*
Com	*La Commère.*
D	*La Dispute.*
Dé	*Le Dénouement imprévu.*
DI	*La Double Inconstance.*
EM	*L'École des mères.*
Ép	*L'Épreuve.*
F	*Félicie.*
FC	*Les Fausses Confidences.*
FF	*La Femme fidèle.*
FS	*La Fausse Suivante.*
HS	*L'Heureux Stratagème.*
HV	*L'Héritier de village.*
IE	*L'Île des esclaves.*
IR	*L'Île de la Raison.*
JA	*Le Jeu de l'amour et du hasard.*
JI	*La Joie imprévue.*
L	*Le Legs.*
M	*La Méprise.*

MC	*La Mère confidente.*
PM	*Le Petit-Maître corrigé.*
PP	*Le Père prudent et équitable.*
Pr	*La Provinciale.*
PT	*Le Prince travesti.*
PV	*Le Préjugé vaincu.*
RA	*La Réunion des Amours.*
S	*Les Sincères.*
SA	*La* (première) *Surprise de l'amour.*
2. SA	*La* (seconde) *Surprise de l'amour.*
SI	*Les Serments indiscrets.*
TA	*Le Triomphe de l'amour.*
TP	*Le Triomphe de Plutus.*

DICTIONNAIRES

Ac.	Dictionnaire de l'Académie (suivi de la date d'édition).
Fur.	Dictionnaire de Furetière, édition de 1694.
Littré	Dictionnaire de Littré.
W	Dictionnaire portatif de la langue française. Extrait du Grand Dictionnaire de Richelet par M. de Wailly, Lyon, 1780.

NOTA BENE

Les locutions figurant telles quelles dans les rubriques sont considérées comme des mots simples. Ainsi *d'où vient* suit immédiatement *douteux*, etc.

Les noms figurant dans le Glossaire sont précédés, dans le texte des pièces, d'un astérisque.

A

ABONDANCE (D'). Probablement au sens de « sans préparation », comme dans l'expression *parler d'abondance* : Remarquons d'abondance que la Comtesse se plaît avec mon maître (*L*, 1455).

ABORD (D'). Dès l'abord : il était étonné que cette pièce n'eût pas d'abord été sifflée (*Le Spectateur littéraire*, I. 742).

ABSTRACTION. « Avoir des abstractions, c'est songer à autre chose qu'à ce qu'on dit » (W) : Frédéric, se retirant de son abstraction (*PT*, 446).

ACABIT. « Bonne ou mauvaise qualité d'une chose, surtout des fruits » (W) : alles ont un esprit d'un marveilleux acabit pour ça (*Dé*, 558). Cf. *IR*, 708, 718, 722 ; *TA*, 1021 ; *Col*, 1875 ; *AB*, 1968 ; *FF*, 1891 (au féminin : Vlà-t-il pas une belle acabit de santé ?).

ACCOMMODÉ. « Riche, qui a tout ce qu'il lui faut, à son aise » (W) : Il se dit gentilhomme assez accommodé (*TP*, 828).

ACCOMMODER. Convenir à : (mes pleurs) ont fait plaisir à Madame, et Monsieur le Chevalier l'accommodera bien autrement, car il soupire encore bien mieux que moi (*2. SA*, 761). Cf. *TP*, 826. Par antiphrase, « maltraiter quelqu'un de paroles » (W) : Comme votre aversion m'accommode ! (*L*, 1492). *S'accommoder*, « s'accorder » (W) : « accommodez-vous, ce n'est pas moi qu'on menace de marier » (*SI*, 1091) ; cf. *SA*, 281 ; *FS*, 501 ; *FS*, 531 ; *TP*, 827 ; *JA*, 922 ; *L*, 1479. « Se trouver bien de quelque chose », s'en arranger, se faire une raison : Oh ! accommodez-vous, benêt (*Ép*, 1707) ; cf. *EM*, 1146. Voyez aussi : je combattais vos passions, vous vous accommodez avec elles (*2. SA*, 780).

ADMIRABLE. « On le dit aussi en raillerie dans les discours familiers pour signifier beau, excellent, bon. On le dit encore pour signifier étonnant » (W) : Ah ! je vous trouve admirable (*PM*, 1329). Voyez aussi un emploi ironique : Ah ! je ne vous croyais pas si admirable (*PV*, variante, 2048).

ADMIRER. S'étonner de : j'admire le malentendu qui nous sépare (*PM*, 1347). Mot du langage « petit-maître ».

ADONNER (s'). « Se diriger, en parlant d'un chemin » (Littré). « On dit encore dans le style familier : si votre chemin s'y adonne, vous viendrez chez moi » (W). Ici : si jamais voute chemin s'adonne jusqu'à Passy (*IR*, 691).

ADRESSE. « Dextérité, prudence... et aussi fourberie » (W) : Ariste étant parti, dis-nous par quelle adresse des deux autres messieurs... (*PP*, 60). Spécialement, adresse au jeu, tricherie : C'est que vous avez du cœur, et lui de l'adresse (*JI*, 1591).

AFFADIR. « Donner du dégoût » (W) : je n'en puis plus ! j'ai le cœur affadi des douceurs de Dorante que je quitte (*S*, 1637).

AFFAIRE. Affaire de cœur : Mais ceci devient sérieux. Laissez-moi, je ne veux point d'affaire (*IE*, 608).

AFFICHER. « Les libraires font afficher les livres qu'ils ont nouvellement imprimés » (Richelet) : *Cathos* :... Je prétends que mon amour soit connu d'un chacun. N'en fais pas un secret... *La Ramée* : Non, ma brebis, je te ferai afficher (*Pr*, 2009).

AFFRONTER. « Tromper par une adresse basse, rusée, maligne » : Quand on m'a une fois affronté, je n'en reviens point (*FC*, 1574, Arlequin). Cf. *TA*, 1037 ; *HS*, 1218.

AGA. Interjection paysanne marquant l'étonnement, l'admiration, issue d'un impératif d'*agarder* (signifiant : regarde !). Au sens de « Tiens ! » : *M. Arganie* : Avec qui étais-tu là ?... Eh ! qui est-il ce quelqu'un ? *Maître Pierre* : Aga donc ! Il faut bian que ce soit une parsonne (*Dé*, 558).

AGACER. Faire des agaceries : Bon, c'est qu'elle m'agace ! Elle a peut-être envie que je lui en conte (*Com*, 1727).

AGNÈS. « Jeune fille très innocente. » (W) : Angélique est une Agnès élevée dans la plus sévère contrainte (*EM*, 1147).

AGRÉABLE. « Il fait l'agréable, il veut passer pour agréable » (W) : Je trouve que vous seriez charmant, si vous ne faisiez pas le petit agréable (*PM*, 1351).

AIMABLE. Digne d'être aimé : La dame en question était aimable (*SI*, 1096). Et je soutiens que vous êtes une des femmes du monde la plus aimable, la plus touchante (*S*, 1657). Cf. aussi *TA*, 999, 1001 ; *SI*, 1076 ; 1087 ; 1089 ; 1097 ; 1127 ; *EM*, 1153 ; *FC*, 1533 ; *JI*, 1605 ; *S*, 1644, 1645, 1649, 1658 ; *Ép*, 1701 ; *F*, 1920 (2 ex.) ; 1922 ; 1923 ; 1933 ; *AB*, 1961 ; *PV*, variantes, 2047. Dans quelques cas, le mot désigne surtout des qualités de caractère et prend presque le sens moderne : Oui, un peu vieux, à la vérité, mais doux, mais complaisant, attentif, aimable (*EM*, 1149). Dans un cas, l'adjectif désigne les « agréments » opposés aux qualités sérieuses : dans le mariage, on a plus souvent affaire à l'homme raisonnable qu'à l'aimable homme (*JA*, 887).

AISANCE. Un exemple de Marivaux lui-même fournit le sens : À Paris... c'est une certaine habitude de vivre avec trop de libertés, une aisance de façons que je condamne, puisqu'elle vous déplaît, mais à laquelle on s'habitue (*PM*, 1314). Spécialisé par ironie, en parlant d'une femme : votre conduite est d'une aisance incontestable ; on ne saurait moins disputer le terrain que vous ne le faites (*Pr*, 2000). Cf. aussi *ibid.*, 1986.

AISE (ÊTRE BIEN). Se réjouir : Ce n'est pas assez, je n'ose encore être bien aise en toute confiance (*Ép*, 1693).

AISIÉ. Forme patoisante pour *aisé*, au sens défini par Littré (5°), « peu sévère, relâché ». Dit d'une femme : Ne m'attaque jamais (...), ne vians pas envars moi, car je ne sis pas aisiée (*HV*, 566).

AJUSTER. Se dit aussi de « la parure dans l'habillement..., principalement des femmes » (Ac., 1762) : qui se lève avec un visage de cinquante ans, et qui voudrait que ce visage n'en eût que trente, quand elle est ajustée (*AV*, 105). Cf. *2. SA*, 759.

AJUSTER (s'). Se mettre d'accord : De grâce, ajustons-nous ; convenons d'une formule plus douce (*FS*, 485).

ALERTE. « On s'en sert aussi pour avertir » (W). Utilisé dans le ton familier pour exciter l'activité de quelqu'un : Allons, petite fille, alerte ! (*Col*, 1859.)

ALLER. Tendre à : Mais achèverez-vous ? Où cela va-t-il ? (*TA*, 1037) Cf. *SI*, 1079 ; 1080.

ALLER (S'EN — SANS DIRE). Aller sans dire : Dès que vous êtes capable d'une vraie tendresse, vous êtes né généreux, cela s'en va sans dire (*2. SA*, 766). Cf. *ibid.*, 791.

ALLER EN AVANT. Aller de l'avant : pisqu'ils me blâmont, je sis trop timide pour aller en avant, s'ils ne s'en vont pas (*AB*, 1952).

ALORS COMME ALORS. « Proverbe. Alors comme alors, c'est-à-dire, quand les choses arriveront, on s'y conformera, on se tirera d'affaire comme on pourra » (Littré, 4°) : j'aurais assez de tête pour soutenir cet accident-là, ce me semble, alors comme alors, on prend son parti (*SI*, 1107).

ALTÉRATION. « Émotion pénible qui se manifeste par le changement des traits, de la voix » (Littré). Employé sans détermination : La Fée à Arlequin, avec altération (*AP*, 144).

AMANT. Amoureux déclaré, qui aime et qui est payé de retour, ou du moins est autorisé à faire montre de ses sentiments. Les exemples sont trop nombreux pour être cités tous. On donnera la référence des emplois dans la seconde *Surprise de l'amour*, où ils sont très intéressants. Ainsi : On le prendrait pour mon amant, de la manière dont il me remercie (*2. SA*, 794). Cf. encore 788, 797, 798, 799, 800, 804. L'emploi « innocent » est garanti par les exemples d'*Arlequin poli par l'amour* (136, 143, 151). On notera aussi que Marivaux parle lui-même des « amants de *La Surprise de l'amour* » (1066). Dans quelques cas, le mot tend, par allusion, vers le sens moderne. Ainsi : c'est qu'il est heureux qu'un amant de cette espèce-là veuille se marier dans les formes (*JA*, 886). Voyez aussi *FS*, 489, 541.

AMBIGU. « Festin où la viande et le fruit sont ensemble » (W) : *Mme Lépine :* Je ne suis ni son égale, ni son inférieure. *La Ramée :* On peut vous appeler un ambigu (*Pr*, 1983).

AMOUR (FAIRE L'). L'expression est « bourgeoise » au sens de « courtiser, rechercher en mariage ». *Plutus :* J'y viens faire l'amour à une fille. *Apollon :* C'est-à-dire (...) que vous y avez une inclination (*TP*, 819). Cf. *PP*, 83 ; *SA*, 242 ; *DI*, 322, 327, 372 ; *HV*, 648 ; *IR*, 703 ; *PM*, 1331 ; *MC*, 1388 ; *Com*, 1750 ; *Com*, 1755. Voyez aussi : C'est pour ne pas voir sur cet arbre deux petits oiseaux qui sont amoureux ; cela me tracasse, j'ai juré de ne plus faire l'amour ; mais quand je le vois faire... (*SA*, 245.)

AMOUR (POUR L' — DE CE QUE). Parce que, dans le langage des paysans : C'est que je venons par rapport à noute fille, pour l'amour de ce qu'alle va être la femme d'Arlequin voute valet (*HS*, 1186).

AMOUREUX. Au sens classique de « celui qui aime sans être payé de retour » : cf. *AP*, 129 ; *DI*, 351.

AMPLIFIER. Exagérer : J'ai laissé dire votre procureur, au reste, mais il amplifie (*FC*, 1567).

AMUNITION. Archaïque et populaire pour *munition* : mauvaise milice que tout cela, qui ne vaut pas le pain d'amunition (*HV*, 656).

AMUSER. Les dictionnaires du temps ne donnent que des indications insuffisantes sur les valeurs de ce mot. On peut distinguer plusieurs emplois. 1° Faire perdre le temps : Ne l'amusez pas, Mario, venez (*JA*, 891). Cf. *SA*, 280. 2° « Occuper, arrêter par quelque petite chose, par adresse, par ruse » (W) : je vais tâcher de l'amuser, pour l'empêcher d'aller joindre Damon (*JI*, 1611). Cf. *M*, 1268 ; *FC*, 1561 ; *JI*, 1596 ; 1611 ; 1613 ; 1615. 3° Divertir, procurer de l'agrément : allons faire collation, cela amuse (*DI*, 351). Cf. *MC*, 1386 ; *HV*, 646, ainsi que l'exemple suivant, qui achemine à un autre sens : non de cette jeunesse étourdie qui... ne sait encore qu'amuser les yeux, sans mériter d'aller au cœur (*TA*, 999). Voyez aussi l'emploi « petit-maître » : *Rosimond :* ... T'amuse-t-elle ? *Dorante :* Je ne la hais pas (*PM*, 1325). 4° Distraire, repaître de vaines espérances : J'amuserai la passion de Bourguignon ! (*JA*, 913.) Cf. 2. *SA*, 762, 763. Reste un emploi difficile, dans lequel le mot se charge de toute l'ambiguïté des sentiments inavoués de Silvia dans *Le Jeu de l'amour et du hasard* : À la fin, je crois qu'il m'amuse (898). Faut-il comprendre : « qu'il me divertit » ou « qu'il cherche à me retenir » ? Le premier sens est peut-être préférable.

AMUSER (s'). Cf. ci-dessus, 1° Allons, ma nièce, c'est trop s'amuser (*TP*, 837). Cf. aussi 2. *SA*, 792 ; *TA*, 1034 ; *PM*, 1328 ; et aussi, au sens réciproque, *JI*, 1601. Même sens avec la construction *s'amuser à* : À quoi t'amuses-tu ? (*Ép*, 1690). *S'amuser* et surtout *s'amuser de* correspondent aussi aux sens définis ci-dessus sous 3° et 4° (« se repaître de ») : qu'il s'en amuse comme il pourra, et qu'il prenne patience (*HS*, 1192). Cf. *HS*, 1193 et *D*, 1781.

ANACRÉONTIQUE. Les chansons *anacréontiques* (*AB*, 1947), mises à la mode par La Motte, sont, comme le dit cet écrivain, qui passe pour avoir créé le mot, de « petites chansons qui paraissent dictées par l'amour et par Bacchus » (*Discours sur la poésie, Œuvres*, 1754, tome I, p. 42).

ANTIQUAILLE. « Ce qui a quelque antiquité et qui est peu recherché. Terme de mépris » : Sachons un peu ce que vient faire cette ridicule antiquaille (*RA*, 953).

APANAGE. « Ce que les souverains donnent à leur puîné pour leur tenir lieu de partage » (W) : le petit fripon ne fut pas plutôt né qu'il demande son apanage. Cet apanage, c'était le droit d'agir sur les cœurs (*AV*, 103).

APPAREMMENT. « Manifestement » (Littré) : C'est apparemment d'un portrait dont vous parlez, Seigneur ? (*TA*, 1019).

APPRÊTER. « Apprêter à rire, c'est donner occasion de rire » : n'apprêtons point à rire (*JA*, 931).

ARRANGÉ. Apprêté, artificiel : Son caractère est si différent du vôtre ! elle a quelque chose de trop arrangé pour vous (*L*, 1465).

ARRÊTER. « Engager, retenir avec adresse ou par la force de quelques charmes, ou d'autres pareilles choses qui attachent » (Richelet) : qu'on l'arrête autant qu'on pourra ; vous pouvez lui promettre que je le comblerai de biens et de faveurs, s'il veut en épouser une autre (*DI*, 317). Retenir un hôte : le comte de Belfort, qui m'arrêta hier comme j'arrivais du Dauphiné (*M*, 1257. Cf. *SI*, 1074). Souvent avec des implications galantes, ainsi 2. *SA*, 806 ; *JA*, 899 ; *TA*, 1012. Spécialement, engager, en parlant de domestiques, et, par extension, retenir (pour le mariage) : Constance et moi nous sommes toutes deux arrêtées pour d'autres (*JI*, 1609).

ARRIÈRE. Être en arrière, être en retard, spécialement pour des paiements : je suis mal payé de la Marquise, elle est en arrière (*HS*, 1215). Cf. : Mme Lépine a sans doute eu la bonté de vous remettre certain billet pressant ; et cependant vous êtes en arrière ; il ne m'est pas venu de revanche (*Pr*, 1999). En un sens plus général : Monsieur, on sait bien que Madame a des mains ; mais je vous trouve toujours en arrière (*PM*, 1331).

ASSIGNATION. « Exploit de sergent pour comparaître en tel temps devant tel juge, ou pour payer telle dette en tel temps » (W) : le titre de débiteur est bien sérieux (...) celui d'infidèle n'expose qu'à des reproches, l'autre à des assignations (*FS*, 491).

ATTRAPER. Au sens qu'on trouve en termes de peinture, « exprimer une ressemblance avec exactitude » (Littré) : Elle n'a pas goûté ma comparaison, une autre fois je l'attraperai mieux (*TP*, 829).

AU MOINS. Terme de la conversation pour attirer l'attention, souligner un point : Prenez-y garde, vous me répondrez de cet amour-là au moins (*SA*, 283). Cf. *FS*, 505 ; *SI*, 1092 ; *HS*, 1196 ; *PM*, 1317 ; *FC*, 1504, 1551 ; *Ép*, 1682, etc.

AUTANT DE. D'après les dictionnaires du temps, l'expression *c'est autant de*, suivie d'un participe passé, signifie « c'est toujours cela de » (*c'est autant de rabattu, autant d'épargné*). Chez Marivaux, il s'agit d'un tour expressif traduisant une conclusion présentée comme assurée : la bonne dame bataille, et c'est autant de battu (c'est-à-dire : « et sa défaite est sûre ») (*SA*, 268). De même : ne me faites point de compliments, ce serait autant de perdu (*DI*, 346). Voyez encore *JA*, 893 ; *HS*, 1191 ; *L*, 1476 ; *FC*, 1536.

AUTEUR. « Celui, celle dont on tient une nouvelle » (Littré, 5°) : Oui, voilà mon auteur, regardez si j'ai tort (*PP*, 87).

AVANCER. « Procurer (...) un emploi plus élevé » (Littré, 7°) : je craignais qu'on ne se repentît de vous avancer trop (*PT*, 413) ; cf. *PT*, *ibid*. Au sens de « donner par avance » : Est-ce que cette demoiselle Habert (...) ne pourrait pas vous avancer quelque chose ? (*Com*, 1731.)

AVARICE. « Amour excessif des richesses » (W) : plus de vertu que d'ambition et d'avarice (*PT*, 414). Cf. *AV*, 102 ; *Dé*, 569. Voyez encore la notice du *Legs*, 1438.

AVENTURE (À L'). « Au hasard, sans dessein » (Littré, 7°) : et sans faire semblant de rien, vous pourriez lui jeter quelque petit mot bien clair à l'aventure pour lui donner courage (*IE*, 609). Au sens voisin de « sans préparation, en improvisant » : je n'aime pas à être à l'école ; je parlerai à l'aventure (*HV*, 649).

AVISER. Rare au sens de « donner un avis à quelqu'un » (un exemple de Saint-Simon dans Littré), ce verbe est plus rare encore dans l'emploi pronominal absolu, soit au sens réciproque, soit au sens « réfléchi » : conseillez-moi dans ma peine, avisons-nous, quelle est votre pensée ? (*DI*, 345.) C'est ce que je voulais savoir avant de m'aviser (*Com*, 1731). Dans le second exemple surtout, le sens est nettement « prendre sa décision ».

B

BABILLARD. « Qui parle trop, de façon indiscrète » : si les babillards ne mouraient point, je serais éternel, ou personne ne le serait (*FS*, 523).

BÂCLÉ. « Fait, réglé, arrêté. Une affaire bâclée. Familier » (W) : Ça est donc bâclé ? — Oui, cela est fait (*IR*, 728).

BALLEMENT. Cf. bellement ; forme du patois de l'Île-de-France.

BALLOTTER. « Au figuré, se moquer de quelqu'un, l'amuser par de vaines promesses » (W) : Ah ! voilà mon homme qui m'a tantôt ballottée (*JI*, 1609).

BAMBOCHE. « Marionnette plus grande qu'à l'ordinaire. Personne d'une petite taille : Cette femme n'est qu'une bamboche. » : Une petite femme avait-elle des grâces ? ah ! la bamboche ! (*IR*, 707 ; *IR*, 709.)

BANAL. Le mot est ordinairement pris dans la première moitié du XVIIIe siècle au sens de « qui est prêt à servir tout le monde », comme dans les expressions *témoin banal, galant banal*. On le trouve ici au sens quasi moderne : Oui, je suis dans mon genre un grand original ; / Les autres, après moi, n'ont qu'un talent banal (*PP*, 74).

BAROQUE. En termes de joaillerie, le mot se disait des pierres irrégulières. Le sens figuré commence à apparaître : « irrégulier, bizarre, inégal » (W). Cf. : et si je vous disais qu'il y a mille gens qui trouvent quelque chose de baroque dans son air ? (*S*, 1651.)

BÂTI. Littré enregistre l'expression *voilà comme je suis bâti* au sens de « tel est mon caractère ». Cf. ici *DI*, 364. Marivaux emploie *mal bâti* au sens de « défraîchi » : comme me voilà faite ! que je suis mal bâtie ! (*IE*, 599) ; quand on arrive de voyage, vous savez qu'on est si mal bâti ! (*JA*, 901.)

BATTE. « On donne encore ce nom (...) au sabre de bois dont se sert Arlequin » (W). Cf. *FS*, 508.

BAUGE (À). « En abondance (...) Terme bas » (Littré) : t'en auras à bauge (*HV*, 633).

BELLEMENT. « Doucement, à pas lents et sans bruit » (W). Au sens propre : Moi, tout ballement, je travarse le taillis par un autre côté (*TA*, 1021). Cf. aussi, au sens figuré, *Dé*, 555 ; *IR*, 725 ; *Col*, 1853 et 1873.

BERCEAU. « En terme de jardinier, couverture en forme de voûte qui règne le long d'une allée de jardin » (W) : j'étais sous le berceau pendant votre conversation (*2. SA*, 771).

BIAISER. « Se servir de mauvaises finesses » (Ac. 1694) : comme il a peur qu'on ne s'en doute aussi, il biaise (*S*, 1639). Cf. *S*, 1651.

BIENSÉANCE. « Être à la bienséance de quelqu'un, lui convenir » (Littré, 3°) : c'est une terre que j'ai, assez éloignée d'ici, qui n'est pas à ma bienséance, et que je voudrais vendre (*TP*, 826).

BILLET. « Acte de reconnaissance [d'une dette] » (W) : Je te ferai mon billet tantôt (*FS*, 531). Cf. *FS*, 533 ; *TP*, 827, etc.

BLOUSER (SE). « Se tromper, se méprendre » (W) : la vérité m'est échappée, et je me suis blousé comme un sot (*FS*, 482). Cf. *JI*, 1609.

BONHEUR (PAR — QUE). La construction avec *que* n'est pas attestée par les dictionnaires : par bonheur que votre aveu n'a servi qu'à persuader à Hortense... (*PT*, 450.)

BONNEMENT. « D'une manière simple et peu fine, de bonne foi » (W) : mon maître croit bonnement qu'il garde le portrait à cause de la cousine (*SA*, 287). Cf. *DI*, 342, 372 ; *L*, 1456 ; *Col*, 1864.

BOUFFON. Adjectif, « gaillard, plaisant, divertissant » (Ac. 1717) : va, je te trouve bouffon (*HV*, 631). Cf. *TP*, 822.

BOURGEOIS. « Il se dit en bien et en mal » (W). Plutôt en bien dans une citation ironique : Ses flammes héroïques ont peur de mon feu bourgeois (*RA*, 968). En mal, dans la langue des petits-maîtres : Quoi ! tu crains les conséquences de l'amour d'une jolie femme parce que tu te maries ! Tu as de ces sentiments bourgeois, toi Marquis ? (*PM*, 1323) ; votre sagesse sait vivre, et n'est ni bourgeoise ni farouche (*Pr*, 2000).

BOURGEOISEMENT. Opposé implicitement à *héroïquement* : Il faut que les hommes vivent un peu bourgeoisement les uns avec les autres, pour être en repos (*RA*, 966). Au sens « petit-maître » : vous croyez peut-être que Monsieur le Marquis ne vous aime point, parce qu'il ne vous le dit pas bien bourgeoisement, et en termes précis (*PM*, 1348).

BOURRU. « Mal dégrossi, grossier » (un exemple de Sorel dans Littré), et non pas, comme dans la langue moderne, « d'une humeur brusque et chagrine » : rude et bourru comme il est (*DI*, 355).

BOUTE. L'impératif de *bouter* est employé comme interjection dans la langue paysanne, à peu près comme « allez-y ! » : et boute et t'en auras (*HV*, 654).

BOUTON. Les expressions prendre par le bouton, serrer le bouton impliquent, au sens figuré, qu'on « presse quelqu'un avec vigueur » (W) : Lélio, *le prenant par le bouton* (*FS*, 523).

BRANDI. « Tout brandi, c'est-à-dire comme la chose ou la personne se trouvent » : vous m'avez tantôt présenté une requête, Fontignac ; je vous la rends toute brandie pour noute amie Spinette (*IR*, 728). Cf. *HV*, 643.

BRANLE. « Le branle ou branle gai est le nom générique de toutes les danses où un ou deux danseurs conduisent tous les autres, qui répètent ce qu'ont fait les premiers » (Littré) : c'est toujours moi qui mène le branle, et pis je saute comme un cabri ; et boute et t'en auras, toujours le pied en l'air (*HV*, 654).

BRAVE. « Leste, bien vêtu (...) en ce dernier sens il est du style familier » (W) : vous êtes belle et brave cent fois plus que l'autre (*AP*, 145) ; je vois que vous avez levé un habit qui me fait brave comme un marquis (*Com*, 1726).

BRAVERIE. Même sens que l'adjectif. Marivaux l'emploie à la place de bravoure, qu'il avait employée par erreur en ce sens dans *La Vie de Marianne* (voir le Glossaire de cet ouvrage, aux Classiques Garnier) : je vous dois mon nom, ma braverie, ma parenté, mon beau langage, ma politesse (*Com*, 1726).

BREDOUILLERIES. Les dictionnaires n'ont que *bredouillements* : ... présents de toute sorte, soutenus de quelques bredouilleries (*AV*, 103).

BRIDÉ. Tenu en bride, c'est-à-dire, au sens figuré, tenu à la discrétion : Oh ! dame, je sis bridé, mais ce n'est pas comme vous (*Ép*, 1688).

BROUILLER. « Gâter du papier en faisant des écritures inutiles » (Fur.) : Oui, j'ai brouillé bien du papier (*Pr*, 2003).

BUREAU. Bureau de messageries : son maître est peut-être resté au bureau pour affaires (*JA*, 894). Bureau du greffe, où l'on garde les sacs de procès, d'où des emplois figurés : « *connaître l'air du bureau*, c'est pressentir l'événement d'une affaire » (W) : Je m'en vais voir l'air du bureau (*SA*, 272) ; il a beau dire ; le vent du bureau n'est pas pour lui, et je me défie du succès (*RA*, 959).

BUTÉ. *Être — à quelque chose*, comme *buter à quelque chose*, signifie « tâcher d'avoir » (W) : nous le voulons, nous le prétendons, nous y sommes butées (*Col*, 1873).

C

CADÉDIS. « Jurement qu'on met habituellement dans la bouche des Gascons. On dit aussi cadédiou. De *cap*, tête, et dis, diou, Dieu » (Littré) : La belle gloire, c'est la raison, cadédis (*HV*, 641). Cf. *HS*, 1200, 1212, 1221, 1224, 1234, etc.

CAJOLER. « Tâcher de plaire à une femme par paroles et par manières » (Littré, 2°) : le Chevalier ne la quitte point ; il l'amuse, il la cajole, il lui parle tout bas » (*HS*, 1189).

CAMARD, CAMARDE. « Camus » (W) : L'agriable camarde ! (*PP*, 64.)

CAMPAGNE (EN —), « à la campagne » : j'ai même (...) reçu une lettre qui (...) m'obligera à aller demain en campagne pour quelques jours (*JI*, 1589).

CANTON. « Certaine étendue de pays » (W) : parcourons ces lieux. Voilà un canton qui me paraît bien riant (*F*, 1922). Cf. *F*, 1922. Le mot signifie aussi « en style populaire, le quartier où quelqu'un demeure » (W). D'où l'emploi, au pluriel, de *dans nos cantons* au sens de « dans notre ville, dans notre village » (Littré, 2°) : ... et qu'elle a aperçue se promener dans ces cantons-ci (*M*, 1272). Cf. aussi un autre emploi du pluriel qui n'a rien de familier : Beauté céleste, je règne dans ces cantons (*F*, 1926).

CAPDEBIOUS. Cf. *cadédis* (*HV*, 640-641).

CARACTÈRE. « Marque qui distingue une personne ou une chose d'une autre. » Souvent favorable en ce sens : Voilà, Madame, ce que mon respect, mon amour et mon caractère ne me permettent pas de vous cacher (_FC_, 1577). Cf. aussi _JI_, 1615. Parfois défavorable : si vous m'aimiez avec cet air dégagé que vous avez, vous seriez assurément le plus grand comédien du monde, et ce caractère-là n'est pas des plus honnêtes à porter (_SI_, 1094). Un _habit de caractère_ est un habit de théâtre ou un déguisement représentant un caractère donné (cf. notre _Marivaux et le Marivaudage_, p. 333). Pris au sens de déguisement : je vais de ce pas prévenir cette généreuse personne sur mon habit de caractère (_JA_, 912).

CARRAGE. Il faut peut-être considérer ce mot comme une forme fautive de carriage, terme assez répandu au XVIᵉ siècle et conservé dans la langue populaire de Paris comme dans certains patois. Il est parfois rapproché de la notion de « ménage » dans le genre burlesque : « Tout le carriage, pour dire toute une famille, tout un ménage de pauvres gens, comme si tout pouvait tenir dans une charrette, ou carriole » (Leroux, _Dictionnaire comique_) : Qu'ils feront tous deux un biau carrage (_PP_, 63).

CARRER (SE). « Marcher les mains sur les côtés et d'un air fier. Il est familier. » (W) : Voyez comme je me carre avec vous (_PT_, 420). Nombreux exemples dans le langage paysan, de Blaise, dans _L'Héritier de village_ (638, 644), ou d'un autre Blaise, dans _L'Île de la Raison_ (694). On le retrouve dans la bouche du Colin de _La Provinciale_ (1997).

CAS. On trouve dans le théâtre, comme dans _Le Paysan parvenu_ (voyez le Glossaire de l'édition des Classiques Garnier), les deux locutions _en cas de_ et _dans le cas de_, la seconde suivie d'un infinitif : Oui, mais en cas d'époux, cela est défendu (_Pr_, 1996). Pour ce qui est dans le cas de vous en vouloir, il est vrai... (_Com_, 1729). Le sens est : « s'il est question de ».

CASAQUE. « Sorte de manteau à manches pour la campagne » (Ac. 1694). Cf. _HV_, 621, 656 ; _JA_, 932. Les exemples montrent qu'il s'agit d'un vêtement de paysan ou de domestique.

CASSER. « Désarmer un soldat à la tête d'un régiment ou d'une compagnie, et le renvoyer : Casser un soldat (...). On dit encore casser une compagnie, casser un régiment » (W) : je deviens à présent un serviteur superflu, semblable à ces troupes qu'on entretient pendant la guerre, et que l'on casse à la paix (2. _SA_, 770). Cf. _RA_, 957 ; _HS_, 1201 ; _L_, 1477 ; _Col_, 1868. Dit aussi de noms communs : un geste (_HV_, 647), une institution (la « gentilhommerie », _Col_, 1877). On peut alors songer à l'influence de l'expression _casser un jugement_.

CASTOR. « Chapeau de poil de castor » : J'avons déjà acheté un castor avec un casaquin de friperie (_HV_, 633).

CASUEL. Comme dans la langue populaire moderne, ce mot signifiait « qui court des risques, peu assuré » : — La raison est un si grand trésor. *Blaise*. — Morgué ne le pardez pas, vous ; ça est bian casuel entre les mains d'une fille (*IR*, 698).

CE. Dans l'incise, le pronom *ce* n'a qu'une valeur de « regroupement », comme le relatif dans la langue populaire moderne. Il s'agit d'un archaïsme qui ne survit que dans la langue paysanne : Je n'ai pas de moyen, ce li fait-il (*MC*, 1388).

CEN. Forme tonique du pronom démonstratif *ce* dans le patois parisien : Velà cen que c'est (*Dé*, 574). Cf. *IR*, 704 ; *MC*, 1396, 1413.

CEPENDANT. Pendant ce temps : Il n'y a point de temps à perdre : cependant va donc (*HS*, 1225).

C'EST QUE. Ce tour n'est pas seulement explicatif : il sert souvent à présenter vivement une proposition : Bien loin que l'infidélité soit un crime, c'est que je soutiens qu'il n'y a pas un moment à hésiter d'en faire une... (*HS*, 1191). Cf. *JA*, 885 et 886.

CHAGRIN, nom plus proche à l'époque du sens de « fâcherie » que du sens de « tristesse » : *La Fée* : (...) Donnez-moi ce mouchoir ! *(Elle lui arrache, et après l'avoir regardé avec chagrin, et à part.)* (*AP*, 139.)

CHAGRIN, adjectif. « Fâché, triste » (W) : Demeurez donc en repos, je ne vous dirai plus que je suis chagrine (*DI*, 333).

CHAMBRIÈRE. Le terme est dépréciatif dans le sens de « fille ou femme domestique » (W) : Mais, voyez, je vous prie, cette glorieuse, avec sa face de chambrière ! (*AB*, 1957).

CHANCE. L'expression *conter sa chance* est enregistrée au sens de « conter ses aventures, sa bonne ou sa mauvaise fortune » (Fur., W). Elle comporte peut-être, dans la bouche d'un paysan, la nuance supplémentaire d'« en conter » à une jeune fille : Oh ! dame, quand parfois je li conte ma chance, alle rit de tout son cœur (*Ép*, 1683).

CHANCEUX. « Qui a bonne ou mauvaise fortune. Il est populaire » (W). Désigne ironiquement une mauvaise fortune : *Blaise*, interrompant et pleurant : Me velà donc bien chanceux ! (*AB*, 1954.)

CHANSON. « Au figuré, bagatelle. » D'où le jeu de mots : *Lélio :* (...) De quoi t'avises-tu de siffler ? *Arlequin :* Vous dites une chanson, et je l'accompagne (*SA*, 290). Cf. *PT*, 441.

CHARGE (FAIRE SA). Remplir sa mission : ce cœur qui manque à sa parole, quand il en donne mille, il fait sa charge ; quand il en trahit mille, il la fait encore (*HS*, 1191). Cf. *SA*, 270 ; *FS*, 529 ; *Dé*, 567 ; *HS*, 1191 ; *Com*, 1757.

CHARGER. « Accuser » (W), faire porter le blâme à quelqu'un : Si c'est mal fait, je vous en charge (*PV*, 1837).

CHARME. Ce qui fait le charme de : Et la raison n'est pas le charme d'une belle (*PP*, 68) ; cette fidélité n'est-elle pas mon charme ? (*DI*, 337). Au sens classique d'« enchantement » : Leur petitesse n'était donc que l'effet d'un charme (*IR*, 681).

CHATOUILLER. « Flatter agréablement quelqu'un » (W) : Ordinairement, vous fâchez les autres en leur disant leurs défauts ; vous le chatouillez, lui, vous le comblez d'aise en lui disant les siens (*S*, 1634).

CHEMIN. *Suivre le grand chemin*, « s'en tenir aux moyens connus, aux usages établis » (Littré, qui cite un exemple de Régnier) ; *aller son grand chemin*, « n'entendre point de finesse à ce qu'on fait, à ce qu'on dit » (Littré, citant Mme de Sévigné). Marivaux emploie l'expression *aller le grand chemin*, apparemment dans le sens du second des tours cités : tout cela est trop savant pour moi, je n'y comprends rien ; j'irai le grand chemin, je pèserai comme elle pesait (*IE*, 598).

CHÉTIF. « Vil, méprisable » (Ac. 1762) : je ne suis qu'un chétif valet (*PT*, 443).

CHETIT. Variante dialectale (Berry, Centre) du mot précédent : la curiosité est bian chetite (*FF*, 1902).

CHIFFRE. Langage chiffré : Tout autre que moi n'aurait rien remarqué dans ce sourire-là ; c'était un chiffre. Savez-vous ce qu'il signifiait ? (*FS*, 504.)

CHIMISTE. Alchimiste : les chimistes, les devins, les faiseurs d'almanachs, les philosophes (*AV*, 104).

CHIPOTER. Ce verbe, qui signifie, suivant les dialectes, « vétiller », « chicaner », « marchander d'une façon mesquine » (Wartburg), est construit par Marivaux sur le modèle de *labourer sa vie* (Dufresny) : il avait beaucoup travaillé, bian épargné, bian chipoté sa pauvre vie (*HV*, 629).

CHIQUET. « Petite partie d'un tout » (W) : Chiquet à chiquet, dans quelques dizaines d'années (*HV*, 646) ; cf. *IR*, 724.

CHOSE. *Un homme de quelque chose* est le contraire d'un *homme de rien* : un homme qui m'est donné de bonne main, qui est un homme de quelque chose (*FC*, 1549). Cf. : une fille raisonnable, qui m'appartient et qui est née quelque chose (*PV*, 1824).

CŒUR. Fierté, dignité, honneur : J'ai assez de cœur pour refuser ces trois derniers louis-là (*FS*, 487). Cf. *HS*, 1197 ; *JI*, 1591 ; *Ép*, 1703 ; *Pr*, 1711. *Homme de cœur* s'oppose à *poltron* : Il est connu partout pour homme de cœur, et je ne désespère pas que quelque jour il ne dise qu'il est poltron (*S*, 1634).

COFFRE. « *Rire comme un coffre*, rire à gorge déployée, par assimilation plaisante de la bouche qui rit à un coffre qui s'ouvre » (Littré, cf. W). Marivaux met l'expression *drôle comme un coffre* dans la bouche d'Arlequin : Oh ! pour cela, je suis drôle comme un coffre (*PT*, 417).

COLIFICHET. S'emploie en parlant d'un homme ou d'une femme « chargée de colifichet » (Littré, qui cite Regnard, Boursault et Gresset) : C'est un colifichet qui voudrait nous surprendre (*PP*, 51).

COMBATTU. Dans la langue classique, cet adjectif ne s'emploie ordinairement, au sens figuré, que suivi d'un complément : « D'un soin cruel ma joie est ici combattue » (Racine, cité par Littré). Marivaux l'emploie absolument (« combattu entre deux désirs ») : *Angélique, combattue* (*MC*, 1420). De même avec un jeu de mots par reprise : *Hermocrate :* Ah ! charmante Aspasie, si vous saviez combien je suis combattu ! *Phocion :* Ah ! si vous saviez combien je suis lasse de vous combattre ! (*TA*, 1034-1035.) Littré cite un exemple comparable chez Gilbert, au XVIIe siècle, et un autre dans l'*Émile*, de Rousseau.

COMBUSTION. « Grand désordre. Trouble et guerre » (W) : Ne pourrions-nous pas imaginer d'avance quelque matière de combustion toute prête ? (*S*, 1635.)

COMME QUOI. Condamnée par l'Académie et reléguée dans le style familier, cette locution a chez Marivaux un caractère familier et s'emploie toujours dans l'interrogation indirecte : car vous verrez aussi comme quoi Madame entre dans une loge au spectacle, avec quelle emphase, avec quel air (*IE*, 601-602). Eh mais ! contez-moi donc comme quoi (*Ép*, 1693).

COMMENSAL. Les commensaux sont des « officiers domestiques de la maison du roi ou d'autres maisons royales qui ont bouche à la cour » (W). Le mot commensal désigne aussi, bien entendu, des personnes mangeant ordinairement à la même table. C'est dans ce second sens qu'il faut l'entendre ici : Vous vous familiarisez, petit commensal ! (*RA*, 959.) En effet, Cupidon dit plus loin à Mercure : « nous ne pouvons nous passer l'un de l'autre ».

COMMERCE. « Fréquentation » (W) : notre commerce a un peu l'air d'une infidélité, au moins (*HS*, 1213). Cf. *D*, 1775 ; *F*, 1927. L'expression *de commerce* doit signifier « adapté à la vie en société » : leur badinage n'est pas de commerce ; il y a quelque chose de rude, de violent, d'étranger à la véritable joie (*IR*, 673).

COMMODE. L'expression *humeur commode*, « indulgente » (W) est bien connue. En revanche, on peut hésiter sur le sens de *commode* dans *une fortune commode*. Le mot semble vouloir dire « convenable, agréable » : Votre humeur me convient à merveille. *Plutus :* Elle est aussi commode que ma fortune (*TP*, 828).

COMMODITÉ. « Temps opportun, occasion. Faites cela à votre commodité » (Littré) : qu'il a autant d'esprit qu'un autre, mais qu'il ne veut s'en servir qu'à sa commodité (*TP*, 831).

COMPAGNÉE. Noter le suffixe, propre, pour ce mot, au patois de l'Île-de-France : *puisque ma compagnée l'ordonne* (*IR*, 699). On trouve la même forme (*compagniée*) dans *Les Agréables Conférences de deux paysans de Saint-Ouen et de Montmorency* (Édition Les Belles-Lettres, voir le Glossaire).

COMPAS. *Par compas* signifie « mesuré, compassé » : *Arlequin, qui marche devant en silence et comme par compas* (*AP*, 144). Comprendre que le pas d'Arlequin est comme réglé par un mécanisme extérieur.

COMPATIR. Pouvoir subsister ensemble en bonne intelligence : *de l'esprit qui ne saurait compatir avec un nez...* (*IR*, 708.)

COMPTABLE. « Qui doit compter devant quelqu'un, qui est obligé à rendre compte » (W) : *c'est aux Dieux que Rome en est comptable* (*An*, 188 ; cf. 193). Est pratiquement l'équivalent de notre *responsable* : *Un vrai sage croirait en effet sa vertu comptable de votre repos* (*TA*, 1014). Cf. *IR*, 725.

COMPTE. « Être de bon compte se disait d'un associé qui ne trompait pas son associé ou son maître. Un homme de bon compte, homme sincère, qui ne trompe personne » (Littré) : *et au cas que vous soyez quelque bohémien, pardi ! au moins vous êtes un bohémien de bon compte* (*PT*, 406).

COMPTER. *Compter avec quelqu'un*, ne pas « compter sans lui », comme dans l'expression *compter sans son hôte*. D'où le sens dans cette phrase de Mme Sorbin, adressée aux hommes : *Oh ! pour cette fois-ci, Messieurs, nous compterons ensemble* (*Col*, 1851).

CONCLURE. Noter une construction rare, *conclure d'affaire* : *nous avions déjà conclu d'affaire avec d'autres* (*S*, 1643).

CONDITION. « Absolument, noblesse » (Littré) : *mais enfin me voilà dame et maîtresse (...) J'ai même un visage de condition* (*IE*, 608). « L'état d'une personne qui entre dans une maison en qualité de domestique » (Littré) : *... que je vous recommande mon cœur ; il est sans condition, daignez lui en trouver une* (*Dé*, 571). Les deux sens permettent des emplois équivoques, qui tendent parfois vers le jeu de mots : *Madame, c'est un garçon de condition, comme vous voyez* (*EM*, 1148) ; *Clarice, fille de qualité, d'un côté, Lisette, fille de condition, de l'autre* (*M*, 1255).

CONDITIONNER. Ce mot de sens assez vague au XVIIIe siècle (« faire avec les qualités requises », dit l'Académie, 1762) a de nombreux emplois chez Marivaux, toujours dans la langue des valets ou des suivantes. Il est appliqué à des livres (2. *SA*, 764) ; à une « tête », pour une personne (*JA*, 927) ; à une tentation (*SI*, 1075) ; à un vertigo (*M*, 1268) ; enfin à un congé (*Ép*, 1703).

CONNAISSANCE. Employé par jeu de mots, par allusion au sens juridique (*avoir connaissance d'une affaire*, en parlant d'un tribunal) : nous répondrons de toutes ces petites portes-là, qui sont de notre connaissance (*EM*, 1147).

CONNAÎTRE. Au sens classique de « reconnaître » : j'ai bien connu votre condition à votre habit (*IE*, 595). *Se connaître* signifie, de même, prendre conscience de ce qu'on est, de ce qu'on se doit :

> Seigneur, connaissez-vous ; rompez l'enchantement
> Qui vous fait un devoir de votre abaissement.
>
> (*An*, 176).

CONSÉQUENCE. *De conséquence*, d'importance, dit d'une personne : il fait l'homme de conséquence avec elle, parce qu'il est bien fait (*JA*, 904).

CONSIDÉRABLE. Important, digne d'attention : Oui ! penchez-vous, vraiment ? cela est considérable (*S*, 1649).

CONSIDÉRATION. « Réflexion de l'esprit sur quelque chose ou sur quelque personne » (W) : j'ai même regret d'avoir tant joué ; votre âge et la considération de ceux à qui vous appartenez devaient m'en empêcher (*JI*, 1615).

CONTENTER. Payer : c'est bien dit ; contente-les, si tu peux (*TP*, 835).

CONTER. « En conter à une femme, la cajoler » (W) : on dirait que vous m'en contez (*Ép*, 1688).

COQUET. « Qui est amoureux, sans avoir beaucoup d'attachement » (W) : Vous m'allez dire que vous m'aimez (...) heureusement on n'en croira rien. Vous êtes aimable, mais coquet (*IE*, 607).

CORDIALEMENT. « Sincèrement » (W) : C'est du moins parler cordialement (*HS*, 1224).

CORNETTE. « Sorte de coiffe que les femmes mettent sur la tête » (W). C'est l'attribut du sexe féminin : je te donnerais de grand cœur un bon coup de poing, si tu ne portais pas une cornette (*SA*, 281). Cf. *Col*, 1869, 1870, 1872.

CORPUSCULENCE. Néologisme plaisant, formé par contamination de *corpulence* et de *corpuscule* : Je me sens d'un rapetissement, d'une corpusculence si chiche... (*IR*, 678.)

COTON. «*Jeter son coton*, se dit de certaines étoffes qui se couvrent d'une certaine bourre. *Cela jettera un beau coton*, se dit d'une chose qui, mal entreprise, produira de mauvais effets. Locution basse, remarque de Caillières, 1690 » (Littré) : il faut bian s'en garder ; vraiment, ça jetterait un biau coton dans le monde ! (*HV*, 635.)

COUCHER. « Terme de jeu. Mettre comme enjeu (...) Coucher gros, jouer très gros jeu, et fig., risquer beaucoup » (Littré) : C'est coucher bian gros tout d'une fois (*IR*, 726).

Coup. « *Tout coup vaille*, loc. adv. qui signifie, à de certains jeux, qu'en attendant la décision de ce qui est en contestation, on ne laissera pas de jouer. Fig., à tout hasard » (Littré, qui cite Haute-roche, Dancourt et Destouches) : Eh bien ! tout coup vaille, quand ce serait de l'inclination (...) il n'y a rien de si gaillard (*2. SA*, 786). Cf. *EM*, 1147.

Courage. « Zèle, bonne volonté, ardeur » (Littré, 3°). Les exemples se trouvent dans des rôles rustiques : je ne les aime pas de si bon courage (*DI*, 364) ; j'ons bon courage (*FS*, Divertissement, 496) ; Ah ! Marton, je t'oubliais d'un grand courage (*2. SA*, 774).

Courant. « Qui n'est pas échu, qui écherra bientôt » (W) : tout ça est payé ! il n'y a pus qu'à nous accommoder pour le courant (*MC*, 1385).

Courir. Poursuivre en vain, d'où un jeu de mots : il y a ici un certain Monsieur Timagène qui court après votre cœur ; court-il encore ? Ne l'a-t-il pas pris ? (*Col*, 1852.)

Crocheteur. « Celui qui gagne sa vie à porter des fardeaux sur des crochets » (W). Opposé à *honnête homme*, pris au sens d'homme du monde : c'est une santé de crocheteur, un honnête homme serait heureux de l'avoir (*SA*, 244). Cf. *JA*, 894.

Crue. « Croissance » (W) : velà encore une crue qui me prend : on dirait d'un agioteux, je devians grand tout d'un coup (*IR*, 694).

Curieux. Au sens classique, « qui a cure de » (Littré) : je ne suis curieux de tuer personne (*FS*, 527).

D

Débiter. « Dire, exposer, mais avec un sens péjoratif d'ironie ou de blâme » (Littré) : Ma façon de vivre (...) m'a rendu fort suspect de cette petitesse. Débitez-la, Monsieur, débitez-la dans le monde (*PM*, 1324).

Débrider. « Populairement, manger goulûment » (Littré, qui ne cite pas d'exemple littéraire) : Venez me voir avaler ma pitance, vous varrez s'il y a d'homme qui débride mieux (*IR*, 680).

Débrouiller. « Tirer hors de la confusion » (Littré, 3°) : Adieu, j'ai tout dit ; vous voilà débrouillés, profitez-en (*SI*, 1106).

Déchirer. « Noircir la réputation de quelqu'un » (W) : Vous m'acca-blez, vous me déchirez (*Ép*, 1706).

Décompter. « Déduire, rabattre » (Littré) : j'y perdrai beaucoup, il y aura bien à décompter (*JA*, 907).

Déconforter (se). « S'affliger, se désoler » (W) : Monsieur, ne vous déconfortez pas (*L*, 1458).

DÉCRIER. « Défendre par ordonnance ou cri public une monnaie. Fig.,
décréditer » (Fur.) : Quelle misérable espèce de feux ! — Ils ont
pourtant décrié les vôtres (*RA*, 954).

DÉFAITE, 1° « Débit d'une marchandise, facilité de placement »
(Littré) : je devenais, avec mes agréments, un petit parti d'assez
bonne défaite sauf le loup (*FS*, 530). 2° « Excuse, prétexte » (W) :
j'ai quelquefois peur que ce ne soit une défaite (*FC*, 1527).

DÉFERRÉ. « Se déferrer, pour dire se déconcerter, demeurer interdit »
(Ac. 1762) : Courage, Monsieur, vous voilà tout déferré (*SA*, 256).

DÉFRICHER. « Éclaircir, débrouiller » (W) : pour à celle fin de défricher
la pensée de ces deux parsonnes dont il a doutance (*TA*, 1008).

DÉGAGÉ. Tu as de ces sentiments bourgeois, toi, Marquis ? Je ne te
reconnais pas ! Je te croyais plus dégagé que cela (*PM*, 1323).

DÉGAGÉ. « Qui a de l'aisance. » Pour l'emploi de ce mot par les petits-
maîtres, voyez *PM*, 1323 et la note 3, p. 1323. Comparer : C'est la
Marquise de France la plus aimable et la plus dégagée que j'attaque ce matin (*Pr*, 1999). Le mot désigne aussi une aisance excessive : vous parlez d'un air dégagé et presque offensant (*SA*, 278).
Cf. *Pr*, 1983.

DÉGÂT. « Consommation excessive et prodigue de denrées. On fait
un grand dégât de bois, de vin dans cette maison » (Littré) : faura
faire une noce, et pis du dégât pour cette noce, et pis de la marchandise pour ce dégât, et du comptant pour cette marchandise
(*HS*, 1186).

DÉGAUCHIR. « Terme de métier. Dresser un ouvrage (...) le rendre uni,
droit » (Littré). On en trouve un emploi curieux (au sens de décocher ?) dans *Le Père prudent et équitable* : souffrez (...) Que je
vous dégauchisse un petit compliment (*PP*, 63).

DÉGOURDIR. « Dégourdir un jeune homme, le façonner, le polir » (W) :
Je serai Lisette par-ci, Lisette par-là... Ce nom me dégourdit (*Pr*,
1991).

DÉGRIGNER. Mot du patois « parisien » (voyez *Les Agréables Conférences de deux paysans*, éd. Les Belles-Lettres, Glossaire), signifiant « traiter de haut, mépriser » : alle dégrignera votre homme,
alle dira que c'est du fretin (*PV*, 1821).

DÉLICAT. « Ombrageux, susceptible » (Littré, 7°) : ces dépits délicats,
ces transports d'amour d'après les plus innocentes faveurs (*AV*,
103).

DÉMÊLER. « Distinguer, discerner » (Littré) : je démêle, à travers son
innocence, tant d'honneur et tant de vertu en elle... (*Ép*, 1681).
Employé aussi, au sens réfléchi, en parlant d'une personne « dont
on pénètre les sentiments » (Littré) : je ne sais plus où j'en suis,
je ne saurais me démêler, je me meurs ! (*2. SA*, 805).

DÉPARTIE. « Départ. Vieux » (W). Mis dans la bouche du naïf Persinet, à qui Lina vient de dire adieu : Voilà une départie qui me procure la mort (*Col*, 1875).

Départir (se). « Se déporter, quitter, céder » (W) : Je me dépars de tout, je ne puis pas plus dire (*PP*, 93).

Déportement. « Manière d'agir » (W). Quoique, selon Wailly, le mot s'emploie « presque toujours en mauvaise part », cette nuance n'apparaît pas nettement chez Marivaux. M. Orgon parle des « déportements, faits, gestes » de son fils (*JI*, 1591). Cf. aussi chez Mme Sorbin : vos déportements sont tout à fait divertissans (*Col*, 1872).

Dérangé. « Celui dont les affaires sont en mauvais état » (W), plutôt que « déréglé, qui a une mauvaise conduite » (*ibid.*) : il était fort ami du vôtre ; homme un peu dérangé ; sa fille est restée sans bien (*FC*, 1520).

Déranger (se). Certainement au sens de « déranger ses affaires, contracter des dettes, des hypothèques » (cf. Littré, 8°) : je ne pourrais pas les trouver [200 000 francs] sans me déranger (*L*, 1483).

Dernier. « Fig. Il veut toujours avoir le dernier, se dit d'un opiniâtre qui veut toujours répliquer le dernier » (Littré) : nous verrons à qui aura le dernier (*SA*, 265).

Désarroi. « Renversement de fortune » (W). Dans *La Commère*, quand les témoins s'en vont : Quel désarroi ! (1751).

Désastre. « Accident funeste » (W), dit d'une personne : pour leur conter mon désastre (*PT*, 419) ; ma chère Lina, contez-moi mon désastre ; d'où vient que Madame Sorbin me chasse ? (*Col*, 1867).

Désert. « On le dit (...) d'un homme qui, aimant la solitude, a fait bâtir quelque jolie maison hors des grands chemins et éloignée du commerce du monde pour s'y retirer » (Fur.) : Oh ! dès que tu as un désert, à la bonne heure (*FS*, 492). Cf. *FS*, 529.

Déserter. « Abandonner » (W) : il fâche Madame qué tu la désertes (*HS*, 1237).

Désoler. « Importuner, incommoder » (Littré, 4°) : une amitié qui vous désolera plutôt que de vous laisser tomber dans ce malheur-là (*SI*, 1118).

Détignonner. « Arracher la coiffure, décoiffer » (W) : je vous les détignonnerai (*Pr*, 2008). Cf. *Pr*, 2012.

Détruire. « Décréditer, faire perdre l'estime » (W) : on prétend que c'est lui qui le détruit auprès de toi (*JA*, 915).

Dévaler. « Vieux mot qui signifie descendre » (W). Employé par Blaise au sens de « rapetisser » : Dès le premier pas ici, je me suis aparçu dévaler jusqu'à la ceinture (*IR*, 691). Cf. *IR*, 684.

Développer. « Expliquer, éclaircir, découvrir » (W) : Je les sens et ne puis te les développer (*An*, 171). Cf. 180, 199. Dit ailleurs de médisances « qu'on développe si bien, qu'on ne saurait plus les détruire » (*IR*, 708).

Développer (se). « Dire, s'énoncer, découvrir sa pensée » : vous êtes naïve, développez-vous sans façon, dites le vrai (*HV*, 652). Cf. *PM*, 1352.

Devoir. Avoir des raisons de : Je n'ai pas dû m'attendre que Monsieur le Marquis pût consentir à vous perdre (*L*, 1472). Cf. *2*. *SA*, 794 ; *FC*, 1532 ; *FF*, 1908.

Digérer. « Mener à maturité par un travail de l'esprit comparé à la digestion de l'estomac » (Littré, 5°) : Nous n'avons pas eu le temps de digérer notre idée (*HS*, 1202).

Diligences. « Faire ses diligences, apporter beaucoup de soin » (Littré) : poursuivez mon cœur (...) je ne vous en empêche pas ; c'est à vous à faire vos diligences (*IE*, 606) ; cf. *JI*, 1595.

Dire. « *On dirait d'un fou* (...) il se conduit, il parle comme s'il était fou » (Littré, qui cite des exemples de Molière à Chateaubriand) : On dirait d'une harangue (*RA*, 970). Cf. *IR*, 717, 719 ; *S*, 1639 ; *Com*, 1758.

Disgrâce. « Il signifie aussi infortune, malheur » (Ac. 1762) : du moins que mes disgrâces, que mon esclavage, que ma douleur t'attendrissent (*IE*, 611).

Disgracié. « Mal fait, qui n'a ni bon air, ni bonne grâce » (W) : Adieu, le plus disgracié de tous les hommes (*HS*, 1225).

Disputer. « Contester » (W). Noter la construction : Oh ! je ne dispute pas qu'il n'ait fait une sottise, assurément (*2*. *SA*, 783).

Dissiper (se). « Se distraire » (W), sans nuance péjorative : il faut tâcher de se dissiper (*2*. *SA*, 770). Cf. *ibid.*, 790.

Distinction. « C'est un homme de distinction (...), c'est un homme qui a une haute naissance » (W) : jolie femme, estimable, et de quelque distinction (*FC*, 1539).

Distingué. Définissant la *distinction* comme « un caractère d'élégance, de noblesse et de bon ton », Littré dit que « ce sens paraît récent ». Cf. ici : Est-il permis (...) avec une figure aussi distinguée que la vôtre, et faite au tour, est-il permis de vous négliger quelquefois autant que vous le faites ? (*S*, 1658.)

Doctrine. « Science, érudition, savoir » (W) : Que cet homme-là m'ennuie avec sa doctrine ignorante ! (*2*. *SA*, 763.)

D'or. Forme populaire, avec agglutination de la préposition *de* : j'aurons itou du d'or sur mon habit (*HV*, 633).

Dos. « *Faire le gros dos*, faire l'important, le capable » (W) : Quand j'étais Arlequin, vous faisiez le gros dos avec moi (*PT*, 420).

Dose. « Certaine quantité de quelque chose que ce soit » (W). Littré ne connaît pas l'expression *en avoir une dose*, expliquée ici par le membre de phrase précédent : Monsieur, je sons trompés, j'en avons une dose (*PP*, 90).

DOUBLE. « Adj. Signifie fourbe, trompeur » (W) : Eh ! que vous a-t-elle dit, cette double soubrette ? (*M*, 1274).

DOUCEMENT. « D'une manière qui soit exempte de toute rudesse » (W) : Vous n'y verrez (...) ni que je suis cruelle, car je vis doucement avec tout le monde (*S*, 1647).

DOUTEUX. Qui doute, incertain. Littré cite, de Boileau, le vers « Ainsi toujours douteux, chancelant ou volage ». Cf. ici : j'aime encore mieux être fâchée que douteuse (*PV*, 1820).

D'OÙ VIENT (*d'où viant* dans les rôles paysans). Cette locution, assez récente, est déjà cristallisée au point d'avoir exactement les mêmes capacités d'emploi que *pourquoi* : d'où vient vous faire un si grand monstre de cela ? (*SA*, 286) ; Eh ! d'où vient me consolerais-je, Madame ? (*Dé*, 576) ; D'où vient est-ce que tu me le caches ? (*JI*, 1589) ; Eh ! d'où viant ? (*PV*, 1833). Cf. encore, avec un infinitif, *SI*, 1124 ; *MC*, 1378 ; *L*, 1461 ; *FC*, 1526 ; *FF*, 1893. Avec un verbe à un mode personnel, *JA*, 929 ; *PM*, 1345 ; *L*, 1471. Employé seul, *PT*, 407 ; *MC*, 1414 ; *L*, 1454, 1458, 1489 ; *FC*, 1530, 1539 ; *S*, 1658 ; *Com*, 1757 ; *D*, 1797 ; *Col*, 1856 ; *FF*, 1907 ; *Pr*, 1989.

DRÈS. Dans la langue des paysans, dès : drès le commencement (*Ép*, 1705). Cf. *Dé*, 559 ; 564.

DRÈS QUE. Dès que, dans la langue des paysans, souvent avec le sens causal (« puisque ») : drès qu'ou ne voulez pas me complaire en ça (...) je pards mon temps cheux vous (*Dé*, 559). Cf. *HV*, 635, 644 ; *IR*, 694 ; *MC*, 1388, 1413 ; *Ép*, 1685 ; *PV*, 1817 ; *FF*, 1894.

DROGUES. « Toutes sortes de marchandises qui viennent des pays éloignés » (W). Employé plaisamment au sens de « mets » : Ah ! morbleu, qu'on a apporté de friandes drogues (*DI*, 343). Cf. *PT*, 444.

DROIT (à). Pour *à droite*, forme ancienne bien attestée à l'époque classique. Cf. *PT*, 431, variante (note 2).

E

ÉCART. « Toute action par laquelle on s'écarte de la raison » (Littré, qui cite J.-J. Rousseau) : Le plaisant écart ! (*M*, 1272.)

ÉCHAPPER. Employé, comme souvent à l'époque classique, avec l'auxiliaire *être* : Il m'est échappé de vous dire qu'il vous priait de ne le donner à personne (*FF*, 1899).

ÉCLATER. Fig., « faire du bruit et de l'éclat » : Vous m'attendrissez plus que vous ne pensez ; mais n'éclatez point (*TA*, 1027). Cf. *FC*, 1551.

ÉCONOMIE. Fig., « le bel ordre et la juste disposition des choses » (W).

Employé par impropriété en parlant de personnes : Nous avons changé votre économie : jé tombé dans lé lot dé Madame la Marquise, et Mme la Comtessé tombé dans lé tien (*HS*, 1236).

ÉCRIVAIN. Par impropriété, celui qui a écrit : Le voici [un billet] ; et tenez, voilà l'écrivain qui arrive (*2. SA*, 806).

ÉCU. Pièce de monnaie valant trois francs. Cf. *FS*, 491, 531, 536, 538 ; *HV*, 630, etc.

EMBARRAS. « Tracas », c'est-à-dire affaire : Monsieur le Chevalier finit un embarras avec un homme (*2. SA*, 782).

EMBARRASSÉ (ÊTRE). Avoir une affaire (voir le précédent) : je devance Madame votre mère, qui est embarrassée (*MC*, 1405).

EMPHASE. « Manière pompeuse de s'exprimer et de prononcer » (W). L'emploi au pluriel n'est pas enregistré par Littré ou Robert : Eh ! le moyen d'en juger mieux, à travers toutes les emphases ou toutes les impostures galantes dont vous l'enveloppez ? (*S*, 1647.)

EMPOISONNER. « Prendre et offrir le mauvais côté des choses, les dénaturer malignement » (Littré) : n'allez pas encore empoisonner ce que je vais vous dire (*2. SA*, 799).

EMPORTER. « Enthousiasmer, transporter » (Littré, qui cite les *Confessions*, de Rousseau, *je suis emporté, mais stupide*) : Voilà encore de ces réponses qui m'emportent (*JA*, 899).

ENCHANTEMENT. Ici, le fait de se dire enchanté : prétendez-vous que je vous passe encore vos soupirs, vos *je vous adore*, vos enchantements sur ma personne ? (*S*, 1656.)

ENCHARGER. « Donner charge, commission, recommandation » (Littré, qui cite Molière et P.-L. Courier, tout en disant le mot « vieux »). Le verbe est certainement archaïque ou rustique pour Marivaux : noute maître m'a enchargé à ce que parsonne ne se promène dans le jardin (*TA*, 995). Cf. *TA*, 1008 ; *MC*, 1394, 1396.

EN EFFET. En réalité, effectivement : vous sentez-vous en effet un courage qui réponde à la dignité de votre emploi ? (*Col*, 1851.) Cf. *SI*, 1064.

ENFANCE. « Puérilité » (W) : aussi suis-je d'une enfance, d'une curiosité ! (*EM*, 1154) ; ce serait une enfance à moi que de le renvoyer sur un pareil soupçon (*FC*, 1568).

ENJÔLER. « Cajoler, attraper par de belles paroles. Fam. » (W) *S'enjôler* est employé de façon curieuse, dans la bouche d'un paysan, au sens de « se bercer » : tu ne prends point de souci, mon ami, et c'est que tu t'enjôles ; si tu faisais bian, tu en prenrais (*Dé*, 555).

ENTENDRE. Au sens classique, « comprendre » : J'entends cette réponse-là (*IR*, 677).

ENTENDRE À. « Donner son consentement, consentir, approuver » (Ac.

1762) : il me passe tant de oui et de non par la tête, que je ne sais auquel entendre (*DI*, 354).

ENTENDU (BIEN — QUE). Littré ne signale, d'après Pougens, qu'un exemple de cette construction, suivie d'un indicatif, dans les *Mémoires* de Mme de Caylus. On la trouve aussi au XVIIIe siècle avec le subjonctif et le sens de « pourvu que », ainsi chez l'abbé Girard : « Quant aux verbes réciproques et neutres, ils sont immuables dans leur espèce (...), bien entendu que l'acception en soit toujours la même » (cité dans notre *Marivaux et le Marivaudage*, p. 420, note). Chez Marivaux : Il (le billet) est parfait (...) ; bien entendu que ladite Marquise soit assez folle pour le soutenir (*Pr*, 1983).

ENTÊTEMENT. Le fait d'être *entêté*, c'est-à-dire, au sens classique de ce mot, fortement prévenu en faveur de quelque chose ou quelqu'un : je n'ai pas l'entêtement des grandes alliances (*Ép*, 1681).

ENTREPRIS. « Embarrassé, perclus. J'ai la tête toute entreprise » (Ac. 1762) : j'ai le cœur tout entrepris (*DI*, 375) ; leur science les charge (...) ; ils en sont tout entrepris (*IR*, 673).

ENTRETIEN. « Action d'entretenir, de maintenir, de conserver » (Littré, 1°, qui attribue cet emploi au langage « élevé et poétique », avec un exemple de Corneille et un de Lamartine) : aimable, bien fait, voilà de quoi vivre pour l'amour ; sociable et spirituel, voilà pour l'entretien de la société (*JA*, 886).

ENVARS. Forme patoise pour envers, au sens de « auprès de » (Littré, 2°, citant Corneille et Molière), qui est un archaïsme : ne vians pas envars moi (*HV*, 634).

ENVELOPPÉ. « Caché comme sous une enveloppe » (Littré, qui cite plusieurs exemples classiques) : Car qu'est-ce que c'est que du respect ? L'amour est bien enveloppé là-dedans (*PT*, 398).

ÉQUIPAGE. « Familièrement. Manière dont une personne est vêtue » (Littré) : L'équipage où je suis ne prévient pas en ma faveur (*FS*, 503) ; cf. *ibid.*, 523 ; *Ép*, 1679. Au sens de « ce qu'il faut pour équiper » (W), voyez aussi : j'ai affaire à des caprices, à des fantaisies ; équipage d'esprit que toute femme apporte en naissant (*SA*, 269).

ESPÈCE. « Absolument, espèce se dit par mépris de personnes auxquelles on ne trouve ni qualités, ni mérite » (Littré, qui cite Duclos, Marivaux et Rousseau) : Car la plupart de ces gens-là sont des espèces, vous le savez (*PV*, 1826).

ESPIÈGLE. Au sens banal défini par Littré (« Vif et malicieux sans méchanceté ») : C'était un espiègle tel que moi qu'il fallait à la nature (*RA*, 967). Il faut signaler un emploi argotique : tu nous parles comme à des fripons. *La Ramée* : Non pas, mais comme à des espiègles dont j'ai l'honneur d'être associé (*Pr*, 1982).

ESPIÈGLERIES. Employé par euphémisme, comme *espiègle* dans le dernier emploi cité ci-dessus : Quelque jour je te dirai de mes espiègleries qui te feront rire (*FS*, 490).

ESPRIT. Sens plus général que de nos jours, comprenant l'intelligence, l'esprit de finesse, le bon sens même, plutôt que l'esprit de repartie. Exemples : mon fils n'a nulle part à de pareilles extravagances ; il a de l'esprit, il a des mœurs, il aimera Hortense (*PM*, 1305) ; vous avez de l'esprit et de la raison (*PM*, 1339). Comparer encore d'autres emplois du mot dans le même sens (*FS*, 529 ; *SI*, 1082, 1112, 1122 ; *EM*, 1161, 1162 ; *S*, 1637), spécialement dans les expressions *homme d'esprit* (*PT*, 438 ; *2. SA*, 799), *femme d'esprit* (*PT*, 427), *gens d'esprit* (*RA*, 963 ; *S*, 1635), *fille d'esprit* (*SI*, 1075, 1120 ; *PM*, 1299), *garçon d'esprit* (*EM*, 1162). Dans les dernières pièces, *esprit* semble tendre parfois vers un sens qui le rapproche du sens moderne ; ainsi, dans *Les Acteurs de bonne foi*, à propos d'une comédie que Merlin a faite : Tu as de l'esprit, mais en as-tu assez pour avoir fait quelque chose de passable ? (1947). Voir aussi *Com*, 1742 ; *F*, 1919. Signalons enfin le sens de « la bonne idée, le jugement qu'il faut pour », dans l'expression *avoir l'esprit de*, spécialement devant un infinitif : je n'ai jamais eu l'esprit d'y prendre garde (*FS*, 533) ; un homme franc (...) qui n'a pas l'esprit de se donner des airs (*IE*, 609) ; Eh ! que n'as-tu eu l'esprit de m'aimer tout d'un coup ? (*SI*, 1103) ; Non, je n'ai pas eu cet esprit-là (*MC*, 1399).

ÉTABLIR. « Mettre dans un état » (Littré), spécialement marier une jeune fille : Dès que vous vous mêlez de l'établir, je pense bien qu'elle s'en tiendra là (*Ép*, 1687).

ÉTABLISSEMENT. Au sens défini pour le mot précédent : je me charge de ton établissement (*MC*, 1378). Cf. *Ép*, 1690. Dit aussi d'un homme : Assurément vous êtes fort jolie, mais vous ne le disputerez point à un pareil établissement (*FC*, 1541).

ÉTALAGE. « *Perdre son étalage*. Se dit d'un marchand qui, faute de vendre, perd la peine qu'il a prise de monter son étalage » (Ac. 1762, qui signale le sens figuré, mais en restreint l'emploi à « l'ajustement, la parure, principalement des femmes » : j'ai voulu m'humaniser : je me suis déguisée (...) mais j'ai perdu mon étalage (*AV*, 105) ; vous n'aviez point de grâce à me demander, voilà pourquoi je perdis mon étalage (*DI*, 347 ; Arlequin veut dire que son interlocuteur ne lui a pas rendu le salut qu'il lui a fait).

ÉTONNER. « Causer un ébranlement moral » (Littré), déconcerter. Marivaux emploie deux fois le mot en ce sens classique dans *Annibal* (183, 205) ; et, sans doute par plaisanterie, le met aussi dans la bouche d'un valet : le mariage en impromptu étonne l'innocence, mais ne l'afflige pas (*Ép*, 1699).

ÉTOURDI. « Qui agit avec imprudence, avec trop de précipitation »

(W) : une étourdie vient vous proposer ma main (*2. SA*, 792). Cf. *ibid.*, 783 ; *SI*, 1088 et *PM*, 1348, ainsi que, sans doute, la phrase : je t'aime comme une étourdie (*Pr*, 2008). Le mot tend aussi à se spécialiser en parlant de l'affectation d'étourderie des jeunes gens à la mode : Étourdi par nature, étourdi par singerie, parce que les femmes les aiment comme cela (*IE*, 605). Cf. *JI*, 1597 ; *Pr*, 1995. Désigne, dans le même esprit, un ton de coquetterie ; ainsi, à propos d'une lettre en réponse à une déclaration : Doit-elle être sérieuse, ou badine, ou folle ? — *Mme Lépine :* Folle, très folle, Marquise ; de l'étourdi, il n'y a pas à opter (*Pr*, 2003). Cf. *ibid.*, 2004, 2008.

ÉTOURDI DU BATEAU. « Qui a des vertiges comme au sortir d'un bateau » (Littré). Le sens figuré est signalé dans le *Dictionnaire comique* de Leroux pour désigner un homme à qui « il est arrivé quelque infortune qui lui a troublé l'esprit » : ma maîtresse est étourdie du bateau (*SA*, 268).

ÊTRE. *En être à* traduit l'aspect d'une action qui est faite avec du retard. *Ne pas en être à* s'applique au contraire à une action commencée depuis longtemps : Allez, ma sœur, je n'en suis pas à faire cette réflexion-là (*TA*, 1032).

ÉTRIVIÈRES. « Courroie qui sert à porter les étriers. Donner les étrivières à quelqu'un, le frapper avec des étrivières » (W) : est-ce que les étrivières sont plus honnêtes que les moqueries ? (*IE*, 612.)

ET SI. ET SI POURTANT. « Du langage familier » pour Ac. 1694, « vieux » pour Ac. 1717, ces tours, qui signifient « pourtant » passent du recueil de Gherardi (rôles d'Arlequin et de Pierrot) au langage poissard. Chez Marivaux, on ne les trouve que dans les rôles d'Arlequin : ça se pratique chez les Turcs, et si ils sont bien méchants (*SA*, 243) ; Je ne suis qu'un chétif valet, et si pourtant, je voulais être homme de bien (*PT*, 443).

ÉVÉNEMENT. « L'issue, le succès de quelque chose » (Ac. 1762) : Mon père, en partant, me permit ce que j'ai fait, et l'événement m'en paraît un songe (*JA*, 919). Même sens, *L*, 1451 et *FC*, 1554.

EXPÉDIER. « Hâter l'exécution d'une chose (...). En ce sens, il se dit aussi des personnes » (Littré) : le temps est cher ; il faut expédier les hommes (*RA*, 954) ; cf. *TA*, 1035 ; *JI*, 1606. Dit par une suivante, parlant de sa maîtresse qu'elle coiffe : je l'expédiais un peu aux dépens des grâces (*S*, 1633). Au sens de « liquider » : cet esprit jovial, cette humeur charmante, vous aviez tout expédié (*FC*, 1533).

EXPÉDITION. Même sens que pour le verbe : il faut de l'expédition (*Pr*, 2012).

EXTRAVAGANCE. « Folie » (W) : Sans son extravagance elle aurait des appas (*PP*, 67).

F

FABRIQUE. « Le soin et la peine qu'on a pris de fabriquer » (W) : ... que nous travaillions comme eux à la fabrique des lois (*Col*, 1874).

FÂCHÉ. « Peiné, contrarié » (Littré, 2°) : de sorte que je vais toujours pleurant sans être fâché (*2. SA*, 762).

FÂCHEUX. « Importun, qui ennuie, qui chagrine » (W) : il m'était bien permis d'être fâcheuse, comme vous voyez (*MC*, 1403).

FAÇON. 1° « Mine et air d'une personne », notamment dans les expressions *bonne façon* (*DI*, 337 ; *FC*, 1522) et *mauvaise façon*, joint à *laideur* (*DI*, 352) et *peu de mérite* (*S*, 1660). 2° « Action de faire. » Littré dit que le mot n'est usité en ce sens que précédé de *de*, et c'est en effet ce que l'on trouve dans l'exemple suivant, où l'auteur joue sur l'acception « *de la façon de*, se dit aussi de l'enfant fait à une femme » (Littré) : Orphelines ? Expliquons-nous ; l'amour en fait quelquefois, des orphelins ; êtes-vous de sa façon ? (*M*, 1253.) Cependant, on peut trouver *façon* employé au sens de « confection », comme *fabrique* (cf. ci-dessus) : vos lois (...) dont je vous conseille de leur céder la moitié de la façon, comme cela est juste (*Col*, 1869). 3° « Le temps et la peine que l'artisan a employés à faire quelque chose. » Marivaux utilise l'expression proverbiale *payer la façon de quelque chose*, au sens de « courir les hasards qu'implique quelque chose » : on est bien dupe de les admirer [les héros], puisqu'on en paie la façon (*RA*, 965) ; De beaux yeux sont un grand avantage. — Oui, pour qui les porte, j'en conviens ; mais qui les voit en paie la façon (*HV*, 643). 4° Littré signale, pour le pluriel, le sens « apprêts que l'on fait subir à certains objets pour les employer », et cite un exemple de Rousseau et un de Duclos. Il semble que ce sens apparaisse au singulier chez Marivaux : je me sais bon gré que la nature m'ait manquée, et je me passerai bien de la façon qu'elle aurait pu me donner de plus (*SA*, 258). De même, avec la nuance de « circonstance (aggravante) » : il ne manquait plus que cette façon-là à mon aventure (*JA*, 914).

FACULTÉS. Au pluriel, « les biens de chaque particulier » (W) : voilà Madame Damis, veuve de qualité, jeune et charmante ; ses facultés, vous les savez ; bonne seigneurie, grand château... (*HV*, 642.)

FAILLE. Forme d'indicatif du verbe *faillir*, attestée dès le Moyen Âge pour des verbes de ce type : c'est que la mémoire vous faille, comme à moi (*SA*, 271).

FAIT À. « Accoutumé à » : je ne suis point faite aux cajoleries de ceux dont la garde-robe ressemble à la tienne (*JA*, 896) ; il faut être fait à se douter de pareille chose (*PM*, 1327).

FAIT POUR. Avec un infinitif, capable de, d'humeur à, destiné à : je ne suis pas fait pour me venger de vous (*PT*, 413) ; vous n'êtes pas fait pour me disputer un cœur (*TP*, 820) ; je ne suis pas faite pour me rassurer toujours sur l'innocence de mes intentions (*JA*, 912) ; tu n'es pas fait pour lutter contre moi (*JA*, 924) ; Je suis fait pour être ou son vainqueur ou son vaincu (*RA*, 966). Avec un nom, « destiné à » (Littré) : cela n'est fait que pour vous (*IE*, 598) ; tout ceci n'est fait que pour votre réputation (*Pr*, 1997).

FAMILIARISER (SE). « Absolument, prendre des manières trop familières » (Littré) : Vous vous familiarisez, petit commensal ! (*RA*, 971.)

FANTASQUE. 1° « Sujet à des fantaisies » (Littré, 1°) : Eh bien ! vous direz encore que vous ne m'appelez pas fantasque ! (*FS*, 500.) Cf. *ibid.*, 501. 2° « Bizarre, extraordinaire en son genre » (Littré, 2°) : Jé né hais pas cetté pensée ; elle est fantasque (*IR*, 696). Cf. *PM*, 1302.

FAT. « Sot, impertinent » (W) : Le fat, avec ses sentiments ! (*FC*, 1546.)

FATIGANT. Difficile à soutenir, qui exige une attention pénible : ce caractère-là n'est pas des plus honnêtes à porter, entre vous et moi. — Dans cette occasion-ci, il serait plus fatigant que malhonnête (*SI*, 1094).

FATIGUER. « Ennuyer, importuner » (W) : mon amour vous fatigue (*PT*, 431). Cf. *PT*, 453 ; *IE*, 602 ; *JI*, 1605. Le sens est parfois très fort (« harceler, pousser à bout ») : Cette indifférence-là ne me rebute point ; mais je ne veux point la fatiguer à présent, et je me retire (*IR*, 725) ; Prends-y garde : tu vois que sa mère la fatigue. — Je serais bien fâché qu'elle la laissât en repos (*FC*, 1560). *Se fatiguer* signifie « prendre beaucoup de peine » : vous êtes bien fraîche pour une personne qui se fatigue tant (*2. SA*, 758).

FAUTE. (À — DE). « *Faute de*. Si l'on manque de. On dit aussi *à faute de*, en termes de Palais » (W) : À faute de valets, souvent laver les plats (*PP*, 73).

FERMIER. « Celui qui prend des droits à ferme » (W) : Valets, portiers, / Clercs et greffiers, / Commis, fermiers (*TP*, Div., 842).

FIDÉLITÉ. Comme *fidèle*, ce mot s'applique surtout aux domestiques qui servent leur maître avec zèle et probité : « Ce valet a un certificat comme il a bien et fidèlement servi son maître » (Fur.) : ma fidélité n'entend point raillerie ; il faut que j'avertisse mon maître (*TA*, 1027). Cf. *EM*, 1162 ; *MC*, 1389 ; *L*, 1452 ; *FC*, 1530, 1553, 1563. Se dit, plus généralement, de « celui qui fait bien son devoir » (Fur.) : Nous sommes chargées (...) de vous jurer pour lui une entière obéissance, quand vous lui aurez juré entre nos mains une fidélité inviolable (*Col*, 1858).

FIÈREMENT. « Il l'a traité fièrement, pour dire de haut en bas » (Fur.) : Lélio, *fièrement* : Finissons. (*FS*, 522.)

FILET. *Ne tenir qu'à un filet*, équivalent de *ne tenir qu'à un fil*. En vers, Marivaux remplace *à* par *de* pour éviter l'hiatus : Gageons que votre cœur ne tient pas d'un filet (*PP*, 65).

FINEMENT. « D'un air mystérieux, qui entend finesse » (sens mal défini par les dictionnaires) : Le Comte, *finement :* Non, non, Chevalier, je vous parle confidemment, à mon tour (*2. SA*, 800). Au sens banal, « couvertement et adroitement » (Fur.) : elle me le persuade si finement que je ne m'en aperçois pas (*D*, 1774).

FINESSE. « Ruse, artifice (...) se dit presque toujours en mauvaise part » (Ac. 1762) : dussiez-vous prendre encore mon voyage pour une finesse (*PT*, 429) ; cf. *IR*, 707 ; *HS*, 1217, 1218, 1237 ; *MC*, 1391. Spécialement au sens d'« intention cachée par ruse », *PV*, 1821 ; *Pr*, 2004. Au sens de « tout ce qui est de plus fin, de plus délicat, de plus secret en quelque science », ce que le français familier exprimerait par *astuce* : J'oublie encore à vous dire une finesse de ma pièce (*AB*, 1948).

FIQUÉ (PAR MA). Forme voilée, non blasphématoire, de par ma foi, pro-bablement avec une allusion à *figue* (comparer, pour le sens de ce mot, le vers 2002 du *Testament*, de Villon, *Ce jura il sur son couillon*, à rapprocher de *Genèse*, 24, 2 s.). Voyez ici *HV*, 637.

FISCAL. « Procureur fiscal (...) officier qui, dans la justice seigneuriale, remplissait les fonctions de ministère public... On dit substantive-ment *le fiscal* » (Littré) : Si le fiscal à qui je devais de l'argent arrive, dis-li qu'il me parle (*HV*, 636). Cf. *ibid.*, 645 et *PV*, 1816 et 1838.

FIXIBLEMENT. Forme paysanne pour *fixement*, croisé avec *visiblement*. On la trouve dans *Don Juan*, II, I, et ici : Je vois tout ça fixiblement clair (*Dé*, 555).

FLATTER. « Causer une vive satisfaction » (Littré, 5°) : le dégoût que vous avez marqué pour ce petit divertissement, qui me flattait (*AB*, 1963).

FOIS (UNE). Pose un fait, comme *au moins, une bonne fois* : Ne suis-je pas la maîtresse, une fois ? (*IE*, 598) ; ce n'est pas moi qui ai été vous chercher, une fois (*Ép*, 1702). Cf. *PV*, 1838.

FOLICHON. « Folâtre, badin. Famil. » (W) : une petite baronne si foli-chonne, si remuante, si méthodiquement étourdie (*PM*, 1321). Cf. *HV*, 635 et 638.

FONDÉ SUR CE QUE. « Étant donné que », locution absente des diction-naires, mais usuelle chez Robert Challe : je croyais qu'il fallait aimer sa femme, fondé sur ce qu'on vivait mal avec elle quand on ne l'aimait pas (*FS*, 492).

FONTANGE. « Nœud de ruban que les femmes portent sur leur coif-fure » : oh ! oh ! que de fontange ! (*PP*, 72).

FORTUNE. 1° Le sort, le destin : Y a-t-il du mal à lui dire le plaisir que vous vous proposez à le venger de la fortune ? (*MC*, 1383). Cf. *D*, 1798. 2° L'état où l'on espère s'élever : j'oubliais que j'avais une fortune qui est d'avis que je ne te regarde pas (*2. SA*, 778 ; remarquer la personnification) ; trouver grâce à vos yeux, voilà à quoi j'ai mis toute ma fortune (*M*, 1258). 3° État, situation de fortune : S'il était dans une plus grande fortune (*FC*, 1552) ; la médiocrité de ma fortune (*ibid.*, 1570). 4° Élévation de quelqu'un, d'où l'expression *faire fortune* (« s'élever haut dans les honneurs, les emplois, les richesses », Littré), employée ici ironiquement : Ah ! n'ai-je pas fait là une belle fortune ? (*EM*, 1158). Voyez encore faire la fortune de quelqu'un : il t'est venu dans l'esprit de faire ma fortune (*FC*, 1518).

FOULER. « Figur. opprimer par des exactions, surcharger » : mais ne foulons parsonne, je sis voute prochain autant qu'un autre, et ne faut pas peser sur ceti-ci, pour alléger ceti-là (*Ép*, 1683).

FOURBER. « Tromper par de mauvaises finesses » (Ac. 1762) : il y a (...) tant de vauriens qui courent par le monde pour fourber l'un, pour attraper l'autre (*PT*, 406). Cf. *ibid.*, 420 ; *IR*, 693.

FRANCHISE. Faveur. Sens ignoré de Littré et Robert : baille-moi donc une petite franchise pour ma peine (*AB*, 1968).

FRANQUETTE (À LA). « Franchement », sans détour : L'air d'un innocent, pour parler à la franquette (*DI*, 348). Cf. *Dé*, 558 ; *HV*, 653.

FRAPPÉ. « Qui reçoit comme un coup porté à l'esprit, au cœur, à l'imagination » (Littré). Se trouve ici sans complément, ce qui est peut-être un trait de langage petit-maître : je vous dis qu'il est frappé, je vois cela dans ses yeux ; remarquez-vous comme il rougit ? (*PM*, 1318).

FRIAND. « Qui flatte le palais d'une manière délicate » (Littré, 1°). Employé parfois au propre (*friandes drogues, DI*, 343), plus souvent au figuré : en parlant d'une jeune fille (*PT*, 444), d'une « noce » (*HV*, 649), etc. (*IR*, 726 ; *2. SA*, 772). En un autre sens, « qui aime à manger quelque chose de bon » : j'en sis friand (en parlant d'une somme d'argent, *Ép*, 1684).

FRIPERIE. « Négoce de vieux habits » (W) : un casaquin de friperie (*HV*, 633). « Habits (...) de peu de prix, ou usés » (W) : je n'ai pas besoin de votre friperie pour pousser ma pointe (*JA*, 932).

FURIEUX. « Violent. Grand. Excessif. En ce dernier sens, il se place toujours avant le substantif : *un furieux coup*. » (W) : vous commencez par une furieuse question (*MC*, 1391) ; voilà de furieux desseins (*ibid.*, 1414).

G

GAGNER PAYS. Le sens de l'expression est donné par l'équivalent qui la double : Gagnez pays, mes bons amis, sauvez-vous (*MC*, 1386). Cf. *2. SA*, 776.

GAILLARD. « Enjoué, qui ne demande qu'à rire et à faire rire » (Fur.) : Pardi ! je ris toujours (...) Vous vous amusez à être riches, vous autres, et moi je m'amuse à être gaillard (*PT*, 404). Cf. *PT*, 449 ; *FS*, 519 ; *IE*, 594, 606 ; *HV*, 632, 653, 655 ; *IR*, 692 ; *2. SA*, 762 ; *TP*, 832 ; *HS*, 1188 ; *D*, 1790 ; *PV*, 1817. Dit parfois d'une chose : vous parlez de mon œil gai. C'est le vôtre qui est gaillard (*Com*, 1727). Cf. *2. SA*, 796 ; *Ép*, 1698. Noter aussi la nuance « licencieux, hardi » (Fur.) : la confidence est gaillarde (*Ép*, 1679). Cf. *FS*, 486.

GAILLARDEMENT. « Allégrement » (Fur.) : vous vous en allez donc gaillardement comme cela (*L*, 1484).

GALAMMENT. « Avec civilité, avec esprit, de bonne grâce » (W) : elle me soupçonnait d'avoir quelque inclination à Paris ; je me suis contenté de lui répondre galamment là-dessus (*FS*, 538).

GALANT. « Qui a l'air de la cour » (Fur.) : mais peut-on porter rien de plus galant que vos couleurs ? (*FS*, 484.) Cf. *2. SA*, 764. *Galante*, en parlant d'une femme, signifie à peu près coquette ; voyez l'édition des *Journaux et Œuvres diverses*, Glossaire. Cf. ici : Arlequin. (...) vous aurez une certaine modestie, qui sera relevée d'une certaine coquetterie (...) Vous serez timide. (...) Timide et galante (*HV*, 649).

GALANTERIE. 1° Fleurettes, douceurs amoureuses : un peu moins de raison, plus de galanterie (*PP*, 69). 2° « Il se dit des petits présents qu'on se fait dans la société » (Littré, 5°) : Gagez, Madame, faites-moi cette galanterie-là, vous perdrez (*MC*, 1399).

GALBANUM. Au sens propre, ce mot désigne une espèce de gomme qui a une vertu résolutive. « *Donner du galbanum*, c'est promettre beaucoup pour donner peu » (W). D'où l'expression *donneur de galbanum* (*IR*, 719). Cf. aussi *DI*, 347.

GARDE. *N'avoir garde de*, être loin de : je n'avais garde d'y être (*L*, 1460) [c'est-à-dire : j'étais loin de voir ce que tu voulais me dire].

GAUCHE. « *Prendre une chose à gauche* : la prendre autrement qu'il ne faut » (W) : D'être laides ? Il me paraît à moi, que c'est prendre à gauche (*Col*, 1864). Cf. *HS*, 1229.

GAULOIS. « Suranné » (Littré) : Ne serait-ce pas cet Amour gaulois, ce dieu de la fade tendresse... (*RA*, 953).

GÊNER. « Incommoder, fatiguer, donner de la peine, violenter » : j'ai bon esprit, mais je n'aime pas à le gêner (*TP*, 833). Le même sens de « contraindre » apparaît aussi : *SI*, 1074 ; *EM*, 1167 ; *M*, 1251 ;

MC, 1403, et au réfléchi (*PT*, 447 ; *FS*, 539 ; *2. SA*, 765, 778 et *TA*, 1010). Le sens est à peine plus proche du sens classique (« faire souffrir ») dans *Annibal* : Quelque intérêt, Seigneur, que votre Rome y prenne, / Est-il juste, après tout, que sa bonté me gêne ? (197.)

Généreusement. Avec générosité, i. e. « Grandeur d'âme, magnanimité » (W) : je veux le combattre généreusement (*PT*, 439). Cf. *PT*, 459.

Généreux. « Qui est d'un naturel noble, qui a un grand cœur » (Littré, 1°) : Dès que vous êtes capable d'une vraie tendresse, vous êtes né généreux, cela s'en va sans dire (*2. SA*, 766). Voyez un emploi ironique : il [le courtisan] était trop généreux pour payer ses dettes (*IR*, 718). Dit de choses « qui décèlent une noble nature » (Littré, 2°) : Toutes actions sont généreuses, quand elles tendent au bien général (*PT*, 439). Cf. *2. SA*, 774 ; *TA*, 1006.

Générosité. « Grandeur d'âme, magnanimité » (W) : J'ai assez de cœur pour refuser ces trois derniers louis-là ; mais donne ; la main qui me les présente étourdit ma générosité (*FS*, 487). Voyez aussi *IR*, 718.

Génie. « Naturel » (W) : tu m'es devenu cher par la conformité de ton génie avec le mien (*SA*, 245). Cf. *SI*, 1089.

Gentillesse. « Petit tour divertissant et agréable. » Dit par ironie : ce n'est qu'une gentillesse de ma façon pour obtenir votre cœur (*L*, 1486).

Gloire. « Orgueil » (W) : de l'humilité, vous dis-je. Comme cette gloire mange la taille (*IR*, 694). Cf. *Ép*, 1693 ; *PV*, 1820. Au sens favorable, « honneur qu'on s'est acquis par son mérite, par de belles actions » (W) : Hélas, Madame, si vous préfériez l'amour à la gloire, je vous ferais bien autant de profit qu'un monsieur (*JA*, 930). Dit spécialement de la gloire (= l'honneur) d'un homme ou d'une femme : Ma gloire te pardonne (*JA*, 930, en réponse à la réplique citée plus haut) ; ce qu'on appelle la gloire d'une femme, gloire sotte... (*2. SA*, 786). Cf. *MC*, 1423, et, en parlant d'un homme (le philosophe Hermocrate), *TA*, 1005, 1026.

Glorieux. « Vain, superbe » (W) : À vous voir si humbles, vous autres, on ne croirait jamais que vous êtes si glorieux (*DI*, 349). Cf. *DI*, 352, 354 ; *IR*, 694, 705, 715, 717 ; *RA*, 953 ; *HS*, 1231 ; *Ép*, 1685 ; *PV*, 1837 ; *Pr*, 2008. En ce sens, on le trouve substantivé : Mais, voyez, je vous prie, cette glorieuse, avec sa face de chambrière ! (*AB*, 1957.) Cf. au masc., *Com*, 1760, ainsi que l'expression faire le glorieux (*PT*, 420 ; *IE*, 614). Parfois, glorieux a gardé son ancienne signification favorable : que tu me rends glorieuse, Angélique (*MC*, 1410). Cf. *Com*, 1742, et, en parlant de dignités acquises avec de l'argent, *PV*, 1826.

GOBARGER (SE). Voyez le suivant.

GOBERGER (SE). « Se moquer, se réjouir » (W) : s'ils sont morts, en voilà pour longtemps ; s'ils sont en vie, cela se passera, et je m'en goberge (*IE*, 593). Cf. *HS*, 1218 et 1232.

GOTHIQUE. « Antique, grossier » (W) : on me prit pour l'Amour le plus gothique (*AV*, 104).

GOÛT. 1° « Manière, en peinture » (W). Et par extension : Moi, sot ! Je ne suis pas tourné dans ce goût-là (*JI*, 1609). 2° « En galanterie, simple inclination, amusement passager, mot des gens de cour » (Callières, cité par Littré) : c'est que j'ai pris du goût pour Arlequin (*DI*, 359). Cf. *JA*, 892, 923 ; *SI*, 1078 ; *FC*, 1520.

GOUVERNER. « Disposer d'une personne » (W) : un petit cousin que j'ai à la campagne, que je gouverne (*DI*, 349) ; cf. *TA*, 1025. « Conduire » : Maudite soit l'ambition de gouverner chacun notre ménage ! (*SI*, 1102) ; cf. *SI*, 1086 ; *JI*, 1587 ; *Com*, 1744. *Se gouverner*, se conduire : les hommes savent-ils se gouverner avec nous ? (*Dé*, 563). Cf. *ibid.*, 567 ; *IE*, 604 ; *JA*, 904.

GRÂCE. « Bonne grâce, c'est-à-dire bon air, bonne mine » (W) : aurais-je bonne grâce de refuser un prince pour n'épouser qu'un particulier ? (*PT*, 399) ; cela ne serait pas de bonne grâce dans un joli homme comme vous (*PM*, 1327).

GRÂCES. « Agréments d'une femme » : les grâces et la sagesse ont toujours eu de la peine à rester ensemble (*F*, 1922). Cf. *ibid.*, 1919.

GRACES À. Forme habituelle de l'expression chez Marivaux, nécessaire au compte des syllabes, *PP*, 67.

GRACIABLE. « Rémissible, qui peut être pardonné » (W). Dit par plaisanterie d'une personne : Le mariage rend tous les hommes si graciables ! (*SI*, 1111.)

GRIMACE. *Faire la grimace*, faire mauvaise mine à quelqu'un avec une idée de menace : vous lui ferez la grimace, elle vous craindra (*AP*, 146 ; cf. *D*, 1786.).

GRUE. « Se dit figurément de ceux qui sont stupides » (Fur.). Nous ne ferons jamais rien de cette grue-là (*AB*, 1956).

GRUGER. « Pour manger, ronger, croquer » (Leroux, *Dictionnaire comique*) : je garde le parchemin, je ne crains plus que les rats, qui pourraient bien gruger ma noblesse (*DI*, 364) ; vous varrez qu'ou aurez grugé queuque poisson (*IR*, 718). Voyez aussi *DI*, Divertissement, note 1, p. 335-336.

H

HABILE. « Capable » (W) : quoiqu'il soit fort habile, au moins (opposé à *incapable*, *FC*, 1551).

HASARDEUX. « Qui hasarde trop » (W) : Diantre ! qu'ou êtes hasardeux ! (*TA*, 1008.)

HÉTÉROCLITE. Sens plus général que de nos jours ; « au fig., bizarre, ridicule » (W) : décochez-lui-moi quelque trait bien hétéroclite, qui sente bien l'original (*SA*, 256). Cf. *JA*, 886 ; *SI*, 1088, 1107 ; *L*, 1474.

HEURE (À LA BONNE). « Locution qui exprime l'approbation, soit, j'y consens » (Littré). Voyez *HS*, 1215.

HEUREUX. Sens classique, « qui a de la chance » : vous avez du malheur, et moi je ne suis pas heureuse (*DI*, 341). Cf. *FC*, 1535.

HISTORIEN. « Par extension, celui qui raconte quelque événement » (Littré, qui cite Mme Deshoulières, Boileau et Béranger) : Tu es un historien bien exact (*PT*, 404) ; j'en ferai l'historien de son maître (*JA*, 893). Cf. aussi *SI*, 1096 et *Com*, 1756.

HONNÊTE. 1° « Civil, poli » (W) : oh ! je suis honnête ; je ne veux point dire aux gens des injures à leur nez (*SA*, 266 ; cf. *SA*, 284, 288, 292 ; *DI*, 336, 350 ; *PT*, 420 ; *IE*, 612 ; *HV*, 635 ; *IR*, 717, 719, 726 ; *2. SA*, 760, 781, 796 ; *TP*, 831 ; *MC*, 1415 ; *FC*, 1518, 1535 ; *S*, 1650 ; *Ép*, 1703 ; *PV*, 1835. 2° « Conforme à la bienséance » : on dit que c'est une faveur, et qu'il n'est pas honnête d'en faire (*AP*, 133). Cf. *SI*, 1094, et, avec jeu de mots, *HV*, 633. 3° Honorable : de famille honnête (*Ép*, 1683). 4° Plus spécialement, « qui n'a rien de bas ni de fort relevé » : si j'étais riche, d'une condition honnête (*JA*, 914). 5° *Honnête homme*, « un homme qui a toutes les qualités sociales » : Vous êtes honnête homme, n'est-ce pas ? (*EP*, 1702). Cf. *FS*, 502 ; *Dé*, 559. 6° Presque toujours, *honnête homme* et *honnêtes gens* prennent un sens social. « Souvent le titre d'honnête homme se donne à meilleur marché. Un train nombreux, de superbes équipages, une belle livrée, un nom de terre, beaucoup de suffisance, voilà, dans le langage ordinaire, ce qui fait l'honnête homme » (*Dictionnaire de Trévoux*). Voyez le glissement dans le passage de *La Fausse Suivante* déjà cité, où Trivelin, après avoir dit qu'il y a sous son habit « le cœur d'un honnête homme » avec une « extrême inclination pour les honnêtes gens », ajoute qu'il a été lui-même « du nombre de ces honnêtes gens » (503). Voyez encore *SA*, 244, 262 ; *FS*, 479 ; *IE*, 607, 615 ; *HV*, 636 et 645.

HONNÊTEMENT. 1° Conformément à la civilité : Je ne vois pas trop comment m'en défaire, honnêtement (*FC*, 1534) ; cf. *PT*, 426 ; *FS*, 533. 2° Conformément à ce qui convient : Il me paie bien (...),

m'habille bien honnêtement et de belle étoffe (*PT*, 404).
3° Suivant les règles de la bienséance : ça tire honnêtement à sa
fin (*IR*, 728). 4° Conformément à l'usage des « honnêtes gens » :
et par ainsi de remise en remise le temps se passera honnêtement
(*HV*, 645). 5° Loyalement : s'il y a des bêtises dans son histoire,
qu'en les raconte bian honnêtement (*IR*, 718).

HONNÊTETÉ. « Manière d'agir polie, civile » : je pleure bien autrement
quand je suis seul ; mais je me retiens par honnêteté (*2. SA*, 761).
Cf. *SA*, 265 ; *DI*, 347 ; *2. SA*, 774 ; *Com*, 1736 ; *AB*, 1967. Au pluriel,
SA, 278 ; *FS*, 512 ; *TP*, 827.

HONORER. « Accorder comme une distinction, comme une faveur »
(Littré) : et tout homme qu'on honore de ces sentiments-là n'est
pas un perfide quand il les trompe ? (*HS*, 1231.) Cf. *PM*, 1323.

HONTE (À LA — DE). En dépit de. Italianisme probable. Un seul exemple : j'en prendrais, à la honte de mes réflexions (*FS*, 478).

HOUBEREAU. Au propre, ce mot désigne un petit oiseau de proie, et
« Fig. et par dénigrement, un petit gentilhomme campagnard »
(Littré, qui signale la forme *houbereau*, pour *hobereau*, chez Scar-
ron). Cf. *Dé*, 562.

HOUSSINE. « Verge de bois de houx ou d'un autre arbre » (W), servant
à battre les tapis : [Je vais les faire batifoler] à bons coups de
houssine (*FF*, 1902).

HYPOCONDRE. Pour *hypocondriaque*, « fou mélancolique » (Fur.) :
Mais cet Ergaste est si hypocondre, qu'il a l'extravagance de trouver Araminte mieux que vous (*S*, 1657).

I

IMBÉCILE. Faible d'esprit : Madame, c'est qu'il est un peu imbécile (*JI*,
1601).

IMPAYABLE. Extraordinaire, « qui ne se peut trop payer, fam. » (W) : tu
as un cœur impayable (*FS*, 490). Cf., avec jeu de mots sur *devoir* :
Léontine : Que d'amour ne me devez-vous pas ! *Phocion* : Je sais
que le vôtre est impayable, mais... (*TA*, 1034). On se souviendra
que Phocion est une femme en habits masculins.

IMPOSER. *En imposer*, « en faire accroire » (W) : Il va vous en imposer,
Madame (*PT*, 443). Cf. *JA*, 931.

IMPRATICABLE. « Avec qui on ne peut se lier ni converser » (W) : deux
aussi revêches, deux aussi impraticables personnes que celles-là
(*F*, 1937).

IMPRUDENCE. Contraire de prudence, « Discernement de ce qu'il faut
faire et ne pas faire pour être heureux, Sagesse » (W) : l'injure

qu'il lui a faite par l'imprudence de ses discours avec Lisette (*SI*, 1065).

IMPRUDENT. Même sens que le précédent : À son compte, il est si imprudent, il a si peu de capacité, il est si borné, quelquefois si imbécile... (*S*, 1634).

INAPERCEVABLE. Quoique ce mot ait eu une existence éphémère au XVIe siècle, il est pour Marivaux un néologisme « gascon » : c'est la taille la plus inapercevable, celle qui rampe le plus (*IR*, 685). *Inaperceptible* existe au XVIIe siècle comme terme de dogmatique.

INCOMMODER (s'). « Se causer une gêne d'argent » (Littré) : je n'irai pas m'incommoder jusque-là (*L*, 1483).

INCOMPARABLE. Employé comme substantif, dans un ton de langage à la mode (pas d'exemple dans Littré) : une incomparable telle que vous la faites (*HS*, 1220).

INCONVÉNIENT. « Sorte de malheur » (W) : vous êtes un étourdi, pourquoi vous jetez-vous dans cet inconvénient ? (*PM*, 1329.)

INDIGNER. « Fâcher » (W) : ce que j'entends là m'indigne (*HS*, 1233) ; Tais-toi, faquin, tu m'indignes (*JI*, 1600). De même, *s'indigner*, se mettre en colère : jé sens qué jé m'indigne (*HS*, 1225).

INDUSTRIE. Habileté suspecte, comme dans l'expression *vivre d'industrie*, qu'Ac. 1762 explique par « vivre de finesse, de filouterie » : j'appréhenderais que par malice, par industrie ou par autorité on ne mît opposition à mon mariage (*Com*, 1737). Cf. *PT*, 457 ; *TA*, 1004 ; *HS*, 1237 ; *Com*, 1748 ; compte rendu du *PV*, 1807 ; *FF*, 1906. Au sens neutre d'adresse, ruse, cf. *FS*, 501, 530 ; *TA*, 1026, 1040 ; *SI*, 1093, 1120 ; *L*, 1454 ; *F*, 1920.

INDUSTRIEUX. Adroit, qui met tout son esprit à, sans nuance défavorable : tout ce que l'amour, le respect et l'hommage ont de plus soumis, de plus industrieux et de plus tendre (*TA*, 1000).

INSTRUIT. Informé : un notaire honnête homme, s'il était instruit, leur refuserait tout net son ministère (*L*, 1481).

INSUFFISANCE. « Incapacité » (W) : je ne sais que son insuffisance, dont j'ai instruit Madame (*FC*, 1561).

INTERDIRE. « En jurisprudence, ôter à quelqu'un la libre disposition de ses biens et même de sa personne » (Littré, 4°) : Oh ! des oppositions, il y en aurait ; on parlerait peut-être d'interdire (*Com*, 1737).

INTRIGUE. « Habileté à intriguer » (Littré) : je t'ai toujours connu pour un garçon d'un d'esprit et d'une intrigue admirable (*FS*, 478).

INTRIGUÉ. « Embarrassé » (W) : Je vois Pierrot qui revient bien intrigué (*Dé*, 564) ; Je n'ai jamais d'homme ni plus intrigué ni de plus mauvaise humeur (*JA*, 925). Voyez aussi 2. *SA*, 807 ; *SI*, 1107, et, avec une nuance supplémentaire d'« ennuyer » : une jalouse si difficile en mérite, si peu touchée du mien, si intriguée de ce qu'on m'en trouvait (*PM*, 1321).

INTRIGUER. Mettre en peine, embarrasser : il n'y a qu'une chose qui m'intrigue (*JI*, 1588). Cf. *SI*, 1107.

ITOU. De même, aussi, dans le langage des paysans (comme *item*) : Ça est itou conclu (*Ép*, 1688), etc.

J

JARDRIN. Forme dialectale de *jardin* (Berry, etc.), cf. *TA*, 995.

JARNI. Juron, par ellipse (je renie Dieu) : cf. *AP*, 153 ; *SA*, 252. De même *par la jarni*, *HV*, 643.

JARNICOTON. Juron paysan, forme euphémistique de *je renie Dieu* : *IR*, 680, 727 ; *HS*, 1185.

JARNIGOI. Juron paysan, autre forme euphémistique de *je renie Dieu*, *HS*, 1232.

JARNIGUÉ, JARNIGUIENNE, cf. le précédent : *HS*, 1186, 1232 ; *PP*, 65 ; *HV*, 643.

JASER. 1° Prononcer des paroles dépourvues de sens, comme lorsque Buffon applique le mot aux sons émis par les perroquets : Il jase vraiment (*AP*, 138). 2° Dire et révéler ce qu'on devrait tenir secret. « Le lieutenant criminel l'a tant retourné, qu'il l'a fait jaser » (Ac. 1762) : rien, sinon que je vous ai donné la question [voyez la définition ci-dessus], et que vous avez jasé dans vos souffrances (*SA*, 289).

JET. « Terme de marine. Action de jeter à la mer un objet dont on veut se débarrasser pour une raison quelconque » (Littré citant Jal) : velà qui est fait, la marionnette est partie ; velà le plus biau jet qui se fera jamais (*IR*, 709).

JEU. *Bon jeu, beau jeu*, dans les locutions suivantes, suggèrent un jeu sans tricherie : me voilà dame et maîtresse d'aussi bon jeu qu'une autre (*IE*, 608) ; je jouerais à plus beau jeu que vous (« fair play ») (*HS*, 1210).

JOLI. « On dit ironiquement à un homme qui fait ou dit quelque chose qui déplaît, qu'il est joli » (Ac. 1762) : Damis est joli de négliger ma maîtresse ! ai-je dit en riant (*SI*, 1089). « Se dit souvent par raillerie » (W), comme dans l'exemple suivant : Mon indifférence, voilà un beau rapport, et cela me ferait un joli cavalier (*SA*, 289). Cf. *JI*, 1605. Pris à peu près comme dans l'expression moderne *joli cœur* : Nous autres hommes, la plupart, nous sommes jolis en amour (*SA*, 247). Un *joli homme* est un homme à la mode (*PM*, 1311, 1327, 1332 ; *AB*, 1949 ; *Pr*, 1992).

JOLIMENT. « D'une manière agréable, spirituelle » (W), c'est-à-dire en badinant avec coquetterie : velà comme tu feras, ou bian, joliment : Ça vous plaît à dire (*HV*, 635).

JOUER. On dit à l'époque *jouer d'un tour* : j'ai peur que ce tour-là ne vous joue d'un mauvais tour (*SA*, 259). Cf. *DI*, 375.

JOUR DE DIEU. Juron de femme, employé par Mme Sorbin (*Col*, 1857).

L

LANGOUREUX. Qui marque de la langueur au sens d'« ennui et peine d'esprit » (W) : que dois-je conjecturer d'un aussi langoureux accueil ? (*Ép*, 1696).

LANGUEURS. Cf. le précédent : soupirez-vous quand je n'y suis point, Dorante ? j'ai dans l'esprit que vous me gardez vos langueurs (*S*, 1646).

LANTARNER (LANTERNER). « Retarder, remettre, amuser. » Transitif ou intransitif : peut-être que je vous lantarne avec la mienne (*Dé*, 558) ; Toujours il meurt, et jamais ça n'est fait : voilà deux ou trois fois qu'il lantarne (*HV*, 629).

LE. Neutre. Voyez la Note grammaticale, article *pronom*.

LÉGITIME. Part de l'héritage, variable selon les coutumes, dont on ne pouvait priver chacun des enfants par testament, spécialement la portion réservée aux cadets : Serait-il l'aîné de sa famille ? Je l'ai cru réduit à une légitime (*FS*, 522). Cf. *HV*, 641 ; *MC*, 1378.

LESTE. « Propre en habits » et, par extension, élégant, dégagé : voyez mon air fin, mon air leste, mon air cavalier, mon air dissipé (*S*, 1639). Cf. *Pr*, 1983.

LEVER. Prélever une partie d'un tout, en termes de cuisine, de tailleur, etc., et, par extension, d'une somme d'argent : ton paiement sera le premier levé (*Pr*, 1982).

LIBERTIN. « Débauché » (W) : je conviens avec vous que c'est un étourdi, un évaporé, un libertin qui n'est pas digne de vos bontés (*JI*, 1597). Cf. *Com*, 1757.

LIBERTINAGE. Cf. le précédent : des vices de cœur qui demandent autant d'audace, autant de libertinage de sentiment, autant d'effronterie que ceux dont nous parlons ? (*D*, 1773).

LOGIS. « Fam. Il n'y a plus personne au logis, il est devenu imbécile ou hébété » (W). Cf. *FC*, 1533.

LOISIR. *Être de loisir*, avoir du temps à perdre, « n'avoir rien à faire » (Littré, qui cite Fénelon et Voltaire) : Vous soupirez à cause d'une petite villageoise, vous êtes bien de loisir (*DI*, 351).

LOUIS. « Pièce d'or qui vaut présentement vingt-quatre livres » (W). Cf. *FS*, 520, etc.

M

MACHINE. « On donne le nom de machine (...) à ce qui sert aux hommes pour faire des choses qui sont au-dessus de leurs forces, comme les vols » (Trévoux) : Arlequin (...) *montrant la baguette* :... voilà la machine ; je suis sorcier (*AP*, 152).

MAGNIFIQUE. « Qui aime à faire de grandes dépenses » (W) : on ne saurait lui disputer le titre d'homme généreux et magnifique (*TP*, 830) ; cf. *AV*, 102 ; *TP*, 834.

MAGOT. « Gros singe. Figur. et famil., sot, mal fait, ridicule » : Je vous marie (...) À un honnête magot, un habitant des forêts (...) Me prenez-vous pour une guenuche ? (*Dé*, 569.) Cf. *PP*, 66 ; *FC*, 1547 ; *S*, 1632.

MAGOTTE. Féminin du précédent, omis par les dictionnaires : Mais voyez cette magotte (*JA*, 931).

MAIN. « En poésie, *donner la main*, épouser » (W) : Il ne vous enlève que pour vous donner la main (*DI*, 314). Mais au sens propre, « donner la main droite et le lieu d'honneur » (W), cf. *S*, 1646. *Faire sa main*, faire ses profits, cf. *MC*, 1396. *Faire main basse*, ne pas faire quartier, et ici, au sens figuré, « supprimer » : il faut, s'il te plaît, faire main basse sur tous ces agréments-là (*DI*, 319). Cf. *PT*, 398. *Lâcher la main*. « Lâcher la bride à un cheval » (W), et, figurément, céder quelque chose de ses prétentions : On te surfait, tu rabats (...) et à la fin on lâche la main de part et d'autre (*JI*, 1595).

MAINE. Voir *Mine*.

MAÎTRESSE. Femme qui aime et qui est aimée, sans nuance défavorable, comme à l'époque classique. Cf. *DI*, 317, 321, 333, 358, 361, 362 ; 2. *SA*, 762, etc. Le sens moderne est parfois plus ou moins impliqué : un amant qui dupe sa maîtresse pour se débarrasser d'elle (*FS*, 489).

MALAPESTE. Variante de *malepeste*, cf. *DI*, 365.

MALHEUR. Dans la langue populaire de la région parisienne, *chiffonner malheur* signifie « ennuyer fortement, inquiéter » : tous ces discours me chiffonnont malheur (*SA*, 251). Comparer : Ce qui me chiffonnait malheur, c'est que, devant comme derrière, elle me paraissait avoir la même charge (Caylus, *Aventures des bals des bois*, 4e aventure). L'expression manque dans les dictionnaires.

MALHONNÊTE. « Qui n'est point honnête, incivil » (W) : ce billet insultant, malhonnête (*SA*, 270). Cf. *HV*, 633, 647 (avec jeu de mots) ; *TA*, 1008 ; *SI*, 1113 ; *HS*, 1189, 1207, 1221 ; *M*, 1265 ; *PM*, 1332 ; *FC*, 1563 ; *Ép*, 1706 ; *PV*, 1830 ; *Col*, 1854 ; *F*, 1926. Au sens moral, contraire à l'honnêteté, à la probité, à l'honneur, *SI*, 1094. Voyez l'exemple cité pour *honnête*.

MALHONNÊTEMENT. « D'une manière indécente » : Vous badinez malhonnêtement (*DI*, 342).

MALHONNÊTETÉ. « Incivilité » (W) : il n'y a pas de malhonnêteté à rencontrer les parsonnes (*MC*, 1385). Cf. *L*, 1462.

MALICE. « Méchanceté, Friponnerie. Fourberie. Finesse. Artifice » (W) : un enfant a plus de malice que moi (*Ép*, 1704). Cf. *EM*, 1161 ; *FC*, 1548 ; *Com*, 1737. Au pluriel, *RA*, 957.

MALICIEUX. « Méchant » (W) : je la crois encore plus ratière que malicieuse (*SA*, 272).

MALTÔTIER. Un maltôtier est « celui qui lève une maltôte sur le peuple », une maltôte est une « sorte d'impôt ou d'exaction indue » (W). Cf. *HV*, 630, 631.

MANNE. « Sorte de panier grand et plat avec des anses à chaque bout » : Lubin, *chargé d'une manne de livres* (2. *SA*, 777).

MARCHANDER. « *Ne pas marchander quelqu'un*, ne pas l'épargner » (Littré, qui cite Scarron, Molière et Beaumarchais) : demandez-li si je l'avons marchandée (*IR*, 714). Cf. *SI*, 1087.

MARCHANDISE. « Signifie aussi trafic » (Fur.) : Pour leur conter mon désastre, et toute votre marchandise (*PT*, 419).

MARCHÉ FAIT. Marché conclu : Est-ce marché fait ? Je suis pressé (*TP*, 833). Figurément : Jé vous gagne dé marché fait : cé soir vous êtes mienne (*HS*, 1214).

MARCI (MERCI). « Miséricorde, grâce » (W) : Il s'agit que je venons vous crier marci (*HS*, 1218).

MARDI. Juron des Arlequins, de même origine que *mordi, morgué*, etc. (formes euphémistiques de *mort Dieu*) : Mardi, j'ai peur d'être en pension sans le savoir (*DI*, 359). Cf. *SA*, 247 ; *DI*, 366 ; *PT*, 441. De même, *par la mardi* (*SA*, 271 ; *DI*, 344, 365, 369 ; *PT*, 403, 405, 417, 438, 447 ; *Dé*, 559) (Maître Pierre).

MARGE. Si les dictionnaires (W, Littré) signalent l'emploi d'*avoir de la marge* au sens d'« avoir du temps et des moyens de reste pour exécuter quelque chose », ils ignorent le sens de « distance » : boutez de la marge entre nous (*HV*, 641). Cf. *TA*, 1020.

MARGUENNE. Les formes de jurons en *-guenne* (euphémisme pour *Dieu*), assez fréquentes chez Dancourt et Dufresny, apparaissent dans les premières œuvres de Marivaux (*Dé*, 555, etc.).

MARMOTTE. Féminin, par création plaisante, de *marmot*, « petit garçon » (W) : Une Comtesse que j'ons vue marmotte ! (*HS*, 1186).

MARQUÉ. « Désigné, fixé d'avance, prédestiné » (Littré, 11°) : Y a-t-il rien de plus marqué ? (*MC*, 1381).

MARTINET. « Petit chandelier à queue et sans patte » (Fur.) : quand je vous aurais vue, le martinet à la main, descendre à la cave... (*JA*, 908). Le mot apparaît dans *Le Télémaque travesti* (éd. Droz, p. 237).

MASQUE. « Personne masquée » ; se dit d'une personne « dont on pénètre les vues » (Littré) : ... tu es masqué en coquette. *Le Chevalier :* Masque vous-même (*FS*, 526). Cf. *JA*, 931 ; *JI*, 1609, 1615. Au féminin : Serais-tu, par hasard, une masque aussi ? (*HS*, 1194.)

MASSIF. Adj. « Grossier, lourd » (Littré) : Quoique vous soyez massif et d'un naturel un peu lourd (*Col*, 1853). Cf. *TP*, 819, 820.

MASSIF. Subst. Faut-il comprendre « chose pleine et solide » (W), ou voir un adjectif substantivé (« ensemble massif ») dans l'exemple suivant : elle possède un embonpoint, une majesté, un massif d'agréments... (*HV*, 640). L'expression, de toute façon, a un caractère d'impropriété volontaire propre au langage des Gascons.

MAZETTE. « Méchante monture, méchant cheval » (W) : Ah ! les mauvaises mazettes ! (*PT*, 404.)

MÉCONNAÎTRE. « Ne pas reconnaître » (W) : Méconnais-tu ton maître, et n'es-tu plus mon esclave ? (*IE*, 593). Cf. *TP*, 838.

MÉCONNAÎTRE (SE). « Faire le fat et le glorieux » (W) : il n'y a pas de mal aussi qu'Adine soupire un peu, pour lui apprendre à se méconnaître (*D*, 1796).

MÊME. « Être à même, laisser à même, mettre à même, c'est être en liberté de faire, mettre en état et en pouvoir » (W) : vous vous y ferez tout aussi beau qu'il vous plaira, je vous mettrai à même (*FS*, 531).

MENER. AMENER. Je ne vous ai aujourd'hui menée ici que pour vous le dire (*F*, 1919). Cf. *M*, 1261.

MERCI DE MA VIE. Juron de femme ; *Ép*, 1701 ; *Pr*, 2009.

MÉTHODIQUE. Comme *régulière*, par un emploi plaisant : Vous me reprochez ma naissance, parce qu'elle n'est pas méthodique, et qu'il y manque une petite formalité (*RA*, 967).

MIGNARD. « Mignon, délicat » (W) : C'est une beauté fière, et pourtant une beauté mignarde (*Col*, 1862).

MIGNARDISE. « Affectation de délicatesse » (Littré) : J'allais parler des vapeurs de mignardise (*IE*, 601).

MILICE. « Troupes composées de bourgeois et de paysans » (W). Prend, par figure, une valeur péjorative : Velà donc cet homme qui me voulait bailler tout un régiment de cœurs ! *Arlequin :* (...) mauvaise milice que tout cela (*HV*, 656).

MINE. *Bonne mine*, bonne apparence : je vous dois mon nom, ma braverie, ma parenté, mon beau langage, ma politesse, ma bonne mine (*Com*, 1726). Cf. *MC*, 1378. En revanche, le sens moderne, qui se réfère surtout à un bon état de santé, apparaît aussi : Comment vous va ? Vous avez bonne maine à cette heure. *Lucidor :* Oui, je me porte assez bien (*Ép*, 1682).

MIRER. « Regarder avec attention, avec une attention fixe » (W) : Il me garde mon portrait ! — C'est pour vous mirer quand il ne vous voit plus (*SA*, 287). Cf. *TA*, 1028. On trouve aussi le mot employé par jeu de mots avec le sens spécial de « viser » : *Des coquettes qui (...) n'oublient rien pour exciter l'envie du chasseur, qui lui disent : Mirez-moi. On les mire, on les blesse* (*RA*, 957).

MIRLIROT. « Sorte d'herbe champêtre (...) On dit proverbialement : *J'en dis du mirlirot*, c'est-à-dire, je ne m'en soucie point, je m'en moque. *Flocci* ou *nihili facio, non curo*. Mais cette sorte de façon de parler n'est que du petit peuple de Paris » (Trévoux) : *mon affaire va mal, j'en dis du mirlirot* (*PT*, 442).

MITHRIDATE. « Espèce de thériaque qui sert d'antidote et préservatif contre les poisons » (Ac. 1762) : *j'ai peur que ce ne soit une drogue de charlatan, car on dit que l'Amour en est un, et franche-ment vous m'avez tout l'air d'avoir pris de son mithridate* (*SA*, 268).

MITIGER. « Rendre moins intense, moins vif, moins dur. » Mot assez fréquent chez Marivaux : *... si je pourrais me rétablir en mitigeant mon air tendre et modeste ; peut-être (...) qu'à la faveur d'un air plus libre et plus hardi...* (*AV*, 104). Cf. *SA*, 268 ; *HS*, 1215.

MITONNER. « Faire cuire à petit feu. Se dit figur. pour dire caresser une personne (...) pour gagner ou conserver ses bonnes grâces » (Fur.) : *(des pistoles) que je ferai venir en témoignage contre vous, comme quoi vous avez mitonné le cœur d'un innocent, qui a eu sa conscience et la crainte du bâton devant les yeux* (*PT*, 420).

MITONNER (SE). Littré ne signale pas le sens figuré, « se rendre traita-ble » : *Agis, promet-il quelque chose ; son cœur se mitonne-t-il un peu ?* (*TA*, 1015) Cf. *PV*, 1820.

MODESTE. En parlant des choses, qui est conforme à la pudeur, à la bienséance : *Ma mère appelle cela un habit modeste* (*EM*, 1154).

MODESTIE. « Pudeur » (W) : *elle porte le nom d'une de vos plus esti-mables qualités, la modestie, ou plutôt la pudeur* (*F*, 1921). Cf. *EM*, 1160 ; *Pr*, 2000, 2001.

MONS. « Abréviation méprisante du mot monsieur » (W) : *Le Cheva-lier, comme en colère*. Fort bien, Mons Trivelin (*FS*, 509). Cf. *Mons Bourguignon* (*JA*, 895, 915) ; *Mons de la Poésie* (*RA*, 964), *Mons de La Ramée* (*Pr*, 1985, 1986, 2012, *EM*, 1146) ; *Mons de Lépine* (*L*, 1455) ; *Mons Frontin* (*S*, 1631). Voir aussi le Glossaire du *Paysan parvenu*, dans la collection des Classiques Garnier.

MONSTRE. « Chose dont on s'effraie » (Littré, qui cite plusieurs exemples, de Molière à Rousseau) : *d'où vient vous faire un si grand monstre de cela ?* (*SA*, 286) ; *ne vous faites pas un monstre de votre fuite* (*MC*, 1421) ; *vous vous en faites un monstre* (*Pr*, 2005).

MONTRER. « Enseigner » (W) : *[de la musique] il vous en apprendra tant, que vous pourrez la montrer vous-même* (*TP*, 829).

MORDI. Variante non blasphématoire de *mort Dieu* (Blaise, *HS*, 1189).

MORGUÉ, MORGUIÉ. Autres formes du même juron, propres aux rôles de paysan (*Ép*, 1682 ; *AB*, 1954, 1966).

MORGUIENNE. Comme le précédent : *HS*, 1189.

MORT DE MA VIE. Juron traditionnel dans les rôles de suivantes : *Dé*, 562 ; *TP*, 831 ; *SI*, 1106, 1125. Apparaît aussi dans le rôle de Mme Alain (*Com*, 1733) et de Mme Sorbin (*Col*, 1870).

MOUVEMENT. Mot caractéristique du langage psychologique de Marivaux, très fréquent dans son Théâtre comme dans *La Vie de Marianne* (voir le Glossaire de ce roman, dans les Classiques Garnier, pp. 642-644). Le Dictionnaire de l'Académie (1762) le définit comme suit : « Il se dit (...) des différentes impulsions, passions ou affections de l'âme. » C'est dire qu'il a un sens plus large que de nos jours. Il implique toujours un sentiment, une émotion ou un transport *spontané*, échappant au contrôle de la volonté, et même de la conscience. Les *mouvements* sont notés souvent à propos de sentiments particuliers (colère, attendrissement, etc.), mais souvent, leur propre est de se présenter dans la confusion. Ils correspondent à un état physiologique d'émotion qui se traduit souvent dans l'attitude : agitation, immobilité, pleurs, visage défait, rougeur, pâleur, paralysie. Il ne faut pourtant pas confondre *mouvement* et *geste*, quoique parfois le *mouvement* se traduise par un *geste* spontané. Voici quelques exemples caractéristiques : sa raison ferme et sans quartier, qui ferait main basse sur tous nos mouvements (*PT*, 398) ; Si je rougis (...) c'est un mouvement que je désavoue (*TA*, 1003) ; ce cœur (...) il va comme ses mouvements le mènent (*HS*, 1191) ; dans l'agitation des mouvements où elle est, veux-tu encore lui donner l'embarras de voir subitement éclater l'aventure ? (*FC*, 1559) ; il faut avoir la bonté de lui pardonner ces premiers mouvements-là, Monsieur, ce ne sera rien (*Ép*, 1700). Cf. encore *An*, 170, 188 ; *IR*, 682, 724· ; *JA*, 916 ; *TA*, 1016 ; *SI*, 1113, 1120 ; *HS*, 1209, 1212, 1214 (2 ex.) ; *M*, 1272 ; *MC*, 1410 ; *JI*, 1607. Noter l'utilisation que fait Marivaux du mot *mouvement*, au singulier partitif ou au pluriel, pour traduire les premières émotions de l'amour : quand je le vois tous les jours, il m'ennuie un peu (...) s'il y avait un peu plus de mouvement dans mon cœur, cela ne gâterait rien (*Dé*, 563) ; il n'y aurait rien de si indécent qu'un abandon si subit à vos mouvements. Votre cœur ne doit point se donner (*IR*, 724) ; tu m'as vu dans de grands mouvements, je n'ai pu me défendre de t'aimer (*JA*, 919) ; moi, l'objet des mouvements d'un cœur tel que le vôtre ! (*TA*, 1005 ; cf. 1027) ; c'est que ce sont des mouvements de cœur dans les deux pièces (*SI*, Avertissement, 1066) ; cf. *SI*, Avertissement, 1064 ; de mouvements de cœur, il n'en perce aucun (*SI*, 1083) ; voilà déjà d'assez bons petits mouvements qui lui prennent (*PM*, 1312) ; De la passion, Monsieur, des mouvements pour me divertir (*PM*, 1325). — Noter que l'expression se donner du mouvement, un mouvement, des mouvements a un sens tout différent ; elle signifie « agir » : les mouvements qu'on se donne sont encore équivoques (*HS*, 1226) ; Ne vous embarrassez pas, c'est un mouvement qu'il faut que je me donne (*PM*, 1345). Comparer, dans *La Vie de Marianne* : elle avait refusé de se joindre aux autres parents dans les mouvements qu'ils s'étaient donnés (Glossaire, p. 644).

MOYENNANT. « Au moyen de » (W), à cause de : moyennant ce caractère, nous voilà donc condamnées à rester là (*F*, 1923).

MUGUET. « Au figuré, galant, mignon » (W) : Déguisé en muguet, vous vous moquez de moi à cause de votre bel esprit et de vos cheveux blonds (*TP*, 820).

MUGUETER. Du sens de « courtiser », on passe au XVIIIᵉ siècle au sens de « tenter de s'emparer de ». Saint-Simon parle de *mugueter une succession* (Littré). Cf. : cette jeunesse qui viant mugueter nos espaliers (*TA*, 996).

MUTIN. « Opiniâtre, entêté, obstiné » (W). Il s'y ajoute souvent une idée de rébellion : Vous avez là un amour bien mutin, il est bien pressé (*FS*, 514) ; elle est assez mutine pour vous épouser (*L*, 1478) ; *Constance, mutine avec timidité* (*JI*, 1605). Cf. encore *PP*, 67 ; *FS*, 526 ; *IE*, 604 ; *S*, 1654 ; *Col*, 1875 ; *Pr*, 2000.

MUTINERIE. « Obstination avec dépit » : point de mutinerie ; je n'en rabattrai rien (*PT*, 430). Tend vers le sens de *mutin* dans le premier exemple cité ci-dessus (« assuré, qui fait preuve d'une sorte d'agressivité ») : allons, mon lieutenant, alerte ! un peu de mutinerie dans les yeux ; les vôtres prêchent la résistance : est-ce là la contenance d'un vainqueur ? (*RA*, 955).

N

NAÏF. Les définitions données par W montrent que le mot tend à passer de sa valeur classique à la valeur moderne : « Naturel. Trop ingénu. Un peu niais. » Les exemples suivants sont disposés suivant l'ordre des définitions : vous êtes naïve, développez-vous sans façon (*HV*, 652) ; *Arlequin, d'un air naïf* (*DI*, 327) ; la vérité même ne peut s'expliquer d'une manière plus naïve (*PT*, 453) ; le commerce forcé ! Vous êtes bien difficile, Monsieur, et vos expressions sont bien naïves (*SA*, 276) ; cela est bien naïf (*JA*, 933) [dans ces deux derniers exemples, *naïf* fait allusion au « cri du cœur »]. Ah ! ah ! vous demandiez du naïf, en voilà (*DI*, 340) [péjoratif ici].

NAÏVETÉ. Au sens classique, « sincérité » : je vous demande en grâce de me répondre avec la dernière naïveté sur la question que je vais vous faire (*2. SA*, 787). Tend vers le sens moderne, « simplicité naturelle et gracieuse avec laquelle une chose est exprimée » : cette tendresse, dont la naïveté me charme, est-elle à l'épreuve de tout ? (*TA*, 1038) ; tout ce qu'un auteur pourrait faire pour les imiter n'approchera jamais du feu et de la naïveté fine et subite qu'ils y mettent (*SI*, Avertissement, 1067) [noter l'importance de la spontanéité dans la naïveté].

NANAN. « En parlant aux enfants, des friandises, des sucreries. Fam. » (W). L'emploi figuré est dit par Littré « du style très familier et même trivial » : que sais-tu ? *Arlequin :* De bonnes choses, c'est du nanan (*PT*, 410).

NATION. « Ceux d'une certaine profession » (W) : Monsieur, chaque nation a ses coutumes ; voilà les coutumes de la nôtre (*PM*, 1338).

NATUREL. « Naïf, sincère » (W). *Lélio :* Ah ! vous ne voulez pas m'entendre. *Hortense :* Non, je suis naturelle (*PT*, 408).

NATURELLEMENT. 1° « Sans déguisement, avec franchise » (Littré, 8°) : dites-moi naturellement vous-même ce qui en est (*SA*, 288) ; cf. *SI*, 1081, 1083 ; *M*, 1255. 2° « Selon la pente ou l'inclination naturelle » : car je suis pris, et naturellement je ne veux pas qu'une fille me fasse l'amour la première (*DI*, 327) ; comme vous êtes naturellement vraie (*HS*, 1208) ; c'est un homme que je hais naturellement (*HS*, 1231) ; au lieu que naturellement je n'aime pas l'argent (*Ép*, 1703). 3° « Par une propriété naturelle » (Littré, 1°) : j'aspire à sa place (...) naturellement elle me paraît due (*PT*, 412).

NEUF. « Naïf », dans le langage des petits-maîtres (voyez l'édition de cette pièce, Droz, 1955, p. 97) : Tâchez donc de n'être plus si neuf (*Pr*, 1995).

NICODÈME. Nigaud, d'après l'analogie de forme entre les deux mots : Hé bien ! plante-moi là itou, toi, Nicodème ! (*AB*, 1956).

NON PLUS. L'emploi de *non plus* pour *pas plus*, quoique signalé comme vieillissant au XVIIIᵉ siècle, est encore courant chez Marivaux : Ne m'en parle non plus que si elle n'était pas au monde (*HS*, 1229).

NORITURE (NOURRITURE). « Celui qu'on a nourri (...) vieilli en ce sens » (Littré) : c'est défunt noute femme qui l'a norie : noute femme avait de la conscience ; faut que sa noriture tianne d'elle (*HS*, 1186).

O

OBJET. Au sens de « personne aimée » ce mot est du « style de poésie et de galanterie » (Fur., Ac., etc.) : Mère qui tient un jeune objet / Dans une ignorance profonde (*EM*, Divertissement, 1169).

OBSTINER. « Rendre opiniâtre » : n'obstinons point ma mère (*Col*, 1856). Cf. *Ép*, 1706 ; *D*, 1791.

ONGUENT MITON-MITAINE. « Remède qui ne fait ni bien ni mal » (Fur.) : ce secret-là n'est que de l'onguent miton-mitaine (*SA*, 245).

ORGES. « Prov. et famil., *faire ses orges*, faire son profit, faire bien ses affaires » (W) : Monsieur le conseiller fera bien ses orges de ces bribes-là que je ramasse (*PT*, 425).

ORIGINAIREMENT. « Dans l'origine » (Littré, qui ne cite qu'un exemple de Condillac) : Il est vrai qu'Angélique n'est qu'une simple bourgeoise de campagne ; mais originairement elle me vaut bien (*Ép*, 1681).

ORIGINAL. « Écrit dont on tire une copie. Qui n'est copié sur aucun modèle, sur aucun exemplaire du même genre. Singulier. Qui a quelque chose de ridicule » (W). Ces différents emplois sont souvent présents à l'esprit, produisant différentes sortes de jeux de mots plus ou moins sensibles : je me suis approché pour voir son original de lettre (*TA*, 1028) ; ensuite Lisette, femme de chambre de Mlle Angélique, et suivante originale (*AB*, 1948), etc. Dans certains cas, l'usage de l'adjectif et surtout du nom est presque conforme à l'usage moderne : Que vous êtes original avec votre agréable ! (*Ép*, 1687) ; Revenons à vos originaux ; quelle sorte de gens était-ce ? (*S*, 1638) ; il faut que je me venge de tout l'ennui que m'ont donné ces originaux (*ibid.*, 1640).

P

PAIX ET AISE. « Qui a toutes ses commodités et en jouit en repos » (Ac., qui donne l'expression comme familière à partir de la seconde édition, 1718) : Et vous vivrez là paix et aise, vous ferez vos quatre repas comme à l'ordinaire ? (*DI*, 348.)

PALINODIE. « Chez les anciens, poème dans lequel on rétractait ce que l'on avait dit dans un poème précédent. Fig. (...) *chanter la palinodie*, se rétracter » (Littré) : il serait curieux de vous voir chanter la palinodie (*SA*, 257).

PALISSADE. « Rangée d'arbres qu'on plante (...) pour en faire une espèce de mur » (Littré) : je raccommodais près d'elle une palissade (*FS*, 504).

PALOT. « Terme de mépris. Villageois fort grossier ; famil. » (W) : Fût-ce un palot / Un idiot... (*TP*, Divertissement, 843).

PANIER. «*Adieu, paniers, vendanges sont faites*, pour signifier qu'on n'a plus besoin de certaines choses quand la saison est passée » (Fur.) : mais si j'ai tant de peine à me retenir, adieu paniers, je me laisserai aller (*SA*, 272).

PAQUET. Paquet de lettres destiné à un courrier, à la poste : Et moi je vais faire mes paquets (*S*, 1642).

PARADE. « Sorte de farce » (W) : Nous nous régalions nous-mêmes dans ma parade pour jouir de toutes vos tendresses (*AB*, 1968). Cf. *ibid.*, 1963.

PAR AINSI. « En conséquence » (Littré, qui dit l'expression vieillie et n'en cite qu'un exemple de M. Régnier) : et par ainsi, de guarison en guarison, je me porte bian (*IR*, 698). Cf. *TA*, 995.

PARDRE (PERDRE). « Perdre pied, perdre terre, ne trouver plus le fond de l'eau avec les pieds » (W). Au sens d'être pendu, *PP*, 64.

PARGUÉ. Formule de juron substituée à *par Dieu*, pour éviter le blasphème : *TA*, 995 (Dimas).

PARLEZ DONC. À peu près comme *dites donc* en français moderne : Mais parlez donc, Monsieur de la Vallée, vous qui m'aimez tant, vous aimez là une fille bien ancienne (*Com*, 1732). Cf. *DI*, 320 ; *IR*, 692. Comparer aussi *parlez-moi*, *IR*, 703.

PARTI. « Condition qu'on présente à quelqu'un » (W) : Êtes-vous convenue du parti que vous lui faites ? (*FC*, 1522). *Prendre parti* signifie aussi, suivant le cas, « s'enrôler » ou « se marier » : douze mille livres de rente de sauvées, qui prendront parti ailleurs (*FS*, 529) ; deux personnes qu'on oublie ont bien droit de prendre parti ailleurs (*HS*, 1238).

PARTICULIER. « Singulier, extraordinaire » (Ac. 1762) : Qu'en dites-vous ? Savez-vous rien de plus particulier que cela ? (*JA*, 892). Cf. *SI*, 1130 ; *Ép*, 1688. Dit d'une personne : Vous êtes bien particulier ! (*2. SA*, 788) ; Vous êtes un homme si particulier (*S*, 1660.)

PARTIE. « Projet formé entre plusieurs personnes pour quelque affaire » (Littré, qui cite La Fontaine : De l'aller voir firent partie) : ... avez-vous fait partie / De vous moquer de moi ? (*PP*, 82).

PARVILÉGE. Forme paysanne de *privilège* : *HS*, 1187, et cf. *SA*, note 1, p. 250.

PAS. « Fig. Préséance » (Littré) : Le pas est réglé entre vous. C'est à l'Amour à commencer (*RA*, 969).

PASSER. 1° Avec pour complément un nom de personne ou l'équivalent. « Être au-dessus des forces du corps ou des facultés de l'esprit. *Cela me passe*, je ne le conçois pas » (Littré, 5°) : Mais cela vous passe ; ces sentiments-là ne sont pas du ressort d'une âme comme la vôtre (*FS*, 501) ; voilà ce qui me passe (*FS*, 503) ; ça ne te regarde point ; ça viant jusqu'à toi, mais ça te passe (*HV*, 635) ; et c'est cette distinction-là qui vous passe (*SI*, 1089). Cf. aussi *IE*, 615 ; *HS*, 1237 ; *PM*, 1347. 2° Passer quelque chose à quelqu'un, « pardonner » (Littré, 3°) : je vous passerais de la jalousie (*FS*, 501) ; cf. *S*, 1656, 1660. 3° « Être supportable, être acceptable » (Littré, 16°) : je ne me trouve pas si mal fait, moi, on peut passer avec mon air (*TP*, 824).

PÂTIR. « Souffrir. Porter quelque peine. Recevoir quelque dommage » (W) : tu t'ennuies ici, tu pâtis (*SA*, 262) ; cf., dans l'emploi absolu, *DI*, 334 ; *HS*, 1191. Dans l'expression *pâtir de* : il ne faut pas que mon amour pâtisse de notre amitié, ni notre amitié de mon amour (*DI*, 345) ; j'ai trop pâti d'avoir manqué de votre présence... (*JA*, 928) ; cf. aussi *IE*, 613. Noter que tous les exemples se trouvent dans les rôles d'Arlequin, sauf celui de *L'Heureux Stratagème*, dans l'expression *qu'il pâtisse*, sans doute consacrée au sens de « tant pis pour lui ».

PATRICOTER. Intriguer. Littré ne donne que patricotage, « Terme populaire, intrigues, petites menées ». Cf. : cette dame, que vient-elle patricoter ici ? (*TA*, 1010, Dimas.)

PAYE. « Celui qui paye » (Littré) : Voici ma mauvaise paye ; la physionomie de cet homme-là m'est devenue fâcheuse (*FS*, 521).

PÉDANT. « Celui qui enseigne dans un collège ; mais ce terme ne se prend plus qu'en mauvaise part » (W). Cf. *2. SA*, liste des acteurs, 756.

PÈLERINE. « Homme fin, adroit, dissimulé. *Vous ne connaissez pas le pèlerin, la pèlerine* » (W) : Car drés que je vois dans sa mine / Queuque indifférence envars moi, (...) / Je laisse aller la pèlerine (*SA*, Divertissement, 293).

PELOTER. « Jouer à la paume sans faire une partie réglée. Fig. Peloter en attendant partie, faire quelque chose de peu important en attendant mieux. » (Littré, 4°) : Quand vous êtes vénu, jé né faisais que peloter (*IR*, 717). Cf. *PP*, 94.

PENCHANT. Le bord d'un précipice, d'où des expressions figurées comme *se retenir sur le penchant*, c'est-à-dire « sur le point prêt à amener la ruine » (Littré). Au sens propre : je roulai tout un étage, et je commençais d'en entamer un autre quand on me retint sur le penchant (*L*, 1477).

PÉRICLITER. « Être en péril, en parlant des personnes » (Littré, qui cite Scarron et Molière) : Jé demeure muet : jé sens qué jé périclite (*HS*, 1223).

PETITES MAISONS. Nom donné à un hôpital de Paris où l'on renfermait les aliénés, d'où des emplois figurés : Me loges-tu toujours aux Petites Maisons ? (*JI*, 1609.)

PEUPLER. L'emploi absolu, signalé par le Dictionnaire de l'Académie, est fréquent dans le style comique : Je me promets de faire une grande famille ; / J'aime fort à peupler (*PP*, 72).

PHILOSOPHE. « Celui qui s'applique à la recherche des principes et des causes » (Littré) : Mon père, naturellement assez philosophe (...), résolut de savoir à quoi s'en tenir, par une épreuve qui ne laissât rien à désirer (*D*, 1775).

PIED. « Tirer le pied, la jambe, les porter en arrière de soi pour faire une révérence » (Littré, qui cite Marmontel) : Allons, enfants, tirez le pied, faites voute révérence (*HV*, 640). Cf. *AP*, 138.

PIED. « Sur ce pied-là, les choses étant ainsi, avec ces conditions » (Littré) : voilà tout l'esprit que j'ai. — Sur ce pied-là, vous seriez tout aussi avancé de n'en point avoir du tout (*DI*, 314). Cf. *DI*, 331 ; *PT*, 457 ; *IR*, 691 ; *2. SA*, 773, 790 ; *TP*, 830 ; *RA*, 962 , *TA*, 997 ; 1012 ; 1015 ; 1026 ; 1029 ; 1041 ; *SI*, 1098, 1114 ; *EM*, 1152, 1155, 1161, 1168 ; *HS*, 1209, 1221 ; *M*, 1260, 1278 ; *PM*, 1318 ; *L*, 1461 ; *S*, 1643 ; *F*, 1922. Employé aussi, non comme adverbe de phrase, mais comme un simple circonstanciel : Vous m'avez cru sage ; vous m'avez aimé sur ce pied-là (*TA*, 1026) ; nous sommes sur ce pied-là dans le mariage (*EM*, 1152). Cf. encore *RA*, 962.

PINDARISÉ. « *Pindariser*, parler (...) d'une manière recherchée, ampoulée » (Littré). Au participe : vous voilà toujours avec votre esprit pindarisé (*TP*, 820).

PINTE. Mesure de liquide valant, à Paris, un peu moins que le litre : le vin de la République est merveilleux. J'en ai bu bravement ma pinte (...) tantôt j'aurai encore soif pour pinte (*IE*, 603).

PIQUÉ. « Notes piquées, suite de notes sur chacune desquelles on met un accent aigu pour indiquer qu'elles doivent être rendues d'une façon égale par des coups de gosier, de langue ou d'archet secs et détachés » (Littré). Cf. *AV*, Divertissement, 107-108.

PIQUÉE. Crise de larmes. Manque dans Littré : j'ons vu ses deux yeux qui vont quasiment comme des arrosoirs, c'est une piquée. Faut l'apaiser (*FF*, 1902).

PIQUER. 1° Piquer d'honneur : le défi me piquerait, et je ne voudrais pas en avoir le démenti (*SA*, 257) ; cf. *SI*, 1078, 1119 ; *MC*, 1380. 2° « Offenser, choquer » (W) : votre billet l'a piqué, il l'a reçu en colère, il l'a lu de même (*SA*, 283) ; cf. *S*, 1657 ; de même *se piquer*, « se fâcher » (W) : toutes vos attentions ont été pour Dorante (...) là-dessus, je me suis piqué (*PM*, 1348). 3° Richelet signale l'emploi de piquer au sens galant : « Se dit quelquefois des choses belles et jolies, et veut dire agréer, enflammer : Sa résistance me pique, et je suis plus amoureux d'elle que jamais. Voiture, lettre 135 » : Sérieusement, je crois qu'il me pique (*SA*, 266) ; je serais piqué, j'aimerais (*ibid.*, 269) ; cf. *Dé*, 563, et *IE*, 610.

PISTOLE. « Monnaie d'or (...) en France la pistole vaut dix livres » (W) : *SA*, 277, etc.

PLACE. « *Être en place*, être à même de : *Vous qui êtes en place de sentir ces désagréments*. Sévigné, 18 janvier 1690 » (Littré, 5°) : nous voici en place d'avoir justice (*Col*, 1851).

POLI. Délicat, raffiné, dont le goût et les manières ont été formés (sens classique) : Je ne savais pas la civilité du monde (...) à cette heure, par votre moyen, je suis poli, j'ai des manières (*Com*, 1726) ; Arthénice, polie comme elle est (*Col*, 1876). Cf. 806, 807, compte rendu du *Mercure*.

POLICE. « Ordre établi dans une ville pour le bien des habitants » (W). Plaisamment : Soubrette d'aventurière, vous ne l'aurez point, votre action est contre la police (*JI*, 1614).

POLIMENT. Cf. *poli*, c'est-à-dire avec raffinement : traitons l'amour à la grande manière, puisque nous sommes devenus maîtres ; allons-y poliment, et comme le grand monde (*IE*, 606).

POLITESSE. « Usage du monde » : J'y vais rondement, comme vous voyez ; mais franchise vaut mieux que politesse, n'est-ce pas ? (*TP*, 826.)

PORTE-MANTEAU. « Sorte de valise ordinairement d'étoffe » (W) : mon porte-manteau et toi, avez-vous été bien reçus ici ? (*JA*, 899.)

POSITIF. « Certain » (W) : Notre duel était positif (*FS*, 527).

POSTE. « *Courir la poste*, courir sur des chevaux de poste, ou en chaise avec des chevaux de poste » (Littré, 2°). Au sens propre : ce n'était pas la peine de courir la poste pour aller étudier toute cette racaille (*PT*, 406 ; cf. 404).

POUR. « Quant à. Il se dit en ce sens devant de, pris partitivement » (Littré, 7°) : pour de secret, je n'en sais point d'autre que celui de vous aimer moi-même (*AP*, 133) ; Oh ! pour du mal, il n'y en a pas (*SA*, 263) ; pour de réponse, monsieur Ergaste (...) ne lui a pas donné le temps de m'en faire (*SI*, 1123). Noter aussi *pour dans* : Quelque chose dans votre tête, à la bonne heure, mon frère ; mais pour dans la mienne, il n'y a que l'étonnement (*JA*, 915).

PRATICIEN. « Il s'est dit de tous ceux qui s'occupaient d'affaires juridiques, procureurs, avocats, greffiers » (Littré, 1°) : De queu vacation êtes-vous avec cet habit noir ? Est-ce praticien ou médecin ? (*Dé*, 573). Cf. *FC*, 1566.

PRÉCIEUSE. Bel esprit : ma maîtresse, qui est un peu précieuse, et qui l'écoute à cause de son esprit (*TP*, 823).

PRENDRE SUR. « Retrancher » (Littré, 31°). Il vaudrait mieux expliquer par « entamer, avoir prise » : Cela ne prend rien sur mon cœur (*F*, 1930).

PRESSER. « Approfondir, examiner de trop près » (W) : vous voyez ce que deviennent ces sortes de compliments quand on les presse (*SI*, 1093).

PRETINTAILLES. « Ornement en découpures sur les robes des dames » (W) : Représentez-vous, dit-il, une femme coquette : *primo*, son habit est en pretintailles (*2. SA*, 780).

PRÉVENIR. « Gagner l'esprit de quelqu'un » (W) : ayez la bonté d'aller un moment sur la terrasse, afin que je la prévienne (*FC*, 1522) ; aussi m'avez-vous prévenue d'une estime pour vous... (*S*, 1638). De même, « *se prévenir*, concevoir par avance des sentiments favorables ou défavorables » (Littré, 10°) : voilà comme on a souvent tort de se prévenir en faveur de quelqu'un (*DI*, 326) ; Mais n'admirez-vous pas comme on se prévient ? J'avais déjà trouvé un air de famille entre vous deux (*Com*, 1736) [dans ce dernier cas, se faire une idée préconçue, fausse en l'occurrence].

PREVILÉGE. Voyez *purvilége*. La forme apparaît dans *SA*, 250

PRISE. 1° « Querelle de paroles » (W) : pour quoi donc avoir prise, sur ce misérable tableau, avec un sot... (*FC*, 1550). 2° « *Une telle chose est en prise*, elle est exposée » (W) : du côté de l'ambition, Silvia n'est point en prise (*DI*, 316). Cf. se mettre en prise, *SA*, 277. Expressions propres au jeu d'échecs.

PRIX POUR PRIX. « Toutes choses égales d'ailleurs », ou, comme dit Littré, « toute compensation faite » : Prix pour prix, les gens qui nous aiment sont de meilleure compagnie que ceux qui ne se soucient pas de nous (*DI*, 351).

PRODUIRE (SE). « Se faire voir » (Littré), se produire dans le monde : un homme comme vous (...) n'aura pas besoin d'être aidé pour se produire (*M*, 1257).

PROU. « Assez, beaucoup (...) Il est vieux, hors du style badin et comique » (W) : Madame est prou gentille (*HV*, 642, Blaise).

PROVISION. Littré cite l'expression *aller à la provision*, amasser des choses nécessaires, mais sans en donner d'exemple : Je m'en retorne donc à la provision (*MC*, 1409).

PRUNIAUX. « Prunelles ». Création plaisante, comme semble l'indiquer un passage de *L'Iliade travestie* : « Ils s'aimaient, dit-on, nos ayeux, / Comme le pruneau de leurs yeux. / Dit-on prunelle, mon compère ? / Oui, dit l'autre, pour l'ordinaire. » Cf. ici : alle a deux pruniaux bian malins (*HV*, 643).

Q

QUARTIER. « Vie sauve ou traitement favorable fait aux vaincus » (Littré). D'où les expressions *Bon quartier !* (« grâce », *SI*, 1085) ; *demander quartier* (*PV*, 1815) ; *point de quartier* (*SI*, 1117 ; *Col*, 1864 ; *Pr*, 2008) ; *sans quartier* (*PT*, 398) ; *plus dé quartier* (*IR*, 716). Cf. *JA*, 992.

QUARTIER (À). « *À quartier*, à part, à l'écart » (W) : Madame, j'ai un petit mot à vous dire à quartier (*Com*, 1745). Cf. *PT*, 425 ; *IE*, 609 ; *JA*, 899 ; *HS*, 1225 ; *JI*, 1614.

QUEUSSI, QUEUMI. Expression des paysans de la région parisienne signifiant « même chose », et spécialement « même chose pour moi » : Eh bien, Monsieur, queussi, queumi, voilà mon histoire (*SA*, 248, Arlequin) ; Flaminia nous aime comme si nous étions frères et sœurs (...) Aussi, de notre part, c'est queussi, que mi (*DI*, 350, Arlequin) ; Eh, il n'y a rian de nouveau à ça ; ce sera queussi, queumi (*HV*, 629, Claudine) ; Il dit que ma mine vous a filouté, j'en suis bien aise ; c'est queussi, queumi. Vous demandez la jouissance de mon cœur, et vous l'aurez (*Pr*, 2008).

QUIPROQUO. « Quiproquo d'apothicaire, médicament donné pour un autre » (Littré). Au figuré : il ne sait pas que c'est à cause de vous (...) il fait des quiproquos d'apothicaire (*SA*, 287).

QUITTER. « Tenir quitte » (W) : S'il veut, je l'en quitte (*DI*, 374). Cf. *SA*, 281 ; *S*, 1656.

QUI-VIVE. « *Il est toujours sur le qui-vive*. Inquiet et craintif » (W) : Allons, ma chère amie, un peu de gaieté ! Vous êtes toujours sur le qui-vive (*Com*, 1733). Même expression dans *La Vie de Marianne*.

R

RABATTRE. « Se détourner tout d'un coup de son chemin pour en prendre un autre. Fig. *En ce cas je pourrais rabattre sur la veuve*. Regnard, *Joueur*, I. 6 » (Littré) : Je comptais (...) que ce monstre serait obligé de rabattre sur les animaux (*AV*, 103). « Faire quelque réduction sur le prix d'une chose qu'on veut vendre » (Littré), et au figuré, ironiquement, s'engager à moins qu'on ne s'était engagé. *Ergaste :* (...) l'essentiel est que je vous aime autant que je l'aimais. *La Marquise :* Vous me faites bien de la grâce ; quand vous en rabattriez, je ne m'en plaindrais pas (*S*, 1650).

RAFLE. « Proverb. et figur., *faire rafle*, enlever tout sans rien laisser. Famil. » (W) : Tant y a qu'il est ravissant, et qu'il fera aussi rafle de votre cœur (*FS*, 520).

RAFRAÎCHIR (SE). « Boire un coup. Faire collation » (W) : Je m'étais arrêté dans un village pour m'y rafraîchir (*TP*, 826) ; cf. *TP*, 828, et *JA*, 901.

RAGOÛT. « Assaisonnement qui pique (...) l'appétit. Plaisir, divertissement agréable » (W) : il se fait un petit ragoût de la voir sous le nom seulement d'un ami (*Dé*, 571). Cf. aussi 936 ; *M*, 1252.

RAGOÛTANT. « Qui donne de l'appétit, qui réveille quelque passion agréable » (W) : vous êtes un gros garçon assez ragoûtant (*AV*, 102). Cf. *JA*, 901. *L*, 1474.

RAGOÛTER. « Renouveler l'appétit » (W). Au figuré : on a voulu que la vertu n'y servît qu'à ragoûter les passions (*IR*, 702).

RAGOÛTER (SE). Dans le même sens que le précédent, on emploie aussi la forme pronominale : pourquoi vouloir se ragoûter de l'honneur d'un compère, quand on ne voudrait pas qu'il eût appétit du nôtre ? (*IR*, 693.)

RAISONNER. 1° « Parler, discourir de bon sens » (W) : Je vous dis qu'il faut que nous raisonnions là-dessus (*Com*, 1761). 2° Transitivement, ce qui n'est pas signalé par les dictionnaires, au sens d'« alléguer de mauvaises excuses au lieu d'obéir » : Que fait ton maître ? — La guerre, quand les ennemis du Roi nous raisonnent (*M*, 1253).

RAPATRIAGE. « Réconciliation. Famil. » (W) : Si ce garçon-là me recherchait, je ne sis pas rancuneuse, il y aurait du rapatriage (*SA*, 273).

RAPPORTER (SE). « Avoir du rapport et de la ressemblance » (W) : Vous voyez bien que rien ne se rapporte (*Com*, 1747).

RAT. « Il a des *rats* dans la tête, des caprices, des fantaisies, des bizarreries » (W) : je li gardons des rats (...) C'est que la fille de cians a eu l'avisement de devenir ratière : alle a mis par exprès son esprit sens dessus dessous (*Dé*, 574) ; Mais voyez ce rat qui lui prend ! (*MC*, 1395.)

RATER. Dérivé du précédent : « prendre un rat se dit d'une arme à feu quand le coup ne part pas » (Littré). Se dit, par extension, de celui dont l'arme rate, et, transitivement, au sens de « manquer son coup sur un gibier » : Je venons d'en rater un tout à l'heure (*IR*, 701).

RATIÈRE. Comme *ratier* : « terme peu poli qui se dit d'un homme plein de bizarrerie » (Ac., 1718) : Entre nous je la crois plus ratière que malicieuse (*SA*, 272) ; cf. *Dé*, 574, cité à *rat*.

RAVALER. « Rabaisser » (W) : une politesse aisée (...), qui ravalera ses charmes, qui marquera le peu de souci que vous en avez (*Pr*, 2006).

RAVALER (SE). « Se rabaisser » (W) : ... vous vous ravalez. Vous ne savez donc pas tout ce que vous valez (*PP*, 67).

RAVAUDER. « Raccommoder de vieux vêtements », et, dans la langue populaire, « rompre la tête par des paroles inutiles » (Richelet). Pris ici dans le sens de « tourner les choses » : il a si bian ravaudé ça que je n'y connais pus rian (*IR*, 723). Voyez le Glossaire du *Télémaque travesti* (éd. Droz, 1956).

RAVISSANT. « Qui charme, qui plaît extrêmement » (W) : Tu es ravissant (*JI*, 1610).

REBÉQUER (SE). « Répondre et tenir tête à un supérieur » (Littré) : je li ai enjoint qu'alle serait votre femme, et alle ne s'est pas rebéquée (*PV*, 1839).

REBUTER. « Rejeter comme une chose qu'on ne veut point, qui ne plaît pas » (W) : mon amour vous fatigue, et vous me rebutez (*PT*, 431) ; cf. *IR*, 673 ; 2. *SA*, 789, 792 ; *Ép*, 1701.

RÉCHAPPER. « Tirer d'un péril » (Littré, qui cite un exemple d'emploi intransitif : Maître fou, lui dit Candide, je t'ai réchappé des galères. Voltaire, *Candide*, 29) : de vingt galants qui se meurent à nos genoux, il n'y en a quelquefois pas un qu'on ne réchappe (*Col*, 1865).

RECHERCHER. « Faire rendre compte à quelqu'un de sa gestion » (W) : Mais on le rechercha de par Monsieur le Roi (*PP*, 64).

RÉCIPROQUE. « S. m. Terme familier. *Le réciproque*, la pareille » (Littré) : D'où mé vient ma disposition amicale, et qué ton cœur mé réfuse lé réciproque ? (*HS*, 1224). Cf. *L*, 1457, chez un autre « Gascon ».

RECOMMANDER. Sans doute au sens de « prier de donner ses soins à » (d'après Littré) : je vais la lui recommander moi-même (*AB*, 1964).

REDIRE. « Trouver à redire, regretter, être sensible à la perte, à la privation, à l'absence de » (Littré) : la cour, qui nous trouve à redire (*M*, 1252).

REDRESSER. « Remettre dans le bon chemin celui qui s'égare » (W), corriger : il faudra que votre misanthrope les redresse, car ils étaient aussi sots que moi (*S*, 1656).

REDRESSER (SE). Au sens propre s'attache la nuance suivante : « Témoigner par son attitude quelque satisfaction d'amour-propre » (Littré) : Ma foi, je l'excuse ; il n'y a point de femme, en pareil cas, qui ne se redressât aussi bien qu'elle (*S*, 1658).

REFAIT. Littré signale, sans citer d'exemple, le sens, pour *être refait*, d'« éprouver la même contrariété qu'on a fait éprouver à un autre » : Mais me velà bian refaite, ce li dis-je (*TA*, 1022).

RÉFORMER. « Licencier et casser des troupes » (W) : Le régiment, le banqueroutier le réforme (*HV*, 656).

RÉGIME. « Action de régir, de gouverner, de diriger » (Littré) : je vais te bailler le régime de tout ça (*HV*, 634) [« la façon de se comporter »].

REJOINDRE. « Réunir » : sans le hasard qui nous rejoint ici (*SA*, 276).

RELATION. « Récit de voyage » : Voilà un vieillard bien importun avec ses relations (*FF*, 1896).

REMBRUNI. « Figur. *un air rembruni*, sombre et triste » (W) : D'où te vient cet air grave et rembruni ? (*JI*, 1593.)

REMETTRE. 1° La construction de *remettre à* avec un infinitif est rare. Littré n'en cite qu'un exemple de Mme de Sévigné : « J'étais si accablée d'affaires que je remis à vous faire réponse. » On la trouve ici : Mais on vient ; remettons à concerter ce que j'imagine (*HS*, 1197). Il s'agit d'un emploi absolu (« remettons à plus tard pour »). 2° On trouve aussi la construction plus banale *remettre quelqu'un*, le renvoyer à plus tard : C'est peut-être son banquier qui l'a remis (*JI*, 1612) ; cf. *JI*, 1596. 3° *Se remettre* signifie « se ressouvenir » (W) : Je me remets ; je vous disais... (*FC*, 1535.)

RENCONTRE. « *Marchandise de rencontre*. Qu'on trouve à acheter par hasard » (W). D'où la plaisanterie, car on ne trouve pas de l'argent *(finance)* à acheter : ne savons-je pas qu'ou avez de la finance de rencontre (*TA*, 1008). *De rencontre* signifie aussi « non étudié, improvisé » : faites voute révérence avec un petit compliment de rencontre (*HV*, 640).

RENONCER. « Renier » (W) : ma foi, Madame, je vous renonce si cela ne vous pique pas (*SI*, 1119) ; cf. *Ép*, 1701.

REPARTIR. « Répliquer » (W) : Permettez que je reparte (*L*, 1457).

REPRÉSENTATION. « Objection » (Littré) : Vote représentation m'abat, n'y aura pus de partance (*PV*, 1838).

REQUINQUER. Dans la langue paysanne, le mot signifie simplement « se parer », sans nuance ironique : en attendant que noute Demoiselle se requinque, agriez ma convarsation (*Dé*, 573).

RESSENTIMENT. « Ressouvenir de quelque bienfait ou de quelque tort. Il ne se dit plus guère des bienfaits » (W). Noter la construction avec un complément « objectif » : Quand nos pères (...) vinrent s'établir ici, dans le ressentiment des outrages qu'ils avaient reçus de leurs patrons... (*IE*, 595.)

RESSENTIR (SE). « Avoir un désir de vengeance contre quelqu'un à cause qu'on en a reçu un mauvais office » (W) ; chercher à se venger : ils ont quelquefois des caprices fâcheux, mais on n'oserait s'en ressentir (*DI*, 349).

RESTE. « De reste. Plus qu'il n'en faut » (W) : Oh ! à voir voute taille, ou avez eu des moyans de reste (*IR*, 685). Cf. *SI*, 1114 ; *M*, 1261 ; *Ép.*, 1710 ; *Com*, 1731.

RETRAITE. « Action de se (...) retirer du lieu où l'on est » (W) : elle sera témoin de votre retraite (*AP*, 150).

REVENANT. « Qui plaît » (W) : quelquefois pourtant nombre de gens ont estimé que j'étais un garçon assez revenant (*L*, 1455).

REVENANT-BON. « Les deniers qui restent entre les mains d'un comptable. Profit, émolument » (W) : je décampais avec mon petit gain, et le portrait qui m'aurait encore valu quelque petit revenant-bon auprès de ma maîtresse (*FS*, 530).

REVENDRE. « Fig. et famil., *en revendre*, attraper » (Littré, qui ne cite qu'un exemple de Mme de Genlis) : ils font semblant de faire semblant, rien que pour nous en revendre (*AB*, 1965).

REVENIR. EN REVENIR. 1° « Changer de goût, d'inclination » (W) : il n'a tenu qu'à lui d'épouser des femmes qui (...) ; il y en a une qui n'en saurait revenir, et qui le poursuit encore tous les jours (*FC*, 1533). 2° Spécialement, revenir d'une prévention, abandonner une rancune : quand on m'a une fois affronté, je n'en reviens point (*FC*, 1574).

REVIRER. Non pas au sens technique (« virer de bord »), mais en un sens figuré non enregistré par Littré, « retourner », sans doute au sens de « faire tourner sur soi-même quelqu'un qui vient à vous pour le forcer à rebrousser chemin » : que les bégueules ne s'y frottent pas avec Madame : elle vous les revirerait... (*Pr*, 2006). *Se revirer*, donné par Littré au sens concret de « faire un tour sur soi-même », en parlant d'une boule, est pris au sens de « reporter ses vues sur » : il n'y a qu'à dire, an se revirera itou sur elle, je l'aimerai par mortification (*Ép*, 1685).

RIDICULE. « Sot, impertinent » (W) ; substantivé : Voulez-vous que je m'avoue un ridicule ? (*IE*, 605) ; cf. *JA*, 923.

RIDICULITÉ. « Impertinence » (W) : qu'est-ce que c'est que la ridiculité d'un homme qui... (*PM*, 1342.) « Action ridicule » (W) : je suis toute prête de laisser là Rosimond avec ses ridiculités (*PM*, 1312).

RIGUEUR. « *À la rigueur*, dans la dernière rigueur (...) sans modification ni adoucissement » (Littré) : De n'oublier jamais que ses intentions / Doivent à la rigueur régler leurs actions (*An*, 188).

ROQUILLE. « La plus petite des mesures servant pour le vin » (Ac. 1718) : quel dommage de n'en avoir que roquille (*JA*, 905).

RUDANIER. « Terme populaire, peu usité au masculin. Qui est rude à ceux à qui il parle » (Littré) : toujours malhonnête envars li, toujours rudânière (*HS*, 1189). Cf. un autre exemple même page, ainsi que *IR*, 693 et *PV*, 1830.

S

SAMBILLE (PAR LA). Juron des Arlequins, aux moments de forte excitation : *SA*, 281 ; *DI*, 345, 359 ; *PT*, 425. Aussi chez Lubin, *MC*, 1415.

SAMBLEU (PAR LA). Dans le rôle de l'Arlequin du *Prince travesti*, les jurons *par la sambleu, morbleu, ventrebleu*, propres aux gens de guerre, évoquent son passage à l'armée (440).

SANDIS. « Espèce de jurement gascon » (Littré) : *HV*, 628, 629, 632, 682 ; *IR*, 695, 716, 721 ; *HS*, 1200, 1201, 1213, 1224, 1234, etc. ; *L*, 1455, etc.

SANGUÉ (PAR LA). Juron paysan : *FS*, 496 ; *HS*, 1187 (rôle de Blaise).

SANGUENNE (PAR LA), PAR LA SANGUIENNE. Juron paysan (*HV*, 647, Blaise). Dans la bouche d'Arlequin, il rappelle les origines villageoises du personnage (*PT*, 417).

Satisfaction. « Sorte d'excuse que l'on fait à une personne quand on l'a offensée » (W) : ma reconnaissance et mes satisfactions vous attendent (*PT*, 447).

Sauter le bâton. « Faire ce qu'on hésitait à faire, ce qu'on ne voulait pas faire » : je crois qu'il faudra que je saute le bâton (*SA*, 269).

Sauver. 1° « Épargner » (W) : n'y aurait-il pas moyen de me sauver les deux cent mille francs ? (*L*, 1466). 2° « Empêcher de périr » (W), garder précieusement : ces Messieurs-là se sauvent ; le pays est bon pour les maraudeurs (*SI*, 1086). 3° « S'échapper » (W) : Je me sauve de ses plaintes qui m'attendent (*HS*, 1192). 4° « Se tirer d'embarras » (Littré, 18°) : quand l'amour-propre se sauve, voilà comme il parle (*HS*, 1210).

Secousse. Pris par confusion pour *escousse*, élan. « Élan qu'on prend pour mieux sauter » (Littré). D'où les expressions *prendre sa secousse*, soit au sens propre (*AP*, 149), soit au sens figuré (*HV*, 629, au sens de « mourir »). Voyez encore deux emplois intéressants du mot : Achevez, mon cher semblable, achevez ; encore une secousse (*IR*, 693) ; et surtout : Le cœur d'une femme se donne sa secousse à lui-même ; il part sur un mot (*SA*, 248).

Sensible. Le plus fréquemment, au sens spécial de « qui reçoit l'impression de l'amour » (Littré) : l'envie qu'on aura de vous rendre sensible (*JA*, 935). Cf. *SI*, 1096 ; *S*, 1650 ; *F*, 1932. Ailleurs, équivalent poli de susceptible : le vôtre [votre esprit] me paraît bien vif, bien sensible, bien délicat (*S*, 1651).

Sentiments. Deux emplois principaux, au pluriel : 1° Avis, opinion qu'on a sur quelque chose, jugement qu'on porte : Et qu'actuellement il s'enfuyait pour un petit livre dé science, dé petits mots hardis, dé petits sentiments (*IR*, 685). 2° « Avoir des sentiments, c'est avoir de l'honneur, de la générosité » (W), c'est-à-dire de la sensibilité : l'amitié n'a-t-elle pas ses sentiments, ses délicatesses ? (*2. SA*, 793) ; Sait-il aimer ? a-t-il des sentiments, de la figure ? (*Dé*, 575) ; Une âme tendre est douce, elle a des sentiments, elle en demande ; elle a besoin d'être aimée, parce qu'elle aime (*SI*, 1072) ; Un très aimable homme qui m'aime, qui a de la délicatesse et des sentiments (*FC*, 1546).

Sentir. « S'apercevoir, connaître » (Littré, qui cite par ex. Boileau, *L'endroit que l'on sent faible et qu'on se veut cacher*). Ici : j'en conviendrais franchement, si je le sentais (*SI*, Avertissement, 1065) ; cf. *SI*, 1126. Ce sens fondamental s'accompagne de nuances : 1° Connaissance intuitive, fait de deviner ce qu'on ne dit pas : vous sentez le motif de mes feintes (*TA*, 1044) ; Cousine, sentez-vous mon projet (*HV*, 641). 2° Connaissance morale : il a fait une faute ; (...) je la lui pardonne, pourvu qu'il la sente (*JI*, 1597). 3° Connaissance sentimentale, affective, spécialement dans le « style du cœur » (cf. *FS*, 499) : je sens tout ce qu'il vaut

(*TA*, 1031) ; Que cela est vif et touchant ! — Vous ne le sentez que trop (*F*, 1924) ; cf. *RA*, 959. Pour *sentir son cœur*, voir ci-après.

SENTIR (SE). 1° « Se connaître, savoir ce qu'on est » (W) : Laissez-moi me gouverner, chacun se sent (*PT*, 432). 2° « Ressentir les premières impressions de la puberté », suivant Littré, qui cite Saint-Simon. La définition est un peu appuyée, quoique juste au fond, pour l'exemple suivant : Souvent il me regarde ; et tous les jours je touche au moment où il peut me sentir et se sentir lui-même (*AP*, 129). Cf. encore : je n'ai jusqu'ici senti mon cœur que par l'amitié que j'ai eu pour vous (*TA*, 1014).

SERGENT. « Officier de justice chargé des poursuites judiciaires » (Littré) : cf. *FS*, 533.

SERVANTE. Dans une formule pour prendre congé : Vous avez raison, Monsieur, je suis votre servante (*PM*, 1328).

SERVITEUR. Généralement, simple formule de politesse, par exemple *JA*, 904, voyez la note 3. Parfois, c'est aussi une formule de non-recevoir, une façon de rejeter une hypothèse : avec une femme ; on a des enfants auquel cas, serviteur au collatéral (*FC*, 1520).

SIMPLICITÉ. « Candeur, sincérité, naïveté, ingénuité » (Fur.) : je pardonne à ta simplicité le compliment que tu me fais (*PT*, 426). Parfois le sens va presque jusqu'à celui de « sottise » : par simplicité nous nous entêtons du vil honneur de leur plaire (*Col*, 1864). Noter l'emploi au pluriel : l'Amour est un grand maître ! il a déjà rendu ses simplicités agréables (*HV*, 654).

SOUDARD. Le mot signifie simplement « soldat » dans la langue des paysans de la région parisienne ; voyez *Les Agréables Conférences de deux paysans* (1649), édition Les Belles-Lettres, Glossaire. Cf. ici : il y a tout plein d'hallebardiers au bas de noute jardrin ; et pis des soudards (*TA*, 1044).

SOUFFLEUR. Le mot signifie « sorcier » (par allusion aux alchimistes), d'où un jeu de mots qui revient deux fois : Oui, c'est ma maîtresse. — Dis donc que ce l'était, car je te l'ai soufflée hier. — Ah ! maudit souffleur ! (*M*, 1270). Mais, à propos de cœur (...) je vous l'ai soufflé (...) — Oui, je pense qu'il est mon souffleur (*Pr*, 2003). Noter ce nouvel indice en faveur de l'authenticité de *La Provinciale*.

SOUFFRIR. « Supporter » (W), sens classique : ce maudit Amour fut insensiblement souffert (*AV*, 103).

SOUGUENILLE. Forme vieillie pour *souquenille*, « long surtout de grosse toile dont se servent les cochers et les palefreniers quand ils pansent leurs chevaux » (Littré) : voulez-vous gager que je vous épouse avec la casaque sur le corps, avec une souguenille si vous me fâchez ? (*JA*, 932.)

SOUPÇONNER. La meilleure interprétation de ce mot, dont l'emploi chez Marivaux est délicat, serait sans doute « tenir pour probable » : Eh ! peut-être qu'elle ne vous aime pas. — Oh ! peut-être ? il fallait le soupçonner, c'était le plus sûr (*PM*, 1310) ; et soupçonnez-vous qu'il l'aime ? (*L*, 1453.)

SOUPLESSE. « Tours de souplesse, tours de saltimbanques (...) Fig., moyens subtils, artificieux pour arriver à ses fins » (Littré) : J'ai des tours de souplesse (*PP*, 60).

SOUTENIR. Les nuances sont délicates. 1° « Supporter » (W) : Gardez-vous-en bien ; je ne soutiendrai pas ce discours-là (*F*, 1932) ; cf. *IE*, 599 ; *Pr*, 1983. 2° « Porter d'une manière honorable, se montrer digne de » (d'après Littré) : tombez amoureuse d'Arlequin, et moi de votre suivante. Nous sommes assez forts pour soutenir cela (*IE*, 608) ; cf. *Pr*, 2004. 3° « Endurer avec une suffisante fermeté » (Littré) : Qu'est-ce que c'est qu'un homme toujours tendre (...) le moyen de soutenir cela ? (*Dé*, 563, 564). 4° « Résister à, supporter » (W) : Je ne saurais soutenir cette aventure (*TA*, 1029).

SOUTENIR (SE). 1° Soutenir son personnage, son attitude : je me soutiendrai mieux dans la suite (*HS*, 1202). 2° « Avoir toujours du crédit, de l'autorité » (W) : J'ai assez de bien de mon chef (...) et pour peu que vous en ayez, on se soutient en prenant quelque charge (*Com*, 1730 ; Mme d'Alain veut dire que le fait d'avoir une charge aide à soutenir la situation matérielle et morale de la famille). 3° « *Une dame se soutient bien*, conserve sa fraîcheur » (W) : Voyez comme elle s'est soutenue (*Com*, 1733).

SPIRITUEL. « Ingénieux » : ce n'est pas un projet, c'est une confusion d'idées fort spirituelles qui n'ont peut-être pas le sens commun, mais qui me flattent (*S*, 1642).

STANPENDANT, STAPENDANT. Cependant, pourtant : Je vois tout ça fixiblement clair : stanpendant, je me tians l'esprit farme (*Dé*, 555). Cf. *Dé*, 574 ; *HV*, 633, 636 ; *IR*, 685, 718, 726 ; *Ép*, 1686, 1689 ; *PV*, 1816.

STANPENDANT, STAPENDANT QUE, formé d'après *ce temps pendant*. Pendant que, au sens classique, temporel : vous irez les charcher (...) stapendant que je convarserons moi et noute femme (*HV*, 632) ; cf. *HS*, 1233. *MC*, 1414.

STAUTRE. Cet autre (*TA*, 1036).

SUFFISANCE. Comporte une idée de sévérité plutôt que de vanité : Voyez la suffisance de mon comportement (*IR*, 726).

SUFFISANT. Comme le précédent, « sévère, arrogant » : elle m'a regardé d'un air suffisant ; moi, la peur m'a pris (*PT*, 449).

SUIVRE. Exercer les fonctions de suivante : le plaisir de voir Lisette qui la suit a extrêmement adouci les afflictions (*JI*, 1588).

SUPERBE (*suparbe* dans les rôles paysans). « Orgueilleux, insolent »

(W) : cette bonté superbe avec laquelle on salue les inférieurs (*IR*, 707). Cf. *IE*, 596, 615 ; *PV*, 1833.

Sûreté. « Sorte de caution, de garantie pour une affaire » (W) : je vous en donne ma parole ; il n'y a point de sûreté de cette force-là nulle part (*FS*, 522).

Surnom. Il s'agit en fait du nom de famille — simple surnom s'ajoutant au nom de baptême à l'origine : Votre nom, s'il vous plaît ? — Et mon surnom aussi. Je suis Antoine Ariste (*PP*, 72).

Sympathie. « Penchant instinctif qui attire deux personnes l'une vers l'autre » (Littré). À l'époque, la notion de sympathie est très expressive, car elle fait allusion à des notions physiologiques ou magiques : c'est un coup de sympathie visible (*SI*, 1101) ; C'est ici une affaire de sympathie (*Pr*, 1993-1994).

Sympathique. « Qui tient de la sympathie » (W), au sens défini plus haut : vous êtes une de ces personnes privilégiées pour qui ce mouvement sympathique m'est venu (*SI*, 1113).

T

Tant seulement. Forme du patois de la région parisienne, constante dans *Les Agréables Conférences*, pour *seulement* : il n'y a tant seulement qu'à voir (*TA*, 1008, Dimas). Cf. *SA*, 242, 250 ; *HV*, 633 ; *IR*, 695 ; *MC*, 1413.

Tantôt. « Tout à l'heure » (W), presque certainement après le repas, l'après-midi : nous avons la partie de chasse pour tantôt (*L*, 1475) ; la personne (...) doit revenir tantôt pour savoir la réponse (*FC*, 1539).

Tapée. « Terme populaire. Grande quantité » (Littré) : Parlons-li un peu de cette coquetterie (...) alle avait la maine d'en avoir une bonne tapée (*IR*, 705).

Tas. « Fam. *Se mettre tout en tas*, se ramasser et se mettre en un peloton » (Littré) : moi, la peur m'a pris ; je me tenais comme cela tout dans un tas (*PT*, 449) ; vous saurez que les femmes se sont mises tout en un tas pour être laides (*Col*, 1869).

Tatigué. Juron paysan, variante voilée de *tête Dieu* : IR, 703 (Blaise) ; *TA*, 1009, 1021 (Dimas).

Tatiguienne. Comme le précédent. *Dé*, 557, etc.

Taxer. « Signifie aussi blâmer, censurer. Il est du style familier » (Ac. 1762) : soit dit sans taxer votre gloire (*PP*, 61) ; cf. *PP*, 69. Le mot disparaît ensuite de l'œuvre de Marivaux.

Tendre. Qui marque de la tendresse : vous m'avez assez mal payée d'une épreuve aussi tendre (*HS*, 1236).

Tᴉᴍʙʀᴇ. « Manière de cloche » (W). 1° Au sens figuré de « son de cloche » : Partout le même timbre (*HV*, 639). 2° « Au figuré, la tête » (W) : Bon ! ne voyez-vous pas bien que le mal est au timbre ? (*M*, 1276).

Tɪʀᴇʀ. L'Académie distingue deux expressions, sans doute apparentées à l'origine : 1° « *On aura bien à tirer dans cette affaire*, pour dire, on aura bien de la peine à réussir » : Lui dirai-je que je m'appelle Arlequin ? (...) Ah ! dame, il y a un peu à tirer ici (*JA*, 930). 2° « *Il a encore bien à tirer pour en venir là*, il a beaucoup à faire pour y parvenir comme il le prétend » : il y a bien à tirer si le Prince le vaut (*DI*, 337 ; c'est-à-dire : il s'en faut bien, il est bien difficile que le Prince le vaille).

Tᴏɪʟᴇᴛᴛᴇ. « Grand morceau de linge ou de taffetas, embelli de quelque dentelle, qu'on étend sur une petite table, et sur laquelle on met diverses choses à l'usage des dames » (W). La table est généralement comprise : Une toilette ? n'est-ce pas une table qui est si bian dressée, avec tant de brimborions, où il y a des flambiaux... (*IR*, 706). Cf. 748 ; 2. *SA*, 759. Noter l'expression *visage à toilette*, défini par le contexte : De quoi t'avises-tu aussi d'avoir un visage à toilette ? Il n'y a point de femme à qui ce visage-là n'allât comme un charme (*FS*, 526 ; c'est-à-dire : digne d'être l'objet des soins d'une toilette).

Tᴏʀᴛɪʟʟᴇʀ. « Chercher des détours » (W), d'où l'expression familière *il n'y a pas à tortiller*, dont Littré ne donne pas d'exemples avant 1766 (Collé). Cf. ici *SA*, 255, et *PT*, 417.

Tᴏᴜᴄʜᴇʀ. « Être sensible, douloureux, offensant » : cela n'est pas agréable, elle en est touchée (*HS*, 1219).

Tᴏᴜʀ. « Machine dont on se sert pour tourner le bois », d'où l'expression *fait au tour*, « parfaitement bien fait » (W) : avec une figure aussi distinguée que la vôtre, et faite au tour (*S*, 1658).

Tᴏᴜʀɴᴇʀ. À partir du sens d'« ajuster » (voir le mot précédent), on trouve un emploi métaphorique en parlant du caractère d'une personne : Moi, sot ! Je ne suis pas tourné dans ce goût-là (*JI*, 1609).

Tᴏᴜʀɴᴜʀᴇ. « Se dit figurément par les jeunes gens de la cour du tour d'esprit qu'on donne aux choses » (Fur., citant Callières) : l'art de les persuader ne vous manquera pas (...) Il y a certaine tournure, certaine industrie que vous pouvez employer (*SI*, 1120) ; je l'attends ! de sorte que je n'aurai pas à lui dire : Venez. Que cette tournure-là met une femme à son aise ! (*Pr*, 1994.)

Tᴏᴜᴛ. Sur l'accord de *tout* employé comme adverbe, voyez la Note grammaticale.

Tᴏᴜᴛ à ʟ'ʜᴇᴜʀᴇ. « Sur l'heure, sur-le-champ, tout de suite » (W) : je donnerais tout à l'heure cent écus pour avoir soupçonné juste (*SA*, 271). Cf. *SI*, 1080, 1105 ; *EM*, 1148 ; *HS*, 1228 ; *MC*, 1382 ; *L*, 1473 ; *FC*, 1543, 1569 ; *Ép*, 1700 ; *PV*, 1815 ; *Pr*, 2012, 2013.

TOUT DE SUITE. « Sans discontinuer » (W), c'est-à-dire comme une conséquence immédiate et nécessaire, dans l'expression *aller tout de suite* : J'entrevois qu'il m'aurait plu. Cela allait tout de suite (*SI*, 1125). Cf. *FS*, 505 ; *2 SA*, 778 ; *TA*, 1023 ; *SI*, 1114 ; *S*, 1648.

TRACAS. « Chose qui occupe, qui amuse, et qui embarrasse » (W) : Rien n'est si biau que le tracas / Des fins premiers jours du ménage (*FS*, Divertissement, 495) ; je ne nous mêlons point du tracas de Madame (*HV*, 639) ; c'est au misérable tracas d'un ménage (...) que ces messieurs nous condamnent (*Col*, 1863).

TRAIN. « Suite de quelque seigneur » (W) : Il était employé dans un très grand emploi. / Il avait un biau train (*PP*, 64) ; cf. 83.

TRANSPORT. « Cession, cession d'un droit » (Littré, 7°) : vous prier qu'il vous plaise d'ôter Lisette à Arlequin, et d'en faire un transport à mon profit (*HS*, 1217).

TRAVERSE. « *À la traverse.* Se dit de ce qui survient inopinément et apporte quelque obstacle » (Fur.) : une Marton qu'elle jette à la traverse (*HS*, 1220).

TREDAME. Juron (forme voilée de Notre-Dame). *Col*, 1865, 1876.

TRETOUS. Forme d'insistance, paysanne ou populaire, de *tous*. Cf., sans doute dans une expression proverbiale : Vous êtes vieux comme le père à trétous (*PT*, 565, Arlequin) ; cf. *Dé*, 419 (Maître Pierre) ; *MC*, 1395 (Lubin).

TRICOT. « Bâton gros et court » (W) : cette commission-là sent le tricot (*PT*, 418).

TRICOTAGE. « L'action de tricoter » (W), au sens de *tricot*, « ouvrage d'aiguille » (W). Par figure : [des écus que le notaire] fait aller et venir pour notre profit (...) et je les ons laissés là : car, par le moyen de son tricotage, ils rapportont encore d'autres écus (*HV*, 631).

TU AUTEM. « Façon de parler basse, empruntée du latin [en fait, du Bréviaire], et dont on se sert pour signifier le fin, le secret d'une affaire » (Fur.) : alle enrage, alle ne sait pas le *tu autem* (*HV*, 630). Cf. *SA*, 242 ; *HV*, 637 ; *IR*, 699.

U

UNI. « Simple, sans façons » : c'est un homme tout aussi uni, tout aussi sans façon que je le suis (*Ép*, 1693). Cf. *PM*, 1302, 1315.

UNIMENT. « D'une façon unie », avec quelques nuances suivant les cas : 1° Sans colère, sans excitation : Je suis assez content de tout ce qu'elle m'a dit ; elle m'a parlé assez uniment (*S*, 1637). 2° Franchement, sans détour : Si c'était le contraire, je vous le dirais tout aussi uniment (*S*, 1648).

V

VALOIR. « *Cela vaut fait*, assurez-vous que cela ne manquera pas de se faire » (Littré, 12°, qui cite Corneille, *Mélite*, II, 5) : Cela vaut fait, Dorante est vaincu (*JA*, 926). Cf. *2. SA*, 799. « *Cela vaut fait*, ou cela est fait, *autant vaut*, pour dire qu'une chose est presque achevée » (Fur.) : Eh oui, mon beau-père et ma femme, autant vaut (*JA*, 899) ; il a si bien ajancé ça avec vote châtiau, que me velà concierge, autant vaut (*PV*, 1818).

VAPEUR. « Vapeurs. Fumées qui s'élèvent, dit-on, du bas-ventre vers le cerveau » (W). Mot à la mode pour désigner un sentiment passager : je lui trouve effectivement comme une vapeur d'amour pour elle (*PM*, 1303). Cf. aussi *HS*, 1235.

VART. Cf. *vert*.

VARTIGO. Cf. *vertigo*.

VARTIGUÉ. Juron paysan, forme voilée de *vertu Dieu*. Cf. *Dé*, 556 ; *IR*, 694, etc.

VENANT. « *Bien venant*. Payé régulièrement » (Littré, qui cite Molière et Mme de Sévigné) : quinze mille livres de rente bien venant (*FC*, 1540).

VENDRE DU NOIR. « Tromper quelqu'un, lui en faire accroire » (Ac. 1718) : queuque mijaurée de chambrière qui li a, à ce qu'il dit, vendu du noir (*SA*, 243). Cf. *IR*, 719 ; *TA*, 1037.

VENIR. « *Venir bien à*, convenir » (Littré, qui cite La Fontaine : *Ce galetas, qui de rien ne nous sert, / Lui viendra bien*). Ici : je vous ai toujours connu un très bon gros jugement qui viendra fort bien dans cette affaire-ci (*Col*, 1853).

VENTREBILLE (PAR LA). Forme euphémistique de *ventredieu* (*SA*, Divertissement, 294).

VENUE. « Populairement, (...) on lui en a donné d'une venue, se dit d'un homme qu'on a maltraité » (Littré) : laissez-nous le terrain, pour à celle fin que je l'y en baille encore d'une venue (*TA*, 1020).

VERBIAGER. « Employer beaucoup de paroles pour dire peu de choses. Famil. » (W). Ce verbe « n'admet pas de complément direct » pour Ac. 1762. Marivaux lui en donne un par impropriété gasconne : si vous l'aviez vu caresser tout lé monde, et verbiager des compliments (*IR*, 718).

VERT. « Jouer au vert, à un jeu où il faut toujours avoir sur soi des feuilles de vert. C'est par allusion à ce jeu qu'on dit figurément *prendre quelqu'un sans vert*, au dépourvu » (W) : Blaise a l'air d'un nigaud pris sans vert (*AB*, 1949). Cf. *IR*, 726.

VERTIGO. « Maladie du cheval qui le fait chanceler et donner de la tête contre le mur. Figur. et famil., caprice, fantaisie » (W) : peut-être

que c'est un vertigo qui vous a pris aussi (*PT*, 406). Cf. *HV*, 639 ;
IR, 686 ; *SI*, 1113 ; *M*, 1268 ; *Col*, 1869.

VERTUCHOUX. Juron burlesque, qui se trouve dans la bouche des valets
et des suivantes (*DI*, 365 ; *PT*, 425, 442 ; *Dé*, 571 ; *JA*, 886 ; *Com*,
1732).

VILAIN. « Avare. Ladre » (W) : vilain quand il faut être libéral (*IE*, 605).
Cf. *M*, 1255.

VIRTUOSE. « Celui, celle qui a des talents pour les beaux-arts » (W).
Ironiquement : Il s'agit d'une virtuose (...) Elle ne sera pas de
votre force (...) mais elle ne fera pas mal (*Pr*, 1984).

VISAGE. Désigne parfois « la personne même » (Littré, 2°), spécialement au sens de « sot, fat, impertinent, misérable », quand on le
« dit en colère » (W) : quel est donc ce visage ? / C'est notre
homme (*PP*, 90) ; sans que le maître de la maison s'embarrasse
de tous ces visages-là (*DI*, 342).

VISION. « Idée extravagante ; dessein chimérique » (W) : ma vision est
qu'elle pourrait achever de vous consoler d'Angélique (*PV*, Appendice p. 2048).

VISIONNAIRE. « Celui ou celle qui a des idées folles et extravagantes »
(W) : *Adine* (...) Quelle folle ! *Églé* (...) Quelle visionnaire ! (*D*,
1786). Cf. *FS*, 500.

VITE ET VITE. Littré ne cite pas cette forme de redoublement, quoiqu'il
signale *vite et tôt* chez Dancourt : il ne faut pas croire (...) qu'on
soit obligé, vite et vite, de se donner au premier venu (*Ép*, 1704).

VIVEMENT. « Avec ardeur » (Littré) : je n'en agirai pas moins vivement
dans cette occasion-ci (*PM*, 1347).

VOIREMENT. Forme archaïque et paysanne, équivalent de *vraiment*
(*HV*, 629 ; *MC*, 1413).

VOITURE. « Moyen de transport, en général » : il n'y a pas de raison à
vous d'avoir une autre voiture que la mienne (*DI*, 324). Cf. *HV*,
639. « *Adieu la voiture*, se dit lorsqu'on voit quelque chose qui va
tomber » (Littré). À propos de choses abstraites : Que deviendra
la faiblesse si la force l'attaque ? — Adieu la voiture ! (*IR*, 702.)

VUE. « Juger des choses à vue de pays, pour dire, juger des choses
en gros, et sans entrer dans le détail » (Ac. 1718) : mais à vue de
pays, je ne la crois pas contente (*JA*, 903). Cf. *HS*, 1235 ; *PM*, 1300 ;
Pr, 1981.

Y

Y ALLONS. Comme *allons-y*, dans une phrase commençant par *et* : je
trottais partout ; et y allons vite (*PT*, 440). Cf. *PT*, 442.

NOTE GRAMMATICALE

Accord du participe passé

La règle moderne de l'accord du participe passé, déjà formulée au temps de Marivaux, n'est pas appliquée strictement par lui.

I. Avec l'auxiliaire *avoir*.

Conformément à une tendance spontanée des usagers, de nos jours encore, Marivaux ne fait pas l'accord quand le participe n'est pas en fin de groupe : *vos façons vous ont pour jamais gravé dans ma mémoire* (*SA*, 278, note 2 ; Lélio parle de la comtesse) ; *Pour vous (...) qui m'avez prié si généreusement* (*PT*, 459, note 2 ; c'est Hortense qui parle). Cf. *A*, 207, note 1 ; *FS*, 489, note 2 ; *TA*, 1014, note 2 ; *EM*, 1159, note 3 ; *M*, 1252, note 2, et 1260, note 1 ; *S*, 1644, note 1 ; *Ép*, 1709, note 2 ; *Com*, 1759, note 1 ; *PV*, 1833, note 1 ; *Col*, 1861, note 1 ; *Pr*, 1983, note 2.

En particulier, l'accord est négligé si le participe est suivi d'un infinitif, précédé ou non d'une préposition : *et c'est à cause de cela que je vous ai prié de vouloir bien me donner* (*EM*, 1159, note 1 ; dit à Mme Argante). De même *M*, 1250, note 4, et 1237, note 1. Cf. aussi : *Je vous ai pourtant entendu dire* (*HS*, 1190, note 2).

L'accord est aussi négligé devant un attribut ou groupe attributif : *le sommeil l'a-t-il rendu belle* (*IE*, 599, note 1). Cf. 2. *SA*, 802, note 2 ; *TP*, 833, note 3, et 836, note 3 ; *TA*, 993, note 2 ; *HS*, 1236, note 2 ; *M*, 1278, note 3 ; *Com*, 1743, note 2 ; *Pr*, 1993, note 1.

À plus forte raison, le participe passé n'est pas accordé avec le complément d'objet direct — c'était même la règle à l'époque — lorsque le sujet suit le verbe : *De toutes les grimaces que m'a fait la fortune* (*FS*, 506, note 2) ; *Malgré les grands biens que m'a laissé mon père* (*PV*, 1818, note 1).

En outre, l'accord est parfois négligé en fin de proposition ou de phrase, devant une ponctuation : *ma fidélité, que tout autre à ma place n'aurait jamais eu* (*SI*, 1109, note 1) ; *c'est un penchant qui m'a surpris* (*Com*, 1747, note 5). Cf. *IE*, 616, note 2 ; *2. SA*, 760, note 1 ; *PM*, 1299, note 1, et cf. 1321, note 1 ; *MC*, 1392, note 3.

Un cas particulier : le participe n'est pas accordé avec le complément d'objet direct qui se trouve en même temps complément d'objet indirect d'un autre verbe coordonné : *je ne vous ai écrit ni rencontré* (*MC*, 1399, note 2).

De façon très irrégulière, Marivaux fait parfois l'accord avec un sujet féminin : *Ce n'est pas moi qui le lui ai apprise* (*Com*, 1740, note 2 ; texte de la copie manuscrite).

Parfois, l'accord régulier se trouve dans le manuscrit, et non dans les premières éditions (*PM*, 1342, note 4 ; *MC*, 1384, note 3 ; *PV*, 1833, note 1). Souvent l'accord est établi dans les éditions ultérieures, soit en 1732 (*PT*, 459, note 3), soit en 1739 (*M*, 1256, note 2), soit, le plus souvent, en 1758 (*HS*, 1211, note 1 ; *MC*, 1388, note 4 ; *JI*, 1596, note 1 ; *PV*, 1816, note 2, et 1828, note 1). L'édition de 1781 généralise l'accord considéré de nos jours comme correct, et Duviquet rectifie les quelques exceptions subsistant encore dans l'édition de 1825-1830.

II. Avec l'auxiliaire *être*.

L'accord est négligé dans une forme pronominale : *Je m'y suis pris de toutes les façons* (*Ép*, 1698, note 1, Lisette). Cf. *AB*, 1952, note 1. L'accord est introduit en 1747 dans *L'Épreuve* (1699, note 2).

Accord de *tout* employé comme adverbe

Conformément à l'ancien usage, Marivaux fait varier en genre et en nombre *tout* employé comme adverbe devant un adjectif. Si la chose est banale pour le féminin, elle est plus remarquable au masculin pluriel : *des discours tous propres à donner des idées* (*FC*, 1550, note 1). Cf. *FF*, 1899, note 1 et, pour le féminin, *JA*, 888, note 1, etc.

Accord du pronom représentant un adjectif

Vaugelas, suivi par l'Académie et les grammairiens, demande qu'on mette au masculin le pronom désignant un adjectif ou un nom désignant une qualité, lorsqu'il est question d'une femme. Sauf exception (voyez *HS*, 1208, note 1), Marivaux s'en tient à l'ancien usage et emploie le féminin : (coquette) *Mais par où voyez-vous donc que je la suis ?* (*DI*, 327, note 1) ; *Bonjour, ma nièce, puisque enfin il faut que vous la soyez* (*FC*, 1564, note 1, et cf. 1573, note 1).

ACCORD DU VERBE DANS LA RELATIVE

Le verbe se trouve dans la relative à la troisième personne alors que l'antécédent est à la deuxième personne : *Encore si c'était vous qui fût le Prince* (*DI*, 357, note 1) ; *c'est vous qui ne m'aimez pas, et qui même en aime une autre* (*L*, 1480, note 2).

ARTICLE

L'article défini est employé, conformément à un ancien usage, à la place de l'article indéfini, dans certains tours, négatifs ou comparatifs. Exemple : *il n'y a pas le mot de ce que je t'ai dit* (*JI*, 1610, note 4).

CONJONCTION

La conjonction *que* est parfois répétée comme dans l'ancienne langue : ont délibéré que, pour faire changer de dessein aux pères, qu'on ferait semblant... (*SI*, 1113, note 2). Cf. *Ép*, 1708, note 1. La correction est faite chaque fois en 1758.

GENRE DES SUBSTANTIFS

Les hésitations sont fréquentes en français, à toute époque, sur le genre des noms commençant par une voyelle, surtout s'ils se terminent par un *e*. La confusion se trouve surtout après un article indéfini, position où la confusion est favorisée, au XVIIe et au XVIIIe siècle, par la prononciation (au masculin, *un* est sans doute prononcé « dénasalisé », comme de nos jours *une*). Cf. chez Marivaux *un intrigue* (*PP*, 58, note 1) ; *un équivoque* (*PT*, 428, note 1) ;

un aventure (*MC*, 1377, note 1 ; édition originale). Un mot de ce type peut même se trouver repris par un pronom masculin : *tes excuses me chagrinent ; ils me rappellent...*

Parmi les cas particuliers, on note *amour*, au pluriel, masculin ou féminin (*D*, 1774, note 1), et *ouvrage*, féminin dans la langue populaire (*JA*, 927, note 2).

GENRE DE *autre*

Pour désigner une personne du sexe féminin, Marivaux emploie souvent *autre* au masculin (comme *quelqu'un* de nos jours). On trouve ainsi *un autre* (*PT*, 452, note 3 ; *IE*, 608, édition originale ; *HS*, 1209, note 1 ; *L*, 1458, note 1 ; *S*, 1638, note 2) et *tout autre* (*FC*, 1546, note 3). Les corrections sont souvent faites en 1758, mais parfois on trouve l'usage moderne dans l'édition originale et l'usage ancien dans l'édition de 1758. Voyez les notes.

NÉGATION

Suivant l'usage élégant du xvIIᵉ siècle, on trouve parfois *pas* employé seul dans l'interrogation : *Dites-vous pas... ?* (*Com*, 1731, note 2).

Ne est omis d'une façon peu justifiable dans une succession de tours négatifs : *il n'y a pas jusqu'à mon valet qui me méconnaisse* (*TP*, 838, voyez la note 2).

PRONOM

EN. Renvoie chez Marivaux de façon très libre à une phrase ou à une idée : *Vous enlevez le jeune homme endormi, quand peu de jours après vous allez épouser Merlin, qui en a votre parole* (*AP*, 128) ; *cette coquine de fée n'est point ici, car elle en a juré* (*AP*, 149).

IL. Malgré l'Académie et les grammairiens du temps, l'usage de *il* au neutre reste vivant chez Marivaux : *je n'y gagne rien, car il ne vous plaît point* (*DI*, 374) ; *Je ne le mérite pas, il est de mauvais goût, mais cela ne laissera pas que d'être* (*JA*, 903, note 2 ; on peut aussi interpréter cette forme comme un masculin) ; *il est parbleu plaisant* (*PM*, 1307, note 7).

LUI. Employé par haplologie pour *le lui* ou même *les lui* : *je vais lui demander* (*SA*, 287, note 1). Cf. *AP*, 130, note 3, 136, note 2, et 139, note 1 ; *Dé*, 560, note 2 ; *FC*, 1559, note 2.

Y. Représente parfois une personne chez Marivaux : *je me brouillerais avec elle, je vous y brouillerais vous-même* (= avec elle, *L*, 1458, note 2). Plus souvent, renvoie, comme *en*, à une phrase tout entière ou à une idée : *Je nuis à son amour, et je suis au désespoir que le mien m'y force* (*DI*, 347) ; *Je n'y tâcherai point* (*JA*, I. 936, note 1), etc.

PRONOM RELATIF

Marivaux se sert ordinairement de la construction ancienne : *c'est à vous à qui je le demande* (*HS*, 1236, note 1). Dans les éditions ultérieures, cette construction est remplacée par *c'est vous à qui...* ou *c'est à vous que*. Voyez aussi *HS*, 1238, note 2, etc.

VERBE

On relève dans les premières œuvres quelques exemples de confusion du plus-que-parfait du subjonctif et du passé antérieur. Pour le théâtre, voyez *PP*, 77, note 1.

La concordance des temps est presque partout régulièrement observée. Exception : *Ép*, 1683, note 1.

NOTE SUR LE PATOIS
DES PAYSANS DE MARIVAUX

Le patois des paysans de Marivaux est un langage stylisé, dont la tradition remonte au milieu du xviie siècle, et qui s'est fixé dans les œuvres de Dancourt et de Dufresny. Néanmoins, ce patois repose sur une langue authentique, celle des paysans de la région parisienne, et même de la proche banlieue de Paris (Vaugirard, Montmorency, etc.).

Les principaux traits en sont, pour la phonétique, un certain nombre de variations concernant les voyelles, passage de *u* à *i* devant *m* (*bimeur*), de *è* à *a* devant *r* (*parfarence*, pour *préférence*), de *ui* à *i* dans presque tous les cas (*pis* pour *puis*, etc.), terminaison en *-iau* au lieu de *-eau* (*oisiau*), etc. Pour les consonnes, le fait le plus notable est l'évolution des finales en *tié* vers la prononciation *quié* (*amiquié, piquié*, etc.).

La morphologie présente quelques particularités. Le pronom *lui* se présente sous la forme *li*, parfois *i*. Le démonstratif *ce* figure sous une forme tonique, *cen*. Dans les verbes, la première personne du pluriel comporte un pronom au singulier (*je savons*). La troisième personne du pluriel comporte une terminaison tonique (*les filles aimont*). Enfin, l'imparfait se présente avec des formes en *-ient*, *-iaient*, ou *-iont* (*épousiaient, restient, rebutiont*). Ces formes sont souvent altérées dans les rééditions.

On trouvera tous les éclaircissements sur le patois authentique dont Marivaux offre une sorte de transposition dans notre édition des *Agréables Conférences de deux paysans de Saint-Ouen et de Montmorency* (1649-1651), Paris, Les Belles-Lettres, 1961, réédition Slatkine 1999.

TABLE DES MATIÈRES

Avertissement 5
Introduction 7
Chronologie 23

Le Père prudent et equitable

Notice 40
Le Père prudent et équitable 47

L'Amour et la Vérité

Notice 96
Dialogue entre l'Amour et la Vérité 101

Arlequin poli par l'amour

Notice 110
Arlequin poli par l'amour 125

Annibal

Notice 156
Annibal 167

La Surprise de l'amour

Notice 226
La Surprise de l'amour 239

La Double Inconstance

Notice 296
La Double Inconstance 309

Le Prince travesti

Notice 378
Le Prince travesti 395

LA FAUSSE SUIVANTE OU LE FOURBE PUNI

Notice 462
La Fausse Suivante 475

LE DÉNOUEMENT IMPRÉVU

Notice 544
Le Dénouement imprévu 553

L'ÎLE DES ESCLAVES

Notice 580
L'Île des esclaves 589

L'HÉRITIER DE VILLAGE

Notice 620
L'Héritier de village 627

L'ÎLE DE LA RAISON OU LES PETITS HOMMES

Notice 658
L'Île de la Raison 667
Prologue 670

LA SECONDE SURPRISE DE L'AMOUR

Notice 736
La Seconde Surprise de l'amour 753

LE TRIOMPHE DE PLUTUS

Notice 810
Le Triomphe de Plutus 817

LA NOUVELLE COLONIE
OU LA LIGUE DES FEMMES

Notice 848
La Nouvelle Colonie (divertissement) 855

LE JEU DE L'AMOUR ET DU HASARD

Notice 860
Le Jeu de l'amour et du hasard 883

LA RÉUNION DES AMOURS

Notice 940
La Réunion des Amours 951

LE TRIOMPHE DE L'AMOUR

Notice 974
Le Triomphe de l'amour 985

LES SERMENTS INDISCRETS

Notice 1048
Avertissement 1064
Les Serments indiscrets 1069

L'ÉCOLE DES MÈRES

Notice 1134
L'École des mères 1143

L'HEUREUX STRATAGÈME

Notice 1172
L'Heureux Stratagème 1183

LA MÉPRISE

Notice 1242
La Méprise 1247

LE PETIT-MAÎTRE CORRIGÉ

Notice 1280
Le Petit-Maître corrigé 1297

LA MÈRE CONFIDENTE

Notice 1358
La Mère confidente 1375

LE LEGS

Notice 1428
Le Legs 1449

LES FAUSSES CONFIDENCES

Notice 1496
Les Fausses Confidences 1515

LA JOIE IMPRÉVUE

Notice 1580
La Joie imprévue 1585

LES SINCÈRES

Notice 1620
Les Sincères 1629

L'ÉPREUVE

Notice 1666
L'Épreuve 1677

LA COMMÈRE

Notice 1714
La Commère 1723

LA DISPUTE

Notice 1764
La Dispute 1771

LE PRÉJUGÉ VAINCU

Notice 1800
Le Préjugé vaincu 1813

LA COLONIE

Notice 1846
La Colonie 1849

LA FEMME FIDÈLE

Notice 1882
La Femme fidèle 1889

FÉLICIE

Notice 1912
Félicie 1917

LES ACTEURS DE BONNE FOI

Notice 1940
Les Acteurs de bonne foi 1945

La Provinciale

Notice 1970
La Provinciale 1977

Appendice

   I Version du *Legs* conforme à la représentation 2019
  II Variantes du *Préjugé vaincu* 2047
 III Jugements sur le théâtre de Marivaux............................. 2050
 IV Mahomet second... 2125
     Notice 2126
     Mahomet second.. 2139
  V Représentations des pièces de Marivaux au Théâtre-
     Italien 2148
 VI Représentations des pièces de Marivaux à la Comédie-
     Française 2155

Choix bibliographique 2159
Index des noms propres 2175
Glossaire 2197
Note grammaticale 2263
Note sur le patois des paysans de Marivaux 2271

Imprimé en Italie par

(LTV)

LA TIPOGRAFICA VARESE
Società per Azioni

Varese
Dépôt légal Éditeur : 26485-09/2002
Édition : 2
ISBN 2-253-13253-5